E ᵀ

LIV

Les autres sont revenus, portant chacun un gros paquet.

LIV. 266   LE ROMAN D'UN JEUNE OFFICIER PAUVRE — ARTHUR BERNEDE — FERENCZY Editeur. LIV. 266

— Bravo! bravo! cria Patoche.

— Alors, cherchons! décida Flic.

Les deux limiers et l'ordonnance du capitaine se mirent à examiner non plus la route, mais la banquette, et cela sur une longueur de deux cents mètres environ dans la direction de Paris, ils ramassèrent cinq autres billes.

Puis là, plus rien.

La dernière bille se trouvait à la hauteur du café où nous avons vu plus haut, Blanchecotte faire une légère station.

— Voilà qui va de mieux en mieux, reconnut Flic en regardant le café.

« Il est hors de doute que la voiture qui a servi à l'enlèvement a dû stationner ici.

« Seulement, par exemple, une chose qui m'étonne, c'est que précisément pour faire monter dans un véhicule quelconque des gens qui devaient être, sinon ficelés, ligotés et bâillonnés, mais tout au moins placés dans une immobilité absolue, ces misérables aient choisi justement un endroit fréquenté.

« Ils devaient avoir une bonne raison pour cela.

— On pourrait peut-être interroger le bistro? proposa Patoche.

— Le connaissez-vous? interrogea Flic.

— Oh! pas beaucoup, mais notre propriétaire, M. Biribeau, est venu ici faire souvent sa partie.

« Je pourrai me présenter en son nom, et en m'y prenant adroitement, en évitant de l'effaroucher, on pourrait peut-être arriver à lui faire dire des choses intéressantes.

« Seulement, s'il vous voit avec moi, il va se méfier de quelque chose, et dame, peut-être bien que ce sera difficile de « l'accoucher ».

« Aussi, savez-vous ce que vous allez faire, sans vous donner d'ordres?

« Vous allez entrer les premiers dans le café.

« Vous vous ferez servir un verre.

« Vous demanderez un jeu de cartes.

« Vous aurez l'air de bien « maquiller la brême ».

« Je m'arrangerai de façon à venir m'installer près de vous.

« Comme ça vous entendrez tout ce que nous dirons et vous en ferez votre petit profit.

« Et au besoin, si vous le jugez nécessaire, vous pourrez intervenir dans la conversation, y mettre votre grain de sel et terminer l'ouvrage que j'aurai commencé.

— Voilà qui est très sagement raisonné, s'écria Flic.

« Maintenant, mon vieux Flac, à nous de bien nous tenir.

« Voyons, quel personnage allons-nous jouer?

« Avec nos têtes actuelles, nous avons plutôt l'air d'intendants de bonne maison, de maîtres d'hôtel sélects, en un mot, d'hommes de confiance.

« Eh! bien, nous allons raconter que nous sommes au service d'un Parisien très riche, d'un grand seigneur, tant qu'on y est on peut bien y aller et que ce grand seigneur qui désire louer une propriété pour sa petite amie aux environs de Paris, nous a chargés d'explorer pour lui ces parages.

— Hum! approuva Flac.

— Alors ne perdons pas de temps et entrons nous rafraîchir.

« Il n'est que dix heures et demie. C'est encore trop tôt pour prendre l'apéritif.

« Eh! bien, nous pourrons toujours nous offrir une bonne bouteille de vin blanc.

— D'autant plus, recommanda Patoche, qu'il est excellent!

Là-dessus, les deux limiers pénétrèrent chez le marchand de vins.

Seule, la patronne trônait au comptoir.

Quant au patron qui, la veille, avait joué à la manille jusqu'à deux heures du matin en vidant un nombre incalculable de canettes, il était encore au lit.

Sans rien dire, Flic et Flac s'installèrent à une table, salués par le plus gracieux sourire de la dame de céans.

Celle-ci s'empressa de dire au garçon d'essuyer les tables.

— Voyez ce que désirent ces messieurs.

Le garçon s'approcha des deux consommateurs.

— Messieurs, fit-il, vous désirez?

— Une bouteille de blanc, expliqua Flac, et un jeu de cartes.

— Du blanc comment?

— Du meilleur.

— Alors, à deux francs?

— A deux francs, si vous n'en avez pas de plus cher.

— Ma foi non, monsieur, mais celui de deux francs est très bon.

« Je suis sûr que vous m'en direz des nouvelles.

La patronne, qui avait entendu tout ce dialogue, daigna sortir elle-même de son comptoir pour apporter un tapis et un jeu de cartes à ses deux clients.

— Ce doivent être des hommes très bien, fit-elle.

« D'abord ils en ont l'air et puis, des gens qui s'offrent sans sourciller, une bouteille de vin à deux francs, mais trouvent encore que ce n'est pas assez cher, doivent être, évidemment, très à la hauteur.

Et désireuse d'entrer en conversation avec eux, la patronne, très curieuse de nature, attaqua:

— Est-ce que ces messieurs, désireraient déjeuner?

— Mon Dieu, non, madame, répliqua Flic fort aimablement d'ailleurs.

Car, lui aussi, tenait à se concilier les bonnes grâces de la dame.

— Je vous demande pardon, monsieur, reprit celle-ci.

« Au cas où vous en auriez besoin, je voulais tout simplement vous prévenir qu'ici on sert à toute heure.

« Il n'y en a pas pour longtemps pour faire sauter une petite friture et mettre sur le gril une bonne entrecôte.

— Nous vous remercions bien, madame, et à l'occasion nous en profiterons.

Tout en parlant il avait pris les cartes et commençait à les battre.

La patronne retourna à son comptoir.

Et comme il n'y avait pas encore d'autres clients dans l'établissement, elle prit son journal et se mit à le parcourir, tout en observant les deux partenaires qui s'étaient mis à jouer au piquet.

Elle remplit les verres d'un beau liquide doré.

Pendant ce temps son imagination allait tout son train.

Elle se disait:

— Ah! je voudrais bien savoir ce que sont ces deux hommes, ce qu'ils font, d'où ils viennent!

« Je ne sais pas pourquoi, mais ils m'intéressent.

« Surtout celui qui ne dit rien.

« Seulement, voilà, on ne peut pas le leur demander!

Tandis que Mme Octave se livrait à ces réflexions, Patoche tranquillement, sans avoir l'air de rien, les mains dans les poches, était entré dans l'établissement.

Il s'avança vers le comptoir, saluant aimablement la patronne.

— Bonjour, madame, fit-il.

« Comment, ça va-t-il, ce matin?

— Mais ça ne va pas trop mal, je vous remercie, répliqua la gargotière un peu hésitante.

Car elle n'avait pas reconnu le Montmartrois.

— Je vois, reprit celui-ci, que vous ne me remettez pas.

— Je vous ai bien vu... mais...

— Vous ne collez pas d'étiquette sur ma fiole?

— C'est-à-dire que...

— Croyez que je ne m'en froisse pas, madame.

« Vous voyez tellement de monde qu'il vous est bien permis de ne pas reconnaître un nouveau client comme moi, qui a encore à peine mis les pieds chez vous.

« C'est moi votre voisin.

— Ah! oui, très bien, j'y suis.

« Vous êtes ce monsieur qui a sous-loué la villa de M. Biribeau?

— Parfaitement, vous y êtes.

« Et monsieur Octave comment va-t-il?

— Mon mari, mais il va très bien.

— Il n'est pas encore levé?

— Non, il fait la grasse matinée.

— Ah! le paresseux!

— A qui le dites-vous!

— J'aurais pourtant été bien content de lui dire un petit mot.

— Je puis me charger de la commission.

— Vous êtes bien aimable, madame. Mais ça n'est pas bien grave.

— Tant mieux!

— C'était tout simplement pour lui offrir de prendre un verre.

— Vous êtes trop gentil.

— Eh! bien, puisqu'il n'est pas là, madame Octave, nous allons en boire un à sa santé.

— C'est pas de refus.

— Qu'est-ce que vous prenez?

« Ou plutôt qu'est-ce que nous prenons?

— Je n'ai pas de conseil à vous donner, lança bonassement Flic en abandonnant un instant sa partie, mais si vous voulez vous régaler, vous n'avez qu'à vous envoyer un verre de vin blanc comme celui-ci.

— Vous êtes bien aimable, monsieur, répliqua Patoche, je m'en vais profiter de votre avis.

« Pour moi, ça sera un petit vin blanc, et vous, madame?

— Moi aussi!

— All right! comme disent les « English ».

Et comme Mme Octave se dirigeait vers la cave, elle eut une réticence.

— Une bouteille, ça sera trop pour nous deux. Une demi suffirait peut-être.

— Pensez-vous, protesta Patoche.

« Et puis, s'il en reste, on en offrira un verre à votre mari.

Cet argument calma immédiatement les scrupules de la gargotière qui descendit immédiatement chercher le vin blanc demandé.

Aussitôt Patoche lança à Flic:

— Ça va marcher.

— Je le crois, exprima Flic.

— Hum! hum! dit Flac.

— Elle est bavarde comme une pie, déclara le Montmartrois et si elle sait quelque chose, nous ne tarderons pas à le savoir, nous aussi.

— C'est mon avis.

— Hum!

Mais madame Octave revenait.

Aussitôt qu'il avait entendu ses pas dans l'escalier, Patoche s'était rapproché du comptoir.

Quant aux deux limiers, ils s'étaient replongés dans leur piquet en s'apprêtant à écouter avec la plus vive attention la conversation qui allait s'engager entre le Parigot et Mme Octave.

Placés comme ils l'étaient, les deux limiers ne pouvaient pas perdre une seule parole de ce qui allait se dire.

Tout s'annonçait donc pour le mieux.

Patoche se disait:

— Ça va marcher comme sur des roulettes à pneumatique.

Flic songeait: « Nous jouons sur le velours ».

« C'est égal nous en avons eu de la veine que ce petit bonhomme, en semant ses billes sur la route, ait renouvelé ainsi le conte du Petit Poucet!

Quant à Flac, dont les yeux s'allumaient de lueurs malicieuses, il avait grand peine à retenir un de ces « hum! » prolongés qui, sauf de rares exceptions, étaient la seule manifestation oratoire à laquelle se livrait ce personnage silencieux.

— Je ne vous ai pas trop fait attendre? demanda gaiement la patronne.

— Mais non, mais non, madame, affirma Patoche.

Alors Mme Octave prit deux verres fraîchement rincés, brillants comme du cristal, et les déposa sur le comptoir.

Puis à l'aide d'un foret, elle déboucha la bouteille et remplit les verres d'un beau liquide doré et qui semblait mériter entièrement les éloges que Flic venait de lui prodiguer.

Patoche porta le verre jusqu'à sa bouche, but en connaisseur, c'est-à-dire lentement, à petites gorgées.

Puis faisant claquer sa langue, il décréta avec un accent d'indéniable sincérité:

— Monsieur avait raison, jamais je n'en ai bu de pareil.

— N'est-ce pas? se rengorgea la cabaretière, flattée dans son amour-propre de commerçante.

— Si je ne suis pas indiscret, reprit le Parigot, je vous demanderai l'adresse du marchand chez lequel vous vous fournissez.

— Ça, rougit légèrement la jeune femme, je ne pourrai pas vous le dire, mon bon Monsieur, non pas parce que je veux vous faire des cachotteries, mais parce que c'est mon mari qui s'occupe de la cave.

« C'est lui qui a les adresses!

« Tout à l'heure quand il descendra vous n'aurez qu'à lui répéter ce que vous m'avez dit et je suis persuadée qu'il se fera un plaisir de vous donner tous les renseignements que vous lui demanderez.

— Eh! bien, s'écria Patoche, en prenant à témoin les deux joueurs de piquet, voilà une bonne maison où je ne m'y connais pas.

Flic se contenta de hocher la tête d'une façon approbative et Flac y alla de son « hum » traditionnel.

— Alors, vous vous plaisez dans notre pays, monsieur? reprit Mme Octave.

— Mais oui, certainement, s'empressa de déclarer le fiancé de Rosette.

« C'est très joli par ici.

« On y vit bien.

« On est en bon air.

— Et puis, ajouta la patronne, on est tranquille.

— Oh! tranquille, tranquille! fit l'ordonnance du capitaine avec une moue légère, ça dépend.

— Comment cela?

— Tenez, cette nuit, Mme Octave.

— Oui, eh! bien?

— Je n'ai pas pu dormir.

« Les chiens ont aboyé.

— Je ne les ai pas entendus.

— C'est que vous avez le sommeil dur, Mme Octave.

— Pourtant je me suis réveillée plusieurs fois.

— Ah! vraiment.

— Oui.

« Figurez-vous que vers quatre heures du matin, une grande voiture de livraison s'est arrêtée pas loin de chez nous.

— Une voiture de livraison?

— Oui.

« Je n'ai pas pu voir exactement ce que c'était, parce qu'il ne faisait pas très clair, et puis il n'y avait pas de lanterne.

« Elle avait dû s'é-
teindre en route.

— Qu'est-ce qu'elle
faisait là, cette voiture
de livraison? interrogea
Patoche extraordinaire-
ment intéressé.

— Probable qu'elle a-
vait une panne.

« Car elle est restée là
au moins vingt bonnes
minutes.

— Qu'est-ce qui la pi-
lotait?

— Je ne sais pas, moi.

« Ils avaient l'air d'ê-
tre plusieurs.

« Ils avaient tous des
blouses noires.

« Je le crois, du
moins, parce que, je
vous le répète, on n'y
voyait goutte.

« La lune était cachée
derrière de gros nuages

— J'ai entr'ouvert ma fenêtre.

et le réverbère qui est là, tout près, sur la route, comme par hasard, était éteint.

— Et qu'est-ce qu'ils disaient ces gens?

— Ah! je n'ai pas pu comprendre.

« D'abord, ils causaient tout doucement et puis, quand j'ai entr'ouvert ma fenêtre, il n'ont plus rien dit.

— C'est tout de même rigolo, fit Patoche du ton le plus naturel du monde.

— Cependant, reprit Mme Octave, enchantée de pouvoir placer une petite histoire qui avait l'air d'in-téresser son interlocuteur; je crois pouvoir vous affir-mer, à quelques mots que j'ai surpris, qu'ils ne cau-saient pas français.

— Peut-être bien, fit Patoche, avec une gravité mer-veilleusement feinte, que c'étaient des espions alle-mands.

— Oh! monsieur, qu'est-ce que vous me dites là! des espions allemands, chez nous?

— Il y en a partout.

— Je me demande un peu ce qu'ils seraient venus faire ici?

— Est-ce qu'on sait jamais!

— Eh! bien, voulez-vous mon opinion, confia Mme Octave, en baissant un peu la voix et en se penchant vers le Parigot.

— Mais oui, madame.

— Eh! bien, pour moi ces individus-là son tout simplement des contrebandiers!

— Des contrebandiers.

— Oui, des contreban-diers qui cherchaient à introduire à Paris des objets en fraude.

— Qu'est-ce qui vous le donne à penser?

— Ah! c'est bien sim-ple, vous allez voir.

« A un moment, il n'y a plus qu'un seul homme qu'est resté pour garder la voiture.

« Puis, au bout d'un bon quart d'heure, les autres sont revenus, portant chacun un gros paquet sur leur dos.

— Et, interrogea Pa-toche, qui avait peine à maîtriser sa satisfaction, combien y en avait-il de ces paquets?

— Quatre ou cinq, je ne pourrais pas vous le dire.

« En tout cas, je sais qu'il y en avait un qui était moins gros que les autres.

— Et qu'en ont-ils fait de ces paquets?

— Il les ont chargés dans leur voiture et ils sont partis avec, dans la direction de Paris.

« Même que j'ai voulu réveiller mon mari, mais que celui-ci m'a envoyé promener parce que Octave quand il dort, faut pas y toucher.

« Lui qui est si doux quand il est réveillé, il est tou-jours à cran, quand il fait son somme!

Patoche désormais était fixé.

Un rapide coup d'œil échangé avec Flic et Flac lui

montra . que ceux-ci également avaient obtenu entière satisfaction.

Il s'agissait de ne pas s'attarder et de déguerpir au plus vite.

Flic s'écria tout à coup:

— Non, c'est extraordinaire, mais je n'ai jamais pu gagner une partie à cet animal-là.

« Il a encore fini!

« Madame, veuillez vous payer s'il vous plaît.

Toujours très avenante, Mme Octave, quitta son comptoir et s'en fut recevoir l'argent des consommateurs qui s'en furent tout paisiblement.

Quant à Patoche, il tira également une pièce blanche de son gousset et la tendit à la patronne.

Celle-ci s'écria sur le ton du plus sincère regret:

— Ah! vous partez déjà monsieur.

— Mais oui, il le faut bien, je ne peux pas laisser plus longtemps la maison seule sans moi.

— Vous êtes là avec des dames? interrogea la curieuse cabaretière.

— Oui, parfaitement, madame.

Et afin d'éviter une question qui aurait pu être sinon embarrassante mais au moins fastidieuse, Patoche s'empressa d'ajouter:

— Ce sont des personnes de ma famille.

« Allons, au revoir, Mme Octave et bien le bonjour à votre mari.

— Vous ne l'attendez pas?

— Je le voudrais bien, mais j'aurais peur qu'on se demande là-bas ce que je suis devenu et qu'on ne s'inquiète.

— Ce sera pour une autre fois.

— Au revoir, Mme Octave.

— Au revoir, monsieur...?

— Barbot, pour vous servir.

Et Patoche, après avoir esquissé un salut digne de la cour du roi Louis XV, sortit de l'établissement et s'en fut rejoindre ses deux collaborateurs, qui l'attendaient à cent mètres environ sur la route.

— Eh! bien, qu'est-ce que vous dites de ça, messieurs? leur demanda le Parigot.

— Hum! fit cette fois le premier, Flac.

— Toi, d'abord, tu n'as pas la parole, imposa Flic avec autorité.

Et se tournant vers le Montmartrois, il déclara:

— Ce que j'en pense, ce que j'en dis, c'est bien simple, c'est que le capitaine Lancelin avait encore raison.

— Et, dit Patoche avec vivacité, c'est bien Walter Humding qu'a fait le coup?

— J'en suis sûr.

— Hum! hum!! hum!!!

— Non, mais ce qu'il est bavard aujourd'hui cet animal-là, plaisanta Flic qui semblait d'une humeur exquise.

— Oh! cher monsieur, s'écria Patoche, vous pouvez bien le laisser causer un peu.

« Il n'en abuse pas!

« Et quand ce ne serait que pour nous prouver qu'il a bien eu le filet coupé en nourrice!

« Mais il ne s'agit pas de tout ça.

« Une chose sur laquelle nous sommes d'accord tous les trois, c'est sur le nom de l'auteur de l'enlèvement.

« Il s'y est bien pris, la crapule.

« Et, comme le disait si bien le patron, il n'y a que lui seul capable au monde d'avoir réussi un coup pareil.

« Maintenant, il s'agit de le rattraper, et ça ne va peut-être pas être très commode.

— Tenons conseil, proposa Flic.

— C'est ça, approuva Patoche, tenons conseil.

— Parmi les choses très importantes que, sans s'en douter, nous a apprises cette brave Mme Octave, il en est une qui m'a sauté aux yeux.

— Laquelle?

— C'est que la voiture de livraison qu'ils avaient choisie pour emmener les prisonniers a pris la direction de Paris.

« Donc c'est à Paris qu'il va falloir, pour l'instant du moins, circonscrire nos recherches.

« Mon vieux Flac, as-tu un avis là-dessus?

— Hum! hum!! fit le limier sur un ton plutôt évasif.

— Et vous, mon bon Patoche?

— Oh! moi, monsieur Flic, mon avis est très simple: Si nous nous attardons à chercher Mme Brévannes, Mme Brivois, Rosette et le gosse dans cette grande fourmillère qu'est la capitale, nous allons perdre un temps considérable sans résultat.

« Nous ne pouvons tout de même pas, à nous trois, fouiller toutes les maisons de la cave au grenier.

« Il y en a trop.

« Et pendant ce temps-là nous aurions tous le temps ou de claquer, ou de nous faire des cheveux blancs.

« D'autant plus qu'en admettant, ce que je crois d'ailleurs, que Walter Humding ait emmené ces dames à Paris, il n'est point sûr qu'il les y laisse.

« J'ai pu m'apercevoir moi-même qu'il avait non seulement plusieurs malices dans son sac, mais plusieurs habitations autour de la capitale.

— Alors, que nous proposez-vous? demanda Flic.

— Oh! une chose très simple: frapper tout de suite à la tête.

— La tête, la tête, si nous la connaissons, nous ne la tenons pas.

— Oui, Walter Humding peut-être, mais il y en a un autre à côté de lui qui est son homme de confiance, son associé ou plutôt non, son complice, c'est-à-dire une autre tête sous le même bonnet.

— Le docteur Rubin?

— Oui, c'est cela, parfaitement, le docteur Rubin.

— Alors, vous voudriez...?

— L'enlever comme on a enlevé ces pauvres femmes et ce petit bonhomme, et le transporter dans un lieu sûr d'où il ne puisse s'évader et lui dire tout tranquillement:

« — Mon bon ami, nous vous rendrons la liberté quand vous aurez fait rendre la leur à Mme Brévannes, Mme Brivois, Rosette et le petit Henri!

« Eh! bien, qu'est-ce que vous dites de ça, monsieur Flic et monsieur Flac?

— J'approuve, affirma Flic.

— Hum! hum! hum! hum! succéda Flac.

— Par conséquent, conclut Patoche, nous n'avons plus qu'une chose à faire: c'est de rentrer à Paris dare-dare.

« Seulement, nous ferons bien d'aller consulter le capiston.

« Avant de prendre une décision aussi grave, il faut avoir son autorisation!

« J'aime bien les responsabilités, mais pas trop n'en faut.

« Seulement, par exemple, une fois qu'il nous aura dit: « Allez-y », ça ne traînera pas.

« Je vois d'ici la trompette au Rubin, quand il sera entre nos mains.

« Faudra bien qu'il jaspine, comme on dit à Montmartre.

A ce moment, le tramway à vapeur, qui fait le service de St-Germain à Paris, était en vue.

Patoche, Flic et Flac s'empressèrent de se rendre à la station toute proche et prirent place dans le véhicule.

Mais en arrivant à la barrière, afin d'aller plus vite, ils changèrent ce moyen de transport pour une auto-taxi qui les emmena immédiatement rue Vienne.

Là, ils trouvèrent le capitaine Lancelin en grande conférence avec M. Bertard et le docteur Mazurel.

Celui-ci venait d'apprendre de la bouche de ses amis l'enlèvement de Mme Brévannes.

Il en avait été douloureusement affecté.

Aussi lorsqu'il vit entrer Patoche, Flic et Flac, dont les trois physionomies si différentes d'aspect, révélaient cependant le même sentiment, c'est-à-dire celui d'une satisfaction vive, le jeune médecin eut-il un cri d'espérance qui se traduisit pas ces mots prononcés avec une émotion fébrile:

— Auriez-vous déjà du nouveau?

— Oui, affirma Patoche.

— Et du bon? interrogea à son tour, le père la Manille.

— Du pas mauvais!

Alors, se tournant vers ses deux collaborateurs, le Montmartrois, avec une modestie parfaite, ajouta:

— D'ailleurs, ces messieurs vont vous raconter...

— Non, non, s'empressa Flic, parlez car je dois reconnaître, messieurs, que c'est surtout l'ami Patoche qui nous a conduits sur le chemin de la vérité.

— Eh! bien, parle, mon garçon, invita Lancelin.

— Messieurs, voilà commença Patoche.

« Nous avons acquis la certitude que c'est bien Walter Humding qui avait fait le coup de cette nuit.

— Parbleu, je le disais bien, s'exclama le capitaine.

Alors le Montmartrois fit à son auditoire, le récit complet et détaillé des événements que nous venons de décrire.

Elle s'en fut recevoir l'argent des consommateurs.

— Décidément, conclut le père Lancelin, cet homme est le plus formidable coquin qui ait existé sur terre.

— C'est mon avis, acquiesça M. Bertard, et tant que nous n'aurons pas mis la main sur lui, nous devrons tout redouter.

— Je crois, glissa Flic, que M. Patoche a trouvé le moyen non seulement de faire rendre la liberté aux quatre personnes enlevées cette nuit, mais encore de faire arrêter Walter Humding.

— Non, quoi! qu'est-ce que vous me racontez là?

« Comment Patoche, tu aurais trouvé...?

— Pour que Flic le dise, il faut que ce soit vrai, fit M. Bertard.

— Hum! hum! hum! vint à la rescousse le second limier.

— Eh! bien, ordonna Lancelin, vas-y de ton boniment, comme tu dis dans ton jargon de la butte.

— Oh! ce ne sera pas long, mon capitaine, reprit le Montmartrois, d'abord parce que j'aime les moyens qui vont très vite et que pour moi il n'y en a pas d'autre.

— Nous allons voir!

— Eh! bien, mon capitaine, et vous aussi,

— Auriez-vous déjà du nouveau?

messieurs, si vous voulez pincer le Boche, commencez donc par enlever son principal complice, c'est-à-dire le docteur Rubin.

« Et quand nous devrions rétablir pour lui certaines petites pratiques de l'ancien temps, eh! bien, foi de Patoche, il faudra bien qu'il se mette à table et qu'il casse le morceau!

— Ça, c'est épatant, s'écria Lancelin, et je me demande comment nous n'y avons pas pensé plus tôt.

— En effet, reconnut Bertard, ce moyen est peut-être brutal, mais il est pratique.

« Je connais Rubin!

« Au fond, c'est un lâche!

« Il tremblera devant la mort et il dira tout!

— C'est aussi mon avis, opina Mazurel.

« Si vous avez besoin de moi, messieurs, pour vous aider, je suis à votre entière disposition car moi aussi je suis persuadé que c'est là le seul moyen que nous ayons de retrouver les personnes enlevées et de venir à bout du misérable qui sème autour de lui tant de larmes et tant de misères.

— Pardon, pardon! fit Lancelin qui depuis un instant semblait réfléchir profondément, je demande à dire un mot.

— Parlez! fit-on de tous côtés.

— Certes, je reconnais que le moyen indiqué par notre excellent Patoche est peut-être le seul dont nous disposions à l'heure présente, pour savoir où se trouve Walter Humding et par conséquent pour arriver jusqu'à lui.

« Mais ne nous emballons pas.

« Prenons garde car il ne faut pas oublier une chose, c'est que toute l'action en ce moment pivote autour de Ferbach.

« Or, je suppose résolu le problème que nous propose Patoche.

« Nous enlevons Rubin.

« Ça ne doit pas être très difficile.

— C'est même couru, affirma le Montmartrois.

— Dès le lendemain, poursuivit Lancelin, tout le monde apprend que Rubin a disparu.

« Alors, qu'est-ce qui se passe?

« On nous accuse, nous, les amis de Ferbach et défenseurs du traître, comme ils disent, de nous être débarrassés d'un homme qui nous en avait fait voir de trop dures et qui s'apprêtait à nous en faire voir encore de plus dures.

« Alors, voyez quel coup nous portons à notre cause au lieu de lui être utile.

— *Vous n'aurez qu'à vous placer là, Madame.*

« Je sais bien qu'il est très pénible pour vous, mon cher Mazurel et pour toi, mon brave Patoche, de vous dire que Mme Brévannes et la gentille Rosette sont entre les mains d'un bandit de la taille de Walter Humding.

« Mais voulez-vous que je vous le dise ?

« Eh bien! j'ai la conviction que Walter Humding n'a l'intention de leur faire aucun mal.

« Car je ne saurais trop le répéter; s'il avait voulu les assassiner, il l'aurait fait sur place.

« Il ne se serait pas attardé à un enlèvement dangereux, et n'aurait pas transporté tous ces personnages, comme des sacs de denrées alimentaires, dans une voiture de livraison.

« Donc, rien à craindre de ce côté, et j'estime pour ma part, que nous ne commettrions pas seulement

une fausse manœuvre, mais une imprudence irréparable en enlevant en ce moment le directeur de *l'Ami de l'Ordre.*

— Eh bien! mon capitaine, fit Patoche qui avait écouté le père la Manille avec la plus grande attention et ne paraissait nullement convaincu par son argumentation... eh bien ! mon capitaine, malgré le respect, l'admiration et l'amitié que j'ai pour vous, permettez-moi de ne pas être tout à fait de votre avis.

— Ah ! vraiment ! sembla s'étonner le grognard.

Mais Patoche, décidé à aller jusqu'au bout, continuait déjà :

— Mon capitaine vous m'avez toujours habitué à vous parler avec franchise.

« Aussi, je suis convaincu que vous m'en voudriez considérablement si je ne vous vidais pas entièrement le fond de mon sac.

— Vas-y mon garçon.

— Ah! s'il s'agissait de faire disparaître tout à fait le docteur Rubin, je penserais et je parlerais comme vous.

« Mais là n'est pas la question.

« En détail, voici quel est mon plan.

« Attirer le docteur dans... eh bien! dans un guet-apens.

« Après tout on nous en a assez tendu à nous pour que nous ayons bien le droit d'en tendre un peu aux autres.

« Là employer tous les moyens qui sont en notre pouvoir pour le faire parler; et une fois que ce sera fait, le relâcher tout simplement.

« Vous voyez mon capitaine, que ce n'est pas bien difficile ni bien compromettant.

— Eh bien! veux-tu que je te le dise à mon tour, mon bon Patoche, riposta Lancelin nullement offensé mais charmé au contraire de la loyauté de son ordonnance...

— Ah! mon capitaine, je vous en prie, ne vous gênez pas.

—. Eh bien! tu n'es pas dans tes bons jours.

« Tu es encore sous l'impression du coup de force de cette nuit et du chagrin très réel, et je le comprends, que te cause la disparition de ta fiancée.

« Mais, mon pauvre ami, toi qui d'habitude n'as que de bonnes idées, tu viens en quelques mots de prononcer plus de pantoufleries que tu n'en as déjà dit dans toute ton existence.

— Pas possible, mon capitaine.

— Mais réfléchis donc sac à papier.

« D'abord, qu'est-ce qui te dit que Walter Humding ira confier à Rubin où il a conduit ces dames?

« Et en admettant qu'il le sache, es-tu bien sûr qu'il voudra nous le raconter ?

« Tu auras beau employer tous les moyens que tu voudras, s'il ne veut pas parler, tu n'en tireras rien.

« Rubin n'est pas très brave c'est entendu.

« Mais c'est loin d'être un imbécile.

« Il a dû prendre ses précautions en conséquence.

« Et quels que soient les menaces et les procédés que nous emploirons envers lui sachant très bien que nous ne sommes pas des assassins, il réfléchira qu'il en sortira toujours, et il gardera le silence.

« D'ailleurs en livrant Walter Humding ne se livrerait-il pas lui-même?

« Il est évident qu'il luttera jusqu'à la dernière extrémité, peut-être même jusqu'à la mort pour éviter un pareil résultat.

— Eh bien! mon capitaine, reconnut Patoche tout décontenancé, je suis obligé de m'incliner et de proclamer devant tous que c'est vous qui avez raison..

« Seulement, c'est bien dommage pour ces pauvres dames!

— Attendez donc, intervint Bertard que cette discussion entre le capitaine et son ordonnance avait vivement intéressé...

« Nous pourrions peut-être trouver un moyen de concilier la thèse du capitaine Lancelin avec la proposition de Patoche.

— Ah! si vous faisiez cela Monsieur le ministre, s'écria le Parigot... je vous aime bien déjà, mais je crois que je vous amerais encore davantage.

— Eh bien! parlez cher Monsieur, invita Lancelin.

— Nous vous écoutons avec la plus vive attention, fit le docteur Mazurel.

Car quel que fût son désir ardent de retrouver Mme Brévannes, il était obligé d'avouer que le raisonnement du capitaine Lancelin mettait absolument en déroute la proposition de Patoche.

— Eh bien! voici.

« Je suppose que vous, Patoche, qui aviez la garde de ces personnes enlevées, vous vous rendiez purement et simplement chez le docteur Rubin et que vous lui disiez ceci :

« — Monsieur, nous allons jouer cartes sur table.

« Vous allez me dire où se trouvent Mme Brivois, Mme Brévannes, son enfant et la petite Rosette.

« Car si vous ne me le dites pas... de ce pas, je me rends immédiatement chez le Procureur de la République, et me basant sur certains documents qui sont en ma possession, je porte contre vous une plainte, non pas comme auteur, mais comme complice de rapt.

« De deux choses l'une : Rubin sait ou ne sait pas la vérité.

« S'il ne la sait pas, il se débattra comme un beau diable.

« S'il la sait, il y a bien des chances que devant une menace aussi nette, il n'aille trouver immédiatement Walter Humding et ne décide celui-ci à rendre leur liberté aux prisonnières.

« S'ils nous voient décidés à marcher à fond, et nullement démontés par ce nouveau coup qu'ils nous ont porté, et surtout s'ils sont bien convaincus que nous allons faire un tapage énorme autour de cette nouvelle canaillerie de leur part, ils y regarderont peut-être à deux fois avant de continuer à s'engager sur une route glissante et dangereuse pour eux-mêmes.

« Car, autant je suis de l'avis du capitaine Lancelin lorsqu'il nous dit que ce serait une grande maladresse de notre part d'enlever Rubin, autant j'estime que nos adversaires ont commis ce qu'on appelle vulgairement une lourde gaffe en enlevant des témoins destinés à les accabler devant le grand jour du conseil de guerre.

— Bravo! bravo! s'écria Lancelin; voilà qui est parlé.

« Monsieur Bertard, décidément, vous êtes un grand homme!

« Oui, voilà le bon, le grand, le vrai moyen que je flairais et que je n'avais pas encore pu découvrir.

« Et quand on pense qu'à la place d'un homme comme celui-là on a été mettre à la tête du Ministère un général en papier doré...

« Mais je m'arrête, car bien que je sois en disponibilité, je ne voudrais pas avoir l'air de dire du mal de mes chefs.

Et lançant un regard malicieux à Patoche, le Père la Manille ajouta :

— Surtout devant un inférieur...

— Alors, vous acceptez mon idée? demanda Bertard.

— Si nous l'acceptons! s'empressa Lancelin... Mais des deux mains.

— Quant à moi, répliqua Patoche; je ne demande pas mieux que d'aller trouver l'oiseau en question.

« Seulement... ce n'est pas parce que j'ai peur, mais dame! je ne serais peut-être pas suffisamment à la hauteur, je serais très heureux si quelqu'un voulait m'accompagner, mon capitaine, par exemple.

— Je ne demande pas mieux, fit Lancelin ; d'autant plus que je ne serais pas fâché de me retrouver en face de ce coco-là; et s'il veut faire le malin, de lui dire, une bonne fois pour toutes, ce que je pense de lui.

— Eh bien! c'est cela approuva Bertard.

« Ce sera parfait ainsi.

Jeanne, prudemment, lui fit signe de se taire.

« Et je suis convaincu que de cet entretien il ne peut sortir que des choses utiles pour notre cause, et pour ces pauvres femmes qui doivent être bien malheureuses.

— Quand irez-vous voir le docteur Rubin ? interrogea Mazurel.

— Mais, ce soir, à cinq heures, déclara Lancelin.

— En attendant, fit Bertard, je ne vois qu'une difficulté; c'est celle de vous faire recevoir.

— Oh! mais j'ai une idée, une idée épatante, s'écria le Père la Manille.

« Je ne veux pas vous la dire maintenant, Messieurs car il ne faut pas vendre la peau de l'ours avant de l'avoir tué.

« Cette fois, je crois que je tiens le fil de la chose...

« Et voyez comme c'est bête... c'est simple comme bonjour, seulement, voilà, il fallait y songer.

« Toujours l'œuf de Christophe Colomb!

Et se frottant les mains, le capitaine ajouta :

« C'est égal, ce serait tout de même rigolo si nous prenions Walter Humding à son propre piège.

CHAPITRE CLIX

Touchante entrevue... Etrange rencontre...

Jeanne Morin, après plusieurs jours d'un long et cruel désespoir, s'était ressaisie.

Les paroles rassurantes que le capitaine Lancelin ne cessait de lui prodiguer, les exhortations maternelles de l'excellente maman Pierre, les lettres si touchantes, si pleines de courage, d'énergie et de confiance dans l'avenir que lui adressait André, l'appui solide qu'elle rencontrait dans l'affection désormais sans mélange de l'excellent pasteur Ferbach et de la douce Suzel, avaient achevé de ramener dans le cœur de la jeune femme, l'espérance en des jours meilleurs.

Et puis il y avait aussi Mademoiselle Aurore, cette exquise créature, cette véritable sainte évadée du Ciel qui, accourue au moment des tristesses, ne savait comment s'employer pour calmer la douleur de son amie, et pour chasser les vilaines pensées qui venaient l'assaillir.

Aurora s'était vraiment montrée parfaite de tact.

Elle évitait de rappeler trop souvent à Jeanne le souvenir de son infortune, et lorsque la jeune couturière se mettait par moment à parler d'André, Aurore tout de suite s'écriait :

— Ne vous tourmentez pas, je vous en prie.

« Il n'y a aucune raison pour vous déchirer le cœur.

« André reviendra, j'en suis sûre.

Et comme, parfois reprise d'inquiétude, Jeanne murmurait :

— Ah! mon Dieu! pourvu qu'il ne lui arrive pas malheur.

« Pourvu que les juges ne le condamnent pas.

« Pourvu que nous ne soyons pas séparés pour longtemps, pour toujours peut-être!

Alors Aurore la serrait doucement contre elle, l'embrassant tendrement au front, comme une sœur aînée, et lui disait de sa voix mélodieuse et chantante qui allait si bien jusqu'au fond de l'âme :

— Pourquoi avoir une pareille idée...

« D'abord, est-ce que votre André n'est pas innocent?

— Oh! si, si, j'en suis sûre, affirmait Jeanne Morin avec un accent de conviction farouche et résolue.

Et tout de suite elle ajoutait :

— Ça n'est pas une raison.

« On a souvent vu des innocents condamnés à la place des coupables.

« Et puis il a tant d'ennemis...

— Mais il a aussi des amis, objectait Aurore... et des amis très puissants, comme M. Bertard, l'ancien ministre de la Guerre d'une solidité à toute épreuve tels que cet excellent capitaine Lancelin.

« Et bien d'autres que je pourrais vous citer et qui se sont rangés de son côté avec un élan généreux et chevaleresque qui sont l'honneur de notre temps.

— C'est vrai, reconnaissait Jeanne; j'ai tort de me tourmenter ainsi.

« C'est une rude épreuve à passer, mais elle finira.

« En tout cas, je n'oublierai jamais, ma chère Aurore, ce que vous avez été pour moi dans ces douloureuses circonstances.

— Je n'ai fait que vous rendre ce que je vous devais.

— Vous ne me deviez rien.

— Ne dites pas cela, ma chérie... et ne nous attardons pas sur les souvenirs tristes et sur le présent pénible et douloureux.

« Évadons-nous au contraire vers l'avenir...

Et avec un accent qui troubla profondément Jeanne. Aurore acheva :

— Vous, du moins, vous pouvez dire :

« « Comme mon supplice est doux, puisque vous êtes aimée!

— Vous avez raison, approuva la fiancée d'André en rendant son baiser à son amie.

Et c'est ainsi que Jeanne arrivait à supporter vaillamment l'indicible épreuve qui lui était infligée par le sort.

Nous renoncerons à décrire quelle avait été sa joie lorsqu'un matin le capitaine Lancelin, la figure rayonnante, était arrivé chez elle en lui disant :

— Ma petite Jeanne chérie, il faut que je vous annonce une bonne nouvelle.

— André est mis en liberté? avait tout de suite demandé la jeune couturière.

— Non, pas encore, avait répliqué le Père la Manille

« Il ne faut pas vous figurer que les choses marchent si vite avec la Justice, même militaire...

« Mais tranquillisez-vous; ça ne tardera pas.

« Seulement, je tiens à vous dire une chose; c'est que, quand bien même on viendrait à offrir à André de lui ouvrir toutes grandes les portes de sa prison, celui-ci refuserait très nettement d'en sortir...

— Oh! pourquoi? mon capitaine.

— Parce qu'il entend se laver devant tous des accusations odieuses dont il a été l'objet.

« Parce qu'il veut sortir la tête haute de la séance du Conseil de Guerre.

« Et enfin, parce qu'il se révolte à la pensée qu'en France il pourrait y avoir un seul citoyen qui croie qu'il est un *traître*.

— Ça, c'est très bien, reprit Jeanne.

« Je n'avais pas réfléchi à tout cela, mon capitaine.

« Je ne puis que donner entièrement raison à André de son attitude si noble...

« Et maintenant, je vous en prie, dites-moi quelle est cette bonne nouvelle?

— Vous allez pouvoir revoir votre ami.

— Oh! le revoir, le revoir, s'écria Jeanne transfigurée de bonheur... quelle joie pour moi!

« Enfin, je vais donc le presser dans mes bras, lui dire que ma tendresse pour lui depuis qu'il n'est pas là a grandi encore, si cela est possible

— Ma chère enfant, vous ne le presserez pas dans vos bras, et vous ne lui direz rien...

— Oh! pourquoi mon capitaine? interrogea la jeune couturière déjà toute désappointée.

— Mais, parce qu'André est toujours au secret le plus absolu, et qu'il m'a été absolument impossible d'obtenir un permis de communiquer avec lui.

« En dehors de son avocat, du capitaine instructeur et des fonctionnaires de la prison, personne n'a le droit de lui adresser la parole.

— Mon pauvre ami!

— Mais attendez, je vous ai dit que je vous apportais une bonne nouvelle.

— Oui, justement, et voilà pourquoi je m'étonne...

— Mais attendez donc

« Je vous ai dit que vous alliez voir enfin André.

— Mais justement mon capitaine, et je me demande...

— Mais saperlipopette, ma petite enfant, laissez-moi finir.

— Je vous demande pardon, mon capitaine, mais je suis tout émue toute bouleversée à la pensée que...

— Je vous pardonne, et écoutez-moi bien.

« Le commandant de la prison militaire, qui marche complètement avec nous, m'a chargé de vous dire que je pourrais vous amener chez lui, aujourd'hui, vers une heure.

« Seulement, par exemple, il ne faudra en parler à personne...

— Oh! mon capitaine vous pouvez être tranquille.

— Cet excellent officier que j'ai mis au courant de la situation, et qui s'intéresse vivement à vous, à votre sort, vous conduira à une fenêtre qui donne sur la cour où les officiers prisonniers font leur promenade quotidienne.

« De là, vous pourrez apercevoir André et échanger avec lui un affectueux bonjour, un lointain baiser.

« Cela vous fait-il plaisir ?

— Oh! mon capitaine, s'écria Jeanne, je ne sais comment vous exprimer ma reconnaissance.

— A moi, vous ne me devez rien.

« C'est surtout cet excellent commandant Bossetti que vous devrez remercier.

— Oh! mon capiaine, protesta la jeune couturière, je suis bien sûre que c'est vous qui, le premier avez eu l'idée.

— Ça, ma petite, ça ne vous regarde pas, interrompit le Père la Manille sur un ton de brutalité comique.

« En tout cas, ma chère enfant, si vous voulez, vous avez la permission de m'embrasser.

— Oh! certainement mon capitaine, répliqua

— Allons! allons! mon enfant, ne pleurez pas ainsi.

Jeanne.

Et dans un mouvement de tendresse vraiment filiale, elle sauta au cou de l'officier et fit sonner sur ses joues deux gros baisers.

— Allons, tout va bien.... tout va bien, s'écria Lancelin.

« Voyons, il est onze heures et demie; vous n'avez plus qu'à vous mettre en tenue.

« Oh! qu'est-ce que je dis?

« Je vous demande pardon...

« Non, ce que je deviens culotte de peau!

« Vous n'avez plus qu'à vous habiller.

— J'avais compris, mon capitaine...

— Je m'en doute.

« Donc, vous n'avez à déjeuner, et venir me plus qu'à vous habiller, prendre, si vous le voulez bien et nous irons ensemble à la Prison du Cherche-Midi.

— C'est entendu mon capitaine.

— Alors, à midi et demie, en bas.

— C'est ça, mon capitaine.

— On sera exact ?

— Oh! vous savez bien mon capitaine que je serai toujours à l'heure.

— Ça, c'est vrai, un vrai chronomètre.

« Je vous dirai même que de toutes les femmes que j'ai connues, vous êtes la première qui n'ayez jamais fait poireauter.

« Allons bon, voilà que je parle comme Patoche.

« Ah! au fait, j'oubliais, le brave garçon m'avait chargé de tous ses respects pour vous.

— Vous lui ferez bien toutes mes amitiés, riposta Jeanne.

— En ce moment, le pauvre diable est bien ennuyé.

« Figurez-vous que sa petite bonne amie, la fleuriste...

— Rosette ?

— Oui, a été enlevée.

— Que me racontez-vous là, mon capitaine ?

— Mais je m'arrête, parce que cela nous entraînerait trop loin, et il ne faut pas nous mettre en retard pour notre rendez-vous.

— Oh! cette pauvre petite qui était si gentille... se désolait déjà la fiancée d'André Ferbach.

— Ne vous inquiétez pas, elle reviendra elle aussi.

« Tout le monde reviendra.

« Allons, embrassez-moi, et je vous flanque mon billet qu'il n'y aura pas toujours de l'eau dans le gaz.

« A tout à l'heure, ma petite Jeanne.

— A tout à l'heure.

— Chez moi, à midi et demie tapant.

— Tapant...

Et le capitaine partit en coup de vent, laissant Jeanne encore sous l'impression de sa rude et délicieuse bonté.

A l'heure dite, la jeune couturière sonnait à la porte de l'officier.

Celui-ci était prêt.

Tous deux descendirent et gagnèrent à pied la prison du Cherche-Midi.

En route, Jeanne fit l'acquisition d'un petit bouquet de violettes.

Lancelin comprit.

Une larme lui monta à la paupière.

Ces petites fleurs que la jeune femme portait au prisonnier, n'était-ce pas un peu de son âme que tout à l'heure elle allait lui lancer par la fenêtre?

En franchissant le seuil de la prison, le cœur de Jeanne battait violemment.

Elle était toute pâle, toute tremblante à la fois de bonheur et de détresse... de bonheur, oui, de bonheur de revoir celui qu'elle adorait par-dessus tout au monde et de la détresse de penser que son fiancé allait rester peut-être encore longtemps derrière ces murs, et qu'il allait lui falloir espérer pendant de longs jours et de longues nuits la joie de le devoir près d'elle.

Lancelin et Jeanne étaient attendus.

Car, tout de suite un planton les conduisit dans le bureau du commandant Bossetti.

C'était un homme de cinquante à soixante ans environ, de haute taille, à l'aspect rude, à la moustache hérissée et dont le premier abord n'avait rien de bien engageant.

Mais, fort heureusement, un regard très franc, très droit, et surtout empreint d'une franche bonté, corrigeait presque aussitôt ce que l'abord de M. Bossetti pouvait avoir de réfrigérant.

Tout de suite, il s'était levé, s'inclinant devant Jeanne, puis serrant la main à son camarade..

— Mon commandant, attaqua le Père la Manille, je vous amène la jeune personne en question.

— Madame, fit le commandant Bossetti d'une voix qui contrastait assez singulièrement avec l'aspect rébarbatif de sa personne, je ne puis que vous dire une chose : « Soyez la bienvenue ».

« Notre excellent ami commun, le capitaine Lancelin, m'a dit non seulement qui vous étiez, mais aussi tout ce que vous avez souffert, tout ce que vous souffrez encore.

« Malheureusement, des ordres très sévères ne me permettent pas de vous ouvrir les portes de la prison de celui que vous aimez.

« Mais puisque, sans trop manquer au règlement, je puis vous procurer l'occasion de le voir un instant, je ne veux pas y manquer.

« Car je suis persuadé que dans cette muette et rapide entrevue vous puiserez la force nécessaire pour attendre patiemment l'heure où vous serez enfin réunis tous les deux.

— Oh! merci mon commandant, merci! s'écria Jeanne tout en pleurs.

Mais le commandant Bossetti continuait :

— Auparavant Madame, laissez-moi vous dire deux choses :

« La première, c'est qu'ici le lieutenant Ferbach est entouré de tous les soins matériels et moraux dont il peut avoir besoin.

« La seconde, c'est qu'intimement convaincu de son innocence, je le considère comme l'un des plus nobles enfants de notre armée française, comme un des cœurs les plus généreux et les plus vaillants qu'il m'ait été donné d'apprécier et d'aimer.

— Ah! mon commandant, fit Jeanne avec effusion, vous ne pouvez vous imaginer combien vos paroles me font du bien.

— Alors, venez Madame, invita l'officier supérieur.

Et ouvrant une porte placée tout au fond de son bureau, il fit simplement à Jeanne :

— Veuillez passer dans cette pièce.

C'était une sorte de chambre de trois mètre carrés environ.

Des étagères garnies de paperasses étaient posées contre les murs.

Une seule fenêtre munie de barreaux grillés y apportait de la lumière.

Le commandant traversa la pièce, s'en fut à la fenêtre, l'ouvrit et dit à Jeanne :

— Vous n'aurez qu'à vous placer là Madame.

« Ne vous avancez pas trop.

« Et surtout, ne restez là que quelques instants.

— Bien mon commandant.

Discrètement Bossetti et Lancelin se retirèrent.

Jeanne, toute frissonnante d'émoi, plongea son regard dans le préau.

Il était désert.

Seuls, deux ou trois petits moineaux parisiens buvaient dans une flaque d'eau, trace d'une averse de la nuit.

Mais bientôt, voilà qu'un bruit de serrures, de verrous, se fait entendre.

Une porte s'ouvre.

Des pas résonnent.

C'est lui!

L'adjudant qui doit surveiller la promenade de l'officier s'efface avec déférence.

Va-t-il rester là ?

Va-t-il troubler ce tête-à-tête muet mais charmant que le commandant de la prison militaire a réservé entre Jeanne et André ?

Non!

Peut-être a-t-il reçu des instructions.

Peut-être agit-il dans un sentiment de délicatesse?

Nous ne saurions le dire.

Toujours est-il qu'il se retire et laisse seul le prisonnier dans le préau.

Jeanne le dévore des yeux.

Il est toujours beau dans son uniforme d'officier de dragons.

Son teint a légèrement pâli, mais le malheur ne l'a pas abattu.

Et c'est d'un pas vif, alerte, décidé qu'il commence sa promenade.

Mais tout à coup il relève les yeux.

Il aperçoit Jeanne.

En même temps, leurs mains vont à leurs bouches en un divin baiser...

Lui va parler.

Sans doute va-t-il préférer un cri d'amour?

Mais Jeanne, prudemment lui fait signe de se taire.

Et tous deux se contemplent, s'admirent, s'adorent.

— Oh! lui, lui! fit-elle.

Ah! ils n'ont pas besoin de mots pour exprimer leur amour.

Leurs yeux parlent.

Leurs cœurs volent l'un vers l'autre.

Et c'est le duo le plus frémissant, le plus passionné

Il faut se séparer.

Jeanne prend alors le bouquet de violettes qu'elle a attaché à son corsage.

Elle le lance à André qui s'en empare, l'embrasse follement.

Et la jeune femme, après lui avoir adressé un dernier baiser, se retire doucement, très doucement, gardant au fond de son âme l'empreinte, très douce de cette inoubliable vision.

Mais, brisée par l'effort lorsqu'elle rentre dans le bureau du commandant, elle éclate en sanglots.

Lancelin se précipite vers elle, la prend dans ses bras.

— Allons, allons! mon enfant dit-il, ne pleurez pas ainsi.

« Tout cela ne durera qu'un temps.

« Rappelez-vous ce que le commandant Bossetti vient de vous dire tout à l'heure.

« D'ailleurs, vous avez pu voir qu'il se portait bien, qu'il n'était nullement découragé, déprimé.

« C'est pour cela que nous avons voulu vous le faire voir, pour achever de vous rassurer.

« Et si vous vous désolez ainsi, vous allez nous faire regretter ce que nous avons fait.

— Non non! protesta Jeanne avec véhémence.

« Je suis heureuse, très heureuse de l'avoir revu.

Et se retournant vers le commandant de la prison, elle lui demande :

— Oh! quand pourrai-je le revoir ? Oh! oui, quand pourrai-je revenir ?

— Tous les jours si vous voulez, répond le brave officier dont la voix tremble d'émotion.

— Oh! que vous êtes bon, vous aussi, s'écrie Jeanne.

— Hein! s'exclame le capitaine Lancelin dont le

naturel joyeux reprend toujours le dessus, on ne le dirait pas.

« A première vue, ce brave ami a plutôt l'air d'un bouledogue que d'un père de famille.

« Oh! excusez-moi, mon commandant, je crois que je viens de vous manquer de respect.

« Seulement en ce moment-ci, il ne faudrait pas me mettre aux arrêts, parce que j'ai plutôt du travail sur les bras.

« Allons, ma petite Jeanne, nous allons prendre congé de notre ami Bossetti.

« Maintenant que vous connaissez la route, vous pourrez venir toute seule.

« On n'a pas l'intention de vous manger, ni même de vous garder.

Jeanne, après avoir renouvelé ses remerciements au commandant, se retira au bras du capitaine.

— Eh bien! vous voyez ce que je vous disais, fit Lancelin une fois dans la rue... vous voyez que ça va... qu'il se porte bien.

« Il tient tête courageusement à la fatalité.

— Oh! oui, mon capitaine, vous avez raison.

« Qu'est-ce que vous voulez, parfois, on se fait des idées.

« Et je me disais que peut-être pour m'empêcher de me tourmenter, vous ne me disiez pas toute la vérité.

— Enfin quoi, vous m'accusiez d'être un infâme menteur.

— Oh! mon capitaine.

— Si vous voulez, disons un blagueur cynique.

— Pas du tout.

— Vous voyez bien que je vous taquine.

Et tout en causant ainsi, Lancelin et Jeanne avaient regagné le boulevard St. Germain.

Ils s'apprêtaient à traverser la chaussée pour rentrer chez eux, lorsque Jeanne eut tout à coup un cri.

— Oh! lui, lui! fit-elle.

— *Vous, je vous défends de me saluer*

Immédiatement elle ajouta en un soupir étouffé:

— Le misérable!

— Qu'est-ce qu'il y a donc? interrogea Lancelin.

— Le capitaine de Thérisy! murmura la jeune couturière.

En effet, c'était lui qui, en uniforme et monté sur un superbe pur-sang, suivait au petit trot, le boulevard St-Germain.

Thérisy, de son côté avait reconnu le capitaine en civil, et Jeanne Morin qui, dans sa robe toute noire et toute simple, était encore plus jolie que de coutume.

Et mettant son cheval au pas, il avait eu la cynique audace de les saluer tous deux d'un air dont il ne cherchait même pas à dissimuler l'ironie.

— Vous, s'écria Lancelin, dont le sang n'avait qu'un tour dans les veines, je vous défends de me saluer!

A cette apostrophe plutôt virulente, le capitaine de Thérisy se contenta de hausser dédaigneusement les épaules et continua sa route en pressant l'allure de son cheval.

— Tu triomphes aujourd'hui, grinça le capitaine Lancelin.

« Mais il est probable que tu ne crâneras pas ainsi dans quelque temps.

Et s'adressant à Jeanne qu'il sentait toute tremblante sous son bras, il ajouta:

— Ne vous émotionnez pas, ma petite, car quelque chose me dit que, d'ici peu, ce vilain coco paiera cher tous les tourments qu'il vous a fait endurer, à vous et à notre cher André.

— Je ne tiens pas à ce qu'il souffre, répondit la jeune couturière.

« Je voudrais simplement qu'il m'oublie, comme je l'ai oublié moi-même!

— Voilà de la générosité où je ne m'y connais pas, déclara le grognard en faisant traverser la chaussée à Jeanne.

Le domestique fit pénétrer Aurore dans le salon.

n'avait pas voulu abandonner son travail. — confia à son amie qu'elle s'était croisée en revenant avec le capitaine de Thérisy.

— Pour moi, dit-elle, il est hors de doute que cet homme est pour beaucoup dans l'arrestation d'André.

— Je le crois aussi, fit Aurore d'une voix tout angoissée.

— D'ailleurs, le capitaine Lancelin m'a dit qu'il était certain que monsieur de Thérisy avait accompagné le docteur Rubin lorsque celui-ci est allé dénoncer André au Ministère, et apporter au général de Lestradier les documents qui, soi-disant, prouvent la culpabilité du lieutenant.

« Aussi, tout à l'heure, lorsque je l'ai vu à cheval, l'air insolent et me dévisageant avec ironie, j'ai cru que j'allais m'évanouir.

« Il a fallu que je fasse appel à tout mon courage pour ne pas perdre connaissance.

Tous deux entrèrent dans l'immeuble et le capitaine voulut à tout prix, accompagner Jeanne jusque chez elle.

Mademoiselle Aurore les attendait avec impatience.

Elle écouta avec intérêt le récit de l'entrevue que lui fit Jeanne avec tout l'élan de son cœur aimant et tendre.

Puis Lancelin se retira car, ainsi qu'il le disait, il avait de l'ouvrage.

N'était-ce pas à cinq heures qu'il devait se rendre avec l'ami Patoche chez le docteur Rubin?

Quant à Aurore, elle continua à causer amicalement avec Jeanne.

Celle-ci, avant de retourner à son atelier, surveiller ses ouvrières — courageuse jusqu'au bout, elle

— Cet homme a été mis sur la terre pour être un bourreau, fit d'une voix grave mademoiselle Aurore.

— J'ai tort de vous parler ainsi, voulut se reprendre Jeanne, puisque je vous attriste et je vous fais de la peine.

— Non, non, protesta Aurore, vous avez très bien fait, au contraire, de me dire tout cela.

« Allez travailler et bon courage, ma chère enfant.

« Je m'en vais sortir cet après-midi, car j'ai une course à faire.

« Ne vous inquiétez pas, je serai là à l'heure du dîner.

— Merci encore, ma chère Aurore, de toute votre affection.

— C'est une joie pour moi que de vous la prodiguer.

Jeanne retourna vers ses ouvrières.

Quant à Aurore, elle demeura longtemps plongée dans de graves réflexions.

Puis, tout à coup, se levant, elle décida d'une voix brève, assurée:

— C'est le moment d'agir!

« Eh! bien, nous allons voir, maintenant, monsieur le marquis, si vous avez le droit de torturer une autre femme autant, plus que vous ne m'avez torturée moi-même.

Après s'être retirée dans la petite chambre que Jeanne avait mise à sa disposition, Aurore s'habilla tout simplement, tout en noir comme si elle portait le deuil de sa jeunesse flétrie, de ses illusions à jamais envolées.

Puis consultant sa montre, elle se dit:

— Il ne doit pas être encore rentré.

« Mais cela ne fait rien, je vais me rendre jusque chez lui à pied tranquillement, sans me presser.

« S'il n'est pas là, j'attendrai, voilà tout.

Et Aurore se dirigea, ainsi qu'elle venait de le projeter, vers la demeure du capitaine de Thérisy.

CHAPITRE CLX

Le Félon

Il était près de quatre heures lorsqu'elle arriva chez le marquis.

Elle semblait très calme, très maîtresse d'elle-même.

Elle sonna à la porte.

Un domestique en livrée vint ouvrir.

Et regardant d'un œil plutôt bienveillant, cette dame très simplement habillée mais qui cependant sous ses vêtements de deuil, conservait des allures d'une distinction irréprochable, il demanda:

— Vous désirez, madame?

— Monsieur le capitaine marquis de Thérisy?

— Veuillez entrer.

Le domestique fit pénétrer Aurore dans un salon très somptueusement meublé et aux murs duquel étaient suspendus des portraits des ancêtres de M. de Thérisy.

— Je m'en vais prévenir monsieur le marquis, fit le valet de chambre.

« Madame veut-elle bien me dire qui elle est?

— Vous direz tout simplement à M. de Thérisy que je suis la veuve de l'un de ses camarades de régiment et que j'ai besoin de lui demander un renseignement.

— Bien, madame.

Le domestique partit pour revenir au bout d'un instant, et déclarer toujours avec une politesse extrême:

— Monsieur le marquis prie madame de l'excuser. Il revient de faire une promenade à cheval et prie madame de vouloir bien attendre un instant.

— Bien, je vous remercie, congédia Aurore.

Alors demeurée seule, elle se mit à regarder tous ces portraits de famille qui décoraient le salon.

Il y avait là toute une lignée d'aristocrates de vieille souche, de valeur et d'honneur, enregistrés par l'histoire.

Tous portaient des noms glorieux, depuis ce maréchal qui combattit aux côtés de Louis XIII et de Richelieu, au siège de la Rochelle, cet archevêque, ami de Bossuet, conseiller de madame de Maintenon et respecté par Louis XIV lui-même, jusqu'à ce gentilhomme au regard très doux sous sa perruque poudrée et qui courageusement avait porté sa tête sur l'échafaud pour son Dieu et pour son Roi.

Et Aurore se disait:

— Si tous ces gens revenaient sur terre, s'ils voyaient ce que leur petit-fils a fait de leur nom, quelles ne seraient pas leur indignation et leur colère!

« Comme ils renieraient avec fureur ce rejeton indigne d'une race si noble et si belle!

Mais la porte s'ouvrait doucement.

Monsieur de Thérisy, en civil, venait d'apparaître.

Tout d'abord, il ne reconnut pas Aurore qui, occupée à contempler les tableaux, lui tournait le dos.

Celle-ci au bruit que fit l'officier en entrant se retourna.

Alors Thérisy à l'aspect de cette créature, qu'il était en droit de redouter par-dessus tout, recula d'un pas et blêmissant encore, s'écria d'une voix sourde:

— Vous... vous encore!

— Oui, moi, laissa froidement tomber la jeune femme en regardant fixement l'homme qu'elle avait devant elle.

Et comme M. de Thérisy esquissait un mouvement de retraite, Aurore s'écria d'une voix claire et vibrante qui le cloua sur place:

— Restez, car si vous fuyez, je vous poursuivrai et rien ne m'empêchera à présent de clamer la vérité.

Le marquis, terrorisé, referma la porte et demanda haletant, oppressé:

— Enfin, que me voulez-vous?

— Ce que je veux, fit Aurore, mais vous rappeler notre dernière entrevue à votre cercle à Lille.

« Il me semble que vous avez oublié ce que je vous ai dit.

— En effet, je ne me rappelle pas très bien.

— Ah! vous ne vous rappelez pas très bien?

« Eh! bien, je m'en vais vous rafraîchir la mémoire.

« Je vous avais prévenu qu'à la première tentative dirigée par vous contre Jeanne Morin, je rentrerais à Paris et je livrerais en pâture à la curiosité publique les lettres que vous m'aviez écrites, lettres dans lesquelles vous me demandiez de l'argent, à moi, votre maîtresse et où vous étaliez votre cynique bassesse, votre âme d'amant mercenaire, d'écumeur d'amour et de sinistre bandit.

« Ne protestez pas, ce sont bien les paroles que je vous ai dites et que j'avais gravées en moi pour pouvoir vous les répéter, si jamais le besoin s'en faisait sentir.

— Et après? fit Thérisy en affectant une hautaine insolence, afin de masquer la frayeur très réelle qui s'était emparée de lui.

— Après!

« Eh! bien, si je suis revenue, c'est donc que vous avez manqué à votre parole.

— Je n'ai pas manqué à ma parole, répliqua Thérisy.

Et reprenant, peu à peu, possession de ses facultés.

— Moi aussi, je me souviens de ce que je vous ai répondu.

« Je vous ai remerciée d'avoir eu la délicatesse de me prévenir et j'ai ajouté que je savais ce qui me restait à faire!

— C'est vrai! reconnut Aurore, vous m'avez dit cela.

« Et pensant qu'aux trois quarts morte, je ne tarde-

Elle se mit à regarder tous ces portraits de famille.

rais pas à expirer dans ce sanatorium où j'allais chercher la guérison, vous vous êtes dit:

« — Oh! ma foi, tant pis, après tout, j'aurais bien tort de me préoccuper des menaces de cette femme puisque la mort ne tardera pas à m'en débarrasser.

« Mais vos calculs ont été déjoués.

« Dieu a voulu ce miracle de me rendre la santé, la force, la jeunesse et surtout l'énergie nécessaire pour me permettre non seulement de me venger, non seulement de vous faire souffrir ce que vous m'aviez fait endurer à moi-même, mais aussi de vous empêcher d'aller plus loin dans la voie du crime et de briser deux cœurs, qui avaient eu le tort, malgré vous, de s'aimer.

« Oui, la mourante ressuscite, l'agonisante redevient une femme forte, une femme invincible, vous m'entendez.

Et avec un rire terrible qui glaça d'effroi l'officier félon, Aurore termina:

— Oh! monsieur de Thérisy comme vous devez regretter de ne pas m'avoir fait assassiner!

Mais au cours des intrigues au milieu desquelles il se débattait, Thérisy avait acquis à la fois une astuce profonde et un très grand empire sur lui-même.

Il avait été sur le point de s'écrier:

— Oh! oui, oui, j'ai eu tort de ne pas vous faire assassiner.

Mais tout de suite il comprit que cela eût été une entrée en bataille vraiment par trop imprudente.

Cette femme était armée contre lui.

Ces lettres dont elle le menaçait existaient en réalité.

Donc, le but de Thérisy, était, tout en ayant l'air de céder momentanément à cette femme, de lui arracher les lettres par ruse et de détruire ainsi toutes les preuves qu'elle avait de son infamie.

Aussi, parvenant à dominer son trouble et à affecter une sérénité parfaite, Thérisy d'un air de grand seigneur dit à Aurore:

— Tout d'abord Madame, excusez-moi si je ne vous ai pas priée de vous asseoir.

« Mais à vrai dire, vous ne m'en avez guère donné le temps.

« Veuillez donc vous installer dans ce fauteuil et causons, si vous le voulez — je n'ose pas dire amicalement — mais sans cri, sans bruit, sans tapage.. en gens bien élevés que nous sommes.

— Soit, si vous voulez, consentit Aurore qui, avec la vive intelligence dont elle était douée comprit qu'elle ferait fausse route en ne se mettant pas au diapason de son interlocuteur.

Thérésy prenant place en face de la jeune femme commença, l'air impertinent, tout en passant le bout des doigts dans sa fine moustache.

— Tout d'abord, Madame, permettez-moi de vous féliciter... et, bien que vous veniez de me dire que je devais regretter de ne pas vous avoir fait assassiner, laissez-moi vous assurer que je suis très heureux de vous voir revenue à la santé.

— Vraiment?

— Ma parole d'honneur!

« J'ai eu des torts envers vous, je le reconnais. D'ailleurs, je l'ai toujours reconnu.

« Ainsi que vous venez de le dire, et j'en conviens encore, vous avez des armes terribles contre moi.

« Vous n'en avez pas usé, et je vous en sais un gré infini.

— Oh! ce n'est pas pour vous, Monsieur, si j'ai gardé le silence, reprit Aurore d'un ton sévère.

— Bien des fois, j'ai été sur le point de divulguer la vérité.

« Moi, je n'avais rien à craindre...

« Qu'importait à la malheureuse que j'étais devenue, un peu moins de déshonneur ou un peu plus de honte.

— Alors, reprit le marquis, pourquoi avez-vous changé d'attitude?

« Pourquoi venez-vous m'adresser de nouvelles menaces?

« Et pourquoi, cette fois, semblez-vous décidée à aller jusqu'au bout... c'est-à-dire à me déshonorer et à me perdre?

— Parce que vous vous êtes conduit, une fois de plus, comme un misérable.

— Moi?

— Oui, vous!

— Veuillez vous expliquer?

— Quel a été votre rôle dans l'affaire Ferbach?

— Que voulez-vous dire?

— Allons, allons, ne me forcez pas à préciser, vous savez très bien ce que je vous demande.

Alors se retrouvant tout à fait, l'ancien élève des Pères Jésuites doublé du complice de Réginald Irving et du docteur Rubin, se redressa.

En affectant une fierté d'allures et une satisfaction complète de lui-même, Thérésy s'écria :

— Alors, vous aussi, vous venez prendre la défense d'un traître.

— Vous savez bien, mieux que personne, que Ferbach n'est pas un traître.

— Je sais au contraire, mieux que quiconque, qu'il a livré à l'Allemagne des documents confidentiels.

— C'est faux.

— J'en ai les preuves en main.

— Ces preuves ont été fabriquées de toutes pièces.

— Quelle plaisanterie!

— J'en suis certaine.

— Démontrez-le?

— Ceci n'est pas mon affaire... mais d'autres s'en chargeront à ma place.

— Enfin, Madame, que voulez-vous de moi?

— Ce que je veux, c'est qu'au lieu de vous ranger du côté des ennemis de ce malheureux officier injustement accusé, et victime d'une coalition abominable, vous lui tendiez la main et l'aidiez à se sauver.

« Ce que je veux, c'est que, vous qui avez été l'un de ses dénonciateurs, vous révéliez au grand jour et devant tous, les dessous de cet infâme complot dans lequel vous avez trempé.

« Alors, à ce prix-là seulement je vous rendrai vos lettres, je rentrerai dans l'ombre.

— Mais je vous répète que Ferbach est un traître.

— Et moi, je maintiens que Ferbach est innocent!

D'une voix frémissante Aurore continuait :

— Ah! Thérisy, Thérisy, si vous vouliez, si vous vouliez-

« Comme d'un trait vous effaceriez toutes les hontes de votre vie.

« Comme un beau geste suffirait pour racheter vos erreurs, que dis-je, vos crimes!

« Vous, qui savez la vérité, vous qui, mêlé à tous les dessous de cette histoire, ne pouvez pas ignorer qu'on vous fait jouer un rôle abominable que l'on spécule sur votre haine et sur vos rancunes pour faire immoler un innocent, comme vous seriez grand si, tout à coup, vous évadant de la bande de misérables où l'on vous a embrigadé vous vous éleviez au-dessus de la foule pour clamer enfin un cri de justice et de vérité.

« Oui, comme vous seriez beau, si, vous arrêtant enfin sur la pente où l'on cherche à vous entraîner, vous disiez à ceux qui vous tiennent, à ceux qui vous font marcher, à ceux qui vous poussent vers l'abîme :

— Halte-là, je n'irai pas plus loin.

« Je suis capable de bien des ignominies. Mais faire condamner un camarade innocent, jamais! jamais! jamais!

« Et, non seulement je vous pardonnerais, non seulement Ferbach vous tendrait la main, non seulement le pays tout entier pousserait un soupir de soulagement et de reconnaissance.

« Mais votre conscience, Thérisy, oui, votre conscience de gentilhomme et d'officier qui sommeille en ce moment se réveillerait en vous, terriblement accusatrice et vengeresse pour vous dire :

« — Tu as bien fait, tu t'es réhabilité.

« — Maintenant, tu pourras vivre et mourir tranquille.

« Voilà ce que vous devez faire, Thérisy, pour vous, pour les vôtres, pour votre malheureuse épouse qui, elle aussi a tant pleuré par vous et que je plains de toute mon âme et enfin, pour cet enfant qui va naître et qui va porter votre nom.

Aurore avait parlé avec une telle éloquence que tout autre que M. de Thérisy en eût été impressionné..

S'il fût resté dans cette âme gangrenée la moindre parcelle de bonté, il se fut jeté aux genoux de cette femme, il lui eût pris les mains, il les eût arrosées des larmes brûlantes du repentir, et il se fût écrié :

— Merci! Merci. ô vous la plus généreuse et la plus grande.

« En m'indiquant ainsi la route du devoir, ô vous que j'ai perdue, vous me sauvez!

Mais hélas! il ne restait plus rien en lui.

— Vous.. vous encore!

Pas même le plus petit éclair d'honneur et de justice!

Mais, repris dans l'engrenage, il ne voulait rien tenter pour en sortir.

Dominé par la volonté de ces deux forbans qu'il s'était donnés pour maîtres, c'est-à-dire Walter Humding et le docteur Rubin, il ne pouvait plus qu'avancer, toujours et sans cesse, dans la route du crime.

Maintenant il ne songeait plus qu'à ruser, n'ayant qu'un objectif : tromper, duper son ancienne victime et lui arracher ces fameuses lettres qu'elle menaçait de divulguer.

Mais avec une certaine habileté, M. de Thérisy affecta d'abord sinon d'abonder entièrement dans le sens de son interlocutrice, mais tout au moins de paraître quelque peu ému par les paroles qu'elle venait de prononcer.

Aussi d'une voix qu'il cherchait à rendre moins hautaine, moins ironique, il reprit :

— Avant de continuer cette conversation, tout aussi pénible pour moi que pour vous, je voudrais vous demander une chose.

— Quoi donc?

— Pourquoi vous intéressez-vous si fort à ce lieutenant Ferbach?

— Ne vous l'ai-je déjà pas dit?

— C'est possible, mais je ne m'en souviens pas.

— Eh bien- Monsieur, je vais vous le répéter.

« Je m'intéresse au lieutenant Ferbach parce qu'il est l'ami d'une jeune fille, ou plutôt d'une jeune femme que je considère comme ma sœur et envers laquelle j'ai contracté une dette de reconnaissance éternelle.

— Jeanne Morin?

— Oui, Jeanne Morin.

« Je m'étonne que vous osiez encore prononcer ce nom.

— Oh! parfait, se dit de Thérisy, elle en vient elle-même où je voulais l'amener.

Et tout haut il reprit, en affectant de prendre un ton fait à la fois de mélancolie et de résignation :

— Cette Jeanne Morin, je l'ai beaucoup aimée.

— Non! rectifia aussitôt Aurore, dites plutôt que vous l'avez sensuellement désirée car vous êtes incapable d'un sentiment d'amour.

— Qu'en savez-vous? osa le marquis.

— Ne l'ai-je pas expérimenté moi-même?

— Ne revenons point sur le passé.

— Oui, vous avez raison.

« Tout cela doit être mort entre nous et parlons plutôt de cette Jeanne Morin.

— Soit!

« Mettons comme vous le dites, que je ne l'aie pas aimée, mais que je l'aie sensuellement désirée, eh bien! comment vouliez-vous qu'avec mon caractère mes instincts, mon tempérament, je n'aie pas été furieusement irrité à la pensée que j'avais été supplanté par ce lieutenant Ferbach, un roturier sans fortune, un officier sans panache et sans allure.

— Mais un cœur admirable et une conscience superbe, acheva Aurore.

— Je reconnais, continuait le marquis sans se démonter le moindrement, que je n'ai peut-être pas suffisamment gardé pour moi-même la rancune que Ferbach m'avait inspirée.

« J'ai peut-être continué — mettons imprudemment — mes assiduités auprès de Jeanne, mais je vous assure que cette histoire d'amour et cette affaire de trahison n'ont aucun point de contact l'une avec l'autre.

— N'avez-vous pas accompagné le docteur Rubin chez le Ministre?

« Ne l'avez-vous pas aidé dans son œuvre de délation.

— Qui vous a dit cela?

— Peu vous importe puisque je le sais.

Thérisy comprit qu'en mentant il irait en travers de ses desseins.

Aussi, d'une voix très assurée, répliqua-t-il :

— Eh bien! oui, là, c'est entendu... je suis allé au Ministère.

« J'ai accompagné le docteur Rubin.

« Je l'ai aidé, comme vous le dites, dans sa délation.

« Mais croyez que ce n'était point pour me venger c'était tout simplement pour remplir mon devoir d'officier, en m'associant à une œuvre d'assainissement, c'est-à-dire en démasquant un traître.

« J'eusse agi de la sorte envers tout autre que Ferbach.

« Non seulement je ne regrette pas mon acte, mais je m'en glorifie.

« Et s'il y a ici quelqu'un qui joue un vilain rôle ou qui du moins s'apprête à le jouer, ce n'est pas moi, c'est vous!

— Comment! s'indigna Aurore outrée d'un pareil cynisme.

Et Thérisy, qui se croyait cette fois sur le bon terrain, accentua avec fermeté mais toujours avec calme :

— N'est-ce pas un véritable chantage de votre part que cette menace de publier des lettres que j'ai pu vous écrire autrefois, dans un moment de découragement, de chagrin, de tristesse.

« N'est-ce pas se conduire odieusement que de se venger ainsi d'un homme qui, par légèreté, beaucoup plus que par méchanceté, a pu peut-être vous faire souffrir, mais dont le nom, la famille, les parents devraient avoir droit au respect le plus sacré.

« Est-ce ainsi qu'on se conduit entre gens de notre race?

« Tout à l'heure vous me parliez de ma femme de mon enfant, eh bien est-ce qu'à cause d'eux vous devriez chercher à me trahir?

« Depuis que nous nous sommes quittés, vous avez eu entre les mains bien d'autres armes.

« Vous ne vous en êtes pas servie.

« J'aurais compris, à la rigueur après notre rupture que vous fassiez comme tant d'autres femmes, c'est-à-dire dans un mouvement d'exaspération et de colère, que vous vous livriez sur moi à quelque attentat.

« Mais non, vous avez préféré attendre que le hasard vous fît devenir l'amie de cette Jeanne Morin, et que toute cette bande interlope sût vous circonvenir au point de vous faire servir contre moi de lettres que vous auriez à jamais ensevelies dans l'oubli s'il ne s'était pas agi d'exercer sur moi une pression pour vous aider à sauver ce misérable...

« Allons! Allons! ne niez pas, ne protestez pas.

« Car je vous mets au défi de me faire ici le serment solennel que si Ferbach n'était pas en jeu, vous useriez tout de même à mon égard de ce procédé, bon tout au plus à quelque basse aventurière?

Et comme Aurore se taisait, en proie à une émotion indicible, Thérisy, s'animant cette fois et martelant ben ses phrases, s'écria :

— Et puis est-ce qu'en me frappant ainsi vous ne vous frappez pas vous-même?

« Est-ce que vous ne ressuscitez pas une histoire qui va jeter le trouble et le désarroi dans les familles auxquelles vous êtes alliée?

« Songez que votre mère est encore vivante et que vous pouvez la tuer.

« Oui, songez à tout cela.

« Rappelez-vous à quelle race vous appartenez, et dites-vous si vous avez le droit en faisant cause commune avec des gens qui ont toujours été les ennemis des nôtres, d'aider les démolisseurs de la noblesse dans leur œuvre néfaste et abominable.

« Maintenant je vous attends... je vous attends..

— Je conviens Monsieur, reprit Aurore que vous venez d'élever quelque peu le débat et que vous avez prononcé là des paroles qui, en toute autre circonstance auraient pu singulièrement m'émouvoir et me fléchir.

« Oui, si javais senti que vous étiez sincère, peut-être vous aurais-je vendu ces lettres, peut-être vous aurais-je dit

Elle la porta précieusement à ses lèvres

« — Je vous pardonne et je vais chercher un autre moyen d'être utile à mes amis.

« Mais malheureusement vous n'avez ajouté qu'un mensonge et qu'une lâcheté à tous les autres.

« Vous n'avez été qu'un comédien assez habile, mais manquant de cette conviction, de cette flamme qui enthousiasment le spectateur.

« Oui, tandis que vous parliez j'examinais votre visage, je scrutais votre regard.

« En eux je lisais comme en un livre, et je n'y découvrais que duplicité, astuce cruauté.

« Au fond! vous vous en moquez pas mal de votre famille, de votre caste, de votre rang.

« Ne les avez-vous pas suffisamment trahis, déshonorés traînés dans la boue.

« Il ne vous restait plus qu'un dernier crime à commettre, celui de faire condamner un innocent, eh bien! vous n'avez pas hésité.

« Moi non plus, je n'hésiterai pas davantage.

« Il arrivera ce qu'il arrivera.

« Le scandale sera énorme, retentissant!

« Il y aura des victimes, c'est certain moi, la première sans doute..

« Mais vous direz la vérité c'est-à-dire que Ferbach n'est pas coupable.

« Vous aiderez ceux qui cherchent la lumière, à mettre au grand jour tous les dessous de cette conspiration abominable vous porterez le flambeau dans la caverne des bandits, ou bien alors je parlerai, je dirai et je publierai tout.

« Car, périsse plutôt l'humanité que de voir un innocent condamné à la place d'un coupable.

En prononçant cette dernière phrase, Aurore s'était transfigurée. Superbe, pathétique, vibrante, elle semblait dominer Thérisy de toute la hauteur de sa sublime dignité et de son énergie incomparable.

L'officier félon comprit qu'il n'y avait rien à faire avec elle, et que la ruse échouant il allait être obligé d'employer la force.

Se rappelant cette idée du crime qui, jadis à Lille, après leur terrible entrevue du cercle, avait traversé son cerveau se dit :

— Oh- puisque tu le veux, eh bien je te condamne et nous verrons bien de nous deux, à ce jeu-là qui sera le plus fort.

Puis, tout haut il reprit :

— J'accepte le défi que vous me lancez...

« Peut-être si vous m'aviez moins menacée, si vous m'aviez parlé avec moins d'amertume et de haine, j'aurais consenti, sinon à sauver un traître mais tout au moins à adoucir dans la mesure de mes moyens la souffrance de ceux qui peuvent encore l'aimer.

« Mais vous êtes arrivée ici la menace à la bouche, le défi aux lèvres.

« Vous me déclarez la guerre... eh bien! nous allons faire la guerre, implacable et sans merci...

— Non, vous ne la ferez pas! fit soudain une voix

très grave qui vibra d'une façon tragique aux oreilles des deux interlocuteurs.

Et soulevant la portière, Mme de Thérisy apparut.

— Oh! Madame, vous- s'écria Aurore envahie soudain d'une immense pitié.

CHAPITRE CLXI

Où M. de Thérisy est plutôt très ennuyé

Madame de Thérisy s'avança vers la victime de son mari.

— Madame, lui dit-elle, nous nous épargnerons bien, si vous le voulez, à toutes deux des paroles inutiles et douloureuses.

« J'ai entendu tout ce que vous avez dit à M. de Thérisy.

« J'ai deviné tout ce qui avait pu se passer entre vous.

« J'ai déjà assez souffert pour supporter cette nouvelle épreuve.

« Madame, retirez-vous, je vous en prie.

« Je ne vous chasse pas.

« Je vous demande simplement de me laisser seule avec mon mari.

« Ce que vous lui avez dit, je veux le lui répéter moi-même.

« Moi aussi, j'ai des armes qui, mieux peut-être encore que les vôtres, pourront le décider à l'acte que vous vouliez lui imposer.

« Et cela vaudra mieux, Madame, croyez-moi, car en ne publiant pas les lettres auxquelles vous avez fait allusion vous nous éviterez bien des hontes et bien des larmes!

« Adieu Madame, adieu.

Et la marquise, tendant généreusement la main à Aurore, lui dit :

—Et vous en êtes arrivé là!

— Ne croyez pas surtout, Madame qu'il entre en moi aucune arrière-pensée et surtout aucune amère colère contre vous.

« Je n'ai pas le droit de vous haïr, mais le devoir de vous plaindre.

Alors Aurore se précipitant sur la main que lui tendait la pauvre femme, la porta pieusement jusqu'à ses lèvres comme si elle eut embrassé la main d'une sainte.

Puis, se retirant à reculons vers la porte comme si elle voulait garder à jamais la vision de l'admirable créature qu'elle avait devant les yeux, elle dit, d'une voix brisée, à Thérisy demeuré impassible :

— Comment se fait-il qu'un tel ange n'ait pas fait de vous un honnête homme?

Et elle disparut dans le vestibule, étouffant les sanglots qui montaient à sa gorge.

Restés seuls, M. de Thérisy et sa femme gardèrent le silence.

Brisée par l'effort qu'elle venait de faire la marquise s'était laissée tomber sur un canapé.

La tête cachée entre les mains, elle semblait en proie à d'amères réflexions.

Thérisy qui, sans doute, avait pris le parti d'accepter la discussion et d'y apporter toute la réserve flegmatique dont il savait si bien user la regardait en songeant :

— Le vin est tiré, il faut le boire...

« J'aimerais mieux autre chose, tout de même.

Alors laissant glisser ses mains le long de ses joues tout humides de larmes, Madame de Thérisy, releva lentement la tête et s'adressant à son mari qui, appuyé contre la cheminée, regardait fixement le tapis moelleux qui garnissait le plancher, elle laissa tomber d'une voix brisée de détresse :

— Et vous en êtes arrivé là-

— Je vous laisse seul, face à face avec votre conscience.

« Mon Dieu... Mon Dieu! que je suis malheureuse!

— Alors, vous aussi, reprit Thérisy d'un ton bref impératif.

— Comment, moi aussi? sursauta l'épouse infortunée.

— Oui vous aussi, vous mettez décidément au rang de mes ennemis?

— Moi, votre ennemie?

« Ah! si j'avais été votre ennemie, homme injuste et cruel que vous êtes, est-ce que je serais restée chez vous, est-ce que je n'aurais pas fui au plus vite de cette maison où vous m'avez amenée, et où je n'ai rencontré que déceptions et blessures.

« Mais c'est justement parce que je ne suis pas votre ennemie et plus encore que je vais être la mè-

re de votre enfant que cette fois-ci, je vous arrête, et je vous dis que je ne vous laisserai pas commettre cette dernière infâmie.

— Quelle infâmie ?

— La plus horrible de toutes.

« Ainsi que vient de vous le dire cette femme qui sort d'ici, celle qui consiste à faire condamner un innocent pour un coupable.

— Ah! j'en étais sûr vous vous rangez du côté de Ferbach.

« D'ailleurs, j'aurais dû m'y attendre.

« Vous l'avez toujours si chaleureusement défendu.

— Je me range du côté de la vérité.

— Je vous trouve bien imprudente, Madame.

— Mais pourquoi cela, Monsieur?

— Je ne vous parlerai pas de moi, que vous tenez, je le sais, en profond mépris.

« Mais permettez-moi de trouver étrange que vous préfériez la parole d'un Bertard, d'un Lancelin et de je ne sais quel savant plus ou moins toqué, aux affirmations du Ministre de la Guerre, de son chef de Cabinet, de tous ceux qui, fidèles aux traditions françaises, et conséquents avec la logique et le bons sens n'ont pas hésité un seul instant à proclamer et à soutenir que Ferbach était un traître.

— Ecoutez-moi bien M. de Thérisy reprit la marquise avec une gravité impressionnante, vous invoquez devant moi la parole d'hommes que vous décrétez infaillibles.

« Qui vous dit qu'ils ne se soient pas trompés?

« Qui vous dit que les documents versés aux débats, n'aient pas été, comme le prétendent les amis de Ferbach, des faux très habiles destinés à perdre ce malheureux officier.

« Je vous assure que j'ai lu avidement tout ce qui a paru à ce sujet.

« Pas un des articles des journaux consacrés à cette affaire n'a été oublié par moi.

« Eh bien! j'ai peur pour vous...

« Oh! j'espère encore que vous êtes sincère.

« J'espère que vous croyez comme tant d'autres à la culpabilité de Ferbach, que l'on a spéculé sur la haine que vous aviez contre lui pour se servir de vous comme paravent, pour vous pousser en avant

« Mais réfléchissez, je vous en conjure.

« Ce serait si terrible! si terrible!

« Oui songez...

« Je ne vous demande pas pitié pour moi, je vous demande pitié pour votre enfant.

— Vous me rendrez justice, reprit l'officier, que je vous ai écoutée, Madame, avec la plus grande patience et la plus parfaite attention.

« Il m'eût été très facile de vous interrompre immédiatement en vous priant de vous taire, de vous mêler de ce qui vous regarde et en vous défendant désormais d'écouter aux portes lorsque je reçois quelqu'un.

« Je ne l'ai point fait pour deux raisons :

« La première, c'est que, malgré les malentendus qui nous divisent, j'ai pris la résolution de me conduire toujours envers vous avec la plus entière courtoisie et la plus grande douceur.

« La seconde, c'est que votre état actuel nécessitant beaucoup de ménagements, je m'en voudrais de provoquer entre nous deux une explication qui pourrait vite dégénérer en une discussion violente autant que regrettable.

« Je me contenterai de vous dire que si j'ai agi de la sorte, c'est après avoir mûrement réfléchi.

« En tout cas, sachez que je suis absolument couvert par l'autorité de mes chefs, et j'ai reçu d'eux l'assurance formelle, leur parole d'honneur, que le lendemain de la condamnation du traître, je serai nommé chef d'escadron sur place à Paris dans mon régiment.

— Mais, objecta Madame de Thérisy, si le traître comme vous le dites, était acquitté?

— Il ne le sera pas.

— Qu'en savez-vous?

— Si vous aviez vu comme moi ce que j'ai vu...

« Si vous saviez ce que je sais, vous ne parleriez pas de la sorte et vous me féliciteriez au contraire, de mon attitude.

— Alors, convainquez-moi?

— Vous ne le voulez pas.

« D'ailleurs, il y a certaines choses que je ne puis vous dire.

« Je suis lié par le secret le plus absolu.

« Je vous donne rendez-vous au procès, et nous verrons, ce jour-là, lequel de nous deux a raison.

— Mais si cette femme publie vos lettres?

— Ah! voilà le grand mot lâché.

« Maintenant tout ce qui vous gêne c'est que vous avez peur d'un scandale.

— Vous vous trompez, Monsieur.

« Cette peur du scandale n'entre que pour très peu dans mes inquiétudes.

« Vous m'y avez déjà tellement habituée qu'un peu plus ou un peu moins pour moi ne signifie pas grand'chose.

« Mais l'anxiété qui prédomine en moi, c'est que vous fassiez condamner un innocent, et cela sciemment, surtout.

— Vous dites?

— Je dis que tout mon être se révolte à la pensée que, cédant aux rancunes que vous nourrissiez contre le lieutenant Ferbach ou soit d'autres raisons que je n'ose envisager, vous vous soyez fait complice d'un acte infâme.

— Madame-

— Taisez-vous, s'écria la marquise avec cette autorité que donne l'aurore d'une maternité prochaine.

« Oui, taisez-vous!

« D'ailleurs, je n'ai plus grand chose à vous dire, mais, retenez bien ceci :

« Si jamais, vous m'entendez bien, si jamais le lieutenant Ferbach innocent était condamné par votre faute, je me tuerais avec l'enfant que je porte dans mon sein.

« Oui, je me tuerais, d'abord parce qu'il serait absolument impossible de survivre à une telle honte.

« Ensuite, parce que je ne veux pas que, plus tard, lorsque la vérité aura tout remis en place, on puisse dire de votre fils en le désignant dans la rue :

« — Voici le fils de l'homme qui a envoyé au bagne un innocent!

« Maintenant, Monsieur, je vous ai dit tout ce que j'avais sur le cœur, je me retire.

« Je vous laisse seul face à face avec votre conscience.

« Libre à vous de discuter avec elle.

« Suivez votre destinée, je suivrai la mienne.

Et avec une admirable dignité, l'épouse allait quitter le salon, lorsque d'un geste M. de Thérisy la rappela.

— Madame, fit-il, voulez-vous me permettre un dernier mot?

— Dites!

— Rappelez-vous ce que je vous dis dans ce salon.

« Vous n'aurez pas la peine de vous tuer, ni de sacrifier un innocent.

— Est-ce que vous seriez enfin décidé? interrogea Madame de Thérisy, une lueur d'espoir dans l'âme.

Mais avec un ricanement sinistre son mari l'interrompit aussitôt.

— Le lieutenant Ferbach sera condamné...

— Mon Dieu!

— Oui Madame, il sera condamné...

« Et comme nous aurons fait, devant tous, la preuve qu'il est coupable vous vous réjouirez avec toutes les bonnes françaises du châtiment infligé au traître

« Quant à ces lettres que menace de publier cette femme qui était ici tout à l'heure, lettres auxquelles vous n'accordez fort raisonnablement qu'une très minime importance, je puis vous affirmer qu'elles ne seront pas imprimées.

— Comment ferai-je pour empêcher un pareil crime?

« Donc, retirez-vous tranquille.

« Ne vous forgez plus aucune inquiétude.

« Et comme je ne voudrais, à aucun prix, que vous emportiez de notre entretien une fâcheuse impression ne songez plus qu'à votre enfant qui va naître.

« Cela vous fera oublier toutes les autres préoccupations de la vie.

Alors, sans ajouter un mot, Madame de Thérisy regarda bien en face son mari.

Celui-ci soutint son regard avec son révoltant cynisme qu'il avait si bien su acquérir depuis qu'il s'était laissé embrigader par Walter Humding.

Puis toute en sanglots la pauvre femme s'en fut pleurer dans sa chambre.

Tandis qu'elle montait l'escalier qui conduisait au premier étage nullement convaincue par l'attitude et les déclarations du marquis, elle se prit à murmurer :

— Mon Dieu! Mon Dieu comment ferais-je bien pour empêcher un pareil crime?

Quant à M. de Thérisy il demeura un instant dans le salon réfléchissant aux deux scènes qui venaient de s'écouler, cherchant et trouvant sans doute une combinaison pour tout arranger, car sa figure ne tarda pas à revêtir une expression de satisfaction non équivoque

Puis au bout d'un moment, il sonna.

Un valet de pied apparut.

— L'auto est prête? demanda-t-il.

— Oui, Monsieur le marquis.

— Faites-la avancer.

— Bien Monsieur le marquis.

Aussitôt que la limousine se fut rangée devant le trottoir, M. de Thérisy sortit et prit place dans la voiture, après avoir donné ordre au wattman de le conduire aux bureaux de l'Ami de l'Ordre, chez le docteur Rubin

Ce dernier qui avait donné l'ordre d'introduire M. de Thérisy chaque fois qu'il se présentait, lui fit le meilleur accueil.

Désormais n'avaient-ils point partie liée ensemble.

— Eh mon capitaine, s'écria Rubin, quel bon vent vous amène

« Je suppose que vous n'êtes pas effrayé par les insinuations de certains journaux à votre égard?

— J'ai vu en effet, reprit l'officier avec une indifférence affectée que plusieurs drôles avaient révélé mon intervention dans l'affaire Ferbach et qu'ils avaient même insinué qu'en agissant de la sorte je n'avais fait que me venger d'une certaine histoire.

— Peu vous importent ces attaques, n'est-ce pas?

— Je les dédaigne profondément.

— A la bonne heure!

— Je venais tout simplement vous entretenir d'un fait qui, tout en étant étranger à ce qui nous occupe pour l'instant, pourrait néanmoins avoir pour moi des conséquences fort ennuyeuses.

— Racontez-moi cela?

Alors, de Thérisy tout tranquillement reprit :

— J'ai eu autrefois pour maîtresse la femme d'un de mes amis...

— Jusqu'ici, rien d'extraordinaire, souligna le médecin-journaliste.

— C'était une femme appartenant à la plus haute noblesse de France, continuait l'officier, fort belle d'ailleurs et très prenante, je vous l'assure.

« J'en fus, pendant quelque temps extrêmement amoureux.

« Et comme elle semblait également avoir pour moi quelque attachement, j'eus l'imprudence, (j'étais très jeune alors,) de lui écrire quelques lettres qui, mal interprétées, pourraient aujourd'hui se retourner contre moi...

— Ah! je crois deviner, fit Rubin, ces lettres ont été perdues, et on cherche à vous faire chanter?

— Pas du tout, et laissez-moi finir ma petite histoire.

— Je vous en prie.

— Cette maîtresse, au bout de quelque temps, me quitta.

« Dans l'intervalle, le mari s'était suicidé, pour des raisons d'ailleurs tout à fait étrangères à notre aventure, et la dame en question, après être tombée entre les mains d'un sinistre coquin qui ne tarda pas à la corrompre entièrement, se vit chassée, reniée par sa famille et ne tarda pas à dégringoler dans la plus basse prostitution.

« Je la croyais à jamais disparue, morte même, lorsque, tout à l'heure, elle s'est présentée chez moi

« Assez élégante, en fort bonne santé, elle m'a tenu le langage suivant que je résume pour ne pas perdre de temps :

« — Si vous ne reconnaissez pas que le lieutenant Ferbach est innocent et si vous ne nous aidez pas à démasquer les gens qui veulent le perdre, le lendemain de la condamnation de cet officier, les lettres que vous m'avez écrites autrefois et que j'ai précieusement conservées, seront publiées intégralement.

— Ces lettres sont donc bien compromettantes demanda Rubin avec un sourire énigmatique.

— J'aime autant vous avouer que oui.

— Diable!

— Mais vous allez voir, reprit de Thérisy...

« Il est évident que cette femme a été retrouvée par les défenseurs de Ferbach, que toute la coalition protestante et franc-maçonne a profité de la misère dans laquelle elle devait se trouver pour l'acheter et s'en faire un instrument avec lequel nos adversaires espèrent bien nous porter un coup mortel.

— Je suis absolument de cet avis, acquiesça le docteur.

« Mais, par exemple, je serais curieux de savoir ce que vous avez répondu à cette femme?

— Ce que je lui ai répondu, oh! simplement que je n'avais nullement peur d'elle et que rien ne m'empêcherait d'affirmer hautement ma conviction, que dis-je, ma certitude dans la culpabilité du traître.

— Et vous n'avez paru nullement intimidé par ces menaces?

— Nullement, ma parole d'honneur.

« Je vous avouerai que sur le moment j'ai été quelque peu ému, d'autant qu'à la suite de cette aventure, à laquelle j'étais à cent lieues de m'attendre, j'ai eu une seconde discussion avec ma femme, qui, après m'avoir proclamé l'innocence de Ferbach, m'a juré qu'elle se tuerait avec l'enfant qu'elle porte dans son sein, si jamais le lieutenant Ferbach est condamné, ce sont ses propres expressions.

« Mais ces paroles n'ont pour nous aucune importance.

— Il faudrait pourtant que nous fassions très attention de ce côté, fit Rubin.

— Ne vous en inquiétez pas, j'en fais mon affaire.

— L'essentiel est que vous ne vous soyez pas troublé devant votre ancienne maîtresse.

— J'ai eu beaucoup d'estomac!

« D'ailleurs, ne croyez pas que je vienne vous demander un conseil.

« Non.

« J'ai réfléchi et, à votre école, mon cher docteur, on apprend beaucoup de choses,

« On apprend, surtout à se débrouiller dans les situations difficiles à se tirer d'un mauvais pas à se débarrasser des gens qui vous gênent, et à rouler ceux qui veulent vous avoir.

— Je crois que vous exagérez mes humbles mérites.

— Croyez que je suis, au contraire, trop heureux de leur rendre un juste hommage.

« Et je ne vous cacherai pas que je suis assez fier non pas de solliciter de vous un avis, mais de vous prier de m'aider à mettre à exécution une idée que je crois bonne et qui, j'en suis sûr, vous plaira.

— Parlez, je vous écoute, avec le plus vif intérêt.

— Ainsi que je vous l'ai dit mon cher docteur, il me serait pénible de voir publier ces lettres.

— Oui, je le comprends.

— Et bien, je crois que j'ai trouvé un excellent moyen.

« C'est de faire passer cette femme pour folle et de la faire interner.

« De cette façon-là elle nous laissera tranquilles.

« En ce moment nous sommes bien avec le gouvernement, il ne nous refusera pas cette petite faveur qui consistera à rétablir pour nous la lettre de cachet si en faveur sous l'ancien régime et si utile aux gens qui avaient besoin de se débarrasser d'un raseur.

— Bien!

« En effet, cette idée ne me semble pas mauvaise, approuva Rubin mais cependant... mon cher ami, voulez-vous me permettre de vous exposer quelques objections.

C'était une femme appartenant à la plus haute noblesse.

— Voyons, ne sommes-nous pas là pour discuter... et comme, mon cher docteur, je reconnais votre supériorité en ce genre d'opérations, qui pourtant n'ont rien de chirurgical, non seulement je serai enchanté de connaître votre opinion mais je vous serai même reconnaissant de bien vouloir me l'exprimer en toute franchise.

— Eh bien! voilà :

« Je vous le répète, au fond l'idée n'est pas mauvaise!

« Seulement il ne faudrait pas me mêler à tout cela, car nous ferions pousser des cris d'orfraie aux *Ferbachistes* ou aux *Ferbachards*, si tant est que l'on puisse s'exprimer ainsi.

« Mais, par exemple, vous pourriez très bien aller trouver la famille de cette personne et, si vous vou-

lez, ne pas y aller vous-même faire intervenir quelqu'un de sûr que nous choisirions avec la plus grande prudence, et qui dirait à ces gens :

« — Votre fille, votre nièce, votre cousine, votre parente en un mot que vous croyiez à jamais disparue, sort aujourd'hui de l'oubli.

« Elle menace de créer un scandale dont les éclaboussures rejailliront certainement sur votre nom.

« Comme d'autre part, elle semble privée de sa raison, et qu'elle se livre contre le capitaine de Thérisy à une persécution véritable, conseillée, dictée, par les défenseurs du *traître* nous venons vous demander d'intervenir et de faire enfermer cette malheureuse dans une maison de santé.

« Il est absolument évident que la famille marchera et que vous serez ainsi débarrassé de votre persécutrice.

« Là, nous sommes absolument d'accord.

« Mais, où les choses se compliquent, c'est avec les gens précisément qui se servent de cette personne.

— Comment cela? demanda Thérisy.

— Elle a certainement dû leur montrer vos lettres?

— Je ne le crois pas

— En êtes-vous sûr?

— Ah! voilà!

— Eh bien, avant d'agir, il faut en avoir la certitude.

« A quoi, en effet nous servirait de faire interner cette femme si le lendemain, la bande Lanclin, Berlard et Compagnie publiait vos papiers.

— C'est juste admit Thérisy tout désappointé.

« Je n'avais pas réfléchi à cela.

« Mais c'est tout de même terrible, je me demande comment je vais m'en sortir.

— Laissez-moi réfléchir, fit le docteur, et je crois que je trouverai une solution.

« C'est très ennuyeux cette histoire-là.

« Il est évident que cela ne changera rien au verdict des juges, et que seul vous aurez à souffrir de cette publication.

« Mais comme vous avez été très gentil envers nous, que vous avez suivi docilement nos instructions, nous sommes tout prêts à vous rendre service.

« En attendant, restez tranquille.

« Ne vous occupez de rien.

« Si cette femme tente contre vous de nouvelles démarches, eh bien, prévenez-moi.

« Mais surtout, ne vous tourmentez pas.

« Je crois pouvoir vous garantir, dès à présent que ces lettres ne seront pas publiées.

— Mon cher docteur je vous remercie infiniment

— N'est-ce pas tout simple et tout naturel.

« Entre associés... on se doit bien cela.

Et M. de Thérisy, après avoir serré la main de son interlocuteur, sortit du cabinet directorial en songeant :

— Eh bien moi qui croyais avoir trouvé quelque chose de génial... décidément, je ne suis qu'un pauvre petit bonhomme à côté de ces gens-là.

CHAPITRE CLXII

Faust et Méphisto

Mais à peine l'officier avait-il quitté le bureau du docteur Rubin que la portière de l'arrière-cabinet se soulevait et que Prosper Lebouteux, courtier en vins c'est-à-dire Walter Humding ,en trois enjambées s'approchait du docteur, et les bras croisés sur la poitrine, le regardant d'un air ironique et mécontent lui disait :

— Ah ça! Rubin, vous n'êtes donc qu'un imbécile...

Le médecin-journaliste sursauta.

Rien ne le touchait plus en effet, que les reproches de celui qu'il s'était donné pour maître.

— Et pourquoi me dites-vous cela? patron.

— Mais comment, vous avez été promettre à ce Thérisy qu'on allait empêcher cette femme de publier ses lettres...

— Mais, enfin, il me semble, patron qu'il eût bien été difficile de faire autrement, car c'eût été le dé-

courager et peut-être qui sait si, harcelé par cette femme, il n'eût point commis quelque lâcheté et n'eût point fait quelque irréparable folie.

— Vous savez bien que c'est impossible.

« Nous le tenons trop bien pour qu'il se permette un pareil écart de conduite.

« D'ailleurs, pour ma part, je serais enchanté que ces lettres soient publiées.

— Allons donc! fit Rubin.

— Ah! ça, vous avez donc oublié le rôle que je me suis tracé, la mission que je me suis assignée, c'est-à-dire de jeter le désarroi et la désunion dans les rangs des officiers de votre pays?

— C'est vrai, reconnut Rubin d'une voix sourde, comme si un remords tardif s'emparait de lui.

Et sans s'apercevoir de l'impression qu'il venait de produire sur son complice, Walter Humding poursuivait :

— Mais cette publication serait une chose excellente pour nous.

« Déshonorer les officiers les uns par les autres, n'est-ce pas une méthode merveilleusement efficace?

— Je ne vous dis pas le contraire, fit Rubin.

« Mais pour l'instant je me trouvais personnellement dans une situation embarrassante.

— Comment cela? Je ne vois pas.

« Oui, je sais ce que vous allez me dire.

« Vous avez fait cause commune avec Thérisy, et vous seriez obligé, ou de vous solidariser avec lui, ce qui serait très fâcheux pour votre journal, ou de le jeter par-dessus bord, ce qui manquerait peut-être d'élégance.

— Et, acheva Rubin ce qui ne serait pas sans danger, comme, somme toute, Thérisy par la force même des choses a pénétré quelques-uns de nos secrets et s'il se voyait perdu, qui sait s'il ne chercherait pas à nous entraîner dans sa chute?

— Allons, qu'est-ce que vous me racontez là, mon cher docteur, reprit Walter Humding.

« Décidément vous devenez un pusillanime extraordinaire.

« Vous vous effrayez!

« Ma parole d'honneur — si tant est que j'en aie encore un peu — cela devient extraordinaire.

« Allons, allons, donnez-vous donc la peine de raisonner un instant.

« Est-ce que par hasard les amis de Ferbach seront assez naïfs pour publier les lettres de Thérisy avant le procès de Ferbach?

« Allons donc!

« Ils attendront le moment qu'ils jugeront favorable pour s'en servir comme d'un coup de théâtre destiné à amoindrir la valeur testimoniale de cet officier.

« L'avocat de Ferbach se servira de cet argument comme aussi sans doute de l'histoire avec Jeanne Morin.

« Par conséquent nous avons le temps de nous retourner à ce sujet.

« D'ailleurs, il ne faudrait pas vous figurer que les défenseurs soient des imbéciles, et qui nous dit qu'ils n'hésiteront pas à se placer sur ce terrain plutôt dangereux pour eux, qui consisterait à déshonorer bien inutilement un témoin gênant

« Car, en admettant qu'ils arrivent à démontrer aux juges du Conseil de Guerre que Thérisy est un individu d'une moralité fâcheuse est-ce que vous vous figurez par hasard que cela suffira pour détruire l'impression qu'auront sur ces juges

Walter Humding prit modestement un fiacre automobile.

les documents qu'ils connaissent déjà, et ceux qui leur seront communiqués secrètement dans, leur chambre de délibérations.

« Car comme on dit en France, vous n'allez pa croire que je me sois embarqué sans biscuits.

« J'ai au contraire tout ce qu'il me faut, et je réserve pour la bataille une certaine grosse cavaleri ou une artillerie puissante à votre choix, qui se chargera de décider de la victoire.

« Et alors, qu'est-ce qu'il restera de tous ces racontars, de tous ces commérages, de tous ces potins... Oh! pas grand chose, en admettant qu'ils soien mis en circulation.

« Et vous comprendrez bien que si Thérisy sor quelque peu malmené il n'ira pas s'amuser à aggraver son cas et à se perdre tout à fait en nous dénonçant d'une façon idiote.

« Il sera trop content de se retirer à l'écart et d'être sûr qu'il me trouvera toujours là pour alimenter sa cassette de jeu et pour lui permettre d'entretenir la très jolie fille que je ne m'en vais pas tarder à lui lancer dans les pattes.

« Car, mon cher ami, mon cher élève, mon cher docteur Faust, retenez bien ce que va vous dire votre maître votre Méphistophélès, j'aime assez à me comparer à ce personnage de la légende Allemande, quand on tient un homme par le jeu et par les femmes, on en fait ce qu'on veut.

« Considérez donc Thérisy comme une quantité tout à fait négligeable.

« Mais comme je vois que pour vous rassurer tout à fait et peut-être pour vous empêcher de comme'tre une gaffe, je suis obligé de vous donner des instructions très précises, eh bien si ce que je ne pense pas il éclatait un scandale à propos de Thérisy, ne vous solidarisez pas avec lui, mais ne le débarquez pas tout à fait.

« Répondez tout sim

« — De même que nos adversaires n'hésitent pas un seul instant à nous accuser d'être des faussaires lorsque les pièces que nous publions deviennent trop accablantes pour le traître, de même nous avons le droit de nous montrer plutôt sceptiques à l'égard des pièces qu'on publie contre un officier français dont la réputation et l'honneur on été jusqu'alors à l'abri de tout soupçon.

« Jusqu'à preuve du contraire, nous continuerons donc à considérer le capitaine de Thérisy comme un loyal et parfait officier, comme un parfait gentilhomme.

« Mais si par hasard - ce que nous nous refusons absolument à croire — les affirmations de ses ennemis étaient reconnues authentiques, cela ne prouverait qu'une chose, c'est que le capitaine de Thérisy a très bien pu commettre une faute de jeunesse.

« Mais en tout cas cela ne démontrerait nullement que Ferbach n'est point coupable.

« Vous voyez bien, mon cher Rubin, ou plutôt

mon cher Faust, que dans la vie, lorsqu'on veut se donner la peine de réfléchir un peu, tout s'arrange admirablement, et qu'il n'est point besoin pour cela de se mettre la cervelle à l'envers!

Rubin ne répondit pas.

Silencieusement il admirait le véritable génie de cet homme infernal qui savait se jouer des difficultés les plus grandes conservait son sang-froid dans les situations les plus délicates et les plus périlleuses, et ne s'inquiétait jamais de rien, n'oubliait jamais le moindre détail, savait parer à tout.

— Alors, c'est bien entendu comme ça? reprit Walter Humding

— Oui, maître, c'est bien entendu.

— Maintenant, ne vous étonnez pas si dans quelques jours il paraît un nouveau journal intitulé le *Bon Combat* et si dans ce journal vous êtes furieusement attaqué.

« Je vous dicterai d'autant mieux ce que vous aurez à répondre que j'aurai inspiré les attaques dirigées contre vous.

— Comment, patron, vous allez?...

— Oui, mon cher je vais vous rendre intéressant.

« Je vais vous faire traîner dans la boue par les antimilitaristes qui, à mon avis, vous ménagent un petit peu trop.

« Vous verrez comme ce sera amusant!

« Allons, je vous quitte, car j'ai précisément rendez-vous avec l'individu que j'ai choisi comme directeur de ce *Bon Combat*, qui naturellement va défendre Ferbach à outrance — ainsi que vous vous y attendez bien — mais d'une façon tellement maladroite qu'elle achèvera de le perdre irrémédiablement aux yeux des gens qui sont encore hésitants.

« Maintenant quand vous voudrez.

« Toujours à votre disposition pour venir causer avec vous.

« Et surtout si vous êtes repris de ces petites in-

quiétudes auxquelles vous êtes sujet, n'hésitez pas à m'appeler afin que je puisse prodiguer mes soins au docteur.

Et auprès avoir serré la main de son complice le terrible espion allemand partit.

— Décidément, se dit-il, ce n'est pas tout à fait l'homme qu'il m'aurait fallu.

« Ah! si j'avais pu rencontrer sur la route un autre moi-même je crois qu'à nous deux nous aurions soulevé le monde.

En quittant les bureaux du Journal de l'*Ami de l'Ordre*, Walter Humding prit modestement un fiacre automobile et se fit conduire directement rue de la Chaussée-d'Antin dans un des nombreux petits domiciles qu'il possédait dans Paris sous des noms et des aspects différents, bien entendu.

Ce domicile consistait en un entresol aménagé en bureau et donnant toute l'apparence d'une agence commerciale d'exportation tout à fait bien organisée.

Quatre employés qui n'étaient autres que quelques-uns de ces séides dévoués jusqu'à la mort à Walter Humding et que nous avons vus

Quatre employés semblaient travailler avec ardeur.

apparaître et disparaître plusieurs fois au cours de notre récit, semblaient travailler avec une grande ardeur à une comptabilité et à des écritures importantes et compliquées.

Sur la porte d'entrée une large plaque de cuivre portait ces mots :

Heindrick et Cie　Commission. Exportation. Gros.

Quand on pénétrait dans l'antichambre, on voyait suspendues au mur des cartes de tous les pays du monde.

Puis, dans les bureaux, c'étaient des casiers remplis de gros livres, des cartonniers.

En un mot une mise en scène merveilleusement réglée.

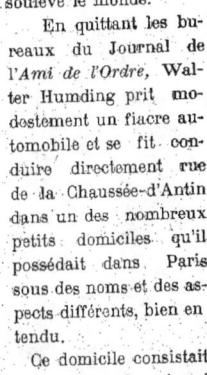

— Rien de nouveau? interrogea Kromberg.

Un individu très grand, très corpulent, la moustache et les favoris grisonnants à la Hongroise une abondante chevelure partagée sur le milieu de la tête par une raie impeccable, était assis devant une table surchargée de dossiers commerciaux.

C'était l'honorable M. Kronberg représentant Parisien de la maison Heindrick et Cie.

— Rien de nouveau, interrogea Kronberg

— Non, Monsieur. rien de nouveau.

— La personne en question ne s'est pas encore présentée?

— Non, Monsieur.

— Bien.

« Dès qu'elle sera là, vous l'introduirez immédiatement en ma présence.

« En dehors de cet individu, je ne suis là pour personne.

— Bien, Monsieur.

— Avez-vous des nouvelles de l'empereur?

D'ailleurs, la maison Heindrick existait à Vienne.

Par conséquent il n'y avait aucun doute à avoir sur son authenticité et bien fin eût été celui qui aurait pu découvrir dans son représentant à Paris le terrible Walter Humding.

Celui-ci, après avoir pénétré dans l'antichambre fit un signe mystérieux à l'employé qui était venu lui ouvrir, et disparut par une porte pratiquée dans la tapisserie.

Un quart d'heure après environ une sonnerie électrique retentissait et le même employé, après avoir consulté un cadre sur lequel apparaissaient et disparaissaient des numéros, pénétra dans une pièce assez vaste confortablement meublée en cabinet de travail.

— Van Flam m'écrit que vos instructions ont été fidèlement exécutées et que d'ici peu l'agence en question fonctionnera sur toute la frontière du Nord.

— Parfait !

— Et du côté de Liliane Berty?

— Tout va bien également.

« Personne ne s'est aperçu de sa disparition.

— Bien.

— Et Brévannes?

— Impossible d'avoir le moindre renseignement à ce sujet.

« On ignore ce qu'il est devenu.

« Il a certainement dû passer la frontière.

— C'est ce que je pensais.

Alors le pseudo autrichien, donnant à sa voix une

inflexion plus douce qu'il ne l'eût voulu peut-être lui-même, interrogea encore :

— Et Yvette?

— La fille de Van Flam?

— Oui, oui.

« Avez-vous obtenu quelques renseignements?

— Parfaitement, Monsieur.

— Donnez, donnez vite.

— Elle habite toujours à Montrouge et travaille dans la même maison où elle gagne honorablement sa vie.

« Quant à l'infâme Pas-de-Canard...

— Oh! celui-là, je ne m'en inquiète guère. Tâchez de savoir seulement si cette jeune fille est toujours dans cette pension de famille où elle était descendue.

— Monsieur, je me suis déjà renseigné à ce sujet.

« Mademoiselle Yvette demeure toujours là.

« Même que l'on raconte dans le quartier, que le fils de la patronne lui fait un brin de cœur et qu'elle n'y est pas insensible.

A ces mots M. Kronberg eut un geste de colère.

Un sorte de cri rauque s'échappa de ses lèvres.

Mais se reprenant aussitôt, il s'écria avec vivacité : Je me demande un peu pourquoi vous me racontez toutes ces balivernes!

— Mais, Monsieur vous m'aviez dit de ne négliger aucun détail.

— C'est bon, c'est bon.

« En voilà assez sur ce sujet, vous pouvez vous retirer.

« Aussitôt que l'individu en question se présentera, ainsi que je vous l'ai déjà dit faites-le entrer tout de suite.

— Bien, Monsieur.

Et souple, docile, comme terrorisé par une volonté contre laquelle viendrait se briser toute velléité de résistance, l'employé sortit après s'être incliné respectueusement devant son patron.

Celui-ci prit alors une petite clef en argent, serrée tout au fond de son portefeuille.

Puis il se leva, et se dirigeant vers la muraille, il appuya le doigt au milieu d'un des dessins figurés sur la tapisserie.

Un ressort secret fit jouer une partie de la muraille qui se rabattit en avant découvrant l'ouverture d'un petit coffre-fort dont la solidité semblait à toute épreuve.

Walter Humding introduisit alors la clef dans la serrure, ouvrit le coffre-fort, et en retira quelques papiers qu'il porta sur son bureau, et qu'il se mit à examiner avec la plus grande attention.

Il y avait un quart d'heure environ qu'il se livrait à cette besogne, lorsque le sifflet du cornet acoustique placé à la droite de sa table fit entendre un appel strident.

Il prit l'appareil, l'approcha de son oreille et dit :

— Bien... dans deux minutes...

Puis il prit les papiers, les resserra dans le coffre-fort qu'il referma et remit le panneau de la muraille en place.

Alors, retournant à son bureau, il appuya sur le bouton d'une sonnette électrique et s'asseyant dans son fauteuil, il parut très sérieusement s'absorber dans la lecture d'un dossier commercial qu'il avait pris soin d'étaler devant lui.

Deux coups secs résonnèrent contre la porte.

— Entrez! fit-il sans lever les yeux.

La porte s'ouvrit, livrant passage à l'employé que nous avons déjà vu et à un visiteur qui n'était autre que le citoyen Blanchecotte.

L'employé après avoir indiqué au nouveau venu son patron, se retira sans prononcer un mot.

M. Kronberg se décida alors à relever la tête.

— Monsieur Blanchecotte, fit-il, d'un air froid et réservé.

— Monsieur Kronberg, répliqua l'ancien contre-maître, d'un ton qui ne révélait ni trouble ni impatience.

— Oui, Monsieur.

— Enchanté, Monsieur.

— Moi de même.

— Veuillez vous asseoir Monsieur.

— Je vous remercie.

Et Blanchecotte s'assit sur un des fauteuils placés en pleine lumière, en face de la table derrière laquelle se tenait le représentant de la maison *Heindrich et Cie*.

Ce dernier se taisait, Blanchecotte nullement embarrassé ni intimidé par cet accueil presque réfrigérant, attaqua :

— Monsieur, je crois m'apercevoir que vous m'en voulez un peu de n'avoir pas répondu immédiatement à vos lettres successives et d'avoir quelque peu tardé à me présenter devant vous.

Monsieur Kronberg fit simplement un geste qui signifiait clairement :

— Continuez donc, je vous en prie nous causerons de cela tout à l'heure.

Toujours tranquillement Blanchecotte poursuivit :

— Je suis persuadé, que si vous aviez été à ma place vous n'auriez pas agi autrement.

« En effet, je ne vous connaissais pas.

« Vos lettres ne m'expliquaient nullement les motifs pour lesquels vous désiriez avoir avec moi un entretien confidentiel.

« Vos titres et qualités n'étaient nullement faits je vous l'avoue franchement, non pas pour m'inspirer de la défiance, mais du moins pour m'intéresser et m'attirer.

« Et je tiens à vous le dire tout net, si dans votre dernière lettre vous ne m'aviez pas affirmé qu'il s'agissait de choses extrêmement importantes pour les idées que je défends et pour le parti que je dirige, je ne me serais certainement pas dérangé.

« J'aurais mis votre correspondance au panier, comme je l'ai fait pour tant d'autres.

« Car vous devez vous en douter, je suis très occupé et je n'ai le temps de m'arrêter qu'aux choses qui en valent vraiment la peine.

Walter Humding ne parut nullement contrarié de ce début qui révélait à merveille le caractère de son interlocuteur.

Au contraire, sa figure prit une expression un peu moins austère et fut même empreinte d'une certaine bienveillance.

— Monsieur Blanchecotte, fit-il, en se renversant dans son fauteuil, il ne me déplaît pas de vous entendre parler ainsi.

« Je vous dirai même, au contraire, que j'aime beaucoup les natures franches et brutales comme la vôtre.

« Et ce début est de bon augure pour la suite de l'entretien que nous allons avoir tous les deux.

— Monsieur Kronberg je vous écoute.

— Monsieur Blanchecotte, reprit l'espion en affectant une grande désinvolture, avez-vous besoin d'argent?

Blanchecotte ne put réprimer un mouvement de surprise.

Il était en effet, à cent lieues de s'attendre à une pareille proposition. Mais il n'était pas homme, comme on dit vulgairement, à perdre les manchettes.

Et, du tac au tac, il répondit :

— Monsieur... cela dépend...

« Et, avant de vous répondre, je vous prierai de bien vouloir m'expliquer un peu plus longuement ce que veut dire la proposition que vous venez de me faire d'une façon aussi rapide.

— Mais il me semble pourtant que cette proposition n'a pas besoin de commentaire.

« Enfin, puisque vous le désirez, je vais me soumettre à votre volonté.

« Je vais développer.

Et Walter Humding, de plus en plus aimable ajouta, en scandant bien chaque mot :

— Monsieur Blanchecotte, avez-vous besoin d'argent?

— Je vous avoue, Monsieur, que je comprends de moins en moins.

— Monsieur Blanchecotte, vous êtes pourtant un homme remarquablement intelligent.

— On le dit, Monsieur.

« Eh bien! je ne comprends pas.

— Allons, nous allons tâcher d'être encore un peu plus clair.

« Monsieur Blanchecotte, avez-vous besoin de cinq cent mille francs?

A ces mots Blanchecotte eut un sourire indéfinissable.

Et lentement, tout en regardant dans les yeux celui qui lui faisait une proposition aussi extraordinaire, il dit simplement :

— Vous voulez m'acheter?

— Ah! enfin, vous m'avez compris.

— Monsieur, je ne suis pas à vendre.

— Voulez-vous que nous augmentions la somme?

Le fils de la patronne lui fait un brin de cour.

— Monsieur, reprit le tribun populaire en se levant, en voilà assez!

« Je goûte fort peu ce genre de plaisanterie, et je m'aperçois que j'ai eu tort de ne pas jeter vos lettres au panier.

— Ne nous fâchons pas, Monsieur Blanchecotte, ne nous fâchons pas, je vous en prie, reprit Walter Humding.

« D'abord, parce que vous m'êtes très sympathique.

« Puis, vous regretteriez de vous être mis mal avec moi.

« Libre à vous de refuser ou d'accepter l'offre que je vous fais.

« Mais avant de m'opposer un refus aussi formel, il serait peut-être nécessaire que nous causions un peu, et que je vous révèle les raisons pour lesquelles j'agis envers vous de la sorte.

— Comme je suppose que cet offre d'argent est faite dans l'intention de nuire à mon parti et de me pousser à une trahison...

— Halte-là... je vous arrête.

« Il ne s'agit nullement de trahir vos idées, d'abord parce que je sais très bien que vous y êtes profondément attaché et parce qu'ensuite, très sincèrement, je les partage.

Blanchecotte, qui marchait d'étonnement en étonnement se disait :

— Ah ça! quel est donc cet individu qui m'offre cinq cent mille francs et qui s'affirme socialiste?

Mais Walter Humding poursuivait :

— Ces cinq cent mille francs, au lieu de les mettre dans votre poche, puisque vous êtes un honnête homme, rien ne vous empêche de les consacrer à la propagande de votre doctrine.

« Cela vous va-t-il?

— Monsieur, en principe, oui... comme chef de parti, je n'ai pas le droit de refuser les subventions que l'on me propose.

« Il est certain qu'en ce moment ces cinq cent mille francs feraient très bien dans notre caisse.

— Je le sais, et voilà pourquoi je vous en parle.

— Seulement, Monsieur, avant d'accepter d'une façon définitive, vous me permettrez bien de m'étonner que le représentant de la maison Heindrich et Cie de Vienne, s'intéresse assez au parti socialiste français pour lui faire cadeau d'une somme aussi importante.

— Je vous attendais là, Monsieur Blanchecotte, et je vous répondrai avec la même franchise dont je viens d'user envers vous.

« Il est évident que ce n'est pas moi qui vous fais un pareil cadeau.

« Je ne suis qu'un simple représentant de commerce.

« Certes, ma situation est loin d'être mauvaise, mais quelle que soit ma sympathie pour vos idées et pour votre personne, je ne vous cacherai pas qu'il me serait absolument impossible de disposer d'autant d'argent en votre faveur.

« C'est donc au nom de la maison *Heindrich et Cie* que je vous parle.

— Alors, fit Blanchecotte, non sans ironie, la maison Heindrich et Cie est socialiste à ce point?

— Non, reconnut immédiatement le faux représentant.

« Aussi à ce don met-elle une condition qui, d'ailleurs, n'est nullement froissante ni gênante pour vous.

— Voyons un peu?

— Vous connaissez l'industrie de la maison Heindrich?

— Commission, exportation.

— C'est cela.

« En ce moment, la maison Heindrich et Cie est très gênée par la concurrence française pour certains articles qu'elle voudrait écouler.

« Il nous faudrait une bonne grève.

— Ah! parfaitement, parfaitement.

« Maintenant, j'y suis tout à fait, interrompit Blanchecotte.

« Vous voudriez vous servir de moi, moyennant la forte somme, pour créer une agitation syndicaliste dont profiterait votre maison Viennoise.

« Evidemment, c'est assez bien imaginé.

« D'ailleurs, je crois que vous n'avez pas le brevet d'invention?

« Ça s'est déjà fait beaucoup et ça se fera encore énormément.

« Seulement, si vous comptez sur moi pour vous aider dans une pareille manœuvre, vous vous trompez Monsieur.

— Seriez-vous patriote? hasarda Walter Humding.

— Patriote, moi! s'écria Blanchecotte en haussant les épaules.

« Ah! ça, qu'est-ce que vous me racontez là... vous savez bien que non.

« Qu'est-ce que vous voulez que ça me fasse à moi la Patrie, l'industrie nationale, et toutes ces balivernes avec lesquelles on trompe le peuple et l'on fausse l'éducation de la masse.

« Les raisons pour lesquelles je refuse de marcher avec vous sont beaucoup plus simples.

« Je peux dire même qu'elles se résument en une seule, c'est que je ne veux pas de grève en ce moment.

— Pourquoi cela?

— Parce que ce n'est pas l'heure et parce que j'estime qu'autant une grève peut être profitable au parti ouvrier lorsqu'elle éclae à propos, autant elle peut lui être préjudiciable lorsqu'elle n'est pas... comment dirai-je bien... lorsqu'elle n'est pas sympathique.

— Tiens très amusant cette théorie de la grève sympathique.

— Mais elle est très juste.

« Pour qu'une grève réussisse, il faut qu'elle soit populaire, sinon elle sombre dans le désordre et dans le ridicule.

« Eh bien! en ce moment, cette grève que vous me proposez n'aurait aucune chance de succès.

« Oh! évidemment, on pourrait la faire décréter.

« Ce n'est pas difficile.

« C'est même l'enfance de l'art.

« Mais après?

— Après?,..

— Ce serait le désastre.

— Mais non, puisque nous mettrions à votre disposition les capitaux nécessaires pour pouvoir tenir le coup.

— Vous seriez bien gentils.

« Mais je crois qu'à ce petit jeu-là vous auriez bien des chances au lieu d'y gagner d'y perdre.

— Comment cela?

— Mais parce que les revendications des grévistes ne pouvant être que fallacieuses et mal fondées les patrons qui sont décidés lors de la premièr. tentative de ce genre à faire un lok-out serieux e à se syndiquer contre nous, se défendraient jusqu'à là dernière extrémité.

« Cette fois, ils tiendraient le coup, comme vous le dites, et ce seraient les ouvriers qui paieraient le casse...

— Ce que vous me dies là est fort possible, répliqua Walter Humding frappé par la clarté du raisonnement de son interlocuteur.

— C'est même certain, fit celui-ci.

— Eh bien! fit M. Krönberg d'un ton ferme et décidé, cette grève se fera tout de même.

— Avec moi, jamais.

— Elle se fera avec vous.

— Allons donc!

— J'en suis sûr.

— Vous vous trompez.

Un ressort secret fit jouer une partie de la muraille.

— Je me trompe si peu, M. Blanchecotte, que nous allons faire le pari, si vous le voulez bien, qu'avant une demi-heure d'ici, vous serez de mon avis, et que vous sortirez de ce bureau en emportant les cinq cent mille francs que je vous ai offerts.

— Vraiment Monsieur, fit le tribun populaire.

— Parfaitement Monsieur, répliqua l'espion

— Je serais curieux de savoir comment vous allez vous y prendre.

— Vous allez être immédiatement fixé.

« Monsieur Blanchecotte prenez la peine de vous asseoir s'il vous plaît, car l'entretien que nous allons avoir menace d'être d'une certaine longueur.

— Je suis à votre entière disposition pour vous écouter.

— Voilà qui est gentil, au moins.

— Je ne vous cacherai pas, Monsieur Kronberg, que vous m'intéressez vivement.

« J'aime les gens de votre caractère, de votre trempe qui vont droit au but et ne s'embarrassent pas, pour dire les choses de circonlocutions inutiles et de banale phraséologie.

— Croyez M. Blanchecotte, que je suis extrêmement sensible à ce compliment.

— Tout à fait désintéressé, je vous l'assure.

— J'en suis absolument convaincu.

— Eh bien! Monsieur Blanchecotte, je ne vous cacherai pas plus longtemps que le début de notre entretien vient de me causer une désillusion profonde.

« Je dirai même un très grand ennui.

« J'avais fondé sur vous de grandes espérances.

« Je me figurais que, du premier coup, vous alliez accepter mes propositions et que vous l'apôtre du prolétariat français vous seriez trop heureux de profiter de l'occasion qui s'offrait à vous de remplir la caisse de votre parti.

« Car elle est en ce moment plutôt creuse, la caisse.

— Vous vous trompez, Monsieur, chercha à bluffer Blanchecotte.

— Non, je ne me trompe pas, affirma Walter Humding avec sérénité.

« Je vais vous en donner la preuve.

« Et si, comme j'en suis sûr, vous êtes de bonne foi, vous reconnaîtrez immédiatement que je suis tout aussi bien renseigné que vous sur les ressources financières de votre Confédération.

Et tout tranquillement, M. Kronberg prenant un papier dans le tiroir de son bureau lut à haute et intelligible voix :

« Votre caisse, dite de *grèves* n'a plus à son actif qu'une somme de 92.000 francs.

« Votre caisse, dite *secrète*, renferme environ 61.000 francs.

« Enfin, votre caisse dite de *Comptes courants* ne possède que 29.654 fr. 25 centimes.

« Maintenant, M. Blanchecotte, oserez-vous me soutenir en face que je ne suis pas bien renseigné?

Blanchecotte tombait des nues.

En effet, les chiffres que son interlocuteur venait de lui donner étaient d'une scrupuleuse exactitude et le révolutionnaire se demandait comment ce simple représentant d'une maison Viennoise à Paris avait pu se procurer un état de caisse que seuls connaissaient de très rares initiés, lorsque Kronberg reprit :

— Je comprends très bien qu'en ce moment vous hésitiez à faire la grève.

« Il vous serait très désagréable d'être obligé de dévoiler aux membres de votre parti l'état peu prospère de vos finances.

« Peut-être en l'occasion perdriez-vous quelque peu de votre influence et de votre prestige.

Et comme l'ancien contremaître esquissait un geste de protestation, l'espion s'empressa de déclarer :

— Oh! n'allez pas croire un seul instant que je mette en doute votre parfaite intégrité.

« Je suis convaincu, cher Monsieur Blanchecotte, que si vous avez peut-être dépensé un petit peu trop vite l'argent qui vous était confié, vous n'en avez pas mis un sou dans votre poche.

« Tout au plus pourrait-on vous accuser d'avoir fait servir les deniers des prolétaires à certaines besognes qui, sous le couvert de propagande, n'en étaient pas moins dictées surtout par votre intérêt personnel, tel par exemple, le sauvetage de Madame Brévannes e l'enlèvement de son petit garçon.

— Vous dites? s'écria Blanchecotte en pâlissant.

— Je dis que, tout en rendant justice à votre parfaite intégrité et plus encore à votre volonté, à votre énergie et aux ressources multiples de votre esprit, je craindrais pour vous que si, en ce moment vous étiez obligé de sortir vos livres on ne vous adresse quelques reproches.

« Vous n'êtes pas sans être jalousé, même au sein de votre parti.

« Plusieurs de vos lieutenants, que je ne vous nommerai pas, mais que vous reconnaîtrez parfaitement ne seraient pas fâchés de vous voir perdre votre popularité afin de s'en emparer à leur profit.

« Et s'il n'y avait que cela...

« Mais je m'arrête, car je suis persuadé que dès à présent vous devez commencer à vous dire que j'ai gagné mon petit pari.

Blanchecotte ne répondait rien.

Nerveusement il tortillait sa rude moustache.

Son regard, dans lequel flambaient par instant des étincelles de colère difficilement contenue, demeurait fixé sur le plancher.

Walter Humding l'observait finement du coin de l'œil, sans bouger lui non plus, attendant l'effet produit par ses paroles.

Mais cet effet devait être saisissant; car tout à coup Blanchecotte, s'évadant de son silence, s'écria d'une voix tremblante :

— Ah ça! qui êtes-vous donc pour oser me parler ainsi?

— Peu vous importe qui je suis du moment que moi, je sais qui vous êtes, répliqua du tac au tac le faux représentant de commerce.

Et toujours avec la même sérénité, il poursuivit :

— Oui s'il n'y avait que cela!

« Mais il y a bien d'autres choses encore.

« Ah! Monsieur Blanchecotte, si le Gouvernement de la République que vous combattez avec tant d'énergie apprenait jamais certains faits que je connais, moi, notamment la façon véritablement extraordinaire dont vous avez réussi à faire disparaître un certain valet de chambre nommé Albert, qui en savait trop long sur votre compte...

— Comment? interrompit Blanchecotte, vous savez?

— Vous voyez bien que j'avais raison de vous dire que nous fi nirions par nous entendre.

« Je vous disais donc que si le Gouvernement de la République qui rêve de trouver une oc, casion pour vous mettre sous les verrous, apprenait cette petite histoire ah! cela ne traînerait pas.

« Vous seriez vite bouclé, arrêté, emprisonné.

« On vous ferait passer en cour d'Assises, et il y aurait bien des chances pour que les douze bons jurés de la Seine en profitassent pour vous envoyer à l'échafaud.

— Mais encore faudrait-il des preuves? hasarda Blanchecotte.

— Des preuves! ricana cette fois Walter Humding

« Il en existe et je sais où elles sont.

« En tout cas, si elles n'étaient pas suffisantes, je me chargerais d'en découvrir d'autres avec la même facilité que j'ai découvert le fait principal.

« Vous voyez, Monsieur Blanchecotte, comme disent les clowns, qu'il est inutile de faire joujou avec môa.

Blanchecotte à présent était atterré.

Il se sentait complètement à la merci de cet homme et il en éprouvait une douleur incommensurable.

Lui qui s'était toujours cru le maître.

Lui qui avait prétendu ne jamais obéir à personne.

Lui qui, tant de fois avait solennellement affirmé qu'aucune volonté n'était de taille à faire courber la sienne, il se voyait dans l'obligation de s'incliner devant un autre homme.

Et quel homme?

Un représentant d'une maison étrangère!

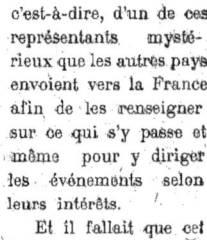

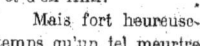
— Il ne me déplaît pas de vous entendre parler ainsi.

Allons donc!

Blanchecotte était beaucoup trop intelligent pour ne pas avoir déjà deviné qu'il se trouvait en présence,non pas d'un courtier en marchandises quelconque, mais d'une puissance occulte formidable, c'est-à-dire, d'un de ces représentants mystérieux que les autres pays envoient vers la France afin de les renseigner sur ce qui s'y passe et même pour y diriger les événements selon leurs intérêts.

Et il fallait que cet homme fût singulièrement fort pour avoir réussi à pénétrer de la sorte les secrets les plus cachés du tribun populaire!

Et pris d'une sorte de rage qu'il avait peine à réprimer, Blanchecotte fut sur le point de s'élancer sur ce personnage et de le serrer à la gorge de ses mains puissantes afin de l'étrangler et d'en finir.

Mais fort heureusement pour lui il songea à temps qu'un tel meurtre était inutile.

Ce Monsieur Kronberg ne devait pas être seul.

Il devait avoir des associés, des amis, des complices.

Par conséquent, l'assassiner n'aurait pour résultat que de démasquer Blanchecotte et de fournir au Gouvernement les armes nécessaires pour se débarrasser de lui.

Aussi, faisant un violent effort sur lui-même, il reprit :

— C'est bien, Monsieur, je m'aperçois que vous êtes très fort et je suis obligé de reconnaître que vous avez gagné votre pari.

— Alors, ces cinq cent mille francs?

— Je les accepte.

— La grève éclatera?

— Elle éclatera où et quand vous voudrez.

Alors faisant semblant de s'abandonner un peu, Walter Humding s'écria avec un accent de familiarité merveilleusement simulée :

— Vous ne pouvez pas vous imaginer, cher Monsieur Blanchecotte, combien je suis heureux de vous entendre parler ainsi.

« D'aileurs, je n'ai pas fini.

« J'ai encore à vous parler de choses fort intéressantes.

« Maintenat que nous sommes d'accord sur le principe, nos relations vont en être singulièrement facilitées.

— Monsieur Blanchecotte, vous avez déjà un journal que je connais, que j'ai lu et que je trouve fort bien rédigé.

« Il me serait facile notamment de vous prier d'en diriger la partie politique de la façon qu'il me plairait.

« Oh! rassurez-vous, je ne vous demanderai rien qui fût contraire à vos idées.

« Au contraire!

« La seule chose que je vous imposerais de faire ce serait d'accentuer encore votre teinte.

« Vous voyez que de ce côté-là vous n'avez rien à craindre .

« Mais j'ai mieux que cela à vous communiquer.

« Que diriez-vous par exemple d'un nouveau Journal consacré tout spécialement à l'antimilitarisme ne s'occupant absolument que des choses de l'armée, des gabegies de l'administration militaire, des injustices des chefs, des souffrances qu'ont à endurer les soldats.

« On pourrait faire ainsi une sorte de pamphlet des plus intéressants et qui se vendrait admirablement, non seulement dans tous les grands centre mais aussi dans toutes les villes de garnison.

« Cette feuille paraîtrait deux fois par semaine environ, et ne ferait nullement concurrence à votre journal.

« Quant aux condamnations à encourir, n'ayez aucune crainte à ce sujet.

« Aucun article ne serait signé.

« Le journal ne porterait que les noms du gérant et de l'imprimeur que je vous fournirais tous les deux.

« Il faudrait par exemple nous dépêcher.

« Je tiendrais essentiellement à paraître dans les huit jours.

« Avant si c'était possible.

« En ce moment-ci l'affaire Ferbach nous offre un merveilleux tremplin.

« Le titre serait par exemple : *Le Pioupiou français.*

— Pas mauvais, approuva Blanchecotte.

— Vous seriez naturellement le Directeur...

« J'ai besoin d'avoir un homme comme vous pour mener au succès cette feuille qui peut être un excellent élément de propagande.

« Enfin, comme j'estime que tout labeur à vous dire que vos ap mérite salaire, je tiens pointements personnels seront fixés à mille francs par mois, que je vous remettrai en plus des fonds nécessaires au lancement du Journal, à son entretien et à sa diffusion.

Alors avec une légère pointe d'ironie Walter Hümding ajouta :

— Ah ça! qui êtes-vous donc?

— Inutile, n'est-ce pas de vous demander si vous acceptez?

« C'est donc une affaire conclue.

« Je vais donc vous remettre 601.000 francs : 500.000 francs pour la grève, 100.000 francs pour le Journal, 1.000 francs pour votre premier mois d'appointements.

« Vous allez peut-être dire que cela va vous faire bien de l'ouvrage à la fois.

« Mais je sais que vous êtes un homme actif et capable de mener de front plusieurs besognes.

« Aussi, je ne m'inquiète pas.

« D'ailleurs, la grève peut encore attendre une quinzaine.

« Ce qui est le plus pressé, c'est le journal

Tiens, te voilà, bon am

« Par conséquent, faites bien et allez vite.

« Je m'en vais vous donner un chèque sur le Crédit Lyonnais en échange duquel vous voudrez. bien me signer ce petit reçu que j'avais préparé d'avance.

« Car j'étais bien sûr que nous ferions affaire tous les deux.

« Prenez cette plume et trempez-la dans l'encre, apposez votre paraphe là... au bas de ce papier, et tout sera dit.

Blanchecotte hésitait.

Il se rendait très bien compte que cette signature qu'on exigeait de lui c'était mieux qu'un aveu, c'était la preuve qu'il se vendait à une puissance étrangère.

— Eh bien! qu'est-ce que vous attendez? intervint simplement l'espion allemand.

« Allons, signez donc!

« Je suis obligé de vous demander cette formalité, car vous devez bien penser que j'ai des gens derrière moi, des gens qui exigent des comptes.

« Mais vous pouvez être tranquille, vous ne serez compromis en rien, car ce serait la première fois qu'il m'arriverait de trahir les gens dont j'ai besoin.

« D'ailleurs, vous verrez d'ici peu que je sais récompenser largement ceux qui me servent, comme je sais me venger implacablement de ceux qui me résistent.

Walter Humding avait mis un tel accent dans cette dernière phrase, que Blanchecotte cette fois n'hésita plus.

D'une main mal assurée, il traça le paraphe qu'on lui demandait.

Puis Walter Humding lui passa le chèque qu'il enfouit dans son portefeuille.

— Maintenant, Monsieur, fit Blanchecotte décidé à présent à aller jusqu'au bout dans la nouvelle voie où il était forcé de s'engager, j'aurais quelques questions à vous poser.

— Parlez, je vous prie.

— D'abord, nous allons avoir besoin de nous voir.

— Oh! très rarement, répondit le faux M. Kronberg.

« Car je sais que vous êtes de ceux sur lesquels on peut compter.

« Néanmoins il serait tout de même indispensable de nous retrouver de temps en temps.

« Eh bien! vous n'aurez qu'à téléphoner ici,

« Si je suis là, je vous dirai de venir tout de suite.

« Si je suis absent, je vous ferai donner un rendez-vous dans le plus bref délai.

— Bien

« Maintenant, pour ne pas perdre de temps, voulez-vous être assez aimable pour me donner les grandes lignes pour notre *Pioupiou Français*.

— Je vais faire mieux que cela, mon cher Monsieur Blanchecotte, je vous enverrai, dès ce soir, la copie du premier numéro.

— Parfait.

— Vous n'aurez qu'à y ajouter quelques lignes bien senties.

— Entendu!

— Mais vous me garantissez, par exemple, que le journal paraîtra dans huit jours.

— M. Kronberg, nous sommes aujourd'hui lundi.

« Eh bien! samedi prochain, je vous promets que les camelots auront leur papier pour le hurler dans les rues.

— Ah! oui... le journal du docteur Rubin, ce sale clérical... je ne demande pas mieux.

— Ah! tant que j'y pense, ne manquez pas surtout de m'envoyer toute une escouade devant les bureaux de l'*Ami de l'Ordre*·

— Vous n'aimez pas cet homme?

— Je le déteste et le méprise.

— Eh bien! soyez tranquille, il aura son paquet.

— Alors, vous ne voyez plus rien à me dire pour l'instant?

— Rien, M. Blanchecotte.

« Si toutefois les fonds que je vous remets n'étaient pas suffisants, vous n'aurez qu'à m'en demander d'autres en justifiant vos dépenses, toujours à cause de mes correspondants.

« Inutile de vous demander le secret.

« Nos intérêts maintenant sont communs.

— En effet, fit Blanchecotte.

— Et dites-vous bien surtout qu'en agissant de la sorte, vous servez certains projets qu'il m'est impossible de vous communiquer jusqu'à présent, vous ne nuisez en rien aux vôtres, et vous développez, au contraire, puissamment l'idée dont vous vous faites le prophète.

Blanchecotte s'inclina et prit congé de son interlocuteur.

Quand il se fut éloigné, Walter Humding se frottant les mains, se prit à murmurer :

— Ah! Messieurs les officiers français, vous ne vous imaginez pas quelle surprise je vous réserve!

CHAPITRE CLXIII

La colombe et le vautour.

Ainsi qu'un de ses agents l'avait déclaré à Walter Humding, la douce Yvette, tout en continuant à travailler chez son éditeur, demeurait toujours, 36 Avenue d'Orléans dans la maison meublée de Mme Lenoir où elle était descendue avec Pas-de-Canard lorsqu'elle avait pris la résolution de quitter la maison paternelle.

Pas-de-Canard, lui aussi, continuait à travailler et, tous deux chaque jour se faisaient apprécier davantage de tous ceux qui les connaissaient, elle par son charme enveloppant de jeune fille à la fois ravissante, jolie et parfaitement honnête, lui, par son courage, sa bonté, sa douceur, et toutes les qualités précieuses dont le pauvre infirme était doué.

— Mon Dieu! délivrez-moi de cet amour impossible!

L'agent de Walter Humding l'avait encore bien renseigné lorsqu'il avait dit à son patron qu'une idylle s'était ébauchée entre le fils de Mme Lenoir et la fille de Van Flam, sous l'œil bienveillant de la maman qui, appréciait de plus en plus sa jeune pensionnaire, se réjouissait à la pensée que son cher Jean trouverait en elle une épouse fidèle, aimante, laborieuse et dévouée.

Pas-de-Canard, par exemple, avait beaucoup souffert.

Il avait été très longtemps à se rendre compte qu'il aimait d'amour celle qu'il eût voulu à jamais considérer comme sa sœur.

Mais cependant, il avait dû se rendre à l'évidence. Alors, incapable de se dominer plus longtemps, il avait souffert toutes les tortures morales les plus cruelles que l'on puisse imaginer.

Car il savait très bien qu'il ne pouvait rivaliser avec ce jeune homme beau et fort qui avait su capter le cœur d'Yvette.

Et quand une glace lui révélait son visage disgracieux et son corps difforme, oh! alors, une sorte de colère s'emparait de lui.

Vite, il se sauvait, se demandant pourquoi, par quel caprice injuste, par quelle fantaisie abominable, la Nature avait donné à son âme une enveloppe si hideuse en même temps qu'elle laissait à son cœur les inspirations les plus hautes, les désirs les plus grands, les passions les plus nobles.

Mais ces moments de révolte n'étaient que de brève durée.

Le malheureux n'était-il pas fait pour tous les sacrifices?

N'était-il pas doué de cette vertu sublime qui s'appelle la résignation?

Et, se ressaisissant presque aussitôt, il savait se dominer, imposer silence à ses désespoirs, et dissimuler à un tel point le désarroi de ses sentiments, que tous le croyaient heureux, très heureux, et qu'il devenait impossible de lire dans son regard clair et limpide, autre chose que de la bonté et de la joie.

Un jour, il s'aperçut qu'Yvette qui, depuis qu'elle demeurait Avenue d'Orléans, avait chassé les pensées tristes qui jusqu'alors l'avaient assaillie et pris une expression de bonheur jusqu'alors inconnu, redevenait quelque peu mélancolique.

Avec cette sollicitude qui ne l'avait jamais abandonné, il s'en inquiéta, et crut qu'il était de son devoir de questionner la jeune fille.

Il s'en fut donc l'attendre à la sortie de son bureau.

En l'apercevant, Yvette qui l'aimait comme une frère, s'écria joyeusement :

« Oh! quelle bonne surprise!

— J'avais fini mon travail, renseigna l'infirme, j'en ai profité pour vous attendre.

— Ça, c'est gentil.

— Et puis, ajouta Pas-de-Canard qui ne savait pas mentir, j'avais quelque chose à vous dire.

— Aurais-tu quelque ennui?

— Moi... oh pas du tout.

Et avec une certaine hésitation, car il savait très bien que la question qu'il allait poser à Yvette était extrêmement délicate, il reprit cependant :

— Est-ce que vous ne seriez pas un peu... souffrante?

— Moi... mais pas du tout, mon bon ami, je me porte au contraire, à merveille.

Puis, avec un sourire angélique, elle ajouta :

— Pourquoi me demandes-tu cela?

— Parce que... parce que...

— Voyons... parle.

Alors, prenant son courage à deux mains, le brave garçon dit :

— Parce que, depuis quelques jours, vous semblez préoccupée.

— Moi?

— Oui, vous!

Avec sa franchise habituelle, la fille de Van Flam déclara :

— Eh bien! tu as raison... j'ai un souci, un gros souci.

« J'aurais dû te le dire plus tôt et même te demander conseil.

« N'es-tu pas mon frère?

« Ne m'as-tu pas donné assez de preuves de dévouement pour que j'aie en toi la confiance la plus absolue, et que je n'aie pas l'air surtout de te faire des cachotteries.

— Oh! oui... dites-moi bien la vérité, car cela me fait tant de peine quand je pense que vous pouvez avoir quelque chagrin.

Yvette et Pas-de-Canard marchaient lentement côte à côte

Alors, baissant le front et rougissant légèrement, la jeune fille avoua :

— Jean Lenoir et moi, nous nous aimons.

Bien qu'il l'eût deviné, Pas-de-Canard dut faire appel à toute sa volonté pour réprimer le tressaillement douloureux qu'avait provoqué en lui cette confidence.

Yvette, sans s'apercevoir de l'effet qu'elle venait de produire sur son compagnon continuait d'une voix très douce mais un peu tremblante :

— J'avais gardé mon secret enfoui jusqu'au plus profond de mon cœur, et jamais je n'en eusse parlé à personne si, l'autre jour, avec des mots pleins de respect et d'émotion, Jean ne m'avait pas dit que son vœu le plus cher était de m'épouser.

« Que s'est-il passé en moi à ce moment?... je l'ignore.

« Mais, j'étais tellement bouleversée par cette révélation, qu'oubliant le mystère qui plane sur moi, je me suis laissée aller à lui répondre que, moi aussi, je l'aimais, et que je serais heureuse et fière d'être sa femme!

« Mais à peine avais-je prononcé cette phrase que je le regrettais déjà.

« Il était trop tard pour me reprendre.

« Comment dire à présent à Jean, si loyal, si franc, que toi et moi, nous ne nous appelions pas Charlotte et Valentin Stelmans, que je n'avais jamais été dentellière à Bruges, que je n'étais pas orpheline, que mon père vivait, qu'il s'appelait Van Flam, et qu'après avoir été arrêté comme espion à Lille, il avait réussi à s'évader, et était sous le coup d'un mandat d'amener de la part du Juge d'instruction.

« Oui, comment révéler une pareille honte à ce jeune homme qui m'aimait, au point de me demander ma main, et sa mère, qui m'avait accueillie si généreusement, et qui, je le sentais bien, était toute prête à me reconnaître pour sa fille.

« Alors, je balbutiai quelques mots sans suite, et je priai je suppliai Jean d'attendre quelques jours afin de lui répondre d'une façon définitive.

« Et comme il insistait je le conjurai plus fort encore, d'attendre patiemment, et, pour le rassurer, pour bien montrer que, moi aussi j'étais toute à lui, je lui jurais que jamais je ne serais la femme d'un autre.

« Voilà où j'en suis, bon ami.

« Pardonne-moi si je ne t'en ai pas parlé plus tôt, mais je n'osais pas... je n'osais pas...

— Pourquoi? interrogea l'infirme.

— Parce que j'avais peur que tu me grondes.

— Vous gronder... moi! oh! non ce n'est pas possible.

— N'ai-je pas été par trop imprudente en m'oubliant jusqu'au point d'avouer à Jean que je l'aimais.

— Il est des sentiments devant lesquels toute force humaine demeure impuissante, fit Pas-de-Canard d'une voix grave, et pour faire taire son cœur, il faut se l'arracher.

— Oh! comme tu me parles, fit Yvette toute surprise par le ton tragique avec lequel le bossu s'était exprimé.

— Si je vous parle ainsi, reprit ce dernier, c'est parce que je vous comprends et que je vous excuse.

« Vous avez bien fait de me dire la vérité car tout peut encore s'arranger.

— Ah! tu crois?

— Je l'espère!

— Oh! alors, dis-moi bien vite ce que je dois faire.

— Aller trouver Madame Lenoir et lui dire l'offre que son fils vous a faite et ce que vous êtes en réalité.

« Si Jean vous aime vraiment, et si Madame Lenoir aime son fils, tous deux passeront outre, et vous épouserez celui que vous aimez.

— Mais objecta Yvette, si ce jeune homme et cette mère ne veulent pas chez eux de l'enfant d'un misérable comme mon père?

— Eh bien, je ne saurais trop vous le dire, c'est que Jean ne vous aimera pas vraiment, ou que sa mère ne sera pas pour lui une vraie mère!

— Mais alors, je souffrirai cruellement.

— Tout ne vaut-il pas mieux que l'incertitude?

— C'est vrai... tu as raison.

« En rentrant tout à l'heure, j'irai trouver Madame Lenoir et je lui dirai tout.

— Bon courage, et quelque chose me dit que Dieu est avec vous.

Yvette et Pas-de-Canard étaient arrivés Avenue d'Orléans devant la maison meublée.

Yvette qui s'était armée de résolution, pénétra la première dans l'immeuble et s'en fut directement retrouver Madame Lenoir.

Quant à Pas-de-Canard, il remonta dans sa chambre, et, tombant à genoux devant son lit, il prit sa tête entre ses mains, et, sanglotant, il se prit à murmurer :

— Mon Dieu! Mon Dieu, délivrez-moi de cet amour impossible!

« N'ai-je pas déjà assez souffert pour que vous m'épargniez un nouveau surcroît de douleur?

Madame Lenoir, suivant son habitude, travaillait dans le petit salon qui lui servait de bureau, à un travail de couture.

Le pas svelte et léger de la jeune fille qui s'avançait, lui fit relever la tête.

Aussitôt un sourire aimable erra sur ses lèvres.

— Bonjour ma chère enfant, fit-elle le plus gracieusement du monde.

Mais, s'apercevant aussitôt que les yeux d'Yvette étaient tout gros de larmes, elle se leva, abandonna son ouvrage, et prenant la main de la jeune fille, elle lui demanda sur un ton de surprise émue :

— Ah! ça, ma chère enfant, on dirait que vous êtes prête à pleurer.

« Est-ce que vous auriez reçu quelque mauvaise nouvelle?

— Oh! non, Madame!

— Alors, pourquoi cet air triste ?

« Un gros chagrin?

« Confiez-moi ça bien vite!

« Vous savez combien je vous aime.

— Oh! oui, Madame, je le sais... et pardonnez-moi si je ne vous ai pas parlé plus tôt, mais je n'osais pas.

—Ah! ça, ma chère enfant, on dirait que vous êtes prête à pleurer.

— Quel est donc ce grand secret ?

Et faisant asseoir la jeune fille sur une chaise tout près d'elle, elle lui dit :

— Parlez sans crainte comme si c'était à une maman que vous vous confessiez.

— Madame, je vais peut-être vous faire de la peine.

— A moi?

— Oui, Madame, je sais combien vous aimez votre fils.

— Certes!

— Eh bien, Madame, il s'agit justement de lui et de moi...

— Je crois comprendre...

— Jean vous aime, n'est-ce pas?

— Oui Madame.

— Vous vous en êtes aperçue?

— Il me l'a dit.

— Il a eu tort.

« Il aurait dû me laisser cette mission de vous apprendre moi-même les sentiments que vous lui aviez inspirés.

« Mais, somme toute, le crime n'est pas bien grand et je lui pardonne.

« Alors, vous dites que Jean s'est déclaré devant vous?

— Oui, Madame.

— Et que lui avez-vous répondu?

— Je lui ai répondu, Madame, que moi aussi je l'aimais.

— Alors, tout est pour le mieux, et je me demande un peu pourquoi vous vous désolez tant, car je ne suppose pas un seul instant que vous ayez eu l'idée que je m'oppose à votre mariage.

« Voilà quelque temps que je vous connais, j'ai donc pu vous juger... je vous apprécie énormément, et je suis convaincue que vous rendrez mon fils parfaitement heureux.

« Par conséquent, je ne puis qu'approuver de tout mon cœur une union aussi bien faite pour amener le bonheur dans notre maison.

— Oh! Madame, s'écria Yvette incapable de retenir plus longtemps ses sanglots.

« Je ne puis vous dire à quel point je vous suis reconnaissante de tout ce que vous avez fait pour moi.

« Et les paroles que vous venez de prononcer me touchent à un point que je ne saurais vous dire.

« Malheureusement, cette union est impossible!

— Impossible?

— Oui, Madame.

— Et pourquoi?

— Parce que je vous ai menti.

— Vous m'avez menti! vous!

« Je me refuse à croire une pareille chose.

— Cela est pourtant.

— Je voudrais en avoir la preuve.

« Parlez, car je ne m'inclinerai que devant l'évidence.

— Je ne m'appelle pas Charlotte Stelmans, et le jeune infirme qui est avec moi n'est pas mon frère.

— Que me racontez-vous là, mon enfant?

— Oh! ce n'est rien, Madame, à côté de ce que je m'en vais vous révéler.

— Oh! ma pauvre petite, vous me faites peur!

— Oh! vous allez voir, Madame, si j'avais raison lorsque je vous disais que je ne pouvais pas épouser votre fils.

— Continuez, je vous en prie.

— Je me nomme en réalité Yvette Van Flam.

— Yvette Van Flam?

— Ce nom ne vous dit rien, Madame, mais combien va-t-il vous effrayer lorsque vous saurez que je suis la fille d'un homme qui a été emprisonné sous l'inculpation d'espionnage.

— Oh! mais, c'est épouvantable!

— Quant à ce brave garçon, ce pauvre déshérité de la nature, je vous l'ai déjà dit, ce n'est pas mon frère.

« C'est un enfant trouvé qui a longtemps servi à mon père de garçon à tout faire, ou plutôt de souffre-douleur.

« Il m'a prise en amitié par reconnaissance des quelques bontés que j'avais eues pour lui.

« Et voilà, Madame, tout ce que j'avais à vous dire.

Madame Lenoir, profondément attristée, réfléchissait, tandis qu'Yvette versait des larmes douloureuses.

Mais bientôt, Madame Lenoir relevant la tête et regardant bien la jeune fille dans les yeux lui dit :

— Permettez-moi, maintenant, mon enfant, de vous poser quelques questions?

— Dites, Madame, et soyez certaine que je vous répondrai en toute sincérité.

— Alors, en ce cas, au lieu de vous interroger, ne pourriez-vous pas me faire le récit bien sincère de toute votre existence?

« Croyez mon enfant, que je vous écoute avec toute la bienveillance, avec toute la sympathie que vous m'inspirez, et que vos révélations n'ont rien diminué chez moi.

Encouragée par cette attitude, Yvette dominant sa tristesse et parvenant à refouler ses larmes, raconta à Mme Lenoir toute son existence jusque dans les plus petits détails.

Elle parlait avec un tel accent de franchise que l'excellente femme ne songea pas un seul instant à mettre en doute sa parole.

Et quand elle eut terminé, elle l'attira contre sa poitrine en disant :

« Je parlerai à mon fils.

« Lui seul sera juge, et soyez persuadée que je ne me mettrai pas en travers de sa volonté.

« Ce qu'il décidera sera bien.

« Remontez dans votre chambre.

« Dès que j'aurai vu Jean, que je lui aurai causé, j'irai vous rejoindre et je vous dirai ce qu'il aura décidé.

« Mais, dès à présent, je tiens à vous conseiller

l'espérance, car je connais trop mon fils pour ne pas être certaine qu'il se conduira envers vous comme le plus honnête des hommes.

Alors Yvette, réconfortée, rendit à Madame Lenoir son baiser et, suivant son conseil, remonta chez elle, dans l'attente de cette réponse qui allait décider de sa vie.

A peine avait-elle quitté le petit salon, que Jean y pénétrait.

Madame Lenoir, avec beaucoup de netteté et de précision mit immédiatement son fils au courant de la situation.

Jean laissa parler sa mère sans l'interrompre.

Mais il était facile de lire sur son visage tout le trouble que causaient chez lui ces révélations inattendues.

Mme Lenoir termina en ces termes :

— Maintenant, mon fils, ainsi que je l'ai dit à cette jeune fille, tu es seul juge.

« Ce que tu feras sera bien.

« Je laisse à ta conscience et à ton honneur le soin de décider.

— Ma mère, ce que vous venez de me dire ne change en rien mon sentiment à l'égard de cette jeune fille, que je considère en tous points comme digne d'être ma femme.

« Ce n'est point sa faute si son père est un misérable !

« Elle n'a, au contraire, que plus de mérite d'être restée ce qu'elle est, et ce sera la joie de ma vie de lui rendre désormais l'existence agréable et douce.

— Ah ! mon enfant, s'écria Madame Lenoir, je suis fière de toi.

« Tu es le plus généreux des cœurs, et j'avais bien raison lorsque je conseillais à cette pauvre petite d'espérer.

« Elle est dans sa chambre.

« Va la rassurer et ramène-la vite, afin que je vous embrasse et que je vous bénisse tous les deux.

L'homme au sombrero avait réussi à se glisser derrière lui.

Le soir même, à la table de famille, les fiançailles d'Yvette et de Jean étaient officiellement déclarées, et ce fut une joie universelle, car tous et toutes aimaient ces deux jeunes gens si bien faits pour se comprendre et s'unir.

Pas-de-Canard, lui aussi, eut le courage héroïque de paraître heureux, et, lorsqu'au dessert, de sa belle voix chaude et pénétrante qui contrastait avec la difformité de son corps il entonna, à la demande générale, une chanson de son pays, où toute l'âme des Flandres semblait s'être réfugiée, nul ne soupçonna le drame affreux qui se déroulait au fond de son cœur, tant sa voix, qu'aucun tremblement n'agitait, montait sonore, tel un cantique d'espérance et d'amour !

Après le repas, afin de fêter dignement ces fiançailles improvisées il fut décidé que l'on irait tous, patrons et pensionnaires, terminer la soirée au théâtre Montparnasse.

Pas-de-Canard, seul, s'était abstenu.

Il n'aimait pas à se produire dans les endroits publics, car l'hilarité qu'il soulevait sur son passage et les quolibets méchants qu'on ne se gênait nullement pour lui adresser, le faisaient tellement souffrir qu'il préférait ne sortir que lorsqu'il y était obligé.

Yvette qui comprenait très bien ce sentiment n'insista nullement pour l'emmener.

Tous partirent donc sans lui.

Jean et Yvette marchaient un peu en avant se donnant le bras.

Madame Lenoir suivait avec ses jeunes pensionnaires.

Au moment où ils quittaient l'avenue d'Orléans pour s'engager dans la rue Froidevaux, un homme très grand, très mince, à la longue barbe brune et coiffé d'un large sombrero noir qui lui dissimulait le haut de la figure, se mit à les suivre très discrètement, à une certaine distance, évitant d'attirer sur lui l'attention des passants.

Il les accompagna ainsi jusqu'au théâtre Montparnasse.

La troupe jouait ce soir-là, *Monte-Cristo*, le célèbre drame d'Alexandre Dumas.

Jean Lenoir s'était précipité au contrôle et avait pris toute une série de fauteuils de balcon au premier rang.

L'homme au sombrero, tout naturellement, avait réussi à se glisser derrière lui et à prendre place également sur la même lignée.

Nos personnages se trouvaient installés de la sorte :

Yvette entre Jean Lenoir et la mère de son fiancé, et l'inconnu à côté de Jean Lenoir.

Les autres jeunes filles se trouvaient de l'autre côté après Mme Lenoir.

Il y avait, d'ailleurs, une fort belle salle.

Les pièces du père Dumas étant de celles qui, à travers les âges, ont le don d'émouvoir le public, de l'amuser, d'attirer et de retenir son attention.

Yvette, qui n'avait été que très rarement au théâtre semblait prendre un goût très vif aux péripéties de l'action et au jeu des acteurs.

Quant à Jean, il ne s'occupait guère de ce qui se passait sur la scène.

Il était tout entier à sa fiancée. Avec une joie manifeste il suivait sur son joli visage si expressif tous les sentiments qui s'y reflétaient.

Quand elle souriait, il souriait avec elle.

Quand aux moments pathétiques, une larme perlait à ses yeux, lui aussi était obligé de s'essuyer avec le revers du doigt le coin de la paupière.

L'inconnu, sans en avoir l'air, suivait attentivement le manège des deux amoureux, ne perdant rien

L'inconnu suivait attentivement leur manège.

des mots qu'ils échangeaient.

Mais en gardant le silence et semblant très absorbé lui-même par le spectacle.

Ce ne fut qu'au second entr'acte que, sous un vague prétexte il adressa la parole à Jean Lenoir.

— Monsieur, dit-il, du ton le plus doux et le plus poli du monde, serais-je indiscret en vous demandant à quelle heure finit le spectacle?

— Nullement, Monsieur, vers minuit, je pense.

— Pas plus tard?

— Je ne le crois pas, mais je n'en suis pas très sûr.

« Vous feriez peut-être bien de vous informer au contrôle.

— C'est ce que je m'en vais faire, Monsieur. Je vous remercie.

Et l'inconnu partit, après s'être incliné assez poliment devant Yvette qui regardait avec curiosité cet homme étrange qui ayant été obligé, avant d'enlever son vaste chapeau de feutre noir, laissait voir une chevelure frisée, abondante et plus noire encore que le sombrero qu'il tenait à la main.

— Qu'est-ce que c'est que cet individu ? demanda-t-elle à Jean.

— Ma foi, je n'en sais rien.

« Peut-être quelque étudiant ou quelque peintre.

— Je n'aimerais pas beaucoup le rencontrer au coin d'un bois, fit observer Yvette.

— Oh! il a pourtant une voix très douce, répliqua Jean. et il ne faut pas toujours se fier aux apparences.

« Il arrive fréquemment que les gens qui ont l'aspect rébarbatif sont les gens les plus paisibles de la terre. et qu'au contraire, les hommes à la physionomie engageante et inspirant, au premier abord, la confiance, ne sont que des sinistres coquins.

— C'est vrai..

— Mais dites-moi ma chère Yvette, vous n'avez pas besoin de vous rafraîchir

L'homme au sombrero était devant lui.

— Oh! non, merci.

Alors, élevant la voix, l'excellent garçon reprit :

— Mais, par exemple, vous mangeriez bien une orange, ainsi que ces demoiselles.

— Oh! oui, oui, fut-il répondu de tous les côtés.

— Je m'en vais vous en chercher.

Et Jean descendit à son tour jusqu'au contrôle.

Précisément, une marchande d'oranges stationnait devant le théâtre.

Jean demanda une contremarque et sortit.

Il acheta une douzaine de belles oranges bien rouges, bien appétissantes.

Puis, au moment où il allait rentrer dans le théâtre, il se sentit légèrement heurté au coude.

Il regarda

L'homme au sombrero était devant lui

— Oh! Monsieur, je vous demande pardon, fit-il. C'est encore moi qui vous dérange.

— Oh! mais nullement, Monsieur, reprit Jean, qui, tout à la joie débordante de son cœur, voyait tout en beau et était à cent lieues de vouloir chercher noise à personne.

Alors, d'un ton où perçait une certaine mélancolie, l'homme au sombrero reprit :

— Vous allez dire, Monsieur, que je suis un être bien extraordinaire.

« Peut-être même allez-vous penser que je suis un petit peu fou...

— Oh! pas du tout, Monsieur, protesta aussitôt Jean.

— Vous ne pouvez vous figurer combien je suis heureux de passer cette soirée à côté de vous.

— Vraiment! Monsieur!

— Oui, et voulez-vous me permettre de vous dire pourquoi?

— Mais, je vous en prie, ne vous gênez pas.

— Eh bien! je suis littérateur... poète même.

— Tiens! s'exclama ingénument le fiancé d'Yvette, moi qui vous avais pris pour un étudiant ou un peintre.

— Pas du tout, j'écris des romans et je fais des vers.

« Et voilà pourquoi, ce soir, sans vous en douter, vous me rendez un grand service.

— Par exemple, voilà qui n'est pas banal.

— En vous écoutant, bien malgré moi, dire un tas de jolies choses à votre fiancée, je prends mentalement des notes, que j'utiliserai certainement un jour dans mes écrits.

« Car les mots que l'on entend jaillir spontanément de la bouche des hommes sont toujours beaucoup plus beaux et beaucoup plus vrais que ceux qu'invente l'imagination de l'écrivain.

— C'est bien possible, Monsieur, fit naïvement Jean Lenoir, peu habitué à un pareil langage.

— Mais... je vous retiens là, je ne voudrais pas vous empêcher d'aller rejoindre les vôtres.

« Si vous le voulez, tout à l'heure, à l'entr'acte, nous pourrons reprendre cette conversation commencée.

— Avec plaisir, Monsieur, accepta Jean un peu interloqué, mais flatté tout de même dans son amour-propre d'âme simple et honnête, d'avoir produit une si bonne impression sur un homme qui devait écrire dans les journaux et composer de grands livres.

Et son sac plein d'oranges sous le bras, il rentra dans le théâtre, et remonta au balcon pour distribuer les oranges à ses gracieuses invitées.

Puis, se rasseyant à côté d'Yvette, il lui dit à l'oreille :

— Vous ne savez pas, ma chère Yvette?

— Quoi donc? Monsieur Jean.

— Oh! d'abord, je ne veux pas que vous m'appeliez Monsieur Jean.

« Je veux que vous disiez Jean tout court, je dis bien Yvette, moi.

— Eh bien! soit, mon cher Jean.

— Ah! voilà qui est très bien.

— Je vous disais donc,... quoi... je ne me rappelle plus

— Vous aviez commencé, reprit la fille de Van Flam en me disant

« — Vous ne savez pas, ma chère Yvette.

« Je vous ai répondu :

« — Quoi donc... et puis nous avons commencé à nous disputer.

— Vous êtes délicieuse.

« J'allais donc vous apprendre que tout à l'heure, en bas, devant le théâtre, je me suis heurté à notre voisin.

— L'homme au grand chapeau noir?

— Oui, c'est cela, l'homme au grand chapeau noir.

« Il s'est excusé très poliment et aussitôt il a engagé la conversation avec moi, me racontant qu'il était poète, que notre conversation qu'il écoutait, sans le vouloir, l'intéressait vivement, bref, un tas de choses, toutes plus aimables les unes que les autres.

— A le voir, on ne le croirait pas aussi gracieux.

— Vous voyez... Yvette, que j'avais raison quand je vous disais qu'il fallait se garder de juger les gens sur la mine.

— C'est vrai.

— Il m'a demandé de causer avec lui au prochain entr'acte... Je n'ai pas voulu lui refuser.

« Dame, un homme qui écrit des livres, ça doit être très intéressant. D'ailleurs, le voici.

L'homme au sombrero venait, en effet, de paraître aux fauteuils de balcon.

Aussitôt qu'il aperçut Jean et Yvette, il se dirigea vers eux.

Et, enlevant son chapeau, il s'inclina avec beaucoup de déférence devant la jeune fille.

Puis, s'asseyant à côté de Jean, il attaqua :

— Décidément, cet entr'acte est bien long.

— Oh! moi, je ne trouve pas, fit Jean tout spontanément.

— Parce que vous êtes amoureux, fit l'inconnu en baissant légèrement la voix.

Alors, reprenant son ton habituel, il dit :

— Je crois que j'ai oublié de me présenter à vous.

Et, prenant dans sa poche un portefeuille, il en tira une carte qu'il tendit au jeune homme.

Celui-ci lut aussitôt :

« *Ladislas Borovitch* »

« *Homme de lettres* »

Et comme ce dernier croyait voir sur le visage de Lenoir une certaine surprise, il s'empressa d'ajouter, toujours sur un ton très doux et poli, bien fait pour inspirer la confiance.

— Je ne suis pas étranger bien que mon nom l'indique.

« Depuis près d'un demi-siècle déjà ma famille, originaire de Pologne, s'est fait naturaliser française.

« D'ailleurs, j'ai publié très peu de chose.

« Car avant de donner des œuvres importantes, je veux être non seulement en pleine possession de moi-même, mais avoir encore réuni une série de documents humains, que je suis en train de recueillir en ce moment.

Jean, et Yvette elle-même, ouvraient toutes grandes leurs oreilles.

Jamais ils n'avaient entendu un pareil langage.

L'homme au sombrero exerçait déjà sur eux une prestigieuse influence.

Car ils se disaient : un homme qui parle ainsi doit savoir bien des choses, et doit par conséquent être très intéressant.

Mais les trois coups résonnaient sur le plancher de la scène.

Le rideau se levait, le spectacle continuait.

Yvette, bientôt reconquise oublia bien vite l'homme au sombrero.

Jean, tout à sa fiancée, en fit de même.

Ils ne le virent pas sortir d'une de ses poches un carnet et y écrire rapidement quelques notes, sans doute pour compléter cette enquête humaine à laquelle il prétendait se livrer.

Lorsqu'à l'entr'acte, le rideau se baissa, l'inconnu se penchant vers Jean, lui dit :

— Serais-je indiscret en vous demandant de me présenter à votre fiancée?

— Mais nullement! Monsieur, fit Lenoir un peu embarrassé.

Afin de ne pas se tromper, il prit la carte, la regarda et fit à Yvette :

— M. Ladislas Bo... Borovitch voudrait vous dire bonjour.

Et comme le poète se levait en une attitude cérémonieuse, Yvette inclina la tête et sourit en rougissant légèrement.

— L'autre dame, c'est maman, fit tout simplement Jean Lenoir.

— Madame, salua encore l'homme au sombrero.

Puis, d'un ton très insinuant, il demanda :

— Mesdames, me sera-t-il permis de vous offrir de prendre un rafraîchissement?

— Oh! Monsieur, je ne sais pas, fit Yvette.

— Nous sommes là avec des amies, reprit Mme Lenoir.

— Qu'à cela ne tienne, ajouta l'inconnu, je serai trop heureux, au contraire, de faire connaissance avec ces dames qui sont, d'ailleurs, charmantes.

Madame Lenoir hésitait.

Mais ses jeunes pensionnaires, dont la curiosité était éveillée, et qui ne demandaient pas mieux toutes, au fond que d'aller respirer l'air et d'aller prendre quelque chose, la regardèrent d'un air tellement suppliant, que Jean prit sur lui de répondre :

— Eh bien! ma foi, Monsieur puisque vous êtes si aimable, je m'en voudrais de vous faire un affront.

— Et, au nom de tout le monde, j'accepte.

— Ça c'est bien.

Et toute la petite famille descendit au rez-de-chaussée et sortit du théâtre pour pénétrer dans un café du voisinage, où l'homme au sombrero lui-même les conduisit.

— Vous me permettrez bien, Mesdames, de vous offrir une coupe de champagne ?

— Certainement! fit-on de tous côtés.

— Du Moët, commanda le poète.

Comme il n'y en avait pas dans l'établissement, on dut se rabattre sur une marque un peu moins aristocratique.

Puis, lorsque le champagne pétilla dans les coupes, Ladislas Borovitch reprit :

— Vous ne pouvez vous figurer comme je me félicite de m'être égaré ce soir au théâtre Montparnasse.

« Jamais encore au cours de mes excursions dans les quartiers populaires, je n'avais ressenti une impression plus réconfortante et plus douce.

« Aussi, permettez-moi d'élever ma coupe à la santé des deux jeunes fiancés, à leur bonheur et à leur prospérité.

— A la santé des deux jeunes fiancés.

Un murmure d'approbation courut dans l'assistance, tandis que Ladislas élevait sa coupe, et la vidait d'un trait, à la Russe.

Puis, d'une voix très douce, très persuasive et très pénétrante, il se mit à exprimer toute la joie qu'il ressentait de se trouver au milieu de braves gens, dépeignant en phrases brèves, concises, mais pénétrantes, tout son ennui au monde, sans parents, sans famille, presque sans amis, et sans autre refuge que celui de la poésie et de l'art.

Et comme la sonnette de l'entr'acte retentissait annonçant que le spectacle allait recommencer, le poète Ladislas Borovitch en était à demander à Jean Lenoir la permission de venir le voir afin de faire plus ample connaissance.

Lenoir n'avait pas osé refuser et avait donné son adresse.

Puis, on était remonté ensemble au théâtre en causant le plus amicalement du monde.

A l'entr'acte suivant qui d'ailleurs était le dernier, Jean Lenoir, en garçon bien élevé qu'il était, demanda à son voisin si à son tour il ne lui permettrait pas de lui offrir quelque chose.

Mais Borovitch refusa, alléguant qu'il se faisait tard, et qu'il était obligé, comme il habitait la banlieue, de se retirer.

— D'ailleurs, fit-il, si je vous ai remis ma carte, j'ai oublié de vous donner mon adresse.

« Je demeure à Auvers, sur les bords de l'Oise.

« C'est un pays très délicieux, très recherché par les artistes.

« Et si vous voulez bien venir passer un dimanche avec moi, je me ferai une joie de vous faire les honneurs de ma modeste propriété.

— Mais ce sera avec le plus grand plaisir, accepta Jean avec beaucoup d'empressement.

— Alors, soyez persuadé que je serai charmé de votre visite.

Ladislas Borovitch s'inclina respectueusement devant Mme Lenoir, Yvette et les autres jeunes filles.

Puis, après avoir serré cordialement la main à Jean, il se retira en lançant un dernier au revoir à tous.

Comme le rideau se levait il fut impossible à Lenoir et à son entourage de se livrer aux moindres commentaires sur l'étranger qui s'était montré si aimable envers eux.

Ce fut seulement durant le trajet du théâtre Montparnasse à l'Avenue d'Orléans que l'on put causer du poète.

Toutes ces demoiselles le trouvaient très bien.

Seule Yvette osa glisser glisser à l'oreille de son fiancé :

— C'est étrange, mais la première fois que cet homme m'a regardée, il m'a fait peur.

— Pourquoi? demanda Jean.

— Je ne pourrais vous le dire.

— Moi, je le trouve très bien.

— En tout cas, conclut Madame Lenoir, c'est un homme très distingué et d'une parfaite éducation.

Résumant ainsi l'impression générale, l'excellente femme ajouta :

— Je crois, mon cher Jean, que ce sera un homme avec lequel tu n'auras qu'à gagner.

« Il a l'air très sérieux et très instruit.

« Tu feras bien de ne pas le négliger.

Yvette, au bras de son fiancé, toute à sa joie. toute à son rêve, ne pensait déjà plus au poète.

Ladislas Borovitch, au lieu de regagner son train, ainsi qu'il l'avait annoncé, était resté à rôder aux alentours du théâtre Montparnasse, surveillant la sortie.

Lorsqu'il vit les premières personnes quitter le théâtre, il se cacha derrière un kiosque à journaux que l'on venait de fermer, et il attendit.

Au bout de quelques instants, il vit passer près de lui toute la bande joyeuse des petites pensionnaires de Mme Lenoir, puis Yvette et Jean tendrement rapprochés l'un de l'autre.

Quand ils se furent éloignés quelque peu, il se prit à murmurer :

— Tu seras à moi, jolie colombe... oui, tu seras à moi.

Et tandis qu'un feu sombre rallumait son regard, à pas rapides, Walter Humding se mit à descendre la rue de la Gaîté, se perdant au milieu des groupes de spectateurs qui rentraient chez eux après avoir applaudi *Monte-Cristo*.

CHAPITRE CLXXV

Où le Père la Manill a encore... une idée.

— Alors, vous dites que vous êtes convaincus que Walter Humding est bien à Paris?

— Oui, mon capitaine, répliqua Flic au père la Manille qui, installé dans son bureau de la rue Vivienne, compulsait fiévreusement ses dossiers tout en interrogeant les deux limiers que M. Bertrard avait mis à son service.

— Vous croyez donc qu'il a avec le docteur Rubin de longues et fréquentes entrevues.

— Hum! affirma énergiquement Flac.

— Et vous n'avez jamais pu le surprendre?

— Impossible!

— Pourtant, vous êtes des gaillards rompus au métier.

« Vous avez déjà fait preuve dans votre existence d'un flair remarquable?

« Pour vous échapper, il faut vraiment que ce Walter Humding soit le diable en personne.

— Mon Capitaine, demanda Flic, voulez-vous me permettre de vous exposer mes théories à ce sujet?

— Mais mon cher, j'allais vous le demander, d'abord parce que vous parlez très bien, beaucoup mieux même que votre camarade qui, d'ailleurs, je le sais se rattrape autrement.

« Puis, parce que vous êtes un garçon très intelligent et très adroit et que je serais enchanté si vous pouviez m'apporter une bonne idée qui pourrait nous aider à mettre la main sur cette immonde crapule

— Croyez, mon capitaine, s'écria Flic, que le jour où nous vous l'amènerons, pieds et poings liés, nous serons rudement contents, mon ami et moi.

— Hum, hum, hum, hum, hum,!!! approuva successivement l'excellent Flac, tandis que le père Lancelin partant d'un bon éclat de rire, s'écriait :

— Oh! ce qu'il est bavard aujourd'hui, le frère mironton.

« Jamais encore je ne l'ai entendu en raconter aussi long à la fois.

« Mon cher Flic, à vous le crachoir.

— Mon capitaine, vous avez daigné reconnaître que mon ami et moi, nous avions quelques qualités.

— Dites beaucoup.

— Et c'est pour moi un véritable plaisir que de vous rendre service. Mais à ce moment, on frappait à la porte.

— Qu'est-ce que c'est? interrogea Lancelin.

— C'est moi, Patoche.

— Entre, mon ami.

Et le Montmartrois, toujours en civil, depuis qu'i était en congé, pénétra dans le bureau en disant :

— Excusez-moi, mon capitaine, je ne suis pas de trop?

— Mais pas du tout... au contraire...

« N'est-ce pas Messieurs?

— Certainement, approuva Flic.

— Hum, hum, hum! ponctua Flac.

— D'autant plus, reprit Flic, que nous étions en train de causer de Walter Humding, et que, dans ces occasions-là, notre ami Patoche n'est jamais de trop pour donner un bon avis, et surtout pour nous aider à exécuter les instructions du capitaine.

— Tu seras à moi, jolie colombe.

— Flic, vous êtes le collaborateur le plus aimable que l'on puisse désirer, et j'en dis autant de M. Flac, déclara Patoche en tendant ses mains aux deux policiers qui les serrèrent avec une affection toute spontanée.

Comme on le voit, l'alliance conclue entre Patoche, Flic et Flac ne reposait pas désormais uniquement sur un intérêt commun mais aussi sur une franche et cordiale sympathie.

— Maintenant, reprit Lancelin, revenons à nos moutons, ou plutôt à notre tigre. « Citoyen Flic, je vous redonne la parole.

— Je vous disais donc, mon capitaine, recommença Flic, dont le discours avait été interrompu par l'arrivée de Patoche, je vous disais donc que vous vouliez bien nous accorder quelques qualités, notamment celles d'un flair assez développé.

« Eh bien! je crois sans trop nous vanter, que mon camarade et moi, si nous n'avons pas réussi à dépister Walter Humding, c'est que celui-ci, qui a poussé l'art de se transformer jusqu'aux limites les plus extrêmes de l'habileté, doit, chaque fois qu'il se rencontre avec Rubin, se mettre dans la peau d'un nouveau personnage.

— Ah! il en est bien capable, reconnut Lancelin, tandis que Patoche se contentait de hocher la tête d'une façon affirmative et que Flac, silencieux, mais l'œil éveillé semblait écouter avec béatitude son éloquent camarade.

— Qui nous dit, continuait ce dernier, qu'un jour il n'est pas le garçon de bureau qui introduit les visiteurs dans le bureau du médecin-journaliste.

« Qui nous dit que le lendemain, il n'est pas l'un des courtiers de publicité qui viennent solliciter une audience du puissant directeur de l'Ami de l'Ordre.

« Qui nous dit qu'il n'est pas tantôt l'ouvrier typographe qui vient demander de l'embauche ou l'ecclésiastique qui vient solliciter quelques lignes de réclame pour la bonne œuvre dont il est le zélé propagateur.

— Cela me paraît extrêmement vraisemblable, disait Lancelin.

— Et voilà pourquoi, poursuivit Flac, nous nous heurtons sans cesse à l'inconnu, au mystère.

« Et à moins d'un miracle je n'hésite pas à reconnaître un seul instant, tout en le déplorant, qu'il nous sera très difficile, et même peut-être impossible de mettre la main sur ce misérable.

— Oh! l'étrangler de mes propres mains, fit Patoche, les dents serrées et très sincèrement furieux.

« Dire que c'est cette crapule qui met tout sens dessus dessous dans notre pays.

« Dire que c'est lui qui a fait arrêter le lieutenant Ferbach, qui a fait enlever Mme Brévannes et son fils et ma pauvre petite Rosette.

« Et penser que ce saligaud-là pourrait toujours agir comme il lui plaira, continuer la série de ses crimes sans que personne ne l'arrête, triompher en toute sécurité, et, par-dessus le marché, se payer notre bobine!

« Eh bien! mille millions de pétards de sort, comme dit le capiston... oh! pardon... comme dit le capitaine, si avant la fin de l'année nous n'avons pas réussi à mettre en cage cet oiseau de malheur, foi de Patoche, je pars pour Montmartre.

« Je fais l'ascension de la butte.

« Je grimpe dans le clocher du Sacré-Cœur, et je vais me pendre aux deux battants de la Savoyarde, en ayant soin, auparavant, de laisser, par testament, un bout de ma corde à mes amis Flic et Flac. ce qui leur donnera peut-être de la veine et leur permettra ainsi d'envoyer enfin Walter Humding à l'hosto!

— Eh bien! mes enfants, s'écria Lancelin, en frappant un grand coup de poing sur la table, ce qui était chez lui l'indice d'une satisfaction visible, qu'est-ce que vous diriez si, moi, j'avais trouvé le moyen, non seulement de faire acquitter le lieutenant Ferbach, mais aussi de retrouver Mme Brévannes, son gosse, Rosette et aussi la petite Mme Brivois, qui ne doit pas être précisément à la noce, et, par-dessus le marché, de faire boucler, d'un même coup de filet, Walter Humding, le docteur Rubin, Lempereur, sa femme, Célestin Birargue et toute la bande qui fourmille autour du grand espion.

— Eh! bien, mon capitaine, si vous faisiez un coup comme ça, reprit Patoche, j'irais moi-même demander au Président de la République de vous nommer tout de suite général!

— Le fait est, dit Flic, que ce serait un coup de maître.

— Hum! hum! résuma Flac.

— Eh bien! mes enfants, écoutez-moi bien, vous allez juger par vous-mêmes.

« Tout à l'heure, à mon avis, l'ami Flac a dit une chose extrêmement juste.

« Il est absolument certain que Walter Humding pour communiquer avec son complice Rubin, emploie des déguisements variés et successifs.

« Quand même ne changerait-il pas de bonhomme à chaque fois, il est hors de doute que très souvent, il a dû se présenter au bureau de Rubin sous les accoutrements dont il a l'habitude de s'affubler quand il opère et qui le rendent absolument méconnaissable.

« Voilà un point qui est nettement établi, et sur lequel nous sommes, n'est-ce pas, tous d'accord.

— Absolument, dit Flic.

— Hum approuva Flac.

— Très bien, mon capitaine, crut pouvoir dire Patoche.

— Alors, je continue, fit le père la Manille, très enchanté d'être aussi bien compris.

« Partant de ce principe, que notre espion s'est présenté déjà à Rubin sous des aspects très différents les uns des autres et qui surtout le transformaient entièrement, qu'est-ce qui nous empêche de lui envoyer un des nôtres qui, savamment maquillé, se fera passer pour Walter Humding aux yeux du docteur?

« Documentés comme nous le sommes sur ces deux sacripans de choix, nous pourrons par conséquent très bien lui donner le change au moral comme au physique et faire de telle sorte la leçon à notre représentant, que s'il s'y prend adroitement — et il le faudra bien — il parviendra à arracher à Rubin tous les renseignements qui nous seront nécessaires pour arriver jusqu'à Walter Humding.

« Eh bien! qu'est-ce que vous dites de ça, mes enfants.?

— Mon capitaine, déclara Patoche le premier, je trouve ça génial.

— Génial est le mot, déclara Flic, et j'aurais été très fier d'avoir trouvé cela.

— Hum! Hum!

— Alors, mon projet est adopté à l'unanimité?

« Il nous reste maintenant, fit observer le capitaine, à choisir celui qui remplira auprès du docteur Rubin le rôle de Walter Humding.

« J'avais bien pensé à moi...

« Mais j'y ai renoncé, car je vous assure que c'est un rôle très agréable à jouer mais très difficile.

« Moi, d'abord, je ne suis pas assez jeune, je suis trop petit, et j'ai causé trop souvent avec Rubin.

vous

une

iding
em-

hom-
sou-
sous
ubler
écon-

·t sur
·d.

·e Pa-

·, très

·s'est
diffé-
ns for-
·he de
quillé,
ux du

·r ces
consé-
·com-
à no-
ent —
à Ru-
néces-

·es en-

·ier, je

·ais été

·imité?
·bitaine,
·ur Ru-

·ue c'est
ile.
je suis
·bin.

« En admettant que je sois très bien camouflé, il pourrait reconnaître le son de ma voix.

« Dans le feu de l'action, je n'aurais qu'à lâcher quelque : mille pétards de sort, ou seulement un : il y a de l'eau dans le gaz, et ce serait un désastre.

« Quant à vous, Flic et Flac, ce n'est pas possible, vous avez déjà assez de travail, et j'ai besoin de vous pour autre chose.

« Mazurel.. non, ce n'est pas son affaire.

« Wilhem Furster, ça irait.

« Il sait l'Allemand.

« Il est à peu près de la taille de Walter Humding...

« Seulement, voilà, je ne sais pas s'il se tirerait bien d'affaire tout seul.

— Oh! mon capitaine, déclara Patoche, je vous garantis qu'à l'occasion de l'affaire de l'Ambassade d'Allemagne il a été très épatant.

— Je le sais, fit Lancelin et sois bien persuadé que je suis le premier à rendre hommage aux mérites de ce brave et courageux garçon.

« Seulement voilà, dans une affaire aussi délicate, aura-t-il bien tout ce qu'il faut pour la mener à bonne réussite?

« Ne se trahira-t-il pas?

« Saura-t-il poser les questions qu'il faut?

— En les lui faisant apprendre d'avance

— Oui... mais il peut s'embrouiller, perdre le Nord.

« Et puis, ce qu'on prépare comme ça, ça ne vaut jamais rien.

« Il faut toujours compter sur l'imprévu, surtout dans ce genre d'opération.

« Ah! dame! ce n'est pas toujours commode!

« Au fait, j'y songe, pourquoi ne recommenceriez-vous pas tous les deux le coup que vous avez si bien réussi à l'ambassade?

« Pourquoi, pas exemple, Wilhem Furster et toi, bien camouflés, ne vous présenteriez-vous pas tous les deux devant le docteur Rubin?

— *Excusez-moi, mon capitaine, je ne suis pas de trop?*

Wilhem Furster se ferait passer pour Walter Humding et dirait au docteur ceci, ou à peu près :

« — Je suis obligé de m'absenter pendant quarante-huit heures de Paris... mais je vous présente un de mes lieutenants qui viendra vous voir pendant mon absence.

« Il vous donnera mes instructions, et vous n'aurez qu'à faire tout ce qu'il vous dira.

« Le lendemain, le lieutenant, qui n'est autre que Patoche, revient au bureau et se fait livrer tous les documents, la preuve que nous recherchons depuis si longtemps de la complicité de Rubin et de Walter Humding, et s'il ne parvient pas à obtenir de Rubin les renseignements nécessaires pour faire arrêter l'espion allemand, au moins nous en avons assez pour faire boucler le docteur et c'est déjà quelque chose.

« Car, une fois en prison, je vous garantis qu'il avouera.

« Il n'y a rien de tel que ces fripouilles, une fois qu'ils se mettent à table, pour manger le morceau.

« Est-ce que ça vous va cette histoire-là?

— Mais, si ça me va, mon capitaine, dit Patoche, je vous crois.

« Et, comme vous le dites très bien, n'aurions-nous qu'un bout de preuve, ce serait déjà le commencement.

« Seulement, il va falloir nous méfier.

« Rubin n'est pas un idiot.

« Et puis, voyez-vous qu'une fois mis dedans par nous, et bien convaincu que c'est Walter Humding qui cause, celui-ci arrive à son tour et nous démasque.

« Je sais bien qu'il ne pourrait pas faire grand'chose contre nous, parce que nous ne serions pas assez bêtes, Wilhem et moi pour ne pas nous trouver en état de défense aussitôt que nous serions attaqués.

« Mais, c'est égal, ce ne sera pas commode.

« Enfin, comme il n'y a pas d'autre moyen d'en sortir, allons-y carrément.

« Et si vous le voulez bien, mon capitaine, je m'en vais aller chercher Wilhem Furster, afin que vous puissiez bien lui faire la leçon et que nous soyons prêts le plus tôt possible à faire notre petite démarche.

« Seulement, pendant ce temps-là, il va falloir que MM. Flic et Flac, ne lâchent plus le docteur Rubin

« Et qu'ils observent soigneusement les gens qu'il reçoit, non seulement à son journal, mais aussi à son domicile et nous en apportent un signalement exact et détaillé, afin que nous choisissions notre moment, nos personnages, et que nous soyons bien sûrs que Walter Humding ne peut pas nous tomber sur le râble.

« Et maintenant, mon capitaine, que le principe de l'expédition est décidé, voulez-vous me permettre de vous soumettre une idée qui me vient?

— Vas-y, mon garçon.

— Eh bien! m'est avis que pour bien mettre dedans le docteur Rubin, il est indispensable que Wilhem Furster se fasse la tête d'un des personnages dont notre sale Boche s'est déjà servi.

— Très bien, approuva Lancelin.

— Mais comment arriver à une pareille reconstitution?

— Eh bien! mon capitaine, je vais vous le dire

« C'est pas difficile.

« Examinons, si vous le voulez bien, ensemble les différentes têtes que nous connaissons à ce bandit.

« Après cela, nous choisirons celle qui sera la plus facile à reconstituer.

— Allons-y, fit Lancelin.

« La première fois que j'ai eu affaire à Walter Humding, il s'était fait une binette de rasta fort

bien réussie et il se faisait appeler Perez de la Cardaja.

« Après ça, il s'était habillé en curé, et se faisait appeler l'abbé Têtu.

« Puis, ce fut le célèbre Sir Réginald Irving.

« Enfin, le non moins fameux Pablo Juarez, dernière création;

« Great attraction.

« Immense succès!

Mme Lempereur sortait accompagnée de l'abbé Têtu.

« Sur quatre de ces personnages, nous en avons d'abord deux à éliminer, Pablo Juarez parce que trop récent, et Réginald parce que trop brûlé.

« Reste donc l'abbé Têtu et le premier rasta.

« Voyons quel est le plus facile à reconstituer.

— Voulez-vous me permettre un moment, mon capitaine, fit observer Flic.

— Très volontiers mon ami.

— Savez-vous s'il existe une photographie de l'un de ces deux derniers personnages?

— Oui, s'écria Patoche... il en existe une.

« Seulement voilà, je ne sais si ça sera très facile de nous la procurer.

— Cela nous aiderait joliment, reprit Flic, pour maquiller le personnage chargé de jouer le rôle de Walter Humding auprès du docteur Rubin.

— En effet, approuva Patoche, c'est un instantané qui a été pris par un engagé volontaire, à Lille rue Faidherbe juste au moment où Madame Lempereur sortait de sa boutique accompagnée de l'abbé Têtu, c'est-à-dire de Walter Humding.

— Eh bien! où est-elle cette photographie? demanda Lancelin.

— Elle doit être à la caserne... à moins que l'engagé volontaire, qui l'avait tirée n'ait perdu ou détruit le cliché.

« Cela m'étonnerait vivement, car c'est un gar-

— *Vous pouvez y aller. Il est seul.*

çon très méticuleux, très soigneux. et qui ne laisse jamais rien à la traîne.

— Eh bien! mon brave Patoche, sais-tu ce que tu vas faire, décida le père la Manille.

« Tu vas sauter dans un fiacre automobile, tu vas te faire conduire à la caserne, et si toutefois la chose est possible, tu vas me rapporter la photo...

— Je ne vous le promets pas, mon capitaine, mais en tout cas, je ferai de mon mieux.

Et tout joyeux, il ajouta :

— C'est égal, ça sert tout de même à quelque chose d'avoir une bonne mémoire.

Puis il partit en courant s'acquitter de sa mission. Une heure après il était de retour.

Pendant ce temps Lancelin avait continué à causer avec Flic et Flac, ou plutôt avec Flic, et ils n'a-

vaient pas perdu leur temps.

En effet, ils avaient déjà établi toute la conduite du dialogue qui devait s'échanger entre le faux Walter Humding et le docteur Rubin.

Ils avaient même décidé que la personne présentée à Rubin par le pseudo-espion, c'est-à-dire Patoche, serait également habillée en prêtre, et passerait pour un missionnaire aux yeux du commun des mortels.

Inutile de dire que l'excellent Montmartrois fut accueilli chaleureusement par le capitaine et par les deux limiers.

Le cliché excellent, assez grand, très net, fournissait toutes les indications nécessaires.

L'abbé Têtu se détachait au premier rang, et non seulement on distinguait très facilement toutes les grandes lignes de son costume, mais on pouvait détailler ses traits, son masque, son allure, sa physionomie.

— Avec ça, garantit Flic, je me charge de vous camoufler votre homme de telle façon que le docteur Rubin sera convaincu qu'il a devant lui l'abbé Têtu, c'est-à-dire son complice.

— Oui, mais la voix, objecta encore le capitaine.

— Oh! dit Flic, il en change tellement que, quand bien même M. Furster ne parviendrait pas très bien à l'imiter, le docteur Rubin ne serait pas ému pour cela.

« Ce qui est indispensable, c'est que Wilhem Furster, dès le début de l'entretien donne à Rubin des détails tellement circonstanciés et confidentiels que celui-ci sera tout de suite convaincu qu'il a bien affaire à son complice.

« Nous avons ça dans notre dossier.

« Il ne s'agit plus maintenant que de vous assurer le concours de M. Furster.

— J'en réponds, fit le capitaine.

— Et de lui faire sa petite leçon de la façon la plus adroite et la plus complète.

— C'est entendu.

Et se tournant vers Patoche, le capitaine ajouta :

— Toi, mon vieux, je vais t'apprendre quelque chose de pas ordinaire.

— Allez-y, mon capitaine.

— Cette fois-ci tu vas représenter un missionnaire.

— Un missionnaire?

— Oui, un curé avec une grande barbe, qui revient des Indes.

« Ça te va?

— C'est que je n'y ai jamais été, aux Indes.

— Ça n'a pas d'importance.

« Toi aussi, on te fera ta petite leçon.

« Et maintenant, on n'a plus qu'à attendre notre ami Furster que j'ai convoqué pour sept heures.

« Il ne va pas tarder à arriver car il est l'exactitude même.

En effet, dix minutes après, Wilhem Furster se présentait aux bureaux de la rue Vivienne.

Il fut tout de suite accueilli très chaleureusement par le capitaine.

Puis celui-ci referma soigneusement la porte de son bureau et il eut avec l'Alsacien, Patoche et les deux limiers, un nouveau conciliabule qui dura près de deux heures.

Le lendemain, vers six heures du soir, deux ecclésiastiques, l'un très grand, les cheveux blancs, le visage ascétique, l'autre un peu plus petit, jeune alerte, une longue barbe noire lui tombant sur la poitrine, le teint bronzé et tenant à la main une grosse canne, se présentaient aux bureaux de l'Ami de l'Ordre.

Auparavant, ils avaient croisé dans l'escalier deux camelots, dont l'un, le plus gros leur avait fait un signe particulier.

Les deux prêtres s'étaient arrêtés et le missionnaire s'était approché du camelot ventripotent qui lui avait glissé à l'oreille.

— Vous pouvez y aller.

« Il est seul.

« Il n'y a rien à craindre.

« Mais en cas d'alerte ou de danger, vous n'aurez qu'à vous approcher de la fenêtre qui donne sur la cour, à l'ouvrir et à nous appeler.

« Je vous prie de croire que Flic et moi, nous serons un peu là.

Puis, tandis que les deux limiers descendaient les marches, les deux prêtres, dans lesquels nous avons reconnu Wilhem Furster toujours complaisant et dévoué et Patoche, toujours adroit et farceur, continuèrent l'ascension de l'escalier.

Ils se trouvèrent devant une porte à deux battants sur laquelle était fixée une double plaque de cuivre.

D'un côté on lisait gravé en lettres noires : « L'Ami de l'Ordre. » Journal conservateur indépendant.

De l'autre côté : Cabinet du directeur.

Puis, plus bas sur une plaque plus discrète :

Tournez le bouton s. v. p.

Wilhem Furster entra suivi de Patoche.

Un timbre sonore vibra aussitôt, annonçant l'entrée des visiteurs.

Alors, un huissier tout ce qu'il y a de plus select en habit noir, une chaîne d'argent autour du cou, s'approcha et demanda cérémonieusement :

— Ces messieurs désirent?

— Monsieur le docteur Rubin.

— Qui dois-je annoncer à M. le docteur? demanda l'huissier qui, lorsque des ecclésiastiques se présentaient, avait reçu l'ordre de les recevoir avec une extrême déférence.

— Monsieur l'abbé Têtu et le Révérend père Martinet, missionnaire.

— Messieurs, veuillez entrer dans ce salon, je vais prévenir M. le Directeur.

Et l'huissier fit pénétrer les deux prêtres dans une pièce sobrement décorée où plusieurs chaises étaient installées autour d'une table recouverte de publications et de journaux bien-pensants.

— Hein! je crois que nous voilà dans la place, dit tout bas Wilhem Furster, enchanté de jouer encore un bon tour aux Allemands qu'il exécrait.

— Oui, fit Patoche, c'est le moment d'ouvrir l'œil et de bien tenir notre langue.

« Voyez-vous que le marchand de mort subite se doute de quelque chose, ça en ferait du boucan...

« Non mais ça m'étonnerait.

« Plus je vous regarde, M. Furster, plus je trouve que vous ressemblez à cette fripouille de Walter Humding.

« Eh bien vrai! le père Flic vous a bien arrangé la tronche.

« Ça, c'est de la belle ouvrage ou je ne m'y connais pas.

« Et moi, je dois en avoir une trompette.

« C'est égal, si on avait dit au fils à ma mère qu'un jour il se mettrait une soutane sur le rable, ah! ce qu'il aurait rigolé.

« Patoche en ratichon!

« Eh bien! il ne manquait plus que cela!

« Non, ce que je dois en avoir une dégaîne.

— Je vous assure que vous êtes très bien, vous aussi.

— Je dois plutôt avoir l'air d'un sapeur que d'un curé.

— Mais justement, cet air mâle et guerrier va très bien à un missionnaire qui a dû affronter tant de dangers et même le martyre.

Mais des bruits de pas se faisaient entendre dans l'antichambre.

— Acré! Acré! fit Patoche, v'là le larbin, ce n'est plus l'instant de raconter des blagues.

L'huissier revenait, et avec une politesse toujours grandissante, il déclarait :

— Si ces messieurs veulent bien se donner la peine de me suivre, M. le docteur Rubin va les recevoir.

Dire que le cœur de Wilhem Furster et de Patoche ne battait pas quelque peu dans leur poitrine serait exagéré.

Non point que ces deux êtres qui étaient là bravoure même et qui savaient pousser le dévouement jusqu'à ses

— Vous pouvez parler, mon cher ami..., Monsieur est des nôtres.

plus extrêmes limites ressentissent la moindre frayeur au sujet des conséquences que pourrait avoir pour eux leur acte plutôt audacieux.

Mais ils se demandaient avec anxiété s'ils allaient réussir dans leur nouvelle et aventureuse mission, et s'ils allaient enfin arracher à ce docteur Rubin le secret, dont la divulgation devait amener l'acquittement du lieutenant Ferbach.

Néanmoins, malgré le trouble bien compréhensible qui les agitait, ils firent très bonne contenance, et du premier coup d'œil que leur lança le docteur Rubin, ils comprirent que celui-ci coupait en plein dans le panneau et qu'il était convaincu que le vénérable ecclésiastique qui se présentait devant lui sous le nom

de l'abbé Têtu n'était autre que Walter Humding en chair et en os.

Car s'avançant aussitôt vers lui la main tendue et la serrant d'une façon très significative, il conduisit le faux prêtre jusqu'au fauteuil placé devant son bureau et il lui dit avec un empressement plein de déférence :

— Asseyez-vous donc, je vous en prie, monsieur l'abbé.

Et comme il jetait un coup d'œil à la dérobée sur cet autre être barbu qui, plein de correction, son chapeau à la main, se tenait debout, l'abbé Têtu — ou plutôt Wilhem Furster — fidèle aux instructions que Lancelin lui avait données, répliqua, du ton le plus naturel du monde :

— Vous pouvez parler, mon cher ami.

« Monsieur est des nôtres.

« J'ai tenu à vous le présenter moi-même,

« Car, devant m'absenter pendant trois jours, j'ai besoin de laisser ici quelqu'un de très sûr pour me représenter, et j'ai choisi parmi mes meilleurs lieutenants celui qui m'offrait les meilleures garanties d'intelligence, d'activité et de fidélité.

« Je ne vous en dirai pas davantage car je suis assez pressé.

« Mais je vais vous laisser seul avec lui maintenant que je vous l'ai présenté.

« Vous pouvez donc avoir entièrement confiance en lui.

« C'est un autre moi-même.

Et voyant que le docteur Rubin, suivant une expression chère à Patoche marchait comme une seul homme, Wilhem Furster, certain à présent que le médecin-journaliste était convaincu qu'il avait devant lui Walter Humding, se leva, et lui prenant la main, lui dit :

« D'ici trois ou quatre jours il y aura du nouveau.

« Je n'ai pas besoin de vous dire que je vous ménage une surprise tout ce qu'il y a de plus agréable.

— Je m'en rapporte à vous, mon cher patron.

— Et comment trouvez-vous notre campagne dans le journal?

— De mieux en mieux conduite.

« D'ailleurs, j'ai donné quelques instructions au Révérend Père Martinet — c'est le nom d'emprunt de mon lieutenant.

« Il vous dira ce que vous avez à faire.

— Avez-vous quelque chose de nouveau du côté des Lempereur? demanda Rubin.

— Non, rien pour l'instant, mais je ne vais pas tarder à m'occuper d'eux.

— Ils sont toujours sur la frontière en train de s'occuper de ce que vous m'avez dit.

— De quoi donc, déjà?

« J'ai tellement de choses dans la tête.

— Eh bien! ces cafés-concerts où des jolies filles se chargeront d'attirer les sous-officiers.

— Ah oui, très bien.

« Parfaitement, ça marche même très bien.

« D'ailleurs, vous pourrez causer de cela avec le Père Martinet.

« Je vous le répète, c'est un autre moi-même.

« Mais je suis très pressé.

— C'est dommage car j'avais pas mal de choses à vous dire.

— Eh bien! vous raconterez tout cela à mon lieutenant.

« Je vous le répète, vous pouvez avoir en lui la confiance la plus absolue.

Et afin d'achever de donner le change à Rubin, Wilhem Furster s'approcha de lui et lui glissa à l'oreille dans l'Allemand le plus pur que Rubin parlait d'ailleurs à merveille :

— Ce garçon est d'origine suisse.

« Il est merveilleusement intelligent.

« Vous m'en direz des nouvelles.

« Il se nomme en réalité Justin Dilinger.

« J'en ai fait le Révérend Père Martinet.

« Mais, soyez tranquille, il jouera parfaitement son rôle.

« Vous pourrez le présenter à l'archevêque de Paris, il ne fera pas de gaffes, je vous en réponds.

Alors, toujours en Allemand, Rubin à cent lieues de se douter qu'il se livrait tout en enfler à ses adversaires reprit :

— Serait-il indiscret de vous demander où vous vous rendez?

— Je ne puis vous le dire pour l'instant.

« Mais soyez tranquille.

« C'est un voyage utile que je vais faire.

« Vous en aurez d'ici peu la preuve.

— Ne serait-ce pas pour corser encore le dossier secret que vous m'avez dit devoir communiquer aux juges de Ferbach?

— Vous avez deviné. C'est cela.

« Et surtout, dans votre journal, le silence le plus absolu.

— Mais voyons patron, vous me connaissez, et vous savez bien que je suis incapable...

— Oui, oui, parfaitement, mais quelquefois, dans l'énervement d'une polémique, on peut se laisser entraîner, et je regrette presque de vous avoir dit...

— Je vous en prie, patron, ne partez pas avec une telle pensée...

— Oui, je sais combien vous êtes dévoué à la cause.

« Dites-moi, vous n'avez pas besoin d'argent?

— Oh! pas du tout.

« Nous causerons de cela à mon retour, qui d'ailleurs ne tardera pas.

— Au revoir, patron.

— Au revoir, mon cher docteur.

— Si vous le voulez, je vais vous laisser le Révérend Père Martinet, et vous pourrez faire avec lui plus ample connaissance.

Et se penchant une dernière fois à l'oreille de Rubin, il ajouta :

— N'hésitez pas, en cas de besoin, à lui confier les besognes les plus difficiles... et les plus énergiques.

« Il ne recule devant rien.

« Il est capable de tout.

Et le faux abbé Têtu, après avoir serré la main du médecin-journaliste se retourna vers Patoche et lui lança :

— Au revoir, Dilinger.

« J'espère qu'en revenant, le docteur Rubin me dira qu'il a été satisfait de vos services.

— Eh bien, là, vrai! se disait Patoche, il est épatant, ce Monsieur Furster.

« Moi, j'étais pas tranquille en entrant là-dedans.

« Jamais je n'aurais cru qu'il s'en serait tiré comme ça.

« On dirait qu'il n'a jamais fait que cela toute sa vie.

« Oh! c'est égal, le père la Manille a eu du nez de nous envoyer là... car je crois qu'on va faire de la belle besogne.

« Maintenant, mon vieux Rubin, à nous deux.

« Je crois qu'on te tient et que notre ami Ferbach n'en a pas pour bien longtemps maintenant à rester sous les verrous.

CHAPITRE CLXV

Le procureur du Roi

Nous avons laissé le ménage Lempereur complètement désuni au point de vue moral, mais encore physiquement séparé par la force des choses, puisque l'ex-usurier, traîné au poste par les agents de police liégeois, avait été emmené en prison.

Le premier mouvement de Mme Lempereur avait été de l'y laisser.

Mais après s'être énervée :

— M'en voici débarrassée, elle avait été prise d'une sourde inquiétude qui n'avait fait que grandir.

Et elle s'était dit :

— Mon grand dépendeur d'andouilles est aussi bête qu'il est méchant, aussi méchant qu'il est bête.

« Une fois qu'il va se trouver à la boîte, il est capable de raconter un tas d'histoires de brigands et, pour se venger de moi, révéler mes accointances avec Walter Humding.

« En Belgique ça n'a qu'une importance relative.

« Mais, en outre que ce serait très ennuyeux d'être ouvertement brûlée, il se pourrait fort bien que la justice belge, pour faire sa cour à la justice française, avec qui d'ailleurs elle vit en excellents termes, nous transportât poliment jusqu'à la frontière, et que là, charitablement prévenus, des agents de la Sûreté française nous mettent la main au collet et nous envoient gémir sur la paille humide des cachots.

— Encore elle, qu'est-ce que je vais prendre pour mon rhume?

« Triste perspective.

« Moi surtout, je ne m'en tirerais pas à moins de cinq ans de prison, et je ne tiens nullement à aller à Clermont dans l'Oise, ni à Rennes dans l'Ile-et-Vilaine.

« Les maisons de santé n'ont jamais exercé sur moi beaucoup d'attraction.

« Et bien que je n'aie pas beaucoup de goût pour l'agriculture, je préférerais encore une maison de campagne.

« Aussi, je crois qu'il serait peut-être plus sage, au lieu de laisser Lempereur se débarbouiller avec la justice belge, de payer sa note au restaurant et de faire tous mes efforts pour qu'on le remette en liberté.

Lorsque Mme Lempereur avait une idée en tête, elle ne songeait plus qu'à l'exécuter.

En femme de décision, elle se rendit donc immédiatement chez le patron du restaurant où le scandale s'était déroulé.

Tout d'abord, avec un entêtement qui semblait insurmontable, le restaurateur commença par déclarer que la Justice suivrait son cours.

Mais Mme Lempereur qui était très roublarde, et qui savait très bien quand il le fallait, mettre de l'eau dans son vin et passer de l'arrogance la plus acerbe à l'amabilité la plus gracieuse, réussit enfin à convaincre le gargotier qu'il avait tout intérêt à s'arranger avec elle, et à éviter un esclandre qui pourrait porter préjudice à son établissement.

Bref, le patron du restaurant finit par se laisser convaincre, d'autant plus que l'ex-entremetteuse déclara qu'elle était prête à payer, sans sourciller, non seulement la note du repas mais encore toute la casse.

Et on finit par tomber d'accord sur un chiffre de 500 francs, que Madame Bric-à-Brac paya immédiatement, moyennant quoi le commerçant s'en fut retirer sa plainte.

Malgré cela, Lempereur fut maintenu en état d'ar- restation jusqu'au lendemain matin.

Mais la marchande d'antiquités se démena si bien qu'elle obtint d'abord la mise en liberté de son mari, puis, qu'on retirât le mandat d'expulsion qui avait été prononcé contre lui.

Par exemple, elle promit au Parquet liégeois que son mari et elle quitteraient la ville, le soir même, et qu'on n'entendrait jamais plus parler d'eux dans cette ville.

Lorsqu'en sortant du violon dans lequel on l'avait enfermé, Lempereur aperçut sa femme, conscient à présent des responsabilités qu'il avait encourues, il eut comme un étourdissement.

— Encore elle, se dit-il qu'est-ce que je m'en vais prendre pour mon rhume.

L'air digne et hautain d'une reine outragée, mais parfaitement calme, l'ex-entremetteuse s'avança vers son époux.

— Monsieur, lui dit-elle, je n'ai rien à vous dire, le procureur du Roi va vous parler pour moi.

— Qu'est-ce que ça signifie, cette comédie-là, se demandait Lempereur... le procureur du Roi... Poupoule! en voilà une salade!

Néanmoins, il suivit docilement les deux geôliers qui le conduisirent dans le cabinet du magistrat où sa femme l'avait déjà précédé.

Le Procureur du Roi était un homme déjà d'un certain âge, petit, maigre, aux lunettes à branches d'or et muni de ces favoris gris, taillés très courts, tels qu'en portaient au siècle dernier, la plupart des distributeurs de la justice.

Après avoir poliment indiqué un siège à Madame Lempereur, il regarda le mari par-dessus ses lunettes d'un air plutôt hostile et renfrogné.

Puis il lui dit :

— C'est bien vous Monsieur Lempereur, n'est-ce pas?

— Oui, Monsieur.

— Appelez-moi Monsieur le Procureur.

— Oui, Monsieur le Procureur.

— Vous avez été arrêté hier sous l'inculpation de grivèlerie.

— Grivèlerie, osa interrompre le mari de Poupoule.

— Oui, grivèlerie, vous ne savez pas ce que ça veut dire?

— Je vous avoue que non, monsieur le Procureur.

— Vous ne connaissez pas le français?

— Mais si, monsieur, je sais le français, mais par exemple, je ne sais pas le belge.

— Est-ce que vous vous moquez de moi?

— Oh! Monsieur le Procureur, je m'en garderais bien.

— Eh bien! en France comme en Belgique, grivèlerie signifie petite escroquerie d'un repas ou d'une consommation dans un restaurant ou dans un café.

— Bien, Monsieur, maintenant, je comprends.

— Ce n'est pas dommage.

— Excusez-le, Monsieur le Procureur, intervint la marchande d'antiquités, il est un peu faible d'esprit.

— Bref, Monsieur, vous êtes accusé de grivèlerie, de tapage injurieux, de bris d'objets etc... etc.

« Déli caractérisé par la loi et également puni par elle de prison et d'amende.

A ces mots, Lempereur commença à faire la grimace.

Il songeait, un peu tard, que peut-être il avait été trop loin et il se demandait jusqu'où cela pourrait bien le conduire.

Mais le Procureur du Roi qui continuait à le dévisager par-dessus ses lunettes poursuivait :

— Fort heureusement pour vous, monsieur, vous aviez une femme qui veillait sur vous, une femme dont le cœur généreux mériterait certes un compagnon meilleur dans l'existence.

« Cette dame, avec laquelle j'ai eu l'occasion de causer longuement vous a voué une affection vraiment touchante.

« Elle a eu la bonté, la délicatesse, de désintéresser le restaurateur que vous aviez escroqué et chez lequel vous aviez causé un si scandaleux tapage.

« Ce restaurateur, qui est un de nos concitoyens les plus estimés, et les plus estimables, a consenti à retirer sa plainte.

« Et sur les instances pressantes de votre épouse infortunée, j'ai consenti à signer votre ordre de mise en liberté.

« A cela, j'avais mis une condition, c'est que vous seriez immédiatement reconduit à la frontière.

« Mais Madame Lempereur a encore plaidé votre cause à ce sujet.

« Elle m'a expliqué qu'ayant, en ce moment, de gros intérêts dans notre pays, elle était absolument obligée d'y rester.

« Alors, elle s'est épouvantée à la pensée de vous laisser seul en France, livré à vous-même, car elle craint que vos mauvais penchants ne vous entraînent, une fois de plus, aux pires extravagances et que dans votre pays vous ne trouveriez des juges plus sévères que moi.

« J'ai cédé à cet argument, et je pousserai donc l'indulgence jusqu'à ses plus extrêmes limites.

« Mais, avant de vous confier de nouveau à votre femme, je veux d'abord vous montrer les dangers de la voie funeste dans laquelle vous vous engagez.

Et, prenant un petit papier sur lequel il avait préparé des notes, le procureur du Roi se mit à débiter à Lempereur, tout abasourdi, une longue conférence sur les périls que fait courir l'alcool, sur les misères qu'il engendre, et sur les malheurs qu'il entraîne.

Cela dura au moins une bonne demi-heure.

L'usurier, qui avait très mal dormi sur les planches du violon, réprimait avec peine de folles envies de bâiller.

Quant à Poupoule, elle ne bronchait pas.

Recueillie, dans une attitude pleine de componction, elle semblait boire littéralement les paroles de l'orateur, se contentant d'approuver, de temps en temps, d'un petit hochement de tête régulier les phrases les plus ronflantes et les couplets les mieux tournés de l'interminable réquisitoire.

Enfin, le procureur replaça ses notes devant lui. Lempereur respira.

— Ouf! se dit-il, c'est fini.

« Je vais pouvoir prendre un peu l'air, ça ne me fera pas de mal.

Le procureur du Roi qui semblait attacher à sa mission sur terre une incalculable influence moralisatrice, reprit aussitôt :

— Monsieur Lempereur, je n'ai pas fini.

— Décidément, pensa la vieille fripouille, cet homme-là, c'est pas un magistrat, c'est un moulin à paroles.

Mais le procureur, intarissable, continuait :

— Monsieur Lempereur, avant de vous laisser partir je veux maintenant que vous preniez devant moi l'engagement solennel de mener, désormais, une existence rangée, de renoncer complètement à vos ha-

bitudes d'intempérance, d'être un époux fidèle, affectueux et dévoué.

« En un mot de faire oublier à l'admirable compagne de votre vie toutes les tristesses, tous les chagrins dont vous l'avez jusqu'alors abreuvée.

— Allons, ça va bien, se disait Lempereur, ça c'est la fin.

« Je vais lui promettre tout ce qu'il voudra, et après ça il me fichera la paix!

Mais, Lempereur se trompait.

Le procureur du Roi n'était pas encore au bout de son rouleau.

— Madame Lempereur, disait-il, mais je la connais maintenant que j'ai causé longtemps avec elle.

« D'ailleurs, il ne faut pas beaucoup de temps pour se rendre compte de toutes ses qualités.

— Qu'est-ce qu'elle a bien pu lui faire, songeait l'ancien banquier de l'armée.

— C'est bien vous M. Lempereur, n'est-ce pas?

— Oui, s'animait le magistrat liégois, c'est un trésor, une femme pareille!

— Eh bien! mon colon, si tu la connaissais comme je la connais, il est probable que tu changerais d'avis... se disait intimement le mari de Poupoule.

— Penser que vous avez méconnu une pareille créature.

« Penser que vous n'avez pas su apprécier les qualités sublimes dont elle était douée...

« Ah! je vous plains, Monsieur Lempereur, je vous plains de toute mon âme d'honnête homme et de père de famille.

« Et, dorénavant, j'espère bien que ça changera, que cette leçon vous profitera, que vous suivrez mes conseils et que vous deviendrez enfin le mari modèle que vous auriez toujours dû être.

« En attendant, mettez-vous à genoux devant votre femme, et demandez-lui pardon.

— Oh! s'il n'y a que cela pour lui faire plaisir se décida immédiatement l'usurier, moi je ne demande pas mieux.

Et, docilement, Lempereur se leva et s'en fut s'a-
genouiller devant son épouse.

— Je dois être grotesque, songeait l'ex-prêteur.

« On dirait que je fais ma prière devant une madone en saindoux.

« Si Poupoule se figure qu'elle va me ramener à
elle par des moyens comme celui-là, elle peut rien se
fouiller... ah! non, par exemple.

« Mais, pour l'instant, ce n'est pas le moment de
faire le malin.

« Contentons-nous
de faire le Jacques, et rira bien qui rira le der-
nier!

Solennellement, le
procureur du Roi s'était
levé.

—Monsieur Lempe-
reur, ordonna-t-il, vous
allez immédiatement ré-
péter les paroles que je
m'en vais prononcer.

— Oui, monsieur le
procureur,

— Je vous engage
non seulement à les dire
mais aussi à les garder
profondément gravées
dans votre mémoire.

— Oui, monsieur le
Procureur. •

— Je commence :
« Ma chère et respec-
table épouse.

« Eh bien! qu'est-ce
que vous attendez ?

— Ah! oui, c'est vrai,
il faut que je répète.

— Mais oui, il faut que vous répétiez.

« Je recommence.

« Ma chère et respectable épouse.

— Ma chère et respectable épouse.

— Je te jure sur mon honneur...

« Eh bien! allez donc!

— Je te jure sur mon honneur...

— Qu'à partir de ce jour, tu auras en moi le mari
le meilleur que l'on puisse désirer sur cette terre.

— Le mari le meilleur que l'on puisse désirer sur
cette terre, redit écho fidèle, le banquier qui, d'ailleurs,
commençait à trouver la cérémonie un peu longue
et se demandait :

— Je te demande humblement pardon de mes fautes.

— Est-ce qu'il va me laisser longtemps comme
genoux.

« C'est qu'il est dur, son parquet.

« S'il y avait seulement un coussin.

Mais le magistrat déclamait :

— Je te demande humblement pardon de mes
tes et de mes erreurs passées.

— Eh bien! voyons, Monsieur Lempereur,
donc!

— Je vous dem
humblement pardon
mes fautes et de me
reurs passées.

Puis, après avoir
cé d'un trait cette
nière phrase, Lem
reur interrogea :

— Dites-moi, m
sieur le procureur,
ce qu'il y en a en
bien long comme ça

Sévèrement, le ma
trat répliqua aussi

— Pourquoi me
mandez-vous cela, m
sieur?

— Mais, parce
j'ai mal aux genoux

— Vous pouvez b
souffrir à votre
pour celle à qui vou
vez fait verser tan
larmes.

« Je continue.

Et, implacable, le P
cureur poursuivit :

— Rougissant de m
inconduite, de mes excès, je m'engage, par une
exemplaire, à réparer tout le mal que j'ai cau
un cœur qui ne battait que pour moi.

— Oh! bien, nom d'un chien, on voit bien qu'
ne lui a pas dit qu'elle m'avait fait cocu, fut sur
point de s'écrier la vieille fripouille.

Mais déjà le magistrat le harcelait.

— Eh bien! voyons répétez, répétez, sinon nous
rons encore là jusqu'à ce soir.

— C'est que, je ne me rappelle plus très bi
monsieur le Procureur.

— Oui, l'alcool vous a oblitéré la mémoire.

« Je recommence :

« Rougissant de mon inconduite et de mes excè
m'engage par une vie exemplaire...

— Lempereur, je vous pardonne.

« Il va me faire pren-
dre racine sur son par-
quet.

Alors, tout haut, il r...
prit :

— Ne vous fâchez
pas, Monsieur le Procu-
reur, dites encore une
fois, et je répéterai
comme il faut.

« Car, je vous assu-
re que je fais de mon
mieux pour vous don-
ner satisfaction.

« Seulement, j'ai bien
mal aux genoux.

— C'est votre faute.

Alors, infatigable,
le magistrat liégois, re-
commença pour la
troisième fois :

— Rougissant de
mon inconduite et de
mes excès...

— Rougissant de
mon inconduite et de
mes excès, répéta, con-
venablement cette fois,
le mari de Poupoule.

— Je m'engage par
une vie exemplaire...

— Vie exemplaire.

— J'ai dit :

« Je m'engage par u-
ne vie exemplaire.

— Eh bien ! je m'en-
gage, par une vie exemplaire...

— A réparer tout le mal que j'ai causé...

— A réparer tout le mal que j'ai causé...

— A un cœur.

— A un cœur...

— Affectueux et dévôt.

— A un cœur affectueux et de veau.

— Ah ! non, monsieur Lempereur, je vous en prie,
pas de ces plaisanteries-là.

— Je ne plaisante pas, monsieur.

— Je vous demande pardon.

« Puisqu'il en est ainsi, nous allons tout recommencer.

— Monsieur le Procureur, bafouilla lamentablement l'usurier, tout ce que vous voudrez, mais pas
ça.

— Je vous en prie, ne m'en dites pas si long à la
fois, je ne pourrai jamais me rappeler.

— Soit, nous allons décomposer.

« Rougissant de mon inconduite et de mes excès...

— Rougissant de votre inconduite et de vos excès...

— Oh ! par exemple, s'indigna le procureur, qu'est-
ce qui vous prend ?

— Mais rien, Monsieur le Procureur.

— Comment, je vous dis de rougir de *votre* inconduite, et vous rougissez de la mienne.

« Mais apprenez, insolent personnage, que je ne
me suis jamais grisé, que je n'ai jamais trompé ma
femme moi,

« Que l'on me cite dans toute la Belgique comme
un modèle de vertu, moi.

— A ça ! il est gâteux, se lamentait Lempereur.

« Je vous jure que je serai tout ce qu'il y a de plus gentil pour ma femme, et. je vous jure également que je suis absolument incapable de rester une minute de plus à genoux.

« Je suis très maigre, moi, et j'en arrive à me demander si ce sont mes os qui rentrent dans le plancher ou si c'est le plancher qui me rentre dans les os.

Le mari de Poupoule avait prononcé ces paroles d'un ton tellement lamentable que le procureur, ayant enfin pitié de lui lui dit :

— Relevez-vous à la condition toutefois que votre femme vous le permette.

Lempereur lança un regard suppliant vers sa moitié qui avait peine à dissimuler la satisfaction qu'elle éprouvait en voyant son mari dans une si fâcheuse posture.

Désireuse de prolonger son supplice elle garda un instant le silence.

— Ah! la vieille garce se disait Lempereur c'est qu'elle est capable de me laisser poser encore comme ça pendant cinq minutes.

« Ah! lui tordre le cou quel délice! quelle joie! quelle ivresse

Enfin, Mme Bric-à-Brac se décida à déclamer lentement solennellement :

— Lempereur je vous pardonne.

« Je veux bien croire à vos serments et je consens à passer une éponge sur les chagrins dont vous m'avez accablée. Mais à mon tour...

— Allons, bon, la v'la qui pique un laïus, se lamentait l'ex-prêteur.

Imperturbable, Poupoule continuait :

— Mais si jamais vous recommencez, moi aussi, devant monsieur le Procureur du Roi, devant ce magistrat intègre et bon, que tous ses collègues de France devraient bien prendre pour modèle je vous jure sur l'honneur de vous livrer moi-même aux bras de la justice..

« Et si un jour, il vous arrive d'être jeté sur la paille humide des cachots, d'avoir pour toute nourriture du pain sec, pour toute boisson, de l'eau, pour tout horizon un vague coin de ciel que l'on entrevoit à travers les barreaux rouillés mais solides d'une vieille geôle obscure, vous n'aurez qu'à vous frapper la poitrine en disant :

« C'est ma faute! C'est ma faute!

« Maintenant, debout!

— Ah! enfin, soupira le supplicié.

— Debout et suivez-moi, acheva l'ancienne proxénète.

— Encore un dernier mot, intervint le procureur

— Oh maintenant que je suis relevé, pensa Lempereur, tu peux y aller, mon vieux, de tous les boniments que tu voudras.

Alors, le magistrat belge, venant se placer entre les deux époux, prit la main gauche de Lempereur et la main droite de Poupoule, et, les plaçant l'une dans l'autre, leur dit :

— Maintenant que je vous ai réunis, maintenant que j'ai fait, je l'espère, cesser les malentendus qui vous divisaient, vivez calmes et heureux, dans la sérénité d'un bonheur sans mélange.

« Scellez ce nouveau pacte par un baiser conjugal, dont je laisse à chacun le soin de déterminer la mesure.

Et comme Lempereur hésitait à obéir à cette dernière invitation du procureur, celui-ci s'écria :

— N'ayez aucune crainte, et surtout pas de pudeur exagérée...

« D'ailleurs, rasurez-vous je vais tourner la tête.

« Je veux l'entendre, ce baiser réconciliateur, ce baiser qui va vous ouvrir une nouvelle route et éclaircir à jamais votre horizon.

— Il n'y a pas moyen, faut y aller, se dit Lempereur, sans cela il serait capable de faire venir un lit dans son cabinet pour être bien sûr que nous nous sommes réconciliés sur l'oreiller.

Alors, prenant son courage à deux mains, il se précipita vers Madame Bric-à-Brac et lui imprima sur ses joues bouffies mais flasques deux gros et sonores baisers.

— Ah! zut, se dit-il on dirait que je me frotte la tête contre une vessie de cochon.

Ces effusions, une fois terminées, et après avoir écouté un nouveau discours de l'intarissable Procureur du Roi, Monsieur et Madame Lempereur quittèrent le Palais de Justice.

Lempereur, comme on le dit vulgairement, n'en menait pas large.

Après la mercuriale sévère mais paternelle du magistrat, il s'attendait à une fougueuse sortie de sa compagne.

Mais, à sa grande surprise, il n'en fut rien.

Madame Bric-à-Brac, durant le court trajet qui sépare le Palais de Justice de l'hôtel du Filet de Sole ne desserra pas les dents.

En arrivant devant l'hôtel, elle se contenta de s'effacer pour laisser entrer son mari, et de lui dire ce simple mot mais sur un ton impératif :

— Monte!

L'usurier ne se le fit pas dire deux fois.

— Je comprends, se dit-il, je n'ai rien perdu pour attendre.

« C'est là haut que ça va se passer. »

Mais une fois dans l'appartement, Mme Lempereur observa le même silence farouche, se contentant de dire à son mari :

— Nous partons dans une heure.

« Aussi, tu vas te changer et faire ta malle, et tâche surtout de ne pas nous mettre en retard. »

Lempereur hasarda une question :

— Où allons-nous ?

Il s'attendait à ce que la mégère, suivant son habitude, allait lui répondre :

— Qu'est-ce que ça peut bien te faire !

Mais elle lui dit simplement :

— Bruxelles.

— Jolie ville, crut devoir ajouter l'usurier.

— Jolie ville, en effet, approuva Mme Bric-à-Brac.

Et sur un ton pas trop rogue, elle déclara :

— Seulement, nous n'y allons pas pour nous promener... Nous allons avoir pas mal d'ouvrage.

— Je ne demande pas mieux, moi, affirma l'ex-prêteur, très désireux de rentrer dans les bonnes grâces de son épouse.

Cette fois, celle-ci garda le silence.

Lempereur se changeait, et il en avait besoin, car, après une nuit passée au violon il manquait plutôt d'élégance.

Il se livra à de nombreuses ablutions, revêtit un costume complet jaquette, qui accentuait encore sa maigreur, et se coiffa d'un chapeau mou tyrolien qui acheva de le rendre tout à fait grotesque.

Puis il se campa devant l'armoire à glace, afin de s'assurer que les pointes de ses moustaches qu'il avait soigneusement passées au cosmétique étaient aussi rigides qu'il le désirait.

Alors, d'un air satisfait il se tourna vers sa femme et lui dit :

Il se campa devant l'armoire à glace.

— Je suis prêt.

— Ça va bien, fit l'ex-entremetteuse.

Et elle sonna un domestique qui arriva bientôt.

— Allez nous chercher une voiture et faites descendre les bagages.

— Bien Madame, obéit l'employé.

Une demi-heure après, le couple prenait le train pour Bruxelles.

Lempereur, somme toute, était fort préoccupé.

D'abord, l'attitude quasi indifférente de sa femme l'inquiétait au suprême degré.

Il eût préféré les reproches violents et une scène mouvementée.

Ce silence pesait sur lui comme un monde.

Confortablement assis dans un coin du compartiment de première classe, en face de Poupoule qui s'était mise à lire tranquillement son journal, la vieille fripouille se livrait à des réflexions qui n'avaient rien de très réconfortant.

— Je n'en reviens pas, se disait-il.

« Je ne l'ai jamais vue comme ça.

« Après le tour que je viens de lui jouer, elle devrait plutôt être à cran.

« Songer que j'ai pris la plus formidable cuite de mon existence, boulotté et bu pour plus de 100 francs de marchandises, brisé pour plus de quatre cents balles de matériel, engueulé les agents, passé une nuit au poste et failli être condamné par les tribunaux belges... et elle ne ronspète pas !

« Ah ! par exemple... c'est trop fort.

« On a dû certainement me la changer en route.

« Mais non ; j'ai tort de me berner de pareilles illusions.

« C'est toujours elle qui est là, la vieille hippopotame.

« Ah ! si je n'avais pas peur de me faire pincer, je la foutrais bien par la portière, parce qu'il est évident que pour se montrer aussi indulgente avec moi, il faut qu'elle me ménage quelque chose de pas ordinaire.

« Mais quoi?

« Pourvu qu'elle ne cherche pas à m'empoisonner!

« C'est qu'elle en est bien capable, la vieille toupie!

« Oh! oh ! je m'en vais ouvrir l'œil, et le bon, car il ne s'agit pas de se laisser faire.

« En attendant, je ne serais pas fâché de savoir un peu ce que nous allons faire à Bruxelles.

« Si je lui demandais.

« Oui, mais nous sommes seuls dans le comparment, elle va m'envoyer promener.

« Si j'insiste, elle va se fâcher.

« Et qui sait, peut-être ne serait-ce pas une mauvaise tactique que de la mettre en colère.

« Quand elle ressaute comme ça, elle ne sait plus ce qu'elle fait ni ce qu'elle dit, et peut-être obtiendrai-je de la sorte quelques tuyaux sensationnels.

« Ça, c'est pas bête.

« Mais si elle ne ressaute pas?

« Ah par exemple, ce sera rigolo.

« C'est peut-être que je l'aurais domptée sans le vouloir.

« Oh! si était cela, qu'est-ce que je lui passerais à mon tour.

« Oh! ça serait ma revanche, et quelle revanche!

« En attendant, nous allons toujours bien voir.

« Je vais l'interviewer.

« Elle, qui n'aime pas à être dérangée quand elle lit son journal, elle va tout de suite me fixer.

« Madame Lempereur, attaqua-t-il tout d'un coup.

Poupoule, plongée dans la délectation du récit d'un crime épouvantable, eut un sursaut d'effroi.

— Hein! quoi! fit-elle, qu'est-ce qu'il y a, nous déraillons?

— Mais non, pas du tout, rassura le banquier de l'armée.

Et, sans acrimonie, Mme Bric-à-Brac demanda :

— Alors, qu'est-ce que tu veux?

— Eh bien! je voulais savoir si ça va?

— Quoi... qu'est-ce qui va?

— Mais toi.

— Mais, ça va très bien, je te remercie.

Et la marchande d'antiquités allait recommencer sa lecture qui semblait exercer sur elle un très puissant attrait, lorsque l'usurier s'entêtant, récidiva:

— Alors, ça va?

— Mais oui, puisque je te le dis.

— Moi aussi, ça va très bien.

— Allons, tant mieux!

— Dis-moi, Poupoule, c'est bien à Bruxelles que nous allons?

— Evidemment! ce n'est pas au Pérou!

— Allons, se dit l'usurier, la voilà qui recommence à ressauter, c'est bon signe.

Et tout haut, il reprit, s'efforçant de donner à sa voix ce ton d'ironie plutôt lourde avec lequel il savait si bien agacer sa femme.

— C'est malheureux que nous n'allions pas au Pérou.

« C'est le pays des mines d'or.

Mais, modérant le début d'énervement qui s'était emparé d'elle, Madame Lempereur, très calme, répondit :

— Oh! oh! heureusement qu'il n'est pas toujours besoin d'aller si loin pour faire fortune.

Cloué, ahuri, l'usurier regarda sa femme d'un air tellement extraordinaire que celle-ci ne put s'empêcher de s'écrier :

— Ah ça! est-ce que tu es malade?

— Moi, mais je ne me suis jamais si bien porté.

— T'en fais une tête!

— Après tout, c'est possible, reconnut Lempereur, car je suis tellement étonné par ce que j'entends et ce que je vois, que je me demande si je ne suis pas l'objet d'un rêve.

— Qu'est-ce que tu me racontes là?

— Jouons cartes sur table, ma chère amie.

« Eh bien! je me demande comment il se fait, après tous les torts que j'ai eus envers toi, que tu gardes aujourd'hui vis-à-vis de moi une attitude aussi conciliante.

— Ça t'ennuie?

— Oh! mais pas du tout.... je suis très heureux, au contraire, de cet état de choses.

« Je demande à ce qu'il continue.

— Sois tranquille, il continuera.

— Est-ce possible?

— Quand il n'y a rien à faire avec les gens, on les laisse pour ce qu'ils valent.

« Je me suis efforcée de te détourner de la mauvaise voie sans y réussir.

« Eh bien! mon ami, fais comme le nègre, continue.

« Et, puisque tu amènes la conversation sur ce sujet, nous allons, si tu le veux bien, en finir une fois pour toutes, et régler définitivement les conditions qui présideront désormais à nos deux existences.

— Je t'écoute, ma chère amie, avec la plus ser

puleuse attention, répliqua Lempereur tout réjoui.

Le mari de Poupoule se disait :

— Ça y est, mon truc a réussi.

« Vivent la joie et les pommes de terre !

« Pourvu qu'elle consente à dénouer les cordons de sa bourse, c'est tout ce que je demande.

« Quelle existence agréable je m'en vais couler.

« Oh ! oui alors, je vais m'en flanquer une bosse.

Mme Lempereur tranquillement avait déposé son journal à côté d'elle.

Et elle reprenait avec ce ton grave qu'elle apportait toujours dans les discussions d'affaires sérieuses.

— Je n'ai pas besoin de vous prévenir, Monsieur Lempereur, que désormais, tous les rapports conjugaux sont finis entre nous.

— Ça, se dit l'usurier, tu n'avais pas besoin de me le dire... je le sais.

« La preuve, c'est que voilà plus de cinq ans que je...

« Oui, je me comprends, et je n'ai nullement l'envie de recommencer.

Mais il se garda bien d'interrompre son épouse dans ses importantes déclarations.

Aussi Madame Bric-à-Brac put-elle continuer sans encombres :

— En plus de cela, je renonce à utiliser vos talents, et je consens très bien à ce que vous viviez sans rien faire.

« Placée de nouveau à la tête d'une importante entreprise, qui ne va pas manquer de me rapporter de très gros bénéfices, j'aurais très bien pu, étant donnée votre inutilité parfaite et reconnue, me séparer entièrement de vous, puisqu'en réalité, nous ne sommes pas unis par les liens du mariage.

« Mais, pour des raisons que je n'ai pas besoin de vous faire savoir, je préfère vous garder près de moi.

« Ainsi que je vous l'ai dit tout à l'heure, je renonce

— Hein ! quoi ! qu'est-ce qu'il y a, nous déraillons ?

à faire de vous un homme sérieux et je vous laisse parfaitement libre de faire tout ce que vous voudrez, à la condition toutefois que vous ne me questionniez jamais sur mes actes et que vous ne vous permettiez, en aucun cas, de vous mêler de mes affaires.

— Entendu ! Entendu ! accepta Lempereur, que cette première clause d'ailleurs, ravissait déjà.

Mme Lempereur reprenait :

— Attendez, je n'ai pas fini.

« Vous coucherez dans le même appartement que moi.

« Mais, inutile d'ajouter que nous ferons chambre à part.

« Vous prendrez vos repas dehors.

« Maintenant, je vous préviens que vous aurez à vous entretenir de tout.

— De tout ?

— Oui, de nourriture, de vêtements et de petites femmes si ça vous fait plaisir.

« Pour faire face à ces dépenses, je vous servirai le traitement d'un député, 15.000 francs par an.

« Si avec cela vous n'êtes pas content, c'est que vous serez vraiment difficile.

— Mais je suis très content, très content, accepta Lempereur illuminé de joie.

— Si vos dépenses dépassent vos émoluments, fit Mme Lempereur, tant pis pour vous.

« Maintenant, vous serez toujours libre, si ces quinze mille francs ne vous suffisent pas de vous livrer à certaines occupations lucratives, si toutefois vous en êtes capable.

— Ça, c'est une idée, je peux très bien prendre une représentation.

— Si tu veux.

— Me mettre courtier en vins, par exemple.

— Oh ! je crois qu'en fait de vins, tu en boirais plus que tu en vendrais.

— Enfin, avec quinze mille francs par an, je peux toujours me tirer d'affaire.

— Je l'espère bien.

— Et maintenant, Poupoule, laisse-moi te remercier de ta bonté à mon égard.

— Oh! pas d'effusion, je t'en prie.

— Laisse-moi simplement te dire que si tu t'étais montrée plus tôt aussi douce que cela envers moi, bien des malentendus auraient été dissipés.

— Pas de boniments!

— Je te jure que je suis sincère en t'exprimant ainsi ma profonde gratitude.

— Le meilleur moyen de me le prouver, c'est de te taire.

— Je t'obéis.

— Tu as raison, et je te recommande même de ne me parler que lorsque je t'aurai la première adressé la parole.

« Si tu as besoin de quelque chose, tu me le feras savoir par écrit.

— Soit!

— Quant à ton argent, tu le toucheras tous les samedis soirs.

« Ça te fera 288 fr. 40 par semaine, pas un sou de plus, pas un sou de moins.

— Et si j'avais besoin d'une avance?

— Pourquoi faire?

— On ne sait jamais.

« Du moment que tu m'as donné toute liberté, il me semble que je puis bien agir à ma guise.

— Ça, nous verrons, ça dépendra de toi.

« Car, retiens bien ceci :

« Si je t'accorde la permission de vivre de ton côté, j'entends que tu te conduises proprement, et que tu ne recommences pas les scandales lamentables dont tu es coutumier.

— Puisque j'ai juré à Monsieur le Procureur du Roi de Liège, d'être raisonnable.

— Nous verrons bien.

« Débauche-toi, grise-toi, abrutis-toi... mais garde ton décorum, je ne t'en demande pas davantage.

CHAPITRE CLXVI

Où Mme Lempereur... travaille!

Le train arrivait à la gare du Nord de Bruxelles. Cela mit fin au dialogue engagé entre les deux époux.

Lempereur, complètement rassuré, nageait dans l'allégresse.

Quinze mille francs par an, et la vie de garçon, jamais il n'eût osé en espérer davantage.

Aussi, désireux de faire du zèle, et de montrer à sa femme combien il lui était reconnaissant de son indulgence et de ses largesses, il se précipita sur un sac de voyage qu'elle tenait à la main et s'en emparant, sauta du compartiment.

Puis, gracieusement, il tendit la main à l'énorme Mme Bric-à-Brac qui sortit en soufflant du wagon.

Puis, il lui dit fort aimablement :

— Veux-tu me permettre de t'offrir le bras?

— Non, ce n'est pas la peine, ça va bien comme ça.

« N'en fais pas de trop, tu te rendrais malade.

« Et puis, tiens, rends-moi mon sac, parce que tu es tellement pochetée que tu serais encore bien capable de te le faire barboter.

— Comme il te plaira, mon amie, répliqua Lempereur, du ton le plus conciliant du monde.

Car ayant enfin obtenu ce qu'il désirait c'est-à-dire de l'argent et l'indépendance, il était maintenant décidé à faire « peinard » et à laisser passer les colères probables de son irascible compagne, avec la douceur évangélique d'un brave mouton qui reçoit sur le dos la pluie diluvienne et en est quitte ensuite pour se laisser sécher aux rayons du soleil.

Abdiquant désormais toute volonté, il prit le parti de se laisser conduire comme un enfant, sans réclamer aucun renseignement, sans s'inquiéter de rien.

Et ainsi que l'avait recommandé la mégère, sans lui adresser jamais la parole, sans élever la voix quand il n'était pas interrogé.

Aussi suivit-il docilement Mme Lempereur qui le conduisit jusqu'à un omnibus du Grand-Hôtel, donna son bulletin de bagage à un garçon et s'installa commodément dans la robuste voiture.

Lempereur se mit en face d'elle, les deux mains sur sa canne et regardant au travers des carreaux tout le mouvement, l'animation qui caractérisent les alentours d'une grande gare.

Les bagages ne tardèrent pas trop à arriver.

On les chargea lourdement sur l'impériale de l'omnibus.

Plusieurs autres voyageurs s'étaient installés à l'intérieur.

Un garçon fit claquer violemment la portière.

Puis le véhicule s'ébranla, vigoureusement tiré par deux gros chevaux Mecklembourgeois.

On arriva bientôt au Grand-Hôtel.

Madame Lempereur qui, sans doute, avait reçu à

la fois de Walter Humding des instructions spéciales et la très forte somme, demanda un appartement composé de deux chambres et un salon.

On lui en fit visiter plusieurs.

Elle en choisit un, très vaste, très somptueux, dont toutes les fenêtres donnaient sur le boulevard Anspack et dont le salon séparait les deux chambres.

— Celui-ci me semble à peu près possible, fit-elle, dédaigneusement, en affectant les allures de princesse en voyage. Et déjà chez elle, elle distribuait l'appartement à sa guise.

Elle désigna la chambre de droite en disant :

— Voici ma chambre, et la pièce de gauche en disant : « Voici celle du comte.

— Allons, bon, voilà qu'elle nous anoblit à présent, se dit Lempereur.

« Qu'est-ce qu'elle a encore bien pu inventer ?

Il tendit la main à l'énorme Madame Bric-à-Brac.

« Oh! après tout, je m'en fiche.

« C'est justement aujourd'hui samedi, pourvu que j'aie mon pognon, je n'en demande pas davantage

— Alors, reprit Madame Lempereur, vous pouvez faire monter mes bagages, et dire au gérant de venir.

— Bien, Madame, s'inclina le garçon le plus cérémonieusement du monde.

Quelques instants après, le gérant, en habit, se présentait avec un registre à la main.

— Madame la Comtesse, fit-il, veuillez m'excuser si je vous dérange.

« Mais je vous prie de bien vouloir accomplir une petite formalité.

— Ah! oui... les noms, fit la marchande d'antiquités.

« Eh bien! mettez : Général comte et comtesse *Marin de St-Didier.*

« Nés tous deux à Paris, demeurant à Viroflay près Versailles et venant de Liège.

« Ça vous suffit-il, Monsieur ?

— Oh! parfaitement, Madame.

— Pour déposer les valeurs, à qui faut-il s'adresser ?

— Nous avons ici, Madame, un coffre-fort spécial pour notre clientèle.

Lorsque Madame la comtesse descendra tout à l'heure, si elle veut bien me demander eh bien! je m'empresserai d'aller la conduire à M. le Directeur qui se mettra immédiatement à son entière disposition.

— Bien, c'est entendu.

— Le Général et Madame la comtesse prendront-ils leurs repas à l'hôtel ?

— Non... ou du moins pas d'une façon régulière.

— Madame la comtesse désire-t-elle que nous mettions à sa disposition une femme de chambre spéciale ?

— Mais oui... si vous voulez.

— Mon général désire-t-il un valet de chambre ?

— Non, non, inutile, coupa immédiatement l'ex-entremetteuse.

— Je me permettrai de faire respectueusement observer à Monsieur le comte et à Madame la comtesse, que, quel que soit le séjour que l'on fasse à l'hôtel, les appartements sont toujours au mois.

— Ça va bien, ça va bien, ne vous inquiétez pas de cela...

« Dites au Directeur que je descendrai m'entendre définitivement avec lui.

— Madame la comtesse désire-t-elle que je prie M. le Directeur de monter lui-même.

— Non, inutile.

— Bien, Madame la comtesse!

« Mon général.

Et le gérant sortit, après avoir fait deux profondes révérences, l'une devant Madame la comtesse, et l'autre devant Monsieur le général comte Marin-de Saint-Didier.

Lempereur ne se tenait pas d'aise.

« Non seulement il venait d'apprendre que sa femme avait d'importantes valeurs qui le rassurèrent entièrement pour l'avenir.

Mais, le reste de sa vie, il allait passer pour un général.

Mon général!

Ah! quand il avait entendu le gérant de l'hôtel le gratifier de ce qualificatif, auquel moins que personne il avait droit, il avait failli lui sauter au cou.

Mon général!

Ces deux mots flamboyaient devant ses yeux en lettres de feu.

Jamais il ne s'était senti aussi heureux, aussi joyeux de vivre, aussi bien disposé à user largement de l'existence.

Aussi, rompant la consigne que lui avait imposée sa femme, il ne put s'empêcher de s'écrier :

— Eh bien! je crois que nous n'allons pas nous embêter!

Le mot de Cambronne jaillit des lèvres de Poupoule.

Cela suffit pour rappeler à Lempereur le souvenir des conventions passées entre son épouse et lui.

Aussi, se réfugiant dans un prudent silence, il s'en fut à la fenêtre et, soulevant un rideau, il se mit à regarder ce qui se passait dans la rue.

On apportait les malles sur les ordres de Madame la comtesse Marin de Saint-Didier.

Là femme de chambre, une belle Flamande bien en chair nommée *Gudule*, se mit à ranger dans les armoires, les vêtements, le linge et objets divers qui appartenaient au ménage.

Lempereur ne bronchait toujours pas.

Mais il sentait que la faim commençait quelque peu à lui tirailler l'estomac.

Et il se disait :

— Si mon hippopotame de femme avait l'heureuse inspiration de me dénouer les cordons de sa bourse, et de me remettre la petite somme qu'elle m'a promise.

« Je me sens un peu la gueule de bois, et je ne serais pas fâché de me retaper en allant prendre un bon coktail.

« Rien de tel pour vous remettre, un lendemain de cuite.

« Et avec ça, je sens que je déjeunerais très bien.

Mais Poupoule, indifférente, continuait à prendre possession du logis, sans plus s'inquiéter de son mari que s'il n'existait pas.

Il était onze heures et demie.

Lempereur commençait à trouver le temps long, d'autant plus qu'une soif ardente s'était soudain emparée de lui, desséchant son gosier.

Alors il résolut, à son tour, de faire une exploration dans son appartement.

Chaque chambre était munie d'un cabinet de toilette très bien aménagé avec eau chaude, eau froide, réchaud à gaz, baignoire, appareil à douche... etc... etc.

Avisant une carafe en cristal remplie d'une eau très transparente, Lempereur poussa un

— *Eh bien! qu'est-ce que tu fais là?*

ouf de soulagement.

Il allait pouvoir se désaltérer.

Il prit la carafe, remplit son verre et commença à boire goulûment.

Mais, tout à coup une voix criarde l'interrompit :

— Eh bien! qu'est-ce que tu fais là?

Lempereur surpris avala de travers et faillit s'étrangler.

— Ce que je fais, balbutia-t-il en expectorant dans la cuvette le trop plein d'eau qu'il avait dans la bouche et dans le nez, eh bien! tu vois ce que je fais... je boâ...

— Ah! tu boâs.

— Oui... je... boâ.

— De l'eau, mes compliments! tu es en progrès!

— Entrez, Madame la comtesse, vous êtes attendue.

nitivement.

« Et comme tu n'es pas mon mari, ça n'aurait aucune importance.

« Tu as compris ?

— Oui, poupoule, fit l'usurier en empochant les cinq louis que sa femme lui tendait.

Et, promptement, il allait s'esquiver, lorsque Madame Bric-à-Brac le retint.

— Décidément, je perds la tête, dit-elle.

« J'allais oublier de te faire la leçon.

— La leçon...

— Oui, pochetée.

« Ici, il n'y a plus de Lempereur, ni homme ni femme.

« Il n'y a plus, ainsi que tu m'as entendu le dire au gérant de cet hôtel, que le général comte et la comtesse Marin, de St. Didier... vieille noblesse impériale, très cléricale, très bonapartiste.

« Toi tu as donné ta démission pour ne pas commander des troupes au moment des inventaires des églises.

« Inutile d'ailleurs, d'entrer dans de plus grands détails.

« Tu t'appelles Enguerrand... et moi je m'appelle Olympe.

« Tu n'as pas besoin d'en savoir davantage.

« Si on t'interroge, renferme-toi dans le mutisme le plus absolu, et contente-toi de répondre ce que je t'ai dit là.

« Maintenant, je t'ai assez vu, tu peux trotter...

Lempereur ne se le fit pas dire deux fois.

Et, muni du viatique que lui avait donné sa femme il descendit rapidement en ville.

Il trouva très facilement un café où on lui servit un cock-tail.

Désireux de bien vivre, sans faire trop d'excès, contrairement à ses habitudes, lorsqu'il était « ar-

— Mais si je bois de l'eau, c'est que je ne peux pas faire autrement.

— Allons donc !

— Je n'ai pas un sou en poche.

— Ah ! c'est vrai, j'oubliais.

« Tiens, j'ai pitié de toi.

« Voici un acompte de cent francs pour ta première semaine, parce que je n'ai pas du tout de monnaie.

« Je te donnerai le reste demain matin.

« Maintenant, file, décampe, que je ne te revoie pas...

« Rentre à l'heure que tu voudras, ça m'est égal, pourvu que tu ne me réveilles pas.

« Mais, par exemple, ne te fais pas ramasser par la police, parce que, cette fois, je te plaquerais défi-

genté » il ne fit suivre cette consommation d'aucune autre.

Et il se contenta de se diriger vers un excellent restaurant, comme il y en a d'ailleurs beaucoup à Bruxelles, afin de se livrer aux douceurs permises d'un repas succulent mais limité.

Lempereur, en effet, avait pris de très bonnes résolutions.

— Après tout, se dit-il, je serais trop bête d'abuser de la situation.

« Je n'ai qu'à me conduire convenablement.

« Comme cela, je serai sûr de ne pas avoir d'embêtements, avec ma bailleuse de fonds et de toucher toutes les semaines ma bonne galette.

« Allons, allons, la route est belle, et la vie a encore du bon.

Et là-dessus, il se fit servir à déjeuner.

Quant à Madame Lempereur, elle n'avait pas perdu son temps.

Malgré son embonpoint débordant, c'était une femme véritablement active.

Après avoir présidé au rangement de tous ses bagages, et au transbordement du linge et des vêtements dans les armoires, elle descendit à la direction.

Ainsi que le gérant le lui avait proposé, il s'en fut immédiatement prévenir le patron du grand hôtel qui s'empressa d'accourir.

Après force salamalecs, il fit entrer Madame la comtesse Marin de St. Didier dans un petit salon fort élégamment meublé.

Alors, la mère Bric-à-Brac, continuant l'attitude qu'elle avait adoptée, remit en dépôt au patron de l'hôtel, contre reçu en bonne et due forme, pour deux cent mille francs environ d'excellentes valeurs, plus une trentaine de mille francs d'argent liquide.

Elle garda sur elle une dizaine de mille francs environ.

Puis, de son côté, elle remonta dans sa chambre où elle se fit servir à déjeuner.

Après cela, elle s'habilla avec une de ses robes les plus belles, aidée par sa femme de chambre, à laquelle, pour se donner du genre, elle ne daigna même pas adresser la parole.

Alors, elle envoya chercher une voiture et se fit conduire jusqu'au quartier d'Ixelles sans préciser, ni de rue, ni de numéro.

Elle descendit sur un grand boulevard, planté d'arbres, paya le cocher, le laissa s'éloigner.

Puis, s'orientant, elle marcha pendant cent mètres environ.

Enfin elle s'arrêta devant un petit pavillon de modeste apparence qu'elle examina avec beaucoup d'attention.

Puis, après avoir consulté un carnet qu'elle avait pris dans son réticule, elle dit :

— C'est bien là... j'en suis sûre... Il n'y a pas d'erreur possible.

Et elle s'en fut tirer sur la patte de biche qui pendait le long de la porte.

Un petit guichet s'entr'ouvrit.

Deux yeux inquisiteurs brillèrent au travers du grillage.

Puis le guichet retomba en même temps que la porte s'entr'ouvrait lentement avec précaution, et qu'une voix masculine, mais sourde, étouffée, murmurait :

— C'est bien Madame la comtesse Marin de St. Didier, n'est-ce pas ?

— Oui, c'est moi.

— Alors, entrez, Madame la comtesse; vous êtes attendue.

L'ex-entremetteuse pénétra dans un vestibule assez large, mais mal éclairé.

L'individu qui lui avait ouvert, un grand gaillard bien découplé, de trente à quarante ans environ, l'air robuste et vêtu comme un valet de chambre de bonne maison, ouvrit une porte sur la droite et dit à la marchande d'antiquités :

— Entrez, Madame la comtesse, je vais prévenir Madame.

La marchande d'antiquités, en attendant, jeta un regard circulaire autour d'elle.

La pièce dans laquelle elle se trouvait, présentait un aspect plutôt bizarre.

C'était un salon carré, meublé de fauteuils très bas et de divans.

Au milieu une table ronde sur laquelle traînaient de nombreuses publications illustrées de théâtres et de modes.

Quant aux quatre murs, ils étaient uniformément recouverts de photographies de femmes plus ou moins déshabillées, portant toutes, chacune dans un angle, un numéro très visible.

Madame Lempereur, armée d'une face-à-main, se mit à regarder cette collection, dont plusieurs échantillons étaient d'ailleurs fort agréables à voir.

Puis elle s'en vint s'asseoir lourdement sur un pouf attendant que la personne à laquelle elle venait rendre visite, daignât apparaître.

Cela dura un bon quart d'heure environ, au bout duquel la porte s'ouvrit livrant passage à une dame très respectable d'allures et de costume et qui formait un piquant contraste avec la marchande d'antiquités.

En effet, autant celle-ci était volumineuse, rouge de mine, habillée d'une façon voyante, autant la nouvelle venue était mince, grêle, ratatinée et réservée de gestes.

On eût dit une de ces vieilles demoiselles revêches qui, lasses d'avoir en vain espéré un époux, deviennent en quelque sorte de vieux pruneaux confits dans la dévotion, une sorte de demi-bonnes sœurs envieuses, méchantes et mal résignées à l'isolement auquel le sort les a condamnées.

— Madame Marin de St. Didier, demanda-t-elle d'une petite voix criarde et désagréable qui grinça comme les gonds mal huilés d'un portail en fer...

— Oui, Madame, parfaitement, c'est moi, fit aussitôt Poupoule en se levant et en prenant cet air aimable qu'elle affectait toujours lorsqu'il s'agissait de traiter une affaire.

Et immédiatement, avec un sourire qu'elle chercha à rendre le plus gracieux possible, elle ajouta :

— Madame Simone d'Ange ?

— Oui Madame, veuillez vous asseoir...

— Je vous remercie, Madame...

Et Madame d'Ange, dont le nom à lui seul était tout un poème, s'installant elle-même sur un autre pouf en face de celui où s'étalait Madame Lempereur, reprit de son petit air pincé :

— Madame, soyez la bienvenue.

« Un ami commun m'avait prévenue de votre visite.

« Aussi, soyez persuadée que je ferai pour vous tout ce qui dépendra de moi.

— Je vous remercie infiniment de votre aimable accueil, fit Mme Bric-à-Brac.

« En effet, un ami commun — et Poupoule appuya tout particulièrement sur ces deux derniers mots —

Madame Lempereur se mit à regarder cette collection.

m'a dit beaucoup de bien de vous, baronne, et il n'a pas hésité à m'affirmer que je pouvais avoir une confiance illimitée en votre intelligence, votre dévouement et votre discrétion.

— Je suis en effet très discrète, plaça Madame d'Ange.

« C'est ma raison d'être.

Et, le plus tranquillement du monde, elle ajouta :

— D'ailleurs, en possession de secrets qui pourraient mettre le feu aux quatre coins de l'Europe, j'ai toujours eu pour principe de ne jamais me mêler de ce qui ne me regardait pas et de ne parler que lorsque j'y étais autorisée par ceux qui m'ont placée à la tête de l'institution que je dirige...

— Moi aussi, affirma Poupoule, je suis très discrète.

— Je le sais, Madame, et croyez que j'apprécie chez vous cette précieuse qualité malheureusement si rare chez la femme.

« D'ailleurs, pour mener à bien les missions que l'on vous donne, il ne faut pas que vous soyez la première venue.

— Alors « ON » vous a dit ?

— Oui, « ON » m'a dit.

— J'en suis fort aise, car cela nous évitera à toutes deux de nous servir de périphrases qui sont toujours très gênantes quand on traite d'affaires aussi sérieuses que celle qui nous occupe.

Alors, Madame d'Ange reprit, toujours de sa voix de guitare mal accordée :

— Ainsi donc, Madame, vous êtes chargée d'organiser dans les villes de la frontière un certain nombre d'établissements où nos agents pourront, en toute sécurité, opérer pour le plus grand profit de la Cause?

— C'est cela Madame.

— Notre ami commun vous a dit de venir me voir afin que je vous fournisse les petites dames qui seront chargées d'attirer nos officiers et même nos sous-officiers, et d'obtenir d'eux, sans en avoir l'air, tous les renseignements dont nous aurons besoin...

— C'est toujours exact.

— L'ami commun ne vous a-t-il pas dit autre chose ?

— Mon Dieu, en dehors de détails qu'il m'a donnés, je ne vois pas...

— Ne vous a-t-il pas dit que vous pourriez me demander des renseignements, et au besoin des conseils ?

— Mais si... mais si !

— Eh bien! croyez, Madame, que je suis à votre entière disposition... et si vous le vouliez, nous pourrions nous mettre immédiatement au travail, et comme je connais admirablement la frontière, rechercher depuis Dunkerque jusqu'à Montmédy les villes où nous pourrions établir des postes intéressants.

— Mais Madame, j'accepte avec le plus grand plaisir votre précieuse collaboration.

— Eh bien! si vous le voulez, Madame, nous allons passer dans mon cabinet de travail et nous reviendrons ensuite dans ce salon.

Et désignant d'un geste étriqué les photographies qui recouvraient les murs, elle ajouta :

— Et vous pourrez alors choisir tout à votre aise les jeunes colombes qui, cette fois, se chargeront de dévorer le vautour.

— Madame, laissez-moi vous dire combien je suis heureuse d'être entrée en rapport avec vous, car je suis persuadée qu'à nous deux, nous allons faire d'excellente besogne.

— J'en suis absolument convaincue.

Madame Lempereur suivit Madame d'Ange dans son cabinet de travail, qui ressemblait beaucoup plus au boudoir d'une charmante mondaine qu'à une salle d'études.

Mais tout y était machiné d'une façon extraordinaire.

A peine entrée, Madame d'Ange s'en fut vers la cloison du fond, et appuya sur le bouton d'une sonnette.

Aucun bruit ne se fit entendre, et à sa grande stupéfaction, Mme Lempereur vit glisser devant elle la tenture qui recouvrait le mur, et apparaître à ses yeux étonnés, une carte d'état-major très détaillée, très grossie, et représentant la frontière franco-belge.

Alors, Mme d'Ange prenant une petite baguette, et avec toutes les allures d'une institutrice qui fait la leçon à ses élèves attaqua :

— Commençons, si vous le voulez bien, par le côté le plus important, c'est-à-dire l'Est.

« D'abord, Montmédy est une situation stratégique de la plus haute importance.

« Elle commande à la fois la frontière Allemande qui touche au grand duché du Luxembourg et la frontière Belge dont nous avons à nous occuper pour l'instant.

« C'est une petite place forte, dont une partie des remparts est due à Vauban.

« Les Prussiens prirent la ville en deux jours et la forteresse aujourd'hui n'offre qu'un médiocre intérêt.

« Cependant, je vous le répète, Montmédy est resté un point stratégique important.

« Il est absolument indispensable que nous ayons là, non pas un café-concert, parce que la population n'est pas suffisante pour l'alimenter, mais une espèce de café ordinaire, muni d'une jolie caissière.

« Voulez-vous prendre des notes, Madame ?

— Très volontiers, accepta Mme Lempereur, enchantée au fond, de trouver quelqu'un qui lui mâchait ainsi sa besogne.

— Maintenant, descendons jusqu'à Sedan.

« Là alors, vous aurez à vous occuper de ce qu'on appelle vulgairement un « beuglant ».

« Si mes souvenirs sont exacts, je crois qu'il y en a un qui est précisément à vendre en ce moment.

« Passons maintenant à Mézières et Charleville...

« Là, pour varier un peu nos effets, nous pourrions glisser dans une brasserie deux ou trois des nôtres sans que le patron surtout se doutât de quelque chose...

« Car presque tous les limonadiers de la frontière sont tout ce qu'il y a de plus chauvins et cocardiers.

— Ils en sont même insupportables crut devoir ponctuer la marchande d'antiquités.

Mais, toujours impassible, la baronne d'Ange continuait :

— Voyons un peu après Mézières.... ah! Rocroy...

« Ce n'est pas une ville bien importante.

« Néanmoins, elle est à trois kilomètres de la frontière Belge, et je crois qu'il serait bon d'avoir là une personne sûre.

« Car souvent il vient y excursionner des officiers, des sous-officiers des garnisons avoisinantes.

— Nous pourrions peut-être, proposa Poupoule, fonder un petit magasin de cartes postales illustrées, ou de papeterie, où le plus volontiers les étrangers vont faire des emplettes.

« On placerait alors à la tête de cette maison une femme très jolie, en même temps que très adroite...

— Attendez un peu, fit la baronne.

Et quittant un instant la carte-frontière, elle s'en

fut de l'autre côté de la chambre, appuya également contre un des panneaux.

La tapisserie glissa et laissa apparaître un cartonnier assez vaste.

Madame d'Ange ouvrit l'un de ces cartons, prit plusieurs dossiers, en choisit un, et revenant vers Madame Bric-à-Brac, elle reprit :

— Je crois que nous n'allons pas avoir besoin de fonder une nouvelle maison.

Alors, feuilletant le dossier sur lequel était écrit en lettres de ronde « ROCROY », elle ajouta :

— Je ne me trompais pas... Rocroy, c'est bien cela.

« Il existe déjà un magasin où l'on vend des cartes postales illustrées et qui est très bien achalandé.

« Il nous suffira d'y placer une des nôtres, et nous réaliserons ainsi une importante économie.

— Très bien Madame, fit l'ex-entremetteuse, pleine d'admiration pour une femme qui montrait un si rare talent d'organisation.

Et désireuse d'achever de se concilier les bonnes grâces de cette redoutable personne, dans laquelle elle devinait une des auxiliaires les plus précieuses de Walter Humding, elle ajouta :

Madame Simone d'Ange.

— Vous ne pouvez vous imaginer, Madame, combien je suis enchantée de *travailler* avec vous.

« Car, soit dit sans vous flatter, je n'ai jamais rencontré un cerveau organisé comme le vôtre.

La baronne d'Ange qui semblait absolument insensible à tout compliment, continua, toujours de ce même ton froid, impressionnant, qui en imposait extraordinairement à la marchande d'antiquités :

— Maintenant, nous allons descendre jusqu'à Hirson.

« Là, il va falloir que nous ayons un poste des plus sérieux.

« Hirson, en effet, situé au confluent de l'Oise et du Gland, est une ville extrêmement industrielle.

« Mais, ce qui nous intéresse surtout, c'est d'abord qu'elle se trouve placée à la bifurcation de nombreuses lignes de chemin de fer.

« Puis parce qu'elle possède un fort d'arrêt destiné à protéger la trouée de l'Oise.

« Là, je serais d'avis d'y installer un petit concert, oh! très modeste... trois chanteuses et un comique.

« Il est évident que l'on ne ferait pas ses frais.

« Mais enfin, autant je suis l'ennemie des dépenses inutiles, autant, lorsqu'elles sont justifiées, j'estime étant données surtout les ressources dont nous disposons, que c'est une grande faute de trop y regarder.

— Eh bien! c'est entendu Madame, un petit concert à Hirson.

— Vous prenez bien note de tout ce que je vous dis, n'est-ce pas, Madame ?

— Oh! certainement!

« J'ai une excellente mémoire.

— Cela ne suffit pas toujours.

Et désignant un délicieux petit bureau Louis XV sur lequel se trouvait tout ce qu'il faut pour écrire, Mme d'Ange ajouta :

— Si bonne que soit une mémoire, elle peut toujours vous trahir, surtout dans une question aussi complexe que celle que nous traitons en ce moment.

« Écrivez donc, Madame.

« J'aime mieux ça.

« Je serai beaucoup plus tranquille, et pour moi, et pour vous.

Cela ennuyait fort Madame Lempereur d'être obligée de prendre des notes manuscrites.

Car si elle était admirablement douée au point de vue commercial, elle n'avait reçu qu'une instruction extrêmement rudimentaire, et elle écrivait l'orthographe d'une façon tellement fantaisiste que, bien que cela lui répugnât profondément, elle était toujours obligée d'avoir recours à son mari pour corriger ses fautes monumentales.

Mais elle avait compris immédiatement que la baronne d'Ange était une de ces autorités contre lesquelles tout vient se briser, et que si elle voulait rester en bons termes avec Walter Humding, elle n'avait qu'à filer doux, et à accomplir toutes les volontés de la mystérieuse et redoutable baronne.

Aussi s'installa-t-elle avec la meilleure grâce du monde, devant le petit bureau Louis XV.

La baronne d'Ange reprit alors :

— Madame, veuillez transcrire tout ce que nous avons décidé déjà au sujet de Montmédy, Sedan, Mézières, Charleville, Rocroy, et Hirson...

« Puis, je vous remettrai, avant que vous ne vous en alliez, un chiffre, grâce auquel vous pourrez traduire tout l'ensemble de votre travail.

« De cette façon, s'il s'égarait, non seulement notre œuvre ne serait pas dévoilée, mais votre personnalité ainsi que la mienne ne seraient nullement découvertes.

— Un chiffre... un chiffre... se disait Mme Lempereur.

« Ça ne doit pas être commode tout ça, et je me demande comment je m'en vais me tirer d'une pareille difficulté.

« Ah ! j'aimais beaucoup mieux le travail qu'autrefois Walter Humding me donnait.

« Moi, je ne suis pas une femme de paperasseries.

« Je suis une active.

« Enfin, il n'y a pas à résister.

« Je suis là pour faire ce que l'on me dit... je le fais...

« Les appointements que je touche valent bien un peu de souci et de tracas.

— Maintenant, poursuivait la baronne d'Ange, faisons comme la frontière, c'est-à-dire un léger crochet et remontons jusqu'à Avesnes.

« Là, pas grand chose à faire.

« Mais cependant, comme il ne faut rien négliger, nous trouverons moyen d'installer dans une buvette, qui se trouve tout auprès de la gare, une jolie serveuse qui sera à même de surveiller les arrivages d'officiers, de sous-officiers et de tous les personnages que nous lui signalerons.

« C'est très bon les buvettes près des gares... et déjà sur la frontière de l'est, nous avons obtenu avec elles d'excellents résultats.

« Vous avez bien inscrit tout cela, n'est-ce pas, Madame ?

— Oui, oui... certainement.

— Est-ce que vous connaissez la sténographie ?

— La sténographie... oh ! non, Madame... répliqua Poupoule un peu confuse.

— C'est dommage... car avec la sténographie, on va très vite et on gagne beaucoup de temps...

« Enfin cela ne fait rien.

« Passons à Maubeuge.

« Très important Maubeuge...

« Place de guerre de 1re classe... camp retranché abrité par un cercle de forts commandant un périmètre de 30 kilomètres et défendant la voie ferrée venant de Mons rejoignant la ligne de Paris à Bruxelles, et la vallée de la Sambre.

« Je n'ai pas besoin de vous développer, Madame, la nécessité d'organiser à Maubeuge un système de renseignements de tout premier ordre.

« Nous possédons déjà deux agents-hommes très remarquables, et qui nous ont fourni des rapports très précieux.

« Car vous n'ignorez pas — puisque vous êtes dans le secret des Dieux — qu'une partie du plan de la prochaine mobilisation allemande repose sur l'invasion de la France par la Belgique.

— Je le savais, déclara Madame Bric-à-Brac en prenant un petit air d'importance qu'elle n'était point fâchée de se donner en face de la créature vraiment troublante qu'était son interlocutrice.

Puis, voulant faire preuve à son tour, de connaissances qu'elle estimait sérieuses et d'idées qu'elle croyait nouvelles, elle ajouta :

— A Maubeuge, on pourrait peut-être voir du côté théâtre.

— Comment cela, du côté théâtre? demanda Mme d'Ange.

— Eh ! bien, oui, fit Poupoule, on pourrait peut-être se fendre d'une chanteuse d'opérette, ou d'une grande première de drame.

— C'est impossible décréta la baronne.

— Puis-je vous demander pourquoi ?

— Parce qu'à Maubeuge, il n'y a pas de troupe sédentaire... il n'y a que des troupes de passage.

— Mais il y a un beuglant.

— Oui... mais je vous le dis, Madame, il faut faire les choses très grandement.

— Alors, cherchons, fit la marchande d'antiquités.

— Inutile, coupa Mme d'Ange, j'ai trouvé.

— Vous avez du génie.

— Non, je sais mon métier, voilà tout.

« Donc, à Maubeuge, nous allons d'abord établir une sorte de café truqué qui servira de couverture à un cercle où l'on jouera au baccarat et où l'un des agents-hommes se chargera d'attirer les officiers de la garnison.

qui se chargeront d'amorcer la partie, ainsi que les pontes...

— Merveilleusement imaginé.

— Maintenant, pour les sous-officiers et les soldats, nous aurons d'abord le beuglant, comme vous le dites, où nous placerons deux ou trois numéros spéciaux.

« Ce qui nous sera d'autant plus facile que le patron est à nous.

« Puis trois ou quatre cabarets, selon les besoins, avec des serveuses habilement choisies.

« Voilà pour Maubeuge.

— Je crois qu'avec cela ,crut devoir souligner Madame Lempereur, nous obtiendrons d'heureux résultats.

— Maintenant, voyons Jeumont, poursuivait déjà la baronne qui ne semblait pas vouloir se laisser distraire par la moindre réflexion.

« Ah! ici, c'est une gare-frontière.

« Très importante également.

— Commençons, si vous le voulez bien par le côté le plus important.

« Nous y avons deux agents-hommes, comme à Maubeuge, chargés de besogne toute spéciale en temps de paix, et d'une intervention également toute particulière en temps de guerre.

« Ces deux hommes, parmi les nôtres, sont de ceux sur lesquels on peut le plus compter.

« D'après les rapports qu'ils nous ont déjà fournis, il nous suffirait, pour être admirablement bien servis, d'attacher au buffet de la gare une jeune employée, à la condition qu'elle fût d'une réelle habileté.

« Je crois l'avoir... et je vous en parlerai au moment opportun.

« Donc à Jeumont... une personne au buffet de la gare.

— Une personne au buffet de la gare, répéta Poupoule en traçant ces mots qu'elle émailla de plusieurs fautes qu'un enfant de sept ans eût certainement évitées.

La baronne d'Ange, qui lisait par-dessus son épaule,

ne parut d'ailleurs nullement s'en étonner et elle continua :

— Jusqu'à Valenciennes, je ne vois rien à faire...

« D'ailleurs, là, nous avons plusieurs agents volants, que nous appelons nos douaniers de l'espionnage, et qui surveillent et étudient attentivement la frontière.

« Là, c'est également dans un café qu'il faut agir... ou plutôt non... dans les deux plus grands hôtels.

« Par conséquent, inscrivez :

— Deux bonnes, intelligentes et jolies.. toujours jolies d'ailleurs, sauf de rares exceptions.

« Car c'est encore au miroir clair de deux beaux yeux féminins que l'on prend le mieux les hommes.

— Oh ! comme vous avez toujours raison, Madame, approuva l'ex-entremetteuse qui, sur ce terrain-là, se sentait tout à fait à son aise.

Mais la baronne d'Ange, toujours intarissable, dictait déjà :

— Condé... une serveuse à la buvette de la gare.

« St. Amand... ah ! voyons St. Amand... Ville d'eaux très intéressante.. à surveiller.

« Car, à quatre kilomètres de là, à Fontaine-Bouillon, il y a un très bel établissement thermal où viennent de nombreux officiers

« Glisser là deux jeunes femmes renouvelables tous les mois et venant soi-disant pour suivre un traitement.

« Il sera très facile de les mettre en contact avec les officiers rhumatisants.

« Je suis persuadée que, de ce côté-là, nous obtiendrons d'excellents résultats.

« Maintenant, jusqu'à Lille... rien.

« Mais puisque nous abordons Lille, ne pas oublier le samedi, les veilles de fêtes, au moment du départ des permissionnaires, de faire toujours circuler, sur la ligne de Lille à Valenciennes une jeune femme voyageant en première classe, très élégante et destinée à amorcer les officiers, et une autre, moins select, voyageant en seconde, et chargée d'allumer les sous-officiers, et même les soldats qui seraient à même de nous donner des renseignements intéressants.

« Naturellement, il faudra très souvent changer ces deux personnes, afin qu'elles ne se fassent pas brûler...

« D'ailleurs, quand nous aurons terminé cette partie du travail que je qualifierai d'itinéraire, je vous communiquerai un système dit de roulement qui, sur la frontière de l'est, fonctionne admirablement et qui, en changeant fréquemment de place nos agents, nous permet ainsi de ne pas éveiller les soupçons de la police française...

« Maintenant, occupons-nous donc de Lille.

— Là, osa déclarer la marchande d'antiquités, je puis vous donner les renseignements tout ce qu'il y a de plus détaillés et positifs.

— Oui, fit toujours avec la même placidité la baronne d'Ange vous avez habité cette ville pendant un certain temps.

— Je puis même dire que j'y ai opéré directement sous les ordres de...

— Je sais, interrompit la baronne, tout cela est au dossier.

« Mais laissez-moi vous dire, Madame, que je suis tout aussi bien renseignée que vous sur ce qui s'est passé dans cette ville au moment où vous vous y trouviez, et peut-être mieux sur ce qui s'y passe à l'heure actuelle.

Madame Lempereur, plutôt vexée fut sur le point de répliquer :

— Mais alors, à quoi bon Madame, avoir recours à mes services si vous savez tout faire mieux que moi... et je me demande vraiment ce que je fais ici...

Mais Mme Bric-à-Brac se contint, et cela pour deux raisons.

La première, c'est qu'elle avait l'impression qu'elle jouait une grosse partie, et qu'il s'agissait pour elle de ne pas la perdre.

La seconde, c'est que, dominée par la supériorité qui émanait de toute la personne de son interlocutrice, elle s'avouait vaincue d'avance et incapable de soutenir la discussion une seule minute avec une pareille intelligence et une telle autorité.

Aussi, la baronne d'Ange, qui voulait peut-être éprouver l'émissaire que lui envoyait Walter Humding, reprit-elle avec un peu plus de bienveillance :

— Ne croyez pas, Madame, que je cherche en rien à diminuer vos mérites.

« Je les connais.

« Ils sont nombreux.

« Et soyez convaincue que lorsque l'occasion se présentera, je serai toujours enchantée de leur rendre justice.

— Vous êtes bien bonne, Madame, reprit Poupoule un peu rassérénée par ces paroles moins sèches, et même plus gracieuses.

— Je sais, reprit la

— Veuillez transcrire ce que nous avons décidé.

baronne en donnant à sa figure une expression de mysticisme étrange et de réelle ferveur, oui, je sais que vous avez rendu de grands services à la Cause.

« Je n'ignore pas que vous en rendrez encore.

« Mais, ainsi qu'On a dû vous le dire, tant que je ne vous aurai pas permis de voler de vos propres ailes, il faudra m'écouter avec la plus grande attention et m'obéir avec la soumission la plus parfaite.

— On m'a dit cela en effet, reconnut la femme de l'usurier.

« Je ne saurais trop vous dire, Madame, combien je suis disposée à suivre les instructions qui m'ont été données.

« Cela m'est d'autant plus facile, et agréable qu'il n'est pas besoin de causer longtemps avec vous pour

Une autre bouteille de Moët, lança l'Empereur.

s'apercevoir que l'on est en face d'une de ces supériorités devant lesquelles on est obligé de s'incliner tout de suite.

— A Lille, reprit la baronne d'Ange, visiblement satisfaite de l'attitude humble et résignée de Mme Lempereur, nous avons déjà des agentes très intéressantes.

« Malheureusement, elles sont en trop petit nombre.

« Mais réservons cette ville pour une étude spéciale.

« Elle en vaut la peine.

« Je vous demanderai donc, dès ce soir, en rentrant chez vous, de faire appel à tous vos souvenirs et de me rédiger une liste de gens (chez lesquels vous jugerez qu'il sera à la fois facile et utile de glisser quelqu'un des nôtres.

« J'ai déjà moi-même quelques noms, mais j'ai besoin qu'ils me soient confirmés et nous verrons si nos listes se trouvent d'accord.

« Ce sera une garantie de plus pour moi et pour vous-même.

« Quand pourrez-vous me donner cette liste ?

— Dès demain, Madame.

— A la bonne heure !

« J'aime les gens qui vont très vite.

« Un vieux proverbe dit que la journée appartient à celui qui se lève de bonne heure...

— C'est très juste.

— Pour moi, l'activité, c'est la qualité suprême de l'homme et même de la femme.

— J'espère, fit Poupoule, que vous n'aurez pas à vous plaindre de moi à ce sujet.

— A cette liste de noms, vous ajouterez quelques renseignements personnels sur les individus que vous m'aurez désignés.

— Entendu, Madame.

— Donc, gardons Lille pour la bonne bouche, et passons à Roubaix.

« Extrêmement important, Roubaix.

— Je connais très bien la ville, hasarda Madame Lempereur.

« Voulez-vous que je vous fasse pour elle le même travail que vous m'avez demandé pour Lille ?

Madame Bric-à-Brac trembla à la pensée de se faire rabrouer encore, et elle se mordait la langue, se reprochant d'avoir parlé trop vite, lorsque la baronne d'Ange répliqua le plus courtoisement du monde :

— Mais oui, certainement, c'est une très bonne idée.

« Lille demain, et Roubaix après-demain.

— Peut-être, Madame, s'écria la marchande d'antiquités, remplie d'un beau zèle, pourrai-je vous donner les deux villes pour demain dix heures ?

— Non, refusa nettement Mme d'Ange, le travail que l'on fait trop vite, ne vaut jamais rien.

— Comme il vous plaira, Madame la baronne.

— Voyons maintenant Armentières...

. « Ah! écrivez... car nous allons liquider tout de suite les dernières villes qui nous restent.

— Bien, Madame la baronne.

— Armentières n'est pas à dédaigner.

« C'est un nœud de voies ferrées considérable de la ligne du Nord... et nous avons des instructions formelles de ne rien négliger au point de vue chemin de fer...

« C'est la base de la future invasion.

« Donc, une agente au buffet de la gare.

« Deux autres en ville à placer, l'une caissière dans un café bien fréquenté, l'autre femme de chambre dans un hôtel.

« Nous verrons dans lequel descendent généralement les officiers.

« Après ça, entre Dunkerque et Lille, je ne vois pas de localités frontières sur lesquelles nous puissions nous arrêter.

« Nous nous contenterons d'employer le système des voyageuses que je vous ai déjà parlé d'établir entre Lille et Valenciennes.

« Maintenant, Dunkerque.

« Connaissez-vous Dunkerque ?

— J'y suis passée quelquefois.

« Mais je n'ai pas séjourné assez longtemps dans cette ville pour pouvoir vous donner des renseignements suffisants.

— J'aime mieux que vous me répondiez ainsi, plutôt que de me faire des belles promesses que vous ne seriez pas capable de tenir.

— Je ne bluffe jamais.

— Vous avez raison.

« Nous devons considérer à la fois Dunkerque comme port de mer et comme ville de garnison.

« Donc, il va nous falloir dans cette ville un personnel très important.

« Vous écrivez, n'est-ce pas ?

— Oui, Madame la baronne.

— Une bonne femme de chambre dans chaque hôtel.

« Je parle de ceux qui comptent, naturellement. Je ne parle pas des maisons de troisième et quatrième ordre.

« Une chanteuse au concert fréquenté par les sous-officiers et les marins.

« Une caissière de brasserie.

« Trois serveuses de cafés ou buvettes.

« Et l'été, une chanteuse et une caissière au casino de Malo-les-Bains, qui touche Dunkerque et où pas mal d'officiers de l'armée de mer et de l'armée de terre viennent villégiaturer.

« Si nous voyons que ce personnel est insuffisant, eh bien! nous l'augmenterons.

— C'est vraiment très agréable de travailler dans de pareilles conditions, fit Mme Lempereur.

— Veuillez, Madame, reprit la baronne d'Ange, me donner lecture de toutes les notes que vous avez prises, afin que je voie si nous sommes bien d'accord.

Madame Lempereur respira.

En effet, elle avait craint un moment que son interlocutrice ne voulût relire elle-même ses petits papiers, et elle tremblait à la pensée que celle-ci découvrit les nombreuses fautes d'orthographe qui émaillaient sa rédaction.

Aussi, s'empressa-t-elle d'accéder au désir de la baronne.

Puis, quand ce fut terminé, elle serra précieusement son travail dans son réticule, et dit, de plus en plus obséquieuse :

— Madame la baronne, j'attends vos ordres.

— Eh bien! vous me mettrez ces bouillons au net, vous ferez le travail pour Lille, et vous reviendrez ici à dix heures.

« Après ça, nous choisirons ensemble, dans la galerie des portraits, les femmes qui nous conviendront le mieux pour les besognes que nous avons à leur donner à faire.

« Voilà en quoi consistera tout votre travail.

« Vous pouvez donc ici vous installer définitivement, louer un appartement que vous meublerez très confortablement, luxueusement même.

« A ce sujet, des crédits illimités vous sont ouverts.

— Alors, je ne voyagerai pas du tout ?

— Mon ami, je vous prierai de ne pas me tutoyer.

— Si, en Belgique, en Hollande, en Angleterre, en Allemagne, pour recruter le personnel dont nous aurons besoin.

« Car il faudra bien nous attendre à ce que nous en aurons qui nous donneront des déconvenues ou qui se laisseront pincer.

« Nous aurons besoin de renouveler fréquemment nos agentes.

— Mais, interrogea Mme Bric-à-Brac, prise d'une soudaine inquiétude, est-ce que je serai obligée d'aller aussi en France ?

— Il faudra bien vous en garder, répondit la baronne d'Ange, car, brûlée comme vous l'êtes, il est hors de doute que vous ne feriez pas cinq cents mètres au-delà de la frontière.

— Croyez, Madame, bluffa l'ex-entremetteuse tout à fait satisfaite, que s'il fallait risquer ma liberté, et même ma vie pour mes bienfaiteurs, je n'hésiterais pas un seul instant.

— Ce sont des sacrifices que nous n'exigeons jamais de ceux nous employons, déclara Mme d'Ange.

Et pour couper court à un entretien qui ne présentait plus pour elle aucun intérêt, elle ajouta :

— Vous pouvez vous retirer, Madame.

« Je ne veux pas vous retenir plus longtemps.

« Je vous ai donné beaucoup d'ouvrage, et vous n'aurez pas de trop de votre temps jusqu'à demain pour le terminer.

— Madame la baronne peut compter sur ma célérité et sur mon exactitude.

Et Madame Lempereur se retira, enchantée de la tournure que prenaient les choses.

— Voilà un métier qui me va joliment, se disait-elle.

« Une belle installation à Bruxelles qui m'a l'air d'être une ville fort agréable.

« De temps en temps, un voyage à l'étranger.

« Beaucoup d'argent à ma disposition et, somme toute un travail agréable et pas trop difficile.

« Jamais je n'aurais espéré mieux.

« Pourvu que cet animal de Lempereur ne fasse pas de bêtises, c'est tout ce que je lui demande.

« Oh! j'espère que non, car je crois que j'ai pris avec lui le seul parti pour qu'il me laisse tranquille.

« Mais c'est égal, si un bienheureux accident pouvait m'en débarrasser à tout jamais, bien qu'il soit assuré sur la vie, je crois que je ne réclamerais rien aux Compagnies d'assurances.

CHAPITRE CLXVII

Où M. Lempereur retrouve une personne de connaissance.

Si Mme Lempereur semblait très satisfaite de l'existence qui, désormais lui était réservée, son mari de son côté semblait parfaitement heureux de son sort.

Nous l'avons laissé en train de déjeuner dans un excellent restaurant du boulevard Anspach.

Nous devons lui rendre cette justice, que cette fois il se montra d'une sobriété relative.

Et il se contenta, après son café, non point de la demi-douzaine de petits verres de liqueur qu'il avait coutume d'absorber en temps ordinaire, mais simplement d'un unique genièvre dans lequel il trempa même un morceau de sucre.

Donc, en sortant de table, il était d'excellente humeur, et très en forme.

— Sapristi, se dit-il, qu'est-ce que je ferai bien maintenant de ma journée ?

« Ici, je ne connais personne.

« Tant que je ne me serai pas fait de relations, et que je ne serai pas parvenu à m'introduire dans quelque cercle, je crains que l'existence ne soit un peu monotone.

« Je visiterais bien la ville, mais si je me perds,..

« Où trouver un guide ?

« Oh! que je suis bête !

« Je m'en vais tout simplement prendre un cocher à l'heure, et lui dire de me faire visiter les principaux monuments de la cité...

« Et puis après ça, nous verrons bien.

Lempereur envoya le chasseur du restaurant lui quérir une voiture.

Et bientôt, un landau découvert, attelé de deux petits chevaux trottant sec, venait se ranger devant le trottoir.

L'usurier y monta, après avoir généreusement donné cinquante centimes de pourboire au chasseur.

Notons en passant que ce geste n'avait pas été sans lui causer quelque douleur.

Mais Lempereur s'était tenu le raisonnement suivant :

— Si je veux me faire bien venir dans une ville où je ne connais personne, la première chose à faire est de ne point passer pour un pingre et de me donner, au contraire, des allures de grand seigneur qui attirent tout de suite la curiosité en même temps qu'elles éveillent la sympathie.

Comme le chasseur se confondait en remerciements, Lempereur, avec un geste très noble, lui dit :

— C'est bon, petit, cela n'en vaut vraiment pas la peine.

Il s'installa dans la voiture, en disant au cocher :

— Je vous prends à l'heure.

« Je suis étranger.

« Conduisez-moi voir ce qu'il y a d'intéressant dans la ville.

— Allei! Allei! fit simplement le cocher qui avait compris, et il fit partir ses chevaux toujours au même petit trot sec et régulier.

Successivement il conduisit son client à la Grande Place où se trouve le célèbre Hôtel de ville qui est vraiment une des merveilles les plus parfaites que l'on puisse admirer.

Avec un enthousiasme tout patriotique, l'excellent « collignon » belge fit admirer à Lempereur la façade gothique du splendide édifice, la tour de 114 mètres qui le surmonte et dont la flèche à jour se termine par la statue dorée de St. Michel, patron de la ville.

Il lui fit remarquer aussi la Maison du Roi, située en face de l'Hôtel de ville et dont le style, moitié gothique et moitié renaissance, est d'une suavité tout particulièrement originale.

Puis, avec une légitime fierté, il désigna à M. Lempereur toutes les maisons des corporations qui forment la grand Place, et dont l'ensemble est si curieux et si pittoresque.

De là, après avoir jeté un coup d'œil aux galeries St. Hubert, à l'église Ste. Gudule, à la Bourse, au Palais de Justice, aux Palais des Beaux-Arts, le cocher proposa à l'usurier de le conduire au Bois de la Cambe.

— Qu'est-ce que c'est que ça, le Bois de la Cambe ? interrogea Lempereur.

« Allei, allei, se rengorgea le collignon, c'est plus

beau, sais-tu, pour une fois, que le Bois de Boulogne.

— Hein, quoi qu'est-ce que vous me racontez là ?

— Je dis, pour une fois, que le Bois de la Cambe,
savez-vous, est plus beau que le Bois de Boulogne.

— Eh bien! conduisez-moi au Bois de la Cambe,
consentit Lempereur peu désireux d'entrer en discussion avec son automédon.

Celui-ci stimula ses chevaux et partit dans la direction de cette belle promenade dont les Bruxel-
lis sont fiers à si juste titre.

Lempereur qui venait
de trouver la ville fort
à son goût, apprécia
énormément l'aspect
des environs.

Mais comme, contrai-
rement à son habitude,
il ne s'était arrêté dans
aucun café, il commen-
çait à avoir plutôt
soif.

Avisant un joli éta-
blissement, coquette-
ment installé au milieu
des arbres, il donna l'ordre à son cocher de s'y
arrêter.

Puis, descendant de
voiture, toujours décidé
à se montrer grand et
généreux, il lui deman-
da :

— Voulez-vous pren-
dre quelque chose ?

— Aleli, allei, je veux
bien, savez-vous.

— Qu'est-ce que vous voulez ?

— Un verre de *Gueuse lambic.*

— Qu'est-ce que c'est que ça ?

— Comment, tu ne sais pas, pour une fois, ce que
c'est que le Gueuse lambic ?

— Je ne suis jamais venu à Bruxelles.

— Eh bien! comme ça, maintenant, tu sauras que
le Gueuse lambic, c'est de la bière.

— Mon ami, reprit l'usurier un peu vexé de cette
familiarité à laquelle il n'était pas accoutumé... vous
m'avez l'air d'un très brave garçon, mais je vous
prierai, par exemple, de ne pas me tutoyer...

— Te tutoyer... allei, allei mais je ne te tutoye pas,
moi... je trouve même que t'as une bonne figure...

*Deux jolies personnes descendaient d'une
victoria.*

puisque tu veux me payer un verre de Gueuse lambic,
pour une fois.

Lempereur, jugeant inutile d'entrer en discussion,
pénétra dans l'établissement et lui fit envoyer la consommation qu'il avait demandée.

Puis il s'assit à une table, dehors, à l'ombre des pla-
tanes et des tilleuls.

Et comme un garçon s'approchait, il se dit :

— Après tout, pourquoi ne prendrais-je pas un
verre de Gueuse lambic, moi aussi.

« Je peux toujours y goûter.

« Ça ne doit pas être
mauvais, puisque c'est
de la bière.

Et tout haut, il com-
manda :

— Un Gueuse lambic,
s'il vous plaît.

Un instant après, le
garçon lui apportait la
consommation récla-
mée.

Tout de suite, pour y
goûter, il y trempa ses
lèvres.

— Ce n'est pas mau-
vais, jugea-t-il, mais
j'aime autant la Pilsen
ou la Munich.

« Enfin, quand la biè-
re est tirée, il faut la
boire.

« Mais je ne recom-
mencerai pas.

Alors, tirant de sa
poche son étui à ciga-
res, il en choisit un, lui
coupa le bout avec un petit canif suspendu à sa chaîne de montre.

Et, l'ayant allumé, se mit à le fumer avec délices.

— Décidément, se dit-il, on est rudement bien dans
ce pays.

« Pour mon compte, je ne demande qu'à y rester,
et je ne regrette pas du tout la France.

« Seulement, par exemple, j'ai peur que du côté
petites femmes, ce soit moins bien qu'à Paris.

Mais à peine cette dernière réflexion lui avait-elle
traversé l'esprit, que deux très jolies personnes, descendant d'une victoria, pénétraient dans l'établissement et venaient s'asseoir à une table voisine de celle
où se trouvait l'usurier.

Tout de suite Lempereur qui, ainsi qu'on a déjà dû

s'en apercevoir au cours de ce récit, était aussi amateur de jolies filles que de bonne chère, tomba en arrêt.

Les deux demoiselles, qui semblaient appartenir au monde de la haute galanterie Bruxelloise, réclamaient bruyamment une bouteille de champagne.

— Mâtin, se dit le mari de Poupoule, elles n'y vont pas de main morte.

— Et du Moët, recommanda l'une des deux « créatures ».

— Du Moët, songeait le gourmet, de mieux en mieux.

« Je ne me trompe pas, ce sont des femmes très chics.

« Je crois que je ferai bien de ne pas trop me risquer, parce que ça doit coûter très cher.

Mais tout à coup, une exclamation de surprise faillit lui échapper.

Une des deux demi-mondaines, ayant relevé la voilette blanche qui dissimulait ses traits, apparaissait dans tout l'épanouissement d'une beauté jeune et charmante.

— Madeleine, murmura Lempereur qui, dans l'hétaïre belge, venait de reconnaître l'ancienne femme de chambre de sa femme.

En effet, sur l'ordre de Walter Humding, la marchande d'antiquités avait eu soin — en quittant la France — de semer sa camériste, qui, en sachant trop long, pouvait, d'un instant à l'autre, devenir extrêmement dangereuse.

Lempereur, très ennuyé, fut sur le point de se lever, de payer son *Gueuse lambic* et de se retirer.

Mais au léger cri qui lui était échappé, Madeleine avait retourné la tête et s'était écriée :

— Oh! monsieur!

Il devenait désormais impossible à l'usurier de songer à la retraite.

D'ailleurs, qu'avait-il à craindre ?

N'était-il pas à l'étranger, c'est-à-dire à l'abri de toute indiscrétion, de tout ennui, de toute poursuite ?

Aussi se leva-t-il, et s'en allant galamment vers son ancienne camériste, il lui dit :

— Tiens, vous ici, mais comment cela va-t-il ?

— Très bien, monsieur.

« Vous aussi, ça n'a pas l'air d'aller trop mal.

— En effet, ça boulotte, ça boulotte.

— Ah! que je suis contente de vous revoir, bien que madame n'ait pas été très gentille pour moi.

— On ne fait pas toujours ce que l'on veut bien, crut devoir dire l'usurier.

— Oh! je n'en veux pas le moins du monde à ma-

dame, et encore moins à vous qui avez été très gentil pour moi...

« Aussi, monsieur Lempereur, croyez que ça me fera un grand plaisir si vous consentez à prendre une coupe de champagne avec nous.

— Mais, avec plaisir, accepta la vieille fripouille qui, sous la toilette dont elle était habillée, trouvait à Madeleine des charmes que jadis il ne lui avait même pas soupçonnés.

— Ça, c'est mignon, s'écria Madeleine.

« Mais auparavant, monsieur, voulez-vous me permettre de vous présenter ma sœur ?

— Oh ! madame est votre...

— Oui, ma sœur aînée... oh! d'un an seulement.

« Elle est établie très bien ici, et quand elle a su que j'étais sans place, elle m'a écrit pour m'offrir l'hospitalité.

« J'ai accepté, et huit jours après, j'étais établie comme elle, et pas trop mal, ainsi que vous le voyez.

— Tous mes compliments.

— Seulement, monsieur Lempereur, je vous demanderai une chose, c'est de ne plus m'appeler Madeleine.

« Car ici, ma sœur se nomme Diane d'Ostende.

— Joli nom !

— Et moi, je m'appelle Lucienne de Blankenberghe.

— Tout à fait délicieux.

— Vous savez, monsieur Lempereur, faut pas vous étonner,

« Les titres de noblesse, ça ne coûte pas grand chose.

« Et nous pouvons d'autant mieux nous en parer que nos amis appartiennent eux-mêmes à la haute aristocratie flamande, et qu'ils nous ont fait cadeau à chacune d'un délicieux petit hôtel, avenue Louise où, quand cela vous fera plaisir, vous pourrez venir prendre le thé avec nous...

« Seulement, par exemple, il ne faudra pas vous tromper et m'appeler Madeleine.

« Vous avez bien retenu ?

« Diane d'Ostende et Lucienne de Blankenberghe.

« Voyons, répétez un peu.

— Oh! c'est très facile.

« Pour vous, il n'y a qu'à penser à une blague : Blankenberghe.

— Oh! qu'il est drôle.

— Et pour votre sœur, il n'y a qu'à penser aux huîtres... Ostende.

— Monsieur Lempereur, je vois que vous avez toujours beaucoup d'esprit, souligna Madeleine.

qui avait une envie folle d'éclater de rire au nez de son ancien patron qu'elle trouvait naturellement plus stupide que jamais.

Alors Lempereur, élevant la coupe qu'un garçon venait de lui apporter et que Diane d'Ostende avait elle-même remplie de champagne, s'écria tout enchanté de la rencontre :

— Mesdames, je bois à vos santés, à vos succès et à votre beauté...

— Toujours galant, le patron, fit Madeleine.

« Et, peut-on, sans indiscrétion, vous demander des nouvelles de madame Lempereur?

— Elle va bien... elle va très bien !

« Seulement, voilà, nous avons fait comme vous, nous avons changé de nom.

« Ayant hérité d'un de mes parents qui était dans l'armée, nous nous sommes retirés des affaires.

— Mesdames, je bois à vos santés

« Mais, par une clause testamentaire de notre pauvre cousin, nous avons changé notre nom de Lempereur en *Marin de St. Didier.*

« Et moi, comme j'ai toujours eu un faible pour l'armée, non seulement j'ai pris le nom de mon cousin, mais j'ai pris aussi son titre, et ici, on m'appelle déjà le général.

— Ça vous va très bien, Mon Général.

« N'est-ce pas, Diane ?

— Mais oui, Lucienne.

— Encore une coupe ?

— Je ne veux pas vider votre bouteille.

— Oh! vous seriez quitte pour nous en offrir une autre.

Et Madeleine, avec son sourire toujours malicieux, ajouta :

« Vous pouvez bien faire ça pour nous, puisque vous venez d'hériter.

— Eh bien! une autre bouteille de Moët, lança Lempereur, cette fois parti pour la gloire.

Car, tout à fait émoustillé par les deux jolis mi-

nois qu'il avait à côté de lui, il venait d'oublier en un instant les résolutions de sagesse qu'il avait prises le matin.

— Quel dommage que vous ne soyez pas libre, fit Lucienne de Blankerberghe.

— Et pourquoi cela ?

— Mais parce que, justement nos amis ne sont pas là ce soir.

« Alors, je vous aurais prié de venir dîner chez moi avec ma sœur.

— Mais je suis libre au contraire... libre comme l'air.

— Alors, Madame ? interrogea Madeleine.

— Est devenue tout à fait raisonnable, affirma l'usurier.

— Oh ! pas possible.

— C'est comme je vous le dis.

— Alors, monsieur Lempereur, vous devez être joliment heureux ;

— Très heureux !

— Et vous allez pouvoir dîner avec nous ?

— Avec le plus grand plaisir.

— Oh! si nous n'étions pas dehors, je vous embrasserais.

— Vous vous rattraperez lorsque nous serons rentrés.

— Toujours polisson, monsieur.

— Et comment !

Alors, se tournant vers sa sœur, l'ex-Madeleine, muée par la grâce d'un galant seigneur en Lucienne de Blankerberghe, révéla :

— Oh! ma chère amie, tu ne peux pas t'imaginer quel séducteur est Monsieur... comment avez-vous déjà dit ?

— Général Marin de St. Didier.

« Oh! dites, le général tout court, ça sera beaucoup plus simple.

— C'est cela, approuva Lucienne.

« Non, vrai, je n'ai jamais connu de vert galant comme le général.

— Nous pourrons lui faire faire la connaissance de l'une de nos petites amies, insinua Diane d'Ostende.

— Pourquoi une de vos amies ? lâcha l'usurier.

— Mais, parce que nous en avons plusieurs qui sont tout à fait charmantes.

« L'une d'elles, entre autres, qui se nomme Estelle de Bruges vous plairait, j'en suis sûre, infiniment.

« Précisément, elle est libre.

« Elle serait très heureuse d'avoir pour seigneur et maître un homme tel que vous.

— Vous êtes bien gentille, fit Lempereur, qui, l'air orgueilleux, tracassait l'une des pointes acérées de sa légendaire moustache.

« Mais à quoi bon me lancer dans une liaison avec cette Estelle que je ne connais pas ?

— Vous verrez, affirma Lucienne, elle est tout à fait charmante.

— Je suis sûre, déclarait Diane, qu'elle vous plaira immédiatement.

Alors, roulant des yeux de merlan frit, comme chaque fois qu'il devenait sentimental, le mari de Poupoule roucoula :

— A quoi bon chercher le bonheur si loin lorsqu'on l'a à ses côtés ?

— Madeleine, Madeleine, je vous aime!

— Que voulez-vous dire ? interrogea Madeleine en lançant à sa sœur un coup d'œil rapide et malicieux.

— Je veux dire, ma petite Madeleine, oh! pardon, ma petite Lucienne, que je serais très heureux si vous daigniez accepter mes hommages.

— Moi... oh! vous voulez plaisanter.

— Pas du tout, je parle très sérieusement.

« Je vous trouve adorable.

— Vous avez mis du temps à vous en apercevoir.

— Beaucoup moins que vous ne le pensez.

— Allons donc !

— Tenez, déjà lorsque vous étiez chez nous...

— A Paris ?

— Non, à Lille.

« Je me suis senti envahi pour vous d'une véritable passion.

— On ne l'aurait pas dit.

— J'étais gêné.

— Pourquoi ?

— A cause de ma femme.

« Vous comprenez, je me tenais le raisonnement suivant :

« Si Madeleine me repousse et qu'elle aille tout raconter à Poupoule, ça va faire encore un charivari épouvantable.

« Si Madeleine consent à se donner à moi, je me connais, ça sera la grande liaison, l'emballement décisif !

« Et comme moi, je ne sais pas dissimuler mes sentiments, fatalement, un jour ou l'autre, ma femme découvrira la vérité.

« Elle me rendra la vie impossible, et elle chassera impitoyablement la pauvre enfant qui m'aura accordé sa tendresse.

« Eh bien! je n'ai pas voulu briser votre situation, compromettre votre avenir

« Et voilà pourquoi j'ai résisté à la tentation formidable de vous déclarer ma flamme et tomber à vos pieds.

— Général, complimenta Madeleine non sans ironie, vous avez été héroïque.

— Comme sur le champ de bataille.

— Je crois que c'est assez votre habitude.

— Je dois reconnaître, en effet, que je suis très brave...

« Mais aujourd'hui, je n'ai plus les mêmes raisons de me taire, puisque j'ai reconquis ma liberté.

« Madeleine, Madeleine, je vous aime.

« Je suis à vous.

« Je vous veux... Je vous veux !

— Eh bien! général, tous mes compliments, vous menez bien l'assaut.

— La place forte se rend-elle ?

E. Yrondy.

— Voici votre cabinet de toilette.

— Enfin, on ne le dira pas.

— Oh! ce sont des choses qui finissent toujours par se savoir.

« Non, je ne peux pas, je vous assure, je ne peux pas.

Alors, sans aucune transition, Lempereur, se tournant vers Diane d'Ostende, lui demanda avec un cynisme tellement naïf que les deux sœurs ne purent s'empêcher d'éclater de rire :

— Eh bien ! et vous mademoiselle est-ce que vous ne consentiriez pas ?

Devant l'hilarité des deux jeunes femmes, Lempereur s'arrêta tout interdit, se demandant ce qui pouvait exciter leur gaîté à ce point.

Puis, quand elles se furent un peu calmées, il reprit :

— Mais, qu'est-ce que je vous ai donc dit de si drôle ?

— Oh! écoutez, général, fit l'ancienne bonne amie de Patoche, vraiment vous êtes tout à fait rigolo.

— Comment ça, s'exclama l'usurier un peu vexé dans son amour-propre.

— Eh bien! vous venez de me faire une déclaration d'amour vraiment brûlante.

« Vous m'affirmez que depuis longtemps déjà vous brûlez pour moi d'une passion aussi folle que secrète... et puis, crac, tout à coup, vous vous mettez à raconter des boniments...

« Mais oui, parfaitement, des boniments, à ma sœur !...

— Oh! elle vous ressemble tellement qu'en lui parlant, je crois que c'est encore à vous que je m'adresse.

— Oh! voilà un madrigal qui n'est pas trop mal tourné, constata Madeleine.

— Non, c'est impossible.

— Oh! vous me percez le cœur.

— Allons, mettez-vous à ma place.

« J'ai été autrefois au service de Mme Lempereur, et ce n'est pas une raison, parce qu'elle s'est conduite d'une façon plutôt incorrecte pour que je lui prenne son mari.

— Ah! si vous saviez combien elle s'en fiche !

— Cela se peut, mais en tout cas, ma conscience m'empêche d'accomplir ce que je considère comme une mauvaise action.

« D'ailleurs, j'ai eu toute ma vie une principe, c'est de n'avoir jamais pour ami des hommes mariés...

« Parce que moi, si j'étais mariée, je n'aimerais pas beaucoup à ce qu'on vienne me chiper mon mari.

« Rien qu'en faveur de cela, je vous pardonne.

— Vous êtes bonne et indulgente.

— Oh! ne croyez pas cela.

« A mes heures, je suis aussi rosse que les autres, et peut-être même davantage.

« Seulement, général, vous avez une telle façon de dire les choses qu'on ne peut vraiment pas se fâcher contre vous.

« Aussi, voilà pourquoi, si ma sœur consent à accepter vos hommages, je n'y verrai, pour ma part, aucun inconvénient.

— Ah! voilà de la générosité, ou je ne m'y connais pas, fit Lempereur...

« Je profiterai donc de la permission pour renouveler à mademoiselle Diane d'Ostende ma précédente déclaration.

— Mais, général, fit Diane, croyez que je suis très flattée, très touchée du sentiment que je vous ai si subitement inspiré.

« Mais si ma sœur a pour principe de ne jamais tromper son amant avec des hommes mariés, moi, j'ai celui de ne jamais tromper le mien avec personne.

« Je suis ce qu'on appelle une petite femme tranquille.

« J'aime bien à plaisanter, à rire, à m'amuser...

« Mais je tiens à vous prévenir loyalement que cela ne va jamais plus loin.

— C'est dommage, fit Lempereur.

— Soyons bons amis tant que vous voudrez, mais pas autre chose.

« Toutes les fois que vous voudrez venir me rendre visite, vous serez le bienvenu.

« Mais à une condition, c'est que vous n'outrepasserez jamais les limites d'une galanterie permise.

— Ah! ça, s'exclama Lempereur, ce qu'on est vertueux en Belgique.

— Pas tout le monde, rectifia Lucienne.

« Ainsi, tenez, cette petite Estelle, dont nous vous parlions tout à l'heure...

— Ah! vous croyez qu'elle... marcherait ?

— Puisque nous vous le disons.

— Et elle est gentille ?

— Tout simplement adorable.

— Eh bien! alors, fit Lempereur, faites-moi faire sa connaissance.

— Quel cœur d'artichaut vous faites, plaisanta Diane.

— Il le faut bien, puisque, ni vous ni votre sœur n'avez consenti à m'ouvrir les portes du paradis.

— D'ailleurs, prédit Lucienne, sans fausse modes-

tie, je crois que vous n'aurez pas à vous plaindre du change...

— Estelle est une des plus jolies femmes de Bruxelles, affirma Diane.

— Savez-vous que vous me faites venir l'eau à la bouche, déclara l'usurier.

— Nous sommes encore au-dessous de la vérité.

— Et, hésitait un peu Lempereur... ça sera... ça sera cher ?

— Mais non, mais non... on s'arrangera toujours, et rien ne nous dit qu'Estelle n'éprouve pas tout de suite pour vous un sentiment aussi ardent que désintéressé.

— Vous croyez qu'elle... marcherait à l'œil?

— Pourquoi pas ?

« Vous êtes assez bel homme pour faire des conquêtes.

« Et comme Estelle adore les militaires, je suis convaincue que vous produirez immédiatement sur elle un drôle d'effet.

— Vous ne pouvez vous imaginer, ma chère Lucienne... pardon, ma chère enfant, combien tout cela me fait plaisir, se rengorgeait l'usurier.

« Être aimé pour soi-même par une jolie femme, voilà une satisfaction qui n'est pas donnée à tout le monde.

— Ah! s'écria Madeleine, avec son aplomb imperturbable, si vous étiez habillé en général, je suis persuadée que cela précipiterait singulièrement les choses.

— C'est que je n'ai pas d'uniforme.

— On pourrait peut-être vous en trouver un, fit Lucienne.

— Mais oui, intervint Diane.

« Je connais justement un costumier de théâtre qui, j'en suis sûre, vous fournira très volontiers un uniforme de général de brigade.

— Oh! tant que nous y sommes, nous pourrions bien prendre un uniforme de général de division.

— Si vous voulez !

« Nous ne voudrions pas vous contrarier pour si peu, décida Lucienne.

— Vous êtes divines !

— Savez-vous ce que nous allons faire ? proposa Diane.

— Ma foi non... mais tout ce que je puis vous dire, c'est que je me remets entièrement entre vos mains.

— Vous êtes venu ici avec un cocher ? interrogea la sœur de Madeleine.

— Oui, parfaitement.

— Eh bien! vous allez le renvoyer.

— Mais, comment ferai- je pour rentrer à Bruxelles ?

— Ne vous inquiétez pas de cela.

« Nous avons notre auto, et, puisque désormais, vous nous appartenez, nous devenons en quelque sorte vos pilotes.

— C'est entendu, j'accepte.

« Je vais régler moi-même le cocher.

Et, se levant, Lempereur, tout à la joie de l'heureuse rencontre qu'il venait de faire, et tout à ce qui, selon lui, allait en découler, s'en fut rejoindre son automedon qui, paisiblement, attendait, mollement étendu dans son landau, à l'ombre des grands arbres.

En apercevant son client, il se souleva lourdement croyant que celui-ci voulait réintégrer la ville.

Mais Lempereur prenant un ton d'importance lui demanda :

— Combien vous dois-je ?

— Allez, allez, vous ne me gardez donc pas? s'exclama le brave Bruxellois.

— Non ! répliqua Lempereur.

« J'ai rencontré des amies et je préfère rester ici.

— Eh bien! ce sera vingt francs, sais-tu.

— Vingt francs !

« Mais ça ne fait pas plus de deux heures que je vous ai pris.

— Eh bien ! mettons-en quinze, parce que moi, je n'aime pas me disputer, savez-vous.

— Ah! ça, s'énerva l'usurier, vous me prenez donc pour un anglais ou pour une poire ?

Et, tendant une pièce de dix francs au cocher trop gourmand, il lui dit :

— Tenez, voilà pour vous, et fichez-moi la paix !

Le cocher prit le demi-louis, le regarda, et, satisfait, le glissa dans son gousset en disant :

— Au revoir, monsieur, et à la prochaine fois, savez-vous.

Tandis qu'il regrimpait sur son siège, et reprenait

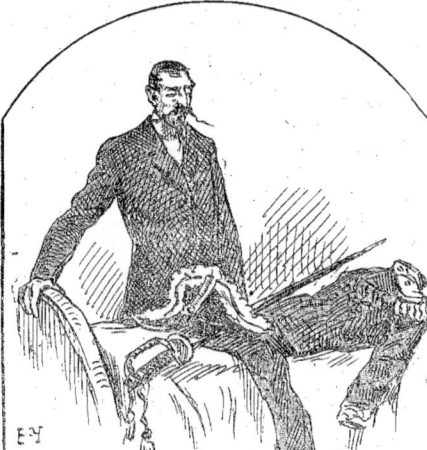

Il demeura en contemplation devant la glorieuse défroque.

ses guides, Lempereur, furieux de penser que le cocher l'avait pris pour un gogo, regagna ses gracieuses compagnes.

Celles-ci, en le voyant revenir échangèrent un coup d'œil malicieux.

— Quelle bonne revanche je m'en vais prendre de tout ce que ces idiots-là m'ont fait voir, glissa Madeleine à l'oreille de son amie.

— C'est extraordinaire ce que ces cochers sont voleurs, attaqua immédiatement le mari de Poupoule.

« Croyez-vous que celui-là me demandait un louis.

— Il fallait lui donner dix francs, déclara Diane.

— C'est ce que j'ai fait.

« Mais ce qui m'a surtout vexé, c'est que cet animal-là m'ait pris pour un imbécile.

— Pourtant, souligna Lucienne, vous n'en avez pas l'air.

Comme il restait encore du champagne dans la bouteille, Lempereur, pour faire une diversion, remplit les trois coupes et reporta un toast en l'honneur de Lucienne de Blankenberghe, de Diane d'Ostende et d'Estelle de Bruges, dont il brûlait ardemment de faire la connaissance.

— Comment est-elle? demandait-il, déjà avide de détails.

— C'est une blonde vaporeuse, dépeignait Lucienne.

« Avec des cheveux couleur flamme de punch !...

— Une taille souple et mince, surenchérissait Diane.

« Elle se penche comme un roseau bercé par le vent.

— Et son rire !

« On dirait tout un gazouillis de mésanges au milieu d'un buisson d'églantines.

« Et ses yeux !...

« Un coin d'azur volé au ciel...

« Et sa bouche !

« Deux cerises entre lesquelles on aperçoit des

perles.

« Et sa gorge...

« Et ses seins, et sa peau...

« Et ses pieds donc...

« Oh! des pieds de fée.

— Ah ! elle a des pieds...

— Elle en a même deux.

— Deux pieds ?

— Naturellement, voyons, général.

— Petite folles que vous êtes, vous me faites dire des bêtises.

— Pardon, c'est vous, général.

— Allons, mettons que c'est moi. Mais je ne vous en veux pas.

« Vous êtes si charmantes, toutes les deux.

« Oh! dites, parlez-moi encore d'Estelle.

« Je me la représente déjà comme un petit Saxe.

— C'est ça, un Saxe.

« Mais, pas un Saxe... aphone, au contraire, un Saxe qui a une voix adorable.

« Une voix qui ferait pâlir de jalousie toutes nos grandes étoiles lyriques... Les Bréval, les Delna, les Litvinne, les Calvé, les Marguerite Carré, etc... etc.

— Vous croyez qu'elle chantera pour moi ?

— Mais, non seulement elle chantera, mais elle dansera.

— Elle danse aussi ?

— Mieux qu'une ballerine professionnelle, mieux que la Zambelli, que la Trouhanova et que Régina Badet elle-même.

— Elle a donc tous les talents ?

— Elle en a bien d'autres.

« Elle peint !

— Comment, elle peint ?

— Aussi bien que Puvis de Chavannes, et mieux certainement que Madame Madeleine Lemaire.

— Je ne connais pas ce Monsieur ni cette dame, fit modestement observer Lempereur qui, en matière d'art était d'une ignorance définitive.

« Mais, en tout cas, puisque vous me le dites, je suis persuadé qu'elle doit très bien manier le pinceau.

— Mais, ce n'est pas tout, continuait Lucienne, qui, évidemment, devait monter un bateau monumental à son ancien patron...

— Ah! ce n'est pas tout? s'étonnait Lempereur de plus en plus excité...

— Estelle de Bruges fait aussi de la sculpture.

— De la sculpture... avec un ciseau ?

— Mais oui, avec un ciseau !

« C'est une élève de Rodin.

— Le Juif-errant ?

— Non, pas celui-là.

« Un autre qui a une grande barbe et qui habite Paris.

« Celui qui a fait le monument de Balzac.

— Qu'est-ce que c'est que Balzac ?... connais pas.

— Balzac était un littérateur qui vivait au siècle dernier...

— Je vous avoue que ce nom-là ne me dit rien.

« Il faut croire que ce Balzac n'a pas fait beaucoup parler de lui.

« En tout cas, Balzac... Rodin... j'ignore... j'ignore !

— Mais Rodin a fait bien d'autres monuments, fit observer Diane; entre autres, celui de Victor Hugo au Palais Royal.

« Oh! vous avez dû le voir certainement.

« Il est représenté tout nu devant un rocher.

— Ah! oui,... très bien, très bien, s'exclama le mari de Poupoule.

« Parfaitement, j'ai vu ça.

« Figurez-vous que j'ai cru que c'était une réclame pour un Balneum !

« Je n'aurais jamais pensé qu'on pouvait déshabiller Victor Hugo pour le mettre sur une place publique.

« Enfin, si ce Monsieur Rodin a appris à sa jeune élève à déshabiller... les hommes comme il l'a fait pour Victor Hugo... je trouve, pour ma part, que c'est un très bon professeur.

— Toujours polisson, plaisanta Lucienne.

— Mais, ce n'est pas tout, poursuivait Diane, Estelle a encore d'autres talents...

« Elle monte à cheval comme une écuyère de cirque.

« Elle tire au pistolet d'une façon remarquable.

« Et elle joue au bridge, mieux que feu Bridge lui-même.

— Et, demanda l'usurier en baissant la voix, est-ce qu'elle fait bien ?...

Il s'arrêta, l'œil allumé, attendant curieusement la réponse.

Mais Madeleine et sa sœur, prenant toutes les deux un air comiquement ingénu, répliquèrent :

— Quoi donc ?

— Cupidon! lança tout d'un trait le vieux marcheur.

— Cupidon ! répétèrent les deux complices...

— Oui, vous savez bien ce que c'est que Cupidon... C'est l'Amour !

— Eh bien! vous lui demanderez, reprit Lucienne.

— Et vous croyez qu'elle me répondra ?

— Du moment que vous serez habillé en général, elle ne vous refusera absolument rien.

— J'ai hâte de me voir dans cette tenue.

— Oh! rien de plus simple, décida Madeleine.

« Nous allons partir.

« Montez dans notre auto.

« Nous nous rendrons chez le costumier.

« De là, je passerai chez Estelle pour l'inviter à dîner avec moi.

« Vous resterez dans la voiture avec Diane et nous remonterons tous les trois avenue Louise.

« Là je mettrai une chambre à votre disposition.

« Vous vous costumerez.

« Je viendrai vous chercher... je vous présenterai et tout sera dit.

— Ah! comment reconnaîtrai-je jamais toutes les attentions que vous avez pour moi?

— En nous racontant toutes vos campagnes au dessert.

— Vous pouvez y compter.

Le trio se rendit ainsi jusque chez le costumier où l'on fit choix d'un superbe uniforme de général de division que Lempereur essaya avec une satisfaction manifeste.

La jolie camériste Marinette parut aussitôt.

L'uniforme lui allait d'ailleurs à merveille, et déjà plein d'enthousiasme pour le rôle qu'il allait jouer, il exigea qu'on lui adjoignt une superbe épée et toute une série de décorations qui, affirmait-il feraient un merveilleux effet sur sa poitrine.

De là, Lucienne et Diane se firent conduire chez leur amie, Estelle de Bruges, qui habitait un très bel appartement dont les fenêtres donnaient sur la place de Brouckère.

Elles laissèrent tout seul dans la voiture le général, qui ne s'était jamais senti si tranquille, si heureux, puisque désormais non seulement il avait conquis une liberté tant désirée mais qu'il allait pouvoir enfin se livrer, sans crainte de représailles, à toute la série des plaisirs qu'il entrevoyait comme en un rêve.

Lucienne et Diane restèrent environ pendant un quart d'heure chez leur amie.

Puis elles redescendirent le sourire aux lèvres et donnèrent l'ordre de les conduire avenue Louise.

En route, on avait décidé que c'était chez Diane d'Ostende que la petite cérémonie s'accomplirait.

Diane demeurait, ainsi que nous l'avons dit plus haut, dans un très joli pavillon-hôtel, aménagé avec beaucoup de goût et même de luxe.

Au rez-de-chaussée un grand vestibule, bien clair et dont les murs étaient tendus de tapisseries anciennes, désservait un très beau salon suivi d'un arrière-petit salon très discret et plongé dans une demi-teinte qui semblait inviter aux paresseuses rêveries ou aux mystérieuses confidences, une salle à manger Louis XIII, au dressoir chargé de belle argenterie, une salle de billard, un fumoir, etc.

Au premier, il y avait d'abord la chambre à coucher de la maîtresse de céans, véritable chapelle d'amour, nid de dentelle et de soie, bien fait pour permettre à une courtisane de s'épanouir en toute grâce et en beauté.

Puis c'était le cabinet de toilette aux glaces de Venise, aux orfèvreries étincelantes et d'autres chambres non moins merveilleusement aménagées.

Diane d'Ostende, qui semblait très heureuse de faire les honneurs de son « home » au général Marin de St-Didier, commença par faire entrer celui-ci au salon.

— Ah! si Poupoule était là, ne put s'empêcher de s'écrier Lempereur en admirant toutes les belles choses qui se trouvaient rassemblées dans cette pièce.

Et se tournant vers Diane, il crut devoir expliquer:

— C'est que ma femme a tenu pendant longtemps un magasin d'antiquités.

« Et il faut lui rendre cette justice, elle s'y entendait à merveille dans ce genre de commerce.

Et prenant Madeleine à témoin, il lui dit:

— N'est-ce pas, ma chère enfant.

— Oh! certainement, monsieur... oh! pardon, général.

— C'est égal, continuait à s'extasier l'ex-usurier, il y en a pour de l'argent, là-dedans.

« Vous ne vous embêtez pas.

« Tous mes compliments!

« Ça prouve que votre ami a les reins solides.

— Oh! si vous voyiez chez Lucienne, crut devoir déclarer Diane, c'est encore mieux.

— Nous irons, nous irons.

— Quand cela vous fera plaisir, invita gracieusement Mlle de Blankenberghe.

— Maintenant, général, reprit Diane, si vous le voulez bien, je vais vous faire faire le tour du propriétaire?

— Si je mettais auparavant mon uniforme de général, proféra l'usurier, qui grillait d'envie d'apparaître sous les traits d'un officier supérieur.

— Si vous voulez, acquiesça la jeune femme.

« Je vais vous conduire moi-même à votre chambre.

Et elle appuya sur le bouton d'une sonnette électrique.

Une camériste jolie, trop jolie même, très coquettement mise et l'air considérablement effronté, apparut presque aussitôt.

— Marinette, attaqua Diane, est-ce que le paquet que nous avons apporté est dans la chambre azur?

— Oui, madame.

— Cela suffit, je vous remercie.

Et Diane se tournant vers Lempereur, ajouta:

— Venez, mon général, venez.

Tous deux gravirent un étage et pénétrèrent dans une chambre tendue en bleu clair et dont l'ameublement Louis XV était à lui seul une véritable merveille.

— Oh! c'est admirable, s'exclama Lempereur.

« C'est tellement beau ici, qu'on n'ose pas bouger tant on a peur d'abîmer quelque chose.

— Mais non, mais non, fit Madeleine, ne vous gênez pas, vous êtes chez vous.

Et ouvrant une porte dissimulée derrière une tenture, elle dit:

— Voici votre cabinet de toilette.

« Si toutefois vous manquez de quelque chose vous n'aurez qu'à sonner...

« On viendra tout de suite.

— Vous êtes vraiment trop aimable.

— N'est-ce pas la moindre des choses?

Et Madeleine se retira, après avoir adressé à son ancien patron son plus gracieux sourire.

— Je crois, se dit Lempereur avec satisfaction, que j'ai décidément trouvé le bon coin.

« Car, si je ne me trompe pas, ici on doit trouver bon souper, bon gîte et le reste?

Après avoir inspecté la chambre et le cabinet de toilette que l'on venait de mettre à sa disposition, Lempereur revint vers le paquet, le déficela et étendit sur son lit les différentes parties de l'uniforme qu'il allait endosser.

Il demeura pendant quelque temps en contemplation devant la glorieuse défroque.

— Elle n'est pas neuve, se dit-il, mais cela vaut mieux.

« Estelle de Bruges aura ainsi l'illusion que je l'ai déjà porté.

Il commença à enlever ses vêtements civils qu'il accrocha au porte-manteau du cabinet de toilette.

Il faut lui rendre cette justice.

M. Lempereur était un homme extrêmement soigneux.

Puis il revint dans la chambre et enfila le pantalon.

Mais la ceinture étant un peu trop large il voulut tirer sur la patte.

Or, celle-ci lui resta dans les doigts.

— Allons bon, grogna l'ex-usurier, me voilà bien!

« Comment vais-je faire pour arranger ça.

« C'est insupportable!

« Véritablement les tailleurs devraient coudre un petit peu plus solidement.

« C'est idiot, ça.

« Mais que je suis bête de me tourmenter ainsi!

« Madeleine ne m'a-t-elle pas dit tout à l'heure que je n'avais qu'à sonner.

« Eh! bien, sonnons.

Lempereur s'en fut au bouton électrique et appuya par deux fois.

Bientôt, un pas très léger se fit entendre frôlant le tapis moelleux dont tout le plancher de l'hôtel était recouvert.

Un tout petit coup très doux effleura la porte.

— Entrez, fit Lempereur.

La jolie camériste Marinette apparut aussitôt.

— Monsieur a sonné? demanda-t-elle, en enveloppant le mari de Poupoule d'une incandescente œillade.

— Oui, ma fille, j'ai sonné.

— Que désire monsieur?

— Tenez, fit Lempereur, en montrant à Marinette la patte du pantalon qu'il tenait encore à la main.

— Ah! je vois... c'est un point à faire.

« Monsieur veut-il me permettre d'aller chercher du fil et des aiguilles?

— Mais certainement, ma fille.

— Je reviens dans une minute.

— C'est cela.

Légère comme un oiseau, la charmante Marinette disparut pour réapparaître quelques instants après, armée des objets dont elle avait besoin pour réparer le désastre dont Lempereur venait d'être victime.

Mais le général commençait à être singulièrement émoustillé.

En effet, il était fixé sur Marinette.

Tout de suite, il avait deviné que, soubrette de demi-mondaine dans l'âme, la jolie fille était de celles qui lorsque leurs patronnes ont trop d'ouvrage se proposent d'elles-mêmes pour les seconder.

— Ce n'est pas de la blague, se disait Lempereur, je la trouve encore plus chic que Madeleine.

« Et puis, c'est singulier, il suffit qu'une femme soit jeune, gentille et, par-dessus le marché, porte un tablier blanc garni de dentelles pour qu'immédiatement je perde la boule.

« Oh! puis après tout, ma foi tant pis, si Estelle de Bruges fait trop sa sucrée, eh! bien, je suis toujours sûr que je ne m'en irai pas d'ici sans m'être offert une bonne partie de rigolade.

Mais tout en se livrant à ce monologue intime, Lempereur était loin de garder l'immobilité.

Il se tournait à droite, il se tournait à gauche, si bien que Marinette lui dit:

— Monsieur, ne bougez pas comme ça, je vous en prie, sans cela vous allez me faire me piquer.

— Je vous demande pardon, mademoiselle.

Mais en s'excusant, Lempereur fit un mouvement tellement brusque que l'aiguille pénétra légèrement dans le doigt de la jolie femme de chambre.

— Oh! s'écria-t-elle, ça y est, cristi, que je me suis fait mal!

Ce ratelier était l'objet de ses soins les plus assidus.

— Oh! mon enfant, s'excusa immédiatement Lempereur, vous me voyez navré, désolé.

Et saisissant tout de suite le doigt de Marinette où perlait une toute petite goutte rosée, il s'écria, enchanté de la trouvaille:

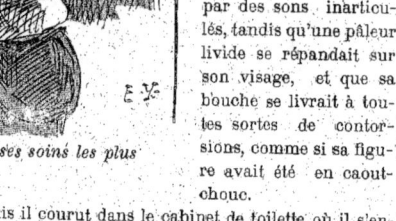

— Puisqu'il en est ainsi, permettez-moi de boire votre sang.

Avant que la caمériste n'ait pu s'en défendre, il porta son doigt jusqu'à sa bouche.

Mais tout à coup, il abandonna la femme de chambre, tandis qu'un cri rauque lui échappait.

— Oh! mon Dieu, fit Marinette, tout effrayée qu'est-ce qu'il y a?

Mais Lempereur ne put lui répondre que par des sons inarticulés, tandis qu'une pâleur livide se répandait sur son visage, et que sa bouche se livrait à toutes sortes de contorsions, comme si sa figure avait été en caoutchouc.

Puis il courut dans le cabinet de toilette où il s'enferma, laissant Marinette tout interdite et se demandant ce qui avait bien pu se passer.

C'était pourtant bien simple.

Le ratelier de monsieur Lempereur venait de se décrocher!

CHAPITRE CLXVIII

Où le râtelier de M. Lempereur se conduit comme un très mauvais locataire

Monsieur Lempereur portait, en effet, un ratelier. Il en était d'ailleurs très fier.

C'était une véritable œuvre d'art qu'il avait fait fabriquer tout spécialement pour lui, d'abord afin de pouvoir satisfaire en toute tranquillité sa goinfrerie sans cesse grandissante, puis, lorsqu'il souriait sous sa moustache, de laisser apercevoir une superbe rangée de dents très blanches, et enfin pour avoir le droit de s'écrier de temps en temps:

— Moi, si j'ai perdu un peu de mes cheveux, j'ai gardé au moins toutes mes dents!

Aussi ce ratelier était-il, de la part de son propriétaire, l'objet des soins les plus assidus.

Même en voyage, il le dorlotait avec une piété touchante.

Mais son aventure de Liège l'avait empêché de s'occuper comme d'habitude de ce précieux auxiliaire, de ce collaborateur dévoué, auquel il devait de si bonnes heures dans l'existence.

Aussi venait-il d'en résulter un fâcheux accident qui obligeait M. Lempereur à s'isoler un moment pour remettre en place l'instrument détraqué.

Il n'y parvint pas sans peine.

Mais, enfin, persuadé que, grâce à ses efforts, il avait consolidé son ratelier et que celui-ci ne lui jouerait plus le vilain tour de se détraquer aux heures des effusions intimes, il revint plutôt calmé vers la camériste, qui, l'air le plus ingénu du monde, lui demanda:

— Est-ce que monsieur était malade?

— Non, mentit outrageusement le mari de Poupoule, ce n'était rien, je m'étais tout simplement mordu la langue.

— Pas possible!

— Oui, et ça fait très mal.

— Ah! je crois bien.

« Monsieur veut-il que j'aille chercher quelque chose pour lui mettre sur la langue.

— Non, non, je vous remercie, c'est fini.

— Voilà ce que c'est que d'être trop gourmand, plaisanta coquettement Marinette.

— Vous êtes gentille comme tout, fit Lempereur en lui tapotant le menton.

— Mais, dépêchons-nous, fit observer la femme de chambre.

« Car du train où nous allons nous serons en retard pour l'heure du dîner.

« Et je me ferai attraper par madame.

— Allons-y, décida l'usurier.

— Vous me promettez d'être bien sage?

— Je vous le promets.

— De vous tenir tranquille?

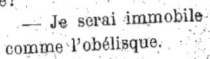

— Je serai immobile comme l'obélisque.

— Alors, je recommence.

— Mais, au fait, j'y songe, proposa Lempereur, ça serait beaucoup plus simple si j'enlevais ma culotte.

« Comme ça je ne risquerais pas de vous piquer.

« Si ça ne vous offusque pas...

— Oh! mais, pas du tout, monsieur.

— Appelez-moi, mon général.

— Pas du tout, mon général.

Et s'asseyant sur le lit, Lempereur commença à se débarrasser de son pantalon. Mais comme il n'y parvenait pas facilement, Marinette lui demanda:

— Voulez-vous que je

Elle débarrassa l'ex-usurier de son vêtement inférieur

vous aide?

— Très volontiers!

Et empoignant le bas des jambes, Marinette en un tour de main, débarrassa l'ex-usurier de son vêtement inférieur.

Puis courant vers la fenêtre, elle commença à recoudre la patte, tandis que Lempereur la contemplait en murmurant:

— Décidément, elle est charmante!

« Je ne sais pas ce que peut être cette Estelle de Bruges, mais je crois qu'elle parviendra difficilement à la dégoter.

— Mon général, ces dames sont au salon!

« Aussi je crois que je ferai mieux de me tenir tranquille.

Comme on le voit, M. Lempereur savait, à certains moments, modérer ses ardeurs par une philosophie qui ne manquait pas d'une certaine logique.

Mais pendant ce temps, Marinette avait terminé son ouvrage et apportait le pantalon à son titulaire.

— Voilà, fit-elle, avec un sourire qui laissa apercevoir une double rangée de dents d'une blancheur éblouissante.

Elle était vraiment jolie à croquer la petite Marinette.

Aussi Lempereur n'y tint plus.

Et se levant, il planta sur cette bouche, qui semblait s'offrir, un baiser peut-être un peu plus prolongé qu'il n'eût convenu pour un début.

Mais bientôt cependant il recula en poussant un cri et en portant ses mains à sa bouche.

C'était ce maudit râtelier qui faisait encore des siennes.

Il ne fit qu'un bond dans le cabinet de toilette où il s'enferma de nouveau, tandis que Marinette, qui commençait à comprendre, s'écriait:

— Est-ce que vous vous êtes encore mordu la langue?

Lempereur ne répondit pas.

Il était trop occupé même pour entendre la question que la camériste venait de lui lancer à travers la porte.

Cette fois, l'accident semblait grave.

Il lui fallut au moins cinq bonnes minutes pour remettre l'appareil en place.

Ce travail fait, Lempereur fut pris d'une réelle

« Plus j'y songe, plus je me félicite d'avoir suivi Madeleine ou plutôt Lucienne Blankenberghe.

« Et si je n'avais pas peur de me mettre en retard pour le dîner, je vous prie de croire que ça ne traînerait pas.

« Mais il ne faut pas que je mécontente mon aimable hôtesse, en m'attardant trop longtemps dans cette chambre.

« Et puis peut-être me jugerait-elle mal si elle me voyait à peine arrivée chez elle serrer de trop près une femme de chambre.

« Après tout, je sais bien qu'elle a été celle de ma femme.

« Mais ce n'est pas une raison, au contraire.

« Plus une femme monte vite, plus elle tient à oublier sa condition passée.

angoisse.

En effet, il se demandait:

— Est-ce que cela va recommencer tout le temps comme cela?

« Eh! bien, je serais frais si au moment du dîner mon râtelier me dégringolait dans mon assiette.

« Je crois que du coup je perdrais aux yeux d'Estelle de Bruges, de Diane d'Ostende et de Lucienne de Blankenberghe tout le prestige qui me donnent à la fois, ma belle allure, mon superbe uniforme, mes décorations multiples et mes glorieuses campagnes.

A plusieurs reprises, il essaya la solidité de son râtelier.

Comme cette fois il semblait tenir en place, il se rassura et revint vers Marinette qui l'attendait toujours son pantalon à la main.

— Voulez-vous que je vous aide? proposa-t-elle avec une amabilité délicieuse.

— Je vous remercie, refusa le mari de Poupoule.

Car il se disait:

— Décidément je ferai bien de rester tranquille.

« Cela ne me réussit guère de faire du plat à cette petite, et si toutes les fois que j'y touche, mon râtelier doit se décrocher, j'estime qu'il est prudent de m'abstenir.

Aussi prit-il son pantalon et l'enfila-t-il lui-même.

Alors comme il demeurait silencieux, Marinette lui demanda:

— Monsieur a-t-il encore besoin de quelque chose?

— Non, mon enfant, je vous remercie, cela va bien comme cela.

— Si monsieur a besoin de moi, il n'a qu'à sonner.

— Oui, oui, je sonnerai. Je vous remercie.

« Vous pouvez vous retirer.

Marinette discrètement n'insista pas et laissa M. Lempereur terminer tout seul sa toilette.

Il y parvint non sans peine.

Car les boutons entraient plutôt difficilement dans les boutonnières et plusieurs fois les décorations se décrochèrent de la tunique.

Enfin, au bout d'une heure environ, il réussit à s'équiper et se coiffant de son chapeau à plumes, il vint se camper devant l'armoire à glace, où il se contempla longuement.

— C'est égal, se disait-il, j'ai tout de même belle mine comme cela. « Je suis épatant.

« On dirait que j'ai porté toute ma vie cette tenue.

« Ai-je assez l'air militaire, l'air belliqueux?

« Si le Président de la République me voyait ainsi, je suis persuadé qu'il n'hésiterait pas un seul instant à me confier le portefeuille de Ministre de la Guerre.

« Quant à Poupoule. elle en deviendrait folle.

« Ce serait plus que le béguin... le coup de foudre.

« Oh! je la vois d'ici se roulant à mes pieds pour obtenir mes faveurs.

« Ce serait tout simplement extraordinaire!

« Mais je me moque de Poupoule comme du Président de la République.

« J'apprécie trop ma liberté pour consentir jamais à me forger de nouvelles chaînes.

« Maintenant là-dessus je crois que je ferai bien de descendre. Ces dames doivent m'attendre au salon.

Et il se dirigea vers la porte, l'ouvrit et se trouva dans le corridor en face de Marinette qui revenait le prévenir de la part de Madame que mademoiselle Estelle de Bruges était enfin arrivée.

Alors Lempereur bombant le torse, redressant la tête, appuyant la main sur la garde de son épée, commença à descendre l'escalier.

Lorsqu'il passa dans le vestibule, il put contempler son image dans une immense glace qui occupait le panneau du fond.

— Oh! oh! fit-il, ne se reconnaissant pas tout d'abord, voilà un bien beau général.

Mais, se ressaisissant aussitôt et s'apercevant de sa méprise, il reprit avec une satisfaction immense:

— Mais que je suis bête, c'est moi, parbleu!

« Décidément, j'étais fait pour être un officier supérieur.

« Et il allait s'attarder dans la contemplation de sa personne si merveilleusement transformée, lorsque Marinette le rappela à la réalité en lui disant:

— Mon général, ces dames sont au salon!

— Véritablement, s'écria Lempereur, je serais impardonnable de les faire attendre.

Et il pressa le pas.

Marinette ouvrit la porte, et, suivant les instructions qu'elle avait reçues de sa maîtresse, elle annonça pompeusement:

— Monsieur le général baron Marin de St-Didier.

— Baron... par-dessus le marché.

« Mâtin, elles n'y vont pas de main morte! se dit l'usurier, en se rengorgeant encore davantage.

Et il franchit le seuil avec la dignité outrecuidante d'un maréchal du second empire qui aurait conquis ses galons beaucoup plus dans les antichambres que sur les champs de bataille.

Ces dames étaient debout, devant la cheminée et formaient un groupe véritablement délicieux à contempler.

Immédiatement, les yeux de Lempereur se dirigèrent vers la nouvelle venue, c'est-à-dire vers Estelle de Bruges.

Diane et Lucienne ne lui avaient point menti. — Elle était tout à fait adorable.

On eût dit un véritable Rubens descendu de son cadre.

Madeleine tout de suite présenta:

— Mademoiselle Estelle de Bruges. M. le général baron Marin de St-Didier.

Estelle inclina légèrement la tête en accompagnant le geste de son plus gracieux sourire.

Quant à Lempereur, il s'inclina en deux, tout en s'efforçant de conserver une attitude militaire, c'est-à-dire raide, compassée et mécanique.

Les trois jeunes femmes, qui gardaient admirablement leur sérieux, s'installèrent sur les fauteuils du salon, tandis que la maîtresse de maison faisait signe à son invité de s'asseoir entre Estelle et elle.

Lempereur était un peu gêné.

D'ailleurs, n'ayant aucunement l'habitude de porter un uniforme de général de division, il redoutait de paraître gauche, embarrassé.

Puis il tremblait pour son râtelier.

Elles formaient un groupe délicieux à contempler.

Bien qu'il fût convaincu qu'il avait fait tout le nécessaire pour rétablir le mécanisme un instant détraqué, il n'était pas sans redouter fortement les nouvelles farces que pouvait lui jouer cet indispensable auxiliaire.

Aussi en parlant, s'efforçait-il d'ouvrir la bouche le moins possible.

Mais ce qui l'inquiétait surtout, c'était la façon dont ce râtelier allait se comporter pendant le dîner.

Lempereur qui s'était tant réjoui à la pensée de faire honneur à l'excellent dîner que ne manquerait pas de lui offrir l'ancienne camériste de sa femme, était donc résolu, afin d'éviter un accident fâcheux, à ne manger que très modérément.

Pour une fois, il n'en mourrait pas.

Il en serait quitte pour se rattraper le lendemain.

Madeleine, avec un aplomb imperturbable et feignant de se faire la complice de son ancien patron, racontait à Estelle et à Lucienne tous les hauts faits du général baron Marin de St-Didier qui, tout jeune soldat pendant la guerre de 70, avait été blessé sur le champ de bataille de St-Privat et avait continué à s'illustrer lors de toutes les campagnes de la troisième République.

Estelle semblait écouter avec un vif intérêt les paroles de son amie.

Mais à la nuance légère de raillerie qui illuminait ses jolis yeux, tout autre que Lempereur, complètement hypnotisé sur lui-même, se fût vite aperçu que la charmante personne était, elle aussi, dans la confidence et participait largement à la joyeuse fumisterie qui se préparait.

Lempereur, bien résolu à ménager son éloquence, se contentait de lancer, ça et là, quelques monosyllabes approbatives et de prendre de temps en temps un petit air modeste, lorsque Madeleine, ou plutôt Diane d'Ostende, vantait sa bravoure légendaire et ses admirables qualités d'officier.

Bientôt la porte qui conduisait à la salle à manger s'ouvrit à deux battants.

Un maître d'hôtel en livrée annonça:

— Madame est servie!

Lempereur fort galamment offrit son bras à Diane d'Ostende et tous deux passèrent dans la pièce voisine, suivis de Lucienne et d'Estelle qui profitèrent de ce que Lempereur marchait devant elles pour échanger un double sourire, plus que significatif.

Diane fit asseoir le général en face d'elle, tout comme s'il eût été le maître de la maison.

Estelle et Lucienne prirent place à droite et à gauche et le service commença.

Tout d'abord, Diane s'excusa en disant:

— Il ne faudra pas m'en vouloir, mon général, si je vous offre un modeste dîner.

« Mais n'ayant pas prévu le grand honneur que je vous aurais ce soir à ma table, j'ai dû me contenter d'un simple « en-cas ».

« Une autre fois je tâcherai de faire mieux.

— Oh! vous êtes toute pardonnée, ma chère amie.

Et il songeait:

— J'aime autant cela!

« De la sorte, je n'aurai pas de tentation et je ne risquerai pas, en mastiquant trop vigoureusement, de perdre mon râtelier.

Alors distraitement il lança un regard vers le menu tracé sur un bristol aux angles dorées qui était appuyé contre une flûte de champagne.

Et son œil s'agrandissant sans cesse d'une véritable épouvante joyeuse, lut ce qui suit:

Potage bisque d'écrevisses.
Saumon sauce béarnaise.
Pommes de terre.
Pièce de bœuf braisé.
Garniture Macédoine.
Poulardes au riz.
Salmis de Perdreaux.
Timbale de Macaroni au riz de veau.
Salade de langouste.
Sorbets.
Selle de chevreuil piquée.
Dinde truffée rôtie.
Céleri à l'espagnole.
Asperges mousseline.
Salade russe.
Croûtes aux fruits.
Crême bavaroise.
Gâteaux.
Bombe à la général Marin de St-Didier.
Fruits, desserts, etc...
VINS :
Madère et Porto.
Châblis.
Château-Yquem.
St-Julien.
St-Emilion.
Pommard.
Chambertin.
Mumm Cordon-Rouge.

— Eh! bien, s'exclama Lempereur, en voilà un menu.

Et s'adressant à la maîtresse de la maison, il ajouta:

— Si vous trouvez que c'est un dîner modeste, qu'est-ce que cela sera lorsque vous me traiterez avec cérémonie!

— En Belgique, on aime beaucoup la bonne chère, affirma Diane imperturbablement.

— C'est tout simplement gargantuesque, s'écria l'usurier.

« Je vous assure que j'ai un bel estomac.

« Mais je me demande, par exemple, où je m'en vais caser tout ça.

— Général, affirma Estelle, en enveloppant le faux officier d'une œillade à la fois admiratrice et attendrie, je suis sûre que vous allez vous en tirer à merveille.

— Oh! je ne suis pas si gros mangeur!

— Cependant, notre amie Diane nous a dit que vous vous teniez merveilleusement à table, glissa Lucienne.

« Un bel appétit, définit Lucienne est à la fois l'indice d'un grand cœur et d'une conscience tranquille.

— C'est très bien ce que vous venez de dire là, mademoiselle, déclara Lempereur qui commençait à déleoter un de ces potages bisques, tel qu'il en avait rarement mangé dans sa vie.

Cependant il se disait:

— Le potage, je peux toujours y aller carrément.

« Ce n'est pas avec ça que je démentibuleirai mon râtelier.

Aussi en prit-il par trois fois, ce qui lui valut les félicitations de Madeleine, enchantée de voir le général faire si bien honneur à son dîner.

Cet amalgame épicé avait plutôt déssóché son gosier.

Aussi vit-il avec plaisir tantôt sa voisine de droite, tantôt sa voisine de gauche remplir successivement les verres qu'il avait devant lui, de Porto, de Madère, de Châblis, de Château-Yquem, etc., etc.

Alors oubliant sa mésaventure précédente et perdant toute retenue, il donna un libre cours à son appétit coutumier et se mit à dévorer avec une véritable gloutonnerie tous les mets d'ailleurs succulents, que l'on faisait passer devant lui.

De temps en temps, quand il était très absorbé, les trois amies se lançaient un regard qui disait à lui tout seul, toute la joie qu'elles éprouvaient à mystifier ainsi le parfait imbécile qu'elles avaient devant elles.

Or, chose extraordinaire, le râtelier semblait s'être fait le complice du propriétaire.

Et comme s'il eût pris lui-même une part très agréable à ce dîner, dont à lui seul M. Lempereur était en train de faire disparaître une grande partie, il fonctionnait fort régulièrement et n'inspirait aucune inquiétude à son maître.

On était arrivé au deuxième service, lorsque Estelle proposa:

— Si le général maintenant, nous racontait ses campagnes?

— Attendons plutôt au dessert, fit Diane.

« Le général a à peine dîné et je ne voudrais pas vraiment qu'il sortît de chez moi en restant sur sa faim.

— C'est juste, se reprit Estelle.

« Alors, au dessert.

— Oui, oui, au dessert, promit Lempereur.

Et il fit à la seconde partie du dîner le même honneur qu'il avait fait à la première.

Aussi lorsqu'on apporta la croûte aux fruits, était-il plutôt ému.

— Je crois que voilà le moment, déclara à son tour Lucienne de Blankenberghe.

Et s'adressant à l'usurier qui n'en pouvait plus, elle lui dit:

— Maintenant, mon général, à vous la parole!

« Car vous ne pouvez vous figurer combien nous avons hâte d'entendre de votre bouche le récit des exploits glorieux qui vous ont valu toutes ces belles décorations qui brillent sur votre poitrine.

Par un phénomène véritablement extraordinaire, Lempereur, ainsi que plusieurs fois cela s'était déjà produit dans son cerveau, en était arrivé à être convaincu qu'il était vraiment général.

Et, de très bonne foi, tandis que le maître d'hôtel découpait la croûte aux fruits, il commença:

— Les vrais héros n'aiment guère à parler d'eux.

« Il sied qu'au courage s'associe la modestie.

« Aussi je ne vous cacherai pas, mesdames, que je n'aime pas beaucoup à parler en public de ce qui à trait à moi.

— Nous sommes dans l'intimité, fit Diane.

Un maître d'hôtel annonça : Madame est servie!

— Vous pouvez bien faire cela pour nous, implora Lucienne.

— D'ailleurs, ne sommes-nous pas vos petites amies? s'écria Estelle en approchant sa chaise de celle du général.

— Sollicité de cette façon, reprit celui-ci, je ne puis vraiment refuser.

« Seulement, je me demande un peu quelle campagne je m'en vais vous raconter?

— Vous n'avez que l'embarras du choix, prononça Diane.

— Certes, fit Lempereur, avec un admirable toupet.

« La guerre de 70, la campagne de Tunisie, celle de Dahomey où celle de Madagascar, celle du Maroc?

— Du Maroc, du Maroc, firent simultanément les trois femmes en frappant dans leurs mains comme si elles applaudissaient d'avance à l'épopée glorieuse que le militaire improvisé n'allait pas manquer de faire dérouler devant leurs yeux éblouis.

— Eh! bien, soit, le Maroc, accepta Lempereur.

D'ailleurs, il n'était pas embarrassé pour si peu.

Ayant lu beaucoup de récits d'expéditions militaires, il en avait retenu quelques-uns par cœur.

Et tout en les arrangeant à sa façon et en en faisant une sorte de salade grotesque, à laquelle il était très souvent impossible de comprendre quelque chose, il en sortait toujours plus ou moins.

Le maître d'hôtel avait déposé dans les assiettes des convives plusieurs tranches fort appétissantes de croûte aux fruits.

Alors, tandis que ses auditrices y goûtaient, Lempereur, après avoir vidé d'un trait un verre de Pomard que lui avait versé Estelle, se renversa sur sa chaise.

Et dédaignant cette fois le mets qui lui était servi, il attaqua:

— C'est une histoire terrible que je m'en vais vous raconter, mesdames.

— Tant mieux! tant mieux! s'écrièrent les trois petites folles qui s'attendaient naturellement à quelque chose d'énorme.

— Je m'en vais vous narrer, mesdames, l'épisode le plus effrayant de ma vie de soldat, c'est-à-dire celui où j'ai failli être coupé en morceaux.

« Maintenant, si ça vous dégoûte trop que je vous parle de ça en mangeant, vous n'avez qu'à le dire.

— Non, non, pas du tout, protestèrent à l'unanimité Diane, Lucienne et Estelle.

— Si vous le regrettez, vous n'aurez qu'à vous en prendre à vous-mêmes.

— Nous ne regretterons rien, au contraire.

— Dites-nous bien tout.

« Nous voulons entendre jusqu'au bout.

— Et, ajouta Estelle, nous vous en voudrions si vous nous passiez quelque chose.

— Moi, je suis une curieuse, affirmait Diane.

— Moi, je crois que je le suis encore plus que toi, surenchérissait Lucienne.

— Moi, révélait Estelle, en foudroyant Lempereur d'un regard incendiaire, j'aime les sensations neuves et brutales et, sans en avoir l'air, je suis une passionnée.

— Eh! bien, mes petites cailles, vous allez être servies, promit le général Marin de St-Didier.

CHAPITRE CLXIX

Qui est la suite du précédent.

« C'était au début de la dernière expédition du Maroc, commença l'usurier avec importance.

« J'avais été chargé par le général commandant le corps expéditionnaire, de pousser à la tête de ma brigade une reconnaissance au sud de Casablanca, où plusieurs tribus s'étaient rassemblées dans le but de fondre sur le camp français, de le surprendre au milieu de la nuit et d'égorger tout le monde.

— Brr! fit semblant de frissonner Estelle, ça devient palpitant.

— Qu'est-ce que ça va être tout à l'heure, s'écria Diane.

— N'anticipons pas, fit Lempereur, et je vous prie, mes charmantes ne m'interrompez pas trop, car je ne voudrais pas m'embrouiller dans des feux de file.

— Silence, imposa Diane.

— Silence, firent à la fois Lucienne et Estelle.

— Je continue, reprit Lempereur.

« Je partis donc à la tête de mes hommes.

« Je montais un pur-sang arabe très fougueux.

« Je commence par vous dire que je suis un très bon cavalier.

« Je ne crains nullement une monture difficile et je ne demande à un cheval que deux choses: la rapidité de l'allure et la solidité du jarret.

« Peu m'importe qu'il ait, comme on dit en équitation, de la défense et même du vice.

« Lorsque je le tiens serré entre mes pinces, j'en viens toujours à bout.

« Et jamais je n'en ai encore trouvé un capable de me jeter à terre.

« Aussi mes camarades de régiment m'avaient-ils surnommé le Centaure.

Comme on le voit, Lempereur, quand il parlait de lui-même, en imagination ne se ménageait pas les compliments.

Et voyant que ses auditrices l'écoutaient avec une admiration sans cesse croissante, il continua avec l'inconscience comique qui le caractérisait:

— Ce cheval, dont l'allure était merveilleuse, était un véritable fils du désert.

« Il s'appelait Ben Ahmed.

« Noir comme de l'encre, la queue et la crinière énormes, l'œil de flamme, le jarret d'acier, il dévorait les kilomètres et eût certainement suivi un train à la course.

« Jamais je n'ai rencontré une bête pareille.

« Mais, par exemple, extrêmement difficile à monter, ayant des révoltes, se cabrant, ruant, pétaradant, à un tel point que j'étais, dans tout le régiment, le seul officier qui pût en venir à bout.

« J'en étais très fier.

« Le général commandant le corps expéditionnaire qui me considérait comme son bras droit, m'avait bien dit:

— Général, vous avez là une bête superbe.

« Mais ne trouvez-vous pas que c'est imprudent de votre part de vous en servir en campagne?

— Pourquoi cela, mon général, répondis-je.

— Mais parce que le bruit de la bataille peut l'énerver à un tel point que je vois très bien Ben Ahmed vous entraînant au-delà des lignes et vous plaçant dans une fâcheuse posture.

« Si ce n'eût été le profond respect que j'avais pour mon chef, j'eusse éclaté de rire en entendant ce discours.

« Car je suis doué d'un poignet tellement solide que lorsque plusieurs fois Ben Ahmed avait eu la tentation de s'emballer, je n'eus aucune peine à le retenir.

« Mais je ne tins aucun compte de cette amicale recommandation.

« Vous allez voir que je n'allais pas tarder à le regretter amèrement.

« En sautant en selle, je m'aperçus bien que Ben Ahmed donnait quelques signes de nervosité.

« Mais j'étais habitué à ses frasques et je me dis:

« — Toi, mon bonhomme, si tu fais le malin, je ne vais pas tarder à te calmer.

« J'avais pour cela un excellent système.

« Lorsque mon cheval me faisait des farces, au lieu de le frapper, de le cravacher ou de l'éperonner, je le faisais galoper pendant une demi-heure dans le sable.

« Ensuite il devenait plus doux qu'un agneau.

« Voilà pourquoi je n'attachais aucune importance aux signes de nervosité que donnait Ben Ahmed.

« Me voilà donc parti à la tête de mes troupes.

« Il faisait un temps superbe, un peu chaud, par exemple!

« Le soleil d'Afrique!

« J'étais précédé par un escadron de spahis, dont les burnous blancs flottaient au vent.

« Véritablement, j'avais l'illusion de partir pour une simple promenade militaire.

« Nous avions pour mission d'éclairer les alentours, d'attaquer et de débusquer les Marocains, afin d'empêcher leur concentration.

« Je me dirigeai vers une éminence de terrain au sommet de laquelle il me serait très facile de découvrir le camp de nos adversaires.

« Alors, une fois leur position reconnue, mon plan était de diviser les forces dont je disposais en plusieurs petits paquets et de les lancer contre l'ennemi à toute vitesse.

— C'est une histoire terrible que je vais vous raconter.

« Nos cavaliers seraient entrés ainsi de tous côtés dans le camp, y semant l'épouvante, le désordre et la mort.

« Je rêvais déjà de je ne sais quelle chevauchée épique.

« Je rêvais d'arracher moi-même à l'ennemi plusieurs drapeaux, lorsque Ben Ahmed se mit à hennir d'une façon toute particulière, c'est-à-dire en dressant les oreilles et en agitant la queue.

« Je savais à quoi m'en tenir.

« Fixé depuis longtemps sur les habitudes de ma monture, je n'hésitai pas un seul instant à pronostiquer que mon cheval avait dès velléités, en apercevant la plaine immense qui s'étendait devant lui, d'y piquer un de ces galops carabinés dont il avait le secret.

« Cette fois, cette fantaisie de Ben Ahmed n'allait pas sans danger pour moi.

« En effet, ainsi que je viens de vous le dire, les Marocains étaient campés derrière le mamelon vers lequel je me dirigeais.

« Nous avions été prévenus par les innombrables espions qui pullulaient autour de notre camp et que, telles des mouches malfaisantes, nous ne pouvions réussir à chasser, que nos ennemis devaient être au courant de nos moindres faits et gestes, et parfaitement informés de la pointe de reconnaissance que nous dirigions contre eux.

« Voilà pourquoi le général commandant le corps expéditionnaire, afin de nous éviter une surprise qui aurait pu se changer en désastre, m'avait donné pour cette reconnaissance les deux régiments de cavalerie que je commandais.

« Ces deux régiments étaient de taille à mettre au moins vingt mille Marocains en fuite.

« Aussi, étais-je bien tranquille, et ne prêtais-je qu'une attention très relative aux frasques de Ben Ahmed.

« Nous marchions à une allure assez modérée.

« Mais, par exemple, pour calmer les ardeurs de mon cheval, qui semblait désireux de se lancer dans la bataille, je dus bientôt employer tous mes efforts, et tirer fortement sur la bride.

« Nous étions arrivés au pied du mamelon.

« Je laissai un peu de champ à Ben Ahmed, qui partit en avant à vive allure.

« Et, suivi de mes deux officiers d'ordonnance, j'arrivai en très peu de temps, jusqu'au sommet de la crête qui allait me servir d'observatoire.

« Les Marocains étaient visibles à l'œil nu.

« Ils se trouvaient environ à douze cents mètres de nous, et, ainsi que je l'avais prévu, sur la défensive.

« Montés sur leurs chevaux, prêts à fondre sur nous ou à battre en retraite, suivant les circonstances, ils semblaient très réellement disposés au combat.

« Bien qu'ils fussent cinq fois supérieurs à nous en nombre, je n'allais pas hésiter un seul instant à donner le signal de l'attaque.

« Lorsque tout à coup je vis un nuage blanc s'élever au-dessus de l'armée du sultan.

« Puis, quelques secondes après, des détonations assourdies par l'espace, parvinrent jusqu'à mes oreilles.

« Alors, il se passa quelque chose d'inouï, de phénoménal.

« En un bond formidable, Ben Ahmed se précipita de la crête où nous nous trouvions jusque dans la plaine exécutant ainsi un saut de plus de dix mètres en profondeur.

« Et alors, ce cheval, dont les jarrets étaient de véritables ressorts d'acier, sans même reprendre haleine, partit à fond de train dans la direction des Marocains, tandis qu'un cri d'horreur échappait à mes officiers d'ordonnance.

« J'eus l'impression que j'étais perdu.

— Je me dirigeai vers une éminence de terrain.

« Mais je résolus de mourir en beauté, c'est-à-dire en vrai soldat, en général soucieux de faire son devoir jusqu'au bout, et de donner un bel exemple aux hommes qu'il commande.

« Tout en faisant délibérément le sacrifice de ma vie à la patrie, je tenais à m'assurer de belles funérailles et à tuer le plus possible d'ennemis.

« Avant d'arriver jusqu'aux lignes des Marocains, j'eus le temps de placer mon sabre entre mes dents, puis de saisir les deux revolvers placés dans les sacoches de ma selle.

« Lorsque j'arrivai à cinq cents mètres des lignes marocaines, je fus salué par une double salve de mousqueterie.

« Mais, soit que nos ennemis fussent de mauvais tireurs, soit qu'ils fussent émus par le spectacle de cet homme qui, héroïquement, sans qu'un muscle de son visage ne tressaillît volait ainsi à la mort et à la gloire, pas une des balles ne m'atteignit, et j'arrivais en plein sur les brigands, sans avoir reçu la plus petite blessure.

« Lorsque je fus à portée, je déchargeai mes douze coups de revolver dans le tas.

« Immédiatement, je vis des chevaux se cabrer, des hommes tomber.

« J'entendis des hurlements et des hennissements de douleur.

« Mais Ben Ahmed galopait de plus en plus furieusement.

« Je n'eus que de temps de prendre mon sabre que je me mis à faire tournoyer autour de moi avec une telle énergie, que bientôt les têtes volèrent de tous les côtés.

« Les Marocains eurent un instant d'hésitation.

« Ils se demandaient si je n'étais pas quelque per-

— Un chef s'avança vers moi en brandissant un glaive formidable.

sonnage de légende descendu du Ciel pour venir les exterminer tous, les uns après les autres.

« Un moment, je crus que moi seul j'allais mettre en déroute toute l'armée du sultan.

« Et cela se fut produit certainement si, dans leurs rangs ne s'étaient pas trouvés certains officiers allemands, toujours prêts à prendre les armes contre la France, et qui, immédiatement, rassurèrent les Marocains et leur donnèrent l'exemple en s'acharnant après moi.

« Je tuai encore une cinquantaine de mes ennemis. Ben Ahmed, de son côté, s'était mis de la partie.

« Ruant, mordant à tort et à travers, il faisait lui-même de nombreuses victimes.

« Cela ne pouvait pas durer.

« Je devais fatalement succomber sous le nombre.

« J'avais déjà reçu plusieurs blessures.

« Mon sang coulait abondamment.

« Mais je frappais toujours... et j'en tuais, j'en tuais.

« C'en était une bénédiction !

« Lorsque tout à coup je me sentis glisser à terre.

« Ces lâches Marocains, sentant bien qu'ils ne viendraient à bout de moi que par la traîtrise, avaient réussi à couper les sangles de ma selle, si bien, qu'après m'être ballotté plusieurs fois de droite à gauche, je me sentis entraîner vers le sol.

« Je voulus m'accrocher à la crinière de mon cheval.

« Mais ce fut en vain.

« Un coup de matraque solidement appliqué sur mes poignets me fit lâcher prise et je roulai sur le sol.

« Vingt indigènes se précipitèrent sur moi, en poussant des hurlements de démons.

« Cette fois, je me dis : je suis perdu.

« En un clin d'œil, je fus pris, happé empoigné, entraîné, tandis que mille voix furieuses réclamaient ma mort.

« Alors, dans un français plutôt barbare, mais suffisamment compréhensible pour moi, j'entendis dans le tumulte, que j'étais condamné à être coupé en morceaux, en commençant naturellement par les jambes, pour continuer par les bras, et finir par la tête.

« Et tout cela avec les raffinements de torture dont ces sauvages sont capables.

« Je suis brave !

« Jamais encore je n'avais connu ce sentiment qui s'appelle la peur.

« Cent fois, sur les champs de bataille les plus meurtriers, j'ai affronté le trépas sans sourciller.

« Mais j'avoue que cette fois, je n'avais pas un poil de sec.

« Je voulus tenter une nouvelle défense, mais j'avais perdu mon sabre.

« Et que pouvais-je, seul, sans arme, contre cette horde immonde qui avait résolu de m'assassiner froidement en me faisant atrocement souffrir ?

« Aussi, à peine m'étais-je relevé sur mes genoux, que quatre grands gaillards armés de rapières immenses, bondirent sur moi et m'immobilisèrent, tandis que deux autres moricauds me liaient les poignets et les jambes.

« A ce moment, j'eus une minute d'espoir.

« En effet, au lointain, j'avais entendu les sonneries de trompette.

« Je me tins le raisonnement suivant :

« — Mes officiers d'ordonnance auront dû prévenir mes deux régiments, et mes braves cavaliers vont venir à mon secours.

« Mais cet espoir ne fut dans mon cerveau qu'un fugitif éclair.

« Car je me dis presque aussitôt, en contemplant les figures crispées de haine, menaçantes de fureur de tous mes ennemis qui m'insultaient, m'invectivaient, avec la dernière des lâchetés.

« — Général Marin de St.-Didier, tu es perdu, car ces gens-là ne te rendront pas vivant à tes amis !

« Je ne me trompais pas.

« Un Marocain au costume très riche, un chef, un grand chef sans doute, s'avança vers moi en brandissant dans les airs un glaive formidable.

« Alors, rassemblant toutes mes forces dans un cri suprême, je lançai aux échos d'alentour un formidable : *Vive la France*.

« Et sans même fermer les yeux j'attendis stoïquement le choc du cimeterre.

« Mais à ce moment des cris de colère éclatèrent de toutes parts, un remous formidable se produisit dans la foule des guerriers, tandis qu'un hennissement strident et cuivré déchirait l'espace.

« Et soudain, je me sentis saisi à la ceinture et entraîné.

« Alors, je perdis connaissance, persuadé que j'étais mort.

« Eh bien! non, mesdames, je n'étais pas mort !

« J'étais sauvé. »

— Oh ! tant mieux, bravo, bravo, s'exclamèrent simultanément Diane d'Ostende, Lucienne de Blankenberghe et Estelle de Bruges.

— Et sauvé par qui, Mesdames, reprenait Lempereur enchanté du succès qu'il croyait avoir obtenu auprès de ses auditrices...

« Par mon Ben Ahmed, par mon cheval qui avait réussi à m'enlever à ceux qui avaient juré mon supplice.

« Alors, fendant les airs comme un dard lancé d'une main sûre, Ben Ahmed qui m'avait saisi par ma ceinture entre ses dents puissantes, me ramena ainsi jusqu'à l'armée française.

« Presque aussitôt, je repris connaissance.

« Et, renfourchant mon humble coursier, je fondis à la tête de mes troupes contre les Marocains que nous taillâmes en pièces.

« Mesdames, j'ai terminé. »

— Oh! encore, encore, réclamèrent les trois petites femmes, qui paraissaient extrêmement enchantées du récit qu'elles venaient d'écouter.

— Je ne voudrais pas abuser.

— Oh! abuser, protesta Diane, mais nous vous écouterions comme ça pendant toute la nuit.

— C'est tellement intéressant, déclarait Lucienne.

— Et puis, le général raconte si bien, affirmait Diane, on croirait assister à l'évènement.

— Et quelle bravoure !

— Quel héroïsme !

— Quel sang-froid !

— Comme la France doit être fière, de compter parmi ses officiers un homme aussi remarquable !

— Qu'on doit être heureuse de pouvoir dire qu'on est son amie !

Lempereur, qui croyait de plus en plus que c'était arrivé, buvait ces éloges avec délices.

— Eh bien! mes petites cailles, reprit-il, puisqu'il en est ainsi, je m'en vais vous raconter encore une autre histoire.

— Oh ! oui, oui, comme il est gentil !

— Auparavant, fit Diane, en parfaite maîtresse de maison, permettez-moi de remplir votre coupe de champagne, et pour prendre des forces, goûtez un peu à cette croûte aux fruits qui est tout simplement délicieuse.

— Eh ! en effet, dans le feu de ma narration, fit le général, je l'avais complètement oubliée.

Et, suivant ses habitudes gloutonnes, il mordit à pleines dents à l'entremets.

Mais soudain, un cri lui échappa, tandis qu'il portait ses deux mains à sa bouche.

Son râtelier, qui, jusqu'alors, s'était admirablement comporté, venait de se décrocher.

Et, malgré tous ses efforts, le choc avait été tellement rude que l'appareil tomba dans l'assiette.

Lempereur eut beau jeter sa serviette sur le corps du délit, l'effet n'en fut pas moins irrésistible.

Diane, Lucienne et Estelle, malgré tout leur sang-froid, crurent qu'elles allaient étouffer, et pour ne pas permettre à la gaîté qui les secouait de faire une explosion qui n'eût pas manqué d'indisposer contre elles celui dont elles voulaient tant s'amuser, elles se levèrent de table en disant :

— Tiens, tiens, qu'est-ce qu'il y a donc dehors ?

« Pourquoi ce tapage ?

« C'est peut-être un incendie.

Lempereur appréciant beaucoup cette délicatesse, prit son râtelier et le mit tranquillement dans sa poche.

Puis, cette opération terminée, il se leva à son tour, bien qu'un peu étourdi par les libations auxquelles il venait de se livrer, et plus encore peut-être par le véritable discours qu'il avait prononcé, et rejoignit les jeunes femmes, et comme s'il donnait en plein dans le panneau, il leur dit :

— Alors, c'est grave, l'incendie ?

— Non, je crois qu'il n'y a rien, affirma Lucienne.

Et constatant que Lempereur avait pu se débarrasser du râtelier compromettant, elle lui dit:

— Si vous le voulez, remettons-nous à table.

— Moi, déclara le général, j'ai fini, je ne mangerai plus rien.

— Pas même un peu de parfait à la glace ?

— Du parfait à la glace ?

— Oui, à la vanille et au chocolat.

— Ça, c'est différent.

— Rien de tel pour activer la digestion.

— Oui, je sais avec le champagne, c'est délicieux. Décidément le goinfre était insatiable.

Il n'y avait pas de leçon pour lui.

On se réinstalla donc.

Le Mumm, cordon rouge, pétilla de nouveau dans les verres.

— *Il me ramena ainsi jusqu'à l'armée française.*

Estelle de Bruges qui avait fini par aller s'asseoir délibérément sur les genoux de Lempereur et jouait avec ses décorations, demanda en minaudant:

— Général, racontez-nous encore une autre histoire.

— Diable! diable! se disait Lempereur, je ne demanderais pas mieux.

« Seulement quand je n'ai pas mon râtelier je bafouille comme un veau qui aurait la petite vérole et je lance des postillons à traverser un parapluie.

« Je crois que je ferais mieux de me contenir.

Et tout haut, il reprit:

— Non, non, mesdames, je vous en prie, à la longue cela deviendrait fastidieux.

— C'est que vous êtes si intéressant, protestait Estelle.

— Je suis encore toute frémissante d'émotion, affirmait Lucienne.

— Nous voudrions frémir encore, minaudait Diane.

Et Estelle, s'emparant d'une coupe de champagne la porta elle-même jusqu'aux lèvres de l'usurier en disant :

— Buvez, mon général, buvez, cela vous donnera des forces.

Mais elle n'avait pas achevé cette phrase qu'un tintamarre épouvantable retentissait dans l'escalier.

— Mon Dieu ! qu'est-ce que c'est que ça ? s'écria Diane en se levant précipitamment.

« Pourvu que ce ne soit pas le prince !

— Le prince ? fit Lempereur un peu ému.

— Oui, expliqua Estelle, le cousin du Roi des Belges, c'est-à-dire l'amant de Diane.

— Sapristi, hasarda l'usurier déjà tout tremblant, voilà qui compliquerait joliment les choses, et je n'y tiens pas du tout.

— Mon général, quand on est officier français, fit Estelle, et surtout qu'on a failli être coupé en morceaux par les Marocains, qu'est-ce qu'un prince Belge ?

« D'ailleurs, celui-ci n'est pas bien terrible.

« Vous n'aurez qu'à crier plus fort que lui, et il rentrera immédiatement sous terre.

Mais pendant ce temps, le tintamarre continuait, augmentant encore d'intensité.

Diane, feignant une crainte très vive, s'était précipitée vers la porte, écoutait, prête à défaillir, comme si le souffle allait lui manquer.

— C'est lui, fit-elle au bout d'un instant, c'est lui!

« J'ai reconnu sa voix.

« Et moi qui le croyais à Liège.

— Mon Dieu, fit Madeleine en levant les bras au Ciel, que va-t-il se passer?

— Si on allait me chercher mon sabre, proposa Lempereur très sérieusement.

— Non, non, pas de sang, s'écria Diane, la voix rauque et les yeux convulsés.

« Qu'arriverait-il si jamais un officier français frappait ou blessait mortellement un prince de ce pays!

« La Belgique serait capable de déclarer la guerre à la France...

— Oui, vous avez raison, se calma subitement Lempereur, mieux vaut que je reste tranquille, car je ne voudrais pas attirer sur mon pays une pareille calamité.

Et il ajouta avec une naïveté incommensurable:

« Seulement, par exemple, je voudrais bien m'en aller.

« Il n'y a pas par ici un corridor secret, un escalier dérobé, une porte de service?

Mais, à ce moment, à l'étage supérieur, de véritables hurlements de fureur se faisaient entendre, suivis du fracas d'objets que l'on jette violemment à terre.

— Il est dans la chambre du général, s'écria Diane.

« Il a dû voir ses vêtements.

« Qu'est-ce qui va se passer, mon Dieu, qu'est-ce qui va se passer!

— Mais nom d'un petit bonhomme, s'écria Lempereur, dont les instincts belliqueux avaient fait place à une frousse intense, vous allez me faire massacrer.

— Ce serait malheureux tout de même, fit Estelle, qu'après avoir échappé aux Marocains, vous finissiez traîtreusement assassiné par un prince en délire...

— Alors, laissez-moi m'en aller, implorait l'usurier perdant toute pudeur.

— Trop tard, la maison est cernée, s'écria Diane, comme si elle jouait un mélo du vieux répertoire ou une pièce policière moderne.

— Alors, s'écria Lempereur, il ne me reste plus qu'à vendre chèrement ma vie.

— C'est cela, approuva Estelle.

— Vous n'avez pas un placard où je puisse me cacher?

— Si, si, fit Diane, là.

« Je suis bête de ne pas y avoir pensé plus tôt.

Et ouvrant une porte qui donnait sur un office, n'ayant pour toute issue qu'une fenêtre aux barreaux grillés, elle l'y enferma à double tour en disant:

— Quoiqu'il arrive, ne bronchez pas.

« Je suis sûre que le prince ne viendra pas vous chercher ici.

— Ouf! fit Lempereur en se laissant tomber sur un escabeau, je l'ai échappé belle!

« J'ai cru que ma dernière heure était arrivée.

« Ah! si j'avais encore eu mon épée, ça ne se serait pas passé comme ça...

« Mais, sans arme, que faire contre un fou? Se retirer, surtout quand ce fou est un prince qui dispose de tous les pouvoirs, de tous les droits et qui peut vous faire boucler jusqu'à la fin de vos jours.

« Car il y a encore des Bastilles dans tous les pays.

« Je suis sûr qu'à Bruxelles, il ne doit pas en manquer.

Maintenant qu'il se sentait en sûreté, Lempereur commençait à reprendre un peu ses esprits.

La première chose qu'il fit fut de regarder autour de lui, et de se rendre compte de l'endroit où il se trouvait.

Ainsi que nous venons de le dire, c'était une sorte d'office de proportions assez exiguës et dont tous les murs étaient garnis d'armoirs dont les serrures portaient chacune une clef.

Lempereur, nous le savons, ne brillait pas particulièrement par la délicatesse.

Aussi, son premier soin fut-il d'entr'ouvrir les armoires et de regarder ce qu'il y avait dedans.

Elles étaient remplies de provisions de toutes sortes: pâtés, jambons, saucissons, viandes froides, gâteaux, etc., etc.

Aux étages inférieurs, une nombreuse collection de bouteilles noblement poudreuses s'alignaient avec une correcte symétrie.

Lempereur, qui venait de manger comme un glouton pendant plusieurs heures de suite, n'en poussa pas moins un soupir de satisfaction.

— Au moins, fit-il, si je reste longtemps enfermé dans ce réduit, je ne risquerai pas d'y mourir de faim et de soif...

Aussitôt que Lempereur avait disparu dans l'office, Diane s'était empressée de donner un tour de clef à la porte.

— Hein ! s'écria Madeleine, qu'est-ce que je vous disais, croyez-vous qu'il est rigolo ?

— Crevant ! fit Diane d'Ostende.

— Ebouriffant ! surenchérit Estelle de Bruges.

— Il ne marche pas.

— Il galope.

— Il s'emballe.

Maintenant que le général baron Marin de St.-Didier est seul en face des pots de confiture et des viandes froides, expliquons un pu à nos lecteurs le léger mystère qui enveloppe ce récit...

Jusqu'à un certain point, Madeleine avait dit la vérité... Diane d'Ostende était bien sa sœur.

Très richement entretenue par un des plus riches financiers de Belgique, c'était une « professionnal beauty » des plus célèbres de Bruxelles.

Madeleine qui était une fort jolie fille, n'avait pas tardé, quelques jours après son arrivée, à inspirer au frère dudit banquier, une passion sans égale.

Quant à Estelle, elle était également la bonne amie d'un très haut et très riche fonctionnaire de la Cour, chargé en ce moment d'une importante mission diplomatique en Allemagne.

Mais où l'aventure tournait à la fantaisie, c'était lorsque Diane avait feint de croire que c'était son amant, soi disant prince de sang royal, qui arrivait inopinément chez elle, et qui, pris d'un accès de jalousie subite autant que violente, menait dans la maison un vacarme épouvantable.

En réalité, l'homme qui faisait tout ce tapage, n'était autre qu'un jeune comédien du théâtre du Parc, amant de cœur de Diane, et qui, ne jouant pas en ce moment, et prévenu par la jolie fille de la bonne blague que celle-ci et ses amies allaient faire à Lempe-

reur, arrivait à temps pour jouer sa partie dans la comédie.

En attendant, les trois espiègles enfants s'amusaient à qui mieux mieux.

Et tandis que le jeune acteur qui, à la ville, s'appelait Hubert de Saint Mayran, continuait à jouer consciencieusement là-haut son rôle bruyant de prince en colère, Lucienne, Diane et Estelle, à force de rire, avaient été obligées de dégraffer leur corset.

Mais bientôt, la voix de Hubert de Saint Mayran se rapprocha.

—Prince! Prince! grâce, grâce, pitié!

Il descendait les escaliers en menant grand tapage.

Et, ouvrant la porte de la salle à manger, il pénétra dans la pièce, traînant derrière lui un immense sabre, pris à une panoplie qui garnissait l'antichambre, et qui devait certainement bien remonter à l'époque Mérovingienne.

—Où est-il d'abord que je le pourfende ?

« Où est-il, que je le tue ! Godfordom de Godfordom !

— Prince ! Prince ! grâce, grâce, pitié ! faisaient semblant d'implorer les trois joyeuses créatures.

— Non, pas de pitié, pas de quartier, pour ce vil suborneur.

— Calmez-vous, Altesse.

— Je ne me calmerai pas.

— Rengainez votre glaive.

— Je ne le rengainerai pas, car je ne serai content que lorsque je me serai lavé dans le sang de mon rival.

— Brrr ! se disait Lempereur, qui entendait ces menaces sans voir toutefois celui qui les proférait.

« Heureusement qu'elles ont eu l'idée de me fourrer dans ce placard, parce que je crois que sans ça, je passerais plutôt en ce moment un vilain quart d'heure.

« Pourvu qu'il n'ait pas l'idée de défoncer la porte.

« C'est qu'il me serait impossible de sortir d'ici.

« La fenêtre est grillée comme celle d'une prison.

« Et pas d'armes !

« Oh ! si j'avais seulement une arme !

— Où est-il continuait Hubert de Saint Mayran.

« Où est-il...

« Je veux lui arracher les dents...

— C'est déjà fait, se disait Lempereur.

— Je veux lui crever les yeux...

— Oh ! non, non, pas de ça, Lisette, par exemple.

« Les dents, je veux bien les lui donner, mais les yeux très peu. Parce que des dents, ça se remplace, et des yeux pas.

— Je vais lui couper les oreilles...

— Mais il veut donc tout me prendre, c't animal-là.

— Je veux lui manger le nez.

— Il en a un appétit.

— Je veux lui sortir les tripes du ventre...

— Je pense qu'il ne veut pas faire de la saucisse avec ma viande..

— Le hacher comme chair à pâté..

— Oh ! non, non, c'est trop !

— Et le donner ensuite à manger à mes chiens..

— Il est féroce, ce prince.

« Des individus comme ça, on ne devrait pas les laisser circuler en liberté.

« On devrait les enfermer.

Alors, tandis que, tout en poussant des cris d'épouvante assez bien simulés, Lucienne, Diane et Estelle se tordaient de plus en plus fort, Hubert de Saint Mayran lança par trois fois un véritable cri de Huron en délire, puis frappant sur la porte de l'office avec le pommeau de son glaive, il vociféra :

— Il est là ! Je suis sûr qu'il est là !

« Oui, je le sens, je le devine, c'est dans cet antre que la bête féroce s'est retirée.

« Oui, c'est là le repaire du tigre...

« Et par St-Georges, mon patron, je m'en vais en venir à bout.

— Et il s'appelle Georges, se dit Lempereur.

L'acteur, qui jouait son rôle certainement mieux qu'aucun de ceux qu'il avait été appelé à tenir sur la scène du Parc, continuait à frapper à coups redoublés contre la porte.

— Sacristi, se disait Lempereur, de plus en plus inquiet, c'est qu'il va l'enfoncer.

« Comment faire, mon Dieu... Comment faire ?

« J'ai envie de me cacher dans une armoire avec les provisions.

Alors, ouvrant, au hasard, un des placards, il voulut s'y faufiler.

Mais, le placard, comme tous les autres, d'ailleurs,

regorgeait de victuailles de toutes sortes.

Pendant ce temps-là, St. Mayran continuait son vacarme, tonitruant :

— Ah ! lâche ! Va, tu ne perds pas pour attendre...

« Tu ne fais que surexciter mon courroux.

« Et, au lieu de te tuer en t'infligeant quelques petits supplices anodins, je te ferai maintenant souffrir à petit feu, pendant plus de quarante-huit heures.

« Je renouvellerai sur toi les supplices inventés par les Chinois.

« Oui, tremble bandit...

« Tremble voleur..

« Tremble, assassin !

Le fait est que Lempereur tremblait de tous ses membres, lorsque, tout à coup il crut qu'il venait d'avoir une idée de génie.

Au bas d'un placard, il avait aperçu une immense terrine, pleine de confitures de groseilles.

Alors, immédiatment un plan de défense s'était dessiné dans son esprit.

Il s'était dit :

— Après tout, c'est bien simple...

« Je n'ai qu'une chose à faire.

« Je prends ce pot.

« Je me mets derrière la porte, et au moment où le prince Georges pénètre ici et fond sur moi, je m'efface et je lui colle ce pot sur la tête.

« Alors, je profite de son désarroi pour me sauver.

« Mon chapeau est suspendu dans l'antichambre.

« Quant à mes vêtements civils, je viendrai les chercher demain, quand cet espèce d'énergumène ne sera pas là.

L'idée n'était pas mauvaise.

Il ne restait plus qu'à la mettre à exécution, ce qui d'ailleurs, n'allait pas tarder.

En effet, après avoir continué à tambouriner sur la porte tout en vociférant les imprécations les plus épouvantables, Hubert de Saint Mayran, se tournant vers les trois spectatrices de cette scène héroï-comique, leur dit à voix basse :

— Vous savez, je commence à en avoir soupé.

« Ça donne soif, ces petites histoires-là.

« Il n'y aurait pas moyen de téter une coupe ?

— Mais si, mon chéri, deux si tu veux.

Et Diane, se précipitant, versa immédiatement une coupe de Mumm qu'elle tendit à son ami qui la but d'un trait, en disant :

— Ça fait du bien..

« Ça donne du courage...

« Maintenat, on va pouvoir recommencer la séance.

« Si on le faisait sortir de sa tanière, ça serait peut-être rigolo ?

— Mais oui, mon loup, si tu veux, accepta Diane d'Ostende qui semblait avoir pour le jeune cabot un béguin très sérieux.

— Vous allez le rendre tout à fait fou, intervint Estelle.

— Oh ! fit Madeleine, sans pitié, il est assez rosse avec le monde, et il a fait assez de mal aux autres pour qu'on se permette de le blaguer à son tour.

— Alors, allons-y, décida Saint Mayran ; passez-moi la clef que j'ouvre le bazar.

— Voilà, fit Diane.

Et, recommançant son charivari, l'acteur hurla :

— Sortiras-tu, ou ne sortiras-tu pas ?

Lempereur se garda bien de répondre.

Il se disait :

— Maintenant, mon bon ami, je t'attends.

« Grâce à ma terrine de confitures, je suis à peu près sûr de m'échapper.

Pour la première fois de sa vie, le pseudo général baron Marin de St-Didier montra quelque courage devant le danger.

— Je te donne une minute pour répondre, criait Hubert.

Alors, le mot cher à Cambronne, et prononcé près d'un siècle auparavant à quelques kilomètres de Bruxelles, c'est-à-dire sur le champ de bataille de Waterloo, jaillit des lèvres de l'ex-usurier.

— Comment ! s'exclama le prince Georges ; il ose m'insulter !.

« Vous l'avez tous entendu, n'est-ce pas ?

« Oh ! qu'est-ce que ça va être... Qu'est-ce que ça va être...

Alors, faisant tourner la clef dans la serrure, il ouvrit la porte,et, son épée sous le bras pour ne pas ris-

Soudain sa voix s'étrangla dans sa gorge.

quer de blesser Lempereur, il s'élança dans l'office en criant :

— Tue ! Tue ! Montjoie et St. Denis, pas de quartier !

Mais soudain, sa voix s'étrangla dans sa gorge.

Lempereur, qui avait d'ailleurs, fort bien calculé son élan, venait de coiffer le malheureux acteur de l'énorme pot de confitures.

CHAPITRE C

Où le général baron Marin de St-Didier continue la série de ses exploits.

A moitié assommé, aux trois quarts étourdi, et tout à fait aveuglé, Hubert de Saint Mayran laissa tomber à terre son glaive formidable, tandis que Lempereur, se précipitait dans la salle à manger.

Et, sans plus se préoccuper des Trois Grâces qui l'avaient attiré dans ce comique guet-apens, il gagna le vestibule, et suivant jusqu'au bout le plan qu'il s'était tracé, il reprenait son sabre et son chapeau à plumes.

Puis, sans demander son reste, il se précipita dans la rue en poussant un « ouf » de satisfaction, comme toute fort compréhensible.

Mais où aller, habillé ainsi en grand uniforme de général de division français ?

Il était près de minuit.

A cette heure, avenue Louise, les passants sont plutôt rares.

Et il se décida à marcher jusqu'au moment où il rencontrerait une voiture qui le rapatrierait au Grand Hôtel où il était descendu.

Lempereur était enchanté d'en être quitte à si bon compte.

Jamais, de toutes les victoires imaginaires qu'il avait remportées sur les champs de bataille inventés par lui, aucune ne lui avait été plus agréable.

Ayant complètement oublié toute la frayeur in-

tense que lui avaient inspirée les cris et les menaces
du pseudo prince belge, il ne se souvenait plus que
du geste soi-disant héroïque qu'il avait accompli en
coiffant énergiquement d'une terrine de confitures
son redoutable agresseur.

Et il était tellement joyeux qu'il s'en félicitait lui-
même.

— C'est bien, mon vieux, ce que tu as fait-là, murmurait-il, c'est bien.

« D'abord, tu t'es dé-
fendu comme un lion,
et tu as sauvé l'hon-
neur de ton pays...

« Demain, nous ver-
rons bien si ce polisson
blasonné ose s'attaquer
à moi et demander mon
expulsion.

« Je saurai me dé-
fendre devant le Tribu-
nal de l'Europe.

« Et j'aurai tous les
honnêtes gens avec moi
tandis qu'il sombrera
sous le mépris public et
la risée générale.

Au moment où M.
Lempereur se livrait à
ces réflexions, un fiacre
qui déambulait au trot
de ses deux petits che-
vaux aux harnais cou-
verts de grelots, descen-
dait précisément l'ave-
nue Louise.

L'usurier le héla.

Le cocher, en voyant

E. Y.

Il vint stopper le long du trottoir

cet homme en grand uniforme, la poitrine toute cha-
marée de décorations · et le prenant naturellement
pour un haut fonctionnaire de la Cour, vint stopper
immédiatement le long du trottoir.

Lempereur, enchanté de ne pas être obligé, comme
il l'avait craint un instant, de faire à pied le long trajet de l'avenue Louise au boulevard Anspach, se précipita dans la voiture, oubliant dans sa joie, de donner l'adresse à l'automédon.

Mais celui-ci se pencha et demanda :

— Eh ! Monseigneur ?

— D'abord, je ne suis pas votre Seigneur, répliqua Lempereur, je suis général...,

— Eh bien! mon général... sais-tu pour une fois,
où il faut que je te mène ?

Déjà habitué au langage Wallon, Lempereur ne
se formalisa pas outre mesure de la familiarité inconsciente avec laquelle le cocher le traitait.

Et il lança du fond de la voiture. :

— Au Grand Hôtel.

— Bien, mon général, fit le cocher en mettant ses
chevaux au trot.

Au fond, Lempereur était ravi.

A part l'incident du râtelier et l'arrivée inattendue
du prince, il avait som-
me toute, passé une
soirée charmante.

Et comme toutes les
émotions qu'il avait
ressenties avaient com-
plètement dissipé le
commencement de gri-
serie assez accentuée,
dont il était atteint,
Lempereur se sentait
tout prêt à recommen-
cer.

Et il songeait :

— C'est tout de même
malheureux de rentrer
si tôt à la maison.

« Je n'ai presque rien
dépensé.

« Si je profitais de ce
que je suis en unifor-
me pour aller m'exhi-
ber un peu dans un ca-
fé où il y a de jolies
femmes ?

« Je suis persuadé
que j'exercerai sur elles
la même attraction que
sur ces trois exquises demoiselles auxquelles, bien
malgré moi, j'ai été forcé de fausser compagnie.

« Et puis, ce serait trop bête, après une journée
pareille de ne pas la couronner en sacrifiant à Vé-
nus.

Une fois que le mari de Poupoule était lancé, rien
ne pouvait le retenir..

— Eh bien! c'est dit, fit-il ; puisque ma femme me
laisse tranquille, que je ne suis pas gris et que je n'ai
pas envie de le devenir, je vais tâcher de m'amuser
sans faire de mal à personne ni à moi-même.

Et ouvrant la glace de la portière, il cria au cocher :

— Arrêtez une seconde, s'il vous plaît.

— Allei! Allei! fit le collignon blège en tirant sur

Lempereur tenait enlacée la belle blonde.

vant un café, non loin du théâtre de la Monnaie, brillamment illuminé, et dont l'entrée offrait un perpétuel va-et-vient de clients chics et de clientes des plus empanachées.

Un orchestre de tziganes, installé au milieu du café très vaste, émergeait d'un véritable massif de palmiers qu'éclairaient des lampes électriques multicolores.

Lempereur, après avoir payé son cocher, pénétra dans l'établissement.

Habillé comme il l'était, son entrée devait être sensationnelle.

Elle le fut.

Mais tous les consommateurs et même les consommatrices étaient fort surpris de voir un général français faire une apparition, en grand uniforme dans des endroits les plus ohé ! ohé ! ! de la cité bruxelloise.

Les uns murmuraient :

— Qu'est-ce qu'il vient faire ici ?

Les autres disaient :

— Il a dû se tromper.

Dans certains groupes, on murmurait :

— On ferait peut-être bien de le prévenir.

D'autres répliquaient :

— Après tout, c'est peut-être un pari.

Le patron du café, en habit, sa serviette sous le bras, s'était précipité au-devant de ce consommateur de marque :

— Mon général désire sans doute un cabinet particulier ?

— Un cabinet, pourquoi ? Je suis tout seul...

Alors, le patron, partageant l'émotion qui s'était emparée de ses clients, reprit :

— Mon général, croyez que je suis extrêmement

ses rênes, qu'est-ce qu'il y a pour une fois, mon général ?

— Dites-moi, mon ami, est-ce que vous connaissez à Bruxelles un café où, le soir, on rencontre de jolies femmes ?

— Oh ! je vois, tu veux *rigoleï*, pour une fois, s'écria le Belge en éclatant d'un bon gros rire sonore.

— Oui, oui, je veux *rigoleï* répéta l'usurier qui bien qu'impatient d'arriver au but, se fût gardé pour tout au monde de mécontenter son Cicérone improvisé.

— Eh bien! God Fordom, je m'en vais te conduire, mon général, où tu pourras *profiteï* avec...

— Eh bien! soit, conduisez-moi.

— Tu m'en diras des nouvelles, savez-vous.

Le cocher fit partir ses chevaux à très belle allure.

Quelques minutes après, la voiture s'arrêtait de-

flatté du grand honneur que vous me faites en visitant ma maison; et si je vous ai proposé un cabinet, c'est parce que je croyais que vous ne teniez pas à attirer l'attention du public, d'autant plus que vous êtes en grand uniforme.

— Votre public, ça m'est égal, fit Lempereur.

« D'ailleurs, j'ai l'habitude, partout où je vais, de me faire respecter, et le premier qui bronche aura affaire à moi.

« D'abord, je suis venu ici pour m'amuser avec des petites femmes.

« Je vois qu'il n'en manque pas.

« C'est tout ce que je demande, et fichez-moi la paix !

Lempereur, très excité par le succès confituresque qu'il venait de remporter, se sentait de taille à transporter des montagnes et à tenir tête à plusieurs corps d'armée allemands.

Mais, le patron du café, qui, pour toutes sortes de raisons, tenait à son idée, répliqua avec un entêtement subtil, enveloppé de la plus parfaite politesse :

— Mon général, je vous en prie, ne vous fâchez pas, et permettez-moi d'insister, de vous dire que précisément pour ce que vous voulez faire, vous seriez beaucoup mieux dans un cabinet que dans cette salle.

— Je ne vous dis pas le contraire, fit Lempereur.

« Mais si je reste dans ce cabinet, vos poules ne viendront pas m'y chercher toutes seules.

— Les poules, fit galamment le limonadier, vont toujours où se trouve le coq.

Cette plaisanterie, d'une lourdeur suffisante, parut amadouer quelque peu le général baron Marin-de-St. Didier, car il reprit :

— Mon Dieu ! après tout, je ne demande pas mieux.

— Ah ! à la bonne heure, mon général.

— Conduisez-moi à un de vos cabinets.

— Je suis persuadé que vous n'aurez pas à vous repentir d'avoir suivi mon conseil.

« Mais soyez sans inquiétude.

« Vous ne resterez pas très longtemps seul.

« Je vais vous envoyer une petite camarade qui vous aidera à finir gentiment la soirée.

— Une petite camarade! s'écria Lempereur, mais j'en veux plusieurs..

— Combien, mon général ?

— Trois ou quatre...

— Je vais vous en envoyer une demi-douzaine.

— C'est cela.

Dans le café, on commençait à s'amuser beaucoup de ce colloque, dont quelques paroles étaient parvenues à plusieurs clients.

Aussi lorsque, précédé du patron, Lempereur gravit l'escalier qui conduisait au premier étage, c'est-à-dire aux cabinets particuliers, un premier cri retentit :

— Vive le général !

Et tous les consommateurs et toutes les consommatrices reprirent immédiatement :

— Vive le général !

Agréablement chatouillé dans son amour-propre, Lempereur salua de la main les clients du café.

Puis il se dit :

— C'est égal, si jamais tous ces gens-là se doutaient que je viens de flanquer une tripotée à un de leurs princes, je crois qu'ils se livreraient à mon égard à des manifestations d'un autre genre.

En attendant, le mari de Poupoule suivait le patron qui, persuadé qu'il avait affaire à une des illustrations de l'armée française, se répandait en salamalecs les plus obséquieux et en prévenances de toutes sortes.

Arrivé au premier étage, il ouvrit la porte d'un cabinet particulier assez vaste et luxueusement meublé et dit :

— Maintenant, mon général, veuillez patienter une minute.

« Je vais vous envoyer plusieurs de ces dames qui seront charmées de terminer la soirée avec vous.

« Puis, je prendrai moi-même la commande.

« Soyez persuadé que vous serez satisfait.

— J'en suis convaincu, fit le général.

Le patron redescendit, et, choisissant dans le lot de ses jolies clientes inoccupées six petites femmes très élégantes et fort capiteuses, il vint les prier, de la part du général, de venir souper avec lui.

Ces dames ne se le firent pas dire deux fois.

Elles montèrent quatre à quatre l'escalier et vinrent tomber dans les bras du généreux militaire.

Celui-ci ne s'était jamais vu à pareille fête.

Six petites femmes pour lui tout seul.

Et toutes plus charmantes les unes que les autres.

Quelle aubaine ! !

Ne se demandant nullement ce qu'il allait en faire, persuadé, au contraire, qu'il était de taille à accomplir les plus nobles et les plus galantes prouesses, il répondit aux agaceries de ses invitées par des baisers sonores distribués à droite et à gauche, au hasard des museaux.

Et tout cela avec un entrain des plus militaires qui acheva de mettre les exquises convives dans les meilleures conditions à l'égard de leur amphitryon.

Le patron revenait, une carte à la main.

Et comme Lempereur, tout à sa joie, ne faisait plus attention à lui, il osa s'avancer et dire :

— Si Monsieur le général veut bien commander son souper ?

— Ah ! oui, c'est vrai, fit Lempereur.

Alors, une pensée subite traversa son cerveau.

Cette pensée se traduisit par ces simples mots :

— Mon porte-monnaie.

Une légère sueur froide perla à ses tempes.

En effet, Lempereur se souvenait maintenant très bien avoir laissé son portefeuille ainsi que son porte-monnaie dans les poches de ses vêtements civils restés à l'hôtel de Diane d'Ostende.

Par acquit de conscience, il se fouilla et ne trouva rien.

— Cela, c'est ridicule, songeait-il tout déconfit, tout désespéré.

« Je n'ai pourtant pas envie de recommencer l'histoire de Liège.

« Cette fois, Poupoule se fâcherait pour tout de bon et elle n'aurait pas tout à fait tort.

« Mais quel ennui d'être obligé d'avouer que je n'ai pas le sou sur moi et de m'en aller juste au moment où j'allais peut-être m'amuser comme je ne l'ai jamais fait de toute ma vie.

Mais le patron du café, devinant les causes de l'embarras que manifestait son client, s'approcha de lui, et, à voix basse, lui glissa :

— Est-ce que mon général aurait, par hasard, perdu son porte-monnaie ?

— Non, je ne l'ai pas perdu, rectifia Lempereur, je l'ai oublié.

Et préparant déjà une retraite honorable, le mari de Poupoule ajouta :

— Je demeure au Grand Hôtel.

« Je vais sauter dans une voiture et aller le chercher.

— C'est inutile, c'est inutile, fit le tenancier, persuadé qu'il avait affaire à un des échantillons les

plus authentiques et les plus brillants de l'Etat-Major français.

« Je ne demande pas mieux que de faire crédit à mon général.

« Que mon général veuille bien me donner son nom et son adresse, et, demain dans l'après-midi, je ferai porter ma petite note.

— Eh bien ! c'est ça, accepta Lempereur qui songeait :

— Demain, j'aurai retrouvé mon porte-monnaie.

« Par conséquent, je n'ai rien à craindre.

« Je puis y aller carrément et m'en fourrer jusque là.

« Somme toute, si mes dépenses dépassent ce que j'ai en poche, comme Poupoule ne m'a donné qu'un acompte, j'en serai quitte pour lui demander ma semaine entière.

« Elle ne pourra pas me refuser.

« Et puis, après, je ferai des économies jusqu'au samedi suivant.

Enchanté de la combinaison, l'ex-usurier reprit à haute voix :

— Patron, je vous remercie de votre gentillesse.

« J'accepte avec plaisir.

« Demain, vers deux heures, vous n'aurez qu'à faire présenter votre note, à l'adresse du général baron Marin de St-Didier, Grand Hôtel...

— Maintenant, glissa le patron à l'oreille du vieux drôle, si vous avez besoin de quelques louis pour ces dames, je puis vous en faire l'avance.

— Non merci, c'est inutile, répliqua Lempereur avec suffisance.

« J'ai l'habitude de m'en tirer toujours avec un souper.

— Comme vous voudrez, mon général.

« Maintenant, veuillez commander.

Et, avec un sourire satisfait, le gargotier ajouta :

— Vous devez en avoir l'habitude.

— Plutôt ! répliqua Lempereur en se donnant un

Il la lançait à toute volée dans la rue.

air d'importance.

Prenant alors la carte que lui tendait respectueusement le patron, Lempereur l'examina.

Puis, se tournant vers les petites femmes qui l'entouraient, il leur demanda :

— Qu'est-ce que vous aimez, mes mignonnes ?

— Tout ! répliqua le chœur féminin à l'unanimité.

— Vous n'avez pas de préférences ?

— Moi, je veux des huitres d'Ostende.

— Moi, je veux des écrevisses de la Meuse.

— Moi, je veux de la choucroute garnie.

— Moi, je veux du foie gras de Strasbourg.

— Moi, je veux du poulet.

— Moi je veux du rosbif à la gelée.

— Elles n'ont pas l'air bien difficiles à contenter, se dit Lempereur.

« Je crois que je vais m'en tirer à bon compte.

— Vous allez avoir tout ça, mes belles, reprit-il tout haut.

« Et comme boisson ?

— Du vin du Rhin.

— De la bière Pilsen.

— Du Faro.

— Du Bourgogne.

— Du Bordeaux.

— Du Champagne.

Cette énumération, qui trahissait les goûts les plus différents, n'était faite nullement pour embarrasser l'amphitryon.

— Eh bien ! donnez-nous de tout ça, dit-il au patron.

« Je n'ai rien à leur refuser à ces jolies.

« C'est ma manière à moi de fêter l'alliance franco-belge.

Le patron expliqua :

— Eh bien ! maintenant que je suis à peu près fixé sur ce que veulent ces dames, je vais vous faire un petit menu soigné.

« Vous pouvez vous en rapporter à moi.

— Surtout, ne ménagez pas le champagne, fit Lempereur qui avait pour ce vin une préférence marquée.

Le patron redescendit :

Pendant ce temps, Lempereur se mit à détailler ses (nymphes).

— Sapristi, se dit-il, c'est qu'elles sont plus appétissantes les unes que les autres.

« C'est le cas de chanter :

« Y en a pour tous les goûts.

« En fil de fer, en caoutchouc.

« Avec celles-là, au moins, je suis tranquille.

« Elles n'ont pas d'amants ni de gigolos qui viendront nous interrompre au beau milieu de la fête.

Et le vieux polisson allait de l'une à l'autre, ne sachant trop laquelle proclamer favorite.

Néanmoins, après de longues hésitations, il finit par fixer son choix sur une belle créature, très en chair, très blonde, aux yeux bleus, au teint clair, c'est-à-dire une véritable fille de Rubens, dans toute l'acception du mot.

Deux garçons étaient arrivés et dressaient le couvert.

Pendant ce temps, Lempereur, assis sur un divan, tenait enlacée la belle blonde, tandis que les autres, tout autour de lui, et jacassant toutes à la fois, faisaient semblant d'envier le bonheur de celle que le général avait distinguée.

Enfin, le patron arriva, annonçant qu'on pouvait se mettre à table.

Lempereur plaça à sa droite, celle que ses camarades avaient déjà nommée la *Sultane*.

Une petite brune fort piquante se plaça à sa gauche.

Et les autres s'installèrent indifféremment, toutes décidées à faire honneur au souper du général.

La chère était bonne, les vins généreux, ces dames parfaitement mal élevées.

Bientôt le prestige, d'ailleurs très relatif que Lempereur avait exercé sur elles, grâce à son brillant uniforme, diminua considérablement pour se transformer en une familiarité irrespectueuse, dont d'ailleurs il ne s'offusquait nullement.

Et la chaleur des vins aidant, le souper ne tarda pas à se transformer en une sorte de Kermesse Bacchique dont Lempereur allait être d'ailleurs la première victime.

En effet, il était tout à fait disposé à prendre ce qu'on appelle vulgairement une royale muffée.

Déjà le dîner plantureux et très arrosé que lui avaient offert Diane, Lucienne et Estelle, aurait suffi amplement à émouvoir un buveur aussi entraîné que Lempereur.

Aussi, perdant toute retenue, et autant pour se donner du ton que pour *épater* ses invitées, ayant absorbé successivement une douzaine de coupes de champagne à la santé de la Sultane et de tout le sérail, Lempereur ne tarda pas à passer d'une gaieté exagérée à l'ivresse la plus complète.

Nous savons que quand il était gris, M. Lempereur devenait parfois méchant.

Or, ce soir-là, non seulement surchauffé par la boisson, mais encore très excité par le combat glorieux, selon lui, qu'il avait soutenu contre celui qu'il prenait pour un prince, Lempereur était mûr pour les pires excentricités, pour les plus regrettables folies.

Aussi, tout à coup, sans prévenir personne, il s'en fut à la fenêtre, l'ouvrit toute grande, et, avant qu'on ait pu le retenir, il saisissait une bouteille à moitié vide et la lançait à toute volée dans la rue, au risque d'assommer un passant.

Toutes ces dames poussèrent des cris d'émoi.

— Faut pas faire ça, mon général !

— Vous pourriez blesser le monde.

histoires...

— Vous attirer des

— Faire fermer l'établissement...

— C'est qu'on ne plaisante pas en Belgique, savez-vous

Mais Lempereur était parti.

Il n'y avait plus moyen de l'arrêter.

— Comme les Russes clamait-il, je veux souper comme les Russes!

Et dans sa mémoire troublée par le vin et l'alcool, il évoquait le souvenir d'un récit qu'il avait lu dans un journal quelque temps auparavant, racontant les exploits d'un grand seigneur Moscovite qui, à l'issue d'un souper orgiaque dans un de nos plus grands restaurants parisiens, n'avait rien touvé de mieux que de faire pour 10.000 francs de dégât dans l'établissement.

— Au secours! au secours!

— Si tu veux souper à la Russe, commande une salade, lança une des femmes.

— Non, non, pas de salade, je veux tout casser, je veux tout casser, s'était mis à hurler le général complètement en délire.

Et empoignant un des coins de la nappe, il la tira à lui, renversant tout le couvert, brisant les assiettes, les carafes, les bouteilles, les verres et tachant les robes des femmes épouvantées qui se précipitèrent toutes vers la porte.

— Restez, tonna Lempereur, restez, tas de femelles, ou je vous zigouille!

Et brandissant une chaise, il se précipita sur le troupeau effaré des hétaïres à un louis qui se mirent à crier :

— Au secours ! au secours !

Des pas précipités se faisaient entendre dans l'escalier.

Le patron, attiré par le vacarme, accourait, suivi de plusieurs garçons.

Les femmes, sentant que du secours arrivait, reprirent un peu courage.

L'une d'elle ouvrit la porte.

Le patron parut.

A ce moment, Lempereur envoyait sa chaise à toute volée.

Elle n'atteignit personne, mais elle brisa en mille éclats une superbe glace qui garnissait l'un des panneaux du cabinet particulier.

— Oh! mon général, fit le patron en levant les bras au Ciel, qu'est-ce que vous venez de faire ?

« Une glace qui m'a coûté cinq cents francs!

Mais cette apostrophe fut impuissante à calmer la fureur alcoolique du vieux pochard.

Pris d'une rage folle, excité par l'impérieux désir de tout démolir, de tout briser, de tout casser autour de lui, il se suspendit à un des rideaux, cherchant à l'arracher, tandis que les femmes fuyaient épouvantées dans le couloir.

— Ça y est, se dit le patron, c'est une attaque de delirium tremens.

« Empoignez-le vite.

Les garçons, au nombre de trois, gaillards vigoureux et bien découplés, se précipitèrent sur le général, et parvinrent, non sans peine, à le maîtriser, car il écumait.

Puis, l'ayant attaché avec des serviettes et des embrasses de rideau, ils le jetèrent sur le divan comme un paquet de linge sale.

— C'est malheureux tout de même, se lamentait le

patron, de voir un général français se mettre dans un pareil état.

— Oh! général, fit un garçon qui avait l'air très à la coule, je crois plutôt que c'est un farceur.

— Comment ça, un farceur! s'exclama le patron.

— Oui, fit l'employé qui avait travaillé à Paris.

« A votre place, patron, je ne serais pas rassuré.

— Qu'est-ce que vous me chantez-là ?..

— Vous savez, je connais les officiers français : eh bien! c'est pas des types à se ballader comme ça en uniforme; à l'étranger surtout, et à se flanquer des cuites aussi dégoûtantes.

« Ils se respectent plus que ça.

— Alors, vous croyez que c'est un fumiste ?..

— Et comment !

— Pourtant, il m'a dit qu'il s'appelait le général baron Marin de St Didier et qu'il demeurait au Grand Hôtel.

« Comme il avait l'air très distingué, je l'ai très bien reçu.

— Eh bien! patron, sans vous commander, je crois que vous ferez bien d'envoyer quelqu'un au Grand Hôtel pour voir si tout ça c'est vrai.

— Eh bien! allez-y donc vous-même, Albert, et faites votre enquête discrètement afin de ne pas provoquer de scandale.

— Soyez tranquille, patron; ça me connaît.

« A Paris, j'ai servi pendant un an à l'Abbaye de Thélème.

« Et toutes les fois qu'il y avait du raffut dans les cabinets, qu'une gonzesse faisait des blagues, ou tombait en digue digue, que des michets s'engueulaient, que des gigolos se flanquaient des « paings », ou qu'un vieux Monsieur cassait sa pipe, c'était toujours moi qui étais chargé d'arranger les choses, et je vous prie de croire qu'il n'y avait jamais de scandale.

— Oui, oui, je sais, vous êtes un garçon très adroit.

« Allez vite au Grand Hôtel, n'est-ce pas, et revenez le plus tôt possible, afin que je sache à quoi m'en tenir sur cet homme.

Et retournant dans le couloir, où, bien que très effrayées, les six petites femmes étaient restées, mues par un sentiment de curiosité bien féminine, le patron lur lança :

— Vous, surtout pas un mot, hein !

« Parce que, si vous causez, et s'il y a des indiscrétions de commises, je vous ferme ma maison!

« Rentrez dans ce cabinet, et s'il y en a parmi vous qui ont des robes abîmées, je m'en arrangerai.

— J'irai vous causer tout à l'heure.

— Bien patron.

— On ne dira rien, patron.

— Quel malheur, patron.

Et les petites oiselles, encore tout émues, s'en furent s'enfermer dans un salon voisin, se livrant naturellement aux commentaires les plus variés sur l'incident dont elles venaient d'être les témoins et les héroïnes.

Quant au tenancier et aux deux garçons, ils étaient restés auprès de Lempereur.

Et comme le mari de Poupoule commençait à pousser des cris rauques, inarticulés et capables d'être entendus par les consommateurs du rez-de-chaussée, le patron prit une résolution héroïque.

Empoignant une carafe frappée qui avait échappé au désastre, il en versa le contenu sur la tête du général qui, aussitôt calmé, cessa ses beuglements intempestifs et bientôt s'endormit d'un profond sommeil.

Maintenant, il cuvait.

— Surveillez-le, dit le patron aux garçons.

« S'il bouge ou s'il appelle, prévenez-moi tout de suite.

« Nous aviserons alors sur ce que nous avons à faire.

Et il redescendit au rez-de-chaussée.

Plusieurs clients lui demandèrent ce que signifiait le vacarme qui s'était passé là-haut.

— Rien, éluda le tenancier... Ce sont des jeunes gens qui s'amusent.

Vingt minutes après, le garçon revenait.

Il raconta au patron qu'il y avait en effet au Grand Hôtel, un général baron de St Didier, qu'il paraissait avoir beaucoup d'argent, que sa femme avait déposé à la caisse de l'hôtel une somme très importante, et que, par conséquent, on pouvait avoir toute confiance en lui.

— Oh! ça va bien, se félicita le patron du café.

« Maintenant, il n'y a qu'une chose à faire, c'est de le laisser se calmer un peu, et de le reconduire en voiture jusqu'au Grand Hôtel.

« Demain, quand il sera à jeun, je mettrai ma rodingote, mon chapeau haut de forme et une paire de gants de filoselle, et j'irai lui présenter ma petite note.

« Somme toute, ce n'est qu'un accident fâcheux comme il nous en arrive parfois.

« Et si jamais le général Marin de St. Didier se présente encore ici, j'en serai quitte pour lui consigner ma porte.

Alors le limonadier remonta dans le cabinet particulier où Lempereur, sous la garde des deux gar-

çons, dormait copieusement, tout en faisant entendre toute une série de borborygmes, qui n'avaient
rien de très harmonieux ni de très poétique.

— Eh bien! il n'y a qu'à le laisser cuver, déclara-t-
il.

« A la fermeture de
l'établissement, vous le
mettrez dans une voitu-
re et vous le conduirez
vous-mêmes à l'hôtel.

Et le patron s'en fut
dans un cabinet voisin
où les petites femmes
s'étaient réfugiées.

Très complaisamment
il écouta leurs doléan-
ces, prit note de leurs
réclamations, et leur
promit qu'il leur accor-
derait, dès le lendemain
les dommages intérêts
auxquels elles avaient
droit.

— Oh! se dit-il, je
peux bien me montrer
généreux, puisque c'est
le général qui paie.

Et ces dames, toutes
rassérénées, redescen-
dirent, après que le pa-
tron leur eut vivement

Ils parvinrent, non sans peine, à le maîtriser.

recommandé de ne raconter à personne le fâcheux
incident qui s'était déroulé dans le cabinet particulier.

Quant à Lempereur, ainsi que l'avait dit le tenancier, il cuvait.

Enfin, comme vers deux heures du matin il ne
semblait pas devoir sortir de son sommeil, le patron
étant revenu prendre de ses nouvelles, décida que le
moment était venu de se débarrasser de ce colis plutôt encombrant.

On s'en fut quérir une voiture.

Les deux garçons chargèrent Lempereur, ivre-
mort, dans le flacre.

L'un monta sur le siège.

L'autre resta auprès du poivrot.

Et l'on arriva ainsi au Grand Hôtel.

Le garçon qui était sur le siège, descendit lestement, sonna et dit à l'un des veilleurs qui était venu
ouvrir :

— Je vous ramène un de vos clients qui a plutôt
une muffée !

— Ah! fit le veilleur avec indifférence, ça leur arrive quelquefois.

— Comme ça, j'en ai rarement vu un aussi blindé.

— Pas possible?

— Vous allez vous en
rendre compte par
vous-même.

— Il est là, dans vo-
tre voiture ?

— Parbleu !

— Comment s'appel-
le-t-il ?

— Général baron Ma-
rin de St. Didier.

— Allons donc !

Le veilleur, curieux
de contempler un spec-
tacle aussi extraordi-
naire, s'avança vers le
flacre dont l'autre gar-
çon avait déjà ouvert
la portière.

Le faux général ron-
flait comme une toupie
d'Allemagne.

— Le fait est qu'il
est frais, déclara le
veilleur.

« Et s'il s'est mis en u-
niforme pour se flan-

quer une biture comme ça !

« Qu'est-ce que va dire sa femme ?..

« Heureusement qu'elle est couchée et qu'elle dort.

« Sans ça, je crois qu'il aurait pris quelque chose
pour sa cuite.

« Car elle n'a pas l'air commode, la générale !

— Eh bien! il n'y aura qu'à ne pas la réveiller, dit
le garçon.

— Ça sera d'autant plus facile, expliqua le veilleur,
qu'ils ont tout un appartement et qu'ils font chambre
à part.

— On ne fera pas de boucan, voilà tout.

— Eh bien! interpellait le cocher, est-ce que vous
allez me faire poireauter encore longtemps avec votre guignol ?

— Oui, faut l'enlever, dit le veilleur.

Alors, les deux garçons empoignèrent Lempereur,
toujours inerte, le firent pénétrer dans l'hôtel, et
le montèrent jusque dans son appartement.

Poupoule, après une journée de travail très bien
remplie, s'était couchée et endormie, sans s'inquiéter

nullement de son époux, ainsi qu'elle en avait d'ailleurs fort sagement décidé.

— Il peut bien faire ce qu'il voudra, s'était-elle dit,
moi, je m'en lave les mains.

« La seule chose que je demande, c'est qu'il ne
vienne pas me barber et me gêner dans mes opérations.

Le veilleur et les garçons, qui comptaient le lendemain sur un bon pourboire de la part du général,
firent très doucement,
de façon à ne pas éveil-
ler sa femme.

Et ils le déposèrent
purement et simple-
ment sur le lit de sa
chambre.

— Si on le déshabil-
lait ? proposa le veil-
leur.

— Oh ! ma foi non,
c'est pas utile, fit l'un
des garçons.

« Quand il se réveil-
lera, il aura honte de
s'être conduit ainsi a-
vec son uniforme sur
le dos et toute sa batte-
rie de cuisine sur la
poitrine.

— Peut-être que ça
le corrigera, déclara
l'autre.

Les deux garçons se
retirèrent.

Le veilleur ferma l'é-
lectricité, franchit la
porte et retourna à son
service...

*Les deux garçons chargèrent Lempereur dans le
fiacre.*

CHAPITRE CI

Où Lempereur commence à regretter
d'avoir été dîner chez Diane d'Ostende.

Il était environ huit heures du matin quand Madame Lempereur, après une excellente nuit, peuplée
des songes les plus agréables, se réveilla.

Son premier soin fut de sonner la femme de chambre spécialement attachée à son service.

Celle-ci arriva aussitôt, ouvrit les volets, tira les
rideaux et demanda à Madame si elle désirait prendre quelque chose.

Madame Lompereur, qui, sans être aussi goinfre
que son mari, n'en était pas moins douée d'un bon
estomac et d'un robuste appétit, demanda un chocolat très soigné avec des petits pains au beurre.

— Madame déjeune-
ra-t-elle dans son lit,
ou debout ? interrogea
la soubrette.

— Debout, déclara
Madame Bric-à-Brac.

« Car, dans le lit,
c'est toujours très désa-
gréable.

« On fourre un tas de
miettes dans les draps,
et ça vous gratte d'une
façon insupportable.

— Madame veut-elle
que je lui apporte son
peignoir ?

— Non, non, merci,
je m'en arrangerai tou-
te seule.

« Allez me comman-
der mon chocolat, et
apportez-le-moi dès
qu'il sera prêt.

— Bien, Madame.

— Ah ! dites-moi,
rappelez-moi donc vo-
tre nom.

— Je m'appelle Gu-
dule.

— Oh ! Gudule... Gudule, je n'aime pas ça du tout.

— C'est pourtant un bien beau nom, Madame.

« C'est celui de la patronne de la cathédrale.

— Ça se peut, mais moi, j'aimerais mieux autre
chose.

« Je ne pourrai jamais me faire à prononcer ce
nom-là.

« Aussi, si ça vous est égal, je vous appellerai Albertine.

— Oh ! comme Madame voudra.

— Eh bien ! Albertine, allez me chercher mon chocolat.

— J'y cours, Madame.

Je le traversai de part en part.

Dès que la soubrette eut disparu, la marchande se prit à murmurer :

— C'est qu'elle est très gentille, cette petite bonne-là, et j'ai bien envie, quand je m'en vais être installée, de la prendre à mon service.

Puis, Madame Lempereur, telle un hippopotame qui s'évade de l'onde, sortit de son lit, lourde, pesante, massive, mais d'excellente humeur.

La conversation qu'elle avait eue, la veille, avec la baronne d'Ange, l'avait complètement rassurée sur son avenir.

Proxénète dans l'âme, la mission qui lui était confiée, et qui consistait à alimenter de petites femmes l'organisation allemande d'espionnage sur la frontière du Nord, la comblait d'aise.

Car elle était vraiment dans son élément.

Et puis, supputant les très gros profits que ce genre de travail allait lui rapporter, elle se disait :

— Cette fois, je tiens le bon bout !

« Je connais Walter Humding.

« Autant il est rosse quand on ne marche pas comme il veut.

« Autant il est grand et généreux quand on lui obéit à la baguette et qu'on lui rend les services qu'il est en droit d'exiger de vous.

« Comme je suis sûre de moi, comme, d'avance, je peux proclamer bien haut qu'il n'aura aucun reproche à m'adresser, et comme, d'autre part, je crois avoir fait la conquête de cette baronne d'Ange, qui me semble être dans les meilleurs termes avec lui, me voilà donc tranquille !

« Encore un an, deux ou trois, tout au plus de travail, et je pourrai paisiblement me retirer à la campagne.

« Oh! pas en France, parce que ce ne serait pas prudent.

« Mais à l'étranger.

« A Venise ou à Naples.

« Oh ! l'Italie !

« Je ne la connais que par les photos des journaux, des livres et des cartes postales illustrées.

« Comme ça doit être beau !

« Et l'on dit que c'est le pays de l'amour...

« Le pays de l'amour...

« Comme il doit faire bon y vivre...

Mais Gudule, ou plutôt Albertine, revenait avec le chocolat demandé.

Madame Lempereur, qui avait passé un peignoir, s'installa devant une petite table.

Et après avoir goûté une cuillerée du breuvage, qui d'ailleurs embaumait, elle déclara que ce n'était pas mauvais du tout, et congédia la femme de chambre,

en lui disant qu'elle la sonnerait quand elle en aurait besoin.

Son premier déjeuner terminé, Madame Lempereur passa dans la pièce voisine, c'est-à-dire dans le salon, s'en fut au secrétaire dont elle avait mis la clef dans sa poche, l'ouvrit et relut attentivement le rapport qu'elle avait tenu à rédiger, le soir même, en rentrant de son entrevue avec la baronne d'Ange.

Puis, tout à coup, elle se dit :

— Eh bien! et Lempereur...

« Je ne l'entends pas.

« Il doit dormir, car je suppose qu'il est rentré.

« Oh! puis, après tout, je m'en moque.

Et, retournant dans sa chambre, elle se livra à de nombreuses ablutions, car elle ne manquait point de propreté.

Puis, sonnant Albertine, ou plutôt Gudule, elle lui demanda de l'aider à s'habiller.

Il fallait se presser, car elle avait rendez-vous à dix heures avec la baronne d'Ange, et elle tenait essentiellement à être exacte.

A dix heures moins vingt, elle était prête.

Elle avait envoyé Gudule chercher une voiture et elle allait descendre, lorsque, tout à coup, elle songea :

— C'est égal, je ferais tout de même bien de m'assurer si la pochetée est là.

« Avec lui, il faut se méfier.

« C'est un type numéro.

Délibérément, sans frapper, elle pénétra dans la chambre de l'usurier.

A peine en avait-elle franchi le seuil qu'un cri de stupeur lui échappa.

— Un général! fit-elle, en apercevant étendu sur le lit son époux qui ronflait toujours, sans avoir quitté son uniforme.

Tout d'abord, elle ne le reconnut pas.

— Qu'est-ce que cela signifie, dit-elle, en s'approchant.

Mais une fois devant lui, sa méprise cessa.

— C'est lui, fit-elle... lui habillé en carnaval !

« Non, mais alors, qu'est-ce qui lui a pris ?...

« Il a fallu qu'il fût saoul comme une bourrique pour se déguiser comme ça !

« Nous ne sommes pourtant pas au mardi-gras, ni à la Mi-carême.

Et, le secouant par le bras, elle voulut le réveiller.

Mais Lempereur se contenta de pousser quelques grognements qu'on aurait dit échapper au gosier de l'animal cher à St. Antoine.

— Qu'est-ce qu'il a dû prendre hier pour être encore ce matin dans un pareil état.

« Décidément, il est dégoûtant.

« Ah! s'il pouvait attraper une belle congestion... et claquer en cinq secs..

« Comme ça, j'en serais débarrassée.

« Mais, pas de danger qu'il crève, celui-là.

« Oh! puis, après tout, je m'en moque, qu'il s'arrange.

« Il peut bien faire ce qu'il voudra.

« Moi, maintenant, ça m'est égal.

« S'il se fait expulser de Belgique, tant pis pour lui.

« Comme nous ne sommes pas mariés, je ne risque rien.

« D'ailleurs, ça serait peut-être la seule solution intéressante pour moi.

Et elle allait s'éloigner, quand on frappa à la porte du salon.

— Qui est là ? demanda la mégère.

— C'est moi, Gudu—

— Gudule... connais le pas.

— Albertine.

— Ah ! Albertine.

« Entrez, ma fille.

Albertine entra.

— La voiture est en bas ? demanda tout de suite Madame Bric-à-Branc.

— Oui, Madame, mais il y a quelqu'un dans le couloir qui demande à parler à Monsieur.

— Monsieur dort.

— Il dit que c'est pour quelque chose de très pressé.

— Eh bien! demandez-lui son nom.

— C'est un commissionnaire qui a un paquet.

— Vous n'aviez qu'à le dire de suite; qu'il entre...

— Venez, venez, fit Gudule.

Le commissionnaire apparut.

Il portait en effet un paquet soigneusement empaqueté et ficelé.

— Qu'est-ce que c'est que ça ? interrogea Madame Lempereur.

— C'est lui, fit-elle... habillé en carnaval!

— Je ne sais pas, Madame.

« On m'a dit d'apporter ça ici, au Grand Hôtel, à M. Lempereur, et de lui remettre en mains propres.

— Vous ne connaissez pas les gens qui vous ont chargé de cette commission ?

— Ma foi, non, Madame.

— Je suis Madame Lempereur.

— Oh! très bien, Madame.

— Déposez ce paquet sur cette table, et allez-vous-en.

Et tout désappointé de ne pas avoir reçu un petit pourboire, le commissionnaire, dont la course avait d'ailleurs été payée, se retira, en glissant à l'oreille de Gudule :

— Eh bien ! c'est égal, elle n'a pas l'air commode, la bourgeoise !

La marchande d'antiquités, mue par un sentiment de curiosité somme toute fort naturel, ouvrit le paquet afin de voir ce qu'il y avait dedans.

Il contenait les effets que l'ex-usurier avait laissés la veille, chez Diane d'Ostende.

— Je commence à comprendre, se dit l'ex-entremetteuse, il aura rencontré des types quelconques.

« Il sera parti en bombe avec eux.

« Il aura voulu faire le Jacques.

« Il se sera habillé en général.

« Il se sera bien fait fiche de sa figure... se sera bien saoulé la gueule.

« Voilà !

« Après tout, ça n'a pas plus d'importance que cela !

« Voyons un peu ce qu'il a dépensé...

« A moins qu'on ne lui ait refait son porte-monnaie, ce qui est infiniment probable.

Madame Bric-à-Brac fouilla dans la poche du pantalon.

Mais, contrairement à son attente, ayant trouvé le porte-monnaie en question, elle l'ouvrit.

Et, avec une stupeur profonde, qui se changea d'ailleurs immédiatement en une satisfaction des plus vives, elle constata que sur la somme relativement importante qu'elle avait remise à son mari, il manquait à peine une trentaine de francs.

« Ah! ça, par exemple, est-ce qu'il aurait trouvé des poires ?

« Ça serait tout à fait extraordinaire.

« Après tout, c'est bien possible.

« On dit qu'on trouve toujours un plus poltron que soi.

« Il se peut donc que la pochetée ait trouvé plus bête que lui.

« D'ailleurs, je n'ai pas le temps de m'occuper de tout ça.

Et laissant les vêtements de Lempereur et le porte-monnaie sur la table où elle les avait déposés, elle s'en fut à son rendez-vous.

Midi sonnait à l'horloge de la Bourse, lorsque Lempereur commença à donner signe de vie.

Il ouvrit d'abord une paupière, puis l'autre, et encore tout abruti et ne se rappelant rien de ce qui s'était passé la veille, il resta pendant un certain temps, fixant obstinément le baldaquin de son lit.

Puis, ses idées lui revenant peu à peu, il commença par constater qu'il était atteint de ce qu'on appelle une « stomatite lignée », expression qui vient à la fois du grec « stoma » qui veut dire bouche, et du latin « lignum » qui veut dire bois.

En pareil cas, le premier soin de M. Lempereur, était de se lever, de courir à une carafe d'eau et de l'ingurgiter tout entière.

Il se souleva donc.

Mais tout à coup, il s'aperçut qu'il avait dormi dans son costume de général.

Alors seulement il commença à se souvenir des événements qui avaient marqué la première journée et la première soirée de son séjour à Bruxelles, c'est-à-dire, son déjeuner boulevard Anspach, sa visite aux monuments, sa promenade au bois de la Cambe, sa rencontre avec Madeleine, son dîner avec les Trois Grâces, l'arrivée inopinée du prince et le souper, au grand Café, avec les six petites femmes.

Là s'arrêtaient ses souvenirs.

Car M. Lempereur, par un phénomène assez fréquent chez les alcooliques, ne se souvenait plus du tout de la colère irraisonnée qui l'avait secoué tout à coup, ni des dégâts commis par lui dans le cabinet particulier.

A partir de ce moment, il y avait une lacune profonde dans sa mémoire.

Il ne savait plus.

Il se mit en règle avec lui-même en supposant que, quelque peu éméché, après avoir accompli maintes prouesses galantes, il avait pris une voiture pour rentrer à l'hôtel et que, brisé de fatigue, en arrivant dans sa chambre, il s'était jeté sur son lit sans même prendre la peine de se déshabiller.

Alors, après avoir absorbé sa carafe et s'être aspergé consciencieusement le corps, la figure et les épaules d'eau très fraîche, il se dit :

— Je vais enlever ma défroque de général, prendre un vêtement de rechange, et m'en aller tout bêtement chercher chez Diane d'Ostende les effets que j'y ai laissés hier, ainsi que mon porte-monnaie.

« Comme ça, Poupoule ne s'apercevra de rien, et elle ne me fera pas une sérénade.

Mais Lempereur s'aperçut que midi était sonné déjà depuis quelque temps.

— C'est curieux, se dit-il, je ne me sens que soif.

« Pourtant c'est l'heure du déjeuner.

« Enfin, en attendant, déshabillons-nous vite, et puis après, j'irai voir un peu ce que fait Poupoule.

Lempereur enleva donc son uniforme non sans regret, car il se trouvait très bien ainsi.

Puis il prit un complet veston un peu étriqué et il passa dans le salon.

Quelle ne fut pas sa surprise en apercevant sur la table ses vêtements et son porte-monnaie.

« Ça, c'est gentil de la part de Diane, fit-il.

« D'ailleurs, ça ne m'étonne pas.

« C'est une très brave fille.

« J'en serai quitte pour lui envoyer un bouquet de fleurs de dix francs... plutôt pour aller le lui porter moi-même.

« Car je ne serai pas fâché de prendre ma revanche sur le prince en le « cocuflant » royalement avec cette adorable petite Estelle, qui me fait l'effet d'une créature charmante.

Mais, considérant ses vêtements, Lempereur se dit aussitôt :

— Sapristi, Poupoule doit être au courant.

« C'est elle, sûrement qui a ouvert le paquet.

« Si j'allais voir un peu ce qu'elle fait ?

Il frappa à la porte de la chambre.

Personne ne lui répondit.

Il l'ouvrit.

La chambre était vide.

— Oh! puis après tout, tant pis.

« Je n'ai pas besoin de courir après elle.

« Qu'elle fasse ce qu'elle voudra.

« Je m'en vais aller prendre une boisson américaine.

« Il n'y a rien de tel pour vous remettre d'aplomb.

« Après cela, j'irai déjeuner, car certainement, l'appétit me viendra en marchant.

« Puis, je rentrerai m'habiller, et enfin j'irai faire ma visite à Diane.

Et Lempereur allait sortir lorsqu'on frappa.

C'était Gudule qui venait lui annoncer qu'il y avait là deux Messieurs qui désiraient lui parler.

— Qu'est-ce que c'est que ces gens-là ?

— Je ne sais pas, Monsieur.

« Ils disent qu'ils viennent de la part du prince.

— Quel prince ?

— Du prince Adolphe de Belgique.

— Boum se dit Lempereur, il doit y avoir du gauche.

Et tout haut, il reprit :

— Dites à ces Messieurs que je ne suis pas là.

— Mais je ne peux pas, Monsieur.

« On leur a dit précisément que vous étiez chez vous.

— Ça, c'est idiot.

Alors, voyant qu'il ne pouvait pas se dérober, Lempereur ajouta :

— Eh bien ! qu'ils entrent.

Deux Messieurs, d'allure distinguée, élégante même, en redingote, en chapeau haut de forme, et gantés de beurre frais, firent leur apparition.

Tout de suite, à leur air grave et compassé, le mari de Poupoule comprit qu'il s'agissait de quelque chose de très grave. Aussi perdit-il immédiatement sa belle assurance.

— Ça y est, se dit-il.

« Le prince Adolphe, furieux de ce que je l'ai coiffé avec une terrine pleine de confitures, veut se venger de moi, et c'est probablement son arrêt d'expulsion que ces deux Messieurs, qui doivent être de hauts fonctionnaires de la Cour, viennent me signifier.

« Ça, par exemple, ça ne serait pas rigolo du tout.

Mais Lempereur, désireux de conserver l'attitude

—Qu'est-ce que c'est que ça, interrogea Madame Lempereur.

crâne qu'il croyait si bien avoir observée à l'égard du prince, bomba la poitrine, releva la tête, et d'un air important, demanda :

— Qui êtes-vous ?

— Nous sommes les témoins du prince Adolphe.

— Les témoins du prince Adolphe? répéta Lempereur qui ne comprenait pas très bien.

— Oui, fit l'un des deux Messieurs, je suis le comte de Molenbeeck.

— Et moi, ajouta l'autre, le baron d'Ixelles.

— Monsieur le comte, Monsieur le baron, fit Lempereur tout interloqué, donnez-vous la peine de vous asseoir.

Lentement, posément, les deux prétendus aristocrates s'installèrent dans des fauteuils.

Puis, le comte de Molenbeeck, donnant à sa physionomie un aspect encore plus sévère, révéla :

— Nous venons, général, vous demander, de la part du prince Adolphe une réparation par les armes.

— Une réparation par les armes ? fit Lempereur subitement inquiet, car il commençait à présent à entrevoir la vérité.

— Oui, Monsieur, parfaitement appuya le baron d'Ixelles.

— Alors, il s'agit d'un duel ? reprit l'usurier.

— Oui, Monsieur, il s'agit d'un duel.

« Je suis venu vous demander de bien vouloir me mettre en rapport avec deux de vos amis.

— Mais, c'est que je ne connais personne ici, riposta le pseudo-général baron Marin de St. Didier.

« Je suis arrivé d'hier seulement à Bruxelles et je n'ai pas encore eu le temps de me créer, dans cette ville, qui d'ailleurs me paraît fort agréable, les relations nécessaires pour me procurer aussi instantanément la paire de témoins que vous me demandez.

— Qu'à cela ne tienne, répondit fort galamment M. de Molenbeeck.

« Nous prierons deux de nos amis de bien vouloir

vous rendre ce service, et je suis persuadé qu'ils s'empresseront de se mettre à votre disposition.

— Vous êtes très aimable cher Monsieur mais en tout cas vous me permettrez bien cependant de vous adresser une légère observation.

— Mais Monsieur faites donc je vous en prie fit le baron d'Ixelles.

— Je vous avouerai très franchement que je suis extrêmement surpris que M. le prince Adolphe vous ait dérangé pour venir me proposer une rencontre en champ clos.

— Cependant Monsieur le prince nous a dit ce qui s'était passé hier et il nous a bien semblé, à mon ami et à moi, qu'après un incident aussi regrettable, une rencontre ne pouvait s'éviter.

— Oh! Monsieur, ne croyez pas que je cherche a me dérober, protesta Lempereur, qui se sentait pris au ventre d'un début de colique des plus inquiétants.

Désireux de plastronner, avant tout, il continua, d'un ton bien fait pour donner le change à quiconque ne le connaissait pas :

— Le général Marin baron de St. Didier ignore ce qu'est la peur et croyez que je suis tout prêt à m'aligner avec le prince Adolphe.

« Mais, si je vous parle ainsi, c'est uniquement pour éviter un scandale.

— Soyez persuadé, général, interrompit le comte de Molenbeeck, que tout le monde ignorera les motifs de cette rencontre.

— Les motifs, les motifs, c'est très joli, tout cela.

« Mais il me semble là-dedans, que le plus offensé, c'est moi !

« Je rencontre au bois de la Cambe une jeune femme charmante qui m'invite à dîner.

« Je ne suis pas obligé de deviner qu'elle a pour amant le prince Adolphe.

« Et, parce qu'il plaît à celui-ci de venir, au beau milieu d'un repas, auquel il n'était pas invité, de faire un tintamarre de tous les diables, de s'emparer d'un glaive à deux tranchants et de me menacer de me transpercer de part en part, il faut encore que ce soit lui qui ait raison.

« Ah! non, soit dit, Messieurs, sans aucune espèce d'aigreur, je trouve que le prince n'a pas précisément le beau rôle et qu'il eût mieux fait de se tenir tranquille.

— Pardon général, fit doucement observer le baron d'Ixelles, vous oubliez une chose... le récipient.

— Quel récipient ?

— Eh bien! celui dont vous avez coiffé son Altesse.

— Mais, je me suis défendu comme j'ai pu.—

« Si vous trouvez que c'est drôle de se trouver en face d'un énergumène, même royal, qui vous menace de vous couper en morceaux...

— Sachez général, que les princes ont l'habitude de se coiffer avec une couronne, et non pas avec un pot de confiture.

« D'ailleurs, nous n'avons pas à discuter les motifs de la rencontre.

« Il suffit, général, que vous en acceptiez le principe, et si vous voulez venir avec nous, nous allons vous mettre en rapport avec deux de nos amis qui, j'en suis sûr, consentiront avec plaisir à vous servir de témoins, et nous nous entendrons ensuite pour le choix des armes, le lieu et l'heure du combat.

« Mais, dès à présent, je vous demande — au nom de l'honneur — de garder le silence le plus absolu sur ce duel.

« Car si le bruit s'en répandait avant qu'il ait eu lieu, ici les lois sont très sévères, et vous risqueriez fort de vous attirer de très graves ennuis.

« Tandis qu'une fois le duel terminé, si vous n'êtes pas tué, eh bien, soyez tranquille, le prince est très généreux.

« Il vous pardonnera de grand cœur, et, qui sait, si, vous ne deviendrez pas tous les deux, par la suite, une excellente paire d'amis.

— Mais moi, je ne demande pas mieux que de faire la paix, laissa échapper Lempereur.

« Vous comprenez, je ne voudrais pas lui faire de mal, à ce jeune homme.

« Je ne lui en veux pas...

« J'ai été pris d'un accès de colère, inspiré par la jalousie, et bien à tort, certes, car je ne songeais nullement à faire la cour à son amie !

Et, espérant intimider ses interlocuteurs, il se mit à bluffer effrontément :

— Oui, poursuivait-il, croyez que je serais profondément désolé s'il arrivait le moindre accident à Adolphe... oh! pardon, au prince Adolphe.

« Je suis très fort à l'épée comme au pistolet.

— Oh! lui aussi, glissa d'un air ingénu le comte de Molenbeeck.

— Je n'en disconviens pas, dit l'usurier, mais je doute cependant qu'il soit de taille à se mesurer avec moi.

« Tenez, pas plus tard que l'année dernière, à Nice, j'ai eu une histoire qui prouve jusqu'à quel point je suis dangereux sur le terrain.

« Je me trouvais sur la promenade des Anglais avec ma femme, avec la générale, lorsque, tout à coup, deux espèces de rastaquouères, un Grec et un Italien, se permettent d'échanger sur ma femme, qui est un peu forte, des plaisanteries d'un goût stupidement déplacé.

« Je ne fais qu'un bond.

« Je lâche le bras de la générale.

« Je me précipite sur ces deux imbéciles.

« Et, pan pan, d'un revers de main, successivement, je les soufflette.

— Ça, mon général, fit le baron d'Ixelles, vous aviez parfaitement raison.

— Attendez, je n'ai pas fini.

— Continuez, je vous en prie, insista Molenbeeck après avoir échangé un rapide coup d'œil de malicieuse intelligence avec son confrère qui, comme lui d'ailleurs, n'était autre qu'un camarade de théâtre du jeune acteur Hubert de St. Mayran.

Alors, l'empereur, persuadé qu'il se trouvait sur un excellent terrain continua en s'animant progressivement :

Deux messieurs d'allure distinguée firent leur apparition.

— Ces deux jeunes gens mal élevés — car c'étaient deux jeunes gens — n'osèrent riposter immédiatement et ils s'en furent lâchement, poursuivis par les huées des spectateurs qui assistaient à la scène, et qui me connaissant tous, profitèrent de l'occasion pour se livrer en ma faveur à une petite manifestation de sympathie dont je fus, je vous l'avoue, extrêmement touché.

« Nous continuâmes, Mme Lempereur — qu'est-ce que je dis, — la générale et moi, à nous promener, salués par tous les passants, qui, ayant eu vent de l'incident, voulaient nous montrer jusqu'à quel point ils nous tenaient, ma femme et moi, en haute estime.

« Mais quelle ne fut pas ma stupéfaction, en entrant à l'hôtel pour dîner, de me trouver en face de quatre Messieurs, qui, fort poliment d'ailleurs, comme vous venez de le faire, Messieurs, m'annonçaient qu'ils venaient de la part du marquis Frispouli de

Naples et du banquier Tarapapoulos d'Athènes me demander une réparation par les armes.

« Immédiatement, je répondis : ,

— Soit !

« Je n'eus pas de peine, vous vous l'imaginez, à constituer immédiatement mes témoins.

« Et après d'assez laborieux pourparlers au sujet du choix des armes, il fut entendu que je me battrais d'abord avec le marquis de Frispouli, ensuit avec M. Tarapapoulos.

« J'exigeai que les conditions du duel fussent des plus sérieuses.

« D'abord, échange de trois balles à vingt-cinq pas, au visé.

« Et si aucun adversaire n'était atteint, engagement à l'épée jusqu'à ce que l'un des deux restât sur le carreau.

— En effet, c'était très sérieux, glissa le baron d'Ixelles.

— Tous mes duels sont sérieux, affirma Lempereur, qui, victime de sa faconde vaniteuse, ne se rendait nullement compte que plus il parlait, plus il s'enferrait.

Maintenant, rien n'aurait pu l'arrêter.

— Le double duel eut lieu dans les conditions que je viens de vous indiquer.

« La rencontre avec l'Italien ne dura, — c'est le cas de le dire — que l'espace d'un éclair.

« A mon premier coup de pistolet, je l'abattis.

« Ma balle l'avait touché en plein front.

« Il tomba foudroyé.

« A l'autre, fis-je simplement en saluant le cadavre.

« Le Grec n'était pas très rassuré.

« Il avait raison, car il m'était aussi facile de recommencer avec lui le coup qui m'avait si bien réussi avec son camarade, que de fumer une cigarette, ou de boire un petit verre de genièvre.

« Mais je me dis :

« Je veux m'amuser.

« M'apercevant que sa main tremblait, et que, par

conséquent, je ne risquais aucun danger, je le laissai me viser.

« Le coup partit.

« La balle passa à trois mètres de moi.

« Puis je tirai en l'air.

« Alors, mon adversaire, persuadé qu'une seule victime me suffisait et que ma vengeance était assouvie, tira au hasard les deux dernières balles qui lui restaient.

« Alors, nous sautâmes sur nos épées.

« Nous nous mîmes en garde.

« Le directeur du combat s'écria :

« — Allez, Messieurs.

« Tout en engageant mon épée, je dis à mon adversaire :

« — Où voulez-vous que je vous touche ?

« — Vous vous vantez Monsieur, répliqua le Grec.

— Puisque je vous dis de choisir.

« J'ai hâte d'en finir.

— Eh bien! c'est moi, rugit Tarapapoulos qui vais vous transpercer le flanc.

« Il se jeta sur moi.

« D'une parade autant habile qu'énergique, j'envoyai voltiger son épée à dix pas.

« Et tandis que je m'effaçais légèrement à droite, mon Grec mordait ridiculement la poussière.

« Alors, avec une ironie qui fut vivement goûtée par les privilégiés assistant à cette séance, je m'en fus vers mon adversaire, et lui tendant la main pour l'aider à se relever, je lui dis :

« — Vous ne vous êtes pas fait mal, au moins Monsieur ?

Le Grec écumait.

Les témoins s'étaient approchés de lui, lui avaient remis une autre épée.

« Nous retombâmes en garde et le combat recommença.

« Je dois reconnaître que j'avais affaire à une assez fine lame.

— Je me précipite sur les deux imbéciles...

« Malgré cela, j'aurais pu en finir tout de suite.

« Mais je tenais à m'amuser.

« Je me faisais l'effet d'un chat qui joue avec une souris, et je vous avouerai franchement que cette sensation ne m'était nullement désagréable.

« A la cinquième reprise, tous deux nous étions encore indemnes.

« Moi, j'étais aussi frais, aussi calme que vous me voyez en ce moment.

« Quant au sieur Tarapapoulos, il écumait de rage.

« Je me dis :

« — C'est le moment d'en finir avec lui.

« Alors, d'un coup, dont j'ai le secret, qui est terrible et qui ne manque jamais son homme, je le traversai de part en part avec mon épée, juste en plein cœur.

« Il tomba lourdement sur le sol qui ne tarda pas s'imbiber de son sang.

« Je saluai la foule et je prononçai cette simple phrase :

« — Périssent ainsi tous ceux qui insultent les femmes.

« N'eût-ce été le respect qu'impose toujours la mort aux honnêtes gens, la foule m'eût acclamé, porté en triomphe.

« Les journaux racontèrent sommairement ces deux duels.

« Mais grâce aux influences dont je dispose, tout cela fut étouffé et je n'ai gardé de cette rencontre que le souvenir des témoignages de sympathie incroyables qui me furent prodigués à cette occasion.

« Vous voyez donc, Messieurs, qu'il ne faut pas badiner avec moi.

— Croyez général, fit le comte de Molenbeeck, que nous sommes, le baron d'Ixelles et moi, très touchés de la franchise avec laquelle vous vous exprimez devant nous.

« Certes, si cela ne dépendait que de nous, nous eussions mis tout en œuvre pour éviter cette rencon-

— Ah! s'écria-t-il; nous avons de la chance!

prêt à me battre.

« C'était uniquement dans l'intérêt du petit Adolphe.

— Si vous voulez venir avec nous, nous allons vous offrir l'apéritif.

— Très volontiers, accepta Lempereur, enchanté à l'idée qu'il allait enfin pouvoir humecter son gosier tout desséché.

Et, sans s'étonner que deux si hauts personnages s'en fussent tout simplement au café, comme de simples et paisibles bourgeois, Lempereur emboîta le pas, navré au fond de l'aventure, mais néanmoins, faisant assez bonne contenance.

En descendant l'escalier, il n'entendit pas le comte de Molenbeeck murmurer au baron d'Ixelles :

— Non, mais ce qu'il marche.

« Tout à l'heure, ça va être épique.

« Jamais on ne se sera payé une pareille rigolade.

Le trio sympathique se rendit dans un des grands cafés du boulevard Anspach.

A peine le baron d'Ixelles en avait-il franchi le seuil que sa physionomie s'illumina de joie :

— Ah! s'écria-t-il, nous avons de la chance !

« Voici précisément deux de mes bons amis, le vicomte de Laeken et le chevalier de Scharbeek qui prennent leur Pernod.

« Je vais vous présenter.

« Vous allez voir comme ils sont gentils.

— Oh! se disait Lempereur, si le vicomte de Laeken et le chevalier de Scharbeek pouvaient les envoyer faire fiche, comme je serais content.

Mais le mari de Poupoule allait en être pour ses espérances.

tre que nous sommes les premiers à déplorer.

« Malheureusement, nous avons reçu de notre royal client les instructions les plus rigoureuses.

« Son honneur, autant que le nôtre, nous empêchent d'y déroger.

« Voilà donc, Monsieur, pourquoi nous vous prions de venir avec nous à la recherche des témoins qui vous sont indispensables.

« Sinon, nous serions obligés de dresser un procès-verbal de carence, attestant que le général Marin de St. Didier a refusé de se battre avec le prince Adolphe.

« Mais nous ne voulons pas supposer un instant que nous devions en être réduits à une aussi navrante nécessité.

— Vous avez raison, affirma Lempereur, je suis

En effet, à peine M. d'Ixelles eut-il murmuré quelques paroles aux deux consommateurs, que ceux-ci, qui naturellement, étaient de mèche avec les deux compères, se levèrent se précipitèrent vers l'usurier le forcèrent à s'asseoir entre eux deux, lui déclarant qu'ils étaient trop heureux que l'on ait pensé à eux pour lui servir de témoins et qu'ils allaient mettre tout en œuvre pour donner à ce duel l'allure sensationnelle qui lui convenait.

— Mais, firent-ils, pas de communiqués à la Presse avant la rencontre.

« La discrétion la plus absolue.

— C'est entendu, fit Lempereur, persuadé maintenant qu'il n'avait plus qu'une chose à faire, c'était de se laisser conduire à la boucherie.

Tandis qu'il prenait l'apéritif, le comte de Molenbeeck se pencha à son oreille, et lui dit :

— Permettez-moi de vous mettre au courant de certaine coutume belge.

— Parlez, je vous en prie, fit Lempereur.

— Eh bien! voilà :

« Lorsque des pourparlers de duel sont engagés, tout futur combattant a l'habitude, pendant toute la durée des pourparlers, d'inviter à déjeuner et à dîner ses témoins.

— Diable ! se dit Lempereur, pourvu que ces pourparlers durent trois ou quatre jours, la pension que me sert Poupoule ne sera pas suffisante pour payer ces agapes.

Mais il fallait faire contre mauvaise fortune bon cœur.

Aussi, répondit-il :

— Mais certainement.

« J'espère bien que M. le vicomte de Laeken et M. le chevalier de Scharbeek, vont me faire le grand plaisir de déjeuner avec moi ?

— Certainement, acquiescèrent les deux amis.

« Ici, d'ailleurs, on est très bien.

« Nous n'avons qu'à rester à cette table et demander trois couverts.

— Notre intention, insinua le comte de Molenbeeck, était également de déjeuner ici.

— Mais, affirma le baron d'Ixelles, nous ne voudrions pas être indiscrets.

— Restez donc, au contraire, invita le vicomte de Laeken.

— Ça ne serait peut-être pas très correct, appuya le chevalier de Scharbeek.

« Ici on ne connaît pas encore le général et nous serons très bien pour causer.

— Vous n'y voyez pas d'inconvénient, mon général ?

— Mais, pas du tout, pas du tout, déclara Lempereur, complètement à la merci de ces quatre joyeux fumistes qu'il prenait, en toute crédulité pour des représentants de la haute aristocratie de Belgique.

Et, désireux d'acquérir les bonnes grâces de ces deux nobles seigneurs qui, somme toute, tenaient sa vie entre leurs mains, il ajouta :

— Messieurs, vous ne pouvez vous imaginer à quel point je serai heureux au contraire de vous avoir pour invités.

— Vous ne pouvez faire moins que d'accepter, reprit le vicomte de Laeken.

— Je ne connais le général que depuis quelques minutes surenchérit le chevalier de Scharbeek.

« Cela me suffit pour être sûr que nous avons trouvé en lui un héros célèbre dans l'histoire de son pays et un de ces galants hommes tels que seule la France sait en produire.

A ce compliment, Lempereur inclina la tête en guise de remerciement.

La sympathie que lui témoignaient les quatre témoins commençait à le rassurer un peu.

Mais cependant, il eut payé cher pour que ce duel n'eût pas lieu, tant il craignait de s'enferrer physiquement comme il venait de s'enferrer moralement en se vantant d'exploits qui n'avaient existé que dans son imagination.

Un maître d'hôtel s'était approché.

— Ces Messieurs déjeunent ? demanda-t-il.

— Mais certainement, répliqua Lempereur.

— Combien de couverts ?

— Cinq.

— Comme menu ?

— Messieurs, interrogea l'usurier, soyez assez aimable pour me dire vos préférences ?

— Commandez comme pour vous, fit le comte de Molenbeeck.

— Nous nous en rapportons à votre bon goût, affirma le baron d'Ixelles.

— Il n'y a rien de tel qu'un Français pour savoir composer un menu, vanta le vicomte de Laeken.

— Ni de tel qu'un Belge pour savoir l'apprécier, plaisanta le chevalier de Scharbeek.

— Le fait est que je m'y connais un peu, fit Lempereur flatté par ces appréciations favorables.

Et le nez sur la carte que le maître d'hôtel lui avait apportée, son monocle vissé à l'œil, il chercha.

Car, chose véritablement phénoménale, Lempereur commençait à avoir faim.

Décidément, c'était un estomac unique au monde. Il eût rendu des points à Louis XIV, qui, cependant était le plus gros mangeur de son temps et peut-être de tous les temps.

Après un examen attentif, il finit par énumérer :

— Huîtres de Zélande.

« Hors d'œuvre variés.

« Soles à l'Ostendaise.

« Bouchées à la Reine.

« Filet de Périgueux.

« Dindonneaux rôtis.

« Salade.

« Asperges mousseline.

« Bombe glacée.

« Desserts variés.

« Fruits, gâteaux, etc., etc..

Comme vins, il s'arrêta naturellement aux crûs les plus généreux.

Pendant qu'il commandait ce repas, qui s'annonçait plutôt gentiment, les farceurs échangeaient des coups d'œil de satisfaction très prononcés.

Précisément, il n'y avait pas répétition au théâtre du Parc.

Par conséquent, nos bons fumistes avaient devant eux tout le temps, non seulement de bien déjeuner aux frais du « général », mais encore de le mystifier le plus tranquillement et le plus agréablement du monde.

Le déjeuner dura presque jusqu'à quatre heures de l'après-midi.

Lempereur n'était pas trop gris.

En effet, ses invités, au lieu de le pousser à la boisson, l'avaient plutôt adroitement modéré.

Car un homme saoul n'est jamais bien drôle, tandis qu'un homme éméché peut fournir parfois d'agréables sujets de plaisanterie.

Tel était le cas.

Pendant tout le déjeuner, avec adresse, les prétendus témoins du prince Adolphe, s'étaient bien gardés de faire la moindre allusion au duel qui servait de prétexte à ces agapes intimes et familières.

Si bien que Lempereur, remonté par les aliments et

— Ces messieurs déjeunent? demanda-t-il.

par le vin, était devenu très loquace et, entrant parfaitement dans la peau du général qu'il représentait pour la galerie, il s'était laissé aller à raconter à ses invités toute une série nouvelle de nombreux exploits inédits qui avaient plongé les auditeurs dans une admiration admirablement feinte.

Aussi Lempereur était-il ravi.

Il écoutait d'une oreille complaisante et charmée tous les compliments qu'on lui adressait sur sa vaillance, son héroïsme, sur son énergie, lorsque, tout à coup le comte de Molenbeeck laissa tomber négligemment cette phrase :

— Tout cela est très bien, fit-il, et le général est tellement intéressant que nous resterions très bien à l'écouter jusqu'à demain matin.

« Malheureusement, les aiguilles tournent et l'heure passe.

« Aussi, je crois que nous ferions peut-être bien d'en revenir à nos moutons.

— Quels moutons ? interrogea le mari de Poupoule, qui ne demandait pas mieux que de continuer la conversation sur le terrain où elle était à présent engagée.

— Mais, le duel parbleu.

— Un duel de moutons ? lança stupidement l'usurier.

— Non, rectifia Molenbeeck avec un sourire ironique, un duel de lions.

— Ah! je vois, fit aussitôt l'époux de Madame Bric-à-Brac, c'est de moi qu'il s'agit.

Et, se rengorgeant, se composant instantanément une attitude très digne e très fière, il ajouta :

— Je vous avouerai franchement que je suis tellement sûr de mon affaire que je ne songeais même plus à la provocation dont j'étais l'objet.

— Il faut en parler cependant, fit à son tour le baron d'Ixelles, car ce soir, nous aurons des comptes à rendre au prince, et celui-ci nous a recommandé surtout, de ne pas faire traîner les choses.

— En effet, approuva le vicomte de Laeken, il faut aller vite.

— Très vite, accentua le chevalier de Scharbeek.

— Oui, oui, vous avez raison, il faut en finir, bluffa M. Lempereur.

Et se levant, il ajouta :

— Messieurs, si je suis de trop, si je vous gêne le moindrement dans vos pourparlers, je suis prêt à me retirer.

— Mais non, restez, imposèrent simultanément les quatre compères.

— Alors, soit! consentit l'usurier d'un air de condescendance des plus comiques.

« Maintenant, Messieurs, parlez comme si je n'étais pas là.

— Tout d'abord, garçon, réclama le comte de Molenbeeck, apportez-nous ce qu'il faut pour écrire.

« Nous en aurons besoin tout à l'heure pour rédiger le premier procès-verbal.

Tandis que le garçon s'exécutait, le Comte de Molenbeeck qui semblait avoir pris la direction de l'affaire, poursuivait :

« Je crois, Messieurs, que sur la qualité de l'offensé, nous allons immédiatement tomber d'accord.

« Car il est hors de doute que c'est le général qui, le premier, en acceptant une invitation de Mlle Diane d'Ostende, maîtresse du prince, et surtout en se cachant dans le placard à l'arrivée de celui-ci, s'est rendu coupable de graves incorrectionns encore aggravées de voies de fait sur l'auguste personne de son Altesse Royale.

— Cependant, fit observer le vicomte de Laeken qui semblait prendre son rôle très au sérieux, il serait peut-être utile de savoir si le prince, dans un mouvement d'exaspération très naturelle, n'a pas levé la main le premier sur le général ?

— Le prince, répliqua le baron d'Ixelles nous a affirmé qu'il n'avait pas touché, ni même effleuré du doigt son adversaire.

— Je dois reconnaître que c'est la vérité, déclara Lempereur, et je dois dire aussi que lorsqu'il s'est précipité dans l'office où je m'étais réfugié, il était armé d'un sabre immense et qu'il menaçait de me tailler en pièces.

— Enfin, oui ou non, fit M. de Laeken, vous a-t-il touché ?

— Non.

— Par conséquent, nous, témoins du général, nous sommes les premiers à reconnaître que le prince a été l'offensé.

— En ce cas, le choix des armes nous revient, déclara Molenbeeck.

— Nous n'y faisons aucune opposition, fit Laeken.

— Nous demandons le pistolet, reprit M. d'Ixelles.

— Oh! le pistolet, le pistolet, fit le vicomte de Laeken.

« En principe, nous n'avons pas d'objections à vous présenter.

« Mais, néanmoins, ne trouvez-vous pas que, pour une semblable rencontre, basée sur des motifs aussi graves, un duel au pistolet va paraître bien anodin?

— On se tue très bien au pistolet, fit observer Molenbeeck.

— Oui, mais on se rate presque toujours, objecta Scharbeek.

« Et vous n'ignorez pas toutes les plaisanteries auxquelles donne lieu ce genre de rencontre.

« Aussi, pour rien au monde, nous ne voudrions, bien que nous ne soyons pas les témoins du prince, compromettre sa dignité en l'embarquant dans une aventure qui pourrait se terminer d'une façon bouffonne aussi bien pour lui que pour son adversaire.

« Car, nous en sommes convaincus, pas plus que le prince Adolphe, le général ne veut d'un duel pour rire.

— Certainement, certainement, fit Lempereur qui se disait :

— Un duel au pistolet chargé à blanc, voilà pourtant ce qui serait mon rêve.

Mais Molenbeeck s'écriait :

— Je crois qu'il y a un moyen de tout arranger.

« Ce matin, avant déjeuner, M. de St. Didier, qui, d'ailleurs, nous avait reçus à son hôtel de la façon la plus charmante du monde, nous a raconté l'histoire d'un duel, dont il avait été le héros.

« Eh bien! dans ce duel, ou plutôt dans ces duels, — car il y en a deux — le général qui, d'ailleurs, a tué ses deux adversaires, nous a dit qu'on s'était d'abord battu au pistolet, puis à l'épée.

« Puisque le prince Adolphe veut un combat des plus sérieux, et que le général semble absolument disposé à le suivre sur ce terrain, eh bien, pourquoi ne recommencerions-nous pas la petite scène ?

— Certes, fit le vicomte de Laeken, l'idée n'est pas mauvaise.

« Mais, puisque nous en sommes à discuter sur le choix des armes, ne trouvez-vous pas qu'étant données les personnalités en cause, nous devions chercher quelque chose de plus original, de plus sensationnel que ces éternels combats à l'épée et au pistolet, qui, vraiment, n'intéressent plus personne ?

— Allons bon! songeait l'usurier, vous allez voir que tout à l'heure, ils vont me proposer de me battre au canon.

— Moi, je ne demande pas mieux, fit Molenbeeck.

— Qu'est-ce que vous penseriez d'un duel à l'Américaine? interrogea le chevalier de Scharbeek.

— Eh bien! il y en a de toutes sortes des duels à l'Américaine, fit observer le baron d'Ixelles.

« Il y en a un qui consiste à lâcher les deux adversaires dans une forêt.

« Tous deux sont armés d'une carabine à répétition.

« Ils marchent jusqu'à ce qu'ils se rencontrent, s'efforçant de se surprendre, afin qu'ils puissent s'exterminer en toute sécurité.

— Pas mal ça, pas mal du tout, opinait le vicomte de Laeken.

— Il y a aussi, continuait Molenbeeck, le duel au *mauvais café*.

— Le duel au mauvais café, répéta Lempereur qui commençait à trembler de tous ses membres...

— Oui, répliquait le comte, on prend deux tasses absolument semblables.

« On les remplit de café.

« Puis, au fond de l'une, désignée par le sort, on dépose un de ces poisons qui ne pardonnent pas, c'est-à-dire celui des Locuste, des Borgia, des Catherine de Médicis, de la Brinvilliers, de la Voisin ou de Madame Lafarge.

— Oh! quel malheur! tout de même, se désespérait le mari de Poupoule, à les voir, ils ont l'air si gentils.

« On ne dirait tout de même pas qu'ils sont aussi cruels, aussi sauvages.

Mais, imperturbablement, M. de Molenbeeck poursuivait :

— Une fois le poison versé, on remplit les deux tasses de café.

« Comme le poison ne laisse dans le breuvage aucune trace capable de signaler sa présence, on introduit une personne nouvelle qui ne sait rien, qui n'a rien vu, qui n'a rien entendu, et qui ignore la préparation dont les deux tasses ont été l'objet.

« On lui ordonne de prendre une des tasses et de l'apporter sur la cheminée, puis de prendre l'autre et de la mettre sur une étagère.

« Tout cela naturellement en l'absence des témoins qui ont présidé à la première opération.

« Au bout d'un instant, la personne vient annoncer que tout est prêt.

« Alors, on introduit les deux combattants, et on dit à l'offensé :

« — Choisissez...

— *Ce poison est de « l'aqua simplex »*

« Tant pis pour lui s'il prend la mauvaise.

« Tant mieux pour lui s'il s'empare de la seconde.

« Je n'ai pas besoin de vous dire que les deux combattants sont obligés d'avaler le café jusqu'à la dernière goutte.

« C'est d'ailleurs de là que vient l'expression de *boire la tasse*. toutes les fois qu'un artiste se fait emboîter par le public.

— Eh bien! je crois que nous pourrons nous en tenir à la *Tasse de café*, fit le baron d'Ixelles.

— Pour ma part, je n'y vois pas d'inconvénient, fit le vicomte de Laeken.

« Et vous, Scharbeek ?

— Moi non plus.

— Alors, marchons pour la tasse, conclut Molenbeeck.

Lempereur n'osait se regarder dans la glace.

Il devait être livide.

— Mais, Messieurs, hasarda-t-il, ne croyez pas un seul instant que je craigne d'affronter la mort.

— Nous sommes persuadés, général, que vous avez tous les héroïsmes, fit Molenbeeck.

— Merci! fit Lempereur.

« Mais ne craignez-vous pas en exposant ainsi l'existence du prince Adolphe, de risquer de mécontenter votre pays ?

— Notre pays serait bien plus mécontent, riposta

le baron d'Ixelles, si nous avions l'air de ménager son Altesse.

« Car il trouverait que le prince manque de courage, et c'est un défaut que, chez nous, on ne pardonnerait pas à nos gouvernants.

— Décidément, il n'y a rien à faire avec ces oiseaux-là, se disait Lempereur.

« Eh bien! c'est moi qui regrette de les avoir invités à déjeuner.

« Comment! voilà des mufles auxquels je viens de *rincer la dalle*, et de remplir le *bidon* à les en faire éclater, et ils me récompensent en discutant froidement ma mort, que dis-je, en la discutant, en la préparant, en la combinant, en l'arrangeant, en la décrétant.

« Car, somme toute, je peux très bien avoir la guigne, et tomber sur la mauvaise tasse.

« Je n'y tiens pas du tout.

« Je me trouve très bien sur la terre, et j'estime que c'est raide, parce que j'ai coiffé d'une terrine de confiture le chef auguste d'un prince royal, d'être obligé d'absorber peut-être une tasse qui contient du cyanure de potassum, de l'arsenic ou du vitriol.

« Oh! mais, en voilà assez.

« Après tout, j'ai joliment envie, sous un prétexte quelconque, de me défiler, de leur fausser compagnie, et de leur raconter que je ne m'appelle pas Marin de St. Didier, que je ne suis pas plus général qu'ils ne sont amiraux ou marchands de pommes de terre frites.

« Seulement, voilà, si je fais ça, Poupoule va faire une musique de tous les diables, et elle est capable de me plaquer sans ressources.

« D'ailleurs, je ne suis pas devant la tasse, j'ai encore le temps de me retourner.

« Tiens, il me vient une idée.

« J'ai lu dans un livre de médecine que tout poison avait son antidote.

« Je n'ai qu'à savoir le nom de celui qu'ils **vont** fourrer dans la tasse, à me rendre chez un pharmacien, (il n'en manque pas à Bruxelles) et à lui demander purement et simplement le contre-poison de la sale drogue qu'on veut m'administrer.

« Ce n'est pas plus difficile que ça.

« Ça y est, parbleu !

« Cela me permettra de faire bonne figure devant le danger, de ne pas me trahir, et de me ficher d'eux par-dessus le marché.

Et tout haut il reprit :

— Messieurs, ainsi que je vous l'ai dit, je suis prêt à accepter toutes les conditions que vous m'imposerez.

« J'ai donné à mes témoins mandat de traiter, et ils seront libres d'agir au mieux des intérêts dont ils ont la garde, au mieux surtout de mon honneur.

« Mais, par exemple, si je dois mourir, je tiens essentiellement à une chose :

— A faire d'abord votre testament? demanda le comte de Molenbeeck.

— Oui... de cela, nous en parlerons tout à l'heure.

— A être enterré dans votre patrie ? lança le baron d'Ixelles.

— Oui, oui, mais ce n'est pas encore ça...

— A être porté au Panthéon, suggéra le vicomte de Laeken.

— Mes ambitions ne vont pas aussi haut.

— A voir beaucoup de monde à votre enterrement? fit le chevalier de Scharbeeck.

— Je ne suis pas préoccupé de ce côté-là, fit Lempereur, je suis sûr qu'on s'y écrasera.

— Alors, à être incinéré?

— A être enterré vêtu de votre uniforme ?

— Avec toutes vos décorations sur la poitrine?

— Avec votre cheval de bataille ?

— Non, Messieurs, non, je tiens seulement à connaître le nom du poison dont je puis être victime.

— Rien de plus simple, acquiesça immédiatement M. de Molenbeeck.

Fixant l'usurier bien dans les yeux, il lui demanda : Savez-vous le latin ?

— Non, fit catégoriquement le mari de Poupoule, qui sentait que pour l'instant il ne s'agissait plus de bluffer.

— Ah! ça, qu'est-ce qu'on vous a donc appris à St.-Cyr ? interrogea le baron d'Ixelles.

— Je n'ai pas été à St.-Cyr, avoua le faux général en rougissant légèrement.

« Je suis sorti du rang, et j'ai gagné mes grades et mes croix sur les champs de bataille

— Eh bien! je m'en vais vous répondre, reprit le comte, mais à une condition...

« C'est que vous allez me jurer solennellement que vous ne conférerez à personne le secret que nous allons vous livrer, c'est-à-dire le nom du poison que vous demandez...

— Je vous le jure, fit Lemepereur.

— Eh bien! ce poison s'appelle...

« Messieurs, dois-je le dire ?

— Oui, oui, firent simultanément les trois autres témoins, parlez, parlez... comte, parlez !

— Eh bien! fit Molenbeeck en se penchant à l'oreille du mari de Poupoule, ranimé par une vague espérance, ce poison est de « *l'aqua simplex* ».

— Aqua simplex, répéta Lempereur.

— Oui... c'est le poison de Catherine de Médicis.

— A son époque, on l'appelait acqua-toffana, mais en latin moderne, on en fait aqua simplex (1).

— C'est plus simple, fit Lempereur.

— Diable de général, plaisanta le vicomte de Laeken... il a toujours le mot pour rire.

— Ah! les voilà bien les héros déclama le chevalier de Scharbeek, ils affrontent la mort en riant.

« Enfin, espérons, puisque nous sommes vos témoins, que c'est vous qui serez épargné.

— Ça, mes amis, se disait Lempereur en lui-même, maintenant que je connais le nom de votre drogue, je vous envoie tous les quatre à la campagne.

« Car, pour ce qui est d'être épargné, je le serai.

« Et après, s'ils ne sont pas contents, ils peuvent revenir, je les recevrai, avec leur *toffana* et leur *aqua simplex*.

Mais Molenbeeck tirant sa montre, déclarait :

— Il faut que j'aille rendre compte au prince de notre mission.

— Allez, fit Lempereur, allez.

« Mais inutile de rien lui dire de ma part.

— Nous lui dirons simplement, intervint le baron d'Ixelles qu'il va avoir en vous l'adversaire le plus loyal, le plus brave et le plus généreux qu'il soit possible d'imaginer.

— Trop aimable, fit le général qui, après avoir échangé une chaleureuse poignée de mains avec les quatre témoins, prit congé d'eux et appela le maître d'hôtel pour régler le déjeuner.

Lorsqu'il eut tout payé, il constata qu'il lui restait 3 fr. 50 en poche.

Mais peu lui improtait.

(1) En latin aqua simplex veut d re : Eau claire.

Il appela le maître d'hôtel pour payer le déjeuner.

Poupoule ne lui avait-elle pas dit que c'était une avance.

Il comptait bien, en rentrant, lui demander de lui remettre sa semaine en entier.

Rassuré quant à l'issue du duel, il se disait :

« Je suis tranquille.

— Tout va bien !

« Je m'en vais sortir à mon honneur de cette aventure.

Et il allait se rendre chez un pharmacien, pour demander un flacon du fameux contrepoison, dont quelques gouttes devaient suffire à le préserver d'une mort certaine, quand, en passant devant une glace, il s'aperçut qu'il était en complet de voyage.

— Avant toute chose, s'écria-t-il, il faut que je rentre à l'hôtel pour me changer, car vraiment, quand on s'appelle général baron Marin de St. Didier, on ne peut pas décemment se promener en pareil équipage.

« En même temps, j'en profiterai pour demande mon argent à Poupoule.

Et délibérément, d'un pas allègre, il retourna au Grand Hôtel.

CHAPITRE CII

Qui casse les verres les paie !

Directement, Lempereur se rendit à son appartement.

— Pourvu que Poupoule soit là, se dit-il.

« Sans cela, je serais très embarrassé pour aller chercher ce précieux antidote.

« Ça doit coûter cher, cette histoire-là.

« Enfin, je la trouverai toujours bien d'ici ce soir.

« Et puis, en mettant les choses au pire, quand bien même Poupoule ne rentrerait pas, j'en serais quitte pour envoyer chercher ma drogue et la faire remettre au bureau de l'hôtel où l'on paierait pour moi.

Mais Lempereur n'allait pas avoir à envisager longtemps cette éventualité.

En effet, à peine a-vait-il fait deux pas dans l'appartement que Madame Bric-à-Brac, rouge de fureur, se dressait devant lui en criant :

— Saligaud ! Saligaud ! Saligaud ! !

— Allons bon, qu'est-ce qu'il y a encore ? se dit Lempereur.

— Il y a, rugit la marchande d'antiquités que vous êtes la derniè-re des brutes !

— Qu'est-ce que j'ai fait ?

— Il ose demander ce qu'il a fait !

— Mais oui.

— Quel culot !

— Je n'ai rien à me reprocher.

« J'ai la conscience absolument nette...

— Parlons-en.

— Ma chère amie, j'ai la prétention de savoir ce que je dis.

— Et moi, j'ai celle de vous dire que vous ne savez pas ce que vous faites.

— Voyons...

— Il n'y a pas de voyons.

« Hier soir encore... oui hier, qu'est-ce que c'était que cette mascarade ?

— Il n'y a pas eu de mascarade.

— Comment, et cet uniforme de général que j'ai trouvé là, dans votre chambre ?

— Est-ce que je ne suis pas général ? riposta sé-rieusement l'usurier.

— Ma parole, il devient louftingue.

— Voyons, Poupoule, réfléchis un peu, c'est toi

— Saligaud! Saligaud! Saligaud!!

qui m'a fait inscrire ici sur le registre de l'hôtel sous le nom du général Martin de St-Didier.

— Parfaitement, mais ce n'est pas une raison pour t'habiller en carnaval.

— Je ne me suis jamais habillé en travestisse-ment, c'est une noble livrée.

— Fous-moi donc la paix avec tes nobles livrées

« Ah! tu as dû encore en faire du propre.

« Tu devais être dans un bel état quand tu es en-tré.

« Mais enfin, ça m'est absolument égal.

« Tu es libre de faire ce que tu veux, pourvu que tu ne me causes pas de scandale, et que tu ne m'attires pas de dé-sagréments.

— Oh! tu peux être tranquille, osa affirmer cyniquement l'incorri-gible poivrot.

« Par exemple, j'au-rais une demande à te faire.

— Une demande! à quel sujet?

— Une demande de fonds.

— Comment!

« Je t'ai donné hier la forte somme, et tu n'as déjà plus le sou!

— Je te ferai obser-ver, ma chère amie que tu m'as dit toi-mê-me que ce n'était qu'un acompte.

— Oui, c'est ça, je ne me trompais pas, tu t'es en-core vautré dans l'orgie, saligaud!...

— Ce n'est pas cela.

— Alors, de quoi s'agit-il?

— Je me bats demain en duel.

— Toi?

— Oui, moi.

— Et tu n'es pas encore mort?

— Mais, non, puisque je ne me suis pas encore bat-tu!

— Mais je veux dire mort de peur.

— Tu sais bien que je n'ai jamais peur.

— Oh! non, laisse-moi rigoler, s'écria la mégère en se tapant sur les cuisses.

— On me conduisit chez un costumier.

« Toi qui es le plus grand froussard que la terre
ait porté.

— Poupoule, s'indigna l'usurier, je te défends...

— Alors, tu te bats en duel ?

« Oh! je t'en prie, raconte-moi ça!

« Ça doit être crevant.

Lempereur était très ennuyé.

D'une part, il n'osait avouer toute la vérité à sa
femme, et de l'autre, il savait très bien qu'en refusant de satisfaire son caprice, il se fermait impitoyablement sa bourse.

— Je m'en vais en être quitte, décida-t-il, pour lui
raconter quelque blague.

Et faisant appel à toute son imagination, il attaqua :

— Ma chère amie, figure-toi qu'hier, afin de tuer

le temps, j'avais pris
une voiture pour aller
me promener au bois
de la Cambe.

« Je ne sais pas si tu
connais le bois de la
Cambe.

« Mais c'est la pro-
menade favorite des
Bruxellois.

« C'est d'ailleurs un
endroit frais, agréable
et des mieux fréquentés.

— Dispense-toi de
tous ces préliminaires,
avertit Madame Bric-à-
Brac, et viens droit au
fait.

— J'y viens, j'y
viens, répliqua l'usu-
rier, mais il faut bien
que je t'explique com-
ment les choses se sont
passées.

« J'étais donc allé
me promener au bois
de la Cambe.

« Je fais arrêter ma
voiture devant un café.

« J'en descends.

« Je m'installe à une
table et je me fais servir
une consommation.

Lempereur prit un
temps.

Il avait besoin de ré-
fléchir un peu.

Car il n'était pas très sûr de l'histoire dans laquelle
il s'embarquait.

Mais bientôt, il reprit :

« Je regardais, très amusé, tous les clients de l'é-
tablissement qui semblaient tous des gens fort distingués et fort aimables, lorsque quatre Messieurs,
mis avec la dernière élégance, sautent d'une automobile superbe, et viennent s'asseoir à une table voisine
de la mienne.

A leur conversation, je m'aperçois immédiatement
que ce sont de grands personnages.

« Naturellement, je dresse l'oreille.

« Lorsque, tout à coup, l'un d'eux s'adressant à
moi, me dit :

« — Monsieur, vous êtes Parisien, sans doute ?

« Je lui réponds :

— Certainement, Monsieur.

« — Vous allez dire que je suis l'homme le plus indiscret du monde.

« Mais peut-être allez-vous pouvoir nous sortir d'embarras, mes amis et moi.

— Oh! tout ce que vous voudrez, Messieurs.

« Je me mets à votre entière disposition.

« — Nous étions en train de discuter sur l'armée française.

« — Ah! ah! fis-je tout de suite éveillé.

« En ce cas, je suis mieux à même que personne de vous renseigner.

« — Vous êtes peut-être officier ?

« Alors, sans hésiter, fidèle à la consigne que tu m'avais donnée je réponds : ,

« — Je suis général !

— Espèce d'idiot, murmura Madame Lempereur entre ses dents.

— Mais non, je ne suis pas un idiot, se révolta l'usurier.

« Pour moi, une consigne est une consigne.

« Il est infiniment probable que si, au lieu de répondre de la sorte, j'avais déclaré à ces Messieurs que je m'appelais Lempereur, tu aurais été furieuse, et cette fois, je dois reconnaître que tu n'aurais pas eu tort.

Frappée par cette logique, Madame Bric-à-Brac se contenta de hausser les épaules tout en grognant :

— Eh bien! continue.

— Ce mot de général parut faire un effet magique sur ces quatre Messieurs.

« Car, à peine l'avais-je prononcé qu'ils se levaient et dans une attitude respectueuse et militaire, ils m'adressaient le plus correct et le plus déférent des saluts.

« Puis ils se présentèrent.

« C'étaient quatre représentants de la haute aristocratie brabançonne : le comte de Molenbeeck, le baron d'Ixelles, le vicomte de Laeken et le chevalier de Scharbeck.

— Belle noblesse, en effet! fit Mme Lempereur avec une moue dédaigneuse.

Car, plus fine que son mari, elle flairait déjà la mystification dont celui-ci avait été l'objet.

Lempereur, sûr de lui (car à présent, il avait trouvé une nouvelle blague, qui, selon lui, devait donner le change à sa femme) continuait en se rengorgeant, fier comme Artaban, et l'air tellement convaincu qu'on aurait pu croire qu'il disait toute la vérité.

— Immédiatement ces Messieurs, avec une politesse raffinée, m'invitèrent à prendre une consommation avec eux, m'accablant de mille amitiés, de mille prévenances, et me demandant de leur faire le récit de mes campagnes.

« Je dus céder à leurs pressantes sollicitations.

— Ah! cela a dû être joli, insinua la marchande d'antiquités.

— En tout cas, fit Lempereur avec un air de vanité des plus comiques et des plus sincères, je sus si bien les intéresser que ces Messieurs m'invitèrent à dîner le soir même dans un des restaurants les plus « select » de la ville, m'affirmant que le prince Adolphe, cousin germain du roi des Belges, assisterait à ces agapes et serait ravi de faire ma connaissance.

« Je voulus refuser.

« Mais ces jeunes gentilshommes avec une courtoisie vraiment touchante, me déclarèrent que j'étais leur prisonnier et qu'ils ne me quitteraient pas tant que je n'aurais pas rompu le pain avec eux.

— Il est infiniment probable, laissa tomber Madame Bric-à-Brac que ces quatre gentilshommes se payaient agréablement ta figure.

— Qu'est-ce que tu me racontes-là, s'indigna Lempereur.

« Ah! ça, est-ce que tu me prends pour un imbécile ?

« D'ailleurs, tu vas voir que ces gens étaient tout ce qu'il y a de sérieux.

« La suite va te l'apprendre.

— Je suis infiniment curieuse de la connaître.

— Eh bien! ne m'interromps pas, et laisse-moi finir.

— Soit !

— Mais où les choses se compliquèrent, reprenait l'ancien usurier, ce fut lorsque M. de Molenbeeck, je crois, émit l'idée qu'en l'honneur du prince Adolphe, je devrais bien revêtir mon uniforme de général Français.

« Je crus m'en tirer en répondant que je n'avais pas emporté mon uniforme dans mes malles.

— Ça, ce n'était pas trop bête, reconnut Madame Lempereur.

— Mais M. de Molenbeeck, auquel s'étaient joints ses amis, répliqua aussitôt :

« — Qu'à cela ne tienne, mon général, nous allons vous conduire immédiatement chez un costumier où vous trouverez un uniforme très exact et très complet, correspondant à votre grade dans l'armée française.

« Je ne pouvais pas résister davantage.

« Je me laissai donc faire.

— Pochetée de pochetée, susurra la mégère.

— On me conduisit donc chez un costumier, où je

trouvai assez facilement un uniforme à ma taille.

« De là, nous nous rendîmes dans un grand cercle où je fus très fêté, puis dans un restaurant où, en effet, son Altesse, le prince Adolphe, prévenu par téléphone, m'attendait dans un somptueux cabinet particulier.

— Alors, s'écria Poupoule, je devine la suite, pas besoin de me la raconter...

« Tu t'es saoulé comme un cochon.

« Tu as dit des idioties.

« Et l'un de ces Messieurs, sans doute insulté par toi, t'a envoyé ses témoins ?

— Pas du tout, Poupoule, pas du tout.

« Je ne me suis pas saoulé comme un cochon, ainsi que tu le prétends.

« J'ai gardé, au contraire, tout mon sang-froid, tout mon calme, effleurant à peine les excellents vins dont on remplissait mes verres et ne faisant qu'un honneur modéré aux plats délicieux du menu vraiment royal que ces Messieurs voulaient bien m'offrir.

« Et si j'ai agi de la sorte, si j'ai modéré mon tempérament de gourmet qui me fait tant apprécier les bonnes choses, ça n'est point, crois-moi bien, Poupoule, par un vague sentiment de respect humain ou par une notion des convenances.

« Non.

« Car ces Messieurs tout de suite, et le prince surtout, m'avaient mis fort à mon aise.

« Oh! quels appétits, Seigneur, quels appétits !

« Je n'ai jamais vu de pareils coups de fourchettes.

« Je n'ai jamais admiré d'aussi intrépides buveurs.

« Quant à moi, je devais à la dignité de l'uniforme que je portais, de m'éviter tout état d'ébriété et de conserver ma ligne militaire dans toute son intégrité.

— Sa ligne militaire, répéta Madame Bric-à-Brac.

« Non mais, c'est qu'il vous raconte ça sans rire.

« Ma parole, on dirait qu'il croit que c'est arrivé!

— Mais c'est arrivé.

— Fous-moi donc la paix !

— Alors, je ne dis plus rien.

— Si, continue, ou plutôt achève.

— Voilà.

« J'avais donc conservé tout mon sang-froid.

— Tu l'as déjà dit.

— Et plus mes amphitryons s'échauffaient, plus les crûs leur montaient à la tête, plus je gardais ma tranquille assurance.

« Tout s'était d'ailleurs passé le mieux du monde.

« Ces Messieurs étaient aux petits soins pour moi.

« Le prince Adolphe, tout particulièrement, semblait me témoigner une bienveillance exquise.

« A plusieurs reprises, au cours du dîner, il m'avait affirmé que je lui plaisais infiniment et qu'il se ferait un très vif plaisir de me présenter au Roi et à la Cour.

« Il ajoutait qu'il ne doutait pas un seul instant que je serais très sympathique à sa Majesté et que celui-ci m'inviterait certainement à ses bals, à ses réceptions, à ses dîners et à ses chasses.

« Moi, j'étais enchanté.

« Lorsque, tout à coup, le vicomte de Laeken qui dans l'après-midi, avait paru goûter tout particulièrement mes récits militaires, proposa :

« — Si le général nous racontait maintenant une de ses prouesses.

« Naturellement, par modestie, je me récriai.

« Mais le prince Adolphe, tout en tapant de fort vigoureux coups de poing sur la table, s'écria :

« — Pardon, pardon, je veux, moi aussi, me régaler de ces exploits.

« Général, vous ne pouvez pas me refuser cette joie.

E. Y.—

Le prince voulut se jeter sur moi.

« Comme dessert, nous n'aurons pas mieux.

— Joli dessert, en effet, gloussa Poupoule.

— Je ne pouvais plus me dérober, reprit Lempereur.

« Alors, je commençai à raconter à ces Messieurs un épisode du siège de Metz auquel j'avais pris part.

— Bougre de fumiste ! fit la mégère.

Mais, sans se démonter, Lempereur continuait :

— Et j'obtins naturellement un vif succès auprès de mes auditeurs.

« Le prince Adolphe me félicita chaleureusement.

« Puis, très émoustillé par le champagne qu'il avait bu en grande quantité, il se lança dans des considérations sur la guerre de 70, considérations, j'ai le regret de le dire, peu avantageuses pour notre pays.

« Et oubliant, dans la demi-ivresse qui s'était emparée de lui, qu'il parlait devant un officier français, il s'écria en terminant :

« — D'ailleurs, je suis persuadé que s'il y avait une nouvelle guerre entre l'Allemagne et la France, celle-ci trinquerait encore considérablement.

« C'en était trop !

« Mon sang ne fit qu'un tour dans mes veines, et de ma bouche crispée sortit cette phrase que je n'eus pas le temps de retenir :

« — Prince, vous en avez menti !

« Alors, le prince, devenu subitement blême de fureur, voulut se jeter sur moi.

« On nous sépara.

« On dut m'emmener, car j'étais fou de rage.

— Il y avait de quoi ! ricana la complice de Walter Humding.

— Et, ce matin, acheva imperturbablement Lempereur, le prince Adolphe m'envoyait le comte de Molenbeeck et le baron d'Ixelles pour me demander une réparation par les armes.

« Immédiatement, je constituais pour témoins le vicomte de Laeken et le chevalier de Scharbeck.

« Ces Messieurs, après de brefs pourparlers, conclurent qu'une rencontre était inévitable.

« Elle aura lieu demain matin.

— Ah ! où cela ?

— Dans un café probablement.

— Ah ! est-ce que vous vous battez à coups de chopes et de demis ?

— Non, Poupoule, fit Lempereur, en affectant une gravité de circonstance, nous nous battons au *mauvais café*.

— Au *mauvais café* ?

— Oui, fit le faux général ; il y aura deux tasses de préparées.

« Dans l'une, on aura versé un poison subtil : de l'*aqua simplex*.

« Le sort décidera celui des deux combattants qui l'avalera.

— Et si le sort tombe sur toi...

— Je serai un mort.

— Eh bien ! il ne sera que temps ! s'écria la mégère.

« Ah ! je ne suis pas pieuse, mais je brûlerais bien cinquante cierges à Ste Gudule pour que ce soit toi qui boives le mauvais café.

— Charmant ! fit Lempereur.

« Mais rassure-toi, il y a de grandes chances pour que je sorte indemne de ce duel.

« Je ne t'en dis pas davantage.

« La seule chose que je te demande, c'est de me donner le reste de ma semaine afin de pouvoir faire face aux dépenses qui vont m'incomber.

« Déjà, ce matin, j'ai dû offrir à déjeuner à mes témoins.

« Je vais être certainement encore obligé de leur payer à dîner ce soir.

« Alors, tu comprends...

— Je comprends, éclata Madame Bric-à-Brac, que tu es digne d'être le syndic des idiots.

— Comment cela ?

— Mais voyons, ou tout ce que tu m'as raconté-là est une balançoire, ou alors on s'est fichu de toi.

— Poupoule, je t'assure que je t'ai dit la vérité.

— Alors, c'est un bateau.

— Non, ce n'est pas un bateau.

— Et puis, après tout, conclut la mégère, j'ai bien tort de m'indigner ainsi.

« Fais tout ce que tu voudras.

» Je veux bien te donner la fin de ta semaine.

« Seulement, je t'avertis que d'ici samedi je ne te donnerai pas un sou.

« Par conséquent, à toi de te ménager.

« Je te préviens, en outre, que j'ai donné les ordres nécessaires à l'hôtel pour qu'on ne te donne rien à crédit.

« Débrouille-toi. Un point, c'est tout !

— Mais Poupoule, fit M. Lempereur, en empochant les billets que Madame Lempereur lui tendait, je ne t'en demande pas davantage et je te remercie mille fois.

— Pas de salamalecs.

« Ça va bien comme ça.

« Maintenant, je t'ai assez vu.

L'usurier qui n'en demandait pas davantage, s'empressa de déguerpir.

Mais, au bas de l'escalier, un domestique de l'hôtel s'approcha de lui et lui dit fort respectueusement:

— Mon général, M. le directeur voudrait vous dire quelques mots.

— Très volontiers, fit Lempereur qui, tout préoccupé par les événements de la journée, avait complètement oublié ceux de la veille.

Et, guidé par le garçon, il pénétra dans le salon qui servait de bureau à M. le directeur.

Celui-ci se leva aussitôt et congédia le valet de chambre.

Tout de suite, M. Lempereur s'aperçut, à la physionomie froide, compassée et même légèrement sévère du directeur qu'il avait dû certainement se passer quelque chose d'anormal.

— Mon général, fit le directeur, veuillez vous asseoir.

Lempereur obtempéra, un peu penaud, car la mémoire venait de lui revenir tout à coup.

Et il se dit:

— Ça y est.

« Le patron du café, où, hier soir j'ai fait du raffut a dû porter plainte.

« Comment vais-je faire pour me tirer de là ?

Un domestique de l'hôtel s'approcha de lui.

— Mon général, reprenait le directeur, vous me voyez désolé.

— Et pourquoi donc? hasarda l'usurier.

— Je ne voudrais pas vous dire des choses désagréables, pénibles, ni même vous mécontenter en quoi que ce soit.

« Malheureusement, je suis chargé d'une mission très ennuyeuse et à laquelle je n'ai pu m'soustraire.

— C'est bien ça, songeait le mari de Poupoule.

« Eh bien! me v'là propre...

— Aussi, je suis persuadé que vous ne m'en voudrez nullement.

— Pas du tout, pas du tout.

« Venez au fait.

— Eh bien! mon général, j'ai reçu ce matin, la visite du patron d'un des plus grands cafés de Bruxelles, qui s'est plaint qu'hier soir, vous ayez causé chez lui du scandale et brisé pour plus de mille francs de matériel.

« Alors, ce Monsieur est venu pour se faire rembourser.

« Il a demandé à vous voir.

« Vous étiez sorti...

« Il a demandé également à parler à Madame la Générale.

« J'ai répondu qu'elle n'était pas là, voulant vous éviter une discussion regrettable, et préférant laisser Madame la Générale dans l'ignorance de ce fâcheux événement.

— Je vous remercie, interrompit Lempereur avec une sincère gratitude.

— J'ai donc pu gagner du temps.

« Mais malgré cela, je ne puis faire patienter davantage mon collègue, et je me vois dans la nécessité de vous demander à quel moment vous désirez régler cette note ?

Et, sortant un papier de sa poche, il lut:

— Cette note s'élève à mille francs pour les dégâts et 227,50 pour le souper, ce qui fait donc 1227,50, sans compter les pourboires que mon général voudra certainement bien donner aux garçons qui, hier soir, l'ont ramené à l'hôtel

« Faute de quoi, le patron du café sera obligé de s'adresser à la Justice, ce qui causera d'abord, un scandale regrettable et nécessitera sans doute, l'expulsion du territoire belge de mon général.

Tandis que le directeur du Grand Hôtel s'exprimait de la sorte, le mari de Poupoule avait eu le temps de réfléchir.

— Tout cela est très bien, répliqua-t-il avec un ton plutôt rassuré.

« Je reconnais la matérialité des faits.

« J'avais dîné en ville chez des amis et j'étais un peu excité.

« J'ai cru qu'à Bruxelles on pouvait s'amuser

comme à Paris et même comme en Russie, et je conviens que je me suis laissé aller à des extravagances peut-être un peu trop fortes.

« J'ajouterai d'ailleurs immédiatement que je suis prêt à payer ce que je dois.

« Mais pas au-delà.

« Je ne veux pas me faire « estamper. »

« Mille francs de dégâts pour quelques verres et quelques assiettes cassées...

— Il y a aussi une glace, insinua doucement le directeur.

— Oh! la glace, la glace! rien ne prouve que ce soit moi qui l'aie brisée.

« Quand même, mille francs, je trouve ça un peu chaud...

« Quant au souper, nous étions sept personnes

« Qu'est-ce que nous avons mangé ?

« Je ne m'en rappelle pas très bien...

« En tout cas, pas grand chose : de la choucroute, du jambon, du poulet, de la charcuterie...

« Souper tout ce qu'il y a de plus banal.

— Mais vous avez bu ?

— Peut-être quatre ou cinq bouteilles de champagne, de la bière...

« Tout cela, au prix où est le beurre, ne doit pas monter à 227,50.

« Vous pourrez donc dire à ce tavernier du diable que je lui offre vingt-cinq louis en tout et pour tout, et que je consens à lui verser cent cinquante francs tout de suite, deux cents francs la semaine prochaine et cent cinquante francs l'autre.

« Maintenant s'il n'est pas content, il ira au diable !

« D'ailleurs, comme il m'en menace s'il me dénonce à la police, il pourra lui en cuire, car non seulement j'ai le bras assez long pour me défendre tout seul, mais je possède encore à Bruxelles des relations très puissantes qui ne permettront pas que l'on touche à un homme tel que moi.

— Mon général, reprit le directeur du Grand Hôtel, je transmettrai votre réponse à mon collègue.

« Mais je doute qu'il s'en satisfasse.

« Et si mon général voulait me permettre de lui donner humblement mon avis, j'accepterais le principe d'une transaction.

« Quelle transaction ?

— J'offrirais tout de suite une somme que je m'engagerais à verser immédiatement.

« Mon collègue vous demande 1227,50, eh bien ! offrez-lui-en huit cents tout de suite et je me charge d'arranger l'affaire.

— Je ne lui offrirai pas un sou de plus que ce que je vous ai dit, s'entêtait Lempereur, et pour cause.

« Maintenant, Monsieur le directeur, au revoir !

— Mon général, je vous demande mille fois pardon de vous avoir dérangé.

« Ne m'en voulez pas, si je me suis mêlé de ce qui ne me regardait pas.

« Mais si je l'ai fait, c'est uniquement par intérêt pour vous, et dans le but de vous éviter des désagréments.

Le digne Belge parlait avec tant de componction et de sincérité que l'ex-usurier en fut vivement impressionné.

— Oh! Monsieur, répliqua-t-il, je ne vous en veux pas.

« Au contraire, je vous suis très reconnaissant de prendre ainsi mes intérêts.

— N'est-ce pas tout simple et tout naturel, répliqua le directeur, enchanté de constater que le « général » prenait un ton moins cassant, moins arrogant.

Et il ajouta :

— D'ailleurs, si j'ai agi de la sorte, c'est parce que vous êtes mon client, puis parce qu'en votre qualité d'officier français, vous m'inspirez une respectueuse et profonde sympathie.

« Aussi, mon général, permettez-moi d'insister.

« Croyez-moi, dans votre intérêt, laissez-moi arranger cette affaire.

— Je ne demanderais pas mieux, mais...

— Mon général, je ne puis pas croire que vous soyez gêné d'argent, puisque Madame la générale Marin de St. Didier a déposé hier à la caisse des sommes très considérables.

— Oui, mais, lâcha l'usurier qui commençait à entrer dans la voie des arrangements et des aveux, la générale et moi, ça n'est pas précisément la même chose.

— Ah! oui très bien, fit l'hôtelier, je commence à comprendre.

« C'est Madame la Générale qui a la fortune ?

— C'est cela, fit Lempereur, c'est cela.

« Moi, je n'ai que ma solde pour vivre, et en France, les officiers, même supérieurs ne sont pas très bien payés.

« Et comme ma femme et moi nous sommes un peu en délicatesse, je n'ose pas lui demander les fonds nécessaires pour désintéresser ce commerçant.

« Il faudrait lui donner des explications.

« Lui dire la vérité, ce serait provoquer un orage épouvantable.

« Mentir, cela répugne à mon caractère.

« Voilà pourquoi je ne puis offrir à votre collègue que les cinq cents francs que je vous ai proposés.

« A moins toutefois qu'il ne consente à me donner un plus long délai.

« En ce cas, je verrai...

— Eh bien ! je vais le lui demander, fit le directeur du Grand Hôtel, complètement embobiné par le faux général, dont l'aplomb imperturbable ne s'était pas démenti une seule minute.

« Mais, en tout cas, mon général, soyez tranquille, de toute façon, j'arrangerai les choses, afin que vous ne soyez pas inquiété.

« Et, au besoin, si vous m'y autorisez, je répondrai pour vous.

— Mais, cher Monsieur, vous êtes trop aimable, fit Lempereur, enchanté de voir que les événements prenaient pour lui une tournure très favorable.

Et il ajouta :

« J'accepte volontiers le service que vous me proposez, et soyez persuadé que, de mon côté, si je puis vous être agréable, je me mettrai en quatre pour vous faire plaisir.

— Mon général, fit le directeur du Grand Hôtel, dont le visage s'illumina d'un sourire d'espérance, prenez garde que je ne vous prenne au mot..

— Prenez-moi, fit le mari de Poupoule, je ne demande que cela.

« Trop heureux de saisir l'occasion et de sauter dessus.

— Eh bien! mon général, je m'en vais vous dire... mais je ne voudrais pas abuser de votre attention...

— Parlez, parlez !

— Ma femme est Française.

— Je m'en doutais un peu.

— Ah! vraiment.

— Oui, en vous entendant parler et en vous voyant surtout vous montrer si aimable envers moi, je me disais que certainement vous deviez avoir quelques attaches avec mon pays.

Il avait vu défiler de jeunes et alertes fantassins

— Je considère en effet la France comme une seconde patrie, affirma solennellement le directeur du Grand Hôtel.

— Voilà qui est bien, qui est très bien, approuva le général baron Marin de St. Didier,

« Donnez-moi la main, Monsieur.

— Volontiers, mon général.

— Je n'avais pas besoin de cela, affirma l'ex-usurier à son interlocuteur, pour que vous me soyez extrêmement sympathique, mais ces déclarations si franches, si spontanées que vous venez de me faire, achèvent de vous conquérir toute mon estime et toute mon amitié.

— J'en suis très heureux et très flatté.

— Aussi, j'espère bien que nous n'en resterons pas là de nos relations de commerçant à client et que nous continuerons nos rapports si agréablement commencés.

— Je ne demande que cela, mon général.

— Comment vous appelez-vous, Monsieur le directeur ?

— Je m'appelle Van den Motte.

— Eh bien! Monsieur Van den Motte, j'espère que nous allons faire tous deux une paire d'amis.

— Ce sera mon honneur et ma gloire, général.

— Vous me disiez donc que vous aviez un léger service à me demander ?

— Un grand, un très grand, mon général.

« Aussi, je n'ose pas... je crains d'abuser.

— Oh! ne craignez pas.

— Voilà, mon général, fit M. Van den Motte en s'enhardissant; ma femme a un frère soldat.

— En France ?

— Naturellement.

— Quelle arme ? interrogea le faux général en se donnant un air d'importance.

— L'infanterie, mon général, d'infanterie.

— Quel régiment ?

— Le 89 me de ligne, en garnison...

— A Paris fit vivement Lempereur qui se rappelait avoir vu défiler dans les rues de la capitale de jeunes et alertes fantassins portant le numéro 89 au collet de leur capote.

— Non, non, mon général, pas à Paris, rectifia le directeur.

— Diable! se dit Lempereur, aurais-je fait une gaffe ?

Mais Monsieur Van den Motte continuait déjà :

— Il y a bien en effet, deux bataillons du 89 me qui sont casernés à Reuilly...

— Oui, c'est à Reuilly, appuya Lempereur.

— Mais mon beau-frère, lui, fait partie du détachement qui tient garnison à Sens.

— Ah! très bien, très bien, fit Lempereur rassuré.

— Or, toute la famille de ma femme habite Paris : son père, sa mère, ses sœurs deux autres de ses frères, etc., etc.

« Aussi, ils voudraient bien que le jeune soldat revînt dans la capitale.

« Alors, vous comprenez, hier, quand ma femme a su que nous avions le grand bonheur d'avoir pour client un général, elle s'est empressée de me dire :

« — Tu devrais bien tâcher d'obtenir que mon frère permutât avec un camarade.

— Diable! Diable! fit Lempereur, très embêté, c'est que ça ne se fait pas comme ça.

« C'est très difficile ce que vous me demandez-là.

Mais, comme il tenait à demeurer, avant tout, dans les grâces de l'hôtelier, il ajouta immédiatement :

— Cependant, soyez persuadé que je ferai tout le nécessaire pour vous accorder ce que vous me demandez-là.

« Dès demain, j'écrirai à Paris, au Ministère, où j'ai de très belles relations, et j'espère qu'on ne me refusera pas cette faveur.

« Cela demandera peut-être un peu de temps.

« Malgré cela, nous aboutirons, nous aboutirons.

Lempereur se disait en lui-même :

— Qu'est-ce que je risque ?

« Je peux toujours bien promettre, car j'arriverai bien à le mener en bateau pendant quelque temps juste celui de m'acquitter envers le limonadier dont j'ai brisé la vaisselle.

— Tu devrais bien tâcher que mon frère permutât.

— Mon général, reprenait M. Van den Motte, il me reste à vous remercier infiniment.

« Mais je n'ai pas fini.

— Diable ! c'est que je suis pressé.

— Excusez-moi, mon général, je serai très bref.

« Je voulais simplement vous dire que l'on mange très bien au Grand Hôtel.

« Je me permets d'attirer votre attention, non seulement sur l'excellence de notre cuisine, mais aussi sur notre cave, qui est peut-être la mieux composée de toute la Belgique.

« Et lorsque mon général nous fera l'honneur de vouloir prendre un repas, à titre d'essai bien entendu, il sera bien bon de me prévenir à l'avance, une heure pas davantage...

« Je me ferai un plaisir et un devoir de soigner tout particulièrement son menu.

— C'est une affaire entendue, fit le pseudo-général, que cette proposition séduisait d'une façon toute particulière.

« Ce soir, je vais dîner en ville.

« Je m'absente demain matin.

« Mais, demain soir, vous pourrez mettre mon couvert.

— Si mon général veut bien, je lui retiendrai une petite table dans le grand hall, tout près de l'orchestre des dames-tziganes.

— Ah ! vous avez des dames-tziganes ?

— Soyez le bienvenu, mon général.

— Tout un essaim gracieux et charmant.

— Eh bien! allons pour les tziganes, et à demain soir, M. Van den Motte.

— J'espère que je vous reverrai avant, mon général ?

— Mais, je l'espère, moi aussi.

« Ah! dites-moi, M. Van den Motte.

— Mon général ?

— Est-ce que vous connaissez un bon pharmacien ?

— Mais oui, mon général.

« Tenez, tout près, à deux pas d'ici.

« Vous n'avez qu'à prendre la première rue à droite : c'est la troisième maison.

— C'est un homme très sûr ?

— Oh! tout à fait sûr.

— On peut se fier entièrement à lui ?

— Allez-y de ma part.

« Dites-lui qui vous êtes, et vous serez admirablement reçu.

— Eh bien! Monsieur Van den Motte, je vous remercie de votre amabilité.

— Mon général !...

Et le directeur du Grand Hôtel, persuadé qu'il avait déjà obtenu un changement de garnison pour son beau-frère, accompagna son client jusqu'à la porte de l'hôtel.

CHAPITRE CIII

L'aqua Simplex

L'empereur se sentait tout réconforté et tout ragaillardi.

— Ça va bien, ça va bien, se disait-il en franchissant les quelques pas qui séparaient le Grand Hôtel de la boutique du pharmacien.

« Du côté de mon duel, je suis fixé.

« Je n'ai rien à craindre.

« Ça va marcher tout seul.

« Poupoule a casqué avec une générosité vraiment surprenante.

« Et l'accident d'hier soir, qui aurait pu m'attirer de graves désagréments dans mon ménage et peut-être ailleurs, va se liquider au mieux de mes intérêts.

« Franchement, je serais bien bête de me faire de la bile.

« Seulement, je crois que dorénavant il faudra que je me surveille un peu plus.

« Ah! ça, qu'est-ce que j'ai donc dans la peau pour

vouloir, lorsque je suis un peu « *pochard* » briser
tout et faire un esclandre de tous les diables ?

« Est-ce que par hasard, Poupoule ne m'aurait pas
jeté quelque maléfice ?

Tout en se livrant à ce monologue intime, Lempereur avait gagné la boutique du pharmacien.

Auparavant, il avait consulté la devanture.

Il avait lu ce nom en grandes lettres d'or tout
flambant neuf :

« *Van Siéten.*

« *Pharmacien du Roi.*

— Van Siéten, Van Siéten, se dit-il, ce doit être
l'inventeur de la liqueur qui porte ce nom.

« Et puis, « *pharmacien du Roi* » ça colle encore
mieux.

« Je vais pouvoir lui raconter quelques petites
choses qui me permettront d'agir avec beaucoup plus
de sécurité.

« Il est évident que le pharmacien du Roi ne voudra pas laisser courir à son Altesse Royale, pas plus
qu'à moi, les chances d'un duel aussi terrible que celui que nous allons engager.

« Cette fois, ça y est, je tiens tous les fils de l'affaire, et nos témoins ne vont plus être en mes mains
que quatre marionnettes que je m'en vais agiter selon
mon bon plaisir.

« Décidément, j'étais fait pour être un homme d'E-
tat tout aussi bien qu'un militaire.

« Et qui sait si je n'aurais pas pu être le sabre
libérateur que la France attend depuis tant d'années.

Alors Lempereur se décida à pénétrer dans l'offi-
cine qui, d'ailleurs, était encombrée de nombreux
clients, que des commis, méthodiquement et sans
hâte, servaient les uns après les autres.

Le mari de Poupoule porta l'index de sa main
droite à son chapeau, en signe de politesse, et demanda d'une voix à laquelle comme toujours, il s'efforçait de donner une intonation brève et énergique :

— Je voudrais parler à Monsieur Van Siéten.

L'un des commis qui ne servait pas, s'approcha et
répondit :

— Monsieur Van Siéten est très occupé en ce moment.

— Je suis le général baron Marin de St. Didier et
je viens de la part de M. Van den Motte, directeur du
Grand Hôtel.

— C'est différent, s'excusa le commis, je m'en vais
prévenir M. Van Siéten.

Puis, désignant des chaises qui se trouvaient dans
la boutique, il ajouta :

« Si vous voulez vous asseoir, Monsieur.

— Merci, je ne suis pas fatigué, refusa Lempereur en cambrant sa haute taille et en passant le
bout de ses doigts sur les deux pointes outrageusement cirées de sa moustache teinte.

Quelques instants après, le commis revenait, et disait au général :

— Veuillez me suivre...

« Monsieur Van Siéten va vous recevoir.

Le général s'empressa derrière le commis qui le
conduisit dans une pièce assez vaste et bien éclairée,
moitié bureau, moitié laboratoire, et au fond de laquelle, assis derrière une table, se tenait un homme,
jeune encore, tout rondouillard, à la figure joviale
et aux yeux malins, clignotants derrière les carreaux d'un lorgnon à monture d'or.

En apercevant l'ex-usurier, Van Siéten se leva, et
d'un air déférent, aimable, il prononça :

— Soyez le bienvenu, mon général.

« Du moment que vous venez de la part de mon
ami Van den Motte, vous êtes ici chez vous.

Et tout en lui désignant un excellent fauteuil, le
pharmacien ajouta :

— Veuillez me dire, mon général, ce qu'il y a pour
votre service...

— Monsieur, attaqua résolument le faux militaire,
décidé à frapper tout de suite un grand coup, avant
tout, je vais vous demander votre parole d'honneur
la plus sacrée que pas un mot de ce que je vais vous
dire, ne sera par vous répété à qui que ce soit au
monde.

— Ah ! très bien, je vois... fit le pharmacien, il s'a-
git d'une affaire où le secret professionnel est de loi ?

— En effet, Monsieur, jamais le secret professionnel n'a été plus rigoureusement nécessaire.

— Vous avez ma parole, mon général.

« Vous pouvez donc vous confier à moi en toute
sécurité.

— C'est que c'est très embarrassant, prévint Lempereur qui, en effet, ne savait trop par quel bout entamer son sujet.

— Je vois ce que c'est, se dit aussitôt le praticien,
il a dû attraper quelque chose et il n'ose pas me le
dire.

« Pour un vieux militaire, il me semble plutôt
manquer d'aplomb.

Puis, tout haut, il reprit :

— Oh ! mon général, je vous en prie, ne vous gênez pas.

« Nous savons ce que c'est.

« A chaque instant, il vient ici des gens très bien
m'exposer leur cas.

« Ainsi, tenez, dernièrement, un jeune compositeur de musique qui était de passage à Bruxelles a été pincé comme vous.

« Il était très embêté... d'autant plus qu'il est marié.

« Il a fait part de ses angoisses à un de ses amis qui me connaissait.

« Celui-ci me l'a envoyé, et, en quarante-huit heures, ça été fini.

— Qu'est-ce qu'il me chante-là se disait Lempereur.

Impassible, M. Van Siéten continuait :

— Ce genre d'affection a fait de ma part, pendant de longues années, l'objet d'études spéciales.

« Je suis arrivé à des résultats extraordinaires.

« Aussi, mon général vous pouvez être tranquille.

« Dans huit jours, quel que soit votre mal, il ne vous en restera plus trace.

— Mais, je ne suis pas malade, moi, protesta Lempereur.

« Jamais je ne me suis si bien porté.

« Et il s'agit d'une chose beaucoup plus grave.

— Alors, mon général, veuillez vous expliquer.

— Connaissez-vous le prince Adolphe? interrogea brusquement le mari de Poupoule.

— Le prince Adolphe, le cousin du Roi, mais, oui, très bien, riposta le pharmacien.

« Je suis même son fournisseur, comme je suis d'ailleurs celui de Sa Majesté et de toute sa Cour.

— Eh bien! mon cher M. Van Siéten, demain, je me bats en duel avec lui.

— Comment! vous vous battez en duel avec Son Altesse ?

— Parfaitement! je me bats en duel avec Son Altesse.

— Par exemple, c'est extraordinaire, je croyais que Son Altesse était à Nice depuis un certain temps et

Il les mélangea dans un mortier.

je n'avais pas entendu dire qu'elle fût rentrée à Bruxelles.

— Elle est si bien rentrée à Bruxelles, répliqua Lempereur, que, pas plus tard qu'hier soir, j'ai eu avec elle une discussion des plus violentes, à la suite de laquelle, nos témoins constitués, ont déclaré qu'une rencontre était inévitable.

Le pharmacien semblait tomber des nues.

Il ne put s'empêcher de traduire son étonnement par ces mots :

— Mon général, je vous crois, parce que c'est vous qui me le dites.

« Mais ce que vous me racontez-là est tellement invraisemblable que je me demande si vous ou moi ne sommes pas l'objet d'une hallucination, d'un rêve !

— Pourquoi est-ce si invraisemblable ? demanda Lempereur.

— Parce que je ne connais pas d'être plus doux, plus paisible que le prince Adolphe.

— Eh bien! si vous l'aviez vu hier soir, vous ne diriez pas ça.

« Il voulait me transpercer avec un sabre qu'il avait dû aller décrocher de la panoplie d'un de ses ancêtres.

— Serait-il indiscret mon général, de vous demander où ces événements se sont passés ?

— Oh! à vous, je peux bien le dire.

« C'est chez une petite femme.

— Une petite femme ?

— Oui, une nommée Diane d'Ostende, qui est la maîtresse du prince Adolphe.

— Oh! cela, c'est trop fort, s'exclama le praticien qui semblait de plus en plus interloqué.

« Le prince Adolphe aurait une maîtresse, lui, le père de famille modèle, dont on cite la conduite exemplaire et les vertus touchantes en modèle à toute la Belgique.

— Eh bien! c'est que la Belgique ne le connaît pas, affirma Lempereur avec la meilleure foi du monde!

« Et je vous assure que, si vous l'aviez vu comme moi, hier, vous auriez de lui une tout autre opinion.

« C'est qu'un moment j'ai cru qu'il allait m'assassiner.

« Si je n'avais pas réussi à le coiffer avec une terrine pleine de confiture...

— Pleine de confiture? s'étonna le marchand de drogues.

— Mais oui, pleine de confiture... eh bien! je crois que je n'aurais pas eu l'honneur aujourd'hui de faire votre connaissance.

— Oh! mon général, vous me voyez bouleversé par ce que vous m'apprenez là.

« Et, au nom de mon pays, je viens vous demander, comme vous l'avez demandé à moi-même, le secret le plus absolu sur cette regrettable aventure.

— Par déférence pour un pays aussi hospitalier que le vôtre, Monsieur le pharmacien, répliqua Lempereur avec un air de dignité des plus comiques, j'avais décidé de ne rien dire.

Le pharmacien, depuis un certain temps, regardait le « général » avec la plus grande attention.

Tout d'bord, il s'était demandé s'il ne se trouvait pas en face d'un farceur ou d'un fou.

Mais, peu à peu, à mesure que le faux militaire parlait, M. Van Siéten se rendait compte que son interlocuteur s'exprimait avec un tel accent de sincérité qu'il n'était pas possible de mettre un seul instant sa bonne foi en doute.

Aussi, le pharmacien qui, en effet, connaissait fort bien son Altesse Royale, le prince Adolphe, et savait pertinemment que celui-ci était incapable de se livrer à de tels excès, avait fini par se dire :

— Il y a de grandes chances que tout cela ne cache une mystification formidable dont cet infortuné général est la victime.

« Voyons un peu jusqu'où cela peut aller.

Et tout haut, il reprit :

— Pourrais-je, mon général, vous demander le nom de vos témoins, ainsi que ceux de son Altesse ?

— Rien de plus naturel, riposta l'usurier.

« Ces noms d'ailleurs, ne doivent pas vous être inconnus, car ils appartiennent aux représentants de la haute aristocratie brabançonne.

« Ce sont, le comte de Molenbeeck, le baron d'Ixelles, le vicomte de Laeken et le chevalier de Scharbeeck.

Le pharmacien dut faire un effort pour ne pas éclater de rire.

Cette fois, il était fixé, non seulement sur la mystification, mais aussi sur les mystificateurs.

En effet, il n'ignorait pas que, depuis un certain temps, sous ces noms d'emprunt, quatre jeunes acteurs du théâtre du Parc, se livraient aux farces les plus drôles et aussi les plus innocentes.

— Voyons, se dit-il, jusqu'où la blague va aller.

« Si elle dépasse les bornes, j'aurais toujours la faculté d'intervenir.

« Mais si elle reste dans les limites permises, je ne vois pas pourquoi j'irais empêcher ces jeunes gens de s'amuser, aux dépens d'un vieux bamboo qui, bien que général, m'a tout l'air d'un fieffé imbécile.

Et tout haut, il reprit :

— Je connais en effet ces Messieurs.

« Ce sont des hommes très distingués, et dans lesquels on peut avoir toute confiance.

— C'est bien ce qui m'a semblé, déclara Lempereur.

Puis, baissant la voix, il ajouta :

« Ils m'ont d'ailleurs prouvé qu'ils ne se contentaient pas d'avoir de belles manières, mais que, par dessus le marché, ils possédaient un très grand cœur.

— Cela ne m'étonne nullement, fit M. Van Siéten.

— Le prince Adolphe qui, contrairement à votre opinion, cher Monsieur, cache une âme implacable et cruelle, a exigé, en effet, que le duel qui allait s'engager entre nous fût, non pas un de ces combats superficiels où l'on est quitte pour une légère égratignure, mais une lutte sans merci, une lutte à mort, dont l'issue est fatale à l'un des deux adversaires.

— Diable! fit le pharmacien, voilà qui est grave !

— Et vous ne savez pas ce que le prince a imaginé ?

« Au lieu de nous battre au pistolet ou à l'arme blanche, il a été décidé que nous nous battrions à l'Américaine.

— Ah! oui, au fusil, au revolver, au canon.

— Non, pas du tout... à la tasse de café.

— A la tasse de café ?

— Oui, à la tasse de café empoisonné.

— Ah! très bien, j'y suis, fit le pharmacien.

En même temps il songeait :

— Il n'y a aucun doute à avoir.... c'est la fumisterie dans toute l'acception du mot.

« Je crois que je m'en vais plutôt m'amuser.

Lempereur, persuadé qu'il avait conquis d'emblée toute la confiance et toute la sympathie de son interlocuteur, continuait :

— Moi, je ne crains pas la mort.

« Je l'ai affrontée cent fois sur les champs de bataille.

« J'ai même été plusieurs fois grièvement blessé.

« Et jamais je n'ai senti le frisson qu'éprouvent, paraît-il, les âmes faibles à l'approche du danger.

« Aussi, au premier abord, n'ai-je élevé aucune objection contre le principe d'une rencontre, qui est peu en usage dans nos mœurs, et j'allais partir en me disant :

« — Oh! après tout, tant pis, au petit bonheur la chance, lorsqu'un de mes témoins m'a retenu et, avec une insistance très caractéristique, il m'a répété plusieurs fois :

— Vous savez que le poison que l'on met dans votre tasse n'est autre que le fameux poison des Borgia...

— L'aqua Toffana ? interrompit le pharmacien.

— Non, l'aqua simplex, rectifia le faux général.

Cette fois, le pharmacien eut toutes les peines du monde à dissimuler l'hilarité qui était sur le point de s'emparer de lui.

Mais se dominant, et se faisant à distance le complice des quatre joyeux artistes, qui avaient résolu de mystifier le « général », il reprit :

— L'aqua simplex...

« Diable ! diable ! ils n'y vont pas de main morte, ces Messieurs.

— C'est un poison terrible, n'est-ce pas ? interrogea Lempereur

Il se promenait lentement, regardant les étalages.

qui parvenait à grand' peine à dissimuler l'anxiété qui lui mordait les entrailles.

— Terrible, en effet, répliqua le pharmacien... le plus terrible de tous.

« Il suffit d'en verser une goutte dans l'œil d'un lapin pour qu'il tombe foudroyé.

« Quelques gouttes répandues dans un breuvage quelconque suffisent pour terrasser l'homme le plus puissant qui ne tarde pas à expirer au milieu des convulsions les plus effroyables et des douleurs les plus atroces.

Le mari de Poupoule se sentit froid dans le dos.

Maintenant, le doute commençait à l'étreindre.

Il se disait :

— Pourvu que cette aqua simplex ait son antidote.

« Voyez-vous qu'elle n'en ait pas.

« Je serais frais alors.

« Oh! mais, en ce cas, je n'hésiterais pas.

« Je tiens trop à ma peau pour la risquer en une pareille aventure.

« Poupoule dirait ce qu'elle voudrait, mais je prendrais le train immédiatement.

« Et quand je devrais me réfugier au Kamtchatka, au Pôle nord, ou même au Pôle sud, pour échapper à la vengeance que le prince Adolphe ne manquerait pas de chercher à exercer contre moi, je n'hésiterais pas une seule minute.

« Car, vraiment, je ne veux pas laisser les choses aller si loin, d'abord, dans mon intérêt, ensuite dans celui de l'humanité tout entière dont, j'ose le dire, je suis un des représentants les plus distingués.

Mais, par un restant de respect humain, l'exusurier n'osait formuler une question aussi précise, qu'il eût pu découvrir son état d'âme à l'honorable commerçant qu'il avait sous les yeux.

Car, comme on a pu s'en apercevoir au cours de ce récit, M. Lempereur était un singulier personnage.

Mélangé d'orgueil et de poltronnerie, il vivait en contradiction presque perpétuelle avec lui-même.

En effet, il rêvait d'être un héros.

Mais il n'en avait que le désir et n'en possédait aucune des qualités; par contre, il était doué de tous les défauts contraires.

Le pharmacien, volontairement ou non, allait venir à son secours.

— Général, reprit-il, vous ne pouvez vous figurer combien je suis effaré par ce que vous venez de me raconter là.

— Il y a de quoi, n'est-ce pas ?

— Je vous crois, mon général, et, tenez, je donnerais bien la moitié des drogues que j'ai dans ma boutique pour que cette rencontre n'eût pas lieu.

« Oui, mon général.

« Et cela pour deux raisons :

« La première c'est que, bien qu'il y ait à peine un quart d'heure que j'aie eu l'honneur de faire votre connaissance, vous m'êtes extrêmement sympathique.

« La seconde, c'est que, malgré tout, je demeure inaltérablement dévoué à mon prince, et que je ne voudrais pas, pour rien au monde, qu'il lui arrivât malheur.

— Ce serait peut-être très regrettable pour la Belgique, glissa l'usurier, enchanté de voir la conversation s'engager sur ce terrain.

Mais en affectant de sourire, il ajouta aussitôt :

— Cela serait beaucoup moins désagréable pour moi.

— Comment faire pour empêcher cela, se demandait M. Van Siéten avec une anxiété admirablement bien simulée.

Puis il déclara :

— Il y aurait peut-être un moyen, mon général, c'est que vous rentriez en France ?

— Je ne veux point passer pour un lâche, bluffa Lempereur.

« Mais cependant, comme j'estime qu'il est malheureux que deux hommes comme le prince et moi, risquent leur vie pour une terrine de confiture dont l'un a coiffé l'autre, je suis venu vous demander, M. Van Siéten, si, pour éviter une catastrophe irréparable, il n'y aurait pas moyen de nous faire absorber, au prince et à moi, un contre-poison qui paralyserait les effets de l'aqua simplex ?

— Oh! quelle idée, s'écria le pharmacien en levant les bras au ciel.

« Comment n'y ai-je pas songé plus tôt ?...

« Veuillez m'excuser, mon général, mais... j'ai été tellement abasourdi, tellement épouvanté par ce que je viens d'entendre que j'en avais presque perdu la tête.

« Heureusement que, grâce à vous, je me suis ressaisi.

« Un contre-poison est certainement...

— Alors, il y en a un ?

— S'il y en a un... il y en a plusieurs.

— Et vous croyez que... même après avoir avalé de l'aqua simplex, on peut se tirer d'affaire ?...

— J'en suis sûr.

« Vous pouvez même en boire une bouteille entière, je vous garantis que cela ne vous fera aucun mal.

— Et ce contre-poison, vous l'avez ?

— Oh! j'en ai pour trois minutes à le fabriquer.

— Est-ce qu'on le prend après ?

— Non, avant, une heure ou cinq minutes, ça n'a pas d'importance.

— Vous êtes bien sûr au moins ?

— Tenez, je m'en vais en faire l'expérience.

— Sur qui ?

— Sur moi-même.

Et, ouvrant une armoire, il y prit plusieurs poudres les mélangea dans un mortier à l'aide d'un pilon et en remplit un cachet qu'il avala.

Alors, se dirigeant vers un rayon tout garni de nombreux bocaux, il en saisit un sur lequel se détachaient en lettres d'or, ces deux mots latins : *Aqua simplex.*

En réalité, le bocal ne contenait que de l'eau distillée.

Le pharmacien, impassible en remplit un verre qu'il vida d'un trait.

Puis il dit à Lempereur qui le regardait sans qu'une parole s'échappât de ses lèvres, tant son attention était captivée par l'expérience à laquelle il assistait :

— Maintenant, mon général, si vous voulez attendre cinq minutes, dix minutes, une heure, toute la journée, vous verrez que je me porterai aussi bien que si, au lieu d'avoir avalé un verre d'aqua simplex j'avais dégusté un bock ou un génièvre.

— Cela me suffit, cher Monsieur Van Siéten, s'écria Lempereur au comble de la joie.

Pour un rien, le mari de Poupoule se serait jeté dans les bras du pharmacien.

— Oh! se disait-il, j'en ai eu une idée de venir trouver ce brave homme.

« Il me sauve la vie.

« Je m'en fiche un peu qu'il sauve aussi celle du prince Adolphe, car, moi, je ne lui en veux pas plus que ça. L'essentiel est que je ne trinque pas.

« Et maintenant, je suis sûr de mon succès.

Tout en tempérant son allégresse, il reprit à haute voix :

— Cher Monsieur croyez que je vous suis très profondément reconnaissant du grand service que vous me rendez.

« Vous agissez là en honnête homme et en brave citoyen.

« Seulement, tout ceci entre nous, n'est-ce pas ?

— Voyons... cela n'a pas besoin de se dire.

— Quand est-ce que je devrais revenir pour chercher le contre-poison ?

— Mais je vais vous en fabriquer plusieurs cachets.

« Vous en prendrez un, une heure avant le duel,

l'autre, une demi-heure avant, et le troisième au moment d'entrer dans la chambre où se déroulera le combat.

« Vous trouverez bien le moyen de dissimuler le cachet dans le creux de votre main...

— Oh ! certainement, j'en ferai mon affaire.

— Quant au prince, je m'arrangerai de façon à ce que, sans qu'il s'en doute, il prenne lui aussi, mon antidote.

Immédiatement, le pharmacien se mit à confectionner les trois cachets qu'il plaça dans une petite boîte, et, les remettant à Lempereur, il fit :

— Avec cela, mon général, vous pouvez être tranquille, et braver la mort aussi courageusement que sur le champ de bataille.

— Combien vous dois-je ? demanda Lempereur qui, muni du précieux viatique que Poupoule lui avait donné quelques instants auparavant, se sentait mûr pour toutes les générosités, pour tous les sacrifices.

Il fit l'emplette de douze mouchoirs ravissants.

— Le plaisir de vous obliger, déclara M. Van Siéten.

— Oh ! Monsieur, je ne puis accepter...

— Si, si, faites donc, je vous en prie, ne vous gênez pas.

— Je suis pour quelque temps encore à Bruxelles, annonça Lempereur qui ne voulait pas être en reste d'amabilité avec son aimable interlocuteur.

« Aussi, je me propose, avant peu, de vous inviter à dîner et j'espère bien que vous ne me refuserez pas ?

— Mais certainement, mon général, je serai même très flatté de m'asseoir à la même table que vous.

— Je vous dois bien cela.

— Donc, à bientôt, mon général.

— A bientôt, mon cher M. Van Siéten.

Lempereur exultait en sortant de la boutique. Jamais il ne s'était senti plus léger. De l'argent plein ses poches, une liberté dont il n'avait encore jamais joui, la sécurité pour le lendemain, et la faculté de pouvoir crâner devant un danger qui n'existait plus pour lui, mettaient dans son âme une sorte d'enthousiasme qu'il ne se connaissait pas lui-même.

En toute autre circonstance, cet enthousiasme se fut traduit par une nouvelle *bombe* tout aussi carabinée que les précédentes.

Mais Lempereur se disait :

— Attention, ce n'est pas le moment de faire des blagues.

« Il faut, demain, que je les épate, qu'ils en aient un coin de bouché et que je passe à leurs yeux pour l'homme le plus formidablement courageux qui ait jamais existé.

« Ah ! ce que je m'en vais me payer sa tête à ce prince Adolphe.

Lempereur avait regagné le boulevard Anspach et, maintenant, la canne sous le bras, le chapeau sur l'oreille, il se promenait lentement, regardant les étalages.

Tout à coup, il s'arrêta net devant un marchand de linges et dentelles, dont la devanture, fort bien arrangée, avait tout ce qu'il fallait pour attirer l'attention des clients, et surtout des clientes.

De très jolis mouchoirs brodés et marqués d'ailleurs à des prix fort raisonnables, s'étalaient, tentateurs et charmants.

— Ah ! fit soudain Lempereur. Poupoule qui, dernièrement disait devant moi qu'elle désirait vivement avoir des mouchoirs en dentelles.

« Voilà une occasion ou jamais.

« Puisqu'elle se montre gentille envers moi, je puis bien avoir une petite attention pour elle.

« Cela va me coûter cinquante balles.

« Mais, comme je ne l'ai pas habituée précisément aux cadeaux, j'achèverai ainsi de me concilier ses bonnes grâces.

« Et si, par hasard, j'avais besoin d'une avance

avant la fin de la semaine, elle n'oserait plus me la
refuser.

Lempereur pénétra dans la boutique, fit l'emplette
de douze mouchoirs ravissants et se fendit même
d'une boîte en laque.

Enchanté de son acquisition, il s'en fut s'asseoir à
la terrasse d'un café voisin.

« Car, bien qu'il fût décidé à se montrer d'une extrême sobriété, avant l'heure du dîner, il pouvait bien
se permettre un léger
apéritif.

Il se commanda un
picon-menthe, tout en
fumant un excellent ci-
gare.

Puis il rentra à l'hô-
tel où il pensait bien
que Poupoule devait ê-
tre revenue.

Il ne se trompait pas.

Il y avait cinq minu-
tes en effet, que Madame
Bric-à-Brac était ren-
trée.

Il frappa à la porte
de sa chambre.

— Qu'est-ce qui est
là fit une voix aigre et
malveillante.

« C'est toi, pochetée?

— Oui.... c'est moi.

— Qu'est-ce que tu
viens encore m'embê-
ter ?

— Poupoule, j'ai
deux mots à te dire.

— Flûte !

— Deux mots, j'en suis sûr, qui te causeront un
vif plaisir.

— Allons donc! c'est pas possible.

— Entrebâille seulement la porte et tu verras.

— Qu'est-ce qu'il peut bien vouloir? se demanda la
mégère, en accédant néanmoins au désir de son
époux.

Alors, elle ouvrit son huis.

Lempereur pénétra dans la chambre, et offrant à sa
moitié le paquet qu'il tenait dans la main, il lui dit :

— Prends ça, c'est pour toi.

— Pour moi ?

— Oui, pour toi, c'est un cadeau.

— Un cadeau? répéta l'ancienne proxénète.

— Un cadeau, répéta l'ancienne proxénète en s'emparant du paquet.

Elle hésitait à le développer.

Elle craignait une plaisanterie d'un goût douteux
de la part d'un homme dont elle se savait cordialement détestée.

— N'aie pas peur, reprit le faux général qui, immédiatement avait deviné la pensée de sa compagne.

« Ouvre, et je suis sûr que ça te fera plaisir.

Madame Lempereur
se décida enfin et une
douzaine de mouchoirs
apparut à ses yeux
étonnés.

Alors, n'en revenant
pas, elle s'écria :

— Et tu dis que c'est
pour moi.

— Mais oui, parfaite-
ment.

— Ça, par exemple,
c'est invraisemblable.

« C'est toi qui m'as
rapporté ces mou-
choirs ?

— Oui, c'est moi.

— Et pourquoi faire?

— Voyons, pour te
moucher.

— Je le sais bien par-
bleu.

« Mais dans quel but
as-tu fait cela ?

Et, se redressant, la
marchande d'antiquités
s'exclama :

— Je parie que tu as
déjà dépensé tout l'argent que je t'ai donné tout à
l'heure, et que tu m'apportes cela pour m'amadouer.

— Jamais de la vie !

« Je n'ai rien dépensé du tout.

« Et, sauf l'argent de ton cadeau, ma provision est
intacte.

— Alors, je ne comprends plus.

— Poupoule... j'ai eu un remords.

— Toi, un remords! tu veux donc t'en faire crever ?

— Pas du tout.

« En te voyant si gentille et si douce envers moi,
en songeant que, grâce à toi, j'allais pouvoir désormais mener une existence conforme à mes goûts et

— Allons, à bas les pattes, grand polisson.

« Ça, par exemple, ça serait épatant.

Et tout haut elle reprit :

— Lempereur, j'accepte les mouchoirs.

« Je veux bien croire, cette fois en la sincérité de ton repentir.

— Merci, Poupoule.

— Mais rappelle-toi d'une chose : je ne désarme pas.

« Nos conventions restent les mêmes.

« Si tu les respectes, tout ira bien.

« Je saurai même te récompenser.

« Et si, comme je l'espère, les affaires deviennent productives, que tu continues à me ficher la paix et à ne pas m'attirer d'ennuis, peut-être ta pension.

— Oh! Poupoule, que qui sait, j'augmenterai me dis-tu là ?

— Tu sais que je tiens toujours mes promesses, soit dans un sens, soit dans l'autre.

— Oui, aussi laisse-moi te dire...

— Oh! pas d'effusion je t'en prie.

— Alors, un bécot ?

— Un seul... et dépêche-toi.

« Car ce soir, je dîne en ville.

— Toi aussi ?

— Oui, moi aussi... il faut que je me mette sur mon trente-et-un.

« Aussi, je n'ai pas de temps à perdre.

Au fond du cœur, Lempereur se disait :

— J'aime mieux ça.

Et effleurant d'un baiser rapide la joue que lui tendait son épouse, il risqua néanmoins un compliment d'une écœurante banalité, qui, cependant flatta singulièrement celle qui en était l'objet.

— C'est malheureux que tu sois pressée, sans quoi j'aurais pu te dire deux mots...

à mes idées, en me disant surtout que tu avais eu la délicatesse de me faire passer pour un général, alors que tu aurais très bien pu m'imposer le rôle d'un représentant en vins, d'un courtier d'assurances, ou même d'un marchand de cochons, j'ai eu honte de mes égarements passés, j'ai rougi de mes débordements libidineux et de mes exagérations orgiaques.

« Alors, j'ai été pris pour toi d'un subit élan de tendresse que j'ai voulu traduire en t'offrant ce modeste souvenir.

Madame Lempereur avait écouté cette déclaration d'un air complètement ahuri.

— Il n'est pourtant pas saoul, fit-elle.

« Non, ah! ça, est-ce qu'il s'amenderait pour tout de bon ?

« Est-ce que j'aurais pris avec lui le bon système ?

— Allons, à bas les pattes, grand polisson, et surtout, pas de vos plaisanteries-là, car je ne veux pas que vous me preniez pour une de vos hétaïres.

« Moi, je ne veux pas du rebut des autres.

« Soyons camarades, mais pas davantage.

Comme Lempereur ne demandait pas mieux, il se hâta de déguerpir, très enchanté de lui et se disant :

— Je crois que cette fois, je tiens le bon bout.

Et, après avoir fait une petite promenade à pied, il retourna au restaurant où il avait déjeuné le matin, et où il devait retrouver ses témoins pour dîner.

Ceux-ci l'attendaient.

Dès qu'ils l'aperçurent, le vicomte de Laeken et le chevalier de Sharbeck s'en furent à lui, les mains tendues.

— Mon général, lui dirent-ils, il nous arrive aujourd'hui un contre-temps fâcheux.

— Quoi donc? fit le général.

— Nous sommes appelés au Palais du Roi, ce soir à huit heures.

En réalité, le Palais du Roi n'était autre que le théâtre du Parc, où nos quatre joyeux compères étaient appelés à jouer leur rôle dans la pièce en cours de représentation.

— Est-ce que c'est au sujet du duel ? demanda Lempereur.

— Oh! pas du tout! c'est pour une question de politique intérieure que sa Majesté nous fait appeler.

— Ah! je respire, fit le mari de Poupoule en affectant une crânerie qui, d'ailleurs, lui était extrêmement facile.

« Un moment j'ai eu peur.

« J'ai cru que sa Majesté intervenait pour empêcher le duel.

— Oh! il n'en est pas question, déclara le vicomte de Laeken.

« Sa Majesté ignore aussi bien que tout le monde jusqu'aux préliminaires de la rencontre.

— Alors, tout est pour le mieux.

— Seulement, comme nous sommes très pressé, reprit le chevalier de Sharbeck, et que nous ne voudrions pas vous faire manger trop vite, nous nous priverons du plaisir de dîner ce soir avec vous.

— Mais non, mais non, pas du tout, restez.

« Je ne veux pas que vous vous en alliez comme ça.

« Nous allons commander tout de suite le menu et nous mettrons les bouchées doubles.

Déjà Lempereur brandissait une carte, appelait un garçon et désignait les plats.

Et tout de suite, la conversation devint amicale, bruyante, animée.

L'ex-usurier, comme toujours, mangeait avec un appétit superbe, affectant de ne prononcer aucun mot au sujet de la rencontre du lendemain, se montrant plein de gaîté, d'exubérance, comme s'il eût été à la veille d'une partie de plaisir et non d'un duel à mort.

Tout à coup, le vicomte de Laeken qui, déjà, au cours du dîner avait échangé avec son camarade quelques coups d'œil des plus expressifs, s'interrompit de manger.

— Mon général, fit-il, savez-vous ce que j'étais en train de me dire ?

— Ma foi non, mon cher vicomte.

— Eh bien! tout simplement que vous êtes un héros.

— Moi ?

— Mais oui, vous!

Et s'adressant à son voisin, il lui dit :

« N'êtes-vous pas de mon avis, chevalier ?

— Certes, appuya M. de Sharbeck.

Monsieur de Laeken reprit :

— Quand on pense que demain, vous allez vous trouver en face de deux tasses de café, dont l'une sera pleine de poison et qu'il vous faudra choisir, eh bien, moi qui ne suis pour rien dans la chose, je sens mes cheveux se dresser sur ma tête, et mon sang se glacer dans mes veines.

— Eh bien! pas moi, répliqua Lempereur, je suis tranquille, très tranquille.

— Sans doute espérez-vous que le sort vous favorisera ?

— Je n'y pense même pas.

— Alors, c'est tout simplement sublime !

— C'est ce que vous voudrez, mais c'est comme ça.

Laeken et Sharbeck commençaient à la trouver mauvaise.

Connaissant déjà leur bonhomme sur le bout du doigt, ayant deviné, dès leur première entrevue, le pleutre auquel ils avaient affaire, ils se demandaient par quel prodige ce poltron émérite, en face d'un danger qu'il pouvait croire inéluctable, faisait preuve d'une incontestable bravoure et d'un inexplicable sang-froid.

— Certainement, se disaient-ils, il y a quelque chose là-dessous.

« Cet idiot se douterait-il de quelque chose ?

« Non, ce n'est pas possible.

« Alors quoi ? c'est incompréhensible.

« Enfin, nous verrons bien.

Le dîner, rapidement terminé, ils prirent congé du faux général, après lui avoir répété que la rencontre était fixée pour le lendemain matin à neuf heures, chez le comte de Molenbeeck, 7, rue d'Arenberg.

Lempereur resta à siroter tranquillement un petit verre de liqueur.

Puis il se dit :

— Qu'est-ce que je ferais bien, ce soir ?

« Je ne peux pas me coucher comme une poule.

« Si j'allais au théâtre ?

« Voyons un peu ce qu'on joue...

Il se fit apporter un journal et consulta le programme des spectacles.

A la Monnaie, on jouait *Siegfried*, de Wagner.

— Oh ! Siegfried, se dit-il.

« Ça doit être de la grande musique, la barbe... passons.

« Au théâtre du Parc, on donnait *la Dame aux camélias*.

Fort heureusement, Lempereur l'avait vu jouer plusieurs fois.

Aussi passa-t-il en murmurant :

— Toujours la *Dame aux camélias*, connais, connais.

D'ailleurs, dans la conversation, Sharbeck et Laeken avaient pris soin, fort prudemment d'ailleurs, de dissuader Lempereur d'aller au théâtre du Parc où, disaient-ils, on ne jouait que des vieilleries et dont la troupe était particulièrement médiocre.

Le mari de Poupoule continuait sa lecture...

« Théâtre des Galeries St. Hubert.

« Quelle drôle d'idée de donner un nom de saint à un théâtre, surtout celui d'un saint qui est celui des chasseurs.

« On ne doit jouer que des bondieusarderies là-dedans :

« *La passion de Jeanne d'Arc ou la mort de Louis XVI*.

Un cri de satisfaction lui échappa :

En effet, ce soir-là, le théâtre des Galeries St. Hubert jouait un vaudeville célèbre intitulé : *Une nuit de noces*.

Le pharmacien et l'acteur trinquèrent cordialement.

« Si j'allais voir ça, fit Lempereur : *Une nuit de noces*, ça doit être polisson.

« Voyons ce que donnent les autres.

« Olympia.

« Ah! ah! se disait-il, ça doit être un music-hall : ballet, promenoir, petites femmes à la clef, etc., etc.

Mais il s'aperçut bientôt de son erreur.

L'Olympia donnait ce soir-là asile aux acteurs de la Comédie-Française, qui jouaient *Athalie* et *le Dépit amoureux*.

— Ah! non, non alors, flûte, flûte ! versé.

« Décidément, à Bruxelles, ils ne font rien comme tout le monde.

« L'Olympia qui joue des pièces à curé comme *Athalie*, et St. Hubert qui donne des pièces à rigolade.

« Poursuivons :

« L'Alcazar, ah! ça doit être un beuglant, ça.

« Non pas du tout, on y joue *l'Abbé Constantin*.

« Encore une pièce à bon Dieu et à ratichons.

« La Scala...

« Là je suis sûr au moins de ne pas me tromper.

« Flûte, fermée pour répétitions générales.

« L'Alhambra ça doit être encore un bazar où on trouve des moukères...

« *La grâce de Dieu*.

— Ah! non, non, alors, flûte, flûte.

« S'ils ne font que parler du bon Dieu dans les théâtres, je me demande un peu de quoi ils peuvent parler dans les églises.

Et, jetant le journal sur la table, il appela le garçon et lui demanda :

— Dites donc, mon ami, est-ce qu'il n'y a pas un music-hall ici ?

— Mais si, il y en a un qui est même très bien, tout à côté d'ici, c'est le Palais de Glace.

« On ne s'y embête pas ?

« Le spectacle est très varié, très intéressant.

« Faut-il vous faire retenir un fauteuil ?

— Oh! moi, je préfère le promenoir.

— Vous pouvez y aller, je crois que vous ne passerez pas une mauvaise soirée.

—Eh bien! je m'y rends.

Lempereur paya rondement la note, joignit même un généreux pourboire puis se dirigea vers le célèbre music-hall de Bruxelles...

CHAPITRE CIV

Sur le terrain !

Vers dix heures du soir, M. Van Siéten, après avoir fait lui-même sa caisse et présidé à la fermeture de sa boutique, avait pris son chapeau et sa canne, puis était monté dans un omnibus qui l'avait conduit jusqu'au théâtre du Parc.

Il voulait en effet connaître les dessous de la vaste facétie, à laquelle, involontairement il avait été mêlé.

Possédant ses petites et grandes entrées dans le théâtre du Parc, dont il était le fournisseur attitré, u lieu de pénétrer dans la salle, il grimpa immédiatement l'escalier qui conduisait aux loges des artistes.

La première personne qu'il rencontra fut précisément le pseudo comte de Molenbeeck qui, en réalité, à la ville, s'appelait Prosper Marmier et jouait les pères nobles à la scène.

— Tiens, ce cher M. Van Siéten, fit-il, quel bon vent vous amène ?

— J'ai quelque chose à vous dire, reprit le pharmacien.

— Ça tombe à merveille, répliqua le comédien, je sors justement de scène et comme je ne suis pas de l'acte suivant, nous allons pouvoir monter dans ma loge faire un brin de causette.

— Très volontiers.

—Je vais faire dire au concierge de nous faire monter deux demis bien tirés.

— Ça n'est pas de refus.

Les deux amis grimpèrent jusqu'à la loge de l'artiste.

Tout de suite, le pharmacien attaqua :

— Mais qu'est-ce que c'est que ce général que vous avez juré de faire tourner en bourrique ?

— Comment! s'étonna Prosper Marmier, vous êtes au courant ?

— Je sais que j'ai reçu cet après-midi la visite d'un général.

— Général Marin de St. Didier ?

— C'est cela.

« Ce général m'a raconté, sous le sceau du secret, qu'il allait se battre en duel avec le prince Adolphe, que celui-ci avait pour témoins le comte de Molenbeeck et le baron d'Ixelles et que les siens se nommaient le vicomte de Laeken et le chevalier de Sharbeck.

« Du premier coup j'ai deviné que je me trouvais en face d'un mystifié, et que les mystificateurs n'étaient autres que vos camarades et vous.

— En effet, déclara très nettement le comédien, nous sommes en train de nous payer la poire du général, et cela dans les grandes largeurs.

« Voyons un peu ce qu'il vous a raconté ?

— Il m'a donc dit qu'à la suite d'une altercation qu'il avait eue avec le prince Adolphe, il devait se battre le lendemain avec lui au café empoisonné.

— C'est bien cela.

— Il a ajouté que le poison qu'on allait jeter dans le breuvage, n'était autre que la célèbre aqua simplex, le poison des Borgia.

« Et tout en m'affirmant qu'il avait un profond mépris pour la mort, il m'a demandé de bien vouloir lui donner un contre-poison, sous prétexte qu'il ne voulait pas mettre en jeu la vie de deux hommes utiles à leur pays pour un simple pot de confitures.

— Et vous lui avez donné ?

— Trois cachets qui vont lui coller la plus épouvantable colique, suivie des effets les plus désastreux.

— Alors, il se croit préservé ?

— Evidemment.

— C'est donc cela que, tout à l'heure, les deux camarades qui ont dîné avec lui me racontaient qu'il ne semblait nullement effrayé des conséquences que pouvait avoir pour lui le duel du lendemain.

« C'est égal, M. Van Siéten, protesta le comédien, vous nous jouez là un vilain tour.

« Nous qui comptions tant nous amuser.

— Je vous garantis qu'avec mes cachets vous vous amuserez encore davantage.

« Croyez, mon bon ami, que je n'ai pas fait ça pour vous ennuyer, mais au contraire, pour vous permettre de pousser jusqu'au bout votre fumisterie.

« Car il est certain que si le général avait été trouver un autre pharmacien et lui eût demandé un contre-poison contre l'*aqua simplex*,. il est infiniment probable que mon collègue lui eût ri au nez en lui déclarant qu'il était victime d'une mystification, on l'eût mis carrément à la porte en lui disant qu'il voulait se payer sa tête.

« Et alors, tout était perdu.

— En effet, M. Van Siéten, vous avez parfaitement raison, approuva le faux comte.

— Et vous verrez demain, je vous le garantis, que vous ne regretterez pas qu'un heureux hasard ait envoyé chez moi votre tête de Turc.

« Cependant, mon cher ami, laissez-moi vous gronder un peu.

— Pourquoi cela ? cher Monsieur Van Siéten.

— Je ne nie pas que le général Marin de St. Didier ne prête le flanc à la plaisanterie, et je ne vous cacherai pas que je le trouve plutôt grotesque.

« Mais enfin, cependant, vous et vos camarades, vous êtes Français tous les quatre ?

— De très bons Français, M. Van Siéten.

— Aussi, je ne trouve pas très gentil que vous vous amusiez ainsi aux dépens d'un officier de votre pays.

— M. Van Siéten, rassurez-vous, M. le général Marin de St. Didier n'est pas plus officier que vous et moi.

« Il s'appelle tout simplement M. Lempereur.

« C'est un ancien usurier de Paris qui est de pas-

— *Je dirais bien deux mots à cette ravissante personne.*

sage à Bruxelles avec sa femme, ex-marchande d'antiquités, entremetteuse, proxénète, tout ce que vous voudrez, couple fort peu intéressant, et qui mérite cent fois toutes les plaisanteries auxquelles nous comptons nous livrer contre lui pendant son séjour à Bruxelles.

— Ah! vous m'en direz tant, s'exclama le brave pharmacien.

« Eh bien! je vous avouerai franchement que j'aime mieux cela.

« Maintenant, je marche, je marche même à fond.

« Si vous avez besoin de moi... usez, abusez, je suis à votre entière disposition.

« Aussi, ne vous gênez pas.

— Nous ne disons pas non, M. Van Siéten.

« Il se peut en effet que nous ayons recours à vos services.

— Vous me trouverez toujours là, mon brave Prosper, chaque fois qu'il s'agira de jouer un bon tour à des mufles.

— Et ceux-là en sont, je vous le garantis.

— Alors tout est pour le mieux.

« Comment diable, par exemple, avez-vous fait leur connaissance ?

— Je m'en vais vous raconter cela.

« Ce sont trois petites femmes qui sont en ce moment la coqueluche de Bruxelles, c'est-à-dire Lucienne de Blankenberghe, Diane d'Ostende et Estell de Bruges qui ont lancé le bateau.

« Figurez-vous que Lucienne de Blankenberg été autrefois employée chez Madame Lemp c'est-à-dire la femme du « général ».

« Elle a reconnu celui-ci au bois de la f elle se trouvait avec sa sœur et son amie, emmené avec elles.

« Alors, vous ne pouvez vous imag fête qu'elles lui ont payée.

« Comme il leur déclarait ingé inscrit au Grand Hôtel sous le rin de St-Didier, elles l'ont emmené chez un costumier de théâtre, l'on l'ont habillé en général, l'ont emmené chez Diane d'Ostende, l'ont fait boire, manger, raconter toutes sortes de balivernes.

« Une fois qu'il a été bien gris, notre camarade, Hubert de St-Mayran, se faisant passer pour le prince Adolphe, amant de Diane est arrivé tout à coup en poussant des hurlements épouvantables et en menaçant l'infortuné général d'une formidable rapière.

— Ah! il vous a raconté cela.

— Oui, oui, il nous a narré l'histoire tout au long.

— Elle est bien bonne, se tordit M. Van Siéten.

« Mais j'espère bien que vous n'allez pas vous en tenir là.

« Nous avons tout un programme, fit Prosper Marmier, et, contrairement aux habitudes des hommes politiques de notre pays, nous l'exécuterons à la lettre.

— Je m'en rapporte à vous.

— Maintenant, je m'en vais prévenir mes camarades de ce qui s'est passé tantôt dans votre pharmacie.

« Alors vous affirmez que les cachets vont lui faire de l'effet?

— Oui, je vous le garantis.

« Même, je vous assure que maintenant que le général n'est pas général, je paierai cher pour assister à la séance.

— Rien de plus facile, déclara Marmier, Diane, Lucienne et Estelle y seront également.

« Vous n'aurez qu'à vous cacher dans une pièce voisine d'où vous verrez et entendrez tout ce qui se passera.

— Parfait!

— Surtout, cher monsieur Van Siéten, ne parlez pas à ces dames de vos fameux cachets.

« Il vaut mieux leur laisser la surprise tout entière.

— Soyez tranquille!

« Allons, au revoir, mon cher Prosper.

— Vous n'allez pas vous en aller comme ça.

« Vous avez bien cinq minutes.

« A ce moment le concierge apportait les deux demis.

Le pharmacien et l'acteur trinquèrent cordialement.

— A la santé du général, s'exclama M. Van Siéten.

— C'est cela à sa santé, ajouta le comédien.

Lempereur s'était donc rendu au Palais de Glace.

Il avait pris un promenoir et il avait commencé à déambuler tout autour du vaste et confortable établissement.

Comme il était de très bonne heure, le public était peu nombreux.

D'ailleurs, Lempereur n'avait aucune intention arrêtée.

Il s'était tenu le raisonnement suivant:

— Demain j'aurai besoin de toutes mes forces morales et physiques pour soutenir mon rôle jusqu'au bout.

« Il ne faut pas que j'arrive au rendez-vous l'air veule, vanné et déliquescent.

« Aussi je ferai bien de ne pas m'amollir dans les délices de Capoue...

« Je vais simplement me contenter de me rincer l'œil, ce qui est une façon très agréable de passer son temps.

Tout d'abord faute d'horizontale capable de retenir son choix, Lempereur fixa son attention sur les numéros variés qui défilaient au programme.

Comme le spectacle était fort intéressant et qu'au fond, le mari de Poupoule était ce qu'on appelle un gobeur dans toute l'acception du mot, il cessa de regarder dans la salle qui, peu à peu, s'était emplie.

Quand le rideau se baissa sur le premier entr'acte, il s'aperçut que tout autour de lui passaient et repassaient un lot délicieux de jolies filles des plus appétissantes.

— Oh! dit-il, je ne me doutais pas qu'à Bruxelles il existait une collection aussi complète d'appréciables minois.

Et avisant une belle créature bien en chair, l'air un peu bêbête mais assez attirante tout de même, il songea:

— Si je n'étais pas résolu à rester sage, je dirais bien deux mots à cette ravissante personne.

Mais à peine cette tentation avait-elle traversé son esprit — tentation à laquelle il eût sans doute cédé, car le général, plus que tout autre, avait la chair faible — qu'un remous se produisit dans la foule qui l'entourait...

Trois immenses chapeaux, mais de ces chapeaux gigantesques tels qu'on en voit, depuis quelque temps aux dames faciles et même difficiles, émergeaient du flot des spectateurs provoquant sur leur passage les réflexions les plus variées.

Les trois chapeaux qui abritaient trois femmes exquises, aux toilettes très élégantes, pénétrèrent dans une avant-scène découverte, au milieu d'un murmure flatteur où se mêlaient cependant quelques paroles d'ironie.

Lempereur avait eu un cri:

— Ce sont elles!

En effet, c'étaient bien Lucienne de Blankenberghe, Diane d'Ostende et Estelle de Bruges qui faisaient leur entrée sensationnelle dans le music-hall.

— Elles ne m'ont pas vu, se dit Lempereur.

« Mais après ce qui s'est passé hier, je ne puis faire moins que d'aller leur présenter mes hommages.

« Sans cela elles pourraient m'apercevoir, et alors elles interprète - raient mal mon attitude.

« Or, pour rien au monde, je ne voudrais passer pour un mufle, surtout à la veille d'une grande journée comme celle qui se prépare.

Immédiatement le général Marin de St-Didier se présenta à la porte de la loge, son chapeau à la main, et, avec toutes les allures de la plus déférente politesse.

Elles faisaient leur entrée sensationnelle dans le music-hall.

— Mesdames, fit-il, en faisant un plongeon digne d'un canard qui barbotte dans une mare d'eau sale, j'ai bien l'honneur de vous présenter mes compliments.

— Ah! ce cher général, fit tout de suite Lucienne avec son plus aimable sourire.

— Comment allez-vous depuis hier? demandait Diane d'Ostende.

— Un peu remis de vos émotions? interrogeait Estelle de Bruges.

— Mais ça va bien, ça va très bien.

« Je suis ravi, enchanté.

« Mais je ne voudrais pas être indiscret, mesdames.

— Oh! vous ne nous gênez nullement, fit Lucienne et puisqu'il y a encore une place dans notre avant-scène, vous nous ferez le plus grand plaisir en l'occupant jusqu'à la fin de la soirée.

— Véritablement, s'écria Lempereur, vous êtes trop aimables.

Et se tournant vers Diane d'Ostende, il ajouta:

— Ne craignez-vous pas, madame, qu'après les événements d'hier ma présence dans cette loge ne soit pour vous, compromettante?

— Mais non, mais non! fit Diane.

« D'abord, il n'y a aucun danger que le prince vienne ce soir.

« Quand même cela m'est parfaitement égal.

« Après la façon dont il s'est conduit envers moi, hier, une fois que vous avez été parti, il a trop à se faire pardonner pour qu'à présent je redoute sa colère.

— Alors, maintenant, déclara le mari de Mme Bric-à-Brac, vous me mettez tout à fait à mon aise et il ne me reste plus qu'à accepter votre si gracieuse invitation.

Et carrément il s'installa dans le fauteuil que lui désignait Lucienne.

Puis l'air dégagé, content de lui, le regard triomphant, il demanda à Diane, tout en donnant à sa voix une intonation doucement attendrie :

— Alors vous dites que le prince s'est mal conduit envers vous?

— Comme un goujat.

— Vraiment?

— Il a tout cassé chez moi.

— Et, ajouta Lucienne, si nous n'avions pas été là, Estelle et moi, pour l'arrêter, je crois qu'il aurait battu cette pauvre Diane.

— Nous avons été obligées d'user de ruse pour l'enfermer, ajouta Estelle, car sans cela il aurait causé un malheur irréparable.

— Ce prince, déclara Lempereur, m'a tout l'air d'un cuistre.

— Oh! ce n'est pas un méchant garçon, fit Diane indulgente.

« En temps ordinaire, il est même très agréable, très généreux.

« Mais lorsqu'il est pris d'une crise de satyrisme, oh! alors, il ne se connaît plus.

— Ah! ah! il a des crises? interrogea le grotesque personnage.

— Oui, de satyrisme, vous dis-je.

« De satyrisme, de bête fauve, d'animal en délire.

« Il ne sait plus ce qu'il dit, ni ce qu'il fait.

« Et alors si quelqu'un s'oppose à ses desseins, il entre dans des fureurs indescriptibles et il devient capable de massacrer tout sur son passage.

— Ah! vous pouvez dire, mon général, reprit Lucienne, qu'hier vous l'avez échappé belle.

— Et maintenant intervint Estelle, veuillez nous raconter ce qui s'est passé après votre départ.

— Je suis rentré chez moi, mentit effrontément l'ancien usurier.

« Et ma foi je vous avouerai franchement que je me suis couché tout tranquillement et que j'ai dormi le mieux du monde.

« Quelle n'a pas été ma surprise quand le lendemain, dans la matinée, j'ai reçu la visite de deux messieurs très bien d'ailleurs, le comte de Molenbeeck et le baron d'Ixelles, qui venaient me demander au nom du prince Adolphe, une réparation par les armes.

— Comment! vous vous battez? s'exclamèrent en même temps les trois femmes en simulant une surprise des plus profondes.

— Mais oui, je me bats.

Et avec une désinvolture extraordinaire, Lempereur ajouta:

— Il se pourrait fort bien que demain soir je n'existasse plus.

— Oh! que nous dites-vous là, s'écria Lucienne.

— Vous vous défendrez au moins, implora Diane.

— Vous vaincrez, n'est-ce pas? surenchérit Estelle.

— Oh! mesdames, reprit Lempereur, s'il ne s'était agi que d'une simple passe d'armes, d'une lutte à l'épée ou d'une rencontre au pistolet, je pourrais dès à présent, vous proclamer le résultat et vous dire que le prince Adolphe est bien malade.

« Mais ses témoins ont exigé un duel d'un autre genre: le duel au *café* empoisonné.

« C'est donc le hasard qui tient nos existences entre ses mains.

— *Mesdames j'ai bien l'honneur de vous présenter mes compliments.*

« Il se peut que ce soit moi qui boive la tasse.

« Il se peut aussi que ce soit mon adversaire.

« Mais comme vous le voyez, je ne m'en préoccupe guère.

« Ce qui doit arriver arrive fatalement, et cela ne m'empêche pas d'avoir l'âme sereine.

« Mon cœur ne bat pas plus vite que de coutume.

— Il est admirable, déclara Estelle.

— Ah! je vous le disais bien que c'était un héros, proclama Lucienne.

— Ah! pourquoi le prince Adolphe est-il arrivé si mal à propos, soupira Diane.

Mais l'orchestre attaquait un des morceaux les plus brillants de son répertoire.

Lempereur fit aussitôt:

— Mesdames, regardez le spectacle.

« Ne vous occupez pas de ma modeste personne et laissez-moi tout à la joie de me trouver en votre délicieuse compagnie.

Le spectacle continua sans incident.

À l'entr'acte, fort galamment, Lempereur proposa d'emmener ces dames au buffet, sabler le champagne.

De plus en plus émoustillé par les œillades savantes que lui lançait la jolie Estelle, l'usurier sentait comme un souffle de rigolade et de noce tourbillonner autour de lui.

Et il traduisit ses impressions intimes en disant:

— Mesdames, serez-vous assez aimables pour me permettre de vous offrir à souper?

— Oh! non, non, fit tout de suite Lucienne, pas ce soir.

« D'abord nous sommes très fatiguées toutes les trois.

« Les émotions de la nuit dernière ont considérablement ébranlé notre système nerveux et nous avons besoin de repos.

— Vous aussi, d'ailleurs, général, fit observer Estelle.

Il revint dans l'avant-scène avec les trois jolies filles.

— Moi et pourquoi donc?

— Demain, vous vous battez.

— Au café, ma chère amie.

— Ce n'est pas comme à l'épée et au pistolet.

— C'est égal, vous devez avoir besoin de tout votre sang-froid et une nuit agitée pourrait vous être préjudiciable.

— Oh! je ne crains rien, crâna le faux général.

« Condé, la veille d'une bataille, avait pour habitude de dormir sur l'affût d'un canon, pourquoi n'irais-je pas reposer sur le sein d'une jolie femme?

— Oh! qu'il est galant, s'écria Lucienne.

— On ne peut mieux tourner le madrigal, reconnut Diane.

— Mais, décida Estelle, ça ne serait pas raisonnable.

« Demain, si, comme je le souhaite, vous sortez vainqueur de l'épreuve, je vous attendrai pour déjeuner chez moi et nous passerons la journée ensemble.

Alors se glissant tout près de l'oreille de la malicieuse créature Lempereur demanda:

— Et la nuit?

— La nuit aussi si vous le voulez...

— Ah! adorable enfant que vous êtes, s'écria le mari de Poupoule au comble de la joie, je vous jure que, si je n'étais pas en public, je vous embrasserais à vous en faire crier.

— Général, protesta Estelle pour la forme.

Mais le spectacle allait recommencer.

L'ancien usurier paya la bouteille de champagne et revint dans l'avant-scène avec les trois jolies filles qui paraissaient follement s'amuser.

Comme on l'a vu plus haut, mises au courant par Hubert de St-Mayran et ses camarades de la fumisterie que ceux-ci voulaient jouer au faux général, elles se faisaient une fête d'assister, le lendemain à la séance si habilement préparée par les jeunes comédiens.

Pour cela il fallait se lever de bonne heure et voilà pourquoi surtout elles avaient décliné toutes trois l'invitation du vieux marcheur.

Aussi celui-ci n'insista pas.

N'avait-il pas la promesse formelle d'Estelle?

N'était-il pas sûr, le lendemain, comme il le disait, dans son langage cynique et grossier, de se payer une bonne partie de rigolade avec un *gibier de luxe et de choix.*

Et il prit congé de celles qu'il avait déjà surnommées les Trois Grâces, après avoir convenu une dernière fois avec Estelle qu'il se trouverait le lendemain chez elle, à midi, 27, avenue du Jardin-Botanique.

Mais Lempereur, de plus en plus rempli d'allégresse se dit qu'il ne pouvait pas terminer une aussi belle journée autrement que par un petit souper fin.

D'ailleurs, il se sentait en appétit.

Il n'avait dîné que très sommairement et très vite et nous n'ignorons pas que son estomac avait d'énormes exigences.

Par exemple, il se garda bien de retourner au café où la veille il s'était illustré par de si fâcheux exploits, et il entra dans un établissement brillamment illuminé du boulevard Anspack en se disant:

— Je m'en vais manger légèrement, parce que demain matin, il ne faut pas que j'aie ce qu'on appelle vulgairement la *gueule de bois.*

« Il faut, au contraire, que je me présente frais et dispos devant ces messieurs et que je leur donne l'impression que je marche à la mort sans sourciller.

Mais tout à coup, une odeur délicieuse de choucroute vint chatouiller agréablement son odorat.

Or, Lempereur adorait la choucroute.

Pendant longtemps, il avait lutté contre son goût prétendant que ce mets venu d'Outre-Rhin, était une nourriture antipatriotique.

Mais la goinfrerie avait fini par l'emporter.

Et maintenant, toutes les fois qu'il en rencontrait, il se remplissait de ce mets qu'il trouvait à son goût, comme il savait si bien se gaver de toutes les choses qu'il aimait.

Il commanda donc une choucroute garnie, puis deux, puis trois, puis quatre.

Et il mangea jusqu'à ce qu'il fût plein à ne pouvoir respirer.

Inutile d'ajouter que pour faire descendre le tout, Lempereur avala une bonne douzaine de demis, après quoi, en guise de dessert, il avala trois portions énormes de fromage de Hollande et, mélange bizarre, une douzaine d'éclairs au chocolat additionnés cette fois d'une bouteille de vin du Rhin.

Enfin ce léger souper, comme il le disait, se termina par un café suivi d'un verre de genièvre, d'un verre de curaçao et d'un verre de wisky.

Lempereur en se levant déclara au garçon qui lui apportait son pardessus que rarement il avait soupé aussi gentiment et qu'il reviendrait le lendemain dire deux mots de plus à cette choucroute.

Lorsqu'il rentra à l'hôtel, il était deux heures du matin.

Il recommanda au garçon de veille, de ne pas manquer de le prévenir le lendemain matin à huit heures.

Puis il monta aussitôt dans sa chambre, se déshabilla, se coucha et s'endormit d'un sommeil de plomb.

Vraiment cet homme était extraordinaire.

Pour résister ainsi à une pareille existence il fallait qu'il fût en fer.

Il l'était.

A huit heures, on vint frapper à sa porte.

Dire qu'il n'eut pas un peu de mal à sortir du lit serait plutôt contraire à la vérité.

Mais enfin, tant bien que mal, il parvint à se mettre sur ses jambes, à se lever et à faire sa toilette.

Ayant eu besoin d'eau chaude pour faire sa barbe, il sonna la femme de chambre, Gudule transformée en Albertine et lui demanda des nouvelles de la générale.

Albertine lui répondit que madame la générale était rentrée assez tard dans la nuit, qu'elle reposait et qu'elle avait bien recommandé qu'on ne la réveillât pas avant midi.

— Allons, ça va bien, se dit Lempereur, vous direz à la générale que je ne déjeune pas ici mais que je lui dis bien le bonjour.

La camériste une fois partie, le faux général

— Je vous demande pardon, mon général, de vous recevoir ici.

se fit la barbe, se bichonna, se pomponna, passa soigneusement sa moustache à la teinture et au cosmétique, revêtit un pantalon, un gilet et une redingote noirs, chaussa des escarpins vernis, prit une paire de gants neufs.

Et son chapeau sur l'oreille à l'Impériale, sa canne sous le bras, il descendit, l'air encore plus conquérant que d'ordinaire.

Ne connaissant pour ainsi dire pas Bruxelles, il demanda qu'on lui indiquât la rue d'Arenberg, où il avait rendez-vous avec les quatre témoins.

M. Van den Motte accouru en personne pour prendre des nouvelles du général, mit immédiatement à sa disposition un chasseur de l'établissement, qui conduisit Lempereur à l'adresse indiquée.

Auparavant, le directeur du Grand Hôtel avait eu le temps de glisser à l'oreille du général:

— J'ai vu le patron du café et je me suis entendu avec lui.

« De ce côté là, tout est arrangé.

— Ah! merci bien! merci bien! fit Lempereur qui complètement débarrassé de toute préoccupation, partit d'un pas allègre, précédé par le chasseur.

Il était neuf heures moins cinq lorsqu'il arriva au 7 de la rue d'Arenberg.

Il congédia le gamin, après lui avoir donné une pièce de cinquante centimes.

Puis en sa qualité de pseudo-militaire, il attendit que neuf heures sonnassent pour sonner lui-même à la porte du comte de Molenbeeck.

Certes, la maison était de jolie apparence.

Néanmoins, Lempereur s'étonna un peu de voir qu'un personnage comme le comte de Molenbeeck ne demeurait pas dans un grand hôtel ni dans un quartier plus aristocratique.

Sans doute Molenbeeck vait-il prévu cette objection car à peine Lempereur eut-il franchi le seuil de sa demeure qu'il se précipitait au-devant de lui et lui disait:

— Je vous demande pardon, mon général, de vous recevoir ici dans ce modeste pied-à-terre.

« Mais le prince tenant à ce que cette rencontre demeure secrète a exigé qu'elle ait lieu dans cette maison.

Somme toute cette explication était des plus plausibles.

Lempereur, crédule, l'accepta sans sourciller.

Mais Molenbeeck le fit pénétrer dans un petit salon oriental.

Nous avons oublié de dire qu'avec une exactitude religieuse, scrupuleuse même, Lempereur avait avalé les deux premiers cachets que le pharmacien Van Siéten lui avait remis la veille.

Quant au troisième, il le tenait caché dans son gant, prêt à l'absorber aussitôt que les préparatifs du duel commenceraient.

Aussi en tendant sa main droite à ces messieurs, avait-il eu soin de garder sa main gauche derrière le dos, afin d'éviter qu'une pression intempestive ne vînt écraser le cachet.

Monsieur Lempereur était homme de précaution.

Après quelques compliments échangés, le général crut pouvoir demander :

— Mon adversaire est-il arrivé ?

— Pas encore, fit Molenbeeck, nous l'attendons. Mais à peine avait-il prononcé ces mots qu'un coup de sonnette retentissait.

Le comte et le baron se précipitaient dans l'antichambre.

— C'est lui, dit Laeken à Lempereur.

— Soyez calme, recommanda Sharbeck.

— Vous le voyez, messieurs, fit Lempereur, je souris à la mort.

— Vous êtes superbe, firent simultanément les deux témoins.

— Et ajouta le chevalier de Sharbeck, nous doutons que le prince, bien qu'il soit très courageux, ait une attitude aussi belle que la vôtre.

— On ne se refait pas, déclara l'ancien usurier.

Mais l'heure du duel à la tasse de café avait sonné.

Le prince ou plutôt Hubert de St-Mayran, flanqué de ses deux témoins, venait de faire une entrée sensationnelle dans le salon.

L'air très digne mais très renfrogné, il s'inclina légèrement devant son adversaire qui poliment mais sans platitude, lui rendit son salut.

— Messieurs, attaqua Molenbeeck, j'ai été chargé de la direction du combat.

« Inutile de vous en rappeler les conditions.

« Elles sont certainement gravées dans votre mémoire.

« Les qualités des deux adversaires en présence me dispensent de leur faire les recommandations d'usage.

Pendant que Molenbeeck parlait, Lempereur tout doucement avait approché de sa bouche la main qui renfermait le cachet et le faisant adroitement jaillir par l'ouverture du gant, il l'avait instantanément avalé.

Monsieur de Molenbeeck très fier, très noble, continuait :

— L'instant solennel est donc arrivé.

« Par nos soins, les deux tasses de café ont été préparées.

« Elles se trouvent dans la salle à manger.

« L'une est placée ainsi que cela a été convenu, au milieu de la table.

« L'autre, se trouve sur une étagère de buffet.

« Dans cinq minutes, j'ouvrirai la porte de la salle à manger.

« Le prince, en sa qualité d'offensé, entrera le premier, choisira l'une des tasses et la videra devant nos yeux.

« Immédiatement après, le général pénètrera à son tour dans la pièce et videra également l'autre tasse.

« Puis tous deux attendront les résultats qui d'ailleurs ne tarderont pas à se produire, l'*aqua simplex* étant un de ces poisons qui agissent immédiatement sur l'organisme.

Pendant que Molenbeeck parlait, Lempereur s'était senti pris tout à coup d'une sourde douleur au ventre.

— Sapristi, se dit-il, est-ce que les cachets que m'a donnés le pharmacien me flanqueraient la colique.

« Voilà qui serait idiot.

« Non, ce ne doit être qu'un point très passager sans importance.

« Sûrement, ça va se passer.

— Messieurs, si je vous ai demandé un délai de cinq minutes, continuait Molenbeeck, c'est conformément aux usages du duel en Belgique.

Et avec un sérieux admirable, il proclama :

— Le général baron Marin de St-Didier n'est pas au courant des dits usages ; je vais en deux mots les lui expliquer.

« Ces cinq minutes sont données aux adversaires pour deux raisons des plus sérieuses, des plus intéressantes et des plus respectables.

« La première, afin de permettre aux belligérants de faire rapidement leurs testaments.

« La seconde, pour qu'ils puissent échanger quelques manifestations de courtoisie et de politesse en usage dans le code local intitulé « Mœurs et coutumes du Brabant ».

Enfin se tournant vers le prince Adolphe et le général Marin de St-Didier qui avaient écouté debout cette brève allocution, il leur dit :

— Messieurs, vous m'avez entendu ?

— Oui, firent simultanément les deux combattants.

— Vous m'avez compris ?

— Oui.

— Vous êtes prêts à vous exécuter ?

— Oui.

Alors, désignant une table sur laquelle on avait préparé tout ce qu'il faut pour écrire, le comte de Molenbeeck ajouta :

— Prenez chacun une chaise.

« Asseyez-vous!

« Puis, écrivez.

« Mais, je vous avertis que, toujours suivant le Code local des mœurs et coutumes du Brabant, chaque testament doit être d'une brièveté et d'une concision remarquables.

« Maintenant, prince, et vous général, daignez inscrire sur le papier vos volontés suprêmes.

« Vous me les remettrez.

« Puis toujours suivant le Code local des mœurs et coutumes du Brabant, j'en donnerai tout haut lecture.

« Prince et général, nous vous attendons.

Adolphe et Lempereur s'exécutèrent aussitôt.

Après s'être assis devant la table sur deux chaises que le baron d'Ixelles et le chevalier de Sharbeck avaient avancées eux-mêmes, ils commencèrent à écrire rapidement sur de grandes feuilles de papier blanc, leurs dernières dispositions.

Suivant l'avis qui leur venait d'être donné, ils évitèrent toute prolixité, et bientôt ils remirent au comte de Molenbeeck les deux pièces dûment signées et parafées.

Le comte, prenant a- lors une attitude de plus

— *Daignez inscrire sur le papier vos volontés suprê-mes.*

en plus solennelle, rejetant la tête en arrière, tel un orateur politique qui s'apprêterait à faire un grand discours à la Chambre des Députés, ou un sociétaire de la Comédie-Française qui attaquerait un monologue devant un parterre de têtes couronnées, commença:

— Testament de Son Altesse Royale le prince Adolphe de Belgique.

Un silence complet régnait dans la pièce.

On eût entendu une mouche voler.

Les trois autres témoins, graves, compassés, se préparaient à entendre religieusement la lecture des deux documents.

Le prince, droit, rigide, immobile, les bras croisés sur la poitrine, semblait changé en une véritable statue de l'Impassibilité et du Fatalisme.

Quant à Lempereur, campé fièrement comme d'Artagnan lorsqu'il devait monter la garde devant la porte de la chambre de Louis XIV, il affectait de sourire, tout en montrant, ostensiblement les dents trop blanches de son râtelier solidement réparé.

Le comte de Molenbeeck continuait:

— Je soussigné, prince Adolphe, Eugène, Léopold, Vincenslas, Rigobert, Estienne, Albert de Brabant, « sain de corps et d'esprit, déclare que voici mes dernières volontés.

« Je lègue ma fortune « à mes héritiers; mon « corps à la terre; mon « âme au ciel; mon sou- « venir à ma famille, et « ma gloire à la Belgi- « que! »

Ce testament digne de M. de la Palisse, parut néanmoins faire une grande impression sur l'assistance, sauf cependant sur le mari de Poupoule, dont les yeux s'étaient mis à pétiller de malice.

Mais le comte de Molenbeeck poursuivait:

— Testament du général Marin de St-Didier.

Le général, très embarrassé d'être obligé de se livrer aussi rapidement à un travail de rédaction pour lequel il ne se sentait que de très vagues aptitudes, avait sans aucun scrupule louché par-dessus l'épaule du prince Adolphe, ce qui lui avait permis, sinon de copier, ce qui eût été impudent et ridicule, mais tout au moins, d'imiter son adversaire.

— Testament du général Marin de St-Didier, déclamait d'une voix forte et vibrante, le jeune comédien du théâtre du Parc.

« Je soussigné Louis-Napoléon-Victor-Lucien - « Bonaparte Marin de St-Didier, déclare que ce sont « là mes dernières volontés.

« Je lègue tous mes biens à ceux à qui ils doivent « revenir; j'abandonne ma dépouille mortelle au sol « qui m'a vu naître; je transmets ma mémoire à

« ceux que j'ai tant aimés, à mes soldats, et je lais-
« se à la France le soin de ma gloire! »

Un murmure flatteur et ému suivit la lecture de ces
lignes.

Il sembla bien à Lempereur que dans une pièce
voisine, un léger éclat de rire féminin, aussitôt réprimé s'était élevé, tandis que M. de Molenbeeck terminait sa lecture.

Mais ce fut à peine s'il y prêta attention.

En effet, une nouvelle douleur beaucoup plus violente que la première, et surtout plus prolongée venait subitement de lui mordre les entrailles.

— Diable! songea-t-il avec une terreur soudaine,
pourvu que la colique ne me prenne pas!

« Ce serait odieux si j'étais obligé de demander à
mon adversaire et à mes témoins la permission de
m'absenter quelques instants pour aller soulager un
besoin pressant de dame Nature.

« Ils en conclueraient que j'ai peur!

« Or, jamais je ne me suis senti aussi tranquille
qu'en ce moment.

« Évidemment ce doivent être ces cachets que m'a
donnés le pharmacien qui me produisent cet effet.

« M. Van Siéten, aurait bien dû me prévenir que son
contre-poison vous donnait la colique.

« Enfin, il vaut mieux cela que d'être exposé à l'a-
léa d'un duel sans merci, et que de me tordre peut-être
dans quelques instants au milieu d'atroces souffrances!

« Je serais mal venu de me plaindre.

« Cependant... quelque chose m'intrigue.

« Le prince Adolphe n'a pas l'air d'avoir la colique!

« Pourtant, M. Van Sieten a dû certainement faire
parvenir à ses témoins quelques cachets de son antidote.

« Peut-être a-t-il refusé de les avaler?

« Peut-être aussi ces messieurs n'ont-ils pas réussi à les lui ingérer, dans quelque aliment ou dans
quelque boisson!

« Ce serait effrayant tout de même s'il allait tomber
sur le mauvais café.

Mais avec l'égoïsme incommensurable qui le caractérisait, M. Lempereur se ressaisit aussitôt pour conclure:

— Après tout, tant pis!

« J'aurais grand tort de me tourmenter pour ce
prince.

« Est-ce qu'il n'a pas voulu me pourfendre avec
son grand sabre?

« Il faisait bon marché de ma vie!

« Je ne vois pas pourquoi je tremblerais pour la
sienne.

« L'essentiel est que je sois hors de danger.

« Je le suis!

« Je n'en demande pas davantage.

« Mais, sacristi, que j'ai mal au ventre.

« Nos témoins devraient bien abréger les formalités afin que je puisse aller quelque part.

Malheureusement pour Lempereur, le comte de Molenbeeck, qui, cependant, n'avait parlé que d'un délai
de cinq minutes, semblait à présent très disposé à prolonger la cérémonie.

— Maintenant, prince et général, reprenait-il, nous
allons passer à l'exécution des différents usages pré-
vus, ainsi que j'ai eu l'honneur de vous le dire, il y
a quelques instants, dans le Code local des mœurs et
coutumes du Brabant.

— Il n'en finira pas, se rongeait le mari de Pou-
poula, dont le ventre le faisait maintenant souffrir
sans aucun répit.

Et mentalement, il ajouta:

— Je donnerais bien cinq louis pour être dans un de
ces buen-retiros, qui font le confortable et la sécurité
des grandes villas.

M. de Molenbeeck, sans pitié, décrétait:

— Messieurs, il va falloir vous déshabiller.

— Nous déshabiller? hasarda l'ex-usurier.

— Oui.

— Complètement?

— Complètement.

— Diable!

M. de Molenbeeck expliquait:

— Cette coutume remonte au Moyen-âge.

« Jadis les Chevaliers du Brabant, lorsqu'ils com-
battaient entre eux avaient l'habitude de cacher sous
leurs armures des maléfices, reliques et amulettes qui
les rendaient invulnérables.

« Aussi, les rencontres en champs clos avaient beau
se multiplier, les combattants s'évertuer en coups
splendides et formidables d'estoc et de taille, se précipiter les uns contre les autres avec une furie qui
eût été capable de venir à bout des remparts de Jé-
richo ou de la Grande muraille de la Chine, jamais il
n'y avait un mort, jamais il n'y avait un blessé.

« Cela devenait d'une monotonie et d'une banalité
désespérante.

— Nom d'un petit bonhomme, se lamentait Lempereur qui commençait à verdir, si cela continue seulement pendant deux minutes, je vais tout lâcher dans
ma culotte!

Mais, sans pitié, M. de Molenbeeck discourait toujours:

— Le Conseil de la Noblesse, ému par ces événements, qui pouvaient porter atteinte à sa dignité séculaire et à son prestige mondial, résolut de se livrer à une enquête aussi minutieuse qu'approfondie.

« Mais à cette époque-là on n'allait pas très vite.

« Les chemins de fer, l'automobile, la télégraphie avec fil et sans fil, le téléphone et autres récentes découvertes n'avaient pas encore fait leurs bouleversantes apparitions.

« Aussi, le Conseil de la Noblesse, malgré toute sa bonne volonté, son énergie, son ardeur, et son zèle, mit-il exactement vingt-quatre ans, trois mois, six jours, deux heures, vingt-cinq minutes, trente-trois secondes à découvrir la supercherie.

« Les chartes du temps, pièces curieuses entre toutes relatent ces faits dont l'importance nous dispense de tout commentaire.

— *Testament du général Marin de St. Didier.*

— Mais accouche! accouche donc! enrageait Lempereur, qui se faisait l'effet d'un volcan prêt à éclater.

Mais l'éloquent et disert directeur du combat ne semblait nullement décidé, comme on dit vulgairement, à passer le crachoir à un camarade.

Car il pérorait toujours :

— Le Conseil de la Noblesse, épouvanté par ce qu'il venait de découvrir, commença par faire brûler vifs, comme sorciers, deux cent cinquante gentilshommes qui avaient fait usage de ces dangereux et coupables sortilèges.

« On ne badinait pas au Moyen-âge.

— Allons bon! se disait le mari de madame Bric-à-Brac, qui en proie à de cuisantes douleurs, commençait à se tortiller, allons bon, il va nous faire un cours d'histoire, à présent!

« Il ne manquait plus que cela!

« C'est intolérable!

Molenbeeck qui semblait vouloir prolonger à plaisir le supplice du « général » se lançait avec emphase :

— Je renoncerai à vous donner le chiffre et les noms des malheureuses victimes qui périrent ainsi sur les bûchers ou sur les échafauds, victimes de la barbarie, de la superstition, du fanatisme et de l'ignorance de leurs contemporains.

« On élèverait une tour de Babel rien qu'avec leurs ossements!

« Pauvres martyrs obscurs ou célèbres, dormez du sommeil éternel.

« Que vos âmes reposent.

— Zut, je n'y tiens plus! fit Lempereur tout haut.

Et s'approchant du comte, il lui glissa à l'oreille :

— Est-ce que je ne pourrais pas m'absenter deux minutes?

— Vous absenter deux minutes! répéta le directeur du combat, en affectant une stupéfaction profonde.

— Mais oui, déclara Lempereur incapable de se contenir davantage, je suis pris d'un besoin extrêmement pressent.

— Ah! oui, l'émotion.

— Mais je ne suis pas ému.

— Vous seriez tout à fait excusé.

— Puisque je vous répète que je ne suis pas ému.

« J'ai simplement envie de...

— Oui, oui, j'ai compris!

— Alors?

— Nous allons en délibérer, mes collègues et moi.

— Oui, c'est cela, délibérez, mais, au nom du ciel, dépêchez-vous! Je ne puis plus attendre... C'est horrible ce que je souffre.

Tranquillement, froidement, M. de Molenbeeck s'était tourné vers le baron d'Ixelles, le vicomte de Laeken, et le chevalier de Sharbeck.

— Messieurs, disait-il, je suis saisi d'une requête de la part de monsieur le général Marin de St-Didier.

— Parlez, comte! fit M. d'Ixelles.

— Nous vous écoutons, déclara M. de Laeken.

— Nous sommes à vos ordres, s'engagea M. de Sharbeck.

Quant au prince Adolphe, génial pince-sans-rire,

il se cantonnait toujours dans une immobilité et un silence suprêmes.

On eût dit, qu'avant d'entrer dans la pièce, il avait été changé en statue de cire.

— Messieurs, reprenait Molenbeeck, le général Marin de St-Didier, vient de me faire savoir qu'il désirait s'absenter deux minutes.

— S'absenter deux minutes, répéta M. d'Ixelles, en levant les bras au ciel.

« S'absenter deux minutes, juste à l'instant où le combat va s'engager.

« Mais cela est contraire à toutes les lois de l'honneur, et à tous les règlements du duel.

— Je me demande, fit observer M. de Laeken, si nous avons le droit d'accorder une pareille autorisation.

— Il faudrait d'abord demander l'avis du prince, proposa M. de Sharbeck.

— Vous avez raison, affirma M. de Molenbeeck.

Et celui-ci, s'adressant au prince Adolphe, demanda:

— Que décide Votre Altesse?

— Ce que vous ferez sera bien!

— Grouillez, messieurs, grouillez! suppliait Lempereur qui, perdant toute retenue, plié en deux, la face convulsée, et vert comme une pomme pas mûre, se tenait le ventre à deux mains.

Mais M. de Molenbeeck et ses amis ne semblaient nullement décidés à « grouiller ».

— Messieurs, reprenait doctoralement le comte, vous avez entendu ce que vient de déclarer Son Altesse Royale le prince Adolphe de Brabant.

« Avec une magnanimité qui lui est particulière, avec une largeur d'idées qui le rend si admirable, avec une confiance qui si grandement nous honore, Son Altesse Royale nous laisse libres de prendre la décision qui nous conviendra.

— Messieurs, je vous en prie, je... vous en prie !

— Messieurs, je commencerai par vous faire remarquer que cette décision est d'une telle gravité....

— Messieurs, je vous en prie, je... vous en prie... bafouillait lamentablement Lempereur, complètement en deux

— Général, fit le comte de Molenbeeck avec une certaine sévérité, général, il me semble que vous oubliez que, dans un instant, vous allez avoir l'honneur de « choquer la tasse » avec un prince de sang royal!

— Je n'oublie rien, mon cher comte, mais, j'ai peur...

— Vous avez peur?

— Qu'il n'arrive un accident!

— Le protocole, général, exige que nous nous entourions de toutes les garanties nécessaires pour sauvegarder notre responsabilité tout en ménageant scrupuleusement les dignités en jeu.

— C'est a-bo-mi-na-ble! laissa tomber l'usurier à bout de résistance.

Mais, sans s'intimider autrement, M. de Molenbeeck, de son même ton grave et doctoral, reprenait infatigable:

— Messieurs, que décidez-vous?

— Je crois, proposa le baron d'Ixelles, que nous ferions bien de consulter le *Code local des mœurs et coutumes du Brabant*.

— C'est aussi mon avis, déclara le vicomte de Laeken.

— Je me rallie à cette proposition, annonça le chevalier de Sharbeck.

— Donc, conclut le directeur du combat, puisque nous sommes tous d'accord, nous allons consulter le Code.

« C'est d'ailleurs un travail admirablement rédigé.

« Il prévoit tous les cas possibles et imaginables!

« Je suis convaincu qu'il nous donnera la solution de ce que nous cherchons.

« Malheureusement, nous ne l'avons pas apporté.

« Il va falloir l'envoyer chercher.

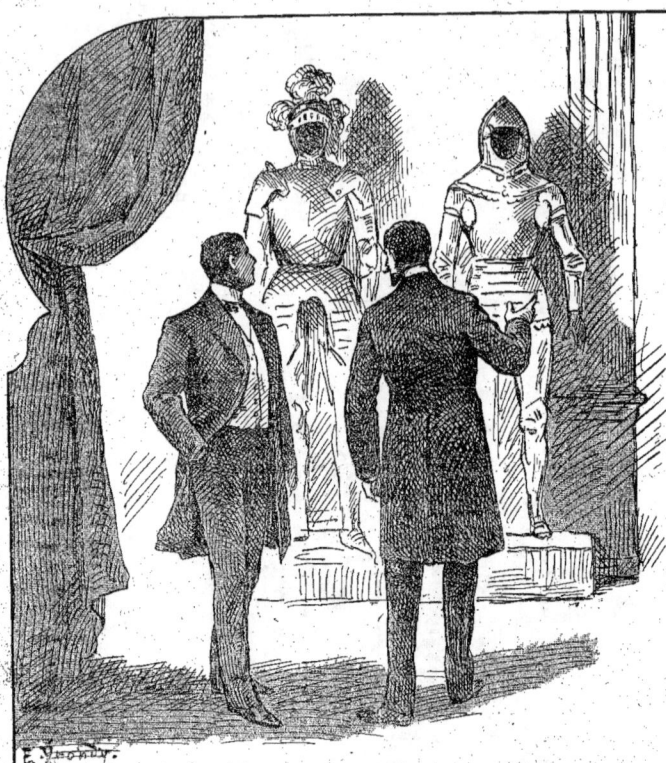

—Mon vieux... choisis celle qui te convient le mieux

— Est-ce que c'est loin ? hasarda piteusement le « général. »

— A l'autre bout de Bruxelles, expliqua Sharbeck.

— Alors, j'y renonce! s'écria Lempereur tandis que quelques sourds grondements, suivis presque aussitôt d'un parfum spécial et très caractéristique s'élevaient dans la pièce...

De vert qu'il était, M. Lempereur, sans aucune transition, était devenu écarlate.

— Ah! s'excusa-t-il, ça n'est point ma faute... ces messieurs ne m'ont pas compris et je n'ai pas pu lutter davantage.

Mais le prince, avec un sourire condescendant laissait tomber d'une voix lente et majestueuse :

— A Waterloo, Cambronne a dit le mot.

« A Bruxelles en Brabant, Marin a fait la chose !

Cette fois, très distinctement, Lempereur entendit des rires s'élever dans la pièce voisine.

Mais il était beaucoup trop occupé de lui-même ,pour y prêter la moindre attention.

Furieux, pestant et... empestant, il ronchonnait :

— Je vous assure, messieurs, que ce n'est pas de ma faute.

« Je vous avais prévenus..

« Sans ce maudit protocole..

Mais le comte de Molenbeeck, d'un geste bénisseur et plein de componction, imposait silence au mari de Poupoule.

— Mon général, disait-il, ce sont des accidents qui arrivent aux gens les mieux élevés.

« Calmez-vous.

« Ne vous impressionnez pas !

« Cela n'a aucune importance.

Puis, s'adressant à son collègue, il ajouta, sérieux comme un âne qu'on étrille :

— Après l'accident inattendu dont Monsieur le général Marin de St. Didier vient d'être victime, je crois que nous pouvons nous dispenser de faire déshabiller les deux combattants.

— Certes... approuva aussitôt M. d'Ixelles.

— Pour ma part, je n'y vois aucun inconvénient, accepta M. de Laeken.

— Je suis d'avis de nous dispenser de cette formalité, annonça M. de Sharbeck qui, placé tout auprès de M. Lempereur, avait prudemment approché de son nez un fin mouchoir fort heureusement imprégné d'une pénétrante odeur de verveine.

— Et vous prince? interrogea Molenbeeck, mettez-vous quelque opposition à ce que nous vous dispensions, le général et vous, de la formalité du déshabillage ?

— Mais, pas du tout, au contraire, répliqua très nettement son Altesse Royale.

— Pour Dieu, mon cher comte, pressez-vous un peu, implorait l'ex-usurier.

« Je ne vous cacherai pas que je suis très mal à mon aise !

« Et puis, j'ai peur que ça me reprenne !

— Oh ! maintenant, fit observer le directeur du combat, ça n'a pas beaucoup d'importance.

« Un peu plus, un peu moins...

« Qu'est-ce que ça peut nous faire ?

« C'est comme dans tout, il n'y a que le premier pas qui coûte.

Et, sans pitié pour le malheureux... englué, Molenbeeck reprit :

— Nous allons donc passer à la seconde formalité.

« La voici :

« Elle est d'une invention assez compliquée.

« Aussi je prie les deux adversaires de m'écouter attentivement.

« Et cela afin de ne pas être obligé de recommencer plusieurs fois la même chose.

— C'est égal, se disait Lempereur, que de simagrées, que de chichis pour avaler une malheureuse tasse de café.

« C'est tout simplement ridicule.

« Eh bien ! ils en ont un protocole en Belgique ?

« Tout cela pour un duel !

« Qu'est-ce que ça doit être quand le roi fait l'amour ou que la reine accouche d'un bébé.

« Je ne croyais pas que les Belges étaient un peuple aussi compliqué.

« Et ma colique qui me reprend !

« Zut !.! !

En effet, Monsieur Lempereur, dont les boyaux faisaient entendre depuis un instant de très significatifs gargouillements, recommençait à verdir de la plus inquiétante manière.

— Qu'est-ce que je vais devenir ? se demandait-il.

« Et comment vais-je faire pour rentrer à l'hôtel dans un pareil état ?

La farce, décidément, touchait à l'épopée.

Cachés dans une pièce voisine, entendant et voyant tout ce qui se passait, par une petite et discrète ouverture pratiquée dans une porte, Mesdames Lucienne de Blankenberghe, Diane d'Ostende et Estelle de Bruges, qu'avait rejointes le brave pharmacien Van Siéten, contemplaient avec une joie savoureuse l'attitude piteuse du « général ».

Mais le directeur du combat édictait :

— L'insulté — c'est le prince Adolphe — va commencer par s'avancer vers l'insulteur.

« Il va se camper devant lui et bien le regarder dans le blanc des yeux.

« Après cela, il approchera son visage du sien, se penchera vers la droite, et lui mordra — sans lui faire mal — le lobe de l'oreille.

« Puis, après avoir fait trois pas en arrière, il se croisera les bras sur la poitrine et attendra de pied ferme son adversaire.

« Alors, celui-ci s'avancera à son tour, s'arrêtera devant le prince, et tout en lui tirant la langue, lui pincera légèrement... oh ! très légèrement le bout du nez.

« Puis nous passerons à la troisième formalité...

Mais le comte de Molenbeeck dut s'arrêter.

Soudain, M. Lempereur, tout en poussant un hurlement épouvantable, s'était précipité vers la porte.

Livide, courbé en deux, il clamait :

— Laissez-moi, laissez-moi... ou bien je me jette par la fenêtre.

Et se précipitant dans l'antichambre, il continuait à vociférer :

— Le numéro 100... Le numéro 100 !

— C'est là, fit Molenbeeck en désignant une petite porte derrière laquelle le mari de Poupoule disparut.

Lempereur eut encore la force d'avertir :

— Dites surtout au prince que je ne m'en vais pas, que je reviens, qu'il m'attende !

— On va vous envoyer de quoi vous changer, lança Molenbeeck à travers la porte.

— Merci !

— Il n'y a pas de quoi !

Molenbeeck revint aussitôt vers ses camarades.

Ceux-ci se roulaient.

Inutile d'ajouter qu'il partageait la joie de ses amis.

Entr'ouvrant la porte, il demanda aux trois petites femmes et au pharmacien :

— Qu'est-ce que vous dites de cela ?

— C'est très drôle, affirma Lucienne.

— N'est-ce pas ?

— C'est fini ? interrogea Diane.

— Ça commence à peine.

— Qu'est-ce que vous allez lui faire ? demanda Estelle.

— Vous allez voir, nous vous ménageons une surprise épatante.

« Vous n'avez encore rien vu !

— Pas possible ! s'exclama le pharmacien.

— Je vous dis que vous allez voir... C'est égal, mon

cher Van Siëten, vous avez eu une riche idée de lui donner trois cachets purgatifs à cet imbécile.

« Est-ce qu'il va avoir longtemps la colique comme ça ?

— Non, je ne pense pas.

— Cela vaut mieux, car nous allons continuer la représentation par une série d'exercices dont vous allez me dire des nouvelles.

Et refermant la porte, le comte de Molenbeeck dit à ses complices :

— Continuez à garder votre sérieux comme vous l'avez fait jusqu'ici, et ce sera superbe !

Puis il disparut dans l'antichambre.

CHAPITRE CV

Apothéose

— Quelle farce cet animal-là va-t-il encore nous ménager ?... se demandaient tous les complices de cette fumisterie grandiose.

Le prince Adolphe, alias Hubert de St. Mayran qui, ainsi qu'on l'a vu plus haut, avait tenu son rôle avec une perfection absolue, traduisit le sentiment général en s'écriant :

— Nous allons rire, mes amis, nous allons rire.

— Si après cela, le « général » ne devient pas maboule, fit assez judicieusement observer le baron d'Ixelles, eh bien c'est qu'il est doué d'un cerveau qui aurait fait envie à Bonaparte lui-même.

— C'est qu'il a l'air de marcher comme un seul homme, constatait le vicomte de Laeken.

— Il ne marche pas, il galope, concluait le chevalier de Sharbeck.

Tout en causant, les trois camarades avaient refermé la porte... laissant l'heureux pharmacien en tête-à-tête avec ses trois grâces.

Notons, en passant que l'aimable M. Van Siéten ne semblait pas du tout s'ennuyer.

Un second chevalier bardé de fer apparut...

— Si on ouvrait une fenêtre? proposa M. de Laeken.

— Ça ne ferait pas de mal, reconnut M. d'Ixelles.

— Le fait est, dit M. de Sharbeck que le « général » a laissé derrière lui un parfum...

— N'insistons pas!

— Je plains Molenbeeck.

— Je ne voudrais pas être à sa place.

— Oh! lui, pourvu qu'il fasse une bonne blague, il n'y regarde pas de si près.

— C'est égal !

— Pouah !

Un air frais et matinal pénétrant à flots dans la pièce, eut vite fait de purifier l'atmosphère.

— Je doute, reprit Laeken, qu'après une pareille mascarade, notre bon « général » nous paie encore à dîner.

— Qui sait, fit le baron d'Ixelles, il sera tellement content d'avoir échappé au danger que, dans sa joie, il est capable d'offrir un banquet à toute la ville!

— C'est bien possible après tout, opina Sharbeck.

« Avec des types de ce genre-là, il faut s'attendre à tout.

Mais à peine le chevalier avait-il prononcé cette phrase que la porte s'entrebâillait, et le profil austère, grave, césarien de l'acteur, pince-sans-rire apparut dans l'encadrement.

— Hubert, appela-t-il, Hubert !

— Qu'est-ce qu'il y a encore ?

— Viens.

— Pourquoi ?

— Viens toujours! Tu vas voir. Ça va être tordant.

— Oui, va... conseillèrent vivement Sharbeck, d'Ixelles et de Laeken, pleins de confiance dans le génie farceur de leur camarade.

Hubert disparut, entraîné par Molenbeeck.

Quand il fut dans l'antichambre, son camarade lui désignant du doigt le cabinet où... trônait Lempereur, lui glissa à l'oreille :

— Suis-moi, et surtout pas un mot.

Hubert de St. Mayran se demandait ce que pouvait bien signifier tout ce mystère.

Mais confiant, il s'exécuta.

Son ami le fit entrer dans une petite pièce bien éclairée.

A peine sur le seuil, Hubert recula d'étonnement.

Deux grandes armures, plantées debout, avaient immédiatement frappé ses yeux.

Molenbeeck le poussa à l'intérieur de la chambre.

Puis, refermant soigneusement la porte il dit, en désignant les armures :

— Mon vieux... choisis celle qui te convient le mieux.

— Comment! s'exclama le jeune comédien, tu veux....

« Non, mais, alors, quoi !

« C'est la *Fille de Roland* que nous allons jouer...

— Mets-moi ça, te dis-je et dépêche-toi !

— Mais le général ?

— Justement !

« Une fois qu'il va être désem.... bêté, je vais l'amener ici, et je vais lui faire revêtir l'armure que tu auras laissée.

— Mais pourquoi veux-tu ainsi nous barder de fer ?

— Ne t'occupe pas de ça.

« Laisse-toi faire.

« Je crois que jusqu'ici j'ai bien mené la farce.

— Certes.

— Eh bien, fais ce que je te dis, tu n'auras pas à le regretter.

Et se penchant vers son camarade, il lui dit quelques paroles à voix basse qui achevèrent de le décider.

Car le prince Adolphe répliqua aussitôt d'une voix joyeuse :

— Ça, par exemple, c'est épatant !

« Je n'aurais jamais pensé à cela.

« Comme idée, c'est réussi.

« Mon vieux, on te décorera pour ta peine d'une belle médaille de chocolat.

— Allons, *barde-toi.*

— Je ne demande pas mieux.

— Dépêche..

— Aide-moi!

— Volontiers.

Cinq minutes après, Hubert de St. Mayran était complètement transformé en chevalier du moyen âge.

— Maintenant, ordonna Molenbeeck, va retrouver les copains.

« Et tâche surtout de ne pas faire trop de raffût avec toute ta ferblanterie.

Le prince Adolphe retourna près de ses camarades qui lui firent un succès....

— Et le « général » ? demandèrent-ils.

— Patientez un peu, expliqua l'acteur, on va vous le servir sur un plat.

« Molenbeeck a trouvé quelque chose d'épatant.

— Quoi donc ?

— Je ne vous le dirai pas.

« Il tient à vous faire une surprise et il m'en voudrait si je mangeais le morceau.

Dix minutes s'écoulèrent pendant lesquelles les complices se demandèrent avec une vive curiosité quelle pouvait bien être cette surprise sensationnelle que leur ménageait leur camarade, lorsque la porte s'ouvrit de nouveau.

Un second chevalier bardé de fer apparut conduit par Molenbeeck.

Le chevalier n'était autre que Lempereur qui, après être sorti de la situation plutôt pénible dans laquelle il se trouvait, avait troqué ses vêtements civils contre cet uniforme lourd, pesant et sonore d'un autre âge.

Alors Molenbeeck, avec la gravité d'un maître des cérémonies ou plutôt d'un introducteur des ambassadeurs, reprit :

— Messieurs, les préliminaires du combat ont été troublés et même arrêtés par un accident dont personne ne saurait être rendu responsable, et dont le général Marin de St. Didier a seul supporté les fâcheuses conséquences.

« Plaignons-le et ne lui en voulons pas !

« Le code exigerait que nous annulions tous ces préliminaires et que nous les recommencions depuis le début.

« Mais je veux épargner aux deux combattants cette longue et pénible attente.

« Aux éclairs qui luisent dans leurs yeux, à leur attitude martiale, à l'ardeur qu'ils ont peine à contenir, il est hors de doute qu'ils brûlent du désir d'affronter l'épreuve à laquelle l'honneur les condamne.

« Nous ne les ferons donc pas languir davantage.

« Et tous deux, après avoir revêtu, selon l'usage antique et solennel, les armures des preux chevaliers vont maintenant affronter la mort avec la sérénité qui convient à leurs âmes d'élite, à leurs cœurs indomptables.

« Mais auparavant cependant, il est indispensable qu'en une minute de recueillement ils élèvent leurs âmes vers le ciel, vers ce juge suprême, devant lequel dans un instant, l'un des deux va comparaître...

« Messieurs, je vous prie de respecter par un profond silence cette minute solennelle entre toutes.

« Et vous, preux chevaliers, à genoux, à genoux !

Le prince Adolphe ne se fit aucunement prier.

Son armure aux articulations parfaites se prêtait d'ailleurs aisément à la comédie.

Il s'agenouilla donc sans la moindre difficulté.

Et dans une attitude très digne et très noble, il feignit de prier.

Quant à Lempereur, ce fut tout autre chose.

Emberlificoté dans cet attirail en fer-blanc qu'il endossait pour la première fois, il parvint à peine à plier un genou.

Et, trébuchant, perdant l'équilibre, il s'effondra de tout son long dans la chambre en un fracas épouvantable.

— Général! fit le baron d'Ixelles, au moins vous ne vous êtes pas fait mal ?

— Ah! je n'en sais trop rien, répliqua l'usurier qui commençait à la trouver mauvaise et qui d'ailleurs, n'avait endossé l'armure que parce qu'il ne pouvait pas faire autrement, l'état de son pantalon ne

E. Y.

Trébuchant, perdant l'équilibre, il s'effondra.

lui permettait plus d'affronter le public et le comte de Molenbeeck ayant froidement déclaré qu'il n'y avait pas chez lui d'autres vêtements que ladite armure.

Et comme on l'aidait à se relever, l'ex-usurier ajouta assez piteusement :

— Eh bien! vraiment, nos ancêtres avaient une drôle de façon de s'habiller pour aller à la guerre.

« Décidément, j'aime mieux nos uniformes modernes.

« Là-dedans, je me fais l'effet d'une tortue.

« Mais, abrégeons, Messieurs, je vous en prie.

Si Lempereur n'était nullement disposé à élever son âme vers Dieu, ainsi que M. de Molenbeeck le lui avait conseillé, le prince Adolphe, au contraire, était plongé dans une rêverie religieuse des plus profondes.

Il restait immobile, comme en extase.

— Sapristi, se disait Lempereur, en voilà un au moins qui croit que c'est arrivé.

Et comme maintenant son ventre le laissait tranquille, désireux de réparer l'effet ridicule produit par sa chute, il se redressa fièrement.

Puis, appuyant sa main toute gantée de fer sur l'épaule du baron, il murmura en désignant du regard le prince, toujours agenouillé :

— C'est beau la foi, c'est très beau.

« Ceux qui l'ont sont bien heureux.

— Vous êtes donc athée, mon général ? interrogea le vicomte de Laeken à voix basse.

— Non, expliqua Lempereur, je crois en Dieu.

« Seulement, je vous avouerai franchement que je n'aime pas beaucoup les curés.

« Moi, je suis un type dans le genre de Victor Hugo.

« Je n'ai pas besoin d'intermédiaire entre le Créateur et moi.

« Mes commissions, je les fais moi-même.

« Un homme qui charge un prêtre de ses intérêts spirituels équivaut, selon moi, à un soldat qui se ferait remplacer par un camarade le jour de la bataille.

Sans relever ce que cette comparaison pouvait avoir d'illogique et de forcé, le chevalier de Sharbeek conclut en disant :

— Après tout, chacun est libre.

« Le premier devoir d'un galant homme est de respecter les convictions de son semblable.

Mais le prince Adolphe se relevait.

— Voici l'instant, Messieurs, déclara Molenbeeck ; maintenant, ne bougez plus.

Et le joyeux fumiste disparut encore.

— Est-ce qu'il va nous photographier ? se demandait Lempereur.

« Ça, par exemple, ça ne serait pas ordinaire.

« Après tout, il serait assez juste de fixer cette scène historique pour la postérité.

Molenbeeck revenait avec une cafetière à la main.

Il la déposa sur une table.

Puis il s'en fut chercher dans une pièce voisine deux petites tasses tellement pareilles qu'il était absolument impossible de distinguer l'une de l'autre.

Il les remplit d'un café tiède qui, ma foi, exhalait un parfum des plus agréables.

Alors, tirant de sa poche une petite bouteille, il l'éleva à la hauteur de sa tête et dit :

— Messieurs, voilà le fameux poison des Borgia, dit « aqua simplex ».

« Quelques gouttes dans ce café suffisent, ainsi que vous le savez, pour expédier dans l'autre monde la personne qui les a absorbées.

« Je vais donc, suivant les conditions du duel arrêtées par les quatre témoins du prince Adolphe et du général Marin de St Didier, verser une certaine quantité de ce poison dans l'une des deux tasses afin que vous soyez tous témoins qu'il ne peut pas y avoir de supercherie.

« Puis, je prendrai ces tasses.

« Je pénétrerai dans la pièce voisine où la rencontre doit avoir lieu.

« Je fermerai la porte derrière moi.

« Je déposerai les deux tasses aux endroits désignés.

« Enfin, afin qu'on ne puisse pas m'accuser de favoriser d'un signe coupable l'un des deux adversaires, je me dissimulerai derrière un rideau.

« Puis, lorsque j'appellerai, le vicomte de Laeken, témoin du général, ouvrira la porte et dira :

« — Allez, Messieurs.

« Ces Messieurs entreront.

« Le prince, le premier, puisqu'il est l'offensé, choisira une tasse.

« Le général prendra l'autre.

« Tous deux l'avaleront immédiatement.

« Ensuite, je leur dirai ce qu'ils auront à faire.

Ainsi dit fut fait.

Une fois que Molenbeeck eut accompli les diverses formalités qu'il venait d'énumérer, le prince pénétra le premier dans la pièce, prit la tasse qui était placée sur le buffet. Lempereur s'empara de l'autre.

Et tous deux l'avalèrent d'un trait sans sourciller.

— Ils doivent me trouver extraordinaire, se disait Lempereur.

« Mais, c'est égal, je dois reconnaître que le prince est brave.

« A moins cependant que le pharmacien ne l'ait prévenu.

« En ce cas, il n'aurait aucun mérite.

« Enfin, nous allons bien voir.

Le breuvage absorbé, Molenbeeck était sorti de sa cachette.

— Maintenant, Messieurs, fit-il, que l'épreuve est terminée, nous allons, toujours suivant l'usage de notre code, vous isoler chacun dans une pièce où vous attendrez les effets du poison.

« Dans un quart d'heure, nous irons voir ce qui s'est passé.

Alors, prenant la main du prince, il lui dit :

— Venez, Altesse.

Puis, M. de Laeken, s'emparant de Lempereur, l'invita :

— Suivez-moi, mon général.

Molenbeeck conduisit gravement son Altesse dans la chambre où se trouvaient le pharmacien et les trois Grâces, tandis que Laeken emmenait Lempereur dans un petit réduit, fort étroit, meublé simplement d'une table et d'une chaise et éclairé par une fenêtre garnie d'épais rideaux et donnant sur la rue d'Arenberg.

Lempereur y pénétra.

Puis le chevalier de Sharbeck lui dit simplement :

— Courage !

— J'en ai, répliqua Lempereur.

— Je reviendrai dans un quart d'heure, déclara le chevalier.

« Et je fais les vœux les plus sincères pour vous retrouver vivant.

— Merci de votre sympathie.

« Si je sors indemne de l'épreuve, je ne vous cache pas que j'en serai enchanté.

« Mais si je succombe, je mourrai tranquille.

« Car j'aurai ma conscience pour moi.

Sharbeck s'inclina et sortit.

Alors, tout doucement, il donna un tour de clef à la porte et s'en fut rejoindre ses camarades.

Déjà Hubert de St. Mayran s'était à moitié débarrassé de son armure.

— Ouf ! disait-il, je commençais à avoir chaud là-dessous.

En effet, si Lempereur, sous sa ferblanterie se trouvait dans le costume d'Ève, le jeune comédien avait gardé tous ses vêtements.

— Eh bien ! interrogea Diane d'Ostende, quelle est donc cette fameuse surprise que nous ménage le comte de Molenbeeck ?

— Vous allez voir, et je crois que vous m'en direz des nouvelles.

« Mais, avant tout, il s'agit de quitter cet appartement, et d'aller nous installer en face, chez un de mes amis, un garçon très gentil, qui a bien voulu nous prêter sa chambre.

« De là, sans nous faire voir, je vous promets que nous allons assister à un spectacle qui, comme on le dit au régiment, ne sera pas précisément dans une musette.

« Venez, ne faites pas de bruit, parce qu'il ne faut pas qu'un seul instant le général se doute que nous lui brûlons la politesse.

Et tout en marchant à pas de loup, la troupe joyeuse quitta l'appartement.

Lempereur, demeuré seul, avait commencé par se dire :

— Oh ! un quart d'heure, ça sera vite passé.

« Quelle joie j'aurai alors de réapparaître sain et sauf aux yeux de tous ces gens et de leur montrer ainsi jusqu'à quel point peut aller le courage d'un officier français.

Mais au bout de cinq minutes, Lempereur commença à se sentir envahi par une certaine inquiétude.

Sourdement, ses coliques le reprenaient.

— Oh ! ce n'est rien, voulut-il se rassurer, c'est toujours le contre-poison qui produit ses effets.

« Seulement, c'est très ennuyeux, parce que, habillé tout en fer comme je le suis, ça ne va pas être très commode de m'en sortir.

« Après tout, ce n'est peut-être rien ; je n'ai qu'à attendre patiemment et, en silence, car si j'appelais, ces Messieurs pourraient se figurer que j'ai peur, et je veux que jusqu'au bout ils croient que je suis un homme héroïque.

Mais les coliques devenaient de plus en plus fortes.

— Sacristi, se dit Lempereur, je m'en vais être frais tout à l'heure.

Et comme le quart d'heure s'était écoulé et que personne n'était venu le délivrer, il se dit :

Maintenant que le délai est passé, je peux très bien appeler.

— Messieurs, voilà le fameux poison des Borgia !

« Car on ne pourra plus me taxer de poltronnerie puisqu'il sera bien avéré que ce n'est pas moi qui aurai avalé le poison.

Aussitôt, il s'en fut à la porte, et voulut l'ouvrir.

Mais, ainsi qu'on l'a vu plus haut, le mari de Poupoule était prisonnier.

— Tiens, fit-il, ils m'ont enfermé.

« Drôle d'idée.

« Est-ce que par hasard, ils avaient peur que je m'envole ?

« Je m'en vais en être quitte pour les appeler.

Lempereur, en effet, avait remarqué auprès de la cheminée le bouton d'une sonnette électrique.

Il s'en approcha, appuya sur le bouton, entendit un timbre retentir dans l'antichambre, et attendit qu'on vienne le délivrer.

Mais personne ne répondit.

— Ça, fit-il, c'est un peu raide.

« Enfin, je vais recommencer.

Il resonna à nouveau.

Mais toujours le même silence.

— J'y suis, se dit-il, le prince n'aura pas avalé de contre-poison.

« Il sera tombé sur la mauvaise tasse et il doit être en train de claquer.

« Tout le monde est autour de lui, parbleu !

« Ça, par exemple, c'est idiot !

« Je ne lui en voulais pas plus que ça à ce pauvre prince.

« Il s'était conduit envers moi comme un mufle !

« Mais enfin, s'il avait consenti à me faire des excuses, je ne lui en aurais pas voulu autrement.

« On se serait arrangé.

« Les princes, ce ne sont pas des gens comme les autres.

« Il faut bien leur en passer un peu.

« Ils sont si gâtés, si mal élevés...

« Ils vivent dans un milieu tellement spécial qu'on ne peut vraiment pas trop leur en vouloir s'ils se livrent à des incartades du genre de celle à laquelle j'ai été mêlé.

« Mais enfin, c'est embêtant tout de même, parce que voilà ma colique qui augmente et je me demande comment je m'en vais faire.

« Je ne peux pourtant pas rester comme ça.

Et, pour la troisième fois, poussé par une pressante nécessité, Lempereur appuya sur le bouton, longuement, fortement, en grognant :

— Cette fois, il faudra bien qu'ils viennent.

Mais ce fut toujours le même calme, le même silence.

L'usurier s'énervait d'autant plus que la colique avait atteint son paroxysme et le faisait autant souffrir que la précédente.

— Qu'est-ce que je vais devenir, geignait-il qu'est-ce que je vais devenir ?

Et résolument, il s'élança contre la porte, frappant sur elle avec ses gantelets de fer, et menant un tintamarre de tous les diables.

— Ouvrez, mais ouvrez donc, mille tonnerres.

« C'est moi, le général de St. Didier.

« Voilà une demi-heure que je suis là.

« Ouvrez, ouvrez donc !

Mais rien ne répondait.

Lempereur avait renoncé à lutter plus longtemps contre la colique et le même accident qui lui était arrivé dans son pantalon, venait de lui arriver également dans son armure.

Les minutes s'écoulaient toujours.

Il y avait bien une heure que le héros se trouvait dans cette situation encore plus fâcheuse que les autres, lorsqu'il se décida à ouvrir la fenêtre et à appeler au secours.

Jusqu'à ce moment, il avait reculé devant cette solution.

En effet, une glace placée au-dessus de la cheminée

— Ouvrez! mais ouvrez donc, mille tonnerres!

lui ayant reflété son image, il s'était dit non sans logique :

— Quand les gens qui passent dans la rue vont voir un homme bardé de fer apparaître à la fenêtre et gesticuler en appelant à l'aide, ils vont être convaincus que je suis un fou et ils seront capables de me faire enfermer.

Voilà pourquoi Lempereur avait si longtemps hésité.

D'autre part, il se disait encore :

— Il n'y a pas de doute, le prince doit être claqué.

« Alors, les témoins, effrayés de leur responsabilité, ont dû s'enfuir et abandonner la maison.

« Par conséquent, il n'y a pas de raison qu'on vienne me délivrer avant un bon moment d'ici.

« Je suis tellement mal à mon aise, que ça ne peut pas se prolonger plus longtemps.

Donc, le mari de Poupoule s'était décidé à ouvrir la fenêtre et à appeler à l'aide.

Son pronostic ne l'avait pas trompé.

Aussitôt que, de la rue, on avait aperçu ce chevalier du moyen âge, un groupe compact s'était formé et la circulation n'avait pas tardé à être interrompue.

Deux sergots — car il y en a aussi à Bruxelles — s'étaient approchés.

Alors Lempereur, s'adressant tout particulièrement aux représentants de la loi, leur avait dit :

— Venez me délivrer, Messieurs, venez, je vous en prie.

Et comme les dignes agents, ébahis, roulaient des yeux de cabillaud en délire, afin de les convaincre et de les décider à voler à son secours, Lempereur avait ajouté :

— Je suis une des personnalités les plus connues.

« Je me nomme le général baron Marin de St. Didier.

Naturellement, les quolibets s'élevaient de la foule.

rent la rue.

Alors Lempereur se mit à hurler :

— Messieurs les agents, je suis enfermé.

« Il vient de se passer un drame dans la maison, un drame terrible.

— Un drame ? s'exclamèrent simultanément les deux sergots bruxellois.

— Oui, parfaitement, un drame.

« Je ne peux pas vous raconter cela par la fenêtre, devant tout le monde.

« Il s'agit d'un secret d'État.

« Mais, au nom du ciel, délivrez-moi.

« Je n'en puis plus.

« Si vous tardez plus longtemps, je suis capable de me jeter par la fenêtre.

De plus en plus inquiets, les deux agents se grattaient, l'un le bout du nez, l'autre l'extrémité de l'oreille.

— En ce cas, Monsieur le commissaire, soyez le bienvenu.

— C'est un farceur, disaient les uns.

— C'est un maboul, affirmaient les autres.

Les deux agents, après s'être consultés, finirent par décider qu'ils pénétreraient dans la maison pour aller voir un peu ce que signifiait cette comédie.

Il n'y avait pas de concierge dans l'immeuble.

Chaque locataire avait sa clef, et rentrait sans être contrôlé par personne.

Cela n'était point fait pour faciliter les recherches.

Cependant, les deux agents gravirent l'escalier, et s'arrêtant à la porte du premier étage, commencèrent par sonner.

Mais l'appartement étant désert et Lempereur étant enfermé, personne ne pouvait leur ouvrir.

Ils redescendirent donc fort perplexes et regagnè-

Dans la foule, on s'amusait ferme, d'autant plus que Lempereur continuait à gesticuler, tapant sur sa cuirasse, et que le nombre des curieux augmentait de minute en minute, la rue était noire de monde.

On eût dit une véritable fourmilière humaine.

Soucieux de dégager leur responsabilité, les deux agents décidèrent d'en référer à leur patron, c'est-à-dire au commissaire.

L'un d'eux resta devant la maison, et l'autre courut bien vite au poste.

Quelques instants après, le commissaire revenait avec l'agent.

La foule avait encore augmenté.

On se pressait, on s'étouffait, en se montrant la fenêtre ouverte que depuis un instant le faux général avait modestement quittée.

— Diable! s'exclamait le magistrat, mais si ça continue, on va être obligé de faire donner la garde.

Et s'adressant au second agent qui avait dû déployer une rare énergie pour ne pas laisser envahir la maison, il lui demanda :

— Alors, c'est un fou qui est là-dedans ?

Le représentant de la force publique répondit aussitôt :

— Probablement, Monsieur le commissaire.

— Qui est-ce qui demeure dans cette maison ?

L'agent qui avait eu le temps de se renseigner, répliqua aussitôt :

— C'est un comédien, M. Prosper Marmié, qui appartient à la troupe du théâtre du Parc.

— Serait-ce lui par hasard, s'écria le magistrat, qui aurait perdu la raison et qui se livrerait ainsi à une manifestation extraordinaire ou bien serait-ce de sa part une mascarade, une fumisterie ?

Un citoyen qui se trouvait à côté du commissaire, lui glissa à l'oreille :

— Non, Monsieur le commissaire, ce n'est pas le comédien; nous le connaissons tous dans le quartier.

« Quant à cet individu qui braille et qui gesticule à la fenêtre, personne ne l'a encore jamais vu ici.

— Mais l'acteur, où est-il ?

— Oh! ça, Monsieur le commissaire, il doit être à son théâtre.

— Il faudrait l'envoyer chercher afin de pouvoir pénétrer chez lui.

Mais il s'agissait d'agir vite, très vite.

En effet, le mari de Poupoule, après avoir quitté un instant la fenêtre, voyant que personne ne venait le délivrer, avait reparu.

Et, secoué cette fois par une colère épouvantable, il s'était mis à vociférer :

— Tas de misérables, tas d'assassins !

« Je vais me plaindre à mon ambassadeur.

« Je ne me laisserai pas persécuter ni sequestrer de la sorte.

« La France est la terre de la liberté, et je suis Français.

« Je suis même général !

« Et si l'on veut me retenir ici prisonnier, je vous avertis que dans les vingt-quatre heures, cinq corps d'armée sur pied de guerre envahiront la Belgique pour venir me délivrer.

— C'est un maboul, fit immédiatement le magistrat.

« Seulement cette comédie-là ne peut pas durer.

Et regardant la rue d'Arenberg qui était noire de monde, il ajouta :

— Il faut en finir.

Puis s'adressant à un de ses agents, il lui dit :

— Courez vite chercher un serrurier.

L'agent s'esquiva au plus vite.

Mais là-haut Lempereur continuait :

— Citoyens belges, venez à mon secours. délivrez-moi !

« Il n'est pas possible que vous fassiez la sourde oreille.

« Ce n'est pas en vain que vous passez pour le peuple le plus hospitalier de la terre.

« Vous ne tolérerez pas qu'au nom de la raison d'État on persécute ainsi un étranger, que dis-je, un ami, car, vous le savez bien, les Français sont des amis !

Et comme la foule répondait à cette apostrophe par d'homériques éclats de rire et des plaisanteries non équivoques, le mari de Poupoule s'écria, en frappant de son gantelet de fer la balustrade de la fenêtre :

— Belges, on vous a donc changés, pour que vous renonciez ainsi aux idées généreuses, pour que vous vous laissiez aller à vous faire les complices de la plus grande turpitude du siècle.

« Mais, je vous le répète, mon pays ne me laissera pas persécuter ainsi.

« Il saura briser des amitiés plusieurs fois séculaires pour défendre et sauver un de ses fils.

« Si moi, je sais qui vous êtes, vous, vous ne savez pas qui je suis.

« Vous ne tarderez pas à l'apprendre.

« Alors, vous tremblerez, vous implorerez, vous gémirez, vous supplierez.

« Mais peut-être sera-t-il trop tard pour obtenir votre grâce.

Les rires redoublaient.

A ce moment, le commissaire crut devoir intervenir.

— Taisez-vous donc, lui dit-il.

« On va vous délivrer tout à l'heure.

« On est allé chercher un serrurier.

« Il faut bien lui donner le temps de venir.

« Que diable, vous n'avez pas besoin de mener un pareil tapage.

« En voilà une idée, par exemple.

« Ameuter toute la ville pour si peu.

« Allons, taisez-vous.

« Tenez, voilà justement mon agent qui revient avec un serrurier.

« Vous voyez que ça n'a pas été bien long.

Les curieux, désireux d'assister au dénouement de cette comédie héroï-comique, s'empressaient de s'écarter pour laisser passer l'agent et l'ouvrier qui, précédés du commissaire de police, pénétrèrent dans la maison, tandis que l'autre agent, debout sur le seuil, empêchait que l'on pénétrât dans l'immeuble.

Le serrurier eut vite fait d'ouvrir la porte d'entrée.

Le commissaire pénétra dans l'antichambre.

Et, guidé par la voix de Lempereur qui hurlait : « A moi, à moi, par ici » il s'arrêta devant la porte de la chambre où il était enfermé.

Molenbeeck avait laissé la clef sur la serrure.

Le magistrat n'eut qu'à la tourner pour pénétrer dans la pièce.

Immédiatement il fut frappé par l'odeur caractéristique qui saturait l'atmosphère.

— J'y suis, dit-il en se tournant vers ses agents, c'est un gâteux, ou tout au moins un paralytique général au début.

— Hein! quoi! qu'est-ce que vous dites? sursauta le mari de Mme Bric-à-Brac qui avait parfaitement entendu les paroles du magistrat bruxellois.

— Je dis; je dis... ça ne vous regarde pas, répliqua ce dernier.

— D'abord, qui êtes-vous? fit Lempereur en se redressant le plus fièrement qu'il put dans son armure, théâtre de plusieurs drames intimes successifs sur lesquels nous aurons le bon goût de ne pas insister.

— Je suis le commissaire de police du quartier.

— En ce cas, Monsieur le commissaire, soyez le bienvenu.

— Ah! tout de même.

— Car je suppose, Monsieur le commissaire que vous venez ici pour me délivrer ?

— Voyons, expliquez-moi un peu de quoi il s'agit.

— Tenez, si vous le voulez, nous allons nous entendre tout de suite.

« Veuillez être assez aimable pour envoyer au Grand Hôtel chercher le patron, et lui dire de venir ici en toute hâte avec du linge et des vêtements de

— Je suis le général baron Marin de St. Didier.

rechange, car je vous prie de croire que j'en ai plutôt besoin.

— Je ne puis accéder à votre désir, répliqua fort courtoisement d'ailleurs le magistrat belge, que si vous me dites d'abord qui vous êtes et qu'est-ce que vous êtes venu faire ici ?

— Je vous avouerai franchement que je préférerais garder le silence.

— Pourquoi cela ?

— Parce que je suis détenteur d'un secret d'Etat.

— D'un secret d'Etat?

— Oui, parfaitement, M. le commissaire, d'un secret d'Etat, appuya Lempereur d'un air tellement important que les deux agents, personnages candides et naïfs, en parurent quelque peu impressionnés.

Mais le commissaire, plus dégourdi que ses subordonnés parut accorder à l'affirmation de Lempereur un crédit beaucoup plus limité.

En effet le brave homme se disait :

— Qu'est-ce que cela signifie ?

« Cet homme, déguisé en hallebardier de cavalcade, ou en guerrier de Mi-carême serait détenteur d'un secret d'Etat ?

« Allons donc.

« J'en reviens à mon idée.

« J'ai affaire à un gâteux.

« C'est d'une bonne douche qu'il a besoin avant tout... et peut-être même du cabanon.

Mais il comprit qu'il ne fallait pas brusquer les choses et qu'il valait mieux, ainsi qu'il l'avait déjà fait dans plusieurs circonstances analogues, montrer beaucoup de douceur envers celui qu'il considérait comme un aliéné.

— Voyons, Monsieur, fit-il, je ne demande pas mieux que de vous croire.

« Mais, dans votre intérêt, je vous conseille encore de me dire la vérité.

« Car si vous persistez dans votre attitude, je vais être obligé de vous emmener au poste.

— Au poste, moi ?

— Mais oui, vous, il le faudra bien.

— Et pourquoi cela ?

— D'abord, parce que vous avez causé un scandale sur la voie publique.

— Mais je n'étais pas sur la voie publique.

— Non, mais vous étiez à la fenêtre.

« Par vos cris, votre attitude, vos gestes et vos menaces, vous avez occasionné un attroupement tellement considérable que j'ai failli moi-même ne pas pouvoir parvenir jusqu'à vous.

« Puis, parce qu'en refusant de me donner votre identité, vous vous mettez en révolte contre la loi de ce pays, et que dans ces conditions, j'ai le droit et le devoir de vous garder à ma disposition.

— Ah ! non, non, fit Lempereur, en voilà assez.

« J'espère bien que les blagues de Liège ne vont pas recommencer.

— Les blagues de Liège ? souligna le magistrat.

— Oui...

« Déjà là-bas, on a voulu me la faire à l'oseille, ça n'a pas pris.

— Je vois, se dit le commissaire, il aura déjà commis des excentricités, et il aura eu maille à partir avec la police.

Et de plus en plus convaincu qu'il avait devant lui un malheureux déséquilibré, le représentant de l'autorité reprit, cette fois avec plus d'autorité que de bienveillance :

— Une dernière fois, je vous somme de me décliner vos nom, profession et nationalité.

« Ou alors, je vous fais fourrer en prison.

— Ah ! c'est comme ça, fit Lempereur, eh bien ! nous allons nous amuser !

« Soit, puisque vous le prenez sur ce ton, je m'en vais vous répondre.

« Tant pis pour vous si les secrets d'État du royaume de Belgique sont révélés à tous.

« Vous l'aurez voulu, Monsieur le commissaire, et l'histoire vous rendra responsable de toutes les calamités, de tous les malheurs qui pourront s'abattre sur votre patrie !

— Eh bien! parlez, fit le commissaire qui avait hâte de connaître la version de l'homme bardé de fer.

Lempereur, prenant une attitude théâtrale, déclara :

— Je suis le général baron Marin de St. Didier.

« Inutile de vous dire que je suis Français.

« Je suis en ce moment descendu au Grand Hôtel.

« Vous pouvez aller demander des renseignements sur mon compte au directeur de cette importante maison.

« Il vous dira que je suis non seulement un bon soldat, mais aussi un galant homme.

Cette fois, l'usurier parlait avec une telle netteté que le commissaire se sentit lui-même quelque peu interloqué.

— Saprïsti, si je m'étais trompé, se dit-il.

« Si je me trouvais en face de quelque drame mystérieux, extraordinaire, inouï, tel qu'on en voit peu, mais tel qu'il s'en passe quelquefois tout de même ?

Car nous devons à la vérité de dire que l'excellent commissaire de police, M. Jodoigne, était une de ces natures humbles et soumises qui ont toujours peur de se compromettre, d'aller trop loin et qui ne prennent jamais de décision importante sans avoir consulté auparavant leur supérieur hiérarchique.

Et, regrettant déjà de s'être montré aussi indiscret, il essaya de dire :

— Monsieur... mon général, si vous avez des choses si importantes à nous confier, peut-être vaudrait-il mieux que j'envoie chercher une voiture.

« Alors je vous ferai conduire à mon bureau où nous nous expliquerions.

— Pas du tout, pas du tout, protesta violemment le général.

« Je n'entends pas de cette oreille-là.

« Vous avez voulu que je mange le morceau, n'est-ce pas, eh bien! je vais le manger.

« Je m'appelle donc le général baron Marin de St. Didier.

« Je suis de passage à Bruxelles.

« Pour les renseignements, vous pouvez aller au Grand Hôtel.

— Vous me l'avez déjà dit.

— Ça fera deux fois... vous comprendrez peut-être mieux.

— Je vous prie d'être poli.

— Si vous étiez dans ma situation, on verrait bien si vous seriez poli.

— Venez au fait.

— J'y viens.

« Avant-hier soir, je dînais chez des *amies* dont je vous donnerai le nom si vous le jugez nécessaire.

« Car moi, quand je mets les pieds dans le plat, c'est au milieu, et non sur les bords.

— Nous verrons, nous verrons, continuez toujours.

— Je continue.

« Je me trouvais donc à dîner chez des *amies*, des femmes charmantes, que vous connaissez certainement de réputation.

« Elles sont presque des célébrités, que dis-je, elles sont tout à fait des célébrités.

« Le repas avait été délicieux, la chère exquise, la conversation fort agréable, lorsque tout à coup, quelqu'un troubla la fête.

« C'était l'amant d'une de ces dames.

« Cet amant, je vous le nommerai également si vous le jugez nécessaire.

« Qu'il vous suffise, quant à présent, de savoir que si ce n'est pas le roi des Belges, c'est presque la même chose.

« Ah! Monsieur le commissaire de police, vous roulez des yeux effarés.

« Votre nez s'allonge.

« Vos joues pâlissent.

« Vos lèvres tremblent.

« Vous flairez maintenant l'immensité d'un scandale tel que peut-être votre pays n'en a jamais enregistré dans son histoire nationale.

« Mais il est trop tard.

« Il ne fallait pas me lancer.

« Je suis en route, tant pis pour vous.

« Moi, je suis comme les boulets de mon pays : quand je suis parti, je vais droit au but... on ne m'arrête jamais !

— Eh bien! allez, allez, fit le magistrat, incapable de lutter contre ce flot d'éloquence.

— Je vous disais donc que je dînais chez des amies.

— Allons bon, il va tout recommencer, se dit M. Jordoigne, qui ajouta tout haut :

— Et qu'à la fin du repas... mettons un prince...

— C'est cela, un prince !... était venu interrompre la fête.

« Comme je suppose d'une part, M. le commissaire, déclara Lempereur que votre temps doit être précieux, et que de l'autre, je ne tiens nullement à prolonger mon séjour dans cette carcasse de fer, vous me permettrez n'est-ce pas, d'abréger les détails.

— Mais comment donc, je ne vous demande que ça.

— Le prince choisit une tasse, moi je pris l'autre.

— Une vive altercation se produisit entre le prince et moi.

« Le prince, très surexcité, s'était armé d'une épée, et voulait m'en transpercer le flanc.

« Mais, doué d'une force musculaire peu commune et d'une énergie que personne n'a jamais songé à contester, je parvins immédiatement à désarmer l'énergumène....

« Car votre prince, Monsieur le commissaire, c'est un énergumène et je dois avouer très franchement, — car la franchise est aussi une de mes vertus — que dans l'indignation que me causait sa conduite, je n'hésitais pas un seul instant à lui administrer la correction qu'il méritait.

« Le lendemain matin après être rentré paisiblement à mon hôtel, quel ne fut pas mon étonnement en recevant la visite de deux témoins que m'envoyait le prince.

« J'étais convaincu que son Altesse garderait le silence et ne risquerait pas, en donnant une suite à cette affaire, de provoquer un scandale qui, aujourd'hui, — et cela M. le commissaire, par votre faute — est tout à fait inévitable.

« Je me trompais donc.

« D'autres que moi auraient pu envoyer promener ces Messieurs qui, soit dit entre parenthèses, n'étaient autres que deux représentants de la haute aristocratie brabançonne.

« Mais moi, je ne pouvais reculer.

« Aussi, je constituai immédiatement deux témoins et il fut résolu qu'une rencontre aurait lieu, non pas à l'épée ou au pistolet, mais au « mauvais café. »

« Vous ne savez peut-être pas, Monsieur le commissaire, ce que c'est qu'un duel au mauvais café ?

— Ma foi non, avoua placidement le commissaire.

— Je m'en vais vous l'expliquer.

« On prend deux tasses absolument pareilles.

« On les remplit toutes deux de moka.

« Dans l'une d'entre elles on verse le contenu d'un flacon de poison.

« Puis on transporte les tasses dans une chambre où l'on amène les deux combattants.

« On leur dit : Allez, Messieurs.

« L'offensé choisit le premier sa tasse, l'offenseur prend celle qui reste.

« Tous deux boivent et attendent la mort.

« Voilà, Monsieur le commissaire, ce que c'est qu'un duel au *mauvais café*.

— Ah! très bien, parfaitement, je vois ce que c'est, fit le magistrat qui se rassurait.

Car, au fur et à mesure que M. Lempereur parlait, il commençait à entrevoir la formidable mystification dont celui-ci avait été victime.

Mais se gardant bien d'interrompre le narrateur, il continua, au contraire, à l'écouter avec la plus grande attention.

Lempereur poursuivait :

— Nos témoins tombèrent d'accord sur ce duel.

« J'ajouterai même, si cela peut vous intéresser, que le poison qui a été versé dans le café n'était autre que le fameux poison des Borgia, c'est-à-dire l'*aqua simplex*.

— L'*aqua simplex* ? ne put s'empêcher de répéter M. Jordoigne, car sachant le latin, il avait immédiatement traduit cette expression... *en eau claire*.

Maintenant, il était fixé.

« L'homme qui se donnait pour le général baron Marin de St-Didier n'était nullement gâteux, pas plus qu'il ne détenait un secret d'État, c'était tout simplement un vaste imbécile mystifié par des farceurs.

Alors l'affaire se contentait d'être drôle et M. Jordoigne, qui ne manquait pas « d'humour », se félicitait déjà d'être appelé à en débrouiller les fils, songeant même :

— Si cela ne sentait pas aussi mauvais, je m'amuserais franchement de tout mon cœur.

Mais Lempereur, qui ne se doutait nullement de ce qui se passait dans l'esprit du commissaire, insistait en élevant la voix et en scandant chaque syllabe :

— Parfaitement Monsieur, de l'a... qua... sim... plex...

Et croyant qu'il produisait sur le commissaire et ses deux agents une très vive impression, il continua en tapant par instant sur sa cuirasse :

— D'autres que moi, sans doute, eussent reculé devant une pareille épreuve.

— Mais moi, je suis brave !

« Moi, Monsieur le commissaire, je n'ai jamais *flanché* !

« Moi, Monsieur le commissaire, pendant la guerre de 70, non seulement j'ai sauvé les drapeaux de plusieurs régiments français, mais je suis encore allé prendre des étendards allemands au milieu des rangs ennemis.

« Je les ai donnés à la chapelle des Invalides.

« Vous pouvez aller les voir, ils y sont toujours.

« Aussi, la perspective de la mort ne me fit nullement trembler et je dois dire que mon attitude en a imposé jusqu'à mon adversaire.

« Le duel une fois résolu, les conditions de combat acceptées, il ne restait plus qu'à choisir l'endroit de la rencontre.

« Les témoins choisirent cet appartement qui, soi-disant, sert de garçonnière à l'un d'entre eux.

« Moi, ça m'était parfaitement égal.

« Avant le combat, on nous fit accomplir diverses formalités qui, paraît-il, sont prescrites dans un certain code en usage dans votre pays.

« Je m'y soumis de bonne grâce.

« J'acceptai même d'endosser cette armure.

« Puis on nous conduisit dans la salle aux tasses.

« Le prince, en sa qualité d'insulté, en choisit une, moi, je pris l'autre.

« Nous bûmes tous deux et on nous conduisit dans une pièce isolée, à seule fin d'attendre les effets du poison.

« J'ignore ce qu'est devenu mon adversaire.

« Mais, tout ce que sais, c'est que moi je me suis morfondu ici pendant une grande heure, appelant, criant et qu'il a fallu votre intervention, Monsieur le Commissaire, pour que je sois enfin délivré.

« J'espérais vivement en vous.

« En vous voyant arriver, je me disais : « *Je suis sauvé.*

« Et voilà que vous parlez de m'emmener en prison, moi, le général baron Marin de Saint-Didier, une des gloires de la France.

« Ah! tenez, monsieur le commissaire, je n'ai pas de conseils à vous donner.

« Mais au lieu de tourmenter un honnête homme comme moi, vous feriez mieux, après m'avoir aidé à rapatrier mon hôtel, de vous occuper un peu de savoir ce qu'est devenu mon adversaire et de rechercher précisément dans cet appartement si vous ne retrouvez pas son cadavre.

« Car, pour moi, l'affaire est claire comme de l'eau de roche.

« Puisque je suis vivant, mon adversaire doit être mort.

« Et il est hors de doute que mes témoins, en le voyant se débattre dans les affres de l'agonie, se rouler à terre dans les convulsions les plus folles, ont dû certainement s'effrayer des responsabilités terribles qu'ils avaient assumées, et chercher dans une fuite rapide, un salut qu'ils ont peut-être tort d'espérer.

« Vous avez désiré, Monsieur le commissaire, que je parle, j'ai parlé.

« Maintenant, faites de moi ce que vous voudrez.

« Je laisse à votre conscience le soin de s'y reconnaître.

Le magistrat était bien fixé.

Il s'agissait bien d'une vaste mystification.

Il dit quelques mots à l'oreille d'un de ses agents qui partit aussitôt.

— Général, reprit-il ensuite, je veux bien vous croire...

« L'accent de vérité qui se dégage de votre personne, ne me permet pas un seul instant de suspecter votre parole.

— Je vous remercie.

— Mais la loi m'oblige, étant donné qu'il y a eu manifestation publique, à prendre sur celui qui en est l'auteur, c'est-à-dire sur vous, certains renseignements qui me dicteront ma conduite.

« J'ai donc envoyé au Grand-Hôtel où vous m'avez donné votre adresse, un de mes agents s'enquérir à votre sujet.

« Si, comme j'en suis d'ailleurs persuadé, sa brève enquête confirme vos affirmations, je me ferai un devoir de vous faire reconduire, le plus discrètement possible, jusqu'à votre domicile.

« Maintenant, je vous conseillerai, dans votre propre intérêt, de ne pas ébruiter l'aventure dont vous avez été le héros, et de me laisser le soin, — si toutefois cela est nécessaire — de suivre cette affaire.

— Monsieur le commissaire, répliqua Lempereur, tout à fait rassuré, vous vous montrez envers moi trop courtois pour que je ne m'en rapporte pas entièrement à vous.

Alors, par acquit de conscience, le magistrat donna l'ordre à l'autre agent de chercher dans la maison s'il ne trouvait pas quelqu'un ou quelque chose de

Le fonctionnaire et le général prirent place dans la voiture.

nature à l'éclairer davantage.

L'agent obéit, laissant seuls en tête à tête le général et le commissaire.

Alors Lempereur, se ressaisissant tout à fait, s'écria :

— C'est égal, je ne croyais vraiment pas, Monsieur le commissaire, et soit dit sans vous offenser, qu'en Belgique on avait des mœurs pareilles.

« Enfin, heureusement que je trouve devant moi un homme loyal et intelligent qui comprend les choses.

« Maintenant que nous nous sommes expliqués, permettez-moi de m'excuser de m'être présenté à vous dans un si singulier équipage, et dans un si fâcheux état.

« Car vous avez bien dû vous apercevoir qu'il m'est arrivé un accident.

Lempereur qui, lorsqu'il était embarrassé, savait élever l'art du mensonge jusqu'à la hauteur d'une institution nationale, crut pouvoir logiquement expliquer sa mésaventure par cette déclaration :

— Je suis assez sujet aux coliques.

« Tout à l'heure j'ai eu une violente attaque.

« Et comme empêtré dans cette armure, je ne pouvais pas en sortir, je... vous me permettez, Monsieur le Juge, de ne pas vous donner de plus amples explications.

— Mais certainement, Monsieur, certainement, je vous comprends et je vous excuse.

— A ma place, interrompit le mari de Poupoule, je suis sûr que vous en auriez fait autant.

— Oh! très probablement, concéda le magistrat. Mais l'agent revenait.

Il n'avait rien trouvé que les vêtements du général, et ils étaient dans un tel état qu'il n'avait pas cru devoir les rapporter.

Au dehors, la foule commençait à s'impatienter, tant elle avait hâte de connaître l'issue de l'aventure.

Prudemment, le commissaire de police avait fait téléphoner par un de ses subordonnés au poste principal, et toute une escouade d'agents était accourue pour rétablir la circulation, ce qui d'ailleurs se fit fort paisiblement, les Belges ayant pour principe d'apporter dans toute manifestation un calme et une modération, que nous devrions bien emprunter.

Mais l'autre agent revenait de sa mission au Grand-Hôtel.

Il n'avait pas pu voir le directeur qui en ce moment était sorti, mais l'un des gérants lui avait donné tous les renseignements nécessaires qui concordaient d'ailleurs admirablement avec les déclarations faites à la police par M. de Saint-Didier.

Malheureusement, *la générale* étant **sortie et** ayant emporté les clefs des armoires et des malles, il avait été impossible de prendre des vêtements de rechange.

— Mon général, reprit le commissaire de police, nous allons vous faire reconduire immédiatement à votre hôtel.

— Ah! vous voyez bien, triompha Lempereur, que je vous avais dit la vérité?

— Ne m'en veuillez pas, si j'ai pu douter un instant de vous, reprit le magistrat.

« Ce qui vous arrive est tellement extraordinaire, qu'une erreur judiciaire m'est permise, et j'espère que déjà vous m'avez pardonné.

— Certainement, certainement, fit avec vivacité le mari de Poupoule qui n'avait qu'une hâte, celle de rentrer chez lui et de se débarrasser de la carapace dans laquelle il commençait à étouffer.

Un agent s'était détaché pour aller chercher une voiture fermée.

Cela demanda encore un bon moment, pendant lequel l'ex-usurier et M. Jodoigne échangèrent encore quelques propos sans importance.

Enfin, la voiture vint se ranger devant l'immeuble.

Le fonctionnaire et « le général » descendirent tous deux et prirent place dans la voiture, tandis que la foule, massée derrière un cordon d'hommes de police, applaudissait et riait sans pouvoir cependant approcher de trop près le héros de la formidable mystification.

Les chevaux partirent au grand trot, et, quand, quelques instants après, on arriva au Grand-Hôtel, la présence de *l'homme cuirassé* n'ayant pas été signalée, il n'y avait aucune affluence considérable.

Lempereur put donc descendre sans être aperçu, et il pénétra dans l'hôtel à la grande stupéfaction des voyageurs qui se demandaient quel était ce voyageur moyenâgeux qui avait bien pu s'évader ainsi de son piédestal ou de son musée.

Après avoir pris congé du commissaire, auquel il avait balbutié quelques paroles de remerciements, M. *Marin de Saint-Didier* suivi de deux garçons qui avaient été réquisitionnés pour l'aider à enlever son armure, pénétra dans son appartement.

Par malheur pour lui, la *générale* venait de rentrer.

En apercevant cette sorte de géant, tout étincelant de ferblanterie qui entrait ainsi délibérément, sans frapper, Madame Lempereur tout d'abord, ne reconnut pas son mari, et poussant un cri d'épouvante, elle s'effondra sur un canapé en gémissant :

— A moi! Au secours! A l'assassin!

Lempereur s'avança, et timidement, car il pressentait que la situation n'allait pas tarder à devenir très tendue, il déclara :

— C'est moi, Poupoule, ne te fais pas de mauvais sang!

« Rassure-toi.

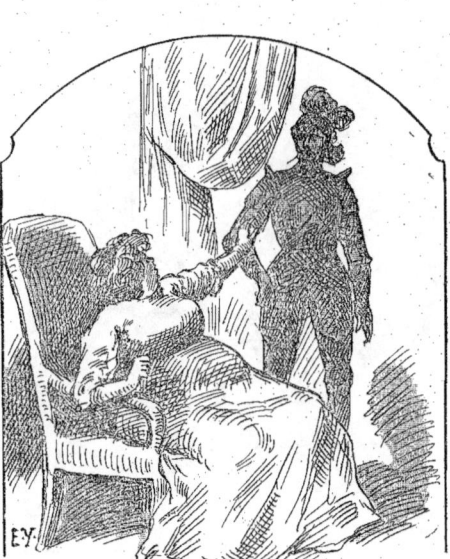

— A moi ! Au secours ! A l'assassin !

— *Puisque tu as voulu l'habiller comme ça, tu vas y rester.*

.te.

Les deux garçons ne se le firent pas dire deux fois, et tournant les talons ils s'empressèrent de s'esquiver.

Alors, revenant vers son mari, l'œil injecté, la figure congestionnée, le poing menaçant Madame Lempereur, hors d'elle-même, hurla :

— Puisque tu as voulu t'habiller comme ça, tu vas y rester.

« Au moins, ça t'empêchera de sortir et de recommencer tes bêtises..

Le général n'en entendit pas davantage. Vaincu par la fatalité, abruti, à bout de forces et d'émotion, il s'écroula sur le parquet. en un tintamarre épouvantable.

Le *général* s'était évanoui.

CHAPITRE CVI

Pris au Piège

« Inutile d'avoir une crise.

Alors Madame Bric-à-Brac, reconnaissant la voix conjugale, se redressa vociférant :

— Lui, lui la pochetée en cuirassier!

« Non, mais il devient fou, ma parole d'honneur!

Et comme les garçons s'avançaient, l'ex-entremetteuse, en proie à une vive colère, interrogea :

— Qu'est-ce que vous voulez, vous autres?

— Nous sommes venus pour aider le général à se déshabiller, déclara l'un des garçons.

— Vu, ajouta l'autre, que tout seul il ne pourra jamais se tirer d'affaire.

— Fichez-moi le camp, ordonna furieusement la mégère.

« Si vous restez ici, j'appelle le directeur de l'hôtel, et je vous fais instantanément flanquer à la por-

Pendant que ces événements tragi-comiques se déroulaient à Bruxelles, d'autres encore plus sensationnels avaient lieu à Paris.

Nous avons laissé notre ami Patoche déguisé en missionnaire et affublé de l'identité du Révérend Père Martinet, en tête à tête avec le docteur Rubin directeur du journal *l'Ami de l'Ordre.*

On se souvient certainement qu'après un conseil tenu entre les défenseurs de Ferbach, il avait été décidé que l'on emploierait tous les moyens nécessaires pour acquérir enfin la preuve matérielle, irréfutable que le docteur Rubin était le complice de Walter Hunding, cette preuve devant faire la lumière complète sur les agissements dont Férbach était victime, et devant par là même entraîner infailliblement son acquittement.

On se souvient également que Wilhem Fürster, après s'être présenté au docteur Rubin sous les traits de l'abbé Têtu, qu'il avait réussi à copier d'une façon merveilleuse, et après avoir fait croire au directeur du journal qu'il pouvait avoir une entière confiance dans le père Martinet, c'est-à-dire dans Patoche, s'était retiré, laissant l'ordonnance du capitaine Lancelin face à face avec le médecin-journaliste.

Ainsi qu'on le voit, Patoche avait assumé une formidable responsabilité.

Il savait très bien, en effet, qu'il lui suffisait d'un mot imprudent, d'un geste maladroit pour éveiller les soupçons de son interlocuteur, et tout en compromettant à tout jamais la partie risquer lui-même de s'engager dans une aventure des plus dangereuses, peut-être même mortelle.

Mais nous avons vu souvent Patoche à l'œuvre.

Nous l'avons vu aux prises avec les périls les plus grands, et nous n'ignorons pas qu'à un courage indomptable, à une audace merveilleuse, il savait allier des qualités de flair, de décision, de finesse qui, tout en faisant venir à bout des difficultés les plus grandes, l'aidaient si bien à se tirer des plus mauvais pas.

Gardant toujours un sang-froid imperturbable, Patoche avait pour principe de ne pas négliger les plus petits détails et voilà pourquoi il était si fort.

En attendant, il jouait son rôle de missionnaire avec une parfaite sérénité.

Ayant réussi depuis un certain temps déjà à corriger son accent faubourien, il affectait ce parler un peu lent des gens du nord qu'il connaissait fort bien, puisqu'il avait été pendant deux ans en garnison à Lille.

Pour l'instant, Patoche jubilait.

En effet, il avait tout lieu de croire qu'il tenait Rubin et qu'il allait maintenant lui faire raconter tout ce qu'il allait vouloir, c'est-à-dire lui faire livrer tous les secrets dont on avait besoin pour innocenter Férbach.

Rubin n'était-il pas convaincu que l'abbé Têtu, c'est-à-dire Wilhem Fürster, n'était autre que Walter Hunding, et que par conséquent il pouvait avoir entière confiance en Justin Dilinger, dit le père Martinet, c'est-à-dire Patoche.

Tout était donc pour le mieux dans le meilleur des mondes.

Il ne s'agissait que de manœuvrer avec prudence, de ne pas faire de gaffes, et Patoche avait le droit de compter sur lui-même.

Il attaqua donc résolument :

— Monsieur le docteur, ainsi que vous l'a dit le patron, je suis à votre entière disposition.

« D'ailleurs, si vous avez le temps, je m'en vais pouvoir vous dire tout de suite de quoi il s'agit, et vous communiquer les instructions que le patron n'a pas eu le temps de vous développer lui-même.

L'ordonnance, tout en parlant, s'observait soigneusement car à aucun prix il n'eût voulu laisser échapper une de ces expressions populaires et familières dont il avait l'habitude d'émailler son langage.

— Tout d'abord, mon ami, interrogea Rubin, voulez-vous me permettre, puisque nous allons travailler ensemble, de vous poser quelques questions ?

— Oh ! très volontiers, monsieur le docteur.

— Vous vous appelez de votre vrai nom Justin Dilinger ?

— Mais oui, parfaitement, Dilinger.

Patoche allait ajouter : Justin pour les dames, mais il se retint fort à propos.

Et le docteur continuant son interrogatoire reprit :

— Quel âge avez-vous ?

Sans broncher, le faux missionnaire affirma : 43 ans.

— Vous êtes Suisse ?

— Oui, Monsieur le docteur.

Le Parigot fut sur le point d'ajouter encore.. comme un fromage !

Mais il constata avec satisfaction qu'il s'arrêtait à temps.

L'expérience était décisive.

Désormais il ne gafferait pas. Il était maître de sa langue.

Le directeur de l'Ami de l'Ordre poursuivait :

— Dans quel canton êtes-vous né ?

— Dans quel canton ? fit Patoche.

Là, il dut s'avouer qu'il était quelque peu embarrassé car il n'avait jamais été en Suisse, et il n'était pas très calé en géographie.

Mais le malin garçon avait parfaitement prévu le cas où on lui poserait des questions légèrement troublantes, et il s'était dit :

— Toutes les fois que je serai pris en défaut et que j'aurai besoin d'un petit moment de réflexion avant de me mettre à table, je tirerai mon blavin de ma poche et je me moucherai.

C'était l'occasion de se livrer à cet acte de diversion qui se présentait.

Alors l'ami de Rosette, feignant d'éternuer, tira de la poche de sa soutane un grand mouchoir à carreaux et se moucha longuement, bruyamment, tout en bafouillant :

— Excusez-moi, Monsieur le docteur, mais je crois que je viens de pincer un rhume de cerveau.

— Ça ne fait rien, vous serez là pour me soigner.

Tout en se mouchant, Patoche cherchait à rassembler ses souvenirs géographiques.

— La Suisse, se disait-il, oui, j'y suis, c'est cela... Parfaitement, Genève, Lausanne, Zurich.

« Je prends Zurich.

« Pourquoi, je n'en sais rien, mais je le prends tout de même.

« Alors replaçant son mouchoir dans sa poche, le Révérend Père Martinet déclara avec un aplomb imperturbable :

— Monsieur le docteur, je suis né à Zurich.

— Alors, fit vivement le médecin-journaliste, vous devez savoir admirablement parler l'Allemand?

— Diable! se dit Patoche, voilà une difficulté que je n'avais pas prévue.

— Zurich, définissait le docteur, est à deux pas de l'Allemagne, et presque tous les habitants sont familiarisés avec l'idiome de leurs voisins.

Patoche éternua une seconde fois et dut reprendre son mouchoir.

— Nom d'un petit bonhomme, se dit-il, ça va mal, « Est-ce qu'il va continuer à me barber longtemps comme ça.

Mais sans doute l'ordonnance du capitaine avait-il trouvé une réponse satisfaisante à la question gênante du docteur, car il ne se moucha qu'une fois, et il remit presque aussitôt son blavin dans sa poche en disant :

— Mon Dieu, Monsieur le docteur, c'est bien simple si

— Excusez-moi, Monsieur le docteur, je crois que je viens de pincer un rhume.

ple si je ne sais pas l'Allemand, c'est que j'ai quitté Zurich à l'âge de six ans, et que mes parents sont venus se fixer à Paris avec moi.

« C'est donc à Paris où j'ai été élevé, où j'ai grandi, que j'ai appris à parler.

— Ah! très bien, fit Rubin.

« Mais, vos parents, que faisaient-ils?

— Ah zut! à la fin, il m'embête celui-là se disait le Parigot, car j'avais tout prévu, sauf qu'il me ferait subir un long interrogatoire d'identité.

Mais, il s'agissait de répondre sans trop hésiter, et surtout sans trop abuser du mouchoir, car ce geste par trop répété aurait certainement fini par attirer l'attention du complice de Walter Humding, et éveiller en lui de fâcheux soupçons.

Aussi, Patoche déclara-t-il aussitôt :

— Mon père était ingénieur, et représentait à Paris une grande compagnie industrielle allemande.

— Ah oui! très bien.

« Et comment avez-vous connu le *patron*?

Cette fois, l'astucieux garçon avait préparé sa leçon.

Aussi tout de suite, répondit-il :

— Ah! c'est bien simple, Monsieur le docteur, mon père ayant eu la stupidité, je dois le dire, de se faire naturaliser Français — soi-disant pour augmenter le chiffre de ses affaires, — j'ai dû faire mon service militaire.

— Comme cela me déplaisait beaucoup, au bout de quinze jours de caserne, j'ai déserté.

« Je suis parti à Bruxelles, après avoir végété, pendant un certain temps, et vécu de privations et même d'expédients.

« Un beau jour, j'ai fait connaissance avec Walter Humding.

— Chut! pas si haut, recommanda Rubin, les murs ont parfois des oreilles.

« J'ai donc fait connaissance avec le patron.

« Il m'a attaché à sa personne.

« Peu à peu, il m'a donné sa confiance.

« Puis, comme je crois qu'il n'avait pas à se plaindre de moi, il m'a confié comme aujourd'hui des missions délicates.

« Je lui suis entièrement dévoué.

— Très bien, fit Rubin.

« Maintenant, mon cher Monsieur Dilinger, ou plutôt Mon Révérend Père Martinet, pourriez-vous être assez aimable pour me mettre au courant des instructions que le patron vous a données à mon sujet?

— Très volontiers, Monsieur le docteur, je ne suis là que pour ça.

— Eh bien, parlez.

— Vous n'êtes pas sans savoir, Monsieur le docteur, qu'en ce moment les amis du lieutenant Ferbach font feu des quatre pieds pour tâcher de le tirer d'affaire?

— Je le sais.

— Mais ce que vous ignorez peut-être c'est qu'ils sont beaucoup mieux renseignés qu'on ne le pense.

« En outre, ils sont aidés dans leur besogne par des gens très forts ou très habiles, policiers de profession détectives amateurs qui se sont livrés à d'habiles enquêtes, dont le résultat est centralisé par M. Bertard, l'ancien ministre et par son âme damnée, le capitaine Lancelin.

— Je sais tout cela, en effet, déclara Rubin.

— Mais ce que vous ne savez peut-être pas, reprit Patoche, c'est qu'ils ont obtenu des résultats très grands.

— Je m'en doute.

— Ils ont acquis, entre autre, la certitude que vous marchiez avec le patron.

— Oui, mais ils n'en ont pas la preuve.

— Ils peuvent l'avoir.

— Comment cela?

— Ces gens-là sont capables de tout, et je vous prie de croire qu'ils ne reculeraient pas devant un cambriolage ou même devant un assassinat, pour s'emparer des documents dont ils ont besoin pour sauver Ferbach en vous perdant.

Comme on le voit, la tactique de Patoche était audacieuse mais elle était particulièrement habile.

Le docteur Rubin l'écoutait avec la plus grande attention tout prêt à accorder une pleine et entière confiance à ce Justin Dilinger qui lui parlait d'une façon si nette et si catégorique.

Patoche, sentant qu'il gagnait de plus en plus de ꞏꞏꞏꞏꞏ exultait intérieurement ꞏꞏꞏꞏꞏ net, c'est-à-dire Patoche.

Il se voyait déjà le maître de tous les secrets de la terrible association et rapportant à ceux qui l'avaient envoyé la preuve flagrante de la complicité de l'espion allemand et du médecin français.

Aussi, continua-t-il :

— J'ai été précisément chargé par le patron de surveiller le citoyen Bertard et sa bande

« J'ai employé toute mon activité et tout mon zèle.

« Aussi, je crois être admirablement renseigné sur ce qui se passe chez eux, c'est-à-dire, sur leurs intentions à votre égard.

« Ayant résolu d'arracher à tout prix Ferbach à la justice militaire, ils sont prêts, je ne saurais trop vous le répéter, à employer contre vous les moyens dont ils disposent.

« Ils ont l'argent, la puissance, et — il faut bien le reconnaître un grand esprit de décision, une extrême tenacité, et un courage à toute épreuve.

« Il faut donc s'attendre à tout.

« Ce que le patron n'a pas eu le temps de vous dire, moi, je m'en vais vous le communiquer :

« Il voudrait qu'ici même, dans ce bureau, nous brûlions tous les papiers compromettants, qui, une fois dérobés par nos adversaires, pourraient devenir entre leurs mains une arme dangereuse contre nous.

— Je veux bien, répliqua Rubin, puisque c'est la volonté du *patron*.

« Mais, s'il était là je lui dirais qu'il exagère les précautions.

— On n'exagère jamais en pareil cas, fit sentencieusement le Montmartrois.

« Croyez-moi, docteur, l'excès de prudence n'a jamais été un péché.

— Enfin, s'exclama Rubin, le patron me connaît, et il sait très bien...

« D'abord, j'ai très peu de papiers capables de me compromettre, et il n'ignore pas également que je ne suis pas assez naïf pour les laisser traîner.

— Le patron sait tout cela, déclara Patoche sur le ton le plus conciliant du monde.

« Il ne m'en a pas dit long, mais il est infiniment probable que tous ces arguments n'ont pas eu beaucoup de poids dans son esprit puisqu'il m'a chargé formellement de vous demander de détruire avec moi tous ces documents.

— D'ailleurs, pour ma part, déclara Rubin, je n'y vois aucun inconvénient.

« Par exemple, ce qui me navrerait profondément, ce serait de penser qu'en agissant de la sorte le *patron* me témoigne une méfiance...

— Oh! interrompit le Père Martinet, je vous assure qu'il n'en est rien. ꞏꞏꞏꞏ poche et je me moucherai.

Paris. — Imp. MAILLET, 3 pas. de Chalôns

« Le patron, a, au contraire, entière confiance en vous.

« Ce qu'il en fait, c'est encore bien plus pour vous-même que pour lui.

« S'il y avait du grabuge, lui, il se tirerait toujours des pattes, tandis que vous, ça serait peut-être plus difficile.

— Oui, vous avez raison, réfléchit le directeur de l'Ami de l'Ordre.

« Enfin, nous allons voir.

« En effet, il y a évidemment certains papiers qui, comme vous le dites, une fois entre les mains de nos adversaires, pourraient devenir très dangereux pour nous.

« Mais, je n'ai pas besoin de vous dire qu'ils ne sont pas ici.

« Et puisque le patron tient à ce que nous les détruisions ensemble, c'est entendu, nous allons nous rendre tout de suite à l'endroit où je les ai cachés.

— A la bonne heure, ne put s'empêcher d'approuver le Montmartrois, dont le cœur bondissait dans joie de sa poitrine.

Car il touchait au but.

Il était sûr de réussir.

Maintenant le plus fort était fait.

Le reste de son plan devenait d'une exécution extrêmement facile.

En effet, il n'avait qu'à accompagner le docteur Rubin, qu'à l'aider dans le tri des papiers, qu'à en faire disparaître deux ou trois dans sa large manche, attendre placidement que les autres fussent brûlés et ensuite rejoindre ses amis.

Rien désormais ne pouvait l'empêcher de mener à bien la périlleuse mission qui lui avait été confiée.

Le docteur Rubin, maintenant décidé à suivre les instructions de Walter Humding, sonna son secrétaire de rédaction, lui donna quelques ordres, fit venir également le chef de la publicité — car le médecin-journaliste ne négligeait jamais la question financière — annonça à haute voix et de façon à être entendu par plusieurs rédacteurs et employés

Rubin avait fait monter le Parigot dans son auto.

qu'il reviendrait le soir au journal et partit emmenant le faux missionnaire dans son auto.

— Ça, par exemple, se disait Patoche je me demande où il peut bien me conduire.

« Au fond, c'est pas banal, tout ça.

« Je trouve même que c'est très amusant.

« Il me semble que je vis les péripéties d'un roman!

« C'est égal, ils en feront une téterre, le Walter Humding et le Rubin, lorsqu'ils s'apercevront que nous les avons roulés en douce.

« Ah! la! la! ce sera bien leur tour.

« Mais, quelle catastrophe, mes enfants! quel potin! quel scandale!

« Ça fera peut-être monter le tirage de l'Ami de l'Ordre mais ça fera sûrement baisser les actions de son directeur.

En attendant, Rubin avait fait monter le Parigot dans son auto.

Puis il avait donné, à voix basse quelques ordres à son wattman.

Aussi, l'ordonnance du capitaine n'avait ... ... l'adresse

Et il continuait à se demander :

— Où me conduit-il, nom d'un petit bonhomme, où me conduit-il ?

« J'ai le pressentiment que je m'en vais voir de drôles de choses.

« Quel malheur que le capiston ne soit pas avec moi.

« Ce qu'il serait content de pouvoir prendre enfin sa revanche.

« Seulement, je ne serais pas tranquille.

« J'aurais peur qu'il s'emballe ou qu'il nous lâche un : Il y a de l'eau dans le gaz, ou quelques pataquès de ce genre.

« Voyez-vous que le Rubin s'aperçoive du coup?

« Non mais alors, qu'est-ce qui se passerait, je me le demande?

Paris. — Imp. MAILLY, 3 pas. de Charras.

« Oh! je sais bien que nous serions toujours les plus forts.

« On ne s'embarque jamais sans biscuits, nous autres!

« J'ai non seulement dans chaque poche un bon rigolo, mais encore différents petits instruments qui me permettraient d'agir en toute sécurité si ce brave Rubin concevait le moindre doute à mon sujet.

« Et comme je suis moi-même à peu près à l'abri de toute attaque imprévue, tout marche à merveille.

« Par conséquent, *All rigth* comme disent les english qui, au fond, sont de braves gens, et qui, en tout cas, valent mieux que tous ces sales boches que le diable emporte et garde pour toujours dans son enfer!

Mais le journaliste brusquement interpellait le Révérend Père Martinet :

— Il y a longtemps que vous êtes à Paris? demandait-il.

— Non, pas très longtemps, répliqua Patoche qui ne voulait pas s'enferrer.

« Moi, je voyage beaucoup!

« Je vais à droite, à gauche, partout où il y a de l'occupation.

« Il n'y a guère que depuis que l'affaire Ferbach bat son plein que je suis dans la capitale.

— Alors, vous êtes très au courant de tous les dessous de cette histoire?

— Oui, d'abord parce que le patron n'a rien de caché pour moi, puis parce que l'ayant étudiée de très près, je suis à même de connaître certains détails qui ont pu vous échapper à vous-même.

— Je vois que vous êtes un homme précieux.

— On fait ce qu'on peut.

Patoche se mordit la langue, car un peu plus il allait dire :

— On fait ce qu'on peut... on n'est pas des bœufs.

Mais Rubin poursuivait :

— Et quelle opinion avez-vous de cette affaire?

— C'est qu'elle est très intéressante.

— Oui mais enfin, croyez-vous que Ferbach sera condamné?

— J'en ai la conviction absolue s'il n'y a pas de gaffes faites de notre côté.

— Qu'entendez-vous par gaffes?

— Des imprudences.

« Je suppose par exemple que vous ayez refusé de brûler vos papiers comme vous le demande le patron.

« On ne sait jamais ce qui peut arriver.

« Ils ont beau être bien cachés, on peut les découvrir.

« Qui nous dit que ce wattman, qui nous conduit fort bien d'ailleurs, n'est pas aux gages de nos adversaires?

— Oh! se récria le médecin, ce n'est pas possible!

« Mathias est à mon service depuis plusieurs années.

« J'ai en lui la confiance la plus absolue, et je suis convaincu qu'il est incapable de me trahir.

— Ah! vous avez encore des illusions, mon cher docteur?

— Pourquoi me dites-vous cela?

« Est-ce que vous auriez quelque chose au sujet de ce garçon?

— Rien du tout, certes, et je m'en voudrais de faire du tort à cet homme.

« Seulement, par exemple, vous oubliez une chose.

— Laquelle?

— C'est que les amis de Ferbach ont maintenant à leur tête un individu qui dispose d'une fortune de plus de cent millions.

— Oui, Bertard.

— Parfaitement Bertard.

« Avec de l'argent, qu'est-ce que je dis, avec de l'or, on vient parfois à bout des honnêtetés les plus grandes et des consciences les plus résolues.

— C'est vrai, reconnut le docteur, qui garda le silence.

Patoche en profita pour se rendre compte de l'itinéraire que suivait la voiture.

Maintenant l'auto traversait la place de l'Etoile.

Après avoir descendu l'avenue de l'Alma, elle traversa le pont, s'engagea dans l'avenue Bosquet, tourna à gauche dans la rue Saint-Dominique et s'arrêta à la hauteur de la rue de la Comète.

Le docteur Rubin dit à Patoche :

— Nous sommes arrivés.

Il descendit de la voiture, suivi du Montmartrois et dit, à haute voix, au wattman :

— Maintenant, Mathias, allez m'attendre à la station de voitures de l'Ecole Militaire.

— Bien, Monsieur le docteur, répliqua le mécanicien qui fit faire demi-tour à son auto et disparut dans la direction qui venait de lui être indiquée.

Le médecin-journaliste et le Révérend Père Martinet s'engagèrent dans la petite rue de la Comète, et s'arrêtèrent devant un pavillon de très modeste apparence, à la façade plutôt délabrée et qui semblait désert.

Cependant le docteur Rubin arrivé devant la porte tira un pied de biche.

Une sonnette retentit dans le vestibule sonore.

Puis des pas lourds lui succédèrent et la porte s'entrebâilla, laissant passer une grosse figure soigneusement rasée qu'on aurait dit appartenir, soit à un bon gros curé de campagne, bien nourri par ses paroissiens, ou à un maître d'hôtel copieusement engraissé par ses maîtres.

— Mais, je connais cette binette-là, se dit Patoche.

Le gros bonhomme, en apercevant Rubin, poussa une exclamation de surprise :

— Alei! Alei! fit-il, c'est vous, Monsieur le docteur, eh bien! un peu plus, savez-vous, vous trouviez la maison fermée.

« Je suis arrivé cette nuit de Bruxelles seulement, pour une fois.

— Parbleu! se dit le Montmartrois, c'est lui, c'est Van Flam, cette vieille crapule d'aubergiste de Lille.

« Ce serait tout de même rigolo si à moi tout seul j'allais pincer tout le nid de vipères.

Et comme Van Flam jetait un regard déjà inquiet et soupçonneux sur le Révérend Père Martinet, immédiatement le docteur Rubin s'empressa de déclarer :

— Monsieur est des nôtres.

« D'ailleurs, vous le connaissez.

Alors, Van Flam fit pénétrer le docteur Rubin et Patoche dans l'antichambre.

— Vous vous connaissez peut-être, fit tout de suite Rubin.

— Non, je ne crois pas que j'aie jamais vu Monsieur, déclara le Flamand.

— Justin Dilinger, déclara Patoche avec un aplomb infernal.

— Connais pas, pour une fois, répliqua le père d'Yvette.

— Eh bien! moi, s'exclama le Montmartrois, je vous connais très bien.

— Comment savez-vous ? s'exclama l'ancien hôtelier.

« Vous êtes M. Van Flam.

— Alei! Alei! comment savez-vous? s'exclama l'ancien hôtelier lillois en reculant d'un pas.

— Le *patron* m'a souvent parlé de vous, bluffa Patoche et je ne vous cacherai pas plus longtemps qu'il m'avait même chargé pendant un certain temps de vous surveiller.

— Moi!

— Oh! rassurez-vous, cher Monsieur Van Flam, car les rapports que j'ai eus à faire au patron sur votre compte ont toujours été excellents.

Le Parigot avait prononcé cette dernière phrase avec un tel accent de supériorité tranquille, que Van Flam ne douta pas un seul instant qu'il était en présence du bras droit de Walter Humding.

Aussi tout de suite, se montra-t-il d'une urbanité exquise.

— Alei! Alei! Monsieur, fit-il soyez le bienvenu, et si vous voulez prendre quelque chose, je suis à votre disposition.

— Non, merci, décida Rubin.

« Nous avons besoin de travailler.

« Veuillez me donner la clef du cabinet des Estampes.

— Voilà, voilà, docteur, fit Van Flam qui cherchant dans sa poche en tira une bourse en cuir, semblable à celle des marchands de bœufs et y prit une toute petite clef qu'il remit au docteur en lui disant :

— Je suis à vos ordres, savez-vous.

« Si vous avez besoin de moi, pour une fois, vous n'aurez qu'à sonner comme d'habitude.

« Je ne bouge pas de la maison s'il vous plaît, et je viendrai tout de suite.

— Je vous remercie, Monsieur Van Flam.

— Docteur, j'ai bien l'honneur de vous saluer, savez-vous.

« Monsieur Dilinger tous mes compliments.

— Tous mes compliments, riposta l'ordonnance.

Mais déjà le docteur gravissait le petit escalier qui conduisait au premier étage.

Patoche s'empressa de le suivre, et comme Pippo dans la Mascotte, il avait envie de fredonner :

— Je touche au but, je touche au but.

CHAPITRE CVII

Le Cabinet
des Estampes

Le docteur Rubin s'avançait avec une sécurité et une assurance qui montraient qu'il était un familier de la maison.

Il longea un corridor assez étroit, puis il parvint devant une porte peinte en gris, et munie d'une petite serrure dans laquelle il introduisit la clef que lui avait remise Van Flam.

Alors, la porte s'ouvrit laissant apercevoir une seconde porte mais cette fois toute bizarre, toute singulière, et ressemblant par plus d'un point à celle d'un grand coffre-fort.

Patoche s'empressa de le suivre.

— Mâtin, se dit Patoche, ce sont des gaillards de précaution.

« C'est égal, ils sont rudement bien organisés.

« Et quand nous raconterons cela au public, quel bouchon pour la police officielle,

« Dire qu'il n'y a pas un de ces roussins qui émargent au budget de l'Etat qui aurait eu le flair de découvrir le pot-aux-roses.

« Il faut que ce soit moi, Patoche, cavalier de deuxième classe, qui fasse leur métier!

« Enfin, ça n'a pas d'importance puisque le résultat va être acquis.

« C'est égal, je crois que le capiston sera content

de son ordonnance, et j'espère bien que M. Bertard, en qualité d'ancien ministre de la guerre, s'il ne me décore pas de la légion d'honneur, pourra au moins me donner un bureau de tabac pour mes vieux jours.

Mais après avoir fait jouer successivement plusieurs mécanismes secrets, Rubin parvint à ouvrir la porte du coffre-fort.

— Entrez, dit-il à Patoche.

Les deux hommes se trouvèrent dans une pièce complètement obscure.

Aucune ouverture en dehors de la porte qu'ils venaient de franchir ne devait donner sur l'extérieur.

Le docteur tâtonna un instant dans les ténèbres.

Puis ayant rencontré un commutateur, il le tourna, et instantanément, la pièce se trouva inondée de lumière, tandis que, comme par enchantement, la porte se refermait derrière eux.

Patoche écarquillait les yeux afin de bien voir.

D'abord, rien d'anormal ne vint le frapper.

Il se trouvait dans une chambre assez vaste, sommairement meublée

Au milieu, une table recouverte d'un tapis vert et entourée de chaises de bureau.

Sur les murs, deux ou trois lithographies insignifiantes et très médiocrement encadrées.

Et c'était tout.

— Si c'est ça qu'ils appellent le cabinet des estampes, se disait le Montmartrois, je le retiens.

« Il devrait plutôt dire le cabinet des *estampeurs*

« Car j'ai beau ne pas m'y connaître, beaucoup en fait de gravures, je ne donnerais pas vingt francs de celles qui sont là.

Mais le docteur Rubin se tournant vers lui, disait :

— Vous n'êtes sans doute jamais venu ici

— Jamais! affirma Patoche.

E. Yrondy.

Une sorte de caisse descendait lentement du plafond.

docteur Rubin lui accordait toute sa confiance, alors, c'est ici le cabinet des estampes?

— Oui, répliqua le directeur de *l'Ami de l'Ordre*, c'est ici que sont les quelques documents grâce auxquels on pourrait établir qu'il existe des rapports entre le patron et moi.

« Je commence par vous dire qu'il y en a très peu.

« Je les avais conservés jusqu'à ce jour, parce que le patron et moi nous l'avions jugé indispensable.

« Il y a, entre autres, la liste des différentes adresses où je dois lui envoyer des nouvelles.

« Une instruction très longue, assez développée en cas d'arrestation ou de séparation forcée.

« Un certain nombre de fiches sur des personnalités militaires et politiques.

« Un traité secret qui nous lie l'un à l'autre.

« Je n'ai pas besoin de vous dire que ces pièces sont écrites dans un langage chiffré, dont lui seul et moi avons la clef.

— Aïe! pensa Patoche, voilà qui est embêtant.

« J'aurais dû prévoir cela.

« Mais cela ne fait rien.

« Je me souviens maintenant que, au dernier conseil qui a été tenu rue Vivienne entre tous les amis et défenseurs du lieutenant Ferbach il y a un savant, un membre de l'Institut, paraît-il, qui a déclaré qu'il se faisait un jeu de déchiffrer les écrits les plus compliqués.

« Ça serait bien le diable qu'il ne voie pas clair dans ceux que je vais rapporter.

« D'ailleurs, je ne vois pas pourquoi je m'occupe de tout cela?

— Le patron vous avait-il parlé de cette maison?
— Oh! je ne me rappelle pas bien, éluda le Montmartrois.

« Je sais par exemple, qu'il possède dans Paris plusieurs pied-à-terre.

« Je crois même me rappeler, qu'il y a quelque temps, il m'a dit qu'il avait déposé certains documents qui vous concernaient dans une maison très sûre, dont vous et lui seuls, connaissiez l'existence.

« Il ne m'en a pas dit davantage.

« Je n'ai pas insisté. Monsieur le Docteur, parce que cela ne m'intéressait pas, et qu'ensuite vous le savez, aussi bien que moi, le patron n'aime pas beaucoup à être interrogé.

— Oui, en effet.

— Alors, reprit Patoche enchanté de voir que le

« Le capiston m'a dit de rapporter, je rapporte.

« Il ne m'a pas dit de déchiffrer, par conséquent, je n'ai pas besoin de me faire de mauvais sang.. ça ira toujours.

Mais le docteur Rubin reprenait :

— Cela doit vous étonner, M. Dillinger, de voir que dans cette pièce, il n'y ait ni armoire ni cartonniers, ni rien?

— Oh! moi, vous savez, déclara Patoche, je ne m'étonne pas de grand'chose.

— Cependant, ces murs ont leur secret.

— Je m'en doute.

— Et vous allez voir comme tout cela a bien été arrangé en prévision d'une visite indiscrète.

« Voilà pourquoi je m'étonne que le *patron* ait exigé que je brûle ces pièces qui avaient toutes les chances de ne jamais tomber entre les mains de nos adversaires.

« Enfin, puisque c'est son ordre, je m'incline.

Tout en parlant, le docteur Rubin s'était approché de la table qui se trouvait au milieu de la pièce.

Négligemment, il appuya la main sur le couvercle d'un encrier en verre placé au milieu de la table.

Patoche entendit d'abord une sorte de petit craquement sourd au dessus de sa tête.

Il leva les yeux.

A sa grande stupéfaction, il crut qu'une partie du plafond, après avoir légèrement oscillé, se détachait et descendait sur lui.

Il ne se trompait pas.

En effet, une sorte de caisse d'un mètre cube environ et soutenue par des chaînes en fer très solides, descendait lentement du plafond vers la table sur laquelle elle vint bientôt se reposer.

— Ah ça! par exemple, murmura-t-il, ça n'est pas ordinaire.

« On dirait une féerie du Châtelet.

« Les Pilules du diable, ou la Chatte merveilleuse.

Rubin, souriant, s'était approché de la cheminée, sur laquelle se trouvait un candélabre à plusieurs branches garnies chacune d'une bougie à gaz.

Il prit une allumette, la craqua, et alluma les bougies des candélabres.

— Comme ça, fit-il, nous pourrons tranquillement détruire toutes ces pièces.

— Parfaitement, dit Patoche, je m'en charge.

« Moi, je les allumerai, et je les jetterai dans la cheminée.

— Entendu!

Le médecin revint vers la caisse qui ne portait aucune serrure apparente.

Mais, plaçant le doigt à l'un des angles, un des côtés de la caisse se rabattit à moitié laissant apercevoir à l'intérieur plusieurs liasses de papiers serrées les unes contre les autres.

— Diable! se disait le Parigot, il y a de la matière.

« Et lui qui me racontait tout à l'heure qu'il n'y avait rien du tout.

« Si je pouvais me sauver non pas avec la caisse mais avec son contenu, c'est ça qui simplifierait les choses et qui abrégerait la petite cérémonie.

« Oui, mais il n'y a pas plan... il ne faut pas y songer! « Allons, de la patience!

« Tout a trop bien marché jusqu'ici pour que ça n'aille pas jusqu'au bout.

Rubin prit d'abord plusieurs liasses assez volumineuses.

— Tout ça, ce sont les fiches.

« C'est malheureux de les détruire.

« C'est un travail extrêmement important et très méticuleux qui avait demandé beaucoup de temps.

« Enfin!

Et tout en disant ces mots, le docteur avait passé un paquet au Montmartrois.

Ce paquet était entouré d'une ficelle que Patoche rompit aussitôt tout en disant :

— Faut donner de l'air à tout ça, parce que sans ça il n'y aurait pas moyen de les faire flamber.

Le docteur n'avait aucune objection à faire.

Patoche, tout en approchant un paquet de fiches de la flamme, parvint fort adroitement à en faire disparaître quelques-unes dans l'une des poches de sa soutane.

Il en fut de même pour tous les autres papiers, si bien que lorsque la caisse fut vide, si le Montmartrois en avait consumé un certain nombre, il avait réussi à en dissimuler sur lui pas mal d'autres, sans que le docteur Rubin se fût le moindrement aperçu du larcin.

— Maintenant, docteur, fit-il, vous pouvez faire remonter votre caisse dans le ciel, comme ça le patron sera content.

Rubin allait faire jouer à nouveau le mécanisme lorsque tout à coup un cri d'étonnement jaillit des lèvres du Montmartrois.

En effet, sans que rien eût signalé sa présence, sans que le plus léger bruit eût accompagné ses pas, un homme était là, debout, à deux pas, regardant avec une attention ironique le docteur Rubin penché vers la table, et le Révérend Père Martinet qui, ne perdant pas une minute de son sang-froid, avait enfoui les deux mains dans les poches de sa soutane.

— Tiens, c'est vous, patron? fit aussitôt le docteur Rubin, qui paraissait non moins surpris que Patoche de l'apparition inattendue de Walter Humding.

— Oui, répliqua celui-ci de sa voix sifflante et gouailleuse, c'est moi, mon cher docteur.

— Vous êtes venu voir, sans doute, comment nous exécutions vos instructions.

— Mes instructions? fit Walter Humding.

— Allons, bon, se dit Patoche, il ne manquait plus que cela. Me voilà frais.

« Il n'y a qu'une façon d'en sortir, c'est non pas de les *zigouiller*, parce que ce serait de la *mauvaise ouvrage*, mais de les mettre tous les deux hors de combat, et d'en faire autant à Van Flam, si c'est nécessaire, et de prévenir ensuite le capiston qui arrivera tout de suite pour m'aider à les emballer.

« Car maintenant, avec ce que j'ai dans ma poche, je crois que cela leur sera difficile de faire les malins.

Comme le docteur Rubin, encore tout interloqué, gardait le silence, Walter Humding reprit :

— Ah çà! mon cher docteur, de quelles instructions voulez-vous me parler?

— Mais de celles que vous êtes venu me donner vous-même à notre Journal.

— Qu'est-ce que vous me racontez là?

— La vérité.

— Sachez, mon cher Rubin, que j'aime bien les plaisanteries, mais à la condition qu'elles soient courtes.

— Je ne comprends pas.

— Moi non plus, je ne vous comprends pas.

— Enfin, patron, je vous le répète, il y a une heure environ, vous êtes venu dans mon bureau me présenter...

— Mon cher docteur, coupa net l'espion allemand, je puis vous garantir une chose, c'est que je n'ai

Un homme était là, debout...

pas mis aujourd'hui les pieds à votre journal.

— Cependant..

— Cependant quoi?

— Tout à l'heure je vous ai vu.

— Vous m'avez vu?

— Je vous ai parlé.

— Vous m'avez parlé?

— Mais oui.

« Je dois dire que vous n'aviez pas comme en ce moment votre aspect naturel.

« Mais vous aviez emprunté une personnalité dont vous vous êtes déjà servi plusieurs fois à ma connaissance.

— Laquelle donc?

— Celle de l'abbé Têtu.

— L'abbé Têtu?

— Oui, ce personnage que vous avez joué à Lille avec tant d'habileté.

— C'est trop fort, s'écria l'espion allemand, convaincu maintenant que le docteur lui parlait le plus sérieusement du monde.

Et l'œil brillant, les lèvres frémissantes, flairant déjà la haute trahison, il ajouta :

— Et que vous a dit cet abbé Têtu?

— Oh! fort peu de choses.

« Il n'est resté que quelques instants dans mon bureau, et il m'a présenté ce missionnaire que vous voyez là près de moi.

— Ce missionnaire, fit Walter Humding en dévisageant Patoche.

— Parfaitement, patron.

« Cet abbé Têtu que j'ai pris pour vous, car il semblait très au courant de nos secrets les plus intimes, m'a déclaré qu'étant obligé de quitter Paris dans le plus bref délai pour une affaire des plus urgentes et des plus graves, il laissait près de moi ce pseudo-missionnaire, qui, en réalité, est un sujet suisse et se nomme Justin Dilinger, dont il avait fait son bras droit, afin de le suppléer auprès de ma personne et de me mettre au courant d'un certain nombre de décisions très urgentes qu'il avait prises.

—Alors, rugit Walter Humding, vous ne vous êtes pas aperçu, malheureux, que tout cela était un coup monté par nos ennemis, que non seulement cet abbé Têtu ce n'était pas moi, mais que ce missionnaire, ce Justin Dilinger, ce bras droit qu'il vous présentait, n'était qu'un agent à la solde de ceux qui ont juré notre perte.

— Voyons, patron, ce n'est pas possible.

— Ce n'est pas possible, riposta le terrible espion, eh bien! vous allez en avoir la preuve tout de suite.

Et bondissant vers Patoche, il voulut l'empoigner par la barbe.

Mais le Montmartrois d'un bond avait reculé.

— Touchez pas à mes poils mobiles, bon Dieu, s'écria-t-il.

Puis, tirant de chaque poche une main armée d'un revolver, il dirigea ses armes, l'une vers Walter Humding, l'autre vers le docteur Rubin en disant :

— A bas les pattes ou je vous brûle.

Mais il n'eut pas le temps d'en dire davantage.

Instantanément, l'obscurité s'était faite tout autour de lui, il sentit comme quatre anneaux de fer lui encercler les poignets et les chevilles, tandis que violemment projeté à terre, il lâchait ses armes.

— Ah flûte! se dit-il, ce n'est pas de veine.

« Si cette crapule-là était arrivée cinq minutes plus tard, je crois que l'affaire était dans le sac, tandis que maintenant, c'est moi qui suis dans le lac!

Mais il entendait des voix chuchoter autour de lui.

— Qu'allons-nous faire de cet homme? demandait Rubin.

« Il en sait bien long et je crois qu'il est nécessaire de s'en débarrasser.

— Le tuer, non, pas si bête, refusait Walter Humding.

« Car s'il en sait long sur notre compte, il doit en savoir encore plus sur celui des siens, et nous serions bien sots de nous priver des renseignements qu'il peut nous fournir.

— Compte là-dessus et bois de l'eau! se disait Patoche.

Et enflant sa voix, Walter Humding ordonna :

— Qu'on emporte cet individu dans la salle des tortures.

— Brr! fit Patoche en frissonnant des pieds à la tête.

Et se rappelant le récit des supplices moyenâgeux qu'il avait lus jadis dans des romans plus ou moins historiques, il se dit :

— Je crois que cette fois je vais prendre quelque chose pour mon rhume.

« Comment ferai-je pour me tirer de là sans qu'il m'abîme trop la peau. Car c'est que je tiens à rester intact pour ma fiancée.

« Oh! Saint Patoche, mon bon patron, inspire-moi quelque tour de ta façon.

« Bien que je ne sois pas clérical, j'irai faire brûler un cierge devant ton autel, à Montmartre, à l'église des Quatre-Vents à Notre Dame de la Galette.

. . . .

Monsieur Bertard, le capitaine Lancelin le docteur Mazurel, Wilhem Furster, M' Léon-Jacques, MM. Costat et Néret, c'est-à-dire tout l'Etat-major des défenseurs de Ferbach étaient réunis dans les bureaux de la rue Vivienne qui servait de temple à leurs opérations.

Il était près de sept heures du soir.

Wilhem Furster venait de rendre compte de sa mission auprès du docteur Rubin.

Il avait déclaré que tout avait marché pour le mieux, et qu'il avait laissé le Montmartrois en face d'un homme persuadé qu'il avait affaire au bras droit de Walter Humding.

— A moins d'un accident imprévu, conclut Lancelin, je suis certain maintenant que Patoche va nous revenir avec des documents sensationnels.

Tous avaient félicité chaleureusement Wilhem de son adresse et on avait attendu Patoche.

Mais, Patoche ne revenait pas... et pour cause!

Cependant, personne n'était inquiet.

Et le capitaine Lancelin avait traduit l'impression de tous en disant :

— Des opérations de ce genre demandent toujours un peu de temps, et je ne commencerai à m'inquiéter que si demain matin je n'ai pas encore de nouvelles de mon ordonnance

Mais à peine avait-il prononcé ces mots, que de véritables hurlements retentirent dans la rue Vivienne.

— Qu'est-ce que cela? dit M. Bertard.

« Mazurel qui se trouvait près de la fenêtre écarta un rideau et annonça aussitôt :

— C'est toute une bande de camelots qui crient un nouveau journal.

En effet, stridents, déchirant l'air, ces mots lancés par des bouches tordues, retentissaient :

— Demandez le Pioupiou Français.

« Nouveau scandale militaire.

« L'armée en décomposition.

« La France, livrée, trahie, déshonorée par ses officiers.

« Lire l'article sensationnel du citoyen Blanchecotte.

Au nom de Blanchecotte, le capitaine Lancelin qui, d'ailleurs, depuis qu'il était en non activité, à

tait toujours en civil, avait bondi vers la porte et
était allé acheter une de ces feuilles que les camelots
colportaient avec tant de fracas.

— Ah! encore ce Blanchecotte qui fait des siennes,
s'écria M. Bertard qui avait une aversion toute particulière pour le tribun révolutionnaire.

« C'est dégoûtant, c'est honteux.

« Cette fois, si on ne le fait pas passer en Cour
d'Assises pour oser faire hurler des saletés pareilles
sur la voie publique, eh bien! c'est qu'en France, il
n'y aura plus de gouvernement.

Mais Lancelin re-
montait avec un exem-
plaire du *Pioupiou
Français*.

La manchette du
journal reproduisait en
gros caractères les mots
lancés dans la rue, con-
trairement aux ordon-
nances de police par la
bande de camelots que
Blanchecotte avait mo-
bilisée lui-même.

— Voyons un peu,
cette littérature, fit Bertard.

Et Me Léon Jacques,
s'emparant de la feuille
que lui tendait Lancelin
lut à haute voix l'arti-
cle suivant :

« Nos lecteurs au-
« raient tort de croire
« que le *Pioupiou
« Français* est une de
« ces feuilles éphémè-
« res créées pour les besoins d'une cause également
« passagère.

« Certains de nos adversaires qui ne reculent de-
« vant rien, sinon pour étouffer notre voix, mais
« tout au moins pour en diminuer l'importance, ne
« manqueront point d'insinuer que stipendié par on
« ne sait trop quelle faction, notre directeur, le
« citoyen Blanchecotte, le grand tribun révolution-
« naire, l'apôtre du prolétariat, a consenti, moyen-
« nant espèces bien sonnantes, à consacrer son
« talent d'orateur et d'écrivain, ainsi que son im-
« mense popularité, au service d'un officier consi-
« déré comme traître par l'immense majorité des
« Français.

« Or, ici nous pouvons et nous devons l'affirmer,

— *A bas les pattes, ou je vous brûle !*

« hautement, le citoyen Blanchecotte, en fondant ce
« journal de polémique, le *Pioupiou Français* a agi
« de sa propre initiative.

« De plus, ce journal n'aura d'autres ressources
« que la vente au numéro qui, déjà assurée, nous
« permet d'envisager l'avenir avec sérénité.

« Il ne dépend donc que du public que le *Piou-
« piou Français* ait une existence à la fois longue et
« brillante. Nous comptons sur lui.

« Quant à notre programme, il est à la fois très
« vaste et très simple.

« Nous combattrons
« les abus militaires,
« c'est-à-dire le princi-
« pe de l'autorité ga-
« lonnée, la tyrannie
« du sabre, plus redou-
« table encore peut-être
« que la tyrannie du
« *goupillon*.

« Nous dénoncerons
« sans crainte et sans
« pitié toutes les in-
« trigues cléricales dont
« l'armée est le centre
« beaucoup plus im-
« portant qu'on ne
« pense en général.

« Nous montrerons
« jusqu'à quel point
« peut aller la férocité,
« l'égoïsme et la stupi-
« dité de certains chefs.

« Nous étalerons, au
« grand jour, toutes les
« infamies, toutes les a-
« trocités commises
« dans ces bagnes militaires que sont les compagnies
« de discipline et les bataillons d'Afrique.

« En un mot, nous éclairerons la caverne a-
« vec une torche éblouissante et nous porterons le fer
« rouge jusqu'au plus profond de la plaie.

« Aujourd'hui, nous publions un premier article
« de notre rédacteur en chef et ami Blanchecotte, sur
« *l'affaire* qui en ce moment nous bouleverse tous.

« Le citoyen Blanchecotte, avec la puissance de pé-
« nétration qui le caractérise, jointe aux renseigne-
« ments particuliers qu'il possède sur le cas du lieu-
« tenant Ferbach, nous révèle dans une page sensa-
« tionnelle, certains faits de nature à jeter un jour
« tout nouveau sur le formidable procès qui se pré-
« pare.

— Allons, ça va bien, fit Bertand, voilà maintenant Blanchecotte qui se lance à corps perdu dans la lutte.

« Ça n'est pas pour me déplaire.

— Oh! oh! fit Lancelin, n'allons pas si vite, mon cher ami.

« Je connais l'oiseau et, malgré toutes ses protestations d'intégrité et d'indépendance, m'est avis que c'est un de ces bipèdes capables de manger à tous les râteliers.

— Enfin, voyons toujours l'article, fit M. Costat

Et M. Léon-Jacques, avec une complaisance parfaite, commença, à haute voix, la lecture du factum écrit et signé par le tribun populaire.

Fidèle aux habitudes du journalisme moderne, l'article était précédé de plusieurs titres, qui, en quelque sorte, résumaient le fond.

« LE PLUS GRAND PROCÈS DU SIÈCLE.

Haine de castes.

Les bourgeois se mangent entre eux.

Les mystères de la vie de château.

Un étrange roman d'amour.

— Oh! oh! fit immédiatement Lancelin, voilà qui promet d'être intéressant.

— En effet, dit Mazurel, qui, à la lecture de ce programme plutôt alléchant, avait légèrement pâli.

Car immédiatement il avait songé à Mme Brévannes.

Cette malheureuse, qui, après avoir échappé aux pires dangers, après avoir surmonté les plus cruelles souffrances, allait enfin toucher au bonheur, disparaissait à nouveau, enlevée par une bande de malfaiteurs qui jusqu'à ce jour étaient parvenus à échapper aux efforts les plus habiles, aux tentatives les mieux combinées.

Peut-être allait-il apprendre quelque chose de nouveau?

Et si grand que fût son attachement à la cause du lieutenant Ferbach, nous devons dire qu'instantanément elle passa au second plan de ses préoccupations pour laisser place surtout à l'angoisse qui l'étreignait toutes les fois que sa pensée s'arrêtait sur la femme tant adorée.

Mais M. Léon-Jacques continuait sa lecture.

« Ne vous étonnez pas, débutait Blanchecotte, si « dans ce premier article, je vous parle aujourd'hui et avant tout, de l'affaire Ferbach.

« A ce sujet, les partis révolutionnaires ont été, pen- « dant très longtemps, très divisés.

« Les uns étaient d'avis que le prolétariat n'avait « rien à voir dans un conflit entre bourgeois.

« Les autres affirmaient, au contraire, que le de-

« voir de tout militant était de prendre parti pour un « officier républicain, victime d'une basse coalition « jésuitique et innocent, selon toutes probabilités.

« J'étais loin, je l'avoue très hautement, de parta- « ger cette dernière thèse.

« Je me rangeais plutôt du côté de ceux qui affir- « maient que notre rôle devait consister à nous croi- « ser tranquillement les bras et à assister, en témoins « amusés, à cette bataille dont le résultat ne pouvait « être qu'excellent pour notre parti, puisqu'il al- « lait manquer pas de diminuer considérablement, et « quoiqu'il arrivât, la classe capitaliste, que nous « n'avons jamais cessé de combattre et que nous « combattrons jusqu'à notre dernier souffle.

« D'ailleurs, pour ma part personnelle, j'étais loin « d'être convaincu de l'innocence du lieutenant Fer- « bach, et si j'estimais que le geste de tendre la main « à un bourgeois opprimé n'était pas sans beauté de « la part du peuple, je pensais qu'il ne fallait pas « s'aventurer à l'aveuglette et risquer, en ayant l'air « de nous solidariser avec un maître, de justifier les « attaques de nos adversaires qui vont jusqu'à « crire, dans leurs feuilles immondes et vendues, que « nous serions capables de vendre notre patrie pour « trente deniers.

« Il nous serait facile de répondre qu'un des leurs, « un nationaliste avéré, j'ai nommé M. Lucien Mille- « voye, vend tous les jours la *Patrie* pour un sou.

« Mais l'heure est trop grave pour que je m'amuse « à de bas procédés de polémique et à des plaisanteries « faciles dans le goût de celles que M. le marquis de « Rochefort-Luçay débite tous les jours à sa clientè- « le.

« Non.

« La question est plus haute :

« Elle mérite d'être envisagée avec tout le sérieux « qu'elle comporte et aussi avec une bonne foi que « nos contradicteurs devraient bien imiter.

« Je vous disais donc que je n'avais nullement l'in- « tention de m'occuper de l'affaire Ferbach lorsque « la Confédération du travail où déjà la question « avait été posée par un grand nombre de syndicats « et d'associations prolétariennes, décida de faire « une grande réunion publique avec l'ordre du jour « suivant :

« — *Le prolétariat doit-il prendre fait et cause pour ou contre le lieutenant Ferbach?*

« Or, depuis quelques jours, à la suite des rensei- « gnements confidentiels qui m'étaient parvenus, ma « conscience était mise à une rude épreuve.

« En effet, j'étais arrivé à chasser les doutes qui

« m'avaient assailli et à acquérir la certitude que « Ferbach était innocent !

« Peut-être malgré tout n'aurais-je pas pris sur « moi de lancer le parti ouvrier dans l'aventure.

« Peut-être me serais-je contenté, à l'heure choisie, « par moi, d'intervenir « personnellement en « mon nom seul, et de « demander à être en- « tendu, soit par le ca- « pitaine instructeur,, « soit par les juges du « Conseil de guerre.

« Mais puisque le Co- « mité de la Confédé- « ration décidait d'en « appeler à nos adhé- « rents en un véritable « *referendum* public, « j'estimais que je n'a- « vais pas le droit de « me dérober et que le « moment était venu de « révéler, devant tous, « le secret dont le ha- « sard m'a fait le dé- « tenteur..

« Je ne referai pas « ici le discours que « j'ai fait à cette tri- « bune.

Mazurel écarta un rideau.

« Je me contenterai simplement d'en répéter les « conclusions qui ont d'ailleurs été reproduites ain- « si que le discours en entier par tous les journaux « indépendants qui ont embrassé la cause de Fer- « bach.

« Ce n'est pas l'officier républicain que je suis ve- « nu défendre à cette tribune.

« Non!

« Ce sont les intrigues des bourgeois que j'ai tenu « à démasquer devant vous et, en terminant, je con- « clurai ainsi :

— J'accuse le sieur Brévannes, ennemi du proléta- « riat, d'avoir machiné, pour servir ses haines per- « sonnelles, toutes ces histoires de fiches et de tra- « hison.

« J'accuse le docteur Rubin de s'être rendu, moyen- « nant finances, complice de cette odieuse comédie.

« J'accuse enfin tout le parti clérical et réaction- « naire de déloyauté, de félonie et de mensonge.

« Voilà un certain temps déjà que ce discours a été « prononcé, qu'il a été reproduit et commenté dans

« un grand nombre de journaux de Paris, de pro- « vince, et même de l'étranger.

« Je n'ai même pas été convoqué chez le capitaine « instructeur.

« Le sieur Brévannes, disparu, paraît-il dans des « conditions sur les- « quelles nous aurons « prochainement l'oc- « casion de revenir, a « gardé le plus complet « des silences.

« Le docteur Rubin, « seul, dans son jour- « nal l'*Ami de l'Ordre*, « a répliqué qu'il re- « poussait du pied mes « attaques et qu'il me « défiait d'en démon- « trer la véracité.

« Mais, chose plus « extraordinaire enco- « re, les amis de Fer- « bach eux-mêmes, qui « cependant avaient « tout intérêt à mar- « cher avec moi, se « sont abstenus de me « faire la moindre a- « vance.

« Eh bien! aujour- « d'hui, je suis décidé « à parler:

« Ainsi que je le disais à la tribune de la Confé- « dération du travail, mes révélations ont montré « une fois de plus au peuple, à quel degré de dé- « composition et de déconfiture en est arrivée la « bourgeoisie française.

Alors, Blanchecotte recommençait avec quelques détails supplémentaires, le récit qu'il avait fait à la Confédération, c'est-à-dire celui des prétendues a- mours de Mme Brévannes et de Ferbach, et avec l'habileté d'un feuilletonniste il terminait ce récit fort bien fait d'ailleurs, par ces mots :

— Et qui nous dit après tout que Mme Brévan- « nes repose dans le tombeau de la chapelle de Mo- « rigny.

« Qui nous dit que nous ne la verrons pas un jour « apparaître démasquant tous les coupables.

« Qui nous dit enfin, que cette femme n'est pas « vivante!

« C'est ce que demain je m'efforcerai de vous dé- montrer.

— Voilà qui est rudement fort, s'écria Lancelin.

« Cet animal-là va vendre demain son *Pioupiou Français* à trois cent mille exemplaires.

— Voyons un peu ce que dit le reste, fit Bertard.

Le journal était rempli d'entrefilets venimeux contre l'armée, de chansons satiriques contre les officiers, etc, etc.

— Oui, parfaitement, fit l'ancien ministre de la guerre, le but de ce misérable est très visible.

« Ainsi qu'il l'a dit d'ailleurs très franchement, il va profiter de l'affaire Ferbach non pour défendre la cause d'un officier innocent, mais pour salir la seule chose propre qui nous reste encore en France : *Notre armée Nationale*.

— C'est égal, disait Lancelin, je voudrais bien connaître la suite.

— Moi aussi, fit vivement Mazurel.

— Il a l'air très sûr, continuait le père la Manille, que Mme Brévannes est encore vivante.

Alors Mazurel d'une voix toute tremblante qu'il ne pouvait réprimer, définit :

— Il m'a même l'air d'affirmer que, demain, il établira qu'elle existe.

« Aussi, je me demande si nous n'avons pas fait fausse route en accusant Walter Humding et sa bande d'avoir enlevé Mme Brévannes, Mme Brivois, Rosette et le petit Henri.

« Qui sait si ce n'est pas Blanchecotte qui s'est rendu coupable de ce méfait, si ce n'est pas de ce côté-là plutôt que nous aurions dû diriger nos recherches?

— En tout cas, fit Wilhem Furster, Patoche ne tardera pas à nous l'apprendre.

« Car, si comme tout me le fait espérer, il a réussi à rouler Rubin nous ne tarderons pas à connaître tous les secrets de Walter Humding.

« Par conséquent, si c'est lui qui a enlevé ces pauvres femmes, nous apprendrons enfin le lieu de leur retraite.

— Voilà pourquoi, conclut Lancelin, j'ai hâte que ce brave Patoche soit de retour.

— Enfin, somme toute, cette attitude de Blanchecotte, conclut M. Néret, ne peut que nous faire du bien.

— Ah! détrompez-vous, fit Bertard.

— Comment! vous croyez, fit M. Costat, que la campagne de Blanchecotte peut nous causer préjudice?

— Il serait payé pour nous nuire qu'il n'agirait pas autrement.

« Car l'intervention de cet antimilitariste acharné va achever de perdre Ferbach aux yeux des hésitants qui pour rien au monde ne voudront s'enrôler sous la même bannière que Blanchecotte.

— C'est aussi mon avis, déclara M⁰ Léon-Jacques et il eût bien mieux valu pour nous que ce Blanchecotte gardât le silence.

— Malheureusement, fit M. Néret, nous ne pouvons pas l'empêcher de parler.

— Cela dépend! dit Lancelin.

— C'est un homme très fort, fit observer Mazurel.

— Enfin, reprit l'ancien Ministre, la première chose que nous avons à faire c'est de le désavouer publiquement.

« D'ailleurs, dans son factum je vois une phrase qui vous permet très facilement d'accrocher la discussion et qui, au besoin, pour nous, est même d'un secours puissant, c'est lorsqu'il s'écrie que les défenseurs de Ferbach n'ont rien fait pour entrer en contact avec lui.

« Il nous serait facile de répondre que nous sommes trop bons français, trop sincères patriotes pour pouvoir avoir aucun rapport avec le citoyen Blanchecotte, que nous nous suffisons à nous-mêmes et que nous sommes assez forts et assez documentés pour nous passer d'un homme qui déshonore son pays.

Maître Léon-Jacques commença à haute voix la lecture.

e que
iche-
e du

ue la
pré-
pour
l'agi-
t
ntion
ste a-
er de
aux
s qui
de ne
sous
e que

ion a-
Léon-
bien
nous
ecott.

ement,
is ne
pêcher

d! dit
omme
server

it l'an-
vons à

phrase
la dis-
ne d'un
les dé-
trer en

s som-
es pour
lanche-
s et que
és pour
pays-

Il ne put réprimer un véritable sursaut

— Eh! bien, mon cher ami, reprit Lancelin, voulez-vous me permettre une toute petite observation?

— Parlez, mon cher capitaine.

— Au fond, je suis tout à fait de votre avis, et j'estime qu'il serait déplorable pour nous d'être obligés de pactiser avec un sale oiseau comme Blanchecotte.

« Car mieux que tout autre ici, Mazurel et moi connaissons et nous l'apprécions à sa juste valeur.

« Ah! c'est une belle fripouille.

« Et pour MM. Costal et Néret, qui ne le savent pas, laissez-moi vous répéter que nous avons acquis la conviction absolue que l'ignoble satyre qui avait profité du sommeil de Mme Brévannes pour la violer n'était autre que Blanchecotte en personne.

— Mais alors, s'exclama Bertard, quel jeu joue-t-il en ce moment?

« Car si j'ai bien compris l'article que vient de nous lire Me Léon-Jacques, non seulement Blanchecotte a l'air très sûr de lui, mais on dirait qu'il est tout disposé à soulever le voile sur le mystère du château de Morigny, qui, selon lui, est la clef de toute l'affaire.

« S'il est coupable de cet attentat abominable, je suppose qu'il n'a pas l'intention de se dénoncer lui-même.

— Attendez, mon cher ministre, — car je ne peux pas m'empêcher de vous appeler mon cher ministre, — s'écria le capitaine Lancelin.

« Surtout n'allons pas trop vite, parce que c'est toujours mauvais de s'embrouiller dans les feux de file.

« Raisonnons avec calme et, j'en suis sûr, vous allez être de mon avis, c'est-à-dire qu'il ne faut pas entrer immédiatement en lutte avec ce saligaud, auquel j'administrerais cependant une bonne raclée avec délices.

— Capitaine, affirma Bertard, qui avait dans le bon sens du père la Manille une confiance illimitée, nous vous écoutons avec la plus grande attention.

Le silence se fit complet, prouvant ainsi en quelle estime les amis de Ferbach tenaient le vaillant capitaine.

Alors, celui-ci reprit, très posément:

— Tout d'abord, je tiens à vous déclarer que si Blanchecotte, dans son article ainsi que dans sa conférence, a révélé au public toute une série de faits dont plus que personne je suis à même de vérifier l'exactitude, il contient une bourde monumentale, c'est-à-dire celle qui consiste à vouloir faire du pivot de l'affaire Ferbach, les prétendues amours du lieutenant avec Madame Brévannes.

« Or, de deux choses l'une, il est sincère ou il ne l'est pas.

« S'il est sincère, eh! bien, nous n'avons qu'à le laisser faire campagne de son côté tout en nous désolidarisant de lui avec la netteté la plus absolue.

« S'il n'est pas sincère — et je ne suis pas loin d'adopter cette hypothèse — il est très important que nous apprenions, dans le plus bref délai, les raisons qui le poussent à adopter cette attitude si bien faite pour dérouter le public.

« Voici donc ce que je vous propose:

« — En mon nom personnel, je m'en vais aller trouver le citoyen Blanchecotte.

« Je le connais.

« Nous avons déjà causé plusieurs fois ensemble.

« Nous ne sommes pas précisément en très bons termes.

« Mais ce n'est pas une raison pour que je n'arrive pas à le confesser comme un premier communiant.

« Et je vous garantis qu'à la fin de cet entretien je serai fixé complètement sur les intentions secrètes du citoyen Blanchecotte.

« Voilà pourquoi, messieurs, je vous demande en grâce de ne rien faire, de ne rien dire, et surtout de ne rien publier avant que j'aie vue le fameux révolutionnaire.

— Eh! bien, c'est entendu, conclut Bertard, approuvé par toutes les personnes présentes.

— Voyons il s'agit de ne pas perdre de temps, fit Lancelin.

« Maintenant il est sept heures.

« Blanchecotte doit se trouver encore à la Confédération du Travail.

« Je n'ai qu'à sauter dans une auto et à m'y faire conduire.

« Mon bon Mazurel, je vous prierai de rester ici, en permanence, en attendant le retour de Patoche.

« Je viendrai vous prendre et nous rentrerons dîner chez moi.

— Parfaitement! approuva Mazurel.

— Maintenant, messieurs, intervint l'ancien ministre, je crois que nous n'avons plus rien à nous dire, la séance est donc levée.

« Et demain matin, à dix heures, conseil, afin d'entendre les déclarations du capitaine Lancelin et d'apprendre les résultats de l'expédition de ce brave Patoche dont nous attendons tout.

Tandis que tous ces messieurs se disposaient à partir, le père la Manille qui avait retrouvé ses jambes de quinze ans, prit son chapeau sa canne, dégringola l'escalier et hélant le premier flacre automobile qu'il rencontra, se fit conduire à la Confédération Générale du Travail.

CHAPITRE CVIII

Où Blanchecotte rend les armes à Lancelin

Si Lancelin, ainsi que nous avons eu l'occasion de le voir au cours de ce récit, était homme de résolution et d'énergie, jamais il ne perdait ce sang-froid indispensable à tous ceux qui veulent surmonter les grandes difficultés.

Aussi, en route, se recueillant, prépara-t-il soigneusement d'avance toute la série de questions qu'il allait avoir à poser à l'ancien contre-maître.

Lorsqu'il descendit de son auto, il avait le sourire des grands jours, ce qui montrait que, parfaitement sûr de lui-même, il avait su mettre dans son jeu tous les atouts dont il allait avoir besoin pour gagner la partie.

Mais, par exemple, la seule crainte qu'il avait c'était que Blanchecotte ne fût pas là.

Il héla le premier fiacre automobile qu'il rencontra.

Mais il fut vite rassuré.

Car immédiatement le citoyen-concierge lui déclara qu'il pouvait monter, que le citoyen Blanchecotte était encore à son bureau.

Lancelin ne se le fit pas dire deux fois.

Il grimpa quatre à quatre l'escalier.

Et voyant sur une porte un écriteau sur lequel en grosses lettres rondes le nom du citoyen Blanchecotte se dessinait, il frappa résolument.

Aussitôt la voix du tribun populaire répondit:

— Entrez!

Lancelin tourna le bouton, poussa la porte et franchit le seuil du bureau où nous avons déjà vu le lieutenant Ferbach entrer au cours de ce récit.

Bien qu'il fût en civil, Blanchecotte reconnut immédiatement le capitaine.

Il était à cent lieues de s'attendre à une pareille visite.

Aussi en apercevant Lancelin, ne put-il réprimer un véritable sursaut accompagné d'un léger cri qui révélait son étonnement.

— Ah! attaqua résolument le grognard, ça vous en bouche un coin.

« Vous ne vous attendiez pas à ma petite visite, citoyen Blanchecotte?

— J'avoue que... commença l'ancien contre-maître.

Mais il ne put continuer.

Ses paroles s'étranglaient dans sa gorge, et il était réellement intimidé.

En effet, Lancelin était peut-être le seul homme qui fût arrivé à lui imposer, et il se disait:

— Il est tellement roublard, qu'il est parfaitement capable de s'être procuré la preuve matérielle qui lui manque à mon sujet.

Mais Blanchecotte n'était pas homme à demeurer longtemps intimidé.

Tout de suite il comprit qu'en laissant deviner à son interlocuteur le trouble qui l'agitait, il venait de perdre un premier avantage.

Aussi s'efforçant instantanément de reprendre contenance, et y parvenant presque aussitôt, il se leva et avec une politesse bienveillante qui n'était guère dans ses habitudes, il dit:

— Asseyez-vous donc, je vous en prie, mon cher capitaine.

« Ainsi que vous venez de me le dire, j'étais loin de me douter que vous m'honoreriez aujourd'hui de votre visite.

« Puisque vous voilà, soyez le bienvenu et croyez que je vous écoute avec un vif intérêt.

« Car je suppose que ce n'est point pour me raconter des choses insignifiantes que vous avez daigné vous déplacer jusqu'à la Confédération du Travail?

Cette dernière phrase avait été prononcée sur un ton de légère ironie qui montrait que le redoutable tribun était entièrement redevenu maître de lui-même.

— En effet, reprit Lancelin, j'ai des choses très importantes à vous dire.

« Mais je tiens à vous déclarer que ça ne sera pas très long, surtout si vous voulez bien répondre franchement et sans détours, à l'unique question que je m'en vais vous poser.

— Diable! se dit Blanchecotte, il va droit au but.

« S'il fonce, s'il charge, dès le début de la bataille, c'est qu'il n'a probablement pas beaucoup de réserve derrière lui.

« Parlez, capitaine, invita le tribun, en affectant à présent le plus grand calme.

— Eh! bien, citoyen Blanchecotte, je suis venu vous demander carrément à quel mobile vous obéissez en prenant d'une façon aussi violente la défense du lieutenant Ferbach?

— Mon cher capitaine, répliqua immédiatement le farouche révolutionnaire, si, malgré les nombreux dissentiments qui nous séparent et surtout le peu de sympathie que je crois vous inspirer, je n'avais pour votre personne un très réel respect, il me serait facile de vous répondre que votre question est tant soit peu indiscrète et que je vous prie de ne pas vous mêler de ce qui ne vous regarde pas.

« Mais une telle réponse ne serait digne ni de vous ni de moi.

« Vous avez été droit au but, je ferai de même.

« Si j'ai pris d'une façon aussi ouverte la défense du lieutenant Ferbach, c'est uniquement parce que j'estime que ce procès, quels qu'en soient les résultats ne peut-être que très utile à la cause que je défends et si vous aviez lu le discours que j'ai prononcé à une assemblée plénière de notre Confédération, je suis convaincu que vous n'auriez pas pris la peine de venir jusqu'ici pour me poser cette question à laquelle, ainsi que vous pouvez le constater, j'ai répondu sans me faire prier le moins du monde.

— J'ai lu votre discours, reprit le vieux grognard, qui de son œil malin et profond tout à la fois, ne cessait de scruter son interlocuteur.

— Oui... eh! bien, reprit ce dernier?

— Eh- bien, ce discours ne m'a nullement fixé sur vos intentions, et étant donné surtout ce que je sais sur votre compte, j'ai tout de suite pensé que l'attitude que vous aviez prise ne vous avait pas seulement été dictée par une idée générale de tactique mais plutôt par certaines considérations intimes au sujet desquelles je ne serais pas fâché de m'entretenir avec vous

— Mon cher capitaine, reprit aussitôt Blanchecotte de plus en plus aimable et conciliant, si je ne m'abuse, vous venez de faire là une allusion un peu transparente au différend qui nous a divisés au sujet de madame Brévannes?

— Vous êtes d'une rare clairvoyance, citoyen Blanchecotte, et je vous félicite.

— Dites plutôt, capitaine, que vous êtes d'une telle franchise que l'on n'a aucune peine à comprendre immédiatement le sens de toutes vos paroles.

— Eh! bien, oui, reprit Lancelin très franchement, je me suis demandé si la passion que vous a inspirée madame Brévannes n'était pas étrangère à votre ligne de conduite présente?

— Cette fois je ne saisis pas très bien.

— Je vais m'expliquer plus clairement, je suis là pour cela.

— Comme je suis là pour vous répondre.

— Allons, tant mieux.

« Eh! bien, cher citoyen Blanchecotte, puisque vous voulez que je mette les points sur les i, je vais les mettre quand je devrais vous faire sauter au plafond et susciter votre colère.

« J'ai la conviction qu'en défendant ainsi Ferbach vous voulez vous venger de ce que nous ayons réussi, nos amis et moi, à vous enlever la dame de vos pensées.

— Ah! ça, capitaine, fit le tribun avec un étonnement cette fois des plus sincères, je comprends de moins en moins.

« Comment, après tout ce que j'ai dit dans cette réunion publique, après tout ce que j'ai publié dans un journal que j'ai fondé tout spécialement pour défendre la cause de votre ami, vous venez m'accuser de vouloir chercher à le perdre?

« Voyons, réfléchissez.

— C'est justement parce que j'ai réfléchi que je vous parle de la sorte.

— Allons donc, c'est insensé!

Alors, Lancelin se levant et plongeant son regard loyal dans celui du tribun lui dit d'une voix ferme, sonore, métallique qui vibra dans toute la pièce:

— Vous êtes beaucoup trop intelligent, citoyen Blanchecotte, pour ne pas être absolument sûr qu'en prenant ainsi la défense de Ferbach, au lieu de le sauver comme vous prétendez en avoir l'intention, vous ne faites que l'accabler davantage en attisant le feu des haines qui se sont déchaînées contre lui.

— Oh! capitaine, voilà un raisonnement qui me paraît bien subtil.

— Non, monsieur Blanchecotte, pas subtil.

« Je suis sûr de ce que j'avance et vous pensez comme moi.

« Voilà pourquoi je vous renouvelle ma question initiale:

« A quel mobile obéissez-vous en prenant d'une façon aussi violente la défense du lieutenant Ferbach?

— Décidément, se disait Blanchecotte, cet homme sous ses allures de vieux grognard bon enfant, est beaucoup plus fort que je ne le pensais.

Mais cette fois sa physionomie ne laissa rien apparaître des sentiments qui l'agitaient intérieurement.

Et il se contenta de répondre avec un flegme imperturbable:

— Mon cher capitaine, je n'ai rien à vous dire de plus.

« Je ne puis cependant pas, pour vous faire plaisir, m'accuser de desseins secrets ou de plans machiavéliques dont je n'ai jamais eu l'idée.

— C'est bon, reprit Lancelin qui semblait bien décidé à ne lâcher la partie que lorsqu'il aurait obtenu satisfaction sur toute la ligne, puisqu'il en est ainsi, vous me mettez tout à fait à mon aise.

Le citoyen-concierge lui déclara qu'il pouvait monter.

« Vous m'affirmez — et à présent je ne demande qu'à vous croire — que votre campagne ne vise qu'à l'acquittement de notre ami... et aux avantages de votre parti.

« Eh! bien, moi, je vous réponds que dans l'intérêt de Ferbach et même dans le vôtre, vous feriez beaucoup mieux d'étouffer le canard qui a paru ce matin et de vous tenir tranquille.

« Ce n'est pas mon avis à moi tout seul, c'est aussi celui de tous ceux qui luttent pour la vérité et pour la justice et qui s'efforcent de faire éclater l'innocence du lieutenant.

« Voilà pourquoi je suis venu.

« Voilà pourquoi si aucun sentiment intéressé ne vous guide, je vous adjure de cesser votre campagne.

— Mon cher capitaine, reprit l'ancien contremaître de Morigny, je vous assure que, si j'étais seul en jeu, je n'hésiterais pas un seul instant à vous donner satisfaction sur toute la ligne.

« Malheureusement, tel n'est pas le cas!

« Ainsi que je viens de vous le dire, j'ai tout un parti derrière moi, j'ai tout le prolétariat.

— Et alors vous allez me faire croire que c'est l'intérêt du prolétariat que vous fassiez condamner Ferbach, tout en ayant l'air de vouloir le sauver que vous rendiez encore plus politique, c'est-à-dire plus dangereuse une affaire qui aurait dû uniquement demeurer sur le terrain judiciaire, et que c'est pour le sauver que vous fournissez des arguments à tous ces *cléricafards* de mauvaise foi qui vont criant partout que la preuve que Ferbach est bien un traître, c'est qu'il est antimilitariste.

« Eh! bien, pour ma part, citoyen Blanchecotte, je suis convaincu que vous avez un meilleur tremplin que celui-là, pour faire valoir votre programme politique et social.

« Malgré tout, vos dénégations ne changent rien à ma façon de penser.

— Quelle façon de penser?

— Que votre campagne cache des dessous inavouables.

— Capitaine!

— Oh! ne vous indignez pas, ne vous fâchez pas.

« Moi, j'ai l'habitude d'appeler les choses par leur nom.

« Vous me connaissez.

« Je crois vous en avoir déjà dit de plus dures que celles-là.

« Aussi je m'étonne que pour si peu vous preniez la mouche.

« Qu'est-ce que ça va être tout à l'heure, car je vous préviens que ce n'est pas fini.

— Capitaine, vous le prenez sur un ton qui va m'empêcher de poursuivre plus loin cette conversation.

— Non, vous allez m'écouter, citoyen Blanchecotte.

« Vous allez m'écouter, dis-je, parce que je m'en vais vous proposer une chose qui va vous montrer jusqu'à quel point je sais concilier les intérêts les plus ennemis et sacrifier, quand il le faut à une cause chère entre toutes, certaines idées de justes représailles.

Et donnant à sa voix une expression de gravité vraiment impressionnante, le capitaine Lancelin ajouta :

— Citoyen Blanchecotte, je viens vous proposer un marché.

— A moi ?

— Oui, à vous.

« Un marché très facile à conclure.

« Je comprends que vous nous en vouliez beaucoup car, vraiment nous avons joué un bien mauvais tour en vous subtilisant, avec une adresse qui n'était pas sans mérite , cette pauvre femme après laquelle pendant si longtemps, vous vous êtes réellement acharné.

— Capitaine, je ne vous permets pas.

— Chut! chut! chut! laissez-moi finir.

« Nous irons beaucoup plus vite si nous ne parlons pas tous les deux à la fois.

« Je vous disais donc que je venais vous proposer un marché.

« Le voici en cinq secs, comme à l'écarté.

Au fond Blanchecotte était très ennuyé.

Il connaissait le capitaine Lancelin.

Il savait que lorsque celui-ci tenait son homme il ne le lâchait jamais.

Le voyant devant lui si calme, si tranquille, si résolu, il était persuadé que le brave officier ne reculerait devant rien pour lui faire accepter les offres qu'il allait lui proposer.

Mais ce qui l'inquiétait surtout, c'était de savoir ce que pouvait bien être ce marché.

Car il redoutait qu'étant donnée la partie qu'il avait liée désormais, bien par force, avec le mystérieux personnage de la Chaussée d'Antin, ce marché ne le plaçât dans l'alternative ou de se mettre en antagonisme avec Lancelin, ou de rompre les engagements pris avec Walter Humding.

Tout de suite le tribun s'était dit :

— Je n'ai pas à hésiter un seul instant: je me rangerai du côté du plus fort.

Néanmoins, c'est avec une attention très inquiète qu'il écoutait le capitaine Lancelin.

Celui-ci développait :

— Nous avons déjà eu au sujet de madame Brévannes, une conversation assez longue pour qu'il soit inutile d'y revenir.

« A l'heure qu'il est, je dois vous déclarer très loyalement que j'ignore où se trouve cette malheureuse femme.

« Mais j'ai la conviction que nous ne tarderons pas à la retrouver.

« Nous sommes sur une piste très sérieuse qui doit fatalement aboutir et je m'attends, en rentrant chez moi, à être fixé à ce sujet.

« Et peut-être à l'heure actuelle qui sait si madame Brévannes n'est pas en liberté ?

« Car je n'ai pas besoin de vous dire, citoyen Blanchecotte, qu'après avoir soupçonné pendant un certain temps que vous étiez l'auteur de ce nouvel enlèvement, nous avons très vite acquis la conviction, mes amis et moi, que vous n'étiez pour rien dans la chose.

— Vous avez eu, d'ailleurs parfaitement raison, répliqua Blanchecotte qui se demandait où le capitaine Lancelin, voulait bien en venir.

— Je ne vous cacherai pas également, poursuivait l'officier, que si pour l'instant nous sommes trop occupés avec l'affaire du lieutenant Ferbach pour nous occuper d'autre chose, nous ne vous tenons pas quitte au sujet de votre histoire avec cette malheureuse et je vous préviens que plus que jamais nous avons l'intention, aussitôt que le procès de Ferbach sera fini, de commencer le vôtre..

« Et dame, je dois vous dire que nous avons fait connaissance depuis quelque temps avec des hommes qui ne sont pas précisément les premiers venus, notamment avec le plus grand avocat de notre temps un certain Me Léon-Jacques dont la réputation est universelle et que vous connaissez sans doute.

— Oui, en effet, fit l'ex-contremaître avec un indéfinissable sourire.

— Je tiens à vous avertir que le docteur Mazurel et moi avons eu un long entretien avec cet éminent juriconsulte au sujet de Mme Brévannes.

« Celui-ci nous a donné une petite consultation qui n'est pas précisément à votre avantage et, dame, une fois que vous l'aurez à vos trousses, je crois qu'il ne vous sera pas très facile de vous en débarrasser.

« Enfin j'ajouterai — car j'ai l'habitude d'être très franc envers mes adversaires — j'ajouterai que ayant mis sur la piste du valet de chambre Albert, votre camarade et complice, deux limiers tout simplement extraordinaires, ceux-ci nous ont apporté des renseignements qui ne laissent aucun doute sur la façon dont cette crapule, d'ailleurs peu intéressante, a clos la série de ses jours.

« Donc ces préliminaires terminés, j'en arrive au vif de mon sujet:

« Citoyen Blanchecotte, nous vous demandons deux choses en échange desquelles nous vous en donnerons une autre qui vous fera certainement grand plaisir.

— Parlez.

— Voyons d'abord la première:

« Nous vous demandons d'arrêter immédiatement votre campagne en faveur de Ferbach, campagne qui, ainsi que je vous l'ai dit tout à l'heure, ne peut être qu'extrêmement préjudiciable à cet officier.

— Capitaine, je tiens à vous le dire tout de suite, c'est absolument impossible.

— Passons maintenant à la deuxième, reprit le père la Manille, nullement démonté par cette réponse cependant catégorique et qu'il devait avoir certainement prévue.

Maintenant, Blanchecotte, le buste légèrement renversé en arrière sur sa chaise, les pouces dans les échancrures du gilet, plastronnait visiblement, aussi tranquille en apparence qu'il était intérieurement tourmenté.

Mais Lancelin qui, comme toujours, jouait franc jeu, reprenait sans la moindre apparence de colère, ni même de nervosité:

— La deuxième chose, la voilà.

« Vous allez écrire une déclaration en bonne et due forme dans laquelle vous allez reconnaître que vous êtes l'auteur du viol dont l'infortunée madame Brévannes a été victime et vous allez me remettre cette déclaration... Un point, c'est tout!

— Eh! bien, c'est déjà pas mal, railla le tribun.

Puis, toujours gouailleur, il ajouta:

— Capitaine Lancelin, bien que nous soyons tous les deux, disons le mot, de grands ennemis, je ne vous cacherai pas que jusqu'alors vous m'inspiriez une réelle sympathie.

— Je voulais vous demander si vous n'étiez pas fou.

« Mais en ce moment, j'avoue que je me tiens à quatre pour ne pas, à mon tour, vous poser une question d'une indiscrète insolence.

— Oh! je vous en prie, ne vous gênez pas plus avec moi que je ne me suis gêné avec vous.

« Si vous me dites des choses désagréables, je ne m'en formaliserai nullement.

« Bien que je ne sois qu'un simple capitaine de dragons, je sais, quand il faut, porter la cuirasse, et autant je suis chatouilleux quand il s'agit du point d'honneur, autant, sur le terrain des affaires, — car c'est bien une affaire que nous sommes en train de discuter — c'est même plusieurs affaires si vous le voulez, je fais toujours preuve de bon caractère.

« Allez-y donc de vos blagues, de vos plaisanteries, de vos railleries, je vous avertis que je ne m'en formaliserai pas une minute et que, quoique vous disiez ou fassiez, je ne prendrai pas la mouche.

« Citoyen Blanchecotte, vous avez la parole.

— Eh! bien, répliqua l'ancien contremaître, piqué au jeu, je voulais tout simplement vous demander si vous n'étiez pas devenu fou.

— Est-ce que vous avez un médecin, répliqua du tac au tac le père la Manille.

« Généralement, dans les organisations comme la vôtre, il y a toujours un docteur attaché à l'établissement.

— Pas chez nous, capitaine.

— Eh! bien, vous pouvez en envoyer chercher un.

— Mais pourquoi faire?

— Pour voir si je jouis bien de toute ma raison et si je ne suis pas, comme vous le prétendez, atteint d'aliénation mentale.

« Je suis prêt à me livrer entièrement à lui, à m'en remettre à son diagnostic et à accepter, au besoin d'être enfermé dans une maison de santé jusqu'à la fin de mes jours.

« Mais, tranquillisez-vous, citoyen Blanchecotte, j'ai bon pied, bon œil, bon estomac et bonne caboche.

« Je sais ce que je dis comme je sais ce que je veux, et c'est très sérieusement que je vous parle.

— En ce cas, reprit le révolutionnaire, permettez-moi de m'étonner qu'un homme dans toute la plénitude de son esprit et de sa raison puisse me faire une proposition pareille.

« En admettant que je sois coupable, vous vous êtes donc imaginé que j'irais stupidement me livrer à vous?

« Allons donc!

« Il faudrait que ce fût moi alors qui fusse devenu fou.

« Fort heureusement je suis comme vous, j'ai toute ma raison.

« Par conséquent inutile d'insister.

— J'insiste au contraire.

— Vous avez tort.

— C'est ce que nous allons voir.

« Je vous ai dit ce que je vous demandais, mais je ne vous ai pas encore dit ce que j'allais vous offrir.

« Eh! bien, voilà:

« Si, d'une part, vous consentez à arrêter la campagne contre Ferbach...

— Je vous ai déjà dit...

— Ne m'interrompez pas, je vous en prie.

« Si, comme je vous le répète, pour la troisième fois, vous consentez à arrêter la campagne que vous faites en faveur du lieutenant Ferbach, si, d'autre part, vous signez le petit papier plus haut énoncé, je m'engage sur l'honneur à ne plus jamais vous ennuyer avec vos histoires passées.

« J'ai la prétention que la parole du capitaine Lancelin vaut son pesant d'or.

— Ça, capitaine, je ne le discute pas un seul instant.

— Et ce n'est pas tout!

« Je vous verse une somme de deux cent mille francs qui m'est remise par M. Bertard, l'ancien Ministre de la Guerre.

« Vous voyez que je n'use pas envers vous de subterfuge.

« Je crois qu'avec cela nous pouvons nous entendre.

— Eh! bien, non, capitaine encore une fois non, nous ne pouvons pas nous entendre.

— Ah! vous avez la tête dure.

— Je m'engage sur l'honneur à ne plus vous ennuyer.

— Je suppose que vous n'avez pas cru un seul instant que j'allais accepter vos propositions?

— Oh! je vous demande pardon, j'étais convaincu, au contraire en entrant ici, que vous alliez tout de suite accepter ce que je vous offre.

— Alors, vous croyez que je suis un homme qui se vend?

— Ma foi, oui.

— Capitaine!

— Oh! ne vous fâchez pas, je vous en supplie.

« Je ne suis pas un enfant, et si je vous dis que je suis convaincu qu'on peut vous acheter, c'est parce que je suis persuadé, mon cher citoyen, que ce n'est pas uniquement pour la Cause avec un grand C, comme vous le dites, que vous avez fondé ce canard, où vous prenez d'une façon si maladroite la défense du lieutenant Ferbach.

« Seulement, voilà je ne vous offre peut-être pas assez, et c'est pour cela que vous refusez de marcher?

— Capitaine, brisons là.

— Pas du tout, je ne veux rien briser ni rien casser.. Continuons, au contraire.

« Et, tenez, permettez-moi, en passant, de vous faire un compliment.

« Vous êtes un garçon très bien élevé et, je le dis sans la moindre ironie, en toute sincérité.

On l'a trouvé pendu à l'espagnolette de sa fenêtre.

terlocuteur.

« C'est que vous avez l'air très sûr de ce que vous avancez.

« D'abord, quelles preuves avez-vous pour prétendre que cette campagne est si nuisible aux intérêts de Ferbach, et ensuite que j'ai été acheté pour la mener?

— La campagne est nuisible, répliqua le père la Manille, d'abord parce qu'elle est faite par vous, antimilitariste, accusé plus ou moins ouvertement d'être le salarié de l'Allemagne.

— C'est faux!

— Il est possible que ce soit faux, mais en tout cas, on le dit.

« Elle est nuisible, ensuite, parce qu'elle égare l'opinion publique en la jetant sur une fausse piste.

— Une fausse piste?

— Oui, une fausse piste.

« Voyons, citoyen Blanchecotte, vous savez très bien que l'histoire de la trahison de Ferbach n'a aucun rapport avec l'histoire de madame Brévannes.

« Et c'est pour cela que cette campagne immédiatement nous a paru louche et que nous en sommes arrivés à conclure par la force et la logique des choses, que vous étiez payé pour la mener.

« Oui! oui, parfaitement, votre nez remue!

« Ça ne vous plait pas ce que je vous dis là et vous êtes tout prêt à me faire un grand discours, pour me convaincre de votre sincérité.

« Ce discours, vous pouvez me le faire et je vous écouterai parce que je sais que vous parlez très bien.

« Seulement, je commence par vous avertir que vous parlerez dans le vide et que vous ne changerez rien à mes pensées intimes.

« Vous aurez beau invoquer le *Parti* avec un

« Car déjà, il y en a beaucoup d'autres qui, à votre place, m'auraient envoyé par la figure quelque paquet de sottises.

« Pas du tout, vous vous montrez d'une correction parfaite et même d'une aménité inattendue.

« Eh! bien, ça, c'est très bien, très b'en, citoyen Blanchecotte, et je vous en fais toutes mes plus sincères félicitations.

« Cela va nous permettre de continuer la conversation placée, je crois par moi, sur un terrain d'entente aisée, puisque je vous dis sans ambages, que ce qu'on vous a donné pour mener campagne en faveur de Ferbach, nous sommes prêts à vous le donner pour vous taire.

— Non, mais c'est extraordinaire, fit Blanchecotte, désarmé par la merveilleuse bonhommie de son ingrand P (car c'est extraordinaire ce que chez vous autres, on fait abus des lettres majuscules) rien ne me fera changer d'idée.

« Et, lorsque vous aurez terminé, après avoir goûté comme il convient toute la saveur de votre éloquence, je prendrai la parole à mon tour pour vous demander tout simplement:

« — C'est combien, citoyen Blanchecotte?

Cette fois, l'apôtre du prolétariat était absolument démonté.

Il était en face d'un homme décidément plus fort que lui.

Et pourquoi cet homme était-il plus fort?

Tout simplement parce qu'à un courage indomptable, à une souplesse d'esprit merveilleuse, il joignait une telle droiture et une telle solidité de caractère, que rien ne pouvait le faire dévier de la ligne qu'il s'était tracée.

Et Blanchecotte très ébranlé, se disait:

— Après tout, cette proposition serait peut-être acceptable.

« Au fond, en politique je n'ai jamais été un sincère.

« J'ai toujours été plutôt un ambitieux!

« J'ai pu me laisser prendre parfois à mes propres arguments, me laisser griser par mes belles paroles sonores et colorées, qui savaient si bien électriser les foules, j'ai pu m'enthousiasmer moi-même de l'enthousiasme que je suscitais chez les autres.

« Au fond, je n'ai jamais été qu'un *gréviculteur* comme on dit un peu plus fort un peu plus éloquent un peu plus habile que les autres.

« Mais où cela me conduira-t-il? »

Comme s'il eût deviné les pensées qui assaillaient en même temps Blanchecotte, le capitaine continuait de sa voix chaude, vibrante, qui savait, elle aussi, aller droit au cœur des révoltés, non pas pour les pousser aux pires colères et aux violences dangereuses mais pour les ramener au contraire dans le bon sens.

— Citoyen Blanchecotte, disait-il, vous auriez bien tort de ne pas entrer en composition avec nous.

« Car vous savez ce que vous perdez mais vous ne savez pas où vous allez.

« Ah! certes, il me répugnerait d'employer envers vous certaines armes, dont vous n'avez pas craint de vous servir envers vos ennemis.

« Pour rien au monde je ne voudrais mener en votre défaveur une de ces campagnes sourdes, mais terribles faites d'insinuations et de médisances, une de ces campagnes, en un mot, qui ne tarderait pas à vous jeter en bas du piédestal de votre popularité.

« Seulement cette campagne d'autres que moi peuvent la faire.

« Déjà certains camarades, jaloux de vos succès, ne se gênent nullement pour dire et même pour écrire que vous n'êtes pas, ainsi qu'on le croit, le véritable défenseur du prolétariat et que vous êtes une sorte de dictateur du peuple rêvant des projets chimériques et incapable de sacrifier vos appétits personnels à la cause dont vous vous prétendez l'apôtre.

« Cela vous ne pouvez pas le nier.

« On l'a dit, on l'a écrit et on l'écrira encore.

« Et puis vous connaissez l'ingratitude des masses.

« Vous n'ignorez pas que votre situation prépondérante a dû vous susciter bien des ennemis.

« Une campagne adroitement menée suffirait pour vous démolir.

« Rien n'est plus fragile que la popularité et même que la gloire.

« Par conséquent n'invoquez pas votre parti.

« Laissez-le donc tranquille.

« Ce n'est pas lui qui vous fera des rentes, à moins que vous n'ayez l'intention le jour où vous serez las de faire de la politique, de barboter la caisse et de vous sauver avec son contenu.

« Ceci serait beaucoup plus malpropre et aussi beaucoup plus dangereux que la combinaison que je vous propose.

« Par conséquent vous voyez bien que vous avez tout intérêt à l'accepter.

« Reste madame Brévannes.

— C'est là que je vous attendais, interrompit Blanchecotte, dont la figure prit subitement une expression de passion farouche.

Et d'une voix brève, saccadée, il poursuivit:

— En admettant que je sois quelque peu las de ce rôle ingrat de tribun que vous venez de définir avec beaucoup de vérité, en admettant que je croie comme vous à l'ingratitude de ceux pour lesquels je me suis dévoué, en admettant enfin — ce qui n'est pas — que je sois un de ces politiciens que leur vénalité rend capables de toutes les trahisons, de toutes les infamies, quand bien même serais-je décidé à accepter vos offres, il est un point sur lequel je ne transigerai pas.

« Jamais, vous m'entendez bien, jamais je ne reconnaîtrai par écrit ce que vous me demandez au sujet de madame Brévannes.

« Jamais je n'avouerai un pareil crime, parce que toujours j'aimerai cette femme jusqu'à mon dernier souffle, jusqu'à la fin de ma vie.

« Et cela vous ne pourrez pas l'empêcher, car je

sens très bien qu'il faudrait que j'arrache mon cœur de ma poitrine pour consentir à l'oublier.

— Votre cœur! s'écria Lancelin.

« Croyez-vous donc que votre cœur soit en jeu?

« Moi, je suis convaincu que ce sont plutôt vos sens.

— Non, non, vous vous trompez, capitaine.

« Dans mon amour pour la châtelaine de Morigny, il entre quelque chose de très grand, de très noble, croyez-le, et bien supérieur à ces désirs charnels qui peuvent pousser un homme éperdu, empoigné, hors de lui, à toutes les extrémités.

« C'est le sentiment de se dire que l'on peut avoir à soi une créature aussi belle, aussi parfaite que madame Brévannes.

« C'est la pensée, que moi enfant d'ouvrier, ouvrier moi-même, je puis m'élever jusqu'à la hauteur de ceux qui nous oppriment en leur prenant une des leurs, en la faisant mienne, en la gardant pour moi.

— Tout cela, citoyen Blanchecotte, c'est de l'orgueil, ce n'est pas du cœur.

— L'orgueil peut parfois être une vertu.

— L'orgueil conduit souvent au crime! Entre nous vous en savez quelque chose?

— Capitaine!

— Je voulais tout simplement vous faire constater que si vous ne désarmez pas de votre côté, je ne désarme pas non plus du mien.

« Et puis, citoyen Blanchecotte, laissez-moi faire un dernier appel à votre raison, laissez-moi vous rappeler que vous devez perdre à tout jamais l'espoir de conquérir madame Brévannes.

« Laissez-moi vous dire enfin que convaincue que vous avez été son bourreau, elle n'a pour vous que haine, mépris et colère.

« Pour la posséder, il vous faudrait employer la ruse et la force, car elle ne sera jamais vôtre, elle ne vous aimera jamais!

« Fixée sur la véritable nature des sentiments que vous lui portez, elle sait très bien que les quelques

La tête entre ses mains il réfléchissait.

bontés que vous avez eues pour elle, n'ont servi qu'à déguiser le fond de votre âme.

« Renoncez donc à elle, je vous le dis, vous pouvez me croire.

« Par conséquent, pourquoi ne pas vous entendre avec nous?

« Pourquoi ne pas vous retirer de la lutte?

— J'aime la lutte.

— Qui vous dit que la catastrophe n'est pas prochaine?

Et alors, avec une finesse de pénétration incomparable, résultat de ce bon sens merveilleux dont était doué le capitaine, celui-ci porta à son interlocuteur l'argument suprême:

— Citoyen Blanchecotte, j'ai l'impression que vous êtes en ce moment dans la mauvaise voie.

« Votre campagne en faveur de Ferbach n'est pas spontanée.

« Elle vous est dictée par des gens qui ont intérêt à perdre le lieutenant.

« J'en ai la conviction et au fond de vous-même vous devez vous dire: c'est la vieille culotte de peau qui a raison.

« Vous vous êtes vendu, soit par cupidité, soit par peur.

« Donc quelqu'un vous tient.

« Vous n'êtes plus votre maître et vous perdez votre raison d'être.

— Et selon vous, interrogea le tribun populaire, bouleversé par la logique formidable du capitaine, oui, selon vous, quels seraient les gens qui m'auraient ainsi corrompu?

« Les réactionnaires, peut-être?

— Non!

« Les réactionnaires n'ont pas besoin de vous, ils ont d'autres armes.

— Alors, qui?

— Jetez donc avec moi un coup d'œil par-dessus la frontière, citoyen Blanchecotte, et dites-moi franchement, sincèrement, si ce n'est pas de l'Est qu'est venu le mot d'ordre qui vous a ainsi mêlé à la lutte?

« Ah! tenez, citoyen, vous ne connaissez peut-être pas tous les dessous de cette terrible affaire.

« Il se peut après tout que l'on ait sinon abusé de votre bonne foi mais tout au moins que l'on vous ait engagé, sans que vous vous en doutiez trop, dans une voie absolument lamentable et au bout de laquelle, tout ne sera pour vous que ruine, honte, déshonneur et remords.

« Et laissez-moi vous dire simplement ceci:

« Toute l'affaire Ferbach est menée, conduite, dirigée, avec un art infini, par l'homme le plus effrayant qui existe peut-être au monde, par le grand chef de l'espionnage allemand, sir Walter Humding.

« Et maintenant que nous pouvons tout nous dire, savez-vous ce que je suis en train de songer?

« C'est que c'est lui qui vous fait marcher, mon garçon.

« Vous êtes son prisonnier, vous n'agissez que sur ses ordres et par sa volonté.

« Plus j'y songe, plus je me dis qu'il ne peut pas en être autrement.

« Dans ce cas, combien vous auriez tort de repousser nos offres.

« En effet, je connais Walter Humding.

« Je suis peut-être même l'homme du monde qui le connaît le mieux.

« Eh! bien, retenez ceci, monsieur Blanchecotte, si vous êtes entre les mains de cet individu, vous êtes un homme perdu.

« Oh! tout d'abord il vous fera bonne mine.

« Il vous comblera de faveurs, d'argent, de belles paroles.

« Tant qu'il aura besoin de vous, vous n'aurez qu'à vous louer de lui.

« Mais du jour où vos services n'auront plus leur raison d'être, croyez-vous qu'il liquidera galamment la situation en vous versant une jolie somme?

« Allons donc!

« Il fera un plongeon dans l'inconnu.

« Il disparaîtra et vous n'entendrez jamais plus parler de lui.

« Seulement un beau matin on lira dans les journaux ceci ou à peu près.

« *Drame mystérieux. Vengeance politique ou per-*
« *sonnelle:*

« *Hier matin on a trouvé pendu à l'espagnolette de*
« *sa fenêtre, un des militants les plus en vue du parti*
« *révolutionnaire, le citoyen Blanchecotte, célèbre tri-*
« *bun populaire,* etc.

« Ou bien encore:

« *Etrange suicide: On a repêché au barrage d'As-*
« *nières, le cadavre d'un individu qu'on a reconnu*
« *pour celui du citoyen Blanchecotte*

« Ou peut-être encore, car il y en a toujours:

« *Epouvantable accident: Hier, une automobile lan-*
« *cée à toute vitesse, a écrasé, rue, boulevard, ou pla-*
« *ce X...., le citoyen Blanchecotte, membre de la Con-*
« *fédération du Travail,* etc., etc.

« Oui, voilà une des fins tragiques auxquelles vous êtes destiné.

« Et maintenant, je crois que la question est épuisée.

« Une dernière fois, citoyen Blanchecotte, je vous demande de me répondre.

Cette fois l'ancien contremaître garda le silence.

Maintenant, les coudes appuyés sur son bureau, la tête entre ses mains, il réfléchissait.

C'est que jamais, il n'avait été troublé de la sorte.

Au fond, il était bien obligé de reconnaître que tout ce que venait de lui dire le capitaine Lancelin était l'exacte vérité.

Oui, c'était vrai.

D'un instant à l'autre, il pouvait être débarqué par le parti révolutionnaire.

D'autre part, jamais madame Brévannes ne se donnerait maintenant à lui librement.

Enfin, d'après les dernières révélations du capitaine, cet individu qui l'avait fait venir là-bas dans ces bureaux de la Chaussée-d'Antin, ce représentant de la maison Heindrich et Cie, devait être certainement cet espion, ce Walter Humding, dont l'officier venait de lui faire une si terrifiante peinture.

Ainsi Blanchecotte se trouvait dans une situation extraordinairement périlleuse.

D'un côté, cet Allemand qui le tenait par le secret de l'assassinat d'Albert.

De l'autre, le capitaine Lancelin qui, peut-être moins bien documenté que l'espion, n'en savait tout de même pas mal sur son compte, et était décidé à aller jusqu'au bout pour perdre et annihiler son influence.

Une pensée, d'abord indécise ne tarda pas à se cristalliser dans le cerveau du contremaître.

Car peu à peu, il en arriva à raisonner ainsi.

— Si je refuse de suivre Lancelin, en admettant que j'ai violé madame Brévannes, il peut très bien avoir gain de cause dans l'affaire de Ferbach.

« Et en arrivant à démontrer que la campagne dirigée contre cet officier a été faite à l'instigation de l'espionnage allemand, il peut très bien découvrir que j'ai reçu la forte somme pour fonder le *Pioupiou*

Français et que par conséquent j'ai partie liée avec l'Allemagne.

« Alors, je suis un homme perdu.

« D'autre part, si j'étrangle le *Pioupiou Français*, si j'arrête instantanément cette campagne, le représentant de la maison Heindrich et Cie ainsi qu'il m'en a menacé, me dénonce comme l'assassin d'Albert ou, ainsi que Lancelin me l'a fait prévoir, me fait froidement assassiner.

« Or, en ce moment, sur les six cent mille francs que j'ai touchés pour la fondation du journal, j'en ai à peine dépensé vingt mille.

« Bertard est riche, il peut très bien m'aider à compléter le million.

« Avec une pareille somme on peut se retirer des affaires, vivre tranquille.

« Et cela vaut mieux, après tout, que de courir les risques d'un assassinat ou d'une trahison.

« Oui, somme toute, cette solution serait possible, car je sens que je serai bientôt las de la politique.

« Comme chef de parti, je suis arrivé à mon apogée, je ne puis maintenant que descendre car je sais très bien que tout ce que j'ai promis, je suis incapable de le réaliser, et le grand soir n'est pas encore près de descendre sur la terre.

« S'il n'y avait pas Madame Brévannes, je crois que j'accepterais tout de suite.

« Mais elle! pourrai-je l'oublier?

« Pourrai-je renoncer à l'espoir de la conquérir?

« Ah! cette femme! cette femme!

« Je me demande si je dois l'adorer ou la maudire.

Car pour la première fois de sa vie, Blanchecotte venait de comprendre le rôle que la châtelaine de Morigny avait joué dans sa vie.

Pour la première fois, il entrevoyait la vérité.

Et avec une certaine loyauté intérieure, il se disait :

— Cher monsieur Bertard, je vous présente le citoyen Blanchecotte.

— C'est extraordinaire quand on va tout au fond des choses ce qu'on découvre d'irrémédiable et d'insoupçonné.

« Cette femme que j'ai tant aimée, et que j'aime encore au-dessus de toute expression humaine, aura fait le malheur de ma vie.

« Avant que je la connaisse, j'étais un révolté, mais un révolté ardent, sincère, capable de galvaniser les foules et de mener à bien des tâches les plus rudes et les plus difficiles.

« Chacun pouvait discuter mes idées.

« Personne ne pouvait attaquer mon caractère.

« J'étais de ceux que l'on peut craindre mais que l'on doit estimer.

« Aujourd'hui, que suis-je devenu?

« D'abord, un lâche!

« Car maintenant que je me ressaisis, maintenant que j'en arrive à discuter froidement avec moi-même, je reconnais que c'est la plus odieuse des lâchetés que de profiter ainsi du sommeil, ou plutôt de l'évanouissement d'une femme pour s'emparer d'elle et lui ravir ce qu'elle a de plus cher au monde : son honneur.

« Puis, par la force même des choses, ne suis-je pas devenu un assassin en sacrifiant le valet de chambre Albert, parce qu'il fallait à tout prix que je me débarrasse d'un complice gênant et indiscret.

« Et ce qui est pour moi le plus odieux et le plus épouvantable, n'ai-je pas été obligé de me vendre, moi, l'intègre, moi qui avais la prétention de pouvoir passer partout la tête haute, moi qui défiais mes adversaires d'apporter jamais contre moi la moindre preuve de félonie ou de corruption.

« Eh bien! que suis-je à présent?

« Le capitaine Lancelin vient de me le faire deviner, un jouet, un pantin, une mécanique inconsciente entre les mains du chef de l'espionnage allemand.

« Et je m'acharnerais encore après cette femme qui a causé ainsi mon malheur!

« Ah! non, non.

« Lancelin a raison, mieux vaut la forte somme, partir à l'étranger, changer de nom, de personnalité me créer une nouvelle existence, me jeter dans la lutte, non plus des idées mais des affaires et devenir, à mon tour, un de ces riches, un de ces puissants, un de ces exploiteurs que j'ai si longtemps combattus, et me venger ainsi de l'ingratitude et de la bêtise du prolétariat que je me suis pendant si longtemps obstiné à défendre inutilement, non pas seulement contre ses ennemis, mais surtout contre lui-même.

« Oui, cette fois, j'y suis décidé.

Et Blanchecotte redressant la tête, allait donner une réponse définitive au capitaine qui patiemment attendait, lorsqu'une pensée suprême lui traversa l'esprit :

— Et l'enfant? se dit l'ancien contremaître, mon fils.

« Car c'est mon fils... et lui aussi je l'aime.

« Et c'est même le seul sentiment un peu doux, un peu tendre, un peu pur, qui ait mis comme un coin de soleil dans mon âme obscure et tourmentée.

Alors, deux larmes coulèrent lentement des yeux du farouche tribun.

Lancelin comprit qu'il avait la victoire, et tendant généreusement la main à Blanchecotte, il lui dit :

— Alors, c'est entendu, n'est-ce pas?

— Eh bien! oui, balbutia le révolutionnaire.

— A la bonne heure!

« Ceux qui savent s'arrêter au bord du précipice méritent qu'on leur pardonne et qu'on leur tende la main.

« Ce geste que vous venez d'avoir prouve qu'il y a en vous quelques ressources, et je ne désespère pas de vous voir un jour réparer le mal que vous avez commis.

« En tout cas, personnellement, je vous y aiderai de tout mon cœur.

« Et je compte bien qu'un jour ou l'autre, vous comprendrez, citoyen Blanchecotte, que ce n'est point par la haine que l'on peut régénérer le monde, mais plutôt par l'indulgence et la bonté.

— Oui, déclara Blanchecotte, je crois, capitaine, que c'est vous qui avez raison.

— Et maintenant je vous enlève, décida Lancelin, qui sentait qu'il ne fallait pas laisser l'ex-contremaître trop longtemps seul en face de lui-même, car il pourrait revenir sur sa décision.

— Vous m'enlevez! fit le tribun.

— Il faut que ces affaires-là se traitent très vite.

— Vous craignez sans doute que je ne vous glisse dans la main?

— Ma foi oui, reconnut franchement le grognard.

— Eh bien! vous vous trompez, capitaine.

« Je suis quelquefois très long à prendre une décision.

« Mais quand c'est fait, je ne reviens jamais plus sur ce que j'ai dit, sur ce que j'ai promis.

— Je vous crois, citoyen Blanchecotte.

— « C'est égal, je crois que je dormirais beaucoup plus tranquille si nous en terminions ce soir.

« Je suis persuadé que cela vaut mieux pour vous et pour nous-mêmes.

— Alors, soit.

— Bravo!

« Donc, nous partons tout de suite, n'est-ce pas?

— C'est entendu.

« Puis-je vous demander où vous m'emmenez?

— Chez Monsieur Bertard.

— Alors, allons-y, décida Blanchecotte en prenant son chapeau.

Puis, avec Lancelin il quitta son bureau, descendit l'escalier, silencieux, farouche, résigné.

Une fois dans la rue, il se retourna, jetant un dernier regard mélancolique, amer, sur cette maison qu'il n'avait pas fondée mais qu'il avait galvanisée, et dont il avait fait le centre révolutionnaire le plus formidable qui eût jamais existé sur la terre.

Puis, emboîtant le pas à côté du père La Manille, il laissa échapper cette phrase :

— Comme l'homme est peu de chose tout de même et comme les volontés les plus fortes se brisent devant les événements.

— Oui, conclut philosophiquement Lancelin, vous avez raison, citoyen Blanchecotte, on ne fait pas ce qu'on veut ici-bas et puis, il y a un proverbe qui est joliment vrai :

« *Cherchez la femme!*

CHAPITRE CIX

Où M. Bertard fait la cuisine et où Blanchecotte mange le morceau

Il était sept heures et demie environ lorsque le capitaine Lancelin et le citoyen Blanchecotte arrivèrent chez l'ancien ministre de la Guerre.

Celui-ci venait de rentrer, et s'apprêtait à se mettre à table.

Mais les domestiques ayant reçu l'ordre de recevoir le capitaine toutes les fois qu'il se présenterait, et cela quels que fussent le temps, l'heure et les circonstances, le grognard fut immédiatement introduit dans le salon d'attente où on avait l'habitude de recevoir les personnages de marque.

Ce salon était une véritable merveille de somptuosité et d'art.

Reconstitution de l'une des plus belles salles du château de Blois, meublé avec une recherche archaïque vraiment troublante, elle impressionna Blanchecotte qui, sous son écorce rude cachait un certain instinct d'art et un réel amour pour la beauté.

Et il eut cette pensée qui devait désormais s'ancrer dans son cerveau :

— Ce sont les riches qui ont raison, ce sont les riches qui sont heureux !

Mais il n'allait pas avoir le temps de se livrer longtemps à ses réflexions.

Car la porte s'ouvrit presque aussitôt, et Monsieur Bertard apparut en personne.

Il reconnut immédiatement Blanchecotte.

Il l'avait aperçu plusieurs fois dans les couloirs de la Chambre, et notamment un jour qu'il était venu le trouver en tête d'une délégation d'ouvriers employés dans les arsenaux de l'Etat.

Immédiatement son visage s'illumina, car tout de suite il se dit :

— Pour que Lancelin m'amène cet oiseau-là chez moi, il faut qu'il ait réussi à le convaincre.

Mais le capitaine s'avançait vers l'homme d'Etat en disant :

—Cher Monsieur Bertard, je vous présente le citoyen Blanchecotte que vous connaissez sans doute, mais je vous le présente tout de même.

« Il désire en effet causer avec vous tout de suite, quitte à faire brûler votre dîner, et à vous faire attraper par votre cuisinier ou par votre cuisinière.

« Mais les choses qu'il a à vous dire sont tellement importantes que je vous supplie de ne pas différer cet entretien un seul instant.

—Mon bon Lancelin, fit tout de suite l'ancien ministre, vous savez bien que je suis toujours prêt à faire passer avant tout les intérêts de mes amis.

Et s'adressant au tribun, il lui dit :

— Monsieur Blanchecotte, veuillez me suivre, et vous aussi, Monsieur Lancelin, car je ne reçois Monsieur qu'à la condition que vous assistiez à notre entretien.

— J'allais vous le demander moi-même, M. Bertard, déclara le tribun d'une voix calme mais résolue.

— Eh bien ! messieurs venez.

Bertard conduisit les deux hommes dans son vaste cabinet de travail.

Bertard conduisit les deux hommes dans son vaste cabinet de travail, hall superbe aux murs desquels étaient accrochées les toiles des maîtres modernes du XVIIIᵉ siècle, les plus réputés.

Il y en avait là pour plus de deux millions.

— Maintenant, Messieurs, asseyez-vous, invita l'ancien ministre, je vous écoute avec la plus grande attention.

« Citoyen Blanchecotte, expliquez-vous.

— Je crois, reprit le révolutionnaire, qu'il vaudrait mieux que ce fût le capitaine Lancelin qui parlât le premier, et qui vous mît au courant Monsieur Bertard, du marché si triste que nous venons de conclure.

— Je veux bien, accepta le grognard.

« Voici ce dont il s'agit :

— Moyennant une somme qui reste à débattre, M. Blanchecotte consent :

1° à étouffer le *Pioupiou Français* et à cesser toute campagne en faveur du lieutenant Ferbach.

2° à reconnaître qu'il est l'auteur du viol dont Madame Brévannes a été victime, et que par conséquent celle-ci est parfaitement innocente!

« J'ajouterai que j'ai pris l'engagement d'honneur que jamais nous ne livrerions le citoyen Blanchecotte à la Justice.

— Très bien, approuva Bertard.

« Et combien le citoyen demande-t-il?

— Cinq cent mille francs, laissa froidement tomber l'ex-contremaître de plus en plus gagné par une soif qu'il n'avait pas connue jusqu'alors : celle de l'or.

— Parfait, fit Bertard c'est une affaire entendue.

« Citoyen Blanchecotte, je suis prêt à vous donner un chèque de cinq cent mille francs.

« Mais auparavant, il est indispensable que nous rédigions et que nous signions un acte en bonne et due forme, dont nous allons, si vous le voulez bien, étudier les termes ensemble.

— Vous vous défiez de moi, insinua le tribun.

— Je prends mes précautions, voilà tout, déclara nettement l'ancien ministre.

« Considérez que nous traitons une affaire et voilà tout.

— Soit! admit Blanchecotte, je préfère d'ailleurs me placer sur ce terrain.

Bertard tout de suite recommença :

— Maintenant que nous sommes d'accord sur le principe, j'espère, citoyen Blanchecotte, que nous allons nous entendre — et cela très vite — sur les détails?

« Vous comprendrez que si j'accepte de vous donner sans marchander une somme aussi considérable, c'est que j'entends tirer un profit complet de votre intervention, et qu'en échange de ces cinq cent mille francs, vous me donniez non seulement le moyen de faire éclater aux yeux de son mari l'innocence de

— Je suis prêt à vous donner un chèque de cinq cent mille francs.

Mme Brévannes, mais aussi de faire apparaître aux yeux de tous, l'innocence du lieutenant Forbach.

« Ces deux affaires me tiennent beaucoup au cœur, d'abord parce que toutes deux touchent directement mes meilleurs amis.

« Puis la dernière est tellement grave que mon patriotisme m'ordonne d'empêcher à tout prix que la plus grande iniquité du siècle soit d'ici peu consommée.

« Vous m'avez bien compris, citoyen Blanchecotte,

— Je vous ai parfaitement compris, M. le Ministre.

— Pour l'affaire Brévannes, reprit Bertard, cela va tout seul.

« Vous allez simplement écrire ceci entièrement de votre main :

« *Je soussigné reconnais que c'est moi qui, dans la nuit du... au... me suis introduit au château de Morigny.*

« *Grâce à la complicité d'un valet de chambre nommé Albert, aujourd'hui disparu et qui avait versé dans une potion un narcotique que je lui avais remis moi-même, j'ai pu pénétrer jusqu'auprès de Madame Brévannes profondément endormie et* commettre le crime dont la malheureuse femme a supporté si longtemps et si injustement l'atroce iniquité.

« *Avant de m'enfuir loin, très loin, je tiens à réparer le mal que j'ai fait en proclamant. très haut l'innocence de cette malheureuse à laquelle je demande pardon de toute mon âme.*

— Etes-vous prêt à signer cette déclaration?

— Oui, Monsieur.

— Alors, jusqu'ici, aucune difficulté.

« Passons à l'autre affaire.

« Maintenant, capitaine Lancelin, je vous demanderai de bien vouloir me dire ce que vous a répondu le citoyen Blanchecotte au sujet de la fondation de

.. Je n'en puis plus!.. j'étouffe!... je souffre trop!

« Est-ce que vous vous figurez que dans les milieux révolutionnaires, quand on va voir disparaître le *Pioupiou Français,* on ne va pas crier à la trahison?

« Alors, où voulez-vous que j'aille porter ma copie?

« Et puis, je tiens à vous le déclarer sans aucune réticence, si je vous quitte ce soir ayant dans la poche le chèque que vous m'avez promis je vous garantis que vous n'entendrez plus parler de moi.

« Car, Monsieur Bertard, sachez-le, et je vous jure que je suis sincère, si le capitaine Lancelin, grâce à des arguments qui m'ont vivement impressionné, je le reconnais, m'a réduit à merci, je dois vous dire que j'ai le cœur brisé et que désormais pour pouvoir continuer à vivre, il faut que je me refasse une autre existence.

« Je vous en prie M. Bertard, ne m'en demandez pas davantage.

« Ne redoublez pas en moi la douleur et la honte de n'être plus qu'un bandit! »

A ces mots, le capitaine Lancelin s'était redressé.

Frappé par la sincérité d'accent de l'ancien contremaître, tout de suite il s'écriait :

— Vous regrettez donc, Blanchecotte, le crime que vous avez commis?

— Oui, très sincèrement, je le regrette.

— Seriez-vous prêt, si l'on vous en donnait l'occasion à le réparer non seulement vis-à-vis des autres, mais surtout vis-à-vis de vous-même?

« Accepteriez-vous — si nous vous en donnions les moyens — de faire le nécessaire pour apaiser les scrupules de votre conscience enfin éveillée?

cette feuille le *Pioupiou Français,* et de la campagne entreprise en faveur du lieutenant Ferbach?

Sans donner au capitaine Lancelin le temps de répondre, Blanchecotte immédiatement intervint :

— J'ai dit au capitaine Lancelin que, dès demain, j'arrêterai cette campagne... cela doit vous suffire.

— Eh bien! non, fit Bertard, cela ne me suffit pas.

— Que vous faut-il de plus ?

— La certitude que demain vous n'irez pas recommencer dans un autre journal la campagne que vous aurez cessée dans le *Pioupiou.*

— Cela me paraît impossible, puisque je serai brûlé.

— Brûlé?

— Est-ce que vous croyez que mon lâchage ne va pas s'apprendre tout de suite?

— Peut-être!

— Eh bien! écoutez-moi.

« Vous ne me l'avez pas dit ouvertement, mais je l'ai bien deviné, j'en suis sûr, ce n'est pas vous qui avez eu l'idée de fonder le *Pioupiou Français*.

« Ce n'est pas vous qui avez eu l'idée de prendre la défense du lieutenant Ferbach?

« Et plus j'y songe, plus je suis convaincu que c'est bien, ainsi que je vous l'ai dit tout à l'heure, Walter Humding qui vous a payé pour faire cette besogne?

« Eh bien! citoyen Blanchecotte, livrez-nous cet homme en disant tout haut ceci :

— Je suis un internationaliste, je suis un antimilitariste, je le demeure, et je le demeurerai toujours.

« Mais je ne veux pas être un traître à mon pays!

« Quand on m'a demandé de fonder le *Pioupiou Français*, j'ai cru que c'était uniquement pour défendre les idées antimilitaristes.

« Mais m'étant aperçu que c'était pour défendre uniquement les intérêts de l'Allemagne, j'ai supprimé ce journal et j'ai rendu l'argent.

— Bravo! Lancelin, approuva Bertard.

« Quant à vous, citoyen Blanchecotte, si vous acceptez ce que vous propose le capitaine, ce n'est pas un chèque de cinq cent mille francs que je vais vous donner, c'est un chèque d'un million.

— Monsieur Bertard, dit gravement Blanchecotte, m'offririez-vous toute votre fortune que je ne pourrais pas faire ce que vous me dites.

— Pourquoi? interrogèrent simultanément l'ancien Ministre et l'officier.

Alors, la physionomie du contremaître se transforma instantanément.

Le visage blême, décomposé, les yeux injectés la bouche tordue, les narines frémissantes, il s'écria :

— Vous ne voyez donc pas que j'ai un secret terrible, effroyable.

Et vaincu cette fois, il se laissa tomber sur un fauteuil en disant :

— Je n'en puis plus! j'étouffe! je souffre trop!

« Il faut que je parle.

« Vous êtes d'honnêtes gens, vous!

« Vous me comprendrez.

« Par pitié, ne me perdez pas, ne me livrez pas à la Justice; ne m'acculez pas au suicide!

« Car je veux vivre, moi!

« Oh! oui, vivre encore longtemps pour jouir à mon tour, moi qui n'ai connu ici-bas que la lutte, moi qui, rongé par les appétits les plus formidables, n'ai jamais pu les satisfaire, moi qui, né pour être un maître, ai dû me contenter d'être le chef d'un troupeau d'esclaves!

« C'est pourquoi je vous crie : ne me perdez pas!

La scène était vraiment tragique.

Bertard et Lancelin tous deux avaient conscience des responsabilités qu'ils encouraient et de la mission immense que le destin leur assumait.

Car ils sentaient très bien que Blanchecotte avait entre les mains la clef de l'énigme, la clef qui allait ouvrir la porte de cette caverne de bandits dont Walter Humding était le chef.

Bertard d'un coup d'œil fit signe à Lancelin de garder le silence.

Et, se levant il s'en fut alors droit à Blanchecotte et, lui mettant la main sur l'épaule, il lui dit d'une voix pleine de compassion :

— Parlez!

« Soyez sincère!

« Soulagez votre conscience!

« Dites-nous bien toute la vérité !

« Aidez-nous ainsi dans la tâche que nous avons entreprise.

« Lancelin et moi, ainsi que vous venez de le dire, nous sommes des honnêtes gens, et si vous vous conduisez bien, Blanchecotte, si après nous avoir aidés à faire reconnaître l'innocence de votre victime, vous nous aidez à sauver Ferbach, eh bien! oui, je vous jure que je ferai tout pour vous sauver vous-même.

— Merci! dit Blanchecotte.

Et, surmontant le moment de faiblesse et de dépression qui venait de l'abattre ainsi, en rappelant à lui toute son énergie il déclara :

— Eh bien! soit, je vais parler... je vais tout vous dire, vous serez juges!

Alors il raconta tout : la passion folle insensée qui l'avait amené à commettre son premier crime, le chantage dont il avait été l'objet de la part de son complice Albert, l'exécution d'Albert.

Monsieur Bertard et le capitaine Lancelin l'écoutaient avec la plus grande attention.

Empoignés par l'intensité tragique de cette scène puissante, ils se gardaient bien d'interrompre le narrateur.

Quant à celui-ci, on eût dit qu'il éprouvait un soulagement profond à se confesser ainsi à deux hommes dont il était l'adversaire quant aux idées, mais dont il ne pouvait s'empêcher d'admirer la loyauté superbe, l'intelligence admirable et l'indéfectible dignité.

Mais un moment Blanchecotte s'arrêta.

Le tribun qui savait, pendant des heures entières,

tenir sans fatigue tout un auditoire entraîné par son souffle, semblait vouloir demander grâce.

Il n'en pouvait plus tant l'émotion qui le bouleversait était grande, tant la douleur morale qui le torturait affaiblissait son énergie jusqu'alors indomptable.

Bertard comprit.

Et avec une certaine bienveillance il dit à l'ancien contremaître :

— Voulez-vous vous reposer un instant ou prendre quelque chose ?

— Non merci.

« J'aime mieux continuer, en finir.

Blanchecotte reprit en effet :

— Puisque je suis décidé à tout vous dire, à ne rien vous cacher, j'irai jusqu'au bout, et mieux vaut ne pas m'arrêter en route.

« Je dois aborder une question qui vous tient au cœur, tout autant, si ce n'est plus, que le drame du château de Morigny : la question du lieutenant Ferbach.

« Je vous parlerai avec une franchise absolue.

« Je ne vous cacherai rien de ce que je sais.

« Mais à cela j'y mets une condition.

— Parlez, fit l'ancien Ministre.

— Je voudrais, avant d'entamer cette partie de mes révélations, que vous vous m'affirmiez encore que je ne serai jamais inquiété par vous au sujet du meurtre du valet de chambre Albert.

— Des hommes tels que nous, riposta fièrement Bertard, n'ont pas besoin de donner deux fois leur parole.

— Cette réponse me suffit, déclara le révolutionnaire.

« Il y a quelque temps je reçus une lettre signée du représentant d'une grosse maison autrichienne Heindrich et Cie.

« Cette lettre m'exprimait le désir que son signataire avait de m'entretenir confidentiellement.

— Soulagez votre conscience!

« Craignant quelque piège, je ne répondis pas.

« Mon correspondant insista.

« Et comme il m'affirmait dans une dernière lettre qu'il s'agissait de choses extrêmement importantes, pour mes idées et pour mon parti, je décidai de me déranger et je me rendis rue de la Chaussée d'Antin aux bureaux de la maison Heindrich et Cie.

Presqu'aussitôt, on se mit en face du représentant, un certain M. Kromberg.

« C'est un homme très grand, de forte corpulence à la moustache et aux favoris à l'Autrichienne et qui, dès le premier aspect donne l'impression d'un homme d'affaires à la fois puissant et retors.

« Immédiatement je compris à qui j'avais affaire et comme, somme toute, je n'avais nullement besoin de ce Monsieur, et que je croyais n'avoir rien à redouter de lui, je commençai par lui déclarer que j'étais très pressé et que j'espérais bien qu'il ne m'avait pas dérangé pour rien.

« Alors, brutalement, M. Kromberg me demanda si j'avais besoin d'argent.

« Comme je lui demandais des explications, il me fit comprendre, avec une netteté absolue, qu'il voulait m'acheter.

« Et comme je m'indignais, je m'emportais, cet individu me déclara textuellement, car j'ai parfaitement retenu ses paroles :

« — Ces cinq cent mille francs, au lieu de les mettre dans votre poche, puisque vous êtes un honnête homme, rien ne vous empêche de les consacrer à la propagande de votre doctrine.

« Comme je m'étonnais que le représentant de la maison Heindrich et Cie fit spontanément au parti socialiste français un cadeau aussi considérable, M. Kromberg me déclara qu'en ce moment, sa maison, très gênée par la concurrence française, ayant besoin d'écouler tout un stock d'articles qui lui restaient en magasin, avait le plus grand besoin d'une grève qu'elle allait me charger d'organiser.

« Je déclinai cette proposition, estimant que l'heure d'une grève n'avait pas sonné, et qu'en ce moment toute agitation syndicaliste pouvait être préjudiciable à notre parti.

« Mais M. Kronberg, changeant tout à fait d'attitude et donnant à sa voix jusqu'alors bienveillante, persuasive, cordiale, un ton ferme, décidé et presque agressif, me déclara que cette grève se ferait tout de même et avec moi.

« Puis, après m'avoir donné sur notre parti des renseignements confidentiels, extrêmement troublants, et m'avoir même énuméré le chiffre exact de nos ressources, après m'avoir démontré qu'il était absolument au courant de toute l'histoire de Madame Brévannes, c'est-à-dire prouvé qu'il me tenait et qu'il était parfaitement capable de m'envoyer en Cour d'Assises, Monsieur Kronberg me demanda si j'acceptais enfin ses offres, et je dus répondre oui.

« Mais ce n'était pas tout.

« Cet homme en effet, allait m'imposer la création d'un journal antimilitariste hebdomadaire consacré tout spécialement à étaler au grand jour les gabegies de l'administration militaire, l'injustice des chefs et les souffrances des soldats.

« Lui-même me donna le titre *Le Pioupiou Français*.

« C'est lui aussi, je dois le dire, qui m'a fourni la copie du premier numéro.

— Donc, conclut Bertard, ce Kronberg est l'auteur de l'article consacré à Ferbach et signé par vous?

— Oui, Monsieur Bertard.

— Avez-vous gardé le manuscrit de cet article?

— Oui, déclara Blanchecotte.

« Mais cela ne vous servirait à rien.

— Pourquoi?

— Il est tout entier composé à la machine à écrire.

« Messieurs, je vous ai dit toute la vérité.

« A vous de vous en servir pour les intérêts que vous défendez.

« De mon côté, je suis prêt à tenir les engagements que j'ai pris envers vous, c'est-à-dire à signer la déclaration que vous m'avez demandée au sujet de Madame Brévannes.

« Après cela, je m'en irai, je disparaîtrai, et on n'entendra plus parler de moi.

— Tout cela est très bien, citoyen Blanchecotte, reprit le capitaine Lancelin, et personnellement je vous félicite de votre franchise qui va nous permettre de faire cesser le martyre de la plus honnête femme que j'aie jamais rencontrée sur la terre.

« Je me réjouis également de voir que vous êtes tout disposé à nous servir au sujet du lieutenant Ferbach.

« Mais il faut également à ce sujet nous donner les éléments nécessaires qui vont nous aider à faire éclater son innocence.

« Or, si vous partez, si vous disparaissez, comme vous le dites, je me demande comment nous ferons devant les juges pour invoquer votre témoignage qui — si je ne me trompe pas, — doit faire peser considérablement la balance de la Justice du côté de la vérité.

— Je suis tout à fait de l'avis du capitaine, déclara Bertard.

— Ce que vous dites là, est très juste, répliqua le citoyen Blanchecotte qui semblait maintenant avoir repris tout son sang-froid.

« Et croyez que je ne mets aucune mauvaise volonté à entrer dans vos vues, puisque je consens à vous signer une déclaration qui me perd à tout jamais, et me force, en renonçant à mon rôle social, à me réfugier dans un exil, dans une obscurité d'où il me sera désormais impossible de sortir.

— Je ne vous dis pas le contraire, fit observer Monsieur Bertard.

« Mais je crois que le million que nous sommes prêts à vous donner est bien fait pour cicatriser instantanément votre blessure?

— C'est vrai, dit Blanchecotte, et il ne me déplaît pas de vous entendre me parler aussi brutalement.

« Car, dans la situation où nous nous trouvons, il vaut beaucoup mieux jouer cartes sur table, que de nous livrer à une partie de cache-cache ou de noyer nos phrases dans une phraséologie qui, tout en nous faisant perdre du temps, ne changerait rien à la réalité.

— Je suis absolument de votre avis, approuva Bertard.

— Et moi donc! souligna Lancelin.

— Donc, définissons tout de suite la situation, poursuivit le tribun qui semblait s'être complètement ressaisi.

« En échange d'un million, vous me demandez de vous aider à prouver non seulement l'innocence de Madame Brévannes, mais aussi celle du lieutenant Ferbach.

« Nous sommes d'accord en principe sur les deux points.

« Sur le premier, aucune difficulté.

« L'accord est parfait, le problème est résolu.

« Reste le second.

« Là se présente une difficulté considérable, insurmontable peut-être.

— Nous allons bien voir, fit Bertard.

— Je commence par vous dire , reprit le contremaître, que cette difficulté ne provient nullement de moi.

— Alors tout peut s'arranger, opina Lancelin.

— Attendez, capitaine, et vous allez reconnaître comme moi que nous nous heurtons là à un obstacle considérable.

« Tout d'abord, que désirez-vous?

« Que je raconte aux juges du Conseil de Guerre que j'ai été appelé par Monsieur Kronberg, représentant de la maison Heindrich et Cie et que celui-ci, après m'avoir demandé, moyennant finance, de faire éclater une grève qui servirait les intérêts de sa maison, m'a imposé la création d'un organe hebdomadaire, le *Pioupiou Français*, dans lequel je ferais de l'antimilitarisme à outrance, tout en défendant la cause du lieutenant Ferbach.

« Je pourrais ajouter naturellement que c'est M. Kronberg qui m'a remis lui-même l'article signé par moi en faveur de Ferbach.

« C'est bien cela, n'est-ce pas, messieurs?

— Oui, dit Bertard.

— Eh bien! permettez-moi, reprit le révolutionnaire, maintenant tout aussi à l'aise que lorsqu'il discutait les questions sociales ou économiques, soit à la tribune soit dans les commissions syndicataires, eh bien! permettez-moi de vous démontrer que non seulement je ne peux pas prendre cette attitude, mais que si je la prenais ce serait absolument contraire aux intérêts de Ferbach.

— Voyons, fit Bertard.

— Toi, je te vois venir, se disait Lancelin, tu veux sauver ta peau!

— *Je me rends aux bureaux de la maison Heindrich et Cie.*

« Mais je t'attends au détour de la route, et tu ne te doutes pas de ce que je m'en vais te répliquer.

De plus en plus calme, Blanchecotte continuait :

— Ainsi que je vous l'ai dit, ce Monsieur Kronberg — mettons que, pour l'instant, il s'appelle ainsi — est très documenté sur moi.

« S'il s'aperçoit que je le trahis, il me livrera à la Justice Française où, ainsi qu'il me l'a très bien dit lors de notre entrevue, il se trouvera certainement sinon douze bons jurés bourgeois, tout au moins huit ou dix — et cela suffit — qui seront enchantés de m'envoyer à l'échafaud.

« C'est une perspective que je ne tiens nullement à envisager.

— Je comprends, grogna Lancelin.

— D'autre part, et en cela je suis complètement de votre avis, il est hors de doute que ce Monsieur Kronberg n'est autre qu'un espion allemand, et il se pourrait fort bien qu'il fût ce grand chef auquel vous semblez tant en vouloir et qui, selon vous, tient tous les fils d'un complot dirigé contre votre ami, le lieutenant Ferbach.

« Eh bien, si je parle dans le sens que vous m'indiquez, qu'est-ce que cela prouvera?

« Tout simplement que l'Allemagne m'a payé pour faire campagne en faveur de cet officier.

« Or, je vous le demande, serez-vous assez documentés, assez forts, pour en arriver à convaincre les juges militaires.

« 1° Que la campagne faite ainsi par moi n'a eu pour but que de compromettre davantage votre ami.

« 2° Pour établir d'une façon péremptoire, que c'est bien cet espion allemand qui veut perdre Ferbach?

« Je crois lire sur vos visages, Messieurs. que vous hésitez à me répondre.

« C'est donc que vous n'êtes pas sûrs de vous-mêmes.

« Par conséquent, vous voyez bien que de ce côté-là, malgré toute ma bonne volonté, je ne puis en rien vous être utile.

— Eh bien! citoyen Blanchecotte, contredit Lancelin, dont l'œil brillait encore plus que de coutume, permettez-moi de vous dire que si, en apparence, votre raisonnement semble d'une solidité à toute épreuve, il n'en est pas moins d'une fragilité extrême, vu qu'il pèche par la base, et, comme disent les mathématiciens, c'est ce que je m'en vais vous démontrer.

« Ainsi que vous venez de nous le dire, très justement, nous sommes liés à vous par un engagement solennel, et il nous est absolument impossible de vous exposer à une dénonciation de la part de ce Monsieur Kronberg, que nous autres, nous appelons purement et simplement Walter Humding.

« De plus, je reconnais également que ce que vous dites au sujet de votre campagne dans le *Pioupiou Français* est absolument juste et que, en dénonçant les faits tels qu'ils se présentent, nous risquerions fort de n'arriver à démontrer qu'une chose : c'est que l'Allemagne prend la défense de Ferbach, ce qui produirait un effet désastreux dans le tableau.

« Mais, et je suis certain d'avance que mon bon ami M. Bertard va être absolument de mon avis, nous avons mieux que cela à vous proposer, et nous allons vous donner tout de suite le moyen de gagner votre million sans trop vous déranger, et surtout sans vous compromettre.

— Je suis curieux, reconnut Blanchecotte, de connaître votre proposition.

— Eh bien, vous allez être fixé.

« Vous n'avez qu'une chose à faire : c'est de nous aider loyalement, honnêtement, à nous emparer de Walter Humding, c'est-à-dire de ce Kronberg avec lequel vous avez été en relations, et quand nous tiendrons le bonhomme, l'affaire est dans le sac et vous tiendrez votre million.

— Je me rallie absolument à l'offre du capitaine Lancelin, déclara M. Bertard.

— La chose est possible, définit froidement Blanchecotte, et je consens à vous servir.

— Bravo! applaudit le père la Manille.

— Seulement, fit judicieusement observer le tribun, cela change considérablement les termes de notre traité, et il va s'agir d'en discuter non plus le fond mais la forme.

« Quand il s'agit de choses aussi importantes, il ne faut rien négliger.

— Je suis absolument de votre avis, déclara Bertard.

« Faites-nous vos offres?

— Divisons, si vous le voulez bien, annonça Blanchecotte, le traité en deux parties : 1° l'affaire Brévannes 2°. l'affaire Ferbach.

— Voilà qui est net, acquiesça Lancelin.

— Donnez-moi cinq cent mille francs tout de suite, reprit Blanchecotte, et je vous signe tout de suite la déclaration relative à Madame Brévannes.

« Ensuite, vous me redonnerez cinq cent mille francs lorsque je vous aurai livré Kronberg.

— Evidemment, à première vue, ça me semble très équitable, déclara Lancelin.

« Mais, soit dit sans vous offenser, cher citoyen Blanchecotte, nous ne pouvons pas accepter ces conditions-là.

« Car je suppose une chose qui n'arrivera pas, mais qui peut arriver, c'est qu'après avoir touché vos premiers cinq cent mille francs vous vous disiez :

« — Je me trouve assez riche comme cela.

« Je n'ai pas besoin de compliquer mon existence.

« Aussi, je n'ai plus qu'une chose à faire, c'est de m'en aller vivre en rentier.

« Qui est-ce qui serait attrapé ce serait nous.

« Et dame, nous n'y tenons pas précisément.

— Je suis absolument de l'avis du capitaine Lancelin, approuva Bertard.

— Moi aussi fit carrément Blanchecotte, je reconnais qu'il y a là une grosse difficulté.

« Vous allez nous signer, tout de suite, la déclaration l'ancien ministre, puisque vous y mettez de votre part une entière bonne foi.

« Donc, voici ce que je vous propose.

« Vous allez nous signer, tout de suite, la déclaration relative à Madame Brévannes, puis je m'en vais déposer un million en votre nom chez notaire, et je m'en vais vous signer un papier comme quoi ce million vous appartiendra le jour où Walter Humding sera tombé dans nos mains.

« Attendez, je n'ai pas fini, déclara Bertard.

« Je vais ajouter dans cette déclaration que si, dans un délai de trois mois, mais pour des raisons indépendantes de votre volonté, le sieur Walter Humding échappait à la Justice, une somme de cinq cent mille francs vous resterait néanmoins acquise.

« Acceptez-vous?

— Voilà qui me semble parfait, dit Lancelin.

Quant à Blanchecotte, il gardait le silence.

Il réfléchit pendant deux minutes environ.

Puis, lentement, d'une voix sourde, il déclara :

— Vous pouvez préparer les actes, je suis disposé à les signer.

Le visage de l'ancien ministre de la Guerre et du brave père la Manille resplendirent tout à coup d'une joie surhumaine.

Ils avaient compris qu'ils touchaient au but et que par eux, grâce à eux, la double innocence de la châtelaine de Morigny et du lieutenant de dragons allait pouvoir enfin être proclamée.

Un quart d'heure après, les deux actes étaient rédigés et signés en bonne et due forme.

Le premier était ainsi conçu :

« Je soussigné m'ê-
« tre introduit dans la
« nuit du... au... au châ-
« teau de Morigny avec
« la complicité d'un do-
« mestique appelé Al-
« bert, et avoir profité
« du sommeil de Mada-
« me Brévannes, sous
« l'action d'un puis-
« sant narcotique, pour la violer.

Signé : BLANCHECOTTE

Quant à l'autre acte, il était ainsi rédigé :

« Je soussigné, déclare être prêt à payer au sieur
« Blanchecotte la somme de un million le jour de
« l'arrestation de Walter Humding.

« Si cette arrestation ne s'opérait pas dans un dé-
« lai de trois mois et qu'il fut bien prouvé que ce
« n'est nullement de la faute du citoyen Blanche-
« cotte, celui-ci touchera une indemnité de cinq
« cent mille francs.

Signé : BERTARD.

Le ministre, fort prudent d'ailleurs, avait jugé inutile de spécifier dans ce dernier acte que cinq cent
mille francs représentaient le marché Brévannes.

— Et maintenant, reprit Blanchecotte, que dois-je faire?

Et avec un accent d'amertume non déguisée, il ajouta :

— Maintenant que je me suis vendu à vous, ne suis-je pas là pour exécuter vos ordres?

Les deux actes étaient rédigés et signés.

Alors, Lancelin, d'une voix empreinte d'une infinie bonté, répliqua :

— Non, citoyen Blanchecotte, vous ne vous êtes pas vendu.

« Qu'importe, au fond, le nom que l'on puisse donner au double traité que nous venons de vous faire signer.

« Qu'importent les qualificatifs plus ou moins injurieux que vous puissiez vous adresser à vous même, puisque le résultat que nous allons ob-
tenir sera conforme à la Justice et à la vérité, puisque le geste que vous avez faites aura pour conséquence inéluctable d'accabler les coupables et de sauver les innocents.

« Je vous assure que, pour ma part, j'estime que jamais argent n'aura été mieux employé et si cet argent vous permet de mener désormais une existence uti-
le, laborieuse, et honnê-
te, s'il vous permet surtout de faire du bien autour de vous, vous n'aurez rien à regretter, au contraire, et l'apaisement ne tardera pas à se faire dans votre cœur.

« Car, retenez bien ceci, citoyen Blanchecotte, et je ne serais pas étonné d'ailleurs que vous fussiez au fond de mon avis la meilleure façon d'être un bon socialiste, c'est encore de faire du bien dans sa petite sphère et de faire profiter tous ceux qui vous entourent immédiatement des avantages que le sort vous a uniquement réservés.

« Et si au lieu de prêcher autour de vous les inutiles révoltes, les dangereuses colères, si au lieu de je-
ter l'une contre l'autre deux fractions de la société, si au lieu de propager sans cesse cette théorie effrayante et ruineuse pour la société de l'éternelle lutte des classes, vous arriviez à convaincre les diri-
géants qu'ils ont pour mission sur la terre d'aider et de diriger le peuple par tous les moyens dont ils disposent, je ne prétends pas que le problème serait

résolu mais il serait fait tout au moins un grand pas vers l'apaisement.

« Et n'est-ce pas de l'apaisement que naissent toujours les solutions les meilleures pour le bien-être général basé sur l'équité.

« Par conséquent, maintenant que tout est réparé, ou tout au moins est sur le point de l'être, n'ayons point entre nous de ces paroles attristantes et amères.

« De notre côté, nous nous garderons, Monsieur Bertard et moi, de faire la moindre allusion offensante à ce que vous avez pu faire ou dire contre nous, et au mystère enfin révélé d'un passé que vous ne tarderez pas à déplorer vous-même.

« Nous vous considérerons au contraire comme un précieux auxiliaire!

« Et un jour, lorsque vous serez réhabilité vis-à-vis de vous même, vous reviendrez vers nous, j'en suis convaincu.

« Vous nous direz merci.

« Vous nous tendrez la main et nous ne pourrons plus alors vous refuser la nôtre.

— Capitaine, s'écria Blanchecotte en se levant, la voix étranglée par l'émotion.

« Ah! pourquoi jusqu'à ce jour ne m'a-t-on jamais parlé ainsi?

« Pourquoi, dès ma prime jeunesse, lorsque j'ai senti en moi bouillonner le ferment de colère et de révolte qui devait faire de moi l'homme, ou plutôt le misérable que je suis, n'ai-je pas entendu des paroles de sagesse et de bontés telles que celles que vous avez prononcées?

« Car en quelques phrases, en quelques mots, vous venez de m'ouvrir un horizon, vous venez de me faire comprendre la vérité, et c'est vous qui avez raison.

« La bonté... la bonté! il n'y a rien de tel en ce monde!

— Messieurs, vous pouvez compter sur moi!

« Oui, c'est le grand remède, et c'est en propageant la bonté que nous conduirons les hommes vers le bonheur.

— Vous voyez bien, s'écria Lancelin que j'avais raison quand je vous disais qu'on peut recommencer sa vie !

— Je vais recommencer la mienne, déclara Blanchecotte.

Alors, prenant le traité que Monsieur Bertard venait de lui remettre, il le déchira en plusieurs morceaux en disant :

— Messieurs, vous pouvez compter sur moi!

« Pour vous en donner la preuve, je ne veux pas garder cet écrit, je me contente de votre parole.

« Parlez, je vous écouterai.

« Commandez j'obéirai.

— Eh bien- mille pétards de sort, conclut le père la Manille, vous m'en bouchez un coin.

« Au début, il y avait peut-être de l'eau dans le gaz, mais je crois que maintenant le bec éclaire tout seul.

CHAPITRE CX

Où Blanchecotte subit la peine de ses crimes, alors qu'il allait s'efforcer de les réparer.

Maintenant que Monsieur Bertard et le capitaine Lancelin étaient absolument assurés du concours de Blanchecotte, il ne restait plus qu'à aviser avec lui au moyen qu'on allait employer pour s'emparer de Walter Humding.

L'autre individu le saisit par derrière.

aussitôt qu'elle serait possible, sans risquer de causer un attroupement et du scandale.

Puis, dûment ficelé, ligotté et bâillonné Walter Humding serait conduit non pas d'abord dans les bureaux de la Sûreté qui s'était vraiment trop désintéressée de l'affaire, mais bel et bien à la demeure de Monsieur Bertard qui, avec son ami Lancelin, se chargerait de la première cuisine.

— Cette fois, conclut le père la Manille, si nous ne réussissons pas, eh bien, c'est à donner sa démission, car nous avons tous les a-touts dans notre jeu! ! !

— Nous réussirons, déclara Blanchecotte qui semblait aussi désireux que ses deux interlocuteurs de voir Walter Humding sous les verrous.

« Mais, ajouta-t-il, je tiens essentiellement, Messieurs, s'il arrivait le moindre contre-temps à ce que vous ne puissiez pas m'accuser d'en être la cause.

« Aussi, lors de ma première démarche auprès de celui que vous appelez Walter Humding, je tiendrais essentiellement à être accompagné par quelqu'un, afin de bien vous faire voir que je ne le préviens pas et que, s'il m'échappe, ce n'est point ma faute.

— C'est une affaire entendue! fit M. Bertard.

— D'ailleurs, fit observer judicieusement le capitaine Lancelin, je ne vois pas pourquoi nous nous embarrassons de tant de détails.

« Il n'y a pas besoin que le citoyen Blanchecotte aille voir le représentant de la maison Heindrich et Cie pour que nous nous emparions de lui.

« Il n'a qu'à nous donner son adresse et son signalement exact, que nous transmettrons à nos agents,

Le plan, somme toute était des plus simples.

Il s'agissait de ne pas éveiller les soupçons.

Par conséquent, il fut décidé qu'au lieu d'étrangler tout de suite le *Pioupiou Français*, comme il en avait d'abord été question, Blanchecotte continuerait à faire paraître le second numéro du journal ou tout au moins ferait semblant de le préparer avec le plus grand zèle.

Puis, dès le lendemain, il se rendrait aux bureaux de la maison Heindrich et Cie, aurait avec M. Kronberg une entrevue au cours de laquelle il lui demanderait de nouvelles instructions.

Pendant ce temps, habilement camouflés, Flic et Flac guetteraient la sortie de M. Kronberg.

Lorsqu'ils le verraient apparaître, ils le fileraient avec soin et ils procéderaient à son arrestation,

et ceux-ci n'auront qu'à le cueillir au moment où il sortira de sa maison.

— En effet, capitaine, cela simplifie joliment les choses, reconnut Bertard.

« Cependant, j'aurais une objection à faire.

— Monsieur le ministre, ne vous gênez pas.

— Walter Humding ne doit se rendre que très rarement dans ses bureaux de la Chaussée-d'Antin qui n'ont probablement été installés que pour servir de couverture aux négociations entamées entre ce misérable et le citoyen Blanchecotte.

« Car cet homme qui dispose de millions et de millions n'a jamais reculé devant aucune dépense quand il s'agit de faire triompher sa *Cause*.

« Donc, nous risquons fort d'imposer à nos agents une longue attente, au cours de laquelle ils risquent d'être brûlés eux-mêmes et de donner l'éveil à celui dont nous voulons nous emparer.

« Je propose donc que le citoyen Blanchecotte écrive un mot à Monsieur Kronberg pour lui donner rendez-vous et que l'on profite de cette occasion pour ceinturer, ainsi que le disent les policiers dans leur argot, l'infâme gredin qui nous a pendant si longtemps défiés.

— Je crois qu'en effet c'est le meilleur moyen, déclara Blanchecotte.

— Eh bien! soit! fit Lancelin.

— Si vous voulez, Messieurs, je m'en vais écrire tout de suite cette lettre, et la mettre à la poste en sortant d'ici.

— Non, refusa Bertard, il vaut mieux, d'abord, qu'elle parte de votre quartier, puis qu'elle soit écrite sur un papier portant soit l'en-tête de la Confédération du Travail, soit celle de votre journal.

— Cependant, fit Blanchecotte, pris d'une certaine hésitation, si ces lettres tombaient entre les mains de la justice française, je pourrais être compromis.

— Nullement, affirma Bertard, car Lancelin et moi, nous nous ferions un devoir de déclarer hautement que loin de trahir votre pays, vous l'avez grandement servi en nous aidant à capturer Walter Humding.

— En ce cas, Messieurs, aussitôt rentré chez moi, je m'en vais écrire cette lettre et je vous ferai savoir immédiatement la réponse.

— Très bien! approuva Lancelin.

— Vous ne tarderez pas à avoir de mes nouvelles, assura Blanchecotte.

— Nous l'espérons bien.

— Vous pouvez être tranquilles.

Et tandis que M. Bertard serrait précieusement dans son portefeuille la déclaration relative à Madame Brévannes, le contremaître se retirait après s'être incliné devant ces deux hommes auxquels maintenant il vouait une admiration sans mélange, bien décidé à les servir avec un entier dévouement, non pas seulement parce qu'ils avaient assuré sa fortune, mais surtout parce qu'ils venaient de lui faire comprendre de quel côté était la vérité.

— Eh bien! fit Bertard, je crois qu'ainsi que vous me le disiez, capitaine Lancelin, le dîner doit être brûlé.

« Mais ça ne fait rien, nous allons y faire honneur tout de même.

Et passant son bras sous celui du père la Manille, il lui dit :

— A table!

« Je crois que nous n'avons pas perdu notre journée.

Il était dix heures du soir lorsque le capitaine Lancelin rentra chez lui espérant bien y rencontrer Patoche.

Mais Madame Pierre qui vint lui ouvrir, lui répondit que d'ordonnance n'avait pas paru.

Lancelin commença à s'inquiéter, se demandant ce que cela pouvait bien vouloir dire.

Connaissant le Parigot, sachant jusqu'à quel point celui-ci était débrouillard, et capable de sortir des situations les plus fâcheuses, il se rassura bien vite :

— Après tout, j'aurais bien tort de me tourmenter, se dit-il.

« Il sera bien temps d'aviser demain.

« Et puis, en admettant qu'il n'ait pas réussi dans sa mission, nous n'aurions pas lieu de nous désespérer, puisque, grâce au concours que nous donne aujourd'hui Blanchecotte, nous sommes sûrs maintenant de pouvoir boucler à notre aise ce sale boche de malheur.

Mais, avant de se coucher, il voulut monter jusque chez Jeanne Morin pour lui dire bonsoir.

La jeune femme, courageusement, surveillait ses jeunes employées qui veillaient parce qu'en ce moment l'ouvrage donnait beaucoup.

Comme toujours, elle reçut le grognard avec toutes les marques de la joie et de l'affection la plus vive.

Sans entrer dans aucun détail, le capitaine crut pouvoir affirmer à Jeanne que dans la journée la cause du lieutenant Ferbach avait fait une grand pas, et que, pour lui, l'acquittement ne faisait aucun doute.

— Ce soir, ajouta-t-il, je ne peux pas vous en dire plus long.

« Il se pourrait cependant fort bien que d'ici peu le cher enfant bénéficiât d'une mise en liberté provisoire.

— Oh! ça par exemple, capitaine, ce serait trop beau, je ne puis vous croire, s'écria Jeanne.

— Vous savez bien, ma chère petite, reprit le grognard, que je m'en voudrais de vous causer la moindre déception.

« Si je parle ainsi, c'est que je suis sûr de ce que j'avance.

« Par conséquent, espérez et ayez confiance.

« Jamais nos affaires n'ont mieux marché.

« Allons, chère petite, dormez bien.

« Moi, il faut que j'aille me bâcher, comme dit Patoche, c'est-à-dire me mettre au lit, parce que voyez-vous, demain je vais avoir, comme tous les jours d'ailleurs, pas mal d'ouvrage et l'avenir est à l'homme qui dort bien et qui se lève tôt.

« Là-dessus je me sauve.

— Au revoir, mon capitaine, et merci de votre aimable visite et des bonnes nouvelles que vous m'avez apportées.

— Soyez tranquille, petite Jeanne, il n'y aura pas toujours de l'eau dans le gaz, et il y aura encore de beaux jours pour la France et pour la République.

Et le capitaine Lancelin s'en fut se coucher, convaincu que les choses allaient désormais se passer à merveille.

Blanchecotte de son côté, avait regagné son domicile.

Ainsi que nous l'avons vu plus haut, il s'était complètement ressaisi.

Décidé à rompre entièrement avec le passé, et à se refaire une nouvelle existence, il commençait déjà à ruminer des plans d'avenir.

En rentrant il s'était enfermé dans sa chambre, et tout en se promenant de long en large, il réfléchissait.

Homme d'action avant tout, il ne pouvait se contenter de mener désormais, au loin, à l'abri de tout

Se penchant sur le cadavre...

danger, l'existence d'un rentier paisible.

Non!

Grâce au million qu'allait lui donner Bertard et à l'argent de Walter Humding qu'il comptait absolument garder en son pouvoir, il se trouvait à la tête de capitaux importants, grâce auxquels il lui serait loisible de tenter quelque grande entreprise!

Et pourquoi, après tout n'irait-il pas à l'étranger.

Pourquoi ne fonderait-il pas un domaine colonial, où il serait à même d'expérimenter lui-même, sur un petit rayon certaines de ces idées économiques et sociales qui lui étaient chères?

Mais il cessa de songer à risquer sa fortune dans une expérience qui ne lui vaudrait que de l'ingratitude, de la part de ceux envers lesquels elle était tentée.

Mieux ne valait-il pas, grâce à ce levier puissant qu'il allait avoir en mains, chercher à conquérir lui aussi une de ces grosses fortunes avec lesquelles on peut remuer le monde?

Il s'en sentait capable.

N'avait-il pas déjà beaucoup étudié, beaucoup appris?

Il étudierait et apprendrait encore davantage.

Oui, c'était bien l'idéal.

Et c'était à cet idéal qu'il allait s'arrêter lorsqu'il lui sembla qu'on avait frappé à sa porte.

Il crut s'être trompé et ne répondit pas.

Mais deux coups, cette fois assez forts, réveillèrent son attention.

Alors il se leva, passa dans sa petite antichambre, et demanda:

— Qui est là?

— Le citoyen Bruneau, répondit une voix qui s'efforçait de s'assourdir.

— Tiens, est-ce qu'il y aurait quelque chose de cassé? se demanda Blanchecotte.

« Oh! après tout, je m'en fiche.. ils peuvent se débrouiller.

« Je suis bien décidé à ne plus me mêler de leurs affaires.

Et le tribun, sans aucune défiance, ouvrit sa porte.

Mais avant qu'il eût eu le temps d'opposer la moindre défense, deux individus, dont l'un très grand, très maigre et très musclé, et l'autre de taille moins élevée, mais solide, râblé et résolu, faisaient irruption dans l'appartement.

Alors, le plus grand des deux personnages, tirant un revolver de sa poche, lui dit :

— Pas un mot, pas un cri, ou je vous brûle.

— Que signifie? voulut dire Blanchecotte.

— Vous devez le savoir, répliqua celui qui le menaçait.

Et, flegmatiquement, il ajouta :

— Je tiens à vous dire tout de suite que je n'aime pas beaucoup à faire antichambre.

« Aussi, veuillez me recevoir dans la pièce de votre appartement où vous désirez nous recevoir.

Toujours sous la menace du revolver, Blanchecotte ouvrit une porte et fit pénétrer les deux étranges visiteurs dans sa propre chambre.

Le tribun se demandait ce que cela voulait dire.

Quels pouvaient être ces deux individus qu'il ne connaissait pas, qu'il n'avait jamais vus?

Des ennemis politiques?

Après tout, c'était possible.

D'ailleurs, il allait être fixé, car l'homme à la haute stature lui posa immédiatement la question suivante :

— Qu'êtes-vous allé faire ce soir chez Monsieur Bertard, l'ancien ministre de la Guerre?

L'ex-contremaître eut un sursaut.

Il commençait à comprendre.

Troublé, embarrassé, il répliqua cependant :

— Avant de vous répondre, je tiens à savoir qui vous êtes.

— Je ne vous dirai qui je suis que lorsque vous m'aurez répondu.

— Je ne parlerai pas.

— Alors, je suis en droit de considérer votre silence comme un aveu.

— Un aveu de quoi?

— De trahison.

— De trahison?

— Oui... de trahison.

— Envers qui?

— Envers moi-même.

— Mais, puisque je vous dis que j'ignore qui vous êtes.

— En êtes-vous bien sûr?

— Enfin... voyons.

— Eh bien! moi, je prétends que vous me connaissez très bien, et que, tout récemment, nous avons traité ensemble une affaire pour laquelle je vous ai versé six cent mille francs.

— Quoi, vous seriez?

— Oui... je suis...

— Walter Humding?

— Ah! voilà un mot de trop, citoyen Blanchecotte.

« Car il me donne la preuve qui me manquait, c'est-à-dire que vous vouliez me livrer au citoyen Bertard, et cela grâce à une manœuvre du capitaine Lancelin qui est allé vous trouver tantôt à la Confédération du Travail et vous a emmené chez l'ancien ministre de la Guerre.

« Allons, allons! ne cherchez pas à nier.

« Eh bien! oui, je suis Walter Humding, le grand chef de l'espionnage allemand.

« Je veux perdre Ferbach comme je veux non seulement déshonorer le corps des officiers, mais créer encore entre ceux-ci un antagonisme, grâce auquel la France périra.

« J'avais pensé à vous pour m'aider dans cette tâche.

« Je vous avais comblé d'or, et je vous aurais rendu plus riche certes que les gens qui ont réussi à vous acheter.

« Vous n'avez pas voulu.

« Tant pis pour vous.

« Vous allez le payer.

« Car les traîtres, je ne me contente pas de les déporter dans une enceinte fortifiée... je les condamne à mort.

A ces mots, Blanchecotte, avec un indéniable courage voulut se jeter sur son interlocuteur.

Mais il n'en eut pas le temps.

L'autre individu qui avait gardé le silence et qui était l'un des affiliés les plus fidèles de Walter Humding, le saisit par derrière, en lui étreignant le cou entre ses mains herculéennes comme dans un étau implacable.

Alors, tandis que Blanchecotte se débattait, l'espion tira de sa poche un flacon dont il enleva le bouchon de verre pour placer le goulot sous les narines de l'ancien contremaître.

Celui-ci, sans proférer un cri, sans pousser un soupir, se raidit subitement.

Son visage eut une légère crispation, ses yeux se révulsèrent, et tandis que l'affilié de l'Allemand desserrait ses doigts, il glissa lourdement sur le parquet inerte, inanimé.

Cette scène effrayante n'avait duré que quelques secondes.

Tranquillement, Walter Humding reboucha son flacon, le remit dans sa poche, et regardant froidement le corps du tribun, il dit à son compagnon :

— Maintenant, nous allons pouvoir opérer tranquilles, car le cyanure de potassium a achevé ton œuvre, si bien commencée.

Se penchant alors sur le cadavre de l'ex-contremaître de Morigny, il commença à fouiller dans ses poches s'emparant de tous les papiers qu'il y trouvait, sans même se donner la peine de les examiner.

Quant à son complice, il s'était mis à inspecter l'appartement ouvrant tous les meubles, fouillant dans le lit, sous la paillasse, ne négligeant rien.

Et tout cela rapidement, sans bruit, avec une facilité qui témoignait une longue expérience.

— C'est égal, patron, fit en allemand, l'homme bien râblé, je crois que nous aurons de la peine à remettre la main sur le magot.

« Il a dû déposer tout cela dans une banque.

— C'est bien possible, répiqua Walter Humding.

« Mais que m'importe l'argent, je m'en moque.

« N'en ai-je pas autant que je veux ?

« Ce qu'il me fallait, c'était la certitude que cet homme ne pouvait pas me nuire.

« Maintenant, je suis tranquille, et nous n'avons plus qu'à nous en aller avec cette moisson de documents, parmi lesquels nous trouverons peut-être à glaner quelque chose d'utile.

Puis, plaçant dans une serviette les papiers qu'il avait pris lui-même avec ceux que lui apportait son confident, Walter Humding mit le tout sous son bras.

Et après un dernier regard jeté sur Blanchecotte, il fit simplement :

— Et quel bon vent vous amène ?

— Allons-nous-en, car nous avons encore du travail à faire.

....

....

Le lendemain matin, le capitaine Lancelin se réveilla d'excellente humeur.

Tout n'avait-il pas marché suivant ses désirs ?

N'était-il pas persuadé maintenant qu'il touchait au but ?

Il sauta de son lit, frais et dispos, passa un pantalon, endossa un vêtement d'intérieur, et entr'ouvrant la porte de sa chambre, il appela :

— Patoche ! Patoche !

L'excellent homme était en effet convaincu que son ordonnance avait dû réintégrer la maison.

Mais, à son grand étonnement, ce fut Mme Pierre qui descendue quelques instants auparavant pour préparer le déjeuner du matin de son patron, lui répondit :

— Mon capitaine, Patoche n'est pas encore rentré.

— Ah ! ça ! diable, se dit le grognard, ça se corse joliment.

« Il me semble même que ça se gâte nom d'un petit bonhomme..

« Pour que Patoche non seulement ne soit pas rentré, mais encore qu'il ne nous ait pas donné signe de vie, il est certain qu'il a dû se passer quelque chose d'anormal.

« Pourvu qu'il ne soit pas tombé dans les filets de ces misérables !

« Pourvu que le docteur Rubin ne se soit pas aperçu de quelque chose !

« Ah ! s'il arrivait malheur à ce brave garçon, je ne me le pardonnerais pas.

« Mais non, non, ce n'est pas possible.

« Il va arriver.

« En attendant, je m'en vais toujours prendre un bon café et un verre de vieille fine, ça me mettra d'aplomb pour le restant de la journée.

« En ce cas, Madame Pierre, dit-il, apportez-moi mon déjeuner.

— Est-ce que vous sortez aujourd'hui mon capitaine?

— Oui, comme de coutume, je me rendrai à mon bureau de la rue Vivienne.

— Quelle tenue prendra mon capitaine?

— Mon pékin numéro 2.

— Bien, mon capitaine.

Tout en parlant Madame Pierre, servait au père la Manille un de ces mokas fumants et parfumés dont elle avait le secret.

Lancelin en prit deux tasses qu'il fit suivre d'un petit verre d'un Armagnac exquis dont quelque temps auparavant Monsieur Bertard lui avait fait cadeau.

Puis ainsi lesté il s'habilla, se demandant toujours :

Nom d'un petit bonhomme, qu'est-ce que Patoche peut bien faire à être en retard comme ça?

Mais le capitaine ne pouvait s'éterniser chez lui.

Il avait pris pour la matinée de très bonne heure d'importants rendez-vous rue Vivienne.

Il quitta donc Madame Pierre en lui recommandant :

— Dès que mon ordonnance rentrera, ne manquez pas surtout de me l'envoyer.

« Je serai à mon bureau jusqu'à onze heures et demie au plus tard.

« Je déjeunerai chez Mᵉ Léon-Jacques, l'avocat du lieutenant Ferbach.

« De là, je retournerai rue Vivienne.

« Puis, je ferai quelques courses, mais j'aurai soin de laisser mon adresse au bureau.

« Si vous voyez Patoche avant moi, dites-lui surtout de se dépêcher car j'ai hâte d'avoir de ses nouvelles.

— Bien, mon capitaine, la commission sera faite.

« Vous pouvez vous en rapporter à moi.

— Allons, merci, Madame Pierre.

— Au revoir, mon capitaine.

Lancelin sortit de chez lui, prit un fiacre et se fit conduire rue Vivienne.

Là il commença à prendre connaissance de la correspondance qu'il se faisait adresser, quand la sonnette de la porte retentit.

— Allons bon! se dit-il, voilà les visiteurs qui commencent.

« C'est égal, c'est rudement embêtant que Patoche ne soit pas encore rentré.

« Me voilà sans garçon de bureau.

« C'est moi qui vais être obligé de faire le service, ce qui n'a rien de très excitant.

Tout en maugréant, il s'en fut ouvrir.

Mais son visage reprit aussitôt une expression de bonne humeur.

En effet Wilhem Furster était devant lui.

— Ah! vous voilà, mon cher ami! s'écria le père la Manille.

« Et d'abord, comment va votre petite femme?

— Très bien, mon capitaine, et vous-même?

— Oh! moi, ça marche comme sur des roulettes.

« Nous avons fait des progrès depuis hier.

« La vérité est en marche, comme dit Mᵉ Léon-Jacques, et je ne désespère pas de la voir bientôt triompher de tous ses ennemis.

— Je le souhaite non moins vivement que vous, mon capitaine.

— Je le sais, mon enfant, car vous êtes un brave cœur.

Passant alors son bras sous celui de l'Alsacien, le capitaine Lancelin l'entraîna dans son bureau en lui demandant :

— Et quel bon vent vous amène?

— Mon capitaine, je venais tout simplement prendre des nouvelles de Patoche.

« Car, vous comprenez, cela m'intéresse beaucoup.

— En effet.

— A-t-il réussi dans sa mission?

— Je ne saurais vous le dire, mon cher ami, vu que Patoche n'est pas encore rentré.

Wilhem Furster tressaillit.

— Comment! s'écria-t-il, il n'est pas encore rentré?

— Non, mon cher Wilhem.

— Il ne vous a rien fait savoir?

— Absolument rien.

— Diable, cela devient grave.

« Il avait été en effet entendu entre nous deux que si Patoche ne rentrait pas le soir même il nous ferait connaître à vous et à moi, d'une façon directe ou indirecte la situation dans laquelle il se trouverait.

— Et vous n'avez rien reçu?

— Pas plus que vous, mon capitaine.

« Aussi, vous me voyez très tourmenté.

— Maintenant, il n'y a aucun doute, s'écria Lancelin, il est arrivé malheur à ce pauvre garçon.

— Vous croyez?

— Jusqu'à ce moment, j'avais douté, mais d'après ce que vous venez de me dire, je crains bien que tout soit à redouter.

— Que faire? reprit Wilhem.

— Je ne vois pas, répliqua l'officier.

— C'est effrayant si ce malheureux s'est fait prendre.

— Oh! ne m'en parlez pas.

Tout à coup Lancelin eut une idée :

— Si, il y a un moyen bien simple de le sauver s'il en est temps encore, dit-il.

— Lequel?

— C'est de sauter tous deux dans un sapin, de nous faire conduire chez le docteur Rubin et de lui parler ainsi :

— Si vous ne nous dites pas tout de suite ce que vous avez fait de Patoche, de Mme Brévannes, de Rosette, du gosse, et même de Mme Brivois, nous vous tordons le cou comme à un canard.

— Oh! mon capitaine, j'ai bien peur que cela ne soit un bien mauvais moyen.

« Le docteur Rubin nous répondra qu'il ne sait pas ce dont il s'agit.

« Il nous enverra promener.

— C'est ce que nous verrons!

« Je hurlerai tellement fort qu'il faudra bien qu'il m'entende.

— Oh! il vous fera chasser par ses employés.

— J'en démolirai bien une demi-douzaine auparavant.

— Cela n'avancera pas les choses.

« Ah! mon capitaine, je comprends parfaitement que vous soyez inquiet et irrité.

« Mais, si comme vous je suis d'avis qu'une démarche auprès du docteur Rubin peut être utile, à quelque chose, j'estime qu'il est nécessaire qu'elle soit faite sur un ton calme et modéré, qui nous permettra de continuer avec lui la conversation engagée.

— C'est vrai, il a raison, reconnut Lancelin, il ne faut jamais casser les vitres.

Les deux policiers pénétrèrent dans le bureau.

« Mais, qu'est-ce que vous voulez, il y a des moments où je ne peux pas me dominer, où mon caractère de soupe au lait reprend le dessus, et où je m'emballe, je m'emballe.

« C'est comme ça qu'on fait des gaffes.

« Aussi mon cher Wilhem, je vous remercie infiniment d'avoir su m'arrêter à temps et d'avoir prononcé des paroles très justes qui m'ont fait rentrer en moi-même.

« Si nous allons chez le docteur Rubin, nous nous conduirons d'abord, en gens bien élevés que nous sommes, puis en roublards, en malins que nous devons être.

« Et je vous fiche mon billet que, je m'y prendrai de telle sorte, que cette fois-ci, il faudra bien qu'il nous dise la vérité.

« Je regrette bien de ne pas l'avoir fait plus tôt.

« Fort heureusement, temps différé n'est pas perdu, et mieux vaut tard que jamais.

« Pourvu que ce pauvre Patoche!...

Lancelin s'arrêta net.

Un coup de sonnette, violent précipité, venait de l'interrompre.

— Allons, bon déjà les rendez-vous s'écria-t-il.

« Ils ne vont pas être bien reçus, ce matin les clients!

« Oh! si ce n'était pas pour Ferbach, je crois que je les enverrais tous promener les uns après les autres.

« C'est que je n'ai plus de planton.

« Il n'y a rien qui m'embête plus que de faire le concierge.

— Mon capitaine, voulez-vous que j'aille ouvrir? proposa complaisamment l'excellent Wilhem Furster.

— Non, non, ne vous dérangez donc pas.

« J'ai dit ça pour rire ou plutôt pour grogner.

« C'est extraordinaire, moi qui étais de si bonne

humeur ce matin, me voilà à présent comme un crin.

Et tout en ronchonnant, le père la Manille gagna l'antichambre et ouvrit la porte.

— Ah! tiens, Flic et Flac, s'écria-t-il.

« Je ne vous attendais pas si vite.

« Enfin, çe ne fait rien puisque vous voilà, je vais vous recevoir tout de même.

« Entrez donc!

Les deux policiers pénétrèrent dans le bureau.

— Ah ça! s'écria Lancelin, vous avez tous les deux des gueules d'enterrement, qu'est-ce qui vous est donc arrivé?

— Mon capitaine, attaqua Flic, vous devez bien comprendre que si nous nous présentons au rendez-vous bien avant l'heure c'est que nous avons pour cela de graves motifs.

— Hum! ponctua Flac, tandis que son camarade tendait à l'officier un journal tout déployé en disant :

— Lisez, mon capitaine.

— Hein! quoi, qu'est-ce que c'est que ça?

— C'est toute une histoire.

— Une histoire?

— Plutôt un drame extraordinaire, imprévu.

— Quoi encore?

— Hein! quoi! s'écria-t-il en pâlissant.

— Lisez, mon capitaine, insistait Flic, car le récit de ce journal vous instruira beaucoup mieux que nous ne pourrions le faire nous-mêmes.

Lancelin prit la feuille.

Tout de suite ses yeux furent frappés par le titre d'un article écrit en gros caractères :

L'ASSASSINAT DU CITOYEN BLANCHECOTTE

— Hein! quoi! s'écria-t-il en pâlissant, c'est une blague!

— Une blague!

— Mais oui... le citoyen Blanchecotte, je l'ai quitté hier soir entre huit et neuf heures et demie.

Et, reportant les yeux sur le journal, il lut :

« Ce matin, à neuf heures, le citoyen Blanchecotte

a été trouvé mort dans sa chambre par deux de ses camarades de la Confédération du Travail, qui venaient le prier d'assister le soir même à un grand meeting en faveur du lieutenant Ferbach, organisé sous les auspices du Parti Ouvrier Français.

« Les deux camarades ayant frappé plusieurs fois à la porte et n'ayant pas obtenu de réponse, se retiraient, lorsqu'ils se croisèrent dans l'escalier avec la concierge qui montait le courrier de ses locataires et qui leur affirma de la façon la plus péremptoire que le citoyen Blanchecotte était rentré chez lui avant dix heures du soir et qu'il n'en était pas sorti.

« Les deux camarades, les citoyens L. A. et R. B. prirent le parti de remonter et de frapper à nouveau à la porte de leur ami.

« Mais rien ne leur répondit.

« Ils allaient se retirer une seconde fois lorsqu'une voisine de Blanchecotte survint sur le palier et raconta que, vers les trois heures du matin, elle avait été réveillée par le bruit d'une discussion violente, s'élevant dans l'appartement de Blanchecotte et suivie de la chute d'un corps sur le parquet...

« Seule chez elle, et prise de terreur, elle n'avait pas osé appeler, et, s'étant cachée la tête dans les oreillers, elle avait fini par s'endormir.

« Alors, les citoyens L. A. et R. B, singulièrement impressionés par ces déclarations, après s'être concertés avec le concierge de l'immeuble, prirent le parti de se rendre au commissariat de police et de raconter au magistrat ce qui venait de se passer.

« Immédiatement, le commissaire, pressentant un drame, décida de se rendre au domicile de Blanchecotte.

« Après avoir réquisitionné un serrurier, il fit ouvrir la porte et pénétra dans l'appartement suivi de

Blanchecotte gisait à terre.

son secrétaire, de deux agents, du concierge et des deux amis du célèbre révolutionnaire.

« Dans la première chambre, ils ne remarquèrent rien d'anormal.

« Mais dans la seconde, ce fut tout autre chose.

« Blanchecotte gisait à terre.

« Tout de suite, le commissaire se pencha vers lui et, après un bref examen il put remarquer que, non seulement il avait cessé de vivre, mais qu'il portait au cou de violentes ecchymoses montrant qu'il avait dû mourir étranglé.

« Immédiatement le commissaire de Police téléphona au chef de la Sûreté et mit tout l'appareil judiciaire en mouvement.

« Sans préjuger des suites de l'enquête, qui va être menée avec toute la diligence possible, nous pouvons affirmer, dès à présent, sans crainte d'être démenti, que l'on se trouve en face d'un crime politique auquel l'affaire Ferbach ne serait pas étrangère.

« Il nous suffira de rappeler à nos lecteurs que le citoyen Blanchecotte, après s'être déclaré ouvertement convaincu de la culpabilité du lieutenant Ferbach, au cours d'une réunion sensationnelle tenue à la Confédération du Travail, venait de fonder un nouveau journal intitulé le *Pioupiou Français*, dans lequel il prenait ouvertement la défense du lieutenant incriminé.

« Déjà, dans son premier numéro, il avait publié certaines révélations qui avaient fortement surexcité la curiosité du public.

« Il nous en promettait d'autres, et nous savons de source très certaine, que Blanchecotte aurait tenu parole.

« Ces révélations auront-elles gêné certaines personnes, au point de pousser celles-ci à un crime ?

« Nous l'ignorons.

« Seront-elles continuées par d'autres ?

« Blanchecotte, au contraire, emporte-t-il son secret dans la tombe ?

« C'est ce que l'avenir nous dira.

« Mais ce que, dès à présent, on peut affirmer, c'est que la mort du citoyen Blanchecotte aura sur l'affaire Ferbach une répercussion considérable et qu'il faut s'attendre, d'ici peu, à des événements tellement extraordinaires que l'opinion publique en sera subitement retournée.

« A demain de nouveaux détails.

— Eh bien! conclut Lancelin, en voilà une nouvelle...

— Et selon vous, mon capitaine, interrogea Flic, qui commençait à avoir, dans la perspicacité du grognard une confiance illimitée selon vous, quels sont les auteurs de ce crime inattendu ?

— Les auteurs, répliqua Lancelin sans la moindre hésitation, dites plutôt l'auteur.

— Vous croyez qu'il n'y en a qu'un ?

— J'en suis sûr.

— Vous le connaissez ?

— Je le connais.

— Son nom ?

— Comment, vous ne l'avez pas déjà deviné ?

— Walter Humding! dit Flic.

— Hum ! ponctua Flac.

— Parbleu! affirma Lancelin.

« Ah! tenez, tout cela n'est pas bien difficile à reconstituer.

« Walter Humding qui, non seulement est un espion de génie, mais a su mobiliser autour de lui une police extrêmement bien organisée, doit se faire tenir au courant des moindres faits et gestes des gens qu'il emploie et de ceux qu'il a à redouter.

« Pour moi, je suis convaincu qu'il n'ignore rien de ce que je fais, que je suis surveillé par lui avec la plus rigoureuse sévérité et que tous mes actes sont notés avec une fidélité absolue.

« Donc, il aura appris que j'avais eu une entrevue avec Blanchecotte à la Confédération du Travail, et que j'avais réussi à emmener celui-ci chez Bertard.

« Or, comme Walter Humding n'est pas la moitié d'une bête, il se sera dit tout de suite :

« — Si Blanchecotte a causé si longtemps avec Lancelin, et si celui-ci l'a décidé à se rendre chez Bertard, ce n'est pas évidemment pas pour des prunes.

« Donc, Blanchecotte me trahit.

« Puisqu'il en est ainsi, supprimons-le.

« Et voilà, mon cher Flic, et mon cher Flac, toute la vérité.

« Là-dessus, mon opinion est faite et rien ne m'en fera changer.

— Je partage absolument votre avis déclara Flic.

— Hum! approuva Flac.

Mais l'on sonnait encore à la porte.

Lancelin se précipita.

— Tiens c'est peut-être Patoche, fit-il.

« Ah! il arriverait bien, parce que, décidément, les hostilités commencent à prendre une tournure plutôt aiguë, et je ne serais pas fâché d'avoir autour de moi tout mon Etat-major au complet.

Mais ce n'était pas Patoche.

Ce fut à Monsieur Bertard que Lancelin ouvrit la porte.

Bertard tenait à la main le journal dont Lancelin venait d'achever la lecture.

Il avait la figure toute bouleversée.

— Vous êtes au courant ? interrogea-t-il.

— De l'assassinat de Blanchecotte? répliqua le capitaine.

« Oui , je viens de lire cela dans le journal que Flic et Flac m'ont apporté.

— Eh bien! que pensez-vous de cela ?

— Je pense que c'est encore un coup de Walter Humding.

— J'ai eu tout de suite la même idée que vous.

— C'est tellement vraisemblable et naturel.

— N'est-ce pas ?

— Mais, ainsi que le dit le journal, ce crime va avoir sur l'affaire Ferbach une répercussion considérable.

— Vous allez voir, répliqua l'ancien ministre, que nos adversaires vont tâcher de nous mettre sur le dos.

— Ah! ça, par exemple, s'exclama le père la Manille, ça serait trop fort.

« Je crois que c'est plutôt nous qui aurions le droit...

Lancelin n'acheva pas.

Un troisième coup de sonnette venait de retentir.

— Pour le coup, cette fois-ci, s'exclama l'officier, il n'y a pas de doute, c'est Patoche.

Mais ce n'était pas encore l'ordonnance.

Un Monsieur en redingote noire, en chapeau hauteforme, une sorte d'air officiel répandu sur toute sa physionomie, se profilait devant la porte.

— Vous désirez, Monsieur? demanda toute de suite le grognard.

— Le capitaine Lancelin.

— Tiens! M. Dréan, s'écria aussitôt le capitaine en reconnaissant le chef de la Sûreté.

« Ah! ça, par hasard, est-ce que vous seriez venu ici dans l'intention de m'arrêter ?

— Pas du tout, capitaine, rassurez-vous.

— Oh! moi, je ne crains rien, j'ai la conscience nette.

« Veuillez donc entrer, Monsieur le chef de la Sûreté.

Et Lancelin, fort poliment, s'effaça pour laisser passer le magistrat qui pénétra aussitôt dans le bureau où se trouvaient Bertard, Flic et Flac.

Tout de suite, le chef de la Sûreté reconnut l'ancien ministre qui s'écria de son côté :

— Tiens! Monsieur Dréan.

« Soyez le bienvenu.

« Mais, par exemple, je suis curieux de savoir ce que vous venez faire ici.

— Monsieur le député, répliqua le chef de la Sûreté avec une politesse pleine de dignité, vous allez être immédiatement fixé, car je me proposais, en sortant d'ici, de me rendre chez vous.

— Ah! Ah! très bien.

— Asseyez-vous, asseyez-vous donc, invitait Lancelin qui était revenu dans la pièce.

Et, approchant lui-même un fauteuil au fonctionnaire, il ajouta :

— Inutile, Monsieur le chef de la Sûreté, de vous présenter Flic et Flac.

« Ce sont, je crois, d'anciennes connaissances à vous ?

Monsieur Déan, sans relever ce qu'il y avait de légèrement ironique dans l'apostrophe du capitaine, répliqua :

— Mais certainement je connais ces Messieurs.

« Il m'a même été donné jadis, d'apprécier leurs services.

— Tous nos respects Monsieur le chef, déclara Flic.

— Hum ! s'inclina Flac.

Et, sans aucune espèce d'insolence le chef de la Sûreté reprit :

— Comme en ce moment je n'ai affaire qu'à M. le ministre et au capitaine Lancelin, je prierais ces Messieurs de se retirer un instant.

Flic et Flac obtempérèrent aussitôt.

— Je viens, attaqua très nettement M. Dréan, vous demander, Messieurs, quelques renseignements au sujet du citoyen Blanchecotte qui, ainsi que vous l'avez probablement appris par une édition spéciale d'un grand journal du matin, a été trouvé assassiné chez lui dans des circonstances particulièrement mystérieuses et dramatiques.

— Je suppose, répliqua M. Bertard avec sa rondeur habituelle, que vous ne nous accusez pas, Lancelin et moi, d'être les auteurs de ce crime sensationnel ?

— Oh! Monsieur le député, fit Monsieur Dréan

—Vous êtes au courant ? interrogea-t-il.

avec son plus aimable sourire, loin de moi une pareille pensée.

« Je viens simplement, ainsi que j'ai eu l'honneur de vous le dire, vous demander quelques renseignements.

— Le capitaine et moi, nous sommes à vos ordres.

Alors, M. Dréan continua :

— J'ai déjà fait moi-même une première enquête, et j'ai appris qu'hier, vers six heures et demie du soir, le capitaine Lancelin s'était rendu à la Confédération du Travail et avait eu avec le citoyen Blanchecotte une longue entrevue à la suite de laquelle tous deux étaient partis et s'étaient rendus chez Monsieur Bertard.

— C'est absolument exact, reconnut Lancelin.

— Et je dois ajouter, déclara l'ancien ministre, que le citoyen Blanchecotte est resté dans mon cabinet de travail pendant plus d'une heure.

— Puis-je vous demander, Messieurs, d'abord, les motifs qui ont poussé le capitaine Lancelin à se rendre auprès du citoyen Blanchecotte, puis les raisons qui ont amené l'entrevue du célèbre révolutionnaire avec l'ancien ministre de la Guerre ?

— Nous sommes ici, Monsieur Dréan, riposta M. Bertard, pour dire toute la vérité, et pour vous aider à faire toute la lumière.

« Nous y avons d'autant plus d'intérêt, Lancelin et moi, que si vous mettez la main sur l'assassin du citoyen Blanchecotte, vous ferez, du même coup, proclamer l'innocence du lieutenant Færbach.

— Ah! puissiez-vous dire vrai, s'écria Dréan en un mouvement spontané qui n'échappa nullement à ses interlocuteurs.

— Tiens, fit Lancelin, est-ce que, par hasard, vous croiriez, vous aussi...

— Messieurs, je vous en prie, demanda Dréan, visiblement mécontent d'avoir révélé ainsi le fond de

sa pensée, ne forcez pas un fonctionnaire à faire de
la politique.

Et avec un sourire plein de finesse, il ajouta :

— C'est déjà assez maladroit de la part d'un chef
de la Sûreté de se trahir ainsi lui-même.

Mais Bertard, tendant largement la main à Monsieur Dréan, reprenait déjà :

— Soyez tranquille, mon cher Dréan, ce n'est ni le
capitaine Lancelin, ni moi, qui vous trahirons.

« Je vous connais déjà depuis longue date.

« J'ai donc appris à vous apprécier.

« Aussi, je ne suis nullement surpris de vous voir
vous ranger ainsi du côté de la Justice et de la vérité.

« Je me félicite vivement de vous compter parmi
les nôtres.

« Mais ne craignez rien !

« Nous savons très bien, Lancelin et moi, à quelle
discrétion vous oblige votre situation officielle.

« Aussi, ce serait très mal de notre part, si nous
cherchions à profiter du cri que vous a inspiré votre
conscience d'honnête homme.

« Qu'il nous suffise de savoir que vous êtes de
cœur avec nous.

« Et cela est déjà beaucoup.

« Car nous sommes sûrs, au moins, que nous ne rencontrerons de votre côté, ni embûches, ni traîtrise,
et que, si vous trouvez un jour une piste qui nous
soit, à nous, favorable, vous la suivrez jusqu'au
bout !

— Vous pouvez y compter, affirma le chef de la
Sûreté.

— Voilà qui me console un peu de la mort de
Blanchecotte, s'écria Lancelin.

— Maintenant, Messieurs, fit M. Dréan, veuillez
me dire ce que vous savez, car je ne vous cacherai
pas que les premières paroles de M. Bertard m'ont
prodigieusement intéressé.

« J'ai hâte de savoir la suite.

— Vous allez être satisfait, promit Bertard.

Et s'adressant au père la Manille, il ajouta :

— Capitaine Lancelin, veuillez commencer.

CHAPITRE CXI

Où le Chef de « la Sûreté » reconnaît que la police privée est souvent plus habile que la police officielle.

Lancelin ne se fit nullement prier, et tout de suite
il entama :

— Monsieur le chef de la Sûreté, si vous le voulez
bien, posons d'abord une question de principe.

« Comme tout le monde, et mieux que tout le monde, bien entendu, vous n'ignorez pas que M. Bertard,
quelques amis et moi, nous avons fondé une sorte de
syndicat destiné à faire proclamer l'innocence du
lieutenant Ferbach ?

— Je le sais, répliqua M. Dréan.

« Et si, au lieu d'être le chef de la Sûreté, j'étais un
simple particulier, croyez que je n'aurais pas hésité
un seul instant à m'enrôler sous votre bannière.

« Car, bien que je ne dispose pas comme vous des
éléments nécessaires pour me faire une conviction
irréfutable de cette innocence, je possède néanmoins
un flair et une habitude de la criminalité suffisants
pour être persuadé que Ferbach n'est pas coupable.

« J'ajouterai même que je me suis fait cette opinion le jour où j'ai procédé à son arrestation, tant
son attitude ferme, digne, nette et courageuse a produit sur moi une définitive impression.

— Eh bien ! mille millions de pétards de sort, bondit Lancelin, voilà un renfort auquel je ne m'attendais pas.

— Vous voyez que je ne vous dissimule pas ma
pensée, reprit M. Dréan.

« Mais, comme je vous l'ai déjà dit, je suis tenu à
une certaine réserve.

— Et comme vous l'a répondu M. Bertard, fit le
capitaine Lancelin, vous pouvez être sûr que nous ne
vous compromettrons pas.

— J'ai confiance en vous.

— Vous avez raison, cher M. Dréan, et je continue.

« Je vous disais donc que nous avions fondé un
syndicat qui fonctionne, ma foi, pas trop mal.

« Nous sommes arrivés à réunir un faisceau de
preuves morales assez solide pour obtenir du Conseil de guerre un verdict favorable.

« J'ajouterai même que nous touchions au but,
que ce citoyen Blanchecotte, acheté par nous, allait

Paris. — Imp. Maury, 7 rue de Châtillon

nous fournir la preuve matérielle, décisive, formidable qui nous manquait lorsqu'il a été assassiné.

« Ceci posé, je vais répondre en plein à votre question.

« Lorsque le syndicat, — puisque syndicat il y a — eut connaissance du premier article de Blanchecotte dans le *Pioupiou Français*, tout de suite, sans hésiter, il tint le raisonnement suivant :

« — L'intervention de Blanchecotte ne peut que nous être nuisible.

« Donc, elle est suscitée par des gens qui ont intérêt à nous être désagréables.

« Il importe, par conséquent, de connaître, le plus rapidement possible, les dessous de cette campagne.

— Très juste ! ponctua M. Dréan.

— Alors, poursuivit Lancelin, après en avoir délibéré, il fut entendu que je me rendrais auprès du citoyen Blanchecotte et que je ferais tous mes efforts pour lui tirer les vers du nez

« Maintenant, Monsieur le chef de la Sûreté, laissez-moi vous apprendre en quelques mots quel était ce Blanchecotte.

— Un ancien contre-maître dans une usine du Nord ? fit Dréan.

— C'est cela.

« Or, ce Blanchecotte avait été atteint d'une passion folle pour la femme de son patron, Madame Brévannes.

« Jamais il n'avait osé lui déclarer sa flamme, sachant très bien qu'il serait repoussé avec tous les honneurs dus à son rang.

« Mais, avec la complicité d'un valet de chambre, qu'il devait supprimer par la suite, notre Blanchecotte parvint à s'introduire nuitamment auprès de Madame Brévannes, préalablement endormie, grâce à un narcotique versé par le larbin et à lui faire subir ce qu'on est convenu d'appeler les derniers outrages.

« Quelque temps après, cette malheureuse femme,

— *Inutile, Monsieur le chef de la Sûreté, de vous présenter Flic et Flac ?*

qui ne se doutait nullement de l'attentat dont elle avait été victime, s'aperçut qu'elle allait devenir maman.

« Or, le mari qui, justement était atteint d'une maladie assez grave qui le mettait dans l'impossibilité d'accomplir ses devoirs conjugaux, en s'apercevant de la situation de sa femme fit naturellement une vie de pantin et rendit à son épouse l'existence impossible.

« Lorsque l'enfant vint au monde, il le fit disparaître.

« Et pour faire avouer à sa femme le nom de son amant il usa d'un stratagème plutôt canaille, ainsi que vous allez en juger par vous-même.

« Il lui dit :

« — Si tu ne me livres pas ton amant, je fais périr ton gosse.

« Et allez donc !

« Alors, cette pauvre Madame Brévannes, affolée, perdant la boule, — et il y avait de quoi, — incapable de répondre, puisqu'elle ne savait rien, lança un nom au hasard pour sauver ce petit et ce nom fut celui du lieutenant Forbach.

— C'est bien, en effet, ce que Blanchecotte raconte dans son article.

— Vous allez voir, M. le chef de la Sûreté, continua Lancelin, comme cela se tient sans en avoir l'air.

« Mais les événements n'allaient pas tarder à prendre une tournure extraordinaire.

« Monsieur Brévannes, fou de jalousie, fit enfermer sa femme dans une maison de santé, tenue par un certain docteur Rubin dont nous aurons l'occasion de parler tout à l'heure.

— Je me souviens en effet de cette aventure, fit M. Dréan.

« D'ailleurs, si mes souvenirs sont exacts, Mme Brévannes a péri au cours d'un incendie.

— Elle n'a pas péri du tout, contredit le capitaine.

« Blanchecotte, qui probablement avait mis le feu à la boîte, est parvenu à sauver la malheureuse.

« Et, si celle-ci a passé pour morte, si, de très bonne foi, son mari a fait enterrer ses prétendus restes calcinés dans la chapelle de son château, il n'en est pas moins vrai que Madame Brévannes, grâce à Blanchecotte, a pu s'évader et que l'ancien contremaître l'a tenue, en quelque sorte séquestrée pendant un certain temps dans une villa située aux environs de Paris.

« Elle y serait même encore si un heureux hasard ne nous avait pas permis non seulement de l'éclairer sur la conduite de l'ancien contremaître, mais encore de la délivrer du joug abominable auquel celui-ci voulait la contraindre.

— Et, de tout cela, vous avez la preuve ?

— C'est Monsieur Bertard qui l'a entre les mains.

— La voici, intervint l'ancien ministre de la guerre en sortant de son portefeuille la déclaration que Blanchecotte avait, la veille au soir, écrite et signée de sa propre main.

Monsieur Dréan en prit connaissance et déclara :

— Le fait est indéniable.

« Cette déclaration ne saurait être discutée.

Puis il demanda :

— Et cette Madame Brévannes, qu'est-elle devenue ?

— Ah! voilà! fit Lancelin, nous pensions bien que Blanchecotte allait s'acharner à sa poursuite.

« Aussi, nous avions réussi, après l'avoir cachée pendant quelque temps sur la Butte-Montmartre, à l'emmener à la Malmaison, dans une propriété privée, où nous la croyions à l'abri de tout nouvel attentat de la part de cette brute, lorsqu'un beau matin, nous apprîmes qu'elle avait disparu.

— Blanchecotte avait donc réussi à retrouver sa trace ?

— Pas du tout!

« Nous sommes même certains que Blanchecotte n'est pour rien dans ce nouvel enlèvement.

« Mais n'anticipons pas.

« Sérions les questions.

« Nous reviendrons tout à l'heure sur cet événement.

Et, suivant le plan qu'il s'était tracé avec un rigoureux scrupule, Lancelin continua :

— Quant à Monsieur Brévannes, — et, Monsieur le chef de la Sûreté, j'attire sur ce point toute votre attention — à la suite d'aventures sur lesquelles je passe, il fut bientôt atteint d'une sorte de crise nerveuse.

« Son excellent ami, le docteur Rubin, auquel, affirme-t-on, il avait remis une procuration générale, lui donnant le droit de gérer toutes ses affaires ainsi que sa fortune, ne tarda pas à le faire interner à son tour dans l'une de ses maisons de santé d'où, il y a quelque temps, il disparaissait, lui aussi, sans tambour ni trompette.

« Maintenant, Monsieur le chef de la Sûreté, vous voilà éclairé quelque peu sur le citoyen Blanchecotte.

« Tout ce que je viens de vous dire là n'est que l'importante préface de ce qui nous reste à vous révéler.

« Car nous ne sommes pas encore au bout de notre rouleau et nous avons encore pas mal de choses à vous dire.

— Croyez, affirma Monsieur Dréan, que je vous écoute avec le plus vif intérêt.

— Je passerai donc rapidement sur l'entrevue que j'eus hier avec le citoyen Blanchecotte.

« D'abord, pour en venir à bout, j'usai de deux moyens qui réussissent généralement : *l'intimidation et la corruption.*

« Vous voyez, Monsieur le chef de la Sûreté, que j'appelle les choses par leur nom, étant de ceux qui estiment que, pour amener les fripouilles à résipiscence, il n'y a pas à hésiter un seul instant, sur le choix des moyens.

« J'usai d'intimidation en plaidant le faux pour savoir le vrai, c'est-à-dire en lui affirmant gravement, sérieusement, que nous avions en mains toutes les preuves qu'il n'était qu'un satyre et un assassin... et de corruption en lui offrant, de la part de Monsieur Bertard, la forte somme s'il voulait, comme on le dit vulgairement, se mettre à table et manger le morceau.

« Je vous mentirais en vous disant que tout marcha comme sur des roulettes.

« Il y eut plutôt du tirage.

« Enfin, il faut croire néanmoins que j'étais dans mes bons jours, puisque je réussis à emmener Blanchecotte avec moi et à le faire entrer en pourparlers avec Monsieur Bertard qui, lui, en cinq secs, vous retourne un bonhomme comme une galette.

« Ah! ce fut un beau moment, Monsieur le chef de la Sûreté.

« Je vous assure que nous étions bien persuadés que, cette fois, ça y était et que nous allions enfin pouvoir dénicher le nid de vipères.

« Car, écoutez bien ceci, et j'en arrive au point culminant de mon récit :

« Non seulement Blanchecotte, moyennant galette bien entendu, et forte galette, je vous assure, consentit à nous signer le petit papier.

« Mais il reconnut qu'il avait été payé par un individu se faisant appeler Kromberg, demeurant rue de la Chaussée d'Antin et se donnant pour le représentant de la maison Viennoise, Heindrich et Cie.

« Or, ce soi-disant Kromberg, — nous en avons la certitude — n'est autre que Walter Humding, le chef de l'espionnage allemand, l'homme qui, non content de désorganiser la défense nationale et de semer entre nos officiers la discorde et la haine, a monté, de toutes pièces, l'affaire Ferbach, de mèche avec le docteur Rubin, son complice, et le capitaine de Thérisy, ennemi personnel du lieutenant Ferbach.

Et comme le chef de la Sûreté avait un geste d'effarement, le capitaine Lancelin, avec vivacité, s'écria :

— Attendez une minute, Monsieur Dréan, je n'ai pas fini.

« Il avait été entendu que le citoyen Blanchecotte feindrait de rester en connivence avec ce Kromberg, et qu'il nous le livrerait, pieds et poings liés, dans le plus bref délai.

« Kromberg, ou plutôt Walter Humding aura eu vent de nos négociations, et Blanchecotte aura payé de sa vie sa trahison.

« Voilà toute la vérité, Monsieur le chef de la Sûreté.

« A vous de voir maintenant ce que vous pouvez faire avec elle.

— Je n'ai rien à ajouter à ce que vient de vous dire le capitaine, fit à son tour M. Bertard.

« Car il vous a parlé avec une netteté qui me dispense de tout commentaire.

— Je vous demande, Messieurs, quelques instants de réflexion.

« Ce que vous venez de m'apprendre me bouleverse à un tel point que j'ai besoin de mettre un peu d'ordre dans mes idées.

Respectant la méditation du fonctionnaire, Bertard et Lancelin s'en furent à la fenêtre et se mirent à causer à voix basse.

Bientôt M. Dréan, relevant la tête, un éclair de

Ils se mirent à causer à voix basse.

joie et d'espérance dans les yeux, s'en fut vers eux et leur dit :

— Je tiens tout de suite à vous déclarer, Messieurs, que nous sommes en parfaite communauté d'idées.

« Pour moi, il ne peut pas y avoir l'ombre d'un doute.

« Les conclusions du capitaine Lancelin sont basées sur la logique même, et, dès à présent je les adopte pour miennes, ce qui prouve que souvent la police privée « travaille » mieux que la police officielle.

« Maintenant donc, à n'en point douter, la bonne piste est celle de Walter Humding.

« Mais, avant de m'y engager, j'ai besoin d'être à la fois très documenté et très armé.

« Car, vous le savez aussi bien que moi, Messieurs ce n'est point la piste gouvernementale.

« Sans trahir le secret professionnel, je tiens à vous prévenir — si vous ne le savez déjà — que la culpabilité de Ferbach semble admise, sans discussion, par le Gouvernement.

— Parfaitement, fit Lancelin, et je me demande comment il se fait qu'à l'heure actuelle, les gens au pouvoir s'ingénient ainsi à perdre un officier républicain.

— C'est parce qu'eux-mêmes ne sont pas républicains, laissa gravement tomber Monsieur Bertard.

— Si vous le voulez bien, Messieurs, se hâta de dire M. le chef de la Sûreté, ne nous égarons pas, pour l'instant du moins, dans les sentiers glissants de la politique.

« Considérons l'affaire uniquement au point de vue policier et criminel.

« C'est le seul moyen d'aboutir.

« Car, si j'ai fait allusion aux intentions secrètes du Gouvernement, c'est parce que j'ai cru pouvoir me permettre de vous rappeler une dernière fois si nous voulons réussir et ne pas fausser bien malgré nous, le cours de la Justice, il fallait nous garder de toute démarche imprudente, inconsidérée, et me frapper le coup décisif que lorsque le Gouvernement lui-même ne pourrait plus reculer devant la manifestation de la Vérité.

« En agissant ainsi, je reste fidèle à la mission qui m'a été confiée.

« En effet, un fonctionnaire, quel qu'il soit, n'a jamais le droit, même pour conserver sa situation, de se solidariser avec l'erreur, le mensonge ou le crime.

« Il doit, au contraire, profiter de la situation qu'il occupe, pour mener, toujours et sans cesse, le bon combat, quitte à perdre sa place.

— Je vous garantis, mon cher Dréan, répliqua Bertard, que vous ne perdrez pas votre place.

« Car, si nous triomphons — et nous triompherons — toute cette bande de policiers d'arrivistes qui détiennent en ce moment le Pouvoir, disparaîtra comme une volée de moineaux.

« Et comme il y a des chances pour que je revienne au Pouvoir, je ne vous en dis pas davantage.

— Croyez que je suis vivement touché et flatté...

« D'ailleurs, je vous connais, je vous apprécie, et je sais que je n'ai pas besoin de vous faire de belles promesses, ni de vous prodiguer de pompeux encouragements, pour être sûr que vous ferez votre devoir et rien que votre devoir !

— Monsieur le député, fit M. Dréan d'une voix étranglée par l'émotion, croyez que je suis profondément touché et flatté de la confiance que vous me témoignez.

« Soyez sûr que je m'en montrerai digne.

— C'est égal, conclut Lancelin tout joyeux, ils en feraient une drôle de trompette en haut lieu s'ils apprenaient que le patron de la police les plaque comme ils le méritent.

— En attendant, reprit M. Dréan, il s'agit de prendre immédiatement les dispositions urgentes que les événements nous commandent.

« Le capitaine Lancelin vient de me dire que vous aviez acheté Blanchecotte.

— Et très cher, fit Lancelin.

— Un million, définit Bertard.

— Avait-il touché déjà quelque chose? interrogea le chef de la Sûreté.

— Non... M. Bertard a simplement déposé cette somme chez son notaire.

— N'importe, fit M. Dréan, il faut faire très attention ; en rentrant chez lui, Blanchecotte qui est un homme d'ordre, peut avoir pris des notes...

« Ces notes, il s'agit de les faire disparaître.

— Pourquoi? interrogea Lancelin.

M. Dréan répondit aussitôt :

— Parce que les meurtriers de Blanchecotte à la fois pour détourner les soupçons de sur eux et pour discréditer leurs adversaires seraient parfaitement capables de faire croire que Monsieur Bertard a fait assassiner Blanchecotte pour ne pas avoir à lui payer la somme qu'il lui devait.

— Personne ne croira une chose pareille! bondit Lancelin.

— Détrompez-vous, capitaine, fit aussitôt l'ancien ministre.

« En ce moment, la campagne est menée par nos ennemis de part et d'autre avec une telle violence, les esprits sont tellement surexcités qu'il ne serait nullement étonnant qu'un pareil bruit ne rencontrât quelque crédit dans une certaine fraction de l'opinion publique.

— Je suis de cet avis, déclara Monsieur Dréan.

« Aussi, sans perdre une minute, je vais me rendre au domicile de Blanchecotte, et procéder à une nou-

Mille tonnerres de Brest! c'st la soutane que portait Patoche.

velle perquisition, la première n'ayant donné aucun résultat.

— Et si l'on nous attaque dans les journaux? fit Lancelin.

— Laissez dire, conseilla Monsieur Dréan.

» Je crois que cette fois nous tenons le fil qui nous conduira au bout de la vérité.

« Mais j'ai hâte de faire cette perquisition, non seulement pour faire disparaître les papiers qui pourraient vous compromettre, mais aussi pour y découvrir ce qui pourra nous aider à faire éclater la vérité.

« Maintenant, Messieurs, voulez-vous me permettre de vous donner un dernier conseil?

— Faites, je vous prie, répliquèrent simultanément Lancelin et Monsieur Bertard.

— Tout à l'heure, j'ai vu dans ce bureau deux anciens limiers de la préfecture.

— Flic et Flac!

— C'est cela!

« Ce sont des hommes tout à fait remarquables.

— Parfaitement!

— Eh bien! sans perdre une minute, envoyez-les donc tout de suite rue de la Chaussée d'Antin prendre des renseignements très détaillés chez ce Monsieur Kronberg, représentant de la maison Heindrich et Cie.

« S'ils ne mettent pas la main sur lui — ce qui me paraît fort probable — Flic et Flac trouveront certainement des employés qui, habilement cuisinés, pourront sans doute leur fournir une piste intéressante.

— Approuvé à l'unanimité, déclara Lancelin.

— Quand nous reverrons-nous Messieurs? interrogea le magistrat.

— Mais, quand vous voudrez, répondit Bertard.

— Ce soir à cinq heures.

— Soit!

— Ici?

— Si vous le voulez, nous n'en bougeons pas.

— Alors, entendu!

Le chef de la Sûreté se retira, laissant Bertard et Lancelin en présence.

— Eh bien! qu'est-ce que vous dites de cela, monsieur le Ministre? interrogea Lancelin.

— Je dis qu'il y a du bon et du mauvais.

— Du mauvais ?

— Oui, en ce sens qu'ainsi que l'a prévu Monsieur Dréan, nos adversaires pourraient bien profiter des circonstances pour me mettre sur le dos l'assassinat du citoyen Blanchecotte.

— Oh! mais nous sommes de taille à leur répondre.

— Evidemment, fit Bertard, mais par exemple ce qu'il y a de bon c'est que Monsieur Dréan marche avec nous.

« C'est un appui précieux et inattendu.

— Maintenant, appelons Flic et Flac afin de leur confier la mission que le chef de la sûreté vient si judicieusement de nous conseiller.

Lancelin se dirigea alors vers la porte qui donnait dans la pièce où les deux policiers attendaient.

Il l'ouvrit et appela

— Messieurs.

Flic et Flac revinrent aussitôt.

En quelques mots clairs et bien sentis, Lancelin leur expliqua que la dernière incarnation que Walter Humding avait choisie était celle d'un représentant d'une maison viennoise, la maison Heindrich et Cie.

Il leur donna l'adresse de la rue de la Chaussée d'Antin, leur fit les recommandations les plus minutieuses, et leur donna les instructions les plus complètes.

Flic et Flac partirent enchantés de cette mission importante qui leur était donnée.

Mais à peine avaient-ils eu le temps de gagner la rue, qu'un nouveau coup de sonnette retentissait.

Cette fois, s'écria Lancelin, j'en suis sûr, c'est Patoche.

Il s'en fut ouvrir.

Mais à son grand étonnement, il aperçut devant lui un homme vêtu comme un commissionnaire et qui portait un paquet assez volumineux dans ses bras.

— Le capitaine Lancelin? demanda l'inconnu.

— C'est moi.

« Qu'est-ce que vous me voulez?

Sans prononcer une parole, le commissionnaire remit le paquet à Lancelin.

Puis, avant que celui-ci fût revenu de sa surprise, il disparut en courant dans l'escalier.

— Hé, là, mon garçon, voulut appeler le grognard.

Mais l'inconnu était déjà loin.

Flairant quelque chose d'extraordinaire, Lancelin s'élança à sa poursuite.

Bien qu'il fût encore très alerte, il ne parvint pas à rejoindre l'individu qui avait pris sur lui une grande avance.

Cependant il le vit sauter dans une automobile qui stationnait devant la grille de la Bibliothèque Nationale.

L'automobile aussitôt partit à vive allure.

— Enfin, ce n'est pas tout ça, se disait le père la Manille, je ne peux tout de même pas rester là sur le trottoir comme une andouille avec ce paquet dans les bras.

« Puisque je n'ai pas pu rattraper mon bonhomme, je n'ai plus qu'une chose à faire, c'est de remonter là haut pour voir ce qu'il y a là-dedans.

Ainsi dit fut fait.

Quelques instants après le capitaine Lancelin se retrouvait en face de Monsieur Bertard et le mettait au courant de ce qui venait de se passer.

« C'est singulier, fit l'ancien ministre.

« Je suis de votre avis, mon cher Lancelin, il doit certainement y avoir quelque chose de louche là-dessous quoi? je n'en sais rien.

— Eh bien! nous allons voir, décida l'officier.

— Prenez garde, recommanda Bertard, il y a peut-être une bombe dans ce paquet.

— Non, déclara Lancelin, c'est mou.

« On dirait plutôt des vêtements.

— Tiens, tiens, tiens, dit Bertard de plus en plus intrigué.

Mais déjà le capitaine avait tiré de sa poche un solide couteau et coupait la ficelle qui entourait le paquet.

Puis crevant précipitamment le papier gris et assez résistant qui l'enveloppait, il retira une soutane toute recouverte de sang.

— Mille tonnrrres de Brest, c'est la soutane que portait Patoche quand il s'est rendu chez le docteur Rubin.

« Ces misérables ont assassiné ce brave garçon!

— Oh! les misérables, les bandits, grinçait Bertard pâle de colère.

— Puisque c'est ainsi qu'ils nous font la guerre, s'écria Lancelin, eh bien! ils vont voir de quel bois je me chauffe.

Alors ouvrant un des tiroirs secrets de son bureau,

Trois minutes après il dormait.

il prit un revolver, puis une sorte de boîte carrée qu'il enfouit dans les poches de sa redingote.

Et prenant son chapeau qu'il coiffa en bataille sur le coin de l'oreille, il tendit une main toute frémissante à Monsieur Bertard en disant :

— Je vous demande pardon de vous plaquer comme ça, mais je ne pourrais pas rester une minute de plus ici.

— Où allez-vous, mon cher ami? interrogea le député.

— Chez le docteur Rubin.

— Chez le docteur Rubin?

— Oui... car il faut en finir avec toutes ces fripouilles.

— En ce cas, fit spontanément Bertard, je vous accompagne.

— Je ne demande pas mieux, mon cher ministre.

« En route, je vous dirai ce que je compte faire.

« Surtout n'allez pas croire que dans un mouvement de colère j'aille compromettre l'affaire Ferbach en voulant venger Patoche.

« Je sais, quand il le faut, mettre de l'eau dans mon vin.

« Vous pouvez être tranquille, je ne casserai rien.

« Seulement, je vous fiche mon billet que le sieur Rubin va plutôt passer un mauvais quart d'heure.

CHAPITRE CXII

Un bain forcé

Que nos lecteurs se rassurent, Patoche n'était pas mort.

Par exemple, il venait de passer par une suite d'émotions comme peu d'hommes en ont eu à supporter au cours d'une existence.

On se souvient que pincé, découvert par Walter Humding, il avait été empoigné par des mains invisibles, projeté à terre, tandis qu'on chuchotait autour de lui des menaces non déguisées.

Une parole de Walter Humding l'avait surtout fait frémir.

— Qu'on emporte cet individu dans la salle des tortures.

Et Patoche s'était déjà vu martyrisé, soumis aux supplices les plus épouvantables, abîmé, défiguré avec tous les raffinements de la cruauté la plus féroce.

On se rappelle également qu'il avait dû lâcher ses armes et que par conséquent il était absolument sans défense.

— Ah! ils feraient mieux, se disait-il, de m'expédier là haut en grande vitesse, plutôt que de me faire souffrir comme ça, vu qu'ils auront beau me couper le nez, me verser du plomb fondu dans les oreilles, et même ailleurs, ils n'obtiendront rien de moi.

« Sûr alors, que je n'irai pas trahir mes patrons!

« Mais, c'est égal, si je pouvais me trotter d'ici, ah! ça ne serait pas long.

« Voilà ce que c'est aussi que de m'habiller en curé... ça m'a fichu la cerise, parbleu!

« Mieux aurait valu m'habiller en gonzesse!

« Seulement, voilà on ne pense pas à tout.

« St Antoine de Padoue, si vous me faites retrouver ma veine, je vous promets de vous donner cent sous.

Tout en se livrant à ce monologue intime, Patoche inspectait l'endroit où il se trouvait.

À l'obscurité dont il avait été si subitement enveloppé, avait succédé une lumière très douce fortement tamisée, provenant d'une sorte d'œil de bœuf pratiqué dans le plafond, mais assez forte cependant pour lui permettre de se rendre compte des objets qui l'environnaient.

Il se trouvait dans une sorte de chambre, sans fenêtres et sans portes du moins apparentes.

On eût dit un vaste tombeau dans lequel il aurait été emmuré vivant.

Les murs recouverts d'une étoffe sombre ne portaient aucune décoration.

Comme meubles, un simple lit pliant, avec un matelas sans draps, sans couvertures.

Un point, c'était tout.

— Pas riche, le mobilier, se dit Patoche.

« Bah! ça ne fait rien.

« Il faudra bien s'en contenter.

« Seulement, par exemple, comme chambre des tortures, ça me paraît plutôt dégarni.

« Je ne vois guère d'instruments de supplice.

« Peut-être qu'ils sont dans une pièce à côté et qu'ils vont nous servir ça tout à l'heure.

« En attendant, j'aimerais mieux qu'ils me servent à dîner, car je commence à avoir la dent.

« Mais il est probable qu'ils n'auront pas cette attention-là pour moi, car je ne suis pas précisément dans leurs papiers.

« Encore, si ce brave Wilhem était là, on aurait pu échanger nos impressions.

« A deux, on s'ombête moins.

« On aurait passé notre temps à se raconter des histoires.

« Mais va te faire fiche.

« Je suis tout seul comme le Masque de Fer.

« Oh! il a eu de la veine, lui, Furster, de pouvoir se carapater.

« Sans compter qu'avec ça le capiston va être dans tous ses états quand il ne va pas me voir rentrer.

« Il va penser que je suis une gourde, et ça m'embête plus que tout au monde.

« Voilà ce que c'est aussi que de vouloir crâner et de vouloir être trop malin.

« Enfin! tout ça n'a pas d'importance.

« Ce qui en a, c'est que je suis ici prisonnier, et plutôt dans de sales draps!

« Songer à s'évader, il ne faut pas y compter, au moins pour l'instant.

« Car, pas de portes, pas de fenêtres, alors, par où passer?

« Attendons patiemment les événements.

« Qui sait, Saint-Antoine de Padoue aura peut-être entendu ma prière.

« Au fait, pendant que j'y étais, j'aurais bien pu lui promettre dix balles à ce brave bonhomme de saint.

« Somme toute, je pourrais bien faire cela pour lui s'il me fait rendre la liberté que j'ai perdue!

« Mais sacristi ce que je vais me barber ici, s'il ne se passe rien!

« Oh! puis après tout, tant pis, soyons philosophe.

« Ça ne m'avancerait à rien de me faire du mauvais sang.

« Comme dit le père Lancelin, quand il y a de l'eau dans le gaz, mieux vaut encore garder tout son sang-froid que de perdre la boule en se montant le ciboulot.

« Mais, c'est égal, je casserais tout de même bien la croûte.

« Si j'avais su, j'aurais emporté un peu de bricheton.

« J'aurais bouloté, ça aurait fait passer le temps et ça aurait empêché mes boyaux de gueuler la Marseillaise.

« Car ils commencent à rouspéter mes boyaux.

« C'est épatant, ces animaux-là, quand ils commencent à avoir faim, pas moyen de les faire se tenir tranquilles. »

Mais soudain l'ordonnance venait de se rappeler un vieux proverbe : « *Qui dort dîne* ».

— Après tout, se dit-il, si je faisais un bon roupillon, d'abord ça passerait le temps, puis ça m'empêcherait de sentir la faim, et, enfin, ça me donnerait des forces pour tenir tête à ces cocos quand ils vont venir tout à l'heure m'asticoter les côtes.

Et avec le courage d'un héros antique, le Parigot après avoir enlevé sa soutane, s'en fut s'étendre sur le lit de camp.

Trois minutes après il dormait aussi paisiblement que s'il s'était trouvé à la chambrée.

Il y avait environ une demi-heure qu'il reposait ainsi qu'un pan de la muraille placé en face de lui à l'autre extrémité de la pièce, sembla se mouvoir sur lui-même.

Puis deux hommes apparurent, qui n'étaient autres que Water Humding et le docteur Rubin.

Derrière eux, la muraille se referma mystérieusement sans bruit.

— Ça, par exemple, fit Rubin, en apercevant Patoche qui ronflait à poings fermés, c'est tout à fait extraordinaire.

« On n'a jamais vu ça.

« Voilà un homme que nous avons menacé des plus terribles supplices, et qui dort comme un enfant au berceau.

— Alors quoi, il n'y a donc pas moyen de roupiller tranquille ?

— C'est un caractère, constata Walter Humding qui s'y connaissait en hommes.

— Je crois, répliqua le médecin, qu'il va nous donner du fil à retordre.

— Nous verrons bien.

— En tout cas, reprit Rubin, s'il ne veut pas parler, j'espère, mon cher patron, que vous n'hésiterez pas un seul instant à l'envoyer rejoindre ses amis ?

— Pourquoi cela ?

— Parce qu'il en sait trop long sur notre compte.

— En effet, il en sait très long, fit Walter Humding avec un sourire indéfinissable.

« Enfin, nous allons voir ce qu'il a dans la peau.

Et Walter Humding s'approchant de Patoche, lui frappa légèrement sur l'épaule en disant :

— Eh bien ! mon garçon ?

Patoche entr'ouvrit les yeux tout en grommelant :

— Alors, quoi, il n'y a donc pas moyen de roupiller tranquille ici ?

— Il ne s'agit pas de dormir, reprit l'espion de sa voix brève, métallique, mordante.

— Si j'en ai envie, moi, fit le Montmartrois qui avait déjà reconquis tout son aplomb gouailleur de gavroche parisien.

— Apprenez, fit observer sévèrement l'Allemand, que vous êtes ici non pour faire ce que vous voulez, mais ce que nous voulons.

— Et allez donc ! fit simplement Patoche en s'asseyant sur son séant.

Privé du vêtement ecclésiastique qui lui donnait un air respectable entre tous, Patoche avait plutôt en ce moment un air des plus comiques.

Vêtu d'un caleçon rouge, d'une chemise de toile bleue, il représentait assez fidèlement la silhouette de ces personnages de vaudeville dont la mission est de faire tordre une salle, grâce au déshabillé suggestif

gestif et aux pantomines expressives auxquels les auteurs dramatiques les condamnent.

Mais en tout cas il ne paraissait nullement disposé à se laisser intimider.

Walter Humding comprit qu'il allait avoir affaire à un rude adversaire.

Mais si Patoche était de taille à se défendre, l'espion était de taille à attaquer.

— Allons, levez-vous, commanda-t-il de plus en plus impérieux.

— Non, mais alors, dites donc, pour qui me prenez-vous? riposta le Montmartrois.

— Trêve d'insolence.

— Je n'ai pas d'ordre à recevoir de vous.

— C'est ce que nous allons voir.

— C'est tout vu... car apprenez monsieur qu'un soldat Français n'obéit pas à un espion allemand.

— Ne me forcez pas à employer envers vous certains moyens.

— Oh! fichez-moi donc la paix avec vos moyens.

« Sachez une chose, c'est que quand vous devriez me couper en petits morceaux, vous n'obtiendrez rien de moi, parce que quant à me faire jaspiner contre mes amis, c'est comme des dattes, mon vieux.

« Patoche ne mange pas de ce pain-là.

« Maintenant, si vous n'êtes pas content, vous pouvez aller le dire à votre Kaiser.

« Moi, je m'en bats l'œil avec une patte d'éléphant.

Walter Humding s'attendait certes à de la résistance de la part de Patoche, mais il ne croyait pas qu'elle prendrait cette forme humoristique qui le désarmait plus que tout autre argument.

Quant au docteur Rubin, il était lui aussi entièrement démonté par la verve gouailleuse du cavalier.

Et il laissa échapper cette phrase :

— Je le savais bien, moi, qu'on ne tirerait rien de cet homme.

— Docteur, reprit Patoche, je vous remercie de m'avoir jugé ainsi.

« Ça prouve que vous vous y connaissez.

— Oui ou non, demanda Walter Humding, voulez-vous, de bon gré, répondre aux questions que nous allons vous poser?

— Posez toujours, dit Patoche, nous verrons après.

— Pourquoi vous êtes-vous déguisé en prêtre?

— Voyons, ne faites donc pas la bête, répondit le malicieux dragon, ça ne vous va pas.

« Vous savez très bien pourquoi j'ai pris l'uniforme de ratichon.

Et, désignant Rubin, il ajouta :

— C'est sûrement pas pour baptiser Monsieur, pour lui donner l'extrême-onction.

— Vous reconnaissez donc que vous vous êtes introduit à l'aide d'un déguisement chez le docteur Rubin?

— Un peu mon neveu.

— Dans le but de découvrir certains secrets que vous croyiez qu'il était le détenteur ?

— Tu l'as dit, bouffi!

— Qui vous avait donc chargé de cette mission?

— Ah! voilà.

— Monsieur Bertard, sans doute?

— Non.

— Le capitaine Lancelin?

— Non.

— Vous mentez.

— Oh! ta bouche, bébé.

— Quel était cet individu qui, habillé également en prêtre, vous accompagnait, et s'est donné au docteur pour l'abbé Têtu?

— Je ne sais pas.

— Comment, vous ne savez pas!

— Eh bien! non, je ne sais pas.

— Ah! ça, intervint Rubin agacé, je crois que vous payez notre tête.

— Avec ivresse!

— En voilà assez, coupa net Walter Humding.

« Je vois, citoyen Patoche...

— Pardon, cavalier Patoche.

— Eh bien, je crois, cavalier Patoche que vous êtes un homme avec lequel on peut parler carrément.

— Très carrément.

— Eh bien! je m'en vais immédiatement mettre les points sur les i.

— J'aime mieux cela.

— Après ce que vous savez sur nous, vous comprendrez qu'il nous est impossible désormais de vous mettre en liberté.

— Alors, vous me condamnez à la prison... à perpète.

— Oui, si toutefois vous consentez à nous donner certains renseignements dont nous avons besoin.

— Et si je ne consens pas?

— Eh bien! nous chercherons, d'abord, à vous faire parler, grâce à certains systèmes.

— Ah oui! connu, la torture.

— Oh! non pas la torture... comme vous vous l'imaginez, c'est-à-dire comme on en a décrit dans certains romans historiques évoquant les mystères du moyen-âge et les horreurs de l'Inquisition.

« Nous avons mieux que cela à votre service, mon garçon, et nous vous ferons endurer une sé...

rie de petits supplices modernes, grâce auxquels, j'en suis convaincu, nous arriverons bien à vous délier la langue...

— Ma langue... riposta Patoche, j'aimerais mieux vous la cracher au nez plutôt que de laisser échapper une parole capable de compromettre mes amis.

— Eh bien si vous ne consentez pas à causer, nous vous supprimerons.

— C'est pas plus difficile que ça, blagua le Parisien.

Alors Patoche, quittant le lit de camp, frappa trois fois le parquet avec le talon de son soulier.

— Oh! vous pouvez appeler, fit Walter Humding, on ne viendra pas à votre secours.

— Je n'appelle pas, fit Patoche.

— Qu'est-ce que vous faites donc?

— Je frappe les trois coups.

— Comment, les trois coups?

— Bien, oui, puisque la comédie va commencer, faut bien l'annoncer au public.

— Quel type extraordinaire, tout de même, se disait Walter Humding qui ne pouvait s'empêcher d'admirer la bravoure joyeuse, bien française, bien parisienne, avec laquelle le Montmartrois lui tenait tête.

— Tout d'abord, nous allons vous avertir d'une chose, entama l'espion allemand.

« Tant que vous n'aurez pas consenti à parler, vous ne mangerez pas, vous ne boirez pas, et vous ne dormirez pas.

— Pas possible?

— C'est comme cela!

— Eh bien! vous êtes gentils!

— Au bout de trois ou quatre jours de ce petit régime, vous verrez que vous y résisterez.

— J'y résisterai jusqu'au moment où je deviendrai enragé.

« Alors, je sauterai sur vous, je vous mordrai.

— Rira bien qui rira le dernier.

« C'est encore vous qui serez de la revue.

— Tout cela n'est pas sérieux.

« D'ailleurs, inutile de discuter davantage avec vous.

« Nous allons commencer tout de suite nos expériences.

— Oui, dit Patoche, évidemment que ce que vous faites là est très malin.

« Avec un autre, ça pourrait prendre, mais avec moi, ça sera comme me des dattes.

« Et puis, monsieur l'espion, vous me permettrez de vous faire une toute petite observation. :

— Allez!

— Je vois très bien comment vous allez vous y prendre pour m'empêcher de manger.

« Ça n'est pas sorcier.

« C'est l'enfance de l'art!

« Seulement pour m'empêcher de dormir.

— Ne vous inquiétez pas... vous allez voir.

« Dans cinq minutes vous serez fixé.

— Je n'en serai pas fâché, car je vous assure que cela excite singulièrement ma curiosité.

— Vous trouverez peut-être cela moins drôle dans dix minutes.

« Là-dessus, je vous quitte.

« Mais si toutefois vous désirez venir à résipiscence, vous n'aurez qu'à vous approcher du mur que vous voyez là, à la hauteur d'un mètre cinquante

« Vous n'aurez qu'à appuyer la main.

« Vous trouverez quelque chose de dur, de résistant.

« C'est le bouton d'une sonnette électrique qui correspond avec nous.

« Alors, nous reviendrons tout de suite, et nous vous écouterons.

— Tant qu'à faire, blagua Patoche, vous auriez dû faire mettre le téléphone.

« Comme ça, ça vous aurait évité la peine de vous déranger.

— Rira bien qui rira le dernier, conclut Walter Humding.

— Probable que ce sera moi, lança Patoche.

Mais déjà sans aucune intervention apparente, la muraille s'entr'ouvrait de nouveau, livrant passage à Rubin et à Walter Humding.

— Pas banal, se dit Patoche, qui avait eu un moment l'intention de s'élancer au dehors, mais qui, se ravisant, s'était retenu, car il sentait très bien que ce n'était nullement par la violence, mais plutôt par la ruse qu'il arriverait à se tirer de la situation vraiment terrible dans laquelle il se trouvait.

Lorsque le médecin et l'espion eurent disparu, Patoche se dit :

— Maintenant, réfléchissons et traçons-nous un plan de conduite.

« Ça ne doit pas être bien difficile puisque les choses se présentent avec une éblouissante netteté.

« Tout d'abord, je m'en vais voir comment ils vont s'y prendre pour m'empêcher de dormir.

« Ça par exemple, j'avoue que c'est ce qui me turlupine le plus.

« En attendant, je vais toujours m'étendre sur le pieu.

Et Patoche se dirigea vers l'endroit de la pièce où le lit de camp était placé.

Un cri de surprise lui échappa.

Le lit avait disparu.

— Ah ça ! s'écria-t-il, c'est plus fort que de jouer au bouchon.

« Voilà le *pageot* qui s'est trotté, maintenant.

« Pourtant les deux ouistitis qu'étaient en train de me barber ne l'ont pas emporté dans leurs poches ?

« Non mais alors, quoi ?

Un cri de stupeur lui échappa.

« C'est épatant ce que ces bougres-là ont de tru... à leur disposition.

« Ici, tout doit être truqué, machiné, arrang... comme à une pièce du Châtelet ou comme chez u... prestidigitateur.

« Les murs s'ouvrent tout seuls, les dits fichen... camp comme par enchantement.

« Si j'avais seulement l'estomac plein, et si j'éta... sûr que le capiston ne se fait pas de mousse, il y au... rait de quoi se payer ne bosse de rigolade.

« En attendant, m'en vais toujou... m'offrir la bobine d... Walter Humding, et d... marchand de mort s... bite.

Et Patoche s'appro... chant de la partie d... mur que lui avait indi... quée Walter Humdi... trouva sous la tapisser... le bouton de la sonne... et y appuya trois fo... les doigts.

Maintenant un sou... re malicieux éclaira... sa physionomie.

La réponse ne se f... pas attendre.

Quelques secondes à près, la muraille s'en... tr'ouvrait, non plus en... tièrement mais simple... ment sur une large... d'un mètre sur soixan... te quinze centimètres... à hauteur d'homme.

La tête du terrible espion apparut.

— Je vous demande pardon de vous dérange... lança Patoche, mais j'avais oublié de vous d... quelque chose.

— Quoi donc ? interrogea Walter Humding, per... suadé que Patoche commençait à entrer en comp... sition.

Alors, sonore, immense, monumental, le mot d... Cambronne jaillit des lèvres du Parigot.

L'ouverture se referma aussitôt.

Patoche satisfait revint vers le milieu de la piè... en se frottant les mains et en murmurant :

— Au moins, à celui-là, je lui ai servi son de... sert.

— Qu'est-ce que vous demandez? interrogea-t-il.

« Mais, fit-il, ça ne doit pas m'empêcher de chercher à faire un somme.

« Et ce n'est pas une raison parce qu'ils m'ont enlevé mon pieu que je ne vais pas piquer un bon roupillon.

« J'en serai quitte pour me coucher sur le parquet.

« Ce n'est pas la première fois que je dormirai
sur le bois.

« Dans le temps que je faisais de la salle de police,
ça m'est arrivé plus de quatre fois.

Avec une philosophie prodigieuse, Patoche s'étendit tout simplement sur le plancher, les bras repliés
derrière la tête en guise d'oreiller.

Cinq minutes après il dormait.

Mais bientôt il se réveilla secoué par une sorte de
frisson.

— Ah ça! murmura-t-il, qu'est-ce qu'il se passe

donc?

« On dirait que c'est
mouillé par terre.

« Est-ce que je me
serais oublié pendant
mon sommeil.

« Ah! non.

« Ça ne m'est pas ar-
rivé depuis que je suis
parti de nourrice, et il
n'y a pas de raison
pour...

Mais, d'un bond, Pa-
toche fut sur ses jam-
bes.

— Mille pétards de
sort! s'écria-t-il... il y a
de la flotte partout.

En effet, le Montmar-
trois jetant un regard
circulaire venait de
constater que l'eau en-
vahissait de toutes parts
la pièce dans laquelle il
se trouvait.

— Ah! les vaches!
s'écria-t-il.

« Oui, je comprends
le moyen de m'empê-
cher de dormir... le voi-
là.

« Ils vont me fourrer
dans un bain.

« Eh bien! ils en ont
de l'astuce!

« C'est égal! je ne croyais pas qu'ils auraient jamais trouvé ça.

« Si le père la Manille était là, c'est du coup qu'il
crierait qu'il y a de l'eau dans le gaz.

« En attendant, ça monte!

« Ça monte même très vite.

L'eau envahissait en effet la chambre avec une
inquiétante rapidité.

Bientôt Patoche en eut jusqu'à la cheville.

— Sûr! fit-il, qu'ils ont lâché les écluses du canal
Saint-Martin.

« Seulement en attendant, eux qui disaient qu'ils
allaient me laisser crever de soif, je vais toujours
boire un coup à leur santé.

Et se baissant, le Parigot recueillit quelques gorgées d'eau qu'il porta à ses lèvres.

Mais il les rejeta immédiatement en faisant une grimace épouvantable.

— Ah! non alors, fit-il, ça n'est pas du jeu.

« Je me demande ce qu'ils ont fourré dans la flotte.

« C'est imbuvable.

« On dirait de la purge.

« Ah! les saligauds! les saligauds! ils ont tout prévu.

« Ils sont encore plus crapules que je ne le pensais.

Et l'eau montait toujours.

Patoche en eut bientôt jusqu'aux aisselles.

— Ça ne serait pas désagréable de prendre un bain comme ça, si ça ne devait pas durer plus de vingt minutes.

« Mais maintenant je comprends le coup.

« Ils vont me laisser tremper dans le jus jusqu'à la gauche.

« Comme ça, si je veux roupiller, je boirai la goutte.

« Et cela, jusqu'au moment où, à bout de forces, brisé de fatigue, je tomberai dans la flotte et je me noierai comme un poisson qui ne saurait pas nager.

« Ah! les bourriques!

Mais tout à coup, la physionomie de l'excellent garçon qui avait pris une expression de colère aussi facile à comprendre qu'à décrire, s'éclaira d'un véritable rayon de joie et d'espérance.

— Oh! oh! mes agneaux, murmura-t-il vous ne me tenez pas encore.

« Ah! vous voulez me mettre dans l'eau, eh bien! je vais vous mener en bateau.

« Seulement, voilà il faut prendre mon mal en patience.

« Parce qu'après tout, si j'ai l'air de céder trop tôt, ils se méfieront que je veux m'offrir leurs fioles et ils rentreront dans leurs coquilles comme des escargots.

« Aussi, ne pressons pas le mouvement.

« Trempons encore un moment... et après, la sonnette.

Patoche, avec une patience admirable, demeura ainsi pendant près d'une heure plongé dans l'eau jusqu'au menton, et réfléchissant au nouveau plan de campagne qu'il venait de se tracer.

Puis il gagna l'angle de la muraille, appuya sur le bouton de la sonnette.

Cette fois Walter Humding n'apparut pas aussi vite.

— Allons bon, se dit Patoche, pourvu qu'il vienne maintenant.

« Tout à l'eure, j'ai peut-être eu tort de lui passer de la confiture.

« Ça a dû le froisser, c't'homme.

« Il m'en veut.

« Il va me faire poireauter là-dedans jusqu'à la Saint Glin Glin.

« Je commence à en avoir assez.

« Je ne suis pas fait pour jouer un rôle de poisson rouge dans un bocal.

« Ah! non, soupé de l'aquarium, soupé!

« C'est qu'ils ne me répondent pas, ces animaux-là.

« Ils sont fichus de me laisser tremper ainsi jusqu'à demain matin.

« Alors, mince de rhumatismes!

« Ah! les saligauds! les saligauds!

« Si jamais je les repince au détour du chemin, qu'est-ce qu'ils prendront pour leur rhume que je suis en train d'attraper.

Alors, Patoche appuya de nouveau sur la sonnette.

Cette fois, au bout d'un instant la portion de muraille s'entr'ouvrit encore et la tête de Walter Humding apparut.

— Qu'est-ce que vous me demandez? interrogea-t-il.

— Je trouve que c'est un peu humide, ici, répliqua Patoche, et si c'était un effet de votre bonté, je vous prierais de faire ouvrir le robinet pour écouler toute cette limonade.

— Vous savez que je vous ai dit, fit simplement l'espion.

— Oui, parfaitement.

— Eh bien! êtes-vous décidé à parler?

— Oui, Monsieur, car vraiment je commence à m'apercevoir que je ne suis pas de taille à lutter avec vous.

— Enfin!

— Donc, je veux bien répondre en toute franchise aux questions que vous allez me poser.

— Ah! ah!

— J'accepte même de vous donner tous les renseignements qui pourront vous être utiles.

« Mais à cela, je mets deux conditions.

— Comment cela, deux conditions?

— La première, que vous me donnerez suffisamment de galette pour pouvoir me retirer à la campagne d'ici à la fin de mes jours.

« La seconde, que vous me rendrez ma petite fiancée.

« Un point c'est tout.

« Vous voyez que je ne suis pas trop exigeant.

fasse à moi, de *clamser*, si je ne retrouve pas ma petite femme.

Patoche avait prononcé cette dernière phrase avec un accent tellement convaincu que Walter Humding en fut tout impressionné.

— Avec des gaillards de cette trempe, se dit-il, on ne saurait trop prendre ses précautions.

« Je vois très bien que si on ne lui cède pas, il est parfaitement capable de se réfugier dans un silence absolu dont rien ne pourra le faire sortir.

Alors, tout haut, il reprit :

— En admettant — ce qui n'est pas, — que j'accepte vos conditions, qu'est-ce qui prouvera que vous êtes sincère?

— Sincère... moi, mais je le suis toujours.

— Qui me dit que vous n'agissez pas de la sorte pour gagner du temps?

« Qui me garantit que les renseignements que vous me donnerez seront exacts ?

— Ce sera à vous de les contrôler.

— Enfin, je vais voir, je vais réfléchir.

— Surtout, ne me laissez pas trop longtemps dans la flotte, parce que ce n'est pas rigolo.

« Encore, si j'avais du papier, je pourrais faire des petits bateaux.

« Ça me distrairait et ça passerait le temps.

« Mais la muraille s'était refermée.

Walter Humding avait disparu.

— C'est égal, se dit Patoche, pour une aventure, c'est une aventure.

« Enfin, ça n'a pas l'air d'aller trop mal, et j'espère bien que ça va continuer.

« Ça ne serait pas banal, si je partais d'ici indemne.

« Ah! mes enfants! quelle veine.

« Je crois que je me ferais pardonner par le capiston de m'être laissé prendre au piège.

Mais bientôt il sembla au Parigot que le niveau de l'eau baissait quelque peu.

— Tiens, fit-il, est-ce que le Walter Humding en question serait décidé à vider la baignoire.

« En effet, je ne me trompe pas, la flotte diminue.

« Tout à l'heure, j'en avais jusqu'au menton.

« Maintenant, ça me vient aux épaules.

« Ça y est, il coupe dans le pont.

« Ce n'est pas tout ça, va falloir maintenant que j'aie du génie.

« Car je ne suis pas encore tiré des pattes.

« Il me faudra donner des renseignements à cette crapule.

« Or, de deux choses l'une, ces renseignements seront bons ou seront mauvais.

« S'ils sont bons, je trahis mon patron et je me conduis comme la dernière des fripouilles.

« S'ils sont mauvais, le Walter Humding ne tardera pas à s'en apercevoir, et alors, au lieu de me flanquer dans le jus, il est absolument capable de me faire rôtir devant un bon feu.

« Agréable perspective à laquelle je ne tiens nullement à m'arrêter.

« L'essentiel c'est de gagner du temps, et de tâcher de savoir où est Rosette.

« D'abord parce qu'en apprenant où est ma fiancée je serai tranquillisé moi-même sur son compte.

« Puis, parce qu'il y a des chances pour qu'une fois que Rosette sera retrouvée, Mme Brivois, Mme Brévannes et son moutard soient retrouvés également.

« Tout ça n'est pas commode.

« Enfin, ce n'est pas impossible.

« Vu, comme dit si bien le père La Manille, que le mot impossible n'est pas français.

Patoche, à sa grande satisfaction, constatait que l'eau continuait à baisser autour de lui.

— Ça y est, se dit-il.

« Seulement voilà, je pense que non seulement ils vont me donner des frusques, mais qu'ils vont aussi me donner à bouffer.

« C'est extraordinaire, cette pleine eau m'a mis en appétit.

« Il me semble que je dévorerais bien successivement une douzaine de hors-d'œuvre, un lapin, un gigot, deux kilos de pommes de terre frites, sans compter les desserts et les différents accessoires.

« C'est égal, ce qu'elle est longue à se vider la baignoire.

« Avec ça que je commence à grelotter.

« Il en a des trucs, Monsieur l'espion.

« Je le retiens, le frère.

« Quand le père Lancelin saura que j'ai trempé pendant une heure ici dans le jus, il rigolera comme une baleine.

« Pour l'instant, moi je ne rigole pas.

« Décidément, j'étais pas fait pour être scaphandrier.

La baignoire, comme disait Patoche, était maintenant complètement à sec.

Alors, la grande portion de muraille s'entr'ouvrit et Walter Humding réapparut.

— Ah! vous voilà tout de même! fit Patoche tout joyeusement, car il s'était dit :

— Pour achever de convaincre ma fripouille de Boche, et lui enlever tous ses soupçons, il faut que je me montre aussi aimable que le Président de la République lorsqu'il reçoit le tsar ou le roi d'Angleterre.

« Tenez, poursuivait-il, je suis tellement content de sortir de là-dedans, que je ne vous en veux plus du tout.

« Après tout, quoi, vous n'avez fait que vous défendre, comme moi je n'ai fait qu'exécuter les ordres que l'on m'avait donnés.

« Tout ça, c'est de bonne guerre, puisque maintenant nous sommes bien décidés à nous entendre.

Mais Walter Humding impassible se contenta de dire à Patoche :

— Suivez-moi.

L'ordonnance comprit que le moment n'était pas aux longs discours et docilement il emboîta le pas derrière son geôlier.

Tout d'abord, une idée lui traversa l'esprit.

— Si je lui sautais sur le rable, se dit-il.

Mais prudemment, il se garda bien de mettre à exécution cet audacieux projet.

Un gros bonhomme qui portait à la main un plateau.

Car à peine en avait-il eu l'idée qu'il s'était dit :

— Ce ne serait peut-être pas très fort de ma part.

« D'abord, parce qu'avec mon caleçon et mon tricot mouillés qui paralysent mes efforts, il se pourrait fort bien que je ne sois pas le plus fort.

« Puis, dans une maison truquée comme celle-ci, tout doit être arrangé de telle sorte qu'il ne doit pas y avoir moyen d'en sortir sans l'autorisation des concierges, des gardiens, ou même des propriétaires.

« Aussi, je crois que le mieux est de me tenir tranquille en attendant les événements.

« Faisons pénard, nous verrons bien comment les choses tourneront.

Walter Humding fit longer à l'ordonnance un assez long couloir éclairé seulement par une petite lampe électrique.

Puis, ouvrant une porte qui se trouvait sur la droite, il lui dit :

— Entrez là.

Patoche, des plus soumis en apparence, pénétra dans la pièce.

C'était une chambre assez confortablement meublée, éclairée par une fenêtre garnie de solides barreaux.

— Dans cette commode, indiqua simplement l'espion, vous trouverez tout ce qu'il vous faut pour vous changer.

« Puis, vous pourrez vous coucher et dormir tout à votre aise jusqu'à demain matin.

« Nous reprendrons alors la conversation déjà engagée.

— Bien, Monsieur, fit Patoche.

— Bonne nuit, fit l'espion en se retirant et non sans une certaine ironie.

— Pardon, Monsieur, reprit Patoche.

— Qu'est-ce qu'il y a?

— Vous allez dire sans doute que je suis un homme bien mal élevé.

« Seulement, voilà, nécessité fait loi.

— Que voulez-vous dire?

— Il y a une chose qui m'a toujours été profondément désagréable.

— Laquelle?

— Celle de me coucher sans souper, surtout que je n'ai pas mangé depuis midi, et comme j'ai l'habitude de faire mon quatre heures tous les jours, je me sens plutôt les flancs bas.

— C'est vrai, j'oubliais, fit Walter Humding.

« Rassurez-vous, on va vous monter à dîner.

— Ça, c'est gentil.

« Je ne vous cacherai pas, Monsieur, que je suis très gourmand.

— Je crois que vous n'aurez pas à vous plaindre du menu.

Et avec un accent plein de sous-entendus, le terrible Allemand ajouta :

— Ici l'on sait faire de très bonne cuisine.

— Je m'en suis déjà aperçu, répondit Patoche du tac au tac.

Puis Walter Humding se retira et ferma doucement la porte.

— Tiens c'est pas banal, s'écria Patoche, lorsqu'il fut parti.

Car l'ordonnance du capitaine Lancelin n'avait entendu aucun bruit de verrous ni de serrures.

Aussi, tout de suite il ajouta :

— Est-ce que par hasard, il ne m'aurait pas enfermé ?

« Je vais voir.

Il s'en fut à la porte, tourna le bouton.

Mais la porte résista de telle façon que Patoche dut convenir qu'il était bel et bien prisonnier.

— En voilà une boîte! fit-il.

« Rien n'est fait comme dans les autres.

« Enfin, s'il me donne à bouffer, il n'y aura pas encore trop à se plaindre.

« J'aurai une bonne nuit devant moi, et comme la nuit porte conseil, je ne doute pas que demain matin je ne sois tout à fait en forme.

« Je vais d'abord commencer par suivre le conseil que cet excellent Walter Humding vient de me donner en me frusquant un peu.

« Voyons un peu, ce qu'il y a dans cette commode.

Patoche ouvrit un tiroir.

Un costume complet très simple mais confortable apparut à ses yeux.

Sous le costume, il y avait une chemise, un caleçon, un col, une cravate, une paire de manchettes.

— C'est épatant, se dit-il, il a tout prévu, c't'animal-là.

« Reste à savoir si ça va m'aller, par exemple.

Patoche commença à revêtir les habits que l'on mettait à sa disposition.

Ils lui allaient d'ailleurs à merveille.

On aurait dit qu'ils avaient été faits pour lui.

— Epastrouillant, se disait l'ordonnance.

« Il n'avait pourtant pas mes mesures, le frère miroton.

« Oui, mais c'est pas tout ça, qu'est-ce que je vais me mettre comme grolles en attendant que les miennes soient sèches?

« Si je regardais dans un autre tiroir.

« Peut-être bien que je trouverais une chaussure à mon pied.

« Maintenant, après ce qui s'est passé, il faut que je m'attende à tout, et il ne s'agit plus de s'épater de rien.

Le Parigot ouvrit un second tiroir.

— Ah! mince alors, s'écria-t-il.

Toute une collection de pantoufles, de tailles différentes, et portant dans chacune d'elles une chaussette appropriée, apparut à ses yeux stupéfiés.

— Il n'y a qu'à se baisser pour en prendre, fit le Montmartrois qui eut rapidement fait son choix.

Cinq minutes après il était équipé, vêtu de neuf des pieds à la tête, n'attendant plus que son dîner.

Bientôt la porte de la chambre s'ouvrit livrant passage à un gros bonhomme qui portait à la main un plateau chargé de victuailles qu'il déposa sur la table tandis que la porte se refermait silencieusement d'elle-même derrière lui.

— Je le reconnais le client, se dit l'ordonnance du capitaine Lancelin, c'est l'aubergiste de Lille, le père Van Flam.

« C'est égal, le père La Manille aurait un beau coup de filet si jamais il arrivait ici.

Mais Van Flam se tournant vers Patoche lui disait avec cet accent flamand qui le caractérisait :

— Alors, tu as faim, pour une fois?

— Tu parles!

— Eh bien! tu vas pouvoir manger, sais-tu.

— Qu'est-ce que tu m'apportes de bon?

— Regarde.

Patoche regarda.

Et aussitôt son visage s'éclaira d'une satisfaction profonde.

En effet, sur le vaste plateau, s'alignaient symétriquement disposés, un pâté à la croûte dorée, un quart de poulet froid, un gâteau de riz, des pommes, des bananes et des oranges.

Ajoutez à cela une grande carafe d'un vin doré du meilleur aspect et vous jugerez d'ici si notre prisonnier avait tout lieu d'être content.

Mais tout à coup sa figure se rembrunit.

— Tu trouves peut-être que c'est pas assez? interrogea le Belge.

— Ma foi si, seulement...

— Seulement quoi?

— Seulement je ne voudrais pas être indiscret.

— Le patron, sais-tu, m'a dit de te donner, pour une fois, tout ce que tu demanderais.

— Je trouve ton dîner très bien servi, répliqua Patoche.

« Il n'y a qu'une chose qui me manque.

— Quoi donc?

— Du fromage.

— Du fromage?

— Oui, oh! n'importe lequel, du gruyère, du Camembert, du Roquefort, du Brie, du Port-Salut, du Hollande, du Munster, du Chester, etc etc...

— Alors, tu aimes le fromage?

— Pour moi, il n'y a pas de bon gueuleton sans *fromegie*.

— Tu veux profité avec...

— Oui, je veux profité avec...

— Eh bien! je vais aller t'en chercher.

— Tu es un amour.

Van Flam sortit.

La porte naturellement se referma derrière lui.

Patoche, qui se sentait une faim de tous les diables, disposa son couvert, s'assit à la table remplit son verre, l'avala d'un trait, afin de se réchauffer.

— *Je te prends comme maître d'hôtel.*

Puis faisant claquer sa langue d'un air connaisseur, et entendu.

— Comme bibine, dit-il, c'est réussi!

« Si jamais on arrive un jour à donner du vin aux soldats, je crois que pour avoir de celui-là, ils pourront se taper.

Et l'ordonnance attaquait son pâté lorsque Van Flam apparut, portant dans une assiette un Brie que l'on aurait pu qualifier de fameux.

— Ah! ça! c'est épatant, s'exclama le Montmartrois redevenu d'une humeur exquise.

Et tapant familièrement sur le ventre de Van Flam qui s'approchait de la table, il ajouta :

— Eh bien! mon vieux colon, si jamais je deviens millionnaire, je te prends comme maître d'hôtel.

— Ça va bien! ça va bien, fit Van Flam qui ne semblait nullement offusqué par l'allure et le ton de Patoche.

Car tirant de la poche de son veston son journal il s'en fut tout tranquillement, tout béatement, s'asseoir sur un des fauteuils qui garnissaient la pièce et

il se plongea dans la lecture d'un feuilleton dramatique et pittoresque d'Aristide Bruant.

— Tiens, il s'incruste, se dit Patoche.

« Est-ce qu'il serait chargé de me surveiller?

« Moi, ça ne me gêne pas beaucoup.

« Mais si je profitais tout de même de l'occase pour tâcher de le faire jaspiner.

« Ce serait rigolo si je lui tirais les vers du nez.

« Seulement, n'allons pas trop vite... car il ne faut jamais avoir l'air de se jeter à la tête des gens.

« Le mieux à faire c'est de les voir venir.

Et tout en faisant disparaître dans son estomac le délicieux pâté veau-jambon qui constituait le premier service de son dîner, Patoche affecta de garder un profond silence.

Mais l'occasion allait bientôt lui être fournie par Van Flam lui-même d'entamer une conversation qu'il désirait vivement avoir.

En effet, le père d'Yvette qui, du coin de l'œil, n'avait cessé d'observer le prisonnier, demanda bientôt :

— Allei! allei! il est bon, n'est-ce pas, le pâté?

— Pas mauvais, pas mauvais, approuva Patoche.

« D'ailleurs, quand on a faim on trouve tout bon.

« Puisque tu me demandes mon avis, mon gros père, je ne te cacherai pas que je préfère le pâté de foie gras aux truffes à celui-ci.

« Aussi, la première fois que tu m'en donneras,

— Ce sera aux foies gras et aux truffes, acheva Van Flam.

— Non mais alors quoi, s'étonna Patoche, c'est une prison de Cocagne.

— J'ai des ordres pour que tu sois très bien traité, sais-tu annonça l'ancien aubergiste.

« Donc, tu le seras.

— Sincères remerciements, car la bonne chère c'est déjà quelque chose.

« Mieux vaudrait évidemment la liberté, mais puisqu'il n'y a pas moyen de faire autrement, il n'y a qu'à se contenter de ce qu'on vous donne et dire encore merci par-dessus le marché.

Et poussant un profond soupir, il ajouta :

— C'est égal, ce n'est pas de veine tout de même d'avoir des patrons qui vous font faire un travail aussi dangereux et aussi laid.

A ces mots, Van Flam releva légèrement la tête.

Puis, regardant du coin de l'œil le Parigot il demanda :

— Ah ça! qu'est-ce que tu veux dire, pour une fois.

— Oh! rien, fit Patoche en faisant passer un quart de poulet dans son assiette.

— Allai! Allai! tu dis que tes patrons te font faire du sale travail.

« Qu'est-ce que c'est donc que ce sale travail-là?

« Je ne serais pas fâché de le savoir pour une fois.

— Toi, mon vieux, se dit Patoche, t'es tout de même un peu trop niquedouille pour moi.

« Laisse faire.

« Je vais en profiter, comme tu dis.

« Et m'est avis que lorsque je sortirai d'ici, j'aurai eu avec toi une petite conversation qui ne m'aura pas été tout à fait inutile.

Alors Patoche s'arrêtant un instant non point de manger mais de dévorer, regarda à son tour son interlocuteur et lui dit :

— Après tout, je veux bien te raconter ça, parce que tu as l'air d'un brave garçon et que tu m'as servi un bon dîner.

« Seulement, auparavant, je voudrais moi aussi, te demander quelque chose.

— Cause.

— Pourquoi restes-tu là pendant que je mange?

— Il est bon, ne'st-ce pas, le pâté ?

L'attaque était directe.
Le duel s'engageait.

CHAPITRE CXIII

Le Parisien et le Flamand

Van Flam ne répondit pas aussitôt.

Cette brusque interrogation l'avait quelque peu démonté.

Sans doute il avait reçu des instructions de Walter Humding et celui-ci avait certainement dû lui ordonner de profiter de l'état de bien-être dans lequel Patoche allait se trouver pour le faire parler, le sonder et faire ainsi une sorte de petite enquête préparatoire aux événements du lendemain.

Mais si Van Flam était doué d'une roublardise naturelle assez grande, s'il n'avait jamais reculé devant les moyens les plus malpropres pour en arriver à ses fins, il n'était pas de taille à lutter avec Patoche.

Celui-ci l'avait tout de suite compris.

Aussi s'apprêtait-il à jouer de la situation avec toute la maëstria dont il était capable.

Voyant que l'ex-aubergiste ne lui répondait pas, il piqua sa fourchette dans la chair tendre du poulet en disant :

— Oh! puis, après tout, si tu ne veux pas me répondre tu es libre...

« Je te prie de croire que ça ne m'empêchera pas de boulotter, parce que quoi, on n'est pas sur terre pour se manger.

« Tu sers ton patron, moi j'ai servi le mien.

« Et soit même dit entre parenthèses, le tien a

E. Yrondy.

— La clef des champs, ce n'est pas pour toi, mon garçon.

l'air d'être au fond un type très gentil, à la condition toutefois qu'on s'entende avec lui.

Van Flam demeurait toujours silencieux.

Il avait l'intuition qu'il se trouvait en présence de quelqu'un de très fort et parfaitement capable de profiter de la moindre gaffe, de la plus légère imprudence.

— Qu'est-ce que je ferais bien pour le faire causer? se demandait Patoche tout en feignant d'être extrêmement occupé à savourer son poulet.

Mais, tout à coup, ayant sans doute trouvé ce qu'il cherchait, il s'écria :

— Ah! j'y suis, j'ai deviné.

— Quoi donc? fit Van Flam.

— Pourquoi tu es là, parbleu.

« C'est parce que ton patron a peur qu'avec mon cou-

teau je ne fasse une blague.

« Eh bien! il n'a pas besoin d'avoir peur, je n'ai pas envie de me détruire.

« Je me trouve trop bien ici.

— Le fait est qu'on n'y est pas mal, conclut Van Flam.

— Tu dois gagner gros ?

— Oh! fit-il, ça dépend.

— Je suis sûr que tu te fais au moins vingt mille francs ?

— Oh! mets-en douze mille.

— C'est bien, mais c'est pas assez.

« Moi, si je ne m'étais pas laissé prendre dans la souricière, et, surtout, si je n'avais pas eu la malheureuse idée de m'habiller en ratichon eh bien! je serais entré l'année prochaine au service d'un bonhomme qui m'aurait donné trente mille balles par an.

« Aussi vrai que je m'appelle Patoche et que je suis de la rue Saint-Vincent.

— Trente mille francs! pour une fois, s'exclama Van Flam.

— Oui, mon ami... mais pas pour une fois, pour tous les ans.

« Avec ça, on peut se payer des bons gueuletons et des baths gonzesses.

— Et comment se nomme-t-il, ton patron? interrogea Van Flam visiblement intéressé par les révélations de son interlocuteur.

— Oh! et puis, je peux bien te le dire, répliqua le rusé compère.

Et avec un accent dont il était impossible de suspecter la sincérité, il ajouta :

— Autant tout te déballer, puisque je suis décidé à manger le morceau.

« Mon patron à moi s'appelle...

— Le capitaine Lancelin.

— Mais non, non rectifia Patoche, tu ne sais pas ce que tu dis, mon vieux.

« Le capitaine Lancelin, c'est mon patron militaire.

« Mais, est-ce que ça compte, le capitaine Lancelin ?

« Un vieux toqué, une vieille saucisse, un vieux melon, une betterave, quoi, qui ne sait pas ce qu'il dit ni ce qu'il fait... qu'est à moitié loufetingue et qu'est purée.

« Il n'est seulement pas fichu de me donner dix francs par mois pour m'acheter des cigarettes.

Tout en parlant, Patoche se disait :

— Ah ! mon bon papa Lancelin, je vous demande bien pardon d'être obligé de vous débiner ainsi.

« Mais il le faut bien, c'est pour la bonne cause.

Et imperturbablement, l'excellent garçon continuait :

— Oh ! là, là, s'il n'y avait que des patrons comme ça, on ne ferait pas beaucoup d'affaires.

« Le capitaine Lancelin, est-ce que ça existe.

« On s'en sert comme ça parce qu'il va de l'avant, qu'il n'a peur de rien.

« Et puis, au fond s'il y a des gaffes de faites, on lui met tout ça sur le dos et ça fait la rue Michel.

« Mais les autres, ils se fichent de lui.

« Ils l'appellent le père La Manille, Dalle en pente, est-ce que je sais, moi !

« Enfin, quoi, ça n'a pas d'importance !

« Le grand Manitou, là-dedans, celui qui dirige tout, qui commande aux hommes et qui tient les clefs de la caisse, eh bien c'est... oh ! je peux bien te le dire... c'est Monsieur Bertard.

— L'ancien ministre de la guerre ?

— Parfaitement, l'ancien ministre de la guerre.

« Celui-là, par exemple, c'est une autre paire de manches.

« C'est un malin, un roublard.

« Il la connaît dans les coins, et avec ça, riche comme Rotschild.

— Ah ! il est si riche que ça ?

— Et comment !

« Il y en a qui disent qu'il a plus de cinq cent millions de fortune.

— Est-ce possible ?

— Je n'ai pas compté ses écus, d'abord parce que ce serait un trop gros travail pour moi, et puis parce que je crois qu'il ne m'en donnerait peut-être pas l'autorisation.

« Mais j'ai entendu dire par des gens qui sont très bien renseignés, que sa fortune était colossale.

« Et tout ce que je puis te dire, c'est qu'il a signé un papier comme quoi si je le servais fidèlement pendant un an, et si je lui rendais certains services particuliers comme celui, entre autres, de faire boucler Walter Humding, il me donnerait une rente de trente mille francs jusqu'à la fin de mes jours.

— Tu l'as sur toi, ce papier ? demanda Van Flam qui paraissait singulièrement intrigué par ces sensationnelles révélations.

— Pas si bête, répliqua Patoche, après avoir englouti sa dernière bouchée de poulet.

« Ce papier-là, ça ne se transporte pas comme une quittance de loyer ou une lettre de sa bonne amie.

« Je l'ai déposé chez mon notaire.

« C'était plus sûr et plus prudent.

« Seulement, ça ne m'aura pas avancé beaucoup, vu que tout ça est démoli.

— Comment cela, démoli

— Attends un peu, que je boive un coup; je n'ai pas envie de m'étangler ni de mourir de soif.

Et Patoche remplit son verre jusqu'au bord, en but la moitié environ, et le reposant sur la table, il reprit :

— Voyons, fais pas le malin, mon gros.

« Ça ne servirait à rien, vu qu'on est ici pour nous entendre.

« Tu sais bien ce qui a été convenu entre ton patron et moi.

— Allei... allei...

— Fous-moi donc la paix, tu le sais aussi bien que moi.

« Mais, puisque ça te fait plaisir, je m'en vais te le répéter tout de même.

« Il a été convenu qu'il me laisserait la vie sauve, qu'il me rendrait ma petite fiancée, à la condition que je mange le morceau.

« Je serais rudement fourneau si je ne le mangeais pas, vu que si je fais le discret ton patron serait capable de me reflanquer dans le jus et de m'y laisser tremper jusqu'à perpète.

« Perspective qui n'a rien de bien réjouissant, surtout quand on n'a comme moi qu'un goût très relatif pour la natation et le plongeage.

— Godfordom, objecta Van Flam, puisque ton patron t'a promis trente mille livres de rente.

— Bougre de tourte, interrompit Patoche, tout en faisant une large brèche au bric coulant que le Belge lui avait apporté.

« Mais puisque je m'esquinte à te dire que si je ne marche pas avec ton patron, il me zigouille.

« Une fois zigouillé je me demande un peu comment je ferais pour toucher mes trente mille francs de rente.

— Ça c'est vrai, pour une fois, reconnut le père d'Yvette.

— Alors, tu comprends que j'aime beaucoup mieux marcher avec ton patron plutôt que de risquer une fin vraiment trop prématurée, comme disent les romanciers, qui font des livres à 3 fr. 50.

— Tu as raison, approuva l'ex-aubergiste.

— C'est égal, tu n'as pas eu beaucoup de chance, sais-tu.

— A qui le dis-tu, ma vieille.

— T'es sur le point de faire fortune, et puis, crac, pas moyen de profiter avec...

— Pas moyen.

— C'est dommage!

— Tu parles!

Alors, Van Flam, comme s'il était suffisamment éclairé sur les intentions de Patoche, se replongea de nouveau dans la lecture de son journal.

Quant au Montmartrois, il jubilait intérieurement, se disant :

— Je crois que je viens de semer là de la bonne graine.

Cette honteuse canaille n'a jamais marché que pour la galette.

« Aussi, les trente mille balles de rente ont dû faire sur lui une impression monumentale, qu'il cherche d'ailleurs en vain à me dissimuler.

« Tout à l'heure, vieille bourrique, je ne vais pas te rater.

« Attends un peu que j'aie fini de dire deux mots au fromage.

Ces deux mots consistèrent à engloutir une portion de brie qui eût certainement fait les délices de plusieurs personnes.

Puis, Patoche déclara tout haut :

— C'est extraordinaire ce que le vin est bon avec le fromage.

Puis, s'adressant à Van Flam qui paraissait pren-

dre un vif intérêt à la lecture de son feuilleton, il ajouta :

— Dis donc, mon gros père ?

— Qu'est-ce qu'il y a mon garçon?

— Est-ce que ce serait abuser que de te demander de me monter un peu de cahoua?

— Du cahoua?

— Oui, du café avec un verre de vieille fine.

« Ça ferait rudement bien dans le tableau.

« Quand je dis un verre, il ne faudrait pas que ça t'empêche d'en remonter deux.

« Car je serai enchanté de trinquer avec toi.

« Tu m'es tout à fait sympathique, et je suis sûr que nous allons faire très bon ménage.

« Et si jamais je peux reconnaître les attentions que tu as pour moi, eh bien! foi de Patoche, je te garantis que tu n'auras pas affaire à un ingrat.

— Eh bien! Godfordiem, dit Van Flam peu à peu conquis par les avances de Patoche, je m'en vais aller te chercher du café et de la fine.

— A la bonne heure, tu es vraiment gentil.

— Parbleu, puisque le patron m'a dit de te donner tout ce que tu

Il remplit les deux tasses.

demanderais.

— Sauf la clef des champs, bien entendu, blagua le Parigot.

— Allei! Allei! la clef des champs, ce n'est pas pour toi, mon garçon.

— Je le sais bien, et je n'ai pas du tout envie de m'en servir.

Et avec un aplomb incomparable, Patoche bluffa :

— D'ailleurs, je me trouve très bien ici.

« Ton patron m'a l'air d'un bon zigue.

« Toi aussi.

« Je suis persuadé que nous allons très bien nous entendre.

— Ça va bien, ça va bien, fit le Belge, en se diri-

geant vers la porte, je vais te rapporter ton café et ta
line.

— Tu trinqueras avec moi?

— Certainement!

Et Van Flam disparut pour revenir quelques instants après avec une cafetière fumante d'où s'exhalait un parfum embaumé, une bouteille de vieil Armagnac, deux tasses, deux petits verres et un su-
crier.

— Je te demande pardon, dit le Montmartrois, si je
te fais faire tous ces voyages.

« Une autre fois, si tu veux, je commanderai le
menu d'avance.

« Comme ça, tu ne seras pas obligé de te ballader
trente six fois dans l'établissement.

« Voyons un peu ce café.

« Il m'a l'air fameux.

Puis, prenant la cafetière, Patoche avec une désinvolture sans rivale, remplit les deux tasses du liquide,
chaud, fumant et parfumé.

Puis, après s'être sucré, il porta la tasse à ses lèvres.

— Un peu chaud, fit-il.

« Mais c'est égal, quand il sera refroidi, il sera é-
patant.

Et tapant familièrement sur la grosse bedaine de
l'ancien aubergiste de Lille, il ajouta :

— Ah! vous en avez rien de la veine, vous, d'avoir
affaire à un patron comme celui-là.

« Ce n'est pas le mien qui me gâterait comme
ça.

« La cuisine est loin d'être aussi bonne que la tienne   Le café, c'est du jus de chapeau.

« Quant à la goutte, quand il nous en donne — et
c'est pas souvent — c'est du vrai tord-boyaux qui
vous flanque la colique pendant trois semaines.

Tandis que Patoche parlait, Van Flam hochait légèrement la tête comme s'il eût voulu dire :

— Si tu te figures que c'est tous les jours comme
ça, tu te trompes.

Puis, comme s'il était hanté par une sorte d'idée
fixe, il exprima tout haut :

— Alors, tu dis, pour une fois, que ton patron t'aurait donné trente mille francs si tu avais réussi à lui
livrer Walter Humding?

— Ça, il me les aurait donnés comme un sou, mon
vieux.

« Seulement, comme il est probable que si je lui
livre mon patron, Walter Humding me donnera davantage, alors, je marche avec Walter Humding.

— Allei! Allei! fit simplement le père d'Yvette.

— Pourquoi que tu dis Allei! Allei? demanda Patoche.

— Parce que... pour une fois.

— Oh! mon vieux! tu sais, tu peux jaspiner.

« Avec moi, il n'y a pas de pet... maintenant que
je suis des vôtres.

Alors, Van Flam, se grattant l'oreille, laissa tomber cet aveu :

— C'est justement que je me demande si tu es des
nôtres.

— Tu doutes de moi ?

— Je te connais, sais-tu.

— C'est possible.

« Mais moi je te connais encore mieux que tu peux
me connaître.

— Eh bien! ça m'étonne.

— Qu'est-ce qui t'étonne ?

— C'est que toi qui étais si dévoué au capitaine
Lancelin, tu le trahisses aujourd'hui et tu ne veuilles
plus profiter avec...

— Comme tu dis, moi je veux profiter tout seul.

— Oh! doucement, doucement, fit le Belge sur la
défensive.

— Doucement ?

— Oui, je trouve, sais-tu, que tu t'emballes trop vite.

« C'est pas naturel, pour une fois, que tu aies cédé
si vite à mon patron.

— Qu'est-ce que tu me chantes là?

— Je te chante ce que je pense.

— Tu as tort de penser cela, voilà tout.

— Godfordom, je me méfie.

— Tu te méfies... eh bien! ça par exemple... c'est
pas ordinaire

« Tu te figures que dans ma situation je voudrais
te raconter des blagues.

« Eh bien! tu en as de bonnes, mon vieux.

« Je voudrais bien t'y voir, à ma place.

« Je suppose que ce soit l'inverse.

— L'inverse?

— Oui, que mon patron, comme cela a d'ailleurs
failli arriver, te chip e en cinq sec, et te dise :

« — Choisissez ou la mort précédée de petits supplices dont nous avons le secret ou bien la forte somme avec une existence paisible et assurée.

« Qu'est-ce que tu ferais?

« Tu hésiterais?

« Allons donc!

« Tu ferais comme je fais en ce moment et tu aurais rudement raison.

— Evidemment, reconnut Van Flam, puisqu'il n'y
a pas moyen de faire autrement.

Puis après un temps tout en remplissant à son tour les deux verres de l'excellent Armagnac qu'il avait apporté, il dit en baissant la voix :

— S'il y avait moyen de faire autrement?

— Je ne comprends pas, fit Patoche qui cependant se doutait fort bien qu'en ce moment Van Flam était sur le point de lui proposer quelque chose d'insolite.

— Allel! Allel! reprit le Belge, si par exemple tu trouvais le moyen de t'évader d'ici, ce qui n'est pas possible d'ailleurs.

« Mais enfin, c'est u-ne supposition que je fais.

— Continue et ne bafouille pas.

— Eh bien! si tu pouvais t'évader d'ici.

— Oui.

— Qu'est-ce que tu ferais?

— Oh! ça, mon vieux, tu me poses là une question à laquelle il n'est pas très facile de répondre.

En parlant ainsi, Patoche cherchait tout simplement à gagner du temps, car plus que jamais il avait besoin de réfléchir.

En effet, l'attitude du flamand pouvait être interprétée de deux façons différentes.

Ou bien, conformément aux instructions qu'il avait reçues de Walter Humding, il cherchait à tendre un piège à son interlocuteur, afin d'éprouver sa sincérité.

Ou bien, alléché par ce que Patoche lui avait dit au sujet de Bertard, il commençait à se demander si lui, Van Flam, ne ferait pas mieux de passer d'un camp à l'autre et s'il ne trouverait pas un gros bénéfice, au lieu de rester au service de Walter Humding, à livrer tout tranquillement celui-ci à ses adversaires.

La situation était grave, décisive même pour l'ordonnance du capitaine Lancelin.

Celui-ci l'avait si bien compris qu'il se dit :

— La partie suprême s'engage.

— A ta santé ! — A la tienne !

« Tâchons de la jouer au mieux de nos intérêts.

« Car ce serait vraiment prodigieux, miraculeux, si Van Flam m'aidait non seulement à sortir d'ici mais encore à fabriquer cette crapule de boche que je voudrais voir couper en petits morceaux.

Aussi, afin de couper court à une conversation qui selon lui, s'engageait trop brusque, trop rapide et même déconcertante, Patoche qui avait terminé sa tasse de café, porta avec mille précautions son verre de fine jusqu'à ses lèvres et se mit à en humer le bouquet avec délices.

Van Flam de son côté, se disait :

— C'est le moment ou jamais de peser mes paroles, car, Godfordom, je joue gros jeu.

Le Flamand, en effet, suivant la seconde hypothèse qui avait germé dans le cerveau de Patoche, avait été singulièrement ébloui par tout ce que lui avait dit le Parigot au sujet de Bertard.

— Godfordom, songeait-il, ce serait un coup inespéré.

« Gagner ainsi la forte somme et pouvoir être débarrassé de ce Walter Humding qui me tient et qui me fait marcher comme un toton, ce serait une belle fin d'existence.

« Car je commence à vieillir.

« J'aspire au repos, pour une fois.

« Et avec Walter Humding ce n'est pas toujours drôle.

« Sans compter qu'on risque de se faire pincer, arrêter.

« Si je pouvais obtenir de ce Bertard, à la fois qu'il me donne la grosse galette, et qu'il obtienne du Gouvernement français qu'on me fiche la paix, eh bien! je n'hésiterais pas un seul instant.

« Car je crois que c'est ce que j'aurais de mieux à faire.

Seulement il ne fallait pas trop s'avancer.

Aussi, imitant le geste du Montmartrois, s'emparat-il de son verre et le dirigeant vers Patoche, il proposa :

— A ta santé.

— A la tienne!

— Sans rancune.

— Mais pourquoi, ma vieille, veux-tu que j'aie de la rancune envers toi? se récria Patoche.

« Tu es gentil comme un amour.

« Aussi, je serais le dernier des mufles si je n'avais pas pour toi beaucoup de sympathie et de reconnaissance.

Van Flam à ces mots avala quelques gorgées.

Puis, posant son verre sur la table, il reprit :

— Alors, tu dis que le patron t'a promis la forte somme?

— Et comment!

— T'as de la chance, toi, sais-tu.

— Oh! oh! comme ci, comme ça.

— Si, tu as de la chance, puisque des deux côtés, tu es sûr de touché.

— Oh! touché, touché, imita Patoche, ce n'est pas encore fait.

— Le fait est que... crut pouvoir dire Van Flam, en prenant un air mystérieux.

— Eh bien quoi, qu'est-ce que tu veux dire? Accouche.

— Je ne veux rien dire, pour une fois.

— Oh! mon vieux lapin, tu me racontes une blague.

« Tu as une idée derrière le ciboulot, et tu ne veux pas me la raconter.

— Mais non, je n'ai pas d'idée.

— Tu en as une, et la preuve, c'est que je vais te la dire.

« Tu penses en ce moment : Le patron a fait de belles promesses à Patoche, mais il ne les tiendra pas.

« Hein! ce n'est pas vrai?

— Je n'ai pas dit cela.

— Je sais bien que tu ne l'as pas dit... seulement...

— Seulement quoi?

— Tu le penses, et dame, c'est grave.

» Parce que je vais te dire quelque chose, non seulement Walter Humding m'a promis de m'arroser dans les grandes largeurs si je faisais ce qu'il me demande.

« Mais il s'est engagé à me rendre aussi ma fiancée.

— Ta fiancée?

— Oui, ma fiancée, une jolie petite môme qui s'appelle Rosette, qu'il m'a barbotée, je me demande pourquoi.

« Même que je lui ai dit que tant qu'il ne m'aurait pas rendu Rosette, pour casser le morceau ce serait comme des dattes.

— Pour casser le morceau?

— Oui... quoi, pour lui débiner le truc.

— Débiner le truc?

— Oui, lui vendre la mèche.

— Ah! oui, très bien.

— Et qu'est-ce qu'il t'a répondu, pour une fois?

— Oh! il n'a pas été affirmatif, mais j'ai lu dans son œil qu'il ne demanderait pas mieux que de me rendre ce petit service.

— Oh! ça c'est pas couru, fit le Belge.

— Comment? c'est pas couru?

— Ah! moi, après tout, ça ne me regarde pas, tu es libre, et je ne sais pas pourquoi je te raconte tout cela.

— Mon vieux Van Flam, tu m'en as trop dit pour ne pas aller jusqu'au bout.

— Allei! Allei!

— Il n'y a pas d'Allei! Allei!

« Tu m'as mis la puce à l'oreille.

« Une fois que j'ai la puce à l'oreille alors, je deviens enragé.

« Et puis, à quoi bon ruser avec moi... ce n'est pas la peine.

« Dis-moi ce que tu as sur le cœur.

« Je te donne ma parole que ça ne sortira pas d'entre nous deux.

A ces mots, Van Flam garda le silence.

Il semblait très perplexe, très embarrassé.

Patoche se dit :

— Il vaudrait peut-être mieux que je ne l'asticote pas trop parce qu'avec un type comme ça, on ne sait jamais ce qui peut vous arriver.

« Mais par exemple, je crois que je suis sur la bonne voie, et si je manœuvre bien, peut-être que je ne tarderai pas à sortir d'ici avec tous les honneurs de la guerre.

« C'est égal, mon vieux Patoche, tu t'en seras joliment bien tiré.

« Seulement, mon garçon, attends un peu, avant de t'adresser des félicitations, parce que, tu sais, avec ces oiseaux-là, il faut ouvrir l'œil et le bon.

« Comme dit le capiston, il y a encore de l'eau dans le gaz... et je crois bien que je ne suis pas au bout de mes peines.

« Mais il y a de l'espoir tout de même, et ça vous donne du courage de le constater.

Patoche, tout en conduisant la conversation avec toute l'habile prudence dont il était capable, avait hâte de la continuer.

— Tout ça, c'est très gentil, reprit-il.

« Par exemple, mon bon Van Flam je crois que nous nous embrouillons un peu dans les feux de file

« Et à force de compliquer les questions et de nous tenir tous les deux sur la défensive, nous allons finir par ne plus y voir clair, et ne plus nous entendre.

« Ce serait dommage, vu que l'un par l'autre, nous pouvons nous rendre beaucoup de services.

« Et pour ce qui est de ma part, je suis décidé à être agréable.

— Alors, interrogea Van Flam, je peux avoir confiance en toi?

— Ah! non! je t'en prie, pas de chichis.

« Jouons franc jeu, sans chercher à nous rouler l'un l'autre.

« Il n'y a rien de tel que d'être franc dans la vie.

« Si tu as quelque chose à me proposer, dégoise, je t'écoute.

« Si ça peut coller, tu peux dire que c'est fait.

« Pas besoin de faire de flafla avec moi, ça ne prend pas.

« Aussi, vas-y de ton discours.

« J'ouvre mes esgourdes toutes grandes pour t'écouter.

Alors, Van Flam tira de la poche de son gilet un large chronomètre en or, le regarda avec attention puis murmura :

— Maintenant, il est neuf heures, le patron est sûrement parti.

« Allei! Allei! on va pouvoir causer.

CHAPITRE CXIV

Combinaisons

— Une jolie petite môme qui s'appelle Rosette.

— Tu es très malin, sais-tu, attaqua brusquement Van Flam.

— Malin, non, répliqua modestement Patoche.

« Débrouillard, peut-être.

— Si, si, tu es très malin, insista Van Flam

« Je sais ce que je dis parce que je suis malin, moi aussi.

« Et la preuve c'est que maintenant que je suis tranquille pour une fois, et que l'on peut causer sans être entendu, je m'en vais commencer par te dire quelque chose.

— Allez, vas-y, mon vieux.

— Eh bien! tu cherches à nous monter le coup, au patron et à moi.

— Oh! mon bon Van Flam comment peux-tu penser une chose pareille.

— Je le pense, parce que j'en suis sûr.

— Godfordom! s'écria comiquement Patoche.

— Il n'y a pas de Godfordom, reprit le Belge.

« Il y a que tu veux nous endormir pour te trotter d'ici en douce comme on dit dans ton pays.

« Seulement, ça ne prend pas!

« Et pour ce qui est de filer, sais-tu... ce n'est pas vrai.

« Je t'avertis même que si le patron voit que tu cherches à l'arranger, eh bien! Godfordom, je ne donnerais pas deux sous de ta peau.

« Et tu peux être sûr d'une chose, c'est qu'il s'en apercevra.

— Alors, je suis foutu? demanda nettement Patoche.

— Cela dépend, répliqua Van Flam.

— De quoi?

— Je vais te le dire.

— Je ne serais pas fâché de le savoir.

— Voilà...

« Tu m'as dit tout à l'heure que Monsieur Bertard était très riche et qu'il était disposé à te faire des rentes jusqu'à la fin de tes jours , si tu lui livrais Walter Humding?

— Je l'ai dit et je le répète.

— Eh bien! si moi, je t'aidais dans la combinaison, est-ce que tu consentirais à partager avec moi la prime que ton patron t'a promise?

— Oh! s'écria spontanément Patoche, je crois que nous n'aurions pas besoin de partager.

« Je suis convaincu que Monsieur Bertard serait enchanté lui-même de te donner une quantité de pognon des plus respectables.

— Ce n'est pas tout, sais-tu.

— Alors, vas-y, ma vieille.

— Crois-tu, que si j'agissais ainsi, Monsieur Bertard s'arrangerait également pour que je ne sois pas inquiété par la police française?

— Ça, j'en réponds.

— Eh bien! si j'étais sûr de cela, je serais prêt à marcher dans la combinaison.

— Pas possible?

— Je te le garantis.

— Mais voilà, il me faut des preuves.

— Ma parole ne te suffit pas?

« Je comprends ça, jusqu'à un certain point.

« Seulement, avant d'aller plus loin dans notre conversation, à moi aussi, il me faut des preuves.

— Quelles preuves?

— Dame! tout ça c'est très gentil.

« Mais, j'ai besoin avant de m'engager d'être certain que tu ne cherches pas à m'entraîner dans un piège ou tout au moins à m'éprouver.

— C'est juste, pour une fois, répondit le Flamand.

« Cette preuve que tu me demandes, je vais te la donner.

— Quand cela?

— Tout de suite.

— Bien, mais il faut encore savoir laquelle.

— Allei! Allei!

« Tout à l'heure tu m'as parlé de ta fiancée?

— Parfaitement!

— Si je te l'amenais ici, qu'est-ce que tu dirais?

— Je dirais que t'es un chic type...

— Et si je la laissais avec toi toute la nuit?

— Non mais, dis donc, tu te figures peut-être que je couche avec ma fiancée?

« C'est une honnête jeune fille que j'aime de tout mon cœur, et que je respecte idem.

« Tu seras bien gentil de me l'amener.

« Seulement, une fois que nous serons dit ce que nous aurons à nous dire, eh bien, tu pourras la ramener où tu l'auras prise jusqu'au moment où il nous sera donné de nous réunir tout à fait.

— Comme tu voudras

— Il est neuf heures le patron est sûrement parti.

fit le Flamand.

« Après ça, tu croiras que je suis sincère, pour une fois?

— Euh! Euh, dit Patoche, décidé à ne pas avoir l'air de céder trop vite.

— Allei! Allei! te faut-il quelque chose de plus?

— Evidemment, j'aimerais mieux cela.

— Eh bien! demande-moi ce quelque chose.

Patoche songeait :

— Je crois que je commence à avoir la partie belle.

« A moi, de savoir en *profiter*.

« Je crois qu'à présent je peux être gourmand.

« Soyons-le

E Yrondy.

— Tu ne feras pas cela, mon petit Patoche?

« Certes, la chère enfant passe au premier plan de mes préoccupations.

« Mais il y a aussi d'autres personnes que j'étais chargé de rechercher de découvrir et d'amener.

— D'autres personnes ?

— Oui, mon vieux.

— Je ne sais pas moi.

— Allei, allei !

« Ne fais pas l'âne pour avoir du son.

« Tu le sais très bien.

— Mais je t'assure, pour une fois...

— Gros finaud tu ne vas pas me faire croire que tu ignores ce que sont devenues, Mme Brivois, Mme Brévannes, et son gosse, le petit Henri.

« Eh bien! quand tu m'auras mis en leur présence à tous et que tu m'auras laissé causer avec eux tant que j'en aurai besoin — et cela hors de ta présence, — je commencerai à croire que tu es sincère,

Et prenant tout à coup un petit air de supériorité, il déclara :

— A première vue, mon cher Van Flam, ta proposition m'a paru séduisante.

« Il est évident qu'il me serait profondément agréable de retrouver ma petite Rosette et de lui exprimer toute ma tendresse et toute ma joie de la revoir.

« Seulement, quand j'y réfléchis, je me demande si tout cela n'est pas la continuation d'un savant amorçage préparé entre ton patron et toi ?

« Aussi, j'ai besoin de garanties un petit peu plus sérieuses.

« D'après ce que tu viens de me dire, Rosette est ici, cachée dans cette maison.

« Or, il n'y a pas que Rosette qui m'intéresse, dans cette affaire.

et je verrai alors si nous pouvons continuer la conversation.

— Et si je refuse ?

— Eh bien! il n'y aura rien de fait.

— Tu as tout à craindre de Walter Humding.

— Et toi tu passes devant l'occasion de faire ta fortune.

« Maintenant ne te presse pas, réfléchis.

« Nous avons le temps.

« Pour ma part, je ne suis pas pressé, et demain, si tu veux, tu me rapporteras ta réponse.

— Soit, demain, consentit Van Flam qui comprit que lui aussi avait besoin de réfléchir.

Patoche estimait qu'il valait mieux qu'il en fût ainsi.

L'affaire lui semblait bien amorcée.

Van Flam lui apparaissait maintenant comme très sérieusement disposé à entrer dans la voie des arrangements.

Mais après tout l'ordonnance du capitaine n'était point de ces esprits suffisants qui se figurent qu'ils ont toujours raison.

Il admettait très bien la possibilité de se tromper.

Dans la circonstance, il prévoyait parfaitement que son hypothèse pouvait être mal fondée.

Aussi ne fallait-il rien précipiter.

— En attendant, conclut-il, nous allons boire un second verre d'Armagnac, car il est encore meilleur que celui du capitaine.

Il remplit lui-même de nouveau les deux verres.

Van Flam s'empara du sien et dit :

— A ta *santei.*

— A la tienne, répliqua le Montmartrois.

Les deux interlocuteurs dégustèrent leurs petits verres avec des mines amusantes de connaisseurs satisfaits.

Puis, comme Van Flam tendait sa main au Parigot, celui-ci, malgré tout le dégoût que lui inspirait la vieille fripouille, ne put s'empêcher de lui serrer la main.

Car il comprenait très bien que si Van Flam avait encore quelques soupçons, il fallait à tout prix les faire disparaître.

Il crut même pouvoir ajouter :

— A demain, ma vieille branche.

« Bonne nuit et surtout ne fais pas de mauvais rêves.

— Bonne nuit toi aussi, sais-tu, répliqua le Flamand.

Puis il ajouta :

— Je ne débarrasse pas, pour une fois ?

— Quoi ? qu'est-ce que tu ne débarrasses pas ? demanda Patoche.

— La chambre.

— Je ne comprends pas.

— Je veux dire, sais-tu, que je n'enlève pas le couvert.

— Oh ! non, laisse-le.

« Tu as raison.

« Ça va bien.

« Ce n'est pas ce qui m'empêchera de roupiller.

Le père d'Yvette se retira donc, laissant Patoche seul à ses réflexions.

Le Parigot ne se coucha pas tout de suite.

Il avait besoin comme il le disait souvent, de causer un peu avec lui-même, c'est-à-dire de mettre de l'ordre dans ses idées, et de préparer sa conduite du lendemain.

Esprit clair, méthodique et précis, il n'eut pas de peine à se faire un résumé intime de tous les événements qui venaient de se dérouler.

Plus il y réfléchissait, plus il se disait :

— Je ne crois pas que ce vieux Flamand ait voulu me tendre un piège.

« C'est un individu bon à toutes les besognes, pourvu qu'on le paie.

« Il est hors de doute qu'il doit en avoir assez d'être sous la tutelle de Walter Humding qui, s'il le rémunère convenablement, doit exiger en échange des services plutôt fatigants.

« Et si, de notre côté, on assurait à cette canaille la forte somme et l'impunité, il est vraisemblable qu'il accepterait cette combinaison.

« Seulement, voilà, il ne faut pas que j'aie l'air de galoper trop vite dans ses plates-bandes.

« Il faut au contraire que je me fasse tirer l'oreille.

« Ce sera beaucoup plus rigolo et puis ça sera la seule façon de l'éprouver.

« Maintenant, je ne vois pas autre chose à me dire.

« Je vais tout tranquillement me mettre au pieu.

« Auparavant, cependant, je me permettrai d'explorer les alentours.

« Voyons d'abord la porte.

« Elle est bouclée de telle façon que pour l'ouvrir, il faudrait que je la défonce, et c'est un genre de travail auquel il est absolument inutile de me livrer en ce moment.

« Maintenant, au tour de la fenêtre.

« Où donne-t-elle ?

« Ah ! bien, dans une cour entourée d'un grand mur.

« Parfait, parfait !

« Quant à scier ces barreaux il faudrait une lime que je n'ai pas et plusieurs jours ou plutôt plusieurs nuits.

« Par exemple cela n'avancerait à rien.

« Car une fois dans cette cour il est infiniment probable que je serais happé au passage et réintégré dans mon cachot d'où, cette fois il me serait impossible de m'évader.

« D'ailleurs, à quoi bon m'arrêter à de pareils projets ?

Mais, tout à coup, Patoche, levant les yeux au plafond, s'écria :

— Tiens ! v'là la calcombe qui s'allume.

« Comme genre d'illumination, ce n'est pas banal.

En effet, plusieurs petites lampes électriques incrustées dans la rosace du plafond venaient de s'allumer instantanément.

— Oh! ce qu'ils sont gentils dans cette maison-là, s'exclama Patoche.

« A peine la nuit commence-t-elle à tomber que tout de suite ils vous envoient de la lumière.

« C'est tout à fait délicieux.

« C'est le cas de dire qu'on est bien éclairé.

« Si je racontais cela au capiston, il ne pourrait pas dire qu'il y a de l'eau dans le gaz, puisque c'est l'électricité.

Le Parigot continua à inspecter sa chambre, regardant tous les meubles, soulevant les différents objets qui garnissaient la cheminée et les murs, et ne trouvant rien d'anormal ni de suspect, il se dit :

— Maintenant, couchons-nous.

« C'est ce que j'ai de mieux à faire.

Il se déshabilla, se glissa sous la couverture entre des draps très doux, très fins, s'appuya la tête sur un oreiller extrêmement moelleux.

— Oh ! chouette ! murmura-t-il, on est tout de même mieux là que dans le bain.

« Je crois que je m'en vais roupiller comme un sonneur.

« Seulement, ces oiseaux-là feraient tout de même bien d'éteindre leurs étoiles, parce que moi, pour ce qui est de pioncer quand il y a de la lumière, c'est comme des dattes.

A peine avait-il prononcé ces mots que les lampes s'éteignaient subitement.

— Ça par exemple, c'est bath! s'exclama Patoche.

« Bonsoir, Monsieur Walter Humding, et merci bien pour vos délicates attentions.

Et, se couchant sur le côté droit, suivant son habitude, il s'endormit d'un profond sommeil pour ne se réveiller que le lendemain qu'à sept heures.

A peine avait-il entr'ouvert les yeux qu'il fit :

— Ah! oui, très bien, j'y suis!

« Du moment qu'ils ne m'ont pas *zigouillé* pendant que je dormais, c'est que ça va bien!

Alors, se dressant sur son séant, il se mit à regar-

Ils se trouvèrent en face d'une porte garnie de ferrures.

der tout autour de lui.

A son grand étonnement les reliefs du repas de son dîner de la veille avaient disparu.

— C'est de plus en plus le château de la Belle au Bois dormant, murmura-t-il.

« Il n'y a pas à s'inquiéter de ça, puisque ce sont les habitudes de la maison.

« Ce que j'ai d'abord à faire, c'est de me lever, de m'habiller le plus rapidement possible et d'attendre les événements avec la sérénité d'un homme qui a la conscience tranquille et qui ne se laisse pas décourager.

Ainsi dit fut fait.

Une demi-heure après, Patoche, frais et dispos pouvait voir venir de pied ferme Van Flam et même Walter Humding.

Mais, jusqu'à dix heures environ, il demeura seul.

Tantôt assis dans un fauteuil et lisant attentivement le « Petit Parisien », que par une délicate et mystérieuse attention une main invisible avait déposé sur la table de nuit.

Ou bien se promenant de long en large dans la chambre tout en réfléchissant avec sa tranquillité d'esprit coutumière.

Il s'agissait d'avoir de la patience voilà tout.

Et quand il le fallait, l'ordonnance du père la Manille savait en avoir autant que les circonstances le lui commandaient.

Enfin, vers dix heures et demie, sans qu'aucun bruit insolite ne se fût fait entendre, la porte s'ouvrit, livrant passage à Van Flam, dont la figure rayonnait de joie.

— Allei, allei, commença-t-il brusquement, nous en avons de la chance, pour une fois.

En prononçant ces mots le père d'Yvette avait fait trois pas en avant et la porte s'était refermée sur lui.

— Pourquoi me dis-tu que nous avons de la chance? demanda le Parigot.

— Parce qu'aujourd'hui nous allons être bien tranquilles.

— A cause ?

— Eh bien! le patron ne viendra pas.

— T'en es sûr ?

— Parbleu! j'ai été le conduire moi-même au train.

« Je lui ai pris son billet et je l'ai vu s'installer dans le compartiment.

« Comme je sais où il va je suis sûr qu'il ne rentrera que très tard quoiqu'il arrive.

« Alors, comme cela, nous allons pouvoir *profiter* avec....

— Avec qui.. avec quoi ? interrogea Patoche en affectant un air de mauvaise humeur qu'il ne ressentait nullement.

— Allei! allei! s'exclama le Flamand,, tu ne te rappelles donc pas ce que je t'ai dit hier ?

— Si, si, je me souviens.

— Et alors ?

— Alors, voilà, je ne sais pas ce que je dois faire.

— Comment, tu ne sais pas ce que tu dois faire ?

— Somme toute, je me plais ici.

— Tu n'es pas difficile, pour une fois.

— Je suis très difficile, au contraire.

« Je me trouve tellement bien traité que si l'on me donnait la permission d'aller me ballader de temps en temps en ville, je ne demanderais pas mieux que de rester le pensionnaire de M. Walter Humding.

— En voilà une *idée*.

— Et puis, qu'est-ce que tu veux, mon vieux Van Flam, moi, je suis un honnête homme.

« J'ai pris des engagements avec ton patron et il me répugnerait de ne pas les suivre.

« Quand j'ai donné ma parole, c'est sacré, je ne peux pas la retirer.

— Godfordom! s'écria la vieille fripouille, qui semblait tomber des nues, tu l'avais pourtant donnée ta parole à Monsieur Bertard et au capitaine Lancelin.

— Oui, mais c'est pas la même chose.

L'ex-aubergiste n'insista pas.

Bien lui en prit, car il eut été sans doute très difficile à Patoche de lui expliquer sa réponse.

Mais Van Flam, de plus en plus interloqué, levant les bras au ciel s'écria :

— Ah! ça, tu deviens fou, mon garçon.

— Fou, et pourquoi cela ?

— Voyons; tu oublies donc ce que je t'ai raconté hier ?

— Je n'oublie rien.

— Ce n'est pas possible.

— Puisque je te dis que si.

— Eh bien- moi, je te dis que si tu ne m'écoutes pas tu es fichu.

— Puisque M. Walter Humding m'a promis la vie sauve; puisqu'il s'est engagé à me donner beaucoup de galette et à me rendre ma fiancée.

— Allei! allei! il ne te donnera rien, sais-tu.

« C'est moi qui te le dis.

« Je le connais.

« Il te fera *marcher*.

« Et après quand il n'aura plus besoin de toi, il te détruira.

— Même, interrompit Patoche, si je lui raconte que tu m'as proposé de le trahir ?

— Godfordom! ne fais pas cela! s'écroula le père d'Yvette, en un tel accent de sincérité que le Parigot, cette fois, ne put douter un seul instant que le plus criminel fût sincère.

Et le visage bouleversé, les traits décomposés, pâle, tremblant, suant la peur, le gros Flamand qui s'était laissé choir sur un fauteuil ajouta en tendant vers Patoche des mains suppliantes :

— Tu ne feras pas cela, mon petit Patoche ?

« Je suis un père de famille, sais-tu.

« Je suis un brave homme, pour une fois.

« Tu ne voudras pas me perdre, j'en suis sûr.

— Ça va bien, conclut le Parigot, maintenant certain que Van Flam ne cherchait à l'attirer dans aucun traquenard.

Et, enchanté, sans toutefois laisser trop percer sa joie, il déclara :

— Alors, reprenons la conversation où nous l'avons laissée hier soir.

— J'aime mieux cela, respira l'ancien aubergiste de Lille.

— Je t'ai dit, fit Patoche que, pour que j'aie entièrement confiance en toi j'avais besoin que tu me mettes en présence de Rosette, de Mme Brivois, de Mme Brévannes et du gosse.

— J'y suis tout prêt.

— Maintenant, tu m'as répondu que, pour me donner la clef des champs, il fallait que tu sois sûr que Monsieur Bertard et le capitaine Lancelin accepteraient ta proposition de leur livrer Walter Humding, moyennant la forte somme et la tranquillité pour toi jusqu'à la fin de tes jours.

— C'est bien cela.

— Eh bien! voici ce que nous allons faire, puisque ainsi que tu me l'as dit toi-même, tu n'as pas à redouter l'arrivée de Walter Humding.

« Tu vas tout simplement me conduire près de ces dames, et là, je rédigerai une lettre pour le capitaine Lancelin et Monsieur Bertard, lettres que ces dames signeront avec moi et que tu iras porter toi-même.

« Les termes en seront rédigés d'un commun accord, et comme cela, pour toi, il n'y aura pas de surprise possible.

— Et si tes patrons me gardent, sais-tu? objecta le Flamand.

— Non mais, tu es maboule ?

« D'abord, je me demande un peu ce qu'ils feraient de toi.

« Et puis en te gardant, ce serait me condamner moi-même, ainsi que les autres prisonnières.

« D'ailleurs, la lettre sera écrite de telle sorte que tu n'auras rien à redouter à ce sujet.

« Ça te va-t-il, comme ça ?

— Je demande à réfléchir, sais-tu.

— Encore ?

« Tu deviens embêtant, à la fin, sais-tu, pour parler comme toi.

« Oui ou non, veux-tu marcher dans la combinaise ?

« Moi, après tout, je m'en fiche.

« Fais donc comme tu veux.

« Et si tu n'as pas confiance dans le sauf-conduit que je te donnerai ainsi que dans la loyauté de Monsieur Bertard et du capitaine Lancelin, tu n'as qu'une chose à faire, c'est de rester tranquille ou plutôt non.. d'aller me chercher mon premier déjeuner, car j'ai très faim.

Il attendit patiemment la suite des événements.

« Ne crois pas que je me contente d'une tasse de café ou d'un bol de chocolat.

« Non.

« Il me faut de la viande froide des œufs, une demi-bouteille de vin blanc.

« Si avec cela, tu peux m'ajouter un petit artichaut cru à la vinaigrette, je te promets que je ne réclamerai pas autre chose avant midi.

Van Flam, sous cette avalanche de paroles, demeurait comme abruti.

— *Allei, allei* ! continua le Montmartrois, qui jugeait qu'il était inutile de profiter des avantages de la situation.

« Tiens, va me chercher plutôt une plume, de l'encre et du papier, afin que je rédige ma babillarde à mes patrons.

« Ou plutôt, ainsi que cela a été convenu, conduis-moi jusqu'auprès de ces dames et après, je t'expédierai avec ma lettre de recommandation.

— Allei! Allei! comme tu vas vite, mon garçon.

— C'est comme ça qu'il faut marcher.

« Je sais bien que tu m'as affirmé que ton patron ne revenait pas avant ce soir.

« Mais si tu dois me faire décaniller d'ici, j'aime autant que ce soit tout de suite.

« Allons, est-ce bien décidé ?

« Parce que, tu sais, à la fin, ça devient à la barbe !

Alors, d'une voix plutôt tremblante qui montrait jusqu'à quel point dans les grandes circonstances, Van Flam faisait preuve d'une âme timorée, le père d'Yvette répliqua enfin :

— C'est entendu, God-fordom, je vais te conduire auprès des dames.

— A la bonne heure !

— Seulement, par exemple, tu me promets qu'une fois que tu les auras vues, tu me donneras le mot d'écrit ?

— Tu sauras, mon vieux, que Patoche ne ment jamais et tient toujours sa parole.

— Puis c'est pas tout.

— Va toujours, tu peux dégoiser, je t'écoute.

— Tu me promets aussi que lorsque tu auras fini ta visite, tu reviendras ici dans cette chambre, et que tu t'y laisseras docilement enfermer?

« Parce que si le patron rentrait pour une fois, et ne te trouvait pas ici, je me demande ce qui se serait.

« Et avec lui, faut toujours faire attention, car on ne sait jamais ce qu'il peut arriver.

— C'est entendu, mon ami, je réintégrerai.

— Eh bien! alors, en route !

— Tout de même .

Van Flam s'avança vers la porte qui s'ouvrit mécaniquement comme d'elle-même.

Sans doute le Flamand avait-il fait mouvoir un ressort dissimulé dans le parquet, car Patoche, qui était très observateur, remarqua que la porte s'était mise en mouvement bien avant que Van Flam ne se fût approché de la muraille.

Il nota cette remarque dans son esprit, se promettant bien de l'utiliser si jamais le besoin s'en faisait sentir..

Puis il suivit le Belge enchanté de franchir le seuil de cette prison qui, à un moment donné, quels que fussent son confort et son élégance, aurait pu être destinée à devenir son tombeau.

Son cœur battait plus fort que de coutume, probablement parce qu'il allait revoir sa chère fiancée, sa petite Rosette, celle qui avait si bien su fixer son cœur volage, la seule femme, comme il se le disait souvent à lui-même, qui lui eût inspiré un véritable, un sincère amour.

D'autre part, il était très heureux d'apporter de bonnes nouvelles non seulement à Rosette, et à Mme Brévannes, mais même à la petite Mme Brivois qui, par un repentir très sincère, avait su réparer les fautes qu'elle avait commises.

Enfin, son légitime amour-propre s'exaltait en pensant que malgré les embûches auxquelles il avait été soumis, le piège dans lequel il était tombé, il allait réussir à accomplir au-delà de sa mission en rendant la liberté aux prisonnières et en aidant, selon toute probabilité, le capitaine et M. Bertard à s'emparer de Walter Humding.

Patoche eut à ce moment une bouffée d'orgueil bien légitime.

Mais il n'était pas homme à se laisser griser par le succès.

Aussi presque aussitôt se dit-il :

— Mon vieux Patoche, ne te monte pas le coup.

« Il est toujours dangereux de vendre la peau de l'ours avant qu'il ne soit tué.

« Si tu es dans la bonne voie tu n'es pas encore au bout de la route.

« Et tant que tu n'auras pas fini ton voyage contente-toi de t'adresser quelques encouragements bien sentis, mais garde-toi de félicitations prématurées.

« Cela fiche la cerise.

En attendant, Patoche suivait Van Flam à travers un dédale de corridors qui, bien qu'il fît grand jour au dehors, étaient éclairés à l'électricité, ce qui montrait que toutes les ouvertures avaient été soigneusement fermées.

— Décidément, songeait le Parigot, ce Walter Humding est un homme de précaution, et si je n'avais pas réussi à me faire une complicité dans la place, je crois que j'aurais eu rudement du mal à décaniller d'ici.

« Mais c'est pas tout ça, ouvrons l'œil et le bon !

« Voilà que ça se corse, comme on dit au théâtre.

Van Flam était arrivé devant une porte bardée de fer et qu'on eût dit avoir appartenu jadis à quelque forteresse moyenâgeuse de France ou à quelque burg allemand dressé sur les bords du Rhin.

Mais la porte s'ouvrit docilement, gentiment, comme celle de la chambre sans que le Flamand eût été obligé d'y toucher.

— Ça y est, se dit Patoche, c'est le même truc partout.

« Oh ! si je le connaissais, c'est ça qui serait épatant !

« Pendant que le vieux *Allei Allei* ne sera pas là, j'utiliserai les loisirs que me donnera son absence à rechercher le mot d'énigme.

« Et plus tard, je m'amuserai à écrire un bouquin sur la façon d'ouvrir les portes sans y toucher.

La porte de fer franchie, les deux hommes se trouvèrent sur une cage d'escalier bien éclairée et inondée des clairs rayons du soleil d'été.

— Ouf ! se dit Patoche, j'aime mieux ça.

« Au moins on a l'impression qu'on est en liberté.

Van Flam et le Montmartrois descendirent deux étages et se trouvèrent en face d'une nouvelle porte garnie de ferrures et, en tous points, semblable à celle qu'ils venaient de franchir.

— Ah ! bon, se dit l'ordonnance du capitaine Lancelin, nous descendons à la cave.

« C'est égal, c'est tout de même pas chouette de la part de Walter Humding d'avoir été fourrer ces dames dans un endroit où l'on met généralement les barriques et les bouteilles.

« Il aurait bien mieux fait de les installer au premier ou au second dans une chambre pareille à celle qu'il m'a donnée.

« Ah ! non, non, décidément ce Boche n'est pas galant !

Mais de nouvelles surprises attendaient le cavalier.

CHAPITRE CXV

Les Séquestrées

En effet, à peine la porte s'était-elle ouverte de la même façon que les autres qu'un cri d'étonnement s'échappait des lèvres du Montmartrois.

Il se trouvait au sommet d'un large escalier garni à droite d'une rampe en fer forgé du plus merveilleux style, fermé à gauche par une muraille qui disparaissait sous une tapisserie ancienne de toute beauté et éclairé par la lueur à la fois puissante et douce de lampes électriques encastrées dans le plafond.

— Ah! que je suis content de te revoir, ma petite Rosette.

— Ah! murmurait-il c'est épatant!

Van Flam, impassible, s'engagea le premier dans l'escalier.

Patoche remarqua que la porte s'était refermée derrière lui tout aussi mystérieusement que les autres.

L'escalier comptait une quarantaine de marches garnies d'un tapis épais et moelleux qui assourdissait entièrement le bruit des pas.

— On se croirait dans un château, se disait le Montmartrois.

« Tout à l'heure, je me trompais en accusant Walter Humding de manquer de galanterie car si tout est à l'avenant, en bas, ça doit être tout simplement épatant.

Les pronostics du Montmartrois n'allaient pas tarder à se réaliser.

En effet, après avoir descendu quarante marches, le Belge et le Parisien se trouvèrent non plus en face d'une porte bardée de fer, mais d'un grand panneau décoré de petites glaces biseautées et qui s'ouvrit de

lui-même également, achevant de plonger Patoche dans l'admiration dans la stupeur et dans la joie.

Maintenant, les deux hommes se trouvaient dans un grand vestibule toujours éclairé à la lumière électrique et décoré avec un souci d'art manifeste de bahuts anciens, de tableaux etc,, etc.

Trois portes garnies de somptueuses portières s'ouvraient sur ce vestibule.

— Attends-moi-là, sais-tu, recommanda Van Flam, car il faut que j'explique à ces dames.

« Sans ça, elles ne sauraient pas ce que ça veut dire.

« Il faut, pour une fois que tu causes avec elles et que tu leur dises tout, afin qu'elles sachent.

— Oui, mon vieux, va, répliqua Patoche qui comprenait très bien que ce n'était pas le moment de contrarier son interlocuteur.

Le Belge souleva l'une des portières et disparut.

Le Parigot avait bien envie de jeter un regard indiscret derrière Van Flam.

Mais il se dit :

— Maintenant, je suis tranquille.

« Je ne le crois pas capable de me trahir, puisque j'ai toutes les raisons de croire qu'il est sincère.

« Aussi, il est inutile de le mécontenter en ayant l'air de me méfier de lui.

« Avec des types comme ça, on ne sait jamais ce qui peut arriver.

« Soyons discret et raisonnable et n'allons pas plus vite que les violons.

Et Patoche, s'installant dans un fauteuil Henri II qui lui tendait ses bras sculptés, attendit patiemment la suite des événements.

D'ailleurs, cette patience dont il savait si bien faire preuve lorsque les circonstances l'exigeaient n'allait pas être mise à une longue épreuve.

En effet, au bout de cinq minutes que Patoche avait utilisées non pas à contempler les objets d'art qui l'entouraient, mais à se remémorer et à bien classer dans son esprit les faits qui venaient de se passer, Van Flam reparaissait, soulevant la portière et annonçant :

— Tu peux venir, sais-tu.

« Ces dames t'attendent, pour une fois, mon garçon.

— Cette fois, ça y est, fit Patoche triomphant.

En deux enjambées il eut rejoint Van Flam qui le fit passer devant lui et regagna le vestibule en laissant retomber la portière.

Le même cri, poussé par quatre voix différentes retentit alors dans le délicieux salon Louis XV où Patoche venait d'être introduit.

C'étaient Rosette, Madame Brivois, Madame Brévannes et le petit Henri qui célébraient ainsi l'entrée du Montmartrois.

Patoche, tout naturellement s'en fut d'abord à Rosette qu'il embrassa sans façons tout en lui disant :

— Ah ! que je suis content de te revoir, ma petite Rosette, que je suis content !

— Eh bien ! et moi donc ! répondit la jolie bouquetière.

Mais Patoche, quand il le fallait, sans être la distinction en personne, avait néanmoins de bonnes manières.

Les premières effusions passées, il se tourna vers Mme Brévannes et Mme Brivois tout en disant :

— Mesdames, j'ai bien l'honneur de vous présenter mes hommages.

Déjà le petit Henri se précipitait vers lui en criant :

— Ah ! bon ami Patoche, quel bonheur de te retrouver.

Immédiatement le Montmartrois avait empoigné le gamin dans ses bras et l'élevant jusqu'à la hauteur de sa tête, lui collait deux bons baisers sur ses joues fraîches et rebondies.

— Eh bien ! petit gars, ça n'a pas l'air d'aller trop mal.

— Eh bien ! petit gars, fit-il, ça n'a pas l'air d'aller trop mal ?

— Non répliqua l'enfant.

« Seulement, je voudrais tout de même bien sortir, aller me promener avec maman.

— Ça ne va pas tarder, promit Patoche en déposant l'enfant à terre après toutefois que celui-ci lui eut rendu son double baiser.

— Maintenant, Mesdames, fit-il en se servant d'une expression qui lui était plutôt familière et qu'il avait empruntée au capitaine Lancelin.

« Maintenant, parlons peu, mais parlons bien !

« D'abord, avant d'entrer dans des explications qui ne manqueront pas, j'en suis sûr, de vous intéresser vivement, laissez-moi vous demander deux choses.

— Parlez, mon beau Patoche, fit Madame Brévannes.

— D'abord comment ça va-t-il ?

— Au point de vue physique, aussi bien que possible, déclara l'ancienne châtelaine de Morigny.

— Mais au point de vue moral, acheva Madame Brivois, nous commençons à trouver le temps un peu long.

— Je comprends cela, fit le Parisien.

« Mais rassurez-vous, Mesdames.

« Ainsi que je viens de le dire tout à l'heure au jeune Henri, si, comme j'en suis persuadé, il ne survient pas d'accroc, votre captivité ne sera pas de longue durée.

— Ah ! tant mieux, tant mieux, fit l'enfant en battant des mains.

Et, courant vers sa mère, il ajouta :

— Dis maman, tu me mèneras sur les chevaux de bois, voir Guignol ?

« Et puis, nous irons nous promener à la campagne ?

*— Vous permettez, Mesdames, que j'embrasse ma
petite fiancée ?*

« Dis, tu voudras bien me donner un petit âne que
je ferai galoper fort, bien fort ?

— Tais-toi, mon chéri, imposa doucement Mme
Brévannes, et laisse parler notre ami Patoche.

— Seconde question :

« Que vous a dit le vieux qui est venu là tout à
l'heure, avant moi ?

— Il nous a expliqué, annonça Madame Brivois,
que vous aviez réussi à vous introduire dans cette
maison, à découvrir notre retraite et que vous alliez
avoir avec nous une entrevue pour nous mettre au
courant de ce qui allait se passer.

« Il a ajouté, chose superflue d'ailleurs, puisque
nous vous connaissons et vous apprécions à votre
juste valeur, que nous pouvions avoir entièrement
confiance en vous.

— Ah ! à la bonne
heure ! dit le Parigot.

« A présent, je suis
sûr qu'il ne me trahira
pas.

« Comme ça je suis
tranquille.

Madame Brévannes
continuait :

— Cet homme qui,
je dois le dire, dans les
rapports qu'il a eus
avec nous, s'est tou-
jours montré très po-
li, très complaisant
même, nous a recom-
mandé instamment, si
Walter Humding ap-
paraissait devant nous,
de garder le plus pru-
dent silence à votre su-
jet.

— Recommandation
d'ailleurs superflue, fit
observer Madame Bri-
vois.

— Alors, tout va bien
reprit Patoche.

« Pardonnez-moi,
Mesdames, si je viens
de vous prévenir que
j'avais deux questions
à vous poser.

« Je me suis trompé,
c'est trois en effet que
j'aurais dû vous dire.

« Je vous préviens aussi que c'est la dernière.

— Parlez donc, je vous en prie, invita Mme Brévannes.

— Voilà, pouvez-vous, afin de bien éclairer notre
lanterne, me raconter, Mesdames, avant que je prenne
moi-même la parole ce qui s'est passé depuis votre
disparition de la Malmaison ?

— C'est très simple, déclara la mère du petit Henri.

« Madame Brivois, Rosette, mon fils et moi qui
nous étions endormis paisiblement sans nous douter
de rien, nous nous sommes réveillés ici, dans cette
maison, dans des chambre confortables et dans des
lits excellents.

« Mon fils était auprès de moi.

« Depuis ce temps, nous sommes restés ici, entourés des soins les plus délicats sauf toutefois que nous sommes prisonniers.

« Nous avons reçu deux fois seulement la visite de Walter Humding qui, d'ailleurs, ne s'est nullement gêné pour nous dire que c'était lui qui nous avait fait conduire dans cette maison.

« Il a d'ailleurs déclaré qu'il n'en voulait nullement à notre vie, qu'il nous avait enlevées simplement parce que nous le gênions dans ses projets, qu'il ne nous serait fait aucun mal, qu'au contraire, nous serions traitées aussi bien que des princesses, mais qu'il ne nous rendrait à la liberté que quand il en jugerait le moment venu.

« Il ajouta que toute tentative d'évasion serait tout à fait inutile, que nous étions enfermées à environ trente mètres sous terre, que d'ailleurs nous n'en aurions nullement à souffrir, grâce à un système ingénieux d'aération et de ventilation qu'il avait fait installer exprès pour nous.

« Et il nous quitta en nous affirmant qu'en dehors de la liberté et de la permission de communiquer avec l'extérieur, tout ce que nous demanderions nous serait immédiatement accordé.

« Il nous indiqua les différentes sonneries électriques, et même un téléphone d'appartement destiné à appeler les domestiques mises à notre disposition.

« Ce sont d'ailleurs deux femmes de chambre parfaitement stylées, mais absolument muettes, commandées par le majordome qui vous a amené jusqu'ici et dont, jusqu'à ce jour, nous n'avions pas encore une seule fois entendu le son de la parole.

« Je dois dire, et je suis certaine que Rosette et Madame Brivois seront de mon avis, que Walter Humding a très fidèlement tenu les engagements qu'il avait pris envers nous.

« Nous avons été admirablement traitées.

« Tout ce que la coquetterie d'une femme peut désirer a été mis à notre disposition, sans même que nous ayons eu à en exprimer le désir.

« Bibliothèque admirablement composée, piano, jeux de toutes sortes pour les enfants et même pour les grandes personnes.

« Rien ne nous a manqué.

« Malgré tout, nous n'avons cessé d'aspirer à notre délivrance.

— Je comprends cela, ponctua Patoche.

— Car non seulement nous avions hâte de revoir la lumière du jour, mais nous nous inquiétions de ce que devaient penser nos amis.

— Le fait est, Madame Brévannes, répliqua le Montmartrois, que nous n'étions pas précisément à la noce.

« Ah ! là là, ce que nous nous en sommes fait des cheveux !

« Tout de suite, nous nous sommes dit :

« — C'est sûrement cette crapule de Boche qui a fait le coup.

« Seulement, comment faire pour le pincer ?

« Comment retrouver la trace de ces pauvres femmes ?

« Ah ! si vous aviez vu le père la Manille se démener, crier, jurer, tempêter.

À ces mots, Madame Brévannes rougit légèrement.

Patoche, tout à fait lancé, continuait :

— Ah ! le pauvre garçon, il s'en faisait un coton...

« Jusqu'à M. Bertard, car c'est un brave homme aussi, celui-là.

« Je vous prie de croire qu'il s'intéresse rudement à votre sort.

« Car, ainsi qu'il le dit très justement, nous avons tous partie liée et du salut des uns dépend le bonheur des autres.

« Maintenant, Madame Brévannes, j'ai encore quelque chose à vous demander.

« Ne m'en voulez pas si je vous barbe.

« Oh ! je vous demande pardon... ne m'en voulez pas si je vous rase, si je vous ennuie, si je vous embête, c'est dans l'intérêt général.

— Parlez donc, mon brave Patoche.

— Eh bien ! tout à l'heure, vous venez de me dire que, depuis que vous êtes ici, Walter Humding vous avait rendu deux visites.

« Vous m'avez bien raconté ce qu'il vous a dit dans la première.

« Eh bien ! s'il n'y a pas d'indiscrétion je ne serais pas fâché de savoir ce qu'il vous a dit aussi dans la seconde.

— C'est très naturel, mon bon ami.

« Walter Humding est tout simplement venu savoir si nous étions satisfaites du service et si nous n'avions rien à réclamer.

— Et il ne vous a rien dit au sujet du capitaine Lancelin, du lieutenant, de nous tous ?

— Pas un traître mot.

« Et comme Mme Brivois lui demandait si notre captivité serait encore de longue durée, il a répondu qu'il n'en savait rien lui-même, que cela dépendait uniquement d'événements dont il ne pouvait lui-même préciser le cours.

— Ah ! voyez-vous ça ! grogna Patoche.

Mais Madame Brévannes poursuivait :

— Comme je lui faisais observer que, malgré tous les soins dont il nous entourait, je craignais que la santé de mon petit garçon eût à souffrir de cette claustration prolongée, Walter Humding m'a répondu que notre logement était des plus sains, et que je n'avais absolument rien à craindre de ce côté.

« Néanmoins, afin de calmer mes inquiétudes maternelles, il était tout prêt, si je lui en donnais la permission, à prendre lui-même le petit Henri et à lui faire faire, chaque jour, sous sa surveillance, une bonne promenade.

— Et vous avez accepté ?

— Non, la santé de mon enfant ne s'étant nullement altérée, j'ai préféré le garder près de moi.

— Vous avez peut-être bien fait, approuva Patoche.

« Maintenant, Madame, vous ne voyez plus rien d'intéressant à me dire ?

— Non, mon bon ami.

— Alors, je me donne la parole.

« D'abord, je commencerai par vous apporter des nouvelles de l'extérieur.

« Tout le monde va bien, sauf ce pauvre lieutenant Ferbach qui est toujours en prison.

« Je commence par vous dire que les choses vont plutôt bien pour lui.

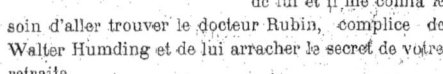
— J'ai lu par-dessus ton épaule.

« Monsieur Bertard s'est mis à la tête de ses défenseurs et il a déclaré qu'il dépenserait la moitié de sa fortune — s'il le fallait, — pour faire réhabiliter ce brave officier qu'il considère, avec raison, comme abominablement calomnié.

— Voilà une nouvelle qui me comble de joie, déclara Mme Brévannes.

— Moi aussi, fit Madame Brivois, dont le visage, si naturellement gai s'était empreint au nom du lieutenant Ferbach d'une réelle tristesse qui montrait à quel point le remords maintenant habitait son âme.

— Enfin, de ce côté-là, tout marche bien.

« Néanmoins le syndicat — car il y a maintenant un syndicat formé pour sauver le lieutenant — le syndicat, dis-je, était plutôt gêné par votre disparition.

« En effet, au cours du procès qui ne va pas tarder à s'engager, il considère avec raison que votre témoignage et celui de Mme Brivois sont indispensables pour faire éclater la vérité.

« En dehors de cette considération, il y en avait une autre qui nous imposait le devoir de nous mettre immédiatement à votre recherche et de tenter tous les efforts possibles pour vous délivrer.

« C'est que nous vous aimons bien, et cela aurait suffi pour nous rendre capables de toutes les audaces.

« Dès le premier jour de votre disparition, nous nous mîmes en campagne.

« Seulement, comme vous avez dû vous en apercevoir, nous avions affaire à des lascars plutôt à la coule... et, dame, on a cherché, on a tâtonné lorsqu'un jour, le capitaine Lancelin a eu une idée de génie...

« C'est d'ailleurs, — ainsi que vous avez pu le constater vous-même — un accident qui lui arrive plusieurs fois par semaine quand ce n'est pas trois fois par jour.

« Il me fit venir près de lui et il me confia le soin d'aller trouver le docteur Rubin, complice de Walter Humding et de lui arracher le secret de votre retraite.

« C'était très facile à dire... seulement, à faire...

« Enfin, c'était possible, puisque c'est arrivé.

« Le tout était de savoir s'y prendre.

« Nous avons tous ruminé ça ensemble et alors Wilhem Furster et moi...

« Vous connaissez Wilhem Furster, n'est-ce pas, Mesdames, l'Alsacien, l'ami du capitaine et du lieutenant ?

« Oh ! un type épatant !

« Il n'y en a pas deux comme lui pour avoir du culot, pour boire de la bière et pour bouffer de la choucroute.

« Et puis, avec ça, un père tranquille...

« Il vous accomplit les exploits les plus extraordinaires sans avoir l'air d'y toucher.

« Alors, Mesdames, savez-vous ce que nous avons fait tous les deux, soit dit sans offenser vos convictions religieuses.

« Nous nous sommes habillés en curés.

« C'est probablement pour ça qu'à un moment donné, j'ai failli avoir la cerise.

« Malgré cela, ça c'est arrangé, puisque me voilà.

Et entrant dans le détail des opérations, le vaillant garçon raconta successivement à son auditoire très amusé, y compris le petit Henri, sa visite au docteur Rubin, le départ de Wilhem Furster, l'arrivée de Walter Humding le démasquant, et le bain forcé, prolongé, en un mot, toutes les péripéties auxquelles nous avons assisté nous-mêmes.

— Ah! conclut-il, un moment j'ai bien cru que j'étais flambé ou plutôt noyé.

« Si vous aviez vu la tête que je faisais dans le jus, eh! je vous demande pardon, dans l'eau...

« Heureusement que j'ai eu l'idée d'avoir l'air de me soumettre.

« Sans ça, à l'heure qu'il est, il est probable que je n'aurais pas le plaisir de causer avec vous.

« Enfin, grâce à ce Van Flam que j'ai réussi à retourner comme une galette, bien qu'il n'en ait ni la dimension ni l'épaisseur, j'ai pu pénétrer jusqu'à vous, et je considère que le plus fort est fait.

« Parce que voilà ce qui a été décidé.

« Je m'en vais donner une lettre à Van Flam pour le capitaine Lancelin et pour M. Bertard, afin qu'ils s'arrange avec eux sur le prix de notre libération...

« Là-dessus, soyez tranquilles, c'est encore comme si c'était fait.

« Monsieur Bertard n'est pas un mufle.

« Il casquera pour vous tout ce qu'on voudra.

« Par conséquent, aussitôt que le gros Flamand sera revenu, nous nous en irons tous en chœur.

« Et quand je pense à la trompette que fera Walter Humding en voyant que le nid est vide, eh bien ! mille pétards de sort, comme dit le capiston, je ne peux pas m'empêcher de rigoler comme une baleine et de dire :

« Le tour est bien joué, ma vieille.

« Voilà ce que c'est que de cracher en l'air... ça vous retombe toujours sur le nez.

« Par conséquent, si vous avez des préparatifs de départ à faire, allez-y gaiement.

« Car m'est avis que désormais vous n'avez plus beaucoup de temps à passer ici.

— Oh! mon cher Patoche, fit avec effusion Mme

Brévannes, comment vous remercier du dévouement et de l'intelligence que vous avez déployés pour notre cause ?

— Oh! pour cela, vous avez le temps, riposta modestement le brave garçon.

« Nous causerons de ça au banquet que nous offrirons au lieutenant Ferbach le soir de son acquittement.

— C'est égal, ma petite Rosette, dit à son tour Mme Brivois, vous devez être fière d'aimer un aussi brave homme.

— Certainement Madame, affirma Rosette avec une vivacité charmante.

— Tout cela, c'est très beau, fit Patoche.

« Seulement c'est pas l'heure de se passer de la pommade.

« Si vous le voulez bien, je m'en vais m'en retourner auprès de Van Flam pour prendre avec lui les dernières dispositions, c'est-à-dire rédiger cette babillarde qui doit nous ouvrir toutes grandes les portes de notre prison.

— C'est cela, fit Madame Brévannes.

Mais en même temps, une portière se soulevait et Van Flam apparaissait en disant :

— Oui viens, car sais-tu, pour une fois, nous n'avons pas de temps à perdre.

— Donc, à tout à l'heure, n'est-ce pas Mesdames ?

— A tout à l'heure.

— Vous permettez, Mesdames, que j'embrasse ma petite fiancée ?

— Nous aussi, vous pouvez nous embrasser, s'écria Mme Brivois au comble de la reconnaissance.

— Il l'a bien gagné, sourit Mme Brévannes.

Jamais Patoche ne s'était vu à pareille fête.

L'affectueuse gratitude que lui témoignaient ces dames, était la meilleure récompense de ses efforts et de son courage.

Ces effusions terminées Patoche rejoignit Van Flam et tous deux regagnèrent la chambre du Parigot par le même chemin qu'ils avaient pris pour descendre jusqu'auprès des captives.

Van Flam avait eu le soin de se munir d'une bouteille d'encre, d'une plume et d'une enveloppe.

Immédiatement, le Parigot s'assit devant la table et entama la confection de sa missive.

Elle était adressée au capitaine Lancelin, et conçue en ces termes :

« Mon cher capitaine,

« Après de nombreuses aventures que je vous raconterai aussitôt que j'aurais reconquis ma liberté, « j'ai enfin trouvé un homme qui consent — moyen-

« nant galette, à vous obéir la bouche ouverte et les
« yeux fermés.

« Si non seulement vous désirez revoir votre or-
« donnance — ce qui n'est pas de la plus haute im-
« portance — mais si vous tenez à la délivrance des
« dames que vous savez, et plus encore à celle de
« votre ami le lieutenant Ferbach, j'estime que vous
« ferez bien de vous entendre avec le porteur de
« cette lettre.

« Si vous n'en décidiez pas ainsi, je tiens à vous
« prévenir que j'ai donné ma parole d'honneur à
« ce citoyen qu'il ne lui
« serait fait aucun mal
« et porté aucun préju-
« dice.

« Je vous prie donc
« de le considérer
« comme un parlemen-
« taire.

« Je vous dis au re-
« voir ou je vous fais
« mes adieux selon que
« vous en déciderez
« vous-même.

« Votre fidèle ordon-
« nance et ami,

Patoche (de Mont-
martre).

— Maintenant, lis,
mon vieux, fit le Pari-
sien en passant la let-
tre à Van Flam.

— Alleï, Alleï, c'est
pas la peine, déclara ce-
lui-ci..

« J'ai déjà profité
avec.

— Comment cela

— Oui, sais-tu j'ai lu par-dessus ton épaule.

— Oh! vieille fripouille, je te reconnais bien
là.

« Allez, grouille-toi, mon vieux, v'la le mot d'écrit.

« Si j'avais mon pognon sur moi, je te paierais
même un fiacre.

— C'est pas la peine, déclara le Flamand.

— Si, si, c'est la peine, grouille, parce que vois-tu
les affaires, pour que ça réussisse, faut pas que ça
traine.

— Est-ce que tu ne m'as pas demandé à déjeuner?
interrogea soudain le Belge.

— Si, je te l'ai demandé, mais pour l'instant, je
me passerai très bien de manger.

— Tu as vu le capitaine ?

« L'essentiel c'est que tu partes immédiatement.

« Parce que sans ça tu risquerais de rater le capiston et ça compliquerait les choses.

— C'est que j'ai faim, moi aussi, déclara le Belge.

— Eh bien! tu mangeras en revenant.

— C'est que je ne pourrais pas sais-tu partir sans
avoir déjeuné.

« Et si tu veux, nous allons casser la croûte ensemble.

Le Belge qui, lorsqu'il
s'entêtait devenait indé-
racinable, quitta la piè-
ce en disant :

— Je vais revenir
bientôt.

« Ne t'inquiète pas.

— Ça ne sera pas
long.

« Godfordom, il faut
mangéi, pour une fois.

Patoche comprit très
bien qu'il n'y avait rien
à faire et qu'il se heur-
terait à un résistance
irréductible.

— Après tout, dit-il,
laissons-le faire.

« Autant qu'il boulot-
te maintenant qu'il est
décidé à agir.

Dix minutes après,
Van Flam revenait avec
un plateau comme la
veille, chargé de victu-
ailles.

Il y avait, ainsi que Patoche l'avait réclamé, des
viandes froides, des fruits un pâté et deux carafes de
vin blanc clair et pétillant.

— Je n'ai pas monté le café, annonça Van Flam,
parce qu'il faut le faire bien chaud, mais j'irai le
chercher tout à l'heure.

— Ça va bien, fit Patoche en se mettant à table.

Et maintenant, l'esprit soulagé d'un grand poids,
sûr du triomphe, il fit grand honneur au premier déjeuner que le Flamand venait de monter.

Inutile de dire que l'ex-aubergiste, de son côté, aida
considérablement l'ordonnance à ingurgiter jusqu'aux
dernières traces du menu copieux qu'il avait confec-
tionné lui-même.

Comme il achevait de faire disparaître dans sa bouche une immense banane, le père d'Yvette reprit :

— Maintenant, je vais chercher le *café*.

— N'oublie pas les liqueurs, ajouta Patoche.

— Et les liqueurs.

Quelques instants après, le gros bonhomme faisait une nouvelle apparition portant la cafetière de la veille et un flacon poudreux qu'il déposa sur la table.

Patoche remplit les tasses et se sucra.

Puis, jetant un coup d'œil oblique sur le flacon, il demanda :

— Qu'est-ce que c'est que ça?

— Ça, c'est une liqueur hollandaise.

« Je l'ai rapportée moi-même d'Amsterdam.

— C'est bon?

— Tu vas m'en dire des nouvelles.

Et Van Flam remplit deux petits verres d'un liquide doré comme les rayons d'un soleil de juin.

Le joyeux cavalier goûta, fit claquer sa langue, hocha la tête et définit :

— Certes, ça ne vaut pas notre vieille fine de France, mais c'est égal, c'est rudement bon tout de même.

— Si l'affaire réussit, murmura Van Flam, je t'en ferai cadeau d'une douzaine de flacons, pareils à celui-là.

— Ce sera ta commission.

— J'accepte, dit le Montmartrois.

« Seulement, maintenant il faut te grouiller, hein, parce que l'heure tourne, et ça serait malheureux si tu allais rater le coche.

— *Raté* le coche? interrogea le Belge en écarquillant les yeux.

— Oui, manquer le capiston.

— Je vais me *dépêché*.

« Avant deux heures d'ici, je serai de retour.

— Je l'espère bien.

— Attends-moi patiemment.

— Je crois qu'il serait difficile de faire autrement.

— Sacré Patoche, il a toujours le mot pour rire.

— Va, va, toujours.

— Tu n'as besoin de rien?

— Si, de fiche mon camp d'ici.

— Attends.

— Tu me l'as déjà dit.

— Allons au revoir.

— C'est ça au revoir, et à bientôt, j'espère.

— A bientôt.

Van Flam une fois parti, Patoche s'en fut s'asseoir dans un fauteuil et se mit à réfléchir.

— Somme toute, se dit-il, je n'ai pas grand'chose à me dire.

« Ça va bien.

« Ça va même très bien.

« Par exemple, je me demande un peu ce que je m'en vais faire pour tromper l'attente.

« Car je ne suis pas homme à rester en place sans bouger.

« Au fait, si je m'offrais encore un verre de cette liqueur hollandaise?

« Ça, c'est une idée.

Et Patoche se levant se dirigeait vers le flacon que Van Flam avait mis sur la table.

Mais soudain il s'arrêta.

— Non, murmura-t-il, je ne veux pas boire d'alcool.

« Je me connais, si je commençais par prendre un petit verre, je serais capable d'en reprendre un troisième, un quatrième, etc..

« Or, c'est le moment plus que jamais d'avoir la tête à soi.

« Mais, qu'est-ce que je ferais bien pour me distraire?

« Au fait, j'y songe, si je tâchais de découvrir un peu la façon dont les portes s'ouvrent ici?

« Après tout, qu'est-ce que je risque.

« Ça m'amusera.

« Ça me fera passer le temps.

« Et qui sait si je ne découvrirai pas quelque chose d'intéressant?

« J'ai déjà remarqué que ces diables de portes s'ouvraient toujours lorsque Van Flam se trouvait environ à un mètre devant elles.

« Il doit bien y avoir un truc quelconque.

« Cherchons.

Mais Patoche eut beau chercher, appuyer sur le parquet, sonder les murailles, il ne trouva rien, absolument rien.

L'ordonnance était tenace.

Il chercha ainsi au moins pendant deux heures.

— Décidément, se dit-il, ces typars-là sont plus mariolles que moi.

« Reposons-nous en attendant le retour du père Allei.

Le père Allei ne revenait toujours pas.

Il y avait au moins trois grandes heures qu'il était parti.

Le Parigot commençait à s'inquiéter.

— Je savais bien ce que je faisais en lui disant de se dépêcher, grognait-il en lui-même.

« Il aura raté le capiston.

« Pour peu que celui-ci se soit mis à ma recherche,

Van Flam peut courir après lui et ne pas le rencontrer.

« Ça, c'est idiot, par exemple.

« Et dire que tout ça marchait si bien.

« Ah, il a voulu *déjeunéï*, comme il dit.

« On lui en flanquera des déjeuners à la sauce.

« Enfin, c'est pas en se mettant martel en tête que je le ferai revenir plus vite.

Une heure s'écoula encore.

Patoche, malgré tous les efforts qu'il faisait pour se calmer, commençait à s'énerver considérablement.

— Pourvu qu'il ne m'ait pas monté le coup se disait-il.

« C'est qu'il en est bien capable.

« Cependant, le fait de m'avoir conduit auprès de ces dames devrait prouver qu'il était sincère.

« N'était-ce pas au contraire un nouveau piège bien fait pour endormir ma vigilance?

« Ah! et puis après tout qui vivra verra.

La patience de Patoche n'allait pas être soumise plus longtemps à une rude épreuve.

En effet, toujours doucement, silencieusement, la porte de la chambre se rouvrit livrant passage à Van Flam qui apparut la figure souriante.

— Ça y est, fit-il.

— Tu as vu le capitaine?

— Oui.

— Et Monsieur Bertard?

— Et Monsieur Bertard.

— Vous êtes d'accord?

— Nous sommes d'accord.

— Ils ont été gentils, n'est-ce pas?

— Très gentils, sais-tu.

— Alors, nous filons?

— Nous filons, pour une fois.

— Chouette, mon vieux Van Flam, t'es un bon zigue.

« A présent, j'oublierai toutes tes petites saletés

passées pour ne plus me souvenir que du service que tu me rends aujourd'hui.

— Godfordom, allons chercher ces dames, fit le Flamand.

— Oui, Godfordom, allons-y, reprit le cavalier.

— Monsieur Bertard et le capitaine sont dans la rue avec des autos.

— Tout va bien, signé Camembert.

« Allons, en route.

Van Flam et Patoche descendirent jusque dans les profonds sous-sols où Walter Humding séquestrait Mme Brivois, Mme Brévannes, son fils et la jeune Rosette.

Nous renoncerons à décrire la joie des prisonnières et du petit Henri lorsqu'elles apprirent de la bouche de Patoche et de Van Flam que l'heure de la libération avait enfin sonné.

Van Flam servant toujours de guide, on fit l'ascension de l'escalier et après avoir suivi un dédale de corridors des plus compliqués, on arriva enfin dans un large vestibule qui s'ouvrait sur un petit jardin que l'on traversa rapidement pour sortir dans la rue par une porte basse pratiquée dans un mur très élevé.

Ainsi que le Flamand l'avait annoncé, deux automobiles stationnaient devant la porte.

Dans ces deux automobiles très vastes et très confortables avaient pris place, Monsieur Bertard, le capitaine Lancelin, Wilhem Furster et le docteur Mazurel.

Aussitôt qu'ils aperçurent les prisonniers, les quatre hommes sautèrent en bas des voitures.

Leurs visages exultaient d'allégresse.

Le capitaine Lancelin s'était élancé vers Patoche et le serrait paternellement contre sa poitrine.

— Ah! mon petit gars ça me fait plaisir de te revoir.

« J'ai bien cru que t'étais fichu.

« Figure-toi que cette crapule de Walter Hum-

Mazurel présentait ses hommages émus à Mme Brévannes.

ding avait eu l'audace de m'envoyer ce matin par un commissionnaire, ta soutane de curé toute tachée de sang, afin de nous faire croire qu'il t'avait zigouillé.

« Aussi, nous étions sur le point d'aller demander des comptes au docteur Rubin lorsque Van Flam nous a remis ta lettre.

« Tu penses si nous avons sauté dans ces voitures et si nous sommes accourus ici à toute vitesse.

— Et ta petite amie va bien ?

— Comme vous voyez mon capitaine fit Patoche en lui désignant Rosette qui s'avançait toute charmante et toute rose.

Pendant ce temps, le docteur Mazurel présentait ses hommages émus à Mme Brévannes.

Le petit Henri avait quitté la main de sa mère pour sauter au cou du capitaine. Quant à Monsieur Bertard, il faisait connaissance avec Madame Brivois, qui, souriante, ravie, charmée, remerciait avec effusion son sauveur.

Le bon Wilhem Furster s'était emparé du petit Henri qui se débattait en disant :

— Je veux embrasser mon capitaine... Je veux embrasser mon capitaine.

Mais il fallait monter en voiture.

Dans la première auto, Madame Brivois prit place avec Monsieur Bertard, Wilhem Furster Patoche et Van Flam.

Dans la seconde, Mme Brévannes, le petit Henri, Rosette et le docteur Mazurel s'installèrent avec le capitaine Lancelin.

Il avait été décidé que l'on conduirait les évadés chez Monsieur Bertard qui mettait à leur disposition tout un appartement.

— Au moins comme cela, avait-il dit, je serai tranquille, car nos ennemis n'oseront jamais venir les chercher là.

— Je veux embrasser mon capitaine.

En arrivant, avec un tact parfait, Madame Bertard qui attendait tout le monde, fit aux nouveaux venus les honneurs de sa maison.

Puis, Monsieur Bertard communiqua à Madame Brévannes la déclaration signée Blanchecotte qui l'innocentait d'une façon complète.

L'ex-châtelaine de Morigny remercia avec une émotion intense ceux qui s'intéressaient ainsi à son sort, allaient lui permettre de réapparaître enfin, la tête haute, sur la scène du monde.

Et il fut décidé, à l'unanimité, que l'on ne ferait rien avant la fin du procès Ferbach, que l'on se tiendrait jusque là dans la réserve et le silence le plus absolu.

Puis on se mit à table, car tous ces événements avaient pris du temps et il était très tard.

Après un repas pris en commun, Monsieur Bertard emmena le capitaine Lancelin et le docteur Mazurel dans son bureau en recommandant à Wilhem et à l'excellent Patoche de ne pas perdre de vue Van Flam qui, d'ailleurs, conduit dans une pièce spéciale, engloutissait un repas complet que sur les conseils de Patoche, toujours à la coule, l'ancien Ministre de la Guerre lui avait fait servir.

Il s'agissait de délibérer rapidement et de prendre des décisions urgentes.

Le temps manquait pour réunir tous les membres du syndicat de défense.

D'ailleurs, Bertard, Lancelin et Mazurel, à eux trois, étaient parfaitement capables de prendre les décisions que comportaient les circonstances et qui ne supportaient aucun retard.

— Voilà de la bonne besogne, attaqua Bertard.

— Excellente, en effet, approuva Mazurel.

— Je commence à croire, déclara le vieux gros

Ce sont les nègres qui font la cuisine

gnard que Patoche est plus fort à lui tout seul que nous tous réunis.

— Le fait est, approuva l'ancien ministre, que ce garçon est tout à fait extraordinaire.

« Nous tous en général, et Ferbach en particulier, nous lui devrons une belle chandelle.

« Mais l'heure des récompenses n'a pas sonné.

« Nous sommes encore en pleine bataille.

« Et Patoche comprendra, j'en suis sûr, qu'avant de lui décerner le brevet qu'il mérite, il faut d'abord que nous ayons remporté la victoire.

« Profitons donc des avantages que nous procure le retour parmi nous de ces dames de Mme Brévannes et de Rosette, pour discuter sans retard et aviser au plus vite.

— C'est cela, approuvèrent simultanément le capitaine Lancelin et le docteur Mazurel.

— Ainsi que cela a été convenu avec Mme Brévannes, poursuivait Bertard, je pense qu'il est indispensable que nous ne sortions de l'ombre Madame Brévannes et Madame Brivois qu'à la veille du procès.

— Très bien, approuva Lancelin.

— Le fait d'avoir été enlevées par Walter Humding prouve combien celui-ci attache d'importance à leur témoignage.

« Il ne faut donc pas risquer de l'affaiblir par des divulgations trop précipitées.

— Vous avez absolument raison, fit le capitaine.

« Je crois même qu'il serait très sage d'attendre non pas la veille, mais le jour du procès.

« Ce sera, je crois, l'avis de Me Léon-Jacques.

« Car, voyez-vous d'ici l'effet lorsque l'un d'entre nous ayant cité dans les débats le nom de Madame Brivois et celui de Madame Brévannes, et que l'accusation aura dédaigneusement haussé les épaules, nous nous lèverons pour dire :

« Pardon, Pardon ces dames sont là, et demandent à être entendues

— Le fait est, appuya Mazurel, que ce serait d'un singulier effet.

Là-dessus, reprit Bertard, je vois que nous sommes tous d'accord.

« C'est donc la méthode que nous allons adopter quitte à la faire ratifier par les membres de notre comité.

— Qui, j'en suis sûr, acheva Lancelin l'adopteront à l'unanimité.

— Voilà donc un premier point d'appui, fit constater l'homme d'état.

« Maintenant, voyons un peu ce que nous pouvons tirer de ce Van Flam.

« Vous savez, Messieurs, ce qu'il a dit quand il est venu nous trouver?

« Je vous répète ses propres paroles :

« — Si vous voulez me faire une rente confortable jusqu'à la fin de mes jours, je m'engage non seulement à vous rendre le cavalier Patoche et les dames que vous cherchez mais aussi à vous livrer Walter Humding.

« La lettre de Patoche nous ayant donné entière confiance, j'ai répondu, Messieurs, en votre nom, à ce sinistre personnage :

« Nous ne demandons pas mieux que d'entrer en affaire avec vous.

« Mais à une condition, c'est que vous nous rendiez immédiatement les prisonniers, après nous discuterons.

« Van Flam m'a fait alors remarquer que le fait seul de remettre en liberté les personnes que Walter Humding détenait, le grillait à tout jamais auprès de son patron, et lui faisait perdre sa situation actuelle.

« Alors, je lui ai déclaré qu'il y avait pour lui cent cinquante mille francs s'il délivrait Patoche et ces dames, et qu'ensuite s'il nous livrait Walter Humding nous nous montrerions deux fois plus généreux.

« Il a accepté.

« Je m'en vais lui remettre devant vous l'argent promis.

« J'ai la conviction en voyant que nous nous acquittons envers lui aussi fidèlement de nos engagements, qu'il deviendra pour nous l'auxiliaire peut-être le plus précieux que nous ayons trouvé dans cette campagne.

— Tout cela est parfait, reconnut Lancelin.

« Cependant, il me vient à l'esprit une petite objection.

— Laquelle ?

— Est-ce que vous croyez que ce Belge, qui à n'en pas douter est l'une des plus basses fripouilles qui aient jamais existé sur la terre, ne va pas, une fois en possesion des cent cinquante mille francs jouer la fille de l'air et nous planter là?

— Je ne crois pas, répliqua l'ancien ministre, que nous ayons à redouter une pareille éventualité.

« Certes, Van Flam, comme vous le dites si bien, est une de ces immondes canailles capables de tous les crimes et de toutes les abominations...

« Mais la brève conversation que j'ai eue avec lui, m'a suffi pour que je puisse porter sur lui un jugement définitif.

« Ainsi qu'il me l'a très bien expliqué lui-même, avec une de ces franchises cyniques qui vous permettent de n'avoir aucun doute sur les intentions de e personnage, il m'a avoué qu'il en avait assez de l'existence que Walter Humding lui faisait mener, qu'il aspirait à un repos bien gagné et à une existence, calme, fleurie, honnête et confortable.

« Eh bien! je crois que nous pouvons pactiser avec lui.

« En admettant même que cela me coûte cinq cent ou six cent mille francs, je ne crois pas payer trop cher la capture de Walter Humding.

— En tout cas, cela vaudra mieux, mon cher Ministre, acquiesça Lancelin, que de fonder des prix de vertu qui sont généralement donnés à des gens qui ne le méritent guère.

« Car, laissez-moi vous le dire en passant, cher Monsieur Bertard, il est impossible de faire un plus noble usage de votre fortune.

« Et vous aurez droit, non seulement à la reconnaissance de Ferbach et de ses amis, mais encore à celle du pays tout entier!

— Alors, puisque nous sommes d'accord reprit Bertard, nous n'avons plus qu'une chose à faire c'est de prier l'ami Mazurel d'aller demander à ce bon ami Patoche et à ce brave Wilhem qui se sont constitués les gardiens de Van Flam de nous amener ce bas coquin, afin que nous puissions définitivement causer avec lui.

— C'est cela, allons-y gaiement nom d'un pétard...

— C'est égal, une fois notre ami Ferbach acquitté, je crois que nous pourrons tous prendre un peu de vacances.

Alors, Monsieur Bertard joyeusement ajouta :

— Et comme la saison de la pêche ne sera pas encore terminée, vous pourrez vous donner la joie, mon cher Lancelin de prendre une bonne friture.

— Je l'espère bien, nom d'un petit bonhomme.

— Et si comme je le souhaite de bon cœur, vous êtes nommé bientôt président de la République, je compte bien que vous m'inviterez à l'Elysée pour manger avec vous les gardons et les tanches que je vous aurai envoyés.

CHAPITRE CXVI

La Vérité en marche

Van Flam l'examina avec un sourire épanoui.

Ainsi que le lui avait demandé M. Bertard, le docteur Mazurel revint au bout de quelques instants avec Van Flam flanqué de Patoche et de Wilhem Furster.

Le Flamand paraissait d'excellente humeur.

Il venait de fort bien déjeuner, et nous ajouterons, pour être complet, que Wilhem Furster et Patoche, au comble de la joie, lui avaient vaillamment tenu tête.

Le gros homme, complètement décidé à aller jusqu'au bout dans la nouvelle voie sur laquelle il s'était engagé, s'était complètement déboutonné.

Confiant dans la parole que, sur la demande de l'ordonnance Bertard et Lancelin lui avaient donnée, et certain par conséquent, qu'il ne courait aucun risque d'être appréhendé par la justice française, il s'était laissé aller à raconter à Furster et à Patoche toute son existence depuis A jusqu'à Z.

Cependant il s'était bien gardé, soit par crainte d'atténuer les bonnes dispositions dont il se voyait l'objet, soit par un reste de pudeur, de narrer à ses auditeurs certain petit crime dont il s'était rendu coupable.

Toutefois, il avait parfaitement reconnu, que depuis longtemps déjà, il se livrait à l'espionnage, et cela sur les instigations de Walter Humding qui croyait très bien le tenir, mais qui en réalité, à présent, ne pouvait plus rien contre lui.

Van Flam très allumé par les excellents vins dont Patoche lui avait versé à profusion, avait commencé par déclarer, qu'au fond, il était très content que les choses aient tourné ainsi puisqu'il y avait assez longtemps que la tutelle de Walter Humding lui pesait, qu'il l'avait assez embêté pendant sa vie, et qu'il n'était pas fâché de lui jouer un bon tour.

Ce fut donc dans d'excellentes dispositions qu'il se présenta à Bertard et à Lancelin.

Il n'était pas nécessaire d'être grand clerc pour lire sur le visage du triste sire l'excellent état d'esprit dont il était animé.

Aussi, Monsieur Bertard, enchanté de voir que les choses marchaient aussi bien, attaqua-t-il aussitôt

— Monsieur Van Flam, vous avez tenu une partie des engagements que vous aviez pris envers nous.

« Nous allons donc tenir une partie des nôtres.

« Je vais vous remettre immédiatement un chèque de cent cinquante mille francs, comme convenu pour la libération des prisonniers.

Et l'ancien ministre tendit au père d'Yvette un chèque au porteur qu'il avait préalablement préparé.

Van Flam l'examina avec un sourire épanoui et le renferma dans un grand porte-monnaie en cuir qu'il avait tiré de sa poche.

— Maintenant, reprit Monsieur Bertard, il nous reste à examiner la seconde partie de nos conventions c'est-à-dire celles qui sont relatives à Walter Humding.

— Allei! Allei! consentit simplement le Belge, qui d'ailleurs semblait radieux.

— Vous avez dit au cavalier Patoche et il me l'a confirmé lui-même, que vous vous faisiez fort de nous livrer Walter Humding, moyennant naturellement une large rémunération de notre part.

« C'est bien ça, n'est-ce pas?

— Oui, c'est cela, sais-tu.

— Eh bien! je vous demande, en mon nom, et en celui de mes amis, si vous n'avez pas changé d'avis?

— Moi, je veux bien, pour une fois.

— Donc, afin d'en finir avec ces questions d'intérêt, il est entendu que si grâce à vous nous pouvons mettre la main sur l'homme que nous cherchons, nous vous remettrons une somme double de celle que vous avez déjà reçue c'est-à-dire 300.000 francs ce qui vous fera en tout 450.000 francs, qui, ainsi placés, vous assureront, ainsi que vous l'avez demandé, un revenu plus que suffisant pour vous permettre de couler d'heureux jours.

— C'est accepté, fit le Belge.

— Eh bien! maintenant, nous n'attendons plus qu'une chose, c'est que vous nous livriez l'homme en question.

— Je vais tâchéi.

— Peut-être, fit judicieusement observer Lancelin, pourrions-nous poser à M. Van Flam quelques questions qu'il serait utile d'élucider.

— Mas très volontiers, fit Bertard.

— Vous me donnez la parole?

— Vous l'avez.

— Eh bien, fit Lancelin, je commencerai tout simplement par demander à Monsieur Van Flam de nous expliquer comment il a pu, sans éveiller l'attention toujours vigilante de son patron, mettre en liberté les prisonniers?

— Oh! c'est très simple, expliqua Van Flam, bien décidé à faire preuve de la plus grande complaisance envers ses interlocuteurs.

« Il est parti ce matin de très bonne heure, et comme j'étais sûr qu'il ne reviendrait pas avant ce soir, j'ai pu m'arrangéi et profitéi avec.

— C'est très bien, fit Lancelin.

« Savez-vous où il est allé votre patron?

— A Bruxelles.

— Ah! bien.

« Et quand croyez-vous qu'il reviendra?

— Ça, je n'en sais rien.

« Il m'a dit dans la nuit, mais ce n'est pas une raison pour que ce soit vrai.

Alors, le capitaine se tournant vers Bertard et Mazurel leur dit :

— J'avais pensé à une chose que je vous dirai tout à l'heure.

« Mais vous me permettrez de poser des questions à Monsieur Van Flam.

— Certainement!

— Qui gardait avec vous les prisonniers?

— Deux nègres, dévoués jusqu'à la mort au patron.

— Et comment avez-vous pu déjouer la surveillance de ces deux serviteurs?

— Très facilement, sais-tu, je les ai souléi et ils dorment.

— Quand se réveilleront-ils?

— Oh! pas avant huit heures du soir.

— Parfait.

« Quand ils se réveilleront, leur premier soin ne sera-t-il pas d'aller visiter leurs prisonniers?

— Ils chercheront peut-être, sais-tu, seulement ils ne pourront pas.

— Comment cela?

— En partant, j'ai faussé les portes.

« Comme ça, ils ne pourront pas ouvrir.

— A quoi cela vous avancera-t-il ?

— A ce que les nègres croiront, comme cela arrivait quelquefois que ces dames se sont enfermées et veulent qu'on les laisse tranquilles.

— Par conséquent, si Walter Humding rentre au milieu de la nuit, il faudra qu'il attende au moins jusqu'au lendemain matin pour se rendre compte de l'évasion ?

— C'est cela, pour une fois.

—Bien, je n'en demande pas davantage.

— Maintenant, Monsieur Van Flam voulez-vous vous retirer un instant, nous allons avoir besoin de délibérer.

« Comme nous allons avoir besoin de causer également avec Patoche et Wilhem, veuillez donc passer dans mon arrière-cabinet.

« Au cas où notre entretien se prolongerait, vous trouverez là des livres, des journaux...

« D'ailleurs, soyez tranquille, ainsi que nous vous en avons donné notre parole, vous ne courez aucun danger.

« Si nous vous prions de rester ici c'est uniquement parce que nous pouvons encore avoir besoin de vos lumières.

—Allei ! Allei ! consentit le Belge.

Et l'ancien ministre lui-même conduisit l'ex aubergiste jusqu'à son arrière-cabinet, dont il referma soigneusement la porte, sur laquelle il laissa retomber une épaisse tenture destinée à étouffer le bruit des voix et à prévenir toute indiscrétion.

— Eh bien messieurs, fit-il, en revenant s'asseoir à son bureau.

— Je vais vous faire la proposition suivante, fit Lancelin. Elle est aussi brève que claire et nette.

« Installer une souricière dans la maison des prisonniers et attendre tout tranquillement que Walter Humding vienne s'y faire prendre.

« Je sais bien qu'il y a les deux nègres.

E. V.

— Je les ai soulei et ils dorment.

« Mais il ne tient qu'à nous — sans d'ailleurs qu'on leur fasse aucun mal, — qu'ils continuent à dormir ou tout au moins que nous nous en débarrassions en les isolant dans un local où personne autre que nous n'ira les chercher.

« Comme certainement, tôt ou tard, Walter Humding reviendra dans la maison, nous sommes sûrs de le chiper.

— Très bien, approuva le conseil d'un même élan.

Bertard traduisit l'opinion de tous en formulant :

— Je tiens à vous déclarer que je me rallie entièrement à la proposition du capitaine Lancelin, étant donné que j'allais vous la faire moi-même.

— Je vous demande pardon, Monsieur le Ministre de vous avoir ainsi coupé l'herbe sous le pied.

— Il n'y a aucun mal à cela, mon cher ami, d'autant plus que je m'en vais compléter cette proposition.

Et au milieu de l'attention générale, l'ancien ministre de la Guerre développa :

— Pour que notre souricière ait des chances de réussir, il faut qu'avant tout Walter Humding n'ait aucun soupçon de l'évasion des prisonniers.

« Il faut, au contraire, qu'il soit persuadé que Patoche et ces dames sont toujours en son pouvoir.

— Parfaitement raisonné, ponctua le père La Manille.

— Le meilleur moyen de lui donner cette conviction, c'est de la faire partager à son principal complice c'est-à-dire au docteur Rubin.

« Or ce matin, le capitaine Lancelin, justement inquiet de l'absence prolongée de Patoche puis bouleversé par la vue de la soutane sanglante que le mystérieux commissionnaire lui avait apportée, avait eu l'idée fort ingénieuse d'aller trouver le docteur Rubin et de le mettre en demeure, s'il le fallait par la violence, de nous déclarer ce que Walter Humding avait fait des nôtres.

« Ce procédé était d'autant meilleur qu'il était le seul qui pût nous donner quelque chance de succès.

« Il avait été décidé que j'accompagnerais Lancelin chez le docteur Rubin, et nous étions même déjà partis lorsque Van Flam est arrivé fort heureusement avant que nous ayons tenté notre démarche.

« Eh bien! messieurs, je crois plus que jamais cette démarche nécessaire.

« Cela pour deux raisons que je m'en vais aussi brièvement que possible développer devant vous.

« La première c'est que Rubin est le meilleur intermédiaire dont nous puissions nous servir auprès de Walter Humding pour lui faire dire ce que nous voulons qu'il apprenne.

2° parce qu'il serait excellent de faire d'une pierre deux coups en attirant Rubin dans le même guet-apens que Walter Humding.

« Troisième raison acheva Lancelin, c'est que maintenant que la vérité est en marche, maintenant que nous voilà armés jusqu'aux dents pour la bataille, je trouve qu'il est temps d'engager franchement le fer avec ce médecin du diable.

— En effet, fit Bertard, maintenant ques Madame Brévanes et Madame Brivois, sans oublier d'ailleurs notre excellent Patoche, dont je ne saurais trop vanter l'audace et l'intelligence, sont là pour grossir le contingent de nos témoins, nous ne sommes plus obligés de prendre les mêmes précautions qu'avant.

« Nous sommes très forts.

« Profitons-en pour frapper le coup décisif.

« Mais concluons.

« Voici la ligne de conduite que je vous donne.

« Le docteur Mazurel va se rendre, le premier, près du docteur Rubin s'assurer qu'il est bien à son journal, et ménager avec lui une entrevue décisive.

« Pendant ce temps, Wilhem Furster et Patoche, accompagnés naturellement de Van Flam, auquel, soit dit en passant, nous laisserons aller toucher son chèque, mais toutefois le perdre de vue, se rendront à la maison dite des prisonniers, immobiliseront les nègres, et attendront les événements.

« D'ailleurs, en admettant que nous ne puissions pas venir les rejoindre aussitôt notre visite au docteur, nous nous empresserons de leur faire savoir ce qui se sera passé, de leur donner nos instructions.

« C'est adopté.

Toutes les mains se levèrent.

— Eh bien messieurs, au travail, fit Bertard en se levant.

Patoche et Wilhem Furster s'en furent chercher Van Flam qui, sous l'action d'une digestion copieu-se, s'était bêtement et lourdement endormi dans un grand fauteuil en cuir.

Ils le réveillèrent en disant :

— Monsieur Van Flam c'est le moment de venir avec nous.

— Où ça? interrogea le Belge.

— Toucher le chèque.

— Allei! sursauta d'un coup le vieux forban, qui immédiatement se retrouva d'aplomb sur ses jambes.

L'ordonnance et Wilhem qui pour rien au monde n'eussent lâché d'une semelle l'homme qui leur était confié, le firent descendre, montèrent à ses côtés dans un fiacre, le conduisirent à la banque où, contre son chèque, cent cinquante billets de mille francs lui furent fidèlement remis.

Puis de là, on retourna rue de la Comète.

Van Flam ne cacha pas à ses deux gardes du corps qu'il eût préféré une autre direction.

— Celle de la Belgique, n'est-ce pas, fit Patoche.

— Ou de la Hollande, avoua tranquillement le Flamand.

— Oui mais mon vieux, fit Patoche si tu veux toucher le restant de ton pognon, il faut le mériter et par conséquent faire ce que nous te disons.

« Tu dois avoir confiance en nous, vu que tu vois que nous sommes très gentils avec toi.

« Donc, pas de rouspétance inutile.

« Ça ne servirait à rien, et ça n'avancerait pas tes affaires, loin de là.

« D'ailleurs, tu ne seras pas bien malheureux.

« D'après ce que j'ai pu en juger, on vit bien dans la boîte de Walter Humding.

« Eh bien! en attendant, nous ferons bonne chère.

— Seulement voilà, fit observer Van Flam, ce sont les nègres qui font la cuisine.

— Ne t'occupe pas du fricot, je m'en charge.

— Oui, mais les nègres.

— Laisse-moi tranquille avec les nègres, je m'en charge également.

« Ne te fais pas de mousse, mon vieux Allei, et prie le bon Dieu que ton patron revienne le plus tôt possible afin que tu puisses fiche le camp avec ton pognon.

« D'ailleurs, en attendant, on va tâcher de ne pas trop s'embêter.

« Tu sais jouer à la Manoche?

— A la manoche?

— Oui, à la manille.

« Il ne comprend pas le français, c't'animal-là.

— Oui, je sais jouer à la manille, pour une fois.

— Est-ce qu'il y a des brêmes dans ton établissement?

— Des brêmes?

— Oui, des cartes.

— Non.

— Eh bien! on va en acheter un paquet.

Patoche fit arrêter le fiacre devant un bureau de tabac, et fit l'acquisition d'un jeu de cartes.

Puis revenant sur le seuil, il lança à Van Flam qui était resté dans le fiacre à côté de Wilhem Furster :

— Il y a du tabac dans la thurne?

— Dans la thurne?

— Oui, où qu'on va.

— Oui, il y en a.

— Et du bon?

— Du très bon.

— Ah! bien, fit Patoche, puisque c'est comme ça, je m'en vas toujours me payer une pipe en bois.

Et le Parigot, après avoir quelque peu marchandé, fit l'acquisition d'une pipe en racine de bruyère qu'il mit dans sa poche en disant :

« J'aimerais autant en avoir une...

« Enfin, j'attendrai que le père la Manille m'en paye une pour me l'offrir.

Il remonta dans la voiture.

Bertard, Lancelin et Mazurel qui de leur côté étaient partis dans l'auto de l'ancien ministre avaient continué en route à tenir conseil.

Conformément à ce qui avait été déjà convenu, Mazurel devait descendre le premier et s'assurer que le docteur Rubin était bien dans les bureaux du Journal.

Alors, il demanderait une audience au médecin-journaliste pour ses deux amis qui avaient des choses très importantes à lui dire.

Mais Lancelin fit judicieusement observer que ce moyen sentait l'improvisation et ne valait pas grand' chose.

Mazurel était déjà suspect aux yeux de Rubin.

Il se pourrait très bien que celui-ci refusât de le recevoir.

A plus forte raison l'éconduirait-il lorsqu'il saurait que Bertard et le capitaine l'accompagnaient.

— Ce que vous dites là est très juste, mon cher Lancelin fit Bertard.

— Vous trouverez là, des livres, des journaux...

« Par conséquent, je vous serais très reconnaissant de me dire comment vous eussiez fait ce matin, lorsque vous vouliez aller chez le docteur Rubin, si on vous eût mis à la porte?

— Je serais entré tout de même.

— Comment cela?

— Je n'en sais rien mais je serais entré... de riffe, comme dit Patoche, c'est-à-dire de force.

— Evidemment, c'est un moyen. reconnut Bertard.

« Cependant, j'en aimerais mieux un autre, parce que, en admettant que nous arrivions ainsi jusqu'à Rubin, ce qui d'ailleurs n'est pas prouvé, nous nous trouverions en très mauvaise posture pour amener notre question sur le terrain où nous voulons la conduire.

— Attendez que je cherche un peu, fit Lancelin.

— Je crois que j'ai trouvé, annonça le docteur Mazurel qui, depuis un moment s'était plongé dans la lecture de l'Ami de l'Ordre, le journal du docteur Rubin.

— Ah qu'est-ce donc? fit le vieux grognard.

— Lisez cet entrefilet.

Mazurel passa le journal au capitaine en lui désignant du doigt un article intitulé ainsi :

Socialiste et millionnaire

Lancelin lut à haute voix :

« Nous avons plusieurs fois stigmatisé, comme il
« convient dans ce journal, l'attitude inqualifiable
« prise par un ancien ministre de la Guerre, au cours
« de l'affaire Ferbach

« Nous avons dit combien il était attristant, répu-
« gnant même, de voir un homme qui a été pendant
« plusieurs années le chef de l'armée, devenir le

« chef des antimilitaristes.

« Nous nous sommes demandés souvent, en agis-
« sant ainsi à quel but pouvait tendre cet homme
« politique, aujourd'hui à tout jamais taré dans
« l'esprit des honnêtes gens.

— C'est charmant, souligna Monsieur Bertard,
avec un haussement d'épaules plein de mépris.

« Continuez, je vous prie, je suis habitué à ces
délicieuses aménités.

Lancelin poursuivit
sa lecture.

« Les uns prétendent
« qu'en agissant ainsi,
« Monsieur Bertard a
« voulu se venger de
« ceux qui avaient a-
« mené sa chute.

« D'autres murmu-
« rent que, plus que ja-
« mais, dans la cir-
« constance, le vieux
« proverbe, *cherchez la
« femme* ne saurait ê-
« tre mieux appliqué.

« Désireux comme
« toujours de baser
« toutes nos informa-
« tions sur un immua-
« ble fond de vérité...
« avant de nous per-
« mettre la plus légère
« affirmation à ce su-
« jet, nous avons tenu
« à nous livrer à une
« minutieuse et longue
« enquête.

Ils le conduisirent à la banque.

« Nos efforts ont été
« largement récompensés car nous avons appris des
« choses extrêmement édifiantes, et qui, jetant un
« jour tout nouveau sur les faits et gestes de l'an-
« cien ministre nous expliquent de façon péremp-
« toire, les motifs qui l'ont amené à s'enrôler sous la
« bannière de la trahison.

— Oh oh! ne put s'empêcher de murmurer l'homme d'état, voilà qui devient intéressant.

— N'est-ce pas? fit Mazurel.

— Que nous réserve la fin?

— La voici, déclara Lancelin.

« Nous ne sommes pas assez maladroits, ni im-
« prudents pour brûler toutes nos cartouches avant
« l'assaut final.

« Aussi, en attendant les événements décisifs qui

« se préparent, nous estimons que nous sommes en-
« core tenus à la plus grande réserve.

« Mais dès à présent, nous sommes en mesure
« d'affirmer que Monsieur Bertard, en se proclamant
« champion de Ferbach obéit uniquement à un in-
« térêt d'argent qui le rend en quelque sorte prison-
« nier de nos adversaires.

« A première vue, il peut paraître paradoxal qu'un
« homme affligé d'une fortune qui se compte par
« centaines de millions,
« soit tombé ainsi dans
« une *dépendance si
« fâcheuse pour son
« honnêteté de citoyen
« autant que pour sa
« probité de simple par-
« ticulier.*

« Cependant, cela est!

« Quitte à encourir
« des poursuites que
« nous ne craignons
« pas, nous affirmons
« que, Monsieur Bertard
« est vendu comme il
« l'a toujours été, com-
« me il le sera toujours;
« *l'origine de sa fortu-
« ne lui en faisant une
« obligation définitive.*

— Et c'est tout? in-
terrogea Bertard.

— Oui, c'est tout fit
Lancelin.

— C'est tout simple-
ment idiot, s'exclama
l'homme d'Etat.

— Je suis de votre a-
vis.

— L'origine de ma fortune, tout le monde la connaît.

« Mon grand-père, fils de ses œuvres avait été placé, grâce à son intelligence, à son labeur, à la tête
d'une importante industrie métallurgique dans laquelle il réalisa, non sans peine mais sûrement, une
fortune de plusieurs millions que mon père et moi
nous avons fait fructifier tous les deux.

« Cela, tout le monde le sait, et je trouve stupide
de la part de Rubin, d'user de pareilles insinuations,
qu'il m'est facile de démentir et de réduire à néant.

— Oui, mais fit Lancelin, vous oubliez la devise
de Basile que j'ai déjà eu l'occasion de vous répéter

« Seulement moi, je n'assisterai pas à cet entretien, et je tiens pourtant beaucoup à être là.

— Attendez, cher Monsieur Bertard, reprit Mazurel, je n'ai pas fini.

« Vous viendrez avec nous jusque dans l'antichambre qui précède le cabinet du docteur Rubin.

« Je me fais fort de vous faire pénétrer jusque-là.

« Vous attendrez notre réponse.

« Cela ne sera peut-être pas très correct au point de vue des usages du duel.

« Mais peu importe.

« Avec un pareil individu, nous aurions bien tort de nous gêner.

— Allez toujours, fit Bertard, qui semblait écouter le jeune praticien avec beaucoup de sympathie et d'intérêt.

— Vous nous attendez donc dans l'antichambre.

« Nous faisons part à

— Monsieur le docteur Rubin va vous recevoir.

plusieurs fois : « Calomniez, calomniez, il en restera toujours quelque chose.

— D'ailleurs, reprit Bertard, là n'est pas la question.

« Et par exemple, je serais très reconnaissant à notre ami Mazurel de nous dire en quoi cet article peut nous donner accès jusqu'auprès de Rubin.

— C'est très simple, reprit le jeune médecin.

« Monsieur Bertard n'a qu'à se dire grossièrement offensé par l'article de l'Ami de l'Ordre et il nous envoie, le capitaine Lancelin et moi, demander une réparation par les armes.

— Oui, cela est une excellente idée, approuva Bertard, et dans ces conditions-là il ne peut pas vous éconduire.

Rubin, le capitaine et moi, de la mission dont nous sommes chargés.

« Le médecin-journaliste nous répond qu'il refuse le duel parce que ses opinions religieuses lui interdisent d'aller sur le terrain.

— Si par hasard il acceptait?

— N'ayez pas cette crainte.

« Je connais mon homme.

« Il se dérobera.

« Alors, nous sortons du cabinet.

« Au moment où nous en ouvrons la porte, le capitaine Lancelin vous crie : « Monsieur le docteur ne veut pas se battre.

« Alors d'un bond, furieux, vous entrez dans le bureau, dont nous fermons la porte à clef.

« Je mets la clef dans ma poche, car cette clef

est toujours dans la serrure.

« Comme l'arrière-cabinet du docteur Rubin ne possède pas de sortie, nous entamons la conversation et nous l'amenons non pas sur le terrain du duel, mais sur le terrain où nous voulons la placer.

— Et si Rubin appelle?

— Il n'osera pas.

« Il nous écoutera jusqu'au bout, je vous le garantis.

« Et quelle que soit la réponse qu'il nous fasse, au moins nous aurons eu la satisfaction de nous trouver en face de ce misérable, de lui dire ce que nous pensons de lui et surtout — but principal de notre démarche — de lui faire croire que Madame Brévannes, son fils, Rosette Madame Brivois et Patoche sont toujours au pouvoir de Walter Humding.

« Ceci est de la plus haute importance.

— Eh bien! mon cher Mazurel, approuva Bertard, je vous adresse toutes mes félicitations.

« Votre projet me semble excellent, et je l'adopte avec plaisir.

— Moi de même, déclara Lancelin.

— Je crois que tout va marcher très bien, fit Bertard.

— J'en suis persuadé, confirma le jeune docteur.

— Oui, mais dans tout cela, je vois un cheveu.

— Lequel?

— Flic et Flac!

— Pourquoi?

— Ces deux pauvres bougres sont partis sur la piste de Walter Humding, et Van Flam qui nous affirme que celui-ci a justement pris ce matin le rapide de Bruxelles.

« Décidément, ils n'ont pas de chance!

— Oh! bah, fit Bertard ils prendront leur revanche.

Mais on arrivait aux bureaux de l'*Ami de l'Ordre*. Les trois hommes sautèrent en bas de l'auto qui resta devant le trottoir.

Puis ils s'engouffrèrent dans l'immeuble, grimpèrent l'escalier qui conduisait aux bureaux du premier étage.

Le docteur Mazurel, très connu dans la maison, n'eut pas de peine à pénétrer avec ses deux amis jusque dans l'antichambre directoriale.

— Le docteur Rubin? demanda-t-il à l'huissier chargé d'annoncer les visiteurs.

— Monsieur le docteur ne reçoit pas, répliqua l'huissier.

— Même moi? fit Mazurel.

— Vous devez bien pourtant savoir que c'est l'heure de son article.

— Il s'agit d'une affaire des plus urgentes.

« Veuillez donc lui faire passer ma carte.

— Monsieur le directeur m'a donné l'ordre de ne jamais le déranger quand il était en train de faire sa chronique.

— Je vous répète, insista Mazurel qu'il s'agit d'une affaire de la plus haute importance.

— Et moi monsieur, quel que soit mon désir de vous être agréable, je ne puis vous dire qu'une chose, c'est que je n'ai pas le droit de pénétrer dans le bureau de Monsieur le directeur, tant que celui-ci ne m'aura pas sonné.

— Comme je n'ai pas envie de perdre ma place, même pour vous être agréable, je me vois dans la nécessité de vous prier d'attendre.

— Est-ce que ce sera long, cet article? interrogea Lancelin.

— Pas très long, fit l'huissier qui malgré son respect pour la consigne montrait néanmoins une certaine amabilité envers les visiteurs.

« Si ces messieurs veulent entrer dans le petit salon d'attente, ils trouveront des journaux et des brochures, et Monsieur Mazurel pourra écrire sur une carte l'objet de sa visite.

« Aussitôt que monsieur le directeur me sonnera, je lui remettrai fidèlement cette carte, je vous le promets.

— Je vous remercie, mon ami, fit Mazurel.

Puis, se tournant vers Lancelin et Bertard, il leur dit :

— Je crois que le mieux est de faire ce que nous dit le garçon.

— C'est, en effet, ce qui me semble le plus raisonnable.

L'huissier ouvrit une porte, fit entrer les visiteurs dans un salon simplement mais confortablement meublé.

Puis, discrètement, il referma la porte.

— Tout à l'heure, commença Mazurel, qui cette fois semblait avoir pris la direction des opérations, lorsque le capitaine Lancelin et moi nous pénétrerons dans le bureau de Rubin, Monsieur Bertard n'aura qu'à passer dans l'antichambre et à attendre le résultat d'ailleurs rapide de notre entrevue.

Puis, s'approchant d'une table placée au milieu de la pièce, et sur laquelle se trouvait tout ce qu'il faut pour écrire, le jeune praticien prit une carte dans son portefeuille, et y traça les mots suivants :

Docteur Mazurel

« prie son confrère le docteur Rubin, de bien
« vouloir le recevoir immédiatement avec un de ses
« amis. Il s'agit d'une affaire extrêmement grave. Le

« docteur Mazurel prie son confrère d'oublier les différends qui ont pu s'élever entre eux pour se tenir uniquement sur le terrain de l'honneur.

Mazurel lut à haute voix le libellé de sa carte.

— Ça ne veut rien dire du tout, fit-il.

« Mais Rubin sera étonné, il se demandera ce que ça veut dire, et me recevra immédiatement... avec mon ami.

« Tandis que si je lui dis tout de suite que je viens avec le capitaine lui demander une réparation par les armes au sujet d'un article paru dans les colonnes du Journal, il me fera répondre par l'un de ses secrétaires qu'il est très occupé, que d'ailleurs il ne se battra pas pour de pareilles futilités et que si Monsieur Bertard tient tant que ça à obtenir une réparation par les armes, il n'a tout simplement qu'à l'attaquer par devant les tribunaux.

« Comme je veux à tout prix m'éviter une pareille réponse, voilà pourquoi j'emploie la ruse.

— Vous avez cent fois raison, approuva Lancelin.

Mazurel prit sa carte, la plaça dans une petite enveloppe et s'en fut la porter au garçon qui promit de la faire parvenir à destination aussitôt qu'il en aurait la facilité.

— Il ne faudrait pas vous figurer que vous me faites peur.

Le docteur Mazurel revint alors auprès de ses amis, et tous trois se mirent à causer...

Au bout de dix minutes l'huissier revint.

— Monsieur le docteur Rubin va vous recevoir, fit-il.

« Veuillez me suivre.

Le docteur et le capitaine emboîtèrent le pas derrière l'employé, suivis eux-mêmes par Monsieur Bertard.

L'huissier demanda :

— Qui dois-je annoncer? car sous ses vêtements civils il n'avait pas reconnu le capitaine Lancelin.

— Vous annoncerez le docteur Mazurel tout seul, répondit le médecin.

Alors, ouvrant toute grande la porte, il lança à pleine voix :

— Le docteur Mazurel!

Celui-ci entra le premier, masquant un peu le père La Manille.

Debout devant son bureau, le monocle vissé à l'œil, l'attitude arrogante, agressive même, la tête légèrement rejetée en arrière, le docteur Rubin attaqua immédiatement d'un ton plutôt acerbe :

— Bonjour Mazurel.

« De quoi s'agit-il?

« Je vous préviens que je suis très pressé.

Le jeune praticien s'avançant vers le bureau démasqua alors le capitaine Lancelin.

Rubin en le reconnaissant, eut un sursaut et s'écria :

— Comment? vous ici, capitaine?

« Que signifie?

— Cela signifie, répliqua Lancelin qui n'aimait pas beaucoup à garder sa langue dans sa poche, que Mazurel et moi, nous avons besoin de vous parler.

— Sortez, voulut ordonner Rubin en affectant un air de dignité outragée.

— Nous ne sortirons pas, riposta l'officier, avant que nous vous ayons dit le motif de notre visite.

— J'ai le droit de recevoir chez moi qui je veux.

— Croyez que nous ne sommes pas du tout ici pour notre plaisir, fit Lancelin, nullement intimidé par cet accueil.

« D'ailleurs, nous ne vous importunerons pas longtemps de notre présence.

« Voici, en cinq secs, de quoi il retourne :

— Allez-vous-en, voulut dire encore le docteur Rubin.

Et le doigt vengeur, il ajouta :

— Capitaine Lancelin, vous êtes le dernier qui devriez vous permettre de vous présenter ici.

— Ah! vraiment, fit le brave homme nullement démonté.

Puis se campant bien en face du médecin journaliste, les deux mains appuyées sur le rebord du bureau, le regardant bien dans les yeux, il lui dit :

— Il ne faudrait pas vous figurer que vous me faites peur... oh! mais pas du tout.

Et comme Rubin faisait un geste pour approcher la main d'une sonnette placée près de son bureau, Lancelin avec fermeté mais sans brutalité aucune, lui saisit le poignet et lui dit :

— Le docteur Mazurel et moi, nous sommes venus, au nom de notre ami Monsieur Bertard, député, ancien ministre de la Guerre, vous demander une réparation par les armes au sujet d'un article paru dans les colonnes de votre journal et que notre client considère, à juste titre, comme injurieux pour sa personne.

— Ah! c'est donc cela?

— Oui, parfaitement, c'est cela, accentua le capitaine Lancelin en lâchant le poignet du docteur.

— Je regrette infiniment reprit Rubin, sur un ton plutôt ironique.

« Mais vous pourrez dire, de ma part, à Monsieur Bertard que je ne me bats pas.

— Oui, oui, très bien, vos convictions religieuses.

— Parfaitement, capitaine, mes convictions religieuses.

— Eh bien! Monsieur le directeur de l'Ami de l'Ordre, scanda le père la Manille, vos convictions religieuses devraient bien vous interdire...

— Je ne discute pas, messieurs, interrompit net Rubin.

« D'ailleurs, quand bien même la religion catholique autoriserait le duel, je refuserais toute réparation à Monsieur Bertard.

— Puis-je vous demander pourquoi?

— Tout simplement, parce que j'ai le droit de choisir mes adversaires... et je considère Monsieur Bertard comme un homme auquel on ne doit aucune réparation.

— C'est là votre dernière réponse?

— C'est là ma réponse, et la dernière.

— Bien, Monsieur, nous allons immédiatement la transmettre.

Alors, suivant tout au long le plan du docteur Mazurel, le capitaine Lancelin se dirigea vers la porte, l'ouvrit toute grande, et se tournant en face de Bertard il dit :

— Ça y est, il refuse.

Il n'eut pas besoin d'en dire davantage.

D'un bond, l'ancien ministre se trouva dans le bureau et avant que le docteur Rubin ait eu le temps de se remettre de sa surprise, Lancelin qui avait merveilleusement compris la manœuvre préconçue par Mazurel, refermait la porte donnait un tour de clef à la serrure, et mettait la clef dans sa poche.

— C'est un guet-apens s'écria Rubin.

Pour la seconde fois, il voulut approcher la main de la sonnette.

Mais Mazurel, prompt comme l'éclair, avait tiré sa poche, un revolver et, le braquant dans la direction du médecin-journaliste, il lui dit très calme, mais très résolu :

— Si vous prononcez un mot, si vous faites un geste, je vous brûle la cervelle.

Rubin n'était pas brave.

Se croyant perdu, il se laissa tomber sur un fauteuil en murmurant entre les dents :

— Les canailles!

— Canaille toi-même, reprit Lancelin.

« Oui, canaille et lâche.

« Car derrière tes convictions religieuses, que tu ne possèdes pas, tu es affligé d'une couardise naturelle peu ordinaire.

« Ah! maintenant que tu te sens menacé, que je te vois à notre merci, tu es pâle, tout tremblant.

« Oh! je voudrais que tu puisses te voir dans une glace, tu te jugerais toi-même.

« Et je crois que tu ne pourrais pas faire autrement que de te mépriser profondément.

« Bandit que tu es.

« Mais, rassure-toi, nous n'en voulons pas à ta peau.

« Ce n'est pas encore aujourd'hui que nous te serons la gueule.

« Nous avons besoin que tu vives pour que tu nous aides au triomphe de la Justice et de la Vérité.

« Pour être différé le châtiment que tu mérites ne perdra rien de son ampleur.

« Sois tranquille à ce sujet.

« Tu ne trôneras pas toujours dans ton fauteuil directorial.

« Bientôt tu cesseras d'écrire des articles lapidaires dans ton canard de sacristie pour aller manger des haricots à l'abri de la Tour Pointue en attendant que tu prennes la direction du bagne que tu mérites bien pour finir tes jours.

Puis Lancelin, poussant un soupir de satisfaction profonde se tourna vers Bertard et lui dit :

— Maintenant que je me suis soulagé, cher Monsieur Bertard, à vous la parole.

L'ancien ministre, enchanté du succès de l'opération, reprit aussitôt :

— Monsieur le docteur Rubin, vous devez trouver étrange, n'est-ce pas, que, contrairement à certaines règles du code de l'honneur, je me sois présenté moi-même en personne avec les deux témoins chargés de vous provoquer en mon nom?

— En effet, balbutia Rubin, je ne comprends pas très bien.

— Je m'en vais vous donner la satisfaction de vous l'expliquer, M. Rubin, et cela malgré le peu de ménagements que je devrais avoir pour vous.

— Parlez, Monsieur.

— Oui, Monsieur, je vais parler, et je vous prie même de m'écouter avec la plus grande attention.

— Je vous écoute, fit le directeur de l'*Ami de l'Ordre* un peu rassuré.

Car maintenant certain qu'on n'en voulait point à sa vie, il respirait plus librement, ne songeant plus qu'aux ruses qu'il pourrait bien employer pour se débarrasser de ces trois visiteurs vraiment trop gênants.

— Je m'attendais parfaitement, reprit Bertard, à la réponse que vous avez faite à mes excellents amis, Lancelin et Mazurel.

« Si je les ai accompagnés, c'est d'abord pour vous dire, ainsi que le capitaine Lancelin l'a déjà fait, tout le mépris que votre lâcheté m'inspire.

« Puis, pour vous poser quelques questions, auxquelles, dans votre intérêt, vous ferez bien de répondre, et enfin pour vous proposer une combinaison, qui peut-être vous permettra de vous raccrocher au bord de l'abîme vers lequel vous êtes en train de rouler.

À ces dernières phrases, Lancelin et Mazurel avaient dressé l'oreille.

Tous deux se demandaient quelle idée avait bien pu germer subitement dans le cerveau de Bertard pour qu'il s'exprimât ainsi.

La même idée leur vint subitement à l'esprit.

— *Si vous faites un geste, je vous brûle la cervelle.*

— Est-ce que par hasard, notre richissime ami voudrait acheter cette crapule?

« Ça, par exemple, ça ne serait pas banal. »

Et tous les deux échangèrent un coup d'œil qui semblait vouloir dire:

— Laissons-les faire, il est beaucoup plus fort que nous.

CHAPITRE CXVII

Où Monsieur Bertard montre qu'il n'est pas seulement un grand homme d'Etat mais aussi un remarquable psychologue.

Monsieur Bertard continuait sur ce ton incisif, mordant péremptoire avec lequel il savait si bien s'exprimer à la tribune de la Chambre au cours des grandes discussions parlementaires:

— Monsieur Rubin, si vous le voulez bien, je commencerai par les questions que je viens de vous annoncer.

— Comme vous voudrez, accepta le docteur, plus convaincu que jamais qu'il lui serait impossible de fuir la discussion et qu'il devrait jusqu'au bout écouter l'ancien Ministre.

Alors, celui-ci déclara:

— Monsieur Rubin, vous allez nous révéler immédiatement l'endroit où se trouvent Mme Brévannes son fils Madame Brivois, Rosette et le cavalier Patoche?

— Non, mais pardon, riposta Rubin, en feignant un étonnement profond, qu'est-ce que vous me racontez là? Monsieur le député?

— Je crois que je vous ai posé une question assez nette, assez claire, assez précise, pour ne pas avoir à la renouveler.

— Je vous assure que je ne sais pas ce que vous voulez me dire.

Paris — Imp. MAILLER, 3, rue de Châteaudun.

— Eh bien, puisque vous l'exigez, nous allons préciser.

« Nous vous accusons nettement d'être le complice d'un espion allemand, nommé Walter Humding, et de l'avoir aidé dans l'enlèvement des personnes que nous réclamons.

— C'est faux.

— Il est facile de dire que c'est faux.

— Il vous serait peut-être plus difficile de prouver que c'est vrai.

— Cette preuve que vous semblez nous mettre au défi de vous donner, je vais immédiatement vous la fournir moi-même.

« La voici :

« Afin d'apprendre l'endroit dans lequel Walter Humding et vous, vous aviez emmené ces malheureuses femmes et cet enfant, nous avions envoyé deux de nos amis Wilhem Furster et Patoche.

« Tous deux avaient revêtu des costumes ecclésiastiques afin de pouvoir s'introduire plus facilement auprès de vous.

« Or, voilà de cela vingt-quatre heures et nous n'avons revu ni Patoche ni Wilhem Furster.

« Qu'en avez-vous fait ?

— Tout cela n'est qu'une vaste mystification.

— Nous parlons très sérieusement au contraire.

— Il se peut que vous parliez sérieusement, mais vous venez, Monsieur Bertard, en quelques phrases de commettre plusieurs erreurs, dont l'une fondamentale.

« Je ne connais pas Walter Humding et si c'est lui qui, selon vous, a enlevé ces personnes, je n'y suis pour rien, et j'ignore totalement où elles se trouvent.

« Voilà ma réponse bien nette et définitive.

« Quels que soient vos menaces et vos procédés, vous ne me ferez pas dire autre chose.

— C'est votre dernier mot ?

— C'est mon dernier mot.

— Eh bien, fit Bertard, nous allons passer à un autre genre d'exercices.

— Comme vous voudrez.

— Monsieur Rubin, bien que médecin, vous êtes un homme très malade.

« Nous avons contre vous des armes dangereuses, terribles même, dont nous ne nous sommes pas encore servis parce que nous les réservons pour le choc décisif, la bataille suprême.

« La brève conversation que je viens d'avoir avec vous a dû vous démontrer suffisamment que je ne blufe pas et que je dis l'absolue vérité.

« Mais, ce n'est pas tout.

« J'irai avec vous aussi loin que je puis aller en vous déclarant que mes amis et moi nous avons juré d'avoir votre peau et que nous l'aurons.

« Cependant, croyez-le, si nous avons contre vous une haine justifiée, si nous vous accordons, de grand cœur, tout le mépris et tout le dégoût que peut nous inspirer le traître que vous êtes, il nous reste un peu de pitié pour vous et peut-être vais-je vous donner, tant qu'il en est temps encore le moyen de vous sauver.

— Inutile d'aller plus loin, Monsieur, interrompit Rubin, nous ne sommes pas faits pour nous entendre.

« Nous ne parlons pas le même langage.

— Je le sais fichtre bien.

« Mais je vais vous en parler un que vous allez comprendre tout de suite.

« Combien voulez-vous pour disparaître?

— Pour disparaître?

— Oui, après avoir avoué devant tous, la complicité qui vous lie à Walter Humding.

— Vous êtes fou.

— Je ne suis pas fou, et je vous répète :

« Combien vous faut-il?

— Ah! si vous n'étiez pas trois contre un, je ne tolèrerais pas plus longtemps...

— Pas de grands mots, interrompit Bertard, et combien?

— Je n'ai pas à vous répondre.

— Une dernière fois, réfléchissez.

« Moyennant les conditions que je vous impose, je suis prêt à vous verser la forte somme, et à vous donner tous les moyens de filer sans que l'on puisse vous inquiéter ni vous arrêter.

« Acceptez-vous?

— Messieurs, je vous somme de vous retirer.

— Prenez garde.

— Je ne crains rien, car pour me menacer ainsi, il faut que vous n'ayez rien de sérieux contre moi.

— Détrompez-vous, car nous agirons de telle sorte que pour échapper au déshonneur suprême, vous serez obligé de vous défiler.

— C'est ce que nous verrons.

— C'est tout vu.

— Avez-vous encore quelque chose à me dire? brava le docteur Rubin.

— Si cela ne vous suffit pas, reprit Bertard.

« En tout cas, je vous avertis que je vous donne vingt-quatre heures pour examiner ma proposition et me donner une réponse définitive.

« Nous vous tenons.

« Comme vous le disiez très bien à l'instant, nous sommes les plus forts.

« Nous pourrions donc employer envers vous la violence pour vous faire immédiatement déclarer de force les choses que nous voulons vous faire avouer de bon gré.

« Mais nous ne sommes pas gens à employer de pareils moyens.

« Nous préférons vous laisser votre liberté d'esprit.

— Est-ce que vous croyez que le fait de vouloir acheter une conscience est plus honorable que de vouloir extorquer par la violence des aveux qui seraient un mensonge, s'écria Rubin avec une vivacité et une indignation parfaitement simulées.

— Docteur Rubin, s'écria Bertard, permettez-moi de vous donner un dernier conseil.

« Ne vous aventurez pas sur ce terrain-là.

« Car il me serait facile de vous répondre qu'acheter une fripouille n'a jamais été un crime quand il s'agit du triomphe de la vérité.

« Là-dessus, nous vous quittons, mes amis et moi.

« Si dans vingt-quatre heures nous n'avons pas votre réponse, eh bien tant pis pour vous.

« Il arrivera ce qu'il arrivera.

« Pour ma part personnelle, je consens à une sorte de trêve qui nous permettra de coucher sur nos positions.

« Il ne sera pas question de cet envoi de témoins qui, je tiens à vous le dire maintenant, n'a été qu'une ruse pour pénétrer jusqu'à vous.

« Mais si dans le délai que je vous fixe, vous ne vous êtes pas rendu à merci, au lieu de partir muni de la très forte somme, vous m'entendez bien, pour des régions heureuses où personne ne viendra jamais vous chercher, vous vous en irez tout simplement en prison entre deux gendarmes, à moins que vous ne préfériez vous brûler la cervelle.

« Maintenant, docteur Rubin, au revoir.

« J'attends votre décision avec sérénité... et je vous

— Nous vous accusons d'être le complice d'un espion allemand.

exprime une dernière fois mon désir de vous voir arriver à résipiscence.

« Venez, messieurs.

Et sans rien ajouter, Bertard, Lancelin et Mazurel quittèrent les bureaux de l'Ami de l'Ordre, et regagnèrent leur automobile.

Lancelin et Mazurel paraissaient quelque peu interloqués.

— Eh bien! qu'est-ce que vous dites de cela? interrogea l'ancien ministre.

— Je vous avouerai franchement, fit le capitaine Lancelin, avec sa rondeur habituelle, que j'en suis comme deux ronds de flan.

— Quant à moi, reprit Mazurel, je dois vous déclarer que je n'ai rien compris à votre attitude.

— Le fait est, qu'elle a pu vous paraître un peu bizarre.

« Mais tandis que notre voiture nous emporte rue Vivienne, je vais pouvoir vous expliquer pourquoi je me suis conduit de la sorte envers Rubin.

« Tout d'abord, laissez-moi poser un principe, c'est-à-dire celui qu'à l'heure actuelle le docteur Rubin est absolument convaincu que nous n'avons rien contre lui, et que nous avons voulu l'acheter pour nous procurer les documents dont nous avons besoin.

— Je suis absolument de cet avis, opina Mazurel.

— Et si c'est à cela que vous avez voulu en venir, déclara très nettement le père La Manille, je suis sûr que vous y avez parfaitement réussi.

— Ce principe posé et admis, reprit Bertard, je continue et je m'explique.

« Dès les premières paroles échangées avec Rubin, que dis-je, dès le premier regard que j'ai fixé sur lui, j'ai tout de suite compris que cet homme ne nous dirait rien, qu'il était entièrement prisonnier de Walter Humding, et que par conséquent, notre atmarche devenait, par là même, dangereuse et risquait fort d'éveiller ses soupçons...

« J'ai donc voulu le rassurer en me laissant aller à une démarche qui à ses yeux paraît extrêmement imprudente puisqu'elle lui a donné lieu à penser, grâce au désir ardent que je lui ai exprimé de m'emparer de Walter Humding, que j'étais loin d'avoir dans mon sac les munitions nécessaires pour la victoire

« Suivez bien mon raisonnement.

« Il peut vous paraître un peu subtil, mais je vous assure qu'il repose sur des bases solides.

« Par conséquent, lorsque Walter Humding reviendra demain ou après-demain rendre visite à son ami Rubin, celui-ci le mettra au courant de notre démarche.

« Walter Humding conclura comme lui : ils ont des soupçons, ils n'ont pas de preuves.

« Et il viendra donner tête baissée, avec son ami Rubin dans la maison où Patoche et Wilhem Furster sont en ce moment en train de faire bonne garde.

« Est-ce clair, maintenant?

— Très clair et même très habile, approuva le docteur Mazurel.

Alors, Lancelin ajouta :

— Je dois reconnaître, Monsieur le ministre, que vous êtes non seulement un homme d'Etat incomparable, mais encore un psychologue que je ne soupçonnais pas.

« A mon tour, il me vient une idée.

— Parlez.

— Si au lieu de nous rendre rue Vivienne, nous disions à notre wattman de nous conduire à la maison de Walter Humding, nous pourrions nous livrer à une perquisition des plus intéressantes et découvrir les documents qui nous manquent.

— Excellente idée, approuva Bertard.

— Je me demande même fit observer Mazurel,

L'immeuble était environné d'un immense rideau de flammes.

comment nous n'y avons pas songé plus tôt.

— Dame! s'exclama Lancelin, nous avons tellement de choses dans le ciboulot qu'il est parfois bien difficile de s'y reconnaître.

— Enfin, il n'y a pas de temps de perdu, allons-y bien vite.

Monsieur Bertard soufflant dans le cornet acoustique qui communiquait avec le wattman lui donna l'ordre de se rendre à l'endroit désigné, c'est-à-dire rue de la Comète.

En chemin ils parlèrent fort joyeusement, car ils étaient enchantés des résultats obtenus.

Tout en effet, s'annonçait fort bien pour la cause qu'ils défendaient.

Grâce à leur vigilance, à leur activité et à leur intelligence, ils avaient déjà réussi à réunir un faisceau de preuves énormes considérables et bien faites pour impressionner favorablement les juges devant lesquels Ferbach n'allait pas tarder à comparaître.

— Et si le principal manquait, si Walter Humding inspirateur diabolique de cet abominable complot, n'était pas encore entre leurs mains, ils avaient le droit de se dire que la grande heure n'allait pas tarder à sonner que la Vérité apparaîtrait aux yeux de tous dans sa radieuse beauté.

Mais une surprise les attendait rue de la Comète.

En effet, à peine s'étaient-ils engagés dans cette rue, qu'ils aperçurent une foule compacte retenue à grand'peine par la police qui leur barrait la route, et à cent mètres d'eux, l'immeuble où ils étaient venus le matin même chercher les prisonniers, était environné d'un immense rideau de flammes.

— Mon Dieu! s'écria Lancelin, pourvu que cette fripouille de Van Flam ne nous ait pas joué quelque vilain tour.

Le pauvre garçon se sentait défaillir.

E. Yrendy

— Il s'est réfugié là, chez le bistrot.

— Il ne s'est pas enfui, au moins?

— Oh! pas de danger.

— Eh! bien, va le chercher, et amène-le dans notre voiture qui est restée là-bas.

— Oui, mon capitaine.

Lancelin considéra un moment la maison qui flambait d'une façon extraordinaire et dont il n'allait bientôt plus rester que les murs.

Puis il rejoignit l'auto près de laquelle monsieur Bertard et le docteur Mazurel étaient demeurés renonçant à suivre le capitaine dans la foule.

Quelques instants après Van Flam, la figure toute décomposée les rejoignait avec Patoche et Wilhem.

— Pouvez-vous nous expliquer comment il se fait que cette maison flambe? demanda tout de suite Bertard au Flamand qui semblait réel-lement navré, épouvanté.

— Allei! allei! balbutia-t-il, je ne sais pas.

« Quand nous sommes arrivés c'était comme ça.

Alors Bertard se penchant à son oreille lui demanda:

— Selon vous, Walter Humding serait-il revenu?

— Je ne sais rien, pour une fois, fit Van Flam.

« Avec ce diable d'homme on ne sait jamais!

« Il en est bien capable, Godfordom!

— Enfin, dit Bertard, tout est à recommencer.

— Ça ne fait rien, lui glissa Lancelin en lui désignant Van Flam, nous en tenons un et c'est déjà quelque chose.

« Celui-là va nous servir pour faire tomber les autres dans notre trébuchet.

....

« Pourvu que Wilhem et Patoche ne soient pas dans ce brasier.

Et suivi de Bertard et de Mazurel, il fendit courageusement la foule qui s'écarta immédiatement devant lui, non seulement par ce qu'il portait à la boutonnière le ruban de la Légion d'honneur, mais parce que son allure décidée imposait à tous.

Lancelin n'allait pas tarder à pousser un soupir de satisfaction car au premier rang des curieux, il venait d'apercevoir son ordonnance et l'Alsacien.

— Tiens! vous voilà, mon capitaine.

« Ah! il s'en passe de drôles.

« Quand nous sommes arrivés ici avec le « vieux » et l'ami Wilhem la boîte flambait déjà.

« On aurait dit un bol de punch.

— Et Van Flam, où est-il?

Depuis un certain temps déjà le lieutenant Ferbach avait cessé d'être au secret.

Non seulement il avait pu communiquer avec son éminent avocat, Me Léon-Jacques et correspondre quotidiennement avec sa chère Jeanne, mais il avait été tenu au courant de toutes les polémiques de presse engagées sur son nom.

La sympathie que de nombreux inconnus lui témoignaient en cette douloureuse circonstance, jointe à la tendresse exquise et sans borne que lui prodiguait son amie, avaient achevé de lui redonner le courage et l'énergie nécessaires pour faire face à l'adversité.

D'ailleurs, avec un soin minutieux, il préparait lui-même sa défense, s'attachant à démontrer qu'il n'avait jamais fait de dépenses au-delà de ses ressources, mettant au défi, qui que ce soit, de prouver le contraire, et détruisant ainsi les allégations de ses accusateurs qui prétendaient que c'était pour faire face aux dépenses que nécessite l'entretien d'une maîtresse qu'il s'était vendu à l'Allemagne.

Aussi dans toutes les lettres qu'il adressait à Jeanne ainsi qu'à ses amis donnait-il l'impression que non seulement il allait se défendre avec une énergie suprême, mais encore qu'il était convaincu qu'il allait à l'acquittement.

Ses ennemis qui exerçaient jusque dans sa prison une rigoureuse surveillance, n'avaient pas été sans apprendre l'état d'âme du jeune officier.

D'ailleurs, depuis quelque temps, il sentait très bien qu'ils avaient perdu du terrain devant l'opinion publique.

Le fait de voir que des hommes, comme Bertard, Costat et Néret, sans compter de nombreux savants, littérateurs, artistes et même hommes politiques, prenaient ouvertement la défense de l'officier incriminé, n'avait pas été sans causer une vive impression sur la masse.

Beaucoup, en effet, se disaient:

— Pour que des gens comme ceux-là affirment aussi hautement leur croyance dans l'innocence de Ferbach, il faut qu'ils en soient bien sûrs.

« Par conséquent, il y a quelque chose...

« Quoi? nous n'en savons rien encore, mais nous l'apprendrons certainement au cours du procès.

Et tout cela n'était pas sans inquiéter ceux qui, soit par conviction, soit par raison personnelle, souhaitaient ardemment la condamnation du malheureux lieutenant.

Au Ministère surtout, on était fort inquiet.

Au dernier conseil de Cabinet, l'affaire Ferbach avait tenu une partie de la séance.

Plusieurs des membres, fortement impressionnés par la tournure que prenaient les choses, avaient posé des questions très précises au Ministre de la guerre, qui s'était contenté de répondre le cliché traditionnel:

— Messieurs, l'affaire suit son cours.

Comme ses collègues insistaient pour avoir de plus grands détails, le Ministre avait déclaré que, pour sa part personnelle, sa conviction dans la culpabilité de Ferbach subsistait plus que jamais, que les conclusions du capitaine-rapporteur étaient imminentes et qu'il était hors de doute que Ferbach serait prochainement déféré devant le Conseil de Guerre pour crime de haute trahison.

Mais cette réponse n'avait pas été du goût de tout le monde.

En effet, le ministre de l'Instruction publique, entre autres, avait répliqué que, tout en ayant un profond respect pour la justice militaire, devant l'attitude du lieutenant Ferbach et certains arguments fort impressionnants de ses défenseurs, il se demandait si précisément cette enquête était menée avec toutes les garanties d'impartialité que réclame la vraie et bonne justice.

Le général de Lestradier s'était immédiatement récrié, déclarant qu'il était tout prêt à couvrir son subordonné en qui il avait la plus absolue confiance.

D'ailleurs, le Président du Conseil lui donna absolument raison.

Mais le ministre de l'Instruction publique était un homme tenace.

— Messieurs, déclara-t-il, je tiens à vous dire ce que j'ai sur la conscience.

« Je ne vous cacherai pas qu'en ce moment je suis très perplexe.

« J'ai lu avec le plus grand intérêt tout ce qui a été publié déjà au sujet de l'affaire Ferbach, eh! bien je vous avouerai franchement que je commence à ne plus être aussi sûr que cela de sa culpabilité et devant le témoignage de savants tels que MM. Costat et Néret et de bien d'autres encore, on arrive à se demander si nos experts officiels n'ont pas commis une erreur lamentable, si cette erreur ne sera pas admise par les juges du Conseil de guerre, et si nous n'allons pas à un acquittement, c'est-à-dire au renversement du Ministère.

« J'estime donc qu'il serait peut-être plus prudent, sinon d'en finir avec cette histoire par une ordonnance de non-lieu...

Plusieurs interruptions arrêtèrent à ce moment le Ministre.

D'un geste, le Président du Conseil calma ses collègues et dit:

— Mon cher ami, laissez-moi vous faire observer que nous n'avons pas le droit d'exercer une pression sur la justice militaire pas plus que sur l'autre.

— On l'a fait dans d'autres circonstances.

— Pas sous ce Ministère.

— Si vous aimez mieux être renversé, libre à vous.

— Qui vous prouve que ce Ferbach soit acquitté?

— Messieurs, sans vouloir trahir le secret professionnel, déclara le général de Lestradier, moi, je puis vous certifier que, quelles que soient les menées et les intrigues de ses partisans, parmi lesquels, je suis le premier à le reconnaître, il se trouve des gens d'une absolue bonne foi, le lieutenant Ferbach sera condamné par le Conseil de guerre.

« Maintenant, messieurs, si vous désirez de plus amples explications, je vous prierai de bien vouloir me délier du secret professionnel.

— Mon cher général, intervint M. Lemarchand, Président du Conseil, dans un conseil des Ministres, il ne saurait y avoir de secret professionnel.

« Par conséquent vous avez non seulement le droit mais aussi le devoir de nous dire tout ce que vous savez.

— J'avais besoin de cette parole, monsieur le Président, pour me décider à parler.

« Vous l'avez prononcée, je vais donc vous révéler un fait tout récent et qui ne date que de ce matin.

Alors le général de Lestradier, prenant une attitude extrêmement grave et un ton de circonstance, commença:

— Depuis l'arrestation du lieutenant Ferbach, j'ai cru devoir faire surveiller d'une façon toute spéciale l'Ambassade d'Allemagne.

« Grâce à certaine complicité que nous avions déjà dans la place, et je dois le dire ici très haut, à la grande habileté de mon chef de cabinet, le capitaine

C'était à qui le choyerait, le dorloterait.

Faurigny de Vieilleville, j'ai pu arriver à circonvenir la femme de chambre française de l'ambassadrice d'Allemagne et en faire entre nos mains une contre-espionne de premier ordre qui nous a donné chaque jour des renseignements précieux autant que confidentiels.

« Malheureusement dans les documents que je vous ai apportés, nous n'avions encore rien trouvé d'intéressant au sujet de Ferbach, lorsque ce matin, je vous le répète, nous avons été mis en possession par l'intermédiaire en question d'un papier important que j'ai là, dans mon portefeuille, et que je m'en vais vous soumettre.

« Ce papier est une note écrite tout entière de la main de l'Empereur d'Allemagne.

« Son authenticité est incontestable, puisqu'il a été trouvé froissé et déchiré en plusieurs morceaux dans la corbeille à papiers du bureau particulier de l'ambassadeur.

Et tirant de son portefeuille la note dont les morceaux avaient été soigneusement recollés les uns aux autres, le général de Lestradier ajouta:

— Je vais vous en donner d'abord lecture, ensuite vous pourrez l'examiner tout à votre aise.

« Ce document est d'ailleurs écrit en langage chiffré dont nous avons la clef, et il nous a été par conséquent très facile d'en traduire la teneur.

« Il est ainsi conçu:

« Monsieur l'ambassadeur devra m'envoyer, dans « le plus bref délai, un rapport exact et détaillé des « circonstances dans lesquelles cet imbécile de *Fer...* « s'est laissé prendre. S'arranger de façon surtout à « ce qu'il nie. Et au cas où il aurait la stupidité d'a- « vouer, le démentir officiellement.

« Au besoin parler très haut. »

— Maintenant, mon cher collègue, conclut monsieur de Lestradier, en s'adressant au ministre de l'Instruction publique, si cela ne vous suffit pas pour vous convaincre de la culpabilité de Ferbach, eh! bien, vous êtes difficile!

Le document passa de mains en mains.

Fort habilement, d'ailleurs, le général de Lestradier avait fait placer en face la traduction.

Tous parurent convaincus.

Le ministre de l'Instruction publique, au milieu du silence de ses collègues fortement impressionnés par cette révélation sensationnelle, déclara:

— Je dois m'incliner devant ce que notre collègue de la Guerre nous apporte.

« Mais, messieurs, pouvons-nous nous servir, au cours du procès qui va s'engager, d'un document aussi considérable et permettez-moi de vous le dire, aussi dangereux

« Pouvons-nous jeter ainsi dans le débat le nom de l'Empereur d'Allemagne, nous exposer à un formidable conflit d'où peut jaillir la guerre?

« Je ne le crois pas.

« Par conséquent, j'estime, pour ma part, que ce document doit être considéré comme nul et non avenu.

Mais de tous côtés des protestations s'élevaient:

— Alors vous voulez nous faire renverser?

— Vous voulez faire innocenter un traître?

— C'est de la démence!

— C'est de la folie!

— C'est insensé!

— C'est criminel!

Et la voix du général de Lestradier, dominant le tumulte lança vibrante et indignée:

— Pour ma part, s'il n'était pas fait état de ce document irréfutable, je préférerais donner ma démission tout de suite.

— Dites que vous voulez la guerre, riposta le ministre de l'Instruction publique.

Mais de véritables huées couvrirent sa voix.

Alors M. Lemarchand frappant violemment la table avec son coupe-papier réclama:

— Silence!

Et d'une voix courroucée, il poursuivit:

— Il est fort heureux, messieurs, que cette scène se passe en conseil de cabinet, c'est-à-dire hors de la présence du Président de la République.

« Malgré cela, laissez-moi vous rappeler au calme.

« Je vous apporte, je crois, la solution qui donnera satisfaction à tous.

« Messieurs, nous nous trouvons, en ce moment, placés entre deux avis contradictoires, celui de notre collègue de la Guerre et celui de notre collègue de l'Instruction publique.

« Or, je n'hésite pas à le proclamer, tous deux ont raison.

« Moi aussi, j'ai étudié avec soin le procès Ferbach.

« Moi aussi, je suis convaincu que pour obtenir une condamnation cent fois méritée, il est absolument indipensable que la pièce que vient de nous apporter le général de Lestradier soit versée dans le débat.

— Ah! ah! fit-on de toutes parts.

— Attendez un peu, fit Lemarchand.

« Mais, par exemple, où je donne parfaitement raison à monsieur le Ministre de l'Instruction publique, c'est lorsqu'il nous dit:

— Prenez garde, car si vous versez cette pièce dans le débat, vous allez avoir la guerre.

« Le problème se trouve donc ainsi posé: Faire condamner Ferbach, sans déchaîner sur nous les fureurs allemandes.

« Au premier abord, la solution vous en apparaît difficile, impossible même, eh! bien, détrompez-vous, je crois l'avoir trouvée.

Maintenant le silence le plus complet planait sur l'aréopage gouvernemental.

Tous écoutaient avec attention monsieur Lemarchand, car tous connaissaient son habileté et sa prudence et savaient très bien que pour qu'il parlât aussi tranquillement, avec une assurance aussi parfaite, il fallait qu'il fût complètement sûr de lui-même.

Monsieur Lemarchand reprit:

— Messieurs, il est un principe devant lequel tous les gouvernements, quels qu'ils fussent, se sont toujours inclinés, c'est le principe de la raison d'Etat.

« Nous avons beau être en République, il n'y a pas, croyez-moi, trente-six façons de gouverner un pays surtout lorsque ses intérêts nationaux sont en jeu.

« Vous n'ignorez pas, messieurs, qu'il y a quelque temps nous avons failli avoir la guerre.

« Je n'ai pas cru vous dissimuler les négociations laborieuses et délicates entre toutes, auxquelles j'ai été contraint.

« Les négociations ont fort heureusement abouti et nous avons pu rétablir nos bonnes relations avec l'Allemagne, tout en maintenant la paix sur un terrain solide.

« Mais aujourd'hui, ainsi que très judicieusement vient de le faire observer notre collègue de l'Instruction publique, la question peut être remise en état, grâce à ce véritable nid à conflit qu'est cette affaire Ferbach, que je voudrais tant voir terminée, surtout si nous divulguons ce document confidentiel que vient de nous soumettre notre collègue de la Guerre.

« D'autre part, je considère que ce serait une abomination que de laisser impuni le crime sans nom, de cet officier indigne.

« Mais qui nous empêche, messieurs, de nous servir de cette arme terrible que nous possédons contre le traître sans risquer d'éveiller les susceptibilités de l'Empereur d'Allemagne, et de provoquer un *casus belli*, que, cette fois , il serait impossible de dissiper?

« Qui nous empêche, lorsque les juges du conseil de guerre pourront entrer dans leur salle de délibérations, de leur communiquer cette pièce en leur faisant jurer sur l'honneur de n'en révéler à personne l'existence.

« Voilà donc le moyen que je vous propose d'en finir avec Ferbach sans provoquer des complications extérieures dangereuses pour la sécurité du pays.

L'effet produit par le bref discours du Président du Conseil avait été très bon.

Tous semblaient approuver le langage de leur chef.

Seul le ministre de l'Instruction publique semblait apporter quelque réserve.

— Je vous demande la parole, fit-il.

— Vous l'avez, répliqua le Président.

— Messieurs, attaqua le grand maître de l'Université, la proposition de monsieur le Président du Conseil possède à mes yeux comme aux vôtres un double mérite: celui de la simplicité et celui de la sécurité.

« Mais cependant, elle a un grand inconvénient qui, je ne veux pas vous le cacher, trouble profondément ma conscience.

« En effet, en agissant de la sorte, nous commettons une illégalité.

— Comment cela une illégalité? s'exclama-t-on de toutes parts.

— Oui, messieurs, une illégalité, répéta avec force

le Ministre de l'Instruction publique car vous n'avez pas le droit de communiquer à des juges une pièce qui a été soustraite à la défense surtout lorsque cette pièce est aussi décisive.

— Mais, mon cher collègue, reprit Lemarchand avec cette douceur insinuante, empreinte d'une légère ironie, qu'il savait si bien employer à certains moments, je m'attendais parfaitement à l'objection que vous venez de me faire et voilà pourquoi, avant de vous formuler cette proposition, j'avais pris soin de bien poser le principe de la raison d'Etat, car il est le seul en la circonstance qui puisse inspirer nos actes et dicter notre conduite.

« Vous ferez ce que vous voudrez, vous voterez la proposition ou vous ne la voterez pas.

« Mais puisque votre collègue de l'Instruction publique a la conscience si susceptible, si chatouilleuse, eh! bien, qu'il lui demande à cette conscience si elle a le droit, pour une question de forme, ou de provoquer la guerre ou de laisser acquitter un misérable qui a odieusement trahi sa patrie?

— Très bien! très bien! approuva-t-on.

— Monsieur le Président, reprit le grand

Il les écoutait avec une attention profonde.

maître de l'Université, qui semblait de plus en plus troublé, voulez-vous me permettre une dernière objection?

— Je vous en prie.

— Supposez un instant que le document ultra secret qui vient de nous être soumis par notre collègue de la guerre soit un faux.

— Un faux, protesta-t-on de tous côtés.

Déjà le général de Lestradier s'était levé.

— Messieurs, fit-il, je tiens à protester immédiatement contre les paroles que vient de prononcer monsieur le ministre de l'Instruction publique.

« Croyez que je serais incapable...

— Mais, mon cher collègue, votre bonne foi a pu être surprise.

— Non, coupa net le général de Lestradier, je me porte garant de l'authenticité de cette pièce.

« Je ne vous ai pas caché les moyens par lesquels elle m'est parvenue.

« Par conséquent, elle doit être à l'abri de tout soupçon, comme moi-même.

— Vous voyez, fit simplement monsieur Lemarchand.

Le Ministre de l'Instruction publique n'avait plus qu'à s'incliner, en disant toutefois :

— Puisse l'avenir, messieurs, ne pas donner raison à mes inquiétudes.

Et le conseil des ministres parla d'autre chose.

CHAPITRE CXVIII

Le roman de Ladislas Borovitch

A la pension Lenoir, tout était au bonheur, à la joie.

En effet, le mariage de Jean Lenoir et d'Yvette avait été fixé pour la fin du mois, juste le temps des publications légales.

Jean Lenoir avait été lui-même s'occuper des papiers et des formalités diverses.

Comme par bonheur il connaissait à la mairie du 14ᵉ arrondissement un employé fort complaisant d'ailleurs, il avait obtenu tous les renseignements nécessaires et évité un certain nombre de complications qui se produisent toujours lorsqu'un Français épouse une étrangère.

Les choses se simplifiaient du fait qu'Yvette pouvait déclarer que son père avait disparu, et il était facile de contrôler sur les registres la véracité de ses dires.

Tout le monde était donc ravi.

Mme Lenoir de voir son fils épouser une jeune fille aussi charmante, aussi sérieuse qu'Yvette.

Jean d'avoir rencontré sur sa route une épouse douée de si précieuses et si rares qualités et enfin Yvette de pouvoir se créer, malgré les circonstances douloureuses de sa vie, un foyer et une famille, c'est-à-dire la sérénité, la paix et du bonheur pour jusqu'à la fin de ses jours.

Seul Pas-de-Canard ne partageait pas l'allégresse générale.

Mais il ne laissait rien voir de sa peine, bien qu'il souffrît beaucoup.

En effet, l'infirme après avoir en vain lutté contre ses propres sentiments, après avoir cherché à s'égarer lui-même, avait bien été obligé de convenir qu'il aimait Yvette... d'un amour aussi profond qu'impossible, d'une tendresse aussi douloureuse que passionnée.

Alors, il en venait à maudire plus que jamais le sort qui l'avait si cruellement, si injustement affligé d'une infirmité épouvantable.

Et lorsqu'il voyait Jean Lenoir si vigoureux, si sain, si beau s'approcher d'Yvette et l'envelopper d'un long et pénétrant regard d'amour, lorsqu'il voyait surtout la jeune fille répondre à ce regard par un sourire de chaste abandon, le pauvre garçon se sentait frissonner, défaillir.

Et il s'éloignait pour ne pas contempler plus longtemps ce spectacle.

Mais il était fort.

Il possédait un empire sur lui-même assez puissant pour dissimuler à tous le drame intime dont sa pauvre âme était le théâtre.

Il affectait, au contraire, une gaieté qu'on ne lui connaissait pas.

Maintenant, il chantait presque sans trêve.

Il devenait facétieux.

Pendant les repas pris en commun dans la salle à manger de la pension de famille, il se faisait en quelque sorte le boute-en-train de la maisonnée, faisant mourir de rire par ses saillies comiques et imprévues, tout l'essaim gracieux des jeunes pensionnaires de Mme Lenoir.

Aussi Pas-de-Canard était-il devenu tout à fait populaire parmi elles.

C'était à qui le choyerait, le dorloterait, lui ferait des petits cadeaux.

Tantôt l'une lui apportait un bon cigare, tantôt l'autre lui fleurissait sa boutonnière.

Celle-ci lui apportait des berlingots à la menthe dont il était très friand ; celle-là lui faisait cadeau d'une belle cravate en soie.

Et cette effusion de sympathie, d'amitié que l'infirme savait inspirer autour de lui, sans le consoler de la peine incurable dont il était atteint, mettait néanmoins un peu de baume sur les blessures du pauvre garçon.

D'ailleurs, son âme était si pure, si franche, si loyale qu'il n'entrait en elle aucune jalousie.

D'autres auraient pu en vouloir à Yvette, haïr Jean Lenoir et chercher même, par quelque moyen lâche et subtil, à troubler cet amour qui s'épanouissait radieux au milieu de tous.

Mais aucune mauvaise pensée ne pouvait venir à Pas-de-Canard.

Il continuait à adorer Yvette.

Il ne pouvait s'empêcher d'aimer Jean Lenoir, car il appréciait son caractère droit et sa bonté naturelle.

Cependant lorsqu'il se repliait sur lui-même, il souffrait davantage, car il ne se reconnaissait qu'un droit, celui de s'en prendre à lui de sa propre infortune.

Mais, par un surcroît d'héroïsme il en était arrivé presque à aimer sa souffrance.

Sa souffrance n'était-ce pas Yvette, c'est-à-dire l'être adoré pardessus tout et qui était destiné à lui échapper à jamais!

Et il se résignait en se disant:

— Elle n'est point tout

— Je m'en vais vous chanter « Viens Poupoule ».

à fait perdue pour moi puisque je la reverrai encore, puisque j'entendrai sa voix, puisqu'elle me parlera pour me dire des choses très bonnes et très douces, puisqu'elle m'appellera toujours son frère et son ami.

Et cette pensée consolante le transformait, en en faisant par instant une sorte de bouffon aux réparties drôlatiques, véritable Triboulet moderne lancé au milieu d'un essaim de jeunes filles.

Il en était arrivé à plaisanter lui-même sur son infirmité.

Tout le monde se réjouissait de cette transformation inattendue, si bien qu'Yvette, qui ne l'avait jamais vu aussi gai, lui répétait souvent:

— Comme je suis heureuse, bon ami, de te voir content.

« Car mon bonheur ne serait pas complet si je n'étais pas sûre que toi aussi tu es parfaitement heureux.

A ces mots qui lui broyaient le cœur, Pas-de-Canard n'avait pu réprimer un cri rauque de détresse éplorée.

Mais instantanément, ce cri s'était changé en un éclat de rire sauvage.

Et l'infirme dodelinant sa tête énorme sur ses épaules, balançant à droite et à gauche son torse difforme, s'était écrié dans un véritable spasme de gaîté forcée:

— Oui, je suis heureux, heureux, très heureux!

Très souvent à la fin du dîner, sur la prière d'Yvette, de Jean Lenoir ou de l'une des pensionnaires, Pas-de-Canard entonnait de sa belle voix sonore une romance poétique et charmante.

En secret, afin d'égayer la société, il apprenait quelques chansonnettes comiques, s'attardant le soir au carrefour des rues, où des chanteurs populaires se faisaient entendre en s'accompagnant avec une guitare ou une mandoline, les écoutant avec une attention profonde, notant scrupuleusement dans sa mémoire les airs qui s'envolaient aux quatre vents des rues.

Puis quand il savait bien cet air par cœur, il achetait la chanson et apprenait les paroles.

Mais voulant faire une surprise à son entourage, il s'était bien gardé de révéler à personne le travail artistique auquel il se livrait.

Aussi quel ne fut pas l'étonnement général lorsqu'un soir après dîner, comme Jean Lenoir lui demandait de chanter quelque chose, on vit Pas-de-Canard monter sur sa chaise et annoncer d'une voix éclatante:

— Je m'en vais vous chanter « Viens, Poupoule! »

Il y eut un moment de stupeur générale.

Pas-de-Canard chanteur comique, cela paraissait à tous les auditeurs comme une chose invraisemblable.

Comment, lui qui jusqu'alors ne s'était fait entendre que dans les romances sentimentales, allait se lancer dans un genre pareil!

Aussi était-on pressé de l'écouter, car on se demandait comment il allait se tirer de l'épreuve.

Dans un silence profond, l'infirme attaqua les premières mesures de la célèbre chansonnette populaire.

Ce fut une stupéfaction générale.

En effet, non seulement Pas-de-Canard lançait d'une voix mordante et pleine d'entrain les paroles plutôt simplettes de la chanson, mais il en rythmait l'air assez amusant, par une mimique tellement expressive qu'il était impossible de ne pas être amusé, pris, saisi, emballé par l'exécutant.

A la fin du premier couplet, les bravos crépitèrent.

Après le second, les acclamations se joignirent aux bravos.

Après le troisième, ce fut du délire.

Quant au quatrième couplet, bissé, trissé d'enthousiasme, l'ami d'Yvette aurait pu le chanter vingt fois de suite tant son auditoire électrisé le réclamait avec insistance.

Mais Pas-de-Canard lorsque le calme se fut un peu rétabli, annonça:

— Je vais vous en chanter une autre.

— Bravo! bravo! s'écria-t-on de toutes parts.

Et le chanteur lança d'une voix vibrante: *Caroline!* Jamais aucun chanteur illustre n'obtint un tel succès.

Cette fois le pauvre garçon dut redire la chanson entièrement trois fois de suite.

Son auditoire, y compris l'excellente Mme Lenoir, avait repris le refrain d'ailleurs très facile à retenir et fort entraînant.

Lorsqu'on fut à bout d'haleine, Jean Lenoir se dressant à son tour, réclama:

— Un ban pour le chanteur.

Cette proposition fut adoptée à l'unanimité.

Tandis que les mains claquaient joyeusement les unes contre les autres, la silhouette d'un homme très

— Ah! Monsieur Borovitch, fit-il.

grand, vêtu de noir, la barbe et les cheveux taillés à la Christ, un large sombrero à la main, se profilait sur la porte de la salle à manger laissée entrouverte.

Ce fut Jean Lenoir qui l'aperçut le premier.

— Ah! monsieur Borovitch, fit-il en allant immédiatement vers l'homme de lettres qui déjà s'excusait:

— Mesdames, monsieur Lenoir, je vous demande bien pardon de m'introduire ainsi chez vous.

« Je venais simplement vous rendre une petite visite.

— Soyez le bienvenu, déclara Jean Lenoir, la main largement tendue.

Ladislas Borovitch semblait néanmoins éprouver le besoin de s'excuser encore.

— Vous me voyez navré, désolé, disait-il, d'être entré ainsi sans me faire annoncer, mais ce n'est pas trop ma faute.

« Je me suis d'abord présenté au bureau et il n'y avait personne.

« Alors j'ai entendu des voix joyeuses.

« Je me suis avancé et cette porte ouverte m'a trahi bien malgré moi.

A son tour madame Lenoir, séduite par le ton très doux des manières affables de Ladislas, intervenait.

— Monsieur Borovitch, disait-elle, asseyez-vous donc, je vous en prie.

Deux gentilles midinettes s'étaient levées faisant place au nouveau venu qui, malgré ses protestations, dut s'asseoir, tandis que Lenoir s'en allait chercher quelques bouteilles de vin mousseux pour boire à la santé de sa fiancée.

Bientôt les bouchons sautèrent et le Saumur gaiment pétilla dans les verres.

L'arrivée de Borovitch avait interrompu un moment cette véritable crise de gaîté qui secouait l'assistance.

— Derteufel! tu vas me payer ça!

airs d'Opéra?

— Il en chante aussi, fit la fille de Van Flam, toujours enchantée de faire valoir celui qu'elle aimait comme un frère.

— Ah! vraiment, s'exclama Ladislas.

— Mais oui, développa Yvette, et puis aussi des chansons de son pays, de belles chansons de Flandre.

— Voulez-vous en dire une, monsieur? demanda le nouveau venu.

Pas-de-Canard eut un regard étrange à l'adresse de l'indiscret Borovitch qui échappa à tous mais qui n'en était pas moins comme chargé de haine sourde, de colère concentrée.

Pourtant l'infirme n'avait aucune raison d'en vouloir à cet homme.

Il le connaissait à peine.

Il n'en avait entendu dire que du bien, par Jean Lenoir, Mme Lenoir, toutes les jeunes filles et par Yvette elle-même.

Il eût d'ailleurs été parfaitement incapable de s'expliquer cette antipathie irraisonnée que lui inspirait le nouveau venu.

Et malgré cela, il se sentait animé contre lui d'une sorte de rage inexplicable qui l'eût poussé, pour un rien à se jeter contre sa personne et à l'étreindre dans ses mains puissantes de gnome herculéen.

Aussi répondit-il:

— Non, tout à l'heure, pas maintenant, je suis fatigué.

— Ce n'est pas gentil de se faire prier ainsi, fit la douce Yvette avec une moue d'enfant gâtée.

Mais Pas-de-Canard lui adressa un regard si tendrement suppliant que la jeune fille n'insista pas.

Quant à Jean Lenoir, il s'écriait en s'adressant à l'infirme:

— Buvons un coup, à la santé des amoureux.

L'homme de lettres s'en aperçut bientôt car il déclara:

— Je m'en voudrais, mesdames, d'être un trouble-fête.

« A l'instant vous chantiez, pourquoi ne continuez-vous pas?

« J'aime beaucoup les chansons.

« Tout à l'heure, j'entendais une voix fort jolie, lancer joyeusement des couplets entraînants...

« C'est sans doute monsieur Jean Lenoir?

— Non, fit ce dernier en désignant Pas-de-Canard, c'est lui.

— Vous avez une très belle voix, monsieur, reprit Borovitch et j'ajouterai même une trop belle voix pour vous contenter du répertoire du café-concert.

« Je suis sûr que vous feriez merveille dans les

Alors Pas-de-Canard saisit nerveusement son verre et le vida d'un trait.

Puis se transformant soudain, donnant à son visage un moment bouleversé une expression narquoise, gouailleuse et même provocante, il agita en l'air frénétiquement ses deux bras en clamant avec l'accent de fausset d'un polichinelle de guignol :

— Bonsoir la compagnie, bonsoir !

Et tout en se brimballant sur ses jambes tordues, il s'en fut dans le couloir sans que personne n'osât le retenir.

La brusque sortie de Pas-de-Canard avait jeté un froid à Ladislas.

En effet, il avait l'impression que quelque chose d'anormal avait dû se passer chez le déshérité, chez celui qui un instant auparavant si plein de gaieté, si étourdissant de verve et de fantaisie, s'était retiré ainsi avec une maussaderie qui frisait l'insolence.

— Singulier personnage, ne put s'empêcher de murmurer Ladislas Borovitch.

Mais Jean Lenoir, désireux de faire bon accueil à son hôte reprenait déjà :

— Vous savez, il ne faut pas lui en vouloir.

« Il est timide.

« Il s'effarouche facilement.

« Il ne connaît pas encore monsieur.

« Dès qu'il saura combien il est gentil, je suis persuadé qu'il reviendra.

« Tenez, je m'en vais aller le chercher.

— Non, laisse-le, fit Mme Lenoir.

« Ce garçon est très fier, très susceptible.

Mais Jean n'entendait plus sa mère.

Il courut dans le couloir et se mit à chercher Pas-de-Canard dans toute la maison.

Sans succès, d'ailleurs.

L'infirme avait disparu.

De guerre lasse, Jean revint dans la salle à manger où régnait à présent une aimable animation.

L'impression causée par le départ précipité de Pas-de-Canard avait disparu et la conversation était redevenue à peu près générale.

— Je ne sais pas où il est, déclara Jean Lenoir.

— Laissez-le, fit-on de tous côtés.

— Quand il reviendra, il sera le bienvenu, voilà tout !

Alors, élevant légèrement la voix, Ladislas Borovitch attaqua :

— Ce brave garçon évoque en moi une histoire tout à fait curieuse.

— Ah ! vraiment, firent ces demoiselles déjà intéressées.

— Racontez-la-nous, demanda Mme Lenoir, qui bien qu'excellente femme, était de nature plutôt curieuse.

— Oh ! je ne voudrais pas vous importuner, fit modestement Ladislas.

Immédiatement des protestations s'élevèrent.

Car toutes se disaient : un homme de lettres, ça doit toujours avoir quelque chose d'intéressant à vous dire.

— Mon histoire est peut-être un peu risquée, avertit Borovitch.

Cet avertissement ne fit que redoubler la curiosité générale.

En effet, toutes ces demoiselles tout en étant de parfaites honnêtes filles, n'en étaient pas moins fort bien renseignées sur la vie, et n'ignoraient rien des complications et des dangers qu'elles avaient si bien su éviter elles-mêmes jusqu'alors.

— Je ne sais si je dois... fit Ladislas en interrogeant du regard Mme Lenoir.

— Si, si, parlez, parlez, je vous donne la permission.

« Je suis très sûre qu'un homme comme vous, monsieur Borovitch, est incapable de manquer de respect à des femmes.

— Vous avez raison, dit Ladislas, je commence.

Et après avoir bu deux ou trois gorgées de Saumur et déposé son verre sur la table, l'écrivain commença :

— Il y a de cela une quinzaine d'années environ, je terminais mes études en Allemagne, à l'Université d'Heidelberg où l'on a coutume d'envoyer les jeunes gens de notre pays qui témoignent de quelques dispositions pour les carrières libérales.

« Vous avez peut-être entendu dire, mesdames, que les étudiants allemands tout en étant doués de qualités devant lesquelles je me plais à m'incliner ont aussi de nombreux défauts, parmi lesquels il faut placer, au premier rang, un irrésistible besoin de se quereller d'une façon brutale et parfois même grossière.

« Ajoutez à cela qu'ils se complaisent en d'interminables beuveries de bière à la brasserie tout en fumant des pipes innombrables et en chantant d'un air triste et résigné, mais fort juste, et en mesure, des chœurs qui ne manquent ni de saveur ni de pittoresque.

« J'avoue que ce genre de distraction ne me plaisait guère.

« J'ai toujours été un rêveur, un contemplatif aimant à m'isoler et à demeurer tout à tour face à face avec la nature ou avec mes pensées.

« Ayant de très bonne heure souhaité d'être un

écrivain, aspirant ardemment à réaliser, sur le papier, les divers sentiments qui se partageaient mon âme, ces réunions bruyantes, matérielles étouffantes, malsaines et à peine rehaussées par la poésie relative de chants monotones, ne pouvaient me séduire, ni m'attirer.

« Fort bien reçu par les étudiants d'Heidelberg, je dus néanmoins me résigner à assister à quelques-unes de ces réunions.

« Mais bientôt, lassé, écœuré, je m'isolais et je cessai de fréquenter la brasserie.

« Le matin, je me levais de bonne heure.

« J'allais faire une grande promenade aux environs qui sont d'ailleurs très beaux.

« Je déjeunais de bon appétit dans un petit restaurant modeste et calme.

« Puis je rentrais chez moi.

« Je travaillais jusqu'à l'heure du souper.

« Après quoi, lorsque le temps me le permettait, j'allais rêver sur une montagne voisine, cherchant à dénombrer les étoiles qui pointaient d'or le ciel ou bien me laissais griser par la lumière radieuse d'un beau clair de lune.

— Je reçus en pleine poitrine un coup de pointe.

« Mes camarades ne tardèrent pas à s'apercevoir de mon état d'âme qu'ils prirent pour du mépris à leur égard.

« Très férus de leurs coutumes et traditions, les étudiants allemands sont intransigeants sur ce qu'ils appellent les principas.

« Ils s'étonnèrent, à bon droit, qu'un jeune étranger qui avait été reçu, fêté, choyé par eux, et qui avait paru, pendant un certain temps, répondre à leurs avances, s'éloignât ainsi, évitât de les rencontrer et se tint même ostensiblement à l'écart.

« Ils déléguèrent deux des leurs pour me demander une explication.

« J'avoue que je fus très surpris par cette démarche faite d'ailleurs, je le reconnais, sur un ton extrêmement cordial et qui montrait que somme toute, la sympathie que j'avais pu inspirer aux étudiants d'Heidelberg avait été quelque peu déçue mais n'était nullement diminuée.

« Je répondis très franchement, trop franchement peut-être que j'étais extrêmement touché de la visite de ces messieurs, que je ne nourrissais à leur égard, ainsi qu'à celui de mes camarades, que des sentiments de parfaite amitié, et que seuls mon caractère sauvage et mon amour de la solitude m'éloignaient de leurs réunions.

« Les deux délégués rapportèrent fidèlement mes déclarations à leurs amis qui s'en montrèrent vivement froissés.

« Alors ils me firent savoir que désormais si je persistais dans mon attitude ils me considéreraient comme un adversaire et me traiteraient comme tel.

« Cette déclaration produisit sur moi l'effet contraire à celui qu'en attendaient ces messieurs d'Heidelberg.

« En effet, je ne suis pas querelleur.

« J'ai même l'horreur des discussions inutiles et des puériles batailles.

« Et puis surtout, avant tout, la violence me répugne.

« Pour moi, un lâche n'est point l'être faible qui fuit le danger, mais l'être fort qui le provoque, en sachant très bien que c'est lui qui remportera l'avantage.

« Je continuai donc, plus que jamais mon genre d'existence, non seulement parce qu'il me plaisait, mais encore parce qu'on me menaçait.

« Les menaces m'ont toujours fait, moi, l'homme pacifique entre tous, me mettre en garde, prêt à la défense.

« J'appris alors par un maître de pension chez lequel je prenais mes repas que les étudiants furieux de mon attitude avaient résolu de se venger.

« Mon restaurateur, qui était d'ailleurs un excellent homme, me tint à peu près ce langage:

« — Monsieur Borovitch, me dit-il, si j'étais à votre place, je sais bien ce que je ferais.

« — Quoi donc? répliquai-je.

« — Eh! bien, je ferais ma malle, et je m'empresserais de rentrer dans mon pays.

« — Pourquoi me donnez-vous ce conseil?

« — Parce que je vous aime bien.

« Cela me ferait de la peine de perdre un client aussi tranquille, aussi sérieux que vous.

« Mais cela me chagrinerait encore bien davantage s'il vous arrivait un malheur.

« — Un malheur?

« — Oui, un malheur.

« — Je me demande comment?

« Alors se penchant vers moi, mon gargotier me demanda sur un ton de confidence inquiète.

« — Monsieur Borovitch êtes-vous fort au sabre?

« J'avoue que cette question me laissa quelque peu surpris.

« En effet, mes goûts ne m'avaient jamais attiré vers des exercices violents.

« Si comme tous les jeunes gens, j'avais fait un peu d'escrime, j'avoue que l'art du sabre m'était à peu près étranger.

« Aussi, je répondis:

« — Mon Dieu! je vous avouerai que j'ai très peu cultivé ce genre de sport.

« — Alors, récidiva le restaurateur, dont la voix était altérée d'une expression de réelle inquiétude, partez vite, sans cela je ne réponds pas de vous.

« Car il serait vraiment dommage qu'un homme distingué comme vous fût défiguré pour le restant de ses jours par quelque vilaine balafre ou même restât sur le terrain, ce qui, hélas! s'est déjà vu à Heidelberg.

« Tranquillement, je repris.

« — Cher monsieur, je vous suis très reconnaissant de l'intérêt que vous voulez bien me porter.

« Cependant, permettez-moi de vous faire observer tout amicalement que vos inquiétudes à mon égard ne sont nullement fondées.

« Je n'ai pas du tout l'intention de me battre.

« — Et si l'on vous provoque? objecta mon maître de pension.

« — Qui voulez-vous qui me provoque?

« — Mais les étudiants...

« — A quel sujet?

« — A n'importe quel sujet.

« Ils sont furieux contre vous et décidés à vous chercher noise.

« — Allons donc!

« — Ils ont déjà désigné un des leurs, le plus fort au sabre de toute la Faculté.

« La première fois qu'il vous rencontrera dans la rue, il vous frappera au visage.

« Vous serez donc obligé, à moins d'être déshonoré, de vous aligner avec lui et comme ainsi que vous venez de le dire vous-même, vous n'êtes que d'une force très relative aux armes, il y a de grandes chances pour que vous ne sortiez pas indemne de l'aventure et même pour que vous soyez blessé grièvement et même peut-être tué.

« — Mais alors, repris-je, avec beaucoup de calme, vos étudiants sont des sauvages, des assassins.

« Car, s'ils agissent comme vous venez de me le dire, c'est un véritable assassinat qu'ils provoquent.

« — C'est la coutume du pays.

« — Eh! bien, elle est jolie.

« — C'est bien pourquoi je vous supplie de vous en aller.

« — Je ne m'en irai pas.

« — Vous avez tort.

« — C'est possible, mais je ne m'en irai pas.

« Ma décision était prise, je restai.

« Je n'ai jamais été un provocateur ni un bravache.

« Par exemple, j'ai toujours estimé qu'un homme se doit à lui-même d'envisager le péril avec sérénité.

« Les choses se produisirent ainsi que l'avait prédit mon restaurateur.

« Le soir même, comme je traversais l'une des rues principales en ne cherchant nullement à me cacher, ni à éluder l'algarade qui m'était annoncée, je vis tout un groupe d'étudiants s'avancer vers moi.

« L'un d'eux, un grand gaillard, taillé en hercule, aux cheveux roux, la moustache dressée en bataille, l'œil bleu de porcelaine, lourd d'aspect comme de démarche, se détacha du groupe et s'avançant vers moi, sans dire un mot, me frappa rudement au visage.

« Sans en avoir l'air peut-être, je suis doué d'une force peu commune et si je n'étais guère entraîné aux armes, en revanche j'avais fait de nombreux exercices physiques: boxe, poids, altères, gymnastique, qui m'ont donné une élasticité et une résistance musculaires peu ordinaires.

« A peine la main de ce rustre avait-elle effleuré mon visage que je l'empoignai au collet et l'envoyai rouler dans le ruisseau.

« Il se releva aussitôt au comble de l'humiliation et de la fureur et marchant vers moi le poing tendu, le visage crispé de colère, le champion des étudiants d'Heidelberg me clama:

« — Derteuffel, tu vas me payer ça!

« Mais je ne lui donnai pas le temps de me toucher.

« D'un magnifique direct gauche à la mâchoire,
suivi d'un swing droit et d'un swing gauche reten-
tissants, j'envoyai mon adversaire, pour la seconde
fois, non plus dans le ruisseau, mais tomber le derrière en pleine devanture d'un épicier, c'est-à-dire
dans un baril plein d'œufs frais.

« Ce fut un désastre.

« Tandis que les autres étudiants se pressaient autour de leur camarade, l'aidant à sortir de la véritable
omelette qu'il venait si
involontairement de
provoquer, sans hâter le
pas, je continuai ma
route, sans avoir d'ail-
leurs été rejoint ni in-
quiété par personne.

« Le lendemain matin,
à la première heure, on
frappait à ma porte.

« Je m'en fus ouvrir
et je reconnus les deux
étudiants qui déjà é-
taient venus me deman-
der des explications au
nom de leurs camarades.

« Je les reçus immé-
diatement.

« Ils me dirent qu'ils
venaient, au nom de leur
ami, Otto Friedrich, me
demander une répara-
tion par les armes.

« Quelque peu ironi-
que je leur fis remarquer
que je n'avais pas l'hon-
neur de connaître M. Otto Friedrich.

« Ils me répondirent que M. Otto Friedrich n'était
autre que l'étudiant que j'avais, la veille, si bénévolement envoyé rouler dans un baril plein d'œufs.

« Avec toute la courtoisie dont j'étais capable, je
fis remarquer à ces messieurs que, dans la circonstance, je n'étais pas l'offenseur, mais plutôt l'offensé, puisque c'était moi qui avais été frappé le premier.

« Les deux jeunes gens qui paraissaient d'ailleurs
de fort aimables garçons me répondirent qu'ils n'é-
taient pas là pour discuter mais pour agir et pour
obtenir de moi que je constituasse immédiatement
deux témoins.

« Après quoi on verrait...

« Ils ajoutèrent que telles étaient les mœurs du
pays et que tout étranger y séjournant avait moins
que tout autre le droit de s'y soustraire.

« Je leur affirmai que telle n'était point mon
intention et que dans la journée je leur désignerais
les deux amis chargés de me représenter.

« Je n'eus aucune peine à les trouver.

« Il fut décidé que dès le lendemain à dix heures,
Otto Friedrich et moi nous nous battrions au sabre
dans le jardin d'une auberge située à deux kilomètres de la ville.

Ils me firent transporter à l'intérieur de l'auberge.

« Mes deux témoins
auxquels je n'avais pas
caché que j'étais d'une
force très relative au sabre, voulurent à tout
prix m'emmener dans
une salle d'armes où je
ferraillai pendant une
bonne heure ne compre-
nant pas grand'chose
d'ailleurs aux coups
d'attaque de parade et
de riposte, que m'indi-
quait un maître d'armes
rogue, hautain et peu
complaisant.

« Puis, je m'en fus
dîner avec mes témoins,
naturellement.

« Mon maître de pen-
sion en apprenant la
nouvelle se contenta de
hausser les épaules et
de pousser un profond
soupir en ajoutant tou-
tefois:

« — Vous voyez bien ce que je vous avais dit.

« Puis, après un repas confortable arrosé d'excellent vin du Rhin, je m'en fus me coucher.

« Me rappelant les prédictions de mon gargotier,
j'écrivis une longue lettre à mon père et à ma mère
pour leur faire mes adieux en cas de mortel accident.

« Je dormis d'une seule traite.

« Je me réveillai frais et dispos.

« A peine achevais-je ma toilette que mes deux
témoins se présentaient chez moi, munis de deux
énormes rapières enveloppées dans de la serge verte
et flanqués d'un étudiant en médecine, qui ayant passé la nuit à la brasserie à brailler et à boire de la bière
et du kirsch était gris comme un Polonais.

« Je ne prêtai d'ailleurs qu'une vague attention à

tous ces détails et je descendis mon escalier escorté de mes témoins et de mon docteur qui titubait d'une façon inquiétante.

« Une voiture nous attendait à la porte.

« — Décidément, me dis-je, les étudiants d'Heidelberg font bien les choses.

« Je m'installai sur les coussins plutôt durs.

« Un de mes témoins s'assit à côté de moi.

« L'autre et le docteur prirent place sur la banquette en face.

« Il faisait un temps admirable.

« Le printemps, sur le point de céder la place à l'été, semblait désireux par une sorte de coquetterie poétique, de parer la nature de toutes ses grâces et de tous ses charmes.

« J'avoue que je me préoccupais beaucoup plus de la sensation douce, agréable, suave et saine que me procuraient les caresses d'une brise embaumée d'exquises senteurs, que de la perspective du combat où j'allais risquer ma vie.

« En route, mes témoins voulurent bien encore me prodiguer quelques conseils que je n'écoutais guère.

« Je ne pris la parole qu'une seule fois, ce fut pour prier notre étudiant en médecine de ne pas m'envoyer dans la figure les bouffées de tabac qu'il tirait de sa grosse pipe en porcelaine qui ne quittait pas sa bouche.

« Nous fûmes, d'ailleurs, très vite arrivés.

« On nous fit pénétrer dans un jardin entouré d'un rideau discret de verdure.

« Mon adversaire et ses témoins étaient déjà arrivés.

« Nous nous saluâmes courtoisement.

« Je passe sur les préliminaires du combat qui sont à peu près les mêmes que dans tous les pays du monde.

« Bref, après avoir tiré au sort les places et les armes, passé les lames des sabres à la flamme d'une forte lampe à alcool, nos témoins s'approchèrent de nous, nous firent enlever tous nos vêtements, à l'exception du pantalon.

« Puis, ils nous placèrent, Otto Friedrich et moi, en face l'un de l'autre.

« Enfin nous engageâmes le fer.

« Immédiatement je m'aperçus que j'avais affaire à forte partie et que j'étais certain de ne pas remporter la victoire.

« Otto Friedrich maniait, en effet, son sabre avec une habileté consommée.

« Le tout pour moi, était d'éviter un coup mortel.

« Je m'y appliquai de mon mieux, et je dois dire que je me défendis plus habilement que je ne l'aurais cru moi-même.

« Otto Friedrich surpris de rencontrer une résistance à laquelle il ne s'attendait pas, multiplia ses attaques, si bien cette fois, que je devais succomber.

« En effet, après avoir réussi à parer un coup de tête qui m'eût ouvert le crâne en deux, je reçus en pleine poitrine un coup de pointe formidable.

« Je tombai à la renverse évanoui perdant mon sang à gros bouillons.

« On se précipita vers moi.

« Que se passa-t-il?

« On me l'a raconté depuis, car je ne m'aperçus de rien.

« J'avais perdu tout sentiment.

« Il paraît que l'étudiant en médecine, sans lâcher sa pipe, se contenta de se pencher vers moi et de déclarer en hochant la tête que c'était grave, très grave.

« Fort heureusement mes témoins ne perdirent pas la tête, et me firent transporter à l'intérieur de l'auberge sur un matelas et s'en furent immédiatement chercher un chirurgien qui accourut et déclara que ma blessure était extrêmement grave, mais non mortelle.

« Avec toutes sortes de précautions on me transporta à sa clinique où, pendant plusieurs jours, je fus, d'ailleurs, entre la vie et la mort, car une complication était survenue et il fallut une intervention chirurgicale pour me tirer d'affaire.

« Le chirurgien qui était non seulement un praticien de tout premier ordre, mais également le meilleur homme de la terre, n'était autre que le célèbre professeur Franz Mahler, dont les travaux sont aujourd'hui connus et appréciés par l'Europe entière.

« Déplorant ces mœurs d'étudiants qui font ainsi se jeter brutalement, stupidement les uns contre les autres, des jeunes gens faits pour s'estimer, se comprendre et s'aimer, le professeur Mahler, s'était immédiatement intéressé à mon cas.

« Aussi avait-il voulu à tout prix que je demeurasse pendant toute ma convalescence dans sa superbe maison de santé qui était située aux portes d'Heidelberg et où il recevait les personnages les plus hauts de l'Allemagne.

« Aussitôt que je pus me promener dans le parc merveilleux qui entourait la maison, ce fut pour moi un véritable délice.

« Assis sur un banc, au milieu d'un bosquet très épais, je demeurais là, pendant de longues heures, rêvant à un poème dont les vers chantaient déjà depuis longtemps dans mon cerveau et dont je commençai à écrire le premier chant.

« Le professeur Mahler, qui était non seulement un savant de tout premier ordre, mais aussi un fin lettré, voulut bien s'intéresser à mon œuvre.

« Comme un jour je lui en avais lu quelques vers qu'il avait paru favorablement apprécier, il me dit:

« — En ce moment, j'ai parmi mes clientes, une femme illustre dont vous avez certainement entendu parler, la princesse de Leipzig.

« La princesse de Leipzig, en effet, ne m'était pas inconnue.

« Fille d'un des princes régnants d'Allemagne, elle avait une réputation universelle de beauté et de charme.

« Mariée à une sorte de brute alcoolique qui l'avait rendue profondément malheureuse, elle s'était réfugiée tout entière dans le culte des arts.

« Poëtesse et musicienne à la fois, elle possédait un véritable talent et savait faire chanter ses vers sur des musiques profondes et humaines.

« Cette proposition du professeur Mahler me combla de joie et d'espérance.

« Je n'ignorais pas que la princesse de Leipzig, qui aimait beaucoup les artistes, avait fait la renommée et la fortune de plusieurs d'entre eux.

« J'entrevis immédiatement tout un avenir de gloire.

« Je remerciai avec effusion l'éminent chirurgien et j'acceptai avec empressement d'être présenté à la princesse.

« Celle-ci qui venait de subir une délicate opération et qui était complètement rétablie, s'attardait encore pendant quelque temps dans l'admirable propriété qui servait de clinique au grand maître.

« Elle ne semblait nullement pressée d'en partir, ayant entrepris un grand poème lyrique auquel elle se donnait tout entière.

Il s'inclina respectueusement, par trois fois.

« Il fut décidé que le professeur lui demanderait l'autorisation de me présenter à elle.

« Un instant avant le dîner, le bon chirurgien vint me prévenir lui-même que le soir à huit heures et demie Son Altesse Impériale m'attendrait chez elle.

« La princesse de Leipzig demeurait dans un pavillon fort élégant et situé à l'autre bout du parc.

« Elle ne recevait que très peu d'amis, quelques artistes, de rares lettrés.

« Car si elle se montrait fort aimable et fort accueillante envers ceux qu'elle admettait chez elle, en revanche sa porte était rigoureusement fermée aux indifférents et aux fâcheux.

« Je n'ignorais point ce détail.

« Aussi je remerciai avec effusion le professeur Mahler d'avoir réussi aussi rapidement à faire lever en ma faveur la rigoureuse consigne.

« Bien qu'à la suite de ma blessure et depuis que j'étais en convalescence, je fisse d'habitude grand honneur aux menus très soignés et très délicats de la clinique — car, soit dit entre parenthèses, j'avais un grand besoin de réparer mes forces — ce soir-là, je touchai à peine aux mets que l'on me présenta.

« Mes voisins de table, des convalescents comme moi, s'aperçurent de mon trouble et fort aimablement d'ailleurs, m'en demandèrent l'explication.

« Mais je me cantonnai dans un absolu silence.

« Car monsieur Malher m'avait recommandé de ne révéler à personne la faveur dont j'étais l'objet de la part de la princesse de Leipzig craignant que ses autres clients ne lui demandassent à leur tour d'être présentés à elle.

« Je mis donc ce trouble sur le compte d'une indisposition passagère, ce qui me permit de quitter la table plus tôt que d'habitude.

« Je remontai dans ma chambre.

« J'endossai mon habit de cérémonie et la cravate blanche traditionnelle.

« Puis, à l'heure dite, accompagné par le professeur Malher qui avait revêtu, lui aussi un costume de soirée, nous nous dirigeâmes vers le pavillon, brillamment illuminé que l'on apercevait au milieu des grands arbres du parc.

La porte ornée de remarquables sculptures était ouverte et donnait sur un large vestibule brillamment éclairé où quatre suisses en grand costume de gala veillaient, appuyés sur leurs hallebardes.

« Immédiatement un majordome en habit noir et poudré à la Française, s'avança vers nous et s'inclina respectueusement par trois fois, comme s'il saluait un prince et un ambassadeur.

« Je m'aperçus immédiatement que pour les réceptions de la princesse de Leipzig, il y avait un protocole aussi sévère que dans les cours les plus rigoureuses d'Europe.

Car le professeur Malher, après avoir répondu d'un léger signe de la main aux obséquieux saluts du majordome, lui demanda:

« — Son Altesse Impériale la princesse de Leipzig, est-elle chez elle?

« En toute autre circonstance, cette question m'eût paru singulièrement bouffonne.

«Mais il y avait dans tout ce début de cérémonial quelque chose de si imposant, tout cela portait déjà l'empreinte d'un cachet ancien si étrange que je ne songeai nullement à m'amuser de ces préliminaires et qu'au contraire, mon trouble ne fit que grandir.

«Mais le majordome avait déjà répondu:

« — Son Altesse Impériale la princesse de Leipzig est chez elle.

« — Pourriez-vous me dire si elle daignera recevoir monsieur le professeur Malher et monsieur Ladislas Borovitch, ses humbles serviteurs?

« — Je vais le demander à son Altesse Impériale.

Nous montâmes un escalier de marbre.

« Puis en un geste large, mais respectueux, le majordome ajouta:

« — Plaise à ces messieurs de me suivre.

« Le professeur Malher et moi nous emboîtâmes le pas derrière ce serviteur de si haut style et nous montâmes un escalier de marbre tout à fait remarquable.

« Car, de chaque côté se dressaient sur des socles de marbre rose d'admirables statues, reproductions de tous les chefs-d'œuvre antiques les plus incontestés.

« Nous arrivâmes dans une sorte de galerie ornée de fresques du plus bel effet, et éclairée par mille girandoles qui se reflétaient dans des glaces à l'infini.

« — Plaise à ces messieurs d'attendre les décisions de Son Altesse, continua le majordome, en nous désignant cette fois, une banquette en velours cramoisi sur laquelle nous nous installâmes.

« Notre annonciateur souleva une épaisse tapisserie qui masquait une large porte et disparut.

« — Ne vous inquiétez pas de toutes ces formalités, m'expliqua le chirurgien.

« Tous les princes qui appartiennent aux familles régnantes d'Allemagne sont extrêmement formalistes.

« Mais ainsi que vous allez le voir une fois que l'on est admis auprès d'eux, rien n'égale leur simplicité, leur affabilité et leur bonne grâce.

« Au bout de cinq minutes environ, le majordome revint toujours solennel, toujours majestueux.

« Cette fois un sourire qui révélait une sorte de respectueuse bienveillance errait sur ses lèvres impeccablement rasées.

« — Son Altesse Impériale la princesse de Leipzig, déclara-t-il, a décidé de recevoir ces messieurs sur-le-champ.

— Je tombai à genoux et embrassai cette main.

« Alors, comme par enchantement ou plutôt comme au théâtre, la riche tapisserie glissa sur des anneaux invisibles et nous aperçûmes une nouvelle galerie encore plus belle et plus éblouissante que celle où nous nous trouvions.

« Nous y pénétrâmes.

« Plusieurs personnes s'y trouvaient déjà rassemblées.

« Toutes à l'arrivée du professeur Malher s'en furent vers lui avec affabilité.

« D'un seul mot, il me présenta, sans toutefois me nommer à personne.

« Néahmoins, à l'expression d'intérêt qui se répandit aussitôt sur les visages des personnages qui m'entouraient, je pus me rendre compte que je n'étais pas un inconnu pour eux!

« Sans doute, mon aventure avait-elle fait quelque bruit.

« Cela me valait sinon une célébrité dont, je vous l'avoue, j'étais à ce moment très avide, mais tout au moins une certaine renommée passagère sans doute, mais suffisante pour me sortir de l'ombre.

« Le professeur Malher s'aperçut de la gêne qui s'était emparée de moi en présence de tous ces gens que je voyais pour la première fois et dans qui je devinais du premier coup d'œil de hauts et puissants personnages.

« Car après avoir échangé avec eux quelques phrases très vagues, quelques formules de politesse banales, il me prit par le bras et m'entraîna dans l'embrasure d'une fenêtre en me disant:

« — Venez, maintenant, que je vous mette un peu au courant des coutumes de la maison ainsi que de ses habitudes.

« Ici, vous ne rencontrerez jamais de femmes.

« En effet, la princesse de Leipzig les a en horreur.

« Surtout, n'allez jamais lui demander pourquoi.

« Et lorsque vous l'entendrez se lancer dans des tirades amères contre le beau sexe, gardez-vous bien de lui demander la moindre explication, et ayez l'air surtout de l'approuver hautement.

« Peut-être un jour, quand elle vous connaîtra mieux, vous demandera-t-elle avec cette rude franchise qui la caractérise si vous avez une maîtresse, répondez-lui que non.

« Allez même plus loin, dites-lui que vous ne comprenez pas l'amour charnel, et que pour être véritablement un artiste, que pour garder son âme et son corps, exempts de toute souillure, il faut éviter avec soin toute liaison suivie qui ne peut que diminuer l'homme vis-à-vis de lui-même, lui faire perdre sa personnalité et par là même gâter son talent.

« Tout cela, entre nous, est absolument ridicule, insensé, même, mais si vous parvenez à conquérir les faveurs, — eh! en tout bien, tout honneur — de la princesse de Leipzig, eh! bien, mon ami, vous pouvez vous dire : ma fortune est faite.

« Car, regardez tous ces messieurs, très décorés et très décoratifs qui se pressent dans cette galerie, qui n'est qu'une antichambre.

« Ainsi ce grand à barbe blonde, ce n'est autre que Weimar, le célèbre musicien connu de toute l'Europe et qu'il y a dix ans, Cologne sa ville natale, ignorait complètement.

« Un jour, par hasard, elle a entendu dans un salon un de ses lieds, elle s'est emballée et il n'en a pas fallu davantage pour qu'un an après, le théâtre royal de Munich, jouât un opéra de Weimar intitulé Saxonne et qui est aujourd'hui au répertoire de toutes les grandes scènes du monde.

« Tenez cet autre, gros, petit, chauve, ventru, à la tête de bouledogue, qui certes n'a rien d'un artiste, c'est tout simplement le sculpteur Gartner dont vous avez certainement admiré les œuvres.

« Son histoire est absolument la même que celle du compositeur Weimar.

« Et ce grand, aux longs cheveux et à la moustache hérissée comme celle de notre empereur, savez-vous qui c'est, c'est le romancier Teiffel dont le volume Vices allemands a fait un si beau tapage, grâce à la publicité que la princesse a si bien su organiser autour de l'œuvre et de l'auteur.

« Enfin, je vous le répète, tous ces gens qui sont là doivent plus ou moins leur situation à son Altesse Impériale.

« — Mais, objectai-je timidement, je suis étranger.

« — Peu importe!

« La princesse est cosmopolite.

« Si vous lui plaisez, elle ne s'occupera pas de savoir si vous êtes Allemand, Français, Valaque ou Chinois, elle vous accordera sa protection sans vous la marchander, et vous m'en direz des nouvelles.

A ce moment Ladislas Borovitch fit une pause.

Jean Lenoir en profita pour remplir à nouveau son verre de vin mousseux.

Mais pas une voix ne s'éleva.

L'auditoire était visiblement empoigné par le récit étrange de Ladislas.

CHAPITRE CXIX

Où Ladislas Borovitch continue son histoire.

Après un bref silence, l'homme de lettres se rendant compte du vif succès qu'il obtenait sur son auditoire, reprit :

— Nous restâmes ainsi pendant près d'un quart d'heure dans cette galerie.

« Puis le majordome revint.

« Il tenait à la main un grand vélin armorié sur lequel les noms des invités étaient tracés en écriture gothique.

« Il en commença l'appel.

« Suivant l'usage, le nouveau présenté était appelé le premier.

« J'entrai suivi du professeur Malher, annoncé immédiatement après moi.

« Je pénétrai dans un salon Louis XVI délicieusement décoré et meublé avec ce luxe raffiné et de bon goût qui caractérise la fin du XVIIIᵉ siècle.

« Mesdemoiselles, avez-vous jamais visité Trianon?

Quelques petits hochements de tête approbatifs répondirent à la question posée par le narrateur.

— Eh! bien, poursuivit celui-ci, la pièce dans laquelle je m'avançai n'était autre que la reconstitution exacte du salon de musique de la Reine.

« Mêmes tentures, mêmes meubles, mêmes tableaux, mêmes objets.

« Nonchalamment assise sur une bergère, belle à ravir dans une toilette de soirée moulée à sa taille et laissant apercevoir les plus belles épaules du monde, la princesse de Leipzig, dès mon apparition, me considéra avec un air de fierté qui n'était point exempt de bienveillance.

« Sous son regard, je baissai les yeux, timidement comme une jeune fille.

« Le professeur Malher, en quelques mots, m'avait révélé la suite du protocole.

« En arrivant dans le salon, je devais m'incliner, faire trois pas en avant, m'incliner encore, puis m'avancer vers la princesse.

« Si cette dernière me tendait la main, je devais me baisser, la prendre et respectueusement en approcher mes lèvres.

« Si au contraire, elle se contentait de me souhaiter la bienvenue d'un léger signe de tête, je devais m'incliner pour la troisième fois et me retirer promptement afin de céder la place au professeur.

« Après mes deux saluts réglementaires, je m'avançai donc vers la princesse qui me parut sourire.

« Mon cœur battait très fort.

« Je me demandais:

« — Va-t-elle me donner sa main à baiser ou va-t-elle poliment m'éconduire?

« Car je n'avais pas été sans comprendre que si j'étais admis au baise-main, c'est que je plaisais, si je n'obtenais que le signe de tête, j'avais produit un effet contraire.

« Mais ce fut la main qui se tendit.

« Alors, affolé de joie, oubliant toutes les règles du protocole, je tombai à genoux et embrassai cette main dans un élan de reconnaissance infinie.

« Puis tout honteux de ma brusquerie, sans trop oser relever la tête, je murmurai d'une voix tremblante:

« — Princesse pardonnez-moi.

« — Mais je n'ai pas à vous pardonner, reprit une voix très musicale, très douce.

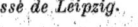
La princesse de Leipzig.

« Vous vous conduisez en galant chevalier et ça n'est pas pour me déplaire.

« Encouragé, je relevai la tête.

« Alors, j'aperçus tout près du mien le plus beau visage qu'il m'eût été donné de contempler.

« Bien que la princesse ne fût plus tout à fait de la prime jeunesse, elle avait conservé cette radieuse beauté qui, plus encore que son talent véritable, sa naissance illustre, avait contribué à la rendre célèbre dans toute l'Europe.

« On ne pouvait, en effet, imaginer des yeux plus clairs, plus brillants, plus doux, un front plus majestueux, une chevelure plus soyeuse et plus blonde, des lèvres plus roses et mieux dessinées.

« Ajoutez à cela une grâce incomparable dont l'orgueil légitime n'atténuait en rien le charme enveloppant et vous aurez une idée à peu près exacte de cette femme, qui semblait n'avoir été créée que pour porter un diadème, tout en semant autour d'elle les bonheurs et les joies.

« Me rappelant tout ce que m'avait raconté l'éminent professeur, je me demandais comment il était possible qu'un prince ayant connu l'ivresse inespérée de posséder un pareil trésor n'eût pas su le garder, et le fixer à lui.

« La princesse me souriait toujours.

« — Relevez-vous, me dit-elle.

« Tout à l'heure, nous causerons.

« Je me relevai et m'effaçai légèrement derrière son fauteuil.

« Franz Malher s'avançait à son tour.

« — Maître, fit la princesse, je vous remercie de m'avoir présenté ce jeune artiste.

« Il me plaît.

« Je lui trouve un de ces airs romantiques que nos jeunes poètes d'aujourd'hui tournent en ridicule, bien à tort, selon moi.

« Car il donnait aux hommes de lettres de ce temps une distinction particulière qui les séparait des autres hommes et qui les empêchait de ressembler à des avoués, à des notaires ou à des propriétaires ruraux.

« Inutile de vous dire, mesdames, que j'étouffais de plaisir et d'orgueil.

« Le professeur Malher enchanté du compliment que lui adressait la princesse lui dit:

« — Je suis ravi que Votre Altesse Impériale non seulement me pardonne mon indiscrétion mais encore m'en félicite.

« Cependant le majordome continuait l'appel.

« Bientôt le salon fut aux trois quarts plein.

« Je remarquai, avec une satisfaction profonde, que les invités auxquels la princesse tendait la main étaient en plus petit nombre que ceux auxquels elle adressait un signe de tête.

« Cela ne fit qu'augmenter ma joie car il me semblait que, dès à présent, j'avais le droit de me considérer parmi les favoris.

« Enfin, les salutations terminées, comme le silence s'établissait autour d'elle, la princesse interrogea :

« — Weimar, avez-vous terminé votre dernier acte ?

« — Pas encore, princesse.

« — L'inspiration ne vient donc pas ?

« — Je m'en méfie.

« — Vous avez raison.

« Un véritable artiste doit savoir choisir ses idées et ne pas accepter immédiatement avec enthousiasme celles qui lui viennent trop spontanément.

« Eh ! bien, puisque votre dernier acte d'*Ondine*, n'est pas terminé, jouez-nous un air de ballet de *Saxonne*.

« Weimar s'inclina.

« Chez la princesse de Leipzig, il eût été de mauvais ton de se faire prier.

« Alors le jeune maître se mit au piano, un excellent Pleyel adapté en forme de clavecin et dont la boîte avait été peinte par un de nos plus illustres maîtres français de l'école moderne, mais toujours dans le genre du XVIIIe siècle.

« Le compositeur plaqua d'abord quelques accords, puis il nous fit entendre une sorte de danse guerrière qui me plut infiniment.

« Mais personne n'osa applaudir.

« Lorsque le morceau fut terminé la princesse déclara :

« — C'est bien, c'est très bien !

« Ce qui prouve que cette musique est extrêmement solide, c'est qu'au piano, elle ne perd aucune de ses qualités.

« Maintenant, Weimar, chantez-nous un de vos lieds.

« Le compositeur préluda à nouveau sur le piano.

« Puis, d'une voix sans ampleur, mais pénétrante et bien conduite, il nous fit entendre un chant mélancolique qui produisit une réelle impression sur nous.

« — C'est une de vos plus jolies inspirations, déclara la princesse.

« Redites-la encore.

« On ne pouvait bisser avec plus de grâce.

« Weimar visiblement enchanté redit son lied.

« Et comme cette fois la princesse battait légèrement ses deux mains de fée l'une contre l'autre, tout le monde applaudit et le compositeur, enchanté de son succès, se leva et s'en vint respectueusement saluer son Egérie.

« Puis celle-ci reprit :

« — Maintenant il nous faudrait des vers.

« Alors, s'adressant à un jeune homme qui se tenait discrètement à l'écart, elle ajouta :

« — Mirbach, dites-nous une ode.

« Mirbach vint se placer au milieu du salon et déclama un poème un peu froid mais non dénué de qualités.

« J'en saisissais toutes les nuances car, à cette époque de ma vie, je parlais déjà, l'Allemand aussi bien que le Polonais et le Français.

« Lorsqu'il eut terminé, la princesse formula :

« — Je vous remercie, Mirbach.

« Seulement, laissez-moi vous dire, avec toute ma franchise habituelle, que vous n'êtes pas en progrès.

« Vous recherchez trop l'idée abstraite.

« Autrefois, vous étiez plus simple, plus vibrant, plus enthousiaste.

« La foi qui vous animait débordait dans vos vers.

« Vous chantiez à pleins poumons.

« Aujourd'hui, vous raisonnez à plein esprit.

« Il serait dommage de voir vos belles qualités de poète s'estomper dans une brumeuse métaphysique.

« Mais aussitôt, pour corriger tout ce qu'il pouvait y avoir de sévère dans ce jugement, l'adorable femme ajouta :

« — Dites-nous, maintenant, *Vos Stances au Printemps*.

« Puis, se tournant vers moi, elle me dit :

« — Ecoutez bien ceci, monsieur Borovitch.

« C'est un des plus beaux morceaux de notre littérature contemporaine.

« La princesse ne se trompait pas.

« La nouvelle œuvre du poète allemand était en effet, une chose des plus remarquables.

« Savoureuse et tendre, elle formait un contraste frappant avec la précédente.

« Ce fut un succès.

« — Voilà votre vraie manière, décréta la princesse.

« N'en changez pas.

« Ne soyez pas tourmenté par le désir de vous envoler vers les mêmes sommets que Gœthe et Schiller.

« En restant vous-même, vous pouvez monter aussi haut qu'eux.

« En cherchant à les imiter, vous ne pourrez que vous amoindrir.

« En imitant, on ne crée jamais.

« Lorsqu'on a la chance inespérée d'avoir une personnalité bien à soi, il faut pieusement, jalousement la conserver.

« — Vous avez raison, princesse, accepta Mirbach avec une modestie charmante.

« Soyez sûr que je n'oublierai pas vos excellents conseils, et que je les mettrai en pratique.   ..

« Ah! je vous jure, mesdames, que c'était un spectacle vraiment touchant, que de voir ces admirables cerveaux, ces indéniables génies, s'incliner sous le sceptre gracieux et puissant de cette impératrice des arts et des lettres, qui exerçait sur sa cour l'absolutisme le plus poétique qu'il fût possible d'imaginer.

« Mais la princesse déjà poursuivait:

« — Nous avons ici, ce soir, messieurs, un autre poète, un poète Polonais.

« Comme parmi vous, il en est un grand nombre qui comprennent sa langue, je suis convaincue que vous éprouverez un grand plaisir à écouter Ladislas Borovitch.

« Alors, se tournant vers moi, Son Altesse Impériale me dit:

« — Vous avez la parole.

« Dites-nous l'une de vos œuvres.

« Alors je vins me placer à l'endroit que Mirbach venait de quitter.

« Puis j'attaquai:

« — Je n'écris pas qu'en Polonais, j'écris aussi en Allemand.

« Si Son Altesse Impériale m'y autorise, j'aurai l'honneur de lui réciter un de mes derniers poèmes, écrit en cette langue.

« — Très volontiers, accepta la princesse.

« En ce moment, tous les yeux étaient braqués sur moi.

« J'étais le point de mire de l'attention générale.

« Je renoncerai à vous dépeindre mon trouble, car je sentais très bien que mon avenir allait se jouer en ces quelques minutes.

« Si mes vers plaisaient, demain j'étais un homme lancé.

« Dans un an, c'était peut-être la célébrité qui m'attendait.

« Mon poème était très simple.

« Il était intitulé l'Orgue.

« Je racontais qu'étant un jour entré dans une

Un ange les ailes étendues, était assis à l'orgue.

église d'Allemagne, à la suite d'une longue course dans la campagne, je m'étais endormi dans un coin obscur du sanctuaire.

« Lorsque je m'étais réveillé, l'obscurité était complète autour de moi.

« Seul, un rayon de lune passait à travers les vitraux d'une fenêtre ogivale.

« Je voulus sortir, mais toutes les portes de l'église étaient closes.

« Alors prenant mon parti de la situation — comme d'ailleurs à vingt ans, on prend le parti de toute chose — je m'étendis sur un banc et j'appelai de nouveau le sommeil.

« Mais à peine avais-je fermé les yeux qu'une musique céleste s'élevait dans le Temple.

« C'était l'orgue qui jouait divinement, sublimement.

« Jamais je n'avais entendu de plus pures harmonies.

« Jamais mon oreille n'avait été caressée par un chant si suave et si beau.

« Alors je me levai et je restai là comme en extase, les bras étendus vers l'autel que surmontait un Christ, à la figure douloureuse et résignée que la clarté lunaire nimbait d'une auréole d'autre monde.

« L'orgue jouait toujours et toujours ses harmonies se faisaient plus grandioses et plus surnaturelles, si bien qu'en mon cœur s'éveilla un ardent désir de savoir quel était l'artiste dont les mains magiques en se promenant sur le clavier pouvaient réaliser un chant aussi superbe.

« Lentement, doucement, évitant de faire résonner mes pas sur les dalles de l'église, je gagnai la tribune où le grand orgue s'élevait avec ses longs tuyaux encastrés dans des charpentes en bois sculpté par des artistes de la Renaissance.

« Avec mille précautions j'ouvris une porte capitonnée qui donnait du sanctuaire dans l'escalier de la tribune.

« Je gravis les marches une à une, m'arrêtant pour

retenir mon souffle et craignant toujours d'entendre les planches crier sous le pied de mon corps.

« Enfin j'arrivai jusqu'en haut.

« Là, un spectacle, incomparable m'attendait.

« Un ange, les ailes étendues, était assis devant l'orgue et laissait promener ses mains diaphanes sur les touches d'ivoire.

« Alors, je tombai à genoux et je demeurai en prière.

« Et l'orgue continua toujours à chanter longtemps jusqu'aux premiers rayons du jour.

« Lorsqu'il se tut, je relevai la tête.

« L'ange s'était envolé.

Un murmure admiratif arrêta cette fois, le narrateur, car tous avaient subi le charme étrange de ce poème mystique.

Mais avec une modestie exquise, Ladislas Borovitch se récriait aussitôt:

— Oh! mesdames, n'applaudissez pas, c'est trop peu de chose.

« Ce poème dit ainsi n'est rien.

« En langue allemande, je reconnais qu'il avait quelque saveur et je dois dire, sans fausse honte, qu'il obtint un très gros succès auprès de la princesse de Leipzig et de ses hôtes.

« Je dus en dire plusieurs autres non seulement en Allemand, mais en Polonais.

« Aux félicitations que son Altesse Impériale me prodigua, à la jalousie non déguisée que je vis sur le visage de plusieurs des invités, je dus reconnaître que j'étais le héros de la soirée et que mon triomphe était absolu, complet, définitif.

« Puis ce fut au tour de la princesse de se mettre au piano et de nous faire connaître quelque chose d'elle.

« Ce fut tout simplement prodigieux.

« Jamais, jamais, je n'avais entendu de tels accents s'exhaler d'une âme humaine.

« Le poème lyrique que la princesse nous révélait s'appelait: *Au-dessus de la Douleur*.

« Je ne crois pas que Milton lui-même dans le *Paradis Perdu*, que Dante dans son *Enfer* aient trouvé des cris plus sublimes, plus déchirants!

« Ce qu'il y avait de plus surprenant, c'était de contempler le masque tragique de la princesse.

« Car pour penser et pour exprimer de telles choses, il fallait que cette femme qui, tout à l'heure souriante et si heureuse semblait maintenant personnifier la douleur même, eût épuisé elle-même la coupe de toutes les désillusions, de toutes les détresses, de toutes les amertumes.

« Quand elle eut fini, ce fut de la part de ce public,

pourtant restreint, une formidable ovation.

Et pourtant, cette fois, aucun sentiment de flatterie ne se glissait dans cette manifestation.

« Tous étaient sincères dans leurs bravos, comme l'auteur et l'interprète l'était elle-même dans son œuvre et dans son chant.

« Et lorsque la princesse de Leipzig se leva, pâle, toute frémissante, tout épuisée par l'effort vraiment divin auquel elle venait de se livrer, tous les visages reflétaient une admiration indicible.

« Il n'était pas jusqu'au gros romancier Teiffel dont les yeux s'obscurcirent de grosse larmes.

« Moi, je pleurais comme un enfant.

« Je me trouvais tout auprès du piano.

« — Votre bras, me murmura la princesse exténuée.

« Puis, s'appuyant à moi, elle regagna sa bergère où elle demeura pendant quelques instants, les yeux fermés, sans que personne osât interrompre sa reposante rêverie.

« Alors il se passa en moi quelque chose d'étrange.

« Un revirement subit se fit dans tout mon être.

« Moi qui tout à l'heure vibrais de cette vanité si profonde et si douce que vous procure un succès inespéré, moi qui entrevoyais déjà la gloire, je me sentis pris d'une inquiétude formidable comme encore je n'en avais jamais ressenti.

« Un frisson me secoua des talons à la nuque.

« Mon cœur se serra.

« Mes larmes de bonheur s'arrêtèrent.

« Et tout à coup une question effarante se posa à mon esprit:

« — Est-ce que je n'allais pas aimer cette femme, cette femme si loin de moi, cette femme dont tout me séparait à jamais, cette femme faite pour l'or des trônes et la pourpre des cours...

« Oh! folie!

« Mieux ne valait-il pas m'élancer de suite hors de ce lieu, quitte à passer pour un manant, pour un fou, et m'enfuir loin, très loin de cette demeure qui ne tarderait pas à se changer pour moi en un enfer, oui en un enfer, où j'entrevoyais déjà les plus atroces supplices.

« Car aimer une pareille femme et savoir qu'on ne sera jamais payé de retour, n'est-ce pas la torture la plus grande qui puisse être infligée à un homme?

« N'est-ce pas le déchirement le plus cruel qui ait jamais mordu un cœur?

Cette fois l'impression produite sur Yvette, Mme Lenoir et ses pensionnaires était devenue de plus en plus grande.

En effet, toutes devinaient que le récit de Ladislas

...rovitch, jusqu'alors simplement pittoresque, allait devenir dramatique et peut-être même entrer dans une phase essentiellement tragique.

Et toutes se passionnaient vraiment pour cette sorte de roman vécu qui tombait des lèvres de l'intéressant narrateur.

Jean Lenoir voulut remplir encore le verre de Ladislas.

Du geste, celui-ci s'y opposa et reprit pour la grande satisfaction de l'assistance.

— J'abrège, car je ne voudrais pas retenir plus longtemps votre attention.

Pardonnez-moi si j'ai été un peu long.

Mais pour que vous compreniez bien la suite de mon récit il était absolument nécessaire que j'insiste dans tous les détails.

Car vous allez voir maintenant quelle importance ils devaient avoir dans ma vie.

Oui, aujourd'hui,

— Jamais je n'avais entendu pareils accents.

et un malencontreux hasard que vous allez connaître, je serais peut-être un des littérateurs les plus célèbres du monde, tandis que je ne suis qu'un méconnu, un obscur, une sorte de bohème cosmopolite, obligé, pour vivre, de se livrer à de basses besognes d'une littérature vague qui seules me permettent de continuer mon rêve d'artiste sans espoir.

Mais n'anticipons pas sur les événements.

Je reprendrai donc mon récit où je l'avais laissé.

Après avoir entendu la princesse de Leipzig dans son poème de douleur, nul d'entre nous n'aurait osé faire entendre, tant elle nous dominait tous par la hauteur et l'éclat de son génie.

Aussi, lorsque la princesse rouvrit les yeux, nous trouva-t-elle tous, l'entourant, avec une sorte de ferveur religieuse.

Tout de suite, un sourire revint sur ses lèvres et ce fut d'un ton presque enjoué qu'elle s'écria :

— Messieurs, maintenant, nous allons prendre une tasse de thé.

Pour la seconde fois, elle me demanda mon bras.

« Alors, une porte s'ouvrit à deux battants et nous pénétrâmes dans une sorte de salle à manger où un thé luxueusement servi nous attendait.

« J'étais assis à la droite de la princesse.

« Pendant près d'une heure, elle me tint sous le charme de sa conversation, m'interrogeant sur mon pays, me demandant mes impressions sur le sien, et s'enquérant de mes travaux qui semblaient vivement, sincèrement l'intéresser.

« Puis, comme on se levait de table, elle me dit :

« — Revenez demain vers deux heures.

« Vous me lirez le premier chant de votre poème.

« Je vous dirai mon avis.

« Si vous voulez m'écouter, je ferai de vous l'homme le plus grand.

« Je me confondis en remerciements.

« Nous repassâmes dans le salon.

« Aussitôt après avoir salué Son Altesse, suivant l'usage, chacun se retira.

« Et malgré l'hostilité maintenant manifeste, de tous les autres artistes, furieux de voir qu'en deux heures, j'avais conquis la faveur de la princesse et que j'avais de grandes chances de les supplanter dans son esprit, je rentrai à la clinique avec l'impression que j'étais l'homme le plus heureux de la terre.

« Une fois seul avec le professeur Malher, je le remerciai avec effusion.

« — Vous me voyez enchanté, fit-il, de voir que son Altesse vous ait prodigué ses compliments et ses faveurs.

« Il faut que vous lui ayez plu étonnamment.

« Car rarement je l'ai vue aussi enthousiaste.

« Je dois même vous dire que c'est la première fois que je la vois accueillir d'une façon aussi chaleureuse, un artiste débutant à ses réceptions.

« — Vous m'en voyez surpris, ému au-delà de toute expression.

« Alors le professeur Malher me dit sur un ton grave, presque solennel que je n'oublierai jamais

« — Mon cher enfant, ainsi que vous avez pu le voir, je m'intéresse vivement à vous.

« Vous m'êtes très sympathique.

« Je serai trop heureux si, grâce à moi, vous pouvez arriver à franchir rapidement les échelons périlleux de la renommée.

« Cependant laissez-moi aujourd'hui vous donner un conseil.

« Modérez votre joie.

« Ne vous laissez pas aveugler par elle.

« Certes, vous voilà parti sur une belle route.

« Elle vous apparaît toute fleurie et radieuse de soleil.

« Prenez garde, elle est pleine d'embûches.

« D'abord, craignez les envieux qui ne vous pardonneront pas votre succès.

« Déjà, ce soir à certains sourires, j'ai reconnu que vous aviez des ennemis.

« Weimar ne vous pardonnera pas que la princesse vous ait demandé votre bras plutôt que le sien.

« Teiffel vous en voudra éternellement d'être plus jeune que lui et surtout de ne pas être laid.

« Quant à Mirbach, c'est déjà de la haine qu'il vous porte.

« Comment, vous vous permettez d'écrire des vers en allemand et d'avoir plus de succès que lui devant la princesse.

« C'est un crime qu'il n'oubliera' jamais et dont, tôt ou tard, il vous demandera compte.

« — Je ne crains pas ces gens, répondis-je, et, dès à présent, je suis bien résolu à ne pas m'occuper d'eux.

« — Voilà une bonne réponse, me félicita le professeur Malher.

« De ce côté-là, au moins, je suis tranquille.

« Par exemple, il est un autre danger que je dois vous signaler, plus grand encore, plus terrible, parce qu'il est très difficile d'y échapper.

« Alors, s'approchant de moi et me plaçant ses deux mains sur les épaules, le bon maître ajouta en me regardant bien dans les yeux.

« — Surtout, n'aimez jamais cette femme.

« A cette dernière phrase, je tressaillis douloureusement, car je crus comprendre que je l'aimais déjà.

« M. Franz Malher me quitta après m'avoir souhaité une bonne nuit.

« Je ne dormis guère.

« J'avais sans cesse devant moi, la vision de la princesse au piano.

« J'entendais sa voix exhaler en des cris douloureux toutes les détresses de son être.

« Je sentais son bras s'appuyer contre le mien,.. et il me semblait qu'elle allait être là, toujours près de moi sans cesse, nuit et jour, hantant mes pensées, fantôme sublime d'amour et de beauté.

« Enfin vers le jour, je parvins à goûter quelque repos.

« Comme je me réveillais les oiseaux chantaient dans le parc.

« Le soleil déjà haut sur l'horizon resplendissait au-dessus des frondaisons.

— Vous me lirez le premier chant de votre poème.

« Je me levai.

« Il était dix heures du matin.

« Alors après m'être habillé, je m'en fus faire une promenade et, malgré moi, mes pas me portèrent vers le pavillon de la princesse.

« Il est trop tôt, me dis-je.

« C'est fou.

« C'est ridicule!

« Si je suis aperçu, je passerai pour un indiscret, pour un malappris.

« Je voulus m'éloigner.

« Mais une sorte de force invisible m'attirait vers cette maison.

« Bientôt j'aperçus un banc de marbre.

Malheureux! qu'avez-vous fait?

« De là à travers les branches, je pouvais apercevoir la maison bénie.

« Je me laissai tomber sur le banc et je demeurai là, les yeux fixés vers les fenêtres et les portes du pavillon, espérant que je verrais bientôt apparaître la silhouette de la bonne princesse.

« Mais il n'en fut rien.

« Mon chimérique espoir fut déçu.

« Alors vers midi, je rentrai à la clinique.

« Je pris mon repas comme d'habitude avec les pensionnaires du professeur Malher.

« Deux d'entre eux, un peintre et un orfèvre d'art, qui assistaient à la soirée, me félicitèrent de mon succès, et cela sans la moindre ironie, sans la moindre arrière-pensée.

« J'étais un poète, je ne les gênais pas.

« D'ailleurs, ils se déclaraient ouvertement enchantés de mon triomphe, ne se gênant nullement pour dire tout haut qu'ils espéraient bien que mon étoile allait faire pâlir celle du poète Mirbach, qui, malgré son réel talent, son génie même, était l'être le plus insupportable de la terre, tant pas sa fatuité incommensurable que par sa méchanceté hypocrite.

« Ce repas, je ne vous le cacherai pas, me parut terriblement long.

« Lorsqu'il fut terminé, il me restait encore une bonne demi-heure avant de me rendre chez la princesse.

« Alors, je m'en fus m'asseoir dans un coin du jardin et sur un feuillet de mon album, je griffonnais un sonnet en l'honneur de celle que j'appelais déjà ma protectrice et ma Reine.

« Que valait ce sonnet, je ne saurais vous le dire.

« Je l'ai déchiré depuis longtemps déjà et le vent en tourbillonnant en a emporté les morceaux comme il sème au loin les feuilles mortes des arbres.

« Tout ce que je puis vous dire, c'est qu'il plut infiniment à la princesse, lorsqu'après avoir été introduit près d'elle, non plus cette fois dans son salon de réception mais dans un boudoir adorable et discret, je le lui récitai les mains jointes, comme on prie une Madone.

« — C'est bien, me dit-elle, je ne me suis pas trompée sur votre compte.

« Vous êtes un vrai poète.

« Alors elle me fit asseoir près d'elle et tout de suite elle me demanda:

« — M'avez-vous apporté votre poème?

« Timidement, je tirai de ma poche le cahier sur lequel j'avais tracé mes vers.

« Je commençai à lire, les yeux obstinément rivés sur mon manuscrit, n'osant regarder Son Altesse qui, de temps en temps, me rassurait, m'encourageait par une légère exclamation approbative.

« Puis, quand ce fut fini, elle laissa simplement tomber ces deux mots:

« — C'est beau!

« Alors, je hasardai.

« — Princesse, daignez-vous accepter la dédicace de ce poème?

« — Avec le plus grand plaisir, accepta la divine créature.

« Alors, de sa belle voix pénétrante qui me bouleversait, elle ajouta:

« — Voici d'ailleurs, ce que je compte faire pour vous.

« Lorsque votre poème sera terminé, après que vous me l'aurez lu chant par chant, je vous recommanderai tout spécialement à un grand éditeur de Berlin, qui en publiera une première édition.

« Vous m'en donnerez plusieurs exemplaires, afin que je les envoie aux principaux journaux d'Allemagne et d'Europe, avec lesquels je suis en relations directes.

« Soyez sûr qu'ils feront de votre œuvre l'éloge le plus mérité.

« Mais avec le tempérament que vous possédez, il ne faut pas seulement écrire pour être lu, il faut aussi écrire pour être joué.

« Vous seriez, j'en suis sûr, un homme de théâtre.

« Car vous avez non seulement le verbe qui émeut mais vous avez encore un mouvement qui intéresse.

« Et le théâtre, n'est-ce pas un art à la fois de verbe et de mouvement.

« Si vous voulez, nous chercherons tous deux le sujet d'une belle tragédie.

« Nous l'écrirons ensemble.

« Nous la ferons jouer et nous aurons, j'en suis sûre, beaucoup de succès!

« Il me sembla alors que j'étais au ciel.

« Quelles paroles trouvai-je pour remercier la princesse, je l'ignore.

« Tout ce que je puis dire — et cela est étrange, inouï, insensé — c'est qu'elle m'interrompit, dès les premières phrases, pour m'attirer vers elle, et mettre sur mon front brûlant un baiser très doux et très long.

« Alors, toutes mes timidités s'effacèrent.

« J'allais rendre ce baiser, avec tout l'élan, toute l'impétuosité dont mes vingt ans étaient capables, lorsque je me souvins du conseil que m'avait donné le professeur Malher: N'aimez jamais cette femme!

« Je m'arrêtai subitement, tout frissonnant, tout éperdu, tandis que la princesse me disait tout bas en un murmure:

« — A demain, mon frère, à demain!

« Je la quittai.

« Mais toute la journée ce mot: mon frère! qui définissait d'une façon si péremptoire la nature des relations que la princesse avait décidé avoir avec moi, retentit comme le glas douloureux de mes brèves illusions si rapidement envolées.

« Que me faisaient maintenant la renommée, la gloire.

« Que m'importait cet avenir brillant que la princesse avait fait luire devant mes yeux.

« Et au lieu de bénir ces rencontres futures, grâces auxquelles mon talent devait s'épanouir et le succès couronner mes efforts, maintenant je les redoutais, tant j'avais peur soit de me trahir, soit de souffrir par trop de mon silence.

« Ah! j'aurais dû tout de suite aller trouver le professeur Mahler, lui demander de guérir mon âme comme il avait guéri mon corps.

« Mais un fâcheux respect humain, m'ordonnait de me taire.

« Je me disais:

« Ou il se moquera de moi ou il m'ordonnera de partir.

« J'eus la lâcheté de ne rien dire.

Ce que j'appris fut épouvantable.

« J'eus celle plus grande encore de rester.

« J'eus celle enfin, de me bercer d'un vague espoir, de me faire aimer à mon tour comme j'aimais moi-même.

« Je n'allais pas tarder à être puni de mon orgueil, mais combien cruellement.

« Vous allez en juger vous-même.

« J'avais rapidement terminé mon poème, car jamais l'inspiration ne m'avait autant visité.

« Le matin j'en avais lu le dernier chant à la princesse qui m'avait fait quelques observations fort justes.

« Après avoir fait les corrections qu'elle m'avait conseillées, je devais lui remettre le manuscrit et ainsi qu'elle me l'avait promis elle se chargeait du reste.

« Puis, le lendemain nous aurions commencé notre tragédie.

« Le sujet en était déjà tout trouvé.

« L'action se passait à Byzance.

« Véritable drame d'amour, de larmes et de cruauté, appelant les vers colorés, somptueux, puissants, il m'avait séduit et j'avais réussi à faire partager mon enthousiasme à ma future collaboratrice.

« Au cours de nos entrevues quotidiennes, j'avais réussi à dissimuler à Son Altesse la passion qu'elle m'avait inspirée.

« Cela n'avait pas été sans de grands efforts.

« Enfin j'y étais parvenu.

« Cependant chaque soir lorsque la nuit tombait sur le parc et environnait de ses voiles profonds le pavillon où demeurait la dame de mes pensées, je sortais de la clinique, je traversais le parc immense et sombre et j'allais m'asseoir sur le banc de marbre regardant à travers les ténèbres la petite lumière rouge et immobile qui éclairait une fenêtre du pavillon, celle de la princesse.

« Et je restais là jusqu'à ce qu'elle s'éteignît, laissant mon âme exhaler enfin ses cris d'amour incompréhensibles et ignorés.

« Puis, lorsque la lumière mourait, je rentrais dans ma chambre et je m'enfermais pour pleurer.

« Le docteur me trouvant changé, avait cru devoir m'interroger.

« Je lui répondis que je travaillais beaucoup.

« Il me conseilla la modération.

« Je lui promis d'écouter ses conseils.

« Ce fut tout, et le soir même je retournai à mon banc de marbre.

« Mais la lumière ne brillait pas.

« Partout c'était la nuit profonde.

« Alors, je reçus comme un choc au cœur.

« Il me sembla que c'était comme de la mort qu'il y avait autour de moi.

« Malgré cela, je restai à mon poste d'observation, espérant toujours que la lumière brillerait dans la nuit.

« Mais toujours rien, rien!

« Qu'avait-il donc pu se passer?

« Pourtant j'avais passé une partie de l'après-midi auprès de la princesse.

« Elle ne semblait ni malade, ni inquiète.

« Alors pourquoi cette obscurité?

« Je savais que chaque soir, avant de s'endormir, elle lisait longtemps, très longtemps et que c'était sa distraction favorite.

« — Rien, m'avait-elle répété souvent ne pourrait me priver d'un pareil plaisir.

« Si je ne pouvais lire longtemps le soir, il me semble que j'en mourrais.

« Car n'est-ce pas le moment le meilleur pour laisser vagabonder son esprit de complicité avec ces artistes qui ont ici-bas la mission de fleurir notre route.

« Aussi étais-je tourmenté au-delà de toute expression.

« Lorsque soudain, je crus entendre près de moi comme un murmure de voix qui cherchaient à s'étouffer, suivi d'un bruit de feuilles froissées, de branches qui s'écartent.

« Je ne me trompais pas.

« On parlait bien tout près.

« Une voix d'homme, puis une voix de femme dans laquelle je reconnus aussitôt celle de la princesse.

« Je me trouvais dans une situation des plus délicates.

« Je n'avais que deux partis à prendre :

« Me dissimuler derrière un arbre très épais qui abritait le banc sur lequel j'étais assis et écouter la conversation engagée à mes côtés, ou bien sortir de ma cachette et me faire reconnaître?

« Dans le premier cas, je commettrais une indiscrétion coupable.

« Dans le second, je me rendais ridicule, odieux peut-être.

« Car, comment expliquer ma présence à pareille heure en cet endroit.

« C'eût été me trahir et peut-être comme conséquence, me faire exiler à tout jamais de la présence de cette femme qui était désormais toute ma vie.

« Je restai donc et j'écoutai.

« Tout d'abord, une pensée m'avait bouleversé.

« Un soupçon lancinant me déchirait, car je songeais :

« Est-ce que la princesse n'aurait pas un amant qui viendrait la retrouver la nuit, dans le parc?

« Voilà pourquoi au lieu de me boucher les oreilles, ainsi que j'aurais dû le faire, j'écoutais, déjà mordu par la jalousie.

« Ah! pourquoi ce sentiment est-il né en moi?

« Pourquoi m'a-t-il poussé à un acte dont je me repentirai toute mon existence?

« Le cœur humain a de ces mystères que nul ne pourrait approfondir, comme tout être humain a sa destinée et ceux qui prétendent y échapper sont des fous, des irresponsables.

« J'écoutai donc.

« Ce que j'appris fut épouvantable.

« Je peux vous le répéter, puisqu'aujourd'hui la princesse est morte et que le nom que je lui ai donné dans ce récit n'est point le sien.

« J'appris que Son Altesse Impériale, vite lassée, écœurée, d'être brutalisée par son mari ivrogne royal, cynique, éhonté, avait refusé d'avoir avec lui tout rapport intime.

« Alors, le misérable, dans un accès de démence alcoolique, avait un jour pénétré dans la chambre nuptiale et fait violer la princesse par un ignoble individu, ramassé au hasard d'une orgie dans quelque bouge, infect, dans quelque immonde taverne.

« La princesse n'avait osé élever la voix pour se plaindre.

« Elle était trop fière, trop noble, trop grande, pour vouloir une vengeance au prix du déshonneur.

« Elle n'éleva donc aucune plainte.

« Elle partit dignement de la Cour, où régnait son mari, après lui avoir dit :

« — Je m'en vais.

« J'entends vivre désormais à ma guise.

« Je ne causerai aucun scandale.

« Je n'aurai jamais d'amant.

« Je resterai fidèle au nom que je porte et le prestige des miens ne souffrira en rien par ma faute.

« Mais si jamais tu cherches à me ramener à ta cour, si jamais tu tentes sur moi quelque coup de force, telle une princesse de légende lointaine, j'ai un poison subtil dans le chaton de ma bague, je me ferai mourir aussitôt, et tout sera fini.

« Le prince avait accepté cette condition et laissé sa femme libre de vivre à sa guise.

« Mais au bout de quelque temps, l'infortunée princesse s'était aperçue qu'elle allait être mère.

« Alors son désespoir n'avait plus connu de limites.

« En effet, elle créature de rêve, d'amour et de beauté, allait enfanter un être qui allait être le sang et la chair de l'ignoble personnage dont son mari lui avait imposé le flétrissant contact.

« Eh! bien, pas un instant, elle n'eut l'idée de se débarrasser de cette maternité atroce.

Paris. — Imp Maillen, 3 pas. de Châtillon

Paris. — Imp Maillet, 3 Fas. de Châtillon

« — Cet enfant, se dit-elle, après tout, est le mien.

« Il n'est point responsable des conditions abominables dans lesquelles il a été conçu.

« Je l'élèverai en secret, car je ne veux pas qu'il souffre.

« Seule sa mère, digne et sainte princesse, aujourd'hui envolée au ciel, fut sa confidente.

« Toutes deux résolurent alors d'aller trouver le professeur Malher dont le caractère d'une incomparable loyauté égalait le génie.

« Elles lui dirent la vérité.

« Alors le professeur Malher fit construire le pavillon que je vous ai décrit.

« Et ce fut là, dans le plus grand mystère, que la poètesse mit au monde un pauvre être difforme, atroce à voir.

« Cependant, ô miracle, la mère aima le monstre.

« Elle voulut le nourrir de son lait en attendant qu'elle le confiât à une gouvernante, tout en continuant à veiller sur lui avec la plus grande sollicitude.

« Mais un jour que la princesse était sortie avec sa mère faire une promenade dans le parc, lorsqu'elle rentra, elle trouva le berceau vide.

« L'enfant avait disparu, ainsi que les deux domestiques chargés de veiller sur lui.

« La vérité était facile à reconstituer.

« Grâce à la surveillance occulte dont il n'avait cessé d'entourer sa femme, le prince de Leipzig avait tout appris et avait fait enlever le triste rejeton de l'acte monstrieux auquel il avait présidé.

« La princesse en éprouva une vive douleur et chaque année elle voulut revenir là dans ce pavillon revivre les heures douloureuses de son angoissante maternité.

« Tel était, mesdames, le secret effrayant que je venais de surprendre.

« L'homme qui parlait avec la princesse n'était autre que le professeur Malher avec lequel l'infor-

tunée jeune femme venait de repasser les chapitres incomparablement émouvants de sa mystérieuse et sinistre existence.

« J'étais encore sous le coup de l'émotion que venaient de me causer ces révélations sensationnelles, lorsque j'entendis la voix chantante de la princesse s'élever à nouveau tout à côté de moi.

« — Maître, disait-elle, allons, si vous le voulez bien, nous asseoir sur le banc de marbre.

« Je n'en entendis pas davantage.

« Je me levais.

— Veuillez me verser à boire, je vous prie.

« Je voulus fuir.

« Il était trop tard.

« La lune se dégageant des nuages qui l'obscurcissaient me permit d'apercevoir à quelques pas devant moi les silhouettes de la princesse et du chirurgien.

« La princesse m'avait aperçu ou entendu car elle s'écria aussitôt:

« — Il y a quelqu'un là.... il y a quelqu'un.

« Alors, perdant complètement la tête, je m'élançai hors de ma cachette, en disant:

« — Oh! pardonnez-moi, pardonnez-moi!

« Jamais, je n'oublierai l'expression que revêtit alors le visage de la princesse.

« On eût dit qu'elle était empoignée par l'épouvante la plus effroyable, qui eût jamais bouleversé créature humaine.

« Elle étendit ses bras en croix, tandis qu'un cri rauque s'échappait de ses lèvres, et elle demeura ainsi un instant immobile, l'œil fixe, comme hallucinée.

« — Malheureux! qu'avez-vous fait, s'écria le docteur qui s'était précipité vers moi.

« Alors, je vis la princesse, d'un geste brusque, porter la main à la hauteur de sa bouche et avant que monsieur Malher et moi, nous eussions eu le temps de venir à son secours, elle s'écroulait à terre.

« Nous nous précipitâmes vers elle.

« Alors le professeur prit sa main gauche, la souleva, la regarda attentivement.

« Puis, d'une voix où perçaient des sanglots, il dit:

« — Il l'a tuée... Il l'a tuée.

« Ce il, c'était moi.

« La princesse, après s'être aperçue que j'avais surpris son secret n'avait pas voulu survivre à sa honte et elle avait absorbé le poison mortel, foudroyant que renfermait sa bague.

« Alors le lendemain, après avoir passé la nuit à sangloter éperdument auprès de la victime, je quittai la clinique du professeur.

« Nul ne connut les dessous du drame qui venait de se dérouler.

« Pour tout le monde la princesse de Leipzig était morte d'une embolie.

« Jamais Malher ne m'a trahi.

« C'est la première fois que je raconte ma terrible histoire.

« Enfin, pour finir, je vous dirai que mon existence a été brisée.

« Tout de suite j'ai renoncé à mes beaux rêves de gloire.

« Je me suis mis à voyager espérant tuer ma douleur en la fatigant.

« Je n'y suis point parvenu.

« Aujourd'hui ma peine, est toujours aussi lancinante et jusqu'au dernier jour de ma vie je pleurerai celle qui n'est plus.

Ladislas Borovitch avait terminé son récit.

De grosses larmes coulaient de tous les yeux, car il avait fait vibrer la corde sensible de son auditoire.

Il avait réussi à toucher toutes ces jeunes femmes en plein cœur.

Et à toutes, maintenant, il apparaissait comme un être encore plus supérieur qu'auparavant, comme une sorte de héros de légende fantastique.

En dehors d'Yvette qui appartenait tout entière à Jean Lenoir, il n'en était pas une seule qui ne se fût sentie attirée vers le poète errant et malheureux.

— Ah! c'est égal, murmurait Mme Lenoir tout émue, elle aussi, vous avez dû beaucoup souffrir.

— Et je souffre encore, ajouta Ladislas.

— Alors, fit Jean, il faudra venir nous voir souvent?

« Cela vous distraira.

« Ah! à moins toutefois, que la vue des gens heureux...

Mais Ladislas Borovitch ne lui laissa pas terminer sa phrase.

— La vue des gens heureux? fit-il aussitôt, mais rien ne m'est plus doux, rien ne me console davantage.

— Cela prouve que vous êtes bon, fit simplement Yvette.

A ces mots, la prunelle du poète s'éclaira d'un feu rapide, fugitif, étrange.

Alors d'un geste saccadé, il tendit son verre à Jean Lenoir en disant:

— Veuillez me verser à boire, je vous prie.

— Avec plaisir, déclara le fiancé d'Yvette en s'exécutant aussitôt.

Le Polonais avala quelques gorgées, puis, reposant son verre sur la table, il s'excusa:

— Je ne voudrais pas être venu ici pour vous attrister, mesdames.

« Malgré moi, je me suis laissé aller à vous raconter des choses que j'aurais dû garder secrètes.

« Je ne veux pas qu'il soit dit que ma visite vous ait attristées.

« Aussi, permettez-moi, mesdames, de vous offrir à toutes une séance au plus prochain cinématographe.

— Oh! vous êtes trop aimable, protesta Mme Lenoir.

« Nous ne voudrions pas abuser de votre amabilité.

— Vous n'abuserez pas, au contraire, et je vous assure que vous me chagrineriez en me refusant.

— C'est que je ne puis pas m'absenter.

« Il m'est impossible de quitter la maison.

— Monsieur votre fils, votre future belle-fille et moi, nous servirons de chaperons à ces demoiselles, qui, d'ailleurs, en charmantes Parisiennes, qu'elles sont, doivent avoir l'habitude de sortir seules.

— Ah! oui, oui, s'empressèrent d'acquiescer toutes les jeunes pensionnaires de Mme Lenoir qui d'avance se faisaient une fête d'assister au spectacle toujours attrayant que procure un bon cinématographe.

— Il est neuf heures et demie, fit Ladislas Borovitch en tirant sa montre.

« La seconde séance a lieu à dix heures.

« Si vous voulez, nous pouvons tout doucement nous rendre jusqu'à la rue de la Gaîté Montparnasse où il y a un établissement assez grand, fréquenté et qui donne des vues amusantes et variées.

— Eh! bien, soit, mes enfants, allez, fit l'excellente Mme Lenoir.

CHAPITRE CXX

Au Cinéma.

Toute la troupe partit bientôt, joyeuse, ravie.

Yvette donnait le bras à son fiancé.

« Quant au poète, il marchait, entouré d'un véritable escadron de jolies filles qui le considéraient avec une admiration non déguisée, tant le récit de son aventure amoureuse avait achevé de lui donner à leurs yeux une éblouissante auréole.

On arriva ainsi au cinématographe.

On attendit un peu, car la séance n'était pas entièrement terminée.

Puis les portes s'ouvrirent et lorsque le flot des sortants se fut écoulé, les entrants vinrent occuper leurs places.

Malgré les protestations de Jean Lenoir, Ladislas voulut payer toutes les places, au premier rang, s'il vous plaît.

La séance commença.

La salle était bondée.

Le spectacle était attrayant, et le public, vite empoigné, ne ménagea pas ses bravos aux différentes vues qui défilaient devant ses yeux.

Lorsque, tout à coup, un cri d'horreur s'éleva dans l'assistance.

Une flamme immense venait de jaillir de la cabine cinématographique d'où partaient les projections.

Un court circuit, sans doute!

Mais cela avait suffi pour jeter une panique terrible parmi les spectateurs et pour communiquer instantanément le feu aux planches légères qui formaient la toiture de l'établissement.

Alors, le public, comme toujours en pareil cas, au

Quant à Yvette, elle s'était évanouie.

lieu de se porter en ordre vers les différentes portes de sortie qui, hâtons-nous de le dire, auraient été suffisantes pour permettre au flot humain de s'écouler sans danger, se rua aveuglément sur les cloisons, produisant d'incessants remous, de mortels tourbillons, si bien que tous perdant la tête, on n'entendit plus que des hurlements épouvantables, dominés par le crépitement des voliges enflammées dont de gros morceaux incandescents tombaient déjà sur les têtes des malheureux qui, atrocement se débattaient.

C'était véritablement épouvantable, d'autant plus que le cinématographe allait infailliblement être transformé, avec une rapidité effarante, en un brasier dont personne ne pourrait plus sortir.

Jean Lenoir n'avait pas perdu la tête.

Dès qu'il s'était rendu compte du danger, il avait saisi Yvette dans ses bras et il avait cherché à s'orienter et à gagner une sortie.

Mais sa situation était des plus critiques.

Ainsi que nous l'avons dit plus haut, Ladislas avait choisi des places très rapprochées de l'écran sur lequel se profilaient les vues.

Ces places étaient loin de toutes portes et pour en gagner une, il fallait traverser l'établissement dans toute sa longueur, et se frayer un chemin à travers tous ces gens qui affolés, se pressaient, se bousculaient dans un désordre indescriptible, au milieu des bancs et des chaises renversés.

Quant à Yvette, elle s'était évanouie.

Jean Lenoir s'en était aperçu, et s'était dit:

— J'aime mieux cela.

« Au moins elle ne m'opposera pas de résistance.

« Elle ne diminuera pas mes forces en se crispant à moi et en paralysant mes mouvements

Avec la tranquillité d'un homme très fort et très courageux, il commença sa manœuvre.

D'un coup d'œil, il avait mesuré l'étendue du danger.

— Si dans cinq minutes, se dit-il, je ne suis pas sorti d'ici, eh! bien, j'y reste.

Alors d'une voix très forte et qui parvint à dominer le tumulte, il lança:

« — Un peu de calme, voyons.

« Au lieu de crier ainsi et de vous battre, cherchez à vous en aller tranquillement.

« Il n'y a pas de danger immédiat.

« Que ceux qui sont devant les portes les débarrassent.

Cette intervention parut un instant produire un heureux effet.

Les portes se dégagèrent et Jean Lenoir gagna quelques mètres avec son précieux fardeau.

Soudain une fumée âcre, épaisse, envahit l'établissement.

L'affolement un instant calmé recommença.

Mais Jean avançait toujours, décidé cette fois à se frayer coûte que coûte, un chemin.

Car, à tout prix, il voulait sauver Yvette et la pensée que sa fiancée pouvait périr avec lui dans les flammes décuplait ses forces déjà puissantes.

Maintenant on n'y voyait plus.

La fumée de plus en plus asphyxiante s'était répandue de tous côtés.

Partout ce n'était que cris étouffés et blasphèmes.

Une odeur de chair grillée commençait à empester l'atmosphère.

Oui, c'était bien là la catastrophe dans toute son épouvantable hideur.

Néanmoins Jean Lenoir gagnait toujours du terrain.

Déjà à travers le nuage qui l'environnait, il apercevait une porte un peu moins encombrée que les autres et à travers laquelle il allait lui être extrêmement facile de se frayer passage.

Il s'avançait franchissant des corps étendus à terre et déjà à moitié asphyxiés.

Ladislas Borovitch parut, tenant Yvette dans ses bras.

Une bouffée d'air frais lui monta au visage. C'était la sortie, c'était la vie.

Lorsque tout à coup, il lui sembla qu'il recevait un grand coup de massue sur la nuque.

Il chancela, voulut se raidir.

Ce fut en vain, car le sang affluait à ses tempes, ses yeux se voilèrent et le souffle lui manqua.

Alors, malgré tous ses efforts, il tomba sur ses genoux, serrant contre sa poitrine, Yvette toujours évanouie.

Puis plus rien, l'anéantissement, la fin de tout, comme la mort.

Alors, il se passa un fait étrange.

Un homme vêtu de noir, à la barbe et aux cheveux à la Christ et qui n'était autre que Ladislas Borovitch se pencha vers Yvette qui gisait à côté de son fiancé, la prit dans ses bras et l'étreignant fortement s'élança vers la porte dont Jean Lenoir touchait déjà presque le seuil.

Dans la rue de la Gaîté régnait une animation extraordinaire.

Le feu avait pris d'une façon si instantanée et s'était propagé avec une si grande rapidité que les pompiers n'avaient pas encore eu le temps d'arriver.

C'est à peine si quelques agents arrivés sur les lieux du sinistre avaient pu commencer un vague service d'ordre, impuissants d'ailleurs à empêcher le flot des curieux, malgré le danger, de s'approcher du brasier.

Du dehors on entendait les cris déchirants des victimes qui se débattaient au milieu des flammes.

De courageux citoyens entourés de draps, trempés dans l'eau, s'étaient précipités dans le brasier et réussissaient à ramener au dehors des femmes, des enfants qui sans eux fussent devenus infailliblement la proie du feu.

« C'est à ce moment que Ladislas Borovitch parut en tenant Yvette dans ses bras.

— Vivant! il est vivant!

le sinistre.

Le poète avait transporté Yvette dans une pharmacie voisine où déjà plusieurs blessés étaient arrivés.

— Elle n'a rien, fit-il en la déposant sur une chaise.

« Seules, l'émotion, la frayeur, lui ont fait perdre connaissance.

Avisant un flacon de sels qui traînait sur une étagère, le Polonais le déboucha et l'approcha des narines de la jeune fille qui, presque aussitôt, tressaillit, ouvrit les yeux et revint à elle.

Son premier mot fut : Jean !

Puis des larmes jaillirent de ses yeux.

— Elle pleure... ça vaut mieux, se dit Ladislas.

« J'avais peur d'une crise nerveuse, la voilà conjurée.

« Je suis tranquille.

Puis, d'une voix qu'il s'efforçait de rendre très douce, il dit, en se penchant vers la jeune fille :

— Ne vous inquiétez pas, Mademoiselle.

« Restez là, bien tranquille.

« Je vais tâcher de sauver votre fiancé comme je vous ai sauvée vous-même.

Et il quitta aussitôt la pharmacie pour s'élancer dans la rue.

Alors, de ses lèvres s'échappa cette phrase inquiétante, étrange :

— Maintenant, j'en suis sûr, elle est à moi !

Mais à ce moment, des clameurs intenses s'élevaient du groupe de curieux que, non sans peine les agents avaient réussi à faire reculer quelque peu.

Grâce à sa haute taille Ladislas Borovitch pouvait dominer la foule.

Cette fois, il eut un cri de colère.

« Par un hasard vraiment miraculeux, toutes les pensionnaires de Madame Lenoir sauf deux, avaient réussi à s'échapper.

« Elles étaient là, dans la foule, appelant Mademoiselle Yvette et Monsieur Jean, lorsque, tout à coup, Ladislas apparut, portant dans ses bras la fille de Van Flam.

— Sauvée! sauvée! cria-t-on.

« Des bravos éclatèrent dans la foule, toujours prête à acclamer le courage, sous quelque forme qu'il se présente.

Mais des appels de corne se faisaient entendre.

C'étaient les pompiers qui arrivaient.

Des agents, accourus en nombre, forçaient la foule à reculer, établissant un barage, afin de permettre aux braves pompiers de combattre plus efficacement

— Lui ! fit-il.

« Mais non, ce n'est pas possible.

Quel spectacle avait donc arraché cette exclamation au poète polonais ?

C'était celui d'un infirme, d'un bossu portant ou plutôt traînant dans ses bras le corps inanimé de Jean Lenoir.

Borovitch s'était arrêté, comme cloué sur place.

— Peut-être est-il mort, espérait-il.

Mais, comme si Pas-de-Canard eût deviné son abominable pensée, il lança d'une voix éclatante à la foule qui l'acclamait :

— Vivant... il est vivant !

« Blessé seulement, j'en suis sûr.

« Où est Mademoiselle Yvette ?

« Où est-elle ?

Ladislas n'en entendit pas davantage.

Il eut un hurlement de rage, un regard terrible à l'adresse du sauveteur et du sauvé.

Puis, se frayant un passage à travers la foule, il disparut dans la direction de l'avenue du Maine.

Personne, dans l'affolement général, ne pouvait répondre à Pas-de-Canard.

Un officier de paix qui venait d'arriver le conduisit lui-même jusqu'à la pharmacie où se trouvait Yvette.

Lorsque celle-ci aperçut son fiancé évanoui, elle eut un cri de désespoir.

— Il est mort, fit-elle en se tordant les mains. Il est mort !

— Non, non, rassurez-vous, s'empressa de répondre l'infirme, il est vivant !

« Je vous jure que nous allons vous le rendre.

Le pharmacien qui venait de terminer quelques pansements provisoires, s'approcha alors du nouveau blessé qu'on lui apportait.

Il examina la blessure que Jean Lenoir portait à la tête.

— Il a raison, fit-il, c'est sérieux, mais réparable.

— D'ailleurs, opina l'officier de paix, les blessures à la tête, quand elles ne sont pas mortelles, sont encore celles qui guérissent le plus vite.

Déjà l'infirme se retournait vers l'officier de paix, et lui disait :

— Monsieur, puis-je vous faire tout de suite une déclaration ?

— A quel sujet, mon ami ?

— Au sujet précisément de la blessure que porte ce jeune homme.

— Très volontiers, seulement, auparavant, laissez-moi vous féliciter de votre courage.

— Je n'ai fait que mon devoir, Monsieur l'officier.

— Maintenant, parlez.

Et tandis que le pharmacien, avec une rare complaisance, nettoyait et pansait la blessure de Jean, dont Yvette avait pris la main pour ne plus la quitter, le représentant de l'autorité publique attira Pas-de-Canard dans un coin de la pharmacie, et lui dit :

— Je vous écoute avec la plus grande attention.

L'homme de police, en effet, avait tout de suite compris qu'il s'agissait de quelque chose de grave, au ton mystérieux pris par l'étrange individu qu'il avait devant lui.

— Monsieur l'officier, commença Pas-de-Canard, je commence par vous jurer que ce que je m'en vais vous dire est la vérité.

— Avant tout, demanda l'officier de paix, avec une bienveillance non déguisée, comment vous nommez-vous ?

Pas-de-Canard parut un peu embarrassé.

— Je n'ai pas de nom, fit-il.

« Je suis un enfant trouvé.

« Par exemple, si vous voulez avoir des renseignements sur mon compte, vous n'avez qu'à vous adresser à Mme Lenoir, 36, avenue d'Orléans, où je demeure.

« C'est justement son fils que je viens de sauver.

Très favorablement impressionné par le ton poli, déférent, et même distingué avec lequel s'exprimait le bossu, l'officier de paix reprit :

— Continuez, mon ami.

« Maintenant, je vois très bien à qui j'ai affaire.

Alors, l'infirme poursuivit :

— Ce soir, un individu qui prétend s'appeler Ladislas Borovitch, se dit de nationalité polonaise, et homme de lettres de profession, était venu rendre visite à Mme Lenoir et à son fils, avec lequel il avait fait connaissance au cours d'une représentation au théâtre Montparnasse, où ils se trouvaient placés côte à côte.

« Je m'étais immédiatement retiré.

« Car, je ne saurais vous dire pourquoi, Monsieur l'officier, cet homme m'inspirait une antipathie insurmontable, et vous allez voir combien cette antipathie, bien qu'irraisonnée, était cependant raisonnable.

« En effet, après avoir quitté la salle à manger de la famille Lenoir, j'allai m'asseoir sur un banc de l'avenue d'Orléans.

« Il y avait déjà un bon moment que j'étais là, lorsqu'à ma grande surprise, M. Jean, Mlle Yvette et toutes les pensionnaires de Mme Lenoir — car cette digne femme tient une maison de famille où beaucoup de jeunes ouvrières orphelines trouvent un asile discret et sûr, sortirent en compagnie de ce Ladislas Borovitch qui, je vous le répète, avait produit sur moi un effet si désagréable.

« Une sorte d'intuition beaucoup plus qu'un sentiment de curiosité toujours blâmable, me fit emboîter le pas derrière eux.

« Je vis alors que M. Borovitch conduisait Jean Lenoir et toutes ces demoiselles à un cinématographe de la rue de la Gaîté qui achève de brûler en ce moment.

« Toujours poussé par ce sentiment d'intuition que j'étais incapable de dominer, je m'arrêtai devant le cinématographe.

« Je vis M. Borovitch se diriger vers la caisse et y prendre des places.

« Comme je ne voulais attirer sur moi l'attention de personne, j'attendis un instant.

« Puis après avoir pris une entrée à 25 centimes, j'entrai à mon tour dans l'établissement.

« Là, j'assistai donc à la représentation jusqu'au moment où le feu éclata d'une façon si foudroyante et si inattendue.

« Je m'étais parfaitement bien rendu compte de l'endroit où Ladislas Borovitch avait installé ses invités.

« Ma première pensée fut de me précipiter vers eux pour leur porter secours.

« Mais vous vous doutez, Monsieur l'officier, de ce que dut être l'affolement de tous ces gens lorsqu'ils se virent environnés d'un épais rideau de flammes.

« Je dus renoncer à mon projet et me contenter d'aider de mon mieux plusieurs femmes à sortir de l'établissement en feu.

« J'y parvins fort heureusement.

« Mais je ne voulais pas sortir moi-même de la fournaise sans être certain que Mlle Yvette et M. Jean Lenoir étaient sains et saufs.

« Je commençais à désespérer, car une fumée aveuglante, asphyxiante, commençait à s'élever et je ne voyais plus rien devant moi.

— Je vous en prie, ma petite, je vous en suppplie, donnez-moi un peu de pain.

« Quand, tout à coup, à travers le nuage, j'aperçus un homme qui se dirigeait vers moi en tenant une jeune fille dans ses bras.

« Je les reconnus, c'étaient Jean Lenoir et Mlle Yvette.

« Au moment où je me précipitais vers eux pour les aider, je vis très nettement, comme je vous vois, Monsieur l'officier, Ladislas Borovitch frapper à la nuque, à l'aide d'un coup de poing américain l'infortuné Jean qui tomba lourdement sur le sol.

« A ce moment, un remous se produisit autour de moi, et je fus séparé du groupe duquel je tendais à me rapprocher.

« Je fus bousculé, jeté à terre.

« Je crus que mon dernier moment était arrivé, car, au-dessus de moi, le plancher crépitait, la toiture s'effondrait.

« Malgré cela, je ne perdis pas courage.

« Je me relevai et je butai bientôt contre un corps étendu à terre.

« A la lueur du brasier, je reconnus Jean Lenoir.

« Je me précipitai vers lui.

« Je l'empoignai et je parvins à l'entraîner au dehors.

« Voilà, Monsieur l'officier de paix, toute mon histoire.

— Elle est fort intéressante, répliqua le fonctionnaire, et si vous voulez bien, nous allons tâcher de rejoindre M. le commissaire de police, auquel vous confirmerez vos déclarations.

« Pour le moment, je ne vous demande qu'une chose : c'est de n'en parler à personne.

« Cette affaire me semble en effet très mystérieuse, très grave, et la moindre indiscrétion pourrait entraver les recherches de la police.

— Soyez tranquille, M. l'officier, promit Pas-de-Canard, je me tairai.

« Je vous en donne ma parole d'honneur.

— Bien, mon garçon.

Et, enveloppant l'infirme d'un regard plein de bienveillance, l'officier de paix ajouta :

— Je vois que j'ai affaire non seulement à un garçon des plus courageux, mais encore à un homme très intelligent.

Et tous deux quittèrent la pharmacie.

Auparavant, Pas-de-Canard s'était approché près du groupe formé par le pharmacien, Jean Lenoir et Yvette.

Il avait pu, avec satisfaction, constater que le blessé avait repris connaissance.

Puis, très doucement, il avait dit à la fille de Van Flam :

— Attendez-moi là, je vous prie.

« Je reviens dans un instant.

Yvette avait acquiescé de la tête.

Une fois sa déposition faite au commissaire de police, Pas-de-Canard était venu rejoindre ses amis.

Pendant ce temps, plusieurs médecins étaient arrivés pour prodiguer leurs soins aux blessés.

Les victimes qui portaient des blessures très profondes, avaient été immédiatement dirigées sur l'hôpital le plus rapproché.

Quant aux autres, moins grièvement atteintes, on s'occupait, sur leur demande, de les reconduire à leur domicile.

Jean Lenoir était du nombre.

Ainsi que le pharmacien l'avait tout de suite déclaré, la blessure ne mettait nullement ses jours en danger.

Certes, il aurait pu être assommé sur le coup.

Mais au moment où, lâchement, Ladislas Borovitch frappait, un mouvement de bousculade s'était produit dans la foule, amortissant ainsi le coup terrible que le soi-disant poète Polonais cherchait à porter au fiancé d'Yvette.

Jean, étourdi, était tombé à terre.

Cependant, la contusion était des plus fortes.

Des soins étaient nécessaires.

Un repos absolu s'imposait pendant quelques jours.

Un des médecins, après l'avoir rassuré, lui offrit de le reconduire lui-même en voiture jusqu'à sa maison.

Jean Lenoir accepta.

Mais Yvette avait tout de suite pensé à Mme Lenoir.

— Si elle nous voit arriver ainsi, elle s'inquiétera, se demandera ce que cela veut dire, et cela peut lui procurer une commotion des plus désagréables et peut-être même dangereuse.

« A son âge, il faut éviter les trop rudes émotions.

« Comment faire pour la préparer à voir son fils la tête entourée d'un pansement ?

Pas-de-Canard, toujours dévoué, s'était proposé pour aller la prévenir.

Il partit donc.

Avec beaucoup de ménagements, il apprit la mauvaise nouvelle à Mme Lenoir.

Aussi, lorsque celle-ci vit son fils arriver, était-elle déjà à peu près rassurée sur son compte.

Jean fit le reste, en affirmant qu'il se portait aussi bien que possible.

Par un hasard vraiment miraculeux, aucune des pensionnaires de Mme Lenoir n'avait péri dans les flammes, et même aucune d'elles n'avait été gravement atteinte.

Néanmoins, l'émotion avait été très forte.

Toutes se retirèrent dans leurs chambres pour prendre un repos réparateur.

Mme Lenoir voulut à tout prix, passer la nuit auprès de son fils.

Malgré les protestations de celui-ci, elle s'installa à son chevet.

Quant à Pas-de-Canard, demeuré seul, il se demandait :

— Pourquoi cet homme a-t-il frappé Jean ?

« Ah ! que je suis naïf de me poser une pareille question.

« Lui aussi l'aime, parbleu !

« Il la veut.

« Et pour s'en emparer, il n'a pas reculé devant un crime.

« J'avais bien raison de me méfier de cet individu.

« L'antipathie qu'il m'inspirait était loin d'être irraisonnée.

« Malheureusement, je ne puis rien dire, puisque j'ai promis de me taire.

« Mais je veille.

« Le premier qui osera toucher à Yvette, je le tuerai sans pitié.

CHAPITRE CXXI

Vraiment fou

— Mon enfant, voulez-vous me faire l'aumône d'un morceau de pain ?

« Je n'ai pas mangé depuis hier et j'ai marché toute la journée.

C'est dans ces termes qu'un vagabond aux cheveux et à la barbe incultes, s'adressait à une mignonne fillette de douze ans qui, debout sur la porte d'une ferme située au carrefour de deux routes, mangeait de très bon appétit une tartine de pain beurrée.

Ce vagabond ne ressemblait pas aux autres.

Ce n'était pas un de ces chemineaux que l'on voit errer sur les chemins, quémandant chez les paysans le vivre et le couvert, et sachant s'imposer souvent par des menaces sourdes et plus ou moins déguisées.

Son visage portait les traces d'une détresse morale encore plus grande que sa détresse physique.

Sur les joues, deux sillons descendaient qu'on eût dit creusés par les larmes.

Mais, détail étrange, ses vêtements déchirés, maculés de boue, portaient les traces d'une ancienne élégance, et semblaient d'ailleurs parfaitement ajustés à sa taille.

L'enfant regardait le vagabond avec une curiosité qui n'était pas exempte d'une certaine crainte.

Elle se disait en effet :

— Il n'est pas pareil aux autres.

Et elle allait rentrer dans la maison pour appeler quelqu'un ou pour s'y réfugier, comme mue par une cainte instinctive, irréfléchie, lorsque le malheureux reprit :

— Je vous en prie, ma petite, je vous en supplie, donnez-moi un peu de pain.

Cette fois, la voix du pauvre hère se fit si suppliante que la jeune paysanne, qui devait avoir certainement bon cœur, ne put résister, et elle répondit simplement : Attendez!

Alors elle rentra dans la ferme et revint au bout d'un instant avec un gros quignon de pain et un petit morceau de lard qu'elle tendit au chemineau en disant :

E·V·

— *Voilà ce qu'aurait pu être ma vie!*

— Mangez, puisque vous avez faim, mon brave homme.

— Merci, ma chère enfant, reprit l'inconnu en s'emparant avidement du pain et du lard que lui tendait la petite.

« Merci !

« Vous êtes bien bonne, et cela vous portera bonheur.

Il commença à manger avidement.

L'enfant le regardait avec des yeux pleins de douceur et de charité.

— Peut-être aussi que vous avez soif ? interrogea-t-elle.

— On trouve toujours de l'eau sur sa route, répliqua le mendiant avec un accent de mélancolie profonde.

— De l'eau, oui.

« Mais peut-être bien qu'un verre de vin vous ferait bien plaisir.

— Vos parents vous gronderont peut-être, si vous me donnez du vin ?

— Non, ne croyez pas cela.

« Mes parents sont très bons, et quand ils voient quelqu'un de vraiment malheureux, eh bien, ils viennent toujours à son aide.

« D'ailleurs, voici maman qui revient des champs.

Une paysanne robuste, au teint hâlé, arrivait en effet sur la route, les bras chargés d'une ample moisson d'herbes fleuries.

— M'man, s'écria la fillette en courant au devant de la paysanne.

« C'est un *Monsieur* qui avait faim.

« Alors, je lui ai donné du pain et du lard.

— Tu as bien fait, ma petite Marianne.

— Je lui ai demandé aussi s'il voulait boire un verre de vin.

« Il m'a demandé si je n'avais pas peur que tu me grondes.

« Alors, je lui ai dit que non.

Tout en causant, la fermière s'était approchée du vagabond.

— Eh bien! lui dit-elle cordialement, on va vous donner un verre de vin puisque Marianne vous l'a offert.

— Vous avez là, Madame, une enfant tout à fait charmante, reprit l'inconnu sur un ton d'une politesse parfaite, et qui semblait beaucoup plus appartenir à un homme du monde qu'à un errant des grandes routes.

— Oui, elle est bien gentille.

Tout de suite, la fermière, entrant à son tour dans la maison, apporta un verre de vin bien frais que le mendiant but avec un plaisir manifeste.

— A combien suis-je encore d'Uzarches? demanda-t-il.

— Oh! à deux bonnes lieues, répondit la fermière. L'inconnu eut un profond soupir.

— Il est tard, dit-il.

« Je ne sais pas si j'aurai la force d'arriver jusque-là, car je n'en puis plus.

Et montrant ses souliers qui avaient dû être jadis des bottines très fines, et qui, aujourd'hui déchirés de toutes parts, laissaient passer les orteils saignants du miséreux, il ajouta :

— J'ai bien mal.

« Mes pauvres pieds me font cruellement souffrir.

— Eh bien, dit la paysanne, si vous le voulez, on vous couchera cette nuit dans la grange.

« On vous donnera une botte de paille et tout ce qu'il vous faut.

— Ah! il y a donc encore des braves gens sur la terre !

— Oui, il y en a, et plus qu'on ne pense.

« Le tout est d'avoir la chance de les trouver sur son chemin.

— J'ai eu cette chance, et si je croyais en Dieu, je le remercierais de tout mon cœur.

Mais tout à coup, la fermière qui, depuis un moment, dévisageait le chemineau, laissa échapper un cri.

— Oh! fit-elle, c'est extraordinaire.

— Qu'est-ce qu'il y a, ma bonne dame ?

— Il me semble que je vous ai déjà vu.

— Moi ?

— Oui, vous.

« Mais oui, je vous connais, j'en suis sûre!

« Si c'est pas vous, c'est que vous lui ressemblez joliment.

— A qui donc ?

— A Monsieur Brévannes, l'ancien châtelain de Morigny.

A ces mots, le vagabond eut un tressaillement douloureux, et d'une voix tremblante, il reprit :

— Monsieur Brévannes ?

— Eh bien! oui...

« Mon mari a travaillé pendant longtemps à son usine.

« J'ai eu bien souvent l'occasion de le voir, et il n'y a pas à dire, plus je vous regarde, plus je le retrouve en vous.

— Vous vous trompez certainement, ma brave femme, fit le mendiant avec une expression farouche.

« Non seulement je ne suis pas M. Brévannes, mais je ne le connais pas.

« Je ne l'ai jamais vu, jamais rencontré.

« D'ailleurs, je ne suis pas de ce pays.

« C'est la première fois que j'y mets les pieds.

Puis, brusquement, il ajouta :

— Au revoir, au revoir, Madame.

Et, avant que la fermière fût revenue de sa surprise, le vagabond s'éloigna à grands pas, tandis que deux grosses larmes coulaient sur ses joues.

Alors, il se mit à marcher à longues enjambées dans la direction d'Uzarches.

L'état de fatigue physique et de dépression morale dans lequel, un instant auparavant, il était encore plongé, semblait avoir complètement disparu.

Une sorte de feu sauvage illuminait son regard.

On eût dit que les larmes qu'il venait de verser n'étaient plus des larmes de douleur, mais des larmes de colère.

Il marchait sur la grande route grise et poudreuse qui s'étendait devant lui comme un ruban sans fin.

Il faisait une chaleur torride.

De gros nuages orageux s'amoncelaient au ciel.

Par instants, une sorte de brise âpre, brûlante, évoquant les vents du désert, s'élevait, faisant frissonner les feuilles des arbres.

Puis, la bourrasque passée, c'était la même immobilité ardente d'un été implacable.

Les oiseaux se taisaient.

Dans une prairie, deux beaux chevaux, las de paître, attendaient patiemment devant la barrière qu'on vint les délivrer, se contentant de frissonner de temps en temps et de secouer les oreilles et la queue afin de chasser les mouches qui méchamment, persistaient à les piquer en bourdonnant sans trève autour d'eux.

Une écume blanchâtre paraissait aux flancs des deux animaux.

L'air était saturé d'électricité.

Déjà, à l'horizon, de longs zig-zags de feu sillonnaient le ciel gris noirâtre, de mauvais augure.

Bientôt, des grondements sinistres se firent entendre, puis se rapprochèrent, telles des détonations bruyantes et successives d'un parc d'artillerie très rapproché.

Les éclairs se succédaient avec une rapidité déconcertante.

Des gouttes de pluie, très rares, mais très larges, faisaient çà et là des taches sombres sur la poussière du chemin.

— Décidément, les bêtes valent mieux que les gens.

Le mendiant avançait toujours, sans s'inquiéter des troubles atmosphériques, sans avoir l'air de redouter le moindrement les conséquences d'un orage qui s'annonçait terrible, foudroyant.

Il marchait droit devant lui, tel un juif errant, incapable de s'arrêter et poussé en avant par la malédiction divine.

Mais les gouttes de pluie se multipliaient.

Maintenant, c'était une averse drue qui tombait, et que le malheureux, stoïquement, recevait sur les épaules.

Car, soit qu'il craignît les effets de la foudre, soit qu'il fût insensible au véritable déluge qui s'abattait sur ses épaules, le chemineau continuait toujours sa route, sans chercher un abri sous les arbres.

Le ciel s'ouvrait en de telles cataractes, l'eau tombait en telle abondance que le vagabond ne marchait plus que poussé par l'instinct, incapable de voir devant lui, complètement aveuglé par les tourbillons d'eau qui ruisselaient le long de son visage.

Il traversa ainsi la trombe.

Et lorsque le tonnerre cessa de faire entendre sa voix lorsque la pluie s'arrêta et qu'un premier et timide rayon de soleil commença à percer le rideau des nuages crevés le mendiant se trouvait presque arrivé à Uzarches, dont les maisons aux tuiles rouges s'apercevaient uniformes, symétriques.

Alors il poussa un soupir de soulagement.

Puis, se secouant comme un pauvre chien mouillé, il s'arrêta, s'assit sur un tas de pierres, et la tête entre les mains, il songea.

Au bout de dix minutes environ, déjà tout grelottant, il releva les yeux, regarda encore dans la direction de la ville, et d'une voix douloureuse, il murmura :

— C'est vrai, j'ai été vraiment fou.

« Mais maintenant, je sens que ma raison revient.

« Tout à l'heure, quand cette femme m'a reconnu, ça a été comme un voile qui se déchirait devant mes yeux.

« J'ai revu tout le passé.

« J'ai compris.

« Et voilà que sans m'en douter, après avoir erré pendant plusieurs jours le long des routes, après avoir oublié ma personnalité, pour me figurer que j'étais devenu un vagabond, coureur de chemins, un mendiant de village, je me retrouve juste dans mon pays, aux portes de mon château.

« Il faut qu'il y ait une raison pour que la main invisible qui, depuis quelque temps, a dirigé tous mes actes, m'ait conduit jusqu'ici.

« Oui, oui, j'en suis sûr, c'est le Destin qui l'a voulu

« Eh bien! puisqu'il en est ainsi, je vais rentrer dans mon château.

« Je vais redevenir le maître, l'industriel puissant qu'on craint.

« Car je commence à voir clair en moi-même.

« Jusqu'à ce jour, je n'ai été environné que de traîtres.

« Rubin lui-même s'est conduit envers moi comme le dernier des misérables.

« Mais, n'est-ce pas là le châtiment ?

« En lui demandant de séquestrer ma femme, ne lui ai-je pas donné le droit de me séquestrer moi-même ?

« N'ai-je pas ainsi expié la cruauté dont j'avais fait preuve envers cette femme ?

Encore une fois, la question terrible qui s'était déjà posée plusieurs fois à l'esprit de M. Brévannes, lui revint.

— Si je m'étais trompé !

« Si elle était innocente !

« Si la malheureuse était victime de je ne sais quelle fatalité épouvantable, de quelque ténébreuse intrigue de quelque odieux complot !

« Alors, je me serais conduit comme le dernier des lâches, comme le dernier des misérables!

« J'aurais brisé atrocement l'existence non plus d'une coupable, mais d'une innocente!

« J'aurais fait une martyre! Ce serait épouvantable !

« Oh! non, ne pensons plus à cela, car, je le sens bien, si je m'obstinais dans une pareille idée, ma raison, vite. sombrerait à nouveau.

« Et plus que jamais, j'ai besoin de tout mon cerveau, de tout moi-même.

« Seulement, je ne puis rentrer ici ainsi, car je ne veux pas que l'on me reconnaisse sous une pareille défroque.

« Si l'on me surprenait ainsi, on croirait que je suis toujours fou, et Rubin reviendrait vite à la rescousse.

« Il me ferait enfermer de nouveau.

« Rubin, ce traître en qui j'avais mis toute ma confiance, ce misérable qui, parce qu'il me tenait par la trop grande confiance que je lui avais accordée. a obtenu de moi tout ce qu'il a voulu, ce bandit au-

— J'accuse le docteur Rubin de m'avoir odieusement séquestré.

quel j'ai été assez faible pour donner une procuration.

« Quel usage a-t-il fait de ma signature ?

« Dans quelle situation vais-je me trouver en me réveillant de ce cauchemar que je viens de vivre pendant quelques mois ?

« Qui sait s'il ne s'est pas approprié tous mes biens?

« Qui sait s'il n'a pas dilapidé toute ma fortune ?

« Et je n'aurai rien à lui dire, rien à faire contre lui

« Ah! oui, c'est le châtiment!

« Et, plus j'y songe, plus je me dis que pour que je sois frappé ainsi, il faut que j'aie commis un crime impardonnable.

« Ce crime ne serait-il pas celui de m'être acharné après une innocente ?

« L'innocente !

« Encore cette pensée.

« Non! non! je ne veux pas.

« Ce n'est pas possible !

Et Monsieur Brévannes se mit à sangloter comme un enfant, en se laissant tomber à terre.

Tout à coup, il s'entendit interpeler doucement :

— Brave homme !

brave homme!

— Qu'y a-t-il, mon enfant ?

Alors le châtelain de Morigny aperçut tout auprès de lui, deux bons enfants, le frère et la sœur, sans doute, des enfants de riches car ils étaient bien habillés, qui souriaient, heureux comme des petits anges en plein bonheur de ciel.

Près d'eux, un homme et une femme, leur père et leur mère, se tenaient par le bras, regardant ces deux êtres charmants faire leur aumône au misérable effondré sur la route.

— Voilà deux sous.

Machinalement, Brévanes prit les deux sous, n'osant pas refuser à ces petits qui semblaient si bons.

Alors les enfants coururent rejoindre leurs parents.

Après avoir détruit quelques notes et quelques lettres.

Et, empoigné par une fièvre terrible, une courbature qui lui brisait les reins, il demeura là prostré, anéanti, tard, très tard, jusqu'à ce que la nuit eût étendu ses voiles autour de lui.

Alors, il se leva et gagna son château.

Ainsi qu'il venait de le constater lui-même, Monsieur Brévannes avait été réellement fou.

A la suite des émotions terribles qu'il avait traversées, de l'internement auquel le docteur Rubin l'avait assujettit et surtout du traitement perfide auquel le médecin indigne l'avait soumis, la raison de M. Brévannes, pendant quelque temps, avait complètement sombré.

Et, à mesure qu'elle s'altérait, il avait éprouvé un irrésistible besoin de liberté, qui l'avait amené à une évasion pendant longtemps projetée, ruminée, et enfin réalisée.

Une fois libre, ne sachant où diriger ses pas, il avait erré, marché, ayant complètement perdu la notion de sa personnalité et se figurant, de très bonne foi, qu'il avait toujours été un chemineau, et comme tous les fous, jouant admirablement le rôle que sa déraison lui avait assigné.

Mais, ainsi qu'il venait de le constater lui-même, il avait suffi, comme cela arrive parfois dans ce genre d'affections mentales d'un seul mot prononcé au hasard, par une passante, pour le ramener à la réalité, pour lui faire reconquérir sa raison perdue et lui permettre d'envisager le passé, le présent et l'avenir avec une netteté d'esprit, une sécurité de juge-

Et tous les quatre s'éloignèrent, les enfants riant, gambadant, et les parents les suivant, le regard brillant de joie et chargé de tendresse.

— Voilà, se dit Brévannes, ce qu'aurait pu être ma vie.

Il se leva péniblement.

Au lieu de gagner la ville, il la contourna afin d'en éviter la traversée.

Un moment il hésita.

Devait-il prendre la route qui conduisait jusqu'au château de Morigny, ou gagner son domaine par les sentiers détournés ?

Ce fut à ce dernier parti qu'il s'arrêta.

Mais avant de pénétrer dans le château, il attendit que la nuit fût venue.

Alors, il s'assit à l'orée d'un petit bois.

ment et une volonté de cœur qu'il n'avait peut-être encore jamais eues.

Car jamais, en effet, Monsieur Brévannes n'avait encore vu aussi clair en lui-même.

Maintenant, il rentrait chez lui.

Mais avant de parler en maître, il fallait qu'il y pénétrât en intrus.

La prudence la plus élémentaire, et plus encore peut-être l'orgueil dont il était toujours possédé, lui interdisait de se montrer aux yeux de ses serviteurs en un si misérable équipage.

Cela, il l'avait immédiatement compris.

Le problème se posait donc plus que jamais à lui : entrer sans être vu.

Il connaissait naturellement mieux que personne tous les différents accès de la maison.

Après avoir longé le parc, entouré d'un mur très élevé il s'arrêta devant une petite porte qui donnait accès à l'intérieur.

La porte était fermée comme toujours.

Brévannes le savait.

Il ne chercha donc pas à l'ouvrir.

Prenant une pierre assez grosse, il attaqua vigoureusement la serrure, sachant très bien qu'il se trouvait encore assez loin du château et de ses communs pour que le bruit qu'il faisait ne fût entendu par personne.

Au bout de dix minutes environ, il parvint à faire sauter la serrure.

La porte s'ouvrit et il pénétra dans le parc.

C'était un premier pas de fait.

Ce n'était pas le plus difficile.

Maintenant il s'agissait de pénétrer dans la maison en trompant la surveillance des serviteurs qui s'y trouvaient en ce moment.

Il s'avança dans le parc, et arriva bientôt dans une première cour.

Alors il s'arrêta, inspectant du regard les environs.

Tout semblait dormir à l'intérieur.

Seul, un gros chien, en entendant le bruit des pas sur le gravier de l'allée, grogna, se leva et s'avança prêt à aboyer, au besoin à mordre.

Mais, tout à coup, après avoir flairé le vent il partit au galop, dans la direction de l'industriel.

Le fidèle animal avait reconnu son maître.

Alors, doucement, il se mit à lui lécher les mains.

Brévannes ému, se prit à dire :

— Décidément, les bêtes valent mieux que les gens.

« Voilà peut-être le premier témoignage d'amitié sincère et désintéressé que je reçois dans ma vie.

Puis, tout à coup, pris d'une idée subite, il ajouta

— Maintenant, je m'en vais rentrer chez moi.

Alors, suivi du chien qui avait emboîté le pas derrière lui, l'infortuné longea le bâtiment où se trouvaient les écuries et remises du château.

Puis il parvint jusqu'à la porte d'une vaste serre qui communiquait avec le corps principal du château.

Il chercha dans la poche de son pantalon tout en loques, y trouva un petit canif, ouvrit la lame et voulut démonter la serrure comme il avait brisé l'autre avec une pierre.

Mais cette fois, l'opération n'allait pas réussir aussi facilement.

En effet, la lame du canif, trop frêle, se brisa presque aussitôt.

Comment faire ?

Brévannes eut un instant d'hésitation.

Le bon chien, assis sur son derrière, le regardait faire.

Soudain, le châtelain sembla avoir une inspiration subite.

Il quitta la serre, toujours escorté du brave toutou, rentra dans le parc, prit une autre allée qui le conduisit alors à l'extrémité opposée du château, devant un petit pavillon dont une des fenêtres, par mégarde, avait été laissée ouverte.

— C'est bien, se dit Brévannes.

« Je crois que cette fois, je vais être plus heureux.

Et se rendant à une sorte de hangar où le jardinier avait l'habitude de ranger ses outils, il prit une échelle, l'appuya contre le mur du petit pavillon et put ainsi parvenir jusqu'à la fenêtre.

Le chien, incapable cette fois, de suivre son maître, fit entendre deux ou trois petites plaintes.

Monsieur Brévannes commanda d'une voix brève :

— Tais-toi, César.

César obéit aussitôt et se coucha au pied de l'échelle, au sommet de laquelle l'industriel venait de disparaître.

Enfin, Monsieur Brévannes était chez lui.

A travers un long dédale de corridors, il se rendit jusqu'à sa chambre.

Alors, épuisé, à bout de forces, il se laissa tomber sur un fauteuil.

— Je sens que je vais être malade, très malade, dit-il.

« L'épreuve a été trop rude.

« Je suis à bout.

« J'ai la fièvre.

« Cependant, je ne puis rester ainsi.

Faisant appel à toutes ses forces, M. Brévannes se redressa, passa dans son cabinet de toilette, enleva les vêtements sordides encore tout mouillés qu'il portait sur son dos, et les jeta au fond d'un placard.

Puis, revêtant un complet d'appartement qu'il avait trouvé dans sa garde-robe, il eut encore la force de passer dans un cabinet de travail attenant à sa chambre, de s'installer à sa table et d'écrire la lettre suivante :

— Monsieur le Procureur de la République,

« Je me sens très malade.

« Sans avoir consulté aucun médecin, je suis sûr « que dans quelques jours, demain peut-être, je me « trouverai dans l'im-« possibilité de com-« muniquer avec la « Justice de mon pays.

« Certes, j'ai commis « un grand crime : ce-« lui de martyriser « une femme qui, mê-« me coupable, aurait « eu droit de ma part « à plus de pitié.

« Elle est morte au-« jourd'hui. Paix à « son âme !

« Cependant, ma fol-« le jalousie que je dé-« plore amèrement, que « j'ai déjà expiée en ce « monde et que j'ex-« pierai probablement « dans l'autre, m'a « placé dans les mains « d'un misérable que « je tiens à démasquer « devant vous ; quoi « qu'il arrive et quel-

— Je vais vous conduire tout de suite auprès de notre pauvre agonisant.

« et quelles que soient les conséquences que j'aie à « supporter si toutefois je survis au mal qui s'est « abattu sur moi.

« J'accuse le docteur Rubin de m'avoir odieuse-« ment séquestré, de s'être emparé d'une procuration « signée par moi et d'avoir mis ainsi la main sur « toute ma fortune.

« Vous donnerez à cette plainte, Monsieur le Pro-« cureur, la suite que votre conscience vous dictera.

« Le juge d'instruction que vous commettrez à cet « égard, aura la tâche facile. Je ne doute pas un seul « instant qu'il ne parvienne très rapidement à dé-« montrer le bien-fondé de ma plainte.

« Veuillez agréer, Monsieur le Procureur de la Ré-« publique, l'expression de ma respectueuse consi-« dération,

« Brévannes, industriel,

« Château de Morigny, près Uzarches.

Monsieur Brévannes prit la lettre, la plaça dans une enveloppe qu'il cacheta soigneusement.

Puis il prit une autre feuille de papier et traça à nouveau ces quelques lignes :

— Ceci est mon testament.

« Je lègue toute ma fortune à mes ouvriers.

« Brévannes.

Alors il rentra dans sa chambre, décidé à se mettre au lit, car il n'en pouvait plus, lors-qu'il aperçut sur sa table de nuit quelques journaux dont la bande n'avait pas été arra-chée.

Machinalement il les regarda.

— Tiens, fit-il, c'est singulier !

Au hasard, il prit l'un d'entre eux, enle-va la bande.

C'était le « Pioupiou Français », le seul, l'uni-que numéro du journal de Blanche-cotte, qui avait paru deux jours auparavant.

Comment ce journal se trouvait-il là ?

Sans doute, par le plus grand des hasards.

Depuis l'absence de M. Brévannes, trois fois par semaine, on faisait à fond sa chambre.

Le domestique chargé de ce soin, avait dû déposer là, par mégarde, ce numéro du « Pioupiou Français » que Blanchecotte avait envoyé intentionnellement à l'adresse de Brévannes, bien qu'il sût très bien que le châtelain ne se trouvait pas à Morigny, mais persua-dé que l'un de ses serviteurs prendrait connaissance du factum, et se chargerait d'en répandre le contenu aux alentours.

Le nom de Blanchecotte frappa tout de suite les yeux de Brévannes.

Bien qu'il se sentît extrêmement fatigué, il par-courut les premières lignes de l'article.

Tout de suite il fut intéressé.

Mais bientôt un brouillard passa devant ses yeux.

Il crut que ses forces allaient l'abandonner.

Pour la seconde fois, réunissant toute son énergie, il se traîna jusqu'à son cabinet de toilette, prit dans une petite armoire un flacon contenant un puissant cordial et en avala une gorgée.

Alors, se sentant mieux sans doute, il retourna dans sa chambre et se plongea dans la lecture du journal.

On se souvient du fameux article où Blanchecotte commençait ses révélations au sujet du drame dont Morigny avait été le théâtre.

Bientôt, il arriva à ce passage :

« J'accuse le sieur Brévannes, ennemi du prolé « tariat, d'avoir machiné, pour servir ses haines per- « sonnelles, toutes ces histoires de fiches et de tra- « hison.

« Le sieur Brévannes, disparu, paraît-il, dans des « conditions sur lesquelles nous aurons l'occasion « de revenir, a gardé le plus complet des silences.

« Et qui nous dit, après tout que Mme Brévannes « repose dans le tombeau de la chapelle de Morigny ?

« Qui nous dit que nous ne la reverrons pas un « jour apparaître, démasquant les coupables ?

« Qui nous dit enfin que cette femme n'est pas vi- « vante ? »

Alors, M. Brévannes, comprenant que le malheur qui l'avait frappé était plus grand encore, puisqu'on avait fait de lui l'instrument inconscient de la plus abominable des intrigues, se releva et voulut aller à la fenêtre, car il étouffait.

Mais il ne fit que quelques pas.

Il chancela et tomba lourdement sur le plancher.

. . . .

. . . .

Le lendemain matin, quelle ne fut pas la surprise des domestiques du château en apprenant que leur maître était revenu dans la nuit.

Ce fut le nommé Jacques, le remplaçant d'Albert qui, ayant trouvé son maître étendu, toujours sans connaissance au milieu de la chambre, prévint les autres, afin qu'on envoyât tout de suite chercher un médecin.

D'autre part le docteur Rubin qui, ainsi qu'on l'a vu au cours de ce récit, était un homme de précau- tion, avait conservé dans le château de nombreuses et puissantes intelligences.

Ce Jacques, ce nouveau valet de chambre était en- tre autres, une créature qu'il avait placée là pour parer à toute éventualité.

Rubin, en effet, avait prévu une évasion, ainsi que le retour possible de son pensionnaire au château de Morigny.

Il avait chargé Jacques qui d'ailleurs, était un fieffé coquin, de le prévenir immédiatement en cas d'alerte.

Non seulement le remplaçant d'Albert s'était em- pressé d'exécuter fidèlement les instructions du doc- teur, qui le payait fort grassement, et dont il espérait bien tirer en le servant fidèlement d'importants bé- néfices.

Mais il avait encore pris la précaution, très sage, de fourrer dans sa poche la lettre adressée au Procu- reur, et que la veille au soir, M. Brévannes avait laissée sur sa cheminée, bien en évidence.

Rubin, immédiatement prévenu des événements, avait mis Walter Humding au courant de la situation car il ne faisait jamais rien sans lui demander conseil.

L'espion lui avait aussitôt ordonné de partir pour Morigny, et coûte que coûte, de faire interner à nou- veau Brévannes et, si la chose semblait impossible, de l'expédier dans un monde d'où les témoins gê- nants ne reviennent jamais.

Rubin, pris de plus en plus dans l'engrenage du crime, n'avait adressé aucune objection aux ins- tructions effrayantes que venait de lui donner son chef.

Il était parti pour Morigny dans l'intention bien arrêtée de les exécuter avec la dernière rigueur.

Or, en arrivant, il s'était trouvé en face d'un hom- me frappé d'une de ces maladies qui ne pardonnent pas.

— Tant mieux, s'était-il dit, j'aurai un crime de moins sur la conscience.

« Mieux vaut qu'il s'en aille d'une mort naturelle.

« Cela risquera moins de compliquer les choses.

M. Brévannes en effet, était atteint, non seulement d'une congestion pulmonaire, qui aurait suffi à l'em- porter, mais il avait été frappé également d'une sorte d'attaque d'hémiplégie des plus graves, qui, à elle seule aurait suffi à l'emporter dans la tombe, et qui, à moins d'un miracle, l'empêcherait désormais de se livrer à aucune récrimination, ni de révéler quoi que ce fût de compromettant pour le docteur Rubin.

De plus, Jacques avait fidèlement remis au doc- teur la lettre adressée au Procureur de la République.

Inutile de dire que Rubin, qui avait profité du premier moment où il était resté seul pour prendre connaissance de la missive, l'avait immédiatement détruite sans le moindre scrupule.

— Diable! avait-il dit, il était temps que la mala- die s'en mêle vraiment.

« Sans cela, j'aurais pu me trouver dans une situation fâcheuse.

« Bien que j'aie pris toutes mes précautions, j'aime cependant mieux qu'il en soit ainsi.

« Car, avec la Justice, on ne sait jamais jusqu'où on peut aller.

« Une fois qu'elle fourre son nez dans vos affaires, on a bien de la peine à s'en débarrasser.

« Il arrivera ce qu'il arrivera.

« Maintenant, je m'en lave les mains.

Puis, feignant un réel chagrin de voir son client et ami dans une aussi fâcheuse posture, le docteur Rubin déclara hautement qu'il allait chercher à l'arracher à la mort, et qu'en attendant, il s'installerait à son chevet pour le veiller toute la nuit.

En réalité, Rubin voulait rester seul.

En effet, la lettre au Procureur de la République l'avait mis en éveil et il craignait que M. Brévannes n'eût laissé d'autres papiers secrets dont la divulgation aurait pu le compromettre.

Aussi, lorsque tous les domestiques se furent retirés, il s'en fut à la porte de la chambre, la ferma au verrou et commença ses recherches.

Presque aussitôt, elles furent couronnées de succès.

Il n'eut pas de peine à découvrir le testament laconique, mais définitif que Brévannes avait écrit la veille.

Ce sinistre coquin s'empressa de lui faire subir le même sort qu'à la plainte.

Puis il poursuivit ses investigations prudemment, habilement, sûrement, car il connaissait à merveille les habitudes de son ami.

Et après avoir détruit quelques notes et quelques lettres relatives à d'anciennes histoires qu'il jugeait utile d'étouffer, le complice de Walter Humding, rassuré, s'étendit sur un canapé et s'endormit paisiblement, sans s'inquiéter du malade qui, doucement, s'était mis à geindre comme un enfant blessé.

Le grand jour le réveilla.

Alors il s'en fut dans le cabinet de toilette se livrer à de rafraîchissantes ablutions, tout comme s'il eût été chez lui.

Puis, quand il eut été bien pomponné, bien cosmétiqué, il se décida enfin à s'approcher du lit où reposait l'infortuné Brévannes.

— Ça va bien, se dit-il.

« Le mal suit son cours.

— Quel malheur qu'il n'y ait pas un photographe pour nous piger comme ça!

« Dans vingt-quatre heures, trente-six heures au plus tard, il aura cessé d'exister, sans d'ailleurs avoir repris connaissance.

« Décidément, je ne pouvais pas espérer une meilleure issue pour cette affaire.

« Mais il m'aura donné du fil à retordre, l'animal.

« En attendant, me voilà tranquille.

« J'aime mieux le voir là, en train d'agoniser, que de me dire comme tous ces jours-ci : Où est-il ? qu'est-ce qu'il est devenu ? que peut-il bien faire ?

Rubin en était là de ses réflexions quand on frappa doucement à la porte.

Il s'en fut ouvrir.

C'était le valet de chambre Jacques qui se présentait.

— Monsieur le docteur, fit-il, l'air mystérieux comme tous les personnages subalternes appelés à jouer un rôle à la fois canaille et secret, il y a en bas deux religieuses qui demandent à vous parler.

— Deux religieuses ?

« Vous ont-elles dit ce qu'elles voulaient ?

— Oui.

« Elles disent qu'ayant appris que M. Brévannes était gravement malade et allait même mourir la sœur supérieure les envoie pour le veiller et prier pour lui.

— Qu'elles aillent se promener, fit Rubin agacé.

— Bien, Monsieur le docteur.

Et Jacques s'éloignait, lorsque soudain, se ravisant, le directeur de « l'Ami de l'Ordre » ordonna .

— Et puis après tout, faites-les entrer au salon, je vais les recevoir.

Car, intérieurement, il venait de se dire :

— Comme directeur d'un journal bien-pensant, je n'ai pas le droit de recevoir si mal ces épouses du Christ.

« Somme toute, dans l'état dans lequel se trouve Brévannes, je peux bien laisser près de lui deux bonnes sœurs qui se contenteront de réciter leurs patenôtres sans rien dire à personne.

Alors, il attendit que Jacques fût remonté pour quitter la chambre de l'industriel.

Puis il descendit, après avoir recommandé au valet de chambre de ne pas quitter son maître une seule minute, et de l'appeler si, contrairement à ses prévisions, celui-ci donnait le moindre signe de connaissance.

Jacques s'y engagea avec toutes sortes de protestations de dévoûment et de respect.

Puis le docteur Rubin descendit au salon où se trouvaient les deux religieuses.

Celles-ci, deux femmes âgées, au visage disparaissant sous de larges cornettes, l'une grande et sèche, l'autre petite et rondouillarde, produisirent immédiatement une excellente impression sur le docteur.

Il s'inclina devant elles et leur dit :

— Mes sœurs, soyez les bienvenues.

« Je suis le docteur Rubin, ami de M. Brévannes.

« Croyez que je suis très touché par la délicate pensée qui vous a amenées ici.

« J'accepte donc l'offre si charitable et chrétienne que votre Révérende Mère Supérieure veut bien me faire par votre entremise.

« Croyez que je lui en suis infiniment reconnaissant, et je m'en vais vous conduire tout de suite auprès de notre pauvre agonisant.

— Alors, il est perdu? demanda l'une des sœurs.

— Hélas !

— Hum! fit l'autre que sa compagne foudroya immédiatement d'un terrible regard.

Alors, précédées par le docteur Rubin, les deux religieuses pénétrèrent dans la chambre.

Et, après avoir considéré un instant le mourant d'un œil de profonde pitié, elles s'agenouillèrent pieusement, se signèrent et récitèrent une brève prière.

Pendant ce temps le docteur Rubin, les mains appuyées sur le dossier d'une chaise, le front légèrement incliné et la figure empreinte d'une profonde

tristesse, semblait s'associer aux vœux que les deux religieuses adressaient au Très-Haut.

Elles se relevèrent.

Alors Rubin leur dit :

— Vous voyez, mes sœurs, que ce n'est plus qu'une question d'heures.

— Dieu est grand! fit l'une des sœurs, tandis que l'autre gardait un profond silence.

Le médecin-journaliste eut le bon goût de ne pas insister.

Mais appelant Jacques qui, discrètement se tenait dans le cabinet de toilette, il lui dit :

— Je vous recommande ces dames.

« Veillez à ce qu'elles ne manquent de rien.

« N'attendez pas à ce qu'elles vous demandent quelque chose, prévenez leurs désirs.

Puis s'adressant aux religieuses, il commença :

— Mesdames...

La bonne sœur qui semblait avoir assumé à elle seule la responsabilité de la parole, fit aussitôt :

— Sœur Sainte Périne, et sœur Sainte Eulalie.

— Eh bien! sœur sainte Périne et sœur sainte Eulalie, rectifia Rubin, je vous demande la permission de me retirer, car j'ai quelques lettres pressées à écrire.

« Je reviendrai dans un moment.

Et après avoir salué poliment les deux gardiennes, il se retira, tandis que Jacques, obséquieux, servile même, s'approchait à son tour, et demandait :

— Mes sœurs voudront sans doute bien prendre quelque chose ?

« Du chocolat.. du café. un bouillon avec un œuf?

A ces mots les yeux de sœur sainte Eulalie brillèrent de furtifs éclats de convoitise que, fort heureusement le domestique ne remarqua point.

Car celui-ci aurait pu justement conclure que sœur sainte Eulalie était atteinte de ce vilain péché qui s'appelle la gourmandise.

Mais sa compagne s'empressa de répondre :

— Eh bien! oui, un potage avec un œuf et même deux doigts de Bordeaux, si vous le voulez.

« Car nous sommes à jeun et nous nous sommes levées de très bonne heure.

— Les bonnes sœurs, se dit le domestique, qui boivent comme ça du vin le matin, ce n'est pas ordinaire.

« Enfin, ça m'est égal.

« Puisque Monsieur m'a dit de bien les soigner, je vais leur apporter ce qu'il y a de meilleur dans la cave.

Et il se retira, tandis que sœur sainte Périne et

sœur sainte Eulalie se prosternaient pour la seconde fois devant le lit de l'agonisant.

CHAPITRE CXXII

Sœur Ste-Perine

et

Sœur Ste-Eulalie.

Lorsque Jacques revint avec un. plateau chargé d'un excellent consommé, au milieu duquel nageaient deux œufs pochés, et d'une bouteille de St. Emilion, flanquée de deux verres à pied en cristal, il trouva les deux religieuses toujours en prières.

Tout en déposant le plateau sur une table, il se dit :

— C'est égal, c'est beau d'avoir la foi.

— Pro... pro... cureur.

« Voilà des bonnes femmes qui se figurent que le Bon Dieu les écoute, et qui sont en train de s'user les genoux, afin de gagner le Ciel.

« Enfin..

« Elles sont libres.

« Tant mieux pour elles si ça leur fait plaisir.

« En attendant, elles vont toujours s'envoyer un bouillon et un bon verre de vin.

« Après tout, elles ont bien raison, il y en a tant qui s'en passent.

« Et ce n'est pas cela, si elles doivent y aller, qui les empêchera d'aller au paradis.

Et n'osant les interrompre dans leur méditation religieuse, Jacques s'en fut discrètement, après avoir jeté un regard oblique dans la direction de M. Brévannes, qui donnait déjà tous les signes avant-coureurs de la mort.

Alors les deux religieuses attendirent qu'il se fut éloigné.

Puis l'une, sœur Périne se releva en s'écriant :

— Eh bien! mon vieux Flac, je crois que nous y sommes dans la boîte.

« Qu'est-ce que tu en dis de ce petit truc-là ?

— Hum! hum! hum! ponctua par trois fois l'excellent Flac.

— Oh! non mais, ce que t'es bavard, ce matin.

« Tu ne m'en as jamais dit si long à la fois.

« Seulement, je t'engage à tenir ta langue.

« Ici, ce n'est pas un lieu pour bavarder.

« Et si nous voulons mener à bien notre mission et mériter la belle gratification qui nous a été promise, je crois, mon vieux, qu'il n'y a qu'à ouvrir l'œil et à fermer la bouche.

— Hum ! approuva Flac plus discrètement cette fois.

— Quel malheur, reprit Flic en se regardant devant une glace, qu'il n'y ait pas un photographe pour nous piger comme ça.

« Oh! mon vieux Flac, si tu voyais la gueule que tu as.

« Je sais bien que je ne suis pas sensiblement plus beau, et que j'ai une presque aussi sale gueule que la tienne.

« Enfin, en attendant, nous allons nous envoyer un bon bouillon dans l'estomac.

« Sans compter que ce vin m'a l'air de première classe.

« Par exemple, quel prétexte allons-nous trouver pour nous esbigner pendant une heure ?

« On ne pourra pas raconter au docteur qu'on va prendre l'apéro.

— Et l'Eglise, fit simplement Flac, qui décidément était dans ses veines de bavardage.

— Ah! oui, tu as raison, je n'y pensais pas, approuva aussitôt Flic.

« Eglise, je crois bien.

« Les bonnes sœurs, ça doit toujours v être fourré.

« Nous raconterons que nous allons à l'église pour dire nos prières.

« Tant que j'y pense, nous en profiterons pour acheter nos provisions.

« Parce que, si à midi on se tape trop le crâne, ça pourrait donner des soupçons aux larbins.

« Je commence même à regretter d'avoir demandé du vin.

« Mais le proverbe a raison :

« Quand le vin est tiré, il faut le boire.

Et, joignant le geste à la parole, il se versa un verre de vin qu'il goûta.

Puis il déclara :

— C'est du St. Emilion de premier ordre.

Les deux limiers s'installèrent devant la table et firent consciencieusement honneur au bouillon et au vin.

Soudain, comme ils entendaient des pas dans l'escalier, ils se mirent aussitôt en prières devant M. Brévannes, toujours dans le même état.

C'était le docteur Rubin qui revenait.

Il regarda le malade, lui tâta le pouls et dit :

— Le mal suit son cours.

« Cependant, comme au fond, mon pauvre ami est très robuste, il se pourrait que l'agonie se prolongeât plus longtemps que je ne le pensais.

Et il ajouta :

— Mes sœurs, est-ce qu'on vous a donné tout ce qu'il vous fallait ?

— Certainement, Monsieur le docteur, répondit sœur sainte Périne.

— Vous savez, vous êtes ici chez vous.

— Vous êtes trop bon.

— J'ai donné des ordres pour que l'on vous serve à déjeuner au rez-de-chaussée dans une petite salle à manger où vous serez seules.

— Comme il vous plaira, docteur.

« Vers onze heures ,nous sortirons, car nous sommes obligées, par les règles de notre Ordre, d'aller prier chaque jour, au moins pendant une heure, dans une église.

— La chapelle du château est à votre disposition, proposa aimablement Rubin.

Flic ne se laissa nullement démonter par cette offre, qu'il avait sans doute prévue, et il répondit aussitôt :

— Oui, mais le Saint-Sacrement n'y est pas exposé, et notre règle veut...

— Bien, mes sœurs, je n'insiste pas.

« Si vous le voulez, je vais faire mettre une voiture à votre disposition ?

— C'est inutile, nous irons à pied.

— Comme il vous plaira.

« Pendant ce temps, je veillerai à votre place.

— Bien docteur.

« Croyez que nous n'abuserons pas longtemps.

« Nous serons vite de retour.

— Prenez votre temps je vous en prie, mes sœurs, et croyez que je vous suis très reconnaissant de vos pieux services.

Ainsi que cela avait été convenu, vers onze heures les sœurs sainte Périne et sainte Eulalie quittèrent la chambre.

— D'ailleurs, le bon Dieu punit le mensonge!

Ce fut le valet de chambre qui les remplaça car Rubin, enfermé dans le cabinet de travail du rez-de-chaussée, se livrait à une nouvelle correspondance, qui devait être d'une grande importance.

Car si quelqu'un avait pu lire par-dessus son épaule, il aurait remarqué que le docteur Rubin n'écrivait pas en caractères ordinaires, mais dans une sorte de langage chiffré des plus compliqués et des plus mystérieux.

Quant à nos deux religieuses ou plutôt à nos deux limiers, ils gagnèrent d'un pas alerte la ville d'Uzar-

— Alors, il est bien mal, n'est-ce pas?

vin rouge cachetées à deux francs.

Et après avoir fait disparaître leurs provisions dans les poches très amples de leurs robes, ils reprirent la route de Morigny.

Les commerçants d'Uzarches n'avaient pas été surpris de voir les deux religieuses se livrer à ces achats gastronomiques.

Car sœur Ste Périne avait eu bien soin de leur demander de faire une diminution, ces achats étant destinés à des malades pauvres qu'ils soignaient pour l'amour du Bon Dieu.

Inutile d'ajouter que les commerçants n'avaient pu faire moins que d'accorder la diminution si humblement et si chrétiennement sollicitée.

En arrivant au château les deux sœurs trouvèrent leur déjeuner prêt et elles affectèrent de manger très modérément et de boire plus modérément encore.

ches se rendirent directement au bureau de télégraphe d'où ils lancèrent une dépêche à l'adresse de M. Bertard.

Cette dépêche était d'ailleurs d'un laconisme des plus significatifs.

Elle ne contenait qu'un mot en dehors de l'adresse : *Venez!*

Elle n'était suivie d'aucune signature.

Cela fait ainsi que Flic l'avait proposé, ils se rendirent chez un charcutier où ils achetèrent un pâté à la croûte, du plus appétissant aspect, chez un boulanger où ils achetèrent plusieurs petits pains dorés comme des gâteaux et enfin chez un marchand de vins où ils firent l'acquisition de deux bouteilles de

Puis on les conduisit dans la chambre que le docteur Rubin avait fait mettre à leur disposition.

Après s'être enfermés Flic et Flac sortirent leurs provisions, et avec l'appétit qui les caractérisait achevèrent un déjeuner qui, sans les victuailles apportées eût été certainement insuffisant pour eux.

Alors elles retournèrent auprès du malade, déclarant maintenant qu'elles ne bougeraient plus de son chevet jusqu'au lendemain matin.

Au fond le docteur Rubin qui ne tenait nullement à passer son temps auprès de Brévannes se félicita vivement que la Supérieure des Sœurs de St François-d'Assises ait eu l'idée de lui envoyer deux de ses compagnes.

Il fit aussitôt demander une communication téléphonique avec son journal.

Il eut d'abord une longue conversation avec son secrétaire de rédaction.

Puis avec un autre personnage plus important car cette fois, Rubin employa un ton beaucoup moins autoritaire qu'avec son subordonné.

Quand il eut terminé il retourna auprès du malade, l'examina longtemps, et constatant que son état n'avait pas empiré et que, par conséquent, suivant son plus récent diagnostic, il y avait toutes les chances pour que Brévannes se prolongeât encore quarante-huit heures, il prit le parti de retourner à Paris où, sans doute, des affaires urgentes l'appelaient.

Car, sans attendre le rapide du Nord, l'air soucieux, préoccupé, il fit immédiatement chauffer son automobile, et un quart d'heure après, il filait à toute vitesse sur la route de la capitale.

Les deux religieuses, une fois seules, eurent de la peine à ne point manifester leur joie.

— Ça, fit sœur sainte Périne, c'est une veine de cocu, ou je ne m'y connais pas.

« Le Rubin qui s'en va juste au moment où le patron et la bande vont rappliquer.

« Eh bien! il en fera une *théière* quand il apprendra que sœur sainte Périne et sœur sainte Eulalie n'étaient que deux braves détectives.

« Seulement, c'est bien embêtant que ce pauvre M. Brévannes soit dans un si piteux état.

« Parce que là, vraiment, j'ai grand' peur qu'à présent il ne revienne jamais à lui et qu'il ne puisse même pas demander pardon à sa femme.

« Enfin, attendons les événements.

« Nous autres, nous avons réussi notre coup.

« Pour l'instant, il est inutile d'en demander davantage.

« Par exemple, je commence à en avoir assez de prier le Bon Dieu.

« J'en ai si peu l'habitude...

« Tiens, tant que nous y étions, nous aurions bien fait d'acheter un journal, là-bas, à Uzarches.

Mais regardant autour de lui, Flic aperçut une petite bibliothèque sur laquelle étaient rangés des livres.

— Oh! dit-il voilà de quoi faire.

« Mon vieux Flac, en veux-tu un ?

Flac ne répondit même pas « Hum. »

En effet, confortablement étendu dans une grande bergère, il dormait d'un profond sommeil.

— Digère, mon ami, digère, dit Flic.

« Ça vaut mieux comme ça... ça vaut mieux.

Puis, choisissant un livre sur un rayon au hasard,

il s'en fut s'asseoir sur un autre fauteuil pareil à celui où reposait si béatement son camarade.

Le livre qu'avait choisi Flic n'était autre qu'un de ces romans traduits de l'anglais et dont la fastidieuse lecture peut être recommandée à tous ceux que poursuit une implacable insomnie.

Le remède est infaillible, essayez-en.

Au bout de dix minutes, on bâille.

Au bout d'un quart d'heure on dort.

Cependant, lorsqu'on a l'habitude de lire très tard le soir dans son lit, aussitôt que l'on sent le sommeil vous prendre, — et cela vient très vite — il faut prendre bien garde d'éteindre sa lampe, sans cela de graves accidents sont toujours à redouter.

Flic n'avait pas de lampe à éteindre, puisqu'il faisait grand jour ce qui lui permit, exactement au bout de six minutes, de ronfler à son tour le plus consciencieusement du monde.

Sœur sainte Périne et sœur sainte Eulalie eussent sans doute prolongé pendant un certain temps leur sieste si elles n'en avaient pas été toutes deux subitement tirées par un cri prolongé :

— A moi!

C'était M. Brévannes qui, en proie à de violentes souffrances sortait enfin de la torpeur dans laquelle il était tombé, réveillé par l'acuité du mal.

Les deux limiers étaient de très braves gens.

La longue fréquentation des criminels que leur imposait leur métier, n'avait nullement endurci leurs âmes.

Ils étaient, au contraire, toujours prêts à obéir à la pitié.

Aussi tout de suite s'en furent-ils vers l'industriel, se demandant ce qu'ils pourraient bien faire pour alléger ses souffrances.

Avant de partir, le docteur avait déclaré que si, contrairement à ses prévisions, l'état de l'industriel empirait, il n'y avait qu'à aller chercher un de ses collègues d'Uzarches celui que, dès la première heure, les domestiques avaient été chercher, c'est-à-dire le remplaçant du docteur Mazurel.

Mais Flic et Flac qui ne tenaient nullement à embrouiller la situation en faisant intervenir un étranger au moment où M. Bertard et ses amis risquaient d'arriver, se demandèrent s'ils ne pourraient pas soulager leur malade.

Pour la forme, Rubin avait prescrit une ordonnance... qui avait été exécutée chez le pharmacien, probablement une potion des plus inoffensives et à peu près inefficace.

Malgré tout, Flic, non sans peine, parvint à en faire avaler une gorgée à M. Brévannes qui ouvrit un œil seulement du côté gauche de la figure.

Car l'autre était complètement gagné par la paralysie.

Le malade, au regard fixe, impressionnant, contempla un instant les deux religieuses.

Puis quelques sons rauques, inintelligibles sortirent de ses lèvres.

— Ne vous fatiguez pas, recommanda Flic.

« Nous sommes là pour veiller sur vous, pour vous soigner.

Mais le châtelain fit signe qu'il voulait parler.

Et comme les mots s'obstinaient à vouloir rester au fond de sa gorge, son visage bouleversé abîmé, défiguré, se contracta d'une expression d'indicible colère.

Enfin, par un effort terrible, il parvint à articuler ce simple mot, République.

— Ah! ça, qu'est-ce qu'il veut dire.

— Hum! se permit Flac.

Alors, se penchant vers M. Brévannes, le limier reprit : République... Gouvernement.

— Non, parvint à articuler le mourant.

Puis, se redressant, il ajouta : Prr... prr... cureur.

— Ah! bien, Procureur, comprit Flic

— Oui, fit Brévannes dont l'œil unique s'éclaira d'une sorte de joie et d'espérance.

— Procureur de la République, répéta Flic, vous voudriez le voir ?

— Écrit, formula l'industriel.

— Ah! lui écrire ?

— Non, j'écrit.

— Vous avez écrit au Procureur de la République ?

— Oui, oui.

« Lettre...

— Oui, oui, je pense bien.

— Lettre, lettre, s'obstinait le mourant.

Perdre un si bon locataire!

Et son unique regard se dirigeait fixement vers la cheminée où, la veille, appuyée à la pendule, il avait placé sa missive dénonciatrice.

— Je ne comprends pas très bien dit Flic.

— Hum! fit Flac.

— Tu as quelque chose à dire?

— Hum!

— Eh bien parle.

— Il dit qu'il a écrit une lettre au Procureur de la République.

— Oui, c'est cela.

— Il a écrit une lettre au Procureur de la République et il voudrait savoir si on la lui a envoyé ?

— Oui, approuva le châtelain.

Alors Flic, remarquant que ce dernier fixait toujours obstinément son regard vers la cheminée, s'en fut jusque-là, et frappant sur le marbre il demanda :

— Elle était là, n'est-ce pas ?

— Oui.

— Et comme elle a disparu, vous voudriez savoir ce qu'on en a fait ?

— Oui, oui.

— Eh bien, je m'en vais demander au valet de chambre.

Immédiatement sœur sainte Périne s'en fut vers la sonnette et appuya sur le bouton.

Presque aussitôt Jacques apparut, obséquieux, l'échine souple.

— Mes sœurs, avez-vous besoin de quelque chose ?

Alors, reprenant son ton de componction dont elle s'efforçait de corriger l'accent masculin, la fausse religieuse expliqua :

— Votre maître vient de se réveiller.

« Il semble aller mieux.

« Et bien qu'il s'exprime encore avec une certaine difficulté, il nous a fait comprendre, à sœur sainte Eulalie et à moi qu'il désirait savoir ce qu'était devenue une certaine lettre qu'il avait écrite au Procureur de la République.

A ces mots, Jacques se troubla visiblement.

Cela suffit pour permettre à Flic et à Flac de conclure que le larbin savait parfaitement ce qu'était devenue la lettre.

Cependant, celui-ci balbutiait :

— Je ne sais pas.

« Je ne pourrais pas vous dire.

— Faites bien attention, recommanda sœur sainte Eulalie, c'est très grave.

« D'après ce que vient d'expliquer M. Brévannes, cette lettre devait se trouver sur la cheminée de cette chambre.

A cette phrase, le châtelain sembla approuver d'un très léger hochement de tête.

— Vous voyez, M. Brévannes l'affirme encore.

« Eh bien, comme c'est vous qui, de votre propre aveu, avez été le premier à pénétrer dans cette chambre, c'est donc vous qui êtes déclaré responsable de ce qui s'y trouvait.

« Et puis, mon ami, dans votre intérêt autant que dans celui de la vérité, nous vous conseillons de dire ce que vous savez.

Et d'un air plein d'onction dévote et conciliante, Flic ajouta :

— D'ailleurs, le Bon Dieu punit le mensonge.

« D'après ce que j'ai pu comprendre, cette lettre contient des choses très importantes, et si vous savez ce qu'elle est devenue, vous vous mettriez en un très mauvais cas en ne le disant pas à votre maître.

Sœur sainte Eulalie ne prononça qu'un mot composé de trois lettres : Vol.

Ce mot suffit sans doute pour faire rentrer le valet de chambre en lui-même.

— Mes sœurs, je crois en effet me rappeler...

— Adressez-vous à votre maître, fit observer sœur sainte Périne.

Alors se tournant vers M. Brévannes qui décidément semblait revenir de plus en plus à lui, et dont la moitié du visage qui n'avait pas été paralysée revêtait une expression anxieuse des plus impressionnantes, le domestique continua :

— Je me rappelle en effet, lorsque je suis entré dans la chambre, avoir vu une lettre sur la cheminée.

« Elle était même appuyée contre la pendule.

— C'est cela, articula péniblement l'industriel.

— Mais, poursuivit Jacques, pressé de porter secours à mon maître que j'avais trouvé étendu sur le parquet, je ne pensai plus à la lettre.

« Ce n'est seulement que lorsque le docteur Rubin arriva que je retournai à la cheminée et que je remarquai sur l'enveloppe qu'il y avait écrit :

— Monsieur le Procureur de la République.

Alors je pris cette lettre.

« Je la remis à M. le docteur Rubin.

« J'ignore ce qu'il en a fait.

« Seulement je tiens à dégager entièrement ma responsabilité.

« Comme M. le docteur Rubin est le meilleur ami de M. Brévannes, je crois qu'il a cru bien faire en agissant ainsi.

Somme toute, au premier abord, si l'on ne voulait pas pousser trop loin les choses, la conduite de Jacques semblait logique, et même équitable.

D'ailleurs, Flic se disait :

— Ce n'est guère le rôle d'une bonne sœur de se transformer en juge d'instruction.

« Il est évident que si j'insiste de trop, j'aurai l'air de me mêler de ce qui ne me regarde pas, et ça pourrait éveiller les soupçons qu'il faut à tout prix éviter avant l'arrivée de M. Bertard et des autres.

Cependant M. Brévannes faisait des efforts, prouvant qu'il voulait parler.

Son œil brillait de colère, son bras gauche s'agitait comme pour imposer un ordre.

Sœur sainte Périne s'approcha de lui, et très doucement, lui dit :

— Calmez-vous, je m'en vais tâcher de vous comprendre.

Un mot jaillit des lèvres du mourant : Rubin.

Ce mot fut prononcé avec un tel accent de haine que Flic, doué d'ailleurs d'une perspicacité admirable, comprit instantanément toute la situation.

Alors, prudemment, il dit au valet de chambre :

— Retirez-vous.

« Si nous avons besoin de vous, nous vous rappellerons.

— Bien, ma sœur.

Le larbin sortit.

La fausse religieuse se penchant alors à l'oreille du châtelain, lui dit :

— Laissez-nous faire.

« Nous sommes ici pour veiller sur vous en attendant l'arrivée d'amis que vous ne soupçonnez pas et qui vont vous défendre et vous sauver.

— Trop tard, bégaya l'industriel, et puis... et puis...

Pendant ce temps, sœur sainte Eulalie, c'est-à-dire Flac, après avoir laissé au larbin le temps de s'éloigner, s'était dirigée vers la porte et l'avait entrebâillée.

— Qu'est-ce que tu fais là? interrogea Flic à voix basse.

— Hum !

— Ah! oui, très bien, je comprends.

« Tu t'informes si le lapin de couloir n'écoute pas au dehors ?

— Hum !

— Il est parti ?

— Hum !

— Alors, tout va bien.

— Hum ! Hum !

— Eh bien! referme ta porte.

— Hum! Hum! Hum!

Alors, revenant au malade, Flic lui dit :

— Maintenant, vous pouvez parler sans crainte.

« Je vous le répète, nous sommes ici pour vous défendre.

— Ecrire, articula péniblement l'agonisant.

Immédiatement sœur sainte Périne regarda autour d'elle.

Mais sœur sainte Eulalie l'avait devancée, apportant déjà sur la table de nuit une plume de l'encre et du papier qu'elle avait pris sur un bureau.

Ainsi que nous l'avons dit plus haut, M. Brévannes était paralysé de la main droite.

Il ne pouvait donc se servir que de sa main gauche.

Tandis que Flic l'aidait à placer la plume entre ses doigts, Flac mettait devant lui le papier, se servant d'une petite tablette en guise de buvard.

Alors, au prix de mille efforts, entrecoupés de halètements, de plaintes, de râles, M. Brévannes parvint néanmoins à réécrire la plainte qu'il avait déjà adressée au Procureur de la République contre le docteur Rubin.

Puis quand il eut terminé, il demanda encore du papier.

Et avec un courage vraiment extraordinaire il put encore écrire ces lignes testamentaires :

— Je lègue tout ce qui restera de ma fortune à « mes ouvriers.

Alors, épuisé, il retomba sur les oreillers, tandis que son œil unique se fermait.

— Hum! murmura Flac, il va passer.

— Non, dit Flic, c'est une défaillance.

Et après avoir serré soigneusement les deux lettres dans une poche de sa robe, Flic fit prendre au malheureux châtelain une cuillerée de la potion que Rubin avait ordonnée.

Puis il attendit.

Bientôt un certain calme sembla se manifester chez le malade.

Alors Flic et Flac tranquillement s'installèrent sur les deux fauteuils.

Et comme du bruit se faisait entendre dans l'escalier, tous deux se mirent à égrener pieusement le rosaire aux grains énormes qui ceignait leur taille.

Quelques secondes après on frappait à la porte.

— Entrez, fit sœur ste Périne.

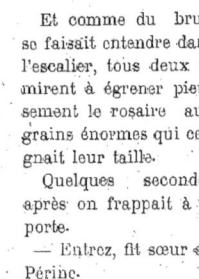

CHAPITRE CXXIII

Au chevet
de l'agonisant

La porte s'ouvrit.

Un vénérable ecclésiastique parut, conduit par le valet de chambre.

— Je suis M. Bertard, député, ancien ministre de la guerre.

C'était le curé d'Uzarches.

Sans être chrétien pratiquant, M. Brévannes cependant n'était pas l'ennemi de la religion qu'il considérait comme l'un des soutiens de la société et le rempart du capitalisme.

Aussi avait-il entretenu d'excellentes relations avec Monsieur le curé de la paroisse.

Dès que celui-ci avait appris que le châtelain était de retour et qu'il était gravement malade, il avait cru devoir accourir à son chevet pour lui prodiguer les soins de son ministère.

Ce prêtre était d'ailleurs un excellent homme, très aimé, très respecté de tous ceux qu'il connaissait.

N'ayant jamais compromis sa robe sacerdotale dans les luttes politiques, il n'avait pas d'ennemis, et tous le saluaient parce que c'était un homme de bien, dans la plus large et la plus réelle acception du mot.

Flic et Flac n'avaient pu réprimer un mouvement de surprise teintée d'une légère frayeur.

— Allons bon, un ratichon.

« Cela est embêtant, parce que les choses pourraient se gâter.

— Hum! songeait Flac, pourvu qu'il ne nous pose pas de questions embarrassantes.

« Heureusement que Flic sera là pour lui répondre, parce que moi... hum!

Le prêtre, dont le front était ceint d'une belle couronne de cheveux blancs, s'avançait, le dos légèrement voûté par l'âge.

Il s'inclina devant les religieuses qui lui rendirent humblement son salut.

Puis il considéra pendant quelque temps le malade qui semblait profondément assoupi.

Alors il s'agenouilla, pria, et se relevant, demanda à voix basse aux deux religieuses :

— Alors, il est bien mal, n'est-ce pas ?

— Hélas!

— A-t-il réclamé les derniers sacrements ?

— Pas encore.

— Et que dit le médecin?

— Qu'il peut vivre encore pendant quelque temps.

— Cependant il serait peut-être plus prudent de lui administrer l'extrême-onction.

Cette fois, sœur sainte Périne garda le silence.

Elle craignait, non sans raison, de commettre quelque gaffe en s'aventurant sur un terrain qui n'était pas le sien et qui, par conséquent, pouvait devenir très glissant pour elle.

— Je reviendrai ce soir vers cinq heures, dit le vénérable ecclésiastique.

Flic et Flac respirèrent.

— J'apporterai tout ce qu'il faut pour administrer ce pauvre M. Brévannes.

— En attendant, crut devoir dire sœur sainte Périne, nous prierons le ciel pour lui.

— C'est cela, mes sœurs.

« Je vois à votre costume que vous appartenez à l'Ordre de St. François-d'Assises.

— Oui, Monsieur le curé.

— Est-ce que vous appartenez également à la communauté de notre ville ?

— Oui, M. le curé, mais depuis très peu de temps.

— En effet, je n'ai pas encore eu l'avantage de vous rencontrer.

— Nous sommes arrivées, sœur sainte Eulalie et moi, depuis deux jours seulement, et comme nos autres sœurs étaient très occupées notre Supérieure

nous a envoyées ici près de M. Brévannes.

— Elle a très bien fait, approuva le prêtre.

« D'ailleurs, je la verrai ce soir au Salut et je lui dirai, de vive voix, combien j'apprécie son geste si touchant et si chrétien.

Puis le curé s'inclina et sortit.

— Eh bien! s'écria Flic aussitôt qu'il fut parti, je me demande quelle cafetière va faire la sœur Supérieure quand il va lui parler de sœur sainte Périne et de sœur sainte Eulalie.

— Hum! dit Flac.

— Oh! mon vieux, il n'y a pas de hum qui tienne, ça va faire un quiproquo digne d'une pièce du Palais-Royal.

« Cela n'a d'ailleurs aucune importance.

« D'ici là, Monsieur Bertard et ses amis seront certainement arrivés et nous aurons pu reprendre nos costumes ordinaires, ce qui, soit dit entre parenthèse, me sera singulièrement agréable.

« Car il fait chaud là-dessous.

« C'est peut-être très agréable l'hiver, mais l'été c'est rudement lourd à porter.

« J'aime mieux un complet coutil et un chapeau de paille.

Pendant deux heures encore, les deux pseudo-religieuses continuèrent à veiller auprès de M. Brévannes.

Or, à leur grande surprise, elles purent constater qu'une légère amélioration semblait se produire dans son état.

Il respirait moins difficilement.

La fièvre était moins grande.

Sa température s'était abaissée et sa figure, moins contractée, portait les traces d'un soulagement réel de tout son être.

Flic le fit observer à Flac.

— Hum! fit celui-ci sur un ton qui exprimait de la façon plus claire, le doute et le scepticisme.

— C'est que je ne suis pas de ton avis, répondit Flic, qui savait à merveille traduire le plus exactement du monde le langage pourtant si énigmatique pour les autres.

« Je crois que peut-être il peut encore s'en tirer.

« Evidemment, il est bien attigé.

« Mais il a du ressort.

« Et dame en admettant qu'il reste tout de même un peu endommagé, il n'y aurait rien de surprenant qu'il n'en réchappe.

« On en a vu revenir de plus loin.

« Seulement il ne faudrait pas que ce brave ratichon, avec ses Oremus et ses jongleries, vienne lui fiche le trac au moment où il commence à aller mieux.

« Ça pourrait suffire pour lui faire passer l'arme à gauche.

« Ça vous fait un sale effet quand on voit un curé s'approcher de vous et vous parler du Paradis tout en vous graissant les pattes avec de l'huile.

« Ainsi, moi qui te parle, mon vieux Flac, ça m'est arrivé.

« A ce moment-là, j'étais tout jeune, et à la veille de partir pour le régiment.

« Ayant fait un petit héritage, je t'avoue très franchement que je la menais plutôt très joyeuse.

« Car je me disais : il en restera toujours assez pour quand je serai soldat, et après, on verra.

« Je te prie de croire que je faisais une bombe carabinée.

— Hum! interrompit Flac.

— Rubin, c'est un misérable, n'est-ce pas?

— Tu dis que tu t'en rapportes à moi traduisit Flac, tu as raison.

« Ah! vrai, je ne regrette pas cette partie de mon existence, car ce que je m'en suis payé.

« Or, un soir que j'avais passé la nuit à boire du champagne avec des petites dames, je rentrai chez moi vers cinq heures du matin.

« C'était dans les premiers jours de novembre.

« Il gelait à pierre fendre.

« Le froid me saisit.

« En franchissant le seuil de ma maison, je tombai raide, sans connaissance.

« La concierge qui, fort heureusement, était une très brave femme et qui s'intéressait d'autant plus à ma personne que je lui donnais trente francs par mois pour ne pas faire mon ménage, voulut bien me faire remonter chez moi par de charitables passants et envoyer chercher le médecin qui arriva vers dix heures du matin.

« Après m'avoir à peine regardé, il déclara que j'étais atteint d'une congestion cérébrale et que j'en avais pour quelques heures à vivre.

« Ma concierge se mit à sangloter.

« Penses donc, perdre un si bon locataire!

« C'était pour elle beaucoup plus grave que si elle avait eu à déplorer la mort d'un parent, à condition toutefois que celui-ci ne fût pas un oncle à héritage.

« Mais ce qui désolait surtout cette digne Mme Pipelet, c'était la pensée que j'allais m'en aller dans l'autre monde sans avoir obtenu le pardon de l'Eglise.

« Car je dois te dire qu'à cette époque j'étais un farouche libre-penseur.

« Je m'étais fait inscrire au groupe des jeunes athées persistants.

« Et grâce à mes opinions avancées et à ma haine de ce que j'appelais la « prêtraille » j'en fus vite bombardé secrétaire général.

« Depuis ce temps, je dois te l'avouer — et d'ailleurs tu as dû t'en apercevoir — j'ai mis plutôt de l'eau dans mon vin, et je préfère encore savourer une bonne entrecôte Bercy qu'un curé ou même qu'un évêque. Mais à cette époque-là, j'étais un fanatique, un enragé.

« J'aurais bien boulotté tous les curés de France à la brochette.

« Mais ma concierge qui me voyait déjà parti pour l'enfer en grande vitesse, se dit que son premier devoir était de me disputer à Satan en envoyant chercher un Ministre du Seigneur qui, d'ailleurs, serait tout disposé à m'accorder une absolution qu'il me serait bien impossible de refuser, puisque j'étais privé de tout sentiment.

« Elle s'en fut à sa paroisse et ne tarda pas à ramener près de moi un jeune vicaire qui, dans son zèle de néophyte, avait accepté immédiatement de recueillir les regrets suprêmes d'un des ennemis les plus acharnés de la Religion.

« Alors, sans me demander mon avis, ce jeune ecclésiastique décida qu'il allait m'administrer et me donner l'absolution, comme on dit en latin *in articulo mortis*, c'est-à-dire à l'article de la mort.

« Alors, il commença ses simagrées.

« Je ne sais pas si c'est ça ou autre chose qui me réveilla.

« Toujours est-il qu'à peine m'avait-il touché que je rouvris les yeux.

« Le médecin s'était trompé.

« Je n'étais pas aussi malade qu'il avait cru.

« Je n'avais même nullement envie de mourir.

« Frappé d'un long étourdissement, je repris immédiatement toute ma connaissance sans éprouver autre chose qu'un violent mal de tête.

« Alors, sans me rendre compte de ce qui se passait autour de moi, j'aperçus simplement un prêtre qui élevait la main au-dessus de moi comme pour me bénir.

— Qu'est-ce que c'est que ça? interrogeai-je en me dressant sur mon séant.

« Le jeune vicaire recula.

« Alors, furieux de voir que le curé avait osé s'introduire chez moi, je lui dis :

— Voulez-vous fiche le camp d'ici, vous, espèce de sac à charbon.

« Et comme je trouvais qu'il n'obtempérait pas suffisamment vite à mon invitation, je sautai hors de mon lit, je le pris par les deux épaules et je le poussai dans l'escalier, tandis qu'il se mettait à hurler :

— Le Diable... j'ai vu le Diable !

« Je trouvai ma concierge sur le seuil de ma porte qui, les bras au ciel, se lamentait en disant :

— Ah! Monsieur, dire que vous allez mourir et que vous insultez encore un prêtre du bon Dieu!

— Je n'ai pas envie de mourir du tout, protestai-

— *La joie de ton pardon m'a comme revivifié.*

je avec une vigueur qui devait certainement donner beaucoup de vraisemblance à mes paroles.

— Pourtant, le médecin me l'a dit.

« Votre médecin est un âne.

— Et ce pauvre abbé qui était venu pour vous administrer.

— C'est lui qui l'a été, voilà tout.

— Lui qui voulait vous donner l'extrême-onction. Eh bien! si vous y tenez tant que cela à l'extrême-onction, donnez-la moi vous-même, je ne demande pas mieux.

« Inutile de te dire que ma concierge avait vingt-cinq ans, qu'elle était très jolie, comme cela arrive quelquefois à des concierges.

« Et pour terminer mon récit, j'ajouterai que, cinq minutes après, elle était en train de m'administrer un sacrement qui, pour n'avoir rien d'eucharistique vaut à lui seul tous les autres réunis : le sacrement de l'amour !

— Hum ! dit Flac.

— Tu aurais bien voulu être à ma place, traduisit Flic.

— Hum !

— Eh bien! mon vieux, je t'assure que je ne me suis pas embêté.

Mais le bruit d'une automobile s'arrêtant dans la cour attira l'attention des deux liniers.

Très curieux par instinct professionnel, ils s'approchèrent de la fenêtre.

Une vaste berline était arrêtée devant la porte d'honneur.

Un homme en sauta.

C'était M. Bertard.

Aussitôt qu'il avait reçu la dépêche de Flic, l'homme d'État n'avait pas hésité une seconde.

Au lieu d'attendre le train, il était immédiatement parti pour Uzarches avec le capitaine Lancelin, Patoche et Mme Brévannes.

L'automobile était de première marque.

Cette fois, définitivement le châtelain de Morigny entrait en agonie.

On avait marché à une moyenne de 80 à l'heure.

En moins de quatre heures, la distance qui séparait Paris d'Uzarches avait été franchie.

En effet, dès que Flic et Flac avaient appris le départ du docteur Rubin, ils avaient téléphoné au commissaire de police d'Uzarches pour avoir des renseignements, et celui-ci leur avait appris que M. Brévannes était revenu.

Alors M. Bertard leur avait donné l'ordre de se rendre immédiatement à Uzarches et il avait été entendu que si la présence de Mme Brévannes était jugée nécessaire, le seul mot : *Venez,* suffirait pour la faire accourir.

Les deux limiers, au courant de tous les dessous de cette mystérieuse affaire, avaient jugé le moment opportun et voilà pourquoi une scène poignante, terrible même allait s'engager au chevet du mourant.

M. Bertard avait prié le capitaine Lancelin et Mme Brévannes de rester dans la voiture.

Il voulait d'abord s'enquérir par lui-même de ce qui s'était passé et se rendre un compte exact de la situation.

Il pria Patoche de l'accompagner.

Le Montmartrois, très flatté de la confiance que lui témoignait un ancien ministre, futur président de la République, suivit M. Bertard en se rengorgeant, et naturellement prêt, en cas de besoin, à lui donner main-forte.

Jacques, le valet de chambre, surpris de cette arrivée de gens qu'il ne connaissait pas, était venu au devant de l'automobile.

Madame Brévannes, sur la recommandation de ses amis, avait eu le soin de s'envelopper d'une épaisse voilette qui la rendait méconnaissable.

— Monsieur, vous désirez ? interrogea le larbin déjà soupçonneux.

— Monsieur Brévannes, répondit sèchement M. Bertard, car du premier coup d'œil, il avait jugé le valet de chambre et deviné en lui une créature du docteur Rubin.

— Monsieur Brévannes ne peut pas recevoir, il est très malade.

— C'est justement parce que je sais qu'il est très malade que je viens le voir.

— Monsieur est sans doute un des amis de Monsieur ?

— Je suis Monsieur Bertard, député, ancien ministre de la Guerre.

« Pour des raisons que vous n'avez pas à connaître, il est indispensable que je sois immédiatement introduit en présence de votre maître.

Et, sans en écouter davantage, Monsieur Bertard pénétra dans la maison, tout en disant :

— Conduisez-moi là-haut.

Le larbin n'osa résister.

Intimidé à la fois par l'accent et la qualité de ce grand personnage, il s'empressa d'obtempérer, et conduisit le député jusqu'à la chambre de Brévannes.

Les deux religieuses se tenaient sur le seuil.

M. Bertard ne reconnut pas Flic et Flac, tant ils étaient méconnaissables.

Ses opinions anticléricales ne lui faisant jamais oublier la politesse, il s'inclina respectueusement devant les deux religieuses qui le firent pénétrer dans la chambre, et refermèrent la porte au nez de Jacques, tout ahuri.

Alors, s'adressant aux religieuses, Monsieur Bertard commença :

— Mesdames, je viens ici, appelé par un devoir...

Flic l'interrompit aussitôt.

— Je vous demande pardon, Monsieur le ministre, mais nous sommes au courant.

— Comment! c'est vous, s'exclama le député.

« Ah! ça, par exemple, jamais je ne me serais douté....

« Vite, mettez-moi au courant de ce qui s'est passé.

— Voilà, patron.

— Vous êtes sûrs au moins que M. Brévannes ne peut pas nous entendre ?

— Je ne crois pas, mais quand bien même cela serait, il ne pourrait que se féliciter de votre visite et de votre intervention.

— Est-ce possible ?

— Il marche avec nous.

— Allons donc!

— Je vous l'affirme, patron.

— En avez-vous la preuve ?

— Oui patron.

— Vite, donnez-la-moi.

— La voici.

Alors, Flic raconta immédiatement à Monsieur Bertard, dans tous ses détails, ce qui s'était passé au château de Morigny depuis qu'ils étaient là.

Ils le mirent au courant de la plainte que Monsieur Brévannes, enfin fixé sur la valeur morale du docteur Rubin, avait adressée contre lui au Procureur de la République.

— Alors, tout va bien, déclara Bertard.

« Nous tenons enfin notre homme et je crois que cette fois il faudra bien qu'il avoue... ou alors, rira bien qui rira le dernier.

Soudain Monsieur Brévannes fit entendre quelques sourdes plaintes.

Flic, tout de suite s'approcha.

On eût dit qu'il avait fait toute la vie son métier de sœur de charité.

— Vous désirez quelque chose? demanda-t-il.

« Voulez-vous un peu de potion ?... ça vous a fait déjà du bien.

— Oui, je me sens un peu mieux.

« J'étouffe moins.

— Courage! courage!

— Je voudrais vivre encore.

— Vous vivrez.

— Oh ! oui... car j'ai encore des choses à faire ici-bas.

« Oh! guérir, ne fût-ce que quelques jours, quelques heures.

Bertard s'était approché à son tour.

— Oui, vous guérirez, Monsieur Brévannes, affirma-t-il avec un accent de bonté qui s'en fût droit au cœur du malade.

— Qui êtes-vous, Monsieur ?

— Un ami, qui vient vous délivrer de votre bourreau, de votre geôlier, de celui qui a spéculé sur votre confiance pour vous trahir et pour s'emparer à la fois de votre personne et de vos biens.

— Rubin !

— Oui, Rubin.

— C'est un misérable, n'est-ce pas ?

— Oui, Monsieur Brévannes, c'est un misérable plus grand encore que vous ne le pensez.

— Cet homme a causé ma perte, reprenait Brévannes dont la parole se faisait de plus en plus distincte et plus nette, comme si sa volonté eût suffi pour lui rendre momentanément cette vie qu'il réclamait pour accomplir la tâche suprême que lui dictaient sa conscience et son cœur.

« Il a été mon mauvais génie.

« Au fond, j'étais un brave homme.

« Je ne demandais qu'à faire le bien autour de moi.

« J'aimais ma femme... oh! oui, je l'aimais.

« Mais vous ne savez pas.

— Je sais, au contraire, fit Bertard.

« Vous pouvez parler devant moi, puisque je suis avec vous.

— Alors, vous savez que c'est par ma faute qu'elle est morte ?

— Écoutez-moi, Monsieur Brévannes, écoutez-moi bien.

« Vous regrettez vivement d'avoir agi avec tant de rigueur contre Madame Brévannes ?

— Si je le regrette, mais c'est de cela que je meurs.

« J'ai toujours ses paroles de protestation, ses cris de pitié dans l'oreille.

« Ah! souvent, presque à chaque heure du jour, je me demande maintenant si une coupable peut avoir de tels accents.

« Je me demande si cette malheureuse n'a pas été la victime d'une inexplicable fatalité ou d'un mystérieux complot.

— Vous avez raison, fit Bertard.

« Mme Brévannes est innocente.

— Vous en avez la preuve ?

— Je l'ai.

— Oh ! alors, conduisez-moi sur sa tombe que j'y expire en lui demandant pardon.

— C'est inutile, car si votre femme est innocente, elle est aussi vivante.

— Ce journal disait donc vrai ?

— Quel journal ?

— Le « Poupiou. »

—Vous avez lu

— Oui, hier soir.

« C'est à la suite de cette lecture que j'ai eu cette attaque.

« Ma femme, innocente... vivante !

« Où est-elle ?

« Amenez-la vite près de moi, amenez-la... je vous en prie, je vous en supplie.

« Je ne veux pas mourir avant qu'elle m'ait pardonné.

« J'étouffe.

« A moi !

« Un cordial, dans le cabinet de toilette.

« A moi! à moi !

Flic s'était précipité dans le cabinet, et prenant le cordial dont M. Brévannes s'était servi la veille, il lui en fit avaler une gorgée.

Pendant ce temps, Monsieur Bertard était descendu chercher Madame Brévannes.

Immédiatement elle monta avec le capitaine Lancelin.

L'instant était vraiment solennel, tragique.

L'ancien ministre, le premier, pénétra de nouveau dans la chambre.

Puis s'effaçant, il laissa passer la châtelaine qui avait enlevé sa voilette.

— Elle! s'écria le mourant, ranimé beaucoup plus par la présence de sa femme que par le cordial qu'il venait d'absorber.

— Oui, moi, fit simplement Madame Brévannes en s'avançant à son tour jusqu'au chevet de son époux.

Il n'admettait pas qu'on pénétrât ainsi dans la chambre de son patron.

Bertard fit un signe à Flic et à Flac qui s'en furent rejoindre le capitaine Lancelin dans la pièce voisine et les deux époux restèrent seuls en présence.

— Pourquoi n'es-tu pas venue plutôt ? interrogea d'une voix brisée l'industriel en tendant une main suppliante vers la ressuscitée.

— Je ne suis pas venue plus tôt, répondit celle-ci d'une voix grave, d'abord parce que je n'avais pas la preuve de mon innocence, et que je voulais me reparaître devant toi que pour me justifier

« Aussitôt que j'ai eu cette preuve et que j'ai su où tu étais, je suis venue.

« Maintenant, lis.

Et Madame Brévannes tendit à son mari la déclaration que Blanchecotte avait écrite et signée quelques jours auparavant dans le bureau de Monsieur Bertard.

Brévannes lut d'une voix d'agonisant qui se raidit contre la mort les lignes suivantes que nous connaissons déjà :

« Je soussigné, reconnais que c'est moi qui, dans « la nuit du... au... me suis introduit au château de « Morigny

« Grâce à la complicité d'un valet de chambre, « nommé Albert, aujourd'hui disparu et qui avait

« versé dans une potion un narcotique que je lui
« avais remis moi-même, j'ai pu pénétrer jusqu'au-
« près de Mme Brévannes, profondément endormie,
« et commettre le crime dont la malheureuse femme
« a supporté si longtemps et si injustement l'atroce
« iniquité.

« Avant de m'enfuir loin, très loin, je tiens à répa-
« rer le mal que j'ai fait en proclamant très haut
« l'innocence de cette malheureuse à laquelle je de-
« mande pardon de toute mon âme.

« Signé : Banchecotte.

— Comment ! c'est Blanchecotte, s'exclama Monsieur Brévannes.

— Oui, c'est lui.

— Qu'est devenu ce misérable, ce bandit ?

— On l'a trouvé pendu à l'espagnolette de sa fenêtre le lendemain du jour où il a signé cette déclaration.

— Mon Dieu ! mon Dieu ! gémit l'industriel, et dire
que je n'ai plus que quelques heures à vivre.

« Et moi qui, te croyant morte, ai laissé toute ma
fortune à mes ouvriers.

« Il faut que je révoque ce testament.

« Il faut que tout ce que je possède te revienne.

« C'est la seule preuve de repentir que je puisse te
donner au seuil de l'Éternité.

— Je la refuse.

« Laisse cette fortune à des gens qui en ont plus
besoin que moi.

« Maintenant que je vais reprendre ma place parmi les vivants, ma famille, en me rendant son estime,
ne pourra plus refuser de me restituer ce qui m'appartient.

« Ne t'inquiète donc pas de mon avenir.

— Mais ce pardon, me l'accorderas-tu ?

— Si je ne t'avais pas déjà pardonné, je ne serais
pas auprès de toi.

— Merci ! merci !

« Oh ! combien ta douceur et ta bonté me font plus
amèrement encore déplorer mon crime.

— Certes, tu as été bien cruel, bien implacable envers moi.

« Cependant, ce n'est point trop ta faute.

« Les apparences étaient contre moi.

« Aussi tu as droit à ce qu'on appelle les circonstances atténuantes... je te les accorde tout entières.

« La seule chose que je te demande, c'est de me
rendre ma liberté.

— Et moi, la seule chose que je te supplie de m'accorder, c'est de ne pas me quitter jusqu'à mon moment suprême.

« Ne crains rien, ce ne sera pas long.

« Je vais bientôt te quitter.

« Mais je veux vivre cependant pour me venger
de Rubin, pour lui dire....

— Calme-toi, je t'en prie, ne te fais pas de mal.

— Oui, c'est vrai, tu as raison, tu as raison.

« Je voudrais revoir M. Bertard, lui parler.

« Il m'a dit qu'il était mon ami.

— Tu peux le croire, c'est un homme admirable.

« Le capitaine Lancelin est là, lui aussi.

« Il est venu, car il voudrait obtenir de toi un mot
en faveur de ce lieutenant Ferbach que tu avais si
injustement accusé.

« En ce moment, il est en prévention de Conseil de
guerre.

— Oui, j'ai appris cela.

— Le docteur Rubin mène contre lui une terrible
campagne.

« Nous avons tout lieu de penser que cette campagne est inspirée par un espion allemand, et peut-
être, grâce à toi, allons-nous pouvoir faire éclater
l'innocence de Ferbach.

« Maintenant que tu es bien sûr que, ni lui ni moi,
ne sommes coupables, tu pourrais faire beaucoup
pour lui.

— Oui, je veux bien, consentit Brévannes.

« Avant tout, je voudrais que vous me racontiez
devant le capitaine Lancelin, que j'ai hâte de revoir
lui aussi, comment tu as pu échapper à la mort, et
par quelle suite d'extraordinaires circonstances, je
te revois aujourd'hui vivante.

« Ta présence m'a redonné des forces.

« La joie de ton pardon m'a comme revivifié.

« Mais je le sens bien, ces forces ne sont que mo-
mentanées.

« Elles me permettront sans doute d'attendre quelques heures avant de franchir le pas suprême et d'apprendre ainsi de votre bouche toute la vérité.

« Mais ce sera tout, et la liberté que tu désires, ma
mort te la donnera.

Madame Brévannes prit alors la main de son mari,
cette main qui l'avait si cruellement martyrisée, et
dans un élan de son cœur sublime, elle la porta jusqu'à ses lèvres en disant :

— Ton repentir me fait oublier toutes mes souffrances.

Puis elle s'en fut chercher Monsieur Bertard et le
capitaine Lancelin.

— Merci à vous, fit le mourant... merci de m'avoir
ramené la bonté et le pardon.

« Grâce à vous, je vais mourir en paix.

« Maintenant, racontez-moi tout ce qui s'est passé,
tout... je veux le savoir.

Alors Mme Brévannes fit à son mari le récit complet et détaillé de tous les événements qui avaient marqué sa vie depuis l'incendie de la clinique du docteur Rubin.

Toutefois, avec un tact parfait, elle évita de parler du docteur Mazurel et du petit Henri.

Aussi, lorsqu'elle eut terminé son palpitant récit, pas une seule fois le nom de ces personnages n'avait été prononcé par elle.

Ce fut l'industriel qui, de lui-même demanda :

— Et l'enfant ?

— Le petit bonhomme, crut devoir dire le capitaine Lancelin qui avait pour le jeune Henri une affection toute particulière.

« Il se porte à merveille.

— J'aurais bien voulu le voir, déclara l'agonisant.

Et, se tournant vers sa femme, il ajouta :

— Maintenant que tu vas pouvoir réapparaître sur la scène du monde, maintenant que l'acte de décès qui te clouait dans la tombe va pouvoir être déchiré, il faut que cet enfant, lui aussi, ait un état civil, un nom, un père.

« Or, allant au-devant de la loi qui le considérera comme mon fils, je tiens à vous affirmer solennellement que c'est aussi mon désir.

« Tout à l'heure, en un sentiment de délicatesse admirable, que je ne saurais trop apprécier, ma femme n'a pas voulu que je déchire un testament dans lequel je laissais toute ma fortune à mes ouvriers.

« Mais maintenant que j'ai un fils, je ne me reconnais pas le droit d'agir de la sorte et de disposer d'un bien qui ne m'appartient pas.

« Mon fils, reconnu par la loi aussi bien que par moi-même, héritera de moi.

« Je le veux !

« Donnez-moi ce papier que je le détruise.

Alors Flic, qui avait écouté cette dernière phrase

avec une émotion profonde, sortit de sa poche la plainte au Procureur et le testament.

Il tendit ce dernier papier à l'agonisant qui le prit.

N'ayant qu'une main de libre, il ne pouvait le déchirer ; il le tendit à Madame Brévannes en disant :

— Déchire toi-même, déchire, je t'en supplie.

Madame Brévannes obéit.

Alors Flic, tendant la plainte au Procureur de la République, demanda :

— Et celle-là ?

— Celle-là, jamais, prononça le mourant d'une voix devenue forte.

« Monsieur Bertard, capitaine Lancelin, je vous confie ceci.

« C'est une plainte contre Rubin que j'adresse au Procureur de la République.

« Car c'est un misérable ! un misérable !

Et, faisant un suprême appel à son énergie, il poursuivit d'une voix étrange, saccadée, qui montrait qu'il était arrivé aux extrêmes limites de la vie :

— Tout à l'heure, ma femme m'a parlé du lieutenant Ferbach.

« Elle me dit qu'il était accusé de trahison, que là-dessous il y avait un complot.

« C'est possible.

« Mais je ne sais rien de précis.

« Je voudrais cependant...

Monsieur Brévannes n'en dit pas davantage.

Son œil unique se révulsa.

Quelques sons rauques, inarticulés s'échappèrent de sa gorge.

Cette fois, définitivement, le châtelain de Morigny entrait en agonie.

— Une dépêche?... Eh bien! donnez-la moi, nous irons la mettre à la poste.

CHAPITRE CXXIV

Le couronnement de la justice.

Madame Brévannes s'était agenouillée au chevet de son mari et, la tête entre les mains, elle priait.

Monsieur Bertard et le capitaine Lancelin respectaient cette pieuse méditation.

Au bout d'un quart d'heure environ, Madame Brévannes releva la tête et enveloppa d'un regard plein de pitié cet homme qui, à son tour, souffrait cruellement, ce bourreau torturé lui-même.

Dans le cœur de cette admirable créature, il n'entrait pas le moindre sentiment de rancune pour celui qui l'avait tant fait souffrir et qui s'en allait, pardonné par elle.

Puis elle se releva et s'en fut vers Monsieur Bertard et le capitaine.

— Merci, leur dit-elle, de ce que vous avez fait pour moi.

« Grâce à vous, mon mari, avant de mourir, aura eu sous les yeux les preuves de mon innocence.

« Grâce à vous, maintenant, je vais pouvoir reparaître, justement fière en ce monde, lavée de tous les soupçons injustes, de toutes les calomnies odieuses dont j'avais été abreuvée.

« Mais je veux jusqu'au bout accomplir mon devoir.

« Je vais rester ici, dans cette chambre, jusqu'à ce que M. Brévannes ait rendu le dernier souffle.

Monsieur Bertard s'inclina.

Quant au capitaine Lancelin, il reprit aussitôt :

— Chère Madame, quel que soit notre désir de vous assister en de si pénibles circonstances, nous allons être obligés de vous demander la permission de nous retirer un instant.

« Car, comme il est infiniment probable que le docteur Rubin va revenir très promptement à Morigny, nous ne voudrions pas le manquer.

« Nous avons pas mal de choses à lui dire.

— Monsieur, je vous en prie, ne vous gênez aucunement à cause de moi, déclara la châtelaine.

« Croyez que je suffirai seule à la tâche de veiller ce malheureux.

L'homme d'État et l'officier, tour à tour, embras-

sèrent respectueusement la main que leur tendait la mère du petit Henri.

Puis ils descendirent au rez-de-chaussée, et s'enfermèrent dans un petit salon après avoir défendu qu'on vînt les déranger.

Toutefois, ils n'avaient pas été sans remarquer le brouhaha, l'affolement qui régnait au château.

Bien que Madame Brévannes eût pris le soin de s'envelopper la tête dans une voilette très épaisse et qu'elle n'eût encore été reconnue par personne, toute la domesticité était fort émue par l'arrivée subite de tous ces personnages.

Ils se demandaient ce que pouvait bien être cette dame voilée qui avait pénétré dans la chambre de leur maître, accompagnée d'un ancien ministre de la Guerre, qu'ils avaient reconnu, car sa figure était depuis longtemps popularisée par l'image, ainsi que du capitaine Lancelin que quelques-uns connaissaient depuis la fameuse grève où il avait logé au château.

Jacques, le valet de chambre qui, bien que nouveau venu dans la maison, semblait jouir d'une certaine autorité sur ses collègues, avait commencé par déclarer qu'il allait demander des explications, car il n'admettait pas que l'on pénétrât ainsi dans la chambre de son patron.

Ses camarades l'en avaient dissuadé en lui disant :

— Ne te mêle donc pas de ça.

« Après tout, qu'est-ce que ça peut te faire ?

« Le patron est fichu... il ne passera peut-être pas la journée.

« Ce n'est vraiment pas la peine de te mettre mal avec des gens qui, après, pourraient nous faire du tort.

« Qu'est-ce qui te dit que cette dame voilée n'est pas une ancienne bonne qu'avait le singe ?

« Qu'est-ce qui te dit qu'il ne lui a pas laissé sa fortune ?

« Alors, tu penses, si on lui faisait quelques mûfleries, elle ne serait pas longue à nous balancer, tandis que si on se met bien avec elle, nous n'y aurons que du bénéfice.

— En effet, vous avez raison, avait déclaré Jacques.

Et en son for intérieur, il avait ajouté :

— Je m'en vais tout de même envoyer un télégramme au docteur Rubin, ainsi que cela a été convenu avec lui s'il arrivait quelque chose.

« Je sauvegarderai ainsi ma responsabilité, et je ne me compromettrai pas vis-à-vis de personne.

Jacques monta dans sa chambre, qui se trouvait sous les combles du château, ouvrit une armoire dont la clef ne le quittait jamais, y prit de quoi écrire, et sur un bout de papier blanc, traça ce simple mot à l'adresse du docteur Rubin : *Venez !*

Puis il signa laconiquement : *Jacques.*

Alors, comme il était très soigneux de sa personne, il s'habilla pour se rendre lui-même à Uzarches.

Il tenait beaucoup à porter cette dépêche, ne voulant pas que personne fût au courant de l'intrigue qu'il avait nouée avec le docteur

Cela demanda un certain temps que Monsieur Bertard et Lancelin avaient utilisé à prendre des décisions extrêmement importantes.

Tous deux sentaient très bien qu'une grosse partie allait se jouer autour du cercueil de Monsieur Brévannes.

Estimant que le docteur Rubin n'allait pas tarder à revenir, ils avaient décidé qu'ils attendraient son retour.

— *Si je n'avais pas juré de mettre le mousqueton au crochet, je crois que je lui ferais un brin de cour.*

Car maintenant, ils avaient en leur pouvoir la plainte portée contre lui par M. Brévannes.

Ils le tenaient puissamment, et ils ne doutaient pas un seul instant que, grâce à l'intimidation, ils pourraient obtenir de lui ce que jusqu'alors il leur avait obstinément refusé, c'est-à-dire l'aveu de sa complicité avec Walter Hamding.

Mais pour cela, il fallait éviter que Rubin fût prévenu de ce qui se passait et surtout de la réapparition de Mme Brévannes.

— Il est hors de doute, avait dit Lancelin, qu'il doit avoir des intelligences dans le château, et qu'il entretient un ou deux mouchards parmi son personnel.

« Aussi, serait-il absolument nécessaire d'établir une surveillance à la fois au bureau de poste et à la gare afin d'éviter qu'il soit prévenu.

— Nous n'avons qu'une chose à faire, déclara Bertard, puisque Flic et Flac sont là, c'est de les utiliser tous les deux à cette surveillance.

— Je m'en vais de mon côté, donner des instructions à Patoche.

— C'est cela, approuva Bertard.

« Patoche ira à la gare, et nous laisserons Flic et Flac opérer du côté du bureau de poste.

— Parfait.

Les deux hommes partirent chercher, l'un son ordonnance, l'autre les deux policiers qui d'ailleurs, se trouvaient dans la cour du château en attendant les instructions de leurs patrons.

Inutile de dire que Flic et Flac avaient abandonné leurs costumes de religieuses.

Comme ils ne voyageaient jamais sans une provision de postiches, ils avaient réussi à l'aide de perruques et de fausses barbes, à se donner des physionomies qui ne rappelaient en rien celles qu'ils avaient prêtées quelque temps auparavant à sœur sainte Périne et à sœur sainte Eulalie.

Ils donnaient tout à fait l'impression de deux bourgeois de province ou de deux négociants de petites villes.

Bertard et Lancelin s'en furent à eux, et leur expliquèrent, en quelques mots, ce dont il s'agissait.

Patoche se dirigea immédiatement vers la gare d'un pas alerte et vif, tandis que Flic et Flac, auxquels d'ailleurs M. Bertard avait donné carte blanche, se contentaient de surveiller la route qui conduit de Morigny à Uzarches.

D'ailleurs, ils étaient déjà fixés.

Depuis qu'ils étaient au château, ils avaient acquis la certitude que Jacques était l'homme du docteur Rubin, et que c'était de celui-ci seulement qu'une intervention était à redouter.

Aussi, leur filature était-elle relativement facile.

Pour des policiers de leur valeur, c'était l'enfance de l'art.

En outre, ils avaient reçu des instructions tellement précises de M. Bertard et du capitaine Lancelin qu'ils ne pouvaient pas se tromper.

Ceux-ci leur avaient dit :

— Voici la consigne : Il faut absolument que le docteur Rubin revienne le plus tôt possible à Morigny.

« Par conséquent, il s'agit d'empêcher que Jacques le fasse rester chez lui ou prendre une direction opposée à celle de Morigny.

— Compris, avait déclaré Flic.

— Hum ! avait lancé Flac.

Et tous deux étaient partis avec la certitude de réussir dans la mission qui leur était confiée.

Ils ne se trompaient pas.

En effet, il y avait à peine un quart d'heure qu'ils faisaient les cent pas sur la route que la silhouette du domestique apparut à deux cents mètres environ devant eux.

— C'est lui, dit Flic.

— Hum ! fit Flac.

Les deux limiers, qui avaient certainement combiné d'avance leur attitude, eurent l'air immédiatement de discuter, en faisant de grands gestes et en désignant l'horizon.

Puis, lorsque le larbin fut à portée de la voix, Flic, allant vers lui, et soulevant poliment son chapeau, demanda :

— Pardon, Monsieur, pourriez-vous nous rendre un léger service ?

— Certainement, si c'est en mon pouvoir, répondit Jacques.

— Mon camarade et moi, nous sommes venus à Uzarches pour traiter quelques affaires.

« Après déjeuner, nous avons voulu faire une promenade dans la campagne, et nous ne trouvons plus notre chemin.

« Aussi, nous vous serions reconnaissants si vous vouliez bien nous tirer d'embarras.

— Soyez le bienvenu, docteur, nous vous attendions.

— Vous voulez rentrer à Uzarches? interrogea le valet de chambre de M. Brévannes.

— Hum !

— Eh bien! Messieurs, vous n'avez qu'à suivre la route que vous voyez tout droit devant vous.

« D'ailleurs, j'y vais moi-même.

L'affaire était dans le sac.

Le poisson avait tout de suite mordu à l'hameçon.

Flic et Flac avaient emboîté le pas à Jacques, qui avait été encouragé par les manières aimables des deux promeneurs en qui il était à cent lieues de soupçonner deux policiers, et surtout l'ex-sœur sainte Périne et l'ex-sœur sainte Eulalie.

Tout de suite Flic engagea la conversation, parlant avec la volubilité qui lui était coutumière, se montrant jovial, bon garçon, tandis que son camarade se réfugiait dans son habituel silence, se contentant seulement de ponctuer par un *hum* plus ou moins sonore, le monologue de son compagnon.

Mais une auberge se profilait au carrefour de deux routes.

Naturellement, Flic proposa une tournée.

Jacques, sans être ivrogne, était plutôt gourmand. Jamais il ne refusait l'occasion de satisfaire ses instincts.

Aussi accepta-t-il avec empressement l'offre que lui faisaient ces braves gens dont il s'était constitué le guide.

Ils pénétrèrent dans le cabaret.

— Qu'est-ce que nous prenons ? interrogea Flic.

— De la bière, répliqua discrètement le valet de chambre.

— Oh! non, pas de bière, protesta Flic.

« Ça donne chaud, ça fait suer.

Et, s'adressant à l'aubergiste qui était accouru :

— Avez-vous du bon vin, ici ?

— Certainement, Monsieur.

Elle! Elle!

Les yeux de Jacques s'étaient mis à briller d'une façon toute significative.

— Il y a même un petit Pouilly, hasarda-t-il, qui n'est pas précisément dans une musette.

— Eh bien! donnez-nous du Pouilly, ordonna Flic.

— Une bouteille? fit l'aubergiste.

— Oh! vous ne nous avez pas regardés.

« Deux au moins, en attendant, avec un verre pour le patron.

Le cabaretier s'exécuta.

Trois minutes après, on trinquait.

Flic déclarait qu'en effet ce Pouilly était délicieux et qu'il était tout surpris de voir que dans le Nord on trouvait d'aussi bons vins.

— Oh! nous sommes très connaisseurs, protesta l'aubergiste... et j'en ai encore du meilleur que ça.

— Pas possible?

— Parfaitement, Messieurs.

« J'ai du Vouvray.

— Ah! oui, du Vouvray.

Voulez-vous y goûter?

— Avec plaisir.

« Allons-y de deux bouteilles de Vouvray.

— Ah! c'est trop, protesta Jacques pour la forme.

Car, lorsqu'il se trouvait attablé devant une bonne bouteille, il oubliait tout et devenait d'une faiblesse insigne.

Deux minutes après, les deux bouteilles de Vouvray n'étaient plus que deux cadavres.

Jacques, dont Flic avait rempli le verre avec un zèle remarquable, commençait à se sentir un peu étourdi.

Flic régla les bouteilles, se leva, et après avoir complimenté le tenancier sur l'excellence de sa marchandise, il reprit avec Flac et Jacques la route d'Uzarches.

Mais il y avait d'autres auberges sur la route.

Il y avait aussi d'autres vins blancs et pas mauvais du tout.

Si bien qu'en arrivant dans la ville, si Flic et Flac avaient conservé à la fois tout leur équilibre et toute leur présence d'esprit, le valet de chambre commençait à tituber considérablement et à divaguer de même.

Malgré tout, il avait conservé une lueur de raison.

Plusieurs fois il avait porté la main à la poche intérieure de son veston en grognant :

— Ma dépêche, oui... ma dépêche...

Cela avait suffi pour éclairer Flic et Flac qui ne songeaient plus qu'à une chose : subtiliser le papier à son détenteur, opération qui, pour eux, n'était guère difficile

En traversant la promenade plantée d'arbres qui est un des plus beaux ornements de la petite cité manufacturière, Jacques chancela à un tel point qu'il fut obligé de s'asseoir sur un banc de pierre.

— C'est curieux, bafouilla-t-il, il me semble que les ormeaux viennent sur moi.

— Asseyez-vous un instant, conseilla Flic.

— Hum! Hum! fit Flac.

— C'est que je suis... pressé..

— Vous avez une course à faire?

— Oui.

— Une commission?

— Oui.

— Voulez-vous que nous la fassions pour vous?

— C'est une dépêche, articula péniblement le domestique.

— Bravo, se dit Flic, il y vient de lui-même.

« On ne pouvait pas désirer mieux.

Puis il reprit à haute voix :

— Une dépêche?

— Oui.

— Eh bien! donnez-la moi.

« Mon camarade et moi, nous irons la mettre à la poste.

— C'est que... hésitait le valet de chambre de plus en plus abruti.

— Soyez tranquille, nous ne mettrons pas l'argent dans notre poche.

« Nous rapporterons le reçu.

— Le reçu?...

— Eh bien! oui, comme ça, vous verrez qu'elle a été expédiée.

— Alors, je veux bien, consentit Jacques en sortant de sa poche le précieux papier qu'il remit à Flic.

Et comme il fouillait mollement dans son gilet, le policier lui dit, sur le ton le plus bonhomme de la terre.

— Mais non, mais non, ne vous gênez pas, nous réglerons ça tout à l'heure, quand nous reviendrons.

Puis, faisant signe à Flac, ils se dirigèrent rapidement vers le bureau de poste.

Quand ils furent hors de la vue du valet de chambre, il déplia la dépêche, et y lut le simple mot qu'il contenait :

— *Venez!*

— Parfait! parfait! fit-il en communiquant le télégramme à son camarade.

« Nous n'avons qu'une chose à faire, c'est de le mettre à la poste.

Ainsi dit fut fait.

Puis ils revinrent vers Jacques.

Celui-ci, étendu sur le banc, dormait à poings fermés.

Alors, tranquillement, les deux policiers s'en retournèrent à Morigny rendre compte de leur mission à leurs patrons, dont ils reçurent les plus sincères félicitations.

Bertard leur donna l'ordre d'aller rejoindre Patoche à la gare, de le prévenir de ce qui s'était passé, de s'enquérir des heures exactes de tous les trains, d'attendre l'arrivée de Rubin et de téléphoner immédiatement au château de Morigny aussitôt qu'ils l'apercevraient.

— Mais, objecta Flic, s'il fait comme vous, s'il vient en auto ?

— C'est juste, fit Lancelin.

« Aussi, voilà ce que vous allez faire :

« Aussitôt arrivés à la gare, vous allez nous renvoyer Potache qui se placera de faction sur la route qui vient de Lille.

— Comment fera-t-il pour vous prévenir ?

— Rien de plus facile, fit Lancelin qui avait déjà étudié les lieux.

« Tenez, vous voyez, là-bas, à deux kilomètres d'ici, cette petite éminence de terre couronnée d'un bouquet d'arbres ?

— Oui, mon capitaine, je vois, fit Flic.

— Eh bien ! il se tiendra là, caché soigneusement.

« S'il aperçoit le docteur Rubin venant en automobile, il agitera un grand morceau d'étoffe blanche que vous allez lui dire d'acheter à Uzarches.

— Et si c'est la nuit ?

— Eh bien ! il tirera une fusée qu'il achètera dans un bazar du pays.

« Seulement, dites-lui d'en prendre une provision, parce que ça rate souvent, ces machines-là.

— Bien, mon capitaine.

Toujours souples, dociles, soumis, Flic et Flac retournèrent à Uzarches dans l'automobile que M. Bertard, toujours soucieux de ne pas trop fatiguer les gens qu'il employait à son service, avait mise à leur disposition.

Puis l'ancien ministre et le père la Manille remontèrent à nouveau dans la chambre de M. Brévannes.

La mort continuait son œuvre.

L'agonisant râlait.

Monsieur Bertard et le capitaine Lancelin s'en furent vers la châtelaine et lui dirent :

— Maintenant, nous ne vous quittons plus, toutes nos précautions ont été prises.

« Ce que nous vous demandons, chère Madame, c'est de ne pas vous montrer à qui que ce soit ici jusqu'à l'arrivée du docteur Rubin, qui ne saurait tarder.

— C'est entendu, accepta la digne femme.

— Seulement, c'est pas tout ça, dit le capitaine Lancelin toujours pratique, il va falloir que vous diniez.

— Oh ! je n'ai pas très faim, protesta doucement la châtelaine.

— Oui, oui, je comprends, vous avez été très émue, très bouleversée, mais ce n'est tout de même pas une raison pour vous laisser pâtir.

« Nous serions bien avancés si vous tombiez malade.

— Oh ! je suis robuste, mon capitaine.

— Ce n'est pas une raison pour jouer avec sa santé.

« D'ailleurs, c'est pas compliqué.. il y a là, à côté un petit cabinet qui ne fait rien.

« Tout à l'heure, je m'en vais descendre, et je m'en vais dire qu'on monte à dîner pour la personne qui veille M. Brévannes.

« Une fois que le larbin aura apporté le fricot, on le congédiera et tout sera dit.

« Et comme avant demain midi, il est certain que le charlatan-journaliste aura rappliqué ici, vous pourrez alors réapparaître, chère Madame, en toute

— Va relever Flic et Flac de leur faction.

sécurité et donner vos ordres à toute la valetaille en même temps que vous en boucherez un coin à ceux qui ne vous attendaient pas.

Réconfortée par le langage un peu trivial mais si cordial et si bon enfant du capitaine, Mme Brévannes accepta la combinaison que celui-ci lui proposait.

Lancelin descendit aussitôt et croisant dans le vestibule une femme de chambre, il demanda :

— Est-ce qu'il y a un maître d'hôtel, ici?

— Non, monsieur.

« C'est Monsieur Jacques qui en l'absence de M. Brévannes s'occupait de la maison.

— Monsieur Jacques?

— Oui, le valet de chambre.

— Où est-il?

— Il est parti à Uzarches en course.

— Vous ne savez pas quand il reviendra?

— Non, monsieur, je ne pourrais pas vous dire.

— Eh bien! peut-être que vous allez pouvoir me renseigner tout de même.

« Je suis le capitaine Lancelin, l'ami de Monsieur Brévannes.

— Oh! monsieur, nous vous avons bien reconnu.

— Je suis venu assister à ses derniers moments avec mon ami Monsieur Bertard et une dame qui touche de très près votre maître.

— Oui, Monsieur, c'est bien ce que nous pensions.

Lancelin fut sur le point de s'écrier :

— Pensez ce que vous voudrez, c'est ça qui m'est bien égal!

Mais il s'arrêta à temps.

Car il s'agissait de ne point indisposer la cameriste.

Il fallait au contraire l'amadouer afin de se l'acquérir.

Aussi, reprit-il sur le ton le plus aimable du monde.

— Mon ami Monsieur Bertard et moi, nous allons dîner dans la salle à manger.

« Quant à Madame, elle ne veut pas quitter le chevet de votre patron, et désirerait prendre son repas dans la pièce voisine.

« Vous pourriez peut-être, en même temps que vous commanderiez notre dîner à nous, faire dire que l'on mette un couvert là-haut pour elle et qu'on lui monte par exemple : un potage, une omelette, une aile sa redingote un flacon de cyanure de potassium qu'il y aura.

— C'est entendu, monsieur, riposta immédiatement la femme de chambre.

« Et c'est moi-même, si vous le voulez bien, qui vais m'occuper de Madame.

— Certainement, approuva le vieux grognard, vous me semblez très gentille.

— A quelle heure madame désire-t-elle dîner?

— Voyons, il est six heures, dans une heure.

« Nous autres, monsieur Bertard et moi, nous ne mangerons qu'à sept heures et demie huit heures moins un quart.

« Nous ne sommes pas pressés.

— Bien, monsieur, je vais m'occuper de tout cela, et veiller à ce que vous soyez bien traités.

— Vous êtes mille fois aimable, mademoiselle.

« Mademoiselle comment?

— Marie.

Alors, tirant une pièce de cent sous de sa poche, le capitaine la glissa dans la main de l'aimable femme de chambre en disant :

— Eh bien, mademoiselle Marie, voici pour vous.

— Oh! vous pouvez dire Marie tout court.

Et avec son plus gracieux sourire, la soubrette ajouta : Ces messieurs coucheront-ils au château?

— Oui, nous y coucherons.

« Préparez-nous deux chambres.

« Car bien que nous ayons décidé de passer la nuit auprès de M. Brévannes, nous ne serons pas fâchés de trouver de quoi nous débarbouiller demain matin.

— Soyez tranquille, monsieur.

— Oh! si vous voulez que je vous appelle Marie tout court, appelez-moi capitaine.

— Soyez tranquille, mon capitaine, tout sera prêt, et vous ne manquerez de rien.

— Elle est charmante, cette petite Marie, murmura le père la Manille en la voyant s'éloigner.

« Cré coquin de bonsoir, si je n'avais pas juré de mettre le mousqueton au crochet, eh bien! mille pétards de sort! je crois que je lui ferais un brin de cour!

Et le capitaine Lancelin remonta auprès de Mme Brévannes et de Bertard, pour les mettre au courant des dispositions qu'il venait de prendre.

A sept heures moins le quart, la femme de chambre vint mettre elle-même le couvert.

Quand tout fut prêt, Lancelin lui dit :

— Ma petite Marie, je tiens à vous prévenir que, pour des raisons qui ne regardent personne, la dame qui va dîner ne veut être vue que de nous seuls: aussi tout à l'heure, lorsque vous apporterez les plats, vous ferez une chose bien simple: vous frapperez à la porte.

« Vous me ferez passer les bibelots.

« C'est moi qui ferai le service.

« Ne vous désolez pas, votre pourboire n'aura nullement à en souffrir.

Les choses se passèrent ainsi que le capitaine Lancelin en avait décidé.

Madame Brévannes prit un léger repas, juste de
quoi la soutenir et cela sans que sa présence au château fût soupçonnée par personne.

Puis elle retourna auprès de son mari, après que
Lancelin eut pris le soin de consigner à tous la porte
de la chambre où agonisait le châtelain.

Alors, il descendit lui-
même dîner avec M.
Bertard dans la salle à
manger du château.

Après quoi, ils s'en
furent tous deux en ob-
servation derrière une
fenêtre attendant que
Flic et Flac vinssent les
prévenir de l'arrivée du
docteur Rubin, ou que
le signal convenu avec
Patoche apparût dans la
nuit.

Ils restèrent ainsi jus-
qu'à onze heures du soir
tout en causant à voix
basse des événements
tragiques auxquels ils
étaient mêlés.

Lorsque tout à coup
une fusée s'éleva lumi-
neuse, svelte, légère
dans le ciel.

— Le voici! s'écria
Bertard.

Il tombait foudroyé sur le parquet.

— Ah! nous avons bien fait, constata le capitaine
Lancelin, de placer Patoche en faction.

« Mais, qu'allons-nous faire?

— Attendre Rubin de pied ferme, répondit l'ancien
ministre, et le conduire purement et simplement jusqu'auprès du mourant.

« Alors, nous nous expliquerons avec lui et nous
lui demanderons des comptes.

— Je vous laisse faire, mon cher patron.

— A condition toutefois que vous m'aiderez.

— Très volontiers.

Quelques instants après, l'automobile qui amenait
le docteur Rubin arrivait dans la cour du château.

Le docteur en sauta prestement et s'avança vers la
maison.

Il s'attendait à trouver dans le vestibule le larbin
dont il avait su se faire une créature.

Mais à sa grande stupéfaction, ce fut au capitaine
et à M. Bertard qu'il se heurta.

Instinctivement, il fit un bond en arrière comme
s'il voulait fuir.

Immédiatement, Bertard attaqua :

— Soyez le bienvenu, docteur, nous vous attendions.

— Donnez-vous donc
la peine d'entrer, ajou-
ta Lancelin.

Rubin, très pâle com-
prit que toute tentative
de dérobade était inuti-
le et même imprudente
et il pénétra à l'inté-
rieur de la maison.

Alors, Bertard reprit :

— Notre présence ici,
docteur, doit sans doute
vous étonner quelque
peu?

« Néanmoins, vous
serez moins surpris
lorsque vous vous trou-
verez en présence de la
personne qui nous a
mandés en ces lieux.

— Qui donc?

— Nous ne pouvons
pas vous le dire en ce
moment.

« Veuillez simple-
ment nous suivre et
vous allez être fixé.

Les trois hommes traversèrent le vestibule.

A ce moment, la figure intelligente de Patoche apparut derrière une tenture.

— Va relever Flic et Flac de leur faction, commanda le père la Manille et revenez vite tous les trois ici.

Rubin, Bertard et Lancelin, firent l'ascension de
l'escalier qui conduisait à l'appartement de M. Brévannes.

Puis, ils pénétrèrent dans la pièce attenant à la
chambre de l'infortuné industriel.

Alors, Lancelin se détacha et s'en fut prévenir Mme
Brévannes.

Celle-ci arriva aussitôt,

Bertard avait pris soin d'allumer toutes les lampes électriques de la pièce.

Aussi, lorsque la porte s'entr'ouvrit laissant apparaître la châtelaine en pleine lumière, Rubin eut un cri fait à la fois d'épouvante et d'émoi.

— Elle! Elle!

— Oui, moi! fit simplement Madame Brévannes en le regardant fixement dans les yeux.

Rubin se sentit défaillir.

Il s'effondra dans un fauteuil qui se trouvait derrière lui.

— Allons, allons, docteur, ne vous trouvez pas mal, fit ironiquement l'ancien ministre de la guerre.

« Nous sommes en effet, des gens avec lesquels on peut s'arranger.

« Écoutez bien ce que je m'en vais vous dire.

« Nous vous tenons enfin, non seulement parce que, Mme Brévannes, sortie de ce tombeau où, de complicité avec son mari vous avez voulu l'enmurer, est prête à vous démasquer devant tous et à vous accabler comme vous méritez de l'être.

« Mais encore parce que M. Brévannes lui-même, empoigné par le remords au moment de franchir le pas suprême, a voulu, lui aussi, désigner au mépris de tous, celui qui fut son mauvais génie, c'est-à-dire vous, misérable que vous êtes.

Monsieur Brévannes nous a remis une plainte en bonne et due forme contre vous.

« Cette plainte, nous sommes décidés à la remettre au Procureur de la République qui nommera certainement tout de suite un juge d'instruction.

« Et là, quelle que soit la puissance dont vous disposez, l'influence que vous avez su prendre, et les chantages politiques et autres auxquels vous vous livrez, je suis certain d'une chose, que vous n'échapperez pas au châtiment et à la honte!

« Car nous saurons seconder la besogne de la Justice et au besoin lui arracher le bandeau que vous et les vôtres cherchez en vain à lui mettre sur les yeux.

« Cependant, si vous reconnaissez par écrit, que vous avez été le complice de Walter Humding, et surtout — condition indispensable, — si vous nous aidez à le retrouver, eh bien, non seulement nous déchirerons cette plainte, mais nous vous aiderons encore à disparaître loin, très loin.

— A moins que vous ne me fassiez assassiner comme Blanchecotte, interrompit le complice de Walter Humding.

— Vous savez bien que nous ne sommes pas des assassins.

« Voyons, réfléchissez, nous vous donnons cinq minutes.

— C'est tout réfléchi, reprit Rubin, je refuse.

— Vous voulez la lutte?

— Je l'accepte.

— Comme vous voudrez, fit Bertard.

— Je vous préviens que c'est tant pis pour vous, ajouta Lancelin.

— Pourrai-je voir une dernière fois mon ami Brévannes? interrogea le médecin-journaliste.

— Si vous voulez, consentit Madame Brévannes.

Et elle ouvrit elle-même la porte qui donnait dans la chambre de son mari.

Alors, le docteur Rubin vivement s'y précipita.

Puis, debout, immobile, il contempla le moribond tandis que ces paroles s'échappaient de ses lèvres, à peine murmurées.

— Il n'est point si terrible de mourir!

Alors, d'un geste brusque, il prit dans la poche de sa redingote un flacon de cyanure de potassium qu'il déboucha et approcha de ses narines.

Et avant qu'on ait pu le retenir, il tombait foudroyé sur le parquet.

Au même instant M. Brévannes rouvrait les yeux.

Eut-il conscience du drame qui venait de se dérouler à son chevet?

Nul ne pourrait le dire.

Toujours est-il qu'une expression étrange éclaira sa physionomie que la mort semblait déjà immobiliser.

Deux ou trois sons inarticulés s'échappèrent de ses lèvres.

Ses yeux se révulsèrent.

Un hoquet secoua sa poitrine.

Puis sa tête se rejeta en arrière.

Lui aussi était mort.

CHAPITRE CXXV

Deux Labadens

Aussitôt arrivé au ministère de l'Intérieur, le Président du Conseil Lemarchand, manda son huissier.

— Voilà votre consigne, lui dit-il, je n'y suis pour personne.

« Mon collègue, le ministre de l'Instruction Publique, va se présenter d'un moment à l'autre.

« Vous l'introduirez aussitôt.

— Bien, Monsieur le Président.

Lemarchand referma la porte d'un coup brusque. Il était surexcité, nerveux.

Son collègue et ami, M. Ménager, ministre de l'Instruction Publique, venait de lui téléphoner chez lui qu'il désirait l'entretenir immédiatement.

Lemarchand, pour des raisons d'ordre intime, ne pouvait recevoir chez lui en ce moment, même un ami.

C'est pourquoi il avait donné à son collègue son cabinet comme lieu de rendez-vous et de conférence.

Puis, il s'était empressé d'accourir.

Empressement qui n'avait rien de spontané, disons-le.

Au fond, Lemarchand était de fort méchante humeur.

Il maudissait de bon cœur ce collègue importun qui le dérangeait à une heure indue, l'arrachait à une compagnie charmante, pour l'entretenir d'une affaire dont il avait la tête rompue depuis longtemps.

— Toujours cette maudite histoire Ferbach, maugréait le ministre tout en feuilletant les journaux que l'huissier venait de déposer sur son bureau.

« Mais c'est l'Hydre de Lerne que cette affaire.

« On a beau lui couper la tête, elle renaît aussitôt.

« Ce qui me surprend, c'est ce revirement subit de Ménager.

« Je ne comprends pas « ces *scrupules* » pour parler comme lui.

« S'il est un de mes collègues que je ne m'attendais pas à voir hésiter, flancher, c'est bien lui.

« Un ami de trente ans, un Labadens.

« Je l'avais pris avec moi plus par amitié que pour son mérite.

« C'est un homme juste, intègre, trop intègre, même.

« Il manque d'envergure, de la nette vision politique qu'il faut dans certains cas.

« Et voilà que c'est lui, ce terne avocat de province,

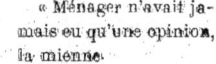

M. Ménager parut, l'air absorbé, soucieux.

cet orateur de mur mitoyen, qui tourne casaque le premier, qui me lâche.

« Elle est raide, celle-là.

« Je me demande d'où peut bien venir ce revirement subit, inexplicable.

« Ménager n'avait jamais eu qu'une opinion, la mienne.

« L'autre jour, après cette longue discussion sur la fameuse pièce secrète, il a convenu, comme tout le monde, qu'il fallait laisser les mains libres à la Justice militaire, convoquer le Conseil de Guerre et en finir au plus vite.

« La communication de cette pièce au seul Jury, n'avait soulevé de sa part aucune objection.

« Il s'inclinait devant la raison d'Etat.

« Et voilà que subitement, par une boucade d'esprit étroit, il change d'avis sans crier gare!

« Il hésite, parle de « scrupules ».

« Mais, c'est une défection, cela, pis que ça, c'est une trahison!

On grattait à la porte.

— Le voilà! murmura le ministre en s'efforçant de prendre un air plus calme, plus diplomatique.

« Entrez!

M. Ménager parut, l'air absorbé, soucieux.

C'était un quinquagénaire de haute taille, en longue redingote qui lui donnait un air de clergyman.

Lemarchand s'était empressé vers lui, la main tendue, le sourire aux lèvres.

— Tu vois, fit-il, le tutoyant comme il le faisait toujours dans le tête-à-tête, je t'attendais.

« Assieds-toi, et causons.

— Je ne te dérange pas, au moins? s'excusait M. Ménager qui semblait mal à l'aise.

— Toi! protesta le président avec une indignation parfaitement jouée.

« Voyons, tu sais bien que tu ne me déranges jamais!

« Par exemple, je ne te cacherai pas que tu m'as valu ce matin une rude émotion.

« Une « petite secousse » comme dit notre bon ami Barrès.

« Mais, je m'en serais bien passé.

L'austère ministre de l'Instruction Publique, eut un demi-sourire contraint, indiquant qu'il comprenait l'allusion sans la goûter, toutefois.

— Je t'avouerai même, continua Monsieur le Premier d'un air bonhomme qu'à l'instant même, avant ton arrivée, j'étais furieux contre toi.

« Je te donnais au diable de bon cœur!

« Mais il m'a suffi de voir ta franche et loyale figure pour être désarmé.

« Ceci dit, venons au fait.

« Je m'en vais tâcher de rassurer ta conscience timorée.

« Tout à l'heure, tu me parlais d'hésitations de scrupules.

« Où en es-tu, exactement?

« Est-ce que tu doutes de la culpabilité du lieutenant Ferbach?

Monsieur Ménager ne répondit pas sur le champ.

— Non, finit-il par dire.

« Je voudrais douter que je ne le pourrais pas.

— Je comprends, approuva le président.

« Après une preuve pareille, cette lettre autographe de l'Empereur d'Allemagne..

— Oui, interrompit Ménager comme pour arrêter sur les lèvres de son ami, un nom redoutable et capable de peser lourdement dans débat.

« Et cependant, au point de vue purement juridique, que de choses il y aurait à dire surtout après cette affaire de fiches, cette expertise contradictoire de MM. Costat et Néret.

« Mais laissons cela qui nous entraînerait trop loin.

« Pour nous, pour toi comme pour moi, la culpabilité de Ferbach est une chose acquise, démontrée.

— Ah çà! s'écria-t-il, de quoi veux-tu parler?

« Ce n'est pas de cela que je veux t'entretenir, mais du procès et de ses suites. C'est d'une bataille qui va s'engager et où tous, tant que nous sommes, nous laisserons des plumes.

« Je voudrais éviter à mon pays la terrible crise qui menace de le couper en deux, de faire de la patrie deux camps prêts à s'entredéchirer, à la grande joie de l'étranger.

« Nous allons avoir affaire à un adversaire convaincu, tout puissant, irréductible, Bertard.

« Le député de Seine à Oise a pu s'incliner une fois devant la raison d'état.

« Il était dans son tort.

« Il avait violé ou laissé violé le droit d'exterritorialité qui protège les Ambassades.

« Mais, cette fois il est dans son droit, il s'agit d'une affaire d'espionnage qui s'est passée chez nous.

« Il ne cèdera pas.

Lemarchand avait écouté assez tranquillement jusque là.

Mais, à ces derniers mots, il eut un sursaut d'impatience.

— Ah çà! s'écria-t-il, de quoi veux-tu parler?

« Qu'est-ce que cette affaire d'espionnage?

« Est-ce que par hasard, tu croirais, toi aussi, à l'existence de ce personnage mystique et légendaire : Walter Humding, alias Sir Reginald Irving.

« Mais, tout cela est de l'invention pure, des romans à la Rocambole.

« Un fantôme surgi du cerveau d'un vieux grognard alcoolique.

« Je m'étonne que Bertard, qui n'est certes pas un sot, ait accepté, colporté ici même, au Ministère, des histoires aussi invraisemblables.

« Il est vrai que depuis 1870, nous sommes suggestionnés par l'idée de l'espionnage allemand.

« C'est une véritable maladie, une hantise que nous devons ignorer, nous qui tenons le gouvernail.

— *Mon général, je suis à vos ordres.*

— Oui, répondit M. Ménager d'un ton ferme qui contrastait avec son attitude habituelle.

« Oui mais, pourvu que les formes de la Justice soient sauvegardées.

« Pourvu que les droits sacrés de la défense soient respectés, quel que soit l'accusé et l'horreur du crime dont il a à répondre.

« Je me suis tu jusqu'ici, mais il se fait en moi un travail latent.

« Votre intention, — la mienne puisque jusqu'à cette minute critique, à cette explication qui me coûte, crois-le, je ne me suis pas séparé de mes collègues, est de violer ces droits pour moi imprescriptibles, et...

— Nous y voilà, s'écria le président du Conseil, qui se contenait avec peine.

« J'avais deviné depuis longtemps où le bât te blesse.

« C'est la communication de la pièce secrète, de cette fameuse lettre au *Jury seul*, à l'insu de la défense, que tu ne peux pas admettre.

« Et cependant, tu en es convenu tout d'abord, il n'y a pas moyen d'agir autrement.

« Trouve autre chose, une méthode qui concilie tout, et je l'adopte incontinent.

« Le lieutenant Ferbach a, comme principal accusateur, un homme, un despote tout puissant dont le nom ne peut être prononcé, livré au public sans complications graves.

« Par conséquent, si nous voulons faire les choses régulièrement, respecter les droits de la défense, nous sommes dans une situation inextricable.

« Il n'y a que deux façons d'en sortir : il nous faut ou bien absoudre, renoncer à punir un crime

Cette sortie violente avait un peu démonté le placide ministre de l'Instruction Publique.

— Oui, peut-être murmura-t-il, évidemment !

« Humding est une mythe, certes, mais un fait patent, inquiétant, c'est la puissante organisation, l'audace de l'espionnage allemand chez nous.

« La présence de ses agents, partout, sur toute notre frontière, autour de nos forts, de nos ateliers presque dans nos bureaux.

— Eh ! s'écria le président du Conseil, saisissant la balle au bond, raison de plus pour ne pas les rater quand on les pince !

« Raison de plus d'être impitoyable envers un homme qui, officier et Alsacien, c'est-à-dire deux fois français, a trahi deux fois.

abominable, ou bien risquer une guerre terrible dont personne ne peut prévoir l'issue.

— Je sais tout cela, répondit M. Ménager.

« Je me le suis dit cent fois sans parvenir à me décider.

« Sans doute n'ai-je pas l'étoffe d'un grand politicien.

« Voilà pourquoi mon esprit se cabre devant la raison d'État.

« Cette raison d'état, qui, pour vous autres, est tout, et qui plane au-dessus des principes et des lois...

« Bien que convaincu, comme vous de la culpabilité de Ferbach, je ne crois pas que j'aurai le courage de vous suivre jusqu'au bout dans cette voie.

« Oh! rassure-toi, ajouta Ménager sur un geste du président.

« Si je pars, je partirai sans bruit, sans scandale, sans faire claquer les portes.

« Je n'ai nullement envie de jouer les doublures de Bertard.

« Et nul, excepté toi, ne connaîtra le véritable motif de ma démission.

A chaque mot, le visage de M. Lemarchand s'assombrissait de plus en plus.

Le départ de son collègue et ami Ménager, cette première fissure dans un ministère si parfaitement homogène, l'inquiétait et le troublait au plus haut point.

Il voyait là un mauvais présage, un signe avant-coureur de la tempête qui couvait dans la conscience française éprise de justice, de cette tempête qui allait soulever le pays bouleverser la Patrie pendant des mois.

Lemarchand s'était mis à se promener de long en large.

— Oui, maugréait-il à mi-voix, comme se parlant à lui-même, je comprends, mon cher Ménager, ces scrupules qui t'honorent.

« Non seulement je les comprends, mais je les partage.

« Je suis un temporisateur, au fond.

« J'ai été le premier à dire :

« — Ah! si ce Ferbach du diable avait la bonne idée d'aller se faire pendre ailleurs!...

« Si l'on pouvait étouffer l'affaire, puisqu'on ne peut pas, comme jadis, étouffer le coupable, le gêneur, entre deux matelas.

Le président du conseil s'arrêta brusquement et tendant la main à son ami :

— Écoute, dit-il, il me vient une idée.

« Une idée qui nous mettrait bien d'accord, qui nous tirerait une fameuse épine du pied.

« Il y a un moyen, un seul de conjurer la crise qui se prépare.

« Mais je ne puis pas t'en dire davantage pour moment.

« Il faut, avant tout, que je voie Lestradier de qui tout dépend.

« Lui seul peut nous sortir de ce mauvais pas.

« Consentira-t-il?

« C'est ce que je brûle de savoir.

« Je m'en vais le convoquer immédiatement par téléphone.

M. Ménager s'était levé, comprenant que l'entrevue était terminée.

— C'est cela, fit-il.

« Je me retire!

« Je compte sur toi et sur Lestradier, qui est un honnête homme, un vrai soldat, bien que d'idées un peu étroites.

« Et d'avance, j'approuve ce que vous déciderez.

« Je me solidarise avec vous.

« Je sais qu'à vous deux vous ne sauriez rien faire qui soit contre l'honneur.

Les deux ministres échangèrent une dernière poignée de mains et se séparèrent sur ce mot.

CHAPITRE CXXVI

L'autographe

Quelques heures plus tard, un peu après son déjeuner, le colonel Hubert de Montarlan recevait chez lui, par estafette, un mot tout entier de la main du colonel de Faurigny de Vieilleville, le convoquant au Ministère pour affaire grave et urgente.

En reconnaissant l'écriture d'un collègue dont il était loin de partager toutes les façons de faire, M. de Montarlan n'avait pu maîtriser un geste de mauvaise humeur.

Le brave colonel, qui se vantait d'être un soldat et rien qu'un soldat, avait la politique en horreur.

De tout temps, il s'était tenu à une distance prudente des hommes au pouvoir.

Cette conduite, — prise tout d'abord pour une protestation antirépublicaine, une manifestation de l'esprit de caste, — était chez le colonel une chose parfaitement raisonnée et sincère.

On en avait eu la preuve depuis la démission de M. Bertard

Montarlan, dont le parti arrivait au pouvoir, au moins dans un ministère, celui de la guerre, avait continué à se tenir à l'écart.

Il avait rencontré une fois ou deux le nouveau ministre et son chef de cabinet, de Faurigny de Vieilleville, et s'était adroitement dérobé aux avances que ce dernier lui avait faites.

Cette attitude très digne lui avait valu l'estime de ses ennemis, d'abord, — puis chose beaucoup plus rare, — celle de ses amis.

Depuis, le colonel, sollicité à nouveau par la camarilla de ceux qu'il appelait « les Officiers de Salon », leur avait tourné le dos de façon assez cavalière.

Voilà pourquoi il n'avait pu retenir un geste d'impatience à la vue de la convocation du chef de cabinet.

Son mécontentement avait une autre cause qui l'augmentait considérablement.

Jusqu'ici, de Montarlan, fidèle à ses principes, avait refusé de prendre parti dans la question Ferbach.

Sollicité de toutes parts, il s'était confiné dans une stricte neutralité.

Or, rien qu'en voyant la signature du colonel de Faurigny de Vieilleville, le marquis avait deviné que cette fois on voulait lui forcer la main, et l'entraîner dans cette affaire qui commençait à soulever l'opinion tout autour de lui.

— C'est Faurigny qui me vaut cela, maugréa-t-il tout en s'acheminant vers la rue Saint-Dominique.

« Ah! que Dieu nous garde des officiers diplomates!

« Des politiciens de quelque parti qu'ils viennent!

De Montarlan ne se trompait pas.

Il en eut la preuve dès les premiers mots avec le général de Lestradier chez qui Faurigny venait de l'introduire.

— Colonel, — dit le ministre, après les prélimi-

— Colonel, vous comprenez l'allemand?

naires d'usage — j'ai hésité longtemps à vous faire appeler.

« Je connaissais votre réserve, votre abstention voulue, en particulier à propos de certaines affaires délicates.

« C'est notre ami commun, Monsieur de Faurigny de Vieilleville, qui a eu raison de mes hésitations.

« Il m'a fait valoir très justement que de tous les officiers résidant à Paris, vous étiez le mieux placé, le mieux qualifié pour tenter la démarche que j'ai à solliciter de vous.

— Oh! rassurez-vous, s'écria le ministre en voyant son visiteur donner certains signes d'inquiétude.

« Rassurez-vous, mon cher colonel.

« Le service que je vous demande n'a rien de politique.

« C'est à votre patriotisme seul que je m'adresse.

— Mon général, répondit vivement le colonel, je suis à vos ordres.

« Sans doute vous voulez m'entretenir de ce malheureux Ferbach?

« Vous désirez connaître mon opinion sur lui?

— Pas précisément, répondit Lestradier.

« Votre présence ici a un autre motif beaucoup plus important, plus grave.

« On ne se serait pas permis sans cela de vous faire cette espèce de violence.

« Toutefois, — et puisque l'occasion s'en présente, — je ne serais pas fâché de connaître au préalable, votre opinion personnelle, intime, sur le lieutenant.

« Votre idée de derrière la tête…

— Mon général, reprit le colonel très posément, vous m'embarrassez beaucoup et je dois peser mes paroles.

« Tant que Ferbach a servi sous mes ordres, il a été un soldat irréprochable, le modèle des officiers.

« Je vous avouerai même que moi, colonel de Montarlan — malgré tout ce qui nous sépare — j'éprouvais une sympathie véritable pour cet enfant d'Alsace.

« Son malheur, son grand malheur, fut de quitter le régiment.

— Oui, peut-être, murmura le Ministre, peut-être.

« C'est un mauvais service que lui a rendu là son protecteur Lancelin.

« Mais depuis, colonel, depuis que Ferbach — pour son malheur — a passé par le Ministère que pensez-vous de lui?

« Quelle est votre opinion sur certains faits, sur cette question des fiches, par exemple?

— Mon général, je n'en ai pas.

« Je n'ai pas le droit d'en avoir.

« Le lieutenant Ferbach a sollicité la réunion d'un conseil d'enquête.

« C'est à lui de statuer... Jusque-là, j'attends!

« Quant à l'autre accusation, cette abominable affaire de trahison, j'aime mieux n'y pas penser, fermer les yeux, jusqu'à ce que la preuve soit faite, pour ou contre.

« C'est trop horrible, trop répugnant.

« Et ici... ce n'est plus de Ferbach qu'il s'agit, Ferbach disparaît.

« Ce qui me navre, me broie le cœur, c'est de me dire qu'un de mes officiers a pu commettre ce forfait, le plus ignoble de tous, a pu infliger cet affront à l'armée... à mon régiment...

« Quelle honte!

« Il me semble, si la chose est prouvée un jour, qu'on devrait brûler le drapeau du régiment.

« Ce drapeau que sa main aura touché, souillé.

« C'est pourquoi je préfère espérer qu'on se trompe, que l'innocence de l'inculpé éclatera au dernier moment.

Tandis que le colonel parlait avec une exaltation croissante, le général de Lestradier l'observait attentivement.

— Cela va mieux que je n'espérais, se disait-il.

« Faurigny avait raison.

« De Montarlan a au plus haut point la religion du drapeau, de son drapeau.

« Il fera tout pour lui éviter un affront.

« Voilà qui facilite singulièrement la mission dont on m'a chargé.

Et tout haut:

— Mon cher colonel, reprit le Ministre, je suis ravi de vous entendre parler de la sorte.

« Ça me met à l'aise pour aborder la proposition, but de cette conférence.

« J'hésitais, mais maintenant, je ne balance plus.

« D'ores et déjà, nous sommes d'accord sur le fond.

« Je vois que comme moi vous mettez l'honneur de l'uniforme avant tout.

« Je devine que si vous aviez sous vos ordres un officier coupable, convaincu de trahison, vous lui conseilleriez de se brûler la cervelle avant le jugement, et d'échapper ainsi à la sentence, à la dégradation infamante.

— Oui, mon général, répondit le colonel sans hésiter un instant.

— Vous l'aideriez au besoin? continuait le Ministre.

Cette fois, le colonel de Montarlan regarda son supérieur en face.

— Mon général, dit-il, je ne comprends plus très bien.

— Vous allez comprendre, continua le Ministre vivement.

« Je brûle mes vaisseaux.

« Et d'abord, il faut que je vous annonce une chose horrible, qui vous fera bondir sans doute, mais que je garantis sur mon honneur de soldat:

« Ferbach est coupable de haute trahison.

Le colonel eut un sursaut de surprise, presque de stupeur.

Son visage se contracta.

Il souffrait visiblement.

— Oui, je comprends, continua le Ministre, je comprends votre angoisse.

« Vous tombez de haut.

« Moi-même qui n'éprouvais qu'une sympathie médiocre pour cet officier, j'en ai ressenti une peine véritable.

« J'aurais voulu douter, mais la chose n'était pas possible.

« La preuve était là, flagrante, irréfutable.

« Je vous la montrerai tout à l'heure et vous serez édifié.

« Il s'agit d'une pièce ultra-secrète, tellement secrète que, pendant longtemps, le Président de la République et moi avons été seuls à la connaître.

« Une pièce telle, comprenez-vous, qu'elle ne saurait être versée aux débats, même à huis clos, sans entraîner des complications internationales.

« D'ailleurs comme je vous l'annonçais, cette pièce va vous être communiquée sous le sceau du secret, secret absolu même vis-à-vis de Ferbach.

« En dehors du Gouvernement, vous serez le seul, vous et votre collègue de Faurigny, à en avoir connaissance.

« Ceci dit, pour expliquer la gravité de la situation, laissez-moi vous exposer par quelle suite de considérations, de conférences, le cabinet dont je fais partie a été amené à prendre la ligne de conduite dont il s'agit et où vous jouerez un rôle important.

« Comment nous nous sommes convaincus qu'il n'y avait qu'un moyen, qu'une solution capable d'éviter à notre malheureux pays une crise intérieure ou des complications extérieures pires encore: *le suicide du coupable.*

Là-dessus le général de Lestradier résuma brièvement la conférence qui avait eu lieu quelques heures plus tôt, entre M. Ménager et le Président et lui-même qui en avait été la suite.

Il allait s'étendre sur cette fameuse raison d'État, développer les arguments de toute sorte qui militaient en faveur de cette espèce d'étouffement de ce qu'on appelait *l'affaire Ferbach,* mais le colonel de Montarlan ne le laissa pas achever.

— Mon général, dit-il, j'ai compris et je suis prêt à faire ce que vous demandez de moi...

« Prêt à présenter à ce malheureux... à ce... misérable, le revolver que j'ai là, dans ma poche!

« Seulement avant de faire une démarche aussi si grave, aussi définitive, je veux être sûr que...

— C'est trop juste! interrompit le Ministre.

« Je vous ai promis une preuve irréfutable, éclatante.

« Je vais la mettre sous vos yeux à l'instant.

Lestradier avait ouvert un coffre-fort scellé dans la muraille et faisait jouer des tiroirs à serrure secrète.

Quand il se retourna, il tenait en mains avec des précautions infinies une feuille de parchemin pliée en deux!

— Colonel, demanda-t-il, vous comprenez l'Allemand?

— Oui, mon général, suffisamment.

— Très bien, cela tombe à merveille.

« De cette façon vous allez pouvoir lire non pas la traduction mais le texte lui-même.

« Le document que vous voyez là reconstitué, collé

Lorsque le colonel eut achevé il était livide.

en soixante morceaux sur cette feuille de parchemin est une lettre autographe de l'empereur Guillaume avec qui ce misérable traitait directement.

Le colonel de Montarlan les yeux hagards, considérait ce document.

— Comment une pièce pareille a-t-elle pu tomber entre vos mains? demanda-t-il.

« Comment avez-vous pu vous la procurer?

— Par la *voie ordinaire,* répondit le Ministre.

« Nous appelons ainsi un agent que nous avons là-bas à l'ambassade allemande.

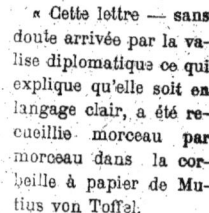

« Cette lettre — sans doute arrivée par la valise diplomatique ce qui explique qu'elle soit en langage clair, a été recueillie morceau par morceau dans la corbeille à papier de Mutius von Toffel.

« Vous comprenez maintenant la portée incalculable de ce document et pourquoi nous nous sommes adressés à l'homme intègre et sûr que vous êtes.

« Je ne pouvais pas, mon cher colonel, vous donner de plus haute marque de notre estime.

« En effet la communication de cette pièce vous fait l'arbitre de notre sort à tous, celui du Cabinet... et celui de la France!

« Comme l'ambassadeur antique vous portez la guerre et la paix dans les plis de votre manteau.

« Et maintenant lisez colonel:

Le marquis de Montarlan saisit la lettre d'une main frémissante et lut:

« Cette canaille de Fer... nous lasse avec ses in-
« cessantes demandes d'argent.

« D'ailleurs, depuis l'affaire des fiches, depuis son
« expulsion du Ministère, il ne peut plus nous être
« utile à grand chose.

« Débarrassez-nous de lui.

             « W. H. »

Lorsque le colonel eut achevé il était livide et ses doigts tremblaient.

— Le misérable! murmura-t-il.

« Quel infâme hypocrite que cet homme!

Et tout haut d'une voix ferme:

— Mon général, déclara-t-il, il suffit et j'accepte.

« Je suis prêt à me rendre à l'instant auprès du traître... à lui porter sa sentence de mort.

« Pourvu qu'il l'accepte seulement! qu'il consente à disparaître?

« Faites-moi donner un laissez-passer.

« Il me tarde d'en avoir fini avec lui et d'avoir débarrassé notre pays d'un pareil misérable!

CHAPITRE CXXVIII

Par Ordre supérieur

Le colonel de Montarlan quitta le Ministre en proie à une agitation violente.

Mille pensées tourbillonnaient dans sa cervelle parmi lesquelles une dominait toutes les autres.

— Quelle honte! murmurait-il, quelle honte!

« Il faut que cet homme soit un monstre de dissimulation, d'hypocrisie.

« Il nous a trompés tous, moi surtout!

« Moi qui avais presque de la sympathie pour lui, moi qui n'avais jamais voulu croire à cette histoire de fiches!

« Dire que, hier encore, j'étais prêt à venir à la barre du Conseil témoigner en sa faveur... en faveur d'un traître!

Le grand air de la rue, les trépidations de l'auto qui le conduisait à la prison militaire apaisèrent un peu l'émotion du brave colonel.

Plus calme, maintenant il envisageait les choses d'un œil plus lucide.

Pour la première fois il entrevoyait l'horreur tragique de la mission dont il venait de se charger un peu inconsidérément sous le coup de l'indignation.

— Et cependant je ne pouvais pas agir autrement, songeait-il.

« Je ne regrette pas ce que j'ai fait et je recommencerais si c'était à faire.

« Il s'agissait de notre honneur à tous, et pour moi cette considération prime toutes les autres.

« La mort, la disparition du coupable, voilà la seule solution possible.

« Journellement on voit des officiers se suicider pour une faute légère, une peccadille, pour quelques dettes criardes.

« Tout le monde approuve.

« Et c'est cela, cette haute idée du point d'honneur qui nous sépare des autres.

« Si j'étais à la place de Ferbach, je bénirais la main qui m'ouvrirait cette porte de sortie, d'évasion, la seule digne de nous.

« Pourvu que ce misérable ait encore assez de cœur pour comprendre cela, pour se faire justice lui-même.

« Cet homme qui a trahi pour de l'argent est un lâche, peut-être.

« Il doit aimer la vie.

« Il a une maîtresse qu'il adore.

« C'est elle visiblement qui l'a mené là, qui l'a perdu.

« Voilà où mène l'inconduite!

« Le souvenir de cette femme doit parler haut dans son cœur, plus haut que tout.

« Il ne voudra pas la quitter.

« Il compte peut-être se sauver à force d'impudence, d'audace.

« N'avouez jamais, c'est la théorie des grands criminels.

« Or, ce suicide, qu'est-ce autre chose qu'un aveu.

« Il est fort possible que ce Ferbach, ce profond dissimulateur, veuille jouer sa partie jusqu'au bout, qu'il s'enferme dans son système de défense.

« Pour l'y forcer, il faudrait que je puisse parler de la pièce secrète, et cela m'est interdit.

« Alors s'il refuse, s'indigne, proteste de son innocence, j'aurai fait pour rien une démarche délicate, et particulièrement pénible pour moi.

« Voici mon nom livré aux polémiques de la presse.

On le voit, le colonel comme averti par un obscur pressentiment, n'avait plus la même confiance dans l'issue de sa mission.

Certes, pour lui, la culpabilité de Ferbach, restait une chose acquise, démontrée, quelque chose comme un article de foi.

Habitué à obéir sans discuter, plein de confiance en ses supérieurs hiérarchiques, ignorant d'ailleurs, les menées du redoutable Walter Humding, il ne pouvait concevoir le moindre soupçon.

La pièce secrète, cette lettre du tout puissant kaiser, à propos d'un simple officier, l'avait surpris au plus haut point, mais pas un instant il n'avait douté de son authenticité.

L'hypothèse d'un faux possible, d'un piège tendu, ne s'était pas, ne pouvait pas se présenter à lui.

Et si cette idée lui fût venue, il l'eût repoussée aussitôt comme invraisemblable, impossible et comme une offense à ses supérieurs et au principe même d'autorité.

Cependant l'auto venait de stopper devant les grilles de la prison militaire.

Le colonel réquisitionna un sous-officier de service à la porte et se fit conduire immédiatement à l'appartement du commandant Bossetti.

Là, il fit passer sa carte sur laquelle il avait griffonné hâtivement ces quelques mots : *Affaire Ferbach... Urgent... Par ordre supérieur !*

Le commandant Bossetti dont nous connaissons les idées touchant son prisonnier fut ému et intrigué au plus haut point en apprenant quel visiteur lui arrivait à l'improviste.

Sa bonne figure de dogue s'était assombrie à la vue de l'élégant bristol et de cette mention fatidique : *par ordre supérieur.*

— *Mon colonel, dit-il, prenez un siège.*

—, Qu'est-ce que cela signifie ? s'interrogea-t-il.

« Est-ce une nouvelle machination contre ce pauvre Ferbach ?

« Le colonel est un honnête homme, lui, un vrai soldat.

« Et puis c'est un homme trop droit, incapable d'imaginer certaines roueries de la politique.

« Si j'essayais de le prévenir

« En ce faisant je risque de déplaire en haut lieu.

« Mais qu'importe, c'est mon devoir !

« Ce brave homme qu'est le colonel, qu'on abuse et qui se jette là-dedans tête basse, sera le premier à me remercier un jour.

Tout en roulant ces pensées contradictoires, Bossetti avait introduit le colonel dans son bureau.

Il prit connaissance du permis de communiquer rédigé par le Ministre lui-même.

— C'est bien cela, murmura-t-il, c'est bien ce que je pensais.

« Il se machine quelque chose de louche.

« Voilà pourquoi ce jésuite de Faurigny a choisi ce grand honnête homme de Montarlan, à quoi il l'emploie.

Puis tout haut !

— Mon colonel, dit-il, prenez un siège.

« J'envoie prévenir le sous-officier de garde dans ce quartier de la prison et vous serez introduit aussitôt.

« Moi-même je vous accompagnerai jusqu'à la cellule du lieutenant.

« Jusqu'à la porte de la cellule, ajouta le commandant en cherchant à lire sur le visage préoccupé du visiteur.

« Car, si j'ai bien compris, vous désirez être seul avec Ferbach ?

— Oui, commandant, répondit le colonel.

« Il s'agit d'une... d'une affaire personnelle.

Le colonel avait failli dire : *mission confidentielle.*

Toutefois cette hésitation n'avait pas échappé à Bossetti dont l'inquiétude redoubla.

— Cette fois, il n'y a pas de doute, c'est un piège, une instruction officieuse, à côté, illégale par conséquent.

« Si j'étais à la place de Ferbach, je refuserais de recevoir le colonel.

« Ou bien, j'exigerais la présence de mon avocat.

Bossetti allait poser une autre question, mais le colonel qui l'observait de son côté le prévint.

— Comment va le lieutenant ? demanda-t-il d'un ton indifférent.

— Ferbach, fit le commandant arraché à sa méditation, il va bien, quant au physique.

— Et le moral, poursuivit le colonel, pour dire quelque chose.

« C'est le moral qui nous intéresse surtout.

— Le moral est bon, très bon même.

« Aussi bon qu'il peut être chez un homme sous le coup d'une accusation aussi terrible chez un homme qui vient de passer plusieurs semaines au secret.

« En ce moment, Ferbach prépare sa défense.

« Autant qu'on en peut juger par la mine, il est plein d'espoir, de confiance.

« D'une confiance qui rayonne en quelque sorte si bien qu'elle nous a tous gagnés, l'un après l'autre.

« Et cela est une présomption en sa faveur.

« Pardon, mon colonel, je vous offusque peut-être

« Vous me désapprouvez, je vois.

« Vous jugez que je sors de la réserve que m'imposent mes fonctions.

« Ah! tant pis, le cas est trop grave cette fois, trop angoissant.

« Il faut que je parle.

« Si comme moi vous aviez vu avec quel courage, quelle douceur Ferbach supporte cette rude épreuve, si vous le connaissiez.

— Pardon, interrompit le colonel d'un ton bref.

« Vous oubliez, commandant, que je connais le lieutenant, que je l'ai connu bien avant vous.

« Il a servi sous mes ordres...

Bossetti s'inclina comprenant qu'il n'y avait rien à faire.

— Je vous demande pardon, murmura-t-il.

« D'ailleurs, voici le porte-clefs.

« Mon colonel, si vous voulez bien nous suivre?

Il pénétra seul dans la pièce.

Et les deux hommes, les deux adversaires, muets désormais, se dirigèrent vers la cellule d'André Ferbach.

Au moment où la porte s'ouvrait le colonel fit signe à ses compagnons de s'éloigner et pénétra seul dans la pièce.

Son visage avait pris soudain un air de gravité, d'austérité extraordinaires.

André, qui lisait le coude sur la table, s'était levé aussitôt.

A la vue de son colonel, de cet homme qui, maintes fois, l'avait défendu, protégé, il avait eu un sursaut de joie.

Il fut sur le point de courir à lui.

Mais un regard glacial de son chef l'arrêta net, le cloua sur place en quelque sorte.

Ferbach avait pris la position réglementaire et attendait dans une attitude respectueuse que son supérieur parlât.

Il s'efforçait de paraître calme, mais son cœur battait à grands coups sourds dans sa poitrine.

— Encore une déception, se disait-il. Une manœuvre de mes tout-puissants ennemis.

« Jusqu'à cette minute, j'avais cru pouvoir compter sur mon colonel.

« C'était le premier de mes témoins de moralité.

« Mon avocat espérait beaucoup de la déposition de cet officier pris dans le camp adverse, et voilà qu'il nous abandonne tout à coup!

« C'est la fatalité qui s'acharne contre moi.

Cependant le colonel avait pris la parole.

— Lieutenant Ferbach, fit-il, vous semblez surpris de ma visite.

— Oui, mon colonel, répondit Ferbach d'une voix sourde, douloureusement surpris.

« En vous voyant entrer, j'ai eu un mouvement de joie qui s'est évanoui aussitôt.

« Je venais de comprendre — et avec quelle angoisse! — qu'il y avait quelque chose de changé entre nous.

« Et maintenant encore, je tremble.

« Je devine qu'il a fallu des motifs graves pour que...

— Très graves, en effet, reprit le colonel en pesant sur les mots.

« Est-ce que sans cela je serais sorti de ma réserve?

« Je m'étais promis de rester neutre, témoin impartial... mais devant certaines révélations, je me suis souvenu que vous aviez servi sous mes ordres, et qu'il s'agissait de notre honneur à tous.

« De l'honneur de notre régiment.

— *Vous êtes un soldat, vous savez ce qui vous reste à faire.*

André était devenu pâle, livide.

Il courba la tête comme accablé.

— C'est horrible, répéta-t-il, vous me déchirez le cœur.

« J'ai beaucoup souffert depuis que je gravis mon calvaire, reçu bien des blessures, bien des coups, mais de tous, celui-là est le plus douloureux.

« Heureusement l'heure approche, l'heure de la Vérité et de la Justice.

« Enfin je vais pouvoir sortir de cette prison, crier mon innocence à la face du monde.

Le marquis Hubert de Montarlan fit un mouvement d'impatience.

— Lieutenant, dit-il posément, évitons les paroles inutiles.

« Je ne suis pas venu ici pour entendre votre défense.

« Cette défense, ce plaidoyer, vous le ferez devant vos juges, si toutefois vous persistez, après ce que j'ai à vous dire, à affronter le grand jour des débats.

— Comment, s'écria André incapable de se contenir plus longtemps.

« Quelle compromission honteuse, m'offre-t-on?

« Est-ce que, par hasard, vous me proposeriez, mon colonel, de me dérober par la fuite aux juges qui m'attendent.

« Mais ce serait une lâcheté, un aveu!

« Mais ces juges, loin de les fuir, je les réclame à cor et à cris.

« J'attends ce grand jour des débats avec une impatience fiévreuse qui me ronge.

« Je sais qu'alors la Vérité se fera éclatante!

« C'est cette idée, cet espoir suprême qui me soutient, qui me fait vivre!

André ne pouvait encore prévoir la suite, mais déjà il frémissait d'indignation.

— Mais, mon colonel, haleta-t-il, vous m'accusez presque.

« Pis que ça, vous me condamnez, en quelque sorte, vous m'exécutez sans m'avoir entendu.

« C'est si horrible, injuste!

« Comment, vous, mon colonel, vous, mon défenseur naturel, l'homme juste, intègre, sur qui je comptais, vous doutez de moi?

« Vous me croyez coupable?

La gorge serrée, les yeux hagards, André contemplait son supérieur attendant un mot, un signe de dénégation, d'incertitude tout au moins.

Mais ce signe ne vint pas.

Le colonel se taisait, impassible.

« Vous ne me croyez pas, mon colonel.

« Vous détournez la tête, sans voir seulement ce que je souffre.

« Comment a-t-on pu vous circonvenir à ce point!

« Voyons, mon colonel, regardez-moi en face.

« Écoutez-moi, je vous en conjure.

« Est-ce que j'ai l'air, l'attitude d'un traître?

« Il doit y avoir dans mes yeux, dans ma voix, quelque chose qui vous prévienne, qui vous dise, vous crie ce qui se passe en moi ce que j'endure en ce moment.

Le colonel haussa les épaules.

— Comédie que tout cela, murmura-t-il entre haut et bas, mensonges.

Cette fois André avait bondi sous l'outrage.

Il fit un pas, les poings serrés, menaçant:

— Mon colonel, grondait-il, si tout autre que vous...

Mais de nouveau son chef l'interrompit, d'un geste sec, cassant:

— Lieutenant, pas de gestes inutiles.

« Je vous le répète, je ne suis pas ici pour discuter.

« Nous ne sommes pas deux avocats, deux robins cherchant à se tromper.

« Nous sommes deux soldats en présence d'un fait brutal.

« Votre culpabilité, votre condamnation — si vous aimez mieux — est un fait certain, inéluctable.

« Ceci dit: écoutez-moi sans m'interrompre, et comprenez.

« Comprenez bien quelle est ma ligne de conduite dans tout ceci.

« Vous devez savoir que si jusqu'à ce moment je me suis tenu à l'écart du débat, ce n'est pas faute d'être sollicité d'un côté comme de l'autre.

« En vain!

« Je m'étais tracé une ligne et je m'y tenais.

« Je ne voulais être ni pour vous, ni contre.

« Mais, ce matin, j'ai été mis tout à coup en présence d'une pièce tellement catégorique, tellement précise.

— Quelle pièce? fit André qui haletait.

« Parlez.

— Ce n'est pas à moi à vous l'apprendre.

« Tout ce que je puis vous dire c'est qu'il s'agit d'une preuve patente, irréfutable.

Et comme le lieutenant se redressait frémissant, prêt à interrompre.

— Taisez-vous, commanda le colonel sèchement.

« Laissez-moi achever. Vous parlerez ensuite.

« Je vous disais donc que devant cette pièce j'avais dû changer de conduite.

« Il s'agissait de sauver notre honneur à tous, l'honneur du drapeau.

« Et je suis venu vous prévenir.

« Je suis venu vous dire: lieutenant Ferbach, je sais tout.

« J'ai vu... entendez-vous.

« Votre culpabilité, votre condamnation si vous préférez est une chose sûre, certaine, fatale.

« Vous êtes un soldat, vous savez ce qu'il vous reste à faire.

Tout en parlant le colonel avait tiré le revolver de sa poche.

André repoussa l'arme d'un geste indigné, fébrile.

— Jamais, murmura-t-il d'une voix rauque, jamais!

Tandis que son supérieur parlait, il avait dû mordre ses lèvres pour ne pas parler, pour ne pas crier sa rage.

En ce moment encore sa gorge sifflait.

Il étouffait d'indignation.

Mais peu à peu, après quelques secondes d'angoisse horrible, atroce, il se reprenait, se redressait, prêt à se défendre, à discuter pied à pied.

Un sourire ironique crispa ses lèvres blêmes.

— Une preuve, ricana-t-il, une preuve patente.

« D'où vient qu'on ne m'en ait pas encore parlé?

« En tout cas, cette preuve, cette pièce, il faudra bien qu'on l'apporte aux débats, et nous la discuterons!

« Elle en vaut la peine;

« Une pièce semblable ne peut être qu'un faux.

Le colonel ne daigna pas répondre.

Il considérait sa mission comme terminée et se dirigeait vers la porte.

Il avait laissé comme par mégarde son revolver sur la cheminée.

Et devant cela, devant cette attitude qui en disait si long, Ferbach eut un sursaut de désespoir, de rage impuissante.

Il lui semblait que sa tête éclatait.

— C'est abominable, gémit-il, abominable.

« C'est à se briser le front contre les murs.

« Mais écoutez-moi, regardez-moi!

« Je suis innocent... innocent!

Il y avait une telle angoisse, une telle détresse dans sa voix que cette fois le colonel fut troublé, remué, malgré lui, jusqu'au fond des entrailles.

Mais déjà il frappait à la porte.

Elle s'ouvrit.

A cette minute, monsieur de Montarlan entendit un gémissement derrière lui, presqu'un sanglot.

Mais il passa, franchit le seuil.

Il s'éloigna rapidement, comme poursuivi par cette plainte, la tête basse, le front soucieux.

— Cet homme est un monstre, se répétait-il, un monstre d'astuce, d'impudence.

« Ou bien, c'est une victime, la plus grande victime du siècle.

« Mais non, c'est impossible!

« Est-ce que nos chefs peuvent se tromper!

CHAPITRE CXXVIII

Hermann
et Dorothée.

Ce même matin, le père la Manille flânait le long du quai Voltaire.

Il s'était mis en pékin afin de pouvoir fumer sa bonne pipe et déambulait tout en songeant aux moyens de pouvoir sauver son « petit gas ».

Plus que jamais il sentait le besoin de mettre la main sur le terrible espion.

Depuis un instant il avait remarqué un couple d'allemands qui suivaient le même chemin que lui, tout en s'arrêtant pour consulter leur guide *Baedeker*.

Il avait remarqué un couple d'Allemands.

C'était un de ces couples ridicules comme on en rencontre à Paris, en cette saison et qui, à tout autre moment eût prêté à rire au brave capitaine.

L'homme était un long garçon dégingandé avec une mine rose, poupine, une barbe touffue et des lunettes d'or chevauchant un nez camard.

Sa femme, une fraîche *Gretchen* plutôt dodue se pendait amoureusement à son bras.

— Ça doit être des nouveaux mariés, pensait Lancelin.

« Hermann et Dorothée en voyage de noce.

« A en juger par sa dégaine, le pékin ne peut-être qu'un *herr professor* de Leipzig ou de Bonn.

« Ce qui m'épate, c'est qu'à deux ou trois reprises, j'ai surpris leur regard arrêté sur moi.

« Ah! ça, est-ce que par hasard, ce seraient des agents de l'autre... de Walter?

« Non, impossible.

« Ils n'auraient pas choisi cet accoutrement.

« En tout cas je m'en vais les filer.

« Je n'ai rien à faire pour l'instant.

« Dommage que je n'entende pas leur langue aux boches.

A ce moment tout proche sur la chaussée une querelle éclata entre deux marchandes de quatre saisons.

En un clin d'œil, il y eut un rassemblement et les injures éclatèrent dans l'énergique langue verte.

Amusé le capitaine s'était arrêté tandis que le couple allemand faisait demi-tour et s'approchait, la face béate.

Cependant la querelle s'envenimait entre les deux marchandes.

Soudain une gifle retentit:

— Flic, fit l'Allemande.

Puis une autre :

— Flac, répliqua l'Allemand.

De stupeur le capitaine faillit laisser tomber sa pipe.

— Nom d'une brique! s'exclama-t-il, mais ce sont eux.

« C'est Flic et Flac!

« Elle est raide, par exemple!

« Ah! les sacrés farceurs, ce qu'ils se paient ma tête.

Vivement le capitaine s'était approché de ses amis.

— Ainsi, c'est vous, commença-t-il.

— Hum! fit le herr professor, dont les yeux brillaient de malice derrière les lunettes d'or.

— Suffit, interrompit le capitaine.

« Je suppose que vous avez à me parler.

— Justement, répondit Flic, nous allions chez vous, lorsque...

— Bien, c'est compris.

« On va causer.

« Seulement l'endroit est bien mal choisi.

« J'ai beau être en pet-en-l'air, je suis connu par là.

« Et puis vous êtes trop *voyants*.

« On pourrait aller chez moi, mais j'ai hâte de savoir de quoi il retourne.

« Il y a tout près d'ici un petit café bien connu des amateurs d'huîtres.

— *Au petit Cancale*, fit Flic.

— Ya, belle dame, au *Petit Cancale*.

« J'y vais de ce pas, retenir un cabinet.

« Vous me trouverez dans un des salons du haut.

« C'est compris?

— Oui, capitaine, fit Flic.

— Parfait! Et maintenant demi-tour.

« Par file à gauche.

Cinq minutes après nos trois amis étaient réunis dans un cabinet particulier dont la fenêtre donnait sur la Seine.

Le garçon venait de se retirer après avoir servi des consommations variées.

Le père la Manille alla lui-même fermer la porte.

— Maintenant, mes amis, causons, attaqua-t-il.

« Je devine qu'il y a du nouveau.

— Hum! hum! fit Flac.

— Pas précisément, continuait son compagnon.

« Du moins rien de sensationnel encore. Seulement...

— Ah! interrompit Lancelin désappointé.

« J'avais espéré que vous aviez retrouvé ce bandit de Walter Humding.

— Pas encore, continua Flic.

« Nous sommes sur sa trace.

« Ou plutôt, car il semble bien qu'il ait quitté Paris lui aussi, sur la trace des divers logements qu'il a occupés à Paris ou aux environs.

« C'est pourquoi nous avons adopté ce déguisement.

— Je comprends. Ensuite?

— Comme je vous le disais, mon capitaine, l'enquête de ce côté, du côté de l'espion reste au même point.

« En revanche nous avons été plus heureux avec deux de ses complices.

— Lesquels? demanda vivement l'officier.

— Le couple Lempereur.

— Bon ça, fit Lancelin, en battant son absinthe.

« Très bon même.

« J'y pensais justement tantôt en fumant ma bouffarde.

« Vous connaissez ma tactique: mettre à l'ombre tous les collaborateurs du bandit!

« Il y en a bien un sur le nombre qui mangera le morceau... et alors...

« Mais revenons aux Lempereur?

« Ainsi vous avez retrouvé leur piste?

— Oui, capitaine.

« Comme nous le soupçonnions, ils ont passé la frontière.

« Il y a quelque temps, ils étaient à Liège.

« Que faisaient-ils là? Pourquoi n'y sont-ils pas restés?

— Passons les détails, interrompit le capitaine.

« Le couple était à Liège; il n'y est plus... bien.

« Où est-il?

— A Bruxelles!

— A quelle adresse?

— Nous l'ignorons, capitaine, répondit Flic.

« Comme je vous l'expliquais, c'est par un pur hasard que nous sommes tombés sur cette piste.

« Seulement si tel est votre désir — et c'est pour prendre vos ordres que nous montions chez vous — seulement, dis-je, il est facile de suivre cette piste jusqu'au bout.

« Bruxelles n'est pas si grand!

« Je me fais fort, en vingt-quatre heures, de pincer nos tourtereaux au nid.

« Quant à les arrêter, c'est une autre paire de manches.

« Nous ne pouvons rien sur le territoire belge.

« Il faudrait, par quelque subterfuge adroit, les ramener en France, et les deux brigands se méfient certainement.

« C'est là, que la difficulté commence.

— Hum! hum! conclut Flac en branlant la tête.

Le capitaine ne répondit pas tout de suite.

Il réfléchissait.

— Eh! bien, reprit Flic, au bout d'un instant, que décidez-vous?

— Hé! s'exclama le père la Manille, je n'en sais rien.

« J'ai besoin de réfléchir, de peser le pour et contre.

« Pincer Poupoule et l'autre, ce grand maigre d'usurier ferait rudement ma balle.

« Seulement j'ai besoin de vous deux ici.

« Vous avez trop bien commencé pour que je vous interrompe.

« Il me faudrait quelqu'un dans votre genre.

« Un bonhomme à la coule, et je n'en vois qu'un : Patoche.

« Qu'est-ce que vous en pensez?

— Fameux, approuva Flic.

« J'allais vous le proposer.

« Ce Parigot débrouillard comme pas un est tout indiqué en l'espèce.

« Il nous suppléera avantageusement même.

« Je ne doute pas pour ma part qu'il n'arrive à découvrir les fugitifs assez vite.

« Une fois ce point acquis nous verrons ce qu'il y aura à faire et s'il y a lieu de nous transporter là-bas en personne.

— C'est cela, fit Lancelin en achevant son absinthe.

« Et comme j'ai pour principe de battre le fer quand il est chaud, je m'en vais, de ce pas, prévenir Patoche, le mettre en route.

« Il y a un express vers Midi, je crois.

« Ce soir même Patoche sera à Bruxelles.

« Vous n'avez plus rien à me dire?

« Aucun renseignement concernant le couple Lempereur?

— Aucun, nous savons qu'ils sont à Bruxelles... voilà tout.

— Très bien, fit le capitaine, en se levant pour appeler le garçon et régler.

« D'ailleurs si vous savez quelque chose d'autre, vous savez où me prendre.

« Donc, adieu ou plutôt au revoir!

« Demeurez ici un instant.

« Inutile qu'on nous voie ensemble.

« Sur quoi je me sauve.

« Il me tarde de lancer notre Parigot sur la piste encore chaude.

« Au revoir, mes enfants.

— Au revoir, répondit Flic.

« Qaunt à nous, nous allons continuer notre enquête.

« Si nous découvrons quelque chose d'intéressant, nous irons vous trouver à votre bureau rue Vivienne.

— C'est cela, répondit Lancelin qui déjà passait la porte.

« Je vous attends.

« Et bonne chance!

CHAPITRE CXXIX

Où Patoche a une idée " épatante "

La querelle s'envenimait.

Le capitaine Lancelin était enchanté de ce qu'il venait d'apprendre.

Il descendit l'escalier en fredonnant comme au temps de sa jeunesse et sitôt dehors chercha un taxi des yeux.

Un fiacre débouchait précisément du prochain carrefour.

Une guimbarde ferraillante, grinçante, traînée par un cheval blanc, taché de noir, d'une maigreur squelettique.

Le Père la Manille fit signe au conducteur d'avancer.

— L'attelage n'est guère reluisant, pensait-il, mais bast!

« A la guerre comme à la guerre!

« Et puis, c'est un cheval pie : ça porte bonheur, paraît-il.

« Mon seul regret est de faire travailler cette lamentable rosse, qui semble n'avoir plus que le souffle.

« Nous n'allons pas loin heureusement!

Le vieux grognard sauta dans la voiture.

— Boulevard St-Germain, 121, commanda-t-il.

« Vivement si possible!

Et comme le cocher prenait son fouet, le capitaine l'arrêta :

— Non, pas de ça, mon brave, pas de coups!

« J'aime mieux aller au pas, alors.

Le cocher grommela quelque chose, fit claquer sa

langue et le cheval partit à bonne allure:

— Tiens, murmura le capitaine, fiez-vous donc à la mine.

« Ça doit être un tireur au flanc, ce canard-là.

« N'empêche que c'est affligeant pour un cavalier de voir la plus belle conquête de l'homme en un si piteux état.

« On abuse réellement de ces pauvres bêtes!

« Il faudra qu'un de ces beaux matins je me fasse inscrire à la Ligue protectrice des animaux.

« Mais j'ai mieux à faire pour l'instant; nous voilà chez nous.

Le capitaine descendit lestement.

— Tiens, dit-il au collignon, voilà trente-cinq sous pour toi et ton cheval, qui les vaut bien à lui tout seul.

Et il gravit son escalier quatre à quatre:

Aussitôt dans l'antichambre, il appela:

— Eh! Patoche!

Ce fut madame Pierre qui accourut essuyant ses mains sur son tablier.

— Et Patoche? demanda le capitaine.

« Où est-il?

— Chez le boucher.

« Je l'ai envoyé rendre de la marchandise.

— Comment, s'emporta le vieux grognard, chez le boucher, rendre de la marchandise.

« Je ne veux pas de ça, je vous l'ai dit cent fois.

« Nom d'une pipe, ma brave femme, vous n'aurez donc jamais le respect de l'uniforme?

« Que l'ordonnance vous donne un coup de main, ici, rien de mieux.

« Mais de là à faire vos courses ou à éplucher vos légumes, il y a loin.

« Ah! ça, madame Pierre, est-ce que vous vous figurez que si la République, confie un sabre à ce garçon, c'est pour tailler la soupe?

Et le père la Manille, incapable de se fâcher plus longtemps, éclata de rire.

Rassurée, la gouvernante s'excusait de son mieux

— Ce n'est pas ma faute, expliquait-elle.

« J'avais quelque chose sur le feu que je ne pouvais pas quitter.

« Or, figurez-vous que le boucher, ce voleur de boucher, m'avait envoyé une escalope...

— Zut! interrompit le capitaine.

« Vous me cassez la tête avec vos histoires de fournisseurs.

« A vos fourneaux, ma brave femme et sitôt de retour, envoyez-moi Patoche.

« Sur quoi, demi-tour... rompez!

— Patoche! fit quelqu'un qui entrait à ce moment, présent!

— Ah! s'écria Lancelin tout joyeux, tu arrives bien, toi.

« J'ai à te parler.

« Viens par ici.

Les deux hommes passèrent dans le cabinet de travail du capitaine.

— Voilà, continuait l'officier, je viens de rencontrer Flic et Flac.

« Même qu'ils se sont offert ma tête. Mais passons...

« Je leur pardonne, de bon cœur même.

« Ils apportaient du nouveau.

— Et du bon, lança le Parisien.

— Qu'en sais-tu? fit le vieux grognard d'un air sévère.

— Je devine, affirma Patoche, sans se troubler.

« Votre nez remue.

« C'est que ça va... qu'il y a du pied, comme on dit à la Butte.

— Heu, on ne peut pas savoir encore.

« Ne vendons pas la peau de l'ours avant de l'avoir mis par terre.

« Il s'agit justement de se mettre en chasse.

« C'est toi qui vas partir devant, en rabatteur.

— Partir où, mon capitaine?

— A Bruxelles.

« Tu ne connais pas Bruxelles?

— Non, mais on fera connaissance.

— C'est cela, vous ferez connaissance.

« La Belgique est une seconde France et Bruxelles est un petit Paris.

« Je suis certain que tu te débrouilleras fort bien.

« Là-bas tout le monde parle français; par conséquent, ce n'est pas la langue qui te gênera.

« Quant à l'accent...

— L'accent non plus, s'écria le Parigot.

« J'ai pris des leçons avec cette vieille fripouille de Van Flam.

« Et j'ai profité avec, God fordom.

« Aussi tranquillisez-vous, mon capitaine.

« Allei! allei! on va parler Belge pour une fois.

Le capitaine ne put s'empêcher de rire.

— C'est ça, fit-il.

« Tu y es en plein.

« Lempereur et la mère Bric-à-Brac, n'y verront que du feu.

— Poupoule, goguenarda l'ordonnance.

« C'est d'eux qu'il s'agit?

— Oui, répondit le capitaine cessant de rire.

« Tu sais l'intérêt majeur qu'il y a pour nous à nous emparer de ces deux canailles.

« Quels otages entre nos mains!

« Or, je viens d'apprendre que le couple se cachait à Bruxelles.

— A quelle adresse?

— *That is the question!* en d'autres termes, on l'ignore.

« C'est pour la découvrir qu'on t'expédie là-bas, en rabatteur.

« Je pense que tu acceptes?

— Et comment, des deux mains, mon capitaine.

« Je puis même vous dire que ça ne traînera pas.

— Tu as un moyen?

— J'en ai des tas, répondit Patoche avec son aplomb coutumier.

« A force de voir travailler les autres, de travailler soi-même, on commence à connaître les trucs, la rubrique.

« Et puis la chose est relativement facile lorsqu'il s'agit d'une aussi vaste personne que la mère Bric-à-Brac.

« C'est ce qui peut s'appeler: chasser la grosse bête.

« Une femme aussi largement *encroupée* ne doit pas se dissimuler facilement, se mettre dans la poche.

« Ce n'est pas elle, nom d'un pétard, qui mettrait le sien dans une *culotte* de petite télégraphiste.

« Bon pour la petite madame Brivois.

« Quant au mari, il est tout aussi voyant dans son genre.

« Donc, acheva le Montmartrois en rigolant, faudrait jouer de malheur ou être moule comme Van Flam pour ne pas arriver assez vite.

« Reste à savoir ce qu'on fera ensuite une fois le couple découvert.

— C'est ce que nous allons examiner, reprit le capitaine Lancelin.

« Je n'ai pas besoin de te dire qu'on ne peut rien contre eux, là-bas, sur place.

— Evidemment, fit Patoche qui devinait la suite.

« Il faudrait les ramener sinon à Paris, en France.

— Oui, et c'est là que ça se complique, comme dit Flic.

— Que ça claque, comme pense Flac, lança le gavroche.

Le père la Manille éclata de rire.

« Nous faisons des vers, mon capitaine.

— Sois sérieux, saperlipopette, écoute-moi.

« Si le couple Lempereur s'est défilé si prestement, c'est qu'il sentait que ça devenait mauvais pour lui.

« Ils se méfient.

« Ils savent ce qui les attend en France: dix ans de prison pour commencer.

« Il faudra donc trouver un moyen, un truc quelconque, pour les attirer, les amadouer.

« Mais ça, c'est le second point.

« Commençons par le premier: la découverte du couple.

« On verra alors, une fois le gibier en vue.

« S'il le faut, on fera signe à nos amis Flic et Flac qui viendront à la rescousse.

« Tu fais la grimace, pourquoi?

« Les deux policiers te déplaisent?

— Non, mon capitaine, pas du tout, répliqua l'ordonnance vivement.

« Seulement, on a son amour-propre, et, quant à moi, j'aimerais autant me passer d'eux.

« Voilà mon opinion et je la partage, comme dit l'autre.

« Est-ce qu'à nous deux, mon capitaine, nous ne valons pas tous les Flic et Flac du monde?

« De quoi s'agit-il en somme?

« Il s'agit — si j'ai bien compris — de se glisser dans l'intimité des Lempereur, de les amadouer, comme vous dites, de leur conter des boniments à... la graisse d'arme... ça, je m'en charge!

« Quand je devrais faire la cour à la grosse dondon!

« Puis les types une fois mûrs, de les amener avec douceur jusqu'à une gare-frontière.

« C'est là le chiendent.

« Mais je veux essayer, courir ma chance, si vous permettez.

« Il sera toujours temps d'appeler les autres!

— Eh! bien, soit, consentit le vieux grognard.

« Essayons, je veux bien.

« J'y avais pensé avant toi.

« Tout à l'heure, dans le fiacre, tout en roulant, je cherchais déjà...

« Je me creusais le ciboulot.

— Et vous n'avez rien trouvé? mon capitaine.

— Rien de bien fameux.

« J'avais d'abord pensé à les entraîner dans une affaire de contrebande.

— Chouette, fit Patoche.

« Une riche idée que vous avez là, patron, ou! pardon, mon capitaine.

« Bon moyen de les amener à franchir la frontière.

« Et puis c'est tout à fait dans leurs cordes à ces brocanteurs.

« Il semble qu'ils aient été fabriqués exprès pour ça.

« Le mari surtout, ce grand sécot.

« Je le vois très bien avec un faux ventre, un faux derrière tout en dentelles de Bruges.

— Oui, malheureusement il est douteux que les Lempereur se laissent faire aussi facilement.

« Quelle que soit leur cupidité, ils flaireront un piège.

« La ficelle est un peu grosse.

« Il faudrait qu'ils soient pressés par le besoin, par la nécessité, et c'est peu probable.

« Walter Humding est trop malin pour laisser dans l'embarras des témoins aussi redoutables pour lui.

« Or, il est clair il est certain que — sauf le cas dont je parlais plus haut — le cas de disette, de famine... jamais les brocanteurs ne risqueront le paquet.

— C'est vrai, convint Patoche.

« Trop roublards, la vieille principalement.

« Il faut trouver autre chose.

— Donc, pour nous résumer, voici comment le problème se pose, et il n'est pas facile.

« On ne peut arrêter les deux espions qu'en France.

« Or, pour les amener en France, il faut leur con-

« Ce qui revient à dire que...

— Eh! maugréa Patoche, si qu'on s'en passait de leur consentement.

Presqu'aussitôt il se claquait la cuisse.

— Oh! s'écria-t-il, une idée!

« Une idée... *épatante*, mon capitaine.

— *Ah! tu arrives bien, toi.*

CHAPITRE CXXX

Patoche stratégiste

Le père la Manille qui se promenait de long en large fut frappé de l'accent de son ordonnance.

Il s'arrêta net.

— Voyons ton idée, dit-il.

— A vos ordres, mon capitaine.

« Une idée épatante, je le maintiens.

« Si épatante que je considère la partie comme gagnée dès maintenant.

« Enlevez, c'est pesé.

« Que je puis vous dire, tout de go, non seulement le jour et l'heure, mais l'endroit exact où je compte engager la bataille et la gagner haut la main.

« C'est-à-dire vous livrer les deux types, pieds et poings liés.

Le capitaine regarda le Parigot.

— Tu te fiches de moi, grogna-t-il.

« Il n'y a jamais eu qu'un homme au monde capable de prévoir si loin.

— Voilà que tu me donnes des ordres à présent.

Le père la Manille fit une grimace.

— Au fait, clama-t-il, sacré bavard.

« Au fait, mille millions de bombardes, ou je te flanque huit jours!

— Voilà, patron, voilà, en deux mots.

« Tout bien réfléchi, pesé, je pense, comme vous, qu'il faut renoncer au coup de la douane.

« Ou, si on le fait, le faire autrement, en dehors, comme qui dirait.

« Vous l'avez dit, jamais le couple Lempereur ne consentira à nous suivre jusqu'à la frontière!

« Pas si gnolles!

« Du moment qu'il s'agira de prendre le train, d'arriver dans une ville où il y a des douaniers, des gendarmes, ils se défieront et se défileront, c'est clair!

« Donc, on va s'y prendre autrement; on les amènera à l'endroit voulu sans qu'ils le sachent, les yeux bandés en quelque sorte.

— Je ne comprends pas très bien.

— Vous allez comprendre, mon capitaine.

« Donnez-moi le temps.

« Mais pour ça, pour que le truc réussisse, il faut sortir des chemins battus, des grandes routes.

« Mon plan est d'entraîner, sous prétexte d'excursion les Lempereur à deux pas de la frontière, du côté de Maubeuge, de les égarer dans le bois et de leur faire franchir la ligne de poteaux sans seulement qu'ils s'en doutent.

— Hein! fit le capitaine qui avait dressé l'oreille, mais c'est une idée ça.

« Une idée pas bête du tout.

« C'est l'exécution qui m'en paraît difficile malgré tout.

— Pas si difficile que ça, mon capitaine.

« C'était Napoléon et encore dans ses bons jours, au temps d'Austerlitz.

— Eh! bien, on va faire son petit Napoléon, s'écria Patoche enthousiaste.

« On va gagner la bataille d'Austerlitz, et celle de Wagram avec.

Le capitaine s'impatientait.

— Assez de boniments, fit-il.

« Explique-toi, voyons.

« Ton idée?

— Tout de suite, mon capitaine.

« Et, d'abord, laissez-moi vous dire que je n'ai pas grand mérite à la chose.

« C'est vous qui m'avez mis sur la voie en me rappelant certain tour de contrebande accompli, jadis, à votre nez et à votre barbe.

« Je m'en charge.

« Il y a par là, du côté de Maubeuge, un pays que je connais bien.

« Un patelin fait exprès.

« On y a fait les manœuvres, vous vous rappelez?

« Un pays qui semble avoir été créé exprès pour nous.

« C'est un pays accidenté, boisé, coupé de ravins et de taillis, de chemins, de sentiers se croisant en tout sens.

» Un vrai labyrinthe ousque le diable perdrait ses petits.

« Celui du *Jardin des Plantes* n'est que de la petite bière à côté.

« De l'eau de bidon, pour parler poliment.

« Impossible, à moins d'être natif de l'endroit, de savoir si on est en France ou en Belgique.

— Pardon, mon garçon, objecta le capitaine.

« Et les poteaux, les poteaux frontière?

« Est-ce qu'il n'y aurait pas de poteaux, par hasard?

— Si, mon capitaine, il y en a, mais c'est tout comme s'il n'y en avait pas.

« Ces poteaux-là en avaient assez de monter la faction pour rien et ils se sont couchés à terre.

« Faut dire à leur excuse qu'on les avait sciés par le bas.

— Qui donc?

— Qui...? les contrebandiers.

« Ça les gênait, sans doute, pour leurs petites opérations.

« Donc, vous le voyez, mon capitaine, rien de plus facile que de passer à travers.

« J'en fais mon affaire, d'ailleurs, parole de Patoche.

« Je me fais fort de vous amener le couple Lempereur à un endroit convenu où vous les attendrez avec deux bons gendarmes.

« De vous les apporter sur un plat.

« Il ne reste plus qu'à choisir l'endroit, un coin propre à l'embuscade.

« Or, j'en connais un justement qui fait épatamment l'affaire.

« Un village perdu dans le bois.

« Je vais vous le montrer sur la carte.

« On comprendra mieux de cette manière.

Tout en parlant, Patoche avait pris dans un casier une carte d'État-major et l'étalait sur la table de travail.

De plus en plus surpris, le père la Manille considérait son ordonnance qui se révélait soudain sous un jour tout nouveau.

— Nous y voilà, fit celui-ci en posant son doigt sur la carte.

« Si vous voulez bien vous approcher, mon capitaine.

« Je pense que vous connaissez le pays aussi bien que moi.

Pour le coup le vieux grognard fronça le sourcil.

— Ah! ça, s'écria-t-il, où veux-tu en venir?

« Est-ce que, *champin*, tu aurais la prétention de me faire passer un examen de topographie, par hasard?

— Non, mon capitaine, non, s'empressa de protester le Montmartrois.

« Seulement, faut bien que je vous montre sur le papier combien la chose est facile.

« Un pays fait exprès, je vous dis.

« Le ménage Lempereur n'y verra que du feu.

« Il ne s'apercevra qu'il est en France qu'en voyant un grand diable de Pandore lui mettre la main au collet.

« C'est vous, comme je l'expliquais tout à l'heure, qui serez là avec deux gendarmes.

— Bon, s'écria le capitaine.

« Voilà que tu me donnes des ordres à présent.

« C'est complet.

Et comme Patoche ouvrait la bouche pour s'excuser.

— C'est bon, c'est bon, fit le vieux grognard, qui souriait.

« Je te pardonne.

« Continue, mon garçon, car tu m'intéresses.

« Tu m'intéresses rudement même.

— J'obéis, fit Patoche, flatté.

« Je vous parlais d'un village perdu dans les bois à deux pas de la frontière.

« Si vous l'approuvez, mon capitaine, c'est là, devant l'église, pour préciser, qu'aurait lieu le rendez-vous.

« Voici le village justement: *Neumont-le-Pin*.

« C'est ainsi qu'il s'appelle.

« Si vous vous rappelez, on a bivouaqué là pendant cinq jours.

« C'était aux dernières manœuvres.

— Je me rappelle parfaitement, répondit le capitaine qui écoutait Patoche avec une attention croissante.

« Ce qui m'étonne, par exemple, c'est que tu connaisses aussi bien la région au-delà de Neumont, du côté Belge.

« Autant qu'il m'en souvienne, nous avons toujours manœuvré à plus d'une demi-lieue de la frontière.

Le Montmartrois cligna de l'œil d'un air malin.

— C'étaient des manœuvres de nuit, sans doute, fit-il goguenard.

— Des manœuvres de nuit?

— Eh! oui, mon capitaine.

« Un mouvement tournant imaginé par moi et quelques lascars de l'escadron pour surprendre l'ennemi.

« Or, l'ennemi c'était la patronne d'un estaminet situé justement de l'autre côté de la frontière.

« Une Flamande avec des nichons, et des yeux, je ne vous dis que ça.

« Tant et si bien que, chaque nuit, moi et deux copains nous nous cavalions pour aller voir la dame, lui chiper des bécots et des cigares.

« Vous ne vous en étiez jamais douté, je parie.

— Si un peu, répondit le père la Manille.

« Je me rappelle, maintenant, t'avoir vu au bec des cigares gros comme mon pouce.

« De vrais cigares de millionnaire!

« Je me doutais bien qu'il y avait de la fraude là-dessous.

« Ce n'est pas avec ton prêt de deux sous par jour que...

— Evidemment, rigolait Patoche.

« Maintenant, mon capitaine, vous connaissez mon plan de bout en bout.

« Qu'est-ce que vous en dites?

« Comment que vous la trouvez, l'idée du Parigot?

— Très bonne, répondit l'officier.

« Je découvre, mon brave Patoche, que tu as en toi l'étoffe d'un stratégiste.

« Je ne m'en étais jamais douté.

« Quel dommage que nous vivions à une époque de ronds de cuir!

« En d'autre temps, aux beaux jours de Quatre-vingt-neuf et des Volontaires, tu aurais fait ton chemin.

« Qui sait, tu serais devenu un Marceau, un Hoche!

— *Nous nous cavalions pour aller voir la dame.*

— Oh! mon capitaine, lança Patoche, je crois pour le coup que vous vous payez ma bobine.

— Non, mon garçon, pas du tout.

« Le plan que tu viens de m'exposer est une trouvaille, tout simplement.

« Une idée de génie!

« Oh! je ne te flatte pas, pas plus que je ne me fais d'illusion.

« Je me rends bien compte que ton idée, toute ingénieuse qu'elle soit, reste d'une exécution ardue.

« Je vois pas mal d'objections, de critiques à faire.

— Faites, mon capitaine.

« On tâchera de perfectionner la chose ensemble.

« Vous m'aiderez...

— Je ne demande pas mieux.

« Et, d'abord, parlons des moyens de transport de Bruxelles à la frontière.

« Comment comptes-tu les conduire jusque-là, tes brocanteurs?

« Par prudence, par crainte de leur mettre la puce à l'oreille, tu ne veux prendre ni chemin de fer, ni voitures publiques, ni grandes routes.

« Et, en cela, je t'approuve.

« Puissamment raisonné.

« Mais alors comment viendrez-vous?

« Pas à pied, certainement!

« En auto, sans doute.

— Oui, mon capitaine, en auto!

— Mais tu ne sais pas conduire.

— Si, mon capitaine, suffisamment assez pour ce qu'on veut faire.

D'ailleurs, je me ferai montrer à Bruxelles, je prendrai des leçons pendant que je ferai le siège de *Poupoule*.

« Au besoin, s'il n'y avait pas mèche autrement, je prendrais un wattman qui soit de mèche.

« Mais j'aimerais mieux opérer moi-même et... seul.

« Du moment qu'on n'est pas pressé, qu'on va son

petit train-train, en touriste... tenir un volant, c'est pas la mer à boire.

— D'accord, fit le père la Manille.

« Venons à une autre objection plus grave.

« Si j'ai compris ton idée tu te proposes d'abord, de te glisser dans l'amitié des Lempereur, dans leur confiance?

— C'est ça, mon capitaine.

— Ensuite, une fois la connaissance faite, tu leur proposes une excursion en automobile, et tu me les amènes à portée de la main.

— C'est ça, parfait!

« Est-ce que vous y voyez un cheveu?

— J'en vois plusieurs, dont un surtout qui est de taille.

« Tu oublies que pour entraîner les Lempereur si loin au diable et sans éveiller leurs soupçons, il faut un prétexte très sérieux.

« Quelque chose à visiter: paysage, monument, merveille naturelle, que sais-je.

« Je n'en vois pas par là.

— Mais si, mon capitaine, mais si.

« Il y en a un, épatant même.

« La huitième merveille du monde.

« Une grotte, une caverne, grande comme Paris, avec une rivière presqu'aussi large que la Seine où l'on se balade en gondole, en bateaux-mouches.

— Qu'est-ce que tu me chantes là? maugréa le capitaine.

« Quelle est cette invention?

— Ce n'est pas une invention, mais la vérité toute pure.

«Et je le prouve.

« Vous avez certainement entendu parler des Grottes du Han?

— Les Grottes du Han, fit le capitaine cherchant dans ses souvenirs, oui, en effet, je connais ça de nom.

« Ce qui m'étonne, c'est que tu sois si bien renseigné.

« Ainsi, tu connais ces fameuses grottes, toi, Patoche.

« Tu les a visitées?

« Tu as de la chance, nom d'une brique.

« Voilà un voyage, une excursion, dont je rêve depuis dix ans et que je n'ai jamais pu m'offrir sur ma maigre solde de capitaine.

— Eh! bien, mon capitaine, je vous l'offre, moi.

« Vous n'avez qu'à venir avec Bibi.

— Où cela?

— Au cinéma.

« Ça nous coûtera dix ronds.

« Trente sous les premières.

Le capitaine haussa les épaules?

— Tu m'as fait marcher, clampin.

« Mais, je ne t'en veux pas.

« Seulement, soyons sérieux maintenant!

« Assez plaisanté, et revenons à nos Grottes du Han.

« Tu n'as oublié qu'une chose, c'est que ces grottes — une merveille, en effet — se trouvent assez loin de Maubeuge et de Neumont-le-Pin, du côté de Namur autant qu'il me semble.

« Or, comme tu peux t'en convaincre par la carte de Namur à Neumont-le-Pin, il y a plus de cinquante kilomètres.

— Bah! fit le Parisien flegmatiquement, qu'est-ce que ça fiche.

« On peut se gourer de ça, se tromper de route par exemple.

« Surtout quand on fait son premier voyage dans un pays étranger.

« Ce n'est pas ça qui me gêne.

« Si Lempereur ou sa femme ont l'air de s'apercevoir de quelque chose, de vouloir rouspéter, je leur servirai un boniment quelconque et ça passera comme une lettre à la poste.

« Le boniment, c'est mon fort, vous savez, là-dessus, je n'en crains pas beaucoup.

« D'ailleurs, le plus probable, c'est que je n'en aurai pas besoin.

« Il faudrait, pour que les brocanteurs flairent la malice, qu'ils sachent où se trouvent le Han, Namur... un tas de choses qui leur échapperont, certainement.

« Il faudrait encore qu'ils sachent s'orienter, distinguer le Nord, du Sud.

« Or, en rase campagne, lorsque les points de repère manquent, ce n'est pas tellement facile.

« J'ai vu, à l'escadron quand on était en reconnaissance, des gens plus malins qu'eux, perdre le Nord, à chaque pas.

Cette judicieuse réflexion frappa le capitaine.

— Très bien, s'écria-t-il.

« Si vrai que, ma foi, je ne fais plus d'objection.

« J'accepte ton plan de bout en bout.

« Je l'adopte si bien que nous allons en commencer l'exécution tout de suite.

« J'ai de l'argent justement, le nerf de la guerre!

« Un paquet de billets bleus remis par M. Bertard pour notre campagne.

« Quant aux autres détails, aux mesures de la dernière heure nous réglerons ça, au moment, par correspondance, par téléphone... au besoin.

« Pendant que tu t'occuperas là-bas, moi, je me remuerai de mon côté, ici.

« Dès ce soir, je vais aller trouver cet excellent M. Bertard et le mettre au fait.

« Il faut que par lui j'obtienne un mandat d'amener contre les Lempereur et je prévois que ça n'ira pas tout seul.

« Lestradier et sa bande de Jésuites feront leur possible pour empêcher la lumière.

— Ils ne réussiront pas, déclara l'ordonnance.

« D'ailleurs on se passera d'eux, s'il le faut.

« Il y a un moyen de forcer la main à la police si elle ne veut pas marcher.

— Lequel?

— Mais le vôtre, mon capitaine.

« Si on nous refuse les gendarmes, prévenez un douanier et attendez-nous à l'endroit convenu devant l'Eglise de Neumont-le-Pin.

« J'aurai pris mes mesures en conséquence, et on trouvera dans le coffre de l'auto un ballot de dentelles.

« Il faudra bien qu'on s'explique alors, qu'on nous arrête.

— Parfait, approuva le capitaine. Tu as raison sur toute la ligne.

« Aussi assez causé, à l'œuvre, maintenant!

« Quand veux-tu partir?

— Mais tout de suite, mon capitaine.

— Bravo! voilà qui est parler en soldat.

« Alors, fais ta valise et en avant, deux!

...Une heure plus tard, Patoche roulait sur la route de Bruxelles.

— Je me rappelle t'avoir vu au bec des cigares gros comme mon pouce.

CHAPITRE CXXXI

Gras contre Maigre

Le même soir, Patoche portant beau, le menton orné d'une barbiche en pointe qui lui donnait un vague air de Mephisto, le panama artistement cabossé sur l'oreille, des bagues en doublé à tous les doigts, faisait fièrement son entrée dans la capitale brabançonne.

Il se fit conduire à un hôtel de bonne apparence où il s'inscrivit sous le nom de Roger Boncœur, courtier en automobiles, représentant de la grande marque franco-belge Astra.

Afin d'être plus à l'aise pour réfléchir, combiner ses plans, il se fit servir à dîner dans sa chambre.

Puis tout en savourant un délicieux moka, il se mit à compulser les cartes, plans et guides de toute sorte qu'il avait achetés en descendant du train.

— Mon rôle est simple, se disait-il tout en feuilletant, j'arrive ici, en éclaireur...

« Raisonnons comme en manœuvres.

« Il s'agit tout d'abord de découvrir l'ennemi et ça le plus rapidement possible.

« Pour cela, je ne vois qu'un moyen, pour commencer, visiter les hôtels.

« Dès demain, je louerai une auto et commencerai mon inspection à travers la ville.

« Le soir et une partie de la nuit, je battrai les endroits où l'on s'amuse: théâtres, brasseries, music-hall, etc.

« Je me suis laissé dire que le papa Lempereur était

un joyeux drille, une espèce de vieux beau, bambocheur invétéré.

« Ce serait bien le diable si je ne rencontrais pas ce vieux zizi rôdant par là, courant la jupe... ou vidant le pot.

« Bruxelles n'est pas tellement grand qu'on ne finisse pas par se trouver, tomber pif à pif, tôt ou tard.

« Si ça ne rend pas, on essaiera autre chose.

« Et comme il ne faut jamais renvoyer au lendemain, je m'en vais commencer dès ce soir ma tournée dans les endroits où l'on rigole.

« J'ai vu en venant deux ou trois affiches de music-halls qui font une réclame à tout casser.

« Il doit y avoir foule.

« J'y vais de ce pas.

« En chasse! »

Mais ce soir-là comme les deux jours suivants, il ne découvrit rien.

Pas le moindre indice qui pût le mettre sur la voie du ménage Lempereur.

Il y avait à cela une excellente raison que nos lecteurs connaissent: Poupoule et son mari avaient changé de nom.

Leur titre de baronne et de baron Marin de St-Didier, le haut grade militaire que s'était octroyé le mari de Mme Bric-à-Brac, devaient nécessairement dérouter l'apprenti détective.

En outre, depuis quelques jours, depuis la dernière et malodorante aventure du valeureux « général », celui-ci était consigné comme un simple *troubade*.

Arrêts de rigueur... et qui risquaient de se prolonger longtemps.

C'était Mme Poupoule qui montait la garde à sa porte et il n'était pas à craindre que le « disciplinaire » s'échappât.

La rusée commère s'était armée d'un moyen radical pour mettre un terme aux frasques et escapades de son trop pétulant mari, à ses tentatives d'évasion.

Elle lui avait confisqué non seulement sa bourse mais encore ses vêtements de rechange.

De telle sorte que le noble sire, — sorti non sans peine de sa caparace moyenâgeuse — en était réduit à errer dans l'appartement, en chaussettes et caleçon, comme dans certains vaudevilles, à l'acte dit des placards.

Bien entendu il ne dépassait pas l'antichambre.

Au début, sa tenue légère, ou plutôt sa honte d'être ridicule, l'obligeait à se cacher dès qu'apparaissait le garçon de service ou le maître d'hôtel apportant les repas.

Mais il s'y était fait peu à peu.

Maintenant il se promenait d'une pièce à l'autre, exhibant une académie qui ne rappelait que de loin celle de l'Apollon du Belvédère.

Le premier jour l'usurier avait bien tenté de se révolter; mais il avait vu une telle résolution dans le regard de sa terrible moitié, une telle rage contenue, qu'il avait battu en retraite.

— Attendons, s'était-il dit.

« Je ne veux pas abuser de ma force.

« Battre une femme, même comme celle-là, est indigne d'un gentilhomme.

« Ça répugne à mes sentiments.

« Patientons donc!

« Cette mégère finira bien par sortir, par se relâcher de sa surveillance.

« Et alors, j'aviserai.

« Je ferai sauter la serrure de l'armoire à glace.

« Je reprendrai mes frusques... de l'argent.

« Et en avant deux.

« A nous l'orgie, les nuits d'ivresse, à nous les maîtresses, comme chante Faust. »

En attendant l'usurier rongeait son frein en silence.

Depuis sa tentative de rébellion avortée, les deux époux n'avaient pas échangé une parole.

Ils faisaient table à part, et Lempereur en profitait pour s'empiffrer sans vergogne.

C'était sa seule consolation en attendant que Poupoule, comme il le disait, se relâchât de sa surveillance.

Malheureusement la mégère ne faisait pas mine de vouloir sortir, ne fût-ce que quelques instants.

Le temps nécessaire pour mettre à exécution ses projets d'évasion compliquée de cambriolage.

Et pourtant cette femme obèse et d'ailleurs douée d'un vigoureux appétit qu'elle était incapable de modérer, souffrait plus que personne de ce régime diamétralement opposé à son tempérament. Depuis huit jours bientôt qu'il durait, Mme Bric-à-Brac grossissait à vue d'œil.

Elle avait beau prendre des bains froids, se faire masser par un spécialiste, l'envahissement adipeux continuait de plus belle.

Chaque matin la marchande d'antiquités se pesait à la bascule de l'hôtel.

Plusieurs fois par jour elle mesurait son tour de taille et chaque fois la constatation était la même navrante.

Ses dimensions comme son poids augmentaient lentement mais sûrement, comme la Seine en temps de crue.

C'était la poussée, l'irrésistible poussée que rien n'arrête.

Maintenant Mme Lempereur avait des vapeurs, des palpitations, parfois de véritables étouffements.

En même temps, son teint se plombait.

« Ses yeux s'injectaient de bile.

Ces symptômes dont Mme Bric-à-Brac s'alarmait avec raison faisaient la joie de son époux.

Le général notait les progrès de cette bouffissure malsaine avec un plaisir toujours nouveau.

— Il n'y a pas à dire, constatait-il chaque matin, elle a encore grossi cette nuit.

« C'est le sommeil qui la gonfle, qui la souffle.

« On dirait une femme en baudruche.

« Un de ces monstres ventrus qu'on voit dans les réclames?

« Madame « Bibendum », c'est tout à fait ça!

« Pour peu que ça dure, elle va rouler comme un ballon.

« A moins qu'elle claque avant.

« C'est la grâce que je lui souhaite... Amen! »

Au contraire le valeureux général, baron Marin de St-Didier, semblait s'accommoder à merveille de ce régime de claustration.

Si bien que le châtiment inventé par la suave Poupoule retombait sur elle seule.

Ce résultat imprévu autant qu'immérité n'était pas fait pour l'adoucir.

La maigreur de son mari, qu'elle avait raillée bien des fois, lui faisait presque envie maintenant.

— Ce cochon-là, rageait-elle en secret, où peut-il bien mettre tout ce qu'il engloutit.

« Il a beau goinfrer, ça ne paraît pas.

« Moi qui mange comme un oiseau, j'engraisse à vue d'œil.

« J'évite de boire, et ça me coûte par ces chaleurs.

« Pendant ce temps, lui s'enfile double bouteille, et rien n'y fait!

« Il a beau s'humecter, s'arroser, il est toujours aussi sec.

« Il a toujours le teint aussi clair.

« Et avec ça, il me brave, il se fiche de moi.

« C'est à devenir enragée!

« Vrai de vrai, il n'y a pas de justice!

« C'est ce mufle-là qui s'empiffre et c'est moi qui engraisse.

« Il n'y a pas de bon Dieu!

« Si ça dure encore quarante-huit heures, mon monstre de mari aura ma peau.

« Et il le sait, l'animal.

« Il en rigole sous cape.

« Attendons: rira bien qui rira le dernier.

« S'il m'embête trop, s'il m'exaspère, je lui flanque de l'arsenic dans son café. »

On le voit, c'était sous une autre forme la vieille querelle des Gras et des Maigres.

Une sorte de duel à celui qui lasserait l'autre.

Et c'était le maigre qui devait l'emporter.

Mme Lempereur finit par le comprendre et se résigna à la défaite.

Elle allait reprendre ses sorties, quelles qu'en dussent être les suites lorsqu'elle reçut l'ordre de rester chez elle à la disposition de Walter Humding, qui, plusieurs fois par jour, lui envoyait son messager ordinaire: Van Flam.

Le soir où nous sommes, Mme Lempereur venait d'apprendre qu'elle était libre enfin et elle en avait sauté de joie.

— C'est heureux, avait-elle dit à Van Flam, qu'elle avait failli embrasser du coup.

« Je commençais à étouffer.

« Il fait une chaleur terrible.

« Et puis c'est la vue de mon mari surtout qui m'échauffe, me remue la bile.

« Chaque fois que j'aperçois sa figure de vieux cocu, j'en ai le sang retourné.

« Un peu plus, c'était la congestion.

Patoche faisait son entrée dans la capitale Brabançonne.

Donc ce soir-là, les époux Lempereur installés à deux tables contiguës, dînaient dans le petit salon séparant leurs chambres respectives.

Le mari, afin de ne pas exhiber sa maigre anatomie aux yeux ricaneurs du nouveau maître d'hôtel, s'était affublé d'une vieille robe de chambre de sa femme.

Une souquenille crasseuse ornée de dentelles en loques qui faisaient de lui une caricature, un épouvantail à moineaux!

Le maître d'hôtel avait failli s'esclaffer en l'apercevant.

Avec son profil sec, osseux, sa moustache en croc, il faisait penser à don Quichotte — un Don Quichotte crapuleux — qui aurait pris médecine le matin.

Mais le général avait toute honte bue depuis longtemps et n'en mangeait pas moins de fort bon appétit.

Quant à Mme Lempereur, elle avait toujours l'air indifférent, hautain, qu'elle affectait en présence de son époux.

Se sentant épiée, elle faisait semblant de manger mais les morceaux ne passaient plus.

Poupoule qui se proposait de sortir de suite après le repas, avait commis l'imprudence de trop serrer son corset et les suites de cette coquetterie commençaient à se faire sentir.

En ce moment la vaste et tremblante poitrine de l'entremetteuse se soulevait avec effort.

Elle avait la gorge contractée, les artères battantes et la sueur ruisselait sur ses bajoues luisantes.

Le général qui l'observait du coin de l'œil se frottait les mains, in petto.

— Je crois que le moment approche, jubilait-il, ignorant la cause du malaise.

« Encore deux ou trois repas et elle va tomber le nez dans son assiette!

« Apoplexie foudroyante!

« Quelle veine, mon Lempereur!

Il se mit à compulser les cartes, plans et guides.

A ce moment, la marchande d'antiquités se leva, soudain, le visage de plus en plus congestionné.

Elle n'y tenait plus et se dirigea vers la chambre afin de relâcher son corset.

Son époux à cette vue avait tressailli de joie.

— Cette fois, ça y est, murmura-t-il, c'est fini!

« Elle va éclater comme un ballon du Louvre.

« Ou bien encore se dégonfler peu à peu comme ces cochons en baudruche qu'on vendait jadis aux terrasses des cafés.

« Un soupir, un petit couic!

« Et puis plus personne.

Hélas! ce n'était qu'un rêve, un beau rêve!

Poupoule revenait déjà, la mine souriante en toilette de ville, prête à partir.

M. Lempereur se consola vite.

— Tant pis, fit-il, ce sera pour une autre fois.

« Tout n'est pas perdu, puisqu'elle sort.

« Je vais pouvoir filer, moi aussi, me payer du bon temps.

Puis tout haut et d'une voix indifférente:

— Vous sortez, madame Lempereur?

A sa grande surprise, sa femme muette jusque-là lui répondit et sur un ton presque aimable:

— Oui, mon ami, je sors.

— Et moi, fit l'usurier, prenant un ton piteux afin de mieux cacher ses projets cascadeurs.

— Vous, vous restez, déclama Poupoule avec un large sourire.

« Seulement si vous êtes sage, si — écoutez bien la condition que je pose, monsieur Lempereur — si vous ne faites pas de scandale pendant mon absence, tout sera oublié.

« Pour une fois encore, la dernière, je consens à pardonner.

« Demain — c'est impossible avant — demain, votre punition sera levée.

Femme dévergondée, courtisane !

— A d'autres! s'écria le général, croyant utile de jouer la jalousie.

« Je sais où vous allez, madame.

« Vous allez rejoindre vos amants!

« Femme dévergondée; courtisane!

Madame Lempereur éclata de rire et sortit d'un pied alerte.

Aussitôt le visage de la vieille canaille s'illumina d'une joie sans mélange.

— Enfin, s'écria-t-il, me voilà seul, libre!

« Profitons-en!

« C'est le moment de mettre mon projet à exécution.

« Ah! vous vous trompez, Madame Lempereur.

« Eh bien! à trompeur, trompeur et demi, nous allons rire.

Le brocanteur saisit sur la table un couteau encore gras de sauce et courut à l'armoire à glace dont il fractura la serrure avec une dextérité digne d'un professionnel.

— Ça y est, s'exclama-t-il transporté.

« Tout est là : l'argent, les frusques, les bijoux de Poupoule.

« Ça tombe bien!

« Voilà justement une bague qui fera bien à certain doigt de ma connaissance.

« Adjugé!

« Et maintenant, à nous les petites femmes!

« Ohé! Ohé!

Moins d'un quart d'heure après, le mari de Poupoule, l'œil allumé, la moustache en croc, une fleur au jabot, descendait l'escalier de l'hôtel.

Arrivé en bas, dans le vestibule, il se mira dans une vaste glace scellée au mur, se tourna et se retourna faisant la roue.

— Je suis bien, constatait-il, tout à fait bien.

« Je vous rendrai votre argent, vos hardes, votre liberté.

« Tâchez de ne pas en abuser.

« Le patron connaît vos débordements et c'est à lui que vous aurez affaire la prochaine fois.

« D'ailleurs, je vous annonce que nous ne sommes plus pour longtemps à Bruxelles.

« L'heure approche de quitter cette ville dont le séjour ne nous vaut rien.

« Incessamment, nous allons partir pour organiser, le long de la frontière, le service que vous savez.

« C'est même pour ça que je sors ce soir.

« Je vais dans le monde.

« On doit me présenter à des artistes lyriques, des demi-mondaines dont j'aurai besoin pour nos nouvelles opérations.

« Ces quelques jours de retraite m'ont profité, j'ai rajeuni.

« Jamais je n'ai eu l'œil plus vif, le teint plus clair.

« J'ai l'air d'un jeune homme, d'un lieutenant en civil.

Le vieux drôle retroussa sa moustache une dernière fois, tendit le jarret et sortit d'un pas guilleret.

Il allait tout heureux, content de soi, frappant d'un talon vainqueur, le trottoir enfin reconquis.

CHAPITRE CXXXII

L'Enseigne vivante

Pendant ce temps, Patoche qui ne découvrait toujours rien, commençait à s'impatienter, à trouver le temps long.

— Je me suis tout de même un peu trop avancé convenait-il.

Depuis quatre jours, il était à Bruxelles, courant, se démenant, et son enquête en était toujours au même point.

C'était déception sur déception, déboire sur déboire.

Ce matin encore, il croyait tenir une piste sérieuse, et tout à coup, il avait vu le fil se rompre entre ses mains.

Heureusement les bonnes lettres qu'il recevait chaque jour du brave père la Manille, le réconfortaient.

Le soir où nous le retrouvons, Patoche avait dîné dans un de ces restaurants à tziganes fréquentés par les femmes légères.

Il s'en revenait à pied, se demandant sur quel nouveau terrain il allait porter ses recherches nocturnes, lorsqu'un fracas de cuivre lui fit tourner la tête.

Là-bas, à travers les arbres, toute une série de tableaux, d'enseignes lumineuses s'étalaient autour d'un vaste portique flamboyant des mille feux du prisme :

LUNA-PARK
Great American Attraction
Kermess — Cirque — Concert
Tobogan — Water-Chute — Montagnes-Russes

C'était un de ces spectacles, de ces exhibitions à l'américaine comme on en a vu et en voit tant encore à Paris, où les Barnums yankees s'ingénient à réunir tous les divertissements possibles et toutes les émotions violentes ou burlesques, capables de satisfaire un public cosmopolite.

Le Parisien s'était arrêté et contemplait le va-et-vient des gens qui entraient et sortaient.

— Si j'y retournais? se disait-il.

« C'est encore là que j'ai fait la meilleure récolte de renseignements.

« C'est le succès du jour. La foule s'y porte de plus en plus.

« Les femmes surtout.

« Et parmi elles il y a un bon nombre de parisiennes et de Françaises.

« Or, plusieurs de ces femmes connaissent la marchande d'antiquités.

« Brocanteuse et entremetteuse, c'est kif.

« Plusieurs l'ont revue à Bruxelles.

« Une petite, à qui j'ai offert le champagne hier, — ça valait bien ça — lui a parlé.

« Mais, c'était au café, depuis elles se sont perdues de vue.

« La vieille m'a pas jugé à propos de donner son adresse.

« Donc, preuve qu'elle se méfie!

Tout en monologuant, Patoche avait franchi le portique de Luna-Park.

Il fit d'abord un tour à travers les jardins inondés de lumière électrique.

Il regarda des gens affolés, hurlant, dégringoler le long des Montagnes-Russes ou du Tobogan.

Il se fit éclabousser consciencieusement par le traîneau Water-Chute.

Après quoi, il pénétra dans le hall où se donnait un spectacle plus paisible : cirque et concert mêlés.

Cette salle, comme toutes les autres, avait sa curiosité, son attraction particulière.

Ici, c'était le souffle-jupe, que les braves bruxellois appelaient tout simplement trousse-côtes.

C'était sur une tribune placée en contre-haut, une longue bouche de calorifère d'où s'échappait un courant d'air violent.

Les femmes du promenoir faisaient un détour pour passer cette grille, et soudain leurs robes s'enflaient comme des crinolines.

Bientôt même si la femme s'attardait, la robe s'envolait, la jupe aussi et l'on voyait apparaître des dessous plus ou moins transparents.

Alors, des éclats de rires, des cris s'élevaient de toutes parts.

Ce spectacle ne manquait pas d'agrément, et Patoche avait passé de longues heures à faire des études comparatives sur les dessous plus ou moins endentelés des petites bruxelloises.

Disons à son excuse, que c'était là, autour du *Trousse-Cottes* que le Parigot avait fait sa plus ample moisson de renseignements, et avait rencontré la petite dont il parlait tout à l'heure.

Mais, ce soir-là, l'endroit était désert.

Le hall si turbulent d'ordinaire, était à moitié vide.

Chanteurs et gymnastes se démenaient sans parvenir à dégeler un public clairsemé et maussade.

Effet de la chaleur sans doute, qui avait chassé la plupart des flâneurs dans le jardin.

Cependant la foule commençait à arriver peu à peu.

— Je reviendrai tout à l'heure, se disait le Parisien.

« Ça vaudra mieux.

« Néanmoins, je vais faire un tour puisque j'y suis.

« Si j'avais la chance de rencontrer la petite grue d'hier?

« Je ne serais pas fâché de reprendre le contact, comme disait le capiston.

« Elle non plus, à ce qu'il m'a semblé.

« Seulement, voilà je suis sage.

« J'ai promis à Rosette.

« Dommage, on cause mieux sur l'oreiller, beaucoup mieux, j'ai constaté ça cent fois.

« Hier, la petite se défiait un peu à cause de mes questions.

« Et moi, j'étais tout empoté.

« C'est la première fois que ça m'arrive de faire le Joseph, c'est pas dans mes cordes.

« Je me demande pour qui elle a dû me prendre, pour Abélard, probable

« Je m'en fiche, après tout, ce que je voudrais ce serait de la retrouver ce soir.

« J'irai même jusqu'à lui payer à souper.

« Sans doute qu'elle se déboutonnerait au dessert.

« Maintenant, peut-être bien qu'elle n'en sait pas plus long.

« Cherchons toujours.

Tout en monologuant, Patoche s'était mis à arpenter la salle du rez-de-chaussée aux galeries supérieures.

Il passa et repassa dans tous les coins et recoins sans découvrir celle qu'il cherchait.

Assez dépité, il se retirait lorsque dans le hall, plein d'un murmure confus, il se fit un silence soudain, impressionnant.

Tout est là : l'argent, es frusques, les bijoux de Poupoule.

L'orchestre s'était tu subitement comme lorsqu'un gymnaste risque un tour périlleux.

Puis, aussitôt, presqu'en même temps — tout cela n'avait pas duré une seconde, ce fut un éclat de rire gigantesque, homérique.

Une tempête de cris, de trépignements, de hurlements.

L'ordonnance avait fait demi-tour et regardait ébaubi.

Là-bas, sur la tribune du *Souffle-Jupe*, une croupe s'exhibait effrontément, une croupe énorme, monstrueuse, vêtue de linon clair.

— Mâtin de mâtin, rugit le Montmartrois.

« Quelle paire de michus!

« Quelle lune, messeigneurs!

« Mais, c'est l'enseigne, je comprends!

« L'enseigne vivante!

« Luna-Park!

Brusquement, il se frappa le front.

Il venait de reconnaître la personne qui, sans s'en douter, exposait ainsi à l'admiration du public, la plus copieuse partie de sa ronde personne.

— Madame Lempereur, s'écria-t-il.

« Quelle veine!

« Profitons de l'occase!

Et prompt comme l'éclair, il s'élança au secours de la femme en détresse.

En deux bonds, il fut près d'elle, rabattit la robe et avec un air pudique, un accent inexprimable :

— Madame, murmura-t-il discrètement, madame, on voit votre derrière.

CHAPITRE CXXXIII

Où l'on voit M. Lempereur partir avec une maîtresse pour un voyage agréable et revenir avec sa femme.

Madame Lempereur lorsqu'elle comprit ce qui arrivait, eut une telle émotion qu'elle faillit s'évanouir.

Elle suffoquait rouge de colère.

— Oh! Monsieur, je vous remercie, balbutia-t-elle.

« Je vous remercie, mais c'est infâme!

« Je me plaindrai à la police!

« Est-ce qu'on devrait permettre des abominations pareilles?

« Moi, la baronne Marin de St-Didier, j'ai été traitée comme la dernière des dernières.

« Sans vous, j'y serais encore.

« Je ne me doutais de rien.

« Comment voulez-vous?

« J'avais bien senti comme un vent frais.

« Mais, je pensais que c'était quelque ventilateur.

« Oh! mais, ça ne se passera pas comme ça, je me plaindrai, je vous dis.

— Et vous ferez bien, madame, reprit Patoche gravement, c'est indigne.

« Seulement, ne demeurons pas là.

« Toute la salle nous regarde.

Tout en parlant, Patoche avait entraîné Madame Bric-à-Brac dans un endroit écarté.

Il la fit asseoir sur une banquette.

Notre Parigot jubilait intérieurement.

— Enfin, ça y est, mais, ce qu'elle est lourde à remorquer, la grosse mère!

« J'en ai le bras endolori, comme si j'avais roulé douze barriques.

« Ce n'est pas une femme, c'est un tonneau!

« L'important, c'est que ça y est. On la tient.

« C'est le patron qui va être content.

Ça ne l'empêchait pas de s'empresser autour de la commère laquelle, fort émue encore, s'éventait bruyamment.

— Eh bien! comment vous trouvez-vous, Madame la baronne?

« Ça va-t-il mieux?

— Oui, oui, je vous remercie, Monsieur, cher Monsieur.

« Vous venez de me rendre un de ces services qu'on n'oublie pas.

« Rien que de penser au péril que je courais, j'en ai la chair de poule.

« Encore quelques secondes, et cette foule, ce troupeau de satyres allait se ruer sur moi.

— Elle se vante, pensait le Parigot.

— ... Me mettre en pièces, continuait Madame Lempereur.

« Oh! mais je me vengerai, je vous l'ai dit!

« Je ne veux pas qu'un affront pareil reste impuni.

« J'agirai, j'ai de nombreux amis.

« J'irai trouver notre consul. J'irai trouver notre ambassadeur.

« Je m'adresserai au roi s'il le faut, à Léopold.

— Ce brave Léopold, murmura Patoche entre haut et bas.

Mais, l'entremetteuse avait entendu.

— Vous le connaissez Monsieur? s'écria-t-elle.

— Oh oui, répliqua le Montmartrois incapable de résister au plaisir de faire une galéjade.

« Je lui ai serré la main l'autre soir.

Patoche n'eut pas plutôt lancé cette phrase qu'il s'en repentit.

— Quand même, se disait-il, je vais un peu vite.

« Si celle-là passe... le plus fort, c'est que ça a tout l'air de passer.

« Mais, oui, v'la la payse qui fait des yeux de carpe amoureuse.

« Quels calots, mon empereur!

Patoche ne se trompait pas.

La soi-disant baronne était à une de ces minutes de trouble d'émotion, où l'on ne discute pas, où l'on accepte les pires invraisemblances, surtout dites par quelqu'un qui vient de nous rendre un service signalé.

D'autre part, la bonne mine du Montmartrois, les airs de gentleman qu'il singeait à ravir, prévenaient en sa faveur.

La brocanteuse le contemplait avec admiration.

— Il n'y a pas de doute, se disait-elle.

« C'est un gentilhomme, quelque grand Seigneur belge.

« Oh! je m'y connais!

Aussi prenant le ton protocolaire :

— Alors, Monsieur, reprit-elle, vous connaissez Sa Majesté?

— Parfaitement! répondit l'ingénieux Patoche, qui avait profité de ce répit pour mettre sur pied une histoire qui arrangeait parfaitement les choses, les mettait au point voulu par la vraisemblance.

« C'est mon directeur, mon *patron*, comme nous disons entre nous.

— Votre patron, fit l'entremetteuse ne comprenant pas très bien.

« Vous êtes à la Cour, sans doute?

— Moi, fit le gavroche imperturbable, pas du tout.

« Je suis dans l'automobile.

— Dans l'automobile! murmura Madame Lempereur qui roulait de surprise en surprise.

— Parfaitement, Mme la baronne.

— Je ne comprends plus du tout!

— Rien de plus simple, cependant!

« Vous savez que notre Roi est un grand brasseur d'affaires?

« Il commandite de nombreuses industries parmi lesquelles une grande fabrique d'automobiles, que je représente.

« Il vient souvent à l'usine, et comme c'est un homme très simple, nous l'appelons le *patron* entre nous.

« Voilà tout le mystère.

« Rien de plus simple, vous voyez.

— En effet, répondit Madame Lempereur, devenue songeuse subitement.

L'ordonnance regardait, ébaubi.

— Elle en est baba, se disait Patoche de son côté.

« Quant à moi, j'ai été épatant!

« Je viens de me rattraper, et comment!

« Pas de danger qu'elle évente la mèche!

« Je n'ai plus par là-dessus qu'à exhiber ma carte et le tour est joué.

Patoche tira de son portefeuille une des cartes qu'il s'était fait faire à cette intention et la présenta à sa compagne.

Celle-ci la prit.

— Jacques Boncœur, dit-elle. C'est un beau nom! et vous le méritez, monsieur.

Tout en parlant, elle tournait le carré de bristol entre ses doigts épais, chargés de bagues.

De plus en plus, elle s'abîmait dans une méditation profonde.

Une idée venait de lui venir, véritable idée d'entremetteuse inspirée par la réputation bien connue du roi des Belges.

— Quel client, se disait-elle.

« Si je pouvais le « faire, » celui-là, l'amener dans mes filets.

« Je connais une dame à Paris qui a gagné cent mille francs avec lui en quelques jours.

Et reprenant la conversation :

— Ainsi, vous connaissez le roi Léopold?

— Je le connais, sans le connaître, répliqua Patoche, flairant un piège.

« Je le vois souvent à l'usine.

— Est-ce vrai ce qu'on raconte de lui?

— Qu'est-ce qu'on raconte?

— Qu'il est grand coureur, fit la brocanteuse avec un clignement d'yeux égrillard.

« Qu'il commandite non seulement des automobiles mais encore des danseuses.

— Bon, fit Patoche, rassuré, je la vois venir.

« V'la la procureuse qui montre l'oreille.

« Elle compte sur moi pour son petit commerce.

« Faut pas la décourager, ça peut servir.

Et tout haut :

— Tout à fait vrai, madame.

« Léopold, sur ce point, est un vrai fils d'Henri IV.

« J'ai même été mêlé à une ou deux de ses aventures.

— Vous, sursauta l'entremetteuse alléchée, comment cela?

— Voici : vous n'ignorez pas que le roi a une maîtresse en titre?

— Oui, la baronne de Vosmitaines, mais il la trompe.

— Le plus qu'il peut, acquiesça Patoche.

« Seulement, il est obligé tout de même de prendre quelques précautions.

« Ainsi, par exemple, quand il se rend incognito à quelque rendez-vous galant, il est obligé de commander une auto de louage, comme un simple pékin.

« Naturellement, il s'adresse à nous.

— Et c'est vous qui le conduisez?

— Pas toujours, répondit le Parisien soucieux de ne pas s'avancer à la légère.

« Pas toujours... Notez que je ne suis pas à l'usine habituellement.

« Toutefois, j'ai eu une fois ou deux l'honneur de conduire le nouvel Henri IV chez Gabrielle.

L'entremetteuse n'en demanda pas plus long pour l'instant; mais son parti était pris.

— Il faudra que j'essaie, venait-elle de décider dans son for intérieur.

« Si jamais j'arrivais à mes fins, ce serait la grosse galette.

« La fortune, bientôt.

« Et, ma foi, je crois que je lâcherais le *patron* sans regrets.

« Car il devient exigeant, et dangereux, avec ça!

Patoche, qui l'observait à la dérobée, lisait tout cela sur sa large face épanouie par la cupidité, mais il n'en fit rien paraître.

— Je vois, Madame, reprit-il, que vous connaissez Bruxelles et sa chronique galante.

« Autant que je puisse en juger, cependant, vous n'êtes pas d'ici.

— Non je suis française, parisienne...

— Vive Paris! s'écria Patoche avec un élan sincère

« Je l'avais deviné, madame!

— A quoi donc? demanda **Poupoule** en minaudant.

— A votre air, à votre façon de porter la toilette.

Madame Lempereur rougit de plaisir.

— Vous êtes un flatteur, Monsieur.

« Mais, je vois que vous connaissez Paris.

— Tu parles! faillit s'exclamer Patoche.

Il avait été si près de lancer la phrase, qu'il en fut épouvanté lui-même.

Aussi le rusé garçon saisit-il l'occasion qui s'offrait de justifier d'avance certaines expressions qui pourraient lui échapper.

— Oui, madame, je connais Paris, j'y ai été élevé.

« Si bien que quoique né à Liège, je suis Parisien.

« Je dirais même Parigot, si je ne craignais...

— Oh! monsieur, un gentleman comme vous peut tout se permettre.

Patoche s'inclina.

— Alors, madame, permettez-moi de vous offrir un rafraîchissement.

— Avec plaisir, Monsieur Jacques Boncœur.

« Vous êtes tellement aimable.

— Ouf! soupira Patoche, enchanté de sa transition.

« On va pouvoir s'humecter la dalle et causer plus à l'aise.

« C'est pas du luxe. Je commençais à étouffer moi avec toutes ces magnes ces chichis à la « mords-moi le doigt ».

Il fit signe à un garçon qui passait.

— Que désirez-vous prendre, chère madame, une glace, une orangeade?

— Une glace.

— Boum... garçon, une glace pour madame, et pour moi une orangeade, et fadée!

Puis, se reprenant :

— Je ne vous scandalise pas, au moins?

— Non, monsieur. Et puis, vous savez, aujourd'hui, l'argot, un certain argot bien entendu, est reçu dans notre monde.

— J'en suis ravi, s'écria le Montmartrois. De cette façon, s'il m'échappe un mot qui sente un peu trop le moulin de la Galette, vous m'excuserez.

— Mais oui, cher monsieur.

Les consommations venaient d'arriver.

Tandis que la pseudo-baronne suçait le bord de son verre en faisant des grâces, Patoche avait résolument enfoncé son chalumeau dans le sien et s'abreuvait à longs traits

— Allons, disait-il, tout en savourant la boisson glacée, ça marche, ça marche très bien même!

« Quel chemin en une demi-heure.

« Qui m'aurait dit ça tantôt quand je me désespérais?

« Qui m'aurait dit que ce même soir je trinquerais avec la mère Lempereur.

« Je donnerais bien quelque chose pour que le *patron* nous voie en ce moment.

« Quelle pinte de bon sang il se ferait!

« Et le couple Flic-Flac!

« Enfoncés, les professionnels!

... Décidément, Patoche jouait de bonheur ce soir-là

On eût dit qu'il n'avait qu'à former un souhait pour qu'il s'accomplît aussitôt.

A ce moment, un homme armé d'un kodak — un de ces photographes fabricants de cartes postales qui

exercent leur industrie dans les lieux de plaisir —
s'approcha d'eux.

Voyant un jeune homme et une femme mûre, tous
deux ornés de bijoux voyants, il les avait pris pour
un de ces couples — vieille garde et godelureau —
qui étaient ses meilleurs
clients.

Mme Lempereur, qui,
depuis un moment vo-
yait l'opérateur rôder
autour d'eux, tâter le
terrain, tressaillit de
plaisir en constatant
qu'il se décidait enfin.

— Il nous prend pour
des amoureux, se dit-
elle flattée, pour un
couple en bonne fortu-
ne.

Cependant l'opérateur
saluait cérémonieuse-
ment.

— Madame, Monsieur
cela vous plairait-il d'a-
voir des cartes postales
avec votre portrait, vo-
tre groupe tel qu'il est
là?

« C'est un genre nou-
veau créé par moi, et
qui fait fureur ici.

*La baronne suçait le bord de son verre en faisant
des grâces.*

« C'est plus distingué, plus personnel que la banale
carte à paysage.

« Et puis, acheva le mercanti, d'une voix langoureuse, c'est un souvenir.

« Un de ces souvenirs qu'on aime à garder... et à
regarder.

Patoche se pencha vers l'entremetteuse.

— Madame, interrogea-t-il, si cela pouvait vous
être agréable?

Madame Lempereur hésita une seconde.

— Ce n'est pas très prudent, songeait-elle, nous
sommes ici incognito.

« Mais bast, puisque nous devons quitter Bruxelles.

Alors, souriant d'avance, prenant la pose :

— Eh bien, oui, dit-elle, en jetant au Parigot un
regard en coulisse.

« Seulement, je ne veux pas donner mon adresse.

— Je comprends, fit le Parigot d'un air entendu.

« Tranquillisez-vous.

« C'est mon nom seul qui paraîtra.

Et s'adressant au photographe :

— Tu peux y aller, mon garçon!

« Braque ton appareil!

« Tu nous préviendras lorsqu'on devra faire : fixe,
regarder le petit oiseau,
comme on dit aux gos-
ses.

— Inutile, monsieur,
répondit le photogra-
phe.

« J'opère instantané-
ment.

Quelques secondes a-
près, l'opérateur reve-
nait.

— Ça y est, dit-il.

« Je garantis la res-
semblance.

« Combien en dési-
rez-vous?

« Une douzaine?

— Va pour une dou-
zaine, répondit Patoche.

« Seulement, fais vi-
te, je suis pressé.

« Si pressé — achev-
a-t-il en mettant la main
à son gousset — que je
paie l'avance.

« Combien?

Le photographe eut un geste de dignité.

— Non, monsieur, on ne paie qu'à la livraison.

« Où devrai-je livrer?

— Chez moi, à l'hôtel d'Anvers, Monsieur Jacques
Boncœur.

« Bien entendu, tu rapporteras le cliché.

« Je ne veux pas que ça coure, tu comprends.

— Bien, monsieur, il suffit, vous aurez le tout
demain de bonne heure.

— Veine, murmurait le Montmartrois, c'est le père
Lancelin qui va rigoler.

Puis, tout bas, à l'oreille de sa compagne :

— Madame la baronne, fit-il, j'ai commandé douze
cartes, c'est l'usage.

« Seulement, je n'en prélèverai qu'une.

« Si encore vous m'y autorisez.

— Mais, comment donc, Monsieur Boncœur, comment donc!

« Avec un autre, j'hésiterais peut-être

« Mais, avec vous, un galant homme!

« Je sais parfaitement que je ne cours aucun risque.

— Aucun, chère madame, votre mari sera malin si...

— Oh! mon mari, s'écria l'entremetteuse, qui peu à peu se mettait au ton de Patoche, je m'en fiche.

« Ce n'est pas lui qui me gêne, ce vieux cor... cor, — elle allait dire vieux cornard — cornichon, achève-t-elle.

En même temps, elle lançait à son cavalier un coup d'œil tellement significatif, que celui-ci chercha aussitôt quelque diversion adroite.

— Le mieux serait de sortir, murmura-t-il.

« Ça devient *barbant* ce duo, barbant et dangereux. •

« Ah! mais non, pas de ça, Lisette.

« Sans compter qu'il fait une chaleur dans cette turne.

« Voilà justement l'entr'acte, tout le monde se précipite vers les portes, faisons-en autant.

Patoche fit signe au garçon qu'il régala d'un généreux pourboire, puis, se tournant vers la marchande d'antiquités :

— Chère madame, vous ne trouvez pas qu'on étouffe un peu, ici?

« Voulez-vous que nous fassions un tour dans les jardins?

— Très volontiers, Monsieur!

Madame Bric-à-Brac prit le bras du Montmartrois sans même attendre qu'il le lui offrît et le couple suivit la foule.

Ils circulèrent à travers les diverses attractions de Luna-Park.

Madame Lempereur était d'une gaîté exhubérante.

Tout l'enchantait.

Il fallut stationner dix longues minutes devant le bassin où batifolait une bande de phoques et d'otaries.

Enfin, le couple se remit en marche.

Ils se perdirent dans un labyrinthe, franchirent plusieurs ponts, autant de tunnels, et débouchèrent dans une immense grotte aux quatre coins de laquelle jaillissait une fontaine lumineuse.

Là, l'enthousiasme de Madame Lempereur ne connut plus de bornes.

— *Madame, Monsieur, cela vous plairait-il d'avoir des cartes postales ?*

— C'est merveilleux absolument merveilleux s'exclamait-elle.

« On se croirait au Grand Opéra.

« Et puis, j'ai toujours raffolé des cavernes, moi, des souterrains.

« Ça me rappelle le temps où j'étais petite.

« Où je rêvais chaque nuit des grottes, des palais souterrains où errent des génies, des fées.

— Tiens, tiens, murmurait Patoche qui venait de se rappeler subitement les *Grottes du Han* dont il avait parlé au père la Manille.

« C'est le moment de planter un jalon.

— Pas mal, en effet, reprit-il, mais c'est du truc, du chiqué, comme on dit à Montmartre.

« Tout ça ne vaut pas la Nature, l'admirable Nature!

« Je connais non loin d'ici toute une série de grottes, authentiques, celles-là.

« Un souterrain, madame, avec une rivière, des cascades... qui je vous le jure, dégotte un peu celui-là, ce caveau à colle de pâte et à feu de bengale.

« C'est la huitième merveille du monde.

« Vous devez connaître ça, d'ailleurs, les *grottes du Han*.

— Non, Monsieur Boncœur.

« C'est la première fois que j'entends ce nom.

— Eh bien! si jamais l'excursion vous tente, vous n'avez qu'un signe à faire.

Folle de rage, elle se précipita, bousculant tout.

« Je mets mon auto à votre disposition, et ça vaut le jus, je vous en réponds.

— Je ne demanderais pas mieux, s'écria l'entremetteuse, dont les yeux brillaient de plaisir.

« Seulement, le pourrais-je?

« J'ai en ce moment diverses affaires très embrouillées, qui me retiennent à Bruxelles. En tout cas, merci une fois de plus.

Patoche ne jugea pas prudent d'insister davantage, et le couple continua sa promenade sentimentale.

Sortis de la grotte, ils errèrent encore longtemps à l'aventure.

Enfin, un ascenseur qu'ils avaient pris au hasard, les déposa sur une vaste plate-forme illuminée où la foule se pressait maintenue à grand'peine par une douzaine de commissaires, décorés d'un brassard aux couleurs américaines.

— Tiens, le tobogan, s'écria la pseudo-baronne.

Les deux promeneurs s'étaient arrêtés et regardaient l'animation de l'assistance, le va-et-vient du monte-charge.

Les amateurs se disputaient les traîneaux sur lesquels s'exécutait la descente du tobogan.

Ces traîneaux — des espèces de paniers plats en grosse paille pour amortir les chocs — étaient soit à une place, soit à deux pour les couples, et ces derniers étaient les plus demandés.

On se les arrachait des mains.

Et c'étaient des cris, des imprécations, des éclats de rire.

La marchande d'antiquités contemplait ce spectacle qui semblait l'amuser follement.

Tout à coup, son visage se congestionna.

— Mon mari! s'exclama-t-elle.

« Ah le veau!

A quelques pas d'elle, parmi les voyageurs prêts à partir, elle venait d'apercevoir M. Lempereur en compagnie d'une dame empanachée et maquillée.

— Ah! le veau! le veau, grommelait la brocanteuse, si je n'étais pas en compagnie, et si je n'avais pas peur de faire un esclandre, comme je te le ramènerais.

Cependant, le couple illégitime s'apprêtait à prendre place dans un traîneau.

Le mari de Poupoule se redressait, faisait le beau.

Cette fois, la mégère n'y tint plus.

Folle de rage, elle se précipita, bousculant tout, l'ombrelle haute.

Elle tomba comme une furie sur son époux, qui déjà s'installait, le saisit par les épaules et se mit à le secouer d'importance.

Les commissaires étaient accourus et s'efforçaient de les séparer.

Il y eut une bousculade, et soudain le traîneau partit, dégringola à une vitesse folle, emportant l'homme et la femme.

La maîtresse s'était esquivée.

L'entremetteuse, folle de terreur, à cheval, jupes au vent, sur la nuque de son mari, poussait des cris perçants.

« Et soudain une clameur s'éleva toute proche, une sorte de barrissement qui s'enfla, grossit.

C'étaient les phoques qui faisaient chorus.

CHAPITRE CXXXIV

Où l'on s'explique

A la vue de cette scène conjugale s'achevant en une chevauchée héroï-comique, tous les assistants s'étaient esclaffés.

Quelques-uns d'entre eux avaient reconnu la matronne qui s'exhibait tout à l'heure sur la tribune du *Souffle-jupe* et criaient à tue-tête:

— C'est encore elle!

« C'est la grosse de tantôt!

« Madame Bonpétard!

« Elle le fait exprès!

« En voilà une débauchée!

Quant à Patoche, profitant du désordre, il s'était empressé de s'élancer à la poursuite du couple Lempereur.

Justement il se trouvait derrière la femme au moment du corps à corps.

Il n'avait eu qu'à saisir un paillasson et à se laisser aller.

A cette minute, il descendait à toute vitesse la pente accidentée du tobogan, serrant de près ceux qu'il craignait déjà de voir lui échapper.

Les cris de l'entremetteuse ne laissaient pas de l'inquiéter assez sérieusement.

— Pourvu qu'elle ne se fasse pas mal, se souciait-il.

« C'est pas que je tienne à sa bobine.

« Mais, ce sont les suites.

« Placée comme elle est à califourchon, elle pourrait très bien donner de la tête quelque part.

« C'est ça qui n'avancerait pas nos affaires.

« Il est vrai que c'est matelassé en bas, et que la pente va en mourant.

« Voilà justement que ça ralentit.

« Nous arrivons.

Patoche sauta sur ses pieds et chercha la baronne des yeux.

Elle était là, à deux pas de lui, toujours accroupie sur son mari qu'elle écrasait de sa masse.

Le Montmartrois s'élançait à son aide, mais déjà l'entremetteuse se relevait, rabattant ses jupes.

Au même instant, les rires qui fusaient de toutes parts cessèrent.

Il se fit un silence de mort.

M. Lempereur n'avait pas bougé.

Écrasé, aplati en quelque sorte par la terrible pression qu'il venait de subir, il gisait pâle comme un cadavre, un filet de sang aux commissures des lèvres.

Toute tremblante encore, mais les yeux brillant d'une joie mauvaise, Madame Bric-à-Brac contemplait son mari.

— Est-ce qu'il serait mort? se demandait-elle.

« Tant pis.

« Ce n'est pas moi qui le plaindrai.

« Il a voulu me tuer en m'entraînant, c'est clair!

« Bon débarras!

Mais, subitement elle dressa l'oreille.

Devant son attitude, des cris venaient d'éclater tout proche.

Des poings se tendaient menaçants.

— Ah! la coquine, la garce!

« Elle l'a fait exprès!

« Elle l'a tué.

« A l'eau! à l'eau!

La marchande d'antiquités était devenu blême subitement.

Déjà elle se voyait assaillie, lynchée par cette foule en furie.

L'entremetteuse poussait des cris perçants.

Aussi, se précipita-t-elle auprès de son mari avec une inquiétude qui n'était pas feinte.

— Un médecin, criait-elle s'adressant aux commissaires qui s'empressaient autour du blessé.

« Un médecin, de grâce!

Et tout bas, à l'oreille de Patoche qui déjà palpait le blessé sur toutes les coutures :

— Est-ce que c'est grave?

— Non, je ne crois pas.

« Un simple étourdissement.

« Vous n'êtes pas légère, savez-vous!

— Alors, ce sang?

— Ce n'est rien, une écorchure à la lèvre.

Les cris s'apaisaient.

— Quel douillet,, fit Mme Lempereur rassurée et dont le naturel revenait au galop.

« Je parie qu'il n'a pas plus de mal que vous ou moi.

« Il fait semblant.

« Tenez, le voilà qui cligne des yeux.

« Il se fiche de nous, je vous dis.

« Il fait le mort pour éviter une explication.

« Il a peur que je l'eng... que je l'en... ferme

— Vous l'enfermez donc?

— Il le faut bien... je vous expliquerai.

« Ah! monsieur, si vous saviez quel homme est le baron, vous me plaindriez.

« C'est un satyre, un vrai satyre qui m'en fait voir de toutes les couleurs.

« Quelle croix! Seigneur! quelle croix!

La marchande d'antiquités ne se trompait pas de beaucoup.

Son mari, un peu étourdi sur le coup, était parfaitement valide en ce moment.

Il aurait pu se relever par ses propres moyens.

Mais, se sentant en faute, et, d'autre part, connaissant les violences de sa chère moitié, les excès dont elle était capable, il ne se pressait pas.

Mieux valait l'effrayer un peu, mettre les spectateurs de son côté.

Ce n'est que lorsqu'il constata le succès de sa ruse qu'il commença à s'agiter, à ouvrir les yeux.

L'instant d'après, il était sur son séant et promenait ses regards narquois sur le cercle qui l'entourait.

Madame Lempereur rageait, mais elle voulait éviter le scandale, les scènes, surtout devant son ami qui n'en avait que trop vu déjà.

D'ailleurs, à cette minute, deux hommes arrivaient portant une civière.

C'étaient les ambulanciers spécialement attachés au service de Luna-Park.

À la surprise de tous, M. Lempereur refusa leur aide.

— Non, dit-il je peux marcher.

Il posa une main sur l'un des secouristes et se mit debout sans trop de peine.

Il boitait légèrement.

— Ça ne sera rien, dit-il.

« J'en serai quitte pour une foulure.

Bien à contre cœur, sa femme s'était approchée feignant de le soutenir.

Patoche suivait, e portant le gibus cabossé de l'intéressant malade.

Le petit groupe se dirigea vers une auto ornée de la croix de Genève qui ronflait à deux pas de là.

L'usurier rendu audacieux par la douceur imprévue de sa femme, sentant la partie bonne pour lui, résolut d'ouvrir le feu lui-même.

— Madame Lempereur, commença-t-il à voix basse.

— Chut, interrompit sa femme, pas si haut, appelez-moi baronne.

« Nous ne sommes pas seuls.

« Il y a ce monsieur là, surtout.

— Justement, fit l'usurier, c'est de lui que je voulais vous parler.

« Quel est ce bipède?

— C'est un ami que j'ai rencontré.

— Un ami, goguenarda Lempereur, vous vous payez ma tête. Un ami, ça!

— Oui, un ami, grommela l'entremetteuse, et un vrai!

« Sans lui, nous nous tuions peut-être tous les deux.

Lempereur regarda sa femme de côté.

— Madame Lom.., Madame la baronne, dit-il, vous me trompez.

« Mais, je m'en fiche.

« Je vous dédaigne, je vous accable de mon mépris.

« Voilà ce que j'avais à vous dire.

Il se tut.

On était devant l'auto.

L'usurier y monta non sans pousser quelques gémissements de circonstance.

Les brancardiers s'apprêtaient à le suivre, mais sa femme les arrêta.

— Non, messieurs, c'est inutile, nous suffirons.

« Nous avons là un ami que ne refusera pas...

— Comment donc! s'empressa Patoche, mais oui, madame.

« J'allais vous le proposer.

— Alors, montez. Et au wattman : Boulevard Anspaeck, au *Grand Hôtel*.

Pendant tout le trajet, Lempereur ne desserra pas les dents.

Allongé sur la banquette, il contemplait ses voisins tout en roulant mille pensées, mille projets divers, tout un plan de campagne qui le faisait sourire d'avance.

— C'est clair, se disait-il, ma femme s'est toquée de ce godelureau à barbiche en pointe.

« Bonne affaire, elle va avoir besoin de moi.

« Alors, donnant donnant, je veux bien être cocu, mais pas pour la gloire.

« Le plus malheureux là-dedans, c'est l'autre.

« Ah! le brave garçon!

« S'il savait à quoi il s'engage!

« Les travaux d'Hercule ne sont rien à côté.

« Si bien que je suis presque tenté de le plaindre, moi, ce pauvre bougre.

« D'autant qu'il a une figure plutôt sympathique!

« Je suis sûr que nous nous entendrons.

« On fera la bombe ensemble avec l'argent de la vieille.

On arrivait devant le Grand Hôtel.

L'usurier descendit le premier de l'auto.

Il ne boitait plus.

Il lui avait suffi d'entendre sa femme parler de souper pour être guéri radicalement.

— Monsieur Boncœur, dit la brocanteuse une fois dans leur salon, veuillez nous attendre là un instant.

« Le baron et moi allons changer de toilette.

« Nous ne sommes pas présentables.

Et elle entraîna son mari dans sa chambre.

À la vue de l'armoire fracturée, du linge épars jeté à travers la pièce, l'entremetteuse fit une horrible grimace, mais elle se contint.

Ce n'était pas le moment des explications.

Refrénant sa rage, elle se mit en devoir de réparer le dégât.

Mais bientôt elle sursauta de nouveau.

— Et ma bague, ma bague porte-bonheur, grondait-elle.

« Ah! le bandit, il a choisi justement celle que j'aimais le plus.

« Il a dû la vendre, ou bien la donner à cette grue.

« Ah le mufle.

« Il abuse de la situation, mais je lui revaudrai ça!

« Il ne perdra rien pour attendre.

« Je vais toujours essayer de savoir où est cette bague.

« J'en serai quitte pour la racheter.

Et d'une voix qui grondait à peine :

— Monsieur Lempereur, commença la matronne, vous vous êtes conduit envers votre femme comme le dernier des misérables.

« Mais, je ne vous reproche rien.

— Vous faites bien, répondit l'usurier, qui se promenait tranquillement les mains dans les poches.

« Vous seriez mal venue, Madame Lempereur.

« Vous qui introduisez votre amant...

— Taisez-vous, imbécile, ce jeune homme n'est pas mon amant.

« Et puis, il le serait que ce n'est pas votre affaire.

« Il s'agit de ma bague, entendez-vous?

« Vous l'avez prise, n'est-ce pas?

— Oh! c'est bien possible, railla le mari de Poupoule, oui, ça doit être ça.

— Rendez-la moi. Je vous la rachète. Voyons, combien?

— Je ne l'ai plus.

— Comment, vous ne l'avez plus !

« Qu'en avez-vous fait?

— Je l'ai perdue, répondit Lempreur, ne voulant pas avouer qu'il en avait fait cadeau à sa compagne de tout à l'heure.

— Vous l'avez perdue! comment où cela?

— Je n'en sais rien, au tobogan, sans doute, à moins qu'on ne me l'ait volée.

— Qui donc?

Depuis un moment Lempereur sentait qu'il avait barre de plus en plus sur sa femme.

— Qui? fit-il, en faisant exprès d'élever la voix, mais votre amant.

« Ce freluquet qui attend là.

— Chut, pas si haut, vous perdez la tête, mon ami!

Des poings se tendaient menaçants.

— Son ami! ricanait l'usurier à part soi.

« Elle m'appelle son ami.

« Ah! je la tiens, la carne!

Et tout haut, d'un ton solennel, il reprit :

— Il n'y a pas de chut qui tienne, madame, c'est la vérité.

« Je me rappelle très bien maintenant que pendant que je gisais demi-mort, cet individu m'a tripoté les doigts.

« Ce doit être quelque pick-pocket, cet oiseau-là, ce paltoquet.

La marchande d'antiquités haussa les épaules.

— Monsieur Lempereur, dit-elle, vous êtes une buse, une triple buse.

« Ce paltoquet, comme vous dites, est un personnage de marque.

« C'est le représentant d'une grande maison d'automobiles dont le commanditaire, le directeur en quelque sorte n'est autre que Sa Majesté Léopold roi des Belges et Empereur du Congo.

« Plus que cela, monsieur Boncœur, — Jacques Boncœur c'est son nom — est l'homme de confiance de Sa Majesté, son wattman secret si l'on peut dire.

« C'est lui qui le pilote lorsque ce roi vert galant — mais qui a au moins la pudeur de sauver les apparences — se rend à certains rendez-vous.

« Hein! ça vous en bouche un coin, monsieur Lempereur.

« Vous voyez d'ici les suites?

« Amis de Boncœur, nous devons, tôt ou tard, entrer en relations avec le roi lui-même.

« Vous voyez l'importance.

— Pas très bien, ricana l'usurier.

« Vous êtes trop vieille pour...

De nouveau, l'entremetteuse haussa les épaules.

— Monsieur Lempereur, vous êtes un goujat, et vos grossièretés ne me touchent plus depuis longtemps.

« Quelque obtus que vous soyez, vous m'avez parfaitement comprise.

« Vous savez parfaitement où je veux en venir.

« Donc, trêve de plaisanterie, et comprenez-moi.

« Il s'agit d'une fortune à faire.

— Et Walter Humding? demanda le mari, qu'en faites-vous?

— L'un n'empêche pas l'autre.

« Cependant, je ne vous cacherai pas que si Léopold rendait, je n'hésiterais pas longtemps.

« Le patron devient de plus en plus exigeant.

« Il me faudrait qu'une occasion pour que je le lâche, et ma foi, je ne le regretterai pas.

— Et moi donc! s'écria le faux baron avec flamme.

« Je n'ai jamais approuvé vos manigances, vous savez, madame Lempereur.

« Je suis français, moi, patriote, tonnerre de Dieu!

— Raison de plus pour ménager ce jeune homme qui peut nous être fort utile.

« Voilà ce que j'avais à vous dire.

« Je pense, mon ami, que vous avez compris.

« Nous allons nous mettre à table tous les trois.

« Tâchez d'être non seulement poli, mais aimable.

« Et encore une fois, mais la dernière par exemple, je pardonne vos escapades.

« Tâchez de faire sa conquête!

L'usurier bien que très intéressé par la nouvelle intrigue de sa femme, dont il connaissait la supériorité dans la matière, hochait la tête d'un air indécis.

— Cela dépendra, dit-il, pour se faire prier.

« Au fond, ce blanc bec ne me déplaît pas, au contraire.

« Il me serait plutôt sympathique.

« C'est un brave garçon, et un garçon brave, courageux, je m'entends.

« En outre, un homme qui a la confiance du roi Vert-Galant, du petit-fils d'Henri IV, diable.

« Il mérite des égards, c'est clair.

« Mais, avant d'aller plus loin, je veux causer avec lui, voir ce qu'il a dans le ventre.

— Soit, concéda Madame Lempereur.

« En attendant, allez vous brosser.

« Ça vaudra mieux!

« Moi, je descends donner des ordres pour le souper.

CHAPITRE CXXXV

Où Patoche fait la connaisssance du noble baron

Madame Lempereur, après avoir donné ses ordres, s'en fut rejoindre Patoche, et l'introduisit dans le salon où déjà se dressait le couvert.

— Monsieur Jacques Boncœur, dit-elle avec son plus aimable sourire, pardonnez-nous de vous avoir laissé seul si longtemps.

« Mais, tout était dans un tel désordre, ici!

« Mon mari avait profité de mon absence pour se livrer à un de ces enfantillages dont vous avez eu un exemple tout à l'heure.

« Et à ce propos, continua l'entremetteuse en rougissant comme une petite fille, il faut que je m'excuse.

— Mais de quoi donc, madame? interrompit le Parisien.

« C'est plutôt moi qui devrais, moi qui abuse.

« Je m'introduis dans votre intimité.

— Non, monsieur, vous n'abusez pas.

« Vous nous avez rendu un signalé service, au contraire.

« Sans vous, sans votre présence, je ne sais pas ce qui serait arrivé, ni à quels excès je me serais livrée.

« Vous avez vu dans quelle rage j'étais tout à l'heure et c'est cela, cette scène regrettable et ridicule, que je vous prie d'oublier.

« Vous avez dû me trouver bien commune, bien vulgaire.

« Il a dû m'échapper des mots malsonnants.

« Mais, que voulez-vous!

« Mon mari m'exaspère!

— Oh! madame, protestait Patoche.

« Je ne comprends pas.

« Je n'ai rien entendu.

« Et d'ailleurs, ne croyez pas que je me scandalise si facilement.

« Je suis quasi parisien, moi, Parigot, je vous l'ai dit.

« Je suis un enfant du peuple, un fils de mes œuvres.

« Ma grand'mère a tenu pendant quarante ans une poissonnerie avec cette enseigne :

A la truite qui file

« C'était une plantu-reuse liégoise forte en g... en gorge et en bec.

« Elle eût rendu des points à Madame Angot en personne

« Je me rappelle en-tre autre un soir où...

L'histoire que l'ingé-nieux Patoche était en train d'inventer de tou-tes pièces — pour le be-soin de la cause — fut interrompue par un coup discret frappé à la porte.

— Entrez, dit Mme Lempereur croyant a-voir affaire à un maître d'hôtel.

Ce fut son mari qui parut l'air grave, com-passé.

Après s'être fait at-tendre assez longue-ment, il avait trouvé plus protocolaire, plus grand genre, de procéder ain-si.

En même temps, il s'entraînait dans son rôle de futur mari complaisant, qui doit toujours prévenir quand il approche.

Mais ces finesses, que Monsieur Lempereur venait de longuement combiner devant la glace, tout en cosmétiquant ses moustaches, échappaient à sa fem-me, trop préoccupée d'autre part.

Inquiète de l'attitude de son époux, elle redoubla d'amabilités et de prévenances à son égard.

— Mon cher ami, s'étonnait-elle, qu'est-ce qui vous prend?

« Vous frappez pour entrer chez moi?

Puis, changeant de sujet brusquement :

— Messieurs, je m'aperçois que, au milieu de tout cela, j'ai commis une incorrection grave.

« J'ai oublié de vous présenter.

« Mon cher baron, notre ami, M. Jacques Boncœur représentant de l'Astra.

Deux hommes arrivaient portant une civière.

« M. Jacques : mon mari, le général, baron **Marin** de St-Didier.

Le Montmartrois rigolait intérieurement.

Il ne s'en inclina pas moins avec toute la défé-rence due à un si grand personnage.

— Monsieur le baron, mon général!

Lempereur, qui n'était pas loin de prendre ses titres au sérieux, répon-dit par un petit signe de tête plein de morgue et ne dit mot.

Volontairement ou non, il ne vit pas la main que Patoche s'ap-prêtait à lui tendre.

En ce moment, il ve-nait d'avoir le nez cha-touillé par une déli-cieuse odeur des truffes chaudes et n'avait plus d'yeux que pour la ta-ble.

— Un pâté à la croû-te, murmura-t-il, et du Beaune, du Corton Hos-pice!

« Voilà deux choses que je n'avais pas re-vues depuis notre lune de miel.

« Décidément Poupoule me gâte!

« Elle veut me gagner, me conquérir!

« Elle tremble que je ne fasse mauvaise figure à ce godelureau.

« Faut-il qu'elle en soit toquée-

« A moi d'en profiter pour m'affranchir.

« Ne nous laissons pas corrompre.

« Du moins, posons nos conditions.

« Plus je me montrerai acariâtre, revêche, plus on me dorlotera.

« C'est la revanche des cocus.

Et le noble sire accentua encore l'attitude qu'il avait en entrant.

Son expression, de réservée qu'elle était, devint froide, presque hostile.

D'avance, il s'efforçait de prendre en grippe l'hôte élu par sa femme, de lui trouver des défauts de tou-tes sortes.

Cependant on avait pris place à table, mais per-sonne ne parlait.

L'atittude du noble baron avait jeté un froid.

Patoche, pas plus que Poupoule ne soupçonnait la cause de la comédie jouée par le « général ».

Seulement, il sentait le besoin de rompre la glace au plus vite.

Aussi fit-il une seconde tentative pour renouer la conversation.

— Monsieur, commença-t-il cérémonieusement tout en dépliant sa serviette, Monsieur le baron, j'ai déjà demandé de vos nouvelles à Madame la baronne qui a bien voulu calmer mon inquiétude.

« Mais je serais heureux d'être rassuré de votre propre bouche.

« J'espère, général, que vous ne vous ressentez plus de cet accident?

A ce mot de général, le brocanteur, comme le cheval guerrier de Job, avait redressé la tête.

— Non, jeune homme, répondit-il d'un air protecteur.

« La baronne n'est pas une sylphide, certes.

« Mais je suis un vieux soldat, moi.

« Un vieux dur à cuire, qui en a vu bien d'autres

« En Afrique, un jour que je chargeais à la tête de mon régiment, j'ai été culbuté par un boulet.

« Tout l'escadron m'a passé sur le dos.

Le noble sire allait peut-être se laisser emporter par une de ces forfanteries dont il était coutumier, lorsqu'il vit sa femme allonger le bras vers le fameux pâté en croûte.

Et la gourmandise l'emporta.

Le couteau qu'il brandissait comme une sabre de cavalerie s'abattit sur le pâté au fumet tentateur.

Il le fendit en deux morceaux d'inégale grandeur; fit passer le plus gros sur son assiette et se mit à manger goulûment à s'empiffrer, le nez sur la nappe.

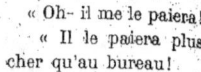

C'était une plantureuse Liégeoise.

Forcée de contenir sa rage, Poupoule suffoquait, la face cramoisie.

— Ah! le mufle! grommelait-elle en son for intérieur.

« L'immonde goujat!

« L'ignoble goinfre!

« Il sait que j'ai besoin de ce jeune homme, et il fait exprès d'être grossier.

« Il abuse de la situation!

« Oh- il me le paiera!

« Il le paiera plus cher qu'au bureau!

Cependant, l'entremetteuse et Patoche s'étaient rabattus sur les hors-d'œuvre.

Tout en décortiquant des crevettes ils avaient engagé une de ces conversations banales qu'on entend aux tables d'hôtes.

Il était question de Bruxelles, de ses monuments, de ses curiosités.

Patoche faisait presque tous les frais de l'entretien, et cela sans la moindre peine.

Depuis plusieurs jours qu'il potassait ses guides : Joane Baedeker et d'autres, il avait une érudition toute fraîche et était bien aise d'en trouver le placement.

Il parla de la *maison du Roi* « toute en dentelles de pierre » des Galeries St Hubert, de Ste Gudule, du Palais de Justice « le monument le plus colossal de la ville ».

Notre joyeux Montmartrois commit cependant quelques erreurs de date et d'architecture.

Emporté par sa verve, il émailla ses descriptions de plusieurs tournures argotiques, mais les auditeurs n'en étaient pas à cela près.

D'ailleurs l'un comme l'autre, la femme comme l'homme, ne l'écoutaient que d'une oreille.

Impassibles en apparence, tous deux s'observaient en dessous.

Fameux, grommela-t-il entre ses dents.

Le baron s'en saisit, la lui arracha des mains au risque de troubler le précieux liquide.

Puis il promena son grand nez autour du goulot, le flaira, le renifla bruyamment.

— Fameux, grommela-t-il entre ses dents.

« L'autre sentait un peu le bouchon.

Ayant ainsi parlé, il remplit son verre jusqu'au bord, versa quelques gouttes dans le verre de sa femme, de façon à bien marquer son intention d'oublier l'hôte et but avidement, la main sur le flacon comme s'il eût craint de le voir s'envoler.

Poupoule était rouge d'indignation.

Plus que rouge, violette.

Un peu plus, c'eût été l'attaque d'apoplexie.

Si ses yeux eussent été des pistolets, son mari fût tombé la poitrine trouée de deux balles.

Quant à Patoche, en train en ce moment de découper un perdreau froid, il continuait à faire contre mauvaise fortune bon cœur et bon visage.

Il souriait comme si de rien n'était.

Toutefois, cette nouvelle manifestation lui donnait à réfléchir.

— Diable! se disait-il, tout en démembrant le volatile avec une grande dextérité.

« C'est une déclaration de guerre formelle cette fois.

« Le patron décidément ne me gobe pas, et ça va nous gêner terriblement dans nos *combinaizes*.

« Il y a de l'eau dans le gaz, comme dirait le capiston.

« A tout prix, il faut que je fasse la conquête du type comme j'ai fait celle de la vieille.

La rage à froid de Poupoule comblait le faux M. de Saint-Didier d'une joie ineffable.

Jamais le noble général ne s'était tant amusé.

Pour une fois, il avait l'occasion de faire sentir qu'il était le maître, et il en profitait.

Trop longtemps, cette « carogne » de Poupoule l'avait traité comme un comparse, une quantité négligeable.

Son tour était venu, et il prenait sa revanche avec usure.

En ce moment, le baron cherchait une nouvelle blague à faire.

Une incongruité qui pousserait Mme Bric-à-Brac à bout, mettrait le feu aux poudres.

Justement le maître d'hôtel venait de déboucher la seconde bouteille de Beaune.

« Il faut évidemment que lui aussi consente à nous suivre du côté de la frontière, et un peu plus loin.

« Si je n'en ramène qu'un, rien de fait!

« La brocanteuse est une vieille roublarde très capable de se défendre.

« Elle niera tout.

« Tandis que si on les tient tous les deux, si on les cuisine, ça 'ra tout seul.

« Ils se contrediront, ils se couperont, se chargeront à l'envi.

« Et en fin de compte, il y en aura certainement un qui bouffera le morceau.

« Quand ça ne serait que pour faire pendre l'autre!

« Donc, il n'y a pas de bon Dieu, il faut que j'embobine ce grand escogriffe, que je trouve le défaut de sa cuirasse.

C'est ainsi parfois — en raisonnant à tort et à tratout à coup?

« Il était presque gentil tout d'abord.

« Je ne pense pas qu'il soit jaloux pour de vrai.

« Il s'imagine peut-être que j'en veux réellement à la grosse dame

« Trop lourde pour moi la moukère.

« C'est pas ma pointure! ah mais non!

« D'ailleurs, je le rassurerai là-dessus, s'il le faut.

« Je trouverai bien une occasion de le prendre à part, et de lui servir un boniment pour expliquer ma présence.

« Je lui raconterai par exemple que je veux tout bonnement vendre une auto à sa femme.

« Tiens, c'est une idée, ça!

« Justement, il en a été question tout à l'heure dans la voiture en venant.

« Au besoin, je lui offrirai de partager la commission.

« Mieux que cela, je lui paierai sa part d'avance.

« Mille balles, c'est bon à prendre.

« Il ne paraît pas très calé, le type!

« C'est sa femme qui tient le pognon.

« Ça m'étonnerait qu'il renacle.

De son côté, M. Lempereur, sa première gloutonnerie satisfaite, laissant là sa femme, observait Patoche et sans aucune bienveillance.

Résolu à contrecarrer Poupoule sur ce point, il en arrivait à se suggestionner lui-même et à trouver antipathique un visage qui ne lui avait pas déplu tout d'abord.

En un mot, il était à une de ces minutes, où, par esprit de contradiction, on suspecte les intentions les plus pures.

C'es ainsi parfois — en raisonnant à tort et à travers — qu'on découvre la vérité au moment où l'on s'y attend le moins.

Toujours est-il que Lempereur *brûlait* comme on dit.

Et c'était là une chose grave, dangereuse pour le Parisien dont les intentions n'étaient rien moins que pures.

— Ce blanc bec ne me dit rien qui vaille, songeait le brocanteur.

« Ce sont ses idées de derrière la tête que je ne vois pas bien.

« Tout cela est louche.

« Du côté de Poupoule, c'est beaucoup plus simple.

« Elle a envie de s'offrir un béguin, tout simplement.

« Envie de frotter sa vieille peau à cette barbiche en pointe.

« Je veux bien moi, pourvu que... compris.

« Léopold n'est qu'un prétexte probablement.

« Le roi n'est plus jeune, et n'a pas besoin de nous pour se payer des primeurs.

« Alors, qu'est-ce que ce bateau qu'on me monte?

« Alors, qu'est-ce que ce courtier vient faire chez nous?

« Qu'est-ce qu'il cherche?

« Faire casquer Poupoule?

« Je ne crois pas.

« Il a l'air d'avoir tout l'argent qu'il lui faut, d'être cossu même, plus cossu que moi, certainement.

« Alors, j'y reviens, qu'est-ce qu'il vient ficher ici?

« Qu'est-ce qu'il vient reluquer chez nous?

« Si par hasard c'était un espion?

« Un agent de Walter Humding venu pour voir comment nous exécutons ses ordres...

« Ce ne serait pas la première fois.

« Il est plutôt soupçonneux, le patron.

« Ou pis encore, si c'était quelque policier venu de Paris?

« Un agent de Lancelin, Bertard et Cie, envoyé pour nous tirer les vers du nez?

« C'est ça qui serait un sale coup.

« Dire que ma femme qui se croit maligne, qui veut tout mener, n'a pas pensé à cela une seconde.

« Je suis là, heureusement, et je n'ai pas mes yeux dans la poche, moi.

« Il s'agit d'interroger ce garçon au plus vite, de voir ce qu'il a dans le ventre, comme je le disais tout à l'heure.

« Je m'en vais lui poser des questions insidieuses.

« Nous verrons comment il s'en tirera

« Il sera malin s'il me jette de la poudre aux yeux.

« Je suis un vieux diplomate, quand je veux, moi, un vieux renard.

Dès ce moment, M. Lempereur commença à prendre part à la conversation.

A plusieurs reprises, il adressa la parole à Patoche.

Ce changement n'étonna personne.

Le mari de Poupoule avait bu copieusement et cela expliquait qu'il se décidait peu à peu.

D'ailleurs, ses voisins commençaient eux aussi à éprouver cette chaleur communicative des banquets dont parla certain ministre.

Cependant l'usurier disposait ses batteries. Il commença par féliciter Patoche de son érudition.

— Vous m'avez énormément intéressé, affirma-t-il.

« Je n'avais pas l'air d'écouter, et cependant je n'ai pas perdu un mot de votre conférence.

Puis, d'un air indifférent, il posa plusieurs questions, d'abord sur Bruxelles, puis sur les monuments que le courtier paraissait si bien connaître, puis sur Paris.

Il demanda à Patoche dans quel quartier il avait vécu, quelles gens il connaissait.

A tout cela, l'ordonnance qui, pas un instant ne soupçonna l'interrogatoire en règle dont il était l'objet, répondit victorieusement, avec le bagout, jamais en défaut que nous lui connaissons.

A plusieurs reprises même, il amena un franc sourire sur le visage de son interlocuteur.

— Vous êtes un joyeux vivant, dut-il convenir, un vrai faubourien.

Cependant M. Lempereur, dépité de n'aboutir à rien venait d'aborder un genre de questions plus intimes.

Il interrogeait Patoche sur sa famille, sur ses ressources, ses projets d'avenir.

— Touchez la, mon ami.

Si bien que Mme Lempereur commença à donner des signes d'impatience.

Tout d'abord, elle avait fort bien pris ce colloque, qui rompait la glace entre les deux hommes.

Seulement, son mari outrepassait les bornes de la bienséance.

Elle crut de son devoir de le rappeler à l'ordre.

— Mais, mon ami, voyons, c'est de l'indiscrétion, s'écria-t-elle.

Et oubliant jusqu'au faux nom sous lequel ils se cachaient :

— Voyons, Monsieur Lempereur...

C'était comme si la foudre était tombée dans le seau à champagne.

Poupoule était atterrée de ce qu'elle venait de dire.

L'usurier, lui, avait abattu son poing sur sa table et foudroyait sa femme des yeux.

— Bécasse, grondait-il, bécasse.

« Triple gourde.

Quant à l'ordonnance du père Lancelin, il n'avait même pas cillé.

Son sang-froid, sa présence d'esprit ordinaires n'étaient pas d'ailleurs pour grand' chose dans sa tranquillité.

Il était resté si calme, tout simplement parce que la révélation qui venait de tomber des lèvres de Poupoule n'en était plus une pour lui.

Deux ou trois fois lui-même avait été sur le point de prononcer ce nom de Lempereur.

Son calme eut pour effet immédiat d'apaiser l'angoisse de ses hôtes.

Du même coup, les soupçons du pseudo-général se trouvèrent dissipés, anéantis.

— Il n'a pas bronché, se dit-il. Donc, je me trompais.

« Ce n'est pas un mouchard.

Quant à sa femme, consciente de sa gaffe, elle essayait de la rattraper.

— Comme vous êtes violent, mon ami, disait-elle

à son mari qui continuait à la fusiller du regard.

« Quelle soupe au lait.

« Voilà que vous vous fâchez soudain, que vous prenez la mouche pour un sobriquet, un nom d'amitié bien innocent!

« Je comprendrais si monsieur était un étranger, et encore!

Et s'adressant à Patoche :

— Il faut que je vous explique, cher monsieur Boncœur.

« Mon mari est un bonapartiste enragé, fanatique.

« Il n'a qu'un culte : Napoléon.

« C'est pour ça qu'entre nous, je l'appelle parfois M. Lempereur.

« Mais, il n'aime pas que je me permette ça devant témoins.

« Il est tellement susceptible, ombrageux pour son idole!

— Tiens, tiens, se disait Patoche.

« Elle est rudement forte, la vieille.

« Elle vient de se retourner avec une prestesse.

« Cette gaillarde-là nous donnera du fil à retordre.

Le baron, de son côté, s'efforçait de seconder sa femme, de saisir la perche qu'elle venait de lui tendre.

— Et j'ai raison, maugréa-t-il, cherchant ses mots.

« J'ai raison, nom d'une sabretache.

« Il est imprudent et irrespectueux de jeter comme ça un grand nom au hasard d'une conversation.

« Cela peut amener des discussions regrettables.

« D'autant plus que Monsieur est Belge.

« Il se peut qu'il n'aime pas notre héros, le petit Caporal.

— Le caporal, goguenardait le Montmartrois entre ses dents.

« Non, j'aime mieux le Maryland.

Et tout haut :

— Le petit Caporal, l'Empereur, s'écria-t-il avec flamme.

« Le père la Victoire!

« Mais je l'adore, tout bonnement.

« C'est mon héros, mon Dieu!

— Mais vous êtes étranger, objectait le brocanteur.

— Étranger! hurla Patoche, emballé.

« Il n'y a pas d'étranger qui tienne, général, quand il s'agit du Petit Tondu!

« D'ailleurs, de son temps, nous étions français, nous autres.

« Et nous le sommes toujours, de cœur.

« Le patelin dont ma famille est originaire était

un département français, il y a un siècle.

« Parfaitement!

« Le plus beau des départements, par le nom du moins.

« Il s'appelait *Sambre-et-Meuse!*

« Hein, ça vous la coupe!

« Mais, ce n'est pas tout.

« Il y a mieux que ça, beaucoup mieux.

« Mon grand-oncle : Brutus Scipion — il s'appelait Sosthène, mais c'était la mode alors de prendre des noms latins — mon grand-oncle a fait toutes les campagnes de la République et de l'Empire.

« Il est mort, médaillé de Sainte-Hélène.

A ce mot magique de Sainte-Hélène, le général baron de Saint Didier qui avait le vin enthousiaste, s'était levé, transfiguré.

Il tendit la main à Patoche.

— Touchez-la, balbutia-t-il, touchez-la, mon ami.

« Monsieur Boncœur, je suis ravi, enchanté, de voir le descendant d'un de mes héros favoris, le petit-fils d'un de ces vieux grognards, d'un de ces bonnets à poil qui ont défilé dans toutes les capitales.

« Au nom de l'armée française, Monsieur Boncœur, je vous salue.

« Ah! si j'avais deviné, je me serais mis en tenue.

« Mais, il en est temps encore.

« Poupou.. poulette, va me chercher mon uniforme, mon grand cordon, mes croix!

« Je veux donner l'accolade à ce jeune homme.

Le vieil imbécile avait des larmes dans les yeux.

— Ah monsieur, vous venez de me procurer quelques minutes d'émotion bien douce.

« Vous venez de me rappeler ma jeunesse, les chansons de ma jeunesse, Paulus!

« Vous avez prononcé un mot surtout qui m'a remué jusqu'au fond des entrailles : *Le père La Victoire!*

Et d'une voix tremblante, avinée, l'usurier entama le couplet célèbre :

« *Quand je vois nos soldats,*
« *Passer gaiement musique en tête*
« *Ah! je dis marquant le pas,*
« *Comme autrefois, la France est prête!*

Le nouveau Paulus s'arrêta pous saisir une bouteille.

— Non, tout à l'heure, dit-il, je vous chanterai ça au dessert.

« Avant tout, trinquons à l'ancienne mode!

« Choquons nos verres comme les soldats de jadis avant d'aller au feu.

Il remplit son verre jusqu'au bord.

— A la vôtre, mon jeune ami.

« A la France et à l'Empereur.

— Vive le Petit Tondu, clama Patoche.

Et, à part soi, il songeait :

— Ça y est. j'ai trouvé le point sensible. Il marche, il marche à fond.

« Eh bien, nom d'un pétard, ça va ronfler.

CHAPITRE CXXXVI

Où le général baron Marin de St-Didier réédite un mot célèbre.

Patoche attendit que l'enthousiasme se fut un peu calmé.

Puis, il prit la parole à son tour.

— Mon cher baron, commença-t-il, choisissant ses termes comme le voulait une circonstance aussi solennelle — mon général, vous venez, vous aussi de prononcer quelques paroles qui m'ont ému profondément.

« Quelques-uns de ces mots à la Napoléon qui vont droit au cœur des braves.

« Au nom du médaillé de Sainte-Hélène, je vous remercie.

« Une chose m'étonne toutefois.

— Laquelle? demanda la marchande d'antiquités vivement.

— Celle-ci : c'est que, épris de Napoléon et de la France, de sa gloire militaire comme vous semblez l'être, vous connaissiez aussi mal la Belgique.

« Mais monsieur, mon général, cette gloire elle est écrite partout chez nous.

« Nulle part, vous ne verriez tant de champs de bataille illustrés par vos fameux héros.

« Mieux que cela, la Belgique, la Belgique toute entière, du Sud au Nord et de l'Ouest à l'Est, n'est qu'un vaste champ de bataille sillonné par vos troupes invincibles.

A la France et à l'Empereur.

« A chaque pas on rencontre un monument avec un nom de victoire.

« Et quel nom.

Ici Patoche, fit une pause comme il avait vu faire aux orateurs de réunions publiques.

— Quel nom que je m'en vais leur envoyer? se demandait le gavroche à part soi.

« Un nom ronflant.

« Minute seulement, que je me rappelle mon Joanne

« En tout cas, ça va bien jusqu'ici.

« Ils en sont baba, les frères.

« Il est vrai que je suis épatant, je m'épate moi-même.

« J'étais né orateur c'est clair.

« La prochaine fois, je me présente aux élections à Montmartre.

« On aime les beaux parleurs, par là.

Puis, d'une voix forte vibrante :

— Et quels noms glorieux, reprit-il.

« Des noms comme Fontenoy, Jemmapes, Fleurus.

A chaque mot, le général avait poussé un grognement de joie, et Patoche de dire :

— Ça mord, ça mord.

« Je le tiens, mon bonhomme.

« Ces patelins se trouvent juste à quelques pas de la frontière française.

« Je suis à peu près sûr maintenant de les amener où je voudrai, les types.

« C'est le moment de taper le premier clou.

Et sur un ton plus calme :

— Si vous voulez, mon général, nous les visiterons ensemble?

« Je les connais comme ma poche.

— Je ne demande pas mieux, s'écria le baron impétueusement.

« Quand commence-t-on?

« Demain, voulez-vous?

— Va pour demain, acquiesça Patoche enchanté d'aller si vite en besogne.

Et, se tournant vers son hôtesse :

— J'espère, chère baronne, que vous voudrez bien être des nôtres.

« La fête ne serait pas complète sans vous.

— Je le voudrais, soupira Poupoule avec un regret qui n'était pas feint

« Je le voudrais, mais c'est impossible.

« Ah! comme je le regrette!

« Mais, ce n'est que partie remise!

« Je serai plus libre, bientôt.

« Dans deux ou trois jours.

« Demain, spécialement, j'ai un rendez-vous.

« Un rendez-vous important que je ne puis manquer.

— Quel rendez-vous? maugréa le général.

Sa femme lui jeta un regard de souverain mépris et continuant à s'adresser à l'ordonnance :

— Je vous l'ai dit, monsieur Jacques, j'ai ici une affaire assez embrouillée.

« Une affaire d'héritage.

« Or, justement demain, j'ai à conférer avec mon fondé de pouvoirs.

« Évidemment, le baron, lui, n'entend rien à ces choses.

— Ça se conçoit, murmura le Parigot, un général.

— Et c'est sur moi que tout retombe.

Tandis qu'elle parlait, Patoche réfléchissait tout en approuvant du bonnet :

— Parbleu, se disait-il.

« Je le connais ton fondé de pouvoir, ma vieille.

« C'est Walter Humding ou quelqu'un de sa clique.

« Quel dommage que je ne puisse pas assister à l'entrevue.

« Caché sous la table, j'en apprendrais de belles, probable.

« Faut que je trouve un moyen pour savoir ce qui se manigance.

« Le plus simple, c'est de venir loger ici porte à porte.

« C'est faisable, en somme.

« Rien là d'extraordinaire, maintenant qu'on est amis comme cochons.

« Néanmoins, je vais tâcher que l'invitation vienne d'eux.

Et tout haut :

— Oui, madame la baronne, dit-il, je comprends.

« Je comprends et je regrette ce contre-temps comme vous.

« Je le regrette d'autant plus que j'avais combiné un programme qui n'était pas dans une musette.

« Une excursion en deux étapes, avec à chaque bout une chose à voir qui sort de l'ordinaire.

« Un de ces spectacles qui font d'une simple ballade un véritable pèlerinage.

« On aurait commencé par une petite visite qui plaît aux femmes d'habitude.

« Aux françaises, j'entends.

« Il n'en est pas une, passant par ici, qui ne l'ait faite au moins une fois.

« C'est votre mari, madame, qui vient de m'y faire songer en parlant de Paulus.

« Il s'agissait d'aller jusqu'à Ixelles, porter des fleurs à la tombe où repose un grand Français, et un grand amoureux, le général...

— Boulanger! clama M Lompereur qui venait de se dresser, le visage illuminé.

« Vive Boulanger!

Mais le général avait une autre idée.

Il se rassit et continua posément :

— C'est regrettable, évidemment!

« Mais, je ne veux pas, moi, différer ce pèlerinage, comme vous dites très bien.

« Comment n'y ai-je pas songé plus tôt? moi, un Boulangiste de la première heure.

« C'est un crime, une profanation.

« Aussi, je n'attends plus, je n'attends personne.

« Ma femme s'obstine à ne pas sortir.

« Elle me claquemure en quelque sorte.

« J'en ai assez.

— Mais non, protestait Poupoule.

« M. Jacques, n'allez pas croire, au moins...

« Seulement, nous avons beaucoup à faire.

« Et puis, nous arrivons à peine.

— C'est bon, c'est bon, maugréa l'usurier.

« Je sais ce que je dis.

« D'ailleurs, il y a un moyen de vous mettre tous d'accord.

« Ma femme a un rendez-vous, prétend-elle.

« Eh bien! on se passera d'elle, voilà tout.

— Ça ne serait pas galant, objecta Patoche, poursuivant son idée.

« D'autant plus qu'il y a un moyen, un moyen très simple de tout arranger.

« Ixelles est à deux pas d'ici.

« Avec mon auto, que je mets à votre disposition, deux heures suffisent pour faire le voyage aller et retour.

« Madame la baronne — une fois ses affaires terminées, — trouvera facilement deux heures à nous consacrer.

— Oui, évidemment, acquiesça la marchande d'antiquités.

« L'ennuyeux, c'est que j'ignore quand je serai libre.

« Impossible de savoir d'avance.

« Mon homme d'affaires est tellement occupé, tellement surchargé de besogne qu'il ne vient jamais à l'heure dite.

« Je craindrais, M. Jacques, de vous faire attendre, de vous faire perdre votre temps pour rien, peut-être.

Tandis que la pseudo-baronne donnait ces explications d'une voix embarrassée, Patoche la surveillait du coin de l'œil.

— Est-ce qu'elle se méfierait? se demandait-il. Attention pour lors.

« Commençons par tirer ça au clair, en douceur.

« Pas le moment, quand tout se présente bien, de casser les ressorts.

« Une chose sûre, en tout cas, c'est que c'est bien du Boche qu'il retourne.

« Sans ça, elle plaquerait tout pour être de la ballade.

« Elle en meurt d'envie.

« Ça se voit sur sa figure.

« Donc, tendons-lui la perche encore.

Et tout haut :

— Perdre mon temps, reprit-il si ce n'est que cela qui vous gêne, vous pouvez être tranquille, Madame la baronne.

« Je suis libre en ce moment, libre comme l'air.

« Si bien, que je pense à me rapprocher en vue de nos ballades futures.

« Justement, j'ai eu ce matin une discussion avec mon marchand de sommeil.

« Je trouverai bien par là, sur le boulevard, un hôtel dans mes prix...

— Mais, s'écria l'entremetteuse, l'hôtel est tout trouvé, M. Jacques.

— Je le voudrais, soupira Poupoule.

« Venez ici, au Grand Hôtel.

— Je ne demanderais pas mieux, fit Patoche, enchanté de voir que loin de le tenir à l'écart, on l'introduisait dans la place, dans la citadelle.

« Seulement, vous le disiez tout à l'heure, la boîte, pardon, la maison est pleine.

« On refuse du monde, plus une place.

— Il y en a pour les amis, lança Mme Lempereur en jouant de la prunelle.

« J'en fais mon affaire, le gérant n'a rien à me refuser.

« Je me charge de vous faire loger tout près, au même étage.

« Mieux que cela, la chambre mitoyenne de la nôtre est libre, je le sais.

« Je me fais forte de l'obtenir.

« De cette façon, nous n'aurons qu'un mur, une cloison entre nous.

« Cela vous va-t-il acheva Poupoule, en jetant au jeune homme une œillade pleine de promesses et de sous-entendus.

— Si cela me va, s'écria Patoche avec une conviction parfaitement sincère. Et à part soi :

— Cela me va d'autant mieux, ma vieille, que dès demain je vais acheter un vilebrequin et faire un pertuis dans la cloison.

« La payse ne se doute de rien et ne pensera pas à regarder.

« Si jamais elle découvrait quelque chose, elle s'imaginera que j'ai voulu la voir en liquette.

« Ça la flattera.

Cependant, Mme Bric-à-Brac continuait :

— Voilà qui est entendu, M. Jacques.

« Vous pouvez venir vous installer ici dès demain.

« Demain à la première heure, arrivez avec vos malles.

— Et votre auto, interrompit M. Lempereur.

« N'oubliez pas l'auto.

— Soyez tranquille, l'auto sera là.

« Nous allons en avoir besoin pour nos excursions.

« Demain, tout le jour, et tous les jours suivants elle stationnera à la *disposition de ousted.*

— All right! all right! lança le mari de Poupoule.

« Et maintenant, ce point réglé, parlons de la seconde partie du programme, la seconde étape.

« Celle qui se trouve reportée à après-demain, à moins qu'on ne puisse tout faire le même jour.

— La seconde étape? fit le Montmartrois, qui préoccupé de Walter Humding avait presque oublié ce détail.

— Ah oui, nous y voilà.

Le Montmartrois prit son verre que le baron venait d'emplir et se mit à boire à petits coups, l'œil mi-clos.

Pendant ce temps, tout en ayant l'air de déguster, il rassemblait ses idées éparses, rappelait ses souvenirs, ses plus récentes lectures.

— Bon, murmura-t-il, voilà que ça revient.

« Il s'agit d'emballer le vieux, de l'emboîter pour qu'il nous suive jusqu'au bout.

« Quant à sa femme, elle marche.

« Elle ne marche que trop, même.

« Elle commence à m'inquiéter, Madame Putiphar.

Patoche reposa son verre.

— La seconde étape, fit-il d'une voix sourde, contenue comme s'il luttait contre sa propre émotion.

« Ça, c'est du nanan, c'est le bouquet.

« Il s'agit d'un pèlerinage sacré, obligatoire pour un vrai français de France.

« C'est à quelques kilomètres de Bruxelles, un champ de bataille fameux entre tous.

« C'est là que s'est jouée la suprême partie, le dernier acte du drame.

« La dernière page de l'Épopée.

M. Lempereur avait tressailli à ce mot.

Il vida deux fois son verre plein de champagne, et se mit en devoir de déboucher une seconde bouteille.

Sa femme n'y prenait garde.

Elle était en admiration devant Patoche qui jamais ne lui était apparu plus beau.

En effet, — et le champagne y était bien pour quelque chose — en ce moment le Montmartrois, la tête rejetée en arrière, les yeux pleins d'éclairs, avait un air inspiré, presque sublime, bien fait pour toucher le cœur sensible de l'ex-entremetteuse.

— Ah! continua-t-il, ce fut une bien rude bataille que celle-là.

« Une lutte de géants.

« Et ces géants - sans parler de l'Empereur — le Dieu celui-là, ils s'appellent Ney, Drouet d'Erlon, Lobau, Blücher, Wellington, Grouchy.

— J'y suis, s'écria Lempereur, comprenant enfin.

« Grouchy, le traître.

« C'est de Waterloo qu'il s'agit?

— Oui, s'écria le parigot, se grisant de ses propres paroles.

« Ah! ce fut une belle bataille!

« Tenez, il me semble que j'y suis, tellement j'ai entendu raconter ça chez nous.

« Nous avions l'avantage depuis le matin.

« Toutes les positions étaient enlevées : Hougomont, Planchevoit, la Haie-Sainte.

« Déjà Wellington pliait bagages sur son plateau quand les *Boches* sont arrivés par derrière, en traîtres.

« Cinquante mille hommes de troupes fraîches tombant sur nos soldats épuisés par dix heures de lutte acharnée.

— Ah! les cochons! grommelait le « général ».

« A bas les Prussiens!

« Vive Napoléon! Vive Boulanger!

— Ensuite, ce fut la fin, la vieille garde, le dernier carré.

E. Y.

— *Ah! ce fut une belle bataille.*

Apprenez, Monsieur, que la garde meurt et ne se rend pas !

Le général venait de se lever, l'œil exorbité, le visage en feu et s'avançait en titubant.

Il saisit le parisien dans ses bras.

— Ah ! mon ami !, bégayait-il, mon grand a-mi.

« Vous avez été superbe, su... perbe.

Il était si ému qu'il en embrassa sa femme, puis le maître d'hôtel.

En même temps, il renversait une pile d'assiettes qui dégringolèrent avec un fracas épouvantable.

Cette fois des coups éclatèrent de toutes parts contre les murs.

On protestait ferme.

Des portes s'ouvrirent.

Presque aussitôt, le gérant apparut, l'air grave.

— Messieurs, Madame, je vous demande pardon d'intervenir.

« Mais, il est deux heures du matin.

« Tous mes locataires se plaignent.

« Vous devez vous rendre compte.

« Le lion blessé mourant et qui tient encore le chacal à distance.

« Puis le mot de Cambronne.

« Ce mot qui a traversé le monde comme un boulet !

Le Parigot, s'arrêta, essoufflé.

— Je me demande un peu où je vais chercher tout ça, murmurait-il.

« C'est le champagne, c'est sûr.

« Je suis paf, et le vieux donc !

« Pourvu que je n'aie pas trop forcé la dose.

« V'la le voisin d'en haut qui cogne depuis un moment.

« Et Lemperet qui riboule des calots de raie en amour.

« Qu'est-ce qui va se passer ?

Le général baron Marin de St-Didier venait de bondir.

— Nous rendre, murmurait-il d'une voix avinée.

« Qu'est-ce qu'il nous veut cet English ?

« Apprenez, monsieur, que la *garde meurt et ne se rend pas.*

« Qu'est-ce que vous avez à me faire ces yeux ronds, espèce d'enflé.

« Vous ne me comprenez pas. Eh bien, je m'en vais vous traduire en un mot plus simple.

« Un mot bien français.

Le poivrot fit un pas en avant, se campa en face du gérant, et, en plein visage, lui lança le mot de Cambronne accompagné de quelques postillons.

Très digne, le gérant s'essuya et battit en retraite, comprenant qu'il n'y avait pas à raisonner.

D'ailleurs, Poupoule venait de saisir son mari par un bras et s'efforçait de le calmer.

Quant à Patoche, qui commençait à trouver qu'il avait un peu « forcé la dose », il se glissait vers la porte. s'esquivant à l'anglaise.

— Je crois que ma présence l'excite, avait-il dit à Poupoule pour justifier cette espèce de fuite.

Une demi-heure après, le Parigot regagnait son hôtel.

Mais jamais, il ne se rappela exactement quel chemin il avait pris pour s'y rendre.

CHAPITRE CXXXVII

Où Patoche découvre avec stupeur que les murs ont des oreilles et quelque chose avec...

Ce n'est que le lendemain en se réveillant dans sa chambre, que ses idées se clarifièrent.

Patoche sauta à bas du lit et se mit à se débarbouiller à grande eau.

Tout en procédant à ses ablutions, il récapitulait les événements de la veille.

— Une riche journée, murmura-t-il.

« J'ai gagné la gueule de bois.

« Mais, qu'est-ce que ça fiche.

« Qu'est-ce que c'est que ça, à côté du résultat?

« Quel chemin, quel pas en avant en vingt-quatre heures.

« Le poisson est ferré, comme dirait le capiston.

« Il n'y a plus maintenant qu'à le fatiguer un peu, et en avant l'épuisette.

« Encore deux ou trois jours, et le couple est bouclé.

Et le Montmartrois se mit à fredonner le refrain obligé des lendemains de noce :

« *Moi, je m'en fous, je m'en fous,*
« *Moi, j'ai la gueule en bois d'érable,*
« *Moi, je m'en fous, je m'en fous.*
« *Moi, j'ai la gueule en caoutchouc.*

Comme il achevait sa ritournelle, le garçon d'hôtel parut.

Il apportait un paquet artistement conditionné, et noué d'une faveur rose, comme un article de confiserie.

Aussitôt, Patoche reconnut l'envoi du galant photographe, rencontré la veille à Luna-Park.

— Mes photos, s'écria-t-il en s'emparant de l'objet.

« Il y a longtemps qu'elles sont là?

— Une heure au moins.

— Il fallait me réveiller.

— C'est ce que j'ai essayé de faire, mais monsieur ne voulait rien savoir.

« Une fois seulement, vous vous êtes retourné; mais ça a été pour retomber aussitôt.

« J'ai eu beau aller et venir, ouvrir les fenêtres, Monsieur continuait de ronfler comme une toupie d'Allemagne.

« Alors, j'ai pris sur moi d'accepter la chose, et de payer.

— Vous avez bien fait, mon garçon, approuva Patoche.

« Qu'est-ce que je vous dois?

— C'est inscrit dessus; une douzaine de cartes, 15 francs, plus le cliché, 2 francs cinquante.

« Total, dix-sept francs cinquante.

— En voilà vingt, dit le Parigot qui languissait d'ouvrir le précieux paquet.

« Gardez la monnaie pour vous, et allez boire un verre à ma santé.

Sitôt seul, Patoche déchira l'enveloppe et tira l'une des cartes-photographies, qu'il se mit à considérer attentivement.

Il jubilait.

— C'est bien nous, c'est tout à fait nous.

« En voilà un précieux souvenir.

« C'est le capiston qui va être content. Ce qu'il va s'en faire une bosse de rire.

« Je m'en vais lui en expédier une aussitôt, et sous pli recommandé, encore. Ça vaut ça.

« J'y mettrai un mot, rien qu'un mot J'ai pas le temps, et puis il comprendra toujours.

« Je lui écrirai ce soir, si possible.

« Pour le quart d'heure, j'ai mieux à faire.

« Il faut que je prépare ma valise et que je me carapate là-bas au Grand Hôtel, au trot, au galop.

« Il me tarde de voir ce qui se manigance.

« Cette crapule de Walter Humding serait capable de passer de bonne heure, et je ne veux pas le rater.

« Ah! mais non!

« Et puis, ma Dulcinée doit m'attendre.

« C'tte vieille Poupoule!

« Je me suis tiré un peu salement hier soir.

« Il faut réparer ça!

Sa valise faite, Patoche descendit et se rendit à un garage voisin, où il savait devoir trouver une voiture de cette marque *Astra* qu'il était censé représenter.

Il prit dans le coffre même de l'auto, un vilebrequin et deux ou trois mèches de rechange qu'il mit dans sa valise.

— Voilà pour percer la cloison de la dame, rigolait-il.

Quelques minutes plus tard, il cornait sous les fenêtres de Madame Bric à Brac.

La marchande d'antiquités le guettait sans doute, car elle vint à sa rencontre jusqu'à la cage de l'ascenseur.

La rusée commère portait un peignoir cramoisi qui accusait encore les rotondités de sa taille.

Toute souriante, elle tendit sa main à Patoche, qui ne put faire moins que d'en baiser les doigts boudinés et empestés de lubin.

— Vous êtes belle comme un astre, dit-il galamment.

« Et le baron, comment va-t-il?

— Bien, mais il dort.

« Il était un peu mûr, hier, vous savez.

« Moi-même, je n'ai pas été très sage.

« J'ai encore la tête lourde.

— Moi aussi, déclara Patoche, mais ça va se passer!

« Et le gérant?

« Il n'a pas fait d'autre observation?

— Pas la moindre.

« Il nous ménage.

« Vous comprenez, nous habitons un des plus riches appartements de l'hôtel, la chambre des nouveaux mariés, comme on l'appelle.

« Aussi, ce matin, quand je lui ai demandé la pièce contiguë à la nôtre, il n'a pas soulevé la moindre objection.

« Il s'est empressé de donner des ordres en conséquence.

« Si bien qu'en ce moment, on achève de préparer votre chambre.

« C'est moi qui veux vous y conduire.

« Par ici, mon ami.

L'ex-entremetteuse poussa une porte, et introduisit l'ordonnance dans une vaste pièce donnant sur le boulevard Anspack.

— Vous le voyez, poursuivait-elle continuant à faire ses avances, votre chambre touche la mienne, la nôtre, veux-je dire.

« Si jamais vous aviez besoin de quelque chose, vous n'auriez qu'à taper contre la cloison.

« C'est très commode pour causer.

— Aïe! se disait Patoche, pendant ce speech.

« Elle va bien, Madame Putiphar.

« Qu'est-ce que je m'en vais lui servir comme boniment?

« Oh! une idée!

Un éclair de malice aussitôt éteint passa dans les prunelles du parigot.

Et prenant son air le plus régence :

— Madame, dit-il, en s'inclinant, vous me comblez.

« J'en suis confus et inquiet.

— Inquiet, s'écria Poupoule.

« Pourquoi donc, M. Jacques?

« Est-ce que vous seriez somnambule, par hasard.

« Est-ce que vous vous promenez la nuit en parlant?

« Vous m'effrayez.

« Auriez-vous commis un crime?

—Si vous aviez besoin de quelque chose, vous n'auriez qu'à taper à la cloison.

— Non, non, fit Patoche avec un sourire contraint. Il avait pris tout à coup, un air piteux, gêné.

— J'ai un autre défaut, Madame, continua-t-il gravement, un vice dix fois pire.

— Lequel?

— Madame, fit le pince sans rire, je ronfle.

« Je ronfle terriblement.

« Le garçon d'hôtel me le disait encore ce matin.

— Oh! fit Madame Lempereur, si ce n'est que ça.

« Ce n'est pas bien grave.

— Si, si, fit le Montmartrois

« C'est plus que grave, c'est ridicule.

« C'est une de ces choses humiliantes qu'on n'avoue qu'à des amis.

« Dire que j'ai tout essayé, tout tenté pour m'en corriger, mais en vain.

« Rien n'y fait.

« C'est vexant.

« Ça m'empêchera certainement de me marier.

« Me voyez-vous, ma nuit de noce, exécutant tout à coup un solo de cor de chasse.

Le Montmartrois s'arrêta.

— Zut, murmura-t-il, voilà que je blague déjà.

« Sacré Patoche, tu ne seras jamais sérieux.

Madame Lempereur souriait.

— Allons, monsieur Jacques, dit-elle, vous exagérez, je crois.

— Mais non, madame la baronne, mais non.

« C'est pourquoi j'ai voulu vous prévenir, bien que cet aveu me coûte.

« Je serais désolé de troubler votre sommeil.

— Rassurez-vous, vous ne le troublerez pas, et pour cause.

« J'y suis faite, et j'ai le sommeil plutôt dur.

— Tant mieux, fit Patoche. Vous me rassurez.

« D'ailleurs, je prendrai mes précautions.

« Il y a un moyen de ne pas ronfler.

— C'est de ne pas dormir, lança Poupoule avec un sourire égrillard.

— Évidemment, répondit Patoche impassible.

« Mais, il y en a un autre.

— Lequel? Dites-le moi, Monsieur Jacques.

« C'est pour mon mari.

— Le général ronfle donc?

— S'il ronfle! s'écria la marchande d'antiquités en levant ses deux ailerons vers le ciel comme pour le prendre à témoin.

« Je crois bien!

« Je vous disais tout à l'heure que j'avais l'habitude.

« Encore, si l'on peut appeler ça ronfler.

« Il hurle, voilà ce qu'il faut dire.

« Il tonitrue!

« Je suis sûre, mon ami, que votre musique n'est qu'un air de flûte à côté de ce tonnerre.

« D'ailleurs, vous avez vu son pif, oh pardon! son nez!

« Quelle boîte à résonnance!

« Quand l'air s'engouffre là-dedans, ça produit les sons, les cris les plus extraordinaires.

« Parfois, on dirait un cheval blessé qui hennit à la mort et ça c'est effrayant.

« Ça vous flanque le cauchemar.

« Si bien que nous avons pris le parti de faire chambre à part le plus souvent.

— Je comprends, fit Patoche, quand ça prend ces proportions.

« Aussi, je me demande si mon moyen suffira.

— Dites toujours.

— Voici, ça consiste tout bonnement à se pincer le nez.

— Comment avec la main?

— Non, avec une pince.

— Une pince! se récria l'entremetteuse ébahie.

« Quelle espèce de pince?

— N'importe laquelle.

« Une pince à linge, à papier n'importe.

« Moi, j'emploie une de ces pinces dont les cyclistes se servent pour serrer le bas du pantalon.

« Une pince pas trop dure que je garnis avec de la ouate.

« C'est épatant!

— Tiens, c'est une idée, je vais essayer sur le baron.

« C'est vous qui avez trouvé ça? Monsieur Jacques.

— Non, pas précisément, c'est des amis qui m'ont mis sur la voie.

« Voici comment : c'était l'été dernier.

« On excursionnait en bécane.

« Or, une nuit, dans une auberge, une méchante auberge, — où on était empilés quatre dans la même chambre — voilà tout par un coup que je me mets à corner.

« Je faisais un tel boucan que les copains se sont fâchés et ont résolu de me clore le bec, de me boucher mon instrument, quoi.

« Alors, savez-vous ce qu'ils ont fait, les rosses?

« Ils m'ont pincé le nez avec une clef.

« Une clef anglaise.

— Mais, ça devait vous faire mal?

— Non, madame la baronne, ça ne m'a même pas réveillé.

« C'était une clef de bicyclette.

« Un petit modèle. C'est léger, aussi léger presque qu'une pince à artères.

Tout en bavardant, l'ordonnance s'occupait de son installation, rangeait dans l'armoire ou sur la table de toilette les objets de toutes sortes extraits de sa volumineuse valise à soufflet.

La vue du vilebrequin caché, lui rappela le but de ce déménagement précipité.

Dès lors, il n'eut plus qu'une idée : se débarrasser de la visiteuse afin de se mettre à l'œuvre, d'attaquer la cloison au plus vite.

— Qu'est-ce qu'elle fiche, là, se demandait-il en continuant son rangement.

Paris. — Imp. MAILLET, 3, pass. de Châtillon.

« Est-ce qu'elle veut prendre racine?

« Il s'agit de trouver un truc pour l'expédier.

« Si je commandais un bain.

« Il faudrait bien qu'elle cavale.

« Encore savoir!

« Quel crampon, sacrebleu, quel crampon!

« Je m'en vais toujours lui remettre ses photos.

« Ça lui donnera peut-être l'idée d'aller les cacher chez elle.

« J'en profiterai pour boucler la lourde, pousser le verrou.

« On verra bien après.

Aussitôt Patoche mit son projet à exécution.

— A propos, madame la baronne, fit-il d'un air mystérieux.

« J'ai reçu les photos, vous savez les cartes postales de Luna Park. Les voici.

Le Parisien cherchait dans sa poche, mais la marchande d'antiquités l'arrêta d'un geste effarouché.

— Non, pas ici. Ce n'est pas prudent.

« Votre chambre est à peine terminée.

« Les garçons entrent et sortent à tout propos.

« Finissez votre rangement, et venez me les remettre chez moi, dans ma chambre.

« Je vous attends là, à côté, venez vite.

« Je grille de voir comment on nous a rendus.

— Bien, madame, répondit le Parisien enchanté de la tournure que prenaient les choses, je vous suis.

« Cinq minutes seulement.

« Le temps de changer de faux-col.

« Un vrai carcan!

« Quelle sale invention que cette nouvelle mode! Poupoule partie, le Parigot ne perdit pas de temps.

Il monta son vilebrequin, plaça une chaise contre la cloison, l'escalada, et se mit à tâter la mince paroi, cherchant l'endroit à attaquer.

Presque aussitôt, il étouffait un cri de surprise.

Il venait d'apercevoir juste en face de lui deux mi-nuscules tampons d'ouate, s'enfonçant dans le plâtre.

— Tiens, fit-il, un mur qu'a du coton dans les oreilles.

« J'avais bien entendu dire que les murs ont des oreilles, mais du coton, celle-là est forte.

« Ça prouve que quelqu'un avait eu la même idée que moi.

« Autant de fait.

« Je n'ai plus qu'à déboucher les pertuis et à plonger un œil, deux *œils*, même.

« Maintenant, je me demande qui diable a bien pu percer les trous.

« Eh! mais, j'y suis.

« C'est la chambre des nouveaux mariés, là.

« Ce sont les garçons de la boîte, ils ne s'embêtent pas.

« En voilà des satyres!

« C'est du joli!

« En tout cas, c'est bon à savoir, ça me servira de leçon.

« Le jour, je veux dire le soir, où j'emporterai ma petite Rosette dans mes bras, ce n'est pas dans une de ces boîtes-là que je me réfugierai.

« Ah! mais non, pas si bête!

« Sur quoi, *motus!*

On excursionnait en bécane.

« Voici la vieille qui rentre chez elle.

« C'est le moment, c'est l'instant.

« Ouvrons l'œil, et la bonne, comme dit l'autre.

L'entremetteuse entrait, l'air préoccupé.

Elle tenait entre ses mains une lettre qu'on venait de lui remettre dans l'antichambre.

Une lettre cachetée à la cire rouge, qui de suite avait tapé dans l'œil du Montmartrois.

— Attention, murmurait-il, je crois qu'il y a anguille sous roche.

« Elle prend trop de précautions, fait trop de magnes.

En effet, Madame Lempereur avait commencé par fermer la porte mettant en communication sa chambre et le petit salon dont nous avons parlé.

C'était la seule porte donnant dans sa chambre.

La fenêtre était restée ouverte, Madame Lempereur la ferma.

Ces précautions prises, elle alla chercher une forte loupe, et se mit à examiner l'enveloppe et les cachets avec une attention minutieuse.

Le Parisien qui ne perdait rien de ce manège, était aux anges.

— C'est de Walter Humding, se disait-il. J'en suis sûr à présent.

« De lui ou de quelqu'un de sa bande, ce qui est kif.

« Je devine même ce qu'elle reluque.

« Elle veut s'assurer avant tout, que l'enveloppe n'a pas été ouverte, et qu'elle n'a pas passé par le *cabinet noir.*

« Ah ! elle la connaît, la vieille !

« Elle la connaît, mais moi, je la pratique !

« On peut s'aligner.

Cependant Madame Lempereur avait déchiré l'enveloppe et lisait :

A mesure qu'elle parcourait les lignes, son visage s'assombrissait et Patoche d'en tirer une conclusion aussitôt :

— Ça doit venir de Paris, songeait-il.

« Paraît que ça va mal, là-bas !

« Pour le docteur Rubin, en particulier.

« Le capiston et son ami Bertard sont en train de lui travailler les côtes, au marchand de mort subite.

« Je donnerais bien quelque chose pour savoir ce qu'elle raconte, la *babillarde*.

« On essaiera tout à l'heure.

Arrivée au bas de la lettre, la marchande d'antiquités la parcourut une fois encore pour bien s'en pénétrer.

Puis, elle la remit dans l'enveloppe, et son visage, un instant obscurci, se rasséréna.

Elle eut cette expression, ce geste à peine esquissé qui partout signifie :

— Bah ! à demain les affaires sérieuses !

— Bien, très bien, continuait Patoche de son côté.

« Qu'est-ce qu'elle va faire maintenant du biffeton ?

« Le brûler, ou le cacher quelque part ?

« Tiens, elle se dirige vers le coffre.

« Je m'en étais toujours douté.

« Il a un air de deux airs, ce vieux machin tout vermoulu.

« Un trompe-l'œil.

« Ça doit être blindé, intérieurement.

L'objet que Patoche traitait si cavalièrement, était un magnifique coffre gothique en bois sculpté.

Madame Lempereur l'avait acquis depuis peu, y

avait fait adapter une serrure à secret, et c'est là provisoirement qu'elle serrait les objets, lettres ou autres qu'elle avait intérêt à cacher.

Elle tenait en ce moment, — sortie le diable sait d'où — une minuscule clef luisante aux entailles multiples.

Elle l'introduisit dans la serrure, tourna plusieurs fois, souleva légèrement le couvercle et par l'entrebâillement, laissa glisser la lettre comme dans une boîte postale.

Patoche avait suivi cette scène avec un intérêt croissant.

— Fameux, s'applaudissait-il.

« Une riche idée que j'ai eue de venir tout de suite.

« Je crois que je tiens le pot-aux-roses.

« Il s'agirait à présent d'y mettre un doigt.

« Comment ?

« S'emparer de la clef, c'est dangereux.

« J'aimerais mieux en avoir une à moi, une faite exprès.

« Pour cela, il me faut l'empreinte de la serrure.

« Eh bien, acheva-t-il en descendant de son poste d'observation, je m'en vais aller la prendre, parbleu.

« C'est bien la première fois par exemple que, mais quoi, ça ne doit pas être sorcier.

« J'ai justement de la cire à modeler sur moi.

CHAPITRE CXXXVIII

Où Patoche fait, à ses dépens, la découverte d'un second proverbe : « Il y a loin de la coupe aux lèvres »

Un peu après, le Montmartrois faisait son entrée dans la chambre de Poupoule.

Son premier regard avait été pour le coffre, sur la serrure duquel la clef était encore.

— Tiens, ça débute bien.

« La vieille m'a tout l'air d'avoir oublié sa clef.

« Si j'essayais d'en profiter pour chiper la babillarde ?

« Il suffirait que *l'autre* s'absente une seconde.

« C'est possible, après tout.

« Avançons-nous toujours, prêt à profiter de l'occasion, si elle se présente.

Patoche vint se planter devant le coffre, objet de ses convoitises secrètes.

— Mâtin, fit-il, la belle pièce.

« Madame la baronne, vous avez dû payer ça un prix fou.

— Oui, assez, fit la brocanteuse, flattée du compliment.

« Vous vous y connaissez, Monsieur Jacques ?

— Heu, dit le parigot prudemment.

« Je m'y connais, sans m'y connaître, vous savez.

« De ces machines-là, j'en ai vu pas mal chez le roi Léopold, qui est grand collectionneur, comme vous savez.

« J'en ai vu aussi dans les musées et ailleurs.

« Mais, c'est tout.

« Entre nous, je serais plus à l'aise pour jasp... pour jaser quoi, devant un châssis d'automobile.

« Chacun son métier, n'est-ce pas ?

« Tout ce que je vois, c'est que c'est rudement bien travaillé, fouillé, taillé de bas en haut.

« Qu'est-ce que c'est, exactement ? On dirait un coffre à bois.

— Oh ! Monsieur Jacques, fit Poupoule, vous n'y pensez pas.

« Un coffre à bois !

« C'est un coffre de mariage du quinzième siècle, s'il vous plaît.

« C'est une pièce rare, une vraie pièce de musée.

« C'est là-dedans que les filles des grands seigneurs flamands apportaient leurs dotes à leurs époux, jadis.

— Du quinzième, murmurait Patoche frappé surtout par ce détail.

« Alors, voilà cinq cents ans qu'on le trinqueballe, ce bahut.

« Il est rudement conservé pour son âge... et à part soi : « mieux que toi, ma vieille.

— Et mes photographies, s'écria Madame Lempereur, subitement, vous n'y pensez plus ?

— Oh pardon, fit-il, pardon, les voici.

« Excusez-moi, baronne, c'est le coffre qui en est cause.

« Je l'avais mal vu, hier soir, dans l'ombre.

« Mais, ce matin, en entrant, il m'a tapé dans l'œil, tout de suite.

Presque aussitôt il étouffait un cri de surprise.

« On a beau n'être pas connaisseur.

Tandis que l'ordonnance parlait, Madame Lempereur avait pris les photos et les examinait avec une complaisance manifeste.

Une fois ou deux elle jeta un coup d'œil sur Patoche.

Il était visible qu'elle attendait un compliment.

Mais de Parigot, à cette minute, n'avait d'yeux que pour la serrure du coffre.

— Oui, pas mal, finit par dire l'entremetteuse.

« Ce n'est pas mal.

« Mais il nous a faits un peu sombres, ça vieillit.

— Oh ! Madame, fit Patoche, arraché tout à coup à ses méditations, la photographie vieillit toujours, vous savez.

« Et puis, nous étions à contre-jour.

« On a beau avoir un objectif extra rapide.

« Il aurait fallu un peu plus de pose.

« Un quart de seconde, c'est facile à corriger d'ailleurs.

Patoche parlait pour parler.

Tandis qu'il enfilait des mots au hasard, son esprit travaillait.

— Comme vous le voyez, poursuivit-il, il n'y a que onze photos.

« J'ai gardé la douzième pour moi.

« Vous permettez.

— Comment donc, s'écria la marchande d'antiquités, mais c'était une affaire réglée, entendue.

« A votre service, d'ailleurs.

« Ah ! voilà le cliché.

« Je croyais qu'on devait le briser ?

— Oui, madame la baronne.

« Seulement, j'ai préféré que ce soit vous qui procédiez à cette opération.

« C'est plus sûr.

— Oh! Monsieur Jacques, avec vous j'avais confiance.

« Maintenant, conclut-elle en reficelant le paquet du mieux qu'elle put, il s'agit de mettre la chose en lieu sûr.

« Je ne tiens pas à ce que mon mari ou d'autres, vous comprenez.

Madame Lempereur souleva le couvercle du coffre et fit glisser les photos comme elle avait fait déjà pour la lettre

Patoche en voyant la cachette s'ouvrir de nouveau là presque sous sa main, n'avait pu s'empêcher de tressaillir.

— Dire que le machin n'est même pas fermé, murmura-t-il, et qu'il suffirait d'une minute de distraction de la rombière pour que je chippe le briffeton et quelque chose avec.

« Si elle pouvait avoir une bonne colique!

Son attention était telle — ses regards comme fascinés, que Mme Bric-à-Brac qui se relevait, ayant fermé à triple tour cette fois, en fut frappée.

Mais elle était trop entichée du jeune homme pour avoir seulement l'ombre d'un soupçon.

Elle trouva une explication plus flatteuse pour tous deux :

— Décidément, se dit-elle. mon coffre a du succès.

« Ce jeune homme a du goût, à défaut de pratique.

« D'ailleurs, il n'y avait qu'à l'entendre hier parler des vieux sculpteurs de Sainte Gudule.

« Il a des dispositions, certainement.

« Je suis sûre que dirigé par moi, il ferait un excellent antiquaire, un associé merveilleux.

« Ça me changerait de ce pauvre Lempereur qui

Elle tenait entre ses mains une lettre.

n'a jamais su distinguer un bahut d'une chaise percée

« Si je lui en parlais.

« Ce serait toujours une façon comme une autre d'entrer en matière, de causer plus intimement.

« D'ailleurs, rien ne prouve que je ne reprendrai pas le métier un de ces quatre matins.

« Avec un collaborateur comme M. Jacques, ce serait le rêve.

« Rien qu'à cette idée, je me sens toute remuée.

Et tout haut, d'une voix langoureuse :

— Allons, M. Jacques, dit-elle, je vois que mon coffre vous plaît.

— Oui, madame, beaucoup.

« Plus que je ne saurais dire.

L'entremetteuse avait pris le bras de l'ordonnance, et l'entraînait doucement à l'autre bout de la chambre.

— Je vois que vous aimez les belles choses, poursuivit-elle.

« Vous avez le sens du bibelot. Si, ne protestez pas.

« Je m'y connais.

« J'en ai d'autres à vous montrer chez nous.

« Beaucoup d'autres. Il faudra que je vous invite, cet hiver.

« Vous viendrez?

— Mais, avec grand plaisir, s'écria le Parisien, la pensée ailleurs.

« Un mot et j'accours. Je me précipite en quatrième vitesse.

Ils étaient arrivés devant un canapé placé entre la fenêtre et la porte.

L'entremetteuse s'y assit faisant gémir les ressorts sous son poids.

— Mettez-vous là, mon ami, près de moi, et causons.

Le Montmartrois frémit.

Entrez là, mon ami, je vous en supplie.

« Il est onze heures passées.

« On ne va pas tarder à se mettre à table.

« Je puis bien être aimable un moment.

« De plus Lempereur ne va pas roupiller jusqu'à demain.

« Si ce vieux canard avait la bonne idée de venir faire un tour par ici.

Cependant Poupoule s'était mise à bavarder de choses et d'autres.

Des relations de Patoche à la cour pas plus que de la promenade projetée pour ce jour, il n'en fut question.

La marchande d'antiquités avait d'autres idées en tête.

Très amicalement, sur un ton presque maternel, elle interrogeait l'ordonnance sur sa famille, sur ses projets d'avenir.

Le Parigot répondait de son mieux.

Mais sa gêne était visible... si visible que la commère la remarqua.

— Voilà qui est bizarre, songeait-elle.

« Est-ce que ce jeune homme serait froid, à présent?

« Il était si empressé hier, à *Luna-Park* surtout.

« Sans doute que c'est l'endroit qui le gêne.

« Mon mari qui peut surgir à l'improviste.

« Il n'a pas remarqué que j'avais poussé le verrou tout à l'heure après lui avoir ouvert.

« Et puis, je l'intimide, sans doute.

« Il me prend pour une grande dame, une baronne authentique.

Et d'une voix joyeuse:

— Oh! Monsieur Jacques, s'écria-t-elle en minaudant, comme vous êtes sérieux ce matin.

« Vous qui étiez si gai hier soir.

« Seriez-vous malade?

Tout à ses projets, il n'avait vu l'endroit où on le conduisait, le piège, que lorsqu'il n'était plus temps. Il obéit donc, mais jamais il n'avait été plus mal assis.

— Nom d'une pipe, je suis pris, moi, qui croyais prendre.

« Moi qui croyais déjà mettre la patte sur le biffeton.

« On a bien raison de dire qu'il y a loin de la coupe aux lèvres.

« Comment faire?

« Il s'agit de manœuvrer habilement sans rien casser.

« En effet, si j'esbrouffe la grosse mère, tout claque, tout croule.

« Ce qu'il faut c'est gagner du temps.

— Non pas, précisément, répondit le Montmartrois prompt à saisir l'occasion aux cheveux.

« Toutefois j'ai le cerveau un peu lourd, depuis hier soir justement.

« C'est le bourgogne.

« J'ai le sang à la tête.

— Mais c'est vrai, s'écria Poupoule qui promenait sa lourde patte sur les joues du Parisien.

« Pauvre ami.

« Donnez-moi votre front, vous allez voir.

« Vous avez entendu parler de l'effet magnétique du fluide.

« J'en ai beaucoup, paraît-il.

L'entremetteuse avait pris entre ses mains la tête de Patoche qui pestait intérieurement.

Doucement elle l'attirait vers sa vaste poitrine.

Soudain il y eut un brouhaha tout proche.

Des portes cliquèrent avec fracas.

Un coup résonna ébranlant la porte de la chambre.

— Mon mari, fit Poupoule qui avait sauté sur ses pieds.

« Mais non, ce n'est pas possible, il dormait.

L'entremetteuse courut vers la porte.

— Qu'est-ce que c'est, grondait-elle, qu'est-ce que c'est que ces façons?

« Que se passe-t-il donc?

« Qui est là... Mais parlez... parlez donc?

— Qui...? fit tout bas une voix que Patoche reconnut tout de suite pour celle de l'usurier.

« Vous ne devinez pas?

Et plus bas, presque dans un souffle:

— C'est le *patron*.

Patoche avait sursauté.

— Walter Humding! murmura-t-il devinant du coup.

« Ah! zut, alors. C'est complet cette fois.

« Me voilà propre, moi.

« Quelle tuile, mon prince.

« Quelle tuile! C'est cette bougresse-là qui m'a foutu la cerise.

« Ah! malheur!

CHAPITRE CXXXIX

Où le général écope., et sa femme aussi

Cependant, Mme Lempereur revenait l'air éperdu, affolé.

— Mon ami, bégaya-t-elle... Il m'arrive une histoire atroce.

« Il s'agit de mon salut, de mon honneur.

« Vous ne pouvez pas comprendre.

« Je vous expliquerai plus tard.

« Pour l'instant, il faut vous cacher.

« Mais où... où, mon Dieu!

« Je ne vois rien, rien qui ferme.

« Si le coffre, venez, venez vite.

Avec une vigueur dont on ne l'aurait pas crue capable, elle avait saisi l'ordonnance ahuri et l'entraînait vers le meuble.

Elle l'ouvrit tout grand.

— Entrez là, mon ami, je vous en supplie, une minute seulement.

Patoche roulait de surprise en surprise. Cependant il n'hésita pas.

Le coffre très vaste et vide était suffisant pour s'y fourrer... à croppetons.

— Allons, murmura-t-il, tout en passant une jambe puis l'autre.

« Puisqu'il le faut!

« Quand même, elle est forte celle-là... elle est raide.

« Je ne voulais mettre qu'un doigt dans le machin.

« Et voilà qu'on m'y fourre tout entier.

« C'est trop!

« Une chose sûre c'est qu'il faut qu'elle ait une rude peur du type, la dame.

« Et puis, veine, je vais entendre ce qu'ils diront.

« Chouette, papa!

Le Parisien, qui avait les membres souples, s'était installé de son mieux dans le coffre et assez vite.

Une fois assis au fond, le dos contre la paroi, les jambes ramenées, il plia le buste.

— De plus, continua-t-il, prenant de mieux en mieux la chose, je suis sûr d'avoir le *biffeton!*

« L'obscurité, soudain produite par le couvercle qui se rabattait, le grincement de la serrure fermée à triple tour par une main nerveuse, interrompirent les joyeuses réflexions du Parigot.

— Quand même, dut-il convenir, on pourrait être mieux.

« C'est plutôt dur.

« Si j'avais su, j'aurais demandé un coussin.

« C'est bien le moins!

Quant à l'entremetteuse qui avait parfaitement oublié la lettre reçue, elle n'avait pas pensé un seul instant qu'elle avait enfermé le loup dans la bergerie.

D'ailleurs les quelques documents qui se trouvaient dans le coffre étaient tous rédigés en langage conventionnel.

Cela eut suffi pour la rassurer si elle avait pu concevoir le moindre soupçon.

Restée seule, Mme Bric-à-Brac avait couru de nouveau vers la porte qu'on continuait de secouer au dehors.

Elle l'ouvrit, et feignant la colère pour mieux cacher son trouble, se rua dans le salon comme une trombe, bousculant tout sur son passage.

— En voilà des manières, grommelait-elle.

« Monsieur Lempereur, est-ce ainsi qu'on entre chez une femme?

Soudain elle devint folle de rage.

Elle venait d'apercevoir son mari tout seul en chemise qui battait en retraite prudemment.

Elle se précipita sur lui, le poing levé.

— Comment, c'est vous, qui faites ces plaisanteries.

« Ah! cochon!

La suave Poupoule avait pris le noble baron à la gorge et le rossait sans miséricorde.

Mais presque aussitôt, elle resta la main en l'air.

Deux hommes, deux gentlemen venaient d'apparaître sur le seuil du salon.

Ils avaient l'air grave, impassible, et n'eurent même pas un sourire à la vue de cette scène burlesque.

Mme Lempereur avait blêmi et considérait les deux inconnus.

— Quel est celui qui est le patron? se demandait-elle pleine d'angoisse.

« Est-ce le grand là... où l'autre, le petit?

« Ni l'un ni l'autre.

« Il est impossible de changer sa taille à ce point.

« Et puis le patron se serait fait reconnaître tout de suite.

« Par conséquent, ce sont deux agents, deux *mouchards* comme il nous en a envoyé déjà.

« J'aime mieux ça.

« On va pouvoir discuter.

Elle se précipita sur lui le poing levé.

« D'abord il faudra qu'ils montrent patte blanche.

« Sinon je les fais flanquer à la porte par le garçon.

« Je suis chez moi, après tout!

On le voit, Mme Lempereur, malgré son désarroi, ne songeait pas à se rendre encore.

Ainsi que toutes les femmes, elle savait que la meilleure façon de se défendre, c'est d'attaquer.

Aussi comme les deux inconnus approchaient:

— Que me voulez-vous? demanda-t-elle d'un ton rogue, agressif.

« Que venez-vous faire ici?

— Vous le savez, répondit le plus grand sans s'émouvoir.

« Nous venons de la part du chef.

— La preuve?

— La voici, chère Madame.

« Vous avez reçu une lettre ce matin signée de Walter Humding... de son monogramme, je précise, vous voyez.

« C'est moi qui l'ai écrite.

« Je vous disais que je ne viendrais qu'à la nuit, si toutefois je venais.

« C'était une ruse.

— Bien, fit la marchande d'antiquités, édifiée cette fois et baissant un peu le ton.

« Drôles de procédés, mais passons.

« Et maintenant pourquoi vouliez-vous me surprendre?

— Parce que nous avons reçu une lettre de dénonciation contre vous et votre mari.

Poupoule haussa les épaules.

— Une lettre anonyme, sans doute... quelque vengeance?

— C'est possible!

« C'est ce que nous allons savoir.

« D'ailleurs ce n'est pas tout, il y a autre chose.

— Quoi donc?

— Il paraît que, contrairement à la consigne formelle, vous avez introduit quelqu'un ici... chez vous.

« Un jeune homme.

« Il y était encore cette nuit.

« Il paraît même que vous étiez fort gais tous les trois.

A cette phrase: *il y était encore cette nuit*, l'entremetteuse respira, soulagée d'un poids immense.

— Ils ne savent pas.

« Ils ne se doutent pas que M. Jacques est là tout proche.

« L'affaire est moins mauvaise que je ne craignais:

« On peut se défendre.

« Ah! si j'avais su, si j'avais su que ce n'était pas le patron, j'aurais manœuvré autrement.

« J'aurais payé d'audace.

« Et, d'abord, ces deux individus ne se seraient pas permis d'entrer dans ma chambre.

« Je me chargeais de les en empêcher, en tout cas.

« Dès lors, inutile de faire cacher M. Jacques.

« Au pis aller, je l'aurais présenté carrément comme mon pédicure.

« Non, mieux vaut la vérité.

« J'aurais dit ce qu'il était: agent des automobiles *Astra* et que j'en voulais acheter une.

« Quel malheur que ce ne soit pas moi qui aie ouvert au lieu de cet imbécile.

« C'est mon mari qui m'a fichu le trac.

« Ah! le navet... il me le paiera.

Ces réflexions, que nous mettons dix lignes à exposer, s'étaient succédées avec la rapidité de l'éclair dans l'esprit en pleine activité de l'entremetteuse.

Elle releva la tête et répondit très posément:

— C'est vrai, je conviens que j'ai enfreint la consigne.

« Mais j'avais mes raisons.

« Ce jeune homme...

— Comment s'appelle-t-il? interrompit l'un des deux agents qui conduisait l'interrogatoire.

— Jacques Boncœur.

— Qu'est-ce qu'il fait?

— Représentant d'une maison d'automobiles.

— Où loge-t-il?

— Hôtel d'Anvers.

Ces réponses catégoriques lancées d'une voix ferme, du tac au tac pour ainsi dire, parurent faire bonne impression.

Et l'entremetteuse aussitôt de battre le fer chaud.

— Ce jeune homme, poursuivit-elle, a des relations, de très belles relations jusqu'à la Cour.

« J'avais mon idée en l'attirant chez nous.

— Quelle idée?

— Ceci me regarde. Je ne peux l'expliquer qu'au chef.

— Comme il vous plaira, fit l'agent en haussant les épaules.

« Il n'en est pas moins vrai démontré que vous avez fait un scandale cette nuit.

« Que ce scandale a attiré l'attention sur vous.

« Un de vos voisins, rabroué par le gérant, est allé tout droit au commissaire.

— La police, vous plaisantez, s'écria Poupoule incrédule.

— Oui, la police, scanda l'agent qui commençait à perdre patience.

« Par conséquent vous allez déménager à l'instant même.

— Déménager, râla l'entremetteuse qui suffoquait de rage contenue.

« Déménager à l'instant... mais c'est fou... Impossible!

« Il faut que je prévienne que...

— Ça ne me regarde pas, trancha l'agent d'un ton sec, sans réplique.

« Assez discuté.

« J'ai une consigne... je l'exécute.

« Vous n'aviez qu'à faire comme moi.

« Vous connaissez vos règlements.

« Vous y avez manqué.

« Tant pis pour vous.

« Vous vous expliquerez avec le patron, plus tard.

Pendant cette escarmouche, le deuxième agent de Walter Humding — un petit homme replet — un sous-ordre évidemment — se tenait à deux pas de son chef de file, le visage indifférent.

Parfois cependant son regard s'arrêtait sur l'usurier et une lueur joyeuse passait dans ses yeux.

C'est que le pseudo-général — le mari rossé — faisait avec sa belliqueuse moitié un contraste plutôt amusant.

En bannière, le teint verdâtre, un œil contusionné par l'irascible Poupoule, l'air effaré, il tamponnait sa paupière d'une main.

De l'autre, en cachette, il faisait des signes à sa femme comme pour lui dire:

— Calme-toi, voyons... tu vas tout aggraver.

Cependant le chef des deux agents — qui devait être un français un ancien soldat même — à en juger par son langage correct et ses airs cassants — s'était tourné vers son acolyte toujours muet, lui, comme un gardien de sérail.

— Toi, dit-il, accompagne M. Lempereur dans sa chambre.

« Fais-le habiller rapidement.

« Et surtout ne le perds pas de vue.

« Veille à ce qu'il n'emporte rien.

Le général baron Marin de St-Didier baissa la tête et passa devant, montrant le chemin.

Quant à Mme. Lempereur, elle soufflait comme un bœuf pris au lasso.

— C'est infâme, grognait-elle, entre les dents.

« Ah! mais ça ne se passera pas comme ça.

« Je me plaindrai!

Elle s'arrêta.

Une idée venait de surgir dans son esprit.

— Et moi, songeait-elle, il faudra bien qu'on me laisse m'habiller.

« Je serai seule dans ma chambre.

« Seule avec M. Jacques!

« J'en profiterai pour le délivrer.

« Mais qu'en faire ensuite?

« Comment lui donner la clef des champs?

« Où le mettre?

« Dans mon lit, parbleu.

« Je dirai que c'est mon amant.

« Cela expliquera toute cette histoire ridicule.

« Après tout, je suis maîtresse de mon corps, libre d'avoir des amants si ça me plaît.

« Quant à Lempereur, ça ne compte pas.

« Une corne de plus ou de moins.

« D'ailleurs, il ne l'a pas volé.

Deux hommes venaient d'apparaître sur le seuil.

« Quand je pense que c'est lui, ce grand idiot, qui est la cause de tout!

« Ah! le cochon!

« Voilà que, rien que de penser à ce vieux cocu, je m'emballe...

« Mais il ne faut pas... ce n'est pas le moment.

« Du calme...

« Voyons d'abord à délivrer M. Jacques qui doit trouver le temps terriblement long.

Ayant ainsi combiné son affaire, Mme Lempereur fit demi-tour comme pour retourner dans sa chambre.

Mais l'agent l'arrêta d'un geste:

— Où allez-vous, madame?

— Où je vais... dans ma chambre.

« Je vais m'habiller.

« J'ai bien le droit de m'habiller, je pense?

— A une condition, vous vous habillerez devant moi.

— Insolent! ah! non! par exemple!

— Alors, je vous garde.

— C'est trop fort, hurla Poupoule en se lançant pour passer outre.

Elle n'avait pas fait deux pas qu'elle fut saisie par un poignet de fer et ramenée à l'autre bout du salon.

L'agent de Walter Humding n'avait pas dit un mot mais ses yeux avaient un éclat de mauvais augure. Eloquence des gestes.

Mme Bric-à-Brac fut matée par ce regard et par ce coup de force.

Elle comprenait qu'elle avait trouvé son maître.

Aussi changea-t-elle de tactique.

— Voyons, monsieur, implora-t-elle d'un air humble.

« Laissez-moi entrer une seconde seulement.

« Le temps de passer une robe.

— Non!

— C'est indigne!

— C'est comme ça.

— Mais je suis nue là-dedans, toute nue.

« C'est plein de monde sur le boulevard.

« Et il fait grand jour.

« On va crier, me huer.

— Je m'en fiche, prenez un manteau.

« Celui-ci, tenez...

L'agent venait d'aviser un cache-poussière de voyage traînant sur un fauteuil.

Il le présenta à la marchande d'antiquités qui le prit sans mot dire et se mit à enfiler les manches.

— Quelle histoire, murmura-t-elle, quel affront!

« Et ce pauvre monsieur Jacques.

« Dire que c'est ce vieux saligaud, ce vieux cocu qui nous a mis dans de pareils draps.

« Enfin mieux vaut se résigner.

« Le mal est réparable.

« Tout à l'heure, en partant j'appellerai le gérant et lui remettrai la clef du coffre en lui disant ce que j'attends de lui.

« C'est un homme sûr, discret.

« Il fera le nécessaire... Il sait qu'il n'y perdra pas.

A ce moment M. Lempereur revenait, habillé de pied en cap, et toujours flanqué de son garde du corps.

L'autre agent qui s'était mis à se promener de long en large s'arrêta devant Mme Lempereur:

— Vous êtes prête? demanda-t-il.

— Oui, monsieur, répondit Poupoule poliment.

— Très bien, ce n'est pas trop tôt.

« Nous avons un auto-taxi en bas. Voici le bulletin.

« Vous allez y monter et vous faire conduire à l'hôtel du *Hainaut*.

« D'ailleurs mon collègue va vous accompagner.

— Et mes bagages, mes malles?

— Vous les ferez prendre ce soir... ou plutôt je vous les ferai porter moi-même.

« Quand je les aurai visitées...

— Vous voulez fouiller mes malles, haletait Poupoule.

« Mais c'est abominable.

— C'est l'ordre!

« Donnez-moi vos clefs.

La marchande d'antiquités sentait ses jambes trembler sous elle.

Elle fut sur le point de s'évanouir.

Mais elle s'exécuta.

Elle sentait que toute résistance serait inutile.

Elle tira un trousseau de clefs et le présenta à son persécuteur.

Elle n'avait pas même essayé d'escamoter celle du coffre, qui se trouvait dans le nombre.

A quoi bon... Il n'y avait pas à lutter contre la fatalité.

Mme Bric-à-Brac se sentait comme emportée par un tourbillon et s'abandonnait.

— Très bien, dit l'agent en glissant le trousseau dans son gousset.

« Soyez sans inquiétude, madame.

« Nous ne sommes pas des cambrioleurs.

« Tout ce qui vous appartient sera chez vous dans quelques heures.

« Et maintenant, en route!

CHAPITRE CXL

Gare la bombe

Pendant ce temps notre ami Patoche, comme le lièvre de la fable, songeait dans son gîte:

« Car que faire en un gîte à moins que l'on ne
[*songe.*

Il y avait une différence toutefois.

Le gîte ici n'avait pas d'issue.

C'était bien plutôt une prison, une espèce d'*oubliette*.

Patoche, lui, appelait ça une *souricière*.

Cependant le Parigot, nous l'avons vu, prenait assez philosophiquement la chose.

Son sang-froid et sa bonne humeur — l'un n'allait pas sans l'autre — lui étaient revenus tout de suite et il s'était mis à envisager l'aventure d'un cœur tranquille.

— Après tout, songeait-il, j'en ai bien vu d'autres, rue de la Comète.

« Ici, rien de pareil à craindre. Je suis dans un lieu public... dans un hôtel.

« Quand j'en aurai assez — rien ne presse — j'appellerai... je cognerai. Il faudra bien qu'on m'ouvre.

« D'ailleurs ce n'est pas pour moi qu'il vient, le boche:

« S'il avait voulu il m'aurait trouvé déjà.

« L'embêtant, c'est que cet avaro me fait perdre probablement tout le terrain gagné depuis hier.

« Claqué notre beau projet de ballades, qui devait se terminer si gentiment, là-bas, du côté de Neumont-le-Pin.

« Sinon, claqué... retardé.

« Renvoyé à la St Glin-Glin.

« Si seulement je pouvais entendre ce qu'ils jaspinent, les autres!

« C'est pas gentil de me laisser là... tout seul... comme un fœtus dans un bocal.

« C'est la grosse mère qui les retient, pardienne.

« Elle se méfie... et pour cause.

« Essayons toujours de saisir quelque chose.

Le Parisien colla son oreille à la serrure, mais ne perçut qu'un murmure confus, puis par moments quelques éclats de voix.

Des minutes passèrent et ce murmure décrut, s'éloigna.

La discussion était terminée, et Poupoule venait de rendre les armes... les clefs en l'espèce.

Des gonds de portes crièrent.

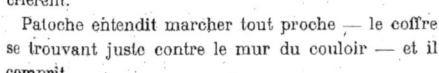
Elle fut saisie par un poignet de fer.

Patoche entendit marcher tout proche — le coffre se trouvant juste contre le mur du couloir — et il comprit.

— Ça y est, grommela-t-il... Ils s'en vont.

« Walter Humding les emmène, et ça c'est plutôt mauvais signe.

« C'était lui qui gueulait tout à l'heure, évidemment.

« Pourquoi?

« V'là la question... comme disent les Anglais.

« Qu'est-ce qui a bien pu se passer?

« Quelque chose de grave certainement!

« Le type n'avait pas l'air content!

« Mais est-ce que ça me concerne?

« Est-ce que j'aurais été découvert?

« Est-ce que je serais *brûlé* déjà, comme on dit dans l'argot du métier.

« Peu probable!

« Sans ça le boche aurait commencé par me tirer de ma boîte.

« Reste à savoir comment tout ça va finir?

« Évidemment dès que la mère Brocante pourra, elle viendra me déboucler.

« Elle doit avoir une peur bleue que je fasse du pétard.

« Mais pourra-t-elle s'échapper?

« Et quand?

« Autant de questions rudement compliquées.

« Le plus simple c'est de s'armer de patience.

« Je ne tiens pas à compromettre la brocanteuse, dont j'ai besoin.

« Par conséquent je ne ferai du pet... du scandale, qu'au dernier moment.

« Quand je ne pourrai plus tenir, que je sentirai que je vais faire la carpe, faute d'air.

« En attendant, je m'en vais visiter la maison... faire le tour du propriétaire.

« Ça ne sera pas long. L'ordonnance se mit à tâter autour de lui.

— Veine, s'écria-t-il bientôt.

« Il y a des ventilateurs!

« Ce vieux bois est fissuré en divers endroits et l'air passe à travers.

« Fameux... c'est le plus important.

« Je suis sûr de ne pas m'asphyxier.

« Par conséquent, je peux rester là, aussi longtemps qu'il faudra.

« Il ne s'agit plus que de s'arranger le plus confortablement possible.

« Après tout, on n'est pas si mal.

« Ça me rappelle *Boubouroche* que j'ai vu jouer au théâtre Montmartre.

« Si j'avais comme lui une lampe et un bouquin à lire, je serais comme un coq en pâte, comme le rat dans son fromage.

« Le coffre est un peu dur, un peu juste, mais c'est un coffre du XVᵉ siècle.

« Et c'est flatteur pour *mézigue*.

Le Montmartrois souriait.

Puis un souvenir lui vint:

— Et la *babillarde*? se demanda-t-il.

« Ce qui m'épate c'est de ne pas la retrouver.

« Je l'ai vu mettre cependant devant moi.

« Je retrouve bien les photos... mais la lettre, *nisco*.

« Est-ce qu'il y aurait un truc... un double fond?

« Presque aussitôt le Parisien se déridait.

— V'là le *biffeton*. J'avais juste mis le pied dessus.

« Je m'en vais le lire pour tuer le temps.

« J'ai justement des allumettes bougies, une dizaine mais qui en valent cent.

« C'est de ces allumettes dites « *cinq minutes* » dont on trouve une grande quantité en Belgique.

« Pas de danger de s'asphyxier puisque l'air circule.

« Je pourrais même griller une sibiche.

« Mais ce ne serait pas prudent.

« L'odeur du tabac pourrait donner des soupçons au *boche*... en supposant qu'il revienne.

Patoche craqua une allumette, et une fois allumée l'inséra dans une fente du vieux bois, de façon à avoir les deux mains libres.

A la lueur de cette chandelle improvisée, notre ami continua ses investigations avec l'espoir de trouver d'autres lettres, mais il ne découvrit rien.

Alors il ouvrit celle qu'il détenait et presqu'aussitôt eut une grimace de déception:

— Zut, fit-il, je suis refait.

« C'est des lettres *chiffrées*.

« Des *cryp*... cryptogrammes, c'est ainsi que le père La Manille appelle ces machins-là.

« Pour lire ça, il faut avoir la clef comme ils disent.

« Sinon rien de fait.

« Va te faire lanlaire.

« Or, les clefs c'est ce qui manque le plus pour le quart d'heure.

Zut, fit-il, je suis refait!

« Il y en a une pour commencer que je voudrais bien avoir: celle du coffre.

« Je dis ça, mais qu'est-ce que j'en ferais?

« Rien probablement.

« Je vois bien une espèce de trou de ce côté de la serrure, mais ça ne peut-être qu'un trompe l'œil.

« Cette boîte-là, ne doit pas s'ouvrir d'en dedans.

« On n'avait pas prévu qu'elle serait habitée, un jour.

« C'est tout de même drôle, quand on y pense!

« Dire que ce bahut a quelque cinq cents ans, qu'il a passé par un tas de mains, a vu mourir un tas de gens et qu'après tout ça il est venu s'échouer ici juste à point pour qu'on m'y coffre!

Tout en monologuant, le Parisien examinait la serrure dont le trou intérieur l'intriguait.

— Si j'essayais tout de même de faire jouer la mécanique?

« Faudrait un outil, et je n'ai rien.

Il arracha une écharde du coffre, introduisit la pointe dans la serrure, tâta de gauche à droite.

Rien ne bougeait.

— Des nèfles, dit-il, rien à faire.

« Je risque tout bonnement de détraquer la machine.

« C'est pas à faire.

« Tout à l'heure, quand la mère Lempereur viendra, elle ne pourra plus ouvrir.

« Et c'est moi qui serai *marron* une fois de plus.

Le Montmartrois cessa de monologuer pour porter toute son attention sur la serrure même.

Il tâta l'une après l'autre les vis, au nombre de huit, qui la fixaient.

Il les saisit, tâcha d'ébranler la plaque, mais n'obtint aucun résultat.

Moi, Patoche, surgissant soudain comme un diable.

pour de bon.

« Il peut revenir, lui ou quelqu'un de sa cli-...ue.

« Je finirai peut-être par surprendre quelque ...ose.

« D'ailleurs, voilà la ...amoufle qui s'éteint.

« Je pourrais en al-...mer une autre, mais ...ut ménager ses pro-...sions.

Patoche profita des ...ernières clartés pour ...irer sa montre et re-garder l'heure.

« Midi, fit-il, seule-...ent midi.

« Je me figurais être là depuis des heures et des heures.

« Je me trompais un peu.

« J'ai beau bavarder, rigoler, me raconter des blagues à moi-même, le temps va son petit train-train.

« Dire qu'en ce mo-ment on devrait être à table en train de se les caler.

« Rien que d'y pen-ser ça me fiche la dent.

« Bon, voilà mes boyaux qui chantent à présent.

« Manquait plus que ça.

« Mais ils vont me trahir, me faire pincer.

« Or, je ne veux me faire connaître qu'à mon heu-re.

« On vient, justement, silence dans les rangs, ton-nerre de Dieu! »

L'ordonnance écoutait avec l'attention qu'on de-vine.

— Ce n'est pas Poupoule, dit-il bientôt.

« Elle serait accourue ici dare-dare.

« Ce doit être le garçon d'hôtel.

« Si j'appelais... non...

« J'ai dit que je restais... je reste! »

Tout à coup le Parisien tressauta:

— Cré nom! qu'est-ce que c'est que ce potin?

En effet, placé comme il l'était dans le sens de la longueur du coffre, ayant la serrure à sa gauche forcé par conséquent de travailler de biais, il ne pou-vait guère donner que l'effort de l'avant-bras.

Et c'était insuffisant contre de solides vis plantées dans du cœur de chêne.

— Ah! grondait le Parigot, un peu énervé par cet-te tentative vaine, si j'avais un tournevis, un canif seulement.

« Si j'avais eu seulement l'idée d'apporter mon vilebrequin.

« Mais qui diable aurait jamais pensé.

« Et puis zut... qu'est-ce que je vais chercher.

« Je suis très bien ici.

« Je pourrais m'évader, que je ne le voudrais pas.

« Rien ne prouve que Walter Humding soit parti

« On dirait des malles qu'on traîne.

« Mais oui, c'est ça.

« Il n'y a pas de doute.

« Les Lempereur déménagent.

« Ils me plaquent.

« Ou plutôt *on* les déménage.

« C'est pas de leur faute!

« Mais, alors, moi, si je continue à faire le mort on va m'emporter aussi!

« M'enlever comme un colis, un ballot de linge sale!

« Ah! par exemple, elle est rien farce, celle-là!

» Ça devient de plus en plus rigolo... de plus en plus fort.

Le Montmartrois ne se trompait pas.

Les deux agents de Walter Humding — le couple Lempereur une fois consigné à son nouvel hôtel — s'occupaient de préparer les bagages que deux commissionnaires attendaient en bas.

Ils opéraient seuls, bien entendu.

Les vêtements dûment fouillés, retournés étaient entassés dans des malles, et les malles traînées dans l'antichambre.

C'était ce bruit qui avait attiré l'attention de Patoche, qui continuait à envisager, sous tous les angles possibles, la situation de plus en plus bizarre qui était la sienne.

L'idée d'être enlevé comme un colis avait suffi pour donner un nouveau coup de fouet à sa fantaisie.

— J'ai rudement bien fait de rester, s'applaudissait-il.

« Je ne donnerais pas ma place pour cher, à présent.

« Quelque chose me dit qu'on va rigoler.

« Que la pièce commence seulement, et je suis aux premières loges!

« Mieux que ça, dans le trou du souffleur, là où qu'on voit les jambes des donzelles.

« Sur ce, assez blagué... soyons sérieux, comme dit le vieux grognard.

« Tâchons de deviner un peu ce qui va suivre.

« Le plus probable, c'est que je vais partir avec les malles et me retrouver dans la chambre de la grosse dame.

« Poupoule me débouclera et me sautera au cou pour me remercier d'avoir sauvé son honneur.

« Mince de récompense, je m'en passerais très bien.

« Sans doute, aussi je devrai rendre la lettre!

« Seulement, comme on reprendra nos projets de ballades, d'excursions, tout se trouvera réparé du coup.

« D'où il suit que j'ai eu le nez creux de faire le mort!

« Maintenant rien ne prouve que ça se passe aussi simplement.

« Le boche gueulait salement tout à l'heure.

« Il y a de l'eau dans le gaz, comme dit le vieux.

« Il se peut très bien que Walter ait forcé les Lempereur à changer non seulement d'hôtel, mais de ville, de pays même.

« Qu'il les ait expédiés au diable-vert.

« Au fond de l'Allemagne, peut-être.

« Ou bien en Suisse.

« A Genève qui est un autre nid d'espions à ce qu'on dit.

« Alors me voilà, moi, obligé de me ballader deux jours ou plus dans un fourgon à bagages.

« Et le *bricheton?*

« Ah! mais non, je rouspète, ce coup-ci.

« Je cogne!

« Tant pis pour l'honneur de Poupoule.

« Je veux bien me passer de bouffer une fois ou deux.

« Mais me mettre la ceinture pendant deux jours.

« Macache!

« D'autant que le voyage peut durer.

« Ces salops-là sont très capables de me flanquer tout bonnement en petite vitesse.

Un instant Patoche écouta le bruit qui se faisait, tout proche, puis son imagination repartit de plus belle.

Le Montmartrois avait l'esprit ingénieux et jamais il n'avait eu pareille occasion de l'exercer.

Et puis c'était encore la meilleure façon de faire passer le temps qui commençait à lui sembler long, tout en se préparant aux diverses éventualités possibles.

— Les types sont pressés, continua-t-il bientôt.

« Ils bousculent tout.

« Faut croire que la situation était devenue grave tout à coup.

« Plus j'y pense, plus j'en suis convaincu.

« Ce départ précipité cet enlèvement — car c'est un enlèvement — le prouve.

« Sans ça jamais Poupoule ne m'aurait laissé là, oublié comme une croûte de pain... dans une malle.

« Si bien que je me demande si elle n'est pas partie en abandonnant tout son Saint-Frusquin.

« S'il y avait danger pressant, Walter Humding, qui est riche comme Crésus, n'aura pas regardé à quelques nippes.

« Il aura laissé le tout au garçon comme pourboire.

« Et celui-ci, en ce moment, est en train d'emballer la marchandise.

« Probablement qu'il va envoyer tout le bazar — moi compris — à l'hôtel des Ventes.

« Si c'est ça, je ne pipe mot... Ce serait trop drôle!

« Vendu à la criée, ça ne m'était jamais arrivé.

« Faudrait être gnolle pour manquer ça.

« Et la suite donc!

« C'est la suite qui promet des sensations épatantes!

« Je me vois arrivant chez un brave bourgeois de Bruxelles qui aura voulu *profiter* avec le coffre, et faisant des blagues, tapant des petits coups contre le bois.

« On me prendra pour un esprit frappeur... pour le diable, qui sait!

« Le curé de Ste-Gudule viendra m'exorciser, p'têt' ben.

« Et puis le coup de la fin, le bouquet, l'apothéose.

« Moi, Patoche, surgissant soudain comme un diable d'une boîte à ressort.

« Tableau!

Sacrebleu, la clef ne marche plus.

« Quand je raconterai celle-là au père la Manille, il en mourra de rigolade.

« Et Rosette donc, ma bonne petite Rosette!

« Elle est capable d'en mouiller sa liquette.

Le joyeux Patoche fut interrompu dans ses réflexions par le bruit de la porte qui s'ouvrait.

— Tiens, fit-il avec cette promptitude de jugement qui ne l'abandonnait jamais.

« C'est pas le garçon!

« Lui, le *larbinos*, il est chaussé de savates, et j'entends des escarpins... même qu'ils craquent comme des vernis.

« Et de plus, les types sont deux... Il y a deux pas, un léger, l'autre lourd.

« Ça ne peut être que Môsieur Walter avec un de ses mouchards.

« Ils sont venus ici pour causer... probable, pour tenir conseil.

« Qui sait, je vais peut-être finir par surprendre quelque chose, le grand secret de l'Association Fripouille et Cie.

« Allons, Patoche, ouvre tes esgourdes, mon colon.

Le Montmartrois ne se trompait qu'à moitié.

On l'a deviné, les deux personnages qui venaient d'entrer étaient tout simplement les deux agents de Walter Humding qui continuaient leurs investigations policières dans l'appartement abandonné par le couple Lempereur.

La besogne achevée ailleurs, ils venaient fouiller la chambre de Mme Bric-à-Brac.

— Il s'agit de tout retourner, dit le chef à son inséparable acolyte, matelas, sommier, etc.

Patoche avait tressailli.

— Ce n'est pas Walter, conclut-il, dès le premier mot.

« Je reconnaîtrais sa voix.

« D'autant plus que se croyant entre amis il ne la contreferait pas.

« Mais c'est certainement des gens à lui.

« Ils sont deux, parce que ces oiseaux-là sont toujours par paire.

« Les mêmes évidemment qui sont venus faire cet esclandre ce matin.

« Ecoutons ce qu'ils disent.

« Je vais sans doute apprendre ce qu'ils ont fait des Lempereur, où ils sont.

« Ça m'intéresse ça puisque je fais partie de leur mobilier.

Cependant celui des deux agents qui conduisait la perquisition, continuait de donner ses ordres à son acolyte.

— Occupe-toi du lit, toi... et passe partout.

« Moi, je me charge des autres meubles.

De nouveau notre ami Patoche eut un tressaillement.

— Mais alors, murmura-t-il, ils vont ouvrir le coffre, essayer tout au moins.

« Ils vont me découvrir. .

« Alors faudra qu'on s'explique face à face.

« Eh bien! ça colle. Allons-y... Ils ont beau être deux, ils ne me font pas peur.

Cependant l'agent chef continuait:

— C'est ici, certainement, que nous trouverons quelque chose.

« Il le faut.

Son collègue hocha la tête d'un air de doute et avec un accent belge fortement prononcé:

— Savoir, répondit-il... Peut-être que nous nous sommes un peu pressés, pour une fois.

« Une dénonciation anonyme, qu'est-ce que ça prouve, sais-tu.

— Tu oublies qu'il y avait autre chose.

« Cette plainte au commissariat.

« Ils faisaient scandale, quoi.

— D'accord, mais pour ça un avertissement suffisait.

« Tandis que cette expulsion, cette exécution en cinq secs, c'est raide, tout de même.

« La brocanteuse a bec et ongles, sais-tu.

« Si nous ne trouvons rien contre eux, elle se plaindra au patron, fera du boucan, pour une fois.

« Et nous aurons sur les doigts, godfordom!

— Je me fiche de sa plainte, même si nous faisons chou-blanc, répondit le chef.

« J'avais ordre de surveiller le couple, j'ai exécuté ma consigne.

— Un peu rigoureusement, peut-être.

— Mais non.. où prends-tu ça?

« Après tout, madame Lempereur est aussi bien à l'hôtel du Hainaut qu'ici.

« Quant à ses bagages, ses meubles, ses bibelots, ils ne risquent rien.

« Avant une heure, elle recevra tout ça, franco de port et d'emballage.

« De quoi se plaindrait-elle, la grosse mère?

Notre ami Patoche n'avait pas perdu un seul mot de ce dialogue.

— Bon, fit-il, je suis fixé, maintenant.

« Je m'explique tout, la fugue de Poupoule, et le reste..

« Tout ça se tasse.

« Reste la question du coffre... c'est-à-dire celle de savoir si on va se bouffer le nez, nous trois.,

« Je ne pense pas.

« Ils n'ont pas la clef certainement et ils n'oseront pas fracturer une pièce comme ça, une pièce de musée.

« Ils trouvent qu'ils sont allés un peu loin, déjà.

« Par conséquent, je vais être rapporté avec ma coquille chez les Lempereur.

« J'arriverai encore à temps pour prendre le café avec eux.

Soudain le Parisien eut un choc au cœur.

Une clef grinçait à quelques pouces de son oreille.

— Tonnerre, fit-il entre ses dents... ça devient sérieux.

« Eh bien! tant mieux.

« On va se dégourdir.. pas dommage.

Patoche serrait les poings d'avance, lorsqu'un juron lui fit dresser l'oreille.

— Saprelotte, grommelait l'agent de Walter Humding, la clef ne marche plus.

« C'est cette coquine qui a fait le coup.

« Elle a dû enfoncer quelque chose là-dedans.

« Elle a faussé la serrure.

Patoche s'était remis à rigoler.

— Il ne se doute pas que c'est moi.

Cependant, après quelques essais infructueux, l'agent de Walter Humding venait de se relever:

— J'y renonce, dit-il. Tant pis ou plutôt tant mieux!

— Pourquoi tant mieux? demanda son compagnon.

— Cette question, s'écria l'interpellé qui semblait enchanté maintenant de ce qui arrivait.

« Tu n'es pas fort, mon vieux.

« Mais c'est la preuve ça... la preuve que nous cherchions.

« Les pièces compromettantes existent, et elles sont là, dans ce coffre, un beau coffre, ma foi.

« Sans cela, est-ce qu'on aurait faussé la serrure.

« Tu doutes encore?

— Non, répondit l'autre... cette fois je crois bien qu'il y a anguille sous roche.

« Maintenant, comment vas-tu procéder.

« Faire sauter la serrure?

— Jamais de la vie, s'écria le chef indigné.

« Ce serait une profanation, un crime!

« Tu n'as pas l'air de te douter, tout Belge que tu sois, que ce coffre est un chef-d'œuvre.

« Une merveille de travail flamand, digne de figurer à la maison du Roi!

« Van Clouten, le grand antiquaire du boulevard Anspack, en donnerait dix mille francs comme un sou.

— Ah! fit le sous-agent qui commençait à comprendre.

« Alors qu'est-ce que tu vas faire du coffre?

— Le faire porter chez moi avec tous les honneurs dus à une pièce rare.

« Il fera très bien dans mon bureau, acheva l'espion avec un coup d'œil cynique.

— Tu renonces à l'ouvrir?

— Non, seulement, je ferai ça chez moi... délicatement, avec tous les égards qu'il faut..

« Seule la serrure souffrira un peu.

« J'ai justement les outils *ad hoc.*

— Et le patron?

— Le patron, il a bien d'autres soucis en tête.

« Si tu te figures qu'il va faire le voyage de Bruxelles pour si peu.

« On a tout le temps de voir d'ici là.

« Si je découvre dans le coffre, une pièce prouvant que la vieille trahit, le patron trouvera tout naturel que je garde l'objet comme prime... c'est l'usage.

— Oui, mais alors, il faudrait ouvrir devant elle, devant témoins.

« Sinon, il dira que c'est nous qui avons mis la pièce.

— Zut! clama le chef furieux de se voir deviné.

« En voilà assez!

« Tu me casses les oreilles, mon garçon.

« C'est moi qui suis responsable, n'est-ce pas?

« Par conséquent, pas d'observation.

« D'ailleurs, on part.

« Inutile de fouiller davantage.

« J'ai mon affaire.

« Il s'agit pour le quart d'heure de procéder au déménagement au plus vite.

« Tu as prévenu les commissionnaires?

— Oui, chef.

— Où sont-ils?

— En bas qui attendent.

Voilà le meuble qu'il s'agit de descendre.

— Va les chercher. Je veux faire enlever le coffre tout d'abord.

« Toi, pendant ce temps, tu t'occuperas de faire transporter le reste chez les Lempereur.

Le Belge partit et son compagnon se mit à déambuler de long en large à travers la chambre.

Pendant ce temps Patoche était plongé dans une méditation profonde.

— Est-ce que je me laisse enlever, se demandait-il perplexe.

« Évidemment, je n'ai qu'à cogner une fois en route, faire du boucan en passant devant le bureau, par exemple.

« Faudra bien qu'on me délivre.

« Seulement, je compromets Mme Lempereur et tous nos projets avec...

« Nous sommes *brûlés* l'un et l'autre, fichus.

« D'autre part, j'ai rudement envie d'aller là-bas chez cette fripouille qui est en train tout bonnement de cambrioler la brocanteuse.

« Le type pète sec. Ce doit être une grosse légume de l'espionnage.

« Je suis sûr, une fois sorti de la boîte — et j'en sortirai quand je devrais dévisser la serrure avec mes dents — je suis sûr qu'il y a une fouille épatante à faire là-bas, dans son bureau, comme il le dit, le frère.

« C'est risqué, évidemment, c'est moi, à mon tour, qui deviens le cambrioleur.

« Seulement, c'est tellement épatant, tellement cocasse!

« Se faire introduire dans la place, dans la citadelle, par l'ennemi même, ça me tente terriblement.

« Quelle histoire à raconter plus tard à mes gosses.

« Aussi, je ne résiste plus.

« C'est dit, je risque le paquet.

Cependant l'espion venait de s'approcher du coffre et l'admirait tout haut:

— Un beau travail, disait-il.

« Je crois que je n'ai pas perdu ma journée.

« Mme Lempereur peut se fouiller si elle le revoit jamais.

« Son coffre fera très bien chez moi, comme objet d'art.

— Je te crois, goguenardait Patoche en sourdine.

« Seulement il est chargé, ton objet d'art.

« Gare la bombe, ma vieille !

CHAPITRE CXLI

Où notre ami Patoche a quelques minutes d'émotion intense

Puis sans doute pour mieux l'examiner, l'agent tira le coffre en plein jour.

Patoche en profita pour appliquer son œil à une fissure du vieux bois.

— J'aurais bien donné quelque chose pour reluquer la fiole du type, disait-il, mais c'est midi.

« En tout cas, eux non plus ne peuvent pas me voir.

« C'est bon à savoir.

A cette minute le deuxième agent revenait, suivi de deux hommes dont les fortes semelles armées de clous éraillaient le parquet.

— V'là les *auverpins*, murmurait l'ordonnance.

« Y en a partout de ces types-là.

Cependant le chef donnait ses ordres aux porteurs :

— Voilà le meuble qu'il s'agit de descendre tout d'abord, expliqua-t-il.

« Vous le chargerez sur une auto, celle qui attend.

« D'ailleurs, je vous accompagne.

« Par exemple, je vous recommande les plus grandes précautions.

« C'est un vieux meuble, un objet d'art.

« N'allez pas l'écorner.

« Vous avez compris ?

« Bien... enlevez.

Le Parigot s'était empressé de se caler des deux mains afin d'éviter le ballottage qui eût pu attirer l'attention.

— Doucement, mes agneaux, rigolait-il.

« *Piano*, je suis fragile.

Un peu après, le coffre et son contenu étaient déposés entre les banquettes d'une spacieuse voiture automobile.

L'agent de Walter Humding garda l'un des commissionnaires qu'il fit monter sur le siège à côté du wattman.

— Vous nous aiderez à décharger le meuble, expliqua-t-il.

« En attendant, vous le maintiendrez en cas de cahots.

— Hein ! continuait le Montmartrois, ce qu'il me soigne.

« Ce qu'il a peur de me bosseler, le frangin.

« Et dire que tout à l'heure, il va me sauter dessus, peut-être tâcher de m'assommer.

Cependant la voiture venait de s'ébranler.

Elle roula à bonne allure pendant vingt minutes environ, puis s'arrêta.

Patoche fut enlevé et porté avec les mêmes précautions que précédemment.

Il mettait toute son attention à analyser les bruits de toutes sortes qui arrivaient jusqu'à lui.

Il avait entendu une grille s'ouvrir puis une sonnette tinter.

Maintenant le sable d'une allée criait sous les pas.

Autant des choses claires pour lui.

— Bon, se disait-il, j'y suis.

« Nous arrivons dans un de ces pavillons entre cour et jardin comme c'est la mode ici.

« Un endroit tranquille à ce qu'il paraît.

« Je n'entends rien, ni chien ni enfants qui piaillent, ni autos qui cornent comme tout à l'heure encore.

« Nous devons être en dehors de Bruxelles dans quelque pavillon de banlieue.

« Un pavillon isolé où les types pourraient m'estourbir avant même que je puisse dire ouf !

« C'est le moment pour Bibi de jouer serré, sur tout qu'il ne faut pas compter sur les voisins.

« L'espion a barre sur moi maintenant.

« D'autant plus que ce que je prépare ressemble rudement à un cambriolage.

« S'il me pince, il a droit de me canarder à bout portant.

« J'ai bien un revolver moi aussi, mais pas moyen de s'en servir.

« Je n'ai pas même le droit d'arrêter le type en supposant qu'il veuille se laisser faire.

« Ah ! si on était en France, je ne prendrais pas tant de gants !

« Une autre chose à considérer, c'est qu'ils sont plusieurs, deux au moins.

« Le wattman fait partie de la bande, c'est probable.

« C'est un « aminche » en tout cas, puisque l'autre le tutoie.

On venait de déposer le coffre au rez-de-chaussée dans la pièce qui servait de bureau à l'agent de Walter Humding.

Celui-ci semblait enchanté de son expédition.

— Parfait, fit-il, cela a très bien marché.

Et s'adressant au commissionnaire.

— Tenez, mon brave, voilà cent sous pour vous.

« Et maintenant, filez.

« Dépêchez-vous d'aller retrouver votre camarade qui doit avoir besoin de vous.

« Prenez le car électrique pour aller plus te.

« Il y en a un justement à deux pas.

— Bien, monsieur, répondit l'homme qui partit aussitôt.

— Et moi? demandait le wattman.

« Est-ce que vous avez besoin de moi, patron?

L'espion hésita un instant, mais peut-être préférait-il procéder seul à l'ouverture du précieux coffre.

— Non, non, tu es libre, répliqua-t-il.

« Seulement comme je suis content de toi, je t'emmène.

« Je te paie à déjeuner.

« As-tu faim?

— Mais oui, patron, assez!

— Moi, j'ai une faim de loup. Partons.

« Je connais tout près d'ici un cabaret qui ne paie pas de mine, mais où l'on mange fort bien.

Patoche entendit les portes se fermer et poussa un soupir.

— Enfin! s'écria-t-il, me voilà seul!

« On va tâcher de briser sa coquille, de prendre un peu d'air.

« C'est pas trop tôt.

« Je commençais à me faire des cheveux.

« J'avais beau blaguer.

« Je me barbais dans ce machin noir, comme un four, un vrai cercueil, quoi!

« Je me barbais salement, même.

« Encore si j'avais pu bouger.

« C'est fini heureusement! Je vais pouvoir attaquer la serrure.

Déjà le Parigot frottait une allumette.

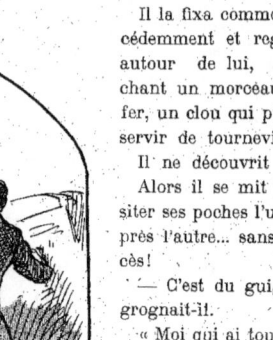

Il la fixa comme précédemment et regarda autour de lui, cherchant un morceau de fer, un clou qui pût lui servir de tournevis.

Il ne découvrit rien.

Alors il se mit à visiter ses poches l'une après l'autre... sans succès!

— C'est du guignon, grognait-il.

« Moi qui ai toujours un tas de ferraille, couteau, canif, etc..., dans mes doublures.

« Cependant il me semblait que j'avais une arme pour le cas de besoin.

« Je ne sors jamais sans.

Tout à coup, il tressaillit...

— Triple navet, s'exclama-t-il... Et mon revolver!

« Je l'avais oublié au milieu de toutes ces émotions.

Le Parisien avait tiré son revolver aussitôt.

C'était une arme à double fin, un revolver de forme plate, muni d'une courte et solide lame à cran d'arrêt qui s'engainait dans la crosse.

Il l'essaya aussitôt sur l'une des vis et son visage s'illumina.

— Fameux, triompha-t-il, ça mord!

« Je savais bien.

« Avec ce bijou-là, je suis sûr de mon fait, à présent.

« Avant cinq minutes, j'aurai tout flanqué par terre.

Tout en monologuant, le Montmartrois s'était mis à l'œuvre.

— Ça va, reprit-il bientôt.

« Voilà sept vis sur huit débloquées.

« C'est la dernière qu'est dure... Elle doit être rouillée, la garce.

On venait de déposer le coffre au rez-de-chaussée.

« Pour comble de guignon, voilà mon allumette qui me lâche!

Patoche craqua une autre allumette et reprit sa besogne avec une ardeur nouvelle.

Soudain il poussa un juron.

Sa lame venait de se rompre à ras de la crosse.

Heureusement les vis, sauf une, étaient suffisamment dégagées pour qu'on pût les saisir avec les doigts.

Patoche s'y mit courageusement.

Ce furent quelques minutes d'un travail acharné, fiévreux.

Il avait le front en nage et ses doigts saignaient; mais il touchait au but.

Bientôt il ne resta plus en place qu'une vis, celle qui avait brisé la lame.

Patoche introduisit le canon de son revolver sous la serrure branlante, à présent, et tâcha de l'arracher.

Mais l'unique vis tenait bon.

— Rien à faire, finit-il par dire.

« Ah! la salope, ce qu'elle tient!

« Et puis je suis mal placé, moi.

« Je ne peux pas employer le quart de ma force.

« Il faudrait que je puisse me mettre de face.

« Impossible!

« Alors faut trouver autre chose!

« J'ai les mains nouées... je vais y mettre les pieds, pardi.

« Mais oui, c'est une idée.

« J'ai trouvé la bonne position.

Le Parisien se laissa couler le dos au fond du coffre.

En même temps il ramenait ses jambes en avant et posait ses pieds sur le couvercle très bombé en son milieu.

De cette ingénieuse façon tous les muscles de son corps allaient travailler en même temps.

Il s'empressa de sortir et se tâta.

Patoche prit quelques secondes pour respirer; puis faisant le gros dos, tendant les jarrets, il donna tout son effort.

Il y eut quelques craquements, puis soudain tout partit.

Le couvercle se rabattit avec fracas tandis que la serrure arrachée sautait jusqu'au plafond.

— Enfin! triomphait le Parigot.

« Ça a été dur, mais ça y est!

Il s'empressa de sortir et se tâta.

— J'en ai mal aux reins, murmurait-il.

« Seulement c'est rudement bon de respirer.

« Encore une heure dans cette boîte et je devenais bossu.

« Il s'agit maintenant de voir à se carapater.

Le Parisien promenait de gauche à droite ses yeux encore éblouis par la grande lumière.

Bientôt il fit une grimace.

Il venait de constater que les fenêtres étaient garnies de forts barreaux.

— Flûte! fit-il en s'approchant.

« C'est dommage!

« Le jardin est là à un mètre, et le mur de clôture n'est pas haut non plus.

« C'eût été facile de sauter d'ici dans le jardin, puis du jardin sur la route.

« Au lieu de ça, je vais être obligé de passer par la porte.

« Par les portes car il y en a deux... celle du bureau et celle du perron.

« Ça fait des serrures à faire sauter.

« Et des serrures solides, continua l'ordonnance qui s'était approché de celle du bureau et l'examinait attentivement.

« Sans doute qu'il y a ici des papiers très importants!

« Ce qu'il me tarde de fouiller un peu dans tous ces tiroirs.

Un homme venait d'entrer et tranquillement refermait la grille.

« Ce sera pour tout à l'heure.

« Avant tout, il faut assurer sa retraite, c'est-à-dire débloquer les portes.

« Ce serait trop bête de se faire pincer.

« Pourvu seulement que je trouve un outil.

« Il y en a.

« J'ai entendu l'espion en parler là-bas à l'hôtel.

« Cet oiseau-là doit avoir une trousse de cambrioleur quelque part.

L'ordonnance s'était mis en quête aussitôt, furetant dans tous les coins.

Besogne facile puisque, ainsi que Patoche le constata bientôt, des divers meubles garnissant le bureau, aucun n'était fermé.

Cela semblait indiquer — contrairement à sa première impression — qu'ils ne contenaient rien de bien personnel.

Patoche voulut en avoir le cœur net tout de suite et feuilleta quelques papiers pris au hasard.

— Rien, murmurait-il, pas même un nom à retenir.

« L'espion a l'air d'en avoir plusieurs et d'en changer comme de faux-col.

« Probablement qu'il doit y avoir une cachette quelque part.

« Quelque tiroir à ressort secret.

« Pourvu que j'aie la chance de tomber dessus tout à l'heure.

« En attendant pas plus d'outil que dans mon œil.

« Je vais être obligé de prendre ce pique-feu-là et de faire sauter la porte avec.

« Sinon je n'aurai plus le temps de fouiller.

Patoche consulta sa montre.

— Diable, murmura-t-il.

« Un quart d'heure de passé déjà.

« Supposons que le type reste une heure à déjeuner dehors.

« Encore quarante minutes et il s'aboule en père peinard.

« Faut se grouiller, nom d'une brique.

A ce moment le Montmartrois aperçut un veston de travail accroché à un clou en face de lui.

Il le saisit et aussitôt un tintement métallique lui mit le cœur en joie.

— Des clefs, s'écria-t-il, j'ai mon affaire !

Déjà il avait extrait un anneau où pendillaient une demi-douzaine de clefs de diverses tailles.

Patoche courut à la porte du bureau, essaya une clef puis une autre, puis poussa un cri de triomphe.

— Victoire ! Vive la classe ! Je tiens la bonne !

« A la porte d'entrée maintenant.

« Ce sont les mêmes serrures, la même clef doit ouvrir.

Le Parisien avait deviné juste.

Il n'eut aucune peine à faire jouer la deuxième serrure.

Il laissa la porte d'entrée simplement poussée et retourna dans le bureau commencer les fouilles proprement dites.

Mais bientôt il eut un remords et revint vers la porte du perron qu'il ferma à triple tour.

— C'est plus prudent, réfléchissait-il.

« J'aurai vite fait de rouvrir quand il faudra.

« Pendant que je suis là, un visiteur, un ami quelconque pourrait s'amener à pas de loup.

« C'est ça qui serait un sale coup pour l'escadron !

Cependant Patoche avait commencé ses investigations sans succès jusqu'ici.

Pressé par l'heure il travaillait avec une hâte fiévreuse qui lui faisait craindre à chaque minute de laisser échapper quelque document important.

A la fin, pour aller plus vite, il prit le parti de renverser le contenu des tiroirs sur le parquet.

— J'ai pas à me gêner, se dit-il.

« L'espion croira que c'est un cambrioleur.

« C'est ce qu'il faut !

Cependant le temps passait sans résultat et le Parisien commençait à désespérer lorsqu'au fond d'un tiroir il aperçut deux liasses de lettres ficelées avec soin.

La première enveloppe de chaque paquet, la seule visible, portait une simple initiale flanquée d'un chiffre.

— Des « poste restante » ! s'exclama Patoche ravi.

« J'ai trouvé le joint, ce coup-ci... N'empêche que le type est prudent !

« Je partirai sans même savoir comment il s'appelle.

L'ordonnance avait saisi l'un des paquets, le plus petit.

Il contenait cinq lettres qu'il ouvrit l'une après l'autre.

Mais en même temps son visage si joyeux tout à l'heure se rembrunissait.

Comme celles de Poupoule, ces lettres étaient chiffrées.

— Un bec de gaz, grommela le Parigot.

« Tant pis, je me les adjuge quand même.

« Ce qui est bon à cacher est bon à prendre.

« Ça fera la demi-douzaine avec celle de ce matin.

« Ces *biffetons* racontent certainement des choses intéressantes.

« Quel dommage que je n'entende pas leur *largonji* à ces oiseaux.

« Heureusement qu'il y a des gens plus calés que moi.

« Des types dont c'est le métier de déchiffrer les rébus.

« Messieurs Costat et Néret, par exemple, et d'autres...

« On leur fera voir les *babillardes*.

« J'ai comme un pressentiment que je n'ai pas perdu mon temps, et que, malgré tout, il sortira quelque chose de ces *papelards* un jour ou l'autre.

Patoche mit les lettres dans son portefeuille.

Puis il attaqua l'autre paquet beaucoup plus volumineux.

— Pouah! fit-il tandis que ses narines se fronçaient.

« Ça pue le patchouli.

« Des lettres de femmes, de grues.

« C'est bon, ça, continuait-il tout en dépouillant ce courrier galant.

« Des déclarations... des rendez-vous.

« Des demandes de galette, surtout. C'est à Bruxelles comme à Paris à ce qu'il paraît.

Des clefs, s'écria-t-il, j'ai mon affaire.

« Et toujours pas de nom, pas même de prénom.

« *Mon Coco chéri... Mon petit loup...* Et allez donc!

« Tiens, voilà un nom, ce coup-ci: *Mon cher Lucien!*

« Et la payse signe *Mimosa*!

« *Chérie, va!...* ousqu'il est ce mimosa qu'on y courre?

« D'ailleurs, il ne s'appelle pas plus Lucien que moi, ce mouchard.

« Voici une autre *rombière* qui l'appelle Paul maintenant... *Mon cher Paul.*

« Zut, je ferais mieux de tout plaquer!

« Rien à glaner dans ces bavardages de perruche.

Cependant le Montmartrois continuait à lire.

Il se disait qu'au dernier moment peut-être il trouverait quelque chose.

Une indication dont on tirerait parti par la suite.

Patoche s'oubliait là, quand soudain ses oreilles vibrèrent.

Un tintement faible, mais qui lui mit tous les nerfs en branle, arrivait jusqu'à lui.

— On sonne! s'exclama-t-il, en se relevant aussitôt.

« Quel est ce raseur?

« Un voisin, le facteur. Que le diable l'emporte!

Le Parisien s'approcha de la fenêtre à pas de loup et frémit.

Un homme — le locataire du pavillon, évidemment — venait d'entrer et tranquillement refermait la grille.

Il avançait sans hâte, sans méfiance, comme quelqu'un qui rentre chez lui après déjeuner.

Rien que le jardin à traverser et il serait là.

Les deux ennemis se trouveraient face à face, forcés d'en venir aux mains.

Patoche eut un geste comme pour saisir son revolver, mais il se retint.

Il n'avait pas le droit.

Tout ce qu'il pouvait faire, c'était de ligoter l'agent de Walter Humding et de s'enfuir ensuite.

Mais la tâche n'était pas des plus faciles.

Le maître de céans était un solide gaillard nerveux et musclé à l'air résolu.

Patoche le mesurait du regard tandis que, dans son cerveau en ébullition, mille projets se présentaient, se succédaient avec la rapidité de l'éclair.

Un instant il pensa à s'élancer en haut dans les chambres.

Il avait vu un escalier tout à l'heure au fond du couloir; mais presque aussitôt il rejetait cette idée.

— Non, grogna-t-il fiévreusement.

« Il y a tous ces papiers qui traînent, ce coffre fracturé.

« Tout ça me dénonce.

« Le type me cherchera, il aura vite fait de me découvrir.

« Et je me ferai canarder comme un lapin dans son trou.

« Ah! si je pouvais cogner, moi aussi... Il ne me ferait pas peur le bonhomme.

« Seulement je suis forcé de le ménager.

« Alors, je n'ai qu'une chose à faire: le surprendre.

« La surprise.. voilà mon seul atout!

« Il s'agit de le bien jouer.

« Je vais lui faire ça à l'esbrouffe!

Cependant l'espion mettait le pied sur la première marche du perron.

Encore quelques secondes et il entrerait dans la pièce.

— Et la porte, s'écria Patoche en s'élançant vers la porte du bureau.

Il la ferma sans bruit, verrouilla à triple tour.

C'était toujours quelques secondes de gagnées.

Pendant ce temps l'espion avait ouvert la porte d'entrée et se dirigeait vers son bureau... vers cette porte derrière laquelle Patoche attendait, le cœur battant.

Soudain il s'arrêta et fit demi-tour.

— Qu'est-ce que c'est encore? se demandait le Parisien.

« Où va-t-il?

« Est-ce qu'il m'aurait vu, par hasard?

« Est-ce qu'il aurait aperçu quelque chose de suspect?

« Tiens... on ne l'entend plus!

« Il étouffe le bruit de ses pas.

« C'est qu'il me guette peut-être!

« Qui sait il y a peut-être ici des murs qui s'ouvrent tout seuls, comme là-bas à Paris, rue de la Comète?

« Alors, c'est lui qui va me surprendre et qui va me tomber sur le râble tout par un coup.

« Attention, Patoche, mon vieux, ça va mal pour toi...

L'ordonnance se tut.

Tout proche une porte grinçait, mais personne ne parut.

Au même instant, au-dessus de sa tête, des pas résonnèrent.

— J'y suis, s'exclama le Parigot dont les traits se détendirent soudain.

« Il est en haut, au premier étage.

« Il a dû aller prendre quelque chose qu'il avait oublié

« Mais il n'a rien découvert... ça se voit rien qu'à sa façon de marcher.

« Il ne se doute de rien. A moi d'en profiter!

Déjà le Parigot avait ouvert la porte du bureau et sans bruit avec des précautions, une souplesse de Mohican, se glissait vers celle du perron.

Il l'ouvrit, toujours à la muette.

Une fois dehors, il contourna la maison en rasant les murs.

Arrivé à l'angle il s'arrêta pour reprendre haleine et écouter si personne ne passait de l'autre côté du mur.

— Pas un chat, fit-il joyeusement... Ma veine qui revient.

« En avant, deux!

Il s'élança vers le mur de clôture, saisit le faîte, se hissa à la force des poignets et se laissa glisser de l'autre côté.

Il vint tomber sans bruit dans une espèce de chemin creux feutré d'herbes et de feuilles.

Un instant il resta là, accroupi, écoutant:

— Il n'a rien vu, rien entendu, rigolait le gavroche dont la bonne humeur était revenue tout de suite.

« Si je lui faisais signe.

« C'est bête de se quitter comme ça, si vite.

Le Montmartrois qui avait senti la poudre, avait presque du regret, à cette minute, que les choses se soient passées aussi simplement.

— J'ai envie de l'appeler, continuait-il.

« Quand ça ne serait que pour lui dire adieu.

« Pour prendre congé, comme on dit dans la haute.

« Par la même occasion, je lui taillerais une de ces basanes.

« Mieux que ça, si je rentrais maintenant par la grille.

« J'aurais vite faite de trouver un prétexte, quelque boniment à la graisse d'arme.

« Pour une farce, ce serait une bonne farce.

« Comme je me paierais sa tête de bon cœur!

« C'est tentant.

C'était tentant, en effet, mais Patoche eut la sagesse de résister à la tentation.

Il alluma une cigarette et s'éloigna à petits pas.

Pendant quelques minutes, il rôda aux environs, consulta les bornes et les poteaux indicateurs afin de retrouver le pavillon si besoin était par la suite.

Puis il reprit le chemin de Bruxelles où il arrivait sans encombre une demi-heure plus tard.

Paris.— Imp. MAILLET, 3, pass. de Châtillon.

CHAPITRE CXLII

Comment on peut arranger certaines histoires qui seraient gênantes.

Arrivé à la barrière, Patoche sauta dans un flacre et se fit conduire boulevard Anspack, non loin du *Grand Hôtel*.

Mais il jugea plus prudent de ne pas se montrer tout de suite.

Il choisit une brasserie d'où il pouvait surveiller ce qui se passait tout proche et se fit servir à déjeuner.

Ces émotions l'avaient creusé et notre héros mangea de fort bon appétit.

Après quoi, tout en dégustant un verre de vieux genièvre, il examina la conduite à tenir.

— Le plus pressé, songeait-il, c'est de rassurer la brocanteuse.

« Elle doit s'imaginer évidemment que j'ai découvert le pot aux roses.

Au fond d'un tiroir, il aperçut deux liasses.

« Ça va l'effaroucher, juste au moment où tout s'annonçait si bien.

« A tout prix, si je veux terminer l'affaire, il faut lui tirer cette idée de la caboche.

« Il faut la convaincre que je n'ai rien compris, rien entendu.

« Parbleu, je vais lui raconter que j'ai trouvé moyen d'ouvrir la serrure en cinq secs et que je suis sorti derrière elle, presque sur ses talons.

« Si je lui raconte ça avec le ton et la mine qu'il faut, elle le croira.

« Et elle le croira d'autant mieux qu'elle me verra là, devant elle, bien tranquille, comme si de rien n'était.

« Jamais elle ne soupçonnera le voyage que je viens de faire, en petite vitesse.

« De plus, la dame connaît assez les agents de Walter Humding pour se douter que, s'ils m'avaient découvert ils ne m'auraient pas laissé échapper si facilement.

« C'est pourquoi il faut que je retrouve les Lempereur au plus vite...

« Le chiendent c'est que je ne peux pas me rendre chez eux directement à l'hôtel du *Hainaut*.

« Je n'ai rien entendu, par conséquent, j'ignore leur nouvelle adresse.

« Je vais d'abord passer au Grand Hôtel, comme si je les cherchais.

« J'en profiterai pour entrer dans ma chambre et jeter un coup d'œil chez eux par le *judas*.

Le Parisien paya son addition et se dirigea vers l'hôtel.

L'auto qui l'avait amené était toujours devant la porte.

Patoche renvoya le wattman sans l'interroger et s'engagea dans le vestibule.

Personne ne parut surpris de le voir et cela lui sembla de bon augure. Rien n'avait transpiré de son aventure par conséquent.

Une fois dans sa chambre, il jeta un coup d'œil par le judas, comme il disait et se disposa à ressortir.

— Je vais entrer au bureau et demander l'adresse nouvelle de la baronne.

« Elle l'a donnée certainement.

« Ne serait-ce que pour faire suivre la correspondance, les lettres de Walter Humding.

Et l'ordonnance sortit en sifflotant.

Comme il passait devant la porte du couple Lempereur, il crut entendre marcher de l'autre côté.

— Ce doit être le larbin, se dit-il, si je le questionnais.

Il frappa.

Ce fut Mme Lempereur qui ouvrit.

Paris. — Imp. MAILLET, 3, pass. de Châtillon.

A la vue de Patoche, l'entremetteuse avait failli tomber à la renverse.

Sa stupéfaction était sans bornes.

Il y avait de quoi, en effet.

Mme Lempereur, ignorant le vol dont elle était victime, était accourue sitôt libre afin de délivrer son prisonnier.

Elle avait constaté alors, avec quelle stupeur, que le meuble n'était plus dans la chambre.

Cette disparition avait redoublé ses alarmes.

Et voilà que, soudain, Patoche apparaissait devant elle, en chair et en os, et le sourire aux lèvres.

Elle le contemplait, les yeux béants.

— Vous... M. Jacques, bégayait-elle, mais d'où sortez-vous donc?

« Je vous cherche depuis une heure.

« Dès que j'ai pu m'échapper, je suis accourue.

« Trop tard, tout avait disparu.

« Ah! les bandits, les canailles.

Mme Lempereur s'arrêta craignant d'en trop dire.

Avant d'aller plus loin, elle voulait sonder l'ordonnance.

Tout en parlant elle l'épiait du coin de l'œil.

Mais le Parigot avait une de ces bonnes figures réjouies qui chassent tous les soupçons.

— Il ne sait rien, murmurait Poupoule, il n'a rien entendu, quel est ce mystère?

« C'est incompréhensible, mais c'est ainsi.

« Ce retour le prouve d'ailleurs à lui seul.

« Est-ce qu'un homme comme M. Jacques, un gentleman, serait revenu s'il savait quelle espèce de gens nous sommes... quel métier je fais!

« Non certainement!

« Entrez donc.. Inutile que les garçons nous entendent.

Et l'attirant par le bras:

« C'est plein de mouchards par ici.

« Maintenant parlez... répondez, j'ai la tête perdue.

« D'où sortez-vous donc?

— De chez moi, fit Patoche en accentuant encore son air gaiement ébahi.

Cependant Mme Lempereur avait dressé l'oreille prise d'un subit soupçon.

— Est-ce qu'il mentirait? s'interrogeait-elle anxieuse.

« Non, non... il a une figure trop franche.

« Et puis il a répondu tout de go... sans hésiter un quart de seconde, tout va s'éclaircir.

— Mais alors, reprit-elle, comment se fait-il...?

« Tout à l'heure, j'ai frappé.

« Vous n'étiez pas là.

— Je rentre seulement.

— Vous rentrez, mais d'où rentrez-vous donc?

— Du restaurant.

— Du restaurant, répéta Poupoule démontée par ce calme.

« Expliquez-vous, je vous en conjure.

« Tout cela est un imbroglio pour moi... un casse-tête chinois!

« Tellement que je me demande par moment si je ne deviens pas folle.

« Et, d'abord, comment diable avez-vous pu sortir du coffre?

« Je croyais vous y avoir enfermé à triple tour?

— Non, répondit Patoche payant d'audace, un tour seulement... Dès lors, ce n'était qu'un jeu.

« Je n'ai eu qu'à taquiner un peu le pêne avec mon canif.

« Comme tous les chauffeurs, je suis un peu mécanicien.

« Deux minutes et le tour était joué.

« Toutefois, je ne me suis pas montré tout de suite.

« Au bout d'un instant, j'ai soulevé le couvercle... oh! si peu... puis un peu plus... Personne à l'horizon.

« Je me suis glissé jusqu'à la porte, le passage était libre.

« Vous veniez de descendre tous.

« Alors, après avoir refermé le bahut pour plus de précaution, je me suis faufilé dehors.

« Je pensais que moins on me verrait, mieux ça vaudrait.

« Je suis donc allé déjeuner et me voilà!

« Rien de plus simple, comme vous voyez.

Tout cela fut dit d'un ton si naturel, et si jovial, que la marchande d'antiquités n'eut pas même l'ombre d'un doute.

Tandis que Patoche parlait, elle hochait la tête.

Elle venait de trouver une explication toute simple qui mettait d'accord les deux récits, les deux versions, la sienne et celle du Parisien.

— Je comprends, murmurait-elle, je m'explique maintenant la disparition du coffre et le reste.

« Les autres, les deux mouchards de Walter Humding n'ont pas pu l'ouvrir.

« Ils avaient la clef, cependant... mais peut-être que la serrure était forcée un peu.

« Ils en ont profité pour emporter le meuble sous prétexte de le fouiller.

« Ce sont des cambrioleurs, ces gens-là... Je m'en était doutée tout de suite.

« En tout cas, inutile d'expliquer ça à M. Jacques.

« Je lui dirai que j'ai envoyé le coffre quelque part dans un de nos châteaux.

Lorsque le Montmartrois eut achevé, Mme Lempereur lui tendit les deux mains avec une sorte de fougue enthousiaste.

— Oh! M. Jacques, s'écria-t-elle, quelle chandelle je vous dois.

« Quel homme de ressources... C'est vous qui avez sauvé la situation.

« Vous avez été merveilleux, épatant, c'est le mot!

« Ce qui m'étonne, c'est que vous n'ayez rien entendu.

« J'étais furieuse

« J'ai dû crier, m'emporter.

« Et puis un déménagement, les malles qu'on traîne, ça fait du bruit.

— Il n'y a pas de bruit qui tienne, répliqua Patoche, s'empressant de rassurer l'espionne.

« Si vous croyez qu'on peut entendre quelque chose une fois bouclé dans ce bahut.

Il se hissa à la force des poignets.

« Avec des parois d'un pouce d'épaisseur... il faudrait tirer le canon et encore.

« D'ailleurs, je n'étais plus là probablement.

« J'avais dû filer déjà.

« Et puis, j'y aurais été que c'était kif-kif, c'est bien certain.

— Oui, acquiesça Mme Lempereur, convaincue dès lors. D'autant plus que nous étions dans l'autre pièce, nous autres...

« Dans le salon...

Pendant ce colloque, elle avait introduit le Parisien dans le salon.

Çà et là, des papiers traînaient, des tiroirs béaient, rappelant la fouille récente.

— Excusez ce désordre, dit-elle. Tout est encore en l'air.

« Le déménagement est terminé depuis cinq minutes à peine.

« Je suis venue voir si on n'avait rien oublié.

Tout en allant et venant, semblant s'occuper de mille choses, la marchande d'antiquités mettait à

point l'histoire préparée pour son ami Jacques Boncœur.

Du moment que celui-ci n'avait rien entendu, Mme Lempereur avait beau jeu pour mentir.

Elle pouvait lâcher la bride à son imagination, combiner une de ces histoires que les femmes les moins inventives trouvent toujours au moment voulu.

Mme Lempereur vint s'asseoir près de l'ordonnance et d'un air confus:

— M. Jacques, vous devez avoir une triste opinion de moi.

« Vous devez me prendre pour une femme dévergondée, pour une aventurière peut-être..

— Moi, madame, protesta Patoche avec une indignation parfaitement simulée.

« Mais non, je vous jure bien..

— Cependant... cette algarade de ce matin, cette descente de police... Tout cela a dû vous sembler louche. Voyons, soyez franc, ne me cachez rien... qu'avez-vous supposé?

— Une chose très simple... Seulement j'hésite à m'expliquer...

« Il s'agit du baron et je craindrais...

— Allez, allez, je connais mon mari mieux que vous.

« Je ne le connais que trop!

— Voilà qui me met à l'aise, chère madame, alors je me risque, je me lance.

« Je n'ai pas l'honneur de connaître le général depuis longtemps, toutefois je crois l'avoir jugé.

« C'est un emballé, un de ces hommes sujets à des foucades subites.

« C'est fréquent chez les vieux soldats... Un coup de soleil des colonies qui revient parfois.

« Il aura su que j'étais là.

« Un accès de jalousie l'a pris tout à coup et voilà...

« N'est-ce pas, acheva le Paugol, avec l'air d'un homme content de soi, que je le juge bien?

— Oui, acquiesça l'entremetteuse.

« Toutefois, mon mari n'est pour rien, pour peu de chose du moins, dans l'algarade de ce matin.

« Notez qu'il ignorait votre présence.

« En outre, il a pleine confiance en vous.

« Vous allez le voir à la façon dont il vous recevra tout à l'heure.

« Il y a une autre cause à cet incident.

« Incident qui peut paraître ridicule maintenant, mais qui sans vous, M. Jacques, sans votre présence d'esprit, aurait pu avoir des suites regrettables.

« Tout cela doit vous sembler bien obscur, bien embrouillé, rien de plus simple, cependant.

« Mais pour que vous compreniez, il faut que je remonte un peu plus haut.

« Il s'agit d'une affaire banale, en somme, d'une affaire de succession.

« Je vous en ai parlé, je crois?

— En effet, je me souviens.

— Seulement, continuait Poupoule, la cupidité, la sottise, la méchanceté humaines s'en sont mêlées, et alors..

« Quand je pense que je voulais, moi, refuser cet héritage.

« C'est mon mari, ce grand dadais, qui s'est obstiné.

« — Non, a-t-il déclaré, nous devons tenir bon.

« Agir autrement serait donner crédit à certaines médisances.

« Mais passons... voici l'affaire en deux mots.

« Récemment, un de nos amis fixé à Bruxelles mourait subitement nous laissant sa fortune.

« Quelque deux ou trois cent mille francs qui ne valent pas tout ce tintouin... mais bref!

« L'oncle Philippe — c'est ainsi que nous l'appe-

lions familièrement — était un vieux garçon, un peu original, brouillé avec tous les siens.

« Quelques semaines plus tôt, sentant sa fin prochaine, il nous avait fait venir et c'est dans mes bras qu'il a rendu l'âme.

« Naturellement, comme il arrive toujours en pareil cas, la famille a attaqué le testament.

« Ils ont parlé de captation, de manœuvres dolosives, que sais-je!

« Bientôt, la presse s'en est mêlée.

« Cette presse qui vit de scandale et de chantage.

« Dès lors, la diffamation, la calomnie ont coulé à pleins bords.

« Peut-être avez-vous entendu parler de cela?

— Non, fit Patoche d'une façon évasive.

« D'ailleurs, je vous l'avoue, je ne lis que les feuilles de sport, le reste... je le méprise!

— Ah! comme vous avez raison, s'écria l'entremetteuse.

« Quels bandits que ces journalistes, certains, tout au moins,.

« Tout d'abord, ils ont affirmé que j'avais été la maîtresse du testateur.

« Puis leur audace n'a plus connu de bornes.

Elle le contemplait les yeux béants.

« L'un d'eux, un misérable, a dit que j'avais hâté sa mort... par mes caresses!

— Mais, c'est infâme, s'écria le Montmartrois indigné.

« Et le général, que faisait le général?

Poupoule haussa les épaules avec ce mépris qu'elle manifestait chaque fois que son mari était en jeu.

— Le général, fit-elle, est un vantard, rien de plus.

« Et puis les moyens violents, je n'y ai guère confiance, moi, vous savez.

« Ce n'est pas à coups de sabre qu'on raccommode la robe d'innocence d'une femme.

« Mieux valait attendre... laisser passer toute cette boue.

En avant pour le cake-walk, ricana-t-il.

entendu.

« Il avait placé ici un de ses agents, le maître d'hôtel qui nous servait.

— C'est ignoble, crut devoir dire le Parisien.

— N'est-ce pas, et moi qui ne me doutais de rien.

« Toutefois pour que la combinaison réussisse, il fallait que la police eût une raison, un prétexte tout au moins, d'entrer chez moi à l'improviste.

« Or ce prétexte... c'est moi qui le leur ai fourni... sottement.

— Comment cela?

— J'avais oublié de faire ma déclaration de résidence comme étrangère.

« Il paraît qu'il y a un nouveau règlement très sévère et l'on s'est bien gardé de me prévenir.

« Les choses étant ainsi, vous devinez sans peine ce qui s'est passé.

« Vous êtes arrivé, ce matin, en ami.

« Cinq minutes après, le commissaire voisin était prévenu. Toutefois, il n'a pas osé opérer en personne.

« Il a envoyé deux argousins, auxquels le neveu avait fait la leçon.

« Le malheur a voulu que ce soit mon mari, ce grand benêt qui ouvre la porte.

« Mal réveillé, encore malade de la noce d'hier soir, il s'est troublé au premier mot des agents.

« Alors ces individus se sont cru tout permis.

« Ils avaient reçu une lettre en dénonciation, paraît-il, et prétendaient faire une perquisition.

« Heureusement, je suis arrivée sur ces entrefaites.

« J'ai bec et ongles quand il le faut.

« Je me suis défendue, et il a fallu aller s'expliquer devant le commissaire.

« Là, après avoir fourni tous les renseignements,

« D'autant plus que nous avions le bon droit pour nous et que notre procès s'annonçait très bien.

« C'est alors que pour influencer les juges, nos adversaires se sont avisés d'une machination abominable, diabolique.

« Il s'agissait de prouver, à l'appui de leur thèse, que j'étais une femme sans mœurs, une Messaline en quelque sorte.

« La chose était facile, puisque l'un d'eux, le propre neveu de M. Philippe, occupe une haute situation dans la police Belge.

« C'est leurs fonctions, à ces gens-là, d'organiser des scandales, des attentats, des complots, selon les besoins de la cause.

« Dès lors, j'ai été épiée, surveillée de toutes parts.

« Le commissaire du quartier était complice, bien

montré tous les papiers désirables, je me suis fâchée à mon tour.

« J'ai menacé de me plaindre à mon consul.

« Le commissaire a compris qu'on était allé un peu loin.

« Il a réprimandé ses argousins, pour la forme.

« Il m'a fait des excuses que je n'ai pas daigné écouter.

« Il me tardait trop d'être de retour, de vous délivrer.

« Mais le coffre était vide.

« Vous devinez par quelles transes j'ai passé.

« Et je ne pouvais me confier à personne.

« J'imaginais — bien à tort — que tout le personnel ici était ligué contre moi.

« En un mot, j'étais sur des charbons ardents.

« C'est alors que pour calmer mes nerfs, passer ma rage sur quelqu'un, j'ai fait appeler le gérant et je lui ai annoncé que je quittais sa *botte*... C'est le mot que j'ai employé.

« J'étais furieuse, je venais de retrouver un de ses employés, le maître d'hôtel, au poste, parmi les mouchards.

« Il avait enlevé ses postiches. Mais il n'y avait pas à se tromper... je l'ai reconnu sur-le-champ.

« Cinq minutes après, le déménagement commençait.

— Et où logez-vous, maintenant? questionna Patoche.

— A l'hôtel du *Hainaut*... et je vous y emmène.

« Mon mari sera enchanté de vous revoir... Plusieurs fois déjà, il m'a demandé de vos nouvelles.

CHAPITRE CXLIII

Où Poupoule danse un cake-walk plutôt imprévu.

Ainsi que sa femme l'avait annoncé, M. Lempereur reçut Patoche à bras ouverts.

Chapitré par Poupoule, il put dire quelques mots de l'aventure du matin.

Puis craignant de s'embrouiller il changea de conversation.

— Ce sont là les mœurs de la police, fit-il plein de morgue.

« Elle est la même partout.

« Mais laissons cela, et parlons de nous, de vous, M. Boncœur.

« Ces malotrus nous ont empêchés de déjeuner ensemble comme il était convenu.

« Eh bien! nous nous rattraperons, ce soir, au dîner.

« Car nous vous gardons.

« N'est-ce pas, mon amie? acheva le baron en se tournant vers sa femme.

— Mais oui, s'empressa de répondre l'interpellée. Cela va sans dire.

« M. Boncœur est notre convive, notre hôte, non seulement aujourd'hui, mais demain et tout le temps que nous resterons encore à Bruxelles.

Et comme l'ordonnance faisait mine de se faire prier:

— Si, si, décida Poupoule, nous sommes de vieux amis, maintenant.

« Ainsi pas de façons entre nous.

« Ça nous gênerait pour accepter vos bons offices.

« Or, nous allons avoir besoin de vous bientôt.

« L'heure approche, je crois, où nous pourrons reprendre notre projet d'excursion.

— Dans ce cas, répondit le Parisien, heureux de voir remettre la question sur le tapis, j'accepte.

« J'y mets une condition, toutefois; c'est que nous partirons le plus tôt possible?

« Il me tarde de vous faire mieux connaître notre beau pays.

— C'est entendu, répliqua la marchande d'antiquités.

« Donnez-moi le temps seulement de tirer au clair cette ridicule histoire.

« J'ai annoncé ce matin au commissaire qu'il aurait de mes nouvelles et je veux tenir parole.

« Je suis bonne comme le bon pain; mais il ne faut pas qu'on en abuse, qu'on se moque de moi.

« En particulier, pour ce qui est des deux ignobles mouchards que vous savez, je me suis juré d'avoir ma revanche... et je l'aurai.

« J'ai ici même un ami haut placé, à qui je vais écrire à l'instant pour qu'il prenne l'affaire en mains.

« Qu'en pensez-vous, mon ami?

— Comme il vous plaira, répondit le pseudo-baron d'un air détaché.

« S'il s'agissait de gens avec qui on pût croiser le fer, tout serait réglé déjà, mais on ne se commet pas avec cette racaille.

« D'eux à moi, il n'y a qu'une riposte possible: la bastonnade.

« Or, le temps n'est plus où l'on pouvait rosser les manants... Alors, agissez à votre gré.

« Pendant que vous écrivez, je m'en vais faire un piquet avec M. Jacques.

— C'est cela, approuva Poupoule, qui après tant de secousses, sentait le besoin d'être seule un moment pour se recueillir.

« Je m'en vais appeler le garçon pour qu'il apporte des cartes.

— Et des rafraîchissements par la même occasion, ajouta l'usurier.

— Naturellement, acquiesça Mme Bric-à-Brac, qui jamais n'avait été aussi aimable, j'ai soif moi-même.

« Que désirez-vous prendre, M. Jacques?

— Oh! moi, un simple bock.

— Moi également, et vous, baron?

— Moi, fit l'usurier quelque chose de doux, un Pernod avec beaucoup d'eau, s'empressa-t-il d'ajouter, et de la gomme.

« N'oubliez pas la gomme surtout.

Un peu après, le garçon arrivait apportant des liquides variés.

Le général se confectionna une *purée* sérieuse et la partie commença.

Pendant ce temps, Poupoule passait dans sa chambre et ouvrait le petit secrétaire placé près de son lit.

Elle venait d'apercevoir son coffre.

Elle approcha un pouf et se mit à réfléchir le coude sur la tablette de marqueterie.

L'alerte passée, elle n'avait plus qu'un souci, un désir: la revanche!

— Plus j'y pense, songeait-elle, plus je suis convaincue que ces deux mouchards ont agi sans ordres.

« Qu'ils fussent chargés de me surveiller, c'est possible.

« Depuis cette histoire avec Liliane, le patron se méfie de moi.

« D'ailleurs, c'est sa méthode.

« De tout temps, il nous a fait espionner les uns par les autres... C'est même ce qui fait sa force.

« Il n'en est pas moins vrai que les agents de Walter Humding ont outrepassé la consigne.

« Cela se voyait à leur attitude, à l'air gêné de l'un, à l'air arrogant de l'autre.

« Oh! celui-là, gronda Mme Lempereur avec un éclair dans les yeux, ce grand escogriffe à moustache en croc, comme il m'a traitée.

« Comme une fille! C'est lui certainement qui a volé mon coffre.

« Oh! je me vengerai... C'est à lui que j'en veux, l'autre n'était qu'un comparse.

« Je me suis promis d'avoir sa peau... et je l'aurai.

« Il ne peut rien contre nous.. Il n'a rien trouvé... Rien, et il se cache, il se défile.

« Il nous avait annoncé d'un air menaçant qu'il reviendrait après déjeuner.

« Or, il est cinq heures bientôt.

« Il se cache, c'est clair.

« Eh bien, c'est moi qui vais prendre l'offensive.

« Pour commencer, je vais écrire à Walter Humding.

« J'ignore le nom du sire... mais peu importe.

« Le patron le reconnaîtra sans peine.

« Je lui raconterai l'indigne attentat dont j'ai été victime.

« Je lui dirai que son agent est un misérable, un vulgaire malfaiteur qui compromet les intérêts de l'association.

« Et, s'il le faut, si le patron ne marche pas, j'agirai moi-même.

« Après tout, je serais dans mon droit strict en déposant une plainte pour vol qualifié.

« Qui sait même si ce n'est pas là le fin mot de l'histoire.

« Si je n'ai pas eu affaire à un vulgaire cambrioleur? J'aurais dû résister davantage, j'ai manqué d'estomac, moi aussi.

« Toutefois avant d'en appeler à la justice, je ferais bien de réfléchir.

« Le patron n'aime pas qu'on mette cette dame dans nos affaires.

« Il faut que je me renseigne d'abord.

« Pour cela, dès demain, je ferai une visite à la baronne d'Ange.

« J'en profiterai pour lui parler de l'excursion projetée avec M. Jacques.

« Je lui expliquerai que nous allons faire une longue randonnée le long de la frontière, étudier le terrain de nos futures opérations... C'est très vraisemblable.

« Nul doute qu'elle n'approuve et me donne toute latitude.

« Puis je lui raconterai l'histoire de ce matin et je lui demanderai conseil.

« Si le coup vient du patron, elle doit être au courant.

« En tout cas, je lui ferai le portrait de mon voleur, son signalement.

« La baronne qui, elle, connaît tous les agents de Walter Humding, me dira si le mien est authentique oui ou non.

« Voilà qui est décidé. J'irai dès demain à Ixelles.

« Cette résolution prise, Mme Lempereur tira d'une luxueuse papeterie tout un assortiment de papiers à lettres et enveloppes.

Elle choisit une feuille, grand format, et fit courir sa plume avec une sorte de fièvre, de rage.

Ensuite, elle transcrivit ce brouillon en se servant du chiffre nouveau récemment donné par la baronne d'Ange.

Ce travail long et minutieux dura près d'une heure.

Poupoule poussa un soupir de soulagement lorsqu'elle eut achevé.

Elle cacheta sa lettre avec soin et la fit porter à la poste aussitôt par le chasseur.

Après quoi, tout heureuse, apaisée par ce commencement de vengeance, elle s'en fut retrouver les joueurs dans le salon.

Tous trois passèrent la soirée ensemble assez gaiement.

Patoche commençait bien à trouver cette société un peu « barbante » mais il s'était muni de patience.

Quant au noble général Marin de St-Didier, soucieux sans doute de récupérer son prestige devant leur hôte et ami, il se tenait mieux et ne fit pas d'esclandre ce soir-là ni les soirs suivants.

Le lendemain, de bonne heure, Poupoule s'en fut conférer avec Mme Simonne d'Ange.

Celle-ci approuva l'excursion projetée, mais déclara ne rien savoir touchant la perquisition dont se plaignait la visiteuse.

— Je n'ai pas de conseil à vous donner, dit-elle assez sèchement.

« Faites à votre guise.

Mme Lempereur partit assez mécontente.

— Vieille chipie, va, marmonnait-elle, je suis sûre qu'elle connaît mon voleur, mais ne veut rien dire.

« Ah! elle n'est pas communicative.

« Si jamais celle-là se compromet.

« Espérons que je serai plus heureuse avec le patron.

Il n'en fut rien. Deux jours passèrent et la réponse de Walter Humding ne venait toujours pas.

L'usurier, qui jamais n'avait approuvé la lettre de dénonciation écrite par sa femme, triomphait.

— Qu'est-ce que je vous disais, Mme Lempereur?

« Vous n'avez pas voulu tenir compte de mes observations.

« Une autre fois vous serez mieux avisée.

Poupoule, plein de confiance en soi, haussant les épaules, imposait silence à son mari.

— Taisez-vous, mon ami... Vous n'y entendez goutte... Vous êtes un niais, un idiot.

— Et vous une dinde.

C'était un sujet de discussion quotidien et peu à peu l'un et l'autre s'échauffaient.

Sans Patoche — devenu l'inséparable compagnon du ménage — et qui était presque toujours là, le débat certainement eût dégénéré en scène violente.

Cependant on était à la fin de la semaine et Walter Humding continuait à garder le silence.

La marchande d'antiquités commençait à s'inquiéter, elle aussi.

— Est-ce que le patron me tiendrait rigueur? se demandait-elle.

« Non, il doit être en voyage... Sans doute que ma lettre lui court après.

« Comme aussi il se pourrait fort bien qu'il ait exécuté les mouchards sans prendre la peine de m'en informer.

« C'est assez dans ses façons de faire.

« S'il en est ainsi, je le saurai bien tôt ou tard.

En attendant Mme Bric-à-Brac allait plusieurs fois par jour à la poste restante, toujours sans succès.

Ce soir-là, après déjeuner, elle revenait du bureau et traversait le boulevard Anspack lorsque soudain elle s'arrêta stupéfaite, au beau milieu du trottoir.

Paris.— Imp. MAILLET, 8, pass. de Châtillon.

Devant elle, dans la boutique d'un antiquaire, elle venait d'apercevoir son coffre.

Son beau coffre gothique.

Sa surprise passée Poupoule eut un mouvement de joie.

— Enfin, murmura-t-elle, je tiens mes voleurs et mon coffre du même coup.

« Je vais entrer chez ce marchand et le menacer.

« Il faudra qu'il dise comment il a eu ce meuble.

« Qu'il donne le nom et l'adresse du vendeur, sinon je porte plainte ce coup-ci. J'ai encore la facture ainsi que le certificat d'authenticité rédigé par le premier expert de Bruxelles.

« Ce sont des preuves, cela !

Mme Lempereur se précipita dans la boutique comme si elle voulait la prendre d'assaut et au marchand qui s'empressait :

— Monsieur, dit-elle, toute bouleversée, le visage en feu, vous avez là un coffre fort curieux

— En effet, répondit l'antiquaire expliquant à sa façon le trouble de celle qu'il prenait pour une cliente.

« Je comprends votre émotion. Cela prouve que vous vous y connaissez en belles choses.

Un écriteau « A louer », se balançait à la grille.

« Seulement trop tard... Il est trop tard.

« Le coffre est vendu.

Poupoule sursauta.

— Vendu, voilà qui est fort.

« Vendu... et à qui donc ?

— Au baron Duclos... c'est-à-dire au roi lui-même.

« Vous savez sans doute que le baron est l'expert attitré de Sa Majesté et son acheteur.

Ce nom eut pour effet immédiat d'apaiser l'irascible Poupoule.

— Diable ! reprit-elle, je crois que je ferai sagement de renoncer à mes projets.

« Je n'ai pas envie de faire un procès à Léopold.

« C'est pour le coup qu'on m'accuserait d'attirer l'attention sur nous ! Mon coffre est perdu, confisqué.

« En revanche, je vais tâcher de savoir le nom du vendeur.

« Je le retrouverai tôt ou tard, ce bandit et il n'aura rien perdu pour attendre.

« La vengeance est un plat qui se mange froid, dit-on.

Et d'un ton plus aimable :

— Monsieur, reprit-elle, je voudrais vous poser une question ?

— A votre service, madame.

— Je voudrais savoir le nom de la personne qui possédait cette pièce rare.

« Oh ! je sais que vous devez trouver ma question indiscrète.

« Mais j'espère que vous ne voudrez pas désobliger une cliente future.

« Je suis grande collectionneuse moi-même.

« Or, justement ce coffre m'a été offert il y a quelques jours.

« Mais j'ai hésité à traiter l'affaire, bien que le prix fût très modéré.

« Le vendeur m'a paru suspect. Il s'est présenté sous un nom d'emprunt, de plus il refusait de faire connaître son domicile.

« Je ne doute pas que vous n'ayez, vous, obtenu toutes les garanties désirables ?

Mme Lempereur s'arrêta attendant la réponse à la question qu'elle venait de poser si adroitement.

Assez surpris, l'antiquaire la considérait.

— Madame, dit-il, j'aurais droit de m'offenser.

« Savez-vous bien que vous avez l'air de me prendre pour un recéleur, tout simplement.

« Mais je vous excuse, je connais l'âme des collectionneurs et m'explique votre nervosité. Avoir manqué une si belle affaire.

« Quant à moi, comme j'ai pris toutes les précautions de rigueur, je suis prêt à vous donner satisfaction pleine et entière.

Tout en parlant l'antiquaire avait ouvert son livre.

— L'homme qui m'a vendu ce coffre, continua-t-il, s'appelle Robert Servan.

— Robert Servan, murmurait l'entremetteuse, je connais cet individu de nom. Je le croyais encore en France.

« C'est un ancien adjudant, un noceur criblé de dettes.

« Il a dû se compromettre définitivement et passer la frontière.

« Je dois même avoir une fiche sur lui dans mes papiers.

Cependant l'antiquaire poursuivait:

— Ce Robert Servan habite aux portes de Bruxelles, au village de Dorbreck.

« Sa maison, sa villa plutôt, est à deux pas de la station du tramway.

« Je devrais dire habitait, car ce Monsieur vient de déménager subitement.

« D'après ce qu'il a dit pour expliquer qu'il se débarrassât de cet objet d'art, il venait de perdre une situation brillante.

« Je crois même qu'il a quitté Bruxelles.

Mme Lempereur était aux anges.

— Ça y est, s'était-elle dit aussitôt, ma lettre a porté.

Et tout haut:

— Je comprends, fit-elle.

« Je m'explique maintenant l'air embarrassé, gêné de M. Servan.

« J'ai eu tort de manquer cette affaire... tant pis.

« Quant à vous, monsieur, je vous remercie... Je reviendrai certainement.

Elle sortit sur ce mot et en hâte se dirigea vers l'hôtel du Hainaut.

— C'est mon mari qui va être épaté, se disait-elle. Il verra une fois de plus que c'est moi qui avais raison, qu'il faut se défendre dans la vie, rendre coup pour coup.

Comme elle montait l'escalier, l'idée lui vint d'aller visiter le pavillon de Dorbreck.

Elle se faisait un malin plaisir d'envahir à son tour le logis précipitamment quitté par l'ennemi.

— En outre, songeait-elle, je puis apprendre des choses intéressantes là-bas.

« Maintenant que je connais le nom de l'individu je m'explique moins que jamais sa conduite envers moi.

« Ce monsieur n'avait aucune raison de m'en vouloir.

« Qui sait s'il n'a pas agi à l'instigation d'un tiers.

« Où est-il en ce moment? A-t-il réellement quitté Bruxelles?

« Autant de choses bonnes à savoir.

« Aussi je pars à l'instant.

« J'ai même envie d'emmener M. Jacques avec moi.

« Cela nous fera une promenade. Il n'y a aucun danger de ce côté.

« Ce jeune homme est à cent lieues de soupçonner... et puis je ferai mon enquête de façon discrète.

Poupoule arriva tout essoufflée dans la pièce où Patoche et son mari achevaient leur dixième partie de piquet...

Et d'un air triomphant:

— Victoire! cria-t-elle.

« Les deux policiers dont j'avais juré la perte ont reçu leur paquet.

« L'un est déplacé.

« L'autre, le chef, le plus coupable, est bel et bien révoqué.

« Il habitait Dorbreck, dans la banlieue et a dû déménager subitement, vendre ses bois.

« Voilà ce que je viens d'apprendre, par téléphone mais je veux en avoir la certitude.

« Je vais aller là-bas à l'instant même.

« M. Jacques voulez-vous m'accompagner?

« Je n'aime pas me risquer seule dans la banlieue.

— Mais très volontiers, s'écria le Parigot enchanté.

Et à part soi:

— Voilà qui est rigolo, par exemple.

— Et moi, maugréait M. Lempereur, on me plaque?

— Vous, mon cher ami, répondit Poupoule, d'un ton péremptoire, vous resterez ici.

« Mon homme d'affaires doit venir incessamment apporter certains papiers. Il faut qu'il y ait quelqu'un pour le recevoir.

« Allons, ne faites pas la grimace, baron.

« Soyez raisonnable. Je vous promets une compensation pour demain. Quelque chose que vous réclamez depuis longtemps.

« Nous voici libres maintenant.

« Donc demain nous irons à Waterloo.

« Voilà une belle ballade, j'espère.

— Une ballade, protesta l'usurier avec un emportement subit.

« Vous appelez cela une ballade, madame.

« Oh! les femmes!

« C'est un pèlerinage, entendez-vous... un pèlerinage qu'on devrait faire à genoux.

« Eh bien! soit, allez... Moi, pendant ce temps, je

vais me préparer à la cérémonie de demain.

« Je vais relire le récit de la bataille, puis le *Mémorial*, le fameux *Mémorial de Ste-Hélène.*

Resté seul, M. Lempereur prit un volume de l'histoire de Thiers, qu'il avait acheté récemment, puis les *Châtiments* de Victor Hugo.

Il lut plusieurs fois la pièce célèbre du poète.

Bientôt emporté par son enthousiasme, il se leva et se mit à déambuler à travers la pièce.

Il allait et venait agitant les bras et déclamant d'une voix sourde:

« *Waterloo, Waterloo, Waterloo, sombre plaine*, etc...

Pendant ce temps, Patoche et la marchande d'antiquités roulaient en taxi-auto sur la route de Dorbreck.

— Elle est bonne, se disait Patoche tout en écoutant les détails arrangés à son usage, que Poupoule lui donnait sur le prétendu policier.

« Robert Servan... voilà un nom à retenir, en supposant que ce soit le vrai.

« Un nom français... même, ça m'intrigue. Dommage que je n'aie pas vu sa figure l'autre matin, lorsqu'il a découvert...

« Quelle *bouillote* il devait faire.

« Qui diable m'aurait dit que six jours après je reviendrais ici et avec la mère Bric-à-Brac encore.

« Elle ne se doute pas la dame, que je connais le pavillon de Dorbreck, bien avant elle.

« Je vais toujours profiter de l'occase, pour faire ma petite enquête, moi aussi.

« Mais je doute que ça rende beaucoup.

« Il n'y avait qu'une chose à prendre dans la boîte: les lettres de Walter Humding... et c'est fait.

Arrivé sur les lieux, le Parisien reconnut tout de suite le pavillon.

Un écriteau « A louer », se balançait à la grille.

— Ce doit être là, dit-il sans rire.

Ils sonnèrent et une vieille femme, gardienne du local par intérim, leur ouvrit les portes.

Elle leur annonça le prix: six cents francs par an, et les introduisit dans la maison.

Dans le bureau les visiteurs comprirent qu'ils arrivaient trop tard.

Dans la cheminée un tas de cendres noires s'envolant au moindre souffle — des papiers brûlés évidemment — annonçait que le fugitif avait pris ses mesures.

Aussi Poupoule jugea-t-elle inutile de monter au premier.

Elle se contenta pour la forme de parcourir les trois pièces composant le rez-de-chaussée.

Patoche, lui, était resté dans le bureau et causait avec la gardienne, l'interrogeait sur le locataire disparu subrepticement.

Mais la brave femme ne savait rien et parla d'autre chose.

Pendant ce temps Mme Lempereur poursuivant son inspection, arrivait à une petite salle de bains située tout au fond, sous l'escalier.

Liliane, bégaya-t-elle en reculant.

La pièce était vide comme les autres et Poupoule allait se retirer lorsqu'elle aperçut, épinglées au mur, toute une série, de photographies suggestives.

Des femmes en costumes plus que légers.

Intéressée, l'entremetteuse avait braqué son race-à-main.

— Tiens, disait-elle, on se croirait chez la baronne d'Ange.

Tout à coup elle frissonna, blêmit comme si elle eût vu surgir un spectre.

— Liliane, bégayait-elle en reculant, Liliane Berty.

Elle parvint cependant à dompter son émotion et se rapprocha du mur.

— Voyons, murmurait-elle, ce n'est jamais qu'une photographie, et je ne crois pas aux spectres, aux revenants, moi.

« Il y a même une dédicace: *A mon cher Robert*.

« Preuve qu'ils se connaissaient intimement.

« Est-ce que ce serait elle qui l'aurait poussé contre moi?

« Non, les morts sont morts.

« Ce n'est que dans les romans qu'on les voit sortir de leurs tombes et crier vengeance.

« N'empêche que cette rencontre m'a toute révolutionnée, bouleversée.

« Je suis innocente, cependant.

« Je n'ai été que l'instrument.

« Et puis j'avais à choisir entre ma vie et la sienne.

« A ma place, cette petite grue n'aurait pas hésité une seconde, elle.

« Il n'est pas moins vrai que si jamais la justice mettait son nez dans mes affaires, c'est moi qui trinquerais.

On le voit ce que Mme Bric-à-Brac éprouvait c'était des inquiétudes, des craintes pour sa chère personne, plutôt que des remords.

— Tout cela est bizarre, murmurait-elle, mystérieux.

« Je ne suis pas superstitieuse, certes... mais ce n'est pas bon signe cette rencontre.

« Moi qui étais si contente tout à l'heure, quelle sotte idée j'ai eue de venir ici.

La marchande d'antiquités sortit brusquement.

Elle alla retrouver Patoche et donna le signal du départ.

Le grand air, les trépidations de la voiture qui la ramenait à Bruxelles, eurent vite fait de chasser ses sombres pressentiments.

— Je suis ridicule, disait-elle, les morts sont bien morts.

« Quant à la photographie, il n'y a rien d'étonnant, rien de mystérieux.

« Ce Robert Servan était un viveur et cette Liliane, une fille.

« De plus, ils travaillaient dans la même partie.

« Ils devaient se rencontrer forcément.

Le fantôme s'arrêta, leva son voile.

« Il n'y a dans tout cela que des coïncidences, rien de plus.

« Je serais bien sotte de me tracasser pour si peu.

« D'ailleurs nous allons partir en excursion.

« Et ma foi, je n'en suis pas fâchée.

« J'ai besoin de changer d'air après toutes ces émotions, ces secousses de toutes sortes.

Mme Lempereur rentra rassérénée et dîna de fort bon appétit.

Mais la nuit, elle eut un rêve affreux.

Elle se trouvait dans un cimetière au milieu des tombes qu'éclairait un clair de lune blafard.

Lugubre, le vent pleurait dans les cyprès. Tout proche, une forme pâle s'avançait. Une espèce de grand domino blanc. Le fantôme s'arrêta, leva son voile.

C'était Liliane, une Liliane aux yeux caves, aux dents ricanantes, qui tendait un doigt menaçant.

Mme Lempereur avait mis la main sur ses yeux et fuyait.

Mais un poignet de fer la saisit brutalement un poignet bien vivant celui-là et dont elle avait déjà subi l'étreinte.

Robert Servan venait de se dresser en face d'elle.

En même temps Liliane s'emparait de son autre bras.

C'était le châtiment, la vengeance des amants qui continuait.

Aussitôt quelques accords s'élevèrent, grinçants.

Debout sur un cercueil, comme un « violoneux » sur un tonneau, M. Lempereur, la boutonnière et le nez fleuris, l'air goguenard, préludait sur un crin-crin tout enrubanné de faveurs tricolores.

Il leva son archet.

— En avant pour le cake-walk, ricana-t-il.

Aussitôt les deux amants s'élancèrent, entraînant Poupoule, morte d'effroi, hurlant et gambadant.

Et ce fut une ronde fantastique, une danse macabre à travers les tombes.

« Je ne crois pas aux songes... mais celui-ci était par trop précis.

« C'est un avertissement du Destin certainement.

« Il faudra que je consulte.

Mme Ferrand — c'était la masseuse — m'a parlé d'une cartomancienne extra-lucide, une voyante véritable. Je suis résolue à recourir à ses lumières.

« Un danger nous menace, je le sens... je l'ai senti tout de suite hier, à la vue de cette photographie. Or, mes pressentiments ne m'ont jamais trompée.

« Heureusement je suis avertie... et je peux parer au danger.

Mme Lempereur s'accota sur les oreillers et médita longuement.

Puis, à mesure qu'elle se remettait de son alerte nocturne, une autre préoccupation lui revint:

— Je dois avoir le visage tout barbouillé.

Elle sauta prestement à bas du lit, enfila un peignoir et fut se camper devant sa psyché.

A la vue de sa face jaune, bouffie, elle eut une grimace qui acheva de l'enlaidir.

— Je ne suis pas en beauté, dut-elle convenir.

« On dirait que j'ai eu le mal de mer pendant six heures consécutives.

« Ça ne pouvait pas plus mal tomber, juste le jour de notre première excursion.

« Moi qui étais si fraîche hier soir...

« M. Jacques va me trouver affreuse.

« Il faut réparer cela au plus vite.

« Justement c'est le jour de la masseuse.

« Même qu'elle devrait être là déjà. C'est une personne méthodique, réglée comme un chronomètre.

« Surtout que, — afin justement de prévenir un

Elle se mit en devoir de faire le grand jeu

CHAPITRE CXLIV

Variations sur un air célèbre de Béranger

Enfin, la marchande d'antiquités rouvrit les yeux.

Mal réveillée encore, elle promena autour d'elle ses regards éblouis par le soleil qui pénétrait à flots dans la chambre.

Elle gisait en travers du lit bouleversé, la chemise remontée jusqu'aux aisselles.

— Quel rêve affreux! murmura-t-elle.

tas de questions gênantes — je l'avais prévenue par téléphone que nous venions de déménager subitement.

En ce moment, on grattait à la porte.

— Entrez, ma bonne, fit Poupoule, qui avait reconnu tout de suite la façon de s'annoncer de sa masseuse.

Une femme entra, vêtue d'un costume sombre et portant un immense sac de taffetas noir, où étaient enfermés ses engins de travail.

Mme Ferrand était une quadragénaire fortement charpentée, au visage morne et rébarbatif, une personne sans âge, un visage sans expression; mais malgré un aspect peu engageant, elle jouissait d'une grande réputation dans un monde spécial.

Le monde de Mme d'Ange qui l'avait indiquée à Poupoule.

Elle possédait, disait-on, certaines recettes, certains secrets qui lui permettaient de réparer des ans l'irréparable outrage.

Tout en échangeant des compliments d'usage, la masseuse avait ouvert son sac de toilette et en commençait le déballage.

Il y avait de tout dans ce sac de Pandore : des éponges, des gants de crin, des outils d'acier tout scintillants, ciseaux, pinces épilatoires, ongliers, etc.

Et pour finir, tout un assortiment de boîtes et de pots contenant des fards, des pommades.

Pendant ce temps, Mme Bric-à-Brac avait passé dans le cabinet de toilette et préparait le bain.

On entendait l'eau tomber en bouillonnant des robinets en col de cygne.

Par une sorte de pudeur, de coquetterie plutôt, Poupoule avait congédié la fille de chambre.

Seulement, elle avait mal calculé le cube de sa personne, le rendement en volume de cent cinquante livres qu'elle pesait toute nue.

Lorsqu'elle s'immergea, sa masse fit déborder la baignoire de toutes parts.

Il fallut rappeler la femme de chambre pour éponger, puis la renvoyer de nouveau.

Cependant la masseuse s'impatientait.

— Vous y êtes? demandait-elle à chaque instant.

— Oui, ma belle.

— Eh bien, commençons.

Les deux matrones s'enfermèrent dans le cabinet de toilette.

Lorsque Mme Bric-à-Brac en sortit deux heures après, elle avait une physionomie de tous les jours.

Mme Ferrand était parvenue, à force de frictions et d'onguents, à réparer le dégât causé par le cauchemar de la nuit.

— Vous voilà retapée, disait-elle en ce moment cliente.

« Mais vous n'êtes pas raisonnable.

« Vous dites que vous aviez mal dormi, pas étonnant!

« Je vous avais recommandé de ne faire repas léger, le soir; potage, légume et eau de

« Et vous venez de m'avouer vous-même

— Il y a autre chose, interrompit l'entreme...

« J'ai eu, cette nuit, un rêve, un véritable mar qui m'a toute révolutionnée. De là seul mal.

« Je sais bien qu'il ne faut pas attacher portance aux songes, mais celui-là sort de l'... si bien que j'ai envie de consulter.

« Vous m'avez parlé d'une cartomancienne vous aviez toute confiance.

« Il faudra que vous m'y conduisiez jours.

— Quand il vous plaira, répondit la mass...

« En attendant, voudriez-vous que je v... mon avis?

« Je m'y connais un peu, vous savez.

— Mais je ne demande pas mieux.

— Alors, dites-moi de quoi il s'agit... votre rêve.

Mme Lempereur, qui n'avait pas prévu geance, hésita une seconde, mais décidée

— Bah! se dit-elle, Mme Ferrand est une sûre.

« Et puis je ne dirai que ce que je voudrai...

Une fois au courant du rêve, la masseuse tête d'un air indécis.

— Je ne crois pas que ce soit dangereux, t-elle gravement.

« Afin d'être mieux fixée, je m'en vais con... cartes.

« C'est vendredi aujourd'hui... c'est un b...

Mme Ferrand tira de son sac inépuisable complet de tarots.

Puis elle se mit en devoir de faire le grand lon toutes les règles de l'art divinatoire.

La prophétesse improvisée aperçut bien quelques présages inquiétants, mais se gar... d'en faire mention.

Elle était trop avisée, trop convaincue de tion du moral sur le physique pour compro... des pronostics fâcheux le mieux qu'elle av... de mal à obtenir.

Aussi, fut-elle optimiste sur toute la lig...

Après avoir parlé à Poupoule d'un jeune... qui lui voulait du bien, d'un voyage qu'...

... et qui lui rapporterait beaucoup d'argent, elle ...

... Quant à votre rêve, je n'y vois rien qui s'y rap-...

... es cartes sont muettes là-dessus.

... prouve qu'il vient non pas d'en haut, des as-... ... d'en bas... des viscères...

... omme je l'avais deviné, la cause première fut ... pas trop copieux.

... ne s'agit nullement d'un songe — au sens que ... ologues donnent à ce mot — mais d'un cau-... ... simplement,

... lequel ont passé, ... il arrive tou-... ... les souvenirs, les ... ges qui vous avaient ... ou moins frappée ... ...

... Vous me rassurez! ... Poupoule ... ...nmoins, il faudra ... ons voyions votre ... la cartomancien.

... Quand vous vou-... Toutefois, je le ré-... ... n'y a rien d'im-... ... Vous pouvez ... ir tranquille.

... ant ainsi vaticiné, ... ville en robe noire ... nu ses cartes et se ... pour partir.

... que elle ouvrait la ... M. Lempereur ... dans le couloir. ... portait à pleins ... ... une immense gerbe de roses.

... me Ferrand avait pris son air le plus fin.

... Qu'est-ce que je vous disais? s'écria-t-elle en se ... ... vers sa cliente.

... là des fleurs. C'est un présage heureux ou je ... connais pas.

... partit sur ce mot, cédant la place à l'usurier. ... ci entra et déposa les fleurs sur le lit.

... Étonnée, Mme Bric-à-Brac considérait son ...

... Qu'est-ce qui vous prend? interrogea-t-elle.

... est vous qui m'offrez ces fleurs ... Lempereur sourit d'un air malin.

... on, fit-il, ce n'est pas moi, c'est M. Jacques.

... savez que c'est ce soir qu'on fait l'excur-

sion de Waterloo, le pèlerinage.

« M. Jacques vient demander si le projet tient tou-jours?

— Mais oui, certainement, fit Poupoule tout heu-reuse...

« Remerciez cet ami pour ces belles roses.

« Dites-lui que je vais aller le remercier moi-même.

« Le temps de m'habiller.

— Ne vous pressez pas, répondit le général qui avait un autre projet en tête.

« Il n'est que dix heures encore.

« D'ailleurs, si vous n'y voyez pas d'incon-vénient, nous allons sortir, M. Bonomer et moi.

« Nous avons une course à faire.

— Une course? fit la brocanteuse. Où allez vous donc?

— A Ixelles... sur la tombe du général Bou-langer.

« J'y ai pensé tout à coup en voyant arriver notre ami avec un œillet à la boutonnière.

« Boulanger, le ma-tin... Napoléon le soir...

« De cette façon, no-tre journée serait com-plète, consacrée tout en-tière à de grands souve-nirs...

Il portait à pleins bras une immense gerbe de roses.

« Nous avons grandement le temps avant déjeuner.

« D'autre part, je sais que cette visite ne vous inté-resse guère.

— En effet, grommela Mme Lempereur, qui venait de se rappeler son rêve de la nuit.

« Des cimetières, j'en ai assez, je m'y suis pro-menée toute la nuit...

« Je m'explique maintenant ce cauchemar bizarre.

« C'est vous qui m'avez fichu la guigne avec votre manie de toujours parler de ce tombeau.

« Eh bien, allez, mon ami...

« Passez votre envie une bonne fois, et qu'il n'en soit plus question.

« Eh bien, qu'attendez-vous, monsieur Lempereur?

Le baron se grattait la tête d'un air penaud.

— J'attends, marmonna-t-il... j'attends... vous ne devinez pas?

« Vous imaginez-vous que je vais aller là-bas les mains vides?...

« Je voudrais porter quelque chose au brave général.

« Une couronne, une belle couronne en œillets et roses de France...

« J'en ai vu une à deux pas d'ici justement... pas chère : deux cents francs.

— Je vous vois venir, général, dit Poupoule.

« Vous voulez me taper... Eh bien! soit, je suis bien disposée, ce matin.

« De plus, je suis contente de vous, monsieur Lempereur.

« Depuis hier, vous êtes presque correct.

« Faites en sorte que cela dure et je vous rendrai la pension que j'ai dû vous supprimer.

« Tâchez surtout de modérer votre chauvinisme, là-bas, à Waterloo.

« Nous ne sommes pas en France, mon ami.

« Nous sommes à l'étranger... Ce n'est pas l'endroit de crier Vive l'Empereur à tout propos.

« Surtout que nous ne serons pas seuls là-bas... Il y aura d'autres touristes : des Allemands, des Anglais... tout aussi patriotards que vous...

« Donc, évitez les provocations. D'ailleurs, je vous préviens que si vous recommencez vos incartades, je vous consigne à la chambre et pour de bon, cette fois.

« On ne vous sortira plus, si ce n'est avec une muselière...

« Vous voilà dûment averti... Et maintenant, combien vous faut-il?

— Deux cents francs, répondit l'usurier, qui avait écouté ce petit sermon avec componction.

— Tenez, fit Poupoule, qui était en veine de générosité... en voilà trois cents.

« Et maintenant, décanillez, je vous ai assez vu.

« Vous savez qu'on déjeune à midi sonnant et qu'on part à deux heures. N'allez pas vous mettre en retard.

— Soyez tranquille, répondit l'usurier avec feu... je serai exact.

Quatre heures plus tard, l'automobile roulait vers le champ de bataille de Waterloo, distant de Bruxelles d'une trentaine de kilomètres.

Patoche conduisait lui-même.

Près de lui, sur le siège, était un guide qui devait, une fois sur le terrain, expliquer les phases successives du combat.

C'était Mme Lempereur qui en avait décidé ainsi.

— Vous, M'sieu Jacques, avait-elle dit en minau-

dant, vous êtes trop enthousiaste, trop éloquent...

« Oh! ce n'est pas un reproche... au contraire!

« Seulement, nous l'avons vu l'autre soir, votre parole enflammée produit sur mon mari un effet dangereux.

« Il piaffe comme ces vieux chevaux réformés qui caracolent dès que retentit une sonnerie de clairon.

« Il serait capable de prendre le mors aux dents, conclut-elle en riant aux éclats.

« Au contraire, si nous prenons comme cicerone un de ces professionnels qui, depuis des années récitent le même boniment de la même voix monotone, il n'y a rien de pareil à craindre.

L'ordonnance avait accepté cet arrangement de suite.

Au fond il ne demandait pas mieux.

Maintenant que la conquête du couple Lempereur était chose faite, il jugeait inutile de se battre les flancs.

Il se réservait pour plus tard, lorsqu'il s'agirait d'entraîner les brocanteurs plus loin, du côté de la frontière.

Il se contenta au moment où l'on montait en voiture, de donner l'itinéraire qu'il avait préparé :

— Nous allons d'abord saluer le monument français élevé récemment :

« L'Aigle mourant, de Gérôme.

« Puis nous descendrons vers Planchenoit et remonterons vers le Nord.

« De cette manière, nous suivrons la bataille phase par phase, presque heure par heure, étape par étape : La Belle Alliance, Hougomont, La Haie-Sainte, etc.

Nous arriverons au Mont Saint-Jean à peu près à l'heure où Napoléon lança ses grenadiers pour l'attaque suprême.

— Que l'on fasse donner la garde! prononça Lempereur d'une voix sourde, toute vibrante d'émotion contenue.

— Et, continua le Parigot, nous terminerons cette belle excursion par la visite du musée de Waterloo.

« Ce musée, créé par un sergent anglais, un survivant de la bataille, et géré par ses descendants, est une chose très curieuse et qui impressionne, je vous en fiche mon billet.

Ce programme fut suivi de point en point.

Toutefois, on était en retard d'une heure sur l'horaire prévu.

Lorsqu'à la nuit tombante on arriva devant le musée, le gardien venait de clore ses portes.

Le général de Saint-Didier avait été correct jusqu'à ce moment...

Tenant compte des recommandations de Poupoule,

il avait refréné les émotions qui s'accumulaient en lui. Mais en se voyant jeter la porte au nez, il fut pris d'un accès soudain d'anglophobie.

— Cochon d'Anglais! maugréa-t-il. Il le fait exprès, il m'en veut... c'est clair. C'est contre moi qu'il a pris cette mesure.

« Ah! si je n'avais pas promis à ma femme... je lui apprendrais de quel bois je me chauffe au goddam.

« J'aurais vite fait d'enfoncer sa porte...

— Quel serin! murmura Poupoule à l'oreille de Patoche.

« Croyez-vous qu'il en a une couche?

Personne ne le contredisant, M. Lempereur se calma assez vite.

Toutefois, il refusa de suivre ses compagnons quand ceux-ci parlèrent de se retirer.

Il avait été convenu qu'on dinerait à l'*Hôtel des Touristes*, un de ces hôtels modern style à l'usage des chauffeurs, situé tout proche sur la grande route de Bruxelles à Charleroi.

— Laissons-le, dit Poupoule après avoir insisté une dernière fois.

« Laissons-le cuver son enthousiasme...

« Il commence à bruiner... ça le calmera.

Devant lui, une vieille femme venait de surgir

« D'ailleurs, quand il saura que nous sommes à table, il ne traînera pas.

« Son ventre criera plus haut que tout.

Et se tournant vers son époux :

— Vous voulez rester? à votre aise, mon ami.

« Pendant ce temps, nous, nous allons à l'*Hôtel des Touristes* commander le dîner.

« C'est à cent mètres d'ici... Vous trouverez sans peine.

« Venez, Jacques.

« Offrez-moi votre bras.

Patoche s'empressa d'obéir.

— Madame la baronne, dit-il très galamment, voulez-vous que j'aille chercher la voiture?

— L'auto était restée à cinq cents mètres de là, dans

une auberge où dinait le guide chargé de la garder.

— Non, merci bien, répondit Mme Bric-à-Brac.

« Il n'y a que quelques pas à faire. D'ailleurs, je suis bonne marcheuse quand je veux.

Puis, changeant de sujet brusquement :

— Comment trouvez-vous le baron?

— Mais très bien, répondit Patoche.

« Jusqu'ici il a été très sage. très calme.

— Heu! heu! fit l'entremetteuse en fronçant le nez... c'est un calme trompeur, peut-être.

« Le calme qui précède la tempête. Il serait un peu gris que ça ne m'étonnerait pas.

— Cependant, objecta Patoche... comme nous-mêmes, il n'a pris ni vin, ni liqueur depuis déjeuner.

— Parce que j'y ai tenu la main! s'écria Mme Bric-à-Brac.

« Et, ajouta-t-elle en riant, en faisait-il une figure, quand il s'est vu condamné aux liqueurs de dames : orangeade, grenadine.

« Et vous, cher ami, ça ne vous a pas trop privé?

— Mais non... pas du tout. Par les chaleurs, je me méfie des liqueurs fortes.

— D'ailleurs, continuait Poupoule suivant son idée. mon mari n'a pas besoin de boire d'alcool pour se griser. L'odeur suffit... Ça vous étonne?

— En effet...

— C'est ainsi, cependant. Le baron est un alcoolique invétéré... comme tous ceux qui ont vécu aux colonies, ajouta Poupoule pour adoucir la brutalité de l'accusation.

« Il y a chez ces gens-là un vieux levain d'ivresse toujours prêt à lever.

« C'est pourquoi j'ai envie, pour éviter tout incident, que nous dînions à la bière...

« Seulement, ça m'ennuie à cause de vous... je crains de...

— Ne craignez rien, fit l'ordonnance vivement.

« Je raffole de la bière... des bières belges: lambic, faro...

« Ça me change de ces bibines, de ces jus de mélasses que j'ai bus à Paris... et ailleurs.

— Zut! murmura le Montmartrois, j'ai failli me trahir, débiner mon pays comme tout Français, tout pétrouskin voyageant à l'étranger.

« Attention... le Belge que je suis censé être doit trouver tout beau à Paris.

La brocanteuse et son cavalier arrivaient devant l'hôtel des Touristes.

Ils pénétrèrent directement dans les jardins éclairés a giorno, où déjà l'on dressait les couverts sous les tonnelles.

Poupoule choisit une table située tout au fond... loin des autres.

— De cette façon, nous pourrons causer librement, dit-elle.

« Si par hasard le général parlait un peu haut, ça se perdrait dans le brouhaha.

Puis, faisant des grâces, prenant un air gamin :

— Si nous prenions l'apéritif, m'sieu Jacques? s'écria-t-elle.

« Vous l'avez bien gagné.

« Profitons de ce que le baron n'est pas là pour nous régaler en cachette. Ça double le plaisir.

« Garçon, une bouteille de Porto.

Pendant ce temps, M. Lempereur continuait d'errer sur le plateau Saint-Jean, à la place même où, si l'on en croit la tradition, Wellington, qui croyait la bataille perdue, vit un nuage de poussière s'élever tout à coup vers le Sud.

C'était Blücher qui arrivait avec ses trente mille Prussiens.

La victoire changeait de camp.

L'usurier venait de s'arrêter, en proie à une émotion grandissante.

Il mit sa main droite dans son gilet en un geste napoléonien, et, le sourcil froncé, contempla le paysage autour de lui.

Il faisait un temps à souhait pour évoquer la dernière phase de la bataille: le dernier carré mourant l'arme au bras, sous la mitraille.

D'épais nuages roulant au ciel, les brumes s'élevant des labours, semblaient sortir de la gueule encore chaude des canons.

Le général baron Marin de Saint-Didier s'abîmait dans ses méditations lorsqu'il entendit marcher tout proche.

Devant lui, une vieille femme venait de surgir dans l'ombre.

Une pauvresse toute ridée et moustachue, avec un menton en galoche et de petits yeux pétillants de malice.

A la vue de cette fée Carabosse, le brave eut un sursaut, presque un recul.

— L'horrible vieille! murmura-t-il.

« Elle me rappelle tout à fait cette sorcière de *Macbeth* que je vis à la Porte-Saint-Martin.

« Qu'est-ce qu'elle peut bien me vouloir?

Cependant la vieille souriait de sa bouche édentée.

— Monsieur, dit-elle en très bon français, je suis depuis longtemps.

— Vous me suivez? maugréa le baron d'un ton bourru.

« Pourquoi donc?

— Parce que j'ai reconnu en vous un Français patriote.

— Ah! fit notre homme flatté.

— Oh! c'est que je m'y connais, continua la vieille, sentant qu'elle avait touché juste.

« Il suffit de vous voir une fois.

« Et, tenez, savez-vous à qui vous ressemblez en ce moment, avec votre impériale et votre longue dingote?

« Vous ressemblez à Déroulède.

— Vive Déroulède! lança l'usurier.

— Alors voilà, reprit la pauvresse, voilà pourquoi je me suis permis de vous aborder...

« J'étais là lorsque l'English, ce grossier personnage vous a fermé la porte au nez.

— A bas les Anglais!

— Oui, à bas les Anglais!... alors je me suis dit si j'offrais à ce gentleman de venir chez nous.

« J'ai un musée, moi aussi.

— Vous avez un musée? fit Lempereur ahuri.

— Oh! un tout petit musée... deux ou trois objets. On n'est pas riche.

« Seulement ce sont des choses rares, de véritables reliques.

« Notre voisin, le maître du musée, là, donnerait cher pour en avoir autant.

« Vous ne me croyez pas?

— Si... si... ma brave femme... seulement, je ne m'explique pas bien...

« Comment avez-vous eu cela?

— Je suis du pays, répondit la vieille.

« Ma famille est fixée là depuis cinq cents ans; alors nous étions aux premières loges... comme on dit.

« Mon grand-père fauchait son blé un matin, lorsqu'il vit les chaumes flamber soudain.

« C'était la grande bataille qui commençait.

« Le premier obus était tombé juste dans no...

...moi-même, depuis cinquante ans que je ... je bêche de pays ramassant de l'herbe pour ... soins, j'en ai vu sortir, des choses, de la terre... ... ce temps, personne ne collectionnait et je ... qu'à me baisser.

... pourquoi si ... vouliez venir jus... ... moi...

... L'empereur n'en ... dait pas tant ... ... convaincu.

... Je vous suis, ma ... femme, répondit ... impétuosité, je ...

... Montrez-moi le che...

... Par ici, monsieur, ... maison est à deux...

... Une pauvre bara... ... mais qui a vu de ... des choses...

... vieille, une de ces ... ... qu'on rencon... ... presque dans tous ... ... célèbres, ex... ... la naïveté des ... ... cessa de parler.

... réfléchissait;

... je crois que j'ai eu la main heureuse, murmu... ... dit-il en s'éloignant.

... d'œil... Et puis il a tout à fait la tête qu'il ... type-là, avec ses moustaches en cire.

... Qu'est-ce que je m'en vais bien lui vendre, à ... là? Le bouton de culotte du maréchal Ney? ... l'ai déjà vendu il y a trois semaines.

... deux amateurs pourraient se rencontrer et ... ferait tort.

... je lui offrais la gourde... c'est cela, la gourde ... l'empereur.

... y a six mois bientôt que je ne l'ai pas placée. ... l'ai justement remplie l'autre soir.

... arrivait devant une masure en ruine couverte ... chaume.

... vieille ouvrit la porte et introduisit son visiteur ... l'unique pièce du rez-de-chaussée.

... Entrez, monsieur, dit-elle tout en allumant une ... lampe à pétrole. Entrez sans crainte.

... maison ne nous tombera pas dessus. Bien

... que ne payant pas de mine, elle est solide.

« Et puis, elle en a bien vu d'autres.

« Cette lézarde que vous apercevez là, c'est un boulet, au boulet mort, bien entendu, un ricochet.

« Sans cela tout était balayé...

« Et les balles, donc, voyez comme les balles ont griffé le mur.

Très ému, le général allait et venait.

— C'est très impressionnant, annonçait-il, tout à fait impressionnant.

« Ça me rappelle la Maison des dernières cartouches que j'ai visitée à Bazeilles. Mais combien c'est plus grandiose ici!

« Je ne regrette pas d'être venu.

Cependant la vieille mendiante avait ouvert la banquette de bois blanc placée devant la table.

Elle tira de là un vieux fusil à pierre, un sabre de cavalerie sans pommeau, deux baïon-

Voilà, dit-elle, tout ce qui me reste

nettes tordues, un hausse-col, tout cela rouge de rouille et venant en droite ligne de chez le prochain marchand de ferraille.

— Voilà, dit-elle, tout ce qui me reste...

« J'avais beaucoup d'autres choses, mais j'ai dû m'en séparer.

« On n'est pas riche, acheva-t-elle avec un soupir à fendre les roches.

L'usurier avait pris les objets et les maniait religieusement.

— C'est très curieux, murmurait-il, plus que curieux... poignant...

« Ces sabretaches, ces baïonnettes, tordues peut-être sur une cuirasse.

« Et ces taches-là...

« On dirait du sang.

— C'est du sang, en effet, approuva la mendiante sans hésiter.

« Je me rappelle, moi qui vous parle, avoir vu certaines de ces taches encore fraîches en quelque sorte.

« Je veux dire qu'on les distinguait très bien des

autres, des taches de rouille... ça n'a pas du tout le même aspect.

— Evidemment!

— Maintenant j'ai quelque chose de beaucoup plus rare à vous montrer.

« Une pièce unique!

« Les English m'ont offert une fortune, mais c'est sacré.

« J'aurais préféré mourir de faim à côté.

— Qu'est-ce que c'est? demanda l'usurier avec un tremblement dans la voix.

— La gourde de l'Empereur!

— La gourde de l'Empereur?

— Oui... la gourde où il a bu sa dernière lampée.

La vieille élevait précieusement entre ses mains une gourde suspendue à une ficelle crasseuse et la balançait comme un encensoir sous le nez du baron qui remuait d'enthousiasme.

Elle l'agita.

— Vous entendez... elle est encore demi-pleine.

« Personne n'a osé boire après LUI.

« Le bouchon est là, à demi enfoncé, tel qu'il l'a mis.

Le général baron ouvrait des yeux grands comme des portes cochères.

— La gourde de l'Empereur, bégayait-il.

« Oui, vous aviez raison, ma brave femme, c'est une relique, ça...

« C'est prodigieux...

« Comment un pareil souvenir est-il tombé entre vos mains?

— Oh! répondit la vieille, de la façon la plus simple.

« Mon grand-père, quand il vit que ça se gâtait, que ça sentait le roussi par là, s'était caché dans la cave.

« C'était un vieillard, n'est-ce pas... et puis, que

Un sergent gisait là

diable serait-il allé faire là-dedans.

« Seulement, le soir, lorsque le vacarme cessa, des cris, des gémissements s'élevèrent de toutes parts.

« La plainte des blessés.

« Alors mon grand-père sortit de son trou et se mit à faire son devoir bravement.

« Déjà les brancardiers étaient à l'œuvre et les pillards aussi, les détrousseurs de cadavres...

« Mon aïeul sauva plus de vingt français, des officiers, la plupart.

« Je ne vous parlerai que d'un, le propriétaire de la gourde.

« Ah! celui-là, quand mon grand-père en parlait, des larmes lui venaient aux yeux.

« C'était au petit jour, derrière une meule de foin incendiée.

« Il allait passer sans voir, lorsqu'un gémissement l'arrêta.

« Un sergent gisait là, un de ces vieux grognards à moustache grise...

« Il avait dû se traîner là pour mourir.

« Il avait la poitrine défoncée par un biscaïen.

« Entre ses mains crispées par l'agonie, il tenait une gourde.

« Pensant qu'il voulait boire, mon grand-père s'empressa de l'aider.

« Mais il n'eut pas plutôt touché la gourde que le blessé ressuscita; les yeux hors de la tête, la bouche tordue.

« Il était effrayant.

— Halte! hurla-t-il... défense de toucher, c'est la gourde du *Petit Caporal*.

« Et il s'évanouit, épuisé par l'effort.

« Un peu après, il revenait à lui, et, d'une voix mourante :

— Tu es encore là, toi, dit-il. C'est bien.

« Seulement, rien à faire... j'ai mon compte... Ma feuille est signée pour l'autre monde.

« Je vais rejoindre...

« Quand ce sera fini, tu prendras mes papiers, ma

Mon ami, suppliait-elle, calmez-vous

« Depuis, cette gourde n'est jamais sortie de notre famille et jamais elle n'en serait sortie si j'avais des enfants.

« En tout cas, personne n'y a touché.

« Le rhum que vous voyez est juste au niveau où il l'a laissé, lui.

« Il y en a qui auraient payé cher rien que pour y goûter, mais jamais nous n'avons consenti.

« Il nous semblait que c'eût été un crime, un sacrilège.

L'usurier se taisait, en proie à une émotion intense.

— Ainsi vous refusez de la vendre? murmurat-il au bout d'un instant.

« Je le regrette... je le regretterai toute ma vie.

« Je me repens presque, à présent, d'être venu...

« Ainsi c'est votre dernier mot? je vous aurais donné tout ce que vous auriez voulu...

— Non, ces choses-là ne se vendent pas, répondit la pauvresse...

croix... Tu enverras le tout à ma famille.

« Toi, pour ta peine, tu garderas cette gourde.

« C'est une relique sacrée... défense de s'en servir.

« C'est là que l'Empereur a bu sa dernière goutte... tu comprends...

« Ça s'est passé tout à l'heure, dans le *carré*, au moment où tout foutait le camp, où tout croulait.

« L'empereur s'est approché de moi, m'a appelé par mon nom :

— Donne-moi à boire, qu'il m'a dit.

« Le vétéran n'en dit pas plus long. Soudain ses yeux riboulèrent.

« Il leva un bras.

— Vive l'Empereur!

« Et il retomba pour toujours.

« Il était allé rejoindre, comme il disait.

« Seulement, vous m'avez remuée, et de plus, je suis vieille.

« J'ai peur que l'objet ne tombe entre des mains indignes.

« Alors je vous l'offre.

« Vous m'en donnerez ce que vous voudrez.

« Ça servira à payer mon enterrement et quelques messes pour le repos de mon âme.

Déjà le baron avait ouvert son portefeuille.

Il en tira deux cents francs... Deux beaux billets neufs épargnés sur la couronne achetée le matin pour le brave général.

— Voilà, ma brave dame, dit-il, c'est tout ce que j'ai sur moi.

« Mais venez me voir à l'hôtel à Bruxelles.

« Je vous donnerai bien davantage.

« Je vous paierai tout ce que vous voudrez... une bière en chêne, une concession.

L'usurier saisit la gourde, l'enfonça sous le pan de son ample redingote.

— Maintenant, ma brave femme, permettez que je vous embrasse.

« Vous me rappelez tout à fait une héroïne de Béranger : la grand'mère.

Il donna l'accolade à la vieille, qui riait sous cape, et sortit, emportant son trésor.

Une fois seul dans la nuit, il tira la gourde de son giron et la contempla à la clarté des étoiles.

— Dire que ses lèvres se sont posées là, murmurait-il extasié...

« Ça me bouleverse, une pareille pensée.

Il flaira le bouchon.

— C'est bien du rhum, continua-t-il... il doit être fameux, depuis le temps.

« Et puis boire après lui... quelle gloire!

« J'ai bien envie d'y goûter. J'en ai le droit, moi, en fervent du culte.

« Le prêtre a bien le droit de toucher au calice.

« Mais non, je ne le ferai pas, ce serait un crime, un sacrilège, comme disait cette brave femme.

Le général enfouit la précieuse gourde dans une des basques de sa redingote.

Puis il regarda autour de lui, cherchant l'hôtel des Touristes.

— Ce doit être là-bas, dit-il... je vois des lumières... j'entends des autos qui ronflent.

Et il partit le cœur débordant d'une joie ineffable.

Un peu plus loin, il entonnait d'une voix superbement fausse, le refrain célèbre de Béranger :

Il s'est assis là grand'mère,
Grand'mère, il s'est assis là.

CHAPITRE CXLVI

Une histoire de gourdes

Bientôt sa voix mélodieuse retentit derrière les jardins de l'hôtel.

Poupoule, qui lampait son troisième verre de Porto sursauta sur sa chaise.

— Ça y est, se dit-elle en se levant soudain.

« Il est paf... il aura trouvé quelque cabaret en chemin.

« Ah! l'animal!

Elle s'élança, suivie de Patoche.

Ils eurent vite fait de rejoindre l'homme à la gourde qui arrivait d'un pas guilleret.

En les voyant accourir, il cessa de chanter.

— Qu'est-ce qu'il y a? demanda-t-il étonné.

Cependant sa femme, un peu surprise également s'était précipitée vers lui.

— En voilà des façons, grondait-elle.

« Vous arrivez ici en chantant?

Tout en grommelant, Poupoule bousculait son époux pour s'assurer de son assiette.

— C'est bizarre, murmura-t-elle, il ne titube pas.

« D'autre part, il ne sent pas l'alcool... Je me suis trompée.

« C'est l'enthousiasme qui ressort des vieilles tures... Il n'y a pas de mal encore, par conséquent.

— Mais non, répondait le général, sans comprendre ni s'émouvoir.

« Je ne chantais pas, je fredonnais.

Poupoule eut un haut-le-corps.

— Vous appelez ça fredonner, vous? C'est de l'aplomb.

« En tout cas, mettez-vous une sourdine, un bouchon.

« Et maintenant, à table. Venez, messieurs.

On revint sous la tonnelle et le repas continua gaiement.

M. Lempereur, chez qui le ventre ne perdait jamais ses droits, se mit à manger de fort bon appétit.

Il parlait peu, d'ailleurs, tout occupé à mastiquer.

On était au milieu du festin qu'il n'avait pas prononcé dix paroles.

Cette nouvelle attitude déplut à Poupoule.

— Est-ce que vous boudez, général? demanda-t-elle brusquement.

— Moi, pas du tout. Pourquoi donc?

— Parce que vous êtes muet comme une sole frite.

« Je vous ai défendu de chanter, mais non de parler. Ce n'est pas très poli.

« D'où vient ce silence?

L'usurier leva les yeux au ciel, et, la bouche pleine :

— Je suis trop ému pour parler, trop bouleversé par l'inoubliable spectacle que je viens d'évoquer.

« Ah! si vous saviez ce que j'ai vu... ce que j'ai...

Il allait raconter l'histoire de la gourde, mais il se retint.

— Non, dit-il. Poupoule m'enverrait des brocards. Elle n'a pas de cœur. De plus, elle pourrait demander avec quel argent j'ai payé.

« Ça ferait des histoires.

« Et puis, je veux garder cette relique pour moi seul.

« Plus tard, peut-être, je la montrerai à M. Jacques.

« Mais à lui seul, alors... c'est un patriote, un admirateur, un fervent du Grand homme.

Un peu après, M. Lempereur se levait pour aller au *buen retiro*.

En revenant, il avait l'air agité et tordait sa moustache d'un air menaçant.

— Qu'est-ce qu'il y a? demanda l'entremetteuse prompte à s'inquiéter.

« Qu'est-ce que vous avez, baron ?

— J'ai, grommela l'usurier, en montrant une tonnelle sur la droite, qu'il y a deux *goddams* qui me déplaisent.

— Vous n'allez pas commencer vos provocations.

— Ce n'est pas moi qui commence... c'est eux...

— Qu'est-ce qu'ils vous ont fait, voyons...

— Ils m'ont regardé de travers comme je passais.

Mme Bric-à-Brac haussa les épaules.

— Mais non, mais non, railla-t-elle.

« Vous vous donnez, mon pauvre ami, une importance que vous n'avez pas.

« Si vous croyez que vous ne sauriez circuler sans qu'on vous remarque?

« Ces gens-là se moquent pas mal de votre figure.

— C'est ce qui vous trompe, répliqua le baron froissé.

« Ma figure, comme vous dites, ne passe pas tellement inaperçue.

« Il y a une femme tout à l'heure qui l'a remarqué... une femme du peuple encore.

— Ah! ah! ricana Poupoule, vous avez fait une conquête, général

« C'est pourquoi vous chantiez si clair tout à l'heure

« J'espère, beau coq, que vous nous présenterez

C'est l'Empereur qui a bu.

votre dulcinée au dessert.

« Quelque maritorne, sans doute.

« Vous avez toujours eu du goût pour le torchon.

Le général jeta à sa femme un regard de commisération profonde.

— Quelle femme vulgaire, matérielle! murmurat-il; moi qui avais pensé un moment à lui montrer ma trouvaille...

« Elle n'aurait pas compris...

Et, haussant le ton :

— Eh bien! oui, fit-il en souriant, j'ai fait une conquête.

— Oh! oh!

— Et savez-vous, continua l'usurier impassible, ce que m'a dit cette personne?

« A qui elle a trouvé que je ressemblais?

— A Boulanger...

— Non, madame, fit le baron sévère, à Déroulède.

« Vous ne trouvez pas, monsieur Jacques?

— Si, si, acquiesça le Montmartrois gravement. Ça m'avait déjà frappé.

« Il y a quelque chose... notamment dans la coupe de cheveux.

Satisfait, le général se remit à travailler des mâchoires.

A ce moment, d'un des salons de l'hôtel, un chant grave s'éleva : *Le Choral de Luther.*

L'usurier qui ne connaissait guère que quelques refrains à boire et quelques ritournelles d'opéra n'eut pas l'air d'y attacher de l'importance.

— Tiens, fit-il en levant le nez de son assiette, on dirait les *Huguenots.*

Patoche, au contraire, n'avait pu s'empêcher de faire la grimace.

— Bon, grondait-il bas, les Prussiens qui s'en mêlent à présent.

« C'est un peu violent qu'ils ne puissent pas s'emplir sans gueuler, les *Boches*. Si je me mettais, moi, à *gouailer* la *Marseillaise*,

Au même instant, comme pour mettre le Parigot à bout, le chœur se tut, et un autre air grandit, s'éleva, chanté en faux-bourdon : le *Watch am Rhein* (*Garde au Rhin*), le chant de guerre par excellence des Allemands.

Cette fois, Patoche se dressa d'un bond.

— Tonnerre de Dieu ! lança-t-il, est-ce qu'ils le font exprès ?

« Ils nous courent, les Pruscos. Si ça dure, on va en flanquer deux ou trois par la fenêtre.

Il ne se ressaisit qu'en voyant Poupoule effrayée lui prendre les mains.

— Mon ami, suppliait-elle, calmez-vous... Je vous en prie, vous risquez d'exciter le général.

Le dragon se rassit aussitôt.

— Diable ! murmurait-il furieux.

« J'allais faire du joli, moi... tout compromettre pour une foucade.

Et, tout haut :

— Madame, je vous demande pardon. J'ai eu un moment de vivacité.

« Mais vous connaissez mes sentiments francophiles... ça ne doit pas vous surprendre.

« Et puis, comme Belge, je suis indigné de la grossièreté de ces gens-là... On n'est pas malotru à ce point.

« Ils sont à l'étranger, parmi des gens venus des quatre coins du monde... et il n'y en a que pour eux !

« On dirait que la Belgique leur appartient déjà.

« Ah ! malheur !

M. Lempereur continuait de rester bien tranquille. Mais d'autres protestations s'élevaient de divers endroits du jardin, maintenant plein de dîneurs.

Bientôt, dans une tonnelle, une voix ferme, vibrante, entonna la *Marseillaise*.

Les Anglais répondirent par le *God save the King !*

Alors le gérant accourut, affolé :

— Messieurs, messieurs, je vous en prie, on ne doit pas chanter.

« Ce n'est pas le lieu, vous devez comprendre que...

— Très bien, répondit l'un des Français assis à la table d'où était partie la *Marseillaise*.

« Mais que les Allemands se taisent les premiers.

— Bravo ! applaudit Patoche.

Ainsi fut fait.

Cinq minutes après, tout était rentré dans l'ordre.

— Parbleu ! murmurait l'ordonnance. Il n'y a qu'à montrer les dents pour qu'ils se taisent.

« Des pisse-froid qui japent de loin comme des chiens de dame.

Le dîner s'acheva sans autre incident.

Comme on apportait le café, M. Lempereur fit la moue.

— Il n'y a pas de fine ? demanda-t-il.

— Non, baron, ordre de la Faculté. Ce qui est dit est dit.

« Je m'en passe et je me porte bien... faites comme moi.

— Tant pis, fit M. Lempereur, qui se leva.

Prise d'un soupçon, sa femme l'arrêta.

— Où allez-vous, mon ami ?

— Où je vais ? goguenarda l'usurier.

« Je vais au water-closet...

— Mais vous en venez.

— Que voulez-vous que je vous dise ?

« J'en viens et j'y retourne.

« Rien là d'étonnant... c'est la bière qui en est cause.

« Ça m'irrite la vessie... je vous l'ai dit cent fois.

Et comme Poupoule le tenait toujours par la manche, le général eut un mouvement d'impatience.

— Voyons, baronne, grogna-t-il, c'est ridicule.

« Sous prétexte de veiller à ma santé, vous me traitez comme un petit garçon.

« Vous m'avez empêché de boire...

« Et voilà maintenant que vous voulez m'empêcher de pisser...

— Grossier personnage ! s'écria Poupoule en le repoussant.

L'usurier s'éloigna, l'œil allumé, riant dans sa barbe, et sa femme se tourna vers Patoche :

— Que dites-vous de cela, monsieur Jacques ?

« Vous ne trouvez pas que mon mari a un air bizarre... un air de deux airs ?

— Mais non, baronne.

— Si... si... il y a quelque chose. Ah ! c'est que je le connais, le sire...

« Tout à l'heure, quand il est revenu, j'ai cru sentir comme une odeur d'alcool.

« Vous n'avez pas remarqué

— Ma foi non, répondit Patoche.

« Et puis, je me demande comment il s'y prendrait.

— Rien de plus facile. Il y a un bar à l'hôtel.

« Je suis sûre qu'il y va en ce moment...

« Je parie que si je le suivais, je le pincerais sur le fait, le verre en mains.

— Voulez-vous que j'aille voir ?

— Je n'osais pas vous le demander.

— Mais comment donc ! j'y cours.

Patoche partit et revint cinq minutes après.

— Eh bien ? demanda Mme Bric-à-Brac.

— Eh bien, chère madame, nous nous trompions complètement.

« Le général allait bien au water-closet.

— Vous ne l'avez pas perdu de vue ?

— Pas une seconde... sauf, bien entendu, le temps

où il était enfermé.

« Si bien qu'il arrive derrière moi.

Le baron revenait, en effet. Il reprit sa place à table, mais il titubait légèrement.

Bientôt il déboutonna son gilet, desserra sa cravate.

— Ouf! soupira-t-il.

Il avait le regard vague, les pommettes rouges, la respiration oppressée.

— C'est clair, murmurait le Parisien... il a bu.

« La grosse mère avait raison... Mais comment?

Cependant, Mme Bric-à-Brac s'approchait inquiète et plus encore, intriguée.

— Qu'avez-vous, mon ami, questionna-t-elle d'un ton doucereux que démentait son regard.

« On dirait que vous n'êtes pas bien.

L'usurier bredouilla quelques mots inintelligibles.

Poupoule se pencha vers lui et soudain, elle tapa du pied :

— Ah! le salop! grondait-elle.

« Il pue l'alcool à plein nez. Ah! le monstre! le brigand!

Puis, se tournant vers Patoche :

— Est-ce que vous y comprenez quelque chose, monsieur Jacques?

Il n'y a pas de doute, c'est bien de l'alcool

— Ma foi non, répondit le Parigot que l'aventure commençait à amuser.

« Ça, c'est plus fort que de jouer à la marelle.

« Je ne l'ai pas lâché d'une semelle, et cependant il est ivre...

« Ivre comme la bourrique à Robespierre.

« Il devait l'être en venant... mais ça éclate seulement... c'est le repas.

M. Lempereur regarda ses voisins d'un air égaré.

Il comprenait vaguement qu'il était question de lui.

— Qu'est-ce que vous dites? bafouilla-t-il, la langue pâteuse.

« Vous dites que j'ai bu... vous mentez.

« Ce n'est pas moi...

« C'est l'Empereur qui a bu... Vous entendez. le petit Caporal.

« Moi, je n'ai fait qu'effleurer, toucher la trace de ses lèvres sur le goulot... et puis *Barca*... vous m'embêtez.

« Vive l'Empereur! Bonsoir!

Sur quoi l'usurier repoussa son assiette pour s'accouder plus commodément sur la table.

Quelques secondes après, il ronflait en sourdine.

— Cette fois, c'est complet. gémit Poupoule.

« Nous voilà bien avec ce grand carcan sur les bras...

Elle se mit à palper son mari.

— Il faut qu'il ait un flacon sur lui... Il n'y a pas d'autre explication.

« Mais oui, parbleu! s'écria-t-elle presque aussitôt.

« Je le tiens!

Elle venait de tirer la gourde débouchée et vide. Elle la flaira et la présenta à Patoche.

— Il n'y a pas de doute... c'est bien de l'alcool,

« Tenez, sentez vous-même, monsieur Jacques.

— C'est vrai, reconnut le Montmartrois.

« C'est même du sale alcool. Je m'explique que ça l'ait assommé net.

« Il a dû acheter ça tout à l'heure dans quelque caboulot.

« Nous avons eu tort de le laisser seul.

— Oui, c'est vrai, mais qui se serait méfié?

« Il avait été si raisonnable jusque-là.

« Ah! il m'a joliment roulée.

Et, prise de rage, l'entremetteuse jeta la gourde au loin dans un massif.

— Nous voilà frais! continua-t-elle de se lamenter. Quand il tombe comme ça, c'est un vrai cadavre. Comment faire pour le ramener?

« Si seulement la voiture était là.

— Qu'à cela ne tienne, baronne, s'empressa l'ordonnance.

« Je vais la chercher à l'auberge.

— Quels tracas nous vous donnons!

— La belle affaire... j'en ai pour quinze minutes.

« Attendez-moi là bien tranquille, chère amie... je me charge de tout.

« Le baron n'est pas si lourd... et le guide est là pour un coup de main.

« Donc, le temps d'aller et de venir et nous partons... sans tambour ni trompette.

Pour atteindre plus vite l'auberge, l'ordonnance prit à travers champs et eut tôt fait de rejoindre l'auto et le guide commis à sa garde.

Celui-ci, sa journée faite et son repas pris, parlait de se retirer.

— Il y a un train justement qui me ramène en trente-cinq minutes.

— Non, fit le Parisien... rentrez avec nous...

« Vous arriverez presque aussi vite... et vous nous rendrez service.

« Mon ami le baron vient d'être indisposé.

« Il faudra le porter jusqu'à la voiture, puis peut-être le monter jusque dans sa chambre.

« Vous nous donnerez un coup d'épaule.

— Très volontiers!

Les deux hommes montèrent sur le siège de l'auto et s'élancèrent à vive allure sur la route qui, par un assez long détour conduit à l'Hôtel des Touristes.

Il faisait une nuit noire, humide.

Très haut le vent soufflait, balayait les nuages sur la face camarde de la lune.

En ce moment, l'auto gravissait une pente encaissée entre deux talus.

Tout à coup, Patoche dressa l'oreille.

Dans les ténèbres, un chant montait : Le *Watch am Rhein*.

— Encore! gronda Patoche entre les dents.

« Ils nous barbent, les boches.

« Ah! ils ont de la veine que je ne sois pas seul, que j'aie ce grand flandrin d'ivrogne à remorquer.

« Sans cela, quelle danse!

« De ma vie, je n'avais eu envie pareille de leur rentrer dans le lard, aux *Choucroutmen*.

Le Montmartrois avait stoppé, et, debout sur le siège, contemplait le spectacle imprévu qui s'offrait à lui de l'autre côté du talus.

Il y avait là, en pleins champs, toute une bande d'Allemands faisant du *camping*, comme disent les Anglais.

C'était un vrai camp, en effet, qui faisait penser à ces camps Gaulois entourés de leurs chars de guerre.

Les autos réunies entre elles par une corde formaient une véritable enceinte, une sorte de rempart autour des tentes au nombre de douze.

Çà et là des phares à acétylène se balançaient,

éclairant ce village improvisé.

Au milieu, une vaste table de campagne où une trentaine de convives, hommes et femmes, banquetaient gaiement, servis par leurs wattmen.

Ceux-ci allaient et venaient, transportant les victuailles extraites de grands paniers d'osier profonds comme des malles.

— Ils vont bien, les Pruscos, grommelait Patoche. Toujours pratiques, sachant camper.

« Après tout, je n'ai rien à dire. Ils sont dehors, entre eux.

« C'est leur droit, en somme, de s'empiffrer en l'honneur de Blücher et de Bismarck.

« Il n'y a pas à rouspéter.

« Ce qui m'étonne, c'est qu'ils aient choisi cette place-là, dans l'herbe humide.

« Et puis, où diable sont les chanteurs? je ne les vois pas.

En ce moment, la lune se montra, révélant tout le paysage.

Patoche se reconnut et lança un juron formidable.

— Ah! les cochons! gronda-t-il en serrant les poings.

Là-bas, à trois cents mètres, au pied même du monument français de l'*Aigle mourant*, des Allemands étaient debout, la bouche ouverte.

Une grosse dondon et un grand diable à cheveux filasse...

C'étaient eux qui chantaient.

A cette vue, comme dit l'énergique langage populaire, le sang de Patoche n'avait fait qu'un tour.

Il avait sauté à bas de son siège et courait vers le monument.

— Cré nom de nom! grondait-il... ça, c'est trop fort!

« C'est une insulte... Je ne suis pas badinguiste, et je me fous de Poléon, du petit et du grand par dessus le marché.

« Seulement, ça dépasse les bornes.

« Eh bien, tant pis, arrive que pourra.

« Faut que j'en boullotte un...

Le Montmartrois contourna le camp des touristes.

Arrivé à cent mètres des duettistes, il ralentit l'allure pour dissimuler sa présence.

D'ailleurs, le sol humide, feutré d'herbe, étouffait le bruit de ses pas.

Les deux chanteurs s'étaient tus tout à coup.

Ils jetaient autour d'eux des regards inquiets.

On eût dit que leurs gros nez épatés avaient éventé l'ennemi qui se glissait dans les ténèbres.

Soudain, Patoche jaillit de l'ombre, bouscula la femme, bondit sur l'homme et s'arrêta, saisi lui-même par derrière, enlacé par deux bras vigoureux.

— Tiens? mossieu Patoche, disait l'Allemande.

— Hum!... hum! fit son compagnon en regardant le Parisien d'une certaine façon.

Celui-ci n'en revenait pas.

— Flic et Flac! bégayait-il.

« Ah! par exemple! elle est raide, celle-là.

« Vous pouvez vous vanter de m'avoir fait marcher, vous autres.

« Le capiston m'avait bien dit que vous jouiez au mariage, maintenant...

« Mais du diable si je m'attendais à vous trouver ici.

Puis, pris d'un soupçon :

— Ah! ça, dites-donc, qu'est-ce que vous foutez par là?

« Est-ce que vous chasseriez sur mes terres, par hasard?

— Non... non se pressa de dire Flic, tout en rajustant sa fausse gorge déplacée dans la bousculade.

« Nous tirons notre propre gibier.

« Nous filons un des types qui dînent là devant.

« Nous l'avons pris hier à Paris et c'est lui qui nous a conduits jusqu'ici.

« D'ailleurs, nous savons ce que nous voulons savoir, et puis le jeu n'en vaut pas la chandelle.

« Si bien que nous rentrons cette nuit-même.

« Demain, à la première heure, nous verrons le capitaine.

« A la disposition de ousted. monsieur Patoche.

« Avez-vous quelque commission à faire faire?

Patoche ne répondit pas tout de suite.

Au fond, il était mécontent de cette rencontre qui lui semblait louche.

— Ils blaguent, se disait-il.

« Leur filature n'est qu'un prétexte.

« Les deux particuliers sont au courant de ce que je suis venu faire ici et ils sont venus jeter un coup d'œil.

« Au besoin, ils ne seraient pas fâchés de me donner un coup de main.

Une grosse dondon et un grand diable à cheveux filasse

« Ah non... pas de ça, Lisette!

« J'opère moi-même, comme dit l'autre.

Cependant Flic reprenait :

— Alors, vous n'avez pas besoin de nous?

— Non, pas du tout, répondit Patoche d'un ton à la fois tranchant et narquois.

— Vous n'avez rien à faire dire au capitaine?

— Rien de rien...

« Le capiston et moi, on correspond directement.

« Oh! vous pouvez toujours lui dire, acheva le Parisien en se déridant, que je vous ai rencontrés, et que j'étais furieux.

« Que j'ai failli vous entrer dans la tire-lire.

« Ça l'amusera.

« Quant au reste, aux Lempereur, il est renseigné.

— Et ça marche, insista Flic qui, évidemment eût bien voulu en savoir plus long.

« Vous êtes content, mossieu Patoche?

— Tout à fait content, répondit le Montmartrois en se rengorgeant.

« Je puis même vous dire que la partie finale est commencée.

« Aujourd'hui, nous faisons notre première excursion.

« Demain... après-demain au plus tard, on visitera les Grottes du Han.

« Puis, en route pour la frontière... pour Neumont-le-Pin.

« Vous pouvez préparer vos menottes, messieurs de la Rousse.

« Ça m'étonnerait bien si la semaine se passait sans qu'il y eût du nouveau.

« Si ça vous amuse, vous pouvez répéter au patron que l'heure approche et que c'est l'instant de tenir tout prêt l'ordre d'arrestation et le reste.

« D'ailleurs, le moment venu... je me chargerai de tenir le patron au courant.

— Comment ferez-vous? il n'y a pas de télégraphe à Neumont.

— Eh bien, s'il le faut, j'enverrai un exprès.

— C'est cela... seulement il faudrait un homme sûr.

« Peut-être serait-il bon qu'à ce moment, vous eussiez près de vous...

— Non, non, rigola le Montmartrois... je vous vois venir, vous autres, messieurs les carabiniers... je vous vois venir avec vos petits sabots...

« Merci, mes enfants, mais je suffis.

« Je l'ai dit au capiston, j'entends mener cette affaire tout seul.

— Bien, fit le policier, nous n'insistons pas.

« En tous cas, je vous annonce que c'est nous, probablement, qui serons chargés de l'arrestation.

« Vous ne voyez pas d'inconvénient à ce que nous venions à Neumont?

— Quant à ça non, fit le Parisien.

« Là, ma besogne est terminée... et la vôtre commence.

« Même que cette fois-là, ça me fera un rude plaisir de vous rencontrer...

« Sur quoi... au revoir, les enfants...

« Vous me faites *jacter* et l'on m'attend là-haut.

« A bientôt... à Neumont...

Flic et Flac, bégayait-il

— A Neumont... répéta Flic.

Et l'on se sépara sur ce mot.

— D'où venez-vous? interrogea le guide, qui avait suivi la scène de loin...

« J'ai cru que vous alliez leur bouffer le nez, aux Boches.

— Non... non, blagua Patoche, pas envie de m'empoisonner, d'attraper la trichine.

— J'étais inquiet, tout d'abord, continuait le Belge, mais je me suis rassuré bien vite, quand je vous ai vu leur serrer les mains.

« Par exemple, ça m'a estomaqué.

« J'avais bien cru, en vous voyant partir, que vous alliez tout casser.

« Vous vous connaissez donc?

— Oui, fit Patoche, on s'est rencontré des tas de fois.

« Seulement, je ne les avais pas remis à distance.

« Et ça m'embêtait qu'ils vinssent chanter leur psaume juste à notre nez.

« C'est à cause du baron qui est Français... et chatouilleux sur la chose...

« Moi, je m'en fiche, au fond.

« Puis, une fois près d'eux, quand j'ai eu reconnu leurs figures, j'ai continué.

« J'ai fait semblant de tomber sur eux à bras raccourcis... pour la blague.

Un quart d'heure après, Patoche était de retour sous la tonnelle accompagné du guide de renfort.

M. Lempereur ronflait toujours.

Sa femme en avait profité pour faire apporter une bouteille de vieille fine dont elle dégustait une goutte en connaisseuse.

Elle offrit un verre à Patoche, ainsi qu'au cicérone.

Après quoi, le Montmartrois expliqua le plan combiné entre lui, le gérant et le guide pour évacuer le malade sans attirer l'attention.

— Un plan épatant, madame la baronne, affirmat-il.

« Je puis le dire, puisque ce n'est pas moi qui l'ai trouvé.

« Il y a tout près d'ici une petite porte qui donne directement du jardin sur un chemin vicinal.

« L'auto est là, à dix pas.

« Quand vous voudrez, le guide et moi, nous prendrons le général, l'un par les épaules, l'autre par les jambes... et ça ira tout seul.

— Et bien, partons, fit la marchande d'antiquités, qui avait pris la précaution de régler d'avance.

« Partons tout de suite.

« Il me tarde d'être à l'hôtel... délivré de ce... souci.

Là... là... bégayait-il.

Elle allait dire un mot plus cru, mais la présence du guide l'arrêta.

Cependant, les deux hommes avaient empoigné l'usurier et l'emportaient vers l'auto.

Le trajet s'effectua sans autre incident que quelques hoquets, quelques grognements poussés par l'ivrogne.

Il semblait plongé dans une sorte de coma.

Mais une fois dans l'auto, le ronflement du moteur, les trépidations propagées par la banquette, eurent pour effet de le tirer de sa torpeur.

Il ouvrit des yeux hagards, hallucinés.

— Quelle est cette pétarade? marmonna-t-il.

« On dirait des décharges lointaines.

« C'est la garde...

« La garde qui meurt... l'arme au pied.

« Tout est fini... consommé...

Brusquement, l'usurier exhala un sanglot profond.

Des larmes ruisselaient le long de son maigre visage.

Il chercha son mouchoir et aussitôt, poussa un cri étranglé.

— Et la relique? grondait-il.

« Ah! les cochons... On m'a volé.

— Qu'est-ce qu'on vous a volé? demanda Mme Bric-à-Brac surprise.

— Ma gourde! hurla l'ivrogne, pris d'une sorte de frénésie.

« Je la veux...

Il voulait sauter par la portière.

Furieuse, sa femme le rabattit sur la banquette d'une vigoureuse poussée.

Puis, s'élançant, elle s'assit sur ses genoux.

C'était un moyen infaillible de l'immobiliser.

— Ma gourde, gémissait M. Lempereur, étouffé sous le poids...

« La gourde de l'Empereur.

— C'est vous qui êtes une gourde, répliqua Poupoule.

« L'empereur des gourdes, parfaitement!

CHAPITRE CXLVI

Où l'on voit M. Lempereur lutter contre un être aux ailes blanches... et qui n'est pas un ange.

Afin de lui dérober cette scène ridicule, Patoche s'était empressé d'entraîner le *cicerone* à l'avant de la voiture.

Il le fit monter sur le siège vivement et allait s'y hisser lui-même, lorsqu'un souvenir lui vint :

— Dites donc, l'ami, il me semble vous avoir entendu dire que vous saviez conduire.

— Oui... pas beaucoup, mais assez pour une fois.

— Eh bien, pour une fois, ça suffit, *sayes*-tu, acheva Patoche en lui tapant sur l'épaule.

« Tu vas prendre le volant et démarrer dès que je te ferai signe.

« Moi, je rentre à l'intérieur m'occuper du bonhomme.

« Va doucement pour commencer.

— Bien, patron, fit le guide, qui se mit à manœuvrer les leviers.

L'ordonnance était déjà sur le marchepied.

— All right! cria-t-il en ouvrant la portière, tu peux y aller mon vieux.

« Doucement, par exemple, la machine a la détente un peu dure.

— Bien, patron, répéta le wattman improvisé.

Presque au même instant, il y eut un cahot terrible suivi d'une embardée.

— A! le salop! grommelait le Parisien... quel coup de raquette il a...

« Il va tout démolir.

Il n'avait eu que le temps de retenir la brocanteuse qui, arrachée des genoux de son mari, avait failli être lancée par la portière comme une simple balle de tennis.

— Vous n'êtes pas blessée? demandait Patoche en l'installant sur les coussins.

— Non, mon ami, non... mais j'ai eu une vraie peur.

— Moi aussi, baronne... L'important, c'est qu'on en est quitte pour ça.

« La voiture va *piano* maintenant.

« Avec votre permission, j'en vais profiter pour m'occuper du général, tâcher de le raisonner, de le prendre par la douceur.

— Faites, mon ami, faites, j'y renonce...

« Je vous l'abandonne de bon cœur.

Patoche changea de place et vint s'asseoir à côté de l'usurier, qui gisait, affalé, aplati, en quelque sorte, dans un angle de la voiture, soufflant comme un phoque.

Après la formidable pression qu'il venait de subir, il parvenait à peine à reprendre sa respiration.

— Eh bien! questionna le Parigot, comment ça va-t-il?

L'ivrogne releva la tête, considéra celui qui l'interpellait.

— Ah! c'est vous, mon ami? bredouilla-t-il.

« Ça va mal m'sieu Jacques, très mal.

— Où souffrez-vous?

— Partout! à la tête... et puis là surtout, au ventre.

Il s'était mis à se frictionner l'épigastre.

— J'ai le feu là-dedans, poursuivit-il... un feu d'enfer.

« Ce n'était pas du rhum, vous savez, qu'il y avait dans ce flacon... c'était du tord-boyaux, du vitriol...

« Ah! les canailles, les bandits... le piège était bien combiné.

« Ils ont voulu m'empoisonner comme mon ami Syvéton.

— Qui donc? fit le Montmartrois ahuri.

— Qui? mais les républicains, les francs-maçons, les Juifs...

« Tous ces salops de *blocards*.

« Ils m'ont pris pour Déroulède...

« Alors, ils ont chargé cette sorcière, cette vieille Parque de me verser la mort...

« Ah! la coquine!

L'usurier avait prononcé ces mots d'une voix lointaine, d'une voix de folie qui inquiétait l'ordonnance.

— Ah! ça! se demandait-il, est-ce qu'il serait louftingue pour de bon?

« Ou bien si c'est son cafard qui remue... en tout cas, il a la frousse.

« Tâchons de le rassurer, d'abord...

— Vous ne croyez pas, reprenait l'usurier, en ce moment.

« Vous ne croyez pas que c'était du poison?

— Non, fit le Parisien, toutefois j'ai eu cette idée un moment, en vous voyant gonfler soudain comme une toupie d'Allemagne.

« Aussi, comme madame la baronne avait trouvé la gourde dans votre poche...

— C'est elle qui l'a prise? fit l'usurier avec une grimace de mauvaise humeur.

« Qu'est-ce qu'elle en a fait?

— Nous l'avons jetée au diable... c'était le plus pressé.

« Toutefois, auparavant, j'avais voulu me rendre compte...

« Comme il restait un peu de liqueur au fond... je l'ai versée dans mon verre... je l'ai tournée, flairée, puis avalée pour finir...

« C'était du mauvais alcool évidemment... de l'alcool à moteur...

« Mais pas plus de poison que dans mon œil...

« Rien à craindre.

« La preuve, c'est que moi qui ai bu comme vous, je ne m'en porte pas plus mal.

— Et vous ne souffrez pas? demanda le baron très intéressé.

— A peine... un peu de brûlure à la gorge et au creux de l'estomac, comme vous... mais ça passera...

« Si ça durait, il suffirait de s'administrer une orangeade bien glacée...

« En attendant, au premier cabaret qui se présentera, nous descendrons et je tâcherai d'avoir de l'eau, de la bonne eau de puits bien fraîche.

— Heu... marmonna l'ivrogne avec une mine de dégoût, c'est malsain, vous savez, l'eau de puits...

« On y trouve de tout : des crapauds, des œufs de serpent, jusqu'à des fœtus... et d'autres charognes...

« J'aimerais mieux de la glace... une petite glace au champagne.

— Eh bien, va pour la glace, concéda Patoche, qui ne voulait pas contrarier le général...

« Seulement, il faudra aller un peu loin pour cela... jusqu'au bourg voisin...

— Oui... c'est cela, bafouilla l'usurier.

« Ça me brouille là-dedans... on dirait du feu... du feu grégeois...

« Ah! les cochons cochons d'Anglais!

— Tiens, ce sont les Anglais maintenant?

— Oui, les Anglais... les Juifs, c'est tout un.

« A propos, et notre couronne?

— Quelle couronne? fit Patoche qui n'y était plus du tout.

— La couronne du général Boulanger...

« Est-ce que nous sommes encore loin du cimetière?

— Non, fit le Montmartrois... on arrive.

Et à part soi :

— Pour une cuite... c'est une cuite.

Le mari de Poupoule bredouilla encore quelques paroles incohérentes, puis il s'allongea sur la banquette et continua de parler seul, de remuer les lèvres tout au moins.

Un peu après, il somnolait les yeux mi-clos.

L'ordonnance le considéra un instant.

— Il est fadé, se disait-il.

« Ah! le salop! il n'y va pas avec le dos de la cuiller...

« Pourvu qu'il ne s'avise pas d'être malade... C'est ça qui serait une sale blague!

« Si l'on rencontre un potard, ce que je m'en vais lui flanquer trente gouttes d'ammoniaque!

« On t'en foutra du champagne, mon vieux côton.

— Eh bien! demanda Mme Bric-à-Brac, il se calme, on dirait.

— Oui, fit Patoche à voix basse, ne le réveillons pas... une bonne nuit de sommeil et tout sera réparé, j'espère.

— Qu'est-ce qu'il vous racontait tout à l'heure? Vous avez compris quelque chose à cette histoire de gourde?

— Pas très bien...

« Tout ce que je comprends, c'est qu'il a eu affaire à des fumistes.

« Lui, s'imagine qu'on a voulu l'empoisonner.

— Qui donc?

— Ses ennemis politiques.

— Quel niais!

« Il n'a pas réclamé sa gourde? sa gourde de l'Empereur?

— Non, il se rend compte confusément

Un troupeau d'oies, conduit par une petite vieille

qu'on s'est joué de lui.

— Il est bien temps... quel dadais!

Et la conversation continua sur ce ton.

Au bout d'une demi-heure, M. Lempereur rouvrit les yeux, et, se penchant à l'oreille de Patoche :

— J'ai besoin de faire pipi, murmura-t-il.

— Bien, dit le Montmartrois sérieux comme un pontife.

Il fit arrêter et mit pied à terre le premier.

Il voulait aider l'usurier à descendre, mais celui-ci refusa la main offerte.

— Non, murmura-t-il, merci, mon ami.

« Vous croyez que je suis gris... mais non...

« Je suis malade, simplement... échauffé... C'est la bière... leur sacrée bière.

« Vous allez voir que je marche droit.

Il s'avança jusqu'au bord de la route et revint un peu après.

Il allait d'un pas raide, automatique, mais ne titubait pas.

Ce n'était qu'une accalmie, toutefois; les yeux étaient toujours hagards, le visage congestionné.

L'auto repartit dès que le baron eut repris sa place.

Sa femme, qui n'avait compris qu'à la fin ce qui arrivait, faisait ses excuses au Parisien.

— Oh! monsieur Jacques, je vous demande pardon, j'en suis confuse.

« Quel triste personnage... croyez-vous!

« Quel mal nous vous donnons...

— Mais non, madame, je n'ai aucun mal.

« Quant au baron, il faut l'excuser... il a bu et a été surpris...

« Ça peut arriver à tout le monde...

« Ça m'est arrivé, moi qui vous parle, d'avoir une... une paille... pour ne pas dire une... poutre...

— Oh! fit la brocanteuse en minaudant. vous vous débinez, monsieur Boncœur... pour excuser mon mari...

« C'est très généreux... mais je n'en crois rien.

« Je suis bien sûre que vous ne vous mettez jamais dans des états pareils.

« Ah! quelle croix, quelle croix qu'un mari comme celui-là!

« Si vous saviez tout ce que j'ai souffert!

Cependant, on approchait de Bruxelles.

La voiture s'engageait dans la principale rue de ce village de Dorbeck... où nous avons déjà conduit le lecteur, lorsqu'elle s'arrêta un peu rudement.

— Qu'est-ce que c'est? demanda Patoche aussitôt.

— C'est le pneu d'avant qui est déchaussé, repartit le conducteur.

« Je crois même qu'il fuit...

— Bien, fit le Parigot, qui sauta à terre sur-le-champ.

« On va le changer.

M. Lempereur était descendu, lui aussi... Il continuait de divaguer.

— Nous voilà arrivés, murmura-t-il.

« Seulement, je ne vois pas le cimetière.

A ce moment, Patoche revenait, portant le bandage de rechange qu'il était allé prendre derrière l'auto.

L'usurier l'aperçut et se précipita les bras en avant.

— La couronne, grommelait-il... la couronne du général Boulanger...

« C'est moi qui veux la porter...

Brusquement. il s'empara du pneu et se mit à l'embrasser à pleines lèvres.

— Zut! grognait le Montmartrois. voilà son cafard qui commence à s'agiter.

« Une riche idée que j'ai eue de lui laisser croire qu'on allait au cimetière...

« Heureusement qu'il y a un autre pneu... je m'en vais lui abandonner celui-là.

« Ça vaut mieux que de le voir piquer une crise...

Cependant M. Lempereur regardait autour de lui, cherchant toujours le cimetière.

— Où est-ce? marmonna-t-il.

« Il y avait une grille ce matin... je ne la vois plus...

Patoche prit le bras du général.

— Par ici, fit-il en l'entraînant.

Il venait d'apercevoir une pharmacie, et tout proche, un café.

— Bonne affaire, s'était-il dit aussitôt... Je vais pouvoir lui flanquer sa potion calmante, au frangin.

« Par ici. répéta-t-il... seulement, il fait rudement soif...

« On pourrait prendre quelque chose avant?

— C'est une idée! fit l'usurier aussitôt.

« J'ai les entrailles en feu, répétait-il comme un leitmotiv.

Le Montmartrois s'approcha du guide qui commençait d'enlever le pneu crevé.

— C'est ça, approuva-t-il.

« Je m'en vais faire prendre quelque chose à notre malade.

« Sitôt fait, je viendrai vous donner un coup de main.

— Ce n'est pas la peine, répondit le wattman.

« Ça me connaît... j'ai travaillé dans un garage, jadis...

— Parfait, alors.

Patoche revint à la portière.

— Madame la baronne. dit-il, j'emmène votre mari prendre quelque chose...

— Vous voulez le faire boire? s'écria Poupoule épouvantée.

— Non, rassurez-vous... Simplement, j'ai envie d'essayer certain spécifique que je connais... quelques gouttes d'ammoniaque dans un verre d'eau glacée...

— Soit! faites à votre idée, acquiesça Poupoule aussitôt, je m'en rapporte...

— Vous ne voulez pas descendre

— Non, merci, j'aime autant ne pas le voir... Je ne l'ai que trop vu...

Patoche n'insista pas.

Il s'en fut reprendre l'usurier, lequel pressait toujours le pneu sur son cœur.

Paris. — Imp. MARTHE, 2, passage de Chatillon.

Il l'installa à la terrasse du café et dit un mot à l'oreille du patron, qui eut un sourire d'intelligence.

— Bien, répondit-il à mi-voix, j'ai compris.

« Je cours moi-même chez le pharmacien.

Cinq minutes après, le garçon se présentait, portant sur un plateau deux immenses verres pleins de limonade glacée.

M. Lempereur saisit le sien avec impétuosité.

Mais à peine eut-il le verre sous le nez qu'il éternua violemment.

— Qu'est-ce que c'est que ça? grogna-t-il.

— Ça, fit l'ordonnance, c'est du champagne.

— Il pique...

— C'est l'acide carbonique, répliqua le Parigot imperturbable.

Et, prêchant d'exemple, il vida son verre d'un trait.

L'usurier l'imita, non sans faire une forte grimace.

— Un drôle de goût, maugréa-t-il en reposant son verre...

« On dirait de la limonade purgative...

« Mais ça fait du bien tout de même par où ça passe... rudement du bien... C'est frais...

« Garçon, un autre verre... une autre coupe.

Ce second verre fut ingurgité d'un trait comme l'autre.

— Tiens, il a meilleur goût, celui-là, remarqua l'usurier.

« Un peu fade tout de même pour du champagne.

— Oh! évidemment, fit Patoche, ce n'est pas du Cliquot.

« Seulement ici... en pleine banlieue...

« L'important, c'est de boire quelque chose de glacé.

« Moi, ça m'a soulagé tout de suite... enlevé cette brûlure...

« Et vous, général, comment ça va-t-il?

— Moi, couci-couça.

« Le ventre va mieux... le gosier aussi...

« Mais c'est la caboche...

« Il me semble que j'ai un fléau là-dedans qui va et vient.

— Oh! ma tête, ma pauvre tête...

« C'est la drogue... le poison qui remonte au cerveau...

En effet, le visage de l'usurier était devenu rouge subitement.

Les yeux chavirés ne montraient que le blanc.

— Diable! s'inquiétait Patoche, est-ce que j'aurais trop forcé la dose, par hasard?

En même temps, il tâtait le pouls et le front de l'ivrogne.

Il se précipita au devant de l'agresseur

— Nom de Dieu! murmura-t-il, mais il est brûlant... il a une fièvre de cheval...

« Pourvu qu'il n'ait pas une congestion... un transport au cerveau...

« C'est ça qui n'avancerait pas les affaires...

« Si j'osais, je le saignerais...

Cependant le baron continuait de présenter des symptômes inquiétants.

Le buste redressé, le cou tendu, l'œil hagard, il regardait dans le vide, frissonnant parfois.

— Qu'est-ce que vous avez? demandait Patoche, de plus en plus soucieux.

« Qu'est-ce que vous voyez?

— Je ne sais pas... des choses vagues... C'est la sorcière... cette vieille harpie qui m'a fichu un sort...

« Vous ne croyez pas, monsieur Jacques, aux sorcières et aux enchanteurs?

— J'en ai jamais rencontré... et vous?

— Moi... si... pour mon malheur...

« Ainsi tout à l'heure, j'avais un flacon... un beau flacon en or ciselé... un flacon tombé de la voiture de l'Empereur.

« La vieille a passé et je n'ai plus eu en mains qu'une gourde infâme.

« D'ailleurs, c'est le pays des magiciens, ici...

« C'est ici, entre la Belgique et la France, que

s'étendait la fameuse forêt de Brocéliande.

« Là, habitait un magicien célèbre dans les romans de chevalerie, celui qui enchanta Don Quichotte...

« Un certain Merlin...

— Qu'est-ce qu'il faisait, ce merle-là? blagua le Montmartrois.

— Des choses prodigieuses, répondit l'ivrogne, faisant un pot-pourri de toutes ses lectures.

« Il changeait les femmes en fleurs et les hommes en pourceaux...

« Non, c'est une femme qui faisait ça... Viviane...

« Oh! oui, celle-là, elle s'y entend...

M. Lempereur s'arrêta la gorge serrée.

Son visage, qui flambait de luxure quelques secondes plus tôt, avait pris soudain une expression d'épouvante tragique.

— Là... là... bégayait-il, le doigt tendu vers l'ombre... vous ne voyez pas?

— Non... qu'est-ce que c'est?

— Un rat... un rat énorme... avec quelque chose qui pend au nez... Ça grandit...

« C'est un éléphant... et en voici d'autres maintenant... d'autres monstres...

« Des monstres de toutes espèces : dragons ailés... crapauds volants... et puis des femmes... des femmes nues... comme on en voit dans la *Tentation de Saint-Antoine*.

« C'est la Sorcière... l'horrible vieille qui nous a lâché tout cet enfer après les trousses.

« Ah! la coquine, si jamais je la repige, quelle danse!

« Et voici des spectres maintenant... des soldats blêmes...

« Tous les morts de la grande bataille: Français, Prussiens, Anglais, dragons, fantassins, grenadiers...

« On dirait la *Revue Nocturne*.

« Vous connaissez ce tableau?

— Oui, parfaitement, répondit Patoche.

A part soi, il se disait :

— Laissons-le bafouiller.

« Ça doit être l'ammoniaque qui le travaille...

« Ça lui a fait monter les fumées au ciboulot, comme il disait, mais ça passera, il tremble moins déjà...

« Même il ne pense plus à sa couronne... Il l'a oubliée... c'est bon signe.

Patoche prit le pneu que M. Lempereur venait de déposer sur une chaise.

L'ivrogne ne protesta pas.

— Bien, fit Patoche, ça se calme...

« N'empêche qu'il m'a fait une vraie peur à un moment...

A cette minute, le conducteur ayant achevé la réparation, remettait l'auto en marche.

Il stoppa devant le café et l'ordonnance s'approcha aussitôt.

Il rassura la marchande d'antiquités et revint trouver son intéressant malade.

Celui-ci s'était levé et semblait très bien se tenir sur ses jambes.

Peu à peu, son visage prenait une expression plus naturelle.

— Enfin! s'écria Patoche tout joyeux... vous voilà retapé, baron.

« On va remonter dans la voiture...

— Non, fit l'usurier en branlant la tête.

« Je voudrais marcher encore... prendre l'air...

« Et vous?

— Moi, je ne demande pas mieux...

— En route, cocher et au pas...

Le Parisien reprit le bras de l'usurier et tous deux s'avancèrent précédés de l'auto qui allait son train de tortue...

Il faisait très beau maintenant.

Le vent avait balayé les nuages.

La lune brillait en son plein, éclairant la campagne au loin.

Ce calme semblait avoir un effet salutaire sur le baron, qui allait de mieux en mieux.

Patoche croyait la crise finie, quand soudain, l'usurier s'arrêta net et recommença de trépigner.

Sur leur droite, dans un chemin de traverse, arrivait un troupeau d'oies, conduit par une petite vieille, toute ridée, chenue, qui allait courbée en deux sur son bâton.

Le général, une main en visière sur les yeux pour mieux voir, gesticulait de l'autre, proférait des mots confus.

Très perplexe, Patoche se demandait ce qui arrivait.

— Quelle est cette nouvelle foucade? murmurait-il.

« Est-ce que, comme son patron Don Quichotte, il prendrait ce bétail pour des chevaliers mauresques?...

Cependant, M. Lempereur, trompé par une ressemblance fortuite, s'agitait de plus en plus:

— Ah! la coquine, la garce... grondait-il.

« C'est elle, c'est ma sorcière!

Et soudain il s'échappa, partit comme un trait, brandissant sa canne.

Patoche s'élança à son tour, mais trop tard.

Déjà le nouveau Don Quichotte arrivait à deux pas des volatiles, la canne haute...

Mais à cet instant, un ennemi, un champion surgit devant lui : le jars, animal belliqueux comme on sait.

Le cou tendu, battant des ailes, il se précipita au-devant de l'agresseur et le choc fatal eut lieu.

L'usurier reçut en plein front un coup de bec formidable, qui le fit chanceler...

Lorsque le Parisien arriva pour prêter main forte, le combat était fini...

Effaré, claquant du bec et de l'aile, le troupeau fuyait à travers champs.

Quant au baron, il était assis dans la poussière, tenant dans ses mains son sourcil fendu, d'où le sang coulait à flots.

Aussitôt Patoche s'occupa de panser le blessé.

Il y avait une flaque d'eau fraîche, toute proche, et il y trempa son mouchoir, débarbouilla l'usurier.

Après quoi, il lui banda le front et le sang cessa de couler.

Il passa comme un éclair

Tout cela fut exécuté avec cette promptitude, cette dextérité que le Parigot apportait en pareil cas.

— Ça ne sera rien, murmurait-il tout en opérant.

« N'empêche qu'il l'échappe belle. Un demi-pouce plus bas, il avait l'œil crevé.

« On a bien raison de dire qu'il y a un bon Dieu pour les ivrognes !

« Sans compter que cette blessure semble l'avoir remis du coup.

« C'est la saignée, la bienfaisante saignée à laquelle je pensais tout à l'heure.

« Il a son air ordinaire à présent, sa figure de tous les jours.

M. Lempereur s'était laissé faire tranquillement, mais sitôt pansé, il se releva tout seul et tendit la main au Parigot.

— Merci, mon ami, dit-il.

— Comment vous trouvez-vous ? demanda Patoche.

— Mieux... beaucoup mieux.

« Je n'ai plus ce battement dans les tempes.

« Par exemple... je me demande ce qui vient d'arriver...

« Comment je me suis trouvé le cul à terre, tout à coup...

« Je n'y comprends rien...

« Et vous, est-ce que vous avez vu ?

— Non... j'étais trop loin... Quand je suis arrivé, le combat était fini.

— C'est de la magie, fit l'usurier, revenant à son idée fixe, mais sans s'émouvoir pour cela.

« Imaginez-vous que je tenais ma sorcière... J'allais la corriger.

« Tout à coup, un être étrange s'est rué sur moi... son génie protecteur évidemment...

« L'attaque a été si brusque que je n'ai rien pu distinguer.

« Tout ce que j'ai vu, c'est que c'était un être blanc... avec des ailes... comme un ange...

« C'était un ange... peut-être bien... L'ange contre lequel lutta le patriarche Jacob.

— Heu... rigolait le Parigot à mi-voix.

« Je croirais plutôt que c'était...

— Quoi donc ? lança l'ivrogne qui avait entendu.

— Une oie...

— Une oie ? fit le général offensé.

— Une oie... ou un cygne, corrigea vivement Patoche... ça se ressemble.

— C'est ça, s'écria M. Lempereur, c'était un cygne... le cygne est un oiseau noble qui se montre en pareil cas.

— Le cygne de Lohengrin, goguenardait Patoche entre les dents.

Tout en conversant, l'usurier et le Montmartrois étaient revenus sur la grande route et se dirigeaient vers l'auto arrêtée tout proche.

En effet, Poupoule voyant son mari et Patoche s'élancer soudain à travers champs, avait voulu descendre aussitôt pour savoir ce qui arrivait.

Elle approchait en ce moment, le visage échauffé par la course, la poitrine battante.

L'aspect de ceux qu'elle cherchait, qui revenaient bien tranquilles bras dessus, bras dessous, eut pour résultat immédiat de faire déborder la colère qu'elle contenait depuis des heures.

— Qu'est-ce que c'est encore? gronda-t-elle, tournée vers son mari.

« Pourquoi couriez-vous après ces oies... oison vous-même?

— Moi, fit M. Lempereur à peu près dégrisé maintenant de l'aventure.

« Je ne courais pas.

— Menteur... impudent menteur, je vous ai vu rouler à terre.

Alors seulement Poupoule remarqua le bandeau entourant le front de son époux.

— Même, ricana-t-elle, vous en portez les traces.

« Vous êtes joli, avec ce bandeau.

Et à Patoche:

— C'est vous qui l'avez pansé, mon ami?

— Oui... mais ce n'est rien... une simple estafilade.

— Oh! ce n'est pas ce qui m'inquiète... Je lui en souhaiterais le double...

« Quel dadais!

Elle allait continuer, mais s'arrêta en voyant une bicyclette approcher soudain, surgir de l'ombre à l'improviste.

Celui qui la montait avait le collet relevé et la casquette rabattue sur les sourcils.

Il passa comme un éclair, mais en passant, ses yeux eurent un regard rapide que Poupoule sentit peser sur elle.

— Quel est cet individu? grogna-t-elle à haute voix.

« En voilà des façons de se jeter sur les gens.

« Il m'a fait peur.

Sa peur eut été bien plus grande si elle avait su que cet individu c'était son ennemi mortel, Robert Servan, qui la filait depuis plusieurs heures.

Marika

CHAPITRE CXLVII

Rêve et Réalité

Le retour s'acheva sans autre encombre et la nouvelle incartade du pseudo-général fut vite oubliée au milieu des préparatifs du voyage devenu imminent.

En effet, il avait été décidé que le départ pour la grande randonnée aurait lieu dans trois jours, c'est-à-dire jeudi prochain à l'aube.

Mme Lempereur qui, tout d'abord, n'avait pas manifesté grand enthousiasme, s'était prise subitement d'une belle ardeur de touriste.

Elle ne parlait de rien moins que d'acheter tout un matériel de *camping*, y compris la tente pour bivouaquer en plein air.

Pendant trois jours, elle courut les magasins, accompagnée de Patoche, qui, maintes fois, dut modérer son zèle de néophyte.

M. Lempereur, peu soucieux d'exhiber le bandeau qui lui ceignait le front et un peu honteux devant « l'ami Bonœur », s'était de lui-même consigné à l'hôtel.

La pénitence était douce. En effet, l'usurier, toujours inflammable, avait découvert, dès le premier jour, parmi les filles de chambre, une belle Flamande — un Rubens, disait-il — qu'il s'était empressé de faire attacher au service de Poupoule.

Marika, sous des airs naïfs, cachait une ambition effrénée.

Elle n'avait qu'un rêve : aller à Paris et se faire cocotte. C'est pour cela qu'elle comptait sur le général qui lui avait fait des promesses mirobolantes.

Ah! coquine, grondait-elle le poing tendu.

Toutefois, la petite rouée n'avait consenti à se laisser faire la cour qu'après avoir obtenu l'autorisation implicite de l'entremetteuse.

Celle-ci, émerveillée de son esprit d'intrigue, lui avait donné toute latitude.

Elle savait d'avance que la cameriste n'en abuserait pas.

D'autre part, avec son flair de procureuse, elle avait reconnu tout de suite dans Marika une aventurière prête à tout et avait jeté son dévolu sur elle.

— C'est une fille superbe, s'était-elle dit... une de ces *allumeuses* capables de faire marcher un homme, de le mener jusqu'au crime.

« Elle me serait certainement fort utile pour mes futures opérations sur la frontière.

Aussi lui avait-elle fait cadeau d'une bague.

— De la part de mon mari, avait-elle dit avec un sourire de complicité auquel Marika avait répondu d'un clin d'œil.

Dès lors, les choses marchèrent vite.

Quelques heures après son entrée en service, la cameriste faisait en quelque sorte partie de la famille.

Elle avait les mêmes droits, les mêmes faveurs que Patoche, sauf qu'on ne l'invitait pas à dîner à cause des autres domestiques.

Cependant, les jours passaient et l'heure approchait où l'on allait courir les routes.

Poupoule avait hâte de quitter Bruxelles.

D'autant plus hâte qu'elle avait constaté que depuis la promenade à Waterloo elle était suivie par un individu d'assez mauvaise mine, qui ne la lâchait pas d'une semelle.

C'était toujours le même homme reconnaissable à son macfarlane râpé et au soin qu'il prenait de cacher son visage.

Tout d'abord, Mme Bric-à-Brac n'avait pas attaché grande importance à la chose.

— Quelque agent du patron, s'était-elle dit, mais je m'en moque.

« Je n'ai rien à cacher, rien à craindre, par conséquent.

« L'excursion projetée a l'approbation du maître.

Peu à peu cependant, l'insistance du suiveur l'avait inquiétée.

Je me trompe peut-être, avait-elle réfléchi.

« L'homme au macfarlane fait trop de zèle, met trop d'attention à nous dérober sa figure.

« Qui sait... Il y a peut-être du Robert Servan là-dessous.

« Il a quitté Bruxelles, m'a-t-on dit, mais rien ne le prouve.

« D'ailleurs, il aurait très bien pu charger quelqu'un de me filer à sa place.

« Et puis... qu'importe! de quoi vais-je m'inquiéter?

« Jeudi matin, nous partirons à grande allure, en quatrième vitesse.

« Je doute que cet individu puisse nous tenir pied.

« Il n'a guère l'air, avec son cache-misère, d'avoir à sa disposition la quarante chevaux qu'il faudrait pour continuer la filature.

Craignant que Patoche n'eût remarqué quelque chose, elle lui avait signalé elle-même celui qu'elle appelait l'homme au macfarlane.

« C'est un policier, expliqua-t-elle, continuant ce *bluf* d'héritage imaginé l'autre soir.

« Mes ennemis veulent avoir leur revanche... et la police, les aide, naturellement.

« Mais ils en seront pour leurs frais.

« D'après ce que m'a dit mon homme d'affaires, le procès est gagné maintenant.

« Ce n'est plus qu'une question de jours.

« C'est cette assurance qui nous permet de partir enfin.

Quant au Montmartrois, qui n'avait pas attendu cette communication pour tiquer vers le suiveur, il était intrigué, lui aussi.

Si près du but, il redoutait les moindres complications.

Aussi, chaque fois qu'il apercevait l'inconnu, il se posait la même question:

— Quel est ce bipède, et à qui en a-t-il?

« Est-ce moi... est-ce la mère Bric-à-Brac qu'il piste?

« J'avais pensé un moment que le couple Flic-Flac pourrait bien rôder par là... mais non, les types vont toujours par deux.

« Et puis, je les ai trop bien remisés l'autre soir. Ils ne s'y frotteraient pas.

« Je crois plutôt que c'est l'autre, l'agent qui a chipé le coffre.

« Est-ce qu'il m'aurait éventé? Est-ce qu'il se douterait que c'est moi qui l'ai cambriolé?

« Alors, il doit nous en vouloir terriblement, à moi et à la *vioque*...

« Voilà qui pourrait mal tourner si on n'y prend garde.

« Le garçon du Grand Hôtel m'a dit qu'un particulier était venu le questionner sur moi.

« D'après le signalement, ça ne peut être que notre fileur.

« Heureusement — conclut-il comme Poupoule — qu'on va partir bientôt, faire de l'avance à l'allumage.

« Une fois sur le trimard... je me charge de le sa-
ner en cinq secs.

Cependant, on était au mercredi, veille du départ.

La glorieuse blessure du baron était guérie, presque
cicatrisée.

Mme Lempereur avait bouclé sa dernière valise.

Pour ce soir-là — leur dernière soirée à Bruxelles
— les époux Lempereur avaient décidé d'aller dîner
dehors avec Patoche et Marika, qu'on ne pouvait pas,
décemment, inviter à l'hôtel.

La soubrette avait sauté de joie à cette nouvelle.

— Chouette! s'était-
elle écriée.

« Moi qui arrive de
mon village... qui ne
connais rien de la capi-
tale.

« Il y a tant de cho-
ses que je voudrais voir.

— Quelles choses?
questionna Poupoule;
les théâtres? les cafés de
nuit?

— Oui, évidemment...
Toutefois, il y a quelque
chose que je préférerais.

— Quoi donc?

— Les cabarets... les
cabarets chantants, gen-
re montmartrois.

« Les boîtes de nuit,
comme on dit.

« On m'a assuré qu'il
y en avait plusieurs ici
et très drôles.

— En effet, fit M. Lem-
pereur soudain émous-
tillé.

« Une fameuse idée que vous avez là, mon enfant.

« On finirait en visitant certains bouges, et en
avant la vadrouille.

« Tournée des grands-ducs... ohé! ohé!

— Non, non, intervint Mme Bric-à-Brac. Pas de
folies...

« Je ne veux pas me coucher à trois heures du
matin, moi...

« Avez-vous oublié, mon ami, que nous partons
demain à l'aube.

« Ce sera pour une autre fois, quand nous serons
de retour.

« Quant à vous, ma petite Marika, ne vous désolez

Entrons, répéta l'usurier.

pas trop.

« Vous verrez que vous ne perdrez rien pour attendre.

« Je m'engage à vous revaloir ça, non seulement
ici, mais à Paris cet hiver...

— Alors, murmura l'usurier déconfit, on va se
coucher comme ça... de suite après dîner?

— Non... rien ne nous empêchera de passer une
heure ou deux dans un caveau quelconque.

« Pourvu qu'on soit rentré à minuit.

« Qu'en pensez-vous, monsieur Jacques?

— Mon Dieu, mada-
me, une ballade noctur-
ne ne serait pas pour
me déplaire...

« Mais je crois com-
me vous que le moment
est mal choisi.

« La première étape
est toujours un peu fa-
tigante.

« Mieux vaut donc,
selon moi, ne pas se
coucher trop tard.

— Voilà qui est parler
en homme sage.

« Je savais bien que
vous seriez de mon
avis.

« Et maintenant,
acheva la marchande
d'antiquités, allons dî-
ner.

— Où va-t-on? de-
manda l'usurier.

— Au F il de Sole.

Deux heures plus
tard, nos quatre personnages, mis en gaieté par un
excellent repas, quittaient le restaurant.

L'usurier, très fier, redressant sa taille, donnait le
bras à la camériste.

Patoche remorquait Poupoule.

Subitement Marika, qui marchait en tête, s'arrêta.

Elle regarda en l'air et se mit à lire l'enseigne qui se
détachait en caractères lumineux sur une boutique
sombre, fermée de partout.

— L'Auberge de la Mort! s'écria-t-elle en battant
des mains.

« Oh! entrons là, madame la baronne.

« J'ai entendu parler de ça, à l'hôtel et j'ai une
envie folle de voir.

— Vous n'y êtes jamais venue?

— Jamais... madame.

— Mais alors, je crains que ça ne vous impressionne un peu.

— Oh! non, madame, n'ayez aucune inquiétude, je ne suis plus une petite fille qui croit aux fantômes.

« Et puis, j'aime avoir peur... pas trop... sentir le frisson vous couler entre les épaules.

— Quelle grande enfant! murmurait Mme Lempereur.

Et, à part soi :

— Elle est exquise, cette petite.

« Ce sera une maîtresse délicieuse, tout simplement.

« Dans ce cas, je veux bien, répondit Mme Bric-à-Brac.

« Entrons, mes amis.

— Entrons, répéta l'usurier, en mettant son chapeau sur l'oreille, en cascadeur.

Déjà, il tapait aux volets clos avec le geste d'un noctambule endurci et pénétrait le premier dans la salle encombrée de spectateurs.

— Quatre macchabées, annonça un personnage en long manteau noir, qui déambulait à travers les tables.

Les nouveaux venus se casèrent non sans peine.

Il n'y avait que trois escabeaux pour quatre et le « général » parlait déjà de prendre Marika sur ses genoux.

Mais Patoche, parti en quête, revenait, apportant le siège manquant.

— Mettez-vous là, mamzelle, dit-il à Marika, et surtout, n'ayez pas peur.

« C'est du chiqué, tout ça... je vous préviens.

Malgré cet avertissement, la camériste était violemment émue.

Elle promenait autour d'elle des regards effarés.

— C'est effrayant! murmurait-elle.

En effet, tout dans cette exhibition macabre contribuait à l'effet voulu.

Les tentures noires, armées de symboles sinistres: faux de la mort, tibias en croix.

Les tables en forme de cercueil.

Les garçons en costume de croque-morts.

Au fond, était un petit théâtre représentant une chambre mortuaire.

Rien n'y manquait, ni le cercueil, ni le mort dedans.

Le plus souvent, ce mort était un spectateur enchanté de se donner en spectacle à ses amis et de prouver qu'il n'avait pas peur.

Les femmes étaient les plus empressées.

Grâce à une illusion d'optique, on voyait le visage du prétendu mort passer par toutes les teintes de la décomposition cadavérique.

Simultanément, le corps semblait s'affaisser, s'effondrer.

La face ricanait, percée de trous.

Pendant ce temps, le piano jouait la *Marche funèbre* de Chopin, ou ce lugubre *Dies iræ*, qui n'est autre, dit-on, que l'air chanté par les pleureuses grecques aux funérailles.

Puis soudain l'éclairage changeait.

Ressuscité, le figurant sautait hors du cercueil et venait saluer la foule qui applaudissait.

Le piano attaquait alors un air joyeux, le refrain du jour que toute l'assistance entonnait en chœur.

Pendant quelques secondes, c'était un concert de cris, de vociférations de toutes sortes.

Après quoi, le pianiste tapait un accord en mineur et un autre figurant s'allongeait dans la bière, à la clarté verte des torches électriques rallumées.

Malgré les intermèdes bruyants destinés à détendre les nerfs, la camériste se sentait mal à l'aise.

Elle accomplissait de véritables efforts pour continuer à faire bonne contenance.

Patoche, assis près d'elle, s'efforçait de la rassurer par son bagout.

— Voyons, mamzelle Marika, continuait-il, vous n'allez pas tourner de l'œil?

« Puisque je vous répète que c'est du battage, tout ça.

« Un truc de glaces, tout bonnement, comme le Guillotiné parlant, vous savez...

« Même que ce n'est pas nouveau... ah mais non!

« Voilà dix ans bientôt que j'ai assisté à la première représentation.

« Cela se passait rue Rochechouart... à Montmartre, bien entendu.

— Vous connaissez Montmartre?

— Comme ma poche... J'y passe plusieurs semaines chaque année.

— Vous m'y piloterez. Vous devez connaître des artistes... des chansonniers.

— Je les connais tous, affirma le Parisien avec son aplomb coutumier.

« Ainsi l'inventeur de ce truc à macchabée, j'ai vadrouillé avec lui...

« C'est le fils du gardien du vieux cimetière Saint-Vincent... là-haut, sur la Butte.

« Il n'a rien inventé, d'ailleurs. C'est le hasard. J'en parle savamment... j'y étais. Écoutez l'apologue.

« C'était une belle nuit de Noël, son père le gardien des morts, pour l'empêcher de sortir, lui avait confisqué ses habits, mais le fils a trouvé un vieux costume de croque-mort et s'en est affublé.

« Cinq minutes après, il venait nous rejoindre dans le caveau où l'on réveillonnait gaiement.

« Il eut un succès fou!

« Il venait, sans y penser, de créer un genre. Trois mois après, il fondait le premier cabaret de la mort, et aujourd'hui, il est millionnaire.

« Mais tout ça, c'est du chiqué, comme je vous disais tout à l'heure.

« Il y a à Montmartre des choses beaucoup plus intéressantes.

« Le Cabaret Bruant, par exemple... et Bruant lui-même, ce vieil Aristide.

« Un artiste, celui-là, un vrai!

Cependant, la fantasmagorie continuait sur le petit théâtre.

Mme Lempereur, pour qui ce spectacle n'avait rien d'inédit, ne regardait même pas.

Son mari faisait du pied à la cameriste.

Patoche lui racontait des boniments.

Ce qui fait que ni l'un ni l'autre ne remarqua le trouble subit de Poupoule.

Les yeux de celle-ci venaient de tomber par hasard sur la scène et s'y étaient arrêtés soudain comme fascinés.

E. Y.

Il eut un succès fou.

Il y avait là, toute blanche dans le cercueil, une jeune femme dont le visage blafard la bouleversait.

— Oh! ce spectre, murmurait-elle, le cœur tordu d'angoisse...

« C'est elle...

En ce moment, la fausse morte se relevait souriante.

— Tiens, fit Lempereur à haute voix, Liliane!

« Bravo, comtesse!

Et il se mit à applaudir avec fracas.

Eperdue, Mme Bric-à-Brac avait détourné la tête.

Juste à cette seconde, elle aperçut l'homme au macfarlane qui la regardait en ricanant.

— Robert Servan, balbutia-t-elle. Lui et Liliane...

« C'est mon rêve... je suis perdue...

Elle se redressa comme mue par un ressort, s'élança vers la porte.

— Place, râlait-elle.

« J'étouffe... de l'air...

« J'étouffe...

CHAPITRE CXLVIII

Deux complices

Elle chancelait, et, sans Patoche, qui s'était empressé de la soutenir, elle s'écroulait sur les genoux des voisins.

Occupé avec Marika, le Parisien n'avait pas remarqué Liliane, et d'ailleurs, l'eut-il vue, qu'il n'eût pas compris davantage.

— Zut! marmonnait-il furieux, inquiet de cet incident imprévu, qu'est-ce que ça veut dire?

« Voilà la vieille qui s'en mêle à son tour... qui pique des crises.

« Juste au moment de se mettre en route.

« Quel guignon...

M. Lempereur s'était levé, lui aussi. et s'efforçait de frayer un passage.

Pas plus que Patoche, il ne soupçonnait la véritable cause de cette fuite subite, mais il ne se troublait pas pour si peu.

Tout de suite il avait trouvé une explication.

— Parbleu, s'était-il dit, Poupoule a trop bouffé.

« C'est son corset qui l'étouffe... dès qu'elle sera décerclée, ça passera.

Quant à Liliane eBrty, elle venait seulement de reconnaître son ennemie qu'on entraînait devant la porte.

Aussitôt son visage flamboya de colère.

— Ah! coquine, grondait-elle, le poing tendu.

« Gueuse... Tu peux te sauver... je te retrouverai.

Et elle sauta de la scène dans la salle.

Mais, à cette minute, tous les spectateurs debout, pressés les uns contre les autres, formaient une véritable barrière, une sorte de rempart.

Elle eut beau jouer des coudes, il lui fut impossible d'atteindre ceux qui se retiraient.

Elle arriva sur le trottoir juste pour voir Poupoule s'affaler sur la banquette d'un fiacre qui partit aussitôt à vive allure.

Liliane remarqua le numéro.

— Coquine! répétait-elle, les dents serrées de rage.

« Je te retrouverai, va...

A ce moment, Robert Servan, qui avait suivi toute cette scène avec tout l'intérêt qu'on devine, s'approcha :

— Bonjour comtesse... et plus bas: Bonjour, Linette...

Liliane toisait l'insolent.

— Monsieur... commençait-elle.

Mais, presque aussitôt, à un clin d'œil de l'homme, son visage s'adoucit.

Elle tendit la main.

— Comment! vous... Robert... Je ne vous reconnaissais pas.

« Quel hasard...

— Heureux ou malheureux? fit l'ancien sous-off d'un air fat.

— Heureux... Vous tombez à pic. Je viens de chez vous... personne.

« Pourquoi avez-vous déménagé?

« Pourquoi avez-vous coupé votre moustache?

« Que faites-vous ici avec cet air de conspirateur?

« C'est cette coquine que vous pistez? Elle vous a joué quelque tour de son cru?

Toutes ces questions s'étaient succédé en feu roulant.

— Oui... fit Servan, qui s'était bien gardé d'interrompre.

« Et je vois avec plaisir que vous n'avez pas l'air du tout de la porter dans votre cœur, la vieille...

— Je voudrais la porter en terre, gronda la chanteuse.

— Bien, très bien! approuvait Robert en se frottant les mains; je crois que nous nous entendrons.

« J'ai moi-même une forte dent contre l'entremetteuse.

— Qu'est-ce qu'elle vous a fait? s'écria Liliane, chez qui la curiosité dominait en ce moment.

— Je vous dirai ça tout à l'heure.

« Seulement... on nous regarde... Ne restons pas là.

« Vous êtes seule?

— Oui.

— Parfait! Prenez mon bras... je connais, à deux pas d'ici, un café bien tranquille.

« Nous prendrons un cabinet.

Et comme la chanteuse avait un mouvement de retraite.

— Oh! rassurez-vous, poursuivit Servan, tout en traversant la chaussée...

« Je n'espère rien...

« Je sais que je n'aurai plus ce que j'ai obtenu une fois... presque par surprise.

« Ainsi, vous l'aimez toujours, ce Ferbach?

— André! s'écria Liliane, le visage transfiguré, plus que jamais!

« Sans lui, sans son image, son souvenir qui m'ont soutenue dans une épreuve terrible... je ne serais plus de ce monde.

« C'est maintenant seulement que je comprends le mot: aimer!

« Depuis que j'ai failli le perdre pour toujours, ne plus le voir.

« Vous ne vous doutez pas que j'ai failli mourir?

— Comment cela? fit Servan vivement.

« Je vous trouve un peu pâle, en effet... le visage émacié.

« Vous avez été malade... je m'en suis douté. Voici bien des jours que je vous cherche.

« Pourquoi ne pas m'avoir prévenu.

Liliane Berty secouait la tête en signe de dénégation.

— Non... dit-elle, il ne s'agit pas d'une maladie, mais d'un drame...

« D'un piège abominable que m'avait tendu cette malheureuse.

« Il s'agit d'un crime... d'un assassinat, oui, d'un assassinat, affirma-t-elle en voyant son cavalier tressaillir.

« Je vous expliquerai cela tout à l'heure, quand nous serons seuls.

« C'est ici, n'est-ce pas?

Le couple, après avoir fait cent pas à peine, venait d'arriver devant un de ces cafés blancs à la française, qu'on ne rencontre plus qu'à l'étranger.

— Oui, répondit Robert Servan. Entrons, chère madame.

Une minute après, les deux amis étaient installés dans un cabinet particulier, devant un souper froid.

— Nous voilà seuls, fit Servan dès que le garçon fut parti en refermant la porte. Parlez vite. Ce que vous m'avez dit m'a bouleversé.

« Un assassinat... mais c'est horrible. Expliquez-vous.

« Je brûle de savoir... de connaître les détails.

— Un instant, fit la jeune femme. Mon histoire est un peu longue.

« Et puis, j'aime à déblayer le terrain avant de m'aventurer, à savoir à qui j'ai affaire.

« Une leçon tragique vient de m'apprendre qu'il en coûte de parler trop vite.

— Comment!.. s'écria l'ex-sous-off indigné... Est-ce que vous vous méfieriez de moi. Linette?

La chanteuse regarda son ami en face, et, d'une voix grave :

— Non... dit-elle.

« J'ai confiance en vous — bien que dans notre partie, dans le triste métier que nous faisons — on ne doive se confier à personne.

« Celui qui trahit sa patrie ne mérite...

— Oh! s'écria Robert douloureusement, comme vous êtes dure!

« Vous oubliez que c'est pour vous — par amour pour vous — que j'ai quitté l'armée?

« Jusque-là, je n'avais commis que des imprudences très réparables.

« Mais quand j'ai appris que vous étiez ici... je n'ai plus hésité.

« J'ai franchi la frontière.

« Et c'est vous qui me le reprochez? Vous qui vous défiez de moi?

« C'est le châtiment...

Robert Servan avait le visage crispé, les yeux brillants et humides.

Liliane lui tendit la main en camarade.

— Non, dit-elle, je ne me défie pas de vous, Robert.

« La meilleure preuve, c'est que tantôt — sitôt libre — c'est à vous que j'ai pensé tout de suite.

« Comme je vous le disais en commençant, j'ai couru là-bas à Dorbeck pour demander...

« On m'a répondu que vous aviez vendu vos meubles et quitté Bruxelles subitement.

« Or, dix heures après, je vous retrouve camouflé,

J'étais dans un cercueil

en manteau couleur muraille, comme on disait jadis.

« Pourquoi cette ruse?

— Je vais vous le dire...

Et l'espion raconta fièrement l'histoire que nos lecteurs connaissent.

Bien entendu, il passa sous silence l'épisode du coffre volé et le mystérieux cambriolage dont il avait été victime aussitôt après.

— Et voilà... conclut-il, son récit achevé.

« J'ai voulu faire du zèle. Mal m'en a pris.

« La brocanteuse, cette vieille bougresse, a attaqué à son tour.

« Elle s'est plainte au patron et j'ai été saqué... cassé aux gages.

— Vous ne faites plus partie de?...

— Non... du moins, je ne suis plus « commissionné », pour parler le langage administratif.

« Je travaille aux pièces...

« C'est une perte sèche, cinquante louis par mois qui manquent au budget.

« Mais j'aurai ma revanche... C'est pour ça que je piste la dame depuis plusieurs jours.

« Cette matrone est en train de s'amouracher d'un jouvenceau.

« Elle s'affiche avec lui. Tout cela ne peut finir que par une imprudence grave. A nous d'en profiter.

« Mais cette fois, il ne s'agit pas de gaffer. Il faut que je la prenne sur le fait, en flagrant délit, en quelque sorte.

« Je n'ai que ce moyen de rentrer en grâce auprès du patron.

« De cette façon, je fais coup double : je reconquiers ma situation et je me venge.

« Or, c'est cette vengeance qui me touche surtout.

« Car je la hais, cette vieille toupie...

« Vous ne pouvez pas comprendre à quel point je...

— Si, interrompit Liliane d'une voix sourde... je comprends.

« Mais, qu'est-ce que cela, qu'est-ce que vos griefs à côté des miens?

« Après tout, Mme Bric-à-Brac n'a fait que se défendre.

« Tandis que moi, elle m'a trahie, vendue d'une façon ignoble.

« Elle m'a attirée dans un guet-apens abominable.

« Vous saurez tout à l'heure par quels supplices, quelles tortures j'ai passé...

« Je me demande comment je ne suis pas morte cent fois...

« Je suis malade depuis... j'ai des idées lugubres.

« C'est pour cela que tout à l'heure, j'ai eu la macabre fantaisie de me coucher dans ce cercueil.

— Heureuse idée ! murmura l'agent... sans cela, nous passions côte à côte sans nous voir...

« Et maintenant, venons au fait... à cette tentative d'assassinat.

« Ah ! la garce ! laissez-moi faire.

« Nous la traînerons en Cour d'assises.

— Impossible ! fit la chanteuse nettement.

— Pourquoi ?

— Parce que l'entremetteuse n'est pas seule en cause.

« Il y a quelqu'un avec elle... derrière elle.

« Un homme dont le nom seul me fait frémir... Walter Humding.

« Vous allez comprendre...

Liliane repoussa son assiette, à laquelle elle avait à peine touché et raconta son aventure, tout au long.

Ses conciliabules avec la brocanteuse, puis la scène dans la villa, l'arrivée du « patron », l'empoisonnement...

— C'est horrible, murmurait l'ex-sous-off pâle d'émotion.

« Oh ! l'ignoble créature !...

« Ensuite ?

— La suite... poursuivit la chanteuse en blêmissant est plus horrible encore.

« Après plusieurs jours — combien je l'ignore — je me suis réveillée.

J'ai meurtri mes poings contre les pierres

« Et ce n'est pas de la joie que j'ai ressentie, mais un effroi... une angoisse atroce.

« J'étais enterrée vivante,...

« Je l'ai cru tout au moins, et c'est tout comme...

« Je gisais toute vêtue de blanc dans un caveau bas, voûté et clos de toutes parts...

« Au-dessus de ma tête, dans la voûte, une dalle... la dalle du sépulcre. Comprenez-vous ce raffinement ?

« Autour de moi, autour de mon cercueil — car j'étais dans un cercueil bel et bien — des fleurs, des couronnes.

« A ma droite, un cierge demi-consumé.

« En face, sur le mur, un crucifix, un de ces Christs effrayants, tortionnés à l'espagnole, au pied duquel brûlaient deux flambeaux d'argent, chargés de cires...

« Oh ! quel réveil... quelle angoisse inimaginable !

« J'aurais voulu être morte. J'ai cherché une arme.

« Au même instant, j'ai remarqué que la dalle fermait mal.

« Un filet de jour passait par la rainure.

« Et soudain, un espoir m'est venu.

« L'espoir que je n'étais pas ensevelie trop profondément, qu'on pouvait m'entendre, venir à mon aide.

« Je me suis mise à appeler, à hurler.

« Le silence... un silence funèbre.

« Alors, comme une folle, je me suis ruée contre les murs... j'ai meurtri mes poings contre les pierres.

« Puis, brusquement, j'ai compris... J'ai deviné quelle torture m'était destinée.

« On voulait me laisser mourir là... lentement... à petit feu.

« Quelle révélation !... Ce que j'ai souffert ne peut se raconter.

« L'agonie à côté de cela doit être douce.

« Lorsque j'ai pu réfléchir, j'ai songé à la mort... de nouveau au suicide... me tuer... mais comment ?

— *Près de moi, Walter Humding tenait encore le flacon.*

« Obéissant à son regard, je suis tombée à genoux.

« Je me suis traînée à ses pieds pour demander grâce.

« Mais c'était trop d'émotion.

« Je me suis évanouie.

« Quand j'ai repris mes sens, j'étais dans un boudoir, étendue sur un divan...

« Près de moi, Walter Humding tenait encore le flacon d'éther qu'il venait de me faire respirer.

« Un instant, je suis restée étourdie, inconsciente.

« Puis la vue de ma robe blanche m'a rappelé l'horrible chose.

« Et j'ai eu une attaque de nerfs, une crise frénétique. Je me roulais par terre comme une épileptique.

« En même temps, je déchirais mon costume funèbre, la livrée du tombeau et je hurlais:

— Oh! ce linceul... Otez-moi ce linceul...

« Faute de mieux, je cherchais à m'étouffer avec mes poings, lorsqu'une voix a vibré à mes oreilles.

— Bonjour, chère amie...

« Il était devant moi, le sourire aux lèvres, un sourire de tigre jouant avec sa proie...

« Ah! quelle minute... et quelle pauvre chose nous sommes...

« Tout à l'heure, je voulais mourir...

« Je ne désirais qu'une chose, retrouver mon bourreau pour me ruer sur lui, lui crever les yeux...

« Mais j'avais vu ma tombe s'ouvrir... Je pensais à André tandis que cet homme me tenait sous son regard dominateur.

« Et j'ai été vaincue, domptée pour toujours.

« Je sens que je ne peux rien contre l'Allemand. Il me tient.

« Et ces cierges-là,... ce cercueil... L'Allemand m'a calmée non sans peine.

« — Qu'est-ce que vous avez? raillait-il tout en s'empressant.

« Que parlez-vous de cercueil?

« Vous avez rêvé, belle amie.

— Non... je me souviens... je me souviendrai toujours.

« L'espion jouissait de ma rage:

« — Après tout, a-t-il repris, c'est possible!

« On aura mal exécuté mes ordres.

« Tout cela n'est pas bien grave, somme toute.

« Une plaisanterie pas méchante.

« Allons. remettez-vous.

« Je reviendrai quand vous serez plus calme.

« Nous avons à causer, acheva-t-il, d'un ton autoritaire.

« En même temps une femme entrait. Une femme âgée, au visage morne comme la Fatalité, et muette comme un gardien du sérail.

« J'ignore encore le son de sa voix. Je dois dire cependant qu'elle m'a soignée admirablement.

« Dès ce moment, je fus choyée, gâtée. Je ne manquais que d'une chose...

« Une chose qui est tout: la liberté!

« Mes fenêtres étaient grillées et deux nègres veillaient nuit et jour dans le couloir.

« Précaution bien superflue. En effet, je ne songeais guère à m'évader.

« Je l'aurais pu... j'aurais vu toutes les portes ouvertes que je n'aurais pas osé.

— Pourquoi?

— Parce que j'aurais craint un piège.

« Après la terrible épreuve que je viens de subir, j'ai la terreur de Walter Humding.

« Une terreur superstitieuse de cet homme qui semble lire dans les consciences.

« Et puis j'étais si faible encore...

« Chaque jour j'avais plusieurs syncopes, parfois même une de ces attaques dont j'ai parlé tout à l'heure.

« Cela inquiétait ma garde-malade.

« A différentes reprises, elle m'a administré un narcotique puissant qui me faisait dormir pendant vingt ou trente heures.

« Si bien que j'avais perdu toute notion du temps.

« Un beau matin je me suis levée guérie.

« Ma première pensée est allée vers André.

« Puisque Walter Humding m'avait épargnée, c'est qu'il avait besoin de moi encore.

« J'avais des chances de revoir celui que j'aime.

« Je comprenais que je serais libre bientôt et que je pourrais m'occuper de mon amour...

« Et de ma haine aussi... de ma vengeance?

— Contre Mme Lempereur? murmura Robert Servan.

— Oui, fit Liliane... Oh! celle-là, je l'exècre... Je la hais autant que j'aime le lieutenant.

« Je n'en veux presque plus au patron...

« Lui n'a pas trahi, au moins...

« Mais elle... cette mégère, je voudrais la tenir pour lui faire subir tout ce que j'ai subi, la crucifier lentement.

« Mais laissons cela et venons au dénoûment.

« Ce matin Walter Humding, ou plutôt Pablo Juarez entrait chez moi.

« L'entrevue a été courte.

« J'imaginais qu'il allait me faire des remontran-

ces, exiger des serments.

« Mais non... il voyait bien que j'étais vaincue, matée...

— Bien. a-t-il dit, très bien... Je constate que vous allez mieux sous tous les rapports.

« J'espère que cette leçon vous servira.

« Madame... vous êtes libre!

« Ma voiture attend en bas pour vous conduire chez vous.

— Que devrai-je faire? ai-je interrogé le cœur débordant de joie.

— Rien pour le moment... Vous avez besoin de tranquillité.

« Reposez-vous, amusez-vous...

« Quand il y aura lieu, vous recevrez mes ordres.

— Bien, maître.

« Et voilà, acheva la chanteuse, voilà qui doit vous expliquer beaucoup de choses...

« Vous comprenez qu'après une pareille épreuve, je sois changée, transformée de pied en cap.

« Finie, la Liliane cascadeuse que vous avez connue.

« Celle-là est morte... elle gît là-bas, dans le caveau de la funèbre villa.

« En ce moment, puisqu'il ne m'est pas permis de me rapprocher d'André, je n'ai qu'un but, qu'une idée : Mme Lempereur.

« Je n'étais pas libre depuis deux heures que j'étais sur sa trace.

« Naturellement, il m'a été impossible de découvrir cet hôtel du Hainaut où vous veniez de les expédier.

« Au Grand Hôtel, on n'avait rien voulu dire... consigne sans doute...

« C'est alors que je me suis souvenue de vous.

« Vous m'aviez dit autrefois que vous étiez chargé de surveiller la vieille.

« Vous deviez connaître son nouveau domicile.

« Aussitôt j'ai couru là-bas à Dorbeck.

« Malheureusement, là aussi, je me suis cassé le nez...

— Vous savez pourquoi maintenant? reprit Robert Servan.

« En tout cas, vous pouviez m'écrire Poste restante.

« Je vous ai donné mon adresse.

— C'est vrai, fit Liliane Berty... je n'y ai pas pensé.

« Je n'ai pas la tête très solide encore...

— Peu importe! Nous nous sommes retrouvés et c'est le grand point.

« Nous allons pouvoir préparer notre revanche de concert.

— Vous avez un projet? demanda Liliane aussitôt

— Oui, quoique assez vague encore. Tout dépendra des circonstances.

« En tout cas, depuis quelques jours que je les piste, j'ai appris des choses intéressantes sur les brocanteurs.

— Quelles choses?

« Et d'abord quel est ce jeune homme qui serait, selon vous, le sigisbée de la matrone.

« Vous le connaissez?

— Assez mal, répondit l'agent non sans humeur.

« J'ai bien essayé de faire parler ceux qui l'approchent, mais j'en ai été pour mes frais.

« Jacques Boncœur — c'est son nom — se garde, ce qui est un indice sérieux.

« Il se donne comme courtier, représentant d'une fabrique d'autos.

« C'est possible, mais c'est le paravent que nous avons tous.

« Pour moi, je le soupçonne fortement d'être un policier venu de Paris.

— Oh! s'écria la chanteuse avec un éclair dans les yeux, si c'était vrai, si nous pouvions pincer cette gueuse!

« C'est elle qui irait prendre ma place là-bas dans le caveau.

« Ainsi vous croyez qu'elle trahit?

A minuit, la cameriste se glissait hors de l'hôtel.

— Non, du moins la chose m'étonnerait. Trop avisée, la vieille.

« Elle est dupe simplement. Elle a un bandeau sur les yeux.

— Le bandeau de l'amour, ricanait Liliane.

— Mais son cas n'en serait pas moins mauvais, continuait l'agent.

« La brocanteuse a ordre, comme nous tous, d'être très prudente dans ses relations.

« Or, voici qu'elle se fait enlever en quelque sorte par ce godelureau.

— Vous faites allusion à cette excursion dont vous m'avez parlé.

« Quand partent-ils?

— Demain si rien n'est changé, et ça me gêne.

« Sans cela, j'allais certainement démasquer le prétendu courtier.

« Mais impossible... le temps matériel manque.

« A défaut de preuves, dans le doute, nous allons procéder comme si Boncœur était réellement un détective, un agent du contre-espionnage.

« Pour moi, pour nous... car vous marchez avec moi?

— Certainement!.

— Pour nous, continuait Robert Servan, il faut que ce Jacques Boncœur soit un policier, et il le sera.

« C'est une affaire de tour de main.

« Ce n'est pas ça qui m'inquiète, mais elle, la vieille.

« Avec une femme comme celle-là aussi prompte à se retourner, on ne saurait prendre trop de précautions.

« Quand je pense que je l'ai vue devant moi, affolée, suppliante et que quarante-huit heures plus tard elle me faisait sauter.

« Ah! elle les connaît les ficelles, cette coquine.

« Prise en flagrant délit, elle jurera qu'elle aussi avait démasqué le soi-disant courtier et voulait voir ce qu'il avait dans son sac.

« C'est l'argument classique.

« Seulement, j'y ai pensé.

« Je prendrai mes mesures de telle sorte qu'elle ne puisse pas nous le sortir, celui-là.

« Rapportez-vous-en à moi.

« Je me suis juré de la pincer et je la pincerai.

« Toutes mes mesures sont prises.

« Ils croient m'échapper, en courant les routes.

« Ah! les pauvres gens! Ça m'arrange à certains égards, au contraire!

« Il y a telle chose, tel coup de force que j'aurais hésité à faire, ici, à Bruxelles... tandis qu'en pleine campagne.

— Alors, demanda la chanteuse vous comptez leur donner la chasse?

« Vous avez une auto assez rapide?

— Oui. Elle me suit depuis trois jours sans qu'on s'en doute.

« Et c'est une voiture de course, s'il vous plaît.

« Ah! comme nous allons les gratter.

« Car vous venez, je pense?

« Je vous offre une place. Vous acceptez?

— Oui, fit la chanteuse en tendant les deux mains à son associé?

« Avec enthousiasme!

« Je veux être là au moment, je veux cracher à la face de cette coquine.

Robert se leva sur ce mot.

— Maintenant, chère amie. il faut que je vous quitte un instant.

— Où allez-vous?

— A l'Hôtel du Hainaut.

— Que faire?

— Savoir si le départ des Lempereur est toujours pour demain.

« J'ai fait la connaissance d'une certaine femme de chambre de Mme Bric-à-Brac, une certaine Marika.

« Une jolie fille, peste, mais un peu bête, à qui je fais un doigt de cour.

« Chaque nuit, vers deux heures, elle m'attend, tout proche dans un bar américain où nous bavardons un moment.

« Marika était toute triste hier de penser que sa maîtresse partait sans elle.

« Si par hasard le voyage était retardé, elle me le dirait tout de suite avant que je l'interroge.

« Dans le cas contraire, comme le départ était pour six heures du matin et qu'il en est trois bientôt, il serait temps de faire nos préparatifs, nous aussi.

« Trois heures ce n'est pas trop. Pour vous surtout qui avez tout à faire.

— C'est juste. s'écria Liliane.

« Aussi, je ne vous retiens pas.

« Allez, mon ami, et revenez au plus vite... Il me tarde de savoir.

« Je vous attends ici.

Après l'alerte

La marchande d'antiquités se remit assez vite de l'alerte causée par l'apparition subite de ses deux redoutables ennemis.

Une pensée lui était venue qui la soulagea aussitôt d'un poids immense.

— Liliane vit, songeait-elle dans le fiacre qui l'emportait.

« Walter Humding a voulu nous effrayer simplement!

« J'aime mieux cela?

« Morte, Liliane me faisait peur. J'avais beau me dire que je n'y étais pour rien... j'avais des visions, des remords presque.

« Tout cela est fini.

« Je suis sûre désormais, de ne plus revoir ce spectre qui me hantait parfois.

« Au contraire, vivante, Liliane ne me fait pas peur.

« Elle m'en veut évidemment. Elle fera tout son possible pour se venger... mais je ne la crains pas.

« Je suis de taille à me défendre.

« De même Roger Servan. D'ailleurs nous quittons Bruxelles demain à l'aube.

« Quant à cette double rencontre qui m'a surprise, bouleversée, c'est une pure coïncidence.

« Du moment que Liliane n'est pas morte mon rêve ne signifie plus rien.

« Ce n'est plus un songe mais un simple cauchemar, comme l'avait très bien dit la masseuse.

Cette conclusion logique acheva de rassurer l'entremetteuse.

Tout en songeant, elle répondait de son mieux aux questions de Patoche qui s'inquiétait de son état.

— C'est la chaleur, disait-elle, et surtout le tabac.

« Oh! cette fumée, jamais je ne m'étais trouvée dans une pareille tabagie, ça prenait à la gorge.

« Ce n'était plus de l'air qu'on aspirait mais un brouillard, un véritable brouillard de nicotine.

« A peine assise, j'ai senti mon cœur se soulever.

— Vous auriez dû nous le dire, madame la baronne.

— Je n'ai pas osé, je pensais que cela passerait.

« Et tout par un coup j'ai pensé que je n'y tenais plus.

« J'étouffais littéralement.

« Mais il a suffi d'une bouffée d'air pour me désintoxiquer.

« Encore quelques minutes et il n'y paraîtra plus.

« Rassurez-vous, M. Jacques.

« Ça ne nous empêchera pas de partir demain pour les Grottes du Han, comme il était convenu.

A cette annonce, Patoche tressaillit de joie.

— Ainsi l'on part quand même? fit-il.... A quelle heure?

— Mais à l'heure dite, à six heures!

« Est-ce que cela vous dérange?

— Moi... pas le moins du monde, c'est pour vous!

« Je croyais qu'après cette indisposition quoique légère vous préféreriez.

— Non, non, interrompit Poupoule, qui avait hâte de mettre des kilomètres entre elle et ses ennemis.

« Ce qui est dit est dit, nous partons à six heures.

— Chouette! murmurait Patoche.

« En rentrant je vais écrire au père la Manillé... Enfin voilà un pas de fait.

« Je crois bien que ce coup-ci l'affaire est dans le sac.

Le Montmartrois accompagna ses amis jusqu'à l'hôtel du Hainaut, mais ne s'attarda pas longtemps.

Mme Lempereur, que Patoche se gardait bien de contredire, avait résolu qu'on se coucherait de bonne heure.

Son mari qui avait espéré autre chose fut le seul à protester.

Tout d'abord, il essaya de retenir « l'ami Jacques » qui lui devait une revanche au piquet. Mais Poupoule s'y opposa formellement.

— Non, dit-elle, vous m'empêcheriez de dormir.

— Nous n'aurions qu'à descendre en bas?

— Pas de bruit, il y a un agent dans la rue.

— Non, vous dis-je, et puis, M. Jacques a besoin de dormir, lui aussi.

« Il faut qu'il soit dispos demain, qu'il ait la main sûre.

M. Lempereur dut se résigner. Mais sitôt Patoche parti, il exhala sa mauvaise humeur.

— C'est ridicule, ronchonnait-il, on se couche comme les poules.

« Parce que Madame a sommeil, il faut que tout le monde dorme.

« Il est dix heures.

— Dix heures, répliqua Poupoule agacée, il en est onze bientôt.

« Vous battez la breloque, monsieur.

— Et quand il serait minuit, je n'ai pas sommeil, moi.

« Vous n'allez pas me forcer à dormir, j'espère?

« Je m'en vais prier Marika de me tenir compagnie.

« Nous ferons une partie de cartes.

« Vous voulez bien, mon enfant, acheva l'usurier en se tournant vers la cameriste.

Celle-ci, nous le savons, avait rendez-vous ailleurs, avec Robert Servan.

— Je ne demanderais pas mieux, répondit la fausse ingénue en rougissant.

« Mais je ne sais pas, monsieur le baron.

« Je suis une paysanne, savez-vous.

« De ma vie, je n'ai touché une carte.

— Eh! bien, insista le vieux paillard, nous jouerons à autre chose, aux jeux innocents, à la bataille, par exemple.

« Ou encore au loto. Vous connaissez le loto?

« Ne dites pas non... je vous ai vue sourire.

« Ah! petite futée!

Mme Lempereur haussait les épaules.

— Vous êtes stupide, mon ami, grommela-t-elle.

« Si vous croyez que je vais vous prêter ma cameriste.

« J'ai besoin d'elle pour me déshabiller.

« Et puis cette bonne Marika tombe de sommeil, elle aussi.

« Par conséquent, allez vous coucher comme nous tous.

— Puisque je vous dis que je n'ai pas sommeil, maugréa l'usurier.

— Eh! bien! prenez un livre pour vous assoupir.

« L'histoire du Consulat et de l'Empire de Thiers.

« Ça calmera vos ardeurs belliqueuses.

« Et maintenant, filez. J'ai hâte de me mettre au lit... moi.

Une fois de plus, le brave général obéit. Mais en s'en allant il jeta un regard égrillard du côté de Marika qui n'eut pas l'air de comprendre.

A minuit la camériste se glissait hors de l'hôtel et allait attendre son *flirt* au bar où ils se rencontraient chaque nuit.

Pour la première fois, Robert Servan, en ce moment en grande conférence avec Liliane Berty, n'était pas le premier au rendez-vous.

Mais la belle flamande ne s'en formalisa pas.

Elle savait que son ami — son futur amant — était chargé à Bruxelles d'une mission particulièrement délicate et absorbante.

En effet, pour justifier des rendez-vous nocturnes, l'ancien sous-off lui avait raconté une histoire invraisemblable que Marika, restée naïve encore sur beaucoup de choses, avait acceptée comme parole d'évangile.

Il s'était donné à elle comme un gentilhomme français, un fils de famille envoyé par son parti pour conférer avec le duc d'Orléans.

— Ceci, avait-il ajouté, vous explique, chère amie, que je sois obligé de me cacher.

« La police a l'œil sur moi.

« Si elle pouvait me prendre en défaut, je serais expulsé sur-le-champ.

Toute fière d'avoir fait la conquête d'un grand seigneur et d'être mêlée à de hautes combinaisons politiques, la belle flamande s'armait de patience.

Mais cette patience fut mise à une rude épreuve ce soir-là. Les heures passaient et l'ami du duc d'Orléans continuait à se faire attendre.

Il était trois heures sonnées et le bar allait fermer lorsque Servan parut enfin.

Il s'excusa en termes choisis comme un authentique gentilhomme qu'il était, et n'eut pas de peine à se faire pardonner.

— Vous auriez dû me prévenir, objecta toutefois la camériste.

— Je ne pouvais pas, se récria l'agent de Walter Humding.

« Vous n'avez pas l'air de vous douter que je suis épié, filé comme un conspirateur!

« Pour toute autre que pour vous je ne serais pas venu.

« Même maintenant je suis attendu ailleurs.

« Je n'ai que quelques minutes à vous donner, le temps de vous reconduire jusqu'à l'hôtel.

« Nous causerons en route.

« Parlez, racontez-moi ce que vous avez fait aujourd'hui.

« Tout ce qui vous touche m'intéresse.

« Votre amie, cette baronne dont vous m'avez parlé, est toujours aussi bien disposée, aussi bonne pour vous?

— Oui... malheureusement, elle part.

— Quand donc? lança l'agent avec une vivacité qui l'eût trahi avec tout autre.

— Demain à six heures, oh! pour quelques jours seulement.

« Elle doit revenir et m'emmener à Paris avec elle.

Robert Servan posa encore quelques questions puis sachant tout ce qu'il désirait savoir il quitta la caméristre à la porte de l'hôtel.

Un peu après, il rejoignait la chanteuse dans le café où il l'avait laissée.

Bien que l'amie de Marika fut resté absent moins de trente minutes, Liliane commençait à s'impatienter elle aussi.

Moins endurante que la caméristre, elle allait le quereller, mais Robert mit un doigt sur ses lèvres sitôt rentré.

— Pas de bruit, dit-il, il y a un agent dans la rue.

— Un agent? fit la jeune femme interloquée.

« C'est à nous qu'il en veut?

— Mais non, chère amie, pas à nous, au patron du café qui devrait être clos à cette heure.

— C'est vrai, fit Liliane, je n'y pensais plus.

« Je croyais qu'on avait baissé le rideau de fer.

— Bien sûr, seulement on aura vu un rayon de lumière glisser.

« Si bien que trouvant le pas de porte gardé, j'ai dû entrer par l'office.

« L'embêtant c'est que nous voici bloqués pour une heure, plus peut-être. Je crains que vous n'ayez plus le temps de faire vos préparatifs. Car j'oubliais de vous le dire, nous partons.

— Tant mieux! c'est là le plus important, s'écria la chanteuse.

« Le reste est un détail.

« Au besoin je m'équiperai en route, à la première ville que nous rencontrerons.

« Ainsi ce projet tient, les Lempereur partent ce matin?

« A quelle heure?

— A six heures comme convenu.

« Tout à l'heure en rentrant à l'hôtel, la vieille criminelle était plus pressée que jamais de quitter Bruxelles.

« Certainement votre rencontre et la mienne — elle m'a reconnue, moi aussi, j'en ai la certitude — sont bien pour quelque chose dans cette hâte... cette fuite!

« Toutefois, il paraît que la brocanteuse s'est remise assez vite de son émotion, de la frousse que vous lui avez causée en vous dressant soudain devant elle, comme un spectre vengeur.

« C'est une vieille roublarde qui nous donnera du fil à retordre.

« Heureusement il y a un défaut à sa cuirasse, un défaut au cœur.

— Vous voulez parler de son flirt?

— Oui.

— Vous avez appris quelque chose?

— Un tas de choses! cette petite dinde de Marika m'a surtout parlé de lui.

« Le soi-disant Boncœur connaît Paris et Montmartre comme sa poche et c'est un indice ça.

« Aussi plus il va et plus je suis convaincu que le patito de la vieille est un agent du contre-espionnage.

« Il ne nous reste plus qu'à en acquérir la preuve.

— Comment comptez-vous arriver à ce résultat?

— Je ne sais trop. Cela dépendra des circonstances comme je vous l'expliquais.

« Le plus simple serait de s'emparer d'une lettre.

« Il est probable que dans les villes que nous traverserons le sieur Boncœur n'aura rien de plus pressé que de courir à la poste restante.

« Je le suivrai, et vous devinez le reste... Une fois la preuve en mains.

— Malheureusement, interrompit Liliane, nous ne la tenons pas encore, la preuve.

« Notre homme doit être sur ses gardes, surtout si c'est un policier, comme tout l'indique.

« Il s'apercevra vite qu'il est filé.

« Il doit connaître tous les trucs, cet individu.

— Laissez faire, répliqua l'agent d'un air plein de suffisance.

« Des trucs, j'en connais moi aussi et je lui en montrerai.

« Je lui en réserve un entre autres, une filature dont vous me direz des nouvelles.

« C'est le dernier mot de l'art, le dernier cri.

« Ça s'appelle la *filature en avant*.

« Voulez-vous que je vous explique?

Liliane ne répondit pas.

Depuis une minute elle paraissait inquiète.

En même temps elle faisait signe à son compagnon de parler moins haut.

Deux ou trois fois elle tourna la tête de gauche à droite comme si elle cherchait quelqu'un.

— Ne vous inquiétez pas de cela, dit-il, c'est payé.

Robert Servan se pencha à son oreille et très bas:

— Qu'avez-vous? murmura-t-il.

— Je ne sais pas bien. Il m'avait semblé entendre comme une respiration.

« Alors l'idée m'est venue qu'on nous épiait peut-être, que quelqu'un écoutait derrière la cloison.

— C'est impossible, fit Robert vivement, je connais le patron d'ici.

« Il m'a été indiqué par nos chefs.

— Il *en est?* demanda la chanteuse aussitôt.

— Non, du moins rien jusqu'ici ne m'autorise à le considérer comme un collègue.

« Tout ce que je puis dire c'est que s'il n'est pas avec nous, il n'est pas contre, encore moins.

« Selon moi, il en sait plus long sur nous, que nous n'en savons sur lui.

« Mais il cache son jeu; c'est un vieux renard sous son air bonasse.

« Ça lui permet de nous protéger sans risques.

« Aussi nous n'avons pas à nous gêner.

« D'ailleurs, nous allons partir.

« Je pense que le passage est libre maintenant.

Robert Servan toucha le timbre électrique placé tout proche.

Presqu'aussitôt le patron parut, une serviette sous le bras.

— Eh! bien! est-ce qu'on peut passer maintenant?

— Si vous voulez, l'agent n'est plus là.

Servan s'était levé aussitôt.

— Parfait, dit-il alors, veuillez nous faire donner l'addition.

Le propriétaire du café eut un sourire malin.

— Ne vous inquiétez pas de cela, dit-il, c'est payé.

— Comment, s'écria l'ancien sous-off. feignant de se froisser.

« Qui donc s'est permis...

Puis se ravisant soudain:

— Ah! bien, bien, continua-t-il, je comprends.

« Tout à l'heure, quand je suis revenu, je vous ai vu en grande conférence avec un inconnu.

« C'était lui, n'est-ce pas, le patron?

— Ça je n'en sais rien, répondit le maître de céans.

« Tout ce que je puis vous dire c'est qu'un homme est venu, un homme que je ne connais pas, mais qui vous connaît bien.

« Il a réglé pour vous disant que vous étiez à son service, à ses frais, par conséquent.

— Voilà qui est de plus en plus étrange, murmurait Robert Servan.

« C'est lui, certainement, le chef.

— En outre, continuait le cafetier toujours aussi impassible, il m'a chargé d'une commission.

— Parlez, fit Liliane, impatiente, parlez donc!

— Voilà, le chef — puisque chef il y a, paraît-il — m'a chargé de vous dire qu'il était content de vous, content de la perspicacité dont vous veniez de faire preuve et qu'il vous récompenserait à son heure.

« Mais il ne veut pas que vous alliez plus loin.

« C'est lui qui se charge du reste.

— C'est tout? demanda encore Liliane.

— C'est tout, belle dame. S'il a quelque chose à ajouter, le particulier saura bien vous trouver à ce qu'il paraît.

« Ceci dit, acheva le cafetier goguenard, je vais vous prier de vous retirer sans tambour ni trompette.

« Je n'ai pas envie d'avoir une contravention.

« Par ici, madame et monsieur.

« Par ici, la sortie!

Il se voyait à la mairie de Montmartre...

CHAPITRE CL

L'Ermite du Hau

Pendant ce temps, Patoche qui ne soupçonnait pas quels rudes adversaires il allait rencontrer sur sa route, avait regagné sa chambre du Grand Hôtel.

Si près du départ, il se félicitait de la tournure que prenaient les choses.

— Enfin, se disait-il, on va revoir Paris! Et Rosette donc!

« C'est elle surtout qui me manque.

« Cré coquin, il est temps qu'on nous marie.

« Sinon, je ferai des bêtises.

« Heureusement qu'on touche au but.

« J'en ai assez moi de la Belgique et des Belges pour une fois.

Il se coucha et s'endormit aussitôt d'un sommeil profond, sans rêve.

Comme la nuit s'achevait des images gracieuses se glissèrent dans son cerveau reposé, mais encore somnolent.

Il se voyait à la mairie de Montmartre dans la salle des mariages.

Près de lui la douce Rosette souriait sous ses voiles.

Il se trouva en face du garçon.

Il prit Patoche par l'épaule et se mit à le secouer rudement:

— Monsieur Boncœur, consentez-vous à prendre pour épouse la dame Lempereur?

— Poupoule! hurla le Parigot en se redressant soudain et lançant un coup de poing formidable dans le vide.

« Ah! salop..

Il ouvrit les yeux tout grands et se trouva en face du garçon venu pour le réveiller.

— Ah! c'est vous, grommelait-il.

« C'est toi, mon vieux, qui voulais me faire épouser...

« Qu'est-ce qui te prend de gueuler comme ça, est-ce qu'il y aurait le feu, par hasard?

— Non, monsieur Jacques, non, seulement vous m'aviez dit de vous réveiller à quatre heures et demie, et il en est cinq bientôt.

« Voilà un bon quart d'heure que je vous appelle.

— Zut! fit Patoche en sautant à bas du lit.

Tous les amis étaient là, heureux comme lui-même: le capiston, Mme Brévannes, André Ferbach et sa femme.

Une seule tache au tableau: le magistrat chargé d'unir les deux époux et qui était drôlement accoutré.

Il était en bras de chemise avec un tablier blanc et un plumeau à la main.

— Quand même, maugréait Patoche vexé, monsieur le maire se fiche de nous. Il aurait pu enfiler un veston tout au moins.

« On voit bien qu'on n'est pas des millionnaires.

« Alors c'est comme le *ratichon* ici: pas d'argent, pas de Suisse.

Cependant le magistrat avait ouvert le code et allait poser la question sacramentelle.

Il courut à sa toilette et se débarbouilla à grande eau.

Ensuite il procéda à ses derniers préparatifs.

Il s'habilla prestement, étudia sa carte routière une dernière fois.

— C'est facile, murmurait-il, je n'ai qu'à suivre la route nationale jusqu'à Namur puis jusqu'à Han.

« Impossible de se tromper et de plus, il fait beau.

« Ça va rouler.

Ensuite il brûla quelques papiers, griffonna une carte pour le capiston: *Nous partons... All right!*

Enfin il s'affubla du costume de chauffeur: la pelisse et le masque achetés la veille.

C'était la première fois qu'il se mettait en tenue, aussi s'examina-t-il un instant dans la glace.

— Tiens, fit-il, joyeux, j'ai l'air d'un bourgeois tout comme un autre.

« Le bath là-dedans, c'est que c'est plus la peine de se camoufler.

« Avec ces yeux en culs de bouteille et cette descente de lit autour du ventre, pas de danger qu'on me reconnaisse.

« Très bon ça!

« Et maintenant allons chercher l'auto au garage. »

Un quart d'heure après Poupoule et son mari prenaient place dans la voiture qui s'ébranlait aussitôt et filait bon train à travers les rues de la ville encore endormie.

Lorsque Patoche franchit les portes de Bruxelles, il eut un battement de cœur.

— Ça y est, murmura-t-il, nous voilà sur la route de France!

Et il activa l'allure.

Les cent quatre-vingt kilomètres, qui séparent Bruxelles de Han-sur-Lesse, furent franchis sans panne ni incident d'aucune sorte, et, à onze heures, l'auto grise de poussière, stoppait devant l'*Hôtel des Grottes*.

La veille, Mme Bric-à-Brac avait téléphoné plusieurs fois, afin de donner ses derniers ordres et de choisir un appartement digne d'elle et du baron.

Aussi le gérant s'empressa-t-il au-devant de ceux qu'il considérait comme d'authentiques représentants de la noblesse française.

Il voulut conduire lui-même « Mme la baronne et M. le baron » à l'appartement qui leur était réservé.

Avant de s'en aller il montra au garçon le Montmartrois qui tâtait ses pneus d'un air entendu.

— Vous, dit-il à voix basse, occupez-vous du chauffeur de Madame.

Le Parigot rigolait derrière son masque de chauffeur.

Il profita de cette présentation pour tutoyer tout de go le garçon qui le conduisait vers sa chambre.

C'était l'habitude du Montmartrois qui s'en était toujours bien trouvé.

Il s'agissait, en le cas présent, de tirer du « larbin » certains renseignements utiles qu'on ne trouve pas dans les guides Joane ou autres.

Patoche apprit ainsi que la visite des célèbres grottes était impossible en ce moment.

— Crotte! grogna le Parisien navré de ce retard, et pourquoi donc, l'ami?

— Parce que la *Lesse* est gonflée.

— La Lesse, ah! oui, la rivière, qui traverse le souterrain.

« Alors, c'est plein d'eau par là-bas?

— Non, pas à ce point, répondit le garçon en ouvrant la porte de la chambre.

« N'empêche que ce ne serait guère le moment de s'y ballader tout de même... c'est facile à comprendre.

« Vous connaissez les Grottes, vous les avez visitées?

— Oui et non, répondit le Parigot, il y a longtemps et j'étais tout gosse, si bien que c'est confus, très confus.

« Si tu veux m'éclairer un brin, rappeler mes souvenirs, tu peux y aller, mon vieux.

« Cause, pendant que je change de pelure.

— Voilà, fit le garçon tout fier de son rôle de *cicerone*.

« Vous voyez cette rivière qui court là-bas entre les arbres, c'est la Lesse.

— Parbleu! s'écria le Parigot avec aplomb, je m'en doute, je l'ai reconnue tout de suite... Continue, vieux frère.

— Bien, reprit le garçon, je continue.

« Tout près d'ici, la Lesse rencontre une montagne, sous laquelle elle s'engouffre, au fond d'un puits.

« C'est la cataracte ou la *perte* de la Lesse comme on dit.

« Notez qu'elle n'est pas perdue du tout: Elle ressort un quart de lieue plus loin, juste de l'autre côté de la montagne.

« Quant aux grottes proprement dites, elles se trouvent au-dessus de la chute dans la montagne même qui est creuse.

— Donc, conclut Patoche, l'eau n'arrive pas jusque-là?

« On doit pouvoir passer?

— On pourrait peut-être, encore faudrait-il des guides.

« Or, ceux de l'hôtel sont partis hier.

— En voilà des farceurs! Où sont-ils allés?

— De l'autre côté de la montagne, à la sortie de la rivière.

« Ce sont des Anglais qui ont eu cette idée bizarre après l'orage d'hier soir.

« Ils sont allés là-bas attendre que l'eau change de couleur.

« Vous savez ce que ça veut dire?

— Oui, oui, cause toujours, dit Patoche qui était loin de comprendre.

— Dès qu'on pourra passer, continua le garçon d'hôtel, ils reviendront par le souterrain, faisant l'excursion en sens inverse.

« Il n'y a que les Anglais pour avoir des fantaisies pareilles.

En effet, concéda le Montmartrois, ces sacrés madam!

« Il n'y en a jamais que pour eux.

« En attendant, nous, on se fouille.

« C'est du guignon, justement que nous sommes pressés.

— Écoutez, répliqua le Belge, on pourra s'arranger peut-être.

« Mais ça, ça dépend du gérant et d'un autre, un vieux toqué, le seul qui connaisse assez les Grottes pour s'y risquer à cette heure.

« En tout cas, j'en dirai un mot au chef.

« J'y vais de ce pas...

« Sûr qu'il fera de son mieux pour vous être agréable.

« Seulement, ça ne dépend pas de lui seul, il y a l'autre qui est un peu marteau.

En effet, comme nos voyageurs achevaient de déjeuner, le gérant se présenta, la bouche en cœur :

— Madame et Messieurs, dit-il, on vient de m'apprendre que vous désirez visiter les Grottes le plus tôt possible ?

— Oui, répondit Mme Bric-à-Brac, mais il paraît que les guides manquent ?

— On en trouvera, répliqua le gérant, d'un air plein de promesses.

« J'en ai un en vue justement... un vieil original qui habite à deux pas d'ici dans une des grottes... un type curieux certainement, et que je serai ravi de vous faire connaître.

« C'est un vieux savant, une espèce d'ermite qui depuis cinquante ans ramasse des cailloux là-bas sous terre, autour des gouffres...

« Il connaît le souterrain jusqu'au troisième dessous comme un lapin son terrier.

« Quoiqu'il n'en fasse pas métier, c'est le seul homme capable de vous servir de guide en ce moment de crue.

— Mais, observa la brocanteuse prompte à s'alarmer, s'il y a danger, mieux vaudrait attendre... nous ne sommes pas tellement pressés !

— Aucun danger, Madame la baronne, je suis responsable de mes hôtes.

« Un accident, ce serait notre ruine... Voilà qui doit vous rassurer.

« D'ailleurs, nous ne nous risquerons qu'avec l'assentiment des puissances supérieures.

Là-dessus, le gérant se tourna vers Patoche et avec un sourire :

— M. Bonœur, poursuivit-il, vous avez sans doute entendu parler du *Génie de la Montagne* ?

— Ma foi non, répondit le Parigot croyant à une plaisanterie.

« En fait de génie, je ne connais que le génie de la bastille, à Paris.

— Comment, s'écria le gérant... vous qui êtes Belge, je crois, vous ne connaissez pas l'*Ermite du Han* ?

— Ah !... l'Ermite... oui... oui... parfaitement dit le Montmartrois cherchant à se rattraper...

« C'est toujours de lui qu'il s'agit... Je n'y étais plus du tout...

« D'autant que je croyais qu'il était mort.

— Non, il vit toujours... Un ermite, ça a la vie dure, vous savez.

M. Lempereur faisait la moue.

— Est-ce que c'est un ermite réellement ? demanda-t-il.

« Je suis noble, clérical par conséquent... mais je l'avouerai, je ne raffole pas de ces pouilleux-là.

« Rien que de les voir j'ai des démangeaisons par tout le corps.

— Rassurez-vous, fit le gérant amusé.

« On l'appelle l'*ermite* parce qu'il vit seul dans sa grotte, qu'il ne se nourrit que de légumes.

« A part cette petite bizarrerie, il ne ressemble en rien à l'un de ces saints pouilleux dont vous avez une horreur très légitime.

« C'est un savant, je vous l'ai dit, un grand savant même...

« Comme géologue, comme minéralogiste il n'a pas son pareil probablement... mais qui s'en doute... ?

Tiens, j'ai l'air d'un bourgeois tout comme un autre.

« On ne connaît de lui que ses manies et sa barbe...

« Une grande barbe blanche qui lui donne un air de patriarche.

— On dirait le père Mathusalem en personne, ajouta Patoche pour faire l'informé.

« Quel âge peut-il bien avoir ?

— Qui sait ! Il l'ignore lui-même.

« Cent ans peut-être.

« Et avec ça vigoureux comme un jeune homme.

« On dirait qu'il a retrouvé la fontaine de Jouvence là-bas sous terre.

« Ne vous étonnez pas dès lors s'il passe pour un peu sorcier par ici et si les bonnes femmes voient en lui le génie même de la montagne, celui qui habitait les grottes de *ma mère L'Oie* !

« Il n'en reste pas moins — toute légende mise à part — que l'Ermite est un être curieux au possible.

« Un specimen d'humanité qu'on ne rencontre qu'une fois.

« Notez que notre homme est un peu sauvage et ne reçoit que qui lui plaît.

« Ça ne l'empêche pas d'être très aimable, très gentleman même quand il veut s'en donner la peine.

« Certainement, il a reçu une excellente éducation, a occupé un rang dans le monde.

« Puis un beau jour, dégoûté des hommes et du reste, il s'est retiré dans son trou.

— On n'a jamais su qui il était ? demanda le pseudo-général.

« De quel pays ?

— Non... il est arrivé ici il y a plus d'un demi-siècle et personne ne lui a demandé ses papiers.

« Je crois à tort ou à raison qu'il est Français.

— Il vous l'a dit ?

— Non, mais il parle votre langue très correctement.

« En outre, il reçoit les Français très volontiers...

« Encore faut-il qu'on lui plaise... j'y reviens...

— Et vous pensez, reprit Patoche, que nos binettes lui plairont ?

« Qu'il voudra bien nous guider dans le souterrain?

— Je l'espère... et d'avance je me fais une fête de vous accompagner ?

« Car je ne voudrais pas, pour une fortune, manquer une occasion pareille.

« La visite des Grottes en ce moment et avec un guide comme notre Ermite à travers certains passages, certains couloirs connus de lui seul, est une chose rare, une de ces sensations qu'on n'a qu'une fois dans la vie !

« J'en parle savamment.

« Une fois déjà, j'ai fait cette excursion avec l'Ermite et je n'ai eu qu'un désir, la recommencer.

— Je comprends, murmura Mme Bric-à-Brac, toutefois j'hésite un peu, j'avoue.

« Votre ami l'Ermite est un original, un fou peut-être.

« Si l'idée lui venait tout à coup de nous planter en plein labyrinthe.

— Rassurez-vous, fit le gérant vivement...

« Mon ami, le savant... l'Ermite, est un original, un misanthrope, possible... mais un être parfaitement sain de corps et d'esprit.

« Il vous suffira de quelques mots échangés avec lui pour en être convaincue, pour le suivre là-bas les yeux fermés.

« Et je vous promets que, en ce moment, ça vaut le voyage !

« Certes, la visite des grottes est curieuse en tout temps...

« Mais le prodige, la merveille des merveilles, c'est de faire cette excursion lorsque la Lesse est gonflée.

En temps ordinaire, le souterrain est muet en quelque sorte... Il faut jeter des pierres dans les puits pour constater qu'il y a de l'eau.

« Tandis qu'en ce moment les gouffres grondent. Des cataractes tombent en écumant.

« Imaginez-vous cela, vu à la clarté des torches.

« C'est prodigieux, féerique !

— En effet, s'écria l'entremetteuse convaincue, enthousiasmée.

« Aussi, je n'hésite plus...

« J'ai hâte au contraire de voir votre homme pour savoir s'il consent à nous accompagner.

« Quand pourrons-nous lui faire visite, lui présenter nos hommages ?

— Pas aujourd'hui, demain peut-être...

« L'Ermite n'est pas là en ce moment.

— Où est-il donc ?

— En train de rôder au bord des gouffres et des canaux souterrains où coule la Lesse.

« Il y est descendu hier de suite après l'orage.

« Il y est bien pour trente ou quarante heures.

« Il n'en sortira que lorsqu'il n'aura plus une croûte de pain dans son bissac, plus une goutte de *fluide* dans sa lanterne électrique, car il s'éclaire à l'électricité.

« C'est un Ermite très moderne comme vous voyez.

— Voilà qui est de plus en plus étrange, murmura Mme Bric-à-Brac.

« Mais qu'est-ce qu'il fait là dedans ?

— Une chose qu'il cherche depuis cinquante ans : *Le mystère de la Lesse.*

— Il y a donc un mystère ?

— Oui, Madame, il s'agit d'un de ces secrets que la Nature garde jalousement.

« Le cours de la Lesse — je parle du cours souterrain bien entendu — a son mystère, comme ces sources du Nil ou « célèbre *Passage du Nord-Ouest* qu'on a cherché durant des siècles.

« Mais ceci demande quelque explication...

« Vous savez que la rivière entre sous la montagne par une espèce de caverne, puis disparaît soudain, tombe avec fracas au fond d'un gouffre épouvantable?

« C'est la célèbre *cataracte*, aussi célèbre que celle du Niagara.

« Il y a là-bas dessous — sous les Grottes proprement dites et accessibles à tous — un second étage de grottes et de tunnels, une sorte de crypte où nul être humain n'a pénétré, sauf l'Ermite.

« Mais laissons cela et revenons à la rivière, à la Lesse.

« Elle reparaît douze cents mètres plus loin de l'autre côté de la montagne... or...

— C'est un phénomène connu, interrompit M. Lempereur, toujours patriote, on voit la même chose en France, dans les grottes du Tarn, par exemple.

— C'est juste, acquiesça le gérant.

« Toutefois, nos grottes à nous offrent une particularité remarquable, unique...

« Un phénomène inexplicable autour duquel les princes de la Science ont discuté et discuteront sans doute encore pendant des siècles.

« Je vous ai dit que la traversée de la montagne par le souterrain mesurait douze cents mètres environ.

« Un touriste — à condition de ne pas s'arrêter — fait le voyage en vingt minutes.

« Or la Lesse, pour accomplir le même trajet — mais par en dessous, à travers la fameuse crypte dont je parlais tout à l'heure — met un jour entier.

« Vingt-quatre heures !

« Et c'est ce phénomène que notre Ermite a résolu

— On vient de m'apprendre que vous désirez voir les grottes.

d'expliquer.

« Ce palpitant problème a déjà fait couler des flots d'encre.

« On a édifié là-dessus les théories les plus invraisemblables.

« Les uns ont parlé d'un syphon gigantesque que la rivière serait obligée de remplir pour passer.

« D'autres ont invoqué le phénomène connu sous le nom de *fontaine intermittente*.

« Un original est allé plus loin et a supposé l'existence dans la crypte de tout un système de vannes et de biefs qui fonctionneraient automatiquement.

« Enfin, un savant allemand, un de ces *Herr professor* qui ne doutent de rien, a affirmé que les Grottes étaient tout simplement l'entrée de l'enfer payen, du *Tartare*, et que la Lesse c'était le fleuve Styx, lequel fait neuf fois le tour de l'enfer, comme vous savez.

« Cela vous fait rire et pourtant c'est cette boutade qui, mise au point, approche le plus la vérité probablement.

« En effet, on pense généralement aujourd'hui que la rivière parcourt sous terre une vaste « boucle », une boucle de cent kilomètres au moins, d'où ce retard de vingt-quatre heures.

« C'est l'explication la plus simple, qui n'en est pas moins assez curieuse.

— En effet, s'écria l'usurier, que ces détails avaient intéressé au plus haut point.

« Mais le plus curieux, c'est votre ermite...

« Il m'intrigue, moi, cet homme, il m'intrigue follement !

« C'est un Français, c'est sûr, et un héros !

« Il me tarde de lui être présenté.

« S'il faisait des façons... n'oubliez pas de lui dire que je suis général et que j'ai fait mes preuves, moi aussi, au Maroc et ailleurs.

— Ailleurs surtout, railla Poupoule...

« Eh ! mon ami, vous vous vantez peut-être !

« Un ermite se moque pas mal du panache !

Patoche, quoique très intéressé, lui aussi, crut cependant de son devoir de faire une objection :

— Mais, Monsieur le gérant, reprit-il, vous êtes sûr... bien sûr de ces chiffres : vingt-quatre heures ?

« On a pu mesurer à une minute près le temps employé par la rivière pour traverser la montagne?

« Ça m'épate.

« Comment s'y est-on pris?

« On a jeté un corps flottant dans la fameuse cataracte?

— Eh! non! s'écria le gérant, ravi d'étonner ses hôtes une fois de plus.

« Ici se présente une seconde anomalie tout aussi extraordinaire que la première, plus à mon sens.

« Un corps flottant — quel qu'il soit — jeté de ce côté de la montagne à l'entrée des souterrains ne reparaît jamais à la sortie.

« On a fait des milliers et des milliers d'expériences dans l'espoir d'obtenir quelques renseignements sur ce qui se passait.

« Mais toujours le gouffre a gardé son secret et les flotteurs.

« On a fait mieux, on s'est servi de poissons pêchés dans la Lesse même, sur les nageoires desquels on avait tracé une marque, un chiffre avec de l'encre indélébile.

« Des poissons, ça devait pouvoir se débrouiller... mais non!

« Pas plus que les flotteurs inanimés ils n'ont pu découvrir le mystérieux passage.

« Les paysans prétendent qu'il y a un génie qui arrête nos messagers.

— Très curieux, tout ça, convint Patoche, mais moi, j'en reviens à ma question.

« Comment — puisque rien ne passe — est-on sûr que la rivière a besoin de vingt-quatre heures, elle, pour faire le trajet? Est-ce prouvé?

— Tout ce qu'il y a de plus prouvé... Cela résulte clairement d'une remarque, d'une constatation facile à faire et connue depuis des siècles.

« Lorsque la Lesse, à son entrée dans les grottes, est troublée par un orage, elle continue de sortir claire de l'autre côté de la montagne.

« Ce n'est que vingt-quatre heures après qu'elle commence à se troubler.

« C'est pour cela, pour se rendre compte du phénomène de visu, que nos Anglais sont partis hier emmenant les guides.

« Ils se proposent de revenir ici par les Grottes et attendent que le chemin soit praticable.

« Peut-être nous croiserons-nous quand nous ferons notre propre excursion.

M. Lempereur hochait la tête gravement.

— Il me tarde d'y être, murmura-t-il.

« Tout cela est prodigieux, affolant!

« Il me tarde surtout de faire connaissance avec votre ami, le savant Ermite.

« Quel être étrange, fantastique!

« Penser qu'en ce moment, tandis que nous bavardons bien tranquillement, humant notre moka, lui rôde là-bas sous terre, au bord des gouffres mugissants. Quel homme!

« Pourvu qu'il réussisse enfin à percer cet angoissant mystère!

« Que disent les savants de cette tentative, de cette recherche acharnée?

— Les savants... ils l'ignorent... C'est plus simple pour eux.

— Et vous, monsieur, vous qui avez reçu les confidences de l'Ermite, croyez-vous au succès?

— Ça, c'est le secret de Dieu!

« Ce que je sais, de la bouche même de mon ami, c'est qu'il est prêt à chercher lui-même la route que ces merveilleux nageurs, les poissons, n'ont pu trouver.

« Le jour où il sera convaincu que les moyens ordinaires sont impuissants, qu'il faut un holocauste, une victime qui s'offre au monstre, il fera une chose qui étonnera le monde.

— Qu'est-ce qu'il fera? demanda Patoche, vivement.

— Ce que fit un autre savant de l'Antiquité...

« Un certain Empédocle qui se précipita dans l'Etna.

« Il se jettera dans la Cataracte.

— Cré nom! murmurait le Parigot. C'est épatant! et je languis, moi itou, de voir ce bipède.

« S'il fait ça, c'est un zigue... il n'y a pas à dire.

« C'est plus fort que de traverser la Manche ou le Niagara.

« Voilà un de ces spectacles à l'Américaine qu'il ne faut pas manquer.

« Je m'en vais lui demander une place, au type!

CHAPITRE CLI

Où nos amis tiennent conseil avant la bataille

Cette journée et la suivante s'écoulèrent sans que l'Ermite parût.

À mesure que le temps passait, l'impatience de ceux qui l'attendaient devenait de l'inquiétude.

— Est-ce qu'il aurait péri? demandait l'usurier.

— J'espère que non, répondait le gérant, cependant je commence à craindre, moi aussi.

— Voilà trois jours bientôt.

« Jamais il n'était demeuré si longtemps. »

Enfin ce soir-là, vers dix heures, le gérant vint prévenir les « Français » que l'Ermite était de retour.

— Il vient de rentrer et consent à nous recevoir. C'est à deux pas d'ici, dans la grotte même.

« Vous plaît-il d'y aller tout de suite? »

— Mais certainement, répondit Mme Bric-à-Brac. « J'ai hâte de voir ce phénomène. »

Tous quatre s'acheminèrent vers la grotte qui servait de logis à l'Ermite.

Comme on approchait M. Lempereur remarqua la lumière très blanche qui filtrait par les fissures du roc.

— Qu'est-ce que cela? interrogea-t-il, on dirait de l'acétylène?

— Mais non, fit le gérant, c'est l'électricité bel et bien.

« Je croyais vous avoir expliqué que notre misanthrope était un ermite très moderne.

« C'est nous qui lui fournissons le courant.

— Lui rôde là-bas, sous terre, au bord des gouffres mugissants.

« C'est même la seule chose qu'il ait consenti à accepter de nous.

« Voici notre homme — acheva-t-il — en montrant un majestueux vieillard qui venait de s'avancer sur le seuil.

C'était un homme de haute taille, droit comme un i et qu'on devinait d'une vigueur étonnante pour son âge.

Il souriait dans sa barbe blanche.

— Mais, s'écria le Parigot, c'est le père Noël en personne!

L'Ermite portait encore son costume d'excursion: gros brodequins, culotte, veston aux poches multiples.

Mais soit pour honorer ses visiteurs, soit par concession à la légende, il avait jeté par-dessus un manteau flottant, qui lui donnait un vague air monastique.

Les présentations faites, les poignées de mains échangées, on pénétra dans la grotte.

C'était une vaste excavation parfaitement aérée et close par une solide porte de chêne curieusement sculptée sur ses deux faces.

Les meubles: escabeaux, table, lit, étaient de forme ancienne mais sculptés fouillés en tout sens comme la porte.

Tout cela était l'œuvre de l'Ermite qui consacrait à ce travail les longues veillées de l'hiver.

Au fond, un rayonnage de bois blanc encombré de livres, d'échantillons minéralogiques de toutes sortes, recueillis dans la crypte.

C'était la bibliothèque du savant et son musée.

Sur la table, une molaire de mammouth, servait de presse-papier.

L'Ermite eut vite fait de mettre à l'aise ses visiteurs intimidés tout d'abord.

Lorsque le gérant lui eut fait part de leur désir de visiter les Grottes avec lui, il accepta sans se faire prier.

— Très volontiers, dit-il, le moment est bien choisi.

« Quand voulez-vous faire l'excursion?

— Le plus tôt possible, répondit la marchande d'antiquités.

« Il nous tarde de voir ces merveilles.

— Eh! bien, ce sera pour demain matin, si vous voulez?

— Nous ne demandons pas mieux... à quelle heure?

— Au soleil levant... Je vous attendrai ici.

« Je recommande à Madame de se munir d'un imperméable... La roche suinte à certains endroits.

Puis le gérant questionna le vieillard sur sa récente exploration.

Mais sur ce point l'étrange personnage fut moins communicatif.

— Toujours la même chose, fit-il d'un air évasif.

« Le mystère demeure impénétrable!

« La Nature jalouse, garde son secret!

« Cette fois, cependant j'ai pu m'enfoncer plus avant que je n'avais fait jusqu'à ce jour.

« Je commençais à espérer lorsqu'un éboulement m'a forcé de rebrousser chemin.

« D'ailleurs ma lanterne électrique menaçait de s'éteindre.

« Quoi qu'il en soit je ne regrette pas ma fatigue.

« Je viens de passer là-bas trente heures qui ont été un enchantement continuel.

« Ce que j'ai vu à plus de cinq cents pieds sous terre confond l'imagination.

« Le souterrain proprement dit — celui que vous visiterez demain et qui vous stupéfiera — n'est rien à côté de l'autre, de la *crypte* comme je l'appelle.

« Là, tout est prodigieux.

« On se croirait dans quelque fantastique palais creusé par les Titans.

— Vous ne pensez pas, demanda le gérant, qu'un jour vienne où les touristes pourront pénétrer jusque-là?

L'Ermite portait encore son costume d'excursion.

— Non, répondit l'Ermite avec un coup d'œil malicieux.

« Évidemment ce serait une fortune pour les hôteliers.

« Mais j'ai de bons motifs de douter.

« Songez que j'ai dû remonter des cataractes, passer des torrents à la nage.

« Certainement, il coulera beaucoup d'eau là-bas avant qu'on s'y ballade en famille.

« Et je ne le regrette pas!

« L'idée qu'un jour les clients de l'Agence Cook ou autre promèneront leur ahurissement à travers ces merveilles, me déplaît souverainement, je l'avoue.

« Vous devez me trouver bien égoïste, mais les savants sont ainsi.

« Je suis jaloux de mes grottes.

— C'est votre droit, fit M. L'empereur d'un ton sentencieux.

« Vous voulez être le premier et le seul qui...

— Mais, s'écria le vieillard, je ne suis pas le premier justement, ni le seul...

« La crypte a été habitée jadis.

— Est-ce possible? murmurait le gérant.

« Il y a longtemps, sans doute?

— Oui, assez, fit l'Ermite avec un sourire débonnaire.

« Cela remonte aux origines de l'humanité, à l'*Homme des Cavernes*.

« A cette époque le *mammouth*, dont vous voyez là une dent, paissait les roseaux de la Lesse et les hôtels étaient encore à inventer.

« Bien entendu la crypte alors, était au niveau du sol.

« Depuis elle s'est enfoncée lentement au cours des siècles et les passages ont été obstrués.

« En tout cas l'homme préhistorique a connu et habité ces cavernes.

« C'est une chose sûre!

Il entrebâilla la porte et étouffa un cri de stupeur.

« Ce sera pour plus tard lorsque j'aurai découvert un chemin plus praticable.

L'Ermite montra et expliqua quelques autres objets de sa curieuse collection.

Puis comme la nuit avançait le gérant donna le signal de la retraite.

— Nous ne voulons pas abuser dit-il en se levant.

« Vous devez avoir besoin de repos après une excursion aussi fatigante.

Minuit sonnait, lorsque Patoche se retrouva dans sa chambre.

Il y était à peine qu'il entendit gratter à sa porte d'une façon bizarre.

— Tiens, murmura-t-il, qu'est-ce qu'on me veut, à cette heure?

Et tout haut:

— Qui va là? fit-il.

Au lieu de répondre le mystérieux visiteur gratta de nouveau.

— Ah! ça, grognait le Montmartrois.

« Qu'est-ce que ces simagrées?

« C'est louche... Je ferais bien de me méfier peut-être.

Il entrebâilla la porte et étouffa un cri de stupeur.

— Le capiston!

C'était, en effet, le père la Manille.

En civil, le feutre rabattu sur les yeux, la moustache noircie relevée en pointes, à la Lempereur, il eût été méconnaissable pour tout autre que Patoche.

Sans mot dire, il tendit la main à l'ordonnance, poussa le verrou et s'assit.

— Enfin, je te trouve, dit-il à voix basse.

« Voilà quatre heures que je te guette.

« Tout à l'heure, de la fenêtre de ma chambre, je t'ai vu sortir avec les brocanteurs.

« Et depuis, je m'impatiente.

« Il y a laissé des traces de son passage, silex taillé, os fendus longitudinalement pour en boire la moelle et autres objets qui ne permettent aucun doute.

Tout en parlant, l'Ermite avait allongé la main vers une étagère placée tout proche.

Il y prit une pierre en forme de coin.

— Vous connaissez cela? demanda-t-il.

— Oui, répondit l'usurier.

« C'est une hache en silex, j'en ai vu déjà dans les musées.

« Vous l'avez trouvée dans la crypte?

— Oui, je l'ai rapportée tout à l'heure.

« Il y avait beaucoup d'autres objets tout aussi curieux.

« Malheureusement, je ne pouvais pas me charger.

« Où étiez-vous donc?

— Tout près d'ici, répondit le Parisien.

« Chez une espèce de type qui doit nous guider demain matin dans les Grottes.

« Et vous, mon capitaine, comment ça se fait-il que vous arriviez ici, sans crier gare?

« Est-ce qu'il y aurait de l'eau dans le gaz?

— Justement, et j'ai pris le train dare-dare.

— Est-ce qu'il y aurait quelque chose de cassé dans notre plan?

— Non, pas encore; mais j'ai appris certain détail qui m'inquiète.

« Une question d'abord... nous sommes bien seuls ici?

— Tout à fait seuls!

— Pas de danger qu'on entende?

— Aucun du moment qu'on parle bas.

— Tu comprends, continuait le père la Manille, je craignais que les Lempereur ne rôdassent par là, de l'autre côté de la cloison.

« Je ne tiens pas à me faire pincer.

— Et moi donc, s'exclama Patoche à mi-voix, quand tout s'annonce si bien, ça ne serait pas à faire.

« Pourvu seulement qu'on ne vous ait pas vu?

« Vous savez que la vieille n'a pas les yeux dans sa poche.

« Depuis quand êtes-vous ici, mon capitaine?

— Depuis huit heures. Je suis arrivé après le dîner, précisément pour n'avoir pas à paraître à la table d'hôte.

« Je me disais fatigué et je me suis fait conduire à ma chambre directement.

« Excepté le garçon, personne ne m'a vu.

« En outre, je repars à trois heures; le même garçon doit me réveiller.

« Tout le monde dormira alors.

« Donc pas de Bobo de ce côté; nous avons deux heures pour causer, tenir conseil... Profitons-en.

« Ainsi que je te le disais, il se passe des choses qui m'inquiètent.

— Quelles choses? demanda le Parigot vivement.

— Voici : comme tu le sais par mes lettres, depuis la mort de cette sombre canaille de Rubin, nos ennemis se remuent comme des diables.

« Walter Humding est furieux et cherche une revanche éclatante.

« Or, nous croyons savoir que le boche de malheur, a découvert ta présence à Bruxelles, qu'il est sur ta trace.

« Tu secoues la tête, tu ne me crois pas.

— Si, mon capitaine... Mais ça m'étonne, je ne me suis aperçu de rien.

— Cependant le renseignement vient de bonne main.

« Il m'a été apporté par deux hommes sûrs que tu connais.

— Flic et Flac? lança Patoche.

— Justement!

— Parbleu! poursuivit le Parigot, sans prendre la peine de dissimuler sa mauvaise humeur.

« S'ils ne fourraient pas leur blair partout, ces deux-là, ils ne seraient pas contents.

« Déjà ici, ils ont essayé, l'autre soir.

« Mais ce que je les ai rembarrés, envoyés aux pelotes.

Le visage du capitaine Lancelin s'était rembruni.

— Oui, fit-il, je le sais, ils me l'ont dit.

« Je sais que tu ne les gobes guère.

« Ce sont deux bons garçons cependant et qui sont les premiers à te rendre justice.

« Ils me disaient hier encore que la façon dont tu conduisais la partie était une merveille.

« Un tour de force digne d'un professionnel.

— Eh! grommela Patoche, c'est ça justement qui me vexe.

« Ils ont toujours l'air de vous dire : vous méritez d'être des nôtres.

« Un peu plus et ils m'offraient, une fois mon congé fini, de m'embaucher à la préfectance.

« C'est flatteur, moi qui n'ai jamais pu souffrir les casseroles.

— Il en faut, cependant...

— Je ne dis pas... mais moi, mon capitaine, je suis de Montmartre, de la rue Lepic.

« Or, la rue Lepic et la rue de Jérusalem n'ont jamais fait bon ménage.

« Et puis il y a une chose qui me défrise surtout, c'est qu'ils sont toujours à tourner derrière mes talons.

« Je n'aime pas qu'on m'espionne!

« Ils me font l'effet de braconniers qui rôdent... n'attendant que l'occasion de tirer sous mon nez le gibier que j'ai eu tant de mal à rabattre.

— Je comprends mieux cela, répondit le père la Manille.

« Tu ne veux pas qu'on chasse sur tes terres et je t'approuve.

« Je ne l'ai pas caché à Flic et Flac.

« Je leur ai même reproché leur incursion de l'autre soir à Waterloo.

— Ah! et qu'est-ce qu'ils ont répondu?

— Ils ont répondu que la rencontre était purement forfuite.

« Ce n'est pas à toi qu'ils en avaient, mais à un autre, un type qu'ils filaient depuis Paris.

« Ils ignoraient ta présence au Mont Saint-Jean.

« D'ailleurs, c'est toi qui les as découverts. Il paraît même que tu voulais les passer à tabac?

Patoche souriait à ce souvenir.

— Ma foi, fit-il, il ne s'en est pas fallu de beaucoup.

« Alors, ce n'était pas un prétexte, c'est vrai cette filature?

— Tout à fait vrai. C'est d'après mes instructions qu'ils étaient partis pour la Belgique.

« D'où je conclus, mon grçon, que tu as tort de voir en Flic et Flac deux rivaux, deux concurrents cherchant à te frustrer.

« Ils n'auraient pas mieux que de marcher avec toi.

« Tu n'as pas voulu, et ils n'ont pas insisté.

— Ils attendaient leur moment peut-être, fit Patoche toujours soupçonneux.

« Et les voilà qui reviennent, qui repiquant au truc.

— Non, déclara le capitaine nettement.

« Cette fois, Patoche, mon ami, tu te trompes du tout au tout.

« Flic et Flac, je te le répète, ne songent nullement à mettre leur nez dans tes affaires, comme tu dis.

Le capitaine regagna sa chambre à pas de loup.

« La preuve c'est que devinant nos suspicions, ils ont hésité à m'apporter le renseignement dont je te parlais en commençant.

« Ce n'est qu'au dernier moment, c'est-à-dire hier matin qu'ils se sont décidés.

« Mieux que ça quand j'ai compris qu'il fallait l'adjoindre un collaborateur et que je leur ai proposé de venir avec moi, ils ont refusé net.

« — Non, capitaine, disait ce brave Flic.

« Patoche nous en voudrait, ils ne nous a pas à la bonne déjà.

« Envoyez quelqu'un à notre place.

« Et, nom d'un pétard, acheva le père la Manille, voilà du désintéressement où je ne m'y connais pas.

« Après tout, Flic et Flac avaient découvert une piste intéressante.

« Ils avaient le droit de la suivre sans demander la permission à personne.

— C'est vrai, dut convenir le Montmartrois.

« C'est moi qui suis un peu chatouilleux, peut-être.

« Et maintenant, mon capitaine, qu'est-ce que c'est exactement que ce tuyau apporté par eux?

« C'est de moi qu'il s'agit?

— Oui de toi et des Lempereur!

« Il paraît que Walter Humding, comme je te le disais tout à l'heure, a découvert le pot-aux-roses et qu'il rentre en scène.

« Il a juré d'avoir ta peau ce coup-ci.

« Tu vois que nous allons avoir affaire à forte partie et qu'un petit renfort ne serait pas de trop.

— Je ne dis pas non, seulement, est-ce bien sûr?

— Quoi donc?

— Quelle boche s'en mêle, que je suis brûlé.

— Tu en doutes?

— Non, mais ça me surprend tout de même.

« Il me semble que si l'espion avait découvert le pot-aux-roses, comme vous le dites, il n'aurait rien eu de plus pressé que de prévenir la grosse mère.

« La vieille est maligne, mais je ne suis pas borgne, moi non plus.

« Forcément, je me serais aperçu.

— Eh! non, interrompit Lancelin.

« C'est ce qui te trompe justement.

« La mère Bric-à-Brac ne se doute de rien, et c'est ce qui fait sa force, sa supériorité sur toi.

« L'espion te tend un piège, dont les Lempereur sont l'appât.

« Or, ce rôle d'appât, ils le joueront d'autant mieux qu'ils l'ignorent.

« T'imagines-tu que Walter Humding allait les prévenir, mais ils se seraient trahis, surtout avec un gaillard comme toi, qui n'a pas froid aux yeux.

— C'est juste, fit Patoche, frappé par cette considération.

« Je n'avais pas pensé à ça.

« C'est bien là, la façon de travailler du type:
prendre les autres pour des pantins et tenir les ficelles.

— Bien, fit le vieux grognard, ceci réglé, il s'agit
de serrer le jeu, nous aussi.

« Un homme averti en vaut deux, mais deux hommes avertis en valent dix!

— Je comprends, fit le Parigot, vous avez amené
un policier avec vous?

— Ça te fâche?

— Non, mon capitaine, pas du tout.

« Seulement, tant qu'à faire, j'aurais autant aimé
Flic et Flac.

« Ceux-là, je les connais à fond.

« Même je commence à croire que c'est deux
bons zigs au fond.

« Alors autant valait...

Le capitaine Lancelin tendit la main à l'ordonnance.

« Je le savais si bien que je t'ai prévenu.

« Flic et Flac sont ici.

— A l'hôtel? demanda Patoche inquiet.

— Non, rassure-toi, ils sont à une bonne lieue sur
la route.

« Nous sommes descendus tous les trois dans une
auberge de rouliers où je vais aller les rejoindre à
trois heures tapant.

« Je leur donnerai mes instructions, la tactique
que nous allons arrêter de concert.

« Après quoi, je filerai.

— Vous ne restez pas, mon capitaine?

— Je le voudrais, p'tit gas. J'aurais voulu être
avec vous trois à ce moment critique.

« Mais impossible, il faut que je sois là-bas, à
Neumont-le-Pin.

— Pas moyen de faire autrement?

— Non, si Flic et Flac avaient été là peut-être,

« Mais, eux absents, je tiens à surveiller l'arrestation en personne.

« J'y tiens d'autant plus qu'on m'a donné pour
remplacer Flic et Flac, deux débutants, qui n'ont pas
l'air d'avoir inventé la poudre... à bois de lit.

« Deux gourdes, quoi...

« Evidemment, c'est un coup de la Sûreté et de
Lemarchand qui ne voient pas cette manœuvre d'un
bon œil.

« Ils seraient enchantés que ça rate.

« Espérons qu'ils en seront pour leurs frais.

— J'y compte bien, fit le Montmartrois.

— Maintenant, poursuivait le vieux grognard,
voyons un peu aux moyens de dépister l'espion.

« Selon moi, le meilleur c'est de faire vite, de ne
pas donner le temps à l'adversaire de prendre ses
mesures.

« Plus tôt tu partiras, plus tu auras de chance de
passer entre les sentinelles qu'on est en train de poster sur ta route.

« C'est ton avis?

— Tout à fait, mon capitaine.

« Aussi soyez sûr qu'on va se presser, et une fois
sur le trimard, faire de l'avance à l'allumage.

« Il ne se passera rien ici, certainement.

« L'hôtel est plein de voyageurs.

« Ce ne serait pas prudent.

« La bataille, si bataille il y a, aura lieu dehors
plutôt sur le pavé du Roi comme on dit dans les
Mousquetaires.

« Bon motif pour moi d'aller ventre à terre et de
choisir les chemins les moins battus.

« J'ai justement étudié ma carte sous ce rapport.

« Mieux que ça, j'ai pris une voiture pas trop large.

« Un châssis allongé pouvant passer partout.

— Bon ça, bien calculé, p'tit gas, approuvait le
père la Manille.

— Il est probable, continuait l'ordonnance, que les
autres n'ont pas eu le temps de prévoir tout ça.

« Ce qui me tracasse, c'est la collaboration— la
liaison comme on dit en manœuvres — avec le couple Flic et Flac.

« On marche ensemble, c'est entendu, mais comment!

« Voilà ce qui m'embrouille.

« Si vous aviez quelques indications à me donner,
mon capitaine, ça tomberait à pic.

— Des indications, c'est difficile.

« Du moins on ne peut que rester dans le vague.

« Pour préciser, il faudrait savoir comment, de
quel côté l'attaque se produira.

« Vous avez chacun un objectif, différent, précis.

« Toi, ton rôle est d'emmener les brocanteurs jusqu'à Neumont, le plus rapidement possible.

« Flic et Flac, eux, ont pour mission de déblayer
la route, de te servir de flanc-garde.

« Le reste dépendra des circonstances, et c'est vous
qui déciderez pour le mieux, une fois sur le terrain.

« Je vais te faire comprendre ça, par un exemple.

« Le même que je citais tout à l'heure à nos amis
Flic et Flac.

« Tu sais ce qu'aurait dû être le rôle de Grouchy, à cette bataille de Waterloo dont tu me parlais dans une de tes lettres?

— Oui, mon capitaine, Grouchy était chargé de surveiller les Prusssiens, de les empêcher de nous tomber dessus à l'improviste.

— Eh! bien, ce sera exactement le rôle de Flic et Flac.

« Comme Grouchy, ils devront surveiller le Prussien — Walter Humding, en l'espèce, — l'empêcher de te prendre à revers.

« Et je suis sûr qu'ils feront merveille, eux aussi.

Lancelin et Patoche s'entretinrent un moment encore.

Puis le capitaine ayant tiré sa montre, se leva soudain.

— Deux heures et demie, dit-il, je me sauve.

« J'ai juste le temps de me mettre au lit.

— Vous voulez roupiller? demandait le Parisien étonné.

— Non, tu la perds, mon garçon.

« Mais il faut que le larbin qui va venir me réveiller me trouve au pieu.

« S'il voyait que je ne suis pas couché ça pourrait lui donner des soupçons.

« Un dernier mot.

« Quand espères-tu — sauf imprévu, ça va de soi — être à Neumont?

— Je ne sais pas trop.

« Pas demain, puisqu'on visite les Grottes.

« Après-demain, peut-être.

« Après-demain soir.

— Entendu, à après-demain matin.

Le père la Manille tendit la main au Montmartrois.

— Là-dessus, adieu, p'tit gas.

« Au revoir, à Neumont.

« Et bonne chance, bonne vogue, comme disent les marins.

Et le capitaine regagna sa chambre à pas de loup.

On fit halte pour allumer les torches.

CHAPITRE CLII

« Bon voyage »

Le lendemain, à l'heure dite, les « Français » conduits par le gérant de l'hôtel, arrivaient aux Grottes du Han.

L'Ermite les attendait, assis sur une pierre devant l'étroite fissure qui sert d'accès au souterrain.

Des compliments furent échangés rapidement.

Puis la petite troupe pénétra à l'intérieur.

Après avoir franchi quelques marches, on fit halte pour allumer les torches qui allaient éclairer l'excursion.

Patoche entendant la cataracte gronder tout proche voulait s'avancer pour admirer ce tableau grandiose, mais l'Ermite l'arrêta.

— Non, dit-il, d'une voix douce mais ferme.

« Il y a danger en ce moment et je suis responsable.

— Dommage! murmura le Parigot.

« Si j'en juge par le bruit, ça doit valoir le coup d'œil.

« Ça m'impressionne rien que d'entendre ce potin.

« Dire que ce vieux birbe pense à tomber là-dedans.

« Comme quoi il ne faut pas juger les gens sur la mine.

Cependant on s'était mis en route dans une sorte de tunnel aux parois suintantes.

Bientôt le vieillard éleva la voix.

— Nous voici dans la première grotte, annonça-t-il.

« La *Salle Blanche* qui mérite bien son nom comme vous voyez.

« C'est l'eau calcaire filtrant à travers la roche qui lentement a déposé la couche brillante de carbonate de chaux qui tapisse les parois, du sol au faîte.

— C'est très curieux, murmurait M. Lempereur.

« On dirait que tout ça vient d'être passé au ripolin.

— Mince de comparaison, rigolait le Parisien à part soi.

« Il a le sens de la Nature, le vieux.

La petite troupe traversa successivement la *Salle des Scarabées,* ainsi nommée des concrétions calcaires en forme de scarabées qu'on y voit.

Puis la *Salle des Renards* qui doit son nom aux fossiles qu'on y a trouvés en abondance.

Enfin on arriva à la *Salle du Précipice,* au milieu de laquelle s'ouvre un puits profond.

Un instant les visiteurs s'arrêtèrent pour écouter l'eau gronder là-bas.

De là, on s'engagea dans la *Grande-Rue.*

C'est un couloir long de cent mètres, percé naturellement dans un filon de beau marbre noir, veiné de blanc.

Ce couloir mène à un monde nouveau, récemment découvert : *Les Grottes mystérieuses.*

Les visiteurs arrivés là élevaient leurs torches pour mieux voir, mais l'immensité des salles rendait cet éclairage insuffisant.

L'ingénieux Patoche avait prévu le cas.

— Attendez, dit-il, j'ai du magnésium. M. le baron vous pouvez préparer votre kodak.

Presque aussitôt une lumière éclatante jaillit et ce fut un spectacle féerique.

Pareilles à d'énormes défenses d'ivoire, des *stalactites* et des *stalagmites* se hérissaient de toutes parts.

Elles se rejoignaient parfois, formant des espèces de piliers.

De véritables colonnes d'albâtre, les unes épaisses, massives comme dans les palais de l'antique Egypte.

Les autres, fines, élancées, comme les sveltes colonnes de l'art gothique.

Tout le long des parois, c'étaient d'immenses draperies blanches, plissées, festonnées, ondoyantes en quelque sorte, et qui semblaient bouger comme des étoffes.

Ailleurs, s'érigeaient des formes contournées, bizarres, échappant à toute comparaison.

— Ainsi que vous voyez, disait l'Ermite de sa voix tranquille, c'est toujours la chaux — le carbonate de chaux apporté par les eaux d'infiltration — qui a produit cette architecture étrange !

« Seulement ici, on ne s'explique plus très bien comment la Nature a procédé.

« On dirait que la chaux, au lieu de suinter lentement a été prise à poignée, par un sculpteur génial, un Michel-Ange qui s'est mis à la pétrir, à la modeler avec frénésie comme de la glaise.

— C'est tout à fait cela, approuvait Poupoule.

« Ah ! comme je suis contente d'être venue.

« Comme je vous remercie vous, Monsieur, puis notre ami, M. Boncœur, qui a eu l'idée de cette excursion.

« C'est prodigieux, magique.

— Ne dépensez pas toute votre admiration, Madame, répondit le guide avec un bon sourire.

« Gardez-en pour tout à l'heure... pour la *Salle du Dôme* où nous allons maintenant.

« Seulement nous sommes obligés de faire un détour.

« Le chemin ordinaire est envahi par l'eau et celui que nous allons prendre n'est pas des plus commodes... Aucun danger, d'ailleurs.

« Je vous prie seulement de vous mettre à la file et de me suivre très exactement.

« C'est le meilleur moyen d'éviter faux pas et éclaboussures.

Chacun obéit, et deux minutes plus tard les excursionnistes débouchaient dans une immense salle, une espèce de basilique, haute de cent mètres, longue de cent cinquante où régnait un silence religieux, impressionnant.

Patoche s'était empressé d'allumer un ruban de magnésium, mais ici, cette lumière toute puissante qu'elle fût, n'arrivait pas à chasser complètement les ténèbres.

Il fallait admirer morceau par morceau en quelque sorte.

— Voici la merveille des merveilles, disait le vieillard tout en guidant les touristes aux bons endroits.

« Ici, le spectacle défie l'imagination et reste impossible à décrire.

« Un savant français, M. *Tissandier,* que j'emmenai en ces lieux, il y a quelques vingt-cinq ans, me disait en propres termes: « *C'est fantastique. C'est l'immensité infernale, un rêve du Dante.* »

« Je me bornerai donc à vous nommer les principales curiosités.

« Ce bloc d'albâtre, pareil à un tombeau de marbre blanc, c'est le *Mausolée.*

« Plus loin, ce cube de marbre noir, étincelant de cristaux, c'est le *Boudoir de Proserpine.*

« En face, vous voyez le siège de son terrible époux : *Le Trône de Pluton.*

« Remarquez encore ce cygne fantastique aux ailes éployées qui semble s'accrocher du bec à la voûte.

« Et tout près cette *stalagmite* qui, vue d'ici représente assez bien un buste célèbre : le buste de *Socrate*.

« C'est ainsi qu'on l'appelle.

— Socrate... connais pas, murmurait le Parigot tout en balançant son filament de magnésium incandescent.

« N'empêche que c'est rudement beau !

« Plus beau que les carrières de Montmartre que j'ai visitées dans le temps.

« Si je suis en fonds, j'emmènerai Rosette ici pour notre voyage de noce.

« Ce qu'elle sera épatée la jolie gosse.

« C'est beau, il n'y a pas à dire, et puis les noms ronflants : le *Trône de Pluton*, le *Boudoir de Proserpine*... Ça vous en bouche un coin.

Les touristes errèrent un bon moment à travers des blocs effondrés qui faisaient penser à des chapiteaux et à des corniches tombés du faîte d'un édifice.

Ensuite, ils s'assirent au milieu de l'immense nef pour avoir un dernier coup d'œil d'ensemble.

Un quart d'heure passa encore.

Puis l'ermite annonça que l'excursion était finie et donna le signal du départ.

— On s'en va, fit Patoche désappointé.

« Et le *Roc* ?

— Quel *Roc* ?

— Le *Roc de la Faim*.

« Il paraît qu'il y a là un écho épatant.

— Qui vous a parlé de cela ? demanda le vieillard assez surpris.

— Le gérant, tout à l'heure, en venant vous rejoindre.

— Il a eu tort... Le *Roc* n'est pas accessible en ce moment.

— Oh ! Monsieur, s'écria Poupoule — qui fut allée au fond des enfers avec un pareil guide — il paraît bien que si.

— *Voici la merveille des merveilles, disait le vieillard.*

« Avec vous qui connaissez tous les détours du souterrain, il y a toujours moyen de passer.

— Madame, répondit le vieillard en s'inclinant galamment, je regrette de ne pouvoir vous donner satisfaction.

« Le passage existe, certes, mais il est par trop abrupt.

« Jamais je n'accepterais de conduire une femme dans cette taupinière située à près de cent mètres au-dessous de nous.

« D'ailleurs parviendriez-vous à nous suivre, que vous n'en seriez pas plus avancée.

« Le *Roc*, en ce moment, est entouré d'eau de toutes parts.

« Pour parvenir jusqu'à cet îlot, il faut franchir une passerelle branlante.

« Une fragile échelle suspendue sur un gouffre mugissant.

— Oh ! alors, non, fit l'entremetteuse, dégoûtée du coup.

« J'y renonce..., mais, est-ce vrai, ce qu'on raconte.

« C'est vrai, qu'un homme est mort de faim sur ce roc ?

— Oui, madame, celui-là même qui a découvert le lac souterrain au milieu duquel s'élève le rocher en question.

« Il venait là, à pied sec... En effet, en temps normal, le roc n'est entouré d'eau que sur trois côtés.

« Un jour l'excursionniste fut surpris là-bas dessous, par une crue subite, formidable, une véritable marée souterraine, et il est mort d'inanition sur ce roc aride.

« On l'a retrouvé les deux poings rongés.

— C'est affreux, murmurait l'usurier à Poupoule.

Quant à Patoche, il avait à peine écouté cette tragique histoire.

Depuis une minute, au fond du souterrain, un bruit arrivait qui lui avait fait dresser l'oreille.

— Qu'est-ce que c'est que ça ? se demandait-il.

« On dirait des gens en marche, d'autres touristes.

« Ce n'est guère le moment ousqu'on se ballade cependant.

« Est-ce que par hasard Walter Humding rôderait par là?

L'ermite habitué à recueillir les moindres bruits, avait entendu également et remarqué l'attitude nouvelle du Parisien.

Il s'approcha de lui.

— Vous avez l'oreille fine, fit-il avec un léger sourire.

— Assez, fit Patoche, en se rengorgeant. Et puis ils font trop de pétard. Ce sont d'autres promeneurs, c'est clair.

« Mais qu'est-ce qu'ils viennent fiche par ici?

« Le gérant affirmait que nous serions seuls.

« Est-ce que ces individus nous auraient suivis, par hasard?

— Non, répondit le guide.

« Ils vont en sens inverse, au contraire; ils arrivent par l'autre issue: *la sortie de la Lesse*, comme on dit ici.

« Entrés par là, ils ont pris un bateau, ont remonté le cours souterrain de la rivière et sont descendus au ponton où l'on s'embarque d'ordinaire pour s'en aller.

C'était un homme de taille moyenne.

« Moi qui passant la moitié de ma vie dans ces grottes, discerne les moindres sons, j'ai parfaitement reconnu le bruit des rames sur l'eau et le choc du canot contre le ponton.

Pendant ce colloque le bruit à peine distinct tout d'abord croissait de seconde en seconde.

Soudain une voix s'éleva.

Et ce fut la *tyrolienne*... Une tyrolienne claire, vibrante qui roula, réveillant les échos du vieux souterrain.

— En voilà une gargouillade, grognait Patoche.

« Qu'est-ce qu'il a à se gargariser celui-là?

« Il me crispe avec ces *laï tou*.

« Heureusement que c'est fini.

« Et les autres qui applaudissent.

« Ils sont toute une bande.

Cependant les pas approchaient. Bientôt des mots arrivèrent, et le gérant se frappa le front subitement.

— J'y suis, s'écria-t-il. Comment n'ai-je pas compris plus tôt.

« Ce sont nos Anglais, parbleu!

« Ils avaient une envie folle de faire cette excursion, eux aussi.

« Ils auront décidé les guides à prix d'or.

Comme Patoche, l'Ermite ne prisait pas beaucoup l'arrivée des nouveaux venus.

— Quels fous, marmonnait-il.

« Voilà une imprudence qui pourrait leur coûter cher.

« Heureusement que nous avons fini, nous autres.

« Nous allons sortir au plus vite, les éviter si possible.

« Ils vont nous harceler. Or, je déteste les Anglais, et tous les intrus, en général.

Il parlait encore qu'une troupe bruyante envahit la grotte, balançant des torches, riant aux éclats.

— C'est bien ça, fit le gérant ce sont mes Anglais.

« Même qu'ils ont recruté un compatriote: ce grand là-bas avec son nez en cor de chasse.

« Ils sont cinq, maintenant... neuf avec les guides.

« Et en voilà un dixième, pas anglais pour un sou, celui-là, par exemple. Qu'est-ce qu'il fiche là avec ce costume de chasseur de chamois?

« C'est lui qui chantait évidemment. C'est pour ça qu'il s'est affublé de cette défroque d'opéra-comique.

Ce dixième personnage avait aussitôt attiré l'attention de Patoche, qui ne perdait pas un de ses gestes.

C'était un homme de taille moyenne, mais musclé, râblé comme un montagnard, au teint hâlé, aux traits énergiques, envahis par une barbe noire luisante qui révélait son origine méridionale.

— *Bonjour, signor Ermite.*

Il portait non seulement le costume du chasseur tyrolien, mais les engins : guêtres fauves, fusil, cartouchière sur le ventre et couteau de chasse.

— Quel est ce carnaval? murmurait le Montmartrois de plus en plus méfiant.

« Il pose trop au *Tartarin* pour qu'il n'y ait pas quelque manigance là-dessous.

« Et puis il ne regarde pas droit.

« Deux ou trois fois, il a jeté un coup d'œil de notre côté et ses yeux allaient tout de *traviole*.

« Il louchait véritablement.

Cependant le gérant était allé serrer la main à ses clients.

Lorsqu'il revint le Montmartrois le prit à part :

— Quel est ce Tartarin? questionna-t-il d'un ton blagueur.

« Vous le connaissez?

— Ma foi, non.

« Les Anglais l'ont rencontré en route comme l'autre, le grand avec son nez en trompette.

« Ils ont demandé à faire partie de l'expédition et les autres ont consenti, voilà!

« Quant au Tartarin, comme vous dites très justement, il n'a du chasseur que le cosume.

« C'est un cabot... un chanteur plus ou moins tyrolien.

« Il paraît qu'il y en a une troupe en ce moment au Kursal de Dinant.

— C'est vrai, fit Patoche.

« Je me rappelle, maintenant avoir vu les affiches en passant en auto.

Et à part soi :

— Tout cela est trop bien combiné, songeait-il.

« Le type n'est pas plus tyrolien que moi.

« Il y a du *prusco* sous roche.

Cependant le vieillard, qui décidément détestait les Anglais, venait d'entraîner ses amis hors de la *Salle du Dôme*.

Ils se dirigeaient à grands pas vers l'embarcadère, quand un galop retentit derrière eux.

C'était le chanteur qui arrivait, bondissant par-dessus les rocs avec une agilité surprenante.

Il s'arrêta à deux pas de l'ermite, fit une révérence souleva d'un geste large, théâtral, son feutre à plume d'aigle et d'une voix de stentor :

— Bonjour *signor* Ermite.

L'interpellé avait froncé le sourcil.

— Que me voulez-vous? fit-il assez sèchement.

— J'aurais *oune* faveur à vous demander, *signor*, *oune* grâce insigne.

« J'ai entendu dire qu'il y avait tout proche dans une grotte connue de vous seul, *oun* écho prodigieux.

« *Oun* écho qui répète vingt-deux fois, *per Bacco*.

« Or, signor, jamais je n'ai passé devant un de ces échos-là sans le faire bavarder *un poco*.

« C'est pourquoi j'ai envie d'aller par là pousser une tyrolienne.

« Si ces messieurs et dames veulent nous accompagner — acheva le chanteur avec la fatuité du cabotin — je leur promets une audition qui ne sera pas dans... un étui à musette, comme on dit à Paris d'où nous venons et où on a chanté avec grand succès!

L'ermite ne répondit pas tout de suite.

Il caressait sa barbe de neige d'un geste lent.

— Vous refusez, *signor*, s'écria le chanteur.

« Vous me désolez, *per Bacco*.

Le vieillard sourit.

— Eh! bien, non, fit-il, je consens.

« Votre exubérance m'amuse, me désarme.

« Je vous préviens toutefois que, avant d'atteindre le *Roc de l'Echo ou de la Faim*, vous aurez du mal.

« Vous risquez de gâter ce bel uniforme.

« Il y a, en particulier, un pas très dangereux à franchir.

— On me l'a dit, répliqua le chanteur en faisant danser son chapeau sur son poing.

« *Oune* échelle; c'est ce qui m'a tenté justement.

« Les casse-cou, c'est comme les échos, tous ceux que je rencontre, faut que je leur dise un mot.

« Le vôtre ne me fait pas peur, sur ma foi.

« J'en ai vu bien d'autres quand je chassais le chamois.

— Bien, fit le vieillard en appuyant son regard sur le chanteur.

« Vous me semblez assez bien découplé, en effet.

« Je consens donc; mais nous descendrons seuls, sans vos compagnons.

« Je n'aime pas les Anglais.

— Moi, non plus, répondit l'artiste ingénument.

« Je m'en sers voilà tout... et je paie...

« Je paie d'une chanson comme les *trouvères* de jadis.

« Du moment que vos amis à vous viennent, ça me suffit comme auditoire.

« La qualité remplacera la quantité, conclut l'Italien en jouant de la prunelle du côté de Poupoule.

— Mais, répliqua l'Ermite vivement, mes amis ne viendront pas.

« Ils n'ont plus la souplesse qu'il faut.

« Seul peut-être l'un d'eux qui est jeune, dans la force de l'âge pourrait nous accompagner.

« Cela vous tente-t-il M. Boncœur?

— Comment donc! s'écria le Parigot, j'allais vous le demander.

Tout en parlant, Patoche caressait dans sa poche secrète la crosse polie d'un pistolet automatique.

— Cette fois ça y est, murmurait-il, ça pourrait bien chauffer tout à l'heure.

« En tout cas le tyrolien ne me fait pas peur avec sa canardière et son couteau de chasse.

« Moi, j'ai mon *Browning*, et ça ne rate pas.

Cependant Poupoule se lamentait.

— Vous nous quittez, monsieur l'Ermite.

— Pour un instant, seulement, madame.

« Dans vingt minutes nous serons de retour.

— Oui, mais si vous restiez là-bas, si l'échelle cassait.

Le vieillard eut un joli geste d'insouciance.

— Tout est possible, fit-il.

« Chacun de nous porte la mort entre ses dents, dit un proverbe.

« Mais même dans ce cas, Madame, vous ne courez aucun risque.

« Nous sommes à quelque cent mètres de la sortie.

« Ce murmure tout proche, c'est la *Lesse*.

« Il y a un passeur qui vous attend, celui qui a conduit les Anglais.

« Vous pourriez au besoin achever le parcours toute seule.

« Et de plus, vous avez le gérant qui est prêt à vous reconduire, sur-le-champ, si vous le voulez.

— Non, répondit la brocanteuse.

« Je préfère attendre et achever l'excursion avec vous.

« Je ne m'en irais pas tranquille vous laissant seuls ici.

« Allez, par conséquent, mais revenez vite.

« Je sens que je vais être inquiète.

Le vieillard se tourna aussitôt vers ses deux invités.

— Eh! bien, messieurs, en route, commanda-t-il.

« Je vous montre le chemin.

Tous trois s'engagèrent dans une galerie qui s'enfonçait obliquement dans le sol à deux pas de là.

Avisé, le Parigot avait eu soin de passer le dernier.

— Tiens, mais, dit-il bientôt, ça descend rudement.

« Est-ce qu'on irait à la *Crypte*?

— Pas tout à fait, répondit le guide.

« Le petit lac où nous nous rendons est situé dans un étage intermédiaire.

— Au sous-sol, quoi!

— C'est cela, et maintenant, attention!

« Voici un mauvais pas: une cinquantaine de degrés taillés dans la glaise.

« L'humidité les a rendus terriblement glissants.

Arrivé en bas Patoche constata que le chemin devenait de plus en plus compliqué, tortueux.

— Mais, murmura-t-il, c'est un vrai labyrinthe.

« Je ferai bien de prendre mes précautions.

Il ramassa à ses pieds un morceau de calcaire friable, et se mit à marquer d'une croix blanche les principaux carrefours.

— Avec ça, je suis sûr de retrouver mon chemin, se disait-il.

« Il faut penser à tout.

« L'Ermite peut faire des blagues, lui aussi, se trouver mal en entendant claquer les *pétards*.

« Il ne doit pas avoir l'habitude de la poudre, ce bon vieux.

Après une sorte de boyau où l'on dut cheminer à quatre pattes, aveuglé par la fumée des torches, l'Ermite se releva tout joyeux:

— Le plus dur est fait, annonça-t-il.

« Maintenant le couloir va aller en s'élargissant jusqu'à l'excavation qui contient le lac et le rocher fameux.

« Ce grondement que vous entendez indique que nous approchons.

« En temps de crue, le lac qui n'est qu'un bras mort de la Lesse devient un véritable fleuve, une boucle où l'eau se précipite avec une violence inouïe.

« Encore un phénomène qui nous échappe.

— Qui sait, fit le Parigot, c'est là peut-être qu'est le secret de la Lesse.

— Non, je ne crois pas.

« Il n'en est pas moins vrai que ce lac, cette espèce de réservoir placé en contre-haut, joue un rôle important dans cette curieuse machine hydraulique dont je vous parlais hier.

Patoche laissa tomber la conversation.

Il venait de se retourner et sondait les ténèbres derrière lui.

— J'espère, monsieur le chanteur, que vous n'êtes pas sujet au vertige.

— Tonnerre de sort, grognait-il, j'ai pas la berlue cependant.

« J'ai entendu marcher...

« Est-ce que l'un des Anglais nous aurait suivis?

« Un Anglais de Berlin venu pour prêter main-forte au Tyrolien de Francfort.

« Mauvais ça, nom d'un pétard... C'est moi maintenant qui vais être pris entre deux feux.

« Et ce grand empoté d'ermite qui ne se doute de rien.

« Cette bouillotte qu'il va faire tout à l'heure quand les *rigollots* vont partir.

Le Montmartrois écouta une seconde encore, puis se remit en marche.

— Non, murmura-t-il, je me suis trompé, c'est l'écho!

« Dès que je m'arrête, l'autre aussi.

— Arrivez, monsieur, criait l'Ermite.

« Nous voici au but, presque au but.

Patoche courut et bientôt vit s'ouvrir devant lui une excavation plus vaste encore, quoique moins haute que la *Salle du Dôme*.

Le fond servait de cuvette à un petit lac qui coulait, grondait en ce moment comme un torrent débordé.

Au milieu était une masse ronde, noire, tout éclaboussée d'écume et de vase.

— Le *Roc de la Faim*, s'écria le gavroche.

« Ça n'a rien de bien terrible. On dirait un éléphant qui nage.

A un endroit le roc se trouvait seulement à une dizaine de pieds de la rive.

C'est là qu'était l'échelle servant de pont.

L'Ermite s'était dirigé directement de ce côté.

— C'est dans l'îlot qu'il faut passer, expliquait-il pour avoir l'écho complet, intégral.

« Il existe ailleurs, mais moins riche, moins pur, surtout.

« Sur l'îlot, après les premières répétitions c'est une voix délicieuse, exquise... une voix de femme!

« On dirait quelque naïade plaintive qui s'éloigne en vous disant adieu.

— V'là le vieux birbe qui s'attendrit, marmonnait Patoche.

« Il choisit bien son heure.

« C'est tout à fait le moment de faire de la poésie.

Cependant les trois promeneurs s'étaient arrêtés devant le frêle pont qu'il s'agissait de franchir.

D'en bas des giclées d'eau montaient parfois les frappant au visage.

Le courant comprimé dans ce passage resserré, étroit, produisait un véritable ressac qui faisait craquer l'échelle.

Parfois des paquets d'eau, des vagues passaient par-dessus.

L'Ermite montrait la passerelle tranquillement:

— J'espère, monsieur le chanteur, que vous n'êtes pas sujet au vertige?

— Moi... un coureur de glaciers... Jamais de la vie!

— Et vous, monsieur Boncœur?

— Encore moins, bluffa le Parisien.

— Parfait! Dès lors rien à craindre.

« L'échelle est solide, j'en réponds.

« Nous en serons quittes pour un petit arrosage.

Cependant personne ne semblait pressé de passer le premier.

Alors l'Ermite:

— Eh! bien! monsieur le Tyrolien, à vous l'honneur!

Au grand étonnement de l'ordonnance, le tyrolien obéit sur-le-champ.

Il planta sa torche dans une fissure du rocher, se courba et se mit à cheminer à quatre pattes, passant d'un échelon à l'autre avec une agilité de singe.

— Il n'a pas flanché, murmurait Patoche, moi non plus. On va bien voir!

Comme le chanteur atteignait la rive:

— A vous, monsieur Jacques, dit l'Ermite.

« Moi, je tiens l'échelle et je vous suis.

Le Montmartrois ne se fit pas répéter l'invitation.

Déjà il était à moitié chemin de l'îlot, à deux mètres du chasseur qui l'attendait, le sourire aux lèvres.

— Bon, se disait le Parigot, paraît que c'est sur le roc qu'on va s'expliquer... autant là, qu'ailleurs!

Il eut à peine pris pied sur l'îlot qu'il sentit l'échelle osciller.

Il se retourna et resta les talons collés au sol.

L'Ermite venait de retirer l'échelle brusquement.

Elle gisait à ses pieds, ainsi que sa grande barbe blanche.

Cependant la face du saint homme changeait d'expression à chaque seconde, passait par une suite de phases impossibles à suivre.

Il agitait la main rageusement.

— Bonjour, monsieur Patoche, ricana-t-il.

« Bonjour, monsieur Flic.

Au même instant derrière lui dans l'ombre... un bruit... un choc!

L'Ermite fut enlevé, lancé en l'air et retomba dans le gouffre.

Alors un homme — celui qui venait d'intervenir si à propos — apparut.

C'était l'Anglais « au nez en trompette ».

Il se pencha sur le torrent et d'une voix nasillarde:

— Bonjour, monsieur Walter Humding, fit-il.

« Bon voyage!

CHAPITRE CLIII

Une excursion qui finit mal

Tout cela avait été si rapide, si vertigineux pour ainsi dire, que Patoche en restait tout ahuri.

Au contraire, Flic riait à gorge déployée... Il avait subitement perdu son accent italien.

— Sacré Flac, va, rigolait-il, il est toujours le même, sérieux comme un Pape.

« Mais non, regardez-le, monsieur Patoche.

« Est-ce qu'on dirait que c'est lui qui vient de culbuter l'alboche?

« Convenez qu'il a bien travaillé.

— C'est vrai, s'exclama l'ordonnance en tendant la main au policier.

« Et vous aussi M. Flic... Dire que je vous prenais pour Walter Humding.

« Quant à votre ami Flac, c'est un sournois, un pince-sans-rire.

« Il ne parle pas souvent, mais ça porte.

« Vous saviez qu'il était là?

— Parbleu! sans cela jamais je ne me serais risqué sur l'échelle?

Pendant ce rapide dialogue, les deux compagnons n'avaient pas un instant perdu le torrent de vue.

Ils s'attendaient à chaque seconde à voir remonter l'Allemand, mais rien ne parut.

— Il est loin, dit Flic bientôt. Il a dû filer entre deux eaux.

Paris. Imp. MAIZLET, 3, passe de CHALLION.

— Pourvu qu'il n'en réchappe pas, murmura Patoche.

— Ça m'étonnerait. Il paraît qu'une fois dans ce trou, on y reste.

Et comme l'ordonnance hochait la tête sans mot dire :

— Je comprends, reprit le détective. Je devine à quoi vous pensez, monsieur Patoche.

« Vous pensez, qu'il eût mieux valu s'emparer du type?

— Oui, peut-être.

— Parbleu... Mais comment, de quel droit?

« Nous sommes en Belgique.

« Tout ce qu'on pouvait faire — si on avait en le temps — c'eût été de le fouiller.

« Encore à quoi bon? On n'aurait rien découvert.

« C'est plus que probable.. trop malin, le vieux serpent.

« Et puis ce n'est pas avec des papiers qu'on le pincera, celui-là.

« Sur quoi revenons, acheva Flic en montrant son collègue qui achevait de rétablir la passerelle.

— Tout de suite, répondit le Parisien, en s'élançant sur le pont branlant.

« Il me tarde de remercier ce brave Flic qui vient de me rendre un signalé service.

« On est ami, désormais, nous trois.

Aussitôt sur l'autre bord, Patoche courut vers Flac et l'embrassa fraternellement.

— Merci, mon vieux. T'es un frère maintenant.

— Bon, rigolait le faux tyrolien.

« Me voilà, moi aussi, forcé d'embrasser cet oiseau de malheur.

« C'est bien la première fois, par exemple.

Et il saisit son collègue dont il fit craquer les os entre ses bras musculeux.

Flac subit cette deuxième accolade avec sa passivité coutumière.

— Hum... hum! maugréait-il.

— Qu'est-ce que tu as à grogner? demanda Flic.

— J'ai... j'ai que tu empestes... tu pues, là.

— Je pue? sursauta Flic.

— Pas toi, ta barbe, répondit le facétieux Flac. Ça sent la colle forte à plein nez.

« Et ce qu'elle est dure.

« C'est pas du poil qu'il t'a vendu ton merlan, mais des soies de cochon.

« Une brosse à faire luire.

— Ah! monsieur a la peau délicate.

— Yes, et puis je n'aime pas à être embrassé... sauf par une jolie femme.

— On t'en fourrera, goguenarda Flic en riant.

Et se tournant vers Patoche.

— Assez blagué, mes enfants.

« Nous ferions mieux, je crois, de tenir conseil.

« Qu'est-ce qu'on fait?

— Il n'y a qu'une chose à faire, dit Flac, devenu loquace décidément, c'est de filer au plus vite.

— Pourquoi?

— Parce que l'alboche a peut-être des complices par ici et qu'ils peuvent nous tomber sur le dos.

— Bah! nous sommes trois, qu'ils y viennent.

— C'est des Anglais que vous parlez? demanda l'ordonnance.

« Ils sont de la bande?

— Non, répondit Flic.

« Nous l'avons cru un moment.

« Mais, maintenant la preuve du contraire est faite.

« S'ils en étaient, ils n'auraient pas laissé leur chef se risquer tout seul.

— Hum... oui... peut-être!

« N'empêche que l'un d'eux peut descendre pour voir ce qui se passe et nous piger là, en train de...

— Descendre, interrompit Flic, tu crois qu'il se risquerait dans ces trous à lapins?

— Pourquoi pas, avec un guide?

L'Ermite fut enlevé, lancé en l'air et retomba dans le gouffre.

LE ROMAN D'UN JEUNE OFFICIER PAUVRE

« Supposons-le un moment. Supposons qu'un des Anglais s'aboule et qu'il nous demande ce qu'on a fait de l'Ermite.

— C'est juste, approuva Flic.

« Mais comment va-t-on présenter la chose?

— Comme un accident, dit Patoche.

— *Naturlich.* Encore faut-il s'entendre.

« C'est pas le moment de se contredire, pour sûr.

— Chut, ami Flac.

« Tu oublies que tu n'as droit de parler que dans les grandes circonstances.

« Donc, voici ce que je propose.

« L'Ermite — c'est toujours l'Ermite pour la galerie — a fait un faux pas. Il a glissé.

« D'ailleurs, c'est bien plus simple, toi et Patoche vous n'avez rien vu.

« Vous étiez déjà sur l'îlot. C'est moi qui étais là... moi seul qui parlerai.

— All right, approuva le Parisien.

« On est sûr comme ça de ne pas se couper.

« L'embêtant ce serait qu'on annonçât la mort et que le boche reparût tout par un coup.

— Après? répliqua Flic.

« L'Allemand peut revenir. Ce n'est pas lui qui portera plainte, pour plusieurs raisons.

— Ça, c'est vrai, acquiesça Patoche.

« N'empêche qu'on serait bien aise de savoir ce qu'il devient.

Le Montmartrois prit une torche et promena la lumière sur les eaux débordées.

— C'est peine perdue, disait Flic. Il est loin.

« Il y a de l'autre côté de l'îlot, une espèce de fissure par où l'eau se précipite.

« Il a dû passer par là.

— Mort ou vif?

— Ça c'est son affaire. Est-ce qu'on sait jamais avec ce diable d'homme?

« Et puis nous avons bien autre chose à fiche.

« Le plus pressé maintenant c'est de gagner Neumont avec les Lempereur.

« Il faut profiter de ce que mossieu Walter *barbotte* pour faire le voyage en quatrième vitesse.

« Quelque chose me dit que la voie est libre, profitons-en.

« De notre côté, rien de plus facile, nous avons une auto tout proche.

« En deux heures nous pouvons être de l'autre côté de la frontière.

« Et vous, monsieur Patoche?

— Moi, je ne suis pas le maître, répondit le Montmartrois.

« Ça dépend de la mère Bric-à-Brac. En tout cas, rien ne la retient ici.

« De plus, la vieille a peur des morts, des accidents, au début d'un voyage surtout. C'est pas bon signe... Il se pourrait qu'elle ait une vraie frousse en apprenant la nouvelle.

« Je languis de voir la fiole qu'elle fera. Et ça me fait penser qu'on ferait bien de remonter peut-être. Qu'est-ce que vous en dites?

« Les autres pourraient trouver drôle qu'on n'ait pas couru les prévenir, demander aide subito, presto.

— Mais non, répondit Flic, c'était trop loin.

« Le plus urgent c'était de se précipiter au secours du vieux...

« C'est ce qu'on a fait, c'est ce que nous faisons encore présentement sans en avoir l'air.

« Nous sommes tout mouillés, justement. Preuve qu'on n'a pas hésité à se fiche à l'eau.

— C'est vrai, rigolait le Parisien. Alors vous pensez que ça passera?

— Comme lettre à la poste, affirma Flic d'un ton péremptoire.

« Pour voir clair il faudrait connaître le vrai nom de l'Ermite.

« Or, personne ne s'en doute.

« D'ailleurs, laissez-moi faire.

« Je réponds de tout.

« Nous allons remonter si vous y tenez, mais rien ne presse.

« Plus nous serons restés en bas, plus nous aurons trimé pour retrouver l'Ermite mort ou vif.

« D'ailleurs, si on veut nous embêter, je le trouverai l'Ermite, moi

« Je le leur sortirai sans crier gare.

« Et le vrai encore et bien vivant!

— Pas possible, s'écria Patoche, intrigué soudain.

« Je pensais que le boche l'avait zigouillé?

« Alors, non, il vit...

« Vous savez où il est?

— Oui, c'est même lui qui nous a mis sur la voie.

« Sans lui, jamais nous n'aurions découvert l'espion sous cette barbe de Père Eternel.

— Ni moi, avoua le Parigot.

« La preuve, j'ai marché à fond.

— Tout le monde aurait marché à votre place.

« Quant à nous, c'est la chance, le hasard, le vrai bon Dieu des policiers, qui a tout fait.

— Comment? demanda Patoche. Racontez, ça m'intéresse vivement.

— Si vous voulez, vous allez voir que la veine tourne comme le vent.

« Dix minutes de plus ou de moins, et tout était changé.

« Comme le capitaine a dû vous le dire, nous sommes arrivés ici hier vers midi.

« Aussitôt on s'est mis en quête.

« Nous avions la certitude que l'Allemand rôdait par là.

« Mais sous quelle figure?

« Les Anglais nous ont tiré l'œil, tout d'abord.

« Ces Anglais qui étaient là-bas en train de guetter à la sortie du souterrain.

« D'après l'ami Flac ils se proposaient, monsieur Patoche, de se glisser dans les Grottes au bon moment et de vous culbuter dans un puits, sans autre forme de procès.

« C'était vraisemblable, en somme, et à tout hasard, nous avions pris nos mesures pour arriver au bon moment.

« Les choses en étaient là, lorsqu'un coup de théâtre s'est produit qui nous a mis sur la vraie piste.

« Ça c'est passé ce matin, à l'aube, après le départ du capitaine Lancelin.

« Nous rôdions à l'entrée des grottes et c'est alors que pour la première fois, nous avons aperçu le fameux Ermite.

« Il était assis sur une pierre.

« Un peu après vous arriviez.

« Dès les premiers mots nous avons compris de quoi il retournait.

« L'excursion annoncée déjà par le capitaine allait commencer à l'instant.

« Aussitôt, on est reparti « pedibus cum jambis » pour aller surveiller les autres, les English.

« On n'avait pas fait cent mètres qu'on tombe nez à nez avec un autre Ermite.

« Le vrai, mais nous ne nous en doutions pas encore.

« L'habit déchiré, poudreux, ayant l'air de fuir, le bonhomme arrivait titubant, tenant tout le chemin.

— Il était ivre? demanda le Parigot.

— Non, on l'avait drogué.

« Nous nous empressons, Flic et moi, mais pas moyen d'en tirer un mot.

— Nous l'avons porté tout proche, au beau milieu d'un fourré.

« Le pauvre bougre a la langue liée, paralysée.

« On comprend seulement à son air effaré, à ses poignets écorchés — évidemment par une corde — aux regards qu'il jette derrière lui, qu'il vient de s'échapper de quelque part.

« Puis il s'abat tout à coup, le corps raide.

« Cinq minutes après, il ronflait.

« C'était le narcotique qui agissait, trop tard, heureusement.

« Sans quoi, c'est Walter Humding qui gagnait la partie.

« Une autre chance que nous avons eue, c'est de nous trouver là à point pour retarder le vieux.

« Sinon il arrivait sur vous et vous vous trouviez entre deux ermites.

« Tableau!

« Vous voyez que j'avais raison de parler de hasard.

« Quoi qu'il en soit, ce ronflement était une révélation.

« Nous avions déjà vu des gens en cet état.

« Et du coup on a compris, vu clair dans cette histoire si embrouillée en apparence.

« Dès lors, notre plan a été vite fait.

« Par exemple, il fallait se hâter.

« Pas de temps à perdre. Heureusement nous étions tout camouflés.

« Avant tout il fallait tirer l'ermite à l'écart.

« Nous l'avons porté tout proche, au beau milieu d'un fourré.

« Il doit y être encore, en train de ronfler en faux bourdon.

« Cela fait, nous sommes partis au pas accéléré.

« Et nous allongions, je vous prie de croire.

« Les cervelles et les langues trottaient, elles aussi.

— Pourvu qu'on n'arrive pas trop tard, disait Flac.
Pourvu que l'Allemand n'ait pas culbuté l'autre, déjà.

« Et moi de répondre:

« — J'en ai peur.

« Cela pourrait bien se passer dans la salle du *Précipice*.

« Mais l'espion avait une autre idée, sans doute.

« Si bien qu'on est arrivé à temps.

« Vous savez le reste.

De nouveau, Patoche serra la main de ses sauveurs.

— Vous êtes des frères, répéta-t-il, de vrais poteaux.

« C'est rudement bien travaillé.

— Bah! répondit Flic modestement, c'est la chance!

« Vous en auriez fait tout autant.

« Et maintenant si qu'on revenait comme dit machin.

« Il est temps peut-être d'aller prévenir les autres, là-haut?

« Prenons des mines de circonstances et tâchons de ne pas nous égarer en chemin.

— Ça, j'en fais mon affaire, répliqua Patoche.

« J'ai fait des croix en venant.

« Aussi je passe premier.

« Il n'y a plus rien à craindre maintenant.

Grâce à la sage précaution de l'ordonnance, le retour s'effectua en quelques minutes.

Comme on s'approchait de la Salle du *Dôme*, Flac qui redevenait Anglais, s'esquiva sans mot dire.

Patoche et Flic entrèrent seuls et n'apercevant personne ressortirent aussitôt.

A peine dehors, ils découvrirent M. Lempereur qui pérorait avec de grands gestes au milieu d'un groupe d'Anglais.

Sa femme se tenait assise dans un coin, toute pâle d'inquiétude.

A la vue de ceux qui venaient enfin, la mine lugubre, des cris éclatèrent de tous côtés.

— Enfin vous voilà!

— Vous êtes seuls?

— Et l'Ermite?

— Il y a un malheur?

— *Oun* grand malheur, déclara Flic qui venait de retrouver son accent italien.

Et il raconta une histoire palpitante d'accident et de sauvetage où lui et Patoche avaient fait des prodiges.

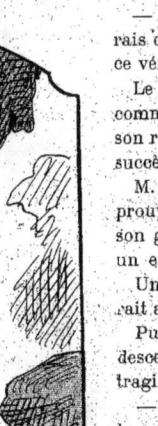

— *Monsieur Jacques, vous n'allez pas retourner là-bas, j'espère.*

— *Per Bacco*, j'aurais donné ma vie pour ce vénérable vieillard.

Le policier dut recommencer deux fois son récit qui eut tout le succès prévu.

M. Lempereur approuvait en balançant son grand nez comme un encensoir.

Un peu plus et il aurait applaudi.

Puis l'on parla de redescendre vers le lac tragique.

— Il faut retrouver le cadavre, disait le gérant bouleversé.

— *Yes*, répondaient les Anglais, nous sommes prêts à vous aider. En route!

— *Oune* corde, criait Flic. Il faut *oune* corde.

Pendant ce colloque l'entremetteuse tremblait d'effroi.

A chaque instant elle jetait de gauche à droite des regards effarés.

A la fin elle se leva, s'approcha de Patoche, vivement.

— Monsieur Jacques, vous n'allez pas retourner là-bas, j'espère?

— Non, madame, je ne suis pas indispensable.

« Par conséquent, je suis prêt à rester près de vous.

— Bien, mon ami, je vous remercie.

« Mais alors, sortons... sortons vite.

« J'ai peur.

— Peur de quoi, chère madame?

— Je ne sais pas, de tout et de rien.

Il s'empressa d'éteindre sa lanterne et de s'effacer dans l'ombre.

« J'ai peur de ce mort, ce cadavre qui flotte. Je ne veux pas le voir.

« Peur de tous ces étrangers: anglais, italiens qui me regardent de travers.

« Qui sait s'il n'y a pas un mouchard dans le nombre?

« Une fois ou deux j'ai cru reconnaître cet individu de Bruxelles.

— Quel individu? questionna le Parigot.

— Vous savez bien, l'homme au macfarlane.

— Ah! oui, fit Patoche se gardant bien de contredire la marchande d'antiquités.

« C'est possible.

— Aussi, continuait Poupoule, nous allons quitter le Han au plus tôt.

« Ça ne vous dérange pas?

— Au contraire, baronne... quand voulez-vous qu'on se remette en route?

« Demain... ce soir... à l'instant?

— Non, pas ce soir. Je suis toute révolutionnée.

« Mais demain, probablement, demain!

...Dix minutes plus tard, les Lempereur et Patoche, conduits par le gérant qui avait tenu à les accompagner jusque-là montaient dans la barque qui allait les transporter à la sortie des Grottes.

Cette promenade sur la rivière qui termine l'excursion ne manque pas de pittoresque, seulement personne n'y prit garde.

Seul monsieur Lempereur essaya de placer quelques mots admiratifs, mais sa femme lui ferma la bouche:

— Taisez-vous, gronda-t-elle, vous me crispez.

Au même instant, Mme Bric-à-Brac frissonna:

A quelques mètres, là, sur la berge obscure, elle venait d'apercevoir quelqu'un qui la regardait, un homme dépenaillé, aux yeux ardents.

— C'est lui, murmura-t-elle angoissée, c'est lui!

« L'homme au macfarlane.

CHAPITRE CLIV

La Vierge de l'Abyme

Au moment où Flic et Patoche franchissaient la passerelle pour la seconde fois, une face blême émergea des flots non loin de là.

Elle aspira une gorgée d'air et plongea de nouveau.

Quelques secondes plus tard, elle reparaissait et guettait les trois compagnons en train de conférer.

— Ils ne s'occupent plus de moi, murmura Walter Humding.

« Si j'essayais de m'approcher.

« Je pourrais peut-être entendre ce qu'ils disent.

Prudemment l'espion nagea vers la rive où se tenaient ses ennemis.

Mais bientôt il lui fût impossible d'avancer.

Bien qu'excellent nageur, il reculait, au contraire, emporté par le ressac violent qui se produisait dans cet espèce de détroit.

Alors Walter Humding se laissa dériver et contourna le *Roc de la Faim* en prenant bien garde de se montrer.

Il cherchait un endroit où il pût aborder.

Les berges n'étaient pas très élevées, mais de toutes parts, elles présentaient une paroi à pic et lisse, polie comme un miroir.

D'ailleurs l'abordage eût été possible qu'il eût été dangereux de le tenter.

En effet, les flots s'y brisaient avec une telle force que l'imprudent nageur avait trois chances sur quatre d'être broyé contre le roc.

Cependant son inspection finie, Walter Humding était revenu à son point de départ et observait les policiers.

Les idées se pressaient en foule dans son cerveau en travail.

— Que font-ils là? se demandait-il.

« Et l'échelle?

« Ils oublient l'échelle... Alors je suis sauvé?

« Le moyen de regagner la terre ferme est tout trouvé.

« On peut atteindre l'échelle d'en bas.

« Il suffit de profiter d'une vague.

« C'est ce que je vais faire sitôt eux partis.

L'Allemand attendit un instant encore, mais il s'impatientait; la vue de ses ennemis qui causaient là bien tranquilles, riant parfois, l'exaspérait.

— Bandits! fils de chienne! maugréait-il.

« Qu'est-ce qu'ils fichent là?

« Est-ce que, par hasard, ils auraient envie de me noyer comme un chien galeux?

« Ah! mais non, j'aimerais mieux tout risquer, me jeter sur eux, au besoin.

« Je le peux, grâce à l'échelle.

Toutefois il ne se pressait pas de mettre son projet à exécution.

— Non, avait-il réfléchi presque aussitôt:

« Ce serait de la folie pure. De la *furia* française... mauvais ça.

« Ils sont trois, armés jusqu'aux dents et je suis seul, épuisé.

« Je ne puis même pas compter sur mon revolver dont les cartouches sont trempées.

« En outre sur la terre ferme mes vêtements gorgés d'eau me gêneront encore.

« Mieux vaut s'armer de patience.

« D'ailleurs, ils se méfient.

« Ils me cherchent, dirait-on.

C'était Patoche qui venait de prendre une torche et tâchait de se rendre compte de ce qui se passait sur l'eau.

Mais l'espion était loin déjà.

Nageant entre deux eaux, il venait de passer de l'autre côté du *Roc de la Faim.*

Là, il trouva un endroit moins agité, où il put faire la planche ce qui lui permit de se délasser un peu.

Autour de lui la lumière des torches, reflétée par les voûtes éclairait vaguement.

Walter Humding dont les yeux avaient eu le temps de s'accommoder à cette obscure clarté en profita pour examiner ce côté de la caverne qui lui avait échappé jusque-là.

— *Bandits, fils de chienne!* maugréa-t-il.

Ici le torrent mesurait près de cent mètres du *Roc de la Faim,* à l'autre paroi de l'excavation.

Là, dans cette paroi s'ouvrait la seule issue, par laquelle les eaux venues par des conduites souterraines parvenaient à s'échapper de ce réservoir trop étroit pour elles.

C'était une large fissure communiquant avec une deuxième excavation, située cinquante pieds plus bas autant qu'on en pouvait juger par le fracas de la chute.

Cette chute produisait un remous tumultueux qui, par moment, sans qu'on pût dire pourquoi, prenait les proportions d'un tourbillon véritable.

Alors l'eau se creusait en entonnoir et se mettait à tourner avec une vélocité telle qu'on l'eût dite immobile.

L'Allemand qui rôdait autour sans méfiance se sentit emporté tout à coup, entraîné vers la cataracte...

Grâce à sa vigueur peu commune, il put se dégager en quelques coupes furieuses.

Mais il avait senti la mort passer.

Aussi s'empressa-t-il de chercher un endroit plus calme au milieu du courant.

— Der teuffel, grognait-il... C'est le *Maelstrom.*

« Un *Maelstrom* en miniature, mais suffisant pour broyer un homme.

« Une seconde de plus et j'étais emporté dans quelque gouffre souterrain.

Cependant les minutes passaient et la situation de Walter Humding commençait à devenir mauvaise.

Après une demi-heure de lutte contre les flots, il sentait ses forces décroître rapidement.

L'effort qu'il venait de faire pour s'arracher au tourbillon l'avait épuisé.

Il se rendait compte que si sa situation se prolongeait quelques minutes encore, il allait faiblir, couler à pic.

Aussi contemplait-il avec anxiété le reflet des torches autour de lui.

— Ils sont toujours là, grondait-il les dents serrées de rage.

« Qu'est-ce qu'ils attendent?

« Cependant les torches s'usent, leur clarté a baissé d'une façon sensible.

« Il faudra bien qu'ils partent s'ils ne veulent pas être surpris par les ténèbres.

« Moi, au contraire, je n'ai rien à craindre.

« J'ai dans ma poche une lanterne électrique parfaitement étanche à laquelle je me charge de retrouver mon chemin sans peine.

« Pourvu seulement que je puisse attendre jusque-là, durer autant que les torches. Dans le cas contraire, je n'ai...

L'Allemand s'arrêta stupéfait...

Il venait d'entendre son nom prononcé par une voix douce, chantante en quelque sorte.

— Qu'est cela? fit-il.

« Est-ce qu'il y aurait quelqu'un par ici? un autre naufragé?

« Ou bien est-ce une Sirène... la Loreley du lieu.

« C'est cela, c'est un écho... un simple écho.

« Celui que nous venions chercher justement!

« Un de ces phénomènes d'acoustique comme on en rencontre dans tous les souterrains.

« Mais celui-là est particulièrement net...

« Moi qui n'entendais presque rien tout à l'heure de l'autre côté de l'îlot, maintenant je distingue non seulement les mots, mais les voix, les intonations.

« L'accent de ce maudit Parigot, entre autres...

L'espion s'était mis à écouter.

Ce qu'il entendait devait être fort intéressant, car il ne s'aperçut pas qu'il dérivait de nouveau.

Soudain, il frissonna, une sueur glacée aux tempes:

— Le Maelstrom!

Mais il n'était plus temps.

Il fut saisi, happé et se sentit tourner dans la cuvette liquide, ainsi que la bille d'ivoire d'une roulette.

Il descendit jusqu'au fond du tourbillon, remonta puis fut projeté par la force centrifuge comme par une fronde.

Il passa par la brèche, s'abîma d'une hauteur de quatre étages.

Dès ce moment, il perdit toute notion et n'eut plus que les gestes de l'instinct.

Pendant plusieurs secondes il fut emporté dans les ténèbres par un torrent débordé.

Puis la fureur des flots cessa subitement.

Étourdi, asphyxié à demi, tous les membres moulus, Walter Humding n'avait plus la force de nager.

Un dernier remous le jeta sur une sorte de grève.

Il voulut se lever mais ses muscles le trahirent et il s'abattit sur le sable humide.

Il sentait que sa dernière heure était venue.

Dans son cerveau, déjà envahi par les ombres de la mort sa vie défila tout entière, comme une suite rapide de vues cinématographiques.

Puis une image radieuse de vierge surgit:

— Yvette, murmura-t-il.

Et il s'évanouit.

Lorsqu'il rouvrit les yeux la divine apparition était là toujours.

Nimbée d'une lumière céleste, elle s'avançait vers lui, souriante...

Walter Humding se redressait le cœur extasié, mais presque aussitôt ses traits se convulsèrent.

Un ricanement de damné jaillit de sa gorge.

Il venait d'apercevoir à ses pieds un objet brillant, un foyer lumineux.

C'était sa lanterne électrique tombée de sa poche et dont le choc avait fait jouer le déclic.

Voilà d'où venait cette clarté paradisiaque.

Du même coup la céleste apparition avait perdu tout son prestige.

C'était dans une niche naturelle une simple statue de la Vierge en plâtre colorié.

— Encore une illusion, grommelait l'Allemand.

Il s'approcha, contempla la frêle image.

— On dirait Notre-Dame-de-Lourdes, ricanait-il.

« Qui diable a bien pu l'installer là?

« J'y suis... c'est l'Ermite.

« Ce vieux fou d'Ermite. Il m'a parlé d'un oratoire qu'il avait par ici.

Walter Humding s'était penché et s'efforçait de lire l'inscription gravée sur le socle.

— Notre-Dame-de-l'Abyme! épela-t-il.

« Ce vieillard est stupide décidément.

« A bas les idoles!

Et pris d'une rage subite, il jeta à terre le fragile simulacre qui se brisa en mille morceaux.

Soulagé par cette exécution, Walter Humding ramassa la précieuse lanterne et se mit à inspecter la grotte où il se trouvait.

Tout proche, sur sa droite, le torrent grondait toujours.

— Il doit y avoir une autre issue, se disait l'espion.

« Évidemment, ce vieux fou d'Ermite venait ici souvent.

« Il s'agit de découvrir le passage.

Il se leva et fit le tour des murs.

Bientôt il poussait un cri de joie.

— Parbleu! Je savais bien.

Devant lui un escalier s'enfonçait dans l'ombre.

Une vingtaine de marches visiblement taillées de main d'homme.

Parvenu en haut, il vit une galerie s'ouvrir devant lui.

Par terre sur la vase encore humide des traces de pas.

— Plus de doute, murmura-t-il, j'ai trouvé le passage.

Et il s'élança au pas accéléré.

Dix minutes après il débouchait par une étroite fissure sur les berges souterraines de la Lesse.

A ses pieds la rivière coulait avec un doux murmure.

Tout proche une barque était amarrée, au fond de

laquelle gisaient quelques hardes: pantalon, tricot, chapeau de jonc.

Walter Humding, qui avait déjà fait l'excursion, se reconnut tout de suite.

— C'est bien ça, dit-il, je suis à la sortie du souterrain.

« Voici ma chance qui revient, décidément.

« Je trouve ici, non seulement une barque, mais encore des habits de rechange. Ceux du passeur, sans doute.

« J'en avais grand besoin.

« Je ne pouvais guère sortir d'ici, m'exhiber dehors ruisselant d'eau comme un dieu marin.

Tout en monologuant l'espion changeait de costume rapidement.

Il achevait à peine cette opération qu'un bruit de rames se fit entendre.

C'était le passeur qui revenait ramenant trois touristes: Patoche et le couple Lempereur.

Deux torches plantées à l'arrière de la barque éclairaient le vaste tunnel où coule la Lesse.

Walter Humding s'empressa d'éteindre sa lanterne et de s'effacer dans l'ombre.

Mais au moment où son ennemi mortel Patoche passait sans le voir, il jeta de ce côté un regard terrible qui fit frémir la brocanteuse.

Dès que la barque eut disparu, l'espion emplit de cailloux les poches du vêtement qu'il venait d'abandonner.

Puis il en fit un ballot, le ficela avec ses bretelles et jeta le tout dans la rivière.

Cela fait il sauta dans la seconde barque et sans bruit se glissa derrière les promeneurs.

Arrivé à la sortie des Grottes, tandis que le passeur nageait jusqu'à l'embarcadère situé à deux cents mètres plus loin, Walter Humding tourna court, se dirigeant vers la rive.

Une fois à terre, il se faufila derrière les roseaux et s'arrêta à deux pas du ponton.

— Notre-Dame de l'Abyme! épela-t-il.

A ce moment la barque accostait.

Patoche paya le passeur qui repartit.

Après quoi il se tourna vers la brocanteuse qui venait de lui faire part de ses inquiétudes en quelques mots chuchotés à l'oreille.

— Vous êtes sûre que c'était lui? questionna-t-il.

« L'homme au macfarlane?

— Oui, répondit Poupoule, qui haletait encore d'émotion.

« Qui voulez-vous que ce soit?

« Je n'ai pas d'autre ennemi.

« Et puis il n'y a que lui pour avoir ces yeux-là.

« Je le découvrirais entre mille, rien qu'à ce mauvais regard.

« Il avait pris de vieux habits dans l'espoir que je ne le reconnaîtrais pas.

« La belle malice!

— Comment est-il entré dans le souterrain? demandait Patoche assez surpris. Par où?

— Je l'ignore. Ce que je sais c'est qu'il était là dans le tunnel en train de nous guetter. Je m'étonne que vous ne l'ayez pas vu, M. Jacques.

— Je regardais ailleurs.

— Aussi, continuait la brocanteuse, bien que n'ayant rien à craindre de cet individu, je suis plus que jamais résolue à quitter le Han le plus tôt possible.

« Toutes ces émotions m'ont révolutionnée.

« Par conséquent nous allons partir aujourd'hui même.

— Bien, baronne, fit le Parigot ravi.

« A quelle heure?

— De suite après le déjeuner.

— Entendu, madame. Je vais donner mes ordres au garage.

Seul le général baron Marin de St-Didier, froissé qu'on ne l'eût pas consulté, essaya une protestation timide:

— C'est ridicule, marmonna-t-il.

« On dirait que nous avons peur, que c'est nous qui avons flanqué l'Ermite à l'eau.

« Et d'abord où va-t-on?

« Je pense que notre programme tient toujours?

« Notre projet de visiter les champs de batailles illustres?

L'entremetteuse haussa les épaules.

— Ça m'est égal, vous m'embêtez avec vos champs de batailles.

« Filons... c'est tout ce que je veux.

« Le reste est affaire à notre ami Boncœur.

« Arrangez-vous avec lui.

— Très bien! Dans ce cas rien de changé, n'est-ce pas M. Jacques?

« Nous allons poursuivre l'itinéraire commencé.

— Mais oui, puisque madame nous laisse libres.

— « D'ailleurs je m'efforcerai de rendre cette excursion agréable même pour la baronne.

« Il n'y a pas que des champs de batailles à voir dans notre beau pays.

— Parfait! approuva M. Lempereur.

« Et où allons-nous nous rendre tout d'abord, à Fleurus?

— Non, répondit le Parisien.

« Fleurus est plus au Nord, nous nous y arrêterons au retour.

« Pour le moment, nous allons pousser plus au Sud.

« C'est là, le long de la frontière française, que se trouvent les champs de batailles les plus fameux : *Jemmapes*, *Fontenoy*, et quelques autres...

— Est-ce qu'on rentre? interrompit Poupoule qui perdait patience.

— Oui, madame, s'empressa Patoche aussitôt. Comment vous trouvez-vous?

« Etes-vous remise de cette alerte et pourrez-vous faire le trajet à pied?

« Ou bien préférez-vous que j'aille chercher une voiture à l'hôtel.

— Est-ce loin?

— Deux kilomètres à peine.

— Alors non, déclara Mme Bric-à-Brac, j'aime autant marcher.

« Ça me fera du bien.

— C'est cela, approuva le général.

« Rien ne vaut le soleil, le grand air pour chasser les idées noires.

« Ces grottes sont superbes, certes... mais un peu lugubres.

« Mais cet accident nous a fichu le *spleen* à tous.

« Nous avons besoin de remuer des jambes.

« En route, mes enfants!

Le trio s'éloigna.

Dès qu'il eut disparu, l'Allemand sortit de sa cachette.

— Très bien, je sais ce que je voulais savoir.

« Je vais prendre mes mesures en conséquence.

« J'ai eu le tort de tergiverser ce matin... Il s'agit ce soir de frapper juste et vite!

Et il partit dans une autre direction.

CHAPITRE CLV

Où Flic et Patoche improvisent un système de télégraphie sans fil

Cette marche de deux kilomètres calma les nerfs ébranlés de l'entremetteuse.

Remise de son alerte, elle n'en était pas moins résolue à vider les lieux de suite, après le déjeuner.

Elle le répéta en arrivant à l'hôtel et fit dresser le couvert sur-le-champ bien qu'il fût à peine onze heures.

La perspective du départ imminent — quoique pour des raisons bien différentes — enchantait les trois voyageurs et chacun fit honneur au repas.

Mme Lempereur s'était découvert soudain un appétit formidable et son mari lui tenait tête vaillamment, selon sa louable habitude.

— Cette longue promenade m'a creusé, expliquait-il.

« Et puis aussi cette série d'émotions... l'inquiétude quand nous vous attendions, m'sieu Jacques, l'angoisse ensuite. Enfin l'annonce du malheur.

« Cela me rappelle les émotions guerrières de jadis.

« Avoir senti la mort passer, voilà qui vous fait aimer la vie et la bonne chère!

« Je comprends les anciens qui suspendaient un squelette dans la salle du festin.

« Et vous, chère amie?

— Moi, non, fit Poupoule avec une grimace significative.

« Tout ce qui rappelle la mort m'effraie.

« Comme accompagnement d'un bon dîner, je préfère les tziganes.

— *Rigo*, plaisanta l'usurier doucement.

« Convenez, baronne, que vous avez été amoureuse du dolman rouge comme toutes les Parisiennes.

« Oh! en tout bien, tout honneur! Ce n'est pas une

querelle que je cherche, mais une constatation que je fais.

« Et qu'on vienne maintenant nier le prestige de l'uniforme, du galon.

« Avec ça et du bruit autour: bruit des violons ou de la mitraille, on peut mener un peuple.

« C'est ce qu'avait bien compris Napoléon-le-Grand.

Le brave général développa cette idée longuement.

Patoche l'approuvait.

— Oui, le galon, le panache, il n'y a que ça.

Quant à Poupoule, sa première faim satisfaite, elle était redevenue mélancolique, sentimentale et se lamentait sur la triste fin de l'Ermite.

— Ce pauvre vieillard, dit-elle une fois ou deux, quelle mort horrible !

« Qui sait seulement si l'on retrouvera le cadavre.

Comme le repas touchait à sa fin une troupe bruyante envahit le hall de l'hôtel.

C'étaient les Anglais qui revenaient conduits par le gérant.

Flic — plus Tyrolien que jamais — marchait en tête fier comme Artaban faisant des ronds de jambe.

Il s'approcha de l'entremetteuse.

— Belle dame, dit-il, j'ai oune bonne nouvelle à vous annoncer.

— Quelle nouvelle? sursauta Poupoule.

« Vous avez retrouvé le corps?

— Non, signora, et pour cause.

« On commence à croire que l'Ermite n'est pas mort.

— Comment cela? s'écria l'usurier à son tour.

« Vous l'avez revu?

— Non, répliqua le policier avec un clin d'œil à l'adresse de Patoche... Pas moi !

« Mais d'autres l'auraient rencontré, paraît-il, des paysans.

« Et aussi un berger, un petit gardeur de dindons qui m'en a parlé.

— Belle dame, j'ai oune bonne nouvelle à vous annoncer.

« Il dormait dans un taillis au bord de la rivière.

— C'est impossible! murmurait Mme Bric-à-Brac abasourdie.

— Oui, à première vue, répliqua Flic, mais si l'on réfléchit.

« L'Ermite est oun peu fumiste, paraît-il.

« Je l'avais contrarié en l'obligeant à nous conduire là-bas.

« Rappelez-vous sa mauvaise humeur.

« Alors il a voulu nous faire oune blague.

« Il s'est laissé couler, pour rire !

« Après quoi, comme il connaît tous les trous par là-bas aussi bien qu'un poisson — mieux qu'un poisson — il s'est sauvé à la nage.

« Il est ressorti, du côté de l'Ermitage.

« Oune fois dehors, comme il était mouillé, il s'est étendu au soleil pour se sécher.

« Et voilà, madame la marquise.

« Tout ça est assez vraisemblable et très simple, en somme.

« Oune bonne farce, per Bacco... Qu'en pensez-vous, M. Boncœur?

— Ma foi, répondit Patoche, ignorant encore où Flic voulait en venir, je ne sais trop que dire...

« La farce, comme vous dites, me paraît un peu forte, indigne de ce saint homme !

— Puisque je vous dis qu'on l'a vu, répéta le policier.

— On se trompe, peut-être, une ressemblance, sans doute.

— Ressemblance... ressemblance, ça m'étonnerait.

« En tout cas, il y a un moyen bien simple d'être fixé.

« Ce serait d'aller sur la berge.

« Je me suis fait indiquer l'endroit exact, le taillis où il dormait.

« Le vieillard n'y est plus, paraît-il, mais il n'a pas eu le temps d'aller bien loin.

« Je me fais fort de le rattraper assez vite.

« Comme c'est nous qui l'avons perdu, en somme, j'ai pensé que c'était à nous de le retrouver.

« Alors si ça vous dit de venir avec moi, monsieur Boncœur?

— C'est une idée, fit Patoche qui avait compris que Flic avait quelque chose à lui dire en particulier.

« J'ai bien envie d'aller voir.

« Vous ne venez pas, Mme la baronne?

— Non, fit Poupoule à qui la physionomie de Flic ne revenait pas.

« D'ailleurs nous partons bientôt, je n'ai que le temps de m'habiller.

« Mais, allez-y vous, mon ami.

« Bien que n'y croyant guère, je serais si heureuse de savoir l'Ermite sauvé.

« J'espère qu'il n'y en a pas pour longtemps?

— *Oun* quart d'heure à peine, *signora,* répondit Flic.

« C'est tout près, à quelques pas de l'Ermitage même.

« Dans *oun* quart d'heure nous sommes de retour.

Flic et le Parigot sortirent et sitôt sur la route :

— Eh bien! ami Flic, fit celui-ci, vous avez quelque chose à me dire?

— Oui, mais une question avant.

« La mère Bric-à-Brac vient de dire que vous partiez.

« C'est vrai, ça?

— Très vrai!

— A quelle heure?

— Nous devrions partir à l'instant, après le café.

— Diable! la dame est pressée. Elle a la frousse alors?

— Tout à fait... Je l'avais prévu, d'ailleurs. Poupoule a peur des morts. Elle s'imagine que le vieux birbe lui a fichu la *poisse* en cramant.

« Elle voit des espions partout, des gens qui la guettent.

« Tout à l'heure encore en sortant du souterrain,

Un petit gardeur de dindons qui m'en a parlé.

elle prétend avoir vu un bonhomme qui lui en veut, qui nous suivrait depuis Bruxelles.

« L'homme au macfarlane comme nous l'avons baptisé.

— Tiens, tiens! murmurait Flic. Comme ça se trouve.

— Vous y croyez à cet individu, maître Flic, à ce type qui nous guettait.

— Hé... hé... pourquoi pas... pourquoi ne serait-ce pas l'Allemand.

— Walter Humding, s'écria le Montmartrois.

« C'est de lui que vous avez à m'entretenir. Vous avez appris quelque chose? Il est vivant?

— Oui, du moins tout l'indique.

« Pour moi, je commence à croire, comme vous tout à l'heure, M. Patoche, que le *Choucroutman* s'en est tiré une fois de plus.

— C'est pour ça que vous avez parlé de votre rencontre avec l'Ermite, le vrai.

— Oui, faut bien préparer les voies.

— Et les autres qu'est-ce qu'ils en pensent? Les Anglais, le gérant?

— Ils commencent à croire comme moi que le vieux s'est fait la paire.

« Entre nous, j'aimerais autant, à condition toutefois de finir par le pincer, par le prendre vivant.

« Il n'y a que ce moyen de prouver nos dires. Humding mort, et mort sous un faux nom, les autres auraient trop beau jeu, pour répéter qu'il n'a jamais existé.

« Ce n'est pas votre avis, camarade?

— Si, si, fit Patoche, j'ai réfléchi, moi aussi.

« J'aurais voulu le savoir noyé tout d'abord. Et maintenant j'en arrive comme vous à souhaiter qu'il ait découvert une issue.

« Seulement, j'en doute, justement parce que je le voudrais.

« Et puis se tirer de là, c'était plutôt difficile.

— Pour un autre, pas pour lui.

E. Yrondy.

Patoche leva le capot et inspecta le moteur.

« La preuve, c'est que nous venons de chercher une heure sans rien découvrir.

« Or, nous avions des guides pleins de zèle, des cordes, tout ce qu'il fallait.

« On a pu explorer partout.

« Si l'Alboche avait bu la goutte, son cadavre flotterait dans quelque recoin.

— Pas encore, objecta Patoche.

« Il faut plusieurs jours avant qu'un cadavre remonte.

« Le temps qu'il soit ballonné.

— En eau calme, oui, acquiesça le détective.

« Mais pas dans un tourbillon pareil.

« Le cadavre devrait, sinon flotter de façon continue, du mons apparaître de temps à autre.

« Aussi plus je réfléchis et moins je crois à la noyade.

« Enfin, il y a une autre indication, sérieuse celle-là.

— Laquelle?

— Il paraît que ce matin un homme est sorti du souterrain en cachette.

— Qui dit ça?

— Le passeur, le même qui vous a reconduits.

— A quelle heure, ça s'est-il passé?

— La même que vous, le type vous filait en quelque sorte.

— Tiens, tiens, fit Patoche à son tour.

« Mais alors, est-ce que Poupoule aurait raison?

— Ça m'en a tout l'air.

— Moi, je continue à douter un peu. J'ai regardé dès que la vieille m'a parlé du type, sa bête noire. Je n'ai vu personne.

« Ce qui m'étonne encore c'est que le passeur n'ait rien dit sur le moment.

— Il ne savait pas encore... Il n'a constaté la chose qu'après, en revenant dans le tunnel.

— Comment cela?

— Il avait une seconde barque, amarrée en aval. Or, la barque avait disparu.

« Quelqu'un avait profité de ce que le marinier tournait le dos pour sauter dedans et filer avec.

« Elle n'était pas loin, d'ailleurs.

« Attachée un peu plus bas, juste à la sortie du couloir.

« Ce qui montre que le fuyard était pressé de prendre pied sur la rive et de cavaler par le plus court.

« Voilà qui sent son Walter Humding à plein nez.

— En effet, convint l'ordonnance.

— Et ce n'est pas tout, continuait le détective.

« Nous avons une autre indication, une preuve

presque, d'où il résulte que c'est bien de lui, de l'Allemand.

« Il y avait dans la barque déplacée un vieux costume de marinier pantalon, tricot et chapeau de jonc. Ce costume a été volé.

« Or, de nous tous, de tous les touristes qui se balladaient là-bas il y en avait un surtout qui avait besoin de changer d'effets : Walter Humding.

— C'est clair, patent, s'écria Patoche convaincu.

« Le Boche vit.

« Eh bien ! j'aime autant çà !

« Il n'y a qu'une chose qui m'embête, qui me vexe, c'est que je ne l'aie pas deviné, flairé.

« Je me rouille décidément. Je baisse et... c'est dommage !

« Si j'avais dégotté le bonhomme je me serais arrangé pour qu'on parte *illico*... On aurait croûté en route.

« Tandis que ça fait deux heures de perdues.

« Le *Boche* a eu le temps de faire ses préparatifs et il va nous tomber sur le dos au premier tournant.

« Vous ne savez pas où il loge, où il est descendu ?

— Non, Flac est resté là-bas pour chercher. Mais ce n'est pas commode.

« Oh ! si l'Allemand était descendu dans quelque hôtel, ce serait vite fait. Mais pas si bête !

« Il y a ici, autour des Grottes, une masse de particuliers qui louent des chambres.

« Il faudrait un jour pour trouver le bon.

« Et le temps presse !

— C'est juste, fit Patoche.

« A quoi bon d'ailleurs ?

« Dans une demi-heure nous roulerons sur la route de Mons.

« Si le Boche est là, on le verra bien.

« A propos et l'histoire du berger ?

« C'est une blague ?

— Parbleu ! seulement sauf le gardeur de dindons je n'ai rien inventé, vous savez ça comme moi.

« C'était une façon de préparer le retour de l'Ermite qui ne saurait tarder.

— Oui, et raison de plus pour filer, remarqua l'ordonnance.

« J'aime autant ne pas être là au moment.

« Il y aura enquête sur enquête.

« Quel mic-mac ! Si jamais les Belges se débrouillent, *pour une fois*...

— J'en doute, fit le policier, mais ça les regarde. Nous, nous serons loin.

« Chacun son lot. Nous autres nous aurons assez à faire avec l'Allemand.

« Car, comme vous disiez à l'instant, nous allons

l'avoir sur le dos. Il n'y a aucun doute.

— Pas le moindre, répondit le Montmartrois.

« Aussi est-ce le moment de se rappeler les instructions du capiston.

« Seulement faut faire vite.

« Je suis sûr que pendant que nous bavardons, l'autre est en train de nous guetter sur la route.

« Nous n'aurons pas fait un kilomètre que nous l'aurons au cul comme un chien hargneux.

— Tant mieux, c'est ce qui le perdra.

« Tandis qu'il s'occupera de nous, ami Patoche, il oubliera de surveiller ce qui se passe derrière.

« Et c'est nous qui lui tomberons sur le râble au bon moment.

« Qui sait même si on ne pourrait pas le pincer pour de bon, le prendre la main dans le sac.

« Une fois sur une grande route, tout est possible.

« On se fout de la Loi !

« C'est ça qui serait un joli coup... coup triple.

— Oui, mais c'est trop beau, maître Flic.

« N'embrassons pas trop si nous ne voulons pas tout rater.

« Pour le quart d'heure, il s'agit d'amener les brocanteurs à Neumont-le-Pin.

« Occupons-nous d'eux d'abord.

« Le tour du *Boche* viendra ensuite.

— Soit ! allons au plus pressé.

« Tâchons surtout, une fois sur la route, d'être toujours à portée les uns des autres.

« Pour cela, il faut, master Patoche, que je connaisse votre itinéraire en gros, tout au moins.

— Je vous l'ai dit, je vais suivre la grande route qui va d'ici à Mons.

« Bien entendu, ce n'est qu'une indication.

« En cas de besoin — si Walter Humding devenait gênant tout à coup — je n'hésiterais pas à me jeter dans quelque chemin de traverse.

« J'ai même une carte où les chemins carrossables sont marqués d'avance à l'encre rouge.

« Je m'en vais vous la donner.

— Et vous ?

— J'en ai une autre dans le coffre de l'auto.

— Alors, j'accepte. Ça peut être très utile, en effet.

« Une question encore... Comment se reconnaîtra-t-on à distance ?

« Une fois le binocle sur le pif, tous les chauffeurs se ressemblent.

« Il faudrait un signe sur la voiture, quelque chose de plus visible que le numéro.

« Moi, je connais la vôtre, monsieur Patoche.

« Une *Astra*, ça se voit de loin.

« La nôtre, au contraire, n'a rien qui la distingue.

« C'est pourquoi nous allons convenir d'un signal d'une sorte de télégraphie sans fil.

« Un drapeau belge planté à l'une de nos lanternes d'avant.

« Si le drapeau est à droite, ça signifiera : *Tout va bien, rien de neuf.*

« Au contraire, s'il est à gauche, ça voudra dire : *Attendez, nous avons quelque chose à vous apprendre.*

« Reste à savoir comment on fera pour se rencontrer sans éveiller l'attention des Lempereur ?

— C'est facile, déclara Patoche. Je m'en charge.

« Mieux vaut, en effet, que ce soit moi qui aille vous trouver.

— Comment vous y prendrez-vous ?

— Ça dépendra du moment, de l'inspiration.

« Ne soyez pas en peine.

« Deux chauffeurs à la coule qui sont en vue trouvent toujours le moyen de s'aboucher.

« Ne serait-ce que pour demander un renseignement, emprunter un outil.

— Bien, parfait, approuva Flic en faisant demi-tour.

« Et maintenant, revenons.

« La mère Bric-à-Brac pourrait s'impatienter.

« Elle ne me regarde pas d'un bon œil déjà.

— Oui, revenons. Vous n'avez plus rien à me demander, maître Flic.

— Non, d'ailleurs, on se verra une fois au moins, avant Neumont.

— Même s'il n'y avait rien de bien neuf ?

— Oui, ça vaut mieux !

« On aura toujours quelque chose à se dire.

— A propos et l'*Ermite*. Qu'est-ce que je vais raconter à la brocanteuse ?

« Qu'il est sauvé... ou bien...?

— Dites ce que vous voudrez, monsieur Patoche.

« Ça n'a plus grande importance !

« Du moment que nous partons à l'instant.

— Oui, c'est affaire aux autres.

« L'important, c'est qu'elle ne soupçonne pas l'existence simultanée des deux Ermites, la substitution.

« Ça pourrait lui mettre la puce à l'oreille à cette vieille roublarde.

« Aussi, je vais rester dans le vague.

« Je n'aurai pas revu l'Ermite évidemment, ni même le berger.

« On a interrogé d'autres personnes.

« Seulement, elles se contredisent.

— C'est cela, à votre idée, approuva le détective.

« Et maintenant à tantôt, sur la route.

« Je m'en vais chercher Flac.

Les deux amis se séparèrent sur ce mot.

Lorsque le Montmartrois revint à l'hôtel il trouva Poupoule qui l'attendait en costume de chauffeuse.

— Eh bien ! monsieur Jacques, lui cria-t-elle de loin, vous avez vu l'Ermite ?

— Non, madame.

— Je m'en doutais. Cet Italien est un fumiste, sinon pire.

— Ma foi, je commence à le croire.

— Oui, l'Ermite est bien mort, allez.

« C'est l'avis du commissaire de police.

— Il est ici ?

— *Garçon, une autre chope,* cria *Flic joyeusement.*

— Oui, en train d'interroger les Anglais.

— Faut-il que j'aille faire ma déposition.

— Inutile, afin d'en finir, le gérant et moi, nous avons témoigné pour vous.

« Nous avons donné comme prétexte que vous n'aviez pas pu attendre, mais que vous reviendriez déposer en personne, si besoin était.

« Nous avons eu raison.

— Tout à fait raison, madame la baronne.

— Dans ce cas, partons, acheva Poupoule, partons vite.

« Toute cette lugubre histoire m'obsède.

Et se tournant vers l'usurier :

— Eh bien ! général, qu'est-ce que vous faites là, planté comme un cierge pascal.

« Allez donc chercher votre cache-poussière.

— Tout de suite, chère amie, fit l'usurier d'un ton doucereux.

Et se penchant à l'oreille de sa femme.

— Vous savez qu'on fait une collecte pour ce pauvre Ermite, pour les funérailles.

« Je voudrais bien apporter mon obole.

— Ah! non, grogna Poupoule.

« Vous n'allez pas me faire le coup de la couronne mortuaire.

« D'ailleurs, j'ai donné pour nous deux.

« En voiture, par conséquent, et plus de fredaines, M. le baron.

« Sinon, je vous plaque.

« Je vous laisse au bord du chemin comme une borne!

CHAPITRE CLVI

En panne

Depuis une heure, l'auto roulait sur la grande route de Mons.

Mme Lempereur, toujours préoccupée de l'homme au macfarlane, s'était retournée plusieurs fois pour s'assurer qu'elle n'était pas suivie.

A deux reprises déjà, elle avait cru distinguer, tantôt à droite, tantôt à gauche, une auto blanche qui semblait suivre le même itinéraire.

— Quel manège font-ils, se demandait Patoche lequel avait tout de suite reconnu ses amis Flic et Flac.

« Sans doute qu'ils cherchent Walter Humding.

« Le Boche ne s'est pas montré encore. Mais il ne doit pas être loin.

Quant à Poupoule, elle ne songeait guère au « patron ».

Il se fût montré surgissant à l'improviste sur la route, que la marchande d'antiquités ne l'eût pas reconnu.

Poupoule pour l'instant n'avait qu'un homme en tête: Robert Servan.

— Si quelqu'un nous piste, se disait-elle, ce ne peut-être que lui.

« Cependant, rien ne prouve que nous soyons filés. Attendons.

« Si l'auto blanche apparaît de nouveau, j'avertirai l'ami Boncœur qui fera le nécessaire.

« Cette voiture n'a pas l'air bien fameuse.

« Je m'étonnerai qu'elle pût nous tenir tête bien longtemps.

« Nous avons dû la distancer, déjà.

« Voilà plus de vingt minutes que je ne la vois plus.

« Tiens, la voilà, j'ai parlé trop vite.

En effet, comme pour donner un démenti à Mme Bric-à-Brac, l'auto blanche venait d'apparaître de nouveau.

Elle suivait un chemin de traverse à quelque cinq cents mètres de là.

La brocanteuse se mit à s'agiter aussitôt.

— Monsieur Jacques, appelait-elle, Monsieur Boncœur, arrêtez.

Mais celui-ci n'avait pas l'air d'entendre.

Alors Mme Bric-à-Brac se leva de la banquette et le tira par derrière.

Le Parisien stoppa aussitôt:

— Eh bien! chère amie?

— Enfin, murmurait Poupoule toute essouflée, voilà cinq minutes que je vous appelle.

— Excusez-moi, madame, mais je n'ai rien entendu.

« C'est le bruit du moteur.

« Qu'est-ce qu'il y a pour votre service?

— Il y a qu'on nous suit.

— Qui donc?

— L'homme de ce matin toujours. Il a un compagnon maintenant... Ils sont deux.

— Où sont-ils?

— Sur notre droite, là-bas, tenez, en auto blanche.

— Je ne vois rien, dit-il.

— Parce que les arbres les cachent; mais ils vont reparaître.

« Les voilà, tenez.

« On nous suit. Vous ne croyez pas?

— Non, fit Patoche gravement. Ces deux types n'ont pas l'air de s'occuper de nous.

— Il vous semble, mais moi, voilà plus d'une heure que je les guette, que je les vois rôder autour de nous.

« Et puis des autos comme la leur, toute blanche, et basse sur roues, il n'y en a pas des tas.

« C'est facile à reconnaître... C'est bien la même, allez.

— C'est ce qui vous trompe justement.

« Les voitures de cette marque pullulent par ici.

« L'usine qui les fabrique est tout proche autant qu'il me semble.

— Soit, fit Poupoule. Je n'en suis pas moins sûre de ne pas confondre.

« En effet, il y a autre chose, un autre signe.

— Quoi donc?

— Ce drapeau. Vous n'avez pas remarqué?

— Non, mais raison de plus, répondit le Montmartrois.

« Si c'était l'homme au macfarlane, ils se garderait bien de se faire remarquer.

— C'est juste, vous me rassurez.

— En outre, continuait le gavroche, nous en verrons bien d'autres drapeaux.

« Il y a une petite fête, par ici... la fête de je ne sais plus quel grand homme belge.

« Or, mes compatriotes ont la manie de pavoiser à propos de bottes.

« D'ailleurs, voyez vous-même l'auto blanche s'éloigne décidément, ce coup-ci.

« Qu'est-ce que je vous disais, baronne, qu'ils se fichaient pas mal de nous?

« Je crois qu'on peut continuer?

— Oui, acquiesça Poupoule, décidément je me suis trompée.

« Allez, mon ami!

— All right! fit le Parisien. Si vous voulez, on va mettre en quatrième vitesse?

« Seulement, tenez-vous bien!

— Non.. non! protestait Poupoule, j'aurais trop peur. Pas de folies, M. Jacques.

M. Jacques souriait: il avait simplement voulu effrayer la brocanteuse.

Il aurait trop craint en forçant l'allure, de laisser en route Flic et Flac, moins bien monté que lui.

De plus Patoche s'étonnait que ceux-ci n'eussent pas encore apporté de nouvelles de Walter Humding.

— Est-ce que, par hasard, le boche nous aurait ratés au départ, se demandait-il.

« C'est possible, après tout!

« S'il était à nos trousses, Flic m'aurait prévenu.

Il y avait une bande de buveurs attablés tout proche.

« A moins qu'il nous attende là-bas, embusqué dans les bois de Neumont-le-Pin.

Une heure passa encore sans que l'auto blanche reparût.

Complètement rassurée, Mme Bric-à-Brac ne s'en occupait plus.

Et c'était au tour de Patoche à s'inquiéter.

— Qu'est-ce qu'ils peuvent bien fiche? murmurait-il.

« On approche de Neumont. Il eût été bon de causer une dernière fois, avant de franchir la frontière.

« Est-ce que, par hasard, l'Allemand leur aurait fait le coup du père François?

Cette incertitude dura peu.

Dix minutes ne s'étaient pas écoulées que l'auto des deux policiers reparut.

Elle était arrêtée à un demi-kilomètre devant une auberge et si bien dissimulée que Patoche allait passer outre.

Un coup de trompe l'avertit à temps: le Parisien regarda.

— Enfin, fit-il, ça y est! le drapeau signal est à gauche. Ça veut dire qu'il y a du neuf.

« Je m'en vais aller les rejoindre vivement.

Patoche manœuvra ses leviers et aussitôt le moteur se mit à pétarader.

Dix mètres plus loin la voiture stoppait.

Le Montmartrois était déjà à terre.

— Qu'est-ce que c'est? demandait Poupoule prompte à s'inquiéter.

— Rien de grave, madame, un écrou à serrer ou quelque chose comme ça.

« Je m'en vais donner un coup d'œil et faire ce qu'il faut.

« Cinq minutes et nous repartons.

Patoche leva le capot, inspecta le moteur avec le plus grand sérieux.

— Quel prétexte vais-je trouver? se demandait-il pendant ce temps-là.

« Quel boniment à la graisse d'armes... Ah! j'ai trouvé.

Il se releva et s'approcha de la marchande d'antiquités.

— Madame, dit-il, c'est encore plus simple que je ne pensais.

« Une panne d'essence tout bonnement.

« C'est un tour du chef de garage de l'hôtel des Grottes.

« Il devait mettre soixante litres dans mon réservoir. Il a triché de moitié.

« Tous les mêmes... voleurs comme des meuniers.

« Heureusement que voilà une auberge tout proche.

« Je vais chercher un bidon ou deux.

— Vous pensez trouver?

— Je fais plus que penser... j'en suis sûr, madame la baronne.

« Nous sommes sur une grande route, une route nationale où passent chaque jour des centaines de chauffeurs.

« Le moindre gargotier a toujours un bidon à la disposition des voyageurs dans l'embarras.

« J'y vais d'un galop et je reviens.

« Vous ne voulez pas vous rafraîchir, par hasard?

— Si, tout de même, commençait l'usurier en se levant.

Mais il avait parlé trop vite.

— Non, interrompit Poupoule.

« M. le baron, vous allez rester là. Vous avez bu, il n'y a pas une demi-heure.

« D'ailleurs cette auberge de campagne ne me tente pas.

« Par conséquent, allez vite, M. Jacques, et revenez de même.

— Bien, madame la baronne, fit le Parisien.

Et d'un pas leste, il s'engagea dans un étroit sentier qui conduisait à l'auberge.

Quelques minutes après il faisait son entrée dans l'arrière-salle où l'attendaient ses amis.

— Garçon, une autre chope, cria Flic joyeusement.

« Du gueuse-lambic de derrière les fagots.

Sitôt seuls, il regarda Patoche en clignant de l'œil.

— Du nouveau? demanda-t-il.

— Rien de mon côté, répondit le Montmartrois. Tout va bien jusqu'ici.

« Et du vôtre?

— Du nôtre... une grande nouvelle!

« Walter Humding est derrière nous.

— Diable! il va falloir serrer les rangs.

« Où est-il.

— A trois heures d'ici.

« Vous connaissez le village de Lansfeld?

« Vous avez dû le traverser.

— Oui, je me suis même engueulé avec les naturels de l'endroit.

« Tous ces abrutis étaient sur la place en train de danser ou de vider des chopes.

« J'avais beau corner... impossible de faire un pas.

« On se serait cru rue des Abbesses, à Montmartre, le 14 juillet.

« Je pense que c'était la fête du patelin.

— Justement, approuva le détective, la kermesse de Lansfeld, un village célèbre pour ça, paraît-il.

« C'est là que nous avons laissé l'Allemand en train de s'expliquer.

— Vous êtes sûr que c'était lui?

— Tout à fait sûr, monsieur Patoche.

« Il a eu une histoire, lui aussi et a dû décliner ses noms, prénoms et qualités par-devant monsieur le bourgmestre.

— Tiens! fit le Parigot amusé et devinant quelque bon tour de ses collaborateurs.

« Et sous quel nom voyage-t-il?

— Il a repris un de ses noms de guerre: *Comte d'Amaury.*

« Vous connaissez?

— Vaguement! Et comment vous y êtes-vous pris pour le conduire devant monsieur le Maire?

— Nous avons eu recours à une ficelle de policiers.

« Un vieux truc qui réussit toujours: la contravention.

— Il avait écrasé quelque chose, un chien, une poule?

— Rien du tout, fit Flic, en s'esclaffant.

« Il y a bien eu une oie aplatie dans l'affaire... mais c'est nous qui avons fait le coup... exprès, bien entendu.

— Et vous lui avez mis la chose sur le dos?

— Un peu! Il n'y avait pas d'autre moyen.

« Nous pistions le type depuis un moment... mais sans être sûrs.

« Il s'agissait de lui faire lever sa visière, ôter son masque de chauffeur, en d'autres termes.

« C'est alors qu'on a pensé au coup classique de l'accident.

« Nous approchions de Lansfeld et l'*Alboche* nous précédait de quelques mètres seulement.

« Tout à coup, j'ai aperçu une oie... et pan... j'ai passé dessus.

« Aussitôt des clameurs, des cris.

« Il y avait une bande de buveurs attablés tout proche.

« Tous ces braillards excités par le genièvre, gueulaient, menaçaient.

« Ils n'avaient vu qu'un nuage de poussière et puis l'oie aplatie.

« Fort de son innocence, l'Allemand n'avait pas daigné s'arrêter.

« Nous, au contraire, nous avions fait demi-tour sur-le-champ.

— Les bons apôtres, rigolait le Parisien.

— Nous avons affirmé que c'était l'autre, celui qui fuyait, qui avait fait le coup.

« C'est pourquoi il cavalait si vite.

« On nous a cru sur parole, et toute la bande s'est lancée à la poursuite du brigand, de l'écraseur.

— Fameux !

— A ce moment Walter Humding entrait dans le village encombré de balladeurs et comme vous il avait dû ralentir.

« On l'a rattrapé sans peine ; après quoi, comme il faisait l'insolent, les braves Belges ont pris la mouche, savez-vous !

Une tour venait d'apparaître au-dessus des arbres.

« Heureusement le maire du lieu qui est en même temps brasseur, a emmené tout le monde chez lui. Là on s'est expliqué, le verre en mains.

« Je m'étais mêlé à la foule.

« Quand j'ai su ce que je voulais savoir, je suis allé retrouver l'ami Flac et on a repris le volant.

— Croyez-vous que le Prusco ait été retenu longtemps ?

— Non... les Belges n'ont pas la rancune longue, et puis l'espion avait mis les pouces.

« Au moment où je me retirais il venait de commander une tournée générale.

« Il a dû partir un peu après.

— Bien, fit Patoche... Mais alors, il doit approcher ?

« Je m'en vais rejoindre les Lempereur et filer dare-dare.

— Vous avez bien le temps, dit Flic plaisamment, l'Allemand est loin encore.

« A moins qu'il ait forcé l'allure et dans ce cas mal lui en a pris.

— Qu'est-ce que vous voulez dire ?

— Demandez à l'ami Flac.

— Hum ! hum ! fit celui-ci dont les yeux brillèrent une seconde.

— J'y suis ! s'écria le Parigot ; vous avez saboté le moteur du boche.

— Ya, justement ! tandis que j'entrais dans l'auberge Flac — ce sournois de Flac — s'occupait de son côté.

« Et c'est de l'ouvrage bien *faite* comme on dit, un coup de lime au bon endroit.

« L'espion n'y verra que du feu.

« A partir de ce moment il est hors de course.

« Vous pouvez vous amuser avec lui, le ballader.

« Quand il vous plaira de le lâcher en cinq secs vous n'aurez qu'à mettre en quatrième vitesse.

« Le Boche vous imitera, et c'est là que nous l'attendons. Il n'aura pas fait dix mètres que... crac !

« Et ce sera la panne, la belle panne !

— Parfait, approuva Patoche.

« Dans ce cas, je n'ai plus besoin de vous, mes amis.

« Vous feriez bien peut-être de prendre les devants et d'aller voir à Neumont si tout est prêt.

— J'allais vous le proposer.

« Vous n'avez rien à faire dire au capitaine ?

— Rien, sinon que j'arrive.

— Bien ! Quant à l'arrestation, on s'en tient au cérémonial réglé, déjà ?

— Oui, sauf imprévu.

— Ça va de soi.

On se sépara sur ce mot.

Le Montmartrois se fit donner un bidon vide par l'aubergiste et revint trouver ceux qu'il considérait déjà comme ses prisonniers.

Le couple Lempereur commençait à trouver le temps long.

L'usurier principalement, qui en voulait à Patoche qu'il soupçonnait de boire seul.

— Nous sommes loin encore de Jemmapes? questionna-t-il.

— A deux lieues à peine.

« Nous y serons dans quelques minutes.

« Vous voyez que nous aurons tout le temps de visiter le célèbre champ de bataille avant le dîner. Je remplis le réservoir et l'on repart.

Déjà Patoche remontait sur son siège.

Vingt autres kilomètres furent franchis à bonne allure.

Peu à peu le Parisien avait quitté la direction de Mons pour prendre la route de Charleroi à Maubeuge, qui passe juste au pied de Neumont.

Personne n'y prenait garde, pas plus Mme Bric-à-Brac que son mari, tout occupé à consulter son guide.

Quant à Patoche bientôt il sentit son cœur palpiter d'aise.

Là-haut, sur une éminence, à cinq kilomètres à peine, une tour venait d'apparaître au-dessus des arbres.

Le clocher de Neumont-le-Pin!

On traversait en ce moment un canton accidenté, boisé, dans lequel Mme Bric-à-Brac, eût été fort en peine de s'orienter.

D'ailleurs, nous l'avons dit, elle n'y pensait guère.

Assoupie par le balancement de la voiture, elle somnolait doucement.

L'usurier avait refermé son guide et savourait la beauté du paysage.

— Quel silence sous ces arbres, s'exclamait-il, quel air pur!

« Une riche idée que vous avez eue, M. Jacques, de quitter un peu les grandes routes.

« Il y a trop de poussière, vraiment.

Patoche jubilait quand soudain — au milieu de ce calme édénique — le grondement d'une auto se fit entendre, roula comme le tonnerre qui approche.

Presque aussitôt à cinq cents mètres, une voiture apparaissait.

Elle arrivait grand train.

Un homme gesticulait debout sur le siège.

— Le Boche, avait murmuré l'ordonnance.

Quant à Poupoule, tirée de sa torpeur, elle poussait des cris d'orfraie.

— Qu'est-ce que c'est. Que nous veut ce bandit?

« C'est lui, je savais bien.

« C'est Servan.

— Baissez-vous, cria Patoche qui venait de voir briller le canon d'un revolver.

« Baissez-vous, tonnerre de Dieu!

Au même instant deux détonations retentirent coup sur coup.

Deux balles sifflèrent aux oreilles du Parigot.

— Fuyez, criait Poupoule. Plus vite! c'est ce bandit.

« Il veut nous assassiner... Plus vite.

« La recommandation était inutile.

Patoche venait de mettre en quatrième vitesse et l'auto avait bondi en avant, gagnant du large.

Walter Humding manœuvrait ses leviers, lui aussi, mais ça ne rendait pas.

Enfin son auto parut s'élancer.

Mais presque au même instant il y eut un craquement sinistre.

Deux balles sifflèrent aux oreilles du Parigot.

La voiture fit une embardée et s'arrêta, essoufflée, haletante.

C'était la panne annoncée.

Patoche qui avait vivement tourné la tête vit l'espion sauter sur la voiture.

— Trop tard, mon vieux, murmura-t-il.

« T'as perdu la course. Nous autres, on arrive.

En effet, le clocher de Neumont qu'il ne perdait pas de vue se rapprochait rapidement.

Encore une côte à monter et l'on touchait au but!

Bientôt le Parigot qui jetait de tous côtés des regards furtifs, cherchant les poteaux frontières, étouffa un cri de triomphe.

— Ça y est, cré coquin, nous sommes en France!

— Madame Lempereur, pas de rouspétance.

Cinq minutes après il stoppait sur la place de Neu-mont-le-Pin devant l'église, à l'endroit précis qu'il annonçait quelques jours plus tôt au père la Manille.

Une auberge était là tout proche, l'auberge où Flic et Flac devaient attendre en ce moment en compa-gnie du capitaine.

Lestement le Parisien descendit de son siège et s'ap-procha du couple Lempereur.

Toute bouleversée, pâle de peur et de rage, Pou-poule gesticulait, grondait...

Le danger passé, elle s'abandonnait à la colère.

Pour la première fois, elle eut un regard presque courroucé pour le Montmartrois.

— Hein! monsieur Boncœur! maugréa-t-elle.

« Qu'est-ce que je disais... Vous me croirez, une autre fois?

« C'était lui, l'homme au macfarlane.

« Il voulait nous as-sassiner.

— Oui, peut-être, à moins que ce ne fut un fou...

« En tout cas, nous l'avons semé... et com-ment?

— Où est-il?

— Loin derrière, bien loin.

« A plusieurs kilomè-tres...

— Et nous, monsieur Boncœur?

« Où sommes-nous?

« Vous connaissez ce village?

— Ma foi, non. J'ai foncé droit devant... au hasard.

« Nous longions la frontière, il se pourrait qu'on l'ait franchie sans s'en apercevoir.

— Ça m'étonnerait, fit la brocanteuse en promenant un regard circulaire.

« On ne voit ni po-teaux, ni douaniers.

« En tout cas, nous n'allons pas nous attar-der.

« On pourrait nous prendre pour des contreban-diers.

Pendant ce rapide colloque, l'usurier, affalé sur la banquette, claquait des dents.

Le « brave général » qui pour la première fois avait entendu siffler les balles était vert d'épouvante, li-vide.

Inquiet le Parisien s'approcha.

— Qu'avez-vous, baron, questionna-t-il.

« Est-ce que vous seriez blessé?

— Non, non, bafouilla le bravache. J'en ai vu bien d'autres, au Maroc.

« C'est Poupou... Poupoule qui m'inquiète.

« M. Jacques, allez donc nous chercher un cordial à ce cabaret-là.

— J'y cours, fit Patoche, saisissant la balle au bond.
Et il s'élança vers l'auberge.

Comme il passait le seuil il se sentit enlevé de terre par deux bras vigoureux.

C'était le père la Manille qui le guettait.

— Bravo, p'tit gas, murmurait-il.

« Bravo, mon garçon.

« Tu as bien mérité de la Patrie.

Flic et Flac s'approchèrent à leur tour et serrèrent les mains du Montmartrois.

— Compliments, disait Flic, voilà ce qui s'appelle arriver à l'heure militaire.

— Hum! hum! faisait Flac.

Deux hommes assis à l'écart — les deux policiers suppléants dont avait parlé le capitaine — suivaient cette scène sans mot dire.

Cependant le père la Manille s'impatientait.

— Faisons vite, reprit-il.

« Je ne serai tranquille que quand ces deux fripouilles seront bouclées.

« Vous y êtes, Flic et Flac?

— Oui, monsieur Lancelin.

— Quant à toi, Patoche, mon fiston, tu m'as dit que tu ne tenais pas à te montrer davantage.

— Pas du tout, mon capitaine.

« Mon rôle est fini... pas trop tôt.

« Et vous?

— Moi, non plus. Mieux vaut que, jusqu'à nouvel ordre, les Lempereur ignorent notre rôle exact dans l'affaire.

« Nous allons passer à côté.

« Le reste regarde Flic et Flac. Or, l'on peut s'en rapporter à eux.

Et se tournant vers les deux inspecteurs:

— Eh bien! allez, mes enfants.

Les policiers sortirent l'un derrière l'autre.

D'un pas tranquille, un pas d'honnête consommateur rentrant chez soi, ils se dirigèrent vers l'auto.

La marchande d'antiquités pas plus que son mari, ne fit attention à ces deux passants d'allure débonnaire.

Ils ne les remarquèrent qu'en les voyant tourner court subitement et s'arrêter, l'un à gauche, l'autre à droite de la voiture.

Les acteurs de cette scène, les uns impassibles, les autres ahuris se regardèrent pendant une seconde, une de ces secondes tragiques où l'on sent son cœur battre.

Puis Flic cligna de l'œil à son habitude et d'un ton goguenard:

— Bonjour, Mme Lempereur, fit-il.

— Bonjour, M. Lempereur, répéta Flac comme un écho.

Comprenant soudain les brocanteurs s'étaient levés le visage convulsé cherchant à fuir.

L'usurier s'efforçait d'écarter Flac.

Mais subitement ses poignets furent pris, immobilisés par de solides menottes.

De son côté, Flic avait saisi Poupoule d'une main.

De l'autre, il faisait scintiller de mignons anneaux d'acier.

— Madame Lempereur, dit-il froidement, pas de rouspétance.

« J'ai une paire de bracelets pour vous... une spécialité pour dames nerveuses.

« Ne me forcez pas à en faire usage!

CHAPITRE CLVII

Madame Lempereur fait la tête et Patoche soupe

Un peu après, le capitaine Lancelin et Patoche prenaient à Maubeuge le rapide Namur-Paris qui arrive à la garde du Nord vers dix heures et demie.

C'était l'ordonnance qui avait manifesté le désir de rentrer le jour même et le capitaine s'était empressé de lui faire ce plaisir.

Mieux que cela, il avait exigé que Patoche montât avec lui en première classe.

Celui-ci s'était récusé un instant.

— Vous êtes trop bon, mon capitaine.

« Mais ce n'est pas ma place.

— Si, je le veux, avait déclaré le vieux grognard.

« Je suis en civil... personne ne nous connait.

« Et puis, je m'en fous, nom d'un pétard... On te doit bien ça.

« Pour un jour, le capitaine, le supérieur disparaît.

« Ça ne t'empêchera pas demain de brosser mon dolman si je te le demande.

— Oh! non, mon capitaine, pour sûr!

« Même que je n'attendrai pas que vous me le disiez.

« Si vous saviez ce que je suis content de reprendre mon service auprès de vous.

« J'en avais soupé des Lempereur.

« Ce qu'il me tardait de revoir Paris... la Butte...

Le Père la Manille clignait de l'œil.

— Et Rosette, fit-il.

— Rosette aussi... naturellement!

« Dites donc, mon capitaine, est-ce que...?

L'arrivée de Flic arrêta la question que Patoche allait poser.

La détective venait donner des nouvelles des Lempereur, enfermés dans un compartiment voisin, spécialement retenu pour eux.

— Eh! bien? demanda le capitaine vivement.

« Quelle tête font-ils?

— Toujours la même, monsieur Lancelin.

« La vieille, sa première stupeur passée, s'est ressaisie tout de suite.

— Elle continue à se taire?

— Oui, c'est comme si le chat avait mangé sa langue.

« Depuis la minute où je lui ai montré ma carte de la Sûreté, le mandat délivré contre elle, elle n'a pas desserré les dents.

« Mais elle n'en pense pas moins, allez, et sa tête travaille.

« En ce moment elle feint de dormir mais ça se voit à certains signes, certains frémissements des paupières, des lèvres, elle ne dort pas plus que vous et moi.

« Elle prépare sa défense.

« Oh! c'est une vieille pratique et qui donnera du mal au juge.

« Si jamais cette chipie avoue.

— Je sais, fit l'officier. Seulement nous aurons des preuves...

« Et cette attitude changera, sans doute.

« Quand elle aura passé quelques jours à St-Lazare.

« Lorsqu'elle aura vu les charges s'accumuler, elle finira bien par se mettre à table, comme on dit.

« Enfin il y a son mari qui est plus maniable.

— Celui-là, oui... mais quelle chiffe.

« Je n'ai jamais vu un homme aussi affaissé, aussi flapi.

« Ce sera facile de le cuisiner, une fois seul.

Mme Pierre les attendait sur le palier, une lampe à la main.

— Vous avez essayé, déjà?

— Oui, mais la vieille taupe veillait.

« La chose vient de se passer à la minute même.

« Je vous ai dit que l'ami Flac était aux petits soins pour son prisonnier.

« Dès l'auberge, dès que M. Lempereur a posé sa chique, baissé pavillon, il lui a retiré les menottes.

« C'est une attention qui porte toujours, surtout avec un type comme l'usurier qui se croit un personnage.

« En arrivant à la gare, Flac est allé au buffet chercher une tasse de bouillon pour l'usurier des cigares, des journaux.

« M. Lempereur, que sa femme regardait avec des yeux furibonds, a accepté, remercié d'un mot bref, gêné.

« Cependant la glace fondait peu à peu, entre Flac et lui.

« Bientôt même croyant Poupoule assoupie, ils se sont mis à chuchoter.

« Mais la vieille dormait en gendarme.

Tout à coup, elle s'est redressée furieuse.

— M. Lempereur, a-t-elle crié, vous perdez la boule.

« Je vous ai défendu tout à l'heure, de vous entretenir avec ces gens-là.

« Vous ne devez parler que devant votre avocat.

« Et M. Lempereur se l'est tenu pour dit.

« Il s'est accoté dans un coin et n'a pas pipé depuis...

— Et Poupoule? intervint Patoche.

« Elle n'a pas parlé de moi? Elle n'a pas demandé des nouvelles de M. Boncœur, ce qu'il était devenu?

« J'aime autant qu'elle ignore que c'était moi, Patoche.

— Vous n'avez pas à vous inquiéter, répondit Flic.

« L'entremetteuse est convaincue qu'elle a eu affaire à un professionnel.

« Il y a justement un de mes collègues — un de ceux que vous avez vus à l'auberge — qui a quelques traits de ressemblance avec vous.

— C'est vrai, fit le père la Manille, je l'avais déjà remarqué.

— Si bien, continuait Flic, que la dame croit que c'est lui qui a fait le coup.

— Elle l'a dit?

— Non, mais ça se voit.

« Ça se voit à la façon dont elle le regarde.

« Si ses yeux étaient des pistolets, il y a beau temps qu'il serait mort, le pauvre bougre.

— Bien, très bien, s'écria le Montmartrois, ne la détrompez pas, surtout!

— Compris, ne vous bilez pas, monsieur Patoche.

Puis Flic et le Montmartrois racontèrent au capitaine les autres événements de cette journée mémorable.

Ceux qui avaient précédé l'arrestation: la ballade dans les grottes du Han, le plongeon de Walter Humding, la poursuite, le coup de lime donné par Flac et la panne qui en était résultée.

— Sacré Flac! murmurait le père la Manille en riant de bon cœur.

« En voilà un qui trompe avec son air endormi.

« Il a rudement travaillé. Et vous aussi, M. Flic.

« Je voudrais vous faire donner tout de suite l'avancement que vous avez mérité.

« Mais nous sommes mal en cour, comme vous savez.

« Ce sera pour bientôt, quand nous aurons un autre Ministère.

« Pour commencer, je vous annonce que M. Bertard vous attend demain.

« Il va vous féliciter et vous remettra une décoration en attendant mieux.

« Vous pouvez annoncer ça de ma part à votre ami Flac.

— J'y vais, fit Flic qui devinait que le capitaine et son ordonnance avaient à parler de choses personnelles.

En effet, sitôt le policier parti, le Père la Manille attaqua:

— Eh bien! p'tit gas, à quoi penses-tu?

« Tu avais commencé une question tout à l'heure.

« Je parie qu'il s'agissait de Rosette?

— Oui, mon capitaine, fit le Montmartrois les yeux brillants de plaisir.

« Vous avez deviné.

— Parbleu! il n'y a qu'à voir ta figure.

« Je devine même ce que tu allais dire, quand l'autre est entré.

« Tu allais dire: est-ce qu'on pourra la voir, ce soir?

— Mais vous êtes sorcier? s'écria l'ordonnance.

— Eh! non! pas pour un sou.

« Seulement, je t'aime, mon garçon

« Je vous aime tous les deux comme mes enfants.

« Et puis j'ai été jeune, moi aussi.

« Alors je me mets à votre place.

« Tout à l'heure, à Neumont, en te voyant si pressé de partir, j'ai tout de suite vu de quoi il retournait.

« Je comprends très bien ta hâte et la sienne.

« Seulement, nous allons arriver en pleine nuit et il y a un cheveu... une question de convenance.

« Oh! si Rosette au lieu d'être l'hôte de M. Bertard, habitait encore chez elle, ça irait tout seul.

— Et ça vaudrait mieux, peut-être, murmura Patoche.

— Que veux-tu dire? fit l'officier surpris de l'intonation du Parisien.

« Est-ce que, par hasard, il y aurait de l'eau dans le gaz?

« La dernière fois que j'ai vu Rosette chez M. Bertard, elle m'a paru non pas triste, mais un peu nerveuse, impatiente.

« J'ai pensé qu'il lui tardait de revoir la Butte, la rue St-Vincent.

« Est-ce qu'il y aurait autre chose, par hasard..?

« Est-ce qu'elle aurait à se plaindre?

— Oh! non, s'écria le Parigot vivement. Ce serait plutôt le contraire.

« Mme Bertard, comme son mari, la comble d'attentions.

« Quant à Mme Brévannes, à Mme Brivois, elles la traitent comme leur fille.

— Elles lui doivent bien ça.

« Après tout, c'est toi qui les as tirées des griffes de Walter Humding.

— Soit, mais ces dames exagèrent... ou plutôt c'est Rosette qui n'a pas l'habitude.

« Elle en est confuse, gênée par moment.

« Et puis, il y a autre chose.

« Elle n'en parle pas dans ses lettres. Mais je devine moi aussi, quand je veux.

— Quoi donc? demandait le capitaine, qu'est-ce qu'il y a, mon garçon?

— Il y a, mon capitaine, que Rosette et moi nous sommes comme les moineaux de Paris.

« Ce qu'il nous faut, avant tout, c'est la liberté, la rue où l'on s'est élevé.

« Une cage a beau être dorée, c'est toujours une cage.

— Oui, je comprends. Je m'explique maintenant la nervosité de la petite.

« Le remède est facile: on avisera, quoique selon

moi, mieux vaudrait qu'elle reste chez M. Bertard quelques jours encore.

« Là elle n'a rien à craindre du Boche, lequel doit avoir en ce moment une dent terrible contre toi, tandis que là-haut sur la Butte, dans une mansarde ouverte à tous les vents.

— Ça, c'est vrai, je n'y avais pas pensé.

— De plus, te voilà revenu et c'est toi, surtout, qui manquais à Rosette.

« Du moment qu'elle te saura tout près, que tu viendras de temps à autre, elle sera contente.

« Voilà des semaines qu'elle ne t'a vu.

« Elle m'a même reproché de t'avoir fait partir un peu brusquement pour Bruxelles, ce qui est vrai.

« C'est à peine si tu lui as dit adieu!

— Il le fallait, mon capitaine; ça pressait, rappelez-vous.

« En revanche, je lui ai écrit.

« Je lui écrivais tous les jours.

« Sans compter les cartes...

« Elle doit en avoir une collection: toute la Belgique en images.

« Il n'y en a qu'une que je ne lui ai pas envoyée.

« La carte de Luna-Park!

Capitaine, excusez-nous, mais j'ai eu la main forcée.

— Ah! oui, goguenarda le père Lancelin, celle où l'on te voit faisant le joli cœur, aux pieds de Poupoule.

« Évidemment que Rosette aurait pu la trouver mauvaise, être jalouse.

— Pour quant à ça, non, fit le Montmartrois en riant.

« Rosette me connaît comme je la connais; c'est franc de jeu entre nous.

« Et puis, vrai, c'était pas le cas.

« Tout simplement, je n'avais qu'une photo.

« Celle que je vous ai envoyée.

« Ça me fait même penser qu'il faudra que je vous la redemande.

« Vous l'avez toujours?

— Sûrement, et je ne la prêterai pas à n'importe

qui... Qu'en veux-tu faire, tirer une autre épreuve?

— Justement, ça m'amusera de voir ça, plus tard.

— Bien, tu n'as qu'à la prendre.

« A propos, est-ce que Rosette sait que nous sommes en route pour revenir?

— Non, j'ai voulu lui faire la surprise.

— Parfait, mais alors elle aura tout aussi bien la surprise demain.

« Et vous aurez toute une journée devant vous.

« Vingt-quatre heures à vous ballader bras dessus, bras dessous, à la mode des amoureux.

« Un instant j'avais pensé, moi aussi, à courir chez Bertard, à la descente du train, mais c'est toute une affaire.

« Si le train ne rattrape pas son retard ça nous reporte à onze heures et plus. Ces dames peuvent très bien être au lit.

« En outre, nous devrons nous présenter tels que nous sommes, tout poudreux du voyage.

« Songe, fiston, que je ne me suis pas déshabillé depuis deux jours.

« Songe aussi que ce soir, c'est à peine si tu pourras échanger quatre mots avec ton amie.

« Tu auras tout le monde sur le dos.

« M. Bertard, ces dames; chacun voudra t'interroger.

« Donc voilà qui est réglé: on se présentera demain.

« Et maintenant, à table!

« Il est huit heures bientôt.

« As-tu faim, mon garçon?

— Non, pas beaucoup.

— Ça ne fait rien.

« Nous allons toujours casser la croûte.

« Ça fera passer le temps et ça nous permettra d'attendre le souper.

« Car nous soupons ce soir, petit gas, c'est bien le moins, qu'on arrose ta réussite.

« Nous soupons tous deux comme deux copains.

« Ça te va-t-il?

— Oui, mon capitaine, mais où soupe-t-on?

« A Montmartre, aux Halles?

— Non, chez moi.

— Mme Pierre est prévenue?

— Oui, parmi les dépêches expédiées tout à l'heure, il en avait une pour elle.

« Et j'ai commandé un de ces gueuletons soignés.

« L'ami Bertard m'a envoyé certain pâté de Strasbourg.

« Il me reste justement quelques bouteilles de vieux Corton que je garde pour les grandes occasions.

« On va casser la figure à une ou deux.

« Les autres seront pour célébrer l'acquittement du lieutenant Ferbach.

Tout en causant le capitaine avait entraîné Patoche dans le wagon-restaurant où ils prirent place à la table retenue d'avance.

Quand on apporta le café, le garçon alla chercher Flic et la conversation continua gaiement entre les trois collaborateurs.

Pendant ce temps le rapide filait à toute vapeur.

A dix heures, il avait rattrapé son retard et à la demie il entrait tout fumant dans la gare du Nord.

Le père la Manille et Flic eurent un dernier colloque rapide, puis se séparèrent.

Vingt-cinq minutes plus tard, le capitaine et Patoche arrivaient devant leur domicile, boulevard St-Germain.

Le père Lancelin montra les fenêtres brillamment éclairées:

— Tu vois, dit-il, Mme Pierre a illuminé en notre honneur.

« On nous attend. C'est bon signe.

— Oui, mon capitaine, répondit le Parigot en s'engageant dans l'allée derrière son supérieur, je vois et je sens aussi.

— Qu'est-ce que tu sens?

— Une vague odeur de truffes.

Mme Pierre les attendait sur le palier, une lampe à la main.

— Entrez, dit-elle à mi-voix.

« Vous avez fait bon voyage?

— Très bon, ma brave dame, répondit le capitaine.

« Et nous avons une faim de renards. Vous pouvez servir tout de suite.

« Je ne fais que changer de faux-col et l'on commence.

Au moment de sortir, il passa la tête par la porte de la salle à manger.

— Qu'est-ce que c'est? s'écria-t-il tandis que son nez remuait de surprise.

« Vous avez mis quatre couverts.

— Oui, monsieur, répondit la gouvernante sans se troubler.

« Vous avez deux convives.

— Elle est forte!

« Mais je n'ai invité personne.

— Je sais, ils se sont invités eux-mêmes. Ce sont des amis.

« Ils étaient là quand j'ai reçu votre dépêche.

« Comme il y en avait un qui brûlait d'envie de vous voir, il est resté et l'autre a dû lui tenir compagnie.

— Des amis, murmurait le vieux grognard abasourdi, tant mieux!

« Mais quels amis... Expliquez-vous, nom d'une brique!

A ce moment une porte s'ouvrit et Patoche poussa un cri de joie!

— Ma petite Rosette!

Déjà le Parigot l'enlevait entre ses bras.

Derrière elle une dame en toilette sombre s'avançait: Mme Brévannes.

— Capitaine, dit-elle, excusez-nous, mais j'ai eu la main forcée.

« Cette chère enfant avait une envie folle d'embrasser son ami.

« Seulement elle n'osait pas s'attarder seule.

« Alors, je suis restée.

« Je joue les duègnes, comme vous voyez.

— Oh! madame, protesta l'officier, en baisant galamment la main de la veuve, je proteste.

« En tout cas vous avez été merveilleusement inspirées, l'une et l'autre.

« Soyez les bienvenues!

CHAPITRE CLVIII

Où l'honnête Patoche est pris d'une envie subite d'astiquer

Le lendemain ce fut le père la Manille qui dut réveiller le brave Patoche, lequel dormait à poings fermés.

— Allons, à terre, gros paresseux! dit-il jovialement.

« Il est neuf heures passées.

« Tu oublies, mon garçon, que Rosette va arriver d'un moment à l'autre.

« Vois-tu qu'elle te trouve encore au pieu!

« C'est ça qui serait galant.

« D'ailleurs, moi-même j'ai à sortir.

— Où allez-vous, mon capitaine?

— J'ai un tas de courses à faire!

« Un tas de gens à voir, l'avocat de Ferbach, d'abord, Me Léon Jacques, puis M. Bertard.

— Vous voulez leur annoncer l'arrivée des Lempereur?

— Eh non! ils sont fixés déjà.

« Je leur ai télégraphié dès le coup fait. Ça en valait la peine, il me semble. Et M. Bertard s'est mis à l'œuvre aussitôt.

« A cette heure, il doit être en train de faire certaines démarches importantes.

« Tu comprends, il s'agit que l'instruction soit menée rondement.

« Evidemment le Ministre de la Justice, le Procureur et les autres ne feront pas de zèle... Seulement on va leur mettre l'épée aux reins.

« Il y a des moyens de forcer la main... même aux magistrats.

— Avance à l'ordre, mon garçon, Monsieur Bertard tient à te féliciter.

« Ceci est l'affaire de M. Bertard qui a les relations qu'il faut, au Parlement, dans la presse et jusqu'au Palais.

« Moi, pendant ce temps, je m'occupe de faire parvenir la bonne nouvelle jusqu'au prisonnier du Cherche-Midi.

— Vous comptez voir le lieutenant?

— Difficile! j'essaierai toutefois.

« Mais je doute que l'autorisation me soit accordée.

« J'en serai quitte pour m'y prendre autrement.

« En effet, il y a quelqu'un qui a ses entrées petites et grandes à la prison militaire.

« C'est l'avocat, Me Léon Jacques.

« Aussi est-ce à lui que je vais faire ma première visite.

— Et la femme du lieutenant, madame Ferbach?

« Est-ce qu'elle sait?

— Rien de précis encore. J'ai préféré ménager ses nerfs très ébranlés.

« Ce matin je pensais à monter chez elle, mais Mme Pierre m'a appris qu'elle dormait encore.

« Il paraît qu'elle s'est couchée tard hier soir.

« D'ailleurs, j'aime mieux la voir après les autres.

« J'aurai de meilleures nouvelles à lui annoncer.

— Vous attendez d'autres nouvelles?

— Non, pas précisément. C'est une façon de dire.

« Je veux parler de ce que va dire l'avocat.

« Déjà après la mort de M. Brévannes et le suicide du docteur Rubin Me Léon Jacques se faisait fort d'obtenir l'acquittement.

« A plus forte raison maintenant que...

« Tiens! s'interrompit le capitaine.

« On appelle au téléphone.

« Je parie que c'est l'ami Bertard.

L'officier était déjà à l'appareil et la conversation s'engageait.

Patoche n'entendait qu'une partie du dialogue, mais il lui était facile de deviner le reste.

— Allô... allô! disait le père la Manille.

« C'est vous, M. Bertard?

— ...

— Si nous avons fait bon voyage... tout à fait... Merci bien!

— ...

— Les Lempereur aussi. Ils sont bouclés en ce moment en lieu sûr.

— ...

— Moi aussi, j'aurais à vous parler.

« Je me proposais d'aller chez vous.

— ...

— Vous préférez venir ici... très bien!

« A quelle heure?

— ...

— C'est entendu, je vous attendrai ici à onze heures tapant.

« Je vais faire une course d'ici là.

— ...

— Où je vais? chez l'avocat d'André.

— ...

— Sa femme... Jeanne... elle va très bien. Je ne l'ai pas encore vue.

— ...

— Patoche aussi va bien... Il est là... Vous voulez qu'il vienne à l'appareil.

« Mais ne coupez donc pas, mademoiselle, nous n'avons pas fini.

— ...

Le père Lancelin appela son ordonnance.

— Avance à l'ordre, mon garçon, M. Bertard tient à te féliciter personnellement.

Le Parigot passa à l'appareil et reçut de l'ancien Ministre quelques compliments chaleureux, quelques mots bien sentis qui lui mirent le cœur en joie.

— Quel chic type, murmurait-il en raccrochant les récepteurs.

« Ah! si tous les millionnaires étaient comme lui.

« On ne serait pas long à s'entendre.

— Parbleu! fit le capitaine.

« En voilà un qui sait faire bon usage de sa galette.

« A propos, petit gas, je t'annonce que ta fortune, à toi, est faite...

« M. Bertard a dû t'en parler?

— Non, mon capitaine.

— Alors, c'est qu'il préférait que ce soit moi, ton chef, qui t'apprenne la bonne nouvelle.

« Pour que le couple Lempereur fût arrêté, M. Bertard aurait donné cent mille francs et plus.

« Il ne fera pas moins pour toi. C'est lui qui se charge de doter Rosette,

— Je n'ai pas travaillé pour l'argent, murmura le Parigot.

— Eh! je le sais bien, s'écria le capitaine.

« Aussi n'est-ce pas de l'argent qu'on t'offrira à toi, du moins, mais autre chose: une situation de choix!

« Laquelle? on verra alors... Tout ce que je sais, c'est

que votre avenir est assuré, à toi et à Rosette, et j'en suis enchanté, ravi!

« Là-dessus assez bavardé.

« Le temps passe et il faut que je m'habille!

« Tenue numéro un!

« Il se pourrait que nous eussions de *grosses légumes* à voir...

— Alors, mon capitaine, je m'en vais préparer vos effets?

— Je te le défends bien, fit le grognard en grossissant la voix.

Tout autour étaient étalés les effets du capitaine.

« Aujourd'hui je te donne congé complet, *campo* du matin au soir.

« Mon uniforme est tout prêt, étalé sur mon lit, par Mme Pierre.

« Habille-toi, ça vaudra mieux.

« Ta bonne amie peut arriver d'un instant à l'autre.

« Vois-tu qu'elle te trouve en tenue d'écurie.

Et le capitaine Lancelin passa dans sa chambre.

Un quart d'heure après il ressortait tout habillé, prêt à partir.

Etonné de ne pas voir le Parisien, il le chercha dans l'appartement.

Il alla ainsi jusqu'à une pièce située tout au fond et qui servait de cabinet de débarras.

Il ouvrit la porte et poussa un grognement de surprise.

Devant lui, Patoche se tenait le bras gauche enfilé dans une botte qu'il faisait reluire avec ardeur.

Tout autour étaient étalés les effets du capitaine: vêtements, casques, éperons, sabres, etc., tout le *fourbi*, eût dit le Parigot.

A cette vue le Père la Manille tapa du pied.

— Coquin de sort! cria-t-il. Qu'est-ce que tu fous là?

« Je t'avais défendu de toucher à mes frusques.

— Que voulez-vous, mon capitaine, fit le Parigot. Je n'ai pas pu résister à la tentation.

— *Et moi, on ne m'embrasse pas!*

« C'est un plaisir pour moi, un vrai, de m'occuper de vous, de vos affaires... Voilà quinze jours que ça me manquait.

« Alors, tout par un coup, j'ai été pris d'une envie d'astiquer, une véritable envie de femme grosse.

« Et vous savez, c'était pas de gloire.

« Ça commençait à en avoir besoin, les armes surtout!

« Mme Pierre suffit pour brosser un *falzar* ou enlever une tache sur un dolman.

« Mais quand il s'agit d'un casque ou d'un fourreau de sabre, c'est une autre paire de manches.

— « Il n'y a encore que moi, Patoche, qui sache donner le brillant, le coup de flon que vous aimez.

— Sacré Patoche, va, murmurait le capitaine.

« Il n'en fera jamais qu'à sa tête.

« Dépêche-toi en tout cas.

« Nous avons à sortir l'un et l'autre.

Le capitaine allait se retirer quand on frappa un coup discret à la porte palière.

— Ce doit être madame Pierre, maugréait le père la Manille.

« Elle a oublié sa clef comme toujours.

« Quelle tête sans cervelle.

Le Montmartrois ouvrait déjà la porte.

— Non, cria-t-il joyeusement, c'est Rosette!

La fleuriste portait une toilette toute simple offerte par Mme Bertard et qui lui allait à ravir... Le bonheur achevait de l'embellir.

Patoche ne l'avait jamais vue si radieuse.

— Comme t'es *bath*, murmurait-il extasié.

« Je voudrais bien t'embrasser, mais je n'ose pas.

« J'ai les mains pleines de cirage.

La fleuriste éclata de rire et lui sauta au cou.

— Bonjour, mon cher Alexandre.

— Et moi, dit le capitaine qui arrivait en ce moment.

« On ne m'embrasse pas?

— Si, capitaine, s'écria la Parigotte, en se jetant dans les bras du brave homme.

« Si vous saviez comme je vous aime, monsieur Lancelin.

— Je le sais, mon enfant.

« Seulement ne m'appelle plus monsieur, ni capitaine, ça me glace.

« Souviens-toi de ce que je t'ai dit, l'autre jour.

« Je suis ton oncle, nom d'un pétard!

— C'est vrai, bonjour mon oncle.

— Voilà qui est mieux. Maintenant, toi, Patoche, va

t'habiller.

« Tu finiras d'astiquer demain.

— C'est fini, mon capitaine.

« Il ne me restait plus qu'un point à faire.

« C'est la doublure de votre dolman qui est décousue.

« Or, Rosette tombe à pic.

— Je crois bien, s'écria la fleuriste.

Déjà elle tenait le vêtement et ce fut en vain que le capitaine protesta.

— Oh! non, disait Rosette, tout heureuse.

« Laissez-moi faire, mon oncle. Je suis si contente de travailler pour vous qui êtes si bon.

— Sacrés gosses, murmurait le vieux grognard attendri.

« Voilà que je ne suis plus maître chez moi, à présent.

Puis se tournant vers Patoche :

— Qu'est-ce que tu fiches là? Va t'habiller, non de nom!

« Moi, je tiens compagnie à ma nièce, pendant ce temps.

— Bien, mon capitaine, on y va. Et ce ne sera pas long.

Lorsque le Parigot revint, en tenue numéro un, lui aussi, le capitaine demanda :

— Où allez-vous, mes enfants?

« Vous ballader à Montmartre?

— Oui, mon capitaine, rue Lepic, pour commencer. On va voir, les vieux.

— Bonne idée, p'tit gas. C'est d'un bon cœur, ça.

— Vous comprenez, voilà des semaines que je leur parle de Rosette comme d'une perle rare.

« Mais ils ne l'ont pas encore vue.

« C'est aujourd'hui que je leur présente ma petite fiancée.

« On ira probablement déjeuner là-haut — non loin de la place du Tertre — un petit restaurant épatant!

« Ce sera le dîner de fiançailles.

— Bravo, approuva Lancelin.

« Et la bague?

« C'est moi qui vous l'offre.

« Nous allons descendre chez le bijoutier voisin.

— Pas la peine, mon capitaine, répondit Patoche, j'y ai pensé.

« Je l'ai rapportée de Bruxelles.

« Je l'ai achetée le jour même de mon arrivée et, depuis, je la porte sur moi comme un fétiche.

« Je suis sûr qu'elle m'a porté bonheur!

Tout en parlant le Montmartrois avait tiré un écrin de sa poche.

Il l'ouvrit et le présenta à la fleuriste.

Celle-ci toute rose de bonheur regardait la bague — un simple anneau rehaussé d'un rubis — sans oser la prendre.

— C'est trop beau, murmurait-elle le visage transfiguré.

« Et puis, Alexandre, il faudrait consulter vos parents, avant tout.

« S'ils refusaient leur consentement?

— La bonne blague, rigolait le Parisien qui prit le doigt de Rosette et passa l'anneau prestement, la bonne blague.

« Mes parents seront ravis, au contraire.

« On n'est pas des bourgeois... de ces borgeois à cœur de pierre.

— Patoche a raison, déclara le capitaine à son tour.

« Deux fois raison, même... l'offre de la bague a toujours lieu en présence des parents de la jeune fille.

« Or, c'est moi, pour le moment, qui représente toute la famille de ma nièce.

« Par conséquent, allez-y, mes enfants!

Le vieux grognard poussa la fleuriste dans les bras de Patoche.

— Embrassez-vous.

« Et là-dessus, partons.

« J'ai énormément de choses à faire aujourd'hui.

— Vous ne voulez pas que je vous aide, décidément? demanda le Parigot.

— Non, mon garçon, c'est dit.

« Je t'accorde une permission de vingt-quatre heures.

« Tu ne l'as pas volée.

Le capitaine et les deux jeunes gens gagnèrent le boulevard où ils se séparèrent.

Un instant, le vieux grognard regarda les amoureux s'éloigner, bras dessus, bras dessous, sous les arbres.

— Ah! jeunesse, murmurait-il, jeunesse!

Son joyeux visage s'était assombri soudain.

Il pensait à sa fille.

A la douce innocente qu'il avait chassée avec la mère coupable.

— Où est-elle, se demandait-il pour la centième fois.

« Vit-elle encore?

« Alors qui sait dans quelle fange elle a roulé.

« Mieux vaudrait pour elle, qu'elle soit morte, peut-être.

« A moins qu'elle n'ait rencontré un brave garçon, comme Patoche.

Le père la Manille monta dans un auto-taxi qui passait et donna l'adresse de M⁰ Léon Jacques chez qui il se rendait tout d'abord.

Mais c'est en vain qu'il s'efforçait de penser à l'importante conférence qui allait avoir lieu.

Evoquée par la silhouette de la fleuriste, une image gracieuse flottait devant ses yeux.

L'image de sa fille disparue quelque vingt ans plus tôt.

Bien que n'en parlant jamais, le capitaine y pensait souvent depuis qu'il s'était réconcilié avec la mère.

Il avait revu la matelassière plusieurs fois et celle-ci était arrivée à lui faire partager sa conviction sur l'existence de leur fille.

— Il n'y a pas de doute, se disait le capitaine, en ce moment cette femme est sincère.

« Quels qu'aient été ses égarements, elle aime sa fille, notre Jeannette.

« C'est par amour pour elle qu'elle avait accepté un rôle dans l'abominable complot combiné par Walter Humding.

« Jeanne est convaincue que notre enfant vit et c'est elle qui doit être dans le vrai.

« Le cœur des mères ne se trompe pas.

« Jusqu'ici je doutais et pour cause!

« Le premier renseignement là-dessus m'était venu par Walter Humding.

« Je voyais là une ruse de l'espion, pour me tenir à sa merci.

« Ce qui m'étonne, me ferait douter, c'est que Walter Humding, si vraiment il sait où est ma fille, ne se soit pas servi plus tôt de ce mode d'intimidation.

« Il avait là une arme terrible.

« Sans doute qu'il la garde pour la fin.

« C'est son dernier atout.

« Ou bien le boche manque-t-il encore de certaines preuves.

« Il sait que je ne me rendrai qu'à l'évidence.

...La conférence avec l'avocat, les bonnes paroles

Elle apportait à Poupoule le déjeuner

qu'il en reçut, chassèrent pour un moment les préoccupations du vieux grognard.

Il oublia ses propres soucis pour ne penser qu'à son amie Jeanne Morin.

Lorsqu'il se présenta devant elle, le capitaine avait reconquis son entrain ordinaire.

La jeune femme le reçut à bras ouverts.

— Enfin! s'écria-t-elle, je vous attendais, avec quelle impatience!

« Je viens seulement d'apprendre votre retour par Mme Pierre.

« Pourquoi ne m'avez-vous pas télégraphié?

— Pour vous éviter une émotion inutile.

« Et puis je tenais à avoir quelque chose de plus à vous dire...

« Justement je vous apporte des bonnes nouvelles.

— De qui... d'André?

— Non, pas encore, répondit Lancelin.

« Des nouvelles d'André, M⁰ Léon Jacques vous en apportera ce soir.

— Vous avez vu l'avocat?

— Je le quitte à l'instant.

— Et que dit-il? Est-il toujours plein de confiance?

— Plus que jamais!

Je voudrais bien voir qu'il en fût autrement.

« La capture du couple Lempereur est un coup terrible pour nos ennemis.

« Cette vieille coquine aura beau nier — car elle niera, elle a commencé déjà — nous la tenons et par elle, son patron: Walter Humding!

« Des perquisitions vont être faites à ses divers domiciles.

« On découvrira des papiers, des preuves irréfutables.

« Nous en avons plusieurs déjà.

« Je vous le répète, André est sauvé!

« Encore quelques jours et le petit gas nous sera rendu.

« Dire que c'est à ce sacré Parigot de Patoche que nous devrons ça, en grande partie.

Jeanne avait les yeux pleins de larmes.

— Oui, murmura-t-elle, toute heureuse.

« Je sais, mon bon ami. Je sais tout ce que je vous dois, à vous et à lui!

« Comment m'acquitter jamais!

— En étant heureuse, voilà tout ce qu'on vous demande.

Le vieux grognard et la jeune femme s'entretinrent un long moment encore.

Puis, tout en parlant, celle-ci se mit à fureter dans l'appartement.

Elle allait et venait, ouvrait tous les tiroirs l'un après l'autre.

— Qu'est-ce que c'est? finit par dire le capitaine.

« Vous avez perdu quelque chose.

— Oui, répondit Jeanne.

« Un objet auquel je tenais beaucoup.

— De quoi s'agit-il?

— Un portrait de moi encore au berceau.

« Une miniature sur ivoire grande comme une pièce de vingt sous.

« Ma pauvre maman l'avait fait monter en broche et m'en avait fait cadeau le jour de ma première communion.

« C'est pourquoi, j'y tiens tant!

« C'est tout ce qu'il me reste d'elle.

« Ma mère y tenait aussi, mais pour un autre motif.

« Un de ces motifs romanesques comme s'en forgent les pauvres gens.

« Cette miniature nous avait été offerte par un parent parti depuis pour l'Amérique, disait-on, où il était en train de s'enrichir.

« Ma bonne maman s'imaginait que ce parent reviendrait un beau matin et ferait notre fortune à tous.

« Aussi m'avait-elle recommandé de garder cette broche comme la prunelle de mes yeux.

« C'est pourquoi — parce que c'était un souvenir d'elle — je ne la portais presque jamais.

« J'avais trop peur de la perdre.

— Alors, l'objet ne peut pas être bien loin.

— C'est ce que je me suis dit tout d'abord, mais voilà deux heures que je cherche.

« J'ai passé partout, tout retourné.

« Si bien que ça m'intrigue...

« Je me demande si quelqu'un n'aurait pas volé la broche.

— Elle avait de la valeur?

— Aucune et c'est bien ce qui me fait hésiter.

« Un petit bijou dédoré dont on n'eût plus trouvé vingt sous chez le brocanteur du coin.

— Ce serait bizarre, en effet, murmura le capitaine.

« Je crois que vous avez mal cherché.

— Oui, c'est le plus probable.

A ce moment, la pendule sonnait et le vieux grognard se leva d'un bond.

— Onze heures, fit-il, M. Bertard doit être chez moi.

« Nous allons nous occuper de vous.

« Il est probable que vous serez appelée au Palais incessamment; mais nous recauserons de cela au moment voulu.

« A bientôt, chère amie.

Et il partit en coup de vent.

CHAPITRE CLIX

Le Tigre amoureux

— Bien, cher maître.

« Je vous remercie d'avoir bien voulu vous charger de ma défense.

« Pour ce qui est de vos conseils, je les suivrai de point en point.

Mme Lempereur se leva à son tour et accompagna son avocat, Me Dazoul, jusqu'à la porte de sa cellule.

Restée seule la brocanteuse s'assit à une petite table qui avec un lit et deux méchantes chaises composait tout son mobilier de prisonnière.

Elle avait repoussé le livre qu'elle feuilletait quelques minutes plus tôt et réfléchissait le front entre ses mains.

C'était le troisième jour de son incarcération à St-Lazare et ce même soir, à deux heures, devait avoir lieu le premier interrogatoire proprement dit.

La première phase du long duel qui allait se poursuivre pendant plusieurs jours, peut-être plusieurs semaines entre elle et le juge d'instruction.

Jusque-là Mme Lempereur objectant l'absence de l'avocat réclamé par elle — en voyage pour deux jours encore— avait refusé de répondre à toutes les questions.

— J'ai bien fait d'esquiver le débat, se disait-elle en ce moment.

« Me Dazoul vient de me féliciter.

« Ma grande peur, c'était que mon mari, mon gaffeur de mari ne parlât trop.

« Mais me voilà rassurée!

« Sans le savoir, par lâcheté pure, par couardise il a adopté un système de défense excellent... le seul qu'il soit capable de soutenir:

— *Je ne sais rien,* dit-il.

« *C'est ma femme qui conduisait toutes nos affaires.*

« *Je n'ai jamais été que son premier employé.*

« De cette façon, c'est Mᵉ Dazoul et moi, qui allons mener la partie de bout en bout.

« Et je suis de taille à me défendre!

« Et il est un précepte en particulier que je vais suivre à la lettre: *N'avouez jamais!*

« Je doute que nos ennemis possèdent des preuves formelles...

« Des présomptions tout au plus...

« Il y avait bien, ça et là, quelques papiers dangereux qu'on n'a pas eu le temps de détruire; seulement, personne ne connaît la cachette.

« D'ici que les perquisitions arrivent jusque là, Walter Humding aura fait le nécessaire.

Elle brisa la coquille, et soudain resta stupéfaite.

« Ce qui m'étonne, c'est que le patron ne m'ait pas donné signe de vie depuis trois jours...

« Est-ce qu'il m'abandonnerait, par hasard?

« Est-ce qu'il me croirait coupable?

« Non... il sait parfaitement que je n'ai commis qu'une imprudence...

« Imprudence grave, certes! Mais qui jamais se serait méfié?

« Ce jeune homme était si sympathique....

« Toute sa physionomie respirait une telle franchise.

« Pouvait-on soupçonner que, sous des apparences aussi aimables, se cachait un ignoble mouchard?

Mme Lempereur fut interrompue dans ses réfle-

xions par l'arrivée de la sœur geôlière, spécialement attachée à sa personne.

Sœur Sainte-Agathe était une personne austère, toute confite en dévotion.

Toutefois, elle était pleine d'indulgence pour les prisonnières qui faisaient preuve de sentiments religieux.

L'entremetteuse s'en était vite aperçue et elle avait entrepris la conquête de cette femme qui pouvait lui procurer certains adoucissements.

Le soir même de son arrivée, elle avait invité la sœur à venir dire le chapelet dans sa cellule.

— Ça me fera grand bien de prier, avait dit l'entremetteuse d'un air plein de componction...

« Je suis croyante.. quoique j'aie souvent négligé mes devoirs.

« Mais l'épreuve que je subis me sera profitable.

« C'est à des moments comme celui-ci qu'on sent le besoin de recourir à la Providence.

Ce petit *speech* avait eu son effet, et, depuis, la sœur était pleine d'attentions pour sa prisonnière.

En ce moment, elle apportait à Poupoule le déjeuner envoyé par un restaurant du voisinage.

En effet, Mme Lempereur était à la pistole, c'est-à-dire qu'elle avait le droit de faire venir sa nourriture du dehors.

La geôlière en cornette déposa sur la table les mets divers du menu assez copieux commandé par Poupoule, puis se retira.

Sûre qu'une personne aussi bien pensante et douée d'un si bon appétit ne songeait nullement à attenter à ses jours, elle lui avait laissé le couteau et la fourchette ordinairement interdits par le règlement.

Cependant, Mme Lempereur avait pris l'un des œufs à la coque déposés en face d'elle.

Elle brisa la coquille, et soudain, resta stupéfaite, les yeux ronds de surprise.

A l'intérieur, elle venait d'apercevoir un tube de

verre de la grosseur de ces tuyaux de plume où l'on insère les dépêches de la poste par pigeons.

— Une lettre! murmura la brocanteuse qui avait compris tout de suite.

« Ça ne peut venir que du patron...

Déjà elle avait brisé le frêle tube entre ses doigts. Elle en tira une mince bande de papier pelure qu'elle déplia avec des précautions infinies.

Quelques lignes étaient tracées là, mais d'une écriture si fine, que la brocanteuse eut beau se pencher, il lui fut impossible de lire.

— Il me faudrait une loupe, songeait-elle.

« Comment le patron n'a-t-il pas prévu qu'à Saint-Lazare cet instrument me ferait défaut.

Mais, presque aussitôt, elle se rappela une leçon donnée par Walter Humding.

— Que je suis bête! murmura-t-elle.

Elle étala le billet sur la table, et plaça dessus le verre à boire apporté du restaurant.

Cette lentille improvisée donna aussitôt le grossissement attendu.

Les caractères apparurent très distincts et Mme Lempereur lut ce qui suit:

« *Madame, comme vous le voyez, je pense à vous.*

« *Même au fond de votre prison, vous êtes en mon pouvoir.*

« *J'aurais pu vous empoisonner si j'avais voulu...*

« *J'espère que je n'aurai pas besoin de recourir à ce moyen...*

« *Je pense que vous me comprenez...*

« *Au besoin, rappelez-vous ce qui advint à votre amie Liliane...*

« *Pour le reste, soyez sans inquiétude... Je me fais fort de vous tirer des griffes de la Justice.*

Mme Lempereur tremblait en achevant cette lecture.

— Le patron a peur que je le vende, murmura-t-elle.

« Je n'y ai pas pensé un instant... Je connais trop cet homme terrible qui voit tout, qui peut tout.

« J'aimerais mieux risquer une condamnation que de me sauver à ses dépens.

« Mieux vaut risquer quelques mois de prison qu'une tasse de mauvais café.

Mme Lempereur tenait toujours le billet.

Elle le lut une seconde fois, l'examina en tous sens cherchant une signature, une marque quelconque.

— Rien, murmura-t-elle bientôt.

« Ça n'est pas signé... à quoi bon, d'ailleurs...

« Je reconnais le style du maître...

« Quel génie diabolique!

« Comment s'y est-il pris pour introduire ce billet dans l'œuf sans que rien ne parût à l'extérieur?

Elle avait repris l'œuf et le retournait, le tâtait en tous sens.

— Rien, répéta-t-elle... pas la moindre fissure.

« Il a fallu percer cette coquille, cependant, puis l'obturer à nouveau.

« Mais tout cela a été fait si adroitement qu'il ne reste aucune trace.

« Pas même une cicatrice.

Cet examen achevé, Poupoule se mit en devoir de faire disparaître le mystérieux billet.

Elle le mâcha, en fit une minuscule boulette de pâte molle qu'elle cracha par terre, et écrasa du pied sur le carreau de la cellule.

Cette précaution prise, l'entremetteuse déplia sa serviette et commença de dîner de fort bon appétit.

Quelques heures plus tard, un élégant gentleman se promenait avenue d'Orléans, côté des numéros impairs.

Le comte d'Amaury — alias Walter Humding — arpentait le trottoir d'un pas saccadé, fiévreux.

Il allait et venait du Lion de Belfort au numéro 36 où était la pension tenue par Mme Lenoir.

C'était la troisième fois qu'il venait là dans l'espoir d'apercevoir Yvette.

Depuis l'incendie du cinématographe, l'amour de Walter Humding était devenu une passion véritable.

Une sorte de hantise qui troublait ses nuits.

Il se voyait emportant dans ses bras, pressant sur son cœur la jeune fille évanouie.

Il croyait encore sentir la douce chaleur de ce corps abandonné, respirer son parfum.

Et tout son être frémissait à ce souvenir voluptueux.

— Oh! murmurait-il parfois, baiser ces lèvres de vierge!

« Apprendre le baiser à cette bouche qu'aucune bouche n'effleura jamais!

On le voit, le tigre était amoureux.

Amoureux au point d'oublier presque les échecs qu'il venait de subir coup sur coup.

Une chose le préoccupait surtout: la disparition de Van Flam.

— Cet homme nous a trahis, se disait l'espion en ce moment.

« La preuve est faite désormais et je lui en veux à peine.

« C'est le père d'Yvette.

« Je le regrette... parce que, avec lui pour avocat, j'étais sûr de gagner ma cause.

« Van Flam n'avait rien à me refuser.

« Lui parti, je perds mon meilleur atout, le seul.

Walter Humding se promena un instant encore.

puis, craignant d'être remarqué, il avisa un café situé non loin du numéro 36.

Il s'assit à la terrasse derrière les fusains et se mit à observer la porte de la maison.

Plusieurs fois, il avait été sur le point d'entrer, mais il avait hésité au dernier moment.

En effet, Walter Humding avait appris qu'à la suite de la blessure du fils Lenoir, une enquête avait été ouverte mais il ne savait rien de plus.

Les journaux n'avaient parlé de rien et la police suivait l'affaire en grand secret.

C'était une raison de plus pour l'Allemand d'être circonspect.

D'ailleurs, il avait rendez-vous bientôt avec un de ses agents, lequel lui avait annoncé des détails précis sur l'enquête en train.

— Attendons encore quelques instants, se disait-il.

« Il se peut que la police française que Lancelin qui la vaut à lui tout seul, aie découvert mon passage dans la famille Lenoir.

« Dans ce cas, ils ont dû tendre une souricière...

« J'ai beau être méconnaissable, sûr de moi... je dois reconnaître le piège avant de m'y risquer.

Cependant, la nuit venait, et Yvette ne se montrait toujours pas.

L'Allemand consulta sa montre.

— Sept heures bientôt, murmura-t-il... si je rentrais?

« Mon agent doit être chez moi à m'attendre.

« Le mieux est d'aller le rejoindre.

« Une fois que je serai renseigné, je verrai ce que j'ai à faire.

« Je suis plus que jamais résolu à me présenter de nouveau dès ce soir à Mme Lenoir. Ce n'est pas elle qui me reconnaîtra, ni son fils.

Walter Humding partit et remonta l'avenue du Parc Montsouris.

C'était là qu'il habitait pour le moment, à deux pas de la librairie où travaillait Yvette van Flam.

— Comme elle l'aime, grognait-il les dents serrées.

Comme il approchait de son domicile, il s'arrêta soudain, le cœur étreint d'une angoisse délicieuse.

— La voilà, murmura-t-il... C'est elle, Yvette!

Au même instant, un jeune homme qui guettait sous les arbres, s'approcha de la jeune fille.

— Lui! gronda l'espion, le visage bouleversé d'une rage atroce, toujours lui...

C'était Jean Lenoir qui venait attendre son amie comme tous les soirs.

Le regard de l'espion s'était porté tout de suite sur le bandeau qu'on apercevait entre le chapeau et le col relevé du jeune homme.

— C'est bien lui, grinçait-il. Je reconnais l'endroit où j'ai frappé.

« Frappé en vain...

« Grâce à ce bossu maudit, mon ennemi se porte mieux que jamais!

« Et depuis, elle l'adore, elle!

« Il n'y a qu'à voir comment elle se pend à son bras, comme elle se penche vers lui.

Le cœur torturé de jalousie, Walter Humding s'était mis à suivre les fiancés à distance.

— Comme elle l'aime! grognait-il, les dents serrées.

« Jamais cette enfant ne sera à moi.

« Je la veux, cependant... Je la veux et je l'aurai!

« Cette femme m'a ensorcelé, jeté un sort, comme disent les bonnes gens.

« Depuis que je la poursuis, je ne suis plus le même homme.

« Je perds tous mes moyens et nos adversaires gagnent du terrain chaque jour.

« Il faut que cela finisse.

« Il faut que je me passe cette envie afin de redevenir moi-même.

« Mais comment? Son père sur qui je comptais se dérobe...

« Il est vrai que je le retrouverais vite si je le voulais.

L'espion qui cheminait tête basse releva le front tout à coup.

Une idée infernale venait de surgir dans son cerveau en travail, et aussitôt son visage s'était illuminé d'une joie sinistre.

— Parbleu! murmura-t-il... Comment n'y ai-je pas pensé plus tôt?

« Voilà le moyen, le seul: s'emparer de Van Flam le traître.

« C'est facile, en somme...

« Quel otage entre mes mains!

« Une fois maître du père, je pourrai faire mes conditions à sa fille et il faudra qu'elle les subisse.

« Il faudra qu'elle rachète la vie du traître.

« Sinon... mais elle préférera se sacrifier.

« Cela se voit, se devine... rien qu'à son air de Madone...

« Elle a tout à fait le physique de l'emploi acheva le bandit en ricanant:

« Vierge et martyre!

CHAPITRE CLX

Il vit un inconnu à face patibulaire.

Où Walter Humding commence à mettre à exécution ses projets sur Yvette Van Flam.

Walter Humding suivit le couple pendant quelques pas encore.

Mais la vue de son rival lui faisait grincer les dents.

Pour la première fois de sa vie, il sentait cette maîtrise de soi, dont il était si fier, l'abandonner complètement.

Par moment, il était tenté de se ruer sur Jean Le-noir, d'arracher Yvette de son bras et de l'emporter comme une proie.

L'apparition de Pas-de-Canard, qui s'avançait humble et heureux, à la rencontre des jeunes gens lui fit faire demi-tour subitement.

— Encore lui! grommelait-il.

« Je le trouverai donc toujours sur mon chemin.

« Malheur à lui s'il continue à me gêner.

Le comte d'Amaury remontait vers son domicile, situé un peu plus haut, du côté de la rue d'Alésia.

Il allait franchir le seuil, lorsqu'il vit un inconnu à face patibulaire, qui suivait le même chemin depuis un instant, s'approcher de lui brusquement.

C'était un homme de haute taille, une sorte d'Hercule dont le visage grimaçant disparaissait à moitié sous un mouchoir taché de sang.

Toujours sur le qui-vive, Walter Humding avait tressailli, mais presque aussitôt, il reconnaissait l'agent attendu.

— Derteuffel! grogna-t-il.

« Vous m'avez fait peur avec cette mine de malandrin.

« Je n'aime pas ces plaisanteries, vous savez, Muller.

Muller, un des meilleurs agents du faux comte était chargé de la surveillance des ports.

Mais son chef, qui voyait l'orage s'accumuler autour de lui, s'était empressé de l'appeler à Paris après l'arrestation du couple Lempereur.

Il avait fallu cela pour que Walter Humding recourût à cet homme qu'il détestait, tout en reconnaissant ses mérites.

En effet, Muller opérait en France depuis vingt ans bientôt, et, chose rare, jamais il n'avait été inquiété.

Allemand de Francfort, il se donnait comme Alsacien et représentait une vague maison de Strasbourg.

Il possédait non seulement le Français, mais l'argot à fond, et eût rendu sur cet article, des points à Patoche lui-même.

— J'entendais presque tout ce qu'ils disaient.

« L'homme au sombrero a décidément disparu.

— Voilà qui est bizarre, insista Walter Humding, qui redoutait la perspicacité de son subordonné.

« Ça m'inquiète, je crains qu'il ne soit tombé dans quelque guetapens...

— Non... je ne pense pas, répondit l'agent Muller.

« Borovitch se cache, et pour cause...

« Je vous expliquerai tout ça dans un instant.

— Bien, fit le faux comte rassuré par cette réponse.

— C'est tout un roman, continuait Muller.

« Le roman chez la portière avec tous les ingrédients ordinaires: amour, crime, et cœtera.

Cependant, Walter Humding avait introduit l'agent dans le petit appartement retenu au nom du comte d'Amaury.

C'était un rez-de-chaussée élégamment meublé, une de ces garçonnières pour rendez-vous clandestins qu'on trouve dans certains quartiers excentriques.

— Asseyez-vous, dit le maître de céans, et mettez-vous à l'aise.

« Nous avons à causer longuement, mon cher Muller.

Et, désignant le mouchoir taché de sang:

— Avant tout, continua-t-il, avec un geste de dégoût non dissimulé, enlevez-moi cet horrible chiffon...

« Vous n'avez plus besoin de masque ici...

— Mais ce n'est pas un masque! s'écria Muller.

En même temps, il soulevait un peu le bandeau et montrait son sourcil gauche tuméflé, sanguinolent.

— Comment! vous êtes blessé?

Doué du sens de l'imitation au plus haut degré, il pouvait jouer tous les rôles, mais préférait les personnages crapuleux: rôdeurs de barrière, portefaix...

Son triomphe, c'était le vieux loup de mer, qu'il avait étudié sur place et mimait à tromper un gabier de la flotte.

Cependant, Walter Humding avait quitté son air rébarbatif.

— Suivez-moi, dit-il tout bas.

« Ainsi, vous avez des nouvelles?

— Oui, chef... et de bonnes, je crois.

— Vous avez retrouvé votre collègue Ladislas Borovitch?

— Non, répondit Muller, qui ne se doutait pas que c'était Borovitch lui-même qui l'interrogeait en ce moment.

— Ya, chef, fit Muller avec un sourire jaune, blessé à l'ennemi, comme on dit en style de rapport.

« Oh! rien de bien grave. Un œil poché qui me tire la ganache à me rendre méconnaissable, même de vous.

« A quelque chose malheur est bon!

« Il n'en est pas moins vrai que j'ai failli y rester.

« Sans un brave agent qui passait par là, je crois bien que je filais mon dernier nœud.

— Comment... murmurait le faux comte, stupéfait et heureux aussi de l'humiliation infligée à cette brute.

« Vous, Muller, l'homme fort, *Muller le Buffle* vous avez trouvé votre maître?

« Je serais curieux de voir votre adversaire.

« Ce doit être un Goliath?

— Ma foi non, maugréa l'agent, qui avait verdi de rage.

« Mon adversaire est un nabot.

« Une espèce de gnome bossu, tordu, mais doué d'une force prodigieuse.

« Vous le connaissez sans doute: Pas-de-Canard.

— Oui, fit Walter Humding, d'un air éva-

« Il me semble avoir entendu prononcer ce nom par Borovitch.

« Comment en êtes-vous venus aux mains, et où?

« A propos de quoi?

— La chose s'est passée hier au Parc Montsouris.

« Comme vous me l'aviez dit, je filais les deux amoureux, la petite Van Flam et l'autre...

« Jusque là il m'avait été impossible de les approcher.

« Le sacré boscot était toujours là, rôdant comme un dogue.

« Et il a l'œil, vous savez, ce monstraillon de malheur.

« Dès notre première rencontre, j'ai été deviné, percé à jour.

« J'ai compris au regard qu'il m'a lancé au passage.

« Depuis, dès que j'approchais un peu, il arrivait crocs au vent, prêt à mordre.

« Ce sera pire encore maintenant, après cette rixe.

« Aussi, si j'étais à votre place, je sais bien ce que je ferais.

— Qu'est-ce que vous feriez, mon ami?

— Ce qu'on fait quand on veut entrer la nuit dans une maison...

« On commence par jeter une boulette au chien..

« Se débarasser du bossu, voilà la première chose à faire, selon moi.

« Lui disparu, la petite et son greluchon ne pè-

seront pas lourd.

Walter Humding avait eu la même idée déjà.

Aussi, connaissant l'astuce de son visiteur, il le scruta pendant une seconde ou deux.

— Est-ce qu'il se douterait de quelque chose? se demandait-il.

« Non, évidemment!

« Yvette est la fille d'un de nos agents, un agent dont nous avons à nous plaindre.

« Cela explique et justifie suffisamment que je m'intéresse à elle.

Et, tout haut:

— Comme vous y allez! répondit-il. Je n'aime guère ces moyens violents.

« Je m'en abstiens, pour ma part, sauf en cas extrême.

« Et puis vraiment, le jeu en vaut-il la chandelle?

« Borovitch est sain et sauf, dites-vous, c'est le principal.

« Trop dangereux, le reste...

— Ça ne le serait pas dans le cas présent, répliqua Muller vivement.

« Pas-de-Canard est seul au monde, et a toujours vécu un peu en vagabond.

« A part la petite Van Flam, personne ne s'inquiète de lui.

« Il peut disparaître pendant une semaine sans qu'on le cherche.

« On a tout le temps de faire disparaître les traces.

« D'ailleurs, j'ai un moyen de supprimer le nabot sans qu'on se doute de rien.

« Par conséquent, acheva l'agent avec un éclair de rage dans le regard, si jamais vous preniez ce parti, faites-moi signe.

« J'ai une revanche à prendre.

« Et je me charge de tout... Je réponds de tout.

« Ce sera du bon travail!

— Entendu! répondit Walter Humding, continuant de jouer l'indifférence.

« Mais rien ne presse.

« Nous en recauserons...

« Revenons à la rixe... Cela s'est passé au Parc Montsouris, dites-vous.

« Qu'est-ce que vous fichiez par là?

— Toujours la même chose: je filais les amoureux comme je disais en commençant.

« Après avoir longtemps rôdé en vain, j'avais pu tromper la vigilance du tortillard.

« C'était à la brune, dans le coin le plus désert du Parc.

« Un endroit à souhait pour embrasser son amie ou casser la figure à quelque rival.

le fils Lenoir et sa *Gretchen* étaient assis sur un

Quant à moi, je m'étais faufilé derrière un massif de rhododendrons.

Ainsi placé, j'entendais presque tout ce qu'ils disent.

La conversation était intéressante.

Malheureusement, ce bossu de malheur m'a tiré tout à coup.

Il allait et venait, l'air furieux, le nez au vent comme un chien policier.

Sentant que la place devenait mauvaise, et voulant éviter un incident, je m'étais empressé de battre en retraite.

J'allais atteindre un couvert, lorsque, *sacrapan!* cet infernal bossu surgi devant moi.

Il semblait sortir de terre comme ces gnomes auxquels il ressemble.

Presque aussitôt, il ruait sur moi.

Ce fils du diable est tout muscle et os...

En un clin d'œil, j'ai été renversé, piétiné.

Heureusement, un jeune cycliste passait par là, rentrant chez lui.

Saisi de peur à la vue de l'uniforme, le nain a pris la fuite et je me suis relevé tout con-

Presque aussitôt il se ruait sur moi.

Je n'en avais pas moins appris ce que je désirais savoir.

— Qu'est-ce que vous avez appris?

— La cause de la subite disparition de notre ami Borovitch. Il avait la police à ses trousses.

— Quelle police? demanda Walter Humding, de plus en plus intéressé.

— Les agents du contre-espionnage?

— Non, la police ordinaire.

L'homme au sombrero est accusé d'assassinat et bien.

Walter Humding eut un imperceptible tressaillement.

— Rien que ça, railla-t-il.

— Qui donc a-t-il assassiné?

— Le bon ami d'Yvette Van Flam: Jean Lenoir, son rival, à ce que prétend l'accusation.

— Tiens, continua le chef, toujours sur le même ton.

« Je viens de le rencontrer, justement, le fils Lenoir.

« Il m'avait l'air de se porter assez bien.

— Il est guéri, à peu près guéri.

« Il n'en est pas moins vrai que le préféré d'Yvette avait reçu un atout sérieux.

— Crime d'amour, ricana Walter Humding.

« Voilà une rubrique chère aux journaux.

« Or, pas un n'a soufflé mot de la chose.

— C'était une consigne, paraît-il.

« Un secret entre le commissaire et le dénonciateur.

« On craignait de donner l'éveil au criminel.

« La victime et ses amis ne se doutaient de rien hier encore.

« Ce n'est qu'hier, quand on a eu la conviction que l'homme au sombrero avait franchi la frontière, que la chose s'est ébruitée et qu'on a convoqué les témoins.

Walter Humding avait dressé l'oreille.

— Il y a des témoins? demanda-t-il.

— Oui, mais qui n'ont rien vu, ni su...

« En réalité, il n'y a qu'un témoin, le dénonciateur... dont je parlais tout à l'heure.

— Et qui s'appelle?

— Pas-de-Canard!

— Toujours ce maudit bossu! gronda Walter Humding.

— Toujours, chef, et ce sera ainsi tant qu'on n'y aura pas mis bon ordre.

« Ce misérable avorton a le génie du mal.

« Il imagine au besoin.

« L'attentat contre Jean Lenoir est une invention de son esprit diabolique.

— Ainsi, vous ne croyez pas au crime ?

— Pas du tout ! s'écria Muller avec une évidente sincérité.

« Vous allez comprendre quand je vous aurai expliqué.

Et Muller raconta l'incendie du cinématographe ainsi que la tentative d'assassinat perpétrée par Ladislas Borovitch au dire de Pas-de-Canard, et l'enquête qui en avait été la suite.

— L'accusation ne tient pas debout, conclut-il.

« La petite Van Flam — je le tiens de sa propre bouche — ne s'était jamais aperçue que Borovitch eut le moindre sentiment pour elle.

« Tout ça, c'est des inventions de ce maudit boscot.

— C'est assez mon avis, acquiesça le faux comte.

« Je connais Borovitch mieux que personne.

« Il avait passé l'âge des emballements.

« Il y a une objection toutefois : la blessure.

« Comment l'expliquez-vous ?

— Par un accident très simple et très plausible...

« Le fils Lenoir a dû recevoir une poutre sur le crâne ou quelque chose comme ça.

— Mais vous disiez tout à l'heure qu'il s'agissait d'un instrument contondant, un casse-tête.

« Le médecin et l'expert armurier sont d'accord sur ce point.

— Oh ! les médecins, fit l'agent en haussant les épaules.

« D'ailleurs la chose même prouvée ne constituerait pas une preuve contre Borovitch, pas même une charge.

« Il s'est passé là, dans cet incendie, ce qui se passe dans tout...

« Rappelez-vous le bazar de la Charité où chacun s'ouvrait un chemin à coups de trique.

« Maintenant il y a une autre idée qui me vient, une hypothèse dont personne n'a parlé et qui est la bonne peut-être...

— Quelle hypothèse ?

— Celle-ci : s'il y a crime, crime prémédité, voulu, c'est le bossu qui a fait le coup.

— Pas-de-Canard, s'écria Walter Humding très surpris.

« Mais c'est lui qui a retiré Jean Lenoir des flammes... Voilà un fait qui...

— Qui ne prouve rien, interrompit l'agent.

« Ça pourrait être une ruse ou encore un remords qui l'a pris tout à coup.

« Et ça, ça ressemble bien à ce monstre qui a l'esprit aussi mal fait que le corps.

— Soit... mais à moins d'invoquer la folie, il faut une raison, un motif...

« Le Mayeux, paraît-il, est tout dévoué aux Lenoir qui l'ont recueilli avec Yvette.

« Alors comment expliquer ?

— Rien de plus simple, chef...

« Seulement il faut avoir vu comme moi Pas-de-Canard faire de l'œil à la petite Van Flam.

« Ah ! quels calots, dès qu'il ne se croit pas observé.

« En réalité, le nabot n'aime qu'une chose au monde : Yvette.

« Il l'aime d'amour, bel et bien !

« D'un de ces amours monstrueux, féroces, comme il en éclate sous le crâne plat de ces êtres mal bâtis.

« Plus j'y pense, plus je me rappelle ces regards enflammés qu'il lui jetait hier encore dans le Parc, et plus je crois être dans le vrai.

« Une autre preuve : la rixe d'hier.

« Cette attaque foudroyante, cette rage subite.

« Vous pouvez m'en croire, ce n'est pas un simple gardien... mais un amoureux exaspéré qui m'est tombé dessus tout à coup.

« D'ailleurs il n'est pas le seul à en pincer.

« Il paraît que tous les jouvenceaux du quartier sont férus de cette petite.

« Voilà ce que je ne comprends pas, par exemple.

« Drôle de goût qu'ils ont, ces Français...

« Moi, je la trouve plate, plutôt laide.

« Ce n'est pas ma pointure... Ah ! mais non.

Le comte d'Auray ne répondit pas.

Renversé dans son fauteuil, les yeux clos, il rêvait, pensait à Yvette.

Il la voyait s'avancer, radieuse, nimbée d'une lumière céleste... comme là-bas, dans les grottes du Han.

— Je l'aime, murmurait-il... Je l'aime comme un fou....

« Coûte que coûte, je la veux !

« Elle sera à moi, mais il faut agir au plus vite...

« Il faut qu'avant trois jours le père soit retrouvé.

Walter Humding s'agita soudain comme un fauve qui s'éveille.

— Eh bien ! demandait l'agent un peu étonné.

« Qu'est-ce que vous décidez, patron ?

« Est-ce qu'il faut retourner avenue d'Orléans ?

— Non, pas pour le moment.

« Je sais ce que je voulais savoir : Borovitch est à l'abri.

« Nous le verrons reparaître un de ces quatre matins...

« Le reste, tout ce roman chez la portière, comme vous le dites très justement, n'est pas notre affaire...

« Je ne dis pas ça pour diminuer votre mérite, loin de là.

« Vous avez merveilleusement travaillé, au contraire.

« Vous avez conduit cette enquête en grand policier.

« Aussi je m'empresse de vous en confier une autre encore plus importante et plus rémunératrice, par conséquent.

— De quoi s'agit-il, patron ?

— De retrouver Van Flam au plus vite.

— Le Belge, fit l'agent étonné de ce changement subit d'orientation.

« L'autre soir, vous m'avez dit de ne plus m'en occuper.

— C'est que depuis des événements sont survenus.

« Je doutais... mais, maintenant j'ai la preuve que le Belge nous trahit.

« Il importe par conséquent de s'emparer au plus vite du bonhomme.

« Est-ce possible ?

— Très possible ! patron.

« La piste est encore chaude en quelque sorte.

« Le Belge n'a pas dû aller loin...

« Quand je l'ai lâché, sur votre ordre, pour m'occuper de Borovitch, il se cachait dans la banlieue, du côté de Saint-Ouen.

« J'ai les *tuyaux* suffisants.

« Demain, dès l'aube, pourvu que mon œil aille à peu près, je me mets en chasse.

— Très bien, fit Walter Humding en ouvrant son portefeuille d'où il sortit plusieurs billets bleus.

« Et maintenant réglons, mon cher Muller...

« Je suis content de vous, très content et je le prouve...

« Voilà pour mettre sur votre blessure.

— Fameux ! s'écria Muller en raflant les fafiots.

« Très fameux comme pansement !

« Avec ça je suis sûr d'être guéri demain...

— *Vous êtes toute triste, Mademoiselle Yvette.*

CHAPITRE CLXI

Au Palais de Justice

— Vous êtes toute triste, mademoiselle Yvette, murmura Pas-de-Canard en s'approchant, l'air préoccupé.

« Vous avez quelque chagrin que vous cachez.

— Mais non, bon ami...

...C'était au Palais de Justice.

Convoquée par le juge chargé de l'affaire Lempereur, Yvette attendait son tour pour déposer.

Elle était seule dans l'antichambre avec son inséparable garde du corps : Pas-de-Canard.

Celui-ci, depuis l'affaire du parc Montsouris, avait redoublé de vigilance et ne la quittait plus d'une semelle.

— Si... si... reprenait le bossu, en ce moment.

« Vous avez quelque chose, bonne maîtresse.

« Voilà deux ou trois jours que vous n'êtes plus la même.

« Est-ce qu'il y aurait quelque anicroche du côté des Lenoir ?

— Oh ! non, répondit Yvette avec une vivacité qui fit mal au pauvre amoureux.

« Mon fiancé est parfait pour moi, et sa mère aussi...

— Alors, c'est votre père ? insista Pas-de-Canard.

« Vous avez peur qu'il vienne vous relancer...

« Vous avez reçu quelque lettre de lui ?

— Non, pas de lui directement...

« Mon père continue d'ignorer notre adresse...

« Et je le regrette maintenant, je regrette cette fugue...

« J'aurais tant besoin de correspondre avec lui, de le prévenir.

— Le prévenir de quoi ?

— D'un danger qu'il court... d'un danger grave.

— Je savais bien qu'il y avait quelque chose... s'écria le bossu...

« Ainsi vous avez reçu des nouvelles ?

— Oui, avoua la jeune fille en rougissant, comme toujours quand il était question de son père.

« Mais pas de lui, d'un autre qui ne signe pas...

« C'est un ami inconnu qui veut bien nous prévenir.

Le jaloux Pas-de-Canard qui — non sans quelque raison, après les alertes successives que l'on sait — voyait des ennemis partout, avait froncé le sourcil à ce mot.

— Un ami inconnu, murmura-t-il... une lettre anonyme...

« Voilà qui ne me dit rien de bon, mademoiselle Yvette.

« Si j'osais, je vous gronderais de nous avoir caché ça.

« Vous en avez parlé à M. Jean ?

— Non, fit Yvette en devenant pourpre ce coup-ci.

« Je n'oserais jamais... Et cependant il le faut.

« Je suis sûre maintenant que mon père est au service de... des étrangers.

« Je m'en doutais quand j'ai déserté la maison... un peu pour ça...

« Mais sauf devant toi, qui a vu tant de choses, je n'en aurais pas convenu.

« Or, impossible de nier, de tergiverser plus longtemps. La preuve est faite désormais.

« Dans la lettre dont je parlais, le mot d'espionnage est écrit en toutes lettres.

« C'est affreux ! acheva la jeune fille en cachant son visage dans ses mains.

Des larmes coulaient maintenant, et devant cette douleur jusque-là muette, qui débordait soudain, le bossu était devenu tout pâle.

— Chère petite sœur, murmura-t-il très bas, calmez-vous, je vous en prie...

« Ne pleurez plus... Vous avez tort de vous frapper ainsi.

« Qui sait si cette lettre n'est pas un piège, une ruse des malandrins qui tournent autour de nous.

« Repoussés plusieurs fois, ils n'ont trouvé que ce moyen de...

— Non, interrompit la fille de Van Flam.

« Il n'y a pas le moindre piège, là-dedans...

« Mon correspondant ne me demande rien en

échange, nul rendez-vous, et ne m'écrira plus sans doute.

« Jamais nous ne nous connaîtrons.

« C'est un avis tout à fait désintéressé.

« D'ailleurs tu vas t'en rendre compte par toi-même.

« Voilà la lettre... cette horrible lettre que j'ai cachée jusqu'ici.

« Mais je n'ai pas de secret pour toi.

« Lis, mon ami.

Pas-de-Canard, tout remué par cette marque de confiance, prit la lettre qu'on lui présentait.

Elle contenait ces quelques lignes écrites à la machine :

« Mademoiselle, permettez à un ami inconnu de « vous donner un avis en passant.

« M. Van Flam, compromis dans une affaire d'es- « pionnage, est en train de vendre ses complices à la « police française. Or ceux-ci le savent et ont résolu « de se venger. »

Prévenez votre père s'il est temps encore.

C'était Walter Humding qui avait rédigé cette lettre afin de préparer sa victime à une autre lettre, de son père, celle-là, qu'elle recevrait bientôt.

Il en avait pesé tous les termes de façon à inquiéter la jeune fille, sans toutefois éveiller sa méfiance.

Et il n'avait que trop bien réussi.

Pas-de-Canard lui-même, si soupçonneux d'ordinaire, lui qui tout à l'heure avait deviné le traquenard, ne le voyait plus maintenant.

— Oui, fit-il, après avoir lu le billet une seconde fois.

« Cette lettre semble honnête, jusqu'ici du moins...

« Si celui qui l'a écrite continue à se cacher et ne cherche pas à vous connaître, c'est qu'il n'a pas d'idée de derrière la tête, qu'il est désintéressé, sincère.

— C'est ce que je me suis dit tout de suite, répliqua la jeune fille.

« D'ailleurs, je ne sais que trop qu'il dit vrai !

« Mon père est coupable... nous n'avons pas d'illusions sur ce point.

« Mais ce n'est pas de ça qu'il s'agit.

« Il s'agit de le sauver, de le prévenir...

« Mais comment ?

— On va essayer, chercher, répondit le bossu en passant ses mains osseuses sur son crâne comme pour en faire jaillir une idée.

— Tu connais un moyen ?

— J'en connais plusieurs.

« Par exemple, on pourrait mettre une annonce dans les journaux.

— Je l'ai déjà fait en cachette, avoua la jeune fille.

« Ça n'a rien donné.

« Il faudrait trouver un moyen moins chanceux et plus rapide... plus rapide surtout... le temps presse, bon ami.

« Le mieux serait de s'adresser aux personnes qui ont eu affaire avec mon papa en dernier lieu.

« Seulement où les prendre..., je n'en connais aucune.

— Mais si, fit soudain Pas - de - Canard dont les yeux brillaient d'intelligence.

« Vous en connaissez certaines... une entre autres...

« Une jeune fille que nous avons sauvée tous les deux à Lille.

« Vous ne vous rappelez plus notre ballade au clair de lune, par-dessus les toits ?

— Si... c'est de Jeanne Morin que tu veux parler.

« Seulement je ne vois pas bien.

« Mon père n'avait rien de commun avec Jeanne...

« Il la voyait pour la première fois.

« Il ne l'a pas revue certainement depuis cette lamentable histoire.

— Elle peut-être... mais ses amis... ses protecteurs.

— Quels protecteurs ? Je n'y suis plus du tout.

— Eh ! le capitaine Lancelin, M. Ferbach, le bon ami de Mlle Jeanne justement.

« Rappelez-vous de ce que vous m'avez dit... à demi-mot, du rôle joué par cet étranger qui entraînait votre père dans la mauvaise voie.

« Il s'agissait d'un complot contre le lieutenant et contre son ami Lancelin.

« Complot qui dure encore et dont nous avons suivi les phases dans les journaux.

« Or, si comme le dit ce billet, M. Van Flam revient dans le droit chemin, s'il change de camp, c'est

à ces deux officiers qu'il a dû s'adresser tout d'abord.

« Du moins, c'est au capitaine Lancelin, puisque l'autre, le lieutenant, est sous les verrous.

« Or, le capitaine est à Paris.

— Yvette! — Jeanne!

« Rien de plus facile que de le retrouver... Ça ne sera pas la première fois.

— C'est juste, répliqua Yvette qui avait raconté avec la plus grande attention.

« J'aurais dû y penser la première, mais cette lettre m'a tellement bouleversée.

« Ton idée est bonne.

« Nous allons la mettre en pratique au plus vite.

A ce moment, la porte du juge d'instruction s'ouvrait.

Une jeune femme celle qui venait de déposer si longuement, parut en toilette sombre.

Elle traversa l'antichambre et s'arrêta soudain tandis que deux exclamations jaillissaient en même temps : Yvette !

— Jeanne !

Déjà les deux amies étaient dans les bras l'une de l'autre.

CHAPITRE CLXII

Où Bertard expose la tactique à suivre

Les deux jeunes femmes s'entretinrent longtemps, se faisant part des événements bienheureux ou malheureux qui les concernaient.

Jeanne Morin apprit ainsi les fiançailles de son amie avec Jean Lenoir, la tentative d'assassinat dirigée contre lui par un certain Borovitch.

— Même, expliqua Yvette, c'est à cette occasion que notre véritable nom, à Pas-de-Canard et à moi, a été connu par la police.

« Jamais, sans cette circonstance, le juge d'instruction ne nous eût découverts, cachés comme nous l'étions, à l'autre bout de Paris.

En entendant le nom abhorré de Borovitch, Pas-de-Canard s'était rapproché des deux amies.

Les yeux de l'infirme, si doux d'ordinaire, lançaient des éclairs :

— Cet homme est un misérable, murmura-t-il d'une voix sourde.

« Un bandit qui nous veut du mal à tous.

« Mlle Yvette ne veut pas comprendre.

« Et cependant il continue à tourner autour d'elle.

« L'autre soir encore je l'ai découvert rôdant autour du parc Montsouris.

« C'est lui certainement... ça ne pouvait être que lui.

Et Pas-de-Canard raconta la rixe que nos lecteurs connaissent.

— J'aurais dû le tuer, murmura-t-il.

« Et je l'aurais fait si un agent n'était pas survenu à cette minute.

« J'ai eu peur des suites, du scandale, et je le regrette...

« Je le regrette parce que j'ai la conviction que ce malfaiteur continue à rôder autour de Mlle Yvette comme un loup dévorant.

« Or, contre des brigands pareils il n'y a qu'un seul moyen : la force.

« J'aurais dû l'écraser quand je le tenais, comme on écrase une énorme bête venimeuse.

« La prison, le bagne, l'échafaud... j'aurais tout accepté avec bonheur pour sauver Mlle Yvette.

L'infirme avait prononcé ces paroles avec une exaltation croissante qui frappa Jeanne Morin.

— Tout cela est très inquiétant en effet, répondit-elle.

« Ma chère Yvette, vous avez tort de vous tenir à l'écart comme vous le faites, cachée en quelque sorte, comme vous disiez tout à l'heure.

« Vous devriez vous rapprocher de nous.

Cet homme est un misérable! murmura-t-il.

« De cette façon, nos amis pourraient vous défendre en cas de danger.

« Et vous seriez reçue à bras ouverts.

« Maintes fois j'ai parlé de vous — du « bon ange » comme je vous ai appelée un soir dans la mansarde, rappelez-vous — à nos deux grands amis, M. Bertard et M. Lancelin, que vous avez obligé, lui aussi.

« Ces messieurs connaissent ce que vous avez fait pour moi...

« Ils savent combien je vous aime et aussi combien vous êtes digne d'intérêt.

« L'un comme l'autre feraient tout pour vous être utile, pour payer notre dette...

« La chose est d'autant plus facile que votre père est des nôtres désormais.

« Vous le saviez, sans doute ?

— Oui, répondit Yvette qui avait tressailli légèrement, comme toutes les fois qu'on abordait ce sujet délicat.

— Comment l'avez-vous appris? continuait Jeanne.

« Moi je ne l'ai su que tout récemment...

« Encore, m'a-t-on recommandé le plus grand secret.

« C'est votre père qui vous a mise au courant ?

« Il a fini par vous retrouver ?

— Non, mon père continue d'ignorer le lieu de notre retraite.

« J'ai su la chose autrement, par un ami commun qui s'intéresse à nous.

Yvette Van Flam s'arrêta embarrassée.

Elle avait été sur le point de montrer à son amie la lettre anonyme reçue quelques jours plus tôt, puis avait hésité.

— Non ! s'était-elle dit.

« Pourquoi attrister cette bonne Jeanne, lui donner des regrets, des remords peut-être.

« Elle ne se doute pas que l'événement qui la réjouit m'inquiète, moi, au plus haut point.

Mademoiselle, le juge vous attend.

« Que c'est la tête de mon père qui est en jeu.

« Je vais simplement demander son adresse à Jeanne.

« Après quoi je m'empresserai de le faire prévenir du danger qu'il court.

Et tout haut :

— Je crois d'ailleurs que mon père n'a jamais pris la peine de nous chercher beaucoup ?

« En ce moment la situation est retournée...

« C'est moi qui le cherche, moi qui voudrais le retrouver... au plus vite.

— Oui, je comprends, fit Jeanne en souriant.

« C'est pour votre mariage ?

— Oui, répondit la douce Yvette en détournant la tête.

« Pour ça ou pour autre chose.

« J'aurais diverses communications à lui faire.

« C'est assez pressé.

« Alors j'ai pensé, nous parlions justement de cela avec Pas-de-Canard lorsque vous êtes apparue, j'ai pensé que M. Lancelin nous aiderait à retrouver mon père.

« Il est en relations avec lui, et doit savoir où il habite en ce moment.

— C'est fort probable, répondit Jeanne.

« Il est même certain que le capitaine connaît l'adresse de M. Van Flam, mais il n'en a jamais soufflé mot.

« Vous comprenez pourquoi, ma chère Yvette.

« Ce sont-là des secrets qui ne regardent pas les femmes, comme dit le brave papa Lancelin.

« Mais il est bien clair qu'avec vous il ne fera pas la moindre difficulté.

« Nous allons aller le trouver tout de suite, dès que vous aurez fait votre déposition.

« Voilà justement qu'on vient vous chercher.

« Allez vite, mon amie...

« Moi, je vais vous attendre en compagnie de ce brave Pas-de-Canard.

En effet, un huissier s'approchait une liste à la main.

— Mlle Yvette Van Flam ? demanda-t-il.

— C'est moi.

— Mademoiselle, le juge vous attend.

« Si vous voulez bien me suivre...

....

....

Tandis que se passait cette scène, une importante conférence avait lieu boulevard Saint-Germain.

Les trois principaux défenseurs du lieutenant Ferkach : M. Bertard, le Père la Manille et le docteur Mazurel tenaient conseil dans le bureau du capitaine.

Depuis l'arrestation des Lempereur, c'était la première réunion du comité du « triumvirat », comme disait le vieux grognard.

Le docteur Mazurel, spécialement chargé de tirer au clair les rapports ayant existé entre Reginald Irving, le docteur Rubin et M. Brévannes, avait donné d'excellents renseignements :

— Notre dossier est presque complet maintenant avait-il dit en substance.

« L'avocat, M⁰ Léon Jacques, me le disait ce matin encore, la démonstration est faite éclatante.

« Nous allons arriver devant le conseil de guerre avec un faisceau de preuves irréfutables.

Puis M. Bertard parla des sondages qu'il venait de faire dans certains cercles politiques influents :

— Comme notre ami Mazurel, dit-il, je rapporte une impression excellente.

« Les derniers événements ; dénonciation de M. Brévannes, suicide de son complice Rubin, etc., ont porté en haut lieu, je vous prie de croire.

« Il se produit là, dans les deux Chambres et autour, dans les coulisses, un revirement lent mais sûr qui est d'excellent augure.

« Au Sénat comme à la Chambre, Lemarchand conserve sa majorité.

« Mais ce n'est là qu'une apparence !

« Il s'en faut que cette majorité soit ferme, compacte comme au début.

« Bon nombre de députés, qui continuent à voter pour, sont troublés, hésitants.

« Ils ont la sensation qu'on les entraîne dans une impasse.

« Lemarchand, qui ne l'ignore pas, affecte la plus grande confiance. C'est de bonne guerre.

« Il réserve, paraît-il, quelque manœuvre de la dernière heure.

« Quelque coup de Jarnac, et se fait fort par ce moyen d'enlever la condamnation du lieutenant, haut la main.

— En effet, intervint le docteur, j'ai entendu dire, chuchoter plutôt — car personne ne précise — quelque chose de semblable.

« Vous savez de quoi il s'agit, M. Bertard ?

— Non...

— Et cela ne vous inquiète pas, demanda Lancelin à son tour.

— Pas le moins du monde, mon cher capitaine.

« Notre cause est trop bonne.

« J'ignore quelle preuve, quel document plus ou moins secret préparent nos adversaires... et je m'en moque.

« Ce document, quel qu'il soit, ne tiendra pas devant les nôtres.

« Quelque chose me dit qu'en ce moment nos ennemis sont en train de s'enferrer jusqu'à la garde.

« Laissons-les faire. Ce n'est pas à nous de les prévenir.

« Je vous parlais, tout à l'heure, de l'espèce de flottement qui existe dans les groupes de la majorité.

« Mais il y a mieux que cela.

« La discorde règne même au sein du ministère.

« Du moins, il y a un ministre qui ne marche plus qu'à contre-cœur.

« Voilà un signe des temps, il me semble...

« Quand les généraux regardent derrière eux, les soldats sont bien près de lâcher pied.

— Certes, fit Mazurel en se frottant les mains.

« C'est de Ménager qu'il s'agit toujours ?

— Oui...

— Enfin, il s'est décidé à faire connaître son opinion? Il a parlé!

— Non... interrompit M. Bertard... nous n'en sommes pas là encore...

« M. Ménager est trop ami de Lemarchand pour le lâcher au plus fort du combat.

« Toutefois son opinion intime a transpiré peu à peu sans qu'il le veuille.

« Sa gêne quand on lui parle de l'affaire, son attitude embarrassée, en disent long...

« Il paraît que ce brave Ménager a été sur le point de se retirer comme moi-même.

« Il ne serait resté que sur les instances expresses du président et pour ne pas donner le signal de la débandade.

— Mais alors, s'écria le Père la Manille, ce serait le moment peut-être de tirer le premier coup de canon.

« Qu'est-ce que nous attendons, nom d'une giberne ?

« Je suis sûr M. Bertard qu'une interpellation de vous ferait brèche dans le carré des « majoritards ».

Qu'est-ce qu'on attend pour charger? coquin de bonsoir!

— Je le crois aussi.

« Je crois même qu'étant donnée la situation présente, les révélations que je puis faire éclater d'ores et déjà, j'ai trois chances sur cinq de renverser le ministère.

— Mais il faut le faire ! s'écria le Père la Manille en agitant les bras.

« Il faut chasser tous ces cabotins de la rue Saint-Dominique.

« Il faut renvoyer les Lestradier, les Faurigny et consorts à leur jésuitière.

« Qu'est-ce qu'on attend pour charger ? coquin de bonsoir !

L'ancien ministre souriait de cette fougue juvénile.

— Vous parlez comme un dragon, répondit-il.

« Mais, mon cher ami, la stratégie parlementaire et celle des camps sont des choses bien différentes.

« Pour moi, même si j'étais sûr du succès, de la chute du ministère, je n'interpellerais pas en ce moment.

— Pourquoi? demanda le vieux grognard au comble de l'étonnement

— Pour plusieurs raisons...

« La première, toute personnelle, c'est qu'on m'accuserait d'avoir agi par ressentiment, rancune d'homme évincé.

— Quant à ça, protestait le capitaine... ceux qui vous connaissent savent à quoi s'en tenir...

— Soit, passons, et venons aux autres motifs, beaucoup plus sérieux ceux-là que j'ai de temporiser.

« Voici le premier qui est le plus important.

« Ce sont les réactionnaires, trop longtemps maîtres de l'armée, qui sont responsables de la crise où nous nous débattons.

« L'affaire Ferbach est leur œuvre...

« Ce sont eux qui ont conduit le char de l'Etat dans ce bourbier où ils pataugent à qui mieux mieux.

« Laissons-les s'enlizer jusqu'au bout.

« C'est le seul moyen d'en finir avec l'opposition. de vider l'abcès une fois pour toutes.

« Ne manquons pas cette occasion de faire éclater aux yeux du pays l'impuissance des anciens partis et la mauvaise foi de certains chefs.

— Oui, je vois à présent, fit le Père la Manille.

« Vous avez raison, M. Bertard.

« N'empêche que c'est vexant.

« J'aurais été si heureux de balayer les calotins, de leur envoyer une botte quelque part.

— Vous ne perdrez rien pour attendre, mon ami.

« Pour l'instant, renverser le ministère, mais ce serait lui rendre service.

« Ce serait permettre à Lemarchand de sauver la face.

« Gardons-nous bien de commettre une faute pareille.

« Ces gens-là, ces calotins comme vous dites, se sont mis dans un mauvais cas... Il faut qu'ils aillent jusqu'au bout de l'aventure.

« Ils ont tiré le vin, il faudra qu'ils le boivent jusqu'à la lie.

« C'est eux qui devront proclamer l'innocence de Ferbach et leur propre condamnation.

« Ce jour-là le ministère tombera sans qu'on y touche.

« Il s'effondrera en quelque sorte comme un mur miné par l'eau..

« Donc patientons, mes amis.

« La Justice, ce gendarme de Dieu, comme dit Victor Hugo, s'est mise en route.

« Elle avance à grandes enjambées.

— Et la campagne de presse ? demanda encore le capitaine.

« Vous aviez parlé de fonder un journal, M. Bertard...

« Est-ce que vous y renoncez ?

— Oui, tout bien pesé, c'est inutile, répondit l'ancien ministre.

« Nous sommes suffisamment armés pour nous passer de ce moyen de propagande.

« Le jour où nous dirons un peu de ce que nous savons, toute la presse républicaine marchera avec nous.

« Là aussi il se fait un revirement.

« Tout à l'heure encore, j'ai rendez-vous avec le directeur d'un grand journal qui est prêt à combattre à nos côtés.

« Dès demain, il publiera certains « communiqués » que j'envoie de temps à autre et que vous avez reconnus certainement.

— Oui, répondit Lancelin.

« Même que je les ai trouvés un peu froids.

« Je croyais que là, au moins, dans les « canards » on allait parler plus net, commencer d'attacher le grelot, quoi...

— Rien ne presse, mon ami.

« Nos adversaires ignorent quels arguments nous allons sortir... ce serait une faute de les renseigner.

« Ils seraient capables de différer le procès... et pendant ce temps nous brûlerions notre poudre aux moineaux.

« Pas si bêtes... nous ne démasquerons un peu nos batteries que lorsque la date du procès aura été fixée irrévocablement.

« Je me charge, alors, en huit jours, de retourner l'opinion publique.

« Nous avons tout ce qu'il faut en mains.

— En effet, en ce moment, sauf Walter Humding, nous tenons tous les fils du complot.

— Dons, imitons notre ami Ferbach, qui, sûr désormais de l'issue du procès, en attend tranquillement l'arrêt.

« Ce délai n'est pas du temps perdu.

« Pendant ce temps l'affaire suit son cours et nous promet des surprises.

« Qui sait si ce n'est pas de là que sortira la preuve vainement cherchée.

« La preuve de l'existence de Walter Humding.

— Vous pensez que la brocanteuse finira par parler ? demanda le docteur Mazurel.

— Elle, non, répondit M. Bertard.

« Du moins rien n'autorise à l'espérer jusqu'ici.

« La trahison — si elle vient — viendrait plutôt du mari.

« Mais nous pouvons nous en passer.

« Les perquisitions que l'on fait un peu partout en ce moment donneront un résultat certainement.

— Pourvu, objecta le capitaine, que le juge ou la police n'escamottent pas certains papiers.

« C'est un peu l'usage.

— Rien à craindre, déclara M. Bertard vivement.

« Le magistrat chargé de l'affaire Lempereur, est un homme intègre.

« Jusqu'ici il n'avait pas d'opinion sur Ferbach, mais il va s'en faire une...

« Elle ne peut que nous être favorable.

« C'est donc un nouveau partisan qui nous arrive de ce côté.

« Un nouveau renfort, et Lemarchand est bien loin de s'en douter.

« Enfin, et c'est la grande nouvelle du jour, celle que je gardais pour la fin, pour la bonne bouche...

« Notre cause vient de faire une nouvelle recrue, la plus importante de toutes...

— Plus importante que M. Ménager?

— Oui, il s'agit d'un homme qui connaît tous nos secrets les uns et aux autres...

« D'un fonctionnaire plus puissant que les ministres qu'il tient par tant de choses.

— J'y suis! s'écria le père Lancelin.

« Vous voulez parler du chef de la Sûreté?

« Je me rappelle maintenant que, lors de l'arrestation du lieutenant, Dréan me dit deux ou trois mots à l'oreille.

« La violence de ma protestation l'avait impressionné.

« J'avais l'accent qui va au cœur de ceux qui en ont...

« Je vois encore le regard qu'il jeta à ce pisse-froid de Faurigny qui m'imposait silence.

« M. Dréan m'avait même invité à aller le voir.

« Je me suis méfié.

« C'est alors que je vous ai rappelé la chose.

— En quoi vous avez bien fait.

« J'ai profité de l'invitation, moi, et vous voyez le résultat.

— Un résultat peu banal, murmura le docteur Mazurel.

« Quand Lemarchand saura que son principal collaborateur le lâche...

— Il ne le saura pas.

« M. Dréan, dont la conviction est faite, maintenant, irrévocablement faite, voulait aller trouver le Président et faire sa profession de foi...

« Il a eu déjà plusieurs prises de bec avec son chef et se faisait un plaisir de lui jeter sa démission au visage.

« J'ai pu l'en empêcher, non sans peine.

« Je lui ai expliqué — comme à vous tout à l'heure — que le mieux pour nous était d'éviter tout éclat, tout scandale, de nous réserver pour le grand jour du procès.

« Telles sont les nouvelles.

« Vous voyez que j'avais raison de dire que tout allait à merveille, que nous avions le vent en poupe.

— Oui, acquiesça le docteur Mazurel.

« Il y a un point noir, toutefois...

— Lequel?

— Le silence de Van Flam.

« Voici cinq jours qu'on est sans nouvelles du Belge.

« Lui qui devait nous livrer Walter Humding.

« Il a disparu certainement... Il nous lâche.

« Vous ne pensez pas capitaine?

— Si, peut-être, répondit Lancelin, qui avait tiré sa montre...

« En tout cas, nous serons fixés bientôt.

« J'avais chargé Patoche et Wilhem Furster de se mettre à la recherche de Van Flam.

« Ils s'en occupent en ce moment et doivent me téléphoner ici avant que nous nous séparions.

« Or, notre conférence touche à sa fin. Ils ne tarderont pas à nous renseigner.

En effet, moins d'un quart d'heure après, le capitaine était appelé au téléphone.

— Eh bien, questionna M. Bertard, lorsqu'il revint, vous avez des nouvelles du Belge?

— Non, répondit le père La Manille.

« Le bonhomme a disparu...

— Eh bien! vous avez des nouvelles du Belge?

CHAPITRE CLXIII

Où l'on voit Van Flam jouer les « pères nobles »

Il y eut un répit de quelques secondes.

Bien que la nouvelle fût en partie prévue, M. Bertard et René Mazurel semblaient soucieux.

— Alors, c'est confirmé, reprit le docteur.

« Le Belge nous lâche, décidément... Ça m'inquiète un peu...

« Lui qui devait nous livrer Walter Humding !

— Oh ! interrompit le capitaine, je n'y ai jamais compté beaucoup, pour ma part.

« Le Belge n'a pas l'estomac, l'envergure qu'il faudrait pour mener à bien une capture de cette taille.

« C'est un trembleur, au fond, comme Lemperem.

« Mon avis est que nous avons tiré du bonhomme tout ce qu'on pouvait en tirer.

« Il n'y a pas à le regretter autrement.

« Qu'il aille se faire pendre ailleurs...

« Je ne vois pas bien ce qui vous inquiète, mon cher...

— J'ai peur que Van Flam ne nous traite comme il a traité son patron, qu'après avoir trahi l'Allemand à notre profit, il ne nous trahisse à notre tour.

« Il en est très capable.

— Je vous l'accorde sans peine, répondit le vieux grognard.

« Toucher des deux mains, manger à deux râteliers, comme on dit, est tout à fait dans les cordes de ces gens-là.

« Mais vouloir ne suffit pas, il faut pouvoir.

« Or, Van Flam ne peut rien contre nous.

« Il ne sait rien de nos affaires, de nos secrets et ne paraît pas s'en soucier beaucoup.

« Cette fugue le prouve amplement.

« Si Van Flam avait eu les intentions que vous lui prêtez, il se fût bien gardé de partir.

« Son intérêt, au contraire, était de rester avec nous afin de surprendre quelque chose.

« N'est-ce pas votre opinion, monsieur Bertard ?

— Si, répondit l'ancien ministre.

« Toutefois, je ne partage pas tout à fait votre indifférence sur ce point.

« Ou plutôt, je conserve quelques soupçons touchant cette illustre fripouille.

— Que craignez-vous ?

— Que le Belge — par de belles promesses — nous savons qu'elles ne lui coûtent guère — ne soit rentré en grâce auprès de son ancien maître Walter Humding.

« Quelque chose me dit que ces deux canailles sont en train de se concerter en ce moment, de préparer quelque machination qui peut nous gêner plus ou moins.

« L'espion qui vient d'écoper sur toute la ligne, doit avoir une furieuse envie de prendre sa revanche.

« Il se pourrait qu'un beau matin, nous vissions revenir le Belge, la mine souriante.

« Dans ce cas, ce serait un piège, sûrement...

— Dans ce cas, oui... s'écria le père La ... mais nous voilà prévenus.

« D'ailleurs, je me serais défié le premier.

« Ce tour-là, ce vieux tour qui consiste à ... son ennemi dans le traquenard qu'il vous ... sournoisement — j'ai failli le jouer au bochè ... m'y laisserai pas prendre...

« Notre intermédiaire en l'espèce, était une ... une certaine Liliane.

— Je me rappelle, dit Mazurel en souriant.

« J'étais là... et jamais, peut-être, nous n'a... été plus près du but.

« Par malheur, sur ces entrefaites, il s'est ... un événement, un de ces coups de théâtre ... versent les meilleures situations.

« Tout à coup, Mme Ferbach est entrée livide ... celante...

« On venait d'arrêter son mari !

« Nous avons perdu la tête et cette coquin... liane en a profité pour nous brûler la polites...

— D'ailleurs, reprit le capitaine, je le ... doute que Van Flam, pour peu qu'il vaille, n... d'aussi noirs projets.

« Nous avons eu de nombreux colloques en... au cours desquels j'ai eu loisir de l'observer.

« Notre dernière entrevue, entre autres, fu... culièrement instructive dans ce sens.

« Le Belge m'a presque fait des confidences.

« Il avait à peu près renoncé à nous livrer so... tron — un trop gros morceau pour lui, et il s'... dait compte — et n'avait plus qu'une idée ... rêve, le rêve d'un bon papa, disait cet homm... nique.

— Quel rêve ?

— Celui de tous les bandits de son espèce ... tirer après fortune faite, comme il est dit ... annonces.

« Le sire se proposait de passer en Amérique, ... peau neuve, et de jouir, en brave bourgeois, d... gent honnêtement gagné, sinon honorablement ...

« C'est dans ce but — dans l'intention, un... installé là-bas, de faire venir sa fille — qu'il l... chercher par une agence.

« Il s'agit donc, comme vous voyez, d'un ... mûrement réfléchi, préparé de longue main, p... tant en un mot, tous les signes d'une évidente ... cérité.

— En effet, acquiesça M. Bertard, et je comm... croire comme vous, que nous ne reverrons pl... Belge de si tôt.

« Il s'est mis à l'abri et a bien fait, sans dou...

« Ce triste personnage avait de justes motifs de redouter la colère de Walter Humding.

— Eh! s'écria le père La Manille, voilà ce qui vous trompe peut-être.

« Ce que Van Flam redoutait le plus, ce n'est pas le courroux de Walter Humding, mais son amitié!

— Quelle est cette charade? demanda M Bertard.

« Que voulez-vous dire, mon cher Lancelin?

— Je veux dire que, pour un temps tout au moins, le Belge n'a rien à craindre de son ancien patron.

« Sans cela, jamais sans doute Van Flam n'eût marché avec nous.

« Avant de franchir le pas, cette sombre fripouille, qui pousse l'inconscience jusqu'à ses dernières limites, avait mis un rempart entre lui et le Boche.

« Une personne de sa famille, s'il vous plaît.

— Une personne de la famille de Van Flam?..

Allei! allei! je sais ce que je fais, pour une fois.

« Est-ce qu'il s'agirait de sa fille?

— Justement, monsieur Bertard.

« Et voilà où l'affaire se corse.

« Voilà que, pour la première fois, je découvre chez cet être implacable, quelque chose d'humain.

« Un défaut au triple airain dont il avait le cœur cuirassé.

« Voilà qui devient intéressant.

— En effet. Vous êtes sûr de cela, capitaine?

— Tout à fait sûr. Van Flam qui, tout d'abord, n'avait fait que des allusions vagues, a été très affirmatif en dernier lieu.

« Je ne dois pas me tromper.

« Walter Humding est épris d'Yvette Van Flam.

« Epris jusqu'au mariage. Il serait allé jusque-là, paraît-il.

« Le tigre est amoureux de la douce agnelle, le vautour de la blanche colombe.

— Voilà qui est imprévu, en effet, fit M. Bertard.

« Il faut que ce soit vous, mon cher Lancelin, qui apportiez cette nouvelle pour qu'on y croie..

« La chose est tellement invraisemblable...

— A première vue, oui, acquiesça le capitaine.

« Mais il suffit de réfléchir un instant, pour voir qu'en somme, il n'y a rien là de si extraordinaire.

« C'est la loi des contrastes, la grande loi d'amour qui veut que les contraires s'attirent.

« Que, pour mieux dire, l'un des contraires attire l'autre.

« Car, vous vous en doutez, il s'en faut que l'attraction soit réciproque.

« La chère petite est bien loin de correspondre aux tendres sentiments qu'elle a inspirés sans le savoir, et dont cette fripouille de Van Flam s'est empressé de tirer parti.

— Quel triste sire! murmura le docteur.

« Il est encore plus infâme que je ne pensais.

« Vous nous avez dit cependant, que le Belge aimait sa fille.

— Mais oui, affirma le vieux grognard.

« C'est là une de ces inconséquences fréquentes chez ces basses crapules.

« Van Flam aime sa fille... il se ferait tuer pour elle, peut-être...

« Cependant il n'a pas hésité à s'en servir comme d'un bouclier.

« Il faut dire, à sa décharge, que le Belge — qui connaît la situation mieux que nous — est convaincu que ni sa fille, ni lui-même ne courent aucun danger pour l'instant.

« Je me souviens qu'à notre dernière entrevue, comme je lui conseillais de se tenir sur ses gardes, Van Flam m'annonça qu'il se moquait de Walter Humding.

— Allei, allei, me dit-il, en ricanant, je sais ce que je fais, pour une fois

« Rappelez-vous l'histoire de Samson et Dalila.

« Walter Humding est désarmé pour le quart d'heure.

« C'est un lion dont on a limé les dents et les griffes.

« D'ici qu'elles repoussent, nous serons loin, la petite et moi.

« Je n'ai pas envie de cet oiseau-là pour gendre.

« J'ai le respect de la famille, moi...

— Tordant! murmura Mazurel.

« Je me serais attendu à tout, excepté à voir Van Flam jouer les pères nobles.

— Et le boche? reprit le père La Manille en rigolant.

« Que dites-vous du boche amoureux?

« Qui diable aurait cru jamais...

« Cré coquin de sort... quelles fichues bêtes nous sommes tous dès qu'une femme s'en mêle

« Mais ce n'est pas le moment de philosopher. Revenons à Van Flam.

« Sa disparition, vous le comprenez maintenant, n'a rien qui doive nous tracasser.

« Il est très probable qu'il a quitté la France et qu'à cette heure, son carnet de chèques en poche, il vogue bien tranquille vers la libre Amérique...

— Bon voyage, fit M. Bertard en prenant son chapeau.

« Nous vous quittons, mon cher Lancelin.

« Le docteur et moi avons rendez-vous avec le directeur d'un grand journal, et vous-même, avez affaire, il me semble?

« Votre gouvernante, cette brave Mme Pierre, est venue plusieurs fois voir si nous étions encore là...

« Et son air disait clairement: « Ah! ça, est-ce qu'ils n'ont pas bientôt fini de bavarder?

« Vous devez avoir tout proche quelque visiteur pressé et qui ne veut pas nous voir.

« Prévenez-nous si la chose en valait la peine.

— Je n'y manquerai pas, répondit le capitaine en reconduisant ses amis.

« Mais j'en doute.

« Sauf Van Flam, qui est loin à cette heure, je n'attends personne.

« Quelque raseur, probablement, que je vais expédier en cinq secs...

Où Pas de Canard mérite les félicitations du capitaine Lancelin.

Eh bien! Madame Pierre, quel est donc ce visiteur si pressé?

Aussitôt ses amis partis, le père La Manille se tourna vers sa gouvernante:

— Eh bien! madame Pierre, quel est donc ce visiteur si pressé?

— C'est Jeanne!

— Jeanne... coquin de sort, mais il fallait prévenir...

« J'y suis toujours pour Jeannette...

— C'est ce que je voulais faire, mais elle m'en a empêchée...

« Elle craignait de vous déranger.

« D'ailleurs, elle a quelqu'un avec elle.

— Qui donc?

— Son amie de Lille, Yvette...

— Yvette Van Flam?

— Justement et Pas-de-Canard est là aussi...

— Pas-de-Canard? répéta le vieux grognard, à qui ce nom ne disait plus rien.

— Oui, monsieur Lancelin.

« Vous savez bien, ce malheureux estropié, qui accompagne sa maîtresse partout.

— Ah bien... j'y vais.

Le capitaine était déjà dans le petit salon, où attendaient ses visiteurs.

Il embrassa Jeanne Morin, serra cordialement la main d'Yvette et de Pas-de-Canard.

Après quoi Jeanne lui exposa brièvement le but de cette visite: connaître l'adresse de Van Flam.

— Notre amie Yvette, acheva-t-elle, a une communication pressée, urgente même, à faire à son papa

— Mademoiselle, dit-il, cette lettre est un piège.

« Mais elle ne sait où le prendre...

« C'est alors que nous avons eu l'idée de nous adresser à vous...

— Et vous avez bien fait, s'écria le capitaine joyeusement.

« Malheureusement, vous arrivez trop tard.

« M. Van Flam changeait souvent de domicile, et toujours me faisait connaître aussitôt sa nouvelle adresse...

« La dernière fois, il a négligé cette petite formalité.

— Cela ne vous inquiète pas? demanda Jeanne Morin.

— Nullement, et ça ne doit pas vous inquiéter, vous non plus.

— Il y a longtemps que mon père a disparu? intervint Yvette à son tour.

— Cinq jours aujourd'hui.

— Cinq jours! murmura Yvette d'une voix tremblante.

« Pourvu qu'il ne lui soit pas arrivé un malheur...

— Quel malheur? demanda le capitaine vivement.

« C'est de Walter Humding que vous voulez parler?

« Vous craignez des représailles...

— Oui, fit la jeune fille en courbant la tête.

— Dans ce cas, je m'empresse de vous rassurer.

« Votre papa ne court aucun risque.

« Et ce n'est pas mon opinion seulement que j'apporte ici, mais la sienne, ce qui vaut beaucoup mieux.

« M. Van Flam m'a répété, à diverses reprises, qu'il n'avait rien à craindre du patron comme il l'appelle.

« Il y a quelque combinaison sans doute entre eux, quelque secret qui fait que Van Flam a barre sur son chef.

— Quel secret? demanda Yvette, qui avait tressailli à ce mot.

Le capitaine ne répondit pas tout de suite.

Il se demandait s'il devait avouer la vérité à la jeune fille.

— Non, se dit-il bientôt... Il n'y a pas de danger pour l'instant.

« Inutile d'effrayer cette petite... Nous verrons plus tard.

Et tout haut:

— Quel secret? je l'ignore, répondit-il.

« Tout ce que je puis vous dire, c'est que votre

père n'a pas dû s'aventurer à la légère.

« Il était trop avisé pour cela.

Toutefois, Yvette avait remarqué l'hésitation de l'officier.

Elle devina qu'il lui cachait quelque chose.

Et cela suffit pour réveiller en elle une inquiétude latente, contre laquelle elle luttait en vain en ces derniers temps.

Depuis quelques jours, en effet, Yvette avait de sombres pressentiments, qu'elle dissimulait de son mieux par une sorte de pudeur.

Cette pudeur de la vierge, qui, quelque innocente qu'elle soit, se sent convoitée...

Ici, ce qui augmentait l'angoisse de la jeune fille, c'était l'incognito plein de menaces de l'homme qui rôdait autour d'elle.

Cet état d'âme avait commencé le jour où elle avait appris la tentative d'assassinat perpétrée par Ladislas Borovitch.

Aussitôt, elle s'était rappelée de quelle façon cet homme l'étreignait en l'emportant hors des flammes.

A travers son évanouissement, elle avait senti une haleine brûlante s'égarer sur ses joues.

Et ce souvenir, qui n'était qu'une gêne tout d'abord, était devenu une hantise, une sorte de cauchemar qui troublait ses nuits.

La réapparition de cet homme, l'autre soir, au Parc Montsouris — elle supposait assez justement que c'était le même — acheva de lui ouvrir les yeux ainsi que la rage subite de Pas-de-Canard.

Un inconnu, un misérable capable de tout, la poursuivait, et, à cette seule pensée, sa chair virginale se révoltait toute...

Mais de cela, de cette horrible découverte, Yvette n'avait soufflé mot à personne, pas même à son fiancé.

Seul, Pas-de-Canard, perspicace et jaloux comme un amant, avait tout deviné depuis longtemps.

Les choses étant ainsi, on s'explique l'impression qu'avait produite sur elle la phrase ambiguë du capitaine, puis son refus brusque de s'expliquer.

— Quel est ce secret? se demandait-elle en ce moment.

« Quel mystère m'entoure de toutes parts?

« M. Lancelin est au courant par mon père, mais ne juge pas à propos de me dire de quoi il s'agit...

« Et moi, je n'ose pas l'interroger.

« J'ai peur de savoir... peur et envie en même temps.

« Quel est cet homme qui me persécute?

« Est-ce un agent de Walter Humding?

« Est-ce Walter Humding lui-même?

« C'est ça qui serait abominable...

Et Yvette ferma les yeux, tandis qu'une sueur glacée perlait à ses tempes.

Cependant, le père La Manille, voyant l'émoi croissant de la jeune fille, s'efforçait de la rassurer de son mieux.

— Quant à ce départ subit de M. Van Flam, continuait-il, vous auriez tort de vous en tourmenter.

« Ce voyage — car il s'agit d'un voyage, tout bonnement — est la chose la plus naturelle du monde.

« Votre père n'a fait que mettre à exécution un projet caressé depuis longtemps.

« Je savais qu'il se proposait de quitter non seulement la France, mais l'Europe...

« C'est ce qu'il a fait...

— Où va-t-il? demanda Yvette d'une voix blanche. Il vous l'a dit?

— En Amérique, faire de l'élevage.

« Sitôt débarqué là-bas, installé, il se propose de vous appeler auprès de lui.

« Vous le voyez, il n'y a pas là matière à s'inquiéter.

« J'ai la conviction qu'à cette heure, votre père fait voile vers le Nouveau-Monde.

« Un de ces beaux matins, nous recevrons une carte de lui vous annonçant qu'il a fait bon voyage.

— Dieu vous entende! murmura Yvette.

« Vous me rassurez...

Mais l'accent démentait ces paroles.

Il y eut un silence de quelques secondes.

Un de ces silences embarrassés, où chaque interlocuteur devine chez l'autre, une réticence et attend qu'il s'explique.

Jeanne avait à peine pris part à la conversation, mais, plus que personne, elle participait à l'angoisse de son amie.

Elle se rappelait les confidences faites tout à l'heure au Palais de Justice, et se rendait compte confusément que, même à elle, Yvette n'avait pas tout dit et que la situation était plus grave encore qu'elle ne pensait tout d'abord.

A deux ou trois reprises, elle fut sur le point de faire allusion au drame du cinématographe, aux paroles si précises prononcées par Pas-de-Canard, mais elle s'abstint, se souvenant qu'Yvette lui avait demandé le secret sur tout cela, jusqu'à nouvel ordre.

Quant au père La Manille, il observait la fille de Van Flam à la dérobée.

— Elle n'est pas rassurée du tout, songeait-il.

« Donc, ce n'est pas son père seul, qui la tracasse.

« Il y a autre chose: est-ce que cette petite saurait l'inquiétante conquête qu'elle a faite?

« Est-ce qu'elle se doute du terrible amoureux qui tourne autour de ses jupes?

« Je commence à le croire, pour ma part...

Pendant ce temps, Pas-de-Canard se tenait à l'écart modestement. Il regardait sa maîtresse de ses bons yeux de chien fidèle, et ce regard disait clairement:

— Parlez, mademoiselle...

« Dites ce que vous avez sur le cœur, une fois pour toutes...

« Il n'y a pas de honte à cela, et nous sommes chez des amis...

Un instant, la jeune fille fut sur le point de suivre le conseil de «bon ami», mais elle ne s'en sentit pas la force.

Elle éprouvait la même angoisse que parfois, lorsqu'elle se confessait: une contraction de la gorge invincible.

Il aurait fallu qu'on lui posât des questions.

Alors, elle se leva soudain, comme pour prendre congé.

— Je vous remercie, monsieur, répéta-t-elle.

« Vos bonnes paroles m'ont fait grand bien.

« J'hésitais à me présenter ici...

— Mais, coquin de sort! s'écria le capitaine, c'est bien ce que je vous reproche, mademoiselle.

« Pardon, ce que je vous reprocherais, si j'en avais le droit.

« Vous êtes l'amie de Jeanne... un peu ma pupille, par conséquent, et j'espère que vous ne nous traiterez pas en étrangers.

« Pour moi, je suis ravi d'avoir pu calmer vos inquiétudes.

«D'autant plus ravi que ces inquiétudes, c'est nous qui en sommes cause un peu...

« Et ce n'est pas la première fois... c'est ce qui me vexe, nom de nom!

« Jusqu'ici, ma chère enfant, nous ne vous avons valu que des tracas.

« C'est toujours vous qui nous avez rendu service, non seulement à Jeannette, mais à moi-même.

« Je ne l'ai pas oublié et serais heureux de payer notre dette.

« Pour cela, il faudrait reprendre vos relations avec Jeanne.

« Vous voilà seule, orpheline, en quelque sorte.

« C'est le moment ou jamais de vous rapprocher de nous.

« Je comprends que vous hésitiez hier encore, quoiqu'il n'y eût pas lieu, au fond.

« Mais aujourd'hui, la situation est nette, déblayée...

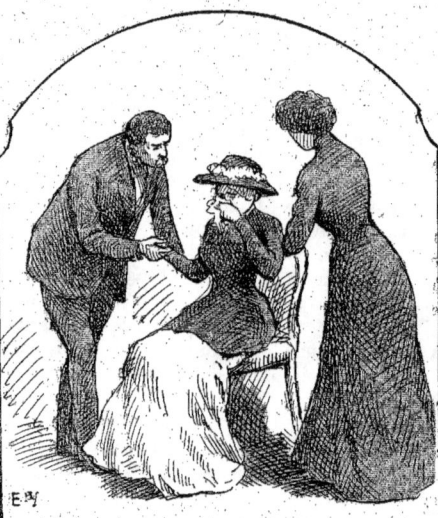

Il se mit à prodiguer des soins à la douce affligée.

« J'espère, mon enfant, que vous serez moins rare, et que vous voudrez bien considérer cette maison comme la vôtre.

— Oui, monsieur Lancelin, répondit Yvette.

« Une fois de plus, je vous remercie, vous et cette bonne Jeanne.

Elle allait se retirer, lorsque Pas-de-Canard, qui hésitait depuis un moment à intervenir, se décida tout à coup.

Il s'approcha, et, d'une voix humble, comme si d'avance il demandait pardon de son audace...

— Mademoiselle, dit-il, vous devriez montrer la lettre au capitaine.

— Quelle lettre?

— La lettre anonyme, vous savez bien...

— Une lettre anonyme? s'écria le père La Manille.

« Mille millions de sabords! je crois bien qu'il faut me la montrer.

« Quelle est cette nouvelle histoire?

« Parlez, mes enfants!

Yvette n'avait plus qu'à s'exécuter.

Elle jeta bien un regard de léger reproche au pauvre déshérité, mais, au fond d'elle-même, elle le remerciait de l'espèce de violence qu'il venait de faire à sa timidité.

Elle sentait que l'heure des hésitations, des cachotteries était passée, et qu'il fallait regarder le péril en face.

Déjà, elle avait tiré la lettre de son sac à main et la tendait au père La Manille.

Celui-ci la prit et se mit à la parcourir lentement, attentivement.

A mesure qu'il lisait, son sourcil se fronçait, et quand il eût achevé, ses yeux lancèrent un éclair rapide.

Il froissa la lettre avec une sorte de rage, et, d'une voix grondeuse:

— Mademoiselle, dit-il, cette lettre est un piège... un piège abominable....

— Je savais bien! lança l'infirme dans un cri.

Très surpris, le père La Manille se tourna vers celui qui venait de parler:

— Tu savais, toi?

— C'est vrai, répondit Yvette aussitôt.

« Pas-de-Canard a été plus avisé que moi.

« Le premier, il m'a parlé d'une ruse, d'un guet-apens possible!

« Alors, vous aussi, monsieur le capitaine, vous pensez...

— Oui, mon petit, interrompit le vieux grognard, et j'ai de bonnes raisons pour cela, je vous prie de le croire.

« Je me défie des lettres anonymes en principe, et celle-là, en particulier, sonne faux.

« Elle pue l'hypocrisie à plein nez.

« Je dirais presque que je reconnais le style de l'Allemand.

« Ce qui m'étonne, c'est que vous n'ayez pas éventé le piège.

«Voyons, mon enfant, cet ami inconnu et qui ne signe pas, c'est louche à première vue.

« De plus, il est trop bien renseigné pour n'être pas de la bande.

« Vous n'avez pas eu l'intuition de cela?

— Si, répondit la fille de Van Flam.

« Au début, après la réception de l'avis.

« J'avais senti confusément que cette première lettre n'était qu'une préparation, une espèce d'amorce..

— Puissamment raisonné!

— J'en attendais une autre, continua Yvette, dans laquelle mon mystérieux correspondant sollicitait une entrevue.

« Puis, voyant qu'il gardait le silence, ne demandait rien en échange, j'avais changé d'opinion peu à peu.

« J'avais presque fini par me rassurer.

Le capitaine hochait la tête gravement.

— Oui, murmura-t-il au bout d'un instant, je comprends.

« Ah! le piège était savamment tendu, et il est heureux que je me sois trouvé là..., »

« Heureux que ce brave Pas-de-Canard ait parlé surtout.

« Mais alors, acheva-t-il en s'adressant à l'infirme, comment se fait-il que toi tu aies mis le doigt dessus?

« C'est bien ça... compliments... un fier service que tu viens de nous rendre, mon garçon.

— Ah! répondit l'interpellé rouge de plaisir, c'est que moi j'avais vu certaines choses.

« J'avais surpris certains regards qui en disent long.

« J'avais vu des hommes masqués rôder autour de Mademoiselle Van Flam et de son fiancé...

— Des hommes masqués, sursauta le vieux grognard empoigné de plus en plus...

« Explique toi, nom d'un pétard.

« Pas-de-Canard consulta sa maîtresse d'un coup d'œil.

— Parle, lui dit celle-ci aussitôt.

« Nous en avons trop dit pour nous arrêter.

L'infirme n'attendait que cette permission.

Il s'empressa de raconter en détails au capitaine les événements graves qui s'étaient déroulés autour de sa maîtresse en ces derniers temps.

Jeanne Morin qui ne connaissait de cette histoire qu'un résumé volontairement atténué faisait entendre des petits cris d'effroi :

— Mais c'est affreux, murmurait-elle...

« Pourquoi, ma chère Yvette, ne nous avoir pas prévenus aussitôt ?

« Il fallait vous réfugier ici...

Quant au père La Manille, il s'était mis à se promener de long en large et poussait, de temps à autre, de sourds grognements de colère ou de surprise.

Lorsque Pas-de-Canard eut achevé son récit, il s'arrêta et tapant du pied.

— Coquin de bonsoir ! s'exclama-t-il, il était temps que vous parliez.

« Je ne veux pas vous faire de reproches, mes enfants, mais vous n'êtes pas communicatifs à l'excès.

« Nom d'une brique, la chose en valait la peine cependant.

« Deux tentatives à quelques jours de distance, deux tentatives d'assassinat probablement.

« En effet, l'homme du Parc Montsouris voulait repiquer au truc, c'est clair.

« Et quel culot, quelle audace chez ces bandits.

« Une instruction est ouverte contre eux et ils continuent tranquillement comme si rien n'était.

« Ils vont bien...

« Voilà une complication que le papa Van Flam tout malin qu'il est n'avait pas prévue.

« Il s'imaginait que ces deux mandrins ignoraient

votre adresse... en quoi il se trompait un peu...

« Allons, il était temps que je m'en mêle.

« Quant à vous, Mademoiselle, vous devez une fière chandelle à ce brave Pas-de-Canard.

« Ce n'est pas une fois, mais deux, qu'il a sauvé la vie à votre fiancé.

« Sans lui — s'il n'avait pas fait bonne garde — vous rentriez seule à la maison l'autre soir...

« Ou plutôt, vous ne rentriez pas du tout..

Yvette qui envisageait cette perspective pour la première fois, était devenue livide.

— Vous croyez... bal-butia-t-elle...

« Vous croyez que cet homme serait...

— Ce homme ose tout, gronda le capitaine.

Il se campa devant elle :

— Ecoutez, mon enfant, dit-il en lui prenant la main, je crois que le moment est venu de parler net...

« Je vais vous effaroucher, mais il le faut...

« Tout à l'heure, par respect pour votre innocence, pour votre sensibilité excessive, je me suis tu.

« Je n'ai pas voulu dire ce qu'il y avait entre Walter Humding et votre père... et vous... pour mieux préciser...

« Mais à présent, après les graves révélations que vous venez de me faire, je n'ai plus le droit de garder ce secret.

« Secret qui n'en est plus un d'ailleurs...

« Vous m'avez compris... Je vois cela à votre trouble.

Walter Humding vous aime...

« Il serait prêt à tout pour vous avoir...

Toute frissonnante, blême d'effroi, la douce Yvette s'était jetée sur la poitrine de Jeanne.

— Quelle horreur, gémissait-elle, en se cachant dans les bras de son amie...

« Quelle honte !

« Et mon père acceptait cela ?

— Non, s'empressa d'ajouter le vieux grognard...

— Mon père! bégaya-t-elle. Entrez vite.

« Votre père n'acceptait rien du tout...

« Il jouait au plus fin... tout au plus, et c'est un peu dangereux avec un partenaire comme ce diable d'Allemand.

« Je vous ai déjà expliqué qu'il se proposait, sitôt en lieu sûr, de vous rappeler auprès de lui, et qu'il était à cent lieues de soupçonner que ce bandit fût déjà sur vos traces.

« Sans cela, il ne vous eût pas quitté si brusquement.

« Quels que soient ses torts, votre père vous aime profondément.

« Je peux le dire, moi qui ai reçu ses confidences.

« Vous êtes tout pour lui... Vous êtes son ange consolateur.

« Au moment de partir, il affectait d'être gai, jovial.

« Mais il souffrait au fond.

« Il souffrait de vous laisser si loin, isolée...

A ces mots qui la touchaient au plus profond de sa sensibilité, Yvette éclata en sanglots, tout à coup.

— Bon, murmura le capitaine, voilà la diversion que je voulais.

« Elle pleure; dans quelques minutes, elle sera remise, et nous pourrons causer d'affaires sérieuses.

« Ce n'est pas la matière qui manque, coquin de sort.

Et aidée de Jeanne, il se mit à prodiguer ses soins à la douce affligée.

Pendant ce temps, Pas-de-Canard, le cœur tordu d'angoisse, se rongeait seul dans son coin.

La détresse de celle qu'il aimait le bouleversait jusqu'au fond de l'être.

L'œil sanglant, les poings serrés, tous les nerfs tendus, il pensait à cet homme qu'il avait piétiné l'autre soir au Parc Montsouris.

« Ah ! s'il l'avait tenu en cette minute.

Dès qu'Yvette fut calmée, on parla des mesures à prendre immédiatement pour sa sauvegarde.

Jeanne et le capitaine voulaient qu'elle se réfugiât chez M. Bertard.

— De cette façon, expliquait l'officier, la surveillance serait plus facile.

— Et vous seriez près de nous, insistait Jeanne.

« J'irais vous voir tous les jours...

« Sans compter que vous seriez en bonne compagnie avec des victimes de Walter Humding comme vous : Mme Brévannes, Mme Brivois et cette amie de Patoche dont je vous ai parlé.

Yvette ne crut pas devoir accepter l'hospitalité offerte.

« Je ne demanderais pas mieux, s'excusa-t-elle, et je vous remercie mille fois, mais la chose est difficile.

« Je ne peux guère abandonner mon fiancé ni sa mère qui a été si bonne pour moi.

« Ça me forcerait à des explications délicates.

— Oui, je comprends, fit le vieux grognard, se rendant compte qu'il n'y avait pas à insister devant cette raison majeure. Retournez là-bas puisqu'il le faut.

« Cela vaut mieux peut-être.

« Seulement, vous allez me promettre de suivre mes conseils, ma consigne à la lettre.

— Oui, Monsieur Lancelin.

« Que dois-je faire ?

— Sortir le moins possible et toujours accompagné de Pas-de-Canard.

« J'ai confiance en ce garçon.

« Il a fait ses preuves, nom d'une pipe...

« Que votre ami, M. Jean Lenoir, prenne les mêmes précautions pour sa part.

« La partie est sérieuse, sacrebleu.

« En face d'un ennemi qui pousse l'audace à ce point, on ne saurait prendre trop de précautions.

« Par conséquent, plus de promenades sentimentales au clair de lune dans ce parc désert.

Et comme Yvette détournait la tête :

— Allons, mon enfant, fit le capitaine jovialement, il n'y a pas là de quoi rougir.

« Vous recommencerez plus tard...

« Mais, pour le moment, c'est interdit.

« Quant au reste, à la surveillance à établir là-bas, ça me regarde.

« C'est même ça qui m'intéresse tout particulièrement, vous comprenez pourquoi.

« Walter Humding reviendra rôder par là, et il faut qu'il trouve à qui parler...

« J'ai justement deux de mes amis à peu près disponibles en ce moment, Flic et Flac.

« Je m'en vais leur téléphoner de prendre la garde devant votre maison.

« Avec eux et Pas-de-Canard — trois lurons solides au poste... — je suis tranquille !

« D'ailleurs, pas plus tard que demain, j'irai moi-même faire un tour là-bas, voir comment on exécute ma consigne.

« Si la chance voulait que je rencontre cette crapule de Boche.

... Un peu plus tard, Yvette, après avoir remercié longuement le vieux grognard, embrassé Jeanne à plusieurs reprises, se retirait, suivie de son fidèle garde du corps.

Lorsqu'elle arriva à la pension Lenoir, la nuit tombait déjà.

« Tandis que Pas-de-Canard gagnait le petit cabinet mansardé qu'il occupait depuis quelque temps sous les combles, Yvette s'enferma dans sa chambre.

Elle voulait, avant de reparaître devant son fiancé, être sûre que son visage ne gardait aucune trace de larmes.

Elle voulait surtout se recueillir, se préparer à un entretien qui allait décider de sa vie.

En effet, ces explications, dont Yvette parlait tout à l'heure au capitaine, ell venait de comprendre tout à coup qu'elle ne pouvait plus les différer davantage.

C'était là une obligation stricte, un devoir d'honneur dont elle frissonnait d'avance.

— Je n'ai que trop tardé, songeait-elle...

« Il faut que ce soir, au plus tard demain, je parle à Jean, que je le prévienne des dangers graves qu'il court... par ma faute.

« Il y va de sa vie, de notre sécurité à tous.

« Il m'en coûte... mais se taire plus longtemps serait un crime, un assassinat.

« Déjà, l'autre soir, dans le parc, j'ai déjà failli causer la mort de celui que j'aime.

« Quel remords effroyable s'il avait succombé sous les coups de son sinistre rival.

« Je m'en vais le prévenir... mais quelle confession terrible.

« Je vais être obligée de tout avouer, cette fois, de dire ce que c'est que Walter Humding... ce que c'est que mon père... et ça c'est le plus horrible !

« Rien qu'à la pensée de cet aveu, je sens ma gorge se contracter.

« Et cependant, il le faut : c'est la tête de Jean qui est en jeu.

« Quant aux suites, je ne dois pas y penser...

« Mon fiancé m'aime, certes !

« Il me l'a prouvé une première fois lorsque j'ai dû avouer que je m'étais présentée sous un nom d'emprunt.

« Que va-t-il dire quand il connaîtra cette nouvelle

tromperie ?

« Je tremble qu'une révélation pareille n'étouffe à jamais son amour... cet amour qui était tout mon bonheur, ma vie !

Yvette s'abîmait dans ses réflexions lorsque quelqu'un gratta à sa porte timidement.

Elle approcha aussitôt.

— Ce doit être Pas-de-Canard, songeait-elle.

Elle ouvrit et resta la main en l'air, le cœur étreint d'une angoisse mortelle.

Elle venait d'apercevoir se dissimulant dans l'ombre, hésitant de peur, un homme hâve, déguenillé, le sac au dos.

Une espèce de vagabond poudreux, famélique, qui jetait de tous côtés des regards furtifs.

— Mon père ! bégaya-t-elle.

« Entrez vite.

Sa fille le regardait, le cœur étreint d'une émotion étrange.

CHAPITRE CLXV

Deux compères

Un pas résonnait tout porche.

Yvette qui, dans son affolement, avait cru reconnaître la démarche de son fiancé, s'empressa de tirer à l'intérieur ce visiteur compromettant.

Puis elle ferma la porte à double tour et regarda par le trou de la serrure.

— Non, fit-elle à part soi, c'est Pas-de-Canard.

« Quelle peur j'aie eue... quelle catastrophe, si Jean était survenu à l'improviste ?

« S'il avait vu...

Le bruit d'une chute tout proche la fit se retourner. Van Flam venait de s'affaler dans un fauteuil.

Il était non plus pâle, mais livide...

Des gouttes de sueur perlaient à ses tempes, ruisselaient le long de son visage décomposé.

Yvette qui tout d'abord n'avait vu dans cette pâleur que l'effroi du fugitif, de l'homme traqué, se précipita, folle d'épouvante.

— Oh ! mon Dieu !... gémissait-elle, mon père !

« Qu'est-ce qui vous arrive ?

« Qu'est-ce que vous avez ?

— Rien, murmura le Belge d'une voix mourante... une faiblesse.

— Vous êtes blessé ?

— Non... pourquoi veux-tu...

« J'ai faim, voilà tout !

« Tu n'aurais pas un morceau de pain, par hasard ?

A ces mots, Yvette sentit son cœur se contracter et un sanglot lui monta à la gorge.

Elle s'en voulait d'avoir pensé à elle tout d'abord, de n'avoir pas deviné l'horrible détresse de cet homme qui était son père.

Tout en larmes, elle avait saisi Van Flam dans ses bras et le couvrait de caresses et de larmes.

— Oh ! mon père, mon petit papa, gémissait-elle.

« Je vous demande pardon, mais j'étais tellement bouleversée...

« Si vous saviez...

— C'est bon, c'est bon, fit le Belge en s'efforçant de sourire...

« Il n'y a pas de quoi chialer comme une Madeleine.

« Tu ne pouvais pas deviner, fillette... Voilà que ça passe d'ailleurs.

« On n'en meurt pas, pour une fois, sais-tu...

Mais Yvette l'écoutait à peine.

Elle avait entrebâillé la porte et donnait de l'argent à Pas-de-Canard pour qu'il courût aux provisions au plus vite.

— Surtout, fais bien attention en passant devant le bureau, recommanda-t-elle.

« Personne ne doit savoir... Tu comprends ?

— Oui, maîtresse, rassurez-vous...

— Tiens, ajouta-t-elle en lui tendant un carton, à

chapeau, tu mettras tout là-dedans.

Puis Yvette se précipita vers l'armoire d'où elle tira un petit flacon de Malaga et quelques biscuits qu'elle s'empressa de disposer sur un petit guéridon, devant son père.

Celui-ci se jeta sur cette pâture comme un chien affamé, comme un naufragé échappé du radeau de la Méduse.

Sa fille le regardait, le cœur étreint d'une émotion étrange.

En quelques secondes, Van Flam eut tout englouti et une expression de bien-être passa sur son visage.

Les couleurs de la vie revenait.

— Ça va mieux, dit-il.

— Pauvre papa, murmura Yvette...

« J'ai cru que vous alliez passer entre mes bras...

« Dire que tout d'abord, je ne me suis douté de rien.

— Allei ! Allei, il n'y a pas grand mal...

« Je sais bien que tu as tes soucis, toi aussi, un tas de choses à ménager.

« Pour quant à moi, j'en verrai d'autres dans le *Far-West*.

En ce moment, l'infirme revenait.

— *Bonjour, ami... qu'est-ce que tu nous apporte.*

— Hé, te voilà, fit le Belge, dont le gros nez friand avait flairé les bonnes choses enfermées dans le carton à chapeau.

« Bonjour, ami... qu'est-ce que tu nous apportes de bon ?

« Un pâté de canard ?

L'infirme jeta un regard sévère, haineux presque, à cet homme qui s'efforçait de plaisanter, tandis que sa fille, sa victime, avait encore les yeux rouges de larmes.

Il comprenait que le père et l'enfant avaient besoin d'être seuls.

Déjà Van Flam était installé devant une bouteille de vieux vin, un pâté au jambon encore chaud, fumant... qu'il entamait avec entrain.

— C'est bon, ça, murmurait-il la bouche pleine.

« Jamais de ma sacrée garce de vie je n'ai rien mangé d'aussi fameux.

« Comme c'est bête, Godfordom...

« Dire que je suis riche comme Crésus, cousu d'or comme jamais je ne l'ai été et que j'étais en train de la crever tout simplement !

« Comme on a raison, *sayes-tu,* de dire que l'argent ne remplit pas le ventre.

« Car j'en ai des tas... oui, petite.

— Tu ne me crois pas.

— Mais si, mon père.

— Si, mon père... comme tu dis ça...

— Tu as l'air de t'en fiche comme de Collin Tampon.

« Ça vaut la peine, cependant... pour une fois.

« Plus de cent mille dollars...

« Car je ne compte plus que par dollars maintenant.

« A l'Américaine, Godfordom, acheva Van Flam en donnant un coup de poing sur la table.

Le père d'Yvette qui avait déjà absorbé la moitié de son pâté et de la bouteille ressuscitait à vue d'œil.

Le cœur allégé, toute heureuse de cette transformation, sa fille le contemplait avec tendresse.

— Et reprit-elle avec un demi-sourire, qu'avez-vous fait de tout cet argent, mon père ?

« L'argent, je l'ai expédié à New-York...

« Il m'attend dans les caves d'une grande Banque.

« Quant au reste, l'argent de poche, on me l'a volé.

« A moins que je ne l'aie perdu, pour une fois.

« Je m'en moque d'ailleurs, à présent...

« L'important, c'est que le magot soit en sûreté...

« Je m'en tire à bon compte... d'autant que j'étais tombé sur une sale crapule.

— De quoi s'agit-il... expliquez-vous, mon père.

— Tout à l'heure... c'est toute une histoire.

« Minute difficile.

« Laisse-moi manger d'abord, me garnir la panse

— M. Van Flam, ricana-t-il, veuillez me suivre...

crapule.

« Il savait que j'avais de l'argent et voulait *profiter* avec.

— De qui parlez-vous?

« De Walter Humding...

Van Flam eun un sourire méprisant...

— Non... je me moque pas mal de celui-là par exemple.

« Il a bien autre chose à faire.

« Et puis, il est riche... plus riche que nous...

« Il n'a pas besoin de notre pognon... c'est plutôt lui qui nous en donnerait si je voulais...

« Mais je ne veux pas...

En entendant ces mots, Yvette éprouva un soulagement immense.

— Qu'est-ce que c'est donc que vous ne voulez pas ? questionna-t-elle vivement.

Elle avait levé les yeux sur son père.

Ce regard était si pur, si lumineux, que le bonhomme en fut gêné.

— Ça ne te regarde pas, grogna-t-il... C'est pas des affaires pour les femmes...

« Parlons plutôt de ce type qui me suivait...

« Le plus drôle, c'est que c'est toi qui es cause de cette chasse qu'on vient de me flanquer à travers Paris et les faubourgs.

— Moi, mon père, s'écria Yvette.

— Mais oui... petite...

« Tu vas comprendre...

« Je voulais, une fois installé en Amérique, te faire venir aussitôt.

« J'avais donc chargé une agence de découvrir où tu demeurais.

« Une agence épatante...

« Il y a des gens qui y voient clair... trop clair même...

pour une fois.

« Il me semble que je n'avais pas bouffé depuis huit jours.

— Vous étiez à jeun depuis longtemps ?

— Non, depuis hier seulement.. Mais moi, j'ai l'estomac exigeant, tu sayes... et puis par là-dessus la fatigue...

« V'là trois jours que je marche... un vrai juif errant.

— Pauvre papa !

« Pourquoi n'êtes-vous pas venu plus tôt ?

— Eh ! je ne pouvais pas.

— Vous ne saviez pas mon adresse ?

— Si, petite, si... Seulement j'étais poursuivi, filé.

— Par qui... par la police ?

— Et non, par cette canaille toujours, cette sale

« Ah ! les fripouilles.

« Tant et si bien qu'une semaine plus tard, j'étais renseigné à fond.

« Je connaissais non seulement ton adresse, mais un tas de choses sur toi...

« C'est ainsi que j'ai su que tu avais trouvé une place et un mari.

« Le propre fils de ta logeuse...

« Mes compliments, pour une fois.

« Bon... voilà que tu as la larme à l'œil à présent...

« Qu'est-ce qui te prend Godfordon.

« Qu'est-ce que tu crains ?

« Allei, Allei, épouse-le ton godelureau...

« Est-ce que tu crois que je veux t'empêcher, par hasard.

« Avant de m'embarquer, je te signerai un bon petit consentement bien en règle.

Yvette pleurait toujours, mais de joie maintenant. De nouveau, elle enlaça son père et l'embrassa tendrement.

— Oh ! papa, mon petit papa, comme vous êtes bon et comme je vous aime !

Van Flam lui-même était près de s'attendrir.

Depuis des années, c'était leur premier moment d'intimité, d'effusion complète.

— Eh! je le sais bien que je suis bon et que tu m'aimes, reprit Van Flam.

« Seulement, chez nous, tout se passe en dedans...

« Il faut les grandes occasions pour qu'on se montre une fois...

« N'empêche que d'un peu plus on allait se quitter, pour toujours peut-être sans s'être jamais connus...

Pour la troisième fois, Yvette émue embrassa son père.

— Petite mâtine, va, goguenardait le Belge...

« Comme tu sais bien m'enjôler, me cajoler.

« Tu n'étais pas si pressée, tout à l'heure, acheva-t-il, avec un clin d'œil bon enfant.

— Ah! mon père, murmurait Yvette, rouge de confusion, pardonne-moi. J'avais perdu la tête.

— Eh... je sais bien, petite.

« C'est pourquoi je ne t'en ai pas voulu une minute.

« Je comprends très bien que j'arrive comme un chien dans un jeu de quilles...

« Mais, sois tranquille, et je saurai bien disparaître au bon moment.

« Je ne veux pas te gêner...

— Oh ! mon père...

— Il n'y a pas de : oh ! mon père.

« Allei, va, je sais très bien que je ne suis pas présentable pour l'instant...

« Plus tard, on verra... une fois en Amérique, quand j'aurai fait peau neuve.

« Car, je me range moi aussi, sayes-tu...

« J'achète une conduite...

« J'ai de l'argent pour... C'est tout ce qui m'avait manqué jusqu'ici pour être honnête.

« Hein ! tu n'aurais pas dit à ça à me voir en guenilles...

« Tu ne te doutais pas que je t'apportais ta dot dans ma besace de mendigot.

« Et tu sais, cet argent, tu peux le prendre.

« Il est propre, celui-là, ajouta le Belge qui n'était pas loin de se croire sans reproche.

« Et puis, je t'en gagnerai d'autre, une fois là-bas.

« Eh ! eh ! il se pourrait que le fils Lenoir n'ait pas fait une mauvaise affaire, pour une fois, sayes-tu.

Van Flam tourna la tête, tout à coup...

De la chambrette voisine, une toux faible arrivait à travers la cloison et il n'en avait pas fallu davantage pour l'inquiéter, lui suggérer que peut-être on avait retrouvé sa trace...

— Tiens, fit-il... il y a quelqu'un là.

« Qu'est-ce que c'est ?

— Un locataire comme moi...

« Ce n'est pas ce que je te demande, Godfordom.

« Quelle espèce d'homme...

— C'est un vieillard, un pauvre asthmatique qui passe la moitié de son temps sur une chaise longue.

« Il n'a plus qu'un poumon.

— Le pauvre bougre, ça doit être rudement gênant.

« Alors, il est si malade que ça...

— Oui..., parfois il tousse jusqu'au matin.

« Ça m'empêche de dormir.

— Il y a longtemps qu'il habite ici ?

— Trois ou quatre jours, je ne sais pas exactement ?

— Je croyais qu'on ne recevait guère d'hommes seuls ?

— Celui-là est un vieil habitué.

« Voilà plus de vingt ans qu'il descend chez Mme Lenoir.

— Tu es sûre qu'il ne peut pas nous entendre ?

— Tout à fait sûre, mon père.

« D'ailleurs, il est sourd aux trois quarts, paraît-il.

« Je me demande ce qui peut bien vous inquiéter...

— C'est que tantôt, en arrivant à sa porte entrebâillée, il avait l'air de guetter...

— Non, mon père, tranquillisez-vous...

« La porte de ce vieux voisin est ouverte nuit et jour...

« C'est à cause de son asthme justement.

« Sans cela il manque d'air, il suffoque.

— Bien, fit le Belge, complètement rassuré ce coup-ci.

Sur ce, il se versa une dernière rasade, fit claquer sa langue.

— Voici l'histoire à présent, reprit-il, la *filature* qui m'a forcé à me réfugier ici...

« Comme je te l'indiquais tout à l'heure, c'est de l'agence que vient le coup, je crois bien.

« Il y a là dans ces boîtes un tas de *mouches* des anciens policiers pour la plupart, qui ne pensent qu'à détrousser les braves gens.

« Ces canailles avaient senti que j'avais de l'argent.

« Ils ont voulu même me faire chanter, pour une fois...

« Un beau soir — le jour où j'avais reçu la fiche te concernant, je me suis aperçu que j'étais suivi, serré de près.

« Il s'agissait de se défiler proprement.

« Je me suis camouflé comme tu vois, comme un de ces émigrants qui voyagent dans la cale des bateaux...

« Puis, je suis allé me cacher dans un hôtel borgne... de l'autre côté des fortifs...

« Toutes mes affaires étaient faites, en ordre...

« J'avais déposé la galette dans une banque américaine, et reçu en échange un carnet de chèques payables en Amérique.

« Je n'avais gardé que trois mille francs pour le voyage et l'imprévu.

« Pour plus de sûreté, quand j'eus constaté la filature, j'envoyai le carnet poste restante à New-York.

« J'étais sûr de cette façon qu'on ne me le chiperait pas.

« Toutes ces précautions prises, j'ai pensé à me défiler à mon tour.

« Une belle nuit, je suis parti, en chemineau, toujours, le baluchon sur l'épaule et, sur le coup de minuit, je me faufilai gare Saint-Lazare...

« J'avais mon billet, pris d'avance pour tout le voyage comme c'est l'habitude et j'ai passé sur le quai tout de go.

« Le train qui allait m'emporter était là, sifflant, fumant, piaffant en quelque sorte comme un cheval qu'on retient...

« Je jubilais, Gofordom.

« Il me semblait être sur la mer déjà, entendre le vent siffler dans les vergues.

« J'étais aux anges... quand patatras... je me sens touché à l'épaule.

« Je me retourne et me trouve en face de deux sales individus, les mêmes qui m'avaient suivis.

« Quelles gueules d'empeigne...

« Le premier qui avait une tache de vin tout autour de l'œil gauche faisait son important.

« Mais c'était l'autre, le vrai chef, la crapule dont je parlais qui m'inquiétait.

« C'est lui qui a tout combiné...

« Figure-toi un petit rouquin avec un museau pointu de belette, qui ne parlait pas, mais qui agissait en dessous.

« C'est lui qui a dû faire mes fouilles...

« Cependant le premier, *Tape-à-l'œil* — c'est son copain qui l'appelait ainsi — s'était penché à mon oreille.

— M. Van Flam, ricanait-il...

— *Vers trois heures du matin, on était amis.*

— Veuillez nous suivre...

« Tout en parlant, il avait tiré une carte de la Sûreté de sa poche.

« Sa carte était-elle authentique... j'ai conçu des doutes depuis... mais, à ce moment, je ne cherchais guère la petite bête... tu comprends.

« D'autant que l'autre, le rouquin à gueule de fouine, faisait briller une paire de menottes.

« Et j'ai filé doux, pour une fois.

« Il n'y avait que ça à faire.

— Mais, mon père, objecta la jeune fille, il fallait regimber.

« Du moment que vous aviez fait votre paix avec le capitaine Lancelin — je l'ai surpris par hasard — vous n'aviez pas grand chose à craindre.

« L'ancien hôtelier haussa les épaules.

— *Allei*, va... grommela-t-il... tu n'y entends rien...

« Ce n'est pas pour ça, pour les trucs avec l'Allemand que j'étais relançé.

« C'était pour autre chose : une vieille affaire que j'avais oubliée...

« Ça date du temps où j'étais pharmacien.

Yvette, qui ne savait rien de cela, interrogeait son père du regard, mais celui-ci se renfrogna tout à coup.

— Ça ne te regarde pas, pour une fois, grogna-t-il.

« Qu'il te suffise de savoir que je pouvais être arrêté bel et bien...

« Donc, j'ai suivi les types...

« Une fois dehors, sur la place, voilà le rouquin qui me regarde en dessous.

— J'ai soif, qu'il dit.

— Si qu'on soùperait, répond l'autre du tac-au-tac.

— Ça colle, que je réplique aussitôt...

« Allei... c'est moi qui régale...

« J'avais compris tout de suite, moi qui connais ces oiseaux-là, qu'on pourrait s'arranger... en casquant.

« Je ne demandais qu'à arroser royalement.

« Cependant, on entre au *grill room* qu'est en face et je commande un bon dîner, pour une fois...

« Du Bourgogne, à vingt francs la chopine, en veux-tu en voilà.

— Je me disais : je vais les griser et savoir ce qu'ils ont dans le ventre...

« S'ils sont de la Rousse réellement, je les achèterai au plus bas prix.

« Il y avait un autre moyen beaucoup plus fort, c'était de les coucher sous la table et de filer à l'anglaise...

« C'est ce que j'ai essayé de faire...

« J'avais justement sur moi un élixir préparé pour le mal de mer et qui réussit assez bien contre la boisson.

« J'en ai avalé une gorgée et on s'est mis à entonner comme des futailles neuves...

« Mais ces bougres-là tenaient chopine, eux aussi...

« Il m'a été impossible de les tomber, Godfordom.

« Le rouquin surtout... Je demande où il mettait tout ça...

« N'empêche que vers trois heures du matin on était amis comme cochons...

« Alors, j'ai fait ma proposition carrément et ça a été réglé, en cinq secs.

« Ça m'a coûté deux billets de mille... un chacun, et l'on est sorti.

« Une fois dehors, ils m'ont accompagné jusqu'à un hôtel voisin.

— Surtout, pour qu'il courut aux provisions

« Là, avant de sonner, on s'est embrassé comme des frères.

« Une vraie muffée, quoi!

« Ils ne voulaient plus me quitter.

« Enfin, on se sépare, et je rentre dans la maison.

« Je demande une chambre, et au moment de payer, je constate que ma poche est vide.

« Ah! les salops, ils m'avaient barboté mon portefeuille, quelques huit cents francs en billets de banque.

« Une riche idée, hein, que j'avais eue de mettre le carnet de chèques à l'abri... sans ça!

— Vous êtes sûr que ce sont eux? questionna Yvette.

— Je le crois... quoi que *sayes-tu*, j'étais mûr moi aussi.

« Il se peut que j'aie perdu le portefeuille, pour une fois.

« Ce qui est sûr, c'est qu'il me restait juste trois pièces de cent sous et quelque gros sous au fond d'une poche, la monnaie que j'avais ramassée sur la nappe, le pourboire une fois donné au garçon.

« Tant pis, que je me suis dit : à la guerre comme à la guerre...

« Je me serais arraché la tignasse que ça n'aurait rien changé, n'est-ce pas?

« Je suis défrayé de tout, jusqu'à New-York.

« De plus, j'ai ma montre que je peux *laver* en cas de besoin.

« L'important, c'est de cavaler, et plus vite que ça.

« Les deux bandits pourraient se raviser.

« Le lendemain, dès la première heure, je filais vers le train du Hâvre... J'avais la tête lourde de sommeil et la langue épaisse.

« Mais, je me frottais les mains, je me disais : eux doivent dormir encore... ça va bien!

« Je cherchais un coin, un bon coin pour piquer un somme tout en roulant, lorsque qu'est-ce que j'aperçois tout à coup sur le quai...

« Le grand escogriffe avec son œil rouge comme un signal pour me barrer la voie...

« Il était seul, et ne m'avait pas encore vu, semblait-il.

« J'ai tourné court, sauté dans une auto : cocher à la gare Montparnasse!

« Mais, va te faire lanlaire...

« L'autre était là, devant la gare, le Rouquin!

« Au même instant, son complice *Tape-à-l'œil* descendait d'un taxi derrière moi.

« Ah! les cochons, je les aurais tués!

« A partir de ce moment, il m'a été impossible de les décoller.

« Nuit et jour, je les ai traînés à mes trousses.

« Le plus fort, c'est qu'ils se foutaient de moi...

« Parfois, l'un d'eux me devançait et me faisait un petit signe amical en passant.

« C'est arrivé à la fin surtout lorsque je commençai d'avoir la bourse et le ventre plats... J'enrageais.

« On aurait dit qu'ils savaient que je n'avais plus que quelques ronds et qu'ils voulaient me forcer à la course, me réduire par la famine, Godfordom !

« Ah ! les salops ! si je les repince jamais...

« Ils avaient l'air de jouer avec moi comme le chat avec la souris.

« Ah ! si on avait été à Lille, pour une fois... Je connais des passages, et des maisons à double issue...

« Mais ici, j'étais perdu...

« Enfin, bref, passons les détails...

« Pendant trois jours donc, j'ai eu ces deux types derrière moi.

« Pendant trois jours et trois nuits, on a roulé de bouge en bouge.

« J'avais *bazardé* ma vieille montre pour une vingtaine de balles.

« Mais, on ne va pas loin avec ça.

« Hier, je n'ai toulotté quelques sandwichs et pour finir, j'ai filé la Comète.

E·Y

— *L'autre était là devant la gare, le Rouquin.*

« Aujourd'hui, il me restait juste quatre ronds et j'en pouvais plus, Godfordom !

« Toute la journée, je suis resté sur un banc du côté de la gare du Nord.

« J'y étais encore il y a une demi-heure cherchant quelque truc, quand j'ai vu venir un enterrement.

« Il y a des gens qui croient que ça porte malheur.

« Moi, je suis pas de c't'avis-là.

« La preuve, c'est que la chance a tourné soudain.

« Il faut dire que je l'ai aidée un peu aussi.

« Mes suiveurs, eux, me voyaient tellement *flapi* qu'ils ne se méfiaient plus.

« Il y avait foule, une bousculade s'est produite, et nous avons été séparés pendant quelques secondes.

« J'attendais ce moment comme le Messie.

« D'avance, j'avais guigné une voiture de deuil qui était vide.

« Je me suis coulé dedans en douce... ni vu ni connu.

« Tu vois, Godfordom que j'ai su me remuer, pour une fois...

« Ces messieurs de la police n'y ont vu que du feu... Ils cherchaient de l'autre côté.

« Justement, le cortège descendait vers la gare de l'Est.

« Arrivé là, je me suis glissé à terre, sans bruit... et le tour était joué !

« J'ai sauté dans l'omnibus Montrouge-Gare de l'Est, et me voilà.

« Sûr qu'ils ne viendront pas me relancer ici.

— Savoir ? murmura Yvette qui avait écouté ce récit avec la plus grande attention et restait soucieuse... savoir, père !

« Si, comme vous le supposez, ces individus appartiennent à l'agence qui m'a retrouvée, ils doivent connaître mon domicile.

— Bien sûr ! s'écria Van Flam.

« C'est pour cela qu'ils ne viendront pas ici.

« Après le tour que je leur ai joué, ils ne me croiront pas assez moule pour me faire pincer bêtement.

« Ce qui achèvera de les tromper, c'est que j'ai préféré coucher à la belle étoile pendant trois jours durant plutôt que de frapper à ta porte !

« Je ne voulais à aucun prix...

« Il a fallu l'occasion, et aussi que j'y sois forcé par la famine.

« D'ailleurs, tu penses fifille que je ne vais pas lanterner ici.

« Dès demain, je me sauve !

A ce moment quelqu'un remua derrière la porte.

Le flamand, malgré la belle assurance qu'il affectait, tressaillit :

— Qu'est-ce que c'est? fit-il.

« On nous espionne?

« C'est le vieux?

— Non... c'est Pas-de-Canard, répondit sa fille.

Elle alla ouvrir.

— Entre, bon ami.

« Qu'est-ce que tu me veux?

— Ce n'est pas moi, s'excusait l'infirme.

« C'est Madme Lenoir qui demande si vous êtes
malade.

« On vous attend pour dîner... et M. Jean s'impatiente.

— J'y vais... Va dire que je viens à l'instant.

« Vous voyez, mon père, il faut que je vous quitte.

— Allei! Allei! descends bien vite, Godfordom.

— Je tâcherai de ne pas m'attarder, continuait la
fillette.

« Nous avons à causer longuement encore.

« Restez là, bien sage, et ne vous tourmentez pas.

— Sois tranquille, rassura le Belge... je suis le premier intéressé, pour une fois.

« Allei! Allei! va... je t'attends.

CHAPITRE CLXVI

Où Van Flam retrouve une vieille connaissance.

Van Flam et sa fille ne se doutaient guère que leur
conversation avait eu un témoin, un auditeur pour
mieux dire : ce voisin dont Yvette parlait comme d'un
vieillard cacochyme.

Grâce à un résonneur spécial appliqué contre la
mince cloison séparant les deux pièces, il n'avait rien
perdu de cette longue conférence.

Sentant la jeune fille prête à sortir, il s'empressa
de cacher son appareil sous sa robe de chambre et
regagna sa chaise longue où il s'allongea sur les coussins.

Au moment où Yvette passait devant sa porte, le
vieillard leva vers elle son regard morne de valétudi-
naire.

— Tiens! se disait-il, ses yeux brillent à la petite.

« Elle n'a plus cet air mélancolique.

« C'est la joie, évidemment.

« Depuis que le papa Van Flam a dit qu'il acceptait ce mariage, sa voix a changé.

« Fiez-vous à ces Sainte-Nitouche.

« Elle en pince pour ce jouvenceau, c'est clair.

« C'est le patron qui sera volé.

« Car il est piqué, lui aussi, tarteiffle.

« La dernière fois, il m'a saboulé parce que
je n'avais pas encore retrouvé Van Flam.

« Or, voilà ce bélître qui vient juste donner dans le
panneau.

« J'ai été bien inspiré de venir le guetter par ici.

« Il s'agit maintenant de l'amener où nous voulons...

Muller, nos lecteurs l'ont reconnu, prit dans une
boîte un morceau de pâte pectorale et continua de
réfléchir tout en suçotant.

— Ça doit être facile, continua-t-il.

« Quand nous nous sommes rencontrés pour la première fois, j'étais en fort mauvais termes avec Walter Humding, à couteaux tirés.

« Il ignore que j'ai fait la paix depuis avec ce mauvais coucheur.

« Par conséquent, il ne se méfiera pas.

« S'il faut, pour achever de l'emboîner, je lui
ferai croire que maintenant je travaille contre le
patron.

« Que si je pouvais lui jouer un tour de cochon, je
n'y manquerais pas.

« Si Van Flam a l'air de couper dans le pont, j'ac-
centuerai encore.

« Je lui proposerai de marcher avec moi contre
mon ancien chef.

« Il est probable que ce gros bête va donner là-dedans, tête baissée.

« Il y a une chose toutefois qui pourrait lui donner
l'éveil, c'est que je sois venu loger ici, porte à porte
avec sa fille.

« Il faudrait trouver un boniment à la graisse
d'oie.

« Oh! une idée épatante!

« Je m'en vais lui dire que je guette Walter Humding, lequel rôde autour de la petite.

« Tout naturel, dès lors, que je sois venu me mettre
à l'affût dans ce couloir.

« Fameux ça, cette façon de retourner les rôles.

« C'est trouvé, tarteiffle.

« Mieux que ça, je lui raconterai que si je suis ici
c'est moins pour me venger du chef que pour défendre Yvette.

« La fille d'un ami... c'est sacré...

« Et allez donc... le culot, il n'y a que ça.

« Là-dessus, il va tomber dais mes bras.

« Comme de juste, je lui recommanderai le secret le plus strict vis-à-vis d'Yvette.

« Cette pimbêche dit tout à Pas-de-Canard, et l'avorton y voit clair.

« C'est le plus malin du trio, ce vilain aux jambes tordues.

« J'ai pu, cette fois, en jouant le moribond, en faisant mon petit Sixte Quint, tromper sa vigilance... il ne s'agit pas de gaffer maintenant.

« Encore un effort, et je tiens le papa et la fillette, je les livre contre espèces.

« Cinquante mille balles de prime, c'est bon à prendre...

L'allemand se frottait les mains.

— Ça va, murmura-t-il, l'enfant se présente bien.

« Il ne me reste plus qu'à renouer connaissance avec le sieur Van Flam.

— *Toute la journée, je suis resté sur un banc.*

« Je ne puis guère aller frapper à sa porte tout de go...

« Le sacré Mayeux est peut-être par là à rôder.

« Dans ce cas, je ne vois qu'un moyen d'entrer en propos.

« Le moyen grâce auquel on a eu notre première conversation, Van Flam et moi il y a pas mal d'années déjà.

« Même qu'on était autrement surveillé qu'ici.

« Ça se passait à la prison centrale de Namur, où nous bouffions les fayots de Léopold, roi des Belges et du Congo!

« Le papa Van Flam n'a pas dû oublier le téléphone des prisonniers, les coups frappés sur les murs, le long des conduites.

« Je vais m'en assurer illico.

Muller s'approcha de la cloison contre laquelle il frappa trois ou quatre coups espacés de certaine façon.

On remua aussitôt de l'autre côté, mais nulle réponse ne vint.

— Il hésite, murmura le faux malade... Ça se comprend.

« J'en ferais autant à sa place... Recommençons.

Il renouvela son *allo* et cette fois, la réponse vint, cadencée selon les règles de l'art.

— Bien, fit-il, parfait!

« Il n'est pas rouillé, le vieux.

Alors, Muller approcha sa bouche de la muraille et entre haut et bas:

— Allo, bonjour Van Flam...

« Comment vas-tu, ma vieille.

— Bonjour... hésita le Belge...

« Qui êtes-vous?

— Comment! tu ne me reconnais pas?

« Prison de Namur, le numéro 27, Godfordom!

— Muller?

— Ya... Ya...

— Tarteiffle! s'exclama Van Flam renvoyant le juron préféré de l'allemand.

« En voilà un hasard, une veine... Des années qu'on ne s'était vu.

« Alors, est-ce toi, l'asthmatique?

— Ya! répéta Muller en se mettant à tousser d'une voix formidable qui fit tinter les vitres.

— Sacré farceur!

« Et avec ça, qu'est-ce que tu deviens?

« Tu es toujours au service du roi de Prusse?

— Non, on m'a flanqué à la porte.

— Qui donc?

— Mon ennemi.

— Walter Humding?

— Oui... Walter Humding... mais je le repigerai.

— Tu lui en veux donc toujours?

— Plus que jamais... ah! le salop.

« Entre nous, c'est une haine à mort!

« C'est à qui mangera l'autre.

— Et tu espères le boulotter? railla Van Flam.

— On essaiera.

— C'est que c'est un bien gros morceau, pour une fois, sayes-tu.

« Je te trouve un peu trop présomptueux de t'en prendre au géant, et de croire que tu es de taille à te mesurer avec?

« On dirait le petit Poucet voulant avaler l'Ogre.

— J'accepte la comparaison.

« C'est le Petit Poucet qui l'a emporté à la fin.

« D'ailleurs, je suis mieux renseigné que toi, espèce d'enflé.

« Le patron n'est plus l'homme fort, imbattable de jadis.

« J'ai découvert un défaut à sa cuirasse : il est amoureux!

« C'est pour ça que je suis ici.

« Je le guette.

— Hein! fit Van Flam qui avait dressé l'oreille aussitôt.

« Qu'est-ce que tu nous chantes là pour une fois?

« Explique-toi bien vite, Godfordom!

— Inutile de jouer au plus fin, ma vieille.

« Ce que je veux te dire, tu le sais aussi bien et mieux que moi.

« Le patron aime ta fille, et toi tu es un vieux roublard.

— Qu'est-ce que tu chantes? répéta Van Flam de plus en plus interloqué.

« Comment as-tu su que le patron en pinçait pour Yvette?

— Ça, c'est mon secret.

« Supposons, si tu veux, que c'est la tireuse de cartes qui me l'a dit.

— Et... s'écria Van Flam pris d'une inquiétude subite, est-ce que le patron y sait que la petite habite ici?

— Non, mais il la fait chercher.

« Il ne peut tarder de la découvrir.

« Avis à toi, mon gros père.

Le Flamand lança un juron.

— De qui tiens-tu tous ces détails? reprit-il.

— De la tireuse de cartes, encore...

— Non... parlons sérieusement, pour une fois.

Il regagna sa chaise longue.

« Je connais l'agent chargé de retrouver la petite.

« Il a travaillé sous mes ordres autrefois et nous sommes restés en bons termes.

« Il lui arrive fréquemment encore de me consulter et je ne lui refuse pas un conseil pourvu qu'il n'aille pas sur mes brisées.

« Or, c'était le cas quand il m'a parlé de ta fille.

« J'étais sur la piste déjà. Je savais qu'elle habitait par ici.

« Pas de ça, Lisette!

« Aussi me suis-je empressé de renvoyer le type sur une fausse piste, à l'autre bout de Paris.

« Maintenant ce n'est qu'un retard, faut pas s'y tromper.

« Le type reviendra et le patron avec lui.

« Seulement je suis posté, je les attends à l'affût.

« Tu comprends: ta fille est l'appât, le patron est le gibier et moi je suis le chasseur. All right!

« Qu'est-ce que tu dis de ça, mon gros pigeon.

...Van Flamm ne répondit pas.

Cette confidence, où le vrai et le faux étaient si habilement mêlés, avait fait sur lui une impression considérable.

— Godfordom! murmurait-il, sans se douter que Muller entendait la plupart des mots qu'il croyait prononcer pour lui seul, je la trouve mauvaise, moi.

« Il faudrait peut-être songer à prévenir la petite.

On le voit le père d'Yvette ne s'était pas méfié une seconde; il ne s'était pas douté que le plus menacé pour l'instant, c'était lui, Van Flam.

Aussi l'agent de Walter Humding jubilait-il, enchanté du succès de sa petite machination.

— Ça y est, se disait-il.

« Ce gros bœuf a marché comme un seul homme.

« Et maintenant, je le tiens.

Cependant le père d'Yvette avait repris la conversation.

— Tu est là, toujours? questionnait-il.

— Mais oui... Tu as quelque chose à me dire?

E. Yrondy.

Il remarqua deux individus attablés derrière la
glace d'un café

« Qu'est-ce que tu veux dire, Godfordom!

— Je veux dire que tu es une immonde crapule

« Tu as vendu ta fille au patron.

Cela avait été dit avec un air d'indignation si bien joué que le père d'Yvette avait rougi jusqu'aux oreilles, sans doute, parce qu'il se sentait coupable d'imprudence, tout au moins.

Mais presque aussitôt, devant l'air narquois de son compagnon, il comprit et sa face s'épanouit dans un large sourire.

— Alleï... alleï, tu blagues, pour une fois.

« Tu sais bien que ce n'est pas vrai, qu'on est brouillé pour toujours, le chef et bibi...

— Parbleu! rigola l'Allemand.

« Est-ce que sans cela je t'aurais dit ce que je complote contre le patron. Si tu étais une crapule tu n'aurais qu'à me trahir. Seulement je suis bien tranquille. C'est ta fille qui paierait en fin de compte.

« Ta fille que tu avais abandonnée, et que j'ai défendue, moi, sayes-tu, que je suis prêt à défendre encore. Même que tu pourrais me remercier, pour une fois.

— Je te remercie, fit le père d'Yvette sans grande conviction... Je te remercie, quoique je sache bien...

— Qu'est-ce que tu veux dire? interrompit le faux malade. Explique-toi.

— Je veux dire que ce n'est pas pour nous ce que tu as fait.

« C'est *contre* le patron...

— C'est ce qui te trompe! s'écria Muller avec un sursaut d'indignation, dont Van Flam fut dupe ce coup-ci.

« On a du cœur, quoi que tu en dises.

« Nous avons mangé des fayots à la même gamelle,

— Beaucoup de choses, Godfordom!

« Seulement on est mal comme ça, sayes-tu.

« Il faudrait causer face à face.

« Est-ce qu'on peut passer chez toi?

— Soit! goguenarda Muller, quoique je ne devrais pas te recevoir.

— Pourquoi ça?

— Viens... je te le dirai.

Lorsque Van Flam arriva dans la chambre, Muller avait déjà repris sa place sur la chaise longue.

Van Flam tendit la main à l'ami retrouvé, mais celui-ci au lieu de la prendre lui jeta un regard plein de réprobation.

— Je ne serre pas les pattes sales, murmura-t-il.

— Qu'est-ce que c'est qu'il y a encore? s'écria le belge affolé par tous ces changements d'humeur.

tu es un ami, un poteau... et c'est sacré, ça!

« Evidemment, je suis bien aise de faire d'une pierre deux coups, et de rendre au chef d'un seul coup tout le mal qu'il m'a fait.

« Je vois sa stupeur d'ici, sa tête, quand croyant trouver la petite... il me verra surgir à l'improviste.

— Qu'est-ce que tu comptes faire? demanda le père d'Yvette.

— Je ne suis pas encore fixé.

« Tout ça dépendra des circonstances.

« Ce que je puis te dire c'est que Walter Humding va tomber sur un de ces becs de gaz!

« Je me charge de lui faire passer le goût des pucelles, à ce vieux forban.

« Ça nous vengera des misères qu'il nous a faites à tous... car il a dû t'en faire à toi aussi.

— Parbleu, je ne l'aurais jamais lâché sans ça.

« Mais c'est son dernier tour, ses idées sur ma fille qui me révoltent surtout.

« Ah! le salop! alors, tu crois qu'il serait homme à user de violence contre une gamine?

« J'avais toujours pensé qu'il voulait la gagner, la conquérir, par la douceur.

« C'est ce qui me rassurait, pas de danger pour l'instant, que je me disais.

— Heu... il ne faut pas trop s'y fier.

« Toutefois il n'y a pas péril pour l'instant, comme tu dis.

« Je me suis renseigné, tu comprends.

« Celui que le patron cherche surtout en ce moment, c'est toi.

« Il s'est dit qu'un bon moyen pour arriver jusqu'à la fille, c'est de s'emparer du père comme otage.

« Les deux types qui t'ont flanqué cette chasse, venaient de sa part très probablement, bien qu'ils aient invoqué un autre prétexte.

— Quels types? demanda le Belge ahuri.

« Tu as écouté notre conversation?

— Cette question, ricana Muller, avec ça que j'ai l'habitude de me gêner.

« Mais, mon pauvre vieux, j'ai tout entendu de bout en bout.

« De plus, continua-t-il tranquillement, le patron t'en veut.

« Il sait que tu as truqué avec la police française, que tu l'as trahi... quoi!

— Je n'ai pas trahi, protesta Van Flam.

« Je n'ai donné aucun de nos secrets, de nos compagnons.

« Je me suis contenté de délivrer trois pauvres femmes que ce bandit tenait enfermées injustement.

— Tu as trop bon cœur, blagua Muller, ça te perdra, mon garçon.

« C'est pourquoi je te conseille de te tenir sur tes gardes.

« Tu nous disais tout à l'heure que tu ne voulais pas lanterner ici.

— C'est prudent murmura le père d'Yvette de plus en plus soucieux.

« Les deux types Tape à l'œil et son copain peuvent rappliquer d'un moment à l'autre.

« Sans compter Walter Humding qui vient compliquer les choses.

« Moi qui le croyais en train de filer le parfait amour!

« Ça sent mauvais tout ça, sayes-tu, et je commence à me faire de la mousse terriblement.

« Je ne sais pas de quel côté virer.

— Qu'est-ce que tu ferais à ma place, toi?

— Moi, je filerais par le premier paquebot. Une fois en Amérique, tu te fiches pas mal du patron.

— Oui, seulement, c'est ma fille.

— Ta fille ne risque rien pour l'instant.

« Et puis je suis là, moi, pour te remplacer et je n'ai pas froid aux yeux.

« Je te jure bien que, moi vivant, pas un cheveu ne tombera de sa tête.

Remué, attendri par l'accent de sincérité avec lequel Muller avait prononcé ces derniers mots, le père d'Yvette lui tendit les deux mains.

— Quel chic type tu fais! Tu es un frère...

« J'en ai eu de la chance de te trouver là, juste à point.

« Alors tu crois que je peux m'embarquer quand même?

— Il n'y a que ça à faire, déclara l'espion d'un ton péremptoire.

« En demeurant ici en France, tu exposes ta fille puisque c'est de toi qu'on compte se servir contre elle, pour lui mettre le marché en mains.

» Si tu t'esbignes, au contraire, tout change.

« Il faudra que Walter Humding trouve un autre moyen et c'est là que je l'attends.

« Je ne t'en dis pas plus long... mais tu peux compter sur moi...

« Tu sais que je ne parle pas à la légère.

« Seulement pour ça, pour que ma petite combinaison réussisse, il faut que tu disparaisses pendant quelque temps.

« Si tu ne veux pas partir pour de bon, cache-toi seulement pendant un jour ou deux et je réponds du reste.

Le père d'Yvette avec l'inconscience, l'égoïsme qui faisait le fond de sa nature, ne demandait qu'à se laisser convaincre.

— Oui, oui, fit-il, tu as raison.

« Je m'en vais partir, m'embarquer le plus tôt possible.

« Pour commencer, dès demain, si le passage est libre, je quitte l'hôtel.

— Où iras-tu tout d'abord ?

— Je ne sais pas, cela dépendra d'un tas de choses, de l'argent que j'aurai en poche, des tuyaux de la dernière heure, etc....

« Mon intention pour commencer est de gagner la banlieue, quelque hôtel à vingt ronds la nuit et d'y rester terré pendant quatre ou cinq jours.

« Ça m'a réussi une fois déjà.

« Au bout de ce temps je gagnerai une station voisine. Mantes par exemple, où je m'embarquerai pour le Hâvre.

« Je me méfie des gares parisiennes et pour cause !

« Qu'est-ce que tu penses de ce moyen de procéder ?

— Il est bon... très bon même pour se faire pincer.

— Godferdom! qu'est-ce que tu veux dire ?

— Une chose qui crève les yeux.

« Ceux qui t'ont fait filer — que ce soit le patron ou d'autres — savent que tu t'embarques au Hâvre.

Vous voilà, mes enfants, tant mieux !

« Ils savent par conséquent par quelle compagnie, sur quel paquebot.

« Ils ont dû déjà envoyer un mouchard là-bas pour te piger au passage.

— Tu crois? murmura le Belge navré.

« Qu'est-ce que tu ferais à ma place ?

— Moi, j'irais m'embarquer à Anvers, à Londres, plus loin même s'il le fallait.

— J'y ai pensé... mais c'est l'argent qui me manque... le *quibus*.

« Il me faudrait acheter un autre billet.

— Si ce n'est que ça, on peut s'arranger.

« Je suis en fonds en ce moment... Je te ferai l'avance.

— Quel chic type, répéta Van Flam.

— Oh! chic! railla l'autre, n'exagérons rien.

« Je fais une affaire tout simplement.

« Je sais que tu es riche, ça ne sera pas perdu.

— Pour sûr! s'exclama le gros Van Flam, je me rappellerai ça.

« Comme je me rappellerai ce que tu as fait pour ma fille.

« Si jamais tu avais besoin de quelques milliers de dollars, je suis là... Un signe et je t'envoie ça, par dépêche...

— Merci! nous verrons plus tard.

« Parlons de ton évasion, c'est le plus pressé.

« Du moment que je m'en mêle, j'entends que ça marche, *recta*, sans à-coup ni cahots.

« Or, ton idée de te terrer dans quelque coin de banlieue, ne me dit rien qui vaille.

— Tu préférerais que je parte tout de suite ?

— Non, riposta Muller vivement.

« Il faudra te cacher pendant un jour ou deux, guetter l'heure propice.

« Tu profiteras de ce délai pour te remplumer un peu.

« Tu as une gueule de déterré qui te ferait chiper au premier tournant.

« En outre pendant ce temps, nous aurons à causer, à nous concerter nous deux.

« Donc le plus simple est que tu viennes chez moi, à la campagne.

— Chez toi? fit Van Flam très surpris. Tu as un autre chez toi ?

— Cette question, une souris qui n'a qu'un trou est vite prise.

« Alors, j'ai loué une bicoque.

— Où ça? s'écria le père d'Yvette.

— A Enghien, une petite villa perdue dans les arbres.

« C'est là que je me retire quand j'ai fait quelque mauvais coup et je te jure bien que personne n'ira te dénicher par là-bas.

« J'y vais de temps en temps et je m'y rendrai tous les jours, quand tu y seras... pour parler de nos affaires, de ton embarquement.

— Et d'Yvette? lança le Belge.

— D'Yvette aussi; même si ça se gâtait ici, s'il y avait danger, Yvette pourrait t'aller rejoindre.

« A une condition toutefois c'est que je reste toujours dans la coulisse.

« J'ai besoin de ça, du secret, pour gagner la partie contre le chef.

« Qu'en penses-tu?

— Je ne demanderais pas mieux, répondit Van Flim, et je te remercie une fois de plus.

« Mais c'est Yvette qui ne voudra pas, pas plus qu'elle ne voudrait venir avec moi en Amérique. J'ai senti ça.

« Jamais elle ne consentira à quitter son fiancé... surtout s'il y a péril.

« On a du cœur dans notre famille, sayes-tu.

« Je ne t'en remercie pas moins pour ma part.

« La chance tourne décidément comme je disais à la même...

« C'est l'enterrement qui m'a porté bonheur, le macchabée.

— C'est bien possible, fit Muller avec le plus grand sérieux.

« Maintenant, voyons aux moyens de vider les lieux presto sans attirer l'attention.

« Il faudrait pour bien faire que nous filions dès demain à l'aube. Moi, bien entendu, je reviendrai ici ensuite pour veiller au grain.

« Voilà ce que je propose, je pars le premier et reviens bientôt avec une auto.

« Je cornerai trois fois en passant sous les fenêtres, ça voudra dire: « Je t'attends à deux pas, derrière le square Raspail.

« Bien entendu si tu veux que je continue mon rôle de petit manteau bleu, motus de tout ça à quiconque, même à Yvette.

« Je n'aime pas travailler en pleine lumière.

Les deux amis conférèrent un instant encore.

Puis comme neuf heures approchaient, le père d'Yvette se leva pour partir.

— Je me retire, dit-il.

« Les Lenoir doivent avoir fini de dîner, et Yvette va monter d'une minute à l'autre.

« Inutile qu'elle me voie ici.

— Je crois bien, fille, mon vieux.

« Si, par hasard, il survenait un accident, si tu avais quelque chose à me dire, tu n'as qu'à revenir, cette nuit une fois tout le monde au pieu.

« On bavardera en fumant une vieille bouffarde.

CHAPITRE CLXVII

Où Muller montre au père d'Yvette comment on tourne un billeton.

A ce même moment Yvette et son fiancé restaient seuls dans le petit salon contigu au bureau où la famille Lenoir prenait ses repas.

Une demi-heure plus tôt la mère de Jean, soucieuse de ne pas troubler les rares minutes d'intimité des jeunes gens, s'était levée.

— Mes enfants, avait-elle dit avec un bon sourire, je vous quitte..

« J'ai sommeil.

« Embrassez-moi.

Tout en parlant, elle penchait sa tête vénérable entre les visages rapprochés des amoureux, comme si elle eût voulu les rapprocher encore.

Yvette et Jean s'empressèrent d'obéir et pour la première fois leurs cheveux se frôlèrent, leurs lèvres s'effleurèrent presque, tandis qu'ils donnaient le baiser du soir à la bonne maman.

La chaste Yvette en fut troublée jusqu'au fond de l'être.

Mais en même temps cette chaude affection qui l'entourait de toutes parts, l'encouragea pour la terrible confession qu'elle avait à faire, et qu'elle attaqua aussitôt.

Avec tous les ménagements possibles — ne révélant que l'indispensable, quitte à compléter plus tard — elle mit Jean au courant des faits et gestes de son rival et des dangers qu'il courait de ce côté.

Elle parla de Walter Humding comme d'un agent de l'étranger, fit allusion aux compromissions dans lesquelles l'Allemand avait enraciné son père, dont il était le mauvais génie.

— Mon papa n'est pas méchant, expliqua-t-elle, les yeux baissés de confusion, il est faible.

« Jusqu'ici, j'avais cru qu'il encourageait les prétentions de ce misérable et ce fut une des raisons de ma fuite.

« Je ne vous avais jamais parlé de cela, mon cher Jean, c'est si pénible à avouer... et c'est heureux puisque je découvre aujourd'hui, avec quelle joie, que je me trompais.

« Mon père bien loin de patronner Walter Humding a rompu avec lui, enfin!

« En ce moment, il se dispose à partir pour l'Amérique où il compte se faire une nouvelle existence.

« Peut-être est-il parti déjà?

« J'ai appris cela tout à l'heure au Palais de Justice par des amis de Lille venus pour déposer dans l'affaire Lempereur: le capitaine Lancelin et sa pupille, cette douce Jeanne dont je vous ai raconté la touchante aventure.

— Oui, fit Jean avec un tendre regard d'admiration, je me souviens, ma chère Yvette.

« Je me souviens de votre héroïsme.

« Je crois vous voir courant sur les toits avec votre précieux fardeau dans les bras.

— Oh! corrigea la jeune fille en souriant, ce n'est pas moi, mais Pas-de-Canard qui portait Jeanne.

« Mais revenons au capitaine Lancelin de qui je tiens la plupart des graves révélations que je viens de vous faire.

« C'est lui qui m'a chargée de vous prévenir du péril et au plus vite.

« D'après le capitaine, qui connaît Walter Humding, mieux que personne, il l'a rencontré plus de dix fois sous différents visages, ce Borovitch qui tenta de vous assassiner pourrait bien être l'espion lui-même.

« Vous voyez d'après ça, quel danger vous avez couru et quel danger vous courez encore?

« Jusqu'à quel point ces bandits poussent l'astuce et l'audace.

« Aussi, je vous recommande, mon cher Jean, je vous supplie, au nom de notre amour, de suivre à la lettre les conseils de cet excellent ami.

— Soyez sans inquiétude, ma chère aimée, répondit Jean Lenoir, je veillerai sur vous et sur moi aussi.

« Mais, ma douce amie, comme vous avez dû souffrir de tout ce que j'apprends.

« Comme la vie a été ingrate pour vous! Je m'explique maintenant certains airs préoccupés, certaines réticences qui m'avaient frappé.

« Pourquoi n'avoir pas parlé plus tôt.

« Ça vous eût soulagé et j'aurais été si heureux de porter la moitié de vos peines.

— Je n'osais pas, murmura Yvette.

— Grande et chère enfant, fit Jean en effleurant d'un chaste baiser les cheveux de la vierge.

« Vous savez bien cependant, vous sentez bien que rien ne peut nous séparer, désormais!

« D'ailleurs, la route s'aplanit devant nous, déjà.

« Un premier empêchement: l'opposition de votre père, a disparu, m'avez-vous dit.

« Quant à l'autre obstacle: Walter Humding, nous en triompherons également.

« Nous triompherons parce que nous portons en nous, dans notre poitrine, une force surhumaine: l'amour, acheva le jeune homme en enlaçant sa chère fiancée.

« Ainsi liés, appuyés l'un à l'autre, nous sommes invincibles.

Pendant cette scène Pas-de-Canard, plus fidèle que jamais à son rôle de chien de garde, était assis à quelques pas de là sur la banquette du couloir d'entrée.

De temps à autre, il tournait la tête malgré lui, et apercevait les amants enlacés.

Près de lui sur un fauteuil, l'infirme dormait

A cette vue son cœur cessait de battre soudain et c'était une douleur lancinante, là, sous le sein gauche, une courte agonie qui lui mettait une sueur glacée aux tempes.

Depuis quelques jours ces accès étaient fréquents et l'infirme ne se faisait pas d'illusion sur le mal qui le rongeait.

A un moment, ce soir-là, comme la crise était plus forte, qu'il sentait l'air lui manquer, Pas-de-Canard s'avança jusque sur le trottoir afin de respirer plus librement.

— Oh! mon Dieu! gémissait-il tout bas, je ne vous demande pas de me guérir de cet amour incurable.

« J'aime mieux en mourir.

« Laissez-moi seulement vivre assez pour voir ma chère maîtresse heureuse.

« Après quoi s'il faut une victime, faites que ce soit moi.

Puis l'infirme sans perdre le seuil de vue se mit à se promener sous les arbres de l'avenue.

Il voulait être sûr qu'aucun visage suspect ne rôdait aux environs.

Il allait et venait depuis un moment lorsqu'il remarqua deux individus, un grand et un petit, attablés derrière la glace d'un café de modeste apparence.

C'étaient nos amis Flic et Flac qui prenaient leur garde ainsi que l'avait annoncé le capitaine Lancelin.

— Je les connais l'un et l'autre, se dit Pas-de-Canard.

« Je les ai vus assez souvent déambuler devant la porte du capitaine.

« Il nous avait prévenus, d'ailleurs...

Comme il revenait, cette fois, il aperçut Yvette qui sortait le visage rasséréné, radieux.

Elle tendit la main à son fiancé qui la porta à ses lèvres, puis vivement s'approcha de l'infirme.

— Te voilà, bon ami, dit-elle à voix basse.

« Viens avec moi. Nous allons avoir besoin de toi une fois de plus.

« Il s'agit de monter un lit pour mon père, de s'organiser pour que nul ne soupçonne.

« J'avais pensé d'abord à lui céder ma chambre.

— Gardez-vous-en bien, s'écria Pas-de-Canard.

« Ce serait le sûr moyen de nous faire pincer.

« Tout le monde entre dans votre chambre, Mme Lenoir, la fille de service, le garçon même.

« Vous ne pouvez guère vous fermer, tandis que moi, dans ma mansarde, là-haut, je suis maître !

« J'ai la clef dans ma poche.

« C'est donc à moi de prêter mon lit.

— Et toi, bon ami ?

— Il y a un vieux fauteuil sur lequel je serai très bien.

Et comme la jeune fille hésitait.

— Acceptez, mademoiselle, insista l'infirme.

« Je serai si heureux de vous rendre ce léger service.

« Ce n'est pas la première fois que je me passe de matelas.

« Avant de vous rencontrer, ça m'est arrivé bien souvent, allez, de dormir sur la dure, à la belle étoile.

« Je vous dois bien cela à vous et à votre père qui m'avez recueilli jadis.

— Soit ! accepta Yvette, tu le fais de si grand cœur.

« Ça ne durera pas, d'ailleurs.

« Dès demain, nous chercherons une chambre ailleurs, dans un endroit sûr.

« C'est de cela qu'on va s'occuper.

« Entre ! acheva Yvette en ouvrant la porte de sa chambre.

Van Flam, qui fumait sa pipe, un vieux culot retrouvé au fond d'une poche, se retourna au bruit de la porte.

— Vous voilà, mes enfants, tant mieux !

« Je commençais à trouver le temps long.

« Et puis, j'ai sommeil pour une fois.

« Par exemple, comment diable va-t-on faire. Vous ne tenez pas à m'exhiber, moi non plus... Godfordom.

« C'est là que ça s'embrouille.

— Mais non, répondit Pas-de-Canard.

« M. Van Flam, vous n'avez qu'à prendre mon cabinet là-haut et mon lit, que je vous offre très volontiers.

« Mlle Yvette voulait vous céder sa chambre, mais ce n'est pas pratique.

« Tout le monde y rentre.

« Au contraire, personne, ne met le pied chez moi, jamais.

« Vous pourriez demeurer là-haut une semaine entière sans qu'on s'en doute.

« D'ailleurs, vous allez vous rendre compte par vous-même.

« Tout à l'heure, sitôt le gaz éteint, je vous mènerai là-haut pour que vous vous rendiez compte.

— Bien, fit le Belge sans se faire prier autrement... je m'en rapporte à vous, et j'accepte pour une fois.

« Tu es un bon zigue, mon vieux Canard.

Puis on parla d'autre chose, du meilleur moyen pour le fugitif de quitter l'hôtel, puis Paris et la France.

— J'y pensais, tout en mangeant, disait Yvette.

« Puisque les gares sont dangereuses pour vous, mon père, il faut s'en passer, se passer de chemin de fer.

« Il y a bien d'autres moyens de gagner Le Hâvre.

« En quelques heures, une bonne automobile vous mènerait jusqu'au paquebot et j'ai de l'argent justement...

« Plus de trois cents francs d'économie, que je vais vous remettre.

— On verra, répondit Van Flam, qui, nous le savons, avait d'autres projets en tête.

« Rien ne presse, fifille, le bateau qui devait m'emporter est en mer à cette heure, et l'autre ne part que dans deux ou trois jours.

« Et puis je ne veux pas te dépouiller.

« Cent francs... cent cinquante au maximum, c'est plus qu'il ne me faut.

« J'ai honte déjà de profiter avec toi, sayes-tu.

« Maintenant, parlons un peu de tes affaires.

« Jusqu'ici, il n'y en a eu que pour moi.

« Et toi, tu n'as rien à me dire, rien à ajouter à la fiche de l'agence.

« Tu n'as rien remarqué autour de toi, pas vu de visages suspects.

Yvette à cette minute comptait l'argent d'une petite bourse en métal qu'elle venait de tirer du fond d'un tiroir. Elle en profita pour réfléchir avant de répondre.

— Est-ce que je dois lui parler de Borovitch, se disait-elle, de l'homme au sombrero?

« Non pas pour l'instant.

« Mon père a bien assez de ses propres soucis.

« Ce n'est pas lui, malgré son bon vouloir, qui pourrait me protéger.

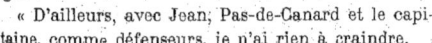

Flic et Flac arpentaient le trottoir.

« D'ailleurs, avec Jean, Pas-de-Canard et le capitaine, comme défenseurs, je n'ai rien à craindre.

Et tout haut:

— Non, mon père, qui voulez-vous qui s'occupe de moi?

— Est-ce qu'on sait?

« J'ai des ennemis par le monde... tu sais.

« Heureusement tu as des amis — plus que tu ne penses — et qui veillent sur toi.

Cependant le temps passait.

Van Flam, alourdi par le copieux repas qu'il venait de prendre et qui, en outre, avait « filé la comète » la nuit précédente, somnolait doucement.

Bientôt même il finit par s'endormir.

Le moment venu de se mettre au lit, il fallut le réveiller.

Il était onze heures, tout le monde reposait à l'hôtel et Van Flam passa d'une chambre à l'autre sans rencontrer âme qui vive.

Muller lui-même avait fermé sa porte pour mettre ses voisins plus à l'aise, sans doute...

...Quelques heures plus tard, Van Flam, qui n'avait fait qu'un somme jusqu'au matin, se réveillait sur le lit de Pas-de-Canard.

Le jour levant pénétrait dans la mansarde.

Près de lui, sur un fauteuil, démantibulé aux trois quarts, l'infirme dormait la bouche contractée.

Des soupirs soulevaient ses épaules contrefaites.

Ses lèvres s'agitaient, laissant échapper des mots incohérents:

— Yvette... prenez garde! Fuyez... l'homme au manteau rôde.

« Oh! mes parents, ma mère... inconnue, pourquoi m'avoir mis au monde?

« Le feu! le feu! Ce bandit est là, derrière M. Jean.

« Il lève le bras.

Le Belge ne daigna même pas écouter.

Son premier souci, sitôt debout, avait été de courir à la petite fenêtre ouvrant sur la gouttière et de regarder ce qui se passait en bas, sur l'avenue...

Presque aussitôt il se rejetait en arrière, le visage décomposé...

Il venait d'apercevoir deux hommes — Flic et Flac — qui arpentaient le trottoir en face de lui.

— Ce sont eux, Godfordom! murmurait-il affolé.

« Ce sont mes deux crapules de l'autre soir.

« Je vois mal leur figure, mais c'est la même taille, la même dégaîne. Il n'y a pas d'erreur.

« Ah! les salops, les cochons... comment faire?

Vant Flam eut quelques secondes d'effroi, d'inquiétude intense, puis une idée lui vint qui lui rendit l'espoir...

— Il n'y a que l'ami Muller qui puisse me tirer de là, songea-t-il.

« Il m'a dit d'aller le trouver en cas d'alerte, d'avaro.

« J'y vais, pour une fois.

« C'est un homme d'expérience, un vieux renard.

Lorsque Van Flam arriva dans la chambre de l'Allemand, celui-ci était déjà levé..

Assis à sa table de travail, il écrivait une lettre à Walter Humding, précisément, lettre qu'il s'empressa de faire disparaître à l'entrée de ce visiteur matinal et imprévu.

— Qu'est-ce qu'il y a? s'écria-t-il, en voyant le visage bouleversé du Belge.

« Qu'est-ce que c'est... Parle, *Tarteiffle!*

— Un sale coup, grogna le père d'Yvette en entraînant Muller vers la fenêtre.

« Je suis découvert, Godfordom!

« Ces bandits ont retrouvé ma trace.

« Les voilà, là, en face, qui font les cent pas.

Muller haussa les épaules.

— Quelle buse! fit-il d'un ton méprisant.

« Tu as donc de la fiente de goéland aux yeux que tu ne reconnais plus tes têtes?

« Ces deux mouchards — car ils *en* sont — se fichent pas mal de toi.

« Je les connais.

— Tu les connais, soupira Van Flam soulagé d'un poids immense.

« Qu'est-ce?

— Ce sont les deux flics de cette vieille baderne de Lancelin.

— Tu es sûr! haleta le père d'Yvette.

— Parbleu. Est-ce que tu crois que je suis devenu maboule comme toi.

« Non, mon vieux, je connais mes figures, moi...

« C'est l'*a b c* du métier, *tarteiffle!*

« Je m'explique maintenant que tu te sois fait pourchasser pendant trois jours et trois nuits consécutives.

« Quelle moule!

— Engueule-moi, je m'en fiche, grommelait le Belge.

« L'important, c'est que ces deux bipèdes ne soient pas venus pour bibi.

« Mais alors qu'est-ce qu'ils foutent là?

Je suis découvert, Godfordom!

— Je n'en sais rien.

« Ils guettent le patron, peut-être.

« A moins que ce soit moi.... Mais non, pas assez malins, les frères!

« D'ailleurs, je n'ai rien à craindre, moi; j'ai rompu avec Berlin, comme je te l'ai dit déjà.

« Je suis tellement sûr de mon fait, que si tu veux nous allons sortir ensemble, leur passer sous le nez...

— Sortir... fit Van Flam, pour aller où?

« A la villa?

— Si tu veux, répliqua Muller, saisissant l'occasion aux cheveux.

« Je n'y avais pas pensé tout d'abord, mais l'idée n'est pas mauvaise.

« Ça m'étonne que tu y aies pensé tout seul!

« On vient d'ouvrir justement la porte pour le laitier.

« Tout le monde roupille, même le garçon.

« Jamais nous ne trouverons occasion pareille, et ce serait bête de n'en pas profiter.

« Après tout, l'autre peut rappliquer *Tape à l'œil*, comme tu l'appelles.

Muller regarda son compagnon qui semblait hésitant:

— Eh bien! quoi, reprit-il, tu flanches?

« Est-ce que tu aurais peur... Quel froussard.

— Non, la preuve c'est que je pars.

« Avec toi, j'ai confiance: j'irai au bout du monde.

« Ce qui me tracasse, c'est Yvette.

« Je voudrais lui dire adieu et alors ça va être un tas de questions.

« Il faudrait inventer une histoire, une explication.

« Je ne trouve rien.

— Quel empoté, grogna l'Allemand.

« Toujours le même, bon à te noyer dans un pot à moutarde.

« Partons d'abord: on s'expliquera ensuite.

— Non, non, je ne veux pas.

« Elle serait trop inquiète pour une fois.

Il aida le Belge à enfiler le cache-misère.

proche.

« Il se charge de moi et m'offre un abri sûr à la campagne, du côté d'Enghien...

« Je reviens glisser ce billet et je file dare dare.

« J'aurais bien voulu t'embrasser, mais je crains d'être rencontré.

« D'ailleurs, je te ferai bientôt venir chez moi, dans ma villa.

« Lettre suit, je t'embrasse... et cætera.

— Eh bien... fit Muller, enchanté de cette lettre qui préparait si heureusement les choses, le piège où il voulait attirer la jeune fille que penses-tu du *biffeton*. Ça va-t-il?

— Oui, c'est tout à fait ça. T'es un malin.

— Pas de compliments... Décanillons d'abord.

Muller prit un long manteau accroché tout proche qu'il tendit à sa victime.

— Prends cette pelure, mon vieux.

« Tu as l'air d'un vagabond, sans te froisser, et ça pourrait tirer l'œil aux passants.

« Inutile, n'est-ce pas?

Il aida le Belge à enfiler le *cache-misère*.

Puis :

— En route, maintenant, descendons.

Deux minutes plus tard, tous deux mettaient le pied sur le trottoir et se dirigeaient vers la station de voitures placée près du *Lion de Belfort*.

— On va prendre un taxi-auto? demandait le père d'Yvette.

— Jamais de la vie! répliqua l'autre.

« Tous ces wattmen sont plus ou moins de la police.

« Mieux vaut, si tu ne veux pas qu'on retrouve ta piste, louer une voiture à conduire nous-mêmes.

« Deux mots pour la rassurer, et lui annoncer une lettre qui viendra, plus tard, quand nous aurons le temps.

Tout en parlant, Muller poussait le Belge vers le bureau, lui mettait la plume aux doigts :

— Tiens, écris : faisons vite, saperlotte!

— Je ne sais pas que dire...

— Quel empoté!... répéta l'espion.

« Tu baisses, mon vieux...

« Je m'en vais fabriquer ça, moi, en deux temps.

« Ecris :

« ...Ma chère Yvette, quand tu recevras ce billet, je serai loin, ne t'inquiète de rien. Tout va pour le mieux.

« Ce matin, profitant de ce que tout le monde dormait, je suis allé relancer un ami qui demeure tout

« C'est ma méthode... et la bonne!

« Il y a un garage à deux pas, justement.

CHAPITRE CLXVIII

Où Van Flam donne de ses nouvelles

Le billet, trouvé sous sa porte, rassura Yvette, laquelle était habituée de longue date, aux façons un peu mystérieuses de son père.

Seul, Pas-de-Canard restait soucieux, mais ne précisait rien.

— Il faut prévenir le capitaine Lancelin, dit-il simplement.

« Ça vaudrait mieux.

— Tu as raison, répondit Yvette.

« J'y pensais.

« Justement, j'ai promis une visite à Jeanne Morin.

« J'irai dès ce soir.

C'est ce qui fut fait.

Le père La Manille, aussitôt informé des événements dont la pension Lenoir avait été le théâtre, demanda à voir le billet laissé par le Belge, l'examina attentivement, le compara à d'autres de la même main :

— C'est bien l'écriture de votre papa, dit-il à Yvette.

« Je reconnais moins son style, certaines tournures qui lui sont chères.

« Mais votre père — comme beaucoup de gens — n'écrit pas comme il parle.

« Il soigne son style.

Puis, le vieux grognard regarda la lettre par transparence, déchiffra le filigrane et le millésime gravé dans la pâte.

— Le papier n'a rien de remarquable... continua-t-il.

« C'est le format qu'on trouve chez tous les papetiers.

« L'encre, au contraire, mériterait d'attirer l'attention.

« Je m'étonne qu'elle ait pâli si vite.

« Ça ne vous a pas frappé, mademoiselle Yvette?

— Si, monsieur Lancelin.

« L'encre était si brillante, ce matin encore.

« Si cela dure, il ne restera plus rien ce soir.

— Voilà qui est bizarre... murmura Jeanne Morin.

« Il s'agit, sans doute, d'une de ces espèces d'encres dites sympathiques...

« Cela ne vous inquiète pas?

— Pas le moins du monde, mes enfants.

« Il se peut très bien que ce que nous constatons tienne à la mauvaise qualité de l'encre, tout simplement.

« Ces nouvelles mixtures, fabriquées économiquement avec des couleurs d'aniline, sont essentiellement instables, fugaces.

« Enfin, le correspondant, l'ami de M. Van Flam, — car c'est chez lui évidemment que ce billet a été écrit — se servirait-il d'une de ces encres secrètes dont vous parliez, que nous ne devrions pas nous en étonner autrement.

« La chose n'aurait de l'intérêt que si nous cherchions à retrouver ce correspondant mystérieux.

« Or, il n'y a pas lieu pour l'instant...

« Enfin, et pour conclure, ce billet annonce une autre lettre plus détaillée.

« Sitôt reçue, vous ne manquerez pas de m'en faire part.

« Nous verrons alors ce qu'il y aura à faire.

« Je vous le répète, jusqu'ici rien ne prouve qu'il y ait du Walter Humding sous roche.

« En tout cas, nous sommes parés, prêts à la riposte.

« Et — coquin de bonsoir! — si le Boche se présente, il trouvera à qui parler.

La fille de Van Flam voulait remercier le grognard, mais celui-ci l'interrompit dès les premiers mots :

— Laissons cela... fit-il de sa grosse voix.

« C'est un devoir que j'accomplis en vous venant en aide.

« Une espèce de réparation bien douce à mon cœur de vieux dur à cuire.

« Vous me rappelez une fillette que j'ai perdue en bas âge.

— Oh! protesta Jeanne gentiment, je vais être jalouse capitaine.

« Vous m'avez dit cela, à moi, déjà.

— Eh! s'écria le père La Manille, j'en ai dit autant à Rosette.

« Et, si je ne l'ai pas dit, j'en ai pensé autant de bien d'autres.

« Chaque fois que je rencontre un de vos jolis minois, je fais un retour en arrière.

« J'ai des regrets, presque des remords.

« A ces moments, je me sens pousser une âme de papa gâteau que je ne me soupçonnais pas.

« Si j'avais la fortune de Rotschild, j'adopterais toutes les orphelines de France et de Navarre...

— C'est pour le coup que j'aurais lieu d'être jalouse.

— Mais non, vous savez très bien, Jeannette, que vous serez toujours la préférée.

« De droit d'ancienneté d'abord, et puis parce que vous portez le même nom...

Puis, on reparla du billet, que Jeanne tenait à la main en ce moment.

— Il y a une chose qui m'étonne, reprit-elle après l'avoir lu une seconde fois.

— Quoi donc?

— C'est que le père d'Yvette ne donne pas l'adresse de la villa où il a trouvé asile.

« Il parle d'une villa du côté d'Enghien, c'est vague.

— Il n'y aura pas pensé, répondit le capitaine.

« Ou bien peut-être qu'il n'en savait pas plus long lui-même sur le moment. Une preuve que Van Flam n'y entend pas de malice, c'est qu'il annonce à sa fille l'intention de la faire venir là-bas.

Pas-de-Canard, qui n'avait rien dit jusque là prit la parole à son tour.

Le vieux grognard regarda la lettre par transparence.

— Alors, demanda-t-il, vous seriez d'avis, Monsieur Lancelin que Mlle Yvette accepte cette invitation.

Le père la Manille regarda l'infirme comme s'il voulait lire à travers son crâne épais :

— Ça, c'est une autre paire de manches, fit-il.

« Jusqu'ici je ne vois aucun danger dans tout ceci.

« Mais, sacrelotte ! — après les leçons, plutôt sévères, que vous avez eues, mamzelle Yvette, je crois qu'on ne saurait trop prendre de précautions.

« C'est à ce moment — au moment de l'invitation — que j'attends mon vieil ennemi Walter Humding.

« Si tant est qu'il soit dans la coulisse, ce dont je doute.

« En effet, lorsque votre père voudra nous faire venir ici il faudra bien qu'il vous donne l'adresse exacte.

« Et alors, nous agirons...

« Je ne vous laisserai aller là-bas que lorsque j'aurai reconnu le terrain, que je l'aurai fouillé de fond en comble.

« Ceux qui comptent sur la bonhomie, la naïveté de M. Van Flam, pour nous tendre une embuscade pourraient bien y tomber eux-mêmes.

La conversation continua pendant quelques instants encore, on en vint à Jean Lenoir, au mariage projeté entre lui et Yvette.

— A propos, ma chère Yvette, lança le capitaine subitement, j'espère que vous avez prévenu votre fiancée du péril que...

— Oui, fit la jeune fille vivement.

« Une fois de plus je vous remercie de vos bons conseils vous et Jeanne.

« La chose a eu lieu hier soir.

« Tout s'est très bien passé...

— Parbleu ! s'écria le capitaine joyeusement.

« Vous aviez tort de vous faire une montagne de cette histoire.

« Les fautes sont pardonnables...que diable !

« Sans compter que votre père a réparé largement...

« Mais alors, j'y pense... M. Van Flam et son futur gendre ont dû se rencontrer, hier à l'hôtel !

— Non... fit Yvette en détournant les yeux.

« Mon père ne voulait pas être vu dans l'état où il était...

« Et je n'ai pas insisté.

« J'ai eu tort ?

— Non, mon enfant, vous avez eu raison au contraire.

Une présentation faite dans des conditions pareilles ne s'imposait pas.

« Ce point réservé... j'insiste pour que M. Jean n'ignore rien des choses qu'il a intérêt à connaître plus que tout autre.

« Nous pouvons avoir besoin de lui au premier jour, et il importe qu'il sache exactement de quoi il retourne.

« Il serait à souhaiter, toujours pour la même raison, que je fisse sa connaissance au plus vite.

« J'espère que vous n'y voyez pas d'empêchement ?

— Oh non ! s'écria Yvette avec feu.

« Mon fiancé sera très honoré, et très heureux au contraire...

« Il m'a chargé, en attendant, de vous remercier de tout ce que vous faites pour nous.

— Bien... alors voici ce que je propose...

« Un de ces soirs je vous inviterai tous à dîner.

« Nous choisirons un endroit sur où l'on puisse causer à cœur ouvert, sans crainte des espions.

« Ce sera pour dimanche prochain.

« Très probablement j'inviterai aussi une autre de mes protégées de mes nièces, comme je dis... Mlle Norette, que Jeanne connaît.

— Et que j'estime, que j'aime déjà de tout mon cœur fit Jeanne.

« Je suis sûre d'avance qu'Yvette partagera mon sentiment.

« C'est la fiancée de ce brave Patoche, dont je vous ai parlé...

— Celui qui fit arrêter le couple Lempereur ?

— Justement répondit le Père la Manille, tout fier.

« C'est mon ordonnance et un peu mon élève.

« Un élève qui bat son maître, par exemple !

« Ah ! le sacripan... comme il s'est dégourdi en quelques mois !

« Il sera du dîner lui aussi.

« Nous lui devons bien ça, sacré coquin !

« Donc ma chère Yvette, voilà qui est entendu, vous acceptez pour vous et pour Monsieur Jean ?

— Oui, capitaine, de grand cœur...

— Bien, à dimanche alors.

« Je vous ferai connaître l'heure d'ici là.

Un peu après Yvette et Pas de Canard quittaient la maison du boulevard St-Germain.

Le jour suivant ce fut Jeanne qui dès le matin alla voir Yvette à la pension Lenoir.

Yvette avait demandé à la librairie un congé de quinze jours et Jeanne elle-même avait des loisirs en ce moment.

Les deux amies s'enfermèrent dans la chambre d'Yvette et causèrent longuement.

Elles avaient tant de choses à se raconter, tant d'événements, heureux ou malheureux, survenus depuis qu'elles s'étaient perdues de vue... André et Jean firent pour une bonne part les frais de la conversa-

tion.

...Le lendemain vers quatre heures Yvette et Pas de Canard sonnaient à la porte de la couturière.

Yvette venait de recevoir la lettre tant attendue de son père et l'apportait aussitôt à ses amis et conseillers...

— La lettre est plus longue cette fois... expliquait elle en ce moment, et plus explicite aussi.

« Mon père ce coup-ci inscrit son adresse en toutes lettres. *Villa Tranquille*, route de Montmorency.

« En outre, il me donne rendez-vous pour lundi prochain.

« Il veut me dire adieu avant de partir pour l'étranger.

« Mon papa que j'avais vu fort craintif, déprimé l'autre soir paraît complètement rassuré à cette heure.

« Et ceci est bon signe pour nous tous, il me semble...

« D'ailleurs lisez vous même, ma chère Jeanne...

« Je tiens à avoir votre impression.

Jeanne Morin prit la lettre et lut ce qui suit :

« Ma chère enfant — Je ne t'ai pas écrit hier parce « que je voulais avoir un homme sûr, qui te remît ce « billet en mains propres, chat échaudé craint l'eau « froide, sayes-tu ; et quand on a été traqué comme « moi on se méfie de la poste, des facteurs, de tout « le monde et du reste... »

« Surtout que cette fois, je donne mon adresse. Tu « vois le sale coup si cette lettre tombait entre les « mains de nos ennemis.

« C'est pourquoi je te recommande de la brûler dès « que tu l'auras lue.

« A part ça tout va très bien pour une fois.

« Je suis enchanté de mon séjour ici, et de mon « hôte et protecteur qui est aux petits soins pour ton « père.

« Non content de m'avoir procuré un asile, il a « tout préparé pour ma fuite. Nous avons décidé « d'aller en auto jusqu'à Anvers où je m'embarque- « rai.

« Tape-à-l'œil » n'avait pas prévu celle-là !

« Nous devons partir lundi prochain à la nuit tombante.

« Je t'attends donc ce jour là pour te dire « adieu ».

« Viens vers les 5 heures du soir : je suis toujours « seul à ce moment et l'on pourra causer.

« Malgré l'envie que j'aurais de te voir, ma chère « fille, et de bavarder avec toi je ne te fais pas venir « plus tôt, parce que tu pourrais être suivie.

« Vois-tu que ces deux bandits de l'autre jour arri-

« vent derrière toi.

« Au contraire lundi, comme je serai sur le point
« de partir, une filature n'a plus grande importance.

« De ton côté prends bien toutes les précautions
« que te conseilleront tes amis de Lille, M. Lancelin,
« en particulier à qui je te charge de présenter mes
« hommages.

« La première c'est d'emmener avec toi ton page,
« je veux dire ton « fou » le brave Pas de Canard,
« qui, je ne sais pourquoi, me rappelle Triboulet du
« Roi s'amuse ».

« J'aurais encore
« beaucoup de choses à
« te dire, mais j'aime
« mieux le faire de vive
« voix.

« Sur quoi je remets
« la plume dans l'en-
« crier et te dis à bien-
« tôt.

« Sauf le cas de force
« majeure je ne t'écri-
« rai pas de nouveau.

« C'est plus prudent...

« Par conséquent à
« lundi, à partir de 5
« heures.

« Je t'embrasse. Ton
« père. V. Flam.

« P. S. Si vous y pen-
« sez apportez-moi mon
« baluchon que j'ai
« laissé là-haut, dans la
« mansarde de Pas-de-
« Canard ».

— Eh bien ? deman-
da Yvette, dès que son

Le lendemain Yvette et Pas-de-Canard sonnaient
à la porte.

amie eut achevée cette lecture, quelle est votre im-
prssion !

— Mais, très bonne... je pense comme votre père et
vous-même.

« Tout paraît se présenter à merveille.

« Allons vite faire part de cela à notre bon ami
Lancelin.

Le père la Manille était absent, mais la gouvernante leur apprit qu'il allait revenir bientôt.

— Il est allé voir un ami de M. André, et devrait
être de retour déjà.

« D'autant qu'il vous attendait plus ou moins...

En entendant le nom du lieutenant, Yvette prit les
mains de Jeanne :

— Et André ! fit-elle, de sa voix la plus caressante.

« Comme je suis égoïste.

« Je ne vous ai pas encore demandé de ses nouvelles...

« Vous en avez ?

— Oui. J'en ai eu ce matin par un avocat, M. Léon
Jacques.

— Je ne vous demande pas si elles sont bonnes.

« Je vois ça à votre visage...

— Aussi bonnes que possible.

« Comme je vous l'ai dit l'acquittement est sûr ;
mais c'est ce procès qui tarde...

« André et moi comp-
tons les jours et les heures !

« On dirait que nos
adversaires se font un
méchant plaisir de dif-
férer le grand jour des
débats.

— Vous n'espérez pas
le voir avant ?

— Je ne l'espère guè-
re...

« La justice militaire,
par un raffinement de
cruauté, et bien que
l'instruction soit close
en somme, me refuse la
joie de le voir.

« Je corresponds
avec lui ; grâce à l'avo-
cat et m'arme de pa-
tience comme lui.

« En outre, le capitai-
m'a promis que, le ma-
tin du grand jour, j'au-
rai une entrevue, oh
très courte avec mon ami.

« Je veux l'embrasser avant qu'il paraisse devant
les juges.

« J'imagine que ce baiser lui portera bonheur...

« Mais revenons à vous, ma bonne Yvette à cette
visite là-bas à Enghien...

« Qu'en pense Pas-de-Canard ?

« Je lui trouve l'air soucieux...

« Vous ne l'avez pas remarqué ?

— Si... mais Pas-de-Canard est toujours ainsi depuis quelques temps.

« Son dévouement lui montre des ennemis, des
embûches, partout.

« De plus il a un autre motif aujourd'hui.

— Est-ce que ce serait cette lettre ! demanda Jeanne

avec vivacité.

« Il en connaît le contenu ?

— Comme de juste.

« Je n'ai pas de secret pour mon ami.

— Qu'est-ce qu'il en dit ?

— Pas grand'chose...

« Il se réserve.

« La cause de son inquiétude est ailleurs dans un incident dont il a tort de se frapper, selon moi...

« Il s'agit d'une photographie volée, une photographie de moi...

— Tiens c'est bizarre ! s'écria Jeanne.

« J'ai été victime d'un larcin semblable.

— Vous voulez parler de cette miniature, d'un médaillon...

« Vous ne l'avez pas retrouvé ?

— Non. Et je ne cherche plus. J'attends qu'il sorte de quelques cachibi comme dit le capitaine qui ne voit pas là matière à s'inquiéter.

« Au contraire ce qui vous arrive est plus sérieux étant donné les circonstances...

« Qui sait, s'il n'y a pas du Walter Humding là-dessous ?

A ces mots le front d'Yvette s'était rembruni.

Elle agita la tête comme pour chasser une idée, importune :

— Non... fit-elle avec un sourire de vaillance.

« En tout cas vous avez la même idée que Pas-de-Canard.

« Moi j'aime mieux ne pas me forger d'épouvantails.

« Nous avons bien assez de soucis sans eux.

« En tout cas voici comment la chose s'est passée.

« J'avais une photographie de moi en première communiante.

« C'était la dernière qui me restât et j'y tenais.

« Je ne l'aurais donné à personne... mais Jean m'ayant manifesté le désir de la voir dans l'album de la famille Lenoir j'avais consenti... sans peine.

— Et, demanda Jeanne, c'est dans l'album qu'on l'a prise.

« C'est de l'audace !

— Non... puisque rien n'était plus facile.

« Cet album se trouve sur une étagère dans le bureau même de l'hôtel où tout le monde entre et sort comme il veut.

« Voilà un petit larcin indigne d'un homme tel que Walter Humding, ce me semble...

Jeanne qui trouvait son amie un peu optimiste allait répliquer lorsque le Père la Manille survint :

— Bonjour mes nièces ! fit-il jovialement.

« Quelles nouvelles apportez-vous beaux pages ?

« Le papa a-t-il fini par écrire ?

— Oui. Voici sa lettre.

Le capitaine prit la lettre qu'Yvette lui tendait et la lut tout haut à deux reprises comme pour en graver tous les termes dans sa mémoire.

— Bon... fit-il, meilleur que je n'espérais. Cette lettre est authentique... et rassurante par conséquent.

« Si quelqu'un — Walter Humding pour le nommer — agissait dans l'ombre il aurait trouvé quelques raisons pour écarter Pas-de-Canard.

« Au contraire on l'invite, on lui recommande d'accompagner sa maîtresse.

« De même la précaution que Van Flam prend de ne voir sa fille qu'au dernier moment est très naturelle, logique...

« Voilà donc autant d'augures favorables à première vue.

« Je dis à première vue, parce que avec des lascars comme ces gens-là il est sage de se défier du premier mouvement.

« Je parle toujours comme si le Boche était dans la coulisse ce qui n'est rien moins que prouvé... j'y reviens...

« En tout cas désormais nous avons tout ce qu'il faut pour faire une enquête sérieuse sur cette *Villa Tranquille* et sur ses habitants.

« Et coquin de sort je vous jure qu'on va s'y mettre.

« Nous le découvrirons sans peine. Nous avons un point de départ à présent.

« C'est M. Drean lui-même qui faire les recherches de ce côté.

« On ne se refuse plus rien comme vous voyez !

« Je dîne avec lui ce soir en compagnie de M. Bertard.

« Voilà qui doit faire plaisir à Jeannette...

« Le grand maître de la Police, le bras droit de « Lemarchand marche avec nous décidément.

« Nous n'aurions pas d'autres éléments d'autres preuves en mains, que avec un atout comme celui-là, nous pourrions presque répondre du triomphe final.

« D'autre part, dès demain, j'enverrai Patoche là-bas, route de Montmorency, faire une enquête sur place, reconnaître le terrain sur lequel nous allons manœuvrer.

« Je lui donnerai deux aides Flic et Flac... et le petit trio, qui maintenant marche comme un seul homme, fera merveille.

« Quant à ce papier — continua le Père la Manille qui n'avait pas rendu la lettre du Belge — je le garde !

« Vous permettez mademoiselle Yvette ?

— Très volontiers, capitaine.

— Bien, fit le vieux grognard en glissant la lettre dans sa poche.

« Maintenant expliquez-moi un peu comment vous l'avez reçu.

« Le billet, d'après ce que je vois, vous a été remis en mains propres?

« Voulez-vous me la confier.

— Oui, monsieur Lancelin.

— Par qui? Vous connaissez le porteur?

— Oui, c'est le commissionnaire du coin.

« Cette lettre venait de lui être confiée par un chauffeur descendu d'auto qui lui a recommandé de la porter au plus vite.

— Vous n'avez pas demandé le signalement du chauffeur?

— Si... monsieur Lancelin.

« Un moment l'idée m'était venue que c'était mon père.

« Cela expliquait qu'il n'eût pas osé pousser jusqu'à l'hôtel.

— Bien raisonné.

— Malheureusement il m'a été impossible de rien tirer du messager.

« Il avait à peine remarqué l'homme et m'a répondu qu'avec leurs peaux de biques tous les chauffeurs se ressemblent...

— Oui... il y a du vrai. Il se peut aussi qu'on lui ait recommandé la discrétion.

« Nous interrogerons cet homme à nouveau; mais je doute qu'il nous apprenne rien de saillant.

« Ce sera par acquit de conscience simplement, pour ne rien laisser derrière soi.

« Passons à présent à cette photographie dont vous parliez quand je suis arrivé.

« De quoi s'agit-il?

« Racontez-moi ça, mademoiselle Yvette.

Tandis que la fille de Van Flam s'expliquait, le vieux grognard considérait Pas-de-Canard, dont le visage avait pris peu à peu une expression farouche.

— Tiens, conclut le capitaine en souriant, lorsque

Cette lettre venait de lui être confiée par un chauffeur.

Yvette eût fini, ça fait le second portrait qu'on nous chaparde.

« Décidément, mes nièces, on en veut à vos beaux yeux...

— C'est ce que je disais! s'écria Jeanne Morin.

« Vous ne trouvez pas cette coïncidence bizarre, inquiétante?

— Non... déclara le capitaine.

« Pure coïncidence, comme vous dites très bien.

« D'ailleurs, rien ne prouve, ma chère Jeanne, que votre médaillon ait été volé.

« J'ai dans l'idée qu'il sortira de quelque recoin un beau matin.

« Je ne vois pas du tout ce que nos ennemis pourraient faire de cette miniature.

« Pour la photo, au contraire, c'est tout différent.

« Là, le vol est patent, et de plus, il a un motif.

« Il se peut très bien que ce soit Walter Humding qui ait fait le coup.

« Je crois que c'est l'avis de Pas-de-Canard? acheva le capitaine en se tournant vers l'infirme.

— Oui, monsieur Lancelin, répondit celui-ci aussitôt.

« C'est Walter Humding qui a pris le portrait, lui ou quelqu'un de sa bande, sûrement!

« Je me souviens de quelle façon Borovitch contemplait cette photographie certain soir.

— Donc, il résulterait que, comme je l'ai flairé déjà, l'homme au sombrero et le Boche ne sont qu'un seul et même bandit.

« Dans ce cas, tout s'explique.

« C'est Borovitch qui aura profité de son intimité avec vous pour chiper le portrait.

— Non, fit Pas-de-Canard, d'un ton catégorique.

« Le vol n'a pu être commis que ce matin, ou cette nuit.

— C'est bien ce qui m'enrage.

« Ça prouve que ces bandits rôdent toujours... que

j'ai beau veiller, ne dormir que d'un œil, rien n'y fait.

— Tu es sûr de cela, mon garçon? fit le grognard, intéressé soudain.

— Tout à fait sûr, monsieur le capitaine.

« La photographie était en place hier soir encore.

« Je l'ai aperçue par hasard.

L'infirme avait baissé le front en disant ces mots. Il craignait qu'on ne vît sur son visage que cette photographie, il la contemplait souvent... tous les jours.

— C'est une preuve, évidemment... reprit le Père La Manille.

« Maintenant, ce vol ne doit pas nous inquiéter outre mesure, vous faire croire, mes amis, que vous êtes entourés d'ennemis invisibles, passant à travers murs et murailles.

« Il ne faut rien exagérer... sacrelotte!

« Mamzelle Yvette le remarque la première, ce portrait était à la portée du premier venu.

« Je m'explique dès lors, que Flic et Flac n'y aient vu que du feu.

« Ça ne m'empêchera pas, d'ailleurs, de leur flanquer un savon...pour le principe!

« C'est même ce que vais faire de ce pas, cré nom...

« En ce moment, Flic et Flac, comme tous les soirs, doivent m'attendre avenue de l'Observatoire.

« C'est là qu'ils viennent au rapport.

« Précisément, j'ai une auto en bas, celle qui m'a amené.

« Je vais en profiter pour vous reconduire, ma chère Yvette.

« Flic et Flac vous connaissent déjà de vue, vous et Pas-de-Canard, mais ce sera une occasion de se voir de plus près.

« Venez-vous avec nous, Jeanne?

— Si vous voulez, capitaine.

« Je suis libre.

« Ça me fera une promenade.

Une femme âgée passa devant le banc

— C'est ce que j'avais pensé.

« Dans ce cas, en route, mes enfants.

« Par file à gauche... arche!

Où Pas-de-Canard voit reparaître une silhouette abhorrée

Une demi-heure après, les deux jeunes filles et Pas-de-Canard étaient assis sur un banc, à deux pas du monument qui donne son nom à l'avenue de l'Observatoire.

Non loin d'eux, le capitaine Lancelin conférait avec Flic et Flac, qu'il avait fait monter dans l'automobile, afin de ne pas attirer l'attention.

Comme toujours, les promeneurs étaient rares dans cette avenue assez peu passagère.

La nuit tombait et l'on venait d'allumer les becs de gaz.

A ce moment, une femme âgée, passa devant le banc, et jeta un coup d'œil furtif sur ceux qui y étaient assis.

Ce regard, quoique détourné aussitôt, avait quelque chose de fiévreux, d'intense, qui frappa les deux amies.

Quant à Pas-de-Canard, toujours aux aguets, il avait froncé le sourcil:

— Quelle est cette vieille? maugréa-t-il. Voici un moment qu'elle rôde par là...

« Vous la connaissez, mademoiselle Yvette?

— Non, bon ami.

— Et vous, mademoiselle? continua l'infirme, en s'adressant à Jeanne.

C'est vous qu'elle regardait, surtout...

« Vous la connaissez?

Rendez-moi cela, râlait-elle, voleur d'enfants...

— De vue seulement.

« Je l'ai rencontrée une fois ou deux.

— Où donc?

— Chez le capitaine Lancélin,

« C'est pour lui qu'elle est là, évidemment.

« Voilà justement qu'elle s'approche de la voiture.

« Elle jette un coup d'œil par la portière.

— Oui... continua l'infirme, qui ne perdait pas de vue la promeneuse.

« Mais elle ne s'arrête pas.

« La voici qui redescend.

« Elle va passer devant nous pour la troisième fois.

« On dirait qu'elle a quelque chose à nous dire.

« Si vous l'accostiez, mademoiselle...

— Je m'en garderais bien! répliqua Jeanne vivement.

— Pourquoi? fit Yvette, surprise de la façon dont son amie avait lancé cette phrase.

« Cette pauvre femme a l'air plus malheureuse que méchante.

« Vous la détestez, vous craignez quelque chose?

— Oh! non! ce n'est pas cela...

« Au contraire... sa détresse, que je devine, m'émeut...

« Mais je craindrais de froisser le capitaine, de m'immiscer dans ses affaires.

« Une fois déjà, j'ai tenté de l'interroger, et j'ai compris que je m'avançais sur un terrain interdit.

« Ce brave ami, qui ne se démonte pas facilement, vous le savez, a paru si gêné tout à coup, que je m'abstiens depuis...

A ce moment, la femme traversait l'avenue.

Elle alla s'asseoir en face, sous les arbres, assez loin des jeunes gens.

Elle avait choisi l'endroit le plus sombre, au pied d'un énorme marronnier, formant toit au-dessus.

Dès lors, ce ne fut plus qu'une forme indécise, une vague silhouette perdue dans l'ombre.

— Vous voyez bien... disait Jeanne Morin.

« Elle n'a pas l'air de s'occuper de nous.

« Ce n'est pas à nous qu'elle en a.

— C'est ce qui vous trompe, peut-être, murmura l'infirme.

« Nous ne la voyons pas, nous autres.

« Mais elle nous voit, elle, placée comme nous sommes, à deux pas de ce bec de gaz qui nous frappe en plein visage.

« Elle nous espionne, dirait-on, et ça me tracasse.

— Pourquoi donc? Il n'y a pas matière, franchement.

— Si, peut-être, mamzelle Yvette.

« De plus, tout à l'heure, comme nous arrivions ici en voiture, j'ai senti un mauvais regard tomber sur nous.

« Je me suis retourné, mais l'individu était loin déjà, dépassé.

« On eût dit ce bandit de Borovitch, l'homme au sombrero.

Tout en parlant, Pas-de-Canard avait mis la main en visière sur son front:

— C'est bien cela... continua-t-il.

« Elle ne nous quitte pas des yeux, la vieille.

« Son regard va de vous, mademoiselle Morin, à l'auto, là-bas.

— Sans doute, fit Yvette, elle a quelque chose à dire au capitaine, ou à vous, Jeanne.

— A moi, non...

« Jamais nous n'avons échangé une parole.

« Au capitaine plutôt.

— Oui... ce doit être cela, poursuivit Yvette.

« Cette femme savait que notre ami serait ici ce soir. Il nous a dit lui-même qu'il y venait souvent.

« Elle doit avoir quelque communication importante, pressée à lui faire.

« Tout à l'heure elle a cherché à attirer son attention.

« N'ayant pas réussi, elle se rabat sur nous.

« J'ai idée qu'elle va vous charger de la commission.

« Elle se lève justement.

« Elle va venir.

— Eh! non! s'écria Jeanne.

« Elle nous tourne le dos, au contraire.

« C'était vrai.

L'inconnue, dont quelqu'un venait de prononcer le nom dans l'ombre, avait fait le tour du banc et s'était assise de l'autre côté, tournant le dos, comme disait la couturière.

Un homme était là, appuyé contre le tronc du marronnier et couvert d'un manteau long, qui ne laissait voir que les yeux.

— Bonjour, maman Jeanne, répéta-t-il.

— Qui êtes-vous? demanda la matelassière, d'une voix qui tremblait.

« Que me voulez-vous?

— Je suis le châtiment...

En même temps, l'homme écartait son manteau. Maman Jeanne était devenue livide:

— Walter Humding, bégaya-t-elle.

— Lui-même... ricana l'espion.

« Vous ne m'attendiez plus, ce me semble...

« Vous voyez, continua-t-il, jouant avec l'effroi de sa victime, j'arrive à l'heure... comme Satan-

« Comme, le diable dans la légende de Faust...

« Car vous m'appartenez ne l'oubliez pas !

« Il y a un pacte entre nous...

« Je viens réclamer votre âme que vous m'avez vendue... acheva l'allemand tandis qu'un sourire méphistophélique crispait ses lèvres minces...

— Je ne vous comprends pas... soupira la matelassière morte de peur.

— Vous avez la mémoire courte quand vous voulez.

« Je m'en vais aider vos souvenirs.

« Ecoutez-moi ma bonne dame.

« Il y a quelque temps nous avions fait association ensemble...)

« Vous deviez — avec la complicité d'une certaine Liliane — me livrer mon vieil ennemi : le capitaine Lancelin.

« En échange moi je m'engageais à vous rendre, à vous restituer votre fille, cette Jeanne que vous cherchez vainement.

« Dans le cas contraire, si vous refusiez de m'aider et à plus forte raison ! — si vous me trahisiez je devais me venger d'une façon terrible me venger sur votre enfant...

« Or, ce plan si bien combiné a échoué misérablement !

« Il a échoué et par votre faute...

« Vous m'avez trahi...

— Je ne vous ai pas trahi... protesta maman Jeanne.

« Bien que ne croyant plus guère à vos promesses j'étais allée là-bas chez mon ancien amant avec la ferme volonté de vous obéir, d'arracher ma fille de vos griffes, si tant est que vous disiez vrai.

« J'ai échoué est-ce ma faute si la tâche était au-dessus de mes forces.

« Si le capitaine a été plus perspicace plus habile que vous tous.

« Vous ne savez pas quel homme c'est, quel regard il a qui vous traverse....

Je suis le châtiment...

« A peine avais je ouvert la bouche que je me suis sentie devinée, percée à jour...

« Mon ancien amant m'a harcelée, questionnée, torturée en quelque sorte.

« Il a fini par m'arracher la vérité...

— Piètre défense... railla Walter Humding.

« Ah ça madame Jeanne, me prenez-vous pour un de vos bélîtres de l'Etat-major.

« Vous voulez plaider, vous osez... Eh bien soit !

« Allons y...

« Je veux savoir jusqu'où vous pousserez l'impudence !

« Admettons votre version une minute, supposons que notre secret vous eût échappé, votre devoir était de me prévenir au plus vite

« Au lieu de cela vous avez aidé ceux qui voulaient me prendre à mon propre filet.

« Vous êtes allée chercher Liliane Berty...

— Je n'y suis allée que contrainte et forcée, répliqua la matelassière continuant à mentir, à payer d'audace.

« Le capitaine me tenait...

« J'étais sa prisonnière en quelque sorte.

« Toute résistance était inutile.

« Au contraire en me soumettant à ses exigences, et, feignant de m'y soumettre j'avais chance d'endormir sa défiance.

« Grâce à ce moyen j'espérais pouvoir m'échapper et vous prévenir à temps...

« J'ai échoué là encore parce que j'avais peur de vous, une peur folle...

« C'est cet effroi qui m'a ôté mes moyens, a fait soupçonner la comédie que je jouais...

« Sans cela jamais tenu mon rôle jusqu'au bout... j'aurais fait du zèle !

« J'aurais proposé moi-même à mon amant de retourner, contre vous la machination que j'étais venue amorcer et le capitaine eût donné dans le panheau...

« Je n'ai pas osé...

« J'ai manqué d'estomac parce que vous m'aviez affolée par vos menaces...

Peu à peu la voix de la matelassière s'était raffermie.

Avec l'inconscience de certaines femmes, elle n'était pas loin de croire elle-même à l'histoire qu'elle inventait de toutes pièces à ce moment.

Walter Humding avait écouté cette défense avec la curiosité d'un homme que l'astuce, l'hypocrisie amusaient toujours...

Dès que la matelassière eut fini, il éclata d'un petit rire bref, sarcastique, et lui tendit la main :

— Faisons la paix... ma brave femme, goguenarda-t-il.

« Je vous pardonne non pas parce que vous m'avez convaincu, mais parce que vous savez bien mentir.

« Parce que je retrouve en vous la femme perfide l'aventurière que vous avez été jadis.

« Et, appuya l'allemand en scandant les mots — parce que de cette femme j'en ai besoin.

« Allons vous êtes moins convertie que je ne craignais. Cette vieille baderne a perdu son temps avec vous et ses prêches...

« Ah! comme vous savez bien présenter les choses d'une certaine façon, quand il le faut, qu'il y va de votre intérêt.

« Je vous admire !

« Tout autre que moi — qui sais tout — y eût été pris.

« Ah! si vous aviez aussi bien joué votre rôle chez le capitaine nul doute que cette vieille culotte de peau ne fût tombée dans le traquenard.

« Mais laissons cela les récriminations inutiles, et venons au fait à l'objet de cette rencontre.

« Vous l'avez deviné sans doute j'ai besoin de vous...

« Vous venez de vous montrer trop supérieurement rouée pour que je me résigne à me passer de vos bons et loyaux services... railla l'allemand sur un ton bon enfant.

Il fit une pause, jeta un regard vers l'auto ; puis :

— J'aurais pu vous retrouver plus tôt... reprit il.

« On ne m'échappe pas, vous le savez.

« Mais je suis patient comme le Destin !

« J'attendais mon heure et me voici.

« Pour la seconde fois — et la dernière après quoi j'agirai — pour la seconde fois dis-je, je vous mets le marché en main.

« Vous êtes en ce moment au mieux avec le ca-

pitaine Lancelin il s'agit d'en profiter pour réparer votre félonie.

« Livrez-moi le capitaine et je vous rends celle que vous cherchez.

« Le père contre la fille ! »

« Vous acceptez ?

— Je vous répondrai tout à l'heure... répliqua la matelassière sans lever les yeux.

« Dites-moi d'abord ce que devrais faire.

— Rien pour le moment...

« Vous n'aurez qu'à attendre sans chercher à en savoir plus long.

« D'ailleurs vous serez surveillée nuit et jour.

« Vous n'ignorez pas que j'ai un œil partout.

« Je ne vous défends qu'une chose : revoir le capitaine à qui je prépare un tour de ma façon.

« Ce grand convertisseur d'âmes serait capable de vous retourner une fois de plus comme une vieille chaussette.

« Heureusement je sais un moyen de l'arrêter et c'est ici que vous êtes indispensable chère amie.

« A l'heure qu'il est votre ancien amant, gonflé de quelques petits succès remportés sur des comparses, devient de plus en plus arrogant.

« Non content de me contrecarrer dans mes affaires... publiques dans mon service ce qui est son droit somme toute, il me brave ! il se permet de s'introduire dans ma vie privée.

« Terteuffel ! ce soudard a besoin d'une leçon prompte et sévère.

« C'est sur vous que je compte.

« Vous m'avez compris n'est-ce pas ?

« Par conséquent — au lieu de guetter le capitaine — de qui vous n'avez rien à tirer — vous allez rentrer chez vous et n'en plus sortir jusqu'à lundi, attendre mes ordres...

« Incessamment je vous ferai dire ce que vous aurez à faire.

Comme la matelassière restait silencieuse Walter Humding se pencha vers elle :

— Vous vous taisez... dit-il.

« Est-ce que vous refuseriez par hasard ?

Maman Jeanne, pour toute réponse, regarda l'espion en face.

Il y avait sur son visage contracté, livide... une telle résolution, une telle horreur, une telle haine que l'allemand comprit :

— Bien... fit-il sans s'émouvoir, vous refusez.

« A votre aise, ma brave femme.

« Vous savez à quoi vous vous exposez ?

— Je le sais, mais je ne vous crains pas.

« Je ne crains plus rien.

« Tuez-moi...

— Je m'en garderai bien !

« Vous m'êtes trop précieuse, chère amie.

« Vous m'avez servi déjà, et vous me servirez encore que vous le vouliez ou non !

« Même en ne faisant rien vous m'êtes utile... Comme diversion...

« Vous ne comprenez pas et n'avez pas besoin de comprendre.

« D'ailleurs dès qu'il faudra j'ai un moyen de vous contraindre : votre fille...

— Vous mentez ! lança Maman Jeanne, d'une voix rauque.

« Voilà des mois et des années, que vous me bernez avec cette histoire.

« Que vous me promettez de me rendre mon enfant...

« J'ai été votre dupe longtemps, mais c'est fini...

« Je ne vous crois plus...

« Vous ne savez rien sur ma fille, vous ne pouvez rien, pas plus que moi...

L'allemand eut un sourire d'homme sûr de soi :

— J'avais prévu l'objection, fit-il tranquillement.

Jeanne qui arrivait de ce côté la soutint.

« Aussi cette fois me suis-je nanti de certains papiers, certains documents propres à vous faire réfléchir.

« Votre fille vit.

« Je sais où elle est...

« En voulez-vous la preuve ?... ajouta l'espion en ouvrant un portefeuille qu'il venait de tirer de sa poche.

La matelassière s'était redressée haletante, les yeux hagards :

— Des preuves... balbutiait-elle.

« Vous avez des preuves.

« Faites voir !

— Regardez... répondit Walter Humding en présentant le portefeuille grand ouvert.

Maman Jeanne se pencha, frémit...

Puis, prise d'une fièvre subite, elle se rua sur l'allemand cherchant à s'emparer de l'objet...

— Rendez-moi cela, râlait-elle, voleur d'enfant...

« C'est à moi... Canaille bandit...

« Au voleur !

Il y eût une courte lutte.

Walter Humding ne cherchait qu'à se débarrasser sans violence, mais la rage décuplait les forces de la malheureuse.

Il venait de saisir les poignets de son adversaire, de les réunir dans sa main gauche lorsqu'il lâcha un juron formidable :

— *Sacra mento !*

D'un coup de dent terrible féroce, Maman Jeanne venait de le mordre... et le sang ruisselait du pouce entamé jusqu'à l'os...

En même temps on marchait tout proche.

C'était Pas-de-Canard qui accourait à la rencontre suivi des deux jeunes filles.

Walter Humding comprit qu'il fallait en finir.

Il se dégagea d'un élan brusque.

La poussée fut si rude que la matelassière tournoya trois fois sur elle-même.

Elle allait tomber, mais Jeanne, qui arrivait de ce côté la soutint dans ses bras.

Yvette s'était approchée aussitôt :

— Qu'est-ce que c'est... haletait-elle.

« Que se passe-t-il ?

— Je ne sais pas... Quelque rôdeur sans doute...

Quant à Pas-de-Canard, il allait, venait, fouillant l'ombre, cherchant le mystérieux agresseur subitement évanoui.

Bientôt il aperçut une haute silhouette que tournait le coin de la rue Cassini.

— L'homme au sombrero ! hurla-t-il.

« Borovitch...

Et il s'élança au galop.

CHAPITRE CLXX

Où Patoche offre de rendre son tablier

En entendant ce nom sinistre, Jeanne et Yvette avaient frémi...

Maman Jeanne au contraire, revenue de son étourdissement, trépignait de rage entre les bras de la couturière qui avait peine à la retenir.

— Lâchez-moi grondait-elle.

« Je veux rattraper cet homme...

« C'est lui le voleur !

« Le voleur d'enfant...

Effrayée, Jeanne se tourna vers la fille de Van Flam.

— Ma chère Yvette, dit-elle, je vous en prie... allez chercher le capitaine.

« J'ai peur...

Yvette s'élança et Jeanne se trouva seule avec la matelassière.

Elle s'efforçait de la ramener vers le banc, mais celle-ci résistait.

Le visage contracté par la rage elle regardait autour d'elle cherchant son ennemi :

— Bandit, voleur, grondait-elle.

« C'est lui qui a fait le coup... qui m'a pris ma fille.

« Lâchez-moi ! je vous dis de me lâcher »...

— Je ne vous connais pas... vous !

— Ma pauvre femme... murmurait Jeanne affolée, vous voulez donc vous faire tuer...

« Et puis il est loin à cette heure.

« J'ai entendu une voiture rouler tout proche.

« C'était lui qui fuyait certainement.

« Ainsi vous connaissez cet homme ?

« Vous parliez d'un enfant volé...

La matelassière ne répondit que par un grognement de mauvaise humeur.

Résignée renonçant à la lutte pour l'instant elle reprit sa place sur le banc.

La couturière s'assit à côté d'elle et tout-à-coup poussa un cri d'horreur...

Elle venait d'apercevoir des gouttes de sang sur le menton de la matelassière, et, plus bas une tâche plus large...

— Oh mon Dieu... gémissait-elle, vous êtes blessée ...?

« Mais parlez... parlez donc..

De nouveau elle voulut saisir la femme et l'attirer vers elle.

Mais celle-ci la repoussa brusquement, brutalement presque' on eût dit que la matelassière, qui, jusque-là n'avait pas même accordé un regard à celle qui la secourait, se réveillait tout à coup.

Elle mit ses mains sur les épaules de la jeune femme, la renversa contre le dossier :

— Ah ! c'est vous, la filleule du capitaine.

« Celle qui a pris la place de la mienne de ma Jeannette... acheva-t-elle d'une voix sourde.

« Je vous déteste... Laissez-moi.

Et là-dessus elle fit demi-tour et s'enferma dans un silence farouche.

Ces paroles incompréhensibles avait plongé la couturière dans une stupeur sans bornes.

Elle brûlait de l'envie d'en savoir plus long.

De nouveau elle allait essayer d'interroger la matelassière...

Mais à ce moment le Père la Manille arrivait avec Pas-de-Canard, rencontré en route, et qui achevait de raconter la scène à sa façon :

— Quand j'ai reconnu ce bandit, disait-il, je suis parti dessus.

« Mais il y avait un auto là, juste au coin de la rue qui l'attendait...

« Il a sauté dedans et tout a disparu...

— Tu es sûr que c'était le même... Berovitch ?

— Sûr... Monsieur le capitaine, fit l'infirme dont les narines battaient comme celles d'un chien de chasse.

« Je l'avais vu déjà rôdant...

« Et puis cet homme je le reconnaîtrais les yeux fermés...

— Bien je m'en rapporte.

« Voilà qui est bon à savoir...

En voyant le capitaine s'approcher du banc, Jeanne s'était retirée emmenant Yvette et Pas-de-Canard.

Flic et Flac, qui approchaient eux aussi suivant leur chef imitèrent cette discrétion.

Ils avaient remarqué depuis longtemps que le vieux grognard lorsqu'il avait à s'entretenir avec la matelassière préférait être seul.

Le colloque fut bref d'ailleurs.

Déjà le capitaine revenait.

— Rassurez-vous mes amis, dit-il tranquillement presque gaîment.

« Ce n'est rien...

— Cependant, interjecta Jeanne, ce sang... ?

— Ce n'est rien... répéta le capitaine du même ton léger.

« Une simple égratignure.

« Cette brave femme a griffé son agresseur...

« Elle-même n'a rien d'ailleurs.

« Elle l'a même mordu... je crois.

« C'est une femme terrible que Maman Jeanne savez-vous !

« Toutefois comme elle est pas mal surexcitée je m'en vais la raccompagner jusqu'à son logis qui est tout proche.

« Par conséquent nous allons nous quitter «Ordre de se disperser. mes enfants.

« Yvette est à deux pas de son hôtel et a son cavalier ordinaire pour la reconduire.

« Vous, Jeanne, vous allez me faire le plaisir de prendre un taxi et de rentrer chez vous directement, sans vous retourner, sans vous inquiéter de quoi que ce soit...

Cette hâte du capitaine, son assurance visiblement affectée et surtout les paroles ambiguës de Maman Jeanne intriguaient la couturière de plus en plus.

Elle s'approcha du vieux grognard :

— Et vous, demanda-t-elle tout bas.

« Je ne vous verrai pas ce soir ?

— C'est difficile, ma chère pupille.

« Je vous ai dit que je dînais avec nos bons amis MM. Bertard et Dréan.

« Cette réunion très probablement se prolongera assez avant dans la nuit.

« Vous serez au lit quand je rentrerai.

— Voulez-vous que je vous attende ?

— Gardez-vous en bien ? s'écria l'officier.

« Maintenant qu'est-ce qui vous tracasse, dites-le moi tout de suite.

« C'est l'apparition du soi-disant Borovitch ?

— Oui, capitaine.

— Sacré Mayen va... — murmurait le vieux grognard — il avait bien besoin de gueuler ce nom devant des gamines...

— Et puis aussi certaines paroles de cette pauvre femme continuait Jeanne.

— Quelles paroles ? demanda le capitaine pris d'une inquiétude subite.

— Je n'ai pas très bien compris.

« Elle parlait d'un enfant volé...

L'homme au sombrero ! hurla-t-il.

« Savez-vous de qui il s'agit ?

— Ma foi non, fit le grognard en poussant un soupir de soulagement.

« De quoi diable allez-vous vous inquiéter...

« Maman Jeanne n'a pas la tête bien solide, vous savez...

« Quant au reste cette apparition du Borovitch de malheur il n'y a pas à s'en frapper autrement.

« Ce retour ne nous apprend rien, à moi du moins...

« Je savais parfaitement que le vilain merle continuait à rôder par-là, que c'était lui qui avait chipé cette photographie d'Yvette.

« Par conséquent, ma chère Jeannette, rentrez chez vous, mettez-vous au pagne et dormez tranquille.

Cette même nuit très tard — deux heures venaient de sonner à l'horloge de l'Hôtel-de-Ville — le capitaine Lancelin traversait le Pont-au-Change, regagnant son logis du boulevard St-Germain.

Il quittait ses amis Bertard et Dréan qui lui avaient donné non seulement des renseignements précieux mais des assurances formelles...

Tous trois avaient bu au triomphe de la Cause qui n'était plus maintenant qu'une question d'heures...

Le Père la Manille avait tout lieu d'être content et cependant il était d'une humeur de chien.

Cette irritation venait des réticences qu'il avait senties chez Maman Jeanne lors du long entretien qu'ils avaient eu ensemble, une fois seuls, en tête-à-tête...

En effet, pour des raisons connues d'elle seule Maman Jeanne, en racontant son entrevue avec Walter Humding, avait passé sous silence tout ce qui concernait sa fille.

Le capitaine, mis sur la voie par la question de Jeanne et aussi par le trouble de son ancienne maîtresse, avait compris tout de suite que celle-ci lui cachait quelque chose.

Il l'avait questionnée de mille façons sans obtenir autre chose que des paroles vagues...

— Cet homme est un imposteur disait la matelassière.

Qu'importe ce qu'il peut dire.

« Jamais il ne nous rendra notre fille, si tant est qu'il le puisse.

« C'est pourquoi je vais me mettre à chercher moi-même, à ma façon.

« C'est moi qui ai perdu notre enfant, c'est à moi de la retrouver s'il est temps encore.

« J'ai découvert ce moyen précisément...

— Quel moyen? avait demandé le capitaine, au comble de la surprise.

— Je vous le dirai plus tard... si je réussis !

Il avait été impossible d'en tirer autre chose.

De la l'irritation du vieux grognard, irritation qu'il avait dû ravaler jusqu'à ce moment ; et qui était devenue une sorte de rage sourde.

Oh mon Dieu... gémissait-elle, vous êtes blessée ?

— C'est de la folie pure... grommelait-il tout en cheminant.

« Elle s'imagine qu'elle réussira là où d'autres plus malins ont échoué... Ah ! ces sacrées femmes.

« Pour comble de guigne voilà Jeanne qui s'en mêle à présent !

« Les visites de Maman Jeanne l'ont toujours intriguée.

« On dirait qu'elle devine qu'il y a quelque chose entre nous quelque secret...

« Les femmes ont un flair merveilleux pour ces sortes d'affaires.

« C'est ma faute aussi, nom d'un pétard !

« Si je ne lui avais pas parlé si souvent de cette fillette que j'ai perdue jadis....

« Je n'ai dit que des choses très vagues, il est vrai, mais souvent il n'en faut pas plus pour mettre sur la voie.

« D'autant plus que maman Jeanne a dû être plus explicite, elle.

« Je voudrais bien savoir quelles paroles lui sont échappées tout à l'heure.

« Ce qui est sûr, c'est que ma pupille était fort troublée et que son imagination va travailler là-dessus.

« Eh... coquin de sort! je ne tiens pas à ce que cette histoire-là s'ébruite.

« Je n'ai pas un très beau rôle dans tout ça, et je veux garder l'estime de ma fille adoptive.

Le Père La Manille arrivait devant sa porte.

Il passa la main sur son front moite:

— J'ai la tête lourde, murmura-t-il.

« Ce sont tous les tracas et un peu le bourgogne aussi.

« Bast! une bonne nuit de sommeil et tout sera réparé.

Il sonna, et — la porte aussitôt ouverte — fut assez surpris de voir qu'il y avait encore de la lumière chez la concierge.

— Tiens, murmura-t-il, est-ce que le papa Canrobert serait malade?

Et il monta sans s'arrêter.

Il n'avait pas même remarqué qu'au moment où il passait devant la porte vitrée de la loge, on avait baissé le gaz vivement.

Parvenu sur son palier, le Père La Manille constata qu'il y avait de la lumière chez lui également.

— Ah ça! grogna-t-il.

« Qu'est-ce que ça veut dire?

« Tout le monde veille donc, aujourd'hui, dans la *turne*?

« Encore quelque raseur... moi qui ne demandais qu'à me fiche au *plume*...

« Qu'est-ce qu'il va prendre, celui-là!

Ah ça ! s'emporta-t-il, est-ce que tu es maboule, toi aussi ?

Il ouvrit et aperçut le brave Patoche qui se promenait la pipe au bec, le plumeau à la main.

Or, cent fois le père Lancelin avait défendu à l'ordonnance de l'attendre passé minuit.

Il n'en fallut pas plus pour faire déborder la colère que le capitaine retenait depuis un moment.

Il tapa du pied, et, d'une voix furieuse:

— Ah ça! s'emporta-t-il, est-ce que tu es maboule, toi aussi?

« Maboule ou somnambule par hasard?

« Tu fais le ménage la nuit, maintenant?

— Non, mon capitaine, répondit le Parigot, sans trop s'émouvoir.

« Seulement j'ai eu à ranger des papiers.

— Quels papiers?

— Des photos, mon capitaine.

« On a photograph'e un tas de documents, M. Furster et moi.

« J'ai voulu les ranger avant... et comme ça avait fait de la poussière...

— Mais, tonnerre de Brest! tu aurais aussi bien fait ça demain.

« Je t'ai défendu de m'attendre, à moins d'avoir des choses importantes à me communiquer.

— C'est que justement j'ai des choses à vous dire, fit l'ordonnance, non sans hésiter un peu.

Le grognard regarda son interlocuteur.

— Quelles choses? fit-il soupçonneux.

« Allons, parle, et surtout, mon garçon, pas de boniments; ce n'est pas l'heure.

« Je suis d'une humeur de loup. Je te préviens.

« Pas de blagues, sinon, gare! c'est toi, mille millions de gibernes qui vas écoper, payer pour les autres.

Le Montmartrois se grattait la tête.

— Diable... songeait-il, je tombe mal.

« Qu'est-ce que je m'en vais bien lui dire, au capiston.

« Je ne sais rien de rien, pas ça...

« Je lui parlerais bien de la jolie veuve, mais je me trompe peut-être.

« Rien ne prouve que le vieux en pince.

« Alors, je suis cuit... fichu...

En effet, Patoche avait passé toute sa journée à l'agence de la rue Vivienne, occupé avec Wilhem Furster, à photographier diverses pièces du procès Ferbach: lettres, cryptogrammes, fiches, etc... qu'il ne pouvait confier à personne.

Sauf le docteur Mazurel, entré un instant avec M. Brévannes et le petit Henri, il n'avait pas vu un chat.

Si, violant sa consigne il avait veillé jusqu'à cette heure indue, c'était uniquement parce qu'il savait par Mme Pierre que Van Flam avait écrit, qu'il y avait des choses importantes — graves même, avait dit la couturière — et le Montmartrois avait hâte d'en connaître plus long.

Dès les premiers mots de son ordonnance, le vieux grognard avait senti cela, et il pestait intérieurement:

— Que le diable les emporte tous... murmurait-il, tout en tordant sa moustache.

« Qu'est-ce qu'ils ont donc à me harceler, à m'asticoter ce soir?

Et, s'adressant au Parisien:

— Eh bien, parle, voyons. Débagoule...

« Il est venu quelqu'un à l'agence? Qui donc?

— Le docteur Mazurel.

— Qu'est-ce qu'il a dit?

— Rien de bien important.

« Il avait plutôt l'air de venir aux nouvelles.

— Comme toi, alors... grommela l'officier.

— Seulement, il y avait une personne avec lui...

« Une femme... même.

— Que veux-tu que ça me fasse? Ensuite... tonnerre de sort! Quelle était cette femme?

— Vous ne devinez pas?

— Pas du tout.

Patoche semblait gêné, penaud.

— C'est que, reprit-il, c'est pas facile à dire.

« Je crains de vous faire de la peine, mon capitaine.

« Mettez-vous à ma place.

« Imaginez que vous auriez rencontré Rosette avec un godelureau.

« Alors, vous viendriez me servir ça, tout à trac?

Le vieux grognard fronça le sourcil, mais déjà, la mine piteuse du Montmartrois l'avait désarmé à moitié.

— Ça y est, se disait-il en ce moment.

« C'est un bateau.

« Nous allons voir comme ce sacré gavroche va s'en tirer.

« Je l'attends au détour.

Et du même ton menaçant:

— Eh bien, reprit-il, la suite, mon garçon.

« Quelle était cette personne? Mme Brévannes?

— Justement... Vous saviez donc? fit Patoche avec un étonnement sincère.

« Et c'est tout l'effet que ça vous fait?

« Crotte alors... pardon mon capitaine.

« Mais voilà.... figurez-vous... je m'étais imaginé que vous en pinciez pour la jolie veuve.

« Alors, de vous voir supplanté par un *pékin*...

Cette fois, le capitaine ne put s'empêcher de sourire.

— Espèce d'andouille, grogna-t-il.

« Comme si tu ne m'entendais pas dire assez souvent que j'ai mis le mousqueton au crochet.

« Alors, tu t'imagines que je vais recommencer à mon âge?

« Merci bien... Ça m'a trop mal réussi une première fois.

« Maintenant, si tu comptes t'en tirer comme ça, tu te trompes, fiston.

« Je pense que ce n'est pas pour me raconter des bourdes pareilles que tu me tiens là, debout, à trois heures du matin.

« Il y a autre chose?

— Évidemment, fit le Parigot, qui se creusait la tête.

« Voilà, mon capitaine.

« J'ai rencontré Liliane, vous savez bien, Lucienne de Goderville.

Cette fois, le capitaine éclata de son gros rire, bon enfant:

— Sacré farceur! fit-il.

« Tu m'as déjà servi celle-là, l'autre soir.

— Mais c'était vrai.

— Donc, aujourd'hui, ça ne l'est pas?

— Si... mais si, capitaine...

« Seulement, ce n'est pas au même endroit.

« Aujourd'hui, elle se baladait à deux pas de la maison.

« C'est à vous qu'elle en veut, certainement.

Le capitaine s'approcha et pinça l'oreille de Patoche, comme Napoléon faisait à ses vieux de la vieille.

— Sacré farceur! répéta-t-il. Je te pardonne pour cette fois, mais, coquin de sort! ne recommence plus.

« Si tu crois que je n'ai pas deviné du premier coup pourquoi tu es resté...

« Tu es resté parce que les femmes ont bavardé, et que tu voulais connaître la suite.

« Tu es curieux comme une pipelette.

— Il y a de ça... convint Patoche, mais il y a autre chose aussi.

« J'étais inquiet de vous... Tout à l'heure, voyant que vous tardiez, je me faisais une bile du diable.

« Sachant que l'homme au sombrero — autrement dit Walter Humding — avait reparu, je me disais: le capiston... pardon le capitaine est parti en expédition, et parti sans moi...

« Il me lâche... c'est vexant!

« En effet, mon capitaine, vous me ménagez depuis quelque temps, depuis mon retour de Bruxelles.

« Je dirais presque que vous êtes en train de me mettre au crochet, comme le mousqueton.

« Je passe mon temps rue Vivienne, comme un *embusqué*, où je m'embête pis qu'un rat mort.

« Rond de cuir... j'ai pas la vocation.

« Si ça devait durer, j'aimerais mieux rendre ma plume, mon plumeau et mon tablier par-dessus le compte...

« J'ai une envie folle de rentrer dans le service actif, de cavaler un peu sur le Boche et les autres.

« Voilà ce que j'avais à vous dire.

« J'espère que vous ne m'en voulez pas?

— Eh! non! s'écria le Père La Manille, en tendant la main au Parigot.

« Et, puisque tu brûles de cavaler... comme tu dis, tu vas avoir pleine satisfaction, sacrée mauvaise tête.

« Il y a du neuf, en effet.

« Je me proposais de t'expliquer tout ça, demain, au lever; mais puisque tu y tiens, allons-y.

« Nous en serons quittes pour faire la grasse matinée.

Le vieux grognard parla d'abord de l'affaire, Van Flam dont il montra la dernière lettre:

— Tu vois qu'il y a du travail sur la planche, ajouta-t-il.

« Et ce n'est pas tout...

« Tu cherches l'occasion de te faire bosseler la caboche, eh bien, tu vas être servi.

« Nous allons commencer par la *Villa Tranquille*, un nom trompeur, peut-être.

« Dès demain, tu iras là-bas faire une première enquête.

« Ta besogne consistera surtout à reconnaître les lieux et en faire un plan *grosso modo*.

« Tu partiras vers midi...

— Plus tôt si vous voulez.

— Non, tu as besoin de dormir, toi aussi, sacrebleu.

« De plus, il se chose sera ... rrait que M. Dréan, qui se re-

mue comme un diable de son côté, envoie un dernier renseignement.

« Il m'a déjà fourni des indications sur le propriétaire de la villa.

— Il le connaît?

— Oui, il l'a fait surveiller déjà. C'est un certain Muller, un de la bande au Boche, certainement, mais qu'on n'a jamais pu prendre sur le fait.

— Ça ne vous inquiète pas, ça, qu'il soit de la bande?

— Mais non. Je le savais, d'ailleurs, par la lettre de Van Flam.

« Il n'y avait qu'à lire entre les lignes.

Ensuite, le capitaine parla de la matelassière et de sa rencontre avec Walter Humding, «rencontre sanglante ».

« Ce qui m'inquiète, expliqua-t-il, ce n'est pas le retour du Boche, qui était prévu.

« Ce sont les boniments qu'il a bien pu faire à la mère Jeanne et qu'elle s'entête à garder pour elle seule.

« Evidemment, le vieux forban lui a parlé de notre fille.

« J'ai vu ça tout de suite à la mine bouleversée de la mère.

« C'est son grand moyen, d'ailleurs, parce qu'il la tient, qu'il a essayé une fois encore, de la retourner contre nous.

« Il a dû même, cette fois, sentant le besoin d'appuyer ses dires, apporter des preuves, des papiers, vrais ou faux.

« Et c'est ces preuves que je voudrais connaître, mais pas mèche!

« Il m'a été impossible de tirer le moindre éclaircissement de cette sacrée mule!

« Et je suis sûr, cependant, archi-sûr qu'il y a du nouveau par là.

— Pourquoi qu'elle ferait des mystères? demanda Patoche.

— Est-ce qu'on sait jamais, avec ces sacrées femmes?

« Quoiqu'ici, ça s'explique, en somme.

Il regarda tout autour de lui et ne vit rien de suspect.

« Maman Jeanne a voulu me rouler une fois, et en a gardé le remords, un remords cuisant.....

« Depuis, elle a la peur, la frousse de me tromper de nouveau sans le vouloir, d'être la dupe, l'instrument de Walter Humding.

« Elle le craint d'autant plus que ce bandit s'est vanté de se servir d'elle qu'elle le voulût ou non.

« Quel culot, hein, crois-tu?

« Et c'est ce qui la bouleverse, qui l'hypnotise, qui l'empêche de dire ce qu'elle sait.

« Comme si elle ne ferait pas mieux de parler.

« Mille gibernes! je suis assez grand garçon pour ne pas me laisser mener en bateau.

« Surtout que plus il va, plus je suis convaincu que Walter n'en sait pas plus que nous sur l'enfant en question.

« S'il avait eu cette carte maîtresse en mains, il n'aurait pas attendu si longtemps pour la jouer.

« C'est ce que j'ai dit à la mère Jeanne.

— Et qu'est-ce qu'elle a répondu?

— Une chose assez juste.

« D'après maman Jeanne, Walter Humding pourrait très bien connaître notre enfant depuis longtemps, mais une chose lui manquait: les preuves, les papiers établissant la filiation.

« Ce sont ces papiers qu'il doit être en train de réunir en ce moment, et dont il aurait montré un spécimen à la matelassière.

« Ceci posé, il est facile de reconstituer la scène sous l'arbre, là-bas.

« Maman Jeanne a voulu saisir le document qu'on lui exhibait, d'où bataille, morsure, etc.

— Il paraît que la morsure est sérieuse? fit Patoche.

— Très sérieuse. La matelassière y allait à plein cœur, à pleines dents.

— A quel doigt?

— Au pouce gauche.

— Bon, ça, fit le Parisien.

« C'est un signe que je retiens.

« Le Boche n'a pas son pareil pour se camoufler de haut en bas, des pieds à la tête.

« Seulement, il peut oublier une fois de maquiller cette cicatrice.

« Qui sait, c'est peut-être par là que nous le pincerons, un de ces quatre matins.

— Espérons-le... Ce serait le cas de dire alors que maman Jeanne a bien travaillé!

« En attendant, sais-tu quelle est sa nouvelle lubie?

« Elle s'est mis dans le ciboulot de retrouver sa fille toute seule par ses seules lumières.

« C'est moi qui l'ai perdue, c'est à moi de la retrouver, m'a-t-elle dit.

« Elle a un moyen, paraît-il, un moyen secret qu'elle cache jalousement.

« Si bien que je me demande si elle n'est pas un peu timbrée!

— Mais non, fit Patoche.

« La chose est possible, après tout.

— Comment! s'écria le capitaine, très surpris, est-ce que tu crois cette brave femme plus maligne que nous deux?

« Ou bien est-ce que tu crois à la voix du sang, par hasard?

— Non, pas précisément.

« N'empêche que les femmes, les mamans, ont parfois des idées, des inspirations qui nous dégottent, nous autres.

« Alors, madame Jeanne va se mettre en campagne?

« A mon avis, il vaudrait mieux qu'elle ne se presse pas.

« Quelle reste chez elle à attendre.

— Attendre qui donc?

— Mais Walter Humding.

« Il a dit qu'il viendrait...

« On tendrait une souricière.

— J'y ai pensé, et on le fera à tout hasard.

« Mais je doute qu'il vienne rôder par là.

« Il sait très bien, et depuis longtemps, qu'il ne tirera plus rien de la matelassière.

— Alors, pourquoi est-il venu la relancer?

— Est-ce qu'on sait jamais...

« Avec le Boche, il faut toujours chercher à côté du motif apparent, un mobile secret.

« Nous l'embêtons en ce moment, un peu partout, il a voulu probablement nous gêner à son tour, nous forcer à nous éparpiller et diviser nos forces.

« Et il a réussi, nom d'un pétard!

« Je comptais envoyer Flic et Flac avec toi à Enghien, et me voilà obligé de les garder ici, autour de maman Jeanne.

« Ça m'embête. En ce moment — après ce qui s'est passé — ils seraient plus que jamais nécessaires là-bas, avenue d'Orléans.

— Il y a un moyen de tout arranger, un moyen facile, même.

« Je sais bien ce que je ferais à votre place.

— Qu'est-ce que tu ferais?

— Tout simplement, j'enverrais maman Jeanne loger à la pension Lenoir.

— Tiens... C'est une idée, ça... Comment n'y ai-je pas pensé?

« Dè‑   ‑e.

«

« Ce sera une occasion de faire connaissance avec Mme Lenoir et avec son fils, le fiancé d'Yvette.

Pensif, le capitaine s'était mis à se promener du bureau jusqu'à l'antichambre.

Soudain, il s'arrêta:

— A propos, dit-il, tout à l'heure, en passant, j'ai vu de la lumière chez les Pourcelot.

« Est-ce qu'il y a quelqu'un de malade?

— Pas que je sache.

« C'est la petite Pourcelot qui fait ses frasques.

— Comment, c'est vrai, ce qu'on raconte?

— Tout ce qu'il y a de plus vrai.

— Et ses parents, le père, un ancien soldat de Crimée, supporte ça?

— Le papa Canrobert il n'y voit que du feu.

« Lui et sa femme se couchent dans la seconde pièce.

« La petite, qui est maligne, les a remisés là, au fond de la loge, sous le bon prétexte de leur éviter la peine de tirer le cordon.

« Alors, rien de plus facile aux amoureux.

— Comment aux amoureux! sursauta le vieux grognard. Ils sont donc plusieurs?

— On le dit.

« Si bien que la porte reste battante toute la nuit.

— Mais, tonnerre de Brest! je ne veux pas de ça, moi...

« Pas de ces allées et venues dans la maison où j'habite.

« En ce moment surtout... Nous sommes espionnés, épiés de toutes parts.

« Un mouchard pourrait très bien se glisser dans le tas.

« Je ne comprends pas, sacrelotte, que tu ne m'aies pas prévenu plus tôt.

— Mme Pierre l'avait fait.

— Eh! est-ce que tu crois que j'ai le temps d'écouter les racontars de Mme Pierre?

Tout en parlant, le capitaine commençait d'éteindre les becs de gaz:

Eh bien, te voilà partie pour la lune, encore une fois ?

— Voici le jour, fit-il.

« Tu as réussi, sacripan, à me faire passer la nuit blanche.

« Aussi, assez causé. Au plumard, mon garçon.

« J'ai mal aux cheveux, moi, mille gibernes!

Le vieux grognard parlait encore, lorsqu'il crut entendre marcher tout proche, sur le palier.

Il ouvrit la porte vivement, regarda tout autour de soi et ne vit rien de suspect:

— Non, dit-il, c'est le bois qui travaille.

Il referma en répétant:

— Au plou... nom de nom!

« Il est quatre heures du matin.

A ce même moment, dans le couloir, une ombre se détachait du mur et redescendait sans bruit.

CHAPITRE CLXXI

Où le capitaine et Patoche cassent les vitres.

— Tiens... disait le capitaine à maman Jeanne, voilà qui est bizarre, en effet.

« Est-ce que ça serait une nouvelle ruse de ce vieux serpent?

« Ainsi, Walter Humding serait à Bruxelles, d'où il a téléphoné.

» Il savait donc que tu étais à la pension Lenoir, maintenant?

— Oh! n'exagérons rien...

— Est-ce sûr que ce soit lui, seulement?

« Tu as reconnu sa voix?

— Oui, c'est pourquoi je suis venue aussitôt te prévenir.

« D'ailleurs, il m'a parlé d'une chose que lui et moi sommes seuls à connaître.

— Quelle chose? fit le capitaine vivement.

Et, comme son ancienne maîtresse gardait le silence, il eut un geste de mauvaise humeur, presque de rage:

— Ah! oui, grommela-t-il, toujours cette histoire.

« Ainsi, tu persistes à me cacher ce que t'a dit cette crapule, ce qui t'a troublé si fort?

« J'aurais le droit de connaître ce secret, cependant.

« Il s'agit de ma fille, mille bombardes!

— Vous le saurez plus tard, répondit la femme, qui, dès que le vieux grognard haussait le ton, n'osait plus le tutoyer — bientôt peut-être.

« Donnez-moi quelques jours de répit, seulement.

« Tout ce que je puis vous dire, pour vous faire patienter, c'est que la chose n'a pas l'importance que vous croyez.

« Sans cela, je ne me permettrais pas de la garder pour moi seule.

Là-dessus, la matelassière, comme si elle eût redouté d'autres questions, et voulu s'y dérober, se disposa à partir:

— Je ne veux pas vous retarder, dit-elle.

« Je sais que vous avez à sortir pour aller là-bas, Villa Tranquille.

— Oh! nous avons tout le temps, fit Lancelin, en la forçant à se rasseoir. Il est une heure à peine, et notre rendez-vous est pour trois heures, à Vincennes.

— Vous passez par Vincennes? Pourquoi ce détour?

« C'est pour éviter les espions, les fileurs?...

— Oui, et puis, ça nous balladera, il fait beau.

« A propos de fileurs... vous n'avez vu personne autour de vous, nul visage suspect?

— Non... qui voulez-vous qui s'occupe d'une pauvre vieille comme moi?

— Alors, ma brave Jeanne, ça ne vous fait rien que je vous aie repris vos deux gardes du corps, Flic et Flac?

— Non, mon ami, rien du tout.

« Flic et Flac sont beaucoup plus utiles là-bas, route de Montmorency.

« C'est là qu'est le danger.

« Je ne sais pas pourquoi, mais j'ai peur pour cette jeune fille: Yvette.

« Moi, je vous l'ai dit bien souvent, je n'ai rien à craindre de l'espion.

« Ce n'est pas à moi qu'il en veut, mais à vous.

« Et il se vengera sur une autre personne qui nous est chère...

« C'est elle, l'innocente, qui paiera pour moi, la seule coupable...

Il y eut un silence.

Maman Jeanne avait baissé la tête pour cacher son émotion et songeait, le cœur bourrelé de remords, d'angoisse. Depuis quelque temps, en effet, tout un travail se faisait dans sa tête. Après l'histoire de Liliane et sa réconciliation avec son ancien amant, maman Jeanne s'était mise à faire des recherches sur les jeunes filles qui évoluaient entre Walter Harmding et le capitaine.

Tour à tour, Jeanne Morin, Madeleine, l'ancienne maîtresse de Patoche, Rosette elle-même — malgré son jeune âge — avaient été l'objet d'une enquête plus ou moins bien conduite.

Tout récemment, elle en avait fait autant pour Yvette Van Flam, et de suite, la matelassière avait été frappée par certains points obscurs qu'elle avait cru discerner dans l'histoire de la jeune fille.

Dès ce moment, un soupçon horrible s'était glissé en elle.

Une hypothèse affreuse, qu'elle avait repoussée tout d'abord comme folle, impossible, mais qui s'était implantée dans son cerveau, était devenue peu à peu, une idée fixe.

Et de cela, de ce cauchemar, qui hantait ses nuits, elle n'osait s'ouvrir à personne.

L'annonce de cette visite à la villa avait redoublé ses appréhensions. Alors, affolée, elle avait employé les grands moyens.

Elle s'était adressée à une de ces agences louches qui pullulent dans la capitale.

Or, les renseignements fournis sur Yvette et son père, ouvraient le champ à toutes les hypothèses.

En les recevant, la matelassière avait senti ses angoisses redoubler.

— C'est cela, s'était-elle dit.

« Ça doit être cela.

« Voilà bien une des machinations de cet homme diabolique.

« Quelle revanche pour lui: déshonorer son ennemi dans sa fille!

Depuis, des doutes lui étaient venus.

— Non... murmurait-elle en ce moment encore, c'est impossible.

« Je m'abuse... jamais je n'ai rien éprouvé, ressenti à côté de cette petite.

« Quelque mauvaise mère que j'aie été, quelque chose aurait dû tressaillir en moi.

« Et puis, je ne retrouve rien en elle qui me rappelle l'autre.

« Mon enfant était grandelette déjà, quand je l'ai perdue.

« Les traits ne changent pas à ce point.

La matelassière s'absorbait dans ses pensées, lorsqu'elle se sentit touchée à l'épaule. Elle frémit et leva la tête.

« — Eh bien, demandait le Père La Manille, te voilà partie pour la lune encore une fois?

« A quoi penses-tu donc?

— Ah! si tu savais, murmura la femme d'une voix sourde.

« Si je te disais l'idée atroce qui m'est venue.

« — De quoi s'agit-il?

— De cette visite, là-bas, chez Van Flam.

« J'ai peur... et même à toi, je n'ose dire de quoi...

« Tu vas me traiter de vieille folle une fois de plus.

« Si c'était vrai, cependant; si c'était ça le châtiment...

« Ce Belge, Van Flam, est un bandit capable de tout.

« Quant à l'autre, Walter Humding, c'est Satan en personne, un monstre qui prépare le mal de loin.

« J'en suis sûre, c'est lui qui a volé notre fille.

— Quel est ce nouveau roman, grommela le Père La Manille.

« Explique-toi, coquin de sort. Que crains-tu?

— Que Van Flam ne nous trahisse tous, qu'il vous attire, toi et... et cette pauvre enfant, Yvette, dans quelque piège abominable.

— Non... fit le capitaine, étonné de cette sollicitude subite, inexplicable de la matelassière pour une personne qu'elle connaissait depuis quelques jours seulement.

« Le Van Flam est une immonde canaille, c'est bien certain.

« Mais il y a des limites...

« Cet homme est capable de tout, comme tu dis, sauf de livrer, de vendre sa fille.

— Et, murmura la mère, si ce n'était pas sa fille?

« Si c'était...

Un coup de poing formidable, qui fit gémir la table, lui coupa la parole.

Au revoir, mon ami, murmura-t-elle.

Le vieux grognard avait senti une pointe aiguë lui effleurer le cœur, mais presque aussitôt, il haussait les épaules:

— Ah! c'était ça... grogna-t-il. Je m'étais aperçu, en effet, que ton cafard travaillait...

« C'est ridicule, et il faut que tu sois toquée, décidément!

« Qui diable a bien pu te fourrer dans la caboche des idées pareilles?

« Mais, tonnerre de Brest! ça ne tient pas debout.

« Yvette est la fille du Belge, bel et bien.

— Tu en es sûr? reprit maman Jeanne d'une voix plus ferme.

« Tu as pris des renseignements?

— Non.

— Eh bien, j'en ai, moi. J'ai appris des choses louches dont je vais te faire part.

« Il paraît que Van Flam n'a jamais été marié régulièrement.

« De plus, on croit que, au moment de la naissance d'Yvette, le père était en prison...

— Il paraît... on croit... maugréa le capitaine. Une belle foutaise tout ça!

« C'est sur des racontars pareils que tu t'emballes?

— Il y a autre chose, un fait précis, celui-là, prouvé...

— Quel fait, de quoi s'agit-il?

— D'un enfant que le Belge aurait recueilli jadis, adopté.

— Eh! s'écria le capitaine, c'est Pas-de-Canard!

« Tout le monde sait, à Lille, que...

— Non... interrompit maman Jeanne.

« Ce n'est pas Pas-de-Canard.

« Ça ne peut être lui.

— Pourquoi, sacrebleu?

— Parce que Pas-de-Canard est un enfant de gueux, le fils dégénéré de quelque ouvrier alcoolique.

« Or, l'enfant dont il s'agit, avait quelque part en Allemagne, un protecteur haut placé et riche.

« Van Flam — bien qu'il s'en cachât par avarice —

recevait de lui une mensualité importante, qu'il pla-
çait à la banque.

« Voilà des renseignements qui ne sauraient con-
cerner Pas-de-Canard, lequel ne fut jamais qu'un domestique chez Van Flam, et traité comme tel.

« Au contraire, avec Yvette, tout s'explique, tout
concorde.

« Walter Humding est Allemand, il est riche...

En entendant ce nom, un flot de sang empourpra
le visage bronzé du grognard.

Il fit volte-face, saisit le bras de sa maîtresse, et,
d'une voix âpre, sif-
flante:

—J'y suis... grondait-
il; c'est cette crapule qui
t'a soufflé ça?

« Il veut recommen-
cer le coup de Liliane.

« C'était ça, le fa-
meux secret?

— Non... déclara la
matelassière, en se re-
dressant rouge de honte.

« Je me méfie comme
toi, et il eût suffi que le
bandit parlât dans ce
sens pour que, aussitôt,
je prenne le contrepied.

— Bien, fit le capitai-
ne, dont le front se ras-
sérénait.

« Donc, tout ça, c'est
de la fantaisie, comme
je disais.

« Des imaginations de
femme.

« Je m'informerai

Eh bien, tu as entendu ? questionna-t-il.

pour te faire plaisir; mais d'avance, je suis sûr que
tu te goures, jusqu'à la gauche!

« Sans chercher si loin, j'ai une preuve qui les
vaut toutes.

« Maintes fois, en ces derniers temps, lorsque nous
négociions, j'ai entendu Van Flam me parler d'Yvette
dont le sort l'inquiétait.

« C'était bien un père qui parlait.

« Il y a des accents qu'on ne contrefait pas.

« Donc, j'en reviens à ce que je t'ai dit cent fois:
le Boche n'en sait pas plus long que nous, sans quoi
il eût agi depuis beau temps.

Le ton du Père La Manille, son assurance parurent
faire bonne impression sur la mère infortunée:

— Oui... peut-être, murmura-t-elle, et c'est ce que

je souhaite, ce que je demande au ciel chaque jour.

« Je préfère renoncer à tout espoir de pouvoir revoir notre enfant, que de la savoir exposée aux manœuvres abominables de cet homme.

« Il y a des moments, quand mes idées noires me
prennent, je voudrais la savoir morte.

« Tes paroles m'ont fait du bien, toutefois, et je
m'en vais plus tranquille.

La matelassière se leva sur ce mot et se dirigea
vers la porte, reconduite par le capitaine:

— Et les autres, reprit-il, nos amis de la pension
Lenoir?

« Est-ce qu'ils sont
partis déjà?

— Oui, Mlle Yvette,
son fiancé et Pas-de-Ca-
nard ont quitté l'hôtel
en même temps que
moi.

« Ils m'ont accompa-
gnée jusqu'à l'omnibus,
puis sont allés prendre
le train de ceinture.

— Bien, voilà des gens
souples, au moins, qui
se laissent conduire.

« Ce n'est pas com-
me toi qui t'entêtes à
des cachoteries.

La matelassière, qui
sentait venir de nouvel-
les questions, s'esquivait
vers l'antichambre.

Au moment d'ouvrir,
elle se retourna, et, d'un
ton humble:

— Au revoir, mon

ami, murmura-t-elle.

— Au revoir, fit l'officier, un peu sèchement.

Mais, presque aussitôt, voyant les lèvres de la pauvre femme trembler, il lui tendit la main, et, de sa
grosse voix cordiale:

— Au revoir, Jeanne.

Le capitaine revint dans la pièce voisine du bureau, où Patoche, confortablement installé dans un
fauteuil, jambes croisées, lisait le Figaro, tout en envoyant au plafond la fumée de sa cigarette:

— Eh bien, tu as entendu? questionna-t-il.

— Oui, mon capitaine.

« Vous aviez laissé la porte ouverte.

« J'ai pensé que c'était à mon intention.

— Sûrement... Je n'ai plus de secret pour toi.

Ils aperçurent leurs amis déjà installés sous une tonnelle.

depuis des mois, qui vous sais par cœur en quelque sorte.

« Cette jeune fille n'a rien de vous, pas ça...

« Aussi je pense que vous n'allez pas partir en chasse après ce « canard » ?

— Non, pas le moins du monde.

— Heureusement, continuait l'ordonnance, que Mme Jeanne apportait un renseignement beaucoup plus sérieux...

— Tu veux parler de ce coup de téléphone.

— Oui, patron, voilà qui est précis au moins.

— Dans quel sens ?

— Mais, fit le Parisien interloqué, dans le sens que le Boche est loin.

— Eh non ! s'écria le grognard.

« C'est tout le contraire !

— Comment, vous croyez ?....

— Je fais plus que croire, j'affirme.

« Je doutais hier, mais à présent je suis sûr.

« Sûr que nous allons trouver le Boche là-bas...

— Chouette, alors ! s'exclama Patoche en esquissant une « aile de pigeon ».

« On va taper dans le tas, rentrer dedans !

« Mais alors tout change, comment va-t-on procéder ?

— Mais comme il était convenu.

« J'avais prévu le cas. Par conséquent notre plan tient, à quelques détails près.

— Vous emmenez toujours mam'zelle Yvette ?

— Bien sûr ! Elle est indispensable.

— Vous ne craignez pas de l'exposer ?

— Yvette ne risque rien pourvu qu'elle m'obéisse. D'ailleurs, pour le quart d'heure, ce n'est pas à elle qu'on en veut, à sa vie j'entends.

— Eh bien, tu as entendu ? questionna-t-il.

— Oui, mon capitaine.

« Vous aviez laissé la porte ouverte.

« J'ai pensé que c'était à mon intention.

— Sûrement... je n'ai plus de secret pour toi.

« Eh bien, que penses-tu de cette nouvelle lubie : Yvette, ma fille !

« Avais-je raison de te dire que cette pauvre femme déménageait ?

— Ma foi, mon capitaine, je commence à le croire comme vous.

« Il faut de la bonne volonté et de rudes lunettes pour découvrir quelque trait de ressemblance, quoique bien faible soit-il, entre mam'zelle Yvette et vous.

« J'en parle savamment, moi, qui vous pratique

« Je suis si sûr de mes mesures, que je ne vais parler à personne de ce coup de téléphone.

— Pas même à M. Jean ?

— Pas même. Je puis me tromper, inutile, par conséquent, d'alarmer ces enfants.

« Quant aux changements dont je parlais..., je l'expliquerai ça en route.

« Voici le moment de partir, ajouta le capitaine en consultant sa montre.

« Tiens, l'auto est en retard.

« Je l'avais commandée pour deux heures.

— Et il est le quart. Notre wattman, qui est si exact d'ordinaire, ça m'étonne de sa part.

« C'est bien le même que vous avez pris : M. Philippe ?

— Toujours le même.

« Je me défie des nouveaux visages...

— Moi aussi... Un farceur pourrait s'introduire par là et nous gêner salement.

« Alors, qu'est-ce qu'il peut bien fiche le sieur Philippe ?

« Voulez-vous que j'aille d'un galop jusqu'au garage ?

— Non, patientons jusqu'à la demie.

— Et s'il ne vient pas, le frère ?

« Si c'était un lapin, quelque truc à la manque ?

— Nous prendrions une autre voiture tout simplement.

« Deux heures suffisent, même en passant par Vincennes.

« Nous en serions quittes pour faire quelques circuits en moins.

« Il n'en faut pas tant pour savoir si l'on est filé ou non.

Un peu après la gouvernante entrait.

— Monsieur, annonça-t-elle, c'est votre chauffeur. Il vous attend en bas.

Les deux hommes descendirent aussitôt.

Une fois sur le trottoir, le Montmartrois jeta un coup d'œil admiratif sur le landaulet tout battant neuf qui attendait les voyageurs.

— Mâtin, fit-il, on se met bien !

« Une vingt-quatre chevaux, pour le moins !

— Parbleu ! fit le capitaine en riant.

« Est-ce que tu t'imagines que nous allions nous empiler cinq dans le tacot qui nous sert d'ordinaire ?

Penché sur son moteur qu'il vérifiait et très absorbé par cette besogne, le conducteur, M. Philippe, n'avait pas vu ceux qui approchaient.

Le père la Manille lui tapa sur l'épaule. Surpris, le chauffeur tressaillit comme un homme pris en faute.

— Eh bien ! l'ami, fit le grognard de sa grosse voix, vous êtes en retard aujourd'hui !

« Je me demandais si vous vous étiez mis en grève subitement.

La mine du capitaine n'avait rien de terrible, et cependant le conducteur semblait gêné, confus.

Il retira sa casquette vivement.

— Je vous demande pardon, monsieur Lancelin, fit-il.

« C'est un client qui m'a retenu jusqu'à deux heures.

« Si bien que je n'ai pris que le temps de faire le plein d'essence et de venir.

— C'est bon, c'est bon, goguenardait le père La Manille, vous ne serez pas pendu pour cette fois.

« Nous nous balladons, d'ailleurs, il n'y a pas grand mal.

« Sur quoi, en route pour la Porte-Dorée, à Vincennes.

Arrivés devant le restaurant de ce nom, le capitaine et Patoche pénétrèrent directement dans le jardin et aperçurent bientôt leurs amis : Yvette, M. Jean et Pas-de-Canard, déjà installés sous une tonnelle.

Selon la consigne reçue, M. Jean avait choisi une table isolée où l'on fût à l'abri des oreilles indiscrètes.

En effet, c'était là que le capitaine devait mettre Yvette et ses compagnons au courant des dispositions prises et du rôle que chacun aurait à jouer.

La veille — pendant le dîner offert à ses nouveaux amis — il s'était contenté de leur expliquer son plan en gros, et de leur communiquer les renseignements reçus sur la « Villa Tranquille » et ses hôtes.

— Quant aux manœuvres de la dernière heure, avait-il dit, comme elles peuvent changer au moment, je vous les communiquerai demain, une fois en route.

C'est ce qu'il était en train de faire en ce moment.

— Comme je vous expliquais hier, disait-il, la « Villa Tranquille », avec ses murs en torchis qu'on mettrait bas d'un coup d'épaule, sa barrière à claire-voie qui n'arrêterait pas un enfant, n'offre rien de bien rébarbatif.

« C'est ce que j'appellerai une villa ouverte.

— Raison de plus pour se méfier, fit Pas-de-Canard entre haut et bas.

— Eh !... nous sommes d'accord là-dessus... s'écria le grognard sans s'expliquer davantage.

« Dans le doute nous devons prévoir le pire... le piège toujours possible.

« C'est ce que j'ai fait.

« Aussi, rassurez-vous, mes enfants.

« Je réponds de tout, pourvu que chacun respecte la consigne.

« Ceci dit, continua le capitaine en tirant de sa

poche un plan dressé par Patoche, examinons un peu le terrain où nous allons évoluer.

« Comme vous le voyez, la maison n'est pas si isolée que le disait ce brave Van Flam.

« Il y a une autre bicoque à cinquante mètres : la « Villa des Tilleuls ».

« Plus proche, à deux pas de la clôture, un peu en contre-haut, vous apercevez quelques sapins qui semblent avoir été plantés là exprès pour nous, pour nous fournir un poste d'observation épatant !

« Un chemin passe derrière, et c'est là que nous cacherons l'auto.

« Nous, nous nous embusquerons derrière les arbres, de façon à n'avoir qu'un saut à faire pour être dans le jardin.

« Quand je vous disais que ce bouquet de sapins était là exprès pour nous !

« Flic et Flac y sont déjà depuis hier, épiant l'ennemi, si ennemi y a-t-il.

« En cas de besoin, ils doivent venir à notre rencontre, et nous prévenir de ce qu'ils auraient découvert de suspect.

« Si nous ne les voyons pas, c'est que tout se présente bien, et nous n'aurons qu'à aller de l'avant.

La petite troupe se dirigeait vers la voiture.

Le père la Manille mit le doigt sur le plan et poursuivit :

— Voici où l'auto s'arrêtera, un peu avant cette « Villa des Tilleuls » dont je parlais.

« C'est là que Mlle Yvette et son garde du corps Pas-de-Canard, mettront pied à terre, pour achever le trajet à pattes...

— Et moi ? murmura Jean Lenoir.

« Vous m'aviez fait espérer, capitaine, que je pourrais accompagner ma fiancée ?

— Non ! répondit Lancelin brusquement.

« Tout bien réfléchi, pesé, mieux vaut que vous restiez avec nous.

— Je le regrette.

« J'aurais tant voulu, en cas de péril, être là le premier.

— Eh ! coquin de sort ! vous y serez, mon garçon !

« Puisque je vous dis que vous serez là, derrière ces arbres, avec nous.

« Un saut et nous sommes dans la place.

« Je ne tiens pas, mais pas du tout, à ce que, en cas d'attaque, vous vous trouviez seul, au premier feu.

— Ce serait ma place, cependant, près d'Yvette...

— Eh ! bon sang ! Yvette ne risque rien.

« Vous, au contraire, c'est une autre paire de manches...

« Rappelez-vous ce qui s'est passé au cinéma.

« Vous m'avez compris ?

— Oui, capitaine... Du moment que je serai avec vous et près d'elle.

— Bien... voilà qui est parler en brave garçon.

« Abordons maintenant le rôle de Mlle Yvette et de Pas-de-Canard.

« C'est ici, mes amis, qu'il s'agit d'ouvrir vos esgourdes.

« Je réponds de tout, je le répète, à la condition que vous m'obéissiez au doigt et à l'œil.

« Où en étais-je... au moment où Mlle Yvette sonne à la grille.

« Le papa Van Flam — il est seul à la villa — viendra ouvrir.

« Comme vous le voyez sur le plan, le jardin ne présente rien d'inquiétant.

« Pas une tourelle, pas même un massif où l'on puisse se cacher.

« Au milieu, devant ce bassin-là, un banc d'écorce...

« C'est là, si vous en avez besoin, que vous vous assoirez, car, bien entendu, vous ne devez pas entrer dans la maison.

— Mais, objecta Yvette, si mon père nous invite ?

« S'il veut nous montrer son logis ?

— Vous refuserez carrément.

« Si le papa Van Flam s'étonne, vous répondrez que c'est ce vieux grognard de père Lancelin qui en a décidé ainsi.

« Ça suffira, puisqu'il vous recommande lui-même de suivre mes conseils de point en point.

« Donc, voilà qui est compris, n'est-ce pas ?

« Défense expresse de dépasser ce banc.

« C'est la limite extrême !

« Au besoin, je compte sur mon ami Pas-de-Canard pour faire respecter la consigne.

— Ce ne sera pas nécessaire, répondit Yvette d'une voix grave. J'ai compris.

« Seulement mon père va m'interroger, poser des questions.

« Qu'est-ce que je devrai répondre ?

— La vérité, il n'y a aucun inconvénient à cela.

« Vous direz que, à tort ou à raison, nous avons craint quelque embûche de ce vieux renard de Walter Humding.

« Vous en profiterez pour faire entendre que vous ne pouvez pas prolonger votre visite trop longtemps.

« Dites, au besoin, que j'ai tenu à vous accompagner moi-même, que je vous attends tout proche et que je suis pressé.

« Voilà qui est bien compris, bien vu, bien entendu ! répéta le vieux grognard d'un ton solennel.

— Oui, monsieur Lancelin !

— Eh bien ! s'écria le capitaine en empoignant une bouteille de champagne qu'on venait d'apporter, une dernière rasade et en route !

« A la santé des amoureux !

Bravement Yvette choqua son verre contre celui du vieux grognard.

— A la vôtre ! monsieur Lancelin, dit-elle gaiement.

Elle venait de sentir, aux recommandations du capitaine, que la démarche qu'elle allait faire n'était pas sans danger, mais elle tenait à rassurer ses amis, son fiancé particulièrement, qui de son côté faisait de méritoires efforts pour dissimuler son angoisse.

Déjà la petite troupe se dirigeait vers la voiture.

Pas-de-Canard, le front soucieux, venait le dernier, portant le « baluchon » réclamé par Van Flam dans sa lettre.

Cinq minutes après l'auto roulait dans la direction d'Enghien.

A plusieurs reprises, le capitaine se mit à la portière.

— Tuot va bien, disait-il.

« Je suis sûr qu'il n'y a personne derrière nous.

Il était cinq heures lorsque l'auto stoppa devant la « Villa des Tilleuls ».

Toujours très brave, Yvette sauta à terre lestement.

Non sans une émotion secrète, elle serra la main de ceux qu'elle quittait.

— Au revoir, mes amis, au revoir, Jean.

« A bientôt !

Et bravement elle s'avança, flanquée de Pas-de-Canard toujours pensif, silencieux.

Le capitaine, qui était descendu lui aussi, attendit qu'ils fussent à deux pas de la grille, alors s'adressant au conducteur :

— Guide à gauche ! commanda-t-il.

« Vous allez contourner le jardin et aller vous poster là-bas, derrière ce bouquet de sapins.

— Bien, patron...

La voiture repartit au pas.

Soudain, au premier carrefour, le chauffeur Philippe mit en deuxième vitesse, tourna court et se lança à droite sur la grande route de Vincennes...

Le père La Manille avait sauté à la portière qu'il s'efforçait d'ouvrir.

En vain.

— Nom de Dieu ! gronda-t-il, en crevant la glace d'un coup de coude.

« Nous sommes bouclés !...

— Les vaches... grogna Patoche, au milieu d'un fracas de vitres.

C'était la seconde glace qui volait en éclats.

Pendant ce temps l'auto filait grand train.

CHAPITRE CLXXII

Dans le jardin.

Yvette et Pas-de-Canard ne se doutaient de rien.

Ils sonnaient en ce moment, et presqu'aussitôt Van Flam apparut, descendant le perron de la villa.

Il vint ouvrir tout joyeux, mit ses grosses lèvres sur le front pur de sa fille :

— Bonjour, Yvette.

Puis il tendit la main à Pas-de-Canard :

— Bonjour, mon garçon.

« Tu apportes le paquet, c'est bien !

Paris. — Imp. MAILLET, 3, passage de CHARTRES.

« Je n'attendais plus que ça pour boucler ma valise.

— Vous partez toujours ce soir, mon père?

— Oui, fillette, à sept heures tapant, l'auto sera là et l'on file!

« C'est chic d'être venus de bonne heure.

« On aura le temps de causer avant la grande séparation.

« Vous allez me manquer, pour une fois, sayes-tu.

— Vous aussi, mon père, répondit Yvette d'une voix émue.

Le Belge embrassa sa fille.

— Alleï, c'est pas le moment de s'attendrir.

« Et puis on se reverra plus tôt que vous ne pensez, godfordom!

« L'Amérique n'est pas si loin.

« Si j'étais retenu la-bas, c'est vous qui viendriez, et c'est moi qui vous paie la ballade.

« Ce sera votre voyage de noces!

« Tu ne dis rien.... ça ne te chante pas de voir New-York, Chicago, les maisons de quarante étages?

— Si, mon père.

— Et toi, Pas-de-Canard, ça ne te tente pas, le pays des dollars?

« Sais-tu ce que tu devrais faire, tu devrais venir avec moi...

« Oh! pas tout de suite... plus tard.

« Tu es trop voyant pour ce coup-ci.

« Tu me ferais pincer avec ta bosse, acheva le père d'Yvette en s'esclaffant.

« Eh bien, qu'est-ce que t'en dis?

« Tu pourrais répondre, pour une fois.

— Je dis qu'on verra, répondit l'infirme.

« Du moment que ce n'est pas pour aujourd'hui...

Cependant Van Flam entraînait ses visiteurs vers la villa:

— Nous allons nous rafraîchir, dit-il tout à coup.

« Qu'est-ce que tu veux, fillette, bière ou limonade?

— Rien du tout, mon père.

« Je n'ai pas soif.

— Maintenant peut-être; mais tout à l'heure...

« Et toi, Pas-de-Canard, tu dois avoir soif?

— Non, patron, pas pour le moment.

« Et puis, je n'ai guère le cœur à boire.

Van Flam s'arrêta tout interloqué.

Il regarda sa fille, puis l'infirme, remarqua leur contenance embarrassée, les coups d'œil qu'ils échangeaient furtivement.

Sa première pensée fut une pensée égoïste:

— Qu'est-ce que c'est? s'alarma-t-il.

« Est-ce que vous auriez été suivis? Est-ce que ces canailles, *Tape-à-l'œil* et l'autre, auraient retrouvé ma trace?

— Non, répondit Yvette vivement, rassurez-vous mon père. Vous ne courez aucun risque.

« Nous sommes venus ici en auto à toute vitesse. Pour plus de sûreté, nous avons fait un long détour. Voilà deux heures que nous roulons.

« Pas de danger qu'on nous ait suivis.

— Bien, approuva le Belge, bien combiné, fille.

« Et puis, ces deux canailles ont renoncé depuis trois jours.

« N'empêche que je

Il revenait portant deux bouteilles et trois verres.

vous trouve un air tout drôle.

« Il doit y avoir quelque chose.

— Que voulez-vous qu'il y ait, mon père?

« C'est l'émotion du départ.

« Qui sait quand on se reverra!

— Alleï, alleï, s'il n'y a que ça, on se reverra que je dis.

« Plutôt que tu ne penses.

On approchait du banc dont avait parlé le vieux grognard.

Yvette quitta le bras de son père et s'assit.

— Qu'est-ce que c'est? questionna le Belge aussitôt. Tu es fatiguée?

— Un peu, mon père.

— Tu devrais rentrer, alors.

— Ce n'est pas la peine, je suis très bien là..

Pas-de-Canard s'était assis en même temps que sa maîtresse, et tous deux se concertaient du regard.

— Qu'est-ce que ça signifie? se demandait le Belge. Yvette a l'air de se défier de moi. C'est lui, ce sacré boscot, qui la monte contre son père.

« Ce n'est pas la première fois.

Et soudain, il s'emporta:

— Godfordom! s'exclama-t-il, qu'est-ce que vous avez à vous faire des signes?

« Si c'est pour me montrer ces têtes de bois que vous êtes venus....

« Vous avez l'air de me traiter comme un galeux et ma maison comme un mauvais lieu.

« Alors, vous refusez d'entrer?

— Oui, répondit Pas-de-Canard, venant au secours d'Yvette qui hésitait. C'est défendu...

Le Belge jeta un regard de travers à l'infirme:

— Qui te parle, toi, loupiot? grommela-t-il.

« De quoi te mêles-tu?

— Ce n'est pas moi, répondit Pas-de-Canard.

« C'est le capitaine. Il nous a bien recommandé...

— Le capitaine? interrompit Van Flam, quel capitaine?

« Qu'est-ce que tu chantes, l'enflé?

« C'est de M. Lancelin qu'il s'agit?

— Oui, mon père, répondit Yvette, prenant la parole à son tour..

« Il a bien voulu nous accompagner.

— Il fallait qu'il rentre, pour une fois! s'écria le Belge.

« Je lui aurais serré la patte avec plaisir.

— Il a craint de vous déranger.

— Bien... mais tout ça ne me dit pas pourquoi vous faites ces figures d'une aune de long.

« Pourquoi le capitaine a défendu qu'on entre chez moi.

« Ah! ça, est-ce que vous avez peur que le toit vous tombe sur la bobine... ou bien — et c'est ce qui serait triste, — ce que vous vous méfiez de moi?

— Oh! non papa, pas de vous, mais d'un autre...

« Le capitaine Lancelin s'est dit, à tort ou à raison, que Walter Humding pourrait bien rôder par ici.

— Le Boche! s'écria le père d'Yvette en blêmissant.

« Vous croyez qu'il a découvert ma cachette?

— Non, non... répondit Yvette, s'empressant de rassurer son père.

« C'est une supposition simplement, une idée en l'air...

« Seulement, comme dit le capitaine, avec le vieux serpent, il faut toujours prévoir le pire.

— Oui... je m'explique, à présent.

« Alors, il n'y a rien. Vous n'avez rien découvert, rien appris?

— Rien de plus que ce que je dis.

Le Belge respira, soulagé d'un poids immense:

— Bien, fit-il.

« Alors tout va: pas de bobo!

« Je vais vous rassurer, pour une fois.

« Je suis ici chez un ami sûr, un homme qui déteste le Boche et qui est aussi fort, aussi malin, sinon plus.

« Quant à Walter Humding, je l'embrouille. Il peut courir.

« N'empêche que vous m'avez flanqué une suée avec vos boniments, une vraie fièvre.

« J'ai soif, moi. J'ai la pépie, godfordom!

« Je vais toujours chercher des cannettes.

« Boira qui voudra.

Le Belge alla prendre un guéridon de jardin, en tôle vernie, qui gisait tout proche, le mit près du banc et se dirigea vers la maison.

Il revenait bientôt après, portant deux bouteilles et trois verres.

Il installa le tout sur la table, remplit les verres et but deux rasades l'une après l'autre:

— A la santé du capitaine et bran pour le Boche! blagua-t-il.

« Vous ne buvez pas?

— Non... répondit la jeune fille, qu'un clin d'œil de Pas-de-Canard retint à l'instant où elle allait porter le verre à ses lèvres.

« Tout à l'heure, je n'ai pas soif.

— Bien, à ton aise, fit le père, non sans humeur.

« Parlons d'autre chose, fifille, de ton mariage.

« A propos... j'espère que ma visite l'autre soir, en cheminotau, n'a rien cassé?

« Ça tient toujours?

— Oui, mon père, toujours.

« J'ai annoncé votre consentement, qui nous rend tous heureux...

« On me charge de vous remercier à la première occasion. D'ailleurs, mon fiancé vous écrira dès que vous le jugerez à propos.

— All right! s'exclama le Belge gaiement.

« Tu vois, plaisanta-t-il, je commence à parler anglais.

« J'ai trouvé un *Manuel de conversation* ici et je le potasse.

« Je potasse comme jadis, quand j'étais étudiant en pharmacie.

« Hein, ça t'épate de me voir si plein d'entrain?

« Que veux-tu, c'est le bonheur de changer d'air, de lâcher un tas de choses et de gens...

« Jamais je ne me suis senti si jeune!

« Je pars tranquille, puisque je te laisse dans un endroit sûr, mariée bientôt.

« Pour quant au consentement, ne t'inquiète pas, fillette.

« Il arrivera à l'heure, parole de Van Flam.

« J'avais pensé un moment à aller à Enghien, rédiger ça par devant notaire, mais c'est tout un aria.

« Il aurait fallu fournir des explications, des papiers... Bernique!

« En Amérique, au contraire, ce sera fait en cinq sec!

« Ah! voilà un pays qui a su supprimer les paperasses.

« C'est là, tenez, que vous devriez venir vous marier.

« Vous rattraperiez largement le temps du voyage.

« En voilà des gens pratiques, godfordom!

« Ils ont en horreur les gratte-papier et autres ronds de cuir qui ne demandent qu'à profiter avec...

— Hein, ricanait-il, comment trouves-tu le bouillon?

« Pour se marier, par exemple, on n'a qu'à rentrer dans le premier temple, faire sa déclaration.

« Deux signatures et en voilà pour la vie!

« Ainsi, moi, pour le consentement, je n'aurai qu'à porter mon papier au consul, il y mettra son cachet, et en avant! Ici, au contraire, on poserait un tas de questions...

Tout en discourant, le père d'Yvette buvait rasade sur rasade.

Si bien qu'il eût bientôt vidé les deux cannettes de bière:

— Tiens, rigola-t-il, j'ai tout bu.

« Heureusement la provision n'est pas loin.

« Videz vos verres, godfordom.

« J'en apporte de la fraîche.

Dès que Van Flam eut tourné le dos, Pas-de-Canard prit les deux verres encore pleins et en lança le contenu au loin.

— Qu'est-ce que tu fais? demandait la jeune fille interloquée.

« Pourquoi jettes-tu cette bière?

— Parce que si Walter Humding a ses entrées par ici, il se pourrait qu'on ait mis quelque drogue dans les bouteilles.

— Oh! mon Dieu! Mais alors mon père, lui qui a tout bu...

« Est-ce qu'il serait empoisonné?

— Non, non, tranquillisez-vous, mademoiselle Yvette. Les choses n'en sont pas encore là.

« Votre vie comme celle de M Van Flam n'est pas en danger.

« J'ai voulu parler d'un narcotique tout au plus...

— Tu me rassures... D'ailleurs, tu dois te tromper

« Mon père aurait dû ressentir le premier effet.

« Or, il est toujours aussi gai, plein d'entrain...

— Ce n'est pas une preuve, mademoiselle.

« Il y a des narcotiques qui n'agissent qu'une heure ou deux après, juste au moment voulu.

« Alors, on tombe comme une masse à l'endroit où l'on est.

Yvette hochait la tête, soucieuse:

— Papa tarde bien... reprit-elle au bout d'un instant.

« Est-ce qu'il se serait endormi, par hasard?

« On ne l'entend plus.

— Quelle idée! s'écria Pas-de-Canard.

« Il devait être à la cave. Le voilà qui remonte.

« Je l'entends marcher.

En effet, un bruit arrivait de la maison.

Soudain, il y eut une sorte de brouhaha, des portes claquant avec force.

En même temps, une plainte, un gémissement étranglé arriva jusqu'aux jeunes gens:

— Au secours!

Blanche comme une cire, Yvette avait bondi sur ses pieds.

— C'est mon père, bégaya-t-elle.

« Je reconnais la voix.

« On le tue...

Elle voulait s'élancer, mais Pas-de-Canard l'obligea à se rassooir, et, avec une autorité, une flamme dans les yeux qui le transfigurait:

— Restez, mademoiselle.

« C'est un piège peut-être.

« J'y vais, moi.

Et il s'élança vers la maison.

Il franchit le seuil, fit quelques enjambées dans le couloir obscur et chancela soudain, assommé, s'écroula sur le carreau.

Muller, qui le guettait, armé d'une manche de toile pleine de sable mouillé, venait de lui asséner un coup terrible qui l'avait étourdi.

Aussitôt, ivre de rage il se rua sur lui, lui mit les deux genoux sur la poitrine, et commença de le lier solidement.

— Hein, ricanait-il, comment trouves-tu le bouillon?

« Enfin, je te tiens, vilain bougre.

« Tu croyais m'échapper, *tarteifle!*

L'infirme ligotté en un clin d'œil, il le traîna, toujours évanoui, dans une pièce ouvrant en face.

C'était une chambre à coucher avec un large lit de milieu en chêne massif.

— *Borovitch! murmura-t-elle, défaillante.*

Muller tira son prisonnier jusque-là et se mit en devoir de l'attacher au pied du lit.

A ce moment, Yvette arrivait à son tour dans le couloir.

Elle n'avait pas pu résister plus de quelques secondes à l'angoisse atroce qui la rongeait.

Elle avança à tâtons, poussa une porte et s'arrêta pantelante, les pieds vissés au seuil.

Devant elle, sur un fauteuil, son père se tordait les quatre membres liés, un mouchoir dans la bouche.

Il fit un effort, parvint à arracher son bâillon en s'ensanglantant les lèvres.

Puis, d'une voix qui râlait:

— Fuis, malheureuse! Fuis.

Presque aussitôt, il frémit, ses yeux se révulsèrent comme devant une apparition.

Yvette se retourna et sentit son cœur s'arrêter tout à coup:

— Borovitch! murmura-t-elle, défaillante.

« L'homme au sombrero...

CHAPITRE CLXXIII

La rançon

Walter Humding avait son chapeau à la main.

Il s'inclina respectueusement devant la jeune fille:

— Mademoiselle, rassurez-vous, fit-il.

« Si je viens ici, c'est en ami, en sauveur...

En même temps, il avançait un fauteuil. Yvette s'y laissa choir, l'âme en déroute.

L'espion s'approcha de Van Flam et se mit vivement à couper les cordes qui le liaient.

Tout en procédant à cette opération, il parlait à l'oreille du Belge, dont le visage, qui semblait renaître à la vie, exprimait une surprise immense, sans borne.

Sitôt libre, celui-ci s'approcha de sa fille:

— Mon enfant, dit-il, j'ai à causer avec monsieur.

« Nous allons te laisser seule un instant.

« Attends nous là, sans t'inquiéter...

Yvette n'était pas moins étonnée que son père! Elle ne comprenait qu'une chose, c'est qu'un élément nouveau entrait en jeu, que l'orage, qui grondait sur leurs têtes, s'éloignait pour un instant du moins.

— Bien, mon père, répondit-elle.

Puis, d'un ton plus ferme, mais sans daigner s'adresser à l'Allemand:

— Et Pas-de-Canard? réclama-t-elle.

— *A bientôt, petite. Tout va s'arranger.*

« Qu'a-t-on fait de lui?

De nouveau, Walter Humding s'inclina:

— Mademoiselle, bannissez tout souci.

« Pas-de-Canard ne court aucun danger, malgré ses façons un peu brusques...

« Il s'est rué dans cette maison comme un fou furieux, et le maître de céans — je ne suis ici qu'un passant comme vous-même — a dû le mettre dans l'impossibilité de nuire.

« Mais je le répète, Pas-de-Canard, pas plus qu'aucun de vos amis, n'a rien à craindre de nous.

« Ils sont en lieu sûr.

Dans un instant, quand vous vous retirerez au bras de votre père, l'infirme vous sera rendu sain et sauf, intact...

« Votre affection le rend sacré; et puis, j'y mets un peu de coquetterie.

« Ce malheureux, qui a les idées biscornues comme lui-même, a porté contre moi une accusation ridicule.

« Ce sera ma réponse la meilleure façon de me justifier.

Yvette ne dit mot, mais elle jeta à l'Allemand un regard si hautain, si glacial, que celui-ci n'osa pas continuer.

— *Derteuffel,* murmura-t-il, cette blanche colombe est plutôt farouche.

« Je perds mon temps à vouloir l'apprivoiser.

« Ce maudit boscot est parvenu à lui inspirer une véritable horreur de moi.

« Heureusement que j'ai d'autres atouts dans mon jeu, d'autres arguments capables de mater cette petite fougueuse.

« Il faudra bien qu'elle vienne à récipiscence.

Cependant, W a l t e r Humding se retirait, emmenant le père d'Yvette.

Au moment de franchir le seuil, celui-ci adressa un sourire et un geste d'encouragement à sa fille.

— A bientôt, petite.

« Tout va s'arranger.

Demeurée seule, la jeune fille s'approcha de la porte laissée ouverte.

L'espion et son ex-agent gravissaient l'escalier conduisant au premier.

Ils pénétrèrent dans une pièce, juste au-dessus, où ils s'enfermèrent.

Yvette sortit à son tour, dans l'espoir d'avoir des nouvelles de l'infirme.

Deux girandoles électriques éclairaient le vestibule si obscur tout à l'heure.

Yvette aperçut trois autres portes : deux à droite, une à gauche, ouvrant sur le couloir.

Supposant que Pas-de-Canard se trouvait derrière l'une d'elles, elle essaya d'ouvrir, mais sans succès.

La clef, comme le bouton à coulisse, allait et venait sans entraîner le pêne avec eux.

Convaincue qu'il y avait là quelque mécanisme secret, elle n'insista pas davantage.

Toutefois, comme elle ne renonçait pas encore à communiquer avec « bon ami », elle appliqua ses lèvres au trou de la serrure, et appela :

— Pas-de-Canard !

Elle fit la même tentative à chacune des trois portes closes, mais n'obtint aucune réponse, pas même un gémissement.

L'infirme commençait à sortir de son évanouissement, mais il était trop faible encore, et trop solidement garrotté, bâillonné pour pouvoir donner signe de vie.

Yvette se trouvait devant la porte d'entrée donnant sur le perron.

Cette fois, elle n'essaya même pas d'ouvrir.

Elle se contenta de regarder par le judas dans la direction de ce petit bois de sapins dont avait parlé le capitaine, et où il devait s'embusquer avec les autres.

Elle cherchait à s'expliquer le silence de ses défenseurs :

— Est-ce qu'ils n'y seraient pas encore ? se demandait-elle.

« Si ! ils ont dû se glisser par derrière.

« Et puis, il y a Flic et Flac qui guettaient déjà.

« Alors, que font-ils ?

« Ils hésitent sans doute. Ils n'ont pas compris, et c'est moi qui en suis cause.

« Lorsque Pas-de-Canard s'est précipité dans la villa, ils ont dû soupçonner quelque chose.

« Mais ensuite, ils m'ont vue, moi, m'avancer si doucement, si tranquillement — je ne pouvais plus lever les pieds — qu'ils ont été déroutés.

« Ils hésitent. Il faudrait que je leur fasse signe.

« Qui sait, ils sont peut-être dans le jardin déjà, mais n'osent pas aller plus loin.

« Ils attendent un signal, un cri, quelque chose. »

Machinalement, Yvette avait tiré le bouton de la serrure.

A sa grande surprise, la porte s'ouvrit aussitôt.

Elle passa sur le perron, regarda autour d'elle, dans le jardin d'abord, puis vers les arbres.

— Rien, murmura-t-elle angoissée, c'est incompréhensible.

« Est-ce qu'il leur serait arrivé un malheur ?

« Il faut que je sache... je vais voir. »

Et, sans réfléchir davantage, elle courut vers la grille, l'ouvrit et s'élança au dehors.

Elle atteignit le chemin vicinal contournant l'espèce de terre où se trouvaient les arbres et s'arrêta interdite.

A ses pieds, sur la poussière, aucune trace de l'automobile, dont les pneus ferrés laissaient une empreinte caractéristique.

— Ils sont venus à pied, sans doute, murmura-t-elle.

De plus en plus inquiète, elle escalada la butte, regarda en tous sens :

— Personne. Où sont-ils ?

Alors, elle appela d'une voix étranglée :

— Jean ! Monsieur Lancelin !

« Où êtes-vous donc ? »

Des oiseaux, qui pépiaient tout proche, s'envolèrent, et le silence retomba lugubre.

Cette fois, le doute n'était plus possible.

La vérité venait de lui apparaître dans toute son horreur.

— Ils ne sont pas venus et ne viendront pas, murmura-t-elle.

« A peine ai-je eu quitté la voiture qu'ils ont été arrêtés, enlevés on quelque sorte.

« Cela a été fait si adroitement que ni Pas-de-Canard ni moi ne nous sommes doutés de quoi que ce fût.

« C'est un coup de Walter Humding encore.

« Cet homme diabolique « qui sait tout », comme dit maman Jeanne, connaissait notre plan d'avance, nos mesures... et avait pris les siennes en conséquence.

« Je comprends maintenant cette parole de l'Allemand : *Pas-de-Canard, comme vos amis, sont en lieu sûr.*

« Je m'explique également que les deux détectives Flic et Flac ne soient pas venus nous prévenir sur la route.

« Eux aussi, ils ont dû être surpris, enlevés avant de pouvoir agir. »

Comme Yvette s'apprêtait à revenir, elle aperçut une boulette de papier que le vent faisait courir sur l'herbe.

Elle la ramassa, la déplia vivement.

C'était une enveloppe déchirée portant cette adresse :

MM. Flic et Flac.

— Une lettre, dit-elle. Les deux détectives étaient là il n'y a pas longtemps. Cette enveloppe encore fraîche le prouve.

« Pourquoi ont-ils quitté leur poste ? Qui a bien

pu leur écrire? Le capitaine n'a pas soufflé mot de cette lettre.

« De nouveau Yvette regarda l'enveloppe, et ses paupières battirent. Elle venait de reconnaître l'écriture du capitaine, qu'elle avait eu l'occasion de voir une fois ou deux.

— Je comprends... murmura-t-elle.

« Ces bandits ont fabriqué une lettre, une fausse lettre, et l'ont fait remettre aux policiers.

« Ceux-ci, croyant que c'était le capitaine qui les appelait ailleurs, sont partis...

« Où sont-ils maintenant?

« Et les autres, le capitaine, Patoche, que sont-ils devenus?

« Et Jean, mon fiancé, est-ce que je le reverrai jamais?

Yvette secoua la tête pour rejeter les sombres pressentiments qui l'assaillaient. Elle sentait qu'elle allait avoir besoin de toute son énergie pour elle-même.

Une dernière fois, elle promena son regard autour d'elle sur la campagne déserte.

— Rien, se lamentait-elle.

« Pas une auto en vue. Tous nos amis ont été écartés et je reste seule pour défendre mon père.

— Personne... Où sont-ils?

« Il faut que je revienne. Il pourrait croire que je l'abandonne, moi aussi.

A cette minute, elle remarqua que les volets de la villa étaient clos.

Cela venait de se faire tout seul, sans bruit, d'une façon en quelque sorte automatique.

Seule, la porte d'entrée béait... comme un piège.

Le crépuscule commençait, donnant à la villa un aspect sinistre.

Le temps d'un éclair, la fille de Van Flam songea à fuir, mais aussitôt, elle rougit de cette pensée et repartit vers la maison, vers son destin...

— Ce serait lâche, se disait-elle, tout en courant à perdre haleine.

Elle rentra, reprit sa place sur le fauteuil.

Au même instant, derrière elle, il y eut un bruit de déclic: c'était la porte qui se refermait d'elle-même.

Le piège venait de jouer.

La pauvrette mit son front moite dans ses mains et attendit, perdue dans une détresse sans nom.

Déjà on remuait au-dessus d'elle.

C'était Walter Humding et le Belge qui se levaient, leur conférence finie.

On eût dit qu'ils n'attendaient plus que le retour de leur victime.

Un peu après, Van Flam se présentait seul.

Il était grave, soucieux comme l'huissier venant lire sa sentence au condamné. Son regard évita celui de sa fille.

Il ferma la porte avec soin, puis se mit à se promener du seuil à la fenêtre.

Ses lèvres remuaient parfois.

Yvette bouillait d'impatience.

— Eh bien, mon père, s'écria-t-elle, parlez vite.

« Vous me faites mourir.

« Que se passe-t-il?

« Savez-vous ce que sont devenus nos amis, Jean, Pas-de-Canard, le capitaine?

— Hé... grommela le Belge, tes amis, car moi, je ne les connais pas, en somme, je m'en moque, les amis n'ont rien à craindre.

« Le chef l'a dit et il n'a qu'une parole.

« Nous nous sommes trompés sur son compte, sais-tu?

« Ce n'est pas un mauvais diable, au fond.

« C'est un gentilhomme — un gentleman, comme il dit — qui ne demande qu'à traiter la paix.

« Même, il est prêt à faire les choses grandement, pourvu que chacun y mette du sien, comme de juste.

« Avec lui, c'est donnant donnant, œil pour œil, dent pour dent...

« Je me suis mis dans de mauvais draps, tu sais, et il est prêt à m'en tirer.

« Seulement il faut mettre les pouces.

« Nous avons voulu jouer au plus fin, nous avons perdu! Il s'agit de payer, godfordom!

— De payer quoi, comment? fit Yvette d'une voix tremblotante.

— On dirait, mon père, que vous faites exprès de prolonger mes transes.

« Expliquez-vous, de grâce!

— C'est embêtant, murmura le Belge, tout en se grattant le front.

— Et pourtant, les choses seraient si simples, si tu voulais.

« La proposition dont je suis chargé ferait envie à plus d'une!

— Mais toi, tu es têtue comme un âne rouge.

« Têtue et aveugle, et sourde... godfordom!

— Tu ne devines rien...

« À ce moment où la situation est grave pour moi, ton père, où seule tu peux me sortir de là, tu n'as qu'une idée en tête: ton fiancé.

— Tu y tiens tant que ça, à ton godelureau?

« Quand je pense que sans ce paltoquet, qui s'est jeté dans nos jambes comme un chien galeux, tu serais riche à millions, pas plus tard que demain.

— Oh! mon père! s'écria la vierge révoltée, n'achevez pas...

« Ne me forcez pas à vous mépriser...

À part soi elle se disait:

« Est-il possible que l'homme qui parle ainsi soit mon père? »

« J'en doute parfois.

Et aussitôt elle se reprochait cela comme un péché.

Quant au Belge, il n'avait rien trouvé de mieux que de le prendre de haut, de le faire à la dignité, eût dit Patoche...

Il se campa devant sa fille, l'air grave, presque menaçant.

— Hé...

« Godfordom! gronda-t-il, voilà que tu insultes ton père, à présent!

« Voilà que tu me rappelles à l'ordre.

« Comme si j'en avais besoin lorsqu'il s'agit de toi, de l'honneur du nom!

« Ainsi tu as cru que je te conseillais, moi, ton père...

« Il faut que tu sois folle, pour une fois!

« Allez, je ne suis pas un saint, mais il y a des choses qu'on ne me verra pas faire, ni pour or, ni pour argent...

« Et puis, il n'y a jamais eu de traînée dans la famille.

« Ce n'est pas toi qui commenceras, sayes-tu!

Yvette considéra son père. Elle eut voulu se rassurer, prendre les mots à la lettre, mais l'expérince lui avait appris à se méfier des paroles redondantes de l'ancien pharmacien.

— Vous me faites du bien... répondit-elle; mais j'ai peur malgré tout.

« Je sens, à votre air gêné, qu'il y a encore quelque malentendu entre nous.

— Eh! oui! s'écria le Belge.

« Un gros malentendu.

« Nous nous sommes trompés sur le compte de cet homme, de Walter Humding.

« Moi tout le premier...

« Nous l'avons mal jugé.

— Mal jugé, un espion!... murmura Yvette.

— Eh! ce n'est pas à nous à faire fine bouche! s'écria le Belge furieux.

« Des espions, il y en a toujours eu, il y en aura toujours. C'est comme les juges, les gendarmes, il en faut pour se défendre...

« De plus, Walter Humding ne travaillait pas pour l'argent, lui, mais pour son pays.

« C'est un patriote et un galant homme, un grand seigneur, godfordom!

« Il vient de le prouver, pour une fois.

« Quand je pense que cet homme, qui fait trembler tout le monde, qui aurait le droit de parler en maître, consent à traiter avec nous d'égal à égal.

« Tout à l'heure en montant, j'avais la peur au ventre.

« Je m'attendais à une de ces sentences expéditives comme il y en a dans la partie, tu sayes...

« Malgré ses bonnes paroles, je tremblais à la pensée de me trouver seul avec lui.

« Une fois ou deux, il m'avait jeté un de ces regards qui font froid dans le dos.

« Or, voilà tout pour un coup le monstre qui sourit, s'humanise.

« Et sais-tu ce qu'il vient de faire en ce moment? Une chose épatante qui me renverse.

« Il vient de me demander ta main...

« Oui, petite, Walter Humding, le célibataire endurci, l'homme sans cœur est prêt à aller jusque-là, et dès lors, moi, je n'ai rien à dire.

« L'honneur est sauf, et c'est la fortune pour toi et pour tous...

« Le gros lot pour une fois!

Yvette avait caché son visage entre ses mains pâles et restait muette d'horreur, incapable de répondre.

Et son père en profita pour faire le panégyrique du prétendant.

— C'est ça qui peut s'appeler un beau parti! poursuivit-il avec un enthousiasme qui sonnait faux.

Paris. Imp. Maillet, 3, pass. de Châtillon.

« Combien de femmes qui voudraient être à ta place, et des plus huppées!

« Non seulement Walter Humding est riche, mais c'est un personnage dans son pays.

« Les services qu'il a rendus lui ont valu l'amitié de l'empereur Guillaume, du Kaiser.

« De plus, il s'engage — sitôt terminées quelques affaires encore pendantes — à quitter le métier pour se consacrer tout entier à sa jeune femme.

« Et tu sais, il a de quoi satisfaire tous tes caprices, le particulier.

« Tu seras une grande dame pour une fois.

« Tu auras des chevaux, des voitures, un hôtel à Berlin, sur cette fameuse *Allée des Tilleurs.*

« Evidemment, ce n'est pas un mariage d'amour, mais c'est vieux jeu, ça.

« Ça ne se fait plus.

« Le mariage est une affaire, un moyen pour une jeune fille de se faire une situation, un avenir.

« Toi surtout, qui es jeune, qu'est-ce que tu risques?

« Tu peux bien sacrifier quelques années, le bénéfice en vaut la peine, godfordom!

« Walter Humding n'est pas immortel.

« Enfin, il y a le divorce, qui n'est pas fait pour les chiens, comme on dit.

Puis, sur un ton jovial:

— Accepte toujours, tu verras ensuite.

« Avec l'argent du vieux...

Yvette n'en put entendre davantage:

— Oh! mon père, interrompit-elle, je vous en prie.

« Ne vous faites pas plus méchant que vous n'êtes.

« C'est bien assez de honte déjà, trop de honte!

« Penser que cet homme, ce bandit a osé...

Van Flam laissa retomber ses bras; ses lèvres tremblaient de peur et de colère.

— Qu'est-ce que tu chantes? s'écria-t-il.

« Tu refuses... tu refuses ce mariage?

« J'avais cru, moi, que tu acceptais.

La jeune fille se redressa, l'œil en feu.

— Non... jamais!

« La mort plutôt...

Le Belge était devenu livide, toute sa force abattue d'un coup.

— Et moi... fit-il d'une voix qui larmoyait.

« Tu ne penses qu'à toi et à ton amoureux.

« Quant à moi, je peux crever! Tu m'envoies à l'échafaud...

Yvette eut un sanglot sourd:

— Oh! mon père, gémit-elle, vous ne croyez pas cela! Je suis prête à tout... Parlez seulement.

« Je ne comprends pas bien...

— Tu ne comprends pas! grommela Van Flam, reprenant confiance et tout prêt à se fâcher de nouveau.

« Voilà deux heures que je te corne qu'il s'agit d'un marché, donnant donnant...

« On dirait que tu es bouchée par moment, ou sourde comme un pot.

« J'ai commis une faute, un crime... que seule, tu peux racheter.

« Voilà en deux mots:

« Si tu refuses, je ne sortirai pas vivant d'ici.

« On me jettera tout vif dans un cachot.

« Il y a sous nos pieds...

A ces mots, Yvette s'était levée toute en pleurs. Elle courut vers son père, l'enlaça d'un geste éperdu:

— Oh! mon père, gémissait-elle, mon petit papa, rassurez-vous.

Et Van Flam, tout à coup, éclata en sanglots, lui aussi:

— Ah! que je suis malheureux...

Le père et l'enfant étaient tombés dans les bras l'un de l'autre, mêlant leurs larmes.

Pendant ce temps, à l'étage au-dessus, Walter Humding commençait à perdre patience.

Depuis le départ de Van Flam, il avait passé par toutes les alternatives de l'espérance, puis du désespoir.

Tout d'abord, la joie du Belge, en apprenant les

— Pas un mot de plus, si tu tiens à ta peau...

Paris. Imp. MAILLET, 8, pass. de Châtillon.

projets de son chef sur sa fille, l'orgueil naïf qu'il montrait lui avait donné pleine confiance.

Il s'attendait à voir le père remonter incessamment, apportant l'acceptation d'Yvette; l'espion était prêt à tenir sa parole.

Epris, fou d'amour pour la première fois de sa vie, il se jetait dans cette aventure les yeux fermés.

Puis, à mesure que le temps passait, un doute s'était glissé dans son esprit orgueilleux.

En ce moment, une jalousie, une rage atroces déchiraient son cœur ulcéré.

Accroupi dans un fauteuil, les coudes aux genoux, il se rongeait les poings:

— Cette petite se fiche de nous, songeait-il.

« Elle n'a pas l'air de soupçonner l'honneur que je lui fais en l'élevant jusqu'à moi.

« Voilà ce que c'est que de faire le magnanime...

« Les femmes méprisent qui les flatte.

« Elles ne respectent que la force.

« Eh bien, tant pis!

« C'est elle qui l'aura voulu...

L'arrivée de Muller interrompit ces réflexions.

L'agent était entré sans frapper, comme chez lui.

Se sachant nécessaire plus que jamais, il jouissait en secret de l'angoisse de son chef, de son humiliation, qu'il devinait sans peine.

C'était sa revanche.

Son visage, grave en apparence, reflétait ses véritables sentiments, et Walter Humding ne s'y trompa pas une seconde.

Il se retourna l'air hargneux et d'un ton rogue, grondant comme un chien à qui l'on veut arracher un os:

— Qu'est-ce qu'il y a? demanda-t-il.

— Il y a, répondit Muller, sans s'émouvoir, que le temps passe, tarteifle.

« On ferait bien d'en finir avec le Belge.

« On commence à rôder par là.

« Je viens de voir un individu se glisser derrière les sapins.

« Une espèce de chemineau...

— Un chemineau, grommela l'espion.

« Tu as peur d'un chemineau, maintenant?

— Celui-là, chef, n'est pas un chemineau ordinaire.

« Il a eu beau retourner sa veste, se coiffer d'un vieux chapeau, je l'ai reconnu d'emblée.

« C'est Flac... et l'autre mouchard, Flic, ne doit pas être bien loin, probable...

« Ils ont dû s'apercevoir, une fois en route, que la lettre était fausse.

« Alors, ils sont revenus du pied gauche.

— Comment cela? répliqua Walter Humding, d'un ton plus calme. C'est impossible.

« Il n'y a pas d'arrêt d'ici à Paris, et tu m'as dit avoir vu les deux policiers prendre le train, partir devant toi.

— Je me serai gouré, à moins que je ne me goure à présent.

« Mais je ne crois pas.

« D'ailleurs, on doit voir le bonhomme d'ici.

« Si vous voulez vous rendre compte....

Walter Humding se leva, furieux de ce qu'il apprenait.

Il s'approcha de la fenêtre, l'ouvrit d'un geste saccadé et recula aussitôt.

Une balle venait de lui érafler la joue. Des gouttes de sang giclaient.

— Tarteiffle... fit Muller, tranquillement, railleusement.

« Hein, chef, est-ce que j'avais raison de vous dire...

— Où est le tireur? interrompit Walter Humding, qui, devant le danger, avait aussitôt reconquis tout son calme.

« Je ne le vois pas.

— Il se cache... répondit l'agent avec le même flegme qui agaçait l'espion.

« La balle venait d'en bas.

« Le bonhomme doit être sous la porte.

Walter Humding avait tiré un pistolet automatique, qu'il avait toujours sur lui, et se préparait à riposter.

Mais Muller le retint:

— Attention, chef! Vous allez vous faire brûler, sacrelotte!

« Le type nous guette, sans doute, et nous ne pourrons pas l'atteindre, nous...

« On le retrouvera.

« Ça va chauffer, je crois bien.

« Justement voilà les autres qui rappliquent!

— Où donc? je ne vois rien.

Muller tendit le bras vers la campagne.

Dans la nuit, là-bas, deux feux venaient d'apparaître, arrivant à toute vitesse.

— Vous ne voyez pas cette auto?

« C'est celle du capitaine.

— Non, fit l'espion; ce n'est pas sa voiture, notre voiture.

« Je la connais.

— C'est vrai, dut convenir l'agent. C'est une autre.

« N'empêche que, ou je ne suis qu'une gourde, ou c'est à nous qu'on en veut.

« Ces gens-là sont trop pressés.

A ce moment, un rugissement retentit en bas, suivi d'un coup sourd.

Walter Humding avait tressailli, et ses yeux lançaient des éclairs:

— Qu'est-ce que c'est? Est-ce qu'ils attaquent déjà?

— Non... C'est pas-de-Canard.

« L'infernal boscot a fini par rompre ses liens et cogne à coups de poing.

« Je voulais l'achever, vous n'avez pas voulu, tant pis.

« Sa porte est solide, heureusement, et le monstrillon peut cogner tant qu'il voudra.

Walter Humding ne répondit pas.

Pris d'une rage subite, il venait de s'élancer en bas, vers la pièce où Yvette attendait, réfugiée dans les bras de son père.

En le voyant entrer, le père et la fille se séparèrent, tremblants d'effroi, reculèrent vers la fenêtre.

Tous deux avaient senti que le moment critique arrivait.

En effet, l'expression de l'Allemand était terrible, sinistre à cette minute.

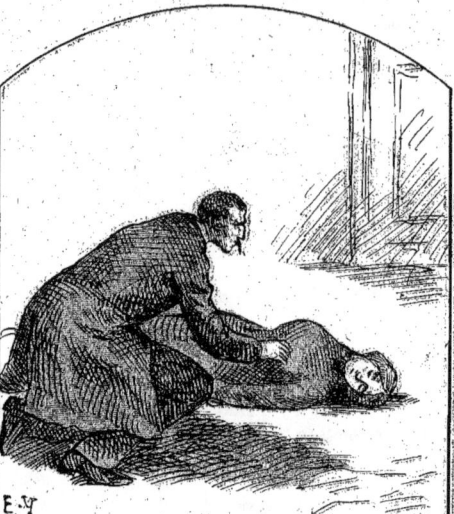

Jamais son expression n'avait été plus effrayante.

Ses traits contractés, ses yeux durs, immobiles, brûlants d'un feu sourd, reflétaient une résolution implacable, l'idée fixe du mâle en proie au vertige des sens.

Sans un mot, il marcha sur Yvette, leva la main...

— Papa! gémit l'enfant, qui défaillait d'horreur.

Van Flam se rua: *Godfordom!* et s'abattit, assommé.

Muller, d'un coup de son casse-tête, venait de l'arrêter net, de le renverser, étourdi comme Pas-de-Canard un peu plus tôt.

Au même moment, Yvette s'écroulait, plus pâle qu'une morte. Sa tête roula sur le tapis.

— Parfait! ricana Muller.

« La voilà qui se couche.

« Allez-y, patron.

« Je vous laisse.

« Bonne chance... Je monte là-haut voir si...

Le misérable n'acheva pas.

Ivre de colère, Walter Humding s'était jeté sur lui,

et le repoussait hors de la pièce:

— Va-t'en, bégayait-il, va-t'en...

« Pas un mot de plus, si tu tiens à ta peau...

Une fois seul, Walter Humding s'agenouilla près de sa victime, qui gisait sans défense, les bras en croix.

Des flammes passaient sur le visage de l'espion arrivé au paroxysme de la folie amoureuse.

« Jamais son expression n'avait été plus effrayante.

On eût dit le masque convulsé de la luxure.

Haletant, il saisit la frêle taille de ses deux mains, la pétrit entre ses doigts crispés.

Puis, sa bouche s'abaissa, la vierge gémit, brûlée d'un fer rouge.

CHAPITRE CLXXIV

Où Patoche joue les « Homme-Serpent »

Pendant ce temps, l'auto, qui emportait les défenseurs d'Yvette, roulait toujours, se jetant d'un chemin dans un autre, décrivant des cercles autour de la villa, sans s'éloigner à plus de quatre ou cinq kilomètres.

Telle était la consigne reçue par M. Philippe, et qu'il exécutait ponctuellement.

Ceux qu'il enlevait avaient à peine remarqué cette tactique, qui les eût frappés à tout autre moment.

Ils avaient bien autre chose en tête!

Tout d'abord, le père La Manille et Patoche, chacun de son côté, avaient tenté d'atteindre le wattman, ce M. Philippe, qui venait subitement de passer à l'ennemi.

— Ah! le salop! grommelait le Parisien, là vach...!

« Il avait un air drôle, tout à l'heure.

« Et sa voiture aussi, avec ses fenêtres trop étroites. Seulement, voilà, on n'y pense qu'après.

« Ah! le cochon! si je pouvais l'empoigner, qu'est-ce que je lui mettrais!

Mais toutes les tentatives échouèrent.

Les ouvertures et le siège du conducteur étaient disposés de telle façon que celui-ci était hors d'atteinte. Cependant le temps passait...

— Il n'y a qu'une chose à faire, finit par dire le capitaine, démolir la cloison qui nous sépare de ce bandit.

En même temps aidé de Jean Lenoir il se mettait à l'œuvre, commençait à arracher le capitonnage. Mais ça n'allait pas car il sacrait sourdement. Enfin après de vains efforts il lança un nouveau juron :

— Coquin de sort !

C'est partout du fer, de la tôle rivée...

« Cette voiture a été fabriquée exprès pour l'enlèvement.

Jean-Lenoir qui essayait ailleurs renonça lui aussi.

— En effet, répondit-il, je viens de sonder les autres parois.

« Partout je rencontre du métal.

« Nous sommes dans une cage d'acier.

« Une drôle de voiture.

— Vous appelez ça une voiture, maugréait l'ordonnance.

« C'est un panier à salade...

Tout en parlant Patoche arrachait méthodiquement les éclats de verre restés dans le cadre de la portière.

— Qu'est-ce que tu veux faire ? demanda le Père la Manille.

— Passer par la fenêtre...

— Tu ne pourras jamais.

— Si peut-être... Je sais me désosser moi aussi. J'ai joué les hommes serpents autrefois...

« D'ailleurs du moment que la tête passe le reste doit suivre. Faut que il y a pas de bon Dieu !

Le parigot eut beau s'y prendre de toutes les manières, se désosser comme il disait, ses épaules continuèrent à l'arrêter.

On croyait qu'il abandonnait lorsqu'il se retourna et à la grande surprise de tous :

— Ça y est, annonça-t-il. Je suis trop gras de quelques millimètres, je vais me mettre à poil.

Le wattman, penché sur son moteur, n'avait rien vu.

Déjà il se déshabillait ne gardant que son pantalon.

Ainsi allégé, il recommença sa tentative avec succès cette fois.

Le buste passa non sans s'écorcher un peu.

— Ça y est... répéta le Montmartrois.

« N'empêche que tout ça a pris du temps.

« V'là la nuit qu'arrive : s'agit de se presser...

Il saisit la galerie placée sur le toit de la voiture et commença à se glisser sans bruit.

— Attention... disait-il en même temps.

— Vous autres faites le mort.

« Je tiens à surprendre cette fripouille ?

« Et maintenant à l'assaut !

« Patoche venait de prendre pied sur le toit du landaulet.

Le wattman penché sur son moteur n'avait rien vu.

Toutefois on eût dit qu'il devinait l'ennemi embusqué derrière lui.

En effet, comme une grande route se présentait il s'y jeta à une allure folle, vertigineuse.

L'auto faisait du cent à l'heure et Patoche avait dû se cramponner pour ne pas être balayé par la rafale d'air...

— Nom de Dieu, grommela-t-il, ce cochon-là va tout casser...

« Comment faire pour l'arrêter ?

« L'étourdir d'un coup de tampon c'est dangereux au train dont nous allons et sur cette route plutôt accidentée.

« Avant que j'aie pu reprendre le volant nous serons retournés comme une omelette, le cul en l'air...

« Mieux vaut attendre qu'il ralentisse pour une raison ou pour une autre.

« Nous finirons bien par rencontrer quelqu'un, un de ces braves rouliers qui tiennent toute la route.

« Alors on pourra s'expliquer...

Le parigot regardait autour de soi cherchant l'obs-

— Venez vite, dit Flac en les entraînant vers la maison

« Il nous fait des signes...

Il se pencha aussitôt vers le capitaine, toujours debout à la portière.

— Ça va dit-il rapidement.

Flic est retrouvé : il nous suit.

« C'est le moment d'estourbir l'autre.

Le voilà qui ralentit justement...

« Tenez vous bien... Ça va tanguer !

De nouveau l'ordonnance s'allongea sur le toit de l'auto, guettant le moment d'agir.

Puis brusquement il empoigna le wattman à la gorge et se mit à le serrer doucement d'abord.

Mais celui-ci, revenu de sa stupeur première et furieux de s'être laissé surprendre, se défendait avec une énergie sauvage.

A un moment, se sentant le plus faible il vis aux yeux et cette fois le parigot cessa de le ménager :

tacle espéré.

— Ce qu'il nous faudrait, songeait-il ce serait un bon troupeau d'oies.

« Ces sacrées volailles sont toujours là à se flanquer sous les roues quand on n'en a pas besoin, et justement aujourd'hui...

« Heureusement que je vois là-bas tout un ruban de sale pavé : faudra bien qu'il ralentisse.

« A moins que la diversion n'arrive par derrière J'entends quelque chose par là.

« On dirait le ronflement d'une auto.

Patoche se retourna.

— Mais oui... fit-il très surpris.

« Même qu'elle a l'air de nous donner la chasse.

« Nom de Dieu ! mais c'est Flic.

« Ce brave Flic !

— Ah! salop! grondait-il. T'as voulu me faire le coup de la fourchette. Je m'en vais te sonner, cochon!

Il y eut quelques coups sourds qui laissèrent du sang et des cheveux à la caisse de la voiture.

Puis le wattman parvint à se dégager en partie et la lutte continua acharnée, féroce, véritable duel à mort.

M. Philippe avait adopté une autre tactique.

Cramponné au volant des quatre membres, tendant le dos aux coups, il s'efforçait d'arracher son adversaire et de le culbuter sur la route.

Patoche qui n'avait que les pieds pour se retenir commençait à perdre du terrain.

Heureusement le capitaine, bien qu'il ne vit que les jambes de l'un des combattants, avait deviné ce qui se passait.

Il allongea le bras et parvint à saisir la cheville droite de Patoche qu'il maintint d'un poignet de fer. Aussitôt le parisien reprit l'avantage et fit pleuvoir une grêle de coups sur son adversaire.

Alors celui-ci, fou aveuglé par le sang, rabattit le levier des changements de vitesse et l'auto qui allait au pas s'emballa soudain, partit comme un bolide...

— Cochon... grondait le Montmartrois. Il veut tout crever.

On approchait d'un tournant...

Il y eut une embardée puis un *coup de raquette* terrible qui lança les deux combattants, tête première contre une meule de paille.

Patoche qui avait vu venir le coup avait pu se dégager à temps, et en bon gymnaste, parer au choc, par une flexion savante des jarrets.

Il se relevait déjà quitte pour la peur.

Le conducteur au contraire ne bougeait plus.

Il était venu donner contre une faux oubliée là, dans la paille, et perdait ses intestins par une horrible blessure...

Cependant la voiture fit quelques pas encore puis vint butter contre un murtin où elle acheva de se démolir.

Le choc fut tel que les portières s'ouvrirent toutes seules.

Le Père la Manille et Jean se précipitèrent vers l'ordonnance.

—Tu es blessé, p'tit gas ? demandait le capitaine qui voyait du sang à la joue de son ordonnance.

— Non... répondit le parigot en montrant le wattman. Une égratignure.

« C'est ce salop qui m'a griffé. Pour quant à lui je crois qu'il a son compte...

Le vieux grognard s'était penché sur M. Philippe:

— Oui le cœur ne bat plus.

« Tiens fit-il presque aussitôt qu'est-ce que c'est que ça ?

D'une des poches du mort une liasse de papiers venait de glisser.

— Des billets de banque... s'écria le capitaine, dix billets de mille !

« Voilà qui explique tout.

— Pauvre bougre, murmura Patoche ! ça ne lui a pas réussi de truquer.

A ce moment l'auto vue par l'ordonnance stoppait tout proche.

Flic sauta sur la route et courut vers ses amis :

— Sauvés ! criait-il, en agitant les bras. C'est une veine.

« Je m'attendais à vous trouver tous écrabouillés.

« Et celui-là c'est votre chauffeur... ?

— Oui, répondit le capitaine.

Une crapule de moins...

« Je vous expliquerai ça en route, car on va repartir dare-dare.

« Votre auto tombe à pic, mon garçon.

« En voiture les gas et vivement !

« On a besoin de nous là-bas...

« Patoche, c'est toi qui vas conduire. Tu peux?

— Et comment... s'écria le gavroche en bondissant sur le siège.

« Vous allez voir.

« Passez-moi ma veste seulement.

« Je ne veux pas m'enrhumer.

— Sois sérieux tonnerre... !

« Tu connais le pays ?

— Parbleu ! Montmorency, Enghien... J'y suis venu cueillir la fraise...

— Sommes-nous loin ?

— De la villa..; non autant que j'en puisse juger.

« Ce farceur nous a fait faire un tas de tours et de contours.

« Laissez-moi retrouver la bonne route seulement.

« A partir de là, en cinq minutes on est rendu.

— Bien, en avant alors. En voiture tous deux.

Jean et Flic s'empressèrent d'obéir.

— Vous y êtes ? demandait Patoche.

— Oui et du nerf. Brûle le pavé nom de Dieu !

— Soyez tranquille patron.

« Ça va barder.

La voiture démarra grand train.

— A nous deux maintenant maître Flic, reprit le capitaine. Et d'abord qu'avez-vous fait de votre inséparable...

— Flac... il est resté là-bas.

« Il surveille a maison, la *Villa Tranquille*...

— Bien... qu'est-ce qu'il se passe par là ?

« Mlle Yvette et Pas-de-Canard sont toujours dans le jardin ?

— Je ne sais pas.

« Nous ne les avons pas vus.

Il est vrai que nous étions loin assez...

—Comment... qu'est-ce que vous chantez ? hurla le capitaine en roulant des yeux furibonds.

« Vous n'étiez donc pas dans le petit bois ?

— Non.

— Tonnerre de Brest ! En voilà des farceurs.

Tout s'explique...

« Ainsi vous avez quitté votre porte, déserté quoi.

— Oui capitaine, mais nous n'avons pas déserté interrompit Flic.

— Nous sommes partis sur un ordre de vous, un

ordre écrit...

— Je n'ai rien écrit...

— Eh je le sais !

« Nous nous en sommes aperçus.... trop tard.

« Et puis le piège était si bien tendu, l'écriture si bien imitée.

« D'ailleurs voyez vous-même.

Le Père la Manille prit le papier que Flic lui tendait et lut à haute voix:

— Contre-ordre... La visite à la villa Tranquille est pour demain.

« Demi tour par conséquent et au pas accéléré.

« Je vous attends rue Vivienne — Lancelin.

D'un mouvement brusque, rageur, il froissa le papier :

— C'est bien ça fit-il. C'est non seulement mon écriture mais mon style de vieux grognard.

« Ah les crapules... Je m'y serais trompé moi-même.

— Oui, reprit le détective, et cependant nous avons hésité un moment.

— Oui, reprit Flac, le premier a flairé le piège: Hum! qu'il faisait, hum! ça sent mauvais, ce biffeton.

« Il n'y a qu'un parti à prendre ai-je répondu — c'est d'aller au devant du capitaine.

Pas-de-Canard leva le pic et se rua sur la porte.

« Nous savons par où il arrive à peu près.

— Fameux approuve le Père la Manille.

« C'est ça qu'il fallait faire nom d'une giberne!

« Vous l'avez fait ?

— Oui.

— Et cependant on s'est manqué...

— De si peu, de quelques minutes, cinq au plus..

« Nous nous sommes fiés sur l'heure de la gare qui retarde.

« Et puis on ne prévoyait pas que vous arriveriez à cinq heures tapant.

— Il fallait prévoir... maugréa le père la Manille.

« En campagne partir à l'heure et arriver de même c'est le secret de la victoire.

— Il y a du vrai... avoua le policier.

« Seulement, nous avions nos raisons, nous aussi.

« Nous nous sommes dit: si c'est un truc du Boche, il nous épie sûrement ; alors, il faut jouer au plus fin, avoir l'air de donner dans le panneau..:

« On va filer à la gare d'Enghien, monter dans le train de Paris, attendre qu'il parte, puis sauter à contre-voie, et revenir en ville. Là, on louera une auto et on filera à la rencontre du chef.

— Pas mal combiné. Et c'est ce que vous avez fait? répéta le capitaine.

— De point en point.

« Comme nous revenions par ici, à cinq cent mètres de la Villa des Tilleuls, nous avons vu une auto s'élancer soudain, en quatrième vitesse, et nous sommes partis derrière »

— Vous nous aviez reconnus?

— Oui... mais on hésitait cependant.

« Seulement, nous avons vu Patoche mettre le nez à la portière.

« Dès lors, on était fixé! Restait plus qu'à vous suivre, et c'était là le chiendent.

« Votre wattman, avec sa quarante chevaux, nous eût décollés, semés en cinq secs, s'il avait voulu.

« Mais il tournait autour de la villa, et l'on se retrouvait toutes les sept ou huit minutes.

— Ça m'étonne que je ne vous aie pas vus.

— On se tenait à distance, guettant la minute propice.

« Cependant, la nuit venait, et vos phares, qu'on voit de loin, rendaient notre manœuvre d'autant plus facile.

« Tout à coup — il y a cinq minutes à peine — nous avons aperçu Patoche qui se hissait, nu jusqu'à la ceinture, grinçant des dents... tout à fait l'air d'un matelot montant à l'abordage.

« C'était clair, ça ! On voyait tout de suite ce qu'il voulait.

« J'ai compris que vous étiez prisonniers et qu'on allait cogner.

« Il s'agissait d'être là.

« Alors, j'ai débarqué l'ami Flac: « Toi, cours à la villa, que je lui ai dit. ·

« Moi, je me charge des autres.

« Sitôt seul, je me suis lancé à votre poursuite... et voilà!

— Bien, fit le père Lancelin, vous avez bien travaillé, mes enfants.

« La chance vous a trahis un peu, mais vous vous êtes rattrapés largement!

« Maître Flic, vous êtes arrivé au bon moment, tombé à pic, quoi.

« Une riche idée que vous avez eue de nous amener une auto de rechange!

« Grâce à elle, tandis que ces bandits nous croient loin, au diable vert, on va tomber sur eux comme la foudre.

« On approche déjà, nom d'un pétard! on approche.

A ce moment, une détonation grêle arriva, apportée par le vent.

Le fiancé d'Yvette avait tressailli.

— Qu'est-ce que c'est? s'écria-t-il.

« On se bat déjà?

— Non, répliqua Flic vivement.

« C'est Flac qui a tiré. Je reconnais le son.

« Il nous a vus venir...

« Il nous prévient, tout simplement.·

— Oh! mon Dieu! murmura Jean Lenoir, le cœur tordu d'angoisse.

« Pourvu qu'on arrive à temps!

« Tout est fini, peut-être.

— Eh non! s'écria le vieux grognard.

« Tranquillisez-vous, nom d'une pipe!

« Ces choses ne se font pas si vite.

« Et nous ne sommes plus qu'à quelques cents mètres.

A ce moment, en effet, l'auto arrivait devant la Villa des Tilleuls, et prenait l'étroit chemin suivi un peu plus tôt par Yvette et Pas-de-Canard.

Le capitaine s'était jeté à la portière et interpellait Patoche:

— Qu'est-ce que tu fais? Où vas-tu?

— A la grille, répondit le Parigot, qui avait l'œil partout.

« Flac vient de l'ouvrir: il nous fait signe.

Quelques secondes après, le capitaine et ses compagnons mettaient pied à terre à l'entrée du jardin.

— Venez vite, dit Flac en les entraînant vers la maison.

« On pourrait tirer des fenêtres.

Toute la petite troupe s'élança vers le perron.

Une fois là, à l'abri de la fusillade, le capitaine examina la villa, cherchant le moyen d'entrer.

Elle était close de haut en bas, et sur sa façade sinistre, rien n'apparaissait.

A l'intérieur, le silence s'était fait tout à coup, un silence de mort, qui mettait une sueur froide aux tempes de Jean Lenoir.

Pendant ce temps, entre Flac et le capitaine, un dialogue s'engageait en phrases brèves, haletantes:

— C'est vous qui avez tiré? demandait le vieux grognard.

— Oui, chef.

— Sur quoi?

— Sur cette fenêtre, là-haut.

— Et depuis, vous ne savez rien.

« Vous n'avez rien entendu?

— Si, un rugissement tout à l'heure, un cri de fauve.

— Et depuis? demanda le capitaine, qui n'avait pu s'empêcher de frémir.

— Depuis, rien, pas même un soupir.

« Je me demande si ces bandits n'auraient pas filé.

— Non... en tout cas, il faut entrer.

« A l'assaut, mes enfants!

« Il s'agit d'enfoncer la porte.

Le père Lancelin regardait autour de soi, cherchant un outil, un engin quelconque.

Mais Patoche avait déjà trouvé. Il arrivait, apportant un pic de terrassier, ramassé tout proche.

— Bravo! hardi p'tit gas.., murmurait le vieux grognard. Cogne, fiston.

« Ça avertira nos amis pour commencer.

Le Parigot obéit.

Au premier coup, la porte gémit, des éclats de bois volèrent au loin.

Au même instant, sur la gauche, il y eut un craquement. Les volets claquèrent, gifflant le mur, et une tête apparut, échevelée, livide, barbouillée de sang.

C'était Pas-de-Canard.

Il avait entendu ronfler l'auto et guettait depuis quelques secondes, prêt à ouvrir aux amis qu'il devinait là, de l'autre côté du mur.

— Venez vite! murmura-t-il, entre ses dents serrées.

« Ça presse.

Le capitaine et ses hommes sautèrent dans la chambre, coururent vers la porte donnant sur le couloir.

Patoche levait son pic, lorsque l'infirme, pris d'une sorte de frénésie, se jeta sur lui, lui arracha l'outil des mains et se mit à le faire tournoyer d'une façon terrible.

— Garez-vous! hurla-t-il d'une voix de stentor qui fit trembler les vitres.

« A moi de passer le premier.

A ce moment, avec son front tuméfié, ses yeux injectés de sang, tout son visage convulsé par la rage, l'infirme était effrayant.

Ce n'était plus un homme, mais un démon, une sorte de gnome doué d'une force prodigieuse.

Chacun s'était empressé de s'écarter.

Pas-de-Canard leva le pic et se rua sur la porte.

Elle s'effondra au premier choc.

Et tout le monde s'élança...

CHAPITRE CLXXV

Dans la place.

Au même instant, l'électricité s'éteignit et ce fut la nuit.

Les assaillants, qui déjà triomphaient, s'arrêtèrent interdits, tremblant de se frapper dans l'ombre.

Ce furent quelques secondes d'émotion, d'anxiété intenses.

Ils avaient l'obscure sensation d'être tombés dans un piège.

Était-ce une meurtrière qui allait s'ouvrir et cracher une volée de balles, ou bien le sol qui se déroberait tout à coup, les précipitant dans quelque puits sans fonds?

Un faible gémissement, qui s'élevait tout proche, acheva de les affoler.

Jean Lenoir, qui avait reconnu la voix de sa fiancée, s'avançait à tâtons.

— Par ici, balbutiait-il.

« C'est *Elle*.

Il parlait encore, que la lumière reparut, montrant une chambre ouverte, et, au fond, près de la fenêtre, deux corps étendus côte à côte: Van Flam et sa fille.

Déjà, le jeune homme relevait Yvette, l'étendait sur un divan:

— *Yvette! implorait-il, revenez à vous.*

— Vous êtes blessée? questionnait-il, le cœur étreint d'angoisse.

Mais Yvette était trop bouleversée pour pouvoir parler.

Elle fit signe que non de la tête. D'une main tremblante, elle désigna son père : « Occupez-vous de lui », disait son geste.

Au même instant, sa tête retomba, ses yeux se fermèrent, et elle se mit à trembler de tous ses membres.

Ses dents s'entrechoquaient dans sa bouche.

— Ce n'est rien, dit le capitaine à Jean, qui se désespérait.

« C'est la crise nerveuse prévue après tant de secousses, d'émotions de toute sorte.

«Laissez le temps aux nerfs de se calmer.

Van Flam s'agitait lui aussi.

Il se mit sur son séant, passa la main sur son front d'où le sang suintait, promena autour de lui des yeux hagards:

— Qu'est-ce que c'est? marmonnait-il. Qui êtes-vous? Tiens, le capitaine...

Puis, dans un cri:

— Et Yvette? ?

« Ils l'ont enlevée?

— Non, répondit le capitaine en s'écartant.

« Elle est là.

— Où donc?

— Devant vous. Vous ne la voyez pas?

— Mal. Je vois mal. J'ai comme un brouillard sur les yeux.

« Qu'est-ce qu'elle a? Elle est blessée?

— Non... évanouie simplement. Tranquillisez-vous, camarade.

— Bandit! grondait Van Flam, les dents serrées de rage, bandit de Walter Humding!

« Et l'autre crapule, Muller... Où sont-ils passés?

Pendant ce dialogue, le blessé avait été déposé sur un fauteuil.

— Eh bien! demandait le capitaine d'un ton jovial, ça va mieux?

— Oui, oui... murmura le Belge.

« J'ai la tête un peu lourde encore, mais ça passe.

« Ah! crapule de Muller!.

« Sans vous, ça y était, pour une fois.

— Oui, disait Patoche à l'oreille de Flic. Je crois qu'il était temps qu'on arrive.

A ce moment, au-dessus de leur tête, le parquet craqua.

Le père La Manille, qui, un instant, avait oublié l'ennemi, s'était redressé, l'œil en feu :

— Ce sont eux, dit-il. On va leur donner la chasse.

« Flic et Flac au jardin... Surveillez les fenêtres et n'hésitez pas à faire feu.

« Les autres, suivez-moi, acheva-t-il, en s'élançant vers l'escalier.

Tout le monde obéit, à l'exception de Jean Lenoir, qui, tout à sa fiancée, n'avait pas même entendu.

Il restait agenouillé près d'elle, tenant une de ses petites mains, qu'il couvrait de baisers.

— Yvette! implorait-il, revenez à vous.

« C'est moi, Jean, qui vous parle.

« Nous sommes là tous : vous êtes sauvée!

La jeune fille ne répondait pas. Toutefois, comme l'avait prévu Lancelin, l'accès touchait à sa fin.

Ainsi que dans un cauchemar, elle passait son autre main sur ses lèvres, comme pour effacer quelque chose, et murmurait des mots confus :

— Oh! cet homme, ces yeux de feu...

Enfin, elle ouvrit les paupières et son beau visage s'irradia.

Elle avait jeté les bras au cou de son ami.

Ce fut un baiser long, éperdu, leur premier baiser d'amants. Il semblait à Yvette que ce baiser purifiait sa bouche souillée par une autre caresse.

Tout à coup, la vierge se dégagea.

Elle avait senti un trouble inconnu s'élever en elle, une sorte de vertige.

— Et mon père! s'écria-t-elle.

« Où est-il?

— Ici, répondit le Belge.

La jeune fille courut à lui, le prit dans ses bras avec une sorte d'emportement :

— Oh! mon Dieu! gémissait-elle, ce sang!

« Ils l'ont tué!

— Eh! non... fit le père, affectant de plaisanter. Une simple égratignure.

« Seulement, ne crie pas comme ça, tu me fends la *caboche*, godfordom!

« Et toi, petite, tu n'as rien?

— Non, mon père... Seulement, il me semble que je sors d'un rêve affreux, que j'ai vu Satan en personne.

« Tout à l'heure, en vous voyant tomber, le cœur m'a manqué.

« Alors, ce démon s'est rué sur moi, mais au même instant, on a frappé tout proche.

« Un coup terrible qui m'a réveillée.

— C'était nous, murmura le fiancé.

— Alors, continuait Yvette, l'autre est revenu, le bandit qui vous a frappé.

« Il a entraîné Walter Humding.

« La lumière s'est éteinte pour se rallumer presque

« Le bruit redoublait dans le couloir.

aussitôt, et j'ai vu nos amis.

« Jean marchait en tête!

— Jean? Quel Jean? fit le père.

« Ah! oui, ton fiancé!

Et il tend't la main au jeune homme.

— Bonjour, mon gendre, fit-il gaiement.

« Vous êtes tombé à pic, savez-vous?

Tout en parlant, le Belge poussait le jeune homme dans les bras de sa fille :

— Embrassez-vous, godfordom!

« Ça vaut bien ça...

« Allez, allez — continua-t-il en s'adressant à sa fille — c'est pas la peine de rougir, sayes-tu...

« Puisque je suis là, moi, ton père, et que je permets. Il n'y a pas de mal.

...Pendant ce temps, le père La Manille et ses deux acolytes Patoche et Pas-de-Canard continuaient leurs investigations du haut en bas de la *Villa Tranquille*.

Du premier étage, ils redescendirent au rez-de-chaussée, puis au sous-sol, fracturant les serrures, éventrant les meubles pour aller plus vite, sondant les murs à coups de pic.

Walter Humding et son complice restaient introuvables, et tout de suite, le père La Manille eut le pressentiment que les recherches étaient vaines.

— Trop tard, finit-il par dire. Nous arrivons trop tard.

« On a eu tort de s'arrêter en bas.

« Il fallait foncer d'abord. On aurait ramassé les blessés ensuite.

Le brave Patoche était navré de ce nouvel échec :

— Ça c'est fort! grommelait-il. Ousque ces deux bipèdes ont bien pu passer?

« Il y a quelque manigance là-dessous, quelque truc à la Walter Humding.

« Encore une baraque truquée comme celle de la rue de la Comète.

« Mais on les retrouvera, coquin de sort!

« Quand on devrait démolir la boutique pierre à pierre.

« Et le galetas! s'exclama-t-il soudain. Je parie qu'ils sont là-haut.

Déjà le Montmartrois escaladait l'escalier, suivi de

ses deux compagnons, aussi enflammés que lui-même.

Le capitaine Lancelin avait tiré une lanterne électrique de sa poche.

L'infirme fit sauter la porte d'un coup d'épaule et les trois hommes se ruèrent dans le grenier.

Ils en firent le tour, mais l'endroit était vide comme le reste.

Rien que les quatre murs et les poutres de la charpente.

Une dernière fois, le capitaine promena sa lanterne dans tous les coins et recoins.

— Descendons, ordonna-t-il bientôt. La cage est vide.

Mais ça ne faisait pas l'affaire du Parigot.

— Minute, dit-il en se dirigeant vers la lucarne.

« Ils sont peut-être sur le toit.

« Faut que j'en aie le cœur net.

Un peu après, il revenait.

— Pas un chat, dit-il. J'ai fait le tour de la gouttière et des cheminées. Un enfant ne s'y cacherait pas.

« Je n'ai vu que Flic et Flac dans le jardin.

« Même qu'ils ont failli me canarder d'en bas!

« Il a fallu que je me fasse reconnaître.

« Vous y comprenez quelque chose, vous, capitaine?

— Ma foi non!

« Le plus simple est d'aller retrouver Van Flam.

« Il sait quelque chose, lui, peut-être.

« Tout ce que je vois, c'est que c'est une boîte à surprises.

« A moins que ces bandits aient passé à travers les murs, comme de purs esprits.

— Il doit y avoir une cachette... poursuivit l'ordonnance.

« Qui sait même, un passage secret...

« Vous ne pensez pas?

— Si, peut-être...

« Quoique je ne voie guère où le passage en question pourrait bien aboutir.

— Je n'ai vu que Flic et Flac dans le jardin.

— Eh! s'écria Patoche, à la Villa des Tilleuls, peut-être...

« Si nous ne trouvons rien ici, il faudra rentrer dans cette villa, foutre tout par terre...

— Comme tu y vas! grogna le capitaine.

« Tu t'imagines qu'on entre comme ça chez les gens.

« Il faudrait être sûr que les deux maisons communiquent, et encore, j'hésiterais...

« Il y a cent à parier, en effet, que si Walter Humding est sorti par la villa des Tilleuls, il ne s'y est pas attardé.

« Pas si bête que de nous attendre.

— Ça c'est vrai, grogna le Parigot. Pour lors, c'est nous qui se fouille.

« Ainsi vous renoncez?

— Je ne dis pas cela.

— Vous ne le dites pas, mon capitaine, mais vous le pensez.

« Vous pensez que l'oiseau s'est envolé?

— Oui, du moins je le crains.

« Du moment que le Boche venait ici, il avait dû prendre toutes ses mesures pour n'être pas pincé.

« Cet évanouissement subit le prouve.

« Et puis, j'ai hâte de revoir les blessés, de savoir comment ils vont.

« Peut-être le Belge pourra-t-il nous fournir quelques renseignements précieux.

— Mais si le Boche cavale pendant ce temps?

— C'est peu probable...

« En effet, ou il s'agit d'un passage clandestin; alors, les deux salops sont loin...

« Ou bien il s'agit d'une simple cachette, et dans ce cas, ils ne sortiront pas tant que nous serons dans la maison.

« Sur quoi descendons. Il me tarde de savoir ce qui s'est passé ici.

« Comment il se fait que Pas-de-Canard et Yvette sont entrés malgré ma défense formelle et un tas d'autres choses.

« Viens, p'tit gas.

En voyant arriver leurs sauveurs, Van Flam et sa coururent à eux, les mains tendues.

Yvette embrassa le capitaine, serra les mains de Patoche. Elle connaissait par Jean les nouvelles prouesses du Parigot.

Puis, la jeune fille attira Pas-de-Canard dans un coin et se mit en devoir de le panser comme elle venait de faire pour son père.

Ses doigts couraient comme une caresse sur le front et les joues du blessé, promenant l'éponge humide.

— Tu souffres? demandait-elle, tout en décollant les cheveux agglutinés par le sang.

« On dirait que tu trembles.

« Est-ce que je te fais mal?

— Non, répondit l'infirme, tout frissonnant sous ce contact.

« Ce sont les nerfs qui sont encore ébranlés, après tant d'émotions.

« Et puis, le bonheur de vous revoir saine et sauve!

« J'ai tellement cru que tout était fini.

« Ah! si vous saviez ce que j'ai souffert quand, revenu à moi, mes liens rompus, j'ai compris ce qui se passait. Je n'avais pas vu la Borovitch, mais je savais qu'il était là.

« Depuis longtemps je l'avais deviné, rappelez-vous.

« Et j'étais prisonnier! Impossible de forcer cette porte.

« J'hésitais à cogner, j'avais peur de précipiter les choses, le drame.

« J'essayais de dévisser la serrure avec mes doigts, lorsque les autres sont arrivés.

— Oui... murmura Yvette gravement, Dieu veillait sur nous.

— Dieu... répondit Pas-de-Canard, je doute de lui par moments, quand je vois certaines choses.

« Ce bandit a trouvé moyen de s'échapper une fois de plus.

« Or, lui vivant, il n'y a pas de sécurité pour vous.

— Tu souffres? demandait-elle.

« Il faut qu'il meure, et il mourra de ma main.

« C'est un serment que je me suis fait à moi-même.

« Ah! si vous aviez vu avec quel entrain je me précipitais tout à l'heure!

« L'idée que cet homme avait osé porter la main sur vous, que je vénère comme un ange du Paradis, me donnait une vigueur surhumaine.

« J'étais invincible comme une force de la nature.

« Que ne l'ai-je rencontré en ce moment!

« Avec quelle joie féroce je me serais rué sur lui, je l'aurais piétiné, écrasé comme une bête venimeuse.

« Quelque chose me dit que nous nous retrouverons et que cette fois, j'aurai sa peau.

« Après quoi je mourrai tranquille.

Il y avait tant d'émotion concentrée dans ces paroles de l'infirme dans son accent tour à tour langoureux ou enflammé, tant de dévoûment, que la fille de Van Flam en fut toute remuée.

Elle attira Pas-de-Canard et posa ses lèvres sur le front de Bon-Ami qui frissonna, blêmit sous cette innocente caresse:

— Pourquoi parles-tu de mourir? fit-elle d'un ton de doux reproche.

« Tu ne m'aimes donc plus?

« Tu veux donc nous quitter, moi et Jean.

Pendant ce temps, le capitaine questionnait Van Flam sur les aîtres de la Villa Tranquille, mais celui-ci ne savait rien.

C'est ce soir, en voyant Muller surgir à l'improviste, que, pour la première fois, l'idée d'un passage secret s'était présentée à son esprit.

— J'étais sans méfiance, savez-vous... Un ami de vingt ans!

Et il raconta avec force détails comment ils se-

Le capitaine le saisit au collet et se mit à le secouer d'importance.

LIV. 346 LE ROMAN D'UN JEUNE OFFICIER PAUVRE. — ARTHUR BERNEDE. — FERENCZY, Editeur LIV. 346

taient retrouvés, lui et Muller, à la pension Lenoir.

Dès qu'il sut ce qu'il voulait savoir, Lancelin interrompit le Belge, qui se lançait dans une digression interminable:

— Laissons cela, fit-il. Nous y reviendrons tout à l'heure.

« Racontez-nous plutôt ce qui s'est passé ici depuis l'arrivée de votre fille, mais rapidement, en trois mots.

« Ensuite, je vous demanderai de préciser certains points. Rappelez bien vos souvenirs.

« Qui sait... ce que vous allez dire va peut-être nous mettre sur la trace du Boche.

— Voici... reprit Van Flam.

« Comme je vous l'expliquais, j'étais ici avec mon ami Muller.

« Je croyais que c'était mon ami. Ah! le salop! Le vieux grognard tapa du pied.

— Vous n'allez pas recommencer.

« Au fait, mille gibernes!

« Prenez à l'arrivée d'Yvette à la villa.

« Que s'est-il passé? Pourquoi sont-ils rentrés ici?

« Je l'avais défendu.

— Vous aviez rudement raison! sécria le Belge.

« C'est ce qui s'appelle avoir le nez creux, pour une fois.

« Mais ce n'est pas Yvette qu'est fautive, ni Pas-de-Canard non plus.

« Ce serait moi plutôt.

« Quant à eux, ils ont obéi de point en point.

« Ils ont refusé de franchir le seuil.

« Alors, on s'est mis à boire dans le jardin, de la bière.

« Eux n'y ont pas touché, d'ailleurs, même que ça me vexait, pour tout dire. J'en voulais au boscot, que j'accusais de monter ma fille contre moi.

« Au bout d'un instant, je les ai quittés pour aller quérir d'autres cannettes.

« Je vais à la cave, je remonte, et, une fois dans le couloir, qu'est-ce que je vois... Muller! qui me regardait d'un air drôle.

« Par où diable avait-il passé?

« Songez que la veille au soir, je l'avais vu partir d'ici en auto.

« Alors, comment se trouvait-il là?

« Il n'y a qu'une porte, celle du jardin, et nous étions assis devant.

« Pour tout dire, ce n'est qu'après que j'ai pensé à tout ça.

« Muller ne ma pas laissé le temps.

« Ce bandit s'est rué sur moi comme un buffle.

« En un clin d'œil, j'ai été roulé, ficelé comme un saucisson, puis jeté sur un fauteuil.

« J'avais poussé un cri: *Au secours!*

« Pas-de-Canard est accouru, on lui a fait le même coup qu'à moi.

« J'ai entendu qu'on le traînait dans la pièce en face.

« Puis, ça a été le tour d'Yvette.

« Vous voyez que le piège était bien tendu.

« Si quelqu'un a fauté, c'est moi, moi seul.

— Non, interrompit le capitaine, personne n'a fauté, comme vous dites. J'aurais fait comme vous tous.

« Je comprends très bien, maintenant.

« Continuez.

Van Flam raconta la suite du drame, les négociations avec Walter Humding, que nos lecteurs connaissent.

Ce récit fut complété sur certains points par Yvette et Pas-de-Canard.

Ensuite, le capitaine Lancelin revint trouver le père d'Yvette, auquel il posa diverses questions.

— Maintenant, conclut-il, nous sommes fixés. Il y a un passage secret.

« L'arrivée de Muller, puis de Walter Humding le prouve surabondamment.

« Par conséquent, je ne vois pas grand profit à continuer les fouilles.

« On ne trouvera rien.

« Les deux Boches sont loin. Toutefois, on va faire une dernière perquisition avec Flic et Flac, par acquit de conscience.

« Ils ont mieux l'habitude que nous et seront plus heureux peut-être.

« Va-t'en les chercher, Patoche.

Les deux détectives revenus, on tint conseil un instant avant de reprendre les recherches.

A son tour, Flic posa diverses questions à Van Flam, mais le Belge, si loquace tout à l'heure, ne répondait plus que du bout des lèvres.

— Je ne sais pas, disait-il, — ou bien — je cherche de mon côté.

« Laissez-moi réfléchir, godfordom!

« Si je vois un joint, je vous ferai signe aussitôt.

On allait recommencer les fouilles, lorsqu'une auto ronfla, tout proche.

Le Montmartrois s'approcha de la fenêtre ouverte, regarda dans la nuit, et soudain, sauta dans le jardin:

— Tonnerre de Dieu! hurlait-il. Ce sont eux...

« Ils se sauvent avec notre voiture!

Le capitaine, Flic et Flac, Jean Lenoir, s'élancèrent

par la même voie, mais quand ils arrivèrent à la grille, l'auto était déjà hors d'atteinte.

Patoche, après avoir fait deux ou trois cents mètres sur la route, avait renoncé à cette poursuite vaine.

Comme il revenait vers la grille, il aperçut quelque chose de blanc à ses pied:

— Tiens, fit-il, des papiers, une carte de Muller.

« Fallait qu'il soit pressé, le frère, pour semer ses biffetons comme ça en chemin.

Mais, presque aussitôt, sa physionomie changea. Il tendit le poing vers l'auto qui fuyait là-bas.

— Ah! les salops! grognait-il!

« Non seulement, ils nous volent, mais ils se foutent de nous, ils se paient notre bobine.

La carte portait cette ligne tracée au stylographe, d'une écriture moulée:

« *Au revoir, messieurs les Français merci pour l'auto!* »

CHAPITRE CLXXVI

Où Van Flam écope.

Flic et Flac, qui avaient loué l'auto, et qui, par conséquent, en étaient responsables, n'étaient pas moins furieux que Patoche.

— *J'étais entré à quatre pattes dans le foyer.*

— Hum! grognait Flac en balançant son long nez en fer de pioche, c'est embêtant...

— Plus qu'embêtant, surenchérit Flic.

« Imaginez-vous, capitaine, que nous n'avions pas suffisamment de galette pour déposer le cautionnement d'usage.

« Alors, nous avons exhibé nos cartes de la sûreté et c'est là-dessus qu'on nous a confié l'auto.

« Or, la voiture est perdue bel et bien. »

« Le maître du garage fera du boucan.

« Une sale histoire pour nous...

Le vieux grognard s'empressa de tranquilliser les détectives:

— Rassurez-vous, dit-il. Je réponds de tout.

« Je connais votre chef, M. Dréan. Et de plus, la voiture sera remboursée, comme de juste.

« Cela rentre dans les frais de la campagne que nous menons ensemble, et j'ai des fonds pour cela.

« Donc, rassurz-vous et parlons d'autre chose.

Le père La Manille se tourna vers l'ordonnance, qui allait et venait à travers le jardin, sondant le terrain:

— Je parie, fit-il, que je devine ce que tu cherches?

— Dites, mon capitaine.

— Tu cherches le trou par lequel les brigands sont sortis?

— C'est vrai.

— Eh bien, tu perds ton temps, mon garçon.

« C'est moi qui te le dis.

« La trappe de sortie doit être soigneusement dissimulée.

« En outre, rien ne prouve qu'elle soit dans le jardin même.

« Walter Humding a bien pu sortir hors d'ici, par exemple dans ce bouquet de sapins, qui auraient été laissés là exprès.

— C'est une idée, ça! Si on allait voir?

— A quoi bon! répondit le grognard. L'oiseau s'est envolé.

« Comment? peu importe pour le moment.

« Nour verrons plus tard. Rentrons.

Le capitaine et ses compagnons se dirigèrent vers la villa.

Comme ils passaient devant le bassin, en ce moment éclairé par la fenêtre toujours ouverte, le vieux grognard s'arrêta soudain:

— Tiens, fit-il, le bassin est à moitié vide et l'eau est trouble.

« Voilà qui est étrange.

« Est-ce que c'est par là qu'ils seraient sortis?

Patoche et Flic s'approchèrent intrigués au plus haut point.

— C'est peu probable, disait le détective. L'eau aurait dû gicler tout autour.

« Or, il n'y a aucune éclaboussure, aucune trace humide.

« Ce ne serait pas une preuve, répondit Lancelin.

« Le bassin était vide au moment, et à cette heure, il se remplit automatiquement.

— Mais non! s'écria le Parisien, qui s'était penché sur la margelle.

« L'eau ne monte pas, elle baisse.

L'eau baissait, en effet, et même, assez rapidement. En même temps, elle semblait devenir phosphorescente.

Bientôt, on distingua au fond de la cuvette, un long rectangle de fer.

— Voilà qui est de plus en plus étrange, grommelait le père La Manille.

« On dirait une tombe lumineuse.

« Qu'est-ce qui va sortir de là?

— Un spectre, sûrement, murmura le gavroche.

En moins d'une minute, le bassin fut à sec, et l'on aperçut une dalle, dont les bords laissaient passer une lueur blafarde.

Le capitaine comprit soudain et fit reculer ses compagnons:

— Pas un mot et couchez-vous.

« Ventre à terre, mille pétards!

« Il y a quelqu'un là: Walter Humding sans doute.

« L'autre bandit, ce Muller, l'aura lâché.

Patoche et les autres s'empressèrent d'obéir.

Le capitaine resta seul près du bassin, tapi sous le banc dont nous avons parlé.

Chacun retenait son haleine. On eût entendu voler un papillon.

Cependant la dalle oscillait.

— Godfordom! fit une voix qui semblait sortir de dessous terre.

Au même instant, la dalle se leva comme une trappe, et le Belge apparut, le visage épanoui, jouissant de la surprise de ses amis.

Il semblait enchanté de la plaisanterie qu'il venait de faire.

— Elle est bonne, pour une fois, plaisanta-t-il, en enjambant la margelle pour sortir.

Il n'eut pas plutôt mis le pied dans le jardin, que le capitaine le saisit au collet et se mit à le secouer d'importance:

— Tonnerre de Brest! grognait-il, espèce d'idiot!

« Vous vous foutez de nous, alors?

« Vous connaissiez le passage, et vous n'aviez rien dit?

« En voilà un farceur!...

— Mais non, capitaine.

« Je ne le connaissais pas du tout, ce passage de malheur.

« Je viens de le découvrir à l'instant, par hasard.

« Par le plus grand des hasards.

— Comment! par hasard?

« Expliquez-vous, mille bombardes!

— Tout de suite, capitaine, répondit le Belge, en frottant sa nuque endolorie.

« Godferdom! quelle poigne vous avez!

« Alleï, alleï, ce n'est pas ma faute si je n'ai pas trouvé tout de suite.

« Jamais je ne m'étais douté de ça, savez-vous?

« Seulement, depuis que vous m'aviez parlé d'un passage, ma tête travaillait....

« Je venais de me rappeler qu'une autre fois, un matin, où Muller était arrivé comme ça, à l'improviste, autant dire, il avait de la suie aux genoux.

— De la suie? gronda le père Lancelin.

« Vous ne pouviez pas le dire plus tôt, espèce de tourte!

— Eh... je ne savais pas, godfordom! murmura le Belge.

« Je ne me doutais de rien, alors.

« Ce matin, où Muller vint me surprendre, j'étais encore au pieu; cette canaille m'expliqua qu'il était entré par la porte avec sa clef et je l'ai cru...

« Depuis... depuis que je m'étais rappelé cette suie, je me creusais la cabèche.

« J'avais pensé tout de suite à une cheminée.

— Il fallait le dire, coquin de sort!

— Je n'osais pas...

« Vous vous seriez payé ma figure, vous m'auriez traité de gourde, pour une fois.

« En effet, impossible de passer par les toits ici, puisqu'il n'y a pas de voisins.

« A moins d'arriver par ballon jusqu'à la cheminée, et de repartir de même.

« Pas moyen de sortir de là!

« C'est à l'instant, en vous voyant détaler tout à coup comme des lièvres, que j'ai compris, que j'ai pensé au calorifère...

— Quel calorifère? demanda le capitaine vivement; celui du sous-sol?

« Je l'ai visité, fouillé en tous sens.

« Je ne trouvais rien.

— Moi non plus, fit le Belge, en relevant la tête.

« Seulement, cette fois j'étais sûr, godfordom!

« J'étais entré dedans à quatre pattes, dans le foyer.

« Je fourgonnais comme un diable.

« Soudain v'là une plaque de fonte qui se rabat, et j'aperçois une espèce de boyau avec des lumignons électriques de place en place.

« Enfin, ça y était!

« On tenait le fameux passage.

« Je m'y coule courbé en deux.

« Bientôt, j'entends l'eau gronder tout proche, comme au bain, lorsqu'on vide la baignoire.

« Au-dessus de ma tête, une trappe.

« Au-dessous, cinq ou six marches en ciment.

« Voilà qu'est clair, n'est-ce pas? je suis à la sortie.

« Une chose m'inquiète, toutefois, ce bruit d'eau et la voûte qui suinte, fait gouttière de partout.

« Je devine que je suis aux environs du bassin.

« Attention! S'agit pas de se faire noyer!...

« Soudain le bruit cesse, les gouttières itou.

« Alors, je me risque, je monte l'escalier, je pousse la trappe.

« Je sors du trou, enchanté de ma découverte, et voilà que vous me tombez sur le râble.

« Moi qui espérais des compliments, je reçois des pains...

— Pauvre Van Flam! rigolait Patoche.

— Des compliments! répliquait le vieux grognard, toujours aussi furieux.

« On vous en fichera, mille. millions de cartouches!

« Et puis tout ça n'est pas clair. Si vous cachez quelque chose encore, malheur à vous, coquin de sort!

« Il y a un point que je ne m'explique pas, mais pas du tout.

— Quoi donc, capitaine?

— Ceci: J'admets très bien que Walter et l'autre soient sortis par là, par cette trappe, mais il avait fallu rentrer d'abord.

« Or, ils n'ont pas pu passer par le bassin, puisque vous étiez assis devant.

— Ça, c'est vrai, pour une fois.

« Je n'y avais pas pensé, mais ça ne me gêne pas.

« Tout simplement, les Boches sont venus cette nuit, ou bien tantôt, pendant que je déjeunais.

« Muller avait sa clef comme je vous l'ai dit, et sa chambre où je ne rentrais jamais.

« Les deux bandits ont dû se cacher là en attendant.

— *Minute, fit-il en cueillant un des flacons.*

Le capitaine n'avait plus d'objection à faire:

— Oui, c'est cela, grommela-t-il, de plus en plus furieux.

« Alors, mille tonnerres! c'est moi qui ai fait la gaffe!

« Si j'avais laissé Flic et Flac dans le jardin, Walter Humding n'aurait pas osé filer.

« Si j'avais continué de faire bonne garde, lui et Muller seraient encore là-dessous.

« Ils étaient pris dans leur trou comme une souris que le chat guette, à la sortie.

« En supposant qu'on n'eût pas découvert le truc, ils n'étaient pas moins bouclés, forcés de se rendre ou de crever de faim.

« Tout ça, c'est de ma faute!

— Eh! non, répliqua Patoche.

« Tout ça, c'est la faute de cet empoté de Flam, de cette andouille qui ne fait que des gaffes...

— Alleï, va... murmura le Belge confus.

« Comme tu m'arranges...

— Eh! s'écria le gavroche, tu ne l'as pas volé, godfordom!

« Si tu avais parlé de cette suie tout de suite, on aurait tout compris.

« Il était bien clair que la cheminée, le fourneau dont il s'agissait, ne pouvait être que dans la cave.

— Ça, c'est vrai, acquiesça le Belge.

« J'ai gaffé, pour une fois.

— Une fois... ne te fais pas mal, railla le Montmartrois.

« Pour ta punition, ajouta-t-il en montrant la trappe toujours ouverte, tu vas rentrer dans le trou et nous montrer le chemin.

« J'ai envie de connaître ce passage secret.

« Vous permettez, mon cap'taine?

— Mais oui, Je vais même t'accompagner.

« Venez vous autres.

Toute la petite troupe descendit dans le bassin et de là, dans le couloir souterrain.

Patoche, qui venait le dernier, referma la trappe, et aussitôt, il entendit l'eau arriver par-dessus en bouillonnant.

— C'est bien compris, murmura-t-il.

« Déclanchement automatique.

« Ces gens-là s'y entendent, il y a pas à chiquer contre.

Cinquante pas plus loin, le Belge qui conduisait arrivait devant la plaque donnant dans le calorifère.

Il tâta le verrou, qu'il venait de pousser lui-même, quelques minutes plus tôt, et sentit un frisson lui parcourir l'échine:

— Godfordom... marmonna-t-il, le verrou est bloqué.

« Il doit y avoir quelque truc.

Et soudain, le Belge se mit à larmoyer.

— Ça y est, nous sommes pris dans la souricière.

« C'est nous qui allons crever là...

Sa première impression fut une angoisse intense, mais déjà le capitaine haussait les épaules:

— Quelle tourte! s'écria-t-il; mais non!

« Rassurez-vous, mes enfants. Placés comme nous sommes, c'est-à-dire à la sortie du couloir, nous ne courons aucun risque.

« Il suffirait de cogner sur la plaque pour qu'on vienne aussitôt.

— C'est vrai, fit le Belge, rassuré par ce simple raisonnement.

« Si je frappais?

— Non, ce n'est pas la peine. Attendons une seconde.

« Tout est automatique dans cette baraque.

« Je parie que la plaque va s'ouvrir toute seule.

— Justement! s'écria le père d'Yvette.

« La voilà qui cède.

« All right!

— Quel fourneau... plaisantait Patoche.

« Ah! on était bien monté avec lui.

« Heureux encore que ça n'ait pas tourné plus mal.

Noirs de suie, les promeneurs prirent pied dans le sous-sol.

— Chouette! reprit le Parigot, on arrive dans la cave. Justement j'ai soif...

Jean Lenoir et le capitaine s'empressèrent de remonter, afin de rassurer Yvette, qui s'inquiétait peut-être.

Les autres: Van Flam et les deux policiers s'apprêtaient à suivre le chef.

Mais le Montmartrois, qui venait d'apercevoir un casier rempli de vieilles bouteilles couvertes d'une poussière vénérable, les arrêta:

— Minute, fit-il en cueillant l'un des flacons.

« On va casser la gueule à l'une de ces demoiselles.

« Du Beaune justement, c'est le pive que je préfère.

« Et cette autre, du kirsch!

« Le patron qui en raffole.

« Allons, vous autres, prenez des paniers et aidez-moi, saperlotte!

« La ville est prise, on a le droit de faire bombance.

— Le capitaine va se fâcher peut-être, objecta Flic.

— Mais non... c'est la loi.

« Quand on entre dans une place par la brèche, on a droit au butin.

« Ce qui va manquer, c'est le solide, le bricheton.

« Vous n'auriez pas un jambonneau par hasard, papa Flam de mon cœur?

— Si, si... le garde-manger est plein justement.

« C'est bien le moins que je vous régale... godfordom!

« Par ici, mes enfants.

Cinq minutes après, les quatre compagnons revenaient, portant tout ce qu'il fallait pour faire un casse-croûte: dix bouteilles de vin ou liqueur, deux jambons, un gigot à peine entamé, une demi-douzaine de cervelas, autant de fromages et un énorme pot de miel.

C'était une attention à l'adresse de Flac, qui avait avoué aimer ce mets, douceâtre et fade au gré de Patoche.

A la vue de ces vivres, le capitaine fronça le sourcil:

— Ah ça! fit-il, est-ce que vous vous foutez de moi?

« Vous allez redescendre tout ce fourbi, et plus vite que ça.

« Nous ne sommes pas des cambrioleurs ou des uhlans pour vivre de pillage.

— Mais ce n'est pas du pillage, répliqua le Belge vivement.

« Tous les vivres sont à moi. Je les ai achetés chez Potin avec ma bonne galette et je les offre de grand cœur.

« Voici du kirsch justement, capitaine. Patoche a dit que vous l'aimiez.

« Et puis il y a M. Flic et M. Flac qui ont la dent.

« Ils n'ont rien pris depuis ce matin, paraît...

— Coquin de sort! s'exclama le vieux grognard, désarmé soudain.

« C'est vrai, ça, mes enfants?

— Hum! fit Flac.

— Pas tout à fait, répondait son collègue.

« Cependant, j'avoue que je mangerais bien un morceau.

« Nous avions pris une douzaine de sandwichs pour déjeuner tantôt, dans le bois.

« Or, vers deux heures, quand j'ai ouvert le paquet, il n'en restait plus que deux.

« Ce sournois de Flac avait tout boulotté.

— Hum! protestait Flac, tu m'as aidé un peu.

Le capitaine riait de bon cœur:

— Quel goinfre! fit-il

« Dans ce cas, je permets.

« Je ne veux pas que vous tombiez d'inanition.

« Nous avons à causer: on en profitera.

— Bravo! applaudit le Belge, on va *luncher* à l'américaine!

En un clin d'œil, la table fut dressée et chacun prit place.

Van Flam, Patoche et les deux policiers firent seuls honneur à ce goûter improvisé.

Le père La Manille n'accepta qu'un verre de kirsch, mais il ne l'eût pas plutôt flairé:

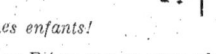

— *En route, mes enfants!*

— Sacré farceur de Van Flam! s'exclama-t-il.

« Il raconte que ça vient de chez Potin.

« C'est du vrai « Forêt-Noire ».

« Et puis, bast! à la guerre comme à la guerre...

Il avala la liqueur:

— Fameux... dit-il en faisant claquer sa langue.

« Je n'en avais pas bu de meilleur depuis certaine bouteille offerte par ce pauvre Ferbach.

« On voit que ces gens-là sont du pays.

« Et maintenant, causons.

« Commençons par vous, Van Flam.

« Vous avez toujours l'intention de gagner l'Amérique?

— Toujours... à moins de raison majeure.

« Si vous jugiez que je doive rester ici pour veiller sur ma fille?

— Non, pas du tout... fit le vieux grognard.

« Vous n'êtes pas assez malin pour ça.

« Votre présence ne lui vaut rien.

« L'épisode de ce soir vient de le démontrer une fois de plus.

« Donc, ne vous inquiétez plus de Mlle Yvette.

« Je la prends sous ma garde.

« Quant à vous, décanillez le plus tôt possible.

« Ça vaudra mieux pour tout le monde.

— Bien, bien... fit le Belge, sans songer un instant à se formaliser du peu de cas qu'on faisait de lui.

« Je ne demanderais pas mieux, mais c'est le moyen qui rate: l'auto qui devait m'emmener jusqu'à Anvers.

« Vous savez que je suis filé par un sale individu, *Tape à l'œil*, comme je l'appelle.

— Qu'à cela ne tienne.

« Je verrai M. Dréan ce soir, qui vous donnera un sauf-conduit.

« Il fera mieux que ça: il vous donnera un homme sûr, qui vous accompagnera jusqu'au paquebot.

« Est-ce que ça vous plaît?

— Pour sûr, godfordom! je ne demande pas mieux.

« Et vous prie de transmettre mes remerciements à M. Dréan.

— Bien, interrompit le capitaine en souriant, voilà un point réglé.

« Tenez-vous prêt à partir dès demain pour Cherbourg.

« Pour cette nuit, vous coucherez à la pension Lenoir.

« Seulement, méfiez-vous des voisins, en particulier de ceux qui causent à travers les cloisons.

— Pour sûr... répéta le Belge.

« Allez, vous vous fichez de moi et vous avez raison.

« Je n'ai fait que des gaffes, godfordom!

Puis, comme la collation s'achevait, le capitaine donna le signal de la retraite:

— Il serait temps de rentrer, fit-il en se levant.

« Mme Lenoir pourrait être inquiète.

« La gare est loin d'ici?

— Non, répondit Flic, à trois kilomètres à peu près.

— Ma chère Yvette, vous sentez-vous la force de faire ce trajet à pied?

— Mais oui, capitaine.

« Je suis tout à fait remise, répondit la jeune fille, dont les yeux brillaient de bonheur.

— Bien... parfait, répondit l'officier avec un clin d'œil à peine malicieux.

« D'ailleurs, je vois quelqu'un, là, qui ne demande qu'à vous offrir le bras.

« En route, mes enfants.

Trois quarts d'heure après, tout le monde était de retour à Paris.

CHAPITRE CLXXVII

Où l'on parle de « l'Affaire »

Ce même soir, une douairière en cheveux blancs remontait l'avenue de la République, à Paris.

La mère de Mlle Aurore — Mme du Tillay — avait laissé sa voiture à quelques pas de là, comme si elle avait honte de la démarche qu'elle faisait.

— Ma chère maman, quel plaisir vous me faites.

Bien que réconciliée avec sa fille, à laquelle elle servait une pension, c'était la première fois qu'elle lui faisait visite depuis son installation dans ce lointain quartier.

Mme du Tillay eût désiré voir son enfant reprendre son nom et son rang dans le monde, qui avait oublié depuis longtemps, la faute commise autrefois.

Elle supportait mal que celle-ci continuât à vivre seule, poursuivant on ne sait quels chimériques projets de revanche contre l'homme qui l'avait perdue.

Férue d'aristocratie, professant que ceux de la noblesse devaient mettre l'honneur de la caste au-dessus de tout, cacher les défaillances des brebis galeuses, elle avait employé toute son influence à empêcher un éclat fâcheux, en ce moment surtout, où le procès Ferbach était proche.

Elle avait frémi quand Mlle Aurore avait parlé de livrer à la presse la correspondance du marquis de Thérizy.

Celui-ci, qui connaissait les sentiments de la vieille dame, n'avait pas manqué d'en tirer parti.

N'osant se présenter lui-même, il avait chargé le chef de cabinet du ministre de la Guerre, le colonel Faurigny de Vieilleville, de plaider sa cause auprès de la douairière.

Cet intermédiaire, haut placé, qui parlait au nom des intérêts supérieurs du parti, avait pleinement réussi.

Aussitôt, la mère d'Aurore s'était mise à l'œuvre dans le but de faire restituer au plus vite la correspondance si compromettante du beau marquis.

C'était, selon elle, le seul moyen de tuer le scandale dans l'œuf.

Tout d'abord, la femme trahie avait refusé énergiquement de se dépouiller de ces lettres, qui étaient sa sauvegarde, à Jeanne et à elle.

Peu à peu, cependant, rassurée sur le compte de Jeanne, et touchée des attentions et des larmes de sa mère, elle s'é- tait laissé fléchir.

La veille, elle avait informé cette dernière qu'elle se résignait à rendre les lettres, mais qu'elle désirait la voir avant, et Mme du Tillay s'était empressée d'accourir, tout heureuse de la bonne nouvelle.

Cependant, la mère d'Aurore venait de pénétrer dans l'immeuble habité par sa fille, et sonnait au premier étage.

La bonne à tout faire, une robuste auvergnate, vint ouvrir. Presque aussitôt, Aurore elle-même se jetait dans les bras de la visiteuse.

— Ma chère maman, quel plaisir vous me faites!

« Vos visites sont si rares...

« Il me semble parfois que vous me tenez rigueur encore.

— Du calme, recommandait la vieille dame.

— Grande enfant.... répondit la vieille dame en rendant caresse pour caresse.

« Est-ce qu'une mère peut faire autre chose que pardonner ?

« Est-ce que je ne t'ai pas ouvert mes bras comme à l'enfant prodigue, dès que j'ai connu ta détresse.

« Pourquoi t'être cachée si longtemps ?

« Pourquoi, malheureuse enfant, continues-tu à te cacher dans ce quartier perdu au fond d'un faubourg.

« Je m'explique mal ton genre de vie, et j'en souffre.

« J'ai fait tout ce qui était en mon pouvoir pour te ramener à nous, c'est toi qui t'es détournée.

— Il le fallait, mère.

« Je risquais, en reprenant ma place dans notre monde, de rencontrer certain visage odieux, et aussi

de réveiller un vieux scandale.

— Eh ! s'écria la douairière naïvement, le monde est indulgent pour les siens.

« En outre, ta tactique a eu juste le résultat opposé.

« On connaît ton retour ici, et ta façon de vivre ouvre le champ aux pires hypothèses.

« Comment en serait-il autrement ?

« Tu es veuve, sans enfant, libre par conséquent, de vivre à ta guise, et tu te caches sous un nom qui sent l'aventure...

« Tantôt, je rougissais en demandant ton étage au portier :

— Mlle Aurore, et c'est ma fille... murmurais-je tout bas.

« Elle qui porte un des grands noms de France !

« Mais laissons cela.

« Ce n'est pas pour te faire des reproches que je suis ici.

« D'autant que tu sembles venir à résipiscence.

« Ainsi tu consens à rendre ces maudits papiers ?

— Oui, ma mère, je cède à vos instances.

« C'est pour vous, par déférence pour vous, et aussi pour la jeune marquise de Thérizy — une victime comme moi — que je m'exécute.

« Toutefois, j'ai voulu m'entourer de certaines garanties.

— Que veux-tu dire, mon enfant ? s'alarma la vieille dame.

« Est-ce que tu hésiterais ?

— Non, mère, tranquillisez-vous.

« Dans un instant, M. de Thérizy va venir ici pour la première fois et la dernière.

« Quand il s'en ira, et croyez que je ne ferai rien pour prolonger cette visite — il emportera la seule arme qui me restât contre lui.

« A partir de ce moment, le marquis pourra me vilipender, me traîner dans la boue...

— Oh! protesta la douairière vivement, que vas-tu imaginer!

« Le marquis, quels qu'aient pu être ses torts envers toi, est un galant homme, incapable d'une vilenie.

Un nuage passa sur le front de Mlle Aurore:

— Comme vous le défendez! murmura-t-elle, ou plutôt comme vous le connaissez mal... et cela me navre.

« Ainsi cet homme continue à triompher de moi, à m'écraser jusque dans ma famille. Cette impunité a quelque chose d'insolent qui m'exaspère.

« Ainsi, ça ne m'a servi à rien de vous montrer ces fameuses lettres, de vous étaler son infamie écrite et signée de sa propre main?

« Je ne vous croyais pas indulgente, partiale à ce point.

— Mon enfant, c'est toi qui es partiale, et c'est tout naturel.

« Tu es trop intéressée au débat pour en juger sainement.

« Et, vertuchou! ces procédés que tu reproches au marquis étaient d'usage courant autrefois.

« Nos aïeux, qui ne plaisantaient pas sur le point d'honneur, n'y entendaient pas malice et acceptaient sans façon les cadeaux de leurs belles maîtresses.

— Soit, répondit Aurore, passons l'éponge, oublions les griefs personnels.

« Mais il y a autre chose, des faits autrement graves!

« De Thérisy a été l'ami, le complice d'un homme taré, lequel s'est suicidé pour échapper à la justice: le D' Rubin.

« Après cette mort, le marquis a passé quelques jours dans les transes...

« Je tiens ce renseignement de la bouche même de sa femme.

« Est-ce que cela ne donne pas à réfléchir, ne permet pas les pires hypothèses, comme vous disiez tout à l'heure.

— Tu oublies que rien ne prouve que le D' Rubin fût coupable, du moins aussi coupable que ses adversaires politiques l'eussent voulu.

« L'enquête, commencée après la plainte de M. Brévannes, n'a rien établi.

Cette fois, devant cette mauvaise foi inconsciente, Mlle Aurore eut un sursaut d'indignation, presque de révolte:

— Oh! mère... protesta-t-elle, quelle mauvaise défense!

« Vous savez parfaitement que l'ordre est venu d'en haut d'étouffer l'affaire.

« Raison d'Etat.... que de crimes on commet en ce nom!

« Sans cela, sans cette manœuvre, qui sait ce qu'on allait découvrir.

« Comment se peut-il que vous, si austère pour vous-même, si scrupuleuse par ailleurs, vous professiez des idées si larges!

— Eh! s'écria la mère, la morale privée et la morale publique sont deux choses bien différentes.

« Cette manœuvre qui t'indigne si fort est de tous les temps, de tous les régimes, sous Louis XIV comme sous M. Grévy...

« C'est de la politique, et la politique n'est jamais bien propre.

« C'est pourquoi ton père et moi, n'avons jamais voulu en faire d'une façon active, effective.

« Nous nous sommes contentés de rester à notre rang, défendant les bons principes, sans nous inquiéter des personnes trop souvent faillibles.

« Le D' Rubin n'était pas un saint, c'est très possible.

« Cela l'a-t-il empêché de défendre la bonne cause dans son journal?

« Fallait-il après cela, jeter son cadavre en pâture à nos ennemis?

« Quelle curée... et quel scandale pour le parti conservateur!

« Et pourquoi tout ce bruit, à quoi bon?

« L'homme qui portait la plainte et celui contre qui il la portait, l'accusateur et l'accusé étant morts, l'affaire tombait d'elle-même.

« Quant à Thérizy, il n'est pas le seul à avoir eu des relations avec le docteur.

« Si je devais tenir rigueur à tous ceux de notre monde, qui, de près ou de loin, eurent affaire au directeur de l'Ami de l'Ordre, je n'aurais plus qu'à fermer mes salons.

— Il est vrai, acquiesça la pauvre femme, et cela prouve, comme vous le disiez, que la politique est une fort vilaine chose.

« Toutefois, le cas du marquis est un peu spécial.

« Thérizy n'était pas pour le docteur une simple relation, mais un associé, un collaborateur.

« C'est à lui que le docteur s'adressa lorsqu'il s'agit de porter au ministre cette fameuse dénonciation...

— Nous y voilà! s'écria la douairière avec un rire contraint.

« Voilà que nous allons parler de l'*Affaire* et nous chamailler comme deux bourgeoises du Marais.

« Je savais bien que tu en arriverais là, et c'est pourquoi j'hésitais tout à l'heure, au moment de sonner.

« Tu sais si je hais les discussions, celles de ce genre surtout.

« Ainsi, tu es toujours aussi *ferbachiste,* comme on dit dans les gazettes?

— Toujours, mère! lança la jeune femme, dans une sorte d'explosion qui fit briller ses yeux.

— Toujours la même, toujours la même fougueuse, murmura Mme du Tillay.

« Ton père, féru de généalogie, avait découvert que jadis des mariages avaient eu lieu entre nous et une famille de cadets normands qui devaient donner à la France deux personnages célèbres: Corneille et Charlotte Corday.

« Il en plaisantait parfois, car ton caractère se dessinait tout d'une pièce.

« Cette petite, disait-il, n'est pas de notre vraie lignée, c'est une cadette de Normandie, une romaine égarée dans une famille d'aristocrates...

« Nous en souriions alors, mais depuis...

« Et voici que tu te lances dans la politique, à présent, que tu fais de la propagande républicaine, socialiste même...

« Je m'attends à te voir un jour pérorer dans un club de *suffragettes,* ou encore, défiler dans un cortège de midinettes en grève.

— Et quand cela serait, mère... murmura Aurore d'une voix sourde, douloureuse.

« Savez-vous seulement ce que ces femmes réclament, et pourquoi elles le réclament?

« Non, ce sont des choses qui vous échappent et vous échapperont toujours.

« Vous êtes trop pure, vous, vous planez trop au-dessus de ces misères.

« Pour les sentir, il faut être tombée comme moi, avoir souffert...

« Il faut avoir mangé le pain amer des ouvrières payées huit à dix centimes de l'heure.

Offensée au plus sensible de son orgueil, Mme du Tillay rougit jusqu'à la racine de ses cheveux blancs:

— Pourquoi rappeler ces jours de honte? maugréa-t-elle.

« On dirait, mon enfant, que tu prends plaisir à me froisser ou que tu veux me faire des reproches...

— Oh! non, mère, protesta Aurore vivement, non chère maman.

« Je voudrais simplement éclairer votre cœur qui est bon...

« Ah! si je pouvais enlever ce prisme trompeur que l'éducation a mis sur vos yeux!

« Si je pouvais vous montrer les hommes — les riches et les pauvres — tels qu'ils sont...

« Vous seriez émue et effrayée aussi...

« Effrayée de voir quelles âmes gangrenées se cachent sous des dehors brillants, quelles gens le monde, notre monde, accepte et protège.

« Ainsi, ce Thérizy, que j'attends, vous croyez le connaître.

« Pour vous, c'est un esprit léger, un de ces viveurs comme il y en a tant, mais un galant homme malgré tout, incapable d'une faute contre l'honneur.

« Ah! comme vous vous trompez!

« Comme j'ai eu raison de vouloir que vous assistiez à cette entrevue.

— Moi... protesta Mme du Tillay, tu veux que moi ta mère, j'assiste à cette entrevue?

« Mais c'est incorrect, inconvenant au premier chef.

« Des mots peuvent vous échapper...

Aurore prit les mains de sa mère dans les siennes:

— Rassurez-vous, maman, dit-elle. Vous n'entendrez rien qui puisse offenser vos oreilles.

« Mais ne me refusez pas cette faveur suprême.

« Peu m'importe l'opinion de ce monde avec le-

— *Oh! ma chère maman, ne me refusez pas cette grâce.*

quel j'ai rompu définitivement.

« Vous m'avez rendu votre affection, mais ce n'est pas assez.

« Je veux reconquérir votre estime, que ce bandit me vole comme le reste !

« La part d'estime à laquelle j'ai droit, tout au moins, car je ne me fais pas d'illusions sur mes fautes.

« D'ailleurs, le marquis ne vous verra pas.

« Vous n'aurez qu'à vous tenir dans la pièce voisine, cachée par cette portière.

Et, comme la grande dame avait un haut-le-corps, sa fille l'enlaça tendrement.

— Oh ! ma chère maman, implora-t-elle, ne me refusez pas cette grâce.

« Songez que si j'ai été coupable, j'ai expié durement.

« Laissez-moi vous prouver que ma haine de Thérizy — cette longue rancune que vous me reprochez intérieurement — n'est que trop justifiée.

— Soi, acquiesça Mme du Tillay, mais tu ne saurais croire à quel point je répugne à cette manœuvre, qui sent sa police d'une lieue.

« Il faut vraiment que je me fasse violence !

« Tu me promets au moins, que vous ne parlerez pas du passé, qu'il n'y aura pas de scène ?

« Surtout, ce n'est pas un piège que tu me proposes, quelque guet-apens indigne de nous ?

— Non, mère, tranquillisez-vous. Il n'y aura ni scène, ni guet-apens d'aucune sorte. Thérizy va jeter le masque, parler à cœur ouvert... vous l'entendrez, je n'en demande pas davantage.

« Je suis très calme, comme vous pouvez en juger, et ma conduite en tout ceci, est très simple.

« Jusqu'ici — malgré ma grande envie de vous être agréable — j'avais gardé ces lettres comme une arme défensive.

« Oh ! ce n'est pas de moi qu'il s'agissait, mais de cette amie dont je vous ai parlé maintes fois déjà, Jeanne Morin, et de son amant, M. André Ferbach.

« Ne froncez pas le sourcil. Je ne prononce ce nom qu'en passant.

« Cette tactique a réussi en partie, tout au moins.

« De Thérizy — je le sais par Jeanne — a renoncé pour l'instant du moins, à ses poursuites odieuses.

« Ce n'est qu'un répit ; je m'en doute, mais cela suffit, puisque Jeanne, bientôt, aura un défenseur à son bras.

« Bientôt le lieutenant Ferbach sera libre.

— Quelle illusion !... murmura la douairière, sans

s'expliquer davantage.

« Laissons ce sujet qui ne peut que nous aigrir et parlons de nos affaires.

« Ainsi, tu as vu la marquise ? Tu m'en parles dans ta lettre. Tu es allée chez elle ?

— Non, mère. Je l'ai rencontrée à une conférence des Femmes de France, le seul cercle où je fréquente encore, parfois.

« C'est là que je lui ai fait part de ma résolution de restituer cette correspondance.

— Pauvre femme ! Comme elle a dû être heureuse !

« Et comme elle a dû te remercier !

— Moins que vous ne pensez, peut-être.

« Plus il va — j'en ai eu la conviction dans cette brève entrevue — plus Mme de Thérizy se détache de son mari.

« Cela devait arriver, et les parents auront beau faire, rien n'empêchera la rupture de se produire tôt ou tard.

« Sans l'enfant qu'elle attend, Mme de Thérizy aurait déjà demandé le divorce... peut-être.

« Une chose qui vous surprendra, mais qui montre bien l'état d'âme de la marquise, c'est qu'elle voulait assister à notre colloque, dissimulée derrière une tenture.

— Tu as refusé ? lança Mme du Tillay vivement.

— Oui, mère. Je ne voulais pas qu'elle eût à rougir, et je me demande maintenant si je n'ai pas eu tort.

« Mieux valait peut-être que la marquise connût tout de suite le triste compagnon auquel on l'a liée.

— Comme tu le détestes... murmura la douairière. Cela m'inquiète.

« Promets-moi au moins de te modérer quand il sera là.

« Comprends que si une querelle éclatait entre vous, je ne pourrais pas intervenir.

« J'aurais trop honte de me montrer dans le rôle que tu me fais jouer.

« Il faudrait vraiment que tu m'appelles, et j'espère bien que vous n'en viendrez pas là.

— Non, mère, tranquillisez-vous.

Mme du Tillay et sa fille s'entretinrent un instant encore.

Puis, comme cinq heures approchaient, un coup de sonnette retentit dans le vestibule :

— C'est lui, dit Mlle Aurore.

« Il arrive à l'heure exacte.

Elle accompagna sa mère dans la pièce voisine, tira la portière :

— Du calme ! recommandait la vieille dame.

— Je vous le promets, mère.

« Vous le voyez, je suis parfaitement maîtresse de moi.

« Ce n'est pas moi qui veux ranimer une vieille querelle.

« Quant au marquis, qui ne demande, lui aussi, qu'à en finir au plus vite, il aura, je l'espère, laissé à la porte son arrogance coutumière.

« Pas de complications par conséquent.

« Rassurez-vous.

CHAPITRE CLXXVIII

Tel est pris, qui croyait prendre

Un peu après, le marquis de Thérizy, sanglé dans une sévère redingote noire, sans fleur à la boutonnière, ni monocle à l'œil, entrait, le chapeau à la main.

Sa physionomie était assortie à sa tenue.

Il avait la mine grave, empreinte de l'espèce de componction que comportaient les circonstances.

Mlle Aurore lui indiqua un fauteuil:

— Monsieur, prenez un siège, dit-elle, sur un ton de politesse banale.

Puis, s'adressant à la domestique qui venait d'introduire le capitaine:

— Annette, je n'ai plus besoin de vous.

« Vous m'avez dit tantôt que vous aviez une course à faire dans Paris, profitez-en.

« Il suffit que vous rentriez pour le dîner.

— Bien, madame.

La bonne partie, sa maîtresse se tourna vers le visiteur:

— Monsieur, reprit-elle d'un ton glacial qui remettait les choses au point, je vous remercie de votre exactitude.

— Annette, je n'ai plus besoin de vous.

— Madame, s'écria l'officier en s'inclinant l'air confus, c'est à moi de vous rendre grâces.

« Je vois bien à votre attitude que vous me tenez toujours rigueur, mais je n'ai pas le droit de me montrer exigeant.

« Jamais je n'ai senti mes torts comme en ce moment.

« Votre conduite si généreuse fait ressortir ce qu'il y eut d'indigne dans la mienne.

« Je vous remercie donc, vous et Mme du Tillay, qui, je le sais, a bien voulu intercéder pour moi.

« D'ailleurs, quelque coupable que je sois, quelque ému que j'aie pu vous paraître à certains moments, jamais je n'ai douté de vous.

« Je sentais bien, comme madame votre mère, qu'au moment d'agir, vous hésiteriez. Que l'esprit de caste, le *sang bleu* parlerait plus haut que tout.

« Certes, je ne m'illusionne pas, je sais parfaitement que ce n'est pas pour moi, ce que vous en faites. Je n'en tiens pas moins à vous exprimer ma reconnaissance la plus complète.

— Monsieur le marquis, répondit la jeune femme, je vous en dispense.

« Epargnons les mots inutiles.

« Je vais vous rendre vos lettres; mais, comme vous l'avez deviné, ce n'est pas pour vous que j'agis.

« Par conséquent, je vous tiens quitte de toute gratitude.

Le marquis s'inclina de nouveau:

— Madame, dit-il d'un ton contrit, vous êtes sévère, mais je suis coupable grandement.

« Le condamné auquel on apporte sa grâce serait mal venu à en discuter les termes.

A part soi, il pensait:

— Vous voulez m'irriter, ma belle amie. Vous regrettez peut-être l'engagement pris, et seriez ravie d'une querelle qui permettrait d'y manquer.

« Je ne donnerai pas dans le panneau.

« Tout à l'heure — quand je tiendrai mes lettres — nous causerons et j'aurai mon tour.

Tout en parlant, Mlle Aurore s'était dirigée vers un secrétaire en marquetterie, placé tout proche. Elle en tira six enveloppes jaunies, timbrées aux armes du marquis, mais ne voulut pas les lui remettre directement.

Elle se borna à les déposer sur un meuble, à sa portée.

— Prenez, dit-elle, en lui montrant l'objet du doigt.

Le marquis s'empara des lettres, sans paraître seulement remarquer le procédé.

Son attention était prise ailleurs. Il comptait les lettres, les examinait, vérifiait les dates comme s'il eût craint quelque supercherie.

Son ancienne maîtresse, qui lisait sur son visage comme en un livre ouvert, eut un léger haussement d'épaules:

— Rassurez-vous, dit-elle, toutes les lettres sont là.

« Les autres, qui n'étaient que mensonges, ont été brûlées depuis longtemps.

« Je n'ai gardé que celles-ci, qui reflétaient votre véritable pensée, votre âme toute nue d'amant mercenaire.

Le capitaine continua son examen tranquillement. Il y mettait une insistance qu'il s'efforçait de rendre blessante.

Tandis qu'il procédait à cette opération, un sourire insolent relevait sa moustache.

Le naturel revenait au galop.

Brusquement, il mit les lettres dans son portefeuille, puis d'un ton narquois:

— Ainsi, reprit-il, vous n'êtes plus jalouse?

— Jalouse? répéta Mlle Aurore, sans comprendre, de qui donc?

— Mais de Jeanne, ricana l'officier, se démasquant soudain, de Jeanne Morin!

« Dans une récente entrevue, vous m'aviez fait un tas de recommandations à son sujet, et voici que vous n'en parlez même plus!

« Est-ce que vous abandonnez cette plaintive colombe, vous aussi?

« D'où vient ce revirement, chère amie?

« Est-ce que vous auriez donné à un autre la place que j'occupais dans votre pensée, et qui vous rendait si impitoyable...

Mlle Aurore avait écouté, impassible:

— Monsieur, répondit-elle, vos plaisanteries de mauvais goût ne m'atteignent pas.

« Bien loin de m'offenser, elles me réjouissent, parce qu'elles me montrent une fois de plus la bassesse de votre âme.

« Vous rampiez tout à l'heure, parce que je vous

tenais sous mon talon, et voici qu'à peine libre, vous vous redressez, sifflant comme une vipère.

« Je voudrais que quelqu'un fût là, quelqu'un qui pût, non seulement vous entendre, mais vous voir en ce moment.

« Alors, non pas pour vous, mais pour cette personne, je répondrais ceci: Je n'ai pas parlé de Jeanne parce que Jeanne n'a plus rien à craindre de vous.

« Elle a des amis capables de la protéger, et d'ailleurs, son temps d'épreuve touche à sa fin.

« Encore quelques jours, et elle aura un défenseur dont le seul regard vous contraindra à baisser les yeux.

« Encore quelques jours, et le lieutenant Ferbach sortira de prison le front haut!

« Et vous, le vil dénonciateur, l'associé de ce docteur Rubin, qui s'est fait justice, vous devrez vous cacher devant le Juste triomphant...

Mlle Aurore avait prononcé ces mots avec l'exaltation qui la prenait chaque fois qu'elle parlait de l'Affaire.

Le marquis, qui l'observait à la dérobée, éclata soudain d'un rire sarcastique:

— Eh! s'écria-t-il, j'y suis...

« Je connais maintenant le nom de mon successeur.

« C'est le lieutenant Ferbach!

Toujours aussi calme, n'éprouvant que du dégoût pour l'homme qui, dans sa rage impuissante, s'abaissait à de viles insinuations, Mlle Aurore écoutait, hautaine, un sourire de mépris aux lèvres!

— Elle est bien bonne! ricanait-il.

« Quel dommage que je ne puisse pas raconter ça au cercle!

« Nos amis: Caradec, de Chalettes, en auraient fait des gorges chaudes.

« Ah! ah! quelle revanche pour moi.

« Vous, la belle insensible, la justicière, vous êtes touchée...

« Je m'explique maintenant votre *ferbachisme* subit, et cet oubli de Jeanne.

« Oh! je ne vous en veux pas. Je ne suis pas jaloux, mais vexé tout au plus, humilié.

« Cornebleu! comme disaient nos pères, je suis humilié que vous m'ayez donné pour successeur un si piètre sire, le fils d'un petit pasteur allemand...

« Cela m'afflige pour vous, qui courez à une déception terrible!

« En effet, comme je vous l'ai dit déjà, Ferbach est coupable, et sa condamnation est sûre.

« Il quittera sa prison bientôt, mais ce sera pour

monter sur le vaisseau qui doit l'emporter vers quelque Guyane lointaine.

« Que de veuves ce coq de village va laisser sur cette rive!

Fidèle à sa tactique, Mlle Aurore avait laissé passer ce flot d'injures sans un mot, sans un geste d'émoi.

Souriante, intangible, elle contemplait cet homme, dont le visage grimaçant révélait les plus vils instincts :

— Monsieur le marquis, répondit-elle tranquillement, je croyais vous connaître, mais je me trompais...

« Je vous découvre seulement...

« Je n'aurais pas cru, avant cette explication, qu'un cœur d'homme contînt tant de fiel, de venin...

« Mme la marquise — que j'avais informée loyalement de cette dernière entrevue — avait manifesté l'intention d'y assister, dissimulée derrière cette portière.

« Je regrette de n'avoir pas accédé à son désir.

« Elle eût pris là une leçon de choses qui lui eût été grandement utile dans sa conduite future envers vous.

« Quant au lieutenant Ferbach, c'est en vain que vous tentez de me troubler, de frapper à travers moi, une femme que vous poursuivez de votre amour et de votre haine, car chez vous les deux vont de pair...

« J'ai mes renseignements, moi aussi, et puisés à bonne source.

« L'acquittement est sûr.

De nouveau, Thérizy éclata de rire.

Son visage brillait d'une joie infernale, la joie de l'homme sûr du mal qu'il va faire.

Il y avait une telle assurance, une telle certitude dans toute sa physionomie, que la jeune femme en fut troublée.

En même temps, le marquis changeait d'attitude tout à coup. Il cessa de ricaner, prit un air grave, et,

— Prenez, dit-elle.

sur un ton de confidence amicale :

— Madame, dit-il, service pour service...

« Vous venez de me restituer sans conditions des papiers... fâcheux, acceptez, sinon un conseil, un renseignement en échange...

« Je ne plaisante plus, vous voyez, la question est trop sérieuse!

« Donc, madame — et quel que soit l'intérêt que vous portez au fils du pasteur — retenez bien ce que je vais vous dire.

« L'homme qui est devant vous parle en pleine connaissance de cause.

« Il a ses entrées, petites et grandes au ministère, comme vous savez.

Il a vu des pièces que tout le monde ignore.

« Eh bien, cet homme vous dit: Ferbach est coupable.

— C'est faux! lança Aurore dans un cri.

« Il n'y a qu'un coupable, qu'un criminel: vous! Le beau marquis haussa les épaules :

— Madame, répondit-il, vous voudriez me pousser à bout, vous ne réussirez pas.

« Vous ne me ferez pas sortir du calme que je me suis prescrit, ni révéler des choses qui sont secret d'État...

« Et cependant, je voudrais vous être utile, vous empêcher de vous jeter tête basse, dans une aventure sans issue.

« Ce serait une façon de payer à Madame votre mère, la dette de reconnaissance que j'ai contractée envers elle.

« Donc, si vous le voulez bien, laissons de côté la question de savoir si le lieutenant Ferbach est innocent ou coupable.

— Il est innocent! s'écria la jeune femme, exaspérée par ce ton de persiflage.

« Vous mentez!

Cette fois, l'officier tressaillit sous l'outrage.

Le front crispé, menaçant, il fit un pas vers son ancienne maîtresse.

Un instant, il fut sur le point de lever la main sur celle qui le bravait, mais il se continit.

Pendant plusieurs secondes, les deux adversaires restèrent en présence, se mesurant du regard comme deux duellistes.

Le marquis cherchait la place où frapper son ennemie.

Tout à coup, ses yeux brillèrent.

Il avait trouvé.

— Et qu'importe, reprit-il avec un ricanement sinistre.

« Qu'importe que le beau lieutenant soit innocent ou coupable?

« Il sera condamné parce qu'il a contre lui la raison d'Etat.

« Rappelez-vous la parole des Ecritures: *Il est bon qu'un seul périsse pour le salut de tous.*

De Thérizy s'était campé en face de Mlle Aurore, et contemplait l'effet sur elle de ces abominables paroles.

— Touché! murmurait-il, le cœur plein d'une joie sadique, en voyant la jeune femme pâlir, ses lèvres trembler. J'ai touché au bon endroit.

— Il n'y a qu'un coupable, qu'un criminel : c'est vous.

Et, tout haut:

— Tiens, comme vous êtes pâle, chère amie.

« Je vous croyais plus forte.

« Il a suffi d'un mot pour vous démonter, pour faucher cette attitude superbe.

« D'un mot en l'air... acheva-t-il, comme s'il eût craint d'avoir trop parlé.

Revenue de sa stupeur, Mlle Aurore réfléchissait.

— Est-ce que ce serait vrai? se demandait-elle, l'âme étreinte d'angoisse.

« Ce n'est pas la première fois que j'entends chuchoter semblable chose.

« Est-ce qu'une pareille abomination serait possible?

La jeune femme releva la tête:

— De Thérizy, fit-elle, d'un ton grave, vous en avez trop dit...

« C'est en vain que vous essayez de vous rattraper maintenant.

« Oh! ne croyez pas que je prenne à la lettre vos paroles, votre horrible théorie de la raison d'Etat.

« Le général de Lestradier, le colonel Faurigny, quelque influencés qu'ils soient, sont d'honnêtes gens, incapables d'une félonie.

« Toutefois, je l'avais toujours soupçonné, mais j'en suis sûre à présent, il y a contre le lieutenant un complot, une machination infâme, où l'on tente habilement, traîtreusement, d'entraîner le parti conservateur.

« Et c'est vous qui êtes l'organisateur, l'âme et la cheville ouvrière de tout cela...

« Vous qui voulez perdre votre rival par n'importe quel moyen.

« Eh bien! je vous le déclare, cela ne sera pas!

« Au nom de votre femme, au nom de votre enfant, Thérizy, ne faites pas un pas de plus dans cette voie néfaste.

« Arrêtez-vous, sinon quelqu'un vous arrêtera...

— Qui donc?

— Moi!

— Vous? murmura le capitaine avec un air de profonde pitié.

— Oui, moi!

« Ah! vous croyez que parce que je n'ai plus les lettres, je ne peux plus rien contre vous?

« Vous vous trompez.

« Une femme qui, comme moi, n'a plus rien à perdre ici-bas, qui a renoncé à tout, est un adversaire redoutable.

« Comprenez-moi bien, Thérizy, comprenez que c'est ma vie, mon sang et le vôtre... que je jette dans le plateau de la balance.

« Vous savez que je descends d'une famille où l'on ne menace pas en vain.

— Monsieur, sortez, je vous chasse!

« J'ai du sang de Charlotte Corday dans les veines. C'est pourquoi je vous crie: Renoncez à votre vengeance, sinon l'heure venue, je me dresserai devant vous comme l'ange du châtiment.

— L'ange de l'assassinat, corrigea l'officier, fortement impressionné, essayant de railler encore.

« Peste, madame, je savais que vous étiez ferbachiste, mais pas à ce point, pas jusqu'au crime.

« Ainsi, vous rêvez d'imiter votre illustre ascendante? mauvaise inspiration, chère amie.

« Ces grands gestes ne sont plus de mise.

« Encore, cette Charlotte qui vous trouble la tête, eut-elle le mérite de débarrasser le monde d'un gredin sinistre, d'un monstre altéré de sang.

« Tandis que vous...

— Assez! interrompit Mlle Aurore, d'un ton bref, cassant.

« Ne perdons pas de temps à de vaines paroles.

« L'heure est grave, Thérizy.

« Jamais elle ne fut plus grave, plus tragique.

« C'est votre vie qui est en jeu et la mienne.

« Tout à l'heure, quand vous m'avez parlé d'une certaine façon, je vous ai cru; faites-moi la même confiance.

« Ecoutez-moi Thérizy, et rentrez en vous-même.

« Sinon, je le jure sur la tête de ma mère, je vous abattrai de ma main, comme un chien enragé.

— Et, continua de railler le marquis, que devrais-je faire pour éviter cette extrémité fâcheuse?

— Je vous l'ai déjà dit: réparer le mal causé.

« Je veux que, le jour du procès, devant les juges militaires, chargés de juger Ferbach, vous rétractiez votre déposition.

Tout en parlant, Mlle Aurore avait rouvert le secrétaire.

Elle y prit un objet qu'elle cacha sous son mouchoir.

— Et si je refuse? répliquait le marquis, redevenu arrogant, l'œil luisant de rage.

— Si vous refusez, répondit Aurore, en montrant le revolver qu'elle venait de prendre, vous ne sortirez pas vivant du prétoire.

Prompt comme la foudre, le marquis avait saisi le bras de la jeune femme:

— Ah! coquine! grondait-il, entre les dents, tu veux m'assassiner?

« Eh bien! c'est moi qui vais t'abattre comme tu dis.

« Je suis dans le cas de légitime défense.

« Et puis, on croira à un accident.

« J'aurai voulu t'empêcher d'attenter à tes jours...

La jeune femme ne répondit pas, toute à sa défense. La situation, subitement, était devenue critique pour elle.

Jamais situation plus tragique.

Ce furent quelques secondes de lutte silencieuse, muette.

Mlle Aurore résistait avec l'énergie du désespoir, mais ses forces s'épuisaient.

Déjà le marquis avait mis le revolver dans la position voulue.

Son doigt cherchait la gâchette, lorsque Aurore jeta un cri éperdu:

— Mère... au secours!

De Thérizy s'arrêta net, une sueur glacée aux tempes.

Devant lui, Mme du Tillay venait de surgir, le visage bouleversé, l'œil en feu.

Le marquis jeta au loin le revolver dont il avait fini par s'emparer et tenta de donner le change:

— Madame, dit-il d'une voix qui tremblait à peine, excusez-moi de vous faire assister à cette scène ridicule.

« Si j'avais soupçonné votre présence, j'aurais éventé la comédie jouée par votre fille.

Mais le trouble de l'officier démentait ces paroles et puis la douairière en avait trop vu pour être dupe.

Elle montra la porte au gentilhomme félon, et, d'une voix vibrante:

— Monsieur, sortez!

« Je vous chasse...

CHAPITRE CLXXIV

Où de Thérisy et Patoche reçoivent chacun une « tuile » mais pas de la même façon.

Le capitaine de Thérizy s'en alla, *honteux comme un renard qu'une poule aurait pris,* selon l'expression du fabuliste.

Bien loin de reconnaître que c'était lui seul qui, par son arrogance, par ses propos envenimés, avait fait dévier le débat, il s'imaginait que son ancienne maîtresse lui avait tendu un piège.

Et cela redoublait sa colère.

Peu à peu, sa rage contre elle, contre Jeanne et le lieutenant Ferbach — cause première de l'affront qu'il venait de subir — atteignait au paroxysme.

Puis, lorsque la marche l'eut un peu calmé, il envisagea les suites de cette entrevue dégénérée en rixe soudaine.

Les menaces de Mlle Aurore l'intimidaient assez peu, en somme.

— Ce n'est pas là qu'est le danger, murmurait-il tout en cheminant.

« Et puis, je suis prévenu, je me garderai.

« Le mauvais de la chose, c'est de s'être fourvoyé ainsi, de s'être fait pincer en flagrant délit en quelque sorte, par Mme du Tillay, ma meilleure *avocate.*

« Cette vieille prude empêchera certainement que l'histoire ne s'ébruite, mais elle en parlera, à mots plus ou moins couverts, au général Lestradier et consorts.

« Voilà, sacrelotte! qui ne fera pas remonter mes actions auprès des grands chefs. Elles étaient en baisse déjà, depuis la mort de ce médicastre de Rubin...

« Une fois ou deux, j'ai cru comprendre que certains, à commencer par Montarlan, n'avaient pas grande illusion sur mon compte.

« Si ce n'était l'esprit de corps et de caste, si ce n'était aussi qu'ils ont besoin de moi contre Ferbach et les officiers francs-maçons, ils me débarqueraient en y mettant des formes.

« Et voilà que pour aggraver mon affaire, je m'oublie jusqu'à révéler des secrets d'État.

« Un peu plus, et je parlais de la *pièce.*

« De cette fameuse pièce secrète, dont seul, peut-être, je devine le contenu... et *l'origine...*

« J'allais en faire, du joli!

« D'autre part, Aurore ne résistera pas au malin plaisir de raconter la scène, en gros tout au moins, à cette vieille baderne de Lancelin, et c'est toute la bande Bertard et Cie, qui sera mise au courant.

« Ce qui me surprend, c'est que la douairière, que sa fille — malgré sa rancune féroce — se soient abaissées à cette manœuvre policière.

« Ce n'est pas elles — deux femmes du monde — qui ont imaginé cet ignoble guet-apens.

« Il a fallu quelqu'un pour le leur suggérer.

Comme le marquis approchait de chez lui, il se rappela que sa femme avait parlé la première d'assister incognito à cette entrevue, et dès lors, sa conviction fut faite.

— C'est cela, grondait-il, c'est elle qui a tout machiné.

« C'est bien là une imagination de cette fille de boutiquiers

« Une idée de Mlle Boussaingault!

Il n'en fallut pas davantage pour rallumer sa rage.

A peine rentré, il s'en prit à la marquise et, presque aussitôt, toutes portes closes, une scène d'une violence inouïe éclatait entre les époux.

Personne ne sut jamais ce qui s'était passé là exactement.

Les domestiques entendirent un colloque animé, puis des éclats de voix, des gémissements.

Après quoi, tout sembla rentrer dans l'ordre.

La nuit s'écoula sans incident, mais le lendemain, une nouvelle courait qui fit sensation dans la *gentry*: la marquise de Thérisy avait quitté le domicile conjugal nuitamment et demandait le divorce.

Ceux qui connaissaient l'état intéressant de la jeune femme, n'y voulaient pas croire tout d'abord.

Mais bientôt, d'autres détails transpirèrent, qui ne laissèrent aucun doute.

Mme de Thérizy avait fait une fausse couche, et était soignée dans une clinique dont on cachait le nom.

Les domestiques entendirent un colloque animé.

Les amis et partisans de Ferbach, tout en plaignant l'infortunée victime, ne purent que se réjouir de ce qui arrivait à l'officier gentilhomme.

— Coquin de sort! s'écria le père La Manille, voilà une sale histoire pour le fils des Croisés.

« Une vraie tuile, et qui frappe au bon endroit, à la bourse, son seul point sensible!

« Ce n'est pas avec les quinze ou vingt mille francs de pension que lui accordera le tribunal, qu'il continuera son train de vie: femmes, cartes, chevaux, etc.

« Quant à la marquise, c'est un bien pour un mal.

« Elle est jeune, elle peut refaire sa vie.

« Le marquis, au contraire, ne trouvera pas du jour au lendemain, un sac équivalent à épouser en justes noces.

« D'ailleurs, ses principes... religieux s'y opposent, à moins d'acheter une dispense à Rome, mais c'est tout un aria.

Un peu plus tard, après un bon déjeuner, le vieux grognard retourna à la *Villa Tranquille*, accompagné de Patoche et de M. Dréan, qui avait voulu se rendre compte de l'état des lieux *de visu*.

Flic et Flac les avaient précédés, et, depuis le matin, surveillaient les abords de la maison prise d'assaut la veille.

La nouvelle perquisition, à laquelle on procéda sur-le-champ, ne fournit rien que la carte d'un hôtelier de Strasbourg.

A tout hasard, Flic et Flac partirent le soir même pour cette ville.

Le jour suivant, ils télégraphiaient que Walter Humding et son lieutenant Muller avaient été vus en effet, à Strasbourg, avec la voiture volée par eux.

Ils avaient franchi le Rhin au pont de Kehl, et, à partir de là, on perdait leur trace.

Les jours qui suivirent, n'amenèrent aucun événement notable.

Walter Humding était absent et c'était la trève.

Le brave Patoche était furieux de cet armistice et s'en prenait à Flic et Flac revenus bredouilles.

Quant à Jeanne, elle « se rongeait », elle aussi, disait Mme Pierre.

La surveillance autour d'André était devenue soudain plus rigoureuse que jamais, et le commandant Rossetti avait dû espacer, puis suspendre, complètement, les furtives entrevues qu'il avait pu jusque-là ménager aux amants infortunés.

Une visite de Mlle Aurore, qui raconta à Jeanne — en l'atténuant — la scène violente qui avait eu lieu entre elle et Thérizy, allégea sa peine un instant, puis ses préoccupations reprirent le dessus.

Bien entendu, Mlle Aurore n'avait révélé qu'au seul capitaine les horribles menaces du marquis.

Pendant ce temps, au grand regret de tous, l'autorité militaire continuait à se taire sur la date de convocation du conseil de guerre, comme sur cette mise au secret sans exemple, imposée au lieutenant Ferbach.

« L'instruction suit son cours », disaient les *communiqués officiels*, et c'était tout.

Mieux que cela, les journaux à la solde du gouvernement évitaient de parler de *l'Affaire*.

Après l'arrestation du couple Lempereur, c'est à peine s'ils avaient répondu par de vagues démentis aux questions précises de la presse d'opposition.

Il était visible que le président du Conseil, M. Lamarchand, cherchait à escamoter l'affaire, à organiser la conspiration du silence autour du reclus du «Cherche-Midi », et cela inquiétait le capitaine, lui aussi.

Ce jour-là, il s'était rendu à la Chambre, afin de prendre le vent, comme il disait.

Le bruit courait, en effet, qu'une question serait posée au ministre, sur le procès Ferbach.

Le grognard se promenait avec le docteur Mazurel, qui avait voulu l'accompagner, lorsque M. Bertard parut, la bouche pincée de dépit.

— Qu'est-ce que c'est? demanda le capitaine aussitôt. Et cette interpellation?

— Elle tombe à l'eau.

— Coquin de sort! grommela le vieux grognard.

« Quels fumistes que les députés!

M. Bertard sourit:

— Attention, capitaine, dit-il, ne parlez pas si haut

« Vous avez beau être en civil, votre tournure vous trahit, et je vois là-bas un antimilitariste farouche qui vous fusille des yeux.

« A part ça, vous avez raison, en particulier, s'entend. Le cher collègue est un fumiste, ou plutôt un compère.

« Il a retiré son interpellation au dernier moment.

— Cré nom de nom! mais alors, monsieur Bertard, vous allez interpeller à sa place?

— Non, pas aujourd'hui.

« D'ailleurs, ce que j'ai appris, modifie mon plan.

— Qu'est-ce que vous avez appris?

« Dites vite...

— Tout simplement que le cabinet se propose de faire traîner le procès jusqu'aux vacances parlementaires, puis, une fois les députés expédiés, maître de la situation, de le liquider en cinq sec.

— Tonnerre! s'exclama le capitaine.

« Mais c'est un coup d'Etat, ça, ou presque...

— Oui... et vous savez comment on répond aux coups d'Etat?

« Par l'émeute.

— L'émeute... murmura le vieux brave qui avait

l'instinctive horreur de tout ce qui ressemblait à la guerre civile.

« C'est grave.

— Oh! rassurez-vous, capitaine.

« Il ne s'agit pas de faire des barricades, mais simplement des manifestations, de remuer un peu les masses profondes.

« Jusqu'ici, sauf à de rares moments, le peuple n'a pas pris feu pour ou contre Ferbach.

« Nos adversaires ont eu soin d'éviter les polémiques, et moi-même — comme je vous l'ai dit — j'attendais que la date du procès fût connue pour commencer la campagne de presse proprement dite.

« Mais puisque nos ministres, se fiant à ce calme, s'imaginent pouvoir esquiver le débat, il s'agit de les détromper.

« Je m'en vais en appeler à la France, à la grande et généreuse nation toujours prête à s'enflammer pour le bon droit... et contraindre ces messieurs à s'expliquer à la tribune, devant le pays.

« C'est Paris, le grand Paris des faubourgs, qui va commencer la danse... .

« Oh! ce n'est pas une « journée » que je cherche, rassurez-vous; mais une simple démonstration, toute pacifique.

« Je suis sûr qu'au premier rugissement du *Lion populaire*, comme disait Danton, tous ces calotins rentreront sous terre.

« Donc, attendez-vous à voir bientôt une nouvelle éclater comme un coup de foudre.

— Quelle sera cette nouvelle? demanda le docteur Mazurel.

— Je n'en sais rien moi-même.

« M. Dréan m'a donné à entendre qu'il mijotait quelque chose, mais c'est tout.

« Vous savez, comme moi, que le chef de la Sûreté ne parle qu'à son heure.

De retour chez lui, le père La Manille, Patoche et Jeanne qui se trouvait là, firent mille suppositions sur l'événement annoncé.

Wilhem Furster, qui depuis quelque temps, passait toutes ses journées à l'agence de la rue Vivienne «vint au rapport » sur ces entrefaites, et joignit ses conjectures à celles de ses amis.

Les avis étaient partagés.

— Moi, disait le Parigot, j'avais pensé tout d'abord au brav' général, autrement dit à Lempereur — des gourdes — mais il est à l'infirmerie, pour le quart d'heure, malade d'une indigestion... naturellement!

« C'est pas en ce moment qu'il va s'attabler, bouffer le morceau, comme on dit.

« Alors, je ne vois qu'une chose...

« C'est le beau Thérizy, qui, sentant la faillite venir avec le divorce, est en train de se faire acheter par M. Bertard.

— Hum!... grommelait le père La Manille, tu vas un peu vite en besogne.

« Moi, je croirais plutôt que le déclanchement, le coup d'épaule qui remettra en marche le char embourbé, viendra du côté de la plainte Brévannes contre Rubin.

« Il y a une enquête par là. Je ne parle pas de celle du juge — une fumisterie — mais de celle de Dréan, qui est sérieuse.

Le capitaine et ses amis discutèrent et conjecturèrent longuement encore, sans tomber d'accord.

« Heureusement, on agissait ailleurs, et l'heure était proche où ils allaient être fixés.

Le lendemain, le concierge — Canrobert — apparut tout essoufflé d'être monté trop vite:

— Monsieur Lancelin, annonça-t-il, il y a quelqu'un qui vous attend en bas, un monsieur avec une serviette en maroquin.

— Pourquoi n'est-il pas entré?

— Je ne sais pas. Il est dans un taxi-auto et semble pressé.

« Il voudrait vous voir, vous et M. Patoche.

— Tiens! fit le capitaine, voilà qui est bizarre! descendons, p'tit gas.

L'inconnu n'était autre que l'avocat d'André, maître Léon Jacques.

— Vous ... dit le grognard en lui tendant la main. « Pourquoi n'êtes-vous pas monté?

— J'étais pressé. Il se passe des choses graves.

— Bonnes ou mauvaises?

— Je l'ignore; mais nous allons être renseignés à l'instant.

« C'est M. Bertard qui vient de me convoquer par téléphone.

« Comme votre domicile se trouve sur mon chemin, il m'a prié de vous prendre en passant, vous et Patoche.

« Il veut féliciter votre ordonnance, paraît-il, et c'est bon signe.

— Me féliciter? de quoi donc? s'étonnait le Montmartrois.

« Je n'ai rien fait pour.

« Plus d'une semaine qu'on se tourne les pouces.

— Tiens! s'écria le grognard joyeusement.

« Voilà mon Parigot qui devient modeste.

— C'est la marque du vrai mérite, fit M⁰ Léon Jacques en souriant.

« Montez, mes amis.

Un peu après, tous trois étaient introduits dans le cabinet de M⁰ Bertard.

— Ça y est! cria-t-il en serrant les mains à la ronde.

« Je vous disais bien que quelque chose allait sortir.

— Qu'est-ce que c'est? demanda Lancelin vivement.

« Est-ce que cette crapule de Walter Humding serait prise?

— Non, pas encore, et je doute que nous aboutissions jamais à mettre la main sur ce triste oiseau. Il n'en est pas moins vrai qu'un pas important vient d'être fait.

Flic et Flac surveillaient les abords de la maison.

« A partir d'aujourd'hui, l'existence de l'espion est prouvée.

— Elle l'était depuis longtemps, murmura le capitaine.

— Pour nous, oui, mais pas pour les autres, pas d'une façon officielle.

« Or, nous avons maintenant un témoignage irrécusable.

« Il s'agit d'un complice de l'Allemand, d'un de ses principaux collaborateurs.

« Voilà un témoin digne de foi, celui-là, d'autant plus digne de foi qu'en reconnaissant l'existence de l'espion, il s'accuse.

« Vous ne devinez pas, capitaine, de qui je veux parler?

— Ma foi non; de Muller, peut-être?

— Non... de Mme Lempereur...

— Pas possible! s'écria le père La Manille, Poupoule!

« Poupoule avoue, elle mange le morceau!...

« En voilà une surprise!

« Vous êtes certain de cela?

— Tout à fait certain, mon ami.

« Je viens de passer plusieurs heures au Palais de Justice, heures bien employées, je vous prie de le croire.

« Si bien que je vous annonce que, dès demain, nous tirerons le premier coup de canon... mais ceci est le second point.

« Occupons-nous du premier d'abord: les aveux.

« Vous paraissez tout surpris, mon cher Lancelin.

« Cependant, je vous avais prévenu que M. Dréan préparait un coup.

— Oui, mais ce n'est pas de là que je l'attendais, pas du tout.

« Je croyais cette vieille coquine beaucoup plus dure à cuisiner.

— Eh! fit M. Bertard en riant, la prison, l'isolement, attendrissent les natures les plus coriaces.

« La dame n'était pas à l'ombre depuis trois jours, qu'elle avait perdu le ton assuré, arrogant du début.

« En outre, l'enquête, comme vous savez, tournait mal pour Poupoule.

« Des papiers saisis, soit sur elle, au moment de l'arrestation, soit dans les diverses perquisitions effectuées depuis, il résultait clairement que les Lempereur avaient été au service de l'état-major allemand.

« Mieux que cela, dans une lettre — la lettre chipée par l'ami Patoche dans le fameux coffre gothique, le plus connu des pseudonymes de Walter Humding se trouvait en toutes lettres: Reginald Irving.

— Coquin de sort! s'exclama l'officier ravi.

« Et vous ne l'aviez pas dit!

— Je l'ignorais moi-même, cher ami.

« C'était un secret entre le juge d'instruction M. Dréan, et l'expert qui avait déchiffré le *cryptogramme*.

« Vous savez mieux que moi l'importance de cette découverte.

— Je vous crois! c'est le point capital, celui qui relie tout le drame.

« Bravo Patoche, mon garçon!

« Je te note pour l'avancement.

— Avancement mérité, et dont je m'occupe, moi aussi, reprit M. Bertard.

« Donc, grâce à cette trouvaille, l'instruction contre le couple Lempereur avait un point de départ, un élément précis.

« C'était là la maîtresse carte du juge, sa botte secrète.

« Seulement, il attendait, pour la porter, que la brocanteuse fût à point, mûre pour une confession générale.

« Or, ce moment tardait.

« Deux ou trois fois, Poupoule avait été sur le point d'entrer dans la voie des aveux, puis s'était tue, épouvantée de ce qu'elle allait dire.

« Visiblement, la brocanteuse restait sous l'influence de Walter Humding, qui avait dû faire des menaces terribles.

« Bientôt même, le juge acquit la conviction que l'accusée était toujours en rapports avec son mystérieux patron.

« Walter Humding, qui a des complices partout, avait dû trouver un moyen de correspondre avec Poupoule, et c'était cette correspondance qu'il importait de saisir, de faire cesser au plus vite!

« C'est dans ce but que le juge s'est adressé au chef de la Sûreté.

— Saperlotte! murmura Patoche à mi-voix.

« Pourquoi qu'il ne s'est pas adressé à nous? L'ancien ministre sourit.

— Un magistrat ne connaît que la voie officielle, dit-il.

« D'ailleurs, il n'a pas été mal inspiré en l'espèce.

« Outre que M. Dréan ne demandait qu'à faire du zèle, il avait seul les pouvoirs nécessaires pour agir dans l'intérieur de la prison.

« J'ajoute qu'il a conduit l'enquête en personne et de main de maître.

« Trois jours après, le pot aux roses était découvert.

« Comme il arrive fréquemment, c'était par l'intermédiaire du restaurateur que la dame Lempereur recevait les injonctions de son redoutable patron, et le moyen imaginé par celui-ci pour échapper aux investigations était ingénieux.

« Il se servait comme boîte à lettres d'un œuf à la coque, mais d'un œuf si habilement obturé, réparé, que jamais on n'eût soupçonné là-dedans la présence du tube porte-dépêches.

— C'est adroit, en effet, dit le père La Manille.

« Bien entendu, le restaurateur était de connivence?

— Non, pas du tout, répliqua M. Bertard.

« Le complice, en l'espèce, était un garçon embauché depuis peu.

« C'est lui qui substituait l'œuf maquillé à l'œuf honnête remis par le chef.

— Ce complice est arrêté, je pense?

— Non... On se contente de le filer. ·

« Toutefois, il ne faut pas trop compter sur cette piste.

« L'homme, autant qu'on en puisse juger, n'était qu'un vague comparse.

« C'est hier, au repas de midi, que la première lettre de Walter Humding a été interceptée.

« Cette lettre, écrite sur un fin papier pelure, comme les dépêches qu'on expédie par pigeons, offrait cet intérêt qu'elle faisait pressentir la condamnation et le lâchage consécutif.

« En voici le contenu à quelques mots près.

« Madame — disait l'agent de Sa Majesté Guillaume — l'accusation contre vous a fait quelques progrès, mais ne vous démoralisez pas pour si peu.

« Respectez notre pacte et l'on ne vous abandonnera pas, même condamnée.

« Il se pourrait, d'autre part, que je sois rappelé pour quelque temps.

« Dans ce cas, avant de quitter la France, je vous rendrais votre liberté pleine et entière, et ce serait à vous d'en user au mieux de vos intérêts. A bientôt une autre lettre.

« P. S. — Sachez une chose, qui doit vous guider dans votre défense: quoi qu'il arrive, Ferbach est condamné d'avance. »

« Cette dernière phrase était soulignée.

— Mille tonnerres! s'écria le vieux grognard, dont le visage s'était empourpré soudain.

« De Thérizy a dit la même chose, et en termes beaucoup plus catégoriques.

« C'est un bruit, un murmure que nous avons déjà surpris en divers milieux.

« Ah! ça! est-ce que par hasard, ce calotin de Lestradier nous préparerait quelque coup de Jarnac!

C'est lui qui substituait l'œuf maquillé à l'œuf honnête.

« M. Dréan, bien qu'il ne parle pas facilement, semble redouter quelque chose dans ce goût.

« Ça m'inquiète, nom d'une pipe! et vous, monsieur Bertard?

— Non... pas jusqu'ici, du moins.

« Je pense là-dessus comme notre sympathique avocat, qui reste plein de confiance.

« Je ne serais même pas éloigné de croire que nos ennemis *bluffent.*

« Enfin, ils ignorent quelles armes terribles nous avons contre eux.

« Quelle mine va éclater bientôt sous leurs pas!

« Ceci expliqué — continua l'ancien ministre — revenons au billet dont vous connaissez maintenant la teneur.

« Après en avoir pris connaissance, M. Dréan et le juge d'instruction résolurent de le laisser passer.

— Pourquoi ça? fit le grognard.

— Parce que ce billet — outre qu'il devait aggraver la démoralisation de l'inculpée — en annonçait un autre, une *suite...*

« Or, comme M. Dréan se proposait de rédiger lui-même cette *suite,* il fallait bien préparer les voies.

— Oui, je comprends.

— Donc, le lendemain — c'est-à-dire aujourd'hui — Mme Lempereur recevait un second billet, parfaitement imité, mais dicté, celui-là, par M. Dréan.

« En voici le libellé exact: *Comme je vous le faisais prévoir, je quitte la France pour quelque temps et vous rends votre liberté d'action.*

Bien entendu, vous restez à notre solde, et les années d'internement vous seront payées au prix fort.

Dès que je pourrai, je m'occuperai de vous obtenir une réduction de peine.

« Rien de plus. C'était bref et bien senti.

— Je vous crois! s'exclama le père La Manille, dont le nez remuait joyeusement.

« La botte a dû porter.

— Oui, plutôt.

De son côté, le Parigot se frottait les mains :

— Fameux... le *biffeton!* murmurait-il à l'oreille du « capiston ».

« Je n'aurais pas mieux fait, foi de Patoche !

« C'est la tête de Poupoule que j'aurais voulu voir quand elle a reçu ce poulet.

— Et moi donc! fit l'officier.

« A quelle heure ça s'est-il passé, monsieur Bertard?

— Tantôt, au repas de midi.

« Comme d'ordinaire, Mme Lempereur était seule, mais on l'observait à travers la porte.

« Elle attendait la lettre sans doute, car elle l'a trouvée tout de suite.

« Tandis qu'elle lisait, son visage se décomposait à vue d'œil.

« Elle allait avaler le papier-pelure, comme les autres, lorsque la porte de sa cellule s'est rabattue brusquement...

« Deux inspecteurs, apostés là, se sont jetés sur elle et lui ont arraché le billet des mains.

« L'aventurière était affolée, éperdue...

« C'était le moment de profiter de son désarroi. Ainsi fut fait.

« Un peu après, la dame était en présence du juge qui l'attendait, et entrait dans la voie des aveux.

— Epatant! s'écria le capitaine.

« Mais alors, toute l'accusation croule?

— Pas si vite, fit M. Bertard.

« Mme Lempereur ne se rend pas encore.

« Elle convient avoir eu des relations d'affaires avec Réginald Irving.

— Cela suffit! s'écria l'avocat.

« Comme je vous l'ai dit maintes fois, c'était le seul point qui manquait à mon argumentation.

— Mais — continuait M. Bertard — la brocanteuse n'avoue que ce qui crève les yeux.

« Elle prétend — c'est enfantin évidemment et la défense aura beau jeu — n'avoir jamais connu les agissements du soi-disant Irving.

— On la forcera à parler... déclara l'avocat.

« J'ai tout ce qu'il faut désormais pour la confondre.

« Et de l'affaire Ferbach, que dit-elle?

— Rien; elle se réserve.

« C'est une vieille roublarde, ne l'oubliez pas, elle a son idée.

« Evidemment, il y a eu des négociations entre elle et le ministère.

« D'après M. Dréan, son avocat aurait eu déjà plusieurs entrevues avec Lemarchand.

« Nous devons donc nous attendre à quelque machination de ce côté.

« Poupoule — moyennant sa grâce qu'on lui promettra plus ou moins — tâchera d'entraîner le lieutenant Ferbach dans sa chute.

« Cela vous inquiète-t-il, cher maître?

— Pas le moins du monde.

« Grâce à vous, grâce à M. Lancelin, je possède un dossier formidable contre le couple Lempereur.

« Des gens aussi compromis, tarés, un usurier et une vile entremetteuse ne peuvent que faire tort à la cause qu'ils défendent.

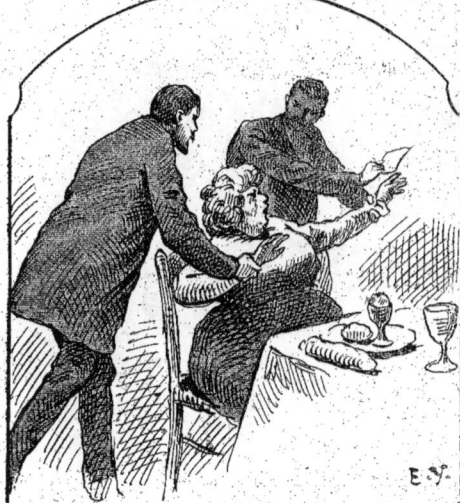

Deux inspecteurs se sont précipités sur elle et lui ont arraché le billet.

« Ainsi, je le répète, je réponds de tout.

« A moins d'une pression gouvernementale, plus que cela, d'un *ordre* — et c'est impossible, absurde avec des juges, des juges militaires surtout, jugeant un collègue — l'affaire est dans le sac!

Tout heureux, le vieux grognard s'agitait sur sa chaise :

— Enfin, voilà que ça bouge, que ça grouille, nom d'une gargousse!

« Voilà une bonne journée pour Ferbach.

« J'espère que vous allez informer le p'tit gas au plus vite.

« Maintenant, il faudra bien que le ministère marche ou qu'il dise pourquoi.

Une troisième édition fut lancée et enlevée.

« C'est Lemarchand, et ce vieux calotin de Lestradier, qui doivent faire un de ces nez!

« Quel pet, demain, quand la bombe éclatera, cré coquin!

Mais M. Bertard l'interrompit.

— Voilà le *hic*, murmura-t-il, le bec de gaz, comme dirait l'ami Patoche.

« Nous n'avons pas le droit de divulguer la déposition de la brocanteuse.

« Des ordres très sévères ont été donnés — toujours l'étouffement! — pour que rien ne transpire au dehors.

« Ce n'est pas le juge, magistrat intègre, qui enfreindra cette consigne.

« Ce que je viens de vous dire, m'a été confié — comme je vous le confie à vous-même — sous le sceau du secret, de l'honneur.

— Diable! fit Lancelin en tortillant sa moustache. Il y a de l'eau dans le gaz.

« Alors on retombe au même point?

— Non, répondit M. Bertard.

« On cherchera un moyen de tourner la difficulté sans forfaire à l'honneur, et ce moyen, je crois le tenir.

« C'est le second point dont je parlais en commençant.

« Il y a un homme qui sait, lui aussi, et qui n'a pas donné sa parole.

— De qui s'agit-il?

— Du greffier... de celui qui a écrit de sa main toute la longue déposition de Mme Lempereur.

— Fameux! s'exclama le père La Manille. Est-ce qu'il marcherait?

— Je l'espère. M. Deruelle — c'est son nom — doit être en route en ce moment pour venir chez moi.

« C'est pourquoi je vous ai convoqués ici. Je tenais à ce que vous puissiez suivre les négociations et connaître le résultat au plus vite.

— Pardon, objecta l'avocat, maître Léon Jacques. Vous ne craignez pas, monsieur Bertard, de nous brouiller avec le juge?

« C'est un homme inflexible sur les principes.

« Corruption d'un fonctionnaire... il va bondir sur son siège!

— Mais, cher maître, protesta l'ancien ministre avec véhémence, je n'ai corrompu personne, je vous prie de croire.

« M. Deruelle s'est offert de lui-même, et cela non par intérêt, mais par conviction.

« En outre, ce brave homme assume tout sur lui.

« Jamais le juge ne soupçonnera que je fus pour

quelque chose dans cette *fuite*, et s'il l'apprend plus tard, il m'excusera.

« Il comprendra que je ne pouvais pas refuser ce concours inespéré.

— Fichtre non! s'exclama le capitaine.

« Qui veut la fin veut les moyens.

« Nos ennemis ne sont pas si délicats, eux, coquin de sort!

— C'est ce que je me suis dit.

« Remarquez, j'y reviens, que mon rôle se réduit à peu de chose.

« Je ne suis pas le tentateur, mais l'intermédiaire, simplement.

« Le greffier avait la plus grande envie de porter cette déposition sensationnelle à quelque journal capable d'en tirer parti.

« Notez que M. Deruelle sait parfaitement ce qui l'attend: la révocation.

— Mais, s'écria M⁰ Léon Jacques, c'est très beau, cela.

« C'est donc un ami, un « ferbachiste » convaincu.

— Oui, mais pas depuis longtemps.

« M. Deruelle est un de ces braves Français, qui se moquent de la politique et votent quand ils ont le temps.

« Il se fichait, hier encore, de Ferbach comme du Grand Turc, et soudain la grâce l'a touché.

« C'est en dépouillant le dossier Lempereur qu'il a trouvé son chemin de Damas.

En ce moment, un maître d'hôtel arrivait, portant une carte sur un plateau.

M. Bertard la prit et son visage s'éclaira.

— C'est notre homme, fit-il à voix basse.

« Je suis à vous dans un instant.

Moins d'un quart d'heure après, M. Bertard revenait, l'œil brillant:

— Ça y est! fit-il comme déjà. Tout est réglé.

Dès ce soir, M. Deruelle va franchir le pas, passer le Rubicon, comme il dit un peu pompeusement.

« Je viens de téléphoner à mon ami Mansulle, le directeur du *Quotidien*, qui le recevra tout à l'heure.

« Moi-même, j'ai rendez-vous cette nuit avec Mansulle, au journal.

« Nous devons rédiger de concert et dans le plus grand secret, l'article qui doit accompagner nos *Révélations sensationnelles*. Un article torché, je vous jure, et qui fera brèche dans la forteresse cléricale.

« Je vois déjà la *manchette* d'ici, en lettres d'un pouce...

« Il faut que demain Paris bouge.

« Vous croyez que ça suffira... un article de journal.

— Cela suffirait au besoin, mais nous avons d'autres cordes.

« Tranquillisez-vous, capitaine.

« Dès lors que Mansulle s'en mêle, notre pétard ne peut pas faire long feu.

« Le Directeur du *Quotidien* est un remueur de foule, qui a fait ses preuves, un professionnel pour ainsi dire, de ces sortes de mouvements.

« Ancien communard, ayant toujours marché à l'avant-garde de l'armée républicaine, il a, dans sa main tous les chefs des partis avancés.

« Ces chefs seront convoqués cette nuit-même, dans son cabinet — moi absent, bien entendu.

« Une fois notre article écrit, je rentre dans la coulisse.

« Pendant ce temps, Monavon — le roi des camelots, comme on l'appelle au *Croissant* — recrutera trois ou quatre mille « aboyeurs » qui, demain, à la première heure, se rueront à travers la capitale, hurlant: *Le Quotidien, Affaire Lempereur!* etc.

« Le soir, ce seront les clubs et les « Universités » populaires qui entreront en jeu.

« Enfin, il y a les *loges* qui sont avec nous pour la plupart.

— Fameux! répéta le père La Manille.

« Mais c'est une véritable mobilisation.

« Vous espérez pouvoir mettre toute cette machine en marche en quelques heures.

— Oui, parce que nos mesures sont prises d'avance.

« Il ne s'agit pas ici d'une improvisation, mais d'un plan préparé de longue main.

« De plus, depuis deux ou trois jours, nous savions, Mansulle et moi, que l'instant approchait, et nous avons pris les dernières dispositions.

« C'est pourquoi, depuis ce matin, nous sommes prêts, mobilisés.

« Nos troupes n'attendaient plus que le signal, l'étincelle qui allait mettre le feu aux poudres.

« Et cette étincelle, ce brave greffier nous l'apporte!

Les défenseurs d'André conférèrent un moment encore, puis M⁰ Léon Jacques se retira, voyant l'heure s'avancer.

Le père Lancelin, qui avait hâte de porter la bonne nouvelle à Jeanne, voulait le suivre, mais M. Bertard le retint:

— Une minute, mes amis, fit-il.

« J'ai un mot à dire à Patoche.

— A moi? fit le Parigot étonné.

— Oui, mon garçon, répondit M. Bertard, empruntant le ton du capitaine.

« Le moment est bien choisi en ce jour où l'*Affaire* fait un pas en avant considérable.

« C'est à toi que nous devons ce résultat.

Il serait grand temps de causer de ta récompense.

— Mais, répliqua le Parigot, je ne demande rien.

« Rien que la permission d'embrasser ma bonne amie Rosette avant de partir.

— Accordé! seulement, je ne te tiens pas quitte pour si peu.

« Je me charge de ton avenir, c'est entendu.

« Encore faut-il que je connaisse tes goûts...

« Je t'avais parlé d'une place au Pari Mutuel, mais j'entends t'offrir beaucoup mieux, un emploi plus rémunérateur.

« Allons, parle, dis-moi tes préférences.

— Des préférences, je n'en ai pas.

« Et puis, vous savez, je ne travaille pas pour l'argent.

— Eh! blanc-bec, s'écria le grognard, qui, sans doute, était au courant, il ne s'agit pas que de toi.

« Pense à Rosette. Et là-dessus, ferme ta boîte et écoute.

— Bien, mon capitaine, je me tais.

— Voici, reprit M. Bertard. Il y aura bientôt une place vacante dans un de mes châteaux, à deux pas de Paris.

« Il s'agit d'une place de gérant où j'ai besoin d'un garçon débrouillard et de bonne humeur, sachant parler aux gens du peuple, capable, au besoin, de m'accompagner dans mes tournées électorales.

« Six mille francs pour commencer, le logement et tout ce qui s'en suit.

« Est-ce que tu acceptes?

— Oui, monsieur Bertard. Vous nous comblez...

« Cependant, il y a quelque chose qui me chiffonne.

— Quoi donc?

Des estafettes sillonnaient la ville en tous sens.

— C'est de quitter le patron, pardon, mon capitaine.

« Il me semble que lorsque je n'aurai plus son uniforme à astiquer, quelque chose manquera à mon bonheur.

— Sacré moutard! grognait le capitaine attendri.

— Eh! s'écria M. Bertard, je n'ai nullement l'intention de te mettre à l'attache.

« Comme gérant, tu aurais plus de la moitié de ton temps à toi.

« Rien ne t'empêchera, par conséquent, d'aller frotter chez le capitaine tant qu'il te plaira.

— Dans ce cas, j'accepte.

— Parfait. Et maintenant, allons annoncer ça à Rosette.

— Chouette! murmurait Patoche, tout en suivant ses protecteurs.

« Pour une tuile, c'est une tuile.

« Me v'là gérant avec un traitement de préfet, six mille francs et le reste.

« C'est la même qui va en rouler, des calots.

« Vive la classe!

CHAPITRE C LXXX

Où il est traité de l'influence
de pavé de bois sur les Révolutions

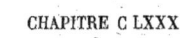

Le coup de théâtre préparé par M. Bertard et le directeur du *Quotidien*, réussit au-delà de toutes les espérances.

Grâce aux précautions prises, rien n'avait transpiré de l'article sensationnel qui allait sortir des « rotatives » tirant cent mille à l'heure.

Le lendemain, lorsque le journal parut, ce fut un véritable coup de foudre.

L'article virulent mis en tête, par lequel M. Bertard attaquait le ministère à fond, le sommait de s'expliquer, l'histoire des œufs, et surtout les aveux de Mme Lempereur eurent un plein succès.

Mais le plus goûté, ce fut un résumé rapide, un sorte de memento de l'affaire Ferbach depuis l'origine.

Jamais roman plus passionnant n'avait été jeté en pâture aux lecteurs avides d'émotions.

La réalité dépassait la fiction comme toujours.

On s'arrachait les numéros du *Quotidien* dont quelques-uns furent vendus dix fois leur valeur.

Pendant ce temps, le journal préparait une seconde édition, destinée celle-ci, à être criée dans les rues.

A huit heures, trois mille camelots se ruaient à travers la capitale hurlant les *nouveaux détails*.

A midi, une troisième édition fut lancée et enlevée comme les deux premières.

D'autres journaux *ferbachistes* ou *antiferbachistes* — ces deux mots étaient devenus à la mode subitement — suivirent l'exemple donné.

Les feuilles socialistes et antimilitaristes étaient particulièrement violentes.

On criait dans les carrefours : Demandez la trahison de Lestradier. — Un coup d'Etat, Le complot du Sabre et du Goupillon. — A bas la calotte!

Ces articles eurent un ressentiment immense. Les faubourgs s'agitaient.

Les comités républicains de chaque quartier convoquaient leurs adhérents.

De toutes parts, sur toutes les murailles des placards s'étalaient, appelant le peuple à de grands meetings qui devaient avoir lieu le soir même.

Comme l'avait dit M. Bertard, c'était une véritable mobilisation.

A midi, à la sortie des ateliers, des manifestations eurent lieu sur divers points aux cris de : A bas la calotte!

Des bagarres éclatèrent çà et là, mais aucune ne fut grave.

Le Directeur du *Quotidien* qui dirigeait tout le mouvement, au fond de son bureau, voulait une simple démonstration, rien de plus, et avait donné ses ordres en conséquence.

Les agents étaient partout, veillant au grain, prêchant le calme.

D'autre part, la police, absolument prise au dépourvu, ne se sentant pas en nombre, avait renoncé à la *manière forte* dont elle abuse parfois.

Les chefs n'avaient pas d'ordre encore, et laissaient faire.

Si bien que pendant deux heures, le peuple fut réellement maître de la rue, et n'en abusa pas.

Il y eut bien, comme toujours, quelques forcenés, sincères ou non, pour crier : A la Présidence. — A la

prison du Cherche-Midi. — Délivrons le prisonnier mais personne ne les suivait.

Cependant, le chef du cabinet, Lemarchand, son collègue Lestradier, le préfet de police, qui tout d'abord avaient un peu perdu la tête, prenaient des mesures pour enrayer le mouvement.

Des estafettes sillonnaient la ville en tous sens, portant des plis cachetés aux diverses casernes.

Place de la Bastille, l'un des cavaliers étant tombé de cheval, fut porté en triomphe par la foule joyeuse et bon enfant.

Puis, tout à coup, cette bonne humeur cessa.

Des bruits sinistres couraient, colportés par les manifestants accourus en foule de la populeuse banlieue.

— On ferme les barrières.

« Plusieurs régiments marchent sur Paris.

Et certains vieux parigots, des vétérans de la Commune hochaient gravement la tête.

— Ça pourrait bien se gâter, disaient-ils.

Le gouvernement est en force, à présent, et cherche une affaire pour se rattraper.

« Il se pourrait que ça chauffe ce soir, à la sortie des ateliers ou encore des meetings.

« Attention, camarades, n'allez pas vous faire serrer.

Patoche, enfant du ruisseau, eût bien voulu voir ce qui se passait au dehors sur le pavé... mais son patron, craignant quelque imprudence, l'avait consigné dans l'appartement.

Fort mécontent, excité par les bruits divers qui couraient, notre ami allait et venait d'une pièce à l'autre comme une âme en peine.

A la fin, il s'en prit à la gouvernante, et peu s'en fallut qu'une querelle éclatât entre lui et Mme Pierre, poussée à bout.

Quant au capitaine, il déjeunait chez M. Bertard, qui avait voulu l'entretenir des événements en cours.

L'un et l'autre avaient évité de se montrer en ce jour de trouble, mais ils n'en étaient pas moins tenus au courant des manifestations, grâce à leur ami Mansulle qui en tenait tous les fils, ils suivaient le mouvement phase par phase, presque aussi bien que s'ils avaient été sur place.

A chaque instant, le téléphone fonctionnait entre le Quotidien et l'hôtel de M. Bertard.

Celui-ci, chaque fois qu'il revenait de l'appareil, avait le visage épanoui.

— Cela va de mieux en mieux, disait-il à cet instant au capitaine.

« Décidément, le directeur du Quotidien est un maître homme.

« Il n'y a que lui pour exciter ainsi le lion populaire et le faire rentrer dans sa cage ensuite.

« Ce matin, à certaines minutes, on aurait pu croire à une émeute, et en ce moment tout est calme.

« La rentrée des ateliers et des bureaux a eu lieu
à l'heure ordinaire.

« A part quelques containes de badauds, de flâneurs... pas dangereux pour un sou, chacun a repris sa besogne accoutumée.

« Vous voyez, mon cher Lancelin, que vous aviez
tort de vous inquiéter.

— Oui, peut-être... ré-
pondit le vieux gro-
gnard.

« Reste à savoir si
ça durera.

« C'est le soir, sou-
vent, à la sortie des ateliers et usines que les
choses se gâtent, d'après
ce que j'ai vu, du moins.

« Les têtes sont mon-
tées tout le jour, l'apé-
ritif de six heures achè-
ve de les échauffer, et la
danse commence !

— Bah ! fit tranquille-
ment l'ex-ministre, ce
soir, le gouvernement
aura cédé, et les pari-
siens, ayant gain de
cause, rentreront chez
eux bien tranquille-
ment.

— Vous pensez que
Lemarchand cédera ?

— J'en ai la certitu-
de, ou à peu près.

« D'après ce que dit Mansülle, qui a une oreille
partout, la réunion des ministres de ce matin a été
plutôt orageuse.

« Lemarchand a eu du mal à retenir ses collègues,
dont plusieurs flanchaient.

« Il a dû promettre des concessions à ces braves gens
qui déjà se croyaient blacboulés aux prochaines élections.

« Une chose les a frappés, surtout, c'est que le mouvement gagne la province.

« De toutes les préfectures, arrivent des dépêches
inquiétantes pour le ministère.

« D'autre part, la Chambre s'agite.

*C'était devant Notre-Dame autour d'un chanteur
ambulant.*

« Je prévois une séance mouvementée ce soir...
mais soyez sans crainte.

« Il faudra que Lemarchand mette les pouces.

« S'il hésite, je me fais fort de le contraindre.

— Enfin, s'écria le capitaine, vous allez interpeller !

« Qu'allez-vous demander ?

— Rien d'extraordinaire, n'abusons pas de la victoire.

« Je demanderai tout simplement que le procès de
Ferbach soit terminé avant le départ des Chambres.

« D'autre part, j'irai
trouver le général Les-
tradier — il sera certai-
nement au banc des mi-
nistres, et je réclamerai
le droit pour vous et les
amis de voir le reclus du
« Cherche-Midi ».

« Cette mise au secret
anormale, barbara...
doit cesser au plus tôt.

« C'est une surprise
que je réserve à Mada-
me Ferbach.

— Coquin de sort !
Voilà qui lui fera rude-
ment plaisir, et à moi
donc !

« Enfin, on va revoir
le p'tit gars !

« Vous êtes certain de
réussir, Monsieur Ber-
tard ?

— Sur le premier
point, oui, autant qu'on
peut l'être en pareil cas
cependant.

« Le second est plus chanceux; mais, j'ai confiance.

« D'ailleurs, nous allons être fixés bientôt.

« Je m'en vais à la Chambre de ce pas.

« Vous, mon cher ami, rentrez chez vous.

« Je vous téléphonnerai le résultat sitôt connu.

De retour boulevard St-Germain le capitaine fut
de nouveau en butte aux supplications de l'ami Patoche.

Le gavroche eût donné dix ans de sa vie pour pouvoir sortir, respirer la poussière soulevée par les
manifestants et les patrouilles qui commençaient
à circuler en tous sens.

— Ça doit sentir la poudre, murmurait-il tout bas.

Mais, le père la Manille ne voulait rien entendre :

— Non... grommelait-il, je me méfie de toi, mauvaise graine de Parigot.

« Supposons que tu te fasses arrêter...

« Te voilà obligé de décliner tes noms et qualités, et tu vois les suites d'ici.

« Toi, soldat de l'active, l'ordonnance du capitaine Lancelin, fourré au violon!

« Ça serait du joli!

— Non, mon capitaine, puisque je vous promets d'être sage comme une image d'un sou.

« Je ne demande qu'à faire un tour, en flâneur, en voyeur, quoi!

— Non. Je me méfie de ta sacrée caboche!

« Si je pouvais t'accompagner, je ne dis pas.

— Qu'à cela ne tienne! intervint Wilhem Furster qui se trouvait là.

« Je suis tout prêt, moi, à vous suppléer, capitaine, et à accompagner l'ami Patoche.

— Dans le cas, c'est différent.

— Vous consentez? clamait Patoche, l'œil brillant de joie.

— Oui... puisque ça te fait tant plaisir.

« Allez mes enfants, seulement pas de bêtises, hein?

« Monsieur Furster, je vous recommande cette tête brûlée.

Déjà le Montmartrois et son chaperon couraient vers la porte.

— Soyez sans inquiétude, répondit Furster de l'antichambre.

« Je réponds de tout.

— Bien, allez!

« Et vous, Madame Pierre, allez me chercher Jeannette.

« J'ai à lui parler.

L'ordonnance et Furster étaient déjà sur le trottoir.

Ils descendirent vers les quais, franchirent la Seine et se dirigèrent vers la colonne de Juillet où ils arrivèrent bientôt.

— S'il y a du grabuge, disait l'ordonnance, c'est ici que ça commencera, du côté du faubourg Antoine.

« C'est eux qui ont pris la Bastille, et depuis, ils sont toujours les premiers à saisir le flingot.

Pendant deux heures, Wilhem Furster et Patoche battirent le quartier sans rien constater d'anormal.

Jamais Paris n'avait paru plus calme; et le Montmartrois avait peine à cacher sa déception qui grandissait à chaque pas.

Les agents étaient en nombre, maintenant et parlaient plus haut, mais personne ne songeait à riposter.

La rentrée commençait, l'exode qui se produit chaque soir du centre de la ville à la périphérie, mais personne ne s'arrêtait.

On sentait que tous ces travailleurs, leur journée faite, ne demandaient qu'à se reposer.

Nos deux promeneurs qui avaient pris le parti de revenir, ne rencontrèrent qu'un seul rassemblement.

C'était devant Notre-Dame, autour d'un chanteur ambulant, vendant une chanson d'actualité, lancée le matin par l'Empereur des Camelots.

Ça s'appelait les aveux de Poupoule, et le refrain emprunté à une scie alors en vogue, était repris en chœur par la foule joyeuse :

> Viens Poupoule, viens!
> Tu verras, mon chien-chien,
> Comme ça fait du bien...

Patoche était de plus en plus désappointé, Wilhem Furster aussi, qui là-bas en Allemagne, avait entendu parler de la turbulence des parisiens.

— Le peuple chante, disait-il, il ne se passera décidément rien.

« Ça vaut mieux, d'ailleurs.

— Savoir... répondait l'ordonnance.

« Il ne faut pas se presser trop de conclure.

« Mon grand-oncle, qui avait fait pas mal de barricades dans sa vie — et qui est mort de n'en plus pouvoir faire, je crois bien! — me disait qu'il ne fallait pas se fier à ces calmes trompeurs.

« C'est lorsqu'on s'y attend le moins que tout éclate, disait-il.

« Toutefois, il pensait, non sans tristesse, que le temps de révolution était passé, fini.

« Même qu'il en donnait une raison, devinez laquelle?

— Mais, celle que tout le monde donne, je pense.

« Avec les armes perfectionnées d'aujourd'hui, les fusils à répétition.

— Non, interrompit le Montmartrois.

« Vous n'y êtes pas du tout.

« Des armes à répétition, tout le monde peut en avoir.

« La raison, la vraie, la seule, c'est qu'on a mis du pavé de bois presque partout et qu'avec les morceaux de sapin il est impossible d'édifier une barrière qui tienne!

« Le premier boulet foutrait tout par terre.

« Hein! vous ne l'auriez pas trouvée, celle-là?

— Ma foi non, conclut Furster.

« Et elle est juste, en somme, très juste même.

« Seulement, il fallait un professionnel pour la découvrir, quelqu'un qui eût mis la main à la pâte.

« Je connais à l'université de Bonn un vieux maniaque, professeur d'histoire, qui cherche des sujets de thèses originales à présenter à ses auditeurs.

« J'ai envie de lui proposer celui-ci : De l'influence du Pavé de Bois sur les Révolutions.

Cependant, nos deux amis étaient arrivés boulevard St-Germain non loin du domicile du Père la Manille.

— On rentre? demanda Wilhem Furster.

— Il le faut bien, répondit le parisien furieux de cette promenade ratée.

— Vous avez l'air de mauvaise humeur, m'sieu Patoche.

— Il y a de quoi, nom d'une pipe!

« Moi qui me faisais une fête de cette ballade, de vous montrer comment on travaille à Pantruche... et des nèfles!

« Quand nous arrivons, la pièce est jouée.

« Plus personne, rien que des flâneurs comme nous.

« On dirait que ces salops de parisiens le font exprès.

« C'étaient des tigres, ce matin, paraît-il, et les voilà changés en moutons.

« Ils sont trop *gnolles*, vraiment, ça me vexe!

— Toujours le même, raillait Furster, amusé de cette sortie, vous ne rêvez que plaies et bosses.

« Ah! comme le capitaine avait raison de se défier, et comme vous devenez vite grincheux.

« Mais, les choses sont très bien, au contraire.

« Une émeute, même peu grave, ne pourrait que faire du tort à nos amis, et à la cause.

— Et qui parle d'émeute... s'écria le Montmartrois.

« Une bagarre, tout simplement, une toute petite bagarre, histoire de se dérouiller les jointures.

« Ça aurait suffi.

Une sorte de bohême en redingote râpée.

« J'ai peur que vous emportiez une triste idée des *pantinois*.

— Mais non. Paris avait à manifester sa volonté.

« Il l'a fait ce matin, et s'en tient là.

« Il a raison : tout est bien ainsi.

Tout en bavardant, Patoche et son compagnon avaient dépassé et de beaucoup la porte du capitaine.

Ils étaient arrivés à la hauteur de la rue du Bac.

Depuis un instant, ils remarquaient un peu plus d'agitation autour d'eux.

Les passants étaient plus nombreux, plus pressés, et tous se dirigeaient vers la Seine.

Les omnibus et tramways qui venaient de ce côté, avaient leurs impériales encombrées de voyageurs, pour la plupart debout.

Sur l'autre trottoir, une colonne d'agents défilait au pas gymnastique, descendant vers le Pont de la Concorde.

A chaque instant, des bandes de gamins passaient, courant dans le même sens.

Tout proche, une rumeur montait.

Patoche avait relevé la tête, et humait le vent.

Ses narines battaient comme celles d'un cheval de guerre qui entend sonner la charge.

— Il doit y avoir une manifestation par là, dit-il.

En avisant un passant qui venait en sens inverse :

— Qu'est-ce que c'est? demanda-t-il.

L'interpellé, un sorte de bohême en redingote râpée, aux cheveux longs, aux yeux ardents — un vrai type d'insurgé — regarde l'ordonnance de haut, et avec un haussement d'épaules :

— Quelques douzaines de braillards... répondit-il, qui manifestent.

— Où ça?

— Au Palais-Bourbon.

— C'est sérieux?

Pour la seconde fois, l'homme à la redingote haussa les épaules :

— Sérieux! ricana-t-il en jetant des regards furibonds tout autour de lui.

— Ce n'est pas avec ça qu'on fait une révolution.

« Avec quelques fausses-couches.

« Vous êtes jeune, l'ami.

Et il tourna les talons.

— Hein! rigolait Patoche, il n'est pas commode, le frangin.

Un homme en bourgeron, la face réjouie, s'approchait de l'ordonnance en ce moment.

— Vous le connaissez? demanda-t-il en montrant le bohême qui s'éloignait en gesticulant.

— Ma foi non!

« Qui est-ce.

— C'est Carduci, le chevalier Carduci, le révolutionnaire italien.

— J'aurais dû m'en douter.

« Il ressemble à mon oncle.

« Alors, c'est vrai ce qu'il raconte?

— C'est vrai sans l'être.

« L'italien est furieux parce qu'il voulait nous faire culbuter un omnibus, commencer une barricade, et qu'on n'a pas marché.

— Vous le connaissez? demanda-t-il.

— Alors, vous étiez là-bas?

— J'en viens.

— Qu'est-ce qui se passe?

— Il ne se passe et ne se passera rien, probable.

« Une simple démonstration, un défilé pacifique, voilà tout.

« D'ailleurs, la consigne est d'être calme, ce tantôt.

« Seulement, quand le Carduci parle de quelques douzaines de braillards et de fausses couches, il exagère un peu tout de même, le mangeur de macaroni.

« Et d'abord, il y a foule, cinquante mille manifestants, plus, peut-être.

« Des badauds, pour la plupart c'est vrai, des curieux venus aux nouvelles et qui rigolent en attendant.

« N'empêche que dans le tas il n'y en a pas mal d'autres, des gars comme moi qui n'ont pas froid aux châsses.

« J'en ai reconnu plusieurs qui ont manifesté avec bibi ce matin, un entre autres qui vous a démoli un flicard.

« Seulement, comme je disais, le temps est au beau ce soir.

« Et puis, on ne peut pas toujours cogner, que diable!

« Le peuple s'est fâché, ce matin, et maintenant, il chante, il s'amuse!

« C'est son droit.

« Alors, vous allez là-bas?

— Oui, peut-être... répondit Patoche.

« Qu'en pensez-vous M. Wilhem?

— Je pense que nous ferions mieux de rentrer.

« Il se fait tard, le capitaine va s'inquiéter.

— Mais non, répondait l'ordonnance, six heures à peine.

« Peut-être qu'on va apprendre une nouvelle épatante, la chute du ministère!

« Qu'est-ce que vous craignez?

— Je crains que vous ne fassiez des bêtises, comme dit M. Lancelin.

« Vous avez, mon ami, des yeux trop brillants et qui m'inquiètent.

— Mais, puisqu'on vient de dire que ce n'était pas sérieux.

« Une foule qui rigole, rien de plus!

« Faut voir ça, M. Furster.

« En avant deux!

Le Parigot avait pris le bras de Wilhem Furster et l'entraînait tout en chantonnant :

Viens Poupoule, viens
Tu verras mon chien-chien etc...

— *Citoyens, un ban pour l'armée.*

CHAPITRE CLXXXI

Le colonel de Montarlan a un beau geste

— Quel populo... disait Patoche tout en se faufilant entre les manifestants de plus en plus pressés à mesure qu'on approchait de la Chambre.

« On est rendu, heureusement.

« S'agit plus que de se bien placer. »

Il montra des sacs de plâtre entassés au coin du Pont de la Concorde, et s'étendant assez loin le long du quai d'Orsay.

— Si on grimpait là-dessus, proposa-t-il.

« On serait aux premières loges pour voir, avec la Chambre des Députés devant nous.

« De plus, en cas de bousculade, on n'aurait qu'à sauter sur la berge et à filer par le bateau-mouche.

« Ni vu ni connu, je t'embrouille. »

Les deux compagnons escaladèrent le monticule et parvinrent non sans peine, à se faire une place parmi les badauds.

— Quelle foule ! s'écria le parisien aussitôt installé.

« C'est noir de monde jusqu'aux Invalides et à la Madeleine.

« Plus de cinquante mille... certainement.

« Et voyez comme ils sont calmes pour des manifestants.

« Tout ce brave populo, qui faisait trembler Paris ce matin, ne pense plus qu'à s'amuser.

« Il est venu là avec femmes, enfants, et tout ça rigole.

« On se croirait à la Mi-Carême, quand on attend la Cavalcade. »

En effet, la foule ne montrait aucune disposition hostile.

Elle stationnait sur les trottoirs ou défilait sous l'œil des agents chargés de maintenir la chaussée au milieu libre pour la circulation des voitures et des piétons.

Les manifestants s'interpellaient, lançaient des bons mots d'un groupe à l'autre.

Les marchands de glace et de coco allaient et venaient, et chacun s'écartait pour leur livrer passage.

Des camelots s'étaient faufilés au plus épais de la cohue, et vendaient leur menue pacotille aux badauds amusés de leurs boniments.

Plus bas, sur les berges, des chanteurs ambulants vendaient la scie du jour : Viens Poupoule ou le dernier succès de Polin.

Partout, c'était la même gaîté, le même entrain la même bonhomie qui enchantait le Montmartrois.

— Hein... disait-il, est-ce que j'avais raison, M. Furster.

« Quelle fourmilière... ça vaut le coup d'œil.

« Vous ne regrettez plus d'être venu, j'espère?

— Non... pas jusqu'ici, du moins.

« Je suis heureux d'avoir fait connaissance avec le brave peuple parisien, si gai, si bon enfant.

« Je suis bien aise, d'autre part, de constater que, vous aussi ,vous êtes plus calme.

« Vous ne rêviez que plaies et bosses, tout à l'heure.

— Mais non... protesta l'ordonnance.

« Ce que je voulais, c'était de voir le grouillement la cohue, de m'y mêler.

« J'ai ça dans le sang, moi, comme tous les vrais parigots.

« C'est une envie, quoi!

« J'ai dû être fabriqué un jour de manifestation.

« C'est pourquoi j'aime la foule, le mouvement, les cris, le bruit qu'elle fait de loin.

« N'est-ce pas qu'on dirait la mer qui arrive?

— Oui... malheureusement comme la mer, la foule est trompeuse, sujette à des bourrasques subites.

« On croit n'avoir rien à craindre, soudain, venu on ne sait d'où, arrive un coup de vent, et tout se brouille.

« C'est la tempête!

— Soyez tranquille, il n'y aura pas de bobo!

« Je connais mes têtes... et rien ne menace.

« Tous les manifestants ont entendu dire qu'il y avait un débat sérieux à la Chambre, que le ministère allait sauter p't'être ben, et ça les amuse de contempler les murs ousque ça se passe...

« En attendant, chacun ne pense qu'à rire.

« La preuve, ce titi là-bas!

« Ce qu'il en a, du succès!

Patoche parlait d'un apprenti typographe en longue blouse noire qui venait de se hisser à l'autre bout du tas de plâtre et haranguait la foule.

C'était un jeune homme efflanqué de seize à dix-sept ans, au teint plombé de faubourien, avec une figure narquoise et des yeux frétillant de malice, un

de ces voyous sympathiques qu'on trouve dans toutes les manifestations.

On avait fait cercle autour de lui, et l'orateur improvisé était en train de vider sur la foule tout son répertoire de lazzis et de calembours.

La face de l'apprenti, sa mimique, étaient si expressives, si drôles que même ceux qui n'entendaient rien, riaient de confiance.

Parfois il apostrophait quelque titi de son espèce, et c'était une prise de becs homérique, un feu de quolibets pendant plusieurs minutes.

Soudain, une fumée blanchâtre s'éleva.

On eût dit un coup de revolver, mais aucune détonation ne suivit.

Simplement, c'était un gamin, placé en bas qui, à bout d'arguments, venait de crever l'un des sacs, et de lancer une poignée de plâtre au visage de l'apprenti typographe.

Celui-ci riposta aussitôt, d'autres s'en mêlèrent et tout disparut dans un nuage de poussière.

— Bon, disait Patoche, voilà les confetti, à présent.

« Qu'est-ce que je vous disais que c'était le carnaval!

Lorsque la bataille cessa faute de munitions, ce fut un éclat de rire général.

Le typographe, qui avait servi de cible à tous, était blanc des pieds à la tête avec une face blafarde de clown.

Il secoua sa blouse, mais se garda bien d'essuyer sa face enfarinée qui faisait les trois quarts de son succès.

Il s'empressa, au contraire, de commencer un nouveau discours, accompagné de grimaces qui faisaient s'esclaffer la foule.

— Bravo Pierrot!... criait-on de toutes parts.

« Hé! Footitt!

« Ce qu'il est rigolo, l'astèque.

Une midinette lui jeta son bouquet de violettes.

Le faubourien répondit par un baiser, et épingla le bouquet sur sa blouse noire.

De nouveau des applaudissements éclatèrent, que l'apprenti interrompit d'un geste brusque.

Une musique militaire qui venait de jouer aux Tuileries s'avançait au milieu de la chaussée, regagnant sa caserne.

L'apprenti leva sa casquette.

— Vive l'armée! cria-t-il.

« Citoyens, un ban pour l'armée.

« Une, deux, trois!...

Le ban fut battu d'enthousiasme et sans un raté, et les bons mots recommencèrent de plus belle.

Patoche se tourna vers Wilhem Furster :

— Eh bien! fit-il, je pense que vous êtes maintenant fixé.

« Vous voyez que personne ne pense à casser les vitres.

« Jusqu'aux sergots, si arrogants tout à l'heure, et qui sont doux comme des agneaux.

— Oui... répondit Furster.

« Cependant, la foule augmente de minute en minute, et des incidents peuvent se produire.

« Ce qui m'étonne justement, c'est cette longanimité de la police.

« Pourquoi avoir permis un pareil rassemblement?

« Il eût été facile de déblayer tout à l'heure, tandis qu'à présent...

« Si bien que je me demande, moi aussi, si le gouvernement ne cherche pas sa revanche de ce matin.

« Quelqu'un disait tout à l'heure que tandis que le peuple s'amuse, la cavalerie arrive, se masse dans les rues avoisinantes derrière le Palais-Bourbon.

« Enfin j'aperçois pas mal de figures suspectes qui n'étaient pas là tout à l'heure.

« Pourquoi diable, les a-t-on laissés pénétrer?

« Il y a des barrages, il eût été facile de filtrer les arrivants... certains surtout, connus comme professionnels de l'émeute.

« Tout cela est louche!

— Bah! répondait Patoche, ne vous faites pas de bile.

« Ce n'est pas quelques mauvaises têtes qui mettront en train une masse pareille.

« Le populo ne veut pas marcher, il ne marchera pas.

A ce moment, une forte colonne de manifestants arrivait par le boulevard St-Germain, drapeau rouge en tête.

Il y eut quelques bousculades aux barrages.

La colonne fut morcelée, mais passa.

Un cantonnier arrivait poussant sa brouette.

Elle se mêla à la foule qui ne tarda pas à devenir houleuse.

On chantait l'Internationale.

Puis, des cris s'élevèrent sur divers points : Hou! Hou! A bas la calotte!

Wilhem Furster commença de s'inquiéter.

— Attention! disait-il, voilà que ça change.

« Le peuple s'énerve d'attendre : ça pourrait bien se gâter avant peu.

« Nous ferions bien de rentrer.

— Rentrer... pour quelques gueulards.

« Laissez-les chanter, si c'est leur goût.

« Quand ils en auront assez, ils se tairont.

« Qu'est-ce qui vous inquiète?

— Un tas de choses... j'ai vu des manifestations, moi aussi, là-bas en Allemagne, et je sais comment on s'y prend pour balayer la foule.

« Or, je constate ici quelques mesures préparatoires...

« Voici justement qu'on interrompt la circulation des tramways et des voitures.

« On déblaie comme si la cavalerie allait entrer en scène.

« Plus il va, plus je suis convaincu que le gouvernement ou tout au moins la police cherche une affaire.

— Ma foi, c'est bien possible, répondit le Montmartrois.

« D'abord, quand il y a du grabuge, c'est toujours la police qui commence.

« Il se pourrait très bien qu'il y eût quelques *gnons* entre *roussins* et anarchistes à la manque.

« Mais, comme tout ça c'est compère et compagnie, ils se ménageront.

Le Montmartrois s'interrompit pour montrer une bande bruyante de manifestants qui venait de se faufiler à cinquante mètres d'eux, sous les arbres du quai.

— Tenez, justement, visez-moi ces types là-bas qui hurlent : A bas la calotte!

« En font-ils du boucan!

— Qu'est-ce que c'est, des anarchistes? demandait Furster.

— Eh! non... c'est des agents provocateurs, les *blouses blanches*, comme disait feu mon oncle.

« Heureusement qu'on les reconnaît de loin, à leur gueule d'empeigne!

A cet instant, quelques protestations éclatèrent.

L'apprenti, au visage blafard de Pierrot, toujours à l'affût de diversion, se pencha, cherchant des yeux la cause de ces cris.

Il aperçut tout proche, une femme qui se frottait les yeux.

— Qu'est-ce qu'il y a? la petite mère, questionna-t-il.

« Vous avez sommeil... alors, faut rentrer faire dodo !

« Et parbleu, voilà le « marchand de sable » qui s'amène.

Le « marchand de sable » était un cantonnier qui arrivait, poussant sa brouette devant lui.

Tous les trois ou quatre pas, il s'arrêtait, lançait une pelletée de sable à la volée, et repartait de son pas machinal.

Le Pierrot en blouse de lustrine était devenu sérieux pendant quelques secondes.

— Tiens, fit-il, qu'est-ce que ça veut dire? Ouvrez l'œil, vous autres.

« Ça pourrait bien chauffer, tout à l'heure.

Il descendit de son poste d'observation et s'avança en se dandinant, les mains dans les poches, avec l'air de quelqu'un qui va faire une farce.

Il se campa en face du cantonnier, et d'une voix canaille :

— Dis donc, toi, qu'est-ce que tu viens foutre ici?

« Qu'est-ce qui te prend de lancer du gravier à la figure des gonzesses?

La foule, croyant à une nouvelle blague de son favori, s'amusait d'avance.

— Oui, — criait-on — qu'est-ce qu'il vient fiche?

« Enlève-le, Julot.

« Bouffe-lui le nez.

— T'entends, reprit le gamin qui se sentait soutenu, le peuple demande qu'est-ce que tu fiches là?

— Moi, fit le cantonnier, dont la figure ahurie redoublait la joie des spectateurs.

« C'est l'heure de sabler, je sable...

— Connu! répliqua l'apprenti.

« On ne me le fait pas, à moi, Julot de la Popinguc.

« Quand on sable, c'est que la cavalerie va charger.

Et, toujours riant, il saisit la pelle.

— Pas de ça, Lisette.

Les soi-disant anarchistes signalés un peu plus tôt applaudirent.

— Bravo! criaient-ils. Tiens bon, Julot.

Il a raison, ce moutard.

« A bas la calotte. Hou! Hou!

— A bas la calotte! répétèrent plusieurs voix.

Au même instant, un agent s'élança, le poing levé.

Le voyou tournoya le crâne fendu d'un coup de casse-tête.

A cette vue, Patoche bondit.

— Ah! le salop! gronda-t-il.

Et il se rua, tête basse, suivi de Wilhem Furster.

D'autres, les avaient imités et soudain, sans qu'on sût comment, la bataille éclata sur toute la ligne.

Ce fut la traînée de poudre.

On se battait tout le long des quais, depuis la gare d'Orléans en amont, jusqu'à l'Esplanade des Invalides.

Les coups de canne et les coups de pierre pleuvaient de toutes parts.

Les femmes fuyaient affolées, hurlant.

Cependant, le parigot et Wilhem avaient pu dégager l'apprenti, qui avait moins de mal qu'on aurait cru.

Ils cherchaient une pharmacie où le conduire, mais celui-ci ne l'entendait pas ainsi.

Tout à coup, il se dégagea et partit dans une autre direction :

— Acré! criait-il, garez-vous!

« V'la les coquillards!

En effet, un grondement venait d'éclater tout à coup.

C'était la cavalerie qui donnait.

Surgie on ne sait d'où, elle arrivait en trombe de trois côtés à la fois : en aval, en amont, et par la place de la Concorde.

Les manifestants allaient être pris comme dans les mâchoires d'un étau.

La foule tournoya quelques secondes, puis se rua sur les barrages, culbutant tout sur son passage.

Mais ces issues étaient insuffisantes, et le combat continuait ailleurs.

Déjà le premier peloton, celui qui venait de la place de la Concorde, avait franchi le pont et n'était plus qu'à quelques pas de Patoche.

Les chevaux ruaient.

Les hommes, dont plusieurs étaient blessés, commençaient à s'échauffer et à cogner au hasard.

L'officier qui les conduisait, donnait l'exemple de l'acharnement.

Penché sur le col de sa monture, le sabre à la main, il s'efforçait d'atteindre les manifestants.

— Assassin! cria l'un d'eux.

L'officier s'élança derrière son insulteur qui fuyait le long des maisons, franchit le trottoir, abattit son sabre.

L'homme, un vieillard à barbe blanche, vint s'écrouler aux pieds de Patoche, le visage en sang.

Ivre de rage, le parigot avait saisi un pavé; mais, soudain le projectile lui échappa des mains.

Il était pâle et ses jambes flagellaient sous lui.

— Nom de Dieu! fit-il, mon régiment!

« J'allais faire du propre!

« C'est Thérisy, ah! le cochon...

Et, la tête perdue, il se laissa entraîner par Wilhem Furster.

Ils se faufilèrent le long du parapet gagnèrent les berges, mais la police avait prévu la manœuvre.

Les brigades centrales étaient là, refoulant les fuyards.

Le voyou tournoya, le crâne fendu.

Les pontons étaient gardés.

Ils remontèrent et coururent au hasard entraînés par la marée humaine jusqu'à l'Esplanade des Tuileries.

Bientôt, le flot qui les roulait s'arrêta devant un mur de cavaliers avançant au pas.

L'officier qui marchait en tête avait le sabre au fourreau.

— Le colon! cria Patoche qui venait de reconnaître de Montarlan.

« Qu'est-ce qui va se passer?

Le colonel arrêta son cheval pour ne pas piétiner des femmes qui se trouvaient au premier rang.

Durant quelques secondes, les adversaires se mesurèrent du regard.

L'instant était critique.

Visiblement, le colonel hésitait, lorsqu'un boulon l'atteignit en pleine poitrine.

Il tressaillit, tira son sabre, et l'abaissa presqu'aussitôt.

— Passez, mesdames, dit-il en faisant reculer son cheval.

— Vive le colon! hurla Patoche.

— Vive le colon! répéta la foule en s'élançant.

— Sabre au fourreau! commanda le colonel.

Et il entraîna ses hommes vers l'esplanade.

Le passage était libre, la foule s'y précipita en acclamant l'officier qui avait eu le beau geste.

Les projectiles qui criblaient les dragons avaient cessé de pleuvoir.

De nouveau on criait:

— Vive l'armée!

Un forcené voulut saisir la bride du colonel, mais il fut enlevé aussitôt, traîné vers les berges :

— A l'eau! criait-on.

« A la Seine, le mouchard!

Wilhem Furster voulait intervenir, mais Patoche l'arrêta.

— Pas la peine, dit-il, c'est un de la clique.

« Ça regarde les autres.

« Tenez, voilà déjà les sergots qui accourent pour le dégager.

Les deux amis franchirent le pont de l'Alma et remontèrent la rive droite jusqu'à la place de la Concorde.

Là, Patoche s'arrêta pour voir où en était la bagarre.

Le champ de bataille était vide, jonché de cannes et de chapeaux.

— C'est fini! dit-il.

« Tant mieux!

« Somme toute, la police a raté son coup.

« Quant à nous, on s'en tire à bon compte.

« Pas une égratignure, pas même un bouton arraché.

« Le capiston n'y verra que du feu!

Au même instant, il remarqua un homme qui très calme, la redingote boutonnée, sans un grain de poussière, pérorait tranquillement au milieu d'un groupe d'ouvriers encore tout chauds, fumants de la bataille, aux vêtements poudreux, en loques, aux visages tuméfiés qui contrastaient avec la tenue correcte de l'orateur.

C'était Carduci!

— Ça vous apprendra, disait l'Italien en zézayant.

« Il fallait barrer le passage quand je vous l'ai dit.

« L'émeute a sa stratégie qu'il faut connaître.

— Tu parles!... grommela le parigot.

« En attendant, tu filais, tout à l'heure.

Et haussant les épaules :

— Il nous barbe... conclut-il.

« Rentrons.

CHAPITRE CLXXXII

Où l'ami Patoche a une idée à la « Mords-moi le doigt »

Pendant ce temps, le père la Manille s'entretenait gaiement avec Jeanne, qui s'était empressée d'accourir à son appel.

Elle avait appris — avec quelle joie! — les nouvelles apportées par son protecteur.

Ainsi, le ministère allait fixer la date du procès.

Plus que quelques semaines encore, et André serait libre...

Toutefois, le capitaine n'avait rien dit de la surprise espérée par M. Bertard : la permission de voir le prisonnier.

L'ancien ministre avait été moins affirmatif sur ce point, et le vieux grognard ne voulait pas exposer sa pupille à une déception cruelle.

Cependant, le temps passait.

Il était cinq heures, et la nouvelle tant attendue n'arrivait pas.

Bientôt, Jeanne n'y put plus tenir.

— Voilà que je commence à trembler, dit-elle.

« Ça m'étonne, ce silence de M. Bertard.

« Il devait téléphoner tout de suite.

« Est-ce que par hasard, l'interpellation aurait échoué?

« Ça ne vous inquiète pas, capitaine?

— Pas le moins du monde.

« M. Bertard n'a pas fixé d'heure, d'abord.

« Il est probable que le ministre de la guerre n'était pas là.

« Le général Lestradier aura profité des troubles, des mesures à prendre, pous esquiver le débat.

« Il espère peut-être lasser la patience de l'ami Bertard, mais il a compté sans son hôte.

« M. Bertard est bien résolu à prolonger la séance jusqu'à la nuit si besoin est.

« Il faudra bien que le général vienne à la tribune et qu'il s'explique, mille millions de tonnerre!

Une demi-heure après, Mme Pierre, sortie pour faire les préparatifs du dîner, revenait toute émue.

Elle avait entendu parler de la bagarre qui en ce moment battait son plein autour du Palais-Bourbon.

— C'est une Révolution... disait-elle.

« Il y a des morts et des blessés par centaines.

Elle exagérait légèrement.

Heureusement, une apprentie de Jeanne survenait un peu plus tard, et mettait les choses au point.

Elle avait vu les dragons s'ouvrir devant la foule et raconta le beau geste du colonel.

— Bravo, Montarlan! grognait le vieux soldat tout ému.

« Ah! si tous étaient comme lui!

« Tiens l'arpète, voilà cent sous pour la peine.

Lancelin était si joyeux, si tranquille sur l'issue de la journée, que Jeanne fut rassurée.

Toutefois, elle regardait la pendule à chaque instant.

Le capitaine, qui sentait le besoin de faire diversion, se mit à parler de Patoche et de Wilhem Furster, dont le retard l'inquiétait, depuis surtout qu'il avait appris l'échauffourée du Palais-Bourbon.

— Coquin de sort... grogna-t-il, qu'est-ce qu'ils fichent tous deux?

« J'ai eu tort de permettre cette ballade.

« Dans tout Montmartrois, il y a une graine d'insurgé.

« Pourvu que ce sacripant ne soit pas allé se fourrer dans la bagarre.

— Non, rassurez-vous, disait la jeune femme.

« Patoche a juré d'être sage.

« Et puis, il y a un Wilhem qui le serait pour lui, au besoin.

— A propos... reprit le capitaine, tu as reçu une lettre de Mlle Ferbach?

— Oui.

— Je croyais qu'elle devait venir bientôt?

— Oui... mais elle attend que son frère ne soit plus au secret.

— C'est juste.

« Je crois bien qu'elle n'attendra pas longtemps.

« N'oublie pas de lui annoncer cela dans ta réponse, et de lui présenter mes hommages à elle et à son papa.

« Ce brave clergyman qui a du si bon kirsch! »

Cependant, l'aiguille cheminait sur le cadran de la pendule.

Il était plus de six heures et l'on était sans nouvelles de l'interpellation.

Jeanne évitait d'en parler, mais il était évident que ses angoisses l'avaient reprise.

Elle ne pouvait plus tenir en place, et tressaillait au moindre bruit.

Le vieux grognard, bien qu'il affectât la même assurance, commençait à être inquiet, lui aussi.

— Pourvu, se disait-il, que cette stupide bagarre n'ait pas gâté nos affaires.

« L'enfant se présentait si bien.

« Ce serait bête de péter au point!

« Ce vieux renard de Lemarchand est très capable d'avoir grossi les choses, d'avoir raconté que l'émeute grondait au seuil du Parlement, menaçait le « Sanctuaire des lois » comme ils disent.

« Tas de Jocrisses!

« Et, cela aura suffi pour que tous les pékins de députés tournent casaque...

— A quoi pensez-vous? demanda Jeanne subitement.

« Vous êtes inquiet, vous aussi.

— Mais non, affirma le Père la Manille.

« Puisque je te dis, sacré mille tonnerres! que l'affaire est dans le sac!

— Cependant... ce retard.

— Et, qu'est-ce que ça prouve?

« C'est cette manifestation qui aura dérangé les choses.

« M. Bertard ne pouvait pas interpeller pendant que la chambre était assiégée par les braillards.

« Elle ne l'a pas été tant que ça, mais on l'aura

Ivre de rage, le parigot avait saisi un pavé.

dit.

« Sinon... c'était lui qui aurait eu l'air de vouloir agir par force, faire le *coup d'Etat,* qu'il devait justement reprocher au gouvernement.

« On a essayé de retourner la situation contre lui, mais notre ami n'est pas tombé dans le piège, comme tu vois...

« Il attend... pas de nouvelles, bonnes nouvelles par conséquent.

Le capitaine parlait encore, que la sonnette du téléphone entrait en branle.

Il se précipita à l'appareil.

Jeanne l'avait suivi, et attendait toute tremblante d'émotion.

L'officier lui tendit un des récepteurs.

— Tiens, écoute!...

La jeune femme porta le cornet à son oreille.

Ses jambes vacillaient sous elle.

Mais, déjà la conversation commençait :

— *Allô! allô!* criait M. Bertard, joyeusement. C'est vous, mon capitaine?

— Oui, M. Bertard, eh bien?

— Eh bien, ça y est!

« Victoire sur toute la ligne!

— Enfin! Alors, le procès?

— Le procès se commencera dans quelques semaines, et finira dans les premiers jours d'août, au plus tard.

— Coquin de sort! exultait le vieux brave.

« Qu'est-ce je disais, petite?

Cependant, l'ancien ministre continuait :

— Attendez!... Ce n'est pas tout!

« J'ai encore une bonne nouvelle à vous annoncer.

— Oh! mon Dieu!... murmura Jeanne qui défaillait.

— Qu'est-ce que c'est? reprit M. Bertard.

« Il y a quelqu'un avec vous, capitaine?

— Oui.

— Qui donc?

— Madame Ferbach.

— Parfait!

« Eh bien! Madame Ferbach, le secret est levé.

« Vous pourrez voir le lieutenant.

— Quand donc? lança Jeanne, demain?

— Non, pas si vite...

« Dans deux ou trois jours.

« Il y a quelques formalités encore à remplir.

— C'est sûr, au moins... demanda le père Lancelin.

— Puisque je vous le dis.

« Je viendrai vous donner les détails tout à l'heure

« A bientôt : attendez-moi.

— A bientôt....

Jeanne accrocha l'appareil et se jeta tout en larmes dans les bras du vieux grognard.

— Enfin, bégayait-elle, je vais le revoir.

Ils étaient si émus, si absorbés qu'ils n'aperçurent pas Patoche et Wilhem Furster qui venaient d'entrer sur ces entrefaites.

Le capitaine fronça les sourcils d'un air terrible.

— Enfin, te voilà! cria-t-il en tapant du pied.

« Tu tombes à pic.

« Avance à l'ordre, clampin, que je te passe en revue.

« Si je découvre la moindre chose qui cloche, seulement un grain de poussière, je te flanque huit jours.

« Ou plutôt... non, je te renvoie au peloton!

Mais, l'air heureux du capitaine démentait ses paroles.

D'ailleurs, Patoche avait pris ses précautions avant de se présenter.

Il subit l'épreuve victorieusement.

Pendant ce temps, Jeanne s'entretenait à voix basse dans un coin avec Wilhem Furster.

Le vieux grognard s'en aperçut et sourit sous sa moustache grise.

Aussitôt, il se dirigea vers la porte.

— M. Furster, dit-il, tenez donc compagnie un instant à ma pupille.

— *Passez, mesdames, fit-il.*

« Elle a reçu des nouvelles du pays, je crois.

« Moi, j'ai à causer avec Patoche.

Il emmena l'ordonnance et lui apprit la double résultat de la journée.

— Fameux, disait le parigot.

« Ça me fait plaisir pour madame Ferbach.

« Elle avait beau faire la brave, elle se rongeait c'est clair.

« Vous avez dû remarquer comme ses yeux se cernaient depuis quelque temps.

« Enfin, voilà que ça se débrouille, que ça prend tournure...

« Ce que je suis content!

— Et moi donc! fit le vieux grognard.

« Pas dommage que ça se débrouille, comme tu dis.

« Voilà des semaines que je n'ai pas eu une heure à moi.

« Je vais pouvoir remonter mes cannes à pêche... nom d'un pétard!

— Et Walter Humding? demanda l'ordonnance.

« Vous renoncez à le mettre à l'*ours*?

— Non, pas précisément... mais ça, c'est une autre paire de manches.

« Une affaire de longueur.

« Le plus pressé, c'était de tirer le lieutenant des griffes des cagots, de renvoyer Lestradier et autres culs-bénis en banc-d'œuvre, et ça approche...

« Une fois ce point acquis, une fois M. Bertard au pouvoir — il y reviendra, c'est certain... — nous reprendrons la chasse contre le Boche

« Serons-nous plus heureux? je l'espère sans y compter trop.

« Comme dit l'ami Bertard : ce vieux blaireau a trop de trous pour être facile à pincer.

« En tout cas, même si on échoue, le principal est fait à présent, depuis les aveux de Poupoule et le reste...

« Désormais, le Boche est démasqué, brûlé.

« Il ne peut plus faire grand mal.

Jeanne et Lisbeth s'y jetèrent à la fois.

— Hum... murmura Patoche qui rapportait de sa promenade mouvementée une fièvre belliqueuse.

« Ça n'est pas sûr.

« Avec un bandit de cette espèce il faut toujours s'attendre au pire.

« Il doit vous en vouloir terriblement à vous, au lieutenant, à moi itou.

« Il cherchera à se venger sur Mme Ferbach qui sait, sur Rosette peut-être bien.

« Il a essayé déjà rappelez-vous.

« Pour moi je ne serai tranquille que quand cette fripouille aura six pieds de terre sur le ventre.

« Je me suis promis de mettre sa tête dans la corbeille de Rosette.

— Sapristi, s'écria le capitaine, mais tu deviens féroce comme un Japonais!

— Que voulez-vous, puisqu'il n'y a pas d'autre moyen d'en finir.

« Morte la bête, morte le venin...

— Evidemment, ça vaudrait mieux.

» Mais comment faire avec un bipède qui change de figure comme de chaussettes.

« Pas un de nous qui puisse se vanter de connaître son vrai visage.

« Il faudrait un signe, quelque chose...

« Ah! si seulement j'avais pu le tenir, si j'avais pu le *marquer* à sa vilaine figure une bonne fois.

— Mais c'est fait! s'écria le Parigot.

« Le Boche est *marqué* bel et bien.

« Il a un signe, une cicatrice non pas au visage, mais à la main, au pouce.

— Quel signe?

— La morsure de maman Jeanne, vous savez bien.

— Quelle morsure... ah! oui.

« Mais ce n'est pas assez ça.

« Une simple égratignure.

— C'est ce qui vous trompe, mon capitaine.

« La matelassière y allait à plein cœur, à pleines dents.

« Elle a entaillé jusqu'à l'os, qu'elle dit.

« Ça a laissé une trace, certainement, une cicatrice et c'est là qu'il faut viser...

« Justement Walter Humding n'y pensera pas, lui.

« C'est toujours comme ça, par un détail, que les plus malins se font pincer!

— Tu ne le tiens pas encore, grommela le capitaine.

— Evidemment, mais j'espère.

« Il y a du pied, comme on dit.

« J'ai beaucoup réfléchi, allez et j'ai une idée.

« Une idée épatante qui m'est venue à regarder les dents de la matelassière.

« Je ne sais pas si vous l'avez remarqué, mais maman Jeanne n'a pas les dents faites comme tout le monde, les dents de devant, je parle...

« Les *canines* sont très pointues, de vraies dents de chiens, quoi.

« Au contraire les *incisives* sont larges — des pelles! — et un peu écartées.

« Une dentition comme ça doit laisser une marque très caractéristique facile à reconnaître.

« Alors je me suis dit — c'est ça mon idée — qu'on devrait prendre l'empreinte.

« Et je l'ai prise.

« Qu'est-ce que tu chantes! s'écria le père la Manille étonné de ce langage imprévu dans la bouche du Parigot.

« Tu parles comme un dentiste.

« Tu as pris l'empreinte, toi... Comment?

— D'une façon très simple, mais il fallait y penser.

« En faisant mordre un bouchon.

« J'avais bien recommandé à Maman-Jeanne de s'imaginer que c'était le pouce du Boche et de le prendre comme elle avait déjà fait avec les mêmes dents.

« Et ça a réussi en plein!

« Ça a donné une marque très caractéristique: *un point et deux barres...*

— Un point et deux barres...

« Et c'est là-dessus que tu comptes pour pincer cet oiseau de malheur...

— Oui, mon capitaine. Pourquoi pas?

— Parce que tu radotes tout simplement.

« Les romans de police, dont tu abuses, t'ont troublé les idées.

« Si tu réussis, je te paie des prunes.

« D'ailleurs, je suis bien bête de discuter.

« Tu t'offres ma fiole en ce moment.

— Mais non, mon capitaine.

— Non, alors c'est sérieux.

« Alors tu y crois à ton truc à la noix de coco?

— Je n'y croyais guère hier, mais aujourd'hui je commence à espérer.

— Et d'où te vient cette belle confiance?

— D'une découverte que j'ai faite...

— Encore une découverte... Tu te fiches de moi.

— Non, mon capitaine, et c'est vous qui allez vous ficher de moi, au contraire.

« J'en suis sûr d'avance.

« Vous ne croyez pas aux *signes*, vous?

— Quel signe... Voilà deux heures que tu me rases avec tes signes.

— Pardon... je me suis mal expliqué.

« Cette fois *signe* ne veut pas dire marque, cica-
rice.

« Ça veut dire présage.

« Bon voilà que tu crois aux présages, maintenant.

« C'est complet!

« Je devine ta découverte, elle est fameuse.

« Tu es allée consulter la cartomancienne.

« Non, mon capitaine, j'ai consulté un de vos livres simplement, le *Manuel de Télégraphie*.

« C'est l'autre soir que j'y ai pensé, par désœuvre-
ment.

« Je voulais savoir si
cette marque, dont je
parlais tout à l'heure un
point et deux barres,
rappelez-vous, ça cor-
respondait à quelque
chose.

« Et tout par un coup
j'ai poussé un cri.

« On a beau n'être pas
superstitieux...

« Un *point et deux
barres*... mais ça signifie
W dans l'alphabet Mor-
se.

« La première lettre
de Walter Humding!

« Mince de rencon-
tre.

« Vous réclamiez une
marque tout à l'heure,
la voilà.

« C'est plus qu'un si-
gne, c'est une signatu-
re!

« Désormais le Boche porte son nom écrit au bout
du doigt.

Le père la Manille fut interloqué un instant, puis
haussa les épaules:

— Décidément, fit-il, tu es *loufting*.

« Les exploits de Sherlok Holmes t'ont tourné la
tête.

« Il le faut, pour avoir des idées pareilles.

« Une idée « à la mords-moi le doigt » c'est le
cas de le dire, acheva le capitaine en riant.

— Justement, s'écria le Parigot, s'esclaffant à son
tour.

« C'est bien pour ça que j'y tiens!

Il revint trouver le commandant Bosetti.

CHAPITRE CLXXXIII

La Dame au manteau rouge

— Enfin, murmurait le capitaine Lancelin, tout
en se promenant de
long en large, enfin on
va donc le voir, notre
p'tit gas!

« Sacré mille mil-
lions de pétards de sort,
je vous demande par-
don, mesdames, mais
c'est plus fort que moi!

« J'en ai le cœur tout
chaviré.

...C'était dans le ca-
binet du commandant
Bossetti, quatre jours
après l'interpellation
victorieuse de M. Ber-
tard.

Jeanne était là, ainsi
que la sœur d'André,
Lisbeth arrivée le matin
même d'Arnach.

Prévenue la veille par
dépêche, elle s'était em-
pressée d'accourir pour
embrasser son frère.

Le pasteur Ferbach,
retenu au logis par une légère attaque de goutte ne
pouvant accompagner sa fille, avait exigé qu'elle
parte quand même.

— Ce pauvre enfant, avait-il dit, ça lui fera tant
de bien de voir quelqu'un de la famille après de si
douloureuses épreuves.

A ce moment la porte du bureau s'ouvrit et le
lieutenant Ferbach apparut.

Tout pâle de bonheur, André s'arrêta sur le seuil,
les bras ouverts...

Jeanne et Lisbeth s'y jetèrent à la fois; et ce fut
une étreinte éperdue.

Un embrassement chaste réunissant la sœur et
l'épouse dans la même caresse.

Les deux jeunes femmes trop émues pour parler avaient les larmes aux yeux.

Elles s'arrachèrent des bras du lieutenant et le poussèrent vers le vieux grognard.

A son tour celui-ci saisit André et l'étreignit de toute sa force:

— Coquin de sort... grommelait-il.

« Tu serais mon fils que je ne serais pas plus ému.

« Quelle vieille ganache je fais!

« Je suis mûr pour la retraite, les pantoufles...

Puis le capitaine fit asseoir André et les jeunes femmes dans un coin du bureau.

— Là, fit-il, à voix basse, bavardez, mes enfants.

« Moi, je m'occupe du vieux.

Et il revint trouver le commandant Bossetti, qui discrètement s'était retiré à l'autre bout de la pièce, dans l'embrasure de la fenêtre.

— Hein! dit-il, sont-ils contents!

« Ça fait plaisir à voir, mille tonnerres!

« Voilà une de ces scènes que j'aimerai à me rappeler plus tard.

« Rien qu'une minute comme ça, me paie de toute ma peine.

« C'est ma pupille surtout, Jeannette, qui est heureuse, ravie, au septième ciel.

— En effet, elle est transfigurée.

— N'est-ce pas. Quel changement depuis quatre jours, si vous saviez.

« Elle respire la santé, la vie.

« Elle renaît, quoi...

« N'empêche qu'il était temps qu'on donne le permis de communiquer.

« Mme Ferbach commençait à m'inquiéter avec sa figure de papier mâché.

« Elle se consumait de langueur, tout doucement.

« Il paraît, mais ça, je ne l'ai su qu'après, naturellement, par Lisbeth, sa confidente — qu'elle ne mangeait plus et qu'elle avait eu plusieurs fois des faiblesses, la nuit, de véritables syncopes.

— Pourquoi ne me l'avoir pas dit? répliqua le commandant aussitôt.

« J'aurais violé ma consigne pour elle, risqué ma place de grand cœur.

« Après tout, j'ai droit à la retraite.

— J'y ai pensé un moment.

« Mais à la réflexion, je n'ai pas voulu.

« Vous nous êtes trop nécessaire ici, mon commandant.

« Sans vous que serait devenu ce pauvre André malgré son courage, et Jeanne, surtout.

« D'ailleurs à ce moment, nous avions un autre moyen en perspective.

— Et qui a réussi merveilleusement.

« Une fois de plus je vous félicite, capitaine.

— Oh! je n'y suis pas pour grand chose.

« C'est l'ami Bertard qui a tout conduit et de ma[in] tresse main!

« Ah! un rude lapin que notre ancien ministre qui donnera du fil à retordre à ce pet-de-loup de [la] marchand.

— Et à Lestradier.

— A Lestradier itou, et à ce soliveau de Faurigny [et] Vieilleville qui s'imaginaient pouvoir agir à leur gu[i]se.

« Il n'y a pas à dire c'est une belle victoire et [de] bon augure.

« Nous avons gagné la première manche, comm[e] nous gagnerons la seconde: le procès.

« Et il n'y aura pas de belle!

« Quel atout pour le ministre et sa vieille souche [de] secrétaire.

« Ces deux marguilliers sont capables d'en fa[ire] une jaunisse et ça m'enchante, nom d'une giberne.

Cependant, après les mots entrecoupés confus d[u] début, les questions se croisant en tous sens, la con[ver]versation avait pris son cours normal entre André [et] ses amies assises l'une à sa droite, l'autre à sa gauch[e].

La première question du lieutenant avait été pou[r] s'enquérir de la santé de son père, et sa sœur s'étai[t] empressée de le rassurer.

— Le médecin a déclaré que ce ne serait rien, ré[pondit]-elle.

« Dans huit jours papa sera sur pied.

« Je voulais retarder mon voyage jusqu'alors.

« C'est lui qui a tenu à ce que je parte sur-le-cham[p]

« Non, a-t-il dit, il faut qu'en un si beau jour [mon] cher enfant ait l'un de nous à ses côtés.

« Je te charge de l'embrasser de la part de son vie[ux] père.

« Enfin nos épreuves touchent à leur fin.

« Plus que quelques jours encore.

« Car c'est vrai, n'est-ce pas, André, ce que tes am[ies] m'ont dit?

« Ton acquittement est sûr?

— Je n'en ai jamais douté une seconde, répon[dit] André d'une voix ferme.

Mon seul souci était de voir s'éterniser ce pro[cès] de songer au chagrin que je vous occasionnais [à] tous.

« Moi, je suis tranquille, à présent.

« Le grand jour est proche!

Puis ce fut autour de Jeanne de parler.

Elle avait repris la main d'André dans les sien[nes] et les deux amants par ce seul contact exprima[ient]

Paris. — Imp. MAILLET. — 3 passage du Châtillon.

tout ce qu'ils ne pouvaient se dire en public.

C'était comme un fluide qui de là, de leurs mains jointes, courait, rayonnait à travers tout le corps, faisait battre leur sang plus vite.

Jeanne donna d'abord quelques détails personnels sur les événements récents que le lieutenant, comme nous savons, connaissait par son avocat.

Elle parla du divorce du marquis de Thérisy, de la scène chez Mlle Aurore en présence de sa mère, Mme du Tillay, et du mot cinglant de celle-ci à l'adresse de l'officier félon : *Je vous chasse!*

— Le malheureux! murmura le prisonnier.

« Je ne voudrais pas être à sa place, mais parlons de nos amis plutôt de tes amies, ma chère Jeanne.

« Je te charge de remercier Yvette et surtout Mlle Aurore, qui t'ont montré tant d'intérêt.

« Je suis bien aise en particulier de savoir que Mlle Aurore va de mieux en mieux.

« J'espère que la cure est complète, morale autant que physique.

« Que l'âme, le cœur, est guéri comme le corps?

Jeanne hocha la tête d'un air pensif :

— Oui... répondit-elle.

« Aurore n'aime plus le marquis, bien certainement.

« Mais ce qui m'étonne, m'inquiète même, c'est l'irritation, la rage de mon amie depuis sa dernière rencontre avec de Thérisy.

« Jusque-là elle le méprisait comme un bas aventurier, et maintenant elle le hait d'une haine féroce, avec une sorte d'exaltation qui pourrait la porter aux pires extrémités.

— D'où vient ce changement.

— Je l'ignore.

« Mlle Aurore ne m'a pas tout dit, évidemment, de cette suprême entrevue.

« Tout ce que j'ai cru comprendre c'est que le marquis avait fait des menaces terribles, qu'il préméditait une nouvelle infamie et que Mlle Aurore

— *Eh bien! mes enfants, c'est fini, les confidences?*

pour l'arrêter était prête à tout, à aller jusqu'au crime, jusqu'au meurtre.

« Maintenant, contre qui ces menaces, contre nous ou contre Mlle Aurore?

« Elle est muette sur ce point capital et ça m'inquiète.

« Elle a même cherché à se reprendre; et ça me ferait croire que c'est nous peut-être qui sommes visés.

André eut un geste de dédain.

— Qu'importe! fit-il.

« Nous n'avons plus rien à craindre.

« Ces gens-là nous ont fait tout le mal qu'ils pouvaient nous faire.

« Leur règne est fini, acheva-t-il en élevant la voix, et en regardant vers le capitaine comme pour l'inviter à prendre part à la conversation.

— *Amen!* répondit le vieux grognard en s'avançant aussitôt.

« Eh bien! mes enfants, c'est fini les confidences?

« D'ailleurs, nous n'avions rien à dire que vous ne puissiez entendre.

« Je suis si heureux de vous voir tous autour de moi, en ce beau jour!

« Toutefois — outre mon père empêché — il y quelqu'un qui me manque, dont j'aurais été ravi de serrer la main.

— Qui donc, p'tit gas?

— Patoche.

— Eh! coquin de sort! s'emporta le vieux grognard, j'aurais bien voulu te l'amener, moi aussi, mais pas mèche.

« Il a fallu que M. Bertard fasse les gros yeux pour qu'on nous admette Jeanne et moi.

« Ce cagot de Faurigny prétendait que nous n'étions pas de ta famille.

« Que c'était immoral.

« Ah! elle est jolie leur morale, à tous ces soldats du pape!

Le père la Manille allait se lancer dans une charge à fond contre les officiers catholiques, mais il vit battre les paupières de Jeanne et comprenant qu'il s'engageait sur un terrain délicat, il tourna court:

— Quant à ce brave Patoche, continua-t-il, il n'aurait pas mieux demandé, lui non plus.

« Et entre nous, il ne l'avait pas volé, mon Parigot.

« C'était bien le moins, qu'il fût à l'honneur, après avoir été à la peine.

« En tous cas, ça lui fera un rude plaisir de savoir que tu l'as réclamé.

Et la conversation continua longtemps encore entre André et ses visiteurs.

A peu près au même moment, Patoche se promenait sous les arbres du Luxembourg, ayant à son bras sa bonne amie Rosette.

Tout à coup, il s'arrêta.

— V'là l'oreille gauche qui me siffle, fit-il goguenard.

« Donne-moi un numéro.

— Pas la peine, dit Rosette en riant.

« D'avance je devine qui parle de toi, et en bien.

— Qui est-ce?

— Et c'est le capitaine, s'écria la fleuriste qui avait la plus haute idée de son ami.

« Il est en train de raconter tes dernières prouesses au lieutenant Ferbach.

— C'est bien possible, fit le Montmartrois philosophiquement.

« Pourvu seulement qu'il lui raconte mon idée dernière.

— Laquelle, celle du bouchon?

— Oui, je serais bien aise d'avoir l'avis du lieutenant là-dessus.

« Je sais bien que c'est un peu abracadabrant mais tout arrive, comme dit l'autre.

« Et puis, tu y crois bien, toi, Rosette.

— Oh! moi, Alexandre, je crois tout ce que tu dis.

— V'là qui est parlé en brave petite femme, fit Patoche en l'embrassant.

« D'ailleurs, tu n'es pas la seule à penser ainsi.

« Pas-de-Canard à qui j'en ai touché un mot, trouve l'idée épatante et se propose de s'en service à la première occase.

« Or, ce n'est pas une bête, je te prie de croire, et l'on aurait tort de s'imaginer qu'il a l'esprit tordu comme son échine qui va de *traviole*.

« De plus le boscot s'est juré comme moi d'avoir la peau du Boche.

« Il le cherche en ce moment.

« Il est convaincu que cette crapule est de retour ici.

« C'est pourquoi on s'entend, nous deux.

« Je le gobe, moi, un vrai poteau et solide au poste.

« Quelle poigne, nom d'une pipe !

« Si tu l'avais vu à la *Villa Tranquille,* faire voler les portes.

« Si jamais Walter Humding et l'autre, Muller, lui tombent sous la patte il les mettra en charpie, en bouillie pour les chats.

« Enfin, il y a Maman-Jeanne qui, elle aussi, a confiance dans mon truc à la manque.

« Elle travaille de son côté.

« Elle cherche quelque chose.

— Tu sais quoi?

— Non, répondit le Parisien, respectant le douloureux secret que le capitaine lui avait confié en un jour d'expansion.

Et comme s'il eût craint d'autres questions, il changea de sujet.

— Cinq heures, fit-il en tirant sa « toquante ».

« Je crois qu'on ferait bien de revenir.

« Le capiston et Mme Ferbach ne vont pas tarder à rentrer, eux aussi, et je languis d'avoir des nouvelles du lieutenant.

Patoche et sa bonne amie descendaient de Montmartre et étaient allés faire un tour au Luxembourg avant de rentrer chez le père Lancelin, où était le rendez-vous général, ce soir-là.

Ce même matin le capitaine qui voulait qu'en un jour pareil, chacun fut heureux, avait donné campo à Patoche lequel s'était hâté d'aller chercher Rosette toujours en pension — en subsistance disait le Parigot — chez M. Bertard.

Tous deux étaient allés déjeuner rue Lepic chez les parents du jeune homme.

L'ordonnance avait profité de la circonstance, pour informer ses « vieux » des offres brillantes de M. Bertard:

— Encore quelques mois, dit-il en conclusion, et je rentre dans le civil.

« Qui diable aurait jamais deviné qu'un jour, moi, Patoche, je serai gérant chez un prince de la finance.

« Que j'aurai tout un pavillon à moi, un jardin et un tilbury, pour faire mes courses.

« Bien entendu sitôt installé, je vous prends avec moi.

« Vous avez assez travaillé, toi, le père, et toi aussi, la mère.

...Cependant les deux amoureux étaient arrivés chez le capitaine.

Ils n'y trouvèrent que Mme Pierre et continuèrent de bavarder, de faire des projets d'avenir, sous l'œil bienveillant de la gouvernante.

Puis tous trois parlèrent de Jeanne Morin qu'ils avaient également hâte de voir revenir.

Comme six heures approchaient, le timbre retentit.

— Ce sont eux! cria Patoche en s'élançant vers la porte.

« Non, reprit-il, mais c'est des amis tout de même.

C'était Yvette, suivie de son fiancé, de Pas-de-Canard et de Wilhem Furster — ce dernier rencontré en bas, sur le trottoir.

Yvette était rayonnante, elle aussi.

Quelques heures plus tôt, elle avait reçu une lettre de New-York apportant le *consentement* promis, et donnant d'excellents renseignements sur la vie de son père en Amérique.

Elle apportait une gerbe de fleurs pour Jeanne, qu'elle venait féliciter comme il avait été convenu.

Jean Lenoir en portait une autre qu'il remit à Mme Pierre :

— Pour le capitaine, dit-il.

Et la gouvernante, aidée de Rosette et de Patoche, commença de garnir les vases.

— De cette façon, disait-elle, Mme Ferbach et M. Lancelin trouveront toute la maison fleurie en arrivant.

« Je m'en vais faire du thé... pour que rien ne manque à la fête.

Pendant ces préparatifs, l'infirme s'approcha du Montmartrois, et lui touchant le coude :

— M'sieu Patoche, dit-il, j'aurais quelque chose à vous dire en particulier.

L'ordonnance cligna de l'œil :

— Bien, répondit-il, compris.

« On va tâcher de s'esbigner nous deux.

Presqu'aussitôt il levait les bras au ciel.

— Diable! s'exclama-t-il, et mes photos que j'oublie.

— Quelles photos? demandait Wilhem Furster.

— Celles d'hier, vous savez bien.

Patoche se promenait, ayant à son bras sa bonne amie.

« Les papiers trouvés là-bas à Bruxelles.

« M. Bertard demande une épreuve, M. Dréan une autre.

« Il faut que je m'en occupe au plus vite.

— Voulez-vous que je vous aide?

— Non, M. Furster, merci bien.

« Tenez compagnie aux dames, plutôt.

« Pas-de-Canard va me donner un coup de main.

— Je ne demande pas mieux.

— Alors arrive, mon vieux.

Une fois seul dans le *cachibi* aux cannes à pêches, transformé en cabinet noir, le gaz allumé, le Parigot tapa sur l'épaule de l'infirme.

— Conte, ma vieille.

« Il y a du nouveau, à ce que je présume?

— Oui.

— Tu as rencontré le Boche.

— Oui... je crois, du moins; mais je ne puis rien affirmer.

« Il était avec Muller et c'est celui-là seul que j'ai reconnu.

« Quant à Walter Humding...

— Eh! s'écria le Montmartrois, c'était le moment d'essayer notre truc : la marque du pouce.

— J'étais trop loin, et d'ailleurs, Walter Humding — si c'était lui, toutefois — était ganté.

— Zut! grommela l'ordonnance.

« Quel dommage que je ne me sois pas trouvé là.

— D'ailleurs, continuait l'infirme, ce n'est qu'au dernier moment, quand ils allaient m'échapper que je les ai vus ensemble.

« Jusque-là, bien qu'assis à deux pas l'un de l'autre, ils n'avaient pas l'air de se connaître.

— La belle malice! s'écria Patoche.

« C'était le Boche, certainement.

« Ils ne vont jamais l'un sans l'autre.

« D'ailleurs M. Dréan est convaincu comme nous

que les deux *pruscos* sont de retour à Paris et cherché, lui aussi.

« Ça se comprend : ils ont trop à faire ici, ou ça va mal pour eux.

« Un trompe l'œil cette fugue en Allemagne.

« En tout cas, tu as été plus malin que Flic et Flac, toi.

« Voilà huit jours que les deux copains battent tous les hôtels garnis de la capitale.

« Toi, au moins, tu vas vite en besogne.

— Oh ! c'est bien par hasard, protestait l'infirme.

— Bon ! on sait que tu es modeste.

« Et maintenant, raconte-moi ça, depuis a jusqu'à z.

« Un détail qui ne te dit rien, à toi, peut être important pour nous qui savons.

« En effet, il y a des tas de choses qui t'échappent forcément.

« Et pour commencer, ousque ça s'est passé cette rencontre, à Montrouge, toujours ?

— Non, pour le moment Walter Humding semble nous oublier.

« Mais il reviendra.

— Ça c'est clair. Pour l'instant, cette fripouille est trop occupée pour courir le guilledou.

« Mais pincé comme il est, il repiquera au truc avant peu, insista l'ordonnance, qui avait deviné la jalousie de son collaborateur et voulait le maintenir en alerte.

— Oui, gronda Pas-de-Canard d'une voix rauque.

« Je n'en parle pas à Mlle Yvette pour le moment.

« J'aurais peur de gâter sa joie.

« Elle a eu assez de secousses comme ça depuis quelques jours.

« Seulement, j'ouvre l'œil comme vous.

— Parfait ! là-dessus, on est d'accord, l'enfant.

« Avec tout ça, tu ne me dis pas où tu les as rencontrés les *Boches* de malheur ?

— Aux Tuileries.

— Quand ça ?

— Hier soir.

Aidée de Patoche et de Rosette, elle commença de garnir les vases.

« Comme je vous l'ai dit, je ne peux rien affirmer pour Walter Humding.

« Ce n'est qu'à la fin, au départ, que j'ai pensé à lui.

« Pour ce qui est de Muller, au contraire, je suis sûr de mon fait.

« Nous nous sommes vus, serrés de près.

« J'ai pris ses mesures, en long et en large.

« J'ai comme qui dirait son *signalement anthropométrique* dans l'œil depuis notre dernière rixe.

— Quelle rixe ? questionna Patoche, qui ne laissait passer aucun détail.

« Celle de la *Villa Tranquille*, tu avais toujours dit qu'il n'y avait pas eu lutte.

« A peine entré tu es tombé assommé.

— Je parle d'une autre rencontre, celle du Parc Montsouris.

« Tout d'abord, je pensais avoir eu à faire à Borovitch, Walter Humding autrement dit.

« C'est qu'alors je ne connaissais pas l'existence de son homme à tout faire, ce Muller de malheur.

« Mais depuis j'ai fait parler Van Flam et sa fille aussi.

« J'ai réfléchi, comparé.

« De tout cela il résulte que l'homme du Parc Montsouris, comme celui que j'ai retrouvé hier, aux Tuileries, c'est Muller.

— Qu'est-ce que tu faisais aux Tuileries ?

— Je me promenais.

— Tout seul ?

— Oui. Mlle Yvette, son fiancé et Mme Lenoir étaient à l'Odéon.

« C'est une dame une actrice qui demeure à la pension qui leur avait offert une loge.

« Tous étaient à la joie, à cause du consentement arrivé le matin même.

« Ils voulaient m'emmener avec eux ; mais j'ai refusé.

— Tu n'aimes pas le théâtre, plaisanta Patoche ; tu n'es pas parigot pour un retin.

y avait des éclairs de temps à autre.

« Si bien qu'à dix heures, après l'entr'acte la moitié des places é-taient vides.

« Je me suis appro-ché pour entendre un solo de violoncelle exé-cuté par un artiste vien-nois.

« C'est alors que j'ai découvert notre homme, Muller... assis au pre-mier rang.

« Il avait une femme à sa droite, quelque ca-botine à en juger par sa toilette esbrouffante.

« Ils avaient l'air très intimes tous deux.

« A chaque instant Muller se tournait pour lui parler à l'oreille.

« C'est comme ça que j'ai remarqué sa figure.

« Sans quoi, tout en-tier à la musique, je passais sans voir.

— Cré coquin, grom-mela l'ordonnance, que j'aurais voulu être là!

« J'espère que tu t'es glissé derrière eux.

« Que tu as entendu?

— Non, fit l'infirme

— Je suis allé l'attendre à la sortie.

— Si, je l'aime... Mais ça me flanque des palpita-tions d'être enfermé.

« Alors je les ai quittés devant l'Odéon, et je suis parti à l'aventure le long des quais.

« J'avais besoin de respirer...

« Il faisait un temps lourd d'orage, mais il y avait de l'air sur la Seine, qui m'a fait du bien.

« Comme je passais devant le Pont-Royal, j'ai en-tendu une sonnerie de trompettes: *la Marche du Tann-hauser.*

« Il y avait concert aux Tuileries et je raffole de musique.

« Je me suis donc dirigé de ce côté.

« Tout était plein autour du kiosque.

« J'ai pris une place à dix sous, au dernier rang.

« Cependant le ciel se couvrait de plus en plus: il

en baissant la tête.

« Je ne pouvais pas m'avancer davantage.

— Pourquoi? fit Patoche qui trépignait.

— Parce que je suis trop *voyant,* comme dit le père d'Yvette.

« J'aurais été reconnu tout de suite.

« Avec ma bosse, je suis condamné à rester dans l'ombre.

Il y avait une telle détresse dans la voix de l'in-firme que Patoche en fut tout remué.

— Oui, fit-il, je comprends.

« Je te demande pardon, vieux frère.

— Il n'y a pas de quoi.

« Quant à l'autre, à Walter Humding, si c'est lui, je ne l'avais pas remarqué encore, parce que comme je disais, il se trouvait deux places plus loin.

« D'ailleurs en ce moment, je n'avais d'yeux que pour Muller.

« De l'apercevoir là, se carrant avec une cocotte au bras, ça me me brûlait le sang.

« Car je lui en veux, autant qu'à son patron, continua Pas-de-Canard dont les yeux soudain s'étaient mis à lancer des éclairs.

« J'aurais voulu me ruer sur lui, lui rendre les coups que j'ai reçus à la villa!

« Je pensais à ce qui s'était passé là, à notre amie Yvette.

« Ah! si nous avions été seuls, avec quelle joie je l'aurais empoigné et cette fois, il ne se serait pas relevé.

« Les idées les plus folles me passaient par la tête.

« J'ai songé tout d'abord à venir chercher M. Lancelin, puis à prévenir un agent.

— Pas fameux, murmura l'ordonnance.

« Pendant que tu venais, Muller pouvait prendre de l'air.

« Quant au sergot il t'aurait envoyé faire lanlaire.

« Il n'y avait qu'une chose à faire: filer le type.

— C'est ce que j'ai fait.

« J'avais justement mon *détective* sur moi.

— Qu'est-ce que c'est que ça?

« C'est un revolver?

— Non, c'est un appareil photographique extra-rapide, employé par la police américaine, paraît-il.

« C'est votre ami Flic qui m'en a fait cadeau.

« Avec ça, on peut prendre un instantané même à la lumière du gaz.

— Tiens... voilà qui est intéressant.

« Faudra que je dise au capiston de nous en procurer un.

— Cependant, reprit l'infirme, la pluie commençait.

« Aux premières gouttes tout le monde s'était levé.

« Ça a été une vraie bousculade qui m'a permis d'approcher un peu plus, grâce au désordre.

« Muller avait un parapluie: il l'a ouvert et a laissé passer les plus pressés.

— Et Walter Humding?

— Il était parti un des premiers.

— Comment était-il camouflé?

— En homme du monde, en gentleman, mais je l'ai mal vu.

« Comme je vous l'expliquais, je ne m'occupais pas de lui pour le moment.

« Ce qui m'a frappé surtout c'est la femme qui l'accompagnait, à cause de son manteau rouge.

« Un manteau sang de bœuf.

« Puis Muller s'est levé à son tour, et je me suis faufilé derrière lui.

« Je me proposais — pour commencer — de le photographier au passage, lui et sa dame.

« Toujours autant d'attrapé.

« C'est pourquoi j'ai pris les devants et suis allé l'attendre à la sortie, embusqué derrière une de ces baraques où l'on vend des jouets aux mioches.

« Justement la pluie cessait, Muller avait refermé son parapluie et arrivait de face éclairé en plein par par un globe électrique qui se trouve là près des grilles.

« J'ai fait jouer mon *Kodak* et j'ai obtenu une photo très suffisante du couple, très reconnaissable.

— Tu l'as apportée, j'espère? demanda le Parisien.

— La voici...

Patoche saisit la pellicule qu'on lui présentait et poussa une exclamation de surprise:

— Ah! par exemple!

— Vous le reconnaissez? demandait Pas-de-Canard heureux de sa réussite.

— Qui? Muller, jamais de la vie.

« Je ne l'ai jamais vu.

« La tête que je reconnais, c'est l'autre la dame: Liliane.

— Liliane.

— Oui, ça ne te dit rien, évidemment.

« Je te raconterai ça plus tard.

« Contente-toi de savoir pour l'instant, qu'il s'agit d'une bougresse qui n'a pas froid aux châsses.

« Le patron en sait quelque chose.

« Rien que ça, sa présence à ce moment, ça prouve que c'est bien Walter Humding qui était là.

« Dis donc, tu me la donnes, la photo?

— Si vous voulez.

— Qu'est-ce que vous voulez en faire?

— La montrer au capiston.

« Il prétend que je blague, quand je dis que la *dame au poivre* est à Paris.

« Ensuite... poursuivit le Parigot.

« Continue, l'enfant.

« Tu m'intéresses.

« Tu as filé le couple?

— Non... je n'ai pas pu.

« Il y avait une auto, qui les attendait tout proche.

« Un coupé électrique.

« Ils ont ouvert la portière et j'ai vu l'autre couple déjà installé.

« La dame au manteau rouge avec son compagnon le gentleman...

« J'ai pensé aussitôt à Walter Humding et j'ai

cherché à voir sa figure, mais il se tenait dans l'ombre.

— Toujours prudent, le frère.

— La dame, au contraire, s'est mise à la portière et je l'ai bien vue elle.

— C'est toujours ça.

— En même temps, je cherchais un fiacre, mais tous les taxis étaient pris d'assaut.

« Je me suis rendu compte qu'il n'y avait rien à faire.

— Evidemment, grommela le Montmartrois, ce n'est pas avec un loca-tis que tu pouvais les gratter.

— D'ailleurs, continua Pas-de-Canard, le coupé venait de partir grand train.

— Tu as pris le numéro tout au moins?

— Oui: E-307.

— Bien, j'en prends note.

— Vous pensez que ça pourra servir?

— Heu... il n'y faut pas compter trop.

« Quelque chose me dit que ces bipèdes doivent changer de plaque comme de fissure.

« Ce qui m'intéresse le plus, c'est la dame au manteau rouge.

« Tu pourrais donner son signalement?

— Je peux faire mieux.

« Je peux vous montrer, ici même, dans votre maison, une jeune femme qui est son portrait tout craché.

« Je l'ai vue tout à l'heure en entrant et ça m'a frappé.

— Où ça?

— Dans la loge.

Patoche avait sursauté.

— La petite Pourcelot! s'exclama-t-il, c'est elle.

« Elle en est!

« Coquin de sort... je m'en étais toujours douté.

« Cette fois, la preuve est faire.

« Eh bien! mon garçon, tu n'as pas perdu ton temps...

« Grâce à toi on tient un bout du fil qui va peut-être nous mener jusqu'au *Boche!*

« Fameux comme trouvaille.

« Tantôt j'en toucherai un mot au capiston.

« Le voici justement, qui s'aboule.

« Je reconnais sa façon de gueuler: il est content, lui aussi.

« Tu n'as parlé de ça à personne?

— A personne, m'sieu Patoche.

— Bien... laisse-moi faire.

« Et maintenant, revenons.

E.Y.

Patoche poussa une exclamation de surprise.

Dix minutes après tous les amis de Jeanne étaient réunis dans la salle à manger, qui servait de salon pour la circonstance.

Les conversations allaient grand train autour du thé fumant dans les tasses.

Chacun se félicitait des bonnes nouvelles qui arrivaient de partout à la fois.

Jeanne — après avoir emmené Lisbeth et Wilhem Furster dans un coin où ils causaient à voix basse — aidait Mme Pierre à faire le service.

Quant au père la Manille, il allait tout joyeux d'un couple à l'autre.

— Coquin de sort, murmurait-il, comme je suis content.

« Ça me regaillardit de voir toutes ces jeunesses heureuses.

« On a beau dire... il y a encore de bons moments dans la vie.

« C'était bien notre tour, saperlipopette!

A ce moment, Jeanne s'approcha une tasse de thé à la main:

— Et vous, capitaine, dit-elle gaiement, on vous oublie.

Mais le vieux grognard fit une grimace significative, et hérissant ses sourcils poivre-sel:

— Du thé, gronda-t-il, de la tisane un jour pareil!

« Mme Pierre se fout de moi.

« Je n'en ai jamais goûté.

« Et, cependant, je veux trinquer avec vous tous.

« Aussi j'offre le champagne... Non! je fais mieux.

« Je suis en fonds, et c'est fête aujourd'hui, mille pétards!

« Je vous emmène tous dîner chez Marguery.

« Acceptez-vous, mam'zelle Yvette?

— Je voudrais, M. Lancelin, mais on nous attend.

« Mme Lenoir ne saurait que s'imaginer.

— Qu'à cela ne tienne, on va aller la prévenir.

« Nous en serons quittes pour dîner sur la rive gauche.

« Je connais justement un restaurant épatant, près de la gare Montparnasse.

« En passant nous prendrons Mme Lenoir et l'on ira dîner tous ensemble, en famille!

Jean et Yvette firent quelques difficultés encore, mais le vieux brave ne voulait rien entendre:

— Suffit, fit-il, ce qui est dit est dit.

« Je vous enlève tous les amoureux.

« Ce sera un dîner de fiançailles, en quelque sorte.

« Et pour finir, je vous paie le Châtelet!

« En route, mes enfants; et par couples, nom d'une brique!

« Monsieur Ferbach, offrez donc votre bras à votre sœur!

CHAPITRE CLXXXIV

Une Tragédie royale.

Ainsi que l'affirmait notre ami Patoche, Liliane était à Paris depuis plusieurs semaines déjà, presque depuis l'arrestation de Poupoule.

Walter Humding, privé de sa principale collaboratrice lui avait offert de la remplacer, et la chanteuse avait accepté.

Plus que jamais éprise du lieutenant Ferbach, brûlant du désir de se rapprocher de lui, elle n'avait pas balancé une seconde, malgré les risques qu'elle courait en ce moment où une instruction était ouverte, où son ennemie pouvait s'efforcer de l'entraîner dans sa chute.

Elle quitta Bruxelles, sans seulement prendre congé de son ami et associé d'un moment Robert Servan.

D'ailleurs, elle lui battait froid, depuis certain soir où l'ancien sous-off, manquant à ses engagements,

avait tenté de la prendre presque de force.

Cependant une fois en route, elle le prévint par une brève dépêche.

La cabotine jugeait prudent de garder en réserve cet homme dont la passion exaspérée par l'attente, pouvait être un levier puissant entre ses mains.

Durant le trajet elle reprit les lettres et dépêches de Walter Humding, les scruta en tous sens, cherchant à lire entre les lignes.

De cet examen, elle conclut que le chef poursuivait un but secret et avait besoin d'elle, beaucoup plus qu'il n'en voulait convenir.

Mais pourquoi ce mystère et surtout quelle serait sa récompense?

— Est-ce que le pacte, jadis conclu entre nous, au sujet de Ferbach pourrait être repris? se demandait elle tout émue.

« En tous cas c'est à moi de profiter de cette occasion inespérée.

Aussitôt à Paris, elle essaya de tirer l'affaire au clair, mais Walter Humding se déroba:

— Patience, ma belle et fougueuse amie, dit-il en souriant.

« L'heure n'est pas venue encore.

— En attendant, pour occuper vos loisirs, vous allez étudier le terrain sur lequel vous aurez à manœuvrer avant peu.

« Ce terrain, c'est la pension Lenoir, à Montrouge.

« Il se pourrait que bientôt vous ayez à y jouer un rôle plus ou moins similaire à celui que je vous confiai il y a quelque temps contre le capitaine Lancelin, et dont vous vous êtes merveilleusement acquittée.

« Sans la trahison de la matelassière, notre irréductible ennemi tombait dans le panneau.

« Je vous fis alors certaines promesses, concernant le lieutenant Ferbach, promesses que je suis prêt à tenir, si vous réussissez.

« Vous acceptez?

— De grand cœur! s'écria la chanteuse, l'âme inondée de joie.

« Je vais me mettre en campagne tout de suite, m'introduire chez ces gens de Montrouge.

« Rien de plus facile, puisqu'il s'agit d'un hôtel.

— Non, répondit l'Allemand, point de précipitation.

« Le moment n'est pas venu de vous présenter encore.

« Bornez-vous à rencontrer soit dans la rue, soit au bureau — n'entrez pas plus avant — les personnes que vous avez intérêt à connaître.

« Votre collègue Muller, qui a déjà travaillé dans

ces parages, vous donnera toutes les indications pour que vous puissiez voir sans être vue...

« Ces personnes sont au nombre de quatre : Mlle Yvette Van Flam, la fille d'un de nos agents qui vient de se laisser corrompre par nos ennemis et de passer en Amérique, le fiancé d'Yvette, Jean, le fils de la maison, la mère, Mme Lenoir, et enfin le compagnon et défenseur de la dite Yvette, un orphelin contrefait qui répond au nom harmonieux de Pas-de-Canard.

« Étudiez ces gens, faites de la *physiognomonie*, de la *phrénologie*, si cela vous plaît !

« Et pour le reste attendez mes ordres.

C'est en vain que Liliane essaya d'en savoir plus long.

Intriguée au plus haut point, elle se retourna vers l'aide et confident du patron : Muller.

C'était, pensait-elle, le meilleur moyen de savoir à quoi s'en tenir.

Dès le début, l'élégance capiteuse de la jeune femme avait fait une forte impression sur le gros Allemand.

Depuis *Mon ours* — c'est ainsi que la théâtreuse l'appelait — tournait autour d'elle avec des grâces pataudes.

C'était une conquête facile et l'agent ne se fit pas prier longtemps.

— *Du thé! gronda-t-il, de la tisane un jour pareil!*

Muller intraitable sur le *Service*, pensait, non sans raison que du moment qu'il s'agissait d'affaires personnelles, il n'était plus tenu au secret professionnel.

Enfin il trouvait déplacé que son supérieur consacrât à des sottises, à la poursuite d'une petite pucelle, comme il disait, son intelligence, qui eût été mieux employée ailleurs.

Aussi, après quelques résistances de pure forme, entra-t-il dans la voie des confidences.

Il était trop heureux de s'amuser aux dépens du comte d'Amaury — c'est sous ce nom que l'Allemand opérait en ce moment — pour lequel, nous le savons il ne ressentait qu'une sympathie modérée.

Liliane apprit ainsi, avec une surprise immense, la grande passion du chef pour Yvette Van Flam, ses tentatives pour capter la fille du Belge, puis, — après la fugue en Allemagne — l'attentat avorté qui avait motivé cette fuite précipitée.

Aussitôt tout un travail se fit dans la tête de l'intrigante.

Mille projets s'y levèrent, confus encore.

Liliane depuis son essai de trahison, si sévèrement réprimé, considérait Walter Humding comme un homme supérieur, doué d'une puissance en quelque sorte diabolique.

Une espèce de génie planant au-dessus des faiblesses humaines, et voilà qu'une femme, une gamine, l'avait vaincu...

Elle se réjouissait de cette passion qui ne pouvait que seconder ses propres espérances.

Comment... la chanteuse n'en savait rien encore.

Elle ne demandait qu'à servir l'espion loyalement, à condition toutefois d'être payée de retour.

Sinon elle essaierait de faire ses affaires elle-même contre Walter Humding, puisque ce n'était plus l'homme invulnérable qu'elle avait connu, qu'il y avait un défaut, une fêlure à sa cuirasse de triple airain.

Une seule chose eût pu la retenir : la peur superstitieuse que l'Allemand lui inspirait toujours, le souvenir des heures d'abominable angoisse passées dans le funèbre caveau, à Bruxelles. Mais contre cela ses précautions étaient prises de longue date.

Pendant ce temps, Walter Humding réfléchissait de son côté, combinait plan sur plan pour s'emparer d'Yvette qu'il désirait plus que jamais, d'un désir furieux, tyrannique, le désir qui prend certains hommes vers la quarantaine.

Depuis son retour de Kehl il avait renoncé à la violence qui venait de lui réussir si mal, pour recourir à son arme préférée la ruse, l'intrigue...

C'est pourquoi il avait fait venir Liliane Berty, passée maîtresse en la matière et qu'il avait déjà vue à l'œuvre.

Telles étaient les situations respectives lorsque Walter Humding se décida à *éclairer un peu plus sa lanterne*, comme disait la chanteuse.

C'était quelques jours avant les aveux de Poupoule.

Ce soir-là, vers quatre heures Liliane, qui logeait près du Trocadéro, au *Métropolitan-Hôtel* reçut un coup de téléphone du comte, la conviant à prendre le thé, au premier étage de la Tour Eiffel.

— Rien que la Seine à traverser, disait-il.

Lorsqu'elle arriva, l'établissement très fréquenté d'ordinaire en cette saison, était désert aux trois quarts.

Seuls quelques touristes, des étrangers visiblement, occupaient quelques tables à l'écart.

La chanteuse, plus circonspecte que jamais depuis qu'elle était à Paris, considéra les visages avant de s'asseoir, mais Walter Humding la tranquillisa.

— Rassurez-vous, chère madame, dit-il, ce sont des compatriotes et des amis.

« Nous avons un grand banquet, ce soir, et j'ai retenu la salle.

« Ça vous explique qu'elle soit vide pour l'instant.

Liliane habituée aux façons de grand seigneur du comte ne fut pas autrement surprise:

— Fichtre, murmura-t-elle, vous faites bien les choses.

— Je ne demande qu'à les faire encore mieux avec vous, répliqua l'espion abordant la question sans autre préambule.

« Comme je vous l'ai dit, une occasion se présente pour vous, occasion unique, de reprendre certain pacte rompu par votre faute.

— Je croyais que vous y renonciez le premier, murmura la chanteuse à mi-voix et d'un air contrit.

« J'ai eu une heure de folie, d'aberration totale.

— C'est bon, c'est bon, fit le comte en souriant galamment.

« Nous ne sommes pas venus ici, pour nous faire des reproches.

« Oublions le passé, et ne songeons qu'à nous entr'aider mutuellement.

« A nous deux nous pouvons beaucoup.

« L'heure approche où je vais avoir besoin de vous pour une mission importante d'où dépend, non seulement votre fortune, mais votre avenir, votre bonheur.

— De quoi s'agit-il, cher maître?

— De la fille de cet agent dont je vous ai parlé déjà: Yvette Van Flam, et par suite de ceux qui l'entourent.

« Vous n'ignorez pas l'intérêt que je porte à cette jeune personne...

Et comme la chanteuse feignait la surprise.

— Oh! poursuivit le comte d'Amaury avec un sourire d'homme supérieur, ne faites pas l'ingénue.

« Je sais parfaitement que Muller vous a informée, et je ne lui en veux pas...

« C'est un peu pour cela que je vous avais adressée à lui.

« Ce qu'il vous a dit, simplifie les choses d'autant.

« Un conseil, toutefois.

« Ne prenez pas à la lettre toutes les histoires de cet ours mal léché.

« Souvenez-vous plutôt qu'Yvette est la fille d'un agent qui a trahi, et que j'ai des droits sur elle, par conséquent.

« C'est un otage qu'il s'agit de reprendre.

« J'ai pour cela des mobiles autrement puissants qu'un simple caprice.

« Caprice que j'avoue, d'ailleurs, en toute franchise.

« Ceci posé, dit une fois pour toutes, voyons aux divers moyens qui s'offrent à nous pour mener à bien l'entreprise.

« Fidèle à ma tactique, qui consiste à mêler agréablement le vrai et le faux, je me suis procuré divers documents sur ces papiers, sur les gens que nous allons avoir en face.

« J'ai tout un dossier que je vous communiquerai plus tard.

« Aujourd'hui je ne fais que l'entrouvrir...

« Il y a justement là deux personnes, Yvette et Pas-de-Canard dont les origines obscures ou irrégulières, permettent toutes les combinaisons.

« Ce brave Belge, qui ne demande qu'à se débarrasser de sa fille en la mariant, ne se doute pas que son consentement est non avenu, si je veux...

— Que voulez-vous dire? demanda Liliane qui se rappelait certains mots ambigus des deux Allemands.

« Est-ce que Mlle Yvette ne serait pas la fille de Van Flam?

Walter Humding prit cet air méphistophélique qu'il avait lorsqu'il lui déplaisait de répondre:

— Si, fit-il.

« Elle l'est... jusqu'à preuve du contraire.

« Mais ce n'est pas de cela qu'il s'agit, pour l'instant.

« Parlons du jeune homme, plutôt, de... mon rival, ajouta le comte avec une indifférence un peu hautaine qu'il était loin de ressentir.

« Vous l'avez vu?

— Oui, j'ai même suivi les fiancés une fois ou deux.

— On ne vous a pas remarquée?

— Pas une minute.

« On ne se méfie pas d'une femme.

— C'est bien là-dessus que je compte, murmura l'Allemand.

« Eh bien! comment le trouvez-vous?

— Qui? M. Jean, répondit Liliane, croyant bien faire de dauber le « rival ».

« Il n'est pas mal, mais d'une beauté vulgaire, sans élégance.

« Je doute qu'Yvette aime réellement ce fat, pommadé à tournure de calicot.

« Mon cœur est pris et par conséquent, mon cher patron, je parle en toute franchise, sans calcul d'aucune sorte.

« Eh bien! si j'étais à la place de cette petite et que j'eusse à choisir, je n'hésiterais pas longtemps entre vous et ce bellâtre de Montrouge.

« En tout cas, ça ne saurait jamais être pour vous un adversaire bien redoutable.

Walter Humding sourit légèrement.

— Qui sait... fit-il sans s'expliquer davantage.

« Venons au moral, maintenant, au caractère qui peut avoir une importance considérable.

« Vous êtes physionomiste... quelle est votre impression?

— Le moral, le caractère, il est quelconque, comme le physique.

« Un être insignifiant, en somme.

— Vous êtes plutôt sévère, chère amie.

« Croyez-vous qu'il soit très épris de Mlle Van Flam?

— Il semble l'être, mais tous les hommes sont volages.

« Et le Don Juan de Montrouge ne doit pas faire exception à la règle.

« D'autant qu'il a des yeux qui promettent, qui annoncent du tempérament.

—Rassurez-vous, chère madame, ce sont des compatriotes et des amis.

— Tiens, tiens! fit l'espion subitement intéressé et clignant de la paupière.

« Est-ce que, par hasard, ce bon jeune homme vous aurait fait de l'œil?

Liliane éclata de rire:

— Je devine! s'écria-t-elle.

« Non, pas jusqu'ici.

« Il est vrai que je ne me suis pas mise en frais, que je n'ai rien fait pour attirer son attention.

« Je me tenais modestement à l'écart, en toilette toute simple.

« Vous ne m'aviez pas dit que je dusse faire sa conquête.

L'Allemand souriait toujours:

— Je voulais vous laisser le plaisir de deviner, répondit-il, non sans ironie.

« Je sais que les femmes aiment à déchiffrer les charades.

— Eh bien! je n'ai pas deviné un instant, je l'avoue...

« Je cherchais ailleurs, et j'ai passé à côté.

« Alors c'est là le moyen?

— Non, c'est un de nos moyens.

« J'en ai plusieurs...

« Nous verrons plus tard à choisir le meilleur ou à les combiner tous selon les circonstances.

« Celui-ci, la conquête de M. Jean, n'est qu'une demi-mesure, un moyen dilatoire pour le cas où les choses iraient trop vite là-bas.

« Il est bien certain qu'Yvette, étant donné son caractère, reprendrait sa parole sur-le-champ, si elle découvrait une infidélité...

« Le mariage serait rompu, mais ce n'est là qu'une partie de la tâche.

« Si nous voulons aller jusqu'au bout, il faut que vous fassiez la conquête non seulement de Jean Lenoir, mais d'Yvette, de la mère, et aussi de Pas-de-Canard.

« Il faut que vous arriviez, en un mot, à tenir le sort de tous et de chacun entre vos mains.

— Voilà qui est plus difficile, murmura la chanteuse effrayée de la tâche qui lui incombait.

— A première vue, oui, convint le comte.

« Mais, remettez-vous en à moi.

« Vous savez que je ne m'embarque pas à la légère.

« Toutes mes mesures sont prises.

« Voici des années que dans l'ombre, je prépare, je prémédite ce plan, auquel vous allez collaborer, et qui couronnera ma carrière, qui sera mon chef-d'œuvre en quelque sorte.

« Tout cela vous paraît obscur, mais vous allez comprendre.

Le personnage important ici, le ressort secret qui va mettre toute la machine en branle c'est Pas-de-Canard.

— Ce misérable avorton, s'écria Liliane qui tombait des nues.

— Cet avorton est gentilhomme, répondit le comte d'un air grave.

« Il a du sang royal dans les veines.

« C'est le fils naturel d'une princesse... autrichienne, une grande artiste morte misérablement.

« J'ai beaucoup connu la mère et je possède tous les papiers concernant le fils.

« C'est avec ces papiers que vous vous présenterez à la pension Lenoir et ça fera son petit effet, je vous prie de croire!

« Vous vous donnerez comme l'amie, la confidente de la feue reine.

« Une de ses filles d'honneur, par exemple, chargée de retrouver l'enfant qui lui fut enlevé.

« Or, comme dans ce roman, cette tragédie royale qui fit un certain bruit à son heure, tout est vrai, authentique — sauf vous — comme nous avons en mains des pièces irréfutables, comme, s'il le faut, nous mettrons en feu chancelleries et ambassades, personne ne soupçonnera le piège.

« Représentez-vous la stupeur de ces petites gens, en vous voyant descendre de votre coupé armorié!

« Ainsi présentée, avec tout le prestige du rang et de la richesse, il vous sera facile d'éblouir Mme Lenoir

E.Y.

— J'ai même suivi les fiancés une fois ou deux.

et les autres, de les mettre dans votre poche comme on dit à Paris.

« Notez que — sans parler des intérêts de cœur que nous avons l'une et l'autre — la partie vaut la peine d'être jouée.

« Il s'agit, en effet, d'une somme assez rondelette, plus de vingt millions, appartenant à Pas-de-Canard et dont une bonne partie doit rester entre nos mains.

— Vingt millions! s'écria l'aventurière, qui commençait à voir Pas-de-Canard, sous un tout autre aspect.

« Ainsi ce pauvre enfant, non seulement est de noble souche, mais riche comme un planteur.

« Et il porte un veston reprisé, des souliers à clous.

« Quel roman incroyable.

« Il faut venir à Paris pour voir semblable chose.

« Mais, ajouta-t-elle, d'où vient cette fortune?

— D'une somme de cinq millions déposée jadis par la mère dans une industrie particulièrement prospère: *Les Docks d'Anvers.*

« En quelque quatorze ans la somme à plus que quadruplé.

« Or, d'après le testament, la moitié de l'héritage appartient à ceux qui retrouveront l'héritier.

« Je n'ai pas besoin de dire, chère amie, que je vous ferai la part la plus large possible.

« Cela — bien entendu — viendra en plus de ce que je vous ai promis au sujet de Ferbach.

« Jadis je vous ai proposé de mettre le sort du lieutenant entre vos mains, de vous le « livrer pieds et poings liés », ce furent mes propres paroles.

« Or — appuya l'Allemand — cette offre je la maintiens dans tous ses termes.

« Je n'y mets qu'une condition...

— Laquelle? demanda la chanteuse qui haletait.

— *Tiens, c'est toi? comment ça va-t-il, ma belle?*

— C'est que personne *je dis personne*, insista Walter Humding, en tenant la jeune femme sous son regard fascinateur, ne connaîtra nos négociations au sujet du lieutenant.

« Si vous violez le secret, tout est perdu...

Sur ces mots prononcés d'un ton bref, qui contrastait avec celui du début, le comte d'Amaury se leva, signifiant que la conférence était terminée.

Cinq minutes après, Liliane regagnait son hôtel à pied en remémorant tout ce qu'elle venait d'entendre.

Tout d'abord elle avait été heureuse, transportée de ce qui arrivait, et qui dépassait toutes ses espérances.

Puis les soupçons étaient venus...

Les derniers mots de Walter Humding avaient semé le doute dans son esprit, et cette graine mauvaise avait germé soudain, avait grandi, étouffant tout le reste...

— Pourquoi le patron exige-t-il le secret? se demandait-elle tout en cheminant d'un pas pressé.

« Est-ce qu'il a peur que je me renseigne.

« Est-ce qu'il penserait à me rouler à son tour.

« Quel dommage que je ne puisse par parler de ça à Muller.

« *Mon ours* doit savoir, lui, et il m'eût renseigné.

« En tout cas je vais lui raconter tout le reste, cette « tragédie royale » comme dit le patron, et le rôle que je dois y jouer.

« Nul doute qu'il ne me donne quelques bons conseils.

« J'irais le trouver tout de suite si je savais où le prendre.

La chanteuse ne se doutait pas que Muller, au courant de la conférence et curieux d'en connaître le résultat, l'attendait en ce moment dans le hall du *Métropolitan*.

— Vous! s'écria-t-elle en l'apercevant.

« Vous tombez à pic.

« Montez, cher ami.

« J'ai des choses intéressantes à vous dire.

Lorsque Muller connut ce qui se préparait, il poussa des hauts cris.

— *Tarteiffle!* s'exclama-t-il en levant les bras au plafond, mais le chef est fou...

« Ce n'est plus de l'amour, c'est de la rage.

« Du gâtisme!

« Si j'étais le maître, je le mettrais à la retraite d'office, et vivement!

« Dans notre métier un homme amoureux... à ce

point surtout, est un homme fichu, bon à mettre au rancard.

— Et vous, s'écria la cabotine en jouant de la prunelle.

« Vous qui dites m'aimer...

« Comme j'avais raison de me méfier.

— Pardon... pardon, murmura l'agent tout penaud.

« La situation n'est plus la même, quoi que vous en disiez.

« Vous n'êtes pas une jeune fille, vous...

« Vous savez ce que parler veut dire.

— Chut! fit Liliane en feignant de se fâcher.

« Vous allez être grossier, mon ours.

« Parlons du patron...; ça vaudra mieux.

« Aussi, selon vous il est pincé plus que jamais pour cette petite.

« Ce n'est pas un caprice, comme il prétend, mais une passion véritable?

« Quand il parle du *service*, de l'intérêt qu'il y a à avoir un otage contre Van Flam.

— De la blague! s'écria Muller.

« Le Belge n'est pas à craindre et ce n'est pas au papa que le chef en veut, mais à la fille.

« Rien n'était plus facile ici, que de mettre Van Flam à la raison.

« C'est le patron qui n'a pas voulu... trop peur de gâter ses affaires avec la petite.

« Ce que vous m'apprenez ne me surprend pas, d'ailleurs.

« Depuis notre retour d'Allemagne, le chef m'avait donné à entendre qu'il renonçait à cette fantaisie, mais je n'étais pas dupe.

« J'avais parfaitement compris que, après notre échec de la villa qu'il m'impute — je me demande pourquoi, par exemple! — le chef était décidé à se passer de mes services.

« C'était une façon polie de me donner congé.

« Savez-vous, belle dame, que je serais en droit de vous en vouloir.

— A moi, pourquoi donc?

— Mais, parce que vous me supplantez, tout simplement.

« Vous prenez ma place auprès de ce cher patron.

— Est-ce que vous seriez jaloux, par hasard?

— Dieu m'en garde! Entre nous je n'étais pas fier plus que cela de ce rôle de rabatteur, de pourvoyeur.

« Par conséquent, bien loin de vous en vouloir, je me félicite de ce qui vous arrive et qui peut rapporter cher.

« C'est une mine à exploiter que l'amour des vieillards.

« Tâchez que ce vieux zizi casque dur.

« Ça lui apprendra à être amoureux à son âge.

— Mais... hésita Liliane, ce n'est pas d'argent qu'il s'agit.

« Du moins, l'argent n'est que secondaire.

— De quoi donc? fit Muller, qui avait dressé l'oreille aussitôt.

Et comme Liliane se troublait:

— Suffit, reprit-il.

« Je ne vous demande pas vos secrets.

« Je ne vous les demande pas pour la bonne raison que je les devine...

« Un conseil, toutefois.

« Si, comme je le suppose, il s'agit de Forbach, ouvrez l'œil et le bon, ma petite amie.

— Que voulez-vous dire? s'écria Liliane, qui avait tressailli.

« Est-ce que le patron chercherait à me rouler?

— Je ne dis pas cela, corrigea Muller qui craignait d'avoir trop parlé.

« Je crains simplement que vous vous fassiez des illusions, l'un et l'autre.

« Que les affaires ne soient trop avancées pour qu'on puisse faire machine en arrière à cette heure.

La chanteuse s'était levée, l'œil ardent.

— Vous savez quelque chose, implorait-elle.

« De grâce, mon ami, parlez.

Mais *Mon ours* se renfrognait.

— Impossible, fit-il en secouant la tête.

« J'ai dit tout ce que je pouvais dire.

« Le reste c'est du *Service*.

« Et là-dessus, je ne transige pas...

— Eh bien! je saurai quand même, s'écria la jeune femme avec emportement.

« Je m'adresserai à quelqu'un autre.

— A qui, chère enfant?

— Au capitaine Thérisy.

— Vous le voyez toujours?

— Non... mais je l'ai rencontré une fois ou deux dans les cabarets de nuit.

« Je connais les établissements qu'il fréquente et je suis sûre de le retrouver dès ce soir même.

— Eh bien! faites.

« Je préfère que ce soit lui qui parle, que votre serviteur.

« Il en sait plus que moi... certainement!

« Nous verrons ensuite si je puis vous être utile en quelque chose, et comment...

« Tout ce qui ne sera pas formellement contraire au devoir, je le ferai pour vous.

La chanteuse se mit en campagne le même soir, mais ne parvint pas tout de suite à découvrir de Thérisy.

Le marquis depuis le scandale de son divorce annoncé, avait déserté pour un temps les clubs et autres endroits élégants où il fréquentait d'ordinaire.

Il voulait éviter certaines questions qui l'irritaient.

Ce n'est que la quatrième nuit que Liliane le découvrit buvant seul, dans un sous-sol de Montmartre.

Le beau marquis, gisait l'œil vague, la langue pâteuse, au fond d'une banquette, devant une pile de soucoupes.

Il eut de la peine à reconnaître la cabotine.

— Tiens, c'est toi, finit-il par dire.

« Comment ça va-t-il, ma belle.

La jeune femme, après quelques préambules, posa la question qui lui brûlait les lèvres :

— Ferbach sera-t-il condamné ?

Elle n'eut pas plus tôt prononcé ce nom, que le marquis se réveilla.

Son visage, crispé, congestionné par l'alcool, exprimant une haine et une joie féroces :

— Ferbach, fit-il, il est cuit, fichu.

« Tout le monde sait ça, ma petite.

« C'est couru... raison d'État !

Liliane se leva sur le mot la mort dans l'âme.

Un étroit sentier montait vers le château.

Elle rentra chez elle, affolée, la rage au cœur, convaincue que Walter Humding la trompait.

Au bout d'un moment, son agitation tombée, elle se mit à envisager les choses plus froidement.

Elle essayait de se remonter le moral.

— Le patron n'a jamais menti, disait-elle.

« Pourquoi commencerait-il par moi ?

« Muller, d'ailleurs, n'a rien dit de précis.

« Et puis, il ne sait pas tout.

« Quant au marquis il exècre Ferbach et de plus il était ivre...

« En tout cas je ne veux pas rester plus longtemps dans l'incertitude, l'angoisse!

« Je m'adresserai à Walter Humding lui-même puisque je n'ai que ce moyen d'être fixée.

« Pas plus tard que demain, j'irai le trouver dans cette vieille gentilhommière, où il se cache, là-bas, et il faudra qu'il parle, qu'il dise oui ou non !

« S'il refuse c'est qu'il joue double jeu et alors je prendrai mes mesures.

« Je me défendrai moi et celui que j'aime!

« Je sais ce que je risque, mais tant pis!

« Je connais le défaut de sa cuirasse à lui aussi...

« De plus je suis sûre de ne pas tomber vivante entre les mains du patron.

« J'ai là tout ce qu'il faut, un poison foudroyant qui tue sans souffrance.

Tout en monologuant la chanteuse avait tiré d'une cachette, un coffret artistement ciselé.

Elle l'ouvrit, y prit une bague dite « marquise » et un petit flacon en cristal de roche contenant une demi-douzaine de pilules dorées.

Ensuite elle fit glisser le chaton de la bague, monté sur coulisses, et découvrit ainsi une minuscule cuvette de platine dissimulée à l'intérieur.

Dans cette cuvette elle introduisit deux des grains dorés, referma...

Puis, avec un geste théâtral, les yeux agrandis par la fièvre :

— Maintenant, je  suis prête.

« A nous deux, monsieur le comte!

CHAPITRE CLXXXV

Le château de la Belle au bois dormant.

Miss Felton — c'était le nom que Liliane avait donné au *Métropolitan-Hôtel*, se dévêtit rapidement, passa un peignoir et prit sur sa table un « Guide de Paris et ses environs ».

Puis elle s'étendit sur sa chaise-longue et songea aux moyens de pénétrer dans cette retraite mystérieuse, où le comte d'Amaury se cachait en ce moment.

— Ce ne sera pas facile, murmurait-elle.

« Il est vrai que, au pis aller, je pourrais attendre ma prochaine rencontre avec Walter Humding, mais je veux être fixée tout de suite.

« J'y tiens d'autant plus que le comte, après m'avoir alléchée, semble faire machine en arrière.

« Voilà deux jours qu'il n'est pas venu à Paris.

« Il sera furieux, évidemment, mais tant pis, je brûle mes vaisseaux!

« Maintenant, comment s'y prendre pour forcer les portes de ce logis secret.

« Je connais juste le nom et la situation approximative dans la forêt de Chantilly.

« Il y a une rivière dont le nom m'échappe, mais que je vais trouver sur le guide.

« Cela suffit, évidemment, pour aller jusqu'à la grille du château.

« Et ensuite...?

« Il y a une consigne très sévère, paraît-il.

« Muller est le seul d'entre nous, qui ait été reçu une fois ou deux.

« Quant à moi, ce n'est que ces jours-ci que j'ai connu l'existence de cette demeure interdite aux profanes.

« Toutes ces précautions prouvent l'importance du lieu.

« C'est, en quelque sorte, la capitale du chef, le centre de ses opérations.

« Quelque chose comme une citadelle, où il se retire quand il sent le besoin de se faire oublier.

« Si jamais je parviens à me glisser là-dedans, à m'y faire accepter, je n'aurai pas perdu mon temps.

« Voilà tout ce que je sais sur le château d'Ozy, et c'est maigre, surtout quand il s'agit de s'introduire en quelque sorte par effraction.

« Muller en parle comme d'une ruine, d'une sorte de *Burg* croulant, hanté des hiboux et des mulots.

« Ce serait facile d'y pénétrer dans ce cas, mais *Mon ours* bluffe évidemment.

« Ou plutôt il veut esquiver mes questions qui le gênent.

Tout en monologuant, Liliane feuilletait le guide. Bientôt son doigt s'arrêta sur une page:

— Enfin, voilà mon affaire, s'écria-t-elle.

« Château d'Ozy, sur la Dive.

« C'est bien cela.

« Je reconnais la rivière.

Et elle continua de lire à haute voix, comme pour mieux graver la description dans sa mémoire.

— ...vieille construction féodale, dont il ne subsiste qu'une grosse tour ronde appelée le *donjon*, et fort délabrée.

« Tout le reste — à part quelques morceaux restaurés par Viollet-le-Duc — est moderne.

« Le Donjon et les caves, très profondes qui servirent d'asile pendant les guerres de religion, offrent de curieux vestiges et seraient intéressants à visiter.

« Malheureusement le maître est absent et le public n'est pas admis.

La chanteuse rejeta le guide d'un geste rageur:

— Me voilà prévenue... grommelait-elle.

« C'est même le seul point sur lequel Muller et le guide sont d'accord.

« Défense d'entrer!

« Et cependant il faut que je rentre, moi, de gré ou de force.

« Je n'hésiterais pas à escalader la muraille s'il le fallait.

« Mais il doit y avoir d'autres moyens moins risqués.

« Pour cela il importe que j'arrive sur les lieux de bonne heure, afin de faire mon enquête.

« Il faut que je sois dans la place avant midi, sinon le patron sera parti.

« Eh bien! j'y serai!

« Quand je devrais corrompre le gardien à prix d'or.

Là-dessus la chanteuse, voyant l'heure passer, se mit au lit.

Elle fut longue à s'endormir, ce qui ne l'empêcha pas de se lever de grand matin.

Dès huit heures, elle était vêtue, prête à monter dans l'auto qui l'attendait:

— Je serai là-bas vers neuf heures, supputait-elle.

« Il me restera donc trois heures pour manœuvrer.

« C'est suffisant.

Comme elle descendait on lui remit une lettre de Robert Servan, qui lui adressait plusieurs fois par semaine des épîtres de plus en plus enflammées.

Elle la mit négligemment dans sa manche et ne la lut qu'une fois en route.

— Toujours le même, murmura-t-elle, plus épris que jamais.

« Mon brusque départ, loin de calmer ses ardeurs, n'a fait qu'attiser la flamme.

« Je lui répondrai ce soir, un mot aimable.

« Voici venir le moment où j'aurai besoin d'un homme sûr et dévoué.

« Il y a des choses que je ne peux pas demander à Muller.

« Tant qu'il ne s'agira que de faire quelques niches au patron, Muller marchera, mais plus loin, non...

« Il met l'Allemagne au-dessus de tout: *Deutschland uber alls...*

« Robert, au contraire, se fiche du kaiser comme de sa première maîtresse.

Une heure plus tard, l'auto arrivait en vue du château d'Ozy, dont les poivrières apparaissaient là-haut entre les hautes futaies à moins d'un kilomètre.

Liliane, qui ne se souciait pas de mêler un étranger aux démarches plutôt risquées qu'elle allait faire, renvoya son wattman à une auberge aperçue un peu plus tôt sur la route.

— Attendez-moi là, dit-elle.

« Il se pourrait que je tarde.

« Si à midi, je ne suis pas de retour, faites-vous servir à déjeuner.

Et elle se mit à gravir un sentier assez escarpé mais qui avait l'avantage d'escalader directement l'éminence boisée où s'élevait le manoir.

Elle tricotait tout en marchant.

Deux cents pas plus loin, elle était arrêtée par une haute muraille d'enceinte, percée de meurtrières et séparée du sentier par un saut-de-loup à demi-plein d'eau vaseuse.

— Diable... murmura-t-elle, mais c'est un véritable rempart cela.

« Rempart et fossé, rien n'y manque.

« Mon expédition s'annonce mal.

Elle suivit la clôture et parvint devant une vieille grille rouillée ensevelie aux trois quarts sous un manteau de lierre.

En face, entre les hautes herbes qui avaient tout envahi, un étroit sentier montait vers le château dont la façade apparaissait là-haut parmi les arbres.

Tout était clos du sol au faîte, portes, fenêtres, jusqu'à l'œil-de-bœuf de la plus haute tourelle obstrué avec de la paille.

Au-devant, une espèce d'échafaudage mobile monté sur rails et oublié là, depuis longtemps, sans doute.

Tout cela sentait l'abandon, la ruine.

Sur la droite, la grosse tour ou Donjon avec ses lézardes, son toit demi-effondré, répondait assez bien à la description donnée par Muller.

La visiteuse remarqua au second étage de cette tour une fenêtre, solidement grillée et à moitié recouverte par un store de toile dont la blancheur faisait tache sur ce vieux mur moussu.

— Qui diable peut bien loger là-dedans? se demandait-elle.

« Est-ce que ce serait la fenêtre du patron, par hasard?

De là, ses yeux se reportèrent sur la façade principale.

Un vol de corneilles tournoyait sur les combles et leurs cris se mêlaient au grincement des girouettes chassées par le vent.

— Ma foi! murmura Liliane, *Mon ours* avait presque raison.

« L'endroit n'est pas folâtre à habiter.

« J'aime mieux le *Métropolitan-Hôtel*.

Puis elle aperçut une corde pendant le long du mur, à portée de la main.

— Voilà qui est de plus en plus pittoresque, murmura-t-elle.

Elle tira dessus, et de l'autre côté, une cloche fêlée retentit, mais rien ne bougea.

Le pavillon du concierge, qu'on apercevait sur la droite, était clos hermétiquement comme le château.

— Ah! ça, est-ce que la baraque serait vide, décidément? continuait-elle.

Liliane sonna deux fois encore, mais à la troisième la corde pourrie lui resta entre les mains.

— De mieux en mieux, fit-elle.

« Mais, c'est le château de la Belle au bois dormant.

« Heureusement voilà quelqu'un qui vient.

Une femme en sabots s'avançait, suivie de quatre vaches au pis gonflé.

Elle tricotait, tout en marchant.

— Madame, appela Liliane.

La femme leva la tête et resta ébaubie à la vue de cette Parisienne en grand chapeau, tenant encore un tronçon de la corde rompue.

— Quéque vous voulez? demanda-t-elle.

— Je voudrais entrer.

Cette réponse parut porter au comble la stupéfaction de la paysanne.

— Entrer! s'exclama-t-elle.

« Mais on n'entre pas.

« V'là plus de dix ans que cette grille ne s'est pas ouverte.

« Les gonds sont rouillés, pour sûr!

— Pas possible!

— C'est comme je vous le dis.

« Il y a eu une histoire, autrefois.

« Depuis la boutique est vide.

— Je vois... Cependant il y a un gardien?

— Oui, Mathieu qu'il s'appelle.

« Encore un drôle de type, celui-là.

« Si vous n'avez que lui pour vous tirer le cordon.

— Vous le connaissez.

— On s'est connu, dans le temps, mais depuis... je le vois entrer et sortir.

« On se salue et c'est tout.

— Par où sort-il?

« Il y a une autre porte?

— Oui, à deux pas d'ici.

« Une petite porte enfoncée dans le mur.

— J'ai envie d'y frapper.

— Si ça vous amuse.

« Seulement, c'est peine perdue.

« Le gardien n'ouvre pas, et d'ailleurs, il est sourd au point qu'on pourrait tirer le canon à son oreille, sans le faire tant seulement cligner.

— Voilà qui est bizarre, et pourtant des gens viennent ici, des visiteurs, je le sais.

— Ils sont pas fréquents, en tous cas.

« J'en puis parler savamment, puisqu'on est voisin et que je suis toujours à trôler par là.

« En dix ans, j'ai bien vu un visiteur venir cinq ou six fois, et c'est tout.

— Par où passait-il?

— Par la petite porte, et avec sa clef.

« Ce devait être le propriétaire ou quelque parent d'Allemagne.

— Les maîtres sont Allemands?

— Allemands ou Russes.

« On n'a jamais bien su.

« Alors, vous n'êtes pas du pays, belle dame, sans quoi vous sauriez qu'on ne visite pas.

— Moi... je suis Américaine: miss Felton.

« Je passais en auto, lorsque j'ai aperçu des tours à girouettes.

« J'ai lu sur mon guide, qu'il y avait là un château curieux à visiter, un vieux donjon en ruine, et j'ai voulu voir ça, prendre des photos pour les amis.

« Nous manquons de ces choses en Amérique, c'est pourquoi nous en raffolons.

« Or, nous, Américains, nous faisons toujours ce que nous voulons.

« Ce n'est pas la première fois que je force des portes en graissant la patte, comme vous dites en France.

« Seulement, puisque le gardien est invisible et sourd par-dessus le marché, ça devient difficile.

« Raison de plus pour que je m'entête.

« Je serais prête à sauter le mur, au besoin.

« Pour cela, il me faudrait un guide, quelqu'un du pays connaissant bien les aîtres et les gens.

« Peut-être que vous, ma brave femme, vous pourriez me fournir quelques renseignements pour commencer.

« Et je paie bien vous savez, acheva la chanteuse en agitant là bourse d'or suspendue à son bracelet.

— S'il ne s'agit que de renseignements, répondit la femme, l'œil brillant de convoitise, on peut s'entendre.

« Même que vous tombez bien.

« On a fait un tas de racontars sur cette vieille bâtisse, mais il n'y a guère que nous — mon homme et moi — qui sachions quelque chose.

« Seulement, il faut que je rentre mes bêtes.

« Si vous pouviez venir jusqu'à la ferme.

« C'est à deux pas.

— Je ne demande pas mieux.

« J'ai soif justement, je prendrai une tasse de lait, avec du pain noir.

« C'est mon régal.

Cinq minutes après Liliane était installée devant une écuelle de lait qu'on venait de traire sous ses yeux.

Près d'elle dans la salle basse où les mouches bourdonnaient autour des jarres pleines de crème, la fermière allait et venait.

Elle déposa sur la table une vaste terrine pleine d'eau, deux paniers de légumes divers, et prit place aux côtés de la soi-disant miss Felton.

— Je m'en vas tailler ma soupe tout en bavardant, reprit-elle.

« Ah! j'en ai vu venir des curieux ici, depuis que le

maître, le comte de Lansberg a disparu subitement, mais pour ce qui est de visiter c'est midi.

« Quant à votre idée de rentrer dans le parc de force, par-dessus les murs, ce serait une folie qui pourrait vous coûter cher, j'aime mieux vous prévenir tout de suite.

à D'ailleurs vous ne trouverez personne pour vous accompagner.

— Cependant, en y mettant le prix.

— Quand même. Chacun tient à sa peau, vous savez.

« Or, il y a là-dedans — outre le gardien qui souvent se ballade le fusil à l'épaule — un couple de dogues qu'il ne fait pas bon approcher.

« Des chiens avec des gueules à couper la cuisse d'un cheval.

— Des chiens, fit Liliane surprise.

« Ils n'ont pas aboyé.

— Naturellement! c'est des chiens dressés contre les maraudeurs.

« Et ces bêtes-là n'aboient pas.

« Ça se glisse par derrière et quand ça tient, c'est pour de bon.

« Mon mari en sait quelque chose, qui s'est risqué une fois.

« Et puis à quoi bon sauter, puisque le château est fermé de partout.

« Vous ne seriez pas plus avancée.

« Ajoutez que le gardien a le coup de fusil facile.

« Même qu'une fois il a failli se faire assommer pour avoir farci de sel les fesses d'un pauvre vieux, venu pour ramasser du bois mort...

— Mais c'est un bandit! s'écria la chanteuse indignée.

« Et ce château est une caverne.

— Non, Mathieu n'est pas un bandit.

« Il a eu des malheurs qui l'ont ensauvagi, voilà tout.

« A part ce Mathieu — il s'appelle Mathias, mais ici tout le monde dit Mathieu, vous comprenez —

Liliane était installée devant une écuelle de lait.

bien qu'il ne parle pas souvent, n'est pas plus mauvais qu'un autre.

« Voilà des années qu'on se connaît et jamais nous n'avons eu un mot.

« Seulement il ne veut personne dans le parc, autour du château.

« C'est son droit, après tout, à cet homme.

« Ajoutez à cela, que sa fille est malade en ce moment, alitée... et que ça n'est pas fait pour le mettre de bonne humeur.

— Qu'est-ce qu'elle a?

— Une maladie de nerfs, ou quelque chose comme ça.

« Ça se comprend à vivre dans cette baraque sinistre.

« C'est dommage, une si bonne fille, si douce et si belle!

« Elle vous ressemblait... en moins bien.

— Elle est si malade que cela?

— Oui, une ambulance est venue, ce matin.

« On a dû l'emmener à l'hospice devers Compiègne.

« C'est toutes ces histoires qui lui auront tourné le sang.

« Aussi je me demande pourquoi elle reste là et son père itou.

« Pourquoi qu'ils n'ont pas suivi leurs maîtres.

« Il y a une raison.

— Et le château, le donjon...? interrompit Liliane pressée de savoir.

« Parlez-moi du château.

— Le château, répéta la fermière en hochant la tête, c'est une autre paire de manches.

« Il est certain qu'il a mauvaise réputation.

« Il s'y est passé et s'y passe peut-être encore des choses pas très catholiques.

« Aujourd'hui encore, certaines nuits, quand la lune est pleine, on entend des gémissements sortir de la grosse tour.

« Vous avez remarqué la fenêtre peut-être ben?

— Oui... celle qui est grillée?

— Justement... puis c'est une musique qui dure parfois jusqu'à l'aube, oh! mais, une musique...

« Un violon qui semble pleurer dans l'ombre et qui vous arrache des larmes.

Liliane tombait des nues:

— Vous avez entendu ça, vous, ma brave femme?

— Moi, non, mais mon mari.

« La fois qu'il sauta le mur, précisément.

« Or, c'est un ancien soldat et qui ne fait pas de contes, je vous jure, et ne croit pas aux balivernes, non plus...

« Non seulement, il a entendu, mais il a vu.

— Qu'est-ce qu'il a vu? demanda la pseudo-américaine impressionnée par l'accent de sincérité de la conteuse.

— Il a vu, au moment où le violon semblait se briser de douleur, une apparition sortir d'un bosquet tout proche.

« Une espèce de mariée tout de blanc vêtue.

— La Dame blanche! murmura Liliane.

La fermière la regarda d'un air froissé.

— Non, dit-elle.

« Il ne faut pas, parce qu'on est des paysans, nous prendre pour des gobe-la-lune.

Il a vu une apparition sortir d'un bosquet tout proche

« Il y a beau temps qu'on ne croit plus à ces histoires de fantômes.

« C'était une femme de chair et d'os, comme vous et moi.

— Voilà qui est de plus en plus bizarre, s'exclama la chanteuse.

« Alors, comment expliquez-vous...?

— Mon mari pense que c'est une folle.

« Et cela explique tout: les gémissements, la musique.

« Il y a des fous que la musique calme, paraît-il.

— Oui, ça doit être quelque chose dans ce goût.

« Et il y a longtemps de cela?

— Oui plutôt, c'était tout au début.

« Mon homme — embêté des racontars qu'on fai-

sait et pour bien prouver qu'il y avait rien de rien — avait parié d'aller couper à minuit tapant une touffe de gui qui se trouvait juste en face de la fenêtre grillée.

« C'était aux environs de Noël et le perdant devait payer le réveillon.

« Mon mari a gagné, bien entendu.

« Il n'en est pas moins vrai, qu'il a bien failli y laisser sa peau.

— On a tiré sur lui? demanda Liliane vivement.

— Non, ce sont les chiens.

« Il avait eu beau se mettre à contre bise, il a été éventé.

« Heureusement, il était près du mur à cette minute, et son échelle était là.

« Il n'a eu qu'à escalader.

« Or, c'est un ancien zouave, et qui n'a pas du sang de navet, je vous prie de croire.

« N'empêche qu'il s'est juré ses grands dieux de ne pas recommencer de si tôt.

— Même si je l'en priais, même avec moi?

— Surtout avec vous, ma belle dame.

« Une femme là-dedans ce serait vouloir se faire dévorer.

— Bah! il y a des moyens, murmura la chanteuse en *a parté*, une simple boulette.

« Mais revenons à notre histoire.

« Tout cela n'est pas bien grave, en somme, et je m'explique mal la mauvaise réputation du château, tous ces racontars dont vous parliez.

— Il y a autre chose, fit la paysanne, d'une air mystérieux.

« Il y a eu un crime autrefois, un assassinat.

— Un assassinat, murmura Liliane incrédule, mais on l'aurait su.

« La police...

— Eh! s'écria la fermière, ces gens-là se moquent pas mal de la police.

« Il y a quelqu'un qui les protège à Paris, un ambassadeur, s'il vous plaît.

Le chauffeur l'éclairait avec une des lanternes de l'auto.

dés, par conséquent.

— Pas si vite, interrompit Liliane intriguée, au plus haut point.

« Je m'y perds.

« Racontez-moi ça en détails, ma brave femme.

— C'est facile et simple à comprendre.

« Ça s'est passé trois ans après la rencontre de la dame en blanc.

« Une belle nuit, Bernard — c'est le nom du maçon — était au cabaret en train de humer le pot, comme on dit, lorsqu'un chauffeur est venu le quérir pour un travail urgent.

— Bernard n'a pas reconnu le chauffeur? questionna Liliane qui aussitôt avait pensé à Wálter Humding.

— Non, le type était emmitouflé dans une pelisse à longs poils qui lui mangeait la figure.

— Bon... murmura la jeune femme.

« C'est tout à fait les manières du patron.

« Je suis fixée.

— En ce moment, continuait la conteuse, la Dive était gonflée, et il s'agissait d'aveugler une voie d'eau qui venait de se produire dans une cave des environs.

« La besogne était facile et bien payée, le gain de plusieurs semaines en quelques heures.

« Seulement, sitôt dans l'automobile, il fallait que le tâcheron se laisse bander les yeux.

« Bernard était un peu gris déjà, à son habitude.

« Il accepta d'emblée et fut emmené grand train jusqu'à un escalier qu'on se mit à descendre.

« Bernard n'y voyait toujours pas, mais comme tout ça lui semblait louche, il s'était mis à compter les marches.

« Il en compta un joli nombre: deux cent cinquante!

« Le maçon riait dans sa barbe.

« Si bien que personne ne s'est dérangé.

« On a eu beau dénoncer, envoyer au tribunal des lettres anonymes ou autres.

« Seulement on a une preuve, nous, les gens d'ici.

— Quelle preuve?

— On a retrouvé le squelette.

— Où ça?

— Dans la cave, parguienne, sous le donjon.

— Qui est-ce qui l'a trouvé?

— Un ouvrier maçon...

— Il a fait sa déclaration, je pense?

— Non, on l'avait payé pour se taire.

« Et puis, à quoi bon.

« D'autant que la preuve, suffisante pour nous qui savons, ne l'était pas pour la justice.

« Faut vous dire que l'homme avait les yeux ban-

— Bon, — qu'il pensait — je reconnaîtrai toujours l'endroit, si besoin.

« Des maisons ayant quelque chose comme dix étages de caves, il doit pas y en avoir des quantités aux environs.

« Une fois en bas, on lui enleva son bandeau et il put regarder autour de lui.

Bernard se trouvait dans une espèce de sous-sol assez vaste, éboulé en divers endroits, avec des murs suintants de toutes parts.

« Vous auriez dit un chantier.

« Ça et là des monceaux de moellons de briques, des tas de sable.

« Tout à coup, le tâcheron se sentit mal à l'aise.

« D'un de ces tas de sable, là-bas, il y avait quelque chose qui sortait.

« Un pied d'homme, tout desséché, comme racorni au feu.

« Le compagnon fut dégrisé du coup!

« Il se rappelait la *Complainte des Trois Puisatiers*.

— Qu'est-ce que c'est que ça?

— C'est une vieille légende qu'on racontait jadis aux veillées.

« Il s'agit de trois puisatiers qu'un seigneur fit venir chez lui pour creuser un passage secret, et qu'on n'a jamais revus.

« Le travail fait, le seigneur les fit murer tout vifs dans le souterrain.

« On croyait alors qu'un secret ainsi enfoui devenait introuvable; et c'est là-dessus qu'on a fait la complainte.

« Cependant, Bernard s'était mis à l'œuvre.

« Tout en gâchant son mortier, il surveillait le chauffeur, lequel l'éclairait avec une des lanternes de l'auto.

« Il s'attendait à chaque instant à voir l'homme à la pelisse se jeter sur lui, mais l'autre avait l'air si tranquille, que peu à peu Bernard se rassurait.

« Comme la besogne touchait à sa fin, le falot s'éteignit faute de pétrole et le chauffeur dut remonter prendre l'autre lampion.

« Resté seul, Bernard s'empressa de courir au tas de sable.

« Il gratta avec sa truelle et aperçut une tête de mort grimaçante, puis le squelette tout entier...

« Un squelette d'homme encore jeune, où restaient des pans de peau et des cheveux noirs frisants...

« Notre compagnon s'était remis à trembler, mais comme mon mari, il en fut quitte pour la peur.

« Une demi-heure plus tard, il sortait avec un billet de cinq cents francs qu'il se mit à boire aussitôt.

« Tout en pompant, il a raconté l'aventure aux quatre coins du pays.

« Ça a dû venir à l'oreille de la police sûrement; mais elle n'a pas bougé.

— L'histoire est tellement extraordinaire... objecta la chanteuse.

« Il faudrait une preuve que c'est bien au château d'Ozy...

— Des preuves, il y en a des tas, dont trois surtout, frappantes.

« La première, c'est que lorsque la Dive filtre sous terre, les caves d'Ozy, qui se trouvent au-dessous du niveau, sont les premières inondées.

— Et la seconde?

— C'est le prix donné.

« Des gens qui paient cinq cents francs pour trois heures de travail ne courent pas les rues.

« Quant à la troisième, l'escalier de deux cent cinquante marches, elle est plus catégorique encore.

« En effet, un escalier pareil ne peut exister qu'au château, où l'on sait qu'il y a des souterrains très profonds.

« Or, rien de semblable ailleurs.

« On pourrait chercher à dix lieues à la ronde.

« Je pense que vous voilà convaincue?

— Oui... acquiesça Liliane.

« Reste à savoir quel était ce cadavre.

— Selon moi, ça ne pouvait être que celui du dernier châtelain, le comte de Lansberg.

« C'est ainsi qu'il s'appelait?

« Ça nous ramène à l'histoire dont je parlais en commençant et que je vais vous dire en trois mots, puisque — par le fait — personne n'a rien vu...

« Ça remonte à quinze ans environ.

« A cette époque, j'étais femme de charge au château qui venait d'être acquis par un étranger, le comte de Lansberg, venu en France pour passer sa lune de miel, à ce qu'on disait.

« Tous les autres domestiques étaient Allemands, ou plutôt Autrichiens, comme Mathias, qui avait titre d'intendant à l'époque.

« Comme alors, Mathias ne parlait pas un mot de Français, c'est moi qui étais chargée des rapports avec les voisins et les fournisseurs.

« Il fallait bien quelqu'un, et puis j'avais eu la chance de plaire tout de suite aux nouveaux maîtres.

— Quelle espèce de gens était-ce? demanda Liliane.

— De braves gens... un peu sauvages peut-être.

« Mais, du moment que c'était des nouveaux mariés, ça s'explique...

« Toujours est-il qu'ils ne sortaient jamais et ne voyaient personne.

« Madame, elle, avait un air de grande dame.

« La *Princesse*, c'est ainsi qu'on l'avait baptisée entre nous.

« Lui, ressemblait plutôt à un artiste, un de ces peintres qui voyagent leur chevalet sur le dos.

— Quel âge avaient-ils?

— De vingt à vingt-cinq ans.

« Elle devait avoir quelques mois de plus que lui, mais je ne puis pas affirmer.

« Pour ça, il aurait fallu vivre près d'eux.

« Or, Mathias était le seul qui approchait des maîtres.

« Pour nous, relégués à l'autre bout du château, nous les voyions de loin, circuler bras dessus, bras dessous...

« De vrais amoureux, quoi!

« N'empêche qu'ils se cachaient un peu trop tout de même.

« En trois ans, je n'ai vu qu'un visiteur, un médecin venu de Paris pour les couches de la comtesse.

« Encore qu'il ne s'arrêta pas longtemps.

« Naturellement, ce genre d'existence, toujours sur le qui-vive, faisait clabauder les voisins.

« Les uns disaient que la Princesse était une femme mariée.

« D'autres une jeune fille arrachée à sa famille.

« Ce qui est sûr, c'est que nos amoureux avaient quelqu'un à redouter, mari ou père... et la suite l'a prouvé, comme vous allez voir.

« Cependant, un enfant était né, un garçon un peu frêle, que ses parents adoraient.

« A partir de ce moment, le comte et la comtesse se cloîtrèrent encore plus.

« Ils passaient presque tout leur temps près du berceau, enfermés dans le donjon, emménagé depuis peu.

« L'enfant courait sur douze mois lorsque le drame éclata.

« C'est par une nuit d'hiver où la lune était pleine et la terre toute blanche de neige.

« Ce qui s'est passé là exactement, on ne l'a jamais su et ne le saura jamais...

« Le vent soufflait en rafales, étouffant le bruit, secouant les arbres du parc.

« Je me souviens, à travers le fracas avoir entendu comme des cris lointains, puis le roulement d'une voiture à quatre chevaux.

« Le lendemain, le château était vide!

« Il ne restait que moi et l'intendant — sa fille n'est venue que plus tard, lui tenir compagnie.

« Mathias m'expliqua que les maîtres étaient partis subitement avec tous leurs domestiques rappelés chez eux par la mort d'un parent.

« Mais il était si pâle en disant cela, si tremblant encore que je devinai un malheur.

On les voyait circuler bras dessus, bras dessous.

« Le mari — ou le père — de la comtesse avait dû arriver à l'improviste.

« Seulement je me gardai bien d'interroger:

« Mathias me renvoya avec une gratification.

« Après quoi il boucla le château de haut en bas et s'enferma dans le pavillon du concierge où il vit depuis comme un ours.

« Quant aux amoureux ce n'est que plus tard peu à peu que la vérité a commencé à se faire jour.

« Ce qui nous frappa tout d'abord mon mari et moi ce fut la présence de Mathias.

« On avait toujours cru que l'intendant, qui ne se plaisait guère ici, n'attendait que la vente pour vider les lieux.

« Et voilà qu'au lieu de chercher acquéreur, il faisait venir sa fille.

« Et puis toutes les précautions pour empêcher d'approcher du château.

« Sans compter que depuis quelque temps presque toutes les nuits on apercevait une lampe à la fenêtre grillée du donjon.

« Une fois ou deux — quand le vent portait — on avait entendu des plaintes sortir de la tour.

« Evidemment, il y avait quelqu'un là qui continuait à se cacher.

« C'est vers cette époque que mon mari sauta le mur et rencontra cette dame en blanc qui se promenait au clair de lune.

« Tout de suite nous pensâmes que c'était la comtesse...

« Elle avait dû devenir folle subitement la nuit du drame.

« Sans doute qu'on avait frappé son ami sous ses yeux, et ça lui avait tourné l'esprit.

« Puis, ce fut la découverte du squelette par le maçon.

« C'était le comte, sûrement... et dès lors tout concordait, tout s'expliquait: les cris que j'avais entendus la nuit du crime, l'effroi de Mathias le lendemain, la folie de la comtesse.

« La dame n'avait plus voulu quitter le château où son amant était enterré quelque part sans doute, sous les arbres.

« Qui sait, c'est son corps qu'elle cherche peutêtre, quand elle rôde la nuit en costume de mariée.

« Et voilà tout ce qu'on peut dire.

« Le reste, c'est des cancans, acheva la fermière.

— Oui, répondit-elle ce doit être quelque aventure comme ça.

« Une chose me surprend toutefois, c'est que l'inconnu — mari ou père — venu de si loin pour surprendre les coupables, ait laissé la femme ici.

— On a eu peur de l'achever, sans doute, si on l'arrachait de force.

« Enfin, peut-être que la famille ne tenait pas à ramener une folle.

« Ce n'est pas ça, qui aurait diminué le scandale.

« Ce n'est pas votre avis?

— Non, pensait la chanteuse à part soi.

« Il y a dans ce dénouement, une invraisemblance qu'il faudra que je tire au clair.

« Quelque chose me dit que l'histoire que je viens d'entendre et cette *tragédie royale,* dont le patron m'a parlé, ne sont qu'une seule et même aventure.

« Or, j'aurais un intérêt capital à connaître les noms des héros.

« C'est le seul moyen pour moi d'avoir barre sur le chef, plus tard, puisqu'il cache tout ça.

« Si jamais je réussis, je tiens mon homme.

« Mais alors, il faut renoncer à voir le patron tout de suite.

« Ce n'est pas le moment de lui donner l'éveil.

« D'autre part, je brûle d'être fixée sur le sort de Ferbach.

« Le procès avance.

« Comment faire?

— A quoi pensez-vous? fit la fermière à cet instant, à cette histoire?

— Oui, répondit la chanteuse, arrachée brusquement à sa méditation.

« C'est une histoire étrange, en effet, et que je voudrais bien connaître à fond.

« Je reviendrai sans doute et j'aurai encore besoin de vos services...

« Voilà pour vous, en attendant.

Elle glissa deux louis dans la main de la paysanne et sortit presqu' aussitôt.

Il lui tardait d'être dehors et seule pour réfléchir tout à son aise.

Machinalement elle avait pris le même chemin qu'à l'aller.

Elle ne s'en aperçut qu'en se retrouvant de nouveau devant la grille.

Elle approcha pour jeter un dernier regard et poussa un cri.

Elle venait d'apercevoir à dix pas d'elle Muller qui se promenait tranquillement.

Il avait dû venir jusqu'à la porte et remontait sans hâte vers le château, les mains dans les poches...

Aussitôt Liliane saisit son ombrelle et se mit à cogner vigoureusement sur le panneau inférieur de la grille.

Au premier choc la plaque de tôle vibra comme un gong.

L'agent fit demi-tour; et Liliane de gesticuler:

— Hé... mon ami... appela-t-elle, gaiement.

« Bonjour *Mon ours!*

CHAPITRE CLXXXVI

Où miss Felton continue d'apprendre des choses de plus en plus intéressantes.

Muller hésita une seconde.

Rapide son regard courut vers la fenêtre grillée, làhaut.

Puis, prenant son parti, il s'avança, souriant:

— Vous! fit-il, en baisant la main finement gantée qu'on lui tendait entre les barreaux.

« Quel heureux hasard!

« C'est vous qui sonniez si fort?

— Oui... vous avez été long à venir.

— J'étais encore au lit. Avancez jusqu'à la petite porte.

« Je m'en vais vous ouvrir.

Il y courut lui-même et s'empressa de tirer verrous et barres de sûreté.

— Entrez! fit-il toujours plus aimable.

« Vous avez de la chance que le père Mathias soit absent.

« Sans quoi avec la meilleure volonté il m'eût été impossible de vous recevoir.

« Ce vieux Cerbère est intraitable.

« Il nous eût plutôt fait dévorer par ses chiens..

« Il est parti, heureusement...

— Où donc?

— A Compiègne voir sa fille.

Un grondement sortait tout proche de la loge du concierge.

La chanteuse eut un léger mouvement de recul. Muller de la tranquilliser:

— Rassurez-vous... les dogues sont enchaînés.

« On ne les lâche que la nuit.

De nouveau, il regarda là-haut vers la fenêtre, qui visiblement l'inquiétait.

Et prenant le bras de la visiteuse:

— Ne demeurons pas là, dit-il.

« Venez, chère amie.

« Les voisins pourraient nous voir et la chose venir aux oreilles du père Mathias.

« C'est ça qui ferait vilain.

La chanteuse riait, s'efforçant de paraître gaie.

— Il est si terrible que ça? plaisanta-t-elle.

« Vous bluffez certainement.

« C'est comme le château qui n'a rien de si effrayant.

Mathias m'expliqua que les maîtres étaent partis.

« Vous m'en aviez parlé comme d'une ruine ouverte aux quatre vents.

« Quant au parc, tel qu'il est, tout envahi par ces herbes folles, il ne manque pas de pittoresque.

« Ça me rappelle le *Paradou*, de Zola.

— Alors, vous trouvez ça gai, vous? grommela Muller.

— Gai, ce serait trop dire.

« Mais il n'y aurait pas tant à faire pour transformer le paysage de fond en comble.

« Ce sont ces fenêtres closes qui attristent la vue.

« On dirait qu'il y a un mort derrière.

« Il suffirait d'ouvrir, de balayer un peu toutes ces feuilles mortes.

« Quant au château lui-même, il serait plutôt bien.

« Il a grand air avec ce perron monumental.

« En tout cas nous sommes loin du *Burg* croulant que vous m'aviez dépeint.

— Je ne parlais pas du château où je n'ai jamais mis le pied, mais du donjon, lui répondit Muller.

« Nous y voici et vous allez voir par vous-même que je n'exagérais pas tellement.

« C'est bien une ruine que cette tour, un nid à hiboux et à mulots.

« Entrez, chère amie.

« Je m'en vais vous faire les honneurs de mon *home*.

Liliane franchit un seuil creusé par le temps et se trouva dans une salle basse, fort délabrée, où elle ne distingua rien tout d'abord.

Les fenêtres, percées à travers des murailles épaisses de six pieds, ne laissaient pénétrer qu'un jour avare.

Le plafond était formé de poutrelles de fer entrelacées et tendues par des entretoises.

Le tout reposait sur un massif pilier d'acier poli placé au centre.

— Qu'est cela? demanda la chanteuse dès qu'elle se fut adaptée à l'obscurité ambiante.

— Ça, je n'en sais rien, répondit l'Allemand.

« C'est une manique au patron.

« Son bureau est au-dessus, un bureau bardé de fer, qui contient des choses précieuses et pesantes, sans doute, puisqu'il a jugé bon de consolider la voûte.

« Rien ne nous empêche d'imaginer qu'il y a, là, au-dessus de nous, des monceaux d'or!

« Un trésor de guerre, comme dans cette fameuse forteresse de Spandau...

« C'est tout ce que je puis vous dire, puisque pour ma part, je n'y ai jamais mis le nez.

« C'est le Saint des saints cela, ouvert au maître seul.

« Mon domaine, à moi, se borne à cette unique salle.

« C'est là que je mange, que je dors, derrière ce paravent là-bas.

— Cependant, je vois des portes un peu partout.

— Oui, mais qui ne s'ouvrent pas.

« C'est ici comme dans ce Château du Diable, dont les portes ne tournent que quand on leur parle d'une certaine façon.

— Sésame, ouvre-toi! s'écr'a Liliane en riant.

« Nous voici en plein conte des Mille et une nuits.

— Ça vous amuse, vous, les cachotteries? maugréa Muller.

— Mais oui.

« Je raffole des histoires de brigands et de châteaux hantés...,

La jeune femme, qui, tout en affectant de plaisanter ne perdait pas de vue, le but de sa visite, pensait à part soi:

— Quel luxe de précautions.

« Si jamais je parvenais à savoir ce qu'il y a derrière ces portes de coffre-fort...

« En tout cas, me voici dans la place!

« Et Walter Humding est-ce qu'il est là?

« Mon ours n'en dit mot.

Cependant Muller, tout à fait rassuré, à présent, s'abandonnait au plaisir de cette visite inattendue.

Il avait fait asseoir la chanteuse à une table vers la fenêtre pour la mieux voir.

— Une riche idée que vous avez eue de venir, rigolait-il.

« Ça tombe à pic aujourd'hui.

« Je suis seul, pour une fois.

« Point de patron, pour nous embêter.

— Seul!... murmura la chanteuse à part soi.

« Est-ce un bien, est-ce un mal?

« Ce serait un bien si Mon ours consentait à parler.

« Des deux affaires qui m'intéressent, il y en a une, celle du lieutenant — sur laquelle il en sait aussi long que le chef.

« Je l'ai bien vu l'autre soir à son air gêné.

« Seulement, parlera-t-il?

« Si j'essayais de l'aguicher.

« Jamais nous ne trouverons meilleur moment, peut-être.

« Je m'en vais faire la femme déçue, y aller d'une larme, s'il le faut.

Muller remarqua vite l'air préoccupé de la jeune femme.

— Eh bien! s'écria-t-il, vous semblez songeuse, ma belle amie.

« Il y a quelque chose qui vous tracasse?

— Oui, un peu, répondit Liliane.

« Je venais pour le patron, justement.

Muller fit une grimace de mauvaise humeur.

— Patatras..., grommela-t-il.

« Quelle tuile, mon empereur!

« Moi, qui m'imaginais que vous veniez pour moi.

Liliane eut un geste d'impatience.

— Je vous en prie, mon cher Muller, parlons sérieusement.

« Je n'ai pas envie de plaisanter, je vous jure.

« Rappelez-vous notre conversation de l'autre soir.

— Quelle conversation, je ne me souviens plus, mais plus du tout.

Muller mentait.

Il se souvenait parfaitement et avait tout de suite deviné le motif de cette visite.

Mais il se faisait un malin plaisir de taquiner la jeune femme.

Liliane s'en rendait compte et commençait à s'énerver pour de bon.

— Si! fit-elle en tapant du pied.

« Vous vous souvenez très bien.

« Et puis, peu importe.

« Ce n'est pas à vous que j'en ai, mais au chef.

« Le comte n'est pas là, dites-vous, mais il va rentrer, je suppose?

L'Allemand remonta ses sourcils jusqu'au milieu du front.

— Ça, fit-il, c'est une autre affaire.

« Vous savez que je ne suis plus dans ses secrets.

— Il y a longtemps qu'il est sorti?

— Oui, plutôt, continua l'agent goguenard.

« Je ne l'ai pas revu depuis l'autre soir, aux Tuileries.

— Mais, ça fait trois jours, ça, s'écria Liliane qui devant ce flegme, sentait la colère venir.

— Pas tout à fait... deux seulement.

— Deux ou trois, c'est tout un.

« En tout cas, ce n'est plus d'une sortie qu'il s'agit, mais d'un voyage bel et bien.

— Ça m'en a tout l'air.

« Du moment qu'il découche, c'est qu'il est loin.

— Il ne vous a pas dit où il allait?

— Non, ma chère enfant.

« L'autre soir après le concert interrompu par l'averse, nous sommes rentrés ici comme de coutume.

« Le lendemain, au petit déjeuner je me suis trouvé seul, à cette table-là et notre major-dome Mathias, déjà nommé, m'a appris que le chef était parti au petit jour.

« Voilà tout ce que je puis vous dire.

« Je pensais que vous, qui êtes bien cu cour, vous étiez mieux renseignée?

Elle venait d'apercevoir à dix pas d'elle, Muller.

— Non, et cela me fâche, m'irrite.

« Cela m'irrite d'autant plus que je le vois bien, maintenant, Walter Humding se dérobe, après m'avoir alléchée.

« Il m'évite, c'est clair.

« Il m'avait promis monts et merveilles, et voilà qu'il disparaît subitement.

« Cette conduite confirme mes doutes, mes soup-çons, disons le mot!

« Je viens précisément, d'apprendre des choses graves.

« Et j'avais une question à poser au chef une ques-tion urgente.

— Quelle question? demanda l'agent.

— Ah! oui, j'y suis : il s'agit de Ferbach.

Et cachant sous un ton goguenard sa mauvaise hu-meur très réelle:

— En voilà un veinard, ricana-t-il.

« *Tarteiffle*, je prendrais volontiers sa place en prison, même dans votre cœur, si la chose était pos-sible.

« Ainsi vous avez vu le beau marquis?

— Oui.

— Qu'est ce qu'il dit?

— La même chose que vous, mais en termes plus catégoriques encore.

« La condamnation est sûre.

« Le chef m'a menti!

La chanteuse s'éner-vait de plus en plus, trépignait...

Quant à Muller qui voyait la conversation s'engager sur un ter-rain glissant, il avait pris, ce qu'il appelait son « visage de bois »:

— Menti... murmu-ra-t-il, vous êtes sévè-re.

« Pourquoi conclure si vite.

« Eh! que diable! tout ce que dit le Théri-sy n'est pas dans l'E-vangile.

« Je le soupçonne fort de prendre ses désirs pour la réalité.

« La défense, en ces derniers temps, à fait des progrès considérables.

Mais Liliane n'était plus d'humeur à se payer de mots.

— Non! fit-elle en pétrissant son mouchoir, n'es-sayez pas de me faire prendre vessies pour lanter-nes.

« Vous perdez votre temps.

« Ma conviction est faite là-dessus, bien faite.

« Vous feriez mieux d'être franc avec moi.

« Vous vous dites mon ami et vous cherchez à me tromper.

« Tout le monde m'abandonne...

« Eh bien! je me défendrai, j'agirai toute seule!

Liliane s'était levée et avait porté son mouchoir à ses yeux où montaient des larmes brûlantes.

C'étaient des pleurs de rage, mais l'agent y fut pris tout de même.

Il lui saisit les mains, la força à se rasseoir:

— Voyons, calmez-vous.

« Ce n'est pas en vous emballant, que vous ar-rangerez les choses.

« Et puis, chère amie, vous êtes injuste envers moi.

« Rappelez-vous que le premier, je vous ai prévenue.

— Alors, répliqua Liliane en tapant du pied, pourquoi essayez-vous de revenir sur vos paroles.

— Parce que, murmura l'Allemand embarrassé, parce que je vous vois très montée.

« Je crains que vous ne fassiez quelque coup de tête.

« Vous arrivez ici sans permission... ce qui est grave, déjà, et pour commencer vous démolissez notre sonnette!

« Je vous ouvre à mes risques et périls; et voilà que tout à coup, vous vous emballez, vous moussez comme de la bière aigre...

« Savez-vous que le patron n'aime pas ces manières, ici surtout, où la consigne est de parler bas... comme dans un temple.

« S'il avait été témoin de vos façons par trop cavalières, ça aurait pu tourner très mal.

« Heureusement j'étais là, moi, qui vous aime.

Liliane haussa les épaules.

— Vous m'aimez! railla-t-elle.

— Entrez, chère amie.

« Vous le dites, mais tout se borne à des paroles.

« Vous êtes comme tant d'autres que j'ai vu rôder autour de mes jupes.

« Je ne suis pour vous qu'un caprice, une belle nuit qui passe comme disent les fêtards.

« Si je vous demandais de passer des paroles aux actes, de me donner une preuve...

— Essayez avant de juger, s'écria Muller. Disposez de moi.

« Je ne demande qu'à prouver mes dires.

« Je vous ai déjà dit dans quelle condition, sous qu'elle réserve, et rien que cela, cette franchise, devrait vous inspirer confiance.

« En dehors du *Service,* je vous appartiens tout entier.

« Pour vous, je suis prêt, non pas à trahir le kaiser, mais à lâcher notre commun patron dans ses affaires privées.

La chanteuse avait relevé la tête, et considérait son amoureux d'un air bienveillant:

— Vous feriez cela? demanda-t-elle.

— Oui, puisque je l'annonce.

« Vous voyez que je parle net moi! Que j'y vais carrément.

« Vous m'accusez de tergiverser et c'est vous qui hésitez tâtonnez, qui tournez autour du morceau depuis une semaine!

« On dirait que vous vous défiez de moi.

— Non, protestait la jeune femme.

« Je sais que j'ai en vous un bon ami.

— Alors, maugréa l'Allemand, pas tant de façons.

« Parlez, sacrelotte!

« Jusqu'ici je suis seul à faire des avances.

« C'est moi l'autre soir qui vous ai crié: gare!

« Je m'en repens, quand je vous vois si nerveuse et en même temps si circonspecte envers moi.

« Ah! vous ne galvaudez pas vos confidences, vous.

« Comment voulez-vous que je vous aide si vous continuez à faire des cachotteries.

Muller avait parlé avec un tel feu que la jeune femme lui tendit les mains:

— C'est vrai! dit-elle.

« J'aurais dû parler plus tôt, mais j'avais des raisons...

« Je craignais de vous compromettre.

« Et puis, j'avais une promesse de Walter Humding, qui ne cherche qu'à me rouler.

« Il y avait un pacte entre nous, pacte qui devenait lettre morte si j'en parlais à âme qui vive.

« Voilà pourquoi je me suis tue jusqu'ici.

« Or, je vois clair, maintenant, dans le jeu du comte.

— *Je le sauverai envers et contre tous.*

« Je comprends pourquoi il tenait tant à ce que rien ne transpire de nos négociations.

— Quelles négociations? insista Muller.

« Il s'agit de préciser cette fois.

« Par le diable cornu, je ne vous lâche pas avant.

« Je ne demande qu'à vous seconder, moi, mais encore faut-il que je sache...

« Il s'agit du lieutenant Ferbach, je vois bien, mais cela ne m'apprend pas grand' chose.

« Qu'est-ce que le pacte dont vous parliez? »

Liliane feignit d'hésiter une fois encore:

— J'ai promis le secret, murmura-t-elle d'un air craintif, timide.

L'agent s'emporta à son tour.

— *Tarteiffle!* gronda-t-il.

« Moi aussi, j'ai promis le secret et je suis prêt

pour vous à manquer à ma parole.

« Commencez d'abord.

— Soit! fit la chanteuse en détournant les yeux pour cacher un éclair de triomphe.

« Vous voyez, je me livre à vous, pieds et poings liés.

« Je sais bien que vous êtes incapable de trahir une femme.

« Il s'agit de Ferbach comme vous l'avez deviné, d'une promesse que le chef me fit jadis.

« Mais pour que vous compreniez, il faut reprendre les choses d'un peu plus haut, rappeler certaine tentative que vous ignorez peut-être.

« Cela se passait avant ma fuite en Belgique.

« Il s'agissait d'attirer le père Lancelin dans un piège en me présentant à lui comme sa fille.

« Walter Humding, pour m'encourager, m'avait promis en cas de réussite, de mettre le sort de Ferbach entre mes mains, de l'obliger à *choisir entre moi et le bagne*.

« Ce furent ses propres paroles.

— Tiens! fit Muller intéressé au plus haut point.

« Voilà qui n'est pas banal.

« Comment comptait-il procéder?

« La chose semble plutôt difficile à première vue.

— Pas pour lui qui a tout conduit, tout machiné.

« Walter Humding possède une pièce capitale d'où dépend l'arrêt du Conseil de guerre.

« C'est cette pièce qu'il devait me confier.

« De cette façon, j'étais maîtresse de la situation.

« Par la faute d'une autre notre plan contre le vieux grognard échoua.

« Un peu après, je dus passer en Belgique, et là, je me laissai entraîner — par cette coquine de Poupoule, justement — à conspirer contre le chef.

— Aï... maugréa l'Allemand.

« Voilà qui n'est pas à faire.

« Comme j'avais raison de craindre tout à l'heure que vous ne fassiez quelque sottise.

— Soyez tranquille, répondit Liliane.

« La leçon que j'ai reçue m'a profité, et nous avons fait la paix avec le patron.

« Toutefois, je croyais nos projets tombés à l'eau, quand il m'a rappelé tout à coup et m'a proposé de les reprendre.

« Vous savez comme il est persuasif, quand il veut.

« D'autre part, Walter Humding avait besoin de moi et j'ai marché... à fond.

« Ce n'est que l'autre soir, que j'ai eu un premier soupçon... grâce à vous, et je vous en remercie.

« Ce que m'a dit Thérisy a fini de m'éclairer et de m'irriter.

« Je suis accourue ici, affolée, furieuse...

« Et maintenant, je m'adresse à vous comme à mon seul ami.

« Cette pièce, la fameuse pièce que Walter Humding devait me confier existe-t-elle réellement? »

L'Allemand hochait la tête l'air fort perplexe:

— Ma chère amie, fit-il, la question que vous me posez est plutôt délicate.

« Je m'explique, à présent, que le patron nous eût recommandé le silence le plus strict à l'un comme à l'autre...

« Vous avez eu confiance, et je veux vous rendre la pareille.

« Seulement jurez-moi que, quoi qu'il arrive, même si nous nous brouillons un jour, jamais personne ne saura que c'est moi qui vous ai prévenue. »

Liliane leva la main.

— Je le jure! s'écria-t-elle avec feu.

« Je le jure sur la tête de l'homme que j'aime.

« Parlez sans crainte, mon ami...

« Walter Humding me trompe?

— Oui, fit l'agent d'une voix basse.

« Du moins le chef ne présente pas les choses dans leur vrai jour.

« La pièce dont il s'agit — pièce si importante que moi-même j'en ignore la teneur — cette pièce existe, en effet.

« Seulement elle n'est plus en sa possession.

« Elle est entre les mains de la police française. »

A cette révélation la jeune femme fut prise d'un véritable accès de rage.

Elle se leva les lèvres pâles, tremblantes:

— Enfin! Je sais à quoi m'en tenir.

« On veut me rouler...

« Eh bien! cela ne sera pas!

« A dater de ce jour, je passe dans le camp de bach, et je le sauverai envers et contre tous.

« Je suis résolue à tout...

« Prête, s'il le faut, à me livrer à la justice, à ... ler la machination... »

De nouveau Muller s'emporta:

— Sacramento! hurla-t-il en abattant son poing sur la table, qui gémit sous le choc.

« Mais vous êtes folle, folle à lier.

« Vous voulez entrer en lutte avec le chef.

« Mais, ma pauvre petite, vous serez brisée ava...

« Et moi, qu'est-ce que je deviens dans tout ...

— Oh! rassurez-vous, reprit Liliane, sentant ... prudence commise, et tâchant de se rattraper.

« Vous ni aucun de nos collègues, n'avez ... craindre.

« Je ne donnerai aucun de nos secrets, ni de ... amis.

« Je me bornerai à me livrer moi-même, ce qu... mon droit.

— Votre droit, grondait l'Allemand. Il est joli...

« Et vous appelez ça un droit.

— Mais oui, à condition, bien entendu, de prendre tout sur moi et c'est ce que je ferai.

« Je dirai que c'est moi qui, par dépit, ai tout com... biné contre le lieutenant.

« Moi, qui ai caché certains papiers chez lui... je devine beaucoup de choses...

« De cette façon, je ne fais de tort à personne. »

Muller haussa les épaules.

— Vous êtes ridicule, grogna-t-il.

« Alors, vous croyez comme ça, que la justice fran... çaise se contentera de vos explications, de vos ... ments, qu'elle ne cherchera pas à voir plus loin.

« Vous la perdez, chère amie, et moi aussi, qui ... cute...

« Ah! ces sacrées femmes... comme elles nous tou... nent la tête.

« Exemple, le patron!

« Un homme de sa force et qui est en train de ... tauger comme un clerc amoureux.

« Et moi donc, moi, qui le blaguais.

« Voilà tout doucement que je suis en train de me laisser embobiner.

« Comment ça finira-t-il?

— Rassurez-vous, répondit vivement Liliane qui avait vite reconquis toute sa présence d'esprit.

« Vous savez parfaitement « Mon ours », que ... ne ferai rien, je ne dis pas contre vous, mais s... vous, sans votre autorisation formelle...

...au une seconde d'oubli, tout à l'heure, d'em...
...ment... mais c'est fini.

...vous m'avez montré la folie de mes projets, et
...nonce.

...Vous voyez — continua-t-elle coquettement —
...e suis une petite fille soumise, qui ne demande
...e laisser guider.

...Qui abdique toute résistance, quelque malheur
...qu'elle soit.

...gros Muller, qui prenait à la lettre toutes ces
...es paroles, approuvait du bonnet:

...Bien! murmurait-

...Voilà comme je
...aime.

...Vous verrez que
...n'y perdrez rien.

...Ceci posé, causons
...et causons bien:
...inons les choses
...me elles doivent l'ê-

...Vous m'avez de-
...ndé la vérité, je vous
...ite...

...Mais il ne s'ensuit
...du tout que la con-
...mnation du lieute-
...nt soit chose faite.

...Le chef, vous le sa-
...comme moi, n'a ja-
...manqué à sa pa-

...Pourquoi commen-
...il par vous, dont
...tant besoin?

...Dès lors, qu'il vous
...omis de sauver Ferbach, il le sauvera...

...Il est assez fort pour défaire ce qu'il a fait.

...Remarquez encore que la condamnation — si
...tait inévitable pour le moment — ne termine
...affaire.

...L'appel existe en matière d'espionnage comme
...oute autre.

...n outre, il y a la révision, le fait nouveau fa-
...susciter.

...nfin, au pis aller, il y a l'évasion, toujours
...ble avec de l'argent.

...Or, ce n'est pas ça qui manque...

...Ainsi, croyez-moi, faites crédit au patron, et
...'arrangera.

Liliane, en bonne comédienne, avait écouté ce petit *speech* avec toute la componction voulue.

Elle poussait encore quelques soupirs, mais sa
conviction était faite, et sa résolution prise, irrévo-
cables l'une et l'autre.

Tandis que l'Allemand parlait d'un air paterne,
elle pensait:

— Tout ça c'est du boniment, comme dirait ce
gros ours mal léché.

« Seulement laissons-leur croire que je suis dupe.

« C'est le seul moyen de les rouler à mon tour.

« Par la force je ne
peux rien évidemment.

« Je suis battu d'a-
vance.

« Il faut s'y prendre
par la ruse, l'arme des
femmes!

« Il n'y a que ce ter-
rain où j'ai chance de
défendre ma cause.

« Je m'en vais donc
faire, plus que jamais,
bon visage au patron,
redoubler de zèle.

« Il ne se doutera de
rien.

« D'ailleurs, le com-
te n'est plus le même.

« Il est amoureux, et
chez un homme, c'est
une faiblesse, une infé-
riorité, ça...

« Au contraire, chez
une femme, une fem-
me comme moi, l'a-
mour est une force de

— Montez, chère amie.

plus...

Lorsque Muller eut fini de parler Liliane lui tendit la main et d'une voix grave:

— Je vous remercie, dit-elle.

« Vos dernières paroles m'ont fait du bien.

« Certes, je viens d'éprouver une émotion violente.

« J'en suis toute brisée encore, mais j'ai confiance.

« Je crois, comme vous, que le patron, qui jamais ne manqua à sa parole, ne commencera pas
par moi, qui ne demande qu'à lui prouver mon dévouement.

« Aussi — pour que lui même se pique d'émula-
tion, — je vais redoubler de zèle.

— Vous me rassurez, fit l'agent, trompé par cette

résignation apparente, et avec un soulagement visible.

« J'avais craint un moment que vous ne vous laissiez emporter à quelque coup de tête.

— Non... tranquillisez-vous.

« J'ai appris à mes dépens, qu'on ne lutte pas contre le chef, et je ne veux pas recommencer l'expérience.

La jeune femme se leva, sur ce mot, prit le bras de Muller.

— Accompagnez-moi jusqu'à ma voiture, fit-elle d'une voix encore plaintive.

« Je suis brisée, rompue par toutes ces secousses...

— Très volontiers, répondit l'agent touché de cette marque d'amitié.

Un quart d'heure après, ils arrivaient à l'auberge où stationnait l'automobile.

En les voyant venir le wattman était remonté sur son siège.

Muller ouvrit la porte, baisa une dernière fois, la petite main tremblante, qu'on lui tendait.

— Courage dit-il, et quoi qu'il arrive, quoique vous appreniez, ne faites rien sans me prévenir.

« Souvenez-vous que je suis *votre ours* tout dévoué.

« Un peu de patience, et vous verrez que tout s'arrangera.

— Oui, répondit Liliane, en se laissant choir sur les coussins, l'air accablé.

« Je vous remercie de vos bons conseils, mon ami.

« Je vais les suivre.

La voiture partit, et aussitôt la cabotine se redressa, le visage enflammé, l'œil ardent.

Jamais, le gros Allemand n'eût reconnu la jeune femme affolée, plaintive qui se pendait à son bras, deux minutes plus tôt.

Une transformation subite venait de s'opérer en elle, un de ces revirements fréquents, chez les femmes de son espèce.

Hier encore elle aimait André, et l'exécrait en même temps.

Elle était prête à tout pour se venger de ses rebuffades répétées.

Mais la haine est jalouse, comme l'amour.

Liliane voulait bien qu'André souffrit, fut torturé, à condition que ce fut de sa main.

Il avait suffi que la menace vint d'ailleurs, pour qu'aussitôt elle se précipitât à son secours.

— Je le défendrai, murmurait-elle en ce moment.

« Je le défendrai seule contre tous, et je le sauverai!

« Ces gens-là croient que je suis dupe, et moi qui les roulerai tous.

« Je risque ma tête, je le sais; mais, tant pis.

« Si je réussis, ce sera le plus beau jour de ma vie.

« Si j'échoue, qu'importe la mort!

« Mon sacrifice est fait!

« J'ai confiance en moi et en mon étoile.

« Jamais les conditions n'ont été plus favorables.

« Walter Humding n'est plus l'homme invincible, le cœur d'airain.

« Le lion de Judas est amoureux... comme mon Muller.

« Une gamine lui a rogné les griffes.

Liliane monologua longtemps encore, se grisant de ses propres projets, faisant rêve sur rêve.

Puis, comme elle approchait de Paris, son exaltation calmée, elle envisagea la situation plus froidement, s'efforça d'établir un premier plan de campagne.

Elle commença par se rappeler tout ce que Walter Humding lui avait révélé de ses intentions et tâcha de découvrir d'après cela sa tactique future contre Yvette Van Flam.

— Le patron fait le mort... murmura-t-elle, mais j'en sais suffisamment pour deviner la suite.

« Surtout après l'histoire que m'a contée la fermière et qui éclaire beaucoup de choses.

« Je suis sûre que le château d'Ozy doit être un élément important dans la partie qui s'annonce.

« D'après le patron, je dois jouer auprès d'Yvette le rôle d'une Allemande.

« Or, justement, le château appartient à une famille d'outre-Rhin, dont le chef possède les papiers.

« Tout concorde, s'éclaire...

« C'est là, sûrement qu'il s'agit d'amener Yvette et de l'éblouir, de la gagner par la douceur.

« C'est un peu le coup de la villa Tranquille, sous une autre forme.

« Une différence, cependant, et qui est tout!

« Ce n'est plus Muller, mais moi qui suis dans la « coulisse ».

« Par conséquent, je suis maîtresse de la situation.

« Un signe à faire, et Walter Humding tombe dans le piège préparé pour d'autres.

« C'est lui qui sera surpris, terrassé, ligotté, comme le fut Pas-de-Canard.

« A ce moment, il me faudra un homme pour m'aider, un homme résolu et sûr.

« Or, cet homme, je l'ai sous la main.

« C'est Robert Servan.

« Robert m'aime, et mon départ n'a fait que redoubler sa passion : sa lettre de ce matin le prouve une fois de plus.

« J'ai bien fait de ne jamais le décourager complètement.

« Pris d'une certaine façon, il fera tout ce que je voudrai.

« Il ira jusqu'au bout, jusqu'au crime !

« Nous voici à Paris... je m'en vais lui télégraphier à l'instant.

« Je suis sûre qu'il va s'empresser d'accourir..

On passait devant un bureau de poste.

La chanteuse héla le wattman qui stoppa aussitôt.

Elle descendit, se précipita dans le bureau et rédigea une brève dépêche.

Deux mots seulement mais qui devaient porter.

Venez. Je vous attends. — Miss Felton.

CHAPITRE CLXXXVII

Un Violon
dans la nuit

E. Y.

Elle fut arrachée de ses bras par des bandits masqués.

Liliane attendait le soir même une dépêche de Robert Servan annonçant son arrivée à Paris.

Elle ne reçut rien, ni ce soir-là, ni les jours suivants.

Et ce lui fut un nouveau sujet d'inquiétude.

— Est-ce que Robert me lâcherait ? se demandait-elle.

« Non. Je suis sûre de moi et de mon pouvoir sur lui.

« Il doit être en mission et n'a pas encore reçu ma dépêche.

« Je me rappelle en effet, que dans sa dernière lettre, il me parlait d'un voyage à Liège.

« Il s'agissait précisément de faire une enquête sur Van Flam et sa famille, de recueillir certains renseignements en particulier sur Yvette.

« Quelle est cette nouvelle intrigue ?

« *Mon-Ours,* qui paraît très renseigné, prétend qu'à la naissance d'Yvette, le Belge était en prison depuis plus d'un an et pour plusieurs mois encore et ne saurait par conséquent être le père.

« Est-ce que par hasard Yvette serait la fille de Lancelin ?

« Elle lui ressemble assez peu, mais elle ne ressemble pas davantage à ce gros père de Van Flam.

« Quel est celui de ces deux magots qui a lancé par le monde cette jolie colombe ?

« Ni l'un ni l'autre, peut-être et cela facilite d'autant les combinaisons de Walter Humding.

Le quatrième jour, Liliane ne recevant toujours rien, ne sut plus que penser du silence de Robert.

— Voilà qui est incompréhensible, se disait-elle.

« J'avais mentionné de faire suivre ma dépêche par poste.

« D'ailleurs, jamais Robert n'est resté si longtemps sans m'écrire.

« Serait-il malade, par hasard ?

« Ou plus simplement, serait-il en train de me tromper avec Marika ou quelque autre plantureuse flamande.

Un moment, la chanteuse pour donner un aliment à son besoin d'action, pensa à retourner au château d'Ozy.

Il y avait là-bas tant de choses qui l'attiraient, tant de secrets à découvrir.

Elle allait se mettre en route quand elle reçut une carte illustrée, représentant la cathédrale de Cologne.

C'était Muller, de passage dans cette ville, qui la saluait de loin.

Il annonçait qu'il allait rejoindre le patron à Vienne, Autriche.

— Encore un qui file... murmura la jeune femme un peu désappointée.

« Bah! celui-là reviendra.

« De plus, j'ai tiré de lui tout ce que j'en pouvais tirer.

« Jamais Muller ne m'eût suivie jusqu'au bout.

Trois jours passèrent encore, puis Liliane reçut une courte missive, cette fois de Walter Humding.

— J'arriverai aussitôt que ma lettre, et j'aurai besoin de vous tout de suite, disait l'espion.

« Tenez-vous prête ce soir, vers dix heures.

A l'heure dite, le coupé du comte d'Amaury stoppait devant le Métropolitan Hôtel.

Miss Felton suivit le chasseur qui était venu la prévenir, et trouva en bas le comte qui la complimenta de son exactitude.

Jamais Walter Humding n'avait été plus aimable. Pour la première fois, il la traitait réellement en égale.

Il ouvrit lui-même la portière du coupé :

— Montez, chère amie.

— Où allons-nous, demanda Liliane, une fois en route.

— Au château d'Ozy.

« Notre ami Muller a dû vous parler de ma « vieille gentilhommière » comme il dit?

« Et pas en bien...

— Ni en bien ni en mal, répondit Liliane prudemment.

« Mon-Ours n'est pas si communicatif que vous semblez le croire.

— Eh bien! vous allez être renseignée de visu.

« Vous serez avec Muller — qui est allemand lui, et bon allemand — le seul agent ayant franchi l'enceinte interdite.

« Mais, j'ai confiance en vous.

« D'ailleurs, puisque c'est vous qui allez rentrer en maîtresse dans le manoir abandonné, il faut que vous en connaissiez les aîtres.

« Des événements, que je vous raconterai tout à l'heure, viennent de se produire qui m'obligent à précipiter les choses.

« De plus, on a besoin de vous au château.

« Dès ce soir, à minuit, lorsque la pleine lune brillera à la pointe de nos tourelles gothiques, vous allez rentrer en scène.

« Oh! il ne s'agit que d'un rôle provisoire et de pure figuration.

« Votre vrai rôle, dans lequel vous débuterez bientôt, est bien autrement important.

« Pour ce soir, vous allez jouer les doublures comme on dit en style de coulisses, remplacer la fille de notre intendant qui vient de tomber malade tout à coup.

« C'est même cette indisposition qui m'a obligé à revenir de Vienne à toute vapeur.

« Ces derniers détails vous indiquent quel genre de service j'ai à vous demander.

Liliane était loin de comprendre.

Elle regarda Walter Humding avec un air de stupéfaction profonde :

— Mais non, répondit-elle.

« Et je me demande où vous voulez en venir.

L'espion souriait.

— Comment, s'écria-t-il, vous ignorez tout de faire.

« Muller — qui a l'imagination romanesque et romantique — ne vous a pas raconté la légende du château-branlant?

« Il ne vous a rien dit de la Dame-Blanche qui certaines nuits erre dans les galeries effondrées de la tour du Nord?

— Non, pas un mot...

— Eh bien! continua le comte d'Amaury, sur un ton de raillerie bon enfant — votre ami a manqué à tous ses devoirs.

« Comme toutes les femmes, vous devez être friande de ces sortes de contes.

« Muller a perdu là une excellent occasion de faire bien voir.

« Avec cette histoire d'apparition — toute simple d'ailleurs — mais présentée d'une certaine façon pouvait vous intriguer gentiment.

« Pour moi, qui n'ai pas sa tournure d'esprit, m'en vais vous exposer la vérité toute sèche, dépouillée de ces vains ornements.

« Vous verrez que mon histoire, pour être vraie, que, n'en est pas moins émouvante.

Walter Humding fit une pause.

Son visage, souriant quelques secondes plus avait pris un air de gravité exceptionnelle.

Il poursuivit d'une voix sourde, comme continue :

— Voici — en trois mots — ce qu'il vous importe de connaître immédiatement.

« Plus tard, je vous raconterai ce roman tout long, cette tragédie royale dont je vous ai déjà parlé je crois.

« Il y a en ce moment, au château, dans le donjon, un pauvre dément auquel je m'intéresse : le comte Koska, ou plutôt de Lansberg, puisque c'est sous ce nom qu'il est venu en France.

« Sa folie date d'un drame déjà ancien, où il vit une femme adorée arrachée de ses bras par des bandits masqués.

...s, son mal s'aggrave lentement le mine
...u.

...is les mois, à la pleine lune — nos savants
...a ne veulent pas admettre cette influence,
...fait est là — donc tous les mois le comte a
...ase particulière
...iente.

...cience était im-
...ée.

...consulté les
...ands aliénistes
...pe et d'Amérique
...tenir d'améliora-

...reusement, l'in-
...et gardien du
... un simple
...des Karpathes
...aime son mal
...a trouvé le
...approprié.

...thias — c'est le
...n gardien — sert
...é depuis plus de
...ans.

...semble, ils ont
...le monde.

...comte est un vio-
...prodigieux qui
...dans toutes les
...es.

...thias a été le compagnon de la bonne comme
...auvaise fortune, le confident et le témoin des
...heureux.

...ce titre, il sait beaucoup de choses, qui l'ont
...dans le choix du moyen.

...est probable que le stratagème, dont il s'est
...reproduit une scène de la vie des amants, alors
...aient heureux, sans doute l'épisode du ma-
...andestin qui eut lieu à Ozy même.

...is Mathias, respectueux du secret d'une mor-
...jamais confié même à moi l'exacte signifl-

...oi qu'il en soit, voici ce stratagème dans toute
... à la fois naïve et tragique.

...rtaines nuits, lorsque l'accès approche, Ma-
...ait prendre à sa fille la robe de mariée de la
...se, et ainsi vêtue, la fait défiler sous les fe-
...du malade.

...esque toujours, le charme opère aussitôt, et
...avorte.

...est vous, si vous le voulez bien, qui ce soir

L'auto stoppa au pied du donjon

remplacerez la fille de Mathias, empêchée au dernier moment.

« Tout cela vous paraît un peu puéril peut-être, mais, songez à la noblesse du but.

« Il s'agit de procurer quelques minutes d'illusion à un malheureux dont les jours, les heures peut-être, sont comptés!

Liliane avait écouté cette communication avec une attention croissante.

— Cette fois, — murmurait-elle, je tiens la clef du mystère!

« J'avais senti tout de suite que cette brave fermière faisait fausse route.

« Il y avait une invraisemblance choquante dans son récit.

« Ce n'était pas la comtesse, l'amante, qui se promenait au clair de lune, mais une figurante quelconque.

« Ceux qui étaient venus, de si loin, chercher la femme coupable, n'avaient pas pu la laisser là.

« Celui qui est resté, c'est le comte, et il est fou...

« Alors, quel était ce cadavre découvert dans les souterrains du château?

« Sans doute, celui d'un collègue, d'un agent infidèle, dont le chef se sera débarrassé.

« C'est un avertissement... mais qui ne changera pas ma résolution.

« La partie est trop belle pour que je ne la joue pas jusqu'au bout.

Le comte se taisait, lui aussi perdu dans ses souvenirs.

Au bout d'un instant, il tira sa montre.

— Nous avons encore une demi-heure de voyage, dit-il.

« J'en vais profiter pour vous répéter certain récit déjà fait par le nommé Borovitch à la famille Lenoir et qu'il importe que vous connaissiez pour votre conduite future.

. . . .

Trente minutes plus tard, le coupé prenait la grande route et prenait le raidillon assez mal tracé conduisant à cette grille où la chanteuse avait vainement sonné l'autre matin.

Le temps, incertain au départ, s'était mis au beau fixe.

La pleine lune brillait au zénith, éclairant de sa douce clarté, le parc qui, en huit jours, avait changé comme sous le coup d'une baguette magique.

La grille était repeinte, le lierre élagué.

Une faucheuse mécanique, dont les lames d'acier luisaient tout proche dans l'ombre, avait transformé le *maquis* en une pelouse à herbe rase, où déjà apparaissaient les premières corbeilles de géraniums.

L'allée, montant vers le perron avait été tondue, elle aussi.

À l'autre bout, les trois rangs de fenêtres du château brillaient gaiement entre les branches.

Seul, à l'angle nord, le donjon restait sombre.

La transformation était telle que Liliane faillit trahir la visite faite subrepticement quelques jours plus tôt.

— Mais, s'écria-t-elle stupéfaite, c'est superbe!

— *Les oubliettes... murmura-t-il.*

« *Mon Ours* m'avait parlé d'Orzy comme d'un château en ruine.

— Votre ours *bluffe* toujours un peu, répondit le comte gaiement.

« De plus, il détestait ce logis, du moins le coin où il était confiné.

« Il ne comprenait pas que nous ne nous soyons pas installés dans les superbes appartements que vous allez visiter.

« De là, sa mauvaise humeur.

« J'avoue toutefois que, il y a quelques jours, ce château, alors clos du sol au faîte rappelait assez celui de la Belle-au-Bois-Dormant.

« Vous arrivez, et tout s'éveilla.

« C'est vous, chère amie, qui êtes le Prince Charmant!

— Et vous, la fée! répliqua la ... même ton.

— Si vous voulez.

« D'ailleurs, la besogne était plus simple ... croit.

« Grâce à quelques équipes d'ouvriers ... diniers, électriciens, tapissiers, les choses ... nées rondement.

Cependant, l'auto arrivait à la grille.

Mathias, qui, sans doute, n'était pas ... que l'affirmait sa voisine, avait entendu ... et déjà ouvr... battants.

L'auto ... centrale, et ... pieds du ... vant cette ... Liliane conn...

Elle et W... ding franch... passèrent de... réservée pour... parvinrent à ... palier.

Devant eux... dans l'épaisse... muraille, ... colimaçon ... clairé de plac... par des amp... triques.

— L'électric... mura la chan... jure un peu ... vieux donjon.

« Je m'attend... que à voir de... de résine portées par des pages en pourpoint.

« C'eût été plus pittoresque.

— Vous voulez du pittoresque, fit l'espion.

« On va vous en donner.

« Seulement prenez mon bras, vous pourr... le vertige.

Il venait de soulever une lourde trappe...

— Les *oubliettes*... murmura-t-il à l'or... jeune femme.

Surprise, celle-ci s'était rejetée en arri... frissonnante.

Devant elle, presque à ses pieds, un puits au... luisantes d'humidité s'enfonçait sous terre...dans la nuit.

De là, montait un souffle froid qui glaçai... pes.

Le comte reprenait son violon e le faisait chanier pour celle qu'il aimait.

La chanteuse fut plusieurs secondes avant de se remettre.

Elle se rappelait certains renseignements donnés par la fermière : 'escalier de deux cent cinquante marches, le cadavre enfoui dans le sable.

L'Allemand l'observait.

— Vous réclamiez du pittoresque! railla-t-il.

« Celui-ci ne vous plaît pas?

— Non, c'est sinistre..., murmura Liliane.

— Bah! vous, une femme de tête, vous n'allez pas vous laisser hypnotiser par un mot.

« Ces oubliettes ne servent plus d'ailleurs depuis longtemps.

« Je n'ai jamais eu à en faire usage pour ma part, et j'espère bien ne pas commencer par vous ou par Müller... acheva le comte en riant.

« Quant au sossements qu'on aurait trouvée là-bas ils datent d'avant la Révolution.

« Vous voyez qu'il n'y a pas de quoi se frapper.

Pour cacher son trouble, Liliane s'était penchée de nouveau vers le puits, et regardait.

Elle avait parfaitement compris l'avertissement que le Maître lui donnait d'une façon détournée et craignait que son émotion ne révélât ses desseins secrets.

— Je ne me frappe pas, répondit-elle.

« Convenez toutefois, que c'est impressionnant ce puits qui s'enfonce à pic, ce vent froid qui vous souffle au visage....

« Une chose me surprend,

« Je ne vois pas trace de marches ni d'échelle,

« Par où descend-on?

— Par un escalier situé tout proche.

— Vous y êtes descendu?

— Oui, une fois.

« Il s'agissait d'aveugler une fissure.

« Est-ce que vous auriez envie de faire cette excursion souterraine.

— Oui, peut-être... Est-ce possible?

— Non. Depuis ma descente le passage est perdu, obstrué plutôt.

« Des éboulements se sont produits.

— Qu'est-ce que c'est qu'on entend? poursuivait Liliane. On dirait des gémissements.

— C'est un murmure... le murmure d'un ruisseau... répliqua le comte sur ce ton légèrement moqueur qu'il affectait depuis un moment.

« Le sous-sol étant perméable, il y a là-bas des infiltrations nombreuses, qui, réunies dans un caniveau central, forment une espèce de ruisselet.

« Vous voyez que ce que vous alliez prendre pour le gémissement des victimes se réduit à fort peu de chose.

— Oui, n'empêche qu'on devrait condamner cette trappe, ne serait-ce que pour éviter un accident.

« Un de mes premiers soins une fois installée, sera de faire placer un cadenas solide.

— Gardez-vous en bien! s'écria Walter Humding.

« Vous avez le droit de faire tout ce que bon vous semblera au château.

« Mais je me réserve le donjon.

« C'est mon domaine... intangible.

— Vous tenez donc bien à cette ouverture?

— Si j'y tiens!... comment entrerais-je sans ça?

« C'est ma porte particulière.

« Vous ne comprenez pas?

— Si... il y a un passage secret?

— Évidemment, comme dans toutes ces vieilles bâtisses.

« Il nous a été fort utile déjà et le sera plus encore.

« Une fois vous et vos amis — Pas-de-Canard et Consorts — installés ici, je ne dois plus paraître.

« Et cependant, il sera nécessaire que je vienne, plus que jamais.

— Mathias aurait bien trouvé le moyen de vous introduire.

— Oui, mais Mathias n'est plus ici pour longtemps sans doute. Son maître mort, il regagnera ses montagnes natales, qu'il a toujours regrettées.

Walter Humding rabattit la trappe, et Liliane aperçut alors seulement, montant du gouffre une file de barreaux de fer scellés dans le mur.

— C'est par là qu'il grimpe, murmura-t-elle, en fermant les yeux comme pour cacher ses pensées secrètes.

« Dire qu'il suffirait de scier un échelon pour que tout soit dit...

Cependant, Walter Humding se dirigeait vers l'escalier :

— Montons, dit-il.

« Je vais vous montrer mon cabinet de travail.

« Vous serez la première personne ayant pénétré dans mon fort.

Ils gravirent une vingtaine de marches et s'arrêtèrent devant une porte massive toute bardée de fer.

L'Allemand tâta deux ou trois des grosses têtes de clous faisant saillie sur la penture centrale, et un déclanchement se produisit.

Liliane, qui avait reconquis toute sa présence d'esprit, s'efforçait de graver la manœuvre dans sa mémoire, mais déjà la porte, montée sur galets, glissait sans bruit, découvrant une rotonde, meublée avec tout le confort moderne.

— Voici mon bureau, disait le comte.

« Comment le trouvez-vous?

— Mais, il est très bien, complimentait Liliane.

« Et cela surprend, dans cette vieille tour lézardée, ouverte aux quatre vents du ciel.

« Mais, est-ce bien prudent.

« Les cambrioleurs auraient beau jeu...

— Soyez tranquille, interrompit l'espion, mes précautions sont prises, et bien prises; non seulement contre les cambrioleurs, mais même contre l'incendie; et ce luxe comme cette tour croulante n'est qu'un trompe l'œil.

« Tout a été prévu.

« Derrière ces tentures — ignifugées comme il se doit — existe une solide paroi d'acier Krupp, une sorte de carapace à l'épreuve du canon.

« Tout cela, démontable, bien entendu, sans quoi nous n'aurions jamais pu le hisser jusqu'ici.

— C'est merveilleux! murmurait Liliane qui se promenait tâtant les meubles, palpant les étoffes.

Un énorme coffre-fort, placé au milieu, l'intéressait tout particulièrement, mais elle évita de s'en approcher.

— Et les fenêtres... s'écria-t-elle soudain.

« Je ne vois pas de fenêtres.

— Il n'y en a pas.

« La seule ouverture est la porte par laquelle nous venons d'entrer.

« Nous sommes ici comme dans une tourelle de cuirassé.

— C'est merveilleux! répéta la chanteuse.

« Je comprends maintenant l'envie de Muller de pénétrer dans ce « saint des saints » comme il disait.

« Et je vous remercie, mon cher patron, de cette nouvelle preuve de confiance.

— C'était nécessaire, répondit Walter Humding avec un sourire ambigu.

« Je connais la curiosité des femmes.

Le comte attacha à son front un long voile

« Mieux valait donc satisfaire la vôtre tout de suite, que de laisser travailler votre imagination.

« Vous avez vu ce que vous deviez voir et ne devez plus reparaître ici.

« Tout le château est à vous, je vous l'ai dit déjà.

« Seulement le donjon, et ce bureau en particulier, vous sont interdits.

— Mais, s'écria la jeune femme avec un rire un peu forcé, c'est comme dans *Barbe-Bleue!*

— Oui... fit le comte sur le même ton d'enjouement.

« Avec cette différence toutefois, qu'on n'y trouve pas de cadavres.

« La seule chose qui pourrait attirer la police française c'est ce coffre-là, mais elle en serait pour ses frais.

« Rien qu'un bouton à toucher... et le coffre s'enfonce sous terre comme cette vitrine du Louvre où se trouvent enfermés les joyaux de la couronne.

— C'est prodigieux... murmurait la jeune femme.

« Comment avez-vous pu réaliser une installation semblable sans éveiller l'attention?

— Il s'agit de savoir s'y prendre..

« Les matériaux — je parle de la tourelle démontable — étaient adressés d'Essen à un intermédiaire qui n'avait qu'à les introduire ici.

— Comment? demanda Liliane de plus en plus intriguée.

« Muller me disait que pendant vingt ans les grilles n'avaient pas été ouvertes.

« Par où passait-on?

— Par le passage secret.

— Il est donc bien large?

— Il a fallu l'élargir un peu, mais c'était facile.

« La colline qui porte le manoir, est composée à sa base d'une craie éminemment friable.

« On avait installé un monte-charge dans le puits que je vous montrais tout à l'heure.

« Aussi, le travail a-t-il été exécuté assez vite?

— Et les gravats... fit Liliane, frappée d'une nouvelle objection.

« Il fallait bien les sortir.

— Mais non... nous avons eu recours au procédé employé dans la plupart des carrières, et qui a l'avantage de consolider le sous-sol.

« Les gravats ont servi à boucher d'anciennes caves ou galeries.

— Les souterrains sont donc bien vastes?

— Assez... ce qui s'explique, étant donné la nature du terrain facile à travailler.

Liliane eût bien voulu en savoir plu slong sur le fameux passage, mais elle n'osa pas poser des questions plus précises.

— Ce serait donner l'éveil au patron... se disait-elle.

« Je connais une des issues : celle du puits.

« L'autre doit se trouver hors du mur d'enceinte, pas très loin, sans doute.

« Je la chercherai, dès que je serai ici.

« Au besoin, Robert filera le chef et nous finirons bien par savoir...

A cette minute, un sifflement sortit d'un tube acoustique qui pendait tout proche.

Le comte s'approcha aussitôt et engagea une conversation en allemand avec l'invisible personnage qui venait d'appeler.

Son visage — assombri tout à coup, — revêtait une mélancolie profonde.

Le colloque achevé, il se tourna vers Liliane :

— C'est Mathias, dit-il d'une voix grave.

« Il me prévient que notre malade s'agite de plus en plus.

« La crise approche.

« Ce serait peut-être le moment de lui montrer la blanche apparition.

« Voulez-vous vous prêter...

— Comment donc! s'écria la chanteuse vivement, je ne demande pas mieux.

« Dites-moi ce que je dois faire.

— Rien que de très simple.

« Je vais vous préparer, d'abord.

« Venez, chère amie, acheva le comte en se dirigeant vers la sortie.

Ils suivirent un étroit couloir voûté et aboutirent bientôt dans une somptueuse galerie régnant le long de la façade du château.

Le comte montra une porte dont les vantaux sculp-

tés s'ouvraient sur une enfilade de salons brillamment éclairés.

— Voici votre appartement, expliqua-t-il.

« C'est celui des châtelains.

Ils traversèrent deux pièces richement meublées et parvinrent dans une chambre à coucher plus somptueuse encore que tout le reste.

Sur le lit — un immense lit à baldaquin et colonnes torses — une longue robe blanche s'étalait.

— Voilà le costume... continua le comte.

« Malheureusement nous sommes pris à l'improviste, et manquons de camériste.

« Mon intention, pour votre commodité et aussi pour la vraisemblance, était que vous engagiez vos gens vous-même.

« Voulez-vous me permettre de vous aider?

— Si vous voulez... répondit la chanteuse qui déjà dégrafait son corsage.

« Je ne me gêne pas avec vous.

Une fois en jupon et en corset, elle passa la robe, aidée par sa femme de chambre improvisée.

Puis le comte attacha à son front un long voile de tulle blanc d'une finesse inouïe.

— C'est merveilleux... disait la jeune femme, palpant le tissu, on dirait de l'air tissé, un voile en fils de la vierge!

— Oui... murmura l'espion en disposant les plis avec soin.

« A lui seul, ce voile vaut une fortune.

Il était si attentif, si absorbé que Liliane cessa de parler.

D'ailleurs la toilette était terminée.

Walter Humding ramassa la longue traîne :

— Passez devant, chère amie, dit-il.

« Nous allons sortir par le même chemin.

Une fois en bas, sur le seuil du donjon, Walter Humding tendit l'oreille :

— Les chiens rôdent, dit-il.

« Personne, par conséquent, nul indiscret.

« D'ailleurs, les arbres nous cachent de toutes parts.

« Nous pouvons commencer.

— Que dois-je faire?

— Vous avancer jusqu'à ce bosquet de tilleuls là-bas, puis revenir.

« C'est tout.

« Marchez simplement, naturellement...

« Vous n'êtes pas un spectre, un fantôme, mais une personne vivante, une châtelaine rêvant au clair de lune.

« Une seule recommandation : ne levez pas la tête même si vous entendiez des cris.

« Cela compromettrait tout.

— Bien. J'ai compris.

La jeune femme s'avança, balayant le gazon de la traîne qui serpentait derrière elle.

— Ça va... murmura l'allemand.

« Elle a tout de suite trouvé l'attitude voulue.

Comme elle approchait des tilleuls, un blême visage ravagé, aux longs cheveux blancs, apparut à la fenêtre grillée.

qui firent frémir la promeneuse.

Le fou poussa quelques grognements inarticulés Puis, sa face cadavérique s'illumina.

Longuement, il suivit du regard l'apparition qui maintenant revenait vers le donjon.

— Eh bien? demanda Liliane en repassant sous la porte.

— Eh bien! vous avez été parfaite.

« Et tenez, le charme opère déjà.

« Le voilà qui prend son violon.

En effet, une musique céleste s'élevait au-dessus de leurs têtes.

C'était un chant de fête, un alleluia d'a-mour d'une douceur infinie.

Ce violon chantant dans la nuit, dans cette tour ruinée était quelque chose d'ineffable.

Puis cette joie s'envola.

Un blême visage ravagé apparut à la fenêtre grillée.

Le violon semblait soupirer maintenant, gémir parfois.

Liliane écoutait ravie, les yeux humides de larmes.

— Comme c'est beau! murmura-t-elle.

« Les anges doivent jouer comme ça dans le para-dis.

« Jamais je n'avais entendu rien de semblable.

— Oui, répondit Walter Humding, dont les lèvres tremblaient.

« Le comte est le plus prodigieux artiste qu'il ait été donné aux hommes d'entendre.

« Il a vu, il a cru voir son inspiratrice, sa muse...

« Et, maintenat, il va jouer pour elle jusqu'à l'au-

be, jusqu'à ce qu'il tombe épuisé sur son lit de souffrance.

« Rentrons, voulez-vous.

« Il ne faut pas abuser de ces choses.

« Nos nerfs mortels se briseraient acheva l'allemand, que jamais Liliane n'avait vu aussi profondément ému.

— Un instant encore, implora-t-elle.

Mais déjà, l'artiste semblait se fatiguer.

L'archet hésitait par moment, tâtonnait.

Bientôt, le violon se tut.

— C'est fini... dit Walter Humding.

« Il dort ou dormira bientôt.

« Autrefois, il aurait joué pendant des heures.

« Mais il s'épuise de plus en plus.

« Son heure est proche, certainement.

« Rentrons, vous al-lez vous déshabiller,, après nous souperons.

« Vous devez avoir faim?

— Oh non, répondit la chanteuse.

« Cette musique m'a bouleversée.

« Et puis, j'ai hâte de connaître l'histoire de ce musicien prodigieux

— Vous allez être satisfaite.

« Mais il faut réagir, se sustenter... insinua le comte qui déjà reprenait son sang-froid accoutumé, il se pourrait que nous eussions à veiller longuement.

Un quart d'heure après la jeune femme s'installait devant un souper froid, en face du comte redevenu impassible à son ordinaire. Il déboucha une bouteille de champagne, et remplit la coupe de son invitée :

— Buvez, fit-il galamment, vos yeux brillent.

« On dirait que vous avez la fièvre.

— C'est l'impatience, répondit la chanteuse.

« Je brûle de connaître la tragédie dans laquelle je viens de jouer un rôle...

— Vou sallez être satisfaite! répéta le comte en attirant vers lui un perdreau qu'il se mit à découper artistement.

CHAPITRE CLXXXVIII

Histoire d'amour

—— Avant tout, commença Walter Humding, laissez-moi vous demander si vous avez bien présente l'histoire de la princesse de Leipzig, que je vous racontais tout à l'heure dans l'auto.

— Oui, cher maître.

« Bien que vous ne l'ayez pas dit encore, je devine que Pas-de-Canard, qui est de sang royal avez-vous dit, est le fils de cete grande dame.

« Et je prévois une difficulté.

— Laquelle, chère amie?

— Celle-ci... Vous m'avez avoué vous-même que vous n'aviez pas réussi comme vous l'auriez souhaité avec la famille Lenoir.

« Au moment où Ladislas Borovitch a quitté la pension Lenoir, il commençait à être suspect.

« Or, si j'arrive un beau matin, que je raconte la même histoire, notre complicité éclatera tout de suite, et...

— Halte là! s'écria Walter Humding.

« C'est ici que je vous arrête.

« L'histoire de la princesse de Leipzig — inventée par moi de toutes pièces — et l'histoire authentique que je vais vous dire, n'ont rien, ou presque rien de commun...

« J'avais prévu l'objection qui fait honneur à votre perspicacité.

« Mais, vous pouvez vous en rapporter à moi.

« Pas-de-Canard — ou pour ne plus employer ce nom ridicule — Jean-Paul est le fils de la duchesse de Carinthie, dont l'aventure fit un certain bruit à l'époque.

— En effet, je me souviens... celle qui partit avec un tzigane.

La chanteuse allait continuer, mais un regard terrible de Walter Humding l'arrêta net.

— L'homme dont il s'agit, fit-il sèchement, n'est pas un tzigane.

« Il était hongrois *magyar,* et comte Koska authentique bien que, réduit à jouer du violon, il se prévalût le moins possible de son titre.

— Vous le voyez, il s'agit cette fois d'une histoire

véridique présente à toutes les mémoires.

« C'est moi qui eus l'insigne honneur d'être choisi secrètement par la duchesse mourante, comme exécuteur testamentaire.

« A ce titre, je possède divers papiers et documents incontestables que je vous remettrai en temps et lieux.

« Cette fois-ci, par conséquent, nous possédons une base solide, authentique, sur laquelle nous pouvons bâtir en toute tranquillité.

« Nul ne pourra vous suspecter, puisque vous n'avancerez rien qui ne soit absolument conforme à la stricte vérité.

« Ceci expliqué, venons à l'aventure tragique, à laquelle Jean Paul doit le jour.

« Il y a quelques quinze ans, dans un château, un vieux burg féodal, suspendu aux flancs des Karpathes, vivait une princesse d'une beauté radieuse : Marie-Thérèse, épouse légitime du haut et puissant baron Christian Léopold duc de Carinthie.

« Marie-Thérèse, — tout le monde sait cela en Autriche — était une enfant naturelle de l'Empereur François-Joseph.

« Elle appartenait donc à cette tragique famille de Habsbourg sur lequel le sort impitoyable semble s'acharner depuis quelque temps.

« Quant au duc Léopold — mort lui aussi — il n'était pas moins noble, puisqu'il compte parmi ses ancêtres, Attila roi des Huns, et fondateur de Budapesth.

« C'était la seule ressemblance, l'unique parité qui existât entre ces deux époux, fort mal assortis.

« Marie-Thérèse était une âme haute et pure, une nature d'élite, vibrant à toutes les sensations de la poésie et de l'art.

« Son époux, au contraire, était un chasseur brutal et cupide, un barbare... le vrai descendant de ces cavaliers oints de suif, qui se nourrissaient de chair crue macérée sous la selle de leurs chevaux.

« Le soir même du mariage, il quitta sa femme sur le seuil de la chambre nuptiale, et s'en fut s'enivrer avec quelques hobereaux de son espèce, compagnons habituels de ses débauches.

« Marie-Thérèse, qui jamais n'avait aimé le rude compagnon imposé par la politique, se consola de son veuvage en s'adonnant aux nobles joies du Beau.

« Une cour de musiciens, de poètes, d'artistes, venus d'un peu partout, s'était formée autour d'elle, comme jadis autour de cette Clémence Isaure, reine du *gai sçavoir* et fondatrice des *jeux floraux.*

« Le duc Léopold, qui dans le mariage n'avait recherché qu'une chose : l'immense fortune de Marie-Thérèse la laissait faire.

« Non sans raison, il comptait sur l'honnêteté de sa femme, et sur sa fierté de race.

— C'est alors, interrompit Liliane tout à coup, que vous avez connu la princesse?

— Non, répondit Walter Humding d'une voix sourde.

« Ce n'est que plus tard, aux jours d'épreuve...

« Si je l'avais rencontrée alors, ma vie était changée, peut-être!

« Cependant, la duchesse continuait son existence calme.

« Pas un de ses amis, qui tous l'adoraient en secret, n'eût osé lever les yeux sur la Muse, la Reine...

« C'est alors qu'apparut l'homme du Destin de la Fatalité... le comte Jean Paul Koska.

« Suivi d'un seul domestique, Mathias, qui portait son mince bagage, il arrivait de Moscou où il avait joué devant le Tzar.

— Buvez, fit-il galamment.

« Comme ces troubadours nomades d'antan, il vint un jour, à la nuit tombante, frapper à la porte du manoir, et fut reçu avec les égards dus à sa jeune gloire.

« Il y avait réception ce soir-là chez Marie-Thérèse et la fête se prolongea bien avant dans la nuit.

« Pendant deux heures le comte tint ses auditeurs suspendus aux cordes de son violon enchanté.

« Le maître de chapelle étant décédé sur ces entrefaites, on offrit sa place à Jean Koska.

« C'était une situation plus que modeste, une sorte d'abdication pour l'artiste fameux, déjà acclamé, et devant lequel s'ouvrait un avenir splendide.

« Mais, il accepta.

« C'était la seule façon qu'il eût de rester auprès de celle qu'il aimait d'une passion muette et sans espoir.

L'allemand fit une pause, et Liliane en profita pour demander curieusement :

— Comment était-il... physiquement?

« Tantôt, malgré votre recommandation, j'ai risqué un regard vers la fenêtre grillée, et j'ai aperçu un vieillard décharné, livide...

— Vous voulez le portrait du comte? répondit Walter Humding.

« Vous l'avez derrière vous.

Liliane se retourna et aperçut un tableau qu'elle n'avait pas remarqué tout d'abord.

Il représentait un *magyar* en costume national, un violon à la main.

— C'est lui!... murmura-t-elle.

« C'est le comte Jean.

« C'est un fort bel homme.

« Et combien différent de ce spectre blafard.

« Est-ce possible que ce gentilhomme soit le père de cet infirme, Pasde... — elle se reprit — de Jean-Paul?...

« Et cependant, le fils a les yeux du père, ce regard d'une douceur étrange, comme magnétique...

— C'est ainsi... murmura Walter Humding.

« Des philosophes amères prétendent que le génie est une espèce de dégénérescence, et que ceux qui ont reçu du ciel ce don fatal, sont condamnés à rester stériles, ou à ne faire que des monstres.

« Je n'admets pas cette théorie pour ma part.

« Je suis convaincu que Jean-Paul élevé par sa mère, fût devenu, ou plutôt, resté ce qu'il était, un homme normal.

« L'enfant, bien qu'un peu frêle, ne présentait aucune déviation constitutionnelle.

« Son infirmité est l'œuvre du gouverneur auquel le duc avait confié le fils de Marie-Thérèse, l'enfant du crime, et qui se fit l'exécuteur des basses vengeances du maître.

« Ce misérable, n'osant supprimer l'enfant, l'aura déformé pour le rendre méconnaissable.

— C'est horrible!... s'écria Liliane.

« Cela me rappelle la Guynplaine, *l'Homme qui rit* de Victor Hugo.

« Alors, vous croyez que des forfaits pareils se commettent encore?

« J'ai entendu dire que ces malheureux étaient enfermés dans un caisson de torture, qui empêchait la croissance.

— C'est un vieux moyen, celui des *comprachicos* fabricants de nains pour les rois du moyen âge et fournisseurs attitrés de leurs Majestés très chrétiennes... répondit l'allemand d'un ton sarcastique.

« La science moderne — le gouverneur de Jean-Paul était médecin justement — connaît d'autres procédés plus sûrs et qui ne laissent aucune trace.

« Mais laissons l'enfant, dont nous causerons plus longuement tout à l'heure, et finissons l'histoire des parents.

« Longtemps, Marie-Thérèse, qui avait vite découvert les sentiments du comte et les partageait, lutta contre cette passion.

« Elle aimait elle aussi, mais elle avait le cœur trop haut placé pour tomber dans l'adultère.

« Elle voulait être l'épouse, et se donner vierge et en justes noces à l'élu de son âme.

« La chose était possible, puisque d'après la religion catholique — à laquelle ils appartenaient l'un et l'autre — le mariage, n'ayant pas été consommé, était nul, *ipso facto*.

« Des démarches en vue du divorce furent faites à Rome, en grand secret, mais la chose vint aux oreilles du duc.

« C'est alors que le mari, bassement cupide, pour éviter de rendre la dot, résolut d'user de ses droits d'époux.

« Un soir, il se présenta ivre, titubant devant sa femme, qui dut le faire emporter par ses gens accourus à ses cris.

« L'impression d'horreur produite fut telle que le lendemain Marie-Thérèse quittait le château avec le comte Koska.

Il représentait un magyar en costume national.

— Elle était sa maîtresse? demanda la chanteuse.

— Non... protesta l'espion vivement...

« Les journaux ont menti une fois de plus.

« Marie-Thérèse ne s'est donnée qu'ici, après qu'un prêtre, recruté à prix d'or, eût consenti à bénir leur union.

« Tout d'abord, les fugitifs vagabondèrent à travers l'Europe harcelés sans cesse, tremblants à chaque instant d'être surpris par les agents lancés à leur poursuite.

« Le duc avait mobilisé contre eux toutes les polices publiques ou privées les meilleurs limiers de l'Empire et de l'Europe.

« Une prime de cinquante mille florins était promise à celui qui révélerait la retraite du comte Koska.

« Bien entendu, le nom de sa complice n'était pas prononcé.

« Pendant trois semaines les amants, ou plutôt les fiancés erraient de ville en ville.

« La duchesse cachait de son mieux sa beauté qui l'eût fait reconnaître.

« Quant à Koska, il n'osait même plus toucher à ce violon qui l'eût trahi.

« Enfin, quand ils crurent avoir dépisté les agents du duc, ils se réfugièrent ici, dans ce château qu'on venait de restaurer, et où ils vécurent enfermés, cloîtrés en quelque sorte.

« Leurs domestiques — trois ou quatre hongrois choisis par l'intendant Mathias parce qu'ils ne savaient pas lire — et les voisins prenaient le comte et la comtesse de Lansberg, tantôt pour des allemands, tantôt pour des polonais chassés de Russie.

« Deux ans passèrent ainsi, deux ans de bonheur parfait, consacré par la naissance de Jean-Paul.

« Les heureux époux pouvaient se croire oubliés; mais ils ne se tenaient pas moins sur leurs gardes.

« Ce n'est que la nuit, et dans le donjon — une fois tout le monde couché — que le comte reprenait son violon et le faisait chanter pour celle qu'il aimait chaque jour davantage.

Mathias vit deux hommes masqués se ruer sur lui.

« Le duc, qui tenait avant tout à ce que ce coup de force restât secret, avait enlevé non-seulement Marie-Thérèse et Jean-Paul qui était son fils *légalement,* mais même les domestiques.

« Il n'avait laissé que Mathias, sûr que celui-là ne parlerait pas, et une servante française, laquelle ne se doutait de rien.

« Mathias, qui connaissait la férocité du mari, ne doutait pas que son maître n'eût été mis à mort.

« Il se mit aussitôt en devoir de chercher le cadavre, afin de lui rendre les derniers honneurs.

« Un gémissement sortait du puits que je vous montrais tout à l'heure.

« L'intendant leva la trappe qui lui parut plus lourde, et aperçut un homme tout nu suspendu par les pieds à la plaque de fonte.

« C'était le comte.

« Il était fou et avait des cheveux blancs.

« Le vieux serviteur n'avait plus qu'un devoir : empêcher le scandale de s'ébruiter et soigner son maître.

« C'est ce qu'il fait depuis quinze ans avec un dévouement et un zèle qui ne se sont pas lassés une seconde.

Walter Humding s'arrêta pour écouter un bruit de pas dans le salon voisin.

« Presqu'aussitôt, il se levait et allait ouvrir la porte ; il échangea quelques mots à voix basse et revint.

— C'est Mathias? demandait la chanteuse.

— Oui. Il vient me chercher.

« Le comte va plus mal ce qui m'oblige à vous quitter.

« C'est ce qui les perdit.

« Un braconnier — il n'y avait pas de chiens encore, — qui s'était glissé dans le parc très giboyeux entendit cette musique céleste, miraculeuse.

« Il en parla à ses amis qui voulurent entendre eux aussi.

« La nouvelle se répandit, et ce qui devait arriver arriva...

« Certaine nuit d'hiver où le vent faisait rage, Mathias qui s'apprêtait à se coucher, vit deux hommes masqués se ruer sur lui.

« Il fut renversé, ligotté au pied du lit.

« Après plusieurs heures d'efforts qui lui ensanglantèrent les poignets, il parvint à rompre ses liens, et constata qu'il était seul dans le château qu'éclairait une aube blafarde.

« Nous reprendrons ce récit demain.

« D'ailleurs, il se fait tard, et vous devez avoir besoin de repos.

« J'espère que vous dormirez tranquille...

« Vous savez maintenant qu'il ne se passe rien d'extraordinaire ici.

— Mais non, répondit Liliane, dont la curiosité restait en haleine.

« Je n'ai pas sommeil du tout.

« Si je pouvais vous être utile à quelque chose?

— Non, merci bien.

« La présence d'une femme ne pourrait qu'énerver le malade.

« Je ne vous en remercie pas moins.

« A demain, chère amie.

CHAPITRE LXXXIX

Un complice.

Le lendemain, vers deux heures, Liliane, qui venait seulement de se lever, trouva dans son antichambre un paquet soigneusement enveloppé et une lettre de Walter Humding, déposés là par Mathias pendant son sommeil.

Elle prit connaissance de la lettre.

— Le chef me prie de déjeuner sans lui, murmura-t-elle.

« Il ne viendra que ce soir.

« En attendant, pour occuper mes loisirs et me préparer à mon futur rôle, il m'envoie un document qu'il me recommande d'étudier à fond.

Prise de curiosité, la chanteuse s'empressa d'ouvrir le paquet et découvrit, non sans surprise, un fort cahier de papier jauni, enfermé dans une élégante reliure timbrée aux armes des Habsbourg.

— Mais c'est un manuscrit! s'écria-t-elle.

« Une sorte de journal.

« Et tout entier de la main du chef.

Elle lut le titre.

— *Venise, Palais Doria.*

« J'y suis... murmura-t-elle.

« Je me rappelle maintenant que c'est dans ce Palais Doria que Marie-Thérèse mourut exilée.

« C'est là évidemment que Walter Humding l'a connue, qu'il l'a aimée en secret.

« Que se passa-t-il après l'enlèvement dont ce château fut le théâtre?

« Comment la duchesse était-elle en Italie? Qu'avait-on fait de l'enfant? Ce journal va me l'apprendre sans doute.

« En même temps, je vais connaître le premier roman d'amour du patron...

« Quelle occasion pour moi d'approfondir l'âme de celui que je vais avoir à combattre.

« Et quelle preuve que mon ennemi a plus que jamais confiance en moi.

« Tout cela est de bon augure.

Vivement, elle étala le cahier sur la table de la salle à manger, encore servie de la veille, et se mit à lire tout en grignotant des petits pains au foie gras.

Sa curiosité fut déçue.

Le journal ne contenait que de courtes notations, de brèves phrases racontant jour par jour, presque heure par heure, le genre de vie de la duchesse au Palais Doria.

— Mais c'est un rapport de police, cela... murmura la chanteuse désappointée.

« Par exemple, il est d'une précision!

« Quand j'en aurai pris connaissance, je pourrai parler de la mère de Pas-de-Canard comme si j'avais réellement vécu avec elle et recueilli son dernier soupir.

« C'est ce que veut Walter Humding évidemment.

« Il m'annonce d'ailleurs que tantôt il m'interrogera sur ma lecture.

« Il s'agit donc de lire attentivement, de ne pas se faire coller.

« Continuons...

Mais bientôt, elle s'arrêtait de nouveau, étonnée de ne pas trouver la suite du drame d'Ozy, et frappée par cette phrase: *Ayant perdu tout ce qu'elle aimait, Marie-Thérèse dépérissait lentement.*

— Je ne comprends plus, fit-elle.

« La duchesse ignorait que son amant eût été sauvé.

« Le duc, qui ne pouvait supposer que son rival sortît vivant du puits, avait annoncé sa mort... très bien.

« Mais l'enfant restait, qui eût pu consoler la mère.

« Qu'était-il devenu?

« Il y a là un point obscur, un épisode qui manque.

« Il faudra attendre que le patron complète son récit.

La chanteuse se replongea dans sa lecture.

Le temps passait.

Il était plus de six heures lorsqu'elle referma le manuscrit.

Un instant, elle resta pensive, repassant dans son esprit ce qu'elle venait de lire, y cherchant des indications pour sa conduite future.

Puis, une idée lui vint subitement:

— Si je visitais le château, s'écria-t-elle tout à coup, *mon* château.

« Je ne connais que le premier étage.

« Il y en a un autre que je vais parcourir, ainsi que les combles.

« Je profiterai de la première absence du patron pour me risquer dans les caves, plus loin si possible... mais pour cela, j'aimerais que Robert fût là.

« Viendra-t-il?

« Commençons toujours, je vais peut-être découvrir des choses intéressantes

L'arrivée de Walter Humding l'empêcha de mettre son projet à exécution.

L'Allemand avait le front soucieux.

— Le comte va plus mal? demanda Liliane.

— Oui, répondit Walter Humding.

« Son heure est proche.

« Il vient de tomber dans une espèce de torpeur qui ressemble fort au coma final.

« Et j'ai profité de ce répit pour venir me sustenter.

« Je tombe d'inanition.

« Vous permettez que je m'invite à votre table?

— Comment donc! vous êtes chez vous.

— Prenez quelque chose, vous aussi, continuait l'espion en s'asseyant.

« Il me semble que vous n'avez pas fait grand mal au déjeuner.

« Evidemment, ces mets froids ne sont pas appétissants, mais il nous était impossible de faire mieux.

« Demain, si l'agonie se prolonge, nous embaucherons une cuisinière.

La chanteuse se replongea dans sa lecture.

« Mathias m'a parlé justement de cette femme, notre voisine, qui avait déjà servi ici.

— Il ne faut pas vous déranger pour moi, protesta la chanteuse.

« Au besoin, je préparerais moi-même nos repas.

« Cela m'occuperait.

— Non... vous avez mieux à faire.

« A propos, vous avez lu mon journal?

— Je viens de l'achever.

— Vous avez pu suivre sans trop de peine?

— Oui, sauf certains points qui restent obscurs.

« En effet, j'ignore la suite du roman brusquement interrompu hier soir.

« Comment la duchesse, enlevée d'ici par force, se retrouve-t-elle libre à Venise?

— C'est ce que je m'en vais vous dire brièvement.

« Marie-Thérèse, ramenée par le duc au domicile conjugal, traitée en esclave, en appela à l'empereur, et une séparation amiable intervint entre les époux.

« La femme infidèle obtint l'autorisation de se retirer à Venise, mais elle n'était pas libre comme vous semblez le croire.

« Défense lui était faite de quitter cette ville.

Les agents du duc la surveillaient.

— Et l'enfant? demanda Liliane.

« Votre journal semble indiquer qu'on le croyait mort à cette époque?

— C'est ainsi, en effet.

« L'année même de l'arrivée de la mère au Palais Doria, Jean-Paul disparut sur les côtes de Sicile.

— Comment se trouvait-il là?

— C'est ce qu'il me reste à vous apprendre.

« Lors des pourparlers entre l'empereur et le duc Léopold, celui-ci avait mis pour condition *sine qua non,* que Jean-Paul serait élevé clandestinement loin de sa mère, et ne connaîtrait jamais la *honte* de sa naissance — c'est le mari qui parle.

« Respectueux de l'honneur conjugal, comprenant que l'époux, lui aussi, avait droit à quelques ménagements, l'empereur y consentit.

— Et la mère? s'écria Liliane.

« Elle accepta de pareilles conditions?

— Oui, et elle fit bien.

« Mieux valait se soumettre pour l'instant.

« Elle savait que François-Joseph, malgré sa sévérité apparente, s'intéressait à son petit-fils, et que tout s'arrangerait.

« Non sans raison, elle espérait fléchir l'empereur et se rapprocher de Jean-Paul, une fois le duc Léopold mort.

« Or, cette mort n'était plus qu'une question de temps.

« Dès cette époque, le duc Léopold, atteint d'une maladie organique que ses débauches aggravaient chaque jour, était condamné par les médecins.

« Telles sont les raisons qui décidèrent la duchesse à céder, à laisser passer l'orage.

« C'était d'ailleurs le seul moyen qu'elle eût d'arracher son fils à la redoutable tutelle du duc.

« Donc, Jean-Paul, adopté en quelque sorte par l'empereur, fut envoyé dans un de ses châteaux du Tyrol pour y être élevé comme un bâtard de bonne famille.

« L'enfant, restant débile, on avait attaché à sa personne un médecin spécial, qui avait titre de gouverneur, un certain Hunady.

« C'est de lui que je vous parlais hier comme de l'exécuteur des basses vengeances du mari.

« Hunady connaissait-il déjà le duc, ou bien se laissa-t-il corrompre par la suite?

« C'est un point que je ne suis pas parvenu à élucider, et qui, d'ailleurs, importe peu en l'espèce.

« Toujours est-il qu'au bout de quelques mois l'état de l'enfant s'était aggravé de façon inquiétante.

« Hunady obtint de l'empereur l'autorisation d'emmener son pupille vers un climat plus chaud, sur les côtes de Sicile.

« Le soleil et l'eau de mer devaient, selon lui, avoir raison rapidement du commencement de rachitisme constaté chez l'enfant.

« Le gouverneur partit avec Jean-Paul et une suite peu nombreuse: deux serviteurs en tout, qui étaient depuis longtemps au service d'Hunady: la nourrice de Jean-Paul et le mari de celle-ci, Ulrich.

« Ils s'installèrent non loin de Palerme, sur une côte déserte, dans une modeste villa.

« Quelques semaines plus tôt, un événement s'était produit qui m'a frappé dès que j'ai connu toutes les circonstances concomitantes.

« Je veux parler d'une rechute du duc Léopold qui ne devait plus se relever, cette fois.

« Cette coïncidence aurait dû donner des soupçons, le père ayant déclaré à ses intimes qu'il ne voulait pas laisser de bâtard derrière lui.

« Il faut dire, à la décharge de l'empereur, qu'il avait, à cet instant, un autre souci beaucoup plus cruel.

« Son fils aîné, l'héritier du « Saint-Empire », venait d'être assassiné dans un pavillon de chasse.

« Ce triste sire d'Hunady avait adroitement choisi l'instant le plus favorable pour emmener son pupille au loin.

« Trois semaines après, une dépêche du consul d'Autriche à Palerme faisait savoir que Jean-Paul, son gouverneur, sa nourrice et le pêcheur qui les promenait, avaient péri en mer.

« Point ou peu de détails.

« La barque trop voilée, paraît-il, avait été prise à revers par un coup de vent à la sortie d'une crique, rien de plus.

« On ne connut l'accident qu'en retrouvant la barque la quille en l'air.

« Ce malheur passa presque inaperçu à côté de l'autre, la mort de l'archiduc.

« Marie-Thérèse fut seule à pleurer Jean-Paul, et dès lors, comme vous venez de le lire, elle commença à dépérir, à s'acheminer lentement vers la tombe.

« Voilà l'histoire de Jean-Paul depuis son départ d'ici jusqu'à sa mort prétendue.

« Avez-vous autre chose à me demander?

— Oui, mais sur le père, cette fois.

« L'enfant était mort, mais le père vivait.

« Comment se fait-il que Mathias n'ait pas fait savoir à Marie-Thérèse que Koska avait échappé au supplice?

« Comme moi, il avait pu lire dans les journaux que la duchesse était fixée à Venise.

« Son devoir était de la prévenir.

— Oui, mais c'était difficile... objecta Walter Humding.

« Mathias ne pouvait pas quitter son malade, et n'avait pas sous la main le messager sûr, l'homme de confiance qu'il eût fallu.

« Il savait d'ailleurs que Marie-Thérèse était surveillée de très près et que son courrier avait dix chances sur douze d'être intercepté.

« C'est pourquoi il attendait.

— Qu'attendait-il?

— La guérison du comte Koska, une amélioration tout au moins.

« Au début, le mal semblait bénin, et les crises ne

sont venues que plus tard, après la mort de la duchesse.

« Enfin, ce qu'il attendait encore, et surtout, c'était la mort du duc qu'il savait condamné par les médecins.

« Hélas! ce fut la duchesse qui partit la première.

« Lorsque j'eus l'insigne honneur d'adoucir ses derniers moments, je ne soupçonnais pas qu'un jour je rendrais les mêmes devoirs au seul homme qu'elle eût aimé.

Walter Humding se tut un instant, tandis qu'une ombre passait sur son visage crispé.

Il eut deux ou trois gestes saccadés, des espèces de tics nerveux, puis sa physionomie prit une expression dure, presque haineuse.

La chanteuse feignit de regarder ailleurs, mais son miroir de poche déposé tout proche — en *espion* — lui renvoyait tous les jeux de physionomie de celui qu'elle avait tant intérêt à connaître à fond:

— Je croyais que le chef aimait Koska, songeait-elle.

« Mais non: je me trompais.

« Il rend un dernier devoir à une morte chère en l'assistant, mais lui — le rival — il le déteste.

La barque avait été prise à revers par un coup de vent.

« Il admire l'artiste, certes, le virtuose, mais il hait l'homme, celui qui a pris et gardé le cœur de Marie-Thérèse.

« Mathias, ce modèle des serviteurs, a senti cela confusément, car il m'a semblé qu'il n'y avait pas grande sympathie entre lui et le chef.

« La jalousie, telle est la passion dominante de Walter Humding, celle qui peut me le livrer peut-être un jour.

« Le voilà là, haletant, fiévreux... et cependant, les amants dont l'aspect le torture, sont loin dans le passé.

« Ce ne sont plus que des ombres, pour ainsi dire.

« Que sera-ce dans quelques jours, lorsque Yvette et son fiancé se promèneront dans ce parc?

« Qu'il les verra s'arrêter pour s'embrasser sous les arbres?

Cependant, l'espion réagissait déjà.

Il s'agita, releva la tête:

— Je m'oublie, murmura-t-il avec un sourire contraint.

« Comme si c'était le moment de s'attendrir.

« Revenons à nos affaires, chère amie.

« L'heure approche où vous allez rentrer en scène.

« Ainsi que vous l'avez vu, ce dernier acte de la « Tragédie Royale », lequel eut pour théâtre le Palais Doria, est le seul qui rappelle un peu ce que je racontai à la famille Lenoir.

« Mais, comme je ne dois pas paraître, comme c'est vous qui allez me remplacer en tant qu'exécuteur testamentaire de la duchesse et tuteur de Jean-Paul, nous sommes sur le velours, pour parler comme les joueurs.

« D'ailleurs — j'y reviens — il s'agit, cette fois, de faits authentiques, connus, ne laissant aucune place à la suspicion.

— Comment procéderons-nous à ce remplacement? demanda la chanteuse, pressée de savoir quelles armes elle allait avoir en mains.

« Vous me céderez les pièces qui vous accréditent?

— S'il le faut, oui.

« Mais je doute que cette précaution soit nécessaire.

« Vous serez présentée de telle façon, comme une si grande dame, que personne ne s'avisera de vous demander vos papiers.

« De cela, nous recauserons tout à l'heure.

« Avant d'aborder l'avenir, liquidons le passé qu'il importe que vous connaissiez à fond.

« Or, comme mon journal ne relate que les faits dont j'ai été témoin, sans aucun retour en arrière, je devine qu'il y a encore dans votre esprit plus d'une lacune.

— En effet, répondit la chanteuse, et celle-ci pour commencer.

« Vous écrivez vers la fin que Marie-Thérèse avait conçu des soupçons sur la mort de Jean-Paul.

« Quels soupçons?

« Devinait-elle tout ou partie de la vérité?

« D'ailleurs, à partir de ce moment, votre journal devient de plus en plus laconique.

« La mort de la duchesse elle-même n'obtient de vous qu'une froide ligne.

— Je n'avais plus le courage d'écrire... murmura l'espion.

« Puis, il est des souvenirs qu'on croirait profaner en les divulgant.

« Quant aux doutes dont vous parliez, en voici l'origine...

« Malgré l'étroite surveillance dont elle était l'objet, Marie-Thérèse avait conservé des émissaires, des femmes pour la plupart, qui la venaient voir de loin en loin, et la tenaient au courant de ce qui se passait en Autriche, des bruits qui couraient à la cour.

« Un de ces bruits concernait le gouverneur Hunady.

« Le duc Léopold venait de mourir, et les langues se déliaient.

« On disait carrément qu'Hunady avait été chargé par lui de faire disparaître l'enfant qu'il élevait en secret, et dont on commençait à soupçonner la race illustre.

« Il s'en suivait que le renversement de la barque avait été préparé, truqué par Hunady et le pêcheur, lesquels se sauvèrent à la nage, abandonnant l'enfant et sa nourrice.

— Et les cadavres? s'écria Liliane tout à coup.

« On n'avait donc pas retrouvé les cadavres?

— On ne retrouva aucun cadavre.

— Mais — interrompit la jeune femme — c'était une preuve, cela!

« Une preuve que Jean-Paul vivait.

— Mais non... et ni la mère, ni personne ne soupçonna la vérité sur ce point.

« Il est facile de deviner, après coup, quand on sait comme vous.

« A ce moment, tout le monde crut à la mort, et plusieurs devinèrent la comédie jouée par Hunady et le pêcheur, son complice.

« L'absence des deux cadavres: Jean-Paul et la nourrice, était une preuve de plus, justement.

« Les assassins avaient pris leurs mesures pour empêcher le retour des corps, qui eût pu donner des soupçons.

« D'ailleurs, il y a, dans ces parages, de forts courants qui portent au large.

« Informée de tout cela, Marie-Thérèse envoya une des femmes qui lui servaient d'émissaires, faire une enquête sur les lieux.

« Celle-ci tâcha d'interroger le seul survivant resté à la villa: Ulrich, mais n'obtint que des réponses vagues.

« Cet homme était devenu sombre, taciturne tout à coup, et s'adonnait à la boisson.

« Etait-il complice — assassin de sa propre femme, par conséquent — ou bien, innocent; devinait-il la vérité? c'est un secret qu'il emporta avec lui.

« Quelque temps après, en effet, dans une rixe entre pêcheurs, il reçut un coup de stylet dont il mourut.

« Toutefois, la duchesse resta convaincue que son fils avait été supprimé par ordre du duc Léopold.

« Cette conviction, les reproches qu'elle se faisait — bien à tort — d'avoir abandonné l'orphelin, empoisonnant ses derniers jours, hâtèrent ses pas vers la tombe.

« Au moment de rendre l'âme, la duchesse eut une de ces inspirations, de ces « clartés » surnaturelles, comme en ont parfois les mourants.

— Mon fils vit! bégaya-t-elle tout à coup.

« Je l'ai vu...

« Et elle tomba dans un sommeil pesant, le sommeil avant-coureur du grand repos.

« Quelques jours plus tôt, sentant sa fin prochaine, Marie-Thérèse, par bon acte authentique, m'avait fait son légataire universel, m'avait remis tous ses papiers.

« Je n'ai pas besoin de dire que, très riche moi-même, je n'étais qu'un dépositaire.

« Je n'acceptais cette fortune — qui devait quadrupler par la suite — que pour l'employer, selon l'intention de la mourante, à la gloire du génie allemand.

« Lorsque, la duchesse sortit du lourd sommeil dont je parlais, elle était plus que jamais convaincue que son fils avait échappé, et me chargea de le retrouver.

« Cette pensée adoucit son agonie.

« Avec une lucidité parfaite, elle me donna ses instructions sur Jean-Paul, qui devenait mon pupille — instructions que je vous ferai connaître plus tard.

« Le même soir, elle expirait... et la semaine suivante, ayant accompagné le corps à Vienne, je prenais le chemin de la France.

« Je vins directement ici, au château.

« Je voulais revoir les lieux où la morte avait vécu, refaire les stations de son douloureux calvaire...

« Enfin, c'était le meilleur moyen de me préparer aux recherches dont j'avais reçu mission.

« C'est ainsi que je fis la connaissance de Mathias et de ce revenant, ce fantôme, le comte Koska.

— Et Jean-Paul? lança la chanteuse.

« Comment l'avez-vous retrouvé, reconnu?

« Sans doute ce sont ses yeux, ce regard caractéristique du père qui vont ont mis sur la voie....

« Alors, c'est à Lille, chez Van Flam?...

— Non... à Lille j'avais à peine remarqué l'infirme relégué à de basses besognes.

« Comment aurais-je pu soupçonner que ce misérable, qui cirait les chaussures des voyageurs, avait du sang des Habsbourg dans les veines?

Dans une rixe de pêcheurs, il reçut un coup de stylet

« C'est à Paris seulement, à la pension Lenoir, que je constatai la ressemblance dont vous parliez.

« Toutefois, je n'attachai pas d'importance à une similitude purement fortuite, semblait-il.

« Après tant d'années, de recherches vaines, je croyais Jean-Paul disparu pour toujours.

« Ce n'est que plus tard que j'ai acquis la preuve que le valet de Van Flam était Jean-Paul, le fils de Marie-Thérèse d'Autriche!

« Dès lors, ce malheureux qui, jusque-là, m'avait été indifférent, parfois même antipathique, m'est devenu sacré...

« Quoi qu'il arrive, nul cheveu ne tombera de sa tête.

— Il y a longtemps que vous avez cette preuve, cette conviction?

— Non... c'est tout récent... répondit Walter Humding, sans préciser, bien postérieur à mon passage à la pension Lenoir.

« J'avais été amené à rechercher certains antécé-

dents du Belge dont je connaissais les tripotages avec Lancelin et Cie.

« Le hasard — ce dieu des policiers — m'a mis sur la voie tout à coup, au moment où je m'y attendais le moins!

« Je découvris, dans un lot de vieux papiers de Van Flam, un billet par lequel un inconnu, un étranger — c'était visible à son style — donnait rendez-vous au Belge et lui demandait des nouvelles de l'enfant, qu'il appelait « le « duc Carabosse ».

« La signature, illisible, cette phrase et d'autres encore plus ambiguës, suffisaient pour attirer l'attention, mais une chose me frappa surtout, l'écriture.

« Cette écriture contournée, tortueuse, si je puis dire, je la connaissais, je l'avais vue quelque part, mais où?

« Soudain, je me rappelai... c'était dans les papiers confiés par la feue duchesse.

« Je fouillai aussitôt, et trouvai vite le papier lu jadis.

« C'était un court billet, un bulletin de santé envoyé à l'empereur François-Joseph et retourné par lui à sa fille à Venise.

« Il était signé Hunady...

« Ce fut comme l'éclair qui vous montre votre route en pleine nuit!

« Je me mis en quête sur-le-champ.

« Van Flam avait disparu, mais j'avais un élément: le nom d'Hunady, lequel, tout gribouillé qu'il fut, se lisait également sur le second billet, celui adressé à Van Flam.

« Par conséquent, à cette époque déjà lointaine, le bandit voyageait sous son nom comme je le constatai d'après les registres de la police.

« Dès lors, le reste n'était plus qu'un jeu d'enfant.

« J'appris ainsi que quelque douze ans plus tôt — peu après le drame de Palerme, par conséquent — un certain Hunady était arrivé à Liège.

« Il avait avec lui un tout jeune enfant, aux grands yeux tristes, présentant certains symptômes de déformation osseuse.

« La preuve était faite.

« Le voyageur mit le malade dans une clinique et partit pour ne plus revenir.

« Il avait payé six mois d'avance, et, pendant ce temps, Jean-Paul ne reçut qu'une visite: celle de Van Flam, qui était pharmacien à cette époque.

« L'empoisonneur patenté venait-il constater les progrès du mal inoculé par lui et son complice?

« Les six mois expirés, le petit malade qui ne payait plus, fut évacué sur un hospice, puis sur un autre...

« Quand il en sortit, vers la dixième année, je crois, il était noué, infirme pour la vie.

«Abandonné de tous, Jean-Paul devint un vagabond, courut de ville en ville...

« C'est ainsi qu'il fut retrouvé par Van Flam, lequel ayant besoin d'un serviteur peu coûteux, le ramena chez lui.

— Le Belge connaissait-il la vraie famille de Jean-Paul? questionna Liliane.

— Non, évidemment.

— Est-ce bien sûr?

«Quelque chose avait transpiré, dirait-on.

Avec une lucidité parfaite, elle me donna ses instructions.

« Je me souviens maintenant qu'on disait que Van Flam cachait chez lui un enfant de noble famille, pour lequel il touchait une forte pension.

« A moins qu'il s'agit d'Yvette?

— Ça, c'est une autre affaire, ricana l'Allemand.

« Revenons à Jean-Paul et à son gouverneur, Hunady...

— Vous ne l'avez jamais retrouvé, celui-là?

— Non. Il paraît qu'en quittant Liège, il se rendit à Anvers.

« Il a dû gagner quelque colonie lointaine où il se cache.

— Savoir... Il n'avait pas l'air de se cacher beaucoup à Liège.

« Dire qu'il n'avait pas même pris la précaution de changer de nom!

« Ça ne vous étonne pas?

— Non, quoique c'eût été plus prudent de sa part.

« Mais le gouverneur savait qu'il n'avait pas grand chose à craindre.

« La mort prétendue de Jean-Paul, vieille de plusieurs semaines, était une affaire oubliée...

« Avez-vous quelque question encore à me poser? demanda l'Allemand, qui avait fini de manger.

— Oui, une dernière, après quoi je serai à même de répondre à toutes les objections qui pourraient m'être faites sur toute cette histoire.

« Comment expliquez-vous que le gouverneur chargé de supprimer Jean-Paul ne soit pas allé jusqu'au bout?

« A-t-il eu peur ou pitié?

— Là-dessus, on ne peut faire que des suppositions...

« La plus vraisemblable, c'est que — comme tous les misérables de son espèce — Hunady songeait à faire chanter le duc son complice, plus tard.

« Il se serait présenté traînant l'enfant par la main et aurait vendu son silence le plus cher possible.

« Il en fut empêché par la mort du duc Léopold.

« Une indication en faveur de cette dernière hypothèse, c'est que la disparition du gouverneur suivit de près l'enterrement du duc.

— Oui... ce doit être cela, en effet...

« Vous ne craignez pas qu'il reparaisse un jour?

— Je le souhaite, bien loin de le craindre; mais je doute que cette éventualité se réalise jamais.

« Le misérable ne sera pas assez niais pour venir se jeter dans la gueule du loup.

« En effet, je suis armé contre lui, et je serai sans pitié pour celui que je considère un peu comme l'assassin de Marie-Thérèse...

Walter Humding s'était levé sur ce mot:

Moins d'un quart d'heure après, Walter Humding revenait, le visage impassible:

— Tout est fini... annonça-t-il.

— Le comte est mort! s'écria Liliane, plus émue que lui.

— Oui, et cela valait mieux pour cet infortuné, qui a assez souffert et pour nous, qui allons pouvoir passer à d'autres préoccupations.

— C'est maintenant qu'il vient d'expirer?

— Non; le comte a dû passer tandis que j'étais ici.

« J'ai constaté, en arrivant, que le corps se refroidissait lentement.

« Nous avons attendu quelques minutes,

— *Madame, offrez-lui les dernières. Ça vous portera bonheur.*

— Voici la nuit... dit-il.

« Je vais voir notre malade.

« Je reviendrai bientôt vous tenir compagnie.

« Il m'a semblé comprendre, en effet, que ma présence gênait le moribond, et surtout Mathias, ce brave Mathias, qui aime son maître d'un amour exclusif, jaloux...

« Je ne veux pas troubler leur suprême tête-à-tête.

mais le doute n'est plus possible.

« Le comte Jean-Paul Koska est allé rejoindre dans l'inconnu celle qu'il aima jusqu'à en mourir.

— Puis-je le voir?

— Tout à l'heure... quand la dernière toilette sera faite.

« Mathias tient à procéder seul à l'ensevelissement.

— Vous allez l'enterrer ici?

— Oui, dans ce bosquet d'où vous êtes sortie hier soir...

« Une tombe sous les arbres, voilà bien la sépulture qui convient à un musicien.

« Ses branches agitées par la brise lui rediront les airs qu'il chantait jadis.

« D'ailleurs, il paraît que le comte avait jadis manifesté l'intention de dormir à cette place, qui, sans doute lui rappelait des souvenirs...

« Tout est prêt pour cela.

« Mathias, qui voyait la fin venir, avait déjà creusé la fosse.

« De même pour le cercueil qu'il a tenu à fabriquer de ses propres mains.

« Dans une heure, tout sera consommé.

— Vous allez l'enterrer tout de suite?

— Oui. Il le faut.

— Comme vous êtes pressé... C'est imprudent!

« S'il n'était qu'endormi?

« Cela arrive fréquemment, paraît-il, et mes cheveux se dressent d'horreur à cette seule idée.

« J'ai peur d'être enterrée vivante.

« C'est comme un cauchemar qui me poursuit depuis qu'un jour, moi-même...

La chanteuse s'arrêta soudain:

— Je suis folle... murmura-t-elle.

« J'allais raconter au patron une chose qu'il connaît aussi bien que moi, l'épisode du caveau, là-bas, à Bruxelles.

« Ah! si je pouvais me venger un jour, lui rendre la pareille.

« Heureusement qu'il n'a pas remarqué, pas même entendu.

En effet, l'espion se promenait, l'air absorbé, l'esprit ailleurs.

— Vous raisonnez comme un enfant, finit-il par dire.

« Ces accidents ne sont pas aussi fréquents qu'on veut bien le dire.

« En tout cas, ici, nous n'avons rien de pareil à craindre.

« Chez le comte, la vie ne s'est pas arrêtée tout à coup, elle s'est usée lentement, si lentement que nous ne nous sommes pas aperçus de la transition.

« Depuis une semaine, le malade baissait doucement, comme une lampe qui s'éteint faute d'huile.

« Hier, vous l'avez vu, il n'avait plus la force de tenir son violon.

« Enfin — et quoi qu'on prétende — il y a des signes certains de la mort.

« Aussi, rassurez-vous, et causons d'autre chose.

Tout en parlant, l'Allemand, qui semblait avoir parfaitement oublié le mort qui reposait tout proche, avait repris le manuscrit et le feuilletait.

Bientôt, il vint s'asseoir à côté de la chanteuse, qui comprit que leur conciliabule allait continuer.

— Reprenons notre conversation, commença Walter Humding.

« Vous en savez assez maintenant, pour que nous puissions causer utilement, et cette mort, attendue depuis longtemps, ne doit pas nous faire perdre nos projets de vue.

« Le comte, quoiqu'il ait souffert ensuite, a rempli sa vie, puisqu'il a aimé.

« A quoi bon épiloguer, d'ailleurs?

« J'ai rempli tous mes engagements envers le père.

« Reste le fils, Jean-Paul, qu'il s'agit de faire reconnaître.

« La première question qui se pose est de savoir comment nous conduirons cette reconnaissance dans l'intérêt de tous.

« Déjà, je vous ai donné quelques indications sur mon plan; mais tout cela reste un peu flottant, et dépendra des circonstances.

« Toutefois, nous pouvons, d'ores et déjà, poser les grandes lignes.

« Voyons d'abord la façon de vous introduire dans la famille Lenoir, de vous présenter devant le comte Jean-Paul Koska.

« En effet, celui que vous appeliez Pas-de-Canard est comte depuis un instant.

« Ici, nous avons une entrée toute faite, et excellente!

« Je vous ai parlé des messagères que Marie-Thérèse recevait en grand mystère au Palais Doria.

« Nous supposerons que, dans le nombre, se trouvait une Française, chargée par Marie-Thérèse, des intérêts qu'elle avait ici.

— Et c'est moi qui jouerai ce rôle?

— C'est vous.

« Ce que vous savez de la vie au Palais Doria et ici, au château, rend la tâche aisée.

— Vous pensez que cette entrée, cette présentation suffira?

— Elle suffirait largement, mais nous en aurons une autre devant laquelle les plus ombrageux n'auront qu'à s'incliner.

« Il s'agit de la présentation même de l'empereur François-Joseph, c'est-à-dire de son représentant ici: l'ambassadeur d'Autriche-Hongrie.

— L'ambassadeur marche? s'écria Liliane, émerveillée.

L'adresse, l'ingéniosité, chaque jour grandissante, de son adversaire, son habileté à se servir de tout et de tous, l'étonnaient et l'inquiétaient.

— Oui, répondit Walter Humding.

« C'était le but de mon récent voyage à Vienne.

« Voyage qui a pleinement réussi.

« L'empereur consent.

— Vous avez vu l'empereur? interrompit la jeune femme, de plus en plus stupéfaite.

— Non... mais un de ses chambellans, muni de tous les pouvoirs nécessaires.

« Nous sommes tombés d'accord tout de suite, avec le délégué de Sa Majesté.

« A la seule condition que le nom de Marie-Thérèse, ni, par conséquent, celui de son mari le duc — ne soit prononcé, la cour consent à reconnaître l'orphelin comme fils et héritier du comte Jean-Paul Koska.

« Remarquez qu'après tout, c'est nous qui faisons des concessions.

« En effet, légalement, Jean-Paul est le fils du duc Léopold, et, comme tel, devrait hériter de tous ses titres et biens.

« Biens constitués en majeure partie par la dot de Marie-Thérèse, et sur lesquels son fils a droit deux fois, par conséquent.

« Mais nous avons préféré ne pas réveiller un vieux scandale.

« En cela, je ne fais que me conformer aux instructions de la mère, dont je vous parlais il y a un instant.

« Vivante, jamais la duchesse n'eût consenti à renier son fils, n'eut renoncé au bonheur de le serrer dans ses bras.

« Mais mourante, n'ayant plus rien à espérer sur terre, elle ne voulut pas attrister le vieil empereur, tant éprouvé déjà :

— Quand vous aurez retrouvé mon fils, dit-elle, parlez-lui de moi comme d'une femme inconnue, morte en lui donnant le jour.

« Un fils n'a pas besoin d'en savoir davantage pour chérir sa mère.

« Qu'il sache encore qu'il est le fils de Jean Koska, plus fameux par son talent que par son titre de comte, et que ce soit tout.

« La duchesse pensait, l'ayant appris à ses dépens, que la noblesse, le rang, ne font pas le bonheur.

« De même pour la fortune.

« Marie-Thérèse s'inquiétait de voir son fils —

Les fossoyeurs improvisés commencèrent à jeter la terre.

élevé sans doute en petit gentilhomme, en cadet de famille — mis tout à coup à la tête d'une fortune considérable.

« En effet, les cinq millions, placés pour lui dans cette affaire des *Docks d'Anvers*, s'annonçaient comme une affaire mirifique.

— Je ne voudrais pas — me dit-elle encore — que Jean-Paul devînt un de ces riches oisifs, de ces millionnaires inutiles, à charge à eux-mêmes et aux autres.

« C'est pourquoi je vous recommande de ne lui remettre l'argent que progressivement, selon ses besoins et selon l'usage qu'il saura en faire.

« En résumé — et ceci vous intéresse vous directement — dans l'intention de la mère, la moitié au moins de la fortune de Jean-Paul était mise à ma disposition.

« Je devais consacrer une partie de ce legs à faire des recherches et à récompenser la personne qui m'aurait aidé à découvrir l'enfant.

« L'autre à diverses bonnes œuvres ; je vous ai déjà expliqué que je ne voulais rien pour moi-même.

« Puisque dans la version dont nous sommes convenus, c'est vous qui prenez ma place, comme découvreur et comme tuteur de l'orphelin, c'est vous qui toucherez la prime.

« A combien s'élèvera votre part ? je ne puis préciser encore.

« Tout ce que je puis vous dire, c'est qu'il s'agit pour vous de plus d'un million, deux ou trois, plus peut-être...

« Secondez-moi comme vous l'avez toujours fait et vous n'aurez pas à vous en repentir.

« Nous allons nous mettre à l'œuvre dès demain.

« Dès qu'il fera jour, vous rentrerez à Paris faire vos préparatifs.

« Vous pourrez d'ores et déjà vous occuper d'embaucher les domestiques qui seront nécessaires au château.

« En effet, jusqu'à la majorité de Jean-Paul, c'est vous, comme tutrice, qui êtes maîtresse ici.

« Faites les choses grandement.

« Il s'agit de frapper les imaginations, et ce n'est pas l'argent qui fera défaut.

« De mon côté, je procéderai aux derniers aménagements à faire ici.

« Il importe que — à part le donjon qui reste mon domaine — la demeure soit riante.

— Mais, objecta la chanteuse, si par hasard Jean-Paul voulait visiter le donjon, les salles interdites?

— Ce sera affaire à vous de l'empêcher.

« Dites que mon bureau — la seule pièce restant interdite une fois le comte mort disparu, — a été le théâtre, jadis, d'un drame sanglant, et que, depuis, la porte en est condamnée.

« La clef est perdue.

— Et s'il persiste, s'entête.

— Eh bien, il en sera pour sa peine.

« Il faudrait une torpille pour faire sauter ma porte, défoncer mon blockhaus blindé.

« Or, nous n'en sommes pas là encore.

« Vous pouvez, sur ce point capital, vous en remettre à moi, principal intéressé, et qui ai de bonnes raisons de me croire hors d'atteinte.

« Vous n'avez pas d'autre objection?

— Si... fit la chanteuse en souriant, mais celle-là va vous faire hausser les épaules.

« Il n'y a pas que la coquetterie en jeu, cependant, et mon observation a sa raison d'être.

« Vous m'avez dit que j'aurais peut-être à faire la conquête de Jean Lenoir?

— Oui, peut-être.

— Or, voici que vous me vieillissez tout à coup.

« Que vous faites de moi une contemporaine de Marie-Thérèse...

— Mais non... protesta Walter Humding vivement.

« La duchesse, lorsqu'elle vous a connue, avait dix à onze ans de plus que vous.

« Elle en aurait trente-huit aujourd'hui, et vous, vingt-cinq à vingt-sept.

— Et Jean-Paul, vous ne craignez pas que de ce côté?...

— Non, interrompit l'Allemand, devançant l'objection.

« Jean-Paul avait quelques mois lorsqu'il a quitté la France.

« Par conséquent, qu'il vous ait vue ou non, il n'a pas à vous reconnaître.

« Donc, pas d'inquiétude à avoir.

— Bien... il y a une chose qui m'intrigue encore, qui m'intimide presque.

« C'est cette présentation par l'ambassadeur.

« Comment ça se passera-t-il?

— De la façon la plus simple.

« Mme Lenoir — considérée comme la protectrice de l'orphelin — sera convoquée à l'ambassade et préparée au grand événement.

« Vous arriverez sur ces entrefaites, la présentation a lieu, et dès lors, tout est dit.

« A partir de cet instant, la machine est lancée et elle marchera toute seule, sans accroc ni raté.

« Le lendemain, vous emmènerez votre pupille et ses amis sur ses terres, dans ce château d'Ozy, acheté jadis par son père, et où il est né lui-même.

« Au besoin, c'est vous qui rappellerez au jeune comte ce qu'il doit à ceux qui l'ont assisté dans le malheur.

« Mais je doute que cela soit nécessaire.

« Je suis sûr, au contraire, que le premier mouvement de Jean-Paul sera d'inviter Yvette et la famille Lenoir à partager sa subite fortune.

« Ce sera à vous de les retenir ici.

En prononçant ce nom d'Yvette, le front de Walter Humding s'était contracté.

Il se leva tout à coup:

— Le reste à demain... acheva-t-il.

« Allons voir le comte.

Ils s'engagèrent dans l'étroit passage conduisant au donjon; mais une fois sur le palier, l'Allemand, au lieu de monter, se mit à descendre.

La chanteuse s'en étonnait:

— Le comte n'est plus dans sa chambre? questionna-t-elle.

— Non... il eût été difficile de descendre un lourd cercueil de chêne par cet escalier tortueux.

« C'est pourquoi Mathias a procédé à la mise en bière dans une salle du rez-de-chaussée.

« Nous y voici. Entrons...

Liliane pénétra dans une espèce de crypte, transformée en chapelle ardente.

Partout, autour d'une sorte de catafalque, des fleurs et des cierges allumés.

Au fond, sur un drap de velours noir, un grand christ d'ivoire.

Au pied du cercueil, Mathias, les yeux brouillés de larmes, se tenait immobile, pareil à une statue de la Douleur.

Il ne fit pas un mouvement à l'entrée des visiteurs.

Liliane s'approcha, prit la branche de buis trempant dans un bénitier d'argent, et aspergea le défunt.

Ce pieux devoir rempli, elle osa contempler le corps.

Vêtu de son brillant costume magyar, le comte, le visage maigre mais apaisé, reposé de tant de souffrances, gisait dans la sérénité de la mort.

A ses pieds, était son violon, muet pour toujours.

Dans ses mains jointes sur sa poitrine, il tenait un mouchoir de fine batiste, marqué aux initiales M. T.

— Marie-Thérèse! murmura Liliane, attendrie jusqu'aux larmes.

Et elle se mit à sangloter tout à coup.

Pendant deux minutes, il lui fut impossible de se maîtriser.

Mathias, immobile jusque-là, s'était retourné.

Son regard remercia cette inconnue si belle, qui pleurait son maître.

Walter Humding, retiré un peu à l'écart, le visage assombri, l'œil sec, suivait cette scène sans mot dire.

Lorsque la jeune femme eut enfin dompté ses nerfs, elle s'approcha de lui, un peu confuse:

— Je vous demande pardon... murmura-t-elle.

« Je ne sais pas ce qui m'a pris...

— Pourquoi pardon? répondit l'Allemand d'une voix sourde.

« Laissez couler vos larmes, chère amie.

« Vous êtes bien heureuse de pouvoir pleurer.

Mais Liliane remarqua à peine cette phrase. Elle s'était remise à contempler le comte.

— Comme il est beau! reprit-elle à voix basse.

« Et combien différent du spectre livide que je vis hier soir.

« Je reconnais maintenant l'homme du portrait.

« Et puis, je pense à cette musique que nous avons entendue, à certains passages si tristes, et si beaux cependant...

« Le chant du cygne!

La cameriste déboutonnait les hautes bottines.

« On eût dit que le comte savait et qu'il nous disait adieu.

« C'est cette idée qui m'a bouleversée tout à coup...

Un peu après, Mathias s'approchait de Walter Humding:

— Monsieur le comte, dit-il, voici l'heure de procéder à l'inhumation.

« La pleine lune va se lever dans un instant.

« Mieux vaut éviter la grande lumière.

— Bien, mon ami, faites.

« Vous m'appellerez dès que vous aurez besoin de moi.

Mathias s'inclina, et, ramassant une brassée de fleurs, commença de les disposer autour du corps.

Tout à coup, il prit une gerbe de roses et s'approcha de Liliane:

— Madame, dit-il en mauvais français, offrez lui les dernières.

« Ça vous portera bonheur.

La jeune femme obéit en pleurant de nouveau à chaudes larmes.

Cela fait, Walter Humding et Mathias vissèrent le cercueil.

Puis, avec une vigueur inattendue chez les deux hommes qui n'étaient plus jeunes, ils enlevèrent la lourde caisse et sortirent, suivis de Liliane toute en pleurs, qui composait tout le cortège.

Arrivés à la fosse, les deux porteurs, qui suaient à grosses gouttes, se reposèrent quelques secondes.

Ensuite, le cercueil fut descendu avec des cordes, et les fossoyeurs improvisés, s'armant de pelles, commencèrent à jeter la terre.

Les premières pelletées grondaient sourdement sur le cercueil.

Le trou une fois comblé, Mathias se mit à disposer par dessus des bandes de gazon — découpées d'avance — qui allaient cacher pour toujours la *tombe sans nom*.

Cela fait, il salua Walter Humding, s'inclina profondément devant la jeune femme et se retira, toujours silencieux.

Alors, Walter Humding offrit son bras à Liliane, qu'il accompagna jusqu'au perron.

Une fois là, il s'arrêta:

— Je vous quitte, dit-il.

« J'ai besoin de dormir, moi aussi.

« Il est dix heures bientôt. Bonne nuit.

Un peu après, Liliane était chez elle, allant et venant de la chambre à coucher au cabinet de toilette.

Tout en faisant sa toilette pour la nuit, elle pensait à tout ce qu'elle venait d'apprendre et de voir en vingt-quatre heures.

Elle bâtissait plan sur plan.

Une chose l'inquiétait, toutefois: le silence de Robert Servan.

— Qui sait? murmura-t-elle, j'ai peut-être une lettre à Paris.

« Je n'avais pas donné l'ordre de faire suivre.

« Dans le cas contraire, je télégraphierai de nouveau.

« Le temps presse.

Elle se mit au lit, mais fut incapable de trouver le sommeil.

Pendant vingt longues minutes, elle se tourna et retourna en tous sens.

— C'est inutile, fit-elle. Je sens que je ne dormirai pas.

Alors elle pensa au spécifique qu'elle employait depuis quelque temps contre ces insomnies rebelles.

Sur la table de nuit, la seringue de Pravaz était là, toute prête.

La jeune femme découvrit une jambe satinée, tâta la peau au-dessous du genou et enfonça l'aiguille.

Presque aussitôt, la redoutable drogue opérait.

L'agitation cessa, les yeux se noyèrent de volupté.

Liliane pensait à André Ferbach.

Puis, ses paupières retombèrent, et tout s'effaça, s'évanouit.

CHAPITRE CXCI

Les Fiançailles de la Mort

Depuis deux jours, miss Felton, c'est-à-dire Liliane Berty, était de retour à Paris.

Aussitôt revenue, délivrée de Walter Humding, qui avait voulu la reconduire jusqu'à son hôtel, elle avait couru au plus prochain bureau, afin d'envoyer une seconde dépêche à Robert Servan.

Et depuis, elle attendait une réponse qui n'arrivait pas.

Ce soir-là, la chanteuse venait de déjeuner aux Champs-Elysées et rentrait chez elle à pied.

Elle se retournait parfois pour s'assurer qu'elle n'était pas suivie.

La veille, elle avait cru remarquer dans son sillage un homme d'allures suspectes, qui l'inquiétait un peu.

Tout en marchant, elle ruminait un projet qui lui était venu à l'esprit le matin.

Il s'agissait d'aller jusqu'à Bruxelles, chercher la réponse vainement attendue.

— C'est une absence de vingt-quatre heures au plus, supputait-elle.

« Justement, je suis libre en ce moment.

« Les préparatifs que j'avais à faire sont faits, et le patron, occupé au château, me laisse tranquille.

« Si j'en profitais pour savoir si Robert est mort ou vivant?

« Je serais fixée. L'embêtant, c'est que j'ai l'air de faire des avances, et ça peut être dangereux.

« Robert deviendra vite exigeant s'il se sent nécessaire.

« Il ne faut pas compter jouer avec lui comme avec ce gros pataud de Muller.

« Je devrai faire des promesses, accorder des menues faveurs.

« Un baiser par ci, un baiser par là, ce qui n'est pas bien grave.

« Et puis je trouverai bien moyen de le berner, celui-là, comme les autres.

« C'est un fat au fond, et ces gens-là sont faciles à mener, pourvu que l'on flatte leur vanité.

Ces réflexions menèrent la chanteuse jusqu'à la porte de son appartement.

Comme elle entrait, la fille de chambre attachée au service de miss Felton, s'avança:

— Madame, il y a un gentleman qui est venu vous demander.

— Moi? fit Liliane surprise.

« Quel était ce gentleman?

« Il a dit son nom, je pense?

— Non, madame.

« On a posé la question, mais il n'a pas voulu répondre.

— Voilà des façons bizarres pour le moins... maugréa la chanteuse, commençant à s'inquiéter.

« Comment était cet individu?

« Vous l'avez vu, je suppose?

— Non, madame.

« Je venais justement de descendre.

« Le gentleman est allé tout droit à votre porte, a sonné deux fois, puis s'en est allé sans mot dire.

— C'est de plus en plus étrange... murmura Liliane.

« Est-ce que ce serait mon suiveur d'hier soir, quelque détective?

« A moins que ce ne soit le patron tout simplement, ou son lieutenant, cet ours mal léché de Muller, venu me donner le bonjour.

« Mais cela m'étonnerait: ces messieurs ne font pas tant de façons, d'ordinaire.

« Au fait, il s'agit peut-être tout bonnement d'un vieux marcheur, un de ces maniaques qui suivent les femmes jusque chez elles.

Et, tout haut:

— Vous dites que le gentleman n'a parlé à personne?

« Cependant, on l'a vu passer.

« Comment est-il, petit ou grand, jeune ou vieux?

— Plutôt grand et jeune, sans barbe, tournure militaire...

« Voilà du moins le signalement que m'a donné le groom de service à l'ascenseur.

« Maintenant, si madame veut, nous allons faire monter le boy.

— Oui, mais tout à l'heure.

« Aidez-moi à me déchausser d'abord.

Tandis que la cameriste déboutonnait les hautes bottines, la chanteuse réfléchissait au signalement qu'on venait de lui faire:

— Cela ressemble assez à l'individu qui me suivait hier soir, se disait-elle.

« Il est vrai que je ne l'ai vu que de loin, celui-là.

« Aussitôt découvert, il s'est perdu dans la foule.

Cependant, la cameriste apportait les babouches:

— Je vais chercher le groom... annonça-t-elle en s'en allant.

Elle faillit pousser un cri de stupeur.

Cinq minutes après, elle reparaissait:

— Madame, c'est une lettre pour vous.

« C'est ce monsieur de tout à l'heure qui l'a laissée au bureau en redescendant.

— Comment se fait-il qu'on ne me l'ait pas remise plus tôt?

— C'est un oubli, madame...

« Ou plutôt, vous êtes passée si vite que l'huissier de service ne vous a pas vue.

« Il vous prie de l'excuser.

— Bien, fit la chanteuse.

« Le mal n'est pas grand. Donnez.

Sitôt seule, Liliane déchira l'enveloppe et lut ces deux lignes écrites à la machine:

« Madame, un ami de passage à Paris, désirerait vous saluer avant de reprendre le train.

« Il reviendra tantôt vous offrir le thé. »

La jeune femme était toute songeuse.

— Pas de signature, murmura-t-elle, reprise d'inquiétude.

« Est-ce que ce serait un piège de la police?

« Ou bien quelque amoureux d'antan?

« Je n'ai donné mon adresse à personne, mais il a pu la découvrir.

« C'était lui, peut-être qui me faisait filer.

Longtemps, Liliane examina ces diverses hypothèses, sans trouver de solution satisfaisante.

Quatre heures approchaient, lorsqu'on frappa à la porte.

Un coup discret.

La chanteuse courut ouvrir et faillit pousser un cri de stupeur:

— Robert! murmura-t-elle, mon suiveur.

« Quelle est cette plaisanterie? grondait-elle avec un commencement de colère.

Mais, presque aussitôt, elle se calmait et tendait la main au jeune homme qui y posa ses lèvres.

— Ainsi c'était vous?

« Vous qui me filiez?

« Vous m'avez fait peur, savez-vous?

« Pourquoi ces cachotteries? Asseyez-vous que je vous gronde.

« Est-ce que vous auriez commis un crime, par hasard?

— Mais oui... répondit l'ancien sous-off en souriant.

« Je suis ici en fraude, sans permission régulière, et vous savez comme moi que l'administrance ne plaisante pas là-dessus.

« Hier, en rentrant de mission, j'ai trouvé vos dépêches, les deux.

— Comment cela? interrompit la jeune femme.

« J'avais mis la mention: faire suivre.

— C'est juste, mais je n'avais pas donné d'adresse.

« Je ne pensais pas être absent plus d'un jour ou deux.

« Aussitôt de retour, et renseigné, j'ai couru tout heureux chez notre chef de file.

« Il s'agissait d'obtenir une permission de vingt-quatre heures pour Paris.

« Seulement, je me suis heurté à un refus formel.

— Quel est ce chef dont vous parlez?

— Mme Simone d'Ange.

« Vous la connaissez, une chipie, mais qui pète sec.

« Un vrai sous-off en jupons.

« Alors, je suis parti quand même!

« Rien ne pouvait me retenir du moment que vous m'appeliez.

« Seulement, il faudrait que je sois rentré cette nuit...

« Sinon, j'aurai des ennuis avec mon adjudant femelle.

« Vous savez que c'est le bras droit du patron, là-bas...

J'ai aperçu un autre fileur à vos trousses.

— Bien, fit Liliane, en posant sa petite main sur l'épaule de Robert Servan.

« Je vous prends sous ma protection, mon cher ami.

« Apprenez qu'ici, en France, le bras droit du patron, c'est moi.

« Et ce bras est long...

« D'ailleurs, j'avais déjà parlé de vous au grand chef comme futur collaborateur, et j'étais autorisée à vous faire venir.

« Par conséquent, je vous garde...

— Vous croyez que je peux?... hésitait Robert.

— Puisque je vous dis que je réponds de tout.

« Le patron n'a rien à me refuser.

— Diable! alors vous êtes si bien que cela avec le *deusch*?

— Du dernier bien.

« Je vous raconterai ça tout à l'heure, mais n'embrouillons pas les choses.

« Je comprends votre retard, à présent.

« Seulement, ça ne m'explique pas vos façons de conspirateur, vos marches et contremarches pour arriver jusqu'à moi.

« Pourquoi ne m'avoir pas abordée hier soir?

— J'allais le faire, lorsque j'ai aperçu un autre fileur à vos trousses.

« Un grand type sec, qui ressemblait rudement à Walter Humding.

« Et j'ai tourné casaque.

« Je ne me souciais pas de rencontrer le patron, comprenez-vous?

« C'est pour la même raison que j'ai rôdé avant de toquer à votre porte, que je n'ai pas signé tout à l'heure.

« Mon billet pouvait tomber sous les yeux du chef.

« J'avais bien compris d'après vos dépêches qu'il se passait des choses sérieuses.

« Raison de plus pour ne pas se faire pincer.

— Il y a sous ce chaton, un poison foudroyant et infaillible.

— Oui, je m'explique à présent, et vous remercie, mon cher Robert, d'être accouru au premier appel, malgré les risques.

« Je commençais à m'inquiéter, figurez-vous?

« Jamais vous ne m'avez laissé si longtemps sans lettre.

— J'ai été assez affairé moi-même, répondit Robert.

« Et puis, à force de penser à vous, une idée m'était venue.

« Je voulais venir vous surprendre tout à coup.

— Comme ça se rencontre! s'écria la chanteuse en riant.

« C'est de la télépathie, ça, ou je ne m'y connais plus.

« Et moi, continua-t-elle en jouant de la prunelle,

qui m'imaginais que vous ne m'aimiez plus.

« Que vous me trompiez avec Marika ou quelque autre.

— Vous savez bien que non... murmura Robert Servan d'une voix sourde.

« Je voudrais que je ne pourrais pas...

« Et pourtant, je devrais... je devrais arracher cette passion de mon cœur, surtout après ce que vous m'avez dit à Bruxelles, que c'était fini entre nous...

« Et maintenant que je vous ai vue, je suis triste.

« Il me semble que je vous perds une seconde fois.

« Je me dis que j'aurais mieux fait de rester là-bas que de venir ici raviver ma passion, mes regrets.

« Ainsi, vous l'aimez toujours, ce Ferbach? Jadis, à la même question, Liliane avait répondu par le cri du cœur:

« Plus que jamais!

Mais aujourd'hui, la situation n'était plus la même.

Liliane avait besoin d'un homme dévoué jusqu'à la mort, et n'en voyait qu'un autour d'elle: Robert.

L'habile comédienne, tandis que le jeune homme parlait, avait pris une figure sérieuse:

— Il m'aime toujours, plus que jamais, songeait-elle, mais il se méfie...

« Ce n'est plus l'heure d'être trop franche.

« Il s'agit de lui redonner espoir, de l'attirer par des bonnes paroles, des promesses même.

« Nous verrons ensuite.

« Après tout, rien ne prouve que je ne les tiendrai pas un jour.

« Tout arrive, avec les femmes!

Et tout haut, d'une voix grave:

— Mon ami, reprit-elle, je m'en vais vous faire souffrir.

« Et pourtant, vous auriez tort de désespérer.

« Il y a quelque chose de changé en moi.

— Quoi donc? insistait Robert Servan.

« Puisque vous l'aimez toujours!

— Je l'aime, oui, mais autrement.

« J'aime sans espoir, d'un amour pur, fraternel, qui ne saurait vous porter ombrage.

Et comme Robert hochait la tête:

— Vous ne me croyez pas? continuait-elle.

« Je m'y attendais.

« Vous autres hommes, vous ne savez pas aimer.

« Etres matériels, vous n'entendez rien aux choses du cœur.

« Il n'y a que nous, les femmes d'amour, les courtisanes, pour être capables de ces renoncements héroïques.

Peu à peu, la cabotine s'enflammait, se prenait à ses propres paroles, jusqu'à être presque sincère.

— Voilà où j'en suis... continua-t-elle.

« Il y a quelques semaines, après cette agonie dans le funèbre caveau, je vous disais: *fini la cascadeuse.*

« Et aujourd'hui, je vous dis: fini l'amoureuse, l'amante égoïste, jalouse, que vous avez vue brûlant pour un autre.

« J'ai renoncé à André, parce que je l'ai vu différemment, et aussi — voyez si je suis franche — parce que je sais qu'il ne m'aimera jamais, lui...

« J'ai vu ma rivale, Jeanne Morin — je l'ai rencontrée dans la rue — et j'ai senti que celui qui, le premier, avait eu cette jeune fille, ne serait jamais à moi.

« De là, date ma conversion.

« J'aime toujours Ferbach, mais autrement, purement, je vous le répète.

« Je l'aime comme un frère, comme un martyr aussi.

« Comme une victime de nos machinations.

« Je me suis juré de réparer le mal que Walter Humding lui a fait.

« Une fois ce devoir rempli, je quitterai la France.

« Le temps et l'éloignement achèveront ma cure.

« Je suis trop jeune pour renoncer à la vie, prendre le voile des veuves.

« Mon cœur se réveillera un jour, et alors, si je trouve un ami fidèle, un compagnon de lutte et d'épreuve qui veuille encore de moi...

Liliane n'eut pas le temps d'achever.

Robert avait saisi ses mains et les couvrait de baisers ardents:

— Moi! s'écria-t-il. Je serai cet homme...

« Je sens, je devine que je souffrirai encore, mais qu'importe!

« Qu'importe, puisque j'espère, à présent, que la récompense est au bout...

« Ah! si j'avais su cela plus tôt!

« Vous venez de m'ouvrir le Paradis.

« Pourquoi vous être tue si longtemps? il fallait parler.

— Je ne pouvais pas, répondit Liliane. Tout cela est récent.

« Et puis avant, je voulais être sûre de moi, de ma guérison, sûre qu'aucune rechute n'était à craindre.

« Enfin j'hésitais.

« Je me demandais si j'avais le droit d'entraîner un honnête garçon dans une aventure dont personne ne peut prévoir l'issue.

« Je ne vous ai pas dit encore qu'il se prépare ici des choses graves qui peuvent nous mener loin.

— Non... mais je l'avais deviné et j'accepte d'avance.

« Recevant deux dépêches coup sur coup, j'avais compris qu'il y avait de l'orage dans l'air.

« De quoi s'agit-il?

— D'une chose dangereuse entre toutes.

« Il s'agit de rentrer en lutte contre Walter Humding.

En entendant ce nom redoutable, Robert eut un léger sursaut.

— Vous voyez bien que j'avais raison... murmura la chanteuse avec un sourire attristé.

« Vous hésitez, vous avez peur...

— Moi, peur? s'écria Robert, tandis qu'un flot de sang lui couvrait le visage, non!

« J'ai tressailli, mais de surprise, uniquement.

« Vous m'aviez tant de fois dit qu'après la terrible leçon reçue, jamais plus vous n'essaieriez de vous dresser contre cet homme invincible.

— Invincible, il ne l'est plus, peut-être, répondit la jeune femme.

« Le tigre a perdu ses griffes.

« Je vous dirai comment, pourquoi, dans un instant.

« Sachez seulement que des événements se sont produits qui mettent le chef à ma merci, me font maîtresse de la situation, en quelque sorte.

« Jamais la partie n'a été plus belle, plus tentante!

« Vous croyez que je m'emballe, mais non.

« J'ai pesé toutes les chances, pour et contre.

« Je me rends parfaitement compte que nous pouvons échouer, et que la vengeance, cette fois, serait terrible... raffinée!

« Le souvenir de la torture subie dans le sinistre caveau de Bruxelles m'a fait hésiter un instant.

— C'est à quoi je pensais aussi... murmura Robert Servan.

« J'ai frémi tout à l'heure, non pour moi, mais pour vous...

« Je me demandais, et maintenant encore, je me demande si je dois vous encourager dans votre rébellion, vous laisser, vous, femme, vous exposer à des horreurs pareilles.

« Un homme peut toujours s'évader par le suicide.

— Une femme aussi! s'écria Liliane avec fougue.

« Une fois de plus, nous avons eu la même pensée.

Elle se pencha vers Robert et lui montra sa main:

— Vous voyez cette bague... Il y a là, sous ce chaton, un poison foudroyant et infaillible.

« Un poison qui vous endort sans douleur.

« Et j'ai une bague pareille pour vous, une bague d'homme, identique quant au contenu.

« La voulez-vous?

— Donnez... répondit le jeune homme d'une voix vibrante, une voix de conjuré prononçant le serment.

— Non... mon ami..., murmurait-elle d'une voix pâmée.

Qui veut mourir ou vaincre, est rarement vaincu.

« Si nous succombons, si nous nous voyons pris ensemble, nous boirons à la même coupe.

« Sinon, chacun mourra sans peur en envoyant sa dernière pensée à l'autre.

« Nous nous retrouverons ailleurs, si tant est que cet « ailleurs » existe...

« Qu'importe quelques années de plus ou de moins?

« Le seul mal irréparable serait de tomber vivants aux mains de l'espion.

« Le reste n'est rien.

« Ainsi, acheva Liliane en se penchant vers le jeune homme, c'est un pacte conclu.

« A la vie, à la mort!

Elle était si belle, à cet instant, si troublante, le visage offert et comme transfiguré, que Robert ne fut plus maître de soi.

Il l'attira à lui, rencontra une bouche qui se dérobait.

La jeune femme tressaillit:

— Non... mon ami... murmurait-elle, d'une voix pâmée.

Elle se dégagea, et, comme le crépuscule commençait, courut donner de la lumière.

Cette diversion lui suffit pour reconquérir tout son sang-froid, et envisager la situation d'un regard clair.

— Je le tiens... murmurait-elle, je suis contente de moi!

« J'ai bien joué ma grande scène, d'autant mieux que j'étais sincère.

« Je suis prête à mourir avec Robert.

« Il est vrai que c'est pour un autre, mais il ne s'en doute pas.

« C'est ce baiser qui l'a bouleversé, ce baiser qu'il a cru me prendre...

« J'ai feint de défaillir — il est vrai qu'il embrasse bien — et cela a suffi pour satisfaire sa vanité de bellâtre.

« En ce moment, je n'ai qu'une idée, qu'un but...

Liliane s'était levée, l'œil en feu, toute la face illuminée par l'émotion de cette minute tragique.

Elle alla chercher l'autre bague dans le coffret, la passa elle-même au doigt de son ami,

— Ce sont nos fiançailles... murmurait Robert, ému comme il ne l'avait jamais été.

— Oui! s'écria Liliane, s'exaltant de plus en plus.

« Les fiançailles de l'Amour et de la Mort.

— De l'amour, reprit Robert Servan. Nous triompherons...

— Oui... avec cette arme dans les mains, nous sommes forts, non seulement contre le Destin, mais contre l'ennemi. Rappelez-vous le vers du Cid:

« Maintenant ce fat me suivra jusqu'au bout du monde s'il le faut.

Liliane revint s'asseoir auprès de Servan, mais à distance prudente.

Elle avait un air distant, presque fâché, qui alarma celui-ci :

— Vous m'en voulez, murmura-t-il, tout confus, prêt à demander pardon de son audace.

— Non... fit l'habile comédienne avec un demi-sourire à la fois triste et langoureux.

« Seulement, nous sommes jeunes, notre sang est prompt, et je me garde...

« Tout à l'heure, vous auriez pu abuser de moi, de ma faiblesse ; mais ensuite, vous m'auriez fait horreur.

« Je vous aime, Robert, ou plutôt je suis toute prête à vous aimer, mais laissez le temps faire son œuvre.

« Vous le voyez, je suis franche.

« Il n'a fallu qu'une attaque un peu brusque pour me démonter.

« Ainsi, ménagez-moi, mon ami, laissez-moi accomplir le devoir de réparation que je me suis imposé, après quoi, je serai à vous toute entière...

« A la vie, à la mort !

« Et maintenant, causons comme deux amis, deux associés...

CHAPITRE CXCII

« Ohé, Ohé... à Montmartre ! »

La chanteuse commença par mettre Robert au courant de tout ce qui s'était passé à Paris depuis l'arrestation du couple Lempereur.

Elle raconta la passion malheureuse de Walter Humding et l'ydille tragique dont le château d'Ozy avait été le théâtre.

Même franchise en ce qui la concernait.

Elle exposa ses négociations avec le chef pour sauver André, la révélation faite par Muller, qui avait causé son revirement, etc...

— Puisque Robert admet la thèse de l'amour désintéressé, mieux vaut tout dire avait-elle réfléchi.

« Après tout, je ne mens pas tellement.

« En ce moment je n'ai qu'un but : sauver André, le sauver sans condition.

Une fois ce long récit achevé :

— Avais-je raison de dire, reprit-elle, qu'il y avait du nouveau ici ?

« Quelque chose de changé chez moi, et plus encore, chez le patron.

« Une gamine l'a vaincu... comme ricane le gros Muller.

« Une jeune fille, presque une enfant, a posé son talon sur le crâne de ce vieux serpent et lui écrasera la tête !

« Bien entendu, nous l'aiderons un peu...

Puis, comme il se faisait tard, Robert Servan parla d'aller dîner sur le boulevard.

Liliane hésitait.

— Non, finit-elle par dire.

« Nous sommes mieux ici pour ce qu'il nous reste à dire.

« Et puis, le boulevard est maussade en cette saison, envahi par les provinciaux et les étrangers.

« J'ai envie, pour fêter votre retour et notre association, sceller le pacte, que nous nous offrions une petite fête, une bombe...

« Connaissez-vous Montmartre ?

— Assez mal.

« J'y suis venu une fois ou deux lorsque j'étais en garnison tout près.

— Que diriez-vous d'une vadrouille là-haut ?

« Il y a des endroits où une femme ne peut guère entrer seule.

« Je veux profiter de votre compagnie.

« Vous acceptez ?

— Avec enthousiasme ! s'écria Robert, ravi de noctambuler en compagnie de cette jolie femme.

« Tournée des grands-ducs, j'avais toujours rêvé ça.

« Et pour finir, nous souperons.

« Ça me rappellera notre dernier souper à Bruxelles.

« Vous vous souvenez, lorsque le patron vint incognito régler notre addition.

« Car c'était lui, n'est-ce pas ?

« Il ne vous a jamais parlé de cela ?

— Si... et c'est même depuis ce moment que nous avons commencé à remonter dans son estime.

« Après tout, c'est nous, ou plutôt c'est vous, Robert, qui, le premier, avez flairé quel était l'amoureux qui rôdait autour de Poupoule.

« Et le patron s'en souvient.

« Aussi, a-t-il accepté tout de suite que je vous prenne comme collaborateur.

« Parlant de cette vieille histoire des Lempereur, il m'a dit en propres termes: « J'aurais sû vous laisser continuer la chasse.

« Vous aviez si bien commencé...

« Vous voyez qu'il est très bien disposé, et que je n'aurai aucune peine à arranger votre affaire.

« Une preuve de plus, c'est cette mission — plus importante que vous ne pensez peut-être — et dont vous venez d'être chargé à Liège.

— Oui, peut-être... murmura Robert.

« Il y a un mais, malheureusement: c'est que cette mission n'a pas donné grand chose.

— Ça ne fait rien, affirma la chanteuse, et puis qu'en savez-vous?

« Tel document, qui vous paraît futile, se trouve au contraire être de première importance.

« Pour en juger sainement, il faudrait savoir tout ce qui se passe, se combine dans la tête du patron... et c'est plutôt compliqué!

« De qui s'agissait-il exactement dans cette enquête? de Van Flam?

— Oui.

— Il n'était plus question de sa fille Yvette?

— Non... je n'avais à m'occuper que du Belge et de sa femme.

— Mais c'est cette femme, justement, qui m'intéresse, fit Liliane vivement.

« Qu'est-ce que vous avez appris?

— Sur elle, rien...

« A Liège, et dans deux ou trois autres villes, où le Belge a travaillé — il était pharmacien à cette époque — personne n'a connu de dame Van Flam.

« Le potard se donnait comme veuf.

« Paraît que sa femme était morte l'année même du mariage.

— Yvette était née, alors?

— Evidemment, mais tout cela, étant donné la vie aventureuse du Belge, est plutôt embrouillé.

« Impossible de retrouver les actes de mariage et de décès.

Quelque vieille masure perdue dans la forêt.

« La seule pièce authentique que j'aie rapportée, c'est le casier judiciaire du bonhomme.

« Même qu'il est chargé...

« Le père d'Yvette, avant de venir en France, a dû passer la moitié de sa vie en prison.

— Quels étaient ses crimes? graves?

— Ça dépend. Il était question d'exercice illégal de la médecine, de fraudes diverses.

— Ce n'est pas méchant.

— Jusque-là non, mais il y a autre chose.

« Une histoire d'avortement qui lui valut deux ans.

— A quelle date, cette affaire?

— Je ne me rappelle plus très bien.

« Il faudrait que je consulte mes notes, et elles sont à Bruxelles.

— Faites-les venir. J'ai hâte d'y jeter un coup d'œil.

— Entendu. Je ferai mieux encore...

« Je vous communiquerai mon rapport, le même que j'ai envoyé au chef et dont j'ai gardé copie.

— C'est cela! Hâtez-vous de faire venir les divers papiers, insista la chanteuse.

« J'ai idée que nous y trouverons des choses intéressantes, en cherchant bien.

« En attendant, laissons là les Belges, et revenons à notre « Grande affaire »: la lutte contre Walter Humding.

« Je n'ai pas besoin de vous dire que tout ce que je viens de vous apprendre des affaires de cœur du patron doit rester enfoui au plus profond de votre mémoire.

« Il y a là des choses intimes que Müller lui-même ignore.

« Si jamais le chef soupçonnait la moindre *fuite* de moi à vous, la moindre entente, cela suffirait pour nous brûler l'un et l'autre à jamais.

« C'est pourquoi il sera bon de ne pas nous montrer trop intimes en sa présence.

« Même recommandation vis-à-vis de mon amoureux... Muller, dont il importe de ménager la jalousie...

— Vous pensez avoir besoin de lui encore ?

— Non... comme je vous l'ai dit, j'ai tiré du bonhomme tout ce qu'on en pouvait tirer.

« Mais inutile de lui donner l'éveil.

« Mon-Ours, s'il ne peut plus grand chose pour nous, pourrait beaucoup contre.

« Je tiens à m'assurer sa neutralité.

« Ceci dit, voyons quelles seront les premières mesures à prendre dans la terrible partie qui va s'engager.

« Vous en savez assez maintenant pour qu'on puisse causer avec profit.

« Convenez tout d'abord, que j'avais raison en disant que jamais l'occasion n'avait été plus belle, plus tentante...

« Le patron se livre en quelque sorte.

— Oui... fit Robert en hochant la tête, et c'est ce qui m'inquiète un peu.

« J'ai peine à croire que le chef, quelque absorbé qu'il soit, se découvre à ce point...

« Je redoute un piège.

— Quelle sorte de piège ?

— Est-ce qu'on sait ?

« Avec un homme comme celui-là, le traquenard est partout.

« Il y a une chose qui me tracasse surtout, c'est ce château avec ses entrées secrètes, son donjon blindé...

« Comme vous l'avez dit vous-même, c'est là la forteresse du patron, et j'aimerais mieux, pour moi, engager la bataille sur un autre terrain que celui-là.

« Tout doit être truqué, machiné, dans cette baraque, comme chez Robert Houdin.

« Au moment où nous nous y attendrons le moins, une trappe peut déclancher sous nos pieds, une porte s'ouvrir dans notre dos et quelqu'un surgir à l'improviste, qui changera la face des choses...

— Vous exagérez un peu... répondit la chanteuse.

« Ou plutôt, vous étendez au château tout entier ce que je vous ai dit du donjon seul.

« Or, songez que le château, avec ses dépendances diverses, compte plus de cent cinquante pièces, petites ou grandes, et qu'il était matériellement impossible de machiner tout cela !

« Il nous sera donc facile de trouver un endroit où nous n'ayons rien à craindre des gêneurs.

« On s'en assurera en sondant murs et parquets.

— Bonne précaution, murmura Robert, et qu'il serait bon de généraliser...

— Je ne demande pas mieux.

« D'ailleurs, je le répète, nous n'agirons que lorsque nous aurons fermé toutes les portes derrière nous.

« Il y a justement une porte, une issue qu'il importe de reconnaître au plus vite.

« C'est par là qu'il faut commencer.

— Vous voulez parler du passage souterrain ?

— Oui... pour moi, voilà la véritable clef de la position.

« Une fois maîtres de ce passage, pouvant le fermer ou l'ouvrir à notre gré, nous n'avons plus rien à craindre.

« Mais il faut le découvrir tout d'abord.

— C'est facile... à première vue, du moins.

« Nous connaissons déjà une des issues du fameux passage, celle qui aboutit dans les puits, et dont vous a parlé le chef.

« Il suffirait, au besoin, de cadenasser la trappe.

« Vous ne pensez pas ?

— Non... je suis plus méfiante que vous, vous voyez.

« Du moment que Walter Humding m'a montré cette issue, c'est qu'il en a une autre, beaucoup plus secrète.

« Les bêtes malfaisantes et méfiantes comme lui, ont toujours deux trous par où passer.

« Pour bien faire, pour agir à coup sûr, il faut remonter beaucoup plus haut, jusqu'à l'origine du souterrain, jusqu'à cette entrée qui existe quelque part, hors du mur d'enceinte.

« Celle-là est unique, certainement, c'est pourquoi il faut que nous nous en emparions à tout prix.

« C'est la clef de la forteresse, comme je disais à l'instant.

— Oui... approuva l'ancien sous-off, surpris de la sagacité de son amie.

« Vous raisonnez en vieux stratégiste.

« Reste à savoir où se cache cette porte mystérieuse.

« Vous ne savez rien là-dessus ?

« Vous n'avez pas essayé d'interroger le chef ?

— Si, mais sans succès.

« Ce silence — quand il m'a dit des choses si graves d'autre part — prouve l'importance qu'il attache à la chose.

« Selon moi, la galerie souterraine doit aboutir dans quelque villa des environs.

— Oui... quelque vieille masure perdue dans la forêt.

« Ou encore sur cette rivière dont vous m'avez parlé, et qui passe derrière le château.

... assez l'usage au temps où l'on constru-
... ortes de forteresses.
... y avoir des grottes par le bas, des estaca-
... passes par l'eau, au cours des siècles?
... que je sache.
... nt pas, en va...
... ures!
... demain, nous...
... elle vais si...
... ns rôder par là...
... u mur d'en...

... ais, s'écria Ro...
... ervan, il y a un...
... bien plus sim...

... est vrai que ça...
... orce d'attendre...
... installation au...

... et puisque, ça va...
... id.

... en quoi consiste...
... oyen? demanda...

... out bonnement...
... trer dans la ga...
... la porte que...
... onnaissons, cel...
... uits.

... ne fois là, nous...
... plus qu'à suivre...

... Cette façon, nous procédons logiquement et
... nt, en passant du connu à l'inconnu, com-
... dit en mathématique.

... n... fit Liliane, après quelques secondes d'hé...

... préfère opérer à ciel ouvert.
... n est qu'en dernier ressort que je me risque
... ces trous de taupes.

... us allez sourire... mais le passage secret et
... nexes, tout ce souterrain mal famé me fait
... a peu, mais je...

... urquoi? à cause de sa légende sinistre?
... us n'êtes pas femme à vous frapper pour des
... ?

... pas précisément, mais il y a autre chose
... nous rendre prudents...

... en faut-il que le passage soit aussi facile à
... que vous dites?

... près quelques demi-mots arrachés à Walter

Hemeling, le chemin forme un véritable labyrinthe
par endroits.

« Nous voyez-vous perdus là-dedans?
» Tout, excepté cette mort atroce...
— Oui... dit Servan.

« Je n'avais pas pen-
sé à cela.

« Remarquez cepen-
dant que la difficulté
n'est pas insurmonta-
ble.

« Surtout qu'une fois
au château, nous au-
rions tout le temps, tou-
tes nos aises pour opé-
rer.

« Il suffirait alors de
progresser lentement
dans le tunnel à explo-
rer, de marquer des
points de repère à cha-
que carrefour.

« Au besoin, une
simple corde qu'on dé-
roulerait derrière soi.

— Oui, oui... je sais,
murmura la jeune fem-
me, le moyen classique
d'Ariane, mais tout cela
ne me tente pas.

« J'aime mieux pren-
dre le problème par l'autre bout.

« De plus, il s'en faut qu'une fois châtelaine, je
doive être aussi libre que vous l'imaginez...

« Si bien que je me demande si je pourrai vous
recevoir aussi fréquemment que je l'aurais désiré...

— Comment? s'écria Robert désappointé, vous me
fermez votre porte?

« Vous me chassez comme un...

— Mais non... interrompit Liliane, en jouant de
la prunelle.

« Nous nous verrons tous les jours, mais ailleurs.

« Vos visites trop fréquentes pourraient attirer
l'attention...

« Par conséquent, c'est moi qui irai vous retrouver en cachette, voilée, comme une femme qui se
rend à un rendez-vous galant.

« Plaisez-vous encore...

« Pour cela, il faudra que vous preniez une chambre dans une auberge des environs.

« Vous vous donnerez comme peintre paysagiste,
par exemple.

Les rapins abondent par là dans les bois.

« Vous m'avez dit que vous aviez fait de l'aquarelle, jadis?

— Oh! je ne suis qu'un barbouilleur...

— C'est tout ce qu'il faut pour justifier votre présence.

« Les rapins abondent par là, dans les bois.

« Personne ne s'étonnera d'en voir un nouveau.

« Grâce à ce déguisement, vous pourrez aller, venir, questionner les gens du pays sur les habitants des villas voisines.

« Il y en a un, entre autres, qu'il faudra retrouver, c'est le maçon Bernard, qui fut réquisitionné certaine nuit par le patron.

« Cet homme, mis sur la voie par cette aventure, a dû continuer ses investigations.

« S'il existe par là des gens d'allure suspecte, il a dû les remarquer le premier.

« J'ai confiance dans l'enquête que nous allons faire de concert.

« Enfin, s'il le faut, nous tenterons l'excursion par le puits, mais rien ne presse.

« Et maintenant ce point réglé, parlons du nerf de la guerre, de l'argent.

— Quel argent? demanda Robert assez surpris.

— Mais de la prime, du fameux million que le chef a fait miroiter à mes yeux.

— Je croyais que vous renonciez à cette fortune?

— Jamais de la vie!

« Une occasion pareille ne se présente qu'une fois dans la vie.

« Ce serait bête de la rater.

— Cependant, puisque vous marchez contre lui..

« A moins de le faire casquer d'avance...

— Et de lui poser un beau lapin! continua Liliane en riant aux éclats.

« J'y ai songé, mais c'est difficile.

« Tout ce que je pourrai faire, ce sera d'obtenir de forts acomptes.

« Walter Humding a la main large pour peu

qu'on fasse du zèle, et ma tactique est d'en faire au début, tout au moins.

« D'ailleurs, sous peu, comme tutrice de Pas-du-Canard, autrement dit Jean-Paul, je vais administrer une grosse fortune, manipuler des millions, ce serait bien le diable s'il ne m'en restait pas quelque chose.

« Au pis aller, nous en serions quittes pour détourner quelques actions, une douzaine de ces mirobolantes *Docks d'Anvers*, qui valent mille louis le titre, et pour aller les bazarder en Angleterre.

« Je connais là-bas un banquier qui paie à vue.

« C'est vous — mon futur mari — qui seriez chargé d'aller placer ma dot à Londres!

« Ça ne vous intimide pas?

— Pas du tout... fit Servan sans hésiter.

« Je n'ai pas de ces préjugés ridicules.

— Très bien, acheva Liliane en se levant.

« Et là-dessus, allons dîner.

« Il se fait tard, et ce bruit d'argent, ce tintement de millions m'a mise en humeur de m'amuser.

« Ohé! ohé! à Montmartre!

« Et à demain les affaires sérieuses.

Les deux amis achevaient de dîner.

CHAPITRE CXCIII

« L'Eden Purée »

— Minuit bientôt... fit Liliane gaiement.

« Minuit, l'heure des crimes et des noctambules...

« Nous nous sommes attardés à écouter ces tziganes.

« Il est vrai que personne ne nous attend.

...C'était à « l'Abbaye de Thélème », où les deux amis achevaient de dîner.

Les nouveaux venus n'eurent qu'une vision confuse

« Vous connaissez Montmartre beaucoup mieux que moi qui y viens presque pour la première fois.

« Si on allait écouter une chanson?

— Oh! les caveaux, les boîtes à musique, c'est un peu fade et vieux jeu.

« Sans compter qu'il se fait tard.

« Et puis, j'aime les contrastes, moi, les émotions violentes.

« Nous sortons d'un endroit presque chic, il faut changer de milieu, chercher un spectacle plus pittoresque.

« Ailleurs, dans tel caveau, tel bar à la mode, nous retrouverons les mêmes figures de noceurs pâles et fatigués.

« J'ai envie de voir autre chose, d'autres types d'humanité.

« Si nous allions à l'*Eden-Purée*?

— . L'*Eden-Purée*?... qu'est-ce que cela?

— C'est un beuglant, et quel beuglant!

La chanteuse, qui avait vidé plusieurs coupes de champagne, avait le visage animé, l'œil brillant, mais n'en conservait pas moins toute sa lucidité d'esprit.

L'idée lui était venue peu à peu d'introduire son complice dans certain bouge fréquenté par les rôdeurs de barrière pour voir quelle contenance il ferait, et aussi pour satisfaire une curiosité malsaine.

Maintes fois, elle avait entendu Robert — qui avait été moniteur à l'Ecole de Joinville — se vanter de ses prouesses contre les apaches qui infestent les bords de la Marne, et elle n'était pas fâchée, avant de lier partie, de le mettre à l'épreuve.

— Où va-t-on? reprit-elle bientôt.

— Où il vous plaira, chère amie, répondit Robert Servan.

« Le dernier repaire de malandrins existant à Paris, pas pour longtemps, d'ailleurs.

« On est en train de démolir, par là.

« Vous y trouverez des figures de connaissance, peut-être.

« Ça vous plaît-il?

— Tout me plaît, du moment que je suis avec vous.

« Seulement, je vous préviens que je ne suis pas provincial au point de prendre au sérieux toutes ces exhibitions.

« Jadis, j'ai visité le *Cabaret du Père Lunette*, le lendemain, je lisais dans un magazine que tout ça, c'était du chiqué, des figurants à quarante sous par tête.

— C'était vrai... fit la chanteuse en riant.

« C'est ainsi que finissent d'ordinaire ces sortes d'établissements, une fois que la vogue leur est venue.

« Mais tel n'est pas le cas pour le bouge authentique où nous allons, qui est de fondation récente.

« Les gens qui viennent là, sont de véridiques bandits, qu'il ne ferait pas bon rencontrer au coin d'une rue.

« Si jamais nous avions besoin d'un homme à tout faire, nous saurions où nous adresser.

« Voilà pour l'assistance... les artistes — puisque c'est un concert — sont plus curieux encore.

« La troupe comprend tous les chanteurs et acrobates qui exercent aux terrasses des cafés et aux carrefours.

« Je vous recommande dans le tas un unijambiste qui est un gymnaste étonnant.

« Le côté « galerie des monstres » n'est pas négligé, lui non plus.

« Vous verrez là toute une collection d'infirmes, d'éclopés, vrais ou faux, mais tous également pittoresques, qui vous rappelleront *Notre-Dame de Paris*, la « Cour des Miracles », Clopin Trouillefou...

— C'est vous qui serez la Esmeralda... fit Robert galamment.

— Et vous le capitaine Phébus!

« Parfois — continua la chanteuse — on rencontre dans cette *bibine* un personnage inattendu, une lamentable épave humaine.

« J'y ai vu certain soir, un ancien ténor d'Opéra tombé dans une « mistoufle abominable », comme il disait.

« Pour quelques sous, plus la pâtée et la nichée, il poussait la romance sentimentale chère à ce public.

« Car il y a une estrade et un piano mécanique tourné par une espèce de monstre hydrocéphale.

« Ah! les bas fonds de Paris... il faut avoir vu ça.

— Mais, fit Robert en souriant, vous semblez les connaître assez bien, celui-là surtout.

« Vous y êtes donc déjà allés?

— Une fois.

— Avec qui donc?

— Avec Walter Humding.

— Qu'est-ce qu'il venait faire là?

— Des études de mœurs... comme nous.

« Pour corser le spectacle, il jeta une poignée de louis dans la salle, et aussitôt, ce fut une mêlée dont nous profitâmes pour filer à l'anglaise.

La chanteuse s'animait en parlant, et Robert l'observait à la dérobée.

— Tiens, tiens, songeait-il... je ne la connaissais pas sous ce jour-là.

« La belle enfant a un faible pour les spectacles violents, les plaisirs du cirque.

« La vue du sang est une espèce d'aphrodisiaque pour elle comme pour beaucoup de détraquées.

« Elle a une âme de Romaine, de ces Romaines qui tournaient le pouce pour demander la mort du gladiateur vaincu.

« J'aurais dû m'en douter.

« Je me souviens, en effet, que c'est après un match de boxe, particulièrement féroce, qu'elle est tombée dans mes bras, un soir, à Bruxelles.

« La chose ne s'est pas renouvelée, mais c'est de ma faute, peut-être.

« Je n'avais qu'à faire naître l'occasion...

Et, tout haut:

— Mais, reprit-il, et la police?

« D'ordinaire, ces bouges de barrière sont infestés de mouchards.

« Oh! ce n'est pas pour moi ce que j'en dis, mais pour vous.

« Moi, je ne suis pas signalé à Paris.

— Bah! fit la chanteuse en mettant ses gants.

« La police a bien d'autres chiens à fouetter.

« Voici plusieurs semaines que je suis en France, or, je n'ai vu qu'un fileur qui était vous.

« Et vous n'avez pas insisté...

« Ce n'est pas comme le grossier personnage qui me fixe là-bas...

Robert fit demi-tour aussitôt et aperçut un rasta au visage insolent, aux mains surchargées de bijoux, qu'il faisait miroiter, comme pour éblouir la jeune femme.

Il y avait une telle flamme dans le regard de Robert, que l'inconnu changea d'attitude sur-le-champ.

— Voilà qui est bien... murmurait Liliane ravie.

« Vous, au moins, vous savez faire respecter une femme.

— Oui... grondait Servan.

« Il a bien fait de baisser les yeux, j'allais lui tirer les oreilles.

« Je me sens d'humeur batailleuse, ce soir.

Liliane s'était levée:

— All right! s'écria-t-elle. Et maintenant, partons.

« En route pour l'Éden-Purée.

— Est-ce loin? demandait le jeune homme.

— Non... de l'autre côté du Pont Caulaincourt, dans les ruelles tortueuses qui dévalent entre le cimetière Montmartre et l'avenue de Saint-Ouen.

On pourrait y aller à pied, mais mieux vaut prendre une voiture.

« Elle nous servira pour revenir.

« Et puis, ça fait une personne de plus avec le cattman.

« Ça suffit, pour donner à réfléchir aux gens mal intentionnés.

Cinq minutes plus tard, l'auto s'arrêtait dans une impasse sordide, éclairée par un antique reverbère à huile, l'un des derniers qui subsistent encore à Paris.

Liliane ouvrit la porte et montra une porte vitrée à rideau rouge, derrière laquelle une rumeur confuse s'élevait:

— C'est là... dit-elle.

En même temps, elle retirait ses bagues et les cachait dans son sac-à-main:

— Inutile d'exciter les convoitises.

« Ce n'est pas qu'il y ait danger.

« Le patron, qui est un gars à poigne, ne veut pas d'histoire chez lui, mais il ne faut pas tenter le diable.

« Pour la même raison, je vous recommande de ne pas prendre un air trop provocant, trop panache au vent..

« Nous sommes des curieux, simplement.

« A propos, êtes-vous armé?

L'ancien moniteur eut un geste dédaigneux.

Deux hommes et une femme en cheveux avaient l'air de tenir conseil.

— J'ai mon browning, mais c'est inutile.

« Contre cette racaille, les poings et les pieds suffisent.

« Un coup de chausson bien placé vaut toutes les armes.

« Avant qu'un de ces malandrins ait le temps de tirer son *lingue*, il sera par terre *knock-out*, hors de combat, comme disent les Anglais.

Robert avait dit ces mots avec un tel flegme, une telle assurance, que Liliane lui jeta un regard presque tendre.

— Entrons, fit-elle en s'appuyant au bras de son cavalier.

Ils poussèrent la porte, descendirent trois marches

et se trouvèrent dans une sorte de sous-sol demi-obscur.

La fumée des lampes à pétrole et des brûle-gueule, l'haleine des consommateurs très nombreux, la buée montant de tout ce bétail humain entassé, formaient un brouillard opaque et mal odorant, qui fit battre les narines de la jeune femme.

Les nouveaux venus n'eurent qu'une vision confuse tout d'abord.

Puis, leurs yeux s'étant accommodés au milieu, ils purent jouir du spectacle qu'ils venaient chercher.

Devant eux, s'étendait un long couloir voûté.

De chaque côté, une rangée de tables et de bancs scellés dans la muraille, et encombrés de consommateurs à mines patibulaires.

Au milieu, un passage assez large, où un solide gaillard, à mine de garde-chiourme, se promenait une badine à la main:

— C'est le patron, dit Liliane à l'oreille de Robert.

« Il fait sa police lui-même.

« Remarquez cette canne, c'est le nerf de bœuf avec lequel il met ses clients à la raison.

« Quant à l'individu qui se disloque là-bas, sur cette estrade improvisée, c'est l'*Homme-Serpent*, « Fanfan le Désossé », une des célébrités du lieu.

Liliane et son compagnon avisèrent une table vide près de la porte et s'assirent sans être autrement remarqués.

Pour l'instant, Fanfan-le-Désossé — un être hâve, falot, avec un visage morne, blafard de clown macabre — accaparait toute l'attention.

Lorsqu'il eut fini ses contorsions, il alluma deux torches de résine et se mit à jongler.

Puis, sans que ses lèvres parussent bouger, avec un accent anglais inimitable, sa voix s'éleva, grinçante:

— Toujours avec grâce et correction, fit-il en redoublant de vitesse.

« Je suis un gentleman correct... *yes*.

« Je sors d'une maison de correction.

A ce coq-à-l'âne, la chanteuse éclata d'un rire nerveux, convulsif.

Un ivrogne en haillons, qui somnolait à la table voisine, leva la tête.

— Eh! là-bas, la poule — fit-il d'une voix pâteuse.

« Qu'est-ce qui te prend: t'as fait ton œuf?

Cependant, le jongleur achevait son numéro.

Il reçut la dernière torche dans sa bouche, où elle s'éteignit en grésillant, salua et bondit en bas de l'estrade.

Aussitôt, des applaudissements éclatèrent.

— Bravo, Fanfan...

— Bravo, le Désossé.

— Aboule ici. Je t'offre un *glass*.

« Tu dois avoir la langue tiède.

— Pour sûr! répondit l'interpellé, qui s'approcha aussitôt.

Puis ce fut le tour de l'avaleur de sabres, lequel se mit à s'ingurgiter la canne du patron, empruntée pour la circonstance.

Ce numéro n'avait pas le succès du précédent; et les voisins commencèrent de remarquer le couple qui venait de se glisser sans bruit à la table inoccupée.

La chaîne de Robert, la montre de son amie, toute scintillante de diamants, étaient les points de mire de tous les yeux.

Les grinches se poussaient du coude, chuchotaient tout bas; mais la contenance assurée de Robert, son air d'homme bien découplé et sûr de sa force, imposaient le respect.

Visiblement...

Le mâtin était de taille
A se défendre hardiment.

Enfin, la présence du patron, qui avait voulu servir lui-même ses nouveaux clients et demeurait là, semblant les prendre sous sa protection, était un motif de plus de prudence.

Obligés de se contenir, les bandits rageaient intérieurement.

Des regards de haine flambaient entre les cils mi-clos.

Dans un coin, à l'écart, un trio, deux hommes et une femme en cheveux, avaient l'air de tenir conseil.

Bientôt, l'un des malandrins, un garçon blême avec une tête de hareng saur, se leva et sortit d'un pas souple.

Robert Servan le suivit du regard:

— Où va ce voyou à face sinistre? se demandait-il. Est-ce qu'il s'agit de chercher des aminches, ou bien de préparer une embuscade par là?

« Nous avons une auto, heureusement, et puis, j'ouvre l'œil.

Quant à Liliane, qui n'avait pas remarqué cette sortie suspecte, elle bavardait à mi-voix:

— N'est-ce pas que c'est curieux?

— Très curieux, répondit Robert gaiement, mais un peu monotone, peut-être.

« Pas assez « Cour des miracles ».

« Je ne vois ni éclopés, ni mendigots, pas même l'hydrocéphale musicien annoncé à la porte...

— Ils vont venir, mais une fois leur journée finie.

« Après la sortie des théâtres.

— C'est la seconde fournée.

— Justement, quand les *piloneurs* arrivent, les autres, les apaches sortent pour travailler, eux aussi.

— De cette façon, la boutique ne chôme jamais.

« Mais alors, le patron a la permission de la nuit?

— Il l'a sans l'avoir.

« Il y a une autre entrée par derrière, et la police ferme les yeux, pour cause.

La jeune femme parlait encore, que près d'elle, la porte battit, chassée d'un coup de pied violent, qui fit tinter les vitres.

Robert tressaillit.

— La police, murmurait-il.

Mais l'attitude de la salle le rassura aussitôt.

Tous les consommateurs s'étaient retournés et acclamaient celui qui venait de s'annoncer en maître.

Les cris se croisaient en tous sens:

— V'là le costeau.

— Bonjour Flambart!

« T'arrives bien.

« Il y a une femme venue exprès pour toi.

— Une princesse avec son mec à la mie.

Robert ne pouvait voir le nouveau venu, toujours debout sur le seuil, mais il avait tout de suite pressenti ce qui allait suivre.

Il se pencha à l'oreille de Liliane.

— Attention... fit-il tranquillement.

« Il pourrait y avoir du grabuge.

— Vous croyez? balbutia la cabotine, étreinte d'une émotion angoissante et délicieuse.

— Ça saute aux yeux.

« Le voyou, tout à l'heure, est allé chercher du renfort, quelque *terreur*, comme ils disent; mais ça ne m'inquiète pas.

« Nous sommes deux, moi et le patron, qui n'a pas l'air d'avoir froid aux yeux.

« C'est plus qu'il n'en faut pour tenir ces chiens hargneux à l'écart.

« Enfin, j'ai mon « rigolot », s'il fallait.

« Au premier coup, les agents accourront et toute cette clique s'envolera comme une bande de moineaux.

« Par conséquent, tranquillisez-vous.

Cependant le patron semblait mal à l'aise, non sans motif.

Il se tourna vers l'arrivant.

— Eh bien... grommela-t-il, qu'est-ce que tu attends?

« Entre ou sors...

— Toi, fous-moi la paix... fit une voix de rogomme.

« C'est pas tes plumes... J'ai une affaire à régler ici.

« Pose ta chique, ou c'est par toi que je commence.

« T'as compris? bon!

Celui qui venait de parler entra en se dandinant, et s'avança jusqu'au milieu de la salle devenue de plus en plus houleuse.

C'était un homme de haute taille, une espèce de colosse, recouvert d'une couverture brune, tombant jusqu'aux talons.

Il la rejeta d'un coup d'épaule, et apparut en maillot, les bras nus, la poitrine bombée, constellée de médailles.

— Viens, la môme, aboule, ou je vais te chercher.

Robert reconnut un de ces hercules qui font les poids le long des boulevards extérieurs.

L'homme aux médailles jeta un regard vers Liliane.

— Gentille... fit-il goguenard.

« Eh bien, viens, la môme, continua-t-il, avec un coup de gueule menaçant, aboule ou je vas te chercher.

Le silence s'était fait tout à coup, un de ces silences tragiques, où l'on sent la mort passer.

Robert se taisait, impassible en apparence, mais près de sa tempe, une veine bleue battait.

Le colosse fit un pas vers lui, se campa les poings sur les hanches:

— Eh bien! dit-il de plus en plus provocant.

« J'attends... tonnerre de Dieu!

« Quel est celui de vous deux qui vient?

— Voilà! répliqua Robert d'une voix qui sonna clair.

Il mit un pied sur la table, sauta lestement, et vint retomber en face de son adversaire, le dos du côté de la porte d'entrée, toujours ouverte.

Le mouvement avait été si brusque, si preste aussi, révélait une telle souplesse, que quelques murmures approbateurs coururent.

— Il a du nerf, le mecton.

— Il n'a pas les foies blancs.

Le patron voulut s'interposer, mais Robert le repoussa.

— Laissez-nous faire, dit-il.

« C'est le meilleur parti.

Et, tout bas:

— Vous surveillerez les autres.

«Défendez mon amie si besoin.

« Je vous la recommande.

De son côté, l'hercule faisait ses recommandations aux aminches:

— Vous autres, pas un mot, pas un geste.

« C'est un combat loyal entre garçons.

«Défense de bouger!

Puis, il toisa son adversaire, qui lui arrivait à peine à l'épaule:

— Alors, fit-il jovial, tu y tiens, fleu, à te faire démolir le portrait.

« C'est dommage... t'as une belle petite gueule.

« Au fait, si ça t'amuse...

Pour toute réponse, Robert se mit en garde.

Le colosse sourit.

— Tiens... fit-il, intéressé, t'as fait des classes...

« Moi aussi... ancien champion de boxe à l'Hippodrome.

« Barfleur, dit « Cogne-dur », voilà comment qu'on m'appelle.

« Quant à toi, tu sors de Joinville.

« Ça se voit à ta garde qu'est mauvaise.

« Je vais t'apprendre la bonne, sans t'endommager trop.

« Tu me plais.

« Touche là, l'ami!

Les deux champions se serrèrent la main, puis retombèrent en garde et la bataille commença par des feintes.

Les adversaires se tâtaient.

Barfleur attaquait mollement et Robert Servan se contentait de parer, rompant parfois.

Cependant, Robert perdait du terrain.

Bientôt, il ne fut plus qu'à un pas de la porte.

Impossible de reculer davantage.

C'était le moment critique!

Tous les apaches regardaient, les yeux hors de la tête.

On entendait une respiration oppressée tout proche, celle de Liliane.

— Nous y voilà, fit l'Hercule, en se relevant et passant la main sur son front moite.

« Plus qu'un pas et t'es dans la rue.

« Seulement, celui-là, tu vas le faire le cul en l'air!

Barfleur, dit Cogne-Dur se lançait, lorsqu'il chancela, la mâchoire fracassée.

Prompt comme la foudre, Robert venait de l'arrêter, net, d'un coup de talon en pleine figure.

Le gros homme s'abattit, vomissant du sang à flot.

Profitant de la stupeur produite par ce coup de maître, Robert avait saisi Liliane, à demi évanouie, et l'emportait dans ses bras.

Dès qu'elle fut dans la voiture, qui déjà s'ébranlait, la chanteuse se jeta sur son défenseur, l'étreignit avec fougue:

— Je t'aime... murmurait-elle entre ses dents serrées d'hystérique.

CHAPITRE C XCIV

L'homme aux cent écus

Robert Servan avait saisi sa compagne, mais, tout à coup, elle se raidit et le repoussa presque violemment:

— Et mon sac! s'écria-t-elle, le visage contracté.

« On m'a volé mon sac à main, mes bijoux...

« Et ma montre aussi, ma montre...

Robert crut à une comédie tout d'abord.

Déconfit et furieux, il considérait la jeune femme d'un air irrité:

— Elle se fiche de moi, se disait-il.

Mais il dut se rendre à l'évidence.

—Je n'en reviens pas... murmura-t-il, stupéfait.

« Vous les aviez tout à l'heure, il me semble, du moins...

Tout en parlant, il cherchait autour d'eux, mais la chanteuse l'arrêta:

— Inutile... dit-elle.

« Je me rappelle très bien maintenant que quelqu'un m'a frôlée tout à l'heure.

« J'étais à demi évanouie, morte de peur.

« Un des bandits en profita pour rafler mes bijoux.

Robert fronça le sourcil:

— Voulez-vous qu'on aille les reprendre?

— Non... répondit Liliane, revenue de sa stupeur première.

« Je sais que vous êtes brave, mon ami, et ne veux pas vous exposer davantage.

« Assez de folies.

Puis, avec cette mobilité d'impression dont elle était coutumière, elle esquissa un geste d'insouciance:

— Petite perte, d'ailleurs, conclut-elle gaiement.

« Le patron nous revaudra ça...

« Et puis, nous sommes riches!

Presque aussitôt, elle éclatait d'un rire mutin:

— Qu'est-ce que c'est encore? grogna l'ancien sous-off.

Liliane, que cette mauvaise humeur amusait, lui montra la petite glace pendue en face d'eux:

— Regardez-vous, dit-elle avec un sourire malicieux.

Robert obéit et fit une grimace de dépit:

— C'est vrai... maugréa-t-il.

« J'ai l'œil au beurre noir, et vous ne pensez qu'à rire.

« Vous êtes cruelle...

— Oh! mon ami, protesta la chanteuse, qui craignait de l'avoir blessé, comme vous prenez la mouche! C'est le mal, sans doute, qui vous rend nerveux.

« Nous allons descendre et vous faire panser.

— Non, c'est inutile.

— Cependant, si vous souffrez...

— Non: la preuve, c'est que sans votre rappel à l'ordre, je ne me doutais de rien.

« Le coup m'a effleuré à peine. Un simple bobo.

— Comme il vous plaira.

« Allons toujours jusqu'à l'hôtel: nous verrons alors ce qu'il y aura lieu de faire.

« En attendant, voici votre récompense.

Elle se pencha et mit un baiser sur la paupière tuméfiée, un baiser chaste, maternel, en quelque sorte.

— Là, dit-elle d'un ton câlin, vous voilà guéri, vilain garçon.

« Et maintenant, ne boudez plus.

— Mais je ne boude pas, répondit le jeune homme, incapable de résister plus longtemps aux coquetteries de la cabotine.

« J'ai eu un mouvement d'humeur, voilà tout.

« Ah! si jamais je repince votre voleur... quelle raclée!

Vingt minutes plus tard, les deux noctambules arrivaient à l'hôtel américain du Trocadéro.

Comme ils pénétraient dans le vestibule l'huissier tendit une lettre à la chanteuse :

— Madame, il y a là un monsieur qui m'a chargé de vous remettre sa carte.

Le gros homme s'abattit, vomissant le sang à flot.

« Il vous attend au bar.

Étonnée, la chanteuse déchira l'enveloppe vivement et trouva une carte de Walter Humding, qu'elle montra à son compagnon :

— Le chef... fit-elle à voix basse.

« Qu'est-ce que cela signifie?

« C'est la première fois qu'il vient me relancer à pareille heure.

« Je crains qu'il n'y ait quelque chose de cassé...

Robert était soucieux, lui aussi :

— Pourvu qu'il n'ait pas découvert ma présence... maugréa-t-il.

« Il nous a suivis, peut-être?

— Non... quant à ça, je suis bien tranquille.

« Si tranquille que j'ai envie de vous présenter sans plus attendre.

— Gardez-vous en bien... avec mon œil en compote...

« Il faudrait fournir des explications.

— C'est juste, convint la cabotine.

« En tout cas, nous allons être fixés bientôt.

« Vous, entrez dans le hall, là, en face et attendez-moi.

« Je trouverai bien un prétexte pour m'échapper et venir vous rejoindre. À tout à l'heure.

Et elle s'esquiva.

Robert n'était pas dans le hall depuis cinq minutes, que son amie revenait, le visage rasséréné, souriant :

— Je ne fais qu'entrer et sortir... dit-elle.

« Tout va bien.

« Le patron passait par là et l'idée lui est venue de m'offrir à souper.

« Histoire de causer de nos affaires, tout en gobant des huîtres.

« Il m'attendait depuis plus d'une heure...

« Cela ne vous inquiète pas, cette insistance?

« Je persiste à croire que c'est pour moi qu'il est venu.

— Non : Walter Humding a bien d'autres choses en tête!

« En tout cas, j'ai prévenu ses soupçons en disant toute la vérité.

« C'est le plus sûr avec lui.

« Le chef sait que vous êtes à Paris et que nous venons de vadrouiller ensemble sur la Butte.

— Il n'a pas fait d'observation?

— Pas la moindre.

« Au contraire, il voulait vous voir.

— Vous avez refusé?

— Évidemment.

— Mais il sait que je suis là?

— Non... j'ai caché ce détail.

« Sans quoi, j'aurais trop eu l'air de venir vous retrouver.

« En ce moment, il me croit chez moi, en train de changer de chapeau.

« C'est pourquoi il faut que je vous quitte.

« Vous, vous allez filer et prendre une chambre à l'hôtel Kléber.

« C'est à deux pas...

— Vous ne voulez pas que je loge ici? fit Robert, d'un air piteux.

— Non... répondit Liliane, sans avoir l'air de comprendre.

« Bien que le chef nous laisse profondément libres, mieux vaut, comme je vous l'ai expliqué déjà, ne pas paraître trop intimes.

« Allons, ne faites pas la tête, et à demain.

« Demain, vers midi, je viendrai vous prendre.

« Nous déjeunerons ensemble, et puis en route pour le château d'Ozy!

« C'est demain qu'on rentre en campagne.

...Il était plus de trois heures, le lendemain, lorsque Liliane et Robert — qui conduisait lui-même — arrivèrent en auto devant l'auberge où la chanteuse s'é- de sa première excursion au château.

Robert Servan, encore sous le coup de la déception de la veille, avait bien essayé de bouder un peu tout d'abord, mais il avait suffi de quelques sourires, de quelques mots aimables pour le désarmer.

En outre, il s'émerveillait du changement survenu chez son amie.

Liliane avait fait peau neuve tout à coup tait arrêtée déjà, lors et Robert avait peine à reconnaître celle qu'il avait tenue demi-pâmée quelques heures plus tôt.

On eût dit que la comédienne avait changé d'âme en même temps que de toilette ce matin-là.

Vêtue très simplement — en « Jenny l'ouvrière » comme elle disait — ingénue et coquette à la fois. elle était plus charmante que jamais.

Son compagnon la contemplait avec attendrissement.

— ...Changeante comme l'onde, murmura-t-il, perfide autant, peut-être.

« Mais qu'importe.

« Je l'adore ainsi.

« Quelle maîtresse délicieuse ça fera plus tard.

Et, comme Robert la complimentait:

— C'est la campagne, affirma-t-elle, qui me transforme de la sorte.

« Dès que je suis en face de la nature, j'ai l'âme sentimentale d'une Mimi-Pinson...

« Je voudrais être une simple ouvrière, avoir un ami qui me promènerait le dimanche.

Cependant, les deux promeneurs s'étaient mis en route vers le château.

Comme on traversait un petit bois, Liliane voulut cueillir des fleurs des champs et fleurir la boutonnière de son cavalier.

La jeune femme montra le château

— Nous avons l'air de jouer une scène de la *Vie de Bohême*, fit-elle joyeusement.

« Musette et son amoureux dans les bois de Viroflay...

« C'est alors que j'aurais voulu vivre!

« Je n'étais pas faite pour mener la vie que je mène.

— C'est vrai, répondit Robert d'un ton convaincu.

« Je ne vous reconnais plus.

La chanteuse poussa un soupir.

Elle pensait à André en ce moment:

— Personne ne me connaît... murmura-t-elle d'une voix languissante.

« Il y a deux femmes en moi: une grisette et une courtisane.

« Jusqu'ici, vous ne connaissez que la courtisane.

Il y eut un silence.

La chanteuse se taisait, perdue dans ses pensées.

— A quoi songez-vous donc? demanda Robert Servan. Vous voilà toute triste, soudain.

La jeune femme montra le château, dont les hautes tours se profilaient à cinq cents mètres de là:

— Je songe, répondit-elle, que nous ne sommes pas ici pour effeuiller la marguerite, mais pour faire une enquête importante.

« Que la partie qui s'engage aujourd'hui, peut avoir des suites terribles.

Et, changeant de ton brusquement:

— Il s'agit de se mettre à l'œuvre...

Pour mieux voir, la jeune femme avait braqué sa lorgnette.

— Voulez-vous que nous avancions jusqu'à la grille?

— Non, on pourrait nous remarquer.

« J'ai pris mes mesures pour voir de loin.

En même temps, elle tirait de son réticule une mignonne jumelle de théâtre et la braquait sur la façade du manoir:

— Qu'est-ce que vous voyez? demanda son compagnon.

— Rien de particulier.

« On restaure de toutes parts en l'honneur de la nouvelle châtelaine.

« Ça devrait me faire plaisir et ça me laisse froide.

— Vous êtes difficile.

« Combien d'autres femmes seraient ravies à votre place.

— Alors, ça vous plaît, cette grande bâtisse?

— Plutôt... une chaumière comme ça et,... votre cœur, je n'en demanderais pas davantage!

— Vous ne trouvez pas que le château garde, malgré tout, quelque chose de sinistre?

— Mais non; c'est une idée que vous vous faites à cause de ces racontars.

— Comment! ce donjon ne vous impressionne pas avec sa fenêtre grillée?

— Non... le donjon fait contraste avec le reste, et c'est heureux.

— Vous étiez moins optimiste hier.

— Oh! je ne parle que de ce qui se voit.

« Que se passe-t-il derrière ces murailles?

« Pensez-vous que Walter Humding soit là?

— Non... Il m'a dit hier qu'il avait à faire à Paris.

« Néanmoins, mieux vaut ne pas approcher davantage.

« D'ailleurs, ce n'est pas ce qu'on voit qui nous intéresse, mais le reste: le fameux passage.

« Il serait temps de s'y mettre.

« Par où commence-t-on?

— Mais le plus simple serait d'aller retrouver cette fermière qui vous a renseignée déjà.

« Peut-être qu'il y a du nouveau.

La jeune femme hésitait:

— Non, finit-elle par dire.

« La fermière a raconté tout ce qu'elle savait.

« Nous verrons plus tard, si nous faisons chou blanc ailleurs.

« J'aime autant ne pas trop me montrer, si près du château.

« Pour commencer, nous allons circuler, examiner le paysage, les accidents du terrain.

« Selon moi, l'entrée que nous cherchons doit aboutir dans une des villas que nous apercevons d'ici.

« Approchons, faisons parler les voisins.

« Peut-être découvrirons-nous quelque chose, quelque indice plus ou moins suspect qui nous mettra sur la voie.

Ainsi fut fait.

L'enquête dura deux heures, mais, comme il était à prévoir, ne donna aucun résultat.

Personne ne put fournir l'apparence même d'une indication.

La chanteuse s'irritait de ces difficultés qu'elle n'avait pas prévues.

— Ces croquants sont tous les mêmes, grondait-elle, tournant dix fois leur langue dans leur bouche pour répondre ensuite une stupidité.

« La peur de se compromettre, et puis l'étranger, c'est l'ennemi...

Soudain, voyant le soleil décliner, elle fit demi-tour brusquement:

— Je crois que vous aviez raison, dit-elle.

« Le mieux est de retourner chez la fermière.

— Vous hésitiez tout à l'heure.

— Je vous ai dit pourquoi.

« Maintenant que je vais au premier jour habiter le château, je ne saurais être trop prudente.

« Voyez-vous que cette brave femme ou un autre me reconnût un beau matin?

— Quant à ça, je les en défie! s'écria Robert Servan.

« Vous savez si bien changer d'expression, d'allure...

« J'ai failli m'y tromper, moi.

— C'est vrai... fit la cabotine, flattée du compliment.

« Ainsi, on peut se risquer. Je vais encore exagérer mon accent américain.

« Pour vous, n'oubliez pas de m'appeler miss Felton à tout propos.

« D'ailleurs, j'avais annoncé à ma future voisine que je reviendrais un de ces jours.

« Elle ne sera pas étonnée de me revoir, par conséquent.

En effet, la fermière ne marqua aucune surprise à l'entrée des visiteurs.

— Je vous attendais, dit-elle, après les avoir fait asseoir.

« Mieux que ça, je me suis occupée de vous...

— Il y a du nouveau?

— Oui. Le château de la Belle-au-bois-dormant, comme vous disiez, se réveille tout à coup.

« Il vient d'arriver toute une kyrielle d'ouvriers: peintres, électriciens, jardiniers.

« Vous avez dû les voir en passant.

— Oui... fit la chanteuse.

« En l'honneur de qui, tout ce branle-bas?

— Il paraît que le manoir vient d'être acheté par une dame, une Française, qui va venir l'habiter.

« C'est le portier, Mathias, qui m'a dit la chose.

— Il est toujours là?

— Non... parti depuis hier avec sa fille.

« Il compte sur l'air du pays pour la rétablir.

— Et la Dame-Blanche? reprit Liliane, cette folle que votre mari a vue dans le parc?

« Qu'est-elle devenue?

— Ma fine... je n'y comprends plus rien, répondit la paysanne.

« Tout ça est trop embrouillé.

« Il y en a qui disent, à cette heure, que la *Dame blanche*, c'était la fille de Mathias, tout simplement.

« Ils voulaient écarter les acquéreurs, alors ils avaient combiné cette histoire de château hanté.

« Ce ne serait pas la première fois que pareille chose se pratique.

« De même les cris et soupirs qui sortaient de la grosse tour.

« C'est ainsi, du moins, que mon mari et quelques autres, arrangent les choses à présent.

La fermière ne marqua aucune surprise à l'entrée des visiteurs.

« Mais ça n'explique pas tout...

« Beaucoup pensent autrement, le père Bernard entre autres.

« Vous savez bien, ce maçon qui descendit dans les caves du château.

— Vous l'avez revu? demanda la jeune femme vivement.

— Oui, et je lui ai parlé de vous.

« Une bonne idée que vous avez eue de revenir.

— Il y a du nouveau? répéta la chanteuse.

— Ce n'est pas nouveau, précisément, mais jusqu'à ce jour, Bernard n'en avait pipé mot à quiconque.

— Pourquoi cela?

« Vous m'aviez dit qu'il était plutôt bavard.

— C'est vrai... Probable qu'il avait reçu un avertissement du château.

« Après tout, on aurait pu l'attaquer en diffamation.

« Mais du moment que c'est un nouveau maître qui vient, il n'a plus motif de cacher sa découverte.

— En quoi consiste cette découverte?

— Je ne sais pas exactement.

« Bernard est devenu cachottier, je vous dis.

« Tout ce que j'ai compris, c'est que le tâcheron aurait retrouvé la piste de l'homme masqué qui vint le chercher certaine nuit; l'*Homme aux cent écus*, comme il l'appelle.

— Il y a longtemps de cela, longtemps, je veux dire, qu'il a revu l'homme?

— Quelques mois... ça se passait l'hiver dernier, un jour qu'il pleuvait à torrents.

— Il ne soupçonne pas qui ce pouvait être?

— Non... du moins il ne me l'a pas dit.

« Sans doute parce qu'il préfère s'en expliquer avec vous.

— Il est donc par là?

« Comment se fait-il que nous ne l'ayons pas rencontré?

« Est-ce qu'on peut le voir?

— Rien de plus facile.

« Il est en train de foncer un puits tout proche.

« Je m'en vas le quérir, voulez-vous?

— Soit. Je ne demande pas mieux.

La fermière sortie, Liliane se tourna vers Robert:

— Vous avez eu une bonne idée, dit-elle.

« Je tenais à voir ce maçon pour ma part.

« Je crois qu'il y a quelque chose à tirer de lui.

— Oui, à moins que lui et la fermière ne s'entendent comme deux compères pour vous tirer des sous.

— Vous êtes bien soupçonneux, mon ami.

— C'est que je connais la cupidité des paysans mieux que vous.

« Et puis, ça m'étonne que le père Bernard se trouve juste là, à point nommé.

— Bah! nous allons bien voir.

« Les voici justement.

La fermière revenait, suivie d'un homme en sabots et en culotte de velours, crotté jusqu'à l'échine.

Le père Bernard avait une mine fleurie, une trogne sympathique d'ivrogne, qui prévenait en sa faveur.

Il semblait gêné, confus.

— Il voulait aller changer de culotte... expliqua la fermière en riant.

Les présentations une fois faites :

— Maintenant, causez, acheva-t-elle.

« Moi, je me sauve.

« Il faut que j'aille faire de l'herbe pour mes lapins.

Le tâcheron s'excusa d'abord de se présenter aussi sale :

— Vous comprenez, quand on est puisatier...

— Vous êtes donc puisatier aussi? questionna Liliane.

— Mais oui : puisatier, maçon, couvreur.

« A la campagne, faut se mettre à toutes les sauces.

« Maintenant, parlons de la chose qui vous amène.

« J'ai ma tâche à finir, mieux vaut ne pas « baliverner ».

« La fermière Françoise m'a dit que vous connaissiez ma première descente dans les caves du château.

« Donc, je n'y reviens pas.

— Inutile... répondit Liliane, qui avait hâte d'aborder le principal.

« J'aime mieux vous poser des questions, au besoin.

« En voici une pour commencer...

« Le chauffeur, qui vint vous chercher, « l'Homme aux cent écus », comme vous dites, qui était-ce, selon vous?

« Etait-ce le maître du château, le baron de Lansberg, ou bien son intendant : Mathias?...

Le père Bernard prit un air finaud :

— Ma foi, je crois bien que ce n'était ni l'un ni l'autre.

— Qui alors?

— Est-ce qu'on sait?

« Tout ce que je puis dire, moi qui ai vu, qui tourne autour du château depuis longtemps, c'est qu'il s'y est passé des choses pas très catholiques.

— Il raisonne assez juste pour un poivrot, pensait Liliane, qui savait mieux que personne à quoi s'en tenir sur ce point.

« Le chauffeur masqué ne pouvait être que le patron, ou bien Muller.

Et, tout haut :

— On m'a dit que vous aviez retrouvé la piste du chauffeur aux cent écus.

« Est-ce vrai?

— C'est vrai sans l'être.

« Je serais bien en peine de dire où il niche, cet oiseau-là.

« Tout ce qu'il y a, c'est que j'ai découvert quelqu'un, un de mes copains, qui le connaît certainement...

Là-dessus, le puisatier tira un vaste mouchoir à carreaux et se moucha bruyamment.

Robert Servan profita de cet intermède pour se pencher à l'oreille de la chanteuse :

— J'attendais le copain, railla-t-il.

« Voilà le troisième larron qui entre en scène.

« Ces gens-là vont nous renvoyer de Pierre à Paul, de Paul à Jacques...

Liliane tapa du pied :

— Vous m'embêtez... murmura-t-elle entre les dents.

« Je ne suis pas niaise à ce point.

« Laissez-moi faire.

Cependant, le maçon reprenait, après avoir tassé son mouchoir au fond de sa poche :

— Non seulement mon copain connaît le type, mais ils ont des manigances ensemble.

« Même que ça dure depuis longtemps, probable.

« Jean-Louis — c'est le nom du copain — donc, est comme qui dirait l'homme de confiance du château.

« C'est lui, d'ordinaire, qui descend là-bas, dessous, lorsqu'il y a quelque chose à mastiquer.

— C'est un maçon?

— Pas précisément... n'empêche qu'il se connaît en bâtisse aussi bien que moi.

« Faut dire qu'il a travaillé à côté — dans les carrières — et que, depuis, il a roulé pas mal, mettant la main à la pâte quand il fallait.

« Malheureusement, Jean-Louis n'est pas bavard, lui.

« Ah! mais non... et je doute qu'il se déboutonne avec vous.

« Quand je pense que je l'ai fréquenté des années sans me douter une seconde qu'il truquait avec l'autre!

« Cependant, on était amis alors comme cochons.

« Dès que j'avais cent sous à boire...

— Oui... fit la chanteuse, qui craignait une digression.

« Mais venons au principal : Comment avez-vous découvert qu'il... truquait, comme vous dites?

Bernard renifla longuement :

— Ça, fit-il en branlant le menton, c'est toute une histoire, et qui prouve qu'on a beau n'être qu'un gâcheur de plâtre, on n'est pas plus bête qu'un autre.

« Les premiers soupçons me sont venus après ma descente là-bas, dans le sous-sol.

« Remarquez que Jean-Louis n'était pas là à ce moment... parti en voyage.

« Le copain, qui n'est pas si liant d'ordinaire, s'est mis tout à coup à rôder autour de moi, à me poser des questions...

« Visiblement, il voulait me tirer les vers du nez, comme on dit.

« Une chose l'intriguait surtout : c'était de savoir si j'étais sûr véritablement de l'endroit où l'on m'avait conduit.

« Qu'est-ce que ça pouvait bien lui faire ?

« Pendant quelque temps, j'ai eu des soupçons, comme je disais.

« Puis Jean-Louis est reparti et je n'y ai plus pensé.

— Il n'est pas du pays ?

— Non, bien qu'il soit propriétaire ici.

« De temps en temps, il vient faire un tour, puis s'en va.

« Pour tant qu'à moi j'oubliais la chose, lorsque par une belle nuit, j'ai rencontré l'Homme aux cent écus pour la seconde fois.

Elle revenait suivie d'un homme en sabots.

— Vous l'avez reconnu ?

— Non... faudrait l'avoir vu d'abord.

« Seulement, j'ai reconnu son auto, une belle limousine avec des phares qui portent à cent mètres en avant.

« Même qu'il devait y avoir quelque chose de pressant pour qu'il se ballade à cette heure.

« En effet, il pleuvait à seaux, à ne pas mettre un chien à la porte.

« Moi, je m'en fous, n'est-ce pas ?

« Quand on est puisatier...

— Oui, fit Liliane, intéressée au plus haut point et languissant de connaître la suite.

« De quel côté allait-elle, l'auto ?

— Nulle part. Elle était arrêtée devant le Puits-Landier, juste devant la porte de Jean-Louis.

« Aussitôt, mes soupçons me sont revenus.

« J'ai regardé aux fenêtres : aucune lumière, mais j'ai entendu du bruit, comme des meubles qu'on traînerait.

— Tiens... que je me demandais, est-ce que ce seraient les cambrioleurs, par hasard ?

« Alors, j'ai appelé : « Hé ! Jean-Louis ! »

« Pas de réponse...

« Seulement, le chauffeur, que je n'avais pas vu, — il devait être derrière l'auto, en train de fourgonner — est remonté sur son siège et a filé grand train.

« Je le gênais, c'est clair.

— Rien ne le prouve, fit observer Robert Servan, prenant la parole pour la première fois.

« L'auto avait une panne et s'était arrêtée là où elle se trouvait.

« C'est une simple coïncidence, peut-être.

— Vous ne diriez pas cela si vous aviez vu la mauvaise humeur de Jean-Louis.

— Il a fini par se montrer ? demanda Liliane vivement.

— Oui, après m'avoir laissé poireauter, cogner comme un sourd durant une heure.

« Il était en chemise et bonnet de coton.

— Qu'est-ce qu'il vous a dit ?

— Rien... il m'a engueulé parce que je le réveillais.

« Notez qu'il pleuvait comme vache qui pisse, qu'il aurait pu m'offrir un abri et un grog avec...

« Après tout, c'est avec lui que j'ai bu les cent écus du type.

« Mais non... il m'envoyait au diable comme un gêneur, comme un chien galeux, quoi...

« Et puis, pourquoi qu'il avait tant tardé à ouvrir sa fenêtre ?

« Tout ça était louche, n'est-ce pas ?

« Aussi, à partir de ce jour, je m'ai mis à rôder

autour de Jean-Louis, à rentrer chez lui à tout propos.

« Il rognait, mais n'osait rien dire.

« Quand on a été amis comme nous, n'est-ce pas?

« Enfin, un beau soir, j'ai découvert le pot aux roses.

« Jean-Louis semblait gêné et cachait ses pieds sous la table.

« J'ai regardé et j'ai compris tout à coup.

« Ses sabots étaient tout barbouillés d'argile, mais d'une argile rouge sang...

« Or, une argile comme ça, je n'en connais qu'une couche, dans les souterrains du château.

« Je me rappelle que moi, en remontant de là-bas, j'eus une vraie peur en voyant mes pieds tout rouges.

« On aurait dit que j'avais marché dans le sang..

« Et vous savez — insista le puisatier devant l'air surpris et un peu déçu de ses auditeurs — je me trompe pas.

« Vous pouvez avoir confiance.

« Voilà vingt ans que je *fonce* aux quatre coins du pays, que je remue la terre.

« Je m'y connais... mordienne!

Liliane réfléchit quelques secondes. Puis:

— Revenons à Jean-Louis, dit-elle.

« Il n'est pas du pays, dites-vous?

« Il y a longtemps qu'il l'habite?

— Quelque chose comme sept à huit ans.

— D'où venait-il, qu'est-ce qu'il faisait avant?

— On ne sait pas exactement.

« C'est un homme qui a roulé pas mal et fait un peu de tout, comme je disais.

« Un matin qu'il passait par ici, il a vu le Puits Landier qu'était à vendre, et l'a acheté pas cher.

— Qu'est-ce que c'est que ce Puits Landier?

— C'est une vieille carrière abandonnée.

A ce mot de carrière, Liliane avait failli pousser un cri de triomphe, mais elle se contint.

Robert, lui aussi, haletait, mais son associée, d'un coup d'œil, le rappela à l'ordre.

Puis, d'une voix indifférente:

— Une carrière de quoi? questionna-t-elle.

— De sable. Seulement, elle est vide depuis longtemps.

« Vide de sable, s'entend. En effet, on l'a rebouchée avec des gravats.

— Pourquoi?

— Parce que, à force de creuser par en-dessous, il s'était produit des tassements par là.

« Même que l'ancien propriétaire avait eu des embêtements avec le château, rapport à un éboulement qu'avait emporté tout un morceau du mur d'enceinte.

— Le puits est près du parc?

— Pas très loin... à quelques cents mètres en tirant vers la rivière.

« Vous avez dû le voir en passant.

« Un terrain assez vaste, l'air d'un terrain vague, avec ses ronces et ses gravats de toutes sortes.

« Autour, une solide palissade en planches, et au milieu, une grande bâtisse délabrée, la baraque au Jean-Louis.

— En effet, répondit Liliane, je me rappelle à présent.

« Ça ressemble à tout excepté à une carrière.

« Jean-Louis n'a donc jamais exploité?

— Si, au début. Il avait pensé un moment à faire de nouveaux sondages.

« Il a fait venir des machines d'Allemagne ou d'Angleterre, je sais plus bien.

« Puis, il a renoncé tout par un coup, et fichu toute cette mécanique à la ferraille.

« C'est comme ça qu'il a mangé les quatre sous qui lui restaient.

Le père Bernard se leva sur ce mot:

— V'là la Françoise qui s'amène... dit-il.

« Moi, je cavale. J'ai ma tâche à finir.

« A moins que vous vouliez que je vous accompagne jusque là-bas?

— Non, répondit la chanteuse, qui languissait d'être seule avec Robert.

« Merci, et voilà de quoi boire à notre santé, mon brave.

« Il se fait tard et il faut que nous rentrions, nous aussi.

« Nous reviendrons probablement.

Le maçon parti, Liliane remercia la fermière, puis se hâta de sortir, entraînant Robert.

— Eh bien... fit-elle, sitôt dehors.

« Je crois que cette fois, nous tenons le joint!

« Désormais, nous connaissons non seulement le passage secret, mais son portier, le gardien préposé à sa garde.

« Ce Jean-Louis est un complice, ça saute aux yeux, un agent de Walter Humding.

« Il me tarde de voir sa figure, au collège.

Tout en causant, ils se dirigeaient à grands pas vers le Puits-Landier.

Ils contournèrent le mur du parc et aperçurent à un demi-kilomètre de là la carrière abandonnée, qui était bien telle que Bernard l'avait décrite.

— Nous y voilà, murmurait la chanteuse, ravie.

« Dire que nous avons passé devant trois fois!

— Qui diable se serait douté... murmura Robert.

— En effet, on dirait plutôt une sorte de dépotoir, avec ses broussailles et ses tas de verres cassés.

« Ah! ils entendent la mise en scène, nos bons amis.

Soudain la chanteuse s'arrêta:

— Attention, fit-elle, en forçant son compagnon à reculer sous les arbres.

Un homme en costume de terrassier venait d'apparaître, sortant de la maison qu'ils observaient.

C'était le maître du lieu, évidemment, le prétendu Jean-Louis.

Il mit sa main sur ses yeux et regarda le château du côté du donjon, semblait-il.

Il avait l'air de guetter quelque chose, un signal, eût-on dit.

Liliane et Robert s'étaient abrités derrière les branches et suivaient tous ses mouvements avec une attention croissante.

Pour mieux voir, la jeune femme avait braqué sa lorgnette.

Il était en chemise et bonnet de coton.

Mais presque aussitôt, elle rabaissait l'instrument:

— Muller! s'exclama-t-elle.

« C'était *Mon-Ours*, le maître de la *Sablière*.

« J'aurais dû m'en douter.

CHAPITRE CXCV

A l'affût.

— Vous êtes sûre que c'est lui? demandant Servan.

— Archi-sûre! Je n'ai pas hésité une seconde, vous avez vu?

« L'allure du prétendu carrier m'avait frappée tout de suite, et j'ai été fixée dès que j'ai pu voir son visage.

« Muller — quand il se croit seul — a une façon de siffloter en pinçant les lèvres, qui vaut tous les signalements.

« Tiens, le voilà qui rentre.

— Oui, mais en même temps, la girouette du donjon, là-haut, a tourné brusquement.

« Or, il ne fait pas un brin de vent: regardez les feuilles.

« Pas une qui bouge.

— Vous croyez que c'est un signal? interrogea Liliane, assez surprise.

— Ça m'en a tout l'air. Ce n'est pas votre avis?

— Si, peut-être, mais j'hésite.

» Il fait peut-être du vent par là-haut?

— C'est ce que je me suis dit tout d'abord.

« Seulement regardez ce clocher, là, de l'autre côté de la rivière.

« Il est à peu près à la même hauteur et son coq marque plein nord.

« Or, la girouette est à l'ouest.

— En effet, c'est bizarre.

A cet instant, Muller reparut à l'une des fenêtres de sa maison.

Il tenait une serviette mouillée à la main. Il l'accrocha à la barre d'appui et referma.

— Ça y est! s'écria Robert.

« Voilà la réponse.

« Le drapeau est mis!

Cependant, la chanteuse n'était pas convaincue encore.

— C'est bizarre, en effet, répéta-t-elle, mais ne concluons pas trop vite.

« Simple coïncidence, peut-être.

« Muller vient de se débarbouiller, il a mis sa serviette à sécher dehors.

« En effet, je ne vois pas l'utilité de cette télégraphie.

« Ce serait donc Walter Humding qui est au château, et qui cause.

« Pourquoi tant de façons, quand il leur est si facile de se rejoindre, grâce au passage souterrain?

— Ça, je l'ignore, répondit Robert.

« Je ne connais pas assez les affaires de ces messieurs.

« Si mon hypothèse est vraie, si réellement il s'agit de signaux échangés entre le chef et Muller, il y aura une suite.

« Attendons, nous ne tarderons pas à être fixés.

Une minute passa: puis Robert qui ne perdait pas de vue la girouette, la vit tourner de nouveau subitement.

— Cette fois, il n'y a plus à douter, reprit-il.

« C'est bien un signal.

« Même il me semble comprendre sa signification.

— Par exemple, vous m'étonnez... murmura sa compagne.

« Qu'est-ce que ça signifie?

— Ça doit signifier que la route est libre, continua le jeune homme.

« Vous allez comprendre, ajouta-t-il devant l'air un peu ahuri de la chanteuse.

« Tout à l'heure, le drapeau de tôle était à l'ouest, c'est-à-dire perpendiculaire à la route de Paris.

« Il la barrait en quelque sorte, comme fait le bras d'un sémaphore.

« Puis, ce drapeau a tourné brusquement, ce qui doit vouloir dire: *Voie libre.*

— Tiens... tiens... fit la chanteuse, frappée de l'analogie à son tour.

« Je commence à croire, moi aussi.

Elle regarda derrière eux, sur la route.

— Ainsi, reprit-elle, vous supposez qu'il y a quelqu'un qui arrive par la route de Paris?

— Oh! ce n'est qu'une supposition... comme vous dites. Il faut attendre pour savoir si j'ai raison.

— Vous devez avoir raison. Je le sens.

« Maintenant, quel est ce nouveau venu, ce troisième larron?

— Mathias peut-être.

Un homme en costume de terrassier venait d'apparaître.

— Moi, ça m'étonnerait, non pas parce qu'on nous a dit qu'il était parti.

« Mais Mathias n'était certainement pas dans les secrets du chef.

« Je vous ai expliqué déjà que les deux hommes n'avaient pas l'air de sympathiser plus que ça.

Elle s'interrompit soudain:

— Une auto! s'écria-t-elle.

— Où donc?

— Là-bas, sur la route... venant de Paris.

« Est-ce que ce serait notre homme?

— C'est bien possible, fit Robert en regardant à son tour.

« En tout cas, nous allons être fixés.

« Tiens, le chauffeur dépasse le château... ce n'est pas le nôtre.

En ce moment, la voiture qui allait à grande vitesse, ralentit son allure.

Arrivée à la hauteur de la *Sablière*, devant l'espèce de sentier en pente dévalant vers la maison de Muller, elle fit demi-tour et stoppa.

— C'est bien ça... murmurait Robert Servan.

« C'est Muller qu'on vient chercher.

Liliane avait repris sa lorgnette et la dirigeait sur le wattman, toujours installé sur son siège, et que les phares déjà allumés éclairaient en plein.

— Qui est-ce? demandait Robert, que ce nouveau personnage semblait intriguer particulièrement.

« C'est Mathias?

— Non.

— C'est le chef, alors?

— Pas davantage.

« D'ailleurs, voilà Walter Humding qui sort de la maison du carrier.

Deux hommes en tenue de ville venaient d'apparaître là-bas, dans l'enclos.

Liliane passa la lorgnette à son ami:

— Voyez vous-même, dit-elle.

Le voilà... bégaya-t-elle, les dents claquantes de peur.

« J'espérais qu'ils allaient partir tout de suite, nous laisser le champ libre.

« Déjà je me demandais comment nous allions faire pour terminer nos perquisitions.

— Rien de perdu, répondit Robert en montrant la maison.

« Il fait trop jour encore pour se risquer par là.

« Une opération semblable ne peut se faire qu'à la faveur des ténèbres.

« Ne nous plaignons pas, d'ailleurs, nous n'avons pas perdu notre journée.

« En cinq minutes, nous venons d'apprendre des choses capitales.

« Il est démontré maintenant que le passage secret aboutit bien. dans la *Sablière*.

« C'est par là que 'e chef est venu du château.

— Vous en doutiez?

— Non... mais mieux vaut deux preuves qu'une.

« Muller accompagne le chef, seulement il a changé de costume.

« Evidemment, tous deux se disposent à rentrer à Paris.

— Oui, mais pas tout de suite.

« Ils font signe au wattman de venir les rejoindre et le voilà qui arrive à grands pas.

Cinq minutes après, les trois hommes rentraient dans la maison, dont ils fermaient les volets avec soin.

Puis, comme le crépuscule commençait, une lueur filtra à travers les fentes du bois vermoulu.

— Ils tiennent conseil, remarqua Robert.

« Faisons comme eux.

— C'est embêtant... maugréait la jeune femme.

— Moi, ma conviction était faite depuis longtemps, même avant de reconnaître Muller.

« Lorsque le père Bernard nous a dit que le nouveau carrier avait tenté de déboucher le puits, qu'il avait fait venir des machines d'Allemagne, j'ai été fixée tout de suite.

« Je me rappelais ce que le chef m'avait dit sur certains envois faits clandestinement par l'usine Krupp.

— C'est juste, répondit l'ancien sous-off.

« J'avais oublié ce détail.

« Tout s'éclaire, s'explique peu à peu: nous touchons à la solution du problème.

« Il ne nous reste plus qu'une inconnue à trouver.

— Laquelle?

— Le nom ou plutôt la personnalité du wattman qui confère avec les chefs en ce moment.

— Vous y tenez?

— Oui, beaucoup.

« J'aime bien à connaître les adversaires que je vais avoir en face.

— Bah!... ce n'est qu'un comparse, peut-être.

— Non certainement.

« Il est visible que cet homme connaît les secrets du château, la façon de s'y introduire...

« Comme je le disais de Muller, il peut surgir à l'improviste derrière nous, et c'est ça qui le rend dangereux.

— C'était vrai hier, mais ça ne l'est plus aujourd'hui, répondit la jeune femme.

« Nous connaissons maintenant l'issue secrète par laquelle ces bandits comptaient rentrer chez moi.

« Il nous suffira de la fermer.

— Pas si facile que ça... murmura Robert Servan.

« Comment comptez-vous vous y prendre?

— Ma foi, je n'en sais rien encore.

« Je vous dirai cela tout à l'heure.

« Quand nous aurons visité les lieux.

« Approchons-nous: voici la nuit.

« Nos hommes pourraient filer que nous n'en verrions rien.

— Oh! tant que l'auto est là, je suis tranquille.

Tout en parlant, les deux complices se dirigeaient vers la maison du pseudo Jean-Louis.

Comme ils arrivaient à quelques pas de la palissade, ils virent trois ombres plutôt, trois hommes, sortir de la maison, traverser l'enclos et se diriger vers l'automobile, dont les deux phares flamboyaient là-haut, éclairant la route.

— Hein... disait Liliane, il était temps, je crois.

« Un peu plus, et ils nous filaient entre les doigts.

« L'embêtant, c'est qu'il fait noir comme dans un four.

« J'aurais bien voulu voir leurs figures une dernière fois.

— Vous les verrez bientôt, répondit Robert.

« Les voilà qui rentrent dans la clarté projetée par l'auto.

« Constatez qu'ils sont là tous les trois: Walter Humding et ses deux acolytes.

— Oui, et tous trois montent dans la voiture.

« Ils rentrent à Paris.

« Nous voilà tranquilles maintenant, maîtres d'un champ de bataille.

Tous deux suivirent du regard l'auto qui s'éloignait.

Lorsqu'elle disparut, Liliane poussa un soupir de soulagement:

— Enfin! on va pouvoir agir...

— Que comptez-vous faire exactement? questionna son associé.

— Mais entrer dans la maison et la fouiller du grenier à la cave.

« La chance est pour nous aujourd'hui, et il faut profiter de cette occasion unique.

« Quelque chose me dit que nous allons faire des découvertes curieuses, prendre la mère au nid.

« N'est-ce pas votre avis?

— Si, tout à fait... Saisissons l'occasion aux cheveux.

« Seulement, j'aurais préféré entrer seul.

La jeune femme fit une moue d'enfant fâché:

— Je vous gêne? reprocha-t-elle.

— Non... seulement, il peut y avoir danger.

— Quel danger voulez-vous qu'il y ait?

« La maison est vide, l'endroit solitaire.

« Me prenez-vous pour une poule mouillée, par hasard?

Liliane prit la main de son ami et la plaça sur sa gorge.

— Tâtez mon cœur, dit-elle, et voyez qu'il ne bat pas plus vite.

C'était un de ces arguments auxquels Robert était incapable de résister.

— Soit, fit-il. Je cède.

« J'ai tort peut-être.

« Je mets une condition, toutefois: c'est que vous n'entrerez qu'après moi, lorsque j'aurai reconnu les lieux.

— Soit... moi je ferai le guet pendant ce temps.

« Préparons notre plan d'attaque: ça nous fera patienter.

« Comment comptez-vous procéder?

— Très simplement. Je vais escalader la palissade qui n'est pas haute, et me laisser glisser dans l'enclos.

« Vous voyez ce petit hangar, là, près de l'entrée?

« J'y trouverai bien un outil qui me servira à forcer la porte.

« Vous, vous entrerez par là.

« Puis, nous procéderons de même pour la maison.

« Il n'y a qu'une chose qui nous fasse défaut...

— Quoi donc?

— Le luminaire...

« Je viens de constater qu'il ne me restait plus que deux ou trois allumettes-bougies...

— J'y ai pensé, moi! s'écria la jeune femme en ouvrant son sac à main.

« J'ai apporté une petite lanterne électrique à tout hasard.

« Prenez-la.

« Et maintenant, si l'on commençait?

« Il me tarde d'être dans la place.

— Comme vous y allez, chère amie! Pas si vite.

« Donnez donc le temps aux voisins de se coucher.

« D'ailleurs, il n'est pas encore neuf heures.

— Oui, mais il fera clair de lune bientôt.

— Pas avant dix heures et demi.

« Nous avons tout le temps qu'il nous faut, par conséquent.

Robert avait tiré une cigarette, mais il la replaça dans l'étui.

— Non... murmura-t-il, cette lueur rouge pourrait nous trahir.

« Il peut y avoir des passants attardés par là.

Tous deux se turent, écoutant le murmure confus de la campagne, qui s'endormait peu à peu.

De temps à autre, une auto cornait au loin.

Tout près, la rivière bruissait sur les cailloux.

Des grillons chantaient sous les pierres chaudes.

Ça et là des fenêtres brillaient dans la nuit, fenêtres de fermes ou de villas éparses à travers champs.

Une chauve-souris frôla Liliane, qui faillit jeter un cri d'effroi.

Bientôt la jeune femme, à qui ce silence pesait, montra une lueur, qui semblait clignoter là-bas, au ras des chaumes.

— C'est impressionnant... fit-elle, d'une voix sourde.

« On dirait des yeux qui regardent.

« Ça me gêne.

— Quelle idée... plaisanta Robert, doucement.

À mesure que le moment d'agir approchait, la jeune femme devenait inquiète, nerveuse.

Tant pis, on se défendra.

Parfois, elle se retournait, comme si elle avait entendu marcher derrière elle.

Servan, au contraire, était profondément calme.

Seuls, son sourcil froncé, son œil et son oreille aux aguets, révélaient le travail de son esprit, toujours sur le qui vive.

Comme neuf heures sonnaient au clocher voisin, il releva la tête:

— C'est le moment... fit-il d'un air résolu.

« Avançons.

Les deux complices se glissèrent jusqu'à la palissade.

Arrivés là, ils s'arrêtèrent, et, une dernière fois, scrutèrent les ténèbres autour d'eux, l'ombre pleine d'embûches...

La chanteuse, maintenant, entendait son cœur battre à grands coups, mais elle faisait bonne contenance:

— Nous avons l'air de deux cambrioleurs, fit-elle avec un sourire qui s'efforçait d'être brave.

Robert Servan ne répondit pas.

Il venait de poser ses mains sur le faîte de la palissade.

— Je vais sauter... expliqua-t-il, d'un ton bref, presque impératif, puis forcer la porte.

« Vous allez m'attendre là.

« Si je faisais trop de bruit, si vous entendiez ou voyiez quelque chose de suspect, vous frapperiez pour me prévenir.

— Bien... j'ai compris.

L'aventurier s'enlevait, lorsque Liliane le retint, tout à coup, à pleins bras.

— Qu'est-ce que c'est? demandait le jeune homme, très étonné.

« Vous avez entendu quelque chose?

— Non... c'est un chien...

— Où donc?

— Là... regardez... répondit la chanteuse, en montrant un interstice des planches.

Ses mains tremblaient.

Robert obéit et aperçut, deux yeux brillants, une mâchoire formidable, qui l'attendaient...

— Sacrelotte... grogna-t-il, en lâchant la clôture aussitôt.

« Mais d'où sort ce monstre?

« Il n'y avait pas de chien tout à l'heure.

— Non... ce doit être le chien du château.

« Vous savez bien, le fameux dogue...

« C'est le chef qui l'aura amené avec lui.

— C'est bien ça, oui.

« Un vrai chien policier.

« Il ne gronde même pas. Ah! la sale bête!

« Ma foi, je viens de l'échapper belle.

« Sans vous, j'étais happé...

CHAPITRE CXCVI

Face à Face

Soucieuse, Liliane Berty hochait la tête:

— C'est un coup raté... murmura-t-elle.

« Quel dommage! ça s'annonçait si bien...

« Tant pis. Il faudra revenir, empoisonner le dogue.

— Pas commode... objecta l'ancien sous-off.

« Ces animaux-là ne prennent rien que de la main de leur maître.

— Vous avez un autre moyen?

— Oui, mais qui ne va pas sans quelque risque.

— Dites toujours...

Servan tira son pistolet automatique de la poche de derrière de son pantalon.

— Voilà le moyen.

« Une balle entre les deux yeux.

« J'ai même envie d'essayer tout de suite... achevait-il en introduisant le canon de l'arme entre deux planches de la palissade.

— Un coup de feu.... s'inquiétait la chanteuse, c'est grave!

« Des voisins peuvent venir...

— J'en doute. Cet engin fait peu de bruit.

« La maison la plus proche est à plus de trois cents mètres, et personne qui veille.

— Vous croyez qu'on peut risquer le coup?

— On peut toujours abattre le cabot.

« Ce sera autant de fait.

« Si l'on bouge par là, nous en serons quittes [...] prendre le large.

« Il faudrait être malin pour prouver que [...] nous qui avons fait parler la poudre.

« Eh bien, qu'en dites-vous?

« Est-ce oui ou non?

— Décidez vous-même.

— Alors, c'est oui.

« J'ai une dent contre cet animal sans voix [...] bien failli m'étriper.

« Il faut que l'un de nous deux y reste!

Le dogue était toujours là à quelques pouces [...] palissade.

Immobile, muet, il attendait le nez en l'air [...] prunelles phosphorescentes.

Servan visa lentement, entre les deux yeux [...] pressa la gâchette.

Il y eut une détonation grêle, sans écho, et l'animal s'affaissa, le mufle dans la poussière.

Il eut un spasme ou deux, releva la tête comme pour aboyer ou mordre et retomba, la gueule ouverte.

C'était fini et rien ne bougeait aux environs.

— Voyez comme c'est simple.... dit Robert en mettant son *browning* en poche.

« Ça n'a pas fait plus de bruit qu'un coup de [...]

— Oui... une excellente idée que vous avez eue.

« On va pouvoir recommencer l'escalade interrompue.

— C'est mon intention.

« Par excès de prudence, nous allons attendre [...] instant encore, puis, en avant!

Dix minutes passèrent, après quoi Robert se hissa de nouveau à la force des poignets.

Il franchit la palissade et s'approcha du dogue [...] tâta du pied.

— Il est bien mort, au moins? demanda la chanteuse, intimidée par la taille formidable du gardien qui, étendu, semblait mesurer deux mètres.

— Tout ce qu'il y a de plus mort.

La balle a dû traverser le cerveau.

— Qu'est-ce qu'il y a sur le collier?

« Vous pouvez lire...

Servan fit jouer la petite lanterne électrique, remise un peu plus tôt:

— Turcot... répondit-il, *château d'Ozy*.

— C'est bien ce que je pensais.

— Oui, vous aviez deviné juste.

« Le chien a été amené ici par le chef, tout à l'heure.

« Et maintenant, rentrez.

« Je m'en vais vous ouvrir.

« Bien, fit la jeune femme, qui se dirigea vers l'entrée du terrain.

Elle y était à peine, que la porte s'entrebâilla.

— Déjà! fit-elle, en se glissant par l'étroite ouverture.

« Vous n'avez pas été long.

— La porte n'était pas fermée.

« Je n'ai eu qu'un loquet à tirer.

— Ça m'étonne...

« Il y a une serrure, cependant.

— Oui, mais qui ne fonctionne plus, sans doute.

« A quoi bon, d'ailleurs, puisqu'on peut sauter le mur si facilement.

« La véritable protection est ailleurs.

« Quand nous attaquerons l'autre porte, celle de la maison, nous aurons plus de mal.

Robert Servan referma:

— Si on laissait ouvert? proposait Liliane.

— Pourquoi?... pour attirer l'attention des passants, si tant est qu'il en vienne?

Tout en parlant, ils s'étaient avancés vers la maison, close hermétiquement de haut en bas, comme nous l'avons dit.

Ils en firent le tour deux fois de suite, cherchant le point faible, le défaut de la cuirasse. Robert avait ramassé un vieux morceau de fer dont il se servait pour tâter la porte et les volets.

— J'aurais préféré passer par une fenêtre... expliquait-il.

« Mais les volets sont assujettis solidement, et c'est du chêne plein, comme la porte d'entrée.

« Je crois bien qu'il faudra fracturer la porte qui est d'accès plus facile.

« Pour cela, j'ai besoin d'un outil plus sérieux.

« Nous allons tâcher de trouver ça dans cette resserre, là-bas.

Ils se dirigèrent vers le petit hangar situé près de l'entrée, dont nous avons parlé plus haut.

Servan introduisit sa pince-monseigneur entre la serrure et le mur.

C'était une vieille construction, demi-effondrée, dont il ne restait guère que le toit et quelques pans de mur faisant piliers.

La chanteuse resta dehors, faisant le guet, tandis que son complice cherchait un outil propre à la besogne qu'il se proposait.

Il venait de fixer son choix sur un levier de carrier, qui semblait convenir parfaitement, lorsqu'une trompe d'auto retentit sur la route.

Il jeta un dernier coup d'œil autour de lui, éteignit sa lanterne électrique et se retourna pour sortir.

Au même instant, il reçut un choc en pleine poitrine, qui le fit chanceler...

C'était Liliane qui se précipitait affolée:

— Les voilà... bégayait-elle, les dents claquantes de peur.

« Ils reviennent.

— Qui?

— Le patron... Muller...

« Nous sommes pris, perdus...

Servan s'était rué au dehors, entraînant sa complice suspendue défaillante à son épaule.

Tous deux regardaient, les yeux hagards, hypnotisés en quelque sorte, ne comprenant rien à ce qui se passait.

Devant eux, à quelques centaines de mètres, sur la route, une clarté arrivait, grossissant à vue d'œil, terrifiante comme une comète.

De nouveau, la terrible trompe retentit, et Liliane frémit comme si elle eût entendu la trompette du jugement dernier.

Leur stupeur était telle que l'idée toute simple ne leur vint pas de sortir de l'enclos et de se sauver dans la nuit.

Pendant ce temps, l'auto venait de stopper à l'endroit où nous l'avons vue déjà arrêtée un peu plus tôt.

Muller se leva, s'élança sur le sentier conduisant chez lui, et se mit à le descendre au pas gymnastique.

C'est alors seulement, lorsqu'il ne fut plus qu'à cent mètres de la porte, que la chanteuse pensa à la fuite possible par là.

Elle y courut, mais Servan la rattrapa, et, rudement, la ramena dans le hangar.

— Trop tard... grondait-il.

« Laissez-moi faire, obéissez-moi.

« J'ai une idée.

— Quelle idée?

« Nous sommes pris, perdus! répétait la chanteuse.

« C'était un piège et nous sommes tombés dedans.

— Non... fit le jeune homme nettement.

« Je l'ai cru une seconde... et c'est ce qui m'a enlevé mes moyens, m'a brouillé la cervelle.

« Mais c'est passé.

« Je me suis ressaisi, et j'y vois clair à présent.

« Il n'y a pas de piège.

« Si le chef avait connu notre présence, voulu nous prendre sur le fait, il n'aurait pas corné si fort.

« De plus, il ne resterait pas tranquillement assis là-haut.

« C'est vrai... balbutia la chanteuse, se reprenant à espérer.

« Alors, que vient faire Muller?

« Il a oublié quelque chose et vient le chercher dare-dare.

« Le patron est furieux.

« Le voilà qui corne encore pour lui dire de se presser.

« C'est pour ça que Muller court si vite.

« Il va traverser l'enclos sans se douter seulement que nous sommes là, tapis dans l'ombre.

— Je rêvais... murmura Liliane.

Soudain elle blêmit, une sueur froide mouilla ses tempes.

— Et le chien!... hoqueta-t-elle.

« Le chien... il va voir le cadavre!

« Nous sommes perdus...

— Diable... grommela Robert entre ses dents.

Il se tut, le regard dur, fixé au loin.

Il reprit le levier qu'il avait laissé choir tout à l'heure:

— Tant pis... on se défendra!

Tout proche, une clef tournait dans la vieille serrure.

Liliane et son compagnon s'étaient reculés dans le coin le plus sombre du hangar.

Toutefois, leurs yeux, accommodés à l'obscurité ambiante, distinguaient très bien Muller, qui venait d'entrer...

Il semblait surpris, hésitant à aller plus loin.

— Hé! *Turcot*, c'est moi... grommela-t-il, comme s'il eût craint d'être assailli par le dogue qui, sans doute, le connaissait mal encore.

Puis, il s'élança vers la maison où il disparut.

De nouveau, une lumière brilla aux fentes des volets.

Robert et Liliane avaient saisi l'occasion qui se présentait.

A pas de loup, ils se glissaient vers la porte de la palissade.

Mais la serrure était fermée à double tour cette fois.

— Oh! mon Dieu... gémissait Liliane, brisée par ces alternatives.

Leur premier mouvement fut de regagner leur cachette.

Une fois là:

— Nous nous sommes trop pressés, haleta la jeune femme.

« Nous aurions eu le temps d'escalader la clôture.

« Je suis leste, moi aussi.

« Si on essayait.

— Non... fit Robert en montrant la lumière qui se déplaçait derrière les volets clos.

« Muller va sortir.

« Le voilà justement.

— Il nous a vus?

— Non! Et puis tant pis.

« Il est seul et je suis de taille à me défendre.

« D'ailleurs, je n'attendrai pas qu'il commence.

« S'il fait un pas dans le hangar, c'est moi qui vais le surprendre, lui sauter à la gorge.

« Il ne faut pas qu'il appelle, vous comprenez.

« Vous m'avez vu à l'œuvre, ayez confiance.

Ces paroles rassurèrent un peu Liliane, qui savait que Robert ne parlait pas en vain.

Cependant, Muller, sans se douter du danger terrible qui le guettait dans l'ombre, venait de s'arrêter à deux pas du hangar.

Il tournait la tête de gauche à droite, cherchant à percer les ténèbres.

— Hé, Turcot! grogna-t-il.

« Quelle idée d'avoir amené ce sale cabot ici!

« Sitôt seul, il a dû se sauver...

« Pendant ce temps, le patron s'impatiente.

« Corne, ma vieille!

« Il sera bien plus furieux quand il saura que le chien a filé.

« Et puis, zut! Je m'en moque, moi.

Et il s'en alla.

CHAPITRE CXCVII

Dans la caverne..

— Les voilà partis.. disait Robert, un peu après.

« Comme c'est simple!

« Et, comme on a tort de se frapper d'avance pour des choses qui ne se réalisent pas, le plus souvent...

— C'est vrai.. acquiesça Liliane, dont les belles couleurs revenaient déjà.

« Je m'attendais à tout excepté à cette solution.

« En tout cas, mon cher Robert, vous avez été superbe.

« Moi, au contraire, j'ai flanché légèrement.

« Je m'étais vantée un peu, je crois bien.

— Mais non, chère amie, protesta l'ancien sous off galamment.

« Vous avez été très crâne.

— Vil flatteur!

— Mais non, je vous assure.

« Cette minute d'affolement, que vous vous reprochez, je l'ai eue, moi aussi.

« Moi aussi, j'ai perdu la tête un instant: il y avait de quoi.

— Je ne m'en suis pas aperçue.

« Quel beau joueur vous faites, et que de leçons j'ai à prendre encore!

« L'important, c'est que vous ne me trouviez pas trop femmelette, que vous ne regrettiez pas trop de m'avoir acceptée dans votre jeu.

— Regretter... j'aurais mauvaise grâce!

« Mais, ma chère Liliane, vous oubliez que vous m'avez sauvé la vie tout à l'heure?

A pas de loup, ils se glissaient vers la porte de la palissade.

« Sans vous, ce maudit cabot m'étranglait bel et bien.

« Et je ne vous ai même pas remerciée...

— Oh! il n'y a pas lieu à remerciements entre nous.

« Je vous en devrais trop, sans cela!

— Il vous est si facile de vous acquitter...

Ce disant, Robert, excité par toutes ces émotions successives, avait saisi la chanteuse et cherchait à l'embrasser dans le cou.

Elle se laissa faire, puis:

— Soyons sages, dit-elle gentiment.

« N'imitons pas Annibal à Capoue.

« Nous avons autre chose à faire.

« Là-bas, l'auto, qui les avait tant effrayés, n'était plus qu'une lueur pâle dansant au bord de l'horizon.

Une sorte de feu follet, qui s'éteignit bientôt:

— A l'œuvre! s'écria la chanteuse en se dirigeant vers la maison.

« Les voilà partis pour tout de bon, cette fois.

— A l'œuvre... répéta Robert en brandissant le levier qui avait failli s'abattre sur le crâne de Muller.

Une fois devant la porte qu'il s'agissait de fracturer, Robert, avant de commencer, regarda et écouta par le trou de la serrure.

— Oh! il n'y a personne, allez... disait la jeune femme.

— Je le pense aussi, mais l'histoire du chien m'a rendu circonspect...

« Désormais, je ne m'avance plus sans reconnaître le terrain au préalable.

« De même, une fois entrés, notre premier soin sera de visiter la maison de fond en comble.

« Cette baraque peut cacher des surprises.

« Par conséquent, il s'agit de faire le moins de bruit possible.

Liliane écoutait, elle aussi:

— Qu'est cela? murmura-t-elle tout à coup.

« On dirait qu'il y a quelqu'un, qu'on marche, là, derrière?...

— Non... fit Robert Servan.

« C'est le bois qui travaille.

« Ne passons pas d'un extrême à l'autre.

Ayant ainsi parlé, Servan introduisit sa pince-monseigneur entre la serrure et le mur, et pesa lentement, progressivement, de toute sa force décuplée par le long bras du levier.

On entendit à l'intérieur le bois s'arracher; les vis des gâches tinter sur les dalles du couloir.

Puis, la porte céda dans un dernier craquement:

— Entrez, chère amie, murmura l'aventurier.

Il referma la porte, alluma la lanterne électrique, et, toujours à voix basse:

— Ne faisons pas de bruit.

« Nous allons visiter d'abord toutes les pièces, nous assurer que la baraque est bien inhabitée, qu'il n'y a pas de gardien d'aucune sorte.

— Ça m'étonnerait.

— Moi aussi; mais deux garanties valent mieux qu'une.

« Ce serait bête, après avoir triomphé de tous les obstacles, de perdre la bataille au dernier moment.

« Rappelez-vous ce que vous avez lu dans les journaux.

« C'est toujours pour avoir négligé un détail, insignifiant en apparence, qu'on se fait pincer... au tournant, comme on dit.

« D'ailleurs, cette perquisition sera vite faite.

« Toutes les portes sont ouvertes...

— Oui. Je m'étais imaginée un moment que si Muller revenait si précipitamment, c'était pour les refermer, mais non.

« Que venait-il faire, selon vous?

— Reprendre quelque chose, sans doute, quelque objet oublié par le chef: d'où sa mauvaise humeur.

Ainsi que l'avait annoncé Robert, la perquisition fut rapidement achevée.

Liliane et Robert Servan s'engageaient dans l'escalier.

Toutes les pièces — à l'exception d'une seule au rez-de-chaussée, meublée comme un bureau — présentaient que des murs nus, tapissés de toiles d'araignées...

— Je crois qu'il n'y a pas lieu de pousser jusqu'au grenier, constata Robert, en sortant de la dernière chambre.

— Non... certainement, répondit la chanteuse qui avait hâte d'arriver au principal.

« Ce n'est pas le grenier qui nous intéresse, mais la cave, le sous-sol... qui communique avec celui du château.

« Vous semblez oublier que c'est pour ça que nous sommes venus.

— Non; et on y va de ce pas.

« Auparavant, faisons un dernier tour dans le bureau.

— Que voulez-vous faire là?

— Visiter les meubles, fracturer quelques serrures.

— À quoi bon?

« Ce n'est pas là certainement, que le chef cache ses secrets.

— Je m'en doute, mais il faut bien faire quelques dégâts.

« Cette mise en scène est nécessaire pour faire dévier les soupçons.

« Vous m'avez dit vous-même qu'il fallait qu'on crût à un attentat de cambrioleurs professionnels.

— C'est juste... vous pensez à tout.

« J'admire votre sang-froid.

— Question d'entraînement... fit le jeune homme non sans fatuité.

« Pour nous, hommes de sport, le sang-froid est une chose toute physique en quelque sorte, et facile par conséquent...

« C'est la prédominance des muscles sur les nerfs.

Cinq minutes après, Liliane et Robert Servan s'engageaient dans l'escalier qui, selon eux, devait conduire à la cave du soi-disant carrier Jean-Louis.

Ils comptèrent vingt marches, trente, trente-cinq et hésitèrent.

Les visiteurs s'arrêtèrent stupéfaits.

Puis soudain, tout s'illumina d'une lueur livide, fantastique.

Les visiteurs s'arrêtèrent stupéfaits.

Toute l'excavation était tapissée d'ossements humains: crânes, fémurs, tibias, têtes de morts, d'où jaillissaient des flammes vertes.

Tout proche, un squelette, entier, celui-là, montrait de son doigt sec une inscription gravée sur le mur en lettres hautes d'un pied.

C'était l'inscription même que le Dante place à l'entrée de son Enfer:
Vous qui entrez ici, laissez toute espérance!

A la clef de voûte, un deuxième squelette, ayant dans sa cage thoracique tout un bouquet d'ampoules électriques, formait un lustre macabre...

— C'est une farce, dit Robert Servan, qui déjà se remettait de sa surprise.

« Une simple farce de carabin.

« S'ils s'imaginent nous intimider avec ces balivernes, ils se trompent.

« Nous ne sommes plus des enfants.

— Non... murmura Liliane, en riant d'un rire un peu contraint.

« N'empêche que j'ai eu une vraie secousse.

« Cependant, je n'aurais pas dû être saisie à ce point.

« J'étais prévenue, moi, en quelque sorte...

— Comment... prévenue? demanda son compagnon.

« Muller vous avait parlé de cette grotte imitée de certaines catacombes?

— Non; mais il m'avait parlé d'une grotte pareille

Ils avaient descendu plus de deux étages et s'étonnaient de ne pas trouver de palier.

— Où allons-nous? demandait la chanteuse.

« Cet escalier ne mène pas à la cave.

— Non... nous avons déjà dépassé les fondations; répondit Robert, qui s'était remis à descendre.

« Nous allons directement dans la carrière, je pense.

Le jeune homme éleva sa lanterne:

— Nous y voici justement...

Devant eux, s'ouvrait une vaste excavation aux parois suintantes, qui se perdait dans l'ombre.

Comme Robert franchissait la dernière marche, elle oscilla sous son talon...

Il y eut dessous un bruit de rouage déclanché.

existant sur les bords du Rhin, dans un vieux burg en ruines.

« C'était là que, jadis, les affiliés des sociétés secrètes : francs-maçons, *francs-juges,* partisans de la *Sainte-Wehme,* prêtaient leur serment de mort.

« Muller, qui trouvait cette exhibition « très » farce », disait-il, en avait installée une semblable dans un des châteaux de Walter Humding.

« Un château que le chef possédait quelque part, en Allemagne, avait-il ajouté pour me donner le change.

« Il s'était servi pour cela de quelques vieux ossements retrouvés dans les oubliettes.

— Oui... tout s'explique à présent.

« C'est comme ces tronçons de chaîne, ces anneaux rongés de rouille, qui pendent de place en place.

« Ce sont les fers des anciens prisonniers du château d'Ozy.

— C'est probable, répondit la chanteuse, en riant de bon cœur, cette fois.

« Il n'y manque plus que des hommes de cire, et le « Musée des Horreurs » serait complet!

« Je reconnais bien là l'âme romantique de « Mon-Ours ».

Ils firent deux ou trois pas tout en causant, et sentirent que le sol qu'ils foulaient, changeait de nature tout à coup.

Ce n'était plus le rocher, mais une argile grasse, mêlée de sable, impalpable.

Sur ce mélange ferme, compact, mais légèrement humide, les chaussures fines des visiteurs laissaient des empreintes d'une netteté inquiétante...

— Attention! fit Robert Servan, qui s'en était aperçu le premier.

Il fit reculer la chanteuse et se mit en devoir d'effacer leurs traces sur le sol trop malléable.

Liliane le regardait faire, intéressée.

— Alors, demanda-t-elle d'un ton léger, vous croyez que c'était un piège des Roches?

« N'empêche que nous voilà arrêtés, bouclés.

« Une ruse pour piger les curieux, prendre leur tour de semelle?

— Non... fit Robert en riant.

« Du moins, c'est peu probable.

« Seulement, comme je le disais tout à l'heure, deux précautions valent mieux qu'une.

« Surtout quand on a une pointure comme la vôtre, chère amie.

« Les cambrioleurs qui chaussent du trente-six sont plutôt rares.

— Flatteur... répéta la cabotine gaiement.

« C'est embêtant!

« Je n'aurais pas été fâchée de pousser l'exploration un peu plus loin.

« Jusqu'à ce soupirail, cette espèce de tunnel qui s'ouvre tout là-bas, au fond...

« C'est l'entrée du passage souterrain, cette fameuse porte secrète que nous cherchons depuis ce matin!

— Évidemment.

— Raison de plus pour aller jusque-là.

« Comment faire?

— Il y a deux moyens...

« Le premier, c'est de suivre le roc sur lequel nous nous trouvions tout à l'heure.

« Autant qu'on en peut juger d'ici, il y a une sorte de corniche rocheuse, qui fait le tour de la grotte.

« Il est donc probable qu'il y a un passage facile.

— Probable, mais pas sûr... interrompit la cabotine.

« Et puis, continua-t-elle, en montrant les ossements collés à la paroi — ça nous force à frôler toutes ces machines...

« J'aime autant pas.

« Voyons votre second moyen.

« Quel est-il?

— C'est le moyen classique des voleurs et des amants... fit Robert avec un clin d'œil du côté de sa compagne.

« Nous n'avons qu'à nous déchausser et nous avancer tout droit.

— C'est ça! approuva Liliane.

Et aussitôt, elle se mit à délacer ses hautes bottines.

Robert voulait l'aider, mais elle le repoussa:

— Non... dit-elle coquettement, vous n'avez pas encore conquis le droit de me servir de camériste...

Une fois déchaussés, ils s'avancèrent sur le sol argileux.

— Ça va très bien... constata Robert Servan.

« Nous ne laissons aucune trace distincte.

Ils firent quelques pas encore, puis Liliane s'arrêta de nouveau interdite.

Au fond de la grotte, de chaque côté du soupirail, qu'ils semblaient garder comme des sentinelles, elle distinguait maintenant deux bonshommes noirs sans pieds ni mains, vêtus de guenilles flottant autour de leurs maigres carcasses, coiffés de vieux gibus en accordéon, leur descendant jusqu'aux oreilles.

— Quelle est cette nouvelle plaisanterie? demandait la jeune femme.

« On dirait des épouvantails à moineaux...

Servan haussa les épaules dédaigneusement:

— Ça m'en a tout l'air, en effet, répondit-il.

« Encore quelque farce de « Mon-Ours ».

« Approchons...

Un peu après, ils prenaient pied sur le roc, en face des *sentinelles* au gibus en accordéon:

— Vous aviez raison, reprit Robert, ce sont deux mannequins.

« Deux épouvantails à moineaux, comme vous disiez justement.

Il tendit le bras vers la droite:

— Et moi, je n'avais pas tort non plus, continua-t-il.

« La corniche dont je parlais, fait bien le tour de la grotte.

« Nous la prendrons pour revenir...

Liliane, absorbée d'un autre côté, n'entendit pas cette remarque, n'y répondit pas.

Sur chacun des épouvantails, elle venait d'apercevoir, épinglé au revers de la redingote, une carte, sans nom aucun, mais portant deux lignes d'une écriture jaunie, à demi effacée par le temps et l'humidité.

Elle s'approcha jusqu'à toucher et lut: *Condamnés par le Tribunal secret. . . Ainsi périssent les traîtres!*

Elle s'approcha jusqu'à toucher et lut...

Robert Servan, qui avait suivi son mouvement, s'approcha à son tour et lut:

— Tiens, fit-il, la blague continue.

Mais la chanteuse reculait, envahie soudain d'une horreur qu'elle s'expliquait mal.

— Est-ce une blague?... murmurait-elle, j'en doute, cette fois.

« Il me semble reconnaître l'écriture de Muller.

— Qu'est-ce que ça prouve? répliqua Servan du même ton jovial.

« Alors, vous croyez que...

Pris d'une idée subite, il releva la manche de l'épouvantail et l'on vit sortir de là un poignet grêle, desséché, parcheminé, un poignet de momie, à la peau jaune, tachée de plaques sombres, qui devaient être des moisissures...

Toujours aussi calme, l'ancien sous-off continuait ses investigations.

D'une tape légère, il fit tomber le gibus du mort et le visage apparut.

Un visage grimaçant, sinistre, avec ses orbites vides, ses dents blanches et qui semblait rire de la peur qu'il inspirait.

Robert allait poursuivre, écarter l'habit, mais il aperçut son amie qui chancelait, toute pâle d'effroi.

Il s'empressa de la soutenir, la fit asseoir sur une saillie du roc, qui formait une sorte de siège naturel à deux pas de là.

— C'est effrayant... murmurait Liliane.

— Quoi donc? ces cadavres? mais non...

« Pas plus que les autres, les squelettes...

— Si... si... continuait la chanteuse, les dents serrées.

« Les squelettes sont des gens morts depuis des siècles, des inconnus...

« Tandis que ces cadavres-là sont récents...

« Ce sont des contemporains, des collègues qui ont trahi et ont reçu le châtiment.

— Vous croyez?

— J'en suis sûre.

« La chose est écrite en toutes lettres et c'est sérieux, cette fois, je vous jure.

« C'est un avertissement qu'on nous donne.

— C'est possible... mais il n'y a pas de quoi se frapper, répliqua Servan.

« Cet exemple ne nous apprend rien de nouveau.

« Nous savons très bien, vous et moi, que nous risquons notre tête dans la partie...

— C'est vrai, mais c'est impressionnant tout de même.

« La vue de ces carcasses m'a coupé bras et jambes.

— Oui... je comprends: la surprise

« Mais ça va mieux?

— Oui : ça passe.

« Quelle poule mouillée je fais.

Liliane avait laissé tomber son réticule, Robert le ramassa — et, pour faire diversion — l'examina, l'air émerveillé :

— Diable! fit-il avec des yeux brillants de cupidité, un fermoir en or!

« Vous vous mettez bien...

— Ce n'est pas moi... c'est un cadeau de Walter Humding.

— De mieux en mieux... plaisanta le jeune homme en déposant l'objet sur la pierre, à portée de son amie.

« La confiance règne...

« Le chef ne se doute guère de ce que nous faisons là...

La cabotine eut un sourire furtif, mais ces deux morts, là, si proches, la gênaient.

Elle n'en pouvait détacher ses yeux :

— Je me demande quels sont ces deux malheureux, reprit-elle bientôt.

« Nous les avons connus, peut-être?

— C'est peu probable... répondit Servan.

« Vous et moi, nous sommes trop jeunes, trop nouveaux venus dans la partie...

« Il a fallu des années pour momifier les corps à ce point.

« La coupe des vêtements date de dix ans au moins.

« D'ailleurs, il y aurait moyen de se renseigner, peut-être.

« Il se pourrait que l'une des victimes eût sur elle quelque chose comme une pièce d'identité...

Robert Servan s'approcha de nouveau et se mit à visiter les poches de l'un des cadavres.

Mais l'étoffe était tellement mûre qu'elle céda tout à coup, et qu'une poignée de pièces d'or s'abattit en tintant clair sur la roche.

— De l'or! s'écria la chanteuse.

« L'or de Judas...

Et comme son complice faisait mine de ramasser les pièces, elle fut choquée :

— Oh! non, mon ami, murmura-t-elle, avec une grimace de dégoût, laissez cela...

« Laissez ces morts.

« Cet argent nous porterait malheur.

— Bah! fit l'ancien sous-off cyniquement, l'or n'a jamais porté malheur à personne.

« C'était par curiosité, ce que j'en faisais, d'ailleurs.

« J'ai un ami qui collectionne dans le macabre.

« Et puis, ce mystère m'intrigue, moi aussi... ajouta-t-il, en continuant de fouiller.

« Or, voici justement un objet qui pourrait nous renseigner.

Il venait d'extraire une montre en or.

Il ouvrit la cuvette et lut le nom du marchand :

— Maison Denayrouze, 130, rue de Rivoli, n° 3006, plus deux initiales : L. C.

« Voilà une pièce d'identité, cette fois! clama-t-il triomphalement.

« J'irai voir le vendeur et tâcherai de savoir le nom de son client ici présent...

— C'est une idée.

« Seulement, rien ne prouve que ce soit le mort qui ait acheté directement.

— Très juste... mais c'est un point de départ tout de même.

« Enfin, nous avons un autre élément d'enquête : les deux lettres : L. C.

« Ce sont certainement les initiales du mort — acheva Robert en ramassant le chapeau, tombé par terre, et le présentant à la jeune femme.

« La preuve, c'est que les deux mêmes lettres, très reconnaissables, toutes oxydées qu'elles soient, se retrouvent là, sur le cuir.

— C'est vrai... murmura Liliane, intéressée malgré elle par cette enquête macabre.

« Vous raisonnez comme un *détective* blanchi dans le métier.

Pendant ce dialogue, Robert Servan fouillait l'autre cadavre, mais sans succès cette fois.

— Rien, fit-il, pas même un papier.

« Il est probable qu'on lui avait fait des fouilles, à celui-là...

Il se tourna vers son amie, et, montrant le souterrain demi-obscur qui s'enfonçait sur leur droite :

— Eh bien, reprit-il gaiement, qu'est-ce qu'on fait?

« Est-ce qu'on continue cette petite balade sentimentale?

— Non... répondit la chanteuse, que ces diverses émotions avaient guérie de toute curiosité.

« J'en ai assez pour aujourd'hui.

« A quoi bon, d'ailleurs : nous savons tout ce que nous voulions savoir.

« Jamais je n'ai eu l'idée folle de me risquer dans le boyau souterrain, ce trou à taupes, qui est peut-être hérissé de pièges, de chausse-trapes...

« Nous sommes renseignés, maintenant.

« Nous verrons — le moment venu d'agir — comment nous devrons nous y prendre pour condamner l'entrée que nous venons de découvrir...

— Alors on rentre?

— Oui, fit Liliane en se levant.

— A Paris?

— Non... à l'auberge.

« Je suis trop moulue pour voyager.

Une goutte d'eau, tombant de la voûte, lui coupa la parole:

— Tiens, il pleut maintenant... reprit-elle, en regardant autour d'elle.

— Non... c'est la voûte qui pleure.

— C'est bizarre. Je n'avais rien senti jusqu'ici.

« Ça m'inquiète...

Liliane parlait encore que l'électricité s'éteignit brusquement, comme si une main invisible eut fermé le commutateur.

Cette fois, elle frissonna de la tête aux pieds:

— Qu'est-ce que c'est encore? bégayait-elle.

Robert s'était empressé de rallumer la lanterne électrique.

— Rien de grave... répondit-il, continuant à faire bonne contenance.

« Un changement de courant, un court-circuit, que sais-je?

« Nous y voyons assez pour sortir d'ici.

— Alors, sortons vite.

« Tout cela m'inquiète de plus en plus!

« Vous n'entendez pas ce bruit d'eau?

« On dirait que le suintement a redoublé tout à coup.

« C'est une caverne, ici.

« J'ai peur...

« Fuyons!

La chanteuse avait pris le bras de son compagnon et cherchait à l'entraîner.

Au même instant, la lumière reparut, mais elle était rouge, maintenant, d'un rouge vermeil, sinistre.

Le squelette, là-haut, à la voûte, et les têtes de mort, tout autour, semblaient vomir des flots de sang.

Liliane avait lâché le bras de son ami et se tordait les mains d'épouvante:

— C'est affreux... balbutiait-elle..

Enfin un cri jaillit, une clameur de folle : Au secours

« Il se prépare quelque chose...

« J'ai peur...

Bien que troublé lui-même, Servan s'efforçait de la rassurer:

— Voyons, disait-il, vous n'allez pas vous laisser démonter par cette fantasmagorie.

« C'est enfantin, tout ça.

« Tous les jours, nous en voyons autant sur les boulevards.

— J'ai peur, répéta la chanteuse d'une voix blanche. Cela prouve qu'il y a quelqu'un ici, quelqu'un qui nous espionne.

— Mais non!

« Ces feux-là se font tout seuls, automatiquement...

« Rappelez-vous ce que nous avons vu cent fois.

Robert se tut tout à coup.

Son regard venait de descendre de la voûte au sol de la grotte, et il avait senti une sueur froide perler à ses tempes...

C'est qu'en effet, il se passait là quelque chose d'étrange, d'effarant!

Ce sol, si ferme encore tout à l'heure, où les pieds nus marquaient à peine, s'était mis à se ramollir subitement, à se liquéfier, pour ainsi dire.

Il s'agitait, se boursouflait, bouillonnait en quelque sorte, comme l'eau sur le feu.

Il se passait là tout un travail mystérieux, terrible.

Robert s'était baissé et tâtait le terrain devant lui d'une main tremblante:

— C'est bien toujours du sable et de l'argile, murmura-t-il, mais l'eau arrive...

« Et tout cela ne forme plus qu'une masse gluante, un piège de boue...

Soudain, ses cheveux se dressèrent d'horreur.

Affolée, Liliane venait de s'élancer sur cette surface mouvante...

Elle franchit une dizaine de mètres à la course, mais presque aussitôt, sa course se ralentit.

Déjà, elle s'embourbait jusqu'aux chevilles, ne

pouvait qu'avec peine arracher ses pieds de cette masse agglutinante, happante comme de la glaise...

Elle s'arrêta, et dès lors, elle fut perdue.

Elle enfonçait, elle coulait lentement, progressivement, comme un vaisseau qui sombre.

C'était l'enlizement, le terrible enlizement, contre lequel tous les efforts échouent.

Déjà la vase grasse atteignait les genoux, bloquait les jambes...

L'infortunée se sentait mourir, et regardait autour d'elle, l'air hagard, les yeux blancs, révulsés...

Niobé devait avoir ce visage tragique lorsqu'elle fut changée en rocher.

Deux ou trois fois, elle ouvrit la bouche, mais aucun son n'en sortit.

Enfin, un cri jaillit, une clameur de folie:

— Au secours!

Cependant Robert, médusé un instant, avait fini par se ressaisir.

Il fit un pas vers elle, et, d'une voix forte, vibrante, qui roula au fond du souterrain:

— Couchez-vous! commanda-t-il.

« Couchez-vous.

« Je vais vous chercher...

Il y avait un tel accent, une telle autorité dans la voix du jeune homme, que Liliane obéit sans comprendre.

Par un effort surhumain, elle parvint à arracher une jambe du piège et se laissa choir de son long.

Aussitôt, elle comprit, et son visage se transfigura.

Soutenu par les robes, le corps n'enfonçait plus.

— Sauvée! cria Robert, transporté de bonheur.

« Vous êtes sauvée...

« Je réponds de tout, maintenant!

« Ecartez les bras, les jambes, étalez votre robe le plus possible...

« Bien... Je m'en vais chercher une corde, maintenant.

« J'en ai vu, là-haut...

Il suivit la corniche, fit le tour de la grotte en deux secondes, et s'élança dans l'escalier comme une flèche.

Moins d'une minute après, il reparaissait au bas des marches, tenant une corde longue d'une brasse.

Il en jeta un bout à la chanteuse, qui la saisit à deux mains, et le sauveteur n'eut plus qu'à haler...

Lorsqu'elle toucha la rive, Liliane se jeta dans les bras de son sauveur, lui tendit les lèvres, et, de joie s'évanouit.

CHAPITRE CXCVIII

Le cadeau fatal

Quelques heures après, Robert Servan se réveillait dans la chambre d'auberge où il venait de passer la nuit avec Liliane.

Il était six heures à peine, mais il se rappelait que la veille, elle avait parlé de regagner Paris tout de suite.

Aussi, s'empressa-t-il de sauter à bas du lit, afin de vaquer aux préparatifs du départ.

Il s'habilla rapidement et descendit pour s'assurer par lui-même que les ordres donnés la veille, à leur retour d'expédition, étaient exécutés.

Il entra dans la vaste cuisine où brûlait un feu de bois à rôtir un bœuf:

— Eh bien, ça marche? demanda-t-il à la servante, qui s'affairait.

Celle-ci, une fraîche paysanne à l'air déluré, salua d'abord:

— Oui, monsieur, répondit-elle, en montrant les hardes qui séchaient autour, sur des cordes.

« Ça marche, mais j'ai eu du mal, allez!

« J'ai passé une partie de la nuit à savonner, frotter, que les ongles m'en cuisent.

« Je me demandais si jamais j'en viendrais à bout.

« Vous, encore, vos effets, il y avait pas trop à dire.

« Mais c'est madame!

« On dirait qu'elle a fait exprès de se rouler dans la vase.

« Je me demande comment que c'est arrivé.

« Alors, vous êtes tombés à la rivière, à ce que dit le patron?

— Pas tout à fait... répondit Servan, qui tenait à laisser tout ça dans le vague.

« Nous revenions en suivant le bord de l'eau.

« Ma femme a fait un faux pas, et a glissé dans une espèce de mare argileuse.

« Il n'y avait pas d'eau de quoi noyer un chat, mais elle a perdu la tête.

« Au lieu de se laisser tirer tranquillement de là, elle s'est cramponnée à mes jambes, et nous avons barbotté tous les deux.

— Je comprends..., fit la campagnarde en souriant.

« C'est plein de bourbiers, de ce côté.

« Aussi, quelle idée d'aller rôder par là en pleine nuit?

— Eh!... s'écria Robert, nous ne rôdions pas, ma belle enfant.

« Nous revenions d'excursion.

« J'avais compté sur le clair de lune, mais je m'étais trompé d'une heure.

« Tant et si bien que nous nous sommes égarés dans le bas fond.

« Bah! le mal n'est pas grand.

— Non... même que vous vous en tirez à bon compte.

« Vous auriez pu rencontrer pire.

« Paraît qu'il y avait des bandits par là, cette nuit, sur les bords de l'eau...

Robert Servan avait dressé l'oreille.

— Des bandits? dit-il d'un air étonné.

« Quelle espèce de bandits?

— Des cambrioleurs, donc...

« Ils ont dévalisé la maison de Jean-Louis, à quelques pas de la rivière.

— La maison de Jean-Louis? fit le jeune homme du même ton interrogatif.

— Oui, la Sablière, comme on appelle ici.

« Vous ne connaissez pas, évidemment; n'empêche que vous avez passé près.

« Peut-être même que vous étiez par là au moment où les mandrins opéraient?

Servan fit attendre sa réponse...

Il avait pris l'un des vêtements mis à sécher, et feignait de l'examiner attentivement.

— Où diable veut-elle en venir? se demandait-il avec un commencement d'inquiétude.

« Est-ce que cette mâtine, qui n'a pas l'air d'avoir les yeux dans sa poche, se douterait de quelque chose, aurait découvert quelque trace, quelque signe sur nos habits? Mais non, impossible.

« Elle parle pour parler, simplement.

Et tout haut:

— Non... répondit-il avec flegme.

« Du moins, nous n'avons rien remarqué d'anormal.

Liliane se jeta dans les bras de son sauveur.

« Sans quoi j'aurais été le premier à donner l'alarme.

« Malheureusement, on ne s'est pas rencontré, nous et les apaches.

— Ça vaut mieux pour vous... peut-être.

— Pourquoi donc?

— Parce qu'il aurait pu vous en cuire.

« Songez donc, madame avec toutes ces bagues qu'elle a... jusqu'au petit doigt.

« Elle a beau porter une robe toute simple, on voit bien que ce n'est pas du faux, ça, allez!

« Alors, ça aurait pu mal tourner.

— Bah!... ces gens-là sont donc bien terribles?

— Paraît qu'ils n'ont pas peur, en tout cas, qu'ils ne manquent pas de poigne... ah! non, par exemple!

« La preuve, c'est que depuis quelques jours, il y avait un chien chez Jean-Louis.

« Un dogue terrible, qu'on ne lâchait que la nuit, et dont le carrier lui-même avait presque peur.

« Eh bien, ce dogue, ils vous l'ont saigné comme un chevreau...

— C'est bizarre, en effet... Quel culot ont ces chenapans!

« Et personne n'a rien vu, rien entendu?

— Rien de rien; pas ça...

— Alors, comment savez-vous?

— C'est le laitier qui vient de m'apporter la nouvelle.

« Il passait avec sa voiture devant la Sablière.

— C'est lui qui a découvert le crime?

— Oui.

— Comment?

— Il a vu le chien étendu dans une mare de sang.

« La porte de l'enclos était battante.

« Celle de la maison aussi.

« Alors, comme c'est un homme qui n'a pas froid aux yeux, lui non plus, il est entré pour voir.

« Tout était en l'air.

— Est-ce qu'il y a mort d'homme? demanda Servan avec une curiosité parfaitement jouée.

— Non... la baraque était vide comme à l'ordinaire.

« Maintenant, si vous voulez des détails, vous pourriez pousser jusque-là pendant que je prépare le chocolat.

« C'est à cinq minutes...

— Tiens, c'est une idée! répondit Servan, saisissant l'occasion aux cheveux.

Et il sortit aussitôt afin de se renseigner par lui-même.

Quand il revint vers sept heures, Liliane était déjà levée.

Elle guettait son retour à la fenêtre de l'auberge.

Robert comprit qu'elle savait, elle aussi, la nouvelle, et s'empressa de monter pour la rassurer.

— Enfin! s'écria la chanteuse dès qu'il parut, vous voilà.

« Vous venez de là-bas?

— Oui... tout va bien.

— Je respire, fit-elle.

« Je me faisais des idées au milieu de tous ces racontars.

« Ainsi, personne ne nous a vus?

— Personne... et personne ne pense à nous soupçonner.

« Chacun est convaincu qu'il s'agit d'un exploit de malandrins.

— Vous êtes entré dans l'enclos?

— Oui, et aussi dans la maison.

« Je tenais à m'assurer *de visu* que nous n'avions rien oublié, laissé aucune trace de notre passage.

« C'était dans les choses possibles.

« En effet, nous sommes partis un peu précipitamment hier soir, sans même tirer les portes.

« Une vraie fuite.

— Il y avait de quoi... murmura la jeune femme,

Car Jean-Louis reste un étranger pour eux...

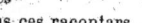
Il a vu le chien étendu dans une mare de sang.

qui, au souvenir du drame, avait encore la chair de poule — et nous aurions été bien excusables.

« Aussi, ç'a été ma première idée en me réveillant.

« Puis, quand j'ai su que vous étiez là-bas, que j'ai vu que vous tardiez — on est monté deux fois pour le déjeuner — je me suis mise à me faire de la mousse.

« Je me disais: il a oublié quelque chose et il cherche... sans trouver.

« Si j'allais voir ce qui se passe.

« Deux fois j'ai été sur le point de partir.

« Et maintenant encore, bien que tranquillisée, j'ai une envie folle d'aller là-bas à la *Maison du Crime*, comme on dit.

« Nous allons déjeuner et partir en reconnaissance.

« Il doit y avoir foule?

— Non... cinq ou six personnes au plus.

— Tiens, murmura la cabotine un peu déçue, je croyais que notre petit exploit, l'épisode du terrible molosse si dextrement zigouillé par vous aurait plus de succès.

« Mauvais public, les campagnards.

— Oui, et puis c'est trop tôt encore.

« Les citadins qui habitent les villas voisines, sont encore au pieu.

« Quant aux paysans, comme vous le disiez, ils ne s'émeuvent pas facilement, surtout pour un étranger. Car Jean-Louis reste un étranger pour eux...

— Pas pour nous, s'écria Liliane malicieusement.

« Nous le connaissons, le bonhomme maintenant, et sa caverne... Son antre!

« Rien que d'y penser, j'ai le frisson, et en même temps, l'envie d'y retourner au plus vite.

« Il me tarde de revoir en plein jour, comme en flâneur, les lieux où nous avons éprouvé de telles émotions... C'est une sensation nouvelle pour nous.

« Pourvu toutefois qu'il n'y ait pas de danger?

— Aucun danger, affirma Robert; je vous répète que personne ne pense à nous suspecter.

C'était un gamin déguenillé de quinze à seize ans.

mangèrent de grand appétit.

La première faim apaisée, Robert se pencha un peu de côté et considéra la robe de son amie, qui avait des reflets bizarres.

Il fallait que la jeune femme eût été réellement préoccupée pour n'en avoir pas parlé encore, n'avoir pas récriminé, et Robert n'en revenait pas:

— Vous êtes contente de votre lavandière? interrogea-t-il, un peu moqueur.

La chanteuse fit la moue:

— Contente... il ne faudrait pas être difficile, répondit-elle. Mais à quoi bon se fâcher?

« Cette pauvre fille a fait ce qu'elle a pu.

— D'où vient que l'étoffe ait ces tons changeants, continua le jeune homme, comme s'il eût voulu la pousser à bout.

— De ce qu'on l'a fait sécher au feu, répondit Liliane tranquillement.

« Il eût fallu l'exposer au soleil.

— C'était difficile, convenez...

— Evidemment... aussi, j'en prends mon parti.

« La robe est bien bonne pour ici.

— Elle est très bien. Ces tons gorge-de-pigeon...

— Zut!... interrompit la chanteuse jovialement.

« Vous voulez me faire monter à l'échelle.

« Vous perdez votre temps.

« Quant à Paris, c'est une autre affaire.

« Vous n'imaginez pas, continua-t-elle, que je vais rentrer en ville avec cette robe bariolée?

— Que comptez-vous faire?

Liliane éclata de rire:

— Mais tout simplement vous envoyer à l'hôtel chercher un autre vêtement.

« Seulement, je croyais que vous vouliez rentrer tout de suite à Paris?

— J'ai changé d'avis. (On a bien le temps.

A cette minute, la servante entrait, portant un plateau large comme une table, et chargé de mets de toutes sortes.

— J'ai commandé un déjeuner copieux, sandwichs, chocolat, etc., expliqua Liliane, une fois seuls.

— Un vrai lunch... quoi... fit Robert en riant.

— Oui. Nous n'avons pas dîné et j'ai la dent...

— Moi aussi! continua l'ancien sous-off, en saisissant un sandwich qu'il se mit à dévorer à belles dents.

« C'est même la faim qui m'a réveillé tantôt de si bonne heure.

Les deux aventuriers se mirent à table et

« Vous allez me servir de caümériste...

— Je ne demande pas mieux... puisque j'ai conquis mon grade, répondit Robert, faisant allusion à un mot dit la veille.

— Oh! rien ne presse.

« Nous pouvons très bien rentrer cette nuit.

— Ou même demain, murmura Robert avec un regard en dessous..

— Non... fit nettement Liliane, qui avait compris l'intention et entendait bien ne pas accorder de sitôt une nouvelle nuit à celui qu'elle ne considérait que comme un associé sympathique.

« Rappelez-vous nos conventions, mon ami, et ne me faites pas regretter ce que j'ai fait de si bon cœur.

« Donc, nous allons passer encore cette journée ici, puisque c'est ici que la partie s'engage... Je tiens à être là quand Muller et le chef reviendront.

« A voir — à savoir, tout au moins — la bobine qu'ils feront devant leur cambuse cambriolée...

« Il importe, vous comprenez, pour notre conduite future, que nous connaissions leur impression très exactement.

« S'ils croient, eux aussi, à un attentat de professionnels, la route est libre... On peut aller de l'avant!

« Au contraire, si Walter Humding, qui ne manque pas de flair, subodore quelque chose... il faudra attendre pour continuer.

« Me laisser le temps de dissiper les soupçons qui pourraient planer sur nous...

— Pourquoi parler de soupçons?

« Je vous répète que nous n'avons laissé aucune trace, rien qu'un peu de boue dans le couloir...

« Nous avons même poussé la prudence, souvenez-vous, jusqu'à ne nous rechausser que dans le jardin, et là le terrain est sec.

« Et puis avec tous les curieux qui piétinent déjà....

« Bertillon lui-même y perdrait son grec.

— Oui, aussi n'est-ce pas cela, mais la boue qui m'inquiète.

« Walter Humding va s'apercevoir que nous sommes descendus dans la grotte...

— Quant à ça, oui. D'ailleurs, l'électricité brûle encore là-bas, sans doute.

— C'est vrai! sursauta Liliane. Je n'y pensais plus.

« C'est grave, cela. Vous avez constaté la chose?

— Non; je ne suis pas descendu.

— Vous auriez dû, peut-être.

« Vous auriez essayé d'éteindre.

— Hé! j'y ai bien pensé!

« J'allais descendre, mais un voisin, qui visitait avec moi, m'en a empêché. Casse-cou! m'a-t-il dit.

« Cet escalier ne mène nulle part: il va se perdre dans une sorte de précipice. Ce serait aller à la mort

que de se risquer là-dedans.

« On voit bien que vous n'êtes pas du pays.

« Les autres badauds approuvaient du bonnet et j'ai dû renoncer, pour ne pas paraître en savoir trop. C'était le plus sage; mais tout cela m'inquiète.

« C'est comme cette montre que nous nous sommes adjugée indûment.

« Je n'y ai pensé qu'après, mais il eût mieux valu la laisser là où elle était.

— Je ne suis pas de votre avis.

« Ce vol prouve, au contraire, que ce sont bien des cambrioleurs qui opéraient.

— Et les pièces d'or, objecta Liliane.

« Pourquoi les auraient-ils laissées?

« Tout ça semblera louche...

— Mais non: tout s'explique très bien, au contraire. En voyant la lumière changer de couleur tout à coup, les apaches ont eu la frousse.

« Et ils ont détalé par le plus court.

« D'ailleurs, même si les Boches entrevoient un peu de la vérité, vous êtes la dernière à qui ils penseront. Leurs soupçons se porteront tout naturellement sur les agents du contre-espionnage.

« Sur ceux du capitaine Lancelin particulièrement.

— Oui... et c'est ce qui me rassure un peu.

« D'ailleurs, il faudra, avant de continuer, que j'en aie le cœur net.

— Oh! je n'espère pas confesser le patron.

« C'est un sphinx que cet homme, et je ne suis pas de force à lui tirer les vers du nez...

« Mais il y a un Mon-Ours qui est plus accessible, moins impénétrable.

C'est lui qu'il s'agit de circonvenir.

« Là-dessus partons. Je grille de savoir ce qui se passe chez le pseudo Jean-Louis.

— Vous tenez à aller là-bas? C'est imprudent.

— Pourquoi donc?

— Parce que vous risquez d'être reconnue.

— Par qui diable... pas par Muller, je pense?

« Il est loin.

— C'est ce qui vous trompe!

« Muller est peut-être en route à cette minute.

« En tout cas, il est prévenu... du moins on lui a téléphoné.

— Mais qui donc?

— Un voisin, un gargotier, chez qui Jean-Louis mangeait quelquefois, et qui avait des ordres en conséquence.

« Il a couru en bécane au bureau de poste de Chantilly, où il a dû arriver juste pour l'ouverture.

— Mais ce voisin connaît donc l'adresse de Muller!

— Il paraît... Il a téléphoné à l'Hôtel du Lion.

— L'Hôtel du Lion... je me rappelle, en effet.

« C'est un hôtel de quartier qui se trouve près du Lion de Belfort, à deux pas de la garçonnière que le chef occupe sous le nom de comte d'Amaury.

« Seulement Muller n'y couche pas toutes les nuits.

« De plus, même s'il était là, il faut une heure pour venir, avec une bonne auto encore.

« Nous avons tout le temps, par conséquent.

— D'accord, seulement, il ne faut pas s'attarder,

« Ce serait bête — après avoir passé à travers tous les pièges tendus sous nos pas — d'aller, par pure curiosité, nous jeter dans la gueule du loup...

« Moi, je ne risque rien, Muller ne me connaît pas, mais vous...

— Oui, vous avez raison, mon ami.

« Aussi ne ferons-nous qu'aller et venir.

« Ce serait bête, comme vous dites très justement, de gâter une partie qui se présente si bien.

Liliane avait fini de déjeuner.

Elle prit son chapeau, ses gants, et continua de chercher à travers la chambre.

Peu à peu, son visage s'assombrissait, et soudain, elle blêmit:

— Et le sac! s'exclama-t-elle.

— Quel sac?

— Mon sac à main! Le cadeau du patron...

« Nous l'avons laissé là-bas, dans la grotte!

« Nous sommes pris.

Robert Servan, qui était encore à table, se leva d'un bond à cette nouvelle. Quelque maître qu'il fût de soi, il avait pâli, lui aussi.

— Diable... murmurait-il. C'est embêtant!

— Embêtant! grondait la chanteuse. Vous appelez ça embêtant, quand il y va de notre vie? Mais c'est une catastrophe! L'affaire marchait si bien, et voilà que tout croule.

Elle avait des larmes de rage aux yeux. Et soudain, elle s'emporta, le visage hargneux:

— C'est votre faute aussi.

« Je comptais sur vous, moi... je vous ai vu ra-

— Pas un mot, fit-il à l'oreille de la jeune femme.

masser le sac, je croyais que vous l'aviez toujours.

— Pardon, fit Robert d'un ton ferme, je vous l'ai rendu. C'est vous-même qui m'avez dit de le déposer auprès de vous, sur la pierre.

— C'est vrai... dut convenir la jeune femme, mais j'ai perdu la tête ensuite.

« Je suis partie tout à coup, comme une folle.

« C'était à vous de vous occuper du sac.

Servan regarda son amie bien en face:

— Je ne m'occupais que de vous, répondit-il d'une « De vous qui couliez à pic, et me regardiez avec des yeux suppliants, mourants...

« Un quart de seconde de distraction et tout était perdu. Ensuite, une fois sauvée, revenue à vous, c'est vous qui avez voulu fuir sur-le-champ, qui m'avez traînée hors de l'enclos...

Pendant cette réplique, Liliane avait courbé la tête.

Quand elle la releva, son visage était changé, tout ruisselant de larmes:

— C'est vrai, dit-elle d'une voix douce, contrite. Je suis injuste, ingrate, ce qui est pire.

« Je vous demande pardon, mon cher Robert.

Puis, brusquement, elle enlaça le jeune homme et l'embrassa de ses lèvres encore humides de pleurs.

— Je vous demande pardon... répétait-elle.

« J'ai cédé à un mouvement nerveux.

« Toutes ces émotions, puis cette déception finale m'ont mise à cran. D'où cette querelle stupide.

— Oh! répondit Servan, tout heureux et déjà désarmé, je ne vous en veux pas.

« Je connais les femmes, des paquets de nerfs... voilà ce que vous êtes toutes.

« Vous, au moins, vous revenez vite.

« C'est le second mouvement qui est le bon.

« Quant à votre sac, rien de perdu encore.

« Je l'aurai ou j'y laisserai ma peau!

« Je vais le chercher......

La chanteuse se redressa :

— J'y vais avec vous.

— Non. Vous me gêneriez, répondit Robert, qui, déjà, prenait son chapeau.

« Seul, je pourrai mieux me glisser dans la grotte.

— N'allez pas vous embourber, au moins !

« Soyez prudent, mon ami.

« Mieux vaudrait renoncer au sac.

— Soyez tranquille, il y a un passage et je le connais. Laissez-moi faire.

« Je vais aller là-bas, rôder dans la maison, guetter le moment propice, et sitôt venu, me faufiler dans le souterrain.

— Pourvu que vous arriviez à temps ?

— C'est probable... sûr même... affirma Robert.

« Je vous ai dit que personne n'osait se risquer dans ce casse-cou.

« Par conséquent, je vais arriver bon premier.

« Courage donc, acheva-t-il en se dirigeant vers la porte. Courage et à bientôt.

CHAPITRE CXCIX

A voleur, voleur et demi !

Sitôt son complice sorti, Liliane courut à sa table de toilette.

Elle saisit la seringue Pravaz, qui se trouvait toujours là, à portée de sa main, et se fit une piqûre :

— J'avais besoin de ça, murmurait-elle, après toutes ces émotions. Voilà que je me sens mieux déjà.

« Le charme opère !

« Je vais pouvoir réfléchir en toute liberté d'esprit.

« Si Robert échoue, comme je le crains, la situation sera grave pour nous, très grave.

« Le danger est terrible... il s'agit d'y parer au plus vite.

La chanteuse s'assit dans l'unique fauteuil, près de la fenêtre, afin de guetter le retour de Servan, et se mit à méditer, la tête sur le dossier.

Bientôt, elle fermait les yeux, mais elle ne dormait pas.

Jamais, au contraire, son esprit n'avait été plus actif, plus lucide. Cependant, le temps passait.

Elle tressaillit soudain en entendant l'horloge sonner en bas, regarda sa montre.

— Neuf heures, fit-elle, et Robert ne revient pas.

« Cela fait plus d'une heure qu'il est là-bas.

« Il a échoué évidemment... mais alors, il devrait être de retour.

« Il sait dans quelles transes il m'a laissée.

« Qu'est-ce qui le retient ?

« A moins qu'il n'ait pas trouvé encore le moyen de se faufiler vers la grotte...

« Il doit y avoir foule maintenant par là.

« Qui sait, la police est peut-être arrivée, la police de l'endroit — garde champêtre, gendarmes — qui empêche d'approcher.

Liliane allait et venait de la fenêtre à la porte.

— A moins, continua-t-elle, que Robert ne soit tombé dans quelque nouveau piège.

« Ce serait complet, cette fois !

« Il faut que je sache.

« Je vais là-bas.

Elle partit aussitôt et eut vite franchi les quinze cents mètres qui séparaient l'auberge de la maison du carrier.

Comme elle approchait, des hésitations lui vinrent :

— Est-ce que je vais entrer ? se demandait-elle.

« Muller est peut-être là et le chef avec lui.

« S'ils ont reçu le message téléphoné, ils ont eu tout le temps d'arriver.

A ce moment, elle aperçut Robert qui sortait de l'enclos.

Il avait la mine soucieuse, et, tout de suite, la jeune femme comprit qu'il n'avait pas retrouvé le sac à main, objet de leurs inquiétudes.

Vivement, elle s'avança à sa rencontre.

— Eh bien ? fit-elle d'une voix rauque.

« Vous ne l'avez pas ?

— Non... le sac n'était plus à sa place.

« On l'a pris. On l'a volé, pour mieux dire.

— Mais qui ? haletait la chanteuse, qui donc ?

« Muller... est-ce qu'il est là ?

— Non. Je sors de la maison.

« Ni Muller ni le chef n'ont paru encore, mais ils approchent peut-être.

— Alors je rentre.

— Non, ma chère Liliane, ce serait une imprudence grave.

« Vous avez l'air trop surexcitée.

« Sans compter que Muller peut survenir à l'improviste.

« Ne restons pas sur la route. Venez.

« Il y a une auberge toute proche — celle justement où Muller déjeunait parfois.

« Nous allons entrer là et surveiller les abords de la maison.

Tout en parlant, l'ancien sous-officier avait pris le bras de son amie et l'entraînait vers un cabaret situé deux cents mètres plus loin, et portant cette enseigne : *Au Rendez-vous des Cyclistes.*

Ils entrèrent dans le jardin, séparé de la route par une simple porte à claire-voie, choisirent une tonnelle isolée, d'où ils pouvaient voir la maison de Muller.

Une fois seuls, devant les verres qu'on venait de leur servir :

— Ici, nous sommes tranquilles pour causer, reprit Servan.

« Ce qui arrive est grave, certes, mais moins que vous pensez, beaucoup moins.

« Celui qui a chipé le sac — car il s'agit d'un vol, ça saute aux yeux, — n'ira pas s'en vanter.

« Par conséquent, la preuve contre nous disparaît...

Liliane écoutait à peine, plongée dans ses réflexions.

Tout à coup, elle releva la tête :

— Une question, dit-elle, avant tout.

« On a volé le sac, dites-vous, et ce n'est pas Muller, ni le chef qui a fait le coup?

— Non, évidemment, puisqu'ils ne sont pas arrivés encore.

— Alors, c'est un des visiteurs?

— C'est mon opinion, quelque paysan alléché par l'or du fermoir.

Deux hommes apparaissaient, sortant du soupirail.

« Du moment qu'il n'a rien dit de sa trouvaille, c'est qu'il compte se l'attribuer.

« Tous ces croquants sont chapardeurs de nature.

« Votre voleur va cacher l'objet pendant quelque temps, puis il cherchera à s'en débarrasser, à le vendre.

« Remarquez que, dans son idée, le sac appartient à Muller et que ce n'est pas à lui qu'il s'adressera... bien sûr!

« Il ira le bazarder à Paris, chez quelque recéleur.

« A moins qu'il ne fonde lui-même le précieux métal.

« Dans un cas comme dans l'autre, l'objet disparaît et nous n'avons pas de suites à redouter.

Mal convaincue, la cabotine hochait la tête :

— Oui, murmura-t-elle, de cette façon, tout s'arrangerait, tout serait sauvé.

« Malheureusement, j'ai peine à croire à ce vol, moi...

« Vous disiez tout à l'heure que les voisins n'osaient pas se risquer dans ce « casse-cou ».

— Il s'en sera trouvé un plus hardi, plus curieux que les autres.

« Quelque vagabond, peut-être, voleur de profession, et qui ignorait le péril.

— Admettons.... mais une fois à l'entrée de la grotte, il devait fuir, comme nous avons failli le faire nous-mêmes.

« La vue de tous ces squelettes...

— Hé! s'écria Servan, il ne les a pas vus.

« L'électricité était éteinte.

— Vous êtes sûr de cela?

— Puisque j'en viens.

— Alors, murmura Liliane, d'un air abattu, découragé, nous sommes flambés.

« C'est Muller qui est venu.

« C'est lui qui a fermé le courant...

— Non... je vous répète que tout cela fonctionne automatiquement.

« Le courant, une fois donné, doit durer un quart d'heure ou vingt minutes, le temps de franchir le souterrain.

— Alors, comment avez-vous fait, vous?

« Vous avez mal vu...

« Le sac est encore là-bas, peut-être.

— Non certainement. J'avais ma lanterne, et de plus, je connaissais l'endroit exact.

« Quant au voleur, lui, il a dû s'avancer à tâtons, en se guidant des mains contre la muraille, à la manière des aveugles...

« C'est même cette précaution qui, probablement, lui a sauvé la vie...

« Sans doute qu'il avait des allumettes sur lui.

« Il en frottait une de temps à autre.

« Tout à coup, il a aperçu le sac, il l'a pris et s'est sauvé au plus vite...

« Examinez, réfléchissez, il n'y a pas d'autre explication possible.

« Voilà trois quarts d'heure que je tourne et retourne le problème dans ma tête.

— Vous êtes sûr que ce n'est pas Muller? s'entêtait la chanteuse.

— De ça, oui.... il suffit de réfléchir.

« Le bureau de Chantilly d'où l'on a téléphoné ouvre à huit heures.

« Supposons que Muller se soit trouvé là, prêt à partir, qu'il n'ait eu qu'à sauter en auto, il arriverait à peine.

« Or, il y a une heure au moins que le sac a disparu.

— Oui... murmura la chanteuse, vous me rendez l'espoir.

« Mais je reste inquiète malgré tout.

« Je ne serai tranquille que lorsque j'aurai revu « Mon-Ours ».

« Je saurai par lui si le chef se doute de quelque chose...

Les deux aventuriers se turent, regardant un petit aveugle, conduit par un chien-mouton, qui venait d'entrer dans le jardin.

C'était un gamin déguenillé de quinze à seize ans environs, à l'air malingre, souffreteux.

Les pieds nus, n'ayant pour tout vêtement qu'une chemise et un pantalon en loques, il eût fait pitié, sans son visage grimaçant, chafouin. Un visage qui suait l'astuce et le vice.

— C'est un simulateur? disait Liliane.

— Non... voyez, il fait le tour des tables et elles sont vides.

« D'ailleurs, je l'ai rencontré déjà, il me semble.

— Où donc?

— Dans la maison de Muller.

« Il essayait de voler quelque chose, paraît-il.

Cependant, l'aveugle approchait.

Il leva la tête, cherchant ceux qui parlaient, puis tendit une main hésitante du côté de Liliane:

— La charité, madame... implora-t-il.

Ce geste fit bâiller la chemise, et l'œil de Robert flamboya tout à coup.

Il venait de découvrir, là, contre la peau, un objet brillant, enveloppé d'un vieux journal.

Il le saisit, le jeta sur la table:

— Mon sac! commençait Liliane.

« C'est mon...

Un geste impérieux de Servan lui cloua les lèvres:

— Pas un mot... fit-il à l'oreille de la jeune femme.

« Ce morveux ne voit pas, inutile qu'il nous entende...

— Oui... murmura Liliane, en ramassant son sac et le cachant sous sa robe.

« J'ai compris.

Quant au petit mendigot, il s'était mis à trembler comme une feuille:

— Qu'est-ce qu'il y a... bégayait-il, en tournant de tous côtés ses yeux morts, aux paupières dansantes d'effroi.

« Rendez-moi le sac.

« Vous ne parlez pas...

« C'est vous, monsieur Jean-Louis?

« Je voulais vous le rendre, vous savez?

Pendant ce temps, Robert, qui avait payé d'avance, s'esquivait vers la porte, entraînant la chanteuse, qui tombait des nues.

Ils suivaient la haie bordant le jardin du cabaret.

Une fois au bout, Robert s'arrêta et regarda entre les branches.

L'aveugle était toujours là, abasourdi, ramant dans le vide.

Ses lèvres remuaient parfois.

— Tout va bien, dit le jeune homme en reprenant le bras de son amie.

« Il nous cherche toujours.

« A voleur voleur et demi!

« Filons...

— Oui... répéta Liliane, filons!

« Ça devient dangereux par ici...

« Nous allons rentrer à Paris à l'instant.

CHAPITRE CC

Dans la coulisse

A peu près au même moment, la grotte s'irradiait d'une clarté douce, et deux hommes apparaissaient sortant du soupirail gardé par les « sentinelles » macabres dont nous avons parlé.

C'étaient Walter Humding et Muller, qui faisaient leur entrée sur le lieu du crime.

Ne voulant pas être vus, ils avaient passé par le château. L'Espion s'arrêta tout à coup et montra les pièces d'or gisant à leurs pieds.

— *Derteuffel!* gronda-t-il, les bandits sont venus jusqu'ici.

« Cependant le piège a fonctionné.

— Mal. Il fonctionnait mal depuis quelque temps, répondit son acolyte.

« Les tuyaux doivent être engorgés. Je vous en avais parlé, chef, rappelez-vous.

« En tout cas, les curieux, s'ils ont pu passer à l'aller, ont dû se faire piger au retour.

« Ils doivent être au fond du trou à cette heure.

« Ce n'est pas eux, par conséquent, qui révèleront notre secret.

— Il faudra s'en assurer, toutefois, murmura l'espion.

« Cet incident m'inquiète un peu j'avoue.

« C'est un précédent. Je m'étais imaginé que jamais personne n'oserait se risquer dans notre escalier réputé dangereux.

« Nous avions dit et fait tout ce qu'il fallait pour ça.

— Les mandrins n'étaient pas au courant, sans doute.

« En outre, tout bien considéré, ces pièces ne prouvent rien.

« Elles ont très bien pu tomber toutes seules, crever la poche qui était pas mal vermoulue.

— Non... répliqua le chef, qui continuait ses investigations sur le cadavre.

« La montre a disparu, elle aussi.

— Alors, oui, c'est un voleur qui a fait le coup, mais il n'a pas dû aller bien loin.

« Il est fort probable qu'en ce moment, il est au fond du *bassin*, lui et la toquante.

— C'est ce qu'il faut voir. Nous allons lever la grille.

« Auparavant, allez donc voir la porte, là-haut.

« Elle doit être ouverte, il y a un appel d'air dans ce sens.

« Il faudrait la fermer dans ce cas.

Muller contourna le « bassin », plein en ce moment, d'une eau vaseuse, et s'élança dans l'escalier.

Il fut long à revenir, et son maître s'impatientait.

— Qu'est-ce que vous faisiez donc? maugréa Walter Humding, lorsqu'il reparut.

— Je visitais la maison.

— Elle est vide? fit le chef surpris.

— Oui, ou presque...

« Comme j'arrivais, le garde champêtre achevait de faire évacuer l'enclos, c'est ce qui m'a permis de faire le tour du rez-de-chaussée.

« On a craint, sans doute, que quelque badaud ne s'égare dans la Sablière...

— Vous n'avez rien remarqué de particulier là-haut?

— Si... le bureau est bouleversé de fond en comble.

« Quant à la porte du couloir — je ne suis pas allé plus loin, vous comprenez pourquoi — c'est pire encore.

« On dirait qu'elle a

Elle était vide, et Muller lança un juron.

été fracturée à coups de pic....

« Serrure, gâche, pêne, tout a sauté.

« Ah! les salops! ils n'y allaient pas de main morte.

— Bien, très bien... fit l'Espion.

« Voilà qui confirme ce que je vous disais en venant.

« Il s'agit, c'est clair, d'un vulgaire exploit des chevaliers de la pince-monseigneur.

« Un instant, j'avais craint quelque incursion de la police, un coup de Lancelin, ou quelque chose comme ça... mais non...

« Ces gens-là, bien loin de révéler leur passage ici, auraient commencé par tendre une souricière.

« Tandis que les autres, n'ayant pas à revenir, ont tout saboté...

— Oui, acquiesça Muller.

« Pour de la besogne sabotée, salopée, c'est de la besogne salopée.

— Et... continuait Walter Humding, vous dites qu'il n'y a plus personne là-haut?

— Non. Au moment où j'allais redescendre, le garde venait d'expulser le dernier badaud et de fermer la porte de l'enclos tant bien que mal.

« Après quoi il est parti.

— Parfait... nous allons pouvoir vaquer à nos affaires en toute sécurité.

Ce disant, l'espion alla chercher dans un coin de la caverne une lourde manivelle de fonte.

Il l'enfonça dans une fente du roc, tâta une seconde et se mit à tourner.

Muller s'était empressé de l'aider, et l'on entendait un bruit de crémaillère comme lorsqu'on manœuvre le rideau de fer d'une devanture.

Puis l'eau s'agita et l'on vit une grille émerger horizontalement du « bassin ».

Elle était vide, et Muller lança un juron:

— *Tarteiffle!* voilà qui m'en bouche un coin.

« Ces bougres-là ont trouvé le moyen de s'échapper.

— Ça m'étonne.

— Moi aussi... quoique j'en aie eu le pressentiment tout à l'heure, en montant là-haut.

« Je me suis aperçu que l'escalier, non seulement l'escalier, mais le couloir, étaient pleins de boue.

E. Y—

Soudain, il tressaillit et s'approcha de la cheminée.

« J'avais pensé tout d'abord que c'étaient les visiteurs qui avaient apporté toute cette crotte.

« Mais non... ce sont nos voleurs, bel et bien.

« Ils s'en sont tirés, quittes pour un bain de vase, et, à cette heure, ils courent.

« On aurait dû récurer les tuyaux quand j'en ai parlé.

— Vous avez raison, convint Walter Humding, qui se sentait fautif.

« J'ai eu tort d'attendre, mais tout cela n'a qu'une importance secondaire.

« Du moment qu'il s'agit de vulgaires malfaiteurs, je suis tranquille.

— Oui, mais si on se trompait, des fois... insistait l'agent, heureux de prendre son supérieur en faute.

— Impossible... nous avons la certitude que nos visiteurs nocturnes n'ont pas dépassé cette première grotte.

«Quant à s'occuper du passage secret et de l'endroit où il mène, ils n'y ont pas pensé une seconde.

« Des policiers, au contraire, ceux de M. Dréan, comme ceux du père La Manille, eussent procédé tout autrement.

« Montons là-haut, maintenant.

« Vous êtes sûr, au moins, qu'on ne peut pas nous voir par les fenêtres?

— Non, à moins de se mettre tout à fait contre.

« La maison est à l'ombre pour l'instant, et de plus, les carreaux sont plutôt crasseux.

« Je me gardais bien de les trop nettoyer.

« Rien à craindre des indiscrets, par conséquent.

Les Allemands, après avoir rapidement visité la maison, revinrent vers le bureau qui — comme à Robert Servan — leur paraissait la seule pièce méritant d'attirer l'attention.

Ce qu'ils virent là, confirma l'opinion qu'ils avaient déjà.

— Oui, disait Muller, c'était bien des *grinches*, mais ils en ont été pour leur peine.

« Ils ont tout retourné et n'ont pas trouvé seulement un rotin.

« Quant aux papiers, ils y sont tous; il est vrai que pour ce qu'ils valent...

Tandis que son agent remettait un peu d'ordre dans la pièce, Walter Humding allait et venait, furetant de droite à gauche.

Soudain, il tressaillit et s'approcha de la cheminée, afin de mieux voir.

Il venait de découvrir sur la glace placée là, une buée légère, d'aspect caractéristique.

C'était l'empreinte, parfaitement reconnaissable, de trois doigts: pouce, index et majeur.

Une sordide vieille sortit de la roulotte.

— Il me faudrait une pièce à conviction plus sérieuse que ces quelques flocons, songeait-il.

« Cette pièce existe certainement, mais il faudrait pouvoir la chercher à l'aise.

« De plus, Muller peut, d'une seconde à l'autre, apercevoir ce signe sur la glace et je n'y tiens pas.

« Je m'en vais donc le renvoyer.

« J'ai un prétexte facile : faire une enquête aux environs, questionner les voisins.

« C'est tout à fait le rôle de Jean-Louis.

Presque aussitôt, Walter Humding faisait demi-tour.

— Dites donc, Muller, je crois que nous perdons notre temps ici.

« Nous avons vu tout ce qu'il y avait à voir.

— Ma foi, c'est assez mon avis.

— Aussi, allons-nous passer à d'autres exercices.

« Pendant que je reste ici pour jeter un dernier coup d'œil, vous allez sortir et interroger les voisins.

« Peut-être l'un d'eux a-t-il remarqué quelque figure suspecte, rôdant autour de l'enclos.

— J'allais vous le proposer, répondit Muller.

« Justement, il n'y a plus personne par là, autour du terrain.

« Je m'en vais donc enfiler ma défroque de carrier et me faufiler hors de l'enclos.

— Non... on pourrait vous voir.

« Mieux vaut faire le tour par le château.

« Pour revenir ici, vous prendrez la route qui vient de la gare, de façon à faire croire que vous descendez du train à l'instant.

« Ce n'est pas le moment de négliger les petites précautions, quand tout le monde a l'œil sur nous.

Au-dessous, sur le marbre poussiéreux, traînaient deux ou trois brins de duvet blanc, que le moindre souffle faisait voleter.

Walter Humding en cueillit un délicatement, le flaira et son œil eut un éclair de colère :

— Ça sent le patchouli à plein nez, murmura-t-il.

« Visiblement, le duvet vient d'une houpette à poudre de riz.

« Ainsi, et malgré ma défense formelle, Muller reçoit des femmes ici.

« Je ne veux pas de ça !

« Ce vieux débauché finira par nous faire pincer.

« Je m'en vais lui laver la tête pour qu'il ne recommence pas.

Puis l'espion réfléchit que Muller nierait impudemment.

— Bien. Je m'habille et je pars.

Une fois grimé, Muller vint retrouver son chef :

— Est-ce que je dois venir vous reprendre ici ? demanda-t-il.

— Non... Je visite une dernière fois les autres pièces et je rentre au château où j'ai affaire.

« Si par hasard, vous aviez quelque chose d'important à me communiquer, vous me trouveriez là jusqu'à neuf heures.

« Après quoi je rentrerai à Paris, rue d'Alésia.

« Bien, patron, fit Muller, en se dirigeant vers le sous-sol.

Walter Humding écouta son pas se perdre dans l'escalier.

Ensuite, il revint à la cheminée, examina plus attentivement l'empreinte digitale laissée sur la glace, et sursauta :

— Mais c'est une main de femme, cela ! s'exclama-t-il soudain. Voilà la preuve que je cherchais.

« Il n'y a pas de confusion possible.

« Ces doigts fins, fuselés, ne sauraient appartenir à un homme.

« Je savais bien que ce gros garçon donnait des rendez-vous ici.

« Je m'en vais le sabouler d'importance.

Mais bientôt, l'espion secouait la tête, frappé d'une invraisemblance qu'il découvrait maintenant seulement.

— Non... murmura-t-il.

« Je fais fausse route, cette trace n'était pas là hier soir.

« Je me rappelle très bien, à présent, que la glace était nette.

« Par conséquent, cette marque a été faite depuis notre départ d'hier.

« Par conséquent, parmi les cambrioleurs qui nous ont rendu visite cette nuit, il y avait une femme.

« Voilà qui est étrange en vérité.

« Je sais bien que, parfois, ces bandits traînent des filles à leur suite, mais elles n'ont pas des mains de cette finesse, des mains aristocratiques comme celle que je vois là.

« Tout cela est fort curieux, et mérite d'être suivi avec attention.

« Peut-être y a-t-il là un fil conducteur qui va nous mener loin.

« A moins que la femme qui s'est pomponnée devant la glace soit tout simplement une des visiteuses venues ce matin.

« Mais c'est assez peu probable.

« En tout cas, je vais, avant de partir, photographier cette empreinte.

« Voilà un document typique, et que je tiens à garder pour moi seul jusqu'à nouvel ordre.

L'espion tira d'une de ses poches un petit kodack à soufflet, muni d'un objectif de précision, et prit trois clichés successifs.

Cela fait, il effaça la trace avec son mouchoir de poche et se dirigea vers le souterrain.

.....Pendant ce temps, Muller faisait le tour par le château et arrivait à proximité de la Sablière.

Il avait interrogé les passants rencontrés en route, puis les voisins, mais n'avait rien recueilli d'intéressant.

Grâce aux précautions prises par Liliane et son complice, personne n'avait remarqué leur présence, la veille.

L'ami du carrier, le patron du *Rendez-vous des Cyclistes* n'en savait pas plus long que les autres.

— Ça doit être des malandrins venus de Chantilly, expliqua-t-il pour faire l'informé.

« Des clients m'ont dit qu'il y avait une bande de « dévaliseurs de villas » qui opéraient de ce côté.

— Oui, c'est bien possible, acquiesça Muller, qui n'attachait plus grande importance à l'aventure.

« Je vais toujours rentrer dans la baraque et voir si je découvre quelque vestige de nos apaches, quelque trace de pied ou de main.

— Pensez-vous qu'ils aient fait beaucoup de dégât ?

— Non... la cambuse est vide.

« La plus grosse perte, c'est Turcot, une bête qui valait ses dix louis comme un sou.

« Je ne vous en remercie pas moins de m'avoir prévenu.

« A tout à l'heure. Je viendrai vous offrir une bouteille de *cacheté* pour la peine.

« A propos, je voudrais bien faire enterrer le chien et n'ai pas le temps de creuser la fosse.

« Avez-vous quelqu'un qui se chargerait de l'opération ?

— C'est facile, répondit le cabaretier.

« Mon garçon ne demandera pas mieux.

— Qu'est-ce qu'il faudra lui donner pour la peine ?

— Rien du tout... rien que la permission d'écorcher la bête et de garder la peau.

« Ça se vend, paraît-il ; et cela vous est égal, je suppose ?

— Tout à fait égal.

— Alors, c'est entendu.

« Vous n'avez qu'à tirer le chien sur la route, où nous le prendrons...

« Ce soir, il sera dans le trou.

— Bien... à tout à l'heure, répéta Muller, en se dirigeant vers la carrière.

A la porte de l'enclos, il rencontra l'aveugle que Servan avait si dextrement dépouillé une heure plus tôt.

Muller, qui connaissait le petit chapardeur, le saisit par une oreille:

— Qu'est-ce que tu fiches là, vermine, gronda-t-il.

« Je t'ai défendu de venir rôder par ici.

Baptistin — c'était le nom du mendigot — n'eut pas l'air effrayé du tout:

— Je vous attendais, m'sieu Jean-Louis, répondit-il tranquillement.

« J'ai quelque chose à vous dire.

— Elle est bonne... tu m'attendais?... en quel honneur, petit sacripant?

— C'était pour vous demander si vous aviez des nouvelles de vos voleurs?

— Non...

— Eh bien, j'en ai, moi.

« Je les ai rencontrés tantôt.

« Même qu'il y a une femme avec, une Parisienne, à en juger par l'odeur. Elle puait bon!

— Qu'est-ce que tu chantes là, crapaud, graine de mouchard?

« Je connais tes inventions, petite langue de vipère.

« Si tu crois que je marche?

— Je vous jure que je dis la vérité, cette fois... fit le mendiant, levant la main.

« Mettez-moi en présence de la femme, et je me charge de la reconnaître, rien qu'à sa voix...

« Il y avait un homme avec, mais lui s'est bien gardé de piper... pas si bête!

L'Allemand n'était pas convaincu.

— Petit farceur, fit-il goguenard.

« Tu crois me tirer des sous; ça ne prend pas avec moi.

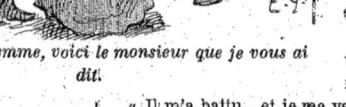
— Ma brave femme, voici le monsieur que je vous ai dit.

« Ousque tu les a rencontrés, les types, voyons? Baptistin hésita.

— Le patron est de mauvais poil, songeait-il.

« Si je lui parle du sac et de la carrière, où je me suis glissé en fraude, c'est sur moi que tout retombera.

« Il ne plaisante pas sur l'article, Jean-Louis.

« Il a bien tant blagué là-dessus, inventé des histoires d'éboulements, de poudrières, que personne n'ose s'y risquer.

« S'il apprend que moi, j'ai deviné la malice, il sera furieux.

— Eh bien, réponds, insistait Muller.

« Tu hésites; qu'on dirait.

« Tu es en train d'inventer quelque nouveau boniment.

— Non... répliqua l'aveugle avec force.

« Je veux bien répondre, mais je vous demande le secret.

« Vous comprenez, je ne veux pas me faire estourbir par ces bandits.

« C'est sur le bord de la rivière que je les ai rencontrés.

« Ils causaient justement de leur coup ensemble.

« Quand ils se sont vus découverts, l'homme s'est jeté sur moi.

« Il m'a battu... et je me venge!

Muller haussa les épaules:

— C'est tout... fit-il.

« Bien... file maintenant, et plus vite que ça.

« Si je te retrouve trôlant par ici, je te fais bouffer par Turcot.

« Il est mort... mais il y en aura un autre bientôt.

« T'as compris? alors file ton nœud.

Ayant ainsi parlé, Muller rentra dans l'enclos et se mit à faire le tour du terrain à la recherche des traces qu'avaient pu laisser les cambrioleurs.

—Est-ce que ce moutard dirait vrai, pour une fois, se demandait-il, tout en procédant à son enquête.

« Ça m'étonnerait, mais enfin... tout arrive.

« Il est vrai que ce qu'il raconte n'a pas grande importance.

« Qu'il y ait une femme parmi les *grinches*, c'est très possible, et après?...

« Ça n'avance pas à grand chose.

« Inutile, par conséquent, de parler de ça au patron.

« Il en profiterait pour dire que j'ai amené une grue ici et que c'est elle qui m'a fait cambrioler par sa bande.

L'Allemand arrivait devant le cadavre du chien, toujours gisant à l'endroit où il était tombé, et ses idées suivirent une autre pente.

Il examina la plaie, le petit trou circulaire fait par la balle du browning, remarqua tout proche, au pied même de la clôture, une touffe d'herbe roussie évidemment par les gaz de l'explosion, et n'eut pas de peine à reconstituer la scène:

— C'est simple comme bonjour, se disait-il.

« Le chien devait être là, guettant, l'un des bandits l'a attiré de son côté, lui a fait tourner la tête, et puis *pan!* dans l'œil.

« Pauvre Turcot!

Ce fut toute l'oraison funèbre de l'animal mort au champ d'honneur.

Muller empoigna le cadavre par le collier et le traîna dehors, devant la porte, ainsi qu'il avait été convenu.

Un instant encore, il poursuivit ses investigations dans l'enclos, puis voyant qu'il n'arrivait à rien, il y renonça et sortit pour aller se rafraîchir chez son voisin.

Comme il refermait la porte de l'enclos, il constata que Turcot n'avait pas son collier.

On venait de le voler...

Il eut un premier geste de colère, puis éclata de rire:

— C'est Baptistin qui a fait le coup... rigola-t-il.

« Sacré morveux, va... ce qu'il est vif, le crapousin!...

« C'est pour ça qu'il rôdait.

Et, tranquillement, il se dirigea vers le *Rendez-vous des cyclistes*.

CHAPITRE CCI

Dans la Roulotte.

Ce même soir, ainsi qu'il avait annoncé à Muller, Walter Humding était de retour à Paris.

Il alla coucher dans cette garçonnière de la rue d'Alésia, louée sous le nom de comte d'Amaury, où nous avons déjà introduit le lecteur.

Levé de bonne heure le lendemain, il se disposait à sortir pour vaquer à ses affaires, lorsqu'il vit entrer une visiteuse au visage blême, vêtue de noir comme une veuve.

C'était Mme Simone d'Ange, qui venait rendre compte au chef de l'enquête sur la famille Van Flam dont il l'avait chargée quelques jours plus tôt.

Walter Humding comprit tout de suite que son principal agent apportait d'importantes nouvelles et s'empressa à sa rencontre:

— Comment! c'est vous, chère amie, dit-il cordialement.

« Quel bon vent vous amène?

« Je devine que vous avez des choses intéressantes à m'apprendre sur les Belges.

— Oui... fit l'entremetteuse.

« Ça se débrouille.

« Mais il a fallu que j'y mette la main.

« Nos agents n'arrivaient à rien, alors, je suis allée à Liège moi-même.

— Et vous avez réussi?

La femme au visage blême eut un furtif sourire de satisfaction:

— Mieux que je n'espérais... répondit-elle.

« Non seulement je vous apporte des renseignements, mais un témoin.

« Mieux que cela, un des acteurs de cette vieille histoire.

« Celui qui — après Van Flam — a joué le principal rôle.

Tout en parlant, l'entremetteuse observait l'espion, qu'elle soupçonnait d'en savoir là-dessus beaucoup plus long que quiconque:

Mais celui-ci restait impénétrable.

— Tiens, tiens... fit-il tranquillement.

« Il s'agit sans doute de cette vieille bonne, Catherine, je crois, qui servait chez les Van Flam?

— Non... il s'agit de Mme Van Flam elle-même.

— L'accoucheuse? s'écria Walter Humding, sans chercher, cette fois, à dissimuler sa surprise.

« Mais on la disait morte.

— Non; disparue.

— Vous l'avez retrouvée?

— Oui.

— Où donc?

— A Paris, du côté de Saint-Ouen, dans une roulotte de chiffonniers.

— Vous êtes sûre de cela?

« Vous avez vu la femme?

— Vue de mes yeux.

« J'en viens de ce pas, et mon auto est encore en bas.

« J'ai même vu des preuves, des papiers intéressants, semble-t-il, et que la Van Flam est prête à vous montrer, à vous vendre, au besoin...

« C'est une vieille soularde qui fera tout ce que nous voudrons.

« J'ajoute qu'elle est prévenue, préparée à votre visite, et qu'elle vous attend.

Walter Humding était déjà debout:

— Partons... dit-il.

Une fois dans la voiture, qui déjà s'ébranlait, il prit la main sèche de la dame en noir, et la serra chaleureusement.

— Ma chère amie, dit-il, je vous remercie et vous félicite.

« Vous m'avez habitué à ces tours de force...

« Mais cette fois, réellement, vous venez de vous surpasser, de nous battre à plate couture.

« Retrouver ici, à deux pas de nous, cette femme qui peut nous être si utile!

« Pendant des mois, je l'ai cherchée vainement.

« Si bien que j'étais convaincu qu'elle était morte.

— Vous teniez donc bien à retrouver cette vieille ivrognesse?

— Oui, répondit Walter Humding d'une voix grave.

« Surtout depuis que le mariage d'Yvette est chose décidée.

« Je vous ai fait mes confidences... vous savez par conséquent l'intérêt qu'il y a pour moi à rompre cette union.

« Désormais, nous avons un moyen sûr d'empêcher ce mariage.

— Je ne saisis pas bien.

— Parce que vous ne savez pas tout, comme moi.

« Je vous raconterais bien toute cette histoire, mais elle est longue...

« Et puis, vous allez l'entendre de la bouche même de la vieille, car vous assisterez à notre colloque.

« Si... j'y tiens — insista le chef sur un geste de refus de l'entremetteuse — je n'ai pas de secret avec vous.

« Ensuite, je compléterai la version de la femme, s'il y a lieu.

« Et vous verrez qu'une fois de plus, vous avez mis dans le mille.

Une demi-heure après, l'auto franchit la porte de Clignancourt.

Rapidement elle fut dans le pittoresque village de chiffonniers qui s'étale à deux pas du cimetière de Saint-Ouen.

Elle s'arrêta devant un terrain vague, où croupissaient d'énormes tas de chiffons sales.

Ce terrain était clos par une barrière à claire-voie, à demi effondrée.

Une vieille roulotte, échouée au fond, vous regardait avec son unique carreau au rideau rouge, comme à travers un œil sanguinolent.

Au ronflement de l'auto, une sordide vieille surgit de la roulotte,

— Telle que vous me voyez, je n'ai pas toujours été chiffonnière.

dégringola rapidement les quatre marches de bois qui la séparaient de ce qu'elle appelait fièrement son jardin et, dans une immobilité qu'elle devait juger très digne, elle attendit que les deux visiteurs vinssent à elle.

Walter Humding en s'avançant, impassible en apparence, incommodé par les exhalaisons pestilentielles que dégageaient les tas ignobles de chiffons, mais l'œil amusé quand même, dévisageait curieusement l'étrange créature.

Ah! ça, est-ce que la Simone d'Ange se moquait de lui, par hasard?

L'épouse de Van Flam, cette vieille grotesque qui les attendait là, en frémissant d'aise, sous sa jupe de colonnade jaune, rapiécée en vingt endroits, et sous son caraco rouge aux manches retroussées?

La mère putative ou vraie d'Yvette, cette vieille moustachue, avec son ventre proéminent, son dos arrondi et sa poitrine plate?

Walter Humding, hésitant, avait un regard interrogateur, derrière lui, vers son affiliée, qui lui répondit par le même langage muet, que c'était bien elle, en effet.

Et Walter Humding s'avançait, examinant cette fois avec confiance les bras velus de la sorcière; sa trogne ravinée et rubiconde d'ivrognesse, et ses quatre cheveux, couleur de suif, qui luttaient ferme contre la neige des ans.

Walter Humding entra d'un seul trait dans la roulotte.

Simone d'Ange l'y suivit.

La vieille maritorne qui la poussait amicalement, y pénétra à son tour.

Elle referma la porte derrière eux.

L'espion, en se retournant vers la Van Flam, dans un regard circulaire, s'était rendu compte des lieux.

Au fond, un grabat.

A côté du grabat, un antique bahut en bois blanc, orgueil de sa propriétaire, noirci jadis au brou de noix; auprès du bahut, une table qui ne boitait que de deux pieds.

Au-dessus de la table, un morceau de miroir pour attester que la coquetterie féminine ne perd jamais ses droits.

En face du bahut, un poêle, le même, sans doute, qui était dans l'arche de Noé.

Et, çà et là, quelques chaises qui dataient du premier temps que les hommes s'étaient servi de chaises.

Aussitôt que la soularde eut refermé sa porte, la présentation eut lieu.

— Ma brave femme, lui fit Mme Simone d'Ange, voici le monsieur que je vous ai dit.

« Il s'intéresse beaucoup à votre histoire.

« Si vous tenez à gagner encore de l'argent, vous n'avez qu'à parler.

« Surtout, gardez-vous bien d'oublier aucun détail.

« Et dites-nous la vérité, toute la vérité, sans restriction.

La mère Van Flam était d'un caractère naturellement agressif.

Elle ne parlait pas; elle vitupérait.

Elle disait que c'étaient ses malheurs qui l'avaient rendue comme ça.

Dans le village des chiffonniers, on l'avait surnommée la gueularde.

Au doute émis par la Simone, elle monta sur ses ergots.

— Pourquoi que je ne dirais pas la vérité?

« Ah! par exemple!

« Est-ce que cette histoire n'est pas toute en ma faveur?

« Pour ce qui est d'oublier quoi que ce soit, rassurez-vous.

« Je l'ai tant de fois répétée à qui a voulu l'entendre, que j'en ai tous les détails présents à ma mémoire, comme s'ils ne dataient que d'hier.

« Asseyez-vous et écoutez-moi.

Tous trois s'assirent.

La vieille, auprès de la table, le visage tourné vers la lumière que lui envoyait du dehors l'unique carreau de la roulotte.

Les deux visiteurs de l'autre côté, sous ce même carreau.

La vieille prit un temps.

Puis, elle commença:

— Telle que vous me voyez, je n'ai pas toujours été chiffonnière.

« Il y a de cela quelque dix-huit ans, j'étais bel et bien une sage-femme.

« Et une sage-femme de première classe, s'il vous plaît.

« J'étais seule, pas mariée.

« Je m'en gardais bien, de me marier.

« Mes affaires marchaient comme sur des roulettes.

« J'avais un coffre-fort bien garni.

« Je possédais aux environs de Liège où j'opérais, une belle maison de campagne.

« Que fallait-il de plus pour mon bonheur?

« Mais l'appétit vient en mangeant.

« Je gagnais de l'argent gros comme le bras.

« Je voulus en gagner davantage.

« J'étais connue à Liège comme le loup blanc.

« Cela me décida.

« Je me retirai dans ma maison de campagne et j'y ouvris une clinique.

« Aussitôt, mes enfants, tout le monde d'accourir.

« J'avais toujours cinq ou six femmes.

« Une pension de famille, quoi!

« Les femmes venant pour accoucher et ne s'en allant que bien rétablies, après leurs couches.

« C'était la fortune!

« Et pas d'ennuis.

« Je travaillais honnêtement.

« Parce que, voyez-vous, moi, je suis née pour être honnête.

« Et je le suis toujours resté.

« Pardi! on n'est pas plus bête qu'une autre.

« S'il me venait quelque mâtine qui voulût se faire débarrasser, pourvu qu'il n'y eût pas de danger, je ne barguignais pas.

« J'y allais bravement, d'un coup de main.

« Vous-mêmes en auriez fait autant, pas vrai?

« Mais d'aller risquer la grande opération, vous savez, le grand jeu des aiguilles à tricoter, pour aller m'asseoir en cour d'assises, ah! pas de ça, Lisette!

« Je m'en défendais bien.

« Et un beau jour, voilà que ce cochon de Van Flam m'arrive.

« Il était pharmacien à Liège, et nous nous connaissions depuis longtemps.

« Même, il m'avait un peu tapé dans la vue, pour tout dire.

« Car il n'était pas mal du tout, ce cochon de Van Flam.

« Quand il s'y mettait il n'y avait pas une femme qui pouvait lui résister.

« Moi pas plus qu'une autre.

« Le monstre ne le savait que trop bien.

« Il fit tant de chichis, qu'à la fin je sautai le pas.

« Oui, monsieur, j'avortai une bourgeoise amenée par lui, qui en était à son sixième mois, au vu et au su de toute la ville.

« La payse manqua d'en claquer.

« La police fut mise en éveil.

« Il y eut un commencement d'enquête.

« Finalement, grâce aux relations de la cliente, on nous laissa tranquilles.

« Mais, moi, j'y perdis ma réputation.

« Je passai pour une faiseuse d'anges.

« Et je fus baptisée par toute la ville d'un nom qui m'a poursuivi jusqu'ici.

— Quel nom? interrogea Walter Humding.

— La mort aux gosses! »

« Oui, monsieur, voilà ce qu'il m'a apporté, ce

cochon de Van Flam, du jour où nous nous sommes mis ensemble.

« Notre complicité avait fait de nous deux inséparables.

« Et, depuis ce temps-là, il ne voulut plus déraper de chez moi.

« Alors, un autre jour, ce fut une autre histoire, moins grave, celle-là.

« Une femme stérile qui voulait avoir un enfant.

« Son mari était capitaine au long cours, absent pour un long semestre.

« Van Flam trouva le désir de la dame réalisable.

« Elle voulait un enfant?

— Rien de plus facile, déclara ce gros réjoui de Van Flam, qui ne doutait de rien.

« Il n'y a qu'à simuler une grossesse.

« Une douzaine de serviettes autour du bidon, et le tour sera joué.

— Et l'enfant? demanda Mme Simone d'Ange.

— Est-ce que Van Flam s'embarrassait de quoi que ce soit?

« Il avait des correspondants à Paris, du côté de Belleville, je crois, et dans le monde entier.

« Des truqueurs comme lui.

« Quel débrouillard, que cet homme!

« Il fit venir l'enfant, acheté pour un morceau de pain à quelque famille besogneuse, à moins qu'il ne fût tout simplement volé.

« La femme vint simuler chez nous son accouchement.

« Et tout fut dit.

« Mais je n'étais pas tranquille.

« Je fis jurer à Van Flam que ce serait là son dernier coup.

« Vous allez voir comment il tint parole.

« Nous venions de traverser les fêtes du Jour de l'An.

« J'étais dans mon salon.

« Il me semble que j'y suis encore.

Dans le village des chiffonniers, on l'avait surnommée la gueularde.

« Ma vieille servante Catherine, avec sa figure toute ratatinée de pomme de rainette...

« Ah! la vieille salope!

« En voilà, monsieur, une sale vermine!

« C'est elle qui a quasiment fait tout mon malheur!

« Une vieille bigote, monsieur, rentière et propriétaire, qui débitait son chapelet, tout en remuant mes casseroles; une vieille sorcière, monsieur, qui me volait comme dans un bois!

« Plus de dix francs de gratte par jour, en priant son bon Dieu.

« Et qui avait encore des airs avec moi.

« Un caractère de chien, que je n'ai jamais pu amadouer.

« Je crois bien qu'elle aurait mieux aimé crever que de m'appeler madame.

« Mais elle paraissait si âprement dévouée à mes intérêts, étant la bête noire de tous mes fournisseurs, épluchant furieusement leurs notes et veillant comme un argus sur quiconque entrait chez moi, que, la croyant honnête tout du long, je m'applaudissais encore de l'avoir.

« Elle entra donc dans le salon, où j'étais étendue, sur un divan, et elle me tendit une toute mignonne petite carte, un bristol, sur lequel je lus ces mots:

Mademoiselle PASCALE TERNEUZEN
Elève au Conservatoire.

« Pascale Terneuzen! Je bondis.

« La vieille m'avait jeté ces trois mots:
— Elle est là.

« J'étais suffoquée.

« Elle chez moi, Pascale Terneuzen!

« Je m'y perdais.

Walter Humding remua les lèvres.

Il interrogea placidement:
— Vous la connaissiez donc?

— Si je la connaissais! bondit la chiffonnière, qui s'avança vers Walter Humding en agitant ses deux bras.

— *Elle me tendit une mignonne petite carte.*

« Si je la connaissais! Mais, monsieur, je ne connaissais qu'elle!

« Une actrice si adulée pour sa beauté et pour son talent!

« Une merveille, monsieur!

« Une voix d'or et de cristal!

« Célèbre à dix-huit ans!

« Et pas rien qu'à Liège, monsieur!

« A Londres, à Paris, à Vienne, où on se la disputait littéralement!

« Et belle!...

« Comme un ange du bon Dieu!

« Belle à faire peur!

« Oui, monsieur, comme je vous le dis.

« A faire peur!

« Et cette créature était chez moi!

« Avait besoin de mes services!...

L'ivrognesse s'était rassise.

Elle se redressa.

— Monsieur ne me croira peut-être pas.

« Eh bien! j'étais écrabouillée de surprise.

L'espion la fixait de son regard impitoyable.

Il lui dit impassiblement:

— Quel moyen de vous croire, en effet?

« Cette créature n'était qu'une actrice après tout.

« Vous deviez en avoir vu bien d'autres.

La remarque parut contrarier la maritorne.

Elle répliqua assez vertement:

— Est-ce que par hasard monsieur me prendrait pour une gourde?

« Certainement, s'il avait été question de tout autre que de la Pasca...

Walter Humding interrompit encore:

— La Pasca?

— Ben oui! Pascale Terneuzen.

« La Pasca, c'était son nom de théâtre.

« Son nom de guerre, quoi!

« S'il faut toujours vous mettre les points sur les *i!*

e con
ir son

ispu-

ɛe du
peur!
com-
iture
de
était
me
i.
ais
pri-
de
ble.
ble-
de
l'é-
rès

ait
ui-

il

Je vous en supplie, sauvez-moi coût que coûte !

La vieille édentée maugréait sur un ton, et surtout d'un air qui signifiaient clairement à l'interrupteur, que ce pourrait bien être lui la gourde.

Elle reprit:

— S'il avait été question de tout autre que de la Pasca, je n'étais pas femme à m'épater pour si peu.

« Mais avec la Pasca, il y avait quelque chose qui rendait l'événement inouï, incroyable.

« Elle devait épouser dans cinq mois un homme qui allait lui apporter une fortune colossale.

« Un archimillionnaire, monsieur!

« Amoureux d'elle, éperdument.

« Mais le monsieur ne plaisantait pas sur l'article.

« Il prétendait l'épouser vierge.

« Vous m'avouerez que ça valait bien ça.

« Aussi, que la Pasca, que cette pauvre fille, sans sou ni maille, avec tout son talent et toute sa beauté!

« Que la Pasca eût compromis une pareille affaire en se laissant tomber dans les bras de quelque ténor plus ou moins fatal, et plus ou moins pauvre bougre comme elle...

« Non, une femme peut être bête.

« Mais pas à ce point-là.

« Et je ne voulais pas y croire.

« Car lorsque j'y croyais, mon cœur ne faisait qu'un bond dans ma poitrine.

« Pensez donc, quelle aubaine pour nous, quel Pactole inépuisable, si nous devions intervenir dans une pareille affaire, et si notre intervention réussissait!

« Non, c'était trop beau.

« Je vous le dis: je ne voulais pas y croire.

« Et pourtant, quand je criai à ma vieille sorcière de Catherine:

— Faites entrer.

« Je palpitais, monsieur.

« Je me disais: Est-ce oui? ou bien non?

« Elle entra.

« Je regardai sa taille.

« Et, quoiqu'il fallût un regard bien expérimenté pour le voir, tout de suite, je fus fixée.

« C'était oui.

« Et je restais assise sur mon divan, ne songeant pas à me lever, éblouie et, en même temps, abasourdie.

« La petite restait debout devant moi, les joues blêmes, les paupières bleuies, charmante malgré tout.

« Sous son allure de cabotine, elle n'en menait pas large, je vous le garantis.

« Extrêmement embarrassée, effarouchée aussi, dame! vous pensez, par ce milieu inconnu, elle restait plantée devant moi, sans avoir pu dire encore autre chose que:

« — Madame...

« Je vis le moment où elle allait tourner les talons.

« Et, toute grelottante, elle me regardait avec une sorte de terreur.

« Je m'empressai de la faire asseoir à mon côté.

« Je lui pris ses mains dans les miennes, et, du ton le plus maternel que je pus:

« — Rassurez-vous, lui dis-je.

« Je connais votre situation.

« Je sais ce que vous venez me demander.

« Je vous sauverai.

« — Oh! oui, madame, s'écria la jeune fille d'un air égaré, je vous en supplie, sauvez-moi coûte que coûte!

« — Vous sauver! s'exclama Van Flam, qui venait d'entrer, et qui avait tout entendu.

« Mais comment diable voulez-vous que l'on vous sauve?

« Je lui jetai un regard d'intelligence.

« — Van Flam, lui criai-je, pitié pour cette enfant!

« — Pitié! grommelait Van Flam, qui avait son idée de derrière la tête.

« Tu me la bâilles belle avec ta pitié!

« Aura-t-on pitié de nous, quand nous serons sous clef?

« Il se retourna vers la Pasca:

« — De combien êtes-vous enceinte?

« — De cinq mois.

« — Ah! non alors, gronda mon homme, ah! non! je sors d'en prendre.

« Mais, ce que vous venez me demander là, c'est mon déshonneur.

« C'est ma ruine.

« J'ai déjà été embêté pour une pareille histoire.

« La police a l'œil sur moi.

« Et vous voulez?...

« Ah! non, autant faire comme Gribouille, alors!

« Autant se jeter à la mer tout de suite quand on a peur d'être mouillé.

« Je me fis implorante:

« — Van Flam, lui criai-je, songez quelle fortune elle va perdre si nous la laissons dans l'embarras.

« Plusieurs millions, mon ami.

« Mais Van Flam se démenait comme un beau diable.

« Il se fit péremptoire.

« — Pas d'avortement! déclara-t-il.

« J'insinuai:

« — Trouvez un autre moyen, alors.

« — Un autre moyen!

« Ah ça! vous foutez-vous de moi?

« Quel autre moyen voulez-vous que je trouve?

« Il n'y en a qu'un, de moyen!

« — Et lequel?

« — C'est de laisser venir l'enfant.

« — Laisser venir l'enfant! s'exclama avec terreur la belle Pascale.

« Van Flam était une sale brute.

« Mais je dois lui rendre cette justice.

« Il avait un faible pour les enfants.

« Pascale répétait avec une terreur croissante:

« — Laisser venir l'enfant!

« Van Flam n'y tint plus:

« — Cela vous est donc si désagréable?

« Vous ne l'aimez donc pas, votre enfant?

« Pascale, avec une contraction douloureuse de tout son visage, s'écria:

« — Hélas! je l'adore. Le jour et la nuit, je ne rêve que de lui.

« Je serais si heureuse de pouvoir l'élever!

« Mais si je le laisse venir, non seulement, c'est le déshonneur et la ruine pour moi, mais encore c'est le désespoir et peut-être la mort pour un homme que je n'ai connu qu'après ma faute, qui doit être mon mari, et que j'aime, monsieur, oui, que j'aime!

« Hélas! comment faire?

— Oui, comment faire? reprit d'un ton plus doux Van Flam.

« Voilà bien le hic.

« Examinons donc un peu ensemble votre situation.

« Votre fiancé ne s'est encore aperçu de rien?

« — Non, monsieur, il est à Québec, au Canada, au milieu de ses plantations.

« — Et il arrive quand?

« — Dans cinq mois; la veille du jour de notre mariage.

« — Dans cinq mois, calcula Van Flam.

« L'enfant sera venu dans quatre.

« Bon. Bonne affaire.

« Nous voilà tranquilles de ce côté-là.

— Godfordom! J'ai trouvé! Euréka!

« — Ah! monsieur! s'écria la jolie Pascale, qui renaissait à l'espoir, je ne regarderai pas à la récompense.

« — Nous y regarderons pour vous, mon ange, lui dis-je amicalement.

« Van Flam, continuez.

« Vous nous remettez du baume dans le cœur.

« — Je continue, fit mon Van Flam.

« Il se tourna vers Pascale.

« — Vos parents, de quelle espèce sont-ils?

« — Monsieur, ils sont morts.

« — Morts?

« — Oui, monsieur.

« Van Flam s'épanouissait.

« — De qui dépendez-vous alors?

« — Monsieur, de personne.

« — Hein? comment? de personne?

« Vous n'êtes pas majeure.

« Vous devez avoir un tuteur.

« — Sans doute, monsieur, j'en ai un.

« Mais il ne s'occupe pas du tout de moi.

« Je vis absolument libre et indépendante.

« A ces mots, non, vous n'auriez jamais tant ri.

« Voilà mon Van Flam lancé au milieu du salon et gambadant de toutes ses forces.

« Il esquissait un entrechat.

« Et, les bras en l'air, en agitant dans tous les sens son épaisse tignasse, il gueulait à tue-tête:

« — Godfordom!

« J'ai trouvé! Euréka!

« Nous sommes sauvés!

« — Ah! monsieur! s'écria la Pasca, qui buvait ses paroles.

« Monsieur, qu'allez-vous faire?

« — Laissez venir l'enfant! riait Van Flam, en se carrant, tout essoufflé, dans un fauteuil.

« — Laisser venir l'enfant.

« — Parfaitement!

« — Mais on le verra, monsieur.

— Et vous voulez tout le contraire, n'est-ce pas?

— Sans doute.

— Eh bien, rendez-le invisible.

— De quelle façon, mon Dieu?

— Parbleu, en vous rendant invisible vous-même.

— Monsieur, je n'y suis plus.

— Eh! sacré mille tonnerres, c'est bien ce qu'il faut, que vous n'y soyez plus.

« Vous ne comprenez donc pas que c'est justement ça que je veux vous dire.

« Oh! là! là! parlez-moi de la finesse des femmes!

« Comment, vous êtes libre et indépendante, et de plus actrice.

« Sous le prétexte d'une tournée, vous pouvez aller au bout du monde, si cela vous plaît!

« Et vous restez là à vous désespérer!

« Mais, nom d'un tuyau de pipe, partez!

« Dites à vos amis et connaissances que vous allez en tournée, à Londres ou à Berlin, où vous voudrez.

« Allez-vous-en. Disparaissez.

« Et au moment d'accoucher, vous revenez incognito chez nous.

« — Maison de confiance. Discrétion absolue, insinuai-je.

« — On vous délivre, poursuivait triomphalement Van Flam.

« Et moi, surenchérissant:

« — Je vous retape...

« Lui:

« — Avec un tel brio!

« Moi:

« — Avec une telle maëstria!

« Lui:

« — Que le soir de vos noces...

« Moi:

« — Votre mari n'y voit que du feu.

« Lui:

« — Ainsi, votre mari n'est pas désespéré!

« Moi:

« — Vous n'êtes pas déshonorée!

« — Et je conserve mon enfant, conclut la jeune fille radieuse, en se levant.

« Nous nous levâmes tous.

« Nous trépignions de joie.

« — Oui, vous gardez votre enfant, lui criai-je avec un attendrissement bruyant, vous pensez.

« Et Van Flam:

« — Nous le gardons.

« Moi:

« — Nous l'élevons.

« Van Flam:

« — Il pousse dru et ferme.

« Moi:

« — Guilleret et charmant.

« La Pasca, énivrée:

« — Je viens le voir clandestinement, tous les jours, ou du moins... le plus souvent possible.

« Ah! comme elle était chatouillée, monsieur, cette blonde et gracieuse Pasca.

« Elle exultait!

« Elle faisait, avec comme qui dirait une sorte de ravissement céleste:

« — J'éprouverai un bonheur... un bonheur!

« — Que nous partagerons, m'attendrissais-je.

« — Tous réunis dans cette maison... susurrait Van Flam.

« — Où rien ne manque, m'enthousiasmais-je.

« — Où rien ne manque, achevait ce coquin de Van Flam, en reconduisant la belle Pasca, jusqu'à la porte.

« — Pension de famille. Menu soigné. Confort moderne, que je terminais en lui ouvrant cette porte.

« Et la belle Pasca, sur cette vision enchanteresse, nous quitta.

« Deux semaines, à peu près, avant le terme, elle revint.

« L'accouchement eut lieu.

« Tout se passa à merveille.

« C'était même une chose extraordinaire, monsieur, pour une femme qui en était à son premier.

« Elle n'éprouva pas plus de douleurs que Van Flam, quand il avalait son petit verre de genièvre.

« Tout alla donc on ne peut mieux.

« Seulement, elle eut voulu un fils.

« Et ce fut une fille qui vint.

« N'importe. La luronne était superbe.

« Potelée comme un amour.

« La mère fut ravie.

« Je l'interrogeai:

« — Quel nom allez-vous lui donner?

« Pascale?

« La mère eut un sourire triste.

« — Pascale? En effet, Pascale, sonnerait bien.

« Sera-t-elle Pascale?...

« Non... Ce serait trop compromettant.

« Je l'appellerai... Attendez.

« J'ai trois noms: Pascale, Yvette, Marie.

« Je l'appellerai: Yvette.

« — Yvette, soit, lui dis-je.

« Et Yvette elle fut.

« Pour la mère, monsieur, je vous la rabibochais si adroitement, je lui enveloppais si bien les flancs, avec des bandes spéciales, que vous auriez juré qu'elle était presque encore vierge.

Quatre semaines après, jour pour jour, elle recevait un télégramme d'Anvers, qui lui annonçait l'arrivée de son prétendu.

« Ma foi, c'était un fort bel homme.

Il s'appelait... attendez. Euh! comment s'appelait-il?

« Ah! monsieur Samain.

« Monsieur Samain s'était américanisé.

« Il n'aimait pas longtemps tourner autour du pot.

« Il fallait que toute chose, avec lui, fût menée... allegretto, comme on dit en terme de musique.

« Dare-dare et tambour battant.

« Les bans avaient été publiés à l'avance.

« Le lendemain de son arrivée, il épousait la belle Pasca.

« Robe blanche, monsieur, et couronne de fleurs d'orangers!

« Trois jours se passèrent.

« Plus de nouvelles de la Pasca!

« Le quatrième jour, nous la vîmes accourir tout en larmes.

« Je bégayais :

« — Pour l'amour du bon Dieu, qu'y a-t-il?

« Le monsieur se serait-il aperçu de quelque chose?

« — Ah! ma pauvre madame Van Flam! soupirait la Pasca à travers ses sanglots.

« — Quoi! votre nuit de noces...?

« — Très bien passée.

« — Je le savais! m'écriai-je avec un légitime orgueil.

« Quand la mère Van Flam met la main à la pâte.

« Mais alors pourquoi cette mine d'enterrement, ces larmes, ces regards consternés?

« — Ah! ma pauvre madame, éclata la Pasca, en sanglotant sur mon épaule, si vous saviez ce qui m'arrive!

— Que vous arrive-t-il?

« — Monsieur Samain est jaloux comme un tigre.

Elle nous quitta, non sans verser quelques larmes.

« Comme il me sait très courtisée ici, il veut m'enlever à ce milieu.

« Dès demain, je m'embarque avec lui à Anvers où il est déjà, à destination du Canada.

« C'est là, aux environs de Québec, qu'il veut que nous établissions notre résidence.

« Je ne reviendrai peut-être jamais plus à Liège.

« Et je dois y laisser ma pauvre enfant!

« Ma chère Yvette!

« Le sang de mes veines, madame Van Flam!

« Ma vie!

« Je n'ai même pas le temps de m'occuper d'elle!

« — Eh! madame, qu'à cela ne tienne, se récria Van Flam que j'avais fait appeler en sous-main.

« Nous ne sommes pas des sauvages.

« — Hélas! monsieur Van Flam, je me souviens trop bien de vos bons soins, à vous et à madame Van Flam, pour le penser.

« — Ce que nous avons fait pour la mère, pourquoi ne le ferions-nous pas pour la fille?

« Il ne s'agit que de s'entendre.

« — Ah! mes bons amis, mes bienfaiteurs, je ne lésinerai pas.

« Je suis riche.

« Vous me demanderez ce que vous voudrez.

« Il n'y a qu'une chose qui m'importe.

« C'est que mon enfant ne manque de rien.

« Et qu'elle vive et grandisse pour que je puisse la retrouver un jour.

« — Ah! madame Samain, elle vivra et grandira, je vous le garantis, s'écria Van Flam.

« Mais les bons comptes font les bons amis, poursuivit-il en bégayant un peu.

« Car mon effronté de Van Flam, voulait profiter des excellentes dispositions de la dame pour faire ses choux gras.

« Seulement, au moment de frapper le grand coup, malgré son toupet de sapeur, il hésitait un peu.

« Les bons comptes font les bons amis, répétait-il.

« Et les bons amis font les bons comptes.

« Cette petite va nous donner bien du tintouin, de l'embarras.

« D'autant plus que toute robuste qu'elle paraisse, elle est d'une complexion bien délicate, cette petite.

« Ce n'est pas une fleur des champs, non.

« Mais une fleur de serre chaude.

« D'autant plus frêle, qu'elle est plus belle.

« Si avec cela, il faut que nous l'élevions sur le même pied que la mère, archi-millionnaire,

« Vous concevez... vous comprenez.

« Tenez, se décida-t-il brusquement, voulez-vous que nous convenions d'une somme de cinq cents francs par mois?

« — Cinq cents francs? monsieur Van Flam.

« — Oui, madame Samain, répondit Van Flam qui blanchissait.

« — Eh bien, monsieur Van Flam, c'est convenu.

« — Godfordom! gronda mon associé entre ses dents.

« Que n'ai-je demandé mille francs!

« Je les aurais obtenus.

« Bref, la nouvelle madame Samain nous quitta.

« Non sans presser mille fois notre petit nourrisson contre son cœur.

« Non, sans jeter des cris, des recommandations, des prières.

« Non, sans verser bien des larmes.

« Le soir même, elle rejoignait son mari à Anvers.

« Le lendemain, elle filait sur le Canada.

« Bon débarras!

« Quand elle fut au Canada...

Depuis quelques instants, la mère Van Flam n'avait plus la diction bien nette.

Visiblement, elle bafouillait.

Elle s'interrompit brusquement.

Et, s'adressant à ses deux auditeurs.

— Vous ne trouvez pas qu'il fait chaud dit-elle.

« Non?

« Moi, j'ai la langue qui me pèle.

« Et il me semble que j'ai dans mon cerveau un moulin à café.

« C'est probablement que je dois avoir soif.

Elle se dirigea vers le bahut qu'elle ouvrit.

— Ces monsieur et dame, dit-elle, accepteront bien de boire avec moi, un coup de vin?

« Un bon petit vin blanc, doré, doré comme de l'ambre.

Elle aligna trois verres sur la table.

Et, sortant une bouteille, non encore décacheter, elle ajouta:

— Ces monsieur et dame, préféreraient peut-être un coup de rhum?

« Mais pour du rhum, je n'en ai pas.

« Je n'ai jamais pu le sentir.

« D'ailleurs, pour l'ordinaire, je ne bois que de l'eau.

« Mais pour la circonstance... nasilla-t-elle en faisant un effort sur le tire-bouchon qu'elle avait enfoncé dans le goulot hermétiquement fermé de la bouteille.

« Sans ça, recommença-t-elle, en emplissant les trois verres rasibus.

« Vous ne me feriez pas avaler une goutte de vin pour un boulet de canon... hors des repas, s'entend.

Mme Simone d'Ange avait jeté un regard sur son chef, pour juger l'impression qu'avait laissée sur lui ce commencement du récit de la vieille.

Tout impénétrable qu'il fût, elle connaissait son supérieur de trop long date, pour ne pas croire pouvoir augurer à certains signes qu'il était content.

Elle eut un accès de bonne humeur.

Ayant humé l'odeur de la boisson que leur versait la chiffonnière:

— Vous êtes bien certaine, madame Van Flam, lui demanda-t-elle avec une discrète ironie, que vous ne buvez jamais du rhum?

La mère Van Flam qui, après avoir touché du sien les deux autres verres, demeurés sur la table, le portait à ses lèvres, la mère Van Flam abaissa le coude, et leva ses regards au ciel.

Elle affirma solennellement:

— Je vous jure sur la tête de ma pauvre mère qui est morte, que jamais il n'en est entré une goutte chez moi.

La maritorne, avec un regard onctueux, approcha le verre de ses lèvres et but une lampée:

Elle eut une grimace de stupeur.

La soiffarde s'était trompée de bouteille.

C'était du rhum!

Comme Mme Simone d'Ange la regardait avec un sourire narquois:

— C'est du rhum! s'étonna-t-elle tout haut.

« Ce doit être mon bistro qui s'a trompé.

« Mais baste! prononça-t-elle.

« Quand le rhum est versé, il faut le boire. » Et elle vida d'un seul trait le restant de son verre.

La Van Flam se rassit, en faisant claquer sa langue de satisfaction.

CHAPITRE

Où Walter Humding achète des autographes au prix fort.

— Voici donc la mère partie au Canada, articula posément Walter Humding, et l'enfant confiée à vos soins.

« Que se passa-t-il ensuite? »

— Ensuite? répondit l'ivrognesse, en arborant son plus engageant sourire.

« Il se passa tout simplement, d'abord, que je vécus les six plus heureux mois de ma vie.

« Non seulement nous touchions régulièrement les cinq cents francs convenus avec madame Samain.

— Ces messieurs et dames accepteront bien de boire avec moi.

« Mais encore nous avions quelque chose de plus.

« Les tours de bâton, quoi...

« Van Flam avait toujours quelque bon à réclamer à la mère.

« Et la mère, n'est-ce pas, se gardait bien de refuser.

« Une fois, c'était la petite qui était malade.

« Il fallait payer les médecins.

« Une autre fois, c'était moi qui avais failli attraper le coup de la mort en la soignant.

« Et il fallait payer les remèdes.

« Enfin la petite devenait grande.

« Dame, à six mois, quand on est la fille d'une archi-millionnaire, on est quelqu'un.

« Nous lui avions donné une chambre.

« Cette chambre, il fallait la meubler.

« Une autre fois, c'était la nourrice qui n'avait plus de lait.

« Il avait fallu en prendre une autre qui nous coûtait les yeux de la tête.

« Bref, au dire de Van Flam, dans ses lettres à madame Samain, cette petite Yvette, surtout depuis qu'elle avait eu sa première dent, cette petite Yvette nous mangeait tout, nous dévorait tout.

« Une ruine, quoi...

« Et nous voyions arriver le moment où elle allait nous mettre sur la paille.

« Et Van Flam demandait, demandait sans cesse.

« Plus madame Samain envoyait... plus Van Flam demandait, donnant à entendre que s'il continuait à en être de sa poche, il renvoyait l'enfant en Amérique.

— Oui, murmura Walter Humding, entre ses dents.

« Van Flam faisait du chantage.

« Je reconnais bien là mon homme. »

La vieille poursuivait:

— Moi, je ne voulais pas de ça, vous pensez bien.

« Mais comme c'était Van Flam qui écrivait... je le laissais faire.

« On ne peut pas être partout, n'est-ce pas?

« D'autant plus qu'il n'était pas avec moi, Van Flam, pour le quart d'heure. »

Madame Simone d'Ange s'étonna:

— Où était-il?

— En prison, répondit la chiffonnière.

Mme Simone d'Ange ne put réprimer un sourire.

— En prison... un si brave homme.

« Qu'avait-il donc fait? »

— Ce qu'il avait fait? Rien de bien grave.

« Van Flam, comme tous les pharmaciens, d'ailleurs, faisait de la médecine.

« Une fois ou deux, déjà, il avait été l'objet de poursuites de la part des médecins qui l'accusaient de leur faire tort dans leur profession.

« Or, quelque temps auparavant, Van Flam qui, sans doute, avait bu un coup de trop ce soir-là, avait administré à un de ses clients une drogue dont celui-ci faillit claquer.

« Le client porta plainte, les médecins s'en mêlèrent, et mon Van Flam qui était récidiviste écopa de trois mois qu'il purgeait en ce moment à la prison de Liège.

« Vous pensez bien qu'après de pareilles histoires, sa pharmacie ne valait plus un clou. »

« Il la vendit.

« Mais à partir de ce moment, il devint la plus abominable gouape.

« Ah! monsieur et dame, ce fut là le commencement de tous mes malheurs!

« Ma clinique allait de mal en pis.

« Il y avait des moments où tous mes lits étaient vides.

« Heureusement, il me restait cette petite Yvette.

« Je la couvais comme la prunelle de mes yeux.

« Cinq cents balles de rente par mois!

« Sans compter les tours de bâton, la gratte qui croissait en même temps que la petite.

« — Bonjour, faflots! que je lui disais souvent quand j'y pensais.

« Avec elle du moins par d'aria à craindre.

« Elle se portait comme un charme.

« Rose et mafflue, et gaillarde pour ses sept mois... fallait voir!

— C'est moi qui dus, la nuit creuser un trou dans mon jardin.

« Un nourrisson qui nous faisait honneur, quoi.

« Quand tout à coup, — nous entrions dans les humides brouillards de novembre — la petite prend froid.

« C'était la grippe, rien de bien dangereux pour l'instant.

« Mais tout à coup, le mal empire.

« Deux médecins sont appelés en toute hâte.

« Grande consultation, ordonnances, remèdes.

« Peines perdues!

« Le lendemain, ce n'était plus la grippe...

« Le lendemain, monsieur et dame...

Et la Van Flam, comme un ressort qui se détend, se levait d'un seul bond.

— Le lendemain, vociféra la chiffonnière en s'arc-

boutant, terrible, sur sa jambe droite et en menaçant du poing, quelqu'invisible ennemi...

« Le lendemain... c'était le croup!

Elle s'affala dans son fauteuil, en promenant sur la table un regard découragé.

Elle fut surprise de voir son verre vide, auprès des deux autres verres pleins.

Elle s'imagina qu'elle s'était oubliée.

L'ivrognesse se hâta de combler cette lacune.

Elle remplit son verre à pleins bords, et machinalement le vida d'un seul coup.

Son regard commençait à vaciller.

Et sa face congestionnée soulignait furieusement tous les détails de son récit.

Hilarante, par instants, comme un mascaron antique, d'autrefois se crispant, hideuse et féroce comme la trogne d'une vieille sorcière.

— Oui, clamait-elle, c'était le croup!

« Et j'eus beau m'arracher les cheveux, me recommander à tous les saints et à toutes les saintes du paradis, ce qui devait arriver arriva:

« Quarante-huit heures après, c'était fini!

« La fille de la Pasca, n'était plus qu'un cadavre.

« Finie la belle rente, qui nous faisait vivre.

« La poulette aux œufs d'or était morte.

« Et Van Flam, me direz-vous?

« Van Flam, monsieur, éprouva une secousse terrible.

« Vous pensez, il avait compté sur cette gamine pour faire fortune plus tard.

« Afin de se consoler, il vida une bouteille de genièvre.

« Aussi le soir, il était saoûl, fallait voir.

« Il était si saoûl, que c'est moi qui dus la nuit, creuser un trou dans mon jardin, pour ensevelir le petit cadavre.

« Ah! chienne d'existence!

Il était tombé sur une chaise et riait...

Je peux dire que j'en ai vu, moi, dans ma sale et il y aurait de quoi faire un roman.

Il n'y avait pas trois jours que la petite était dans le trou, que le facteur m'apporte une lettre chargée de la mère, avec les cinq fafiots, comme d'habitude, — le mois payé d'avance, — et un fafiot de plus pour faire photographier Yvette.

La mère était pressante sur ce point-là.

Il y avait longtemps qu'elle en rêvait de cette photographie, et même qu'elle en parlait.

Mais elle avait toujours hésité à la commander, crainte du mari. Maintenant, elle n'y tenait plus.

C'était comme une envie qu'elle avait.

Et il fallait la satisfaire, séance tenante, sinon, aurait fait des chichis.

« J'étais affolée.

« Que faire!

« La Pasca avait envoyé les cinq cents francs d'avance.

« Je tenais à les garder. Il fallait donc retarder la fatale nouvelle, en reculer la date d'un mois. C'était facile, et j'y avais pensé tout de suite.

« Mais la photographie?

« La femme avait eu de noirs pressentiments.

« Elle avait vu en rêve la mort de sa fille, huit jours avant que son enfant tombât malade.

« Elle l'avait vue, telle qu'elle se présenta dans la réalité.

« Il lui fallait cette photographie par retour du courrier, pour la rassurer. Voilà ce qu'une seconde lettre m'expliquait.

« Je ne savais à quel saint me vouer.

« Je profitai du court intervalle par lequel Van Flam passait d'une ribote à une autre, pour lui en parler.

— Van Flam, au secours! m'écriai-je, où nous sommes perdus. La Pasca demande une photographie.

« Van Flam me répondit avec flegme:

« — Ne demande-t-elle pas aussi des nouvelles de la petite?

« — Sans doute qu'elle en demande. Ce n'est pas ce qui m'embarrasse. Je lui en ai envoyé.

« — Tu lui en as envoyé?

« — Et des meilleurs. La petite se porte bien. Elle rit et gazouille tout le long du jour. Elle pèse dix livres.

« — Eh bien! tu n'as qu'à lui envoyer aussi la photographie.

« Van Flam goguenardait...

« Je sentais la moutarde qui commençait à me monter au nez, furieusement. Je lui criai:

« — Où veux-tu donc que je la prenne cette photographie? La petite n'est-elle pas morte?

« L'aurais-tu oublié, ivrogne que tu es!

« — Non, je ne l'ai pas oublié.

« Mais, tu me fais l'effet d'une rude bécasse.

« Oh! là! là! en voilà du train pour une photographie!

« Est-ce qu'à cet âge-là, ça tire à conséquence!

« Envoie-lui la première photographie venue.

« Celle d'un enfant de son sexe, naturellement, et de son âge. Tu lui diras que c'est là son enfant.

« Et si le portrait est tant soit peu flatté, fie-t-en à la vanité de la mère, pour qu'elle croie fermement que c'est le sien.

« — Et où veux-tu que je la prenne cette photographie?

« — Chez un photographe, donc!

« Je n'en pus rien tirer de plus.

« Pourtant, comme au fond, j'approuvais l'idée de Van Flam, j'allai chez les photographes.

« Le soir, quand je revins, je rayonnais.

« — Van Flam, m'écriai-je, d'aussi loin que je pus le voir. Van Flam, j'ai trouvé. La voilà, la photographie que nous allons lui envoyer.

« Je lui tendais le plus ravissant portrait de bébé que j'eusse jamais vu.

« Ce qu'elle va être flattée!

« Van Flam, qui était légèrement éméché, examinait le portrait à la clarté de la lampe.

« Tout à coup, il s'esclaffa.

« Il était tombé sur une chaise, et riait, les deux mains sur sa grosse bedaine, près d'éclater.

« Enfin, lorsqu'il put parler:

« — Pour sûr qu'elle aurait été flattée, la dame!

« Seulement nous, on était fichu, fichu pour de bon, cette fois.

« On ne s'en tirait pas à moins de dix ans!

Et il riait de plus belle.

« J'étais violette de colère. Je rugissais:

« — Espèce de sale individu! sale chameau!

« C'est qui donc, ce portrait? Tu la connais?

« — Si je la connais! gueulait Van Flam avec un fou rire. O pécore! douze et quinze fois pécore!

« Sais-tu qui tu allais envoyer à la Pasca, pour le portrait de sa fille?

« Buse! triple buse!... Eh bien! tu allais envoyer le portrait de la fille du tzar.

« Voui, la fille de l'Empereur de toutes les Russies! Et c'était vrai, monsieur.

« Van Flam me le prouva en me montrant le journal. C'était le portrait de la petite grande-duchesse Sonia, la dernière née à ce moment-là du tzar Nicolas II.

« Pour une gaffe, c'était une belle gaffe que j'allais faire. J'étais anéantie!

« Van Flam triomphait, et triomphait d'autant plus que lui aussi, il avait pensé à notre affaire.

« Bien qu'il eût un verre dans le nez, il n'avait pas perdu la tête.

« Il avait chapardé, on ne sait où, un autre portrait, qui se trouva nous aller comme un gant.

« Et, tandis qu'il le mettait sous enveloppe, ce portrait, pour l'expédier illico au Canada:

« — Tu vois, ricanait-il, quand je suis saoul, je suis encore moins bête que toi.

« Alors pense, quand je suis à jeun!

« Ce Van Flam ne savait dire que des bêtises.

« N'importe! Le portrait était expédié.

« La réponse ne se fit pas attendre.

« La Pasca nous témoignait une telle joie de voir son enfant si bien portante; elle nous faisait de telles largesses, pour nous récompenser, que je n'eus jamais le courage de la détromper.

« Et comme tous les mois, elle continuait d'envoyer, moi, je continuai de toucher; Van Flam continua de réclamer, et la petite, quoique morte, continua de se bien porter.

« De rire, de jaser tout le long du jour.

« D'avoir une beauté et des grâces, qui faisaient l'étonnement et l'admiration de tous les gens qui la voyaient. C'étaient du moins ce que Van Flam écrivait à la mère.

« Quelquefois, je le tançais. Je lui disais:

« — Tu en dis trop.

« Tu finiras par donner à la Pasca, une envie folle de revoir sa fille. Nous serions dans de jolis draps, si elle nous arrivait tout à coup, à l'improviste.

« Toi qui es si malin, même quand tu es saoul, je voudrais bien savoir comment tu t'en sortirais.

« — Te bilotte pas, disait Van Flam. Y a pas de danger qu'elle vienne. Master Samain la serre de trop près.

« Ma foi, Van Flam, avait raison.

« Cette mort qui, au premier moment, m'avait paru devoir être une irrémédiable catastrophe, se trouva n'avoir rien changé du tout. Au contraire, depuis que la petite n'était plus là, c'était tout bénef.

« Van Flam la regrettait bien un peu. Je vous l'ai dit. Il aimait les enfants. Mais la vue des fafiots le consolait. Quant à venir nous inquiéter sur la disparition d'Yvette, d'une créature qui n'avait ni père ni mère, qu'on n'avait pas déclarée, nous étions bien tranquilles.

— Et les voisins, objecta Mme Simone d'Ange, ils ne se sont aperçus de rien?

— De quoi vouliez-vous qu'ils s'aperçoivent?

« La petite sortait très peu de chez nous.

« Et puis avec tout ce va-et-vient d'enfants qu'il y avait à la clinique!

« Une seule fois, une femme qui était en pension chez moi, me demanda des nouvelles d'Yvette.

« Je répondis qu'elle était à la campagne, et ça passa comme une lettre à la poste.

« Enfin pour comble de bonheur, M. Samain se mit de la partie.

« Un jour, en far-
fouillant dans quelque
tiroir, il découvrit le
portrait de la petite, celui que nous avions en-
voyé à sa femme.

« Monsieur Samain
était jaloux pire qu'un
Turc.

« Traversé par un
soupçon, il fit à sa fem-
me une scène terrible.

« Heureusement, l'af-
faire s'arrangea... Com-
ment? je n'ai jamais
bien su.

« Mais désormais, la
Pasca se garda bien de
nous redemander d'au-
tres photographies.

« Aussi, monsieur,
quelle situation envia-
ble dorénavant que la
nôtre!

Il fit à sa femme une scène terrible.

« Plus rien à faire qu'à palper les talbins de la dame. C'était une poule aux œufs d'or que cette Pasca.

« Notre petite combinaison dura plus de deux ans.

« Elle durerait encore, monsieur, à notre bien grand avantage, si ce grand bênet...

La chiffonnière fit une pause.

— C'est de M. Samain que je parle, reprit-elle.

« Si ce bênet de mari, n'avait eu l'idée de claquer tout à coup.

« Les mauvaises nouvelles vont vite. Surtout quand elles ont à leur disposition la tête et le cœur d'une femme comme la Pasca. C'est par un câblogramme, monsieur, qu'elle nous l'annonça.

« En même temps, elle nous faisait savoir qu'une fois ses affaires de famille liquidées, c'est-à-dire dans deux mois au plus tard, elle s'empresserait d'accourir chez nous.

« Elle brûlait de serrer sur son cœur, sa chère pe-
tite Yvette, qu'elle allait enfin pouvoir prendre avec elle. On sentait, monsieur, que la Pasca était en même temps, folle de douleur et de joie. Car elle s'était mise à adorer son mari. Et quoiqu'elle chérît sans dou-
te, un peu plus son enfant que son mari, l'un ne lui faisait pas oublier l'autre.

« Pour moi, monsieur, le coup était si imprévu, que j'étais atterrée.

« — Godfordom! ru-
gissait Van Flam.

« Je lui criais:

« — Oui, jure tant
que tu voudras!

« Il est bien temps.

« Ah! cette fois, ça y
est!

« Nous sommes **bien**
fichus!

« — Quoi? Qu'est-ce
que tu dis? s'écriait
Van Flam en colère.

« Van Flam n'était
jamais tant en colère
que lorsqu'il sentait que
j'avais raison.

« — Oui, que je m'en-
têtais, nous n'avons
plus qu'à décamper.

« Moi, d'abord, je
plaque tout.

« Je plaque ma clini-
que. Je plaque le pays.

« Et je te plaque, toi-
même, Van Flam.

« Car j'en ai assez de tes sales coups.

« J'ai toujours été une femme honnête jusqu'à ce jour.

« Et si tu n'es qu'une sale fripouille, ça te regarde.

« Et si tu as envie d'aller crever au bagne, tu peux aller y crever tout seul.

« C'est toi qui as envoyé la photographie à la particulière. C'est toi qui m'a encouragée à la tromper.

« Aujourd'hui tout te retombe sur le nez.

« Débrouille-toi. Moi, je m'esbigne.

« — Avec le pognon, vieille coquine? hurlait Van Flam.

« Tu vas commencer par ne pas bouger d'ici.

« Qui est-ce qui t'a dit que nous sommes perdus?

« Pour un coup de théâtre, c'est un beau coup de théâtre! ça, c'est vrai.

« Seulement, la Pasca n'est pas maligne.

« Au lieu de nous tomber dessus à l'improviste, elle nous donne deux mois pour nous retourner.

« Et tu t'imagines que je m'en vais l'attendre deux longs mois, sans remuer ni pieds ni pattes!

« Eh! godfordom! de quoi s'agit-il, en somme?

« De lui présenter un enfant... en lui disant que c'est le sien. C'est tout simple, après tout.

« — Oui, c'est tout simple, que je ricanais.

« Mais comment le feras-tu venir cet enfant?

« Par l'opération du St-Esprit?

« — Parfaitement, répliquait Van Flam, dont les yeux maintenant pétillaient de malice.

« Parfaitement. Par l'opération du St-Esprit.

« N'est-ce pas par l'opération du St-Esprit, que j'ai fait avoir un enfant à la femme du capitaine au long cours? Hein? T'en souviens-tu?

« Eh bien! c'est pourtant la même chose, ici.

« Il parlait avec tant d'assurance, qu'il finissait par m'en donner.

« Pourtant, il y avait bien des objections à faire.

« — Où le prendras-tu, cet enfant, que je lui disais.

« — Où je le trouverai, donc.

« Il s'esclaffait:

« — Voilà bien les femmes!

« Ne voyant pas plus loin que le bout de leur nez.

« Insouciantes, tant qu'elles ne voient pas le danger. Perdant la tête à la première alerte.

« Tu avais donc pensé que ceci durerait toujours?

« Tandis que tu t'endormais dans cette belle confiance, je veillais, moi.

« Je préparais mes plans, en cas d'attaque.

« Ne te bilotte pas, la petite mère, que je te dis.

« J'ai sous la main ce qu'il nous faut.

— Dans quel endroit? demandai-je. On dirait que tu as peur de le dire.

— A Paris, Godfordom! là, où j'ai déjà ramassé l'autre. Une môme épatante. A peine quelques mois de différence. Ça ne se verra pas.

« — Et la photo que nous avons envoyée à la Pasca, quand la petite avait sept mois?

« — Et qui n'était même pas la photo de la petite, ricanait Van Flam.

« Heureusement, d'ailleurs, sans quoi, plus mèche.

« — Est-ce que tu te la rappelles, au moins, cette photo? que je continuais.

« Si la môme épatante n'allait pas lui ressembler?

« — Elle lui ressemblera, répondit Van Flam, sans s'expliquer davantage.

« — Pas dans certains détails, que l'œil d'une mère

sait bien reconnaître, au besoin.

« — Baste! je me rappelle très bien la vraie Yvette et je te dis, que je réponds de tout.

« — Si elle n'allait pas du tout ressembler à la photo pourtant?

« — La ferme! avec ta photo!

« Laisse-moi boucler ma valise.

« Dans huit jours je serai de retour.

« Toi, prépare tout ce qu'il faut pour recevoir la gosse. Plus de chichi, hein? Et à la revoyure!

« Huit jours après, monsieur, mon diable d'homme revenait avec le moucheron.

« Et le plus épatant, c'est que la petite ressemblait à la photographie envoyée à la Pasca.

« Il y avait du louche, là-dedans. Mais je n'ai remarqué la chose que plus tard.

« Gentillette, ma foi, la petite!

« Mais triste et sauvage, vous pensez, d'être ainsi brusquement arrachée à son milieu.

« D'où venait-elle?

« De Belleville, m'affirmait Van Flam.

Walter Humding, interrogea:

— Vous êtes sûre que cette enfant venait de Belleville?

— La question que vous me posez-là, répondit la Van Flam, je me la suis posée à moi-même bien des fois. J'ai eu des soupçons, monsieur.

« Je savais cette crapule de Van Flam, capable de tout.

« Ce qui devait m'arriver par la suite ne me montra que trop combien mes soupçons étaient fondés.

« Pourtant je n'ai jamais eu de preuves.

« Mais quand j'ai des soupçons, il est bien rare que je me trompe. Ça ne m'est jamais arrivé.

« Ah! la crapule, le sale chameau de Van Flam! Ce qu'il m'en a fait voir!

« Allez, prenez patience!

« Je vous raconterai tout ça en son lieu et place.

« Sur le moment, vous comprenez, j'avais bien autre chose à faire qu'à suspecter mon vieux matou et lui chercher querelle.

« Avant tout, il fallait apprivoiser la petite, et la conditionner selon nos vues.

« Plus facile à dire qu'à faire.

« Elle était toute fluette et gracieuse.

« Mais il fallait bien se l'avouer, elle manquait, comme qui dirait de couleur locale.

« Ce fut Van Flam qui se chargea de la seriner.

— Pourquoi Van Flam? demanda Walter Humding que ce détail semblait intéresser.

« Il me semble que ce rôle vous convenait mieux qu'à lui. A l'ordinaire un enfant s'habitue plus vite avec une femme.

— Ici ce fut tout le contraire.

« La petite, au début du moins, ne pouvait pas m'avaler, moi.

« Avec Van Flam, c'était une autre paire de manches. Si la petite chialait, il n'avait qu'à la prendre dans ses bras, et aussitôt, elle faisait risette.

— Mais dis donc que je lui criais parfois, on dirait qu'elle te connaît la môme?

« — Bien sûr, qu'elle me connaît, rigolait le sacripant. Nous avons fait connaissance dans le train, Godfordom!

« Et puis, tous les enfants me gobent... moi.

« Ce que c'est que d'avoir une bonne tête.

« N'empêche que même avec Van Flam, ça n'allait pas tout seul... il s'en faut.

« Si je vous disais tout le mal de chien que nous avons eu, rien que pour lui faire comprendre, à cette mâtine, qu'elle devait s'appeler Yvette, et non plus de son vrai nom que je n'ai jamais su, vous ne le croiriez pas.

« On aurait cru qu'elle faisait exprès de me faire endêver, moi surtout! Chaque fois que je lui disais:

« — N'est-ce pas, mon petit amour, que tu t'appelles Yvette?

Il revenait avec le moucheron.

« Elle trépignait, monsieur, elle me griffait!

« Si j'insistais, elle tombait dans des convulsions.

« Et c'en était pour des heures à l'entendre chialer à tue-tête, en me poursuivant, monsieur, et en pleurant toutes les larmes de son corps.

— Pauvre petite, murmura Mme Simone d'Ange dont le visage chafouin parut s'émouvoir pour la première fois.

« C'était cruel pour elle, en effet, ce changement.

« Et la mère, vous n'en parlez pas?

« La petite devait la réclamer, cependant?

— Réclamer la mère... sursauta l'ex-sage-femme, non... heureusement! Il n'aurait plus manqué que ça... C'est nous qui étions cuits!

« Seulement Van Flam avait prévu le coup, vous pensez. Il avait choisi une espèce d'orpheline, une enfant abandonnée qui n'avait jamais vu ses parents.

« On lui avait vaguement parlé d'une maman qu'elle avait quelque part, et qui reviendrait peut-être un jour... c'est tout.

« Aussi quand nous lui annonçâmes que sa maman était en route, qu'elle allait arriver le mois prochain, que c'était une belle dame très riche et qui la gâterait... la petite ne marqua aucune surprise.

« Donc de côté pas de bobo.

« Il n'y avait qu'une chose qui nous inquiétait, moi, et ce grand pendard de Van Flam; la gamine parlait parfois d'une femme qu'elle appelait: *maman-nounou*. On essaya tout d'abord de lui faire croire que c'était moi *maman-nounou*, mais cette petite morveuse ne voulait rien savoir. Faut croire que je ne lui ressemblais guère à la payse.

« J'essayai de me renseigner sur elle mais Van Flam me coupa la parole, tout à coup:

« — Laisse la môme tranquille, grogna-t-il, tout s'arrangera.

« Je fus prise d'un soupçon:

« — Qu'est-ce que c'est que cette maman-nounou? demandai-je.

« Encore quelque maîtresse à toi... vieux paillard?

« Van Flam haussa les épaules:

« — Tu la perds, fit-il. Parlons sérieusement pour une fois.

« Maman-nounou est la patronne d'une petite ferme aux environs de Paris, sur les bords de l'Oise pour préciser, où la petite Yvette est restée une semaine ou deux l'an dernier.

« Cette brave femme la gâtait, et la gosseline en parle parfois, surtout depuis son arrivée ici.

« Ce voyage que nous venons de faire lui a rappelé l'autre. Probablement elle s'imaginait retourner chez son amie la fermière. Alors elle la réclame.

« N'y faisons pas attention et la môme oubliera vite. A cet âge, un enfant n'a pas de souvenirs, surtout un enfant, qui, comme celui-ci, a changé de résidence plus de dix fois en deux ans.

« — N'empêche, que je répondis, si cette petite vermine parle de sa nounou devant la mère...

« — Et puis, après...? rigolait ce gros sans-souci de Van Flam. On dira qu'il s'agit de la nourrice, de la vraie, celle qui a nourri Yvette de son lait.

« — Bon... mais si la mère demande à voir la particulière.

« — Ça tombe à pic! s'esclaffa mon bandit. Elle est morte! Tu vois qu'on est paré, Godferdom!

« — Admettons... mais il peut lui échapper d'autres mots. Des souvenirs de cette femme, là-bas, sur la rivière...

« — Eh! des fermes, des rivières, il y en a partout.

« Puisque je te dis que je me charge d'arranger les choses.

« Ce diable d'homme avait réponse à tout... tant et si bien qu'il avait fini par m'inspirer confiance.

« D'ailleurs, les événements lui donnaient raison.

« Après une semaine ou deux de bouderies, de caprices, Yvette, qui n'était pas une mauvaise enfant, au fond, commença à se faire à nos idées.

« Il était temps! J'avais maigri de quinze livres.

« N'importe! Je respirais.

« Les larmes et les cris avaient cessé.

« Yvette... ou du moins sa remplaçante, devenait tout à fait paisible. Et même assez gaie.

« Bref, je pus espérer que nous saurions nous en tirer. La Pasca pouvait venir.

« Un télégramme d'Anvers nous avertit de son arrivée... Nous l'attendîmes...

La chiffonnière fit une pause pour remplir et vider une troisième fois son verre.

Walter Humding en profita pour lui demander:

— Vous n'avez pas conservé cette dépêche?

La chiffonnière eut un ricanement:

— Pourquoi ne pas me demander si je n'ai pas aussi ramené dans ma roulotte mon salon, ma belle armoire à glace, et mes quatorze lits?

« Quand on est entraîné dans la débâcle, on aurait belle à faire de songer à une vieille dépêche.

« De toutes les lettres que la Pasca m'écrivit d'Amérique, il m'en est resté quatre, qui m'ont suivie jusqu'ici, je n'ai jamais su comment.

« Je les ai toujours conservées, pour attester comme quoi c'est bien vrai que j'ai été dans les grandeurs.

« Attendez, dit-elle.

Elle se leva avec effort, puis en titubant se mit en devoir de gagner le bahut. Elle soufflait:

— Vous pourriez croire que tout ce que je vous ai dit, c'est des menteries. Eh bien! je vais vous les montrer, ces lettres.

Elle sortit de son bahut quatre chiffons de papier, jaunis par le temps et cassé dans le sens des plis.

Elle les présenta à Walter Humding. Celui-ci les parcourut avec la plus grande attention. Puis il les posa sur la table.

— Y tenez-vous, à ces lettres? interrogea-t-il, en tiran d'une contre-poche de son veston, son portefeuille.

— J'y tiens... sans y tenir, se retrancha prudemment la commère en guignant le portefeuille du monsieur; d'un regard allumé par la cupidité.

— Fort bien! acquiesça l'espion, en alignant sur la table, à côté des quatre lettres, quatre billets de banque de cent francs.

« Voici mes papiers, fit-il en désignant ses billets... Et voici les vôtres, ajouta-t-il en rapprochant des billets les lettres de la vieille. Choisissez.

— Des fafiots! s'écria, éblouie, la grosse truande, en allongeant sa patte noire sur les billets bleus.

« Gardez les lettres, mon bon monsieur, gardez les lettres. Je prends les fafiots.

La Van Flam tenait déjà les billets.

Elle les examina à la lumière, les embrassa goulûment et les fit disparaître dans sa poitrine.

— Maintenant, dit-elle avec empressement à Walter Humding, je suis à vous.

« Est-ce que mon histoire vous intéresse?

« Ce que je vous en ai dit, n'est rien auprès de ce qui me reste à vous dire.

« Ah! oui, c'est maintenant que ça devient drôle.

« Attendez. Ecoutez bien. Je continue.

CHAPITRE CCIII

Trop parler nuit.

« Au jour dit, Mme Samain arrivait en grand deuil.

« Elle était toute pâle sous ses crêpes de veuve, avec deux grands yeux brillant de fièvre. Je pensai que c'était l'émotion, la fatigue du voyage en mer, mais il y avait autre chose. La Pasca était malade, paraît-il, une de ces maladies de cœur qui ne pardonnent pas.

« Elle se jeta sur la petite Yvette, l'embrassa éperdument, la couvrit de baisers et de larmes.

« Son ravissement était tel qu'elle s'évanouit presque en la serrant dans ses bras.

« Elle eut une espèce de syncope, quelques secondes, pendant lesquelles, elle était pâle, et respirait avec effort! Tout en lui mettant les sels sous le nez, cette canaille de Van Flam me poussait du coude.

« — Hein! murmurait-il à mon oreille, ça va tout seul. Avais-je raison de te dire: ne te bilotte pas.

« Tu me croiras une autre fois, la p'tite mère!

« En effet, tout s'annonçait à merveille.

« La Pasca était folle de sa fille... une belle enfant, il faut dire, et qui faisait honneur à notre savoir-faire. A tout moment elle l'embrassait, et la petite qui jamais de sa vie n'avait été à pareille fête, rendait caresse pour caresse.

« Le soir même de son arrivée, Mme Samain nous annonça qu'elle prenait pension chez nous pour quelques semaines, quelques mois peut-être. Riche et bonne affaire!

« — Vous comprenez, nous explique-t-elle, je ne suis pas pressée de m'installer. J'ai horreur des hôtels et cette retraite demi champêtre me plaît.

« Mon enfant, qui représente toute ma famille, se trouve bien ici.

« Pourquoi chercher ailleurs?

« Quelle brave fille, monsieur et dame, et bonne et simple, pas fière pour un sou.

— Des fafiots! s'écria éblouie la grosse truande.

« Ah! comme je regrette le mal que nous lui avons fait. Pas besoin de vous dire si je m'empressai de lui préparer mon plus bel appartement, trois pièces, s'il vous plaît, avec quatre fenêtres sur le jardin, cabinet de toilette, salle de bains, électricité, etc..

« Quand vint l'heure du dîner, je voulus la faire servir chez elle; mais elle refusa.

« Tranquillement, elle rentra chez nous, dans la petite salle à manger où nous prenions nos repas Van Flam et moi, et s'assit à table en souriant.

« — Ne vous dérangez pas pour moi, dit-elle gentiment. Considérez-moi non pas comme une cliente, mais comme une amie.

« Vous avez été si bons pour ma chère Yvette, que je vous regarde un peu comme faisant partie de notre famille.

« D'entendre ça, moi, ça me faisait quelque chose.

« Je m'en voulais de la tromper, seulement, comment faire? le vin était tiré, il fallait le boire, n'est-ce pas, monsieur.

« Quelqu'un qui ne s'épatait pas, par exemple, c'était ce gros ventru de Van Flam.

« Ce sale potard s'est toujours imaginé que tout lui était dû et ça lui a réussi souvent.

« En revanche, il y avait une personne qui n'en revenait pas, qui en bavait... de nous voir si bien avec cette grande dame archi-millionnaire.

« C'était cette vieille coquine de Catherine, vous savez bien, la bonne avaricieuse, dont je vous ai parlé.

« Notre réussite lui tournait le sang.

« Quelle aubaine, quelle fortune, si elle avait pu prendre notre place.

« L'envie la rongeait, la rage..

« Une envie de bigote et de vieille fille rance, ce qu'il y a de plus terrible au monde!

— Bien entendu, intervint Walter Humding, Catherine connaissait la substitution?

— Bien entendu, chers monsieur et dame.

« Nous n'avions pas de secret pour elle.

« Voilà plus de dix ans qu'elle était à mon service, comme femme de confiance, gouvernante, quoi!

« Je la traitais comme une égale et elle aussi de son côté.

« Même qu'elle en abusait un peu parfois pour m'humilier devant les autres domestiques.

« Elle se fût fait couper la langue, comme je disais plutôt que de m'appeler: madame.

« Catherine n'ignorait qu'une chose: l'enterrement clandestin de la vraie Yvette dans le parc, près du bassin.

« Du moins, je le croyais, puisque j'avais opéré la nuit seule, une fois tout le monde endormi; mais je me trompais, faut croire.

« Cette sorcière, toujours rôdant dans la maison, savait tout, voyait tout.

« Je lui avais dit comme une explication, que j'avais expédié le petit cadavre à l'hôpital, où un médecin de mes amis se chargeait de le faire disparaître en le disséquant, et elle n'avait pas fait d'observation.

« Ce n'était pas la première fois que ça arrivait, d'ailleurs.

« Donc nous dormions sur nos deux oreilles, lorsque soudain, ça se gâta.

« C'était un soir après-dîner, la petite venait de s'endormir dans les bras de sa mère qui la berçait doucement.

« Tout à coup, Mme Samain prit la parole sans penser à mal:

« — Vous aviez donc une vache, jadis? demanda-t-elle.

« Moi je me rebroussai:

« — Une vache, jamais de la vie!

« Je suis l'ennemie du biberon, chère madame, du biberon tueur de bébés...

« Tous nos enfants sont nourris au sein.

« — Tiens! fit la veuve interloquée.

« Yvette m'a parlé, une fois ou deux d'une vache, une belle vache blanche, qu'elle avait vue quelque part à la campagne.

« Je pensais que c'était ici!

« Je frissonnai soudain, comme si j'avais vu la terre s'ouvrir sous mes pas.

« Van Flam m'avait jeté un regard terrible.

E. Y.

Elle se jeta sur la petite Yvette, l'embrassa.

« En même temps, il me pilait les pieds sous la table.

« Il faut dire que pour une gaffe, c'était une gaffe que je venais de commettre.

« Celle de la photo n'était rien à côté.

« Cependant mon associé avait levé sa chope et la vidait lentement, la dégustait à petits coups, afin de préparer sa réplique:

« — Non, madame, répondit-il tranquillement, ce n'est pas ici, mais c'est tout comme.

« C'est dans une ferme à trois kilomètres, où mam'zelle Yvette a passé deux semaines l'autre printemps

« C'était au mois de mai, comme je vous l'ai écrit.

« — Mais, fit la Pasca, qui s'étonnait de plus en plus, vous ne m'avez rien écrit du tout.

« C'est bien ce qui m'étonne justement...

« — Vous êtes sûre? fit le potard avec son flegme de gros flamand.

« C'est bien possible, après tout.

« Je l'aurai oublié.

« Ou plutôt j'ai craint de vous donner de l'inquiétude.

« — De l'inquiétude... qu'est-ce que ça signifie?

« Ma fillette était donc malade? s'énervait la Pasca.

« — Hé non! bonne dame, calmez-vous.

« Tout simplement il y avait une épidémie de scarlatine par ici.

« Alors comme il ne faut pas plaisanter avec ça on a expédié l'enfant de l'autre côté de la rivière, dans un village réputé pour son bon air.

« On y envoie les poitrinaires: c'est tout dire.

« Nous connaissons là une brave femme de fermière qui adore les mioches.

« D'ailleurs j'avais l'œil.

« Tous les soirs j'allais faire un tour jusqu'à la ferme en fumant ma bouffarde.

« Yvette était sevrée alors, pas d'inconvénients, par conséquent.

« C'est là pour la première fois qu'elle a bu du lait à la tasse, du bon lolo de la vache blanche, et ça l'a frappée, naturellement.

« Ah! ce Van Flam, monsieur et dame, quel toupet il vous avait, quelle langue dorée, le bandit.

« Il avait débité ça d'un ton si bonasse que j'étais presque convaincue moi-même.

« Quant à la mère elle n'avait plus le moindre soupçon.

« Elle souriait... Par malheur, ce grand pendard voulut trop prouver.

« Il oublia le proverbe: trop parler nuit...

« — D'ailleurs, reprenait-il presque aussitôt, si ça vous chante, chère madame, un de ces beaux matins nous irons voir la fermière... *maman-nounou* comme Yvette l'appelle parfois.

Je m'arrêtai les pieds cloués au sol.

« — Je ne demande pas mieux. Je me ferai un plaisir de remercier cette brave femme.

« Quand je me retrouvai seule avec Van Flam, je me mis à l'agonir.

« — Eh bien! tu as fait du propre, lui criai-je.

« Nous sommes frais! ah! oui, nous sommes frais.

« — Comment, espèce de moule, qu'il répliqua, tu nous flanques dans le lac; je trouve encore le moyen de nous tirer de ce mauvais pas.

« Et tu as le culot de m'engueuler...

« — C'est toi qui en as un de culot!

« Tu appelles ça nous tirer d'un mauvais pas?

« Dis, tu ne pouvais pas retenir ta sacrée langue.

« Où la trouveras-tu ta fermière, animal, s'il prend à la Pasca l'envie d'y aller?

« Que lui répondras-tu quand elle te demandera de l'y conduire?

« — La belle affaire! rigolait le brigand.

« Je la renverrai toujours. Je trouverai de bons prétextes pour cela.

« Quel intérêt a-t-elle, après tout, à revoir cette fermière?

« On se coucha là-dessus. Mais je dormis mal cette nuit-là.

« Bien entendu, le lendemain, le premier mot de la Pasca, ce fut pour demander d'aller voir la fermière.

« Van Flam prétexta un empêchement quelconque et ça passa pour cette fois.

« Le jour suivant, même demande, même réponse, ou à peu près.

« Seulement, cette fois, la Pasca nous jeta un drôle de regard.

« Un regard qui me fit froid dans le dos.

« Ça se gâtait décidément.

« Van Flam le sentait comme moi, mais il continuait de crâner.

« Il ne crâna plus, quand il s'aperçut comme moi, que cette garce de Catherine, qui guettait son heure depuis longtemps, rôdait autour de Mme Samain.

« La mère d'Yvette ne parlait plus de la visite à la fermière, et ça encore c'était mauvais signe.

« Elle continuait à nous faire bonne mine; mais on voyait qu'elle avait une idée de derrière la tête.

« A deux reprises, je la surpris causant dans un coin du jardin avec la gouvernante.

« En me voyant approcher, elles se taisaient tout à coup.

« La Pasca changeait à vue d'œil, son visage se creusait, et un beau matin, elle ne se leva plus.

« Le médecin fut appelé aussitôt et fit une ordonnance que Van Flam courut faire exécuter chez son successeur.

« Pendant ce temps j'interrogeai le docteur qui n'était pas rassuré du tout, ma foi.

« — Madame Samain, dit-il, a le cœur en fort mauvais état.

« Elle vient d'éprouver un gros chagrin qu'elle ne veut pas dire.

« Aussi je vous recommande de lui éviter toute secousse, toute émotion.

« L'affaire était claire.

« Cette vieille bigote de Catherine avait parlé à la mère.

« Elle lui distillait le poison goutte à goutte, l'empoisonnant lentement..

« C'est elle qui l'a tuée, mon bon monsieur, c'est elle et pas nous.

« Mme Samain ne savait pas tout encore, mais elle était sur la voie.

« Et rien à faire contre ça... il fallait attendre que la foudre tombe.

« A partir de ce moment, nous vécûmes dans les transes.

« On s'attendait à tout instant à voir entrer le commissaire.

« Trois jours passèrent, trois jours d'angoisse qui me donnent la pépie, rien que d'y penser...

« Comme il fallait faire bonne figure, je continuais à aller de temps en temps voir la Pasca dans sa chambre.

« J'entrais sous le prétexte de prendre de ses nouvelles, mais surtout pour la sonder.

« Peine perdue. La malade faisait semblant de dormir le plus souvent.

« Un beau soir, je trouvai la chambre vide.

« La petite était seule, dormant dans son berceau.

« Mon sang ne fit qu'un tour.

« — Cette fois, ça y est, que je me dis.

« La Pasca est chez le commissaire!

« Mes jambes flageolaient en descendant l'escalier.

« En bas, je trouvai Catherine qui venait à ma rencontre.

« Et rien qu'à la voir, j'eus la sensation d'une catastrophe...

« Oh! cette figure, monsieur, cette figure qui flambait d'une joie féroce!

« Elle m'appela madame pour la première fois de sa vie, et ça me fit l'effet d'un soufflet en pleine figure...

« — Madame, me dit-elle, la mère d'Yvette vous attend dehors, près du bassin.

« Je me précipitai comme une folle...

« Dix pas plus loin, je m'arrêtai les pieds cloués au sol.

« La Pasca était là, écroulée sur la tombe de sa fille, pleurant, sanglotant comme une Madeleine.

« Je m'approchai.

« Mais soudain elle se redressa comme une furie, une vraie tigresse, monsieur...

« Elle courut sur moi:

« — Assassins! bégaya-t-elle, misérables...

« Qu'avez-vous fait de mon enfant?

« Yvette!... ma pauvre Yvette!

« Oh! je la vengerai...

« C'était complet! la veuve sur les insinuations de cette vieille coquine croyait que nous avions tué sa fille!

« Subitement, elle battit l'air de ses bras et s'effondra comme une masse.

« Un filet de sang sortit de ses lèvres.

« Monsieur, elle était morte!...

CHAPITRE CCIV

Où la mère Van Flam a mal aux dents

— Ah! monsieur, nous l'avions échappé belle!

« Pourtant, ce n'était pas fini.

« La Pasca restait chez nous, et nous étions suspects.

« Il y eût enquête sur enquête.

« Le médecin déclara une rupture d'anévrisme, par suite d'une forte émotion.

« Mais d'où venait cette émotion?

« Les cancans allaient ferme.

« Les voisins jabotaient.

« Et les journaux, monsieur... ah! ces fripouilles de journalistes, comme ils nous arrangeaient!

« Que de fausses déclarations! d'histoires fantastiques!

« Pas un cependant qui soupçonnât la vérité.

« Après tout, la Pasca était morte. Qu'avions-nous à redouter? Rien.

« Mais Catherine vivait, monsieur, et nous avions une frousse de tous les diables qu'elle nous vendît à la justice.

« Pourtant, à la réflexion, ce n'était guère croyable.

« Elle aimait trop sa tranquillité.

« Et puis elle était trop rapace.

« Si elle nous avait vendus à la Pasca, c'est parce que ça lui rapportait.

« Que lui eût rapporté de nous dénoncer à la justice?

« Des embêtements, et pis encore. Pourquoi n'avait-elle pas parlé plus tôt?

« La question l'eût sans doute bien embarrassée.

« Il n'y avait donc guère à craindre de ce côté-là, n'est-ce pas?

« Et pourtant, je craignais.

« J'étais affolée.

« Van Flam paraissait aussi affolé que moi.

« Ah! le vieux criminel, comme il savait bien prendre son temps!

« Quel tour il se préparait à me jouer!

« Il s'approche de moi.

« Et comme s'il était fou de peur, il me dit:

« — Ma petite mère, tu as raison, cette fois nous sommes flambés.

« Catherine a jacté Elle jactera encore.

« Figure-toi qu'on vienne nous demander d'où vient l'enfant?

« — Je répondrai que je n'en sais rien, grommelai-je.

Un filet de sang sortait de ses lèvres.

« Et au bout du compte, c'est la vérité.

« — Oui, mais on te répliquera que nous l'avons volé.

« — Volé! que je criai avec terreur.

« — Oui, volé!

« Et ça aussi, c'est la vérité.

« — La vérité, crapule!

« Je l'ignorais!

« Tu ne l'avais pas dit. Je le dirai.

« — On ne te croira pas. Et ton affaire est aussi sûre que la mienne.

« J'en étais si convaincue que je m'étais affalée dans un fauteuil. Et que je me taisais, anéantie.

« Quand il me vit bien à point, Van Flam, qui, probablement n'avait pas du tout volé l'enfant, pour

la bonne raison, que c'était un enfant à lui... — du moins ç'a toujours été ma conviction, — un enfant qu'il voulait me colloquer, l'effronté, après avoir essayé de le colloquer à la Pasca, Van Flam reprit:

« — Notre affaire est sûre.

« Et pourtant il y a un moyen d'y couper.

« Il n'y en a qu'un.

« Mais, celui-ci, par exemple, c'en est un fameux.

« Ah! oui, il était fameux son moyen!

« Le vieux bandit!

« Il ne pouvait s'empêcher de rire.

« Moi, j'avais levé la tête.

« Vous pensez si je l'écoutais.

« Je l'excitais encore.

« — Mais parle, parle vite, que je lui criais.

« Tu me mets sur des charbons ardents.

« Lui, en me regardant d'un drôle d'air, il reprenait:

« — C'est cela qui en boucherait un coin à tout le monde.

« Tu ne vois pas à peu près où je veux en venir?

« Non?

« Eh! mais, dis-donc..

« Si nous reconnaissions l'enfant?

« Je sursautai:

« — Hein? Quoi? tu dis? reconnaître l'enfant? Quel enfant?

« — Mais... la petite Yvette... sa remplaçante, Yvette II, quoi...

« — Tu veux que je reconnaisse la petite Yvette, moi?

« — Parfaitement.

« Regarde comme alors tout s'arrange.

« On vient. On te demande: — A qui est cet enfant?

« — A nous.

« — Où est la mère?

« — La voici.

« Et il me désignait.

« — Où est le père?

« — Le voilà.

« Et il mettait la main sur sa poitrine. Devant moi, oui monsieur, devant moi.

« Et il fallait voir sur quel ton goguenard, il prononçait ces mots:

« — Le voilà.

« Je bouillais dans ma peau.

« — Espèce de vaurien, que je lui criais, tu te fiches de ma fiole à ce point-là!

« Tu veux que je reconnaisse les mômes que tu fais à tes garces.

« — Dis pas des bêtises! riait mon scélérat.

« Faut reconnaître Yvette pour nous sauver.

« Et si tu fais cela, tiens, la petite mère, tu sais si notre collaboration nous a réussi, à part les anicroches, mais ça c'est le revers du métier, pas?

« Si tu fais cela...

« Eh bien! je te reconnais toi-même.

« — Tu me...?

« — Oui, je t'épouse, quoi.

« Et j'acceptai, monsieur, oui, j'acceptai.

« Ce salaud de Van Flam a toujours fait de moi ce qu'il voulait.

« Ma foi, les premiers temps de notre mariage, tout marcha très bien.

« Une vraie lune de miel.

« Je ne reconnaissais plus mon Van Flam.

« Sobre, rangé, prévenant.

« Je ne me reconnaissais plus moi-même.

« Quand nous allions nous promener dans le jardin public de Liège, avec notre petite fille entre nous deux, vous auriez juré deux bons bourgeois, tant nous avions l'air heureux et paisibles.

« Maintenant Yvette s'était tout à fait habituée à nous.

« Elle raffolait surtout de Van Flam, autant que Van Flam raffolait d'elle.

« Il me parut même bientôt certain qu'il raffolait beaucoup plus d'Yvette que de moi.

« Bref, je n'eusse encore trop rien dit.

« Mais qui a bu boira, le proverbe a bien raison.

« Après avoir fait quelque temps le bon apôtre, Van Flam se remit à bambocher.

« — Est-ce que tu vas recommencer? que je lui criais.

« Tu n'as pas honte, quand tu as une femme si douce auprès de toi?

« Lui, il ricanait:

« — Je le sais bien, que tu es douce!

« C'est même ça qui m'altère.

« — Et les affaires, bougre de fainéant?

« Tu crois que je vais continuer à te nourrir les bras croisés, toi et ta sale gosse?

« — Les affaires?

« Mais justement je venais te voir pour ça.

« Faut m'abouler un billet de mille.

« T'en auras cent, ce soir.

« J'écarquillai les yeux.

« — Cent billets de mille?

« Et comment ça?

« Van Flam jubilait.

« — Une martingale infaillible!

« Une martingale à faire pic et capot tous les cent mille diables.

« Jésus-Marie! Van Flam jouait!

« Il ne me manquait plus que cette croix-là.

« Et j'eus beau me rebiffer, il sut si bien m'entortiller qu'il emporta mes mille francs.

« Deux mois de la Pasca, monsieur.

« Perdus sur un coup de dé.

« Ah! le soir, quelle scène!

« — Comment! bougre de sale vaurien, que je lui criais, tu n'es pas content de ne rien faire!

« Et tu veux maintenant me ruiner!

« — Tais-toi! hurlait Van Flam.

« Qui est-ce qui parle de te ruiner?

« Si j'ai perdu mille francs, je saurai bien les rattraper.

« Cela n'empêche pas que ma martingale est infaillible.

« Je ne l'ai pas bien jouée, voilà tout.

« Mais maintenant que je suis averti...

« Je criais comme une enragée:

« — Comment! tu veux recommencer?

« — Oui, je veux recommencer.

« Et pas tant de chichis, hein! la bourgeoise! gueulait Van Flam.

« C'est moi le maître ici.

« Et quand je parle t'as le droit de te taire.

« Aboule un autre billet de mille.

« Et illico presto!

« Nous étions assis à table, l'un en face de l'autre.

« Je ne fais ni une ni deux, monsieur, je me lève, je m'approche de lui.

En prononçant ces mots, l'ivrognesse se dresse toute contractée de fureur, s'approche de Walter Humding, et en lui soufflant en plein visage son haleine avinée, elle lui crie, comme s'il était Van Flam:

« — Comment, bougre de choléra!

« Un autre billet de mille!

« Tiens! que je lui fais. En voilà un de billet de mille!

Et la chiffonnière fait, sur le visage de Walter Humding, le simulacre de donner un soufflet.

Elle le fait si rudement que Walter Humding n'a

que le temps de détourner la tête pour éviter le souf-flet.

La maritorne, toute à son récit, continue, jouant la scène :

— Van Flam, monsieur, n'eut que deux gestes.

« Du premier, il chavira la table avec toute la vaisselle qu'elle portait.

« Du second, il m'asséna un tel coup de poing, qu'il m'envoya sur le parquet, rejoindre ma vaisselle, ramasser les morceaux.

« — Ah! crapule! que je rugissais, en me relevant comme je pouvais.

« C'est la première fois que tu me bats.

« Mais je te jure bien que ce sera la dernière.

« Tu en profites parce que nous sommes mariés.

« Mais, tu sais, le divorce n'est pas fait pour les chiens.

« Demain, j'irai trouver mon avocat.

« Et tu auras bientôt de mes nouvelles.

« Dès le lendemain, monsieur, je le fis comme je l'avais dit.

« J'introduisis une instance en divorce.

« J'étais bien décidée à laisser marcher l'affaire.

« Pour commencer, je vendis toutes mes actions.

Il m'envoya sur le parquet rejoindre ma vaisselle.

« Je ramassai tout mon argent chez moi, bien serré dans mon coffre-fort, prête à le faire disparaître pour qu'au moment du divorce, Van Flam n'eût rien à y prétendre.

« Alors, voyez, monsieur, comme ce Van Flam était roublard.

« Tout à coup, il redevint sérieux, très sobre, ne parla plus de jouer.

« Et sans en avoir l'air, il m'entourait de tant de prévenances, qu'à la fin, je fus désarmée.

« Un soir qu'il avait été encore plus prévenant que d'habitude, je tombai dans ses bras en essuyant une larme, et je lui pardonnai.

« Oh! le scélérat! l'impudent!

« Il pleurait comme moi, monsieur, d'attendrissement.

« Nous nous couchons.

« Je dormais du sommeil le plus paisible, quand brusquement, dans la nuit, je suis réveillée par un bruit singulier.

« J'ouvre les yeux. Je tends l'oreille.

« Plus de doute!

« Il y a quelqu'un dans la salle à manger.

« — Van Flam! que je crie à voix basse.

« Van Flam, réveille-toi.

« Il y a des voleurs dans la salle à manger.

« Van Flam!

« Pas de réponse.

« Je m'étonne. Je palpe à mes côtés.

« Pas de Van Flam!

« Alors, monsieur, si vous m'aviez vue... je ne fais qu'un bond hors de mon lit.

« Et sans même prendre le temps de passer un peignoir, je me précipite sur la porte de la salle à manger. Je l'ouvre...

« Et qu'est-ce que je vois, monsieur?

« Van Flam!...

« Van Flam qui fracturait mon coffre-fort!

« Ah! la gouape! le bandit! comme il m'avait jouée!

« Je restai un moment dans l'embrasure de la porte, toute raide, sans pouvoir bouger.

« Lui, au bruit, il s'était retourné et me regardait, payant d'audace, l'air goguenard.

« Je lui criai au paroxysme de la stupeur.

« — Qu'est-ce que tu fais?

« — Qu'est-ce que tu viens faire, toi-même? qu'il répondit.

« Tu ne pouvais pas dormir?

« — Mais qu'est-ce que tu fais? que je vociférais, ayant tout à coup retrouvé mes esprits et en marchant sur lui.

« Comment, galérien, tu fractures mon coffre-fort?

« — Si tu ne veux pas que je le fracture, tu n'as qu'à me donner les clefs.

« — Au voleur! au voleur! que je gueulais de toutes mes forces en me jetant sur lui.

« Van Flam qui voyait que ça tournait mal, commençait à souffler, exaspéré lui aussi.

« Il me repoussait en criant:

« — Tu ne vas pas gueuler comme ça, dans la nuit, hein?

« Où est-il, le voleur?

« Je suis chez moi, je suppose.

« Est-ce que je suis ton mari, oui ou non?

« — Ah! scélérat! que je lui criais, en m'efforçant toujours de l'éloigner du coffre-fort.

« C'est pour ça que tu t'es marié avec moi.

« C'est pour me voler mon magot!

« Et comme il m'échappait et retournait au coffre-fort, je criai encore:

« — Au voleur! au vol...

« Mais je n'eus pas le temps d'achever.

« Van Flam d'un coup de tête en pleine poitrine, m'avait envoyée dinguer les quatre fers en l'air, dans la porte de ma chambre.

« Puis, il court au coffre-fort.

« Et il pèse avec tant de fureur sur la pince-monseigneur, engagée dans le joint de la porte, que la porte cède.

« Et mon bandit recule, un instant ébloui par la vue des tas de billets bleus et des grandes sébiles pleines d'or.

« Moi, je me relève, je m'élance, j'attrape à deux mains la porte du coffre-fort et je m'y cramponnais de la belle manière, fermant l'ouverture du coffre avec mon corps, et hurlant:

« — Tu ne l'auras pas mon magot!

« Tu ne l'auras qu'avec ma peau!

« Alors Van Flam étouffe un rugissement:

« Il me prend à bras le corps, et me rejette en arrière d'un si violent effort, que je m'effondre de tout mon poids au milieu de la pièce.

« Aussitôt relevée, j'attrape une pincette.

« Je m'avance sur lui, monsieur...

« Il me jette une chaise entre les jambes.

« J'évite la chaise. Il fuit, je le rattrape.

« — Ah! canaille, tu ne m'échapperas pas!

« Et vlan! comme il se retourne vers moi, pour me repousser... je lui décharge un coup si terrible sur la tête... que la moitié de l'oreille est emportée!

« Lui, fou de douleur, il pousse un cri... un beuglement terrible.

« Ce n'était plus un homme, monsieur...

« C'était une bête féroce.

« Il se jette sur moi. Il me renverse.

« Nous tombons tous les deux.

« Et là, sur le parquet, il me bourre d'une telle pilotade de coups de poings, ce misérable, ce [...] que cette fois, je ne peux plus me relever.

« Lui, prestement revenu au coffre-fort, il se mit en devoir d'en sortir tout ce qu'il contenait.

« La première chose qui lui tomba sous les mains ce fut le dossier du procès pour notre divorce, que j'avais eu la bêtise de retirer.

« Il le regardait en ricanant. Lorsque m'étant relevée sur mes bras, je me mis à crier de toutes mes forces:

« — Au secours! à l'assassin! on me tue!

« Van Flam eut un sursaut de peur.

« — Godfordom! cria-t-il.

« Il ne savait plus ce qui arrivait.

« Le bandit me regarda avec une stupeur furieuse.

« — Comment! qu'il me fit.

« Tu n'en as pas assez reçu?

« Attends, je m'en vais te faire fermer ton four.

« Il tournait comme un fou dans la pièce, jetant ses regards à droite et à gauche.

« En même temps, il pétrissait dans ses grosses mains les pièces du procès et il faisait une boule.

« Moi, me demandant ce qu'il allait faire, je le regardais, toujours allongée par terre et levée sur mes mains.

« Ce qu'il allait faire?

« Je ne fus pas longtemps sans le savoir.

« Voilà que tout à coup, il arrache les deux brassières des rideaux, deux cordes tressées de soie verte.

« Il ramasse une serviette sur la table.

« Se jette à genoux sur ma poitrine.

« Et savez-vous ce qu'il fait, monsieur?

« Il m'enfonce sa grosse boule de papier dans la bouche, comme qui dirait en poire d'angoisse.

« Il me l'enfonce tant qu'il peut, en me criant entre ses dents:

« — Tiens! le voilà ton divorce. Bouffe-le.

« Après ça, il m'applique sur la bouche la serviette qu'il noue par derrière la tête, dans le plus court circuit, pour qu'elle ne puisse pas retomber.

« Puis, aussi vite, il s'empare de mes mains qu'il lie ensemble avec une brassière.

« De l'autre brassière, il m'attache les pieds, me lève à bras le corps, et m'ayant jetée dans un fauteuil, il redevint gouailleur.

« — Maintenant, dit-il, nous pouvons causer.

« Ah! tu m'avais pris pour une poire.

« Tu voulais divorcer et m'enlever tout le pognon!

« Et parce que je suis plus malin que toi, tu me traites de voleur, tu fais un boucan de tous les diables!

« Eh bien! ma vieille, tu as beau me jeter des regards en coups de pistolet.

« Tu as perdu la manche.

« T'avais peut-être pas une bonne martingale!

« Tandis qu'il riait et jacassait, en un tour de main, il avait débarrassé la table de ce qui l'encombrait, et il y jetait pêle-mêle, l'or et les billets bleus.

« Quand le coffre-fort fut entièrement vidé et par contre, la table entièrement couverte, Van Flam tourna tous les boutons électriques, incendiant la pièce d'un aveuglant éclat, et puis il s'arrêta à contempler la table.

« Quel spectacle, monsieur, que cette table, avec tout l'or qui la couvrait, éblouissant comme la braise dans le feu, et les faflots jetés en tas comme des bouquets de violettes!

« Je me sentais devenir folle.

« Van Flam lui, était extasié.

« — Quelle fortune? qu'il disait.

« Y a pas à dire, petite mère, t'as bien fait les choses.

« Et dire que t'en profiteras pas!

« Mais va, console-toi.

« C'est pas bibi non plus qui le croquera ton magot.

« Il n'a pas d'assez jolies dents pour ça.

« C'est quelqu'un d'autre.

« Attends!

« Il disparut dans une autre pièce et revint presque aussitôt, portant dans ses bras la petite Yvette, tout éberluée de sommeil, dans sa longue chemise de nuit, et qui, en secouant ses blonds cheveux, devant la lumière trop vive, se détourna brusquement, et frotta ses paupières sur l'épaule de Van Flam.

« Le vieux bandit prit la môme sous les bras, comme il le faisait souvent pour l'amuser.

« La môme, qui raffolait de ce jeu, tout à fait réveillée, se mit à rire.

Van Flam fracturait mon coffre-fort!

« Il la tourna vers la table, la levant aussi haut qu'il pouvait.

« — Regarde, fillette, lui disait-il, ce que ton père t'a gagné!

« Voilà ta dot pour te marier! Tout pour Yvette.

« Et la petite vermine, tendait ses bras vers la table, vers mon argent, monsieur, riant et criant:

« — Tout pour Yvette!

« — Et maintenant, s'écria Van Flam, jovial, en la posant à terre, c'est pas tout ça. Faut s'habiller.

« Nous allons nous promener.

« En un clin d'œil, il la vêtit, se couvrit d'un vaste manteau de drap gris, dans les poches duquel, il eut bientôt fait d'engloutir tout mon pognon, toute ma fortune, monsieur, et tandis que la petite s'étonnait de me voir bâillonnée, il lui répondait gouailleusement:

« — Maman a mal aux dents.

« Il ne faut pas lui arracher son bandeau:

« Ça la ferait crier.

« Et la mauvaise graine, de le voir rire, répétait en riant comme lui:

« — Il ne faut pas lui arracher son bandeau!

« Ça la ferait crier.

« Et c'est ainsi, monsieur, qu'ils me quittèrent, emportant mon pauvre magot que j'avais tant sué pour le gagner.

« Ah! quelle nuit, monsieur, bâillonnée et ligottée dans mon fauteuil, sous les jets éblouissants de lumière! Et à penser que j'étais ruinée de fond en comble.

« Grand Dieu! un pareil désastre était-il possible?

« Le lendemain, aussitôt que ma bonne m'eut délivrée, je ne fis qu'un saut de chez moi au commissaire de police.

« Je pleurais. J'étais folle.

« — Que voulez-vous que j'y fasse? me répondait cette sale brute de commissaire.

« Vous êtes mariés, n'est-ce pas ?

« — Oui, mais monsieur, que je sanglotais, nous étions en instance de divorce.

« — Eh bien ! c'était à vous à prendre les devants.

« Dans ces affaires-là, c'est celui qui emporte le plus, qui a le plus.

« Pour moi, je n'y puis rien.

« — Mais moi, j'y peux quelque chose, que je gueulais comme une enragée.

« Je me charge de le dénicher, moi, ce bandit de Van Flam !

« Alors, monsieur, l'esprit absolument perdu, dans une impatience extraordinaire de me ruiner encore plus complètement je réaccourus chez moi, et le soir du même jour, monsieur, de ma belle clinique, de mes meubles superbes, de mon salon, de ma salle à manger, de tout cela qui m'avait coûté tant de mal, plus rien ne me restait.

« J'avais tout vendu, tout bazardé.

« Le soir même je prenais le train.

« Et je débarquais à Paris, à Belleville toujours, puisque c'est là que la crapule faisait ses mauvais coups.

Voilà ta dot pour te marier ! Tout pour Yvette

« En effet, j'avais de bonnes raisons de croire que Van Flam y était venu retrouver la mère de la fausse Yvette.

« Mais j'eus beau battre tous les quartiers, tous les hôtels et tous les bouges.

« Jamais plus, monsieur, je n'ai entendu parler de Van Flam.

« N'ayant plus le sou en poche, perdue dans cette ville immense, vieillie, découragée et talonnée par la faim... pour gagner ma vie, je fis ce que je pus.

« Je ramassai les mégots, et je chiffonnai.

« Plus tard, sur mes économies, j'achetai cette roulotte.

« Depuis ce temps-là, ma vie n'a pas changé.

« Par conséquent, là s'arrête mon histoire.

« Monsieur, ajouta sentencieusement la vieille, vous me faites l'effet d'un brave homme.

« Eh bien ! je vous le demande, franchement : croyez-vous que j'en aie assez vu ?

— Certes, répondit Walter Humding, qui avait écouté ce long récit avec une complaisance qui étonnait Mme Simone d'Ange, Van Flam s'est conduit à votre égard comme le dernier des misérables.

— Ah ! monsieur, à qui le dites-vous ?

— Il y a cependant un point qui m'étonne.

« Yvette, d'après votre récit, est aujourd'hui en âge d'être mariée.

« Du moment que vous l'avez reconnue, devant la loi, vous êtes sa mère.

« Elle ne peut donc pas se marier sans votre consentement.

« Et ce qui m'étonne, c'est qu'elle n'ait pas déjà fait des recherches pour vous retrouver.

— Si vous connaissiez mon Van Flam, comme moi, cela vous étonnerait beaucoup moins, répondit la vieille.

« Que voulez-vous qu'elle soit devenue entre les mains d'un pareil bambocheur ?

« Il aura mangé ma galette dans les orgies.

« Et la dévergondée, aussitôt qu'elle aura pu, se sera laissé rouler dans le ruisseau.

— Que croyez-vous donc qu'est devenu Van Flam ?

— Ce que je crois qu'il est devenu ?

« S'il y a une justice dans le ciel, je crois qu'il aura crevé comme il le méritait.

Walter Humding laissa passer un temps.

Puis il prononça, mesurant bien le coup qu'il allait porter :

— Vous vous trompez, madame, votre mari vit toujours.

La vieille bondit et, avec une animation extraordinaire :

— Van Flam vit toujours ?

« Vous en êtes sûr ?

« C'est donc que vous l'avez vu ?

*Mille millions de bonsoir... qu'est-ce que vous avez
à faire la tête?*

pliait la vieille, qui se
raccrochait désespéré-
ment à ce dernier es-
poir de vengeance sa-
tisfaite.

— Irréprochable! ar-
ticula impitoyablement
Walter Humding, qui
pour la première fois
de sa vie, peut-être, laissait percer une sorte
d'émotion contenue.

« Heureuse! Estimée
de tous!

« Et sur le point de
faire un très beau ma-
riage.

La vieille eut un ac-
cès d'indignation terri-
ble:

— Sans moi! hurlait-
elle.

« Avec mon argent!
Avec l'argent qu'ils
m'ont volé!

« Tandis que je crève
la misère ici... abandon-
née de tous!

« Oh! les crapules! les
crapules!

« L'escroqueuse! la
gourgandine!

« Un beau mariage...
sans mon consentement.

— C'est impossible,
prononçait l'espion,

— Où? Ici? à Paris?

— Non, à l'étranger.

— Avec Yvette?

— Seul.

— Malheureux? demanda avidement la vieille sorcière, avec dans son regard un espoir féroce.

— Millionnaire!

— Millionnaire! hurla la Van Flam qui haletait
l'écume aux lèvres, sa hideuse trogne contractée par
un désespoir terrible.

Et voyant que la vengeance lui échappait du côté
de son mari, elle se tourna du côté de sa fille.

— Et Yvette?

— En France.

— Dans un bastringue, n'est-ce pas?

« Déshonorée et misérable au dernier point? sup-

puisque légalement vous êtes sa mère.

— Ah! oui, je suis sa mère, vociférait triomphalement la vieille.

« Et je m'en vas lui en donner un de consentement!

« Vite, monsieur, dites-moi où elle est... que j'aille
la trouver.

« J'aurai vite fait ma toilette.

« Tenez, criait-elle, en joignant le geste à la parole; je n'ai que mon crochet de chiffonnière à prendre.

« Partons.

Walter Humding s'était levé, en faisant signe à
madame Simone d'Ange de l'imiter.

— Patientez! dit-il à la vieille.

« Je viendrai vous trouver au moment opportun.

— Vous me le promettez?

— Absolument.

— Eh bien! cria la chiffonnière, avec une exaltation farouche, tandis que les deux visiteurs s'en allaient:

« Moi aussi, je vous le promets!

« Yvette Van Flam n'est pas encore mariée...

CHAPITRE CCV

Rosette déménage

— Mille millions de bonsoirs... grondait le capitaine s'adressant à Mme Pierre, qu'est-ce que vous avez à faire la tête ce matin.

« Encore quelque blague de ce sacré parigot.

« Arrive ici, Patoche!

Patoche, qui frottait le vestibule, s'empressa d'accourir:

— Présent, mon capitaine.

— Qu'est-ce qu'il y a encore... continua le vieux grognard.

« Mme Pierre est d'une humeur de chien, tu lui auras fait quelque blague?

— Moi... non, mon capitaine.

« C'est son fourneau qui ne tire pas, et vous savez quand le fourneau...

— C'est bon, c'est bon, interrompit l'officier.

« Si tu crois que je coupe dans tes boniments.

« Tu as de la chance que je sois de bonne humeur et que ce soit fête pour nous aujourd'hui.

« Un de ces jours où l'on lève toutes les punitions; sans quoi, mon garçon...

« En tout cas, tâche de faire la paix d'ici midi avec la gouvernante.

« Je n'aime pas les figures moroses... et maintenant passe-moi mon dolman.

« Je suis en retard et Mme Ferbach doit s'impatienter.

...C'était boulevard St-Germain quelques jours après l'entrevue à la prison du Cherche-Midi que nous avons racontée plus haut.

Ce matin-là le capitaine et Jeanne — les seuls admis à communiquer jusqu'ici — faisaient leur seconde visite à André, et, à la seule pensée de revoir son petit gas, le vieux brave rayonnait.

Comme il se disposait à sortir pour aller prendre Jeanne chez elle, Wilhem Furster entra.

Il portait un modeste bouquet de fleurs champêtres, reçu le matin même des provinces annexées:

— Ce sont des fleurs du pays, expliqua-t-il, des fleurs des Vosges.

« J'ai pensé que Ferbach les recevrait avec plaisir surtout apportées par son amie.

Lancelin prit le bouquet.

— Je vous remercie en leur nom, dit-il tout ému.

« Quel brave cœur vous faites!

« A propos vous savez qu'on déjeune chez moi, ce matin?

« Vous êtes des nôtres, bien entendu... On vous garde.

— Je crains de vous déranger.

— Mais non, saperlipopette.

« Nous sommes entre nous: Jeanne, Rosette — mes deux nièces, comme je les appelle — et ce brigand de Patoche.

« C'est tout... par conséquent, pas de façons.

« D'ailleurs, nous irons vous prendre rue Vivienne.

« J'ai justement à faire par là.

« Là-dessus je me sauve... Je parie que Jeannette me croit mort déjà.

Le capitaine parti, la conversation continua entre Furster et l'ordonnance, qui ne s'étaient pas vus depuis l'avant-veille.

— Eh bien! commença Wilhem Furster sur le ton jovial, et votre bouchon, m'sieu Patoche?

« Est-ce que ça marche?

— Quel bouchon?

— Mais le bouchon qui porte la signature, le *monogramme* de Walter Humding.

— Ah! oui... je n'y étais plus.

— Est-ce que vous renonceriez, par hasard...?

— Non, pas précisément, fit le Montmartrois en hochant la tête.

« Toutefois, je crois que je me suis un peu emballé tout de même.

« Par moment, je me dis que ce morceau de liège est bon tout au plus à faire un flotteur pour la ligne du capiston...

— Et la matelassière... est-ce qu'elle compte toujours sur ce moyen?

« Il paraît — c'est Mme Ferbach qui m'a révélé la chose, l'autre soir — que vous avez eu de longs conciliabules tous deux.

— Chut! fit Patoche en mettant vivement un doigt sur ses lèvres.

« Il ne faut pas parler de ça ici.

« Si le père la Manille savait que je marche avec Maman-Jeanne, il en ferait un pétard!

« Il me l'a défendu...

— Tiens... pourquoi cette défense?

— Je ne sais pas bien.

« Le patron s'imagine, à cause de certaines façons bizarres, qu'elle a que Maman-Jeanne est un peu timbrée en proie à l'idée fixe, comme il dit.

« Alors, il craint d'aggraver son mal en ayant l'air de prendre au sérieux ce qu'elle raconte.

« Le capiston a tort, selon moi. La matelassière sait très bien ce qu'elle veut et raisonne très juste.

« Elle vient justement d'avoir une idée qui n'est pas bête du tout...

— De quoi s'agit-il?

— D'une enquête à faire du côté de Belleville, d'un enfant à rechercher...

« Mais, je n'en peux pas dire plus long: j'ai promis le secret, alors motus.

« En effet, il importe, pour que l'enquête soit concluante, que ceux ou celles qui en seront l'objet ne se doutent de rien.

— Et vous comptez sur cette piste?

Le Montmartrois fit un geste évasif.

— Fixe! commanda-t-il. Présentez arme...

— Il faut bien faire quelque chose, courir toutes les chances, répondit-il, battre le fourré, comme on dit, pour faire sortir le loup du bois.

« Depuis une semaine on ne fait rien, on piétine sur place et pendant ce temps, je suis sûr que les Boches se remuent, eux...

« Quand je pense que Flic et Flac, à qui nous avions cependant fourni une excellente photographie n'ont pas été fichus de retrouver cette coquine de Lilian Berty, vous savez bien, la dame au poivre, comme je l'appelle...

— Et du côté Pourcelot?

— Même chose, rien de neuf. Quand je vous dis qp'on se rouille tous.

« C'est moi qui m'étais chargé de surveiller la fille du papa Pourcelot, et j'ai fait chou-blanc, comme les autres.

« Soit qu'elle se soit méfiée, soit pour toute autre raison, cette petite farceuse vient d'acheter une conduite subitement.

— Elle est toujours chez Mme Ferbach?

— Non: on a fini par lui flanquer ses huit jours... pas dommage!

« Quant à Walter Humding, continuait le parisien, il s'est évanoui tout par un coup, comme un fantôme, alors on reste là, les bras croisés.

« C'est fichant tout ça et je voudrais bien me dégourdir un peu.

Le colloque se prolongea un moment encore, puis Furster se leva afin d'aller ouvrir les bureaux rue Vivienne.

— Vous avez bien le temps, disait Patoche.

« Il ne vient jamais personne le matin.

— Il vient toujours le facteur: il faut bien recevoir le courrier.

« D'ailleurs, il faut que je passe à mon hôtel faire un bout de toilette avant le déjeuner.

— Oh! vous savez, ce qu'a dit le chef, c'est sans façon.

« Pas de smoking surtout: on n'est pas des princes.

— Je sais, mais encore faut-il être présentable.

« A bientôt, m'sieu Patoche.

Demeuré seul, l'ordonnance reprit sa besogne de frotteur.

Il ne lui restait plus à faire que le bureau du capitaine, lequel allait servir de salle à manger tout à l'heure, et qu'il s'agissait de débarrasser le mieux possible.

Il y entra et se trouva nez à nez avec la gouvernante qui sortait.

Le Parisien s'effaça aussitôt et prit la position militaire:

— Fixe! commanda-t-il. Présentez, arme...

« En même temps il « présentait » son balai le crin en l'air.

Mais cette marque de déférence n'eut pas le succès attendu.

Mme Pierre passa fière comme une reine et Patoche haussa les épaules:

— Que le diable la patafiole, murmura-t-il.

« Il faudrait pourtant que je trouve un moyen de faire la paix.

Et il se mit à l'œuvre, frottant avec une telle ardeur que le parquet brilla bientôt comme une glace.

Son travail achevé il consulta sa montre:

— Onze heures, dit-il.

« Rosette ne va pas tarder d'arriver.

« Si je mettais le couvert.

« Ça fera toujours passer le temps.

En réalité, il était dix heures à peine, mais le Montmartrois « anticipait » comme tous les amoureux.

Le couvert mis, Patoche constata que l'aiguille de sa toquante n'avait avancé que de quelques minutes, et se trouva fort embarrassé de sa personne.

Il serait bien allé faire un tour à la cuisine, mais le moment était mal choisi.

En effet, à cette minute, Mme Pierre s'escrimait de plus en plus fort contre son fourneau, lequel s'obstinait à ne pas tirer.

Il n'y avait qu'un remède: aller chercher du charbon de bois à la cave.

Mais c'était cinq étages à descendre et à remonter et cela épouvantait la brave femme, qui n'avait plus ses jambes de vingt ans.

Patoche qui devinait tout cela riait sous cape.

— Bon, se disait-il, je tiens mon moyen.

« Dans cinq minutes on sera copain plus que jamais.

« Je vais lui prouver à la petite mère que j'ai un cœur d'or.

« J'aime à faire une niche, parbleu, mais je n'en garde pas rancune: sitôt fait, sitôt oublié.

« C'est ça qui est beau...

Cependant Mme Pierre se décidait.

Elle prit le seau à charbon et se dirigea vers la porte palière.

Aussitôt le parisien de se précipiter à sa rencontre. Donnez donc Mme Pierre, fit-il en s'emparant du seau à charbon.

« Ce n'est pas votre besogne ça; et puis il faut que je descende justement.

La gouvernante fut désarmée du coup.

Cependant elle fit quelque difficulté pour la forme.

— C'est que, répondit-elle, j'ai besoin de sortir, moi aussi.

« J'ai oublié quelque chose tantôt en faisant mes emplettes.

— Eh bien! je le monterai.

— Je ne demanderais pas mieux; mais c'est le capitaine qui ne veut pas.

« Il m'a défendu de vous envoyer chez les fournisseurs.

— Il n'en saura rien... et puis je suis en pékin.

« Par conséquent le prestige de l'uniforme est sauf.

« Qu'est-ce qu'il faut acheter?

— Des sardines, une boîte de sardines, marque Amieux...

— Bien, fit le Parisien, qui déjà ouvrait la porte.

« Dans cinq minutes vous les aurez.

Lorsqu'il revint il trouva Rosette qui l'attendait.

Les fiancés s'embrassèrent longuement, puis:

— Tu sais, s'écria gaiement la fleuriste, qui avait fini par renoncer au vous elle aussi, je crois que je vais déménager.

— Comment, fit Patoche stupéfait, tu quittes l'hôtel Bertard?

« Est-ce qu'il y aurait eu quelque chose entre vous?

— Oh! non! protesta Rosette avec vivacité.

« M. Bertard est charmant, et sa femme plus encore.

« Ils sont même trop bons: ça me gêne par moments.

« Moi, je ne suis complètement à l'aise qu'avec mes égaux ou des gens sans façon comme le capitaine.

« Ah! celui-là je le gobe!

« Chez M. Bertard, au contraire, c'est trop à l'étiquette.

— Je ne dis pas non, mais d'où vient que tu t'en aperçois aujourd'hui seulement?

« Tu as une autre raison?

— Oui... C'est que je vais me trouver un peu seule.

« Je t'avais dit que Mme Brivois était en train de se réconcilier avec son mari?

— Oui, il me semble.

— Eh bien! c'est chose faite.

« M. Brivois est venu chercher sa femme hier soir, et ils sont partis tous deux, en catimini...

« Le mari a obtenu du gouvernement une mission à l'étranger.

« Il emmène sa femme avec lui et ne rentrera que dans trois mois, une fois cette histoire oubliée.

— Bien... murmura le Parigot en souriant.

« Il a bon caractère le monsieur des « Poudres et Salpêtres ».

« Reste Mme Brévannes.

« Elle ne part pas celle-là?

— Mais si!

« Non seulement, elle part, mais elle se marie.

« Elle épouse le docteur Mazurel.

— Hein! sursauta le Parigot.

« Il ne faudrait pas te payer ma fiole.

« Mme Brévannes ne peut pas se marier, pour l'excellente raison qu'elle est *morte civilement* comme disent les robins.

« Le procès, intenté pour lui faire rendre son nom et ses droits peut durer plusieurs années.

« Mme Brévannes devrait, pour passer devant le maire, prendre un faux nom et la loi ne plaisante pas là-dessus.

— C'est pourquoi, répliqua Rosette, Mme Brévannes a résolu de se passer de la loi et de M. le maire itou.

« Ça te scandalise... acheva-t-elle en riant.

— Non... En principe, moi, je suis pour l'union libre.

« Ça m'étonne tout au plus.

« La mère du petit Henri m'avait toujours fait l'effet d'une femme qui ne plaisantait pas sur la chose.

« Jamais je n'aurais cru qu'elle serait la maîtresse...

— Eh! il ne s'agit pas de maîtresse, s'écria la Parigote.

« Mme Brévannes se marie bel et bien.

« Seulement elle se contente du mariage religieux pour l'instant.

« Elle a trouvé un pasteur protestant — un cousin à elle au courant de la situation — qui consent à les unir clandestinement.

« Plus tard — une fois le procès gagné — on régularisera les choses devant môssieu le maire... et voilà!

« C'était la seule solution.

— Alors, oui, je comprends.

« Et c'est pour bientôt ce mariage?

— Pour la semaine prochaine à ce qu'il paraît.

« On se presse parce que c'est le moment où les Bertard vont à la mer, et qu'il faut en finir avant.

— Et le petit Henri, comment prend-il la chose?

— Dans cinq minutes vous les aurez.

— Tout à fait bien.

« Le docteur a fait sa conquête sans peine.

— Bon... mais qui est-ce qui va garder le mioche pendant le voyage de noces.

— Il n'y aura pas de voyage de noces.

« Le docteur a loué une villa quelque part en Bretagne où il se propose d'emmener sa nouvelle famille.

« C'est là qu'ils passeront leurs vacances.

— Bien. Je pensais qu'on allait nous envoyer le moutard, et le capiston n'aurait pas demandé mieux je crois.

— Le petit non plus.

« Il parle souvent de vous, de son papa le capitaine.

— Que de papas.

« En voilà un qui ne risque pas d'être orphelin.

« Ce n'est pas comme toi, la môme.

« Alors, ma pauvre Rosette il n'y a plus que toi qui restes en carafe...?

— Mais non... Mme Bertard ne demande qu'à m'emmener à la mer avec elle.

« C'est moi, qui ne veux pas.

— Tu as refusé?

— Oui, fit Rosette en rougissant.

Le Parisien la regarda dans les yeux:

— Pourquoi? demanda-t-il d'une voix terrible.

La fleuriste sauta au cou de l'ordonnance.

— Parce que, murmura-t-elle à son oreille.

« Parce que je ne voulais pas quitter mon ami Patoche.

— Bravo, ma gosse!

Et le Parigot empoignant sa fiancée par sa frêle taille l'enleva dans une valse échevelée.

— Pas si vite, murmurait la jeune fille, les yeux mi-clos.

« La tête me tourne.

— C'est ce qu'il faut!

Et le Montmartrois continuait de plus belle.

Enfin voyant son amie prête à défaillir il la déposa dans un fauteuil.

Mais ce fut pour se précipiter sur Mme Pierre qui entrait en ce moment.

Elle dut malgré ses protestations faire trois tours de valse, puis s'arrêta essoufflée, les joues en moiteur.

— Vous dansez comme une jeune fille... affirmait l'ordonnance avec le plus grand sérieux.

— Quel blagueur... il se fiche de moi, répliqua Mme Pierre.

« Seulement, voilà on ne peut pas lui en vouloir longtemps.

« Il est si drôle quand il veut.

« Ah! je ne plains pas sa femme pour sûr.

Cependant Patoche était venue prendre la main de Rosette qui souriait tout heureuse.

— A présent, causons, fit-il gaîment.

« Tu déménages, c'est entendu. Je permets.

« Il ne reste plus qu'à trouver une *cloche* une carrée si tu préfères.

— Mais c'est tout trouvé... s'écria la fleuriste.

« J'ai la mienne qui m'attend rue St-Vincent.

« Même qu'il me tarde de revoir la Butte, le square St-Pierre, et le *Lapin Agile*.

L'ordonnance faisait la moue.

— La Butte... murmurait-il, c'est rudement loin d'ici.

« Et puis ce n'est pas prudent.

« Toute seule là-haut, dans ta cambuse, tu pourrais être zigouillée...

— Zigouillée, par qui?

« Walter Humding a disparu.

« Voilà des jours qu'on n'entend plus parler de lui.

— Raison de plus pour se méfier.

« C'est quand on ne le voit pas que cet oiseau-là est le plus près de vous.

« Non, décidément. Je ne serais pas tranquille si je te savais là-haut dans cette baraque ouverte aux quatre vents.

— Alors que faire, où aller?

— Mais ici. C'est le plus simple.

« Le capiston ne demanderait pas mieux que de t'offrir...

— Non... interrompit Rosette vivement.

« Ce ne serait pas convenable.

— Mais si, répliqua Patoche, du moment que moi je vide les lieux.

« Car il va sans dire que je te cède ma place.

« J'irai coucher à l'hôtel ou bien encore mieux, à la caserne.

« J'ai toujours un pieu qui m'attend là-bas aux frais de la Princesse.

— C'est bien compliqué, objectait Rosette.

« On en recausera...

Midi sonnait en ce moment, et presqu'aussitôt Jeanne entrait, suivie du capitaine et de Wilhem Furster.

La jeune femme qui venait d'avoir son premier entretien intime avec André, avait le visage radieux.

Elle embrassa Rosette comme une sœur, serra la main de Patoche.

— Le lieutenant me charge de vous remercier, dit-elle d'une voix chaleureuse.

« Il vous réclame chaque fois.

— Comment va-t-il? demandait Patoche.

— Très bien. Jamais son moral n'a été meilleur.

« De le voir si gai, si confiant, ça m'a remis du baume à l'âme.

« Il attend des juges avec le calme de l'innocence.

« Enfin plus que quelques semaines encore et nous l'aurons au milieu de nous.

Puis Jeanne s'occupa de Rosette, qu'elle n'avait pas vue depuis plusieurs jours, et dès qu'elle sut que la fleuriste cherchait une chambre:

— Mais, rien de plus simple, s'écria-t-elle.

« Vous allez venir chez moi.

— Je vous dérangerais...

— Pas le moins du monde.

« Tout au contraire, vous me rendrez service.

« Je suis un peu seule... surtout depuis le départ de Lisbeth.

« Nous nous tiendrons compagnie mutuellement et de plus vous serez tout près de votre ami.

« Qu'en dites-vous, monsieur Patoche?

— Moi, je ne demanderais pas mieux, seulement...

— Eh pas tant de façons, s'écria le père la Manille brusquement.

« C'est la meilleure combinaison, la seule et qui arrange tout le monde.

« Par conséquent, j'accepte pour vous, moi.

« Demain pas plus tard, Rosette couchera chez Jeannette.

« Je me charge d'expliquer la chose à M. Bertard.

« Et maintenant, à table, mes enfants!

« Je la crève, mille pétards!

CHAPITRE CCVI

Le grand jeu

Il était près de quatre heures et nos amis étaient encore à table, lorsqu'un homme entra, repoussant Mme Pierre qui voulait lui barrer le passage.

Aussitôt l'inconnu, retira la fausse barbe qui lui masquait tout le bas du visage.

— Tiens! c'est ce farceur de Flic, fit le Parisien tranquillement.

« Qu'est-ce que tu racontes, ma vieille?

« Est-ce que, par hasard, tu aurais retrouvé cette petite grue de Liliane?

— Oui, répondit le policier après avoir salué le capitaine, et ses invités.

« Du moins, je crois bien que c'est elle, qui prend le thé tout près d'ici.

— Vous n'en êtes pas sûr- demanda le capitaine Lançelin.

— Non... nous ne l'avons vue que de profil et le temps d'un éclair.

« Le temps de sauter d'automobile et d'entrer chez Foyot.

— Elle était seule?

— Oui, mais quelqu'un devait l'attendre, là-haut.

« Elle semblait en retard; d'où sa hâte qui était visible.

« Une fois la dame montée, on a attendu un moment; puis j'ai planté Flac en sentinelle et suis allé chercher une auto solide dans un garage dont je connais le patron, une voiture de course, s'il vous plaît.

« Je suis sûr avec cette machine-là de leur tenir tête aux particuliers, si l'envie les prenait de nous faire bouffer des kilomètres.

« Ils ne nous sèmeront pas ce coup-ci: j'en réponds.

« Ensuite, comme nos gens ne reparaissaient pas, j'ai pensé qu'ils étaient en grande conférence et qu'on aurait le temps d'aller chercher l'ami Patoche qui connaît la dame mieux que nous.

« Alors, j'ai sauté dans un sapin et me voici.

« Seulement comme la payse peut filer, on ferait bien peut-être de ne pas s'attarder trop.

— C'est juste, fit le Père la Manille, en se levant.

« Nous allons partir sur-le-champ, car j'en suis.

« J'ai une revanche à prendre sur cette coquine.

La fleuriste sauta au cou de l'ordonnance.

« Rien que le temps de me mettre en civil...

Et, comme le détective faisait une grimace...

— Ma présence vous déplaît? interrogea l'officier.

— Non... bredouillait Flic embarrassé qu'on l'eût deviné si vite.

— Non... mais elle vous gêne?

— Oui... du moins elle pourrait devenir gênante.

« Vous avez beau vous mettre en civil, M. Lancelin, votre tournure vous trahit.

« Patoche, au contraire, est moins voyant, plus facile à escamoter.

« Et puis nous le grimerons, au besoin.

« Nous avons tout ce qu'il faut dans nos poches; tandis que vous, mon capitaine...

— Oui, vous avez raison... acquiesça le vieux grognard.

« Eh bien! va, mon garçon, acheva-t-il en se tournant vers l'ordonnance et tâche de te distinguer une fois de plus.

« Quant à Rosette, ne te mets pas en peine: si tu n'es pas rentré ce soir, c'est moi-même qui la reconduirai.

« Embrasse-la et file!

— Bien, mon capitaine.

Dix minutes après Patoche et Flic arrivaient rue de Tournon devant le restaurant Foyot à deux pas du palais du Sénat.

Il y avait grande séance ce soir-là et une triple rangée de voitures s'alignait devant les grilles du Luxembourg jusqu'aux galeries de l'Odéon.

Flic se dirigea vers la sienne et trouva son collègue qui venait au-devant d'eux.

— Ils sont toujours là? demanda-t-il.

— Oui, toujours, répondit Flac.

— Bien... Toi remonte au volant et tiens-toi prêt à partir.

« Inutile qu'on nous voie tenir des conciliabules...

Pendant ce temps, Patoche examinait l'auto en connaisseur:

— Mâtin, murmura-t-il, vous vous mettez bien mes enfants.

« Je croyais que Flic bluffait, mais non, c'est vrai.

« C'est une voiture de course, une quarante chevaux, pour le moins.

— Dites soixante et vous serez dans le vrai.

— De mieux en mieux... s'écria le Parisien enthousiasmé.

« Nous sommes sûrs avec ça, de ne pas rester en panne.

« Quelque chose me dit qu'on va faire bonne chasse, ce soir...

Puis l'ordonnance montra la limousine arrêtée devant le restaurant:

— B-28-108, lut-il à haute voix.

« C'est la voiture de la dame?

— Oui.

— Combien de chevaux à vue de nez?

— Quarante au plus.

— Chouette, alors!

« Ce qu'on va les gratter, les frangins.

— Oui, et de plus pas d'accident à craindre, de panne comme vous disiez.

« Toutes les pièces de notre auto sont éprouvées, renforcées depuis les pneus jusqu'aux lanternes.

« Et pas un bout de bois là-dedans: tout est en tôle d'acier emboutie à froid.

« C'est un peu lourd, mais qu'importe, du moment que nous avons vingt chevaux de plus, nous pouvons rendre quelques livres.

« Et — continua Flic ravi de sa trouvaille — regardez-moi cette forme allongée en pointe, en obus...

— Oui, fit Patoche, on dirait une torpille à roulettes.

— Un « torpilleur » plutôt: c'est ainsi que ça s'appelle justement.

« Une voiture pareille est une véritable machine de guerre, savez-vous bien.

« Avec ça, s'il le fallait, je n'hésiterais pas à foncer droit sur la limousine.

Elle dut faire trois tours de valse.

« Je suis sûr de rentrer dedans comme dans du beurre...

— Fameux, approuvait le Parigot.

« Il faudra essayer, peut-être

« Un bon petit accident, pas trop grave, juste de quoi démonter la dame et lui faire peur.

« L'embêtant c'est qu'il n'y a pas de capote.

« Impossible de se cacher: nous serons brûlés tout de suite, surtout que l'auto est voyante, comme vous dites.

— Bah!... on ne peut pas tout avoir.

« D'ailleurs, on peut se cacher à condition de se plier un peu.

« Il suffit de se rencoigner sous le tablier.

« Quelques secondes et l'on reparaît avec une nouvelle tête, comme Frégoli lorsqu'il sort du trou du souffleur.

Tout en bavardant, les deux amis étaient montés dans la voiture, et observaient l'entrée du restaurant Foyot, sur la rue de Tournon.

Vers cinq heures une jeune femme apparut que Patoche reconnut du premier coup d'œil.

— C'est elle! s'écria le Montmartrois enchanté de l'aubaine.

« C'est Liliane Berty.

Un jeune homme la suivait, vêtu à la dernière mode, qui n'était autre que le comte d'Amaury.

Il avait un air si jeune, si alerte, il mit un tel empressement à ouvrir la portière devant sa compagne, que Patoche ne soupçonna pas une seconde à qui il avait à faire.

— C'est quelque pigeon, dit-il à Flic, quelque brave fils de famille que la petite est en train de plumer.

Cependant la limousine portant le numéro B-28-108, venait de se mettre en marche à petite allure et Flac suivait.

Elle se dirigea vers les quais qu'elle descendit jusqu'au pont de la Concorde.

— Elle m'a jeté un regard terrible, furibond.

Une fois sur la place du même nom, la limousine tourna à droite et se mit à remonter la rue de Rivoli.

— Nous sommes brûlés... s'écria Flic.

« Les types reviennent sur leurs pas: c'est qu'ils nous ont vus.

— Dommage, grommelait le Montmartrois.

« Où diable vont-ils par là?

— Au Louvre, probablement!

« C'est le coup classique...

— Au Musée ou aux Magasins?

— Aux Magasins, plutôt!

« C'est jour d'exposition justement.

« Il doit y avoir foule: rien de plus facile que de se faufiler dans le tas...

« Justement voilà qu'ils ralentissent et tournent vers la place du Palais-Royal.

« C'est par là qu'ils vont entrer.

— Et nous, qu'est-ce qu'on fait? questionnait l'ordonnance.

— On continue, ça va sans dire.

« Ils vont se séparer probablement, et chacun de nous en prendra un en filature.

« Occupez-vous de la femme, puisque vous la connaissez.

« Moi, je me charge de l'homme.

— All right! fit le Parigot, qui déjà mettait pied à terre.

« Seulement on est volé.

« La dame descend seule, je la suis...

— Bien entendu... il s'agit de jouer serré.

« Pendant ce temps, moi je surveille le type qui attend là...

« Ouvrez l'œil et le bon.

« La payse est maligne, à ce qu'on dit.

— Oui, mais je ne suis pas une gourde.

« On va bien voir. »

Patoche et Liliane entrèrent dans le magasin l'un derrière l'autre.

Vingt minutes après, le Montmartrois reparaissait l'air penaud, décontenancé, l'oreille basse.

Un homme, vêtu en bourgeois, mais d'apparence vulgaire l'accompagnait et semblait le serrer de très près.

A cette vue, Flic s'était empressé de descendre à son tour.

Il regardait le couple qui s'avançait vers lui, fendant la foule.

— Qu'est-ce que ça veut dire, se demandait-il.

« Est-ce que l'ami Patoche aurait fait quelque blague.

Soudain, il tressaillit.

Dans le « bourgeois » il venait de reconnaître un ancien collègue jadis sous ses ordres, et en ce moment *inspecteur* au Louvre.

— Ça y est! murmura Flic abasourdi.

« Le Parigot s'est fait arrêter, mais comment, pourquoi?

« C'est cette coquine qui l'a donné, c'est clair...

« Ah! la matine, elle nous fait la pige.

« Je suis là heureusement, sans quoi...

Tout en monologuant le brave Flic s'était précipité au secours de son ami en faisant des grands gestes.

A cette vue l'inspecteur, qui avait reconnu son ancien chef, s'arrêta, hésitant.

Quant à Patoche il avait relevé la tête et contemplait l'inspecteur dont c'était le tour d'être capot:

— Hein! qu'est-ce que je vous disais, murmura-t-il.

« Une autre fois vous me me croirez, espèce d'abruti.

Cependant Flic arrivait et plaquait sa lourde patte sur l'épaule du policier, pris en faute:

— Ah! ça, gronda-t-il, qu'est-ce qui te prend d'arrêter mes amis.

« Tu feras donc toujours des gaffes.

L'inspecteur essaya de se justifier.

— Il n'y a pas gaffe, bredouilla-t-il, mais erreur, une erreur, très explicable.

« Nous avons été roulés tous les deux par une coquine.

« Ah! si je la repince jamais, celle-là!

« Ainsi vous répondez de monsieur?

— Je crois bien que j'en réponds!

— Cela suffit, fit l'inspecteur de plus en plus obséquieux.

Il mit son chapeau à la main:

— Monsieur, dit-il à l'ordonnance, je vous présente mes très humbles excuses.

« J'ai commis un impair...

« J'espère que vous ne voudrez pas faire avoir d'ennuis à un père de famille qui...

— C'est bon, c'est bon... fit Patoche qui avait hâte de mettre fin à cette scène ridicule.

« Filez et que je ne vous revoie plus.

« Oust, l'ami! »

En même temps il prenait le bras de Flic et l'entraînait vers l'automobile.

Comme ils y arrivaient, ils rencontrèrent Flac descendu de son siège pour venir aux nouvelles:

— Hem...! fit-il en balançant son nez en éteignoir.

« Il y a du tirage...

— Crotte! gronda le Parisien furieux.

Et suivi de Flic il monta dans la voiture dont il fit claquer la portière rageusement.

Heureusement une diversion se présentait...

Walter Humding, qui n'avait rien perdu de cette scène, venait de descendre d'auto à son tour.

Son wattman — c'était Muller en personne — l'accompagnait.

Tout en parlant à voix basse ils se dirigèrent vers un café situé à l'angle de la place, au coin de la rue St-Honoré.

— Tiens, tiens! fit Flic, v'là le miché qui se cavale.

— Un miché qui n'en est pas un, grommela le Parisien.

— C'est assez mon avis.

— Pardine! ça saute aux yeux.

« Même qu'il a l'air de rudement s'entendre avec son chauffeur.

« Tout ça, c'est de la bande au *Boche*, j'en mettrais la main au feu.

« Donc il s'agit de les serrer de près.

« Où diable vont-ils?

« Est-ce qu'ils fileraient, par hasard?

— Non... les voilà qui prennent place à la terrasse.

« Ils commandent l'apéritif.

— Quel culot... ils se paient notre tête, c'est clair.

— Non... Ils combinent quelque nouveau truc.

« Ça se voit à leur air de conspirateurs.

« Précisément, voici le chauffeur qui se lève et rentre dans le café.

— Où va-t-il?

— Il y a une autre porte qui donne rue St-Honoré.

« Il va sortir par là, probablement.

— Si je le suivais?

— Non... c'est ce qu'ils veulent, sans doute.

« C'est la manœuvre de Liliane qui recommence.

« Ils cherchent à nous diviser, à nous entraîner pour permettre au monsieur, qui boit là, de filer à l'anglaise...

— Mais alors, s'écria le Parisien, ce monsieur est une grosse légume...

« Quelque lieutenant de Walter Humding pour le moins.

— Ça m'en a tout l'air.

— Veine! On va tâcher de prendre sa revanche.

« Si je m'approchais?

— Mon ami Patoche... ne précipitons rien.

« Ces gens-là m'ont l'air rudement forts: pas d'emballement, par conséquent!

« D'ailleurs tant que le type est là et l'auto avec, nous tenons le bon bout: gardons-le.

« Ils escomptent que nous nous lasserons à la longue: ils se trompent.

« Pour tuer le temps, Patoche, mon bel ami, vous allez me raconter ce qui vient de se passer avec Liliane.

« Ça peut servir comme indication...

Patoche, dont la mauvaise humeur s'était vite dissipée, souriait maintenant.

— Comment, fit-il, tu ne devines pas, toi, master flic, le roi des détectives, le mec des mecs?

— Ma foi, non!

— Bien, très bien... poursuivit le Parigot dont les yeux brillaient de contentement.

« Ça prouve que tu y aurais été pris comme moi, comme ce pauvre bougre de roussin que tu engueulais si fort.

« N'empêche qu'à tout autre moment, ça ne se serait pas passé comme ça.

« Un coup de tête dans le ventre, et j'envoyais le bonhomme les quatre fers en l'air.

« Ç'a été ma première idée...

— Mauvaise idée... vous avez bien fait de ne pas la suivre.

« Mieux valait s'expliquer comme vous venez d'en faire l'expérience.

« Mais tout ça ne me dit pas comment cette coquine s'y est prise pour vous faire si bien capot...

— Ah! la garce, murmura le Parisien dont la colère se rallumait.

« Elle les connaît tous les trucs!

« Elle m'a roulé en première.

« Mais aussi, qui diable se serait méfié?

« J'avais tout prévu excepté ce coup-là...

« Donc comme tu as vu, je suis entré derrière elle au Louvre.

« Jusque-là, je m'étais tenu à distance prudente.

« Mais, une fois dans le magasin, j'ai craint qu'elle me glisse entre les doigts et j'ai serré d'un cran.

« Inutile de se gêner puisque presqu'aussitôt je constatais que j'étais découvert.

— La dame se retournait?

— Non... mais elle me reluquait dans les glaces ce qui revient au même.

« Alors ça a été des marches et des contremarches, toute une suite de manœuvres savantes pour me semer.

« Seulement je connais le Louvre aussi bien qu'elle, les entrées et les sorties.

« Pas moyen de la faire à Bibi.

« Pendant une dizaine de minutes, on s'est ballade de gauche à droite, du premier au sous-sol.

« Et tout à coup, elle a pris son parti.

« Elle s'est élancée vers l'ascenseur.

— Connu... murmura le policier.

« C'est le coup classique qui continue.

« Le suiveur arrive, le chasseur, qui a le mot, vous ferme la porte au nez... et bonsoir!

« On me l'a fait, une fois.

— Moi pas... j'avais deviné la malice.

« Et la typesse en a été pour ses frais.

« L'escalier n'était pas loin, je ne suis pas boiteux...

« Si bien que j'étais en haut aussitôt qu'elle, et le petit jeu à recommencé d'une salle à l'autre.

« Liliane qui s'énervait un peu au début a-vait fini par s'habituer à ma figure.

— Croyez-vous qu'elle vous eût reconnu?

— Non: tout ce qu'elle avait reconnu — ça se voit de loin — c'est que je n'étais pas de la *rousse*.

« Par conséquent le danger n'était pas immédiat et elle se rassurait.

« En même temps elle combinait quelque autre tour.

« Je voyais ça à sa figure, à sa façon de regarder de gauche à droite comme si elle eût cherché du renfort.

« Qu'est-ce que diable elle prépare? que je me demandais.

« A cet instant, nous sortions du rayon de la bi-

— Pas de rouspétance, grogna le roussin.

jouterie où nous venions de flâner une bonne minute.

« Soudain Liliane a fait demi-tour et s'est dirigée droit sur moi.

« Elle m'a heurté, bousculé, carrément, rondement, plutôt...

« En effet, c'était la croupe qui marchait, une belle croupe, ma foi.

— Ah! ça, est-ce qu'elle voulait vous séduire, rigolait Flic.

— Non... car elle m'a jeté un regard terrible, furibond.

« En même temps elle courait vers un monsieur, l'inspecteur en bourgeois que tu as si bien esbrouffé tout à l'heure, et lui parlait à l'oreille...

« Moi, je m'étais pressé de battre en retraite.

« Ça y est — que je me disais — la poule va m'accuser d'avoir fourragé dans ses jupes.

« Elle criera, fera du pet... et on me flanquera à la porte.

« Je suis marron, quoi.

« Mais non, rien de pareil.

« Liliane, sans mot dire, s'en allait tranquillement, se dirigeant vers la porte par laquelle on était entré.

« J'hésite une seconde... puis je reprends la chasse.

« On était à deux pas de la sortie, quand voilà cette gourde d'inspecteur qui me met la main à l'épaule.

— Monsieur, veuillez me suivre.

— Moi... que je me rebiffe.

— Pas de rouspétance, grogne le roussin.

« Vous vous expliquerez devant le commissaire.

« Le commissaire... c'était de plus en plus fort.

« Je n'ai saisi qu'en voyant le mouchard plonger sa sale patte dans la poche de mon veston, et en tirer une montre!

« Une belle montre en or...

« Il y avait encore l'étiquette du Louvre.

« Ah! la garce! j'ai compris alors seulement pourquoi elle m'avait frôlé tout à l'heure.

« Il n'était plus temps, par malheur.

« Liliane était loin: sitôt sa dénonciation faite elle avait filé.

« Et puis j'étais tellement démonté, honteux — comme un renard qu'une poule aurait pris... c'est le cas de le dire ! — que je bafouillais.

« J'ai tâché, cependant, de faire comprendre au roussin le bon tour qu'on venait de me jouer, mais le type n'avait pas l'air d'y croire.

« Cependant quand j'ai prononcé ton nom, mon vieux Flic, que j'ai dit que tu m'attendais à deux pas, le policier a changé de manières:

— Allons voir, a-t-il dit.

« « Si M. Flic est là, comme vous l'affirmez, tout peut s'arranger entre nous.

« Tu sais le reste.

...Comme le Parigot achevait le récit de son aventure, il entendit quelqu'un pouffer dans son dos.

Il se retourna furieux et aperçut ce sournois de Flac, qui s'était glissé derrière eux et s'étouffait de rire...

Les yeux clos, la peau du visage ridée comme une vieille pomme reinette, balançant son long nez comme un chameau qui hume la pluie, il était si comique, que Patoche n'eut pas le courage de se fâcher.

— Quel idiot, maugréa-t-il.

« Qu'est-ce que tu fous là, espèce d'enflé.

« Remonte donc sur ton siège, animal.

« V'la l'autre qui revient, le wattman.

— Pas dommage, murmura Flic en regardant l'heure à l'horloge pneumatique placée en face.

« Il est sept heures bientôt.

« Pour peu que ça continue, on va se passer de dîner.

« Car l'on continue, n'est-ce pas, maître Patoche?

— Pour sûr! s'exclama celui-ci avec force.

« J'ai idée que nous tenons une piste sérieuse, ce coup-ci.

« Et puis, nous avons une revanche à prendre.

« On a perdu la première manche, on va tâcher de gagner la seconde.

« Par exemple, acheva le Parigot en montrant le café en face, je voudrais bien savoir ce qu'ils jactent les deux barbeaux, là-bas.

Pendant ce temps une autre scène se passait à la table où buvaient les deux espions.

Dès que Muller eut repris sa place, Walter Humding déposa le journal qu'il faisait semblant de lire.

— Eh bien! demanda-t-il avec ce ton bref, qu'il prenait parfois, vous avez fait ce que je vous avais dit?.

— Oui, chef?

— Liliane?

— Liliane est chez elle.

« Je l'ai trouvée riant comme une folle du bon tour qu'elle venait de jouer au nommé Patoche.

« Il paraît que ça a marché tout seul.

— Ça marche toujours.

« D'ailleurs nous le savions déjà: nous avions vu.

« Occupons-nous des autres maintenant.

« Vous avez les... machines?

Paris. — Imp. MAILLET, 3, passage de Châtillon

— Oui, répondit Muller, qui semblait hésiter, sous ma pelisse.

« Alors vous êtes résolu à jouer le grand jeu?

— Oui, fit Walter Humding, avec un éclair dans les yeux.

« Ces gens-là m'embêtent à la fin.

« Il faut en finir une bonne fois.

— C'est dangereux, murmurait l'agent.

L'espion considéra son collaborateur et d'une voix mordante:

— Est-ce que vous auriez peur, par hasard, mon ami?

— Non... grommela l'autre.

« Quand je dis que c'est dangereux, je parle des suites, des reproches qu'on peut avoir de l'État-major.

« La consigne est de respecter les personnes autant que possible, d'agir par ruse.

« Or, un coup, comme celui que vous méditez, va mettre toute la police à nos trousses.

— Je m'en moque.

« D'ailleurs, comment la police soupçonnerait-elle notre main dans l'affaire?

« Si ça réussit, comme je l'espère, ce n'est pas ce damné Patoche ni les deux mouchards qui viendront le dire... pour cause.

— Il y en a d'autres qui peuvent voir, entendre...

— Nous prendrons nos précautions pour n'être ni vus ni entendus.

« Nous opérerons en pleins champs, en pleins bois plutôt, et en pleine nuit.

« Laissez-moi faire: j'ai tout pesé.

« Voilà le ciel qui se couvre justement et le vent qui se lève.

« Il y aura de l'orage cette nuit.

« Les promeneurs seront rares, par conséquent.

« D'autre part, les trois françoze semblent résolus à ne pas lâcher prise.

« Jamais nous ne retrouverons des circonstances aussi propices.

— *Vous avez fait ce que je vous ai dit?*

« Le ciel est pour nous: il s'agit d'en profiter.

Le pseudo-comte d'Amaury consulta son chronomètre:

— Voici le moment, dit-il.

« Il faut qu'à dix heures tout soit fini.

« Après quoi nous souperons bien tranquillement.

— Bien! fit Muller renonçant à discuter davantage.

« Quel est l'itinéraire?

— Peu importe: nous avons du temps devant nous.

« Nous allons flâner à travers Paris, énerver un peu nos suiveurs.

« Une fois la nuit venue nous filerons sur la forêt de Chantilly.

« C'est là que la petite opération aura lieu.

« Il importe — une fois le coup fait — que nous disparaissions sans laisser de trace.

« Or, nous avons un asile tout proche.

Walter Humding se leva sur ce mot et se dirigea vers la limousine où il monta sans se presser.

Déjà Muller empoignait la manette de mise en marche.

Au premier quart de tour le moteur ronfla:

— Enfin! soupira Patoche, ils se décident...

« J'ai cru qu'on prenait racine là.

Les deux autos démarrèrent à petite allure, l'une précédant l'autre, et se mirent à circuler à travers la ville.

Comme huit heures sonnaient, elles sortaient par la porte des Ternes, traversaient Levallois, St-Denis et se lançaient sur la route de Chantilly, toujours en deuxième vitesse.

Il faisait une nuit noire, opaque, sillonnée parfois par des éclairs de chaleur.

Flac, qui continuait à tenir le volant, n'avait aucune peine à suivre la B-28-108 que son phare électrique signalait de loin, aux regards.

Patoche, qui jusque-là avait cru à une feinte, commença à s'inquiéter:

— Ah! ça, c'est donc sérieux? demandait-il à Flic.

« Ils quittent Paris pour de bon.

« Où diable nous conduisent-ils, car ils ne cherchent pas à nous décoller, c'est clair.

— Archi-clair. Ils nous aideraient plutôt.

« Le wattman a soin de corner de temps en temps comme pour dire: suivez-moi jeune homme.

« Et c'est louche ça... On fera bien de se méfier.

— Se méfier de quoi?

Le détective écarta son veston, et montra son revolver accroché là, à portée de la main, par un appareil de son invention:

— Vous avez le vôtre?

— Oui. Vous croyez qu'ils oseraient?

— Mieux vaut prévoir... fit le policier qui, absorbé dans ses pensées ne parlait plus que par phrases brèves.

Une heure s'écoula encore, puis Flic, qui depuis un instant se penchait, une main en visière sur les yeux, cherchant à reconnaître le paysage à la lueur blanche des éclairs, se retourna subitement:

— Ça y est... fit-il. Nous y voilà!

« C'était prévu, d'ailleurs.

— Où donc? demandait Patoche.

« Où qu'on est?

— Dans la forêt de Chantilly, parbleu.

« Ça pourrait bien chauffer tout à l'heure.

— Chouette! s'exclama le Parisien.

« On va s'expliquer une bonne fois.

« Si nous commencions... j'ai une de ces envies de leur rentrer dans le chou aux Teutons.

La ballade continua une demi-heure encore.

Les deux voitures se suivaient à la même distance: cent cinquante mètres environ.

On eût dit que Walter Humding hésitait au dernier moment.

Patoche se désolait:

— Décidément ils n'attaqueront pas, disait-il.

« Trop capons pour risquer le paquet.

« Alors qu'est-ce qu'ils veulent.

« Pourquoi qu'ils nous balladent comme ça depuis trois heures.

« Ce n'est pas cependant pour effeuiller la marguerite qu'ils nous conduisent sous bois.

— Non, certainement, répondit Flic.

« Je croyais à une bataille, mais non, ça traîne trop.

« Alors, je ne vois qu'une explication.

« Il doit y avoir par là, un passage dangereux, quelque casse-cou, que les bandits connaissent, qu'ils ont préparé peut-être bien.

« Quand ils nous auront suffisamment déroutés,

ils nous mèneront en douceur... et patatras.

— Oui, approuva Patoche.

« Ça doit être quelque chose dans ce goût.

« Nous allons buter sur quelque bec de gaz.

« C'est le moment de numéroter ses abattis.

« Si l'on prévenait Flac?

— Inutile... Flac y a pensé avant nous.

« Il n'y a qu'à voir avec quelle prudence il conduit.

A cet instant Flac qui ne perdait pas de vue la B-28-108 se retourna.

— Attention, dit-il, en mettant l'auto au pas.

« Ça va danser, peut-être...

— Qu'est-ce qui te fait dire ça? demanda Patoche vivement.

— C'est que les autres viennent de ralentir, et les voilà qui repartent maintenant à fond de train.

« Ils veulent nous entraîner... pas si bêtes!

« Il doit y avoir quelque traquenard par là...

« Avançons prudemment.

La voiture parcourut cent mètres encore, puis Flac aperçut un espèce de tube flasque barrant la route.

— Tiens, fit-il entre haut et bas, c'est un pneu.

« Ils ont perdu un pneu...

Il se penchait pour mieux voir l'objet suspect, mais déjà les roues étaient dessus.

Soudain une explosion sourde... et Flac, arraché de son siège, alla rouler à dix pas.

Cependant l'auto, après une embardée terrible venait buter contre un arbre.

Des langues de feu sortaient du moteur défoncé par le choc.

Patoche et Flic s'étaient empressés de sauter sur le chemin.

— C'est une bombe, grondait le Montmartrois.

« Une bombe... Ah! les salops!

« Et ce pauvre Flac... où est-il?

— Ici... répondit une voix sortant de l'ombre.

C'était Flac qui s'avançait tranquillement, époussetant ses habits blancs de poussière.

— Tu n'as pas de mal?

— Rien... je me méfiais.

« Heureusement qu'on allait au pas.

— Et que l'auto est à l'épreuve... continua Flic.

« Une autre voiture eût été broyée ou retournée infailliblement.

« Dans les deux cas, c'était la mort sans phrases... ah! les cochons...

« Si j'avais su, ce que j'aurais foncé dans le tas.

Flic parlait encore qu'une colonne de flammes jaillit sur la route.

C'était le réservoir à essence qui prenait feu.

— Attention! hurla Patoche.

« Ça va sauter...

« Couchez-vous!

Comme ils se baissaient une trombe de flammes passa sur eux, les collant au sol, criblant les arbres de débris de fer et de boulons.

Pendant deux secondes cette mitraille passa hachant les branches.

Quand ils se relevèrent, les oreilles encore vibrantes de l'explosion, il ne restait plus de la voiture qu'un squelette déchiqueté, tordu...

Un amas de ferraille incandescente, qui s'éteignait doucement, passant du rouge vif au rouge sombre.

CHAPITRE CCVII

Un boa dans la forêt de Chantilly

Il ne restait plus de la voiture qu'un squelette.

— Il nous a bien fadés, le type! ne pouvait s'empêcher de rigoler le Parigot, en regardant la mine effarée de Flac qui continuait à se frotter la cuisse.

« Ah! les cochons! ils en voulaient à notre peau!

« Ils avaient mis une fougasse.

« En voilà des façons de vous brûler la politesse.

— Ces façons-là ne vous donnent pas à réfléchir, monsieur Patoche?

— Parbleu! c'est tout réfléchi, répondit le Montmartrois.

« Il n'y a que Walter Humding pour faire un coup pareil.

« C'était sûrement lui qui était dans la voiture.

« Et nous l'avons laissé échapper!

« Ah! nous sommes de jolis merles!

Tous trois, riants et déconfits, regardaient vers l'endroit de la forêt par où était disparu leur ennemi.

— Hum!... hum! grognait Flac.

— Oui, cours après, s'esclaffait Flic.

« T'as d'assez longues flûtes.

« T'aurais vite rattrapé sa quarante chevaux.

« Dommage, qu'elles soient endommagées tes flûtes.

— C'est pas tout ça, les poteaux, intervint l'ordonnance.

« Est-ce que nous allons rester là à zieuter cette sale carcasse d'auto qui brûle...

— Et qui empeste! acheva Flic, facétieux.

« Non, monsieur Patoche, allons-nous-en.

« Vous savez que l'ami Flac n'aime pas les mauvaises odeurs.

« S'il roule, en ce moment, des yeux comme des boules de loto, croyez que c'est uniquement parce que ce pétrole lui pue au nez.

— Fameux, rigolait le Montmartrois.

« Puissamment raisonné!

« Allons...

— De quel côté? hésita Flic.

« Savez-vous où nous sommes?

— Attends, je m'en vais te le dire, répondit le Parisien avec son aplomb ordinaire.

« Il n'y a qu'à s'orienter.

« De quel côté s'est couché le soleil?

— Nom d'un pétard, répondit Flic, vous moquez-vous de moi, monsieur Patoche?

« Le soleil s'est couché du côté qu'il a voulu.

« J'avais bien d'autres chats à fouetter que de penser au soleil, quand nous sommes arrivés ici.

« Tout ce que je puis vous dire, c'est qu'il est couché et que je voudrais bien pouvoir en faire autant, mais pas ici, cré coquin, pas à la belle étoile.

« D'autant plus que la belle étoile, cette nuit... Brrr!

« Écoutez comme le vent gronde dans les arbres et reluquez un peu ces drôles de nuages qui nous arrivent, tout courants, là-bas, de ce côté du ciel.

« Mille tonnerres, on dirait une vraie mer d'encre de Chine!

« Si nous n'avons pas trouvé un abri d'ici une heure ou deux, nous serons trempés comme une soupe, monsieur Patoche, c'est moi qui vous le dis.

— En ce cas, faut se carapater au plus vite, répliqua le Parigot qui ne s'embarrassait pas pour si peu.

« Chantilly doit être par là sur notre droite, tout au plus à une heure d'ici.

« Nous y arriverons toujours bien avant que l'orage ne crève.

« Il est maintenant dix heures moins un quart, ajouta-t-il après avoir consulté sa toquante.

« Nous nous aboulerons à la gare tout juste pour piger le train de onze heures et quelque chose.

« A minuit, minuit et demie, au plus tard, nous serons à Paris.

« En route donc. Et en quatrième vitesse, hein!

Les trois hommes se hâtèrent dans la direction qu'avait désignée l'ordonnance.

Mais au bout de quelques instants, malgré toute leur impatience de se retrouver, comme disait Patoche, dans le monde civilisé, l'obscurité autour d'eux devint si profonde, et le sol de la forêt si accidenté, que force leur fut bien de ralentir le pas.

Ils n'allaient plus qu'à tâtons, butant aux racines des arbres, se griffant les mains aux broussailles, souffletés

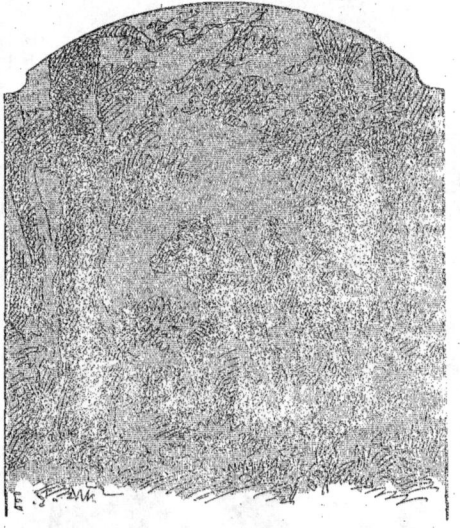

Ils s'avançaient, l'œil et l'oreille aux aguets.

à tout instant par des paquets de feuillage poudreux, leur emplissant les yeux et la bouche de poussière.

Des éclairs de chaleur, bleuâtres, incendiaient par intervalle, les troncs noircis et les épais branchages.

Tout à la rage d'avancer, de se tirer de ce guêpier inextricable, les trois hommes se taisaient.

— Ne parlez pas tous à la fois, faisait Flic de temps à autre.

— Ça paraît de plus en plus évident, monologuait le Parisien en lui-même, le prenant à la blague, inquiet cependant.

« Au lieu d'avancer vers Chantilly, nous lui tournons le dos.

« Plus on va de l'avant, plus ça devient désert et sauvage.

« Pas la moindre bicoque, nom d'un chien, on dirait un fait exprès.

« Faudra monter dans un arbre, comme le petit Poucet, pour découvrir la cabane de l'Ogre.

« Sacrée forêt de Chantilly, va!

« Eau, une allée couverte maintenant, et des broussailles en guise de tapis, des tas d'épines!

« Ouf! mes pauvres jambes!

« Tu parles, ce qu'on va rigoler!

Flic venait de s'arrêter.

— Eh bien! monsieur Patoche, fit Flic goguenard, est-ce qu'on avance?

— Le finaud! railla le Parisien.

« Il voudrait tout savoir sans rien payer.

— Ah! elle est fameuse votre direction! fit Flic.

— Eh! dis donc, gouailla le Parigot, si t'en as une meilleure, t'as qu'à la suivre.

« M'est avis que nous devrions nous séparer nous trois.

« Celui qui arrivera le premier viendra chercher les deux autres.

— Sacré Patoche! rigola Flic qui se remit à suivre le Montmartrois, en plaquant gaillardement ses larges brodequins sur les épines.

Flac marchait auprès de lui, passivement.

— Quelle nuit, mes amis! reprenait Flic.

« On y voit comme dans un four.

« Walter Humding n'aurait qu'à venir se poster là, lui, ou quelqu'un des siens.

« Il nous zigouillerait comme des lapins.

— La barbe! cria Patoche.

— Hem!... hem! grognait Flac.

Évidemment, les paroles de Flic exprimaient une pensée commune.

Mal remis de leurs émotions de la journée, les nerfs surexcités, ils s'avançaient, l'œil et l'oreille aux aguets, travaillés par une sourde appréhension.

Un ballon!

Tout à coup Flac s'immobilisa, pétrifié. Et le doigt tendu, à quelques pas, vers les broussailles :

— Flic! fit Flac d'une voix étranglée.

Flic et Patoche s'étaient arrêtés net.

Penchés vers les broussailles, dans la direction indiquée par Flac, leurs regards scrutaient les ténèbres.

Brusquement, ils eurent un sursaut de stupeur.

Les broussailles vivaient!

Avec un bruit étrange, une sorte de protestation douce et véhémente à la fois, elles s'agitaient violemment, comme au passage d'un hôte mystérieux.

— C'est peut-être un ruisseau qui coule sous ces broussailles, murmura-t-il sans conviction.

— Ou plutôt quelque agent de l'association Fripouille et Cie qui se sera terré là pour nous canarder à bout portant, s'irritait Patoche.

Les trois hommes étaient presque serrés l'un contre l'autre.

Les policiers avaient sorti leurs revolvers.

A son tour, le Montmartrois exhiba le sien qui ne le quittait jamais.

Il s'élança vers les broussailles.

— Mille tonnerres! cria-t-il, je vais te dénicher.

Mais il revint tout penaud.

— Il n'y a rien, dit-il.

« Ni ruisseau, ni homme, ni bête.

— Elle est raide! fit Flic.

« Est-ce que par hasard nous aurions la berlue?...

Ils firent quelques pas, en se tenant sur l'expectative.

Le vent s'était calmé momentanément.

Dans la forêt immobile, pas une feuille ne frissonnait.

Alors, dans le jaillissement rougeâtre de l'éclair, de nouveau les trois compagnons tressautèrent.

Devant eux, presque à portée de leurs mains, un arbrisseau touffu s'agitait frénétiquement, dans un grand frou-frou de feuillages, avec des secousses terribles.

— Grouillons-nous, cria le Montmartrois, voilà le type qui se défile.

Flac braqua son revolver et envoya une balle dans l'arbrisseau.

Flic et Patoche s'étaient élancés.

Ils battirent l'arbuste et les broussailles tout alentour.

Finalement, autant qu'ils pouvaient se voir, les trois hommes, revenant l'un à l'autre se regardèrent ahuris.

Ils n'avaient rien trouvé.

— Ça, par exemple, c'est plus fort que de jouer au bouchon! s'exclama le Parisien.

« Nous sommes dans la forêt enchantée, c'est pas possible autrement.

— Mauvaise journée, monsieur Patoche, grommelait Flic.

« Depuis ce matin nous jouons de malheur avec le Walter Humding.

« Il n'a tenu qu'à un cheveu que nous soyons saqués de la belle manière.

« Nous y avons coupé, je ne sais trop comment.

« Mais le dernier mot n'est pas dit.

« Ce sale oiseau pourrait bien être ici en train de nous jouer quelque tour de son cru, d'autant plus dangereux cette fois, que nous sommes entièrement à sa merci dans ce désert sauvage, aggravé de nuit.

Comme il achevait ces mots, tout en marchant, le même bruissement reprenait presque à leurs pieds, une ondulation sinistre, un froissement qui tout par un coup s'exaspérait, avec des arrachements de broussailles par paquets.

Derechef, les trois hommes s'arrêtaient, écarquillant les yeux dans les ténèbres.

— Tu te gourres, mon vieux Flac, protesta l'ordonnance à voix basse.

« Ça, une manigance de Walter Humding!

— En effet, fit Flac, changeant tout à coup de version. Ça rampe drôlement, avec des zigzags.

« On dirait... oui, on dirait un serpent.

« Un énorme serpent, même.

« Un boa peut-être.

— Un boa, dans la forêt de Chantilly!

« Ah! mince alors! frissonna malgré lui le Parigot.

Brusquement le monstre avait un frétillement terrible qui faisait les trois hommes sauter de côté dans la terreur de son atteinte.

Plus de doute. C'était bien un serpent.

La chose s'était déjà vue après tout.

Un boa échappé de quelque ménagerie probablement, ou qui sait? de la collection de quelque original loufoque.

Il n'y avait pas si longtemps qu'en plein Paris, un boa échappé par la fenêtre de chez un amateur avait couru les balcons de plusieurs immeubles, semant l'épouvante dans tout un quartier.

Et puis, enfin, il fallait bien se rendre à l'évidence.

Le monstre était là, roulant autour d'eux ses terribles anneaux.

La situation devenait inquiétante.

Dans ce milieu où tout les trahissait, la forêt avec ses guet-apens, les ténèbres et l'orage imminent, comment pouvaient-ils prévoir, et par conséquent, repousser les attaques d'un ennemi aussi insaisissable, aussi sournois qu'un boa.

Le monstre disparaissait, reparaissait autour d'eux, toujours du côté le plus imprévu et toujours rétrécissant son cercle.

A un certain moment, dans les ténèbres, ils crurent le voir dressé, tout debout, à quatre pas, se balançant, prodigieux, prêt à fondre sur eux, à se détendre comme un ressort.

Alors les trois amis, cédant à une panique irrésistible, comme dans un effroyable cauchemar, s'élancèrent droit devant eux, n'ayant plus qu'une pensée : fuir.

Sur leurs talons, ils entendaient le rampement sinistre, qui tout à coup s'accélérait, les poursuivant.

Déchirés, cinglés par les branches, haletants, suyonos xne queddoup traîtresses qui parfois les culbutaient, ils couraient toujours.

C'était le monstre maintenant qui leur donnait la chasse.

Mais à la fin la poitrine brisée, les jambes raidies, à bout de souffle :

— Zut! je m'arrête... haleta Patoche.

« C'est par trop bête cette fuite.

« Le serpent va plus vite que nous.

« Il nous rattrapera.

« Alors, clamser pour clamser, j'aime mieux clamser en combattant.

Il fit volte-face prêt à recevoir le boa à coups de revolver, attendant pour tirer qu'il se dressât devant lui.

Les deux policiers l'avaient imité.

Ils restèrent là campés.

Autour d'eux régnait brusquement le silence, ce calme terrifiant qui précède toujours le sgrandes catastrophes.

Tout à coup les trois hommes eurent un sursaut d'effroi, un cri d'angoisse inexprimable.

Avec la rapidité de l'éclair, dans un impétueux remous de broussailles, le boa fonçait sur eux.

Ce fut bref et terrible.

Leurs regards scrutaient les ténèbres.

Flac, avec un grognement qui n'avait plus rien d'humain, avait bondi sur l'ennemi.

Au même instant, enlacé par le reptile, il fléchissait sur ses jarrets et tombait sur le sol, la tête en avant.

— Au secours, monsieur Patoche... s'angoissa Flic.

« Notre camarade est pincé.

Flic et le Parisien s'empressèrent, cherchant dans les broussailles, à la place vide où était tombé Flac que le reptile, sans doute, devait étouffer dans ses muscles d'acier.

Ils tâtaient çà et là, redoutant l'horrible contact du monstre, mais prêts à donner leur vie pour délivrer leur camarade.

Soudainement, les deux hommes se relevèrent, livides, frémissant dans tous les membres, le visage couvert d'une sueur d'angoisse: Flac avait disparu!...

CHAPITRE CCVII

Une maison tombée du ciel.

Les deux hommes restaient là, interdits, littéralement pétrifiés.

Tout à coup, ils étouffèrent un cri.

Un éclair silencieux venait d'illuminer longuement le paysage, jusqu'aux tréfonds de la forêt.

Or, à la lueur de cet éclair, à cinquante mètres dans l'allée où ils se trouvaient, Flic et Patoche avaient vu cette chose ahurissante.

Flac, les basques flottantes se balançait comme un pendu, entre terre et ciel.

Mais, que se passait-il donc à la fin autour d'eux, pour marcher ainsi de mystère en mystère?

Qu'est-ce que ce nouveau prodige-là pouvait bien encore signifier?

Pour s'en éclaircir, en quelques enjambées, Flic et le Parisien arrivaient auprès de leur camarade.

Ils n'eurent pas le temps de l'interroger.

Un coup de pistolet venait d'éclater au-dessus de leurs têtes.

— Bon, voilà maintenant qu'on tire sur nous... s'exclama Patoche.

« C'est le bouquet!

Et, sans transition, ayant levé le nez en l'air, pour voir d'où partait le coup, le Montmartrois lança de toutes ses forces :

— Un ballon!

Et c'était vrai. A la hauteur d'un troisième étage, au-dessus de Flac, un ballon en perdition, luttant contre le vent, inclinait sa masse énorme.

L'aéronaute, penché sur la nacelle, faisait des signaux de détresse.

C'est lui qui avait tiré le coup de pistolet et maintenant, dans les ténèbres, il brandissait une lanterne.

Flic et le Parigot se regardèrent, pouffant de rire.

Tout s'expliquait.

Ce qu'ils avaient pris pour un boa, c'était le guide rope, solide corde à nœuds que l'aéronaute laisse couler à terre lorsqu'il veut atterrir.

Ce guide rope, suivant toutes les divagations de l'aérostat avait pu leur donner l'impression d'un serpent.

L'ami Flac, renversé par cette corde, instinctivement l'avait prise entre ses mains et s'étant, le premier, rendu compte de leur méprise, il s'y était suspendu, pesant sur elle autant qu'il le pouvait, pour aider le ballon à descendre.

Voilà pourquoi l'ami Flac se balançait entre ciel et terre.

— Dire que ce bout de cordages a failli nous faire devenir louftingues! s'égayait le Parigot.

— Attention! cria Flic reprenant son sérieux.

« C'est pas le moment de blaguer.

« On rigolera après.

« Pour le quart d'heure, faut aider Flac à descendre et haler ferme si nous ne voulons pas qu'il aille faire une ballade chez le père Eternel.

Le policier cracha dans une de ses mains, puis ayant frotté les deux paumes l'une contre l'autre, il se cramponna résolument au guide rope.

— En effet, accorda le Montmartrois en l'imitant, nous avons un petit vent du nord qui n'est pas ordinaire.

« Hardi, les braves! souque dessus! ferme! ferme!

Ils se raidissaient sur le cordage, tirant de toutes leurs forces, ayant à lutter contre un vent impétueux, qui soufflait par rafales, traînés par le ballon, forcés de courir, accrochant vainement leurs pieds aux as-

pérités du sol.

Ils étaient arrivés sur le bord d'un assez large plateau sans arbres, couvert seulement de rochers.

Ce fut une minute inoubliable :

L'aérostat, subitement amené dans un espace découvert, où plus rien désormais ne le protégeait contre la violence de l'ouragan, roulait dans tous les sens, tantôt jeté jusqu'à terre, puis rebondissant dans le vide, hâlant, lui aussi, sur les hommes avec des secousses terribles pour s'échapper.

Tout à coup, il eut un si brusque cahot, que l'aéronaute, penché sur la nacelle, n'eut pas le temps de se retenir.

Il fut projeté dans le vide.

En même temps, le ballon allégé, avait fait un bond irrésistible.

Les sauveteurs sentirent qu'ils allaient perdre pied.

C'en était fait. Ils étaient enlevés, quand Patoche soudain, eut une inspiration.

Un rocher se dressait près de lui, de forme à peu près arrondie, avec des saillies comme le chapiteau d'une colonne.

En deux temps, trois mouvements le Parigot avait enroulé plusieurs tours de la corde autour du rocher et les trois hommes respiraient.

Ils étaient sauvés.

Flic et Flac n'avaient plus qu'à hâler sur le guide rope et l'ordonnance à faire glisser, au fur et à mesure, la corde autour de son cabestan improvisé.

La nacelle était amenée sur le sol, et le ballon solidement amarré par le guide rope, les sauveteurs pouvaient enfin s'occuper des passagers.

Hélas! la nacelle était vide.

Le ballon n'avait qu'un passager et celui-ci gisait à terre.

— Le pauvre bougre doit être dans un fichu état! s'émut Patoche.

— Où diable est-il tombé? s'inquiéta Flic.

— Tenez, de ce côté, sur les rochers... désigna le Montmartrois.

Il ajouta :

— Flac, aboule la lanterne qui est restée accrochée tout allumée dans l'intérieur de la nacelle.

« Il faut aller voir, acheva-t-il, quand Flac les eut rejoints.

Les trois hommes s'approchèrent du malheureux aéronaute.

Patoche prit la camoufle des mains de Flac et l'inclina vers le visage de l'inconnu.

Celui-ci, un rouquin fortement charpenté, gisait, étendu de tout son long, la tête fracassée.

Il respirait encore.

— Mon pauvre vieux, lui dit le parisien, que veux-tu que nous fassions pour toi?

L'homme, à cette question, tourna vers le Parisien un regard égaré, puis se levant sur le coude, comme devant une vision terrifiante, que sa main essayait de repousser.

— *Francis!* haleta l'inconnu.

« Des Français!...

Le Montmartrois fit la grimace.

— Un alboche! souffla-t-il à l'oreille de Flac, en se relevant.

« Au fait, ajouta-t-il philosophiquement, vaut mieux que ce soit un alboche qu'un français.

« Il en meurt toujours assez, des frangins.

Si peu de temps que les trois amis eussent détourné leur attention de l'Allemand, celui-ci en avait profité pour se livrer à une opération mystérieuse.

Quand Patoche, tenant toujours son falot, se pencha pour la seconde fois sur l'étranger, il fut évident qu'il y avait eu du nouveau.

Le boche tenait dans ses doigts crispés un chiffon de papier, roulé en boule, probablement tiré par lui d'une de ses poches et le portait à sa bouche pour l'avaler.

Flac se balançait entre terre et ciel.

— Ohé! pas si vite, goguenarda le parisien qui avait vu le mouvement.

Et, sans le rudoyer pourtant, ayant passé sa lanterne à Flic, il enleva le papier à l'homme.

Patoche voulut se relever.

Mais le moribond, qui râlait de désespoir, s'était agrippé à ses mains, crispé dans un effort suprême, et l'un tirant l'autre, quand Patoche se fut redressé, l'Allemand se trouva debout contre lui.

Avec le rugissement d'une bête sauvage l'aéro-naute porta ses larges mains au cou du Parisien, pour l'étrangler.

Subitement, toutes ses forces l'abandonnèrent.

L'inconnu s'effondra sur les rochers.

Il était mort.

— Eh! eh! disait Patoche, est-ce que par hasard nous aurions trouvé la pie au nid sans le vouloir?

« Qu'est-ce que c'est donc que ce papier qu'il voulait faire disparaître?

« Il fallait que le choucroutmann y eût un rude intérêt, pour s'en préoccuper dans un pareil état.

Tout en parlant, l'ordonnance avait défroissé le papier.

Les trois amis l'examinèrent curieusement à la lueur de la lanterne.

— Encore un cryptogramme! se dépita le Parigot.

« Toujours des lettres chiffrées!

« Ah! l'animal!

— Il n'est pas dit, après tout, que ce cryptogramme nous intéresse, objecta Flic.

— Quelque chose me dit le contraire à moi, affirma l'ordonnance.

« Et c'est bien simple.

« N'avez-vous pas remarqué? ça l'embêtait, le boche, que nous soyons des français.

« Ça l'embêtait tellement qu'il voulait avaler le biffeton.

« Ah! mon vieux colon, gronda le Montmartrois.

« Tu commences par sentir rudement la fripouille, sais-tu.

« C'est clair. Le Prusco en voulait à notre pays, ou tout au moins à quelqu'un de nos compatriotes.

« A qui? Nous allons peut-être le savoir.

— Vous prenez bien votre temps! grommela Flic.

« N'avons-nous pas assez de nos affaires, sans nous mêler des affaires des autres?

« Saperlipopette, l'orage approche au grand galop.

« Qu'allons-nous devenir? Y pensez-vous.

— Ce qui intéresse un Français, prononça majestueusement Patoche, ne doit laisser indifférent aucun Français.

« Par conséquent, pas de rouspétance et poursuivons nos investigations.

Flac, qui tenait la lanterne, se mit à genoux devant le mort.

La hasard voulut que la clarté du falot tombât d'abord sur cette partie du pantalon qui couvrait la hanche de l'allemand.

Celui-ci, étendu sur le dos et paraissant dormir, était habillé du traditionnel complet de cuir, arboré par les aéronautes.

De toute évidence, aux yeux d'un policier aussi perspicace que Flac, ce vêtement était porté pour la première fois.

Or, sur le pantalon, à la partie que nous avons désignée, Flac fut subitement amené à faire une telle découverte, que les yeux arrondis de surprise et comme hypnotisé, Flac ne bougeait plus.

— Qu'est-ce qu'il a donc à zieuter comme ça? s'écria le Montmartrois en venant se pencher par-dessus une épaule de Flac, tandis que Flic vivement intrigué, venait se pencher sur l'autre épaule.

Pour toute réponse, Flic avança son index sur le pantalon du mort, à la hauteur de la hanche, et délicatement, du bout de l'ongle il appuya.

Alors, au bout de cet ongle, sur le pantalon flambant neuf, Flic et Patoche virent apparaître un petit trou, presque imperceptible, avec un cerne charbonneux autour.

Ce trou était produit par une brûlure.

Quand Flac se fut convaincu que ses deux compagnons étaient suffisamment renseignés, en un tour de main, il déboutonna le pantalon et mit la hanche à nu.

Patoche et Flic eurent un soubresaut.

Le même trou était sur la hanche du mort, piquant de rouge la peau livide, dans un cercle violet.

Et Flac, sans se départir de sa gravité, en désignant l'aéronaute émit alors cet aphorisme, d'une admirable concision :

— Voilà pourqoi il est tombé.

— Il a raison! s'écria Flic avec enthousiasme.

« Voilà pourquoi il est tombé.

« Mais aussi je me disais :comment diable un aéronaute peut-il se laisser si bêtement tomber?

« Mais voilà, monsieur Patoche, cet homme n'avait plus qu'une patte à lui, l'autre ayant été brisée par une balle. Oui, par un coup de fusil, vous m'entendez, monsieur Patoche?

« Voilà ce qu'a trouvé cet admirable Flac.

Le Montmartrois qui buvait avec un fièvre joyeuse les paroles du policier, haletait comme dans la crainte de le voir continuer.

Mais Flic se taisait.

— Ah! je respire, s'écria le parisien, en frémissant de joie.

« Je croyais que tu allais me voler ma part.

— Quelle part, monsieur Patoche?

— Oui, je croyais que tu allais tout dire.

— Il reste quelque chose à dire?

— Nom d'une pipe, mais reluquez-moi cette plaie, là, sur la hanche du Prusco.

« Cela ne te dit donc rien, un trou si minuscule?...

« Tu affirmes que le pékin a reçu une balle?

« Mais quelle balle, coquin de sort...

— Eh bien, oui, quelle balle?

— Une balle de fusil Lebel, pardienne, s'écria triomphalement le Montmartrois.

« Il n'y a qu'une balle de fusil Lebel pour laisser aussi peu de trace sur son passage.

« Or, messieurs et dames, suivez bien mon petit raisonnement, lança le Parigot qui s'était redressé, déclamant avec emphase ses déductions comme un boniment de charlatan en foire.

« Une balle de fusil Lebel.

« Tenu par qui, ce fusil Lebel?

« Par un soldat. Par quel soldat?

« Par un soldat français.

« Et j'ajoute, messieurs et mesdames, par une sentinelle, puisque nous sommes en temps de paix et que...

— Monsieur Patoche, finissons-en, dit Flic.

« Flic et Flac ne sont pas des souches.

« Nous avons tout saisi, tout deviné.

« L'homme aura été blessé par une sentinelle, en traversant la frontière, tandis qu'il photographiait nos forts, ce que les Allemands font tous les jours.

« En un mot, cet homme est un espion et vous avez un flair admirable.

« Vous pourriez faire, j'-n suis convaincu, un très bon policier.

« Mais, le tonnerre gronde. L'orage est arrivé au-dessus de nos têtes.

« Il va crever incessamment.

« Nous devons nous hâter.

— Va te faire lanlaire, cria le Parigot.

« J'étais si bien lancé!

« Mais, tu as raison. Le temps presse.

Penchés sur le cadavre, ils se hâtèrent, fouillant partout, le Parisien d'un côté, Flic de l'autre, Flac au milieu, les éclairant.

Le Montmartrois d'une contre-poche, sortit une liasse de papiers.

De cette liasse, une carte de visite glissa, venant s'étaler sur la poitrine de l'espion.

Flic, Flac et Patoche avancèrent la tête en même temps pour lire le nom qui était sur la carte.

Un triple cri de stupeur jaillit de leurs poitrines.

Sur cette carte, en épaisses lettres gothiques étaient gravés ces mots :

WALTER HUMDING

Flic et Flac en bavaient de joie.

— Quelle surprise, mes frères ! jubilait le Parigot en serrant précieusement sur lui la carte avec le cryptogramme.

« Nous n'avons pas perdu notre journée, je vous en fiche mon billet.

« Walter Humding peut courir.

« Nous la tenons maintenant sa fameuse carte.

« Et sans doute le cryptogramme qu'elle accompagne est-il d'une extrême importance.

« All right !

Un formidable coup de tonnerre ponctua ces derniers mots.

C'était l'orage qui crevait.

Il plut d'abord à grosses gouttes.

L'instant d'après, il plut à seaux.

Les trois hommes s'approchèrent du malheureux aéronaute.

Finalement, il se mit à tomber des grêlons d'une telle épaisseur et en telle quantité à la fois, que toute la forêt au loin, s'emplit de craquements sinistres, du craquement des branches qui se brisaient.

— Que devenir ? où nous réfugier ? s'affolait Flic, abritant ses oreilles de ses mains et tournoyant devant le ballon sur qui rebondissait la grêle.

« Pas une maison en vue ! Pas la moindre bicoque...

— Arrive, arrive ! lui cria Patoche déjà dans la nacelle où Flac l'avait suivi.

« Tu cherches une maison, nom d'une pipe. La voilà, la maison.

« Elle nous tombe du ciel.

Il s'empressa d'obtempérer à l'invite du Parigot.

Le ballon était d'un fort cubage et la nacelle ne mesurait pas moins de six à huit mètres carrés.

Quatre hommes auraient pu s'y trouver à leur aise.

Patoche, ayant déniché dans un coin, une grande bâche roulée, en avait fait un toit suffisant, garantissant toute la nacelle.

Au milieu de ce plafond improvisé, il avait accroché sa lanterne.

Désormais, ils étaient à l'abri.

— Chouette papa, exultait Patoche en se frottant les mains, on est là comme à l'hôtel des Invalides.

Et comme ils étaient obligés de se tenir ou de marcher à cropettons :

— En effet, répondit Flic, nous voilà tous devenus des culs-de-jatte.

« C'est pas tout ça, poursuivit-il, j'ai faim.

« Faudrait regarder voir s'il n'y a rien dans la cambuse.

— Cré coquin, si tu trouves seulement un morceau de bricheton, je rempile, cria joyeusement l'ordonnance.

Et comme les deux policiers, il se mit à fouiner dans tous les coins.

Flac fut le premier qui découvrit quelque chose.

Il avait une veine, ce Flac !

— Hum !... hum !... ronronnait-il gaiement en approchant sa trouvaille.

— Qu'est-ce que c'est ? s'empressa Flic.

— Une lampe à esprit-de-vin, et de quoi la garnir ! reconnut le parisien.

« Bravo, c'est bon signe !

Ils se remirent à farfouiller avec une nouvelle ardeur.

Et coup sur coup, ils amenèrent du thé, des potages portatifs, un gros pâté de saumon et une grande quantité de ces 8 en pâte sèche et salée qui craquent si délicieusement sous la dent.

Enfin pour arroser le tout, une bouteille de vin du Rhin.

— Quel gueuleton, mes frères !

« Ce qu'on va se les caler... jubilait Patoche, en faisant les principaux apprêts du repas.

Il avait découvert un casserole, une bouillotte, tout le fourbi, quoi !

Avec des grêlons fondus, Flic confectionna un potage Lucullus d'un arôme, il fallait voir.

Et ils s'envoyèrent de tout, du potage, du pâté de saumon, des 8 en pâte sèche.

Ils s'humectèrent le palais d'un vin du Rhin épatant.

Après le repas, toujours avec des grêlons fondus, Patoche leur fit la surprise d'un *thé Chantilly*, messeigneurs, que rien que d'en parler plus tard, quand il serait avec sa bonne Rosette, l'eau lui en viendrait à la bouche.

Quand ils eurent bien mangé et bien bu, Patoche alluma une de ces vieilles sibiches, Flic et Flac leurs bouffardes.

Dehors, le tonnerre, le vent et la grêle faisaient rage.

Tandis qu'ils savouraient ainsi la joie de vivre, Flic émit paresseusement une opinion.

— Si nous essayions tout de même de retourner au village?

— Par ce temps de chien? dit le parigot.

« Décampe qui voudra, moi je reste ici. On est trop bath.

« Et puis, dans trois heures, il fera jour.

— Flac, qu'est-ce que tu en dis? fit Flic, d'une voix de plus en plus lointaine.

Flac répondit par un grognement terrible.

Flac ronflait.

Patoche et Flic sentaient une douce langueur, partant de leurs viscères se glisser dans tous leurs membres.

La nacelle, suivant les oscillations du ballon, les berçait mollement.

Bientôt on entendit trois ronflements sonores, qui alternaient, tel un bruit de marteaux pilons.

Patoche, Flic et Flac dormaient.

— *Décampe qui voudra, moi je reste ici.*

CHAPITRE CCIX

Où Patoche a le sifflet coupé pour la première fois de sa vie.

— C'est épatant ce que j'ai le cerveau barbouillé ce matin... s'étonna Patoche avec un bâillement à se désarticuler la mâchoire.

Il restait là, couché sur le dos, frottant ses yeux qu'éblouissait un vif soleil.

Moulu par les émotions de la veille, il ne parvenait pas à renouer le fil de ses idées.

Même il avait beau se frotter les yeux le paresseux Patoche, le monde extérieur persistait à ne lui apparaître que comme à travers un brouillard.

— Où suis-je donc?... s'interrogeait-il en promenant sa vue sur ce qui pendait au-dessus de lui.

« C'est rigolboche... on se croirait dans un bateau.

« Des cordages... une bâche... et...

Ahuri, il se levait sur une main.

« Un ballon!...

Brusquement, tous ses souvenir lui revinrent.

— Coquin de sort, je suis dans la nacelle du boche! s'écria-t-il en se mettant sur son séant.

« Eh! oui, parbleu, je suis, ou plutôt nous sommes, car voici Flic et Flac roupillant comme des loirs, dans la forêt de Chantilly, sur un plateau.

« Comment diable ai-je pu oublier tous les événements de cette nuit?

« Décidément, faut que j'aille me débarbouiller; ça me réveillera.

« Oùs qu'est le nécessaire de toilette?

Mais brusquement, il s'arrêtait, figé par la surprise.

D'un bond, la serviette à l'épaule, il avait enjambé la nacelle, voulant sauter sur le plateau.

Mais, brusquement, il s'arrêtait, une jambe de ça, une jambe de là, à califourchon sur le rebord d'osier, figé par la surprise.

— Qu'est-ce que c'est que ça? faisait-il en lui-même, en écarquillant les yeux.

« De la neige. C'est blanc partout...

« De la neige en pleine canicule?...

Patoche promenait un regard stupéfait sur une immense plaine floconneuse, d'une éblouissante blancheur au soleil, et se déroulant à l'infini.

— Bon Dieu de bon Dieu, qu'il en est tombé... s'extasiait le Parigot.

« J'en ai jamais tant vu de ma vie.

« On ne distingue même plus la forêt!

« Et le boche qui était couché, là, sur les rochers?...

« Et le plateau?... Plus rien. Tout camouflé par la neige.

« Il n'y a que notre ballon qui n'ait pas reçu de la neige, poursuivait-il, en promenant ses regards autour de lui.

« Un peu d'eau, quelques grêlons dans les plis de la bâche, mais de la neige, pas plus qu dans mon œil.

« Ça, c'est crevant tout de même.

Il se frottait les yeux, tout bouffis de sommeil.

— C'est pas possible, se disait-il, j'y vois pas clair.

Derechef, un peu plus réveillé cette fois, le Montmartrois se retourna vers le paysage.

Alors, il fut bien plus surpris encore.

« Il me semble que j'ai vu ça quelque part, hier soir.

« Eh! justement, le v'là... s'écria joyeusement le Parigot, en tirant à lui un petit panier.

« Fer à friser, serviette, éponge, savonnette... faisait-il en sortant chaque objet du panier.

Le choucroutmann avait soin de sa peau.

« Brosse pour les cheveux, eau de Cologne, tout y est.

« Il ne manque plus qu'une belle terrine pleine d'eau.

« Mais, pour de l'eau, je ne crois pas que ce soit ça qui me fasse défaut.

« Il en est assez tombé cette nuit.

« Eh! hop! sainte flemme! secouons-nous un peu.

Le Parisien s'était levé.

« Qu'es' aco? s'écria-t-il. La neige bouge... elle s'en va.

« On dirait, nom d'une giberne, on dirait que c'est pas de la neige, mais des nuages.

« On voit à travers... une forêt... tout au fond... à des kilomètres...

Tout à coup, il tressauta.

— Ah ! mince, s'écria-t-il, le ballon a fichu le camp !

« Nous sommes à des kilomètres au-dessus des nuages !

« Eh ben, j'allais faire un joli saut !

Il n'en dit pas plus long.

Pour la première fois de sa vie, Patoche eut le filet coupé.

Il s'était rejeté dans la nacelle, et regardait Flic et Flac plongés dans un sommeil béat.

Le Parisien ne put retenir un accès de fou rire.

— Dire que ces deux lascars-là ne se doutent de rien !

« Quelle surprise ils vont avoir !

« Pour Flac, c'est un sournois, un très bon zigue au fond, mais une souche !

« Il n'y aurait pas moyen d'en tirer un seul mot.

« Ce serait beaucoup moins rigolo avec lui.

« Mais Flic... je suis curieux de voir comment il prendra la chose.

« Attends, mon vieux, je m'en vas te réveiller.

Le Parigot avait fait deux observations.

La première, que la pluie avait formé dans la bâche comme une grande poche, pleine d'eau.

La seconde, que Flic dormait couché sur le dos, de telle façon que sa figure se trouvait exactement au-dessous du rebord de la bâche.

Ce qui était tout à fait favorable aux desseins du parisien.

Il courut donc s'étendre sous la toile goudronnée, le plus loin possible, derrière Flic.

Puis, prenant bien son temps, visant la poche d'eau, brusquement, il déchargea un grand coup de poing sur le fond de cette poche.

Le contenu, chassé de toutes parts, courut sur le bord de la bâche.

Ce fut comme une véritable trombe d'eau qui s'abattit sur le visage de Flic.

Le coup avait réussi à merveille.

Flic, réveillé en sursaut, en s'ébrouant, s'était mis sur son séant.

Il roulait de droite et de gauche ses gros yeux, aveuglés d'eau et de soleil.

Évidemment, Flic flairait une mauvaise farce.

Il ne se gênait même pas pour émettre tout haut son opinion.

— Qui est-ce qui m'a foutu une sale blague pareille... grommelait-il.

Suspectant fortement ses compagnons de fortune, Flic se retourna de leur côté.

Il aperçut d'abord à droite Flac qui ronflait dans un coin, assis sur une échelle de corde roulée en paquet, et le dos appuyé contre la paroi de la nacelle.

Si dormir est une des plus importantes fonctions de la vie, il n'y avait qu'à voir la gravité avec laquelle Flac s'acquittait de cette fonction, austère et pétrifié, comme un sénateur romain sur sa chaise curule, pour que tout soupçon tombât aussitôt.

Le gavroche prêtait plus à caution et le policier l'interrogeait d'un regard soupçonneux.

Mais Patoche dormait avec une telle conviction, paraissait plongé dans un sommeil si innocent, que le bon Flic dut encore abandonner cette nouvelle piste.

Le détective leva alors son regard au-dessus de lui.

Il vit la bâche et sentit que c'était de là qu'avait dû s'élancer la cataracte.

Il se leva, voulant examiner de plus près comment la chose avait pu se produire.

Derrière lui, le Montmartrois suivait tous ses mouvements d'un œil malin.

— Attention, ne bougeons plus, s'esclaffait-il en sourdine, v'là le moment !

Flic s'était donc levé et ayant tout à fait l'esprit présent, il abaissait un regard confiant sur le paysage.

Flic, naturellement s'imaginait que son regard allait se poser là, de plain pied, sur le sol du plateau.

Ce regard tomba dans un abîme de trois mille pieds.

Flic eut un tel sursaut d'horreur, l'instinct de la conservation le fit si violemment se rejeter en arrière, que s'il n'avait pas eu à portée de sa main quelque cordage pour se retenir, Flic tombait à la renverse.

Patoche jubilait. Il continua de faire semblant de dormir.

Flic, le premier moment d'émotion passé :

— Nom d'un chien ! qu'est-ce que ça signifie, s'exclama-t-il tout haut.

« C'est la terre que je vois au-dessous de nous à cette effroyable distance.

« Cré coquin, je n'ai pas la berlue pourtant je suis bien réveillé.

« Notre plumard s'est cavalé dans les nuages.

« Nous l'avions si bien amarré, pourtant...

« Ah ! je t'en fiche dans cette nuit où l'on ne voyait goutte... avec le temps de chien qu'il faisait.

« Pardi, c'est ce maudit vent qui nous aura joué la
farce.

« Trimbalé toute la nuit de droite et de gauche,
le ballon a tiré sur sa corde.

« Finalement, celui-ci aura glissé sur le rocher.

« Et maintenant, nous voilà comme le Juif Errant.

« Mais, pas sur le plancher des vaches, nom d'un
tonnerre... à trois mille pieds au-dessus... sur le chemin des alouettes...

« Heureusement qu'il fait une journée épatante.

« Pas un souffle de vent.

« Le ballon ne bou-
ge même pas.

Subitement, Flic rigo-
lait en regardant Flac
et Patoche.

— Comme ils roupil-
lent tranquillement!
murmurait Flic.

« Ils sont bien loin
de se douter...

« C'est Flac, qui va
en faire une tirelire...

« Non, il faut que je
voie ça!

Le joyeux policier râ-
fla une poignée de gre-
lons sur la bâche et
pour le réveiller il les
mit sur la tête de Flac.
Puis, se laissant glis-
ser dans le fond de la
nacelle, il fit semblant
de dormir à poings fer-
més.

L'effet prévu ne fut
pas long à se produire.

Sur la tête de Flac, les grêlons opéraient, communiquant au cerveau une sensation de froid intolérable.

En même temps, ils fondaient et coulaient dans
le dos, sur la figure, partout.

Il n'est rien, on le sait qui donne plus l'idée d'une
brûlure que la sensation d'un froid excessif.

Le policier, réveillé en sursaut, se crut la proie
des flammes.

Terrifié, comme un diable à ressort hors de sa
boîte, Flac d'un bond, se dressa.

L'impulsion fut si terrible, que du coup, la bâche
qui l'abritait fut emportée sur sa tête.

Elle chavira et retomba derrière lui.

Flac eut ainsi brusquement la révélation de l'a-
bîme.

Il resta là, raide comme un piquet, ébloui, suffoqué, baba.

A ses pieds, dessous la bâche effondrée, deux têtes
émergèrent, pouffant d'un fou rire.

De plus en plus ahuri, Flac les regardait.

Flic et Patoche se relevèrent.

Ils riaient follement.

— Hein les amis, on ne s'attendait guère à celle-
là... jubilait Patoche.

Flac lui-même partit d'un éclat de rire.

C'était une si bonne
blague, en effet, que
Flac lui-même partit
tout à coup d'un éclat
de rire inextinguible.

Et il était si rigolo le
grave Flac, riant ainsi,
que Flic et Patoche se
tordaient littéralement.

— Ce Flac, ce qu'il
s'en fait une pinte de
bon sang! riait Pato-
che.

— Ah! mes copains,
quelle surprise! faisait
Flic.

— Qui est-ce qui
nous aurait dit ça, hier
soir!

« Une pareille balla-
de...

— Et un temps épa-
tant... toutes les veines.

— Tu parles si on en
a de la veine!

« Moi qui depuis si
longtemps rêvais de monter en ballon...

« Au lieu de casquer deux cents balles, comme
pour un ballon de louage, on se ballade à l'œil et
on aura encore le ballon pour nous, par-dessus le
marché.

— On pourra inviter les amis...

— Le capiston... Rosette...

— Parfaitement, on est des proprios, mon vieux.

« On a pignon sur rue, avec balcon... l'eau et le
gaz.

— Ce qu'on est bath. On ne voudrait jamais plus
redescendre.

— Et manger? fit Flac.

— Flac a déjà peur, rigolait Flic.

« Te trouille pas, mon vieux poteau, on va z'y aller.

« C'est vrai que ça vous creuse, l'air, hein?

— A qui le dis-tu, répondit le Parigot

« Je me sens moi-même un appétit de loup.

« Et tu sais, mon vieux, les provisions du boche, peau de zébi, on a tout bouffé.

— Cela ne fait rien, répliqua Flac en riant.

« On est toujours au-dessus de Chantilly, n'est-ce pas?

« Eh bien, je paye le casse-croûte chez Raffet.

« Huîtres, pâté de lièvre et poulet froid.

« Ça vous va-t-il?

Flac et Patoche éblouis, se frottaient les mains, ayant l'eau à la bouche.

— Coquin de sort, ce n'est pas de refus, exultait Patoche.

— Alors, on redescend, hein? fit Flic.

— Tu parles... rigolait le Parigot.

« Mais dis donc, si qu'on allait se casser la margoulette?

— Vous bilez pas, master Patoche.

« Ce n'est pas la première fois que je monte en ballon.

« Je m'y connais tant soit peu.

« Pas des tas, mais suffisamment pour nous ramener sur le plancher des vaches.

« Tout d'abord, choisir son lieu d'atterrissage.

« Monsieur le Parigot, vous qui avez la longue-vue en main, qu'est-ce que c'est que ce petit carré vert que nous avons là-bas?

— Mon vieux, répondit Patoche après avoir braqué sa lunette, c'est le champ de courses de Chantilly.

« Je reconnais les tribunes.

— Nom d'un pétard, ça ne pouvait pas mieux tomber.

« On va descendre là comme sur du velours.

« Attention maintenant. Faut descendre le guide rope.

— Il n'y a pas mèche, mon vieux.

— Comment, il n'y a pas mèche?

— Il n'a pas été remonté.

— Quel farceur que ce Parigot, riait Flic, en s'assurant d'un coup d'œil qu'en effet la corde à nœuds pendait dans le vide au-dessous de la nacelle.

— Quoi qu'il y a à faire, après ça? demanda Patoche.

— Plus rien qu'à soupaper, puisqu'on est sûr d'atterrir en rase campagne.

« C'est pas le vent qui nous gênera, il n'y en a pas.

« Mes amis, on va descendre comme dans un ascenseur.

Flic tenait déjà dans une main la corde à soupaper.

— Eh bien alors, vas-y, cria Patoche.

« Et en douceur, hein?

Flic en riant tira sur la corde.

Il tira plusieurs fois.

Patoche, intéressé par la manœuvre, s'était campé devant lui.

Subitement, Flic lâcha la corde et leva vers Patoche un regard consterné.

— Monsieur Patoche, cria Flic.

— Eh bien quoi. fit le Parigot.

— La soupape est grippée.

« Nous ne pouvons plus redescendre.

CHAPITRE CCX

Paris, tout le monde descend!

— Si la soupape est grippée, cria Patoche, t'as qu'à lui faire prendre des pastilles Valda.

A cette saillie du Parigot, Flic ne put garder son sérieux.

C'est en pouffant de rire qu'il lui répondit :

— Pour lui en faire prendre, il faudrait descendre en chercher.

« C'est justement l'impossible.

« Donc, vous tournez dans un cercle vicieux.

Flic riait de plus belle, Patoche jubilait.

— Sacré blagueur reprit Flac, vous avez beau rigoler et me faire rire moi-même, nous n'en sommes pas moins dans une fichue situation.

« C'est bête comme tout ce que je vous dis là. Mais ça n'en est pas moins vrai : nous ne pouvons plus redescendre.

— Du moment que c'est bête, master Flic, on redescendra.

« On en a vu bien d'autres, on s'en est toujours tiré.

« On se tirera bien encore de celle-ci.

« On en sera quitte pour descendre quelques heures plus tard.

« Après tout, on a bien le temps. Il n'est pas encore sept heures.

— Et Raffet? grommela Flac.

— Ah! voilà l'autre qui grogne! riait le Parigot.

« Raffet? Il n'est pas si fameux que ça, ton Raffet!

« Ses huîtres ne sont pas toujours de la dernière marée.

« Ses pâtés de lièvre sont des pâtés de chat.

.« Et pour ses poulets froids... ils sont en carton, mon vieux, ses poulets froids...

— Et ses raisins, monsieur Patoche! rigolait Flic.

« Vous ne nierez pas qu'il n'ait d'excellents raisins.

— Pouah! fit le Parigot avec une grimace.

« Ils sont trop verts et bons pour des goujats.

« Mais, poursuivit-il en sortant d'une petit coffre quelques 8 en pâte sèche qui leur restaient de la veille.

« Parlez-moi de ces 8 en pâte sèche.

« Ça et un petit grê- lon dans la bouche, en guise de bonbon fon- dant, il n'y a rien de supérieur, mon vieux.

Le Parigot prêchait d'exemple.

Flic et Flac s'empres- sèrent de l'imiter, net- toyant en cinq secs le petit coffre.

— Hum!... Hum?... grognait Flac, tout en suçant son grêlon.

— C'est maigre, riait Flic en croquant son biscuit.

— Nous n'en mange- rons que mieux à midi, assurait Patoche épa- noui.

— Où comptez-vous donc manger à midi, monsieur Patoche? fit Flic.

— A Paris, master Flic.

— Vous allez à Paris? railla Flic.

— J'y vole, goguenardait Patoche.

« Et puis, c'est pas tout ça, les frères.

« Avant de débarquer, faudrait voir à faire un brin de toilette.

« Diable! faut être à l'étiquette avec le capiston.

— Alors, c'est tout le souci que vous prenez de notre situation? demanda Flic.

— Vous verrez, dit radieusement Patoche, qu'on s'en tirera bien.

Le Montmartrois, tout à fait à son aise, comme chez lui, avait enlevé son veston qu'il secouait et brossait méticuleusement, puis mettait sécher au so-

leil, suspendu à quelque crochet au-dessus de lui.

Il procédait d'un air souriant et léger à tous les détails de sa toilette.

Dans le peu d'eau qui restait sur la bâche, il se mit bruyamment à faire ses ablutions.

Flic et Flac, subitement, semblaient partager son insouciance.

Ils avaient trouvé un aliment à leur passion favo- rite.

Les deux détectives, à cropettons, inventoriaient la nacelle.

Ils découvrirent ain- si, entre autres, un ap- pareil photographique et des photographies de forts français.

— Voilà qui confir- me notre opinion, fit Flic.

« Le boche n'était bien qu'un vulgaire es- pion.

Patoche, sans s'occu- per des deux policiers, tout en s'astiquant sif- flotait, gai comme un pinson.

Il pensait à retourner chez Lancelin et à re- voir Rosette.

Maintenant, bien la- vé, bien frotté, bien brossé, tout reluisant, les moustaches cirées, les cheveux peignés, pommadés, avec sur le côté la raie impeccable,

Les deux détectives inventoriaient la nacelle.

il était prêt.

Il vint regarder par-dessus la nacelle.

— Coquin de sort, murmura l'ordonnance, on ne voit plus la terre.

« Est-ce que par hasard, ça serait plus sérieux que je ne pensais...

Alors, il se retourna vers le policier, et ce fut à son tour d'être ahuri.

Flic et Flac couraient çà et là à quatre pattes.

Tout à la rage d'inventorier, ils paraissaient avoir complètement oublié Patoche, leur situation critique et le ballon lui-même.

— Eh! messieurs de la rousse, leur cria le Mont- martrois, que faites-vous donc là?

— Monsieur Patoche, répondit Flac toujours à quatre pattes, nous inventorions.

— Vous inventoriez? Et pensez-vous que ce soit en inventoriant que nous nous tirerons de ce mauvais pas?

— Mais, monsieur Patoche, répliqua Flac en se levant, — ce en quoi il fut immédiatement imité par Flac, — nous comptions un peu sur vous.

« Vous aviez une si belle assurance que vous avez fini par nous la faire partager.

« Vous l'avez dit : nous saurons toujours bien nous en tirer.

« Par conséquent, ce n'est pas la peine de s'occuper de rien.

— Cré mâtin, comme il dégoise! s'écria le Montmartrois.

« Master Flic, j'ai bien dit qu'on s'en tirerait toujours... mais non pas sans rien faire.

« Vous savez le proverbe : Il faut un peu aider au ciel, si nous voulons que le ciel nous aide.

— C'est un excellent proverbe, monsieur Patoche.

— Oui, monsieur Flic, surtout en ballon.

— Mais bien inutile ici, monsieur Patoche.

— Pourquoi bien inutile?

— Pourquoi?

— Oui, pourquoi?

— Pour la bonne raison, monsieur le Parisien, qu'il n'y a rien à faire.

— Oui, mais savez-vous que je commence à m'embêter, moi, dans cette boîte.

« Si ça durait plus longtemps, je finirais par la trouver mauvaise.

— Que voulez-vous qu'on y fasse.

« Nous sommes à la merci du ballon.

« C'est lui qui est le maître de nos destinées pour le quart d'heure.

« Nous ne pourrons descendre à terre, que lorsqu'il lui plaira d'y descendre lui-même.

— Et s'il lui plaît de n'y descendre jamais plus?

— Eh bien, monsieur Patoche, nous n'y descendrons jamais plus.

Le Montmartrois, un instant, eut la puce à l'oreille. Ce que voyant, Flic ajouta :

— Vous pénétrez-vous un peu maintenant de la gravité de notre situation?

— Je m'en pénètre... nargua le Parigot.

« Mais, pour que cette situation soit aussi grave que tu le fais, il faudrait que nous ne soyons pas les trois hommes déterminés et surtout éprouvés, que nous sommes.

— Vous croyez?... Vous n'avez donc pas entendu parler de cette curieuse histoire qui est arrivée, il y a quelques mois, au ballon captif du jardin d'acclimatation?

« Moyennant une faible rétribution au pilote, dans ce ballon y monte qui veut.

Avec son chargement de huit ou dix passagers, ce ballon s'élève au bout de sa corde à quatre cents mètres d'altitude.

« Or, ce jour-là tandis que le ballon planait dans les airs, avec sa fournée ordinaire de passagers, je ne sais plus quel accident survint au treuil qui déroulait la corde, mais ce que je sais bien c'est que le ballon restait en panne dans les airs.

« Tous les moyens de sauvetage furent employés.

« Peine perdue. Le ballon ne voulait plus redescendre.

« Et pourtant c'était un ballon captif, pour l'altitude à portée de la main, comparativement à nous, et il avait à son bord un pilote, un homme du métier.

« Eh bien, avant de pouvoir atterrir, ces dix passagers, hommes et femmes, encaqués dans l'étroite nacelle comme des harengs, au milieu des brouillards, de la pluie et des vents, — nous étions en automne, je crois — ces dix passagers durent attendre trois jours et trois nuits.

« Jugez maintenant de notre situation.

« Et encore, ces passagers en détresse, grâce au câble qui les reliait à la terre, pouvaient-ils recevoir des vivres.

« Nous, une belle ceinture.

« Tablez là-dessus.

— Raison de plus pour nous grouiller, dit Patoche.

— Que faire? demanda Flic.

— Tenir conseil, d'abord.

« Master Flic, vous qui avez déjà été plusieurs fois en ballon, expliquez-moi ceci : comment se fait-il que le poids d'un seul homme ait pu faire descendre ce ballon à terre, hier soir, tandis qu'aujourd'hui le poids de trois hommes l'a fait remonter?

Flac fumait placidement sa bouffarde, assis sur un paquet de cordes.

À cette question, le muet policier leva les yeux sur Flic.

— Monsieur Patoche, c'est bien simple, répondit Flic.

— Alors, je ne suis qu'une buse, moi, si c'est si simple, car je t'avoue que je n'y comprends rien.

— Non, monsieur Patoche, vous n'êtes pas une buse.

« Seulement... l'expérience a du bon.

« Mais, pour l'acquérir, il faut vieillir.

« N'avez-vous pas remarqué hier soir de quelle façon bizarre le vent soufflait.

« Frappant droit sur les rocs, sur les arbres, comme un pilon dans un mortier.

« C'est par le même effet que le vent a lancé le ballon sur la terre.

« C'était un vent tournant en rond. un cyclone qui a frappé le ballon, l'a pour ainsi dire aspiré jusqu'à ce qu'il touchât terre.

« Par conséquent, si vous avez compté sur cette chance pour retourner aujourd'hui chez le capiston, renoncez-y, monsieur Patoche, à moins d'une seconde tempête, offrant les mêmes conditions.

« Mais, les jours se suivent et ne se ressemblent pas.

— Si on t'écoutait, mon brave Flic, répondit le Montmartrois, sais-tu quel joli tableau il y aurait à faire avec nous pour le théâtre du Châtelet, kif-kif comme dans *Le tour du Monde en 80 jours.*

« Un ballon errant à l'aventure, et dans la nacelle trois hommes pleurant comme des veaux...

« Pour lorsse, dans la salle, mon vieux, ce qu'on se bidonnerait! ce qu'on se tirebouchonnerait!...

— Monsieur Patoche, je vous dis froidement les choses comme elles sont.

« Même à vingt mètres de terre, je ne répondrais pas de notre salut.

« Ce n'est pas pour en répondre à deux cents mètres.

— Hé! hé! pas à vingt mètres, et pourquoi donc?

— Monsieur Patoche, fit Flic, nous n'avons même pas d'ancre, le boche l'a perdue.

« Tout le matériel que nous avons touchant l'*escampativo*, c'est une corde à nœuds de trente mètres et une échelle de corde d'autant.

— Autant dire peau de balle et balai de crin.

« Mais enfin, l'ami Flic, entre nous, vas-y carrément, quels moyens nous reste-t-il pour descendre?.

— Nous en avons trois, monsieur Patoche.

— Trois?... Mille tonnerres, nous avons l'embarras du choix, alors?

« Et quels sont ces trois moyens?

— Le premier, le second, et le troisième, railla Floc.

« Le premier, je vous l'ai dit, c'est d'attendre que le ballon descende de lui-même.

— Celui-là n'exclut pas les autres.

« J'ai pas envie de rester trois jours en l'air, sans rien à me foutre dans le coco.

« Passons au second.

— Le second, répondit Flic, c'est de nous jeter par-dessus bord.

— Crotte!... Et le troisième. fit Patoche.

— Le troisième... c'est de crever le ballon.

— Flûte! le troisième vaut le second.

— En effet, monsieur Patoche, une opération extrêmement délicate que seuls, des aéronautes peuvent tenter.

— Décidément, il n'y a que le premier qui vaille, dit le Parisien.

« Occupons-nous donc de celui-là.

« Et d'abord, fit-il en se penchant sur la nacelle, marchons-nous?

Mais pour l'instant, la longue-vue ne servait à rien.

Patoche avait sous ses regards une éblouissante nappe de cumulus qui lui masquait entièrement la terre.

Dans cette profondeur, sur l'aveuglante plaine blanche, l'ombre du ballon se découpait, avec la silhouette des trois voyageurs, autant qu'il en dépassait de la nacelle, et l'ombre, d'une façon presque insensible paraissait avancer sur la blancheur.

Mais, comment juger exactement si c'était le nuage ou le ballon qui se déplaçait.

— Moi, je crois plutôt que c'est le nuage, affirmait Flic.

— *Paris! hurla Patoche fou de joie.*

« Il doit y avoir un petit courant au-dessus de nous.

« Ici, on ne sent rien, pas le moindre souffle.

« Nous devons toujours planer sur la forêt de Chantilly.

— Ce matin, quand nous nous sommes éveillés, dit le Parisien, par une déchirure entre les nuages, j'ai aperçu au-dessous de nous une forêt.

« La forêt de Chantilly, sans doute.

— Qui vous dit que c'était la forêt de Chantilly?

« Je l'ai cru un instant, moi aussi.

« Mais après tout, savons-nous au juste depuis quand le ballon s'est envolé, et à quelle vitesse nous marchons, si nous marchons?

« Mais, nous allons être fixés, je crois.

« Tenez, regardez ce qui se passe au-dessous de nous.

Les trois hommes s'étaient penchés sur la nacelle et regardaient.

Or, les nuages, sous eux, fondaient à vue d'œil, s'immatérialisaient.

Bientôt ce ne fut plus qu'une fine gaze transparente, si ténue qu'elle se déchira.

Une légère brise passa par là, et brusquement le voile s'écarta.

Comme d'un rêve, du fond du gouffre, monta une vision enchanteresse.

Un panorama immense de monuments, de toits de bouquets de verdure.

— Paris! hurla Patoche fou de joie.

En effet, c'était Paris.

Patoche exultait.

D'un bond, le charmant esprit du moineau franc, de l'incorrigible Gavroche qu'il était, avait repris le dessus.

Alors, parodiant les mots qui tant de fois, dans toutes les gares de l'immense Métropole, retentissent chaque jour, Patoche, de toute sa voix lança ce cri épique :

— Paris! Tout le monde descend!

Armé de la lunette, il continuait à inspecter.

CHAPITRE CCXI

« Paris Bouffe »

— En effet, monsieur, acquiesça Flic, promenant à son tour la longue-vue au-dessous d'eux, nous planons sur la place du Trône.

« Voici ses deux vieilles colonnes de pierre, noircies par les pluies, et au milieu, la fontaine de Dalou.

« Derrière nous, cet amas verdoyant, c'est le bois de Vincennes.

« On discerne tous les détails avec une netteté et une précision remarquables.

« Ce n'est pas étonnant, d'ailleurs.

« Le boche avait besoin d'un instrument aussi parfait pour bien distinguer tout ce qu'il avait à espionner dans nos forts.

Flic un moment garda le silence.

Armé de la lunette d'approche, il continuait à inspecter les quatre coins de la place du Trône.

— Ohé! Je cogne!

« Si tu ne reviens pas, tu écriras... lui fit en rigolant Patoche, que son silence chiffonnait.

— Tiens, monsieur Patoche, vous me donnez une idée... fit Flic se retournant vivement vers la nacelle et passant sa lunette à Flac.

« C'est ça, il faut écrire.

« Notre ballon a été aperçu.

« De tous les points de la place, du seuil des cafés et des restaurants, comme de l'impériale des omnibus qui passent, tout le monde a le nez levé vers nous.

« Ces gens-là sont bien loin de se douter dans quel fichu embarras nous sommes.

— Dégustez-moi ça, fit le Parisien à Flic et à Flac.

« Ce que nous faisons là ou rien, c'est pareil.

« C'est seulement par acquit de conscience.

« Pour que ceux qui pourraient s'inquiéter de notre disparition sachent à quoi s'en tenir.

— Ça ne fait rien. C'est tout de même un atout que nous mettons dans notre jeu.

« Papa Lancelin n'est pas bête.

« S'il peut trouver un moyen pour nous tirer d'embarras, compte sur lui.

« Il fera des prodiges pour délivrer son p'tit gars.

— Il les fera s'il en a le temps...

— Comment, s'il en a le temps?

« Que veux-tu dire, par là?

— Je veux dire que pour l'instant il n'y a pas de pet.

« L'atmosphère est plongée dans un calme absolu.

« Notre ballon ne bouge pas plus qu'une betterave au milieu d'un champ.

« Mais le vent peut se lever d'un moment à l'autre, et nous emporter à tous les diables.

— Le capiston a l'esprit prompt et énergique.

« Bref, en tenant compte naturellement de toutes les éventualités, s'il y a quelque chose à faire, il le fera.

« Avec quoi qu'on va écrire?

— Tenez, dit Flic en ouvrant sa boîte, voilà ce que nous avons découvert en inventoriant : une papéterie.

« Vous y trouverez tout ce qu'il faut : du papier, des enveloppes, un stylographe.

« Asseyez-vous sur l'échelle de corde roulée dans ce coin.

« Mais, on peut le leur dire.

« Nous n'avons qu'à leur envoyer une lettre.

— Nom d'une pipe, s'écria gaiement le Parigot, une fameuse idée!

« Mais dis donc, si qu'on l'enverrait au père Lancelin le biffeton?

— J'allais vous le proposer... approuva Flic en fourrageant dans un coin de la nacelle.

— Tu vois bien, mon vieux, riait Patoche en se penchant vers lui.

« Tu vois bien qu'il y a tout de même quelque chose à faire.

— Oh! master Patoche, dit le policier, en se relevant avec un petit coffre en carton dans ses mains.

« Ne vous emballez pas.

« Pour un pupitre, vous n'avez qu'à assurer la boîte sur vos genoux.

Le Parigot était déjà tout installé.

— Maintenant, vous n'avez plus qu'à vous y coller, acheva Flic.

« Surtout, quelque chose de bien senti, hein!

— Dégustez-moi ça, fit le Parisien à Flic et Flac attentifs, quand il eut fini d'écrire.

Il lut :

« Mon cher Capitaine,

« Flic, Flac et moi, nous venons d'enlever aux Al-
« lemands, vous ne devineriez jamais quoi... un bal-
« lon!

« Mais, à son tour, le ballon nous a enlevés.

« Il plane à mille mètres au-dessus de Paris, du côté
« de la place du Trône.

« La soupape est grippée. On ne peut plus redes-
« cendre.

« Si vous avez besoin de moi pour astiquer votre
« fourniment, venez me chercher au dit endroit, le
« plus vite possible.

« Par la même occasion, vous pourriez nous faire
« apporter une ration de rata, car nous n'avons rien
« à nous mettre dans le coco.

« Nous habitons la place du Trône jusqu'à ce qu'il
« se lève un peu de vent, auquel cas nous serons obli-
« gés de partir sans laisser d'adresse.

« Pas un mot à Rosette surtout pour ne pas l'in-
« quiéter.

« Votre bien dévoué serviteur
PATOCHE

— Très bien... approuva Flic.

— Et maintenant on la cachète, dit le Montmartrois, joignant l'action à la parole.

« On met l'adresse sur l'enveloppe.

« Dans un coin de l'enveloppe, on ajoute la mention : Urgent.

« Enfin, sous l'adresse, on n'oublie pas cette autre
mention :

Flic regardait, surpris.

— Quelle mention? fit Flic.

— Bonne récompense à qui portera cette lettre
à sa destination, disait Patoche, à mesure qu'il écrivait.

« Ça, c'est le timbre, comprends-tu, dit-il à Flic
en levant vers lui sa tête.

— Parfait... opina Flic.

— A présent, fit Patoche, joignant toujours le geste
à la parole, ce bout de faveur bleue qui enserrait les
enveloppes, on l'attache en long et en large autour de

l'enveloppe.

« On met dans un mouchoir un peu de sable pour
faire lest...

« On attache par un coin le mouchoir à la faveur
de la lettre.

« Et pour finir, dit-il en se penchant sur le bord de
la nacelle, imité par Flic et Flac, on tient le tout suspendu sur l'abîme.

« Attention, toi, Flic, braque la lunette.

« Regarde bien ce qui va se passer en bas.

« Tâche de voir s'ils vont le ramasser.

« Y es-tu?

— J'y suis, dit Flic légèrement ému en abaissant la
longue-vue vers la terre.

— Lâchez tout! cria le Montmartrois.

Sa main s'ouvrit.

Le mouchoir tomba dans l'abîme, emportant la
lettre qui, plus légère, battait comme une aile au-dessus du mouchoir.

Flic ôta son œil de la lunette.

— Eh bien dit le Parigot.

— Mon vieux, répondit Flic, le poulet est tombé
sur un arbre.

« Je pense bien qu'il aura traversé.

« L'aura-t-on ramassé? Peut-être. Je n'en sais rien.
Je n'ai pas pu voir.

« Le feuillage de l'arbre m'en empêchait.

« D'ailleurs, on s'occupe déjà beaucoup moins de
nous en bas.

« Enfin, nous n'avons qu'à attendre.

« Quelle heure est-il?

L'ordonnance tira sa montre.

— Onze heures... dit-il.

— J'ai faim! dit Flac.

— Bon, crois-tu donc qu'il n'y ait que toi, maugréa
Flic.

« Nous aussi, nous avons faim.

« Mais, c'est surtout soif, que j'ai, moi!

« Il n'y a plus aucun grêlon sur la bâche? Plus une
goutte d'eau?

Flic cherchait, évidemment.

— Non, le soleil a tout bu, tout séché, et Patoche
tout usé pour ses ablutions.

« Mon vieux, dit-il à Patoche, je crève de soif.

— C'est bon, c'est bon, dit Patoche, qui se sentait
lui-même la gorge en feu et l'estomac dans les talons.

« Il n'y a qu'à ne pas y penser.

Patoche braqua sa longue-vue sur la ville géante.

Flic et Flac sortirent leurs pipes.

Heureusement, ils avaient des allumettes et du tabac.

Pour s'abriter contre un soleil dévorant qui leur rendait les aiguillons de la soif intolérables, ils prirent la bâche et s'en firent un toit au-dessus de leurs têtes.

Patoche, armé de sa longue-vue s'acharnait à fouiller du regard la place du Trône et les voies adjacentes.

De temps à autre, Flic et Flac assis à l'ombre et fumant l'interpellaient.

— Eh bien, monsieur Patoche, faisait Flic anxieusement, vous ne voyez rien venir?

— Quoi? disait Patoche, se retournant à peine.

— Le père Lancelin ?

— Non, mon vieux, je suis comme sœur Anne.

« Je ne vois rien venir.

Et Flic tirait furieusement sur sa bouffarde.

Flac grognait.

Après quoi, le silence retombait, plus lourd.

Puis, Flic n'y tenant plus :

— Monsieur Patoche... appelait-il.

— Qu'est-ce que c'est?

— Croyez-vous qu'il l'ait reçue, sa lettre?

— Qui?

— Le père Lancelin.

— Que veux-tu que j'en sache?

« Je n'y suis pas, moi, dans sa lettre.

E. Y.

Le mouchoir tomba dans l'abîme.

— Ah! coquin de sort si on avait pu s'y mettre, dans le biffeton! grondait Flic.

Et Flic tirant sur sa bouffarde, s'enveloppait majestueusement dans un nuage, comme un Jupiter courroucé.

Le temps passait, ou plutôt se traînait avec une lenteur insupportable, les minutes comptant pour des heures.

Ils entendirent sonner midi, d'allègres notes claires et rapides, lancées en même temps de tous les clochers de la ville.

Midi... l'heure des bonnes lippées autour de la table de famille, la rue transformée en désert, les toits couronnés de joyeuses fumées.

La place du Trône, entièrement vidée, éblouissante et morte sous le soleil comme un vrai Sahara, Patoche se rejeta dans la nacelle en exprimant tout haut sa déception :

— Mes poteaux, Paris bouffe... Paris se fout de nous.

Flac se leva, cédant sa place au Parigot.

Pour tromper la faim qui le tiraillait, machinalement, Flac saisit la longue-vue et la braqua sur l'univers.

Le Parisien, par esprit d'imitation, avait sorti sa pipe.

Assis l'un en face de l'autre, et de toute leur force tirant sur leurs bouffardes, Flic et Patoche se canonnaient terriblement comme deux vaisseaux ennemis, crachant le feu et la mort par tous leurs sabords, disparaissaient dans la fumée.

A moitié assoupi, à moitié enivré par le tabac, sa tête renversée sur la bâche, Flic par derrière contemplait Flac, toujours surpris de sa mince longueur.

Complaisamment, devant les yeux de Flic, une pensée flotta :

— Flac ressemble à un obélisque.

Puis, ce fut une autre pensée, cruellement de circonstance :

— Flac est long comme un jour sans pain.

Finalement, une troisième pensée s'imposa, prenant par degrés, dans l'esprit de Flic des proportions inattendues, lui faisant écarquiller les yeux, tomber la pipe de ses dents, dresser la tête:

— Flac est bien intéressé.

« Flac jette des cris de satisfaction.

« Flac doit voir arriver le capitaine Lancelin!

« Eh! l'ami Flac, dit Flic, qu'est-ce que tu vois?

Penché sur l'abîme, la longue-vue rivée à l'œil :

— Boum!... répondit Flac, macaroni au gratin!

Flic et Patoche sursautèrent.

— Hein Quoi? criaient-ils en même temps.

« Qu'est-ce que c'est?

— Tête de veau à l'huile... hurlait Flac, en se tré-
moussant d'aise.

— Miséricorde, monsieur Patoche, se lamentait
Flic, Flac est fou...

« Flac a le délire.

— Pour sûr, c'est le soleil qui lui aura tapé sur le
ciboulot! compatissait le Parisien.

Les deux hommes s'empressèrent autour de Flac,
voulant l'arracher de son observatoire trop exposé
au soleil.

— Eh! l'ancien, lui disait l'ordonnance, faudrait voir
à être raisonnable.

— Viens, mon pauvre vieux, l'engageait Flic à son
tour.

« Il y a trop de soleil, ici.

« Viens te remiser sous la bâche.

Mais Flac, arc-bouté sur ses jambes et cramponné
d'une main au bord de la nacelle, Flac résistait.

De l'autre main, tenant toujours la lunette pointée
vers la place du Trône, avec un visage extasié, tandis
que Flic et Patoche le tiraient vainement en arrière,
d'une voix de stentor, Flac lança :

— Bœuf à la sauce tomate.

— Mille tonnerres! s'écria Flic, où est-ce donc qu'il
prend tout ça...

« Il faut que je voie à mon tour!

D'un geste subit, il arracha la lunette des mains
de Flac et la tendit dans la même direction que son
collègue.

— Saperlotte!... haleta Flic, c'est la terrasse d'un
restaurant.

« Il y a une foule assise autour des tables.

« Des ouvriers... des employés... des midinettes...

« On voit tout ce qu'ils mangent.

« Ça fume, monsieur Patoche, dans les soupières,
sur les assiettes...

« On voit les buées de fraîcheur dégouliner sur les
carafes.

— Il faut que je voie aussi! s'exaspéra le Montmartrois en saisissant la longue-vue des mains de
Flic.

« Ah! les salauds! s'indigna-t-il une fois l'œil à
l'objectif.

« Ce qu'ils s'en mettent!... Ce qu'ils s'empiffrent!

« Paris bouffe... Paris se fout de nous!...

Et les trois hommes, le cerveau détraqué par la
faim, par la soif, par la chaleur torréfiante du soleil,
se regardaient.

Flac roulait des yeux hagards.

Flic était vert. Patoche riait jaune.

La longue-vue, de nouveau, entrait en jeu.

Maintenant, devant leurs yeux hallucinés, ce n'était

plus la simple terrasse d'un restaurant qui s'étalait,
ripaillant, c'était toute la ville, la cité géante: trois
millions de convives attablés. Une formidable noce
de Gamache qui s'étendait pendant des lieues, d'un
bout à l'autre de l'horizon.

— Il me semble que j'entends à perte d'oreilles un
bruit de fourchettes et de cuillers, râlait Flic.

— Et moi, grondait Flac, un remuement épouvantable de mâchoires...

— Mâchoires auxquelles seraient suspendues toutes
les cloches de Pantruche, les entendez-vous, au loin
et partout, brimbalant à toutes volées,, tonitruait Patoche délirant.

« Paris bouffe!...

— Mille pétards! rugissait Flic, Paris bouffe!

« Et devant un pareil tableau, nous devons crever
de faim, nous autres.

« Mais, c'est pire qu'un mirage dans le désert, ça...

— J'ai faim... Il faut que je mange, grogna Flac
fourrageant furieusement dans la nacelle.

— J'ai soif... Il faut que je boive! râlait Flic se
mettant à farfouiller farouchement.

Les trois hommes, à quatre pattes, chambardaient
tout, cherchant quelques miettes du repas de la veille,
quelques gouttes d'eau ou de vin oubliées.

Flic, tout à coup, amena une bouteille pleine.

— Je vais boire... hurla-t-il les yeux exorbités.

— Nom d'une sabretache, cria Patoche, tu ne vois
donc pas que c'est une bouteille d'esprit-de-vin.

— Otez-la-moi, ou je la sèche, cria Flic.

Patoche lui arracha la bouteille et le força à se relever.

Ils se relevèrent tous.

— Vaut encore mieux voir les autres manger.

« Ça donne toujours l'illusion, fit le Parigot braquant derechef la lunette vers la terre.

Flic se pencha sur le bord de la nacelle.

Il eut un cri.

— Nom d'un pétard, voilà la place du Trône qui se
défile.

« Ça, c'est le comble!

« Flac, regarde, regarde.

« Nous marchons, nous voilà sur le bois de Vincennes.

« Adieu Paris... le diable nous emporte.

« Si nous attendons encore après ça du secours de
la terre, c'est que nous avons de la constance.

« Cette fois, nous sommes bien frits...

Mais Flic n'acheva pas.

Le regard fixé sur l'avenue du Bois, au-dessus de
laquelle ils glissaient lentement, comme un bateau à
la dérive, intrigué tout à coup :

— Monsieur Patoche, interrogea le policier, qu'est-ce que c'est donc que cette bizarre étincelle de feu qui court là-dessous, sur l'avenue poudroyante du bois?

Patoche exultait, en brandissant comme un fou sa longue-vue.

— Une auto de pompiers... cria-t-il à ses compagnons.

« C'est leurs casques qui brillent.

« Vous entendez, mes vieux poteaux?

« Une voiture de pompiers...

« I e capiston qui arrive.

CHAPITRE CCXII

Où le capitaine Lancelin fait jeter une amarre dans le ciel.

— Eh bien! mon vieux, hein! qu'est-ce que je te disais? jubilait Patoche en s'adressant à Flic.

« Le capiston abandonner ses amis!... Ça ne se serait jamais vu, ça.

« Te l'expliques-tu, maintenant, son long retard?

« Le temps de recevoir la lettre et puis d'aller chercher les pompiers et ce fameux commandant Goupil que tu vois là dans la calèche avec lui, derrière l'auto des sapeurs.

— Oui, oui, répondit allègrement le détective en braquant sa lunette, le commandant du parc aérostatique de Chalais-Meudon... en effet, je le reconnais parfaitemnt.

« Ils nous regardent, lui et votre capiston, avec leurs longues-vues.

« Flac, goguenarda joyeusement le policier, embouche vite le porte-voix qui est accroché là, et crie dedans.

« Toi qui as une grosse voix, peut-être ils pourront t'entendre?

Mais Flac préférait s'en remettre à la télégraphie sans fil.

Cramponné d'une main au bord de la nacelle, Flac
résistait.

Penché sur le bord de la nacelle, et tourné vers le point noir à peine saisissable que représentait pour lui la calèche du capiston, vivement il agitait sa main en poire devant son énorme bouche ouverte, signifiant ainsi de la façon la moins douteuse qu'il avait faim, qu'il fallait donc se presser de les tirer de là.

Il y mettait une telle expression et une telle persévérance, que lorsque Flic s'en aperçut, il fut pris d'un véritable accès d'hilarité.

Flac était impayable.

— Ben quoi, mon poteau, dit le Montmartrois à Flic, tandis que celui-ci riait, c'est donc oublié, la faim et la soif, le repas manqué?

— L'heure est passée, dit Flic en souriant.

« Le soleil tape moins fort... à preuve que nous sommes un peu descendus...

« Voyez, fit-il en désignant le baromètre d'altitude, le ballon n'est plus qu'à neuf cents mètres... à quelque chose près.

« Et puis, cette petite brise qui souffle, nous rafraîchit un peu.

— Et puis aussi la conviction, hein! qu'on va nous descendre tout à fait... achevait narquoisement Patoche.

« Eh! mon vieux, rigolait le Parigot, c'est comme les deux statues que t'as vues sur la place du Trône, tu sais, en haut des deux pilastres... faudra bien qu'on nous descende de temps en temps pour nous faire pisser.

— Ne parlez pas trop tôt, monsieur Patoche.

« Nous ne sommes pas encore descendus.

— Oh! du moment que le capitaine s'en mêle...

« Le capitaine a le bras long.

— Pas assez long, monsieur Patoche, pour nous cueillir d'en bas.

— Il y mettra peut-être une rallonge.

— Je me demande ce qu'ils pourront bien faire.

— Nous allons bientôt le savoir. Zieutons.

Le ballon dans les airs, la voiture des pompiers

et la calèche dans le bois, se déplaçaient, suivant une direction parallèle.

Flic, depuis un instant, fouillait l'allée du bois avec la longue-vue.

Il eut une joyeuse exclamation.

— Nom d'un tonnerre, s'écria-t-il, monsieur Patoche, nous n'avons pas vu le meilleur.

« Il y a une foule d'autos de louage et de fiacres qui se hâtent derrière la calèche du capiston.

« Quel tohu-bohu! c'est d'un comique irrésistible...

« Tous cherchent à rattraper ceux qui sont devant et à les dépasser pour être les premiers.

« Sans doute, la nouvelle a dû courir Paris.

« Je pourrais vous nommer tout ce monde-là...

« Ce sont les reporters de tous les quotidiens français ou étrangers, demeurant à Paris.

— C'est toute la France alors qui s'amène, jubilait Patoche.

— Vous pouvez dire le monde entier.

« Gare ce soir la nouvelle édition des journaux, quelles tartines!

— Nom d'une pipe, réfléchit le Parisien, mais alors Rosette va savoir...

« Il n'y a pas... ce coup-ci faut descendre.

« Sans ça, Rosette pourrait se tourner les sangs.

— Il n'y a pas que des reporters, poursuivait Flic, l'œil à la lunette.

« Il y a des badauds, des voitures de maîtres, de belles dames...

« Il y a aussi des foules de piétons qui courent...

— Tu blagues... disait Patoche, on ne voit rien, qu'un tas de petits points noirs, comme des hirondelles qui fileraient à ras de terre...

— Les équipages et les autos...

« Regardez, vous verrez si je blague.

Flic passa la lunette à Patoche qui après avoir regardé la fit tenir à Flac.

Patoche exultait.

— C'est vrai. C'est la pure vérité... s'exclamait-il.

« Ah! flûte alors... nos crampes d'estomac vont devenir célèbres.

« Et les gonzes de la place du Tertre et de la rue Lepic, tu parles ce qu'ils seront épatés.

Le ballon continuait à dériver d'une façon très lente.

Le bois de Vincennes, pourtant venait d'être dépassé.

Ils arrivaient en vue d'une large rivière, dont les flaques d'eau étincelaient comme le métal doré d'une cuirasse.

De distance en distance, des ponts de bois ou de fer, sautaient par-dessus la rivière, dans une immense campagne, couronnée de forêts lointaines et peuplée de villages clairsemés.

L'ombre du ballon s'avança lentement vers l'un de ces ponts.

— Voici la Marne, cria le Parigot à Flic et Flac.

« Dirige ta lunette par ici mon pot, dit-il à Flic.

« Tu vas trouver de ce côté, sur la berge, un petit pavillon vert.

« C'est un café-restaurant.

« Ah! mon vieux, ça me rappelle le bon temps!

« Dans ce café, il y a un garage pour les canots.

« Avant d'entrer au service, j'en avais un en location, avec trois autres copains.

« Ce que j'en ai fait de bonnes parties sur cette rivière!

« Et ces bords herbageux, que de fois je m'y suis arrêté dans mon petit canot, pour y piquer, le ventre au soleil, une de ces pharamineuses siestes...

« Et puis tu sais, mon vieux, je connais des trous excellents où l'on ramasse du poisson, pire que dans la *Pêche miraculeuse.*

— Vraiment, monsieur Patoche? fit Flac ouvrant des yeux émerveillés.

— Tiens, ça le réveille, ça! s'esclaffa le Montmartrois.

— Comment, monsieur Patoche, vous ne savez pas? intervint Flic d'un ton blagueur.

« Flac est un des fervents de la pêche à la ligne.

— Ça ne m'étonne plus alors, s'il est toujours muet.

— Je croyais que vous saviez, plaisanta Flic.

« C'est un fait très connu.

« Flac a perdu la parole en pêchant à la ligne.

— Est-ce que par hasard il aurait accroché sa langue à l'hameçon, en guise d'asticot?

— En ce cas, monsieur Patoche, Flac ce jour-là devait pas mal bavarder... car il avait la langue bien pendue.

Flac, insensible aux quolibets de ses compagnons, continuait à regarder le fleuve avec avidité.

— Quel dommage, mon vieux Flac, rigolait le Parigot en lui frappant sur l'épaule, quel dommage que nous n'ayons pas ici un attirail de pêche.

« Voici justement notre ballon au-dessus de la rivière.

— Ah! oui, c'est ça qui serait rigolo de pouvoir pêcher en ballon, pouffait Flic.

— Tu pourrais nous ramener une demi-douzaine de ces bonnes truites.

— Elles seraient les bienvenues.

« Mais dites donc, que manigancent-ils en bas?

Flic, de nouveau, tendait la longue-vue.

« Voici que l'auto des pompiers traverse le pont en quatrième vitesse.

« Elle s'élance dare dare dans la plaine.

« Quel est donc leur dessein?

« Ah! c'est sur le pont maintenant que ça devient tordant.

« La calèche est passée, et tous les fiacres, tous les autos, tous les piétons pêle-mêle se précipitent à sa suite.

« On dirait le passage de la Bérézina.

« Régardez donc, monsieur Patoche, regardez.

— C'est renversant, dit à son tour le Parisien.

« Voilà un piéton qui vient de se foutre à l'eau.

« Heureusement qu'il sait nager.

— Et les sapeurs, monsieur Patoche, que font-ils?

— L'auto vient de stopper.

« Les pompiers ont sauté à terre.

— Il y a des foules de piétons qui courent

« Ils ont l'air d'exécuter une manœuvre.

« Attendez, ils enlèvent une bâche qui couvrait l'auto.

« Tiens, ils ont un lieutenant avec eux.

« Celui-ci vient d'envoyer trois hommes au pas de course vers le pont.

« Que vont-ils faire?

« Tiens, regarde un peu, toi, Flic, l'œil se fatigue à la fin.

Le Parisien tendit la lunette au policier.

— Monsieur Patoche, dit Flic après un instant, les trois sapeurs dirigés vers le pont font évacuer la foule à droite et à gauche, probablement pour ne pas gêner la manœuvre.

« Ah! zut... c'est extraordinaire... inénarrable...

— Quoi?

— Un véritable camping qui s'organise, décrivant un cercle immense autour de la plaine.

« Une vraie partie de plaisir.

— Tout ça, pour nous voir peut-être nous casser la gueule.

« Si ça doit nous arriver, ce cercle pourrait porter un joli nom.

— Quel nom, monsieur Patoche?

— Le cercle de la mort.

— On pourrait bien l'appeler aussi le cercle des lunettes, car de tous côtés j'en vois braquées sur nous.

— Alors, c'est comme au théâtre...

« A nous de bien jouer si nous ne voulons pas être sifflés.

« Mais, que fait le capiston?

— La calèche s'est arrêtée à quelque distance de l'auto, répondit Flic.

« Le commandant Goupil et le capiston en sont descendus.

« Le commandant se hâte tout seul vers l'auto.

« Il a l'air en s'avançant de donner des ordres aux sapeurs.

— Et le capiston?

— Il nous regarde avec sa longue-vue.

— Vite, passe-moi la tienne, fit l'ordonnance.

Il la prit et la tendit vers Lancelin.

Les deux hommes, la lunette à l'œil, purent ainsi échanger avec la main, des signes de réconfort d'une part, de déférente affection de l'autre.

Patoche s'attendrissait.

Lancelin, ayant cessé de regarder pour s'approcher de l'auto, le Parisien tourna de ce côté sa longue-vue.

— Tiens, s'écria Patoche, il y a du nouveau, là-bas.

— Quoi donc, monsieur Patoche? fit Flac vivement intéressé.

— Il y a quelque chose qui monte au-dessus de l'auto.

« Un ballonnet.

— Un ballonnet?

— Oui, un tout petit ballon captif.

— Et il y a quelqu'un dans ce ballonnet?

— Personne. Pas même une nacelle.

— Pas même une nacelle.

— Non.

« Ça t'en bouche un coin, ça, hein? rigolait Patoche en ôtant son œil de l'objectif.

Et Patoche s'enthousiasmait :

« Ah! comme je le reconnais bien là, mon brave père La Manille.

« Pour nous sauver, il mettrait l'univers sens dessus dessous.

« C'est lui, j'en suis certain, qui, de concert avec le commandant Goupil aura eu cette idée-là!

« Et quelle idée, mes frères, quelle idée!

Patoche, au comble de l'exaltation, fouilla la campagne de sa lunette et découvrit le capiston qui se démanchait le cou pour l'apercevoir avec sa longue-vue.

Patoche alors passa son instrument à Flic.

Puis, toujours tourné du côté du père Lancelin, il battit des mains frénétiquement.

Le ballonnet montait toujours.

— Mais, quelle est-elle donc cette idée? demanda Flic.

« Que veulent-ils faire exactement?

— Mon vieux, répondit le Parisien, quand un navire entre au port, que fait-on du rivage ?

« On lui jette une amarre, n'est-ce pas?

— Parfaitement. Mais le navire est sur la mer.

— Et nous, nous sommes dans le ciel.

« Voilà pourtant toute la différence, rigolait le Parigot.

« T'as-t'y saisi, maintenant

« Eh oui! mon vieux, voilà ce qu'il veut faire, le capiston. Il nous jette une amarre dans le ciel.

« Hein, n'est-ce pas merveilleux?

— Admirable!

— Il nous lance une amarre. On la saisit.

« On fait un nœud avec. Tiens, à ce crampon de fer qui dépasse là... hors de la nacelle... et la farce est jouée.

« Ils n'ont plus qu'à hâler dessus en bas, les camaros.

— Ils ont l'air d'exécuter une manœuvre.

« On redescend.

— Simple comme bonjour, remarqua Flic.

— Très simple... seulement, il fallait la trouver.

— En effet, une très riche idée.

« Malheureusement...

— Quoi, malheureusement?

— Il s'agit de pouvoir la saisir cette amarre.

« Rien ne dit que nous allons tomber juste le nez dessus.

Patoche eut pour Flic un regard de pitié.

Il accompagna même tout haut ce regard de tout ce qu'il voulait dire :

— Mon pauvre Flic, que tu es bête !...

« Tiens... regarde en bas, lui dit-il d'un ton compatissant en lui tendant la longue-vue.

« Eh bien, que font-ils? souriait malignement le Parisien.

Flic prit un visage émerveillé.

— Nom d'un pétard, j'y suis! s'écria-t-il.

« Voilà l'auto qui dérape en tenant l'autre bout de la corde, enroulée autour du treuil automatique.

« L'auto s'envole dans la plaine en courant de folles embardées pour nous offrir la corde à portée de notre main.

« Cette fois, je me rends, monsieur Patoche.

— Si tu te rends, dit l'ordonnance, moi je ne me rends pas encore.

« Tu avais raison, mon vieux.

« On ne le tient pas encore, le bout de filin.

« Tu vois pourtant qu'ils font tout ce qu'ils peuvent, en bas, sur la terre.

« S'agit de nous débrouiller aussi, nous autres, pour augmenter notre chance d'en sortir.

« Bref, il faut renverser le proverbe : Aide-toi... et la terre t'aidera.

— Renversez tout ce qu'il vous plaira, dit Flic, qui le voyait venir de loin, mais n'allez pas nous renverser nous-mêmes.

Flic et Flac le regardèrent descendre.

courir devant nous, en bas, et puis recommencer la manœuvre.

« Mais, ce sera toujours la même comédie.

« Il faut parer à ça.

— Vous avez une idée?

— Peut-être.

« Flac déroule l'échelle de corde.

« Toi, Flic, aide-moi à remonter l'autre extrémité du guide rope qui pend toujours sur le côté, là, au-dessous de nous.

« Ensuite, ajouta le Parisien, quand ces deux manœuvres furent exécutées, nous allons lier le plus solidement possible, une extrémité de l'échelle de corde à l'extrémité inférieure de la corde à nœuds...

« Là... c'est bien comme ça...

« Maintenant, faisons redescendre le tout.

Flic et Flac, avec des yeux effarés, firent descendre dans l'abîme la corde à nœuds, à laquelle était suspendue l'échelle de corde.

— Je devine à demi, dit Flic.

« Vous voulez descendre sur l'échelle.

— Tu l'as dit bouffi, dit tranquillement le Parigot.

« Je vais descendre tout en bas, à soixante mètres au-dessous de la nacelle, si vos calculs de ce matin sont justes.

— Et pourquoi faire, descendre jusque là?

— Pour me balancer.

— Pourquoi vous balancer?

— Parce que vous avez faim, et moi aussi.

— Vous oserez sortir de la nacelle, au-dessus d'un pareil gouffre?

— La faim fait sortir le loup du bois.

— Quel est donc votre but?

— Attendez, obtempéra le Parisien, voici le ballonnet qui s'amène.

« Voyons voir, si nous pourrons l'attraper.

Les trois hommes se penchèrent sur la nacelle.

— Ils ont calculé la hauteur du ballonnet d'une façon épatante, dit Patoche.

« Si nous conservons la bonne direction, il va tomber juste dans nos mains.

Le ballonnet approchait.

Un instant, les naufragés de l'air virent se dresser devant eux presque à portée de leurs mains la corde salutaire.

Mais l'aérostat, entraîné par la brise dériva.

Le ballonnet était passé à dix mètres.

— Mille tonnerres... gronda Flic dépité.

— Vous voyez, dit Patoche à Flic et Flac, ils vont

— Mais, nom d'un chien! c'est bête comme choux!

« Si on reste dans la nacelle, on n'a que la longueur du bras pour saisir cette amarre.

« Tandis qu'en me balançant, je puis saisir la corde à dix mètres.

« Comprenez-vous?

« C'est pourtant pas bien malin.

Flic tendit avec émotion sa main au Montmartrois.

— Le capitaine Lancelin a raison, dit-il, de remuer ciel et terre pour vous sauver!

« Mais permettez, monsieur Patoche, chacun sa part.

« Vous avez eu l'idée, à moi de la réaliser.

« Je veux descendre.

— D'abord tu es trop gros, dit le Parisien.

« Tu serais vite fatigué.

« Tandis que moi, ça me connaît.

« Un simple jeu de balançoire.

— A près de trois mille pieds au-dessus de la terre, il est joli, le jeu!

« Il y a trop de danger. Retirez-vous.

« C'est à moi de descendre.

— Non, mon vieux, ce n'est pas à toi.

« Tu es peut-être père de famille.

« Moi, je n'ai que ma peau.

— Pensez à Rosette, monsieur Patoche.

— On y pense, mon vieux colon, te trouille pas.

« Et maintenant, la paix!

Patoche, armé de la longue-vue, jeta un dernier regard sur la plaine.

« C'est pas le moment de jaspiner, dit-il.

« Ils ont aperçu en bas notre manœuvre.

« Ils ont compris qu'on allait faire quelque chose.

« Ils nous attendent. Faut pas les faire trop languir.

Flic avait des larmes d'attendrissement.

Le Parisien s'était retourné pour enjamber la nacelle.

— Nom d'un pétard! à l'autre maintenant! s'écria-t-il.

Pendant que Flic et Patoche faisaient assaut de générosité, Flac en avait profité pour se glisser silencieusement derrière eux et pour enjamber la nacelle.

Entièrement suspendu dans le vide, il serrait déjà le guide rope entre ses jambes et allait descendre ses mains qui s'agrippaient encore au bord de la nacelle.

— Veux-tu bien vite remonter?... lui cria le Montmartrois, en le prenant par la peau du dos.

— Je suis maigre, moi, se débattait Flac.

Mais Patoche le remontait de force dans le panier.

— Hum!... hum!... grognait l'étique policier, furieusement.

— Vous allez commencer par vous tenir tranquilles, hein! intima le Parisien à Flic et Flac quand ils furent réunis.

« Vous vous efforcerez de saisir la corde d'ici pendant que moi je travaillerai en bas.

Les deux détectives essayèrent une dernière protestation.

— Rompez les rangs! cria Patoche, et lentement il se laissa glisser le long de la guide rope.

Flic et Flac le regardèrent descendre avec un regard angoissé.

Il était arrivé à l'échelle de corde.

Avec un flegme admirable, le Parigot continua à descendre.

Sûr de ne pas être entendu, il mâchonnait entre ses dents :

— Attention, Patoche, on te regarde.

« Faut pas descendre comme une panouille, nom de Dieu, le pied et la main du même côté, mais alterner, la main droite et le pied gauche, la main gauche et le pied droit.

« Faut faire voir à ces sapeurs qu'on connaît ses principes, au capiston qu'on n'a pas peur.

Ses pieds se posèrent sur le dernier échelon.

Patoche était arrivé.

— Où est-il, ce cochon de ballonnet? s'inquiéta-t-il.

« Oh! il est là-bas, encore loin.

« Ils ont du mal, les camaros pour le rapprocher.

Le Parisien leva ses yeux vers le chemin qu'il venait de parcourir.

— Sacrebleu! murmura-t-il, c'est de là que je viens!

« Quelle distance prodigieuse, on dirait!

« Qu'ils me paraissent petits, ce ballon et cette nacelle avec ses sacs de lest suspendus tout autour.

« Je vois les deux têtes de Flic et Flac qui me regardent.

« Oui, mes poteaux, c'est bien moi qu'est là.

« C'est épatant. Il marche, ce ballon. On dirait même qu'il marche un peu plus vite que tout à l'heure.

« Et je marche avec lui, parbleu, je le sens à ce petit vent qui me frappe sur le portrait.

« Et pourtant, il me semble que je ne tiens à rien, que je suis plus léger que l'air, que c'est pour ça que je flotte.

« On est bath là comme sur un dodo et j'aurais

presque envie de lâcher des pieds et des mains pour m'envoler tout doucement à terre.

« Ohé! pas de bêtises! c'est le vertige, ça!

Patoche se raffermit sur l'échelle de corde.

Puis il tourna ses regards vers le fond de l'abîme.

— Qu'est-ce qu'on voit par là? murmura-t-il.

Ce qu'on voyait? Un gouffre étincelant, vertigineux.

Au fond de ce gouffre un monde impassible de forêts, de plaines, de cours d'eau, de minuscules villages.

Pour les sauveteurs, et la foule et tout le tohu-bohu sans cesse accru des équipages des autos, des fiacres, des chevaux piaffant on ne les voyait pas beaucoup plus que des microbes dans une goutte d'eau.

— On ne voit rien, goguenardait le Parigot mais je sais qu'ils sont là, qu'ils me reluquent tous à travers leurs tuyaux, comme si j'étais la comète.

« C'est bon. On va leur en donner pour leur argent.

« La corde du ballonnet s'approche.

« Ils manœuvrent en bas. Ils ont compris.

« En avant donc, la musique.

Le vieux grognard continuait à regarder, écrasé d'admiration.

Le Parisien ploya les jarrets, et lança son pendule.

— Tiens, rigolait-il, c'est comme à la foire des Epinettes.

« Elle est bath, la balançoire.

« Et puis, c'est à l'œil!...

Bientôt emporté à une allure folle, le Parisien décrivait dans le gouffre des demi-cercles vertigineux.

D'en bas, toutes les lunettes étaient braquées.

Quand Patoche avait paru sur l'échelle de corde, un cri de stupeur avait jailli de toutes les poitrines.

Que voulait-il faire, ce malheureux, descendant ainsi dans l'abîme comme un pêcheur de perles au fond de l'Océan?

Mais bientôt on avait compris.

Alors, tout à coup, devant une si fière audace, une tempête d'applaudissements éclata.

Puis, ce fut l'attente. Une angoisse terrible, tous craignant à tout moment de voir le Parisien lâcher son échelle de corde et venir s'écraser à leurs pieds.

A présent, dans ce cercle que Patoche en blaguant avait appelé *le cercle de la mort*, sur ce mélange pittoresque de gens et de véhicules, planait, en effet un silence de mort.

Quant au capitaine Lancelin, il restait là au milieu de la plaine, la lunette vissée à l'œil, la tête levée, bouche bée, émerveillé et furieux.

— Sacré Patoche, rugissait en sourdine le vieux grognard, il n'y en a pas deux comme lui.

« Quelle bravoure!

« Ça ne fait rien, nom d'une giberne... je lui fourrerai huit jours de salle de police pour lui apprendre à me jouer de pareils tours.

Le vieux grognard continuait à regarder, écrasé d'admiration.

Le commandant Goupil et tous les sauveteurs aussi étaient émerveillés, mais ce n'était pas le moment de rester le nez en l'air sans rien faire.

Dès ordres brefs. L'auto dérapa courant au-devant du ballon et par de rapides virages essayant de rapprocher la corde des mains du Parisien.

— Attention, monologuait celui-ci tout en se balançant, v'là le filin qui s'amène.

L'amarre, en effet, se rapprochait, n'était plus qu'à vingt mètres, se rapprochait encore.

Patoche dansait devant elle maintenant. Il tendait la main.

En bas, une grande rumeur.

— Ça y est! Il la tient! criait-on.

Mais, tout à coup, l'amarre se reculait, fuyait à cinquante mètres, et tout était à recommencer.

Les sauveteurs et Patoche étaient infatigables.

Une profonde admiration saisissait la foule qui suivait la manœuvre avec le plus vif intérêt.

Tous étaient persuadés que Patoche finirait bien par saisir le câble et qu'il pourrait descendre, s'offrir de près à leur avide curiosité.

Cette confiance ne dura pas longtemps.

Il fut bientôt évident que le vent fraîchissait là-haut, dans la couche d'air où flottait l'aérostat et celui-ci accélérait son allure d'une façon inquiétante.

On allait arriver à Nogent-sur-Marne, et après Nogent ce serait presque tout de suite la forêt, l'épaisse forêt de Crécy, dans laquelle il faudrait renoncer à tout espoir de sauvetage.

De plus, les heures passaient. Le jour touchait à sa fin.

Il fallait donc se hâter.

L'aérostat venait de passer au-dessus de Nogent.

L'auto des pompiers se lança dans le village, fut obligée de ralentir l'allure, pour ne pas accrocher à quelque toit la corde du ballonnet.

Derrière elle, toute la foule et tous les véhicules se précipitaient dans un désordre indescriptible.

Arrivée en plaine, la voiture des pompiers courait à fond de train.

Une sombre angoisse étreignait tous les esprits.

Patoche rugissait sur son échelle.

La manœuvre recommença plus ardente, plus âpre.

L'allure sans cesse accrue du ballon en perdition, n'était pas faite pour la favoriser.

On arrivait à la lisière des bois.

Il fallait jouer le tout pour le tout.

Des champs, des talus se présentaient, gênant les évolutions de l'auto, obligeant à de perpétuels détours.

Le commandant Goupil donna des ordres.

Le cas ayant été prévu par lui, quatre cordes furent nouées en cinq secs à l'extrémité inférieure de la corde du ballonnet et accrochées à la ceinture de quatre sapeurs.

La corde de sauvetage fut alors détachée du treuil automatique.

Désormais, elle flottait au-dessus des quatre hommes et devait suivre leurs évolutions.

Ceux-ci se lancèrent dans la plaine, ayant devant eux leur officier qu'ils devaient suivre, sautant avec lui les fossés, grimpant les talus dans une course folle.

Le commandant Goupil suivait dans l'auto, armé de sa jumelle, interrogeant le ciel et criant la direction à suivre.

Tout à coup, la foule poussa un immense cri.

Le ballonnet était dans les mains de Patoche.

Du moins, si près de lui, qu'il n'avait plus qu'à le saisir.

— Coquin de sort, cette fois je le tiens, s'écria le Parigot.

Vivement, il avait passé son bras gauche autour du montant de l'échelle.

Il tendit sa main droite.

Patoche, sur son balancier, était dans le mouvement de retour en arrière. Sa main en passant effleura la corde du ballonnet.

Maintenant, il la voyait devant lui. Il allait revenir sur elle.

— Bath ça! jubilait Patoche, je vais l'attraper en plein sur la poitrine.

Le balancier avec une vitesse foudroyante le porta sur le cordage.

Patoche tendait la main.

Au même instant une détonation formidable éclata au-dessus de sa tête.

Comme un simple ballon du Louvre, le ballonnet venait de faire explosion.

Patoche eut un cri terrible.

De tout son poids, l'amarre était retombée dans l'abîme.

CHAPITRE CCXIII

Il y a la goutte à boire là-haut.

— Vous croyez que ce n'est pas révoltant! s'exaspérait Patoche en s'adressant à Flic et Flac.

— Entrez! entrez! monsieur Patoche, vous devez être rudement fatigué, répondait Flic qui, de concert avec son collègue aidait le Parisien à se hisser dans la nacelle.

— Dire que je le tenais ce cochon de filin! grondait le Parigot.

« Je n'avais plus qu'à fermer la main.

« Il était si près de moi, que j'ai vu le moment où le ballonnet allait me frapper sur la tête, comme une simple vessie de porc...

« Et me péter comme ça sur le nez!...

« Mille tonnerres! Si je m'étais écouté, j'aurais tout plaqué là; je me serais foutu moi-même la tête la première dans le vide...

« J'en avais bien envie. Seulement j'ai réfléchi.

— A quoi, monsieur Patoche?

— J'ai réfléchi que ça vous ferait remonter.

— En effet, le ballon délesté de votre poids, ç'aurait été un joli bond dans les nuages.

— Que font-ils en bas?

— Que voulez-vous qu'ils fassent?

« L'essai du ballonnet a échoué.

« Ils ne peuvent plus rien pour nous.

« Ils auraient d'autres moyens de secours, qu'ils n'auraient pas le temps de les employer.

« Nous filons à toute allure au-dessus d'une épaisse forêt.

« De plus la nuit vient.

« Dans tout le fouillis de petits chemins qui se croisent en bas, je ne vois pas une âme.

« On nous aura perdus de vue.

— C'est ça, ils nous lâchent! ils se désintéressent..

« Nous sommes condamnés, quoi...

« Ça ne vaut plus la peine de s'occuper de nous.

« Alors, autant en finir tout de suite.

« Oui, autant se jeter par-dessus bord...

— Vous ne ferez pas ça, monsieur Patoche.

— Si, je le ferai. J'en ai assez de crever la faim et la soif dans ce satané ballon.

Sa main, en passant, effleura la corde du ballonnet.

« Vous ne voyez pas qu'il nous tient et qu'il joue avec nous comme le chat avec la souris.

« On croit toujours lui échapper et au moment où l'on est près d'y réussir, il nous emporte!

— Monsieur Patoche, ne vous emballez pas, fit Flic.

— Je m'emballerai tant que je voudrai, cria Patoche très surexcité.

Flac se rapprocha de Flic et le poussa du coude.

— Hum! hum! fit Flac en appuyant sur son collègue un regard significatif.

— Tu as raison, dit tout bas Flic à Flac.

« Le mieux que j'ai à faire, c'est de ne plus lui répondre.

« Le Parigot est très monté. Plus on s'efforce de le calmer, plus il s'emballe.

« Il n'y a qu'à ne plus faire attention à lui.

« Il se déballera tout seul.

Les deux détectives se penchèrent sur la nacelle, tournant le dos au Parisien.

Ils engagèrent une conversation à voix basse:

Au bout d'un certain temps:

— Tiens« murmura Flic, on n'entend plus le Parigot.

« Il est bien calme maintenant...

Flic et Flac se retournèrent.

Alors, subitement, leur visage se contracta.

Ils étouffèrent un cri d'effroi.

Patoche n'était plus dans la nacelle!

Flic promenait autour de lui des regards hébétés.

Flac regardait Flic avec effarement.

— Je ne rêve pas, il n'est plus là... murmurait Flic anéanti.

« Le malheureux se sera jeté par-dessus bord...

« Il avait dit qu'il le ferait.

« Je ne l'en croyais pas capable, mais dans l'état d'exaltation où il se trouvait, j'aurais dû me méfier.

« Si jamais nous retournons vivants à Paris, quel le figure ferons-nous, nous autres qui l'avons laissé périr?

« Que dira le capitaine Lancelin... Et son amie Rosette?

« Nous serons bien reçus!

« Nous l'aurons mérité. C'était à nous de veiller sur lui.

« Pauvre garçon!... si gai... si exubérant.

« Moi qui me faisais une si douce joie à l'idée de nous retrouver un jour, sur le plancher des vaches, tous les trois sains et saufs, ça me décourage à tel point que j'ai presque envie de faire comme lui: de me jeter par-dessus bord.

Flac avait écouté son compagnon avec un muet recueillement.

Gravement, il se mit à cheval sur le bord du panier.

— Sautons! dit Flac.

— Arrête! s'écria Flic avec terreur.

En même temps, d'un geste violent, il retenait le détective.

« J'ai dit ça... Dans le premier moment, on dit bien des choses...

« Mais diable... une pareille bêtise!

« Il faut voir un peu plus loin que le bout de son nez.

— Ne sautons pas, dit Flac, en revenant placidement dans la nacelle.

Flic, armé de la longue-vue, fouilla la forêt, au-dessous de lui.

— Il doit s'être écrasé là, sur cette clairière dénudée, murmurait-il.

« Mais où? A quel endroit?

« Où peut-il être?

— Ici, fit Flac d'un ton paisible.

Flic se retourna avec stupeur.

— Ici?

Flac leva gravement son doigt vers le ballon.

Flic suivit du regard la direction de ce doigt.

Il ne vit rien. Mais tout à coup, son visage s'éclaira d'un large sourire.

Le détective venait d'entendre un bruit, des ahans répétés, quelques interjections du meilleur cru de Pantruche.

— C'est lui! Il est sur le ballon, respira Flic, extasié, baissant la voix.

« Il enrage d'avoir essuyé une défaite avec le ballonnet et veut atterrir à toute force.

« Il aura grimpé — au risque de se casser le cou — en s'accrochant des pieds et des mains aux mailles du filet.

« Plus de doute. Entends-tu? Il essaye de dégripper la soupape...

« Flac, le dernier mot n'est pas dit, exultait en sourdine le policier. Il peut très bien réussir.

« Peut-être ce soir mangerons-nous.

« Chut! pas de bruit! ne le troublons pas.

« Il ne doit tenir là-haut que par miracle.

« Un simple tressaillement provoqué par un cri, un appel pourrait le précipiter dans le vide.

« Tiens, penchons-nous sur la nacelle, comme tantôt.

« Ne faisons semblant de rien...

« Réussira-t-il? J'ai bon espoir... oui Flac, j'ai bon espoir.

« Ah! maintenant que j'espère pouvoir bientôt boire et manger, voilà que ma soif me revient plus torturante.

— Moi aussi, fit Flac.

— Pourvu qu'il réussisse! s'angoissait Flic.

Mais soudain, son visage s'épanouissait:

« Il réussira... il le faut! il réussira... répétait Flic fiévreusement.

« Le brave garçon! ça fait deux fois aujourd'hui qu'il risque sa vie pour nous.

« On peut bien le dire que c'est un brave garçon... et sympathique! Toutes les qualités: gai, débrouillard, dévoué, bon enfant...

— Vantard, fit Flac.

— Oui, mais faisant tout pour justifier ses vantardises, et mériter l'excellente opinion qu'il a de lui.

« Tu ne l'aimes donc pas?

— Si, quand même.

— A la bonne heure!

« Chut! qu'est ceci? A qui en a-t-il?

Tout à coup, en effet, au-dessus d'eux, la voix de l'invisible Patoche éclatait, s'exaspérait:

— Ah! les cochons! les chameaux! vociférait la voix du Parisien.

« S'ils se figurent que je vais me laisser faire!

« Tiens! à l'une! et à celle-là! à cette autre!... gredins!

— Qu'est-ce que c'est? s'ahurissait Flic tourné vers le ballon.

« On dirait qu'il se bat là-haut contre tout un régiment.

Patoche parut sur la rotondité du ballon, descendant le long des mailles du filet.

Rapidement, il fut dans la nacelle et se tourna vers les deux policiers.

Ses yeux brillaient d'une joie farouche.

— Allez, je n'ai pas monté pour rien, criait-il aux deux amis.

« J'ai fait de la belle ouvrage.

Flic et Flac retenaient leur souffle.

Ils pensaient:

— Ça y est. Nous voilà sauvés. Il a dégrippé la soupape.

— Non, vous ne devineriez jamais ce que j'ai fait? continuait Patoche avec exaltation.

— Si, monsieur Patoche, palpitait Flic, nous croyons deviner.

« Mais c'est tellement beau qu'il faut que ce soit vous qui nous le disiez pour y croire.

— Ça mériterait bien une tournée, ça, hein? riait nerveusement le Montmartrois.

— Deux tournées, monsieur Patoche, s'écria Flic.

« Je ne demande pas mieux que de les payer.

— Comment, dit Patoche ouvrant des yeux étonnés, tu as donc quelque chose à boire ici?

— Ici? non. Vous le savez bien.

« Mais, en bas, dès que nous serons arrivés.

— Ah! ah!... en bas! en bas!... riait Patoche, avec ses yeux brillants de fièvre.

— Mais qu'avez-vous fait, monsieur Patoche?

— Ce que j'ai fait? Savez-vous comment ils l'avaient baptisée cette charogne de ballon? Germania.

« Ah! je leur en ai flanqué, moi du Germania.

« J'ai tout arraché: des lettres en laiton estampées sur les mailles du filet.

« J'ai tout tordu avec mes dents... Je les aurais bouffées ces saletés de lettres! et j'ai tout fichu en l'air...

« Au moins, maintenant, nous ne sommes plus des deuschs, nom d'un pétard, nous sommes sur la terre française...

— Mais la soupape, monsieur Patoche?

— La soupape? hurla Patoche, les yeux exorbités.

« Il n'y a rien à faire à la soupape.

« Elle est toujours grippée.

— Hum! hum! vociférait Flac.

— Oh! si c'est pas malheureux tout de même! s'exclama Flic.

« Nous qui crevons la soif ici!

« Nous qui croyions descendre...

— Et moi aussi, je crève la soif, mon vieux. Que veux-tu que j'y fasse? s'exaspérait Patoche.

— Là-bas! là-bas! cria Flac qui, pour faire diversion à sa fureur, s'était emparé de la lunette et regardait vers la forêt.

— Eh bien! qu'est-ce qu'il y a là-bas? fit Flic arrachant la lunette des mains de Flac et regardant à son tour.

« Monsieur Patoche, cria Flic, c'est un fort, le fort d'Armainvilliers, sans doute.

« Nous allons arriver au-dessus de lui.

« Il y a derrière les batteries, sur un terrain battu, une joyeuse bande de soldats en bourgerons de toile et en bonnets de police.

« Ils sont assis devant une table et ils mangent, monsieur Patoche.

» Ils ont devant eux de grands plats de fer, pleins de rata, de viandes rôties et de pommes cuites.

« Le caporal d'ordinaire leur apporte un grand seau de toile plein de vin.

— Ah! les salauds, rugit Patoche, ils vont boire.

— Ils ont aperçu le ballon.

« Tous se sont levés sur leurs bancs, sur la table, et ils agitent avec enthousiasme vers nous, toute leur batterie de cuisine.

— Les camaros! s'attendrit soudain Patoche.

— Il y a aussi avec eux un officier, le commandant du fort, monsieur Patoche.

« Il est armé d'une jumelle. Il nous regarde.

— Hein? le commandant du fort et tous les camaros... Nom d'un tonnerre, rugit le Parisien, attention à défiler correctement à la parade!

Et se raidissant, penché légèrement sur la nacelle, avec un sourire goguenard aux lèvres, tandis qu'ils passaient au-dessus du fort, Patoche, à plein gosier, entonna le couplet militaire:

— Il y a la goutte à boir' là-haut...

« Il y a la goutte à boire...

Patoche parut, descendant le long des mailles du filet.

CHAPITRE CCXIV

Terre !

— Quinte majeure à trèfle et quatorze de rois! annonça triomphalement Patoche en regardant son jeu.

« Quinze et quatorze : quatre-vingt-quatorze.

Patoche abattit successivement ses cartes, lançant au fur et à mesure, dans un crescendo d'exultation :

« Quatre-vingt-quinze! Quatre-vingt-seize!

Flic rageusement chantonnait :

— Il était un petit navire...

— Quatre-vingt-dix-sept! rugissait Patoche. Quatre-vingt-dix-huit!

.. Qui n'avait ja-ja-jamais navigué...

— Quatre-vingt-dix-neuf! Cent!...

.. Qui n'avait ja-ja-jamais navigué...

— Cent-un!

— Ohé! ohé!

— Plus le point. Cent-un et dix: cent onze.

« Et quatre-vingt-dix de la première partie : deux cent un.

« Fini... en deux coups de carte.

« Ah! mon vieux Flic, te voilà floué.

— Flac n'a pas encore gagné, fit Flic.

— Je m'en moque, rigola le parisien, c'est toujours pas moi qui sera bouffé.

« A vous de finir le piquet à deux.

— C'est moi qui ai la main, dit Flic en ramassant les cartes.

Ils étaient assis, en tailleur, dans le fond de la nacelle, et, en guise de table, ils avaient déroulé la bâche sur leurs genoux.

Des rafales de vent terribles emportaient le ballon.

Au-dessus d'eux, jetant sa clarté, le falot suspendu de l'aéronaute se balançait éperdument.

C'est qu'en effet, des rafales de vent terribles emportaient le ballon dans l'étendue comme un navire désemparé dans la tempête.

L'aérostat, parfois, était poussé avec une telle furie qu'il se rabattait violemment devant la nacelle à demi chavirée.

Une catastrophe paraissait imminente.

Il semblait impossible que le ballon pris entre plusieurs vents, qui se contrariaient, comme le grain de blé entre deux meules, ne fit pas explosion un moment ou l'autre, ou que les cordes qui arrimaient la nacelle à l'aérostat, ne fussent pas brisées d'un coup sec et la nacelle lancée dans le vide.

Les trois compagnons s'y attendaient.

Mais que leur eût servi de se lamenter?

N'ayant plus rien à tenter pour leur salut, avec des yeux allumés par la fièvre et des gestes d'hallucinés, ils riaient et bouffonnaient, narguant la faim et la soif et tous les terrifiants dangers qui les menaçaient.

A l'heure suprême, ils avaient ce sursaut de gaieté désespérée qui est l'ultime protestation des âmes bien trempées devant un destin inexorable.

Pour passer le temps, ils jouaient à qui serait mangé.

Le Parisien regardait Flic et Flac d'un air gouailleur.

— Savoir qui de vous deux va perdre? disait-il.

« Mon vieux Flic tâche que ce soit toi.

« Flac est vraiment trop maigre.

« On n'aurait que des os.

« Je ne parle pas de la peau. Elle doit être aussi coriace qu'une peau de lapin.

— On la mettra sécher au soleil, fit Flic en mêlant les cartes, et puis on ira la vendre pour six sous chez le brocanteur du coin.

— Tu as donc peur qu'il s'envole?

Mais Flic tout d'un coup se fâcha:

— Nom d'un pétard! s'écria-t-il, du moment que Flac n'est pas mangeable, si je gagne alors, moi, je ne gagne rien.

— Mais si, t'auras la peau, goguenardait Patoche.

— Tandis que si je perds, achevait Flic, moi on me bouffera.

« Ce n'est pas de jeu, ça.

« Vous auriez dû vous mettre, vous et Flac, dans le même lot, et moi dans l'autre.

« A moi seul, j'ai bien autant de viande que vous deux.

— Pas de ça, Lisette, chacun pour sa pomme.

« Maintenant que j'ai gagné, tu voudrais qu'on recommence...

Flic et Flac jouèrent, échangeant à chaque coup

de carte, des regards de cannibales.

Patoche, un moment, jubilait:

— C'est Flic qui va perdre.

« Mon gros Flic, comment veux-tu qu'on te mange?

« A la moutarde ou à la croque-au-sel?

— Un moment, un moment, dit Flic. Et ce fut Flac qui perdit.

— Oh! oh! gémit le Montmartrois.

— Qu'est-ce que t'as? rigolait Flic.

— J'ai mal aux dents.

— Alors c'est pas le moment de manger Flac.

« Et puis il y a trop de courants d'air par ici, on devrait fermer les portes.

« Quel vent de chien sacrelotte!

« Si jamais on redescend vivants, nous autres!

« Ce n'est plus un ballon, c'est une épave.

— Eh! oui, parbleu, le radeau de la *Méduse*.

— Qui sait où elle nous entraîne cette sale bourrasque?

— Tu ne reconnais pas le pays?

— Comment voulez-vous que je le reconnaisse, à cette distance, la nuit?

— Il fait un clair de lune épatant.

— Ça, c'est vrai. Mais qu'est-ce qu'on voit, au juste?

Les trois hommes s'étaient penchés sur la nacelle, et regardaient par-dessus bord.

Sur la terre, un éclair de lune merveilleux glissait sur des collines arrondies et gracieuses, se reflétait dans le ruban d'argent des rivières, brillait sur des toits ardoisés.

La bourrasque charriait des senteurs forestières.

— Bath pays! dit Patoche. Mais quel vent!

« On ne peut pas respirer, tellement il frappe fort. Ça vous suffoque.

Flac tourné du côté du vent, ouvrait la bouche, aspirant l'air à grosses gorgées.

— Qu'est-ce que tu fabriques? s'exclama Flic en le regardant.

— Je bois! répondit Flac.

— Tiens! s'étonnèrent Flic et le Parisien.

A leur tour ils essayèrent.

Un instant on vit les trois naufragés humer l'air délicieusement.

Mais bientôt:

— Si on boit trop, s'écria Patoche, ça va nous taper sur la comète.

« Je me sens déjà quasiment dans les vignes du Seigneur.

« Mince de bombe! J'en ai assez. Je vais me pagnoter.

— Et si le ballon vient à crever pendant que nous dormirons, ou que nous soyons chavirés? fit Flic.

— Je m'en fous, répondit Patoche.

— Oui, on se fout de tout, s'exalta Flic.

« On va finir comme le boche, c'est sûr.

« Mais puisque ça doit arriver, le plus tôt sera le meilleur.

— Je te crois, approuva le Parisien.

« Pour commencer, moi, je me carre.

Il s'étendit au fond de la nacelle. Flic l'imita.

Seul Flac restait debout, au risque d'être lancé dans le vide.

Il cherchait à remonter l'échelle de corde qui pendait toujours dans l'abîme, au bout du guiderope.

— Eh bien! Flac, qu'est-ce que tu attends pour venir! lui cria Flic.

— Je veux tirer l'échelle, grogna le policier.

— T'es pas fou? s'exclama Patoche en riant.

« T'as peur qu'on vienne nous voler?

— C'est pour m'asseoir dessus comme la nuit passée, répondit Flac.

— Laisse donc ça tranquille et viens te coucher comme nous, sacré animal, lui cria Patoche.

« Est-ce que t'as envie de faire la culbute?

« Amène-toi l'aristo, qu'on serre la bâche sur nous. Ça nous garantira toujours du froid.

Ils fixèrent la bâche au fond de la nacelle, ne passant plus que leurs bras et leur tête... Flic et Flac, du moins, Flac dépassant de toute la poitrine.

— Maintenant, les frères, dit le Parisien, on sait où l'on s'endort, mais on ne sait pas où l'on se réveillera.

« Possible que ce soit dans l'autre monde.

« Au cas, où on ne se reverrait plus, je vous souhaite un bon voyage.

Les trois hommes échangèrent une poignée de mains, puis le sommeil les prit.

Sommeil tourmenté, plein de rêves étranges.

La lune, répandant une lueur sinistre, comme un autre ballon chassé par la tempête, glissait au-dessus d'eux, emportée dans une course folle à travers les nuées.

Elle se coucha lentement sous l'horizon, noyant l'univers de ténèbres.

Le ballon en perdition, dans la tourmente qui redoublait, sembla comme un astre mort rouler dans les constellations...

Subitement, Patoche ouvrit les yeux.

Au-dessus de lui, les cordages faisaient au vent une rumeur assourdissante, les mêmes vibrations étranges qui évoquent au marin terrifié, lorsqu'elles grondent dans le grément de son navire, l'annonce de la tempête.

— Qu'est-ce que ça veut dire ce bruit-là? s'exclama Patoche en se dégageant rapidement de sa gangue, c'est-à-dire de la bâche qui l'enserrait.

« On dirait que le ballon résiste au vent.

« Qu'il est arrêté.

« Terre! Terre! hurla-t-il, après avoir regardé par-dessus la nacelle.

Et avec une gaîté folle, en secouant Flic et Flac:

— Debout les anciens! A vos numéros!

« Un! vociféra Patoche.

— Deux! cria Flic abasourdi en se mettant sur son séant.

— Trois! grogna Flac qui se frottait les yeux.

Comme Flic et Flac ahuris, ne bougeaient pas plus l'un que l'autre:

— Mille tonnerres, vous allez vous grouiller! criait le Parigot.

« On peut descendre, que je vous dis.

« On est de la classe. On va bouffer.

— Bouffer! hurla Flac en voulant se lever.

Mais avec son long corps, il était aussi empêtré dans la bâche qu'un diable dans un bénitier.

Flic demeurait incrédule, croyant à une énorme blague.

— Vous êtes bien sûr, monsieur Patoche, qu'on va bouffer? se moquait Flic.

— Mais nom d'une giberne, regardez.

« Dans le petit jour qui vient, on voit toute une ville en bas.

« On voit les rues et les maisons, tout ça tellement près de nous, qu'on pourrait sauter dessus à pieds joints sans se casser les pattes.

« Grouillons-nous, saperlipopette, avant que le ballon ne refoule le camp.

« Il doit être mal accroché, vous comprenez.

« C'est l'échelle de corde qui s'est enfilée dans je ne sais quoi.

« Nous sommes au-dessus d'une caserne.

« Nous allons bouffer que je vous dis !

— Bouffer ! s'écria Flac qui, enfin, avait réussi à se dégager.

Et tout d'un coup, sans réflexion, sans même prendre le temps de regarder en bas, Flac avait enjambé la nacelle, et se laissait déjà glisser le long du guiderope.

Flic debout, avait jeté un regard sur le panorama qui se révélait au-dessous d'eux, une ville immense et lugubre, déserte encore vu l'heure matinale, et le policier n'en revenait pas.

Tandis que Patoche pressé le poussait vers la sortie :

— C'est extraordinaire, murmurait Flic, je connais comme ma poche toutes les principales villes de France, et celle-ci, pourtant qui m'a l'air très conséquente, je ne la remets pas du tout.

— Tonnerre ! s'impatientait Patoche en riant, est-ce que tu veux descendre ou non...

« Flac est déjà arrivé.

Flic ne pensa plus à s'étonner. Le gros homme, tout à la joie d'un salut si inespéré, enjamba fébrilement la nacelle et empoigna solidement la corde à nœuds. Le Panigot le suivit de près.

Tout en descendant, il levait la tête vers le ballon et avec un éclat de rire gouailleur, il lui criait :

— A la revoyure ! mon vieux colon !

« C'est pas qu'on s'embête avec toi... mais on aime autant te voir de loin que de près.

Patoche en atterrissant reconnut qu'ils étaient sur le toit d'un grenier à fourrages.

Au dessus de la porte du grenier, une potence

Les trois rescapés étouffèrent un cri terrible.

de fer sortait du mur, portant à son extrémité, une poulie.

C'est dans cette potence que s'était engagée l'échelle de corde, presque au dernier échelon.

Au moment où Flic et Patoche débarquaient sur le toit, Flac était sur un petit palier à quatre ou cinq pieds de la potence.

Il nouait avec son mouchoir un montant de l'échelle de corde avec le support de la poulie.

Ce que voyant, Flic éclata de rire.

— Tu as donc peur qu'il s'envole ? lui cria-t-il en sautant du toit sur le palier.

— Flac a raison, dit Patoche en sautant à son tour.

« Il est de bonne prise le matin, ajouta-t-il en levant ses yeux vers l'aérostat qui se balançait dans le vent plus calme.

« Et puis tu parles, ce qu'on va épater les camarades !

« Ils sont encore tous au pieu, les feignants !

« Si qu'on irait les faire camper ?

Les trois rescapés descendaient en riant le petit escalier de bois, sans rampe, qui s'accotait raidement au mur.

Ils arrivèrent dans une cour pavée grossièrement, avec d'interminables perspectives de bâtiments, d'espaces vides et de chemins de ronde.

Les passagers du *Germania* se trouvaient dans une sorte de long boyau, formé à gauche par la façade d'un casernement, à droite par le mur de la caserne, donnant sur la rue.

Dans ce mur, à deux cents mètres, un peu plus, un peu moins, si peu de jour qu'il fît encore, les yeux distinguaient l'entrée de la caserne avec le petit pavillon du poste de garde.

Enfin derrière eux, les nouveaux débarqués avaient les écuries où, dans leurs boxes les chevaux, par instant, piaffaient et renâclaient.

De tous côtés d'ailleurs, c'était la solitude complète.

— Enfin, ça y est! nous revoilà sur le plancher des vaches! exultèrent les trois hommes aussitôt qu'ils eurent senti le pavé de la cour sous leurs pieds.

— Eh! Flic, goguenarda Patoche, t'as rien oublié dans le ballon?

« Tu sais, tu pourrais remonter le chercher.

— La peau! répondit Flic.

« Je n'y remonterais pas pour tout l'or de Crésus.

Le Parigot jeta un éclat de rire, mais tout à coup:

— Eh! qu'est-ce qu'il me prend? s'écria-t-il.

Le Montmartrois, lancé violemment à gauche et à droite tournait comme une toupie.

Il s'esclaffa en voyant Flic et Flac qui faisaient comme lui.

— Nom d'une pipe! s'exclama-t-il, c'est notre corps qui n'est plus habitué à l'immobilité de la terre ferme.

« Il continue à suivre les mouvements de la nacelle.

— J'ai le vertige, grognait Flac en chancelant.

Flic courait de terribles embardées.

Les trois hommes se rapprochèrent les uns des autres.

Ils s'étreignirent et pendant un instant formèrent un groupe rieur et titubant.

Mais Flac tout à coup s'élança.

Il venait d'apercevoir dans un coin sous un robinet à clef, un large cuvier plein d'eau, probablement le réservoir où venaient s'abreuver les chevaux.

Flac arriva devant le réservoir et voulut se pencher pour boire.

Mais encore mal affermi sur ses jambes, Flac, la tête en avant, tomba dans l'eau jusqu'aux épaules.

Flic et Patoche s'empressèrent de faire comme lui.

Ils burent à longs traits, barbotèrent follement comme des canards.

— Ah! ça fait rudement du bien... s'exclamaient-ils.

Quand ils eurent fini, ils étaient tous trempés comme une soupe.

Les trois hommes se regardèrent en riant.

— On est frais, rigolait le Parisien, pour se présenter devant les autorités.

— C'est pas tout ça, il faut aller bouffer, dit Flic.

— Allons bouffer! s'écrièrent avec enthousiasme Flac et Patoche.

Mais tout à coup, ils s'arrêtèrent:

— Qui est-ce qui conduit? Où est-ce qu'on va? On n'y voit que dale.

— Attention! fit Flic. Quelqu'un vient. J'entends des pas.

« On est sauvé. On va briffer.

Tout en causant, ils s'étaient rapprochés de la porte d'entrée.

C'est de là que venait le bruit des pas. Un pas caractéristique, qui martelait le pavé rudement, avec un bruit d'éperons.

— C'est un drôle de pas, monologuait Patoche.

Lui et ses compagnons s'étaient arrêtés sous un arbre.

L'homme parut à cinquante pas.

Il sortait du poste de garde.

Ce devait être l'officier de semaine. Il avait la jugulaire au menton.

Sans doute, il venait de faire sa ronde et maintenant tournant brusquement le dos aux trois affamés, il s'en allait vers un coquet pavillon qu'on apercevait là-bas dans une autre cour.

Ce pavillon devait être la salle où l'officier de semaine passe la nuit, dans l'intervalle de ses rondes, lisant ou... sommolant.

C'était à lui que les trois hommes devaient s'adresser.

L'ordonnance était naturellement au courant de tous ces détails.

Mais bien loin de courir au-devant de l'officier, à sa vue les trois rescapés étouffèrent un cri terrible.

Puis, tout à coup, ils tournèrent casaque.

Patoche poussait Flic et Flac devant lui sur le petit escalier de bois qu'ils avaient descendu si gaiement tout à l'heure.

— Vingt ans de forteresse pour le moins, s'ils nous attrapent... grommelait le Parisien.

Flic et Flac grimpaient à l'échelle de corde, dans une telle frayeur, qu'en voulant se hâter, ils manquaient les échelons.

Flac qui était le premier tomba deux ou trois fois sur la tête de Flic.

Patoche, à son tour, mit le pied sur le premier échelon.

— Milliard de Dieu! grondait-il, heureusement qu'il ne nous a pas vus le casque à pointe!

« Notre affaire était réglée, on nous arrêtait comme espions.

« Encore mieux... comme assassins du boche.

« Sale guignon, va! s'irrita Patoche, il ne nous manquait plus que ça: venir tomber en Allemagne!

Avec la vélocité d'un singe, le Parisien s'élança sur les échelons.

Mais, tout à coup, il s'arrêta.

CHAPITRE CCV

O ı Patoche va faire un tour à la cuisine.

Flic et Flac avaient réintégré la nacelle.

Ils se penchèrent vers l'échelle de corde où le Parisien s'était arrêté.

— Eh bien! monsieur Patoche, y pensez-vous? s'impatienta Flic.

« Est-ce que vous allez remonter?

« Nom d'un tonnerre! nous avons oublié de nous détacher d'en bas.

« On va être obligé de tout lâcher dans le vide, l'échelle de corde et le guiderope, si nous voulons nous sauver sans perdre un instant.

« Remontez vite, sapristi.

— Flûte! répondit le Parigot, je ne remonte plus.

« Pour encore aller crever la faim dans cette misère de ballon, y a pas de presse.

« Crever pour crever, j'aime autant crever le ventre plein.

— Où voulez-vous aller?

« Remontez toujours, nom d'un pétard.

« Vous mangerez après.

— Quoi manger? goguenardait le Parisien, toujours immobile sur l'échelle.

« Qu'est-ce que tu as à m'offrir comme menu?

— Du Flac...

— Des nèfles! s'écria Patoche en redescendant l'échelle.

« Je marche pas. J'ai les pieds nickelés.

« Je vas aller manger au restaurant d'en face.

« On est bien mieux servi.

— Oui, lui jeta Flic rageusement, t'auras des pruneaux pour ton dessert.

« Vous avez une drôle d'idée de redescendre.

« Les Pruscos vont nous apercevoir et tirer sur nous.

— Pas de pet qu'ils nous voient pour l'instant.

« Le ciel s'est couvert et il y a de la brume.

« On y voit encore moins que lorsque nous sommes arrivés.

« Par conséquent, plus de rouspétance.

« Et pas de blague, hein! n'allez pas déraper sans moi.

« Y aura peut-être du bon.

« Je m'en vas faire un tour dans la cuistance.

Le Parisien, légèrement, descendit sur le toit, du toit sur l'escalier, de l'escalier dans la cour.

Il s'avança rapidement sur le chemin qu'ils avaient déjà parcouru et s'arrêta sous l'arbre d'où ils avaient vu passer le casque à pointe.

De là, on découvrait une cour immense, de forme rectangulaire, autour de laquelle se dressait un nombre infini de bâtiments de toutes dimensions, avec le mépris le plus militaire de l'élégance et de l'harmonie.

La jeune fille les repoussait avec la plus farouche énergie.

— Où est-ce que je pourrais bien la dégoter, cette cuistance? murmurait Patoche, en interrogeant du regard chacun de ces bâtiments.

« Ça va être rudement difficile à trouver, d'autant plus que je ne sais pas un traître mot d'allemand.

« Toutes ces inscriptions que je vois là, au-dessus des portes, ou de l'hébreu, pour moi c'est tout un.

Il allait pourtant s'avancer à l'aventure, en se glissant le long des murs.

Mais tout à coup, il tressaillit et se rejeta vivement derrière son arbre.

A quelques mètres seulement devant lui, les soldais du poste d'entrée sortaient tous en bande autour d'une jeune fille — un fournisseur de l'armée — qui s'avançait en tenant un large plateau d'osier appuyé sur sa hanche.

Sur ce plateau d'affriolants chapelets de saucisses s'enroulaient.

Les yeux de Patoche, à cette vue, s'exorbitèrent.

Il sentait une bête sauvage qui grondait rudement fille, là, au milieu de tous les casques à pointe, et en lui.

L'envie sourde lui venait de se jeter sur la jeune de la dévaliser.

— Non, c'est fou, se raisonnait-il en se contenant à peine.

« J'aurais pas seulement le temps d'en bouffer une de saucisse, que je serais saisi, renversé, par toute cette vermine de boches et ficelé moi-même comme un saucisson.

« Et puis, il faut penser à ces pauvres diables de Flic et de Flac qui doivent avoir bien faim aussi.

« Ça ne fait rien. Je vais attendre que les Prussos se soient de nouveau remisés dans le poste.

« Et puis, je m'en vas la suivre, la particulière.

« Je lui ferai le vol à l'esbrouffe.

Pendant que le Parisien se morfondait, la soldatesque du poste ne perdait pas son temps.

Tous autour de la jeune fille s'empressaient, avec de grossières plaisanteries, des rires gouailleurs, quelques-uns essayant de lui porter la main aux seins ou de la saisir à la taille, les plus hardis de lui prendre un baiser.

La jeune fille, une forte et gracieuse brune aux grands yeux noirs, à l'allure nerveuse et décidée, les repoussait avec la plus farouche énergie, les menaçant de porter plainte.

Comme ils ne finissaient pas, brusquement elle s'élança, faisant mine d'aller vers le petit pavillon où se tenait l'officier de semaine.

— La môme n'a pas froid aux châsses, admirait Patoche qui assistait d'assez près à cette scène.

« Mais, nom d'un pétard, ça ne fait pas ma balle, ça.

« Si je lui vole ses saucisses, comme j'y suis bien décidé, elle va faire un boucan de tous les diables.

« Il faudra peut-être engager une véritable lutte. Patoche, avec une grimace, continua:

— Pour sûr alors que...

Mais il n'acheva pas sa phrase.

Tout à coup, il venait d'avoir un soubresaut.

La jeune fille, après avoir fait quelques pas, se retournait vers le poste de garde.

Patoche, pour la première fois, l'apercevait de face.

Alors seulement, il remarqua cette particularité extraordinaire: la jeune fille dans ses cheveux portait l'énorme papillon de ruban noir des Alsaciennes-Lorraines.

— Milliard de Dieu! râla le Parisien, nous sommes tombés en Alsace-Lorraine.

« C'est de la bonne terre française que j'ai sous mes pieds...

« Si ces fripouilles de Boches ne l'avaient pas annexée, on était sauvé; nous aurions pu galafrer.

« Je n'avais qu'à me présenter à la môme et à lui acheter sa marchandise.

« Elle n'aurait pas refusé, turellement.

« Un marchand ne demande qu'à vendre.

« Mais ces crapules de choucroutmen sont là et moi je suis Français.

« Alors, je dois crever la faim. *Ils ont annexé les saucisses.*

« Ah! mais, nom de Dieu, ils ne les tiennent pas encore.

Le Parisien, en grondant sourdement, s'élança derrière la jeune marchande.

Celle-ci, après s'être assurée que son manège avait porté, satisfaite d'avoir donné un salutaire effroi à ses trop entreprenants admirateurs, avait changé de direction.

Elle obliquait un peu sur sa gauche, et s'en allait vers un bâtiment assez éloigné, au fond de la cour.

Le Parisien se hâta, rasant les murs, passant à la plus grande distance possible du poste.

Heureusement, la brume, toute légère qu'elle fût, le favorisait.

De tous côtés, régnait un silence rassurant.

Patoche laissa le mur et se glissa à pas de loups sur les talons de la marchande.

La faim lui grondait au ventre.

— C'est l'instant, le moment... se criait en lui-même le rescapé en humant avec avidité la délicieuse odeur de saucisse que la marchande laissait dans son sillage.

Le Montmartrois allait bondir.

Mais, tout à coup, il s'arrêtait:

— Je ne peux plus, râlait-il.

« Une Alsacienne-Lorraine, dans ce pays de Boches!

« Il me semble que c'est la France que je vois marcher devant moi, la France en deuil, avec son papillon de ruban noir.

« Plutôt que de la voler, je pourrais l'arrêter... lui

parler... lui dire...

« Mais non. Elle ne sait probablement pas le Français.

« Elle ne comprendrait pas et il faudrait toujours en venir à des extrémités.

« Nom de Dieu! que j'ai faim!

« Que je suis bête avec mes idées!

« C'est une marchande et elle a des saucisses, voilà tout.

« Je vas lui sauter sur le râble.

Le Parisien reprenait sa piste, se rapprochait, en ricanant.

— Si Rosette me voyait courant après cette luronne...

« Mais ce n'est pas elle que je suis... c'est les saucisses.

« Nom d'un pétard, v'là qu'on arrive.

« Je vois un bâtiment, devant nous, dans le brouillard.

« On va quitter le terrain battu. Nous allons nous trouver sur des pavés. Elle va m'entendre.

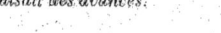
Celui-ci lui faisait des avances.

« Faut se décider ou renoncer.

Alors le Parigot s'avança vivement en catimini.

Les saucisses étaient devant lui à portée de sa main.

La marchande qui fredonnait une chanson n'avait rien entendu.

Patoche allongea le bras vers l'objet de sa convoitise.

Mais brusquement, il s'arrêta, pétrifié.

— Elle chante en Français! murmura-t-il.

Légère comme une abeille, la jeune fille avait franchi plusieurs marches devant une porte.

Quand le Parisien songea à la rattraper, elle avait disparu.

— J'aime mieux ça, respira Patoche.

« C'était trop embêtant d'avoir affaire à une femme.

« Je sais maintenant où est la cuistance; c'est l'essentiel.

« Je vais laisser la marchande s'en retourner et puis j'irai prendre les saucisses.

« Au moins, cette fois, j'aurai affaire à des hommes... à ces sales Prusciens.

« Qu'ils soient tant qu'ils voudront.

« Je sauterai d'abord sur les saucisses, et tout en les bouffant je ferai un chambard de tous les diables.

« Je prendrai une broche, n'importe quoi, et puis je taperai à tort et à travers sur les Choucroutmen.

« Nom de Dieu! ils auront ma peau, mais ils n'auront pas les saucisses.

« Et la donzelle? Elle gazouillait en Français.

« Nom d'une pipe, si je lui parlais quand elle ressortira.

« Elle n'a pas l'air d'aimer tant que ça les tioches!

« Je lui dirais carrément la situation.

« Elle pourrait me renseigner, nom d'un tonnerre!

« Si je pouvais chaparder en douceur n'importe quoi, et puis me carapater avec pour manger dans le ballon, c'est ça qui serait bath!

« Un joli tour à faire aux Prusciens!

« C'est dit. Je m'en vas l'attendre.

« Oùsque je pourrais bien m'embusquer?

« Bon. Derrière ce tas d'ordures.

Le tas d'ordures, c'était une grande et noire pyramide de boulets de canon.

Patoche se mit derrière et cracha dessus avec le plus parfait mépris.

Presque aussitôt un bruit de voix se fit entendre. C'était la jeune fille qui ressortait, accompagnée par un soldat en tenue de cuisinier.

Celui-ci, un Brunswickois presque difforme, petit, noir, velu, avec une grande bouche fendue jusqu'aux oreilles, lui faisait des avances.

Le Teuton avançait sa lourde patte vers un petit bouquet de myosotis que la jeune fille avait épinglé à son corsage.

— Ça les émoustille tous ces Prusciens, une Franchimane! ricanait le Parisien derrière sa pyramide.

« On leur en fournira!

« Est-ce qu'il va longtemps me faire poireauter, le Boche! faisait-il en se rongeant d'impatience.

« Le temps passe, nom d'une pipe! Le brouillard devient moins épais.

« Je serai pris comme un rat dans une souricière.

La jeune fille, avec un éclat de rire méprisant et quelques mots en allemand, avait rappelé le Teuton à l'ordre.

— Elle doit lui avoir dit d'aller se faire rebouillir, monologua Patoche.

Le mal tourné, en effet, cloué sur place, roulait des yeux hébétés.

Après un ricanement, l'air penaud, il rentra dans sa cuisine.

— Enfin... ça va être à mon tour, maintenant, s'apprêta le Montmartrois.

La marchande, d'un pas léger, s'était élancée, son plat d'osier vide sous le bras.

Avec sa robe de toile grise, sa ceinture et ses bretelles de velours noir, elle passait en fredonnant:

« Et l'enfant dit au soldat:

« Sentinelle, ne tirez pas...

« Sentinelle, ne tirez pas...

Mais, tout à coup, elle s'arrêta, regardant autour d'elle, avec stupeur.

Une voix, à deux pas, continuait la chanson:

« C'est un oiseau qui vient de Fran-an-ce!

— Mademoiselle, s'écria le Parisien en surgissant de sa cachette, j'aurais un petit renseignement à vous demander.

La jolie charcutière, interdite, le regardait.

— Oui, ça vous la boucle, hein? reprit vivement Patoche.

« Vous vous demandez quel est cet oiseau-là?

« Eh bien! mademoiselle, c'est moi l'oiseau qui vient de France.

— Vous êtes Français, monsieur? demanda avec douceur la jeune fille.

La jolie charcutière, interdite, le regardait.

— Parisien, mademoiselle, Pantruchard comme nous disons.

« Ainsi vous n'avez qu'un mot à dire à l'un de ces Alboches et je suis pris, jugé, zigouillé.

Un flot de sang empourpra le visage de la jeune fille comme devant le plus cruel affront.

— Monsieur, dit-elle en se redressant fièrement, j'ai mes trois frères à la Légion étrangère.

— Chouette! s'écria le Parigot. Vous êtes une vraie frangine.

« En ce cas, je puis vous confier mes secrets.

« Moi aussi, mademoiselle, quoique vous me voyiez en ciblot, je suis soldat.

— Vous? se récria l'annexée.

« Un soldat Français dans ce camp...

« Mais, monsieur, vous ne savez donc pas par où vous êtes!

— C'est bien la vérité, répondit le Parisien. Je ne sais pas où je suis.

La marchande eut un rire incrédule:

— Monsieur, vous vous moquez de moi, certainement, répliquat-elle.

« Vous savez fort bien que vous êtes dans le camp retranché de Metz.

— Dans le camp retranché de Metz! se récria vivement Patoche.

« Le diable emporte si je m'en doutais.

— Vous me surprenez considérablement.

— Et moi, c'est bien simple, mademoiselle: *je tombe des nues.*

« Je ne dis pas ça, pour blaguer.

« J'en viens réellement.

« Nous avons été enlevés accidentellement, tout près de Paris, par un ballon prusco qui nous a ramenés prisonniers de guerre dans son pays.

« Je dis: nous, parce que nous sommes trois.

« Les deux autres m'attendent dans le ballon.

« On est tombé dans ce camp sans savoir où

« On se croyait toujours en France.

« Bref, on va se recavaler.

Patoche, narquoisement, balançait son trophée.

« Seulement, on n'a pas mastiqué depuis trois jours.

Patoche, pour être plus exact, aurait dû dire : un jour et demi.

Mais « trois jours » sonnaient mieux.

Ils sonnaient même trop bien.

La Messine, en reçut au cœur un choc si violent que Patoche en éprouva quelque remords.

Elle avait porté la main à sa poitrine et regardait le Parisien avec une douloureuse pitié.

— Pas mangé depuis trois jours ! murmurait-elle.

« Hélas ! monsieur, pourquoi n'êtes-vous pas descendus autre part que dans ce camp ?

« Tous les Français de Metz et moi-même nous aurions été si heureux de vous recevoir.

— Si on avait pu descendre où on aurait voulu, on aurait commencé par descendre dans notre patelin, d'abord.

« Mais notre soupape est grippée et le ballon nous mène où il veut.

— Mais, monsieur, dit la Lorraine en jetant autour d'elle des regards effrayés, vous jouez gros jeu, ici, savez-vous ?

« Qu'allez-vous faire ?

— Entrer là-dedans, répondit le Parisien, en désignant le bâtiment qu'ils avaient derrière eux, et emporter vos saucisses.

« Du moment que vous les avez livrées, le roi de Prusse vous les paiera.

« Mais elles ne seront pas pour le roi de Prusse.

« C'est même concernant cette petite opération-là, le renseignement que j'avais à vous demander.

« Savoir, naturellement, si vous êtes disposée à le donner.

— Ah ! monsieur, se récria naïvement la jeune fille, que ne puis-je vous donner tous les renseignements nécessaires pour enlever aux Allemands, non seulement mes saucisses, mais encore tout ce qu'il y a dans nos deux chères provinces qu'ils ont annexées.

— Tout ce qu'il y a est prometteur, au moins, monologua le Parisien. Et si je n'avais pas ma charmante Rosetta...

Tout haut, il répliqua :

— Hélas ! mademoiselle, notre ballon ne serait jamais assez grand pour emporter tout ce qu'il y a, et puis, nous sommes tellement affamés, mes deux compagnons et moi, que je crois bien que nous aurions tout dévoré en un rien de temps.

« Pensez que nous avons déjà tiré au sort pour savoir qui serait mangé.

La jeune Lorraine eut un frisson d'épouvante.

— En ce cas, monsieur, dit-elle, n'enlevez que mes saucisses.

« Je suis prête à vous donner toutes les indications nécessaires pour cela.

« Ces indications, il ne faut pas être sorcier pour les deviner.

« Vous voulez savoir où vous trouverez ma marchandise, n'est-ce pas ?

« Eh bien ! monsieur, vous n'avez qu'à entrer dans ce bâtiment.

« C'est le mess des officiers.

— Bath ! murmura Patoche.

« Si avec des saucisses, je puis enlever autre chose.

« J'y trouverai des mets choisis.

— Vous n'avez qu'à entrer là, poursuivait la Messine.

« Aussitôt la porte franchie, vous vous trouverez dans le vestibule.

« Vous prendrez bien garde à l'escalier du fond, parce que cet escalier mène à des chambres d'officiers, et ces chambres sont occupées.

« Vous ferez bien attention aussi qu'il n'y ait personne dans la salle du mess dont vous trouverez la porte à votre gauche.

« Cette porte est ouverte.

« L'aide-cuisinier voulait me la faire franchir, sous prétexte de me faire admirer le drapeau du régiment qui est tout au fond, contre le mur.

« Enfin vous prendrez la porte qui fait vis-à-vis à celle du mess, et vous serez dans la cuisine.

« Cette cuisine est une longue salle.

« Les fourneaux sont au milieu. Les tables et les placards sur les côtés de la pièce.

« Ma charcuterie est au fond sur une table, à l'entrée du cellier, une pièce noire et basse, sous des voûtes.

« Maintenant, monsieur, vous savez tout aussi bien que moi.

— Pas du tout, se récria le Parisien.

« Il vous reste encore à me dire le plus important.

« Combien vais-je trouver de Prussos dans cette cambuse ?

— Un seul, celui que vous avez dû avoir tantôt, quand il m'a suivie sur le seuil de la porte.

— Comment, cet oiseau-là.

« Mais alors, ça va être simple comme bonjour.

— Oui. Il est plus bête que méchant. Pourtant, il se défendra, soyez-en sûr.

« Et puis le réveil va bientôt sonner. Et l'officier de semaine ou tout autre peut survenir.

« Le service est d'autant plus rigoureux depuis quelques jours, qu'on s'attend d'un moment à l'autre à la visite d'un Inspecteur.

« Vous ê'es soldat et ça doit se passer en France, comme ici.

« Vous savez donc, monsieur, quelle plaie c'est pour tout le monde, pour les soldats comme pour les fournisseurs.

— Oui, oui, l'épouvantail des armées, quoi, abrégea Patoche, en qui grondait la faim.

— Toujours survenant à l'improviste.

— Et souvent camouflés de la façon la plus imprévue, pas?

— Heureusement qu'il en transpire toujours quelque chose de leurs visites projetées et qu'on est presque chaque fois averti à temps.

« Celui-ci doit arriver ce matin.

« Aussi on est sur le qui-vive.

« Même je vous l'avouerai franchement, dit la jeune fille avec un sourire qu'enfiévrait le danger couru par eux dans ce camp, quand vous m'êtes apparu, j'ai cru que c'était vous l'Inspecteur.

« Vous ne l'êtes pas, au moins? reprit naïvement la jeune Lorraine, ressaisie tout à coup d'un soupçon.

— Si je m'attarde trop longtemps avec vous, vous le verrez bien, sourit héroïquement le jeune homme qui avait une crampe d'estomac.

« Je serai saisi, traîné, devant vous et ficelé comme un de vos saucissons.

— Non, non, monsieur, fit la jeune fille épouvantée, ne vous attardez plus.

Elle ôta son bouquet de son corsage et le lui mit dans la main avec une grâce touchante.

« Pour qu'il vous porte bonheur, dit-elle.

« Et puis, si jamais vous revoyez la France, ce que je souhaite en vous enviant, vous le montrerez à vos compatriotes... de la part des Alsaciens-Lorrains.

« Vous savez ce que ces petites fleurs veulent dire: « Ne m'oubliez pas ».

— Je n'y manquerai pas, dit Patoche en mettant le bouquet à sa boutonnière.

Mais déjà la jeune fille avait tourné la tête et s'était effacée dans le brouillard.

— Je sais maintenant ce que je voulais savoir, gronda le Parisien.

« Je n'ai plus qu'à me grouiller... en ouvrant l'œil et le bon.

Avec les allures d'un carnassier suivant une piste, il se dirigea vers le mess, gravit trois ou quatre marches de granit et se trouva dans le vestibule.

Comme un loup affamé, au seuil d'une bergerie, il parut à l'entrée de la cuisine.

Celle-ci était plongée dans une obscurité relative où brillait doucement le cuivre d'une batterie de cuisine irréprochable.

Sur un fourneau allumé, le *caoua* des officiers chantonnait dans la bouillotte.

L'aide-cuisinier était occupé à plumer un énorme chapon.

L'aide-cuisinier, son sarreau de toile bleue devant lui, était occupé à plumer un énorme chapon.

L'homme était debout, tourné vers la porte et les plumes tombaient dans un grand seau.

Au moment où Patoche apparut, il penchait la tête, l'air profondément absorbé.

Le Parisien, payant d'audace, ferma délibérément la porte derrière lui et s'avança.

Au bruit qu'il fit, l'homme leva la tête.

Patoche s'était arrêté, en fixant sur lui un regard féroce.

Le Brunswickois le regardait avec ahurissement.

Un travail se faisait dans sa lourde tête.

L'Allemand cherchait à démêler quel pouvait être cet inconnu qui le toisait si durement.

Tout à coup, il eut un cri rauque et terrible.

Si déterminé qu'il fût, le Parisien faillit tourner les talons.

Mais aussitôt, une lueur de joie passa dans ses yeux.

L'homme, sans lâcher le poulet, s'était pétrifié, la tête droite, et les doigts joints à la couture du pantalon, dans l'attitude du garde-à-vous.

— Tonnerre de Brest! s'exclamait en lui-même le Montmartrois, il a crié: A vos rangs, fixe!

« Et moi qui allais me cavaler!

« Ça ne fait rien. Heureusement que j'ai fermé la porte.

« Ils auraient pu l'entendre, en haut.

« Le Boche doit me prendre pour un officier supérieur.

« Mais je suis en ciblot.

« Sacré tonnerre! les paroles de la Lorraine me reviennent à l'esprit.

« Crevant! cette tourte me prend pour l'Inspecteur!

« Profitons-en!

L'homme suivait les évolutions du soi-disant Inspecteur avec les signes de la plus grande terreur.

Par moment, il jetait vers le fourneau, un regard angoissé.

Patoche s'avançait lentement, le tenant toujours sous le feu de son dur regard.

— Qu'est-ce qu'il a donc à toujours guigner le fourneau? se demanda le Parisien.

« Eurêka! j'ai trouvé!

« Il y a des torchons sales qui traînent dessus.

« C'est pas réglementaire et le Boche a peur que je m'en aperçoive.

« Eh bien! mon vieux, on s'en aperçoit.

« Chouette! C'est quasiment une Providence, ces torchons sales.

« Ce qu'ils vont me servir!

Le Montmartrois prit les torchons et les montra au Brunswickois avec un sourire sarcastique.

Pour le coup, celui-ci se voyait déjà aux bataillons de discipline.

Patoche, toujours le fascinant de son terrible regard, était arrivé sur lui.

Il éleva à deux mains un de ces torchons devant les yeux du Boche, comme pour lui en montrer la malpropreté manifeste, puis, tout à coup, il appliqua ce torchon sur la bouche du soldat terrifié.

L'aide-cuisinier, dans son épouvante, se laissa tomber à terre, entraînant Patoche avec lui.

Le Montmartrois, les deux mains passées derrière la tête de l'homme, noua solidement le torchon.

Il s'activait avec une hâte fébrile, non pas cette hâte que donne la peur d'être pris d'un moment à l'autre, mais cette rage terrible, oublieuse de tous les dangers, qui fait le loup aux abois, si craintif

d'ordinaire, se ruer follement sur un troupeau, au milieu des chiens et des bergers, ou s'avancer jusque dans les rues des villages les plus peuplés pour y chercher sa proie.

La faim fait sortir le loup du bois.

Patoche l'avait dit et il appliquait consciencieusement son proverbe.

En un clin d'œil, l'aide-cuisinier se trouva bâillonné, les pieds et les mains liés avec des torchons, sans qu'il eût opposé la moindre résistance.

— Le Boche croit toujours avoir affaire à un Inspecteur, monologuait le Parisien.

« Comme on les mène à coups de trique, ici, ça ne le change guère.

« C'est égal. Il doit trouver que monsieur l'Inspecteur a de drôles de fantaisies.

Pour justifier pleinement cette dernière réflexion, Patoche prit l'Allemand à pleins bras et le laissa retomber dans un énorme panier à linge sale.

Il rabattit le couvercle, et puis il promena sur toutes choses un regard d'héroïque satisfaction.

Le Parigot était maître du champ de bataille.

Alors il renifla longuement toutes les bonnes odeurs qui s'échappaient de tous côtés.

Subitement son regard se posa sur la bienheureuse charcuterie apportée par la belle Lorraine.

Il eut une exclamation de triomphe terrible.

— A nous les saucisses! hurla-t-il.

Inutile d'insister sur ce détail, que le Parisien hurlait en sourdine.

Il se jeta comme un forcené sur les roses chapelets qui s'arrondissaient dans leur grand plat d'étain, et, le rescapé du *Germania* se mit à dévorer les saucisses.

— Homph! fit à la fin le Montmartrois.

Quand il sentit qu'il allait s'étouffer, il s'arrêta.

Il ouvrit des placards, trouva dans l'un d'eux une bouteille de kirch à demi-vidée, et la vida entièrement d'un seul trait.

Alors, tout à coup, l'estomac satisfait, le sentiment de sa terrible situation lui revint.

Une véritable folie de pillage s'empara de lui.

Il saisit une nappe qu'il étala par terre dans un coin.

Puis courant de tous côtés, dans la cuisine et dans le cellier, faisant main basse sur toutes les victuailles qui se présentaient, il entassait tout pêle-mêle dans la nappe.

Enfin jugeant que le ballot serait assez lourd à porter, il noua les quatre coins et le jeta sur son épaule.

— Maintenant, c'est pas le tout, grognait le Parigot.

« S'agit de retourner.

Courbé en deux sous le faix, comme les colporteurs de nos villages, déjà Patoche s'avançait.

Tout à coup, il eut un tel sursaut de frayeur, que le ballot lui tomba des épaules.

Le Parisien écouta. Plus de doute.

Un bruit d'éperons se rapprochait dehors sur les marches.

Quelqu'un venait.

— Pincé! râla Patoche, en promenant autour de lui un regard éperdu.

Il vit sur une table, tout près, un couteau de boucherie, large et pointu, avec lequel l'aide-cuisinier avait dû égorger la poule.

Il le saisit dans sa main crispée, tira vivement le ballot dans un coin et s'accroupit lui-même, dans l'ombre, contre le panier au linge sale où l'aide-cuisinier était enfermé.

Il était temps. La porte de la cuisine s'ouvrait.

Patoche aperçut l'officier de semaine.

En même temps, dehors, des roulements de tambour et des éclats de trompette réveillaient les échos du quartier.

Il le laissa retomber dans un énorme panier.

— Mille millions de cartouches! c'est le réveil! râla Patoche.

« Dans quelques minutes, tous les Alboches seront dans la cour.

« J'ai tout juste le temps de me défiler et il faut que ce sale mufle arrive.

L'officier avait franchi la porte et s'était avancé jusqu'au milieu de la cuisine, en faisant sonner les dalles sinistrement sous les éperons et le sabre.

— S'il me voit ou s'il s'attarde, son affaire est faite, grondait le Parisien en serrant son couteau.

L'homme, avec un air de tranche-montagne, tonna un appel, le nom de l'aide-cuisinier sans doute.

— Pas de danger qu'il réponde... Il est trop bien bâillonné, rigolait le Parigot.

Mais tout à coup, il blêmit.

L'aide-cuisinier avait entendu l'appel de l'officier de semaine.

Par un effort désespéré, il s'était retourné dans son panier.

Ses habits avaient eu contre les parois d'osier de sa prison un frôlement que l'officier avait entendu.

Celui-ci, de loin, fixait vers le panier un regard surpris.

Moment terrible!

Déjà l'Allemand s'avançait, voulant se rendre compte.

Le Parisien allait être découvert.

Alors, tout à coup, un voile rouge passa devant les yeux de Patoche.

Il ramassa toutes ses forces, le couteau levé, prêt à bondir.

Mais au même instant, l'officier de semaine tourna les talons.

Il s'en allait.

Le Teuton avait aperçu deux ou trois poules qui picoraient dans un panier à claire-voie.

Il avait dû penser que le bruit venait de là.

Patoche courut s'emparer du ballot et à son tour s'empressa vers le vestibule.

— C'est pas le moment de lanterner, grommelait-il.

Malheureusement le kirch qu'il avait absorbé produisait son effet.

Patoche se mouvant comme dans un rêve, commençait à ne plus bien se rendre compte de sa situation.

Ce qui lui arriva dans le vestibule ne le prouva que trop.

La porte de la salle du mess, une pièce carrée avec des panoplies et des statues, la porte de cette salle, disons-nous, faisait vis-à-vis à celle de la cuisine.

Au moment où Patoche arriva dans le vestibule cette porte était ouverte.

Ce fut là le malheur.

Patoche plongeant ses regards dans la salle du mess, remarqua au fond de la salle, fiché dans un crampon, sur une sorte de piédestal, un drapeau roulé autour de sa hampe.

Derrière ce drapeau, dans le mur, sur un fond rouge, étincelaient des inscriptions en lettres d'or.

Il n'en fallut pas plus.

Grâce au kirsch, le Panigol, selon l'expression populaire, était parti pour la gloire.

A la vue du drapeau une idée folle s'était emparée de lui.

— C'est le drapeau du régiment! s'émerveillait Patoche arrêté sur le seuil de la porte.

« Si que je l'enlèverais aussi?

« C'est ça qui serait rudement bath!

Mais ensuite il se morigénait:

— Non, je suis fou! Le réveil a sonné. Je ne vais plus pouvoir regagner le ballon.

« Je vais me faire piger, c'est sûr, si je ne démarre pas illico.

Mais Patoche avait beau se morigéner.

Il restait les pieds cloués au sol, les yeux vers le drapeau.

— Ah! flûte! s'écria-t-il, si je ne le prends pas, je m'en vais rester là jusqu'à la Saint-Glin-Glin.

« Je me connais. Si je m'en allais sans, j'en ferais une maladie.

« C'est comme une envie de femme enceinte, quoi.

« Et puis, ça fera une bonne blague de plus à raconter aux camaros.

« Alors, on y va, hein, mon vieux, et on se défile.

Patoche, toujours son ballot sur l'épaule, se hâta vers l'objet de sa convoitise, non sans renverser en passant, avec son ballot, deux ou trois potiches qui se brisèrent sur le carreau avec un fracas épouvantable.

On entendit, à l'étage supérieur, des pas qui se précipitaient.

Le Parisien, le ballot sur l'épaule et le drapeau dans sa main, s'empressa de déguerpir.

Une fois dans la cour, il se mit à courir de toute la vitesse de ses jarrets.

— Tonnerre de Brest! monologuait Patoche en courant, c'est le plein jour. Plus de brouillard. Le soleil brille. Si j'en réchappe!

« Personne, pourtant, mille part!

« Si! mille millions de cartouches! l'officier de semaine qui sort de son pavillon!

« Il m'a vu...

« Attention, il va y avoir du grabuge.

« Faut pas lui faire voir que j'ai peur, ajouta-t-il en ralentissant son allure.

« Sans ça, il ferait comme les cabots hargneux.

« Il me sauterait tout de suite sur le poil.

L'officier s'avançait.

Patoche passa devant lui, crânement, sans se presser.

L'Allemand, ne pouvant en croire ses yeux, suivait le Parisien d'un regard ahuri.

Il crut d'abord à quelque marchand, et l'interpella.

— Gueule tant que tu voudras! disait Patoche en faisant la sourde oreille.

« C'est toujours pas moi qui te répondras.

« J'ai mon couteau. Si tu m'approches, je te surine et je m'esbigne.

L'officier maintenant, s'avançait en réitérant son appel sur un ton péremptoire.

Du mess, d'autres officiers accouraient, en jetant des clameurs.

Patoche, cette fois, se lança à fond de train.

Il était arrivé à la hauteur du poste.

Il tourna pour s'engager dans l'espèce de boyau au fond duquel les trois rescapés du *Germania* avaient atterri.

Il revit le ballon qui se balançait dans le plus éclatant soleil, à soixante mètres au-dessus des écuries.

La brume qui cachait l'aérostat venait à peine de se dissiper.

Des fenêtres du casernement qui lui faisaient face, quelques soldats se le montraient avec surprise, sans soupçonner la vérité.

Patoche, dans la nacelle, vit Flic et Flac, qui se morfondaient furieusement.

Soudainement ils l'aperçurent.

A la vue de leur compagnon courant, ployé en deux sous son ballot, et de l'officier qui le poursuivait, les deux détectives se mirent à pousser des cris pour encourager le Parisien dans sa retraite.

Le Parisien n'en courait que plus vite.

Tout à coup des balles sifflèrent autour de lui.

C'était l'officier Allemand qui déchargeait sur le Montmartrois son revolver d'ordonnance, ce terrible revolver automatique dont les Teutons sont aussi fiers que nous de notre fusil Lebel.

Heureusement pour Patoche, l'officier ne voulut pas s'en fier entièrement à son arme.

Il eut l'idée d'appeler le poste de garde.

Ce poste était bien à proximité, et, même, déjà des hommes qui le composaient, au bruit des détonations, accouraient précipitamment, armés de leur Mauser.

Mais étourdis par les ordres contradictoires de

tous les officiers du mess qui étaient survenus et par les rugissements de l'officier de semaine qui s'exaspérait, tout à fait pris à l'improviste, avant qu'ils n'eussent tiré le premier coup de fusil, Patoche était déjà sur l'escalier de bois.

Les soldats du poste se précipitèrent, déchargeant leurs Mauser au jugé.

Subitement la cour s'était emplie d'un grouillement affolé de casques à pointe.

De tous côtés de nouveaux officiers surgissaient, clamant des ordres, sans savoir même de quoi il s'agissait.

De tous côtés aussi s'exaspérait le charivari des tambours grêles et des clairons, les uns sonnant l'appel, les autres battant la générale.

Pour accroître le tohu-bohu, Flic et Flac de la nacelle, se mirent à lancer des sacs de lest, renversant, écrasant les casques à pointe, portant au comble le désarroi.

Déjà Patoche s'était hissé sur l'échelle de corde.

Avec un sang-froid imperturbable, auquel le kirsch absorbé n'était pas étranger, le Parisien tira le couteau de boucherie qu'il avait passé dans sa ceinture, puis ployant les jarrets, en s'accrochant d'une main à quelque échelon il coupa tour à tour au-dessous de lui, les deux montants de son échelle.

Les Teutons s'étaient massés dans la cour avec des rugissements de bêtes fauves.

Tous les Mauser avaient été descendus des casernements.

Tous les Mauser s'étaient braqués sur Patoche.

— Nom d'un tonnerre, halétait Flic, nous n'allons plus ramener qu'un cadavre.

— Feu! hurlèrent de tous côtés les officiers, au milieu de leurs hommes.

Une salve éclata.

Mais brusquement le ballon détaché avait fait dans les airs un bond terrible.

Un instant les Teutons furent enveloppés dans un nuage de fumée.

Quand ce nuage se fut un peu dissipé, les Allemands aperçurent le ballon qui passait au-dessus d'eux.

Le Parisien, sain et sauf, cramponné d'une main à l'échelle de corde, de l'autre main avait déployé le drapeau.

Et tandis qu'au-dessous de lui tout le régiment rassemblé, avec d'effroyables vociférations, regardait fuir son drapeau dans les airs, Patoche, narquoisement balançait son trophée.

CHAPITRE XCII

Mais quelqu'un troubla la fête.

— Ohé! monsieur le receveur, on peut monter sur l'impériale? c'est pas complet?

— Montez! montez! monsieur Patoche.

« Mais, vous avez un sacré ballot!

Cette conversation s'engageait à trois cents pieds au-dessus du sol.

Patoche, vaillamment, grimpait l'échelle de corde et Flic, mis en gaieté lui renvoyait le dé de la nacelle.

Flac, à son côté, guignait le ballot, sur l'épaule du Parisien, avec des « hum! hum! » joyeux.

Flac avait le sourire.

Le ballon était emporté à une vive allure et la caserne aux victuailles n'était déjà plus qu'un point perdu, à l'horizon.

— Monsieur Patoche, disait Flic avec sollicitude, voulez-vous qu'on vous aide?

« Vous pourriez accrocher votre ballot à l'échelle de corde; on le tirerait après, quand vous seriez monté.

— Ah! ouah! faisait le Montmartrois, il me gêne bien le paquet!

« Je monterais encore mon père et ma mère sur mes épaules, que je ne les sentirais même pas.

— S'il me voit ou s'il s'attarde, son affaire est faite.

— Ça se voit, rigolait Flic, monsieur Patoche, est comme Antée. Depuis qu'il a touché terre, il ne sent plus ses forces.

Le Parisien arrivait. Sa tête émergea au-dessus de la nacelle.

Tout en l'aidant à rentrer dans le panier, les deux faméliques policiers le regardaient avec stupeur.

— Nom d'un pétard! sauf votre respect, monsieur Patoche, vous avez diablement la mine réjouie! s'écria Flic.

« Mazette! des fleurs à la boutonnière!

« Il se dandine, ma parole d'honneur, il a son plumet!

— Mon vieux, c'est l'odeur de la poudre, rigolait le Parisien.

« Qu'est-ce que vous dites de mon drapeau?

— Monsieur Patoche, vous êtes un rude lapin.

« Mais dites, que nous apportez-vous de bon?

— Ah! les goinfres! ça vous intéresse autrement ça, hein?

« Eh bien, les amis, je vous apporte de quoi faire une de ces bombes, qui ne sera pas piquée des vers. Il y a assez longtemps qu'on est privé. Sacré mâtin! il faut cette fois que tout casse, que tout pète.

Il se mit à courir de toute la force de ses jarrets.

— C'est ça, s'enthousiasmèrent Flic et Flac, on s'en fera crever.

— Attention, je déballe, fit le Parisien en dénouant les quatre coins de la nappe.

« Je vous passerai au fur et à mesure chaque numéro.

« Vous les rangerez dans un coin.

« Mais surtout n'y touchez pas. Autrement ça n'aurait plus de charme, vous comprenez.

— Parfaitement, dit Flic. Il faut faire notre petit gueuleton dans les règles.

Patoche sortit le premier objet:

— Qu'est-ce qe c'est? s'empressèrent Flic et Flac tendant leurs mains.

— Un paquet de cure-dents! annonça Patoche.

Patoche cria: — Un autre paquet...

— De quoi?

— Des radis roses.

— Bravo! ça peut se manger! hurla Flac qui avait pris le paquet. En trois bouchées Flac engloutit le radis roses.

— Ah! mais, dis donc, se fâcha le Parigot en se levant, faudrait voir à prendre patience, master Flac. Je patiente bien, moi.

— Monsieur Patoche a parfaitement raison, surenchérit Flic qui venait hâtivement d'empiffrer un cerf à genoux auprès de lui,

— Une motte de beurre de chaque côté. l'appétit.

— C'est bon, master Flic, dit le Parisien, faudrait voir à ne pas te payer ma fiole, toi, hein?

— Moi? fit Flic cramoisi.

« Monsieur Patoche me calomnie.

Flic, ce disant, allongeait et se tortillait désespérément le cou pour avaler un morceau qui ne voulait pas passer.

Patoche reprit son inventaire.

Flic et Flac se mirent re! cria Patoche.

« Si tu manges, à présent, ça va te couper velas presque tout entier

— Une motte de beurre, répétèrent les deux policiers avec enthousiasme.

Le Montmartrois la rangea prudemment devant lui.

— Un gros tas de choucroûte parfumée! poursuivit-il.

— Le tout assaisonné de cornichons, ajouta Flic.

— Et de raiforts... acheva Flac.

— Hein? quoi? s'exclama le Parisien.

« On dirait que vous avez derechef la bouche pleine.

Flic s'empressa d'avaler ce qu'il avait dans la bouche.

— Regardez, dit-il montrant alors sa bouche ouverte, je n'ai rien.

— Je n'ai rien, dit Flac, faisant de même.

— C'est bon. Je continue, dit Patoche.

— Voyez, ils nous font des signes.

« Enfin pour arroser le tout, cinq bouteilles: bière, kirsch, vin du Rhin et Champagne.

— Hourrah! s'écrièrent Flic et Flac qui manquèrent de s'étrangler.

— Hé! qu'es aco? fit Patoche, ahuri.

« Il n'y a plus rien dans la nappe.

« Et mes chapelets de saucisses?

— Quelles saucisses, monsieur Patoche? firent Flic et Flac derrière le dos du Montmartrois.

Patoche se leva d'un bond.

Alors il sentit quelque chose qui le tirait de chaque côté, par les poches de son veston. Le Montmartrois baissa ses yeux à droite et à gauche.

— Mille tonnerres, s'écria-t-il, ce sont mes saucisses!

Par mégarde, il les avait empilées dans ses poches et Flic et Flac, à genoux, s'activaient à les dévorer.

« Un énorme chapon.

— A moitié déplumé, fit Flic, qui tâtait quelque chose dans une poche du Parisien.

— Et pas du tout cuit, fit Flac qui, lui aussi, tâtait quelque chose dans l'autre poche.

— On le fera rôtir... on a tout ce qu'il faut, répondit le Montmartrois, en mettant le chapon devant lui.

Il annonça:

« Du sucre, du sel et du poivre...

— Tout pêle-mêle, fit Flic la bouche pleine.

— Trois timbales en argent, un jambonneau et des andouilles.

« Fromages de toutes sortes.

« Un énorme pain rond, tout frais... de la veille.

« Des serviettes. Un paquet de cigares. Thé! café!

Patoche, en rigolant, s'empressa de faire la part du feu et d'engloutir le reste.

— Comme ça, on n'en parlera plus, dit-il.

— Vous avez raison, approuvèrent Flic et Flac en s'emparant chacun d'une bouteille.

C'était de la bière. Ils firent sauter les bouchons et chacun vida sa bouteille d'un trait.

— Là, maintenant que notre fringale est un peu calmée, dit Flic, monsieur Patoche on redevient des hommes.

— C'est pas malheureux! dit l'ordonnance.

« J'espère que maintenant, vous allez vous tenir tranquilles.

« Le temps de préparer un gueuleton formidable, une ripaille monstre,

Le Parisien se retroussa les manches. Tous se mirent gaiement à la besogne.

— On n'est pas mal du tout, dans ce ballon, riait Patoche, tout en plumant le chapon par-dessus la nacelle, si bien que le *Germania* derrière lui laissait un long sillage tourbillonnant de plumes dans le vent.

« On y a du soleil et de l'air à gogo.

« Et puis, s'il prend l'habitude de nous descendre à terre toutes les vingt-quatre heures, on pourra faire ses provisions à bon marché.

« On sera comme qui dirait des écumeurs de l'air.

« Bref, on s'habituera si bien à notre nouveau métier, qu'on ne voudra plus en faire d'autre.

« Et ce sera pas un métier embêtant. Des émotions tant qu'on en veut et puis des bombes à tout casser, tout en se balladant au milieu des nuages.

— C'est égal, répondait Flic, qui faisait réchauffer la choucroute sur la lampe à esprit-de-vin, des émotions comme ça, je n'en suis pas jaloux.

« Nous avons passé un sale quart d'heure à vous attendre.

« Je ne voudrais pas recommencer.

— Savez-vous ce que je faisais moi, pendant que vous m'attendiez? riait Patoche.

« Mes poteaux, je taillais une bavette avec la plus délicieuse Gretchen...

« C'est elle qui m'a donné le bouquet.

— Ah! le cochon! rigolait Flic.

« Pendant que nous autres nous crevions la faim.

— Fichtre! je ne l'oubliais pas et quand vous m'avez aperçu courant avec mon paquet sur l'épaule et l'officier sur mes talons, j'avais une belle peur.

« Oui, mes poteaux, j'avais peur que vous ayez bouffé le ballon.

Flic partit d'un grand éclat de rire.

Flic riait aussi tout en fabriquant la table du festin.

Pour ce faire, il avait développé la bâche sur une partie de la nacelle, d'un bord à l'autre.

Au moyen d'une ficelle que tour à tour il passait dans une œillère de la toile goudronnée et roulait autour d'un des crochets aux sacs de lest, il assujettit solidement cette bâche sur trois côtés.

Devant cette table, ainsi suspendue, il fit trois tas au fond de la nacelle avec des sacs de lest: c'étaient les sièges.

— Ça ne fait rien, observa Flic tout en retournant la choucroute, heureusement que nous avions du lest.

« Sans ça, quand tous les Alboches se sont mis à tirer après vous, sur l'échelle de corde, vous étiez frais... et nous aussi.

— Vous avez eu une riche idée, répondait Patoche, de leur lancer vos sacs de sable sur la gueule, à ces fourneaux.

« Pourtant vous auriez pu en jeter davantage.

« Il nous en reste encore au moins une vingtaine de sacs.

— Parbleu, camarade, vous oubliez que la soupape est grippée, qu'on ne redescend pas comme on veut.

« On a jeté tout juste le nécessaire pour se cavaler sans remonter trop haut.

— Bah! maintenant, nous n'avons plus longtemps à moisir ici.

« Le ballon commence à en avoir marre de flotter.

« Après tout le lest que vous avez jeté, voyez à quelle faible hauteur nous sommes.

— Pourvu que nous n'allions pas retomber au milieu des Alboches?

— C'est un danger que nous éviterons facilement, surtout avec le sable qui nous reste et pourvu que la brise qui souffle se maintienne.

« Or, elle semble fraîchir de moment en moment.

« Dans quelques heures nous aurons de nouveau refranchi la frontière, de quel côté? ça, par exemple, je n'en sais rien.

— Naturellement, dit Flic en humant la délicieuse odeur de choucroute qui se répandait autour d'eux.

« Mais vous pensez bien que notre affaire dans cette caserne ne se passera pas comme ça.

« Le téléphone et le télégraphe auront marché en bas.

« Nous devons être signalés et guettés d'un bout à l'autre du pays.

— Il en sera ce qui pourra, dit le Parisien.

« Je ne vais pas me faire du mauvais sang pour un danger qui n'existe peut-être pas.

« Si on retombe chez les Prusces, on en sera quitte pour leur jouer quelque nouveau tour.

« En tous cas les autres, ceux du camp retranché de Metz sont loin; en bas nous avons des forêts, des rivières, de rudes et noires plaines et à l'horizon, venant vers nous, une ville immense.

« Je ne vois pas là de quoi me faire trembler de peur.

« Occupons-nous de notre gueuleton.

— La choucroute est à point! dit Flic en se pourléchant les lèvres.

— Mon chapon est tout prêt à prendre la place de ta choucroute.

« Mets-la dans les assiettes que je mette l'oiseau sur le feu.

Flic et Patoche s'étaient retournés vers la table improvisée par Flac.

Celui-ci, avec des grognements de satisfaction s'activait, la serviette à l'épaule.

Il avait étalé la nappe par-dessus la toile goudronnée et sur la nappe, disposé trois couverts appartenant à l'en-cas de l'aéronaute.

Il avait mis à côté de chaque couvert une timbale d'argent, et dans chaque timbale une serviette pliée artistement.

Enfin, sur le restant de la nappe, Flac avait accumulé toutes les victuailles dans le désordre le plus succulent.

— Ça va être un vrai festin de gamache! jubilait Flic en mettant la choucroute dans les assiettes.

« Tu n'as pas peur que tout ça dégringole, au moins, mon vieux Flac.

— Non, dit Flac. Pour les bouteilles, je n'oserais pas risquer, mais le reste, il n'y a pas de danger.

— En effet, dit Patoche; quoi qu'on file à forte allure, la brise est égale, la nacelle ne balance pas.

Le Montmartrois contemplait avec satisfaction le chapon qu'il venait de mettre sur la lampe à esprit-de-vin, dans un long plat et qui disparaissait sous une montagne de beurre.

— Hein! ce qu'on va se régaler! disait-il à ses deux amis en faisant claquer sa langue.

— La table est servie! annonça Flac en se rengorgeant.

— Un instant, dit Patoche.

« Nous allons d'abord prendre l'apéro.

— Kirsch! Vin du Rhin ou Champagne? demanda Flic qui avait les bouteilles auprès de lui.

— Du Kirsch, dit Patoche.

« Le vin du Rhin pendant le repas et le Champagne au dessert.

— Ohé! du ballon! préparez les amarres

— Alors, approchez vos gobelets, dit Flic en débouchant la bouteille, c'est moi qui fais le fourrier.

— Tiens, remarqua le Parisien, en approchant le gobelet, nous voilà arrivés au-dessus de la ville qu'on voyait à l'horizon, tout à l'heure.

« Nom d'un pétard, que d'églises!

« Voyez! nous courons au milieu des clochers et des flèches!

— Oui, dit Flic qui au moment de verser s'était détourné, lui aussi, pour regarder.

« Il ne manquerait plus que ça qu'on aille se cogner dessus.

« Mais baste! on le verra bien, ajouta-t-il, philosophiquement en versant dans la timbale du Parisien.

« Buvons toujours. Et ne laissons pas refroidir notre choucroute.

— Ni brûler notre chapon, acheva Patoche.

Flic ayant versé dans les trois timbales, les passagers du Germania trinquèrent en riant.

Ils portaient la timbale à leurs lèvres.

Tout à coup un triple cri jaillit de leur poitrine.

— Tonnerre de Dieu! hurla Patoche, je vous avais dit de réserver le Champagne pour le dessert.

« Qu'est-ce qui vous prend de faire sauter le bouchon maintenant? Il a failli me frapper dans la figure.

— Ce n'est pas nous, camarade, dit Flic, c'est dans ce clocher, là-bas, qu'ils ont fait sauter ce fameux bouchon.

« Champagne Mauser! Regardez, tous les clochers sont pleins de casques à pointe.

« On tire sur nous de tous les côtés.

« Mille millions de cartouches! ils vont crever le ballon!

— Vite, jetons la poudre d'escampette, criait Patoche, qu'on se tire de cet enfer.

Les trois hommes se précipitèrent.

Tout ce qui se trouvait sur leur table improvisée, fut renversé dans le vide.

Ils n'y prirent pas garde, ayant bien autre chose à faire.

Ils se penchèrent sur la nacelle pour enlever les sacs de lest.

Alors ce qu'ils virent au-dessous d'eux, les fit tressaillir d'épouvante.

L'échelle de corde, suivant la course rapide de l'aérostat, effleurait en passant les dalles d'une longue plateforme que circulait au sommet d'une église.

Cette plateforme était couverte de soldats allemands.

A la vue de l'échelle de corde qui venait sur eux, les hommes s'étaient élancés pour la saisir.

Déjà ils la tenaient, le ballon allait être immobilisé.

— Coupe le guiderope! hurla Flic à Patoche, où nous sommes flambés.

Le Parisien, armé de son couteau de boucherie, s'empressa de suivre le conseil du policier.

Tandis qu'il s'escrimait sur la corde à nœuds, Flic et Flac, les sacs de lest épuisés, lançaient sur les Allemands tout ce qui leur tombait sous la main.

Tout à coup, ils eurent un cri. Patoche avait coupé la corde.

L'échelle de corde et le guiderope venaient de s'abattre sur la plateforme, au milieu des soldats.

Le *Germania* délivré et allégé de tous ses sacs de lest, fit un bond prodigieux dans les airs.

Il était remonté à trois mille mètres.

CHAPITRE GCVII

Le ballon fantôme.

Depuis dix heures le ballon errait à l'aventure, emporté par un vent violent.

Il traversait, maintenant, de lourdes nuées où grondait un orage.

La foudre étincelait de tous côtés autour de lui et le tonnerre éclatait avec un fracas formidable.

— Quel boucan, mes amis! haletait Patoche étourdi.

« Si on n'est pas électrocuté, on aura de la chance.

« Et le ballon qui venait au-devant de nous, tout à l'heure, on ne le voit plus, ce ballon...

— Parbleu! fit Flic, nous sommes dans un tel brouillard!

« On n'y voit plus, mais en revanche, on entend!

« Quels coups de tonnerre et quels éclairs!

— Mon vieux, on appelle ça! l'artillerie céleste! grasseyait le Parigot.

— Elle n'est pas mal, l'artillerie céleste! répondit Flic.

« Il y aurait de quoi devenir sourd.

Les yeux hagards et les joues caves, ils interrogeaient le brouillard autour d'eux.

La même préoccupation les emplissait.

— Qui sait si ce n'est pas un ballon venu pour nous sauver? dit Flic.

— Etait-ce bien un autre ballon? grogna Flac.

« Peut-être, après tout, c'était l'ombre du nôtre.

« Il était de forme sphérique comme nous.

— Ce n'est pas une raison, ça, se récria Patoche.

« Des ballons sphériques, il n'y en a pas qu'un.

« Et puis, si on l'avait vu sur un nuage, je comprendrais alors que tu puisses dire que c'est l'ombre du nôtre.

« Mais tu sais bien que nous l'avons aperçu dans un pan de ciel bleu!

« Tiens! regarde! le voilà qui reparaît! s'exclama tout à coup le Parisien en montrant le ballon devant eux, dans une subite éclaircie du ciel.

« Voyez comme il s'est rapproché!

« Il n'est plus qu'à une centaine de mètres de nous!

Le *Germania* s'était enfin échappé de la nuée d'orage et les trois hommes regardaient devant eux avec avidité.

Tout proche, à une altitude, un peu plus élevée que la leur, dans l'azur, en effet, flottait un magnifique aérostat.

— Tiens, il y a plusieurs passagers dans la nacelle! s'écria Flic.

« Voyez, ils nous font des signes.

Les trois amis se mirent à faire des gestes avec leurs mains.

De l'autre bord on leur répondait.

Les deux ballons naviguaient de conserve maintenant.

Ils étaient *dans les eaux* ou plutôt *dans les airs* l'un de l'autre.

— C'est peut-être un ballon captif! s'exaltait le Parisien, partageant le fiévreux enthousiasme de ses compagnons.

« Ils vont nous lancer une corde et puis nous hâler et nous prendre à leur bord.

— Et si nous avons affaire à des Choucroutmen? fit Flic.

— Ça m'étonnerait, dit le Montmartrois.

« A l'allure dont nous allons, l'Allemagne doit être déjà bien loin derrière nous.

« Regardez le pays en bas. D'immenses plaines

Imp. MAILLET, 8, pass. de Châtillon, Paris.

Imp. MAILLET, 3, pass. de Chatillon, Paris.

solitaires, des entassements de rochers sinistres, de noires forêts et des champs de neige, ne trouvez-vous pas que ça sent plutôt comme qui dirait la Suède ou la Norvège que l'Allemagne.

« Ce qui me fortifie dans mon opinion, c'est que les ballons partant de Paris viennent souvent s'échouer dans l'un de ces pays-là.

« D'ailleurs si on avait affaire à des Alboches, il y a longtemps qu'ils nous l'auraient fait savoir.

« A une si faible distance, crever notre ballon à coups de fusil n'aurait été qu'un jeu pour eux.

« Ceux-ci, au contraire, nous font des signes d'amitié et semblent aussi impatients que nous de nous rejoindre.

A ce moment les trois hommes jetèrent une exclamation de colère.

Ils entraient dans un nouveau nuage et le mystérieux ballon disparaissait dans la fumée.

— Nom d'un pétard, grommelait Flic, vous ne trouvez pas, monsieur Patoche, depuis quelque temps, nous avons toutes les déveines.

« Avec ces satanés nuages, ce ballon va nous perdre de vue et notre sauvetage sera encore renvoyé à la Saint Glin-Glin, comme vous dites.

— Oui, je crois que nous n'avons pas encore fini de manger de la vache enragée, gronda Patoche.

« Voici la neige qui s'en mêle.

« Cré mâtin, ce qu'il en tombe!

« Quel froid de loup!

« Les amis, camouflons-nous sous la bâche et serrons-nous l'un contre l'autre pour nous réchauffer.

« Sans ça, on va être gelé.

Les trois hommes voulurent étendre la bâche sur la nacelle.

— Nom de Dieu! elle est aussi raide qu'un morceau de bois! se dépita le Parigot!

« Et puis avec ce chien de vent, on n'arrivera jamais à l'étaler.

« Le mieux est de nous asseoir dans la nacelle et de la jeter à même sur nos têtes.

Ils le firent ainsi.

La neige tombait par violentes rafales, s'amoncelant comme un duvet glacé dans la nacelle, sur les bords et sur le ballon.

Bientôt la bâche qui faisait un bloc noir dans un coin, disparut, s'effaça sous l'uniforme blancheur.

Les trois hommes enroulés dans la toile goudronnée commencèrent à goûter une douce chaleur.

Ils s'étaient arrangés pour respirer quand même.

— Bath, ça! murmurait Patoche. Cette neige-là ça vaut la meilleure fourrure.

« Vivement qu'on en sorte pourtant, de ce sale nuage, qu'on puisse revoir l'autre ballon.

— Camarade, fit Flic tout à coup, je crois qu'on en est sorti.

« Je sens le froid qui me reprend à la tête.

« Je suppose que c'est parce que la neige ne tombe plus, et que le vent commence de chasser celle qui nous couvrait.

« Alors, vous comprenez, de nouveau la température de l'air se fait sentir.

Ils se soulevèrent hors de la bâche, et furent éblouis par le plus vif soleil.

— On dirait un ballon en sucre, se récria le Parisien en apercevant l'aspect bizarre du *Germania*.

« Mais où sont les autres?

— Tenez, là-bas, dit Flic, sur une des deux pointes qui terminent cette montagne.

« On dirait que leur ballon est accroché là, et qu'ils nous attendent...

— Nom d'une pipe, c'est pourtant vrai, s'exclamait Patoche.

« La nacelle est posée sur le rocher, et ceux qui sont

Bientôt la nacelle effleura les vagues.

dedans semblent nous faire signe avec leurs bras, comme pour nous dire de vite arriver.

— Et nous arrivons, mes amis, s'exaltait Flic.

« Le vent nous pousse juste de ce côté-là.

« Nous allons passer entre les deux pointes de la montagne. C'est immanquable. Par conséquent à quelques mètres seulement de leur propre nacelle.

« Ils n'auront qu'à nous jeter une corde, un crochet, et ça y est! terminée notre longue ballade dans les airs!

— Regardez, les poteaux, leur enthousiasme redouble!

« Ils nous font des gestes de plus en plus pressés!

Les trois hommes avec des yeux dilatés par la fièvre, se penchaient tous du même côté de la nacelle, se tendant tout entiers vers l'autre ballon.

Celui-ci, qui avait reçu autant de neige que le *Germania*, était posé sur son rocher comme une mystérieuse énigme.

La tempête qui sévissait portait rapidement le *Germania* sur lui.

Flac saisissant le porte-voix se mit à hurler de toutes ses forces:

— Ohé! du ballon! préparez les amarres! On arrive.

Ils arrivaient, en effet.

Leur nacelle allait frôler l'autre nacelle.

Flic, Flac et Patoche en tressaillant d'allégresse, dans une folle attente, tendaient leurs mains.

— Cette fois, c'est pour de bon! riait nerveusement Patoche.

L'autre ballon était là! un choc allait se produire. Des mains étaient tendues vers eux.

Flic, Flac et Patoche se penchèrent tous en même temps.

Tout à coup, ils se reculèrent dans la nacelle avec des regards hébétés.

Les mains, les passagers, le ballon sauveteur tout avait disparu.

— Mille millions de cartouches! s'exaspéra Patoche. Ce n'était qu'un mirage.

Patoche cette fois disait vrai.

Ils avaient été le jouet d'une illusion d'optique d'un de ces phénomènes assez fréquents surtout dans les climats aux températures extrêmes.

Ils n'avaient vu qu'un ballon fantôme, le reflet du leur.

Si terrible que fut leur déception, ils n'eurent pas le loisir de s'y attarder longtemps.

Sous l'effet du froid, le gaz contenu dans l'enveloppe du *Germania* s'étant contracté, le ballon avait des tendances à descendre.

Soudain le mouvement s'accéléra.

Les trois hommes sentirent qu'ils faisaient une chute vertigineuse dans l'abîme.

Quand cette chute cessa, ils poussèrent un cri terrible:

— La mer!...

CHAPITRE CCVIII

« A la nage, le gas »

Ce fut un moment d'angoisse terrible.

Du premier coup, la nacelle avait embarqué une lame qui l'avait emplie à moitié.

Les passagers avaient de l'eau jusqu'aux genoux.

— Vite, nom de Dieu! hurlait Patoche.

« Nous allons couler à pic.

« La mer est dure en diable.

« Le vent nous entraîne loin de la terre et pas une voile à l'horizon.

« Il faut absolument que nous remontions.

« Vidons d'abord la nacelle et jetons tout ce qui fait lest.

Les trois hommes avec des ustensiles divers s'empressèrent de vider la nacelle.

Puis ils jetèrent à la mer tout ce qu'ils n'avaient pas jeté sur les Allemands: les coffres, les bouteilles, la longue-vue, le porte-voix, etc.

La nacelle remonta d'un mètre au-dessus des flots.

La mer était extrêmement houleuse et les vagues, alternativement s'enflaient ou se creusaient au-dessous des naufragés, comme pour les aspirer.

Les trois hommes saisis par le froid de l'eau étaient livides.

Cramponnés aux cordages, ils plongeaient des regards effarés sur le gouffre.

L'embrun rejaillissait, enveloppant le ballon tout entier.

Bientôt la nacelle effleura de nouveau les vagues. Le *Germania* redescendait...

— Notre ballon n'en peut plus, fit remarquer le Parisien.

« Il est comme nous. Ce n'est plus qu'une loque.

« On aura beau le délester, il en a marre de courir.

« Il va retomber pour ne plus se relever.

En ce moment, le vent soufflait par rafales entraînant le ballon en pleine mer.

La nacelle au-dessous du ballon se balançait comme une escarpolette, effleurant à chaque fois les vagues, à chaque fois y pénétrant un peu plus profondément.

Les trois passagers s'étaient mis à cheval sur les bords de la nacelle et se tenaient aux cordes.

Tout à coup une vague plus forte que les autres vint fouetter le ballon.

Le *Germania* se releva encore, mais péniblement.

On sentait bien que c'était la fin.

Un instant les trois hommes avaient été entièrement immergés dans l'abîme.

Ils se retrouvèrent au-dessus des flots tout ruisselants et couverts d'algues, qui s'étaient prises dans les cordages.

— Une embarcation! clamait-il.

— Jetons nos habits! hurla Flic.

« Maintenant qu'ils sont mouillés ils pèsent trop.

« La nacelle continue d'enfoncer.

Ils jetèrent leurs habits et tout ce qu'ils purent encore trouver.

La nacelle remonta un instant, puis bientôt disparut entièrement sous les vagues.

Les naufragés n'avaient eu que le temps de s'élancer aux cordages.

Debout maintenant, les pieds posés sur le bord de la nacelle engloutie, cramponnés d'une main au filet, ils regardaient de toutes parts, cherchant un navire.

— On ne voit rien, grommela Flic.

« Nous sommes fichus.

— Non, répondit l'ordonnance.

« J'ai vu de la fumée tout à l'heure.

« Il y a un bateau par là, j'en jurerais...

« C'est la houle qui le cache, sans doute.

— Pourvu qu'il nous voie, lui.

— Il doit nous voir, mais il est loin, à plusieurs milles peut-être.

— Alors, c'est même tonneau, continua Flic.

« Quand il arrivera tout sera dit.

— Non, on dirait que le vent tombe.

« Ça danse moins.

— Oui, mais nous continuons d'enfoncer... objecta Flac.

« J'ai de l'eau jusqu'aux genoux.

« Si on essayait de se débarrasser de la nacelle pour alléger.

« Il n'y a pas moyen de couper les cordes?

— Couper avec quoi, rageait le Parigot, avec les dents?

« Nous avons tout jeté bêtement.

« Quand on ne pourra plus tenir on grimpera au filet... voilà.

A partir de ce moment les naufragés n'échangèrent plus que quelques rares paroles.

Anxieux ils interrogeaient l'horizon.

Comme l'avit dit **Pa**toche, le vent se calmait, mais la houle était toujours aussi forte.

Plusieurs minutes passèrent ainsi, minutes d'angoisse où chacun se taisait haletant, ramassant toute son énergie pour l'effort final.

Puis soudain, Patoche tendit le bras et poussa un cri de triomphe.

— Une embarcation! clamait-il.

« A la nage, les gas!

Et tous trois s'élancèrent tirant leur coupe, vers le bateau sauveur.

CHAPITRE CCIX

Sur les lieux du crime.

Tandis que Patoche et ses deux compagnons accomplissaient leur voyage mouvementé dans l'espace, leurs ennemis les cherchaient partout.

Quelques minutes après l'explosion — après quelques circuits destinés à faire perdre la trace de l'auto — Muller arrivait sur la route nationale Paris-Compiègne qu'il fallait suivre pour rentrer au château.

Il stoppa, descendit de son siège, et s'approchant de la portière.

— Qu'est-ce qu'on fait? demanda-t-il à Walter Humding.

« Est-ce qu'on rentre ou bien si l'on retourne là-bas aux *Boqueteaux.* C'est ainsi que s'appelait l'espèce de bas-fond où venait d'avoir lieu le drame.

— J'aurais rudement envie de voir ce qui se passe par là.

Il regarda l'agent visser la nouvelle plaque.

— Moi aussi, répondit Walter Humding.

« Mais ce n'est pas très prudent, peut-être.

« On peut reconnaître notre voiture.

— Bah! avec ce temps de chien, les flâneurs ne doivent pas être fréquents.

— Les flâneurs, oui... mais l'auto brûlait tout à l'heure.

« Une belle flamme même... qu'on devait voir de loin.

« Les voisins, les gardes forestiers ont pu l'apercevoir.

« Dans ce cas, ils seront accourus croyant à un incendie.

— Ça se peut, comme il se peut qu'on n'ait rien vu du tout.

« Ça n'a pas duré: une flambée de punch.

— Et l'explosion finale?

— Justement, ils auront pris ça pour un coup de tonnerre, rien de plus.

« Les paysans ne se dérangent pas facilement vous savez?

« On peut toujours approcher un peu.

« On en sera quitte pour faire demi-tour si la place est prise.

« Et puis, j'ai une plaque de rechange, que je vais mettre.

« Avec ça, rien à craindre.

— Eh bien! soit, faites! acquiesça l'espion, en mettant pied à terre à son tour.

Il regarda l'agent visser la nouvelle plaque à l'arrière de l'auto.

Sa besogne achevée, Muller se redressa, et s'immobilisa soudain, la tête rejetée en arrière, ayant l'air de chercher quelque chose dans le ciel noir, sillonné d'éclairs.

— Qu'est-ce qu'il y a? demandait Walter Humding.

« Qu'avez-vous à regarder par là-haut?

— Rien... fit l'agent.

« Faut croire que j'ai la berlue.

— Pourquoi diable... Expliquez-vous.

— Parce que voilà deux fois qu'il me semble apercevoir par là-haut un ballon...

— Un ballon? répéta Walter Humding qui n'y était pas du tout.

— Oui... un aérostat quoi, un ballon en détresse.

« Il semblait tomber, mais chaque fois il s'est relevé tout par un coup.

« On avait dû jeter du lest.

— Je ne vois rien, moi, murmura l'espion après avoir regardé un instant.

« Vous êtes sûr de cela, Muller?

— Autant qu'on peut l'être par un temps pareil, lorsque tout danse...

« Faut croire qu'ils ont été tués sur le coup.

— Tant mieux, fit Walter Humding d'une voix sourde.

« Ça nous dispensera de les achever.

« Il faut s'en assurer en tout cas.

« Quand on risque des coups pareils, il ne faut rien laisser au hasard.

L'espion s'arrêta, ébloui par un éclair qui venait d'incendier le paysage, montrant à deux pas d'eux, sur la route déserte, le squelette de l'auto torpillée.

— Tiens! s'exclama Muller à mi-voix. On ne voit rien.

« Pas plus de *françoze* que dans mon œil.

« Elle est forte, celle-là!

« Est-ce que, par hasard, ce damné Parigot

— C'est peu probable, mais puisque nous aurait trouvé moyen de venir, je veux en avoir le cœur net.

Terteuffel, gronda-t-il. Notre pétard a fait long feu

« J'ai bien essayé de suivre la chose, mais chaque fois elle a disparu d'un bond.

Walter Humding souriait, incrédule.

— C'est le *Ballon-Fantôme,* fit-il.

« Vous avez vu double. C'est quelque nuage chassé par la rafale.

— Oui, peut-être... maugréa l'agent en remontant sur son siège.

« N'empêche qu'on aurait juré...

« Alors, on va là-bas?

— Oui... Tâchons de savoir ce qui se passe.

Arrivés aux « Boqueteaux », les deux Allemands mirent pied à terre, et s'avancèrent à pas de loup, sondant le terrain devant eux.

— C'est bizarre, murmurait Muller.

« On n'entend rien. Pas ça.

« Allons chercher les phares et fouillons.

Les deux Allemands revinrent bientôt, portant chacun un puissant réflecteur à acétylène.

Ils dirigèrent le jet lumineux sur l'auto et l'espion eut un geste de rage.

— *Terteuffel,* gronda-t-il.

« Notre pétard a fait long feu.

— Comment cela? demandait Muller, en désignant l'auto du doigt.

« Il ne reste plus qu'une carcasse, un tas de ferraille.

— Il ne devrait rien rester du tout, répond Walter Humding sèchement.

« C'est de notre faute, de la mienne, devrais-je dire, puisque c'est moi qui ai indiqué la charge.

« Je n'ai pas réfléchi que nous avions à faire à une

voiture de course, une auto blindée de partout, d'une solidité remarquable.

— Cependant, objectait l'agent, elle a l'air d'avoir été rudement travaillée.

— Ce que nous voyons est l'effet de l'incendie, beaucoup plus que de l'explosion.

« La preuve est que le châssis — tout tordu, boursouflé qu'il soit — est resté debout et entier.

— Et ceux qui étaient dedans, s'écria « Mon-Ours » tout à coup.

« Vous pensez alors qu'ils ont échappé.

« Qu'ils s'en sont tirés sains et saufs?

— Non, du moins cela me surprendrait fort.

« Au moment de l'explosion, trois douzaines de balles sont parties verticalement sous leurs pieds, trouant les tôles.

« Il suffit que quelques-unes aient porté...

— Oui, mais alors, on devrait trouver quelque chose, répondit Muller qui s'était mis à inspecter le sol tout autour.

« Des traces de sang ou autres.

« Or rien: pas ça.

« Nous sommes refaits.

— Voilà qui est improbable, impossible presque.

— Alors, comment expliquez-vous que ces oiseaux aient disparu sans y laisser une plume?

— Peut-être n'étaient-ils que blessés.

« Ils ont pu en se soutenant l'un l'autre, gagner une ferme tout près d'ici.

« Peut-être est-ce un passant: un braconnier, un garde faisant sa ronde, qui aura ramassé les blessés.

— Je croirais plutôt ça, murmura Muller.

« N'empêche que je donnerais bien quelque chose pour être fixé.

A part soi, il pensait:

— Le chef a fait une gaffe, mais il ne veut pas en convenir.

« Quand on tente des coups pareils, il faut les réussir, c'est la seule excuse.

« Mauvaise affaire, *tarteifle!* et qui va nous mettre toute la police sur les bras.

Un bon moment encore les deux espions continuèrent leurs investigations, mais sans succès.

— C'est inutile, grommelait Muller.

« Les types sont loin, allez.

« Ils courent à cette heure.

A la fin, comme la bourrasque redoublait, faisant danser les lanternes, Walter Humding renonça, lui aussi:

— Rentrons, commanda-t-il, en se dirigeant vers l'auto.

« Nous reviendrons demain au grand jour.

« Pour moi, je suis convaincu que les Français ont été recueillis par quelque voisin ou quelque passant.

— A moins, qu'ils ne soient rentrés à Paris, tout simplement, répliqua l'agent, qui tenait à son idée.

« C'est ça qui serait farce!

« Dire que tandis que nous essuyons l'averse par ici, les trois compères sont peut-être en train de se goberger chez le père Lancelin, de raconter leur exploit, comment ils nous ont floués...

« Ça m'enrage rien que d'y penser.

« Si bien que j'ai envie d'aller voir là-bas, à Paris.

Walter Humding, qui déjà ouvrait la portière, s'arrêta net.

— Tiens, fit-il, c'est une idée ça!

« Comment n'y avons-nous pas pensé plutôt.

« Nous avons justement des intelligences dans la place, la petite Pourcelot, d'abord.

« Vous allez partir sur-le-champ.

« Par la même occasion, vous informerez Liliane afin qu'elle se mette en quête de son côté, et vienne nous prévenir, si elle découvre quelque chose d'intéressant.

— C'est ça, approuvait Muller, quoique rien ne presse.

« Donnons-leur le temps d'arriver, d'abord.

« A part ça, plus j'y pense, plus je suis convaincu qu'on ne découvrira rien ici.

« C'est à Paris qu'il faut chercher.

« C'est là qu'ils sont, boulevard St-Germain, et pas ailleurs.

— Ils n'y sont pas encore, en tous cas.

— Je sais: c'est une façon de parler.

« J'ai voulu dire que c'est là, chez le père Lancelin qu'on aurait le plus vite des nouvelles.

« Même s'ils étaient blessés, incapables de revenir tout de suite, nos *fileurs* n'auront rien eu de plus pressé que d'informer le capitaine, de le rassurer par express, bien entendu, puisque la poste est fermée.

— Tout cela est fort possible.

« En tous cas cette enquête à Paris ne peut que nous être utile.

« De plus, elle ne dérange rien, puisque tout ce que nous pouvions faire ici, pour l'instant, est fait.

« Il n'y a pas à hésiter, par conséquent.

« Reste à savoir si vous pourrez rencontrer Mlle Pourcelot, tout de suite?

— Pour ça, oui.

« Ce ne sera pas la première fois que je la dérange en pleine nuit.

« J'ai une façon de frapper au carreau de la loge qu'elle reconnaît tout de suite.

...Douze heures après — il était onze heures du matin — Walter Humding voyait Muller entrer dans cette salle basse du donjon d'Ozy où nous avons déjà introduit le lecteur.

Vivement il s'avança à sa rencontre:

— Enfin vous voilà, s'écria-t-il.

« Vous avez été long à revenir.

— C'est que je voulais vous apporter les dernières nouvelles.

« Alors j'ai poussé une pointe jusqu'aux Boqueteaux.

— Bien, très bien. Quelles nouvelles?

« On a retrouvé les blessés?

— Non. C'est extraordinaire, ma parole!

« Ces bougres-là ont disparu sans laisser de trace.

— Et à Paris?

— A Paris non plus. Pas de nouvelles.

— Voilà qui est extraordinaire, en effet.

« Je me figurais que le capitaine Lancelin devait savoir quelque chose.

« Vous êtes sûr qu'il n'a reçu aucun message.

— Aucun... j'en réponds.

« Même que le capitaine commence à s'inquiéter sérieusement.

« Depuis hier soir, il espère un télégramme qui n'arrive pas.

« A plusieurs reprises il a envoyé le concierge à la poste voir s'il n'y aurait pas une dépêche restée en panne, et rien...

« C'est épatant ce qui arrive, il n'y a pas à dire.

« On dirait que ces gens-là se sont envolés tout à coup, qu'ils ont été emportés par le vent au Diable-Vauvert...

« Est-ce que vous y comprenez quelque chose, chef?

J'ai une façon de frapper aux carreaux de la loge.

— Jusqu'ici, non... mais le mystère ne saurait tarder à s'éclaircir.

« Pour moi j'en reviens à ma première hypothèse: les Français sont ici, blessés plus ou moins grièvement.

« Ils ont dû trouver un asile quelque part dans la forêt.

— Mais alors ça se saurait, objecta Muller.

« D'autant plus qu'on s'agite là-bas autour de l'auto incendiée.

« Chacun se demande ce que sont devenus les voyageurs qui étaient dedans.

« Les gardes-champêtres vont et viennent interrogeant les voisins et pas un qui réponde.

« On n'a rien vu, rien entendu...

« Enfin — j'en reviens à mon idée, moi aussi — le premier souci de Patoche en admettant qu'il soit par ici caché, devait être de rassurer le capitaine et sa bonne amie Rosette, laquelle doit pleurer comme une Madeleine... or, pas un mot...

Walter Humding hochait la tête:

— Oui, murmura-t-il, c'est une objection capitale, celle-là.

« A moins de supposer que les Français, beaucoup plus endommagés que nous ne pensions tout d'abord, n'aient pas eu la force d'écrire, ni encore moins de trouver un asile aux environs.

« Criblés de balles, perdant leur sang à flots, ils seront tombés au pied d'un arbre où on va les retrouver bientôt.

« Voilà qui expliquerait tout.

Muller n'avait pas l'air convaincu:

— Oui, fit-il. J'ai eu cette idée moi aussi.

« Mais c'est impossible, malheureusement.

— Pourquoi impossible?

— Parce que depuis ce matin, tous les chasseurs du pays sont sur la piste avec leurs chiens.

« S'il y avait des cadavres par là, il y a beau temps qu'on les aurait découverts.

— C'est juste, dut convenir l'espion.

« Alors j'y renonce: il faut attendre.

« Et vous, Muller avez-vous une explication, une hypothèse mauvaise ou bonne?

— Une explication... c'est plutôt difficile!

« J'en vois bien une, mais tellement extraordinaire que j'hésite.

— Dites toujours.

— Voilà, chef.

« Pour moi, les Français sont morts bel et bien.

« Ils ont été tués sur le coup.

— Et les cadavres?

— C'est là le *hic*, murmura « Mon-Ours » en se grattant la tête.

« On peut s'en tirer toutefois...

« Puisqu'on ne retrouve pas les cadavres, il faut que les cadavres aient été brûlés, mais brûlés complètement, *incinérés* quoi, réduits à une poignée de cendre que le vent aura dispersée au loin.

— C'est invraisemblable.

— Oui... mais possible en somme.

« Et de plus, c'est la seule hypothèse qui explique tout pour parler comme vous.

« Ce ne serait pas la première fois que pareille chose arrive.

« Dans le dernier accident de chemin de fer, il y a eu deux voyageurs dévorés par les flammes, disparus corps et biens.

— Oui; je me souviens.

« Cependant, on a retrouvé quelques vestiges: un bijou, un morceau d'étoffe qui a permis d'identifier les victimes.

« Tandis que dans le cas présent tout a disparu.

« Et puis le temps matériel a manqué.

— Voilà l'objection principale, avoua l'agent et qui est de taille.

« Dans les fours crématoires les mieux outillés, il faut une demi-heure et plus pour incinérer un cadavre complètement.

« Alors... alors, j'y renonce. Je donne ma langue aux chats, comme on dit en France.

« Ce qui nous arrive touche à la magie.

« Si j'y croyais, je dirais que c'est le Diable, messire Satanas en personne, qui a emporté les Français sur ses ailes.

« A moins que ce ne soit le ballon.

— Quel ballon?

— Eh! le ballon fantôme!

« Il aura harponné les types au passage.

« Après tout, puisqu'on fait de la fantaisie...

— Oui, évidemment... toutefois revenons aux choses sérieuses.

« Je persiste à croire que la solution du problème qui nous préoccupe est ici et quelle va surgir tout à coup au moment où nous nous y attendrons le moins.

« Par conséquent, Muller, vous allez retourner aux Boqueteaux et reprendre l'enquête interrompue.

— Vous ne m'accompagnez pas?

— Est-ce nécessaire?

— Non. Je suffis amplement, puisque j'ai comme collaborateur tous les gens du pays.

« Ils ont été longs à s'y mettre, mais à présent, ils se remuent.

— C'est pourquoi je reste.

« J'aime autant ne pas me montrer, sauf le cas de force majeure.

« D'ailleurs, il faut quelqu'un ici pour recevoir les nouvelles qui peuvent arriver soit de Paris, soit d'ailleurs.

« J'ai un petit travail de photographie dont je vais m'occuper en vous attendant.

« Allez et tâchez d'avoir la main heureuse.

— On tâchera... A tout à l'heure, chef.

Et Muller sortit sur ce mot.

CHAPITRE CCXX

Où il est de nouveau question de l'aveugle

Ce même matin, Robert Servan était assis à une table de baccarat où il venait de passer la nuit.

Soudain il se leva, lança ses cartes sur le tapis vert et se dirigea vers la sortie d'un pas saccadé.

En quelques heures l'ami de Liliane venait de perdre les cinq mille francs qui constituaient toute sa fortune pour le moment.

Son visage terreux, ses mains fébriles disaient encore les terribles émotions par lesquelles le joueur venait de passer.

Comme il arrivait dans le vestibule, un garçon, qui éteignait l'électricité, lui ouvrit la porte de la rue.

Robert mit le pied sur le trottoir et fut ébloui par la grande lumière, étourdi par le fracas des omnibus qui se croisaient en tous sens devant la gare St-Lazare.

Il regarda le cadran là-haut:

— Huit heures, murmura-t-il étonné.

« Déjà huit heures du matin.

« J'ai tenu six heures contre un guignon noir, féroce.

« Un de ces guignons comme un joueur n'en voit qu'un dans sa vie, et justement la veine changeait.

« Si j'avais eu seulement vingt-cinq louis de plus, je faisais sauter la banque, peut-être.

« J'étais sûr de me refaire tout au moins.

« Tant pis: perte d'argent n'est pas mortelle comme on dit.

« Je vais marcher, j'ai la tête lourde.

« L'air me fera du bien.

Servan gagna les boulevards, la place de la Concorde, et de là, suivit les quais, se dirigeant vers son hôtel situé avenue Kléber.

Comment il en approchait il se rappela une note trouvée la veille sur sa table de nuit — sa note de la semaine — et tâta son gousset:

— Il me reste pour tout potage un demi-louis, maugréa-t-il.

« Juste de quoi faire le pourboire du garçon.

Et soudain son visage se crispa d'une rage longtemps contenue:

— C'est cette farceuse de Liliane qui en est cause, grondait-il.

« C'est elle qui m'a fichu la cerise, qui m'a énervé — c'est tout comme — avec ses façons de se dérober, de me balancer d'un rendez-vous à un autre.

« Oh! les femmes... Elle est comme les autres.

« Elle me lâche dès qu'elle n'a plus besoin de moi pour faire quelque mauvais coup.

« Depuis l'autre soir, depuis notre expédition là-bas, dans la carrière du prétendu Jean-Louis, je l'ai juste revue une fois... cinq minutes, en passant.

« Ce n'est pas faute d'avoir eu des rendez-vous, mais qui ratent toujours.

« Au dernier moment un coup de téléphone: madame n'est pas libre.

« C'est tantôt Walter Humding, tantôt c'est Muller qui l'accapare.

« Hier, pour la dixième fois, nous devions dîner ensemble, puis aller au Gymnase: j'avais pris les billets.

« Tout à coup, vers six heures, changement à vue!

« Liliane m'apprend — toujours par téléphone — qu'elle vient d'échapper à une filature terrible au Louvre, et qu'elle est consignée à la chambre.

« Ordre du chef, rien à dire, par conséquent.

« Tous ces contretemps, ces lapins à la file, m'ont énervé, exaspéré, je suis allé au cercle pour tuer le temps.

« Résultat: deux cent cinquante louis de fichus.

« Ce que je ne m'explique pas, c'est que Liliane et les deux Allemands aient tant à faire ensemble.

« J'aurais compris lorsqu'il était question de l'installer là-bas au château, mais le patron n'a plus l'air si pressé de se dépouiller au profit de la belle enfant.

« C'est mauvais signe ça, et je crains un fiasco de ce côté.

« Après tout, Walter Humding n'a plus besoin de Liliane pour rompre le mariage d'Yvette.

« Du moment qu'il a découvert la mère Van Flam et que celle-ci

Tous les chasseurs du pays sont sur la piste avec leurs chiens.

marche dans la combinaison, il est maître de la situation.

Cependant Robert venait de franchir la porte de son hôtel.

De nouveau, il pensa à la note en souffrance:

— Avec tout ça, me voilà fauché, grognait-il entre ses dents.

« Liliane m'a bien offert sa bourse, mais j'aurais autant aimé ne pas y avoir recours.

« Cela peut me gêner plus tard, surtout avec une petite rosse comme elle.

« Si j'accepte ses subsides je ne suis plus son égal, mais un homme à ses gages.

« Elle me le fera sentir, la mâtine.

Tout en monologuant Robert Servan s'avançait vers l'ascenseur.

Comme il passait devant le hall, il aperçut Liliane, installée toute seule à une table, qui lui souriait et lui faisait signe d'accourir au plus vite.

Il s'empressa d'obéir, tout son ressentiment évanoui du coup.

— Comment, c'est vous, disait-il tout heureux.

« D'où sortez-vous donc?

— Vous allez le savoir, répondit la chanteuse gaiement.

« Asseyez-vous en face de moi, surtout quittez cet air ahuri.

« Les garçons nous regardent.

— Nous pourrions monter chez moi, insinua Robert.

— Merci bien, fit la jeune femme en riant.

« Vous voulez donc me compromettre!

« Nous sommes parfaitement ici, et j'ai faim, ajouta-t-elle en mordant à belles dents dans une tartine beurrée.

« Faites comme moi, prenez quelque chose.

« Vous devez en avoir besoin.... si j'en juge par votre mine de déterré.

« D'où diable sortez-vous donc?

— Du cercle.

— Je m'explique, poursuivit Liliane qui connaissait le vice de son associé.

« Et vous avez perdu?

— Oui... une guigne noire, féroce.

— Parbleu, nargua la chanteuse, narquoise, c'est le proverbe.

« Heureux en amour.... Petite perte, d'ailleurs.

« Parlons de nos affaires... des grandes.

« Vous aviez, paraît-il, des tas de questions à me poser, et voilà vous restez coi.

« Ça vous trouble donc à ce point de me voir.

— Et quand cela serait, répondit le jeune homme en jetant à sa compagne un regard brûlant.

« Voilà des jours que je vous espère comme le Messie!

« Ah! la jolie poseuse de lapins que vous faites.

« Vous ne vous êtes pas dit un seul instant que, tandis que vous courriez Paris, moi je me rongeais d'inquiétude..

— A propos de quoi?

— A propos de tout!

« A propos de notre incursion dans le souterrain d'abord.

« Ne vous voyant plus je me forgeais un tas de complications.

— Je vous ai rassuré sur ce point par téléphone.

— Eh... est-ce qu'on peut dire tout ce qu'on veut par téléphone?

« J'avais toujours peur que le chef ou Muller ne fût derrière vous aux écoutes.

« Ainsi tout va bien, pas d'avaro?

— Aucun.

— Cependant pour que vous veniez si matin, il faut qu'il y ait du neuf.

— Il y en a, en effet.

— De quel genre. Mauvais ou bon?

— Ni mauvais ni bon... du moins impossible de préciser jusqu'ici.

« Nous sommes en train de nous renseigner.

« D'ailleurs, ça ne nous touche qu'indirectement, de très loin.

— De quoi s'agit-il, de cette filature d'hier, toujours?

— Oui, fit Liliane.

Et elle raconta les événements que nous connaissons: le torpillage de l'auto, la disparition de ceux qui la montaient devenus introuvables subitement, et les inquiétudes de Walter Humding à ce propos.

— C'est bizarre, en effet, murmurait l'ancien sous-off.

« Vous êtes sûre qu'ils ne sont pas rentrés boulevard St-Germain?

— Tout à fait sûre.

« J'en reviens avec Muller et nous avons passé une partie de la nuit dans la loge à attendre des nouvelles qui ne sont pas venues.

— Muller est à Paris?

— Non, il vient de repartir pour le château afin de rendre compte au chef.

« Moi-même je vais le suivre incessamment.

— Vous me quittez déjà... fit Servan avec une grimace de mauvaise humeur.

« Je n'ai pas de veine.

« Voilà des jours qu'on ne se voit qu'en passant, dans un courant d'air, comme on dit.

— Il n'y a pas de ma faute, mon ami.

« Vous ne vous imaginez pas tout ce que j'ai eu à faire, soit pour moi-même, pour mes préparatifs, soit pour le service.

« Ça se débrouille, heureusement!

« Et aujourd'hui je vous annonce une grande nouvelle que j'ai tenu à vous apporter moi-même.

— Laquelle?

— C'est cette semaine que je m'installe au château.

— Enfin! s'écria Robert dont le visage renfrogné s'illumina tout à coup.

« Enfin, ça y est.

« C'est sûr, au moins, ce coup-ci.

— Tout ce qu'il y a de plus sûr: les domestiques sont engagés et n'attendent qu'un signe pour rappliquer.

« Le patron me l'a annoncé hier chez Foyot.

« D'ailleurs, je n'en avais jamais douté.

— Moi si... depuis qu'on avait découvert cette vieille soularde de mère Van Flam.

« Après tout le patron pourrait très bien se passer de vous.

— Oui, s'il ne s'agissait que de rompre le mariage d'Yvette.

« Mais Walter Humding veut autre chose.

« Il veut capter la petite, la détacher de son fiancé et pour cela comme je vous l'ai dit cent fois, il a besoin de moi. Je le tiens.

« Il n'y a que moi qui puisse me charger de l'intrigue plutôt compliquée qu'il s'agit de mener à bien.

— Et la mère Van Flam, qu'est-ce qu'elle fait là-dedans.

— Rien, pour le moment.

« Le patron a peut-être bien pensé un instant à commencer par elle, mais il a changé d'avis.

« Il a compris que cette mégère ne pouvait que gâter les choses.

« Walter Humding la garde pour la fin, pour le cas où les autres moyens échoueraient.

— Bien, bien, à son aise, murmurait Robert en se frottant les mains.

« Peu nous en chault, après tout: parlons de nos affaires, comme vous disiez, tout à l'heure.

« C'est le moment après la nouvelle capitale que vous m'apprenez.

« Ainsi, vous allez devenir châtelaine?

— Oui, lança la chanteuse dont les yeux brillaient de plaisir et c'est probablement une des dernières fois que vous voyez Liliane en cabotine.

« Demain je me transforme et deviens une grande dame: la *comtesse de Rozen*.

« Cela sonne bien, n'est-ce pas?

Il se leva, lança ses cartes sur le tapis.

— Tout à fait bien... mais, moi j'aimais autant Liliane tout court.

— Eh!... répondit la cabotine en jouant de la prunelle, Liliane y sera toujours pour vous..

« Toutefois nous serons obligés de prendre certaines précautions à cause des domestiques.

— Pourrai-je aller vous voir?

— Oui, peut-être, mais pas tout de suite.

« Il faut d'abord que je vous présente à Walter Humding.

« Vous savez, continuait Liliane ravie, que le chef entend faire les choses grandement, très grandement.

« Il s'agit d'éblouir les gens que nous voulons duper, alors il jettera l'or par les fenêtres.

— A nous de le ramasser...

La chanteuse regarda le jeune homme bien en face:

— Là-dessus nous sommes d'accord, répondit-elle, et la gloriole ne me fait pas oublier le principal.

« Je vous ai déjà exposé mon plan: me faire remettre une partie des actions appartenant à Pas-de-Canard et aller les laver à Londres.

— Et le patron consent?

— Le patron, il me remettrait toute la fortune, si je voulais.

« Jamais il ne m'a eu plus à la bonne.

— Alors, nous ferons bien de battre le fer chaud.

« Ça pourrait changer.

— Pourquoi changer... je ne vois pas bien.

« C'est cette histoire de bombes qui vous inquiète?

— Non... quoique ça puisse amener des complications, surtout s'il y a mort d'homme.

« Ce qui me tracasse surtout c'est cette excursion là-bas dans la carrière de Jean-Louis.

— Vous êtes tenace, mon ami.

« Puisque je vous dis et répète que les Allemands n'ont pas le moindre soupçon.

— Pour l'instant, oui, mais plus tard ?

« Les Boches sont sur une fausse-piste pour l'instant, mais ils s'en apercevront forcément.

« L'heure viendra où ils chercheront, moins loin, autour d'eux, et alors...

— Ce moment est loin... et d'ici là nous aurons fait notre beurre!

« Walter Humding et Muller pensent toujours avoir eu affaire à des professionnels et n'attachent pas d'importance à cette tentative.

— Savoir... c'est une ruse, peut-être?

— Non... je suis mieux placée que personne pour en juger.

« Muller m'a parlé plusieurs fois de ce cambriolage, raté selon lui.

« Mieux que cela il m'a demandé mon opinion sur ce point, preuve qu'il est à cent lieues de soupçonner le rôle que nous avons joué.

— Et le chef, Walter Humding?

—, Le chef ne dit rien.

« Mais s'il avait la moindre arrière-pensée, je le saurais par « Mon-Ours » lequel n'a pas de secret pour moi.

« C'est ce qui me rassure en cas de complications...

Arrivée là, la chanteuse hésita une seconde:

Il aperçut Liliane installée toute seule.

— Justement, fit-elle, il y a un point noir.

« Oh! mais c'est si peu de chose.

— De quoi s'agit-il?

— De l'aveugle.

— Hein! sursauta Robert.

« J'avais pressenti le coup.

« Rien de dangereux comme ces mendigots, qui vont furetant partout.

— Il n'y voit pas, heureusement.

— Raison de plus... Ces gens-là acquièrent parfois une acuité de l'ouïe, de l'odorat, qui les rend terribles, plus terribles que les chiens de chasse.

« Je devine ce qui a dû se passer.

« Cet aveugle de malheur est allé trouver Jean-Louis, c'est-à-dire Muller.

— Oui.

— Je m'y attendais, parbleu.

« Qu'est-ce qu'il lui a dit?

— Très peu de choses.

« Il a prétendu avoir rencontré les cambrioleurs qui avaient dévalisé la maison du carrier, a dit, dans le nombre il y avait une femme et c'est tout.

« Vous voyez que jusqu'ici, c'est vague.

— Vous êtes certaine que ce sacré gamin n'a rien dit de plus?

— Tout à fait certaine.

— Qu'il n'a pas parlé du sac?

— Il s'en est bien gardé.

« D'ailleurs Muller, qui connaît la réputation du petit galvaudeux, n'a pas même daigné l'écouter.

« Il l'a envoyé au diable, en le menaçant de lui tirer les oreilles s'il revenait rôder par là.

« Par conséquent, pas de bobo.

— Jusqu'ici, oui.

« Mais le petit mandrin peut revenir à la charge, préciser.

— Ça m'étonnerait. En tous cas nous serons les premiers prévenus, puisque Mon-Ours me dit tout.

— Heureusement... c'est une garantie... toutefois redoublez de prudence.

« Si jamais vous rencontrez l'aveugle, éloignez-vous au plus vite.

« Il pourrait très bien vous reconnaître, savez-vous.

« Il vous cherche, peut-être.

— Me reconnaître, à quoi?

— Mais à votre parfum, à votre voix.

— Bien. Je me méfierai.

« D'ailleurs rien de plus facile à changer qu'une voix ou un parfum.

— Ça peut donner des soupçons.

— Mais non... puisque justement je vais jouer un nouveau personnage.

Ce que vous voyez là, ce sont des empreintes digitales

blanc fort tranquille.

« C'est là que nous avons nos rendez-vous.

« Je vais vous y conduire.

— Et vous, vous rentrez au château?

— Oui, fit la chanteuse en se levant.

« Le patron peut avoir besoin de moi.

— Quand vous reverrai-je?

— Bientôt, demain, très probablement.

« Quant à vous, ne perdez pas de vue le Père la Manille.

« S'il sort, filez-le.

« Si vous apprenez quelque chose d'important, sautez en taxi et accourez au château dare-dare.

« Cette incertitude ne peut se prolonger : je sens qu'un événement va se produire, un coup de théâtre peut-être... et je tiens à ce que ce soit vous qui apportiez la nouvelle.

« Convenez que je suis bonne collègue : je ne cherche qu'à vous vous faire briller.

— Vous êtes exquise, répondit Robert, en baisant la main de son amie.

— De plus, continuait celle-ci, ça tomberait à pic.

« Je parlais tout à l'heure de vous présenter au chef.

« Ce serait une occasion excellente.

« Et là-dessus partons...

« Ils doivent m'attendre là-bas, avec impatience! »

...Tout à coup la cabotine tira sa montre.

— Dix heures presque! s'écria-t-elle.

« Nous bavardons là, et nous avons à faire.

— Quoi donc?

— Mais continuer l'enquête au sujet de Patoche et Cie.

« C'est vous qui allez en être chargé de concert avec Mlle Pourcelot.

— Mais je ne connais pas cette jeune personne...

— La connaissance sera vite faite.

« La jeune personne comme vous dites, n'est point farouche.

« Elle nous attend, d'ailleurs.

— Où cela, dans la loge?

— Non, ce ne serait pas à faire en plein jour.

« Il y a tout proche de la maison, un petit café

CHAPITRE CCXXI

Karl Kauffmann.

Arrivée au château, Liliane se dirigea directement vers la salle basse du donjon où elle comptait trouver Walter Humding et Muller .

Le comte d'Amaury était seul examinant des épreuves photographiques encore humides qu'il déposa aussitôt sur la table.

Un coup d'œil lui suffit pour se rendre compte que la chanteuse n'apportait rien de nouveau.

— Toujours pas de nouvelles? questionna-t-il.

— Pas de nouvelles, répéta la jeune femme.

« Le Père la Manille n'y comprend rien, lui non plus et commence à s'inquiéter sérieusement.

« Alors j'ai pensé que vous pourriez avoir besoin de moi ici et je suis accourue.

— Vous avez bien fait, approuva l'espion.

« Qui est-ce qui vous remplace là-bas, Mlle Pourcelot?

— Oui, mais comme elle ne peut guère s'éloigner de la maison, je lui ai adjoint quelqu'un, en cas de filature à faire.

« C'est mon collègue et ami, Robert Servan.

— Excellente idée, fit Walter Humding.

« Je ne puis qu'approuver ce choix.

« Servan nous a déjà donné des preuves de son savoir-faire et nous pouvons compter sur lui.

« Espérons que lui, ou un autre, finira par découvrir quelque chose, l'explication de ce mystère qui m'inquiète de plus en plus, moi aussi.

— Et Muller? demanda Liliane brusquement.

« Je ne le vois pas.

« Il est sorti?

— Oui, il continue l'enquête sur place.

Walter Humding reprit les photographies, abandonnées un peu plus tôt et se mit à les examiner par transparence.

C'était — considérablement agrandies et par là, rendues méconnaissables — les photographies des trois doigts de femme: pouce, index, majeur, relevés par lui sur une glace, lorsqu'il avait visité la maison du carrier après le cambriolage.

Naturellement curieuse Liliane regardait ce dessin bizarre dont elle ne soupçonnait pas porter l'original au bout de ses doigts.

C'était un ensemble de lignes pointillées concentriques, se détachant en blanc sur un fonc noir, et rappelant assez bien certaines photographies de comètes demi-obscures ou de *nébuleuses* telles qu'on en obtient aujourd'hui.

La ressemblance était si frappante que la chanteuse la remarqua:

— Tiens! fit-elle en riant, on dirait une photo de comète.

« J'en ai vu de semblables à l'Observatoire.

« Est-ce que vous vous occupez d'astronomie, par hasard, M. le comte?

L'espion sourit:

— Non... ce que vous voyez là, ce sont des *empreintes digitales,* ces fameuses empreintes que M. Bertillon s'imagine avoir découvertes, mais que les Chinois connaissaient et employaient bien avant nous, comme une sorte de *sceau,* de *signature* naturelle.

« La meilleure de toutes les signatures puisque c'est la seule qui ne puisse pas être contrefaite.

— Oui, murmurait Liliane, prise d'une inquiétude vague, sans doute causée par ce nom redoutable de Bertillon.

« Je me souviens, en effet, avoir entendu parler de cela.

« On disait même que, depuis cette innovation, nos cambrioleurs *modern-style* n'opéraient plus que soigneusement gantés.

« Et c'est vous qui avez découvert cette empreinte?

— Non, répondit Walter Humding, qui, jusqu'à nouvel ordre, entendait garder sa trouvaille pour lui seul.

« L'épreuve que vous voyez et que je viens d'agrandir m'a été expédié de Berlin.

— De Berlin, fit la chanteuse soulagée aussitôt de l'appréhension confuse qui l'oppressait.

« A propos de quoi?

« Je ne saisis pas bien.

— Rien de plus simple cependant, répondit l'espion qui avait déjà combiné la petite histoire à dire en pareil cas.

« Récemment un cambrioleur, artistement grimé en officier allemand, s'est glissé dans notre bureau de Berlin et à subtilisé une pièce assez importante concernant la mobilisation.

« Remarquez qu'il n'y a pas eu effraction: l'auteur de ce vol audacieux connaissait les aîtres de la maison.

« Il a choisi son heure, il avait une clef du coffre-fort et savait le mot qui le fermait ce jour-là.

« De tout cela il résulte clairement que le voleur est un de nos agents qui se sera laissé corrompre par l'étranger.

« Il importe donc de le démasquer au plus vite.

« Plus facile, d'ailleurs, à dire qu'à faire.

« En effet, notre cambrioleur avait si bien pris ses précautions que toutes nos recherches ont échoué jusqu'à présent, du moins.

« Toutefois — on ne pense jamais à tout — il avait négligé l'importante précaution dont vous parliez tout à l'heure : les gants !

« Résultat : cette empreinte caractéristique, ce signalement « digital » puis-je dire, relevé sur l'acier poli du coffre-fort violé par lui.

« L'enquête faite à Berlin d'après cet indice n'a donné aucun résultat, et nos chefs en ont conclu que le criminel n'habitait pas la ville, ni même l'Allemagne ordinairement.

« Il doit appartenir au « personnel ambulant » comme nous disons.

— Voilà qui complique les recherches.

— Oui, beaucoup.

« Ça les complique d'autant plus que les agents de cette catégorie sont légion et que sans cesse ils se déplacent le long de la fronière de Genève à Bruxelles et plus loin... jusqu'à Londres.

Ces gens-là battent le pays nuit et jour.

« Toutefois les chefs n'ont pas renoncé à mettre la main sur le coupable.

« C'est dans ce but qu'ils ont envoyé à certains d'entre nous, l'empreinte que voici en nous recommandant de faire des recherches dans notre entourage, parmi ceux de nos agents qui sembleraient le plus sujets à caution et c'est ce que je me propose de faire au plus vite.

« Je viens d'étudier cette « *signature* » et je l'ai bien dans l'œil à présente.

« Je pourrais la dessiner de mémoire.

« Aussi suis-je sûr, si jamais le traître passe à côté de moi, de ne pas le rater...

Pour la seconde fois, Liliane éprouva un léger frisson et aussitôt elle parla d'autre chose :

— Muller tarde bien, dit-elle tout à coup.

« Que peut-il bien faire ?

« Espérons qu'il aura fait bonne chasse.

— Espérons-le, répéta l'espion d'un air soucieux. Et il se remit à considérer ses photographies.

Un peu après la porte s'ouvrait sans bruit donnant passage à Muller.

— Enfin, voilà Mon-Ours, commençait Liliane gaiement.

Mais, devant le visage bouleversé du nouveau venu, elle s'arrêta aussitôt :

— Qu'est-ce qu'il y a ? bégayait-elle.

« Qu'est-ce qui se passe donc ?

— Une chose extraordinaire, renversante, grommela Muller, en essuyant son front ruisselant de sueur.

— Quoi donc, lança Walter Humding d'un ton bref de commandement.

« Parlez vite !

« On a retrouvé les cadavres des Français ?

— Ah ! ouiche ! les Français. Ils sont loin.

« Ils courent.

« Il y a bien un cadavre sous bois, mais c'est un cadavre allemand, celui de l'aéronaute.

« Heureusement que c'est moi qui l'ai découvert le premier..

— Un Allemand, un aéronaute, qu'est-ce que vous nous chantez là, Muller.

« Il y avait donc des Allemands par ici ?

« Comment sont-ils venus ?

— Eh ! en ballon, pardienne !

« Le fameux ballon dont je parlais hier soir, quand vous n'avez pas voulu me croire.

« Quel dommage, chef, que nous ne soyons pas allés à son secours.

« Probablement nous aurions pu sauver la vie de notre compatriote, de notre collègue, car c'est un collègue aussi.

Walter Humding allait et venait, l'air perplexe :

— Muller *bluffe*, pensait-il.

« Il est bien aise de me prendre en faute.

« Et cependant il y a quelque chose...

« L'émotion de ce gros garçon est sincère.

Il s'arrêta en face de son subordonné et d'un ton plus conciliant :

— Un collègue, dites-vous.

« Vous êtes sûr de cela ?

— Je vous crois, chef, que j'en suis sûr !

« Je l'ai reconnu tout de suite.

— Comment s'appelle-t-il ?

— Karl Kauffmann.

A ce nom, le visage du prétendu comte d'Amaury, se contracta :

— Karl Kauffmann, répéta-t-il.

« Je connais un agent de ce nom, en effet.

— Moi aussi, je le connais, s'écria Muller, et c'est bien ce qui m'attriste.

« On a travaillé ensemble, dans le temps.

« Je suis sûr de ne pas me tromper.

« C'est bien lui, allez.

— Soit ! je vous l'accorde, acquiesça Walter Humding.

« Reste à savoir comment il se trouve par ici.

« Votre explication, cette histoire de ballon en détresse est tellement invraisemblable, incohérente...

« Une question avant tout : est-ce que vous avez retrouvé le ballon, quelques débris tout au moins ?

— Non, chef, rien.

— Vous voyez bien, triomphait Walter Humding.

— C'est une objection, mais qui ne tient pas si l'on réfléchit.

« Notre ami Kauffmann est tombé de la nacelle en cherchant à atterrir probablement.

« Aussitôt le ballon, délesté d'autant, a fait un bond du diable.

« Il se peut d'ailleurs qu'il ne soit pas allé bien loin et qu'on le retrouve par là, éventré contre un arbre.

— Des hypothèses tout ça.

« Je voudrais un fait !

« Qu'est-ce qui vous fait dire que Kauffmann était dans la nacelle ?

— Mais la position du cadavre, puis sa blessure...

« Une horrible blessure à la tête qui prouve qu'il a été précipité d'en haut...

« Enfin il y a son costume de pilote qui ne laisse aucun doute : pantalon et dolman de cuir, fourrés intérieurement pour se garantir des froids terribles qu'il fait par là-haut.

« D'autre part vous savez aussi bien que moi que

Kauffmann s'était mis à l'aérostation depuis quelque temps et qu'il réussissait même assez bien.

« Il avait combiné un appareil permettant de photographier les forts à vol d'oiseau.

« C'est lui qui a obtenu les premières photographies réellement utilisables dans ce genre.

« Il avait déjà fait plusieurs explorations heureuses à bord de son sphérique *Germania*.

« Cette fois il a été entraîné par la tempête et est mort comme un brave au champ d'honneur.

L'espion hochait la tête, n'ayant plus d'objection à faire.

— C'est dommage, reprit-il bientôt d'une voix grave.

« Je connaissais le mort tout particulièrement et cette fin tragique m'afflige, moi aussi.

« Sans compter que c'est une perte pour le service.

« Kauffmann était un de nos collaborateurs les plus précieux, les plus sûrs.

« Toutes les fois que Berlin avait une communication particulièrement grave, qu'on ne pouvait pas confier aux voies ordinaires, c'était Kauffmann qui était choisi comme messager.

— Tiens, murmura Muller, il avait peut-être une lettre pour vous...

— Non... ne compliquons pas les choses à plaisir.

« Le ballon, et particulièrement le ballon sphérique, est un moyen trop aléatoire pour servir de courrier.

« D'ailleurs Kauffmann ignorait l'existence du château.

« C'est donc par hasard qu'il est venu tomber dans nos bois.

« Ce qui m'étonne c'est que ce soit vous qui ayez découvert le corps.

« Vous me disiez ce matin que tous les chasseurs du pays battaient les Boqueteaux et les environs avec leurs chiens.

— C'est que le cadavre est assez loin des Boqueteaux, de l'autre côté de la rivière, à un endroit appelé Plan-d'Ars.

« C'est un plateau dénudé où personne ne passe.

— Vous avez été bien inspiré, en tous cas.

« Je vous félicite.

— Oh ! l'inspiration n'y est pour rien.

« J'allais voir quelqu'un.

— Qui donc ?

— Une famille de mendigots qui ont leur cahute de ce côté.

— « Ces gens-là, le père, la mère et le petit — un sacré moutard qui a le nez fin s'il y voit mal — battent le pays nuit et jour, ramassant tout ce qu'ils trouvent.

« De vrais *naufrageurs,* quoi !

« L'idée m'était venue que ces pillards avaient peut-être recueilli les blessés — ou les morts — et qu'ils les cachaient attendant le moment de les dépouiller sans risque.

« Je me trompais, d'ailleurs.

« La cahute était vide, la porte battante.

« C'est en revenant que j'ai découvert notre ami gisant le crâne ouvert sur le roc.

« Alors je suis venu vous chercher au galop.

« Je n'ai pas touché le mort, voulant que vous le vissiez tel quel.

— Bien très bien, approuvait l'espion.

« Ainsi vous pensez que je peux aller là-haut, que nous ne rencontrerons personne ?

— Ça m'étonnerait, du moins.

« L'endroit est tellement désert.

« D'ailleurs on s'assurera avant de descendre d'auto.

— On peut y aller en voiture ?

— Oui, sauf pour les derniers cinq cents mètres qu'il faut faire à pied, l'ascension du plateau.

« D'autre part, je vais aller chercher l'auto et la conduire jusqu'à la porte du donjon.

« Pas de danger qu'on nous reluque, par conséquent.

« D'ailleurs, on vous verrait que ça n'aurait pas d'inconvénient, en somme.

« On sait que le château est en réparations, tout naturel, alors qu'il y ait des allées et venues : entrepreneurs, architectes, etc.

— Oui, vous avez raison, fit Walter Humding en se levant.

« Nous allons donc aller là-haut tout de suite.

« Venez Liliane.

— Vous m'emmenez ? demanda la chanteuse surprise.

— Oui, nous pouvons rencontrer des curieux et mieux vaut que vous soyez là, pendue au bras du comte d'Amaury.

« Vous faites partie de mon déguisement en quelque sorte.

« J'espère d'ailleurs que vous n'avez pas peur d'un mort ?

— Oh ! non.

— Très bien. Et puis rien ne vous force à regarder.

« Quant à vous, ami Muller, faites avancer l'auto, et partons vite.

« Il me tarde de voir ce malheureux.

« Peut-être trouverons-nous quelque chose sur lui, quelque papier qui nous renseignera.

— Ma foi, ce ne serait pas de luxe, murmura Muller en s'en allant.

« Je m'y perds, moi aussi.

— Eh bien ! fit Muller, vous le reconnaissez ?

CHAPITRE CCXXII

Où la belle Liliane a quelques secondes d'émotions.

— Eh bien ! fit Muller en montrant le cadavre de l'aéronaute, allemand, vous le reconnaissez ?

— Oui, murmura Walter Humding, c'est bien lui.

« C'est Kauffmann.

« D'autre part la position du cadavre et surtout cette blessure de la tête prouvent la chute, comme vous disiez.

« Le malheureux a dû être précipité au moment où il cherchait à atterrir.

— Enfin... je savais bien que vous auriez la même impression que moi.

« Maintenant que ce point est acquis, nous allons le fouiller.

— Une seconde, fit l'espion en tirant un kodak de sa poche.

« Avant de déranger le mort, si peu que ce soit, il faut le photographier.

« Cela peut servir plus tard en cas d'enquête.

— A propos de quoi, l'enquête?

— Est-ce qu'on sait jamais.

« Reculez-vous un peu, mes amis.

Liliane et Mon-Ours obéirent, et leur chef prit trois clichés différents.

Cela fait il retira une bague que Kauffmann avait au doigt, ainsi que sa montre, un superbe chronomètre en or, attaché par une chaînette de cuir:

— Je ne veux pas que ces bijoux tombent entre les mains de la police, expliqua-t-il.

« Cette montre arrêtée par la chute, marque l'heure même de la catastrophe.

« Voilà des souvenirs précieux que je tiens à expédier moi-même à la famille.

« C'est plus sûr.. nous pouvons fouiller maintenant.

« Vous, Liliane, regardez si personne ne vient.

Les deux hommes se mirent à l'œuvre avec lenteur et méthode.

— C'est bizarre, murmurait Muller, désappointé.

« On ne trouve rien, aucun papier.

« Ah! si un portefeuille.

« Cette fois, nous tenons quelque chose.

Fiévreusement il ouvrit le portefeuille et mâcha un juron. *Tarteiffle!* Il est vide... ou presque.

« Cinq cents francs en billets de banque allemands, et c'est tout.

« Pas un papier, pas même une carte de visite.

« C'est étrange... ça, nom d'une pipe.

— En effet, fit Walter Humding, très étrange.

« On dirait que Kauffmann a été fouillé déjà.

« J'ai eu cette impression tout d'abord en constatant le désordre des vêtements.

« Il est vrai qu'après une chute pareille.

— Oui, quelques boutons ont pu sauter, continuait Muller de plus en plus abasourdi.

« Quant à être fouillé... qui diable voulez-vous qui soit venu?

— Je ne sais pas, un chemineau, peut-être.

— Un chemineau aurait pris les bijoux.

— C'est juste. Je n'y pensais plus.

« Alors, mon ami, il n'y a qu'une explication plausible, très plausible même.

« Kauffmann se voyant en France, a détruit les papiers qui pouvaient le compromettre.

— Oui, c'est ça, approuvait Muller qui ne pouvait pas se faire à l'idée d'avoir été prévenu.

— Oh! reprit Walter Humding avec un sourire sceptique, c'est ça ou autre chose.

« Ne nous pressons pas trop de conclure.

« Il se pourrait que...

Une exclamation de son collaborateur lui coupa la parole.

Continuant ses investigations, Muller venait de découvrir la blessure de la jambe.

Il avait mis la chair à nue et montrait la petite plaie ronde déjà remarquée par Patoche et ses amis.

— Un coup de feu, grommelait-il.

« Ça, ça me renverse, par exemple!

« Qui diable a bien pu tirer sur notre compatriote.

« Vous y comprenez quelque chose, vous, chef?

— Non, répondit Walter Humding qui examinait la blessure à son tour.

« Tout ce que je vois c'est qu'il s'agit d'une arme de petit calibre. Un fusil de guerre ou un revolver.

— Un revolver plutôt ou un Browning.

« Il n'y a pas de fort, par ici, pas de poudrière.

« Et puis les Français sont trop moulus pour tirer sur un aéronaute, même s'ils avaient la certitude que c'est un espion. D'ailleurs, là, n'est pas la question.

« Ce qu'il faudrait trouver c'est celui, soldat ou pékin, qui tenait l'arme, qui a osé, en pleine paix tirer sur un Allemand.

« Ce qui saute aux yeux, ce qui m'enrage, fait bondir mon cœur de patriote, c'est qu'il ne s'agit plus d'un simple accident, comme nous pensions.

« Notre camarade a été assassiné bel et bien.

— Assassiné, non, protesta Walter Humding.

« Vous avez là manie de tout exagérer.

« Le coup de feu n'était pas mortel.

— Hé, je sais... Seulement, c'est le coup de feu qui a provoqué la chute, et dès lors, tout s'explique.

« Rien de plus facile que de reconstituer la scène.

« Le capitaine du *Germania* avait fini par accrocher son *guide-rope* sans doute à un de ces rochers que nous voyons d'ici.

« Il descendait le long du câble lorsque on a tiré sur lui.

— Qui donc?

— Quelqu'un qui rôdait par là, et dont nous reparlerons...

« Blessé Kauffmann a lâché prise, et est venu se fracasser sur le sol.

— C'est une explication, évidemment, mais qui pèche par la base.

« Je ne vois pas le mobile de cette agression.

— On le trouvera peut-être en cherchant bien, fit Muller d'un air plein de sous-entendus.

« Le meurtrier n'en voulait pas à l'argent, mais à l'homme, à ses papiers, plutôt.

« Donc il connaissait Kauffmann il connaissait son ballon tout au moins, le *Germania*.

« Donc c'était un policier, un agent du contre-espionnage pour préciser.

« Or, justement il y en avait trois hier, qui se baladaient par ici.

« C'est même nous qui avions eu la bonne idée de les amener au moment voulu.

Tout en parlant, amenant ses arguments l'un après l'autre dans l'ordre logique, Muller observait son chef dont l'impassibilité, le flegme l'étonnait.

— C'est épatant, se disait-il.

« Voilà un moment que je l'asticote, que je jette des pierres dans son jardin, et il ne bronche pas.

« Je croyais qu'il allait bondir, mais non.

« Est-ce qu'il ne comprend pas qu'il s'agit de Patoche, ou bien s'il a trouvé autre chose, lui?

Cependant Walter Humding venait de lever la tête:

— Puissamment raisonné, ricana-t-il en présentant à Mon-Ours le chronomètre du mort.

« Vous n'avez oublié qu'une chose, ami Muller, il est vrai qu'elle est capitale: la concordance des temps!

« Quelle heure est-il, là?

— Huit heures! bégayait Mon-Ours, les yeux ronds de surprise.

— Huit heures six, pour préciser: telle est l'heure exacte de la catastrophe.

« Or, à huit heures, ce Patoche — que vous voyez partout... une vraie hantise — et nous-mêmes, sortions à peine de Paris.

« Voilà qui vous en bouche un coin, comme vous dites.

Muller avait courbé la tête, cependant il ne se rendait pas encore complètement.

— Ma foi, oui, grommela-t-il.

« Je suis bouclé.

« Pas tout à fait pourtant. Rien ne prouve que la montre donne juste l'heure de l'accident.

— L'aveugle! murmura-t-elle en pâlissant.

« Elle avait pu s'arrêter bien avant...

Walter Humding haussa les épaules:

— Tout est possible, évidemment, répondit-il d'un ton narquois.

« Seulement il y a une chance sur mille.

Pendant ce temps, Liliane s'était avancée jusqu'à l'extrémité du plateau afin de s'assurer que la voiture laissée un peu plus bas, sur le chemin vicinal, ne courait aucun danger et que personne ne venait déranger ceux qui faisaient leur enquête tout proche.

Elle se disposait à revenir lorsqu'un bruit de grelot lui fit tourner la tête:

— L'aveugle! murmura-t-elle en pâlissant légèrement.

C'était Baptistin, en effet.

Il gravissait le sentier précédé de son chien mouton.

Parfois le chien s'arrêtait hésitant, flairant le sol comme s'il eût cherché une piste, et son maître l'encourageait de la voix.

A cette vue, la chanteuse sentit redoubler son inquiétude:

— Mais... s'angoissait-elle, ils ont l'air d'être en chasse tous les deux.

« Est-ce que c'est moi qu'ils cherchent?

« Est-ce que ce maudit cabot ou bien son maître aurait retrouvé mon odeur.

Comme pour répondre à cette question, le « maudit cabot » fit entendre un grognement joyeux et se mit à grimper plus vite.

— Il m'a vue, sentie, bégayait la chanteuse éperdue.

« Je suis prise.

Affolée, ne sachant plus ce qu'elle faisait, elle courut vers Muller, entraînant ses accusateurs derrière elle.

Elle n'était plus qu'à quelques pas du cadavre, lorsque le chien jappa de nouveau.

Étonné, Muller avait fait demi-tour, imité aussitôt par l'espion.

— Tiens, goguenardait-il, voilà justement l'un des pillards dont je parlais.

« Ah! le bandit... la casquette, la casquette de Kauffmann.

« C'est lui qui l'a volée...

Il venait d'apercevoir sur la tignasse hirsute de l'infirme une superbe casquette d'aéronaute, portant le mot *Germania* entre deux ancres d'or.

— Parlons bas, recommanda Mon-Ours.

« Il faut voir ce qu'il va faire, le prendre sur le fait, une bonne fois.

Walter Humding suivait cette scène avec un intérêt croissant.

— Mais j'avais raison, peut-être, fit-il à l'oreille de son subordonné.

« Si c'était ce petit maraudeur qui eût découvert et dépouillé le cadavre le premier?

« Il y voit mal, ce qui expliquerait...

— Non, certainement, interrompit Muller, je connais le sacripant.

« Il n'a pas besoin de voir l'or : il le sent à dix pas.

— Cependant, cette casquette?

— Elle avait dû tomber avant.

« Le petit l'aura ramassé par là... très loin, peut-être.

« D'ailleurs, voyez, il tâtonne.

« Il ignore visiblement qu'il y a un mort tout proche. Il semble chercher de notre côté.

Liliane qui, redevenue maîtresse d'elle-même avait rejoint ses associés, jeta un coup d'œil rapide à Muller, afin de s'assurer qu'il ne se doutait de rien encore.

— Je sais bien ce qu'il cherche, moi, songeait-elle.

« Seulement, je me garde, maintenant.

— Éloignons-nous, continuait l'agent.

« Il ne faut pas que le moutard soupçonne notre présence.

Il flaira le cadavre et se mit à hurler à la mort.

« Je suis bien aise de voir ce qu'il va faire, de le prendre sur le fait, comme je disais.

La chanteuse, comme l'on pense, ne se fit pas répéter l'ordre de s'écarter.

D'ailleurs, maintenant, l'aveugle et son guide ne s'occupaient plus d'elle du tout.

Après quelques tiraillements le caniche venait d'amener son maître près de Kauffmann.

Il flaira le cadavre, puis se mit à hurler à la mort.

— Chut! la paix... gronda l'aveugle en s'accroupissant aussitôt les mains en avant, prêt à fouiller.

— Ah! la petite crapule, grognait Muller.

« Il n'a pas été long à comprendre.

« Il va lui faire ses poches.

« Non... il hésite.

« Il a dû nous sentir, le petit gueux.

— Oui, répondit Walter Humding.

« Nous sommes éventés, c'est clair.

« Tenez, le voilà qui se lève.

« Il s'en va.

— Faut-il le retenir, chef?

— Non. Pourquoi?

— C'est qu'il va colporter la nouvelle.

— Tant pis... Tout ce que nous avions à faire ici est fait.

« Nous allons rentrer.

— Alors, on laisse ce pauvre bougre-là, tout seul? Ça m'ennuie.

— Il le faut, répondit l'espion, non sans un regret visible.

« Nous sommes censés ne pas le connaître... n'oubliez pas?

« Plus tard, une fois le mort identifié, nous verrons à le faire réclamer par nos représentants à Paris, s'il n'y a pas de complications, toutefois.

« Or, j'ai peur, je vous avoue.

« Toute cette histoire qui semble se compliquer à plaisir à chaque pas ne présage rien de bon.

« C'est pourquoi je tiens à rentrer à Paris sur-le-champ.

« Il faut que je voie Von Toffel.

— Vous pensez qu'il sait quelque chose?

En même temps elle avait tiré le cordon d'appel.

Presque aussitôt la voiture stoppait.

La jeune femme descendit la première:

— Enfin! disait-elle gaiement.

« Nous allons savoir quelque chose.

— Pas trop tôt, grommela Muller en descendant à son tour.

« Je commençais à la trouver mauvaise... tarteifle!

CHAPITRE CCXXIII

Ce même soir, Lucienne Pourcelot et Robert Servan étaient attablés dans le café du boulevard St-Germain qui leur servait de point de ralliement.

Ils attendaient des nouvelles tout en commentant l'événement du jour:

— Minuit bientôt, fit

— D'ailleurs, voilà notre belle amie, Mme Liliane qui arrive.

— Oui, peut-être. Il a pu recevoir certain avis par câble ou autrement.

« En tous cas, en supposant qu'il ignore tout, j'ai le devoir de le prévenir au plus vite.

« Venez, mes amis.

Liliane et Mon-Ours suivirent le patron sans protester.

Trente minutes plus tard, l'automobile, quittant la grand' route, prenait le raidillon conduisant vers la grille du château.

A ce moment un homme, sorti on ne sait d'où accourut faisant de grands gestes.

L'espion s'inquiétait, mais la chanteuse le rassura aussitôt:

— C'est Robert! s'écria-t-elle, Robert Servan.

« Il apporte des nouvelles.

Lucienne en minaudant.

« Il faut que je vous quitte, monsieur Robert.

« Le télégraphe ne va pas tarder à fermer; on n'aura pas de dépêche, aujourd'hui.

« Par conséquent notre journée est finie et je me sauve.

Lucienne jouait de la prunelle tout en disant cela et ne semblait pas du tout pressé de partir.

— Vous avez bien une minute, fit Servan du bout des lèvres.

— Non, monsieur Robert. Il faut que je rentre.

« Je ne demanderais pas mieux de rester un moment, mais on pourrait s'inquiéter chez nous.

« D'ailleurs, acheva-t-elle, non sans une grimace de dépit, voilà votre belle amie, Mme Liliane qui arrive.

Liliane, à peine assise près de Robert Servan lui fit part de l'inquiétude de Walter Humding.

— Tout en revenant de chez Von Toffel, dit-elle, il avait les yeux hors de la tête.

— Il est toujours convaincu que c'est ce diable de Patoche qui a fait le coup, qui a volé les papiers de Kauffmann?

— Toujours, et c'est bien ce qui l'enrage.

— Comment explique-t-il que Patoche et les autres se soient trouvés dans le ballon tout par un coup?

— Ça, on ne se l'explique pas, on l'a constaté, ça suffit.

« C'est un fait qui s'expliquera plus tard, à son heure.

« Il y a un autre fait non moins indubitable... C'est Patoche et les autres, les deux policiers qui ont volé les papiers du boche.

— C'est épatant, murmura Lucienne.

« Quel type rigolo que ce Montmartrois. Il n'a pas son pareil.

— Comme vous en parlez... goguenarda Servan.

« Est-ce que vous en pinceriez, par hasard?

« Je vais être jaloux, ma belle...

— Ah non! protesta Lucienne en rougissant jusqu'à la racine des cheveux.

« Je le déteste, au contraire.

« Il m'a débinée auprès du capitaine.

« Là-dessus, je vous quitte.

« Je reste là, et vous avez à causer, peut-être.

— Vous partez déjà, fit la chanteuse.

« Ce n'est pas moi au moins qui vous chasse.

— Non, pas du tout.

« Seulement, il est minuit passé, et il faut que j'aille fermer le gaz de l'escalier.

— Profitez-en pour écouter à la porte du capitaine.

— Bien entendu!

— Il y a toujours du monde chez lui?

— Oui.

— Qui donc?

— Monsieur Bertard, Wilhelm Furster, mon père...

« Tout ça bavarde, naquète, pis que des femmes.

— Qu'est-ce qu'ils disent?

— Rien d'intéressant... ils n'y comprennent rien... voilà le mot.

« Le vieux grognard, lui, ne sait que répéter une chose : *Que diable allaient-ils faire dans cette nacelle?*

— Rosette est là?

— Non, à la campagne avec Mme Bertard.

« On lui cache la chose, comme vous pensez.

— Et Jeanne?

— Mlle Morin, oui, et aussi monsieur Dréan qui vient d'arriver.

— Il apportait des nouvelles?

— Non, il venait en chercher au contraire.

— Ainsi, personne n'a vu le ballon?

— Personne, c'est le père La Manille qui l'a aperçu le dernier du côté de Reims.

— Il a poussé jusqu'à Reims?

— Bien plus loin. Il n'est rentré qu'à la nuit.

« Il avait lâché sa carriole et pris une automobile, afin d'aller plus vite.

« Avec le capitaine Goupil, ils sont allés presque devers Verdun.

« Leur idée est que le ballon est tombé par là, dans les Ardennes, le diable sait où...

— Alors, les passagers seraient morts?

— On ne le dit pas encore, mais on le pense.

« On a peur...

« Sur quoi, bonsoir.

« Je pars pour de bon ce coup-ci.

« Le papa Canrobert pourrait se méfier.

Liliane accompagna son amie jusqu'à la porte, puis revint prendre place en face de Robert Servan. Son visage s'était animé tout à coup : ses yeux avaient un éclat fébrile.

— Enfin, dit-elle nous voilà débarrassés!

« J'ai cru qu'elle allait prendre racine.

— Moi aussi, dit Servan d'un air fat.

« Deux heures qu'elle me barbe.

— Voilà bien les hommes...... mais c'est vous qui l'avez retenue, je parie.

« J'ai vu le moment où vous lui faisiez une scène de jalousie.

L'ancien sous-officier haussa les épaules.

— Moi, fit-il, jamais de la vie!

« Je blaguais...

« C'est une grue, et je déteste les grues.

« La voilà partie, en tout cas, on va pouvoir causer.

« Je devine à votre air que vous avez quelque chose d'intéressant à me dire.

« De quoi s'agit-il, chère amie?

— De Ferbach... répondit la chanteuse avec une exaltation mal contenue.

« Du salut d'André, que nous avons juré d'arracher des griffes de Walter Humding.

— Ah! fit Robert, refroidi aussitôt, dont le visage se renfrognait.

Cependant la cabotine, toute à ses pensées, continuait tranquillement :

— Oui... je viens d'apprendre une chose, qui si elle est confirmée, pourrait avoir des suites *colossales* pour parler comme Muller.

« Vous m'avez dit cent fois que mon projet de m'emparer du chef, de le forcer à se rétracter... par la torture au besoin, présentait des difficultés terribles, que c'était presque de la folie.

— Oui, je le répète au besoin.

— Eh bien! je viens de trouver autre chose, un moyen infaillible et rapide de faire éclater aux yeux de tous l'inocence du lieutenant.

— Comment? interrogea Robert Servan, heureux d'apprendre ce changement de plan.

re?

« On a dû prendre

« Que faudrait-il fai-

— S'emparer simplement d'une pièce secrète qui existe quelque part, et...

— J'y suis... s'écria Servan. Je sais...

« Il s'agit toujours de la fameuse pièce secrète du fameux *faux* fabriqué par Walter Humding.

« Mais, vous m'avez dit que ce faux le patron ne l'avait plus en mains.

« Il l'a fait parvenir au ministre de la guerre, et à moins de forcer les coffres de la rue Saint-Dominique...

« Encore, ça ne servirait à rien, probablement.

des photos.

— C'est probable, aussi n'est-ce pas de ça qu'il s'agit, répondit la chanteuse lentement.

« Ecoutez-moi bien.

« Il existe quelque part, dans un endroit plus accessible, une autre pièce exactement semblable, identique au faux dont nous parlions.

« Un duplicata, un double si vous préférez.

« Ce double, produit au conseil de guerre, sorti à l'improviste par l'avocat, prouvera clair comme le jour que tout cela vient de la même *fabrique*, et vous voyez l'effet d'ici!

« C'est toute l'accusation qui croule par la base.

— Oui, en effet, murmurait Servan de plus en plus intéressé.

— *Me voilà consigné à la chambre.*

« Une riche idée que vous avez là, et qui vaut la peine d'être suivie.

« Seulement, où est-il, ce *double*?

— Entre les mains de Patoche..

— Ah! par exemple! s'écria le jeune homme stupéfait. Ça c'est raide!

« Je comprends, maintenant, continuait-il bientôt, je comprends la rage du chef.

« Et vous êtes sûre de cela?

— Et vous êtes sûre de cela?

— Sûre est trop dire, peut-être?.

« Ce qui est clair, c'est qu'il y a de fortes présomptions.

« Ne serait-ce que cette rage du chef, justement, une rage comme jamais je n'en avais vu.

— Oui... c'est presque une preuve déjà ça, surtout venant d'un homme pareil, toujours si maître de soi.

« C'est de Muller que vous tenez ces détails?

— Oui... même que j'ai eu du mal.

« J'ai dû arracher bribe par bribe.

— Vous ne savez toujours pas de quoi il est question dans la die pièce secrète?

« Ça pourrait nous guider, des fois.

— Non.. interrompit Liliane avec un peu d'impatience.

« Cela Muller lui-même l'ignore, comme je vous ai dit déjà et répété.

« Il n'y a — du côté allemand s'entend — que deux hommes qui connaissent exactement le contenu du faux en question.

« Ce sont ceux qui l'ont fabriqué : Walter Humding et Kauffmann, son collaborateur.

— Pourquoi diable le paron est-il allé chercher Kauffmann pour cela?

— Est-ce que je sais... maugréa la cabotine.

« Et puis, je m'en moque. L'important pour nous est de savoir que très probablement parmi les papiers enlevés par Patoche il y en a un d'une importance capitale.

« Un document qui nous rend maîtres de la situation, et qu'il nous faut avoir à tout prix, coûte que coûte.

« Une preuve de plus à l'appui de ce que j'avance un indice qu'il y a anguille sous roche, c'est que Mon-Ours est parti tantôt en hâte, a filé dare dare par le rapide.

— Parti pour où?

— Pour l'Allemagne, pour Strasbourg.

« C'est là qu'habitait Kauffmann.

« Il doit en approcher, à cette heure.

— Qu'est-ce qu'il va faire, là-bas? informer la famille du mort?

— Oui, mais c'est un prétexte.

« Il doit surtout faire une enquête, tâcher de savoir si le fameux *double* ne serait pas resté à la maison par hasard.

« Vous voyez que c'est sérieux, tout ça?

— Tout à fait sérieux, nous tenons quelque chose, certainement.

« Ce qui m'étonne, c'est que le papier se soit trouvé là juste à point nommé.

« Kauffmann le portait donc toujours sur lui?

« Pourquoi?

La chanteuse tapa du pied.

— Est-ce que je sais, fit-elle impatiente.

« Vous m'énervez avec vos questions stupides.

« Kauffmann avait pour sans doute qu'on lui chipe le papier.

« Qui sait, peut-être qu'il se proposait de s'en servir pour faire chanter le chef, plus tard.

« C'est une arme qu'il gardait... et puis zut!

« Tout ça ne nous touche pas.

« Parlons de nos affaires, ça vaudra mieux.

« Vous en savez autant que moi maintenant, et l'on peut causer, aviser aux mesures à prendre.

« Grâce à cet endiablé de Parigot, il se présente une occasion épatante, inespérée.

« Il s'agit d'en tirer profit et nous allons nous y mettre au plus vite.

« Je pense, acheva Liliane, avec son plus ensorceleur sourire que vous marchez avec moi, toujours?

— Comment donc!... s'écria Robert avec feu.

« Je n'ai pas hésité quand il y allait de notre tête.

— Oui, je sais que je puis compter sur vous.

« Et maintenant, commençons de tenir conseil.

« Avez-vous une idée. Qu'est-ce que vous vous proposez de faire?

— Il n'y a qu'une chose à faire, à mon avis, se mettre à la recherche du *Germania*, retrouver les passagers morts ou vifs et reprendre la pièce en question.

— Oui, approuva la chanteuse, ça c'est la marche en gros.

« Ce sont les moyens que je ne vois guère.

« Pour bien faire, nous aurions besoin de partir tout de suite, et nous sommes retenus ici par le patron.

« On peut évidemment le lâcher tout comme un autre.

— Oui, mais c'est une chose qu'il ne faut risquer qu'à coup sûr, objecta Servan.

« Toujours dangereux les lâchages avec un bougre pareil.

« Au contraire, en restant ici près du chef, nous avons chance de glaner quelque renseignement précieux.

Walter Humding a télégraphié à tous ses correspondants — et Dieu sait s'il en a — pour avoir des nouvelles du ballon.

« Lancelin et son ami et conseiller Goupil en ont fait autant de leur côté.

« Successivement, les réponses vont arriver, signalant le passage du *Germania*.

« Dès la première, dès que nous aurons la moindre indication sur l'itinéraire à suivre, je me mettrai en route, si vous jugez le moment venu.

« Jusqu'alors...

— Chut! interrompit Liliane.

« Voilà la petite Pourcelot qui revient.

— La jambe! grommelait Robert Servan furieux d'être dérangé.

« Qu'est-ce qu'elle vient fiche? qu'est-ce qu'elle a à rôder par ici cette pécore?

— Elle apporte des nouvelles, peut-être... une dépêche...

— Mais non. La poste est fermée.

« Elle vient pour nous embêter, uniquement...

« Ah ça! est-ce qu'elle moucharderait, par hasard?...

— Pour ça non. Je réponds d'elle, fit la chanteuse en souriant.

« Elle est trop « nature! »...

CHAPITRE CCXXXI

Où l'on va à la rencontre des naufragés.

Liliane et Robert ne s'attardèrent pas longtemps avec la nouvelle venue, laquelle d'ailleurs n'apporta't que des renseignements insignifiants.

Cinq minutes après ils montaient dans le coupé électrique mis à leur disposition par Walter Humding et dans le quartier du Trocadéro.

— Où en étions-nous, reprit Robert aussitôt souls.

« Ah!... je disais qu'à mon avis mieux vaut attendre les événements ou tout au moins les renseignements qui ne peuvent manquer d'arriver.

« Partir au hasard, c'est aller à un échec.

— Oui, approuva la chanteuse.

« Et puis, Walter Humding a besoin de vous ici. Il compte sur vous comme sur moi.

« Déserter son poste à cette minute précise serait grave... Il faudrait être sûr du succès.

« Par conséquent, nous allons continuer de marcher avec lui, de faire du zèle, pour mieux capter sa confiance.

« Justement, j'ai des ordres à vous transmettre de la part du chef.

— Qui consistent?

— A rester chez vous, votre valise faite, prêt à partir.

— Tiens, est-ce que par hasard il voudrait m'envoyer à la recherche de Patoche, me charger de reprendre le fameux document?

« C'est ça qui ferait rudement notre balle.

— Non, malheureusement..

« Cette affaire est trop importante pour qu'il s'en remette à d'autres.

« C'est lui-même qui partira dès que le ballon sera signalé.

— Et moi, alors, quel sera mon rôle?

— Vous, comme « Mon-Ours » — si toutefois il revient à temps — vous serez tout simplement envoyé en avant, comme éclaireur, comme rabatteur.

— Bien... grommela l'ancien sous-officier, le patron nous traite comme des chiens de chasse.

« Mais, il y a des chiens qui mangent le gibier.

« Qu'il se méfie.

« Maintenant, qui croyez-vous qui reçoive les premières nouvelles?

« Le capitaine ou Walter Humding?

— Walter Humding du moins il y a cent à parier.

« Il a un service d'information à sa disposition, et depuis des heures le télégraphe et le téléphone jouent en tous sens.

Le capitaine est si content qu'il la lit à tout le monde

Les deux complices causèrent longuement en envisageant les diverses éventualités qui pouvaient se produire.

Cette conversation les conduisit jusqu'au seuil de l'hôtel où logeait Robert, à quelques pas de celui de Liliane.

— Vous voilà chez vous, dit la jeune femme en faisant arrêter.

« Nous allons nous séparer.

— Comme vous êtes pressée de me lâcher... murmura-t-il.

« Nous aurions pu souper ensemble... oh très simplement, très sagement, à mon hôtel, par exemple.

« Il ne s'agit pas de vadrouiller, mais de se restaurer tout en causant.

— A quoi bon... Nous avons dit tout ce que nous avions à dire pour l'instant.

« Et puis, je suis trop vannée, sans compter que le moment est mal choisi :

« Supposez que le chef ou Muller surviennent à l'improviste et nous trouvent à table.

« Vous voyez d'ici les suppositions qu'ils feraient non sans raison.

« Inutile de leur donner l'éveil. Allons, ne faites pas la mauvaise tête.

« Descendez, mon ami.

« Je tombe de sommeil, moi...

Robert obéit cette fois.

— Dans ce cas, dit-il, je me soumets.

« Mais, j'y mets toutefois une condition.

« C'est que vous viendrez me voir demain.

« Me voilà aux arrêts, à l'Ours comme nous disons.

« Vous ne refuserez pas une visite au pauv'prisonnier...

— Je ferai mon possible, mais je ne puis pas vous promettre.

« Demain tout le jour je suis prise par le comte d'Amaury.

« Je fais partie de son déguisement, comme il dit.

« Si je puis disposer d'une heure, ce sera pour vous.

« En tout cas, je vous téléphonerai s'il y avait du neuf.

Rentré chez lui, Robert fit sa valise et se coucha, après avoir recommandé au garçon de le réveiller à l'instant si quelqu'un le demandait par téléphone ou autrement.

Mais, ni cette nuit, ni le lendemain il ne reçut aucune communication, ni du patron ni de la chanteuse.

Il passa le temps à lire les journaux, cherchant les nouvelles du Germania, et ne trouva rien d'intéressant.

De temps en temps, il interrompait sa lecture pour pester contre Liliane :

— Elle avait promis de me téléphoner... grognait-il, mais elle n'y pense plus.

« Toutes les mêmes : dès qu'elles n'ont plus besoin de vous..

« Elle doit courir Paris avec le patron ou bien Muller, et moi pendant ça je tourne ici comme un ours en cage.

« Pas moyen seulement d'aller prendre l'air.

« Me voilà consigné à la chambre comme au temps où j'étais sous-off.

Le lendemain, second jour de claustration, il venait de se lever assez maussade, lorsque Liliane entra subitement sans frapper.

— Vous! fit Robert en courant à sa rencontre.

« J'étais en train de vous brûler en effigie.

« Vous aviez promis de me téléphoner.

— Impossible... je n'ai pas été une minute seule, tranquille.

« Et puis, je n'avais rien à vous apprendre.

« Tandis que ce matin j'accours aussitôt libre.

— Il y a du nouveau?

— Oui, une grosse nouvelle, ce qui a mis le patron dans une rage folle.

« Patoche et les deux autres, qu'on finissait par croire morts, tombés à la mer, sont sauvés !

« Une dépêche est arrivée hier soir un peu avant minuit.

— Une dépêche de qui, de Patoche lui-même?

— Oui.

« Ma foi, tant mieux!

« Ce satané gamin m'intéresse moi, par sa vaillance.

« J'aurais été navré qu'il laissât ses os dans l'aventure.

— Moi aussi, mais pour une autre raison.

« A cause du document qui eût sombré avec eux et dont nous avons besoin.

— Et la dépêche... s'écria Robert subitement.

« Vous en connaissez la teneur. Comment vous y êtes-vous prise?

— Rien de plus facile.

« Le capitaine est si content qu'il la lit à tout le monde.

« Il faut dire qu'il ne soupçonne encore pas l'importance de cette histoire.

« En voici les termes exacts :

Bergen... Tombés à la mer et recueillis par des pêcheurs. Tout va bien. Envoyez argent pour retour — Patoche.

— La mer... murmurait Robert Servan... Bergen...

« Où diable se trouve cette ville?

« J'ai vu ça dans le temps.

« N'est-ce pas en Danemark?

— Non, plus loin, en Norwège, sur la mer du Nord.

« A quelques douze cents kilomètres de Paris, à vol d'oiseau.

— Mâtin... ils ont fait du chemin, les frères.

« Du cent à l'heure.

— Oui.. et plus, car ils ne sont pas allés tout droit.

« On les a vus en Allemagne, à ce que dit le patron.

« Il paraît même que cet endiablé de Parigot aurait commis une de ces plaisanteries dont il est coutumier.

— Quelle plaisanterie?

— Je ne sais pas. Le chef n'était pas d'humeur à donner des détails.

— Et Muller? reprit Servan, vous m'y faites penser.

« Il est revenu d'Allemagne?

— Oui, cette nuit; et de son enquête là-bas, il résulte que Kauffmann avait bel et bien la pièce sur lui, le fameux duplicata que je voudrais tant posséder.

— Par conséquent, c'est Patoche qui la détient en ce moment?

— Oui, nous pouvons considérer la chose comme démontrée.

« La preuve, s'il en fallait une de plus, c'est que Walter Hunding et Muller sitôt le sauvetage connu, sont partis à la rencontre du voleur, chacun de son côté.

— Tiens... tiens... voilà que ça se corse.

« C'est le moment de jouer serré, sapristi! Ainsi le chef et Muller sont allés au-devant des naufragés.

« Reste à savoir s'ils prendront la même route, condition première et indispensable pour se rencontrer.

— Cette première condition est facile à réaliser, répondit Liliane..

« En fait, il n'y a de Bergen ici que deux itinéraires possibles. L'un par l'Allemagne — c'est celui que surveille Muller — et l'autre par l'Angleterre — Bergen se trouve en face d'Edimbourg; de l'autre côté de la mer du Nord.

« Patoche, qui a des bonnes raisons d'éviter l'Allemagne, où il est signalé, choisira presque certaine-

— Vous partez déjà? s'écria Servan.

ment ce second trajet bien qu'un peu plus long.

« C'est pourquoi le chef, qui tient à opérer lui-même, est parti pour Londres cette nuit.

— Reste à savoir s'ils se rencontreront. Ils peuvent se manquer, passer sans se voir.

— C'est difficile, pour ne pas dire impossible, surtout avec Walter Hunding.

« L'histoire de Patoche et de ses compagnons a dû faire un certain bruit là-bas.

« Leur nom est sur toutes les bouches.

« L'ordonnance et ses deux amis sont devenus des espèces de héros et ne sauraient passer inaperçus.

« Sans compter que le Parisien, naturellement hâbleur et qui ne soupçonne pas quel ennemi terrible rôde autour de lui, doit raconter son aventure avec force détails.

« Par conséquent, Walter Hunding a neuf chances sur dix de rencontrer ceux qu'il cherche, et nous, mon cher Robert, nous arriverons trop tard.

— Cependant, il faudrait faire quelque chose.

« Voulez-vous que je parte quand même?

« Je réussirai peut-être à le devancer.

— Non... interrompit la chanteuse, je vous remercie de votre bonne volonté.

« Mais, aller sur les brisées du chef est un peu trop chanceux et trop dangereux pour que j'accepte.

« J'ai trop besoin de vous, mon cher ami, pour vous exposer à la légère.

— Alors, vous renoncez à vous emparer de ce document précieux?

— Non... mais je crois que le moment n'est pas venu encore. Il faut attendre.

— Attendre quoi?

— Une occasion... un renseignement... que sais-je! Il est probable que la journée de demain apportera une autre dépêche du chef ou de Patoche.

« Nous verrons alors ce qu'il pourra y avoir à faire.

« Pour l'instant, il faut se résigner, et j'enrage.

— Moi aussi, murmura Robert, je regrette cette occasion qui nous échappe.

« Quel dommage que le chef n'ait pas eu recours à mes services, comme il y avait pensé!

« Bah! tout n'est pas dit encore: il me vient une idée..

« Si par hasard Patoche avait pris une troisième route: la voie de mer.

— La voie de mer... il n'y a pas de service entre Bergen et la France.

— Pas de service régulier, soit, mais il y a des bateaux marchands qui prennent des passagers à l'occasion.

« Si tout à coup nous apprenions par le télégraphe que Patoche fait voile vers le Havre.

« C'est le *singe* qui serait collé!

« Et c'est moi qui m'empresserais de courir là-bas pour recevoir les voyageurs.

« Il ne faudrait qu'un coup, en somme, une chance.

— Oui, mais si mince est la chance que je n'y compte guère pour ma part. Nous verrons bien.

Liliane s'était levée en achevant ces mots.

— Vous partez déjà? s'écria Servan.

« Vous ne déjeunez même pas avec moi?

— Non, impossible, mon ami.

« J'ai une course à faire pour le chef, puis je rentrerai chez moi pour attendre les nouvelles.

« D'ailleurs, vous allez partir, vous aussi.

« Je lève votre consigne.

— Alors, je vous accompagne!

— Non... vous avez mieux à faire.

« Vous allez aller boulevard Saint-Germain et faire le guet comme déjà.

« La petite Pourcelot vient de machiner une pièce située juste au-dessus du bureau du père La Manille et d'où l'on entend presque tout ce qui se dit à l'étage au-dessous.

« Il a suffi d'enlever une lame du parquet.

« De mon côté, je me suis arrangée pour faciliter nos comunications téléphoniques pour les rendre plus sûres.

« Pour cela, j'ai changé d'appartement.

« Celui que j'occupe depuis hier a le téléphone dans le salon même.

« Par conséquent, plus besoin de passer par le bureau et plus de danger d'être entendus.

« Voici mon nouveau numéro, et maintenant, descendons, mon ami.

« J'ai hâte d'être de retour chez moi.

          « Qui sait, on me sonne peut-être déjà.

— *Dite sdonc, les amis, quelle direction allons-nous*

CHAPITRE CCXXV

De Bergen à Londres.

Patoche et ses deux amis, dans le soleil matinal, savouraient le bonheur de se retrouver sur le plancher des vaches.

Ils venaient de quitter leurs matelas de varech, dans cette auberge où les pêcheurs qui les avaient recueillis la veille, au moment où ils allaient sombrer avec le *Germania*, les avaient déposés.

Tandis qu'ils procédaient joyeusement à leur toilette:

— Monsieur Patoche, s'enquit Flic, savez-vous ce que c'est au juste cette ville dans laquelle nous sommes?

— Bergen, master Flic.

— Bergen, soit. Mais qu'est-ce que c'est que Bergen?

— Le port de commerce le plus important de la Norvège.

— A la bonne heure. Qui vous a si bien renseigné?

— Quelqu'un.

— Oh! oh!

Il y eut une seconde de lutte acharnée.

LIV. 381   LE ROMAN D'UN JEUNE OFFICIER PAUVRE. — ARTHUR BERNEDE. — FERENCZY, Editeur.   LIV. 381

— Quelqu'un que j'ai trouvé au bureau de la poste et qui savait le Français.

— Vous avez été à la poste? vous? Et quand?

— Hier soir.

— Hier soir?

— Oui, tandis que vous ne pensiez tous deux qu'à roupiller.

« Après m'être calé les joues, me sentant déjà mieux, j'ai voulu expédier un télégramme au capiston pour le charger de rassurer les amis et lui demander de l'argent. Nous en avons besoin, me semble, si nous ne voulons pas moisir ici.

— En effet, approuva Flic émerveillé. Et vous pensez recevoir une réponse bientôt?

— Mais aujourd'hui, peut-être ce matin, avec un mandat télégraphique.

— Tant mieux, tant mieux! se réjouissait le policier. Il me tarde de revoir la France.

— A qui le dis-tu! gouaillait gaiement le Parisien.

Ils se firent servir un en-cas dans leur chambre et se mirent à manger d'un bel appétit.

Tout en dévorant son aile de poulet, Patoche reprit la conversation.

— Dites donc, les amis, interrogea-t-il, quelle direction allons-nous prendre pour nous en retourner dans notre patelin? La voie de terre ou la voie de mer?

— N'importe laquelle, dit Flic la bouche pleine, pourvu que ce ne soit pas la voie des airs.

— Fichtre non! mais voyons, laquelle vaut le mieux des deux que je vous propose?

« La voie de terre...

— Hum! hum! fit Flac.

— Ah! voilà Flac qui se réveille! Eh bien! que veux-tu dire par là, mon poteau? Vas-y.

— Il faudrait retraverser l'Allemagne, répondit Flac d'un ton rogue.

— Ah! non, trancha Flic, on sort d'en prendre de ce sale pays.

« Je n'ai pas envie d'aller me jeter une seconde fois dans la gueule du loup.

« D'ailleurs, nous n'avons pas de papiers en règle.

— Et puis quand même nous en aurions, va, ce serait bien kif kif bourricot, rigolait le Montmartrois. Moi aussi, j'en ai soupé, des têtes carrées.

« Il y a une autre raison. Walter Humding pourrait bien nous avoir signalés dans le pays des Boches. Il me semble que nous l'oublions un peu trop, le type.

« Je crains bien qu'il ne nous rende pas la pareille.

« Depuis notre tentative de sauvetage avec le ballonnet, sur les bords de la Marne, les journaux ont dû s'occuper de nous.

« Le télégraphe aura marché.

« A l'heure qu'il est, peut-être sait-on déjà en France que nous sommes ici, à Bergen, sains et saufs.

« Si tout le monde le sait, vous pensez bien que Walter Humding n'aura pas été le dernier à l'apprendre.

« Il ne doit pas ignorer, non plus, que nous possédons le fameux cryptogramme trouvé sur l'aéronaute.

« Ceci joint au plaisir qu'il aurait à nous faire disparaître, moi surtout, sa bête noire, nous ferons bien de nous tenir sur nos gardes, tant que nous ne serons pas de retour dans nos foyers.

— En tous cas, fit Flic, la voie de terre est rejetée à l'unanimité.

— On opte donc pour la voie de mer. Et en avant la musique! Maintenant que nous avons le ventre plein, il faut se remuer.

« Je vais aller voir à la poste s'il n'y a pas de nouvelles du capiston.

« Pendant ce temps, occupez-vous de votre côté.

« Allez vous informer sur le quai s'il n'y aurait pas un navire en partance pour notre destination.

— Ce n'est pas une mince affaire, dit Flic, dans un pays où l'on ne s'entend pas plus les uns les autres que dans la tour de Babel.

« Mais enfin, nous ferons pour le mieux.

Quand les trois hommes se retrouvèrent:

— Eh bien? demanda Flic à Patoche.

— Eh bien, répondit le Parisien avec un visage épanoui, nous tenons le petit viatique, trois mille balles, mes poteaux!

— Bravo! s'écria Flic. Vous n'avez plus qu'à nous suivre... nous partons à midi.

— Comment, c'est déjà fait?

— Oui. Il y a dans le port un petit côtre français.

« Malheureusement, ce n'est pas lui qui nous ramènera.

« On doit le mettre en radoub et il en a pour des mois.

« Mais le capitaine de ce côtre, un compatriote naturellement, nous a mis en relation avec le capitaine d'un transport qui appareille à midi pour Edimbourg.

— Oui.

— Eh bien! alors, en route! dit joyeusement Patoche.

Les trois amis s'empressèrent d'aller remplir toutes les formalités d'usage et, comme les douze coups de midi sonnaient à la cathédrale de Bergen, ils disaient adieu à la terre norvégienne.

Le lendemain, au coucher du soleil, ils débarquaient à Leith, le port si vivant d'Edimbourg.

Quelle joie, surtout pour Patoche, de se mêler à cette tumultueuse fourmilière, de se sentir bousculer, marcher sur les pieds.

Ils se seraient crus dans quelque faubourg populeux de Paris.

Si les détectives avaient écouté l'ordonnance, ils se seraient immédiatement embarqués dans le premier train venu pour Londres.

Mais Flic et Flac, fatigués par la traversée, s'insurgèrent.

Finalement, ils couchèrent à Leith.

Seulement, le lendemain, à la première heure, le Parisien secoua dans leur lit ses deux camarades, et il fallut se remettre en route aussitôt.

Ils se dirigèrent vers Edimbourg, qui est à trois kilomètres de Leith, bâtie sur deux collines: la vieille ville sur l'une, la ville neuve sur l'autre, à l'embranchement de six réseaux de chemins de fer.

Les voyageurs, montés dans une voiture du pays, sans daigner jeter un regard à cette ville magnifique et l'une des plus originales de l'Europe, se firent mener grand train jusqu'à la gare.

Ils ne prirent le temps de respirer que lorsqu'ils se virent confortablement installés dans le wagon d'un rapide qui les emportait vers la Tamise.

Ils étaient radieux.

— Décidément, tout va bien, exultait Flic, qui traduisait les sentiments de tous.

« Notre retour s'effectue dans les meilleures conditions.

« Pas d'anicroches. Pas de Walter Humding. *All right!*

Ce fut dans cette heureuse disposition d'esprit qu'ils arrivèrent à Londres.

Le convoi venait de stopper au long d'un des nombreux trottoirs qui, sous le hall immense de la gare, se déroulent à l'infini, entre les voies.

Sous le hall, au milieu du vacarme assourdissant des trains, des foules s'affairaient, dans un grouillement indescriptible.

Alors seulement, en sautant de leur wagon sur le trottoir, les trois amis s'aperçurent combien leur train était bondé de voyageurs.

Ils n'avaient pas plutôt mis pied à terre qu'ils étaient soulevés, entraînés par un véritable torrent humain.

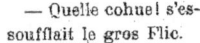

Un vieux clergyman avec un vieux chapeau de feutre enfoncé sur les yeux.

— Quelle cohue! s'essoufflait le gros Flic.

« Ces misses et ces ladies ont vraiment les coudes trop pointus.

A la sortie, c'est-à-dire dans la salle des voyageurs, d'autres gens attendaient, venus à pour recevoir des amis ou des parents, une autre foule compacte, qui faisait la haie.

Au premier rang, les trois Français remarquèrent tout à coup une gracieuse jeune fille, d'une distinction tout aristocratique.

Patoche, en avançant, avait les yeux fixés sur elle.

Flic s'en aperçut et lui jeta jovialement:

— Hein! elle n'est pas mal, la petite *maiden?*

« Fichtre! monsieur Patoche, comme vous la regardez!

« Ça ne vous déplairait pas trop, à ce que je vois, d'être attendu par elle.

— Tais-toi, mauvaise langue, dit Patoche à voix basse.

« Ce n'est pas elle que je regarde.

— Non, vous faites semblant, gouailla le policier.

— Tout juste, je fais semblant. C'est pour zieuter plus à mon aise le vieux bonhomme qui est embusqué derrière elle, un peu sur le côté, et qui depuis un instant, ne lève pas les yeux de sur nous.

« On dirait qu'il nous connaît, le type.

— Quel type?.. demanda Flic en jetant un coup
d'œil circonspect autour de la jeune fille.

— Tu ne vois pas, disait le parisien qui par discrétion maintenant évitait de tourner la tête de ce
côté.

« Un vieux clergyman avec un énorme feutre enfoncé sur les yeux.

« Nous passons juste devant lui.

« Nom d'une pipe, il tire assez l'œil pourtant avec
sa longue barbe blanche et sa lévite noire.

« Ce doit être un quaker.

— Je ne vois rien, dit Flic.

— Tiens, là, fit Patoche impatienté et tournant délibérément ses regards vers l'endroit où était
le quaker.

Mais, celui-ci avait disparu.

— Bon, fit Flic le vieil englisch est myope, peut-être
et il te prenait sans doute pour quelqu'un de connaissance.

Comme ils venaient d'arriver sur le trottoir extérieur de la gare, ils s'arrêtèrent, embarrassés.

— Où allons-nous diriger nos pas? interrogea Patoche.

« C'est très beau d'être à Londres. Mais il reste
encore du chemin à faire pour arriver jusqu'à Paris.

« Quelle direction allons-nous prendre?

Les trois amis regardaient avec un certain effarement la ville prodigieuse qui se révélait devant eux.

— Hum!... hum!... fit Flic qui depuis Edimbourg
n'avait presque pas desserré les dents. Non point
qu'il ne partageât la bonne humeur de ses compagnons. Mais, cette bonne humeur, il se contentait
de l'exprimer en de silencieux sourires, que souli-
gnaient à l'occasion quelques joyeux grognements.

« Hum!.. hum! fit-il, j'ai faim.

— Cré mille tonnerres! c'est vrai, s'écria Flic, enthousiasmé.

« Vous oubliez, monsieur Patoche, que depuis hier
soir nous n'avons rien mangé.

— Quoi, ce que nous avons pris dans le train?

— Ça ne compte pas, dit Flic avec une moue dédaigneuse.

— Ah oui, rigolait le parisien, tu es comme les
capitaines, toi.

« Tu méprises les simples escarmouches.

« Il te faut des batailles rangées.

« Eh bien! nous allons t'en servir une. C'est le
capiston qui paie, pour une fois.

« Tenez, ce n'est pas la peine de quitter le trottoir.

« Je vois au fond l'entrée d'un restaurant. Ce doit
être le buffet de la gare.

« Qui m'aime me suive.

Les voyageurs pénétrèrent bientôt dans une somptueuse salle encombrée de dîneurs, avec des glaces
et des plantes vertes à profusion.

Ils s'installèrent devant une table, et quand ils
eurent bien pris leur assiette, pour nous servir de
l'expression des camps et continuer la comparaison
suggérée par le Montmartrois, ils entamèrent les
premiers engagements. Quelques instants plus tard,
la bataille gastronomique battait son plein.

Patoche, tout en jouant de la fourchette, promenait des coups d'œil autour de lui.

Ce qui attira son regard tout d'abord, ce fut, au-
dessus d'un comptoir monumental, une immense
carte de l'Angleterre en couleurs, et sur laquelle les
noms des principales villes étaient tracées en grandes lettres noires.

Au sud de l'Angleterre, autour d'une triangulaire
nappe bleue qui figurait la Manche, les côtes de
France se révélaient.

Tout en mangeant, les trois hommes se mirent à
examiner cette carte.

— Londres est ici, disait Patoche en étendant sa
fourchette et la France est en bas.

« Nous allons nous embarquer dans un des ports
anglais qui lui font vis-à-vis.

« J'en vois un écrit en lettres énormes : PORTS-
MOUTH. Ce doit être un grand port.

— Eh! panouille fit gaiement le parisien, c'est un
port de guerre.

« C'est là où il y a eu la fameuse revue navale, tu
ne te rappelles donc pas?

« Ce n'est pas ce qu'il nous faut. Il ne doit pas y
avoir de service régulier avec la France?

« Et puis, regarde comme c'est loin de notre pays
comparativement à cet autre port, là, tiens, qui se
trouve en face de Calais.

— Qu'est-ce que c'est que ce port?.. Dover...

— Qui veut dire : Douvres.

— Eh! oui, Douvres, nom d'un pétard, j'y suis
maintenant. C'est à Douvres que nous allons aller,
Douvres à Calais, c'est le chemin le plus direct. Une
heure et demie de traversée au plus, où avais-je la
tête?

— Nous pouvons être encore à Paris, ce soir?

— Oui, en nous dépêchant.

A cette riante perspective, les trois amis mettaient
les bouchées doubles.

Mais, tout à coup, Patoche saisit la main de Flic.

— Reluque, dit-il en lui désignant quelque chose dans une glace.

Le policier y jeta un coup d'œil.

Il aperçut le reflet d'un énorme chapeau de feutre.

Ce chapeau, il va sans dire, était sur la tête d'un des convives de la salle.

— Le quaker! glissa Patoche à l'oreille de Flic.

— Quel quaker?... s'ahurit le détective à qui ce nom barbare ne rappelait absolument rien.

— Celui qui nous dévisageait avec tant d'insistance à la sortie.

— Ah! ah! dit Flic Et à son tour, il se mit à regarder le quaker dans la glace.

Flac l'imita.

Le vieillard devait être assis dans quelque coin de la salle.

Il avait à son côté un arbuste qui devait le masquer entièrement, quand il se tenait le buste droit.

Au moment où les trois amis l'observaient le quaker était penché sur son assiette.

Un couteau d'une main et une fourchette de l'autre, l'homme découpait gravement une volaille.

— Quelle austérité, mes frères! s'égayait Patoche en sourdine.

Mais brusquement les trois observateurs se regardèrent avec stupéfaction.

L'inconnu, comme sous la poussée intérieure de quelque pensée, en relevant subitement la tête, avait planté dans la glace, droit sur Patoche, un regard d'une acuité intense.

Ce regard était dénué de toute sympahie.

Le Parisien, furieux, s'était levé, ses deux amis le retinrent.

— Vous n'avez pas vu, s'indignait le Montmartrois comme il m'a regardé?

« Qu'est-ce qu'il me veut donc, ce vieil imbécile? Je veux aller le lui demander.

— Monsieur Patoche, pas de scandale, supplia Flic.

« Nous avons fini de manger. Réglons la note et allons-nous-en.

A leur tour, ils regardèrent par le trou de la serrure.

— Oui, allons-nous-en gronda sourdement Patoche en sortant de la salle. Et que ce sale individu ne me retombe pas une troisième fois entre les pattes, ou je finirai par supposer certaines choses et alors je prendrai mes dispositions en conséquence.

— Que finiriez-vous pas supposer, camarade?

— Je finirai par supposer qu'il y a du Walter Humding sous roche et que nous sommes filés, vous m'entendez, les amis?

« Rappelez-vous ce que je vous disais à Bergen : nous ne sommes pas encore arrivés à Paris.

— Allons, allons, il ne faut rien exagérer.

« Votre quaker est un vieil original, voilà tout.

« Au demeurant, ces anglais tous ces anglais ne sont rien moins qu'affables.

« Alors, je me demande pourquoi vous vous en prendriez plutôt à celui-ci qu'à celui-là?

Tout en causant, ils étaient montés dans un taxi et se faisaient conduire à la gare de Douvres.

Aussitôt descendus de voiture, ils gravirent un nombre interminable de marches qui s'élevaient vers une vaste galerie tout le long de laquelle se trouvaient les guichets et les portes accédant aux quais.

Il régnait dans cette galerie un mouvement considérable de voyageurs.

A chaque guichet on faisait queue.

Patoche s'avançait déjà vers un de ces guichets, mais Flic intervint.

— Permettez, monsieur Patoche, dit-il.

« Vous êtes un peu énervé, et si quelqu'un de ces anglais venait encore à vous regarder de travers, je craindrais que vous ne nous fissiez des affaires.

« Pour plus de précaution, j'irai chercher les tickets moi-même.

« Flac, reste avec lui.

Flic disparut dans la foule, et Flac et Patoche s'avancèrent vers la balustrade qui donnait vue sur le galerie dans la cour de la gare.

Dans cette cour, s'affairait un grand brouhaha de voitures et d'autos.

Patoche, l'air assez soucieux, scrutait du regard chacun des véhicules qui venaient déverser leurs voyageurs au pied des escaliers.

— Eh bien! monsieur Patoche, vous y êtes? cria triomphalement Flic qui s'avançait avec les trois tickets.

— Tonnerre de Dieu! hurla Patoche, comme réveillé en sursaut, suivez-moi!

Tout en disant cela, il se précipitait vers l'escalier qu'ils venaient de gravir l'instant d'auparavant et le dégringolait jusqu'à la dernière marche.

Les deux policiers, ahuris, se lancèrent sur ses traces.

Arrivés dans la cour de la gare, ils le virent courant vers une voiture qui venait de stopper.

De cette voiture, avec une lenteur majestueuse, un homme descendait. C'était le quaker.

Patoche, qui paraissait en proie à la plus vive surexcitation, sans porter aucune attention au clergyman, se jeta devant lui dans la voiture qu'il venait de quitter, un fiacre dont la capote était à demi-baissée.

Flic et Flac s'empressèrent de l'imiter, sans y rien comprendre.

Le quaker payait le cocher.

— Mille gibernes! grondait le Parisien de façon à être entendu de l'homme à la noire lévite. Que le diable emporte tous ces cochers englishs!

« On leur demande de vous conduire à la gare de Portsmouth et ils vous mènent à celle de Douvres.

« Cocher! cria-t-il au propre automédon que le quaker venait de régler, à la gare de Portsmouth! et en vitesse!

« Il y aura un bon pourboire.

— Well, well, sir.. répondit l'homme qui, armé de son fouet se mit à taper à tour de bras sur sa rossinante.

La voiture partit à fond de train.

— Vite, vite, cria Patoche aux deux policiers, regardez par le petit carreau de la vitre qui est au fond de la voiture.

« Que fait le quaker?

— Il est cloué sur place, le pauvre vieux, répondit Flic après avoir regardé.

« Il en est resté comme deux ronds de frites.

« Il y a de quoi, vous m'avouerez. Le clergyman doit nous prendre pour des fous.

— Pas de danger. Il nous connaît trop bien! lança Patoche avec un grand éclat de rire nerveux.

— Lui, il nous connaît trop bien? — ah! ça, mais alors, vous le connaissez donc, vous aussi?

— Un peu.

— Comment s'appelle-t-il?

— Qui? ce vieux quaker?

— Oui?

— Walter Humding!...

CHAPITRE CCXXVI

Où Patoche a la colique.

Flic faisait des efforts énormes pour contenir son dépit.

Dans le train qui les emportait à toute vitesse vers Portsmouth, Flac était assis à son côté et le Parisien devant lui. Ils étaient seuls dans le wagon.

Flic posa sa main sur le genou de l'ordonnance.

— Monsieur Patoche, lui dit-il, parlons peu et parlons bien.

« Sérieusement, vous n'en avez pas assez, de courir les aventures?

— Puisque tu m'interroges sérieusement, sérieusement je te répondrai.

« Si, mon vieux, j'en ai assez.

— Alors?

— Alors, c'est justement pourquoi je ne serais pas fâché de pincer le promoteur de toutes ces aventures.

— Quel promoteur?

— Walter Humding.

— Qui vous prouve que ce quaker c'est Walter Humding.

— Le regard qu'il a jeté sur moi et son évidente filature jusqu'à la gare de Douvres.

— Mais nom d'un pétard, il n'y avait pas que lui à la gare de Douvres.

« C'est une des gares les plus fréquentées de Londres, et rien ne vous autorise..

— Oui, trancha le Parisien qui commençait à s'échauffer, il est très possible que je ne sois qu'un imbécile et que le quaker ne soit qu'un quaker, mais rien ne t'autorise à te prononcer là-dessus.

— En voilà un raisonnement! Est-ce qu'on vous parle de ça?

« Oh! mes chères pantoufles! — Quand nous serons assis, Flac et moi, au coin d'un bon feu sans plus avoir à nous occuper de rien.

« Nous n'avons plus nos jambes de vingt ans, monsieur Patoche, comme vous.. Nous avons besoin d'un peu de repos de temps à autre.

« Nous étions si heureux à la pensée de revoir bientôt Paris.

« Pourquoi faut-il que vous compliquiez si fâcheusement notre itinéraire.

« Douvres nous allait si bien.

« J'admets que ce quaker soit Walter Humding, — quoi qu'en vérité, je n'en pense pas un mot, — qu'avions-nous à redouter de lui?

« Nous sommes trois et il est seul.

— Raison de plus.

— Pour le craindre?

— Non, pour essayer de l'empaumer lui-même.

— Mais pour quelle raison alors quitter le trajet de Douvres qui nous était si commode, pour le trajet baroque de Portsmouth?

— Parbleu, précisément pour la raison que c'est un trajet baroque.

« Si le quaker nous suit à Portsmouth, la preuve sera faite et nous pourrons alors le voir venir.

— Mais, pourquoi avoir pris sa voiture sous son nez, en maugréant tout haut, de façon qu'il l'entende contre les cochers qui vous conduisent à la gare de Douvres au lieu de vous mener à celle de Portsmouth?

— Pour l'empêcher de se douter qu'il est démasqué et le laisser s'enferrer tout à son aise.

— Vous y tenez tant que ça?

— Oui. Je veux voir ce qu'il a dans le ventre.

Les trois amis parlèrent d'autre chose, mais aussitôt qu'ils furent arrivés en gare de Portsmouth:

— Attention! intima Flic. Dépêchons-nous. Il faut nous arranger pour sortir les premiers.

« Nous irons nous embusquer parmi la foule des gens qui attendent les voyageurs, de manière à pouvoir examiner au passage tous les arrivants, san crainte d'être vus nous-mêmes.

« Si le quaker est réellement celui que vous pensez, il a dû prendre le même train que nous.

« Forcément, alors, nous le verrons passer, et je serai convaincu, moi.

Mais le quaker n'était pas parmi les arrivants.

Plus que jamais persuadés que le Parisien s'était trompé, les policiers le suivirent sur le port en maugréant.

« Comme ils s'y attendaient, Portsmouth n'avait pas de service régulier de messageries avec la France.

Ce ne fut qu'après bien des allées et venues qu'ils finirent par découvrir un cargo-boat français qui appareillait le soir même pour le Havre.

Ce cargo-boat, spécialement frété pour transporter du charbon, ne prenait que par hasard des passagers.

De la passerelle, le capitaine l'interpela: Ça ne va ..pas?

C'est ce que le capitaine du navire, un gaillard sympathique, expliquait aux trois amis.

Ils avaient été le trouver sur la passerelle d'où le vieux loup de mer, criant à travers son porte-voix, activait les derniers préparatifs du départ.

— Je veux bien vous prendre, disait-il aux trois hommes, mais je vous avertis, vous serez mal.

« Mon cargo boat n'est pas aménagé pour recevoir du monde.

« Je n'ai ni hamac, ni couchette, et si vous voulez dormir, vous serez obligés de vous étendre n'importe où, dans la promiscuité de cette vermine d'émigrants que vous voyez sur le pont.

Le capitaine désignait une douzaine de créatures en haillons, qui rôdaient parmi les sacs de charbon entassés un peu partout sur le pont du navire.

— C'est tout ce que vous avez à nous offrir comme plumards? des sacs de charbon?... gouaillait Patoche.

— J'ai bien ma cabine, que je cède à bon prix quand l'occasion se présente, mais...

— Eh! que ne le disiez-vous plus tôt? l'interrompit jovialement le Parisien.

« C'est dit, on vous la retient, la petite cabine.

— Impossible.

— Comment, impossible?

— Elle est déjà occupée par un autre passager.

Patoche fut un moment interdit.

— Baste! reprit-il presque aussitôt. Tant pire! — Une nuit est vite passée! On reste.

Il régla le prix de la traversée et suivi des deux policiers, le Jarigot descendit sur le pont.

Peu d'instants après, le cargo boat larguait ses amarres.

Il se mit à tourner sur lui-même, évoluant avec des lenteurs infinies pour se dégager des autres navires qui l'entouraient.

Flic et Flac, oisifs, s'étaient accoudés aux bastingages et contemplaient le spectacle qu'offrait à leurs regards le port de guerre le plus considérable de l'univers.

Devant eux, dans le soleil couchant, avec ses quatre villes bien distinctes, ses ateliers de construction et ses arsenaux, Portsmouth lentement, se déplaçait.

Il sauta à la mer.

Des foules grouillaient sur les quais et dans les autres navires.

Les yeux vite lassés, Flic se retourna contre le bastingage.

— Où est Patoche? dit-il à Flic.

— Cherchons, fit Flac mélancolique.

Les deux détectives se mirent à errer sur le pont, bousculés par les matelots dont ils gênaient la manœuvre, cherchant après le Parisien.

Mais celui-ci avait disparu.

Quelle tête brûlée que ce Patoche! grommelait Flic.

— Hum!.. hum!... approuvait Flac.

— Il faut toujours qu'il se croie plus malin que les autres.

« Sans lui, sans ses idées sur le vieux clergyman, nous serions à Calais à cette heure.

— Parfaitement, au lieu de nous morfondre ici.

— Mais non, il avait décrété que le vieux quaker était Walter Humding.

« Tu vois maintenant ce qu'il en est.

« Car si ç'avait été l'Espion, il serait ici.

— Il n'y est pas, affirma Flac placidement.

— Non, il n'y est pas, reprit Flic furieux mais nous y sommes, nous!

— Sacré Parigot, c'est peut-être pour éviter nos reproches qu'il se cache.

— A moins qu'il n'ait dégoté quelque part, dans l'entrepont un bon coin pour dormir.

— Ce Patoche est capable de tout, réaffirma Flac sentencieusement.

— Oui, mais je me charge de le dénicher, suis-moi.

Les deux policiers, bien décidés à houspiller le Montmartrois, descendaient dans le faux pont.

Ils tâtonnèrent quelques instants parmi d'obscurs couloirs formés par des entassements de sacs de charbon.

Enfin à l'arrière du cargot boat, dans la pâle clarté qui tombait d'une écoutille, ils aperçurent la porte d'une cabine.

Devant cette porte, un homme ployé en deux, leur tournait le dos.

— Nom d'un pétard! murmura Flic, c'est le Parisien.

« Qu'est-ce qu'il fiche là?

Ils s'avancèrent.

Patoche, penché vers la porte, regardait par le trou de la serrure. Au bruit qu'ils firent, ils se retournèrent.

— Chut! leur intima-t-il à voix basse.

« Il est là, dans la cabine.

— Qui ça? fit Flic interloqué.

— Walter Humding.

Flic et Flac, ahuris, voulurent voir.

— Réussissez. La récompense sera belle.

— Monsieur Patoche, cette fois, je me rends, dit Flic.

« Il n'y a plus à en douter : ce quaker est là pour nous.

« Il va tenter quelque mauvais coup.

— Eh bien! qu'il y vienne! défia Patoche. Il sera bien reçu.

— Qu'allez-vous faire?

— J'ai une idée épatante. Venez, mes enfants.

L'ordonnance tira les deux détectives dans un endroit écarté, vers le gaillard d'avant, et ils tinrent un assez long conciliabule.

Puis, sans affectation, Flic et Flac le quittèrent et disparurent par l'écoutille.

Quel était donc le projet du Parisien?

Le cargo boat passait sous le vent de l'île de Wight, dont on voyait par tribord, sous un clair de lune très vif, car la nuit était venue, les hautes falaises et les silencieuses campagnes

A leur tour, ils regardèrent par le trou de la serrure.

Dans la cabine, devant le hublot, un vieillard fumait placidement la pipe.

Ce vieillard, c'était le quaker!...

Quand Flic et Flac, pleins de stupeur, eurent assez regardé, Patoche les entraîna prudemment dehors, sur le pont.

Maintenant le vaisseau, à une allure assez vive, sortait du port, traçait son sillage au milieu d'une flotte immense.

Inattentifs à ce spectacle grandiose, les deux policiers, avec des mines effarées, se pressaient autour du Montmartrois.

émaillées de villas et de cottages.

Contraste saisissant avec ce calme bucolique de la terre et la sérénité du ciel, l'océan était démonté.

Une fraîche brise grondait dans le gréement du navire et des lames de fond imprimaient au charbonnier trop chargé, dont elles inondaient parfois le pont, un double mouvement de tangage et de roulis très rude.

Bientôt, sur ce pont, le vide s'était fait.

Déjà le terrible mal de mer sévissait.

Les émigrants s'étaient empressés de descendre dans l'intérieur de leur maison flottante.

Les matelots, leur journée faite, s'étaient retirés dans leur particulier, sous le gaillard d'avant.

Seuls restaient sur la dunette le capitaine et un

mousse de service, et à la proue du bâtiment, le Parisien qui fumait crânement un cigare, en contemplant la mer et le bastingage.

De temps à autre, il tournait un regard circonspect autour de lui.

Dans un de ces regards, tout à coup, il aperçut de loin, une forme humaine qui venait de son côté.

C'était le quaker.

— Attention, le voici! murmura Patoche, se raidissant.

Mais, au même instant, il portait la main à son ventre.

« Sacré nom de nom, gémit-il, ça tombe bien.

« Voilà que je suis malade, à présent.

« Oh! mes frères! quelle colique!

Il avait jeté son cigare, et se pencha par-dessus bord.

Grelottant, et secoué par des spasmes convulsifs, atteint à son tour par l'impitoyable mal de mer qui abat en un instant les mieux trempés, le Montmartrois faisait des efforts inouïs pour vomir, sans pouvoir y arriver.

Le malheureux avait compté sans son hôte.

Au moment de se mesurer avec son mystérieux ennemi, les éléments le terrassaient.

Et le quaker approchait toujours.

L'homme au feutre, affectait de se promener paisiblement, en fumant sa pipe.

D'ailleurs, il avait quitté sa coiffure et semblait goûter une âpre joie à sentir la brise secouer ses longs cheveux blancs.

Pourtant, du coin de l'œil, il observait Patoche.

Celui-ci en quittant le bastingage passait devant lui en titubant, une main appuyée sur sa poitrine et le visage contracté par une angoisse inexprimable.

De la passerelle, le capitaine l'interpella :

— Ça ne va pas?

— Non.

— Où sont vos deux collègues?

— Dans l'entrepont, couchés.

— Pourquoi ne faites-vous pas comme eux?

— Il fait trop chaud, en bas. Ça me rendrait encore plus ma'ade.

— Allez sur l'arrière, alors, vous sentirez moins le roulis.

Le Parisien, n'ayant même pas la force de répondre, se dirigea vers la poupe du vaisseau, en décrivant des embardées.

Le quaker, à pas de loup, le suivit, tout près de lui.

Patoche monta sur le gaillard d'arrière.

Tout à coup, il aperçut, au milieu des sacs de charbon, étendus sur des bâches, deux émigrants qui ronflaient à poings fermés.

Alors, brusquement, à bout de forces, le parisien se laissa choir.

Il tomba comme une masse auprès des deux dormeurs.

— Il est temps, murmura entre ses dents le quaker qui passait et repassait devant lui, en l'observant toujours.

Le Montmartrois, anéanti par le mal, ne bougeait plus.

Le quaker, dans son va-et-vient, comme par mégarde, l'effleura légèrement du pied.

L'ordonnance poussa un sourd gémissement. Mais ce fut tout.

Les deux émigrants, à ses côtés, ne s'éveillèrent pas davantage quand l'étrange vieillard les secoua.

Alors, brusquement, l'inconnu se décida et, se penchant vers le Parisien, il plongea ses deux mains dans ses poches.

Tout à coup un cri :

— Acré, les gars!

Avec une énergie qui prouvait bien que sa *colique* n'était qu'un piège, Patoche venait d'empoigner à deux mains le voleur par le cou.

A son cri, les deux émigrants qui n'étaient autres que Flic et Flac avaient bondi sur l'inconnu.

Il y eut quelques secondes de lutte acharnée.

Enfin, le quaker doué d'une force non commune, parvint à se dégager de ses assaillants.

Il courut vers le bastingage et sauta à la mer.

CHAPITRE CCXXVII

On tue le Veau gras.

Pendant ce temps, Liliane et Robert Servan ne recevant aucune nouvelle ni du patron ni d'ailleurs, se demandaient ce qu'étaient devenus les voyageurs.

Tandis que Robert faisait le guet boulevard Saint-Germain, Liliane, cloîtrée dans son nouvel appartement, s'énervait, se rongeait d'impatience.

Elle n'osait sortir de peur qu'une dépêche de Walter Hümding ne survint en son absence.

Enfin, le quatrième jour, après déjeuner, Liliane lisait lorsqu'on frappa à sa porte.

— Entrez!.., fit-elle, pensant que c'était Robert qui venait au rapport comme chaque soir.

« Tiens, Mon-Ours! s'écria-t-elle presque aussi tôt.

« Vous avez des nouvelles?

« Vous avez repris le document?

Muller haussa les épaules d'un air supérieur :

— C'est un coup raté... grommela-t-il.

« Le patron a voulu opérer lui-même, et il a fait chou blanc.

« Il baisse décidément depuis qu'il est amoureux.

— Vous l'avez vu?

— Non... il ne se presse pas de se montrer.

« Il n'est pas fier... et pour cause...

— Alors, comment savez-vous?

« Vous avez reçu des dépêches de lui?

— Oui plusieurs... Nous étions restés en correspondance, naturellement.

« La première m'est arrivée à Berlin.

« Le chef m'ordonnait de faire demi-tour et d'aller l'attendre à Calais.

— Il avait retrouvé la piste de Patoche?

— Naturlish... et il pensait que ceux qu'il filait allaient s'embarquer à Douvres en quoi il se gourrait une fois de plus.

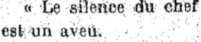

Dans une pose d'odalisque, elle songeait.

« Je suis donc resté à Calais deux jours guignant les voyageurs.

« Personne... ni le chef ni les autres, personne n'a paru.

« Enfin, ce matin, j'ai reçu une nouvelle dépêche de l'île de Wight cette fois...

— L'île de Wight... s'exclama la chanteuse étonnée.

« Qu'est-ce que le chef faisait par là?

« L'île n'est pas sur la route de Londres-Paris.

— Evidemment... il faut croire que Patoche, se voyant suivi, a changé d'itinéraire au dernier moment.

« Dans cette dépêche, le patron m'annonce qu'il compte être à Paris ce soir entre huit et dix heures et me donne rendez-vous chez lui pour une « affaire sérieuse ».

« Je la connais son affaire sérieuse : c'est du document qu'il s'agit, du fameux « double ».

« Il va falloir de nouveau courir après cette sacrée pièce.

— Alors, selon vous, le patron a échoué?

— Sûrement! Il n'y a pas l'ombre d'un doute là-dessus.

« Le silence du chef est un aveu.

« Il a perdu la piste de Patoche lequel vogue vers la France à cette heure-ci à moins qu'il n'y soit déjà.

« Pour un fiasco... c'est un beau fiasco!

« Quand il était si simple de mener la chose à bien à nous deux.

« Quelle idée saugrenue de m'envoyer en Allemagne.

« Ça crevait les yeux que Patoche et les deux autres ne se risquaient pas par là, après les blagues diverses qu'ils avaient faites.

« Si le chef m'avait emmené avec lui, on ne se serait pas fait lâcher... bêtement.

« Deux contre trois, ça pouvait aller..

— Qu'est-ce qui vous fait parler ainsi? demanda la chanteuse.

« Vous savez comment les choses se sont passées?

— Non... mais je devine, je suppose du moins...

« Se voyant filés, Patoche et les autres ont fait ce qu'on fait toujours en pareil cas, ils se sont séparés.

« Chacun a tiré de son côté, le patron en a filé un, mais ce n'était pas le bon; et voilà.

« Si j'avais été là, ça faisait toujours une chance de plus, deux sur trois au lieu d'une.

« Enfin... ce qui est fait est fait... inutile de récriminer.

« Heureusement que le chef m'appelle à la rescousse.

« On va tâcher de rattraper le temps perdu, et le billeton avec.

— Vous voulez reprendre le document?

— Bien entendu. Il ne s'agit pas de badiner avec, savez-vous, comme dit Van Flam.

« De cette pièce dépend le sort de Ferbach. Vous savez ça aussi bien que moi, et comme le procès approche, il faut se hâter.

« Il est vrai qu'il s'agit d'une pièce chiffrée, d'un *cryptogramme*, rédigé avec un chiffre spécial, celui même du kaiser, paraît-il, et les *francose* n'en viendront pas à bout facilement.

« Ils ont mis huit jours au ministère pour déchiffrer la même pièce qu'on leur avait fait parvenir par une voie détournée.

« Le capitaine Lancelin en mettra autant, sinon plus, et d'ici là, nous aurons agi.

— Comment comptez-vous procéder?

— Il n'y a qu'un moyen : un bon petit cambriolage.

— Vous voulez vous introduire chez le capitaine?

— Plus souvent que je me gênerais.

« Ce ne sera pas la première fois.

« Il y a quelques semaines déjà...

La sonnette du téléphone vibra tout à coup, coupant la parole à l'Allemand.

Liliane s'était précipitée vers l'appareil.

— Tarteiffle! quel empressement! gognenardait l'espion.

« C'est quelque amoureux pour sûr... je ne vous gêne pas, au moins?

Pour toute réponse, la jeune femme lui tendit l'un des récepteurs :

— Écoutez.. dit-elle.

« Ce doit être notre collègue et ami Robert Servan. Presqu'aussitôt, la conversation s'engageait.

— Allô! c'est vous, Liliane?

— Oui.

— Vous êtes seule?

— Seule, avec Mon-Ours.

« Par conséquent, vous pouvez parler sans crainte.

— Bien! j'ai une grosse nouvelle à vous apprendre.

« Patoche est de retour.

— Tonnerre.. gronda Muller, quand je vous disais que le chef s'était fait rouler comme un débutant.

« Demandez donc si les autres sont là?

La chanteuse lui passa l'appareil.

— Parlez vous-même! dit-elle non sans humeur.

— Oui... ça vaudra mieux... fit le gros homme sans remarquer l'énervement de la jeune femme.

« Allô... c'est vous Servan? Et les autres ils sont là aussi?

— Flic et Flac?

— Oui, mais évitons les noms.

« Comment vont-ils, aucun n'est blessé?

— Aucun.. pas la moindre égratignure.

« Les trois amis sont en parfaite santé, et semblent ravis de leur « petite ballade aérienne ».

— Vous n'avez aucun détail sur ce voyage, sur le rencontre avec le chef?

— Non... jusqu'ici on est tout à la joie du retour, aux effusions.

« On tue le veau gras en l'honneur des revenants...

« Mais, Mlle Pourcelot est là-haut dans la chambre, qui écoute pour nous.

« Restez à l'appareil, dès qu'il y aura du nouveau, je vous appellerai.

— C'est cela. Une question encore.

« Vous ne savez rien de la pièce secrète, la lettre volée, là-bas, du côté de Chantilly?...

« Ils ne l'ont pas perdue en route, ils l'ont toujours sur eux?

— Oui, mais on n'y a fait encore que quelques allusions assez vagues...

« Selon moi, tout en étant fiers de cette trouvaille, ils n'en soupçonnent pas la véritable portée.

« A bientôt... Si j'apprends quelque chose qui en vaille la peine, je viendrai vous en informer moi-même.

— Oui... ça vaudra mieux.

« Je vous attends ici. A tout à l'heure.

— A tout à l'heure, patron.

Moins d'une demi-heure après, Robert Servan faisait son entrée dans le petit salon où se tenaient la chanteuse et Muller.

— Eh bien! questionna celui-ci aussitôt, la lettre où est-elle?

— Rue Vivienne... répondit le nouveau venu.

« Le « capiston » vient de la porter lui-même dans le coffre-fort qu'il possède à l'agence.

— Fameux!... s'écria l'Allemand en frappant dans ses grosses pattes.

« Quel serin que ce vieux soudard...

« Il compte sur un coffre-fort.

« Il ne se doute pas que j'en ai la clef.

— Vous avez les clefs, murmura Liliane stupéfaite.

— Mais oui... *tarteiffle!*

« Celles du coffre-fort et celles de la porte itou.

« J'ai déjà fait un tour, dans le temps, par là, et ils n'y ont vu que du feu.

« Allons, ça va, mes enfants, et je réponds de tout à partir de cette minute.

« Je craignais que le vieux ne garde la pièce sur lui, chez lui, et ça eût compliqué les choses.

« J'aurais hésité à me risquer boulevard Saint-Germain, dans le local étroit où couchent plusieurs personnes.

« Mauvais terrain, ça, pour ces sortes d'opérations.

« Mais rue Vivienne... dans cette grande bâtisse, toute en bureaux et qui se vide chaque soir, c'est du nanan!

« Quelle gourde, que ce Lancelin, qui ne se doute pas que les coffres-forts ont été inventés uniquement pour être violés.

« Allons, acheva Mon Ours en se levant pour partir, la poire est mûre.

« Je la cueillerai cette nuit, entre deux et trois heures du matin.

« Je vais montrer à vous et au chef comment on travaille.

« Sur ce, mes chéris, je me défile.

« J'ai quelques préparatifs à faire.

« Au revoir mes enfants... A demain.

L'Allemand s'en alla et aussitôt la chanteuse jeta à Robert un regard chargé de reproches.

— Vous avez bien travaillé... grondait-elle.

« Quel besoin aviez-vous de dire à Muller que la lettre était à l'agence?

— Il le fallait... répondit Servan sans s'émouvoir.

« J'ai appris la chose par Lucienne, laquelle correspond directement avec le Boche.

« Je m'imagine même par moments qu'elle nous espionne.

« Vous voyez le danger qu'il y avait à garder la chose pour nous.

— On pouvait essayer peut-être.

« Essayer de cacher la nouvelle... quand ça n'aurait été que jusqu'à demain.

Il salua très bas

« Ça nous donnait vingt-quatre heures pour nous retourner.

« Vous n'avez pas pensé à cela.

— Si j'y ai pensé; mais ce que j'ai dit, Muller allait l'apprendre incessamment par une autre bouche.

« Lucienne — je le tiens d'elle-même — a rendez-vous ce soir, sur le boulevard St-Germain, avec Mon-Ours.

« La petite Pourcelot ne peut manquer de lui parler de la lettre, qui est la nouvelle du jour.

« Dès lors, en me taisant, je me compromettais sans profit aucun.

« Si nous voulons faire autre chose, il faut s'y prendre autrement.

— Oui... vous avez raison, acquiesça la chanteuse et c'est moi qui m'emballe sottement.

« Jusqu'ici, j'avais compté, je ne sais pourquoi, que cette lettre tomberait entre nos mains; et la déception est d'autant plus cruelle.

« C'est une occasion unique qui nous échappe : avec cette pièce, j'étais maîtresse de la situation.

« C'était l'acquittement de Ferbach et l'écrasement de ce vieux serpent de Walter Humding que je hais, que j'abomine parce qu'il m'a trompée indignement.

« Après cela, cette double tâche remplie — j'étais à vous toute entière selon la promesse faite — s'empressa d'ajouter l'habile comédienne qui avait vu le front de son collaborateur se rembrunir au seul nom d'André.

« Il ne nous restait plus qu'à ramasser les quelques centaines de mille francs nécessaires pour vivre tous deux à l'étranger et c'était facile.

« Je vous ai expliqué comment.

« Ainsi, nous touchions au but, nous avions partie gagnée, et voilà que tout croule.

« Eh bien! non! Cela ne sera pas... Je suis prête à tout pour l'empêcher. »

« Plutôt que de laisser les allemands reprendre cette lettre, j'irais moi-même dès ce soir prévenir le capitaine .

— Ce serait une folie!... murmura Robert Servan.

— Une folie... gronda la jeune femme avec un éclair dans les yeux.

« Alors, trouvez autre chose.

« Vous y êtes intéressé, vous aussi.

« C'est notre fortune, notre avenir qui est en jeu. et vous restez là comme un soliveau.

« Ah! je vois bien que vous ne m'aimez pas! Robert regarda sa compagne dans les yeux.

— Vous savez bien que si... énonça-t-il lentement.

— Alors, prouvez-le moi... remuez-vous.

« Trouvez quelque chose.

— C' est tout trouvé!

— Vous avez un moyen? s'écria la cabotine, ravie d'être arrivée si vite à ses fins.

— Oui, mais risqué...

« C'est une partie dangereuse.

— Qu'importe! Nous n'avons plus le choix.

« Que prétendez-vous faire?

— Tout simplement prévenir les allemands et voler la lettre avant eux.

— Comment... murmura Liliane, émerveillée par l'audace de son complice.

« C'est une partie terrible, en effet.

« Il faudrait avoir une clef.

— On s'en passera.

— Comment ferez-vous?

— Je ne sais pas comment, mais je me suis promis de rentrer à l'agence avant eux, et j'y rentrerai.

— Bravo! s'écria Liliane en embrassant son amant.

« Je vous retrouve enfin.

« J'ai cru un moment que vous flanchiez.

— Non, je réfléchissais seulement...

« Je cherchais...

« Comme je vous l'ai dit, j'ignore encore comment je m'y prendrai.

« Je vais aller là-bas, rue Vivienne, pour reconnaître les lieux.

« Ça me donera une idée, probablement.

« Qui sait, il y a peut-être des fenêtres faciles à atteindre ou encore un logement vide séparé par une cloison des bureaux du capitaine.

« A propos, vous m'avez dit que le local occupé par l'agence était à louer?

— Oui, le capitaine est tellement sûr de l'acquittement d'André qu'il a donné congé pour le terme d'octobre.

— Bon cela, reprit Servan en se frottant les mains très bon, même.

« Ça me fournit une entrée en matière... c'est le mot.

« Je me présente comme locataire et demande à visiter les lieux.

— Excellente idée; mais vous pouvez rencontrer quelqu'un, Wilhem Furster, que sais-je.

— Le capitaine ne me connaît pas, d'abord, et j'en serais quitte pour inventer un boniment de circonstance.

« Ça va... quelque chose me dit que cette visite domiciliaire me donnera une idée épatante.

« La première chose que je vais faire, c'est de prendr l'empreinte de la serrure d'entrée.

« Trois ou quatre heures suffisent pour fabriquer une clef, à condition de trouver un serrurier qui marche...

« Un mot encore, vous êtes sûre qu'il n'y a pas de veilleur de nuit dans l'agence?

— Non : rappelez-vous ce que Muller disait à l'instant.

« Au début, Patoche ou Wilhem Furster y couchaient parfois, mais depuis peu on a négligé cette précaution.

« Et ce n'est pas aujourd'hui, ce soir qu'ils sont tout à la joie du retour, qu'ils y penseront.

« D'ailleurs, ils ignorent l'importance de la lettre avez-vous dit.

— Oui.. toutefois pour ne rien négliger il faudra s'assurer que personne ne viendra cette nuit.

— C'est facile. Il nous suffira de voir la petite Pourcelot qui doit être au courant.

— Bien... c'est cela. Et maintenant, je me « défile », moi aussi.

« Je vais tâcher de battre votre Ours sur le poteau d'un nez... comme disent les sportsmen, bien que je sois mal handicapé.

En disant ces mots, Robert s'était levé et avait tiré sa monre.

— Deux heures et demie! dit-il.

« Je n'ai pas de temps à perdre.

« A ce soir, ma chère Liliane.

— Quand vous reverrai-je?

— Je n'en sais rien.

« Mon enquête peut se prolonger assez tard.

« Dès que je pourrai, je viendrai vous dire où nous en sommes, mais il m'est impossible de vous fixer une heure.

« En tout cas, je passerai entre neuf et dix heures, au plus tard.

— C'est cela, alors je vous attends pour dîner.

« Je ferai mettre deux couverts ici.

— Vous oubliez que si je ne viens qu'à dix heures, nous n'aurons guère le loisir de nous attabler.

« Il faudra agir.

— Ça ne fait rien.

« D'ailleurs, tant que je ne vous aurai pas revu, je serai incapable d'avaler une bouchée.

« Par conséquent, je vous attends, mon ami.

— Soit... je ferai de mon mieux, accepta le jeune homme, en se dirigeant vers la sortie.

Pendant que j'y pense, donnez des ordres pour qu'on m'introduise tout de suite.

— Pourquoi ces ordres? demandait Liliane, en reconduisant Robert Servan.

« Ma camériste vous connaît, ce me semble.

— Elle ne me reconnaîtra pas, ce coup-ci.

« Très probablement je serai grimé, et quand je me grime...

— C'est bon... mais je serai là, moi, et je vous reconnaîtrai toujours.

— Savoir...

— C'est tout su... Ne serait-ce qu'à cette bague que je vous ai donnée.

« Notre bague de fiançailles... insista la jeune femme, en se frottant amoureusement contre son complice.

« Rappelez-vous les promesses échangées et réussissez, mon ami.

— Je crois que je réussirai, répondit Servan en hochant la tête.

« Je suis fataliste comme tous les joueurs, et je sens quand je vais gagner.

« A ce soir.

Une main sur la porte, il tendait l'autre à la chanteuse, mais celle-ci l'attira vers elle, le força à se retourner, et, le tenant sous un regard ardent comme si elle eut voulu le fasciner :

— *Cependant, moi, j'opérais.*

— Courage... fit-elle, d'une voix vibrante.

« Réussissez; la récompense sera belle.

Et, pour donner toute leur valeur à ces paroles, elle lui tendit, comme des prémices d'amour, ses rouges lèvres.

CHAPITRE CCXXVIII

La clef du Capiston.

Restée seule, Liliane prit une boîte de cigarettes orientales, fortement opiacées, et se mit à fumer pour calmer son impatience.

Renversée sur un amoncellement de coussins, dans une pose d'odalisque, elle songeait à André, qu'elle aimait toujours, quoiqu'elle prétendit, et aussi à Robert, qui travaillait pour son rival en ce moment.

Elle cherchait à se représenter :

— A cette minute, il doit arriver rue Vivienne, se disait-elle.

« Il parlemente avec le concierge.

« Pourvu qu'il réussisse... et qu'il soit là avant la nuit.

Ces réflexions la menèrent jusqu'à cinq heures et demie.

A ce moment, la camériste entra :

— Madame, annonça-t-elle c'est un journaliste.

« Il demande si madame peut le recevoir.

— Un journaliste! murmurait la chanteuse étonnée.

« Que diable vient-il faire ici?

« Est-ce que ce serait quelque policier, par hasard?

Et, tout haut:

— Quelle mine a-t-il?

— Une mine quelconque, répondit la domestique, avec une moue de dédain.

« Il se donne comme journaliste, mais c'est un prétexte, selon moi.

« C'est un de ces agents de publicité qui vont relancer les clients jusque chez eux.

« Celui-là a dû apprendre que madame était au théâtre.

« Alors, il vient lui faire ses offres de service.

« C'est tout simple.

— Pas si simple que ça, murmurait la jeune femme.

« Je n'attends personne avant neuf ou dix heures.

« A moins que... mais ça ne peut être que lui: Robert Servan.

« Alors, c'est qu'il a échoué.

« C'est l'enfer qui s'en mêle, décidément... grondait la chanteuse, qui, de nouveau, trépignait de rage.

« En tous cas, Robert n'a pas été long à se décourager, lui qui faisait le bravache tout à l'heure.

« Ah! comme je vais le recevoir!

« C'est sur lui que je vais passer mes nerfs.

Et, se tournant vers la cameriste:

— Faites entrer... dit-elle d'une voix déjà vibrante de colère.

Un homme s'avança, tout de noir vêtu, l'air minable, tout à fait le physique d'un de ces « vagues publicistes », qui battent le pavé parisien.

— *Rappelez-vous notre serment.*

Il avait une barbe hirsute, des besicles à gros verres, et, sous le bras, une énorme serviette de cuir éraillé.

Il salua très bas.

— Que me voulez-vous? commençait Liliane, de plus en plus surprise.

Elle s'arrêta soudain, l'œil fixé sur la main du visiteur.

— Ma bague! s'écria-t-elle.

« C'est vous, Robert... quelle plaisanterie stupide!

« Mais parlez, parlez donc!

« Vous avez échoué?

Le jeune homme fit *non* de la tête, en même temps qu'il poussait le verrou derrière lui.

— Pas si haut, dit-il tranquillement.

« On pourrait nous entendre.

« Qu'est-ce que je disais que vous ne me reconnaîtriez pas?

« Ah! c'est que j'ai pris des leçons, moi aussi.

En même temps, avec une prestesse de clown exécutant une transformation à vue, il se débarrassait de ses attributs: serviette, besicles d'or, barbe postiche qu'il lançait sur un fauteuil.

— Ainsi, ça y est? continuait Liliane, haletante.

« Vous avez l'empreinte?

— Mieux que cela! répondit Robert, en fouillant dans sa poche.

« J'ai la clef.

— La clef... balbutia la chanteuse, qui ne pouvait croire à tant de bonheur.

« Quelle clef?

— La clef du capitaine, donc!... et ça vaut une récompense, ça.

L'ex-sous-off enlaça son amie, l'embrassa goulûment dans la nuque, et la fit asseoir sur le canapé qu'elle venait de quitter.

— N'est-ce pas que j'ai bien travaillé? poursuivit-il, en prenant place à ses côtés.

— Oui, j'en suis toute baba.

« Comment avez-vous fait si vite?

« Je brûle de savoir.

« Racontez-moi ça.

Parlez vite, mon ami.

« C'est tellement extraordinaire!

— Pas si extraordinaire que ça, fit le pseudo-publiciste, avec une fausse modestie.

« J'ai eu de la chance, voilà tout, et tout est là, dans la vie, comme au jeu.

— C'était bien notre tour.

— Oui... D'ailleurs, je vous l'avais annoncé, rappelez-vous.

« Mais laissons... je vois que vous bouillez d'impatience.

« Donc, après m'être fait une tête — assez réussie comme vous le voyez — je suis allé là-bas, à la maison de la rue Vivienne, et ai commencé par visiter la baraque du haut en bas.

Affolée, Liliane s'était serrée son défenseur.

« Pas de difficultés jusque-là. Il y a des commerçants à chaque étage avec leurs noms sur la porte en
grosses lettres.

« Rien de plus simple que d'avoir l'air de chercher
quelqu'un.

« En passant devant la porte de Lancelin, j'ai sonné pour m'assurer qu'il n'y avait personne.

« *Motus*... alors sûr de n'être pas dérangé, j'ai pris
mon empreinte bien tranquillement.

« La voici... Comme vous le voyez la clef n'est pas
très compliquée et très probablement on aurait pu
se procurer la pareille avant la nuit.

« Nous n'en avons pas besoin, tant mieux!

« Cela fait, je suis allé interwiever le concierge.

« C'était là un point important et... délicat aussi; mais j'avais pris mes précautions, mes renseignements... près des voi-
sins.

« Je savais que c'était
un vieux bonhomme
pas méchant, un peu
bavard comme ses pa-
reils et de plus qu'il
jouait aux courses...

« Un joueur comme
moi on devait s'enten-
dre.

— Il est seul, inter-
rompit Liliane brusque-
ment.

« Pas de femme?

— Non, pas de fem-
me.

« La concierge est à
l'hôpital pour l'instant
avec un bonne phlébite
double... qu'elle y reste!

« Il y a bien une voi-
sine qui vient tous les
jours, mais elle s'en va
à midi.

— Que vient-elle fai-
re?

— Le nettoyage... la
maison est assez consé-
quente.

« Il y a un second
bâtiment dans la cour
avec une douzaine de
locataires.

« J'ai pris les noms
et qualités des deux ou
trois principaux de façon à avoir un nom à jeter en
passant devant la loge.

« Revenons au portier...

« Informé de mon intention de louer, il m'a demandé ma profession: c'est là que je l'attendais.

« J'ai dit que je m'occupais d'affaires de courses;
ven'e d'écurie de chevaux.

« J'ai parlé de mes clients, les jockeys, de mes
tuyaux de *Calvacadour* que j'ai touché hier à St-
Ouen... quarante contre un, s'il vous plaît!

« Les yeux du vieux birbe brillaient de cupidité,
et trois secondes plus tard nous étions amis comme
cochons.

« Puis nous avons parlé du local.

« — Il va être quatre heures ,a dit le cerbère, et on ne visite plus passé ce moment.

« Mais je veux faire une exception pour vous.

« Vous me plaisez.

« Ce disant, il allongeait sa main sous le socle de la pendule.

« C'était là, presque à ma portée qu'était la clef du capitaine!

« Si vous aviez vu mes yeux en ce moment.

« Heureusement le bonhomme tournait le dos.

« Dès cet instant, mon plan était fait.

« Justement j'avais sur moi une clef à peu près pareille, il suffisait de les échanger adroitement.

« Mais il ne fallait rien précipiter. Je devais attendre l'occasion, la minute où la clef reviendrait à sa place d'elle-même.

« C'est pourquoi nous sommes montés dans les bureaux de l'agence, comme convenu.

« Là, j'ai pu, sous l'œil débonnaire du portier, visiter tout à mon aise, prendre des mesures.

« J'ai même fait un plan que je vous montrerai tout à l'heure, quand vous connaîtrez le principal.

« Redescendu à la loge, j'ai voulu en homme sûr de soi, des renseignements... donner le denier à Dieu tout de suite.

« J'ai tiré de ma poche un billet de cent francs.

— Prenez cinquante et rendez-moi la monnaie.

« Le vieux ne se l'est pas fait dire deux fois.

« Il est allé à sa commode, a farfouillé dans un tiroir.

« Cependant, moi j'opérais.

« Quand il est revenu le tour était joué, la clef du capiston dans ma poche!

« Eh bien! — acheva Robert triomphant — trouvez-vous que j'ai bien employé le temps?

— Oui... c'est merveilleux! fit la chanteuse.

« Je savais que vous n'étiez pas manchot, mais cette fois vous vous êtes surpassé.

« Pourvu que d'ici à ce soir, on ne s'aperçoive pas de la substitution.

— Rien à craindre, puisqu'on ne visite plus.

« Il faudrait que le capitaine revînt à la boîte ou Patoche et pour le moment, ils ont bien d'autres chiens à fouetter.

« Il ne reste plus qu'à fixer l'heure de la petite opération.

« J'aurais voulu attendre minuit, mais c'est impossible.

« Nous risquerions trop, pour peu que ça dure, de nous trouver face à face avec les autres : *Humding and Co.*

« Donc entre dix heures et demie et onze... qu'en pensez-vous?

— C'est bien tôt, murmura Liliane.

« Vous ne craignez pas de rencontrer le concierge?

— Non... et puis entre deux maux, comme on dit...

« J'aime dix fois mieux le rencontrer lui, que le patron.

« D'ailleurs, même cette rencontre est fort improbable.

« Je suis renseigné, vous pensez bien, et ne m'embarque pas à la légère.

« C'est une maison tranquille. Le concierge ferme le gaz à dix heures et se couche.

« Sans compter que nous pourrions monter, même en pleine lumière, puisque, grâce à la clef, nous n'aurons qu'à ouvrir.

« Pas de casse ni de dégât, pas de bruit, par conséquent.

« Jusque-là nous jouons sur le velours.

— Oui... convint la chanteuse, mais c'est après que les difficultés commencent.

« Au coffre-fort.

« Nous n'avons plus de clef, ici.

« Comment comptez-vous vous y prendre?

— Là, il faudra crocheter.

— Et si l'on n'arrive pas?

— Eh bien! on jouera de la pince: on fracturera.

« J'aurais préféré procéder sans bruit, en douceur, mais s'il le faut...

— On peut donc fracturer un coffre-fort?

— Oui, quand il s'agit d'un coffre-fort de pacotille comme celui du vieux grognard.

« A condition encore d'avoir ce qu'il faut, une trousse de cambrioleur, bien comprise.

— Où la prendre?

— Ici, répondit Robert en attirant la vieille serviette de cuir.

Il l'étala sur ses genoux, et Liliane aperçut avec stupeur une triple rangée d'outils étincelants, une trousse complète de *rat d'hôtel*.

— Ah! par exemple! faisait la cabotine ébaubie.

« Qui diable aurait dit que ce portefeuille qui puait la misère et l'honnêteté, était une machine contre la propriété, un engin de monte-en-l'air.

— Comme quoi, chère amie, il ne faut pas se fier à la mine.

« Et vous savez, c'est un article anglais, cette trousse, du pur acier de Scheffield.

« Le dernier mot du genre.

— Vous ne m'avez jamais parlé de cette machine.

« Qui vous l'a donnée, c'est le patron?

Si vous voulez... puisque ça vient de son représentant à Bruxelles.

« C'est la Simone d'Ange qui m'a offert cela au moment de cette enquête à Liège, vous savez bien.

« Je pouvais en avoir besoin.

La chanteuse s'était mise à manier les outils dont la forme bizarre l'intéressait grandement, excitait sa curiosité.

— C'est joliment compliqué, tout ça, finit-elle par dire.

« Vous savez vous servir de ce... nécessaire?

— « Nécessaire » est bien excessif, fit Robert.

« Je sais... en théorie, mais c'est tout ce qu'il faut.

— Hum! J'aimerais mieux que vous vous soyez fait la main déjà.

— Moi aussi... mais que voulez-vous, je n'ai pas eu l'occasion.

— C'est dommage.

« Alors, c'est par le coffre-fort du capitaine que vous allez commencer, ça m'inquiète.

« Tout s'annonçait si bien, si nous allions échouer à la dernière minute, péter au point, comme vous dites.

— Eh non! s'écria Robert Servan.

« Tranquillisez-vous. Je ne suis qu'un débutant, mais ce n'est pas une méchante serrure comme celle au capiston qui m'arrêtera... sacrelotte!

— Mais s'il y a un secret... une combinaison de lettres qu'il faut savoir.

— Il n'y en a pas.

— Vous êtes sûr?

— Sûr et certain. Ça se voit tout de suite.

« Tout se réduit à crocheter une serrure un peu plus compliquée peut-être que celle de la porte, mais j'en viendrai à bout.

« D'ailleurs, je suis en veine, rappelez-vous ce que je vous disais tout à l'heure.

« Bannissez tout souci, par conséquent, et faites risette.

« Je réponds de tout.

« Vous n'avez pas confiance?

— Si, fit Liliane, gagnée peu à peu par la belle assurance de son collaborateur.

« J'ai confiance, tellement confiance, qu'il me vient une envie tout à coup.

« Je voudrais vous accompagner.

— Je ne demande pas mieux.

— Vous m'attendrez au café...

— Mais non... Vous ne m'avez pas comprise.

« Je veux entrer, monter avec vous.

— Diable, murmura Robert Servan.

« Ceci demande réflexion.

— Vous ne voulez pas. Vous vous défiez de mes nerfs?

« Je ne suis pas une femmelette, cependant.

« Oh! je n'ai pas votre beau sang-froid, mais je réagis assez vite, vous l'avez vu, et puis, je puis être de bon conseil, parfois.

— Ça, je le sais.

— Alors, est-ce que vous craignez que je vous gêne, que je vous trouble?

— Pour quant à ça, non, au contraire.

« La présence d'une femme, mon d'une amie surtout, m'excite.

« Je veux me distinguer, briller... et ça double mes moyens, loin de

A la même seconde, la sonnette d'entrée vibra.

les diminuer.

— Alors, pourquoi hésitez-vous?

— Parce que, malgré tous les indices favorables, un accident est possible.

« Je ne voudrais pas vous exposer.

— Eh! s'écria la chanteuse impétueusement, vous vous exposez bien, vous.

« Vous vous exposez pour moi, et je flancherais.

« Non, tout est commun entre nous désormais: dangers, plaisirs, richesse, fortune, mauvaise ou bonne.

« Rappelez-vous notre serment, ajouta-t-elle en montrant la bague semblable à celle de Robert, qu'elle avait à l'annulaire droit: A la vie, à la mort!

« Par conséquent c'est dit: je vous accompagne.

« En attendant, mon beau chevalier, je m'en vais commander le dîner.

CHAPITRE CCXXIX

Le Refrain du Cambrioleur.

Il était onze heures, lorsque Robert Servan et Liliane — celle-ci vêtue comme une ouvrière et encapuchonnée d'un grossier fichu de laine noire — arrivèrent devant l'agence, venant du boulevard St-Germain, où ils s'étaient renseignés près de Lucienne Pourcelot.

La rue Vivienne, très fréquentée dans le jour, était presque déserte à cette heure tardive.

Çà et là, quelques rares passants, regagnant leur logis.

Comme Robert étendait la main pour sonner il vit l'un de ceux-ci s'approcher tout à coup.

L'inconnu s'arrêta au bord du trottoir et demeura là, attendant on ne sait quoi.

Les deux aventuriers sentaient son regard fixé sur eux, et n'osaient pas se retourner.

Affolée, Liliane s'était serrée contre son défenseur.

Ce furent quelques secondes d'angoisse.

Puis le promeneur fit un pas de plus vers eux:

— Sonnez plus fort, fit-il tranquillement.

« Ah! le salop... c'est tous les soirs comme ça.

« Ce qu'il a le sommeil dur, l'animal! »

Les deux complices respirèrent.

Ils avaient compris que c'était tout simplement un des habitants de la maison qui rentrait.

En ce moment, la porte s'ouvrait.

Résolument, Robert prit le bras de la chanteuse qui hésitait et franchit le seuil.

Il jeta un nom inarticulé, tourna à gauche, et gravit les premières marches de l'escalier, tandis que le locataire s'enfonçait sous la voûte, où bientôt son pas se perdit.

Aussitôt Liliane quitta le bras de Robert, et s'appuya contre la rampe.

— Une minute, murmura-t-elle.

« Laissez-moi reprendre haleine.

« Je suis en nage. Quelle secousse...

« Vous n'avez pas frémi, vous?

— Mais non, répondit Servan, qui se vantait un peu, tout de même.

« Il n'y avait pas matière.

« Un ennemi ne se serait pas présenté de la sorte.

« Voyez, comme on se fait des montagnes, et comme tout s'explique simplement ensuite...

« L'important est de ne pas se frapper.

— Oui, vous avez raison, mon ami.

« Je vous admire et veux tâcher de vous imiter.

« En tout cas ça me servira de leçon.

« Je serai forte, à présent. Montons...

Et elle s'élança la première.

Ils gravirent encore une vingtaine de marches et se trouvèrent devant la porte de l'agence.

Là, ils firent halte un instant, tendant l'oreille à tous les bruits de la nuit.

Puis, Robert introduisit la clef dérobée quelques heures plus tôt.

— Allons-y gaiement, murmura-t-il d'un ton léger.

« Imaginons-nous que nous sommes deux bons bourgeois qui rentrent chez eux, bien tranquilles, pour faire dodo.

« C'est ouvert. Passez, ma chère Liliane. »

Une fois la porte refermée, Robert alluma sa lanterne électrique afin d'éclairer le passage:

— Hein! fit-il, nous voilà dans la place!

« Vous voyez comme c'est simple.

« D'ailleurs, je l'ai dit, j'ai la veine ce soir.

— Oui, je commence à y croire, moi aussi, répondit la cabotine.

« Toutefois, il ne faut pas tenter le diable.

« Cette grande lumière m'inquiète.

« Vous devriez allumer une simple bougie.

— Il faudrait en avoir, chère amie.

« D'ailleurs, les volets sont fermés, par conséquent...

— Oui, mais la clarté peut filtrer par les fentes, les rainures.

— Admettons, fit Robert en diminuant l'intensité du courant.

« Je baisse la mèche pour ne pas la vendre... mais c'est par pure obéissance.

« On verrait de la lumière, qu'on en conclurait que le capitaine travaille, ce qui doit arriver quelquefois.

« D'ailleurs, tout le monde est couché; je vous le répète. »

Les deux cambrioleurs traversèrent une première pièce, puis une autre.

— Voilà la salle d'attente, annonçait Robert Servan, faisant les honneurs du logis comme s'il eût été chez lui.

« Ceci est le bureau de Wilhem Furster.

« Et nous voici dans le saint des saints... dans le cabinet du vieux grognard, avec son coffre-fort scellé dans la muraille pour plus de sûreté.

— Qu'est-ce que c'est que cette portière-là, en face? demanda Liliane en continuant d'avancer.

— C'est un cabinet noir.

« C'est là qu'ils font leur photographie.

— Il faudrait s'assurer que ça ne mène nulle part.

— Mais c'est fait, ma chère.

« Je l'ai visité de fond en comble, tout à l'heure, comme le reste.

« Vous craignez qu'il n'y ait quelqu'un de caché et voulez juger par vous-même... à votre aise.

Et Robert écarta la portière:

— Constatez, dit-il, qu'il n'y a ni porte, ni gardien endormi, pouvant nous tomber sur le dos à l'improviste.

« Maintenant — continua-t-il en se retournant — revenons au coffre-fort.

« Comme vous le constatez, il est d'un modèle plutôt primitif.

« Un simple caisson de bois doublé d'une feuille d'acier, qui ne doit pas être très épaisse, autant qu'on en peut juger de l'extérieur.

« On pourrait facilement percer cette cuirasse avec un vilebrequin ad hoc et j'ai justement ça dans ma trousse...

— Chut! fit la chanteuse. Les voilà qui s'amènent.

« Toutefois, ce ne sera qu'en dernier ressort.

« Je préfère attaquer tout d'abord la serrure, qui, comme vous le voyez, n'a rien d'effrayant.

« Pas de lettres, donc pas de secret.

« Un simple crochetage qu'on va tâcher de mener rapidement.

Tout en parlant, Robert étalait sa trousse sur une chaise, près du coffre-fort:

— Au turbin! fit-il gaiement.

« Ça vaudra mieux que de tant bavarder.

« Il est onze heures et quart, nous avons une bonne heure, par conséquent...

— Plus que cela, fit observer Liliane.

« Muller ne doit venir qu'à deux heures.

— Je me rappelle parfaitement, mais il peut être en avance.

« Mieux vaut prévoir le pire.

« Si, à minuit la serrure tient toujours, je fracture... et allez donc!

L'ancien sous-off venait de prendre une fausse clef et l'examinait attentivement avant de l'essayer.

— Tiens! fit la chanteuse tout à coup, vous gardez vos gants?

— Pour sûr... On a des principes!

« Vous avez eu tort peut-être, vous, de venir les pattes nues.

« Vous avez les mains moites, justement.

« Évitez de toucher les surfaces froides.

Cependant Robert avait introduit le rossignol dans la serrure.

Il tâta légèrement le mécanisme intérieur, puis retira l'outil sans insister.

— Ça ne mord pas, dit-il.

« À un autre.

Il essaya deux autres clefs, sans plus de résultat.

À chaque tentative, Liliane éprouvait une déception légère qu'elle s'efforçait de cacher.

Mais, peu à peu, la fièvre la gagnait.

— Ce sera peut-être plus difficile qu'on n'avait cru? finit-elle par dire.

— Non... seulement il ne faut pas croire qu'un pêne se laisse prendre comme ça.

« Il y a des pièces qui le protègent, entre lesquelles il s'agit de glisser... des barbes, des dents si vous préférez, qu'il faut saisir.

« Question de doigté, de touche et de prudence aussi.

« Voyez-vous que je fausse quelque chose, ou que mon rossignol reste pris dedans.

« Nous serions frais.

Et toujours plein de confiance, il chantonna:

« De la douceur, de la douceur!

« C'est le refrain du cambrioleur...

Cependant les essais se succédaient et l'on était toujours au même point.

Tout à coup, Robert se frappa le front :

— Que je suis bête ! fit-il en saisissant une boulette de cire qu'il se mit à rouler entre ses paumes, pour la réchauffer.

« Il n'y a qu'une chose à faire : prendre l'empreinte.

« Je n'arrive pas à trouver ce pène de malheur.

« Je vais savoir où il est, comment il joue.

L'empreinte obtenue, il la compara longuement aux divers modèles de clefs, de *pannetons*, qu'il avait dans son « nécessaire » et les essais recommencèrent toujours aussi infructueux.

Une fois, cependant, le pène oscilla :

— Je le tiens, triomphait l'opérateur bientôt détrompé.

« Zut ! il retombe.

« Ce sont les dents qui sont usées.

Cependant, le temps passait et Liliane, le visage en feu, se mordait les lèvres pour ne pas laisser échapper des paroles blessantes.

Robert lui-même n'avait plus la même assurance qu'au début.

A la fin, il prit un fil de métal à la fois résistant et malléable qu'il se mit à travailler à la pince.

— Un simple crochet, expliquait-il.

« C'est par là, que j'aurais dû commencer, peut-être.

« Il n'y a encore que les vieux trucs.

Tout à coup, sous leurs pieds, une horloge au timbre argentin, chantant comme une cloche, sonna douze coups.

— Minuit, sursauta l'aventurier en lâchant son crochet inachevé.

« Cette fois, il n'y a plus à hésiter : je fracture.

— Oui ! oui ! allez... trépignait la chanteuse.

« Mais allez donc...

Robert la regarda comme pour la rappeler au calme :

— Bien, dit-il, vous prenez la lampe seulement.

« Elle fait faux jour là-bas, et j'ai besoin d'y voir juste pour trouver le point faible.

Déjà Robert vissait les deux parties d'un long ciseau à froid.

Ensuite il le glissa dans la rainure.

A la même seconde, la sonnette d'entrée vibra...

Deux coups brefs, impérieux, qui leur glacèrent le sang dans les veines...

Liliane avait failli laisser tomber la lanterne électrique qu'elle tenait.

— Ce sont eux... bégaya-t-elle, les dents claquant d'effroi.

« C'est Walter Hunding.

« Je reconnais sa façon de sonner...

« Nous sommes pris, fichus...

« Ils entrent.

En effet, à travers les portes ouvertes, on entendit la serrure grincer, puis des pas dans le couloir...

Robert, lui, s'était empressé de faire disparaître ses outils de malfaiteur qui dénonçaient sa présence.

Il était pâle un peu, mais ses gestes étaient toujours aussi sûrs.

Cette première précaution prise, il arracha la lanterne des mains de la chanteuse, l'éteignit vivement et saisit dans ses bras son amie défaillante.

— Venez, disait-il en l'entraînant vers le cabinet noir.

« Tout n'est pas perdu encore.

« Seulement, du calme, sacrebleu !

« Ne me troublez pas.

« J'ai besoin de tout mon sang-froid.

— Oui, oui, murmurait la jeune femme en faisant des efforts surhumains pour se dominer, je comprends.

« Je vous demande pardon...

« Mais ça va mieux ; ça passe.

Sans bruit, sans que le parquet criât sous leurs talons, ils avaient atteint le cabinet.

Ils tirèrent la portière — un vieux rideau tout mangé aux vers — et attendirent l'œil collé aux fissures du tissu, regardant la porte en face d'eux, et le coffre.

— Pourvu que je n'aie rien oublié, se disait Servan.

A cet instant la voix brève de Walter Hunding s'éleva dans le vestibule :

— Allumez, commanda-t-il.

Aussitôt une clarté apparut, lointaine encore, reflétée par les murs.

Cependant les Allemands n'avançaient pas.

Robert profita de ce répit pour réconforter sa compagne :

— Vous voyez, fit-il à son oreille, ils hésitent eux aussi.

« Après tout leur situation est fausse comme la nôtre.

« Si j'apparaissais tout à coup, et que je leur demande ce qu'ils fichent par ici, ils seraient embêtés rudement.

« C'est même ce que j'aurais dû faire... mais trop tard.

« Les bonnes idées me viennent toujours trop tard !

« Au premier coup de sonnette, au lieu de caponner bêtement, j'aurais dû répondre: Qui va là?

« Et c'étaient eux qui cavalaient...

« En tout cas, nous sommes à armes égales.

« Par conséquent...

— Chut! fit la chanteuse.

« Les voilà qui s'amènent...

Walter Humding, entrait, en effet, éclairé par Muller qui portait une lanterne sourde.

Mon-Ours tournait la tête de gauche à droite, le nez au vent.

— Tiens! fit-il en reniflant avec bruit, on dirait que ça sent la femme.

« Est-ce que, par hasard, ce vieux cocu de Lancelin recevrait des grues ici?

« Si c'est ça qu'il appelle faire du contre-espionnage, je comprends qu'il se fatigue...

Walter Humding ne daigna pas sourire.

Les yeux mi-clos, le visage morne, il semblait penser à autre chose.

Il se contenta de tirer sa montre.

Aussitôt Mon-Ours comprit.

Cessant de goguenarder, il se dirigea vers le coffre-fort dans lequel il introduisit une clef brillante sortie de sa poche.

Il tourna deux fois. Puis:

— Tanteiffle, grogna-t-il tout à coup.

— Qu'est-ce qu'il y a! fit Walter Humding ouvrant la bouche pour la première fois.

— Il y a que la serrure est faussée!

— Faussée! répéta l'espion qui avait fait un haut-le-corps.

— Oh! continuait déjà Mon-Ours, pas gravement.

« Je sens le pêne qui bouge et je vais l'avoir.

« N'empêche que c'est bizarre.

« Ma clef allait si bien l'autre fois.

« On dirait qu'on a essayé d'ouvrir.

« Si je n'étais pas sûr du contraire, je penserais que quelqu'un est venu ici, avant nous.

« D'ailleurs, ça y est.

— Vous pouvez y aller, chef.

A son tour, Walter Humding s'approcha du coffre, que son aide venait d'ouvrir, et se mit à fouiller.

Presque aussitôt, il se retournait:

— Je la tiens, fit-il, tandis qu'un éclair furtif illuminait sa face Méphistophélique.

Il tenait une feuille de papier jaunie, tachée par l'eau de mer.

Il la présenta à la lumière, lut les premiers mots.

— C'est bien ça, fit-il, en mettant la lettre dans la poche de son veston.

« Venez, Muller.

Muller, lui, n'avait pas l'air pressé.

Il continuait de flairer de gauche à droite, sans se douter des frissons qui secouaient sa bonne amie Liliane à cette même minute.

— On s'en va déjà? répondit-il au bout d'un instant long comme un siècle.

« On pourrait profiter de l'occase pour fureter un peu par là.

— A quoi bon! fit l'espion dédaigneusement.

« Nous savons ce qu'il y a ici, depuis longtemps.

« Venez mon ami.

Les Allemands s'éloignèrent sans hâte.

La lumière qu'ils portaient circula de pièce en pièce, décrut, s'éteignit.

Au moment où la porte palière retombait sur eux, Robert sentit deux bras l'enlacer, et une joue brûlante humide se coller contre la sienne:

— Vous pleurez?

— Oui, mais c'est de joie, de saisissement...

Walter Humding s'approcha du coffre et se mit à fouiller.

CHAPITRE CCXXX

Encore lui...

Cet attendrissement de la jeune femme fut de courte durée.

Presque aussitôt ses inquiétudes la reprenaient.

Elle tendit l'oreille du côté du vestibule:

— Pourvu qu'ils ne reviennent pas, au moins, murmura-t-elle.

— Quelle idée, fit son compagnon.

« Ils sont en bas, déjà: ils demandent le cordon.

« Tenez, voilà la porte d'allée qui roule...

« Attendons cinq minutes, et nous pourrons filer à notre tour.

Un peu après, tous deux se glissaient dans l'escalier et s'arrêtaient devant la loge.

Robert frappa au carreau: on entendit quelqu'un grommeler de l'autre côté:

— Il n'est pas content, disait Robert tout en continuant de tambouriner.

« Deux fois qu'on le dérange.

Enfin la porte s'ouvrit et ils s'esquivèrent.

Comme ils mettaient le pied sur le trottoir obscur, ils chancelèrent, éblouis, aveuglés par une lumière subite.

C'était une automobile, embusquée au prochain coin de rue, qui venait de tourner et arrivait sur eux à grande allure.

Liliane avait attiré Robert face au mur et lui enfonçait ses ongles dans le gras du bras:

— L'auto du chef, haletait-elle.

« Le coupé électrique.

« Il nous guettait.

L'auto du chef, haletait-elle.

« Je vous dis que si...

« Le voilà, tenez, le monstre.

Déjà le coupé n'était plus qu'à quelques pas et l'on pouvait voir à l'intérieur, à travers la glace.

Walter Humding était seul, adossé au fond, les yeux vitreux, perdus au loin, semblant ne rien voir.

Il n'eut pas un regard, pas même un clin d'œil du côté de ceux qui attendaient là, tremblants, la tête basse, les nerfs tordus d'angoisse.

Sitôt l'auto passée, Robert Servan et sa compagne relevèrent la tête et aspirèrent une bouffée d'air frais:

— J'avais chaud! murmura Robert.

« Heureusement, il était dans la lune, il ne nous a pas vus.

— Savoir... moi j'ai peur que si, au contraire.

— C'est impossible, voyons, invraisemblable.

« Il nous prenait sur le fait, presque en flagrant délit; et il n'a pas sourcillé.

— Ce n'est pas une preuve.

« Avec un homme comme lui, aussi maître de ses nerfs, on n'est jamais sûr.

« Je vous dis qu'il nous guettait, peut-être.

— Mais non... Raisonnez une seconde, seulement.

« Pour guetter, il aurait fallu que le chef soupçonnât notre présence. Or, nous avons eu la preuve que non, là-haut, dans le cabinet noir.

— Alors, comment expliquez-vous ce brusque retour.

— Très simplement.

« Le patron était seul.

« C'est qu'il venait de déposer Muller quelque part, et remontait vers les boulevards, tout tranquillement.

— Vous ne croyez pas qu'il nous ait vus?

— Non, impossible, entrevus, tout au plus!

« Quant à nous reconnaître, attifés comme nous étions, je l'en défie bien!

« Si c'eût été Muller, je ne dis pas.

« Il vous a éventée, sentie, lui, rappelez-vous.

Servan arrivait devant la grille du château.

— Eh!... s'écria la cabotine tout à coup, c'est ce déguisement, justement qui peut, qui va nous trahir, peut-être.

« Vous oubliez que Lucienne nous a vus, Lucienne Pourcelot... et qu'elle est moucharde.

Robert fut frappé de cette remarque assez juste.

— Diable! songeait-il, en effet. J'avais oublié ce détail, moi.

« Voilà le danger, le seul point noir.

« Si nous sommes pincés, ce sera grâce à cette petite grue, mais nous ne le sommes pas encore.

Et tout haut, avec une indifférence affectée:

— Elle nous a vus... si peu!

« Il n'y a que moi, qui sois descendu de voiture, et j'ai fourni une explication plausible de notre déguisement: nous filions quelqu'un.

« Affaire banale, en somme.

« Je suis sûr que la petite Pourcelot a déjà oublié et votre mantille plébéienne et ma barbe d'agent véreux...

— On se chargera de les lui rappeler.

— Qui donc?

— Les journaux!

« Les journaux qui, dès demain raconteront le vol de la rue Vivienne avec notre portrait à la clef, notre signalement.

— Notre signalement, s'écria Servan... vous la perdez.

« Mais personne ne nous a vus.

— Si, le locataire, vous savez bien.

« Celui qui est entré comme nous.

L'ancien sous-off haussa les épaules.

— Ce bonhomme... il ne s'est pas douté une secon-

« Mais le chef, il était bien loin de penser à nous.

— Oui, convint Liliane, et c'est ce qui m'empêche de trop m'affoler.

« Walter Humding ne peut pas me soupçonner, après les preuves que je lui ai données.

« Il a une telle confiance en moi, en ce moment.

« Il croit si bien me tenir, que ça me rassure un peu.

— Moi, ce qui me rassure, c'est notre déguisement, répliqua Robert, qui, nous le savons était particulièrement fier du sien.

« Le patron a beau être malin, jamais il ne m'aura reconnu, moi, ni vous, encore moins.

« La belle Liliane, sous cet accoutrement de femme du peuple, voilà une idée qui ne se présente pas du premier jet.

de de ce que nous venions faire et ne s'en doutera pas davantage après.

« Il était trop tôt: onze heures, et en plein Paris.

« Les cambrioleurs les plus matineux, ne commencent pas leur journée avant minuit et encore, dans les quartiers perdus.

« En outre, et pour en finir, pour qu'on connût notre tentative, il faudrait que Lancelin portât plainte, et ce n'est pas dans ses habitudes.

« Il a sa police à lui, et méprise celle de M. Dréau.

— C'est vrai, et voilà notre meilleur atout, acquiesça la chanteuse.

« Ce serait bien la première fois que le Père la Manille s'adresserait à la police officielle.

« Pour le reste, pour ce qui est du chef, je serai fixée bientôt.

« Dès demain, je verrai bien à son attitude à mon égard, s'il a le moindre soupçon.

« Car il ne peut avoir que des soupçons, pas de certitude.

« Ça a été tellement rapide.

« Enfin, il y a Mon-Ours qui m'avertirait en cas de danger grave.

« Ah! comme il me tarde d'être à demain!

Cependant les deux complices avaient descendu la rue Vivienne jusqu'au Palais-Royal.

C'était là que les attendait le taxi-auto loué par eux, pour leur expédition.

En remettant le talon sur le marchepied, la cabotine se rappela la phrase dite tout à l'heure par Robert, en quittant la voiture:

« — Quand nous remonterons, nous aurons la lettre dans notre poche, la fameuse lettre secrète.

Et à ce souvenir, à la pensée d'André, dont le salut lui échappait une fois de plus, des larmes mouillèrent ses yeux.

Larmes de rage... aussitôt desséchées par la fièvre.

En ce moment, Robert, ayant donné les ordres au chauffeur, s'installait à côté d'elle.

Il avait le visage gai, presque souriant, et à cette vue Liliane sentit son cœur se remplir de fiel.

Elle jeta un regard courroucé, presque haineux à celui que, dix minutes plus tôt, elle embrassait comme son sauveur.

Elle s'accota dans son coin, le front soucieux, la bouche pincée et ne répondit plus que par monosyllabes aux questions de son associé.

Robert Servan ne s'en formalisa pas tout d'abord.

De longue date, il était accoutumé à ces mauvaises humeurs subites, souvent sans cause, et n'était pas loin de trouver celle-ci légitime... en comparaison.

— Elle est exaspérée, murmurait-il, et ça s'explique.

« C'est une déception cruelle pour nous, pour elle, surtout.

« Avoir passé si près du but.

A ce même moment Liliane revivait la scène du cabinet noir, la minute tragique où Walter Humding était apparu comme le destin et avait emporté la lettre sous ses yeux.

— Ah! comme je le hais, cet homme sinistre... songeait-elle les lèvres blanches de rage contenue.

« C'est mon mauvais génie, celui qui toujours se dresse sur ma route.

« Oh! mais j'aurai ma revanche. Je la veux et je l'aurai.

Puis afin de se calmer, elle s'efforça de penser à autre chose.

Un long quart d'heure passa de la sorte, puis Robert Servan essaya derechef de rentrer en propos, mais la jeune femme n'eut pas l'air d'entendre.

Cette fois ce fut au tour du jeune homme de se fâcher.

Elle abusait de sa patience, vraiment.

D'un mouvement brusque il baissa la glace de son côté, tira son étui à cigarettes, et d'une voix sarcastique:

— Vous permettez que je fume?

Il n'en fallut pas davantage pour rappeler Liliane à une notion plus exacte de la situation.

— Mais oui, mon ami, fit-elle en souriant.

« Vous savez très bien que je fume moi-même.

« Quelle mouche vous pique, tout à coup?

Déjà désarmé Robert Servan souriait, lui aussi:

— Enfin! fit-il en comptant sur ses doigts, j'ai pu vous arracher dix mots à la file et plus...

« Ça n'a pas été sans peine.

La chanteuse lui tendit la main:

— Il faut m'excuser, dit-elle gentiment.

« J'ai les nerfs à cran après toutes ces secousses.

« Quand je pense que nous avons été si près de réussir...

— Oui, je comprends votre déception et je la partage, croyez bien.

« Si je souris, c'est pour les passants, pour notre chauffeur dont il faut se garder d'attirer l'attention.

« Je m'étais imaginé un instant que vous m'en vouliez de cet échec?

— Oh! mon ami, protesta la comédienne vivement.

« Je suis nerveuse, injuste parfois, mais pas mauvaise...

« Je serais vraiment mal venue, après ce que vous venez de faire...

« Sans vous qui sait où nous serions en ce moment?

Puis la chanteuse, pensant qu'elle en avait assez dit, se remit à parler de l'auto, de ce coupé surgissant à l'improviste.

— C'est cela, cette incertitude... qui me tracasse, surtout, qui me rend méchante.

« Ah! comme il me tarde d'être à demain, de me retrouver en présence du chef, de Muller...

En même temps, comme la voiture ralentissait, elle se leva, ouvrit la portière.

— Où allez-vous donc? demandait Robert étonné.

— Mais à l'hôtel. Nous sommes arrivés, mon ami.

« Je rentre chez moi.

— Déjà, murmura le jeune homme sans en dire plus long.

Liliane était sur le trottoir, lui tendant la main :

— Adieu, Robert, à bientôt! fit-elle du bout des lèvres.

— Adieu... quand se revoit-on?

— Mais demain, dès que j'aurai des nouvelles.

« Je vous ferai savoir.

Et elle s'élança vers le perron.

La porte s'ouvrit, laissant voir un fantôme.

Mais ni le chef ni son lieutenant ne parurent.

Elle continua d'attendre, comptant les heures.

Le soir vers cinq heures elle téléphona aux divers endroits où elle avait chance de trouver les Allemands et ne reçut aucune réponse.

Ce mutisme subit réveilla toutes les inquiétudes que Robert avait réussi à dissiper un instant.

— Voilà un indice inquiétant, disait-elle à son complice qui se trouvait là.

« C'est la première fois depuis quinze jours que Walter Humding me laisse sans nouvelles.

« Cela ressemble joliment à un lâchage, savez-vous.

« On dirait qu'il s'écarte, que nous lui sommes suspects, depuis la rencontre de cette nuit.

— Encore vos idées, répondit Servan.

« Je suis sûr, moi, que le patron ne nous a pas vus.

— Alors, comment expliquez-vous ce silence?

— Le chef a dû être obligé de partir subitement avec Mon-Ours.

— Il m'aurait téléphoné.

« Il le fait toujours.

— Il l'aura oublié pour une fois, ou bien il n'aura pas pu.

— Comment pas pu?

— Est-ce qu'on sait...

« Il se pourrait que Walter Humding ait été pris en filature et ait dû s'occuper d'abord de sa sauvegarde.

« On ne songe guère à téléphoner à pareil moment, vous pensez bien.

« En tout cas, vous aurez une dépêche bientôt.

« Je suis tellement sûr que je parierais...

— Qu'entendez-vous par bientôt?

— J'entends cette nuit ou demain au plus tard.

« Il faut — en supposant que mon hypothèse soit la bonne — leur donner le temps matériel de se mettre à l'abri.

Par malheur, ni cette nuit, ni le lendemain, aucune dépêche n'arriva, et Liliane se mit à se lamenter de plus belle.

CHAPITRE CCXXXI

La comtesse de Rozen

Liliane dormit mal cette nuit-là.

Le lendemain elle se leva de bonne heure et attendit avec impatience la visite de Walter Humding ou de Muller.

Avec l'inconséquence de ses pareilles, elle en arrivait presque à reprocher à son associé, leur expédition de la rue Vivienne qui leur valait de telles angoisses.

— Quelle mauvaise idée vous avez eue, maugréait-elle.

« Et moi qui me suis jetée dessus comme une sotte.

« Notre précipitation a tout brouillé, tout compromis.

« Il n'y avait qu'à attendre notre heure.

« Dans quelques jours l'occasion allait se présenter d'elle-même.

— De quelle occasion parlez-vous?

— Mais de mon installation au château.

« Il est bien certain que c'est là, dans le fameux cabinet de Barbe-Bleue, que le chef a rangé la lettre volée à l'agence.

« Or, une fois à Ozy, maîtres de la place, il nous était relativement facile de nous emparer du document.

— Facile, fit Servan en hochant la tête d'un air de doute.

« Vous en parlez à votre aise et de loin.

« J'avais cru comprendre, au contraire, que le cabinet du patron — ce blockhaus machiné, truqué, hérissé de pièges — vous inspirait une appréhension légitime, d'ailleurs.

« Et voici qu'aujourd'hui...

Mais la cabotine ne le laissa pas achever.

— C'est cela... vous allez prétendre maintenant que je me contredis.

« Mais non... je vous ai cru seulement, en quoi j'ai eu tort.

« L'autre soir, votre idée m'a séduite, parce que j'étais pressée d'avoir cette lettre.

« Vous m'avez emballée.

« Oh! ce n'est pas un reproche que je vous fais.

— Non, je pense bien.

— De plus, continuait Liliane, hier encore j'hésitais à employer les grands moyens contre Walter Humding.

— Qu'appelez-vous les grands moyens?

— Mais la force, la violence.

« Il eût fallu s'emparer du chef et de Muller aussi, au besoin, et les jeter, dûment ligottés au fond d'un cachot, il y en a justement un à Ozy.

« Une fois nos deux Allemands immobilisés, j'étais sûre de retrouver la lettre, dussé-je, pour cela, démolir le donjon pierre à pierre.

— C'était un moyen radical, en effet.

« Un peu risqué, peut-être...

— Bah! quand on veut la fin...

« Or, grâce à vous, grâce à notre folie de l'autre nuit, ce moyen infaillible nous échappe.

« Et, insista Liliane, c'est une fortune que nous perdons du même coup.

« Du moment que je ne suis plus la tutrice du jeune comte Jean Koska, autrement dit Pas-de-Canard, impossible de réaliser le million dont nous avions besoin pour vivre à l'étranger.

— Oh! ce million nous ne le tenions pas encore, objecta Robert les yeux brillants de convoitise.

« Quelque chose me dit que le chef a renoncé à ce projet, depuis qu'il a retrouvé la mère d'Yvette.

« Il n'a plus besoin de vous pour empêcher le mariage.

— Mais si... répliqua la chanteuse en tapant du pied.

« Je vous l'ai dit cent fois, pourquoi vous entêtez-vous.

« Le chef est plus que jamais décidé à m'installer au château.

« La preuve, c'est que tout est prêt: les papiers chez le notaire, les domestiques qui n'attendent qu'un signe.

« En ce moment on achève de poser le téléphone avec le bureau de Chantilly.

« Le chef a si peu changé d'avis que l'autre soir encore il me parlait de cette installation, comme d'une mesure imminente.

« Sans cette maudite histoire de Kauffman et de Patoche, qui a tout compliqué, ce serait une chose faite à cette heure.

« Voilà ce que nous perdons pour avoir voulu aller trop vite.

La conversation continua longtemps encore, et après le dîner — comme les Allemands continuaient à ne pas donner signe de vie — le débat s'envenima tout à coup.

Exaspérée par cette longue attente Liliane accabla son complice de reproches aussi violents qu'immérités.

— Allez-vous-en, finit-elle par dire.

« Allez-vous-en, ça vaudra mieux.

« J'ai mes nerfs.

— Soit, murmura Robert en se levant.

« Laissons passer l'orage.

« Je reviendrai demain.

— Non, fit la jeune femme rageusement.

« Attendez que je vous appelle.

« Je ne serai pas là, d'ailleurs.

— Qu'allez-vous faire, vous mettre à la recherche du patron?

— Oui, il faut que je le trouve lui ou Muller, que je sache ce qu'il en est coûte que coûte.

« Cette incertitude me tue.

Servan se retira l'oreille basse:

— Petite rosse, marmonnait-il en descendant l'escalier.

« Comme elle me balance, quand elle croit n'avoir plus besoin de moi.

« Elle me fera devenir maboule, si ça dure.

« Maintenant, je m'explique un peu sa rage, je la partage même...

« En effet, si, comme elle le prétend, le chef a le moindre soupçon, c'est la combinaison du château qui tombe à la rivière, et ça c'est un salaud coup.

« Une véritable faillite!

« Un beau million qui nous passe sous le nez... et c'est ça qui me touche surtout.

« Après tout, Ferbach, moi, je m'en moque et ce que j'en fais c'est pour elle.

Le lendemain — troisième jour depuis la rencontre fatale de la rue Vivienne — Robert Servan, malgré la défense faite la veille, vint prendre des nouvelles de son irascible associée.

Ils traversèrent un bosquet.

— Madame est sortie, lui répondit la camériste.

— Seule?

— Oui, je crois du moins.

« Je n'étais pas là.

« Elle a laissé une lettre pour vous.

« Ce doit être pressé, car madame a dit au bureau de vous l'envoyer, si vous ne veniez pas avant midi.

« Voici le billet.

Vivement Robert s'empara de la lettre, que la chanteuse avait pris la peine de cacheter à la cire, et sitôt dans la rue déchira l'enveloppe.

— Qu'est-ce qui se passe? s'interrogeait-il anxieux.

A l'intérieur, il trouva le billet hâtivement griffonné au crayon:

« *J'ai revu le chef plus confiant que jamais.*

« *Nous partons ensemble pour Osy. Tout va bien.*

« *J'ai une grosse nouvelle à vous apprendre et* « *vous attends ce soir au château.*

« *Trouvez-vous à onze heures tapant à la petite* « *porte du parc, et surtout évitez qu'on vous voie.*

« *C'est moi qui vous ouvrirai. A bientôt.* »

L'ancien sous-off poussa un soupir de soulagement.

— Tout s'arrange, murmura-t-il.

« N'empêche que nous l'échappons belle, peut-être.

« Je commençais à m'inquiéter, moi aussi.

« Quant à Liliane elle est devenue tout sucre subitement.

« C'est ainsi avec elle: après la giboulée le soleil.

« Hier, elle me chassait presque et aujourd'hui elle me rappelle et dans quels termes:

« Trouvez-vous ce soir à la porte du parc... mais c'est une phrase de roman cela.

« C'est presque un rendez-vous d'amour.

« Elle doit avoir besoin de moi.

« Dommage qu'il soit à peine midi.

« J'ai hâte de savoir ce qui arrive et la journée va me paraître longue.

« Je m'en vas aller aux courses pour tuer le temps.

« Il faut profiter de la veine, puisqu'elle revient!

Le soir, bien avant l'heure convenue, Servan arrivait devant la grille du château.

Il constata en passant que les fenêtres du premier étage étaient éclairées, puis, craignant d'être vu, il s'enfonça sous bois et erra à l'aventure un long moment.

Enfin comme onze heures allaient sonner au clocher voisin il s'approcha de la petite porte et gratta doucement.

Aussitôt la porte s'ouvrit laissant voir un fantôme enveloppé d'un manteau sombre qui lui tombait jusqu'aux talons.

Imp. MAILLET — 3 passage de Clichy, Paris

La nuit était noire: impossible de voir le visage...

Robert hésita une seconde, mais le fantôme tendit sa main présentant une bague qu'il reconnut aussitôt.

Il saisit cette main et sans parler la porta à ses lèvres.

— Le roman qui continue, songeait-il.

« Le manteau couleur muraille, la bague, rien n'y manque.

« Maintenant, pourquoi tant de précautions.

« Il y a un motif certainement.

Et plus haut:

— Eh bien! cette nouvelle?

— Chut! répondit Liliane en mettant un doigt sur ses lèvres.

« Tout à l'heure, chez moi..

« Les Allemands sont ici.

— Zut! fit Robert refroidi aussitôt.

« Que le diable les emporte.

« Est-ce qu'ils peuvent nous voir?

— Non.. Le chef et Muller couchent dans le donjon et leurs fenêtres sont fermées.

« D'ailleurs, pour plus de sûreté nous allons passer sous les arbres.

« Suivez-moi.

— Je vous suis, fit Servan en prenant le bras de la chanteuse.

Ils traversèrent un bosquet, longèrent la façade du château et gravirent le perron à pas de loup.

Une fois dans le vestibule:

— Enfin, nous voilà rendus, fit Robert gaiement.

« Alors vous dites que les deux hiboux sont là, dans la tour branlante?

« Qu'est-ce qu'ils fichent, où étaient-ils pendant ces trois jours? Ici?

— Non.. à Bruxelles.

« Ils avaient dû partir précipitamment en auto.

— Hein! j'avais deviné.

« Ils avaient la police au derrière?

— Non, pas eux, c'est la Simone d'Ange qui était serrée de près.

« Même qu'ils ont dû ruser pour lui faire franchir la frontière.

« La poursuite a été chaude, paraît-il, si bien que le chef a oublié de nous prévenir.

— C'est bien ça.

« J'avais deviné à un détail près.

Cependant les deux complices venaient de pénétrer dans le magnifique appartement que la chanteuse, occupait au premier étage du château.

Ils traversèrent plusieurs pièces dont le luxe impressionna Robert Servan:

— C'est là que vous habitez, murmurait-il.

« Mais c'est un véritable palais.

« Le comte d'Amaury fait bien les choses, il n'y a pas à dire.

— Oui, pas mal.

« Nous voici chez nous.

« Asseyez-vous, mon ami.

Ils se trouvaient dans un délicieux boudoir, éclairé par des ampoules électriques.

Par la porte entr'ouverte on apercevait un lit monumental avec, pour descente de lit, une gigantesque peau d'ours blanc aux griffes d'or.

Çà et là des gravures galantes du dix-huitième siècle.

— Mâtin, murmurait l'ex sous-off de plus en plus troublé par ce spectacle suggestif, par ce luxe de jolie femme qu'il voyait pour la première fois.

« C'est épatant ici, c'est le paradis de Mahomet.

« Ah! c'est beau la fortune!

« Je sais bien que si j'avais la galette du patron, moi...

A ce moment la chanteuse ferma la porte.

— Pourquoi fermez-vous? demanda-t-il d'un air fâché.

— Parce que, fit la jeune femme avec un sourire aguichant.

« Ça vous donne des distractions et nous avons à causer sérieusement, mon cher Robert.

— Oui, c'est vrai, fit Servan rappelé à la situation.

« Eh bien! cette nouvelle?

Liliane rejeta son manteau et apparut en *kimono*, sorte de peignoir japonais, les cheveux enserrés par des bandelettes.

Une mouche au coin de la lèvre achevait de modifier sa physionomie.

— Vous ne me reconnaissez pas? questionna-t-elle, contente de son effet à la Frégoli.

— Oh! si... protesta le jeune homme vivement.

« Je n'ai pas besoin de voir votre bague, moi.

« Le cœur suffit.

« Toutefois, n'importe quel autre y serait pris.

« C'est rudement fort, savez-vous?

« Il vous a suffi de changer votre coiffure, de planter ce coquin de grain de beauté, là, et vous n'êtes plus la même.

« Mais pourquoi cette transformation?

La chanteuse sourit, recula d'un pas et faisant une révérence, comme si elle eût été à la cour, une révérence de « dame d'honneur ».

— Je vous présente la comtesse de Rozen, dit-elle.

— La comtesse de Rozen, répéta Robert sans comprendre.

— Eh! oui, fit Liliane en éclatant de rire.

« La tutrice de Pas-de-Canard, la propriétaire du château.

— Enfin! s'exclama Servan ébloui, comme s'il voyait de l'or ruisseler subitement devant lui.

« Enfin, ça y est.

« Nous sommes dans la place.

« Le patron s'est décidé.

— Oui. L'installation a lieu demain... oh! sans fracas.

« Je suis une veuve sérieuse, l'amie et la confidente d'une duchesse: Marie-Thérèse d'Autriche.

« Comme vous voyez, je m'entraîne.

« Tout à l'heure, j'ai « répété » devant le chef.

« Il était si content qu'il voulait me bombarder marquise, poursuivit la cabotine, en s'esclaffant.

« Seulement, il aurait fallu refaire les papiers.

— C'est merveilleux... merveilleux, murmurait Robert abasourdi.

« Quel revirement en vingt-quatre heures.

« Dommage seulement que les Boches soient là.

— Ils n'y sont pas pour longtemps.

« Demain ils auront vidé les lieux.

— Ils partent?

— Oui.

— Où vont-ils?

— A Vienne, Autriche et plus loin.

— Mais alors, ils en ont pour plusieurs jours.

— Pour huit, au moins.

« Il paraît qu'il manque à mon dossier, une pièce importante.

« Ils vont la chercher là-bas dans les Karpathes.

— Laissons-les se *Kar... apatter!*

— Le plus loin possible!

« Pendant ce temps, moi, j'achève de m'installer.

« Puis ce sera la présentation à l'ambassade et le reste, l'arrivée du bossu ici.

« Mais nous n'attendrons pas tant...

— Je crois bien! s'écria Robert qui avait compris.

— *Asseyez-vous, mon ami.*

« Ainsi nous avons huit jours devant nous.

« Toute une semaine pendant laquelle nous serons seuls ici, maître du château.

« C'est plus qu'il n'en faut pour cambrioler le coffre-fort de Barbe-Bleue, comme vous dites; emporter la lettre et... la caisse!

— Nous sommes d'accord, répondit Liliane en jetant à son complice un regard plein de promesses.

« Dès demain on se met à l'œuvre.

« Nous touchons au but...

— Oui... et ça ne traînera pas, je vous jure!

« Quarante-huit heures suffisent pour forcer le *blockhaus* du patron.

— Oh! quarante-huit heures, c'est juste, peut-être.

« Vous savez qu'il y a des portes solides, des serrures secrètes.

— Il s'agit bien de serrures, répliqua Robert qui s'était mis à se promener fiévreusement à travers la pièce.

« Je m'en moque pas mal ainsi que des portes.

« Si vous croyez que je vais m'amuser à jouer du rossignol, mais non.

« On fera une brèche à la dynamite, s'il faut.

« Du moment que nous sommes chez nous.

— Au fait! c'est vrai.

« Mais alors, nous avons partie gagnée.

« C'est comme si je tenais la lettre.

— Tout comme, kif-kif...

« Reste l'argent, acheva Robert en détournant la tête pour cacher l'éclair de ses yeux.

— Ça je m'en charge, et je n'aurai pas grand mal.

« Walter Humding qui veut que je mène grand train, a fait les choses largement, royalement comme toujours.

« Depuis ce matin il y a un million déposé en mon nom à la Banque de France.

« C'est mon argent de poche.

« Nous n'aurons qu'à le prendre en passant.

— Et en route pour Londres, pour l'Amérique, s'écria Robert ivre de joie.

« Cette fois ça y est: nous tenons le gros lot.

En disant ces mots, il vint s'asseoir à côté de son amie sur le divan.

Son œil ardent contemplait les rondeurs de la gorge apparue dans l'entrebâillement du *kimono*.

— Voilà une belle journée, songeait-il.

« Et une belle nuit.

Comme il se penchait amoureusement vers la jeune femme, il fut frappé de son air distrait soucieux:

— Vous découvrez un cheveu, questionna-t-il aussitôt, quelque chose qui vous tracasse?

— Oui, fit Liliane, oh! c'est bien peu.

« Rien qu'une ombre au tableau, un point noir dans notre ciel bleu...

— De quoi s'agit-il?

— De Muller... Heureusement que celui-là n'est pas très dangereux.

« C'est un ami, un défenseur jusqu'à un certain point.

« Maintes fois comme vous savez, il m'a donné des renseignements, des conseils, dont je me suis bien trouvée.

« Des conseils de prudence surtout...

« Il a toujours peur que je fasse quelque bêtise, des *blagues* comme il dit.

— *Je vous présente la comtesse de Rosen.*

« Or, on dirait qu'il a deviné, flairé quelque chose de nos projets, de nos tentatives même.

« Plusieurs fois, je l'ai surpris rôdant autour de moi, examinant mes mains, ma bague...

« Si bien que je me demande par moment si je n'aurais pas laissé quelque trace suspecte, soit dans la carrière, là-bas, soit à l'agence, soit ailleurs.

— Voilà qui pourrait être grave, en effet, murmura Servan.

— Oui, si Muller savait quelque chose de précis, mais tel n'est pas le cas.

« Il a un indice et avec ça il cherche, il tâtonne.

— Vous êtes sûre qu'il n'y a rien de plus?

— Rien, jusqu'ici, affirma la chanteuse.

« Si Mon-Ours avait une preuve, une arme contre moi, il n'eût pas manqué de s'en servir.

« Vous savez qu'il rôde autour de moi depuis longtemps.

« D'autre part, je ne serais pas étonnée que Mon-Ours eût deviné qu'il y a quelque chose entre nous.

« Il est jaloux de vous, et c'est une nouvelle raison pour lui de nous surveiller de près.

« D'ailleurs, Muller n'en continue pas moins d'être dans les meilleures dispositions pour moi.

« En cas de danger, c'est lui qui me préviendrait encore, si c'était en son pouvoir.

— Vous ne vous illusionnez pas?

— Non, et voici un fait récent à l'appui.

« Tantôt — après que le chef m'eût annoncé son départ pour l'Autriche — Mon-Ours m'a prise à part:

« — Vous, m'a-t-il dit, vous méditez quelque mauvais coup.

« Vos yeux brillent: ne niez-pas.

« Vous allez faire des blagues.

« Vous en avez fait déjà, peut-être.

La chanteuse fit une pause.

— Je me suis défendue, reprit-elle, et avec l'aplomb qu'il fallait.

« Toutefois, je sens que Mon-Ours garde un soupçon, une arrière-pensée.

« J'ai préféré vous le dire.

— Vous avez bien fait, ma chère Liliane, mais il n'y a pas matière à s'inquiéter.

« Ce soupçon Muller l'a depuis longtemps, depuis qu'il connaît votre projet en faveur du lieutenant Ferbach.

« D'ailleurs il part demain et quand il reviendra tout sera dit.

« Une raison de plus de faire vite, voilà tout.

« Et maintenant à demain les affaires sérieuses.

En achevant ces mots Robert avait attiré la chanteuse qui se laissait faire et l'embrassait goûlument.

— *Entrez là, dit-elle vivement.*

« Cachez-vous à tout hasard. Vite.

« Moi, je vais ouvrir.

Et elle s'élança vers l'antichambre.

CHAPITRE CCXXXII

Le troisième larron

Presque aussitôt, sa voix éclatait, furibonde:

— Comment! c'est vous, Muller!

« C'est vous qui vous permettez ces mauvaises plaisanteries?

« Mais vous prenez donc mon logis pour un mauvais lieu, pour cogner de la sorte.

« Vous auriez pu sonner, tout au moins.

— J'ai sonné! grommela l'agent.

« C'est le timbre qui ne marche pas, sans doute.

Il venait de l'enlever comme une proie et l'emportait vers la chambre, lorsque des coups légers, hésitants en quelque sorte, retentirent à la porte de l'appartement.

Robert Servan avait lâché la jeune femme.

— Qui est-ce? demandait-il, inquiet et furieux.

« Le chef... ce serait lui encore?

— Non... il eût sonné, Muller aussi.

— Alors qui?

— Je ne sais pas.

« Un étranger, sans doute, quelque télégraphiste peut-être.

Il y eut un nouveau coup, plus pressant, nerveux comme de quelqu'un qui s'impatiente.

Liliane montra la chambre à coucher.

— Entrez là, dit-elle vivement.

« Je n'en suis pas cause.

« Et puis, il s'agit bien de ça, *tarteiffle!*

Pendant ce temps, dans la chambre, Robert cherchait une cachette, un meuble, à l'abri duquel il pût voir sans être vu, épier son rival contre lequel, à cette minute, il éprouvait une haine féroce.

Il opta pour un large fauteuil, derrière lequel il s'accroupit.

De là, par la porte laissée entr'ouverte, il embrassait le boudoir, presque entier.

A ce moment, Muller faisait son entrée, toujours poursuivi par Liliane, qui semblait aboyer à ses trousses, comme un roquet hargneux.

Il marcha machinalement jusqu'à la chambre, dans laquelle il jeta un coup d'œil, puis fit demi-tour.

Ce sans-gêne eût pour résultat instantané de mettre Liliane hors d'elle.

Payant d'audace, elle se rua sur celui qu'elle prenait simplement pour un amoureux jaloux.

— Comment... grondait-elle, vous m'espionnez, à présent!

« Vous espionnez non seulement l'associée, mais la femme...

« De quel droit?

« Vous croyez donc que je cache un amant ici?

« Et quand cela serait, c'est mon affaire.

Muller avait tressailli légèrement.

— Il en tient... pensait Liliane.

« Eh bien, je vais continuer le feu.

« Ce sera ma vengeance en attendant.

Elle prit l'Allemand par le bras, le ramena jusqu'au seuil de la chambre:

— Eh bien, oui, il y a un homme, là, dans mon lit.

« Regardez, mais regardez donc.

« C'est mon amant, c'est lui que j'aime, et non pas vous.

« Vous, vous êtes une brute, un ours mal léché de la Forêt-Noire.

La chanteuse s'arrêta, essoufflée, et le gros Muller se secoua comme un taureau harcelé par les guêpes.

— Ah! bien... maugréa-t-il, vous en avez, une platine, vous.

— Une platine! hurla la jeune femme exaspérée.

« C'est comme ça que vous prenez la chose?

« Eh bien! vous allez sortir, sortir tout de suite, entendez-vous?

« Je vous chasse.

De nouveau, Liliane s'avançait sur Muller, mais un regard de celui-ci l'arrêta net. Elle avait compris qu'elle allait dépasser la mesure.

Cependant, l'espion avait repris son air bonhomme:

— Vous en faites un boucan... grogna-t-il.

« On dirait, ma parole, que si je viens ici, c'est pour moi.

« Tout à l'heure, quand vous saurez ce qui m'amène, vous chanterez moins haut.

« Laissez-moi parler seulement.

Ce disant, Mon-Ours tira de sa poche un étui de vermeil, marqué au chiffre de Liliane:

— Et d'abord, voici votre porte-cigarettes, que je vous rapporte.

— Tiens, fit la chanteuse, qui avait baissé la voix de plusieurs tons.

« Je le cherche partout, depuis le dîner.

« C'est vous qui l'aviez?

— Oui, je l'avais pris... par mégarde.

« Oh! ne me roulez pas ces yeux-là; ce n'est pas un souvenir que je voulais vous chiper.

« Je ne suis pas sentimental à ce point.

« Une simple distraction.

« Vous savez que je suis très distrait... acheva l'Allemand, goguenard.

Liliane commençait à se sentir mal à l'aise.

— Mon-Ours qui fait de l'esprit, murmura-t-elle entre les dents.

« Il sait quelque chose, certainement; ce n'est pas l'heure de l'esbrouffer.

Et, tout haut, d'une voix soudain radoucie:

— Bien, mon ami, mais ce n'est pas pour me restituer cet objet, que vous arrivez en pleine nuit?

— Non, quoique l'étui soit bien pour quelque chose dans cette visite intempestive.

Cette phrase ambiguë augmenta l'inquiétude de la chanteuse.

Cependant, Muller venait de se planter devant elle.

Il la regarda dans les yeux, et, grossissant sa voix:

— Alors, ça continue? gronda-t-il.

— Qu'est-ce qui continue?

— Les blagues, les trucs à la manque.

« Vous m'aviez promis d'être sage, prudente, et vous n'attendez même pas que nous soyons partis pour commencer les bêtises.

— Qu'est-ce que j'ai fait? fit Liliane, d'un ton léger, et en s'efforçant de sourire.

« Quel nouveau forfait ai-je encore commis?

— Vous le savez mieux que moi.

« Ne faites pas l'innocente.

« Ah! je savais bien que vous méditiez quelque coup de travers.

« Ainsi, vous avez cherché à vous emparer de cette lettre?

— Quelle lettre?

— La lettre de Kauffmann, voyons.

« Me prenez-vous pour une gourde?

A ces mots, Liliane et son complice — qui ne perdait rien de ce colloque animé — sentirent leur inquiétude devenir de l'angoisse.

— Nous sommes pincés, découverts, se disait la cabotine.

« Muller connaît la tentative de la rue Vivienne.

« Comment? peu importe.

« En tout cas, il n'a rien dit au chef jusqu'ici.

« C'est le principal, et il y a de l'espoir encore.

« Parbleu, je sais pourquoi, je vois clair dans son jeu.

« Mon-Ours veut me faire chanter, me mettre le marché en main.

« Et Robert qui est là!

« Il prend bien son temps, le *deutsch*.

Muller avait fait une pause et cherchait à lire dans les yeux de son interlocutrice.

— Allons, reprit-il d'un ton paterne, avouez, confessez-vous, mon enfant.

« Vous me connaissez, que diable!

« Je suis un ami, un brave homme, qui ne demande qu'à vous tirer d'un mauvais pas.

« Mais encore, faut-il pour cela que je sache de quoi il retourne, ce que vous avez fait exactement.

La jeune femme éprouva un soulagement soudain.

— Mon-Ours ne sait rien, se disait-elle, rien de précis.

« Je peux m'en tirer, par conséquent.

« C'est le moment de peser ses mots.

« Jouons bien.

Un instant, elle réfléchit, comme cherchant dans ses souvenirs.

— Me confesser — murmura-t-elle à mi-voix — me tirer d'un mauvais pas, je n'y comprends goutte.

« De tout ce que vous avez dit, mon cher Muller, je n'ai saisi qu'une chose, c'est que vous étiez un ami — ça, je le sais depuis longtemps, et que vous veniez pour moi, dans mon intérêt.

« Aussi, je regrette de vous avoir reçu si mal.

« Vous ne m'en voulez pas?

— Moi... pas le moins du monde... répondit Muller, qui était à cent lieues de soupçonner la présence de son rival dans la chambre.

« Vous m'avez épaté, par exemple, une vraie furie!

« J'ai vu le moment où vous m'arrachiez les yeux bel et bien.

« Quel salpêtre, ces Françaises! Mais qu'est-ce que vous aviez pour gueul... pour crier comme ça?

« Qu'est-ce que je vous avais fait?

— Ce que vous m'avez fait? vous m'avez fait peur.

« Une peur terrible!

Il s'accroupit derrière un large fauteuil.

— Moi?

— Mais oui.

— Vous m'avez pris pour un cambrioleur?

— Mais oui. Si vous aviez sonné, seulement.

« Je suis seule, perdue, dans cet immense château.

— Nous étions là.

— Oui, dans le donjon, merci bien!

« On aurait eu le temps de m'égorger cent fois.

« Alors, quand je vous ai vue, la colère m'a prise.

« Il y avait de quoi, convenez.

« On ne fait pas des farces pareilles à une femme.

— Ma foi, je n'y pensais guère.

« Et puis, je ne vous savais pas craintive à ce point.

— Ce sont les nerfs, cette suite d'émotions diverses.

« Et puis, il y a cette histoire de château hanté, racontée par les voisins et par vous-même, Mon-Ours.

« J'ai beau savoir que c'est une légende, ça m'impressionne.

« Si bien que je n'avais pas osé me coucher.

— Vous craigniez qu'un fantôme ne vînt vous tirer le drap? raillait l'Allemand.

— Pas à ce point, mais je craignais les cauchemars.

« D'ailleurs, je l'ai dit au patron, quand j'ai su que je couchais ici, rappelez-vous.

« J'aurais préféré attendre l'arrivée des domestiques.

— C'est vrai, je me souviens... fit l'Allemand, convaincu par ce rappel.

« J'ai gaffé et je vous demande pardon.

— Allons, songeait la chanteuse, toute fière de ce premier succès, c'est lui qui fait des excuses.

« Ça commence bien.

Brusquement, elle tendit la main à son visiteur:

— Moi aussi, je vous demande pardon, dit-elle.

« Vous avez eu le premier tort, moi le second.

« Nous voilà quittes et bons amis comme devant.

« Asseyez-vous là, à côté de moi, sur le divan.

« Et maintenant, causons.

« Expliquez-moi ce que vous avez à me dire de si pressé.

Muller prit place à côté de la jeune femme.

— Vous ne vous en doutez pas? demanda-t-il.

— Pas le moins du monde... répondit Liliane, avec une sincérité qui n'était pas feinte.

« Vous voulez que je me confesse, soit, mais alors posez-moi des questions.

« Mettez-moi sur la voie.

Muller hésita une seconde:

— Eh bien, soit, fit-il.

Il tira de sa poche une photographie toute froissée qu'il étala sur ses genoux.

— Mais, s'écriait Liliane, stupéfaite, je connais ça.

« J'ai vu cette photo entre les mains du chef.

« Ce sont des « empreintes digitales », paraît-il,

— Oui.

— ...laissées par un cambrioleur.

— Oui, et ce cambrioleur, c'est vous!

— Moi!... fit la chanteuse, assommée par cette révélation, et ne pensant même pas à discuter.

« Et le patron... lança-t-elle dans un cri.

« Il sait?

— Non. Si le chef savait, vous ne seriez pas là, moi non plus.

« N'empêche que j'arrive à temps, je crois.

« Alors, vous dites que le patron vous avait montré cette photo?

— Oui, l'autre matin, dans le donjon.

« Et moi qui étais à cent lieues...

— Tordant... s'esclaffait le Teuton, en se tapant sur les cuisses.

« Il choisit bien ses confidents, le chef!

« C'est tordant, ma parole.

« Dire qu'à moi, il me cachait cette photo...

— Comment l'avez-vous eue?

— Par hasard. Le patron l'avait jetée dans la corbeille aux vieux papiers.

« C'est là que je l'ai cueillie.

— Alors, il ne l'a plus... haletait Liliane.

— Naturlisch... mais il en a d'autres.

« Il n'avait pas qu'une épreuve, vous pensez bien.

« D'ailleurs, pour ce qu'il en fait...

« Quand je vous dis que le patron a un bandeau sur les yeux.

« Le bandeau de l'amour...

« N'empêche qu'il aurait bien fini par s'apercevoir, et alors, gare dessous!

« Vous voyez que ça valait la peine que je vienne en pleine nuit, aussitôt que j'ai su...

— Oui... fit Liliane d'une voix humble, accablée.

« Je vous remercie mon ami, mon sauveur.

« Alors c'est ce soir, à l'instant, que vous avez découvert...

« Mais, comment... comment?

— Oh! je me doutais depuis longtemps.

« Je tiquais sur vos mains.

« Vous avez pu vous en apercevoir.

« Seulement pour être sûr, il me fallait une photographie de votre « empreinte » une photo authentique, celle-là, pour comparer, et les mêmes doigts... où la prendre?

« Or, tout à l'heure, j'ai aperçu l'empreinte que je cherchais, là, sur la table... sur votre porte-cigarette.

« Le métal poli, le verre, rien de traître comme ça.

« Vous ne vous en doutiez pas, ma belle?

— Non, mais je comprends...

« Je comprends maintenant, pourquoi vous avez emporté l'étui.

« Vous avez photographié la trace de mes doigts?

— Oui... et la réponse a été... celle que j'attendais.

— Vous êtes sûr de ne pas vous tromper?

— Sûr et certain.

« Les deux photos — celle du patron et la mienne — mises l'une sur l'autre *coïncident* exactement.

« C'est la preuve *mathématique*.

« Pas d'erreur possible.

La chanteuse était atterrée.

— Alors, je suis perdue, gémit-elle.

« Je n'ai plus qu'à prendre la fuite...

— Mais non, que diable... s'écria Muller jovialement.

« Un danger connu peut toujours s'éviter.

« Et je suis là, moi, qui ne suis pas manchot, *tarteiffle*!

La chanteuse avait redressé la tête, l'œil brillant d'espoir.

— Que faut-il faire? haleta-t-elle.

— Ça, c'est le second point.

« On va l'examiner, mais auparavant, il faut que vous me disiez tout, tout, entendez-vous.

« Plus de boniments, de cachotteries, la vérité toute nue:

« J'en ai assez, moi, de marcher avec des œillères comme un cheval cabochard.

« Je veux bien vous aider... mais je demande à

être payé de retour: confidence pour confidence, sinon, macache...

« Etes-vous disposée à répondre?

— Oui, mon ami, oh! oui...

« Questionnez, je dirai tout.

« Je m'abandonne à vous, corps et âme.

— Corps et âme, grondait Robert dans sa cachette.

« Est-ce qu'elle l'a dit exprès. Non, c'est une formule.

« D'ailleurs, je suis là, moi.

« Il ne la tient pas encore, le *Boche!*

CHAPITRE CCXXXIII

Nuit blanche.

— Vous devinez ce que j'ai à vous demander, continuait l'Allemand presque aussitôt.

« D'où vient cette empreinte trouvée par le patron.

« En d'autres termes, où l'avez-vous laissée?

— Je n'en sais rien, répondit Liliane, qui, jusque-là ne disait que la vérité.

— Comment! sursauta Muller, comment vous n'en savez rien.

« Elle est forte celle-là!

« Ah! ça, ma petite, il faudrait voir à ne pas vous payer ma tête...

— Je ne me paie pas votre tête, mon ami, répliqua la jeune femme posément.

« Ce n'est pas en ce moment, où j'ai tant besoin de vous que je dissimulerais.

« Je dis la vérité, rien que la vérité.

« J'en jure sur la tête de ma mère, acheva-t-elle en tendant le bras d'un air solennel.

— Je vous crois, fit Muller frappé par l'accent de franchise de son interlocutrice.

« Convenez que c'est raide tout de même.

« Alors, comment se fait-il que le patron ait cette photographie.

Il m'est arrivé de fureter dans les papiers du patron

« Vous avez bien une idée, une hypothèse quelconque.

« Dites... il faut que je sache pour pouvoir parer au péril.

La chanteuse réfléchit un instant, parut chercher dans ses souvenirs.

Puis elle reprit, pesant tous ses mots:

— Je ne vois qu'une explication plausible.

« Je suis curieuse comme toutes les femmes. Il m'est arrivée une fois ou deux, trouvant un tiroir ouvert, de fureter dans les papiers du patron.

— Où cela? demanda Mon-Ours vivement.

« A Paris ou ici?

— A Paris et ici... vous voyez, mon ami, que je dis tout, que loin de me disculper, je m'accuse.

« Une fois même, au restaurant, j'ai profité de ce que Walter Humding était au lavabo pour ouvrir une serviette en cuir de Russie déposée par lui sur la banquette.

« J'avais les doigts gras, le cuir était glacé... il se peut que ce soit à cette occasion que j'aie laissé l'empreinte révélatrice.

« Une curiosité bien innocente, en somme et que je regrette...

L'Allemand réfléchissait, l'air perplexe.

— Non, finit-il par dire.

« Ça n'est pas là, ça ne peut pas être là.

— Pourquoi, mon ami?

— Parce que Walter Humding eut deviné tout de suite d'où venait le coup... de sa voisine!

« L'empreinte en question a dû être laissée par vous dans une des nombreuses garçonnières du chef et retrouvée par lui, plusieurs jours après votre passage.

« Ça explique que ses soupçons ne se soient pas portés sur vous tout de go.

« Enfin il se peut que le patron n'attachât pas grande importance à cette tentative.

« Nos papiers, les vrais, sont à l'abri.

« Aussi suis-je bien sûr que vous n'avez rien trouvé?

— Pas ça..

— Parbleu! c'était prévu, voyons... s'écria Muller joyeusement.

« Comment, ma chère Liliane, vous pratiquez le patron depuis un certain temps et vous le connaissez si mal!

« Vous imaginez qu'un bonhomme de sa force, se laisse faire des fouilles comme ça.

« C'est enfantin..

« Allons, le mal est moins grave que je ne pensais.

« Il n'y a eu ni cambriolage, ni effraction, une simple curiosité de femme, comme vous dites.

« Ça explique que le chef ne se soit pas mis martel en tête pour retrouver le coupable.

« Il s'en fiche peut-être.

Liliane secoua la tête:

— Non, répondit-elle. Je ne crois pas qu'il s'en fiche tant que ça.

« Selon moi, le patron continue à chercher.

« Quand il m'a montré la photo, là-bas dans le donjon, il m'a dit à peu près: « Je l'ai dans l'œil maintenant. Si jamais le cambrioleur dont il s'agit passe à ma portée, je ne le raterai pas... »

« Et cette phrase, qui me revient maintenant, me fait frémir.

— Diable! s'exclama l'Allemand. Mais c'est qu'alors, c'est sérieux.

« Il va falloir employer les grands moyens, c'est-à-dire *démarquer* vos doigts.

« Vous savez que c'est une opération qui se pratique couramment.

— J'ai entendu parler de cela, en effet.

« Comment procède-t-on, par brûlure?

— Non... mauvaise la brûlure: c'est un démarquage qui ne tient pas.

« En effet, la peau, qui repousse dessous, présente exactement le même dessin, les mêmes linéaments.

« Il y a une autre méthode bien meilleure, que je connais et pratique.

« Je m'en suis servi plusieurs fois, toujours avec succès.

— En quoi consiste-t-elle?

— Tout simplement à modifier le *gaufrage* de la peau au moyen d'instruments appropriés: lime, poinçon, etc.

« Au besoin une petite cicatrice faite au thermocautère et le tour est joué!

« Je défie bien le patron de s'y reconnaître, tout malin qu'il soit...

« Seulement nous n'avons pas de temps à perdre.

« Il est trois heures du matin bientôt, et je pars demain avec le chef.

« Nous avons trois ou quatre heures: c'est suffisant.

« Venez chez moi et je commence tout de suite.

— Chez vous, pourquoi chez vous?

— Parce que, répondit l'espion, en enveloppant la jeune femme d'un regard hardi.

« C'est plus commode: j'ai tout ce qu'il faut sous la main.

— Vous n'avez pas peur que le patron nous surprenne?

— Non. Walter Humding est dans sa casemate et n'en sortira pas avant le jour.

« Je connais ses habitudes, allez.

— Eh! bien soit! fit la chanteuse qui craignait quelque incartade de Robert, et avait hâte de mettre fin à cette scène.

« Je change de robe et je vous suis.

Et elle s'élança vers la chambre à coucher dont elle referma la porte à clef.

Aussitôt Robert Servan se dressa devant elle le visage convulsé, menaçant:

— Vous suivez cet homme? gronda-t-il les dents serrées de rage.

— Il le faut, répondit la chanteuse d'une voix sourde.

« J'ai perdu il faut payer.

« D'ailleurs — ajouta-t-elle sans voir qu'elle se contredisait, — je vous jure que Muller n'aura rien de moi, rien...

« On ne me prend pas de force, moi!

« Vous avez pu vous en apercevoir.

« Quand à vous, vous allez rester ici, faire le mort.

« Sitôt libre, je viendrai vous délivrer.

« C'est votre dernière épreuve, la dernière...

« Demain, nous serons seuls, maîtres du château et de tout.

« Patientons jusque-là.

« Le vin est tiré, il faut le boire, mais laissez-moi faire.

« Nous aurons notre revanche... une revanche éclatante!

Cinq minutes après, elle partait au bras de Muller.

Resté seul, en proie à tous les tourments de la jalousie Robert se mit à arpenter la chambre de long en large.

Il allait et venait comme un tigre tombé dans une fosse.

Il se représentait son amie dans les bras de Muller et cette idée faisait bouillonner son sang.

Alors il serrait les poings comme pour se jeter sur quelqu'un.

— J'aurais dû me ruer sur cet homme, malgré Liliane, grondait-il.

« Qu'importent les suites!

A plusieurs reprises il fut sur le point de sortir et d'aller frapper à la porte du donjon, de provoquer son rival, mais il se raisonna...

— Trop tard, se disait-il.

« Tout à l'heure, ici, j'étais presque dans mon droit, tandis qu'à présent.

« Et puis il y a Liliane qui ne veut pas d'esclandre.

Et ce fut cette idée qui le retint, surtout.

Cependant les heures s'écoulaient l'une après l'autre.

Enfin comme l'aube blanchissait, Liliane parut, l'air accablé.

Elle avait le visage pâle, les paupières meurtries, la robe déchirée comme si elle venait de soutenir une lutte.

A cette vue, Robert sentit sa rage arriver au paroxysme.

Emporté par l'instinct, il marcha sur elle comme s'il allait la battre, mais au moment de frapper, le cœur lui manqua.

Il y avait une telle détresse sur le visage de son amie qu'il fut pris d'une immense pitié.

— Ma pauvre Manon, murmura-t-il avec un sanglot dans la voix.

A ce mot, la chanteuse parut se réveiller soudain, sortir de sa torpeur.

Elle se redressa, jeta à son associé un regard terrible, qui le foudroyait.

— Imbécile! gronda-t-elle.

Et s'emportant, tout à coup, saisissant cette occasion de soulager son cœur gonflé de rage:

— Alors, qu'est-ce que vous imaginez, continua-t-elle en *crescendo*.

« Vous imaginez que cet homme est arrivé à ses fins, que je me suis livrée à lui comme une fille.

Vous suivrez cet homme? gronda-t-il.

« Vous me connaissez cependant, vous savez qu'on ne m'a pas moi, ni par force, ni par intimidation.

« J'ai eu l'air de céder, mais c'était une ruse.

« Muller n'a rien eu de moi, presque rien, juste ce qu'il fallait pour le maintenir en haleine.

« Je suis une *allumeuse*, m'avez-vous dit.

« Et puis qui veut la fin, veut les moyens.

« J'avais commis une imprudence grave.

« Muller tenait notre sort entre ses mains, et c'est moi, maintenant, qui le tiens, lui.

« Il voulait me confesser et c'est moi qui lui ai tiré les vers du nez.

Ces paroles — malgré ce qu'elles gardaient d'ambigu — rendirent un peu de calme à Servan.

— Oui, je comprends, acquiesça-t-il.

« J'ai eu un mot malheureux, je vous demande pardon.

« Alors, c'était vrai, sérieux, cette histoire d'empreinte digitale?

— Je crois bien que c'est sérieux!

« Ce sont bien mes mains; impossible de douter.

« C'est miracle que le chef n'ait pas découvert la chose lui-même.

« Le danger est évité heureusement: Muller a fait ce qu'il fallait.

« De plus, il continue de veiller et doit me prévenir en cas de complication.

« Vous voyez que j'ai bien fait de le suivre.

— Oui... mais il y a une chose que je continue à ne pas comprendre, un problème insoluble pour moi.

« Où diable aviez-vous laissé cette dangereuse empreinte?

— Je n'en sais rien et c'est pour ça que j'ai inventé cette histoire de papiers fouillés.

« Il fallait bien avouer quelque chose, le moins possible.

« Quant à dire où j'ai bien pu laisser cette trace de mon passage... impossible.

« C'est dans la « carrière » peut-être, lors de notre excursion chez Jean-Louis.

« Peut-être ailleurs... et puis, à quoi bon chercher.

« L'important c'est que Walter Humding ne se doute de rien puisqu'il part, qu'il nous abandonne la maison.

« Encore quelques heures et l'on pourra se mettre à l'œuvre..

Tout en parlant, la jeune femme était entrée dans son cabinet de toilette.

Elle en ressortit bientôt, vêtue du *kimono* qu'elle portait la veille.

— Vous ne vous couchez pas? demanda Robert surpris.

— Non, il est trop tard et puis je suis trop énervée.

« Je sens que je ne dormirais pas.

« Etendez-vous sur le canapé, si vous êtes fatigué.

— Je n'ai pas sommeil, maugréa Robert.

— Alors, asseyez-vous là, mon ami, et causons.

« Dressons nos batteries, tenons conseil.

Le conseil fut de courte durée.

Liliane avait le regard, la langue épaisse.

Bientôt sa tête retomba sur le dossier du fauteuil et elle s'assoupit.

Robert s'approcha:

— Toujours sa morphine, murmura-t-il.

« Elle a dû se piquer tout à l'heure dans le cabinet.

« Il faudra plus tard, que je la corrige de ce vice.

Alors lui-même s'étendit sur le canapé et s'endormit d'un sommeil fiévreux hanté de cauchemars.

Il fut réveillé par une brise parfumée qui lui glaçait le visage.

Liliane était devant lui l'aspergeant de son vaporisateur.

Elle riait et sur son visage sur toute sa personne rafraîchis par le *tub*, plus rien ne restait des terribles émotions de la nuit.

— *Debout, paresseux! fit-elle gaiement.*

— Debout, paresseux! fit-elle gaiement d'un air mutin.

« En voilà un maussade compagnon de nuit.

« Et de plus vous ronflez!

« Vous savez qu'il est huit heures.

Servan se frottait les yeux:

— Huit heures, répéta-t-il l'air confus.

« Je vous demande pardon.

— Eh! moi aussi, je m'étais endormie.

« Seulement, vous m'avez réveillée.

« Vous vous êtes mis à parler haut, tout à coup, à crier, contre Muller, contre le chef.

— Je rêvais.

— Je m'en doute. Eh! bien, racontez-moi votre rêve.

« C'est un présage, peut-être, un avertissement.

« Vous ne croyez pas à ces choses?

— Non, pas beaucoup... mais, s'il ne faut que ça, pour vous faire plaisir.

« D'ailleurs, c'est un cauchemar plutôt qu'un rêve et fort confus.

— Allez donc. Vous me faites languir.

« Vous en aviez aux Allemands. Vous étiez ensemble, par conséquent...

« Mais où?

— Dans les souterrains du château.

— Tiens, c'est curieux. C'est un signe, peut-être.

— Mais non, rien de plus simple, au contraire.

« Hier, vous avez parlé de notre excursion dans la carrière, des traces laissées par nous, et naturellement, mon esprit a travaillé dans ce sens.

— C'est une explication.

« Et moi, est-ce que j'étais là?

— Oui.

— Qu'est-ce que nous faisions: nous avions été surpris par les Allemands? demanda la chanteuse vaguement inquiète.

— Non, pas précisément.

Escroqueuse ! vociférait-elle.

« Toutefois, ils nous gênaient et nous avons cherché à les perdre.

« Pour cela, nous nous sommes dirigés vers l'ascenseur, car il y avait un ascenseur... une espèce de grande *cage* comme dans les mines à charbon.

« Nous y sommes montés et l'ascenseur s'est mis à descendre, à s'enfoncer sous terre.

« Il y a eu un choc... et nous nous sommes retrouvés dans le donjon, dans la casemate du chef.

« C'est à ce moment que vous m'avez réveillé.

— Quel rêve stupide, murmura Liliane de plus en plus inquiète.

« Heureusement qu'il n'y a pas d'ascenseur ici, ni rien qui y ressemble, sans quoi...

A cet instant on frappa à la porte de l'antichambre.

— C'est Mon-Ours, dit la jeune femme sans s'émouvoir.

« Il m'avait annoncé qu'il viendrait me dire adieu avant de partir.

« S'il n'insiste pas, c'est qu'il n'a rien d'important à m'apprendre et je ne me dérange pas.

« Il pensera que je dors. Attendons...

Un peu après, comme on n'entendait plus rien, elle alla écouter dans l'antichambre.

Elle revint bientôt agitant un billet griffonné au crayon, qu'elle avait trouvé sous la porte.

— Un billet, raillait-elle.

« Un billet de mon amoureux.

« Lisez monsieur le jaloux.

Robert prit le papier et lut tout haut:

« Chère amie, nous partons à l'instant.

« Tout va bien du côté du chef, et d'ailleurs.

« Seulement, plus de blague, hein!

« A bientôt! je vous enverrai des cartes d'Allemagne. »

— Bon voyage! s'écria Liliane.

Elle partait encore qu'une automobile ronfla sur la route devant la grille du parc.

Liliane et Robert coururent à la fenêtre, regardèrent à travers les rideaux et virent Walter Humding sortir du donjon et se diriger vers la petite porte en longeant les murs.

Il sortit du parc monta dans la voiture qui partit aussitôt.

Dès qu'elle eut disparu Liliane se retourna le visage en feu et d'une voix exaltée:

— Enfin, ça y est! haleta-t-elle.

« Nous sommes seuls maîtres du château.

CHAPITRE CCXXXIV.

Où la mère Van Flam perd patience.

Depuis que le faux comte d'Amaury avait annoncé à la Van Flam que son mari était millionnaire et sa fille sur le point de faire un très beau mariage, la femme du Belge ne vivait plus.

Après avoir accueilli ces nouvelles avec l'indignation que l'on sait et juré à l'espion de faire casser le mariage pour se venger de celle qu'elle considérait comme l'auteur principal de sa ruine, la chiffonnière avait réfléchi.

Ses réflexions étaient telles, qu'une immense espérance avait succédé à son indignation.

— Oui, j'irai la trouver cette gredine d'Yvette, grommelait la vieille, j'irai la trouver, et il faudra bien qu'elle me rende tout l'argent qu'elle m'a volé... sinon, je le ferai casser, moi, son mariage.

« Voilà par où je la tiens, certes, plutôt que de perdre une si belle situation, elle ne demandera pas mieux que de s'exécuter. Je le lui souhaite.

« Mais ce n'est pas tout, Dieu merci, mon divorce avec ce cochon de Van Flam n'a jamais été prononcé.

« Je suis toujours sa femme et du moment qu'il est millionnaire, j'ai droit à la moitié... ou au tout s'il me garde, et il me gardera, car maintenant, c'est moi qui ne veux plus divorcer.

« Oui, je suis millionnaire! vociférait avec exaltation la Van Flam en remuant dans sa roulotte comme un lion furieux en cage.

« Oh! qu'il me tarde que mes deux visiteurs reviennent me chercher pour que je sache où est ma fille.

En attendant dans le village des chiffonniers, la bonne nouvelle s'était vite répandue.

La Van Flam s'était chargée elle-même de la colporter.

L'auto arrêtée devant son enclos et la visite de personnages si bien mis, lui avaient ouvert un crédit illimité dans la crédulité des chiffonnières.

Du jour au lendemain, la *gueularde* se vit portée au pinacle, courtisée et adulée par ses voisines, comme une reine.

Adulations intéressées, la vieille le savait bien. Aussi comme elle s'entendait comme pas une à exploiter les gens, elle en usait sans ménagement, se faisait traîner partout, aux cafés, aux concerts, dans tous les cinémas, prenait de toutes mains, mangeait à toutes les tables, vivant désormais sur le dos de ces malheureuses comme une véritable vermine.

D'ailleurs, pour commencer d'ores et déjà sa nouvelle existence de millionnaire, la Van Flam avait renoncé à tout travail.

Elle passait le meilleur de ses journées à boire les billets bleus du comte. Elle ne dessoulait plus.

Pourtant les jours passaient, les semaines et la mère d'Yvette ne recevait pas plus de nouvelles de ses deux visiteurs que s'ils n'eussent jamais existé.

Des largesses du comte, tout s'était fondu en rasades et l'enthousiasme dans le village commençait singulièrement à se refroidir.

Maintenant la vieille passait son temps à gronder dans sa roulotte, à gueuler et à bousculer son matériel. Mais tout cela ne la nourrissait guère. Finalement elle dut reprendre son crochet.

Hélas! le comte d'Amaury n'avait pas impunément réveillé chez l'ancienne accoucheuse sa soif des grandeurs.

Elle avait toujours mal supporté le joug de la misère.

Maintenant qu'après avoir cru le secouer pour toujours, elle était obligée de le reprendre, ce joug lui paraissait doublement intolérable.

Elle se faisait un drôle d'effet, la vieille Van Flam en fourrageant dans les poubelles!

— Une millionnaire! grondait-elle entre ses dents, une millionnaire faire un pareil turbin!

Une après-midi qu'elle crochetait des mégots dans la rue Berzélius, un agent de police, de faction devant la porte du commissariat, se mit à la regarder narquoisement.

Elle dut reprendre son crochet.

Ce regard qu'elle aperçut fut l'étincelle qui mit le feu aux poudres.

— Je ne suis pas assez malheureuse! vitupérait le chiffonnière.

« Il faut encore qu'on se paye ma fiole!

« Eh bien! non, j'en ai assez! rugit-elle en jetant furieusement son crochet dans le ruisseau.

« Je suis millionnaire une fois pour toutes, et on va bien le voir.

Elle s'avança résolument vers la porte d'entrée du commissariat.

L'agent qui s'imaginait avoir affaire à quelque vieille folle voulut lui barrer le passage. Mais la mégère lui jeta avec une telle autorité:

— Je veux voir le commissaire! Est-ce qu'il n'est pas là, le commissaire? que l'agent s'écarta, bien persuadé d'ailleurs, qu'elle ne sortirait de là que pour être conduite à la Salpétrière.

— Au fond du couloir, lui désigna-t-il. Un étage à monter.

Elle les connaissait assez tous ces commissariats pour les avoir encombrés de ses récriminations, il y avait de cela quinze ans, lors de son arrivée à Paris, quand elle avait voulu dénicher son chenapan de Van Flam.

Elle se souvenait particulièrement de celui de la rue Berzélius d'où, à plusieurs reprises, les agents avaient dû l'expulser de vive force, fermant sur elle porte et fenêtres, pour n'être plus étourdis par ses vociférations qu'elle continuait dans la rue, tandis qu'elle s'obstinait, sur le seuil du commissariat, assise sur une vieille valise qu'elle traînait partout avec elle et criant à tue-tête qu'on la mettrait à la boîte comme on l'en menaçait, ou qu'on lui trouverait son cochon de Van Flam.

Mais récemment, le commissariat avait été transféré dans ce pavillon battant neuf, sentant encore la peinture et les plâtras. Et pour le magistrat auquel le truande se faisait un âpre plaisir de dire, après quinze ans :

— Me revoilà!

Ce n'était plus le même. Lui aussi, il était trop battant neuf, avec sa blonde moustache cirée, ses airs de gandin ennuyé, ce chic anglais qui l'eût plutôt fait prendre pour ce fameux cambrioleur amateur des romanciers d'outre-Manche que pour l'honnête magistrat de la rue Berzélius.

Il était seul, dans son bureau aux peintures non achevées et la chiffonnière entra là-dedans comme chez elle.

D'ailleurs, dès la porte, elle s'annonça d'une voix fière :

— Je suis madame Van Flam !

— Qu'est-ce que vous voulez? fit le magistrat d'un ton tranchant, sans même daigner lever les yeux sur elle.

— Monsieur le commissaire, j'ai à vous dire que j'ai une fille.

— Que voulez-vous que ça me fasse?

— Si ça ne vous fait rien, cria la mégère que la colère commençait à gagner, pourquoi est-ce qu'on vous paye alors?

Le magistrat leva subitement sur elle un regard acéré, terrible.

Mais la furieuse maritorne avait une figure si cocasse, qu'il ne put s'empêcher de sourire. D'une voix amusée, il questionna :

— Eh! bien, qu'est-ce qu'elle vous a fait votre fille?

— Elle m'a fait que je la cherche parce qu'elle m'a volée. C'est tout une histoire.

— Oui, mais moi, je m'en lave les mains de toutes vos histoires.

« Allez-vous-en bien vite. Sinon! vous savez, gare au panier à salade.

La vieille Van Flam ne se laissait pas démonter pour si peu.

Forte de son droit, elle parlait avec cette fermeté de conviction, cette éloquence populaire qui se fait toujours écouter.

Le commissaire avait beau se défendre et lui dire :

— Si vous avez dix-huit sous, adressez-vous au juge de paix.

— Non, répliquait hargneusement la furibonde, je n'ai pas dix-huit sous. Et puis, vous pourriez m'écouter plus poliment. Je ne suis pas la première venue. Je suis une millionnaire.

— Encore une folle! pensait avec ennui le commissaire.

— Et je ne suis pas folle! repartait de plus belle la mère d'Yvette.

« Vous n'avez qu'à m'écouter. Et vous le verrez bien.

— Eh! bien, je vous écoute, céda le magistrat de guerre lasse, mais faites vite.

— Voilà ce que j'ai à vous dire. Il y a une histoire d'espion là-dedans. Oui, d'espion allemand.

« Mon mari qui ne vaut pas cher, a fait de l'espionnage dans le temps et peut-être qu'il en fait encore.

« Il m'a abandonnée à Liège où il a été lui, pharmacien et moi accoucheuse de première classe — il y a de ça quinze ans — en me volant ma fille Yvette qui avait alors deux ou trois ans et mon magot, monsieur, mon pauvre magot que j'avais tant sué pour le gagner, toute ma fortune jusqu'au dernier sou.

— Mais alors, ce n'est pas votre fille qui vous a volée. C'est votre mari.

— Oui, mais pour ma fille. C'est elle qui a mon magot. Il me l'a dit en me quittant qu'il le lui donnerait pour se marier.

« Est-ce que je raisonne bien. Suis-je folle ou non?

— Peut-être, pensa l'impassible fonctionnaire. Et tout haut, il ajouta :

« Continuez.

— Mon mari m'a quittée sans dire où il allait. C'est alors que je suis venue à Paris, ici, à Belleville, où je savais qu'il avait des complices pour certains trafics qu'il faisait et où je croyais le retrouver.

« Mais je n'ai jamais pu découvrir ni eux, ni lui.

« Bref, depuis quinze ans, je crève la misère dans ma roulotte de St-Ouen. Et je n'avais jamais plus entendu parler de rien.

— Et aujourd'hui vous avez entendu parler de quelque chose? prononça le commissaire d'un ton railleur.

— Aujourd'hui, non. Mais il y a quelques semaines, une auto s'est arrêtée devant chez moi.

« Un monsieur et une dame, très bien mis, en sont descendus.

« La dame se faisait appeler Mme Simone d'Ange. Le monsieur, monsieur le comte!

« Ils sont entrés chez moi. Ils m'ont fait raconter tout au long mon histoire.

« Ils m'ont acheté des papiers de famille concernant ma petite Yvette, quatre lettres pour quatre cents francs.

« Je vous demande un peu si ça valait ce prix-là! Quatre chiffons de papier. Vous ne trouvez pas qu'il y a du louche là-dessous?

— Si... continuez.

— Et c'est alors, quand j'ai eu fini mon histoire,

que ce monsieur m'a appris que mon mari vivait toujours et qu'il était millionnaire!

« Oui, monsieur, qu'il était devenu millionnaire avec l'argent qu'il m'a volé.

« Seulement, paraîtrait qu'il est en Amérique, ce cochon de Van Flam.

« Enfin ce monsieur le comte, puisque comte y a, m'a raconté que ma fille Yvette qui, elle, est à Paris, allait faire un mariage très comme il faut, sans moi, sans mon consentement, à moi qui suis sa mère.

« Et c'est pourquoi il faut qu'on me la trouve.

« C'est pour ça, monsieur le commissaire, que je suis venue ici.

« Est-ce que je n'ai pas raison?

« N'est-ce pas mon droit? »

Le magistrat avait écouté cette déclaration avec son scepticisme professionnel.

Quand la vieille eut fini son histoire, il promit froidement de s'en occuper.

La Van Flam s'en retourna mécontente.

— Pour sûr, il ne fera rien. Mais je reviendrai à la charge, grommelait-elle.

En arrivant dans le village des chiffonniers, elle eut une heureuse surprise.

Il y avait devant son enclos une foule de commères qui l'attendaient.

— Mâme Van Flam, lui annoncèrent-elles en l'entourant, il y a un monsieur qui est venu pour vous.

« Il était en bécane et il vient de partir à l'instant.

« Un brun, jeune, joli garçon. Il devait être de la Rousse. Un inspecteur, probablement.

« Il nous a demandé si c'était bien vrai qu'il est venu chez vous un monsieur et une dame en automobile, et si nous savions qu'ils vous avaient donné de l'argent, pourquoi, et combien.

« Nous avons dit la vérité. Nous avons bien fait?

— Oui, répondit la mère d'Yvette, épanouie.

« Je sais ce que c'est, poursuivit-elle avec une soudaine importance.

« C'est par rapport à mon million.

Je veux voir le commissaire.

A ce mot de million, comme les sept villes se disputant la naissance d'Homère, toutes les maritornes s'empressèrent autour de la Van Flam, chacune voulant l'entraîner chez elle.

— Mâme Van Flam, venez chez moi, piaillait l'une, nous viderons une chopine.

— J'ai un beau saumon tout frais que mon mari y m'a rapporté des halles, criait une autre.

— Je ferai rôtir ma poularde! glapissait une troisième, Mâme Van Flam, venez plutôt avec moi.

Décidément les actions remontaient. La vieille Van Flam était à la hausse. Elle se hâta d'en profiter au mieux de ses intérêts.

Pour comble de bonheur, le commissaire de la rue Berzélius ne la fit pas trop languir.

Après s'être assuré du bien fondé des déclarations de la truande, il avait mis son inspecteur en campagne.

Qui sait s'il ne pouvait pas surgir de là une affaire sensationnelle qui pourrait le *sortir*, le mettre en vedette, lui conquérir l'admiration du Tout-Paris.

Malheureusement pour l'élégant magistrat, l'affaire sensationnelle devait se réduire à peu de chose.

Bref, à quelques jours de là, à la grande émotion de toutes les voisines chiffonnantes de la Van Flam, l'inspecteur à la bécane refit son apparition.

Il entra dans la roulotte où la femme du Belge l'attendait.

Joli garçon, en effet, et d'une courtoisie parfaite, mais des regards inquisiteurs qui vous perçaient jusqu'à l'âme.

Aussitôt qu'il eut décliné sa qualité :

— Eh bien! monsieur, demanda la vieille, haletante, est-ce que vous l'avez dénichée ma saleté de fille?

— Oui, je sais où elle est, répondit l'inspecteur.

A cette déclaration la Van Flam faillit sauter au cou du jeune homme. Une joie immense venait de l'emplir tout à coup et comme un éclatant soleil venait d'envahir l'intérieur de sa roulotte, il lui sembla subitement que c'était un flot d'or qui l'inondait, sa fortune retrouvée à laquelle venait se joindre le million de Van Flam.

— Où perche-t-elle? demanda-t-elle avidement.

— Quand je vous l'aurai dit, que ferez-vous?

— J'irai la trouver, pardi, et je ferai valoir mes droits.

« Elle m'a volé, monsieur.

— Ceci n'est pas prouvé. Et puis, elle est votre fille. Or, vous savez que légalement, dans ces questions-là, les parents n'ont aucune action contre les enfants.

— Comment, faillit s'étrangler la soularde, cette gueuse m'aura volé mon magot et je ne pourrai pas lui faire rendre gorge!

— Que voulez-vous, elle est votre fille.

La Van Flam, hors d'elle, fut sur le point de crier que ce n'était pas vrai, qu'elle n'était pas sa fille.

Peut-être était-ce ce que l'inspecteur voulait lui faire dire.

C'est la pensée qui lui vint soudainement.

— Il veut me faire avaler le morceau, se dit-elle.

« Mais je ne suis pas si bête.

« C'est bon, reprit tout haut l'ancienne accoucheuse. Je m'en arrangerai. Dites-moi seulement où reste ma fille.

— Je vais vous le dire, se retrancha le détective. Mais auparavant...

— Vous allez toujours me le dire, l'interrompit aigrement la chiffonnière, mais vous ne le dites jamais.

— Prenez patience. Je ne suis venu que pour cela.

« Auparavant permettez-moi cette réflexion.

« Je vous vois mal partie, ma pauvre femme.

« Vous êtes entourée de gens qui ont tout intérêt à vous duper.

« Ce comte si généreux avec les quatre cents francs qu'il vous a donnés pour vos lettres, me paraît bien suspect.

« Vous vous en êtes dessaisie bien légèrement de ces lettres.

« Qui sait de quelle part il venait à vous, ce comte, et si avec ses quatre cents francs, il ne vous a pas confisqué vos droits sur votre fille, les preuves que vous êtes sa mère, enfin vos droits sur la fortune qu'elle vous a volée?

« Et supposons que je me trompe. Que votre fille vous rende votre argent.

« Combien vous a-t-elle volé, au juste? Vingt mille francs? Je ne sais pas, moi.

« Mais qu'est-ce que vingt mille francs auprès du ou des millions de votre mari?

« C'est lui qu'il faut chercher à atteindre, lui aussi bien qu'elle.

« Voulez-vous toute ma pensée? Ne vous laissez plus amadouer par personne. Défiez-vous de tout le monde. Et, jusqu'à ce que vous soyez entrée en pleine possession de votre fortune et de celle de votre mari, foncez hardiment! Il faut les épouvanter, les menacer.

— Les faire chanter, gueuler, faire du boucan! Je m'en charge, approuva d'enthousiasme la maritorne.

Comment! c'était la justice qui l'engageait elle-même à faire du scandale, à se livrer à sa passion dominante de gueuler à tort et à travers! Décidément, cet inspecteur était un homme merveilleux!

En tout cas, le détective était un homme très intelligent.

Très au courant de son métier, il flairait bien l'affaire sensationnelle qu'avait vaguement pressentie son chef.

Mais son enquête ne l'avait mené à rien. Sur la famille Lenoir, sur Yvette et sur Pas-de-Canard, les renseignements de parfaite honorabilité qu'il avait obtenus, l'avaient tout de suite bloqué.

Van Flam, la seule piste sérieuse, était à l'étranger, au diable.

Par exemple, les deux mystérieux visiteurs de la roulotte, le comte et la femme, étaient bien intéressants. Mais où les retrouver?

Le détective pensait donc qu'en jetant la chiffonnière dans la trame invisible qu'il sentait ourdie quelque part, peut-être amènerait-il ces obscurs personnages à sortir de leur trou. Il se promettait bien de veiller lui-même et de filer la mère d'Yvette à son insu.

Maintenant qu'elle était bien préparée selon ses vues, il ne fit plus aucune difficulté pour lui dire que sa fille demeurait dans le quartier de l'Observatoire, au 36 de l'avenue du même nom, chez la famille Lenoir.

Quelques heures plus tard, la chiffonnière faisait le guet devant l'hôtel.

Tout à coup, elle en vit sortir un Bossu. C'était Pas-de-Canard.

La Van Flam ne pouvait croire à son bonheur de connaître l'endroit où se cachait sa fille.

Malgré ses belles paroles, le policier pouvait l'avoir jouée comme les autres. Mais maintenant, elle allait savoir.

Elle s'élança vers le bossu, bien déterminée à employer la tactique qu'on lui avait conseillée et qui lui plaisait tant!

D'ailleurs, ce devait être un complice, bien sûr, ce sale avorton.

— Mademoiselle Yvette est là? lui demanda-t-elle à brûle-pourpoint, en lui désignant l'immeuble dont il sortait.

Pas-de-Canard la dévisageait avec un regard hostile.

— Non, Mlle Yvette n'est pas là? Elle est sortie, scanda-t-il avec ses lèvres amincies qui semblaient remuer des épingles. Et à son tour, avec rudesse, il questionna à brûle-pourpoint :

— Que lui voulez-vous?

— C'est mon affaire, lança aigrement la maritorne.

Pas-de-Canard abaissa vers elle sa grosse tête, prête à foncer comme un bélier dans cette muraille de chair.

Un pressentiment l'avertissait que l'énergumène en voulait au bonheur de sa chère protégée.

Mais la muraille de chair lui avait tourné le dos et s'en allait.

— Je la tiens, maintenant, je la tiens! jubilait la vieille entre ses dents.

« Demain, je reviendrai, je la guetterai. Ah! nous allons nous revoir. Je tiens, ma voleuse!

La nuit arrivait et puis, pour ce jour-là, c'était assez de bonheur.

La Van Flam reprit le chemin de sa roulotte.

CHAPITRE CCXXXV.
Sur la terrasse florentine

« Oh! demain, c'est la grande chose!
« De quoi demain sera-t-il fait? »

Ce matin-là pour la Van Flam était fait d'un beau ciel bleu, plein de soleil, d'un grand flacon d'eau-de-vie qu'elle avait vidé presque entièrement à elle seule, chez une de ses voisines de Saint-Ouen, et enfin de la chance la plus inopinée.

La chiffonnière, postée aux abords de l'hôtel Lenoir, avait su éveiller la sympathie d'une crémière qui connaissait les Lenoir et Yvette comme sa poche.

Elle en déblatérait d'autant plus volontiers, qu'ils ne se fournissaient pas chez elle.

Comme l'épouse du Belge était en train de lui conter ses malheurs, la commerçante l'interrompit pour attirer son attention vers la porte de l'hôtel.

Pas-de-Canard venait d'en sortir.

Une élégante jeune fille parut à son tour et vint à lui en souriant.

— La voilà votre Yvette, dit la commère à la grosse truande.

« Regardez-moi cette grande bringue.

« On lui donnerait le bon Dieu sans confession.

« Ça va vêtue comme une princesse et ça laisse ses parents dans la misère.

Le couple leur tournait le dos et s'en allait d'un pas de promenade.

La Van Flam se mit à les suivre à distance.

A la vue de sa fille, de son « escroqueuse », comme elle l'appelait, un tel levain de rancune et de haine s'était levé en elle, que ses mains tremblaient et que les yeux lui sortaient de la tête.

Grâce aussi à la quantité d'eau-de-vie qu'elle avait absorbée, tout par un coup elle voyait rouge et se tenait à quatre pour ne pas se jeter sur sa fille et lui

Elle vit sortir un bossu; c'était Pas-de-Canard.

arracher là, devant tout le monde, ses beaux atours qui la paraient comme une châsse et qu'avaient payés l'argent volé.

Seulement la crémière l'avait avertie:

— Prenez garde à l'avorton, lui avait-elle dit. Il est fort comme un Turc et méchant comme grêle.

« Si jamais vous osiez toucher à votre fille devant lui, il vous tordrait le cou comme à un poulet.

Pourtant la Van Flam se moquait bien de cela.

Ce n'était pas la première fois, qu'elle se colletterait avec un homme. Sa poigne était solide à elle aussi. Et elle avait toujours eu le dessus.

Une seule considération la retenait. Elle était curieuse de savoir où allait sa fille.

Elle ne pouvait pas croire que son mari ne fût pas à Paris et elle se flattait dans l'idée qu'Yvette allait le voir.

Oh! alors, surgir brusquement devant eux. Pouvoir les tenir tous les deux là devant elle! un fol espoir qu'elle caressait depuis quinze ans!

Non, la Van Flam ne pouvait pas se faire à l'idée que ce bonheur ne lui fût pas réservé.

Pourtant, si Yvette allait chez son père, elle ne se pressait guère.

Du même pas nonchalant le couple venait d'entrer dans le jardin du Luxembourg.

Ils allaient lentement sous les grands arbres touffus, savourant la joie de vivre, le visage fouetté par de fraîches bouffées de parfums qu'une brise folâtre enlevait aux parterres.

Voluptueusement, ils flânèrent dans le jardin Médicis, autour du bassin, sur lequel, pour l'amusement des enfants du quartier, une petite brise du nord-est faisait naviguer de conserve toute une escadre en miniature.

Enfin ils gravirent l'escalier qui les conduisait à la terrasse florentine.

Yvette un peu lasse, se laissa choir sur un banc.

Pas-de-Canard de son regard mélancolique contem

L'épouse du Belge était en train de lui conter ses malheurs.

plait la façade du vieux palais qu'il apercevait au-delà de la balustrade ornée de grands vases.

Puis sa curiosité fut sollicitée par le spectacle des reines et des dames de marbre qu'il avait devant lui et il se remit à flâner de l'une à l'autre, cherchant les noms oblitérés par les ans, et de reine en reine, s'éloignant davantage d'Yvette.

Elle, la gracieuse jeune fille, ses deux mains unies entre ses genoux fermés, ne voyant rien de ce qui l'entourait, elle souriait à quelque délicieuse vision d'amour.

Tout à coup, elle se sentit rudement secouer.

La Van Flam se dressait devant elle. La maritorne l'avait empoignée à la gorge par son collet de dentelle et elle la secouait frénétiquement!:

— Escroqueuse! vociférait-elle, ce n'est pas ta place ici! viens avec moi dans ma roulotte! avec moi!

« Tu ne te marieras pas, coquine, avec l'argent des autres.

« C'est à moi tes beaux habits! C'est à moi cette bague d'or que tu as au doigt!

« Tu les as payés avec l'argent que tu m'as volé.

« Me reconnais-tu, dis? Me reconnais-tu?

« Je vais te dépouiller là, devant tout le monde, si tu ne me suis pas.

« Gourgandine! viendras-tu? mais viendras-tu?

La forcenée tirait frénétiquement sur le bras de la jeune fille, qui était devenue plus pâle qu'une cire, ne comprenant rien à cette brusque agression.

Mais tout à coup la Van Flam se sentit elle-même liée à la poitrine par deux longs bras nerveux et lancée contre terre avec une violence prodigieuse.

Aussitôt une forme baroque qu'elle prit d'abord pour un énorme singe se jetait sur elle et la bourrait tour à tour de coups de pied et de coups de poing.

C'était Pas-de-Canard qui était accouru.

Elle s'acharnait, maintenant, après un fiacre.

Une rage frénétique le transportait, et tout en frappant, il grimaçait véritablement comme un singe.

— Pas-de-Canard! lui cria la jeune fille, je vous en supplie, je vous l'ordonne, cessez de battre cette malheureuse femme.

« Elle ne me connaît pas, ce ne peut être que dans l'égarement d'un chagrin intime qu'elle est venue sur moi.

« Mais, elle ne m'a fait aucun mal, je vous assure. Et elle a l'air si malheureuse!

Vraiment, la gracieuse jeune fille était toute émue, beaucoup plus de la correction infligée à la vieille par son cavalier, que de l'agression dont elle avait été la victime.

Elle ne savait quelle fibre mystérieuse venait de faire frissonner dans son cœur le spectacle de cette malheureuse.

Deux larmes perlaient à ses paupières.

Elle mit vivement sa bourse dans la main de la vieille femme, tout ahurie des coups qu'elle venait de recevoir, et elle s'empressa d'entraîner au loin le jeune homme, piteux, mécontent et en fin de compte profondément remué devant cette exquise délicatesse d'âme dont une fois de plus la jeune fille l'émerveillait.

D'ailleurs, un attroupement de badauds s'était formé autour de la Van Flam. Deux agents de service étaient survenus et finalement, oh! dérision de la destinée, la maritorne se vit conduire au poste.

Ce ne fut pas sans bruit, comme l'on pense.

Le trio venait à peine d'arriver dans la rue de Condé, que le magistrat chargé du commissariat de la rue Crébillon se bouchait déjà les oreilles.

La Van Flam avait un gosier terrible et qui aurait couvert de son bruit celui des trompettes du jugement dernier.

— Qu'est-ce que c'est que ce gibier-là? s'exclama le commissaire aussitôt qu'elle fut devant lui.

Il examinait avec stupeur ce caraco rouge et cette jupe jaune, et ne reconnaissait point là les couleurs de son quartier.

— Je suis une millionnaire! hurlait la maritorne.

Elle avait un œil poché au beurre noir et sa bouche écumait de rage.

— Ce doit être une folle! disait avec mansuétude un des agents qui la tenait par le bras.

— Je le vois bien! s'exaspérait le magistrat, tandis que la vieille glapissait tant qu'elle pouvait.

« Mais qu'a-t-elle fait?

— Elle a, comme qui dirait sauté sur le râble à une jeune fille dans le Luxembourg.

— A-t-elle porté plainte?

— Non.

— Eh bien! alors, foutez-moi ça dehors, nom d'un chien! qu'elle aille se faire coffrer ailleurs.

Aussitôt relâchée, la Van Flam, ivre de rage courut au Luxembourg.

Le malheur voulut qu'elle croisât Yvette et Pas-de-Canard comme ils en sortaient.

Elle se mit à les invectiver de plus belle.

Ils étaient devant une station de voitures.

— Venez, supplia la jeune fille, forçant le jeune homme à monter avec elle dans un fiacre.

La voiture partit à fond de train, mais la Van Flam ne se tenait pas pour battue. Elle courait derrière, aussi vite qu'elle pouvait.

Dans ce passage, très animé du boulevard Saint-Michel, elle ne prenait garde, ni aux autos qui cornaient derrière elle, ni aux voitures qui se croisaient dans tous les sens.

Elle courait, toujours en criant, transportée par une rage folle.

Le plaisant, c'est que dans ce tohu-bohu, elle avait fini par se tromper de voiture.

Elle s'acharnait maintenant après un fiacre qui n'était pour rien dans l'affaire.

Enfin, ce qui était inévitable arriva.

Une auto la happa au passage, et la forcenée fut renversée.

On accourut de tous côtés.

Était-elle morte? non, car elle continuait à grommeler, mais sans doute blessée, plus ou moins dangereusement.

Un fiacre fut hélé.

Les deux agents qui l'avaient emmenée au poste, la conduisirent à l'hôpital.

CHAPITRE CCXXXVI

Le Signe

Dès qu'on connut l'heureux retour de Patoche et de ses deux compagnons Flic et Flac, tous les amis accoururent pour féliciter les naufragés des airs comme disait le père La Manille.

Maman-Jeanne, qui, on s'en souvient avait fait une sorte d'alliance avec le parigot en vue des recherches à faire ensemble, fut une des premières à apporter ses félicitations à celui qu'elle considérait un peu comme son collaborateur, son associé.

Toutefois, elle ne fit que passer boulevard St-Germain, où elle ne venait que dans les grandes circonstances.

Devenue sauvage, la matelassière ne quittait plus la pension Lenoir, où elle avait trouvé une amie, Yvette, avec qui elle avait sympathisé tout de suite.

Malgré les insistances du vieux grognard pour la retenir à dîner, elle s'esquiva dès qu'elle le put sans inconvenance.

Patoche qui avait compris à son air qu'elle avait quelque chose à lui dire en particulier, la reconduisit jusqu'au palier et là, sûr de ne pas être entendu :

— Eh bien maman Jeanne, interrogea-t-il, il y a du nouveau?

— Oui. Il s'agit du signe... vous savez bien...

— Quel signe? demanda l'ordonnance qui ne se souvenait plus.

— Le grain de beauté que ma fille avait au sein gauche.

« Je vous ai parlé de ça dans le temps.

— En effet, je me rappelle à présent.

« Seulement, moi, vous savez, je n'y ai pas compté beaucoup.

« C'est trop incertain, trop fuyant, ces machines.

« Retrouver une personne, la reconnaître, après quelque quinze ans, à une tache grosse comme une pointe d'épingle, c'est plutôt difficile.

« Ça ne se voit que dans les feuilletons.

— Je sais, mais c'est un indice tout de même.

« Et puis, il y a autre chose.

— Quoi donc?

— Je vous dirai ça demain.

« Venez me voir, chez moi.

— Entendu. A demain.

Ils se séparèrent, et un peu après, toute la bande joyeuse se mettait à table.

Comme de juste, Flic et Flac étaient du festin, ainsi que Wilhem Furster, Rosette, Yvette, son fiancé et son inséparable Pas-de-Canard, un peu mélancolique comme toujours au milieu de la joie générale.

Le vieux grognard, lui, rayonnait.

Mais, le triomphateur de la soirée, ce fut le montmartrois qui raconta avec son bagout ordinaire le voyage que lui et les deux détectives venaient de faire de Chantilly à Paris en passant par Bergen.

La petite fête se prolongea assez avant dans la nuit.

Le lendemain, Patoche était debout le premier.

Il avait promis à sa bonne amie Rosette de lui consacrer cette première journée, de l'aube à la nuit, et n'entendait pas la faire attendre.

Ce fut lui qui attendit.

Il serait bien allé chercher la fleuriste qui logeait tout proche maintenant, chez Jeanne Morin, mais il craignait d'être indiscret.

La couturière devait dormir encore et c'est ce qui retardait Rosette, sans doute.

Comme huit heures approchaient, Rosette apparut dans une fraîche et simple toilette, le visage brillant de bonheur.

Elle embrassa le parigot.

— Et le capitaine? demanda-t-elle.

« J'aurais voulu lui dire bonjour.

— Le capiston, il roupille, répondit Patoche.

« Il n'y a que les amoureux comme nous pour être debout si matin.

« Filons, il me tarde de revoir Paris, de battre un peu ce vieux pavé.

« Tu n'es pas fatiguée?

— Moi, à ton bras j'irais jusqu'au bout du monde!

Et ils descendirent, joyeux comme des pinsons.

Une fois sur le trottoir :

— Où va-t-on? demanda Rosette, à Montmartre?
— Non, à Montrouge, à la pension Lenoir.
— Quoi faire?
— Voir Maman-Jeanne.
— C'est vrai, fit la fleuriste d'un air entendu.

« J'oubliais que vous avez des secrets, tous deux.

« A propos, pourquoi n'a-t-elle pas dîné, hier?

« Tout le monde aurait été si content.

« Tu ne trouves pas qu'elle devient bizarre, un peu?

Patoche n'aimait pas parler de ces choses et redoutait un peu la curiosité de Rosette qui plusieurs

— Où va-t-on? demanda Rosette, à Montmartre?

fois déjà lui avait posé des questions gênantes à ce propos.

Il fit un geste évasif.

— Bizarre, elle l'a toujours été.

« Le papa Lancelin prétend qu'elle est un peu louf...

— Ce n'est pas vrai... protesta la fleuriste avec une vivacité qui surprit Patoche.

« Maman-Jeanne a des chagrins, des remords...

— Hein... s'écria le parigot stupéfait.

« Tu sais ça, toi?...

— Ça et autre chose, poursuivit Rosette avec un clin d'œil malicieux.

— Qui te l'a dit?
— La matelassière elle-même.

« Vous voyez, m'sieu Patoche qu'il y a des gens qui ont confiance en moi, et que quand je veux savoir quelque chose...

« Ça t'apprendra à me faire des cachotteries.

— Moi... mais je ne pouvais pas parler.

« Ce secret ne m'appartient pas.

— Je sais. Aussi, je ne t'en veux pas.

« Je comprends les choses...

— Il n'aurait plus manqué que ça! s'écria le parisien.

« Maintenant, qu'est-ce qu'elle t'a dit exactement, la mère Jeanne?

— Elle m'a dit qu'elle était à la recherche d'une enfant qu'elle avait perdue jadis, qu'on lui avait volée peut-être bien.

« Même qu'elle soupçonne ton bon ami Walter Hamding d'être pour quelque chose dans l'affaire.

— Diable!... songeait Patoche devenu sérieux.

« Pourvu que la vieille n'ait pas nommé le capiston, au moins!

« Et le père? reprit-il bientôt.

« Elle n'a pas dit son nom?

— Non, Maman-Jeanne n'était pas mariée sans doute.

« Ce devait être un de ces sans-cœur qui vous lâchent une fois la fantaisie passée.

— Bon! se disait Patoche, soulagé du coup.

« Il n'y a pas de bobo!

— En revanche, — continuait Rosette — la matelassière m'a parlé longuement de Walter Humding, de Jeanne et surtout d'Yvette.

Madame Jeanne a des raisons qu'elle garde pour elle, de croire que sa fille doit se trouver dans l'entourage du capitaine Lancelin.

« C'est pourquoi elle a tiqué d'abord sur Jeanne, puis sur Yvette.

« Un instant elle a pensé à moi, mais j'étais trop jeune...

— Tout cela est rudement vague... murmura le parisien.

« Si jamais elle retrouve sa môme!...

« Ceci dit, comment se fait-il que la mère Jeanne t'ait fait des confidences.

« Elle n'est pas bavarde, la vioque.

— Elle avait besoin de moi. .

— Besoin de toi?...

— Oui. Ça t'embête?

— Non, ça m'étonne. Ça m'épate...

« Pourquoi donc?

— Ça, c'est tout un roman...

« Il paraît que la fille de Maman-Jeanne avait un signe au sein gauche, près de l'épaule.

« Un grain de beauté, tout petit malheureusement, et qui a pu disparaître...

— C'est à craindre, fit Patoche d'un air sceptique.

— Oui, comme il se peut qu'il y soit encore.

« En tout cas, il fallait s'en assurer, en commençant par Jeanne Morin.

« C'est moi qui étais chargée de ça, puisque je couche dans sa chambre.

« Tu comprends maintenant comment de fil en aiguille j'ai été mise au courant de vos secrets.

— Oui, mais pourquoi la matelassière n'est-elle pas allée y voir elle-même?

« Entre femmes, c'était facile!

— Oui, mais il aurait fallu donner des explications.

« Le capitaine, à qui Jeanne dit tout, aurait su la chose, et aurait fait du foin.

« Tu sais aussi bien que moi qu'il ne veut pas entendre parler de cette histoire.

« Un grain! — qu'il s'est écrié un jour que la matelassière avait fait allusion à ça — un grain... vous êtes folle, ma pauvre Jeanne.

« C'est vous qui en avez un, grain, et solide, bon teint.

« Pas de danger qu'il s'en aille, celui-là!

— Ça, c'est tapé... rigolait Patoche.

— D'autre part, continuait la fleuriste, tout entière à son récit, la matelassière n'avait plus idée sur Jeanne, laquelle, en effet, n'a rien à l'épaule.

« Pas ça... Je l'ai vu de mes yeux, vu...

« Raison de plus pour ne pas intriguer Mlle Morin qui elle aussi s'inquiète depuis quelque temps.

« Elle a une idée de derrière la tête...

— Quelle idée?

« Elle te l'a dit?

— Non, ni à moi ni à personne.

— Pas même au capitaine?

— Pas même.

« Moi, je le sens, je le devine, parce que, n'est-ce pas, quand on est tout le temps ensemble, qu'on dort ensemble, il y a toujours quelque chose qui transpire.

« Quant à la mère Jeanne, c'est à Yvette qu'elle en a pour l'instant, d'autant plus que Mlle Van Flam a un signe tout à fait pareil à celui de sa fille placé de la même façon, près de la clavicule gauche.

— C'est toi qui l'as découvert, celui-là aussi... rigolait Patoche.

— Non, répondit la fleuriste, je ne suis pas aussi intime avec Yvette.

« Au contraire, Maman-Jeanne est très bien avec elle.

« Elle entre dans sa chambre tant qu'elle veut.

« Dès lors, elle n'avait besoin de personne.

Le Montmartrois qui était résolu à tout prendre à la rigolade, hochait la tête avec une gravité comique.

— Tout cela est joliment embrouillé... fit-il d'un ton goguenard.

« Dis donc, ma petite Rosette sais-tu une idée qui me vient?

— Non... Parle...

— Voilà... Je me dis que c'est peut-être toi qui l'as le signe, le fameux signe au giron.

« Tu devrais me montrer...

La parigote éclata d'un rire gamin.

« Ne t'inquiète de rien de ce côté.

— Tu verras ça plus tard... dit-elle,

« Pour le quart d'heure, c'est d'Yvette qu'il s'agit, d'Yvette seule.

« Et je crois bien que c'est la bonne piste.

« D'ailleurs, si la matelassière est si pressée de te voir, c'est qu'elle a quelque chose à te dire.

— Possible... répondit le Montmartrois avec la même indifférence affectée.

« On va bien voir.

Tout en parlant, les deux fiancés, sans seulement s'apercevoir de la route, étaient arrivés sur le seuil de la pension Lenoir.

Le Parigot laissa son amie au bureau, en compagnie d'Yvette, et, quatre à quatre, escalada l'escalier, montant au cinquième étage.

C'est là que logeait la matelassière.

Celle-ci, qui le guettait, l'avait vu venir de la fenêtre, et ouvrait déjà sa porte:

— Je vous ai entendu monter, dit-elle.

« Qu'avez-vous fait de votre amie Rosette?

— Elle est en bas avec mam'zelle Van Flam.

« J'ai pensé qu'elle nous gênerait.

— Oh! vous pouviez l'amener.

« Elle sait tout... sauf le nom du capitaine.

« On en aurait été quitte pour ne pas le prononcer.

— Oui, mais la langue pouvait nous fourcher.

« Alors, il paraît, m'ame Jeanne, que vous avez retrouvé le fameux signe.

« C'est Yvette qui l'a.

« Rosette vient de me l'apprendre.

« Reste à savoir si c'est le même.

— Oui, fit la matelassière d'un air pensif.

« Reste à savoir...

— Tiens... on dirait que vous avez changé d'avis là-dessus.

« Vous y comptiez dans le temps?

— C'est vrai, mais j'ai réfléchi depuis.

« Je me suis renseigné près des gens compétents: médecin, sage-femme.

« Il y en a une justement qui demeure ici.

— Je vous ai entendu monter, dit-elle.

« De tout cela, il résulte que ces signes ne sont pas une preuve.

« Celui-là surtout, qui n'a rien de marquant...

« Une simple tache pas plus grosse qu'un œil de mouche.

— C'est ce que je vous ai dit tout le premier.

« Est-ce que vous en avez parlé à Yvette?

— Je m'en suis bien gardée!

« Inutile de la tracasser tant qu'on n'est pas sûr...

— Vous l'avez questionnée cependant?

— Oui, mais Yvette ne sait rien.

« Elle ne se rappelle de rien.

« Elle était trop jeune alors... en supposant que ce soit elle.

« C'est pour ça, par crainte de la mettre en peine, comme cette pauvre Jeanne, que je n'ai pas soufflé mot de ce que je savais par l'agence.

Le Parisien réfléchit une seconde. Puis:

— Il y a une chose que vous devriez faire, reprit-il.

« Ce serait, sans dire pourquoi, de conduire Mlle Van Flam à Belleville, dans cet hôtel où vous habitiez alors...

« Il n'y a rien comme de revoir les lieux pour se rappeler.

— J'y ai pensé! répondit la matelassière.

« Malheureusement l'hôtel n'existe plus: j'y suis retournée l'autre soir.

« Tout a été démoli, non seulement la maison, mais le quartier avec.

« On a tracé une large rue à travers.

« Tant et si bien que moi-même, je ne m'y reconnaîtrais pas.

« A plus forte raison un enfant.

— Tant pis, fit Patoche. C'est dommage.

« J'avais compté là-dessus, moi.

— Moi aussi, j'y comptais, mais c'est fichu.

« Rien à faire de ce côté.

« Seulement — et c'est là le nouveau — il y a

une femme, l'autre jour, qui est venue demander Yvette au bureau, en grand mystère.

« Elle a l'air d'en savoir long.

— Quelle femme? Vous l'avez vue?

— Oui. C'est une vieille en guenilles, avec un nez rouge de soifflarde.

— Elle a dit son nom?

— On ne lui a pas donné le temps.

« Pas-de-Canard, qui rôde toujours comme un bon chien autour d'Yvette, l'a flanquée à la porte.

— Elle n'est pas revenue à la charge?

— Si, mais pas ici, au Luxembourg.

« Elle avait dû suivre Yvette, qui se promenait par là avec Pas-de-Canard.

« Tout à coup, elle est sortie de derrière un massif et s'est mise à les agonir.

« Tant et si bien que les jeunes gens, pour en finir, sont montés dans un flacre.

« La vieille soularde a voulu courir derrière, mais elle titubait.

« Elle a buté contre un taxi-auto qui lui a passé sur le corps.

« A cette heure, elle est à l'hôpital.

— On ne sait pas ce qu'elle voulait?

— Non: personne n'a pensé à le demander.

« On a cru qu'elle était saoûle, tout simplement.

« Il n'y a que moi qui me doute, parce que je sais des choses...

« D'ailleurs, rien ne prouve qu'elle voulût répondre, la mégère.

« Elle m'a tout l'air de vouloir faire ses affaires elle-même.

« De plus, elle est très mal, à ce qu'on dit.

« C'est pourquoi il faudrait la voir au plus vite.

« Elle parlera sans doute au moment de mourir.

« Moi, j'ai bien essayé, mais on n'a pas voulu me recevoir.

— Bien, fit Patoche, je vais m'occuper de ça tout de go.

« On nous recevra, nous autres.

Il se leva en s'entendant appeler dans le couloir.

— Qu'est-ce qu'on me veut? grognait-il.

« Je vais voir.

C'était Wilhem Furster.

— Qu'est-ce qu'il y a? demanda le Parisien interdit.

— Il y a qu'on a volé la pièce, la lettre que vous avez rapportée de Bergen.

« On a cambriolé l'agence.

— Tonnerre!... s'écria le Montmartrois, en s'élançant au pas de charge.

« Ah! les salops!

CHAPITRE CCXXXVII

Une Idée de Curé

Le Parigot sonfla sa bonne amie Rosette à Pas-de-Canard, qui devait la conduire chez Jeanne, puis sauta dans le flacre-automobile qui attendait en bas.

Une fois dans l'auto, il se fit raconter le cambriolage.

Quand il apprit la disparition de la clef confiée au concierge, il s'emporta soudain, pensant comme tout le monde, que c'était cette clef qui avait servi à Walter Humding.

— Quelle tourte! grondait-il.

« J'avais toujours dit que ce pipelet de malheur ferait quelque gaffe.

A l'agence, il trouva « tout le monde sur le pont »: M. Dréan et son secrétaire, Flic et Flac, prévenus par téléphone.

Ces messieurs visitaient les diverses pièces, cherchant les traces qu'auraient pu laisser les cambrioleurs.

Pendant ce temps, le Père la Manille se promenait furieusement, martelant le parquet de ses talons :

— Pour de l'audace, c'est de l'audace... disait-il à Wilhem Furster.

« Ils ne se sont pas endormis sur le rôti, les brigands.

« Pendant que nous banquetions, ils travaillaient, eux!

« Il faut croire que cette lettre avait plus d'importance que nous ne pensions tout d'abord.

— Je crois bien... murmurait l'ordonnance.

En ce moment, arrivait l'avocat André, à qui le capitaine avait téléphoné également.

Il se fit donner des détails. Puis :

— Bah, fit-il, la chose n'a qu'une importance secondaire.

« Qu'importe, une pièce de plus ou de moins.

« Vous savez bien, capitaine, que d'ores et déjà, nous avons tout ce qu'il faut pour enlever l'acquittement haut la main.

— Une importance secondaire, grommelait à l'oreille de Flic. Patoche froissé qu'on fît si peu de cas d'une lettre rapportée de si loin et à travers tant de dangers.

« Il en parle à son aise, le robin.

« Et nous, alors... C'est pour la peau qu'on a risqué la nôtre.

« Ah! cette moule de pipelet.

« En tout cas, ils ne repiqueront pas, les boches.

« A partir de ce soir, je m'installe ici, je couche à l'agence.

— Bonne idée, approuva Flic, mais qui vient un peu tard,

« C'est ce que j'appelle fermer l'écurie, quand...

— Tu m'embêtes... s'emporta le Montmartrois.

« Il fallait y penser, toi, espèce d'enflé!

« Et puis, zut, fit-il, se radoucissant tout à coup.

« C'est pas le moment de se chamailler.

« J'ai besoin de vous pour une affaire pressée.

— De quoi s'agit-il? de la lettre volée?

— Eh! non. Là-dessus, on est fixé et M. Dréan peut chercher, il ne découvrira rien de plus.

« C'est Walter Humding qui a fait le coup et il court...

« Un point, c'est tout.

« Il s'agit de la fille du capiston.

« Par ici, les gas.

« Le patron sait bien que vous connaissez son aventure, puisque c'est avec son autorisation que je vous ai mis au courant,

— Au courant, non... corrigea Flic.

« Il y a tout un dossier à la Préfecture.

— C'est bon! c'est bon... fit Patoche, en entraînant ses amis dans un bureau situé tout au fond.

« La police sait tout, c'est connu.

« C'est pour ça que Walter Humding fait tout ce qu'il veut chez nous depuis dix ans.

— Hem... murmura Flac.

« M'sieur Patoche est de mauvaise humeur.

Ces messieurs visitaient les diverses pièces.

— Non, je rends la monnaie de sa pièce à l'ami Flic, simplement.

« Après quoi, nous voici quittes et bons amis comme devant.

Tout en parlant, Patoche avait fermé la porte derrière eux.

— Maintenant, causons, poursuivit-il.

« Le capitaine m'a défendu de m'occuper de cette histoire, alors vous comprenez...

Le Parisien s'assit sur le bureau, jambes ballantes, et raconta la rencontre assez bizarre faite par Yvette au Luxembourg, et l'accident qui avait mis fin à la scène.

— Depuis, — acheva-t-il, — la vieille est à l'hôpital.

« Mme Jeanne, la matelassière s'imagine à tort ou à raison, qu'elle en sait long et qu'il y a là une piste à suivre.

« Moi, j'en doute : la payse était saoûle tout simplement.

« Néanmoins, je pense qu'il ne faut rien négliger.

« C'est pourquoi vous allez aller à l'hospice tout de go, voir la blessée, et tâcher de savoir ce qu'elle a dans la peau.

— Et M. Lancelin, objecta Flic.

« Il va nous réclamer.

— Ne vous inquiétez pas de ça.

« Je m'en arrangerai avec un boniment quelconque.

« Sur ce, rompez... la vieille n'aurait qu'à tourner l'œil pendant que nous bavardons.

. . . .

— Eh non! Là-dessus, on est fixé.

M. Dréan et l'avocat conféraient de leur côté dans le bureau où se trouvait le coffre-fort, violé la nuit précédente, mais ce n'est plus du vol qu'il était question.

M. Dréan venait d'annoncer une nouvelle qui avait aussitôt relégué cette affaire au second plan : la comparution imminente des Lempereur devant la Cour d'Assises de la Seine.

Le capitaine et M⁰ Léon Jacques étaient étonnés et ravis.

— Mais alors, — disait l'avocat, — le procès Lempereur va passer sûrement avant celui du lieutenant Ferbach.

« C'est un atout de plus dans notre jeu et qui compense largement la perte que nous venons de faire.

« Mais comment se fait-il que les Lempereur comparaissent si tôt?

« Il y avait avant eux une affaire fort compliquée et qui devait durer plusieurs semaines, jusqu'aux vacances judiciaires, probablement.

« Plus de vingt inculpés, les *Chauffeurs de Pantin*, qu'on avait inscrite sur le rôle précisément pour renvoyer le procès Lempereur aux calendes grecques.

— Oui, répondit le chef de la sûreté, mais un événement s'est produit, dont je vous apporte la primeur et qui renverse la petite combinaison gouvernementale.

« Cette nuit, le principal inculpé, le chef de la bande, s'est pendu dans sa cellule.

« Auparavant, il avait fait à son gardien des aveux assez complets.

« C'est une instruction à recommencer de bout à bout et qui menace de durer.

« Par conséquent, le procès Lempereur sera appelé dans trois ou quatre jours, lundi prochain, très probablement.

« D'après ce que je sais, les brocanteurs sont fort démoralisés et leur avocat également.

« Walter Humding, sur qui ils avaient compté au début, semble les lâcher définitivement.

— Et le ministère? demanda le capitaine Lancelin.

« Nous avons cru un moment que le Président du Conseil négociait avec eux.

— M. Lemarchand y a pensé un instant, comme je vous l'ai dit; mais il y a renoncé.

« Il s'est rendu compte que ces deux malandrins étaient par trop compromettants

Le chef de la bande s'est pendu dans sa cellule.

« Dès lors, les choses vont marcher rondement.

« M. Lempereur et sa digne moitié sont sûrs d'encaisser le maximum.

— Bien, répondit le vieux grognard.

« Mais, j'aurais préféré à cela, quelques aveux.

— Il n'y faut pas pas compter, répondit M. Dréan.

« La marchande d'antiquités est butée.

« Elle nie et niera jusqu'à la fin.

« Mais cette façon de nier, l'évidence même ne peut faire qu'un fâcheux effet sur le jury.

« C'est de la politique d'autruche qui se cache la tête dans un buisson et se croit sauvée.

« Quant au mari, qui est de plus en plus pileux, sa défense ne tient pas debout.

« *Moi, je ne sais rien, c'est ma femme qui faisait tout*, se contente-t-il de répondre, et une phrase semblable est un demi-aveu.

— C'est l'exacte vérité, approuva maître Léon-Jacques et cet aveu, à lui seul, innocente mon client.

« Malgré toutes les dénégations des deux aventuriers, la connexité des deux affaires est tellement évidente, saute tellement aux yeux, que la condamnation des brocanteurs implique l'acquittement de M. Ferbach.

On se quitta sur ce mot et le Père la Manille rentra chez lui, laissant Wilhem Furster et Patoche à l'agence.

Lancelin avait hâte de faire part de ces bonnes nouvelles à Jeanne, dont l'attitude l'inquiétait en ce moment.

Comme Rosette, il avait remarqué depuis quelque temps que la fiancée d'André avait une préoccupation, un chagrin peut-être, qu'elle cachait à tous.

Une fois même, il s'était risqué à questionner sa pupille, mais celle-ci s'était dérobée.

— Je n'ai rien, répondit-elle.

— Alors, pourquoi cette mine soucieuse, quand tout s'annonce si bien?

— De quoi s'agit-il? Parle, mille milliards de sorts!

« Nous touchons au but, saperlotte!

« Nous sommes en juillet, plus que trois ou quatre semaines, et le Conseil de guerre prononcera en premier et dernier ressort.

— Justement... plus le grand jour approche, plus je me sens nerveuse.

— Est-ce que tu douterais, par hasard?

— Oh non! j'ai confiance comme vous.

« C'est l'attente que me donne la fièvre. Il y a de quoi, convenez.

Le vieux grognard jugea inutile d'insister pour l'instant, mais il connaissait trop bien sa protégée pour être dupe de cette réponse, et se promettait de revenir à la charge à la première occasion.

Tout en agitant ces pensées, il était arrivé devant son logis.

— Je m'en vais monter directement chez Jeanne, se dit-il, et tâcher de la confesser une fois pour toutes.

« Il faudra qu'elle s'explique, qu'elle dise ce qui la tracasse.

« Elle a fait des demi-confidences, jadis, à Mlle Aurore, à Yvette, qui me les ont répétées, mais tout cela est fort confus, si confus, si vague, que je n'en avais pas tenu compte.

« Jeannette, d'après certaines paroles, surprises autrefois sur les lèvres de ses parents, s'imagine qu'il y a dans sa naissance quelque chose d'irrégulier, d'obscur... un mystère autour de son berceau comme on dit dans les romans.

« Par là-dessus, sont arrivées les questions ambiguës de la matelassière et il n'en a pas fallu plus pour lui troubler les idées, réveiller son cafard..

« J'avais dédaigné ce conte de nourrice jusqu'ici, mais cette fois il s'agit de tirer l'affaire au clair, de vider l'abcès une fois pour toutes.

C'est dans cette intention que Lancelin se présenta devant la fiancée d'André.

Elle était seule, Rosette n'étant pas encore revenue de la pension Lenoir, et le capitaine se félicitait intérieurement.

Il embrassa sa pupille gaiement.

— Une grande nouvelle! fit-il de sa voix la plus claironnante.

Puis, après l'avoir mise au courant :

— Enfin, ça bouge, continua-t-il.

« La Justice a beau être boiteuse, elle arrive tout de même.

« Poupoule condamnée, c'est la première manche;

l'autre, l'acquittement du petit gas, est gagnée d'avance.

« Avant la fin du mois, André sera libre.

« Vive la liberté et la pêche à l'asticot!

« Je vais pouvoir remonter mes lignes...

Jeanne souriait, elle aussi, gagnée par la bonne humeur communicative du vieux brave homme.

— Oui, fit-elle, avec un soupir profond.

« C'est André qui sera content quand je lui apprendrai ça, à ma prochaine visite.

« Il me tarde d'y être.

A cette seule pensée, ses yeux brillaient de bonheur.

Mais, ce ne fut qu'une éclaircie, un rayon de soleil entre deux nuages.

Puisque aussitôt son visage reprenait l'expression soucieuse qui lui était coutumière.

Le vieux grognard, qui l'observait, résolut de brusquer les choses.

Il la prit par les mains, tout à coup, la regarda dans le fond des yeux :

— Toi, — fit-il de sa grosse voix, — tu me caches quelque chose.

« Si, si... inutile de te défendre.

« On ne la fait pas à un vieux birbe comme le papa Lancelin.

« Tu as un secret, un chagrin qu'il faut me dire.

« Et tout de suite, nom d'une brique!

Jeanne se troubla, des larmes perlèrent au bord de ses cils :

— Eh bien! oui, finit-elle par dire, en tamponnant ses yeux humides.

— De quoi s'agit-il? Parle, mille milliards de sorts!

« Tu me fais bouillir.

— De moi, de ma naissance.

« Je me demande si j'ai le droit de porter ce nom de Morin...

Le vieux grognard ébranla la table d'un coup de poing formidable.

— Coquin de sort! s'exclama-t-il, je le savais.

« Je te voyais venir depuis deux semaines.

« C'est cette vieille folle de mère Jeanne et Patoche, un autre louftingue, qui t'ont mis ces idées dans la caboche?

— Non, répondit la jeune femme, s'empressant de disculper ses amis.

« C'est une idée que j'ai depuis longtemps, depuis certains mots prononcés par ma pauvre maman à son lit de mort.

Le capitaine était devenu sérieux.

— Tu ne m'avais jamais soufflé mot de ça, fit-il d'un ton de reproche.

« Pourquoi donc, petite?

« Est-ce que, par hasard, je ne serais plus ton ami, ton meilleur ami?...

— Oh si! — fit Jeanne, en levant ses beaux yeux au ciel, comme pour le prendre à témoin, — mais je n'avais pas le droit...

— Tu en as parlé à d'autres, cependant.

— Oh! de simples allusions, rien de plus...

« Avec vous, au contraire, mon cher protecteur, je sentais qu'il faudrait aller jusqu'au bout, que vous poseriez des questions auxquelles il faudrait répondre.

« Et j'hésitais, j'hésite encore...

— C'est donc bien grave, bien terrible... fit le capitaine, s'efforçant de garder le ton goguenard, bien qu'il sentît, à l'émotion de Jeanne, que l'affaire était sérieuse.

— Oui, très grave, et malheureusement, je n'ai que des présomptions, pas de preuves formelles.

« J'avais cherché jusqu'ici à oublier ces paroles de ma mère, afin de n'avoir pas à juger mes parents, mon père et ma mère, que j'ai toujours vénérés et que j'aimerai toujours, quoi qu'il arrive!

« Quelle chose horrible, monstrueuse, si je les accusais à tort, même devant vous qui êtes un ami.

« Voilà pourquoi je me suis tue.

« Et puis, nous avons eu tant d'autres préoccupations, tant de soucis plus urgents.

— Bien, je comprends; mais aujourd'hui, ces soucis ne sont plus.

« Il n'en reste qu'un, le tien qui te ronge, à tort très probablement; raison de plus pour en finir une bonne fois, vider l'abcès.

« Par conséquent, tu vas parler. Tu le peux, c'est moi qui te le dis.

« Avant tout, tu vas me répéter bien exactement, mot à mot, les paroles dites par ta mère.

« Tu te les rappelles, je pense?

Jeanne tressaillit :

— Je me les rappellerai toute ma vie! fit-elle avec une sorte d'exaltation presque mystique.

« Les paroles d'une mère mourante, quoi de plus sacré...

« Les voici telles quelles : *Tu n'es pas... Va à Paris, au fond de Belleville, rue... rue... Oh! le nom de cette rue! Ma part du ciel pour ce nom! J'étouffe!*

« Puis, dans un cri suprême : le *voleur d'enfant...*

« Ce fut son dernier mot. Elle était morte.

Jeanne essuya son beau visage où les larmes ruisselaient à nouveau.

— Voilà! bégaya-t-elle, voilà ce terrible secret qui

m'étouffait, moi aussi.

« J'ai bien fait de parler, ça m'a soulagée.

En disant ces mots, elle contemplait le capitaine comme pour se rendre compte de l'impression produite sur lui par cette révélation sensationnelle.

Le Père la Manille, bien qu'impressionné plus qu'il ne l'aurait voulu, se garda d'en rien laisser paraître.

— Ensuite? fit-il tranquillement.

« C'est tout, tu n'as rien surpris d'autre?

— Non, rien de précis...

— Bien. Par conséquent, tout se réduit à des paroles prononcées par une personne à l'agonie, qui délirait peut-être et que rien ne corrobore.

« Mais, mille bombardes! rien ne prouve que ce soit de toi qu'il s'agissait.

« Tu avais peut-être une sœur, un frère : c'est elle ou lui qui aurait été volé, et voilà qui retourne la situation de bout en bout.

« Ton père et ta mère étaient de braves gens, incapables de commettre un acte semblable.

— Oh oui! murmura la jeune femme.

« C'est ce que je me dis bien souvent.

— Parbleu! Par conséquent, voilà une preuve déjà, un argument de *moralité*, comme on

— *Vous m'avez fait du bien, murmura-t-elle.*

dit, et qui en vaut bien d'autres, nom de nom!

« Pour moi, plus j'y pense, plus je suis convaincu qu'il n'y a dans tout ceci qu'un quiproquo, un gros malentendu, qui se serait éclairé tout seul tôt ou tard.

« D'ailleurs, pour en avoir le cœur net, pour bien te prouver que je ne m'avance pas à la légère, que j'ai confiance, nous ferons une enquête, et sérieuse.

« C'est moi qui m'en charge!

« Mais, une question auparavant.

« Quelle est la personne, le fait nouveau qui a remué tes idées tout à coup sur ce point, tes papillons noirs?... « C'est pas la mère Jeanne, sûrement.

— Non, c'est Suzel.

— La sœur d'André.

— Oui. Oh! sans s'en douter.

« Elle croyait bien faire.

— Raconte-moi ça.

— Voici... Comme vous le savez, le père d'André ne s'oppose plus à notre mariage.

« Il se proposait même d'apporter le consentement lui-même le premier jour du procès, afin de donner du cœur à ce pauvre ami avant de comparaître.

— Ça c'est d'un brave homme!

— Auparavant, il a voulu, comme de juste, avoir des renseignements sur moi, sur ma famille.

« Il a écrit dans ce but à un de ses amis de Lille, un pasteur comme lui.

— *Aïe!* murmura le vieux grognard en a parte.

« Le diable emporte les *clergymen!*

Cependant, Jeanne continuait :

— J'étais tenue au courant par Suzel avec qui je suis intime depuis son dernier passage.

« La réponse du brave pasteur a été tout à fait favorable.

— Je pense...

— ... Mais incomplète sur certains points.

« Il s'agissait de savoir où j'étais née, où j'avais été baptisée.

— Ça, c'est bien une idée de curé, par exemple! grommela le vieux brave.

— Alors, Suzel m'a posé ces questions... Oh! avec tous les ménagements possibles; n'empêche que ça m'a donné un coup.

« Je me suis rappelé les paroles de ma mère mourante, et j'ai eu froid dans le dos.

« Toutefois, j'ai répondu loyalement que j'étais, que je croyais être née à Paris... dans quel arrondissement, je l'ignore.

« Pour ce qui est du baptême, je ne pouvais rien dire de précis.

« Mes parents étaient, autant qu'il me semble, lui

protestant, l'autre catholique, mais ils ne pratiquaient plus depuis longtemps.

« En même temps, j'ai fait une démarche qui me hantait, depuis des années, mais devant laquelle j'avais reculé jusqu'à ce jour.

« J'avais peur, peur d'apprendre...

« Je me suis renseignée sur la marche à suivre en pareil cas, et j'ai écrit au Préfet de la Seine.

— Au Préfet... pourquoi, diable?

— Pour qu'on fasse des recherches, qu'on trouve mon extrait de naissance, qui doit bien exister quelque part, dans une des mairies de la capitale.

— Et tu ne m'avais rien dit...

— Je n'osais pas... J'avais honte, trop honte, répondit Jeanne, en couvrant son visage de ses mains tremblantes.

« M. Ferbach père a dû en faire autant de son côté.

« Depuis, la situation en est là.

« Rien ne vient ni d'un côté ni de l'autre, et j'attends.

« J'attends, et je me ronge depuis huit jours.

— Huit jours, s'écria l'officier, en éclatant de rire.

« Et voilà à quoi se réduit ce gros chagrin, à rien du tout, à un retard de *paperasseries.*

« Une riche idée que j'ai eue de mettre le nez là-dedans.

« Mais, ma chère Jeannette, tu es une petite sotte qui n'a pas l'air de se douter de ce que c'est que l'Ad-mi-nis-tra-tion... les Bureaux...

« Ah! les bureaux, j'ai vu ça, moi, au ministère de la Guerre, où pourtant l'on devrait savoir mener les choses tambour battant!

« Quelle pétaudière! J'en étais tellement dégoûté que j'ai filé par le plus court.

« Alors, ma chère enfant, tu t'imaginais tout uniment que ces messieurs, les ronds-de-cuir, allaient se mettre en quatre pour toi, pour tes beaux yeux.

« Mais, pour une recherche semblable, — avec des renseignements aussi vagues que ceux que tu as pu fournir, — il faut non pas une semaine, mais un mois, sinon plus...

« Il n'y avait qu'un moyen d'aller vite : S'adresser à notre ami Dréan.

« C'est ce que je vais faire et je te jure, saperlipopette, que ça ne traînera pas avec nous.

« Tes papiers existent, je les trouverai, et tu verras, je te prouverai — pièces en mains — que tu avais tort de te faire de la bile.

« C'est moi qui te le dis, et tu sais que je ne parle pas en l'air.

Il y avait une telle assurance, une telle tranquillité dans les paroles comme dans l'air du Père la

Manille, que Jeanne fut rassérénée pour le moment.

Dans sa joie, elle se jeta au cou de son protecteur et l'embrassa à pleines lèvres.

— Vous m'avez fait du bien, murmura-t-elle.

« Un bien immense!

— Pardine, grognait le vieux soldat attendri... quelle idée de faire des cachotteries à son vieux tonton.

« Voilà bien les femmes qui veulent tout conduire par elles-mêmes et qui s'embourbent au premier pas.

« Tu n'as pas parlé de ça au moins à André?

— Non.

— Et Suzel?

— Suzel non plus.

« Nous attendrons le résultat de l'enquête.

— Bien : continuez d'attendre.

« Le p'tit gas va avoir besoin de toute sa tête bientôt devant ses juges.

« C'est pas le moment de lui raconter des balivernes.

« Quant au reste, j'en réponds; j'en fais mon affaire.

« Si, pour prévoir le pire, il y avait quelque tiraillement, je me charge de tout arranger.

« J'ai un moyen, un moyen épatant; que je te dirai le moment venu, et tu sais, mille millions de cartouches, que quand le papa Lancelin promet, il tient!

« Sur quoi, plus un mot là-dessus.

« Essuyez vos yeux, mademoiselle, et tâchez que je ne les voie plus rouges.

« Sinon, je me fâche pour de bon, cette fois, sacrelotte!

CHAPITRE CCXXXVIII

Le corsage rouge

Patoche venait de se lever et faisait les bureaux, rue Vivienne, lorsqu'un coup de sonnette retentit hésitant, timide en quelque sorte.

— Une visite si matin, s'étonnait-il.

« Qui ça peut-il bien être?

« Sans doute cette tourte de pipelet.

Il alla ouvrir.

— Tiens! c'est vous, maman Jeanne. Par quel hasard?

« Entrez donc...

— Oui, c'est moi, disait la matelassière en se glissant, l'épaule basse, par l'entrebâillement de la porte.

« Je savais que vous couchiez ici, et que, par conséquent, en venant de bonne heure, je vous trouverais seul.

« M. Furster n'est pas là?

— Non, ni le capitaine.

« Il ne vient presque jamais le matin, lui.

« Par conséquent, on peut causer.

« Asseyez-vous là, ma'me Jeanne.

La visiteuse prit la chaise offerte, croisa sur ses genoux ses mains gantées de mitaines en fil, et demeura un instant silencieuse

Alors seulement le Parigot remarqua l'air grave, profondément absorbé de sa visiteuse.

— Qu'est-ce que c'est encore? demanda-t-il, non sans un peu d'humeur.

« Vous en faites une figure d'enterrement, maman Jeanne!

« Il s'agit de votre fille : vous avez fini par mettre le doigt sur quelque chose de sérieux, cette fois?

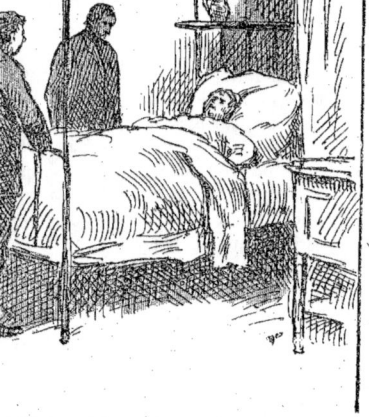

Flic et Flac sont retournés hier à l'hôpital.

— Oui... murmura la matelassière, en hochant la tête.

« Autant qu'on peut dire du moins.

« Seulement, je voudrais vous poser une question d'abord.

— Faites, m'ame Jeanne.

— Il s'agit de cette vieille soularde dont je vous ai raconté l'histoire il y a deux ou trois jours.

« Elle continue à ne pas pouvoir parler?

— Oui. Mes amis Flic et Flac sont retournés hier à l'hôpital.

« Impossible de lui tirer un mot.

« Elle fait la sourde, alors, c'est macache, peau de zébi.

— Et l'enquête faite à propos de l'accident?

« On a dû découvrir son nom tout au moins. Si seulement on savait son nom!

— Pas davantage, m'ame Jeanne.

« Cette espèce de sorcière n'avait aucun papier sur elle, rien qu'un bon-prime de chand de vins, sans adresse aucune, tordant, hein?

« Nous avons fait passer sa photographie dans les journaux, mais personne n'est venu réclamer l'enfant...

« Il est vrai qu'avec cette gueule enflée, elle ne doit pas être très reconnaissable.

« Si elle crampse, comme c'est probable, on la portera à la Morgue afin de l'identifier.

« Alors peut-être que quelqu'un la reconnaîtra, mais il n'y faut pas trop compter.

— C'est dommage, grand dommage... murmura la matelassière, de plus en plus absorbée.

« J'ai le pressentiment que cette femme sait, elle, qu'elle aurait pu nous être utile, très utile.

« Vous disiez tout à l'heure: elle fait la sourde.

« Alors, selon vous, elle ne serait pas aussi mal que ça?

Le Parisien remonta ses sourcils jusqu'au milieu du front:

— Est-ce qu'on sait? répondit-il.

« Moi, je suis sûr — et Flic pense comme Bibi — qu'elle pourrait parler si elle voulait, et sans grande peine.

« Si elle était plongée dans le *coma*, comme on dit, ça se serait aggravé depuis une demi-semaine et plus.

— Vous ne pensez pas qu'elle en réchappe?

— Pour ça non, autant qu'on peut prévoir.

« La vieille s'entête, c'est clair, mais ça n'empêche qu'elle a reçu un atout sérieux.

« Un signe que c'est grave, c'est que depuis hier, elle ne boit que du lait, du lait... comprenez-vous, mère Jeanne!

« Pour qu'une femme comme celle-là, avec une trogne au campêche comme la sienne, se mette au lait, il faut qu'elle se sente mal, prête à comparoir devant le Père Éternel!

— Oui... c'est dommage, répéta la matelassière, grand dommage.

« Il y aurait bien un moyen, peut-être, mais de ça, nous parlerons tout à l'heure, quand vous saurez ce qui m'amène.

« Alors, vous pourrez mieux juger s'il y a lieu de tenter cette démarche.

— Eh bien, allez, madame Jeanne. J'écoute.

« C'est donc bien curieux, que vous branliez le menton comme une vieille grand'mère?

— Assez curieux... ou plutôt bizarre.

« Par exemple — ajouta la matelassière avec une vivacité soudaine — il est bien entendu que ce que je vais vous dire restera entre nous.

« Pas un mot à quiconque jusqu'à ce que nous ayons une preuve.

« Une preuve qui soit une preuve réellement.

— Pour sûr! s'exclama Patoche.

« Je n'ai pas envie de me faire saboulé.

— On m'a déjà attrapé l'autre soir.

— Qui?

— Le patron, parbleu!

— Vous lui aviez dit que nous cherchions ensemble?

— Je m'en suis bien gardé, mais si vous croyez qu'il a ses yeux dans sa poche, le papa Lancelin!

« Il a vu qu'on se faisait des signes, parfois, qu'on avait des conciliabules dans les coins, tant et si bien que j'ai écopé, l'autre soir.

— A propos de Mlle Morin, toujours?

— Turellement. Les autres, le chef s'en fiche.

« Vous savez comme moi que la couturière a la tête en travail depuis quelque temps?

« Il paraît qu'elle s'est avisée tout par un coup de faire venir ses papiers.

« Impossible de les découvrir, à Paris comme à Lille.

« Alors, vous voyez la scène d'ici...

« Mlle Morin s'est jetée tout en larmes dans les bras du capiston.

« Celui-ci l'a consolée de son mieux, après quoi il s'est retourné contre mézigue.

« Il prétendait que c'était nous qui, par nos questions à côté, avions donné l'idée à Mlle Morin de faire ces recherches.

« Je me suis défendu comme un beau diable, j'ai dit que ni vous ni moi, ne savions, ne nous doutions seulement.

— Si, moi, je savais, interrompit la matelassière.

— Vous saviez quoi? s'écria Patoche, assez surpris, que Mlle Jeanne n'était pas une Morin?

— Je ne dis pas cela!

« Ne me faites pas dire ce que je ne dis pas, ça ferait des histoires encore.

« Je dis simplement que les Morin n'avaient pas déclaré Jeanne comme leur fille, au jour voulu par la loi.

« Ils avaient une raison qui les empêchait sans doute, et comptaient réparer, en reconnaissant l'enfant par la suite.

« Ce sont des choses qui arrivent tous les jours.

« Une preuve, c'est qu'à un moment, des démarches ont été commencées en vue de cette reconnaissance.

« Puis le père est mort, la misère est venue, et il a fallu penser à autre chose...

— Tiens, voilà qui est curieux, en effet.

« Et vous êtes sûre, m'ame Jeanne, que cette reconnaissance n'a jamais été faite?

— Sûre et certaine.

— Bien. Mais comment se fait-il que vous soyez si bien tuyautée?

« C'est votre agence, toujours, qui vous fournit ces renseignements?

— Oui, toujours.

— Jamais vous ne m'aviez pipé mot de cette histoire.

« Pourquoi donc, mère Jeanne?

— Parce que l'histoire n'avait plus d'intérêt pour nous.

« Quand j'ai su ces détails, j'étais sur une autre piste: celle d'Yvette.

« Et je crois bien que c'est la bonne, ce coup-ci.

« Ce qui vient d'arriver le montre.

« Il y a du Boche là-dessous, comme vous dites, m'sieu Patoche.

« Et c'est pour ça, pour vous apporter la chose toute chaude, si l'on peut dire, que je m'en suis venue tout courant.

Le Montmartrois prit une chaise sur laquelle il s'assit à califourchon.

— Qu'est-ce qu'est arrivé? demanda-t-il, l'oreille dressée à la seule évocation de Walter Humding.

« Parlez, nom d'une pipe! Voilà une heure qu'on tourne autour du chaudron.

— Tout de suite... fit la matelassière en regardant son auditeur, comme pour suivre l'effet de son récit sur ses traits.

« La chose date d'hier, mais c'est ce matin seulement que j'ai été sûre.

« Jusque-là, je n'avais que des doutes.

« Donc, hier l'après-midi, nous sommes allés au *Bon Marché* avec Mlle Van Flam et Pas-de-Canard.

« C'était jour d'exposition; la musique jouait dans le square, et il y avait une de ces foules...

« On se bousculait à toutes les portes.

« A un moment, Yvette s'est retournée, furieuse; quelqu'un venait de la toucher par derrière, paraît-il.

—Un peloteur, fit le Parigot, avec un clin d'œil canaille.

« Rien de bien grave jusqu'ici.

— C'est ce que nous avons pensé comme vous.

« Seul, Pas-de-Canard — bien qu'il n'eût rien vu, pas plus que moi — n'était pas content.

« Il se retournait à chaque seconde. ses narines battaient, fumaient... si l'on peut dire.

— Il avait senti le gibier... de potence.

— Faut croire.

« Seulement, comme il est toujours comme ça, prêt à prendre la mouche dès qu'il s'agit d'Yvette, nous n'avons pas fait attention.

« Nos emplettes terminées, on est passé dans le square prendre un air de musique.

« Puis on a repris le chemin de la maison.

« En route, j'ai remarqué qu'Yvette se grattait vers l'épaule.

— Qu'est-ce que vous avez? lui ai-je demandé.

— Ça me démange, m'a-t-elle répondu.

« C'est quelque moustique qui m'aura piquée.

« Rien d'étonnant: il faisait un temps lourd d'orage, et c'était tout plein de ces bestioles sous les arbres, dansant au soleil.

« Nous sommes rentrées, nous avons changé de toilette, et puis dîné chacun chez soi.

« Jusque là, je n'avais que des doutes.

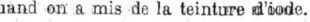
Yvette s'était retournée, furieuse.

« J'avais complètement oublié cette histoire, lorsque, vers dix heures du soir — j'allais me mettre au lit — Mlle Van Flam est entrée dans ma chambre, l'air tout drôle.

« Vous savez qu'elle loge à l'étage au-dessous, rien que quelques marches à monter...

« Elle avait les bras nus, et, sur les épaules, jeté en hâte comme un fichu, le corsage qu'elle portait pendant notre promenade.

« Un corsage rose, bordé de dentelles.

« Elle l'a rejeté, montrant sa gorge, a tendu son doigt vers l'épaule gauche — celle du *signe* — m'indiquant une marque qu'elle avait là:

— Voyez donc, maman Jeanne.

« On dirait une brûlure.

« J'ai regardé de plus près, et j'ai vu une espèce d'auréole couleur safran, tout à fait la teinte de la peau quand on a mis de la teinture d'iode.

« Au milieu, le signe, la petite tache rousse dont je vous ai parlé, était de moins en moins visible, naturellement.

— Pourquoi parles-tu de brûlure? ai-je demandé.

« C'est ce moustique, tantôt.

— Non, maman Jeanne, c'est une brûlure, et la preuve, la voici.

« Alors, Yvette a étalé le corsage rose et m'a montré, juste à l'endroit, un trou large comme une pièce de cent sous, à l'emporte-pièce.

« Plus de doute, c'était bien une brûlure, une brûlure faite par un acide.

« Aussitôt, l'idée m'est venue qu'on avait voulu *démarquer la petite...* qu'il y avait du Walter Humding sous roche.

« Je me suis rappelé le petit cri poussé par elle quelques heures plus tôt dans la foule.

« Je l'ai questionnée, et j'ai su qu'à ce moment, un homme lui avait allongé la main sur l'épaule, vers la gorge, comme pour la caresser.

— C'est celui-là certainement — grondait-elle — qui a fait cette mauvaise plaisanterie.

« Il m'aura jeté quelque drogue.

« Moi, je me disais : c'est mon vieil ennemi, Walter Humding, mais ce n'est que tout à l'heure que j'ai eu la certitude, la preuve, quoi...

« Sitôt levée, j'ai demandé à voir l'épaule, qui se fendillait à l'endroit, commençait à peler...

« J'ai passé le doigt, et tout est venu : la peau, la couleur, et le *signe* avec !

« Si bien qu'à présent, il faut savoir, pour croire qu'il y a eu quelque chose là.

« Voilà la chose — acheva la matelassière. Est-ce que vous pensez comme moi que c'est l'Espion qui a fait le coup ?

— Oui... murmura le Parigot, qui s'était levé, très surexcité.

« Lui, ou quelqu'un de sa clique.

« Ça ne peut être que ça, étant donné...

« Quel malheur que je ne me sois pas trouvé derrière vous.

« En tout cas, il a l'air de se remuer, le *Prusco,* en ce moment : vol de notre lettre, démarquage de mam'zelle Van Flam...

« Avec ça, le procès Lempereur qui va bien.

« Décidément, ça bouge, nos affaires, ça grouille.

« On approche de la fin !

« A propos... et Yvette, est-ce qu'elle se doute ?

— Non... Yvette n'avait jamais fait grande attention à ce signe, et moi, je m'étais bien gardée de lui en parler... inutile de la tourmenter, tant qu'on ne pouvait rien prouver.

« Aussi, Yvette s'imagine avoir eu affaire à un de ces maniques qui brûlent les effets des femmes.

« On en a arrêté un cette semaine, au même magasin, justement.

Patoche se promenait de long en large, l'air pensif. Bientôt, il se campa en face de la matelassière :

— Et vous, reprit-il en la regardant en face, qu'est-

— *On dirait une brûlure.*

ce que vous pensez ? Qu'est-ce que vous concluez de tout ça, décidément ?

« Qu'Yvette est votre fille ?...

La femme eut un geste accablé.

— Je ne sais pas... murmura-t-elle.

« Je n'ose pas, je n'ose plus...

« Tout à l'heure, quand j'ai découvert le truc de l'acide, j'étais presque sûre, et maintenant, je doute...

« Je sais qu'avec un bandit comme Walter Humding, il faut toujours se méfier, redouter quelque piège.

« Il a l'air de me montrer le chemin à droite, ça suffit pour que je sois tentée d'aller à gauche.

— Je comprends, j'ai eu cette idée une seconde, moi aussi ; mais il ne faut pas trop chercher la petite bête, sans quoi on n'aurait plus qu'à se croiser les bras et à attendre.

« Donc, je persiste à penser que la piste-Yvette est la bonne, celle qu'il faut suivre tout au moins...

— Oui... je pense comme vous, m'sieu Patoche.

— Ça ne veut pas dire, continuait le Parisien, qu'il n'y ait pas un cheveu.

« J'en vois plusieurs, et de taille...

— Lesquels ? demanda la matelassière, vivement.

« Vous trouvez qu'Yvette ne me ressemble pas ?

— Non, pas beaucoup, et au capiston encore moins.

« Maintenant, je sais bien que ce n'est pas une preuve contre : rien de plus bizarre que les ressemblances.

« Moi, par exemple, à qui croyez-vous que je ressemble ? A mes parents... non... à mon grand-oncle, une vieille barbe de communard !

« Ce qui me chiffonnerait plutôt dans votre affaire, c'est que, vous retrouvant ici, la mère et la fille — si tant est que... — vous n'ayez pas eu un tressaillement, un geste de reconnaissance...

— *Nous voici devant la porte de Barbe-Bleue,*
s'écria Liliane.

— Ça peut s'expliquer cependant, répondit la matelassière.

« Moi d'abord, j'ai beaucoup souffert, beaucoup
changé.

« La preuve en est que le capitaine a eu peine
à me reconnaître.

« A plus forte raison une enfant.

« Pour ce qui est d'elle, c'est plus simple encore.

« Yvette — si tant est que... comme vous dites —
Yvette alors était toute petiote, n'avait pas les traits
formés.

« Ce n'est que plus tard que la physionomie se
fixe.

« Quant à la figure d'Yvette — ce visage de madone qui m'arrête parfois, glace mes élans, quand
je voudrais la prendre dans mes bras — ce n'est pas

une preuve contre, vous
l'avez dit vous-même.

« En même temps,
vous parliez de ressemblances bizarres, il y en
a eu dans notre famille
aussi.

« Je me rappelle une
petite cousine morte
jeune, qui, comme Yvette avait cet air de
sainte de vitrail.

« On disait qu'elle
ressemblait à notre arrière-grand' mère et
qu'il y avait, comme ça,
des ressemblances qui
sautaient deux ou trois
générations.

— Oui, j'ai entendu
dire aussi...

« N'empêche que c'est
rudement embrouillé
tout ça, obscur... un
lampion...

« Tonnerre de sort!

« A propos, mère
Jeanne, quel est ce
moyen, cette démarche
dont vous parliez tout à
l'heure?

— Ce moyen, ce serait
de m'aboucher avec la
vieille qui est à l'hôpital.

— Pourquoi, pour la
confesser?

— Oui, pour essayer, du moins.

« Quelque chose me dit, qu'elle en sait long sur
Yvette.

— Alors, vous espérez être plus maligne que Flic?

— J'espère, oui... Ça vous étonne, m'sieu Patoche?

« C'est que vous ne savez pas, vous ne pouvez pas
savoir ce que c'est qu'une mère, une femme comme
moi, qui cherche son petit.

« Qu'on me mette en présence de cette malheureuse et quelque obstinée qu'elle soit, je me charge de
l'attendrir, de la retourner...

« Je trouverai de ces mots qui fendent le cœur, qui
l'ouvrent jusqu'au fond.

« Il faudra qu'elle parle et elle parlera.

— Après tout, murmurait le Parisien, pourquoi pas.

« On peut toujours essayer.

— Vous voulez, vous voulez bien? haletait la matelassière, qui semblait mettre tout son espoir dans cette tentative.

— Mais oui, on va s'occuper de la chose.

« Flic et Flac doivent venir me voir tantôt, précisément.

« J'en profiterai pour arranger la visite avec eux.

« Vous Maman-Jeanne, vous nous attendrez chez vous.

« On vous prendra en passant, si on réussit, toutefois.

La matelassière avait obtenu ce qu'elle désirait. Elle se leva pour sortir, et une fois à la porte:

— Vous pensez réussir? demanda-t-elle encore, d'une voix fébrile.

— Je ne sais pas, m'ame Jeanne.

« Ça dépend de Flic ou plutôt de l'interne de service.

« Reste à savoir s'il voudra, le carabin.

— On ne pourrait pas lui forcer la main, insinua la pauvre femme, trouver quelqu'un qui eût barre sur lui?

— Ma foi, je ne vois pas trop.

« Il y a bien M. Dréan, mais avant il faudrait parler au Père la Manille.

« Ça ferait des chichis.

— Oh! non, alors, non... murmura la matelassière.

« Pas un mot au capitaine!

Et elle s'esquiva l'air honteux comme elle était venue.

CHAPITRE CCXXXIX

Le Pont des Soupirs.

Les Allemands une fois partis, Liliane et Robert Servan ne s'attardèrent pas longtemps dans la chambre où nous les avons laissés:

— Et maintenant, — continuait la chanteuse presqu'aussitôt — nous allons visiter la baraque, de bas en haut.

— La journée du propriétaire! fit Robert, sur le même ton joyeux, je ne demande pas mieux.

« Par où commence-t-on?

— Par le donjon?

— Cela va sans dire, par le cabinet de Barbe-Bleue.

« J'en ai l'esprit hanté depuis notre coup raté de la rue Vivienne.

« Dire que là, à quelques pas de nous, à notre portée presque, il y a cette lettre, pour la possession de laquelle je donnerais je ne sais quoi.

« Cette lettre d'où dépend notre avenir à tous!

— Vous avez la certitude que cette pièce est là, dans le coffre-fort du patron?

— Elle ne peut être que là, affirma la jeune femme d'un ton péremptoire.

« D'ailleurs, je me suis renseignée auprès de Mon-Ours, tantôt.

— Vous avez parlé de ça à Muller?

— Parbleu, pourquoi l'aurais-je suivi cette nuit, sinon pour lui soutirer les renseignements de la dernière heure.

« Songez que c'était notre dernière entrevue, et qu'il fallait en profiter.

« Quand les Allemands reviendront ici, dans huit jours, tout sera consommé, et nous, nous voguerons vers l'Amérique, ou les Indes.

— Je vois leur tête, devant ce coup d'audace... murmura Robert.

Et non sans inquiétude, il ajouta:

— Avec quelle rage il va se lancer à notre poursuite.

— Je ne le crains pas, répondit Liliane, qui lisait dans l'âme de son complice, comme en un livre ouvert.

« Vous m'avez vu autrefois tremblante devant le chef, mais tout est changé aujourd'hui.

« Walter Humding baisse... comme dit Mon-Ours à tout propos.

« Ce n'est plus cet homme invincible, diabolique, dont j'avais une terreur superstitieuse.

« Ça ne nous empêchera pas, d'ailleurs, de prendre toutes les précautions, toutes les garanties nécessaires à l'espèce.

« Par exemple, nous voyagerons pendant six mois, un an, s'il le faut, jusqu'à ce que l'espion ait perdu notre trace.

« Nous aurons de sac... rien de plus facile, par conséquent, que de se transformer en globe-trotter.

— C'est une idée, mais j'en ai une autre, plus radicale.

« Ce serait, puisqu'on commence d'aller jusqu'au bout, de faire pincer le chef par la police française.

« Dix ans de forteresse, voilà la meilleure garantie pour nous.

« Il suffirait de faire signe au capitaine Lancelin.

— J'y ai pensé, mais c'est un moyen délicat, dangereux même.

« Et puis, le Père la Manille m'inquiète un peu, je vous avoue.

« Déjà j'ai eu à faire à lui une fois, et ça a failli mal tourner.

— Cependant, il faudra bien que vous le voyiez.

— Pourquoi donc?

— Mais pour lui remettre la pièce, la fameuse lettre de Kauffmann, qui doit être présentée aux juges de Ferbach.

« Ce n'est pas nous qui l'apporterons à la barre, je pense!

« Ce ne serait pas à faire...

— Non, mais je n'ai nul besoin de voir le vieux grognard, pour verser cette pièce capitale aux débats.

« Il y a tant d'autres moyens, par exemple, la porter directement au défenseur d'André, maître Léon-Jacques.

« Quant au chef, que je ne demanderais pas mieux que de faire pincer, par vengeance d'abord, par intérêt ensuite, nous en reparlerons.

« Cela dépendra des circonstances, du temps que nous aurons, une fois le coffre forcé, avant de sauter dans le premier paquebot en partance.

Tout en conversant, les deux aventuriers étaient arrivés à l'entrée de la passerelle joignant, comme un pont, le château au donjon.

Il y avait tout proche, une fenêtre dans laquelle Robert avança la tête par curiosité.

Il aperçut l'énorme tour, noire et sinistre, avec ses étroites lucarnes garnies de barreaux de fer, et ne put se défendre d'un vague frisson...

— Tiens, fit-il d'une voix bizarre, ça rappelle le *Pont-des-Soupirs*.

— En voilà une idée, murmura Liliane, qui avait senti un malaise l'effleurer, elle aussi.

« Vous connaissez Venise? acheva-t-elle pour changer de conversation.

Il essaya de desceller une des dalles.

— Non. J'en parle d'après une photographie.

Ils firent encore dix pas et se trouvèrent sur l'étroit palier précédant le mystérieux réduit de Walter Humding:

— Nous voici devant la porte de Barbe-Bleue, s'écria Liliane d'un ton léger, presque gamin.

« Qu'allons-nous trouver derrière, combien de cadavres?

« A propos, mon ami, avez-vous apporté votre nécessaire?

— Quel nécessaire?

— Mais votre trousse de cambrioleur, vous savez bien...

— Ah! oui, je n'y étais plus.

« Ma foi, non. Je ne soupçonnais pas que nous en aurions besoin.

« Il fallait me prévenir, ma chère Liliane.

« Il n'y a rien à regretter, d'ailleurs.

« Il suffit de voir cette porte, ce bloc d'acier poli comme une glace, pour se rendre compte, que mes rossignols eussent été impuissants, ici.

« D'autant plus que je ne vois pas de serrure.

— Il n'y en a pas, répondit la jeune femme.

« Du moins pas d'apparente.

— Je ne vois pas de gonds non plus.

— Non plus... La porte est montée sur galets et se déplace automatiquement.

— Oui, fit Robert en cherchant autour de lui.

« Mais encore faut-il toucher un mécanisme quelconque, bouton, manette, que sais-je.

« C'est le mécanisme qu'il s'agirait de découvrir.

— Il est devant vous, répondit la chanteuse en riant.

« Il vous crève les yeux!

« Vous voyez ces têtes de clous, là, en saillie sur la porte, c'est là-dessous qu'est le déclanchement.

Robert s'empressa de tâter à l'endroit indiqué, mais n'obtint aucun résultat.

— Il y a un secret, fit-il, comme c'était à prévoir.

« Il faut toucher les têtes de clous, dans un certain ordre.

« Il se peut encore que ces clous ne soient qu'un trompe-l'œil.

« Le véritable mécanisme pourrait très bien être ailleurs, caché, quelque part, dans l'escalier, par exemple, et Walter Humding avait dû le toucher en passant.

« La manœuvre doit se commander électriquement au moyen d'un *contact*.

« C'est ce *contact*, ce bouton électrique sur lequel je voudrais mettre le doigt...

« Je vais me mettre à le chercher.

— Ce sera long, remarqua Liliane un peu déçue, et je doute que vous réussissiez.

« Vous m'aviez parlé d'un autre moyen beaucoup plus expéditif, une bonne cartouche de dynamite.

« Est-ce que vous auriez changé d'avis, par hasard?

— Non... mais je viens de sonder les murs du réduit avec mon canif.

« Il y a là, derrière une mince couche de plâtre, des parois d'acier de douze centimètres et plus d'épaisseur.

« C'est une véritable tourelle de cuirassé, comme vous le disiez.

« Contre un blindage pareil, une cartouche, même de fort calibre, ferait long feu.

« Ce qu'il faudrait, c'est une belle et bonne torpille, vingt ou trente livres de fulmi-coton, mais alors, c'est le donjon tout entier qui saute et ça, c'est exagéré, peut-être.

« D'ailleurs, comment ensuite retrouver une lettre dans ce monceau de ruines fumantes.

« Sans compter que la police ne saurait manquer de venir voir ce qui se passe.

Liliane n'avait rien à objecter à cela.

— Oui, murmura-t-elle, ce maudit Allemand avait tout prévu.

« Vous ne renoncez pas à notre projet, cependant?

— Jamais de la vie! s'écria Servan avec fougue.

« Je vous ai promis de vous introduire dans le cabinet de Barbe-Bleue et je vous y introduirai.

« Mais il faut que vous me donniez le temps de prendre mes mesures, de trouver le défaut de la cuirasse.

« Il y en a un toujours, un point faible qu'il faut trouver.

« Dans ce but, je m'en vais commencer par jeter bas tout ce revêtement de plâtre dont je parlais tout à l'heure.

« Après quoi nous attaquerons la casemate par en bas — par la salle du rez-de-chaussée, — puis par en haut à la manière des « perceurs de plafonds ».

« Qui sait, c'est par le plafond, ou peut-être par le parquet que nous pénétrerons dans le fort du chef.

— Excellente idée, approuva la chanteuse qui avait hâte d'agir.

« Si l'on s'y mettait tout de suite?

« Si l'on commençait à gratter le plâtre.

— Non, pas encore, pas aujourd'hui.

« Il faut attendre.

— Attendre quoi... s'impatientait la jeune femme.

— Que les *Boches* soient loin, partis pour de bon.

« Supposons — il faut toujours supposer le pire — qu'ils aient oublié quelque chose et qu'ils rappliquent à l'improviste.

« Nous sommes pincés, pris sur le tas.

« C'est ce qui a failli nous arriver, rappelez-vous, lors de notre expédition chez Jean-Louis, le carrier.

« Ça m'a rendu circonspect.

— Oui, je comprends: mieux vaut prévoir le pire.

« Quant à rappliquer, c'est peu probable: Walter Humding est à Paris déjà ou presque.

« S'il avait affaire ici, il nous commanderait la chose par téléphone; puisque c'est pour cela, pour m'avoir sans cesse sous sa coupe, qu'il a fait prolonger la ligne jusqu'au château.

— N'importe! ne précipitons rien.

« Pour bien faire, nous devrions attendre que le chef ait quitté non seulement la région, mais la France, passé la frontière.

« Votre *Ours* doit vous envoyer des cartes illustrées de chaque étape, à la première qui nous arrivera timbrée d'Allemagne, on se mettra à l'œuvre.

— C'est une journée de perdue, objecta Liliane navrée.

— Mais non, cette journée, je me charge de l'employer utilement, très utilement, vous verrez.

Tout en conversant, Robert allait et venait tâtant la muraille en tous sens.

Bientôt, il tira de son gousset un ruban, gradué en centimètres, et prit diverses mesures, qu'il inscrivit sur son carnet.

Un peu moqueuse, Liliane le regardait.

— Vous faites votre petit Sherlock Holmes, dit-elle.

— Raillez, la suite me donnera raison.

— Et le bouton, le fameux bouton électrique.

« Vous n'y pensez plus?

— Mais si, que j'y pense! C'est le point important.

« Plus je réfléchis, plus je suis convaincu que ce

têtes de clous là, sur la porte, l'ostentation du patron à les manipuler devant vous, sont autant de trompe-l'œil.

« Le bouton, la manette qui met tout en branle est ailleurs dissimulée avec soin.

« **C'est pourquoi je vous prie de bien vous rappeler ce qui s'est passé le jour où le patron vous a introduite dans son bureau.**

« Vous êtes entrés par le donjon, vous avez gravi ce petit escalier en tournevis?

— Oui.

— Vous n'avez pas constaté que le chef fît un geste, portât la main quelque part comme pour tourner un commutateur?

— Non, autant que je me rappelle, l'espion avait ses deux mains dans ses poches.

« Il ne les a sorties qu'une fois devant la porte.

— Tiens! est-ce que, par hasard, il aurait ouvert avec son pied, fit Robert en riant.

— Vous êtes stupide, maugréa Liliane. C'est ridicule.

— Pas si ridicule que ça.

« C'est un vieux truc, très employé encore, dans certains bouges clandestins, — de jeu ou autre — où ne sont admis que les initiés.

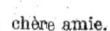
Il se penchait sur le trou béant.

« Il suffit de poser le talon à certains endroits, pour qu'aussitôt toutes les portes s'ouvrent.

— En effet, je me souviens, murmura la chanteuse.

« J'ai vu quelque chose de pareil à Bruxelles.

« Par malheur ici, nous ignorons où gît le secret.

— Nous le chercherons.

— Et si nous ne le trouvons pas, ce qui est le plus probable.

« S'il faut à tout prix pénétrer là-dedans de force, par la brèche... comment ferons-nous?

« Voilà la question que je me pose, que je tourne et retourne depuis une heure, non sans angoisse.

« Est-ce qu'il n'y aurait pas moyen de fondre cette porte maudite, grâce à l'électricité?... Or, nous en avons ici.

« Il y a des cambrioleurs qui opèrent ainsi.

— Si, peut-être, répondit Servan.

« Le courant qui alimente tout le château doit suffire largement.

« Toutefois, je connais assez mal ce procédé et l'on risque des brûlures terribles.

« Il y a un moyen plus pratique: une bonne petite machine-outil.

— Une machine, s'écria la jeune femme, mais c'est tout un aria.

« La faire venir de Paris, l'installer.

— C'est l'affaire de vingt-quatre heures, je parle d'un petit modèle bien entendu, format des cambrioleurs.

« J'irai ce soir à Paris et demain l'outil sera en place, prêt à mordre, et ça mord, vous savez.

« Il existe de ces engins qui en quelques heures rongent un bloc d'acier d'un mètre d'épaisseur.

« Or, ici, nous avons quelques centimètres seulement, et huit jours devant nous!

« Vous voyez qu'il y a de la marge.

« Par conséquent ne nous emballons pas, chère amie.

« La partie est trop belle, ce serait bête de la compromettre par notre précipitation.

— Oui, fit la chanteuse rassurée.

« J'admire votre prudence et cela me donne espoir.

Dès lors, au lieu de railler, elle se mit à accompagner son ami dans ses investigations, qui, maintenant, l'intriguaient au plus haut point.

Pendant une demi-heure encore Robert continua ses recherches tout autour du blockhaus.

Il monta à l'étage au-dessus — dans la chambre où était mort le comte Jean Roska — et essaya sans y réussir de desceller une des dalles du pavé.

Ensuite il descendit au rez-de-chaussée, dans cette

salle basse et sombre, où Muller avait reçu Liliane, lors de sa première visite.

« Là une chose le frappa dès l'abord : l'énorme pilier métallique soutenant la voûte surbaissée.

— Ça vous étonne, disait la chanteuse.

« Ça a été ma première impression, à moi aussi.

« Rien de plus rationnel cependant.

« Du moment qu'on allait mettre là-haut plusieurs tonnes d'acier, il fallait bien étayer la voûte, qui n'est plus jeune.

— Oui, c'est une explication, mais avec une roublure comme Walter Humding, il est bon de ne pas se contenter de la première explication qui se présente.

« Il faut toujours derrière la raison apparente, en chercher une autre, qui est la vraie souvent.

« Nous y reviendrons.

La première enquête était terminée et les deux aventuriers quittèrent la salle.

Comme ils sortaient Liliane constata que la plaque de métal obturant le puits dont nous avons parlé déjà, était levée.

— Tiens fit-elle, la trappe était fermée cette nuit

« Je l'ai constaté en passant avec Mon-Ours.

« Qui est-ce qui l'a ouverte ?

— Ce n'est pas moi, certainement, fit Robert jovial.

« C'est la première fois que je viens jusqu'ici.

« Ça doit être d'Allemand pour se donner de l'air.

« En effet, il souffle par là un petit vent frais qui ne doit pas être désagréable par cette canicule.

Servan s'était avancé et se penchait sur le trou béant :

— Qu'est-ce que c'est qu'on entend ?

« On dirait une plainte parfois.

— La plainte des victimes, murmura la chanteuse.

« J'ai eu cette impression, moi aussi.

« C'est un bruit d'eau, tout simplement.

« Il y a une source là-bas, à ce qu'il paraît.

— Et cet autre bruit plus fort, qui arrive par moment ? On dirait quelqu'un qui marche.

« Cependant, il n'y a personne.

— Évidemment, c'est quelque caillou entraîné par l'eau.

— Ou quelque rat d'égout qui galope. Il n'en faut pas plus.

Il rabattit la plaque :

— Brr... ça donne le frisson, fit-il d'un ton goguenard.

« C'est ça, le fameux passage secret... eh bien ! j'aime mieux l'autre, l'entrée par la grille.

« A propos — continua-t-il — et notre visite là-bas dans les souterrains, vous n'y pensez plus ?

— Si, mais depuis notre aventure à l'autre bout, cet enlisement dans la carrière, l'excursion ne me tente guère, je vous avoue.

« D'ailleurs, cette précaution n'était nécessaire que si Walter Humding restait en France, s'il pouvait nous surprendre à l'improviste.

« Du moment qu'il part...

— Oui, vous avez raison.

« N'empêche que j'aurais été curieux d'explorer ces catacombes.

« Ça ne vous tente pas ?

— Non, merci bien.

« Vous irez seul, si ça vous amuse.

Ils sortirent sur ce mot et se dirigèrent vers l'entrée principale du château.

Comme ils approchaient du perron, ils entendirent la sonnette du téléphone, placé dans le vestibule, sonner furieusement...

Liliane tressaillit et pressa le pas.

— Ce sont eux, disait-elle, les Allemands...

« C'est Walter Humding. Il n'y a qu'eux qui connaissent ma présence ici.

« Que peut-on bien nous vouloir !

« Pourvu qu'il n'y ait pas contre-ordre !

Elle courut à l'appareil, tendit l'un des récepteurs à son complice : « écoutez vous aussi » ; et la conversation s'engagea :

— Allô, c'est vous, monsieur le comte ?

— Oui, c'est moi, fit l'espion d'un ton rageur.

« Voilà une heure que j'appelle...

« Où diable étiez-vous donc ?

— Dans le parc.

— Vous prenez bien votre temps.

— Je vous croyais parti. Alors...

« Il y a du nouveau ?

— Oui, et ça nous force à modifier notre programme.

— Vous ne partez plus ? lança Liliane qui haletait.

— Si, mais pas tout de suite.

« Auparavant, nous allons faire la présentation à l'ambassade entre vous et votre pupille Pas-de-Canard.

— Bien, fit Liliane qui suait à grosses gouttes, mais vous m'aviez dit qu'il manquait une pièce...

— On s'en passera, répliqua l'espion sèchement.

« Il faut faire vite.

« Par conséquent, vous allez rentrer à Paris, donner vos derniers ordres pour recevoir le nouveau comte : Jean-Paul Koska.

« Comme toutes nos dispositions sont prises, les domestiques retenus, vingt-quatre heures suffisent pour compléter votre installation.

« La présentation pourrait avoir lieu après-demain.

« Nous allons nous en occuper... Venez nous rejoindre ici, au plus vite.

« Il y a un train à Chantilly vers onze heures.

« Prenez-le.

« Vous serez à la gare du Nord à midi.

« J'envoie Muller vous attendre avec l'auto.

« A tout à l'heure.

Ce fut le dernier mot, et la chanteuse raccrocha l'appareil.

Elle était blême de rage lorsqu'elle se retourna vers Robert.

— Vous voyez! fit-elle d'une voix sourde.

« Tout croule. J'en avais le pressentiment.

« C'est pourquoi je voulais presser les choses.

« Voilà tout notre plan par terre.

— Mais non, pas du tout, répondit Servan, s'efforçant de la réconforter.

« C'est un retard, rien de plus, puisque le voyage tient toujours.

« Ne vous démoralisez pas, que diable!

« Comptez sur moi... L'enjeu est trop beau pour que je le rate.

« Et maintenant, chère amie, allez vous habiller rapidement.

« Il est dix heures et Chantilly est à dix bons kilomètres.

« Pressez-vous, il ne s'agit pas de manquer le train!

« C'est le patron qui ne serait pas content, terteuffell!

— En effet! vous avez raison.

Et Liliane s'élança vers son appartement.

Deux heures plus tard les deux aventuriers arrivaient à la gare du Nord.

Aussitôt Liliane tendit la main à son compagnon.

— Adieu, dit-elle.

« Je file devant.

« Ne descendez pas tout de suite, Muller pourrait vous remarquer.

Elle tendit l'un des récepteurs à son complice.

— Bien, chère amie, quand vous reverrai-je?

— Est-ce que je sais, répondit-elle rageuse.

« Est-ce que je peux dire, avec la vie qu'on me fait mener.

« Oh! cet homme, qui donc m'en débarrassera, de ce cauchemar!

« Je viendrai ce soir, si je peux.

« En tout cas, rentrez chez vous, à votre hôtel.

« Je vous téléphonerai, si je ne peux mieux faire.

« Au revoir!

Elle franchit les quais d'un pas leste et trouva Muller qui l'attendait en se promenant dans la salle de distribution des tickets.

Elle prit son bras vivement et d'une voix qu'elle s'efforçait de rendre calme:

— Eh bien! il y a un cheveu, questionna-t-elle.

« Vous ne partez plus?

— Si, mais pas tout de suite.

« Dans deux ou trois jours.

— Et la raison de ce changement à vue?

— La raison, paraît-il, c'est que la Van Flam est morte, la mère d'Yvette.

« Je vous avais dit qu'elle était à l'hospice?

— Mais non. Morte de quoi?

— Des suites d'un accident dû à son ivrognerie.

« Elle est passée sous une auto.

« Je croyais que vous saviez...

« Alors ça modifie un peu la tactique du chef qui avait des vues sur elle, comme vous savez.

« C'est la raison qu'il donne, du moins, mais pour moi, il y en a une autre...

— Il vous l'a dite?

— Non, mais je devine.

« J'ai mes tuyaux, moi aussi!

« Le vrai motif de ce revirement, ce serait un procès qu'on croyait renvoyé aux calendes grecques, et qui pourrait bien sortir tout à coup, au moment où on s'y attendrait le moins.

— Quel procès? fit Liliane qui n'y était plus du tout.

« Le procès Lempereur?

— Eh! non, il est commencé, celui-là.

« Le procès Ferbach!

— Hein! fit la jeune femme dans un sursaut de tout son être.

« Vous êtes certain?

— Oui... oh! ce n'est pas officiel encore.

« Seulement je dis ce qui je dis: il y aura une surprise par là.

« Quels yeux vous faites, continua l'Allemand, en la scrutant du regard.

« Vous avez quelque projet, quelque coup de tête encore...

« Je vois ça, depuis longtemps.

« C'est une bêtise, une folie: on ne lutte pas contre Walter Humding, je vous l'ai dit, rabaché cent fois.

— Mais, je n'ai pas envie de lutter.

— Si, si... Voyons, ma petite dame, me prenez-vous pour une gourde?

« Si encore vous me mettiez dans votre jeu.

— Vous m'aideriez? lança la chanteuse sans voir qu'elle se trahissait.

L'Allemand se renfrogna.

— Pour ça, non, fit-il d'un ton rogue.

« Je vous aime, mais pas jusque-là, jusqu'à trahir.

« Je suis Allemand avant tout, moi!

« Seulement en cas d'avaro — avaro qui est sûr — j'aurais pu vous être utile, vous aider à vous tirer du pétrin.

Liliane et Muller étaient sortis de la gare et arrivaient devant l'auto rangé le long du trottoir.

Une dernière fois, l'Allemand considéra la jeune femme:

— Alors, c'est non? reprit-il.

« Vous ne voulez pas parler?

— Mais je n'ai rien à vous dire.

« Vous vous faites idée.

Elle trouva Muller qui l'attendait en se promenant.

Muller eut un geste de colère:

— Tête de bois, grommela-t-il.

« Eh bien! tant pis, je m'en lave les cinq doigts et le pouce.

« C'est vous qui l'aurez voulu *tarteiffle!*

« J'ai fait tout ce que je pouvais faire.

Et il monta sur son siège en grognant dans sa barbe.

CHAPITRE CCXL.

A la Morgue

— Alors cette pauvre femme est morte, disait la matelassière qui venait d'arriver rue Vivienne.

— Oui, répondit Patoche.

« Vous avez reçu ma lettre?

— Ce matin, et je suis accourue aussitôt.

« Ça me navre.

« J'avais espéré jusqu'au dernier moment que je pourrais la voir.

« Je comptais tant sur cette entrevue!

— On a fait tout ce qu'on a pu Flic et moi, mais pas mèche.

« La vieille agonisait, alors...

— Oui, mais j'espérais qu'elle aurait un moment de lucidité avant la fin.

« Ça me navre, vous ne sauriez croire.

« Où est-elle à cette heure, à l'hôpital, toujours?

— Non, à la Morgue, depuis hier soir.

— Vous y êtes allé?

— Non, pas encore.

« Mais j'ai envoyé mes amis Flic et Flac.

« Ils y sont encore en ce moment.

— Qu'est-ce qu'ils font là-bas?

— Ils continuent leur enquête, et doivent passer ici avant déjeuner, pour me mettre au courant, s'il y a lieu.

La soularde lui avait raconté ses malheurs.

— Ils espèrent découvrir l'identité de la morte?

— Ils feront leur possible en tout cas, et on a bien fait de tout leur dire.

« Hier, pour commencer, nous avons porté un avis dans les journaux à grand tirage: *Petit Parisien, Petit Journal*, etc.

« Il paraît que c'est un bon moyen, et qui réussit souvent. Le brave populo, doit commencer à défiler devant les macchabées, là-bas.

« Sur le tas de badauds, il y en aura peut-être un plus malin que les autres qui reconnaîtra le cadavre.

— Espérons-le, mais ça n'avancera pas à grand' chose, j'ai peur...

« Ce qu'il eût fallu savoir, c'est pourquoi la morte en avait après Yvette.

« Or, elle a emporté son secret dans la tombe.

— Bah! ne vous désespérez pas, mère Jeanne.

« Un secret transpire toujours plus ou moins.

« Une femme, et qui buvait, est deux fois bavarde...

Patoche et la matelassière s'entretinrent quelques instants encore.

Puis vers dix heures, Flic parut, l'air jovial.

— Tiens, disait le Parigot en l'introduisant, tu es seul.

« T'as lâché ton frère Siamois, perdu ton ombre.

« Où est Flac?

— En course, répondit le policier en serrant la main de Maman-Jeanne.

« Il poursuit l'enquête qui va bien.

— Vous savez quelque chose? s'écria la matelassière.

« Vous avez le nom de la morte?

— Oui, fit Flic en clignant de l'œil vers l'ordonnance.

« Un nom connu de nous.

« Honorablement connu, *pour une fois, sayes-tu*: Van Flam!

— Van Flam! s'exclama Patoche abasourdi.

« La femme du Belge!

— La mère d'Yvette! lança la matelassière dans un cri.

« Ce serait la mère d'Yvette.

« Je m'y perds!

— Sa mère, non, reprit Flic presqu'aussitôt.

« Sa marâtre tout au plus.

« A en croire quelqu'un qui a l'air bien renseigné, la vieille n'avait pas d'enfant.

« La petite Yvette, était une fille naturelle du ma... ou de quelque autre compère, une bâtarde, que cette fripouille de Belge avait introduite dans le ménage par fraude.

« D'où la rage de la poivrote.

« Dans l'espoir d'avoir quelques détails de plus, j'ai envoyé Flac s'enquérir sur place, au domicile de la défunte.

« La vieille était méfiante et n'avait fait que des demi-confidences.

La matelassière buvait ces paroles.

Elle releva la tête tout à coup:

— A qui? demanda-t-elle d'une voix fébrile.

« A qui ses confidences. Parlez vite!

« Vous me faites bouillir.

— A un voisin de St-Ouen.

« Un *chiffortin* comme elle, un vieux birbe.

« Le même qui l'a reconnue sur le marbre, et qui nous a donné ces détails.

« Poizat Alfred — c'est son nom — avait déjà rencontré le père Van Flam jadis, à Paris, à Belleville.

— A Belleville... gémit Maman-Jeanne.

— ...dans une cité de chiffonniers, démolie depuis, avec tout le quartier d'alentour, continuait le policier tranquillement.

— Juste comme dans mon quartier, murmurait la matelassière.

— Cette rencontre l'avait mis bien avec la vieille, laquelle vivait très seule dans sa roulotte, ne voyant personne que lui.

« Peu à peu, ils étaient devenus copains et la soûlarde lui avait raconté ses malheurs avec Van Flam.

« Comment ce bandit l'avait trompée, volée, comment une nuit il s'était sauvé, emportant toute leur galette, et la laissant demi-morte sur le carreau.

« Quand la vieille racontait ça, les yeux lui sortaient de la tête.

« Ah! si elle avait pu retrouver son mari, le livrer à la justice!

« De fil en aiguille, Poizat et la Van Flam étaient devenus plus intimes, si bien qu'elle avait fait du chiffortin son confident, et plus que ça, son exécuteur testamentaire, en quelque sorte.

« Elle aurait voulu qu'il poursuive sa vengeance soit contre Van Flam, soit contre Yvette, la *petite bâtarde*, comme elle disait en riboulant des yeux féroces.

« En effet, depuis une semaine l'ivrognesse avait des idées noires, des sombres pressentiments.

« Il paraît qu'elle s'était laissé dépouiller — par qui? mystère et saoulerie. — de papiers importants et qu'elle craignait quelque coup de travers.

« Avant de mourir elle aurait voulu se venger de son mari, et comme il est loin, elle s'est rabattue sur la fille.

« Voilà qui explique tout, acheva Flic, à peu près tout.

— Oui, répliqua Patoche, sauf le point important!

« D'où venait Yvette, où diable, cette fripouille de Belge était-il allé la chercher?

— Ça, on tâchera de le savoir.

« Flac s'en occupe sur place.

« Il trouvera peut-être des papiers là-bas, dans la roulotte de St-Ouen.

— Une autre tuile, c'est qu'il va falloir prévenir Yvette. Mince de corvée, mon vieux.

— Est-ce bien nécessaire, objectait le détective.

« Mlle Van Flam, avait complètement oublié sa mère, je veux dire sa marâtre.

« La preuve, c'est qu'elle ne l'a pas reconnue au Luxembourg.

« Alors pourquoi aller troubler cette jeune personne, la bouleverser, peut-être, à propos d'une femme qui ne lui est rien, en somme.

« La Van Flam, je le répète, détestait cordialement la « petite bâtarde », et entendait bien lui défendre de suivre son enterrement.

« Elle l'a dit en propres termes au chiffortin: respectons sa volonté, par conséquent, et la paix de Mlle Yvette par la même occasion.

« Moi, du moins, c'est ce que je ferais.

« Je laisserais la Van Flam partir toute seule pour Pantin.

— C'est une idée, faisait Patoche ébranlé.

« Seulement, Yvette nous le reprochera, si elle apprend jamais...

— Eh! saperlotte, nous n'irons pas nous en vanter.

« Du moment que c'est pour son bien.

« Qu'en pensez-vous, Mme Jeanne?

La matelassière abîmée dans ses pensées, n'entendit pas la question.

Il fallut la lui répéter, lui exposer le cas tout au long.

— Oui... je suis de votre avis, M. Flic, répondit-elle, d'une voix de rêve.

« Toutefois, on ne peut pas enterrer cette malheureuse comme un chien...

— Il n'est pas question de ça, ma brave dame.

« Rien ne nous empêche de faire le nécessaire.

« Nous n'avons qu'à nous cotiser entre nous.

« Le papa Lancelin enverra une couronne.

— Qui, c'est une idée, répéta le Montmartrois.

« Je vote pour moi.

« Il faudra consulter le capiston, toutefois, et du

même coup le mettre au courant de toute cette histoire.

— Vous ne lui avez rien dit encore?

— Pas un mot, pas envie de me faire enlever le ballon.

« Et même maintenant, où en apporte non plus des « idées en l'air », comme il dit, mais des faits patents, je me demande comment il va me recevoir, le chef...

« Qu'est-ce que je vais prendre, s'il est mal luné.

— Voulez-vous que ce soit moi qui l'instruise? proposait Flic.

— Non, merci bien, mon vieux!

« Ça le gênerait peut-être.

« Tout de même, il est plus à l'aise avec moi pour parler de certaines choses délicates.

« Enfin, il a toujours la ressource de m'engueuler jusqu'à la gauche, et ça le soulage.

— Alors, allez, m'sieu Patoche, fit le policier en riant.

« Allez vous faire engueuler... et revenez le plus vite possible.

« Prenez mon taxi-auto qui est en bas.

« Nous autres nous vous attendons ici, tout en bavardant.

Le Parigot partit et moins d'une heure après, il était de retour.

— Ça s'est bien passé? demanda Flic en le voyant rentrer.

— Oui, mieux que je ne pensais.

« Le capiston a fait du foin tout d'abord, mais quand il a su, que j'ai eu exposé la chose tout au long, il a chanté moins haut.

— Alors, questionna la matelassière vivement, il serait disposé à croire comme nous, que...

— Oh! pas si vite, Maman-Jeanne! s'écria le Parigot.

« Moi, d'abord, je ne crois rien encore.

« Je cherche, j'attends.

— C'est ce que j'ai voulu dire.

— Quant au patron, il ne m'a pas donné son sentiment sur la chose, et je ne le lui ai pas demandé.

« Tout ce qu'on peut dire, c'est qu'il est impressionné lui aussi, troublé par certaines coïncidences.

— Vous croyez?

— Oui, ça se voit à son nez qui bouge.

— Et mademoiselle Yvette, qu'est-ce qu'il pense? demanda Flic.

— Il pense comme nous qu'il n'y a pas lieu de la prévenir.

« Elle n'a pas besoin de cette secousse.

« Et puis ça ne serait pas une recommandation auprès de Mme Lenoir, que cette marâtre finie dans l'ivresse et le chiffon.

« C'est déjà bien assez du papa, qui lui au moins a eu la bonne idée de filer sans tambour ni trompette.

« Donc Yvette ne saura rien et c'est nous qui nous occuperons des funérailles de la Van Flam.

« Le capiston se propose même de lui offrir une concession de cinq ans.

« D'ici là on aura eu le temps de tirer la chose au clair.

— Et Van Flam, continuait le policier, est-ce qu'on lui envoie un faire-part à lui?

— Je n'en sais rien.

Il a annoncé à la veuve qu'elle allait être convoquée.

On verra.

« Au fond, le Belge s'en fiche, m'est avis.

« Vous partez...? acheva le Montmartrois en voyant la matelassière se lever tout à coup l'air affairé.

— Oui, je me rappelle quelque chose que m'a dit Yvette hier soir.

« Il y a du neuf, là-bas aussi, à la pension.

— Du neuf et vous ne le disiez pas.

— Je l'avais oublié, excusez-moi, mes amis...

« Cette lettre du matin, m'apprenant la mort de la femme Van Flam m'a tellement retournée...

— De quoi s'agit-il? demanda Patoche.

« C'est sérieux?

— Ma foi! ça m'en a tout l'air.

« Du moment que c'est le commissaire de police qui s'en occupe...

— Le *quart-d'œil*, qu'est-ce qu'il vient fiche là-dedans?

« C'est pas ses oignons.

— Ce n'est pas lui qui est venu... il a envoyé un agent, un inspecteur, continuait Maman-Jeanne.

— Qu'est-ce qu'il voulait ce pékin-là?

— Avoir des renseignements sur Pas-de-Canard et sur Yvette.

— Tiens! tiens! murmurait Flic à mi-voix, est-ce que par hasard ce collègue de Montrouge voudrait nous couper l'herbe sous le pied.

Cependant Patoche reprenait:

— Sur Yvette... Il l'a interrogée?

— Non, il s'est contenté de ce que Mme Lenoir a bien voulu lui dire.

« Il a été très poli, d'ailleurs.

« En partant, il a annoncé à la veuve qu'elle allait être convoquée au commissariat, demain, c'est-à-dire aujourd'hui, d'assez bonne heure.

« Puis, comme cette brave dame s'inquiétait, il l'a tranquillisée.

« Rassurez-vous, qu'il a dit: il ne s'agit pas de vous, mais de vos protégés; et nous n'avons rien de désagréable à leur communiquer... au contraire.

« C'est tout ce que je puis dire, a-t-il expliqué, n'en sachant pas plus long moi-même.

« Alors tout par un coup, l'idée m'est venu qu'il s'agissait de la femme Van Flam et de sa fille, de l'enfant de son mari.

« Qui sait, le mystère qui nous tracasse, est peut-être en train de se tirer au clair, là-bas.

— Ça m'étonnerait, maugréa le Parigot.

« La police n'y voit pas si loin et c'est pas elle qui nous fera la pige.

« Je dis pas ça pour Flic, qu'est un poteau...

« Et toi, mon vieux, qu'est-ce que t'en penses?

— Je pense qu'il y a anguille sous roche.

« Nous ferions bien d'aller voir.

— Et Flac alors, on le lâche?

— Il nous retrouvera toujours, t'occupe pas de l'enfant.

« D'ailleurs, s'il avait fait quelque trouvaille, il serait déjà là.

« Du moment qu'il ne se presse pas, c'est qu'il n'a rien découvert.

« On en sera quitte pour dire au pipelet qu'il nous le renvoie à Montrouge, s'il se présente.

« Là-dessus, moi je pars, j'accompagne madame Jeanne.

« Est-ce que vous venez, m'sieu Patoche?

— Allons-y. On verra bien, quoique moi je pense que c'est un voyage pour rien.

« En tout cas, avant, faut que je téléphone au capiston.

— Pourquoi donc?

— Pour le prévenir que je ne rentre pas déjeuner.

« Vous ne vous doutez pas qu'il est onze heures et plus.

« Passez devant. Je vous rattrape...

CHAPITRE CCXLI

Le comte Jean-Paul Koska

Pendant ce temps, le Père la Manille avait fini de déjeuner et bourrait sa première pipe, l'air absorbé.

« Ce que l'ordonnance venait de lui apprendre l'avait rendu pensif, mélancolique même.

Pour la première fois, le vieux grognard oubliait le verre de kirsch, que Mme Pierre venait de déposer devant lui.

Il était à une de ces minutes de *spleen* que tous les célibataires connaissent plus ou moins.

— Cette vieille coquine, grommelait-il, dans sa moustache grise, elle n'aurait pas pu attendre quelques jours avant de se faire écraser.

« Comment savoir, à présent!

« Il y a bien le mari, mais ce n'est pas lui qui parlera.

« S'il a fait un mauvais coup, il n'ira pas s'en vanter, c'est clair.

« D'autant plus qu'il y tenait, à la petite.

« Qu'elle soit de lui ou d'un autre, d'un complice, il l'aime, je l'ai constaté depuis longtemps.

« Quelle charade... et la mère Jeanne n'est pas au bout de son fil.

« Ce que son cafard doit gigoter à cette minute.

« Il est vrai qu'il y a de quoi, mille bombardes.

« Van Flam venait à Belleville, dans un quartier démoli.

« Ce ne sont que des coïncidences, probablement, mais qui m'asticotent, moi, qui suis plus dur à cuire.

« Encore si Yvette nous ressemblait à moi ou à la mère Jeanne, mais non.

« On ne me fera jamais croire que ce soit un vieux

corbeau comme moi, qui ait pondu cette blan-
colombe...

Le papa Lancelin en était là de ses réflexions, lorsque Jeanne apparut tout à coup, le visage bouleversé.

La gouvernante, qui venait de l'introduire, s'esquiva tandis que le capitaine s'élançait à sa rencontre:

— Cré coquin! qu'est-ce qu'il y a encore?

La couturière regardait autour d'elle:

— Nous sommes seuls? questionna-t-elle tout bas
comme honteuse.

« Patoche...?

— Patoche est en
course.

« C'est donc bien gra-
ve ce que tu as à m'ap-
prendre?

— Tenez, lisez.

« Voilà ce que je
viens de recevoir de
l'Hôtel-de-Ville.

Le Père la Manille
prit la lettre qu'on lui
tendait et lut.

La lettre était une de
ces formules imprimées
avec des blancs qu'on
avait remplis à la plu-
me.

On annonçait à la
couturière qu'à Paris, à
l'époque assignée par
elle, aucun enfant n'a-
vait été déclarée sous le
nom de Jeanne Morin;
et que, par conséquent,
il était impossible de
fournir l'extrait de naissance demandé.

Lancelin tordait sa moustache, plus ému qu'il
n'eût voulu le laisser voir:

— Tonnerre de sort, pensait-il. Il ne manquait
plus que ça!

« Décidément, je joue de malheur, ce matin, avec
mes deux nièces.

« Qu'est-ce qu'il leur a pris de répondre si vite
à ces messieurs des bureaux.

« Pour une fois qu'ils font du zèle...

« Il aurait mieux valu, c'est certain, que ce soit
moi qui reçoive cette réponse, plutôt désagréable...

« J'aurais pu la préparer, trouver un boniment.

« D'autant plus qu'il y a erreur, peut-être, confusion...

Le Père la Manille bourrait sa pipe, l'air absorbé.

« Ça ne serait pas la première fois.

Il replia la lettre avec soin, sans hâte, la rendit à
Jeanne.

— Et puis après, fit-il, continuant de jouer l'indifférence.

« Qu'est-ce que ça prouve, ce papier?

» Ça prouve que tu n'es pas née à Paris, tout simplement, mais aux environs... dans le département
de la Seine.

« C'est à la préfecture de la Seine qu'il fallait t'a-
dresser, ma petite.

— C'est ce que j'ai
fait.

— Alors, tu avais mal
rédigé ta demande.

« Je t'ai dit que tu a-
vais eu tort de t'occu-
per de ça, toi-même.

« Il fallait m'en char-
ger.

« Et puis rien ne
prouve que ces farceurs
aient cherché à fond, ou
qu'ils ne se soient pas
mis le doigt dans l'œil.

« Ça leur arrive plus
souvent qu'à leur tour.

Mais la fiancée d'An-
dré ne l'écoutait plus.

Elle venait d'éclater
en sanglots, brusque-
ment:

— C'est affreux! gé-
missait-elle.

« Ainsi ce que je re-
doutais tant, arrive.

« Tout croule, autour de moi. Je n'ai ni parents,
ni famille, ni nom...

« Je suis une enfant de la rue, une petite bâtarde, une enfant volée, peut-être.

« Je n'ai pas de papiers, pas de nom.

« Jamais je ne serai la femme d'André, jamais...

De plus en plus ému par cette détresse de sa chère pupille, le vieux brave s'efforçait de la consoler
de son mieux.

— Mais non, mais non, continuait-il toujours sur
le même ton dégagé.

« Tout cela est ridicule.

« Tu es folle, ma pauvre Jeanne, folle à lier, nom
d'une pipe.

« Donne-moi seulement quarante-huit heures, et

je me fais fort, moi, de les trouver tes papiers.

— Comment, demanda Jeanne impressionnée par cette assurance.

— Comment?... mais par M. Dréan.

« Je te l'ai dit déjà.

« J'irai trouver le chef de la Sûreté et il faudra qu'il se remue... tonnerre de Brest!

— Je croyais que vous l'aviez fait déjà.

— Bien sûr... que je l'ai fait... hésitait le vieux grognard, cherchant une bonne raison.

« Je lui en ai parlé, il a donné des ordres en conséquence, mais il faut le temps matériel, que diable!

« Et puis nous ne pensions pas qu'il y eût urgence à ce point.

« Ils avaient bien besoin ces abrutis de t'envoyer cette lettre stupide et fausse, car elle est fausse, j'en mettrais la main au feu.

« Seulement, maintenant, qu'il s'agit de réparer leur gaffe on va jouer le grand jeu.

« Tu vas voir: ça va barder.

Mais le vieux grognard avait beau se battre les flancs, Jeanne n'était pas dupe.

Elle avait eu une lueur d'espoir, puis, presqu'aussitôt était retombée à son angoisse.

— Non, murmurait-elle d'une voix brisée, vous voulez me donner confiance, mais je sais, moi, je sais trop de choses.

« Je me rappelle la gêne de mes parents, leurs paroles ambiguës.

« Et surtout les derniers mots de ma mère, si clairs, ceux-là, si terribles!

« Il n'y a rien à faire, je suis condamnée, maudite.

« Jamais je ne serai la femme d'André.

— Quelle bêtise, s'écria le capitaine en tapant du pied.

« Alors, tu t'imagines qu'André, parce que...

— Oh! non, ce n'est pas lui... c'est son père.

— Fiche-moi la paix avec son père.

« D'abord je t'ai dit que je les trouverai tes papiers, moi, et je te le répète.

« Maintenant supposons le pire, que j'échoue.

« Il n'y a rien de perdu. Je t'ai annoncé l'autre soir, que j'avais un moyen, un moyen épatant, de tout arranger, de te donner une famille et tous les papiers qu'il faut.

— Quel moyen, qu'est-ce que vous ferez, mon bon ami? haletait la jeune femme.

— La seule chose qu'il y ait à faire.

« Tu ne devines pas?

« Je te reconnaîtrai, moi, Lancelin, je te légitimerai en bonne et due forme, et le clergyman n'aura

rien à dire, mille millions de cartouches!

« Je suis un vieux grognard, une vieille baderne, mais on n'a rien à me reprocher, que je sache.

« Lancelin vaut Ferbach comme nom.

« Jeanne Lancelin voilà qui va tout seul, et qui sonne clair.

« Comment n'y avons-nous pas pensé plutôt.

« Ce serait le plus simple même, au lieu de tant chercher.

« Je suis libre, garçon, rien ne s'oppose, par conséquent...

Cette fois, le vieux grognard avait touché juste.

Peu à peu, le visage de la couturière s'éclairait, s'illuminait, mais elle était trop émue pour répondre.

Enfin elle se jeta dans les bras de son tuteur.

— Vous feriez cela, balbutiait-elle avec des larmes de joie.

« Oh! comme vous êtes bon!

— Pour sûr que je le ferai!

« Alors voilà qui est dit, je t'adopte, et je te baptise: Jeanne Lancelin.

« Je te baptise en attendant que je te marie, car je te marierai, tu entends!

« C'est à mon bras — au bras de ton père devant la loi — que tu marcheras à l'autel.

« C'est moi qui te l'annonce, moi, capitaine Lancelin, un vieux birbe, mais qui sait ce qu'il dit, et le tient, sacré nom.

— Oh! mon ami, mon bon ami, murmurait Jeanne, incapable de trouver d'autres remerciements.

« Vous me sauvez, vous me rendez la vie.

— Allons, reprit le capitaine en faisant sa grosse voix, n'exagérons pas.

« En voilà une fontaine!

« Et puis, plus de caprice, n'est-ce pas, de foucade.

« Essuyez vos yeux, mademoiselle.

« Embrassez votre père et qu'il ne soit plus question de rien.

« Voilà qu'on vient justement, j'entends des pas sur le palier.

En effet, la porte venait de s'ouvrir sans qu'on eût sonné.

— C'est Patoche, expliquait le capitaine.

« Il a sa clef.

« Entre donc, acheva-t-il en tirant la porte du petit salon.

Le Montmartrois parut, suivi de Flic et de Flac, qui était allé les rejoindre comme convenu.

Ils étaient essoufflés d'avoir gravi les étages qua-

tre à quatre, et sauf Flac l'impassible, avaient le visage fort animé.

— Eh bien! qu'est-ce qu'il y a? s'écria le Père la
Manille.

« Vous en faites une figure.

« Parle donc animal.
Qu'est-ce qui arrive?

— Une chose épa-
tante, esbrouffante, ren-
versante, commença le
Parigot.

« Vous connaissez
Pas-de-Canard?

— Cette question...
Après...

— Eh bien! non, mon
capitaine, vous ne le
connaissez pas, ni moi,
ni personne, continuait
l'ordonnance parlant
soudain avec une volu-
bilité prodigieuse.

« Vous vous imagi-
niez que c'était un bos-
su comme tous les bos-
sus.

« Un pauvre diable,
enfant de l'hospice,
qu'on disait.

« Nous n'avions ja-
mais soupçonné ce qu'il
cachait dans sa bosse, dans sa boîte à malice!

— Qu'est-ce qu'il cachait? demanda Jeanne qui
avait repris son sang-froid et dont la curiosité s'é-
veillait.

— Une fortune, madame Ferbach.

« Une fortune et un titre de noblesse, rien que
ça!

« Jean-Paul Koska, voilà son nom authentique.

« Ça vient de se découvrir à l'instant... et je l'apporte tout chaud.

« Hein! ça vous la bouche, et rien de plus vrai,
pourtant.

« Pas-de-Canard est millionnaire et comte par-dessus le marché, fils d'un comte autrichien, hongrois,
quelque chose par là.

« Vous pensez que je blague. Non!

« Si vous ne voulez pas me croire, allez vous renseigner près de l'ambassadeur d'Autriche-Hongrie.

« C'est lui qui est dans l'affaire, lui qui a fait la
découverte.

« Pas plus tard que ce matin, il a fait venir le nou-

— Tenez, lisez.

veau comte pour le présenter à sa tutrice, une grande
dame: la comtesse de Rozen.

« Mme Lenoir était là, ainsi que le commissaire
chargé d'arranger l'entrevue.

« Même que le quart-d'œil en bavait.

« Jamais il n'avait vu
un ambassadeur de si
près, le type.

« Ainsi vous voyez,
c'est authentique, offi-
ciel, comme on dit.

« Authentique... pas
de canard, il n'y en a
pas!

« Il n'y a plus de Pas-
de-Canard.

Et le Parisien, s'ar-
rêta essoufflé, content
de son effet et plus en-
core de son jeu de mots.

— Eh bien! qu'est-ce
que vous en pensez? re-
prit-il aussitôt.

« Vous êtes convain-
cu, je suppose!

— Parbleu! devant
des références pareilles.

« Un ambassadeur,
mazette, il va bien l'in-
firme.

« D'ailleurs la nou-
velle, quelque extraordinaire qu'elle soit, ne me surprend pas tellement.

« Je me rappelle un bruit qui courait à Lille de
notre temps.

— Moi aussi, disait Jeanne de plus en plus intéressée.

« Je me souviens... C'est Yvette qui va être contente.

— Oui, murmura Patoche en regardant Flic du
coin de l'œil.

« C'est le jour des nouvelles pour elle, il paraît.

— Plutôt, répondit Flic du même ton, et la seconde
est la bonne.

— De plus, continuait le Père la Manille, Van
Flam m'avait fait une allusion.

— Tiens, c'est vrai, le Belge... s'exclama l'ordonnance.

« Alors il savait...?

— Il devait savoir quelque chose, tout au moins,
l'avoir flairé, en vieux fouinard toujours à l'affût
d'un chantage à faire.

— Oui... ce qui m'étonne, c'est qu'il n'ait pas poussé la chose plus loin.

« Il n'en savait pas assez, probable.

« Qu'est-ce qu'il vous a dit exactement, mon capitaine, le Belge?

— Ma foi, je ne me souviens plus très bien.

« C'était au moment où le père d'Yvette se disposait à quitter la France.

« La conversation était tombée sur l'infirme, que je lui reprochais d'abandonner.

« — Oh! celui-là, me répondit-il, avec un clin d'œil canaille, il s'en tirera toujours savez-vous!

« C'est un débrouillard, et puis, il n'est pas difficile, pour un prince.

« Car, il est prince, peut-être bien, et même, qui sait, quelque chose de plus pour une fois.

« Ce qui est sûr, c'est que le mayeu a des protecteurs haut placés, qui pourraient bien s'occuper de lui, un jour, quand ils n'auront rien de mieux à faire.

« Hein! vous ne vous doutiez pas de ça, mon officier?

« Pour moi — acheva Lancelin — je n'attachai pas grande importance à ces propos d'un fumiste, d'ailleurs rendu bavard par plusieurs verres de genièvre.

« Il a fallu ton histoire, pour me les remettre en mémoire.

« Je me rappelle encore une aventure qui fit un certain bruit, il y a quelque quinze ans.

« Il s'agissait d'une grande dame, d'une princesse autrichienne, enlevée par un musicien, par un tzigane, disaient les journaux boulevardiers.

« Justement le héros ravisseur s'appelait Koska; il est vrai que ce nom est très fréquent, là-bas, au pays d'Arpad.

« Quant au nom, à la qualité de la princesse, on ne l'a jamais su de façon formelle.

« De hautes influences intervinrent pour étouf-

Le Montmartrois parut suivi de Flic et de Flac.

fer l'affaire, mais un enfant était né déjà, racontait-on.

« Il se pourrait très bien que le nouveau comte fut le fruit de ce mariage morganatique.

— J'ai eu la même idée, reprit Flic.

« Je me rappelle cette histoire, moi aussi.

« Je débutais alors dans la police, et peu s'en fallut que je ne fusse chargé d'une enquête à faire en France, à cette occasion.

« C'est là, pensait-on, au fond d'un château perdu dans les bois, que se cachaient les fugitifs.

« Mais on hésita au dernier moment,

« On me trouvait trop jeune pour me confier un « secret diplomatique », dit mon chef en propres termes.

« Une chose certaine, c'est que cette histoire, et celle que nous venons d'apprendre ce matin, se ressemblent d'une façon frappante.

— Pour sûr, murmurait Patoche.

« Un tzigane, une femme dont on cache le nom.

« Je donnerais bien quelque chose, moi, pour savoir.

— Et que t'importe! interrompit le Père la Manille qui trouvait ces investigations hors de propos.

« Occupons-nous de nos affaires: ça vaudra mieux.

« Il me tarde de savoir exactement, par le menu, ce qui s'est passé là-bas à la pension.

« A présent, que tu as fait ton petit effet, placé ton bon mot, Patoche, mon ami, raconte-nous l'affaire en détails.

— Tout de suite, mon capitaine.

« Comme vous le savez, Maman-Jeanne nous avait dit qu'il y avait du neuf là-bas, et nous l'avons accompagnée pour voir, un peu.

« Quand nous sommes arrivés avenue d'Orléans, tout le monde était en l'air à cause de l'événement qui s'annonçait.

Elle les a embrassés tous une dernière fois.

« Rien de précis encore, le comte Jean-Paul venait d'être reconnu par sa famille et c'était un héritage de plusieurs millions qui lui tombait du ciel, mais procédons par ordre.

« Voici ce qui s'était passé minute par minute.

« A sept heures et demie Mme Lenoir a été convoquée au commissariat de police.

« Là, elle a trouvé un gentleman très bien, un attaché de l'ambassade d'Autriche-Hongrie, s'il vous plaît, qui lui a dit que son patron l'attendait pour une affaire importante.

« Il s'agissait de la présenter elle et son protégé, Pas-de-Canard, à une grande dame envoyée par la famille.

— Et Yvette? demanda le Père la Manille.

« Tu m'avais dit que l'inspecteur, venu hier, avait parlé d'elle aussi.

— Il n'était plus question d'Yvette, répondit le Parigot.

« Ce n'est qu'incidemment, à propos du comte son ami, que le policier avait parlé d'elle.

« La matelassière avait mal compris, sans doute.

— Ou plutôt, interprété à sa façon, murmura le capitaine.

« Continue.

— Quant à Jean-Paul, lorsqu'il a su ça, il était navré, figurez-vous.

« Il s'était imaginé que la fortune qui arrivait était pour tous les deux, Yvette et lui.

« Il était confus, capot, comme s'il lui eût volé sa part.

« Aussitôt il a promis à Mlle Van Flam de lui donner la moitié du magot.

« — Ce sera votre dot, disait-il à Yvette qui ne voulait pas.

« Et des façons à n'en plus finir.

« Heureusement qu'ils n'ont pas pu continuer longtemps.

« Mme Lenoir venait de rentrer du poste avec l'attaché d'ambassade, qui allait l'emmener elle et Jean chez son patron l'ambassadeur d'Autriche-Hongrie.

« Ici, un cheveu; il fallait en quelques minutes habiller Jean-Paul de pied en cap, et ça c'était pas une petite affaire.

« Vous savez, mon capitaine, comment qu'il est ficelé le bocu... le comte cré nom... faudra que je m'habitue à la fin!

« Et vous le voyez entrant dans les salons de son Excellence,

« C'est Yvette qui y a pensé la première.

« Mme Lenoir était tellement bouleversée qu'elle allait emmener le comte tel que, avec son pet-en-l'air et ses souliers à clous... Tableau!

« A cette vue Yvette avait perdu le peu de sang-froid qui lui restait.

« En un mot ces pauvres femmes ne savaient plus où donner de la tête.

« Heureusement que nous étions là, nous, les trois débrouillards et aussitôt ça a bardé!

« J'ai commencé par prendre les mesures du comte grossomodo, et j'ai envoyé Flic chez le chemisier, Flac chez le bottier.

« Pendant ce temps, moi, je courais au magasin du coin acheter un complet à cinquante-neuf balles...

« Jean-Paul lui, entrait chez le merlan faire mettre ses cheveux à l'ordonnance.

« Ensuite, une fois toutes les frusques apportées, nous nous sommes mis à habiller l'enfant.

« C'est moi, le premier astiqueur du peloton, qui ai donné le coup de fion final, et quand Jean-Paul m'est sorti des pattes il était tout reluisant, prêt à passer la revue.

— Bien, bien! murmurait Lancelin, arrive au fait nom d'une pipe.

« Tu te vanteras après, sacré bavard.

— J'y arrive... d'ailleurs le reste est bref.

« Pas-de... Jean-Paul est monté en auto et parti pour l'ambassade avec ses parrains.

« Pendant ce temps, nos langues marchaient, vous pensez! On faisait mille suppositions.

« N'empêche que le temps nous durait.

« A chaque seconde, on regardait l'aiguille.

« A la fin on s'est avancé sur l'avenue et à chaque fiacre qui arrivait on disait : c'est eux!

« Mais non : nib de comte.

« Nous n'avions pas fait attention à un attelage un superbe coupé à armoiries qui longeait le trottoir à cette minute.

« Devant, une paire de chevaux de mille louis, au moins, deux grands carcans noirs qui piaffaient avec un mors blanc d'écume.

« Sur le siège, à côté du cocher, un larbin en culottes blanches, et bottes à revers.

« C'était Rotschild pour le moins qui mariait sa fille.

« Tout à coup, v'là la voiture qui s'arrête et Jean-Paul qui saute à terre, sans attendre le larbin qui se précipitait pour ouvrir.

« Puis, c'est madame Lenoir et derrière elle, une jeune femme qui n'a pas l'air endormi : la tutrice de Jean-Paul.

« Mâtin, la belle personne!

« J'aimerais mieux la voir tomber dans mon pieu que le tonnerre.

« Moi, qui m'attendais à voir une douairière en cheveux blancs en bésicles.

« J'oubliais de vous dire son nom : comtesse de Rozen : elle est française.

« Nous nous étions écartés comme de juste, pour laisser passer tout ce beau monde.

« Mais ça ne faisait pas l'affaire du comte.

« Il a saisi Yvette par le bras et l'a entraînée avec eux dans le bureau de l'hôtel.

« Avant tout, il voulait présenter à sa tutrice celle qui fut sa meilleure amie.

« Sa sœur comme il l'appelle, à présent.

« Sur ces entrefaites est arrivé le fils Lenoir qui venait déjeuner.

« On l'a mis au courant, on lui a montré la voiture arrêtée à la porte.

« On lui a annoncé que sa fiancée avait trouvé le sac, tout à coup.

« Il en était baba, aplati comme galette.

« Un peu plus tard la comtesse est ressortie, reconduite par Mme Lenoir, le comte, Yvette, etc., jusqu'à sa voiture.

« Elle les a embrassés tous une dernière fois, leur a répété qu'elle les attendait à la campagne... et fouette, cocher !

« La dame devait être pressée et avait dû dire un mot à l'automédon, car les canassons se sont mis tout à coup à allonger comme des tigres.

« En deux secondes, tout a disparu.

« Alors, Mme Lenoir nous a fait rentrer dans le bureau à notre tour, et nous a raconté la nouvelle, l'événement du jour que vous connaissez aussi bien que moi, à présent.

« Pendant qu'elle parlait, le comte, qui aurait dû sauter de joie avait l'air embêté, triste, mélanco, pour mieux dire.

« Il poussait des soupirs et parfois regardait Yvette avec des yeux de merlan frit.

— Pauvre garçon ! songeait Jeanne, qui, avec cette intuition des femmes avait deviné depuis longtemps le secret de l'infirme.

« Comme je comprends ses regrets.

« Que lui importe cette fortune, et que ne donnerait-il pas, ce malheureux, pour être bâti comme tout le monde.

— Quant à l'histoire du comte, continuait l'ordonnance c'est tout à fait celle que vous disiez tout à l'heure.

« Il y a bien quelques variantes, mais si peu... et puis on ne dit pas tout.

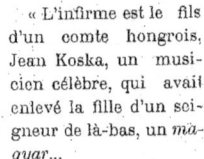

« L'infirme est le fils d'un comte hongrois, Jean Koska, un musicien célèbre, qui avait enlevé la fille d'un seigneur de là-bas, un *magyar*...

« Celui-ci, une espèce de tyran, n'avait jamais voulu revoir sa fille qui l'avait déshonoré, disait-il.

« Ses parents morts, Jean-Paul tomba entre les mains du terrible magyar, lequel l'expédia au loin, sous un faux nom.

« C'était une façon de l'abandonner.

« Cependant, la comtesse de Rozen, l'amie et la confidente de la mère — son exécutrice testamentaire — cherchait l'orphelin de tous côtés.

C'est moi qui ai donné le coup de fion final.

« Elle a fini, grâce aux bons offices de l'ambassadeur par mettre la main dessus et est accourue aussitôt.

« Justement le vieux venait de casser sa pipe, Jean-Paul héritait d'un peu partout.

« Quant au nom de la mère, la princesse, il n'a pas été prononcé ; un point c'est tout.

« Sitôt l'histoire finie, on s'est précipité vers Jean-Paul pour le féliciter.

« Flac qui connaît son monde — on ne dirait pas à voir ce grand dépendeur d'andouilles — l'appelait M. le comte, gros comme le bras.

Mais l'autre s'est rebiffé :

— Non, mes amis, non... Pas de façons entre nous.

« Pour vous je serai toujours Pas-de-Canard.

« Appelez-moi Jean-Paul, tout simplement.

« Il voulait même que je continue à le tutoyer.

« J'ai refusé comme de juste, mais je crois que la langue me fourchera plus d'une fois.

— Il faudra t'observer, fit le capitaine.

« Ce malheureux doit souffrir au fond de cette situation bizarre et a droit à des égards.

« A propos, le comte Jean-Paul Koska est resté là-bas dis-tu.

« Je croyais que sa tutrice, venue de si loin pour le chercher allait l'emmener...

— Elle ne demandait pas mieux, mon capitaine.

« C'est lui qui n'a pas voulu.

« Il préférait passer cette première journée de bonheur avec ses bons amis, ceux qui l'avaient assisté dans la dèche, avec Yvette surtout, sa bonne petite sœur Yvette, comme il dit à présent.

« Il voudrait ne jamais la quitter et a parlé de ça au fiancé, qui ne savait pas trop quoi répondre.

« On ne peut pas être jaloux de Jean-Paul, n'empêche qu'il est trop riche tout de même.

« Ça ferait jaser.

« D'autant que le comte parle non plus d'une dot, seulement, mais de sa fortune tout entière à laisser à Mlle Van Flam.

« Il est convaincu qu'il ne fera pas de vieux os, en voilà des idées pour un homme qui hérite, comment trouvez-vous?

« — Je mourrai jeune, qu'il dit, comme mes parents.

« J'ai le cœur malade, et ne vous gênerai pas longtemps.

— Pauvre bougre, maugréa le vieux grognard attendri.

— Bah! continuait le gavroche, ça lui passera.

« Maintenant qu'il a le sac toutes les femmes vont le trouver beau.

« En attendant, il est convenu qu'on doit aller tous en bande, voir le comte chez sa marraine la comtesse, une fois installés.

« Il paraît que la dame de Rozen possède un château magnifique du côté de Chantilly et qu'elle ne demande qu'à nous recevoir, toute la coterie.

« Comme nous partions, Jean-Paul a renouvelé l'invitation non seulement pour nous, mais pour Mme Ferbach, pour Rosette, pour vous, monsieur Lancelin.

« La baraque est grande à loger tout un escadron.

« Enfin, il y a quelque chose qui vous déciderait, au besoin, mon capitaine: une rivière.

« Vous pourrez taquiner le goujon et filer la truite!

« Et maintenant, pour terminer le mot de la fin.

« C'est ce grand escogriffe de Flac qui l'a trouvé tout seul...

« Une fois dans la rue:

« — Eh bien! vieux père, que je lui ai dit, comment trouves-tu le bouillon?

« Ce n'est pas toi que des princesses viendront chercher.

« Alors, il s'est mis à balancer son nez de tapir:

« — Hum! marmonnait-il, hum! ne nous emballons pas, mes enfants!

« Si c'était un coup de Walter Humding...

« Aussitôt nous nous sommes mis à l'eng... à l'agonir, Flic et moi.

« Il faut avoir l'esprit mal fait, biscornu, quoi!

« Le Boche a le sac, lui aussi, et le bras long, mais de là à faire marcher un ambassadeur, et à jeter des millions comme ça par la fenêtre, il y a loin.

« D'ailleurs, pourquoi? bon Dieu!

« A quoi ça rimerait-il, je me le demande.

« Pas-de... je veux dire Jean-Paul Koska n'a rien à voir dans nos affaires.

« Il n'est même pas Français!

— Evidemment, approuva le Père la Manille.

« Je ne vois pas le moindre rapport entre lui et le procès Ferbach.

« Toutefois — par acquit de conscience — je me renseignerai avant d'accepter l'invitation en bloc.

« M. Dréan doit savoir beaucoup de choses lui, et ne demanderais pas mieux.

« Ça m'étonne même qu'il n'ait pas été renseigné le premier.

« Du moment qu'il y a eu un commissaire mêlé aux négociations avec l'ambassade, la Préfecture a dû recevoir un rapport?

— C'est certain, acquiesça Flic.

« Seulement le rapport n'est pas arrivé jusqu'au chef encore, sans doute.

« Il suit la voie hiérarchique.

— C'est ça! s'exclama gaiement le capitaine en clignant de l'œil vers Jeanne Morin.

« Les bureaux toujours...

« Du moment qu'il y a une gaffe à faire...

CHAPITRE CCXLII

Le témoin sans yeux

Bien qu'elle eût feint d'insister pour emmener le jeune comte avec elle, Liliane était ravie d'être débarrassée de ce pupille tombé du ciel.

Elle avait deux ou trois jours devant elle et se proposait d'agir...

La chanteuse se rendit directement chez Walter Humding, dans le pied-à-terre, qu'il avait tout proche, et où il attendait le résultat de l'entrevue, à l'ambassade.

Elle savait que l'espion, si tout allait bien de ce côté, avait envie de partir pour Vienne le plus tôt possible, aussi s'efforça-t-elle de donner tous les renseignements capables de le rassurer.

Elle y réussit pleinement, et le chef ainsi que Muller, qui se trouvait là, la félicitèrent de la maîtrise qu'elle venait de montrer dans son nouveau rôle:

V'là la voiture qui s'arrête et Jean Paul qui saute à terre.

— Vous êtes épatante, disait Mon-Ours émoustillé par la nouvelle tête que la cabotine s'était faite pour la circonstance.

« Vous avez une diablesse de mouche, là au coin de la lèvre, qui vous transforme du tout au tout.

« Et, avec ça un air noble, sérieux... mais pas trop.

« On devine qu'une marraine comme vous ne doit pas engendrer la mélancolie.

« C'est moi qui voudrais être à la place de ce veinard de Jean-Paul... *Tarteifle!*

« Quant au père Lancelin, et aux autres, pas de risque qu'ils vous éventent.

« Ils n'y verront que du feu.

— C'est là l'important, intervint Walter Humding envisageant tout de suite le côté sérieux des choses.

« Il est probable que le capitaine va employer ces quelques jours de retard à se renseigner, mais je ne le crains pas, ni lui, ni M. Dréan, son nouvel ami.

« Notre dossier est complet, sauf une pièce pour laquelle on peut invoquer le secret d'Etat.

« D'ailleurs cette pièce, je vais aller la chercher et l'expédier incessamment à l'ambassadeur, qui lui a droit de la connaître, de la communiquer même, s'il y avait raison majeure.

« Comme il faut faire vite, nous allons partir ce soir même pour l'Autriche.

« Il y a un express pour Strasbourg à quatre heures quarante-deux.

— Vous serez longtemps absent? demanda Liliane de l'air détaché de quelqu'un qui pense à autre chose.

— Huit jours au moins, plus, peut-être.

« Il faut qu'au retour je passe par Berlin où j'ai affaire.

« Quand je reviendrai le comte Jean-Paul sera déjà installé à Ozy depuis plusieurs jours, sans doute.

« Par conséquent, je vais vous donner mes dernières instructions.

« Vous, Muller, vous pouvez aller faire votre valise, car je vous emmène.

« Nous nous retrouverons à la gare de l'Est.

— Bien, chef, fit l'agent qui avait compris qu'il était de trop pour ce qui allait suivre.

— Ce cher patron, grommelait-il en s'en allant.

« S'il s'imagine que je ne devine pas de quoi, il retourne.

« Il va parler de la petite Van Flam, parbleu! et je le gêne.

« Il est amoureux plus que jamais — et Liliane itou — si amoureux qu'il ne s'aperçoit de rien.

« Il ne se doute pas qu'en ce moment la chanteuse ne pense qu'à Ferbach, et se fiche pas mal de nous, qu'elle complote quelque chose...

« Qu'est-ce qu'il va sortir de tout ça?

« Ça m'inquiète pour elle plus que pour nous, qui n'avons pas grand' chose à craindre.

« J'ai le béguin, moi aussi.. oh! un tout petit béguin, rien de dangereux.

« Or, je sens que notre jolie comtesse va écoper; et malgré que ce soit une sacrée tête, ça m'embête de la plaquer à ce moment critique...

« Le moment approche où j'aurais pu lui rendre un de ces services inappréciables: la tirer des griffes de Walter Humding.

« Il est vrai que le patron part aussi et que rien ne se passera avant son retour.

« Alors, je serai là, moi aussi, prêt à parer un coup dur.

« Pourvu que je réussisse seulement.

Pendant ce temps, Walter Humding emmenait son amie et associée Liliane dîner chez Maire, non loin de la gare où il devait s'embarquer.

Aussitôt Muller parti, il avait quitté le ton cassant, dépouillé l'espion, si l'on peut ainsi dire, pour redevenir un homme du monde, un gentleman accompli qui s'empressait autour de sa compagne.

On eût dit qu'il prenait son titre de comtesse au sérieux, et avait entrepris de faire la conquête de cette jolie femme, assise à ses côtés, et devenue bientôt le point de mire de tous les regards de la salle.

En réalité Walter Humding ne parlait que d'une chose: la prochaine arrivée au château de Jean-Paul et de ses amis, d'Yvette, dont il était plus que jamais épris.

Pendant trois heures d'horloge, il développa toute une tactique devant la chanteuse, qui la tête basse, le front plissé, semblait recueillir toutes ses paroles, les graver dans sa mémoire.

En réalité, elle était bien loin de là, au château d'Ozy.

— Je m'en vais y aller, sitôt libre, songeait-elle tandis que Walter Humding parlait.

« Auparavant je vais rappeler les domestiques pour avoir le champ libre.

« Pourvu qu'ils n'aient pas trop gêné Robert dans sa besogne, qu'ils ne l'aient pas reluqué de trop près.

« Nous avions pris nos dispositions contre cela, mais qui sait...

« Qui sait si parmi ces serviteurs, trop nombreux, il n'y en a pas un à la solde de Walter Humding.

Cependant l'espion après avoir détaillé son programme tout au long, le résumait brièvement:

— Ainsi, disait-il, nous allons commencer le siège par le fiancé d'Yvette.

« C'est lui qui détient les clefs de la place.

Elle avait voulu les accompagner jusque-là pour vous, à le détacher de Mlle Van Flam, ce sera un grand pas de fait.

« La moitié de l'entreprise, assez difficile que vous savez.

« Seulement cette intrigue demande un certain doigté.

« N'oubliez pas que vous êtes une grande dame, la comtesse de Rozen, la tutrice de Jean-Paul.

— Hé, je sais... murmura la cabotine, énervée par cette longue séance de recommandations.

« Je ne vais pas me jeter à sa tête comme une grue...

L'espion eut un sourire furtif, à peine sarcastique, et s'inclina:

— C'est juste! fit-il toujours aimable.

« Je vous fatigue avec mes répétitions.

« Voici l'heure, d'ailleurs, mon train doit être en gare, et Muller aussi.

« Partons, chère amie.

Une demi-heure plus tard, la pseudo-comtesse voyait — avec quel battement de cœur! — les deux Allemands monter en sleeping, devant elle.

Elle avait voulu les accompagner jusque-là pour être sûre qu'ils partaient pour de bon cette fois.

— Enfin! s'écria-t-elle quand le train s'ébranla, m'en voilà délivrée.

« Le plus dur est fait.

« Reste les domestiques, mais ceux-là seront plus faciles à envoyer au diable-vauvert.

« J'ai de quoi les occuper, justement.

En effet, l'avant-veille Liliane avait loué, avenue du Bois, un vaste appartement, sa résidence d'hiver, prétendait-elle, qu'un tapissier achevait de meubler.

C'est là qu'elle se proposait de chambrer ses domestiques, qui eussent été gênants au château pendant les jours qui allaient suivre.

Le prétexte était tout trouvé: nettoyer le nouveau logis de fond en comble.

Pendant ce temps, la comtesse allait à la campagne, chez des amis qui l'invitaient depuis longtemps.

Avant de quitter la gare, Liliane téléphona à Ozy pour donner ses ordres en conséquence.

Cela fait elle renvoya, avenue du Bois, l'attelage qui avait fait l'admiration de Patoche, et prit une auto de louage, la plus rapide qu'elle put trouver.

Une heure après elle descendait devant la petite porte du parc d'Ozy.

Son cœur battait en introduisant la clef dans la serrure.

— Pourvu — songeait-elle — que Robert ait réussi lui aussi, qu'il ait eu la main aussi heureuse que moi.

« J'ai hâte de savoir.

« En tout cas, les domestiques ont vidé les lieux: ça se voit tout de suite.

« C'est toujours un point d'acquis.

Elle se dirigea vivement vers la salle basse du donjon où elle pensait que son complice devait l'attendre.

Robert était là, en effet.

Elle le mit au courant de la situation en quelques mots.

— Enfin! s'écria le jeune homme à son tour, nous voilà seuls, maîtres du champ de bataille!

« Je ne vous cache pas, ma chère Liliane, que cette entrevue à l'ambassade m'inquiétait un peu, mais vous avez gagné haut la main.

« Vous êtes épatante, acheva Robert qui ne se doutait pas qu'il répétait les propres termes de *Mon-Ours*.

— Et vous...? interrompit la jeune femme qui n'avait guère le cœur aux compliments.

« J'espère que vous vous êtes occupé aussi... sérieusement.

« Et la *foreuse*, la fameuse machine-outil?

— La machine est arrivée.

« Elle est en place.

— Et vous ne le disiez pas! s'écria la chanteuse d'un ton fébrile.

« Elle fonctionne?

— Pas encore, ne prenez pas la mouche.

— Pourquoi?

— Parce qu'il reste une dernière opération à faire: brancher le câble qui doit amener le courant à la dynamo-motrice.

« Il y a là une soudure qui ne peut être faite que par un homme du métier.

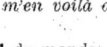
Enfin, s'écria-t-elle, m'en voilà délivrée.

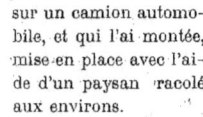

« Un ouvrier électricien viendra ce soir pour y procéder.

— Je croyais que vous en aviez un avec vous, celui qui a monté l'engin, qui l'a amené ici.

— Non, c'est moi-même qui ai conduit la chose sur un camion automobile, et qui l'ai montée, mise en place avec l'aide d'un paysan racolé aux environs.

« Un ouvrier, un homme de la partie, en voyant installer une foreuse devant cette porte d'acier aurait eu des soupçons, plus que des soupçons...

— Vous auriez pu vous adresser aux domestiques.

« Ils avaient ordre de vous obéir...

— Oui, mais j'aimais autant m'en passer, toujours pour la même raison.

— Est-ce qu'ils vous auraient éventé par hasard? lança Liliane inquiète.

— Non, pas le moins du monde.

« Ils me prennent pour un authentique électricien, chargé d'une installation dans la tour.

« Mieux valait s'en tenir là: inutile de leur montrer mes mains qui ne sont pas d'un homme qui travaille.

— Oui, peut-être... reste la soudure à faire.

« Vous me dites qu'un ouvrier viendra ce soir, mais alors il va se douter, lui aussi?

— Non, chère amie. J'ai prévu le cas.

« L'ouvrier que j'attends ignore la présence de la foreuse.

— Mais il la verra.

— Pas davantage... tranquillisez-vous.

« C'est ici, à la porte de cette salle qu'on fera le branchement.

« Par conséquent l'ouvrier n'aura rien à faire en haut, au premier et n'y montera pas.

« Jusqu'ici il n'y a que deux personnes qui aient vu la machine: moi et le paysan, lequel n'y entend pas malice.

« Voulez-vous être la troisième?

— Tout à l'heure: rien ne presse.

« Ce que j'aurais voulu, c'était la voir en action.

« Il me tarde de l'entendre ronfler!

« A quelle heure vient votre soudeur?

— Il partira une fois sa journée finie, c'est-à-dire vers 7 heures.

— Il vient de loin.

— Non, de Chantilly: je l'ai embauché en passant.

« Par conséquent il sera là à huit heures, au plus tard.

« A neuf heures tapant on lancera le courant et la machine commencera d'attaquer la porte en bronze, la porte interdite...

« Et ça ronflera, je vous jure! acheva Servan plein d'enthousiasme et qui ne doutait pas du succès.

— Vous êtes content, je vois, disait la chanteuse.

« Ainsi, vous avez bon espoir toujours?

— Je crois bien.

— Et le *contact*, ce déclenchement électrique dont vous me parliez l'autre soir.

« C'est ça qui eût été expéditif.

« Rien qu'un bouton à toucher.

« Vous avez renoncé à découvrir le truc, le Sézame ouvre-toi?

Savoir ce qui se cache là-dedans? songeait-elle.

— Non, pas tout à fait, mais j'y ai perdu mon latin jusqu'ici.

« J'ai tâté, sondé partout, rien.

« D'ailleurs, à quoi bon?

« Du moment qu'on a un outil épatant et huit jours devant soi.

« Huit jours quand quelques heures suffisent.

— Combien d'heures exactement? demanda Liliane en levant vers son complice un regard brûlant d'impatience, de fièvre.

— Cinq, environ... En effet d'après le vendeur la foreuse doit ronger la porte a raison de trois centimètres par soixante minutes.

« Admettons quinze centimètres d'épaisseur de métal — ce qui est le grand maximum — il faudra cinq heures exactement, c'est-à-dire que vers deux heures du matin tout sera terminé, et nous entrerons dans le fort... par la brèche, clairons et musique en tête, comme dans une citadelle prise d'assaut!

Tandis que Robert s'enflammait, se grisait de ses propres paroles, son amie devenait songeuse peu à peu.

Si près du but, sur le point de franchir le seuil défendu, de pénétrer dans ce « cabinet de Barbe-Bleue » interdit à tous, elle éprouvait une appréhension vague, une sorte de terreur superstitieuse.

Bien que le soleil fût haut encore, il faisait déjà sombre dans cette salle basse, éclairée par d'étroites meurtrières, et les ténèbres commençantes augmentaient cette crainte confuse.

Perdue dans ses pensées, la chanteuse contemplait en face d'elle le pilier central supportant le « block hauss » de Walter Humding.

Elle se demandait le pourquoi de cette énorme colonne de fonte.

— Savoir ce qui se cache là-dedans? songeait-elle.

« Robert prétend que c'est pour étayer la voûte, mais cette explication ne me satisfait plus complètement.

« D'autre part, Muller m'a dit que le coffre-fort du patron pouvait s'enfoncer sous terre comme certaine vitrine du Louvre.

« C'est là sans doute, dans ce pilier massif, qu'est caché le mécanisme qui met tout en branle.

« Voilà qu'il sera bon de se rappeler au moment de forcer le coffre.

« S'il plongeait tout à coup, nous glissant entre les mains... c'est nous qui serions volés!

— Où êtes-vous? s'écria Robert brusquement.

« Vous voilà partie pour la lune, une fois encore.

« A quoi pensez-vous donc?

— Mais à notre expédition de cette nuit, à notre invasion dans ce redoutable cabinet de Barbe-Bleue.

Tiens, on dirait qu'il y a quelqu'un là-bas, chez Muller.

— On dirait que vous hésitez, que vous avez peur, presque...

— Non... protesta Liliane en relevant la tête fièrement, mais j'éprouve une certaine angoisse, je l'avoue.

« Je me demande ce que nous allons trouver là-haut, quel mystère effrayant, quel...

— Bon... interrompit Robert gaiement, voilà bien les femmes, toujours à chercher la petite bête.

« Il y a cinq minutes vous n'aviez qu'une idée, qu'un désir: entrer au plus vite; et maintenant que nous sommes sûrs du succès, vous vous faites des cheveux.

« Vous vous amusez à vous donner le frisson... en dilettante.

« Auriez-vous appris quelque chose d'inquiétant, par hasard?

— Non, rassurez-vous, mon ami.

« Il ne s'agit là que d'une impression de femme nerveuse.

« La petite angoisse du joueur qui joue son avenir, sa vie, sur une carte...

« D'ailleurs c'est vous, mon ami, qui êtes cause de cette petite émotion, toute superficielle, à fleur de peau.

— Moi, comment diable?

« Qu'est-ce que j'ai encore fait ou dit...

— Vous m'avez raconté votre rêve, vous savez bien, ce cauchemar de l'ascenseur s'effondrant soudain sous terre, et depuis j'y ai pensé souvent...

« Même cette nuit, pas plus tard, j'ai rêvé quelque chose de similaire.

— Parbleu! s'écria Servan.

« Du moment que vous vous endormiez avec des idées pareilles, ça devait arriver.

« Ce n'est pas sérieux, vous ne croyez pas aux rêves, je pense?

« Et d'ailleurs, celui-là pêche par la base.

« Il n'y a pas d'ascenseur ici.

— C'est bien ce qui me rassure, mais malgré tout, je garde une appréhension vague!

— C'est de l'auto-suggestion... Je me charge de dissiper ça en quelques mots.

« Écoutez-moi seulement.

« Il suffit, en effet, de réfléchir une seconde.

« Et d'abord, que craignez-vous exactement?

— Rien de précis, et c'est peut-être ce qui m'énerve le plus.

« Je passe d'un objet à l'autre, je cherche la petite bête, comme vous dites.

« En ce moment ce qui me taquine, c'est le mécanisme électrique dont nous venons de parler.

« Je songe qu'il y a peut-être, là-haut, chez le chef, quelque piège, quelque truc qui va se déclancher automatiquement, et nous serons pris, pincés comme dans une souricière.

— Pincés, comment? Précisons.

— Est-ce que je sais.

« Supposons que la porte se referme derrière nous.

— Pardon, pardon, interrompit Robert en riant de bon cœur.

« Vous n'oubliez qu'une chose, chère amie, mais capitale: c'est que nous rentrons, non pas par la porte, mais par la brèche.

« Par conséquent, rien de pareil à craindre.

« Impossible le coup de la souricière.

« Je défie bien le chef — fût-il Satan en personne, et je n'y crois pas — d'aveugler comme ça, en un clin d'œil, le trou que nous allons faire à sa coquille.

Servan avait lancé cette phrase avec un tel entrain, une telle bonne humeur, que Liliane riait elle aussi, un peu nerveusement, peut-être.

— C'est juste! dit-elle.

« Où diable avais-je l'esprit.

« C'est l'obscurité qui me flanque ces idées noires, et puis cette machine-là, continua-t-elle en désignant le pilier soutenant la voûte.

« Vous ne trouvez pas que cette colonne, avec ces poutrelles rayonnant de partout comme des tentacules, prend dans les ténèbres, une apparence fantastique.

« On dirait quelque bête méchante, quelque araignée géante tapie dans l'ombre.

La chanteuse se leva sur ce mot; et d'un ton mi-rieur, mi-sérieux:

— Brr... c'est sinistre ici.

« Allons faire un tour dans le parc.

— C'est cela, approuva Robert en offrant son bras.

« La lumière, l'air pur... il n'en faut pas plus pour chasser ces fantômes, enfants de la nuit.

Les deux aventuriers s'avancèrent jusqu'à une espèce de terrasse dominant la rivière et d'où l'on embrassait tout le paysage environnant.

Devant eux, le soleil se couchait dans sa gloire, incendiant le ciel.

Reprise par ses pressentiments, Liliane contemplait le féerique spectacle en silence.

— Qui sait, songeait-elle, c'est notre dernier soleil, peut-être...

Mais elle réagit et parla d'autre chose, de leurs projets d'avenir, de leur départ pour l'Amérique.

Une fois lancé sur ce sujet qui lui était cher, Robert fit tous les frais de la conversation.

Il parla longtemps, bâtit rêve sur rêve...

Cependant le temps marchait, la nuit était venue et la pleine lune brillait, découpant de grands pans d'ombre et de lumière sur la campagne endormie.

Depuis un instant la chanteuse avait arrêté son regard sur la maison du carrier, là-bas au bord de l'eau.

Elle se rappelait l'expédition faite à la *Sablière* certaine nuit et qui avait bien failli mal finir pour eux.

— Oh! cet enlisement... quelle angoisse quand j'ai senti la boue m'engloutir.

« Mais j'ai tort de penser à ça, c'est avec ces souvenirs que je me suggestionne, et ce n'est pas le moment...

Soudain, elle tendit le bras du côté de la carrière.

— Tiens, fit-elle, on dirait qu'il y a quelqu'un là-bas, chez Muller.

« C'est curieux, par exemple!

— Quelqu'un...? A quoi voyez-vous..?

— A une lumière. J'ai vu une lumière.

« Il m'a semblé, du moins... D'ailleurs, elle s'est éteinte presqu'aussitôt.

— Preuve qu'il n'y avait rien, raillait Robert doucement.

« Un ver luisant, tout au plus.

— Non, s'emporta la chanteuse. Soyez sérieux.

« Il y a quelqu'un peut-être là-bas, et c'est grave...

— En quoi grave? A cause du passage secret?

— Mais oui! Supposez qu'un troisième larron s'introduise par là, nous surprenne cette nuit en train d'opérer.

— Qui diable, voulez-vous...? Du moment que les Boches sont partis...

« Vous les avez mis en wagon vous-même, voyons.

— Si c'était un faux départ, une ruse.

— Admettons... Nous en serions quittes pour fermer le puits.

« Pas de danger alors qu'ils nous arrivent dans le dos.

— Vous oubliez qu'il y a une autre issue, celle que nous devions chercher...

— C'est juste! mais bast! nous sommes là à nous forger des épouvantails à moineaux.

« Walter Humding est loin, et Muller aussi.

— Je le crois comme vous,

« Cependant il y a quelqu'un là-bas chez « Mon-Ours ».

« Tenez, on dirait qu'on tire la porte doucement... comme pour sortir.

« Qui ça peut-il bien être?

— Un maraudeur, sans doute, quelque malandrin qui suit notre exemple.

« Je ne vois pas d'autre explication.

— Oui, nous avons eu la même idée, la seule plausible.

« Eh bien! je serais curieuse de le reconnaître au passage, ce visiteur nocturne.

« Je sens qu'il va sortir. Il explore le terrain, avant.

« C'est le moment. Ah! comme je voudrais voir sa tête, au type!

« Justement, j'ai une jumelle chez moi, sur la table de toilette.

« Mon cher Robert, voulez-vous aller me la chercher?

— Je ne demande pas mieux.

— Dépêchez-vous alors; ça presse!

— Je cours...

Servan revenait bientôt apportant la lunette demandée.

Liliane la prit, la braqua sur la maison du prétendu Jean-Louis et poussa un cri de surprise, presque de stupeur:

— L'aveugle! c'est notre aveugle, le « témoin sans yeux ».

« Voyez vous-même, acheva-t-elle en tendant la jumelle à son complice, qui s'en saisit avidement.

Un homme en bourgeron, avec une boîte à outils.

— C'est vrai, c'est ce crapaud de Baptistin.

« Le voilà qui rentre et referme.

« Il avait dû entendre quelque bruit suspect.

— Mais que fait-il. Pourquoi est-il là?

— Cette question... mais pour cambrioler, chère amie.

« Le petit chenapan a déjà essayé, rappelez-vous.

« Voilà plusieurs jours, précisément, que le soi-disant carrier n'a pas reparu, l'aveugle le croit parti — en quoi il ne se trompe pas beaucoup — et il en profite pour repiquer au truc.

« Rien là que de très naturel.

— Oui... Toutefois ce maudit moutard me gêne.

— Nous ne pouvons rien faire tant qu'il sera là, sur notre dos en quelque sorte.

— Attendons qu'il s'en aille.

— Il ne saurait tarder, affirma Servan.

« Il n'y a rien pour lui dans cette cambuse délabrée.

Cependant Baptistin ne paraissait toujours pas.

Une demi-heure s'écoula à l'attendre.

— Qu'est-ce qu'il fait donc? s'énervait Liliane.

« Est-ce qu'il couche...

« Ça m'intrigue, m'inquiète.

— Encore vos idées... que craignez-vous donc?

— Mais qu'il vienne ici... par le souterrain.

— Ça, je l'en défie bien! s'écria Servan d'un ton péremptoire.

« Il y a par là-bas dessous, tout un système de pièges, de chausses-trappes, etc.

« Nous qui avons de bons yeux, nous avons failli y laisser nos os, souvenez-vous.

« Quant à ce sacré moutard, s'il s'engage dans ce terrier, il est cuit, fichu, aussi sûr que la lune brille.

« Et ma foi, tant mieux: de cette façon, nous n'aurons plus ce mauvais garnement à rôder autour de vos jupes.

« Il commence à me taper sur les nerfs, le crapoussin, avec ses airs de vous renifler...

A ce moment, sur leur droite, la cloche de la grille retentit sonnée à volée par une main impatiente.

Robert se retourna et aperçut un homme en bourgeron, avec une boîte à outils pendue à l'épaule.

— C'est mon ouvrier, fit-il le soudeur.

« Il est en retard, et doit sonner depuis un moment.

« Rentrez chez vous, pendant que je l'introduis et le mets à l'ouvrage.

« Je viendrai vous chercher sitôt la chose faite.

CHAPITRE CCXLIII

Un chien hurle à la mort.

— Voilà une façon de travailler qui me convient assez, disait Robert en se balançant sur son *rocking-chair*.

« Vous voyez — continua-t-il en montrant la *foreuse* en train de ronger la porte d'acier — cela va tout seul.

« Rien à faire, qu'à attendre, les bras croisés, que le trou, la *chatière*, soit praticable.

— Oui, c'est merveilleux comme machine, répondit Liliane.

— Et si simple avec ça!

« Un enfant la conduirait.

...C'était après dîner, sur le palier du *blockhaus*. Les deux complices étaient assis devant un guéridon supportant des tasses vides et tout un assortiment de boissons : bière, liqueurs, etc.

Après une collation rapidement expédiée, ils étaient revenus prendre le café là, bercés par le ronron de la machine qui travaillait pour eux.

Il était onze heures et demie passées, et depuis bientôt deux heures, l'engin fonctionnait avec une régularité parfaite, sans un accroc.

« J'espère, ma chère comtesse, continuait Robert en souriant, que vous voilà tranquillisée, à présent, délivrée de tous ces ridicules pressentiments?

— Oui, tout à fait.

« C'était l'impatience, la fièvre d'agir qui me donnait ces papillons noirs.

« Dès que j'ai entendu la foreuse ronfler, que j'ai vu sous cette lime puissante, la porte s'effriter en limaille, tomber en poussière... pour ainsi dire, tout mon entrain m'est revenu.

« Et maintenant, je ne doute plus : j'ai confiance

« C'est merveilleux réellement, cette machine.

« Dire que pendant que nous dînions, elle a continué, elle, de travailler, de grignoter la porte de bronze, comme une souris.

— Une souris joliment bien endentée.

« Vous n'avez pas vu sa mâchoire?

— Non.

— Je vais vous montrer ça.

Robert s'approcha de la dynamo-motrice, inter-

rompit le courant, et attendit pour y porter les mains que la foreuse, emportée par la vitesse acquise, s'arrêtât d'elle-même.

— Que faites-vous donc? demandait la chanteuse intriguée.

« Il y a quelque chose de dérangé?

— Non, tout fonctionne à ravir, au contraire.

« Simplement, je m'aperçois que la limaille tombe moins abondante.

« Notre lime s'use, et je vais la remplacer.

« La chose était prévue et j'en ai tout un stock de rechange là, dans cette caisse.

« C'est l'organe important de notre engin.

La jeune femme s'était avancée, curieuse de voir la machine au repos et aussi de juger de l'entaille faite jusqu'ici.

— Vous cherchez la lime, la voilà, dit Servan en montrant un large cône plat, déjà enfoncé de près de trois pouces dans la porte à percer.

— C'est bizarre, murmurait Liliane; c'est ce cône qui ronge, c'est la mâchoire ça?

— Oui.

— C'est curieux... Je m'attendais à trouver quelque chose de compliqué, de rare, une scie à dents de diamants...

« Je n'avais rien pu distinguer jusqu'ici, rien qu'une espèce de brouillard.

— Parbleu! à la vitesse de douze cents tours à la minute, le cône n'était qu'une vapeur, une buée vibrante.

Cependant le cône-lime venait de s'arrêter; après un dernier tour, Liliane tendait la main pour le toucher, mais Servan l'arrêta:

— Prenez garde, chère amie, vous allez vous brûler.

« Malgré le ventilateur, que vous voyez là, et qui envoie de l'air froid, le métal a dû chauffer.

« Vous pouviez fort bien vous griller la peau, vous qui l'avez délicate.

« Laissez-moi faire.

Le mécanicien improvisé tâta le bloc d'acier, le dévissa, le fit toucher à sa compagne:

— La pièce est moins chaude que je ne pensais, disait-il en passant le pouce sur la surface rugueuse du métal.

« C'est que depuis plusieurs minutes, elle travaillait moins.

« Le *grain de lime* s'est usé à la longue.

« Ça ne mordait plus, et cependant c'est de l'acier chromé, *di primo cartello*.

« Il faut dire que la plaque que nous avons à forer n'est pas précisément du sapin tendre!

« C'est du Krupp de première trempe, mais on en verra la fin plus tôt que je ne le pensais.

« La petite lime française aura raison du bloc allemand.

« Ça s'annonce très bien jusqu'ici.

« Nous allons continuer par un deuxième cône d'un modèle plus fort, afin d'élargir l'orifice progressivement.

La mise en place de la nouvelle lime fut faite en moins d'une minute et Robert rouvrit le courant en annonçant d'un ton joyeux:

— En voilà pour deux nouvelles heures.

« Quand celui-là sera usé nous serons joliment près du but.

« L'ingénieur qui m'a vendu cette machine ne m'a pas trompé.

« Nous sommes en avance considérablement sur ses évaluations de trois centimètres à l'heure.

« Si bien que nous avons déjà rattrapé le retard causé par l'ouvrier soudeur.

« Si tout continue de ce train, entre deux heures et deux heures et demie, tout sera terminé, et nous entrerons dans le fort du chef, par la brèche...

« Encore deux heures et nous serons dans la place.

— Oui, murmura la chanteuse. Reste le coffre-fort.

« Vous y avez pensé?

Servan esquissa un geste d'insouciance.

— Un jeu d'enfant, après ce que nous venons de faire, fit-il dédaigneusement.

— Vous comptez vous servir de la foreuse?

— Non... c'eût été le plus simple, évidemment, mais il y a un cheveu, par malheur.

« Nous pourrons bien passer, vous et moi, par l'espèce de chatière que nous sommes en train de fabriquer, mais la machine est plus large d'épaules.

— C'est vrai, c'est dommage: tout eût été fait en quelques minutes.

Ce donjon prend, au clair de lune, un aspect romantico-fantastique.

« Pourvu au moins, que le coffre-fort ne nous arrête pas si près du but, que nous arrivions à l'ouvrir!

« Si, par hasard, nous échouions comme là-bas.

— Où donc là-bas?

— Mais à l'agence Lancelin.

— Que diable allez-vous chercher là.

« Mais les conditions sont toutes différentes ici.

« Ici, je puis fracturer, briser, jouer le grand jeu, sans crainte de réveiller les voisins.

« J'ai tous les outils qu'il faut, là, dans cette caisse et je réponds du succès.

« Je serais prêt à parier qu'à trois heures du matin, au plus tard, le coffre aura cédé.

« Vous n'aurez vous, que la main à étendre pour saisir la lettre de Kauffmann, la fameuse pièce secrète qui nous a échappé une fois déjà, et d'où dépend le sort de Ferbach.

La voix de Servan tremblait un peu en prononçant le nom de son rival.

Quant à la chanteuse, elle avait détourné la tête, fermé les yeux:

— André!... murmurait-elle, l'âme en extase.

« Je vais le voir enfin, le sauver!

« C'est moi-même qui lui porterai la bonne nouvelle!

« Ce sera ma récompense, la seule, sans doute...

— Eh bien! maugréait Robert, vous voilà partie pour les nuages de nouveau.

Rappelée à la réalité, Lilane se secoua, fit semblant de chercher autour d'elle et parla d'autre chose.

— Qu'est-ce que c'est que ce courant d'air qui monte de l'escalier? demanda-t-elle à brûle-pourpoint.

« Est-ce que par hasard la porte serait ouverte en bas?

— Non: c'est le puits.

« J'ai levé la trappe.

— Pourquoi donc?

— Mais, pour aérer, pour ventiler la machine et nous-mêmes.

« Il fait une température torride, un vrai temps d'orage, ajoutez à cela la chaleur dégagée par la dynamo.

« Sans cette précaution, la foreuse aurait chauffé et aurait rendu beaucoup moins.

Tout en donnant ces explications Robert Servan, qui, en effet, suait à grosses gouttes, s'était approché du guéridon.

Il lampa avidement un verre de bière : *ça fait du bien!* et se dirigea vers une lucarne percée en face et destinée à donner du jour à l'escalier.

Afin d'aspirer une bouffée d'air pur, il passa la tête par cette ouverture, et parut tout à coup s'intéresser énormément à ce qu'il voyait.

— Fameux, murmurait-il, en tournant et allongeant la tête de gauche à droite, fameux!

— De quoi parlez-vous donc?

— Du paysage qui s'étale là.

« La lune vient de se dégager d'un nuage noir, et éclaire tout un côté du château, qui a pris du coup un aspect étrange.

« Ce donjon croulant, cette passerelle là — le Pont des Soupirs — les girouettes là-haut, toutes ces choses composent un ensemble éminemment fantastique :

« Oncques ne vis-je décor plus romantique.

« Ça me rappelle le cinquième acte d'un vieux mélodrame que je vis jouer tout enfant et qui me bouleversa.

« Cela s'intitulait *Le château des Sept Tours*, ou quelque chose dans ce goût.

« L'histoire se passait dans un vieux château hanté, et le principal personnage était un honnête fantôme, qui se promenait à minuit traînant des chaînes à travers les salles et les couloirs en ruines.

« A la fin, on découvrait que le fantôme était un être bel et bien vivant.

« Un malheureux prisonnier qui avait mis vingt ans à percer la muraille de son cachot.

« Pourquoi se promenait-il ainsi au lieu de fuir, je ne l'ai jamais bien su, l'auteur non plus, je crois bien; mais, qu'importe, l'effet était atteint...

La chanteuse s'était avancée à son tour, et Servan s'empressa de lui céder la place.

— Voyez vous-même, madame la comtesse et constatez que je n'exagère pas.

« C'est un effet de nuit merveilleux, une véritable eau-forte.

« Je regrette de ne pas avoir un appareil *ad hoc*.

« J'aurais essayé de prendre un cliché.

« Ça vaut le coup de kodak.

— C'est vrai, répondit Liliane se mettant aussitôt au ton de son associé afin de mieux cacher ses pensées intimes.

« C'est un Rembrandt.

« Comme vous le disiez, ce donjon prend, au clair de lune, un air romantico-fantastique des plus réussis.

« Il n'y manque qu'un fantôme, mais un vrai, un revenant authentique...

— Qui sait, il va peut-être venir.

« Il suffirait de l'évoquer selon l'art et le grimoire.

« Voici minuit qui sonne justement.

« Minuit l'heure des crimes et des revenants!

Et Robert Servan entonna à pleine gorge la ritournelle célèbre de *Robert-le-Diable* :

Nonnes qui reposez sous cette froide pierre,
Réveillez-vous...

Il achevait à peine qu'une rumeur lointaine encore, une sorte de plainte confuse, arriva, sortant des profondeurs du donjon.

— Voilà notre fantôme qui s'ébranle, continuait Robert.

« Il s'annonce, mais n'a pas l'air joyeux.

« Ce doit être un fantôme triste, un de ces pleurnichards, qui ont des remords et réclament des messes!

« On tâchera de le faire boire pour le dérider...

Pendant ce temps Liliane tendait l'oreille vers l'escalier, et peu à peu perdait de sa belle assurance.

— Mais, fit-elle bientôt, le bruit augmente.

« Ça vient du puits.

— C'est bien possible.

— Qu'est-ce que ça peut bien être?

— Que voulez-vous que ce soit.

« C'est l'air sans doute, l'escalier forme cheminée d'appel.

— Non, murmurait Liliane anxieuse.

« On dirait qu'on marche.

— Alors — continua Robert gaiement — ça ne peut être qu'un revenant.

« Sans doute le squelette, vu par le maçon Bernard... Bertrand... j'ai oublié son nom.

« Ou bien encore l'un des épouvantails rencontrés par nous dans les caves du carrier.

« Le bonhomme vient en fantôme bien élevé nous rendre la visite que nous lui avons faite alors.

« Il semble pressé même, le bruit se rapproche...

« Encore deux secondes, et nous aurons à lui faire les honneurs du logis.

« Bien entendu, nous l'inviterons à souper et il acceptera selon l'usage.

« Au dessert, il nous racontera son histoire, ou bien nous conduira dans les souterrain pour nous révéler un trésor.

« C'est ainsi, du moins, que ça se passe d'ordinaire entre bons drilles.

La jeune femme allait répondre quand une plainte, plus distincte celle-là, frappa son oreille, une sorte de hurlement, lugubre et inexplicable.

Cette fois Servan cessa de plaisanter.

— Tiens! fit-il sans s'émouvoir autrement.

« Qu'est-ce que ça veut dire.

Liliane s'affolait:

— Il y a quelqu'un, bégayait-elle.

— Mais, non!

— Alors, qu'est-ce que c'est. D'où vient ce cri?

— Est-ce qu'on sait, fit Robert en haussant les épaules.

« Un écho, sans doute.

Plus un mot! Le voilà qui monte.

« Vous m'avez dit, je crois, que les caves communiquaient avec la rivière.

« Il doit y avoir par là-bas, sur la berge, quelque chien perdu hurlant à la lune; et c'est sa voix qui nous arrive répercutée.

« D'ailleurs, je vais voir.

« C'est encore le plus simple.

Robert Servan tourna le commutateur éclairant l'escalier:

— Attendez-moi là. Je remonte à l'instant.

Mais Liliane ne l'entendait pas ainsi:

— Non, fit-elle, toute bouleversée, je vous accompagne.

« J'aurais trop peur toute seule.

— Soit! ça vaut mieux en somme.

« Vous constaterez vous-même qu'il n'y a là qu'une illusion, quelque effet d'acoustique, qui s'expliquera tout seul.

— Espérons-le, murmurait la chanteuse, mais, je tremble.

« Il se passe quelque chose: je le sens.

Les deux aventuriers descendirent et s'approchè-rent du puits sur lequel ils se penchèrent, écoutant.

L'ampoule électrique, placée tout proche, éclairait l'ouverture ainsi que l'échelle de fer, scellée aux parois, qui bientôt se perdait dans l'ombre humide.

Peu à peu le visage de ceux qui écoutaient changeait d'expression.

Un pas s'approchait, là-bas, se heurtant aux parois, faisant rouler les cailloux.

Liliane était livide, et Robert un peu pâle.

Un pli barrait son front, assombri soudain.

Bientôt la chanteuse se courba vers lui, et d'une voix défaillante:

— Vous entendez, il n'y a plus de doute possible.

« On vient.

« C'est Walter Humding ou Muller.

« Ils viennent nous surprendre.

— Non et non, grondait Robert entre les dents, les Boches sont loin.

« Et puis ils n'avaient qu'à passer par la grille.

« Ils ont la clef et nous auraient pincés tout aussi bien.

— Cependant, il y a quelqu'un.

— Oui, du moins...

— Alors qui? haleta la chanteuse.

— Nous allons le savoir.

« Seulement du calme, je vous en conjure.

« C'est le moment où nous allons avoir besoin de tout notre sang-froid, pour recevoir cet individu.

« Le voilà qui se prépare à monter.

En effet, l'incompréhensible noctambule, qui se baladait à pareille heure, en pareil lieu, venait d'arriver au fond du puits, juste au-dessous de ceux qui le guettaient.

Ceux-ci reculés pour ne pas se trahir, ne pouvaient l'apercevoir, mais ils l'entendaient, ils suivaient ses moindres mouvements.

Ils le *voyaient par l'ouïe*, si l'on peut dire, grâce à la sonorité du puits, formant comme un tube acoustique.

Il semblait hésiter, tâtonner.

— Que fait-il? demanda la chanteuse que l'angoisse dévorait.

— Je ne sais pas.

« Il cherche l'échelle, sans doute.

— Il faut que je voie!

Elle allongea la tête sur le puits et la ramena aussitôt.

— Vous avez vu quelque chose? demandait Servan.

— Non, rien, c'est extraordinaire!

« Cet homme n'a pas de lanterne.

« Quel est l'être mystérieux qui se promène ainsi sans feu?

« C'est étrange... affolant!

La cabotine s'arrêta soudain, le cœur battant.

— Vous entendez! haletait-elle.

« Il parle.

« Ils sont deux, plus peut-être...

En effet, quelqu'un parlait maintenant, au fond du gouffre:

— Non... reste là... je passe devant, disait une voix grêle.

« Je viendrai te prendre.

Liliane allait se pencher de nouveau, mais Robert l'arrêta:

— Pas de bêtise, fit-il d'une voix âpre, rageuse.

« Il ne s'agit pas de se montrer.

« L'inconnu et l'autre ignorent notre présence, et c'est là-dessus que je compte, fussent-ils trois ou cent.

« Je m'en vais l'attendre là, aux aguets.

« Cet homme viole notre domicile et j'ai le droit de l'abattre comme un chien.

En même temps, Robert tirait son *browning* de sa poche, et le déposait devant lui sur le sol.

Son visage contracté prit soudain une expression sauvage, féroce.

Forcé de se défendre, il était résolu à frapper le premier.

— Oui, approuvait Liliane.

Il lâcha prise, tournoya dans le vide...

« Nous sommes chez nous, dans notre droit, par conséquent...

— Chut!... interrompit l'aventurier. Plus un mot!

« Le voilà qui monte.

En effet, c'était du côté de l'échelle que venait le bruit à présent.

On distinguait le grincement des talons sur les barreaux rouillés.

Déjà l'inconnu n'était plus qu'à quelques mètres de l'orifice.

Courbé en deux, les poings ramenés en arrière dans l'attitude du boxeur, Servan attendait prêt à frapper.

Ses narines palpitaient comme celles d'un fauve à l'affût.

Quelques secondes passèrent encore, puis on entendit une respiration haletante.

« La vapeur d'une haleine dépassa le rebord du puits.

Presque aussitôt une tête apparut en pleine lumière.

Une chevelure ébouriffée, un visage chafouin avec des yeux morts, aux paupières dansantes.

— L'aveugle, murmurait Liliane stupéfaite.

— Encore ce crapaud, lança Robert.

Au même instant ses muscles bandés se détendirent dans un mouvement irréfléchi, un geste de brute instinctive.

Son poing heurta la face du petit maraudeur qui vacilla, le visage en sang.

De ses doigts crispés il tenta de se ressaisir, de se cramponner aux barreaux, puis lâcha prise, tournoya dans le vide...

On entendit le corps rebondir le long des parois.

Puis un choc sourd, l'écrasement.

Robert restait là, hébété, un peu honteux de ce qu'il venait de faire.

Tout à coup, Liliane tressaillit, se leva toute frissonnante.

D'en bas une plainte montait, un hurlement lugubre, funèbre.

Une lutte terrible s'engagea sur le seuil, au bord de l'abîme.

Robert Servan s'élança suivi de Liliane dont les jambes flageolaient.

— C'est horrible! bégayait-elle.

« Oh! ce cri... Ça nous portera malheur.

Parvenus devant le blockhaus, ils s'arrêtèrent stupéfaits.

La porte était ouverte!

Elle venait de rouler automatiquement, de s'enfoncer dans la muraille...

Les deux aventuriers restaient là, les pieds vissés au sol s'attendant presque à voir Walter Humding s'avancer à leur rencontre.

Devant eux le cône de la foreuse et l'axe qui le portait gisaient en miettes sur les dalles.

La machine bien que faussée, continuait de tourner, mais lentement.

Robert l'arrêta en coupant le courant, tâta la porte qui débordait un peu du mur.

Tout en accomplissant ces gestes, machinalement, il réfléchissait, reprenait son sang-froid.

— C'est la force centrifuge, murmurait-il à mi-voix.

« La vitesse a fait éclater notre cône comme un volant.

« C'est là un accident assez fréquent.

— Mais la porte, balbutiait Liliane qui se moquait bien de ces explications techniques.

« Comment se fait-il qu'elle se soit ouverte?

« Y comprenez-vous quelque chose?

« C'est un piège, peut-être, un piège: la souricière qui s'ouvre...

— Encore vos idées, maugréa Robert en haussant les épaules, mais non.

« Tout simplement notre machine a dû rencon-

CHAPITRE CCXLIV

Le Rêve.

— Le chien, bégayait-elle en se bouchant les oreilles d'horreur.

« Le chien de l'aveugle...

« Il hurle à la mort!

Au même instant, un fracas retentit là-haut.

On eût dit que la machine venait de voler en éclats.

trer un mécanisme caché à l'intérieur, un déclanchement, qu'elle a mis en jeu, et voilà tout.

« Nous allons nous en rendre compte.

L'aventurier saisit la porte, l'attirant à lui, et l'é-
norme bloc pesant plusieurs tonnes, mais merveilleusement suspendu, céda au premier effort.

Robert put examiner l'excavation en forme de cône renversé faite au beau milieu par la foreuse.

Au fond de cette espèce d'entonnoir, on apercevait,
émergeant, les pièces d'un mécanisme assez complexe, leviers, ressorts, roues dentées, petit électro-
aimant.

— Parbleu! s'écria le jeune homme triomphant.

« J'avais deviné juste.

« Comme vous le voyez, il y a là une serrure.

— Comment une serrure, objectait Liliane interloquée. On ne voit pas de trou.

— Il n'y en a pas: la serrure se commande électriquement d'en bas, comme je vous l'expliquais l'autre
soir.

« Dès lors ce qui s'est passé s'explique tout seul le
plus simplement du monde.

« Comme je disais, notre foreuse pénétrant là-dedans a fait jouer l'engin qui remplace le penne dans
ce système.

« Aussitôt la porte, sans doute mue par un contre-
poids a roulé coinçant le cône, lequel a volé en éclats
avec l'axe qui le portait.

« Constatez une fois de plus qu'il n'y a rien là de
prodigieux.

« Il m'a suffi d'un coup d'œil — et pourtant je
ne suis pas grand clerc en la matière — pour percer
à jour les petites roueries du chef, ses fantasmago-
ries à la Robert-Houdin.

— Oui, murmurait la jeune femme.

« Je respire, après toutes ces secousses, mais je
viens de vivre quelques minutes terribles.

« Je me suis rappelé le caveau de Bruxelles, et
déjà je tâtais ma bague, la bague empoisonnée.

« J'en ai les jambes coupées et la gorge sèche,
acheva-t-elle en se laissant choir dans le siège que
son compagnon lui avançait.

— Remettez-vous, disait Robert, en remplissant un
verre de bière, et buvez ceci.

« Nous avons tout le temps.

« Ce petit accident vient de nous faire gagner plus
de deux heures.

Et lui-même qui éprouvait une soif violente due à
toutes ces émotions, se versa coup sur coup, plusieurs rasades.

Tout en buvant, il considérait l'intérieur du blockhaus, qu'il voyait pour la première fois.

— C'est très curieux, murmurait-il, cette coupole
métallique.

« Un tourelle de cuirassé... comme vous disiez très
justement.

« L'ingénieur qui est parvenu à monter cette lourde machine dans ce donjon croulant par cet escalier
en tire-bouchon, n'était pas le premier venu.

« Quand je pense au mal que j'ai eu, moi, pour
notre foreuse.

« En tout cas le bureau est bien tel que vous me
l'aviez décrit, à un détail près.

« Vous m'aviez dit qu'il n'y avait aucune ouverture autre que l'entrée, aucune fenêtre... et celle-ci?

Servan désignait une étroite et longue fenêtre en
forme de meurtrière qui montait du plafond jusqu'à
la voûte.

— Tiens! c'est vrai, fit la chanteuse.

« On voit même les arbres du parc à travers; et je
ne me rappelle rien de pareil.

« Comment ai-je pu me tromper à ce point.

— C'est que la fenêtre était fermée tout bonnement.

— Oui, ce doit être cela, bien que je n'aperçoive
pas trace de volet.

« Mais comment se fait-il que la vue aille si loin
jusqu'au parc?

« Le donjon n'a pas de fenêtre correspondante.

— Non, mais il y a une lézarde, ce qui revient au
même.

— C'est juste. Je n'y pensais plus.

Tout en parlant Robert était entré dans le bureau
dont il faisait le tour, allumant l'électricité, ouvran
les tiroirs et les cartons, aussi à son aise que s'il eût
été chez lui...

Pendant ce temps, Liliane était toujours assise prè
de son verre qu'elle avait à peine effleuré des lèvres.

Ses nerfs ébranlés se calmaient peu à peu, mai
elle ne se pressait pas de suivre son hardi compa
gnon.

Sur le point de franchir le seuil interdit, d'entre
dans ce redoutable cabinet de Barbe-Bleue, elle s
sentait envahie d'une terreur superstitieuse.

Elle se rappelait son rêve et surtout le drame d
Bruxelles: l'agonie dans le caveau funèbre.

— Vous n'êtes pas très prudent, reprit-elle bien
tôt.

« Vous auriez dû sonder le terrain, vous assure
qu'il n'y avait pas de piège.

« Supposons que la porte se referme sur vous.

— La porte, ricanait Robert, le mécanisme est ca
sé.

« Rien à craindre: voyez vous-même.

Il avait repris la lourde plaque, et la faisait aller et venir devant lui.

Il finit même par la fermer complètement et Liliane se trouva seule sur le palier.

Plusieurs secondes passèrent, la jeune femme sentait une angoisse nouvelle l'envahir.

Mais déjà Robert entr'ouvrait la porte et passait la tête :

— Coucou! fit-il gaiement.

« Vous voyez que je ne suis pas perdu.

« Maintenant je vais attaquer le coffre-fort, reconnaître le genre de serrure.

« Venez-vous? acheva-t-il en montrant un *rossignol* qu'il venait de sortir d'une de ses poches.

— Une seconde, répondit la chanteuse, qui s'était mise à boire à petites gorgées.

« Laissez-moi finir ma bière; j'ai la gorge en feu.

Elle posa son verre, donna un coup d'œil au chaton de la bague empoisonnée, puis bravement franchit le seuil à son tour.

Son premier regard fut pour le coffre-fort, que Robert tâtait en ce moment.

Ce meuble la fascinait.

Les duels se multipliaient entre ferbachistes et antiferbachistes.

— Enfin, nous y sommes songeait-elle le cœur doucement ému.

« Plus qu'une serrure à forcer, et je tiens là lettre, le salut d'André!

Un grognement de Robert l'arracha à sa rêverie.

— Tiens, murmurait-il, c'est drôle.

« Ils ont oublié de fermer...

En effet, le meuble venait de s'ouvrir et Servan en tirait les tiroirs, l'un après l'autre.

— Vides...! grogna-t-il.

« Nous sommes refaits.

Liliane était livide.

Elle s'élança comme une furie, commença de fouiller, puis fit demi-tour tout à coup.

Ses mains tremblaient de rage :

— Trop tard! grondait-elle.

« Walter Humding a emporté tous ses papiers.

« Je me rappelle que Muller...

Elle resta la bouche ouverte, l'œil hagard fixé sur la fenêtre...

Robert regarda lui aussi et sentit un frisson d'angoisse plisser sa chair.

C'est qu'en effet, ce qu'il découvrait était prodigieux, confondait l'imagination.

En face d'eux le parc et tout le paysage environnant venaient d'osciller et maintenant ils semblaient monter, s'élever dans le ciel.

Robert chercha la porte, tremblant de la trouver fermée.

Ce qu'il vit de ce côté, était plus effrayant encore, plus affolant!

L'ouverture était là, toujours, mais c'était le palier qui avait disparu...

A sa place c'était le vide, un espace demi-obscur, au fond duquel on apercevait une paroi sombre, luisante d'humidité, la muraille même du donjon.

Le bureau descendait le long de cette paroi obscure, sinistre, comme une benne dans un puits de mine.

Robert avait compris, et ses cheveux s'étaient dressés d'horreur.

Au même instant un cri de bête étranglée vibrait ses oreilles.

— Le rêve! hurlait Liliane.

« C'est notre rêve : l'ascenseur.

« Nous tombons!

Et toujours hurlant, prise d'une panique atroce, elle courut vers la porte.

Servan qui devinait le danger, la chute au fond de quelque gouffre, s'était élancé derrière elle.

Il arriva juste à temps pour la retenir, mais la jeune femme se débattait, inconsciente du péril.

Elle se cramponnait au chambranle.

L'effroi, le désespoir décuplait ses forces.

Une lutte terrible s'engagea sur le seuil, au bord de l'abîme d'où montait un souffle de vertige.

Tandis qu'ils luttaient, une clameur s'éleva lugubre, la plainte du chien pleurant son maître.

L'effet de cette voix fût terrible sur Liliane.

Elle lâcha prise et le couple tomba, emporté par l'élan...

Il y eut une exclamation rauque de femme, un blasphème... puis plus rien.

Les deux aventuriers gisaient là-bas près de leur victime.

CHAPITRE CCXLV

Où les événements se précipitent

Cependant on s'étonnait chez Mme Lenoir de ne pas voir revenir cette comtesse de Rozen qui avait paru si pressée d'emmener son pupille.

Ce silence inexplicable se prolongeant, le Père la Manille et M. Dréan poussèrent plus activement l'enquête déjà entamée à ce sujet.

Mais les précautions de Walter Humding étaient bien prises, et pas un instant ils ne soupçonnèrent quelle main tenait les fils de cette nouvelle intrigue.

L'unique résultat fut d'établir de façon irréfutable que Mme de Rozen avait dit la vérité en ce qui concernait le comte Jean-Paul.

On découvrit sans peine le notaire des familles de Rozen et Koska, lequel donna sur ses clients les renseignements les plus favorables.

Le tabellion ne fit aucune difficulté de montrer les titres et papiers du jeune comte, mais pour tout le reste se retrancha derrière le secret professionnel.

— Si par hasard, dit-il, l'absence de Mme de Rozen se prolongeait, nous n'aurions qu'une chose à faire, étant donné l'impossibilité — pour de hautes raisons politiques — de réunir le conseil de famille.

« Ce serait d'émanciper le jeune comte Jean-Paul et de l'envoyer de suite en possession de son héritage.

M. Dréan et le capitaine ne purent rien tirer de plus de l'officier ministériel, lequel, malgré ses airs importants d'homme renseigné, confident des cours, n'en savait pas long.

— Bah! — disait le chef de la Sûreté en s'en allant — que la tutrice revienne ou non, peu importe!

« Un point reste acquis, c'est que Pas-de-Canard est riche.

— Oui... n'empêche que je vais envoyer mes limiers ordinaires faire un tour du côté d'Ozy-le-Château.

« Cette histoire me semble louche: comme Flac je subodore du Walter Humding là-dessous.

« Et vous, M. Dréan?

— Non, pas jusqu'ici.

« Nous arrivons, je crois bien, à un moment critique et l'espion a d'autres chats à fouetter.

« Nous aussi... sacrelotte!

« Vous semblez oublier, mon cher capitaine, que le conseil de guerre est toujours convoqué pour le 10 juillet.

— La bonne blague, grogna le Père la Manille, est-ce que vous y couperiez, par hasard?

« Mais le renvoi est sûr, c'est la troisième fois, au moins que Lemarchand nous fait le coup.

« Seulement cette fois, il attend le dernier moment afin de mieux nous tromper.

« M. Bertard me disait hier encore que le ministre traînerait l'affaire jusqu'à la limite extrême.

— C'est possible, il y a une fin à tout, cependant.

« Le gouvernement s'est engagé à en finir avant les vacances parlementaires, or, on ne saurait prolonger la session au-delà de quatre ou cinq semaines au plus.

« Donc que ce soit le 10 ou le 30 juillet, nous entrons dans la période critique, celle où il va falloir agir.

— Oui, murmura le capitaine devenu soudain rêveur, le grand jour approche et l'on se remue, je vous prie de croire.

« Mansulle, comme vous savez a recommencé la campagne de presse et la musique va aller *crescendo*.

« Presque chaque soir M. Bertard, l'avocat et moi — le *Comité* comme on nous appelle — nous nous réunissons au *Quotidien* pour les mesures à prendre.

« À propos, cher ami, vous nous aviez fait espérer votre visite?

— Impossible en ce moment.

« Je ne viendrai que lorsque j'aurai une grosse nouvelle à vous annoncer, plutôt que vous ne pensez, peut-être.

« Ou je me trompe fort, ou les choses vont marcher rapidement.

« Demain MM. les experts Costat et Néré déposeront de nouveau dans le procès Lempereur, et cette fois leur témoignage portera.

« Ils ont fini par déchiffrer presque complètement les *cryptogrammes* saisis sur les brocanteurs ou autour.

« Aussi l'on prévoit une surprise.

Imp. MALLET. — 3, passage de Châtillon, Paris.

Cette surprise ce fut la présentation aux jurés d'une lettre traduite par les experts et signée W. H... Walter Humding, disait l'accusation.

C'était la première fois qu'apparaissait le monogramme du mystérieux agent dont les antiferbachistes continuaient à nier l'existence.

La lettre — un simple rendez-vous — n'apportait d'ailleurs aucune charge nouvelle, chose inutile, puisque la preuve de la culpabilité n'était plus à faire.

Le même soir le *Quotidien* publiait un « premier Paris » qui fit sensation.

Jamais Mansulle n'avait été plus violent et chacun sentit que l'*Affaire* entrait dans sa période aiguë, la crise finale.

C'était le premier coup de canon annonçant la bataille.

Aussitôt, du soir au matin, les partis, que nous avons déjà vus à l'œuvre, se trouvèrent en présence, prêts à en venir aux mains.

Les faubourgs s'agitaient, les duels se multipliaient entre *ferbachistes* et *antiferbachistes*.

Parmi les derniers plusieurs devant les révélations qui se succédaient chaque jour firent amende honorable et passèrent dans le camp adverse.

Sur ces entrefaites un incident se produisit qui devait avoir des suites considérables.

Depuis longtemps M. Dréan était convaincu que c'était Mlle Pourcelot qui avait caché chez le lieutenant Ferbach les papiers qui avaient amené son arrestation; mais la preuve matérielle était impossible à faire et d'autre part, il fallait renoncer à obtenir des aveux. En vain on l'avait « cuisinée ».

Le 7 juillet au matin, la fille du papa Canrobert fut convoquée par le chef de la Sûreté qui lui donna à entendre que son arrestation était imminente.

Quelques heures plus tard, Mlle Pourcelot franchissait la frontière belge.

Poupoule s'est évanouie sur l'épaule d'un cipal.

C'était ce que voulait M. Dréan et les journaux ferbachistes, le *Quotidien* en tête, eurent beau jeu pour affirmer que cette dérobade était un aveu.

Cette fuite sembla être le déclanchement qui met toute la machine en branle et dès lors les événements se précipitèrent.

Le même soir on annonçait que le procès Lempereur touchait à sa fin brusquement.

La défense — sur un conseil venu on ne sait d'où — renonçant tout à coup à faire entendre une longue série de témoins à décharge, et le verdict devait être rendu le lendemain entre huit et neuf heures du soir.

A l'heure dite, le jour suivant, des bandes de manifestants s'acheminaient en chantant l'*Internationale*, vers le Palais de justice.

Mais les grilles étaient closes, les postes doublés.

Seuls les privilégiés purent franchir les barrages et parmi eux, nos amis Flic et Flac.

Ils revenaient d'Ozy, où ils enquêtaient pour le compte de Lancelin, afin de connaître la sentence et de s'en esbaudir avec leur ami et collaborateur Patoche.

Ils ne purent pénétrer dans la salle pleine comme un œuf et erraient dans les couloirs du Palais lorsque le Parigot accourut en gesticulant.

— Ça y est! clamait-il.

« Poupoule est condamnée.

— A combien.

— A vingt ans.

— Et le général?

— Lempereur itou: vingt ans.

— C'est pas volé, dit Flic.

« J'aurais voulu voir leurs têtes.

— Il paraît qu'ils n'en menaient par large, continuait l'ordonnance.

« Poupoule s'est évanouie sur l'épaule du *cipal*.

« Quant au mari, je crois bien qu'il a fini de perdre la boule, ce coup-ci, qu'il est mûr pour Charenton.

« Vous savez qu'il a toujours eu un grain le brav' général.

« Comme on venait de ramener le couple dans la salle réservée aux condamnés, le brocanteur s'est mis à se promener de long en large en parlant tout seul.

« A ce moment on apportait un verre de vulnéraire pour Mme Lempereur, qu'était toujours en syncope.

« Son mari a saisi le verre, l'a vidé d'un trait:

« — A l'Armée française! a-t-il gueulé aux gardes qui l'encadraient.

« Messieurs, je suis une victime, une victime des francs-maçons; mais la vérité éclatera...

« En attendant: vive l'Armée!

« A bas les traîtres et les juifs!

« A bas Walt...

« Une claque retentissante lui a coupé la parole.

« C'était la suave Poupoule qui se réveillait.

« Sur quoi tous deux sont montés dans l'omnibus de la Préfecture.

« Et maintenant, allons annoncer la bonne nouvelle au capiston.

— Il la connaît déjà, fit remarquer Flic.

« M. Dréan a dû téléphoner, ou un autre.

— Je m'en doute, mais c'est pour lui donner les détails.

« Venez avec Bibi, on causera en route.

« A propos, quoi de neuf à Ozy? Vous en revenez?

— Oui, à l'instant.

— C'est toujours fermé?

— Toujours, le château est vide.

— C'est bizarre. Je crois bien que cette fois, c'est Flac qui, de nous trois, a eu le nez creux.

« Moi, je la trouvais plutôt sympathique la Rozen.

« Et les domestiques, ceux de l'avenue du Bois, qu'est-ce qu'ils disent?

— Rien de plus. Ils attendent le retour de la dame.

« Pris à une agence, ils n'ont pas eu le temps de faire connaissance avec leur maîtresse.

« Quant aux voisins d'Ozy, c'est à peine s'ils ont vu la nouvelle châtelaine, qui s'est installée sans tambour ni trompette, presque en cachette.

« Il y a dans toute cette histoire, quelque chose de hâtif, d'improvisé, qui sent le fagot, mais les témoins manquent.

« Un seul homme peut-être, aurait pu fournir quelques indications, mais il a disparu.

« C'est un ouvrier électricien, vu par un paysan auquel il demanda un coup de main, et qui travaillait dans le donjon.

« Que diable pouvait-il y avoir à faire dans ce nid à hiboux?

« Je suis sûr que lorsqu'on pourra pénétrer dans le manoir on trouvera des choses intéressantes.

« Il y a autour de la baraque un tas de légendes plus ou moins sinistres, qui pourraient bien se trouver justifiées.

Tout en bavardant les trois amis étaient arrivés chez le capitaine Lancelin.

Mme Pierre leur apprit que son maître venait de partir, enlevé en auto par M. Bertard.

— Où allaient-ils? questionna Patoche.

— Au Quotidien.

— Chez Mansulle, s'écria le Parisien, alors c'est qu'il y a du neuf.

« Quelque chose me dit que ça va chauffer bientôt, les aminches!

« M. Bertard ne s'est pas dérangé pour la peau.

En effet, en ce moment M. Bertard, le Père la Manille et Mansulle, étaient en grande conférence dans le cabinet de celui-ci.

— C'est M. Dréan — expliquait l'ancien ministre de la guerre — qui m'a téléphoné de nous réunir ici.

« Le chef de la Sûreté paraissait fort agité, et m'a donné à entendre que le gouvernement pourrait bien préparer un coup de travers.

— Quel coup? demandait le capitaine.

« Lemarchand n'a plus l'autorité suffisante pour jouer de rifle...

« Sa majorité fout le camp.

— C'est juste, mais il compte sur la police, sur l'armée qu'on abuse.

« Ajoutez à cela l'affolement, le vertige d'un homme chassé de position en position, acculé à une chute honteuse.

« Lui et Lestradier essaieraient de la « manière forte » que cela ne m'étonnerait pas autrement.

« Heureusement, nous sommes en mesure, et nous ne serons pas pris au dépourvu.

« Attendons donc les nouvelles avec confiance.

« C'est M. Dréan qui doit les apporter lui-même, si elles en valent la peine.

M. Bertard parlait encore, que l'ex-greffier, Deruelle, devenu secrétaire particulier de Mansulle, apparut précédant le chef de la Sûreté.

Celui-ci s'avança vivement, le visage animé, l'air fébrile.

— Messieurs, fit-il sans autre préambule, j'apporte deux grosses nouvelles.

« La première, c'est que je ne suis plus chef de la

Sûreté que pour quarante-huit heures... mais cela doit rester un secret entre nous.

« Vous devinez pourquoi...

« Il faut pour que la chose porte qu'elle soit connue au dernier moment.

« Donc sachez que après-demain, à midi, je donne ma démission...

— Pourquoi après-demain, à midi? demandèrent les trois autres parlant à la fois.

— Vous ne devinez pas... mais parce que le soir, je dépose devant le conseil de guerre.

« Nous sommes le huit...

Il y eut quelques secondes d'hésitation, puis un coup de poing formidable fit ployer la table et tinter les sonnettes jusque dans l'antichambre.

— Coquin de sort! hurlait le vieux grognard.

« C'est du lieutenant qu'il s'agit.

« Son procès commence après-demain le 10!

— Oui, fit M. Dréan d'une voix grave, le gouvernement n'a pas osé renvoyer une fois de plus.

« La décision vient d'être prise à l'instant, à la dernière minute, et je vous l'apporte toute chaude.

— Je comprends, murmurait M. Bertard, Lemarchand compte sur la Fête nationale, pour faire diversion.

— Oui, poursuivit M. Dréan, mais il compte aussi sur les troupes amenées pour la revue.

« Bonne occasion pour mobiliser.

« Tandis que nous parlons, le téléphone joue de partout, et dans quelques heures cent mille hommes seront en marche sur Paris.

Le grand jour.

A l'armée française! a-t-il gueulé aux gardes.

— Cré mâtin, monsieur Patoche, quel populo! quel tohu-bohu! s'enthousiasmait Flic au milieu du torrent humain qui les entraînait, lui, Flac et le Parisien, vers la prison du Cherche-Midi.

« Le grand jour s'annonce bien!

« Toutes les rues sont noires de monde!

« Qu'est-ce qui flotte là, devant nous? un drapeau rouge, au moins?

« Oh! oh! oh! comme disaient les grognards de l'Empire

« Il y aura de l'oignon! de l'oignon! de l'oignette!

— Satané Flic, rigolait le Parigot.

« Il faut que je vous quitte pourtant. Le capiston doit m'attendre avec une belle impatience.

« A la revoyure, les gas!

« Nous nous retrouverons là-bas.

« A la prison du Cherche-Midi-à-quatorze heures!

Le Parisien s'éloigna rapidement, jouant des coudes, écartant la foule devant lui, comme un robuste nageur écarte les flots de la mer.

Quelques instants auparavant les deux policiers avaient été frapper à la porte de l'agence où dormait le Montmartrois.

Celui-ci parut aussitôt, sur le seuil.

Il portait un uniforme tout reluisant, la tenue de parade.

— Comment! c'est vous, les poteaux? s'étonna-t-il gaiement.

Les trois amis, sur le palier, se serrèrent la main avec une joyeuse effusion.

— Eh! coquin de sort! ils se sont mis sur leur tren-te-et-un, les frères! riait le Parisien en apercevant la mise soignée des deux détectives.

« Vous permettez? dit-il, se retournant pour fermer, derrière lui, la porte à double tour.

« Vous tombez bien. J'allais partir. Je vais chez le capiston.

« Vous m'accompagnez un bout de chemin?

— Très volontiers, fit Flic, tandis que Flac, radieux, se dandinait.

« Les débats ne s'ouvrent qu'à 7 heures. Il en est cinq. Nous avons du temps devant nous.

« Comme nous ne savions que faire de nos personnes, nous avons dit : Tiens, si qu'on irait souhaiter le bonjour à M. Patoche?

— Vous avez été rudement bien inspirés, remercia le Parisien, les entraînant avec lui d'un geste amical.

« Et, à par ça, vous êtes appelés comme témoins?

— Non. Nous allons en curieux. Notre déposition à nous est consignée dans nos rapports de police.

« Nous avons pu obtenir deux cartes nous permettant l'accès de la salle des débats.

« Mais ce n'est pas sans mal.

— Ça ne fait rien, jubilait le Parisien, cette fois ça n'est plus pour demain, c'est pour aujourd'hui.

« Il est tout de même arrivé le grand jour! c'était pas trop tôt.

— Et quel beau temps, saperlipopette!

« Ce beau ciel bleu, ces arbres, ce soleil, Paris le matin a un petit air air champêtre, vous ne trouvez pas?

— Il a aussi un autre air, ce matin, master Flic, répondit le Parisien en montrant les multitudes de drapeaux qui frissonnaient au vent, le long des avenues.

« Paris a un air de gloire

— Pardi, oui, les préparatifs pour le 14 juillet.

Il portait un uniforme tout reluisant, la tenue de parade.

« Vous avez raison, monsieur Patoche, Paris va s'éveiller dans une apothéose.

— Oui, mais il y met le temps à s'éveiller.

« Un jour comme aujourd'hui, coquin de sort! il devrait être levé depuis longtemps.

— Que voulez-vous, il s'est couché si tard, cette nuit!

« Quarante réunions de comités républicains organisés dans la même soirée, des meetings monstres.

« Les Parisiens ont bien mérité un peu de repos.

« Allez! nous ne perdrons rien pour attendre.

Flic souriait mystérieusement. Il insista :

— Dans quelques minutes, monsieur Patoche, vous allez voir autour de vous un beau coup de théâtre.

Flac, qui savait probablement à quoi s'en tenir, riait silencieusement.

Le Montmartrois, surpris, regardait autour de lui, toutes ces rues désertes, dans le soleil levant.

Il se demandait ce que pourrait bien être ce coup de théâtre.

— Vous ne devinez pas, hein? raillait Flic devant le regard interrogateur du jeune homme.

« C'est un secret que nous sommes seuls à connaître, Flac et moi, avec M. Dréan et quelques autres.

« N'attendez pas que *je mange le morceau*.

« J'aime mieux vous laisser le plaisir de la surprise.

« Pourtant, je veux bien vous mettre sur la voie; vous le dire en gros, sans trop le déflorer.

« C'est encore un bon tour qu'on va jouer à Lemarchand.

« Le roublard! il aurait bien voulu escamoter l'*Affaire*, enlever clandestinement la condamnation de Ferbach.

« C'est pour cela qu'il a fait coïncider la date du procès avec notre grande fête nationale.

Une foule de camelots surgit tout à coup.

Le peuple danserait par là-dessus et tout serait dit.

Ainsi l'avait décrété Lemarchand.

Mais comme le disait Flic, le Président avait compté sans son hôte.

Quel était cet hôte? Le Parisien, ni personne au monde, n'en ignorait.

Il menait assez grand tapage pour qu'il fût connu de tous.

— Ah! oui, jubilait l'ordonnance, tu veux dire notre admirable Mansulle, le Directeur du *Quotidien?*

— Il lui en a pourtant fait voir de grises, hein! celui-là, surtout depuis trois ou quatre jours, ripostait Flic.

« Quel boucan avec la disparition de la Pourcelette!

« Pire qu'avec l'affaire Lempereur...

« Eh bien! tout ça, c'est des nèfles.

« Le coup le plus terrible qu'il pouvait lui porter à ce Lemarchand, Mansulle l'a réservé pour le dernier moment.

« C'est tout à l'heure que ça va se passer.

« Gare la bombe!

« Monsieur Patoche, s'exaltait Flic qui décidément ne pouvait plus s'arrêter, quatre mille « aboyeurs » qui vont être lancés sur la ville par Monavon, vous connaissez? le fameux roi des camelots.

« Et savez-vous ce qu'ils vont « aboyer »?

« Tenez, fit Flic avec jubilation, en prêtant l'oreille tout à coup.

« Les voici! les entendez-vous?

Dans les rues silencieuses, une clameur se rapprochait.

Une foule de camelots surgit tout à coup, criant et gesticulant comme des fous furieux, brandissant

« Il avait pensé que le peuple occupé à s'amuser n'y verrait que du bleu.

« Mais le vieux renard a compté sans son hôte.

Le policier raisonnait juste.

La communication en Chambre du Conseil de la pièce secrète, inconnue de la défense, étant un moyen péremptoire pour écraser Ferbach, Lemarchand avait donné ses ordres pour que l'accusation ne fît que toucher aux allégations accessoires et que le procès fût mené rondement.

On était le 10 juillet. Le 13 au soir, tout serait fini, c'est-à-dire Ferbach condamné.

Les roulements de tambours et les joyeuses fanfares des retraites aux flambeaux qui, à la même heure, sillonneraient la ville, étoufferaient les protestations des mécontents.

leurs journaux et hurlant en vrais forcenés la nouvelle sensationnelle.

Aussitôt, à toutes les fenêtres émergèrent des visages ahuris.

— Nom d'un pétard! qu'est-ce qu'ils peuvent bien crier? s'enthousiasmait Patoche.

Les camelots se rapprochaient.

Ils passèrent en hurlant: « *Le Quotidien, démission de M. Dréan!* »

— Dieu de Dieu! quel sale coup pour la fanfare! exultait le Parigot.

« Quelle tuile pour Lemarchand!

« Son bras droit qui démissionne!

« Ah! zut, alors!

En un instant, autour d'eux, tout le quartier s'était empli d'un grouillement de foule qui s'arrachait les numéros du *Quotidien*.

Patoche, Flic et Flac, tenant à deux mains, un exemplaire du journal, s'étaient arrêtés, lisant la nouvelle.

Dans un article sobre et terrible comme un bulletin de guerre, le chef de la Sûreté annonçait lui-même sa démission.

Appelé en témoignage par la défense, il voulait, disait-il, pouvoir déposer en toute indépendance.

M. Dréan affirmait sa conviction absolue de l'innocence de Ferbach et dévoilait toutes les sordes machinations dont cette affaire avait été l'objet.

Ces déclarations, le premier coup de canon des *ferbachistes* dans cette mémorable journée, eurent un retentissement immense.

En un clin d'œil tous les faubourgs furent sur pied.

Un enthousiasme délirant avait saisi le peuple.

Des drapeaux rouges sortirent de terre comme par enchantement.

Tout de suite ce fût l'exode en masse, une foule prodigieuse qui se ruait vers la prison du Cherche-Midi en chantant le *Ça ira!*

Ce fût à ce moment que Patoche quitta ses deux amis pour se rendre chez Lancelin.

Flic et Flac, entraînés dans un vaste remous continuèrent à suivre l'élan du populaire.

Autour d'eux c'était une clameur inouïe, le bruit de mer, a dit un poète, que fait un grand peuple en marchant.

— Chouette! s'exclama un monsieur très comme il faut, on va reprendre la Bastille.

Le monsieur très comme il faut, écrasait légèrement le ventre de Flic qui, dans l'impossibilité de se retourner, était obligé d'avancer à reculons.

C'était plutôt une drôle d'allure, pour quelqu'un qui allait reprendre la Bastille.

Aussi Flic protesta.

Le monsieur très comme il faut, avait une mince redingote, un chapeau haut-de-forme, passablement râpé et des lunettes sur le nez.

— Croyez-vous, monsieur, s'essoufflait le gros Flic, que le peuple se soucie d'enfoncer une porte ouverte?

« La Bastille n'est-elle pas d'ores et déjà bel et bien reprise? La cause du gouvernement, c'est-à-dire de la tyrannie et de l'iniquité, irrémédiablement perdue?

« Allez, de ce côté-là, justice est faite, désormais.

« Quant à Ferbach, parbleu, il sera acquitté, cela est clair comme le jour.

— Nous n'en avons jamais douté, s'écrièrent plusieurs voix.

« Il faudra bien qu'on nous le rende.

« Un acquittement ne suffit pas. Il lui faut un triomphe et ceci nous regarde.

« Nous ne nous sommes mis en route que pour cela.

Visiblement, en effet, elles n'étaient nullement belliqueuses les dispositions de ces manifestants qui arrivaient dans une presse énorme, obstruant tous les alentours de la prison, des deux côtés de la rue du Cherche-Midi et du boulevard Raspail.

C'était une foule radieuse, communiant dans la même espérance, poussant le même cri de soulagement:

— Enfin, il est arrivé le grand jour!

Et pourtant Ferbach était un inconnu pour tous ces braves gens.

Qu'on se figure donc l'allégresse qui devait posséder tous les amis du Juste.

Nous avons vu la joie de Patoche, de Flic et de Flac.

Quelle devait être celle de Lancelin!

Dès le point du jour, il s'était élancé hors de son lit.

Après avoir fébrilement revêtu son uniforme, le vieux grognard pour tuer le temps avait ouvert une fenêtre. Il s'était attardé longuement à contempler le lever du jour, du grand jour.

Il resta là, penché sur la barre d'appui, à écouter la joie infinie qui chantait dans son vieux cœur de brave, bercé par de radieuses pensées qui toujours aboutissaient à cet enivrant refrain, murmuré en sourdine: « *On va me rendre mon p'tit gas!* »

Tout à coup, il fût tiré de sa rêverie par un grand hourvari qui semblait venir de la cuisine.

C'était Patoche qui arrivait.

Il avait pris dans ses bras Mme Pierre, et la forçait à danser un entrechat.

Chose extraordinaire: la gouvernante s'y prêtait de bonne grâce, et riait tout son saoul.

— Vous comprenez, expliqua-t-elle à Lancelin qui était apparu dans l'encadrement de la porte, un jour comme aujourd'hui, je ne voudrais pas me fâcher.

Rosette survint à point pour faire à son promis une belle scène.

Il fallut que le Parigot la fît aussi danser.

Après quoi, en pouffant de rire, elle déclara l'honneur satisfait.

M. Bertard et le docteur Mazurel, revenu de sa villégiature, arrivèrent ensemble.

Il avait été convenu qu'ils viendraient chercher le capitaine Lancelin.

Les trois hommes, profondément émus, se serrèrent les mains avec la même exclamation de bonheur qui était sur toutes les lèvres ce matin-là:

— Enfin! il est tout de même arrivé, hein! le grand jour!

Tous trois montèrent chez celle qu'ils appelaient Mme Ferbach.

La sœur d'André était là, arrivée de la veille. Quant au pasteur encore retenu par sa crise de goutte, il se proposait de venir coûte que coûte le jour du verdict.

Jeanne et la sœur d'André reçurent les nouveaux arrivants à bras ouverts.

La couturière tenait dans ses mains une lettre.

Elle la tendit d'un air radieux au capitaine Lancelin.

— Voyez, dit-elle, ce qu'il m'écrit. Je l'ai reçue, hier soir, par le dernier courrier.

« Oh! vous pouvez lire à haute voix. Il n'y a personne de trop ici, allez.

Le Père la Manille, d'une voix que l'émotion faisait chevroter, lut alors ceci:

Elle la tendit d'un air radieux au capitaine.

« Ma chère Jeanne,

« J'arrive enfin au terme de mes souffrances, au terme de mon martyre.

« Demain je paraîtrai devant mes juges, le front haut, l'âme tranquille.

« Je suis prêt à paraître devant des soldats, comme un soldat qui n'a rien à se reprocher. Ils verront sur ma figure, ils liront dans mon âme, ils acquerront la conviction de mon innocence, comme tous ceux qui me connaissent.

« Dévoué à mon pays auquel j'ai consacré toutes « mes forces, toute mon « intelligence, je n'ai « rien à craindre.

« Ma Jeanne, je te le « jure, il faudra bien « qu'ils reconnaissent « mon innocence et « qu'ils m'acquittent.

« Bientôt, je serai « dans tes bras.

« L'épreuve que je « viens de subir, épreu- « ve terrible s'il en fut, « a épuré mon âme. Je « te reviendrai meilleur « que je n'ai été. Je veux « te consacrer, à toi, à « nos chères familles, à « nos amis, dont le dé- « vouement fut sans « borne, tout ce qui me « reste à vivre.

« Ton mari
« André Ferbach. »

— Mille millions de cartouches! grondait Lancelin pour contenir son émotion.

— N'est-ce pas que son âme est très belle? fit Jeanne en reprenant la lettre, avec un regard extasié.

Et tout à coup, elle fondit en sanglots.

Mais c'étaient des larmes de bonheur.

Lancelin, qui avait peur de s'attendrir, se hâta de prendre congé.

— Allons, allons! ce n'est pas le moment de lanterner, s'écria-t-il d'un ton bourru en poussant amicalement M. Bertard et le docteur Mazurel vers la porte.

« Le temps se passe, nom d'un pétard!

« Au revoir, Mlle Ferbach, au revoir Jeannette, je reviendrai vous apporter des nouvelles.

Patoche et le *triumvirat* furent bientôt à la prison du Cherche-Midi, dans la salle réservée aux témoins.

Pendant ce temps-là on s'entassait dans la salle des débats, devant le prétoire vide.

Public houleux, mais plein d'entrain, chacun des deux camps, *ferbachistes* et *antiferbachistes*, se croyant sûr de la victoire.

Les cléricaux, caillettes et talons rouges aux belles places.

Les autres, les militants des journaux avancés — le stylographe en arrêt — le populaire, la racaille, derrière, entassés autour d'une longue et maigre silhouette qui surgissait du bloc compact de la foule et se balançait au-dessus, comme le mât d'un navire.

Cette silhouette n'était autre que Flac.

Flic, auprès de lui, geignait:

— Quelle chaleur, mes amis! Qu'est-ce que ça va être cette après-midi!

— Moi, je ne sens rien, goguenardait Flac.

« Je plane dans les régions supérieures.

« Mais quel vacarme! on se croirait au sabbat!

« J'espère qu'on va bientôt leur imposer silence à tous ces braillards.

Flac fut servi à souhait.

Un huissier, d'un air solennel, annonçait:

— Messieurs, le Conseil de guerre!

Brusquement, le silence se fit.

Des portes s'ouvrirent.

Une foule d'officiers de tous grades entraient dans le prétoire.

Ils avaient un air d'austérité extraordinaire.

Flac poussa Flic du coude.

Il se pencha vers lui et lui glissa tout bas:

— En voilà un, parmi les juges qui a un drôle d'air. Le lieutenant à barbiche noire.

— Oui, c'est d'Albaret, je le connais, lui répondit Flic de la même manière.

« Il paraît qu'il n'est pas très d'accord avec ses collègues.

« Si l'accusation ne marche pas droit, celui-là pourrait bien nous réserver quelque surprise.

Leur attention fut détournée par l'entrée de l'avocat.

— A-t-il un air assez crâne sous sa toge, admirait Flic dans l'oreille de Flac penché vers lui.

« On dirait un Romain.

« En voilà un qui n'a pas l'air d'avoir froid aux châsses.

« Et fier! Dame, le voilà entré tout vivant dans l'Histoire.

Dand toute la salle on chuchotait. L'huissier réclama le silence.

Le Président. — La séance est ouverte. Introduisez l'accusé.

Il se fait un grand mouvement d'attention.

Tout les regards se tendent vers la porte par où doit paraître le lieutenant.

La porte s'ouvre. André Ferbach, en grand uniforme, est introduit dans la salle d'audience, accompagné par un lieutenant de la garde républicaine.

Comme il l'a écrit à Mme Ferbach il se présente fièrement, devant des soldats, comme un soldat qui n'a rien à se reprocher.

Autour de son charmant visage, un peu pâli, ses souffrances imméritées lui font une sorte d'auréole.

Dans la salle c'est un moment de grosse émotion.

Des applaudissements éclatent, soulevant aussitôt de vives protestations.

Le Président indigné, menace de faire évacuer.

Le calme se rétablit.

André Ferbach gagne sa place, vient s'asseoir devant son défenseur, sans rien voir de ce qui se passe autour de lui, l'esprit complètement absorbé par l'affreux cauchemar qui pèse sur lui, depuis de si longues semaines, par l'accusation monstrueuse de trahison dont il va démontrer l'inanité, le néant.

Il distingue seulement, au fond, sur l'estrade, les juges du Conseil de guerre, des officiers comme lui, des camarades devant lesquels il va enfin pouvoir faire éclater son innocence.

Derrière eux, les juges suppléants, le commandant délégué du Ministre de la guerre, le Préfet de police.

En face de lui, le commandant faisant fonction de commissaire du Gouvernement et le greffier.

On procède aux diverses formalités préliminaires: lecture de l'ordre de nomination des juges et des juges suppléants, lecture de l'ordre de mise en jugement, interrogatoire d'identité du prévenu.

Le greffier fait alors l'appel des témoins.

Parmi les absents, le nom de Mlle Lucienne Pourcelot est accueilli par des murmures.

Parmi les présents, l'apparition de M. Dréan fait sensation.

Enfin l'appel des témoins est terminé.

Le Président prend alors la parole:

— Mesieurs les témoins, vous pouvez vous retirer.

« Il vous est formellement interdit de rentrer dans la salle des délibérations.

« Je compte sur votre respect de la loi pour observer les prescriptions.

Le greffier donne lecture de l'acte d'accusation.

Quand il se rassied, toutes les formalités préliminaires sont remplies.

Le Président appuie son regard sur celui de Ferbach.

L'accusation va procéder à l'interrogatoire.

Il se fait dans la salle un surcroît d'attention.

Le Président. — Accusé, levez-vous.

« Vous êtes accusé du crime de haute trahison.

« Je vous préviens que la loi vous donne le droit de dire tout ce qui est utile à votre défense.

« La base de l'accusation portée contre vous est une lettre-missive adressée à votre nom et révélant de votre part, des machinations avec un ou plusieurs agents des puissances étrangères, dans le but de leur procurer les moyens de commettre des hostilités ou d'entreprendre la guerre contre la France, en leur livrant des documents secrets.

« Cette pièce a été saisie chez vous.

« Elle vous a déjà été présentée. La reconnaissez-vous?

Ferbach. — Elle m'a été présentée au cours de l'instruction.

« Quant à la reconnaître, j'affirme que non.

J'affirme encore que je suis innocent.

« J'affirme encore que je suis innocent, comme je l'ai déjà affirmé, comme je l'ai crié chaque fois que j'ai pu le faire.

« J'ai tout supporté, mon colonel, depuis tant de mois que dure ma prévention.

« Mais encore une fois, pour l'honneur de mon nom et de mon uniforme, je suis innocent, mon colonel.

André Ferbach avait jeté ces mots d'une voix éclatante.

Une immense joie, tout à coup, l'avait envahi.

Enfin, il pouvait crier son innocence!

Enfin, il s'était donc levé le jour de la justice et de la vérité!

CHAPITRE CCXLVII

Une nouvelle tactique.

Jeanne, la sœur d'André, Yvette et Rosette, toutes ces aimables figures, autour desquelles on a vu se dérouler tant de gracieuses ou terribles aventures, étaient groupées dans le salon de Mme Ferbach.

C'était le soir du grand jour.

Aucune nouvelle bien certaine de la marche du procès ne leur était encore parvenue.

La plus rapide façon d'en avoir, sans doute, leur eût été d'aller en prendre, c'est-à-dire d'assister aux débats.

Mais laquelle eût osé se livrer en pâture à la curiosité du public, curiosité avivée depuis tant de semaines par les racontars des journaux?

Les jolies recluses, bien malgré elles, avaient dû garder le gynécée.

Elles s'efforçaient d'étouffer sous un joyeux babil la sourde anxiété, ou plutôt l'impatience qui croissait en elles au fur et à mesure que les heures passaient.

Cette impatience était à son comble, quand tout à coup, avec un grand fracas, la porte de l'appartement s'ouvrit.

Enfin! elles allaient savoir...

Pêle-mêle, dans une bruyante irruption, surgissaient Patoche, Wilhem Furster, Dréan, Mazurel, Lancelin et Jean Lenoir.

Les jeunes femmes s'étaient levées de leurs fauteuils, tendues par l'avidité de connaître.

— Eh bien? interrogèrent-elles, haletantes.

— Eh bien! lança le vieux grognard qui rayonnait, eh bien! ce n'est plus un procès, c'est un triomphe!

— Acquitté, alors? palpita Mme Ferbach.

— Coquin de sort! comme vous y allez! fit Lancelin enflant gaiement sa voix.

« Vous pensez qu'un pareil procès peut se terminer en un jour? C'est à peine si on a fini l'interrogatoire.

— Alors, comment pouvez-vous assurer d'ores et déjà que c'est un triomphe? repartit Mme Ferbach un peu déçue.

— Par l'interrogatoire, mille millions de gibernes.

« C'est dans l'interrogatoire que sont exposés tous les griefs d'accusation, comme ils disent dans leur sacrée boutique.

« Eh bien! de tous ces griefs, par un qui tint debout! pas un que notre p'tit gas n'ait réfuté de la façon la plus catégorique.

« Ce n'était plus un accusé qui se défendait, c'était l'évidence même qui parlait et qui triomphait, vous m'entendez bien, mille millions de tonnerre, qui triomphait!

« Le Président, les juges, tout le monde était abasourdi.

« A chaque explication du petit gas, le président ne savait que répondre: Cet ordre d'idées est épuisé, nous allons passer à un autre!

« C'est tout ce qu'il savait répondre le président!

« Quand je vous dis que c'est un triomphe!

« Coquin de bonsoir, je ne tiens pas de joie! Tenez, je m'en vais, je descends chez moi, parce qu'il faut que je me remue, que je chambarde tout ce qui me tombe sous la main.

— Vous allez démolir votre mobilier, vous allez faire un massacre, s'écrièrent en riant Mazurel et l'ancien chef de la Sûreté.

« Nous vous suivons. Nous ramasserons les morceaux.

Ils s'élancèrent dans l'escalier, laissant Patoche et les autres raconter à ces dames la fameuse journée.

Comme ils arrivaient dans l'appartement de l'officier, Me Léon-Jacques entra derrière eux.

Le Père la Manille vint à lui, les mains tendues.

— Eh bien! on est content, hein? lui dit-il.

Mais l'avocat, avec un air découragé, avait jeté sa serviette, bourrée de papiers, sur une table. Puis, ayant relevé la tête, il prononça froidement:

— Ferbach est perdu!

Le docteur Mazurel et M. Dréan prirent aussitôt une attitude beaucoup moins surprise, qu'extrêmement intéressée.

Ils savaient que les plus formelles affirmations d'un avocat, ne sont souvent que des habiletés oratoires pour éveiller plus vivement l'attention.

Le vieux grognard, lui, n'y entendait point finesse.

Il regardait le maître avec stupéfaction.

Il était suffoqué.

— Qu'est-ce que vous nous chantez là! finit-il par s'écrier.

« Vous prétendez que Ferbach est perdu, vous, quand tout va si bien!

— Justement! ça va trop bien, fit Me Léon-Jacques.

« Asseyons-nous et raisonnons.

« Voyons, cette complaisance de l'accusation à se laisser bloquer dans tous ses griefs, cette hâte d'en finir, cela ne vous est pas suspect?

— Ferbach se disculpait si nettement! Il fallait bien se rendre à l'évidence.

— L'évidence! l'évidence! sachez, capitaine Lancelin, qu'en justice il n'y a rien de moins évident que l'évidence, et rien de plus facile que d'embarrasser et de noircir un innocent, quand on le veut.

« Voilà ce que les ennemis de Ferbach devaient faire. Voilà pourtant ce qu'ils n'ont pas fait.

« Serait-ce à votre avis, qu'au dernier moment, ils auraient été saisis de scrupules ou bien qu'ils manqueraient de malice?

Me Léon-Jacques avait achevé ces mots sur un ton d'ironie.

— Saprelotte! grommelait Lancelin dont la confiance commençait à s'ébranler, est-ce qu'il y aurait une anguille sous roche?

« C'est tout de même drôle, en effet, ce parti pris de laisser parler Ferbach sans prendre la peine de discuter ses allégations, de le laisser aller comme s'il prêchait dans le désert.

« Mais peut-être comptent-ils sur la déposition des témoins à charge?

— Examinons. Quels sont les témoins les plus redoutables?

« Je n'en vois qu'un: de Thérisy.

« Celui-là, certes, il est embarrassant. Il affirmera, fera une déposition sensationnelle.

« De Thérisy est un officier taré. Mais qui osera suspecter la parole d'un officier français?

— Oh! la canaille, grondait Lancelin en serrant les poings, si je pouvais lui mettre deux doigts de fer dans le ventre.

— Gardez-vous-en bien, on dirait que nous l'avons fait disparaître, parce qu'il nous gênait. Nous serions flambés.

— Eh bien! qu'il y vienne, nom d'un tonnerre, que nous importe!

« Il ferait beau voir que la déposition d'un pareil mannequin pût contrebalancer les affirmations des braves gens que nous sommes!

— Voilà ce que je voulais vous faire dire, lança triomphalement l'avocat.

« Et ceci l'accusation le sait aussi bien que vous.

« Par conséquent, mon brave Lancelin, vous le voyez, ce n'est pas dans la déposition des témoins à charge que gîte le lièvre.

« Pour faire condamner Ferbach, Lemarchand doit compter sur un autre moyen.

« Mais quel moyen? voilà le hic! *Hic jacet lupus!*

« Moi, j'ai beau chercher. Je n'en vois qu'un.

— Et c'est?... ironisait le docteur Mazurel qu'amusait le bagout de l'avocat.

— Eh bien? interrogèrent-elles, haletantes.

Me Léon-Jacques qui maniait la parole comme Hercule sa massue, était un enthousiaste.

Il hurlait volontiers pour soulager ses énormes pectoraux.

A la question du docteur Mazurel, comme un éclat de tonnerre, il lança:

— Une pièce secrète!

— Une pièce secrète? lui répondit à peu près sur le même ton le père Lancelin.

— Mais oui, parfaitement. Vous n'allez pas me croire.

« Ça, par exemple, c'est bien pour le plaisir de la contradiction.

« Mais c'est ici même, dans un de vos conciliabules, que M. Bertard vous en a le premier parlé.

« Un simple soupçon qui le traversait, souvenez-vous, lors de l'affaire Lempereur.

« C'est vous qui m'avez rapporté la chose. Et vous n'étiez pas loin d'y croire alors, vous aussi, à la pièce secrète.

— Oui, mais nous avions dit que nous nous en moquions.

— Eh bien, nous avions tort, voilà tout.

« Ce qu'est au juste ce document, vous pensez bien que je ne vais pas vous le dire. Le secret sera bien gardé: je n'en sais rien.

« En tous cas, il faut que ce soit un document absolument péremptoire pour que l'accusation table dessus avec une telle confiance.

— Oui, mais en tous cas, c'est un faux, rugit Lancelin, les poings crispés, puisque Ferbach est innocent.

— Naturellement.

— Et du moment que c'est un faux, eh bien! nous en démontrerons l'inanité; nous le foulrons par terre.

— Si on nous le montre. Mais voilà bien où le bât nous blesse: *on ne nous le montrera pas!*

« Si on avait dû nous le montrer, le greffier dans la lecture de l'acte d'accusation et le président, au cours de l'interrogatoire, en auraient parlé.

« Or, pas un mot.

« Eh! parbleu, je sais bien ce qu'ils veulent faire.

« Le procès suivra son cours, comme si de rien n'était.

« Puis, quand les juges se retireront en chambre du conseil pour délibérer, à l'insu de la défense, on leur communiquera, sous le secret, le fameux document et le tour sera joué.

— Mais c'est inique, monstrueux! vociférait le vieux grognard qui allait et venait dans sa chambre comme un lion furieux en cage.

« Ce n'est plus un jugement, c'est un assassinat!

— Eh! oui, le coup de Jarnac, le brave coup d'épée par derrière, entre les deux épaules.

« Voilà ce que Lemarchand réserve à Ferbach.

— Comment des juges militaires peuvent-ils se prêter à de pareilles infamies?

— Par la raison d'Etat, pour ménager les susceptibilités de la *puissance étrangère*.

— Alors, quelle chance nous reste-t-il de sauver
notre p'tit gas! râlait le Père la Manille suant à
grosses gouttes.

« Plus rien? Tonnerre de Brest, pourtant leur pièce
secrète doit puer le faux à cent pas.

« Si les juges, quand ils l'auront en main, ont un
peu de jugeote...

— Ah! bien, oui, si nous comptons là-dessus?

« Est-ce que le colonel de Montarlan l'a eue cette
jugeote?

« Car il l'a vue, lui, la
pièce secrète, j'en suis
sûr.

« Pour qu'il se soit
livré à cette fameuse
incartade dans la cel-
lule de Ferbach, vous
savez? le coup du revol-
ver, il faut qu'il l'ait
vue!

« Et pourtant il a-
vait tout intérêt à croire
Ferbach innocent, un
officier de son régi-
ment, un homme qu'il
estimait et qu'il aimait...
Et il l'a cru coupable,
tellement cru qu'il vou-
lait le pousser au suici-
de.

« Comptez après cela,
sur des indifférents ou
des rivaux.

— Non, rugissait
Lancelin, je ne pourrai

Ferbach est perdu!

jamais croire que notre p'tit gas soit condamné.

« Est-ce que vous y croyez, vous, mes amis? s'é-
criait douloureusement le vieux soldat, en secouant
par leur veston, le docteur Mazurel et M. Dréan.

— Et moi! lança triomphalement l'avocat, croyez-
vous que je me tienne pour battu!

« Si je vous ai montré le danger qui nous menaçait, c'était pour mieux le vaincre, pour diriger tous
nos efforts de ce côté.

— Mille millions de tonnerres! rugit Lancelin avec
enthousiasme en se retournant vers l'avocat.

« Alors Ferbach n'est pas encore perdu, n'est-ce
pas?

Mᵉ Léon-Jacques qui se disposait à partir, venait
de reprendre sa serviette sur la table.

— Non, répondit-il majestueusement, en refermant
avec un grand geste cette serviette, sous son bras, à
moins de complications.

« Puisque nous savons où gîte le lièvre, nous allons le lever et tâcher de le tirer au passage.

CHAPITRE CCXLVIII

Où l'on parle
de la pièce secrète.

Le second jour des
débats est commencé.

La foule, dans la rue
du Cherche-Midi, est en-
core plus compacte que
la veille.

On prévoit que cette
journée sera tout entiè-
re consacrée à la dépo-
sition des témoins.

Plusieurs témoins à
charge ont déjà com-
paru, essayant d'acca-
bler l'accusé de leur dé-
position erronée ou hai-
neuse.

Ferbach les a réfutés
énergiquement, avec
calme.

Le Président ordonne
à l'huissier d'introduire
le colonel de Montarlan.

— Monsieur le Président, répond l'huissier, le colonel passe dans les casernements une revue de détail
de ses troupes.

« Il a fait annoncer qu'il ne pourrait venir qu'à
4 heures.

Le Président. — C'est bien. Faites entrer le capitaine de Thérisy.

Grande sensation.

Le capitaine s'avance nonchalamment, avec une
attitude théâtrale.

Ses yeux, après avoir, au passage, laissé traîner
sur Ferbach le plus profond mépris, scrutent la foule entassée dans la salle, comme s'ils y cherchaient
quelqu'un.

Tout à coup, le beau marquis tressaille.

— *Vous jurez de parler sans haine et sans crainte?*

Mlle Aurore est là, fidèle au rendez-vous donné jadis, s'efforçant à le fasciner de son regard hautain et menaçant.

Le capitaine est arrivé à la barre.

Il se tourne vers le Président avec un pâle sourire de rage et de défi.

Le Président. — Vous jurez de parler sans haine et sans crainte, de dire la vérité, toute la vérité, rien que la vérité?

De Thérizy. — Je le jure.

Suit l'interrogatoire d'identité :

Le Président. — Connaissiez-vous l'accusé avant les faits qui lui sont reprochés?

— De Thérizy. — Je le connaissais.

Le Président. — Vous n'êtes ni son parent, ni son allié; vous n'êtes pas à son service et il n'est pas au vôtre?

De Thérizy. — Non.

Le Président. — Faites votre déposition.

De Thérizy parle des fiches et entame une suite de racontars calomnieux qui soulèvent de fréquents murmures dans la salle et les protestations indignées d'André Ferbach.

Visiblement, sa déposition produit sur les juges une impression défavorable à l'accusé.

Quand il a fini de parler, l'avocat fait un geste. Tous les regards se tournent vers lui.

— Capitaine, lance Me Léon Jacques d'un ton imperturbable, vous venez de nous raconter de fort belles choses. Vous oubliez de nous dire de qui vous tenez des renseignements si complets.

De Thérizy, se redressant fièrement. — Monsieur l'avocat, je les tiens d'une personne honorable.

André Ferbach, violemment. — Eh bien! qu'on la fasse comparaître!

De Thérizy. — Elle ne peut venir.

Ferbach. — Pourquoi?

De Thérizy. — Je n'ai pas à dire pourquoi. Je vous dis qu'elle ne peut venir.

Ferbach. — Et moi, j'exige qu'elle vienne, que ce soit de gré ou de force.

« Capitaine, je vous somme de dire son nom.

De Thérizy, poussé au pied du mur, est au moment de perdre sa belle assurance.

Mais il se ressaisit, et, d'une voix théâtrale, en se frappant la poitrine, il s'écrie :

— Quand un officier a un secret dans sa tête, il ne le confie pas même à son képi.

— Alors, ôtez votre képi, marquis de Thérizy, riposte Ferbach d'une voix éclatante, car ce nom, je vais vous le dire, moi.

« C'est Walter Humding!

Ce nom jeté par Ferbach met le feu aux poudres.

L'accusation, qui sent le terrain glissant pour elle, veut l'éviter à tout prix.

Par contre, la défense va faire tout son possible pour l'y entraîner. Elle y réussira.

Le commissaire du gouvernement s'écrie:

— Walter Humding est un mythe créé par l'imagination populaire, et dont certains journaux ont abusé. Je préviens l'accusé que nous ne sommes pas ici pour discuter des invraisemblances.

— Parfaitement, rétorque l'avocat, mais l'existence de Walter Humding n'est pas une invraisemblance.

« La défense possède sur la réalité de cet individu un faisceau de preuves irréfutables.

« En outre, elle a fait citer une multitude de témoins qui viendront corroborer ces preuves.

Le commissaire du gouvernement, avec violence:

— Maître Léon Jacques, vous voulez égarer les débats.

« Le procès n'est pas dans cette existence plus ou moins chimérique, mais dans la trahison d'André Ferbach.

— Monsieur le Commissaire du gouvernement, je maintiens que Walter Humding est la clef de voûte du procès.

« Prouver l'existence de cet agent des puissances étrangères, c'est prouver le complot dont mon client a été la victime, et par suite, la fraude et le mauvais aloi de tous les documents sur lesquels s'est basée l'accusation, documents fabriqués de toutes pièces par cet agent ou ses complices.

— Je vous répète que vous ne pouvez avoir aucune preuve formelle de l'existence de Walter Humding.

— C'est ce que MM. les jurés apprécieront, réplique l'avocat en fouillant dans sa serviette.

Il en sort une carte de visite qu'il tend à l'huissier.

Pendant que celui-ci la remet au Président qui l'examine d'un air sceptique, l'avocat poursuit:

— Monsieur le Président, voici une première preuve. C'est une carte de visite au nom de Walter Humding.

Le Président. — Une carte de visite ne prouve rien.

Me Léon Jacques. — Elle a été apportée à la défense par Alexandre Barbot.

« Je demande que ce témoin soit entendu.

Le Président. — Capitaine de Thérizy, vous pouvez vous retirer.

« Huissier, faites entrer Alexandre Barbot.

L'huissier introduit Patoche.

Un long murmure de joie salue l'entrée du Parisien, qui s'avance d'un pas rythmé et s'arrête devant le Président en faisant crânement le salut militaire.

Ferbach le contemple, avec un sourire attendri.

— Bravo, le Parigot! lancent plusieurs voix.

L'huissier, indigné, réclame le silence.

Le Président au témoin, en lui montrant la carte de Walter Humding:

— Alexandre Barbot, connaissez-vous cette carte?

— Des fois que je la connaîtrais! s'écrie le Montmartrois.

« Elle m'a donné assez de mal, je ne dis pas à prendre, mais à rapporter : car pour la prendre, je n'ai eu que la peine de la ramasser.

— Ou de la faire fabriquer, interrompt sournoisement l'avocat.

M. le Président n'est pas loin de le penser.

Patoche se redresse fièrement:

— Comment! de la faire fabriquer! Elle est un peu raide, celle-là!

« C'est-y qu'on voudrait dire que je ne l'ai pas cueillie sur l'Alboche, celui qui s'a cassé la gueu... la figure dans la forêt de Chantilly?

« Nom d'un polochon! si on doute de la parole d'un soldat français, il me semble qu'il y avait des témoins! deux inspecteurs de la Sûreté, si vous plaît, Flic et Flac.

« Ils sont dans cette salle, ils n'ont qu'à me démentir! poursuit le Montmartrois avec une juvénile indignation, en se retournant vers la salle où Flic et Flac lui font des signes d'encouragement.

Le Président. — Alexandre Barbot, vous n'avez pas à voir ce qui se passe dans le public de la salle d'audience. Les deux policiers ne sont pas compris dans la liste des témoins.

Me Léon Jacques. — C'est inutile. Le fait est inséré dans leur rapport au chef de la Sûreté.

Le Président. — Qu'importe? Une carte de visite n'est pas une preuve suffisante. Ce n'est pas une signature.

— Qu'à cela ne tienne, mon colonel, s'écrie triomphalement le Parisien. Cette signature, nous l'avons.

« C'est encore moi qui l'a rapportée de Bruxelles, parmi les cinq biffetons, pardon, je veux dire parmi les cinq lettres que j'ai raflées dans le bureau d'un agent de Walter Humding.

— Parfaitement, confirme l'avocat au milieu de la stupeur générale.

« Ces lettres ont été soumises à l'expertise de MM. Costat et Neret.

« Que monsieur le Président veuille bien faire entrer ces deux messieurs.

Les deux membres de l'Institut, aussitôt introduits, sont nettement affirmatifs.

Les initiales de Walter Humding se trouvaient à la fin d'une banale invitation à dîner, composant l'une des cinq lettres désignées par Alexandre Barbot.

Détail gros de conséquences. l'invitation à dîner était manifestement écrite de la même main que plusieurs des documents compromettants saisis chez André Ferbach.

Cette révélation produit une grande sensation.

Dès lors, l'existence de Walter Humding demeure un fait acquis. C'est une première victoire pour la défense.

Il est midi. La séance est suspendue. Les débats reprendront à deux heures.

Me Léon Jacques, au milieu de ses amis, se frotte les mains.

— Ils en tiennent déjà, riait-il.

« Mais ce soir, ce sera bien autre chose, quand j'éventerai la pièce secrète.

« Maintenant, le terrain est bien déblayé. Nous allons y arriver en douceur.

Dès la reprise de l'audience, on sent que ça va chauffer, comme dit Flic à Flac.

M. Dréan est appelé à la barre.

— Amené à faire une perquisition chez M. André Ferbach, dépose l'ancien chef de la Sûreté, c'est sous mes yeux que mes agents ont saisi toutes les pièces compromettantes sur lesquelles s'est basée l'accusation.

« Inutile de dire qu'au premier moment, mon impression fut défavorable à l'accusé.

« Pourtant, au cours de ma perquisition, comme je m'avisais d'interroger l'entourage du lieutenant,

— Ainsi, la pièce secrète est éventée?

je ne laissai pas de remarquer l'attitude embarrassée de la fille de la concierge, Mlle Lucienne Pourcelot.

« Depuis, j'en ai vu bien d'autres.

— Expliquez-vous, invite sévèrement le Président.

M. Dréan s'explique. Lemarchand et sa jésuitière passent un mauvais quart d'heure.

Il en résulte une sérieuse altercation entre le commissaire du gouvernement et le témoin, l'un reprochant à l'autre de manquer tout au moins de tact en venant divulguer les secrets de ses chefs.

— J'ai donné ma démission pour pouvoir déposer librement, répond M. Dréan d'un ton frémissant de colère.

« Je n'obéis plus à M. Lemarchand. Je n'obéis qu'à ma conscience.

L'émotion dans la salle est à son comble.

M. Dréan achève sa déposition dans un brouhaha indescriptible.

Plusieurs manifestants sont expulsés manu militari.

Enfin, le calme se rétablit.

Alexandre Barbot, MM. Lancelin, Mazurel, etc., etc., viennent à leur tour dévoiler les extraordinaires machinations de Walter Humding.

Le public, extrêmement intéressé, suit leurs dépositions comme les phases palpitantes d'un merveilleux roman.

Enfin, M. Bertard se présente à la barre.

L'ancien ministre confirme les dépositions précédentes, mais il n'apporte rien de nouveau.

Déjà, les partisans de Lemarchand, qui le craignaient beaucoup, se prennent à respirer, quand tout à coup, en manière de conclusion, M. Bertard lance à l'accusation ce trait inattendu:

— Ce qui m'étonne, dit-il de sa voix tranquille, c'est qu'un génie aussi inventif que celui de Walter Humding, qui sait tout prévoir, n'ait pas créé le document de tout repos, la pièce péremptoire qui eût écrasé Ferbach sans rémission : je veux dire *une pièce secrète.*

Et, M. Bertard promène autour de lui un regard souriant, jouissant de son coup de théâtre.

Le commissaire du gouvernement est suffoqué. Les juges se regardent.

Dans le public, c'est une rumeur discordante qui se lève soudainement, tandis que du dehors, par les fenêtres ouvertes, arrivent les grondements du populaire.

Pour porter la stupeur à son extrême limite, comme le colonel de Montarlan vient à la barre succéder à M. Bertard, Mᵉ Léon Jacques se lève et, majestueusement, lance ces mots :

— Messieurs, je demande le huis clos.

Ah! ça, le huis clos pour la déposition de Montarlan! Mais il n'a rien à dire, il ne sait rien, c'est tout au plus un témoin de moralité.

Quel étrange procès! On y va toujours de surprise en surprise, ça ne tarit pas.

Et la foule, que font évacuer les gardes, se reprend à commenter les conclusions de M. Bertard :

— Une pièce secrète! non, ce n'est pas possible, ce serait trop fort!

Le Président. — Maître Léon Jacques, nous avons déféré à votre désir. La salle est évacuée. Quelle est la raison qui vous a fait juger la nécessité du huis clos?

Mᵉ Léon Jacques. — La déposition du colonel de Montarlan.

De Montarlan, surpris et mécontent. — Ce que j'ai à dire se résume en très peu de chose.

— En tous cas, mon colonel, reprend vivement le Président, je ne reconnais à personne le pouvoir de forcer votre déposition.

« Dites ce que vous savez du lieutenant Ferbach.

— Le lieutenant Ferbach a servi sous mes ordres, prononce le colonel, avec une rude émotion, et tant qu'il a servi sous moi, je l'ai toujours proposé en exemple à tous mes autres subordonnés. C'est tout.

— Et maintenant, mon colonel, s'écrie l'avocat, en votre âme et conscience, Ferbach est-il innocent ou coupable?

— Je n'ai rien à dire de plus, gronde sourdement le colonel.

— Vous n'avez rien à dire de plus! s'exclame sur un ton véhément le défenseur de Ferbach. Un de vos subordonnés est accusé du crime de haute trahison. d'un crime si monstrueux que le déshonneur en doit éclabousser votre régiment et jusqu'à vous, mon colonel, et vous n'avez rien à dire de plus!

« Ainsi, vous croyez donc Ferbach coupable, vous,

mon colonel, vous, qui, entre tous les soldats, devriez être le dernier à le croire!

« Ainsi, on vous déshonore, et vous n'avez rien à dire de plus!

« Mais pour le croire, quelle preuve écrasante vous a-t-on montrée? qu'avez-vous vu?

Le colonel, extrêmement troublé. — On veut forcer ma déposition, monsieur le Président, permettez-moi de me retirer.

Le Commissaire du gouvernement, avec violence. — Maître Léon Jacques, vous outrepassez les droits de la défense. Je suis obligé de vous rappeler à l'ordre.

— Monsieur le Commissaire du gouvernement, répond énergiquement Mᵉ Léon Jacques, je suis dans la limite de mes droits.

« Le témoin est libre de ne pas répondre.

« Colonel de Montarlan, votre silence me suffit.

« Je vous demande ce que vous avez vu pour croire Ferbach coupable.

« Si vous êtes lié par un serment, libre à vous de ne rien dire. Votre honneur est sauf.

« Mais libre à moi aussi de tirer mes conclusions. Maintenant, ma conviction est faite.

« Et comme je ne suis pas lié par un serment, moi, je vous le dirai, mon colonel, ce que vous avez vu :

« Vous avez vu la pièce secrète!

Une altercation d'une violence inouïe éclate entre l'accusation et la défense. Puis, la séance est levée.

La suite des débats est renvoyée au lendemain.

Quel coup de tonnerre pour Lemarchand, lorsqu'il eut reçu communication des incidents qui marquaient la deuxième journée du procès.

— Ainsi, disait-il à Lestradier aussi consterné que lui, la pièce secrète est éventée!

« A moins d'une chance inespérée, cette fois, c'en est fait, mon cher Lestradier, nous avons perdu notre dernier atout.

« Cette arme terrible sur laquelle j'ai tant compté, fera long feu!

« Demain dans sa plaidoirie, l'avocat la ruinera de fond en comble dans l'esprit des juges.

« Quel chambardement si Ferbach est acquitté.

— Non, ce n'est pas possible, s'épouvantait Lestradier.

« Nous rappellerons de Thérizy à la barre pour combattre cette mauvaise impression.

« Les juges sont en balance. Un rien peut encore les faire pencher de notre côté.

« Allons, allons, je veux croire que tout n'est pas perdu.

— En tous cas, demain soir, nous serons fixés, ricanait Lemarchand.

« C'est le dernier jour des débats.

— Oui, oui, grommelait Lestradier, le dernier jour des débats. Et, à part lui, en regardant Lemarchand, il ajoutait entre ses dents :

« Et peut-être aussi le nôtre.

CHAPITRE CCXLIX

Le châtiment.

— *Vive Ferbach! à mort de Thérizy! à mort le traître!*

Tels étaient les cris, ou plutôt les hurlements, qui, le 13 au matin, retentissaient sous les fenêtres du *Quotidien.*

Mansulle et son fidèle Monavon, accoudés à l'une des fenêtres, jouissaient du coup d'œil — un déluge vivant qui avait envahi la rue — et de l'ovation monstre qu'ils en recevaient, les cris de: *Vive Ferbach! à mort*

Mansulle et Monavon accoudés à l'une des fenêtres...

le traître! alternant avec ceux de: *Vive Mansulle! Vive le Quotidien!*

Mansulle et Monavon prenaient des airs de triomphateurs romains.

— C'est égal, exultait Monavon, un peu intimidé par cette gloire et en même temps cramoisi d'orgueil, vos révélations scandaleuses sur de Thérisy, et surtout votre article de tête sur la *personne honorable,* invoquée hier par lui dans sa déposition, ont rudement porté.

« V'là maintenant le populo qui s'imagine, à tort ou à raison, que c'est lui le traître!

— Cela lui apprendra, goguenardait Mansulle, à se compromettre avec des *personnes honorables!*

Le roi des « aboyeurs » prit un air distingué.

La foule qui ne le connaissait pas, venait tout à coup de le confondre avec M. Bertard, et l'acclamait.

Le camelot salua la rue avec un sourire de cabotin.

— Tout à l'heure, dit-il à Mansulle, j'ai rencontré des tas de gens qui allaient au Cherche-Midi, bien moins pour voir acquitter Ferbach, que pour faire un mauvais parti au beau marquis, si l'occasion s'en présente.

« Il pourrait bien y avoir du grabuge aujourd'hui par là-bas.

C'était un peu l'avis de tous.

Ces prévisions pessimistes étaient même si bien partagées par le gouvernement que vingt-six régiments, dont dix de cavalerie, avaient été mandés de province pour renforcer la garnison de Paris.

Comme nous l'avons dit, on les avait appelés sous le prétexte fallacieux de les faire participer à la revue de Longchamps.

La foule de plus en plus dense, qu'exaspéraient les formidables mesures d'ordre déployées autour de la prison, sut bientôt à quoi s'en tenir.

Sous la porte cochère d'un vieil hôtel particulier, un titi avait découvert une trentaine de dragons qui se dissimulaient, prêts à monter en selle.

La nouvelle se propagea comme une traînée de poudre.

Le populaire se mit alors à regarder avec défiance tous les vieux hôtels sournois qui composent ce quartier fossile.

Il fallut en ouvrir les portes, qu'il menaçait d'enfoncer.

Derrière ces portes, dans toutes les cours, des dragons ou des fantassins attendaient, les fusils en faisceaux.

— Ohé! les aminches, gouaillaient les faubouriens, c'est-y là que vous venez passer la revue? Devant les cuisinières et les femmes de chambre?

Parmi les troubades, quelques-uns étaient de Paris, des têtes chaudes, qui passant outre la consigne, répondaient .

— Gare à votre peau, les ciblots!

« Nous avons tous reçus trois paquets de cartouches.

« Vous n'avez qu'à vous bien tenir, ou c'est vous autres qui le serez de la revue.

La foule ricanait :

— C'est pour protéger leur de Thérisy, bien sûr, qu'ils ont fait venir toute cette ribambelle de soldats à Paris.

« Voilà à quoi ils font servir l'armée maintenant, à défendre ceux qui la trahissent!

« Mais cela ne nous empêchera pas de traiter cette fripouille de marquis comme il le mérite, si on en trouve l'occasion.

Et le refrain reprenait plus âpre, hurlé par cinquante mille poitrines :

— Vive Ferbach! à bas les traîtres! à mort de Thérisy! à mort!

C'est au milieu de cet ouragan que de Thérisy parut.

Il était seul, dans une voiture découverte.

Les virulentes attaques du *Quotidien*, avaient mis une barre à son front pâle, mais le bellâtre conservait toute sa morgue.

Dans les formidables remous de foule où sa voiture semblait non pas rouler, mais flotter à la dérive, il promenait un regard de souverain mépris.

Il venait d'arriver devant le barrage établi par les agents.

Avant de le franchir, de Thérisy, comme les autres, devait montrer son laisser-passer.

Ce fût à ce moment que quelqu'un le reconnut.

Aussitôt, ce ne fût qu'un cri, une clameur effroyable.

— Le voilà! le voilà! criait-on de tous côtés.

« A mort, le traître! A la lanterne! A mort! à mort!...

Le misérable était devenu livide.

Dans ce concert de mort, cent poignes terribles s'avançaient vers lui.

Sa voiture, soulevée par de robustes épaules, était renversée, mise en miettes.

Il fût roulé parmi les débris.

Alors, comme une meute à la curée, une multitude avide de meurtre et de représailles, s'élança sur l'officier félon.

C'était la fin!

Patoche, au côté de Wilhem Furster, d'une fenêtre de la salle des témoins, assistait, palpitant, à cette scène.

— Ils l'ont! ils l'ont! criait-il à son compagnon, et, en sourdine, pour ne pas être entendu des autres témoins qui venaient avidement se pencher sur leurs épaules pour voir aussi, le Parisien ajoutait avec jubilation :

— Il est foutu! Ils vont le lyncher! Ah! la canaille, c'est pas trop tôt!

« Il est enfin venu le jour où tout se paye!

— Non, pas encore, voyez; on le sauve! fit remarquer Wilhem Furster.

Une brigade d'agents venait de se jeter dans la mêlée. De Thérisy fut dégagé à grand'peine.

Il était temps.

Tandis que plusieurs policiers l'entraînaient en courant vers la prison, dont les portes se refermèrent derrière lui, les gardes à cheval repoussaient la foule rugissante.

Une fois dans la cour de la prison, à l'abri de toute surprise, les agents avaient quitté de Thérisy.

Mais celui-ci était dans un tel affolement, qu'il continua de courir.

Il passa comme une flèche devant une jeune femme qui, depuis longtemps déjà, l'attendait sous le vestibule.

L'officier reconnut Mlle Aurore.

Elle s'avançait avec un air menaçant.

Dans le trouble immense qui suspendait en lui le jugement, de Thérisy crut voir s'avancer une vision flamboyante, quelque chose, peut-être comme la statue du Festin de Pierre.

Il s'élança dans l'escalier qu'il gravit quatre à quatre.

La jeune femme s'était jetée sur ses traces.

Ils arrivèrent presque en même temps devant la porte de la salle des témoins.

De Thérisy franchit cette porte.

Mlle Aurore s'élançait pour le suivre, mais l'huissier de service s'interposa, lui barrant le passage.

— J'ai déjà eu l'honneur de dire à madame, déclara-t-il en s'inclinant, que cette salle n'est réservée qu'à messieurs les témoins.

— M'est-il aussi défendu d'attendre à cette porte? demanda avec hauteur la jeune femme.

— Mais non, s'empressa l'huissier, obséquieux, madame n'a qu'à attendre sur un de ces sièges.

Mlle Aurore se laissa tomber sur le banc que l'homme lui désignait.

En s'immobilisant dans l'attente, elle murmurait :

— De Thérésy a beau me fuir. Jusqu'ici, depuis.

trois jours, il a su se dérober, mais cette fois, il ne m'échappera plus...

En ce moment, dès la reprise des débats, de Thérisy était introduit dans la salle d'audience.

Il s'agissait de lui faire préciser certains détails de sa déposition, demeurés obscurs, et répéter ses graves affirmations pour retourner l'opinion des juges visiblement favorable à l'accusé.

Malheureusement, le dénonciateur de Ferbach était loin d'être remis de la terrible émotion qu'il venait d'éprouver.

Ce n'était plus en fanfaron qu'il s'avançait vers la barre, mais avec le regard incertain d'une bête aux abois.

Par un juste retour des choses d'ici bas, cet homme qui venait d'accuser un innocent, voyait maintenant, ou du moins croyait voir dans tout homme, son propre accusateur.

L'huissier de service s'interposa, lui barrant le passage.

Une pâleur de cire avait envahi ses traits.

Un tic nerveux lui retroussait les lèvres, aux commissures.

Le bellâtre était hideux.

Pourtant il essaya de se ressaisir. Il reprit le monstrueux calvaire de ses mensonges et de ses calomnies, car c'était un calvaire maintenant pour lui. Il accusait avec la rage du désespoir.

Mais comme il se retournait vers André Ferbach pour prononcer : « Et le traître, le voilà! », le lieutenant lui jeta un tel regard de pitié, que la moitié du mot lui resta dans la bouche.

Son bras tremblait si fort sur la barre d'appui, qu'il dut l'en ôter.

Enfin, tandis qu'il accusait, par les fenêtres ouvertes, couvrant parfois sa voix, s'exaspérait la formidable rumeur populaire qui grondait tout proche, autour de la prison : « Vive Ferbach! A mort de Thérisy! A mort le traître! »

Les fenêtres furent fermées. Mais alors dans la salle, une tempête de vociférations et de coups de sifflet éclata.

La salle à son tour conspuant de Thérisy, on menaça de faire évacuer.

Pour mettre fin au scandale, le Président coupa court aux déclarations embrouillées du marquis et lui ordonna de se retirer.

La partie était perdue.

La dernière manœuvre de Lemarchand échouait misérablement.

L'audition des témoins étant terminée, le Président se tourna vers le défenseur.

Le Président. — Me Léon Jacques, il est bien entendu que vous n'avez plus de questions à poser?

Me Léon Jacques. — Non, monsieur le Président.

Le Président. — Eh bien! alors, la parole est à M. le Commissaire du Gouvernement.

« Je recommande le silence le plus complet pour que l'on puisse entendre les plaidoiries.

Le commandant Morteyrolle, commissaire du gouvernement, débute au milieu d'une grande attention :

— Mon Colonel, Messieurs du Conseil...

Et tout de suite, il s'embarque dans l'affaire des fiches, accordant plein crédit aux déclarations du capitaine de Thérisy, paralysé, fulmine l'orateur, dans sa seconde déposition, par l'inqualifiable agression d'une foule imbécile et les attaques diffamatoires de certains journaux.

Cette « sortie » n'est pas accueillie sans protestations parmi le public.

Le colonel-président, d'une voix de commandement, réclame le silence.

Le commissaire du gouvernement aborde la grande question du procès . l'existence de Walter Humding.

De l'avis de tous, la défense a tranché cette question en sa faveur d'une manière indiscutable.

Eh bien non, pour l'accusation, les preuves de

cette existence ne sont pas des preuves : Walter Humding n'existe pas.

Un interrupteur lance à plein gosier :

— Il est peut-être dans cette salle!

On l'expulse au milieu d'un grand tumulte.

Le commandant Morteyrôlle passe alors au corollaire de la question Walter Humding: l'authenticité des documents formant la base du procès.

Ferbach se retourne vers son défenseur et lui glisse à voix basse :

— Va-t-on parler de la pièce secrète?

— Non, lui répond confidentiellement l'avocat.

« Ce matin, avant la reprise des débats, j'ai été appelé en Chambre du Conseil.

« Pour ménager les susceptibilités de l'Allemagne, il a été convenu, que cette pièce existe ou non, de ne pas la nommer.

« Elle sera englobée dans le titre général de *pièces et documents du procès*. Les juges sauront à quoi s'en tenir.

L'existence du complot de Walter Humding réfutée, la validité de ces documents s'impose.

Le commissaire du gouvernement n'a plus qu'à formuler ses conclusions :

E. Y.-
Mᵉ Léon Jacques se lève.

— Ma conviction, qui semblait s'être faite dans le sens de l'innocence, au début, s'est transformée petit à petit, par voie de comparaison, à l'audition des témoins, de cette masse de témoins qui sont venus ici nous donner des renseignements et des opinions personnelles.

« Ma conviction s'est fortifiée dans le sens de la culpabilité, et aujourd'hui, en mon âme et conscience, je vous le déclare, Ferbach est coupable et je vous demande l'application de l'article 76 du Code pénal.

Le commissaire du gouvernement se rassied.

Le public, dans un confus bourdonnement, échange ses impressions :

— En voilà un de réquisitoire! — plat comme un trottoir de rue! —

— Il nie l'évidence! c'est idiot! — Tant mieux, le triomphe de Ferbach n'en sera que plus complet!

— La parole est à Mᵉ Léon Jacques, lance le Président, au milieu du tohu-bohu.

Mᵉ Léon Jacques se lève.

Enfant de la balle, arrivé à force de travail, musclé et râblé comme un lion, avec son éloquence plébéienne et passionnée, il synthétise bien en lui les vigoureuses aspirations de justice du lion populaire, de ce lion qui rugit en ce moment autour des murs de la prison.

Sans souci de l'exorde classique, il entre, il se précipite *in medias res* bondit sur le réquisitoire, le tourne, le retourne et le déchire à belles dents.

— Quel est l'homme, lance-t-il d'une voix tonnante, quel est l'homme de cette salle, dont la conviction au cours de ce procès a pu se fortifier dans le sens de la culpabilité? Dans le procès d'un crime dont on n'a pu fournir aucun mobile, aucune preuve?

« Où sont-ils ces témoins qu'ont pu fortifier une telle conviction?

« Est-ce de Thérisy? le rival, l'ennemi avéré de Ferbach, un officier taré, perdu d'honneur, souillé de toutes les souillures!

« Walter Humding n'existe pas? Que signifient donc alors les dépositions de tant de témoins, qui sont venus à la barre affirmer l'avoir vu?

« Si Walter Humding n'existe pas, alors je ne défends plus, messieurs, mais à mon tour, j'accuse.

« A mon tour, je rappelle ces témoins, non plus à la barre, mais sur le banc des accusés et je leur crie : « Alexandre Barbot, vous avez menti! capitaine Lancelin, vous docteur Mazurel, vous M. Dréan avec vos rapports de police, et vous enfin, M. Bertard, tout ancien ministre que vous êtes, vous avez menti,

Deux détonations venaient de retentir.

comme Ferbach et comme moi! Vous êtes tous des traîtres!...

« Voilà messieurs, ce que signifie l'accusation quand elle nie l'existence de Walter Humding!

« Il n'y a pas, dites-vous, de complot? Mais voyez donc ce qu'il advient de tous les personnages impliqués dans cette affaire, à la charge de l'accusé :

« Le Belge, van Flam est en fuite; Lucienne Pourcelot disparaît; Rubin, pris la main dans le sac, se suicide.

« Dans ce procès, messieurs, parmi tous les accusateurs plus ou moins directs de Ferbach, pour citer un vers célèbre :
Quand on cherche quelqu'un, il n'y a plus personne!
« Si, il y a les Lempereur. Bien à leur corps défendant d'ailleurs.

« Il y a les Lempereur avec chacun vingt ans de travaux forcés!...

« Il y a aussi le capitaine de Thérisy.

« Et pour celui-là, messieurs, on ne peut pas dire qu'il soit porté de mauvaise volonté. Vous avez entendu la chaleureuse ovation que lui a faite le peuple. Il est arrivé tout courant!

La plaidoirie se poursuit, passant par tous les tons, depuis la raillerie acérée jusqu'aux solennelles affirmations d'un Bossuet de prétoire, dans un entraînement irrésistible.

Le public empoigné suit en haletant cette parole enflammée qui roule comme un torrent, embrasant tout, renversant tout.

— Tonnerre de Dieu! lance quelqu'un avec enthousiasme, ce n'est plus une plaidoirie cela! C'est le rocher de Polyphème qui roule sur les accusateurs du lieutenant et les écrase!

Assis au premier rang du public, un vieillard pleure silencieusement.

Ferbach, remué jusqu'aux entrailles, contemple ce vieillard, son père, qui, à peine rétabli, a voulu assister à la suprême phase du procès.

Dans le public, d'autres spectateurs qui n'étaient pas là les deux premiers jours sont remarqués.

Ce sont les témoins, civils ou militaires, qui ont obtenu l'autorisation d'assister aux plaidoiries. Tous en ont profité avec empressement.

Seuls, MM. Bertard et Lancelin, avaient depuis longtemps quitté la prison; le premier se rendant à la Chambre; le second chez Jeanne Morin.

— Il aura assez de monde ici, notre p'tit gas, pour le recevoir, quand il va sortir tantôt, disait le capitaine radieux à M. Bertard.

« J'ai promis à ma Jeannette de la tenir au courant et mille gibernes! de Thérisy vient de faire

dans la salle d'audience un beau fiasco!

« Il faut que j'aille raconter ça à Jeanneton!

« Vous pensez si elle va rire!

« Et puis, ça nous fait un atout de plus, nom d'un tonnerre!

« Il ne nous manquait plus que celui-là pour les avoir tous!

« Coquin de sort, depuis l'ouverture du procès, nous marchons de triomphe en triomphe.

— En effet, souriait l'ex-ministre, ces trois journées, on pourrait les appeler...

— Oui, n'est-ce pas? lançait le père Lancelin, on pourrait bien les appeler:

Les trois glorieuses!

Les deux hommes se séparèrent sur ces mots.

Hormis MM. Bertard et Lancelin, tous les autres témoins s'étaient donc empressés de rejoindre le public de la salle d'audience.

Patoche allait faire comme eux, quand tout à coup, l'attitude bizarre du capitaine de Thérisy, qui ne paraissait pas disposé à quitter de si tôt la salle des témoins, l'avait vivement intrigué.

Le Parisien avait déjà gagné la porte, d'où l'huissier de service, n'ayant plus rien à faire, s'en était allé.

Il revint sur ses pas, dans la salle vide, où il se trouvait seul désormais avec l'officier.

Une fenêtre s'ouvrait devant lui. Sans ostentation, il vint s'y accouder, comme s'il voulait contempler ce qui se passait dans la rue.

Du coin de l'œil, pourtant, il surveillait le capitaine.

Celui-ci, pâle de rage et de désespoir, avec une agitation extraordinaire, allait et venait dans la pièce, comme en proie à quelque odieuse perplexité.

Chaque fois qu'il arrivait devant la porte donnant sur l'escalier, il jetait sur cette porte d'étincelants regards de haine et de frayeur.

Comme de Thérisy se trouvait à l'autre bout de la salle, cette porte s'ouvrit.

Une austère apparition, une femme tout de noir vêtue, se dressa dans l'encadrement.

C'était Mlle Aurore.

La jeune femme regardait l'officier.

D'une voix lente et funèbre comme un glas, elle prononça.

— Je vous attends.

De Thérisy s'était arrêté, et, pétrifié, de loin, il la considérait.

— Tiens, tiens, monologuait Patoche, qui, sans en avoir l'air, les observait, c'est elle qui lui fait peur!

« Le talon rouge est devenu bien timide, tout à coup!

« Je sais bien qu'elle l'a menacé dans le temps de le tuer comme un chien, s'il ne déposait pas en faveur de Ferbach, mais le ci-devant en a vu bien d'autres!

« N'a-t-il pas essayé de l'assassiner en douceur chez elle, en s'arrangeant pour faire croire à un suicide?

« Qu'est-ce qui l'empêche de s'en débarrasser aujourd'hui?

« La donzelle n'aurait qu'à faire mine de sortir son revolver. Il sortirait le sien subito, et pan! pan! légitime défense. Qu'aurait-on à lui dire?

« Oui, mais là, dehors, le populo qui lui garde une dent pourrait prendre la chose de travers.

« Il est déjà pas mal surexcité. S'il voit du sang, le populo, il n'y a ni Dieu ni diable qui pourra le retenir.

« De Thérisy est sûr de son affaire: il se fera écharper.

« Le ci-devant s'en doute bien, c'est pour ça qu'il file doux.

« C'est égal, je suis curieux de voir comment ça va finir.

« En tous cas, j'aurai l'œil.

Assis au premier rang, un vieillard pleure.
silencieusement.

Mlle Aurore, sur le seuil de la porte, attendait toujours et n'osait pas entrer, à cause de la présence du Parisien, peut-être.

De Thérisy, de se sentir observé par ce soldat, prit tout à coup une brusque détermination.

Il fonça, tête baissée vers la porte, et, rejetant brutalement la jeune femme sur le côté, il s'élança dans l'escalier.

Arriver le premier dans la rue, se jeter dans une auto et s'éloigner à toute vitesse par le côé où la foule était le moins compacte, avant que cette foule l'eût reconnu, tel était son plan.

Mais la furie vengeresse s'était lancée à sa pour-

suite, serrée de près par le Montmartrois, qui voulait la défendre en cas de besoin.

De Thérisy, gêné par son sabre, fut rattrapé.

Ils étaient arrivés dans la cour solitaire de la prison.

— Où allez-vous? criait Mlle Aurore, en accrochant ses deux mains crispées au bras de l'officier.

« Allez vous rétracter, misérable!

« Vous savez bien que vous avez menti et que Ferbach est innocent!

« Allez vous rétracter!

De Thérisy, sans l'écouter, voulait passer outre.

Il arriva en l'entraînant jusqu'à la porte de la rue.

Aux clameurs de la jeune femme, le soldat de faction sur le trottoir se retourna. Il aperçut l'officier.

— Indigne! indigne! officier félon! vociférait Mlle Aurore.

Le soldat de faction porta les armes.

De Thérisy, se débattant comme dans un affreux cauchemar, passa en coup de vent, descendant vers le boulevard Raspail, où la prison fait angle, toujours harcelé par son ennemie.

Ce fut là, dans un étroit espace vide, entouré d'un cordon d'agents et de gardes à cheval, que le couple tragique apparut à la foule.

A la vue de l'officier, une immense clameur de mort avait jailli, et, dans une poussée formidable l'ouragan rugissant se ruait. Si bien qu'au lieu de venir protéger de Thérisy contre la jeune femme, la police, menacée d'être débordée, dut retourner hâtivement tous ses efforts et toute son attention contre la foule.

Ce fut alors que le terrible drame s'accomplit.

De Thérisy, voyant partout la mort autour de lui, comme une bête traquée, tout à coup, s'était retourné vers celle qui le harcelait.

Brusquement, son naturel sauvage reprenait le dessus.

A ce moment pourtant, Mlle Aurore ne menaçait plus.

Cédant à quelque faiblesse de femme, elle le suppliait véhémentement d'éviter un malheur, de retourner dire aux juges la vérité, rien que la vérité.

Ses mains, qu'elle joignait dans un geste de supplication, étaient tendues vers lui, son tragique visage tout inondé de larmes.

Mais l'officier, fou de terreur et de rage, l'avait saisie à la gorge. Il allait l'étrangler.

— Nom de Dieu! rugit une voix terrible derrière lui.

De Thérisy, épouvanté, lâcha prise et se retourna.

Patoche, les poings crispés, prêt à bondir sur l'officier, jetait sur lui un regard étincelant.

L'officier le toisa un instant.

Patoche restait devant lui, pétrifié dans son attitude agressive, les yeux exorbités, l'écume aux lèvres, fou d'avoir vu maltraiter une femme.

Il restait là, le corps ramassé sur lui-même, les bras tendus en arrière, voulant s'élancer, mais retenu, médusé par cet uniforme d'officier et les trois galons d'or, qui, autour du képi, scintillaient au soleil.

De Thérisy, tout à coup, avait retrouvé toute sa morgue.

Impérieux, il marcha sur le jeune homme.

— Garde à vous! lança-t-il d'une voix sifflante.

Patoche eut un frémissement terrible. Il obéit.

— Ah! vous m'obéissez! c'est bien, fit l'officier un peu surpris. Sa voix devint féroce:

« Maintenez cette femme! commanda-t-il, en désignant Mlle Aurore qui, raide et pâle comme une statue, fixait sur lui un regard terrible.

— Moi, que je maltraite cette femme! râla Patoche, qui, d'instinct, reprenait sa première position.

— Vous savez à quoi vous vous exposez en désobéissant à l'un de vos supérieurs, trancha le capitaine.

« Je vous ordonne de maintenir cette femme!

— Ce n'est pas un ordre français, ça! vitupérait Patoche.

De Thérisy s'était redressé comme une vipère.

— Pour la troisième fois, ragea-t-il, je vous réitère mon ordre!

Patoche, dans un regard d'agonie vit passer devant lui le conseil de guerre, les bataillons de discipline, Biribi... et Rosette éplorée.

Mais la vision fut de courte durée.

Deux détonations venaient de retentir.

Patoche, avec stupeur, vit l'officier tournoyer sur lui-même et s'abattre à ses pieds sur le pavé. Il était mort.

Mlle Aurore, son acte de justice accompli, avait jeté son revolver.

Autour d'elle, c'était un flot grondant qui s'approchait.

De Thérisy venait de tomber au moment où la foule, ayant brisé tous les obstacles, maîtresse du terrain, se précipitait vers lui.

Le geste de la jeune femme l'avait seulement préservé d'une mort plus atroce.

Alors, ce fut un spectacle inouï, une clameur de joie féroce.

— Bravo! vociférait l'émeute. Bravo la justicière!

« Elle a vengé l'honneur de l'armée! elle a tué un traître!

Mlle Aurore, debout dans le cercle des lions, pâle comme la mort et les yeux démesurément dilatés, souriait.

Une brève seconde, elle apparut ainsi, calme angéliquement et lointaine, comme l'étoile au milieu des tempêtes.

Avec une sérénité sublime, l'aristocrate avait porté un flacon à ses lèvres.

Elle le vidait paisiblement, et toujours le même sourire, en regardant du coin de l'œil, étendu à ses pieds, le cadavre de l'officier félon.

— Portons-la en triomphe! éclata tout à coup l'ouragan déchaîné.

Dans un enthousiasme délirant, spontanément, la foule fut sur elle, cent poignes calleuses qui se tendaient.

Déjà, ils l'enlevaient sur leurs épaules, quand elle se sentit défaillir.

— Je meurs, soupira-t-elle, je me suis empoisonnée.

Alors, ce fut une immense clameur de pitié.

On l'avait déposée sur le perron de marbre de l'hôtel *Lutecia*, tout battant neuf et magnifique comme un palais romain, dont la blanche façade, de l'autre côté du boulevard Raspail, fait vis-à-vis à la prison.

Autour de la moribonde, c'étaient mille visages consternés.

Doucement, elle délirait:

— Je suis la petite-fille de Corneille!

Puis sa voix se fit plus faible. Elle murmura encore:

— Oh! Charlotte Corday! et elle expira.

Autour d'elle, le peuple pleurait. Elle avait dans la mort une splendeur angélique.

Un étudiant, avec son béret de velours et deux

yeux noirs comme des grillons, un du Midi bien sûr, expliquait :

— Quelle drôle de chose! avez-vous entendu? elle a nommé Charlotte Corday dans son dernier soupir.

« Cette jeune femme a tué de Thérisy le 13 juillet. Or, c'est aussi un 13 juillet que Charlotte Corday a tué Marat dans son bain.

« D'ailleurs, du moment qu'elle est la petite-fille de Corneille, ça ne m'étonne plus qu'elle soit une héroïne!

« Il n'y a que des fanatiques dans cette famille! des fanatiques du devoir et de l'honneur!

L'ouvrier en bourgeron auquel l'étudiant s'adressait, entendit le soupir de Patoche qui, ayant suivi de près toutes les péripéties du drame, maintenant se tenait debout et les bras croisés aux pieds de la belle morte, comme un garde d'honneur.

— Vous êtes de la famille? lui demanda respectueusement l'ouvrier.

— De la famille, du devoir et de l'honneur? répondit Patoche, en relevant fièrement la tête.

« Oui, j'en suis, et vous aussi et tous nous en sommes.

« C'est pourquoi je vous la confie, ajouta-t-il, en montrant Mlle Aurore.

— Allez-vous rétracter, misérable!

« Moi, j'ai encore affaire à la prison.

— N'ayez pas peur, dit l'homme avec une profonde et rude émotion.

« Elle sera bien gardée.

Le Parisien fendit la foule et revint dans la salle d'audience.

Il arriva juste à temps pour voir le public saluer la fin de la plaidoirie avec un enthousiasme indescriptible.

A ce moment, le colonel-président se leva et, à la grande surprise de tous, puisqu'il n'était pas encore midi, il annonça que la séance était levée et le prononcé du jugement renvoyé à l'après-midi.

— Bah! dit Patoche en s'en allant, ils reculent, mais ça ne les empêchera pas de sauter!

CHAPITRE CCL

A la santé de Lancelin

Patoche, ayant déjeuné, sortait pour se rendre au Cherche-Midi, lorsque, en fermant la porte derrière lui, sur le palier, il eut une grimace.

— Aïe! murmura-t-il, qu'y a-t-il encore de cassé?

Il venait d'apercevoir maman Jeanne qui grimpait l'escalier quatre à quatre.

La matelassière avait un air affolé.

— Ah! c'est vous, monsieur Patoche, haleta-t-elle.

« Vous sortez?

« Et le capitaine, où est-il?

— C'est après le capiston que vous en avez?

« Eh bien, ma pauvre femme, vous faites chou blanc.

« Il vient de partir.

— Où?

— Au Cherche-Midi, parbleu.

« Il est allé chercher son petit gas.

« Le jugement va être rendu. Et vous pensez bien, il sera acquitté haut la main.

Mais maman Jeanne ne semblait pas comprendre. Elle répétait avec égarement.

— Au Cherche-Midi... acquitté haut la main... Puis soudain, elle éclata:

— Mais sa fille, s'écria-t-elle, notre fille!

« C'est elle qu'il s'agit d'abord... avant les étrangers!

« C'est de sa fille!

— Nom de Dieu! ne gueulez pas si fort!

« Nous sommes dans l'escalier.

« C'est pas la peine que les voisins nous entendent.

Patoche, qui ne voulait pas trop brusquer la vieille femme, faisait tout son possible pour se contenir.

Il s'efforçait de parler sur un ton amical, mais son impatience éclatait malgré lui.

Il introduisit maman Jeanne chez Lancelin, et, aussitôt qu'il eut refermé la porte derrière eux :

— Eh bien! qu'est-ce que vous lui voulez, au capiston? demanda-t-il.

— Monsieur Patoche, suffoqua la vieille femme en se laissant tomber avec accablement dans un fauteuil, je viens de revoir cet homme.

— Quel homme? sacrebleu!

— Walter Humding.

— Ah! flûte! fit en lui-même le Parisien dépité.

« Encore un conte de ma tante la borgne, bien sûr.

« Le capiston avait raison. Elle est louftingue.

Mais la matelassière l'avait deviné.

— Je comprends, fit-elle d'un ton navré.

« Vous croyez, vous aussi, que je suis folle.

« Mais cette fois, j'ai des preuves.

— Quelles preuves? se demandait le Parigot.

La vieille fouilla dans sa poche et en sortit une large enveloppe, scellée de cinq cachets de cire rouge.

— Tenez, voilà, dit-elle, ce qu'il m'a remis, Walter Humding.

— Ah! ça, est-ce que tout de même ce serait vrai! s'ahurissait le Montmartrois.

Il avait pris l'enveloppe, et la soupesait curieusement.

— En tous cas, observa-t-il, ça ne pèse pas lourd.

Il lut l'adresse :

Monsieur Lancelin, 121, boulevard Saint-Germain, Paris.

Il examina les cachets :

— W. H!... s'exclama-t-il, les initiales du Prusco et l'aigle impérial!

« Il ne se gêne plus!

« Elle est forte!

« Alors, vous dites que c'est Walter lui-même qui vous a remis le poulet?

« Où? quand?

— Dans la rue, à l'instant même.

— Qu'est-ce qu'il y a dedans? Vous savez?

— Non, mais j'ai peur de deviner.

— C'est donc si terrible que ça, ce que vous croyez deviner?

— Oui, monsieur Patoche! s'écria la matelassière, reprise par ses transes.

« Je devine, je sens, je suis sûre que c'est un affreux malheur qui menace ma fille.

« Je l'ai vu tout de suite au regard de cet homme.

« C'est pourquoi, aussitôt qu'il m'eût quittée, j'ai pris une voiture, moi qui n'en prends jamais, et je suis accourue.

— En pure perte, vous voyez.

— Non, monsieur Patoche, puisque je vous ai trouvé.

« Il faut que je voie M. Lancelin. Vous sentez bien, n'est-ce pas, qu'il faut que je le voie...

« Le moindre retard peut causer un affreux malheur.

« Je vous en supplie, monsieur Patoche, allez le chercher au plus vite.

« Dites-lui qu'il vienne ici... que je l'attends... qu'il y va du bonheur, et peut-être de la vie de sa fille... de notre fille!

— Diable! diable! faisait l'ordonnance en se grattant la tête.

« C'est que je ne sais pas où le prendre, le capiston.

— Vous disiez tout à l'heure qu'il allait au Cherche-Midi?

— Oui, mais pas directement.

« L'audience ne reprend qu'à deux heures.

« Le patron a diverses personnes à voir en passant.

« Il poussera sans doute jusqu'à la Chambre ousque M. Bertrard se remue de son côté.

« Paraît même que la séance s'annonce pas mal orageuse.

« On n'attend plus que l'acquittement pour flanquer le ministère en bas.

« Tant et si bien qu'il n'y a pour moi qu'une façon de le piger, le capiston, c'est d'aller le guetter rue du Cherche-Midi entre deux et trois heures.

« Il est à peine une heure et il ne faut que quinze minutes, en auto, pour aller jusque-là.

« Donc, on va causer d'abord, on a le temps. Et puis, savez, il faut que je sache quoi répondre au patron.

« Il ne se dérangera pas pour des prunes, à un moment pareil.

Patoche fit une pause, tandis que la vieille bougonnait.

Il s'assit en face d'elle.

— Ainsi, lui dit-il, vous êtes bien certaine que c'était Walter Humding?

— Sûre et certaine.

— A quoi l'avez-vous reconnu?

— A son regard, monsieur Patoche.

« Est-ce qu'il y a deux regards pareils à celui-là?

— Hum! non, non.

« Mais enfin, comment c'est-il arrivé? Racontez-moi ça.

— Voilà. Je venais ici pour prendre des nouvelles.

« Je sortais à peine de chez moi.

Comme j'avais soif et pas d'argent, je m'approchai d'une fontaine Wallace.

« Alors, tout à coup, je vis un vieillard déguenillé, assis non loin de là, sur un banc, se lever et courir à la fontaine pour s'y trouver avant moi.

« Il emplit d'eau les deux gobelets d'étain qui pendent au bout de leurs chaînes et, me tendant un de ces gobelets avec une inclinaison de tête ironique.

— Nom de Dieu! rugit une voix terrible.

— Eh bonjour, maman Jeanne, me fit-il.

« On est donc en fête aujourd'hui?

« Me reconnaissez-vous?

— Oh! oui, que je balbutiais, fascinée par le terrible regard qu'il m'avait lancé tout en souriant.

« Vous êtes Walter Humding.

— Votre ami, madame, reprit le faux vieillard sur un ton sarcastique, et l'ami de vos amis.

« Alors, monsieur Patoche, cet affreux scélérat choqua son gobelet contre le mien, et, avec un sourire sinistre, il s'écria :

— A la santé de Lancelin et Cie.

« Je bois à l'acquittement de Ferbach et à la sainte allégresse qui va régner ce soir dans la famille. Allez, elle sera plus complète que vous ne l'espériez.

« Je veux tous vous réunir ce soir dans un commun embrassement.

« Portez ceci à Lancelin, bonne femme, lança alors Walter Humding d'une voix grinçante en me tendant la lettre que je vous ai montrée.

« Ce soir je lui rends votre fille.

« Adieu. Le ciel vous tienne en joie!

« Il disparut, monsieur, me laissant là, pétrifiée.

Mais bientôt, l'horrible menace qui était dans ces mots : *Ce soir, je lui rends votre fille!* me rendit à moi-même.

« Affolée, je hélai un fiacre et j'arrivai ici.

« Vous savez le reste.

— En effet, murmura le Montmartrois, que ce récit, à son tour, inquiétait plus qu'il ne l'aurait voulu, ce n'est pas mal comme mise en scène.

« Mais la fille du capiston, la vôtre, croyez-vous toujours que c'est Yvette?

— Non. Je ne sais plus. J'hésite. Elle ne ressemble pas au portrait.

— Quel portrait?

— Mais vous le savez bien, celui que Walter Humding m'a montré une fois sous l'arbre, devant l'Observatoire.

« C'est à vous que j'en ai parlé le premier.

— Oui, je me souviens à présent. Mais le capitaine?

— Oh! lui, il n'a connu la chose que plus tard, ces jours-ci seulement.

— Et il n'y croit pas. Il dit que tout ça, c'est des boniments.

— C'est de ma faute. J'aurais peut-être mieux fait de lui en parler tout de suite.

— Vous comprenez, Walter Humding le mène en bateau depuis trop longtemps avec cette histoire.

« Le capiston a fini par en avoir soupé.

« Aujourd'hui, il ne croit plus du tout que sa fille soit Jeanne ou Yvette.

— Eh bien! nous ne sommes pas du même avis, lança farouchement la matelassière.

« Moi, je le crois et j'en suis sûre. Et tellement sûre aussi que la vérité va éclater, qu'afin de préparer Yvette et Jeanne, je leur ai tout raconté.

— Quoi tout? sursauta le Parisien.

— Mon roman avec le capitaine.

« Et je leur ai tout dit, cette fois; oui, tout. »

— Mince! s'écria Patoche, en faisant claquer ses doigts.

« Si le capiston y savait ça... Oh! là! là!... »

La matelassière releva la tête.

— Il le saura, répondit-elle rudement.

« C'est moi qui vais le lui apprendre, et pas plus tard que maintenant, dès qu'il reviendra.

« Tant qu'il ne s'est agi que de moi, j'ai plié, je me suis tue.

« Mais maintenant il s'agit de mon enfant, monsieur Patoche, de notre enfant! Et cela m'est bien égal qu'on me donne tort ou raison.

— Je ne dis pas que je vous donne tort, murmura Patoche, perplexe.

« Quand est-ce que vous avez fait ce beau coup-là?

— Hier soir.

« Nous étions seules toutes les trois.

« On parlait du procès, de ce terrible Walter Humding.

« Moi, chaque fois que j'entends ce nom, auquel est lié le secret de ma fille, mon sang ne fait qu'un tour, et je souffre, là, voyez-vous, suffoquait la matelassière, en portant la main à son corsage, comme si on m'arrachait le cœur de la poitrine.

— Eh bonjour, maman Jeanne.

« Alors, je me suis troublée.

« Jeanne et Yvette s'en sont aperçues. Elles m'ont pressée de questions, surtout la couturière qui, je ne sais comment, se doutait qu'il y avait quelque chose entre le capitaine et moi.

« D'abord, j'ai essayé d'en dire le moins que je pouvais.

« Mais, j'avais trop de chagrin ce soir-là.

« Une fois en chemin, je n'ai plus pu m'arrêter.

« Je me suis dégonflée; j'ai tout dit! tout!

« Il n'y a qu'une chose que j'ai cachée, bien entendu : ma certitude absolue que la fille de M. Lancelin, ma fille, était l'une des deux : Jeanne ou Yvette.

« De cela, on ne pourra parler que la preuve en main.

— Oui, et cette preuve, on ne la tient pas encore, allez, quoique vous en ait dit Walter Humding.

« Croyez bien qu'une fois de plus le Prusco se paye notre poire.

« N'empêche que j'aurais voulu être là pour voir la tête des jeunes filles.

« Qui sait? ça aurait pu donner une indication peut-être.

« Il y en a une des deux qui a dû se troubler plus que l'autre.

— Croyez-vous que l'œil d'une mère n'aurait pas su la saisir, cette indication, si l'expression de ces jeunes filles avait pu la donner?

« Mais, voyons! cela n'était pas possible!

« Yvette ignore ce qu'il y a d'irrégulier dans sa naissance.

« Quant à Jeanne, qui sait bien elle qu'elle n'est pas la fille des Morin, elle est restée rêveuse une seconde... Mais, tout à coup, il nous arriva de la rue une grande clameur.

« C'étaient des manifestants qui criaient : « Vive Ferbach! »

— Nom d'un pétard, s'écria Patoche, en se levant, nous oublions que le temps passe.

« Deux heures!

« Je vais chercher le capiston...

Patoche n'eut que le temps de se précipiter pour la recevoir.

CHAPITRE CCLI

Le Médaillon

Quarante minutes plus tard, le capitaine faisait son entrée.

Il avait pris une auto et dans le trajet le Montmartrois l'avait mis au courant de son entretien avec la matelassière.

L'ami de Rosette laissa le vieux grognard à sa porte, pour s'en retourner au Cherche-Midi.

Avant de le quitter, le gavroche avait résumé la situation en deux mots:

— Gare à vous, patron! s'était-il écrié.

« Walter Humding bouge, le vieux serpent siffle.

« C'est qu'il va mordre.

Ce fâcheux pronostic avait inspiré au capitaine une inquiétude mal définie, qu'il s'efforçait de combattre.

— Oui, murmurait-il en montant l'escalier Maman-Jeanne pourrait bien ne pas avoir tort cette fois.

Aussi lui fit-il un accueil assez cordial.

— Eh bien! Maman-Jeanne, il y a du nouveau? commença-t-il de sa grosse voix.

« Ce vieux forban remue?

— Oui, oui, monsieur Lancelin, s'éplora la vieille femme qui, à sa vue, s'était levée.

« Il y a du nouveau.

« Un affreux malheur suspendu sur la tête de notre fille... que Walter Humding m'a promis de nous rendre aujourd'hui.

« Je m'y attendais... je vous l'avais dit que ce scélérat nous frapperait dans notre fille.

« Vous ne me croyiez pas. Mais j'apporte les preuves aujourd'hui!

La matelassière tendit au Père la Manille l'enveloppe aux cinq cachets.

— Les voici, monsieur Lancelin, poursuivait-elle.

« Elles sont dans cette lettre...

Le capitaine avait pris la missive sans hâte.

Il la tournait sans paraître y porter grande attention.

En réalité, l'officier était extrêmement ému.

Lui aussi, il redoutait maintenant, ce qu'il allait trouver dans cette enveloppe.

Pour se maîtriser, il essayait de gagner du temps.

— Comment, s'impatientait la matelassière, tombant des nues, vous ne l'ouvrez pas!

— Rien ne presse, corbleu!

« Voyons, Maman-Jeanne, un peu de patience, que diable!

« A quoi bon nous frapper?

« Il s'agit encore d'une simple fumisterie sûrement.

« Ce n'est pas là ce qui m'inquiète.

« Mais, cré tonnerre, vous avez fait un joli coup d'aller raconter notre histoire à ces deux jeunes filles.

— Monsieur Lancelin, conjura la matelassière, nous parlerons de ça après

« Ouvrez d'abord, qu'on sache à quoi s'en tenir.

« Je vous en supplie, ouvrez vite!

Le père la Manille, en grommelant pour la forme prit un coupe-papier sur la table et ouvrit l'enveloppe.

Il en sortit un étroit et mince feuillet qu'il se mit à parcourir des yeux.

— Quoi? Qu'est-ce que c'est? s'exclamait-il, en se rembrunissant de colère, au fur et à mesure qu'il lisait.

Il jeta un mot çà et là:

« Le 17 mai… à la mairie du… déclaré un enfant « du sexe féminin…

« Père: M. Lancelin… mère: Mlle Jeanne… »

« Oui, c'est bien ça, fit-il en relevant la tête et en foudroyant du regard la matelassière qui, assise devant lui, attendait, haletante.

« C'est un extrait de l'acte de naissance de notre fille.

« Mais à quoi ça nous avance-t-il?

« Est-ce que n'importe qui ne peut pas s'en procurer autant.

« C'est ça votre preuve?

« Mille millions de pétards, c'est pour ça que vous me dérangez un pareil jour?

« Vous serez donc toujours la même, nom de nom!

Exaspéré, il avait jeté le papier et l'enveloppe sur la table.

La matelassière suffoquée, balbutiait:

— Un extrait de naissance, rien de plus!

« Non, ce n'est pas possible, s'effarait-elle en fouillant dans l'enveloppe, il doit y avoir autre chose.

Et tout à coup:

— Ah! je le savais bien! lança la pauvre femme dans un de ces cris montés des entrailles comme seules les mères en ont.

« M. Lancelin, son portrait!

L'officier qui arpentait furieusement la pièce, vint se planter devant Maman-Jeanne.

— Quel portrait? grogna-t-il.

— Le portrait de notre fille.

« Celui qu'une fois Walter Humding m'a montré devant l'Observatoire.

Le Père la Manille se pencha vers la matelassière.

Elle tenait un mince jeton d'ivoire sur lequel étaient fixés les traits d'une mignonne enfant, aux couleurs effacées.

— Coquin de sort, oui, c'est bien elle, s'attendrissait le vieux grognard, dont la moustache grise tremblait.

— Vous la reconnaissez?

— Oui, la voilà bien telle qu'elle était quand nous l'avons perdue.

« Pauvre petite! j'y ai pensé assez souvent pour la reconnaître.

« Ce que je reconnais moins, par exemple, c'est le portrait.

« Tu entends bien ce que je veux dire? J'ignorais son existence.

« C'est toi qui l'as fait faire?

— Non… c'est eux.

— Qui ça, eux?

— Les voleurs d'enfant: Van Flam ou le père Morin.

— Oui? Tu crois? Dans quel but?

— Mais sans doute pour aider à la reconnaissance un jour venu.

« Quelque machination, probablement.

« Avec de pareils gredins ne faut-il pas s'attendre à tout?

« En tous cas, c'est une chance pour nous.

— Dis: une consolation… bien tardive encore, mais ne dis pas une chance.

« En sommes-nous plus avancés de l'avoir, ce portrait?

« A qui ressemble-t-il, hein?

« Moi j'ai beau comparer dans mon esprit.

« Maman-Jeanne, ton portrait ne ressemble pas plus à Yvette qu'à Jeanne.

« Voilà ce qui m'étonne, comprends-tu?

— Il n'y a pas à s'étonner.

« Notre fillette était si jeune alors… les traits pas même formés à cet âge, ce n'est que plus tard qu'elle a pris son vrai visage, et ce visage nous ne le connaissons pas.

« Mais, je suis sûre que c'est Yvette… ou Jeanne que nous avons là.

— Soit, mais laquelle des deux.

« Nous voilà retombés au même point.

« Ton Walter Humding se fiche de nous.

« Ce portrait lui est tombé entre les mains, par hasard, ou si tu veux, il l'a volé. Mais il ne sait rien.

« Seulement, il s'amuse à sa manière, le gredin. Il nous monte un bateau, voilà tout.

Mais Maman-Jeanne:

— Si, si, s'obstinait-elle.

« Il sait, allez.

« Walter Humding ne menace jamais en vain.

« Or, voilà longtemps qu'il nous en parle de cette reconnaissance de notre enfant.

« S'il a attendu ce jour, le *grand jour!* c'est sûrement dans un dessein bien arrêté, pour l'accomplissement d'une affreuse vengeance.

Le Père la Manille était si impressionné qu'il ne trouvait plus rien à dire.

Pour la première fois, il sentait que lui et son ancienne maîtresse, étaient du même avis.

Mais la seule pensée qu'on pourrait s'en prendre à sa fille lui était insupportable.

Désespérément, il s'efforça une dernière fois de rejeter cette odieuse pensée loin de lui.

— Non, non, reprit il, on ne m'ôtera jamais ça de la tête.

« L'espion ne sait rien.

« Il est démasqué, vaincu.

« Alors ne pouvant plus rien, il y va de son dernier atout: il veut nous tenir dans l'angoisse.

« Mais ce n'est pas si bête, déjà.

« Il va disparaître de notre vie.

« Alors en s'en allant, il nous envoie ce portrait.

« Une façon de nous dire: Adieu, laissez toute espérance!

« C'est la flèche du Parihe.

A ce moment, la porte s'ouvrit et Mme Ferbach apparut, le visage fébrile.

Elle avait appris le retour du capitaine Lancelin et venait aux nouvelles.

Quelque absorbée qu'elle fût par ses propres pensées, elle remarqua tout de suite l'air bouleversé de son parrain et de Maman-Jeanne.

De plus en plus troublé, le capitaine s'empressa de

— *Voulez-vous que je crie : Vive Ferbach!*

dissimuler les papiers de Walter Humding parmi d'autres.

Ce geste attira l'attention de la jeune femme qui aperçut le portrait oublié par le capitaine.

— Tiens, fit-elle, mon portrait!

— Quel portrait? haleta le capitaine qui avait pâli.

— Vous savez bien ce médaillon que je cherchais. Et la monture?

« C'est vous qui l'avez trouvé?

Le Père la Manille allait répondre, lorsque Maman Jeanne se dressa tout à coup:

— Ma fille! notre fille!

Elle la poussa dans les bras du capitaine.

. . . .

Ce fut une longue minute d'effusion ineffable.

Tout à coup, Lancelin leva la tête.

Il n'étaient plus seuls.

Patoche, Wilhem Furster et Jean Lenoir venaient d'entrer.

L'air morne, lugubre, ils contemplaient cette scène incompréhensible pour eux.

Jeanne les aperçut à son tour et poussa un grand cri, en même temps qu'elle courait à Patoche:

— Eh bien, et André?

Le Parigot la regarda avec effarement.

La jeune femme avait compris.

Déjà elle chancelait. Patoche n'eut que le temps de se précipiter pour la recevoir dans ses bras.

Pendant ce temps, le capitaine interrogeait Wilhem Furster:

— Eh bien! quoi?

— Condamné!

— Comment, condamné!... A quoi?

— A mort.

CHAPITRE CCLII

"Révision! Révision!..."

Cependant la sentence se propageait à travers la cité comme une traînée de poudre.

Les Parisiens qui se préparaient à célébrer, en même temps que la Fête nationale, l'acquittement de Ferbach, eurent un long moment de stupeur.

Minute redoutable de laquelle peut-être allaient sortir les pires événements.

Les cent mille hommes de troupe, appelés à Paris, n'attendaient qu'un signal pour entrer en jeu.

Mansulle prévint ce signal.

Grâce à son ascendant sur tous les chefs des partis avancés il sut arrêter la terrible émeute qui grondait un peu partout déjà.

Malgré cette intervention, des bagarres partielles, quelques échauffourées éclatèrent sur divers points.

Autour de la prison du Cherche-Midi, et dans toutes les rues qui avoisinent, jusqu'au boulevard St-Germain, on ébauchait des barricades.

Comme cela se pratique en pareilles circonstances chaque passant, avant de franchir la barricade, était arrêté par les émeutiers et tenu de crier: Vive Ferbach!

— Sacrebleu! s'écriait un gros homme qui paraissait singulièrement pressé, j'ai déjà accompli la même formalité dans dix rues différentes.

« Vous voulez que je crie: Vive Ferbach? Eh! je ne demande pas mieux.

Le gros homme après avoir jeté à pleins poumons le cri de: Vive Ferbach, au milieu des bravos gouailleurs des manifestants, s'éloignait à rapides enjambées, soufflant et suant à grosses gouttes.

Cet homme n'était autre que Flic.

Le policier s'en allait vers le boulevard St-Germain.

Il s'engouffra sous la porte cochère qui portait le n° 121 et s'en vint sonner et frapper avec une impatience extraordinaire à la porte de l'appartement où demeurait le capitaine Lancelin.

Ce fut Patoche qui lui ouvrit.

Flic ne laissa pas au Parisien surpris le temps de le questionner.

Il entra dans l'appartement comme une trombe, en criant:

— Vite, monsieur Patoche, dites au capitaine Lancelin que j'ai besoin de le voir.

« Est-il chez lui, au moins?

— Non, répondit le Montmartrois, il est dans l'autre corps de bâtiment, avec Maman-Jeanne, en train de soigner Mme Ferbach qui a dû s'aliter en apprenant la terrible nouvelle.

« Mais qu'est-ce que c'est? Qu'arrive-t-il?

— Pas de questions, s'essoufflait le policier cramoisi d'avoir couru.

« Nous n'avons pas de temps à perdre.

« Vous saurez ça tantôt.

« Vous êtes plus leste que moi, monsieur Patoche. Allez-vous-en vite chercher M. Lancelin.

« Dites-lui qu'il accoure, toute affaire cessante.

« On le demande au ministère, M. Bertard.

« Extrême urgence, vous dis-je, poursuivit le détective en poussant le Parisien sur le palier.

« Allez vite, allez vite. Je vous attends ici.

— C'est bon, c'est bon, on y va, fit Patoche en s'élançant dans l'escalier.

Presque aussitôt il revenait avec le capitaine.

Flic qui s'était laissé tomber sur une chaise, se leva comme un ressort.

— Mon capitaine, s'écria-t-il en courant au-devant du Père la Manille, nous n'avons pas une seconde à perdre.

« C'est M. Bertard qui m'envoie. Il vous attend au ministère.

« Un incident vient de se produire. Un coup de théâtre!

— En êtes-vous sûr? Qui l'a créé cet incident? s'effarait Lancelin qui, avec une hâte fébrile, ramassait son képi, prenait son sabre.

— Un des juges de Ferbach, le lieutenant d'Albaret.

— Ça suffit. Vous m'expliquerez en route. Partons, lança le vieux grognard.

A son tour, il entraînait Patoche et le policier.

Sous la voûte, devant la loge de la concierge, il donna ses ordres:

— Allez vite arrêter une auto. Pendant ce temps, je vais dire deux mots à ces dames pour leur apprendre la bonne nouvelle.

« Je reviens aussi vite.

Effectivement, la minute d'après, ils roulaient à toute vitesse vers la rue St-Dominique.

— Alors, vous dites que le coup de théâtre vient de d'Albaret? interrogea le capitaine aussitôt qu'ils eurent dérapé.

— Oui, répondit Flic, voilà comme c'est arrivé.

...« Après le verdict, on a eu toutes les peines du monde à faire évacuer la salle.

« On s'écrasait dans l'escalier. Tout le monde voulait descendre à la fois, ce qui fait qu'on n'avançait guère.

« Moi, j'attendais sur le palier, un peu à l'écart, voulant laisser passer la cohue.

« Je regardais le curieux spectacle que j'avais sous mes yeux, sans le voir d'ailleurs, abasourdi par ce verdict stupéfiant que je venais d'entendre, quand je me sentis toucher à l'épaule par derrière.

« Je me retourne. C'était M. Bertard.

« D'Albaret était près de lui, à quelques pas, l'air sombre et exalté.

— Vite, me glissa hâtivement M. Bertard, vous savez où M. Lancelin demeure.

« Courez le prévenir qu'il vienne me rejoindre séance tenante au ministère.

« J'y vais de ce pas avec le lieutenant d'Albaret qui vient me prier d'user de mon crédit pour l'introduire immédiatement devant le ministre de la guerre.

« Tenez, passez par là, fit-il en me désignant une sortie particulière. Et en m'accompagnant pendant quelques pas, il ajouta:

— Mon capitaine, nous n'avons pas une seconde à perdre.

« Il y a quelque chose qui cloche, paraît-il, dans le procès.

« D'Albaret va demander que le jugement soit cassé purement et simplement.

« Si on lui refuse, il est décidé à vendre la mèche.

« En tous cas, un gros événement se prépare qui va changer du tout au tout la face des choses.

« Dites cela au capitaine et qu'il vienne au galop.

— Nous voici arrivés, dit Patoche.

L'auto venait de stopper.

L'entrée du ministère était devant eux, à dix mètres.

Un fiacre fermé y stationnait.

— Qu'est-ce que c'est que ça? fit Patoche en sautant sur le trottoir, suivi de l'officier et du détective.

Patoche désignait le fiacre devant eux.

— Un fiacre fermé, par cette canicule? C'est drôle.

En ce moment, deux officiers, l'un menant l'autre, sortaient du ministère.

Ils s'approchèrent du fiacre.

L'officier conducteur fit monter l'autre dans la voiture. Puis il prit place à ses côtés et le mystérieux véhicule détala.

Lancelin, Patoche et Flic, étaient restés sur le trottoir, pétrifiés.

— Mais c'est d'Albaret! disait l'officier avec stupéfaction.

« C'est d'Albaret qu'on fait monter dans ce fiacre.

— Nom d'un pétard, approuvait Patoche, on a l'air de le conduire, de le mener en prison.

« C'est un peu fort, ça!

— Ah! les canailles, rugissait en sourdine, Lancelin, ils veulent l'empêcher de parler!

« Mais il faut que j'en aie le cœur net, fit-il avec une brusque détermination. Et poussant Patoche et le policier vers l'auto qu'ils venaient de quitter:

— Vite, leur intima-t-il, remontez là-dedans et prenez-moi ce fiacre en filature.

« Vous le rattraperez aisément.

« Vous reviendrez me dire où il aura déposé d'Albaret.

L'auto reprit sa course et le capitaine d'un pas rapide entra au ministère.

Du fond d'un couloir, il vit venir vers lui, M. Bertard, les mains tendues.

— Bonnes nouvelles, hein? lui glissa l'ex-ministre.

« Flic vous a raconté?

« D'Albaret a voulu que je l'introduise auprès de Lestradier pour lui dénoncer une illégalité commise. Laquelle? Le lieutenant n'a pas voulu me dire le fin mot, pour ne pas compromettre sa parole d'officier et de juge, mais c'est très clair, c'est de la *pièce se-crète* qu'il s'agit.

« D'Albaret vient d'avoir une scène terrible avec le ministre.

« J'ai assisté à un mouvement extraordinaire d'entrées et de sorties chez le Lestradier, j'ai entendu des éclats de voix, des paroles qui m'arrivaient par bouffées dans l'antichambre, quand la porte s'ouvrait, la voix vibrante de d'Albaret, criant:

— Si les droits de la défense ne sont pas sauvegardés, je parlerai.

« Enfin, je suis venu me réfugier dans ce couloir pour n'avoir pas trop l'air d'écouter aux portes.

« D'Albaret va venir me rejoindre.

« Voulez-vous l'attendre avec moi?

Le capitaine regardait M. Bertard avec stupeur.

— Mais vous ne savez donc pas? s'écria-t-il.

« D'Albaret est arrêté. On le mène en prison.

— Hein? sursauta l'ex-ministre. D'Albaret en prison?

« Par qui le savez-vous?

— Mais je l'ai vu. Je suis arrivé juste à temps pour le voir monter dans un fiacre fermé.

« Un officier de son grade l'accompagne.

« Celui-ci lui parlait assez sèchement, avait l'air de lui donner des ordres.

« Allez, je ne dois pas me tromper. On le mène en prison.

— Oui, c'est bien cela.

« D'Albaret aura été trop loin avec Lestradier.

« Il se sera laissé emporter par son indignation.

« Il aura menacé, provoqué, peut-être insulté son chef, le chef de l'armée.

« Excellent motif pour l'incarcérer, le museler, l'empêcher de parler.

« Parbleu! toujours le secret, la claustration.

« Mais, cette fois, trop tard!

« C'était avant qu'il m'eût parlé, qu'il fallait l'enfermer, d'Albaret.

«Venez, Lancelin, ajoutait l'ex-ministre, en entraînant le capitaine hors du ministère, nous allons déjouer cette manœuvre.

« Distribuons nos tâches:

« Moi à la Chambre.

« Vous au Cherche-Midi.

« Vous y trouverez Dréan. Je vais lui téléphoner.

« Concertez-vous avec Bossetti.

Les deux hommes se séparèrent.

Avant de se rendre à la Chambre, M. Bertard alla trouver Mansulle.

L'ex-communard fut informé de ce qui se passait.

Presque aussitôt, après cette entrevue, les

« aboyeurs » du « Quotidien » répandaient sur Paris, en troisième édition un placard portant en lettres énormes: REVISION.

Ce fut à partir de ce moment le cri qui domina tous les autres dans cette ville, où régnait jusqu'aux barrières les plus reculées, une rumeur immense.

CHAPITRE CCLIII

Dans les fossés de Vincennes

Lancelin, Dréan et Mansulle, après s'être concertés une première fois au Cherche-Midi avec le commandant des prisons, avaient décidé de se réunir de nouveau au même endroit, deux ou trois heures plus tard, pour se communiquer le résultat de leurs démarches.

L'ancien chef de la Sûreté, le premier arrivé, attendait dans le salon de Bossetti.

Lancelin fut introduit.

— Tiens! vous êtes seul? Et Bossetti? s'étonna le capitaine en s'avançant.

— Je ne l'ai pas revu, répondit M. Dréan.

« Je ne fais que d'arriver, moi aussi.

« Le commandant, paraît-il, fait son tour de ronde dans la prison.

« Vous venez de chez Mme Ferbach?

« Est-elle un peu rassurée?

— Oui. Elle s'est reprise à espérer, répondit fébrilement Lancelin.

« Je lui ai donné les dernières nouvelles.

« L'arrestation de d'Albaret ne laissait pas de l'inquiéter.

« Si on allait l'empêcher de parler, me disait-elle, maintenant que le voilà sous les verrous?

« Mais je lui ai doré la pilule, j'ai dissipé des craintes qui ne sont pas fondées, n'est-ce pas, mon cher Dréan?

« Je me bats les flancs pour le croire, du moins.

« Bref, la pauvre petite est déjà beaucoup plus forte, prête à lutter de nouveau pour disputer la vie et l'honneur de celui qu'elle aime. Car c'est elle qui nous anime tous.

« Mais n'est-ce pas navrant d'être ici, à deux pas du p'tit gas et de ne pouvoir l'entretenir un peu de ce qui se passe, de ce qu'on fait pour lui?

« Seul, enfermé au secret dans sa cellule, avec l'a-

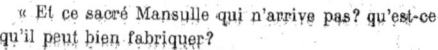

troce perspective d'un déshonneur immérité et du feu de peloton comme dénouement suprême!

« Il peut croire qu'on l'abandonne.

« On a beau être fort et se savoir innocent, c'est une situation abominable!

« Et pas moyen de lui donner signe de vie, de le réconforter, de lui apprendre qu'on se remue et que tout n'est pas perdu encore!

— Bossetti s'est chargé de cette mission.

« Il a dû aller le voir dans sa cellule.

« Il va bientôt nous apporter de ses nouvelles.

« Asseyez-vous, mon cher Lancelin. Etes-vous donc si démoralisé?

Le père La Manille, le visage tourmenté, tournait furieusement dans le salon.

— Oui, fit-il, toutes ces sourdes manigances, tous ces pièges que je sens tendus autour de moi, autour de mon p'tit gas, sans que je puisse les voir, tout cela m'exaspère, m'épouvante.

« Que voulez-vous? je ne suis bon que sur un champ de bataille, moi.

« Ah! s'il ne s'agissait que de dégaîner, et de taper dans le tas! de faire en sorte qu'on voie un peu ce qu'elles ont dans le ventre, toutes ces sales fripouilles!...

— Nous le verrons bientôt, peut-être, mon brave Lancelin.

« Ils ont beau faire, on se remue de notre côté.

— Cré tonnerre! nous en avons besoin, de nous remuer, car le temps presse.

« Mais que font donc Flic et Flac? grondait le vieux grognard en allant ouvrir et refermer la porte avec rage.

«Le premier est au ministère, le second à la Chambre. Ils sont chargés de faire la navette entre ces deux endroits et le Cherche-Midi, et rien ne vient, rien ne bouge, corbleu!

L'officier conducteur fit monter l'autre dans la voiture.

« Et ce sacré Mansulle qui n'arrive pas? qu'est-ce qu'il peut bien fabriquer?

« Jusqu'à Bossetti qui s'en mêle!

« Mille millions de tonnerre, allons-nous rester là jusqu'à perpette à nous regarder, vous et moi, dans le blanc des yeux et à tourner nos pouces.

« Si vous appelez ça se remuer!

M. Dréan eut un demi-sourire.

— Flic et Flac n'ont pas eu à revenir, dit-il, puisque moi-même j'ai fait mon tour de ronde, j'ai stationné assez longtemps au Ministère, où il n'y a rien de nouveau jusqu'à présent, et je viens de la Chambre.

« Là, par exemple, ça chauffe!

« Lemarchand est à son poste, harcelé par M. Bertard et autour de lui, quel charivari!

« Quant à Mansulle, lança M. Dréan qui venait d'entendre claquer une porte, tenez, fit-il, en tournant la tête vers l'entrée du salon, le voici!

L'ex-communard entrait, le feutre en bataille.

— Eh bien! Mansulle, quelles nouvelles? interrogea Lancelin en s'élançant vers lui.

— J'étais en train de dire que le Palais-Bourbon était sur un volcan, fit M. Dréan en s'approchant aussi du nouveau venu; mais, nous aussi, mon cher, nous bouillons dans notre peau.

« Parlez, quelles nouvelles nous apportez-vous?

« D'où venez-vous, d'abord?

— De la rue, parbleu, répondit Mansulle.

« La rue, voilà ma base d'opérations, à moi.

« Eh bien! je puis vous le dire : il n'y a pas que votre Palais-Bourbon qui soit sur un volcan.

« C'est Paris tout entier qui s'y trouve.

« Si tout saute, Paris va être enseveli sous les cendres comme Pompéi et Herculanum.

« Pourtant, le populo des faubourgs se contient encore grâce à moi.

« Il se contente de manifester platoniquement jusqu'à nouvel ordre.

« Mais, il n'attend qu'un signe pour se ruer sur la prison du Cherche-midi, et tirer de force Ferbach des griffes de Lestradier.

« Et tenez, il me dégoûte, à la fin ce croquant!

« Il faut qu'on en finisse. Je cours à mon journal pour emboucher la trompette guerrière.

« Je vais donner le signal de l'assaut. ·

— Mansulle, je vous approuve, rugit avec enthousiasme le père La Manille, en venant serrer la main de l'ex-communard.

« Faites-lui prendre cette Bastille militaire à notre brave populo.

« Il n'en célébrera que plus gaiement la prise de l'autre.

Mais l'ancien chef de la sûreté hochait la tête.

— Non, non, déconseilla-t-il, pas d'effusion de sang je vous en prie, Mansulle.

« Cela n'amène jamais rien de bon.

« Avez-vous été au ministère? Vous m'aviez dit que vous iriez.

— Oui, répondit le directeur du *Quotidien*, je viens d'y passer.

« Flic est toujours là, occupé à surveiller l'allée et venue des estafettes, à saisir au vol tous les bruits qui peuvent filtrer concernant notre affaire.

« Lestradier ne quitte pas son bureau. Il est occupé à quelque mystérieuse manœuvre.

— Ce général de sacristie est bien là à son affaire, commença le père La Manille en serrant les poings.

Mais il n'eut pas le temps de continuer.

Le commandant Bossetti arrivait à son tour, le sourcil contracté, l'air furieux.

Les trois hommes qui l'attendaient, vinrent vivement à lui.

— Mon commandant, interrogea avidement Lancelin, avez-vous vu Ferbach?

— Oui, je l'ai vu, répondit sur un ton rogue le chef des prisons.

« Je viens de le quitter.

« Je me suis entretenu avec lui.

« Je lui ai fait connaître les derniers événements.

— Et que dit-il? Que fait-il? demanda anxieusement le capitaine.

— Il est très calme, très maître de lui.

« Comme nous, il espère toujours.

« Il dit qu'il est innocent, et puisque vous voulez savoir ce qu'il fait...

— Eh bien! que fait-il, haletèrent les trois hommes autour de lui.

— *Il fait son testament.*

Un silence poignant régna quelques secondes.

Bossetti, le premier, reprit la parole.

D'un air farouche, il poursuivit :

— J'aurais voulu pouvoir l'entretenir plus longuement. Mais j'en ai été empêché.

« Faurigny de Vieilleville rôde dans les prisons; il me surveille.

— Ah! les gredins, ils ne négligent rien, lança sarcastiquement le capitaine.

« Lemarchand à la Chambre, Lestradier au ministère et Faurigny au Cherche-midi! Ils sont tous sur la brèche.

— Comme nous y sommes nous-mêmes, riposta Mansulle.

— Venez, Lancelin, nous allons déjouer cette manœuvre.

« Dréan, et Flac par intérim, au ministère; Bertard à la Chambre; vous, ici, et moi.... dans la rue, de notre côté, il me semble; ça ne laisse rien à désirer.

— Au fait, approuva Bossetti avec un rire amer, Faurigny me surveille, mais à son tour, il est surveillé par deux des nôtres : Patoche et le comte Jean-Paul, qui rôdent autour de lui dans les couloirs de la prison.

Le commandant disait vrai et comme on peut le croire, le Parisien et son ami remplissaient consciencieusement leur mission.

D'ailleurs, ce n'était pas spécialement pour Faurigny qu'ils étaient là.

Le bossu avait cru reconnaître dans la foule, autour de la prison, le regard de *l'homme au sombrero*,

— *Dans les fossés de Vincennes!*

Les mains derrière le dos, il regardait fixement devant lui, et dans ses yeux, le Parisien vit passer une lueur mauvaise, comme un éclair de jalousie.

— Ça vous fait tant de peine que ça, interrogea Patoche, que cette charmante Yvette ne soit pas la fille du capiston?

— Ah! je l'aurais voulu! s'écria le comte avec une sombre chaleur.

« Le capitaine est un brave homme...

— Oui, mon vieux, un brave homme, interrompit Patoche très fier, comme s'il eût eu sa part dans l'éloge, et vous pouvez bien dire aussi un brave tout court.

— C'est bien là ma pensée, reprit âprement le bossu, un brave qui aurait su défendre Yvette en cas de besoin, un défenseur de plus... qui lui manque tout à coup, maintenant, comme peut être un jour je lui manquerai aussi moi, ajouta plus bas le jeune homme, hochant la tête, comme agité par un noir pressentiment.

— C'est égal, repartit le Parisien, cet alboche nous aura bien roulés jusqu'au dernier moment.

« Avec toutes ses manigances, surtout son démarquage sur Yvette au *Bon Marché*; moi, j'aurais tiqué les yeux fermés sur votre bonne amie.

« Et pas du tout, voilà que c'est Jeanne Morin!

« Ah! le gredin! nous faire une pareille surprise, un jour comme celui-ci, quand on apprend la condamnation à mort d'André Ferbach!

« Quel coup pour le pauvre papa Lancelin!

« Frappé en même temps dans son petit gas et dans sa fille!

comme il l'appelait, c'est-à-dire celui de Walter Humding.

Une seconde, ses yeux avaient croisé ceux de l'espion.

Mais quand le jeune homme avait voulu s'élancer, celui-ci avait disparu.

Le comte, à tort ou à raison, s'était convaincu subitement que l'Allemand rôdait autour de la prison. Et il était venu l'y attendre, en compagnie du Parisien.

Tout en déambulant autour des grises murailles, qu'éclairait à grand'peine un clair-obscur livide, Patoche, pour tuer le temps, entretenait Jean-Paul de cette palpitante nouvelle : la reconnaissance de Jeanne par Lancelin et la matelassière.

— Ainsi, Yvette n'est pas la fille du capitaine! prononçait d'un ton découragé l'ancien Pas-de-Canard.

« Voilà en fait de canaillerie, un joli coup de maître!

« Tonnerre de Dieu! il est tout de même dur à avaler le morceau!

« Pour une vacherie, c'est réussi!

« Si Ferbach est exécuté, le patron ne s'en relèvera jamais, ni Jeanne, ni bien d'autres, voyez-vous!

« Moi, si ce malheur arrive, je traînerai ça toute ma vie comme un boulet!

« Et ça arrivera! nous sommes bien fadés, allez! Walter Humding triomphe.

— Il ne triomphera peut-être pas longtemps! grinça le comte Jean-Paul entre ses dents.

— Mais si. Il ne lui arrivera rien à celui-là.

« Il n'y a de la chance que pour les crapules.

Les deux amis, tout en causant, venaient d'arriver dans un couloir assez large, presque une sorte de hall au fond duquel se trouvait l'appartement particulier de Bossetti.

— Tiens, fit tout à coup le Montmartrois, en désignant un homme qui, venant de passer devant eux, s'éloignait d'un pas rapide vers le fond du couloir.

« Quel est donc ce ciblot qui paraît si pressé?

« Mais c'est Flic, nom d'un tonnerre!

« Il arrive du ministère et va chez Bossetti.

« Il doit apporter des nouvelles.

Le Parisien appela:

« Pst, Flic! Eh ben! quoi, on ne reconnaît plus les amis!

Mais le policier faisant la sourde oreille, hâtait le pas.

— Qu'est-ce que ça signifie, ça! murmura le Parisien, la gorge sèche.

« Vous n'avez pas remarqué? Il avait la figure toute chavirée, à tel point, que sur le moment, j'ai eu de la peine à le reconnaître.

« Nom d'un pétard, est-ce qu'il serait encore arrivé un nouveau malheur?

Flic venait d'entrer dans le salon de Bossetti.

Dans ce salon où le triumvirat s'était assemblé, régnait en ce moment une conversation très animée.

Lancelin et Dréan n'étaient pas d'accord.

Mansulle tenait pour les moyens violents, pour l'émeute; Dréan conseillait la sagesse.

— Mais nous n'avons pas le choix des moyens! vitupérait le capitaine.

« Vous ne sentez donc pas, Dréan, que Lestradier nous tient et qu'il est résolu à tous les coups de force, lui?

« Est-ce qu'il garde des ménagements, Lestradier?

« Il vient de faire emprisonner un juge pour l'empêcher de parler.

« S'il allait faire exécuter Ferbach en cinq secs, hein? nous serions frais avec votre sagesse.

« C'est ce qui nous pend au nez pourtant, tonnerre de Brest!

— Oui, mais à quoi nous avancerait une émeute? ripostait l'ancien chef de la sûreté.

— Mais sacrebleu! trépignait l'officier, à leur fiche la frousse à tous, à les acculer au bord du fossé pour qu'ils y fassent la culbute.

— S'il ne tient qu'à cela, je viens de la Chambre et je puis vous affirmer que le désarroi est à son comble autour de Lemarchand.

— Eh bien! tant mieux, morbleu! mais c'est à nous de battre le fer quand il est chaud.

« Il faut donner le dernier coup de pouce, mettre le feu aux poudres pour que tout saute le plus vite possible.

« Vous m'entendez, Dréan? s'angoissait Lancelin.

« Il faut que Lestradier saute au plus vite, avant qu'il ait eu le temps de signer l'ordre d'exécution; sans ça, nous sommes foutus!

— Pourvu qu'il soit encore temps! s'exaspérait Mansulle.

Ce fut sur ces mots que Flic entra.

Tous se retournèrent vers lui.

Ils savaient que Flic venait du ministère.

A son visage congestionné, à ses yeux qui sortaient des orbites, ils eurent la sensation d'un immense malheur.

Une angoisse inexprimable se peignit sur leurs traits.

— Messieurs, haleta Flic, Ferbach sera exécuté dans les fossés de Vincennes.

Les quatre hommes qui l'écoutaient, poussèrent le même cri affolé:

— Dans les fossés de Vincennes!

— L'ordre de transfert vient d'être signé, poursuivit Flic, dont le visage pourpre ruisselait de sueur.

« Le fourgon qui doit venir le chercher est en route.

Ces mots sinistres tombèrent dans un silence terrifié.

Tous, instinctivement, avaient baissé la tête, sentant passer sur eux la mort.

Quand ils purent parler, ce fût une scène navrante:

— Dans les fossés de Vincennes, lui, mon p'tit gas! clamait l'officier comme un dément.

« Les canailles! les canailles! ils vont me le tuer comme un chien!

— Oui, c'est l'exécution sans phrase! le coup du prince de Condé! disait M. Dréan, atterré.

Mansulle les regardait avec des yeux pleins de fauves lueurs.

Son facial léonin avait un rictus terrible.

— Adieu, vociféra-t-il, je vais à mes rotatives.

« Cette fois, je n'écoute plus rien.

« Il me faut l'émeute, la barricade!

— A quoi cela servira-t-il? essaya de le retenir Dréan, désespéré.

— Nous verrons bien, rugit Mansulle.

« En attendant, je cours à mon journal et je lance un nouveau placard avec ce titre : *Lestradier fait son petit Napoléon!*

« Ah! tonnerre de sort, ça va danser!

— Et moi, gronda Bossetti, tandis que Mansulle s'élançait au dehors, le fourgon peut venir. Je refuse de livrer mon prisonnier!

— Bossetti, pas de bêtise, vous êtes soldat! supplia le père La Manille, en lui pressant les mains avec égarement.

Et se retournant vers le policier qui attendait, consterné :

— Flic, lui cria-t-il, courez vite après Mansulle. Il ne doit pas être bien loin.

« Dites-lui qu'il revienne. J'ai quelques instructions à lui donner.

Flic s'éloigna.

« Ce n'est pas l'émeute maintenant qui nous servira, fit Lancelin, revenant vers Dréan et Bossetti.

« C'est d'Albaret.

« C'est lui notre suprême planche de salut.

« Il faut faire parler d'Albaret.

« Ne perdons pas de temps. Séparons-nous. Chacun à son poste.

« Vous, Dréan, au ministère. Moi, je vais à la Chambre prévenir M. Bertard.

— Les canailles! les canailles! ils vont me le tuer comme un chien!

Mansulle revenait, accompagné de Flic qui l'avait rattrapé.

— Mansulle, lui cria Lancelin, un point capital :

« Tapez sur Lestradier tant que vous voudrez, mais n'oubliez pas d'Albaret!

« C'est lui notre dernier espoir.

« Il faut demander à cor et à cris qu'on fasse parler d'Albaret!

— C'est bien mon intention! affirma farouchement l'ex-communard.

« Comptez sur moi : d'Albaret parlera!

Tous, dans un grand désarroi, allaient sortir.

Brusquement, devant eux, la porte s'ouvrit.

Un sergent se précipitait vers Bossetti avec les signes d'une violente émotion.

C'était l'agent principal, chargé de la surveillance des prisonniers.

— Mon commandant, haleta le sous-officier, le lieutenant d'Albaret... et sans achever, pour compléter sa pensée, l'agent principal, dans une mimique terrifiée, passa le tranchant de sa main sur son cou.

— Eh bien! quoi? demanda rudement Bossetti.

— Il s'est coupé la gorge!...

CHAPITRE CCLIV

Les pierres parlent !

— Tonnerre de sort! d'Albaret suicidé! Il faudrait le voir pour le croire! clamait Mansulle tout palpitant à la pensée du magnifique reportage à faire pour le *Quotidien*.

« Bossetti, courons vite nous assurer du fait et porter secours à ce malheureux, si par hasard il en est encore temps.

« Votre agent peut s'être trompé.

« Vous pensez bien, dans l'affolement d'une semblable surprise, on n'y regarde pas de si près.

« Il se peut que d'Albaret ne soit pas mort, mais seulement évanoui.

« Avant de mourir, peut-être pourrait-il encore parler, et sacrebleu! c'est là une question de vie et de mort pour nous.

— Oui, venez tous! approuva Bossetti complètement démoralisé.

« Ce n'est pas réglementaire, mais je m'en fiche! il me faut des témoins.

Rapidement, il les entraînait dans les sombres couloirs de la prison vers la cellule de d'Albaret, assez éloignée.

Tout en se hâtant, les membres effarés du *triumvirat* exprimait par des exclamations leur désarroi moral.

— Mille millions de gibernes, grondait Lancelin, au moment où nous avons tant besoin de lui, nous péter comme ça dans la main, moi aussi, il faut que je le voie pour le croire.

— Lancelin, ricanait Mansulle, avec un ton plein de sous-entendus, ce d'Albaret devenait bien gênant pour de certaines gens.

— Que voulez-vous dire? s'écria M. Dréan.

« Qu'on l'aurait assassiné!

« Mansulle, vous vous avancez beaucoup.

« De la prudence, s'il vous plaît.

« Il ne ferait pas bon pour certains d'entre nous si de pareils propos arrivaient jusqu'aux oreilles de Lestradier, et vous savez qu'il les a longues.

« Ce vieux jaguar de Faurigny rôde dans la prison, ne l'oubliez pas.

« D'ailleurs, crime ou suicide, nous allons bien voir. Je suis là dans mon élément.

« Fiez-vous-en à moi.

« Si je vois quoi que ce soit de suspect, je saurai bien le dire.

Ils étaient arrivés devant la cellule de d'Albaret. Patoche et le comte Jean-Paul, attirés par le bruit rejoignirent le groupe.

Ils venaient aux nouvelles.

Flic les mit au courant et resta avec eux, un peu à l'écart sous un sombre pilier, tandis que l'agent principal, devant la porte de d'Albaret, introduisait la clef dans la serrure.

M. Dréan regardait cette opération avec un visible intérêt.

— Qu'y a-t-il là qui vous intrigue? lui demanda Lancelin.

L'ancien chef de la Sûreté se tourna vers l'officier, mais répondit, surtout pour Mansulle :

— La clef joue très bien.

L'air dont il accompagnait ces paroles signifiait clairement :

« Vous voyez, Mansulle, vos préventions d'assassinat ne paraissent guère fondées, quant à présent.

« Le meurtrier, pour s'introduire ici, aurait dû facturer la porte, forcer la serrure tout au moins.

« Cela se verrait. Pourtant, il n'en est rien.

— Parbleu, rétorqua l'ex-communard qui avait saisi le sous-entendu si c'est le gouvernement qui a fait le coup, l'assassin n'avait pas besoin d'entrer là par effraction.

« Il doit bien y avoir quelque part un double de ces clefs.

« Il sera venu là comme chez lui.

L'agent principal, dont la main tremblait d'émotion, venait enfin d'ouvrir la porte.

Avant de la pousser devant lui, ce sous-officier, un vieux de la vieille à trois brisques, se retourna d'un air mécontent..

— Cré matin, bougonna-t-il, faudrait voir à ne pas parler à tort et à travers.

« Il n'y a pas de double de ces clefs, et celle-ci, je les porte toujours sur moi.

« Pour lors à moins que ce soit moi qui aie fait le coup.

— Sans aller vous prendre vos clefs, il était facile d'en faire fabriquer une sur empreinte, riposta Mansulle.

— Et le temps matériel pour la faire? intervint Bossetti.

« D'Albaret n'est ici que depuis quelques heures.

— Si le coup était préparé d'avance?

— Mais qui pouvait prévoir que je l'enfermerais dans cette cellule plutôt que dans une autre?

« C'est moi seul qui en ai décidé, cette pièce vient d'être mise en réfection, les murs blanchis de frais et c'est par sympathie pour ce malheureux qu'au dernier moment j'ai décidé de l'amener ici.

— Mon commandant, fit l'agent principal en poussant la porte devant lui, je vous ferai remarquer que l'éclairage n'a pas encore été installé.

« Le jour baisse, on aurait peut-être besoin de luminaire.

— Restez, dit Bossetti en entrant dans la cellule.

« Nous y pourvoirons tantôt.

« On y voit encore suffisamment pour faire les premières constatations.

Lancelin, Dréan et Mansulle, derrière le sergent et Bossetti, entrèrent à leur tour, saisis par une poignante émotion.

La petite pièce était carrée.

Une fenêtre, étroite comme un soupirail, à trois mètres de hauteur près du plafond avec de solides barreaux scellés dans la muraille, y filtrait en plein jour, une pâle clarté de souterrain.

Sous la fenêtre, qu'on avait devant soi en entrant, un lit de camp, à gauche contre le mur, une table. Au pied du lit, une chaise.

C'était là tout le matériel composant le mobilier de la cellule.

Un silence de mort y régnait.

On aurait cru la pièce inoccupée, d'autant plus que le soir tombant au dehors, l'obscurité dans la cellule était à peu près complète.

— Où est donc d'Albaret? murmura Lancelin.

— Là, fit le sergent tendant son doigt vers le lit de camp.

Une forme sinistre y gisait.

Tous s'approchèrent.

Le juge, couché sur le côté, la face tournée vers le mur, semblait dormir.

Bossetti lui mit la main sur l'épaule et l'appela :

— Lieutenant d'Albaret.

Les cinq hommes attendirent avec un frisson d'angoisse.

Rien ne répondit.

Bossetti passa alors sa main sur le front et sur le cou du soi-disant dormeur.

Il la retira pleine de sang.

— Il est glacé, murmura-t-il. C'est bien fini.

Un instant, ils restèrent immobiles, écrasés devant l'irréparable.

Lancelin contemplait cet élégant uniforme qui s'estompait dans l'ombre sur le lit de camp, dans sa rigidité sinistre.

Une pensée terrible le fit tressaillir.

— Il s'est coupé la gorge!...

Il murmura :

— Voilà peut-être ce qu'ils feront de mon p'tit gars dans quelques heures.

Mansulle promenait autour de lui un regard perplexe.

M. Dréan s'en aperçut.

Il se rapprocha de l'ex-communard et lui glissa :

— Croyez-vous toujours à un assassinat?

— En effet, avoua Mansulle, si d'Albaret avait vu un assassin se dresser devant lui, il se serait défendu il aurait lutté.

« Pourtant, rien ne donne cette impression.

« Mais, le lieutenant peut avoir été surpris étendu sur son lit.

« On lui aura tranché la gorge d'un seul coup avant qu'il ait eu le temps de se défendre.

— Pourtant, insista M. Dréan il demeure à peu près démontré que l'assassin n'a pu entrer.

« Serait-il entré par la fenêtre?

— Impossible! fit M. Bossetti.

« Cette fenêtre donne très haut sur la cour des prisonniers.

« Escalader cette fenêtre du dehors serait impossible en plein jour.

« Immanquablement, l'homme qui aurait passé par là eût été vu.

— D'ailleurs fit remarquer M. Dréan, les barreaux scellés devant cette fenêtre sont intacts.

« Par conséquent, personne n'ayant pu pénétrer dans la cellule, l'hypothèse du crime ne me paraît guère admissible.

Tout en parlant, M. Dréan, par habitude du métier, regardait çà et là autour de lui, scrutant les ombres.

Son attention fut attirée par quelque chose qui gisait sur le sol, devant le chevet du lit, avec un vague reflet bleuâtre.

— Tiens, qu'est-ce que ceci? fit-il.

L'ancien chef de la Sûreté se baissa pour voir de plus près.

— Oui, qu'est ceci? interrogèrent les autres, se baissant à leur tour vers la lueur mystérieuse.

M. Dréan craqua une allumette et l'approcha de l'objet.

— Un rasoir! s'exclamèrent-ils, non sans éprouver un court frisson.

« Un rasoir couvert de sang!

« L'arme avec laquelle d'Albaret s'est donné la mort!

Tous regardaient avec un intérêt croissant cette pièce à conviction.

On pouvait voir sur les visages que d'étranges pensées s'agitaient tout à coup.

L'allumette s'éteignit.

— Relevons-nous, fit M. Dréan.

« Laissons ce rasoir à sa place.

« Je ne veux pas qu'on nous reproche d'avoir dérangé quoi que ce soit.

« Dans une enquête, la position d'un objet peut être d'une importance capitale.

« Il ne faut pas entraver l'action de la justice.

« Mais comment se fait-il que ce rasoir se trouve ici?

« Bossetti, vous ne fouillez donc pas vos prisonniers, avant de les enfermer?

Le commandant, depuis la découverte du rasoir, semblait sur des charbons ardents.

Il interpella rudement l'agent principal.

— Vous entendez, sergent? c'est à vous que la question s'adresse.

« C'est vous qui avez reçu le prisonnier.

« Vous ne lui avez donc pas enlevé tout ce qu'il avait sur lui?

— Mon commandant, grommela le sous-officier, le lieutenant nous a donné son sabre et quelques papiers.

« Il nous a dit que c'était tout ce qu'il avait.

« On s'est fié à sa parole.

« Nonobstant, je lui ai demandé: Mon lieutenant, vous n'avez rien autre, au moins? rien qui pourrait vous servir à vous faire un sale coup?

« Alors, le lieutenant, qui semblait tout hors de lui, m'a crié: Vieil imbécile! as-tu peur que je me tue? Ils seraient trop contents.

Bossetti et ses amis sursautèrent.

— Comment, vieille ganache! lança le commandant au sergent ahuri, le lieutenant t'a dit ça, et tu n'en parlais pas?

« Tu ne vois pas que cette déclaration est de la plus extrême importance?

— Parbleu, oui, triomphait Mansulle.

« Qu'est-ce que je vous disais, mon cher Dréan?

« Cette déclaration est péremptoire; d'Albaret a été assassiné!

— Coquin de sort, surenchérit Lancelin, cela saute aux yeux, en effet.

« D'Albaret n'avait pas besoin d'un rasoir, pour aller siéger au Conseil de guerre!

« Ce rasoir n'est pas à lui. Il a été apporté et laissé là par la canaille qui lui a coupé le sifflet.

« Mansulle avait raison : d'Albaret a été assassiné!

— Prenez garde, avertit M. Dréan, quelqu'un vient. Faurigny probablement.

Un bruit d'éperons se rapprochait dans les couloirs.

Le colonel, car c'était lui, parut, sombre et mince silhouette, dans l'embrasure de la porte, laissée entr'ouverte.

Il entra dans la cellule.

Son visage, dans la pâle clarté qu'il recevait de la fenêtre, exprimait une profonde surprise.

Il se tut un instant pour distinguer, dans l'obscurité presque complète maintenant, le monde qu'il avait devant lui.

Sa surprise devenait de l'ahurissement.

— Messieurs, que faites-vous ici? s'exclama-t-il.

Il se tourna vers Bossetti.

« Commandant, poursuivit-il d'un ton sévère, le lieutenant d'Albaret n'est-il pas au secret?

— Mon colonel, répondit Bossetti d'une voix sourde, le secret ne sera pas violé.

« Le lieutenant d'Albaret est mort.

— ...Assassiné! acheva la voix de Mansulle dans l'ombre.

Du coup, toute la morgue du colonel tomba.

Une profonde stupeur se peignit sur ses traits.

— Ce n'est pas possible! murmurait-il, sans trop savoir ce qu'il disait.

En même temps, il s'approchait du lit de camp que Rossetti lui désignait.

Il eut un mouvement de pitié.

— Malheureux jeune homme! murmura-t-il.

Mais ce ne fut qu'un éclair. Déjà l'impassibilité du soldat devant la mort, et la morgue du chef avaient repris le dessus.

« Vous dites qu'il a été assassiné? demanda-t-il d'un ton bref.

« A-t-on arrêté le meurtrier?

— Non, mon colonel, répondit âprement Bossetti, prêt à tenir tête au parti-pris qu'il devinait dans l'esprit de celui qui l'interrogeait.

— Est-ce d'Albaret alors, qui, avant de mourir, vous l'a désigné, ce meurtrier? questionna Faurigny, d'un ton encore plus tranchant.

— Non, répondit de nouveau le commandant.

« Quand nous sommes arrivés ici, mis en éveil par l'agent principal, qui, le premier, a fait cette lugubre découverte, le lieutenant était mort.

— Alors, comment savez-vous qu'il a été assassiné?

— On lui a tranché la gorge, commença Bossetti.

— Avec son sabre?

— Non, avec un rasoir.

« Voilà, mon colonel, ce qui nous fait croire au crime plutôt qu'au suicide.

« Il est invraisemblable que d'Albaret eût un rasoir sur lui.

— Et pourquoi pas? Le lieutenant a insulté, a été sur le point de souffleter le ministre de la Guerre, le chef suprême de l'armée.

« Il l'a fait d'une façon préméditée, puisqu'à diverses reprises, au cours des débats dans le procès Ferbach il avait proféré des menaces. Non pas dans la salle d'audience, mais enfin devant ses camarades.

« Il ne pouvait avoir aucun doute sur le résultat qu'aurait pour lui un pareil coup de tête.

« C'était sûrement la dégradation militaire et la forteresse, sinon quelque chose de pis.

« Il le savait. Pour y échapper, le lieutenant sera venu au ministère armé de ce rasoir, prêt à se faire justice lui-même, après son incartade.

« D'ailleurs, il est arrivé ici, exaspéré, surexcité, au dernier degré.

« Cet homme était un esprit violent.

« Peut-être, enfin, la gravité de sa conduite lui sera-t-elle apparue tout à coup.

« Dans un mouvement de désespoir, il s'est tué.

« Voilà la seule version plausible.

— Non, mon colonel, il ne s'est pas tué, protesta énergiquement le directeur du Quotidien.

« On l'a assassiné!

— Cette version est stupide! s'impatienta Faurigny.

— La clef joue très bien.

— Avez-vous avisé le ministre? demanda-t-il avec rudesse à Bossetti.

— Non, répondit le commandant.

— Il faut le faire. C'était votre premier devoir.

— Je devais d'abord m'assurer du fait, mon colonel.

— C'est bien. Venez. Allons chez vous, rédiger ensemble l'express à expédier au ministère.

« Qu'on ferme la porte de la cellule et que nul n'y pénètre avant que le ministre n'ait décidé des mesures à prendre.

Tout le monde sortit de la cellule et la porte fut fermée à double tour.

Bossetti se retira chez lui, accompagné de Faurigny.

Lancelin, Dréan et Mansulle restèrent dans les couloirs de la prison, attendant les événements.

Ils s'arrêtèrent devant une fenêtre où le jour, à son déclin, envoyait ses dernières clartés.

Patoche, Flic et Jean-Paul s'étaient empressés de venir les rejoindre.

Pendant qu'ils formaient, un peu à l'écart, un groupe fort animé, quoique causant à voix basse, Mansulle ne perdait pas son temps.

Avec un enthousiasme fébrile, il rédigeait un compte rendu sensationnel.

Quand il eut fini d'écrire, il se rapprocha du groupe des causeurs.

— Voilà, c'est fait, annonça-t-il avec satisfaction. Paris va savoir la nouvelle.

« Lequel de vous va se dévouer pour me porter ceci au Quotidien?

— Moi, si vous voulez, proposa Flic.

L'ex-communard lui remit le précieux papier, et, tandis que Flic s'éloignait:

— Surtout, lui cria-t-il, bouche cousue, hein?

« N'éventez pas la fameuse nouvelle? Mes confrères sont aux aguets, ils auraient tôt fait de la saisir au vol et je serais flambé.

« Il faut que je sois le premier, vous comprenez?

— Parfaitement, ne craignez rien, rassura le policier. Et il disparut.

Il fut bientôt dans la cour de la prison.

Il marchait d'un pas allègre.

Il arriva devant la porte qui donne sur la rue.

Cette porte était fermée, et, de chaque côté, des soldats en arme faisaient la haie.

— Qu'est-ce que cela veut dire? se demanda Flic, légèrement inquiet.

Pourtant, il s'avançait résolument.

— Halte-là? où allez-vous? lui intima un sous-officier du poste, en accourant vers lui.

« Votre laisser-passer?

— Quoi? quel laisser-passer? s'ahurissait le policier.

« Je n'en ai pas besoin, puisque je sors.

— Vous n'avez pas de laisser-passer pour sortir?

— Non.

— A la garde! cria le sous-officier.

Aussitôt, tous les soldats du poste furent sur Flic.

Le détective, ahuri, regardait ce cercle de baïonnettes, pointées vers lui.

— Menez-le dans la salle du poste! commanda le sergent à ses hommes.

« Vous, fit-il à l'un d'entre eux, allez prévenir le commandant.

Bossetti vint au poste. Il y vit Flic gardé à vue par vingt gaillards, résolus à l'exterminer s'il faisait un seul mouvement et se mit à rire.

— Comment! c'est vous, lui dit-il, vous, un policier qui vous faites prendre dans le piège tendu pour un autre!

« Qu'on le laisse passer! commanda-t-il aux soldats, et continuez à faire bonne garde.

Bossetti retourna sur ses pas.

Faurigny l'attendait dans la cour, à quelque distance.

— Que signifient tous ces soldats disséminés de tous côtés, au pied des murs? demanda le colonel en fronçant le sourcil.

— C'est un ordre que j'ai donné aussitôt que la mort de d'Albaret m'a été connue, répondit le commandant.

« Si, à ce moment l'assassin du lieutenant était encore dans la prison, il n'en sortira plus.

« Toutes les issues et tous les murs sont gardés militairement.

« Pour quitter la maison, il faut un sauf-conduit signé de ma main.

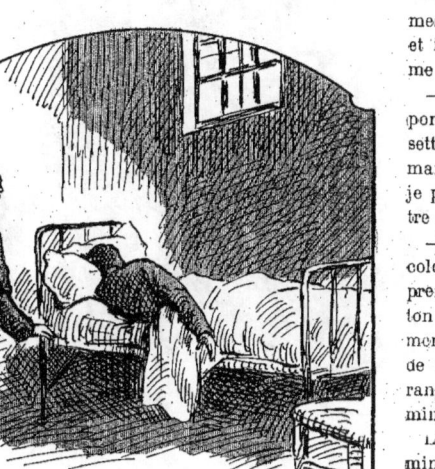

Une forme sinistre y gisait.

— Commandant, ces mesures sont ridicules et indignes d'un homme de votre gravité.

— Mon colonel, répondit fièrement Bossetti, je suis le commandant des prisons et je prétends être le maître chez moi.

— C'est bien, fit le colonel de Faurigny, prenant tout à coup un ton doucereux que démentait l'éclair de rage de ses yeux, nous arrangerons cela avec le ministre.

L'express envoyé au ministère était parti depuis longtemps.

Bientôt, le poste de garde à la porte de la prison criait aux armes, la porte s'ouvrait à deux battants et une voiture découverte entourée d'une escorte de cuirassiers, faisait son entrée.

C'était Lestradier qui arrivait.

Son chef de cabinet et Bossetti, immédiatement prévenus, vinrent le recevoir au pied de l'escalier.

— Menez-moi dans votre salon, commandant, fit le ministre.

« J'attendrai là avec le colonel pendant que vous vous occuperez de recevoir le Parquet, prévenu par téléphone.

« Ces messieurs ne sauraient tarder.

« Nous irons tous ensemble dans la cellule du lieutenant d'Albaret.

Lestradier parlait d'un ton sec, distant.

Son visage était impassible.

Un instant, il demeura pétrifié de surprise

Pourtant, dès qu'il fut seul, dans le salon de Bossetti, avec son chef de cabinet, ce visage changea d'expression.

Il révélait une grande inquiétude.

— Faurigny, demanda vivement le ministre, vous connaissez la teneur de l'express qui m'a été expédié?

— Oui.

— Bien. Avez-vous quelque chose de plus à m'apprendre... quelque chose qui n'était pas dans cet express?

— Oui, prononça gravement Faurigny.

« On ne croit pas à un suicide.

En même temps, il regardait Lestradier dans les yeux.

Mais le ministre avait un brusque sursaut de surprise.

— Pour quelle raison? demanda-t-il.

— Parce que la disparition du lieutenant fait trop bien nos affaires.

— En effet, lança cyniquement Lestradier, on ne peut mieux.

— Alors, c'est donc vrai? cette mort serait donc... interrogea Faurigny, qui n'osait achever la phrase.

— Non, trancha catégoriquement le ministre.

« Le gouvernement n'y est pour rien, Faurigny.

« C'est un suicide.

« Qui donc a pu parler d'un crime?

— Bossetti, Lancelin, Mansulle, Dréan.

— Le triumvirat est ici?

— Oui. Ces enragés étaient assemblés dans ce salon, en train de comploter contre nous, selon leur habitude, quand l'agent principal est venu leur annoncer l'événement.

« Ils ont couru à la cellule de d'Albaret.

— Quoi! tous?

— Oui, tous.

— Ah! je m'en vais les saler! Continuez.

« Mais dites-moi, vous étiez avec eux?

— Oui.

— D'Albaret était déjà mort quand ils ont pénétré dans la cellule?

— Oui. C'est du moins ce qu'ils m'ont dit, car je ne suis arrivé qu'un moment après eux.

— D'Albaret n'a donc pu leur parler avant de mourir.

« Mais il doit avoir laissé des lettres, il doit avoir écrit... ce qu'il avait à dire sur le procès Ferbach?

« N'a-t-on rien trouvé?

Le ministre, plus troublé qu'il n'aurait voulu le paraître, attendait anxieusement la réponse.

— Non, rien, assura Faurigny.

— Rien! s'écria Lestradier, en se frottant les mains.

« Allons, cela va mieux que je ne pensais!

Le commandant Bossetti introduisit dans le salon le préfet de police.

Quelques instants plus tard, arrivait à son tour le juge d'instruction, flanqué de son greffier et d'un médecin légiste.

Ils s'acheminèrent aussitôt vers la cellule de d'Albaret.

Bossetti et l'agent principal, porteur d'un falot, les accompagnaient.

Lancelin et ses amis, toujours dans les couloirs de la prison, les virent arriver.

Ils allaient passer devant eux.

Mansulle se redressa, le feutre en bataille, et, toisant hardiment le ministre:

— Mon cher Dréan, lança-t-il, le lieutenant d'Albaret a été assassiné, on lui a coupé le sifflet pour l'empêcher de parler. Mais vous verrez que la vérité éclatera malgré tout.

« Souvenez-vous de ce que disait Me Léon Jacques dans son éloquente plaidoirie: *si les hommes se taisent, les pierres parleront!*

Lestradier marcha délibérément sur Mansulle:

— Vous en êtes sûr, lui cria-t-il, que d'Albaret a été assassiné?

« Eh bien, venez, suivez tous, vous allez le prouver.

L'ex-communard et ses amis acceptèrent avec empressement l'invitation.

— Oui, de ta suite, j'en suis, goguenardait entre ses dents Mansulle.

M. Dréan et le préfet de police échangèrent un regard de dédain.

Depuis longtemps ils se détestaient.

Patoche, le comte Jean-Paul et Flic lui-même, déjà revenu du *Quotidien*, suivaient en catimini derrière Lancelin.

La cellule fut ouverte et les investigations commencèrent aussitôt.

— Commandant, fit le juge d'instruction en s'adressant à Bossetti, veuillez faire éclairer la cellule.

« On ne voit rien avec ce falot.

Il désignait celui que portait l'agent principal.

— La cellule est en voie de réparation, répondit Bossetti, et ne dispose pour l'instant d'aucun moyen d'éclairage.

« Sergent, allez chez moi, fit-il à l'agent principal, en lui prenant le falot des mains.

« Vous nous rapporterez la grande lampe du salon.

L'agent principal sortit.

— En attendant, commençons, invita le juge d'instruction.

Le médecin légiste s'était approché du lit de camp.

Il pria Bossetti d'approcher sa lanterne et se mit à examiner sommairement le cadavre de d'Albaret à la gorge.

— Messieurs, prononça-t-il, après un court silence, l'artère carotide a été tranchée, mais pas entièrement, de telle sorte que la mort n'a pas dû être instantanée.

« Je remarque aussi autour de la gorge quelques taches bleuâtres, comme des empreintes de doigts qui se seraient enfoncés dans la chair.

— Voici déjà une forte présomption en faveur de l'assassinat, dit M. Dréan.

« La strangulation avant le coup de rasoir.

— De quoi vous mêlez-vous? fit le ministre.

— Laissez parler le préfet de police.

— Pardon, monsieur le ministre, lança Mansulle, nous sommes partie dans l'affaire.

« Nous représentons les intérêts d'André Ferbach.

« Vous nous avez invités à vous suivre pour faire la preuve de l'assassinat.

« Laissez-nous donc le champ libre.

« Au nom de l'opinion publique que je représente, j'exige que M. Dréan soit entendu contradictoirement avec le Préfet de police.

« Je dis contradictoirement, parce que je pense que monsieur n'est pas de notre avis, railla-t-il en se retournant vers le Préfet.

— C'est très possible, dédaigna celui-ci.

« D'ailleurs, j'accepte le cartel.

— Très bien, répondit M. Dréan sur le même ton.

« En ce cas, passons à un nouvel ordre d'idées.

« Admettons qu'il y ait eu suicide.

« Comment se fait-il alors, qu'avant de se tuer, le lieutenant n'ait rien laissé, pas une lettre, pas un mot, rien?

« Il avait pourtant quelque chose à dire.

— Mais, rétorqua le Préfet de police, quand le lieutenant est arrivé ici, savait-il ce qu'il faisait? il était fou.

« Pourtant, si vous y tenez, il peut avoir serré quelque papier sur lui.

« Cherchons.

Le Préfet se mit à fouiller le cadavre.

Lestradier était sur des charbons ardents. Mais bientôt il respira.

D'Albaret n'avait sur lui qu'un crayon et un petit agenda de poche aux feuillets vierges.

— Tout ce qu'il fallait pour écrire, observa M. Dréan, et pourtant, il n'a pas écrit!

— Voyons, dit le juge d'instruction, il y a une chaise et une table.

« Approchez votre lanterne.

« Peut-être trouverons-nous une lettre sur l'une ou sur l'autre.

Ils regardèrent sur la chaise: rien et rien sur la table. Mais tout à coup M. Dréan s'écria:

— Tiens! tiens! qu'est ceci?

Il regardait sur la table.

Il prit le falot des mains de Bossetti et l'approcha davantage.

Tous se penchèrent.

Tracées dans le bois, légères comme une égratignure, apparaissaient, énormes et heurtées, comme jetées dans l'affolement, ces quatre lettres: *Ferb…*

— Les premières lettres du nom de Ferbach, dit M. Dréan.

« Mais avec quoi ceci a-t-il été tracé? je ne vois rien sur la table. Cherchons un peu à terre.

La lanterne fut abaissée vers le sol.

Au pied de la table, l'ancien chef de la Sûreté ramassa un objet.

— Euréka! s'écria-t-il, la mèche d'un vilebrequin.

Le commandant Bossetti, s'il vous plaît?

— Oubliée là, sans doute, par les ouvriers qui ont réparé la cellule, expliqua Bossetti.

— Approchez un peu votre lanterne ici, près de la porte, fit Mansulle.

« Quelque chose a craqué sous mes pieds. Je ne trouve plus rien.

La lanterne fut approchée. Mansulle ramassa un bouton de faux-col.

Dréan rayonnait.

— Ce bouton, dit-il, appartient à d'Albaret.

« Son faux-col, très montant, a été tordu, arraché et le bouton a sauté.

« Et maintenant, messieurs, la preuve est faite.

« D'Albaret a voulu parler!

« Je puis, de point en point, vous reconstituer la scène du crime.

« Le lieutenant a vu tout à coup un homme entrer dans sa cellule.

« D'Albaret, sans défiance, s'est approché de lui, jusqu'ici, vers la porte.

« L'homme, alors, l'a saisi brusquement à la gorge pour l'empêcher de crier, sans doute.

« Le lieutenant s'est débattu, ils ont roulé à terre.

« Tandis que son agresseur le maintenait sous lui et sortait son rasoir, le lieutenant, sous sa main, a rencontré cette mèche.

« Elle est en acier, mais trop courte pour être d'un maniement facile.

« N'importe, il en aura menacé, peut-être frappé son agresseur, qui, dans le premier moment de surprise, aura lâché sa proie.

« Le lieutenant s'est relevé. Mais à demi étouffé, sans force et sans arme pour se défendre contre son ennemi qui s'avançait vers lui en brandissant un rasoir, il s'est vu perdu.

« On allait le tuer, et il emporterait son secret dans la tombe.

« Alors, toujours armé de cette mèche de vilebrequin, affolé, il a voulu écrire son secret sur la table.

« Il a tracé les premières lettres. Mais tout à coup l'autre a bondi sur lui, l'a poussé sur son lit, et, le tenant cette fois solidement renversé, d'un coup de rasoir, il lui a tranché la gorge.

— Vous n'oubliez qu'une chose, railla le Préfet de police, c'est de nous dire comment cet agresseur a pu s'introduire ici.

À cette question, M. Dréan parut embarrassé.

— Vous voyez, triompha son ennemi, votre *reconstitution* ne tient pas debout.

« Je maintiens, moi, que d'Albaret s'est suicidé.

« Il était fou de rage en entrant ici.

« En manière de protestation, il a voulu écrire sur la table: *Ferbachiste!*

« Mais il étouffait!

« Sans terminer le mot, il a voulu arracher son faux-col qui l'empêchait de respirer.

«Dans cette action, il s'est enfoncé les doigts dans la gorge.

« *Oh! c'est cela! mourir!* aura-t-il râlé.

« Il a sorti son rasoir et s'est tranché la gorge.

— C'est la version que j'accepterai, au moins jusqu'à nouvel ordre, approuva le juge d'instruction.

— Elle est plausible, fit le médecin-légiste.

— Très plausible, surenchérit Faurigny.

— Eh bien, messieurs, vous voyez! triomphait Lestradier, en s'adressant à Mansulle et à ses amis.

« Commandant Bossetti, si au lieu de passer votre temps à comploter contre vos chefs, vous veilliez sur vos prisonniers, ceci ne serait pas arrivé. D'Albaret n'aurait pas pu se suicider.

« Mais, depuis quelque temps, vous vous mêlez de beaucoup trop de choses.

« Vous aussi, capitaine Lancelin.

« Ah! vous avez cru à un assassinat et vous avez donné des ordres pour que nul ne sortît de la prison sans un laisser-passer signé de vous.

« Eh bien, cet ordre, commandant, c'est moi qui le signerai, maintenant. Et cette défense de sortir, je l'étends jusqu'à vous et au capitaine Lancelin.

« Adieu. Vous aurez bientôt de mes nouvelles.

Le ministre sortit majestueusement, laissant le commandant et ses amis foudroyés.

L'agent principal arrivait, apportant la lampe.

Lestradier n'avait pas fait quatre pas, hors de la cellule, qu'il entendit tout à coup une grande exclamation.

En même temps, M. Dréan, radieux, accourait:

— Monsieur le ministre, triomphait à son tour l'ancien chef de la Sûreté avec la révérence la plus ironique, veuillez revenir.

« Il y a quelque chose de nouveau.

Lestradier reparut sur le seuil de la cellule.

Une énorme lampe-phare posée sur la table, répandait dans toute la pièce une éblouissante clarté.

Le ministre vit d'abord devant lui Bossetti et Lancelin. Ils jubilaient.

Mansulle s'avança vers Lestradier.

— Monsieur le ministre, lança-t-il goguenard, *les pierres ont parlé!*

« Veuillez vous donner la peine de regarder là, devant vous, au-dessus du lit de camp, ce qui est écrit.

Lestradier leva les yeux dans la direction indiquée.

Un instant, il demeura pétrifié de surprise.

Puis brusquement, la tête basse, il tourna les talons et s'en fut.

Sur le mur, tracés par d'Albaret, en lettres de sang, flamboyaient ces mots:

FERBACH EST INNOCENT!

CHAPITRE CCLVI

L'interprète Duvernier.

Le ministre de la guerre parti, le juge d'instruction eut bientôt terminé ses investigations.

Dès qu'il eut quitté le Cherche-Midi avec tous ceux qui l'accompagnaient, le premier soin de Bossetti fut de faire appeler chez lui le capitaine qui commandait le détachement de garde à la prison, pour s'informer des ordres qu'avait pu lui donner le ministre en partant.

Pendant ce temps, M. Dréan se hâtait vers le Palais-Bourbon, pour annoncer à M. Bertard les dernières nouvelles, et Mansulle vers son journal pour y faire paraître un compte-rendu des plus sensationnels.

M. Lancelin, Patoche, Flic et le comte Jean-Paul, dans la cellule de d'Albaret, toujours éclairée *à giorno*, ne se lassaient pas de regarder le mur sur lequel était tracé, en lettres de sang, le salut désormais assuré de Ferbach.

Comme il va sans dire, les quatre hommes étaient radieux.

Il n'était pas jusqu'à d'Albaret, qui toujours étendu sur sa couche funèbre, avec la pâleur cireuse de son visage, n'eût aussi le sourire, ce mystérieux sourire de la mort, tant célébré par les poètes.

— Cré coquin! admirait Patoche, il a eu une fameuse inspiration ce brave lieutenant, avant de mourir.

« Quel courage, nom d'une pipe!

« Dommage qu'il n'ait pas eu le temps de nous renseigner sur le pante qui l'a estourbi, car maintenant il n'y a plus à barguigner: c'est bien un crime.

« Mais, cré mâtin, le type doit toujours être dans la prison. C'est ça qui serait une bonne affaire si qu'on pourrait le piger.

— Eh bien! mon fiston, cherche, grouille-toi, approuvait le capitaine, tâche d'avoir le nez aussi creux que Mansulle.

« En voilà un de gaillard! Quel flair, mes amis!

« C'est lui qui, le premier, a parlé d'un assassinat.

« Dréan lui-même ne voulait pas y croire tout d'abord.

— M. Dréan n'est pourtant pas un sot, s'étonna le comte Jean-Paul.

« Pourquoi donc ne voulait-il pas y croire?

— Pour une question qui n'a pas encore été bien éclaircie, répondit le Père la Manille.

« On n'a pas pu savoir comment cette fripouille d'assassin avait pu s'introduire ici.

« On a même fait la preuve qu'il n'avait pas pu entrer par la porte, et encore moins par la fenêtre.

— Elle n'est pas mauvaise celle-là! gouaillait le Parisien, mais après tout qu'est-ce que ça peut nous fiche?

« Que le type soit entré là comme il aura voulu, l'important est qu'il soit toujours dans la prison.

— Ça, je vous le garantis bien, assura Flic.

« La prison est trop bien gardée.

« J'ai failli être passé à tabac, moi, quand j'ai voulu sortir.

« Il doit être sûrement caché dans quelque coin, suant la peur, pris comme un rat dans une souricière.

— En êtes-vous bien sûr? objecta le comte Jean-Paul.

— Parbleu! dit le Montmartrois, comment voulez-vous qu'il soit sorti?

— Mais peut-être comme il est entré ici.

« Puisque le gredin a pu entrer dans cette cellule d'une façon inexplicable, il peut tout aussi bien avoir quitté le Cherche-Midi de la même façon.

— Tonnerre de Brest, moi qui croyais déjà le tenir! se dépitait le Parigot en se grattant l'oreille.

« Décidément, mon brave Flic, nous moisissons.

« Il est temps que nous prenions notre retraite.

« Le raisonnement de M. le comte est très juste. Et pourtant, nous deux on n'aurait jamais pensé à ça.

« Mais enfin, cré tonnerre! comment a-t-il pu entrer ici, ce lascar-là?

« Il n'a tout de même pas traversé la muraille?

Flic de faction au pied du mur

« A moins, qu'il y ait quelque part, dans la cellule, une trappe, une dalle qui se déplace par un mécanisme, avec un souterrain en-dessous, comme dans le *comte de Monte-Cristo!*

Le Parisien, pour s'en assurer, donnait çà et là des coups de talon sur le sol.

Ses éperons retentissaient sur les dalles.

— Vous voyez, disait-il, ça sonne plein partout.

— Mon fiston, tu perds la boule! goguenardait le Père la Manille.

« Tu as toujours des idées de l'autre monde.

« Celle-ci vaut ta fameuse trouvaille à la mords-moi-le-doigt!

— Vous vous en souvenez encore? riait le Montmartrois.

« Ce n'était pas si bête que ça, après tout.

« En tous cas, pas si bête que ma dalle à la *Monte-Cristo* d'aujourd'hui, car c'est très clair, en fait de trappe à la Robert-Houdin ici, il n'y a que *dale!*

« Mais, à la fin des fins, je m'en lave les pattes.

« Quelque chose me dit que l'individu rôde toujours dans la prison, et ça me suffit.

« Ouste donc! en campagne. Nous allons nous partager les rôles.

« Mais qui est-ce qui vient là, dit le Parisien en se retournant vers l'entrée de la cellule. « Le commandant Bossetti!

« A vos rangs, fixe!

— Ta gueule, fourneau! lui jeta jovialement Bossetti en entrant dans la cellule.

« Quel coup de gosier, l'animal! Il réveillerait un mort!

Le commandant s'était approché du Père la Manille.

— Eh bien? demanda gaillardement Lancelin.

— Ça y est! répondit en riant Bossetti.

« Nous sommes bel et bien consignés, vous et moi.

« Lestradier a donné ses ordres en conséquence, en partant.

« Défense de nous laisser sortir de la prison.

— Oui! s'exclamait en riant le capitaine.

« Le vieux renard est parti d'ici la queue entre les jambes.

« Je le croyais démoralisé, flapi au dernier point et il a encore eu la présence d'esprit de nous jouer ce tour?

« Il faut qu'il ait le diable au ventre.

— Il a fait mieux que ça, reprit le commandant avec un rire un peu forcé.

« Il a levé la consigne que j'avais donnée, de ne laisser sortir personne de la prison sans un laisser-passer.

— Mais alors, s'écria Patoche, l'assassin va pouvoir se défiler.

« Ah! le cochon! Pardon, excuse! c'est de l'assassin que je veux parler, le saligaud!

« Mais dites donc les aminches — Patoche se retournait vers Flic et le comte — ce serait le moment de se grouiller!

« Si la consigne est levée, le particulier va vouloir en profiter illico.

« C'est à nous de le prévenir.

« Oui, mes poteaux, goguenardait le Montmartrois, si le ministre de la guerre a levé la consigne, moi, je la rétablis.

« Nous allons descendre dans la cour.

« Toi, Flic, tu surveilleras le mur de gauche, vous, monsieur le comte, le mur de droite, et moi la sortie.

En un instant, ils furent dans la cour de la prison.

— Ouvrons l'œil et le bon, hein! recommanda le Parisien et chacun se rendit à son poste.

Patoche, seul, à quelques pas de la sortie, dans la lumière cendrée du soir, venait à peine de s'accoter contre le mur du poste, quand il aperçut au milieu de la cour, un individu assez bien mis, figure de savant austère et myope, qui semblait hésiter.

Le Parisien le surveillait avec un intérêt croissant et comme s'il fût gêné par ce regard inquisiteur, brusquement l'inconnu se dirigea vers le Montmartrois.

— Le commandant Bossetti, s'il vous plaît? lui demanda-t-il en soulevant légèrement son feutre.

Patoche, sans répondre, examinait son interlocuteur avec des yeux terribles.

— Tiens, qu'est-ce que vous avez donc là, à ce doigt? lui demanda-t-il à brûle-pourpoint.

L'inconnu regardait ses mains avec ahurissement.

— Oui, insistait le Parisien, à cette main-là, au pouce?

« Faîtes un peu voir.

L'autre était tellement saisi, que machinalement il obéit.

Tandis que l'ordonnance examinait le pouce, il condescendit même à donner des explications.

— C'est une brûlure, disait-il, que je me suis faite avec de la cire en cachetant une lettre.

— En effet, ça n'est pas ce que je croyais! s'excusa le Parisien qui depuis quelque temps déjà avait son idée de derrière la tête.

« Alors vous demandez à voir le commandant Bossetti?

« Montez de ce côté-là, tenez, au fond de la cour.

« Vous trouverez une enfilade de couloirs.

« Il est dans la cellule où qu'est un macchabée.

« Ça commence à sentir. Reniflez et vous trouverez tout de suite.

L'inconnu salua et l'ordonnance le suivit de l'œil jusqu'à ce qu'il eût disparu.

Comme le Parisien l'avait dit, le visiteur trouva tout de suite.

— Tiens! fit Bossetti en le voyant arriver, c'est le cousin Duvernier!

« Eh bien! cousin, quel bon vent vous amène?

« Mon cher Lancelin, dit-il au capitaine debout à ses côtés, je vous présente M. Duvernier, mon cousin, interprète au ministère de la guerre.

— C'est précisément à cause de ces fonctions que je viens vous rendre visite, dit l'interprète à Bossetti, après avoir salué le père la Manille et jeté un regard impassible sur la dépouille de d'Albaret et l'inscription tracée sur le mur.

« Mon cher Bossetti, j'ai un secret qui me pèse depuis longtemps.

« Vous le savez, je suis comme vous un *ferbachiste* de la première heure.

« Or, ce secret concerne Ferbach.

« Je vous l'ai toujours tenu caché parce que j'étais engagé d'honneur à ne pas le divulguer.

« Aujourd'hui ce secret étant devenu le secret de Polichinelle, je suis naturellement délié de ma parole.

« Je me suis donc empressé d'accourir pour vous donner ce renseignement.

« Peut-être ne vous servira-t-il à rien. Mais enfin, à tout hasard.

— Mon cher cousin, dit gaiement Bossetti, votre préambule est très aimable.

— Quoiqu'un peu long, n'est-ce pas? daigna sourire l'impassible cousin.

— Mais non, protesta poliment Bossetti, puisqu'on en voit tout de même la fin.

« Maintenant, de quoi s'agit-il?

— De la pièce secrète.

— Ah! firent en même temps Bossetti et Lancelin tout à coup très interressés.

— Cette pièce je l'ai eue entre les mains.

« C'est à moi qu'a été confiée la tâche de la déchiffrer.

« C'est une attestation formelle de la culpabilité d'André Ferbach.

« Elle est signée du nom de l'empereur d'Allemagne, Wilhem II, Wilhem, c'est-à-dire Guillaume.

« Maintenant, ajouta le savant en se bouchant le nez, si vous voulez de plus amples détails, avec tout le respect et toute l'admiration que je dois à la mémoire de feu le lieutenant d'Albaret.

— En effet, dit Bossetti en riant, la cellule n'est plus tenable.

« Venez chez moi mon cher Duvernier.

« Je viens de recevoir pour Ferbach un magnifique bouquet de roses de Bagatelle.

Chacun portant sur son dos sa boîte de paille

« Avant de le lui porter, je le mettrai sous votre nez et vous nous direz tout ce que vous savez.

Le commandant, après avoir refermé derrière lui la porte de la cellule, allait entraîner le capitaine et M. Duvernier.

Mais tout à coup, son visage comme celui de Lancelin, exprima la plus profonde surprise.

Flic était devant eux, hors d'haleine.

— Messieurs, pressait le policier, suivez-moi vite.

« Un extraordinaire surprise... un événement inouï, là-bas, dans la cour de la prison!

— Quoi? qu'est-ce que c'est? qu'arrive-t-il? s'écriaient aussitôt les deux officiers.

— Venez, venez vite, haletait Flic, vous le verrez.

« Si je vous le disais, vous ne le croiriez pas, c'est trop invraisemblable.

« Suivez-moi seulement.

Les trois hommes, derrière le policier, s'empressèrent vers la cour de la prison.

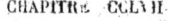

CHAPITRE CCLVII

La marque de maman Jeanne

Dans la cour du Cherche-Midi, indifférent en apparence, mais attentif à tout, Patoche montait donc sa garde volontaire.

Il s'était arrêté un peu à gauche de la sortie donnant sur la rue, dans un retrait du mur formant un des côtés du poste de garde.

Les soldats, assis sur des bancs, devant ce poste, ne pouvaient le voir.

Dans son regard circulaire, il embrassait toute la cour.

A sa droite, à l'une des extrémités de cette cour, il pouvait apercevoir Flic, de faction au pied du mur, assis sur un tonneau, et fumant bénévolement son éternelle bouffarde.

Incommodé par la chaleur torréfiante qui depuis le commencement du mois ne cessait de régner, harassé d'ailleurs par toutes les émotions et toutes les courses de la journée, le gros policier se reposait.

Pourtant il ne perdait rien, ou plutôt il n'eût rien perdu de ce qui se serait passé autour de lui, si d'aventure il se fût passé quelque chose.

Mais dans son quartier, c'était le marasme le plus complet, la solitude et le silence.

Contraste saisissant avec l'extrémité opposée de la cour, où le Montmartrois avait posté le comte Jean-Paul.

Celui-ci avec son visage atrabilaire et ses yeux inquiets, les mains derrière le dos, tournait fébrilement dans son coin comme un écureuil dans sa cage.

On eût dit qu'il était gagné par le grand mouvement qui, depuis quelque temps, régnait de son côté.

Le détachement de garde à la prison avait reçu l'ordre d'y coucher.

Une prolonge, arrêtée dans la rue, devant le Cherche-Midi, venait d'apporter à son intention un grand chargement de bottes de paille.

Tous les hommes, en bourgeron de toile, dans un joyeux affairement de fourmilière, passaient et repassaient devant le Parisien, chacun portant sur son dos sa botte de paille qu'il allait jeter du côté où Jean-Paul Koskà montait la garde, dans une vaste pièce transformée pour la circonstance en chambrée.

D'ailleurs pas d'autre présence dans la cour que celle de ces soldats.

— Zut! monologuait Patoche toujours à l'affût du meurtrier.

« Le type m'a tout l'air de nous poser un fameux lapin.

« Pas plus d'assassin que dans mon œil!

« A moins qu'il se soit camouflé en soldat?

« Tiens, c'est une idée, ça!

« Des fois qu'il aurait volé une tenue de corvée.

« Sous prétexte d'aller chercher sa botte de paille dans la rue, le particulier pourrait se défiler en douceur! et nous serions refaits dans les grandes largeurs.

« On va-z-y veiller.

Patoche donc, épiait au passage toutes ces faces de soldats.

L'homme tirait par le licou un solide mulet chargé.

Mais aucune qui décelât d'autre crime que la gaieté d'aller dormir pour une fois sur la paille ou le chagrin d'être consigné la veille d'un quatorze juillet.

Décidément l'assassin n'était pas là.

— Baste, après tout, Ferbach est sauvé, maintenant, s'efforçait de philosopher le Parisien.

« N'est-ce pas suffisant?

Le soir tombait et avec lui cette molle langueur des belles fins de jour qui portent invinciblement à de vagues rêveries.

Patoche, jeune et amoureux, avait fini par céder à cette douce influence.

Il pensait à Rosette, à ce que serait bientôt leur vie commune, là-bas, dans les domaines de M. Bertard, quand il serait son intendant.

Le Montmartrois essayait de se figurer la tête de ses fermiers, de tous ces braves paysans auxquels il aurait alors affaire.

— Tiens, fit-il, le regard amusé, s'ils ressemblent à celui-là, ils ne manqueront pas d'allure, les frères!

Patoche venait d'apercevoir dans la cour un paysan qui s'avançait vers la sortie.

L'homme tirait par le licou un solide mulet chargé de deux énormes couffes qui lui pendaient de chaque côté.

Le Parisien était trop au courant des choses militaires pour être surpris de voir là ce paysan.

Il savait que dans les casernes, les déchets d'aliments sont souvent demandés par les campagnards qui viennent à date fixé les enlever pour en nourrir leurs bêtes.

Aussi ne s'occupait-il que de trouver très amusant, très romantique, eût dit son ami Jean Lenoir, le costume de l'homme qu'il avait devant lui.

Le muletier, « un gaillard pas ordinaire » selon la réflexion que faisait mentalement le Parisien, avec son veston olive, son pantalon de drap marron, son feutre à la tyrolienne et sa barbe en broussaille étaitt d'un picaresque très réussi.

Le Montmartrois trouva tout de suite le mot.

Comme le rustre, intimidé par le regard qu'il attachait sur lui, au moment de passer, le saluait gauchement:

— Bonsoir, Ali-Baba! gouailla le Parigot.

« Où sont tes quarante voleurs?

« Ah! le finaud, peut-être dans les couffes, hein?

« Attends, je m'en vas les démurger.

Patoche avait tiré son sabre et s'approchait du mulet.

Par plaisanterie, il voulait enfoncer le sabre dans la couffe qu'il avait devant lui.

Le paysan se hâta de le prévenir.

Ses doigts terribles serraient le cou de l'espion.

« On ne me les donne pas pour rien

L'homme ne paraissait pas curieux de lier plus longue conversation avec le Parisien.

Celui-ci, de son côté, ne se montrait pas davantage pressé de remettre son sabre au fourreau et de renoncer à sa plaisanterie.

Il venait de faire une observation qui mettait sa défiance en éveil.

Il marcha délibérément à côté du mulet.

— Il n'y a que des croûtons de pain dans tes couffes? demanda-t-il au campagnard.

— Rien autre chose, monsieur le soldat, répondait le paysan qui se hâtait vers la sortie.

— Oui? mais des croûtons de pain, et surtout de pain sec comme doit être celui que tu as chargé, c'est léger, s'obstinait le Parigot.

« Pourtant ta bête, qui est solide, a l'air de plier sous le poids.

Le paysan, cette fois, faisait la sourde oreille.

Avec un sourire embarrassé, son rustique cerveau ne comprenant rien sans doute à la gaieté primesautière du Parisien, il s'était mis entre lui et le mulet.

— Monsieur le soldat, n'abîmez pas mes couffes, expliqua-t-il.

« Elles sont toutes neuves comme vous voyez.

« Si vous y faites des trous avec votre sabre, je vais perdre toute ma marchandise en route.

— Elle est donc si précieuse que ça, ta marchandise? raillait le Montmartrois, à qui, tout à coup, il n'aurait su dire pourquoi, les manières du rustre déplaisaient.

— C'est des croûtons de pain pour nourrir mes poules, répondit le paysan qui déjà, avec une hâte singulière, s'était remis au licol et tirait de plus belle sur sa bête qui résistait.

Avec un regard qui envoyait au diable le fâcheux, il tirait sur son mulet tant qu'il pouvait.

— Ah« tu ne réponds pas, grondait Patoche, eh bien! nous allons voir!

Résolument, il pointa son sabre vers la couffe.

Le campagnard avait vu le mouvement.

Il étouffa comme un cri d'effroi.

— Monsieur le soldat, supplia-t-il, rengaînez votre sabre.

« Vous voulez voir ce qu'il y a dans mes couffes?

— Oui, je veux le voir! intima le Parisien.

« Tu vas les vider devant moi.

— Eh bien! ainsi soit! acquiesça l'homme.

« Suivez-moi!

Le muletier mena sa bête de somme dans un coin solitaire de la cour.

Après s'être assuré d'un coup d'œil qu'il était seul avec le Parisien, il arrêta son mulet et s'avança vers le jeune homme.

Celui-ci tenait toujours son sabre à la main.

Il surveillait d'un œil attentif tous les mouvements du campagnard.

Le paysan paraissait en avoir pris son parti.

Tout en s'activant à dénouer les cordelettes qui fermaient sa couffe par le haut:

— Qu'est-ce que vous croyez donc qu'il y a là-dedans? gouailla-t-il avec un gros rire rustique.

« Tenez, c'est défait. Approchez-vous et regardez.

Le Parisien s'avança vers l'ouverture de la couffe.

Au même instant il se sentit saisi et jeté sur le sol par deux poignes terribles.

Le campagnard était sur lui.

Il essayait de l'étouffer entre ses bras robustes.

— Ah! le salaud! hurlait le Parisien en se débattant.

Son agresseur avait un rugissement de joie féroce. Il s'était accroupi sur la poitrine du jeune dragon qui sous le poids du géant, sentait ses côtes craquer.

Brusquement, avec un beuglement sauvage, l'homme roula à côté de lui, sur le pavé.

Flic, de loin, avait assisté à la scène.

Le policier s'était hâté d'intervenir.

Il avait asséné sur la tête du colosse un coup de poing formidable.

Le muletier, presque assommé, était tombé sans connaissance.

Quelques soldats venaient de voir cette bataille.

L'alerte fut donnée. Tout le poste accourut et tandis qu'on s'assurait du mystérieux paysan, Patoche sans autre mal que quelques légères contusions s'était rapidement relevé.

Ses regards se portèrent aussitôt vers la couffe qu'il avait fait ouvrir.

Il jeta un cri: la couffe était vide!

— Tonnerre de Dieu! lança-t-il aux soldats qui l'entouraient, il y avait un homme dans cette couffe, l'assassin du lieutenant d'Albaret, j'en suis sûr.

« Il s'est sauvé pendant que cette autre canaille me tenait, Patoche désignait le muletier.

« Vous ne l'avez pas laissé sortir, au moins, vous les soldats du poste?

— Non, lui jetèrent les hommes.

« Nous n'avons pas eu le temps.

« Un ciblot, en effet, s'est présenté à la sortie. Mais comme au même instant, on a entendu des cris, nous l'avons laissé là pour accourir.

« La porte de la prison est fermée. Par conséquent, nous le tenons encore.

Patoche, sans en écouter davantage, se précipita vers la sortie de la prison.

Il arriva juste à point pour voir un homme qui s'efforçait d'ouvrir la porte.

Cet homme avait profité de l'absence des soldats pour entrer dans le poste.

Il avait trouvé plusieurs clefs, mais ne sachant laquelle était la bonne, il perdait un temps précieux pour lui à les essayer sur la porte.

D'ailleurs, la sentinelle placée dans la rue avait entendu les cris partis de l'intérieur de la prison.

Par le judas ouvert dans la porte, elle venait de voir le visage effaré de l'inconnu qui voulait s'échapper.

A son tour, le soldat de faction avait jeté l'alarme.

Toutes les forces de police qui assuraient l'ordre dans la rue toujours encombrée par la foule, s'étaient rapidement repliées devant la porte de la prison.

L'inconnu pouvait voir par le judas, au milieu d'un cercle de baïonnettes, des officiers, qui l'attendaient, sabre au clair.

Il se sentit perdu.

Au même instant derrière lui, éclatait un rugissement farouche.

C'était Patoche qui survenait.

L'homme, effaré, se précipita dans la cour, voulant fuir, mais rattrapé aussitôt par le Parisien, tous deux roulèrent sur le pavé.

Alors, comme un cerf aux abois se retourne vers la meute, l'inconnu prit l'offensive.

Plus encore que le muletier, il paraissait doué d'une force herculéenne.

Avant qu'on ait eu le temps d'intervenir, il renversait le Montmartrois sous lui et avançait ses deux mains pour l'étrangler.

Patoche, en se débattant, avait saisi l'une de ces mains, pour l'empêcher de remonter jusqu'à sa gorge. Il s'efforçait de le maintenir.

Tout à coup, il eut un cri de joie, de terreur et de rage.

— La morsure de Maman-Jeanne! râlait-il en regardant le pouce de cette main qu'il maintenait. Le signe!

Et ramassant toutes ses forces, dans un appel suprême, il lança:

— Acré! les gas! Walter Humding!

Ce cri fut entendu du comte Jean-Paul qui depuis quelque temps s'était dissimulé sous une porte pour surveiller son quartier sans s'exposer à être vu.

Les yeux flamboyants, il s'élança.

Une foule de soldats étaient accourus, venant à l'aide du Parisien.

Le comté les écarta rudement.

D'un bond, il fut sur le couple qui rugissait à terre.

Patoche, délivré, voulait seconder les efforts de l'infirme.

— Arrière, lui cria celui-ci les yeux étincelants, il m'appartient.

Déjà, il tenait Walter Humding sous lui.

Ses doigts terribles serraient le cou de l'espion, comme un étau.

L'Allemand, avec ses mains crispées et des soubresauts convulsifs de tout son corps essayait de lui faire lâcher prise. Mais le bossu le tenait bien.

Les ongles d'acier s'enfonçaient dans sa gorge, faisaient gicler le sang.

Walter Humding jeta un râle horrible, puis dans une dernière convulsion, ses jambes se raidirent et il ne bougea plus : il était mort!

Il fallut arracher de force le comte Jean-Paul du cadavre.

Flic avait été prévenir Bossetti et Lancelin.

Les deux officiers, accompagnés de M. Duvernier arrivèrent.

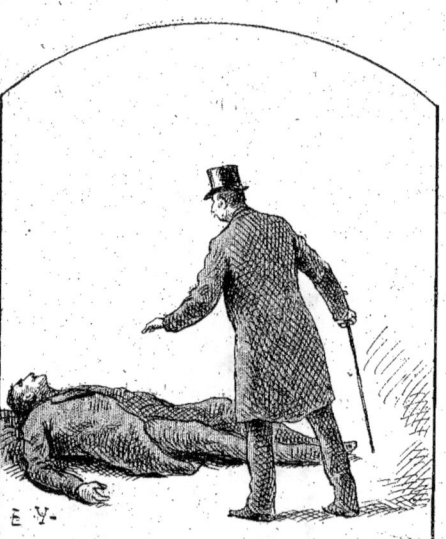

M. Bertard eut un soubresaut de stupeur.

Ils virent sur le pavé le cadavre étendu, avec sa face toute violacée.

Patoche, encore suffoqué par la courte lutte qu'il avait eu à soutenir, en montrant le cadavre au Père la Manille :

— Mon capitaine, soufflait-il en riant; n-i, ni, c'est fini!

« La bête est morte!

Lancelin et Bossetti restèrent un moment silencieux, pétrifiés de stupeur, écrasés par la joie :

Le muletier était revenu à lui.

On l'amena, sous bonne escorte, devant le cadavre.

— Quel est cet homme? lui demanda-t-on rudement en lui montrant le cadavre.

— Tarteifle! grogna entre ses dents le faux campagnard, à la vue du cadavre.

« Le chef est tué : la partie est bien perdue.

« Aussi qu'ils fassent de moi ce qu'ils veulent, je m'en fous.

Et relevant la tête, d'un air cynique, il répondit :

— Cet homme, c'est Walter Humding, et moi je m'appelle Muller, autrement dit Mon-Ours.

— Qu'êtes-vous venus faire à la prison?

— Assassiner le lieutenant d'Albaret.

— Qu'est-ce qui l'a tué? Vous ou lui?

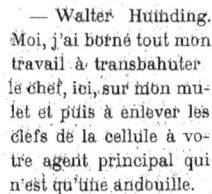

— Walter Humding. Moi, j'ai borné tout mon travail à transbahuter le chef, ici, sur mon mulet et puis à enlever les clefs de la cellule à votre agent principal qui n'est qu'une andouille.

« Je l'ai endormi au chloroforme; quand le chef a eu terminé son petit travail, je suis venu remettre les clefs de la cellule dans la trousse du sergent qui roupillait toujours comme un bienheureux.

« Vous pourrez lui dire de ma part que c'est une fière andouille.

— Oui, mon vieux colon, goguenardait Patoche.

« Mais toi, en attendant, le bonsoir à tes poules.

Sur ces entrefaites, M. Bertard parut.

— Eh bien! que faites-vous là? s'étonna-t-il en s'approchant du groupe.

« Je viens aux nouvelles. Il paraît qu'il s'est passé ici des choses diablement intéressantes depuis que je vous ai quittés.

« Est-ce vrai que le lieutenant d'Albaret...?

— Mille millions de gibernes, lança gaiement Lancelin, vous en êtes encore au lieutenant d'Albaret.

« Nous avons fait mieux depuis. Tenez, regardez un peu ici, le beau gibier que nous venons de prendre.

— Qu'est ceci? s'exclama M. Bertard en apercevant le cadavre de l'espion que le capitaine lui désignait.

— Tonnerre! vous ne le remettez pas!

— Non, pas du tout.

— C'est pourtant une assez vieille connaissance.

— Mais qui donc?

— Walter Humding!

M. Bertard eut un soubresaut de stupeur.

— Ah! nous le tenons enfin! s'écria-t-il les yeux étincelants de joie.

« Maintenant, ils ne diront plus que Walter Humding n'existe pas.

— Mais si, jubilait Lancelin, puisqu'il est mort.

— Mais n'a-t-on rien trouvé sur lui? l'a-t-on fouillé? s'inquiéta M. Bertard.

— Oui, M. Bertard, lança le Montmartrois qui venait d'achever cette opération.

« Et voilà, tout ce que j'ai trouvé, ajouta-t-il, en tendant à l'ancien ministre une feuille de papier sur laquelle étaient tracés des caractères que M. Bertard jugea indéchiffrables.

Le document fut remis aux mains de M. Duvernier.

— Messieurs, annonça après un moment d'examen, l'interprète dont la voix tremblait d'émotion, ce document est un double, et certainement l'original de la pièce secrète!

M. Bertard n'eut qu'un cri:

— Donnez vite. Nous les tenons.

« Je cours à la Chambre.

« Avec cette pièce Lemarchand est par terre!

CHAPITRE CCLVIII

En famille

La nuit était tout à fait venue et, dans la cour du Cherche-Midi, régnait une animation extraordinaire.

Aussitôt M. Bertard parti :

— Ce n'est pas le tout, avait dit Bossetti, en désignant Walter Humding toujours étendu sur le sol et Muller gardé sous bonne escorte.

« Il faut songer à nous débarrasser de ces deux lascars-là.

En conséquence Flic avait été expédié au poste de police le plus voisin pour prévenir le commissaire.

En attendant la venue du magistrat, le commandant écrivait une missive dont il chargea une estafette pour annoncer la nouvelle à Lestradier.

Pendant ce temps, Lancelin cuisinait le faux muletier qui, cyniquement avouait les faits, tout en fumant une bouffarde et Patoche s'empressait autour du comte Jean-Paul qui, à la suite de sa violente émotion, venait d'avoir une syncope.

— Toujours sa maladie de cœur! le pauvre bougre n'en a pas pour longtemps, s'apitoyait Patoche, tout en le bassinant avec des compresses d'eau fraîche.

L'infirme reprit connaissance. Très affaibli, il pria son ami de vouloir bien le reconduire jusque chez lui.

Le Parisien ne se fit pas tirer l'oreille.

Il n'avait pas vu sa chère Rosette depuis le matin et cette privation commençait à lui peser.

Il avertit le capitaine du désir du comte.

— C'est bon, tu peux y aller, bougonna Lancelin.

« Mais tâche d'être de retour le plus vite que tu pourras.

« On peut avoir besoin de toi, ici.

— Soyez tranquille, assura le Montmartrois qui méditait son *escampativo*.

« Baste! se disait-il, je vais toujours aller la voir

« Je ne ferai qu'entrer et sortir.

« Le temps d'annoncer à la chère petite, entre deux baisers, grosso modo, la mort du Prusco, et preste! je reviens à mon poste.

« Le capiston n'y verra que du feu.

Le Montmartrois sortit de la prison bras dessus, bras dessous avec le bossu, qui ne tenait pas sur ses jambes.

Ils montèrent dans une auto et disparurent dans la nuit.

Au même instant, les portes de la prison s'ouvrirent.

— Voici probablement ces messieurs de la rousse, dit Bossetti, en s'avançant en compagnie de Lancelin.

« Ils ont déjà réquisitionné un fourgon pour emmener Walter Humding, ajouta-t-il en apercevant le lourd véhicule qui entrait péniblement.

Mais un homme s'était approché des soldats du poste.

— Le commandant Bossetti? demandait-il.

— Que lui voulez-vous? fit Bossetti en se montrant

— Mon commandant, répondit l'homme, nous venons pour enlever le corps du lieutenant d'Albaret.

Bossetti et Lancelin durent assister à la mise en bière.

Puis le cercueil fut descendu dans la cour, placé dans le fourgon et le lieutenant d'Albaret, à son tour, quitta la prison militaire.

Comme le véhicule qui l'emportait venait de sortir, un autre fourgon, fit son entrée.

Celui-ci était bien destiné à enlever les restes de Walter Humding.

Le commissaire et son secrétaire, puis Flic et toute une escouade d'agents suivaient.

La nuit étant complète et la cour du Cherche-Midi très mal éclairée par deux ou trois maigres réverbères placés n'importe où, dans les coins, des torches furent allumées, à la lueur desquelles le magistrat fit les constatations d'usage.

Finalement, Muller, menottes aux poignets, fut emmené au poste de police, les dépouilles de Walter Humding à la Morgue et le mulet à la fourrière.

Bossetti, en les voyant partir, se frottait les mains avec satisfaction.

— Enfin, mon cher Lancelin, disait-il, nous voilà débarrassés de deux sales corvées.

« J'espère que nous allons pouvoir respirer maintenant.

— Il n'y a rien de sûr, fit en riant le père la Manille.

« Tenez, entendez-vous ce grand escogriffe qui hurle et se démène là-bas, sous le réverbère, au milieu des soldats du poste?

« Qui ça peut-il bien être?

« Allons voir.

Ils y allèrent et c'était Flac, qui à leur vue, en gesticulant, dans un enthousiasme indescriptible, se mit à crier:

— Monsieur Lancelin! monsieur Bossetti! Victoire!

— Victoire!

« Victoire sur toute la ligne!

« J'arrive de la Chambre.

— Eh bien! haletèrent Lancelin et Bossetti.

— Eh bien! *le ministère est par terre!*

— Bravo! exultèrent les deux officiers.

Flac, emballé, poursuivait impétueusement:

— Monsieur Bertard a été chargé de réunir un nouveau cabinet.

« Comme il s'y attendait, à ce qu'il paraît, tous les membres étaient choisis d'avance et ça n'a pas traîné.

« Monsieur Bertard s'est réservé le portefeuille de la guerre.

« Il vient d'être mandé à la Présidence.

« L'affaire est dans le sac, que je vous dis.

« Demain le décret paraîtra à l'*Officiel!*

Le policier avait lancé tout cela d'une haleine.

— Hourrah! s'écria Flic qui avait suivi les deux officiers.

« Flac n'a jamais tant parlé, ni gueulé de sa vie.

En tous cas, Flic n'en put dire davantage, Flac, de toute sa hauteur, venait de se laisser tomber dans ses bras.

Le gros policier supporta bravement le choc.

Il étreignit son mince alter ego sur sa poitrine et les deux amis, chaleureusement, se donnèrent l'accolade.

Lancelin, fou de joie, crispait une de ses mains sur la manche de Bossetti.

— Vite! vite! criait-il, allons annoncer la nouvelle au lieutenant Ferbach.

« J'espère que vous n'y voyez pas d'inconvénient?

— Nom d'un tonnerre, il ne manquerait plus que ça! jeta Bossetti, partageant l'allégresse du capitaine.

Ils coururent, happèrent au passage le sergent porte-clefs qui, sans presque savoir où on l'entraînait, se mit à suivre de toute la vitesse de ses jambes cet ouragan, et quand la cellule de Ferbach fut ouverte, le capitaine se précipita comme une trombe, bras ouverts, vers le prisonnier, qui, surpris, s'était avancé.

Tout essoufflé, dans son immense joie, il ne put prononcer que ces mots:

— Mon petit gas!

Et il resta un moment hors d'haleine.

— Qu'arrive-t-il? balbutiait Ferbach.

Le père la Manille s'élança vers la table.

Il venait d'y apercevoir le testament que le lieutenant était en train d'achever.

— Qu'est-ce que c'est que ça? hurla-t-il avec une joie impétueuse, en prenant les feuillets.

« Ton testament?

« Tiens, voilà ce que j'en fais de ton testament!

Et il le déchira en dix morceaux.

Bossetti rayonnait et se gardait bien de parler, voulant jouir de toute la surprise du détenu.

Celui-ci regardait Lancelin avec ahurissement.

— Mais tu ne comprends donc pas! hurla le capitaine.

« Walter Humding est mort! On l'a pincé. Le ministère est par terre et M. Bertard est nommé ministre de la guerre!

— Et Jeanne et mon père? s'écria le lieutenant qui palpitait.

— Mille millions de gibernes! Je m'en vais les chercher.

« Le commandant permet?

— Mais oui, sacrelotte! rayonnait Bossetti.

« Un jour comme aujourd'hui, tout est permis.

« Ce n'est pas M. Bertard, le nouveau chef du gouvernement, qui me fera des reproches!

— Eh bien! alors, je file!

— C'est ça, mon cher Lancelin, faites vite.

« Moi, ajouta Bossetti, en prenant Ferbach par le bras, j'emmène notre ami chez moi.

« C'est là que nous vous attendrons.

Une demi-heure plus tard le capitaine arrivait devant l'appartement de Bossetti.

Jeanne, M. et Mlle Ferbach le suivaient, le cœur battant.

Le père la Manille s'avançait pour frapper à la porte.

Mais brusquement, cette porte s'ouvrit devant eux, et, dans l'encadrement, à la lueur du gaz qui éclairait le palier, André Ferbach parut.

Le lieutenant se tenait tout raide et pâle de joie.

— Lui! s'écria Jeanne en s'élançant sur sa poitrine.

Il y reçut aussi Suzel.

Serré, étouffé dans les bras des deux jeunes femmes qui sanglotaient de bonheur, André tendit la main à son père qui la pressa, sans pouvoir prononcer un mot, avec une émotion si poignante que les larmes jaillirent des yeux du jeune homme.

— Entrez! entrez! invitait Bossetti essayant de déguiser son émotion sous un sourire.

— Coquin de bonsoir! grognait joyeusement le capitaine. Eh! oui, parbleu, entrons!

Le Père la Manille claqua la porte derrière lui.

Il le fit juste à point pour la claquer sur le nez de Patoche qui, de retour, avec un baiser tout frais de Rosette aux lèvres, venait de monter, suivi de Flic et de Flac, pour voir le lieutenant.

— Flûte! dit Patoche, qui, croyant avoir été vu du capitaine, ce en quoi il se trompait, était piqué au vif.

« Maintenant qu'on n'a plus besoin de nous, on nous claque la porte au nez.

« Eh ben! mon colon, y a pas de pet que j'aille les déranger.

— Bah! c'est votre capiston qui a fermé la porte, fit Flic avec un sourire optimiste.

« Le vieux grognard ne vous aura pas vu.

— Des nèfles! Je n'entrerai pas que je vous dis!

— Qu'allez-vous faire, alors?

— Rester ici, pardi. Ne suis-je pas aux ordres du capiston?

— Eh bien! nous vous tiendrons compagnie, dit gaiement le gros policier.

Suivi de Flic et de Flac, Patoche toujours boudant se retira dans le coin le plus sombre qu'il put trouver devant la porte.

Il se cala dans son coin, roulant des yeux furibonds.

Et tout à coup, il éclata, joyeux et goguenard:

— Pardi! s'écria-t-il, je le sais bien qu'ils ne m'ont pas vu.

« N'empêche que j'ai reçu la porte sur le nez.

« Aussi, je démarre pas de là. Une autre fois ça leur apprendra.

La conversation ainsi engagée se poursuivit gaiement.

Elle ne devait pas durer longtemps, grâce à celle qui, en ce moment, animait le salon de Bossetti.

Le premier moment d'émotion passé, le capitaine, près de qui Jeanne se serrait affectueusement, vint se camper devant le lieutenant:

— Eh bien! mon petit gas, es-tu content de nous? lança le vieux grognard.

« S'est-on assez grouillé!

« On a réussi pourtant. Mais ce n'est pas sans peine.

— Il me semble que je marche dans un rêve, répondit Ferbach.

« Quelle suite effarante d'événements!

« Ah! nous avions affaire à forte partie, certes.

« Lestradier, Lemarchand... Walter Humding...

« Bien m'en a pris d'avoir des amis si dévoués. Sans cela, mon compte était bien réglé.

« C'est vous, mon capitaine, vous et les vôtres, qui m'avez sauvés.

« Tant que je vivrai, je ne l'oublierai jamais.

« Mais, qui donc a pris et tué Walter Humding?

— Pas-de-Canard, avança Bossetti.

— Hum! hum! bougonna Lancelin, d'abord, il n'y a pas de canard. Il y a le comte Jean-Paul Koska.

« Ensuite, c'est bien vrai que c'est le comte qui l'a occis, mais c'est Patoche qui le lui a servi tout chaud.

« Sans Patoche, nous étions bel et bien refaits une fois de plus.

« Le Boche s'était fourré dans une couffe, sur un mulet.

« Qui diable aurait jamais été le chercher là?

« Eh bien! mon pauvre Patoche l'en a déniché lui.

« Quel flair épatant, il vous a le petit brigand!

« En voilà un qui n'a pas froid aux yeux.

« M. Bertard veut en faire son intendant. Il n'aura pas à s'en plaindre.

— Ni Rosette non plus, je pense, qui veut en faire quelque chose de plus, ajouta finement la couturière sur les lèvres de qui l'évocation du Parisien avait amené un sourire.

— Mais, pourquoi n'est-il pas ici, demanda André Ferbach.

« Je lui serrerais bien volontiers la main.

« N'est-il pas dans la prison?

— C'est-à-dire, informa Lancelin, que je l'avais envoyé reconduire le comte chez lui.

« Le pauvre bossu en zigouillant Walter Humding avait éprouvé une si terrible secousse, avec

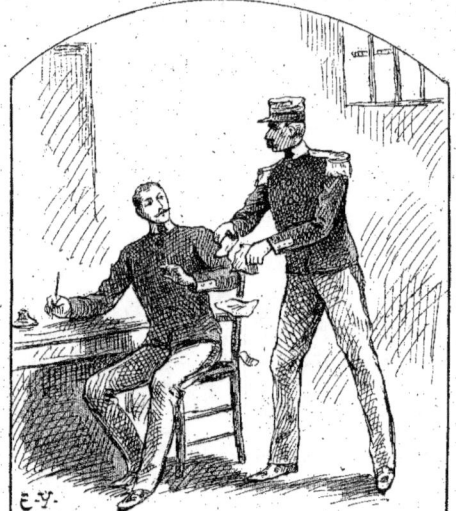

— Ton testament, tiens, voilà ce que j'en fais!

sa maladie de cœur, qu'il ne se sentait pas bien du tout.

« Mais, le Parigot doit être de retour, depuis le temps.

« Flic et Flac n'auront pas manqué de l'avertir que nous sommes là.

« Je parie qu'ils rôdent autour de votre appartement, Bossetti.

— Et ils n'osent pas entrer? Elle est un peu forte, celle-là! s'écria le commandant.

— Attendez, prévint le père La Manille, je me charge de vous les amener, moi.

Le vieux grognard sortit sur le palier, regarda çà et là, et aperçut dans un petit coin sombre le trio qui, au bruit de la porte, avait cessé brusquement sa joyeuse conversation pour prendre l'air le plus renfrogné.

Le père La Manille profondément ahuri, s'avança vers le groupe.

— Que diable, foutez-vous là? s'écria-t-il.

— Mon capitaine, on fait ce qu'on peut, répondit le Parisien avec un air vexé.

« On nous défend d'entrer chez le commandant Bossetti.

« Pourtant, il faut bien que nous soyons quelque part.

« Alors, pour ne pas gêner, nous nous sommes serrés dans ce petit coin.

— Qu'est-ce que tu nous chantes là? grogna Lancelin de plus en plus abasourdi.

« On vous défend d'entrer chez le commandant? Qui donc?

— Vous, qui, lorsque nous allions entrer, nous avez claqué la porte au nez.

— Est-ce que je vous avais vus? En voilà des manières! Entre donc, animal!

L'officier, en bougonnant, poussait par les épaules, le Montmartrois qui riait en sourdine.

Le père La Manille se retourna vers Flic et Flac qui hésitaient :

—J'espère que vous n'allez pas vous faire prier, leur dit-il, moitié furieux, moitié riant.

Ils arrivèrent dans le salon, où toute la compagnie les reçut avec une explosion de joie.

Devant le chaleureux accueil du lieutenant, Patoche regretta sa légère incartade.

De plus, ces dames lui rendirent de telles actions de grâce, et ce faisant, leurs yeux avaient un sourire si enjôleur, enfin elles lui tendirent si gentiment leurs joues, que le Parisien en était cramoisi.

Autour de lui, bavardant et donnant des poignées de mains, Flic et Flac s'épanouissaient.

Pour corser le plaisir, M. Dréan et Mansulle arrivèrent.

Bossetti avait fait apporter du Champagne. On le sabla gaiement.

Dans ce salon, où les lustres étincelaient, c'était le plus joyeux tumulte.

Jeanne et André en profitèrent pour se retirer dans l'embrasure d'une fenêtre.

Le lieutenant, dans un de ses bras tenait enfermées les frêles épaules de la jeune femme.

Il la contemplait d'un air grave et attendri.

D'une voix que l'amour et le souvenir de tant de chagrins, à peine passés, faisaient un peu tremblante, il lui demanda :

— Es-tu heureuse?

— Très heureuse! défailla-t-elle, en fermant ses yeux, la tête renversée sur sa poitrine.

Alors, sur un ton rauque, André Ferbach reprit plus bas :

— Entre nous, maintenant que nul ne nous écoute, Jeanne, tu n'as jamais douté de moi?

— Oh! André! fit la jeune femme avec un accent de douleur, c'est donc toi qui doutes de moi, pour me poser une pareille question?

« Moi, douter de mon André! jamais! jamais! Je te le jure sur ce que j'ai de plus sacré au monde, sur notre amour!

— Ainsi, tu seras fière d'être ma femme.

— La plus fière, la plus heureuse des femmes! répondit Jeanne en frémissant.

Ils se turent un instant, savourant la plénitude de leur bonheur.

— Et toi? reprit la jeune femme.

« Seras-tu heureux? oublieras-tu tout le mal qu'on t'a fait?

« Tu as dû tant souffrir!

— Oui, j'ai beaucoup souffert, répondit l'officier d'une voix assombrie.

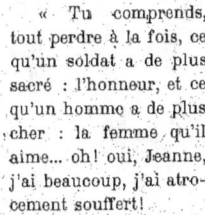

« Tu comprends, tout perdre à la fois, ce qu'un soldat a de plus sacré : l'honneur, et ce qu'un homme a de plus cher : la femme qu'il aime... oh! oui, Jeanne, j'ai beaucoup, j'ai atrocement souffert!

« Mais si tu savais pourtant, quelle douceur infinie à revenir de si loin, pour prendre possession de tous ces biens.

« Oui, Jeanne, tout est oublié, désormais.

« Nous allons être si heureux!

— N'est-ce pas? dit-elle.

« Le capitaine Lancelin, mon père, et toi... mon mari, que veux-tu que je souhaite de plus.

— En tout cas, ma pauvre chérie, je ferai tout au monde pour que tu n'aies rien à souhaiter de plus.

Et les lèvres se joignirent.

« Ces rudes épreuves m'ont fait du bien, en somme!

« Je te reviens meilleur et plus averti, surtout du sérieux qu'il faut mettre en toute chose dans la vie.

« Notre amour a été bien trempé.

« Désormais, je ne veux plus vivre que pour toi. Toi et l'honneur, vous serez mes deux cultes.

A ce moment, le timbre d'appel d'un téléphone résonna tout à côté du salon, dans le bureau de Bossetti.

Jeanne et André, perdus dans leurs amoureuses divagations n'y prirent pas garde.

LIV.

Jeanne s'avançait radieuse au bras de son père.

« Maintenant, vous pourrez vous revoir tous les jours, et à toute heure qu'il vous plaira, en attendant qu'André soit remis en liberté, ce qui ne saurait tarder.

« Je suis appelé chez moi, et puis, il est très tard. Ainsi, Jeanne, ma chère petite, si tu veux bien, je t'emmène.

« Il faut aller prendre un peu de repos, que diable !

Jeanne s'arracha péniblement à l'étreinte de son fiancé.

Le père La Manille, avec elle, emmenait aussi M., Mlle Ferbach et Patoche.

Bossetti, Dréan, Mansuile et André les accompagnèrent joyeusement jusqu'à la porte.

Jeanne et André marchaient les derniers, ne pouvant arriver à se quitter.

Volontiers, comme Roméo et Juliette, ils se seraient souhaité une bonne nuit jusqu'à ce que le jour vienne.

Le commandant qui s'était précipité vers l'appareil, revint dans le salon.

— Capitaine Lancelin, dit-il, c'est vous qu'on demande.

— Qui ça ? fit le vieux grognard.

— Votre gouvernante, madame Pierre.

« Des tas de gens vous attendent chez vous, paraît-il.

— Saperlipopette ! en effet, il serait temps de partir.

Le capitaine courut crier à l'appareil qu'il serait bientôt chez lui.

Il revint dans le salon, vers la fenêtre où Jeanne et André s'étaient réfugiés.

— Allons, les amoureux, dit-il joyeusement, il est temps de se séparer.

Mais enfin, il fallut se séparer.

Alors, Jeanne spontanément, se jeta sur la poitrine de son fiancé, et leurs lèvres s'unirent dans un baiser où passa toute leur âme.

L'instant d'après, dans une auto, avec son père et toute la suite, elle traversait Paris illuminé, plein d'un joyeux grouillement de foule et tout retentissant de la rumeur des fanfares, de la clameur aussi des camelots du *Quotidien*, hurlant : *la chute du ministère !*

Sur le trottoir, devant le 121 du boulevard St-Germain, Lancelin trouva Jean Lenoir, Yvette, Rosette et la matelassière qui les attendaient.

Ce fut une embrassade générale.

Mlle Lancelin sauta au cou de sa mère, Rosette au cou de Patoche.

Jean Lenoir embrassa Suzel, le capitaine se laissa embrasser par Yvette, et M. Ferbach par tout le monde.

Ensuite, on se divisa. Patoche emmena Rosette qui brûlait d'aller voir les illuminations.

M. Ferbach, Suzel, Yvette et Jean Lenoir, montèrent chez Jeanne et maman Jeanne monta chez Lancelin.

Le capitaine et la matelassière avaient à causer.

— Maman Jeanne, commença avec bonne humeur le père La Manille, aussitôt qu'ils furent chez lui, vous aviez raison.

« Cette crapule de Walter Humding en voulait bien à notre fille comme à nous tous.

« Mais, il s'est fait pincer, nous en voilà débarrassés.

« Maintenant, parlons peu, mais parlons bien.

« Ferbach va sortir d'un moment à l'autre. Dès demain, je vais m'occuper de faire publier les bans. Le mariage de notre fille aura donc lieu sous peu.

« Les deux amoureux veulent profiter de la présence du père Ferbach à Paris pour accomplir la cérémonie.

« Je vais donc devoir vous présenter. Nous ne pouvons cacher plus longtemps la vérité.

— Pourquoi? demanda la matelassière, M. Ferbach et nos amis la connaissent, n'est-ce pas suffisant?

— Mais enfin, pour paraître à ce mariage.

— Mais, je ne le veux pas, je me refuse absolument à y paraître.

— Et si ta fille veut t'y obliger? Elle t'aime, cette petite. Vas-tu lui faire ce chagrin?

— Non, mon ami, loin de ma pensée de vouloir faire du chagrin à qui que ce soit, surtout à ma fille.

« Mais, je n'ai déjà eu que trop de torts dans tout ceci, et je ne veux pas qu'elle et vous, vous en supportiez les conséquences.

« Les journaux cléricaux seraient trop heureux de saisir cette affaire pour vous salir.

« Je ne veux pas qu'à cause de moi, vous et ma fille soyez traînés dans la boue.

— Ainsi, tu ne veux pas assister à ce mariage?

— Non, du tout. Je m'y refuse formellement.

« Il me suffit d'avoir retrouvé mon enfant et de la savoir heureuse.

— Mais, insistait Lancelin, j'avais songé...

— A quoi? à m'épouser, n'est-ce pas?

« Eh bien, non, mon ami. Du moins, pas pour l'instant.

« Vous êtes trop en vue, trop susceptible, je vous le répète d'être diffamé.

« Nous verrons plus tard.

L'entretien finit sur ces mots.

Cette même quinzaine, la Cour suprême, toutes chambres réunies, cassait le jugement rendu au procès Ferbach et renvoyait le lieutenant devant un nouveau conseil de guerre.

EPILOGUE

M. Bertard avait déclaré à la tribune de la Chambre que son premier souci serait de terminer au plus vite cette néfaste *affaire*, et aussitôt, il prit ses mesures en conséquence.

Il donna des ordres pour que le Conseil de guerre fût convoqué dans le plus bref délai possible.

En même temps, l'enquête « pour homicide », commencée contre le meurtrier de Walter Humding, était abandonnée.

Grâce aux journaux, le comte Jean-Paul — « le prodigieux avorton dont la poigne de fer avait arrêté... pour toujours l'allemand jusque-là invincible » était devenu célèbre du soir au lendemain, d'autant plus que l'histoire de sa naissance romanesque commençait à transpirer.

Les pensionnaires de la maison Lenoir faisaient les yeux doux au nouveau Quasimodo autour duquel flottait une légende d'héroïsme et d'amour, les reporters assiégeaient sa porte, le kodak en mains, mais l'infirme refusa de se laisser interviewer et plus encore photographier.

D'ailleurs depuis une semaine, depuis que le mariage d'Yvette était définitivement annoncé pour cet automne, la mélancolie du comte augmentait chaque jour.

Pendant ce temps, les fouilles et perquisitions continuaient dans les divers domiciles de l'espion à Paris, et chaque jour amenait une nouvelle révélation.

La vérité éclatait maintenant, aveuglante, et la plupart des antifer uchistes avaient fait amende honorable.

En vrai gentilhomme qu'il était, le colonel Hubert de Montarlan avait été le premier, et cette attitude l'avait brouillé pour toujours avec Lestradier, Faurigny et les autres « culs-bénis », comme disait le père La Manille, plus jovial que jamais.

Cependant, la date du second procès Ferbach approchait.

Quand André se présenta devant le conseil de guerre réuni à Versailles, plus rien ne subsistait de l'accusation, et chacun savait qu'il ne s'agissait plus que d'une pure formalité.

Ce fut l'acquittement sans débats, puis l'ovation...

La foule en délire voulait porter l'officier en triomphe, mais il se déroba comme Jean-Paul.

Jeanne l'attendait tout proche dans une voiture, et nous renonçons à décrire l'émotion des amants quand, pour la première fois, ils se retrouvèrent seuls, leur retour chez eux, après la longue et cruelle épreuve.

La même semaine, André était promu au grade de capitaine et fait officier de la légion d'honneur.

Par la même occasion, le père La Manille recevait son quatrième galon; le vieux grognard, qui avait songé un instant à prendre sa retraite et... sa canne à pêche, déclara d'une voix juvénile :

— Eh bien! je rengage, sacré mille tonnerres!

« Toute cette aventure m'a rajeuni!

« Et puis... j'ai une fille à doter.

Sur ces entrefaites, eut lieu le mariage d'Yvette, royalement dotée par son ami, le comte Jean-Paul Koska.

Une dépêche de Van Flam dans laquelle le Belge invitait « ses enfants », à venir le voir, en Amérique où ses affaires prospéraient, et un évanouissement de l'infirme — dont personne peut-être ne devina la cause exacte — furent les seuls épisodes marquants de cette journée.

Quant à Patoche, bien qu'il eût pu considérer sa tâche comme terminée, il continuait son enquête « autour » du Boche et de sa bande.

La semaine qui suivit le mariage d'Yvette, le Parigot et ses deux inséparables : Flic et Flac, pénétraient dans les souterrains du château d'Ozy, et découvraient les trois cadavres que nous savons.

Liliane ,Robert Servan, l'aveugle Baptistin et son caniche, furent assez vite identifiés, mais il fut impossible d'expliquer comment ces trois personnages se trouvaient là réunis dans la mort.

Muller — en ce moment à la Santé — fut amené au château et refusa de dire ce qu'il pouvait savoir.

Toutefois, mis soudain en présence du cadavre de Liliane, il ne put se défendre d'une seconde d'émotion.

— Pauvre petite... murmura-t-il. Je l'avais prévenue. Elle n'a pas voulu me croire.

Ce fut tout ce qu'on put tirer de lui.

A quelque temps de là, il était condamné à vingt ans, comme les Lempereur, qu'il alla rejoindre dans une maison sûre.

— Vive la classe!

Quelques jours plus tard, les grands journaux parisiens publiaient cet écho en première page :

Ce matin, au Temple de l'Oratoire, rue Saint-Honoré, aura lieu une cérémonie qui termine heureusement une affaire trop fameuse.

Nous voulons parler du mariage du capitaine André Ferbach avec Mlle Jeanne Lancelin, fille du commandant dont tout Paris connaît la sympathique figure..

C'est le pasteur Fervach — venu spécialement des provinces annexées — qui donnera la bénédiction aux jeunes époux.

Les témoins du marié seront : le ministre de la guerre et le colonel de Montarlan, qui une fois de plus, aura eu « le beau geste ».

Voilà un événement plus que « parisien », national; et l'on peut annoncer qu'il y aura foule tout à l'heure rue St-Honoré..

Il y avait foule, en effet, un peu plus tard, lorsque Jeanne descendit de voiture devant l'Oratoire.

Radieuse, plus belle que jamais, elle s'avança au bras de son père, soulevant un murmure d'admiration. Elle semblait marcher sur des nuages.

Quant à André, son beau visage martial respirait un bonheur surhumain.

Derrière eux et leurs témoins, venaient, par couples tous nos amis et connaissances : Mlle Ferbach et Wilhem Furster, M. Dréan, Bessetti, le docteur Mazurel et Mme Brévannes avec le petit Henri, Yvette et son mari, Jean Lenoir, le comte Jean-Paul, etc...

Patoche et sa bonne amie Rosette fermaient la marche.

Pour des raisons de haute convenance, la matelassière n'avait pas voulu paraître dans le cortège.

Elle était déjà dans le temple lorsque la noce parut, et le premier regard de la fille fut pour la mère qui se dissimulait là, dans l'ombre.

Longuement, Maman-Jeanne accompagna du regard celle qui marchait à l'autel; puis se remit à prier plus ardemment.

Cependant, la cérémonie commençait.

Elle fut brève et d'autant plus touchante.

Accoudée sur son prie-Dieu, Jeanne pleurait doucement, et les mains du vieux pasteur tremblaient en bénissant le jeune couple.

L'émotion avait gagné le père La Manille dont les paupières battaient refoulant une larme prête à jaillir.

— Vous êtes ému, dit le docteur Mazurel, qui se trouvait à ses côtés. Je comprends.

— Evidemment, murmura le vieux grognard qui se raidissait de son mieux, mais ce n'est pas cela.

« Il y a un sacré rayon de soleil qui me tape dans l'œil.

Puis, ce fut le défilé traditionnel à la sacristie : jamais félicitations n'avaient été faites ni reçues de meilleur cœur.

...Tout était fini, et notre ami Patoche, resté le dernier, allait quitter la sacristie à son tour, lorsqu'il vit M. Bertard revenir vers lui brusquement.

Ils échangèrent quelques mots à voix basse, et l'ordonnance rejoignit la fleuriste qui l'attendait à distance respectueuse.

— Qu'est-ce qui se passe? demanda Rosette, prompte à s'inquiéter.

« Qu'est-ce qu'il y a?

— Il y a, répondit gaiement le parigot, que je suis libre, ou plutôt libéré... par un congé en bonne et due forme.

« Il me restait quelques mois à faire; le ministre — mon nouveau patron — m'en fait grâce.

« Aussi, demain, pas plus tard, je t'épouse] acheva-t-il en embrassant sa bonne amie.

Et, sans respect pour la sainteté du lieu, le gavroche esquissa une « aile de pigeon ».

— Vive la classe!

F I N

TABLE DES MATIÈRES

PREMIÈRE PARTIE

LES AMOURS D'UNE OUVRIÈRE

DEUXIEME PARTIE

LE CALVAIRE DU LIEUTENANT FERBACH